湖北楹联

湖北省楹联学会 编
刘书平 主编

荆楚文库编纂出版委员会
华中科技大学出版社

湖北楹联

HUBEI YINGLIAN

图书在版编目（CIP）数据

湖北楹联 / 湖北省楹联学会编，刘书平主编．
—武汉：华中科技大学出版社，2021.8
ISBN 978-7-5680-6830-7

Ⅰ．①湖…
Ⅱ．①湖… ②刘…
Ⅲ．①对联-文化研究-湖北
Ⅳ．① I207.6

中国版本图书馆 CIP 数据核字（2021）第 139528 号

| 策划编辑：李东明 |
| 责任编辑：周清涛　李东明 |
| 整体设计：范汉成　曾显惠　思　蒙 |
| 责任校对：刘　竣 |
| 责任印制：周治超 |

出版发行：华中科技大学出版社（中国·武汉）
　　　　　地址：武汉市东湖新技术开发区华工科技园
　　　　　电话：(027)81321913　邮政编码：430223
录排：华中科技大学惠友文印中心
印刷：湖北新华印务有限公司
开本：720 mm×1000 mm　1/16
印张：26.75　插页：2
字数：377 千字
版次：2021 年 8 月第 1 版　2021 年 8 月第 1 次印刷
定价：129.00 元

《荆楚文库》工作委员会

主　　任：王瑞连
副 主 任：王艳玲　许正中　梁伟年　肖菊华　尹汉宁
　　　　　郭生练
成　　员：韩　进　陈　亮　卢　军　陈树林　龙正才
　　　　　雷文洁　赵凌云　谢红星　陈义国

办公室

主　　任：陈树林
副 主 任：张良成　陈　明　李开寿　周百义

《荆楚文库》编纂出版委员会

主　　任：王瑞连
副 主 任：王艳玲　许正中　梁伟年　肖菊华　尹汉宁
　　　　　郭生练
总 编 辑：章开沅　冯天瑜
副总编辑：熊召政　陈树林
编　委（以姓氏笔画为序）：　朱　英　刘玉堂　汤旭岩
　　　　　阳海清　邱久钦　何晓明　陈　伟　陈　锋
　　　　　张良成　张建民　周百义　周国林　周积明
　　　　　宗福邦　赵德馨　郭齐勇　彭南生

《荆楚文库》编辑部

主　　任：周百义
副 主 任：周凤荣　周国林　胡　磊
成　　员：李尔钢　邹华清　蔡夏初　王建怀　邹典佐
　　　　　梁莹雪　黄晓燕　朱金波
美术总监：王开元

《湖北楹联》编委会

顾　问：陈东成　郭省非

主　编：刘书平

副主编：皮治洪　陈佐松　罗积勇　柯　丹　万峥嵘　熊政春

编　委：蔡　丰　杨　帅　夏爱菊　宋万里　覃太智　詹艳芬
　　　　高　寒　王泉珍　王　娟　余德智　沈雄飞　吴凤鸣
　　　　熊　韬　程　平　汪业盛　张　琰　罗石媛　耿可可

编　务：李家玉　邹　立　张卫平　汪朝辉　曾庆炳　龚　群
　　　　王立文　王　琳　王介祺　耿伯英　杨惠荣　胡荣希
　　　　易　凡　阙东明　梁和平　蔡宜良　张永长　鲁鸣皋
　　　　郭传龙　王　宇　陶治训　李昌林　舒玖轩　傅尚明
　　　　李勋明　陈义万　张应明　周　华　鄢彩玲　胡盛忠
　　　　徐剑峰　徐龙保　罗道美　刘永亮　邹德洪　王世朝
　　　　李昌林　郑泽宇　马　健　刘纯斌　曾凡汉　陈　锟
　　　　罗裕民　王学范　郭旭阳　程　序

出版说明

湖北乃九省通衢，北学南学交会融通之地，文明昌盛，历代文献丰厚。守望传统，编纂荆楚文献，湖北渊源有自。清同治年间设立官书局，以整理乡邦文献为旨趣。光绪年间张之洞督鄂后，以崇文书局推进典籍集成，湖北乡贤身体力行之，编纂《湖北文征》，集元明清三代湖北先哲遗作，收两千七百余作者文八千余篇，洋洋六百万言。卢氏兄弟辑录湖北先贤之作而成《湖北先正遗书》。至当代，武汉多所大学、图书馆在乡邦典籍整理方面亦多所用力。为传承和弘扬优秀传统文化，湖北省委、省政府决定编纂大型历史文献丛书《荆楚文库》。

《荆楚文库》以"抢救、保护、整理、出版"湖北文献为宗旨，分三编集藏。

甲、文献编。收录历代鄂籍人士著述，长期寓居湖北人士著述，省外人士探究湖北著述。包括传世文献、出土文献和民间文献。

乙、方志编。收录历代省志、府县志等。

丙、研究编。收录今人研究评述荆楚人物、史地、风物的学术著作和工具书及图册。

文献编、方志编录籍以1949年为下限。

研究编简体横排，文献编繁体横排，方志编影印或点校出版。

《荆楚文库》编纂出版委员会
2015年11月

前　言

楹联,是中华文化的瑰宝,自后蜀主孟昶"新年纳余庆;嘉节号长春"的第一副春联开始,经宋、元、明几个朝代的发展,到了清代,呈现出朝野竞相编写联著、传诵名联的一种文化现象。在当时,上自帝王将相,下至乡耆黎庶,对楹联无不钟爱有加。特别在广大人民群众之中,这一文学样式已经被广泛接纳。因为楹联在发展的过程中具备了很多社会功能,能起到教育大众、社会交际、丰富和反映民俗、调节民众精神生活等多种作用;同时,又能增加传统文化积累,美化社会环境,歌颂社会进步,鞭挞社会丑恶。在历史的长河中,无论世事变迁,还是朝代更迭,任何一个朝代都没能阻挡它的发展。所以说,楹联是老百姓生活中不可或缺的文化符号,也是时代创造出来的一种独特的文学样式,早已成为民间重要的文化传统。

盛世兴联,楹联文化的发展正逢其时。今天,广大人民群众所喜爱的古今楹联瑰宝,是中国的国粹,是中华文化的经典,是中华民族的血脉、基因和标识。自古至今,我们的联家一直在这个园地里努力耕耘和播种,从而使这个园地万紫千红,百花争艳。

楹联不是简简单单的两行文字,这两行文字必须遵循一些原则:言对为美,贵在精巧;事对所先,务在允当。如果两言相匹配,而优劣不均,用名人的话说,那就是"骥在左骖,驽为右服也。若夫事或孤立,莫与相偶,是夔之一足,跉踔而行也"。从历史上看,湖北古往今来所留下的楹联,多为上乘之作,经过时代的淘洗,留下的大都为精品。宋朝以来,众多先贤名流联墨的传播与应用,使楹联文化逐渐发展壮大,生机勃勃,颇多诸如"松郁郁,云漠漠,龙吟虎啸,风神有眼,如游七泽五陵地;山悠悠,水泽泽,花发鸟啼,机趣无穷,应在十洲三岛间";"黄鹤偶乘沧海月;白云常带楚江秋"等名联。这些名联流传于世,易诵易记易传播,是中华历史文化的珍贵遗产。湖北是楚文化的发祥地,丰富的楚文化滋养了楹联,反之,楹联又为楚文化增添了无穷的光辉。

据史书记载,湖北楹联的发展,首先来源于诗歌辞赋。如唐代杜牧题汉阳渡口的联:"残灯明市井;晓色辨楼台。"这副联来源于唐代诗人王贞白的一首诗:《晓泊汉阳渡》。再如宋代王十朋题宜都荆门山的联:"楚国封疆六千里;荆门岩岫十二峰。"这副联出自一首名为《楚塞楼》的诗,全诗为:"楚国封疆六千里,荆门岩岫十二碚。南标铜柱北虎牙,天险城边古西塞。江山如故名尚存,形势虽强国何在。水流三峡无古今,月照孤城几兴废。吴蜀英雄空战争,屈宋风骚谩悲慨。但愿时清塞不尘,楼上芳尊日相对。"当然也有不少楹联来源于词,如苏轼题东坡赤壁快哉亭的联:"一点浩然气;千里快哉风。"这副联摘自他自己的《水调歌头·黄州快哉亭赠张偓佺》中的名句。到了元代,湖北的楹联留存下来的不多,仅有的一些联,仍然摘自诗和词,大多题于名胜古迹。比如题武当山的联"黑龙去作人间雨;白鹤来栖涧上松"等。

湖北楹联有的也来源于奏表、奏疏。最有代表性的是宋代连南夫讽秦桧的联:"虽虞舜之十二州,皆归王化;然商於之六百里,当念尔欺。"此联来自宋代陈振孙的奏议《直斋书录解题》,只不过为了使联达意,在某个字上机智地做了小小改动。从奏疏中摘出的联也不少,如宋代夏倪为饶节祝发请疏的联比较有代表性:"无复挟书,更逐康成之后;何忧成佛,不居灵运之先。"

这些从奏表、奏疏摘出的联,据推测,有可能是当时的人所摘所书,也可能是后人见书所摘,不管何种可能,湖北的部分楹联从奏表、奏疏中摘取,研究楹联文化的人士没有异议,有证可考。

湖北楹联文化的发展是一个漫长和丰富的历史过程,从很多资料中发现,非湖北籍的联家较多,明代以前的联家有40多位,湖北籍的联家不足一半。那些非湖北籍的联家大多是在湖北做官,写的联与湖北相关。如苏轼曾经被贬到黄州任团练副使,就写了有关浠水龙凤山、东坡赤壁快哉亭、黄安桃花大寺的名联。欧阳修写了有关宜昌夷陵绛雪堂的联。胡寅当时因力主抗金被秦桧诬害,贬至新洲,也写了一副黄鹤楼联:"黄鹤飞去且飞去;白云可留不可留。"

湖北联家的身份多样化,有一国之君,有儒道人士,有考取功名的大户人家,也有私塾先生和高道禅师,他们在祠堂、寺庙、碑亭和牌坊留下了颂歌荆楚的名联,为湖北楹联文化的发展铺就了一条长道。

清代中晚期,应该说是湖北楹联大发展的阶段,当时,书香门第和地方大族日益兴盛,有不少才华横溢的文化人脱颖而出。刘心源就是其中的代表。他朝考为贡生,被钦点为翰林院庶吉士,成为清末民初湖北著名的金石学家和考古学家。他非常喜欢楹联,写出了数百副,刻在祠堂等地,并流传甚广,推动了湖北楹联文化的发展。

明清时期科举八股文盛行,这既促成了楹联的发展,同时也促进了长联的发展,如:

德行之利,回也实居其首,则回必有所以为回者,而后无惭殆庶之称;

言语之美,女也亦有专长,则女必有所以为女者,而后可为从政之选。

此时的长联较盛行,有的多达数百字。因八股特征首先是一分为二的对照思维,立足于语义和结构层面的广义对偶,在出句的字数上可能有所变通。在武汉大学罗积勇先生看来,这也是科举人才对楹联发展的巨大贡献。从历史上可以看出,科举制度影响了湖北楹联文化的发展,科举人才引领了湖北楹联文化的兴盛,科举人才的职业奠定了湖北楹联文化发展的基础。我们顺着历史的河流去探寻,湖北楹联真正达到鼎盛在明、清两代,这是没有争议的。其原因是,明、清统治阶级对骈文和楹联非常赏识,还将其列入科举考试之中,因此联风极盛;很多官吏还精研对工以求赢得上级的抬爱;文人墨客更以题联巧对为人生乐事;得中的举人、进士,无不通晓对工以应时风;甚至有人因一副楹联而改变终身命运。另外一个方面是,明清时期是湖北的书院、私塾兴盛和普及时期,特别是书院,担负着地方社会中等教育和基础教育的任务,在文化传播、知识普及、开发民智、启迪民众、教化社会等方面,发挥着巨大作用,从而使楹联这种文学形式几乎成为全民文化。加之湖北名胜古迹很多,文人为其撰联,大大催化了楹联文化的发展。

湖北地处长江中游,因在洞庭湖以北而得名,地方文化汇东西南北之长,承楚文化之绪,具有悠久的文化历史,创造和发展了富有楚文化传统的多种艺术形式。其中楹联文化成为楚文化的重要组成部分。主要是,湖北近现代非常开放,名人较多,所以楹联有了名人效应的推动。比如,1873—1909年,形成了以张之洞为中心的文人圈。张之洞凭借着种种学缘、地缘和人缘,形成了一个以"清流"人物为核心的学人圈子。这个圈子不仅包括他自己的幕府和书院、书局中的清流人物,也有不少非湖北籍的人士加入,他们与湖北籍的文化人无形之中形成了一个文化群体,共同立志要做出一番伟业。同时,这批学识丰富的人,也留下很多与湖北风物相关的楹联。此外,围绕在张之洞身边的还有一大批书法家,如杨守敬、张裕钊、陈兆庆、黎元洪等,凭其书法的影响力,推动着湖北楹联文化的快速发展。

在湖北,宋明两朝时期应该算是春联和挽联的勃兴时期,不但影响着文化人,也影响了乡村的广大农民,提升了大众对楹联的兴趣。如鄂东机智传奇人物陈仰瞻,诨名陈细怪,他一生幽默诙谐,被誉为文藻之风、滑稽之雄,喜好对对子。因为有才,在太平天国运动爆发后,他与洪秀全有过接触,后来做过石达开和陈玉成的幕僚。他在几十年间,写过数百副对联,且带动了鄂东一大批乡村文化人为联效力。在挽联方面,宋、明两个朝代都有大的发展。拿《中国对联集成·湖北卷》为例,仅此书就收录了挽联2500余副,湖北籍联家的作品就达千副之多。挽联在当时是一种独特而盛行的文体,通过挽联来表达对逝者的哀思,通常选用一些具有中国传统思想文化的字词作为感情的承载,大部分挽联在上联中叙述逝者的生平,下联上升到精神层面表达自己的哀思。挽联的发展,受科举制度的影响较大,一批进士、举人、秀才、贡生、童生以及知县和塾师,文化高,学养好,加之科举一般需要考八股文,相当于四副长联,促使参加科举考试的人重视楹联的学习,可见,科举制度促使了楹联的兴盛。

到了民国时期,联家的思想格局发生了变化,具有视死如归的气魄和忧国忧民的情怀。他们用楹联直接表达自己对国家、人民的信心,体现了不同凡俗的思想风貌。如挽辛亥革命志士黄润琴的一副联:"为国捐躯,可以无憾,念大勋未集,怒目未瞑,老泪溅慈闱,忠孝难全,江子街头泣新鬼;与君分手,曾几何时,记急电相召,雄心宛在,痴情访戎幕,人无遥远,荆州城外吊斜阳。"读来悲怆,字字泣血,让后人从字里行间体会到逝者的伟大精神。

新中国成立以后,楹联文化风潮日涨,不管是节日庆典、婚礼寿诞还是祭祀悼念等活动,楹联都闪亮登场,用它来表达主人的悲喜之感。当年,在孙中山、毛泽东、周恩来等领袖人物身体力行、传承国粹文化的引领下,加之众多先贤名流联墨的传播与应用,使楹联文化生机勃勃,颇多诸如"与有肝胆人共事;从无字句处读书"的名联流传于世。党的十八大以来,习近平总书记不仅作出关于弘扬中华传统文化的一系列重要讲话,而且先后在不同场合,为农村乡亲、领导干部和党内外人士送春联、念对联。由此可以说明,每一种文艺作品的产生、存在和发展,都离不开国家层面的重视和提倡,更离不开人民群众这一特定群体的参与,只有植根人民、面向人民、服务人民的文艺作品才具有强大的生命力。楹联就是这种生机勃发的文体,所以在中国的大地上千年不衰,且成为众爱。湖北自然也不例外,自宋代至今,楹联一直是文艺园地的常青树,荆楚楹联写出了楚文化的灿然之美。

中华文化的传统并非千年如斯,而是一直处在一个生生不息、日新不已、变易不断的过程中。楹联文化作为传统文化的一个代表,必将发挥艺术形式与主题内容高度完美统一的优势,为实现中国梦而奉献强大的正能量,从鼎盛的层面向高峰的境界攀登。2017年新年伊始,中共中央办公厅、国务院办公厅正式公布了《关于实施中华优秀传统文化传承发展工程的意见》,全面阐述了中华优秀传统文化传承发展的重要意义、指导思想、基本原则和总体目标,对于实施包括楹联文化在内的中华优秀传统文化传承发展工程,具有重大而深远的意义。湖北是中国楹联文化强省,所有联家在楹联创作过程中,要有当代意识,要有当代历史创造者的意志和愿望。

楹联文化的发展与时代有着十分密切的关系,社会现实正是楹联创作要表现的主题,楹联创作必须反映时代风貌。继承优秀的文化遗产能为创作提供厚重的文化基础,在这个基础上的新意创作,会给作品增加更多的亮点。

今天,我们已经迈入了新的时代,新的时代有新的文化气象,楹联文化是这个文化气象的重要组成部分。楹联文化的地位日显,声望日重,老百姓的接受度日高。编撰这本集子,几乎成为湖北省楹联学会的一项重大工程,我们带着一种神圣使命感,历时将近三年,调动全省知名联家,翻阅多种资料,踏遍名胜古迹,走访民间智者,将所获楹联和有关资料反复考证,最终收录百余万字。为了精益求精,我们组织专家在百余万字中删减数次,便有了今天这本高质量的作品。在这里,我作为湖北省楹联学会第六届会长,要真诚地感谢利川市楹联学会等各级楹联学会的大力支持,感谢郭省非、皮治洪、陈佐松、罗积勇、柯丹、李学文、郭彧、熊政春、万峥嵘、蔡丰、杨帅等一大批联家,他们在近千个日子里,为这本书的出版,拿出了宝贵的时间,付出了大量的心血,用热爱中华传统文化的实际行动来行使湖北联家的光荣使命。我要感谢全省所有的联家,我没有在前言中一一列举你们的大名,但是,你们的付出,你们的奉献,这种精神历史可鉴,我们永远铭记在心。同时,在出版这本书的过程中,出版社的领导和编辑老师不厌其烦地支持我们,温暖着我们每一位联家的身心,特向你们致敬!

刘书平
写于 2019 年 9 月

目 录

第一章 湖北楹联的历史 …………………………………………（1）
    第一节 明以前湖北楹联的发展 ………………………………（1）
    第二节 明代到晚清以前湖北楹联的发展 ……………………（5）
    第三节 近代湖北楹联的发展 …………………………………（20）
    第四节 湖北楹联中挽联的发展 ………………………………（31）

第二章 湖北联家 ………………………………………………（37）
    第一节 湖北籍联家 ……………………………………………（37）
    第二节 非湖北籍联家 …………………………………………（83）

第三章 湖北楹联特色 …………………………………………（93）
    第一节 浑厚的楚地文化底蕴对楹联的影响 …………………（93）
    第二节 复杂多样的山川景物风貌在湖北楹联中的体现 ……（111）
    第三节 时代思潮引领着湖北楹联的发展走向 ………………（126）

第四章 湖北联话 ………………………………………………（146）
    第一节 武汉、荆州、荆门、仙桃地区 ………………………（146）
    第二节 黄冈地区 ………………………………………………（151）
    第三节 咸宁、黄石、鄂州地区 ………………………………（160）
    第四节 十堰、宜昌、恩施地区 ………………………………（162）
    第五节 孝感、随州、襄樊地区 ………………………………（165）

第五章 湖北楹联故事 …………………………………………（169）
    第一节 武汉、荆州、荆门、仙桃地区 ………………………（169）
    第二节 黄冈地区 ………………………………………………（178）
    第三节 咸宁、黄石、鄂州地区 ………………………………（190）
    第四节 十堰、宜昌、恩施地区 ………………………………（196）

第五节　孝感、随州、襄樊地区 …………………………… (198)
第六章　湖北名联选析 ………………………………………… (204)
　　第一节　山水名胜类 ……………………………………… (204)
　　第二节　堂馆居室类 ……………………………………… (232)
　　第三节　寺观祠宇类 ……………………………………… (247)
　　第四节　行业团体类 ……………………………………… (265)
　　第五节　喜庆联类 ………………………………………… (284)
　　第六节　哀挽联类 ………………………………………… (289)
　　第七节　题赠联类 ………………………………………… (313)
第七章　湖北联墨 ……………………………………………… (320)
　　第一节　大家风采 ………………………………………… (321)
　　第二节　名胜瑰宝 ………………………………………… (355)
　　第三节　民藏菁萃 ………………………………………… (387)
参考文献 ………………………………………………………… (412)

第一章　湖北楹联的历史

楹联是我国独有的一种文学形式。湖北楹联的发展,得天时、地利、人和之便,有着良好的气候和肥沃的土壤。本章以现存的唐、宋、元、明、清、民国时期活动在湖北的以及湖北籍的联家的楹联作品为依托,拟从明以前、明代到晚清以前、近现代(1949年止)三个时期来研究湖北楹联的发展历史。

第一节　明以前湖北楹联的发展

明以前湖北楹联发展虽然缓慢,但也有自己的发展特点。本部分根据唐、宋、元三个时期的有关湖北的楹联作品,来分析明以前湖北楹联发展的主要特点。

一、明以前的联多来源于其他文体的作品

1. 来源于诗歌辞赋

据研究发现,被指为明以前楹联的有一部分是从诗中化解而来。如宋代王十朋题宜都荆门山的联"楚国封疆六千里;荆门岩岫十二峰",就从其名为《楚塞楼》的诗里转化而来,全诗为:"楚国封疆六千里,荆门岩岫十二碚。南标铜柱北虎牙,天险城边古西塞。江山如故名尚存,形势虽强国何在。水流三峡无古今,月照孤城几兴废。吴蜀英雄空战争,屈宋风骚漫悲慨。但愿时清塞不尘,楼上芳尊日相对。"《明一统志》解释说:"十二碚在荆门山,宋代王十朋诗'楚国封疆六千里,荆门岩岫十二碚',言山势与江路相背也。"该联把诗中的"碚"改为了"峰"。

明以前的联更多的是从诗中直接引用而成的。我们先看唐代从诗中直接引用而成的联。如相传唐代杜牧题汉阳渡口的联"残灯明市井;晓色

辨楼台",其实这副联出自唐代诗人王贞白名为《晓泊汉阳渡》的诗,全诗为:"落月临古渡,武昌城未开。残灯明市井,晓色辨楼台。云自苍梧去,水从嶓冢来。芳洲号鹦鹉,用记祢生才。"又如相传李白赠汉阳县令王宰的联"笛声喧沔鄂;歌曲上云霄",实出自他名为《寄王汉阳》的诗,全诗为:"南湖秋月白,王宰夜相邀。锦帐郎官醉,罗衣舞女娇。笛声喧沔鄂,歌曲上云霄。别后空愁我,相思一水遥。"再如唐代吕洞宾题武当南岩的联"面朝大顶峰千丈;背涌甘泉水一湾",经考证出自他的诗《题太和山》,全诗为:"混沌初分有此岩,此岩高耸太和山。面朝大顶峰千丈,背涌甘泉水一湾。石缕状成飞凤势,龛纹绾就碧螺鬟。灵源仙涧三方绕,古桧苍松四面环。雨滴琼珠敲石栈,风吹玉笛响松关。角鸡报晓东方曙,晚鹤归来月半湾。谷口仙禽常唤语,山巅神兽任跻攀。个中自是乾坤别,就里原来日月闲。此是高真成道处,故留踪迹在人间。古来多少神仙侣,为爱名山去复还。"

宋代从诗中直接引用而成的联也有很多。如相传宋代王十朋题巴东寇公祠的联"堂前双柏今何在;渡口孤舟依旧横",就出自其诗《宿巴东县怀寇忠愍公》:"制锦工夫早不同,至今人道寇巴东。澶渊一段奇功业,可在孤舟野水中。堂前双柏今何在,渡口孤舟依旧横。不似公安插竹处,凛然容貌尚如生。"又如相传宋代宋庠名为"咏落花"的联"汉皋佩冷临江失;金谷楼危到地香",依据宋庠《元宪集》卷十二中的《落花》诗:"一夜春风拂苑墙,归来何处剩凄凉。汉皋佩冷临江失,金谷楼危到地香。泪脸补痕劳獭髓,舞台收影费鸾肠。南朝乐府休赓曲,桃叶桃根尽可伤。"可知该联为宋庠《落花》诗中的名句。

明以前的联中还有的是从词中摘抄出来的。如指为苏轼题东坡赤壁快哉亭的联"一点浩然气;千里快哉风",出自苏轼《水调歌头·黄州快哉亭赠张偓佺》:"落日绣帘卷,亭下水连空。知君为我新作,窗户湿青红。长记平山堂上,欹枕江南烟雨,渺渺没孤鸿。认得醉翁语,山色有无中。　一千顷,都镜净,倒碧峰。忽然浪起,掀舞一叶白头翁。堪笑兰台公子,未解庄生天籁,刚道有雌雄。一点浩然气,千里快哉风。"据说后由其弟苏辙作为楹联书于快哉亭。

元代流传下来的联虽然少,但也有出自诗歌的情况。如元代揭傒斯题武当山的联"黑龙去作人间雨;白鹤来栖涧上松",出自他咏武当山太子岩的诗:"太子岩吞狮子峰,洞深雷响半虚空。黑龙去作人间雨,白鹤来栖涧上松。日吐金芒朝五老,烟横玉带绕三公。七星旗展飚轮降,时有天香下九重。"

这些从诗词中摘出来的联,有可能是当时人所摘所书,也有可能是后世人所摘所书。

2. 来源于奏表、奏疏

有的联来源于奏表。如宋代连南夫有讽秦桧的联:"虽虞舜之十二州,皆归王化;然商於之六百里,当念尔欺。"查宋代陈振孙《直斋书录解题》卷二十二《连宝学奏议》二卷有:"宝文阁学士安陆连南夫鹏举撰。绍兴初知饶州,扞御有功,及和议成,南夫知泉州,上表略曰:'不信亦信,其然岂然?'又曰:'虽虞舜之十二州,昔皆吾有;然商於之六百里,当念尔欺。'由是得罪。"又,宋代李心传《建炎以来系年要录》卷一百二十五:"南夫又为表贺曰:'虽虞舜之十二州,昔皆吾有;然商於之六百里,当念尔欺。'秦桧大恶之。"由此可知,该联从连南夫的奏表中化出。

还有的联来源于奏疏。如宋代夏倪为饶节祝发请疏所作的联:"无复挟书,更逐康成之后;何忧成佛,不居灵运之先。"("祝发"即为断发,"请疏"即向朝廷打报告。)明代焦竑万历十五年(1587)王元贞刻本《焦氏类林》卷八:"饶节字德操,临川人,以文章著名。曾子宣、魏了翁皆与之游,往来襄邓间,始亦有婚宦意。尝令其仆守舍,归,见其占对异常,怪而问之,仆曰:'守舍无所用心,闻邻寺长老有道,价往请一转语,忽尔觉悟,身心泰然,无他也。'德操慨然,曰:'汝能如是,我乃不能,何哉?'径往白崖问道,八日而悟,尽发囊橐与其仆,祝发为浮屠。德操名如璧,仆名如琳,遍参诸方,至浙,乐灵隐山川,因挂锡焉。琳有疾,德操躬进药饵,既卒,尽送终之义。夏均父为其疏云:'无复挟书,更逐康成之后;何忧成佛,不居灵运之先。'时称其精当。"由此可知,该联源于奏疏,且无改动。

这些从奏表、奏疏中摘出来的联,有可能是当时人所摘所书,也有可能是后世人所摘所书。

3. 来源于禅宗语录

明以前与佛教相关的联有的来源于禅宗语录,极富哲理性。如传为宋代师宽禅师为黄梅五祖寺所题的联"云有出山势;水无投涧声",宋代释道原《景德传灯录》卷第二十六:"师一日坐妙善台受大众小参,有僧问,向上事即不问,如何是妙善台中的的意?师曰:'若到诸方,分明举似。'曰:'恁么则云有出山势,水无投涧声?'师乃叱之。"由此可知,该联出于禅宗语录,且无变动。

像这样来源于禅宗语录的联,有可能是当时人所摘所书,也有可能是后世人所摘所书。

二、明以前的联多为短联

明以前的联多为短联,特别是唐代和元代两朝。唐代短联多,主要是因为那时楹联刚兴起不久,很多联直接来源于唐诗(上文已有论述)。唐代的联主要分为寺庙联、赠联、景物联和祠堂联等。这说明唐代的楹联已具备使用价值,且楹联文化的发展与佛教的发展息息相关。

宋代重文,楹联较唐代有了较大发展,无论是在数量上还是质量上都远超唐代。虽然宋代也以短联为多,但是也有一小部分中长联传世。这为明清乃至近现代楹联的发展打下了很好的基础。宋联种类丰富,有名胜古迹联,有赠联,也有寺庙联、宗祠联等。宋代流传下来的少量的中长联单边多为两到三句,也有少数单边为四句的,且规则重字对也逐渐兴起。如宋代张舜民题江夏灵泉寺的联:"松郁郁,云漠漠,龙吟虎啸,风神有眼,如游七泽五陵地;山悠悠,水泽泽,花发鸟啼,机趣无穷,应在十洲三岛间。"全联对仗工稳,意境斐然,规则重字的技巧也运用得很纯熟。

元代的楹联少是因为当时的大环境不注重楹联文化的发展,且保存下来的楹联作品较少,但也有留存下来的佳作,多为古迹联,如元代沈如筼为江夏沈氏祠堂所题的联:"皓首穷经史,想寸阴堪惜;衡门表素心,虽百世可知。"

三、非湖北籍联家居多,且联家身份多样

据不完全统计,本书涉及的明以前的联家有40余位,能准确查到籍贯的湖北籍联家仅有11位。那些非湖北籍联家游宦湖北或途经湖北时也写出了很多与湖北相关的联。如苏轼,曾经贬谪到黄州任团练副使,就为浠水龙凤山、东坡赤壁快哉亭、黄安桃花大寺、广济寺、黄州雪堂等写联。欧阳修,景祐年间曾任夷陵(今宜昌)县令,就写了关于夷陵绛雪堂的联:"风清绛雪樽前舞;日暖繁香露下闻。"宋代蕲春县令周贵,曾为蕲春横岗山真武殿题了一副联:"真武正玄南,道祖教宗,赫赫神威光日月;横岗依济北,藏龙卧虎,巍巍生气恃风雷。"除此之外,他还为湖北著名建筑黄鹤楼题了一联:"黄鹤偶乘沧海月;白云常带楚江秋。"

还有的联家虽然没有在湖北做官,但也写了关于湖北风物的楹联。如浙江温州的王十朋为巴东寇公祠、宜都荆门山等地撰写了楹联,南宋淳祐元年进士万祉斋为大冶水月庵、长阳崇书观等地撰写了楹联,浙江绍兴人陆游为巴东寇公祠撰写了楹联等。这些人为湖北风物题联或许是因为游览楚鄂风光有感而发,或许是楚地该名胜古迹太出名,虽未亲至,心却慕之,遂有感而发,以楹联的形式表达自己内心的感慨。

联家的身份也是多样化的。有一国之君,如南宋高宗赵构等,他们所题联的对象一般是祠堂、宗祠等。相传赵构就为江夏灵泉山忠义祠题过联:"祖宰相,孙状元,两科及第;宋忠臣,赵节妇,万古纲常。"有考取了功名的人,如唐代进士李郃、郑谷等,宋代状元宋祈、进士司马光等。还有一些高僧大德,如唐代名僧慈应禅师、宋代高僧师宽禅师等。

第二节 明代到晚清以前湖北楹联的发展

明代是湖北楹联大发展的时期,到清代数量则急剧增长。

归纳明清特别是清代楹联发展的原因,我们发现:因书香门第和地方大族在地域文化上有一定的影响力,明代到晚清以前湖北楹联的发展主要

受其影响;到两宋以后,因道教青词主要的载体变成了骈文、对联和诗,这一时期的楹联也受道教青词的影响;因明清科举考试中八股文的写作讲究对偶,与楹联写作相似,这一时期湖北楹联的发展也与明清八股文有关。下面我们仔细分析并加以研究。

一、书香门第、地方大族及其相关对联

1. 书香门第和地方大族

"书香门第"是指书读得好的家族。这种家族不一定很富裕,但是家族文化氛围很浓。从这种家族出来的人才由于才华横溢,能对社会文化的进步起一定的推动作用。如刘心源(1848—1917),生于今洪湖龙口镇(清代属嘉鱼县)一家书香门第,父亲刘正钧,字凤山,系晚清秀才,以教书种田为生。刘心源年少丧父,由长兄达源(附贡生)支持读书。他于光绪二年(1876)恩科会试中第七十名贡生,保和殿复试一等二十六名,殿试二甲第三十七名,赐进士出身,朝考一等第十六名,钦点为翰林院庶吉士,为清末民初著名的金石学家、考古学家、训诂学集大成者和诗人。他本人十分喜欢写对联,其很多对联流传很广,对当地楹联文化的发展起到了促进作用。

"地方大族"在古代指人口多、分支繁密的豪门家族。这种家族由于经济状况良好,藏书多,社会地位也很高,故可以请到素质良好的塾师培养家族子弟读书应试,以求功名,且通常一个家族有多名考中功名者。因此,这种家族,学术气息浓厚,对当地的文化、社会风气会起到引领、推动作用。如嘉鱼有个骆氏宗族,祠堂很大,该祠堂内悬挂了 54 副联,不同的门廊配有不同的楹联,由此可以看出该家族对楹联文化的重视。我们可以推断,该宗族对当地的楹联文化发展也有推动作用。

2. 祠堂联

上文提到的书香门第和地方大族一般都建有祠堂,祠堂里通常会刻挂楹联,这种联一般保留时间长,传播久远,对楹联文化的普及和传播有积极作用。祠堂联与其他类型的联不同,它有自己独特的作用,因而也有自己不同于其他楹联类型的特点。

首先,祠堂联的联意比较庄严、肃穆。因为祠堂一般是用来祭祀、缅怀祖先的。如雷以諴《题石氏宗祠》:"不须裕八公庙模,才为绳武;若能宗万石家法,即是象贤。"细品该联,我们就能体会到祠堂联的庄严肃穆之感。

其次,家族的祠堂联一般都与本家族的发展史、迁移史有关,也可能与历史上血脉相近的宗族或姓氏相同的名人有关,若不了解这些背景知识,有的祠堂联很难读懂。如秭归黄氏宗祠联:"发迹江西,不愧武成事业;播迁湖北,丕振山谷家风。"该联中"山谷"是指北宋诗人、书法家黄庭坚,一般人都知道,但"武成"何指,就不一定都知道了。可以说,祠堂联是与中国的传统文化、古典文学联系最为紧密的一个楹联种类。还是以上文的黄氏宗祠联为例,只有了解黄姓的起源、迁徙过程与方向、黄氏名人等基本的信息,才能慢慢品出该联所蕴含的意义。祠堂联的这些特点表明,其在具有使用价值的同时,较其他文学样式更加具有文化底蕴,因此,祠堂联的兴起也促进了楹联文化的发展。

二、由道教青词发展而来的醮联

1. 青词文体滥觞于盛唐

青词文体的生成受其载体形制和名称影响。唐代李肇《翰林志》记载:"凡太清宫道观荐告词文,用青藤纸朱字,谓之青词。""青藤纸"即是青词文体的载体,也是青词名称的由来。青词文体的产生也与祝文等祭祀文书有关,唐代王泾《大唐郊祀录》卷九"其申告荐之文曰青词"云:"开元二十九年,初置太清宫。有司草仪用祝策以行事。天宝四载四月甲辰,诏以非事生之礼,遂停用祝版,而改青词于青纸,上因名之。自此以来为恒式矣。"这条史料证实了青词的由来,亦可知在天宝四载(745)四月后,青纸代替了祝版、祝策,成为太清宫祭祀的专用文体。《全唐文》中仅收录了四篇以"青词"为名的文章,均是代皇帝言,专用于太清宫祭祀。

这一时期的青词,文首表明祭祀的时间、祭祀者的身份及祭祀的对象,正文中则包含所祈求的具体内容,文末云"谨词"。依此可见,青词已有了较为固定的格式。唐代翰林院是专为皇帝起草文书的机构,在旧规中的

"道门青词例"也印证了青词在唐代已经成为一种为官方所用的文体,其程式已基本固定。

2. 青词文体变革于两宋

青词在两宋时期的繁荣从创作数量上便可见一斑,收录在《全宋文》的青词共计 1283 篇,远超于唐代的青词数量。宋代青词虽仍以皇家青词为主,但也有一部分民间青词,可见这一时期的青词作为应用文体,其使用的范围相较于前朝更为广泛。而在青词创作者中,不乏苏轼、苏辙、欧阳修、王安石这样的文学大家,青词逐渐走进了文学领域,成为宗教与文学相结合的产物。

下面以苏轼的《集禧观开启祈雨道场青词》为例,分析宋代青词的特点。

> 洞渊龙王,水府圣众。饥馑之患,民流者期年;吁嗟之求,词穷于是日。乃眷阴灵之宅,实为云雨之司。涵濡之功,俄顷而办。罔吝天泽,以答民瞻。

由该例可以看出,宋代青词省略了原本位于文首的祭祀时间、祭祀者身份及祭祀对象,文末的程式用语"谨词"也不再出现,呈现形式更加自由。苏轼的祈雨青词采用的是对仗工整的骈文,以四字句为主,庄重典雅,言辞恳切,通达民情。由此可知,这一时期的青词开始呈现韵律特征,也开始注重对偶和整体言辞的美感。而这些特征的出现,对楹联的发展毫无疑问是起到了促进作用的。

3. 青词文体破体于明嘉靖时期

明洪武年间,太祖朱元璋曾下诏废止青词,但当痴迷于道教斋醮活动的明世宗朱厚熜继位后,青词一时间受到了政坛文人的高度重视并争相创作。

在这一时期,既有沿袭了宋代语言程式特点的青词,例如陆深的《应制拟撰追荐皇妣献皇后青词》,又有突破了原有骈散文体限制的青词。如世所传袁文荣联,其实原本为青词,云:

洛水玄龟初献瑞,阴数九,阳数九,九九八十一数,数通乎道,道合元始天尊,一诚有感;

岐山丹凤两呈祥,雄鸣六,雌鸣六,六六三十六声,声闻于天,天生嘉靖皇帝,万寿无疆。

由这首青词可以看到八股文的影子。

到了清代,青词不再仅有骈散文体的形式,楹联也成为青词的主要呈现方式,民间斋醮特别盛行用楹联的形式。如康熙年间的道士潘九阳以楹联形式写作的青词(见《长春观志》):"荷花香透南薰,时当六月;蘋藻处摅上境,径达九天。""细细午风,影动绿阴莺啭媚;炎炎夏日,光飞画栋燕泥香。""梅雨弄晴,满眼秧针青刺水;熏风解暑,一溪柳线绿连堤。""酷日当空,喜见榴花喷火;熏风透户,遥知荷叶生凉。"等等。这时期楹联式的青词比楹联更多了一份灵动自然的美。

潘九阳的斋醮联中还有中长联,如:

灵显沐恩膏,荫翊家邦,齐扫欃枪归化日;
蒸民蒙祉福,澄清寰宇,同瞻纨缦庆熏风。

又如:

万众尽腾欢,延康初纪六百万,岁溯列真,宴会昆仑,今宜神功再显;
十方共功德,天元复化八十二,身看群圣,推尊斗极,正当福曜先临。

由此可知,道教青词从宋代的骈文到明清以对联、诗的形式呈现,特别是明代以楹联作为青词的主要载体,整个过程都对民间楹联的发展有不可忽视的推动作用。

三、明清科举八股文推动了长联的发展

1. 明清科举八股文中股对与长联相似度高

明代科举制度由唐宋时的科举体制传袭而来,八股文成为官方规定的

科举应试文体,进而促使明代八股文的流行。八股文起初句无定式,但在随后的发展中吸取了古代骈文的体制,文章结构紧凑,句式趋于严格,对偶工整匀称,并且灵活变通。八股文的题目均出自《四书》,且命题方式很多。这里,我们以清代俞樾所作八股文《女与回也孰愈》为例,立足八股制式并择其典型对偶用例进行简要分析。

《女与回也孰愈》题出自《论语·公冶长》:"子谓子贡曰:'女与回也孰愈?'对曰:'赐也何敢望回,回也闻一以知十,赐也闻一以知二。'子曰:'弗如也!吾与女弗如也。'"

  以孰愈问贤者,欲其自省也。(破题)

  夫子贡与颜渊,果孰愈耶,夫子岂不知之?乃以问之子贡,非欲其自省乎?(承题)

  若曰:女平时之善于方人也,吾尝以女为贤矣。夫在人者尚有比方之意,岂在己者转无衡量之思。明于观人者,必不昧于知己,窃愿举一人焉以相质也。(起讲)

  夫女不与回并列吾门乎?

  德行之利,回也实居其首,则回必有所以为回者,而后无惭殆庶之称。

  言语之美,女也亦有专长,则女必有所以为女者,而后可为从政之选。

  然在回也,箪瓢陋巷之中,自守贫居之真乐,岂必与女相衡。

  即在女也,束锦请行以后,遍交当代之名卿,岂必与回相较。

  而吾乃不能忘情于女,且不能忘情女之与回。(提比)

  今夫天之生人也,聪明材力,虽造物不能悉泯其参差,则其必有一愈焉;理也。

  今夫人之造诣也,高下浅深,虽师长不能尽窥其分量,则其不知孰愈焉;情也。

  将谓回愈于女乎?而女自一贯与问之后,亦既高出于同堂。

  将谓女愈于回乎?而回自三月不违以来,久已见称于吾党。

将谓回不愈女,女不愈回乎?此可与论过犹不及之师商,而女与回也固非其例。

将谓回有时愈女,女有时愈回乎?此可与论退与兼人之由求,而女与回也又非其伦。(中比)

夫弟子之造就,函丈难欺,假令我出独见以定短长,回亦无不服也。女亦无不服也。然我言之,不如女决之也。孰高孰下,奚弗向长者而自陈。

夫尔室之修为,旁观尽悉,假令人持公论以评优劣,岂不足以知回也,岂不足以知女也。然人论之,不如女断之也。孰轻孰轩,奚弗对同人而共白。(后比)

吾不能忘情于女,且不能忘情于女之与回也。女与回也孰愈?(结尾)

由上文可以看出如下几点:

其一,从破题可见,全文内容上有两个要点,即"孰愈""自省"。所有分析及对偶构思均围绕这两点展开。

其二,承题部分明确点出子贡与颜渊,而以"孰愈"问子贡,构思巧妙。

其三,起讲部分承接上文,先呼应破题,再以对照设问:"在人者尚有","岂在己者转无",议"人"、议"己"。

其四,提比部分,先是一大股,接着两小股,形成对偶格式,字数两两相等,句法整齐。

其五,中比部分,先是一小股论述引出疑问,紧接两小股,立足两个方面、六种可能,反复对照,文字运用工稳熟练,思考周密。

其六,后比一大股,两两对照,落实到"欲其自省"上。全用启发式语气,一用"我言之,不如女决之",一用"人论之,不如女断之"。"我"与"人"又分为二,以我为主的主观和以人为主的客观,又是从两个方面对照论说。

其七,结尾呼应前文,回到"女与回也孰愈"这一论题上,简单明快。

就此例中对偶特色而言:从内容上看,八股文中的对偶主要用于叙事和议论,多正反对照,或层层深入。为增强语势,还多借助设问、反问等方式。从出、对句语义关系角度看,对偶结构类型如平行对、流水对、正对、反对等均有涉及。从对偶宽严程度看,宽对在八股文中使用更加自如。从句际关系看,散句对、包孕对、隔句对占优。两小股句义上可以分别独立,各自为一组句群,又在句群基础上构成一组对偶,而其中小的分句又可以隔句两两相对。且上联和下联字数并不绝对一致,一边自对的情况也常可见到。

总的说来,作为科举应试文体,八股文是散文中的特殊样式。八股之特征,首先即是一分为二的对照思维。立足于语义和结构层面的广义的对偶,在上、下联的字数上可能有所变通,但这并不影响其对偶结构的成立以及篇章段落的整体匀称。罗积勇《论对联技巧在其他文体中的孕育与成熟过程》中认为,"明清的八股文在其股对中继承了规则重字对、假平行对的写作方法,上下联字数相等且无相同字眼的'股对',已十分接近后世的长联,且一边自对的蔚成气候,与八股文的盛行也大有关系。"既然科举考试必须考八股文的写作,那么科举人才自然于对仗性的文字写作十分熟悉,这也是科举人才对楹联发展有巨大影响的根本原因。

2. 科举人才影响楹联文化的兴盛

科举制度虽在隋唐开始兴起,但有记载作过联的进士始于宋代,而到明代渐渐增多。如明嘉靖年间进士顾阙、明成化年间进士华恋等。历史上科举的主要人才是进士,一地进士数量的多少很能反映当地的文化、教育、民风等方面的情况。据方正《人文重镇形成的文化生态研究——以明代黄州府为考察中心》中明代湖北进士人数分府州县统计表来看,"有明一代,湖北各府州县科举进士总计达1119人。全省八个府中,以黄州府中进士人数最多,达321人,其次为武昌府,为232人"(张建民《湖北通史·明清卷》)。单从各县考取科举的人数来看,取中进士最多的前7个县依次为麻城100人,黄冈87人,江夏64人,襄阳39人,蕲州(今蕲春)38人,京山37人,兴国(今阳新)36人,人数最多的麻城、黄冈、江夏三地,离黄州府、武昌府都很近。

到了清代,"根据《明清进士题名碑录索引》,参照《清朝进士题名录》、

《湖北通志·选举表》以及现存湖北地方志等文献资料,经过考证和统计,得出清代常科考试湖北共产生进士1292名,约占清代进士总数的4.81%。"从清代湖北各府(州)、县进士统计表来看,黄州府进士347人,汉阳府284人,武昌府269人,安陆府120人,荆州府119人,超过(府)州进士数的平均水平,占清代湖北进士总数的88.16%。(梁陈《清代湖北进士地理分布特征及其原因探析》)因此,清代湖北省的进士主要集中分布于东部的黄州府、武昌府、汉阳府、安陆府、荆州府,而取中进士最多的县依次为黄冈129人、江夏112人、孝感79人、黄陂73人、汉阳72人、武昌52人、江陵49人。上述7县共计取中进士566人,占湖北进士总数的43.81%。可见,在科举盛行的明清,进士的分布都大体相似。只是到了清代,汉阳府(辖孝感、黄陂、汉阳、沔阳、汉川诸州县)逐渐成为科举文化的又一个中心。

湖北考取功名的联家较多的地区有浠水、黄梅、罗田、咸宁、江夏、蕲春、英山、阳新、大冶、孝感、通城等地。其中浠水考取功名的联家共有32人,其中进士11人,举人8人,秀才9人,贡生1人,庠生1人,乡试亚元2人;罗田考取功名的联家有25人,其中进士2人,举人3人,秀才19人,庠生1人;黄梅考取功名的联家有25人,其中进士3人,举人6人,拔贡1人,贡生2人,秀才13人;咸宁考取功名的联家有22人,其中进士2人,举人3人,庠生1人,优贡1人,秀才15人;江夏考取功名的联家有21人,其中进士5人,举人5人,贡生1人,庠生2人,拔贡1人,秀才7人。事实上,科举人才数量的多少与一地楹联文化的兴盛有很大关系。浠水(明称蕲水)、黄梅、罗田、蕲春(明称蕲州)在明清属于黄州府,阳新(明称兴国)、大冶、咸宁、江夏、通城在明清属于武昌府,孝感明代属于德安府、清代属于汉阳府。这些州府都是明清以来科举文化的中心,不仅科举人才多,而且联家中科举人才也多,因此,科举人才对楹联文化的影响力是不容忽视的。

3. 科举人才引领楹联文化的兴起

由上文可知,科举人才对楹联文化具有巨大的影响力。这种影响力不仅跟科举人才的数量有关,也跟科举人才特别是进士、举人联家的出现时间有关。可以说,在科举人才数量、质量不分上下的两个地方,如果一地出现了一位或多位联家,那么该地区的楹联文化水平很大程度上会高于其他地区,事实上也如此。湖北众县中,明代出现联家的地区有江夏、黄梅、浠水、蕲春、英山、江陵、嘉鱼、蒲圻、崇阳。其中蕲春出现联家的时间最早,为成化年间进士华峦。江夏明代联家有5人,为湖北地区明代有科举功名的联家最多的地区。

以上明代出现有科举功名的联家的地区多集中在黄州府和武昌府,而这两府的科举文化在湖北省也是遥遥领先。由此我们可以推测,湖北楹联文化最早在黄州府和武昌府兴起,与明代联家的引领、推动作用分不开。为什么这么说呢? 除去人口因素、经济因素、政治因素,我们还可以从与科举文化密切相关的文化因素、人文地理因素来分析寻找答案。文化教育是影响进士数量和分布的内在因素。从方正《人文重镇形成的文化生态研究——以明代黄州府为考察中心》中明代湖北各府兴建、修复书院一览表来看,黄州府新建书院35所,修复书院2所,书院数量占全省总数的33%,位列全省第一。武昌府新建书院22所,修复书院3所,书院数量占全省总数的22%,位列全省第二。就人文地理环境而言,湖北进士的地理分布特征也受到了社会文化环境以及社会风俗的影响。一般进士数量较多的地区,往往具有良好的文化教育环境和崇文尚儒之风。科甲强府黄州府自宋代就有"山清水远,土风厚善。其民寡术而不争,其士静而文,朴而不陋"之说(〔清〕陈诗《湖北旧闻录》)。这些因素对一地整体学风的提升都有巨大的推动作用,楹联文化的兴起当然深受其益。因此,科举人才可以引领楹联文化的兴起,科举人才联家出现的时间越早、人数越多,该地的楹联文化就兴起得越早、越快。

还有一些人不以功名为念,但对文字的天分、悟性都很好,很擅长写对联,在民间流传很广,也推动了湖北楹联的发展。如英山"怪才"闻筱缉从小受到家学熏陶,博览群书,不以功名为念,是当时有名的"书癖",至今人们还传说闻筱缉是天上文曲星下凡。他诙谐机智,工诗词联语,雅俗兼备,寓意深刻,特别是他的联,工巧自然,喜用方言、乡土语,明白如话,深得人们的喜爱。

又如鄂东机智传奇人物陈仰瞻,诨名陈细怪,生于清嘉庆年间蕲州府(今湖北蕲春株林镇)。他一生幽默诙谐,其趣闻轶事在鄂东广为流传,被誉为"文藻之风""滑稽之雄"。陈细怪率意天真,善诙谐讽世,为一代奇才,喜好对对子,被誉为对联"怪才"。后与洪秀全有过从,太平天国运动爆发后,陈细怪先后做过翼王石达开和大将陈玉成幕僚。他曾为太平天国都府写过著名的"诛绝胡虏开天国;斩尽妖魔定太平"的楹联。除陈细怪外,还有张竹坡、陈令甲、范贵发、何瘦尔、查文臣等人,他们以中国农民特有的智慧和才干,在鄂东创造了无数传奇般的故事。

4. 科举人才的职业影响楹联文化的发展

除以上因素外,科举人才的职业也影响楹联文化的发展。根据史料对联家的职业记载情况来看,科举人才的职业大体可以分为政事类和文翰类。明代进士联家政事类的职位有宰相、工部侍郎、户部尚书、吏部尚书、右都御史、兵部侍郎、兵部尚书、吏部主事、刑部主事等,文翰类的职位有翰林院庶吉士、翰林院编修等;明代举人联家的职位有知府、县令等。

到了清代,进士联家大多出任政事类的职位,如侍郎、知县、知事、刑部主事、巡抚、知府等;清代举人联家大多出任文翰类的职位,如教官、教谕、内阁中书、讲师、太史、同考官等;清代贡生联家一般出任主簿、文林郎、学政、儒林郎等文翰类的职位;清代秀才联家大多出任塾师、教谕,有一小部分任知县、知州。

无论是出任政事类官职还是出任文翰类官职,科举人才都能影响楹联文化的发展。科举人才出任政事类官职,有利于上层建筑重视楹联文化,因为当官者擅长并爱好楹联,其所制定、颁布的政策势必有利于楹联文化的发展。科举人才出任文翰类官职,可以通过自己的著作、思想直接影响楹联文化的发展。还有大量的举人当书院院长,大量的秀才当塾师,虽然他们没有进入封建社会正统的官僚体系,但他们把自己应对科举考试所积累的知识、经验传授给下一代,为社会基层的文化普及以及楹联文化的扎根发展打下了坚实的基础。因此,科举人才无论从事什么职业,对楹联文化的发展都起到了间接或直接的推动作用,为湖北楹联在近现代的实质性发展打下了良好的基础。

5. 楹联文化发达地区与举业发达地区高度吻合

为研究近现代湖北楹联的发展，我们辑出了明、清和民国时期湖北籍联家及其楹联作品。其中各地联家人数分布如下（按人数由多到少排列）：黄梅（依近现代的区划，下同。89人），监利（81人），浠水（78人），罗田（71人），江夏（67人），通城（62人），新洲（61人），蕲春（58人），咸宁（57人），沔阳（今仙桃，55人），鄂州（54人），汉阳（53人），江陵（48人），英山（45人），嘉鱼（44人），孝感（42人），阳新（32人），大冶（32人），黄冈（32人），应山（今广水，31人），咸丰（29人），汉川（29人），麻城（24人），公安（17人），黄安（今红安，17人），利川（15人），蒲圻（今赤壁，14人），京山（13人），建始（13人），巴东（13人），天门（12人），安陆（12人），广济（今武穴，12人），应城（11人），黄陂（10人），兴山（9人），崇阳（8人），潜江（8人），随州（7人），松滋（6人），通山（6人），竹山（4人），均州（今丹江口，4人），恩施（4人），当阳（3人），谷城（3人），襄阳（3人），长阳（3人），鹤峰（2人），石首（2人），团风（2人），五峰（2人），云梦（2人），陨县（今陨阳区，2人），钟祥（2人），光化（今老河口，2人），南漳（1人），宜昌（1人），宜都（1人），宣恩（1人），枣阳（1人），枝江（1人）。从以上的统计数据来看，联家数量最多的地区主要集中在鄂东地区和长江-洞庭湖流域。这两个地区，都有各自的地理位置和文化特点。

本部分要谈的鄂东地区主要涉及黄梅、浠水、罗田、新洲、蕲春、鄂州、英山、孝感、阳新、大冶、汉川、麻城等地，长江-洞庭湖流域主要涉及汉阳、监利、洪湖、赤壁、咸宁、嘉鱼、崇阳、江陵、仙桃、通城、通山等地。从地理区位来看，这两大地域因离中原地区近，受中原文化影响颇深。广义的中原，其范围包括今河南还有山西、河北、山东、安徽和江苏的部分地区。狭义的中原，即今河南。中原文化有一个自古至今的发展过程，历史上中原文化以它的古都名城文化、名人圣贤文化、姓氏宗亲文化以及影响巨大的文化遗产闻名于世，并成为中华文化的象征。无论从广义还是狭义来理解，这两大地域因受中原文化的浸染，楹联文化发展十分迅速。

就自然环境而言,这两大地域多分布在长江、汉水冲积而成的江汉平原地区以及鄂东南低山丘陵地区。这些地区地势平坦,土壤肥沃,河网交织,湖泊密布,堤垸纵横,历史上就是重要的农业经济富庶之地。如武昌府,"武昌之地,襟带江沔,依阻湖山,左控庐溆,右连襄汉,南北二途,有如绳直"。又如黄州府,"东连淮阳,西连沔汉,南带大江,北倚五关"。因此,黄州府、武昌府、汉阳府一直是湖北人文发展史上的重镇,鄂东地区和长江-洞庭湖流域的楹联文化的发展多受其影响。具体来讲,宋代到清代前期,由于黄州府的书院文化、科举文化为全省之冠,湖北楹联的发展受黄州府影响最大;而清后期至民初,因武昌是"首义之城",进步思想浓郁,湖北楹联则受武昌府、汉阳府的影响颇深。除此之外,这两大地域的楹联各有自己的优势和特点。

6. 有关书院、私塾、学校的楹联多,文化气息浓厚

书院是中国古代特有的一种教育机构。它在长期的发展中,综合、改造了官学和私学的一些成分,形成了自己的特质。明清时期湖北地区教育发达,人才辈出,近代以来湖北教育发展良好,这都与书院发展分不开。明清时期是湖北书院兴盛和普及时期,书院遍及各地府、州、县,担负着地方社会基础教育和中等教育的任务。同时,书院在地方社会中不仅仅是单纯培养人才的机构,也是地方文化、学术研究中心,担负着地方社会文化传播、普及知识、开发民智、启迪民众、教化社会等职能。方正《人文重镇形成的文化生态研究——以明代黄州府为考察中心》中认为,从明代开始,湖北的经济和文化就进入了"以东南言之,则重在武昌"的时代。武汉周围的黄州府、武昌府、汉阳府,无论学校数、科举考试中试人数,还是所出文化名人数,都高于省内其他地区。

在这种大的文化背景下,鄂东地区有关书院、私塾、学校的楹联很多,且体现出了浓郁的文化气息。如清代雷以諴题江汉书院联:"余响振沅湘,后风雅而作离骚,此事撼怀,知文章实本忠孝;真儒邈江汉,继朱程以传道统,陈图讲学,愿弟子皆当圣贤。"该联气势宏大,高屋建瓴地指出文章的本质实为忠孝,点明了江汉书院的教育方针,也表达了自己"愿弟子皆当圣贤"的愿望。又如民国孔庚为浠水王慈乡国民中心学校所题联:"王道本乎人情,练达人情通学问;慈悲根诸天性,修明天性显经纶。"该联点明了"王道"与"学问"的本质,表达了"世事洞明皆学问,人情练达即文章"的思想,并认为读书的根本目的是修明天性。从这两联中我们不仅感受到了鄂东浓郁的文化气息,也感受到了鄂东璀璨的楹联文化。

四、名胜古迹的吸引和催化

湖北楹联的发展还与湖北的名胜古迹有关。为什么这么说呢?因为一地的名胜古迹往往会吸引全国各地众多的游客前去观赏,人们每到一地,抒发自己感情的很重要的媒介就是题写楹联。以湖北最著名的古迹黄鹤楼为例,古往今来无数文人骚客为它写诗、题联、作赋。现存的有关黄鹤楼的楹联就有323副之多,收录时间从唐代到现代,作者也来自全国各地。

在辛亥革命前,湖北本地人写黄鹤楼的较多。

湖北本地联家创作黄鹤楼联,有着眼于个人感受,发怀古之幽思、得道之遐想的,如清代雷以諴联:"公倘重来,定补诗篇题上界;堂仍旧贯,更添砥柱镇中流。"又如:江夏(今武汉)人彭久余所撰联:"修道何须必骑鹤;有缘仍许再登楼。"该联表达了对修道成仙的个人看法,表达了一种通达的思想。

也有重视意境营造的。如蕲春张竹坡所撰联:"鹤来鹤去忆仙踪,趁此日登临,风月留吟,江山入画;楼废楼兴成幻境,问当年逸事,梅花不语,玉笛无声。"此联读来使人产生亦真亦幻的感觉。

由于黄鹤楼地处长江边,联家经常结合楼与江来写。如自署东湖(今宜昌)的杨毓秀联曰:"把酒向云天,试邀黄鹤千秋上;凭楼问江汉,曾历红羊几劫来。"这就把时间元素加入联中,平添了许多沧桑感。

把时空元素与江、楼元素融合到一起的佳作还有清代汉川人林以钺联:"搁笔题诗,两人千古;临江吞汉,三楚一楼。"这一联很有气势。而最有气势的联,要数孝昌(今孝感)人陈兆庆所题的联:"一枝笔挺起江汉间,到最上层,放开肚皮,直吞将八百里洞庭,九百里云梦;千年事幻在沧桑里,是真才子,自有眼界,哪管他去早了黄鹤,来迟了青莲。"上联将黄鹤楼想象为一枝能饱蘸长江洞庭的毛笔,聚千古雄文于斯地;下联则翻尽古人公案,将鹤去不返、诗仙搁笔的区区遗憾完全化解在沧桑之幻象中。自此联出后,又有不少联翻吞吐江汉云梦之公案,翻得精彩的要数自署齐安(今黄冈)人张文彩的联:"水月涌江流,淘尽英雄人物,回头想去,万念皆空,讲什么肚纳洞庭,胸吞云梦;天风回笛韵,吹开世界乾坤,掀髯听来,一尘不染,信能够手招黄鹤,膝促青莲。"

外地联家,有慕名而来游览的,游而有感,则发而为联。如清代鲁之裕:"到来径欲凌风去;吟罢还思借笛吹。"上联虽然没有直接写"楼",但从上联中的"到来"二字可知所到之处即是黄鹤楼,下联"借笛吹",用典用得很风趣潇洒。

也有的是在湖北当官,因登临览胜,作联绘景抒怀。

晚清的一些官员有题联的,如清代端方:"我辈复登临,昔人已乘黄鹤去;大江流日夜,此心吾与白鸥盟。"该联上联没有出现"楼",但实则登楼,下联写"江","大江流日夜"用古人诗句,与上联第一分句对仗,其中"登临""日夜"为自对。

根据他们描写黄鹤楼的主要方面,可把这些联分为以下几类。

上下联分别写"鹤"或"楼",二者通过联意相结合。如清代李鸿章:"数千里奔湍激浪,到此楼前,公暇一凭栏,江汉双流相映照;十余年人物英雄,恍如梦幻,我来重访鹤,沧桑三度记曾经。"该联上联写"楼",下联写"鹤"。试与清代张竹坡联作比较:"鹤来鹤去忆仙踪,趁此日登临,风月留吟,江山入画;楼废楼兴成幻境,问当年逸事,梅花不语,玉笛无声。"上联写"鹤",下联写"楼"。可见二者写法相同。

上下联分别写"黄鹤"或"白云",二者通过联意相结合。如清代胡林翼:"黄鹤飞去且飞去;白云可留不可留。"上联写"黄鹤",下联写"白云"。

上下联分别写"鹤"("笛")"梅",或二者(三者)通过联意相结合。如清代左宗棠:"千载此楼,芳草晴川,曾见仙人骑鹤去;卅年作客,黄沙远塞,又吟乡曲落梅中。"上联写"鹤",下联写"梅"。又如清代彭玉麟:"心远天地宽,把酒凭栏,听玉笛梅花,此时落否;我辞江汉去,推窗寄慨,问仙人黄鹤,何日归来。"上联写"笛""梅",下联写"鹤"。

以上是黄鹤楼联的大体模式。除此之外,还有"风景+历史"模式,这种模式一般上联写黄鹤楼的风景,下联则联想与历史相关的事情,从而达到借景抒情、情景交融的效果。黄鹤楼联中,最长的联为单边175字的联。

从以上归纳出的全国各地联家所撰写的黄鹤楼联的模式,我们可以看出,黄鹤楼所带来的楹联文化何其繁盛! 它汇聚了全国各地不同时空的人的楹联智慧,而这些正是促进湖北楹联向前发展的不竭动力!

省内外联家联作虽不一定作于同一时间、场合,但随着作品的流传,围绕黄鹤楼形成了一个竞技比高低的氛围,从而推动湖北楹联文化的发展。

第三节　近代湖北楹联的发展

近代(即晚清和民国时期)湖北楹联发展非常迅速,无论是从楹联数量还是从楹联质量上来看,都远远超过了前代。特别是行业联的急增,反映了中国的工业化、现代化进程;哀挽联的增多,与这一时期维新变法、资产阶级革命、无产阶级革命和抵抗外侮的斗争有关,在这些历史的洪流中,许多仁人志士献出了宝贵的生命,引起了许多进步知识分子的颂扬与哀挽。

这一时期楹联的发展主要受科举余波的促进、大江大湖的影响和名人效应的推动等几个方面的影响。

一、科举余波的促进

虽然科举随着清王朝的灭亡而被废除,但是千百年来人们对于科举的观念以及科举对社会的影响力并不能随科举的废除而废除。事实上,科举在清亡很长一段时间后仍对社会继续产生着它的影响,且遍布社会的各个方面。如我们熟知的骈文大家成惕轩,1911年生,虽然当时科举制度已废,但是他从小受教育的方式依然是清亡之前的私塾,从小就学习四书、五经,打下了良好的国学基础,并师从近代国学大儒王葆心,视野大开,学益锐进,慨然而有以文章经国之志,终成一代骈文大家和对联大师。像成惕轩这种虽然没有科举可考,但从小接受科举人才的教育模式培养而成为楹联方面小有名气的人还有很多。这些人成为湖北楹联发展不可忽视的力量。

还有一些人是已经考取了功名,并且在封建社会有一定的地位,且当过官,但是到了中老年适逢辛亥革命爆发,不得不面临突然而来的社会大变革,让这些原本的"栋梁之才"一时间失去了自己的价值。如近代名人樊增祥,清亡后,以清朝遗老自居,为了施展才华、拓宽交际圈、满足心理慰藉,他曾辗转于上海、北京等重要诗钟社,并成为核心成员。诗钟多半限定内容(诗题)、文字和钟格,比如诗钟分咏,限"来、去",即上联必须有"来"字,对下联的"去"字。诗钟比一般对联要求格律更工整,内容更含蓄,甚至类似谜语。樊增祥因善用僻典、重构意境、巧中求稳,屡屡折桂。除此之外,他经常为人写骈体文,自己也写过骈体文小说,还为梅兰芳改过戏文。他的晚年生活也是晚清知识分子的缩影。他们玩诗钟也好,写骈文小说也好,都对楹联文化的发展有巨大的影响。

我们知道,科举制度在清朝已经相当完备,由于八股文是科举的必考内容,到了清末整个读书人群体对八股文的掌握已经相当纯熟。前文我们已经分析了八股文对楹联的发展有极大的推动作用,到了这一阶段,楹联的发展也到了前所未有的高度,很重要的方面就是长联、重字联、巧联等对联技巧的发展。其中长联的发展与八股文的影响紧密相关。

1. 中长联的发展

湖北联家与自然景观相关的联大都与山岭、洞穴有关。据统计,在湖北的自然景观中,为武当山、九宫山撰联的联家最多,且各个时代呈现了不同的特点,从中也可以看出湖北中长联的发展历程。

首先以与武当山有关的联为例,早期还是以短联为主。先看明代的联:

  岁月山中老;
  乾坤此际悬。

该联为明嘉靖进士陈文烛所写(实则出自其诗),颇为简练,不仅写出了武当山深厚的人文积淀和历史厚重感,也写出了武当山恢宏的气势。

再看近现代的有代表性的联。如清代刘蕴良题武当山联:

> 忆仙踪丹陛频宣,岂知采药松间,问何处先生可访;
> 喜圣迹玄溟永证,试看梅插榔上,恍当年阿祖犹临。

与明代的联相比,该联明显为长联。上联写出了武当山的幽深美景,下联则写出了它的神秘历史。

再以与九宫山有关的联为例,现存的明代两副联也都是短联。如端叔甫的联:

> 黄花径冷霜天净;
> 丹桂香浮落日微。

该联简练地写出了九宫山秋天的美景。

近现代的联大多为中长联。如清代刘蕴良的联:

> 祈神如被神诛,笑莽莽元凶,至消白梃一挥,身偏易殒;
> 御贼谁能贼扫,慨纷纷诸将,枉与黄巾百战,功反难成。

此联表现出一种对历史的反思精神。

由以上举例可以看出,明代多为短联,中长联从清代开始慢慢增多,联意也越来越丰满和深沉。到近现代中长联越来越多,甚至还出现了诸如昆明"大观楼"和成都"崇丽阁"那样两百多字的长联。

2. 重字联的发展

黄鹤楼、东坡赤壁是湖北有名的人文景观,联家为之所作的联也最多。以黄州东坡赤壁现存联为例,仅湖北联家撰写的 20 余副联中就有 7 副联为重字联,且均为清代联家所写。如黄冈人喻晶的联:

> 赤壁几回游,客与鹤,酒与鱼,忆从吴魏火攻,是幻是真还是梦;
> 黄州多胜迹,江上风,山上月,慨自坡仙羽化,今朝今夕属

今人。

该联是规则重字对,上联的"与""是"与下联的"上""今"相对。

孝感人陈兆庆的联:

> 迁谪重奇才,为名宦,为通儒,旷怀高寄,飘飘如羽化登仙,试追寻前后来踪,惟先生独有千古;
> 遨游标胜迹,赏清风,赏明月,逸兴遄飞,洒洒遂挥毫落纸,即评论唐宋著者,让此老自成一家。

该联是规则重字对,上联的"为""飘飘"与下联的"赏""洒洒"相对。

黄冈人薛瑞璜的联:

> 什么为功名,什么为富贵,惟酷爱一江风月,终无尽期,苍茫蛮触苦纷争,东坡而后谁称达者;
> 何必有诗赋,何必有酒鱼,要开拓万古心胸,且登绝顶,俯仰乾坤皆戏剧,赤壁之游皆其道乎。

与前两例相比,该联是规则"重词"对,上联的"什么"与下联的"何必"相对。

再以黄鹤楼的联为例,现存323副楹联中,湖北联家撰写了50余副,其中重字联有8副,均为清代或民国时期的联。如清代蕲春人熊心璋的联:

> 废兴原有楼,又现出空中楼阁,喜洋洋把酒临风,重寻春梦,幸河山未改,景物无殊,再休问,数笛梅花,一声黄鹤;
> 时事尚可为,再整顿旧日乾坤,望迢迢吴头楚尾,雄峙中流,更汉水西来,大江东去,莫辜负,十年战垒,千载风云。

该联为重字对,上联中的"楼"为不规则重字对,上联中的"洋洋"与下联中的"迢迢"为规则重字对。

清代蕲春人张竹坡的联:

> 鹤来鹤去忆仙踪,趁此日登临,风月留吟,江山入画;
> 楼废楼兴成幻境,问当年逸事,梅花不语,玉笛无声。

该联为规则重字对,上联中的"鹤"与下联中的"楼"相对。

沔阳人孙鼎九的联:

> 蓬莱仙境楼千古,赏不完四壁画诗四时花草;
> 江汉墨池笔一枝,写难尽三城胜迹三楚雄风。

该联为规则重字对,且所重的词均为数词。

嘉鱼人陈锡周的联:

> 鹤鸣长空,惊彻九天星斗,劈开万里云霄,昔年去鹤仍归鹤;
> 楼峙绝顶,气吞四面烟霞,光夺三城灯火,今日新楼胜旧楼。

该联为规则重字对,且重字出现的地方为三处。

由此可以看出,对联中的重字对是从清代开始兴盛并延续到现在的。在这个过程中,由最初的虚词相重,发展到后来的名词、动词、联绵词的重合,再到后来数词的相重;由最初的两处地方相重,到后来的两处以上不同词语相重。由此可以看出,重字对的范围越来越大,复杂程度越来越高。

3. 巧联种类的发展

所谓巧联,就是写作时讲究一些特定技巧的联。一般把巧联分为谐趣联和巧对(内分部首偏旁对、拆字对、回文对、谐音对、重字对、双关对、顶真对等)。这些种类,在明、清时已有一定数量出现,民国时期得到了进一步发展。巧联创作技巧,不但受士大夫和知识分子青睐,而且广受社会大众欢迎。

明代汪可受就有一副巧联:

> 架上葫芦,斜吊瓜拳擂红日;
> 城头石垛,倒长牙齿啃青天。

这两个比喻不但非常奇特,而且非常大胆、有想象力。

同样有想象力的谐趣联,还有清代王少羲的联:

> 树影横波,鱼戏枝头鸟宿浪;
> 书窗飘雪,玉铺案上笔生花。

到了民国,巧联种类明显增多。有基于日常事物之观察的谐趣联,如吴炽青的两副联:

> 黄鳝无鳞,一尾二须三只角;
> 乌龙有甲,四角八爪两颗珠。

这是写动物的谐趣联。

> 扇面画龙龙戏水,扇动龙舞;
> 鞋头绣凤凤衔花,鞋行凤飞。

这副联将我们平时熟视无睹的扇子和绣花鞋写得如此有情趣,无疑是充分发挥了想象力和创造力。

民国的巧联,有的是用了夸张手法。如孙敏修、黄日升对句:

> 高桥实高,帕落三天到水面;
> 大幕真大,虎冲半月出山林。

有的则是巧用规则重字技巧,如吴松轩的联:

> 南阶先生吃南瓜,难碰难遇;
> 东土衲子做东道,冬笋冬菇。

上联分别重复"南""难",而此二者又是同音字。同样,下联分别重复"东""冬",而此二者也是同音字。

这一时期,得到最大发展的巧联是讽刺联,如姚清安的联:

> 打雨醮,敬菩萨,不过"就锅下面";
> 接先生,陪道士,无非"搭甑蒸粑"。

这是讽刺迷信活动。

又如张翼南讽刺屠宰店老板的联:

> 生意兴隆,要在心肝计算;
> 财源茂盛,全凭洗刮工夫。

更多的讽刺联与政治有关。民国时期政治乌烟瘴气,人民以冷眼观之，用辣语讥之。如萧楚称讽总统：

　　总统府权，总之难统；
　　太平洋会，太觉不平。

奎学东讽国民党机构人浮于事，曰：

　　男干事，女干事，干事干事，干事何事；
　　大委员，小委员，委员委员，委员无员。

委员无员，意思是说委员想设多少就有多少。

还有佚名讽军阀混战的长联也很有特色：

　　南南北北，文文武武，争争斗斗，时时杀杀砍砍，搜搜刮刮，看看干干净净；
　　户户家家，女女男男，寡寡孤孤，处处惊惊慌慌，哭哭啼啼，真真惨惨凄凄。

仿效李清照《声声慢》词的腔调，将南北混战、百姓遭殃、生灵涂炭、国家凋敝的情形绘声绘色地表现了出来。

民国后期，日寇侵华，有些人当了汉奸，谢自力作联斥之曰：

　　有心为汉贼；
　　无脸见江东。

骂得痛快，也对得巧妙。

日军投降，佚名联曰：

　　两颗原子倾三岛；
　　一片孤帆出九州。

这副联不但写得贴切，而且运用了流水对和数字对技巧。

二、大江大湖的影响

汤汤云梦泽，滔滔江汉流。水是生命之源，亦是文化之源。老子说：

"上善若水,水善利万物而不争,处众人之所恶,故几于道。"在老子看来,"水"是世界上最美好的东西,它可以成为"道"的代名词。庄子也说:"譬道之在天下,犹川谷之与江海。"庄子同样把江海比作"道"。生活在古云梦大泽的老子、庄子从"水"中得到启示,所以创立了"道"。水,已无可辩驳地升华为一种文化符号,一种精神象征。有人认为,长江文化从根本上说就是水文化。水最重要的一个特点就是具有灵动之美,受水文化的影响,这一地区的楹联也具有灵动秀美的特征。如王杰的一副春联:

　　心境如蓝天白日;
　　品行似霁月光风。

该联清丽脱俗,色彩明朗,读来有春风拂面之感。又如高维欢的春联:

　　花间杯影听莺语;
　　月下箫声唤鹤骑。

该联亦灵动秀美,给人以唯美浪漫的感觉。

千百年来,荆楚大地的山水与无数文人骚客结下了深厚的情缘。人的胸襟大了,云梦泽也更大了。这种扩大,是因为它有了丰富而深厚的文化底蕴。如果说,具有宇宙意识的中国文化是一个大宇宙,那么,云梦泽则是一个小宇宙。就是这个小小宇宙,如蓄纳荆湘九派、吞吐万里长江之博大,成为中国传统文化的一个汤汤大泽。因此,云梦泽的浩渺广阔以及深厚的文化底蕴,使这一地区的楹联具有气势宏阔的特点。如清代吴霖臣为通城静观书楼所题联:

　　静在闹中,晓透樵歌晚牧笛;
　　观超物外,晴悬烟雨画云屏。

樊三鉴的春联:

　　欲广见闻,大游盛景;
　　想开知识,多读奇书。

思维之开阔,眼光之长远,令人惊叹!

又如清代龙化夫为通城龙潭凉亭所题的联：

> 龙虚云雾腾霄汉；
> 潭涌波涛没泰华。

该联想象奇特，气势宏大，读来颇有震慑之感。

三、名人效应的推动

湖北的名人很多，名人从事楹联创作诚然有利于湖北楹联的发展，但要对发展过程形成较大的引领作用，还是有赖于他们形成志趣相同的圈子。下面我们就以张之洞为中心的文人圈和书法家文人圈为例来加以说明。

1. 以张之洞为中心的文人圈

张之洞(1837—1909)，历官山西巡抚、两广总督、湖广总督，1907年内召为军机大臣。在他的赞助下，凭借着种种学缘、地缘、人缘的接近，逐渐形成一个以"清流"人物为核心的学人圈子，在近代中国思想嬗变和学术传承的历程中，留下了深刻的印迹。这个圈子不仅包括他自己的幕府和书院、书局中的许多清流人物，如吴兆泰、沈曾植、郑孝胥、陈庆年、陈衍等；也包括与他交好的朋友，如黄良辉、周锡恩、密昌墀、梁鼎芬、缪荃孙、杨守敬、张裕钊等。他们中很多人是湖北籍，如黄良辉、周锡恩、密昌墀、杨守敬、张裕钊等。也有人不是湖北籍，而游宦湖北，写了很多与湖北风物相关的联。如梁鼎芬为湖广节署所题联：

> 蚡冒勤民，筚路山林三代化；
> 陶公讲武，营门官柳四时春。

透过该联我们可以看到清末少数清正廉洁的封建官僚不畏艰险、渴望做出一番事业的雄心。

张之洞编写过《书目答问》，在该书的附录二《国朝著述诸家姓名略》中，收录了很多文选学家、骈体文家的名字，由此可知，张之洞也是对偶骈文专家，是十分擅长作对联的。如他题湖广督署联：

北起荆山,南包衡岳,中更九江合流,形胜称雄,楚尾吴头一都会;

　　内修吏治,外肄兵戎,旁兼四裔交涉,师资不远,林前胡后两文忠。

从上联中我们可以知道他对湖北地理颇为熟悉,从下联中我们仿佛能看到内部腐败、外部列强侵略的水深火热的清末社会。

还有他题学院衙门联:

　　杜弊有何难,为国家培养人才,方能称职;

　　衡文只末节,愿诸生步趋贤圣,不必登科。

从联中可以看出清末书院的办学宗旨和他本人创办书院的目的。由此可见,张之洞自1889年督鄂之后,对湖北经济、文化的发展促进很大。

张之洞特别重视对湖北人才的发现,为此每每礼贤下士。有一则关于黄良辉与张之洞的传说,相传黄良辉一向憎恨贪官污吏,他听说来了个新总督叫张之洞,只当也是个赃官,便想讥讽一下,发泄心中的不满。一天,张之洞到汉阳巡视,黄良辉趁机写一上联,让人给张之洞,请他对出下联。上联是"之字路,偏要你走",张之洞一看,黄良辉是用"之"字做文章,意在为难自己。他很佩服黄良辉的胆识,就是不晓得他文才到底怎样,就派人去把黄良辉请到府上会面。黄良辉不晓得张之洞葫芦里卖的什么药,就不去见他,只是又续写下联,让来人带回。下联是"洞中怪,且奈我何"。上下联嵌进了"之洞"的名字,下联比上联写得更大胆,明说我不买你的账,看你能把我怎么样?张之洞细细揣摩这副对联,连连称赞,便亲自去拜访黄良辉。从此,两人结成了朋友。黄良辉中举后,身为湖广总督的张之洞为其题词曰:"五百年必有名士;十三省只此秀才。"并极力推许,可见其爱才之心。

2. 围绕楹联而形成的书法家圈

近代湖北书法名家众多,其中爱好楹联者不在少数,他们撰联书联,形成了一定气候,在使楹联走向实用、走向市井方面,起了很大作用。比较有影响的主要为以下几人。

陈兆庆(1806—1885),字葆余,号江陵老叟,湖北孝感孝南区毛陈镇人。咸丰二年(1852)壬子科举人。工于书法,被誉为"湖北第一,全国第七"。

黄云鹄(1819—1898),字祥人,别号芸谷。原籍湖北蕲春。清咸丰三年(1853)癸丑科进士第二甲第六十五名。为晚清著名经学家、散文家、书画家、琴师。晚年挂冠回湖北潜心经学、书法。

张裕钊(1823—1894),字廉卿,号濂亭,湖北武昌(今鄂州)人。散文家、书法家。道光二十六年(1846)举人,考授内阁中书。历主江宁、湖北、直隶、陕西各书院,成就后学甚众。著《濂亭文集》。裕钊门下最知名者,有范当世、朱铭盘、马其昶等。

杨守敬(1839—1915),字惺吾,谱名开科,榜名恺,更名守敬,晚年自号邻苏老人。湖北宜都人。以举人官黄冈教谕,加中书衔。清末民初杰出的历史地理学家、金石文字学家、目录版本学家、书法艺术家、泉币学家、藏书家。杨守敬一生勤奋治学,博闻强记,以长于考证著名于世,是一位集舆地、金石、书法、泉币、藏书以及碑版目录学之大成于一身的大学者。

柯逢时(1845—1912),一作凤逊,字逊庵、懋修,号巽庵,别号息园,湖北大冶金牛镇袁铺村老鸦泉湾人,光绪九年(1883)取进士,点翰林,改庶吉士,授翰林院编修,亦精于书道。

樊增祥(1846—1931),字嘉父,号云门,别字樊山、天琴,晚号鲽翁,别署天琴居士、武威樊嘉等,湖北恩施人。天性聪颖,工为文章。光绪三年(1877)丁丑科第二甲第四十四名进士,累官至陕西布政使、江宁布政使、护理两江总督等。清末民初著名晚唐诗派代表诗人、藏书家、书法家。

刘心源(1848—1917),谱名文申,考名崧毓,字亚甫,号冰若,另号幼丹,自号夔叟,晚号龙江先生。湖北嘉鱼县龙口腾云洲(今洪湖龙口镇)人。清末民初著名金石学家、文字学家、书法家。同治十二年(1873)中第六十七名举人,光绪二年(1876)恩科会试中第七十名贡生。保和殿复试一等第二十六名。殿试二甲第三十七名,赐进士出身。朝考一等第十六名,钦点翰林院庶吉士。毕生以金石为基础研究古代汉字，书法则谨严有创新，擅钟鼎文、石鼓文，篆、隶、楷俱佳，尤以新体魏碑见长，风格俊逸典雅。与杨守敬、张裕钊被张之洞誉为"湖北三大书法家"。著有《古文审》八卷、《乐石文述》四十卷、《吉金文述》二十卷、《凡海书》十卷等。

黎元洪（1864—1928），字宋卿，湖北黄陂人。中华民国第一任副总统、第二任大总统。从政之余，个人十分爱好和擅长书法及楹联创作。罗积勇《黎元洪自撰自书联考述与鉴赏》查考，其现存自撰自书楹联47副。

以上所举书法名家的楹联创作情况，见本书第二章《湖北联家》。书法家自撰自书楹联，对楹联发展具有推动作用。同时，他们用精美的书法书写古人或前人楹联作品，也对扩大楹联的影响具有莫大作用。

这么多书法家兼作联家，凭其书法推广楹联，对湖北楹联文化的发展起到了很大的推动作用。

第四节　湖北楹联中挽联的发展

挽联是湖北楹联的一大亮点，并且它的发展脉络清晰，故对之做一专题分析。

挽联分为挽群体、挽个人、挽无名氏、生挽自挽、代挽以及缅怀六个小类。为了更好地表达对逝者的哀思，挽联在创作时常常会选用一些具有中国传统思想文化的字词来承载感情，最为常见的主要有：鹤、杜鹃、蝴蝶、松柏、梅花、竹、天、地、草、木、泪、风、雨、秋、雪、蓬岛等，也常用数词，比如中国人比较尊崇的数字"三""九"。挽联中的长联有叙述文学的特点，上联通常简要叙述逝者的主要生平，下联上升到精神层面表达自己的哀思。也经常运用修辞手法，如比喻、比拟、双关、对比、排比、用典等。

挽联除了以上普遍存在的特点之外，不同的历史时期也有不同的特点。我们把挽联的发展分为宋明两朝、有清一代、民国时期三个阶段，分别来探讨这几个阶段的发展情况。

一、宋明两朝,挽联开始普遍流行

宋代苏子容挽韩绛联:"三登庆历三人第;四入熙宁四辅中。"这副联被看作是历史上最早的一副挽联,带动了宋朝挽联的发展。如北宋有黄庭坚挽周姓学生联:"大雅近云亡,客过青山谁作主;孺子原可教,我非黄石忝为师。"南宋有滕如龙的自挽联:"娘教子救国,应骄不哭;儿为国尽忠,虽死犹生。"

元代挽联惜未留下太多的记载。明代挽联创作大量增加,并形成了自己的发展格局,出现了"斋醮对联"等以挽联为主要收录内容的联书。如张居正追挽刘伯温联:"隐居求素志,论春秋攸关,直与子房同际遇;择主建殊勋,看出处大义,远追元晦溯源渊。"熊廷弼挽白云书院院长联:"泪滴江汉流满海;嗟叹嚎啕哽咽喉。"曹大箕代挽上卿居母联:"冰雪作心肝,熊为丸,杆为断,寄命托孤,真个女流君子;云霄昂意气,叔可安,侄可立,朝弦夕诵,定是少子风流。"佚名挽张居正联:"恩怨尽时方论定;封疆危日见才难。"汪应蛟缅怀方孝孺联:"木末起悲风,魂魄尤疑来十族;坟头余宿草,功名应不羡三杨。"由此可以看出,明代的挽联不但数量多,且在句式上较宋代更为多样,表达的感情更加充沛,更出现了单边两句以上的中长联,形式也愈加多元化。

二、有清一代,挽联的发展受科举制度影响巨大

清代楹联的创作发展较明代达到了一个全新的高度,不论是创作数量,还是创作队伍,都有了长足的发展。《中国对联集成·湖北卷》共收清代挽联 160 余副,其中湖北籍联家有 70 余副,所写的主题大多是挽亲友联,也有少量自挽联和缅怀联。联家的身份也是多元化的,但其中很多都是参加科举考试的(据统计,这部分湖北籍的联家一共有 68 人,其中进士 8 人,举人 12 人,秀才 20 人,贡生 1 人,廪生 4 人,童生 1 人,庠生 1 人),其余少数联家大多是知县、塾师等,文化程度也比一般人高。这说明,清代挽联的兴起与科举考试密切相关。我们知道,科举一般考八股文,文中八股

相当于四副长联。鄂东地区科举录取率高,说明他们对八股文的写作训练有素,而科举训练的方法就是课对子。经过这种训练的读书人,考取功名者自会写对联,未考取者也会写对联,甚至更喜欢写对联,因为这是他们赢得周围人尊敬的重要途径,如鄂东传奇人物陈仰瞻、闻筱缉等(两人的事迹在下一章中均有讲述,此处不赘述)。在这种大的社会背景下,清代挽联也兴盛起来。在科举制度促进下的清代挽联,也有其特点。

首先,清代挽联普遍比前代长。以宋人和清人的自挽联为例,如宋代的滕如龙自挽联为:"娘教子救国,应骄不哭;儿为国尽忠,虽死犹生。"该联单边只有两句,为短联。而清代的幸卓吾所撰的自挽联单边就有五句:"一事无成,二老垂衰,三餐不继,四壁萧条,五车书读有何益;六旬已过,七子既丧,八女云游,九泉不远,十罗殿转世重来。"再查朱国祯、万阳谷等清人的自挽联也是长联。明代的挽联也以短联居多,如佚名挽张居正的联,熊廷弼挽白云书院院长的联,单边都为一句。最长的联单边也只有三句,如张居正挽刘伯温的联。但这样的中长挽联极少,远不能跟清代普遍三句或三句以上的中长挽联的数量相比。

其次,清代考取功名的人的挽联更为含蓄。这与古代读书人擅用典故,习惯于运用隐晦的方式表意,特别是表达悲情有关。以挽妻联为例,如柯逢时的挽妻联:

苦矣共营巢,可怜二女三男,骨肉摧伤,泉路相逢应有愿;
飘然泛归棹,甫阅一年半载,音容隔绝,灵溪偕隐更何期。

该联中的"营巢"指代家庭生活;"泉路""归棹""灵溪"都暗指死亡。

普通人的联,在表达方面就比较简单,如佚名的挽妻联:

忆昔镒耕常有偶;
伤今戒旦寂无人。

该联虽平铺直叙,语言直白,但与上联一样,感情真挚,感染力强。

再次,清代名臣挽他人联多与时局有关,体现其忧国忧民的情怀。如张之洞挽徐建寅联:

> 中华化学更有几人,从此广陵成绝调;
> 今日军资为第一事,痛哉欧冶堕洪炉。

从该联我们不仅可以了解到徐建寅的生平,也可以了解清末洋务运动的时局,更能从该联的悲伤、激愤中体会到张之洞爱才、惜才,盼望国家富强的心情。

又如杜履陔挽林则徐联:

> 明同金鉴,御侮硝烟,苟利国家生死以;
> 清似玉壶,造田驯水,岂因祸福避趋之。

该联上下联均以林则徐的诗句结尾,凸显了杜履陔对林则徐才学的敬仰之情。从全联来看,我们不仅可以了解林则徐一生的主要政绩,也可以了解到清末虎门销烟、列强侵华的历史事实。

三、民国时期,挽联深刻的现实意义凸显

民国时期,挽联的作用除了与前代挽亲友这个方面一致,还出现了其他方面的作用。文人学者开始把挽联当作一种唤醒劳苦大众的工具,在哀悼为国捐躯的革命志士的同时,也对敌人进行辛辣的讽刺和鞭挞,更是起到了对后人激励和鼓舞的作用。这种作用的出现与当时动荡的时局是密切相关的,如挽辛亥革命时期、大革命时期、抗日战争时期阵亡将士的联大量涌现,还有很多的挽联涉及在这些动荡岁月中牺牲的知名的或不知名的人。这些在动荡时局下产生的联也形成了自己的特点。

首先,联家思想格局大,具有视死如常的气魄和忧国忧民的情怀。如周之翰挽陈其美联:

> 志切亡秦,陈胜王其家可世;
> 功成扶汉,来君叔虽死犹生。

该挽联虽系为别人所作,但处处是自己革命志向和视死如归的豪迈精神的写照。

又如汤化龙挽汤觉顿联:

> 书生当艰危震撼之冲，以舍生成名，一死于君固无憾；
> 国人从共和回复而后，为哲人报祭，九京破涕倘归来。

该联极大地肯定了汤觉顿对于反袁护国、恢复共和的贡献，对他的牺牲表达了深切哀悼。

其次，长联居多，且感情真挚饱满。如张肖鹄挽辛亥革命志士黄润琴联：

> 为国捐躯，可以无憾，念大勋未集，怒目未瞑，老泪溅慈闱，忠孝难全，江子街头泣新鬼；
> 与君分手，曾几何时，记急电相召，雄心宛在，痴情访戎幕，人天遥远，荆州城外吊斜阳。

该联单边为七句，不仅写出了家人对逝者的怀念，也表达了作者自己对挚友的思念，读来有一种"数峰无语立斜阳"的悲怆。

再如汤化龙挽宋教仁联：

> 倘许我作愤激语，谓神州当与先生毅魄俱沉，号哭范巨卿，白马素车无地赴；
> 便降格就利害观，何国人忍把万里长城自坏，从容来君叔，抽刀投笔向谁言。

该联读来字字珠玑，却又字字泣血，我们仿佛也能从字里行间体会到作者对于宋教仁去世的惋惜和心痛。

再次，联意遒劲，大都与时局联系紧密。读民国的联，有一种虽然不曾生活在那个时代，却能感受到那个年代血雨腥风的感觉。这种感觉来源于穿越时空也能让人引起精神共鸣的力透纸背的富含哲理的联意。如高锦挽夏仲膺联：

> 佛学精深，入世慈悲名利淡；
> 知交磊落，回首艰难缔造同。

联中的"入世慈悲名利淡"写出了逝者一生"人淡如菊"的高尚情操，"知交磊落"写出了逝者的交友之道。该联语句虽平常，却富含哲理，引人深思，也对当代人们的为人处世有借鉴意义。

又如黄佑汉挽武昌首义后湖南援鄂阵亡将士联：

　　生为国士能酣战；
　　死到沙场是善终。

生死乃人生的两件大事，笑看生死，该是多么崇高的信仰！该联语言虽然朴实，但道出了逝者内心信仰之不凡，精神层次之高远，对当代的人们有巨大的心灵震撼。

（武汉罗积勇、蔡丰供稿）

第二章　湖北联家

"楚塞三湘接,荆门九派通"——湖北是荆楚文化的发源地,浪漫主义文学的开端之作《离骚》就诞生在这片土地上,素有崇文的传统。经过隋唐的滥觞,两宋的蓄积,明清的激荡与繁荣,首义之后的革故与开新,形成了系统而独特的湖北楹联文化。特别是自明清以来,长江沿岸经济逐渐繁荣,有"湖广熟,天下足"之说。两江交汇、九省通衢的荆楚大地,迅速发展经济、振兴文化,借此契机,楹联文化也在激荡的经济社会变迁中迅速繁荣起来,出现了大批的文人学士、诗人联家。因此我们介绍湖北的主要联家,即从明代说起,除湖北籍联家外,还介绍了部分宦游湖北的优秀联家。

第一节　湖北籍联家

一、明代

1. 陈文烛

陈文烛(1525—1594),字玉叔,号五岳山人,湖北沔阳(今仙桃)人。明朝嘉靖四十四年(1565)进士,官至南京大理寺卿,著有《二酉园诗集》。

陈文烛十分钟爱故乡的山水。他曾为沔阳陈氏公园撰写过一副楹联:

> 三澨波光,影沉亭阁;
> 五峰山色,翠笔层峦。

三澨,古沔阳水名,在今湖北天门南,流经汉川入汉水。五峰,指沔阳五峰山。此联上联写水,波光粼粼的湖面倒映着亭台楼阁,写出了水的婉约沉静;下联写山,青山高耸入云,有一种大气磅礴的美。全联把水的柔美和山的大气相结合,意境优美。

又如他为沔阳黄金堂撰联:

  向善心真,何必远朝南海;
  报恩意实,不须遥拜西天。

及为清江王爷寺撰联:

  真心向善,何必远朝南海;
  有意谋福,无须遥拜西天。

此两副联虽然侧重点有所不同,但强调的主旨都是一样的。即都强调对于信众来说,心中有佛、慈悲为怀是最重要的,拜佛不必远朝南海,不管在哪个地方都是一样的。

2. 汪可受

汪可受(1559—1620),字以虚,湖北黄梅独山汪革人。明万历八年(1580)进士。初任浙江金华令,后来调入礼部任职。历任江西、山西、顺天府、大同地方大员,累官至兵部侍郎。以严于律己闻名于世,神宗表扬他"天下清廉第一"。泰昌元年(1620)冬病逝。著有《道心说》《下车草》等。

汪可受信奉佛教,是佛教的俗家弟子,在黄梅老祖寺辟室习静。修建巢云庵,邀请名僧坐禅说法,对黄梅老祖寺的建设颇有贡献。他为黄梅五祖寺撰联:

  禅室堂开千里雪;
  凌云峰带五湖烟。

该联写出了禅堂门口远处可望的冬季积雪的山峰,以及禅堂所在凌云峰的开阔视野。

他还有流传很广的谐趣联,现举一例:

  架上葫芦,斜吊瓜拳擂红日;
  城头石垛,倒长牙齿啃青天。

该联用了比喻兼拟人的修辞手法,想象新颖有趣。上联把架上倒挂的成熟的葫芦想象成正要打人的拳头,下联把城墙石垛想象成倒着长的欲咬天空一口的牙齿,形象生动,读来令人捧腹。

3. 孟养浩

孟养浩(1559—1621),字义甫,号五岑,湖北咸宁人。明万历十一年(1583)进士,出仕神宗、光宗、熹宗三朝,官至户部侍郎。

他十分热爱故乡的山水,咸宁多处名胜古迹都留下了他的联墨。

如题咸宁西河桥:

> 北指尧柳;
> 南过舜梧。

该联写此桥往北可通尧的家乡,往南可达传说中的苍梧,即大舜安葬的地方。这种从方位入手往大的方面写的手法,赋予了平常的景物以神圣、高尚的气势,表明了自己对家乡风物的喜爱。

又如题咸宁友仙阁:

> 白云悠悠,崔颢得句;
> 长江滚滚,宋玉抒怀。

该联上联的视角为仰视,由天上的白云联想到了千古名句"白云千载空悠悠"的作者崔颢;下联为俯视,由滚滚长江联想到了宋玉之才。整副联在描写景色的同时,又充满人文气息。

又如题咸宁永安楼:

> 高阁俯平川,听菱歌渔笛起苍波,泠泠身世凭虚,后乐先忧,鄂渚楼台思范老;
> 新堤环曲沼,见树色烟光迷远眺,历历溪鼋画景,淡妆浓抹,西湖杨柳美苏公。

上联俯视,写出了菱歌、渔笛的声乐之美,由景及情,想到了范仲淹,并化用其《岳阳楼记》中的名句;下联用远观的视角,写出了新堤、远树的美丽,亦由景及情,想到了苏东坡,也化用其诗《饮湖上初晴后雨》里的诗句。值得一提的是,上下联最后一分句用了移位句法,新颖别致。

4. 熊廷弼

熊廷弼(1569—1625),字飞白,亦作非白,号芝冈,湖广江夏(今湖北武昌)人。明万历二十六年(1598)进士。因为性格刚强而且能力出众被人嫉妒诬陷,天启五年(1625)被杀于辽东。崇祯二年(1629)得以归葬故里,谥襄愍,有《熊襄愍公集》传世。

熊廷弼的自题联和自勉联都很有名气,自题联如:

> 三元天下有;
> 两解世间无。

三元,科举考试中的前三名:状元、榜眼、探花。熊廷弼本来是武举湖广乡试第一名(解元),但鉴于人们看不起武举,后为了证实自己的才能,又参加了文举,并在万历丁酉科湖广乡试中中了文解元。该联充分表达了自己由武转文的得意之情,流露出了对自己的期许和肯定。

再来看看他的另一副自勉联:

> 好学近乎智,力行近乎仁,知耻近乎勇,造次必于是,颠沛必于是;
> 富贵不能淫,贫贱不能移,威武不能屈,君子哉若人,尚德哉若人。

这副联是集句联。上联前三句、后两句分别出自《中庸》和《论语》;下联前三句、后两句分别出自《孟子》和《论语》。该联从治学、为人、修身等方面对自己做了规范和指导。我们在品读该联时或许可以了解到熊廷弼伟岸性格形成的原因。

熊廷弼的联也表现了他对家乡的热爱之情,如他为江夏八分山龙王庙撰联:

> 八洞仙子拍肩来,远瞩高瞻,一带湖山过眼小;
> 分水龙王灵气在,兴云布雨,万家香火祝年丰。

该联用鹤顶格的写法,把"八""分"二字分别放在上下联的开头。上联借"八仙"的视角,描写了龙王庙附近的景色;下联写龙王庙之"灵",其作用是行云布雨,保证老百姓庄稼丰收。

还有题江夏白云洞的联:

> 水流芳在;
> 雷炸天开。

上联从嗅觉的角度,写出了水流良好的生态环境;下联则从听觉的角度,写出了水流汩动的气势。

从熊廷弼所撰诸多楹联可以看出,他很讲究楹联技巧,楹联内容也十分工稳、雅切。他虽为武将,但文学功底如此深厚,这在明代历史上是极为罕见的。

二、清代

1. 谢元淮

谢元淮(1784—1867),字钧绪,号默卿,湖北松滋人。嘉庆七年(1802)捐监生,嘉庆十年(1805)从政江苏。道光五年(1825),参加陶澍所主持的淮北票盐改革,并主持淮南票盐改革,有效地改善了清代中期盐政荒敝的局面。道光二十四年(1844)和道光二十七年(1847)两次编纂《碎金词谱》。此外,还有《养默山房诗稿》《养默山房诗韵》《碎金词韵》等著作传世。

由于他早年跟随陶澍从政江苏,他的联有很多与江苏的风物有关,如题陶文毅宫词联:

> 改醝法,近悦远来,试观淮浦连年,浩浩穰穰,岂惟追齐相夷吾,府海功施称再造;
> 荐馂馨,春祈秋报,况对郁洲胜境,熙熙皞皞,真可继晋贤靖节,名山祀典配三元。

该联写自道光年间。陶澍(1779—1839)曾在淮北主持票盐改革,受到商贩居民的欢迎。他也曾登云台山,并于山中建靖节祠。该联上联极陈陶澍票盐改革对当地商业发展所带来的促进作用,下联则说明陶澍的丰功伟绩当千古流芳。晋贤,即陶渊明,世称靖节先生。名山,即云台山。

他还有很多集句联。如集《文选》联：

精义测神奥，清机发妙理；
远想出宏域，高步超常伦。

上联出自三国魏曹摅的《思友人诗》，下联语出南朝梁江淹的《杂体诗·效嵇康〈言志〉》。上下联对仗工稳，联意相关。该联极陈文学想象、文学创作所能达到的极精、极妙的境界。

又如：

讴吟坰野，金石云陛；
栋梁文囿，冠冕词林。

上联出自《文心雕龙》："八音摛文，树辞为体。讴吟坰野，金石云陛。韶响难追，郑声易启。岂惟观乐，于焉识礼。"下联出自庾信《赵国公集序》："公斟酌雅颂，谐和律吕。若使言乖节目，则曲台不顾；声止操缦，则成均无取。遂得栋梁文囿，冠冕词林，大雅扶轮，小山承盖。"以上集句联种类的多样性，可以充分反映出作者深厚的楹联功底和文学素养。

2. 陈沆

陈沆（1785—1826），原名学濂，字太初，号秋舫，湖北蕲水（今浠水）人。于嘉庆十八年（1813）中举，嘉庆二十四年（1819）乙卯恩科第一甲第一名进士。著名诗人、文学家，为清代古赋七大家之一。著有《简学斋诗存》《简学斋诗删》《白石山馆遗稿》等。

《清史列传·陈沆传》提到："八岁为文，出语惊长老。"至今还流传着他智对对联的故事。

陈沆为官之后，严于律己，体恤民瘼。他有一副格言联很能体现其心迹：

须识治民先治吏；
应知防盗重防饥。

他也有吟汉阳古琴台的联：

先生真移我情，抱湖上清风，尚留弦外余音，曲中天籁；
此地适如人意，访汉南春色，恰有夹堤杨柳，隔岸桃花。

此联写出了汉阳古琴台的琴声美和风景美，作者把它们融为一体，让人们体会到了一种"姹紫嫣红开遍"的人文气息。

陈沆擅长作对与他精熟诗、赋不无关系。正是具备深厚的文学根基及超凡的文字悟性，陈沆的楹联普遍具有很高的艺术水平。

3. 雷以諴

雷以諴(1806—1884)，名昭溢，榜名鸣，字省之，号春霆，一号鹤皋、霍郊，别号水月主人。今湖北咸宁桂花镇石城村大屋雷人。清道光三年(1823)进士，曾任刑部主事，礼科给事中，山东、江西、贵州等道监察御史，内阁侍读学士，太常寺、大理寺少卿，奉天府丞兼学政，都察院左、右副都御史，江北大营军务帮办大臣，安徽、江苏布政使，陕西按察使、布政使，光禄寺卿，刑部左、右侍郎等职，是厘金的创始人。雷以諴于同治二年(1863)致仕还乡，对家乡的文化事业做出了贡献，也留下了许多佳联。

如题黄鹤楼太白堂联：

公倘重来，定补诗篇题上界；
堂仍旧贯，更添砥柱镇中流。

该联录自雷氏宗谱。上联想象奇特，下联"更添砥柱镇中流"很有气势，显示他立志为国效力的雄心壮志。

雷以諴告老还乡后，受聘为黄州河东书院主讲，后又受聘为江汉书院山长，他为江汉书院作联曰：

余响振沅湘，后风雅而作离骚，此事摅怀，知文章实本忠孝；
真儒邈江汉，继朱程以传道统，陈图讲学，愿弟子皆当圣贤。

该联回顾了江汉大地上曾经有过的文化渊源，认为文章的本质在于弘扬忠孝。下联追溯道统，并表达了自己对弟子的期许。

雷以諴还留下了自撰自书联，如甘舜宾录自1928年版《楹联墨迹大观》一书中的两副赠人联。一副为赠眉生老棣联：

> 唐花早发春先洩；
> 水镜能涵性自澄。

该联告诉我们修身养性的道理。

另一副为赠廉甫世兄联：

> 芳颖兰辉，琼光玉振；
> 文章琦合，藻思罗开。

廉甫，即顾廉甫，雷以諴的同乡，今湖北咸宁桂花镇柏墩村山下顾人，清秀才。该联既写出了朋友的文采斐然，也道出了他高尚的情操。

4. 陈兆庆

陈兆庆(1806—1885)，字葆余，号江陵老叟，湖北孝感孝南区毛陈镇人。咸丰二年(1852)壬子科举人。工于书法，被誉为"湖北第一，全国第七"。1885年卒于武昌，后归葬于故里毛陈镇古井岗村。

同治四年(1865)，时值颐和园修建，他受聘手书八字楹联"云辉玉宇，星拱瑶枢"，被高悬于园内大门上，让名流学士赞叹不已。

同治八年(1869)，黄鹤楼在湖广总督肖毅伯的倡导下重建，他题写黄鹤楼楹联：

> 一枝笔挺起江汉间，到最上层，放开肚皮，直吞将八百里洞庭，九百里云梦；
> 千年事幻在沧桑里，是真才子，自有眼界，哪管他去早了黄鹤，来迟了青莲。

该联气势宏大。上联用了比喻的修辞手法，把高耸入云的黄鹤楼比喻成高悬的巨大的毛笔，黄鹤楼就如毛笔吸墨汁一样，仿佛也要吸干洞庭湖、云梦泽里的水，下联化用了崔颢《黄鹤楼》中"黄鹤一去不复返，白云千载空悠悠"的意境，作者认为真正有才的人眼界开阔，不会为没有见到黄鹤而嗟叹，也不会因为李白（号青莲居士）未给黄鹤楼赋诗而感到可惜。该联想象奇特，赋予了黄鹤楼丰富的人文气息。

他还为黄州东坡赤壁题过一联：

迁谪重奇才,为名宦,为通儒,旷怀高寄,飘飘如羽化登仙,试追寻前后来踪,惟先生独有千古;

遨游标胜迹,赏清风,赏明月,逸兴遄飞,洒洒遂挥毫落纸,即评论唐宋著者,让此老自成一家。

上联表达了对苏轼的怀念,其中"飘飘如羽化登仙"出自《前赤壁赋》;下联描写了赤壁的美景,并由美景联想到了苏东坡的才情,抒发了对其文学才能的景仰之情。全联情景交融,景美情丰,实乃完璧之作。

他的厅堂联也格外引人深思:

其文有经术者贵;
于山见泰岱之高。

该联上下联之间用了比喻的修辞手法,联中的"经术"指经学。作者认为经学对做学问、写文章来说是最重要的,就像泰山在群山里的地位和高度一样,表明了作者对经学的重视。

5. 陈仰瞻

陈仰瞻(1812—1874),字璞,浑名细怪,自号痴仙,蕲州府(今湖北蕲春株林镇)人。被誉为"文藻之风""滑稽之雄"。早年曾考中郡庠生,后屡试不第。曾写《不进学赋》,痛揭科举的弊端。叙述他故事的作品有很多,最具代表性的有《戏考官》《骂京官》《写状纸》等。陈细怪善诙谐讽世,为一代奇才。因喜好对对子,被誉为对联"怪才"。他不但擅长谐趣联,同时也留下许多气势豪迈、意境宏阔的佳作。如他曾为太平天国都府题联:

诛绝胡虏开天国;
斩尽妖魔定太平。

又如专为太平天国宫殿题联两副:

虎贲三千,直扫幽燕之地;
龙飞九五,重开尧舜之天。

拨云雾而见青天,重整大明新气象;

扫蛮气以光祖国,挽回汉室旧江山。

均得到洪秀全的赞赏。

再如他为蕲春陈氏祠堂撰联:

祖武肇龙盘,忆妫水发祥,宋表唐旌,二千年堂构相承,祚延五支辉皖水;

宗坊沿凤卜,看旗山毓秀,瓞绵椒硕,数十世箕裘绍继,房开八户耀青山。

陈姓出自妫姓,且自唐宋以来,陈氏祖先有很多受到朝廷的嘉奖,两千年以来陈氏子孙分为五支。"瓜瓞绵绵"来源于《诗经》,意为祝愿子孙昌盛、兴旺发达。《礼记·学记》:"良冶之子,必学为裘,良弓之子,必学为箕。"意谓子弟由于耳濡目染,往往继承父兄之业,后以"箕裘"比喻祖上的事业。该联既写了陈姓的渊源和发展,也写了该祠堂良好的风水,表达了作者希望子孙继承祖先基业、繁荣昌盛的愿望。

6. 黄云鹄

黄云鹄(1819—1898),字祥人,别号芸谷,湖北蕲春人。咸丰三年(1853)癸丑科第二甲第六十五名进士。官至下川南永宁泸州分巡道按察使。为晚清著名经学家、散文家、书画家、琴师。晚年挂冠回湖北潜心经学、书法。为两湖、江汉、经心三书院院长,主讲江汉书院。著书有《归田诗抄》《清画家诗史》《益州书画录续篇》等。

他的联作很多与故乡的风物相关。如他为蕲春溪山观撰联:

清溪留翰墨;

才笔绘云烟。

上联没有直接写溪流的美,而是说此地的溪流让很多文人雅士留下文字,间接点明了当地风景之美;下联虽未直接写"山"而"山意盎然"。"云烟"从何而出?是因为山高才有云烟缭绕。作者想象新奇,说这云烟是用"才笔"画上去的。不仅写出了山之高,也写出了地之灵。

又如为蕲春总宜宁馆别墅撰联:

故乡有此湖山,悔驶宦归休未早;

斯地最饶风月,愿使君政暇长游。

从该联的联意来看,作者认为该别墅附近有山、湖、风、月,以致让作者后悔一直游宦在外没有早点回故乡,也希望在外做官的游子政务不繁忙时能经常回来看看。上联的"悔"字和下联的"愿"字是文眼,充分表达了作者对家乡的热爱之情。

因黄云鹄做过成都府知县,故他的联作很多与四川的风物相关。如他为北京四川会馆题联:

此地可停骖,剪烛西窗,偶话故乡风景:峨眉秀,剑阁雄,巴江曲,锦水清涟,顿觉名山大川朝魏阙;

入京思献策,扬鞭北道,难忘先哲典型:相如赋,太白诗,东坡文,升庵科第,行见佳人才子到长安。

上联的"剪烛西窗"是典故,出自唐代李商隐《夜雨寄北》:"何当共剪西窗烛,却话巴山夜雨时。"也列举了很多四川有名的景点,与所题对象四川会馆十分契合;下联列举一系列与四川有关的文学成就,表达了自己对国家未来人才的殷切希望。

黄云鹄还曾撰联赠予友人郑志林:

抱山水志,宜寿而乐;

居翰墨林,不爵而尊。

该联把人名嵌入其中,写出了自己对朋友恬淡生活的羡慕,以及对朋友文才的欣赏。

7. 张裕钊

张裕钊(1823—1894),字廉卿,号濂亭,湖北武昌(今鄂州)人。散文家、书法家。道光二十六年(1846)举人,考授内阁中书。历主江宁、湖北、直隶、陕西各书院,成就后学甚众。著有《濂亭文集》等。

张裕钊对自己要求甚严,从其书斋联可见:

香风飘玉桂;

明月照金兰。

该联短小精悍。上联呈现的是风吹桂树的清丽,下联呈现的是月照兰花的淡雅。在中国传统文化中,"桂花"常与"蟾宫折桂"等典故相联系。"兰花"代表君子,寓意高洁的品质。全联表达了作者希望自己事业进步、人格完美的愿望。

又如厅堂联:

一樽浊酒有妙理;
半窗梅影助清欢。

该联是集句联。上联出自陆游的《冬夜独酌》句"一樽浊酒有妙理,十里荒鸡非恶声"。作者把"浊酒"与"妙理"联系起来,看似毫无理据,但在中国传统文化中,酒从来不单纯作为一种饮品,而是作为寄托情感、彻悟人生的媒介。所以,作者认为,品酒即品人生。下联出自陆游的《贫述》句"犹喜新醅三斗熟,半窗梅影助清欢"。"梅"在中国传统文化中是高洁的象征。"梅影"本是孤独的,但作者却认为与其相守相伴是一种清欢。何谓清欢?苏轼《浣溪沙》是如此描绘的:"雪沫乳花浮午盏,蓼茸蒿笋试春盘。人间有味是清欢。"由此可知,作者是一个追求清雅、耐得住寂寞的人。

他还有题南京雨花台的联:

百战老沙场,涤荡重新,仍是江南风景;
六朝好屏障,遨游诸侣,难忘楚北功勋。

上联从历史的角度,写雨花台虽然为曾经的战场,但多年以后风景依然;下联从地理位置切入,又忆当年的战争情况,发出了"难忘楚北功勋"的感慨。情景交融,时空仿佛变换,让人有身临其境之感。

他也为很多人撰过寿联。如为贺萧氏弟兄叔侄寿辰所撰写的联:

三老共开筵,敬弟敬兄敬叔父;
十年重乞巧,曰耋曰耄曰期颐。

该联是重字对。上联写出了寿宴上觥筹交错的互相祝福的温馨画面,下联写出了叔侄历经十年才在乞巧节这一天一起过生日，表明机会难得。联中，耋，古指七八十岁的年纪；耄，古指八九十岁的年纪；期颐，一般指一百岁老人。耋、耄、期颐正是三位不同年龄段寿者的代称。全联紧扣主题，抑扬顿挫，韵律感极强。

8. 洪良品

洪良品(1827—1897)，字叙澄，号右臣，别号龙冈山人，湖北黄冈洪家湾(今属武汉新洲)人。同治三年(1864)举人，同治七年(1868)进士。改庶吉士授编修，历官户科给事中。从政之余，更从事著述，在古文《尚书》考辨、湖北地方志编修等方面均有建树，同时也留下了数量颇丰的诗文，也有不少联作传世，见载于《楹联新话》一书。

他的短联中题清潭帝王庙联艺术性颇高：

迎神送神，巴歌一曲；
出峡入峡，春水三篙。

此联运用了规则重字对和数字对的技巧。联中"春水三篙"对"巴歌一曲"，写出了江峡地区人文环境、地理环境独特的美感。

他的中长联也很有特色，如题汉口黄州会馆联：

风月话黄州，问向客中同把酒；
主宾邀白社，喜来汉上共题襟。

"黄州""白社"相对偶，有借对意味。

又如挽罗寿臣同年联：

五十人金榜题名，难弟难兄，竟爽何堪弱一个；
三千里公车就道，同忧同乐，长安那复见斯人。

"难弟难兄""同忧同乐"是规则重字对，同时分别又是自对。该联结句见出作者之沉痛。

再如挽陈序宾太守联：

转饷正艰难，赖兹寿笔长才，挽粟飞刍，早佑军麾屯渤海；

> 论文多契阔,犹忆开尊良夜,推襟送抱,空闻邻笛感山阳。

其中"推襟送抱,空闻邻笛感山阳"内容感人,节奏也属上乘。

从以上诸例可以看出,洪良品的联不仅技巧性强,而且感情真挚,内容充实,值得后人精品慢读。

9. 李士彬

李士彬(1835—1913),字百之,晚号石叟,安徽英山南河鸡鸣河(今属湖北)人。幼贫,随父训,8岁能诗文,13岁学八股文、试帖诗,14岁应童子试。十多年间,居家苦读,十分励志。

他的自挽联是他个性的真实写照:

> 身还天地万缘了;
> 笔蘸烟霞一笑存。

该联写出了作者对生死的淡然,对生活的恬淡之心。

他也擅长作祠堂联。以他为英山李充祠堂题联为例:

> 瓜绵椒衍旧先根,会看肸蚃风声,飞腾望族;
> 水抱山环新庙貌,好借泥鸿雪印,点缀华堂。

上联用"瓜绵椒衍"写出了李充家族人丁兴旺。《说文·十部》:"肸,响布也。"盖引古而推测,实际肸蚃(xī xiǎng)为联绵词,后作"直泄""强烈散发"等意思。"肸蚃风声",写出了家族名声大,是当地的望族。下联点明了该祠堂良好的地理位置。从整体来看,该联运用了祠堂联典型的写法。

他还有写得很好的寿联:

> 李白是前身,饮酒赋诗,不输三万六千日;
> 老彭真在世,数筹纪寿,犹存七百二十年。

该联是贺彭天眖八十大寿的联。上联"三万六千日"出自诗人李白的《古风》句"三万六千日,夜夜当秉烛"。下联嵌入寿者的姓氏,把寿者比作能活八百岁的彭祖。由于寿者已有八十岁,故称还有七百二十年。

10. 杨守敬

杨守敬(1839—1915),字惺吾,谱名开科,榜名恺,更名守敬,晚年自号邻苏老人，湖北宜都人。以举人官黄冈教谕，加中书衔。清末民初杰出的历史地理学家、金石文字学家、目录版本学家、书法艺术家、泉币学家、藏书家。一生著述达83种之多，被誉为"晚清民初学者第一人"。

他有许多名联流传于世，如其集句自题联：

　　翠盖乘轻露；（南朝梁·江总《长安道》）
　　冰开池半通。（南朝梁·庾肩吾《送别于建兴苑相逢》）

该联运用大胆借对，描绘的是初春池塘冰开、翠意缭绕远山的景色，读来有一种心旷神怡之感，反映了作者生性淡泊、热爱大自然的性格特点。

又如其现存书法中的一副自题联：

　　心罗四十四万字；
　　身访三千三百山。

此联可算是融思想性、趣味性于一体的佳作。古人所说"读万卷书，行万里路"，与其内涵是一致的。这对于历经四五十年的实践研究和藏有几十万卷书的地理学家兼藏书家杨守敬来说，是最合适的自我写照，也表露了他"海纳百川，有容乃大"的宽大胸怀。

还有很多诸如此类借景抒情的联作，如：

　　时见街中骑瘦马；
　　又来汉上咏离骚。

另有其为野门先生题联：

　　向晚旧滩都浸月；
　　过寒新木便生烟。

野门先生其人无从查考，大概是其故友。该联中"浸"和"生"为点睛之笔，写出了寒月照耀下的河滩春树略微清冷的美。

11. 黄良辉

黄良辉（1840—1904），字耀庭，祖籍湖北汉川。同治九年（1870）庚午科举人。他在文学方面有很大的成就，代表作有《黄氏文钞》。

黄良辉有很多对联与家乡风物有关,如题脉旺镇茶酒店联:

茶社几家,竟陵子高风宛在;
酒帘夹岸,醉翁亭落日初成。

该联用"鹤顶格"的嵌字方式将店名嵌入联中。上联中的"竟陵子"是陆羽的字,正好对应上联前半句提到的"茶";下联中的"醉翁亭"对应下联前半句提到的"酒"。

又如题标明文星阁对联有两副,其中写得不错的一副为:

重为尊师,勿徒愤山川之钟秀;
专心致志,更能助风水以毓灵。

他还有一副短联:

气钟沔北;
秀挹江南。

该联是黄良辉题汉川脉旺镇的联。用字极少,其意极丰;炼字极慎,其形极工。该联中的"钟""挹"二字使该联读来气势极为宏大开阔。

12. 柯逢时

柯逢时(1845—1912),字逊庵,号巽庵,又号钦臣,晚年号息园,湖北大冶人。光绪九年(1883)癸未科第二甲第二十九名进士。历任江西布政使、贵州巡抚、广西巡抚、土药统税大臣,加授尚书衔。善理财,喜著书、刻书、藏书。与杨守敬、徐恕(行可)并称武昌三大藏书家。

他在全国多地为官,留下许多佳联。如题陕西学院的对联:

结习难忘,袖中携一卷:离骚美人香草;
倦游是憩,天外看三峰:落雁玉女莲花。

上联侧重于人文方面,下联侧重于风景方面,把人文和风景结合起来,写出了陕西学院的特色。

他题写的挽联也很多,如挽贺玉生联:

才华横溢卅年传,坛坫梦断,忆鄂渚终声,唯君秀发,胡邻川

制曲,玉树长埋,由来隼击鹏搏,只消磨英雄骨肉,灵气将安归,大泽风号,执绋亲临元伯圹;

客路行吟千里共,骥尾身陪,记邺城联辔,使我神伤,岂此地分襟,死生途隔,悔煞鸾飘凤泊,却辜负志士胸怀,因缘何据近,幽斋尘积,遗编怕读子云书。

从联意来看,贺氏是作者的一位好朋友。上联描写其才华横溢,慨叹如此有才华的人已经逝去,内心充满了无限伤感;下联回忆过去和老友一起经历的事情,想到现实竟然已经阴阳两隔,内心亦涌起无限惆怅。

他还有一副深情的挽妻联:

苦矣共营巢,可怜二女三男,骨肉摧伤,泉路相逢应有愿;
飘然泛归棹,甫阅一年半载,音容隔绝,灵溪偕隐更可期。

该联回忆了夫妻两人曾经一起经历过的岁月,伤心之余,表达了自己希望与妻子百年之后黄泉路上再相逢的愿望。

13. 刘心源

刘心源(1848—1917),字亚甫,号冰若,另号幼丹,自号夒叟,晚号龙江先生,湖北嘉鱼县龙口腾云洲(今洪湖龙口镇)人。清末民初著名金石学家、文字学家、书法家。同治十二年(1873)癸酉科举人,光绪二年(1876)恩科会试中第七十名贡生。保和殿复试一等第二十六名。殿试二甲第三十七名,赐进士出身。朝考一等第十六名,钦点为翰林院庶吉士。一年后授翰林院编修、国史馆协修。此后历任顺天乡试同考官、会试同考官,江南道监察御史、江西道掌广东道御史、京畿道御史、河南副主考、四川夔州知府、成都知府,江西督粮道、按察使,广西按察使等职。

刘心源有一著述斋,自称为奇觚室(奇觚指奇书);其内室全用青石块砌成石壁,他亦称此内室为石鼓轩,下面两联就是他亲自在奇觚室和石鼓轩书刻的门联。

奇觚室联:

借寓儿孙世界;

归来农圃人家。

该联中的"儿孙世界""农圃人家"写出了自己告老还乡后所过的平民百姓生活。

石鼓轩联：

中原多贤硕；
我里大乐康。

该联写出了他看淡世事之后的洒脱。仿佛是告诉自己，中原（指代朝廷）有很多有才能的人，"我"就不需要再留恋担心很多了，回归家乡，回归学术，就能找到自己的快乐。

刘心源题联很多，如题岳麓山望湖亭联：

世界半疮痍，城郭人民环眼底；
英雄一盼睐，山川门户在胸中。

盼睐，意为观看、顾盼。"疮痍""盼睐"均为同义联用词，传统对格允许成对。作者心系国家人民，以望湖亭为依托，用不同的观景视角，来抒发自己内心的爱国忧民之情。上联俯视，虽在亭上观景，想到的却是满目疮痍的国家现状，看到的是受苦的黎民百姓；下联平视观景，国家、百姓仿佛都装在心中，表明了作者心忧天下的情怀。

又如挽长兄刘达源联：

少时兄是师，晚来兄是客，忆迎养三年，忽忽悠悠，此别才知疏问寝；
宦情我如水，归兴我如云，记临终一语，勤勤恳恳，向期只得早还家。

刘心源7岁丧父，靠母亲和异母兄长达源抚养成人，8岁时始得念书。达源为附贡生，心源少时从其读。所以他从小与兄长达源感情深厚。达源去世后他送梓归葬，并撰书此联。该联在沉痛的哀思中包含了对兄长的尊敬与怀念之情。感情细腻真挚，感染力强。

14. 周锡恩

周锡恩(1852—1900),字伯晋,别号是园先生,湖北罗田人。幼时聪明过人,未成年即考取秀才,深得张之洞赏识。后就学于武昌书院,同湖南才子张百熙有"北周南张"之称。光绪二十五年(1900),病死在石源河翰林府,年仅47岁。

周锡恩的才气,从其对联中也可探知,如他题武昌黄州会馆联:

清宴初开,趁今朝酒酽歌圆,小集题襟吟汉水;
相亲未解,问何处笋香鱼美,大家扶几话黄州。

上联写到了举杯共饮的和谐;下联由黄州的特产说开来,引出了大家共同的思乡之情。全联弥漫着浓郁的思乡情怀。

又如他贺友人乔迁并祝寿的联:

买宅买邻,买明月,买清风,买庐山真面;
学仙学隐,学伊耕,学吕钓,学彭老长生。

上联"买"字重复多次,委婉含蓄地点明了友人的新房具备天时、地利、人和三要素,道出了自己对友人乔迁的祝贺;下联"学"字亦重复多次,道出了自己希望友人以后的生活恬淡惬意,能像彭祖一样长生不老的愿望。

其挽联情真意切。如他写给自己老师的挽联:

溘然逝矣,公是凡中杰,高人胸,才子骨,菩萨心肠,叹一梦醒来,只剩得青山绿水;
呜呼哀哉,我本门下生,日月目,霹雳舌,风云笔墨,吊廿年知己,哭残那白雪红梅。

此联既表达了自己对老师的钦佩,也表达了自己深切的悲伤。

15. 密昌墀

密昌墀(1852—1919),字丹阶,号子公。汉阳柏泉巨龙岗兰图嘴(今属武汉东西湖区)人。光绪十八年(1892)壬辰科第三甲第一百二十九名进士,曾任山西徐沟县知县,有"密青天"之誉。

密以擅长对联名噪一时。据说两广总督张之洞70岁生日,寿堂挂的寿联,皆一时名士手笔。张之洞看了,并不满意。特叫仆从将中堂上面空一档,等密昌墀送来寿联好挂,以醒耳目。不日密昌墀的寿联果然送到了。联云:

> 父圣慈,子圣孝,宫闱多喜事,北面三呼天下定;
> 新党拳,旧党匪,中流赖砥柱,南皮一老古来稀。

三呼,同"三呼嵩岳",源于宋代吴潜的《永遇乐·己未元夕》:"三呼声里,君王万寿,岁岁传柑笑语。"古来稀,指人生七十古来稀。张之洞对此联大加赞赏,开宴时特请密昌墀坐首席。因此密昌墀会作对联之名,传遍海内,远近求之,应付不暇。

据传,1900年八国联军进攻北京时,密昌墀正任山西徐沟县知县。慈禧太后携光绪帝、文武大臣仓皇西逃,封建官吏美曰"翠华西幸"。沿途官吏竞相耗尽民脂民膏,以应接待,因供应不周而被撤职者,一时大有人在。唯独密昌墀,接驾不但供应差,而且还在行宫柱上大书一联曰:

> 小臣早知有今日;
> 圣主原来无此心。

此联不仅为自己接驾不周找到了理由,还着实恭维了慈禧一番。故慈禧一见对联,竟不怪罪他。

另有他为汉阳琴断口杜氏宗祠撰写的楹联:

> 吾宗由汉继唐,前哲勾党归贤,后哲诗坛称圣;
> 此地面山背水,左有仙人解佩,右有高士碎琴。

前哲,指东汉杜密。杜密(?—169),颍川阳城(今河南登封东南)人。汉桓帝、灵帝时为太仆,因反对宦官专权,被宦官称为"党人",遭"党锢之祸"。后哲,指诗圣杜甫。上联写杜氏祖先从汉代到唐代,知名人士颇多;下联写出该宗祠良好的风水,表达了希望杜氏子孙后代人才辈出的愿望。

16. 温朝钟

温朝钟(1878—1911),字静澄,湖北咸丰人。光绪三十年(1904),就近考入四川黔江县学,但他弃学回家,空闲时遍览百家之说,尤精于医道。光绪三十二年(1906),赴四川成都,化名温而厉,报考通省师范学校,列第二名。但他再次放弃学业,遍游川、贵、两湖,观察山川要隘,访问草泽英雄,并到武汉学造炸弹,访武术师学习剑术。光绪三十三年(1907)加入中国同盟会,与黄玉山等人在重庆市黔江区牛背岛上组建了革命武装团体"铁血英雄会",从事革命活动。1911年1月3日,在黔江县石会乡凤池山宣誓揭竿起义,但由于消息闭塞,起义准备仓促,不幸壮烈牺牲,年仅33岁。

龙未现爪;
虎先啸林。

这是温朝钟揭竿起义的誓师联。该联用了借代的修辞手法,暗示该起义是秘密进行的,并希望这次起义能像林中之王的气势一样,取得成功。

另有一副题"铁血英雄会"联:

提起环球烘白日;
掀翻沧海洗青天。

白日要"烘",青天要"洗",说明当时的中国社会暗无天日。作者怀着"提起环球""掀翻沧海"的信念,誓要"烘白日""洗青天",表明了作者大无畏的革命气概和革命精神。该联气势宏大,表达了作者想要推翻清政府的豪情壮志和必胜的信念。

温朝钟也有很多描写故乡景物的联,表现出了他热爱故乡的情怀:

水滴苍岩石鼓响;
风敲翠竹洞箫鸣。

这是他描写咸丰秋夜的联,该联兼用比喻、拟人的修辞手法。在上联中把水滴比喻成鼓槌,把苍岩比喻成石鼓,把水滴苍岩的声音比喻成鼓声;下联把风敲翠竹的声音比喻成洞箫声,在这个大比喻形成的前提下,又把风拟人化了,把吹过竹林的风当作吹洞箫的人,而翠竹就被比喻成洞箫,环环相扣,形象地写出了故乡秋夜大自然音声相合的美。

一粒斜阳樵绿野;

半沟明月钓清溪。

这是他题咸丰小南海朝阳寺的联,该联运用比喻十分新颖别致。上联里说斜阳是"一粒",表明作者是远视斜阳照在绿色的田野上,斜阳仿佛是一把斧子,在砍着原野上的树;下联说明月是"半沟",这分明是说半沟的月光,而月亮就像鱼钩一样,被人下在清澈的溪流中。"樵""钓"二字皆为神来之笔,给原本静谧的联意增加了动感。

17. 吕庭栩

吕庭栩,生卒年月不详,字梁湖,号宛溪,湖北应城人。嘉庆五年(1800)中举人,主讲于应城蒲阳书院。嘉庆十八年(1813),应知县奚大壮之邀参与纂辑《应城县志》,历时两年编成。不久,吕庭栩被选为黄冈教谕,任职14年之久。生平著作计有《对语餐花》《列仙诗抄》《说诗绪余》《赋谱》《梁湖诗草》《梁湖排律》《集句诗》《纳凉偶对》等14种。谥赐文林郎。

他曾为应城王氏宗祠书过一联:

求忠臣于孝子之门,驱马跃鱼,伦纪交修垂万祀;
上圣主得贤臣之颂,攀龙附凤,声名丕振焕千秋。

该联十分符合宗祠联的主题,也十分契合中国传统文化对一个人成功的定义和要求,即事亲要孝,事君要忠,要考取功名,要光耀门楣。此联希望王氏族人中能出忠臣、孝子、贤臣,上利国家人民,下可光宗耀祖。

他也常写嵌名联:

文姬回汉抚单琴,归化来凤;
王祥卧冰得双鲤,孝感嘉鱼。

该联运用语音双关的修辞手法,把归化、来凤、孝感、嘉鱼四个地名结合典故内容嵌入联中。

又如他写的一副重文复字联:

孟子吴叔姬,岂邹国孟轲之孟子;
杜诗汉名士,非唐朝杜甫之杜诗。

它产生首尾呼应的情趣,上联的"孟子"和下联的"杜诗"均首尾照应。此联应是其与人游戏应对而作。上联的孟子是吴国人,不是邹国孟轲;下联的杜诗是河南汲县(今河南卫辉)人,光武帝时为侍御史。所以说汉朝的这个杜诗,并非指唐朝的"诗圣"杜甫所编的《杜诗》。

三、民国

1. 樊增祥

樊增祥(1846—1931),字嘉父,号云门,别字樊山、天琴,晚号鲽翁,别署天琴居士、武威樊嘉等,湖北恩施人。光绪三年(1877)丁丑科第二甲第四十四名进士,累官至陕西布政使、江宁布政使、护理两江总督等。清末民初著名晚唐诗派代表诗人、藏书家、书法家。著有诗集《云门初集》《北游集》《东归集》《涉江集》《关中集》等50余种,词集《五十麝斋词赓》,皆收入《樊山全书》。

樊增祥诗词功底深厚,故他的楹联中集句联很多。如:

> 长恐舞筵空,奈愁入庾肠,老侵潘鬓;
> 自怜诗酒瘦,忆呼鹰古垒,截虎平川。

此为樊增祥的集句联。上联第一分句出自宋代词人张先的《菊花新·中吕调》;后半部分则出自宋代词人张耒的《风流子·木叶亭皋下》。下联第一分句出自宋代词人史达祖的《喜迁莺·月波疑滴》;后半部分则出自宋代词人辛弃疾的《汉宫春·初自南郑来成都作》。该联对仗工稳,虽然上下联均出自不同词人的作品,但整联内容浑然一体。该联表达了自己对于年华老去、人生即将舞散筵空的无奈和悲哀。面对这份愁思,作者只能回忆过去的辉煌来慰藉内心。

樊增祥的寿联、挽联也写得极好。如其为易实甫之如夫人所作寿联:

> 才子佳人总情痴,女爱男欢,愿生女皆佳人,生男尽才子;
> 花好月圆无量寿,天长地久,看地里花常好,天上月常圆。

该联为重字联。重复"才子""佳人""花好""月圆"等美好意象,给全联增加了喜庆之感。其中下联化用宋代晁端礼《行香子·别恨绵绵》中的词句,表达了自己美好的祝福。

又如挽谭鑫培联:

> 声名具稀世之长,于今南内无人,偏又是落花时节;
> 沧海下扬尘之泪,从此广陵绝响,休再提天宝当年。

上联化用杜甫《江南逢李龟年》中的诗句,以萧瑟之景衬托出了悲凉的气氛;下联中的"广陵绝响"是个典故:《晋书·嵇康传》记载,嵇康善弹《广陵散》,没有传授给别人,他被司马昭所害,临刑时要求弹最后一遍,说:"《广陵散》于今绝响也。"该典故极言谭的艺术造诣之高。

提起樊增祥,我们不可避免地要提起他参与的诗钟活动。下面选其一例:

> 因惩诗案防兄口;
> 每读投壶想弟孙。

题目要求"口孙"七唱。上联的"诗案"指"乌台诗案"。"乌台"即御史台。乌台诗案发生于北宋元丰二年(1079),时御史何正臣上表弹劾苏轼用语暗中讥刺朝政,御史李定也指控苏轼四大可废之罪。上句用东坡赴黄州,子由送之郊外,都无一言,但指其口;下句典出范书《祭遵传》。祭遵,字弟孙,为将军时选拔人才都采用儒家的一套学说来进行考核。每逢宴会上饮酒奏乐的时候,一定要进行一种娱乐活动,就是投壶。"投壶"是古代士大夫宴饮时做的一种投掷游戏,也是一种礼仪。宾主唱着《诗经》中的《雅》诗,按顺序把箭投到一种特制的壶中,谁投进去得多,就得胜;谁投进去得少,就失败,必须按规定饮酒。

2. 闻筱缉

闻筱缉(1854—1924),号凤应、植亭,湖北英山人。从小受到家学熏陶,博览群书,不以功名为念,是当时有名的"书癖"。一个多世纪以来,他是英山妇孺皆知的文学讽喻家。著有《知味斋诗集》数卷,另有《怪苞集》《狗屁集》,均因家境贫寒未能付梓。现在,除能收集到的部分之外,其余散佚部分大多以口头文学形式流传于民间。

在英山孔家坊一带,至今人们还传说闻筱缉是天上文曲星下凡。他诙谐机智,留下许多趣闻。相传某知县做寿,暗示同僚大肆张罗,广收礼物,筱缉撰联曰:

大老爷做生,金也要,银也要,官票也想要,红黑一把摸,不分皂白;

小百姓该死,谷未熟,麦未熟,棉花亦未熟,青黄两不接,哪有东西。

这副对联不仅对仗工整,而且通俗易懂,写出了底层劳动人民的凄苦生活,表达了对统治者残暴不仁的不满。

筱缉年轻的时候,父亲多次要他去六安应试,求取功名。可是,筱缉早已看清了封建官场的黑暗,不想入仕。每次考试他根本不在意,只是把考官戏弄一番罢了。

他曾作一超长联嘲笑童生,表现了自己厌倦科举功名的心态:

试问数十年折磨,却苦谁来,如蜡自煎,如蚕自缚。没奈何,学使暗临,曾语人云:我固非枵腹子,不作第二人想也;呜呼,可以雄矣。忆昔辟雍堂畔,泮水楼边,饭夹蒲包,袋携茶蛋,每遇题牌之下,常劳刻板之滕。昌黎无此文,羲之无此字,太白无此诗。纵教运蹇时舛,拼爬滚跌,犹妄想官场酒席,得列前茅。况自家圈圈点点,删删改改。

岂图两三次颠簸,竟抛侬去,望鱼常香,望雁常空,料不完,礼房写字,爱为官计:彼必有衡文者,讵将后儿挑刷耶!噫嘻!殆其瞎欤!迄今照壁缘悭,辕门路断,羞伤婢仆,贺鲜亲朋,愁闻更鼓之声,怕听报锣之响。廪生弗能保,书办弗能求,枪手弗能救。或许祖宗功德,播种留胎,且录将长案姓名,进观后效。盼有个袍袍套套,顶顶靴靴。

英山河金铺一带有金、傅、余、叶四姓族。余姓家族人多势众,横行乡里。他撰一联以讽：

鳅短鳝长鲶扁嘴，无鳞共族；
龟圆鳖偏蟹横行，有壳同宗。

这实际上是讽刺余姓家族横行霸道，说该家族与"无鳞""有壳"的动物祖先一样，把余姓家族骂了个体无完肤。

闻筱缉的联写得工、巧、自然，喜用乡土语，雅俗共赏，深得人们的喜爱，被誉为"怪才"，名副其实。

3. 瞿瀛

瞿瀛（1857—1949），亦名炅，号干琴，湖北浠水人。幼读私塾，勤敏笃实，县试名列前茅。府试名列第二，光绪二十九年（1903）乡试中亚元。辛亥武昌首义时返鄂，被推为浠水县议会议长。年底应黎元洪之约入军政府任机要主任。1913年12月，袁世凯将副总统黎元洪幽处瀛台，瞿随侍，持正不移。1914年袁要黎为参政院长，并结为儿女亲家，瞿愤而归隐，并劝黎辞去参政院长职务。1916年袁世凯密称帝，封黎为"武义亲王"，瞿劝黎拒绝受封。同年8月，袁世凯死后黎元洪继任大总统，拟选瞿为秘书长，瞿辞之，乃改任副职仍掌机要。1917年张勋复辟，黎授命段祺瑞戡平叛逆，瞿多方参赞。事定，随黎隐居天津。1922年黎元洪复任总统，瞿复原职。1928年黎元洪逝世，瞿赴武汉，主持丧事。后又将黎从政轶事编辑成书，躬任校勘，数载始成。瞿返乡后，杜门谢客，居家20年，足不入公门，对考古、音韵、训诂之学造诣较深，并有联作传世。

如题浠水县志馆的联：

文明继古国精华，借哲人警句名篇，启迪后来贤达；
化雨洗尘寰污浊，用先烈丰功伟绩，鞭催奋进英才。

该联提到修志的目的是借古鉴今，化雨去污，启迪并激励后人奋进。

他写过婚联：

人之大伦，男子壮而有室；
国方多难，丈夫志在枕戈。

该联上联写男子壮而有室乃人之大伦；下联笔锋一转，意指男子不仅要顾"小家"，更要顾"大家"，在国家多灾多难的时候，男儿应当以救国救民为重。该联与传统婚庆联的写法不同，格局雄壮，把"家"和"国"联系起来。

他写的挽联也很感人：

从学五年，海枯石烂，不忘辛苦传经地；
迟归半载，物换星移，可恨今天泣杖时。

这是他挽自己的塾师张孔修的联。上联表明自己对老师的教诲充满感恩之情，下联表明了自己的后悔和自责。该联言语朴实，读来感人至深。

4. 黎元洪

黎元洪（1864—1928），字宋卿，湖北黄陂人。中华民国第一任副总统、第二任大总统。光绪九年（1883）入天津北洋水师学堂学习。民国五年（1916）六月，袁世凯死后，黎元洪继任大总统，民国十七年（1928），黎元洪因脑溢血在天津去世，享年65岁。

黎元洪出身贫苦，一生好学。他有一副对联很能反映心迹：

文章惟读周秦汉；
儒术兼通天地人。

"周秦汉"是文章的正宗、文治的榜样。而"天地人"是儒家所说的"三才"，贯通三才，思过半矣。黎元洪尽管后来官越做越大，但他终生服膺的仍是儒术。

他有集句联，如：

吟处落花藏笔砚；
宅边秋水浸苔矶。

该联集方干、赵嘏诗而成，联意恬淡优美。

黎元洪所作挽联很多，如挽蔡锷联：

一身肝胆生无敌；
百战灵威殁有神。

此联写出了蔡锷将军的英勇善战和视死如归的精神。

5. 孔庚

孔庚(1873—1950),谱名昭焕,字文轩,号雯掀,湖北浠水人。清末秀才。1905年加入中国同盟会。1927年,湖北省政府成立,孔庚主鄂政。1950年因病逝世。

孔庚一生有很多与家乡风物有关的联作。他曾经为浠水王慈乡国民中心学校撰写过一联:

> 王道本乎人情,练达人情通学问;
> 慈悲根诸天性,修明天性显经纶。

该联是个嵌名联。用鹤顶格的嵌名方法,把地名"王慈"放在上下联的开头,十分有新意。作者认为"练达人情"和"修明天性"是学校办学的两个根本宗旨,也是一个人内外兼修、成人成才的关键。

孔庚因反对清廷被逮捕关进湖北"模范监狱",除夕夜书一联贴于牢房门口:

> 天将降斯文,未丧斯文,羑里示良谟,玉汝于成担大任;
> 我不入地狱,谁入地狱,神州沉苦海,问君何术救同胞。

上联"天将降斯文,未丧斯文"化用《论语·子罕》:"子畏于匡。曰:'文王既没,文不在兹乎!天之将丧斯文也,后死者不得与于斯文也。天之未丧斯文也,匡人其如予何?'""羑里"典故出自《史记·殷本纪》:"纣囚西伯(即周文王)羑里。"羑里城是一处龙山至商周时期的文化遗址,也是我国遗存下来的历史最悠久的国家监狱遗址,是"西伯(文王)拘羑里而演周易"的地方。周文王名姬昌,是商末周族领袖。他广施仁政,引起殷纣猜忌,被纣囚于羑里。被囚七年之中,他将伏羲八卦推演为六十四卦,著成《周易》一书,于是羑里便成为《周易》的发祥地。"良谟"意即良媒,出自晋代卢谌《赠刘琨》诗:"弼谐靡成,良谟莫陈。"孔庚身陷囹圄,与孔子在匡地被围相似,也与周文王拘于羑里相似。但他把入狱的经历当成是修炼自己的媒介,充满了积极乐观的革命情怀。下联的"我不入地狱,谁入地狱",原本是佛教用语,在联中指一种救世济民的精神,表明了作者强烈的社会、民族、国家责任感。

还有题武昌岳飞亭的联:

撼山亦何易,撼军亦何难,愿忠魂常镇荆湖,护持江汉雄风,大业先从三户起;
文官不爱钱,武官不怕死,奉说论复兴家国,留得乾坤正气,新猷端自四维张。

上联中"三户"典故出自《史记·项羽本纪》:"夫秦灭六国,楚最无罪。自怀王入秦不反,楚人怜之至今,故楚南公曰'楚虽三户,亡秦必楚'也。"作者认为撼山容易,但是撼岳家军的军威难。只要抱有"楚虽三户,亡秦必楚"的信念,万事可成。下联的"四维"指礼、义、廉、耻,出自《管子·牧民》:"国有四维……何谓四维? 一曰礼,二曰义,三曰廉,四曰耻。"认为只要"文官不爱钱,武官不怕死",就能留得乾坤正气,复兴家园,也就能让"四维"重新弘扬起来。

6. 于甘侯

于甘侯(1874—1950),字树棠,晚号幸叟、东山居士,湖北黄梅五祖镇渡河桥村人。光绪二十六年(1900)乡试中举人,光绪三十三年(1907)会试中一等,授中宪大夫。新中国成立后,被推举为黄梅县各界人民代表大会常务委员、副主席。1950 年逝世,享年 76 岁。

于甘侯生前极喜爱家乡风物,为家乡的很多地方撰过联。如题黄梅五祖寺联:

福地名山,无点善心何必到;
禅关圣境,有分诚意可来朝。

上联意指五祖寺是福地名山,来朝拜的人必须心怀善心;下联写五祖寺乃禅关圣境,是普度众生的地方,有点诚意即可来朝拜。充满了对立统一的哲理性。

又如题黄梅柯氏祠堂联:

瑞鹊异非常，奕叶馨香绵俎豆；
骑龙分一脉，重湖浩瀚护丛祠。

上联用"瑞鹊"来起兴，再用"馨香""俎豆"等与祭祀有关的词语，与祠堂联这一类型十分贴切；下联用"龙脉""重湖"写出了该祠堂的地理位置很好，同时也含蓄地表明了希望柯氏后人福泽绵延、子孙兴盛的愿望。

又如题黄梅古戏台联：

弦管齐鸣，此乐只应天上有；
衣冠复古，今朝都到眼前来。

上联写出了戏台上的热闹，发出了"此乐只应天上有"的慨叹；下联写出了唱戏衣冠复古的特点，且唱戏唱的多半是过去的人和事，所以作者说"今朝都到眼前来"，十分切合主题。

7. 张难先

张难先(1874—1968)，谱名辉澧，号义痴，湖北沔阳(今仙桃)人。爱国进步人士，反清、反袁、反蒋而拥共。1968年在北京病逝。

1904年初春，张难先只身来到武昌，广结志士以谋救国。他们秘密组织了反清团体"科学补习所"。同年10月，黄克强在湘率先起义，补习所响应。不料事泄，湖南巡抚陆元鼎在长沙搜捕到了张难先。在监狱中，他曾撰过一联：

我佛一生居地狱；
中原何日净胡尘。

该联反映了他愿意为国捐躯，希望能早日结束清朝统治的愿望。

张难先曾居住在珞珈山"思旧庵"，留下了许多忧国忧民的联墨，如：

国土日削，民生日艰，对兹大好湖山，只足增无穷感慨；
壮不如人，老不速死，似此苟全性命，说得出有甚意思？

1936年12月"西安事变"后，日本一面让其驻华大使同国民党政府谈判，一面制造借口，大量向中国增兵。屯重兵于北宁路一线，强占交通要道丰台车站,调大批军舰进驻青岛、上海及长江各口岸。张难先眼见日寇横行,而自己竟是 60 多岁的人了,早已"壮不如人",在国家危亡之秋,再不能像 30 年前那样,为救国而出生入死。经过许久的"慨国步之艰难,嗟人生之苦恼"后,在农历丙子年(1937)除夕,为"思旧庵"撰写了这副春联。另,下联中的"壮不如人"是个典故,来源于《左传》里的名篇《烛之武退秦师》:"臣之壮也,犹不如人,今老矣,无能为也已。"

1943 年 5 月 20 日,张难先进入古稀之年,他自撰一联为自己 70 年的人生做了一个总结以自遣:

少与恶社会斗,长与恶政府斗,拔剑揭竿,祸闯万千侥幸过;
贫病足以死吾,忧患足以死吾,连灾累劫,我生七十实难真。

张难先曾为此联作序:"吾少时嫉恶如仇,见强豪之荼毒地方者,辄拔剑而起,不惜捐生命与之拼。长益多事,投身党会,随时可成齑粉。乃孽债太深,造物不许轻易放过,致皓首犹存人间。兹当七十初度之辰,百感交集。特写此以自叹耳。"

8. 居正

居正(1876—1951),原名之骏,字觉生,号梅川,别号梅川居士,湖北广济(今武穴)人,民国时期"广济五杰"之一。年轻时赴日学习,加入中国同盟会,参与组织共进会。历任南京临时政府内政部次长、南京国民政府司法院院长。

从他留下的联墨来看,他写得最多的是挽联,且以挽革命志士居多。下面是他挽胡调阳联:

农隐服先畴,阅世多艰留一老;
军容夸细柳,克家有子慰重泉。

上联中的"先畴"是指先人所遗的田地,语出《文选·班固〈西都赋〉》:"士食旧德之名氏,农服先畴之畎亩。""农服先畴"是指务农于先人种过的田畴。一个"隐"字写出了胡老阅尽世事后归隐田园的农家生活。下联回忆胡老在从军时的治军才能,并提到胡老的后人十分优秀,足以让胡老含笑九泉。

该联充满了对胡老的敬仰之情。

下面是他挽徐方联：

> 伟业壮山河，之死靡他，渭水可谓明毅魄；
> 当关罹虎豹，成仁而去，楚天应共赋招魂。

徐方(1895—1937)，号靖臣，湖北嘉鱼人。早年参加辛亥革命，曾就读于武昌陆军小学、陆军第三中学，历任东北军代参谋长等职。1937年遇害，故有此联。上联"之死靡他"是《诗经》典故，意思是至死不变，形容忠贞不贰。宋代王谠《唐语林·补遗一》："一言革面，愿比家奴，之死靡他。"说明徐方自始至终忠于自己的祖国，他的刚毅性情渭水可鉴。下联写徐方以挽救国家危亡为己任，他的死是成仁而去，楚天都应该为他赋《招魂》。全联充满了对徐方的钦佩和敬仰之情。

下面是他挽石瑛联：

> 律身以简，接物以诚，造次必于是，颠沛必于是；
> 贫贱不移，威武不屈，君子哉若人，尚德哉若人。

石瑛(1879—1943)，字蘅青，湖北通山人。辛亥革命同盟会的初创成员，曾任国立武昌大学校长，国民党一大中央委员、南京市市长。他为人刚直不阿，为官两袖清风，被百姓美誉为"湖北圣人""民国第一清官"。

该联是集句联。上联的"造次必于是，颠沛必于是"出自《论语·里仁》："君子无终食之间违仁，造次必于是，颠沛必于是。"意为：君子是连吃完一顿饭的工夫也不能违背仁德的，即使是在最紧迫的时刻也必须按仁德去做，即使是在流离困顿的时候也必须按仁德去做。上联说明了石蘅青律身以简，接物以诚，在任何时候都按照仁德行事的性格特点。下联的"君子哉若人，尚德哉若人"出自《论语·宪问》："南宫适问于孔子曰：'羿善射，奡荡舟，俱不得其死然。禹稷躬稼而有天下。'夫子不答。南宫适出。子曰：'君子哉若人！尚德哉若人！'"意为：南宫适问孔子："羿善于射箭，奡善于水战，最后都不得好死。禹和稷都亲自种植庄稼，却得到了天下。"孔子没有回答，南宫适出去后，孔子说："这个人真是个君子呀！这个人真尊重道德呀。"下联赞美了石蘅青贫贱不移、威武不屈的君子之风。

9. 张南溪

张南溪(1877—1943),字逢藻,湖北监利桥市张家墩人。16岁应考县试,名冠第一。之后,去武汉、长沙求学深造。1904年毕业于日本弘文书院博物专业,回国后曾长期从事教育工作。

他为纪念武昌起义五周年撰联:

> 专制为数千年代残酷之制,黄陂推翻,项城复起,拼命从火线拘来,七载才收民主果;
> 共和乃二十世纪潮流所趋,一邦唱首,万国归心,睁眼乘气球览去,五年齐放自由花。

上联回忆为武昌起义的成功经历了很多磨难,"七载才收民主果";下联对革命的未来充满信心,构想出了"一邦唱首""万国归心""五年齐放自由花"的美好蓝图。

他撰写的挽联也有很多,如:

> 热血洒洪湖,为民族牺牲,有志青年同下泪;
> 干戈驱倭寇,争国家胜利,未亡将士莫灰心。

1943年,日军在洪湖杀害我地下党员胡良法,张南溪闻讯后,不顾个人安危,亲自前往吊唁,并书一联悬于灵前,极大地鼓舞了当地人民抗日救亡的斗志。该联向世人宣告了逝者是为民族牺牲,是为国家利益而死,在表达了自己内心的巨大悲痛之时,也勉励有志将士将抗日事业进行到底,表现出了一个革命家的大气魄。

又如挽晏月泉联:

> 胆识迈群伦,每遇着险恶风潮,独立中流作砥柱;
> 哭声悲一市,雅赢得清谦人格,神游上界伴金仙。

晏月泉,生卒年不详。湖南会馆会首及朱河商会会长。该联写出了晏月泉一生所做的贡献,也写出了人们对这位兼具清雅人格的故会首的怀念之情。作者为了慰己也为了慰人,把他的离去看作是去仙界当神仙。

另有挽蔡少山联：

　　与阿兄早岁订金兰谱,留学共资,服官共省,论义尤共肝胆腹心,数十年相亲相爱,无异同胞。忆春天夜雨剪烛,话到社会艰难,终宵不寐忧邦国；

　　教哲嗣髫龄读河渠书,防江有绩,治汉有声,绳武复有孙曾子女,三千界以遯以游,幸逃浩劫。果冥府早日转轮,奏请阎王春注,再世仍为好弟昆。

从整个联意来看,蔡氏与作者应是好朋友的关系。该联叙说过去与蔡氏在一起的点点滴滴,回忆蔡氏一生的功绩,表明下辈子仍想与其做兄弟的愿望。全联无一"悲"字,但读来仍有一种彻心的悲哀。

10. 田桐

田桐(1879—1930),字梓琴,湖北蕲州(今蕲春)人。中国同盟会创建者之一。6岁时,随父亲受启蒙教育。后来参加乡试考中第一名。1894年,到白鹿洞书院学习,22岁时,入武昌文华普通中学堂。1904年赴日本,入弘文学院。1906年曾与柳亚子等创办《复报》。1907年,孙中山先生派他去新加坡主持《中兴日报》。1909年下半年,创办《国光新闻》。辛亥革命以后,他被举为临时参议院议员。护法运动中,在广州大元帅府任宣传处长。1928年,主办《太平杂志》,撰写《太平策》。后与居正等人成立反蒋同盟。1930年在上海寓所病逝。

其为上海捷运公司所题联：

　　捷报日随飞电讯；
　　运筹人仗实时才。

该联用鹤顶格的格式嵌进"捷""运"二字。上联用通俗易懂的文字写出了捷运公司的业务特点,下联写人才对该公司的重要作用。

又如贺周佩箴嫁女联：

　　细柳门前宜咏絮；
　　爱莲家世尚吹笙。

上联包含一个典故。南朝刘义庆《世说新语·言语》:"谢太傅寒雪日内集,与儿女讲论文义。俄而雪骤,公欣然曰:'白雪纷纷何所似?'兄子胡儿曰:'撒盐空中差可拟。'兄女(谢道韫)曰:'未若柳絮因风起。'"后因以为女子有诗才之典。上联含蓄地写出了周佩箴之女颇有才气。下联也包含一个典故。周敦颐《爱莲说》:"水陆草木之花,可爱者甚蕃。晋陶渊明独爱菊。自李唐来,世人甚爱牡丹。予独爱莲之出淤泥而不染,濯清涟而不妖,中通外直,不蔓不枝,香远益清,亭亭净植,可远观而不可亵玩焉。"下联切合女方姓周,同时也表明了女方家庭的家世清白且富有艺术气息。

田桐也写挽联,如挽陈其美联:

> 休管他棘地荆天,为革命来,为流血去;
> 但愿得元凶恶煞,以钝初始,以英士终。

陈其美(1878—1916),字英士,浙江吴兴人。中国同盟会元老。武昌起义后,在上海参与武昌起义,"二次革命"期间,任上海讨袁军总司令,1916年被袁世凯收买的张宗昌刺杀于上海。元凶,指袁世凯。钝初,指宋教仁。宋教仁号遯初,一作钝初。上联写陈其美不顾时局险恶,为革命流血牺牲;下联希望能够查到真凶,已经死了宋教仁和陈其美,不希望有更多的革命党人失去生命。

又如挽洪九云联:

> 鲤对愧亲承,赖有先生传一贯;
> 鲲图期远徙,契将吾道到荒南。

洪九云(1875—1922),湖北蕲州(今蕲春)人,1910年去南洋,任《泗滨日报》副编辑。上联中含有一个典故"鲤对"。典出《论语·季氏》:"陈亢问于伯鱼曰:'子亦有异闻乎?'对曰:'未也。尝独立,鲤趋而过庭。曰:"学诗乎?"对曰:"未也。""不学诗,无以言。"鲤退而学诗。他日,又独立,鲤趋而过庭。曰:"学礼乎?"对曰:"未也。""不学礼,无以立。"鲤退而学礼。闻斯二者。'陈亢退而喜曰:'问一得三,闻诗,闻礼,又闻君子之远其子也。'"喻指晚辈受师长教育。在上联中体现了作者对洪先生生前的教育的愧疚。

下联中亦含有一个典故"鲲图"。典出《庄子·逍遥游》："北冥有鱼,其名曰鲲。鲲之大,不知其几千里也。化而为鸟,其名为鹏。鹏之背,不知其几千里也。怒而飞,其翼若垂天之云。是鸟也,海运则将徙于南冥。"这里把洪先生去南洋任《泗滨日报》副编辑这件事比喻成鲲鹏迁徙于南冥。且他到南洋是去传道、教化当地民风民俗的,表明了洪去南洋的重要性。全联表达了对洪九云先生的感恩及敬仰之情。

11. 李继膺

李继膺(1879—1966),字仲韬、仲弢。湖北随州安居人。报人,著名律师。1903 年获乡试第五名。1905 年留学东京私立法政大学法律系,1909 年回国。辛亥革命后任省议会议员。曾任《国光新闻》《天民报》《群报》《成报》总编辑。后任河南遂平、罗山和湖北宜都、嘉鱼等县县长。1938 年武汉沦陷后入川。抗战胜利后任平汉铁路法律顾问、湖北省参议会议员、省立医学院国文教授等职。1948 年任湖北省人民和平促进会干事。1953 年被聘为湖北省人民政府文史研究馆馆员。1966 年病逝。

他撰的挽联很多,如挽抗日阵亡将士联:

冤!冤!冤!事难言!长使孤魂次鱼岳;
惜!惜!惜!嗟何及!不教战士死沙场。

该联用重字,所表达的感情异常激烈。上联连用三个"冤",冤的是"孤魂次鱼岳","次"有停留的意思。"鱼"指嘉鱼县,"鱼岳"指该地的山峦。因抗日战争初期,一批抗日伤员在嘉鱼县城逝世,所以称"孤魂次鱼岳"。下联连用三个"惜",惜的是战士未死沙场,表达了自己痛惜哀伤的情感。

也有挽朋友联:

在楚为才,在秦为良,结局竟如斯,为国为乡人尽恸;
相交则晚,相友则厚,辅人难再得,凄风凄雨我犹悲。

该联挽一个叫徐方的朋友。上联写徐方是一个有才且品行高洁的人,这样的人值得所有的人为他悲伤;下联写自己与徐方虽然认识时间不长,但友谊却十分深厚,表达了自己对朋友离世的无奈和伤感。

12. 阮景星

阮景星（1880—1958），字华甫，湖北监利柘木聂河人。1902年考中秀才，1911年毕业于武昌两湖总师范学堂。他先后在湖北省立第一师范学校、武昌荆南中学、监利县萃华初习学校、监利县中心小学、监利中学等学校长期从事教育工作并担任领导职务。

阮景星是湖北监利有名的教育家，他写的对联有很多与当地的教育事业有关。

如题监利县中心小学毕业班联：

小就期大成，方算志士；
穷今还考古，斯为完人。

该联中的"志士""完人"表达了自己对该校小学毕业班同学的期望，希望他们树立远大的理想，读书不仅要"穷今"，也要"考古"，不能仅满足于"小就"，还要立志于"大成"。

他写过很多挽联，如挽易雪忱联：

掌教在菱湖，畴昔春风曾惠我；
超凡赴蓬岛，际兹腊月哭良师。

从整副联的联意来看，易雪忱应该是他的老师。上联回忆往日受老师恩惠时的情景，下联写老师仙逝后自己悲伤的心情。全联感情真挚，读来有身临其境之感。

又如挽张南溪联：

同窗在少年，情义最恰，生气极投，壮老劳风尘，聚散靡定，见时难，别亦难，道路分离长莫舍；
噩耗闻此日，两眼泪淋，寸心崩裂，山河叹阻隔，殓窆未亲，君先去，我后去，精神结合再重来。

张南溪的生平，上文已提到过，此不赘述。从该联联意来看，张南溪应该是他的同学。此联写法与上联相仿。上联纪实，下联写情，虚实结合，感情真挚。

13. 胡续康

胡续康(1881—1966),字则寅,晚号古月老人,湖北英山人。8岁入私塾。21岁时,因家贫而辍学,遂设馆训蒙。次年赴安庆,考取测绘学校。其时,清政府腐败无能,对外屈膝投降。胡氏义愤填膺,遂返回故乡,立志学医。他经过十余年的积累,至41岁时,将所获有效验单方,编成《单方三字诀》,广为乡邻称颂,被人称为"单方医圣"。新中国成立以后又编成《药性三字经》《医疗初步》《菜园药店》等书。

他有一副读书联:

想不来,借花生我意;
读倦了,听鸟阅天机。

全联把读书和大自然联系起来,体现了老子道法自然的思想。上联说读书读到想不起来的时候就赏赏花,从花里获得灵感;下联说读书读倦了就听听鸟鸣,借鉴大自然的智慧。道出了知识和灵感来自大自然的道理。

他还有一副赠友人联:

三百篇鸠咏当先,听夫子论诗,有我同趋马帐;
九万里鹏程发轫,得嫦娥佐读,让君早步蟾宫。

三百篇,指代《诗经》。马帐,源自《后汉书·马融列传》:"融才高博洽,为世通儒,教养诸生,常有千数……善鼓琴,好吹笛,达生任性,不拘儒者之节。居宇器服,多存侈饰。常坐高堂,施绛纱帐,前授生徒,后列女乐,弟子以次相传,鲜有入其室者。"后以"马帐"指通儒的书斋或儒者传业授徒之所。蟾宫,即广寒宫,是中国神话中嫦娥居住的宫殿。由广寒宫很容易联想到桂花,这也是"蟾宫折桂"的由来。"蟾宫折桂"在科举时代比喻考取进士。该联上联回忆与友人一起读诗、学诗、谈经的往事;下联表达了自己对友人的美好祝愿,祝愿他大鹏展翅,早日考取功名。

他也写了很多挽联,如挽友人余品璋联:

君本见机人,当北战南征,好逞此日逍遥,携羑门手,拍方平肩,听子晋吹箫,遑问他大局纷更,乐得蓬岛清闲,免怯风声鹤唳;

　　　　我不识时世,尚东奔西走,只望今年遭遇,下陈蕃榻,移管辂床,唱伯牙古调,那料到中期永诀,恨把瑶琴忽碎,绝弹流水高山。

上联中用了仙人羡门和王方平的典故,第3—5分句的意思是与仙人比肩。又用了"高山流水"的典故。用"高山流水"比喻知音或知己,也用以比喻乐曲的高雅精妙。联中说"恨把瑶琴忽碎,绝弹流水高山",不仅点明了逝者在作者心目中的地位,也说明了作者内心对逝去友人的怀念和伤感。"陈蕃榻"也是用典。后汉陈蕃为太守,在郡不接宾客,唯徐穉来特设一榻,去则悬之。见《后汉书·徐穉列传》。后因以"陈蕃榻"为礼贤下士之典。管辂(209—256),字公明,三国时期曹魏术士。体形宽大,常以德报怨。管辂是历史上著名的术士,被后世奉为卜卦观相的祖师。

上联写如果友人还活着,趁此乱局,应该过着快意逍遥的日子;下联写本希望能再见到友人,但不料"中期永诀",再也无从相见。全联语调平缓,哀而不伤。

又如挽母亲联:

　　　　母其归乎,想当年,别安徽路,望歙县天,十二岁来英,访月锄云心总痛;
　　　　儿何蠢也,到此日,读书未成,学医无术,万千恩没报,海枯石烂泪难平。

上联以"想当年"开始缓缓叙述,记叙了母亲的生平,"母其归乎"读来恍若作者的母亲还在世一般,令人潸然泪下;下联写自己,以"儿何蠢也"开头,自责愧疚之心溢于言表,最后一句"海枯石烂泪难平"写出了自己内心对母亲的无限思念和愧疚。

14. 王埶闻

王埶闻(1883—1931),原名舒文,字渊才。湖北英山人。日本士官学校毕业,早年投身辛亥革命,曾在中华民国海陆军大元帅府任职。1917年,被孙中山先生委任西伯利亚调查专员。1922年回国后,常于穗、沪、宁、汉、皖之间为革命奔走。曾回英山开展农民运动,任英山落宝山农会秘书。1931年,被当地团防杀害于英山大畈河畔,时年48岁。全国解放后,王勄闻被追认为革命烈士。

王勄闻的自题联:

> 照出须眉真面目;
> 生成骨骼见精神。

上联中的"须眉"是一个典故。古时男子以胡须眉毛稠秀为美,故以为男子的代称。语出《汉书·张良传》:"四人者从太子,年皆八十有余,须眉皓白,衣冠甚伟。"下联由实到虚,由实实在在的"骨骼"联想到"骨气""精神"。该联写出了作者立志要成为有骨气的男子汉的决心。

他写的挽联尤多,如挽出征阵亡将士:

> 生做健儿方见志;
> 死非报国不为忠。

该联用简短有力的话语写出了阵亡将士的心声。要么志气满胸地活着,要么为报效祖国而死。读来气势宏大,让人肃然起敬的同时又哀婉感人。

又如挽好友段言林:

> 造物本无情,最难堪,少者没而长者存,强者夭而病者全,抢地呼天,何乃不平太甚。
> 相交原莫逆,讵料及,君能与我共患难,我未与君同生死,抚心搔首,方知抱愧良多。

上联写造物者的无情,在作者看来,最无情莫过于"少者没而长者存,强者夭而病者全",表达了自己内心无限的悲伤;下联点明了逝者与自己是莫逆之交,最愧疚的是"君能与我共患难,我未与君同生死",表达了自己内心的愧疚之情。全联感情细腻而真挚,读来让人感同身受。

15. 张肖鹄

张肖鹄(1883—1966),湖北武昌(今鄂州)人,1903年院试举秀才,又考入两湖书院,与朱峙山、刘菊坡被时人称为"鄂城三杰"。1919年与董必武赴沪拜谒孙中山、章太炎,后任安徽颍上县县长、湖北宜都县县长。1932

年解职还乡,84岁时病故。有《峭谷诗稿》传世。

在张肖鹄的家乡鄂州,有一座纪念岳飞的庙,庙里有一座风波亭,亭里至今挂着一副张肖鹄撰写的对联:

三字奇冤,千秋碧血;
一身忠勇,万古纲常。

该联气势宏阔。上联写出了岳飞的冤,间接点明岳飞的冤来自"莫须有"的罪名;下联写出了岳飞的忠勇,并赞扬了他高尚的民族气节万古流芳。

除此之外,他也撰写了不少挽联。如挽辛亥革命志士黄润琴联:

为国捐躯,可以无憾,念大勋未集,怒目未瞑,老泪溅慈闱,忠孝难全,江子街头泣新鬼;
与君分手,曾几何时,记急电相召,雄心宛在,痴情访戎幕,人天遥远,荆州城外吊斜阳。

上联写逝者是为国捐躯,但未能看到国家安宁祥和的那一天,而逝者的离去,让家人分外伤心;下联回忆与逝者交往的点滴,最后从回忆回到现实,发出了阴阳相隔、人天遥远的感叹。

还有代学生挽张道生的联:

颜回短命,王勃奇才,愿来世足插红尘,少带聪明多带寿;
伯牙弃琴,季札挂剑,看今日骨埋青冢,一番离索几番思。

该联多处用典。上联中的"颜回短命"指颜回虽然聪明好学但英年早逝;"王勃奇才"是指为"初唐四杰"之冠的王勃也是年仅27岁便溺水而死。这两个典故也含蓄地说明了逝者如颜回、王勃一样具备不平凡的才气且英年早逝。下联"伯牙弃琴"化用"高山流水"的典故,是指逝者已离去,知己不再来。"季札挂剑"出自《史记·吴太伯世家》:"季札之初使,北过徐君。徐君好季札剑,口弗敢言。季札心知之,为使上国,未献。还至徐,徐君已死,于是乃解其宝剑,系之徐君冢树而去。"是说自己曾经心许逝者的承诺已无法当面实现。联中"少带聪明多带寿"的感叹,表明了作者对逝者英年早逝的极度痛惜之情。

16. 黄侃

黄侃(1886—1935),字季刚,又字季子,初名乔鼐,字梅君,后更名乔馨,最后改为侃,晚年自号量守居士,湖北蕲春人。近代民主革命家、辛亥革命先驱、著名语言文字学家。1905 年留学日本,在东京师事章太炎,受小学、经学,为章氏门下大弟子。从 1914 年起,先后任教于北京大学、武昌高等师范学校、中华大学、山西大学、北京师范大学、东北大学、金陵大学和中央大学。1935 年殁于南京,年仅 49 岁。

与很多名人一样,黄侃也有自题联:

> 贬损当世威权势力;
> 网罗天下丧失旧闻。

上联表明了他嫉恶如仇、对当今的权威势力不屈服的性格特点,下联写出了他自己的治学目标。黄侃是有名的国学大师,在经学、文学、哲学各个方面都有很深的造诣,尤其在传统"小学"的音韵、文字、训诂方面更有卓越成就,被人们称为"乾嘉以来小学的集大成者","传统语言文字学的承前启后人"。"网罗天下丧失旧闻"意为在学术上查缺补漏,发前人所未发。

还有他的书斋联:

> 成佛莫教灵运后;
> 作诗犹似建安初。

上联说想要成佛,不必非得等机会到来,而是要靠自己不断地修行;下联说作诗要像建安时的风气一样,真实反映现实的动乱和人民的苦难,抒发建功立业的理想和积极进取的精神。该联表明了他踏实、勤奋的治学之风。

1934 年,黄侃建新居,名为"量守庐",并为新居撰联:

> 此地宜有词仙,山鸟山花皆上客;
> 何人重赋清景,一丘一壑也风流。

该联"宜""重"两字委婉含蓄地写出了新居附近景色优美,富有人文气息。上下联的第二分句均是摘自辛弃疾词作中的句子,信手拈来用在这里,表明他不争世俗名利、只想静下心来搞学问的志趣。

蕲春名士何九香有一园，名曰钝园。黄侃曾为该园撰联：

种竹得生趣；
听泉清道心。

该联并没有直接写钝园优美的景色，而仅是挑出"竹"和"泉"这两样事物来写，说种竹子可以使生活有生趣，听到泉水的声音仿佛内心被洗涤了一样。构思别出心裁，也间接地体现了该园主人不凡的素养。

17. 朱峙山

朱峙山（1886—1967），原名鼎元，又名继昌，字峙三。1886年出生在鄂州城关一个世医之家。18岁中秀才，20岁从武昌师范学堂毕业后，考入两湖总师范学堂深造。1912年，司治黄安（今红安）。1928年9月，任蒲圻县县长。新中国成立后，任湖北省人民委员会参事室参事、湖北省文史馆馆员、湖北省文物整理保管委员会委员等职。书坛圣手沈肇年于85岁高龄之际，撰联称赞朱峙山先生"诗书画三绝，经史辞一家"。

在朱峙山的家乡鄂州，有一处景点名为西山灵泉寺，他曾为该寺撰写过一副楹联：

殿宇重新，菩提心愿世界和平，以慈悲化大众；
山泉依旧，广长舌若庄严法语，在舍卫听如来。

该联用了比喻的修辞手法。上联写殿宇、菩萨，写出菩提心愿是"世界和平，以慈悲化大众"；下联写山泉，且把山泉比喻成长舌，把泉声比喻成"庄严法语"，融佛情于寺景，切题切意，别有一番意境。

黄州离鄂州不远，朱峙山也为黄州的一些名胜古迹撰联：

一样山高月小，问北宋以前，大好风光谁领略；
几度物换星移，知坡公而后，使之清赏有名流。

上联没有细写黄州东坡赤壁北宋以前的美景，而是用"一样山高月小"概括之，提出了"北宋以前，大好风光谁领略"的疑问，发人深思；下联则道出了缘由，是因为苏东坡的出现才使该景点具备人文意义。该联构思巧妙，写出了苏东坡对于黄州赤壁的重要性。

又题黄州于公祠联：

> 唯先忧乃能后乐；
> 不爱钱即是好官。

于公，即于成龙。于成龙(1617—1684)，山西永宁人，清康熙年间任黄州知府，被后人称为"一代廉吏"。该联恰当地写出了于成龙"先天下之忧而忧，后天下之乐而乐"的廉吏风采。

18. 詹大悲

詹大悲(1887—1927)，原名翰，又名培翰，字质存，湖北蕲春人。1907年考入黄州府中学堂，并加入证人学会，倡言革命。1910年，詹大悲应邀担任《大江白话报》（后改为《大江报》）主笔兼发行人。后因在《大江报》刊发时评《大乱者，救中国之药石也》而被捕入狱。出狱后，詹大悲追随孙中山，讨袁护法，推行三大政策，促进国共合作。1927年12月17日，詹大悲被桂系军阀以"赤化分子""共产党首领"和"图谋暴动"的罪名逮捕，当晚被害。

詹大悲曾为革命机关报《大江报》撰写过一联：

> 大笔淋漓，万言日试；
> 江华灿烂，一纸风行。

《大江报》的读者主要是新军士兵和下级军官。该联将报名"大江"嵌入上下联首字，上联写出了《大江报》办报质量高、效率好、传播信息快的特点，下联写出了该报十分受群众欢迎。

1927年12月17日，刽子手们逮捕到詹大悲、李汉俊后，对他们不加任何审讯，于当晚立即枪毙。詹大悲面对漆黑的夜空，高声对李汉俊道出一副自挽联：

> 两眼望青天，生同时，死同日；
> 一心办赤化，先杀人，后杀身。

从上联我们可以感受到他内心的坦荡无私以及为了革命百折不回不后悔的气魄，从下联我们可以理解革命的成功离不开流血牺牲。该联写出了他为革命抛头颅、洒热血的决心以及大无畏的革命精神,读来令人敬仰。

詹大悲在袁世凯篡夺革命成果,建立以他为大总统的政权后,曾一度迷惘,他曾借为蕲春詹氏祠堂撰联抒发心声:

> 休管他民国共和,逞干戈,尚游说,大势已成南北混;
> 且抱我宗族主义,考世系,知始终,先人都是父子亲。

该联把时局与祠堂祭祀联系起来。不管民主还是共和,国家都是要统一的,就像遵循宗族主义思想,考祖先世系,考族谱始终,父子关系总是最亲的。通过思维的迁移,形象生动地说明了祠堂祭祀文化的特点。

19. 成惕轩

成惕轩(1911—1989),名汝器,字康庐,号楚望。斋名楚望楼。辛亥正月初四(1911年2月2日)生于湖北阳新龙港镇黄桥里。早年受到良好的私塾教育,18岁入武昌文化初级中学学习。后师从王葆心先生。1939年升军需学校中校教官。抗战胜利后民国政府返都南京,奉调为考试院简任秘书。1949年随国民党政权撤至台湾。文学上擅长骈文、诗赋、对联,学术上对考铨、监察制度颇有研究,平生所写的楹联大都收录在《楚望楼联语》中。

三至四句中等长度的联,是《楚望楼联语》中最多见的联,其句式安排与文字风格也最为多姿多彩。

如挽吴稚晖联:

> 与闲鸥野鹤为邻,轩冕谢殊荣,让德差同吴季子;
> 极奔骥怒猊之妙,缣缃宝遗墨,工书直比李阳冰。

吴稚晖(1865—1953),联合国"世界百年文化学术伟人"荣誉称号获得者。中国近代资产阶级思想家、政治家、教育家、书法家。上联中提到的吴季子指季札(前576—前484),又称公子札、季子。春秋时吴王寿梦第四子,封于延陵(今常州),后又封州来,传为避王位弃其室而耕于常州天宁焦溪的舜过山下。上联是说吴稚晖性格闲适淡泊,不以官场功名为念,与历史上品德好的吴季子差不多。下联中的李阳冰,约生于唐玄宗开元年间。唐代文学家、书法家。谯郡(治今安徽亳州)人,李白族叔。下联是说吴稚晖的书法极为精妙,可与唐代的李阳冰相比肩。

该联虽为挽联,但对逝者的钦佩和欣赏溢于言表,用典贴切,且用典前又有铺垫,疏而有致。

我们再看他的四句联:

鸿猷有光,作舟楫,作盐梅,作霖雨;
麋寿无极,如山川,如松柏,如冈陵。

上联三个排比句出自《尚书·说命》,其中第二句属化用,另两句是引用原文;下联三个排比句出自《诗经·天保》,其中第一、三两句属化用。全联显得典雅,庄重。

在《楚望楼联语》中,五句以上的长联虽然为数较少,但总体质量并不低,从中可以看出作者运散入对和结合骈散的功夫。

如挽陈布雷联:

人每以燕许拟公,实则机务频参,功符内相,鞠躬尽瘁,事类武侯,勋名让青史安排,诚开衡岳云,清饮建业水;
我方冀夔皋再世,岂料高丘寥廓,哀并灵均,沧海横流,叹深尼父,心血为苍生呕尽,国逢多难日,天陨少微星。

上联就其生前事业立论,以陆贽和诸葛亮相比,结尾两句突出其"诚"和"清";下联从哀伤的角度立论,以屈原、孔子相比。一般人认为此联有点拔高陈布雷,但是,成惕轩极其重视政治清明,选贤授能,抵抗外侮,体恤民生,应该说他更多地认同陈布雷的理念而不是蒋介石的理念,因此,此联或许透露他的内心希望和对蒋家王朝的些许不满。

这个长联在骈散结合上做得极好,上下联在总的框架上采用古文写法,气脉流畅且多跌宕,但散句框架之内,却各镶嵌了两组对偶句,其中第一组还是隔句对,如上联的"机务频参,功符内相,鞠躬尽瘁,事类武侯",下联的"高丘寥廓,哀并灵均,沧海横流,叹深尼父"。

(武汉蔡丰供稿)

第二节　非湖北籍联家

1. 何廷韬

何廷韬,字毅庵,辽东沈阳(今辽宁沈阳)人,康熙三年(1664)九月任咸宁知县。他关心老百姓的疾苦,为人有节操,是一位公平正直、颇具官声之人。

他的联墨有不少传世,如他为自己的书房"退思堂"所作的楹联:

　　退食自公,政拙催科思补过;
　　求刍恐后,心勤抚字顾酬恩。

退食自公,减膳以示节俭,指操守廉洁。"退食"语出《诗·召南·羔羊》:"退食自公,委蛇委蛇。"郑玄笺:"退食,谓减膳也。自,从也;从于公,谓正直顺于事也。"后指官吏节俭奉公。上联表明了他廉洁奉公,一心为民的廉吏风采,下联表明了他想成就一番事业以报效朝廷的心迹。

提到咸宁,就不能不提咸宁的桂花。咸宁今天成为全国闻名的桂花之乡,跟曾任咸宁知县的何廷韬有很大关系。当时,咸宁桂花尚自籍籍无名,不过也有零星种植。县衙庭院、文庙等处均栽有桂树,因多系官员、士人观赏,时人称为"官桂"。就何廷韬而言,他是东北人,对花如粟米、香可绝尘的桂花感到奇异新鲜;同时他又是读书人,对桂花的文化背景也了然于心,这是一种蕴含着荣誉、高洁、吉祥等文化内涵的花,值得他去栽培、去歌咏、去寄怀托梦。康熙九年(1670),他援引古人"以槐名庭""以柏名府"的先例,在县衙内建房四间,命名为"桂花堂"。

何廷韬为桂花堂撰楹联一副,表达了他抚琴而治的理想和培育人才的愿望:

　　抚案瑶琴传雅韵,徵招角招,调出曲中民里;
　　临轩丹桂挹天香,日照月照,移来化里菁莪。

上联《徵招》《角招》为古乐章名。《孟子·梁惠王下》:"(景公)召大师曰:

'为我作君臣相说之乐!'盖《徵招》《角招》是也。"赵岐注:"《徵招》《角招》,其所作乐章名也。"杨伯峻注:"招同'韶'。"表明"雅韵"都是出自百姓的生活之中。下联"菁莪"一词源自《诗·小雅·菁菁者莪》,就是培育人才的意思。这位何县令颇有战略眼光和丰富的想象力,他希望把丹桂的天香转化为培育人才的养料,既浪漫又不失淳朴。

何廷韬为咸宁的很多景点写过联,如题咸宁应宿楼联:

栋逼星辰,宇宙八荒供笑傲;
萼垂江汉,山川五岳伴登临。

该联想象奇特,视角开阔,气势宏伟。以应宿楼为基点,上联运用夸张的想象,描写站在该楼仰视天空的景象,和楼名"应宿"(感应天上的星宿)的意蕴十分吻合;下联亦用夸张、拟人的手法,把应宿楼比喻成江汉大地上的一朵花,而名山大川都想登此楼观赏美景。想象奇特又颇具美感。

另有题咸宁北堤楼联:

公余散步长堤,任览物四时,柳绿桃红,秋月冬梅,不亚西湖千古;
争暇采风高阁,尽凭栏十里,云收雨霁,波光鳞影,且让旧迹一朝。

上联描写了在长堤上散步时看到的北堤楼四时的美景:柳绿桃红,秋月冬梅,发出了北堤楼的美景不亚于西湖的感叹;下联描写了从高阁远眺北堤楼的壮观景色:凭栏十里,云收雨霁,波光鳞影,表达了对该地美景的无限眷恋,以及希望故地重游的愿望。

2. 官文

官文(1798—1871),又名俊,王佳氏,字秀峰,又字揆伯,满洲正白旗人。道光初由拜堂阿补蓝翎侍卫,擢荆州将军、湖广总督,后调署直隶总督,授内大臣。同治十年(1871)卒,优诏赐恤,赠太保,谥文恭。

有题黄鹤楼联:

偶然一枕游仙,蝶梦是庄庄梦蝶;

莫以平生嗜酒,醒人常醉醉人醒。

该联是一副回文重字联。上联中用了"庄周梦蝶"的典故(典出《庄子·齐物论》),下联更是用"醒人常醉醉人醒"来说明真实与虚幻的模糊性。全联包含了丰富的人生哲理。

又有题鄂州西山灵泉寺联:

门泊战船忆公瑾;
我来茶馆续东坡。

该联中的"公瑾"指的是三国时期吴国都督周瑜,"东坡"指宋代大文豪苏轼。作者想象力丰富,由寺门口水上的战船联想到了带兵一流的周公瑾。下联笔锋一转,来到茶馆却忆起苏东坡。不仅道出了自己想建功立业的情怀,也表明了自己对苏东坡的欣赏与敬佩之情。

另有题鄂州武圣殿联:

忠义直参天,想当年气吞吴魏,威震荆襄,踞虎蟠龙坚锁钥;
疮痍犹满地,愿今后民物同熙,萑苻共敛,放牛归马听笙歌。

联中的"萑苻"指芦苇。上联赞美了关羽的忠义和军事才能,让人们不禁神游三国;下联的"疮痍犹满地"把人们的思想拉回现实,表达了作者希望天下太平、老百姓都能过上悠游自在的安定生活的愿望。

3. 李鸿章

李鸿章(1823—1901),本名章桐,字渐甫(一字子黻),号少荃(泉),晚年自号仪叟,别号省心,安徽合肥人。清朝末期重臣,洋务运动的主要倡导者之一。死后赠太傅,晋一等肃毅侯,谥文忠。著作收于《李文忠公全集》。

有题黄州东坡赤壁联:

前后二赤壁,曾留墨妙镇斯堂,今兹大厦重支,月白风清思赋手;
苏胡两文忠,并在翰林官此地,我亦连圻忝领,山高水落仰先民。

上联中的"前后二赤壁"指苏东坡的《前赤壁赋》和《后赤壁赋》。"月白风清"出自宋代苏轼的《后赤壁赋》："有客无酒,有酒无肴,月白风清,如此良夜何?"下联中的"苏胡两文忠"指苏东坡和胡林翼。"山高水落"由苏轼《后赤壁赋》"山高月小,水落石出"化用而来。该联由苏东坡的文联想到苏东坡本人,由苏东坡亦联想到了同在湖北当过官的胡林翼。全联表达了作者对他们的无限怀念和钦佩之情。

又为黄鹤楼撰写过一联:

数千里奔湍激浪,到此楼前,公暇一凭栏,江汉双流相映照;
十余年人物英雄,恍如梦幻,我来重访鹤,沧桑三度记曾经。

该联是同治八年(1869)李鸿章在湖广总督任上所作。上联描写了登楼远望长江、汉水双流的宏大气势;下联触景生情,感慨浪淘英雄,世事变幻。上联是实景,下联是虚景,虚实结合,引出无限感慨。

还有题武汉晴川阁联:

高阁几时成,凭栏望秦吴楚越,群山拱揖,众水争趋,这襟形带势,若教控引而来,都可作汉南保障;
晴川终古在,把酒论唐宋元明,才子文章,英雄事业,彼剑气珠光,到底销磨不尽,何须愁江上烟波。

全联嵌入了"晴川阁"三字。上联描写了自己凭栏远望所感受到的震撼景势,但作者并没有描写晴川阁四周景色如何秀美,而是以一个军事战略家的眼光去看四围的地形地势,认为如果把该地加以控制引导,可作为汉南保障;下联由景及人,联想到了才子文章、英雄事业,发出了与崔颢"烟波江上使人愁"相反的感叹。

4. 李廷钺

李廷钺(1825—?),字镇三,号希叟,直隶易州(今河北易县)人。咸丰三年(1853)进士,三甲第二名。咸丰七年(1857)八月,分签掣江西九江府德安知县,未赴,改任湖北咸宁知县。同治七年(1868)后主讲建平书院、湖南白岩书院,光绪二年(1876)主讲湖北江陵书院、荆南书院。可见他无论做官,还是任书院主讲,均与湖北有关。李廷钺工诗文,善书法,著有《楹联补话》等著作,另与顾嘉蘅总纂《荆州府志》八十卷。《楹联补话》是为补充梁章钜《楹联丛话》所著,共收录各类联话一百二十五则,全一册。同治四年(1865)由时止轩刊印,现藏湖北省图书馆。龚联寿先生编纂《联话丛编》将该书也收入了。

李廷钺善作挽联,请看《楹联补话》代王应昌挽弟媳联:

  介妇著贤名,竟无端永诀萱闱,苦累慈亲扶杖泣;
  中年伤溘逝,况又值初悬蓬矢,忍闻犹子在床啼。

当时应昌母犹在堂,其弟妇又因难产而死,上联写姑翁之哀,下联写丈夫之痛。蓬矢,蓬梗制成的箭。古代男子出生,以桑木作弓,蓬梗为矢,射天地四方,象征男儿应有志于四方。此处指王应昌弟媳产子。

李廷钺的题署联也写得很得体,如题咸宁县衙大堂联:

  咸亨观感见人情,但我心具一片真诚,那有愚顽违教化;
  宁俭毋奢遵圣训,况此地受频年变乱,尤宜节约救凋残。

又题二堂联:

  咸与维新,兴仁兴让;
  宁缺毋滥,省事省心。

这是李廷钺任咸宁县知县作的自明其志的对联,两联都巧妙地嵌入了"咸宁"二字。

《楹联补话》还注重收录写湖北名人和湖北风景名胜的对联,如:"湖北汉阳府大别山之阴,有桃花宫,祀息夫人。乾隆间,吾乡赵缉于明经题联云:'汉水无情,东去不知亡国恨;夭桃不语,春来犹作满林花。'后吴泉之学使省兰撤去息夫人像,改祀关帝。息夫人原不必祠,然此联自可传也。"按,息夫人姓妫,春秋时陈庄公之女,嫁息国国君,因貌美,又称桃花夫人。楚灭息,归楚文王,生二子。

又如:"湖北归州青滩下流二十里,地名黑隘子。崇峰两岸,奇险万状。舍舟登陆,石磴盘纡。余于辛酉岁路经其地,适山腰一庙新修,即题一联云：'山红涧碧纷烂漫；天梯石栈相钩连。'出语用昌黎句，对语用太白句。"按：上联出自韩愈《山石》，下联出自李白《蜀道难》。

5. 张之洞

张之洞（1837—1909），字香岩，一字孝达，号香涛，又号壶公、无竟居士。直隶南皮（今河北南皮）人。咸丰二年（1852）16 岁中顺天府解元，同治二年（1863）中进士第三名探花，授翰林院编修。曾任内阁学士、山西巡抚、两广总督、湖广总督、军机大臣等职。张之洞早年是清流派首领，后成为洋务派的主要代表人物。政治上主张"中学为体，西学为用"。工业上创办汉阳铁厂、大冶铁矿、湖北枪炮厂等。教育方面，他创办了自强学堂、湖北农务学堂、广雅书院等。光绪三十四年（1908），以顾命重臣晋太子太保，次年病卒。谥文襄。有《张文襄公全集》。张之洞还是清末联语大家之一。其联语收入全集的"杂著"当中，名为《联语存录》。

首先看其主政湖广时题湖北黄冈东坡故居联：

五年间谪宦栖迟，较量惠州麦饭，儋耳蛮花，那得此清幽山水；
三苏中天才独绝，若论东坡八诗，赤壁两赋，还是公游戏文章。

惠州，在广东。儋耳，在海南，皆苏轼贬谪处。此联凭吊苏轼为官受贬的遭际，颂扬其文学才华，构思巧妙。

他题黄鹤楼联也很有特色，如：

昔贤整顿乾坤，缔造先从江汉始；
今日交通文轨，登临不觉亚欧遥。

这副联显示出张之洞对自己在湖北兴办洋务、创办新式教育等新政的自得。透过此联，还可看出他放眼世界的博大胸襟。

由于他是主持洋务、发展实业的主将，所以他的楹联与国计民生息息相关。我们以他的行业联为例加以分析。

题汉口轮船公司联：

中流击楫；

大雅扶轮。

轮船是洋务运动以来出现的新式交通工具。中流击楫，用祖逖励志故事，虽轮船上没有楫（船桨），但张之洞有祖逖那样的再振中国之志向。大雅扶轮，在这里是"扶轮大雅"的倒装句，大雅，代指中华文明，扶轮，本指在车轮两边护翼，引申指护翼、守护。张之洞素来主张"中学为体，西学为用"，所以，在他看来，引进西方的坚船利炮，只是为了扶轮大雅。另外，初期轮船的两侧各有一个像水车一样的大轮子。

又题酒业联：

曲部生涯，利占大有；

糟丘事业，庆协同人。

张之洞对中国传统典籍和文化十分熟悉，创作酒业联乃以《周易》卦象比附。上联写酿酒，酿酒要用酒曲，故戏称为"曲部生涯"，丰年酿酒，越酿越有，故以"大有"卦当之。在《周易》中，"大有"卦与"同人"卦为往来卦，二者有互相转化的关系。榨糟得酒，接下来自是聚集亲朋饮酒，庆祝喜事，故以"同人"卦比附之。酒能同人，酒能融洽感情，有利谈成生意。

张之洞还是晚清诗钟活动的中心人物之一。徐珂《清稗类钞》说："张文襄好诗钟，政暇召集僚友作诗钟。"

如其分咏眼镜、鹦鹉洲联：

眩海老花障云雾；

隔江芳草对烟波。

联中"眩海"化用"银海"而来，道家、医家用来称人的眼睛。宋代苏轼《雪后书北台壁诗之二》："冻合玉楼寒起栗，光摇银海眩生花。"宋代庄季裕《鸡肋编》卷中："东坡作《雪》诗……人多不晓'玉楼''银海'事，惟王文正公云：'此见于道家，谓肩与目也。'"上联用夸张的修辞手法，写出了老花镜的作用和特点；下联化用"芳草萋萋鹦鹉洲"和"烟波江上使人愁"的诗句，来吟咏鹦鹉洲。

6. 梁鼎芬

梁鼎芬(1859—1919),字星海,一字心海,又字伯烈,号节庵,别号不回山民、孤庵、病翁等,广东番禺人。晚清学者、藏书家。光绪六年(1880)进士,授编修。历任知府,曾任湖北按察使。深得张之洞赏识,张之洞任湖广总督时,曾聘他主讲两湖书院。诗词多慷慨愤世之作,与罗惇曧等人并称"岭南近代四家"。有《节庵先生遗诗》及续编、《节庵先生遗稿》及剩稿等行世。

他有题武昌盐法道署的联:

不可要予归,座上屡来攻玉友;
无能惭物望,山中恐有贸盐人。

该联用了比喻的修辞手法。上联的"攻玉"出自《诗经·小雅·鹤鸣》:"他山之石,可以攻玉。"意指别的山上面的石头坚硬,可以用来琢磨玉器,所以"攻玉友"在此联中比喻能帮助自己改正缺点的人。下联的"物望"指人望、众望。"贸盐人"指商代隐士胶鬲,泛指有才能的人。商纣王乱政,胶鬲隐遁于世,周文王于鬻贩鱼盐中得之。该联意指自己十分眷恋现在的职务,因为可以交到可以提升自己的朋友,也害怕因为自己的无能而使有用的人才被埋没。表现了作者忠于职守,爱才、惜才的性格特点。

相传他又有题两湖书院主讲寓宅联:

志在春秋,行在孝经,此为鹄臣鹄子;
虽有文事,必有武备,法我先圣先师。

7. 任桐

任桐(1868—1932),字琴父,自号沙湖居士,浙江永嘉人。自幼喜诗文,擅长书画,雅好山水,对园林艺术颇有造诣。清湖北道员。辛亥革命后,移居沙湖(清代沙湖包括今沙湖和东湖广大地区),在沙湖旁建有"琴园"。是武汉"东湖规划之父"。有《沙湖志》一书传世。

他为东湖"卓刀饮泉"题联:

偃月岂无光,天上飞来,凿凿大声惊万卒;

通江宜有脉,地中涌出,源源不竭几千秋。

该联气势宏大。运用了夸张的修辞手法加以想象。"偃月刀"指的是"偃月刀",长柄刀的一种,是《三国演义》中关羽的兵器。上联描绘了一幅壮观的画面:一把寒光闪闪的偃月刀从天上飞来,开凿大地的脉络;下联的画面亦宏伟壮观:大江从被偃月刀凿开的地脉中涌出,源源不断的大水流了几千年。这个场景就像刀在饮着不断往外流的江水。该联把地名"卓刀饮泉"形象地描绘了出来。给人以强烈的冲击。

又为琴园"鸥岛浴波"景点题联:

我非羽化真人,何竟有缘至此;
谁是凌波仙子,乃能自在若斯。

上联作者为该地的美景所吸引,觉得像仙境一般,自己并非仙人,居然有缘来到这仙境一样美丽的地方;下联的"凌波仙子"是古代中国神话传说中人物,在天地间生活,以水仙花的化身而闻名,也是荷花、水仙等水养花卉的别称。该联情景交融,托景以言志。

除了琴园的诸多景点,任桐也为武汉其他景点撰联,有题武昌刘园的:

伯牙弹琴,子期听琴,琴台原不远,得二三知己,共此悠游,莫作古人谈风月;
简斋随园,荫圃曲园,园圃本无他,有一二林泉,可以栖止,休教异地恋湖山。

该联是重字联。上联的重字是"琴",下联的重字是"园"。上联化用了"高山流水"的典故,出自《列子·汤问》。传说伯牙善鼓琴,钟子期善听。伯牙鼓琴志在高山,钟子期曰:"善哉,峨峨兮若泰山。"志在流水,钟子期曰:"善哉,洋洋兮若江河。"伯牙所念,钟子期必得之。子期死,伯牙谓世再无知音,乃破琴绝弦,终身不复鼓。因此上联中的"伯牙弹琴""子期听琴"意指知己相逢。由此作者建议,邀二三知己,共游此园,可以真诚把酒言欢,而不必像古人一样附庸风雅,有言无实。

下联中的"简斋""随园"是袁枚的号和别号。袁枚(1716—1798),字子才,号简斋,别号随园老人。清代诗人,散文家。"荫圃""曲园"是俞樾的字和号。其中"圃"和"甫"是同音异形字。俞樾(1821—1907),字荫甫,自号曲园居士。由"园"和"圃"二字联想到刘园中也有山林、泉水,可以供游人观赏,也可以缓解游子的思乡之情。该联构思巧妙,充满人文气息。

又有题黄鹤楼联:

隔江春色几回收,望到洲边空遗芳草;
此处笛声谁再续,听斯楼上又落梅花。

上联的视角为远望,"春色几回收"说明了春色芳菲已尽,只剩下萋萋芳草,"空遗"两字道出了作者内心的无限落寞;下联写黄鹤楼上笛声不再,而自己却能像李白一样,感觉到梅花纷纷落下的悲凉。李白曾写过《与史郎中钦听黄鹤楼上吹笛》,诗曰:"一为迁客去长沙,西望长安不见家。黄鹤楼中吹玉笛,江城五月落梅花。"当时笛子吹奏的是《梅花落曲》,流放途中的李白闻笛后勾起了冬日梅花纷纷落下的记忆。我们可以感受到作者内心的悲凉,抒发了作者对眼前"物是人非"的感叹。

(武汉蔡丰、杨帅供稿)

第三章 湖北楹联特色

　　湖北是楚文化的发源地，受屈骚宋赋的影响，湖北的楹联作品很多具有浪漫与典雅兼顾的特点。湖北地形地貌既有大江大湖、崇山峻岭，又有灵泉小溪、茂林修竹，受其影响，湖北楹联既雄浑壮阔，也兼有清新灵秀的特点。湖北地处中部，南北交集，人才荟萃，信息灵通，思想文化具有开放性、包容性、引领性的特质，这些特点在湖北楹联中都有充分的体现。

第一节　浑厚的楚地文化底蕴对楹联的影响

　　作为华夏文化的重要组成部分，楚文化以其辉煌灿烂、浑厚蕴藉而举世瞩目，并直接影响了后世包括楹联在内的各类文学创作。在文学意象上，中国传统的"灵修美人，以媲于君；宓妃佚女，以譬贤臣；虬龙鸾凤，以托君子；飘风云霓，以为小人"的比德性意象的塑造，其根源便来自楚辞。而铺张扬厉、排铺堆砌的语言修辞则是楚赋肇其端。至于对凤凰的崇拜，对"鬼雄"的赞颂，对鱼酒的在意，看似寻常，实质上与楚俗有着密不可分的关系。此外，楚辞中以"兮"字为核心和枢纽的对偶式组构方式，更是骈文形式得以产生的由来，是楹联产生的文化根源之一。

　　具体而言，我们可以从《诗经》、楚辞、楚赋、楚俗等方面探究楚文化底蕴对楹联的影响。

一、《诗经》的影响

　　作为我国第一部诗歌总集，《诗经》一共收入自西周初期（公元前 11 世纪）至春秋中叶（公元前 6 世纪）约 500 年间的诗歌 305 首。《诗经》最初的称呼就是《诗》，孔子曾说"诗可以兴、可以观、可以群、可以怨"，这里的"诗"

指的就是《诗经》。之所以后来人们在"诗"后面加了个"经"字,是因为到了汉代,儒家的人推崇它,奉它成为经典。

《诗经》的影响是深远的。据考证,《诗经》最早的采集者便是楚人尹吉甫(今湖北十堰房县人),其中收录了楚地、特别是汉水流域的诗歌,这对楚文学包括楹联文学产生了极大的影响。就其对楹联创作而言,具体表现在温柔敦厚的抒情方式、关注现实的创作态度和赋比兴等表现手法之上。

1. 温柔敦厚的抒情方式

《诗经》中抒情诗的写作与情感抒发有自己的特色,具体而言就是比较克制、平和,也即哀而不伤、怨而不怒、乐而不淫,温柔敦厚,形成了《诗经》在抒情表现方面细致、隽永的特点。这一特点,也深刻地影响了中国后来的文学创作。

楹联创作中,有不少作品体现了这样的审美观念。如应城一塾师自题其授书处联:

学问无穷尽,望生等持志修身,安见流川难汇海;
光阴不再来,愿尔曹及时奋勉,须知垒石可成山。

这里面是对学生的勉励,对光阴的珍惜,还有对自身秉正道直行、必然有所成就的自信。从中不难看出温柔敦厚的情感态度和作者对学生的劝勉。

2. 关注现实的创作态度

一般认为,《诗经》是中国现实主义的开端。《诗经》中的诗歌,多反映现实的人间世界和日常生活、日常经验。这深刻影响了中国后来的文学创作,现实的人物与生活因此成为中国文学的中心素材。

这一点也直接体现在楹联创作中,如应城范氏宗祠大厅联:

五百年绪启蒲阳,忆祖德宗功,方裕我诗书门第;
二十世派绵瓜瓞,念水源木本,敢忘此霜露春秋。

本联作者为清代范禹臣,应城东范人。光绪时诰封中宪,资政大夫。此联里体现出的承续家声、追忆祖先功德的内容主题与《诗经》一脉相承。这副楹联所盛赞的天高地厚、祖德宗功、水源木本均是对祖先功德而言,令人想起《诗经》中的《维天之命》："维天之命,於穆不已。於乎不显,文王之德之纯。假以溢我,我其收之。骏惠我文王,曾孙笃之。"三千多年前的主题依然在后世的联句中回响。

这些也对后世楹联的创作产生了巨大影响,对现实政治、道德伦理的重视在后世的楹联创作中也常可见到。如通城人葛毓衡的联:

平生无犬马珠玉绮绣珍馐之好,忆先严淡泊明志、宁静致远,愧小子不才,勉守此律躬垂累叶;

中国为尧舜禹汤文武周孔所贻,怎今日华洋杂处、杨墨分驰,问老天何意,迨将以变革利时贤。

近代中国,帝国主义的入侵和封建王朝的腐败,使得中国成为一个半殖民地半封建社会,洋人成了一等公民,中国人反而下人一等,对此无怪作者发出了"中国为尧舜禹汤文武周孔所贻,怎今日华洋杂处、杨墨分驰"的呼喊,质问老天,大好文明古国怎会如此。所谓"杨墨分驰",本来自《孟子·滕文公下》,孟子曾站在儒家的立场上批判杨朱和墨子,认为:"杨氏为我,是无君也;墨氏兼爱,是无父也;无父无君,是禽兽也。"作者在对联中以此形容当时中国的形势,可谓是对当时的政治失望到了极点。然而,后面的"问老天何意,迨将以变革利时贤"则又说明作者并没有完全绝望,他依然期望着时贤的出现、变革的发生。

其间有些联作多勉励色彩,有些联作则多悲慨。如李开侁题南京湖北会馆联:

泛舟自黄鹄矶头,为报芳草落梅无恙;

寻胜在红羊劫后,试问乌衣朱雀何如。

所谓"红羊劫"乃古代的谶纬之说,代指国难。古人认为丙午、丁未是国家发生灾祸的年份。以天干"丙""丁"和地支"午"在阴阳五行里都属火,为红色,而地支"未"在生肖上是羊,每六十年出现一次的"丙午丁未之厄",便被称为"红羊劫"。1907年正是丁未年,此年光绪帝病;黄河、永定河决口,云南大旱,绥来地震;西南喇嘛叛乱,英国人拟开发西藏协议;日本以水灾为由,向中国索取粮食,中国政府"输江、皖、浙、鄂诸省米粮六十万石济之"。诸多事件,验证了"红羊劫"这一说法。而"乌衣朱雀"则来自唐朝刘禹锡《乌衣巷》一诗中的名句"朱雀桥边野草花,乌衣巷口夕阳斜"。此联所写,是在国家大难之后,抒发怀古伤今之情,间接表现了对当时政治和时局的关注。

3. 赋比兴的表现手法

《诗大序》提出了"诗六义"的说法,孔颖达在《毛诗正义》中解释:"风、雅、颂者,《诗》篇之异体;赋、比、兴者,《诗》文之异辞耳。……赋、比、兴是《诗》之所用;风、雅、颂是《诗》之成形。用彼三事,成此三事,是故同称为'义'。"作为表现手法,赋、比、兴在《诗经》中大量运用,获得了良好的艺术效果。《诗经》是中国诗歌之源头,因此赋、比、兴的表现手法也对楹联产生了直接影响。

先说"赋"。所谓"赋",用朱熹《诗集传》的解释,是"敷陈其事而直言之"。这种直言包括一般陈述和铺排陈述两种情况。一般人们可能认为楹联由于篇幅限制,陈述和铺排会较少,实则不然。能将所描写的事物用丰富的言辞加以敷陈直言,便是赋,与字数的多少有时并无必然之关系。如明朝赵邦柱为咸宁永安楼写过一副联:

飞阁嶙峋,引曲岸修堤,际日摩空,遥瞻砥柱千寻,井邑阴阴隆保障;

崇台崒嵂,拥重湖叠巘,含烟吐霭,平连水天一碧,郊坰郁郁壮奇观。

此联对登临永安楼所见的景色进行了大量铺排,既淋漓尽致地描绘了当时登临的情境,同时也增强了一泻汪洋的气势,可谓兴味淋漓,磅礴浩大。

再如清朝何元恺所作黄鹤楼联:

临高台而极目,看大别垂杨,郎官春草,凤凰远岫,鹦鹉芳洲,写不尽万家烟景,更兼着帆随岸转,汉接天回,想仙人弹节归来,邂逅相逢应顾笑;

沥浊酒以抒怀,问陶公战舰,庾令胡床,白石词锋,青莲彩笔,又谁知千载英雄,都付与江上清风,山间明月,剩我辈当歌痛饮,苍茫独立自吟诗。

上联铺排现实中的景色:大别垂杨,郎官春草,凤凰远岫,鹦鹉芳洲,万家烟景,帆随岸转,汉接天回;下联则铺排想象中的文化:陶公战舰,庾令胡床,白石词锋,青莲彩笔,千载英雄。一者为实,一者为虚,虚实相映,自有奇趣。

再说"比"。用朱熹的解释,"比"是"以彼物比此物",也就是比喻之意。《诗经》中用比喻的地方很多,手法也富于变化,对后人的楹联创作影响很大。如黄梅人石昺琳题私塾联:

六经如岳峙川流,奈何欲废;
百岁亦风飘电闪,贵早自修。

将儒家六经比作岳峙川流,见其经久不废,将百岁之寿比作风飘电闪,点出求学需趁早,可谓警句。

再如柯凯风题武汉某私塾联:

学舍望江开,看九派横流,问诸生谁为砥柱;
人才当鼓铸,愿一炉熔化,待他日共补金瓯。

下联中的"人才当鼓铸"之句乃是将育人之举动比冶炼熔铸,进而生发出"愿一炉熔化,待他日共补金瓯"的设想,将人才比作"补金瓯"之材,更为雄奇。金瓯,本指金的盆盂,后比喻疆土之完固,亦用以指国土等。民国时期,外敌入侵,作者因此有教育救国之念,并以金瓯之喻说出,颇见心思。

再如喻瑞三集黄山谷句赠友联:

有子才如不羁马;
知君身是后凋松。

此联的比喻正中见奇,颇为形象而又有言外之意。"知君身是后凋松",化用《论语》中的"岁寒,然后知松柏之后凋也",也是比中藏兴,令人联想起友人的气节,与上联对友人才气的赞颂结合起来看,意味更长。

最后说"兴"。用朱熹《诗集传》的解释,"兴者,先言他物以引起所咏之词也。""兴"是一种微妙的、可以自由运用的手法,遂成为中国古典诗歌创作的重要技巧。用到"兴"的湖北楹联作品也有不少,如清代名臣左宗棠题汉口湖南会馆联:

千载此楼,芳草晴川,曾见仙人骑鹤去;
卅年作客,黄沙远塞,又吟乡思落梅花。

再如清代陶澍题汉口长沙会馆联:

隔秋水一湖耳,看岸花送客,樯燕留人,此境原非异土;
共明月千里兮,记夜醉长沙,晓浮湘水,相逢好话家山。

都是会馆之联,左宗棠以楼起兴,想到多年客居,思乡情切。而陶澍则巧借杜甫诗意,以月起兴,想到夜醉长沙,相逢谈心。两者均为思乡之句,一个想到的是自己多年在外经历的黄沙远塞,一个想到的则是自己曾经历的晓浮湘水的故乡经历,同中藏异,更见微妙。

二、楚辞的影响

"楚辞"之名首见于《史记》,本义泛指楚地的歌辞,以后才成为专称,指以战国时楚国屈原的创作为代表的新诗体。西汉末年,刘向将屈原、宋玉的作品以及汉代淮南小山、东方朔、王褒、刘向等人承袭模仿屈原、宋玉的作品汇编成集,计16篇,定名为《楚辞》。

《楚辞》运用楚地的方言声韵,叙写楚地的山川人物、历史风情,具有浓厚的地域文化色彩,如宋人黄伯思所说,"皆书楚语,作楚声,纪楚地,名楚物"(《东观余论》)。全书以屈原作品为主,其余各篇也都承袭屈赋的形式,感情奔放,想象奇特。与《诗经》古朴的四言体诗相比,楚辞的句式较活泼,句中有时使用楚国方言,在节奏和韵律上独具特色,更适合表现丰富复杂的思想感情。

在文学发展史上,《楚辞》是公认的与《诗经》并峙的一座诗的丰碑。首先,《楚辞》创造了新的诗体,开创性地打破了《诗经》四言为主、重章叠韵的体式;其次,《楚辞》丰富了诗歌的题材,拓展了诗歌的表现领域,直接孕育出了招隐诗、游仙诗等题材,政治咏怀诗等受《楚辞》的影响亦很大;最后,最重要的是,《楚辞》在诗坛开创了强调想象、激情的"浪漫主义"的文学传统,因此成为中国最早的浪漫主义诗歌总集及浪漫主义文学源头。

1. 爱国主义的精神影响

与《诗经》不同,《楚辞》是文人创作,屈原是最主要的作者。

屈原芈姓,屈氏,名平,字原,为楚武王熊通之子屈瑕的后代。少年时受过良好的教育,博闻强识,志向远大,一度颇受楚怀王信任,任左徒、三闾大夫,兼管内政外交大事。他提倡"美政",对内主张举贤任能,修明法度,对外力主联齐抗秦,但被本国贵族排挤诽谤,先后被流放至汉北和沅湘流域。楚国的首都郢被秦军攻破后,屈原自沉于汨罗江,以身殉国。

屈原的《离骚》主要抒发的是作者"信而见疑,忠而被谤"的政治失意情怀、对谗佞之人的愤慨和不愿与其同流合污的清高节操。这些最终升华成为忠于国家、献身使命、忧国忧民的爱国主义精神。之后,无数的离谗忧国、怀才不遇、壮志难酬的仁人志士的作品,都在不同程度上体现了这一爱国主义精神,表达了对屈原的无限敬仰。现代文学巨匠鲁迅对屈原推崇备至,认为屈赋"逸响伟辞,卓绝一世","其影响于后来文章,乃甚在'三百篇'以上"(《汉文学史纲要》)。

这一爱国精神在楹联写作中时有所见。

如清代彭玉麟题武昌胡林翼祠联:

本血忱一片,为国家整顿乾坤,三千里扫荡纵横,功在大江南北;

共患难十年,羡我公完全忠孝,亿万姓悲歌感激,恩流汉水东西。

胡林翼(1812—1861),字贶生,号润芝,湘军重要首领,汉族,湖南益阳泉交河人。与曾国藩、李鸿章、左宗棠并称为"中兴四大名臣",任湖北巡抚,1861年在武昌咯血死。此联以"整顿乾坤""患难十年"为赞颂对象,对胡林翼在湖北的功绩进行了高度概括,认为其"功在大江南北"、"恩流汉水东西",背后的价值指向,其实也是爱国主义的精神。

再如胡继先题施洋烈士墓:

义正词严,报国持心如铁石;
名芳烈伟,拯民矢志斗妖魔。

1923年2月4日,京汉铁路工人举行总罢工。施洋是罢工的领导者之一,积极组织武汉工人和学生进行反对军阀吴佩孚的游行示威,后被反动军警逮捕、杀害。此联将报国爱国的思想同反抗帝国主义和军阀的行为结合起来,对烈士的一生经历和光辉精神做了概括的总结,富有意义。

如浠水闻一多纪念馆楹联牌坊背面石柱联:

血溅金沙,允有大名光宇宙;
魂招歇浦,愧无巨笔志功勋。

此联是宋庆龄在1946年得知闻一多在昆明被特务暗杀后撰写的挽联。金沙,即金沙江,长江上游流经云南的一段名为金沙江。歇浦,上海市境内,黄浦江的别称,相传为战国楚春申君黄歇所疏凿,故名,在诗文中指代上海。

还有周日旦挽武昌首义后湖南援鄂阵亡将士群联:

提三尺剑,斩鞑虏头,荷一杆枪,碎汉奸骨,视死如归,羡吾湘援鄂将士皆无我;
解千金囊,助政府饷,奋万夫勇,当国民兵,惟义所在,愿普天同胞弟兄尽急公。

又陈慕虞同挽:

拔同胞出苦海中,分什么楚北湘南,急难赴鸰原,纵致命临危,甘飞热血争孤注;
驱狂寇在武昌外,悬得是千钧一发,冲锋伤虎贲,愿及时努力,检点公心博共和。

这两副联以挽武昌首义后湖南援鄂阵亡将士为主题。辛亥武昌首义精神,就是救国救民、振兴中华的强烈爱国主义精神,在爱国精神的鼓舞下,人们才有不畏艰险、敢于牺牲的壮举。对联中的"提三尺剑,斩鞑虏头,荷一杆枪,碎汉奸骨","甘飞热血争孤注","检点公心博共和",均是爱国精神的直接表现。

2. 浪漫主义的文学传统

作为我国浪漫主义文学创作的开端,楚辞突出地表现了浪漫主义的精神气质。这种浪漫精神一方面表现为感情的热烈奔放,对理想的追求,另一方面则表现为想象的奇幻。鲁迅先生在《汉文学史纲要》中说,《楚辞》"较之于《诗》,则其言甚长,其思甚幻,其文甚丽,其旨甚明,凭心而言,不遵矩度"。

在楚辞中,屈原将自己对理想的九死不悔的孜孜追求融入自由的想象和原始神话之中,构建了一个神秘绮丽的虚幻世界。想象之大胆、丰富,前无古人,启发了阮籍、嵇康、李白、李贺、苏轼等诸多的后来者。

楚辞的这种浪漫主义特征,直接的影响是丰富了文学的表现题材,孕育了招隐诗、游仙诗等体裁,并最终影响到了楹联创作。

如清代丁中和题黄鹤楼联:

> 十三年江海栖迟,壮心未已。穷达如有命,但求玉笛数声,吹破黄粱大梦;
>
> 二千里庭闱远隔,客泪频挥。神仙若可接,只乞灵丹一点,长生白发老人。

这里面的抒情方式与屈原的手法颇为相似。在此联中,主人公同样是壮心未已而又慷慨悲凉的。所谓"穷达如有命,但求玉笛数声,吹破黄粱大梦","神仙若可接,只乞灵丹一点,长生白发老人",也是借神仙幻想阐述自己的内心世界,背后隐藏的含义是穷达非命,神仙并无,因此虽然有"黄粱大梦""灵丹一点""玉笛数声"这样充满了道家思想和浪漫特色的词句,表达的最终含义却是主人公想要刚健有为、奋斗不悔的精神,这与屈原在楚辞中塑造的主人公高度一致。

再看下面的清代张文彬题黄鹤楼联：

  水月涌江流,淘尽英雄人物。回头想去,万念皆空。讲什么肚纳洞庭,胸吞云梦;

  天风回笛韵,吹开世界乾坤。掀髯听来,一尘不染。信能够手招黄鹤,膝促青莲。

这副联,其气势豪放飘逸,抒情主人公个性鲜明,感情表达一泻千里、呼啸而来,夸张手法自然、大胆,并且与具体事物相结合,不露痕迹,起到了突出形象、强化感情的作用。"肚纳洞庭,胸吞云梦""手招黄鹤,膝促青莲",想象肆意驰骋,把神话传说、奇幻梦境和瑰丽自然景象融为一体,把许多表面上看来似乎没有逻辑、毫无关联的意象组合在一起,构成一幅幅神奇的图画,充满了神异色彩,体现了浪漫主义的创作手法和无限的激情。

再如清代袁太华题黄鹤楼联：

  大块焕文章,水绕山环,变化成万千景象。凭栏俯瞰,帆樯舟楫,多因利锁名缰,何不令白云封住;

  仙人留胜迹,层楼叠阁,装点出锦绣乾坤。排闼遐观,南北东西,于此天空海阔,必须招黄鹤复来。

此联同样是出天入地,海阔天空,其中的"多因利锁名缰,何不令白云封住""于此天空海阔,必须招黄鹤复来",可谓深得招隐诗、游仙诗之内髓。

3. 独特的比德象征系统

作为抒情文学,楚辞借助寄情以物、托物以讽的手法,创造了以香草美人为典型的象征性意象,这一做法是对《诗经》比兴手法的继承和发展,内涵更加丰富,也更有艺术魅力。在楚辞中,香草美人等意象结合着屈原的生平遭遇、人格精神和情感经历,从而更富有现实感,也更加充实,赢得了后世文人的认同,并形成源远流长的文学传统。

因此,楚辞中寄情以物、托物以讽的象征不再是简单的比兴,而变成了一种比德。孔子曾言:"君子比德于玉焉,温润而泽仁也。"君子所以贵玉,是因其质地外观有"比德"之用。玉是德的载体,也是君子的化身。屈原以美人香草为喻,是用物来比喻某一类人以及他们所代表的道德观念。其影响所及,则是后世之人普遍用松、竹、梅、兰、月、花、雪、玉等事物比君子之德,形成了中国人文章写作和人物评鉴中的思维定式。

在楹联中,这一定势的表现极为明显。如清代张裕钊赠友联:

向阳野竹先抽笋;
待雪宫梅欲试花。

此联中,野竹、梅花均为比德的象征之物,以事物之美好引申赞美其德行之美好。

再如清代杨守敬为门野先生书:

向晚旧滩都浸月;
过寒新木更生烟。

还有清代利川人施闰章赠陈世凯联:

剑倚龙泉轻万马;
身先虎穴拔孤城。

这两联看起来不如前面的联句那样可直接见出楚辞之影响,但从其根本的意象"过寒新木""身先虎穴"的塑造中,依然不难见出其中的关联与奥妙。

三、楚赋的影响

楚赋一词,来自太史公《史记》中的一段话。司马迁在《史记·屈原贾生列传》中说:"屈原既死之后,楚有宋玉、唐勒、景差之徒者,皆好辞而以赋见称。"在很长一段时间内,人们多将辞赋并称。班固那里,屈原作品统统被称为"屈原赋",赫然列于《诗赋略》之首。而更早些的司马迁也将屈原所作的《怀沙》称为"赋"。

考察楚赋的作品,不难发现游戏性、讽喻性、夸饰性是楚赋的三大特征,楚赋的影响与流传,在某种意义上就是这三大特点的流传。其对楹联的影响,同样如此。

1. 游戏性

语言游戏是楚赋的一大特点。刘勰《文心雕龙》的《谐隐》一篇,很明白地指出了当时楚赋创作的目的及特色。

所谓谐,其实就是浅显而令人愉快的言辞,而隐,则是暗藏某种含义却不公开明示的言辞。

在后世的楹联中,其实也不乏此类游戏特点。有的比较直接,楹联本身便好似谜面。如清代孙家谷题宜昌三游洞联:

胜迹说三游,自从玉局题诗,问何人压倒元白;
雄图共一览,谁把金沙画界,于此地控住蛮荆。

此联其实便隐含有谜题,要理解上联,必须知道"压倒元白"的含义及元白与三游洞的关系。

先说"压倒元白",所谓"元白"指元稹和白居易,他们为中唐时期最为著名的诗人,其诗冠绝当时。一日,同僚杨嗣复在新昌里宅第宴客,元稹、白居易都在座,赋诗时,刑部侍郎杨汝士的诗最后写成,也最好。元、白看后为之失色。当日汝士大醉,回家对子弟说:"我今日压倒元白!"盖因其作品难得胜过两位,杨汝士为之自豪。后称作品超越同时代著名作家为"压倒元白"。

三游洞的名字有两个来历,当年白居易、白行简、元稹三个人曾一同游过此洞,人称"前三游",而到宋代,苏洵、苏轼、苏辙父子三人也一同来游过此洞,人称为"后三游"。所谓的"压倒元白",实际所指对象乃是东坡居士苏轼,其创作在宋代确确实实横压一世,超越当代。

而下联也是一个谜面。刘备联合孙权火攻赤壁,大败曹军之后,又挥师南下,攻打武陵、长沙、桂阳、零陵四郡,命张飞扼守三峡关卡,其在西陵山日夜操演兵马。而三游洞正位于西陵峡外。因此,所谓的"雄图共一览,谁把金沙画界,于此地控住蛮荆"的谜底则是张飞。借此人杰,更显地灵,三游洞的大名于此凸显。

以上均为隐,此外还有谐。如明代黄梅人汪可受的谐趣联:

> 架上葫芦,斜吊瓜拳擂红日;
> 城头石垛,倒长牙齿啃青天。

将日常之景描绘得颇具气势,也是一种谐。

2. 讽喻性

作赋而重讽谏,体现出来的是战国时期士子的独立精神及对世界的思考。而从这一点出发,也可看出当时诸子散文的影响。如《孟子》《庄子》《韩非子》等均有大量的寓言,其目的均在于讽谏国主,以实现自己改造社会的愿望。

有学者认为,楚赋是在民间艺术与诸子文章的交融中诞生的崭新文学体裁。从民间隐语中,它继承了游戏性基因;从诸子文章中,它接受了讽喻的使命。楹联也多讽喻一体,如清代陈仰瞻的戏台联:

> 看不见姑且听之,何须四处钻营,极力排开前面者;
> 站得高弗能久也,莫仗一时得意,居心遮住后来人。

其中讽喻之语,亦颇足观。古时看戏,缺乏规范的公共场所,往往就是群聚而看,后面人不及前面人高,当然只能听而不能看。作者借这一场景,挖出"何须四处钻营,极力排开前面者"和"莫仗一时得意,居心遮住后来人"等语句,发人深省。

3. 夸饰性

赋作为散文,整体上具有铺张扬厉、排铺堆砌的夸饰性特征。刘勰《文心雕龙·夸饰》言:"自宋玉、景差,夸饰始盛;相如凭风,诡滥愈甚。故上林之馆,奔星与宛虹入轩;从禽之盛,飞廉与鹪鹩俱获。"这一特征从宋玉的代表作《登徒子好色赋》中的描写可见一斑。

楚赋的夸饰性对后来的楹联艺术也有影响。不妨看下面几副黄鹤楼联,如清代李联芳所题:

> 数千年胜迹,旷世传来,看凤凰孤屿,鹦鹉芳洲,黄鹄渔矶,晴川杰阁,好个春花秋月,只落得剩水残山,极目古今愁,是何时崔颢题诗,青莲搁笔;

一万里长江，几人淘尽，望汉口斜阳，洞庭远涨，潇湘夜雨，云梦朝霞，许多酒兴诗情，尽留下苍烟晚照，放怀天地窄，都付与笛声缥缈，鹤影翩跹。

又如清代王镇藩题联：

形势出重霄，看江汉交流，龟蛇拱秀，爽心豁目，好消受明月清风，更四顾无边，尽教北瞻岘首，东望雪堂，西控岳阳，南凌滕阁；

沧桑经几劫，举名公宴集，词客登临，感古怀今，都付与白云夕照，溯千载以往，只数笛弄费祎，酒赏吕祖，诗提崔颢，笔搁青莲。

又如清代潘炳烈所撰：

跨磴起岑楼，既言费文伟曾来，旋谓吕绍先到此。楚书失考，竟莫喻昉自何期？试梯山遥穷郢塞，觉斯处者个台隍，只有祢衡作赋，崔颢题诗，千秋宛在。迨后游踪宦迹，选胜凭临，极东连皖豫，西控荆襄，南枕岳长，北通申息，茫茫宇宙，胡往非过客遽庐？悬屋角檐牙，听几番铜乌铁马，涌蒲帆桂楫，玩一回雪浪霜涛。出数十百丈之巅，高凌翼轸，巍巍岳岳，梁栋重新。挽倒峡狂澜，赖诸公力回气运，神仙浑是幻，又奚必肩头剑佩，画里酒钱，岭际笛声，空中鹤影。

蟠峰撑杰阁，都说辛氏楼托始，那知鲍明远弗传。晋史阙疑，究未闻建从谁手？由战垒仰慕皇初。想当年许多人物，但云屈子离骚，鬻熊遗泽，万古常照。其余创霸图王，称威俄顷，任成灭黄弦，庄严广驾，共精组练，灵筑章华，落落豪雄，均归于苍烟夕照。惟方城汉水，犹记得周葛召棠，使大别晴川，亦依然尧天舜日。偕亿兆群伦以步，登竿云霄，荡荡平平。欃枪尽扫，睹丰功骏烈，贺而今曲奏承平。风月话无边，赏不尽郭外柳阴，亭阑枣实，洲前草色，江上梅花。

这三副联均是长联,极富夸饰性,之所以如此,恰在于其描写丰富,反复致意。最后一副,更是气势雄奇,首先回顾整个与黄鹤楼相关的历史——祢衡作赋,崔颢题诗,屈子离骚,鬻熊遗泽,费文伟曾来,吕绍先到此,之后,又对其地理、建筑反复赞颂——东连皖豫,西控荆襄,南枕岳长,北通申息,成灭黄弦,庄严广驾,共精组练,灵筑章华,最终归于眼前景,空中情——岭际笛声,空中鹤影,洲前草色,江上梅花。虽有堆砌之嫌,却也不乏铺张之势。

四、楚俗的影响

楚俗是楚文化的有机组成,要理解楚俗乃至理解楚俗对后世的影响,根源在于理解楚文化。考察楚文化的形成,可认为楚文化是西周时期在楚国形成的,以长江中部流域为代表的历史文化,是一种在楚国诞生、由楚人创造并以此命名的区域文化。从时间上说,楚文化发端于中华文明史早期,自熊绎于周成王时为楚始封君至战国末期楚国被秦国灭亡,历时约八百年之久。从空间上说,楚文化是周代时楚国所统治的地域的文化,其影响的范围随着楚国的兴衰而发生变化。最强盛时期,东到长江口,西至四川东部,北及黄河,南越五岭,东北达山东,西北踏汉中,西南望云贵,均为楚国领地,其疆域几乎覆盖了中国的南部,其文化则覆盖长江流域乃至淮河和珠江流域的一部分,影响不可谓不大。

作为一种古老的地域文化,楚文化丰富而博大,楚俗也因此显得多姿多彩,就其作用后世且影响文学的方面而言,主要有三者,分别是饭稻羹鱼的饮食习俗、尊鬼重神的祭祀习俗和独特的凤凰崇拜。

1. 饭稻羹鱼的饮食习俗

《史记·货殖列传》曾介绍先秦时期楚国的货殖情况:"楚越之地,地广人稀,饭稻羹鱼,或火耕而水耨,果隋蠃蛤,不待贾而足,地势饶食,无饥馑之患,以故呰窳偷生,无积聚而多贫。是故江淮以南,无冻饿之人,亦无千金之家。"饭稻羹鱼是楚国在饮食上的习俗与特色,与北方黄河流域普遍种植小麦,习惯直接食用麦粒截然不同。楚国腹地江汉平原为水泽之国,更有洞庭湖、鄱阳湖、洪湖,水产品极为丰盛。鱼对于楚人来讲,是极为平常的食品。

此外,楚人还喜宴饮、豪饮,常在宴会上敬酒、歌舞、赋诗、舞剑,以助酒兴。《招魂》篇中便有"娱酒不废,沉日夜些。兰膏明烛,华灯错些。结撰至思,兰芳假些。人有所极,同心赋些。酣饮尽欢,乐先故些"的描写,后来又有"瑶浆蜜勺,实羽觞些。挫糟冻饮,酎清凉些。华酌既陈,有琼浆些。归来反故室,敬而无妨些",进一步说明了当时人对酒的看重。此外,宴饮之时,常有舞剑之事,鸿门宴上项庄舞剑,也是楚俗。

饮食习俗是一个文明最根本的风俗习惯,也是其智慧和文化素质进步的标志之一,影响深远。后世湖北的楹联,也留下了大量饮食习俗的痕迹。如清代洪良品题东坡赤壁联:

> 水光接天,人影在地,月白风清,问凉夜谁来赤壁;
> 好竹连山,长江绕郭,笋香鱼美,忆先生初到黄州。

又如清代丁守存题赤壁联:

> 胜迹访黄州,曾携鱼酒再勾留,奈烟水苍茫,何处觅泛舟苏子;
> 雄文争赤壁,谁把江山重点缀,想风流豪宕,前身本顾曲周郎。

又如清代胡大华所题黄州赤壁联:

> 武昌酒,樊口鱼,巴河藕,竹楼棋韵,桂棹箫声,当年谪宦栖迟,欲管领无边风月;
> 忠孝才,英雄气,羁旅愁,菩萨妙明,神仙游戏,如许奇情磊落,都包含两大文章。

另有清代徐文穆题鄂藩署二堂联:

> 饮建业水,食武昌鱼,千里驰驱,到处聚观香案吏;
> 对紫薇花,撒金莲炬,九霄瞻仰,何年却向帝城飞。

鱼和酒成为两个重要的意象出现在这些楹联中。当然，之所以如此，跟《后赤壁赋》中苏轼"携酒与鱼，复游于赤壁之下"有关，考虑到苏轼所在赤壁乃当今湖北黄冈之赤壁，那么这里的鱼和酒当然也是对当年楚国风俗的遥远回应了。

2. 尊鬼重神的祭祀习俗

楚俗好祀，尚鬼，而鬼也就是神。王夫之在《楚辞通释·九歌》中说："熟绎篇中之旨，但以颂其所祀之神，而婉娩缠绵，尽巫与主人之敬慕。"说明楚俗好祀鬼神。

楚人祭神，必卜吉日良辰。楚俗既祀荆楚地方神祇，亦祀中华民族共尊之神。《九歌》所祭九位鬼神，至少有六位属于荆楚地方神，分别是东皇太一、湘君、湘夫人、大司命、少司命、山鬼。属于中华民族共尊之神的则有云中君、东君、河伯，还有为国捐躯将士灵魂。

荆楚祭祀文化与当时频繁的军事战争、农业生产活动和民众日常生活密切相关。楚人的祭祀习俗很多后来都消失在历史的长河中，但对于国殇、鬼雄的记忆则保留在了文学作品之中，成为描述战争残酷性，战士们保家卫国、视死如归的壮烈性以及人们对其崇敬的重要意象。

如周可钧挽武昌首义后湖南援鄂阵亡将士联：

为杀贼而亡，知此去必为雄鬼；
率同胞一哭，愿来生再作奇男。

又如田镇蕃同挽联：

忆昔招魂赋，最伤心莫若忠臣，今恢复大汉河山，尤怅念衡岳旌旗，湘楚豪杰；
读古战场文，能报国方为雄鬼，试来听钧天箫管，莫误作城头鼓角，塞上琵琶。

招魂、雄鬼之词出现其中，其意正在此。

3. 与众不同的凤凰崇拜

相对于先秦时期北方民族虽然尊龙尊凤，而以龙为先，楚国也以龙凤并尊,但却是以尊凤为主。凤并不是现实存在的动物,其原型应该是"一种或者几种凡鸟"(张正明《楚史》)。凤的形状,《山海经》中记载:"有鸟焉,其状如鸡,五采而文,……首文曰德,翼文曰义,背文曰礼,膺文曰仁,腹文曰信。是鸟也,饮食自然,自歌自舞,见则天下安宁。"凤凰出于丹穴之山,浪漫而又虚幻,象征着幸福、吉祥和正义,是楚人最崇拜的动物神。

楚人对凤的崇拜与其对祖先的认知有关。根据《国语·郑语》和《史记·楚世家》以及江陵望山1号和2号墓出土的简文记载,祝融是楚人的先祖。祝融正是凤的化身。《白虎通义》卷三:南方之神祝融,"其精为鸟,离为鸾"。这里的鸾就是凤的另一种称呼。另外,楚地流行骑龙乘凤以上天庭的说法,因为它们一飞冲天的姿态正好和楚人灵魂归天的观念吻合。因此凤在信巫鬼、重淫祀的楚人心中,被赋予了上通天庭、下达阴府的巫觋祭祀的神通。凤以此成为至真、至善、至美的化身,它胸怀壮志,意志坚韧,能浴火重生,是最完美的动物神。

因此《楚辞》中经常出现凤的形象。《离骚》中曰:"鸾皇为余先戒兮,雷师告余以未具。吾令凤鸟飞腾兮,继之以日夜。"楚人不仅以凤喻人,还喜好以凤喻己。楚庄王在回答大臣时就将自己比喻成一只凤鸟,"三年不飞,飞将冲天;三年不鸣,一鸣惊人。"

凤凰崇拜也影响到了文学创作。由于凤凰在楚人那里是高贵之神,也常被用来比喻有才干而又品德高尚之人,因此在楹联创作时也常常成为高贵之意象。

如明代熊廷弼题江夏锦绣山联:

> 锦绣山高,脉脉结成龙虎地;
> 梁子湖阔,滔滔流入凤凰池。

再如陈卓夫题沔城文庙内泮池联:

> 活水远连洙泗水;
> 泮池遥接凤凰池。

两联中均出现了凤凰池之名。事实上,所谓的凤凰池在唐朝时是中书省的代称，而中书省是决策机构，负责草拟、颁发皇帝的诏令。《增广贤文》中有"一举首登龙虎榜，十年身到凤凰池"之句，比喻通过努力苦读，终于有了位列中枢、大展宏图的机会。因此，此两联不管是"梁子湖阔，滔滔流入凤凰池"也好，还是"泮池遥接凤凰池"也罢，表达的都是对本土人士努力奋发、鹏程大展的良好祝愿。

清代官秀峰题湖北贡院至公堂联的内涵也与此类似：

  一万间广厦宏开，看洲环鹦鹉，岭集凤凰。此邦山水钟灵，当复生刘黄冈，熊汉阳。巨手雄才，文章华国。
  三百年英雄贤起，想席贡隋珠，囊陈荆璧。多士青云得路，须力企贺克繇，张太岳。名臣硕辅，经济匡时。

不同之处在于，他直接将凤凰所比拟之人——刘黄冈、熊汉阳、贺克繇、张太岳等嵌入联中，期盼更殷。

凤凰形象，既可以是人们才干的承载体，也可是品德的代言人。如清代佚名的一副黄鹤楼联：

  访鹤来游，草绿芳洲鹦鹉色；
  听莺求友，山青故国凤凰声。

凤凰俨然成为不与凡鸟相并的存在，遗世而独立，非高洁之士不肯友。应当说，这里凤凰的文化内涵，依然回荡着先秦楚国文化的遗响。

（咸宁郭彧供稿）

第二节 复杂多样的山川景物风貌在湖北楹联中的体现

湖北的山川风物、人文胜迹别有特色。既有奇异的巫山，又有神秘的武当山；既有长江、汉水，湖泊湿地，又有广阔丰腴的平原；既有名扬遐迩的黄鹤楼，又有高山流水的古琴台；既有道教名山九宫山，又有天下祖庭禅宗名寺五祖寺；既有赤壁古战场，又有东坡文赤壁，还有古隆中、鹿门山、仲宣楼、明显陵、荆州古城建筑群等等。湖北真可谓物华天宝，人杰地灵。湖北楹联得江山之助，风格丰富多彩。这里仅就雄浑、典雅、兴寄、悲慨、旷逸、理趣、含蓄和清空等几个方面，结合湖北山川风物、人文史迹特点，分别进行简析。

一、关于雄浑

楚地山高水阔，景色壮美，容易引发文人的感慨和遐想，写出雄浑之作。雄是雄壮，浑是浑成。所谓雄浑，也就是气魄雄伟而又浑然一体。"乱石穿空，惊涛拍岸"的壮观是雄伟。"势雄中汉表，气浑太初时"的旷远意境是雄浑。其特征表现在作者胸襟旷远、作品意境壮阔、创作技巧善于提炼三个方面。如清代方维新题黄鹤楼联：

对江楼阁参天立；
全楚山河缩地来。

上联实写，黄鹤楼与隔江相对的晴川阁峙江撑天立地，气势雄伟；下联虚写，全楚山河尽收楼中，气度恢宏。参天，高耸于天空。缩地，传说中化远为近的神仙之术。"参天""缩地"，一纵一横，陈述登楼极目，荆楚山河尽收眼底之壮观。此联以夸张的手法，表现登临楼阁极目，胸罗万象，一览无余之壮阔境界，雄奇瑰丽含蕴其中。

又如清代顾景星题黄鹤楼联：

鹤舞关河动；
云飞楚塞长。

此联以"鹤舞云飞"之势，震撼关河、楚塞，造此奇崛之句，一"动"一"长"，语工喷发，于雄壮的动感中表现楚地特色。

又如清代陈大文题晴川阁联：

杰阁飞甍，槛外蜀吴横万里；
风帆沙鸟，天边江汉涌双流。

晴川阁建于明代。为明汉阳太守范子箴建。取崔颢"晴川历历汉阳树"句中"晴川"为阁名。与武昌蛇山黄鹤楼隔江相对，辉映成趣。此联写晴川阁壮美的景观。登阁览胜，极目楚天，蜀水吴山，帆樯鸥鸟，共随江汉洪流涌向晴川，形成"三楚胜地，千古巨观"。规模宏敞的晴川阁，峥嵘气象尽收眼底，体现雄瑰的庄严气象。

另如清代佚名的晴川阁联：

山势西分巫峡雨；
江流东压海门潮。

上联写山势，表现晴川阁所处位置龟山，"截断巫山云雨"，向西控"巫云楚雨"；下联写江流，任"龟蛇锁大江"，而水声依旧呼啸滚滚东流去，气压海口之波涛。联语体现晴川阁与黄鹤楼分建于龟山和蛇山上，其地理位置在长江中游重镇武汉。隔江对峙，"西分""东压"，语简力大，表现"山势""江流"磅礴的气势。此联构思不凡，想象恣肆。晴川阁横绝太空，括尽东西雄奇壮美之形势。又于其中超然拔出言意之外，风骚继响，笔墨千秋。

当然，表现山水壮美的，还有与雄浑相近且在创作诗联中经常出现的风格，那就是雄奇。雄奇的特征如"面面孤如削，峰峰势若昂"者，表现为既壮美而又奇诡。高兀是"雄"，但也接近"奇"。雄伟也好，雄壮也好，主要在"雄"，但其中往往包含着"奇"。因为，雄伟没有不奇的。如佚名题大别山天堂寨联：

万峰削翠；
一径横天。

天堂寨，位于鄂豫皖三省边境大别山主峰。此联以八字两句描绘天堂寨的形势，堪谓以简洁而胜长篇。万峰壁立如削，像美丽的屏风排开。一条山路石径如线，横亘天空，体现天堂寨峰美形奇势壮。表现出作者胸襟和气魄之壮阔、作品意境之雄奇。

再如吴玉章题楚西塞楼联：

锁夷陵一方之局；
收蜀道三千之雄。

楚西塞楼位于湖北宜昌夷陵。上联写楚西塞楼的形势，一个"锁"字表现其地位如同钥匙一样重要；下联写独揽蜀地三千之雄魄，一个"收"字体现西塞楼雄壮之气势。联语切地、切势。此联突兀一个"雄"字，含蕴一个"奇"字，句法受"楚辞体"的影响，耐人清玩。

如明代李东阳题武当山诗中摘联：

> 天柱半悬双阙紫；
> 金宫遥插万峰青。

此联以"半悬双阙""遥插万峰"状形势既雄且奇。在奇或险中，却往往含着雄浑。联语把天柱峻拔与突兀之势浑然融为一体，契合造化，意境健崛，呈现傲拔奇丽的壮观。

二、关于典雅

湖北各地名人名胜众多，有着深厚的人文底蕴，这就决定了反映这些内容的楹联需要既典又雅。典是典重，雅是雅致。典重显其古朴庄重而不浮，雅致显其高洁优美而不俗。因为庄重用典，所以情感的表现方合乎法度；因为情致高雅，所以兴趣的追求在于高尚风标。联语既庄重又文雅，既韵高又雅致者，就属于典雅风格。在典雅中，无靡词艳句，也无俚谚俗语，始显得古色古香，端庄高雅。

如清代李守礏题武昌王恩绶祠联：

> 久要不忘平生之言，有守有为，临难毋苟免；
> 敢问何谓浩然之气，惟忠惟孝，杀身以成仁。

王恩绶祠在湖北武昌。王恩绶，字乐山，江苏无锡人。道光二十九年(1849)举人。任武昌知县。上联"久要"句见《论语·宪问》"久要不忘平生之言"，意谓经历长时期的艰难，都不要忘记平日的诺言。"有守"句见《书·洪范》"凡厥庶民，有猷，有为，有守，汝则念之"，意谓有节操有担当。"临难"句见《礼记·曲礼上》，意谓遇到危难时不苟且偷生。下联"敢问"句见《孟子·公孙丑上》。何谓浩然之气，指充塞于天地之间"至大至刚"的精神力量和境界。此联集《论语》《孟子》名言，题于名人祠堂，典切祠主的操守志行、忠国孝亲的人品,以及临难而不避和敢于献身的精神。

再如清代陈大纶题黄鹤楼联:

> 崔唱李酬,双绝二诗传世上;
> 云空鹤去,一楼千载峙江边。

崔唱,指唐崔颢的《黄鹤楼》诗。李酬,指李白读崔颢的《黄鹤楼》诗时感而有句云:"眼前有景道不得,崔颢题诗在上头。"双绝二诗,指崔颢、李白咏黄鹤楼名作。云空鹤去,化用崔颢《黄鹤楼》诗"黄鹤一去不复返,白云千载空悠悠"句意。此联化用典事,赞叹为楼而吟的传世二诗,强调楼以诗传,峥嵘"千载峙江边"的气象。联语围绕名楼选材,化用诗句,跨越时空,由古及今,文笔清雅拔俗,体现黄鹤楼的壮观。

又如清代张之洞题晴川阁联:

> 东去大江,可怜淘尽英雄,才华尚传鹦鹉赋;
> 西望夏口,从此永销征战,霸图休吊犬豚儿。

上联前两句化用苏轼《水调歌头·赤壁怀古》"大江东去,浪淘尽千古风流人物"句意。《鹦鹉赋》为东汉名士祢衡借鹦鹉发泄心中感慨所作。下联由孙权大败曹操于赤壁,终形成三国鼎立的局面,而引发"霸图休吊犬豚儿"之感慨。犬豚,狗和猪,喻卑劣、鄙贱之人。曹操说:"生子当如孙仲谋,若刘景升儿子,豚犬耳!"

此联以发生在江夏一文一武的史事,吊古感怀:"可怜"英雄淘尽,独《鹦鹉赋》的才华传千古;曹操、刘备、孙权英雄一世,"霸图"呢?尔后都在"犬豚儿"手上灰飞烟灭。联语借题发挥,立意不同凡响。"犬豚儿"俗语也,而"霸图休吊犬豚儿"则俗中见雅,由俗入雅,清典可诵,体现了史鉴作用。

再如清代余古泉题小池义渡亭联:

> 过客停车,此处已悬徐孺榻;
> 渡江击楫,劝君早着祖生鞭。

义渡亭,在湖北黄梅小池镇。小池与九江隔江相对,是过江的古渡口。这副题义渡亭联,仅22个字,却用了徐孺榻、祖生鞭两个典故,含义渡之别趣。联语脱尽俗气,朴质见韵致。词眼在一个"劝"字上,具激励过客着先鞭而努力向前之意。

又如清代黄梅人胡寄垣的书斋联:

  有志者事竟成,破釜沉舟,百二秦关终属楚;
  苦心人天不负,卧薪尝胆,三千越甲可吞吴。

此联见于清人邓文滨《醒睡录·掇取功名要志坚》。上联首句语见《后汉书·耿弇传》。上联以"有志者事竟成"立论。引用成语"破釜沉舟"论证,语见《史记·项羽本纪》,意为"以示士卒必死,无生还心"。因而楚军以一当十,摧毁秦军主力,攻克咸阳,"百二秦关终属楚"。下联首句化用俗语"苦心人天不负"立论。引用成语"卧薪尝胆"论证,事见《史记·越王勾践世家》,刻苦自励,发愤图强,不敢安逸,终灭了吴国。此联借用典实,强调立志发愤的重要。联语"义归正直,辞取雅训"(黄侃《文心雕龙札记》),古雅中见庄重。

三、关于兴寄

  湖北九省通衢,行旅往来,世事更替,文人往往借景借物兴寄情怀。兴寄,就是我们常说的寄兴。所谓兴寄,就是兴起于词,寄托于物。因此,"兴"的写法就是托事于物,就是因"兴"而生情。只是这种情思是作者由微小之物触发而兴起,又寄托于物而表达出来的。联语如借景抒情者、托物寓情者、触物起情者,都是兴寄风格的表现。

如明代江夏人郭正域题一枝巢轩联:

  自此鹪鹩堪寄托;
  任他风雨不飘摇。

一枝巢轩,居室名。此联深于兴寄。以鹪鹩喻弱小者,联想小鸟有一枝巢可栖,任风雨来袭,无飘游之苦就很自得,体现一种知足之乐。这种把感情寄寓在形象描写中,充分发挥了形象产生无穷意味的作用,这就是钟嵘《诗品》所说的"文已尽而意有余,兴也"。

又如清代张之洞题鄂州西山联:

　　鼓角隔江闻,当年铁马纷纭,赖有诗篇消旅况;
　　宾僚携屐到,他日玉堂归去,也应魂梦忆清游。

鄂州西山在湖北鄂州市内,临长江,与黄州赤鼻矶隔江相望。山上有吴王避暑宫等胜迹。此联借景起兴,感慨当年天下纷争,赖以诗篇消遣客旅闲愁,他日忆取此次清游,玉堂归去,自当快意平生。联语清雅,寓托情怀,风云意气。

钟嵘在《诗品·序》中论曰:"文已尽而意有余,兴也;因物喻志,比也。"指出比和兴的共同特点是托物寓情。唐宋以后,"比兴"连用,体现了托物寓情的共同要求。

如唐代郑谷摘诗句题钟祥莫愁湖水阁联:

　　一片湖光比西子;
　　千秋乐府唱南朝。

莫愁湖在湖北钟祥。莫愁,古时女子名。其说有二,一为石城人,一为洛阳人。此指钟祥石城的莫愁。《旧唐书·音乐志》:"《莫愁乐》,出于《石城乐》。石城有女子名莫愁,善歌谣。……故歌云:'莫愁在何处?莫愁石城西。艇子打两桨,催送莫愁来。'"石城在今湖北钟祥,钟祥西有莫愁村,因以莫愁名湖。上联是比,化用苏轼《饮湖上初晴后雨》诗:"欲把西湖比西子,淡妆浓抹总相宜。"切秀美的莫愁湖风光。下联是兴。缘于南方的《吴歌》《西洲曲》乐府民歌,寓南朝诗歌创新的成就。此联语言平易清爽,"比兴"连用,词意缥缈,即景兴起,写态寓情,于"比兴"之中涵咏其中的雅趣,寄托作者某种思想感情。

楹联中寄情托兴的创作手法,和"兴寄"的艺术风格是相同的。晋王羲之《兰亭集序》:"或因寄所托,放浪形骸之外。"清代袁枚强调"诗有寄托便佳"。

如清代邓文滨题紫云山喷雪崖联:

> 立足如紫云观瀑；
> 洗心若白雪喷崖。

喷雪崖在湖北黄梅紫云山麓，位于老祖寺前方，二者相距约一公里。此联于同治三年(1864)书刻于岩壁。今为黄梅老祖寺一个景点。联语借景抒情，由"观瀑"而引发象外之意。"白雪喷崖"冲击心地，洗涤尘怀。此情若"正言直述，则易于穷尽，而难于感发"。寓情于言外，意味耐人寻思。

再如清代胡翰泽题黄鹤楼联：

> 一笛清风寻鹤梦；
> 千秋皓月问梅花。

联语"一笛"和"梅花"取自李白的"黄鹤楼中吹玉笛，江城五月落梅花"。鹤梦，谓超凡脱俗的向往。唐司空图《与李先生论诗书》："地凉清梦鹤，林静肃僧仪。"此联即景生情，当清风徐来，皓月当空，"寻鹤梦"、"问梅花"，旷怀远致，尽寄托在一"寻"一"问"中。

四、关于悲慨

凡有不平或不公之事，自有叹惋之声，悲哀之痛，楚地自屈原始即多去国怀乡、吊古伤今之悲慨。悲是悲伤、悲愤、悲壮，慨是愤慨、感慨。文艺作品，多是悲情触物感怀而慨叹。也就是表达对客观事物一种不惬意的或痛或叹至极的情绪，并非仅是悲伤惋惜。悲慨也是多方面的，或追思往事而悲怆，或慨长思而怀古，或感伤离乱。

如清代秦瀛题秭归屈原祠联：

> 何处招魂，香草还生三户地；
> 当年呵壁，湘流应识九歌心。

屈原祠在湖北秭归，也称三闾大夫祠。上联怀人。作者以"何处"发问，追思屈原一生的不幸遭遇。借屈原《招魂》篇名立意，此指招屈原之魂。屈原曾以"香草"自喻，此代指屈原，表明所凭吊的人物是楚国著名诗人，忠贞志士。下联言事。"当年呵壁"，指屈原遭放逐，作《天问》以泄愤懑。一个

"呵"字,表现屈原的忧国忧民、敢怒敢爱。将"湘流"拟人化,体现世人对屈原的理解与同情。"九歌心",充满思念与忧伤,赞扬屈原的爱国情愫、忠贞气节和高尚品格。此联怀人、言事、讴歌、凭吊,错落有致。联语词简重尔雅,愤懑之情,慷慨激昂,起伏跌宕。文心庄敬,托意昭然,极富感染力。

又如清代王文濡题黄鹤楼联:

<blockquote>
鹤去已千年,笑仙人阅尽兴亡,王几人,霸几人,都付与大江东去;
楼高仍百仞,叹末世争将权利,为公战,为私战,问谁是当日南能。
</blockquote>

上联写时代变迁,人世沧桑。王业也好,霸业也罢,千古帝王将相,英雄人物,统随大江流去。下联写名利相争。无论公战还是私战,为的是权力财势,有谁能如南能那样虔诚向善?南能,即慧能。此联俯仰今昔,意气孤傲。语言淡雅而劲健,"兴亡"之苦,"权利"之争,尽在一"笑"一"叹"中。辞色悲惋,殊可慨也。

又如清代朱珔题赤壁二赋堂联:

<blockquote>
胜迹别嘉鱼,何须订异箴讹,但借江山摅感慨;
豪情传梦鹤,偶尔吟风弄月,毋将赋咏概平生。
</blockquote>

此联以苏轼将"文赤壁"误作"武赤壁"之事而抒发己见:黄州的赤壁有别于嘉鱼赤壁,何必去正讹误?苏轼只不过是借江山抒发感慨罢了。东坡的逸兴豪情见于《后赤壁赋》。"梦鹤"的描写,只是偶尔吟风啸月而已,别以赋中的思绪来概括苏轼的一生。此联旨在平息何处是三国赤壁之战的地方的争论,妙在"辩"。联语从容淡雅,观点正确,表现作者针对一些人拘泥于考证而读前后《赤壁赋》,因而触发这种叹惋的情绪。尤其结句挺劲,切中肯綮。

但是悲痛愤恨之作品,多表现对人和事产生情极悲惋之时,间多怨恨,或歌或哭,一种强烈悲愤的情感跃然纸上。

再如成鼎先题武汉九女墩联:

舒袖舞千秋，嫦娥素有清辉魄；

抚弦歌九女，巾帼常赋义烈篇。

九女墩在湖北武汉东湖北端。相传太平天国时，武昌为清兵攻破，城中人民奋起反抗，有九个女子在与清兵血战中不屈而死。后来人们偷偷将英勇殉难九名英烈的遗体埋在东湖畔，称为"九女墩"。上联以嫦娥比九女，颂扬九女的高尚情操与宁死不屈的精神；下联以抚琴为诗，称赞九女的忠义贞烈。此联辞色壮烈，追思英烈哀而不伤，悲壮感慨，激励人心。

再如汝方午题洪湖峰口忠烈第一陵园联：

骏骨长埋，百里寒光身浴血；

精神不死，千秋正气仰忠魂。

忠烈第一陵园在湖北洪湖峰口，此园为纪念抗日阵亡将士而建立。此联慷慨悲歌，赞颂抗日烈士秉浩然正气而生、为拯救国家而死的忠贞意志，体现建园立碑祭忠魂的壮慨之情。"读之令人壮浩然之气，而坚确然之守也。"（黄文焕《楚辞听直》）

五、关于旷逸

湖北景致苍茫旷放，极目骋怀，自易引发旷逸文笔。旷逸就是旷放超逸。旷则心胸开阔，大度能容万物；逸则性情超脱，一切处之泰然。就是说旷放不羁有如大海能纳百川，超逸洒脱而无患得患失之累。明代胡应麟《诗薮·古体》："古诗轨辙殊多……有以高闲、旷逸、清远、玄妙为宗者。"其中"旷逸"风格在楹联作品中常见。

如清代宋荦题黄鹤楼联：

何时黄鹤重来，且共倒金樽，浇洲渚千年芳草；

但见白云飞去，更谁吹玉笛，落江城五月梅花。

上联写神思，黄鹤重来时，酣饮之余，共把杯中之酒，浇鹦鹉洲千年的芳草；下联写目见，江上白云飞去了，楼上吹奏《梅花落》的笛声犹在耳畔响起，眼前仿佛看到梅花满天飘落的景象。此联从唐诗中蜕出，不著议论，以心中意、眼前景,感慨与愁绪尽在金樽玉笛中,体现"游目骋怀,足以极视听之娱,信可乐也"的意态。

再如清代宋镳题晴川阁联:

> 栋宇逼层霄,忆几番仙人解佩,词客题襟,风日最佳时,坐倒金樽,却喜青山排闼至;
> 川原揽全省,看不尽鄂渚烟光,汉阳树色,楼台如画里,卧吹玉笛,还随明月过江来。

上联虚写所想,以"仙人解佩""词客题襟""坐倒金樽"表现晴川阁使游人流连忘返的原因;下联实写所见,游客登阁俯瞰山川,武昌风光,汉阳景致。此联细致地描绘晴川阁的诗情画意,媚人的景色引人入胜,目不暇接。联语大有"逍遥于山水之间,放旷乎人间之世"的意境。

又如吴海南题黄龄洞联:

> 孤云野鹤之俦,忆鞋香楚地,笠重吴天,卓锡转黄龄,最难忘岭上蕨肥,山中菜苦;
> 明月清风而外,有潭底驯龙,洞边啸虎,皈心持半偈,说什么双峰佛塔,万古禅灯。

黄龄洞位于湖北黄梅。上联切"卓锡转黄龄",一个"忆"字领起,芒鞋斗笠,历楚水吴山,终卓锡黄龄洞与闲云野鹤为友,难忘清苦的生活;下联切"皈心持半偈",一个"有"字,说明此处潭底藏龙,洞边卧虎,对佛塔禅灯,诵唱颂词,超尘脱俗倒也自在。此联描绘黄龄洞环境之胜,抒发蕨菜充清供之趣。联似一篇游山之记,以纪事笔法,文弥晦而意弥周,体现作者豪放旷达超然物外之情怀。

六、关于理趣

湖北风物,多蕴含理趣。理是义理,趣是情趣。也指思想情致。理趣,顾名思义,就是说理而有趣。所谓"说理",是从楹联所表现的主旨或观点而言的,要求作品反映正确的义理。所谓"有趣",是针对楹联的艺术特征来说的,要求作品能够引发读者的审美兴趣。严羽《沧浪诗话·诗辨》中云:"诗有别趣,非关理也。"严羽的话,并非否定说理诗,而是强调抽象的概念化的说理诗不能算诗,诗还必须有趣味。最好的办法是通过山水物象来表达,湖北许多地方的楹联就很好地体现了这一点,达到水乳交融的境界。

如清代郎锦骏题龙泉书院联:

泉石间得少佳趣;
二三子当惜寸阴。

龙泉书院在湖北荆门。此联理趣浑然天成。旨在告诫学子们珍惜光阴,刻苦勤奋学习,同时又劝勉诸君不要死读书、读死书,而应当于"泉石间"培养兴趣,陶冶情操,感受泉石之趣,领会诗文之理。

可见理趣往往都是以具体生动的形象来表达一定"义理"的。真正以"理趣"而为大家所喜爱又有高度艺术水平的,是那些善于通过具体、形象的描写来表现某种生活真理的楹联。

如黄秉衡题黄州赤壁联:

参透变不变之精微,处处是黄州赤壁;
觉得梦非梦之境界,人人尽西蜀东坡。

此联词理很有情致,表现作者意兴盎然,述说万物随化变与不变的道理。以梦中的幻觉,如登仙境的趣味,把说理寓趣融为一体,达到水乳交融的程度,理趣浑然。

这里所讲的"理趣",当然也包括禅理禅趣。以禅理入联,应避免禅语的堆砌,当体现禅趣。清人沈德潜说:"诗贵有禅理禅趣,不贵有禅语。"例如康有为的武昌琴园联:

琴谱茶经,扶轮风雅;
园花池月,悟彻禅机。

琴园在湖北武昌沙湖沟口,乃清代湖北道员任桐仿效《红楼梦》中大观园而筑,为民初重要风景区。此联语言清淡,以闲适之心,听曲品茶,吟诗论文;审视园中花草,池上明月,息虑凝心。入于禅定时,那种安稳寂静空明之境,使人悟彻禅义的真理和禅味的妙趣。既体现禅宗重在"悟"之哲理,又体现诱人的美的形象。禅理禅趣融合一起,浑然天成。

七、关于含蓄

楚人多粗犷不羁,豪放洒脱,但其文学作品也有相当含蓄的一面。楹联创作,要求作品的内蕴深厚,不可疏于浮泛浅露,重在含蕴情致,追求言外的意趣风神。正如司空图在《诗品》中论"含蓄"说:"不着一字,尽得风流。"所谓"不着一字"不是什么都不说,而是隐约其词,暗示其意,说到点上为止。含就是含隐,蓄就是蓄秀。于意在言外的意境中,让读者涵咏体味,想象含而不露的美感。

如明代朱国祯题汉口襟江酒楼联:

襟抱谁开,登楼纵眺；
江山如此,有酒盈樽。

襟江酒楼在湖北武汉汉口,地当汉水入长江之口,故名。汉口古名汉皋,一称夏口,也称沔口。明清时与广东佛山、河南朱仙、江西景德合称四大镇。

此联是一副别致的嵌名联,趣味尽含蕴在嵌"襟江酒楼"用意中,简洁可诵。上联写纵览。以"襟抱谁开"发问,是什么使来客的襟怀抱负敞开了,强调江汉间美景的魅力,诱人"登楼纵眺"。极目江汉云天,纵情赏景的情态便跃然而生。下联写畅饮。由登楼远眺生发"江山如此"之感叹,表现赞美山河壮美之情。"有酒盈樽",举杯劝饮,赏景言欢,足见雅客坦然举放之风致。

再如萨迎阿题黄鹤楼联:

一楼萃三楚精神,云鹤俱空横笛在；
二水汇百川支派,古今无尽大江流。

上联切楼。首句表现黄鹤楼气象宏伟,一个"萃"字含蕴楚文化之精华。下句化崔颢、李白的诗句,抒写时光流逝之感,又抒发一楼永在之慨。下联切水。首句写长江汉水自古至今奔流不息的气概,一个"汇"字体现江流气势壮阔，又涵"海纳百川"之哲理。末句化用南宋辛弃疾词意，感喟星移物换、人世沧桑。此联含蕴寓意，笛声、江流声、白云、黄鹤，含蕴古今多少事，令人驰骋想象。联语奇瑰，冲淡从容，意深远而质朴，有《楚辞》之风格特征。

再如清代黄献卿题汉阳古琴台联：

> 道旁樵客何须问；
> 琴上遗音久不传。

古琴台又名伯牙台，在原汉阳城北月湖侧畔，东对龟山，左邻汉水。台址地势较高，周围有石栏杆环绕。此联借景抒情。上联以"何须问"包含丰富的意蕴，引而不发，意在"何须"之外。下联看似以"久不传"铺陈直叙，实则用委婉的手法表现"遗音"已不存在。联语暗示指出，像伯牙、子期似的心心相印的知音友情早就难觅了。

再如清代胡林翼题黄鹤楼联：

> 黄鹤飞去且飞去；
> 白云可留不可留。

此联由崔颢两句诗衍化而成。联语暗示一种乡愁离绪。联中白云、黄鹤各有所指，寓顺其自然、随遇而安之意，表达一种无可奈何心情的同时，蕴藉飘逸超脱的意境，故读时有言尽意未尽之感，以意会之可也。

八、关于清空

早期的楚国边缘蛮荒，相对来说远离政治中心，人们得以亲山水而免纷争，文学作品行间字里自多清空灵秀。清是清新，清奇；空是空明，空灵。这种风格特征，即摄取事物的神理而遗其外貌，使作品体现一种空灵而明丽的神韵。宋代张炎《词源·清空》："词要清空，不要质实，清空则古雅峭拔，质实则凝涩晦味。"虽说清空特指词的境界，但亦是其他文学作品的表现手法，就是说，清空不仅是词这个文体所需要的，它也是楹联文体的风格之一。能清空者，要有盘空的清气，而绝不是故弄玄虚的文字游戏。

如清代刘锡嘏题武昌刘园联：

挹朝爽西来，杯底岚光飞隔岸；
望大江东去，檐前帆影度遥空。

刘园在湖北武昌花园山，建于清乾隆五十八年（1793）。上联写刘园近景，早晨西来的爽气宜人，山间的岚光映入酒杯宛如向隔岸飞去；下联写大江东流去，载着航船模糊的帆影没入远空。联语文辞灵秀脱俗，清奇宕丽，酒杯岚光、远江帆影的诗情画意，别有奇趣。

再如清代阮元题黄州赤壁联：

小月西沉，看一桿空明，摇破寥天孤鹤影；
大江东去，听半滩呜咽，吹残后夜洞箫声。

此联写景抒情，取境精深，文辞得《赤壁赋》的情致。联语抒写江山风月的清奇，高旷与幽深，水乳交融，把景物、情感融而为一，给人以美的感受。

又如樊增祥题黄州赤壁联：

清风徐来，水波不兴，少焉月出于东山之上；
霜露既降，木叶尽脱，适有鹤鸣掠予舟而西。

这是一副集苏轼前后《赤壁赋》文句联。上联语见《前赤壁赋》，下联语见《后赤壁赋》。意思是说，清凉的风徐缓地吹来，江面上波平浪静，一会儿，月亮从东面的山上升起；秋夜的寒霜已降临，树木经霜叶子全都脱落，当感到冷清寂静时，刚好有一只鹤横穿江面，长叫一声，擦过我坐的小船向西边飞去。作者流连山水之间，吟咏赤壁之赋，感触风霜之境，集句为联，化用文句，会心想象，写景抒情，异彩惊华。此联清雅亮丽，意境澄净空明。联语集赋文之句，衍成瑰奇之联，格调幽深而不烦琐，深远清奇，《离骚》之格也。笔法潇洒，表现了朴素自然的艺术特色。

纵观荆楚楹联作品，与诗词一样，其风格丰姿多彩，创作手法不同，表现风格各异。从风格范畴角度说，唐代司空图《诗品》将其概括为二十四品，即二十四种风格，或者说二十四种格调。从鉴赏美的角度说，远不止这些。但无论哪一种文学形式，都会留下地域人文环境的烙印。从以上分析，即可管中窥豹。

（黄梅李学文供稿）

第三节　时代思潮引领着湖北楹联的发展走向

古代以屈原为代表的荆楚人民的爱国情怀，孕育着湖北文化思想，也影响着湖北楹联发展，指引着湖北楹联一千多年来的思想走向。近现代史上，湖北经济的崛起促成湖北楹联的中兴，使湖北楹联走向繁荣。尤其是近现代在湖北发生的多次革命运动所产生的新思潮，更使湖北楹联有着强大的战斗力，呼唤人民觉醒，鼓舞人民浴血奋斗。在湖北的文化史上，楹联呈现出灿烂的光辉。

一、古代荆楚人民的爱国思想奠定了湖北楹联的思想基础

泱泱楚国有富饶的江汉平原，有名山胜水，人民热爱这里的土地、热爱自己的国家。但是到了楚怀王时，却是腐败的统治集团专权。《战国策·中山策》记述："是时楚王恃其国大，不恤其政，而群臣相妒以功，谄谀用事，良臣斥疏，百姓心离，城池不修，既无畏臣，又无守备。"当时楚国的三闾大夫屈原就处在这样的环境中，他主张变法图强，却遭到谗害。屈原虽然被排斥，但仍然爱着楚国。他写了《抽思》和《思美人》，接着又愤而写了《离骚》。在这些作品中，屈原的理想、炽热的爱国感情、忧民的思想以及修身的精神迸发出了灿烂的光彩，对中国文化产生了深刻的影响。而身为楚地的文人学士则受其影响更深，当然这也包括联家。

1. 屈原爱国思想对湖北楹联的影响

屈原是我国历史上第一位爱国诗人，在他的作品中可充分看出他对楚国的热爱眷恋。"路漫漫其修远兮，吾将上下而求索"，"亦余心之所善兮，虽九死其犹未悔"。古人在秭归屈原墓（衣冠冢）题联："千古忠贞千古仰；一生清醒一生忧。"清代刘蕴良题联："慨华章旧迹全非，空余两岸芦花、依向江边渔父问；念汨水忠魂宛在，还剩一抔香草、谁犹月下美人招。"一千多年来，与荆楚相关的文人学士、高官达人、民间百姓，不但写出了很多楹联歌颂屈原的爱国精神，同时也由此写出了其他许多深具爱国情怀的楹联。

如清代宜昌人顾嘉蘅题南阳诸葛亮祠联：

　　心在汉室，原无分先主后主；
　　名高天下，何必辩襄阳南阳。

此联歌颂了诸葛亮忠君爱国的高尚品德，蜀国先主刘备在世时他如此，刘备去世后，他不负承诺，依然尽力辅佐后主刘禅。该联巧妙地运用了规则重字对法。下联的意思是说，襄阳、南阳不必争辩何处真为诸葛卧龙处，只要真纪念他的爱国精神即可。

又如佚名题汉口理发店联：

　　倭寇不除，有何颜面；
　　国仇未报，负此头颅。

理发也想着抗日救国，甚至愿意为此抛头颅、洒热血，难能可贵！

又如王劲哉题洪湖峰口忠烈第一陵园联：

　　禀天地正气以生，生岂甘作奴隶；
　　为国家民族而死，死有重于泰山。

80多年前，日寇入侵，王劲哉率领一二八师在鄂中平原阻击日军，坚持抗战数年之久，一二八师也为此付出了全军覆没的代价。1940年下半年，王劲哉师长为纪念该师在抗战中牺牲的官兵，同时激励将士英勇抗击入侵日寇而修建了这座烈士陵园，同时题了这副充满爱国正气的楹联。

又如于右任题安陆忠烈祠纪念碑联：

　　经百战浴血功，洗清汉水；
　　留一片伤心地，还我长城。

1938年10月，日军入侵安陆，守军英勇抵抗。日军出动飞机轰炸安陆城区，麒麟阁所驻国民党第二集团军伤兵医院及荣军连死伤官兵百余人。此联为此而作。从"洗清汉水"可见战况之惨烈，从"还我长城"可见抗战光复的决心和意志。

以上诸联无不充满了报国思想，激励着后人精忠报国。

2. 屈原的忧民思想对湖北楹联的影响

忧民和爱国是紧紧相连的。忧国家的前途，必然忧人民的命运。屈原在《离骚》中说："长太息以掩涕兮，哀民生之多艰。"与湖北有关的联家在爱国思想的指引下，写出了很多哀民生之多艰、忧民之所忧的楹联。

如清代汪念祖题黄梅严家闸竣工纪念碑联：

群力始能成此举；
我心何以对斯民。

位于湖北黄梅孔垄镇的严家闸，是黄梅水利史上抵御洪水的一道雄关。明代屡修屡废。据清《德化县志》载："雍正九年知府蔡学灏重修，约费千金。乾隆二十九年大水溃堤，碑记尽没。知府温保初、知县周千里捐俸，劝士乐输，重修闸座，两头土坝，系梅邑民修。乾隆三十四年大水，知县苏峤会士民输费重修，两次修理，俱附近取土。乾隆四十五年知县沈铴三详请重修。"知府、知县念念不忘此事，带头捐款，合聚群力，修成此闸，该联写出了他们的拳拳爱民之心。

又如清代程永洌题江夏纸坊慈云寺联：

高山深树，灵气所钟，看朵朵浓云，不崇朝而遍天下；
细雨甘霖，民生攸赖，愿消膏泽，能点滴沾润人间。

寺名慈云，自当布雨，沾润人间，驱除旱魃。此亦爱民之意。

又如张继蒙题新洲赤脚寺联：

赤脚著威灵，看十方疾苦颠连，端赖青囊垂大德；
黔头蒙保佑，结几处士农工贾，聊将英冠达微光。

赤脚大仙是中国古代民间传说和道教传说中的仙人，是仙界的散仙，一般情况下他总是在四处云游，以其赤脚装束最为独特，中国民间传说中他常常下凡来到人间，帮助人民解脱疾苦。他手持青囊，性情随和，平常以笑脸对人，接近下层人民。

又如彭寿堂题居室联：

常觉胸中生意满；
须知世上苦人多。

题居室往往言志，此联可见作者怜惜天下劳苦大众之心。

又如徐仁题罗田华佗庙联：

活人自有千般术；
医国常存一片心。

名医华佗医术高超，妙手回春自不在话下。作者身处民国乱世，故感叹谁能像华佗医人一样来救救眼下的国家和人民呢。

3. 屈原的修身思想对湖北楹联的影响

屈原修身明志的思想对后来的荆楚文人学士的影响是很深的，也为湖北楹联的发展留下了深刻的印记。

如明代海瑞题浠水文庙联：

读圣贤书；
干国家事。

文庙又称夫子庙。孔孟儒家认为读书是修身必须有的功夫，读书闻道后必须设法为国家干事，参与治国平天下的事业，这样才叫知行合一。海瑞此联表达了这类思想。当然屈原的思想跟儒家的修身思想是相吻合的。

又如清代张之洞题学院衙门联：

剔弊何足为难，替国家培养人才，方名称职；
衡文只是一节，愿诸生步趋圣贤，不仅登科。

张之洞是相当重视教育的，此联讲教育不仅要促使地方人士登科中榜，而且要让这个地方人才辈出，要让考生学习、效法圣贤，以修身为第一要务，不仅仅是为考而考。这些是考官和专责教育之官的重大责任。

再如清代雷宇栋题松滋江亭寺联：

天下可均，爵禄可辞，百忍可蹈，彼所云豪杰士；
富贵不淫，贫贱不移，威武不屈，此之谓大丈夫。

松滋江亭为历来文人驻足之处,杜甫就到过这里并写了《泊松滋江亭》诗,有名句"沙帽随鸥鸟,扁舟系此亭。江湖深更白,松竹远微青",通过对自然景物的描写,抒发了甘做"老人星"的逍遥心态。松滋江亭寺依江亭而建,不但风景秀美,而且是文人们登临送目、抒发豪情之处,此联所抒发的正是作者做豪杰士、大丈夫之志向。

又如清代佚名题监利何王庙联:

何地不春风,淡泊惟我;
王朝皆美景,名利让人。

此联告诉人们修身不是赶趁热闹,陶醉春风,而要淡泊名利,守住真我。

又如清代戴遵甲题咸宁大兴寺联:

九万里英雄辈出,夺乃利、争乃名,尽成水月镜花,希若回光返照。
五千年圣哲挺生,存其心、养其性,修到仙风道骨,才算彼岸先登。

大兴寺的前身是北宋时期的鲁家庵,到清代康熙年间扩建为寺庙。修身必须去除不好的执念,看淡名利,存善心,养真性。此联正是借为佛寺题联来阐明这个道理的。

清代卢燧采题新洲揖翠亭联:

烹茶敲韵清闲课;
扫地浇花快活忙。

居一亭之中,拱四面之景,揖翠亭自然是个清闲去处,故在其中扫地浇花,课对作诗,最能求得内心的宁静,最能消除尘虑。

总之爱国思想涵盖着忧民和修身的思想,一千多年来一直是湖北楹联的主要内容,产生了很多优秀的作品,经久不衰,为后人屡屡书写和张挂。

二、湖北楹联文化因经济崛起走向中兴

明朝中后期,资本主义经济开始萌芽。至清朝虽无更大发展,但随着

1858年《中英天津条约》的签订,及至汉口、沙市、宜昌的开埠,才真正对湖北的经济产生直接的、广泛的影响,湖北经济开始崛起。明代以后,湖北以武汉为中心就因为商人互市而热闹非凡了。尤其是张之洞担任湖广总督后,于1889年奏请建设汉阳铁厂、湖北枪炮厂,并兴办了不同部类、不同层次的工商实业。如汉阳铁厂、大冶铁矿、湖北枪炮厂和湖北纺纱织布缫丝制麻四局,以及武昌制革厂、湖北毡呢厂、湖北砖厂、武昌印局、鄂省洗成水电公司,涉及轻重工业、民用工业和军需,工商业贸易呈现出繁荣的景象。商市繁荣,市街热闹,商铺林立,要求有文化生活相伴,楚地的古老文化、外来文化便相拥而至。

这个时期的湖北楹联发生了很大的变化。楹联的变化来源于时代的变化,同时它又为时代的变化造势,推动了新经济发展,满足了市民的文化需要。

1. 从楹联文化的走向看

由主要是寄情山水、言情述志、高雅静淑的文化人的天地,走进了浩瀚的经济世界。讴歌新经济,赞美大市场,期望大复兴,成了楹联文化的大方向。

如清代王之春题黄鹤楼联：

> 劫火又楼台,况多难登临,长安西楚;
> 高山尚祠屋,冀群贤奋起,江汉中兴。

由此联可以看出人们一直在希望江汉中兴、湖北雄起。

又如清代纪慎吾题武为金寿木帮会馆联：

> 杰构共吴山,莫漫怀西塞春花,南楼秋月;
> 良材来楚地,记饱历洞庭烟雨,扬子波涛。

从清代开始,湖北金湖(今大冶部分地区)和寿昌(今武汉江夏区)两县木材商人同集江苏泰州等地口岸,做贩运木材生意,他们在异地他乡建立会馆,以方便客子,以共叙乡情。近代以来湖北的商人敢于远走他乡,闯荡江湖,寻找商机,推动了经济的发展。下联中的"良材"一语双关,既指木材,又指楚商。

再如清代王廷佐题交通舟楫联：

陇岸抛锚龙现爪；
江中摇橹凤梳毛。

水陆交通是商业的命脉，商船客船不是扁舟一叶，而是大橹粗锚，能经风行稳。此联将抛锚写得特有气势，将摇橹写得特别烂漫，写出了交通舟楫的别样美，写出了交通运输从业者的胸怀气魄。

又如阎春洞题财政局联：

财宜樽节，涓滴务须归正用；
政贵公开，分文不使饱私囊。

"樽节"是节省的意思。财税取之于民，当用之于民。一是要节约，不要浪费；二是要公开，杜绝中饱私囊。

又如佚名题粤汉铁路首次通车联：

花事年年，因问岭表白云，寒梅开未；
车尘历历，指点汉阳红树，流水依然。

粤汉铁路是京广铁路南段广州到武昌间的一条铁路旧称，1900年动工，1936年筑成。在1936年9月1日首次通车，由广州黄沙出发，历时44小时抵达武昌徐家棚。这条铁路从晚清修到民国中晚期。清光绪二十二年（1896），张之洞、盛宣怀等提议修筑粤汉铁路。筹款几经波折，美国横插一杠，欲加勒索。后来粤、湘、鄂三省绅商强烈要求收回路权，由三省自办。张之洞支持三省绅商的要求，但此事未办妥他即与世长辞。此铁路最后在民国修成。首次通车，自然举国欢腾。此联借景抒情，艺术性很高。

又如刘雁书题宋埠商会联：

商水陆交通，万里乃称小汉口；
会群英俊杰，一心共理大中华。

宋埠镇是麻城经济、文化重镇，以"小汉口"之称享誉鄂东。此联为当地商会而作,以"大中华"对"小汉口",不但对得工整,而且反映了工商业发展对于中华民族振兴的重要意义。

2. 在市镇上楹联被普遍应用、集中展示

从楹联的张贴、分布、展现看,楹联已从零落的村寨、文人学士的书斋、宅院走向雅俗兼有的市井。楹联的实用性、喜庆性和楚剧、渔鼓传唱一样,受到工商界和市民的追捧。商铺的开业盛典,以楹联招徕过客;过年过节的喜庆,贴对联成了商户互相追求、攀比的行为。户户挂灯笼、家家贴对联,形成楹联一条街、市镇一片红的景观。

清代徐焕斗题武昌刘园联:

> 理池东榭,构池西廊,即此点缀功夫,记得是主人待有处;
> 背一囊琴,携一壶酒,到这清凉境界,却为个汉口夕阳时。

此联为园林而作,追求的是清幽闲适的情趣。不过,从武昌园林看汉口夕阳,在城市中享受亲近大自然的乐趣,这本身就很奇特。

黄金武题汉口中山电灯公司联:

> 四壁云山都在眼;
> 万家灯火总关心。

这虽是电灯公司的广告联,但由于其运用了双关的修辞手法,所以显得很大气。上联表面上讲电灯的作用,实际上寓有钟情汉口的意思;下联则凸显了商家的服务意识,造语也很雅致。

童小晟题裕华绸布店联:

> 裕如也,展裕民经济,振裕物精神,抱定了宽裕温柔,便是生财捷径,胸怀乃裕,垂裕可期,数当场衣绿裳黄,裕厚有容,蜀锦齐纨兼晋练;
> 华矣哉,焕华国文章,跃华堂辉彩,讲什么荣华富贵,莫非建业长才,意气自华,繁华无匹,看满架绫红纱碧,华泽各色,春绸夏葛并秋罗。

这是一副使用了规则重字的长联,所重复的两个字出自这个绸布店的店名:"裕"与"华"。"裕"有宽宏、宽裕、富饶、富足、使富裕、扩大、引导等义项,上联"裕"重了七次,几乎将"裕"的各个义项都用了一遍。开头"裕如也"直接用西汉扬雄《法言》:"仲尼,神明也,小以成小,大以成大,虽山川丘陵草木鸟兽,裕如也。"如此引用便气势不凡,显示绸布店衣被天下,穷人富人可各取其量。后边各含"裕"的分句也都在努力把"裕"解释为经商之道,解释为该店宗旨。"华"的基本义是华彩,但当它与不同的字组合后,其意思就更加丰富了,华国、华堂和繁华,均离不开绸缎华泽的装扮。下联的新意,还在于贬"荣华"而重"才华"。

喻劭甘题万太杂货店联:

万国九州财辐辏;
太西欧美物梯航。

这副短联倒也说得直白,杂货店虽不怎么起眼,但中外日用货物均有。店名也在显眼位置被嵌入。

3. 楹联的创作逐步走向民间

近现代楹联创作者注重自己的行业,注意自身的感悟,注重需要,写出了很多新鲜活泼的楹联,他们不拘联律、句式结构,写出来的楹联平白如话却妙趣横生。这些楹联扩展了楹联的视野,促进了楹联的繁荣。

清代王廷佐题染坊联:

鹅黄鸭绿鸡冠紫;
鹭白鸦青鹤顶红。

染坊自然颜色多,该联利用这一点巧妙构联,每说一种颜色都冠以一相应的动物名,这些动物的毛羽或身体的某一部分有相应的色彩。

清代王廷佐题笔店联:

久处囊中思脱颖;
时来梦里自生花。

笔与文章、才华直接相关,故上联化用"脱颖而出"这一典故,双关人才;下联用梦笔生花典,切文章。可见这副广告联做得不俗。

再如清代张南溪题汉口焕新电灯公司联：

> 一线光明照闹市；
> 满天星斗谪尘寰。

下联由街灯如星想到星宿贬谪人间，想到谪仙，所以造出了"满天星斗谪尘寰"这样的瑰丽壮语，以与上联"一线光明照闹市"这样的热闹软语相对。

又如胡习之题酒店联：

> 一庭瑶饰辉杏苑，悲欢离合三杯酒；
> 满树琪花拂墙头，南北东西四面财。

这是一副充满商品经济气息的酒店联。瑶、琪都是美玉，珠光宝气的装饰、晶莹剔透的花朵，这都是仙界才有的。到如此环境的酒店来倾诉悲欢、来筹谋发财吧。

又如李盛彩题旅社联：

> 日落西山，行旅只得停骖投宿；
> 鸡鸣东架，店家务须送客起程。

此联说得平实，但也不缺乏真诚：顾客您虽然是不得已才落脚本店，但我们是热情待客、服务周到的。

又如刘受槐题扇店联：

> 发扬风雅；
> 摇动馨香。

古代士大夫常手持纸扇以显风流，此联将这个意思推广到所有扇子。买我一把扇子，你就能成为风雅之人，何乐而不为？

以上楹联，平民、市民色彩浓厚，联作者大多也名不见经传。

当然，显遗达人、文人学士也不甘落后，他们也写出了很多讴歌新经济、大市场的楹联。尤其要特别提到的是，湖广总督张之洞就为湖北写下了很多歌咏新经济、新时代的好联。

如题武昌湖北织布局联：

>经纶天下；
>衣被苍生。

1888年两广总督张之洞在广州筹设官办织布局，从英国购置机器。1889年10月张之洞调任湖广总督，机器等设备运到武昌。1892年湖北织布局建成开工生产。张之洞此联也显示官办工厂的口气和派头。

又如题湖北银元局联：

>楚国以为宝；
>天用莫如龙。

光绪十九年（1893）湖广总督张之洞会同湖北巡抚谭洵奏请在湖北铸钱，后获准，遂在武昌建立湖北银元局。1894年，该局铸出了5种大小龙图银币。此联所咏者即指此。

又如题书业联：

>万口流传新教育；
>千秋报纸大文章。

此联以"报纸"对"流传"，系用借对手法。

又如题信局联：

>梅赠春风来驿使；
>葭逢秋水送鸿邮。

此联用古代与驿传、捎信相关的意象来写新型邮局，别有一番趣味。

又如题皮鞋业联：

>晴雨同宜，利宏革履；
>中西异式，用协咸恒。

"革"与"履"是《周易》卦名，同时双关皮革做的履即皮鞋。下联也涉及两个卦"咸"与"恒"。"咸"卦六爻显示担心伤到身体的某些部位，劝告人们不要轻易出门；而"恒"卦则显示"有攸往则有利"。现穿上了皮鞋，则可免去许多担心，可以折中"咸"与"恒"二卦，当出门时就出门。

又如题旅馆业联：

> 随处可安身，直视乾坤为逆旅；
> 当前堪适意，姑邀风月作良朋。

上联从大丈夫当四海为家立意，鼓励人们出行；下联则从住到条件和风景都不错的旅馆后着笔，说可以在此流连美景，吟赏风月。可见，张之洞的旅馆联跟一般人不同，颇为脱俗。

在湖北楹联中兴时期，湖北产生了很多很好的楹联，涌现出很多联家，其主要代表性人物有张之洞。其一，张之洞虽然不是湖北人，但曾是湖广总督，湖北的父母官。其二，近代湖北经济的崛起，他是倡导者和实践者。其三，他写了很多呼唤新经济到来的楹联，为各行各业的兴起和发展写了很多楹联，对湖北楹联的发展有深刻的影响。

4. 楹联创作内容、描述对象不断增多

楹联从主要是抒情逸志、怀古讽今、歌咏山水，开始反映浩瀚的商海，它既要展示经济的繁荣，记录各行各业的经营形态，又要颂扬良好的经营道德，引导工商业向美好的方向发展，状物、状事便成了这时楹联创作的主要内容和对象。

如清代葛鹿鸣题丰和烟铺联：

> 丰草长林，有点烟霞乐趣；
> 和风细雨，养斯兰桂清香。

此联描写香烟，将烟铺的名称嵌进去了，故意将烟霞之烟与烟叶之烟（菸）混着写，很有意境。

再如刘赓藻题汉口满春茶楼联：

> 满地兴革命，正驱逐军阀，打倒列强，箪食壶浆，一路秋风悬露布；
> 春光洒神州，仗菊部优伶，梨园子弟，金等檀板，众仙同日咏霓裳。

这副茶楼联很有民国时代特征。都说四川的茶楼出政治家，看这副联的上

联,可以知道汉口的茶楼也是如此。再看下联,更可知道满春茶楼还是戏剧的摇篮。

又如闻筱辉题孔坊母女豆腐店联:

一条大路通南北,又白又嫩客来也;
两间小屋卖东西,不赊不欠尔愿乎。

这副联说得坦诚,交通大道旁的母女,精心做出了看相和品质都好的豆腐,对顾客的要求仅是不赊不欠不打白条,叫人肃然起敬。

又如张雨樵题和生糟坊联:

和风杨柳岸;
生意杏花村。

此联初看起来仅仅是嵌名联,但是再一细看,却大有关系。柳永词:"今宵酒醒何处?杨柳岸,晓风残月。"与酒有关。至于杏花村就更与酒有关。

又如佚名题屠户肉铺联:

来者莫慌,肉有瘦肥刀下选;
去时稍待,人无厚薄秤中分。

这副联强调经商时的信用,至今还有现实意义。

三、战火硝烟中的湖北楹联

在中国近现代史上,湖北发生的大事件很多,如辛亥革命、北伐战争、抗日战争、土地革命战争等。辛亥革命推翻了清王朝帝制,建立了共和制的政体,它的首义就发生在武昌。在北伐战争中,北伐军攻克武昌,国民政府由广州迁至武汉,武汉成为全国革命的中心。在抗日战争中,湖北人民抗日救国,经历了武汉大会战和长期的抗日运动。在中国共产党领导的土地革命战争和人民解放战争中,湖北人民都写下了壮丽的诗篇。在这段岁月中人民用鲜血写就了可歌可泣的历史,也谱写出瑰丽的文化,涌现出一大批战斗性很强的楹联。这些楹联或呼唤新时代的到来,或在愤怒中号召人民抗日救国。它具有鲜明的爱国性、强烈的战斗性和超前的引领性。

1. 辛亥首义中的湖北楹联

鸦片战争后,清王朝更加腐败无能,国弱民哀,人民急切盼望新社会制度的到来,全国新思潮不断涌现。湖北楹联积极呼唤新思潮的到来,号召人民行动起来,重整乾坤,为辛亥革命武昌首义的发生,起到了一定的思想宣传作用。

如清代温朝钟题咸丰凤池寺联:

> 云雾漫天,看何人重开世界;
> 干戈遍地,有我等再振乾坤。

温朝钟是中国同盟会会员,他在1911年1月在川鄂交界处发动武装起义,一度占领黔江县城,后寡不敌众,被清廷剿灭。应该说温朝钟早有凌云志,他用楹联表达和宣传革命,在当时应是很有鼓动性的。

再如任廉夫题黄鹤楼联:

> 楼台外到处烟花,想亿万英雄,都在红尘睡卧;
> 牖户间无边日月,看三千世界,犹望黄鹤归来。

亿万英雄,都在红尘睡卧,都有待唤醒。

2. 庆贺共和政权的诞生,欢呼民众获得新生的楹联

辛亥革命后,推翻帝制,建立了共和国,当时举国欢腾,人民看到了新的希望。于是,大家以楹联来表达自己的心情。

如魏文杰题通城银山中山亭联:

> 人杰则地灵,中山不朽,银山不朽;
> 国大而民乐,呈者往焉,雄者往焉。

共和的意义虽然不止"与民同乐",但真正的共和一定是真正的与民同乐。所以,此联的比附是有道理的。

又如梁家齐题老河口中山公园联:

> 公有殊勋垂百世;
> 园因重葺壮千秋。

孙中山是共和的倡议者、缔造者,所以此联直接歌颂他。

再如瞿芬挽武昌首义阵亡烈士联:

古来胜负本寻常,但使锄异族,拯同胞,光复旧河山,炮雨枪林甘一死;

人生修短原有数,以此励军心,愤兵志,造成新世界,英雄浩魄足千秋。

武昌首义,是中国近代资产阶级进行民主革命的一个伟大事件。首义将士虽然多有牺牲,但是他们为推翻清廷,建立共和,做出了名垂青史的贡献,故此联深切地哀挽悼念他们。

又如周全德挽武昌首义阵亡烈士联:

有杀气卷八百里洞庭而去;

以战血起四千年黄帝亡魂。

这一副很有特点,联不长,但气却足。首义者同仇敌忾,杀气卷起千重浪,甘以鲜血荐轩辕。

又如佚名悼念辛亥首义烈士联:

黄种当兴,为收拾城郭、人民、山河、宫阙;

丹心不死,要什么身家、性命、富贵、功名。

孙中山领导的近代资产阶级革命,其最先的口号是"驱逐鞑虏,恢复中华",因此它是一场民族民主革命。为了这个革命目标,许多人义无反顾地抛弃了身家、性命、富贵和功名,此联反映了当年他们的气魄。

又如山髯挽武昌首义后湖南援鄂阵亡将士:

尸当裹以马革;

死有重于泰山。

武昌首义后,反动势力反扑,独立后的湖南派出援鄂官兵驰援,多有牺牲,此短联系集古语以歌颂他们的壮举。

又如黎元洪挽黄兴联:

正倚济时唐郭李；

竟嗟无命汉关张。

武昌首义建立军政府,当时人拉来颇有名望的黎元洪做湖北军政府都督,请黄兴领导革命军抗击奉清廷之命前来镇压的北洋军,所以黎元洪与黄兴是有交情的,黎的挽联对黄兴推许甚高,把其比喻为唐代郭子仪、李泌和汉代关羽、张飞。

3. 北伐战争中的楹联

北伐战争中,国民革命军为攻克武昌城,牺牲了许多将士。为了缅怀这些英勇牺牲的将士,时人和后人写了很多楹联,记录了北伐军的英勇顽强和取得的辉煌胜利,更写出了很多悼念阵亡烈士的悲壮情怀。

如程易中挽北伐烈士联：

少游泮水,长握兵符,名将本名儒,举国贤豪齐景仰；

东渡学成,南来命殒,奇才遭奇劫,阖乡人士尽悲酸。

这是为北伐战争中某位留日归来的指挥官题的挽联。

又如叶南挽北伐烈士叶俊联：

黄埔健儿,乌江雄鬼；

卅年春梦,万里秋风。

此联赞扬黄埔军校毕业的叶俊为北伐事业献身,生为人杰,死作鬼雄。

又如严辉庭挽北伐汀泗桥战役牺牲某营长联：

慕文山歌留正气,媲诸葛表上出师,为党国宜劳,芳躅遥临汀泗地；

比武穆青少二龄,同伏波骨归故里,望洞庭凭吊,哀声浪涌汉江潮。

"武穆"指岳飞,他享年38岁,联中提及的汀泗桥战役牺牲的某营长牺牲时只有36岁,十分可惜且可敬,联中对其深深寄托哀思。

又如姜镜堂在北伐胜利时题武昌起义门联：

>汉水滔滔,洗不尽英雄恨事;
>阳光皎皎,照得见吾辈青春。

"恨事"即遗憾事,遗憾的是那些在战斗中牺牲的志士没能看到胜利。而可庆幸的是,革命胜利后,吾辈终于可以享受灿烂阳光,过上自由幸福的生活。

4. 红色苏区楹联

土地革命时期,湖北有湘鄂赣、鄂豫皖、湘鄂西等革命根据地,也有无数的革命志士和文化精英,其间产生了大量充满革命精神的红色楹联,很好地反映了当时如火如荼的革命形势和志士们英勇不屈的斗争精神。

如蕲春革命烈士汪渭清题染坊联:

>染尽世间白色;
>庇护天下青年。

由此联可见汪渭烈士痛恨白色的旧世界,希望染出一个红色的新世界,他真的用自己鲜血实践了诺言。

又如佚名题英山农会联:

>月斧劈开新世界;
>沙镰隔断旧乾坤。

此联借农会旗上图案言志。

再如黄安秀才吴兰陔黄麻起义后的题联:

>痛恨绿林兵,假称青天白日,黑暗沉沉埋赤子;
>克复黄安县,试看碧云紫气,苍生济济拥红军。

此联表现当时黄安民众痛恨国民党军队,而衷心拥护工农革命军。

又如佚名题红安七里坪苏维埃政府门联:

>铁血染成新世界;
>精神创立自由权。

这是一副充满革命自信的短联。

又如胡祖虞题凉亭区联：

苏维埃政府，无富无贫无私无我；
马克思主义，均衣均食均地均田。

这副联巧妙地以规则重字的方式，揭示了苏维埃政府的性质和马克思主义的主张，易记好传。

麻城贺红四军成立誓师联：

依马克思学说，建苏维埃政权，成功于五大区赤化；
擒夏斗寅汉上，捉蒋介石吴中，胜利属四方面红军。

上联说红四军的宗旨和性质，下联说红四军近期和远期的具体目标，十分朴实。

又如湖南桃江熊亨瀚烈士在鹦鹉洲被捕后自挽联：

十余载劳苦奔波，秉春秋笔，执教师鞭，仗剑从军，矢志护党，有志未曾申，此生空热心中血；
一家人悲伤哭泣，求父母恕，劝弟妹忍，温言慰妻，负荷嘱子，含冤终可白，再世当为天下雄。

熊亨瀚(1894—1928)为革命献出了年轻的生命。上联表现了壮志未酬的遗憾，下联则表现了视死如归的革命气概。

5. 抗日救国时的湖北楹联

1937年7月7日，卢沟桥事变发生，抗日战争进入全面抗战阶段。湖北人民为抗日救亡，舍生忘死，做出了卓越的贡献。湖北经历了武汉大会战以及后来的长期抗日战争，在这个过程中湖北楹联充分发挥了巨大的动员鼓舞作用。

此时的湖北楹联具有如下特点：一是号召性。它是号角，吹醒了荆山楚水，号召人民行动起来，投入到抗日救亡中去。联语犀利，鼓动性强，很多民众是吟诵着楹联，情绪激昂走上抗日战场的。二是传播性。抗日战争中一有消息传出，就有楹联呼应；用楹联的形式记录下东洋鬼子的残暴，激起人民的愤怒；用楹联的形式传颂抗日正面战场和敌后根据地的胜利，增强人民取得抗战胜利的信心。抗战中产生了很多可歌可泣的故事,涌现出很多可歌可泣的英雄人物和为国捐躯的烈士,大众用楹联的形式歌颂他们,悼念他们,联语哀怨激越,感天动地。

抗日战争中湖北联家写出了很多直接记述的好楹联,湖北各地也涌现出了很多写景、写神、写物的好楹联。写山水楼阁意不在欣赏它,而在于如何保卫它;写神写佛不在求其慈悲,而在祈求战场上胜利,多杀鬼子;写事也离不开抗日,就连小小的理发店,也想把剃刀直捅鬼子的头颅。荆楚大地处处是抗战的楹联,副副楹联都是抗日救国的声音。

如佚名题嘉鱼关帝庙联:

昔年汉封侯,晋封王,明代封帝,庙食千秋,圣天子可谓厚矣;
今日内有奸,外有寇,中华有难,民生万劫,大将军何以待之。

"养兵千日,用兵一时"这句话,在抗战吃紧的关头,对关老爷也开始适用了。此联反映作者盼望一切力量都来抗日救国。

又如徐仁题罗田大圣庙联:

持金棒树战斗威风,博得美名垂宇宙;
愿圣佛显齐天手段,扫清倭寇振山河。

此联跟上面关帝庙联是一样的思路,孙大圣被如来封为"斗战胜佛",故也请他为抗日出力。

再如满维平抗战初题咸丰正霞宫庙联:

保善保良保战士;
卫民卫国卫家乡。

此联也是祈求神明为保家卫国出力。

又如薛岳题通城抗日阵亡将士纪念亭联:

灵护天岳;
气壮山河。

通城抗日阵亡将士纪念亭,为原国民革命军第 92 师衔命保卫长沙在此驻防时所建。1939年9月至10月,中国第九战区部队在湖南、湖北、江西三省接壤地区对日本军队进行了防御战役。这次战役是日军对中国正面战场的一次大攻势,战况惨烈,不少将士英勇牺牲,故特建此亭,指挥官薛岳亲自题写此联,联虽短,气却壮。

(武汉姚禾供稿)

第四章　湖北联话

联话是我国文论中的一种样式,与人们所熟知的诗话、词话一脉相承。其主要是对楹联产生过程、历史背景的记载,以及对作品艺术特色、名物掌故的诠释。它兼具考史、存联和赏析、笺注的功能。

本章所收录的联话,大多基于当地各类史志和个人专辑而搜集整理出来,具有一定的真实性,其中不乏可圈可点之作。本章以本省联家籍贯所在地和外省联家在湖北题联所在地,按几个方位板块分节叙述。

第一节　武汉、荆州、荆门、仙桃地区

某县令献张之洞联

师事几人心北面；
感恩知己首南皮。

张之洞,在任湖广总督时,一县令既有才华,又有政声,颇受其赏识。及进见,县令以联帖献之。张见其联贴切工整,击节称赞,不久擢升为知府。

张之洞挽孙

张之洞任湖广总督期间,其孙从海外留学归来,戎装佩剑,顾盼自雄。当他将入总督府时,侍卫为他备轿,他要骑马。抵西辕门,卫兵列队肃立,鸣炮欢迎。张孙所骑之马骤闻炮声,惊腾两足,长鸣立起,将张孙翻坠地上,所佩之剑脱鞘,恰刺入腹中,肠流血涌而死。之洞睹孙惨死,不觉放声恸哭。其挽孙联云:

宗悫堕马竟戕生,虚予期望乘长风破巨浪之志；
汪琦虽殇亦何憾,怜汝未能执干戈卫社稷而亡。

上下联用两个故事撰写而成,语极沉痛。宗悫,南朝宋人,少时曾谓"愿乘长风破万里浪"。汪琦,鲁童子,在抵御齐人入侵时执干戈卫社稷而死。以宗悫、汪琦二少年喻其孙,悲从中来。联语均未言及祖孙之私情,而伤感之情自见。

(以上由武汉刘凤翔供稿)

冯玉祥题赠喻育之

1938年7月6日,国民参政会第一次大会在汉口两仪街上海大戏院(今中原电影院)开幕,7月15日休会。会后,冯玉祥亲手书赠一联给与会者喻育之云:

要记着收咱失地;
别忘了还我河山。

胡秋原联话

胡秋原,黄陂人,曾任国民政府国防最高委员会秘书。胡与阳新成惕轩过从甚密。初,胡父康民先生受新潮影响,集资3万元,创建黄陂县第一所私立中学——前川中学(今黄陂一中),然因种种原因停办。1946年秋,秋原自重庆返乡,力复前川中学。特邀书法家黎澍题词:

生民同凶吉;
板荡见刚柔。

板荡,形容社会动荡,人民处水深火热之中。

萧耀南联话

萧耀南(1874—1926),字珩珊,亦作衡山,湖北武汉新洲萧家大湾人。直系军阀将领,吴佩孚"四大支柱"之一。

题黄州赤壁挹爽楼:

七宝起楼台,对兹箫弄鹤飞,何处更寻极乐地;
一生为山水,话到笋香鱼美,翩然时动故乡心。

李烈钧长联颂首义

李烈钧,江西武宁人,早年入同盟会。辛亥武昌首义后,李被推为江西

都督府参谋长和海陆军总司令。"双十节"周年纪念大会在武昌都督府举行。李虽公务在身,未能赴会,然欣然命笔呈长联曰:

> 锁吴头楚尾小河山,黑子弹丸,遣一介使,衔命章江,观光汉水,幸获与雍容樽俎,接中朝上将威仪,嗟余治剧理繁,追随未克。只遥望晴川阁竿,黄鹤楼岧,最相期国士无双,慷慨共谈天下事。
>
> 是旋乾转坤大纪念,去年今日,揭百尺竿,金风肃杀,铁血飞鸣,竟混同南北车书,值千载难逢盛遇,际此星移物换,节序初更。盼当前五色旌旗,万方冠带,溯并时英雄余几,联翩高会武昌城。

黑子弹丸,谓至小之邑。章江,即章水,源出崇义县聂都山,东流入赣县与贡水合流为赣江。樽俎,同尊俎,古代盛酒食器具,借指为宴席、酒食。南北车书,喻指为国家体制制度,比喻祖国南北共和一统。

(以上由武汉蔡大金供稿)

吴恭亨题祢衡墓

吴恭亨(1857—1937),湖南慈利县人。他题祢衡墓联云:

> 岷江骇浪雷鸣,犹想象三挝怒骂;
> 汉口夕阳鸟渡,窃唏嘘一鹗荐章。

岷江,借代祢衡墓边的长江。三挝怒骂,指祢衡击鼓骂曹之事。意思是说听到长江的怒涛雷吼,就不禁想起祢衡击鼓骂曹之壮举。鹗,大雕,比喻出类拔萃的人,借指祢衡。荐章,指孔融所写《荐祢衡表》。意思是,在夕阳西下倦鸟归巢之际,想起当年孔融举荐祢衡一事,觉得遇一知己不易而感慨万分。全联笔力雄健,用典贴切,气势苍茫,韵味隽永。

(武汉李西亭供稿)

于右任联赠青凤

于右任文采风流,为世所重,忽而为记者,忽而为政客,忽而为在野之名流,性潇洒而不拘小节。尝谓英雄与名士,多颠倒于美人与醇酒之中,其豪放可知。于在汉口赠妓青凤联云:

> 青娥皓齿镇相怜,唱遍那丑奴儿令,粉蝶儿令;

凤泊鸾飘同一慨,醉倒在黄四娘家,吴二娘家。

寥寥数十字,已写尽同是天涯青衫泪湿之感。

(红安陈友良供稿)

悼念施洋烈士

在1923年的"二七"大罢工中,中共优秀党员施洋不幸被捕。临刑时他高呼"劳工万岁"的口号,表现出大义凛然、视死如归的高尚气节。在烈士灵堂中有这样一副挽联紧扣人们的心弦:

出师未捷身先死;
革命成功望后人。

(录自成思《唯楚有才》)

陈相波故居联

陈相波(1900—1928),湖北江陵人,红军湘鄂边区白露湖根据地创始人之一。今江陵东南沙岗有陈相波故居,故居悬有陈相波撰联:

扫狼烟,靖寰宇,必提三尺剑;
登凤阁,安社稷,须读五车书。

三尺剑,汉刘邦"以布衣提三尺剑取天下"典故。五车书,原出《庄子·天下》:"惠施多方,其书五车。"后人每以五车书或学富五车,比喻皓首穷经,学识渊博。

邓初民挽"一二·一"死难烈士

邓初民(1889—1981),湖北石首人,1912年入武昌江汉大学,翌年赴日入东京法政大学学习,1917年回国,1925年任湖北法政大学教务长。新中国成立后,历任山西省副省长、省政协副主席等职。

1945年12月1日昆明惨案发生。8天后,重庆各界在长安寺召开公祭大会。邓赴会送挽联曰:

争民主,反内战,纵特务干扰,管他怎么;
水龙头,手榴弹,早司空见惯,吓不了人。

蔡元培联赞沔阳同仁

蔡元培(1868—1940),浙江绍兴人,清光绪进士,1912年任南京临时政府教育总长。时象晋(1854—1928),湖北枝江人,1913年任湖北省教育司司长。值蔡元培莅鄂视察,时亲为洗尘并介绍陪坐者,计有唐克明、蔡汉卿、李硕然等,俱为沔阳人。蔡听后,感叹沔阳人才济济,即挥管作二书:

  沔水钟灵,人才荟萃;
  江流览胜,庠序繁兴。

又:

  沔水钟灵,繁花似锦;
  共和建国,惟楚有才。

(以上由武汉蔡大金供稿)

张难先联话

张难先,湖北沔阳(今仙桃)人。1904年赴武昌,投湖北第八镇工程营当兵。曾密谋趁慈禧太后七十诞庆时与湘省起义,事泄归家。1907年再赴武昌谋划起义时,遭张之洞逮捕。1928年任湖北省财政厅厅长,参与筹建武汉大学。后任浙江省政府主席。新中国成立后,曾任中南军政委员会副主席。张生前愤世嫉俗,人称"湖北三怪"。常以联语铭其志。

张难先一生虽沉浮宦海,但洁身自好,不愿同流合污,故自题大门联云:

  历幼时,历壮时,历晚年,历尽苦恼;
  少会客,少出门,少说话,少些麻烦。

1943年,张难先70初度之际,自题联云:

  少与恶社会斗,长与恶政府斗,拔剑揭竿,祸阑万千侥幸过;
  贫病足以死吾,忧患足以死吾,连灾累劫,我生七十实难真。

第二节　黄冈地区

联讽夏寿康

夏寿康,祖籍江西,生于湖北黄冈。清光绪二十四年(1898)进士。1920年直皖战争后,被黎元洪任为湖北省长。任职150天下野。不久即病逝。时人撰联讽曰:

夏有憂容,只为胸中心窍少;
康本庸相,况兼足下小人多。

"憂"为"忧"的繁写,比"夏"多"心"也;"康"与"庸"近似,而多"小人"。此联颇具匠心。

居正联话

居正,号梅川居士,湖北广济(今武穴)人。武昌首义爆发后,由上海返汉,任湖北军政府秘书。1927年后历任国民党中央执委、常委,司法院副院长、最高法院院长、司法院院长等职。1951年逝于台湾。

居正生前与蒋介石素有龃龉。1929年因联络熊式辉反蒋遭出卖,被捕。蒋密令枪决,熊未办理,于1931年"九一八"事变后出狱。大病40日,自为感叹云:

何期解放反增病;
毋乃僧祇劫活该。

居正生前笃信佛教,曾修过密宗,参禅净土,并以"梅山居士"自号。联语中多少透露了居正之佛教思想。僧祇,梵语意谓大众。

居正有宅曰"梅山别墅",自撰别墅门联云:

南面王无与易也;
大丈夫当如是乎。

南面王,语见孙楚《为石仲客与孙皓书》:"凌轩沙漠南面称王也。"大丈夫,语出《史记·高祖本纪》。昔汉高祖刘邦役使咸阳,观秦皇帝,喟然叹息曰:

"嗟乎,大丈夫当如是也!"

（以上由武汉蔡大金供稿）

徐运寰代人撰联赠县令

徐运寰,湖北黄梅人,工诗,善书法,尤专于楹联。曾代人撰联赠县令。用典如水中着盐,毫无斧凿痕迹,对仗工巧,自然入妙。联云:

千金不吝,一饭难忘,忆当年尊酒留宾,慷慨何殊孔北海;
群盗如毛,孤城似斗,看此日围棋睹墅,从容作镇谢东山。

（武汉张虚谷供稿）

黄云鹄挽母

黄云鹄,湖北蕲春人,清咸丰三年(1853)进士,曾任成都知府、四川按察使等职。光绪元年(1875),其母逝世,云鹄挽母联云:

一尺布,一卷书,午夜寒灯慈母泪;
蜀山清,蜀水净,十年冰蘖老臣心。

云鹄父早逝,其母常纺织伴他读书至深夜,上联抒写了这一情景。下联叙写自己离京至蜀为官已逾十载,公正廉明,兢兢业业。此联感情真挚,敬母恤民之情跃然纸上。

一柱擎天

余玠,湖北广济(今武穴)人,出身寒士。稍长,投淮东制置使赵葵幕府,参加抗击蒙古军的战争。后因战功升至四川安抚处置使,兼知重庆府事。曾题一联于重庆府戟门:

一柱擎天头势重;
十年踏地脚跟牢。

上联中的"势"字乃联中之"眼",点睛之笔。余玠以"势"字入联,说明当时四川政局形势严峻,自己责任重大。虽然如此,但他毫无畏怯心理,而是以"一柱擎天"的英雄气概抗击蒙古军。下联写自己从戎十年,脚踏实地,立场坚定,从未稍懈。

吴耀南春节撰联

吴耀南,湖北蕲春人。1913 年 2 月 6 日,是辛亥首义后的第二个春节,吴撰春联一副贴于蕲春县知事衙门:

> 十二筒岁籥新更,须知凤历授时,别有权宜同夏后;
> 廿四番花信风递,为报麟经载笔,毋庸故事纪春王。

筒,古代管乐。凤历,多用以称改元之历。夏后,即夏后氏,该部落建立了夏朝。花信风,应花期而来的风。麟经,指《春秋》。春王,春秋鲁隐公元年。本联是说,民国肇造,岁月新更,我们按古代凤历授时,欢度春节。花信风递,时移世易,我们再记历史,就无须用旧事而要用新事记载了。全联用典较多,造语古朴典雅。

黄侃挽弟子

1919 年秋,黄侃任武昌高等师范学校教授,蕲春学生张礼祥入校习文学,成绩优异。1925 年 5 月,张礼祥因肺病去世。黄侃十分悲痛,挽一联:

> 病肺入名山,芝树难求伤物化;
> 伤心当乱世,沧桑易忍痛人亡。

上联的"芝树",乃喻佳弟子的"芝兰玉树"。意谓礼祥去世了,再难求佳弟子,令人悲伤不已。下联的"沧桑",指动荡的时局。这里用"易忍"而不用"岂忍",是说自己虽不满动荡的乱世倒还能勉强忍下,但对高才生张礼祥的夭亡,这种悲痛却难以忍下。

陈通生撰联挽道士

陈通生,湖北蕲春人,清末廪膳生。1936 年,三角山太清宫道士盛圆成仙逝,陈挽一联:

> 在道场看空法相,在戏场看空色相,即悲即乐,到头来,悲乐胥捐,直扫净痴贪爱嗔,不执相,不着相,是真道人,是真智者;
> 演数典普接福缘,演经典普接慧缘,彻幽彻明,撒手去,幽明无碍,早历过生老病苦,且随缘,且了缘,得大解脱,得大逍遥。

法相,谓一切佛身、仙体诸相。色相,佛教名词,指一切事物的形状外貌。

相，佛教把一切事物外现的形象状态统称为"相"。演，演义，这里有宣扬、阐发义。数典，此处指释道中的历史典籍。道以虚无为本，佛法皆空。陈以释道教义融入挽联，自然融洽，如良工之不露斧痕，堪称挽释道弟子的上乘之作。

（以上由蕲春赵德鼎供稿）

一副贺联竟成谶语

黄侃（季刚），湖北蕲春人，近代著名语言文字学家。1935年4月3日，是他49周岁生日，按中国的传统习惯，做寿是男做虚、女做实。49岁，也是50寿庆了。于是，他的老师章太炎亲自赠他一副对联：

韦编三绝今知命；

黄绢初成好著书。

上联用孔子"韦编三绝"的故事比之黄季刚，赞其学问；又用"五十而知天命"紧扣祝寿。下联则是劝黄侃要著书立说。

黄侃一看此联，却惊愕不已。他从对联中看出了"绝命书"三个字。这并不是章太炎撰写时的本意，纯属偶然。然而当年的10月8日，黄侃因吐血而死。这真是冥冥之中的谶语！章太炎知道后懊丧不已。

（武汉皮治洪供稿）

白金八百酬一联

张荆野，湖北黄冈人，曾任晚清南京瓜泗厘金局局长及清廷八旗教官等职。后入同盟会，与孙中山、宋教仁过从甚密。民国初立，被聘为总统府秘书，深得孙中山器重和赏识。

张荆野书法甚工，真草汉魏，无不精妙，时人称其书曰"合北碑南帖于一炉"，赠联：

远宗以魏；

法本苏黄。

熊十力先生云：初，荆野困于京城，适有一显贵郭汾阳，号子美，向荆野求书。荆野疾书曰：

古今双子美；

前后两汾阳。

唐有杜甫杜子美、郭子仪郭汾阳也。联语构思精巧，无怪求书者狂喜不已，手袖白金八百两酬谢。一时京中传为佳话。

孙中山为张荆野证婚

张荆野加入同盟会后，与孙中山、黄兴、宋教仁过往甚密。遵孙授意，策动两江联防司令陈绍贞配合武昌起义，打败张勋，赶走张人俊，甚有功劳。张将未婚妻接到南京成婚，孙中山亲自证婚，嘱秘书处赠联：

开国纪元，孙总统主持婚礼；

文明创首，张秘书缔结姻缘。

孙中山挽张荆野

1922年12月，张荆野因中风病逝。孙中山亲笔撰挽联云：

革命尚未成，国步维艰，谁与孙策；

同胞还剩几？楚天噩耗，又坠张星。

联中之孙策，语意双关，既表三国孙策名，又含"谁与我孙（中山）献谋划策"之意，张星，语意双关，既指张荆野本人如星坠落，又指二十八宿之一的张宿星。

徐源泉题联仓埠

徐源泉（1886—1960），字克诚，一字客尘，湖北黄冈人。民国时期湖北著名将领。

徐用贿款大办实业，在其家乡仓埠（现归新洲）营修徐公馆，建正源中学，开春生药店、颐和绸缎铺等。其中，仓埠文庙和武庙也为徐出款所建。徐皆有题联。

徐为仓埠文庙题联：

大道直经天，听入耳弦歌，也许武湖成泗水；

斯文将坠地，纵摆弓甲胄，敢因戎事废儒功。

武湖即武口水、黄汉湖,在今黄陂东新洲仓埠西。泗水发源于山东泗水。这里借指为孔子鲁国家乡。

徐题仓埠武庙联:

> 知我者其唯春秋乎?威震华夏,气慑权奸,忠义迥无侔,大力克延刘汉祚;
> 生民来未若夫子也,天上日星,地下河岳,师承欣有自,英灵应撼武湖潮。

知我者……,出自《孟子·滕文公下》:"孔子曰:知我者其惟春秋乎,罪我者其惟春秋乎。"祚,君主位置。刘汉祚指三国刘备复延汉室。联为关羽而写,故有此句。生民来……,出自《孟子·公孙丑上》:"自生民以来,未有夫子也。"上下联首句为有清一代文庙常用集句联。"天上日星"与下句"地下河岳"由文天祥《正气歌》"下则为河岳,上则为日星"变化而来。

(以上由武汉蔡大金供稿)

黄士荣题戏台

是孰占花魁?试看十月先开,万紫千红齐俯首;
问谁弹古调?且向七弦静听,高山流水几知音。

民国年间,黄梅新开、蔡山、孔垅等地梅姓族人续修族谱,并搭台唱戏予以祝贺。特请蔡山名宿黄士荣撰题戏台联,黄欣然笔起龙蛇,书此联以应主事者之请。联中用岭上梅"十月先开"以赞扬梅姓;用钟子期听琴事以暗喻唱戏,联末更以问句作结,耐人寻味。

袁济轩投笔抗日

投笔从戎,为祖国而扬威异国;
请缨抗日,执干戈以奋志止戈。

袁济轩,湖北红安人。1943年,抗日战争处于紧急关头,四川三台中学师生激于"天下兴亡,匹夫有责"之义愤,首倡从军抗日。次年春,济轩以知识青年身份,在湖北投笔从戎,入湖北教导营(在恩施),旋调教导第一团(在重庆江北鸳鸯桥),成为"十万青年十万军"之先导。同年5月,全团学生离渝赴滇,在昆明乘军机飞越喜马拉雅山至印度(时为英国殖民地),与英、美、印等同盟军并肩抗日。袁济轩初入中国驻印军战车第六营时,曾撰此联及《菩萨蛮》词一阕述怀,函达其弟继志。

袁济轩联赠叶家三树

1946年春,袁济轩客处湖南长沙市北站,偶遇黄安(今红安)叶氏三兄弟树春、树秋、树清,异乡遇同乡,格外亲热,遂与结为忘年之交。袁在叶家读《全唐诗》,一日在诵读之余,集唐句成缩脚联赠树春云:

鸟啼金谷;

烟霁海山。

上联用朱放"鸟啼金谷树",下联用项斯"烟霁海山春",均缩末字藏其名。树春见联叹云:"好个'烟霁海山',抗战终于取得最后胜利,从此烽烟霁尽,天下皆春,诚切时时事之吉祥佳话也。"后济轩又遍寻《全唐诗》成赠树秋联云:

鸟啼金谷;

琴响碧天。

下联用许浑"琴响碧天秋"。又成赠树清之联云:

鸟啼金谷;

轮抱玉壶。

下联用李华"轮抱玉壶清"。

三人皆喜而称善。

(以上录自袁济轩《妙联漫话》)

嘲谑饶汉祥

饶汉祥,湖北广济(今武穴)人,清末以骈文负盛誉。黎元洪闻之,招为督署秘书,所拟电稿,动辄数千万言,致使黎之勋名、饶之文名俱进。但白璧中瑕疵亦不少,其代黎电中有"忝居储贰"之语,盖谓副总统之职位,实为大总统之继承人,故比于皇帝之储君(太子);又一电文中有云:"汉祥法人也。"此两名词误用,均近滑稽,因有人嘲之以联云:

黎宋卿岂是项城子；

饶汉祥讵作巴黎人。

此联亦谑亦虐。项城，即袁世凯。

（红安陈友良供稿）

李士彬巧撰贺联

英山南河段茂炜之妾连举二子，李士彬撰联云：

南国秾华，于今结子成阴，胜地合名桃叶渡；

夕阳芳草，何日杖藜扶我，闲游来过段家桥。

此联观点虽旧，但行文流畅、自然，对仗工整通俗，虚实结合，情景交融，仍不失为名士风雅之笔。桃叶渡，在南京秦淮河与青溪合流处。桃叶，乃东晋王献之妾名，献之曾作《桃叶》之诗赠予她，此水也因她得名。此处以桃叶喻段茂炜之妾。

闻伯侯挽岳父

英山名儒闻伯侯先生有一悼岳父之挽联，联曰：

对家君为卢李谊，对贱子则翁婿情，感廿年乌屋爱推，依样椿庭劳护惜；

论历纪未届五旬，论承欢已看两代，痛一旦人寰迹杳，那堪蓬岛骋逍遥。

这副挽联，个别处虽用了典故，但深入浅出，行文如叙家常，既表达了翁婿之情，又抒发了悼念之悲，不失为挽联中之佳作。

谜藏药名人名

阿斗过桥来蜀境；

昭君出塞去胡乡。

横额：立起沉疴。

某年元宵节举行灯会，蕲春某老中医书此谜联于一精美花灯上，谜目是中药名四、汉将名一。并谓射得者，即以此灯赠之。有人射中药名为使君子、独活、王不留行、生地；汉将名为霍去病。果得灯而去。按《三国志·

蜀书·先生传》:"曹公从容谓先生曰:'今天下英雄,唯使君与操耳。'"使君指刘备,阿斗为刘备子,赵云在长坂坡突围救之,过当阳桥而获生,以之扣使君子、独活自佳;又以昭君出塞扣王不留行,胡乡是异国,扣生地亦妙;而霍去病之霍是姓,但其本义可解为疾速或猝急,故霍去病扣立起沉疴,亦是天造地设。

老塾师联勉学生

闻楚卿6岁刚过,即从其叔父闻辉山老先生读蒙童馆,常见课堂墙上和窗户两旁贴着两副对联。一副是清末秀才闻清海老先生撰书的,联曰:

人生惟有读书好;

世事无如吃饭难。

另一副则是闻辉山先生自撰自书的,联曰:

日新事业驹常过;

时习工夫鸟数飞。

这两副对联,都富有一定的教育意义。前者指出读书之重要和涉世立身之不易,后者则启示人要珍惜时光,勤奋学习,不可懈怠。

(以上由武汉闻楚卿供稿)

孔庚挽南经庸

孔庚,浠水人,留学日本,并参加同盟会,跟随孙中山。回国后,历任军政要职。他青少年时,曾受业于南夔(字经庸,日本应庆大学毕业,曾任大学教授及银行行长)之父。传说南父弥留之际,曾托孤于孔庚。孔不负师望,对南夔之学业倍加关注,教诲不倦,并资助其去北京升学,又留学日本,后终成材。1946年,南夔在上海金城银行宿舍洗浴,因浴室缺氧而窒息,年仅49岁。孔亲书挽联云:

吾师汝父汝师吾,白石清泉,桃李无多,一枝独秀;

道乐人传人乐道,春霜秋雾,芝兰虽萎,千古犹香。

此联叙旧抒情,恰到好处。

(浠水柴曾恺供稿)

第三节　咸宁、黄石、鄂州地区

葛宗楚联话

葛宗楚，通城人，曾留学日本，1916 年，任国立武昌商业专科学校校长。时王占元督鄂，加征盐税，克扣军饷，葛与在汉名流联名在报上讨王，遭通缉。后入宝善堂坐禅参佛，自遣联云：

痴人学佛心无佛；
佛法戒痴我却痴。

葛于 1947 年 2 月 26 日在武昌寓所病故，挽联甚多。如：

傲骨嶙峋，秉性一生持正义；
高才磅礴，垂名千古仰遗风。

（以上由武汉蔡大金供稿）

童又康为戏台撰联

童又康（1903—1986），祖籍江西，初迁黄冈，再迁武昌。1933 年夏，三江口唱戏，他撰联：

四月少闲人，锣鼓初喧，惹得这紫陌红尘纷纷扑面；
三天好风景，管弦一罢，再寻那茶亭酒肆杳杳无踪。

童又康撰联颂张巡

旧社会，鄂州一带的村庄，每逢七月廿四日，有轮流举行庙会的风俗，谓之"接会"，即把洪济王神像从庙里接进村来。同时，还要唱几天戏，作为祭祀。所谓洪济王菩萨，传为安史乱中死难的睢阳太守张巡追封的名号。1933 年，为吴家垱熊姓接会，是年童又康馆此，撰戏台联曰：

本儒生而为名将，疾风劲草，古来能有几哉？郭主宽、李主严，功盖当世，尚让公千秋俎豆；
出死力以守孤城，贯日精忠，没世不可忘也。江之南，淮之北,歌流遍野,岂徒我一地管弦?

上联歌其功。以"疾风"喻敌人,"劲草"喻张巡,对"古来能有几哉"没作正面回答,而从侧面以唐中兴名将郭子仪、李光弼与之对比,他们虽功盖当世,却未能像张巡这样千秋受人祭祀。下联颂其德。凸现了死守孤城的坚强意志和牺牲精神,堪与"白虹贯日"的荆轲和"精忠报国"的岳飞相比。末后揭示唱戏的动机不在娱乐而在纪念。

童又康代挽两则

徐芥舟,湖北鄂城(今鄂州)人,不幸早逝。噩耗传来,鄂邑惋惜。童又康代其岳父撰挽联云:

> 文能吐凤,武可扬鹰,群夸吾婿多才,指日大名书北阙;
> 昔望乘龙,今偏跨鹤,总怨我儿薄命,克星半路犯东床。

1947年,童又康长兄童吉班独子病夭,他撰联唁侄:

> 伤兄苦抱西河痛;
> 哭侄怕看东野书。

上联以孔子的学生卜子夏晚居西河,因丧子痛哭失明一事,来描述长兄丧子之痛;下联以唐韩愈《祭十二郎文》中之"东野之书"一词,表达了对侄儿夭折的无比惋惜哀痛。

(以上由武汉文秉章供稿)

朱黻华挽联三副

1931年,朱黻华代其父挽女亲家翁高平卿先生联:

> 忆吾婿,早岁辞尘,弱女感伶仃,长向冰弦悲夜月;
> 痛亲翁,一朝弃养,大郎经患难,顿教血泪洒灵车。

"长向冰弦悲夜月"是从《燕山外史》一书中信手拈来,与"顿教血泪洒灵车"相对应,悲凉凄绝,实为佳构。

余印香与朱黻华既是同乡,亦是同学。印香大学毕业后,旋任鄂城金牛镇虬川中学英文教员。1931年,他由校回家,途经沼山乡之高家山,突

闻枪声四起,遂策马狂奔脱险。由此惊悸发病吐血,归家竟一病不起。朱黻华撰联挽之:

勺庭共砚,鄂渚同游,忆当年携手楼头,玉笛梅花听夜月;
虬水传经,高山捐馆,怅今日羁魂道左,秾桃馥李泣东风。

联文上下开始以四短句标出地点,展现同学之情,同乡之谊,任职之所,猝死之因。"忆"昔清丽之景,"怅"今悲痛之情。前后联系紧密,角度转换自然。

1940年,朱黻华代其四弟英航挽岳祖母:

忆吾岳,团镇言旋,每念仲弟远游,千里目穷巫峡水;
痛太母,蓬山作客,恰值女孙归省,一朝肠断沼峰云。

此联本为挽岳祖母的,但开始就追忆其岳父由其所经商的团风返家,每念及在南京国民政府教育部供职的二弟柯树屏先生,抗日战争国土沦陷后,随府迁入重庆而远客蜀中。"千里目穷巫峡水",饱含战乱怀人之苦及忧国伤时之痛。逝者家在鄂州沼山南麓之上柯村,孙女省亲归来,适祖母谢世,"一朝肠断沼峰云",语新而意切。

朱敦诚挽朱黻华

1944年,朱黻华病故。亲友及其学生赠送的挽联甚多。兹录其受业弟子朱敦诚挽先生之联文,可示其一斑:

四郊堡垒,半壁河山,哪堪泪尽胡尘,都使放翁悲故国;
一酹椒浆,几张剪纸,从此诗亡大雅,空教宋玉赋招魂。

(以上由鄂州朱朗如供稿)

第四节 十堰、宜昌、恩施地区

贾大亨题武当山皇经堂

希夷丹气满;
邋遢剑光妍。

武当山为道教胜地,历代道教名流多曾修炼于此。而陈抟、张三丰即为其中之佼佼者。陈抟(？—989),五代、宋初道士,亳州真源(今河南鹿邑)人,宋太宗赐号希夷先生。张三丰,元末明初辽东懿州(今阜新东北)人,又号张邋遢,武当道士,明英宗时封赠通微显化真人,世传其为武当拳剑之创建者。联中用此一文一武之传奇人物为对,而希夷与邋遢各为天然叠韵,丹与剑、满与妍,又同为一韵,是典型之叠韵对,极具音乐谐和之美。

佳联与良师

忧国如焚,使我难忘漆室女;
非男何憾？劝君早买木兰鞍。

1945年,余良瑛作为一名女生在英山县中读了几个月的书。时值抗战期间,班主任语文老师查振轩满怀忧国之情写下这副激动人心的佳联。

上联引用了一个较生僻的典故"漆室女"。春秋时,鲁国漆室邑有位少女,对国君老太子少国事甚危深以为忧,倚柱悲歌,感动了许多人。面对着深为祖国存亡担忧的女学生,查老师很自然地想起了古代那位忧国典型"漆室女",这个典故用在此处自然贴切。下联用了世人皆知的木兰买马从军的故事。上联抒发了对国家深重灾难忧心如焚的情怀,下联便径直鼓励他的女弟子摆脱男女有别的偏见顾虑,去抗日卫国。情词恳切,气势雄浑,催人奋起。

(丹江口余良瑛供稿)

郝海峰题真武庙

郝海峰,湖北秭归人。民国秭归县参议员。其题真武祖师庙曰:

五内莫相欺,欺己欺人万事假;
指头休全算,算来算去一场空。

真武祖师庙在秭归五指山。真武即玄武,楚巫主北方太阴之神。屈原《远游》:"召玄武而奔属。"后衍为道教说部,亦主北方,以龟蛇为偶像,二十八宿为部属,二郎真君为统领。五内即人体五脏。后汉蔡文姬《悲愤》:"见此崩五内,恍惚生狂痴。"

皮玉屏题城隍庙

皮玉屏,湖北五峰人,清末秀才。其题渔洋关城隍庙联曰:

上古时,不闻有盂兰会,到后来创此法筵,任十八重刀山、剑树、火柱、油锅,敲几声木鱼,都变成西极三宝座;

中元节,何以撞幽明钟,因今日修兹善果,数千万众孤魂、野鬼、老死、夭亡,吃一碗水饭,好同赴南无九华山。

城隍庙,处五峰县渔洋关镇。盂兰会,盂兰,梵语乌兰婆孥,解救倒悬之意。旧俗七月十五日中元节筵僧尼法师结盂兰盆会,诵经施食,焚法船放焰口,度鬼灵上天。三宝,所指甚多:佛教以佛、法、僧为"三宝";道教以精、气、神为内"三宝",耳、目、口为外"三宝"。

杨守敬联话

杨守敬(1839—1915),湖北宜都人,清同治元年(1862)举人,68岁时授安徽霍山知县。辛亥革命后,避居上海,任参政院参政,不久病卒。杨氏乃清末民初我国著名历史地理学家,通训诂,笃金石,工书法,著述颇丰。现今杨守敬纪念馆仍存有杨氏部分遗联手迹,诸如:

谟议轩昂开日月;
文章浩渺作波澜。

谟,意即谋划,谟议即谋议。此联充满家国情怀。

欹枕旧游来眼底;
掩书余味在胸中。

此联则满含闲适意趣。

净月和尚题章华寺

净月,俗姓邓,字清华,湖北宜都人。民国间任沙市章华寺住持方丈。他题章华寺大雄宝殿联云:

此处即色相天,听一声钟磬,隔院传来,似为我众生洗心涤虑;

何方是清净土,慨四面干戈,沿江竞起,原偕斯天地访道参禅。

章华寺,在沙市东北隅太师渊。原传为楚灵王时章华台旧址,元泰定年间(1324—1327)废址建寺,现存庙宇系清代重修。

题章华寺韦驮殿联云:

春雪无尘空四大;
慧灯有耀悟群生。

四大,佛教以地、水、火、风为四大。这里的"空四大"是"四大皆空"的缩语。

(以上由武汉蔡大金供稿)

春秋堂互对

春秋堂上读春秋,祝诸生春秋鼎盛;
南北朝时分南北,望祖国南北合衷。

枝城旧有关岳庙,合祀三国时蜀汉名将关羽及宋代忠臣岳飞。春秋堂为庙中建筑之一。尝借作学馆,以课诸生。此联系馆中某生与其师互对而成。上联三用春秋而含义各异。下联三用南北,含义亦各不同。

(录自袁济轩《妙联漫话》)

第五节 孝感、随州、襄樊地区

胡木匠撰隐字联

胡浩能(1900—1986),湖北监利人。其父是晚清秀才,家贫如洗,10岁学木匠。1932年春节在门口贴了副对联:

我当木匠你当大官,你休碰我,碰就送予你;
富爱金银穷爱小贝,富莫刮穷,刮都拿给他。

此系隐字联,上联隐个"棺"字,下联隐个"锁"字。作者是个初识文字的木匠,不懂音律,对仗尚可,平仄欠工。但联句口语化,贴切自然,对旧社会乡保长的敲诈勒索,深恶痛绝,愤懑之情跃然纸上。此联一贴,那些乡保长为图吉利,再也不上门敲竹杠了。

关帝庙联讽关羽

徇情孟德,急崩玄德,错责翼德,何忠何义称名将;
暴淹樊城,骄失荆城,败走麦城,非勇非谋号帝君。

1944年前后,此联出现在监利容城镇小东门外的关帝庙。它一反世人对关羽的歌颂,而进行了无情的抨击、辛辣的讽刺。这不仅是对关羽这位被历代统治者吹捧成"忠义智勇"人物的彻底否定,还可能是针对蒋介石的。因他背叛孙文,消极抗日,专事内战,又曾掘花园口祸殃百姓,丢失大片国土,败退四川重庆,还称什么抗日领袖。但作者借古讽今,揭得彻底,骂得痛快,且引典有据,重字排比,对仗工整,非大手笔莫属。

文昌庙联讽县长

文未能安邦,武未能救国,还祭什么关公孔子;
天不会下雨,地不会长苗,何拜这些木偶泥胎。

文昌庙位于监利城关中心裴家池西南侧。1947年,监利大旱。县长谢某忽然要拜孔庙。就在拜孔的第二天,文昌庙门口出现了这副未贴成对的小字楹联。此时正是国民党大喊戡乱救国的时候,县长祭文庙时大叫什么文修武治,此联针对这种粉饰太平的手段,讥讽得入木三分。联语意味深长,显出了楹联匕首、投枪的威力,揭穿了反动统治者虚伪的面纱。

(以上由应城胡承鸿供稿)

丁炳权遗联盼解放

丁炳权(1901—1940),湖北云梦人。黄埔军校第一期学生。北伐时,奉命回湖北,以28把大刀,聚众数千,占领云梦、孝感等地。后任国民革命军第一军六十四团团长。1932年任国民党湖北省保安处少将参谋长。抗日战争爆发后,任陆军第一九七师中将师长。1940年5月病逝于九宫山成家垅师部驻地。死后遗物有一对平素学书之铜质镇纸,上镌一联:

致力东方民族解放;
促进世界人类和平。

(武汉蔡大金供稿)

魏邦台题诗赠老甘

1943年至1944年,湖北大悟的魏邦台在徐海东故里黄家窑教小学。当时新四军某部姓甘的干部,也是知识分子出身,住在黄家窑,做党的抗日统一战线的宣传工作,与这所小学的教师过往甚密。后来老甘奉命调离黄家窑,教师们纷纷以诗联相赠。邦台赠别一联:

甘棠遗爱思召伯;
官道难遮借寇公。

上联借用周代召伯巡行南国,在文王之故舍甘棠之下,当地人民思其德而不忍伤其树;下联用东汉时颍川百姓遮道向汉光武帝借寇恂太守的故事。此联表达了他本人和大悟革命根据地人民对老甘的眷恋和惜别之情。

魏邦台撰联贺生子

好教他年成英物;
何须今日试啼声。

此联撰于1943年。联引晋代桓温出世、温峤命试啼声故事,反其意而用之,带有朴素的唯物主义思想,对"宿命论"和"天才论"持否定态度,谓人才重在教育和造就。

魏邦台自挽

魏邦台贫病交加,身染肺病多年,而又无力到武汉等大城市就医。1947年在夏店小学教书,病情日益恶化,就在这年春天回家养病。他自知不久于人世,面对绿水青山,发出如下浩叹:

我独多情,问绿水青山留我不?
谁无一死,看贱贫富贵有谁逃!

他不愿过早(48岁)离开人世,但又无法挣脱死神的纠缠,只得以此来安慰自己和安慰亲人。

(以上由广水魏大同供稿)

宋真宗御赐孝感胡氏三兄弟

一门三进士;

六部四尚书。

北宋咸平二年(999)春天,宋真宗赵恒亲自主持殿试,复查礼部考试所录取的进士。当他得知状元胡用时、榜眼胡用庄、探花胡用礼竟是同胞三兄弟时,不禁龙颜大悦,手拍龙案连声叫奇。后来胡用庄官至刑部尚书,胡用礼官至兵部尚书,而胡用时则身兼吏、户两部尚书。故此景德二年(1005),皇帝当殿御赐金匾给胡氏兄弟,匾上书此联。

(孝感胡仕奇供稿)

冯哲夫自题联

冯哲夫,湖北南漳人。民国时期教育家。早年留学日本,回国后在苏、鄂、湘等地办学。辛亥革命后,弃学从政,曾任湖北省军政府秘书长。有《素园文集》传世。

冯哲夫生前曾自题一联。冯去世后,人们将其联语刻于其墓上:

天上亦昏昏,那异人间,休乘黄鹤升仙去;
地下沉寂寂,遑问死后,谁遣青蝇送悼来。

黄鹤升仙,即驾鹤升仙。人死后的一种吉祥比语,源《列仙传》王子乔驾鹤升仙故事。道教又称安坐而死为"骑鹤化"。青蝇,即"青蝇吊客"。比喻人死后的孤寂,本源《三国志·魏书》裴松之注引《翻别传》:"生无可与语,死以青蝇为吊客。"唐代刘梦得诗:"何人为吊客,唯是有青蝇。"

冯玉祥题赠鄂人

马伯援,湖北枣阳人。早年留学日本并加入同盟会。民国成立,马是湖北代表之一。曾以冯玉祥名誉顾问身份,周转邓县、襄阳等地。1932年自请回乡任枣阳县县长。冯对马推崇备至,亲书一联曰:

能刻苦方为志士;
肯吃亏不是痴人。

(以上由武汉蔡大金供稿)

第五章 湖北楹联故事

楹联之所以生生不息,流传不止,主要原因之一是它的趣味性和通俗性。而楹联故事兼具了趣味性和通俗性,是老百姓喜闻乐见的一种民间文学形式。虽然故事的来源和所涉及的人物、事迹难以考证,但从内容上看,其作者既有平民百姓,也多文人雅士;从风格上看,既带诙谐机智,又含巧思妙构。所以它是湖北楹联大家庭中不可或缺的一员。

很多民间故事在多地广泛流传,并为人们多次再加工,在时间、地点、人物、事件上常常被移花接木,真伪难辨。这里所选取的楹联故事,是我们根据各地选送的资料,以本省联家籍贯所在地和外省联家在湖北题联所在地,分别列入以下几大区域进行归类整理,以供赏读。

第一节 武汉、荆州、荆门、仙桃地区

熊伯龙楹联故事

清乾隆帝的老师熊伯龙,是湖北汉阳蔡甸奓山人。一天,他到蔡甸游玩,看见一家新开张的菜店,引起他撰联的雅兴,于是即兴作了上联:

蔡甸街上开菜店;

他作完上联待作下联时,这才发觉上联短短七字中,句头两字和句尾两字谐音,前者是地名,后者是行业,为它找般配的"金玉良缘"实属不易,只好委屈"蔡"郎打一阵子"光棍"了。

事隔两年后的一天,伯龙又游黄陵矶(古为皇陵矶)。偶见一布贩肩搭黄绫沿街叫卖,顿时来了灵感,吟道:

皇陵矶头卖黄绫。

伯龙终于为"蔡郎"觅到了意中人"皇姑"。

（武汉李华高、宋克元、宋春潮供稿）

日寇投降，喜结良缘

鄂东结婚有一种风俗，就是由男方出一上联，用红纸贴在轿门右边。下联由女方拟定，在姑娘上轿时，贴于轿门左边。据传，抗战时期，武昌一男青年同浠水一女子自幼订婚。双方早长成人，由于日寇侵华，婚期一再拖延，直至日寇投降，他们才择日成亲。男方迎娶那天，在轿门右边贴着这样一副上联：

喜气溢江夏，喜报上林春，喜廿年订就良缘，喜今朝吹箫引凤；

女方一老秀才并未被此上联难住，应时对出了下联：

幸寇退浠川，幸从离乱出，幸三生结成佳偶，幸此日淑女乘龙。

如此双方皆大欢喜！

（录自荣斌《中国名联辞典》）

清官卢璲采

新洲倒水河边卢湾，在清同治十年(1871)，有叔侄二人中了同科进士，叔名卢璲采、侄名卢英侗。璲采幼读经史，立志做一个清正廉明的好官。他在出任浙江金华府义乌县知县时，一到任就在县衙门前和大堂上，书贴了两副对联：

为五斗米折腰，自惭无地；
持三尺法在手，不敢欺天。

使半文造孽钱，子孙必受报；
行一件枉法事，天地不能容。

卢知县的两副对联贴出后，很快传到了金华府赵知府耳里。赵知府是个爱钱如命的贪官，听到卢知县刚到任就如此标榜自己，相形之下就贬低了知府。于是,对卢心怀不满,处处刁难,卢亦针锋相对,矛盾日深。有一次卢璲采到府衙去请示工作,赵知府见他穿着一双破靴子,认为是故意出洋相,就讽刺说:

　　大人靴帮太破,有失体统;

卢立即反唇相讥:

　　卑职底子还硬,无碍清廉。

赵知府听后,脸色骤变,却无言对答。

不分南北东西

　　清末,新洲有一个大湾子,为了酬神了愿,打算唱四正五响的大戏(汉剧),湾南的人要把戏台搭在湾南头,湾北的人要把戏台搭在湾北头。经多次调解,双方才协定把戏台搭在湾子中间,并请颇有名声的举人喻九万写了这样一副对联:

　　为了许愿酬神,何分南北;
　　若是争强比胜,不是东西。

傅玉珍联责薄情郎

　　清代中叶,新洲徐古有个叫陶国千的,在外地做知县,其子陶天放不思学业,经常在外拈花惹草。与妻傅玉珍婚后,仍然夜不归宿。一次,傅收拾书房,在桌案上发现天放写给情人的信稿中有"在天愿为比翼鸟,在地愿为连理枝"的诗句,才知丈夫不归宿的原因。等天放回家,玉珍义正词严地说:"一意浮浪在外,不思读书成名,真是愧对父母,愧对祖宗。"天放说,你别瞧不起人,我出一联你对对:

　　白居易,诗题长恨曲,天长地久难尽;

玉珍对下联:

　　金玉奴,棒打薄情郎,日暮更深不归。

天放十分惭愧,向妻认错道歉,并保证今后用心读书。夫妻从此恩爱如初。

　　　　　　　　　　(以上录自《中国对联集成·湖北卷·新洲分卷》)

熊廷弼对联故事

熊廷弼14岁考取头名秀才。这日又去省里应举人试,途中见农人打场扬谷,他越看越有趣,直到农人将谷扬完后才走。到考场时已迟到,考官问:"为何迟到?"答曰:"因看农人扬谷。"考官责怪他粗心大意,并出一上联,要他对出方许入场。联曰:

细水流沙粗在后;

熊廷弼随口对曰:

大风扬谷瘪当先。

熊廷弼从小刻苦读书,聪慧过人,特别善于对句。据说,书院山长的岳父去世时,这位山长想写一副挽联表示哀悼。可是当他写出上联后,下联怎么也写不出来了。他的上联是:

泪滴江汉流沧海;

在一旁观看的小学生熊廷弼上前对出了下联:

嗟叹嚎啕哽咽喉。

大家一听,都感到很惊奇,上下联都是偏旁对,难度很大。但小廷弼对得天衣无缝,确是佳构。

还有一次,熊廷弼路经五里界锦绣山,一些老秀才在为此山新修的楼阁取名发愁,口里反复念叨:"锦绣山……"熊廷弼听后,提示说,名字就叫"锦绣华堂"吧!众老秀才听见大喜,并请他作一副对联。联云:

锦绣山高,脉脉结成龙虎地;
梁湖水满,滔滔流入凤凰池。

(以上录自成思《唯楚有才》)

伍二府古庙题联

夏口镇新任地方官伍二府一上任,就到著名古刹汉阳兴国寺上香。随后知客僧请他题字,伍欣然应允。他来到庙门,只见古庙依山面湖,林木森

森,禅关寂寂,一时兴发,挥就一联:

> 佛祖无奇,但助好人不助恶;
> 神仙有法,只生欢喜莫生愁。

大门联题完之后,知客僧忙将二府迎进山门。只见当门坐着一个笑嘻嘻大肚子罗汉。二府笑着说:"这罗汉接待香客的态度倒蛮好,来来来,本官送你一副对联。"于是又信手挥就一副对联:

> 天天提空布袋,少米无钱,光剩副大肚空肠,不知阔老官还愿时用何物赎罪;
> 岁岁坐冷山门,接张待李,整日间眉开眼笑,请问胖和尚得意处是哪些东西。

知客僧口里称"妙",心中不是滋味。

题毕弥陀殿之后,知客僧把二府引到韦驮大殿,心中叨咕:这位可不比那位和气,看你怎样卖弄文才?他的念头还未转完,二府的对联早写好了:

> 我问你,从前是何等样人,希望你自摸心头再来求佛;
> 你拜我,往后须不干坏事,要知我这条鞭下不肯容情。

李鸿章求情

清道光年间,地位显赫的李鸿章在任湖广总督期间,与他同榜的安庆人舒铁香几次来衙门拜访,被李鸿章手下的人挡了驾,舒铁香很生气。这天,他游黄鹤楼,看见粉墙上有许多人题的对联与诗词,便也写了一副楹联发牢骚:

> 同榜贵人多,饶他稳坐青牛,懒向人间谈道德;
> 相逢知己少,愧我重登黄鹤,难从天上觅神仙。

人们看了,知道这是讽刺李鸿章的,说他官做大了,不认老朋友了,一点道德也不讲了。有人将此事告知李鸿章,李可着了急:这么传来传去,岂不坏了自己的名声?他便派人找到舒铁香,连求情带许愿,说只要舒铁香自己把这副楹联涂掉,可以出重金,也可以做高官。商量的结果,舒提出罚酒赔礼,但不做官。李只得为他专门设宴,向他道歉,这桩"私案"才算了结。

(以上录自成思《唯楚有才》)

神童张居正

张居正,少有神童之称,爷爷很喜欢他,经常对他说:"学问学问,边学边问,不学不问,就无学问。"又指着窗外树上的知了说:"知了知了,做学问不能一知便了。"于是居正将爷爷的教导编成一副对联:

学问学问,必须既学又问;

知了知了,不可一知便了。

爷爷看了这副对联,非常高兴,并乘兴吟出上联:

莫做灯笼千只眼;

小居正接口道:

要当蜡烛一条心。

张居正从小就不信鬼神,看见人家迷信菩萨,心中好笑。一次,他做了一副纸枷给菩萨戴上,引起一些人不满,请巫婆来装神弄鬼,在乩盘上写出一副上联要居正对:

狂荡生,岂是圣门弟子;

居正随口对道:

冒失鬼,假充天上神仙。

明嘉靖年间,年仅12岁的张居正到荆州城考秀才,监考官李士翱,存心要考一考小居正,指着文庙殿前的两棵大柏树,出一上联:

大文庙,两棵树,顶天立地;

张居正略加思索后,手举笔墨袋对出下联:

小学生,一管毫,定国安邦。

李士翱被他的才思和宏伟的志向惊得目瞪口呆。

张居正原名"白圭","居正"是当时的湖北巡抚顾璘替他改的名字。改名时顾璘说:"以后做官为人之道,万万不可像墙头草随风摇摆。"说至此又吟出一副对联:

冒雨迎风,莫做墙头草;
秉公居正,要当铁面人。

(武汉黄安心供稿)

梁启超联战张之洞

四水江第一,四季夏第二,先生来江夏,谁是第一?谁是第二?

三教儒在前,三才人在后,小子乃儒人,何敢在后!何敢在前!

1898年春,梁启超推行新政,来汉讲学。张之洞时为湖广总督,便想诘难一下,试其才学。待梁来拜访,即出上联试之,梁略加沉吟,侃侃对出下联,柔中有刚,不卑不亢。

书生联难张之洞

清末,有个叫黄良辉的书生不满当时贪官污吏作威作福,借个机会出出怨气,于是写了一上联给湖广总督张之洞,请其续对下联。联云:

之字路,偏要你走;

张及幕僚看后,冥思苦想多日,仍无法对出下联,最后不得不求教于书生。谁知书生给出的下联是:

洞中怪,岂奈我何。

此联为鹤顶格,嵌入了"之洞"二字,竟是明明白白嘲笑总督大人的,张之洞看后虽然生气,但也无可奈何,不了了之。

(以上由湖南绥宁何先位供稿)

黄良策巧对塾师

松滋龙头湾有个神童叫黄良策,自幼聪颖过人,七岁便能吟诗作对。

一日，私塾老师为了考考他的对句学得怎样，便出一下联令其属对：

　　　　小弟子严冬偎火笼。

黄良策对曰：

　　　　老先生盛夏摇蒲扇。

先生听后，点头认可。

　　又一次，塾师手指山边的砖瓦窑，对黄良策出一上联，令其对下联。联曰：

　　　　绿水拌黄泥，红火黑烟，烧出青砖白瓦；

上联包含六个颜色词，难度较大。黄见门外亭阁辉煌，湖光潋滟，从容答道：

　　　　翠湖临紫阁，朱梁碧栋，漂浮玉殿金宫。

黄良策亦以六个颜色词相对，十分工稳，塾师非常满意。

　　一天月夜，塾师仰视皎月临窗，俯视银辉泻地，不觉浮想联翩，情思不断，遂对身边的学童黄良策出一上联：

　　　　圆月照方窗，有规有矩；

此联切景切情，前后照应，天衣无缝。黄见先生用筷子夹鱼，灵机一动，对曰：

　　　　长竿垂短钓，能屈能伸。

对句亦颇含巧思，当即得到先生的高度赞许。

（松滋朱剑英供稿）

半副楹联"悼"县令

　　清光绪二十四年(1898)，有个姓熊的商人，花钱买了个"功名"，在监利县当了县太爷。他最瞧不起布衣秀士，曾在县衙门口贴一上联：

　　　　士劣仕优，士仕优，士当为仕；

许久没人敢应对。第二年熊县令得伤寒病死了,几位塾师才把早就对好了的下联贴上,为他"送殡":

官来棺去,官棺去,棺不顾官。

(应城胡承鸿供稿)

都来锦上添花

监利有个穷秀才名叫王者香,生活艰难,告贷无门,屡遭亲友白眼。孰料时来运转,中了状元,回乡祭祖时,无论远亲近邻都来送礼贺喜,还有前来攀亲结族者。一天同时来了四个远客,自称是状元的宗亲,一脉相承。第一个求见者姓汪,他对门官说:"我是水边王,确是状元的亲支本房。"第二个求见者姓匡,他解释说:"我和状元本住一个垸子,因为洪水猛涨,冲决堤防,我就成了破垸子王。"第三个姓黄,他也开了腔:"黄王是两姓,分字不分音,诗词歌赋同一韵,五百年前一家人。"第四个姓田,妙语最惊人:"我把田字左右两块脸不要,岂不也姓王?"王状元听后,有感撰一联:

回顾往年饥荒,五六七月间,柴米尽枯焦,贫无一寸铁,赊不得,欠不得,虽有远亲近戚,谁肯雪中送炭?

侥幸今朝科举,一二三场内,文章皆合适,中了五经魁,名也香,姓也香,不管张三李四,都来锦上添花。

(监利杨立民供稿)

对鼠赠鸡

有一次,袁中道游郊外,见农舍前群鸡因争食豆粒而斗,一老农笑谓之:"久闻汝聪明善对,吾有上联求属,对成后当以肥鸡一只为赠。"于是出上联:

饥鸡争豆斗;

中道构思间,瞥见农舍梁上潜伏一鼠,触景生情,旋对曰:

暑鼠上梁凉。

老农听后大赞,果以肥鸡赠之。

(录自袁济轩《妙联漫话》)

《三字经》集句

"寓褒贬","别善恶","尔小生",着意看来莫谓"戏无益";

"载治乱","知兴衰","群弟子",用心演出乃为"人称奇"。

事情是这样的:仙桃有个刘掞,乃清代拔贡,某年,他因逃水荒到京山,在一名豪绅家中教书。这家设有两个学馆,大儿子从的塾师是当地有名的举人,称之为大馆;刘掞教的是小儿子,称之为小馆。上学不久,学校门前演戏,这位豪绅东家原意是请大馆的塾师写戏联,瞧不起教《三字经》的刘掞,孰料刘掞一气之下,抢先写了这副《三字经》的集句联。当拿去贴在戏台上时,观众无不称奇叫好!

(仙桃彭树元供稿)

聂绀弩童年对蒙师

聂绀弩,湖北京山人。6岁进私塾发蒙。老师孙铁人(亦名孙镜,同盟会会员,国民党元老),给高年级的学生课对。一天,老师出了个"人口",让大一些的学生对,但没有一个满意的。可没有应对任务的聂绀弩突然说,我对"天门",老师用惊喜的目光望着这个蒙童,又出一个"中秋节"让他对,他略思一会对"上大人"。老师很激动,并很快将此事告诉家长,说这孩子"很有灵气"。

(京山程义浩供稿)

第二节 黄冈地区

苏东坡联戏佛印

有一次,苏东坡去寺里拜访佛印,进门坐定,一阵鱼香直冲鼻孔,四下观察,也没发现什么,房内除了一只大磬之外,再也没有可藏东西之处。于是东坡说:"今天特请对一副下联。"佛印说:"请讲!"东坡淡淡一笑说:

向阳门第春常在;

佛印一听是老对联,便不假思索地说:

积善人家庆有余。

"哈哈,你磬(庆)里有鱼(余),为何不拿来下酒?"东坡笑着说,佛印笑着从磬里拿出鱼来,两人又举杯同饮起来。

又一天,苏东坡与佛印畅游长江,笑声满船。和尚又要和东坡对句。东坡一言不发,他笑望长江南岸,把手一指,只见一条黑狗在岸上正啃着一块骨头。和尚明白了八九分,他转身进入舱中,找出东坡题诗的扇子丢进江里,随水漂流。于是两人相视,大笑不止。原来,东坡手指的哑联是:

狗啃河上(和尚)骨;

和尚抛扇的哑联是:

水流东坡诗(尸)。

(武汉余冰寒供稿)

未许名山僧独占

相传太平天国时期有个姓钱名江的文人,遁迹空门,云游四方。一日游至黄梅东山五祖寺。住持见其貌不扬,对其傲慢无礼,片刻交谈后,即欲逐客。钱起身告辞,口占一联云:

特为小鲁来,未许名山僧独占;
修到中峰止,还留绝顶我先登。

住持亦通对联,听罢自感惭愧。

(黄梅叶树芬供稿)

书生对县令

传说,清末,一位恩施人来德化(后划归黄梅)做县令。时遭水灾,上面拨下救济粮,他迟迟不发。有与其相契的人转告说,如再不发救济粮,老百姓会闹事的,劝他急速发粮。县令随口说:

德化人民以德化;

此语传出,有一穷书生撰一对句,以示抗议:

恩施县令不恩施。

此句传入县令耳中，他坐立不安。

（黄梅洪流供稿）

缪约平为知县改春联

清光绪年间，满人多祺在浠水县连任两届知县。某年春节，他在县衙大门上题联一副，以标榜自己为官清正爱民，联曰：

奉君命来抚是邦，两度兔飞，对得起头上青天，眼前赤子；
与士民共安此土，八年鸿迹，最难忘山间白石，寺里清泉。

百姓见了此联，气愤至极。读书人缪约平，将上下联更换数字，变为：

奉王命来虐是邦，两度兔飞，哪管它头上青天，眼前赤子；
与刁吏共刮此土，八年鸿迹，只剩得山间白石，地里清泉。

（浠水刘光宇供稿）

大别山讽喻家闻筱缉

闻筱缉，湖北英山人，被称为大别山讽喻家。

闻筱缉有一次于六安试罢，游学安徽太湖，与传闻被鄂皖誉为"神童"的15岁小书生相遇，筱缉出句：

稻粱菽，麦黍稷，许多杂种，不知哪是先生？

少年对曰：

诗书易，礼春秋，都是正经，何须盘问老子。

筱缉听了并不生气，觉得果然名不虚传，随即再出一联令对：

天在山边，行到山尖天又远；

少年才子对曰：

月浮水面，捞将水底月还沉。

筱缉听了，连声称赞不已。那才子亦仰慕他的文名，欣然结为忘年交。

闻筱缉因科场不第,回家之后,应一财主之聘当私塾先生。东家对其十分刻薄,用饭只上萝卜一味菜,筱缉怒而不言。一次,东家请筱缉喝酒,想考考学生的功课,筱缉事先嘱咐学生说:"令尊今日是要你对对,你看我的筷子夹何物,就以何物对对。"学生点头称是。席间,东家以"绸缎"二字令儿子对对,筱缉用筷子夹着萝卜,学生说"萝卜"。东家说:"绸缎怎能对萝卜?"筱缉说:"萝是丝罗的罗,卜是布匹的布。"东家抬头一看,见到对面的一座庙宇,又说:"钟鼓。"筱缉还是用筷子夹着萝卜,学生又说"萝卜"。东家说:"这更对不上了。"筱缉说:"萝是铜锣的锣。卜是铜钹的钹……"没等筱缉说完,东家大怒道:"先生为什么总是以萝卜教学生对?"筱缉怒声答道:"你天天叫我吃萝卜,肚里装的尽是萝卜,你为何倒叫我不教令郎对萝卜?"说罢,拂袖而去。

英山金铺街是一条老街,店铺多,来往客商不少,有些旅店为招揽生意,竟不惜败坏民风,以女色诱之。由此,金铺街民风每况愈下,累及本土居家百姓蒙垢受辱。尽管如此,这条街社庙香火日炽,信佛拜神之风仍旧。为讽当地伤风败俗,闻筱缉挥毫书一联贴于街头土地庙:

这一街许多丑事;
我二老总不做声。

横批:心中有数。

另有:

打打算盘,旧债未还新债涨;
摸摸米桶,今年更比去年难。

横批:老。

1900年,因庚子赔款,民负加重,又遇旱灾歉收,过年家无斗米,闻筱缉便写了这副春联贴在门口。大年初三,新上任的乡长赵焱又上门催捐款,先见到对联便感到不悦。复见"老"字,猜摩半晌不语,便挖苦说:"闻筱缉,听说你会吟诗作对,这写的是什么鬼字?"筱缉乘机说:"你们这些人只会派粮收款,枉读诗书。'老'字有一点你就认得老字,'老'字就少这点,你就不认得老字了。""老字"与"老子"同音,乡长挨了骂还不明白。又说:"你知道吗,新官上任三把火,我的名字就是三把火,你能作出对联吗?"筱缉欲赶他们出门,便随口道:

戳破焱官三把火;
剪开出字两重山。

乡官只得怏怏而去。

(以上由武汉闻楚卿、英山王建锋和马民权、黄冈叶钟华供稿)

李书生临刑自挽,张政委枪口救人

无处可藏身,日寇侵华,我死免留亡国恨;
有钱难买命,误言惑众,他生莫作富家儿。

1940年,新四军开辟鄂东根据地。地主儿子李某,听了国民党的宣传,跟着骂共产党是"败国乱纲的草寇"。游击队捉住他,要求部队将其处死,李临刑前用木炭在墙上写下了这副自挽联。张体学政委看了,见他笔力苍劲,语言悲壮,有爱国心和悔悟感,深为感动。请示上级免李一死,并留在部队工作,后来成了文武双全的战将。

(原新五师警卫连连长徐少平口述,浠水王勇超整理)

定婚帖子上的妙对

据说,民国卅年左右,黄梅陆姓的儿女亲事都由一位陆先生写定婚帖子。有一次,陆先生在婚帖封笺交缝处写了一行字:

两行姓字题红叶;

对方一看,知是一副上联,这婚帖不能随便回复,不然,对方会瞧不起的。于是找一位胡先生代为回帖,胡先生对道:

一路夫妻到白头。

这雅趣的婚帖,一时传为佳话。

(黄梅童曼筠供稿)

妖狐坏蛋联成一气

传说,日寇盘踞黄梅蔡山时,汉奸胡廷鳌、但昭全,一任乡长,一任税务

主任,二人为虎作伥,老百姓恨之入骨。当地有位绰号叫梅大脚的老先生作一副谐音联贴出:

一对妖狐(胡),每日贪花问柳,假名抗战;
两个坏蛋(但),终朝吐雾吞云,高唱和平。

此联一出,百姓拍手称快。

(黄梅詹正华、杨起三供稿)

穷秀才反对大贪官

穷教师,穷学生,在穷校,过穷年,济济一堂穷秀士;
大专员,大县长,发大财,置大业,肥肥两个大贪官。

1948年6月,黄冈县政府减半发给教师薪水,学生的食宿费也减半供给,引起黄冈中学师生的强烈反抗,全校近千名师生上街游行示威,张贴反对张见鬼(县长张铮的绰号)和李辰(县教育科长)的标语,还冲击了县政府,并在校门口贴了这副楹联。这一停课罢教反饥饿的斗争持续了三天。

(黄冈童楚文供稿)

李树滋撰联抒愤

李树滋,乃英山才子李士彬之父,穷秀才。一年腊月,财主向树滋逼债,恶语詈骂,盛气凌人。树滋气急,是年春节撰春联云:

清水竿收,任老父钓鳌沧海;
上林花放,看吾儿走马长安。

上联"清水",本意指沧海清水,但李家住鸡鸣河清水塘,故有双关意。下联"上林",借指京都御苑。后来,其子士彬果中进士,终于夙愿得偿。

李建中巧对巡按

李建中,乃李时珍之长子。他幼年颖悟。12岁为秀才时,有巡按御史舟阻风,驻蕲州蕲阳驿。建中偕诸生谒见巡按。巡按指柱上斗拱被虫蛀的孔洞出上联命诸生对:

枫木年深生孔子;

建中立即对以：

　　菊花秋老见黄香。

备受巡按称赞。此联特点是双关语的对仗十分工稳。孔子既指"孔洞"，又指人名；黄香既指"黄（菊）花香"，也指东汉安陆孝子黄香。

董毓华乱世撰春联

　　董毓华，湖北蕲春人。1926年3月，他在湖北省立第六中学读书时，由董必武、陈博介绍加入中国共产党。1935年，他曾和姚依林、黄敬、蒋南翔等参加并领导了"一二·九"运动。"七七"事变后，董受中共北方局的派遣，曾来武汉，顺道回阔别多年的故里董四房湾过春节，并为董四房大门撰春联一副：

　　面龙貌，背龟形，福地福人住，愿四房同沾福雨；
　　送瘟神，闻燕语，春时春酒寿，贺五代共饮春池。

此联是董毓华给家乡人民留下的美好祝愿。龙貌、龟形，为董家冲两座山名。联中的"春时春酒寿"，从《诗经·豳风·七月》"为此春酒，以介眉寿"诗句化来。"春池"，即酒池。古人爱称酒曰"春"，司空图《诗品》中就有"玉壶买春"的句子。至于说"送瘟神"，那是指赶走日本鬼子，让燕语莺声的大好春光再返人间。

（以上由蕲春赵德鼎供稿）

蔡寄鸥对联故事

　　红安蔡寄鸥，14岁就考取秀才，有童秀之称。这一年同学王右文结婚，众学友贺喜闹洞房，要求新娘敬酒对对子。新娘见席上有鱼和羊肉，随即出联：

　　满桌鱼羊，鲜者鲜矣；

意思是满座读书人，有才者少。大家面面相觑，一时对不出来。此时，蔡寄鸥经过思索，对出下联：

　　一群女子，好而好之。

其寓意是女子虽多,不好我不爱,众人拍手叫绝,新娘只好陪席敬酒。

蔡寄鸥任《大汉报》编辑,有姓任老叟,贵州人,以进士分发知县于鄂,以鄂为第二故乡,因文字交,与该报另一编辑和蔡常斗雀牌,并成为忘年交。后任因吸鸦片被拘留数日,忧忿而死,蔡即作一挽联云:

> 鸦片送终,君地下应为蓉城主;
> 雀牌缺席,我今后怕作竹林游。

(红安陈友良、李达治供稿)

嵌名联嘲讽县长

> 幼老荣枯,七载专员九天县长;
> 平生得失,二亿赃款百世骂名。

横批:石沉大海。

1947年,曾任过七载专员、卸任在家的石幼平,经黄安士绅的荐举并助旧国币二亿元,才当上了国民政府黄安县县长。正在此时,刘邓大军南下,路经黄安,上任九天的县长便逃跑了。于是当地民众送了他上述嵌名联,贴在县衙门口。此联巧妙地将石幼平的名字嵌入,他的臭名也随此联流传民间,成为笑谈。

(红安陈友良供稿)

挽子申大义

抗日战争时期,黄梅一青年在抵抗日寇的战斗中英勇奋战,不幸牺牲。其父哭以联云:

> 儿死得其所哉,得其所哉,为国捐躯,马革裹尸成素志;
> 魂飞无不之也,无不之也,还乡有路,蝶香入梦到黄梅。

上联慰子,申以大义;下联述怀,语挚情深。

(浠水刘光宇供稿)

一船黑炭

清朝时,有一群学生从鹞子湖乘船,到黄州赶考。一江绿水,两岸青山,如屏似画,令人目不暇接,心情舒畅。陪他们考试的私塾老师出了个上

联,考考学生的才智:

  两岸青山夹绿水;

按说这对子并不难,可学生们一时不知怎么对,好半天,也没人吭气。

  摇橹的船夫,看他们一个个灰心丧气的痴呆相,觉得十分好笑,脱口说道:

  一船黑炭到黄州。

学生们一听,把他们比作"烧焦考糊"了的木头疙瘩,心里生气,可又没法发作,谁让自己对不上来呢!

(录自常江、舒琛《对联故事365》)

陈沆对塾师

  黑赤砚分,研丹朱而磨墨子;
  斧斤器异,破孤竹而砍高柴。

  陈沆上学时,深受塾师器重。一次,塾师于磨墨间,成上联命其属对。联为双关,因其既可按文意直解,又将丹朱(古代尧帝之子)、墨子(春秋战国时思想家)转品活用,属对难度较高。陈沆思索间举目四顾,见一竹工破竹,即对下联。联中孤竹指孤竹君,是殷商时伯夷与叔齐之父。高柴则指孔子弟子,春秋末卫国(一说齐国)人。

  一日,塾师醉酒,误书上联:

  琵琶结果;

命群生属对,众皆为其所难,陈沆侄归家语其事,求其助对。陈沆闻之大笑,对之以:

  笛管开花。

并附诗于后云:

  枇杷不是此琵琶,恐是先生下笔差。若便琵琶能结果,满城笛管尽开花。

塾师酒醒后见之，深自惭沮，然既成事实，亦无可奈何，乃自我解嘲，和一诗云：

琵琶本是此琵琶，莫笑先生下笔差。若使琵琶不结果，江城那得落梅花。

末句为画龙点睛之笔，乃化用李白"黄鹤楼中吹玉笛，江城五月落梅花"。而落梅花则为笛曲《梅花落》之化用。陈沆见塾师多才而善于文过，取上等茶叶二斤赠之，意在劝其以茶代酒也。

(录自袁济轩《妙联漫话》)

怪才陈细怪

陈仰瞻，蕲春人，学识渊博，愤世嫉俗，喜诙谐，人称"滑稽之雄"。其父陈拜伍亦喜诙谐，人称"大怪"，故称其子为"细怪"。

蕲州镇有个财主总想发财，写对联也想写恭喜发财的话。这一年，大年临近，财主把陈细怪找来，财主说："陈先生，给我家写个大发的对联吧！"细怪一思索，便满口答应，他要过笔墨，写道：

雄鸡鲤鱼猪婆肉；
葱韭大蒜荞麦粑。

财主一看哭笑不得，听细怪说"这些都是'大发'之物"，也只得罢了。他一扭头，见还多一张红纸，舍不得丢掉，要细怪给他家新盖的厕所也写一副对联。只见陈提笔写道：

但愿人来客往；
切莫屎少屁多。

陈细怪家境困窘，每到过年之际，债主盈门。一年除夕，他写了这样两副春联：

君子固穷，再穷真穷不得；
善人是富，要富就富起来。

年好过,月好过,日子难过;
出有门,入有门,借贷无门。

陈细怪孝顺父母,却不信鬼神。他的父母死后,妻子出钱做斋,细怪写了两副对联:

供他道士几餐饭;
尽我孝子一片心。

超度既灵,不怕生前作恶;
纸钱有用,哪闻死后发财。

道士进门一看,知道细怪不信鬼,挑起经担子就走。

陈细怪不仅不信道士,还用辛辣联话讽刺道士,联云:

吃的是老子,穿的是老子,一生到老,全靠老子;
唤不灵天尊,拜不灵天尊,两脚朝天,莫怪天尊。

1854年8月,太平天国在武昌举行省试,42岁的陈细怪考中约士(相当于举人),任某王府掌书。这件事轰动了乡里,那些平常看不起他的富豪们也赶来迎奉吹捧。这天,有人告诉他,陈凌霄要来拜访。细怪平时跟这个富豪水火不相容,心想:"他来干什么,还不是想讨太平军的好,保住自己的财产。"细怪决心不见他,提笔写了副对联贴在门上:

门本不高,要进且将头低下;
屋原甚黑,想看该把眼睛开。

墨迹还未干,陈凌霄便来了,他看了对联,知道是冲着自己贴的,便灰溜溜地走了。

相传,洪秀全在南京修建宫殿,竣工之日,文士纷纷为宫殿题联吟诗,陈细怪也写了两副对联:

虎贲三千,直扫幽燕之地;
龙飞九五,重开尧舜之天。

拨云雾而见青天,重整大明新气象;
扫蛮氛以光祖国,挽回汉室旧江山。

一次,洪秀全召见陈细怪,问他对"长毛"的看法,陈以联作答:

发肤为父母之遗,无剪无伐;
须眉乃丈夫之气,全受全归。

洪秀全听后,十分高兴。

陈细怪得知妻子死讯,从皖西太平军中急忙赶回蕲春老家,料理亡妻后事。看到亡妻骨瘦如柴的躯体,含悲忍泪,提笔写了一副挽联,用竹竿插在妻子灵柩的两边:

油也无,盐也无,把你苦死了;
儿不管,女不管,比我快活些。

细怪写了挽联之后,他看了看,觉得意犹未尽,于是又写了一副贴在灵堂两侧:

跟我半生,可怜薄命糟糠,竟归天上;
嘱卿来世,不是齐眉夫妇,不到人间。

陈细怪刚刚料理完妻的丧事,安排了儿女,清兵差役就像猫子闻到腥味一样赶来了。他机灵地跑到本垸一家染房里,先用染布把脸一抹,装作染布工人,瞒过了差役。差役走后,他钻进竹林,迅速回到太平军里去了。

(录自成思《唯楚有才》)

长安客巧对广济人

广济(今武穴)有位经馆先生,自恃有才,作一上联贴在府上,想难住一些游馆先生,果然,两年过去了,没人敢登门。某日,忽然闯进一个人来,毫不客气地坐在先生的椅子上。先生说:"你若能对出我门上的那个上联,我一让馆,二封纹银二百两作为酬劳。"那人笑了一笑,抬头一望,只见上联写的是:

广济人,人广济,广济广济广广济;

来人沉思片刻，便叫先生摆上文房四宝，挥毫写道：

> 长安客，客长安，长安长安长长安。

先生大吃一惊，连忙吩咐摆酒，并亲自封银二百两，准备让馆。来人摆手说："一切都不必了，只希望先生今后真正做个'广济人'！"说完，道了声"长安会"就出门而去。传说那位"长安客"就是当时的探花郎，黄梅的帅承瀛。

（录自成思《唯楚有才》）

第三节 咸宁、黄石、鄂州地区

冯京对联故事

冯京，湖北咸宁人，北宋大臣。少贫，寄寓在县城东南十余里的潜山寺读书。一日，因腹中饥，趁和尚外出做佛事，偷杀了看护寺庙的狗充饥，和尚将其告到县衙，要求赔偿，并责罚一顿板子。知县升堂，问明情况，有意开脱他道："冯京，你读书人不安守本分，本应重责，姑念你年幼无知，今命你当堂做一篇文章，做得好便饶你一顿板子，否则，重罚不贷！"冯京说："请老爷出个题目。"知县说："就做篇《打狗赋》吧。"冯京略一思索，便滔滔不绝地写起来。当写出：

> 团饭引来，喜掉续貂之尾；
> 索绚牵去，惊回顾兔之头。

这一联偶对时，老爷拍案叫绝，当堂赦免他的罪过，代为赔偿，而且答应每月帮助生活费用，遂成"三元及第"一代名臣。潜山寺后洗狗肉的水井，称之为"狗井松涛"，成为潜山八景之一。

宋仁宗宝元二年（1039），冯京进京会试，两试夺魁，名震京师。消息传到仁宗耳里，他很想试一下这位江南才子的才情，于是派人召冯京到内庭陛见。冯京入殿叩见，山呼万岁，仁宗命其平身，当见冯京相貌堂堂，一表人才，心中甚喜，乃道："朕有一联，命你属对如何？"冯京道："臣遵旨。"仁宗念道：

　　　　黄花向日,倒插罗盘朝地下;

刚刚念完,冯京答对:

　　　　红莲出水,直伸朱笔点天门。

仁宗见他如此捷才,不禁击节称赞。

(武汉余冰寒供稿)

鄂南才子吴寿平

　　吴寿平家住通城墨烟乡,清乾隆年间举人,人称鄂南才子。幼时家境贫寒,只读几年书便开馆教学。一次,县太爷偕同教谕来查学,见寿平年少身短,没把他放在眼里,便说:小教书匠,我们出个对子你对,对不上休想吃这碗饭!上联是:

　　　　少先生,小学生,少小须勤学;

寿平眼睛眨几眨便对道:

　　　　老头子,大肚子,老大徒伤悲。

　　县令喝道:

　　　　初生牛犊不畏虎——胆子不小!

寿平以为他又出了上联,应声答道:

　　　　出洞蟒蛇可吞人——胃口真粗!

　　教谕见他出口不凡,便改口说:

　　　　小子年轻有为,休怪老夫失礼!

寿平也轻声道歉:

　　　　大人德高望重,莫嫌后生调皮!

　　县官也改颜为欢:

　　　　草野出英才,言不当君莫见意;

寿平笑答：

　　　　斯文通骨肉，语有差我也忘形。

客人这才说明来意，亮明身份，前倨后恭，堪称佳话。

一次，吴寿平出一药名联让学生对：

　　　　白头翁牵牛熟地寻甘草；

除"寻"字外，全为药名，难度较大。有个学生冥思苦想，终于对出来：

　　　　苍耳子打马常山采金花。

寿平先予以肯定，但又指出它的美中不足：原来"金"字和上联"甘"字均为平声，听起来别扭。再则意境不够高雅。于是寿平将下联改为：

　　　　苍耳子打马常山折桂枝。

只改"采金花"三字，联语意境全活了。学生们听后都打心眼里折服。

有一次，一个落难书生放鸭子，遇见吴寿平，给他出了个上联：

　　　　北斗七星，水里连天十四点；

吴寿平见有一只大雁飞过，马上对道：

　　　　南山孤雁，月中带影一双飞。

吴寿平写诗联，十分讲究炼字。一次，他出一上联：

　　　　两脚踏翻四脚岭；

四脚岭是通城地名，要求用通城另一地名相对。一位学生对曰：

　　　　一眼望到九眼桥。

九眼桥即通城大桥。寿平说："对得不错，可惜目光浅短了些。"学生左改右改，寿平总不满意，便说："关键是一字之差，把'到'改成'过'，'一眼望过九眼桥。'不就有气魄了么？"学生这才恍然大悟。

通城北港山区有个"仰山庙"，是为纪念仰山将军而建的。吴寿平撰一联曰：

仰伤背，伏伤腰，云是云非都莫管；
山不高，水不深，我行我素乐无穷。

他那放荡不羁、不愿俯仰随人的性格，以及遗世出尘、卓然独立的风骨，溢于言表，令人肃然起敬。

（通城何中奇供稿）

幸卓吾嘲讽联三副

清末，咸宁永安城内有一秀才幸卓吾，一生穷困潦倒，但不改幽默诙谐。当时城内有个"瞎眼光棍"杨逢春，虽然一字不识，却能说会道，左邻右舍都怕他三分。幸卓吾以物喻人，为他写一上联：

杨柳逢春，光棍浑身都是嘴；

上联传出后，人皆称赞，却无下联。这年初秋的一个晚上，幸卓吾到资福寺去找卧月和尚聊天。刚到庙前，见菜地内挂满葫芦，影子映在地上像一个个秃颅似的布满地上，他胸中豁然开朗，信口吟出：

葫芦卧月，秃颅对影许多头。

这副谐联传出之后，人人都夸幸卓吾是对联奇才。原来这资福寺的和尚俗姓胡，法号"卧月"，与上联对仗工整，妙趣横生。

民国初年，咸宁永安有家店号"福申厚"的杂货店，店主人唯利是图，经常短斤少两，哄骗顾客，群众很是不满。幸卓吾打算治治他，为群众出口气。一年春节，他特地写了这样一副对联叫人贴到店主人的门上：

福禄寿三星，星沉月落；
申子壬属水，水尽山穷。

老板见此不吉利的联语，知道是幸卓吾在捉弄他，从此有所收敛。

咸宁永安还有个劣绅叫星台，一贯作威作福，仗势欺人。幸卓吾巧妙地为他撰了嵌名拆字联：

生旦少一横，好似蛮牛顶半日；

相公忘八样，全凭大口吃四方。

此联上联拆"星"字，下联拆"台"字。他把这副对联写好后，叫人贴到城门边，过往行人仔细一推敲，都知道是讽刺劣绅星台的。劣绅也只有干生气而无可奈何。

（咸宁陈家铭、郭先利供稿）

胡登春撰联讽乡官

在台上，要字正腔圆，莫唱大花脸；
开幕时，看峨冠博带，俨然小朝廷。

1932年，通城北港乡乡长邱风，贿上压下，搜刮民财，借口祈神禳福，摊派粮款唱戏，邀众乡绅举宴，要撰一副戏台联。众知其意是想借联恭维他，都推荐曾任北伐军中校营长后解甲归田的胡登春撰写，胡登春谦让一番之后，挥笔写下此联。众皆拍手称妙，而邱风脸上长有几颗麻子，平常吃喝百姓，人称"大花脸"。此时他十分尴尬，但联文又无可非议，只好把联贴出来。

（通城胡术林供稿）

侍郎对和尚

明朝侍郎通山人朱廷立与大王寺智真和尚是至交好友，经常舞文弄墨。一天，朱侍郎去会智真，途中遇雨，衣服全湿。智真见侍郎的长衫被风吹得摆动，戏题联曰：

雨洒侍郎衣，风摆摆，两片腌菜；

恰在此时，一阵风刮来，将智真的帽子吹掉，侍郎笑着对道：

风吹和尚帽，光秃秃，一个南瓜。

（录自成思《唯楚有才》）

青年学生撰联抗日

岂容日寇逞威，四亿同胞仇敌忾；
毋许汉奸助虐，三千世界靖妖氛。

1941年,阳新已沦陷。方光斗就读于山区后方东坑中学。一次语文老师阮兆康(前清秀才)出一作文题:《给日本内阁首相及南京政府的一封公开信,驳"中日亲善"论》。学生方光斗在作文的结尾撰此联,以表爱国青年仇日寇、斥汉奸的正义心声。

(录自《中国对联集成·湖北卷·新洲分卷》)

挽联权作补偿金

詹清萍,字凤仪,湖北大冶驾虹堧(即今还地桥镇曙光乡詹家湾)人。17岁中秀才,名榜首。21岁双目失明,仍四处设帐讲学。

一次,因瓦屋漏雨,请湾里一位单身汉为其修补。不料,该人突发急症死于屋顶上。这可是一件大麻烦事。湾里人很同情,帮其处理了丧事。湾里长老说:"先生没有钱,写副挽联该行吧?"先生当即书一联:

已从天上烟霞去;

不管人间风雨来。

此联一出,乡邻皆大赞不已。

巧联和尚化如来

刘少达,湖北大冶长虹堧碧石渡(碧石渡1955年划属鄂州)人。1909年加入同盟会,历任房县、均县督学,后回乡设馆授徒。

刘少达博学捷才,擅口语入文入诗入联。一日课余,与几位好友抹牌,忽有人来曰:"刘先生!刘先生!东方山死了个和尚,请您写副挽联。"刘少达正眼看牌局出神,即随口应曰:"东方山死个和尚;西竺国添一如来。"眼神却是直盯着手中的牌,再无回应。来人一时没反应过来,等了许久,又急曰:"刘先生!东方山死了个和尚,请您写副挽联。"刘少达这才回头说:"我刚才说了,你没记下?"来者才恍然大悟。

此故事当时即在鄂城大冶民间广泛流传,到现在还为人们津津乐道。

(以上由武汉皮治洪供稿)

第四节 十堰、宜昌、恩施地区

艄公妙对惊贡爷

郧西汉江河岸,有两个小集镇,一个叫夹河,一个叫孤山。夹河的贡爷与孤山的贡爷相交很好,一见面就吟诗对句。有一次,孤山的贡爷出了一个对子:

孤山独庙,一关公单枪匹马;

联中"孤、独、一、单、匹"都是单字,要夹河贡爷三天之内用双字对出来。两天过去了,夹河贡爷对不出来。没了主意,就独坐小船在江中观景。艄公问:"以往贡爷爱去孤山,怎么现在不去了?"夹河贡爷说明了缘由。艄公笑道:"这有何难,待我去应对。"于是小船驶到孤山,孤山贡爷一见就问:"对上了没有?"艄公不慌不忙地说:

夹河两岸,二渔夫对钓双钩。

联中"夹、两、二、对、双"都是双数。这位贡爷十分钦佩,于是三人成了好友。

(武汉石如学供稿)

女兵巧对动道心

道德五千言,南华三十卷,八卦两仪,青灯黄冠,谁来悟道;
人民四亿口,国土百二州,千山万水,赤帜红心,我为救人。

解放战争初期,中原部队之一部,千里突围至武当山区,某小分队被敌追至竹山县狮子岭,岭上有一"元元观",观中女道长慧常以文避武,拒不开门。良久,从门缝中递出了一上联,意在表明非悟道者不得入。小分队中有女兵黎维(原名李往,四川江津人,复旦大学新闻系毕业)即以下联对之,借以宣传我军宗旨。道长见之开门,捐助资金,并指点部队打开国民党的仓库,解决了部队的给养问题。

寿联妙语警乡保

洪福齐天，字字不忘共三点；

德行遍地，人人有志怀四方。

1947年秋，中原部队女战士黎维，因病隐藏在武当山区某地。保长是原红军战士，对她暗中保护，而乡长齐志福是由县里派任的，态度摇摆。其时，乡长之父做60大寿，命乡丁送寿联，某乡丁求黎代笔，黎便写了此联。齐志福一看，见联首嵌了其父"洪德"之名，又碎锦格嵌了自己的姓名，并字中藏字，三点加共为"洪"，双人加志而怀四为"德"，便大加赞赏，悬于中堂。酒至半酣，县府科长龚亥说：此联不仅字中藏字，还意中含意："'不忘共三点'，是要你不忘共产党约法三章（不准危害百姓、不准伤害新四军流散人员、不准与国民党通风报信），'有志怀四方'是要记住新四军那一方。"齐志福说："如果这样，你龚兄就是'共主龙位'，该先坐罪了。"龚语塞。

（应城胡承鸿供稿）

续弦得子喜撰联

续弦鼓瑟，一而再，再而三，三生有幸；

济世活人，百而千，千而万，万病回春。

民国时期，先教私塾后开药店并行医的长阳田明练先生，弟兄五人，四位兄长均无儿女。他先后娶过二妻亦未生儿女，年过四旬后续娶第三妻后生子四男一女，真可谓"三生有幸"矣。他谈起此事时很高兴，并嘱咐其外甥胡笛将上述对联书写下来，以志喜庆。

（长阳胡笛供稿）

一联罢教席

民国时期，兴山建阳坪有一青年名叫舒德全，16岁小学毕业，有几个相好的举荐他教书，于是约了十几个娃娃，公然坐起馆来。不久，附近文家山有位文奎章老先生认为此人教书定会误人子弟，于是写了一副嵌名联托人交给舒老师。小舒展开一看，见是：

德之不修，学之不讲，委之课儿童，是吾忧也！

全然无用，茫然无知，居然坐教席，于汝安乎？

舒看后，脸红一阵白一阵，感到莫大侮辱，一气之下，罢馆回家。

（兴山饶立鼎供稿）

联坛才子雷心顺

清末秀才雷心顺，乃鄂西建始南乡官店人，一生擅长诗联，在村塾教书多年，为人正派。有个地主和他攀交，但成天抽大烟嗜赌博，雷秀才就写了一副对联规劝他：

洋烟害有家浪子，明知惹病伤身，而体不勤，谷不分，则何益也；

博弈扯无气风箱，空白抓金抢宝，乃目所见，手所指，以此贤乎？

地主见后，哑口无言，以后两人就疏远而断交了。

（建始胡季武供稿）

牧童对庸医

相传，巴东野三关有个庸医，误医致死许多人，还在大门上悬一匾云：

明医数十载；

一牧童见后，随即在匾下添了一句：

暗杀许多人。

庸医发现后非常气愤，虽访知是某牧童所为，但也无可奈何。

（录自巴东县政协《联苑拾趣》）

第五节 孝感、随州、襄樊地区

傅养吾应对二三事

清咸丰年间，孝感二郎店（今属大悟）出了个才子傅养吾。第一次考秀才，考官见他字写得不好，未录取他。过了几年再应考时，不料还是上次那

位考官。阅卷时,考官叹道:

  字迹依然故我;

傅养吾听后很不服气,信口答曰:

  文章还是养吾。

考官一听,再看文章内容,耳目一新,感到这个年轻人确实有才,于是欣然录取。

  傅养吾游历江南时迷了路,就问路边菜园里撷菜的年轻女子该怎么走。那女子便说,指路不难,先要应对,对得上就指,对不上便罢,傅养吾只好答应。女子指着他说:

  撷菜剥皮,不要先生;

傅养吾哪肯示弱,立即对出下联:

  舂米去壳,单留老子。

  还有一次,傅养吾于农忙假时与几个朋友在塾馆里玩麻将,正碰上县里督学来视察。那人一进门便装着满腹经纶的样子高声吟道:

  青枝绿叶庭前树;

这时,傅养吾正好摸到了想要的一张牌,和了一个"杠上开花",便把牌一仰,脱口而出,说道:

  白板红中杠上花。

在座的几个牌友惊喜得连声叫好。那位督学先生也随之笑曰:"对得好!"

(孝感闻立法、李胤胄、徐栖梧供稿)

指神骂鬼

  东北沦亡,引来异族入关,你装聋作哑,枉做了齐天大帝;
  岳飞屈死,留下汉奸当道,尔有眼无珠,浑充个狗屁神仙。

  横批:指神骂鬼。

1943年，国民党发起第三次反共高潮，下令解散共产党，引起国人的愤慨。监利县塾师吴大树领学生到城外东岳庙（供奉泰山神齐天大帝）习联，触景生情，写了这副嵌字联。在"九一八"国耻日的头天晚上，几个学生把此联贴在东岳庙的门柱上。次日引起千人围观，都说骂得好。当时惊动了伪维持会长"滑泥鳅"，他看了好几遍，想了想后说："上联是骂清朝的，下联是骂宋朝的，几百年前的事，死鬼由人骂去，不要惊动活鬼就是了。"

滴墨抗日

洋行卖国，货真诚可信；
东亚皆共，荣华众归心。

1943年，日军伤残少佐龟田太郎，在其弟盘踞的监利县城开洋行，要找教书先生写对联。吴大树托病推辞，由其学生代写，联曰：

洋货如潮流四海；
行情似水泛三江。

市民见之，都不登门。龟田派鬼子兵把吴大树抓去，由龟田口述，令吴书写，联曰：

洋行卖国货，真诚可信；
东亚皆共荣，华众归心。

吴在书写过程中故意连写，在相关地方，滴了两滴墨。待贴出后，人们就念成前联，于是，"滴墨改联意"顿成佳话。

（以上由应城胡承鸿供稿）

胡绍安联张正义

胡绍安，困居云梦乡里。云梦吴锡卿，本是民主革命者、大将军吴禄贞的胞弟，清宣统年间，曾任江阴炮台司令官。1938年日寇入侵，云梦沦陷。下野的吴锡卿却认贼作父，于1940年元月就任伪云梦县长职。有人大撰拍马文章，其中有副剽窃前人的联句：

一门三学士；

两代二将军。

后来胡绍安在两行联句下各添四个字,使联句变为:

一门三学士,两位相国;
两代二将军,一个洋奴。

胡绍安生平固穷,舌耕糊口,足不出户。诸般同好,只好屈驾造访,与之相互唱酬。一日,过从甚密的丁柏香夫子上胡家,对绍安说:"路上我咏了一句上联,可是下联不好对。"胡请题,丁说:

天可借日,地可借王,成什么天地?

胡思考片刻说:

东不能安,西不能守,算哪种东西!

时值1938年日寇占领云梦,联中的"借日""借王"大有深意。

1945年除夕,日本已投降,国民党执政也已经四个多月了。胡绍安眼见"天下乌鸦一般黑",贪官污吏照样鱼肉百姓,于是写了这样一副春联:

昨日今天一般货色;
新年旧岁两套行头。

横批:依然故我。

(云梦胡亚供稿)

黄良辉应对

重阳日,张之洞、黄良辉出外游玩,走完一条街,张记住街一边的招牌,黄却记住街两边的招牌。张不服,两人上黄鹤楼,见鸿雁南飞,张出上联曰:

羊毫笔,写白鹭纸,鸿影飞空,南通北达;

要对好此联,颇有难度。黄见一皮匠飞刀走线,方对出下联:

马蹄刀,切黄牛皮,猪鬃引线,东扯西拉。

有一姓刘的教书先生,到一财主家充当西席。财主吝啬,平时以粗茶淡饭招待他。刘先生对此颇有微词,于是东家许以七夕设宴款待。到时东家竟"忘了"实现诺言,因此刘先生作一上联曰:

客舍凄凉,恰是今宵七夕;

东家见了出句,立即对曰:

寒斋寂寞,可移下月中秋。

中秋那天,东家毫无请客之意,刘又撰一联云:

绿竹本无心,遇节即时挨不过;

东家对曰:

黄花如有意,重阳以后待何迟。

刘先生见东家有意耍赖,便写信约好友黄良辉重九相会。黄到财主家后,得知情况始末,便代刘拟一上联"张良、韩信、狄仁杰……"东家一见,心想狄仁杰是唐代人,张良、韩信是汉代人,以为刘某不学无术,欲辞退之。黄良辉机智地上前答曰:"东家前后几百年的事这么清白,为何偏偏把两个月请客的事忘得干干净净,这岂非只顾前唐(堂)而不顾后汉吗?"东家听了,觉得很惭愧,于是马上请刘、黄二位坐上席喝酒。

(录自《中国对联集成·湖北卷·汉川分卷》)

杨涟对考官

童子无知波作镜;
书生有志砚为田。

应山(今广水)人杨涟,年幼聪慧,8岁能联诗,12岁考秀才。入场前,考官出上联相试,杨涟应声对下联。考官奇之。再与互对云:

泥鳅跳龙门,心有余焉力不足;
大鹏飞霄汉,志自伟矣品尤高。

考官惊服不已。场试后,杨涟竟列榜首。

(录自袁济轩《妙联漫话》)

释联养老

　　襄阳县知县李祖荫,是清光绪年间的一位清官,他时常独自一人走街串巷,察看民情。这年腊月三十晚,李知县上街欣赏春联。在一个偏僻的小巷里,他被一副春联吸引住了。联云:

　　家有万金不富;
　　命余五子还孤。

　　横批是:莫笑莫笑。
李知县琢磨了半天也琢磨不透。他决定进屋向主人问个究竟。等他进门一看,只见屋内只有一个孤老头守着孤灯,四壁空荡荡的,哪有万金与五个儿子的影子!经询问,老汉有十位"千金"(抵"万金"之数),嫁给十个女婿(两个"半子"抵一个儿子),他们全不赡养老人,故自叹孤苦。李知县知情后非常不安,立即把老人和十个女儿、女婿传到县衙,严厉责备了女儿女婿不赡养老人的过错,并叫他们当堂画押具结,每户一个月,轮流赡养老人,违者从重责罚。从此,老人有了温饱的晚年。

(录自成思《唯楚有才》)

第六章　湖北名联选析

据搜集整理和研究发现,荆楚楹联在以下几类中最具特色和代表性:山水名胜类的山水楼台联借景抒情,美不胜收;堂馆居室类的官衙会馆联言情明志,别具高格;寺观祠庙类楹联寓情入理,心存敬畏;行业团体类崇尚读书和演艺的联情有独钟,自成一派;喜庆联的语言情景交融,其乐融融;哀挽联与时代气息紧密结合,用语情深义重,余音绕梁;题赠联才情与机智并举,情牵彼此,相得益彰。

湖北历代楹联浩若繁星,这里仅选取部分联作予以展示,并对其中部分作品进行品读和赏析。

第一节　山水名胜类

一、概况

山不在高,有联则灵。

名山大山,如武当山,现存的许多刻挂楹联大多是从描写武当山的诗句中摘句而成。如:

武当山

深溪千仞落;
飞阁一巢悬。(唐·吕洞宾)

丹青穷巧妙;
金碧印遥空。(明·俞士)

山当八百荆吴壮；
水落东南汉沔深。（明·方外）

天柱半悬双阙紫；
金宫遥插万峰青。（明·李东阳）

山头雨洗黄金殿；
槛外莲围白玉桥。（明·贾大亨）

下插香炉胜庐岳；
中悬天柱即昆仑。（清·张印槎）

没有武当山名气大的山也有好联，如：
黄梅南乌崖

雾蚀碑中字；
苔餐石上经。（宋·王仲瑄）

江夏金口槐山

地以人传，江上吟诗成过去；
神犹水上，篱边种菊待归来。（明·段灿）

九宫山

黄花径冷霜天净；
丹桂香浮落日微。（明·端舒甫）

当阳长坂坡

汉祚一身承,奈虎臣矫矫勋酬,惜洛中孱主,鸲珠不思蜀土;
曹军双手御,纵鼠辈纷纷影散,慨泉下美人,鹃化尚负刘家。
（清·刘蕴良）

大别山天堂寨

万峰削翠;
一径横天。（清·佚名）

黄陂木兰山

猎猎御天风,俯洪界雾云、前川花柳;
巍巍悬道观,似空中楼阁、海上蓬莱。（张威）

通城天岳关

景望天岳关,追想太史藏军,垂名今古;
居尽崇虚寺,好寻鄂王遗墨,还我河山。（赵鼎盛）

但凡有名人流连之处,哪怕小到山坡,也会名声大噪,好联迭出。如东坡赤壁,就是生动的一例。

黄州东坡赤壁

山从天外落;
人在镜中游。（明·茅端征）

铜琶铁板,大江东去;
月朗星稀,乌鹊南飞。(清·胡君复)

客到黄州,或从夏口西来、武昌东去;
天生赤壁,不过周郎一炬、苏子两游。(清·郭朝祚)

雪堂写东坡,大好江山,天许此堂占却;
春樽开北海,无边风月,我如孤鹤飞来。(清·何绍基)

小月西沉,看一棹空明,遥破寥天孤鹤影;
大江东去,听半滩呜咽,吹残后夜洞箫声。(清·阮元)

忆当年横槊赋诗,明月依然,回首英雄人不见;
看此日开轩把酒,清风如在,犹思江汉水长流。

(清·陈其裕)

古今来频不乏人,惟此翁诗酒文章,留得住千秋赤壁;
天下事大都是梦,想当日功名富贵,当付之一枕黄粱。

(清·陈善夫)

才子重文章,凭他二赋八诗,都争传苏东坡两游赤壁;
英雄造时势,待我三年五载,必艳说湖南客小住黄州。

(黄兴)

以上这些对联大多化用了苏轼在黄州时所作诗词文赋中的佳句、佳境,大多表现出对东坡先生无比崇敬的心情。但也不尽然,如黄兴就敢于在名气上与其比肩。

有山多有洞,写山洞的好对联也有不少,如:

江夏白云洞

　　水流芳在；
　　雷炸天开。（明·熊廷弼）

通山子午洞

　　日月门双辟；
　　风云路一条。（清·王凤池）

宜昌三游洞

　　胜迹说三游，自从玉局题诗，问何人压倒元白；
　　雄图共一览，谁把金沙画界，于此地控住蛮荆。

　　　　　　　　　　　　　　　　（清·孙家谷）

武昌琴园飞霞洞

　　我从江汉归来，经几度风波，才登彼岸；
　　楼自神仙去后，对一堤花柳，依旧飞霞。（清·任桐）

湖北之水，自然以长江居第一，王伯勋题联曰："帆影倒波挥短剑；江流入夜走长蛇。"想象奇特，颇有几分杀气，带有时代特色。小的水自然是池塘，也有非常不错的联，如：

沔城文庙内泮池

　　活水远连洙泗水；
　　泮池遥接凤凰池。（陈卓夫）

沔城药圃放生池

  种芝成亩,种药成畦,添得禅天秀色;
  有鸟不罗,有鱼不网,护来佛地生机。(史哲)

有水必有桥,湖北古桥联往往能以小见大或见巧,如:
沙市白云桥

  桥卧白云连远水;
  河依绿树衬斜阳。(清·张灏)

郧西渡春桥

  览胜有人游月府;
  问津此地近天河。(清·翁吉士)

咸丰丁寨曲江凉桥

  岸转涪江,倒流西北三千里;
  桥通楚塞,横锁东南十万峰。(清·丁秀绫)

仙桃玉带河状元桥

  水从碧玉环中去;
  人自青云路上来。(陈卓夫)

通城磨桥

磨三尺剑,读五车书,乃武乃文,同维祖国;
桥畔栽桃,河边植李,既华既实,乐得英才。(佚名)

山水名胜类的大宗是楼台亭阁联。黄鹤楼后文辟专节欣赏。
黄鹤楼

画槛倚丹霄,将古战今争,新愁旧恨,都付白云卷去;
高楼迎丽日,听江声笛韵,秧鼓菱歌,尽随黄鹤归来。

(明·郭绍仪)

一笛清风寻鹤梦;
千秋皓月问梅花。(清·胡翰泽)

城郭依然,只趁扁舟盘鹤影;
江山如此,试携短笛落梅花。(清·吴省钦)

爽气西来,云雾扫开天地撼;
大江东去,波涛洗净古今愁。(清·符秉忠)

向江汉凭栏,作颂愿为尹吉甫;
让英豪下笔,爱才谁似李青莲。(清·林之望)

昔年整顿乾坤,缔造皆从江汉起;
今日交通文轨,登临不觉亚欧遥。(清·张之洞)

旧地重新,记劫冷江城,烬余赤壁;

登高一览,成古今变局,中外奇观。(清·张曜)

一楼萃三楚精神,云鹤俱空横笛在;
二水汇百川支派,古今无尽大江流。(清·萨迎阿)

仙家自昔好楼居,吾料乘黄鹤去而必返;
诗客生前多羽化,焉知赋白云非即其人。(清·李渔)

请神仙把黄鹤催归,再看那苍狗白云,如何变化?
待贱子将青莲唤起,莫负了晴川芳草,次第吟来。
(清·曾月川)

苍天不忍没斯楼,全仗那国手神工,再造千秋名胜;
黄鹤依然来此地,愿借得仙人玉笛,长吹一片承平。
(清·曾国藩)

忆前身我也题诗,听一声笛里梅花,黄鹤招来犹识我;
谅此日君虽度世,愿三醉杯中竹叶,碧鲸跨去好随君。
(清·刘蕴良)

白云黄鹤,四顾苍茫,有好诗传九百年前,楼阁重新谁更上;
词客神仙,一流人物,望钱塘在三千里外,海潮不到我能来。
(清·施山)

数千里奔湍激浪,到此楼前,公暇一凭栏,汉江双流相映照;
十余年人物英雄,恍如梦幻,我来重访鹤,沧桑三度记曾经。
(清·李鸿章)

一枝笔挺起江汉间,到最上层,放开肚皮,直吞将八百里洞庭,九百里云梦;

千年事幻在沧桑里,是真才子,自有眼界,哪管他去早了黄鹤,来迟了青莲。(清·陈兆庆)

突兀诧奇观,西控岳阳,东临滕阁,却想一层更上。仗几人奋武,历几载修文,始复睹绕栋虹垂,当窗凤翥。

登临豁幽抱,左携蜀相,又挈唐贤,依然独立寡俦。揽半壁屏藩,通半天呼吸,莫但夸传觞鹤舞,摩笛龙听。(清·许庚藻)

形势出重霄,看江汉交流,龟蛇拱秀,爽心豁目,好消受明月清风,更四顾无边,尽教北瞻岘首,东望雪堂,西控岳阳,南凌滕阁;

沧桑经几劫,举名公宴集,词客登临,感古怀今,都付与白云夕照,溯千载以往,只数笛弄费祎,酒赏吕祖,诗提崔颢,笔搁青莲。(清·王镇藩)

黄鹤楼公园太白亭

杰阁试登临,那堪跨鹤仙人,当年竟去;
雄才无匹敌,安得骑鲸李白,此地重来。(清·黄翼生)

风月渺仙踪,黄鹤升天谁作证;
江山留胜迹,青莲搁笔我题诗。(谢邦植)

黄鹤楼公园睡仙亭

人笑我长眠,世上那堪睁眼看;

我叹人尽梦,道旁曾借枕头来。(清·林以钺)

此间风景无殊,问仙客离宫,谁吹玉笛;
何日海天飞渡,借汉江流水,重煮黄粱。(清·粟国良)

黄鹤楼公园仙枣亭

听楼头铁笛吹残,喜跨鹤仙来,芳草晴川,依然昔日;
问枕畔黄粱熟未,羡如瓜枣大,金壶玉液,共证长生。

(清·官文)

黄鹤楼公园搁笔亭

楼未起时原有鹤;
笔从搁后更无诗。(清·曾衍东)

武汉晴川阁

山势西分巫峡雨;
江流东压海门潮。(清·佚名)

洪水龙蛇循轨道;
青春鹦鹉起楼台。(清·张之洞)

杰观飞甍,槛外蜀吴横万里;
风帆沙鸟,天边江汉涌双流。(清·陈大文)

高阁几时成,凭栏望秦楚吴越,群山拱揖,众水争超,这襟形

带势,若教控引而来,都可作汉南保障;

晴川终古在,把酒论唐宋元明,才子文章,英雄事业,彼剑气珠光,到底销磨不尽,何须愁江上烟波。(清·李鸿章)

汉阳府晴川楼

晴雨总相宜,近水遥山都入画;
川原渺何极,骋怀游目此登高。(清·李廷钺)

吕祖阁

五年前叹楚江一炬,岂期鹤去楼空,觅金丹几锄荒草;
千载后愿仙枣长青,从此风和日丽,听玉笛重谱梅花。

(明·郭绍仪)

云护青龙,剑气冲寒蓬岛月;
楼临黄鹤,笛声吹暖汉江春。(清·佚名)

仗节钺以谒仙灵,殄群丑,荡妖魔,看袖里青龙乘风化去;
揽河山而追往迹,对金樽,吹玉笛,问楼头黄鹤何日归来。

(清·鲍超)

武昌蛇山涌月台

月色无玷;
江流有声。(清·佚名)

汉阳古琴台

道旁樵客何须问；
琴上遗音久不传。（清·黄献卿）

清风明月自来往；
流水高山无古今。（清·周延俊）

先生真动我情，把湖上清风，尚留弦外余音，曲中天籁；
此地适如人意，访汉南春色，恰有夹堤杨柳，隔岸桃花。

（清·陈沆）

遗迹此台，想当年掩抑七弦，定弹个吾道南来，大江东去；
知音何处，道今日苍茫四顾，只剩得汉阳流水，黄鹄高山。

（清·袁尚寅）

汉阳月湖堤钟楼

沧浪水，大别山，都从此处经过，更看楼锁长堤，筑成平坦；
伯牙琴，洞宾笛，曾有几人领取，试听钟敲半夜，醒尽昏迷。

（清·周竺西）

汉阳小楼

情殷报国，臣之壮也不如人，仗药炉经卷了却三生，更休提如花美眷；
志在养亲，富可求乎聊复尔，幸楚尾吴头刚通一水，定能容若叶浮萍。（清·陈小云）

沙市卷雪楼

长天夜散千山月；
远水晴收万里云。（明·袁宏道）

雪浪高如岸；
江声欲上楼。（清·宗湄）

咸宁卧月楼

乐有好朋邀月饮；
闲无些事伴云眠。（清·何藿山）

咸宁应宿楼

栋逼星辰，宇宙八荒供笑傲；
萼垂江汉，山川五岳伴登临。（清·何廷韬）

黄梅文昌阁

文章本自江山得；
名士都从甲第来。（清·喻元鸿）

新洲团湖镜心楼

水光天上下；
楼影日西东。（宋·龙仁夫）

蕲春见山楼

傍水短桥浮竹色；
依山小阁过松声。（明·陈仁近）

安陆毓秀阁

涢水浓于酒；
碧山峭似诗。（清·李守礣）

沔城准提阁

香飘桂蕊莲花，准染池边阁；
声借晨钟暮鼓，提醒梦里人。（清·张西园）

利川迎风听涛阁

一登龙门，小天下雄关百二；
九折鸟道，萦蜀中过客三千。（清·佚名）

潜江玉皇阁

五载我重游，桑海高吟诗世界；
一层谁更上，乾坤沉醉酒春秋。（清·严念慈）

襄阳督学行台

且开拓心胸，看汉水波涛，岘山风月；

若评论人物,有武侯经济,工部文章。(清·赵尚辅)

沔城观音阁

一路清香,两池绿水,三代谢神,四季平安歌五福;
半勾皓月,数点疏星,几声陀佛,万方感应祝千秋。

(清·杨篯)

恩施水阁

江共云霞晚;
心随鱼鸟闲。(刘受槐)

均州天桥民楼

小立横桥,此地谁能借足;
大观世界,前途我亦留心。(袁波臣)

鄂城观音阁

爽气西来,螺列数峰排夹岸;
狂澜东挽,龙蟠一柱砥中流。(郑履中)

沔城荆楼

月接广寒,城上高楼添瑞气;
箫吹良夜,湖中流水带仙音。(史哲)

沔城屈子台

　　竞渡歌今,五月梅花调凤管;
　　遗台吊古,千秋角黍闹龙舟。(杨惠康)

沙市春秋阁

　　绍尼山大一统心传,遗恨三分缺汉鼎;
　　为守土留两间正气,生灵万古濯荆江。(李宝常)

谷城北门城楼

　　汉水西来,对如此江山缔造,当年怀谷伯;
　　燕云北望,向而今锁钥登临,几度忆莱公。(康庶宇)

天门陆舟亭

　　快矣水天阆苑;
　　居然陆地仙舟。(明·吴文企)

隆中草庐亭

　　扇摇日月三分鼎;
　　石化风云八阵图。(清·赵宏恩)

隆中三顾亭

　　三分创业从兹定;

千古求贤无此奇。(清·刘蕴良)

黄州定慧寺啸轩

翰墨溯高风,轮扶大雅;
椒馨荐遗爱,鼎峙前修。(清·陈銮)

恩施问月亭

有亭翼然,可许题诗玩明月;
斯人宛在,曾经把酒问青天。(清·佚名)

秭归耸翠亭

把酒重来,隔岸山光随月到;
凭栏俯瞰,满江帆影逐云飞。(清·沈云骏)

蕲春四见亭

百里寄花封,知凤阁才高,当不仅福被蕲春,泽流江夏;
一亭留茇舍,睹麟冈秀起,直并峙东坡喜雨,西蜀子云。

(清·何九香)

咸丰园亭

园古逢秋好;
楼空得月多。(刘受槐)

沙市爽秋亭

三径凉生桐叶雨；
一亭香送桂花风。（李宝常）

沙市镜漪亭

亭与波心相掩映；
月从水面鉴空明。（李宝常）

黄冈龙泉山孤魂亭

千里孤魂谁寄托；
一椽明月任栖迟。（佚名）

英山陶家坊凉亭

三楚远来肩且息；
六安前去味先尝。（佚名）

阳新大王山接天亭

我不多题，恐因碧落惊风雨；
天如可接，直向云霄摘日星。（张泰）

浠水中斗方凉亭

野鸟有声，开口劝君宜暂息；

山花无语,点头笑客不须忙。(佚名)

黄梅小池义渡亭

过客停车,此处已悬徐孺榻;
渡江击楫,劝君早着祖生鞭。(余古泉)

浠水羊角桥凉亭

随地可安身,莫讶乾坤为逆旅;
当前堪适意,且邀明月作良朋。(佚名)

五峰兴文塔

云梯直上欣题燕;
天阙遥开稳步鳌。(清·邓师韩)

沙市万寿塔碑廊

九曲文情春水涨;
一流人品古风多。(清·张之洞)

恩施连珠塔

秀挺五峰奎壁灿;
灵钟六色冕裳新。(清·吴式敏)

利川凌云塔

  撑天剑气连齐越；
  拔地文星映少微。（清·范如膏）

利川宜影塔

  一色长天高捧日；
  五更沧海倒凌霄。（清·吴江、冉寿益）

安陆忠烈祠纪念碑

  经百战浴血功，洗清汉水；
  留一片伤心地，还我长城。（于右任）

  山水名胜还有园林这一小类。湖北的园林虽比不过江南园林，但其楹联却有自己的特色，如：

武昌琴园

  琴谱茶经，轮扶风雅；
  园花池月，悟彻禅机。（清·康有为）

武昌琴园冷香簃

  岁暮莫嫌风雪冷；
  香清都自苦寒来。（清·任桐）

武昌琴园桃园春晓

桃花开满人间,问前度刘郎到未;
春色平分园里,待寻津渔父来兮。(清·任桐)

武昌琴园不食鱼斋

我非孟尝,座上何来弹铗客;
谁是子产,池边常见放生人。(清·任桐)

武昌刘园

挹朝爽西来,杯底岚光飞隔岸;
望大江东去,檐前帆影度遥空。(清·刘锡嘏)

荆门林石幽境

林深传鸟语;
石瘦点苔痕。(明·马鉴)

嘉鱼熊氏花园

一榻清风书叶舞;
半窗明月墨花香。(明·佚名)

沔城城市公园

三澨波光,影沉亭阁;

五峰山色,翠耸层峦。(明·陈文烛)

咸宁辋山八景

固知宇内风云,到处皆奇幻;
更觉壶中日月,随时具舒长。(明·孟午村)

沙市万寿园

东望武昌云历历;
西连巫峡路悠悠。(清·郑机)

武昌湖北藩署芝憩园

览胜偶携壶,喜画里江城,恰点缀一曲落梅,满畦寒荬;
放衙时挂笏,愿座中佳士,共把玩南楼夜月,此阁朝晖。

(清·王之春)

当阳长坂公园

一带环流,清如孺子沧浪水;
百花竞秀,红似将军锦战袍。(佚名)

拟建咸宁公园

荆棘皆除,万物重沾新雨露;
桑麻共话,四邻半是老农家。(陈偶樵)

独山橘园

　　培十亩橘林，筑数椽陋室，行五载筹谋，补半世蹉跎。大觉向谁谈，感从前老圃荒凉，三径慕陶潜，煞费经营劳再造。

　　抱一支秃笔，布满架图书，用四时风月，清万般惆怅。小园容我静，作最后名山思想，百篇怀李白，敢云诗草共千秋。（张六三）

其中以武昌琴园联最为有名。

二、赏析

一楼萃三楚精神
——黄鹤楼古联赏析

　　黄鹤楼始建于三国时期，在历史的沧桑风雨中几经变迁。今天我们看到的黄鹤楼，静静盘踞于长江南岸的蛇山之巅，俯瞰着脚下的滚滚江流。作为一座城市的地标，它承载了武汉太多的记忆，代表着荆楚儿女奋发自强、刚健有为的精神，同时，它也寄托了江城人对美的追求，对诗意浪漫的悠远绵长的向往。黄鹤楼中历代文人墨客题咏极多，有关黄鹤楼的楹联作品精彩纷呈。这里选择一些不同风格的代表作品略做品评，以便于读者更深刻地理解作品的内涵，同时对黄鹤楼有更全面深入的认识。

　　清代顾景星题联：

　　　　鹤舞关河动；
　　　　云飞楚塞长。

　　短联之难，难在一览无余，全无转圜掩饰余地。若写得不好，缺点极易暴露；写得好，优点亦极抢眼。恰如奇峰拔地，绝非一丘一壑所能比拟；又如人中龙凤，绝非仅凭容颜秀整、态度端庄即可冠绝群伦。楹联作品亦是如此。好的风景联，不仅需要把名胜风景的外在形态呈现在读者面前，而且还应当能够给读者以思考的空间，让读者站在自己的文字之上驰骋想象，开辟出一片崭新的境界，此即文字之张力。

此联如一幅大气磅礴的山水画，又不止于静止凝固的画面感。上联"舞""动"二字令画面顿生鲜活，山川河流因作者精心锤炼的这两个字而蜿蜒起舞，读之如亲自登楼四望，一切历历在目。下联"飞""长"二字则在动感的基础上，又具开拓和延展的力量，画面深远辽阔，令人难禁悠远之思。另又以十字之简短，在紧扣题目的前提下，字字坚凝，又字字飞动自如，尽显楹联的文学之美、文艺之美。

清代萨迎阿题联：

一楼萃三楚精神，云鹤俱空横笛在；
二水汇百川支派，古今无尽大江流。

与其他黄鹤楼联不同的是，这副联中提到了"三楚精神"，并明确指出：黄鹤楼所代表的就是三楚精神。这里就有个问题：什么是三楚精神？是黄鹤飞去？是白云飞来？还是李白在流放夜郎经过黄鹤楼时说的"黄鹤楼中吹玉笛，江城五月落梅花"？张荫麟先生《中国史纲》中曾对比过楚文化与中原黄土文化的不同。相较于中原黄土文化的质朴厚重，楚文化更多的是"兰泽多芳草"的芬芳甘洌、"荷衣兮蕙带"的飞扬浪漫，更向往的是随着一曲《梅花三弄》，五月的江城仿佛洒满洁白的落梅。所以，尽管白云黄鹤一去不返，所幸有一座黄鹤楼，有江城月夜的笛声，寄托我们悠悠的情思。

上联写楼，以及与楼相关的一些思绪，下联，作者将视线展开，投向楼外的滚滚江流。汉水和长江在此处合流，而汉水和长江又是由更多的支流汇合而来，百川入海，长江奔腾不息，时间长河亦奔流不止，宇宙和自然充满了让人无法抗拒的力量。面对无穷无尽的时空，作者在思考、作者用他的笔，引领我们一同思考、探寻，这是文字的魅力，也是文字的意义。

清代胡林翼题联：

何时黄鹤重来，且自把金樽，看洲渚千年芳草；
今日白云尚在，问谁吹玉笛，落江城五月梅花。

这副联并不复杂，两起句化自崔颢《黄鹤楼》诗中"黄鹤一去不复返，白云千载空悠悠"，上结亦出此诗中"芳草萋萋鹦鹉洲"。下结化自李白《与史郎中钦听黄鹤楼上吹笛》"黄鹤楼中吹玉笛,江城五月落梅花"。从新奇的角度来讲,这副联并不占优势。但从构思布局的角度来说,作者巧妙化用前人诗句入联,处处工整雅丽,整联自然流动。全用剪裁手段,却又不着剪裁痕迹,此原非高手不能办之事。运典分为语典、事典,此联堪为语典运用典范。联中所用典故,即使是不知原典的人读来也不会感到晦涩难解。联中白云黄鹤、芳草梅花,已经从原来典故中分离出来,呈现出崭新的艺术形态。正是古人所比喻的,高手运典如水中着盐,只知其味,不辨其形。作者在几乎全用前人文字的前提下,能够营造出属于自己的风格,整联有飘飘出尘之态,实属难得。

清代施山题联:

白云黄鹤,四顾苍茫,有好诗传九百年前,楼阁重新谁更上;
酒客词仙,一流人物,望钱塘在三千里外,海潮不到我能来。

在对联的写作中,谋篇布局是一项重要的内容。好的章法句法,能使得全联抑扬顿挫、开阖动荡,富于音乐的节奏感。

四言以稳重见长,此联起手两个四言句相接,不用常见的自对手法,而是势成流水,一气而下,凝而不滞,可见诗思澎湃,汹涌而来。第三句长而不乱,舒展自如,末句用七言律句,整饬之中又见参差,节奏错落变幻。由渲染铺垫,然后顿挫、大笔收束,整体气息流宕,痛快淋漓。

构思方面,从景物人物入手,由一点推开,分别以时间和空间为线索,展开联想。因铺垫得力,又作者思维卓越、气魄不凡,在极力发散之下,大开大阖,两结流光溢彩,给人极其深刻的印象。

清代彭玉麟题联:

星斗摘寒芒,古今谁具摩天手;
乾坤留浩气,霄汉常悬捧日心。

彭玉麟以一介书生投笔从戎,是湘军最杰出的战将,曾手创湘军水师,在平定太平天国时屡立战功,后屡辞高官不就,筑西湖退省庵以明志,不知者谓其清贫自守,知者云其独立不惧。《清史稿》中评价他"刚介绝俗"。彭玉麟画梅成就很高，诗书皆有造诣，流传下来的楹联作品也甚多。他的联作风格超拔不群、高旷俊迈，在高手林立的清代联坛亦自成一家。

这样一位文武双全的大家，他的楹联作品自然是不肯蹈袭前人。这副楹联，丝毫不纠缠玉笛梅花、崔颢李白等一系列有关黄鹤楼的、脍炙人口的典故，而是单单从"楼"入笔。"危楼高百尺，手可摘星辰"，这里他有的是和李白一样"欲上青天揽明月"的豪情壮思。上联起笔极高，若寻常文人，恐难以为继，而他是一位曾经建功立业、战功卓著的将军，是死后被谥"刚直"二字的气节之士。眼前好景与胸中浩气，虚实相生、两相激荡，使得文字转而厚重雄奇，奇情壮采溢于笔端。这里"摩天""捧日"的，是黄鹤楼，更是作者本人的理想抱负。而这一切读来丝毫不觉得勉强做作，字里行间奇气纵横，盖皆由胸中郁积勃发而来，"相由心生"，其间精义是他人所不能学得的。

应该注意到，若以今日"切题"的标准来衡量，这副联是不太合格的。若放在当今任何一个征联赛事中，很有可能连入围都费考量。这就牵涉到一个问题：楹联要怎样"切"，说明书式的写法，究竟是不是楹联的最高境界？这副不太合乎"切"这个标准的楹联，能够流传下来脍炙人口，让那么多的文人墨客赞叹欣赏，又说明了什么？我们必须思考。

清代朱泽澜题联：

倒影压中流一万年，到底鲸鲵吞不去；
参霄撼全楚三百仞，隔江鹦鹉欲飞来。

一个题材，当很多人从各个不同的角度写过以后，对于后来再写的人，想要写得出彩、出新就成了一个很重要的问题。诗圣杜甫就曾经在诗中说过"语不惊人死不休"，这话听起来有些决绝惊人，其实，古今很多大家也都说过类似的话。作为极其重视创造性的文学艺术，人云亦云，文字失去了意义，文学艺术也会就此裹足不前。写黄鹤楼，这个问题尤其突出。

这里作者切入角度是全新的，不写楼，不写白云黄鹤，却从倒影切入，接着一个"压"字，霸气十足，令读者眼前一亮。后面更加离奇，说一万年来水中鲸鲵都无法吞去楼之倒影，这种夸张和想象出人意料，又自成一理，用独特的方式,充分衬托了黄鹤楼的雄壮伟岸。

下联转换角度,从高大这一特点入手,起笔在情理之中,全以辞采和气势攫住读者眼神。后面又再次发散思维,"隔江鹦鹉"自然而然将对岸的鹦鹉洲拉入联中。鹦鹉洲本得名自祢衡的《鹦鹉赋》,洲上有没有鹦鹉是题外话,作者从鹦鹉洲联想到鹦鹉,"欲飞来"是指楼之富丽华美,足以吸引鹦鹉前来争艳比美。这一次,作者又成功地凸显了主题。

整联全用散句,节奏悠长,气势骏迈,鹦鹉和鲸鲵的小类工对十分抢眼。最主要的是,虽剑走偏锋,却不落入怪异和牵强,很好地解决了"出新"的问题。

清代陈兆庆题联:

一枝笔挺起江汉间,到最上层,放开肚皮,直吞将八百里洞庭,九百里云梦;

千年事幻在沧桑里,是真才子,自有眼界,哪管他去早了黄鹤,来迟了青莲。

上联极言黄鹤楼之挺拔高峻,起以"笔"形容,即有破空而来之感。接着"欲穷千里目,更上一层楼",写登楼所见,"八百里洞庭,九百里云梦"视野极其宏阔。云梦泽乃传说中的古代楚地湖泊,司马相如《子虚赋》中写道"云梦者,方九百里"。云梦这一词先秦古籍《周礼》《尔雅》《吕氏春秋》中都有记载,在后世流传之中,云梦泽范围不断变化,以至学者们争讼不已。近年有中科院学者从地质地理的角度,专门进行研究,最后认为从二三百万年以来,根本不存在能横跨长江南北的大湖。其实,所谓云梦泽,并不一定要实指,文学作品中虚实相生,自古有之。今人缘木求鱼,难免失于穿凿,或恐贻笑大方。这里的"洞庭""云梦",大可以理解为湖南、湖北的广大区域。而以一楼而有怀抱星河、吞吐日月之气概,在当时的两湖地区,恐怕也只有黄鹤楼能当得起了。

下联由景入情,生发辽远之思,一句"千年事幻在沧桑里",道尽古今兴废之感。而作者并不走寻常路,没有纠缠这些感慨,只是轻轻带过,然后从过往的历史中跳出来。"去早了黄鹤,来迟了青莲"出自李白见崔颢诗而搁笔的典故：崔诗中有"黄鹤一去不复返"句，所以联中说"去早了黄鹤"；李白登黄鹤楼之时诗情涌动，得见崔颢之题诗后，觉胸中所想已被前人道尽，遂说"眼前有景道不得，崔颢题诗在上头"，怅怅而去，这就是"来迟了青莲"的由来。这个故事真假不能定论，但崔颢的黄鹤楼七律，向来被诗家推为唐代七律的压卷之作。而这里的作者，却说"是真才子，自有眼界"，哪怕是前人有好诗在上头，我也同样能写下传世的名作。事实上，陈兆庆也真的做到了。

清代佚名题联：

> 大江从三峡而来，有拔地楼台，俯视东南一都会；
> 载酒约诸公同醉，看兼天波浪，问淘今古几英雄。

这副联从题外生发，写大江三峡，实处切入，却又曲折其态，绕一圈再落到题目上。下联由景物转人事，笔意摇曳，转折不露痕迹。最后生发感慨，古意苍茫，结句绵长深远，源于题，不止于题，回味悠长。清人薛雪《一瓢诗话》中说"诗有从题外摇曳而来，有从题后逶迤而去"，可以从这副联中体现出来。

又两结看似平常，实则上结出自柳永《望海潮》"东南形胜，三吴都会"，下结出自苏轼"大江东去，浪淘尽千古风流人物"，两处皆有来历，显得典雅厚重。

此联文辞并不十分出彩，思路亦不出奇，所难在于整体纵横开阖、气息流宕，格局开阔疏朗，虚实相间而又腾挪自如，可以窥见作者驾驭文字的功力。

蕲春人黄焯题联：

> 百代题诗至崔李；
> 一楼抗势压江湖。

论诗者议论古诗各体，常有人说五古宜高古、七古宜雄壮。至于楹联，本是古诗而后，杂糅各种古典文学体裁而来，自然也一定程度地承袭了古诗的一些特点。比如这副黄鹤楼联，以七言对成联，十四字中字字兀立，整联顾视不凡,斩钉截铁。联无废字,题无剩义。又以七言简括豪壮,最是宜于悬挂。

　　上联用崔颢李白本事。崔颢诗名甚著,但唐代是诗歌盛世,由于各种原因,崔颢一生所传下来的诗作并不多。唯有这首《黄鹤楼》诗,被历代诗家推为唐代七律压卷之作,崔颢也因此名传千古。甚至连被称为"诗仙"的李白,登上黄鹤楼见了这首诗,都感觉胸中所思已被前人道尽。作为一名杰出的诗人,最不愿意的就是拾人牙慧,因此他不得不说出那句著名的感慨:"眼前有景道不得,崔颢题诗在上头",搁笔而去。甚至后来李白写著名的《登金陵凤凰台》,也有几分崔颢《黄鹤楼》诗的影子。可见这首诗影响之深远。这里上联抬出这个脍炙人口的故事,并非贬低后世诗人,而是说名楼与名诗相映生辉,名楼因诗歌而增添异彩,也更加激励后人超越前人。

　　下联极言黄鹤楼之气势,"抗""压"二字炼得极为出彩,以文字的力度之美,生动地描画出黄鹤楼的雄伟壮观。"江湖"二字有来历,因楼临长江,又地处千湖之省,简练地扣住了楼的地理位置。

　　整联颇有激越之气,能极为有力地调动读者情绪,让人为之心折。

(沙洋田丽君供稿)

第二节　堂馆居室类

　　这一大类主要含衙署公所联、会馆联和宅第居室联等。衙署公所联多表明行政为民的思想,会馆联多渲染异地乡愁,宅第居室联多求吉祥和言志向。

一、概况

1. 衙署公所

天门县署

　　　　天有视听当畏;

门无关节可通。（清·吕承源）

武昌府经厅署

在己不求人表白；
此间惟有树垂青。（清·萧理堂）

武昌厅事

笔下留有余地步；
胸中养无限天机。（清·姚铁松）

瓦窑公局

圆缺但当观皓月；
盈虚何必问苍天。（清·高维岳）

荆州府厅事

政惟求于民便；
事皆可与人言。（清·梁章钜）

长阳县衙

法重如山，纵狡黠难移铁案；
心清似水，愿僚属共饮廉泉。（清·李拔）

湖广督署

北起荆山,南包衡岳,中更九江合流,形胜称雄,楚尾吴头一都会;
内修吏治,外肄兵戎,旁兼四裔交涉,师资不远,林前胡后两文忠。(清·张之洞)

堤工局

大哉居乎,拔地昂霄,为百万家保障;
兴焉忽也,铜墙铁甖,抵七千里狂澜。(严钦书)

浠水县府

来锦江春色,接钟阜青云,日月光华,同睹河山新气象;
挽赤壁狂澜,作兰溪时雨,郊原浓郁,待看天地大文章。

(王植三)

某乡公所

天命实难违,愿吾侪洁己奉公,励风霜志节,救正人心回造化;
人言犹可畏,希大家防微杜渐,秉铁石心肠,扫清魔影见光明。(唐宗武)

2. 会馆

汉口长沙会馆

将相功名,开湘楚数千年未有之局;
衣冠人物,泛洞庭八百里交会而来。(清·李篁仙)

画船烟雨下潭州,会此间檀板金樽,乐府翻成望乡曲;
瑶瑟清泠延帝子,听隔岸梅花玉笛,仙风吹送过江来。

(清·李篁仙)

隔秋水一湖耳,看岸花送客,樯燕留人,此境原非异土;
共明月千里分,记夜醉长沙,晓浮湘水,相逢好话家山。

(清·陶澍)

施南府(今恩施)湖南会馆

万里云山接巴蜀;
一帘风雨话湖湘。(清·黄子山)

湖北四川会馆

芳草绿平堤,往事闲评鹦鹉赋;
好山青到署,相思遥寄杜鹃声。(清·王元为)

汉口黄州会馆

风月话黄州,问向客中同把酒;
主宾邀白社,喜来汉上共题襟。(清·洪良品)

汉口湖南会馆

千载此楼,芳草晴川,曾见仙人骑鹤去;
卅年作客,黄沙远塞,又吟乡思落梅花。(清·左宗棠)

鄂城金寿木帮会馆

杰构共吴山,莫漫怀西塞春花,南楼秋月;
良材来楚地,记饱历洞庭烟雨,扬子波涛。(清·纪慎吾)

武昌黄州会馆

清宴初开,趁今朝酒酽歌圆,小集题襟吟汉水;
乡亲未解,问何处笋香鱼美,大家扶几话黄州。

(清·周锡恩)

3. 其他堂馆

天门郭善甫故里

泉石不知尊爵贵;
乾坤何碍野人居。(明·王守仁)

应城静宜堂

风流人物东西晋;
台阁文章大小苏。(清·张辛甫)

安陆朱明复草堂

　　花分先后留春久；
　　地带东南得月多。（清·史骧）

问津书院讲堂

　　道自寓津梁，须知教泽长流，不外敦伦饬纪；
　　学何分汉宋，要得圣经宝用，非关摘句寻章。（清·梅植）

湖北贡院至公堂

　　一万间广厦宏开，看洲环鹦鹉，岭集凤凰。此邦山水钟灵，当复生刘黄冈，熊汉阳。巨手雄才，文章华国；
　　三百年英雄贤起，想席贡隋珠，囊陈荆碧。多士青云得路，须力企贺克繇，张太岳。名臣硕辅，经济匡时。（清·官秀峰）

黄鹤楼公园太白堂

　　亘古大江东去，吴宫晋苑，都付浪淘。尽历代才士名流，品题就一楼风月。我生多感慨，且登高眺远，对景兴怀，沽酒泛金樽，任白云随时变幻；
　　当年烽火西惊，宋碣唐碑，倏成灰烬。赖几辈英雄豪杰，撑持这半壁江山。人事暂消闲，更故迹重新，揽今追昔，倚栏吹玉笛，招黄鹤此日归来。（清·周绮）

沙市餐英精舍

恨无人属和离骚,风雅消沉,今尚余一席名山,半潭秋水;
就胜迹小营林壑,登临啸傲,即此是三湘芳芷,九畹幽兰。
（陈国华）

4. 宅第居室
有住宅大门联,如:
江夏灵泉山阴居住宅

不设藩篱,恐日月被人拘束;
大开门户,放江山入我品题。（宋·冯京）

自家庭院大门

座上有嘉宾,谈笑风流吴季札;
江干逢逐客,交游意气楚春申。（明·郝敬）

自家住宅大门

路随草曲春为引;
门被林遮月不知。（清·李士彬）

建始李祥瑞耳门

庭内多栽栖凤竹;
池中好养化龙鱼。（刘先举）

有厅堂联,如:

此日蜗庐依故址;
旧时燕子复归来。(清·赵纪瑞)

鸿鹄不来心境静;
鲲鹏有约海天宽。(洪宽)

客至岂空谈,四壁图书聊当酒;
春来无别事,一帘风月欲催诗。(张宜伯)

利川洋沱坝大院左厅

树痕隔岸青疑合;
水影临波绿自摇。(清·郭尚先)

利川洋沱坝大院右厅

门近清溪,晚晴喧石漱;
窗含修竹,永夜动秋声。(清·赵寅臣)

有居室联,如:

莫将世事累青眼;
留取闲云伴白头。(元·损庵)

闭户不闻岩虎啸;

披衣长带烛龙明。（明·殷海鹤）

一庭花影三更月；
十里松荫百道泉。（刘受槐）

有书斋联，如：

惜花偏懒扫；
爱月不关门。（明·黎惇）

兄弟同心，亦堪师友；
文章得意，好共性情。（明·张添祐）

官拙贫无愧；
学疏老更惭。（清·蒙城令）

有道家为政；
无谋笔代耕。（清·王廷佐）

明月入帘聊当客；
落花满径不开门。（清·傅正高）

成佛莫教灵运后；
作诗犹似建安初。（黄侃）

逸情老我书千卷；
淡意可人梅一窗。（王伯声）

六经读罢方拈笔；
五岳归来不看山。（郭郁轩）

随地可安身，莫讶乾坤为逆旅；
当前堪适意，且邀风月作良朋。（王仿周）

读我书楼

读罢始吟诗，错以梅花为故我；
书成才搁笔，笑看明月下芩楼。（明·瞿君）

一枝巢轩

自此鹪鹩堪寄托；
任他风雨不飘摇。（郭正城）

写字台

笔法少真传，四十载苦功，从何处说起；
书家无秘诀，百二分火候，到临时自知。（葛潮）

退思轩

半生精力尽消磨，且喜载酒焚香，清梦不嫌招月影；
满幅云山供指顾，料是野鸥闲鹤，奚囊还有旧诗筒。

（葛尧臣）

还有别墅庄园联，如：

江夏龙泉卧云馆别墅

绿水绕门幽似月；
青山入座穆如风。（宋·李孟宗）

蕲春今县山庄

铭诫满山庄，是翁摹禹鼎汤盘，以古为鉴；
溪声喧石板，此处享彭年郭福，得气之清。（陈子彬）

二、赏析

楚天湘水共苍茫
——汉口长沙会馆古联赏析

汉口长沙会馆,当地老人称之为湖南会馆,系当年湖南同乡在汉口集会或寄寓之处所。建于清道光年间,武汉解放前夕损毁。

晚清时期,正是中国近代史的开端,也是近代中国半殖民地半封建社会的形成时期。这期间,湖南、湖北地区涌现出大批仁人志士,同时荆湘大地也是中国近代思想、文化、经济潮流兴起和发展的热点区域,我们从汉口长沙会馆的楹联作品中,能够读到与时代洪流息息相通的故乡与异乡、历史与当下、民族与国家的无数慨叹与希冀,令人歌哭不胜、怀想不尽……

在众多社会名流及文人墨客所题的汉口长沙会馆联中,最具代表性和影响力的,当推湖南安化陶澍所题之联：

隔秋水一湖耳，看岸花送客，樯燕留人，此境原非异土；
共明月千里分，记夜醉长沙，晓浮湘水，相逢好话家山。

这副被近代学者、湖南慈利吴恭亨先生誉为"其佳在四周围故事搬演生成，如金之铸，如岳之镇"的联作,原载福建长乐梁章钜著《楹联丛话》。

联语起句便将湖南、湖北两地距离拉近,仅隔洞庭"一湖耳",不管是"岸花"的"送",还是"樯燕"的"留",无非是在一家之域,此地本就不是"异土"嘛。而下联,在上联的铺垫之下,虽剪取"长沙""湘水"之风物而"好话家山",但如此"家山"又焉能分得出故乡异乡呢?!

还有一副联也不得不提,那就是晚清"中兴四大名臣"之一的湖南湘阴人左宗棠的题联:

千载此楼,芳草晴川,曾见仙人骑鹤去;
卅年作客,黄沙远塞,又吟乡思落梅中。

在此联中,我们字面上看到的是中兴名臣在此地托物寄情、怀古思乡,但从"卅年作客,黄沙远塞"的字里行间,却能隐约看到这位从湖南走出去的晚清重臣"平定陕甘、收复新疆、建设西北、兴办洋务"上下奔走的"作客"生涯,由此进而联想到晚清到近代风雨如晦而又波澜壮阔的中华大地,而这一切,在这比邻而看的他乡会馆中,被遥望着湘楚故里的左公,又化作乡思,吟入江城的"落梅"之中……远与近、巨与细、古与今、家与国,交织融汇,怎能不让人生出"一为迁客去长沙"之感叹呢?!

此外,还有一副联分量十足,那就是清末"戊戌六君子"之一谭嗣同的岳父李篁仙先生撰写的联:

麓山之巅,湘水之滨,携剑倚苍茫,数前朝梅将功名,蒋侯威望;
武昌以西,汉阳以北,凭栏瞰风物,想故国定王台榭,贾傅祠堂。

此联充溢着李公对于故乡地灵人杰的自豪之情和对民族前途的寄望之心。上联中,"麓山""湘水"点出故乡风景特质,"梅将功名,蒋侯威望"句中的湘楚雄杰名将梅锏、名侯蒋琬,虽是前朝人物,但却为湘楚大地带来名誉声望;下联,把视角拉回到现实,"武昌以西,汉阳以北",切合会馆之地,但更像是设定了一个旷览时代格局的广阔视角,在这个视角下,眼前的江山风物到底如何呢?李篁仙一生大部分时间都生活在风雨飘摇的晚清时期,其时国势衰微,内有反抗频仍,外有列强觊觎,眼前之局怕是很难如李公之意。眼前的不如意,自然会促使李公把目光再投放到前朝之盛。代表着时代辉煌的"定王台榭,贾傅祠堂"的故国便成为李公寄寓理想与希冀的托附之物,而重现辉煌之盼,则更见其深沉的爱国情怀。由此联想到,为民族觉醒变法就义的其婿谭嗣同和自号"舅生"的其女李闰,夫妇充塞天地的浩然之气,也应是门风承继,足以令世人感泣。

清代是楹联创作的高峰期,也代表着楹联创作的最高水平,而这其中,动荡变幻的时代格局和风起云涌的社会潮流,正是创作给养的现实来源,"国家不幸诗家幸"同样可以演绎到楹联创作领域。而汉口长沙会馆的楹联内涵所投射的,正是这样一种家国情怀所带来的强烈感染力和强大生命力,它成为一个时代的伟大记录,更成为世代不应遗忘的一种民族记忆和精神瑰宝。

(恩施邢秀芳供稿)

治齐一体遗后辈
——崇阳绳武周家古联赏析

在离崇阳县城十来公里的天城镇寺前村西庄畈上,至今仍较完整地保留着一处规模宏伟的古代民居院落,那就是闻名遐迩的"绳武周家举人府"。人们来到绳武周家,一种步入古代豪宅的感觉油然而生。这座庄园已有将近500年的历史,随着岁月的流逝,它昔日的辉煌已经黯淡了许多。但仅从大门前首夺眼帘的四个石旗杆墩,就可想而知绳武周家的社会地位在当时达到了何等显赫的程度!

绳武周家首重门楣上,高挂着刻有"绳武门"三个金色大字的牌匾。这座豪宅里面人才辈出,仅绳武公上下三代就出了两位威震八方的武举人,五人诰授武德骑尉,可谓武德昭彰,武风鼎盛!但从院内留存下来的遗迹看,这更是一座格调非凡的"文"宅,文星高照,文气蔚然,到处散发着浓郁的文化芬芳。神案前、厅堂上,数处悬挂着文书并妙的木刻匾额和传世佳联,让后人源源不断地吸吮着宝贵的精神营养。

三进中厅是绳武周家的主厅,厅堂正面上方悬挂着醒目端庄的黑漆涂金"次玉堂"牌匾。牌匾下方板壁柱上挂着一副清代邑中名儒谈景符题写的凹雕木质楹联：

棠棣舒华，媲嫩忠襄推四谏；
瑞兰焕彩，齐镳敏肃靖三边。

此联是赠予周家绳武公的，因时隔久远，联中涉及的人物事件暂无从考证，为避祎增舛误，以免讹传，便不凭臆测将联文对应于周家先祖。仅从字面上理解，棠棣，为木名，比喻兄弟。舒华，即开花，比喻出色。媲嫩，同比美，意为不相上下。忠襄，是古代朝廷在重要人物去世后给予的评价称号。谏，旧时指规劝君主改正错误。瑞兰，指芬芳的兰花，比喻优秀子孙。齐镳，即同行，指并驾齐驱。敏肃，此指睿智威严的武将。靖，指平定。三边，泛指边境。连贯起来看，上联写周家的俊逸兄弟，德才兼备，仁义忠贞，敢于进谏，有功于国，与朝廷赐谥的文臣比美，毫不逊色。下联写周家的优秀子孙，武艺超群，精忠报国，靖边有功，守土有责，与朝中赞赏的武将并驾齐驱。

此联运用精美的辞藻，遵守严谨的格律，形成工稳的对仗，并巧用恰当的比喻、准确的嵌数、鲜明的对比等高超的艺术手法，彰显着绳武周家极大的荣耀，高度地概括了周家先祖的光辉业绩，大力颂扬了以绳武公为代表的周氏精英，跻身朝中的文臣武将，为国家出力、替家族争光、忠于职守、奋发有为的精神。

四进正面墙上，曾经挂有一副佚名所题家训联：

治齐一体遗后辈，不外作忠作孝；
创守两难诏子孙，无非克俭克勤。

字里行间，家国情怀厚重，至理昭彰。"治齐一体"，意欲让子孙后代明确"治国"与"齐家"是相辅相成的家国大事。接着强调"作忠作孝"这个中华传统美德的核心。忠是立国之基，孝乃成家之本。"忠孝"二字，如同梁柱支撑着各自的家庭、家族乃至整个国家的大厦。"遗后辈"三字，寄托着先辈的厚望，敦促着孝子贤孙们加强自身修养，努力获取知识，具备管理好家族的本领，然后进一步走上治理国家的道路，挑起国家赋予的重担，成为国家的栋梁。下联起句"创守两难"四字，揭示了创业维艰、守业尤难的深刻道理。紧接着"诏"告子孙：一定要艰苦奋斗，勤俭持家，把先辈开创的基业发扬光大。

此联具有很强的艺术特色。一是当句自对。上下联使用"治齐""创守""忠孝""俭勤"四组具有并列关系的字词，先在本句形成自对，然后在上下联中分别形成两个工整的对仗部分，从而增强了全联的艺术特色，突出了联文的主题思想。二是复字入联。上联重复两个"作"，下联重复两个"克"，一板一眼，铿金锵玉，用以强调"忠孝"与"勤俭"这些为人处世的关键内容，充分表达了先辈对后嗣的殷切期望。三是数字镶嵌。上联用"一体"，体现"治齐"一脉相通。下联用"两难"，说明要同时达到"创守"的艰巨性。四是副词妙用。上下联分别在中心内容之间，巧妙地选择"不外"和"无非"两个副词加以连接，用充分肯定的口气诠释"忠孝"与"治齐"、"勤俭"与"创守"之间的内在关系，以及坚定地强调后者对于前者别无选择的根本作用。以上四点，让这副说教性联文的艺术水准得到了大幅提升。

五进正厅神案两旁还有一副保存完好的原版木质楹联，为清代曹学诗所题：

含饴葛岭餐霞气；
谒驾吴宫觐日华。

曹学诗，字以南，号震亭，安徽歙县人，进士。乾隆己巳任崇阳知县。他为绳武周家次玉公亲笔题书的这副楹联，字迹遒劲矫健，联文气势恢宏，实属名家大手笔。两行金色文字至今还在枣红色油漆木板上熠熠生辉。

这位"次玉公"，就是当年领衔扩建周家大屋的周首登，字次玉，生于康熙三十一年（1692），太学生，考授县丞。早年在江浙经商，至乾隆初时，已是一位家资巨富的大士绅。因喜爱交游，乐善好施，颇受人们赞誉。相传，乾隆初下江南时，闻次君盛名，极为佩服，意欲见识。一天，微服出游葛岭，得知次玉亦游于此，便乔装趋前乞讨。次玉见乞者虽衣衫褴褛，却气宇轩昂，遂将其邀至酒楼宴饮。两人一见如故，席间交谈甚欢，彼此相见恨晚，遂结为八拜之交。后乾隆再下江南时,专门颁旨召见次玉。这副联写的就是此事。

含饴,本义为口里含着糖。此应指次玉怀着愉悦的心情,胸中像塞了蜜似的,抱着异常甜蜜的感觉。葛岭,位于杭州西湖之北宝石山西面,属道教名山。相传东晋时期著名道士葛洪曾于此结庐修道炼丹,故而得名,为杭州道教名山及旅游名景。餐霞气,本喻超尘脱俗的仙家生活,此指欣赏胜景。谒驾,指拜见皇上。吴宫,指旧时吴地的宫殿。觐,短暂地朝见天子。日华,是大气中的一种光学现象,这里可以理解为太阳的光辉或皇帝的龙颜。

此联大气磅礴,气度非凡。作者匠心独运,手法高超,寥寥十四字,字字珠玑。上联把次玉的愉悦心情与葛岭的秀美景色描绘得惟妙惟肖,饱含着深邃的意韵,令人如身临仙境,心旷神怡。下联通过对次玉觐见皇上、熟睹龙颜的那段美好时光的描写,给绳武周家套上了一个炫目的光环,让次玉的家人分享到一种特别自豪而荣幸的快感。因此,绳武周家后人常视曹氏题联为传世瑰宝,虽两百多年过去,原版真迹仍完好如初。

(崇阳姜天河供稿)

第三节 寺观祠宇类

一、概况

该大类又分寺庙、庵、禅林、宫观道院和名人祠宇陵墓五小类。联作大都有劝人向善或见贤思齐的意思。写作手法上有许多可取之处,比如借周边景色营造特定氛围或意境,以格言或暗喻阐明某类佛理道玄。

1. 寺庙

江夏灵泉寺

千岩竞秀旷怀远;

万壑争流法眼宽。(唐·如晓)

深山窈窕,水流花发泄天机,未许野人问渡;
远树苍凉,云起鹤翔含妙理,惟偕骚客搜奇。(唐·李道宗)

黄梅五祖寺

云有出山势;
水无投涧声。(宋·师宽禅师)

红安桃花大寺

苾草田边,带雨桑麻随意绿;
桃花洞口,入空灯火万年红。(宋·苏轼)

通城翔凤寺

青山莫许牛羊牧;
绿野还求鸡犬宁。(明·赵三合)

公安古升寺

松月夜闻华鹤语;
垄云长伴老僧眠。(明·龚大器)

宜昌黄陵庙

奇迹著三巴,珪璧无劳沉白马;

神功符大禹,烟峦尤见策黄牛。(明·宋琬)

蕲春三角山龙门寺大祠阁

大地复更新,看物中柳媚花明,不觉春光将老我;
慈心恒守旧,任天外云来雾去,但安本分过残年。
(明·陈仁近)

汉阳归元寺

大别迎江侍;
方城荷日朝。(清·佚名)

利川凤凰寺

钟带潮音腾佛座;
月同僧眼照天心。(清·佚名)

来凤仙佛寺

楼台数级原无地;
水月双清别有天。(清·佚名)

监利百洲寺

名著容城登八景;
寺由汉室立千秋。(清·佚名)

当阳关公陵庙

　　赤兔踏翻曹社稷；
　　青龙扶起汉江山。（清·佚名）

咸丰小南海朝阳寺

　　一粒斜阳樵绿野；
　　半钩明月钓清溪。（清·温朝钟）

蕲春三角山龙门资教寺

　　僧坐蒲团，细剪山云缝旧衲；
　　客来禅室，闲敲石火煮新茶。（清·陈杞）

襄阳广德寺

　　地接隆中，鹫岭千峰云叠嶂；
　　塔悬汉上，虎溪一派水长流。（清·佚名）

鄂州长岭财神庙

　　君子固穷，莫虑天心终不佑；
　　善人是富，须知神道最无私。（清·佚名）

蒲圻城隍庙

　　善则福之，何须密语千声嘱；

恶必祸矣,岂受欺心一炷香。(清·佚名)

枝江百里洲路飞宵生祠庙

身系安危,一洲性命须珍惜;
事关重大,百姓脂膏莫浪抛。(清·佚名)

咸宁贺胜土地庙

隔壁满身金,莫笑我如何土气;
门前几块石,岂容人刮尽地皮。(清·冷荣进)

监利三闾寺

骚可为经,卓然雅颂并传,俨向尼山承笔削;
风开厥楚,补以沅湘诸什,不劳太史采輶轩。(清·佚名)

江夏金口回峰寺

梁武楼台莫可留,烟雨南朝,三次舍身难入佛;
达摩诗偈谁能解,苇航北上,十年面壁竟成仙。

(清·程永冽)

新洲阳逻青莲寺

他那里要参悟六欲七情,所以北佛南禅,原无大小;
我这边不理会三坟五典,只是晨钟暮鼓,便有方圆。

(清·智圆居士)

武昌关帝庙

息马仰真容,忆当年泰岱同瞻,衮冕常新,俨与岳宗南面;
卓刀留圣迹,看此地长江环抱,渊泉时出,不随浩渎东流。

(清·李云麟)

新洲仓埠文庙

大道直经天,听入耳弦歌,也许武湖成泗水;
斯文将坠地,纵摞躬甲胄,敢因戎事废儒功。(徐源泉)

红安社庙

不管人家争南北;
只求田地长东西。(佚名)

阳新西山寺

西南以外无丘壑;
山水之间一洞天。(黄守先)

英山金铺药王庙

纵使有钱难买命;
须知无药可医贫。(闻筱辑)

武穴药王庙

露滴花浓,采药归来僧笠重;
风轻月淡,炼丹路过客袍香。(小颠)

嘉鱼高觉寺

高处悟禅机,身外浮名都摆脱;
觉时登道岸,眼前沧海正横流。(刘廷圭)

浠水斗方禅寺

梦熟五更天,几杵钟声敲不破;
神游三宝地,半山云影去无踪。(沈道人)

浠水三角山庙

清静寺中居,宝月一轮常照胆;
妙高峰上望,群山四面尽低头。(郑思麟)

2. 庵
大冶水月庵

水遥亭影心多幻;
月映舟头梦亦清。(宋·万祉斋)

宜城五月庵

　　桥水定谁流，几个迷盲望东笑；
　　帆风俱不动，一天空色自西来。（明·丘瑜）

蒲圻凤雏庵

　　造物忌多才，龙凤岂容归一室；
　　先生如不死，江山未必许三分。（清·顾复初）

蔡甸鲍湾龙泉庵

　　富贵念头，到此间才知有错；
　　神仙洞口，留不住却笑无缘。（王新珊）

3. 殿堂室、禅林
浠水大灵山阎王庙望乡台

　　回首望吾乡，尘土已更新业主；
　　伤心过此地，本身不是旧时人。（清·佚名）

宜都观音阁方丈居室

　　碧水远随天涧落；
　　泉声不让海潮雄。（清·秦子衡）

新洲送子娘娘、文昌帝君、关夫子合殿

愿尔子孙登桂籍；
效他兄弟结桃园。（清·黄勉之）

沙市布号财神殿

壮胆总是钱，这阿堵中物，却原有主；
平心方合道，劝世间上人，莫太自欺。（清·佚名）

武昌黄鹤楼公园文昌殿

星若珠然，凌翼轸以腾辉，好向高冠瞻气象；
云为路尔，望阶梯而直上，须从大道悟根基。（清·全承恩）

蔡甸崇文寺阎王殿

恶虽作千秋，至此难逃藻鉴；
情不容半点，何须巧用机关。（章锦文）

随州福清寺观音殿

紫竹坐清风，吹开云雾千年晓；
玉瓶注法雨，洒遍乾坤万户春。（龚勋成）

鄂州白雉山灵鹫寺祖师殿

山高登峻极，看千岩峭拔，万壑萦回，我辈骋怀羊叔子；

庙貌壮观瞻，喜佛坐莲花，经翻贝叶，老僧面壁达摩师。

（刘少达）

黄梅五祖寺观音堂

无水不朝宗，望滚滚九派江涛，传说那苦海迷津，赖慈航大士；
有山皆供佛，看巍巍千峰峦岳，指点着禅关胜境，是天竺蓬莱。（於甘侯）

4. 宫观道院

武当山医圣殿

橘井潜龙吟夜雨；
芝田伏马啸晨风。（清·佚名）

武当山丘祖殿

万古长春，不用餐霞求秘诀；
一言止杀，始知济世有奇功。（清·爱新觉罗·弘历）

武昌长春观

道德南华，两经并重；
长春李耳，一脉相承。（清·官文）

武当山太上观老君像

　　立教开宗,紫气东来三万里;
　　著书传道,函关初度五千言。(清·胡源)

阳新太仙庙

　　太子三千,野马腾飞开薄雾;
　　仙臣十二,海螺对坐拥层峦。(清·张丹络)

通城南锡山九宫寺

　　雨余带剑锄灵药;
　　漏尽焚香读道书。(清·佚名)

罗田大河岸吕洞宾庙

　　妙手生春,听玉笛一声,自有甘泉出石井;
　　回头是岸,忆岳阳三醉,又乘宝筏渡横河。(清·佚名)

5. 祠宇陵墓
巴东寇公祠

　　常依曲槛贪看水;
　　不筑高墙怕遮山。(宋·陆游)

　　三千世界笑谈里;
　　百万貔貅杯酒中。(明·胡琏)

京山郑友元墓自挽联

异世同仁,莫负声名归地下;
千秋一日,好悬心事向天中。(明·郑友元)

京山生墓自挽联

升沉难定,但深壑藏舟,人世谁凭着力;
来去自由,如惊风飘瓦,天工于我何心。(明·郝敬)

隆中武侯祠

抱膝此安居,觉异日桑种成都,殊非本念;
长吟谁与共,问当年曲赓梁甫,可有遗音。(清·顾嘉蘅)

谁谓将略非其所长,当时予智矜才,终逊此一生谨慎;
可惜天心未能厌乱,至今知人论世,岂徒传两表文章。
(清·杨霈)

此邦是南北咽喉,筹策定孙刘,毕竟不无遗恨;
今日又河山板荡,驰驱遍荆楚,何以更觅先生。(陶继侃)

浠水郭氏老祖祠

告浩告具告充,恰当蓼岸红时,菊篱黄后;
有能有为有守,莫忘东平泽远,西岳灵长。(清·佚名)

汉川陈氏宗祠

仲子因廉名后世；
平公以智佐明君。（清·陈耀庭）

新洲问津书院圣人祠

绵百代斯文坠绪；
作千秋吾道干城。（清·王化龙）

新洲诸儒祠

异地同堂，行藏安于所遇；
一心千古，神明近乎其人。（清·王化龙）

新洲问津书院隐士祠

窥见了道济深心，正在知津一语；
留得住辙环遗迹，岂云避世孤怀。（清·黄自芳）

咸宁樊氏宗祠

竭力耕地，无多有少；
潜心读书，不贵也贤。（清·樊秀三）

阳新马氏宗祠

带水西流，挂得云台三尺剑；

笔峰南峙，写来交趾数行书。（清·王凤池）

江夏陶岳二公祠

地以人传，江上吟诗曾过去；
神犹水在，篱边种菊定归来。（清·段追文）

黄州赤壁苏文忠祠

方袍幅巾，想当年野老田夫，曾亲色笑；
清风明月，任几辈才人学士，来读文章。（清·周凯）

武昌胡林翼祠

本血忱一片，为国家整顿乾坤，三千里扫荡纵横，功在大江南北；
共患难十年，羡我公完全忠孝，亿万姓悲歌感激，恩流汉水东西。（清·彭玉麟）

沙市张太岳墓

文孙尚带苌弘血；
遗笏谁留召伯棠。（清·夏熙臣）

咸丰吴洪椿墓

消磨一世精神，评花醉月；
享受千年祭祀，春露秋霜。（清·熊飞）

黄梅帅承瀛墓自挽联

三十年皇路驰驱，自问与众生何补；
七九载凡尘扰攘，回想这本性犹存。（清·帅承瀛）

汉阳祢衡墓

挝鼓想豪雄，问他展墓何人，都道小儿是杨，大儿是孔；
鹦鹉惊手笔，阅尽成名竖子，怕说坐者为冢，卧者为尸。

（清·陈桐阶）

二、赏析

卓尔卧龙诚国士
——隆中武侯祠古联赏析

襄阳隆中武侯祠流传下来的古楹联，以清人所撰居多，且作者多为清代官员，有的还官位显赫。作为封建士大夫，走进隆中武侯祠，心中念兹在兹的，自然是被奉为百代人臣典范的诸葛亮。因而，他们的题咏，很少着墨于隆中优美的自然风景，而几乎全都沉浸在对以诸葛亮为中心的历史人物和历史事件的咀嚼与反思中；他们共借诸葛亮这个"酒杯"，各浇一己之"块垒"，抒发了不同的感悟感慨，作品也呈现出不同的风格特色。

清代顾嘉蘅题联：

此地藉卧龙以传，看丹江西抱，白水东环，只许长留名士隐；
斯人超雏凤而上，即莘野币交，渭滨车载，何如亲见使君来。

武侯祠的这副联，由南阳知府顾嘉蘅于道光二十七年（1847）九月撰书。

上联先从隆中之"地"起笔。"地藉卧龙以传"，是人所共知之常识，出语立论坚实，先站稳根基；接着以地理上东、西两条河作烘托，借宾形主，意在突出隆中的水秀山青，如此好地方，自然只适合名士长留隐居。难得的是，此联重在写"地"，起结又顺笔带出与"地"密切相关之"人"，而对"人"的具体评述尚未展开，为下联留出足够的运作空间。

下联果然全力写诸葛亮其"人"。起句又是一个语气果决的判断，历史上虽卧龙、凤雏并称，诸葛亮本人甚至谦称凤雏才能胜于己（见《三国演义》），但无论从当时功业还是后世影响来看，说卧龙"超雏凤而上"（颠倒"凤雏"二字为使平仄更谐、对仗更工），应该毫无争议。接着，抬出历史上两个著名的君臣相得的事例，与刘备、诸葛亮之事作比对，说即使商汤于莘野礼聘伊尹担当大任、周文王于渭滨遇见吕尚同车载回，又哪里比得上刘备亲自三顾草庐请诸葛亮出山呢？这种比较仔细品味一下实在有理。都是明君恩遇贤相，但商汤是派使者礼聘伊尹，周文王与吕尚算是渭滨偶遇；而刘备则是屈尊纡贵亲自上门，而且是一而再、再而三的"三顾"！如此求贤若渴、礼贤下士的作风，岂不更值得传为千古美谈！

全联布局合理，章法谨严，上下联各有分工又互为依托。两起均管领全局，中腰领字与结句句首关联词的前呼后应，贯通整联气脉。句式上尤见骈散结合、腾挪跌宕之妙：先以七字散句带出话头，显得从容大度、胸有成竹；中间以一个虚字领起两个四字句，构成句中自对；结句以七言律句压住阵脚，使首尾圆合，读来铿锵有致，颇富节律感。

此作对仗上亦独具匠心。如果说"卧龙、雏凤"之工对，多少得益于诸葛亮与庞统雅号巧合的话，那么，中腰两个四字句的句中自对，便可见出作者用字的刻意精心。"丹江"与"白水"，以颜色对；"西抱"与"东环"，以方位对；"莘野"与"渭滨"，以地理对；"币交"与"车载"，以器物对：一一铢两悉称。而以"使君"对"名士"，不仅词性、词义、平仄雅合，且所指亦与史实十分熨帖。汉代习称州刺史、州牧为"使君"（是皇帝"使"来做官的），刘备曾任豫州牧，故称"使君"。在《三国演义》中，"使君"几乎成为对刘备的专用称呼，三顾草庐时，他正是顶着这个名号来造访诸葛亮的。还值得称许的是，在深层意蕴上，都采用了借宾形主的艺术手法：上联拉来地理景物作衬以烘托隆中，下联请出历史人物作衬以凸显诸葛亮，上下构成一种更为隐奥、更耐寻味的对仗关系。

清代杨霈题联：

> 谁谓将略非其所长，当时予智矜才，终逊此一生谨慎；
> 可惜天心未曾厌乱，至今知人论世，岂徒传两表文章。

这是清末曾任湖广总督的杨霈，兵败镌职（降职）后寓居襄阳时，谒武侯祠的题联。

上联说，谁说用兵谋略不是诸葛亮的特长呢？当时那些自诩智谋自夸才能之人，终究比不上一生谨慎的诸葛亮；下联说，可惜天意未曾要结束战乱（遗憾诸葛亮未能完成统一大业之婉辞），现在从"知人论世"角度看，诸葛亮流传千古的，又岂止两篇《出师表》的忠贞文章！显然，通篇是以辩驳口吻在抒发一股幽怨不平之气。

这股幽怨不平之气，全是针对《三国志》作者陈寿而发。上联起句的诘问便是对陈寿原话的反驳。因陈寿在《三国志》中虽然肯定了诸葛亮在"抚百姓，示仪轨，约官职，从权制，开诚心，布公道"诸方面不愧"识治之良才"，但对其军事才能则有所贬抑，说他"连年动众，未能成功，盖应变将略，非其所长欤！"作者显然对这种以胜负定高下、以成败论英雄的历史观不能认同。故先拿与诸葛亮并世的"当时予智矜才"之徒，来做比较，揄扬前者而贬抑后者；再以"知人论世"的传统史论原则，将诸葛亮军事上的失利归因于"天心未曾厌乱"——即时运不济，非人力可逆挽。末句"岂徒传两表文章"，也并非无的放矢的泛泛而论，仍是含蓄地批评陈寿，因陈寿在《三国志·诸葛亮传》中一字不落全文载录了诸葛亮的《出师表》。作者言下之意是，能使诸葛亮流芳千古的，岂仅仅在于你陈寿看到的《出师表》？"徒"字另有"徒然、枉然"义，如此也可解读为：难道你陈寿全文引用的《出师表》是枉然流传于世吗？亦通。

其实，若我们也能以"知人论世"的原则考量作者，当会对此联的深层内蕴有更深一层的理解。作者杨霈在湖广总督任上（1855），曾率军与太平天国军队作战，结果被太平军将领秦日纲、陈玉成所部大败于广济，杨霈因此被降职。当他五年后来到襄阳隆中拜谒武侯祠，同样是朝廷重臣，同样遭遇了军事失利，同样面对战乱而同样无力回天，他从诸葛亮身上看到了自己的影子,怎能不顿生惺惺相惜之感!如此,"可惜天心未曾厌乱",看似为诸葛亮辩解,其实未尝不是为自己开脱;特别称道诸葛亮的"一生谨慎",未尝不含有对自己军事指挥一时疏忽大意的反思与警戒。

整联全以议论结篇,然语调上活泛灵动。上联以反诘语起,以肯定语结;下联反其道而行,以肯定语起,以反诘语结,使篇末语势振起,整饬中见出错落,颇有风致。

清代尧城题联:

> 出处媲耕莘,寄命托孤,卓尔卧龙诚国士;
> 忠勤昭伐魏,大星遽陨,咄哉司马叹奇才。

此联刻木悬挂于祠内楹柱上,落款署有"道光戊申仲春月,知均州事仁和县尧城敬题",可知作者为道光年间均州知州、仁和县人尧城。

上联起句中的"耕莘",义同前联中的"莘野",裁自《孟子·万章上》"伊尹耕于有莘之野"之句,仍是拿伊尹来比附诸葛亮。其所以弃"莘野"而取"耕莘",是为同下联中"伐魏"成对。"寄命托孤"是《论语·泰伯》"可以托六尺之孤,可以寄百里之命"的檃栝,指受遗命托付辅助幼君,用以形容诸葛亮肩负的重大使命,可谓确当不移!如此,末句称誉他为超群拔类的国士也就顺理成章了。

下联说,诸葛亮的忠贞勤勉正体现于伐魏一事上,可他就像大星突然陨落(积劳成疾病死军中),连他的对手司马懿也惊叹他为不世的奇才。"忠勤"二字概括诸葛亮一生风操,同样是不二之选。前后《出师表》,处处皆是剖肝沥胆的深情告白,于君不可谓不忠;处处是鞠躬尽瘁、死而后已的自励自勉,于政不可谓不勤。结句拉来司马懿发声,是要表明,诸葛亮的才能,连他的敌人也不得不表示敬重。当然,此处也不无以"司马"为"卧龙"谋求佳对之考虑。

说到对仗,联中"出处"与"忠勤","耕莘"与"伐魏","卧龙"与"司马",甚至含有虚字的"卓尔"与"咄哉",都见出精雕细琢之功夫,唯中腰四字句上下结构参差,未能臻善,是为微疵。

(襄阳严爱华供稿)

第四节 行业团体类

一、概况

这类古联主要关注教育行业、中医和药店,重点在书院这一块。近代从洋务运动以来,渐渐关注商店、厂矿等新型现代工商业,此类联作亦不少。

1. 学校

私塾

养浩然气;
正儒者风。(清·傅象虚)

勤读诗书为后起;
多栽桃李待春回。(赵以龙)

愧无广厦庇寒士;
幸有残书课乞儿。(郝可权)

门对鲤峰,但愿诸生朝北斗;
家临龙岗,权将胜地作南阳。(萧杏南)

立马望中原,全凭百万军民,把倭奴逐出;
雕虫惭下士,培就三千桃李,将春帝召回。(刘凤清)

学舍望江开,看九派横流,问诸生谁为砥柱;
人才当鼓铸,愿一炉熔化,待他日共补金瓯。(柯凯风)

胜地足优游，正当学舍宏开，一片江山添画谱；
人才归化导，际此烟花在望，满门桃李醉春风。（严钦书）

试院

杜弊有何难，为国家培养人才，方能称职；
衡文只末节，愿诸生步趋贤圣，不必登科。（清·张之洞）

学校

二三子可谓得师，教术亦多，宁忍存心贻白首；
十五时正当求学，韶光不再，莫将丧志误青年。（林达斋）

会友以文，要在临场应试，当仁不让；
考成重艺，须知博学多能，有麝自香。（屈庆利）

黄冈问津书院

天幸楚黄留辙迹；
人从洙泗识津梁。（清·王化龙）

圣迹巍然，仰止高山如阙里；
津声宛在，依稀流水即洙源。（清·詹大衢）

圣人在上，贤人在旁，恍见当年执辔时，车马风尘，早已化成南国；
传道得徒，行道得侣，试观此日问津处，文章礼乐，居然教衍东山。（清·黄自芳）

孝感西湖书院化纸炉

劫后文章归化境；
风前翰墨有余香。（肖楚称）

鄂州紫阳书院

等寸阴以惜金，日就月将成大业；
作干城而卫国，崇山隽水萃英才。（朱羽阶）

长阳楠木岭私塾

东山养晦，北海传经，好将黄卷青灯，闲与二三子月旦；
司马游梁，班超入幕，对此名园别墅，暂羁九万里行程。

（田书堂）

浠水中学

借他山石以攻玉；
游大匠门无弃才。（王植三）

浠水王慈乡国民中心学校

王道本乎人情，练达人情通学问；
慈悲根诸天性，修明天性显经纶。（孔庚）

蒲圻新溪学校

芹藻满新溪,铺成碧色千层,都资雨化;
桂花开旧苑,抱得丹心一点,那怕风吹。(王康)

通城林科职业学校开学

幸吾门近圣人居,咏沂水春风,二三子谁为点也;
趁佳节作兰亭序,写茂林修竹,千余年又见羲之。(郑宝莹)

2. 商业店招

武昌湖北麻局

布衣兴国;
蓝筚开山。(清·张之洞)

汉口中大轮船公司

中流击楫;
大雅扶轮。(清·张之洞)

笔店

久处囊中思脱颖;
时来梦里自生花。(清·王廷佐)

大江日报

　　大笔淋漓,万言日试;
　　江华灿烂,一纸风行。(詹大悲)

成衣店

　　舍旧革新,悉凭意匠;
　　截长补短,独出心裁。(李盛彩)

汉口襟江酒楼

　　襟抱谁开,登楼纵眺;
　　江山如此,有酒盈樽。(朱国桢)

贺胜大宾酒楼

　　大国烹小鲜,聊试老子身手;
　　宾朋宴好友,莫谈世味酸咸。(李文侯)

脉旺茶酒店

　　茶社几家,竟陵子高风宛在;
　　酒帘夹岸,醉翁亭落日初成。(黄良辉)

怡心茶酒楼

　　怡乐正无穷,请看满座皆惊,有许多淪茗高谈,飞觞纵饮;

心期原不俗,到此一层更上,莫辜负风清江面,月照楼头。

（严钦书）

大美茶楼

大块文章入画楼,波卷潇湘,气吞云梦,数千客上下往来,好叫勒马停骖,玩此无边风月;

美轮杰阁临江渚,茗采衡岳,水挹洞庭,二三友品评眺望,直同卢仝陆羽,作个不世神仙。（张南溪）

茶铺

花前味解相如渴;
竹下闲参陆羽经。（王仿周）

药店

扫云晴晒药;
留月夜烧丹。（清·王廷佐）

医药

术著岐黄三世业;
心同胞与一家春。（清·王廷佐）

大生堂国药号

大将唯思霍去病;

生平共仰范希文。（清·盛潄如）

大道慕岐黄以上；
生机满天地之间。（清·朱长卿）

春和堂药店

春风惠我沉疴少；
和气临人健壮多。（清·严璧成）

中药店

管仲牵牛耕生地；
将军打马过常山。（陈亦平）

天寿堂药店

天道人心无二意；
寿山福海有千方。（王仿周）

3. 文艺类
戏剧
演戏看戏

乌衣巷口夕阳斜，有当年宰相遗风，有今日天伦乐事；
红杏枝头春意闹，是乃族尚书门第，是吾家歌管楼台。

（熊静庭）

听《岳飞传》戏

秦桧哪算权奸,作金贼又作金奴,生来贱种;
岳飞本为痴汉,忠宋王不忠宋国,死有何功?(清·王汉)

宋室君臣,也非是泥塑木雕,因莫须有一言,现出奸雄万状;
岳家父子,讲什么铜肝铁胆,把不怕死三字,做成忠孝两全。
(清·喻九万)

黄梅戏

是孰占花魁,试看十月先开,万紫千红齐俯首;
向谁弹古调,且向七弦静听,高山流水几知音。
(清·黄介秦)

木偶戏

有几件衣冠,任尔空心装大老;
无一丝血色,亏他光棍顶人头。(萧杏南)

滩桥划龙船唱戏

滩别东西,听玉笛吹来,五月梅花调凤管;
桥分南北,看锦标夺去,三通画鼓走龙船。(梁寿亭)

演剧招待抗战出征

有父如伍奢,有母如岳氏,教子义方,岂让前贤专美;

输财若卜式,输力若班超,牺牲奋斗,何愁小丑跳梁。

（闻汝贤）

演禁令戏

放眼看时光,奸邪灭,敌伪戕,龙腾虎跃,终奠家邦,好似表演剧场,纵观成败;
关心问年岁,棉豆收,稻麦熟,狗偷鼠窃,有坏淳风,因特发挥禁令,借用管弦。（黄镜清）

戏台

看不见姑且听之,何须四处钻营,极力排开前面者;
站得高弗能久也,莫仗一时得意,居心遮住后来人。

（清·陈仰瞻）

得见古人真面目;
何妨今日假衣冠。（刘受槐）

切莫认真,这一幕富贵荣华,听锣鼓收场,终归寂寞;
且休作戏,见几个奸佞忠孝,到形容极处,足取兴观。

（王叠庵）

红妆素裹,淡抹浓施,喜也,怒也,哀也,乐也,有情皆是我;
道貌仙姿,文韬武略,手之,舞之,足之,蹈之,无巧不成书。

（刘德怀）

通城白马庙戏台

白要扯些，不扯白不成戏；
马须假点，愈拍马愈合班。（清·张天明）

汉口山陕会馆戏台

陈迹兴怀，古今人岂云不相及；
群情毕寄，天下事当作如是观。（清·佚名）

仙桃龙王庙戏台

登大舞台，是色是空，说什么儿女情长，英雄气短；
作旁观派，无人无我，哪管他流芳百世，遗臭万年。

（清·杜立灿）

蔡甸南岭戏台

打脸挂须，是今日上台人物；
腰金衣紫，皆当年过眼烟云。（张子象）

浠水下罗田庙戏台

这里有正经先生，切莫唱丫环闹学；
那边是风流和尚，何不演尼姑思凡。（吴楚桥）

二、赏析

俨沾教泽于紫阳
——汉口紫阳书院古联赏析

汉口紫阳书院，又名新安书院、汉江书院、甑山书院，位于清代汉口循礼坊境内。清康熙三十三年(1694)由旅居汉口的徽州商人创建，十二年始成。紫阳书院里有尊道堂、六水讲堂、主敬堂、愿学轩、宴射轩、致一斋、近圣居、御书楼、藏书阁、魁星阁、文昌阁、朱子祠、报功祠、始建祠等。康熙六十年(1721)知县钟嘉襜、乾隆二十四年(1759)伍泽概重修，后废。嘉庆五年(1800)原贵阳知府邑人程煜捐置北街房屋一所，重立大门，靠北有铺房四间，书楼一座，照壁回廊三间，左右厢房二栋各三间，靠后有大厅一座五间，照壁回廊三间，左右厢房二栋各三间，坐楼一座上下各五间，围房一栋五间，围墙等。道光十年(1830)知县张开云率周若鸿等清理书院学田并修葺。光绪二年(1876)知县邵世恩曾劝谕典当商人每月捐输膏火钱两千，以利办学。

徽商之所以要在汉口建紫阳书院，除共敦孝友睦姻任恤之谊，思有所托以行之永久等原因之外，更为深层的原因还在于徽商想通过创办书院，让子弟学而优则仕、读书登第，同时也提高商人自身地位、光宗耀祖。汉口紫阳书院创建、重修，自然离不了当时名士名家的手笔。因联作已不知当时悬挂何处，这里只能就联说联了。

清代汪嘉树题联：

> 承千圣道统；
> 正百代儒宗。

汪嘉树，徽商，康熙年间人，贡生。千圣，董仲舒《春秋繁露》记载：自羲画八卦，契敷五教，千圣百王，相嬗相维，以成此中国。该联从继承与发扬两方面来叙述。上联写朱子的儒学思想不是无源之水、无本之木，凭空而来，而是继承了上古以来所有贤哲儒家的思想脉络和系统。下联写朱熹对儒学进行了正本清源的阐释。十字没有任何赘语，孔子、孟子以来最杰出的弘扬儒学的大师形象却跃然纸上。

清代汪绎题联：

> 作纲目，继春秋，涑水司马公赖笔削而史书不谬；
> 由问学，尽德性，庐山白鹿洞辨异同而圣道始明。

汪绎，字玉轮，号东山，江苏常熟人，清代诗人。康熙三十九年（1700）进士第一，状元，授翰林院修撰，做官仅三年便退隐告归。为诗蕴藉含蓄，著有《秋影楼诗》。上联写朱熹与其门人赵师渊等撰著的《通鉴纲目》功同司马光。下联写朱熹的思想"由问学，尽德性"，是对儒学正本清源的新传承。笔，记载。削，删除。古代用竹简记载文字，有所更改就用书刀刮削，所以称为"笔削"。江西庐山五老峰下的白鹿洞书院，因朱熹和学界名流陆九渊等曾在此讲学或辩论，而成为理学传播的中心，意味着汉口紫阳书院也将会成为江汉地域儒学传播的中心。

清代吴肇荣题联：

> 九州郡邑皆祀庙庭，爰集六水枌榆，挹江汉洋洋，遥望文澜于虹井；
> 万禩师儒具瞻山斗，肆会两湖桑梓，仰宫墙翼翼，俨沾教泽于紫阳。

吴肇荣，安徽人，著有《东兴纪略》。该联点到了紫阳书院地属汉口。虹井，婺源古井名，传朱熹生时井中紫气如云。六水，新安江流经徽州六县，即歙县、黟县、休宁、婺源（现改属江西）、绩溪、祁门亦谓之为六水分源。万禩，指千秋万代。山斗，泰山、北斗合称，亦作泰斗。"肆会"在这里与上联中的"爰集"相对，肆作虚词，意为于是。九州皆祀、万禩具瞻，极言朱子的尊崇地位，接着表现徽人重宗义，不忘朱子，而在江汉的子弟功业有成，都源于朱子之功。下联除写到书院的祭祀功用外，还兼具培养后学的作用。作为一座商人书院，它成为商旅汉口的徽州人和全汉口文化教育的中心，在儒学传播与传承上起着重要作用。

清代毕沅题联：

道统得薪传，经史遗文，独轶汉唐标奥义；

心香崇梓里，春秋秩祀，遥以江沔溯真源。

毕沅，清代官员、学者，曾任湖广总督。在他的倡议下，书院修葺、扩建工作在嘉庆初年竣工。此联堂皇周正，面面俱到，照顾书院所在地汉口，又别言道统所源，朱子的尊崇地位显然可见。儒学道统一脉相承，而朱子对儒家思想新的阐述，是独一无二的。

清代黄元治题联：

阐六经奥旨，注千圣微言，昭昭然若日月当天，孔孟以来于斯再旦；

塞百氏旁流，汇诸儒正派，浩浩乎如江汉朝海，周程而后大矣蔑加。

黄元治，江西德兴人（一说安徽歙县人），号樵谷钝夫，康熙十五年（1676）丙辰科进士。工诗善书。书宗米芾，得者颇宝之。诗以公安三袁为宗，为清初著名诗人，诗格极高，后袁枚评为"国朝边塞诗人第一"。此联叙述朱子对儒学道统正本清源，在儒学居上承孔孟、下启周程的历史性特殊地位。联语徐徐有致，文气充沛。周程分别指周敦颐和程颐、程颢。蔑，无。蔑加，蔑以复加，无以复加。

清代江皋题联：

大别峙龟蒙之秀，千岩万壑，拥五岳以纷罗，惟嶂岭孤标，真作道峰砥柱；

汉水分洙泗之源，三湘七泽，汇百川而争逝，信紫阳一派，能回学海狂澜。

江皋，字在湄，号磊斋，安徽桐城人。顺治十八年（1661）进士，观政刑部。大别山，位于安徽霍山境内，东视南京，西隔武汉，基本上位于南京和武汉的中间。龟蒙，在山东平邑县、蒙阴县一带，由西北向东南，长约40公里，其西北一段名龟山，东南一段名蒙山。洙泗，即洙水和泗水。古时二水自今山东泗水北合流而下，至曲阜北，又分为二水，洙水在北，泗水在南。

春秋时属鲁国地。孔子在洙泗之间聚徒讲学，后因以"洙泗"代称孔子及儒家。此联言朱子、书院皆源起孔孟山东，朱子的思想对本土，对徽商建在汉口的紫阳书院，对当地和周边文化风俗起到教化衍泽作用。"拥五岳以纷罗，惟嶂岭孤标，真作道峰砥柱"，道出朱子厘清儒学源头，创新儒学高度，孔子而后，他对儒学的再造之功。

清代汪承需题联：

左挹鹤楼，右揽晴川，溯十载汉渚经游，枌社簪缨崇道脉；
瑞霭斗魁，祥凝东壁，三千里楚江星耀，天都人士颂奎垣。

汪承需，安徽人，清大臣。借黄鹤楼与晴川的特色风物，明确了紫阳书院的位置，这是题署联的一种方法。枌社，故里。簪缨，古代显贵者的冠饰，比喻高官显宦。天都，帝都。奎垣，奎宿，主文运和文章。上联写徽土本乡人士在汉为学为官所取得的荣耀。下联写书院为汉口所带来的教化之功，使得"楚江星耀，天都人颂"。

清代金琛题联：

仿新安习礼，为楚泽升香，通过三澨至大别，远哉明德，绍以正心诚意，启弈禩圣域贤关，功侔禹迹；
从泮水居歆，降南都时享，仰濯江汉暴秋阳，焕乎文章，迄今一道同风，集诸儒声金振玉，统接尼山。

三澨，《史记·夏本纪》："嶓冢道漾，东流为汉，又东为沧浪之水，过三澨，入于大别，南入于江，东汇泽为彭蠡，东为北江，入于海。"上联写创建书院的制式与目的，把书院建成后的功业比作大禹，"通过三澨至大别"，其间可见徽人创建书院的艰难。泮（pàn）水，水名。戴震《毛郑诗考证》："泮水出曲阜县治，西流至兖州府城，东入泗。"居歆，安然享用。南都，宋商丘。孔子祖先为春秋时期宋国贵族，其祖居地及祖坟仍在此地。秋阳，《孟子·滕文公上》："江汉以濯之，秋阳以暴之，皜皜乎不可尚已。" 赵岐注："秋阳，周之秋，夏之五、六月，盛阳也。"下联讲儒学由鲁地而始，复至南都，到汉口书院所在，"迄今一道同风"，表明紫阳书院从建成到运行，始终奉行朱子的教育理念,为化育汉口的民风民俗做出了巨大的贡献,对联作结:这一切都源自我们一脉相承的孔孟之道,这是华夏民族的灵魂所在。这个联作全面概括了紫阳书院的功用:尊贤明道、乡人联谊、立舍劝学。

(阳新王细平供稿)

试观此日问津处
——问津书院古联赏析

问津书院在湖北新洲,始建于西汉年间。现存的问津书院,是清光绪三十年(1905)修复的,是一座三高六矮的十三楼宫殿式建筑群,楼台亭阁,错落有致,鳞次栉比,蔚为壮观。主要建筑有照壁、仪门、讲堂、大成殿、理事斋和四祠(仲子祠、隐士祠、文公祠、诸儒祠)、二馆(酬庸馆、斋宿馆)、二斋(洁粢斋、奉牲斋),以及魁星楼、文昌阁、饱德亭等。

问津书院史上曾与岳麓书院、东林书院、白鹿洞书院等齐名,自宋至清书院共产生进士387名,因其在我国教育史、文化学术史上的重大影响而被载入《中国历代书院志》。问津书院是武汉乃至湖北省最古老的书院,有极高的史学价值、人文价值、文物价值、文学价值和旅游价值。其文化含量较丰,其文化品位较高,一部《问津院志》就是最好的佐证。《问津院志》艺文卷中除碑记、诗赋外,还有不少楹联。现摘取其中几联,赏析如下。

明代李长庚题大成殿擎柱联:

  丈夫非出则处,一蓑遥傍陇云深,安见耦耕徒,不是田中经济;

  圣贤因病为医,双毂特咨烟水渡,岂容徇世者,妄参言下津梁。

联作者为明万历年间吏部尚书,麻城人。该联记述孔子一行自陈蔡适楚时,来到新洲孔子河畔,使子路问津。当时楚国隐士长沮和桀溺正在陇田上耦耕,子路上前先问长沮,长沮说,孔丘应知道渡口在哪里。子路又问桀溺,桀溺说,你们为什么还要来打扰我们避世的人呢?

孔子使子路问津毫无结果,只好推车涉水过河,不料车翻,孔子长叹一声。又回到岸边晒书,于是有了晒书山、洗脚石、烟墩垴、孔叹桥等一系列与孔子有关的传说故事。丈夫，犹言大丈夫，指有所作为的人。耦耕，二人并耕，后亦泛指农事或务农。徇世，随顺世俗。妄参，随便发言意见。言下，一言之下，顿时。津梁，指沿海海口，这里指渡口。"妄参言下津梁"，意思是说，不要听信随顺世俗之人，他们随意指引渡口。

清代黄自芳题大成殿联：

圣人在上，贤人在旁，恍见当年执辔时，车马风尘，早已化成南国；

传道得徒，行道得侣，试观此日问津处，文章礼乐，居然教衍东山。

联作者系新洲清代举人。上联是说，在大成殿内，孔圣人在上，他的弟子贤人子路等人在旁，恍然见到当年孔子周游列国时手执马缰驾车的模样，早已深深地印在江南的大地上。下联则写孔圣人在传道时得到了七十二大弟子，周游列国时又有了伴侣，试看今天的问津处，圣人的文章礼乐，居然在东山这带扎下根来，教化衍裕，为教育培养世世代代的学子发挥了巨大的作用。

清代詹大衢题讲堂联：

圣迹岿然，仰止高山如阙里；

津声宛在，依稀流水即洙源。

作者为清代黄冈人，原问津书院生员。后捐资维修书院学舍，参与编辑书院志，仰止高山，即高山仰止，语出《诗·小雅》："高山仰止，景行行止。"后用以谓崇敬仰慕。阙里，孔子故里，在今山东曲阜城内阙里街。因有两石阙，故名。孔子曾在此讲学，后建有孔庙。津声，河水的声音。洙源，指洙水，源出山东新泰东北，与泗水县北的泗水合流。孔子在洙泗之间聚徒讲学。上联写孔圣人到新洲孔子河的遗迹岿然未动，依然存在，人们崇敬仰慕这些圣迹，犹如崇敬仰慕孔子的故乡阙里。下联写孔子河的涛声宛然在耳，看到这流水仿佛觉得洙水泗水是它的源头。

清代王化龙题仲子祠联：

> 执辔问津,耦耕人哪知道一腔悲悯;
> 升堂入室,知德者才洞彻片席渊源。

作者王化龙,清康熙年间问津书院儒师。仲子,即仲由,字子路,春秋时鲁国卞人,孔子弟子。性情直爽,勇敢,亲孝,闻过则喜,长于政治。陪孔子周游列国后,在贵族内讧中被杀害。上联写子路为孔子手执马缰驾车、在孔子河畔问津,耦耕人长沮、桀溺哪知道他们一腔悲悯呢?悲悯,慈悲怜悯;哀怜。孔子周游列国,宣传自己的政治主张,被各国诸侯拒绝。后在陈蔡绝粮,遭到了围追堵截。好不容易跑出重围,来到了楚国的新洲孔子河畔问津,又被长沮、桀溺嘲弄一番,怎不怀一腔"悲悯"呢?下联写只有知德者升堂入室,来到这里,才能彻底洞察这"片席渊源"。片席,一张座席,言其狭小,虽然是一方狭小的座席,在这座席上认真听老师讲课传经,就会知道其中因果渊源。

清代张绍江题朱子祠联:

> 鹿洞衍心传,集注千秋明大道;
> 鸿泥留爪迹,画图一幅志亲题。

作者是清代黄冈人,曾就读于问津书院,后在问津书院讲学。朱子,即南宋著名哲学家、教育家朱熹,后人称"朱文公"。鹿洞,即白鹿洞书院,中国四大书院之一,朱熹曾在这里讲学。集注,指朱熹《四书章句集注》和《四书集注》,对后代影响很大。大道,正道,常理,指最高的治世原则,包括伦理纲常等。鸿泥,即鸿爪雪泥,鸿鸟在雪泥上留下的爪印,比喻往事留下的痕迹。画图,指朱熹晚年曾到问津书院讲学,并于南宋庆元六年(1200)二月八日题诗赠像给问津书院。诗曰:"苍颜已是十年前,把镜回看一怅然。履薄临深谅无几,且将余日付残编。"

此联记述朱熹著作阐明了千秋治世的原则,并将在白鹿洞书院教授的经验,推衍到问津书院。为了让人们记住他曾来到问津书院讲学的往事,留下痕迹,特地将他亲自题诗的图像赠送给问津书院作为纪念。可见他对问津书院感情之深,对问津书院寄予厚望。因此,后人在问津书院大成殿的一侧修建朱子祠,塑朱子像供奉。

(武汉余文祥供稿)

教成君子六千人
——两湖书院古联赏析

两湖书院在湖北武昌。清光绪十六年(1890)四月,张之洞于武昌营坊口都司湖畔创建两湖书院。并将火星堂原经心书院并入,规模宏敞。书院前后有两大湖,"风廊月榭,荷红藻荇,雅擅一城之胜",经费主要出自湘、鄂两省茶商捐资,加之生徒以调取湖南、湖北"两湖"高才生为主,故名两湖书院。1903年,两湖书院改为两湖大学堂,不久又称为两湖总师范学堂。先后任教者皆为名家。在中学为体、西学为用思想的影响下,设置的课程为经学、史学、地理、数学、博物、化学及兵操等科,唐才常、黄兴等人皆成就于此。

有佚名者题两湖书院大门联:

> 荆衡秀气;
> 邹鲁遗风。

《书·禹贡》"荆衡阳惟荆州",孔传:"北据荆山,南及衡山之阳。"联指湖南、湖北两省,因生徒多从两省选拔而来,故以"秀气"赞这些被选中的优秀子弟。邹鲁,邹国、鲁国的并称。邹是孟子的故乡,鲁是孔子的故乡。后因以"邹鲁"指文化昌盛之地,礼仪之邦,亦借指孔孟。遗风,谓前代遗留下来的风尚。联指书院乃传承孔孟学说的理想之地。

清代张之洞题两湖书院正学堂联:

> 志在春秋,行在孝经,此为鹄臣鹄子;
> 虽有文事,必有武备,法我先圣先师。

志在春秋,行在孝经,唐玄宗御注《孝经》序中"子曰:'吾志在《春秋》,行在《孝经》。'是知孝者德之本欤。"鹄臣鹄子,《太平御览·射上》:"为人父者以为父鹄,为人子者以为子鹄,为人君者以为君鹄,为人臣者以为臣鹄。"虽有文事,必有武备,《孔子家语·相鲁》:"齐侯会于夹谷,孔子摄相事,曰:

'臣闻有文事者必有武备,有武事者必有文备。古者诸侯并出疆,必具官以从,请具左右司马。'定公从之。"先圣先师,指孔子,《礼记·文王世子》:"凡始立学者,必释奠于先圣先师。"

此联典出自孔子,有千载中华人文思想的积淀,品读之下,回味无穷。

清代张之洞题院舍联:

唯楚庆多才,夹袋宏搜,安得万间开广厦;
取人不求备,锁闱清课,何妨六艺重专门。

《左传·襄公二十六年》:"虽楚有材,晋实用之。"多才,盛赞书院所录学子皆优。夹袋,即"夹袋中人物",见于《宋史·施师点传》。上联用此典,称书院旨在"宏搜"人才,并用杜甫"安得广厦千万间,大庇天下寒士俱欢颜"诗意,使天下寒士得到进修与深造的机会。求备,即求全责备。作者对此持相反态度,直言"取人不求备"。闱,指科举时的试院。课,考核的课目。"锁闱清课"即对学生进行测验与考评。六艺,古代学校的教育内容,即礼、乐、射、御、书、数。张之洞在主张"取人不求备"的同时,还提倡"何妨六艺重专门",也就是说,学生可以主攻一门,兼及其他,做到学有专长,既可求精也可求多。这在当时封建教育制度成为许多学子的桎梏情况下,是颇有见地、难能可贵的。放到当今社会,何尝不是如此。

清代梁鼎芬题两湖书院主讲寓宅联:

往事忆觚棱,身别修门二十载;
新阳尽桃李,教成君子六千人。

觚棱,宫阙上转角处的瓦脊成方角棱瓣之形,亦借指宫阙,这里借指京城。修门,《楚辞·招魂》:"魂兮归来!入修门些。"王逸注:"修门,郢城门也。"后泛指京都城门。君子六千人,《国语·吴语》:"(越王)以其私卒君子六千人为中军。"这里指学子众多。梁鼎芬曾主讲于两湖书院,为各领域培养了大量人才,可见他对于自己教学的成就还是颇为满意的。

佚名题两湖书院正学堂联:

正气长存,流形一院;

学业精进,驰誉两湖。

此联题书院内"正学堂"。正学,谓合乎正道的学说。西汉武帝时,排斥百家,独尊儒术,始以儒学为正学。联用鹤顶格嵌堂名"正学"。正气,刚正的气节,也指正派的作风和良好的风气。流形,万物运动变化的形体。文天祥《正气歌》:"天地有正气,杂然赋流形。"上联颂赞书院有着"人心正而品行端"的优良学风。精进,精心一志,努力上进。驰誉,犹驰名,指声名远扬。下联称赞书院众生好学深思,志行不苟,多闻博览,才识出群,使书院远近闻名,享有盛誉。

佚名题楚学祠联:

唯楚有材,数千年英雄辈出;
斯祠殿院,七十县先儒昭兹。

两湖书院讲堂前有两书库分贮书籍,中有楚学祠以祀湖南、湖北两省先贤,此外环置斋舍 200 间,以供学生住院肄业。唯楚有材,出处源于《左传·襄公二十六年》:"虽楚有材,晋实用之。"后有袁名曜题岳麓书院联:"惟楚有才;于斯为盛。"说明湖南、湖北自古就人才济济,而两湖书院的建立,顿使两湖人才又有了上升趋势。七十县,泛指当时隶属楚地的湖南、湖北所辖县。昭兹,光明显耀,引领。出自《诗经·下武》:"昭兹来许,绳其祖武。於万斯年,受天之祜。"

(宜昌郭群供稿)

第五节　喜庆联类

喜庆联属于中国传统文化的经典,可分为春联、节日喜庆联、婚嫁喜庆联、寿辰喜庆联等类别,集趣味性、知识性与文化性于一体。

一、春联

天留老眼看时序;

我守童心接世情。(明·孟正己)

屋角远山添翠色；
枝头鸣鸟说芳时。(明·顾阙)

暮鼓晨钟,惊醒迷途归佛地；
祇园鹫岭,扫除尘垢过新年。(明·金声)

借屋贴春联,替他人爱脸；
煮茗酬餐饮,代天下祈年。(清·陈修云)

半壁河山怜锦绣；
一家机杼织文章。(萧楚称)

五亩桑麻舍前后；
两行杨柳路东西。(申凤林)

两岸垂杨初著绿；
一炉活火正飞红。(苏静斋)

椿萱棠棣芝兰,满堂春色；
礼乐诗书孝悌,奕世家风。(安济川)

与物贵无争,深信吃亏多是福；
怀才休太露,须知有麝自生香。(高公堂)

二、婚联

庚书联

  捉海内青龙,挤水磨墨填八字;
  擒月中白兔,剪毛扎笔写红庚。(清·谭继一)

新婚联

  狮吼莫贻闺外笑;
  鸡鸣犹听枕边声。(郭郁轩)

  世德兆祯祥,永谐凤律夸双美;
  珍言怀士女,相谨鸡鸣到百年。(朱在仁)

  窗下月眉弯,杏眼喜逢京兆画;
  帘前云鬓耸,梅花巧点寿阳妆。(刘德英)

  猿背溯家风,总角喜攀蟾窟桂;
  雀屏传韵事,齐眉共挽鹿门车。(刘廷兰)

  好梦易团圆,却笑缘从今夕定;
  有情成眷属,何曾福要几生修。(童小吴)

  斑管画蛾眉,黛草如烟,依然柳叶三春景;
  彩舸飞凤阁,红梅带醉,尤是桃夭二月天。(彭芝炳)

订婚联

　　一言订终身,全凭月老;
　　两姓成至戚,同产天星。(魏仰之)

贺朱汉波新婚

　　汉上蓝田堪种玉;
　　波间红叶好题诗。(朱黻华)

贺陈肖岳完婚

　　人之大伦,男子壮而有室;
　　国方多难,丈夫志在枕戈。(瞿瀛)

三、寿联

六十自寿

　　夙有才名,那提防一事无成,空受用半方山水;
　　今当寿宇,愿馨祝长生不老,好商量千古文章。(清·王銮)

贺岳父寿

　　随月读书,凌云作赋;
　　倾昆取玉,倒海探珠。(清·傅炳坤)

贺孔杏林六十寿

杏苑储才，宗传圣道；
林泉养望，会集耆英。（清·龚而安）

贺潘德望六十寿

德高越府，桂兰得气一庭秀；
望重河阳，桃李成荫四海春。（清·潘世恩）

贺朱柳阶六十寿

去官偕隐，瞻宇同归，两度花开，百二年长寿不老；
堂桂贻谋，阶兰养志，一堂觞祝，三千岁介福无疆。（王子畴）

贺唐馨陔六十寿

东国赋归来，林泉啸傲，欣逢二月樱花，六旬鹤算；
西楼劳望远，步履艰难，寄语洲边鹦鹉，山下凤凰。（陈松山）

题友人母七十寿

懿范著华龄，美七秩康强，翟茀正联彤管粲；
寿祺逢肇岁，看万花齐放，羽觞应共彩云飞。（清·纪朗如）

贺彭天眈八十大寿

李白是前身，饮酒赋诗，不输三万六千日；

老彭真再世,数筹纪寿,犹存七百二十年。(清·李士彬)

贺潘笑清母九十寿

鹤发白增年九十；
蟠桃红满岁三千。(邹亚东)

贺王双溪义父九旬寿辰

不数今天下,自古谁能全五福,但必于至善；
试看兹域中,唯公可以庆三多,真谓之考祥。(明·熊廷弼)

贺百岁老人寿诞

民国九年三月暮；
老人百岁六朝春。(胡洁斋)

第六节　哀挽联类

一、概况

以下所选挽联多与中国晚清近代以来的变法、革命和抗日等历史背景相连,这类挽联多注重表达悲痛情感、继承遗志的精神和与日寇不共戴天的义愤。写法上往往直抒胸臆,以传情达意为主。

1. 挽群体

挽百日维新死难六君子

烈士横刀笑甚？笑甘落后挨人揍；

英雄流血为何？为不图强必自亡。（清·陈卓夫）

挽武昌首义后湖南援鄂阵亡将士

日暮乡关何处是；
古来征战几人回。（殷谷湘）

生为国士能酣战；
死到沙场是善终。（黄佑汉）

血流江水波澜黯；
名与衡山峰岫高。（谢琦）

听江汉水声，痛乎八千子弟；
读船山噩梦，慨然十二衡峰。（周丕钟）

征妇堕啼痕，染出潇湘无数恨；
男儿喷热血，催开世界自由花。（何山）

黄种当兴，好收拾城郭、人民、山河、宫阙；
丹心不死，要什么身家、性命、富贵、功名。（朱庭利）

君皆如千古奇男，甘从百战捐躯，争复汉宫垂伟绩；
我亦具一腔热血，愿共三军效命，誓歼胡虏慰忠魂。

（罗大章）

中华民国亏诸君颈血换来，柴市纵含冤，屈愤已于今日白；

数载忠骸共一舸湘波归去，万家齐洒泪，英名长并麓山青。

（郑阳钧）

越八百里洞庭来援，别父母，抛妻儿，直向弹雨枪林，不惜头颅甘一死；

历数十日阳夏血战，扫妖氛，兴汉族，达到共和目的，于斯伟业足千秋。（卢宗植）

忆昔招魂赋，最伤心莫若忠臣，今恢复大汉河山，尤怅念衡岳旌旗，湘楚豪杰；

读古战场文，能报国方为雄鬼，试来听钧天箫管，莫误作城头鼓角，塞上琵琶。（田镇蕃）

积三百年义愤，气吞云梦，波撼岳阳，慷慨誓同胞，方期痛饮黄龙，一鼓下幽燕鞑虏；

诧四千载黄灵，异族未锄，干戈竟陨，从容归马革，最是怆神丹旐，大家吊桑梓英雄。（杨镇国）

挽北伐阵亡将士

半壁河山久沦荆棘，幸亏百战雄狮，得还城上凤凰、洲边鹦鹉；

中原父老再望旌旗，借问重来大将，仍是当年去病、前度刘郎。（孔庚）

挽"新升隆"轮船遇难同胞

取义成仁，信史千秋完大节；

乘风破浪,江天一色吊忠魂。(孔祥熙)

江上焚舟,空负乘长风破巨浪之志;
后方殉国,同于执干戈卫社稷而亡。(周恩来、叶剑英)

云黯楚江秋,恨倭寇凶残,一弹舟焚,葬送英雄逾廿五;
魂招巴水月,伸国人义愤,瓣香神往,记取仇雠有万军。

(八路军驻渝办事处)

挽英山驻军抗日烈士

长使忠魂昭大别;
不教胡马度英山。(佚名)

挽阳新"二·二七"九烈士

搔首问天,同志之中岂独我;
甘心赴火,诸君以外更无人。(程经斋)

挽桂系抗日阵亡将士

祀六千烈士,于天柱之旁,追思血染沙场,花草凝香千古碧;
忆七八年间,自漓江而出,此日神归华表,桂林生色万株丹。

(查振轩)

挽武汉大会战阵亡空军烈士

海外播英名,御气排云,争显龙城飞将勇;

天空奋神武,粉身报国,何须马革裹尸还。(陈诚)

挽江南烈士

在国难中惹起内讧,江河不洗古今憾;
于身危处犹明大义,天地能知忠义心。(董必武)

2. 挽个人
挽周姓学生

大雅近云亡,客过青山谁作主;
孺子原可教,我非黄石忝为师。(宋·黄庭坚)

于木末亭缅怀忠烈名臣方孝孺

木末起悲风,魂魄犹疑来十族;
坟头余宿草,功名应不羡三杨。(明·汪应蛟)

挽刘伯温

隐居求素志,论春秋攸关,直与子房同际遇;
赞主建殊勋,看出处大意,远追元晦溯渊源。(明·张居正)

挽皮春亭

茅屋依然,二十年前旧游处;
故人知否,三千里外我归来。(清·李士彬)

挽梅春女士

梅占百花魁,万紫千红同俯首;
春归三月墓,人间天上总销魂。(清·王凤池)

挽陈芝楣

仪表称科名,帝许云程难限量;
文章兼政事,我惭风义托渊源。(清·梁章钜)

挽湖北殷祥斋员外郎

分金十五年前,公真大义克无负;
悬榻三千里外,客有何人期不来。(清·柯逢时)

挽徐建寅

中华化学更有几人,从此广陵成绝调;
今日军资为第一事,痛哉欧冶堕洪炉。(清·张之洞)

挽叶名琛

公论在人间,只缘十载深恩,难禁涕泪;
灵魂归海外,想见一场遗愤,化作波涛。(清·陈澧)

挽湖北巡抚胡林翼母

夫作大儒宗,裙布荆钗,曾分黄卷青灯苦;

子为名节度,经文纬武,都自和丸画荻来。(清·曾国藩)

挽李烈钧母

此母乃女中人杰,机声下堂,书声上堂,教子心和熊胆苦;

哲嗣号飞来将军,公衣出塞,麻衣入塞,思亲泪落马蹄寒。

(清·佚名)

挽葛奎璧

桂以香自伐,膏以明自销,廿七年结愿成空,知否此身真梦幻;

生于我乎馆,死于我乎殡,四十日论交何促,感深前世旧因缘。(清·郭沛霖)

挽彭玉麟

五年前瘴海同袍,艰危竟莫重溟浪;
二千里长江如镜,扫荡难忘百战人。(清·张之洞)

挽胡调阳

冢嗣具经文纬武才,江汉论勋,伟略待抒偏豹隐;
是翁抱明夷待访志,山林栖影,少微候黯痛星沉。(石瑛)

挽徐方

外患方殷,顿失长才寄边围;

临危不苟,常留正气塞沧溟。(李宗仁)

治军有勇,我武维扬,韬略宏敷成大业;
报国以忠,临危不苟,谋猷未竟惜长才。(孙科)

二陵风雨起仓皇,视死如归,身后荣名山岳重;
万里云天增黯淡,浮生若梦,眼前位业羽毛轻。(程潜)

挽孙中山

江汉启元戎,仗公同定共和局;
乾坤试回顾,旷世谁为建设才。(黎元洪)

洪已甲子殁,公于乙丑殂,六秩年间成败异;
生袭中山名,死傍孝陵墓,一匡天下古今同。(黄侃)

挽吴禄贞

以时势论英雄,即今还我河山,鼓声不死;
为国民谋幸福,做个后来榜样,剑气犹生。(黎元洪)

挽汤化龙

北斗星沉,空向天涯悲国士;
东坡文在,今从海外祀先生。(高锦官)

挽夏思痛

愤世誓不生，捉月投江，学士风流大夫节；
爱民心未死，招魂何处，汉阳云树洞庭波。（朱星若）

其乡有屈大夫遗风，愤举世而独清，泽畔怀沙，汨罗应共冤魂语；
此间为祢正平死处，叹斯人之憔悴，洲滨作赋，鹦鹉依然芳草萋。（吴佩孚）

挽宋教仁

君本武陵渔，怅洞口桃花，此去已无归棹日；
我来江汉客，问墓前鹦鹉，个中谁是借刀人。（黎元洪）

挽黄侃

辛勤独学鲜传薪，歼我良人，真为颜渊心一恸；
断送此生惟有酒，焉知非福，还从北叟探重玄。（章炳麟）

挽黎元洪

继大明太祖而兴，玉步未更，绥寇岂能干正统；
与五色国旗同在，鼎湖一去，谯周从此是元勋。（章炳麟）

挽田桐

盘盂录功，旗幢创寿，世共荣之，岂知高蹈海滨，举扇遮尘仍傲岸；

　　裂裳存宋，斩木亡秦，公真健者，终得全归牖下，操椎入阵亦雄豪。（黄侃）

挽董尧封

　　意态各疏狂，谈心五夜偏招我；
　　衰颜逢丧乱，掉臂重霄却羡君。（时功玖）

　　最堪伤感是同庚，见即笑语，别又怀思，每当晨夕往还，纵谈国事横星斗；
　　太息平生乏知己，壮则同游，晚安偃蹇，留得文章经济，付与儿曹作雨霖。（孔庚）

挽谭鑫培

　　岐王宅里，崔九堂前，错杂檀筝，内家激赏，我亦青山堕泪，谁叫红粉多情，霓羽傍宫墙，有声不在人间，绝世难逢广陵散；
　　凝碧池头，沉香亭畔，依稀莲烛，供奉传呼，数番玉帐飞来，几度金壶击缺，梁尘落杯酒，此曲应还天上，令人忆煞李龟年。
　　　　　　　　　　　　　　　（殷涵光）

挽湖北省议长覃寿堃之母叶夫人

　　教子尽知名，晚阅沧桑识兴废；
　　升天定成佛，早从祇树证菩提。（谭延闿）

挽严重

　　贻我一篇书,语重心长,自探立国千年奥;
　　奠君三爵酒,形疏礼薄,难写回肠九曲深。(董必武)

挽抗日于武汉殉职邬、郝二军长

　　百战相依,随处念将军鼓角;
　　重泉永隔,怆然对烈士祠堂。(何成溶)

　　慷慨竟忘私,孔曰成仁,孟曰取义;
　　光荣惟自决,下为河岳,上为日星。(湖北通志馆)

挽闻一多、李公朴

　　血溅金沙,允有大名光宇宙;
　　魂招歇浦,愧无巨笔志功勋。(宋庆龄)

挽王葆心

　　我来经院,君已知名,正学获师承,宜以淹通追广海;
　　时值晚清,士皆思奋,宏文辨夷狄,也应享礼媲船山。
　　　　　　　　　　　　　　　　　　　　(何应钦)

挽黄兴

　　正倚济时唐郭李;
　　竟嗟无命汉关张。(黎元洪)

挽北伐烈士叶俊

　　黄埔健儿，乌江雄鬼；
　　卅年春梦，万里秋风。（叶南陔）

挽何金门

　　君去竟何之，记几席周旋，永日寒暄同坐话；
　　我来犹未久，叹琴书寂寞，满堂风雨赋招魂。（徐艺兰）

挽李晓园

　　醇酒醉何多，记尘榻扫除，前月尚陪连夜话；
　　谪仙归太早，叹屋梁梦断，秋风长使故人悲。（程雪门）

挽陈定一

　　鹦鹉早埋冤，伤君江夏南归，害才竟又逢黄祖；
　　貔貅常奏凯，此日中原北定，家祭毋忘告陆游。（陈偶樵）

挽同乡同事吴晓云

　　记室得良才，讵知聚散萍踪，两月贤劳成泡影；
　　宦途留政绩，堪叹飘零鸿爪，一官归去剩清风。（汪春浩）

挽王方成

　　叔和脉诀最精，凭指头广积阴功，应享百年仁者寿；

摩诘病危不起,问身后有何留恋,惟怜两个幼儿孤。

(萧楚称)

挽辛亥革命烈士周实

与君为南社神交,斯真疾首痛心,欲了冤仇无侠剑;
从此话西风旧梦,我亦焦头烂额,频挥热泪哭诗魂。

(庞树柏)

挽詹大悲、李汉俊

订交黄鹤楼头,忆当年仕学相随,国士喜双逢,管乐有才原不忝;
追悼大雁塔后,叹今日是非已定,英雄难再得,关张无命又何如。(陈南生)

挽女婿王展如

祖哭王孙,母哭王子,我哭王郎,灵爽若有知,望白发定难瞑目;
壮岁汝妻,弱岁汝女,半岁汝嗣,家人全失靠,问苍天何太无情。(何学和)

挽曾美梓

骊歌高唱十年前,黄鹄矶头,忍挥别泪,单骑嗟远去,倾半生热血雄心,遗爱流传金字塔;
噩耗陡惊万里外,黑龙江上,惨滞孤魂,一椁悼归来,听几处

胡笳戍鼓,悲风送与玉门关。(张南溪)

挽朱兰荪

昔年先后莅山西,敢矜汗马功劳,沙虫教化,人道楚才晋用,光荣一页史千秋,只怜家国兴亡,老骥未甘伏枥;

今日踉跄归汉右,相约匡衡抗疏,刘向传经,谁知天上人间,隔断重泉程万里,堪叹人生梦幻,化龙不及攀髯。(孔庚)

挽友人余品璋

君本见机人,当北战南征,好逞此日逍遥,携羡门手,拍方平肩,听子晋吹箫,遑问他大局纷更,乐得蓬岛清闲,免怯风声鹤唳;

我不识时世,尚东奔西走,只望今年遭遇,下陈蕃榻,移管辂床,唱伯牙古调,那料到中期永诀,恨把瑶琴忽碎,绝谈流水高山。
(胡续康)

挽未婚夫张恒鼎

谁叫尔早岁成名,奇遭天妒,凤楼修而甫就,滕阁赋而即亡,回思克践旧盟,终成幻梦,忆昨宵问病床前,千种情,万种情,并无说出衷肠话。天!夫婿有何辜,竟若斯文字埋君,听空谷猿啼,雨打梨花同洒泪;

堪叹奴芳龄待聘,弱被娘怜,桃将咏乎宜家,梅尚思乎迨吉,转眼铸成大错,徒化灰尘,痛今日泣灵帏下,三杯酒,两杯酒,怎得邀来月夜魂。娘!女儿何薄命,似这等姻缘误我,睹画梁燕语,风飘柳絮并伤神。(陈凤仪)

挽何亚新

玉椟自东归,可怜少妇含悲,惆怅千秋草席;
鹤楼空北望,怎奈故人不见,凄凉五月梅花。(董必武)

挽张冲先生

大计赖支持,内联共外联苏,奔走不辞劳,七年辛勤如一日;
斯人独憔悴,始病寒继病疟,深沉竟莫起,数声哭泣已千秋。

(董必武)

挽妻

洒泪向青天,千万种悲绪无端,今日知从何处说;
指心誓明月,廿七秋恩情未断,他生倘有再来缘。

(清·张裕钊)

挽母

枕上暗流思母泪;
灯前恍听课儿书。(詹福田)

挽父

恸严君跨鹤长辞,那堪片刻难留,竟使百年同过客;
忆慈母乘鸾早逝,倘在九天相遇,也应一路作游仙。

(马充宇)

挽岳父

噩耗故乡传,从此尘封高士榻;
归途余悸在,伤心天陨丈人峰。（汤化龙）

挽亲家

翁乃硕果晨星,剧怜卧病经年,拜别床前如昨日;
我亦苍颜白发,叹息浮生若梦,追陪地下不多年。（张丹络）

挽友

天地几才人,善诗赋,善文章,造物如何留不住;
古今多恨事,若功名,若富贵,他生似此莫轻来。

（清·操严承）

挽妹

说来往事犹在余心,书案试灯花,笑语阿兄当及第;
赢得深愁却凭谁诉,妆台望杨柳,悔教夫婿觅封侯。

（清·蔡举人）

挽婿

文能吐凤,武足扬鹰,群夸吾婿多才,指日大名书北阙;
昔望乘龙,今偏跨鹤,总是我儿薄命,克星半路犯东床。

（清·高清源）

挽师

  溘然逝矣,公是凡中杰,高人胸,才子骨,菩萨心肠,叹一梦醒来,只剩得青山绿水;
  呜呼哀哉,我本门下生,日月目,霹雳舌,风云笔墨,吊廿年知己,哭残那白雪红梅。(清·周锡恩)

挽堂嫂

  黄泉与汝妹相逢,只道我顽躯粗健;
  地下若大兄垂问,休提弟晚景萧条。(张剑南)

挽未婚妻

  尔何人,我何人,只因六礼为凭,惹起这番烦恼;
  生不见,殁不见,倘若三生有幸,结成再世姻缘。(佚名)

挽徐某老翁

  福寿一生全,看满砌幽兰,蓬勃峥嵘,绕膝争承余岁乐;
  音容何处是,数几行归燕,横斜飞舞,凭空写出漫天愁。

(邓列五)

挽世伯李公

  与哲嗣闻鸡起舞,共切观摩,忽惊噩耗东来,怅望云山三百里;
  羡我公倚马高才,独标锦绣,胡弃尘嚣西去,空留道德五千

言。（张永融）

3. 自挽

三十年皇路驰驱，自问与众生何补；

七九载凡尘扰攘，回思这本性犹存。（清·帅承瀛）

既死莫伤心，好料理身后事宜，莫弄得七颠八倒；
再来还是我，且撇下生前眷属，重去寻三党六亲。

（清·朱国祯）

生爱苦吟，赢得醉墨几行，尚有故人留齿颊；
死无遗憾，惟有中原待定，未观嗣哲洗腥膻。（潘伯汾）

年近七旬，前半亨，后半屯，何地可埋愁，贫只砚田，贱亦甘心疏媚术；
国危万状，士夫辱，匹夫责，有天难共戴，生无兵柄，死为厉鬼杀仇人。（高锦官）

4. 代挽

代挽叶良科

浊世不堪言，公竟辞尘登彼岸；
善人难得见，我徒洒泪湿乡云。（叶伯乔）

代人挽岳父

遇事极纷心，千万条琐碎伤神，食少遂成诸葛痛；

临危悭一面,四十里前来问疾,到门惊说泰山颓。(清·王子畴)

二、赏析

联凝众志斩倭魔
——黄梅抗战楹联赏析

1938年7月28日,日军地面部队攻占黄梅县的小池口,此后,全县人民在抗日统一战线的旗帜下,团结一致,进行了顽强的浴血抗战。在抗战期间,除涌现出无数可歌可泣的抗战英烈外,还流传着不少与抗战有关的楹联。这些抗日的楹联,宛如号角,激励人们抗日救亡的斗志;俨若大刀,砍向日伪的头颅,其作用可用"联凝众志斩倭魔"来评价。这些抗日楹联激励人们为亚洲与世界的和平,为圆中华民族复兴之梦而奋勇拼搏!

抗战期间,黄梅县成立了"抗日联盟会",旨在团结各界人士抗日救亡。成立大会两边的楹柱上,贴有洪兴予所题贺联:

大勇非壮志莫当,美诸公慷慨捐躯,报效国家垂伟业;
杀敌乃吾侪之责,愿此日疆场拼命,铲除倭寇慰英灵。

上联是说:你们这些怀壮志有大勇者,今天都集聚在"抗日联盟会"的旗帜下,将向倭寇冲杀,就是慷慨捐躯也在所不惜,只要能报国就可以了;我对你们这些勇于为国献身者非常羡慕。下联是说:驱逐日本侵略者,是我们中国公民的共同责任,我愿与你们一道立即奔赴战场,拼命杀敌,以铲除倭寇,用胜利去安慰为抗日捐躯者的英灵。

这副贺联的联文朴实无华,既反映了"联盟会"以抗日捐躯的志士为榜样,奋起杀敌的豪气,又抒发了人民"铲除倭寇慰英灵"的壮志,同时,也抒发了联作者为了抗日救亡愿赴疆场拼搏的愿望。

1938年10月10日"双十节"这天,"黄梅县少年抗日先锋队"成立,洪兴予又代表县第二高等小学教师书写了一副奋志的贺联:

少年乃奋发有为之时，当兹国难数旬，正好执锐披坚，团结精诚齐杀敌；
先锋是吾辈职责所在，对此节逢双十，需要抚今思昔，毋忘江汉起元戎。

其横额是：保家卫国。

上联的"执锐披坚"，是指身穿铠甲，手执干戈，也就是人们所说的全副武装。下联的"元戎"，本指开国的元勋，此处指参加辛亥革命，在武昌打响第一枪，为中华民国的成立立下汗马功劳的英雄们。全联的意思是说：我们正处在少年时期，正是奋发有为的时候，值此国难当头，我们应拿起武器，精诚团结，一齐抗日杀敌；做先锋是我们少年的责任所在，今天恰是辛亥革命推翻帝制、建立民国的双十节，我们应抚今思昔，不仅不能忘记而且应该以武昌起义的革命元勋为榜样，奋起抵御外侮，誓死保卫祖国。

此联以第一人称写出，嵌入"少年先锋"四字而无雕琢之痕，又突出了"抗日"的主旨，再配上"保家卫国"的横额，使主旨更加鲜明。在此精神感召下，当时就有不少青少年积极投身抗日。

抗日期间，在黄梅民众中，有不少人写下了讽刺日伪汉奸的楹联，以泄民愤。

日寇盘踞蔡山时，胡某某与但某某，一个任伪乡长，一个任伪税务主任。他们俩人口喊抗日，在行动上却为日军通风报信，还乘职务之便，搜刮百姓财物，欺男霸女，无恶不作。当地有一位绰号为梅大脚的塾师，为胡、但两人撰写了一副嵌入姓氏的讽刺联：

一对妖狐，每日贪花问柳，假名抗日；
两个坏蛋，终朝吐雾吞云，高唱和平。

一看就知道，这是一副谐音联，上联谐"狐"为"胡"，下联谐"蛋"为"但"，而且又分别在其前面加上"妖"与"坏"，讽刺力极强。此联一出，人皆跷大拇指。

国民党鄂东挺进军第17纵队司令程汝怀、副司令王啸峰二人，忠实执行蒋介石"攘外必先安内"的错误政策,消极抗日,积极反共,遭到了人民的唾弃。使人更痛恨的是,在武汉保卫战失败,全鄂东成为沦陷区后,他二人不事抗战,却退至山林,做起了"绿林"之事。对此,於甘侯以程汝怀老师的身份给二人寄去一副对联:

　　王师岂无能,啸聚山林,风声鹤唳,敌寇未来先丧胆;
　　程度果合格,汝图富贵,淮安日夕,人民生死不关心。

这副对联上联讽刺王啸峰,下联讽刺程汝怀,人们看到这副对联,无不拍手称快。

此为谐音嵌名联,上联以"风"谐"峰",不露痕迹地嵌入"王啸峰"三字;下联以"淮"谐"怀",同样不露痕迹地嵌入了"程汝怀"三字。并以"敌寇未来先丧胆"和"人民生死不关心"两句对比作结,击中要害,耐人寻味。

抗日战争时期黄梅的春联,也多反映抗战内容,许多爱国人士借写春联以抒发自己救亡图存的情怀。

　　听炮竹齐鸣,唤醒东亚雄狮,怒吼几声,震平岛国;
　　痛蛮夷入寇,愿率黄梅民众,抗战一致,兴复中华。

这是1940年黄梅县国民政府写的春联。上联中的"岛国",指日本,下联中"入寇"之"寇"作"侵""掠"讲。全联表达了爱国官员痛恨倭奴,率众"震平岛国""兴复中华"的斗志和决心。

为悼念为抗日捐躯的志士仁人,当时自黄梅县政府至一般民众,写了不少挽联来寄托哀思,抒发情怀。为哀悼为抗日捐躯的烈士,时任黄梅县政府秘书的洪涉冰,写了一副联以挽抗日阵亡将士:

　　拼一死以国家民族为前提,才称得孔曰成仁,孟曰取义;
　　能百世陈俎豆馨香而尸祝,方可比下之河岳,上之日星。

类似这样的挽联还有不少。某抗日战士得知同自己在黄梅一起抗战的战友病故,即从战地返回黄梅,写联挽之:

　　大丈夫视死如归,对此时局艰难,铁马铜驼悲故国;

>　　苦心人老天独负，纵使英雄气短，高山流水哭知音。

这副挽联，字里行间，流露着对战友"出师未捷身先死"的哀情。

　　这些挽联，有对日寇的愤慨，有颂抗战烈士的豪迈，有赞血肉筑长城的壮举，有寄托对烈士的哀思，有述与敌血战到底、以凯旋慰英灵的誓言，读罢令人热血沸腾！

　　还有一副徐安石的自挽联也值得一读：

>　　生为中国人，死为中国鬼，正正堂堂，斯亦足矣；
>　　仰不愧于天，俯不愧于地，磊磊落落，吾期归欤。

徐安石，生于1881年，殁于1941年，黄梅小池杨塘石家花屋人，毕业于日本东京政法大学，回国后任教于江西省立第四中学。1938年小池沦陷，他隐居乡村，著书自遣。当时，小池日伪政府多次对他威胁利诱，令其效力，他坚决拒之。为避日伪的纠缠，他毅然丢弃田园，只身到山乡任教。为此，日伪人员抄毁他的家园，逮捕他的妻子儿女，并百般凌辱之。徐安石非常愤怒，气极攻心而殁。临死前一天，他写此联自挽。

　　1945年8月15日，日本天皇在投降书上签字，宣布无条件投降。当时，黄梅人民同全国人民一样，以各种方式庆祝这一胜利，其中，以演戏来祝捷最为盛行，于是，"戏联祝捷"就成了当时一道靓丽的风景线。同年重阳，某村请戏班唱采茶剧"穆桂英挂帅"，以庆抗战胜利。一塾师为戏台撰写了一联：

>　　先驱鞑虏，后扫倭奴，两度树奇勋，自唐宋元明，逊此丰功伟绩；
>　　到底强权，难胜公理，八年拼热血，合苏英法美，维持共乐同欢。

这副配以"千古丰碑"横额的联语，更加明确地点明了抗日战争的胜利，是近代史上中国战胜外来侵略的第一次全面胜利，这一历史功勋，的确是"千古丰碑"，应演戏以庆之，以"共乐同欢"。

（黄梅邓玉虎供稿）

子期不在对谁弹
——蔡甸古联赏析

蔡甸区原名汉阳县,是武汉市市辖区,位于武汉市西郊,地处汉江与长江汇流的三角地带。蔡甸是知音故里,流传几千年的钟子期遇伯牙的故事源于此地。其历史文化悠久灿烂,是文化兴盛之区。楹联在这一片文化热土上也枝繁叶茂,历来名作层出不穷。今撷取嘉叶数片,以作管中之窥。

姚昌藻自挽联:

> 遭时奸伪道难行,懒活三万六千日子去;
> 生性清廉死不改,拒送九斤四两纸钱来。

上联写自己为什么死。乃因看不惯奸伪当道,自己懒得活满百年了;下联交代自己的身后事。蔡甸老风俗,老者新亡,儿女先要烧九斤四两纸钱,以其灰作枕,枕于亡者头下,名曰"烧落气钱"。此联表达了作者不愿与世俗同流合污,一身清廉的高洁情志,读来令人动容,是一副很见个性的自挽联。

姚昌藻,字政衡,汉阳县(今蔡甸区)侏儒山街五公乡薛山村人。清末秀才。曾任湖南湘阴县推事、湖北汉阳县教育局长。因厌恶当时官场恶习,毅然辞职回乡,设馆教书,并积极投入村民公益事业,深受乡人敬重。1941年底,日寇进犯侏儒山,疯狂强抓民夫抬伤兵,他坚决不从,三次将担架掀掷于地,惨遭日寇杀害。乡人念他一生正直,赠挽联曰:

> 曾处泥中,不被泥污,君甘愿解绶归田里;
> 不为虎伥,竟膏虎吻,我直欲昂首问苍天。

上联赞姚昌藻先生节操高洁,弃官归田;下联赞他不做倭奴,宁死不屈。此联亦名播当时,知者皆誉为精当,只可惜撰联人的名字已经失考。将此与姚昌藻先生的自挽联对照阅读,更觉相得益彰,令人肃然起敬。

常福禅林旧址位于蔡甸常福新城的老街西侧。该禅林初建于何年已不可考,现从各种文献中收集的几副楹联来看,说明在民国初年,还曾对它有过一次集资修缮。

如余家旎题常福禅林联：

龙村赖鸠工，惨淡经营，众志成城新庙貌；
供佛真象教，光明磊落，寸心如镜拂尘埃。

这应当是常福禅林翻修落成时的贺联。"新庙貌"之"新"字，乃形容词作动词用，就是使庙貌焕然一新。可见常福禅林在此之前就已存在，本次"鸠工"，乃是翻修也。

余家旎，字季雅，号寄涯，汉阳县黄陵矶人，汉阳府师范学堂毕业后，返乡创办新式小学堂，曾任汉阳县文献委员会副主任。擅诗联，老汉阳风物名胜多见题咏，现存的常福禅林楹联，余家旎就有5副之多，再看他的一副题联：

信教得自由，学儒乎，求释乎，修道乎，各发善心，以其所好；
至诚无不动，祈福者，消灾者，免罪者，尽行好事，感而遂通。

上联阐释了"信教"的宗旨，儒释道三教殊途同归，尽在一个"善心"上。儒家主张"人人为圣人"，道家认为"满街皆圣人"，释家提出"人人能成佛"。圣、佛皆关"心性"，三教之旨同，则正可自由通融，"三教合一"。下联进一步指出，信众欲有所求，则须奉以"至诚"之心，"尽行好事"，所求自得。排除迷信因素，这种劝人行善的思想主张，正是中华民族精神命脉的重要组成部分。

再来看魏坤甫题常福禅林联：

本是常人，劳心劳力，人存政举；
居此福地，为国为民，地平天成。

"本是常人"，"居此福地"将"常福"二字嵌得自然可喜。上联之"人存政举"，语出《礼记·中庸》："其人存，则其政举；其人亡，则其政息。"此处意为人活着就要为人民干实事。下联之"地平天成"，语出《尚书·大禹谟》："地平天成，六府三事，允治。万世永赖，时乃工。"本是赞大禹治水成功而使天之生物得以有成，此处比喻将国事安排妥帖。此联满满的正能量，既是自勉，也是勉人，劝勉大家要做好本职工作，胸中要有治国平天下的大志。

"知音传说"于2014年被列入文化部第四批国家级非物质文化遗产代表性项目名录。事实上,知音文化不仅是武汉的城市文化,也是中华民族的基因文化之一。作为知音文化之源的武汉市蔡甸区,不仅是知音故事的发生地,至今仍保留着琴断口、集贤村、知音亭、钟子期墓等历史遗存,流传着大量的民间知音故事,而且还留存着历朝历代文人墨客的知音诗词曲赋楹联作品,这些文化积淀,不断丰富着知音文化的内涵。其中,仅楹联而言,佳作不少。

如明代戴金题古知音亭联:

> 亭载知音佳话;
> 典羞势利小人。

这是题在古知音亭上的楹联,其亭在蔡甸区马鞍山南麓钟子期墓一侧。上联正面点题,有种此家独用、不可移植的专利感;下联反面对照,一棒子打倒一片,言简意赅,势大力沉。我们传扬"知音佳话"的目的,不就是要教育"势利小人"吗?上下联语不来虚的,皆为实打实的大白话,尤其是下联毫不含糊,也正因为这样,更彰显了知音文化所包含的正能量。

蔡甸知音源正愈来愈引起文化界的重视,相信与之相匹配的楹联佳作会不断涌现,我们不妨拭目以待。

(武汉姚泉名供稿)

第七节　题赠联类

题赠联是楹联的一种常见形式,大多指题赠给自己或他人的楹联。通常用作人际关系交往(或向往)的题赠之作,其内容一般带有颂赞、祝愿、劝勉性质。大致分为自题、赠人、题咏和感怀等类。

一、自题

> 五年为吏腰千折;

万里归乡鹤一双。（明·李开美）

学到明心，方称见道；
人非有品，不可安贫。（明·张添祐）

仅存清风两袖；
尚有墨水三升。（清·冉嗣昌）

容我读书便是福；
见人多事始知闲。（清·吕庭栩）

对酒不知秋色老；
看书时并古人愁。（清·孟方潴）

人莫欺心，自有生成造化；
事皆由命，何须巧用机关。（清·朱锦村）

功名不可期，三千里北上南旋，裘敝堪怜苏季子；
亲友如相问，数百金东挪西借，卷焚欲拜孟尝君。
（清·王凤池）

刚日十三经，柔日廿一史，居馆职深愧不文，须饫古书资学识；
昼服清心饮，夜服独睡丸，期晚岁犹堪任事，要从今夕惜精神。（清·郭沛霖）

照出须眉真面目；
生成骨格见精神。（王埶闻）

常效高贤悬玉鉴；
欲彰美德迪新人。（田高美）

无穷生意窗前草；
不了功夫案上书。（洪宽）

文字出门须检点；
是非入耳要权衡。（郭唐卿）

二、赠人

十年灯火因依久；
万里风云际会奇。（清·张楷）

棠贻召伯千秋泽；
花满河阳一县春。（清·唐卓元）

三百篇鸠咏当先，听夫子论诗，有我同趋马帐；
九万里鹏程发轫，得嫦娥佐读，让君早步蟾宫。（胡续康）

举目感山河，望大家努力匡时，莫向新亭徒洒泪；
关心怀故国，记当日悲秋作赋，曾从楚地一登楼。（王尧卿）

赠陈机

麒麟阁上精神爽；
虎豹关前胆气豪。（唐·李恒）

赠御史张尚德

　　心境澄波，映彻明湖秋月；
　　才锋凌斗，高凝碧汉晴霞。（明·黄金）

赠叶南陔赴日留学

　　行到万难须放胆；
　　事当两可莫粗心。（清·郑思麟）

吉大仁兄雅正

　　书似青山常乱迭；
　　灯如红豆最相思。（清·张巽）

赠陈世凯

　　剑倚龙泉轻万马；
　　身先虎穴拔孤城。（清·施闰章）

赠李郁文

　　读书众壑归沧海；
　　下笔微云起泰山。（清·周从煊）

赠杨守敬

　　蟠胸武库杜元凯；

指掌舆图郦善长。(清·张裕钊)

赠游正文

高人守朴名何晚；
好句惊看赏恨迟。(清·裘叔度)

为石铭先生书

流风回石落花依草；
空谷传声古镜照神。(清·杨守敬)

赠钟祥毛会建

题诗北国同高志；
载酒东篱寄远情。(清·郑燮)

训子

养成大拙方为巧；
学到如愚才是贤。(清·陈诗)

世棣观察雅属

宽厚植基,谦和蓄众；
风雷惕志,冰鉴澄怀。(清·许维藩)

赠熊石兰

元气大文章,石室传经绵骏业;
六官全治理,兰台接武振鸿图。(清·汪宗藩)

赠王家鸿

戚弧与秋月同悬,数蟾兔盈亏,曾阅瀛寰多少事;
高咏以浣花为则,对鱼龙寂寞,再赓诗史百千张。(成惕轩)

赠学生

惟有源头通活水;
好从天上看奇峰。(余古泉)

赠学生段子中砚池

田无尺大三苏种;
水不寸深万里流。(胡续康)

赠抗日游击队队长金华英

华国美无双,马蹄踏破三山岛;
英雄推第一,燕额荣封万里侯。(吴醉夫)

三、题咏

斜倚梅同瘦;

深藏蝶未知。（清·陈沆）

辞家始恋团圆乐；
入世初尝冷暖情。（清·陈沆）

四、感怀

文华殿感赋

四海升平，翠幄雍容探六籍；
万机清暇，瑶编披揽惜三余。（明·张居正）

无双学问归老境；
第一功名属少年。（黄孟淊）

矮檐久住低头惯；
险路初逢动足难。（廖鲁泉）

钱因恋富常疏我；
春不嫌贫也到家。（瞿云骧）

我佛一生居地狱；
中原何日净胡尘。（张难先）

第七章 湖北联墨

联墨是楹联直接与大众见面的主要形式,尤其在其他传媒尚不发达的古代。一副好联,一经配上好的书法,外加制作精良的装裱或镌刻,就如同穿上了华丽的外装,不仅让人为其内容所吸引,还能被其书法艺术魅力所感染。无疑,联墨是楹联不可或缺的一部分。

然而,由于近代以来国力羸弱,许多联墨作品毁于外侵内乱,存世无多。为了尽可能全面反映湖北联墨的面貌,我们进行了广泛动员和收集,但受诸多因素的局限,仍多有遗珠之憾。

本章共分三节。第一节"大家风采",按联墨作者的出生先后排序,分清代以前、清代和民国三个时间段。这里的所谓"大家",主要从书法成就和撰联水平考虑。宋代米芾,清代张裕钊、杨守敬、刘心源以及民国黎元洪都是闻名全国乃至汉语圈的湖北籍书法大家和撰联高手,因此在排序上给了他们特殊地位。其他入选者,多是名震当时的官员,虽也属大家,但仍以联墨内容和书法质量为取舍标准。第二节"名胜瑰宝",主要收集湖北名胜景点的联墨。名胜景点是楹联最为集中的地方,且大多数景点的楹联是书法高手所书,漂亮书法与著名景点交相辉映,往往使人流连忘返。在这一节收集的联墨里,主要突出湖北国家级景点。为了弥补损毁严重的缺憾,某些著名景点的联墨稍稍放宽了选取标准,收集了部分今名笔书写的古名联,从而也可窥见一点现代名笔的联墨风貌。第三节"民藏菁萃",主要收集保存较好的民俗民事类的联墨,诸如祖堂联、中堂联、神堂联、书斋联、戏台联、题赠联以及各种贺联等等,可以说基本囊括了民间收藏的主要种类。因为木刻、石刻较易保存,所以这一节所收大多是木刻、石刻作品。

综观所选,虽不尽如人意,亦蔚为可观,基本反映了1949年以前湖北联墨的大致面貌,既为湖北楹联保存了史料,也为联墨双修提供了典范。

第一节 大家风采

一、清代以前

米 芾

米芾(1052—1108),字元章,号襄阳漫士、鹿门居士、无碍居士、海岳外史等,人称"米襄阳"。宋徽宗召为书画学博士,官至礼部员外郎。工诗文,擅书画,用笔俊迈,与蔡襄、苏轼、黄庭坚合称"宋四家"。

右联(襄阳米公祠内壁,石刻):阳羡春茶瑶草碧　兰陵美酒郁金香
下款:中岳外史米芾

左联(襄阳米公祠内壁,石刻):瘦影在窗梅得月　凉云满地竹笼烟
上款:崇宁元年夏五月　下款:襄阳米芾
据传此联是米芾与苏轼合撰。书者疑为米芾后裔。

(襄阳市楹联学会、襄阳市文化馆供图　柯丹再处理)

二、清代

张裕钊

　　张裕钊(1823—1894),字廉卿,号濂亭,湖北武昌(今鄂州)人,晚清官员、散文家、书法家。与吴汝纶、薛福成、黎庶昌并称为"曾门四弟子"。曾主讲江宁凤池、保定莲池、上海梅溪、武昌两湖、襄阳鹿门等书院,桃李满天下。张裕钊的书法尤享盛名。湖广总督张之洞誉张裕钊、杨守敬、刘心源为清代湖北三大书法家。张裕钊的书法在日本影响深远,迄今日本书道还有人以张氏为宗。

右联:袖中有东海　身外即浮云
上款:鹿门尊兄先生枉驾见过集句奉赠　下款:廉卿张裕钊

左联:春雨过无迹　野花开自然
下款:廉卿张裕钊

右联：事能知足心常泰　人到无求品自高
上款：锡奉仁兄大人雅属　下款：廉卿张裕钊

左联：翠浪舞翻红罳亚　白云穿破碧玲珑
下款：张裕钊

（以上图片来自网络）

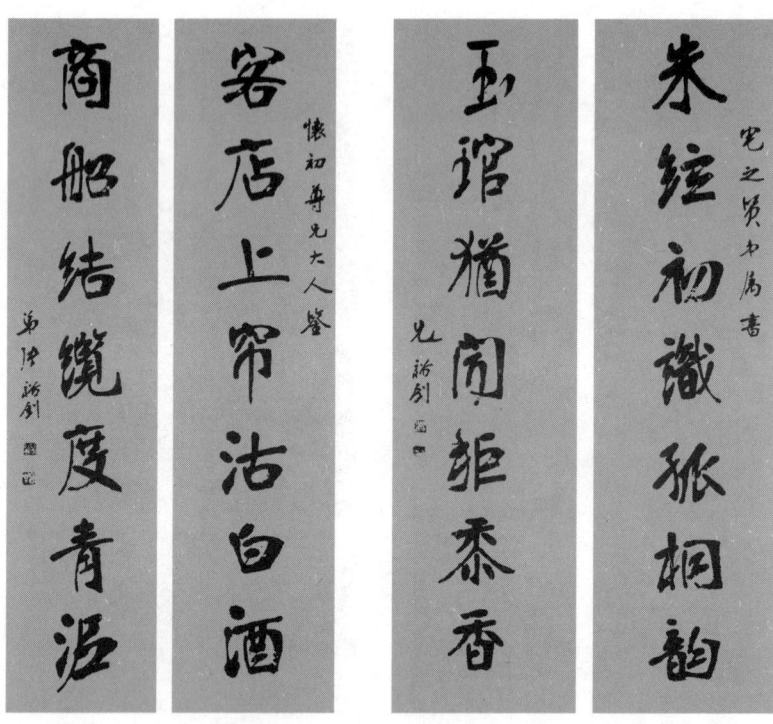

右联：朱弦初识孤桐韵　玉琯犹闻秬黍香
上款：宅之贤弟属书　下款：兄裕钊

（原件为张裕钊书法文化博物馆藏）

左联：客店上帘沽白酒　商船结缆度青泥
上款：怀初尊兄大人鉴　下款：弟张裕钊

（原件为北京故宫博物院藏）

右联：禄祜屡臻日益富有　升擢超等身受荣光
上款：蕲生仁兄大人察书　　下款：廉卿弟张裕钊

（原件为湖北省博物馆藏）

左联：虽马每牛书成王会　晳阳仪伯乐备钧天
上款：书城姻世兄大人属书　下款：廉卿弟张裕钊

（原件为上海博物馆藏）

（以上图片来自《荆楚墨象·张裕钊卷》）

杨守敬

杨守敬(1839—1915),谱名开科,榜名恺,更名守敬,字惺吾,晚年自号邻苏老人。同治举人,主讲于湖北两湖书院及勤成学堂,为清末民初著名历史地理学家、金石学家、目录版本学家、书法家和近代大藏书家。杨守敬的书法、书论驰名中外,于楷、行、隶、篆、草诸书俱长。1880—1884年杨守敬充驻日钦使随员,以精湛的汉字书法震惊东瀛,被誉为"日本书道现代化之父"。

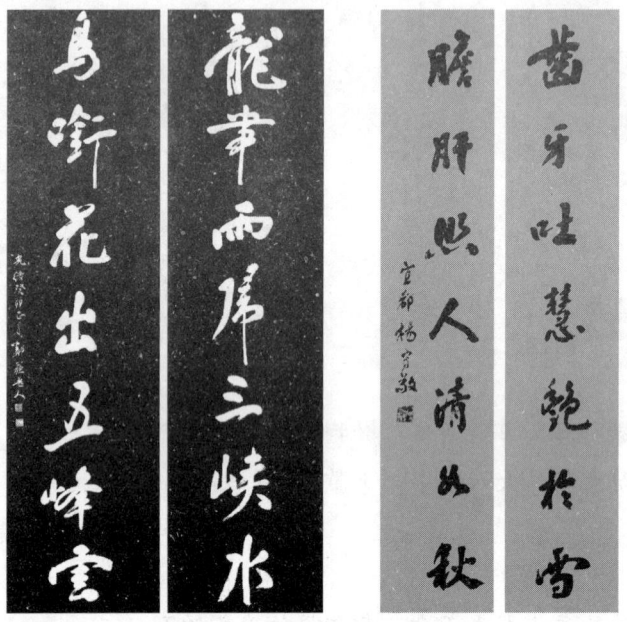

右联:齿牙吐慧艳于雪　胆肝照人清如秋
下款:宜都杨守敬

左联:龙带雨归三峡水　鸟衔花出五峰云
下款:光绪癸卯正月邻苏老人

右联：书声符读夜　诗意鼎来时
下款：杨守敬

左联：扫地留残月　推窗放懒云
上款：问竹轩主人属　下款：杨守敬

右联：楼台紫府神仙馆　松石平泉太尉家
下款：宣统元年四月杨守敬

左联：橘井杏林活人妙术　玉函金匮济世良方
上款：秩南二兄大医士鉴　下款：壬子六月宜都杨守敬

右联：行仁义事　读圣贤书
上款：纯斋仁兄观察大人正　下款：惺吾弟杨守敬

左联：罗布伏入地　须弥高摩天
上款：集泰山石经峪字　下款：光绪癸巳冰月宜都杨守敬

（以上图片来自网络）

刘心源

刘心源(1848—1917),亦名文申,字亚甫,号幼丹。湖北洪湖龙口镇(清属嘉鱼县)人。光绪二年(1876)进士,历任翰林院庶吉士、编修、国史馆协修。辛亥首义成功后被举为湖北议会首任议长,国会会员,湖北首任民政长,湖南巡按使。刘心源毕生致力金石、文字、书法,著作等身。尤其是书法方面,刘心源博采众家之长,善书行、草、隶、篆及金文各种书体,尤以新体魏碑见长,风格俊逸典雅。湖广总督张之洞誉其为清代湖北三大书法家之一,与张裕钊、杨守敬齐名。

联文:新米饭香蜀中风雨催秋雁　故关兵净汉氏河山著井蛙
上款:模糊未释　下款:夔州府事嘉鱼刘心源撰并书

右联：芝兰气味松筠操　龙马精神海鹤姿
上款：乙卯夏四月　　下款：幼丹刘心源

左联：琴含六气妙于润　凤翔千仞极其游
上款：锡臣仁兄大人雅正　下款：幼丹弟刘心源

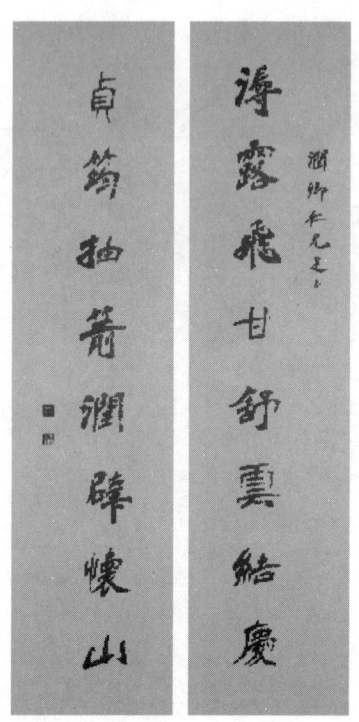
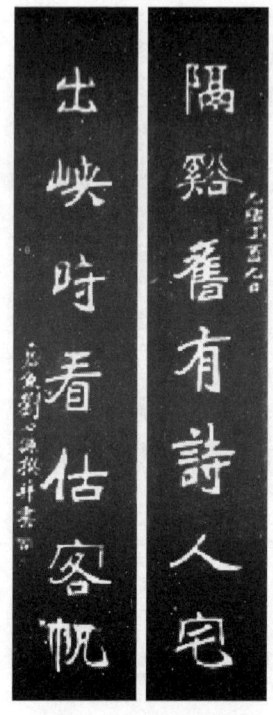

右联：溥露飞甘舒云结庆　贞筠抽箭润壁怀山
上款：润卿仁兄足下　下款：刘心源

左联：隔溪旧有诗人宅　出峡时看估客帆
上款：光绪丁酉九月　下款：嘉鱼刘心源撰并书

（以上图片来自网络）

右联(大篆):维舟对月安酒盏　启榭延星到书帏
下款:幼丹刘心源

左联(大篆):呼余为马雁(通赝)似马　唯我知鱼亦非鱼
上款:筠亭大人属　下款:幼丹刘心源

(图片来自网络　释读:柯丹)

潘绍经

潘绍经,字箬舟。湖北蕲水(今浠水)人。乾隆五十二年(1787)进士。历任国史馆纂修、记名山东道监察御史、兵部掌印给事中。曾修《八旗通志》。

联文:鸿鸶星台鹤鸣云路　蟫蟠文鼎凤哕璃林
下款:箬舟潘绍经

(武汉郭省非供图)

潘观藻

潘观藻(1787—1852),原名光藻,派名定名,字宾石,号湘门、铁君、香岩。清湖北兴国州长庆里(今阳新浮屠镇)人。嘉庆二十二年(1817)丁丑科二甲七十名,赐进士出身。官至台州知府。

联文:谟议轩昂开日月　文章浩瀚足波澜
上款:集宋句书为小筠年世台先生清属　下款:香岩潘观藻
(阳新楹联学会、阳新县档案馆供图)

叶名琛

叶名琛(1807—1859),字昆臣,湖北汉阳人。道光进士,曾任广东巡抚,后官拜两广总督兼体仁阁大学士。第二次鸦片战争中,广州城陷被俘,死于印度。

联文:鱼跃鸢飞天机活泼　金声玉振古韵铿锵
上款:鹤亭二兄大人雅鉴　下款:昆臣叶名琛

（武汉郭省非供图）

贺寿慈

贺寿慈(1810—1891),初名于逵,继名霖若,字云甫,晚号赘叟,又号楚天渔叟。湖北蒲圻赵李桥(今湖南临湘坦渡乡晓阳村)人。清道光二十一年(1841)进士,初授史部主事,后擢员外郎,晋升工部尚书。

联文:事练以时学绩于古　□参若海意空似云
上款:奉初姻世仁兄大雅之属　下款:云甫弟贺寿慈

(武汉郭省非供图)

王凤池

王凤池(1824—1898),兴国州丰叶里王志村(今阳新浮屠镇王志村)人,原名王隆桃,字兆木,号丹臣、敬庵,别号福云小樵。1865年中进士,钦点翰林院庶吉士。王凤池擅长书画,时誉"江南才子"。

右联:对几百回圆月影　饱三千里大江声
上款:子谷仁弟大人吟政　下款:丹臣兄王凤池

左联:数片石从青嶂得　一条泉自白云来
上款:筱谷仁弟大人雅正　下款:丹臣兄王凤池

(阳新县楹联学会、阳新县档案馆供图)

张之洞

张之洞(1837—1909),出生于贵州兴义府,祖籍直隶南皮(今河北),字孝达,号香涛,别号壶公、抱冰,1863 年中进士,授翰林院编修。1867—1873 年任湖北学政。1874 年起任四川学政、山西巡府。1884 年任两广总督。1889 年 7 月调任湖广总督。1907 年升任军机大臣,清代洋务派代表人物,与曾国藩、李鸿章、左宗棠并称"晚清中兴四大名臣"。

联文:不嫌老圃秋容淡　顿觉皇州春意回

上款:余心白如玉,洁如冰,一尘不染,故名其堂曰抱冰堂。抱冰堂前点缀之山石玲珑,花木茂美,而秋菊春桃尤争一时之胜,因题一联云:不嫌老圃秋容淡,顿觉皇州春意回,以志余心终不忘抱冰之意云耳

下款:丙午入都前张之洞撰并书

(图片来自网络)

张 楷

张楷(1843—1904),字仲模,湖北蕲水(今浠水)人,清同治十年(1871)进士,授翰林院编修,进侍讲,先后在浙江金华、山西汾州、河南开封等地任知府。张楷以书法精湛、文采出众、爱国爱民而备受朝野赞赏。1904年张楷病卒于开封后,当地士绅将他与包拯、苏轼并祀,建"三贤祠"以纪念。

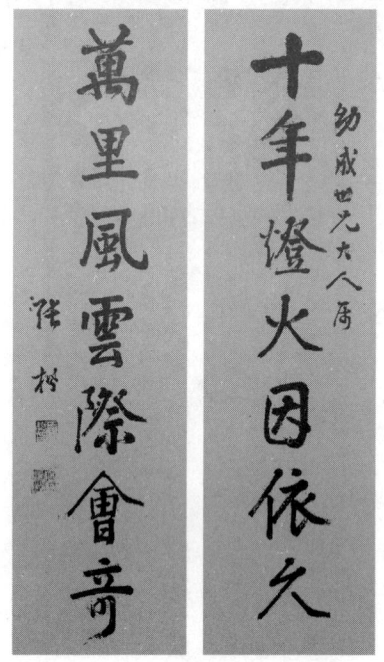

联文:十年灯火因依久　万里风云际会奇
上款:幼成世兄大人属　下款:张楷

(武汉郭省非供图)

多 祺

多祺,字介寿,满族人。清光绪初年任蕲水(今浠水)县令。

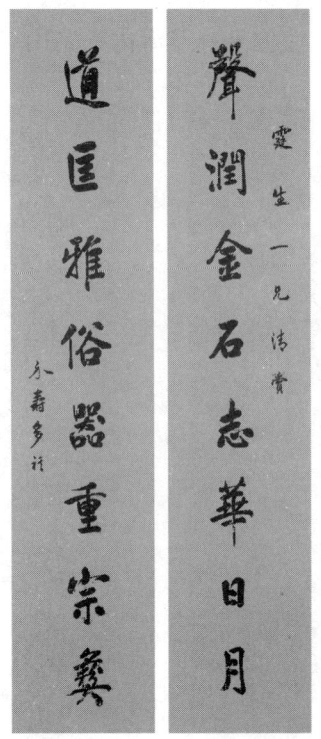

联文:声润金石志华日月　道匡雅俗器重宗彝
上款:霆生一兄清赏　下款:介寿多祺

(武汉郭省非供图)

三、民国

黎元洪

黎元洪(1864—1928)，字宋卿，湖北黄陂人，故称"黎黄陂"。黎元洪曾任首义都督，两任民国大总统。黎元洪一生喜爱书法，颜柳功力深厚，既善于继承亦勇于创新，其书法作品遍及海内外名山名院名寺。

右联：每坐风亭听万竹　相期日观俯诸山

下款：黎元洪

左联：雄心欲搏南涧虎　野性犹同纵壑鱼

下款：黎元洪

右联：寒塘渡鹤影　冷月葬诗魂
下款：黎元洪

左联：一室静修己事　万山快引人游
上款：新吾君　下款：黎元洪

右联：乳鼎余香留竹叶　胆瓶新月浸梅花

下款：黎元洪

左联：琴余相鹤风生竹　书罢龙鹅水满溪

上款：凤池先生　下款：黎元洪

（以上图片由柯丹据陈义万《黎元洪诗联书法作品选》扫描处理）

联文：

沧海日赤城霞峨眉雪巫峡云洞庭月彭蠡烟潇湘雨泰岱松匡庐瀑布合宇宙奇观绘吾斋壁

左传文马迁史中郎碑右军帖少陵诗摩诘画屈子辞相如赋扬雄太玄收古今绝艺置我山窗

上款：略

下款：黎元洪

（图片来自网络）

黄 兴

黄兴(1874—1916),原名轸,改名兴,字克强,湖南省长沙府善化县高塘乡(今长沙县黄兴镇凉塘)人。中国近代民主革命家,中华民国的创建者之一,孙中山先生的第一知交。与孙中山常被时人以"孙黄"并称。

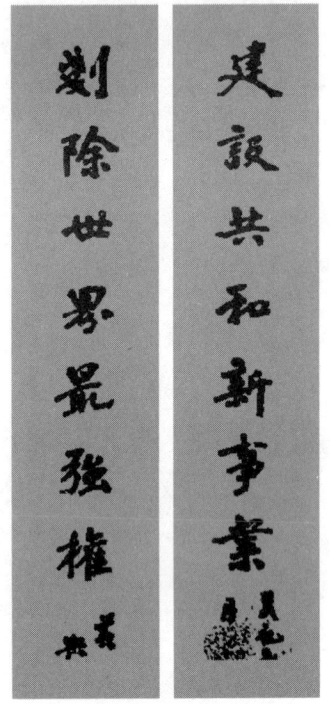

联文:建设共和新事业　划除世界最强权

上款:翼龙兄属　下款:黄兴

"翼龙"即陈翼龙(1886—1913),罗田人,中国社会党领袖。1913年支持孙中山讨伐袁世凯,参加二次革命,惨遭袁世凯杀害。

(图片来自网络)

张难先

张难先(1874—1968),谱名辉澧,号义痴。湖北沔阳(今仙桃)人。曾任国民政府考试院铨叙部部长、浙江省政府主席。新中国成立后任中南军政委员会副主席、中央人民政府委员、全国政协和全国人大常委等。工诗词,善书画,其破笔行草劲健峻拔。

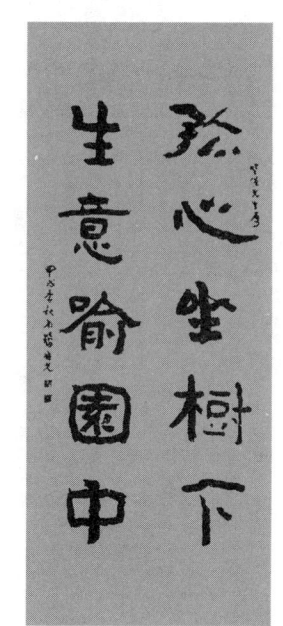

右联:孤心坐树下　　生意喻园中
上款:□□先生属　　下款:甲戌季秋弟张难先

左联:知者所乐在水　　幽人托迹于山
下款:乙亥秋上其居于堰□龙山

(图片来自网络)

宗 彝

宗彝(1875—1935),原名藻生,湖北汉阳李集乡周庄(今武汉蔡甸区玉贤镇)人,曾任襄阳道尹,为官两袖清风。清末民初著名书法家。自幼临摹碑帖,平生孜孜不倦,尤精魏碑,书法古朴遒劲,为时人所重。

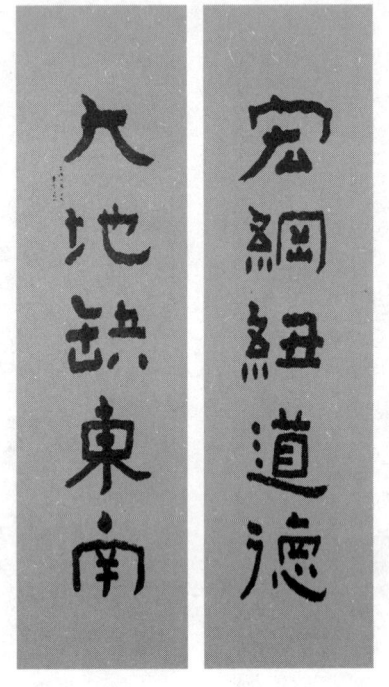

联文:宏纲纽道德　大地缺东南

上款:文伯仁兄正之　下款:弟宗彝

(襄阳市楹联学会、襄阳市文化馆供图)

方本仁

方本仁(1880—1951),字耀庭,湖北团风马曹庙镇戴家湾人。1912年授陆军少将衔,1923年授粹威将军称号。1929年5月,国民政府委任方本仁为湖北省代理省主席兼民政厅长。1931年4月,任军事参议院上将参议,驻节武汉。武汉解放时,方本仁和群众一起迎接解放军入城。董必武赞其为"爱国将领"。

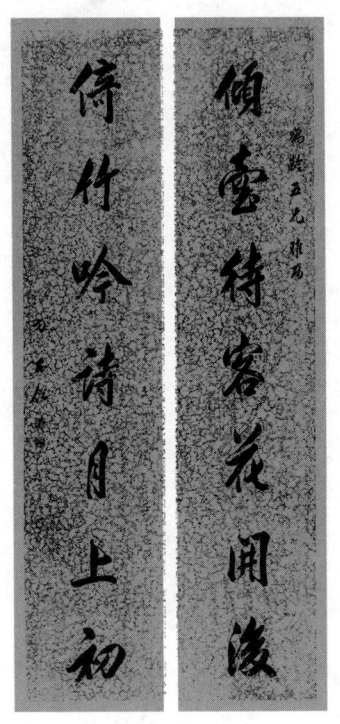

联文:倾壶待客花开后　倚竹吟诗月上初

上款:鹤龄五兄雅属　下款:方本仁

(黄冈戴军供图)

蒋介石

蒋介石(1887—1975)，名中正，字介石。幼名瑞元，谱名周泰，学名志清。祖籍江苏宜兴，生于浙江奉化。曾任黄埔军校校长、国民革命军总司令、国民政府主席、第二次世界大战同盟国中国战区最高统帅等。

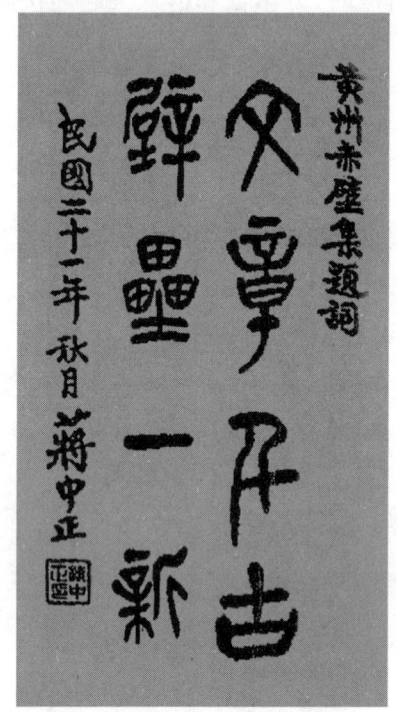

联文：文章千古　壁垒一新

上款：黄州赤壁集题词　下款：民国二十一年秋月蒋中正

（黄冈龚群供图）

冯家灏

冯家灏,字葆民,黄陂滠口冯家塘人,晚清民国湖北汉口著名书法家,誉溢荆楚,诸体均擅,尤以苏字著称。著名女书法家冯铸为其侄女,幼年曾受其教授书法。

右联:青松影里天长静　白藕花中水亦香
上款:承朝仁兄大人鉴　下款:弟冯家灏

左联:诗宗岛佛非嫌瘦　书法坡仙不碍肥
上款:伯仰仁兄大人雅正　下款:葆民弟冯家灏

(图片来自网络)

冯　铸

　　冯铸(1901—?)，号冶吾。1913年，冯铸的书法作品被选送巴拿马世界儿童艺术博览会展出，一举夺魁，被评为世界儿童艺术作品一等奖，获金质奖章一枚。

　　右联：残字校秦石　　开尊诵汉书
　　上款：苊公先生方家　指正　　下款：冯铸集石门颂　年十一岁

　　左联：福与时至　　身以道尊
　　下款：己未仲春黄陂冯铸集经石峪字

（图片来自网络）

成惕轩

成惕轩(1911—1989),字康庐,号楚望,湖北阳新龙港镇人。抗战时期入川,陈布雷荐为国防最高委员会秘书。抗战胜利后,曾任总统府参事兼国史馆纂修。去台湾后兼任多所大学教授,桃李盈门。成惕轩亦是楹联大家,有《骈文选注》《楚望楼联语》等专著。

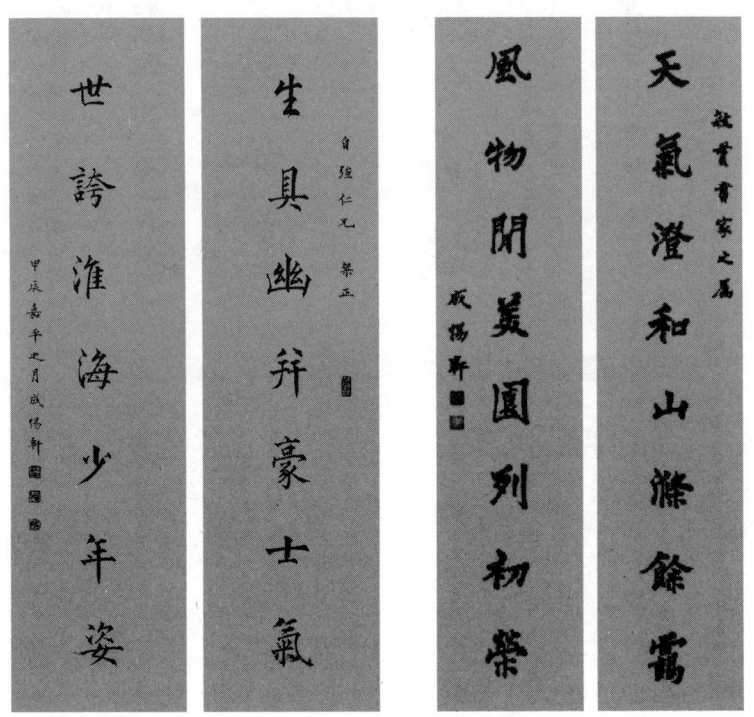

右联:天气澄和山涤余霭　风物闲美园列初荣
上款:敏贯书家之属　下款:成惕轩

左联:生具幽并豪士气　世夸淮海少年姿
上款:自强仁兄粲正　下款:甲辰嘉平之月成惕轩

联文：芝砌腾芬慈荫远　椒觞介寿岁华新
上款：黄母庄太夫人九秩晋一大庆　下款：成惕轩敬祝

（以上图片来自网络）

第二节　名胜瑰宝

一、国家级旅游景点

武汉黄鹤楼

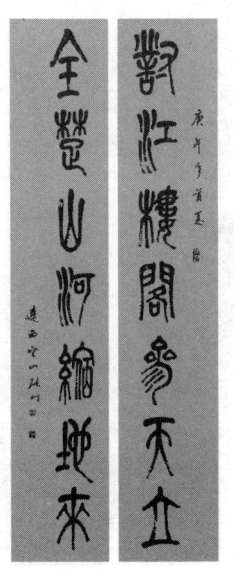

右联（原为清同治黄鹤楼正门联，现挂于五楼西门，木刻）：

　　对江楼阁参天立　全楚山河缩地来

上款：庚午年首夏　下款：辽西它山张仃

撰者：清·方维新

书者：张仃（当代著名书画家）

左联（清代石碑，小篆，石刻）：心是无量佛　寿为老人星

下款：汾阳郭司维

（图片来自网络）

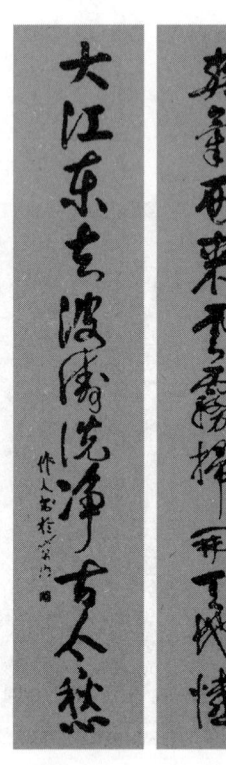

一楼大厅立柱联(木刻)：

爽气西来云雾扫开天地憾　大江东去波涛洗净古今愁

上款：一九八四年甲子秋仲　下款：作人书于京门

撰者：清·符秉忠

书者：吴作人(当代著名书画家)

（左图来自网络　右图由柯丹据冯天瑜《黄鹤楼志》扫描整理）

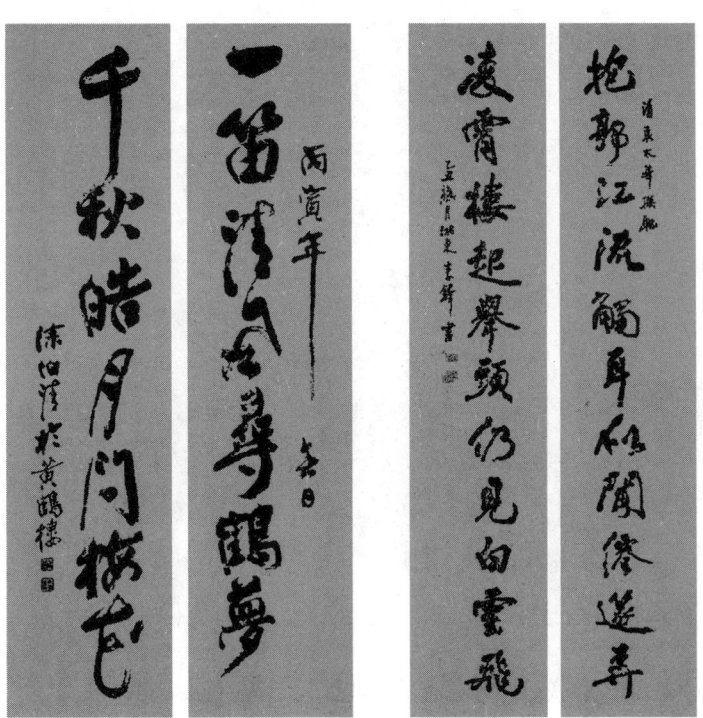

右联(原为清同治黄鹤楼门联,现为南楼楹联):
　　抱郭江流触耳似闻仙籁弄　凌霄楼起举头仍见白云飞
上款:清袁太华撰联　下款:乙丑秋月湖东李铎书
书者:李铎(当代书法家)

左联:一笛清风寻鹤梦　千秋皓月问梅花
上款:丙寅年春日　下款:徐伯清于黄鹤楼
撰者:清·胡翰泽
书者:徐伯清(当代书法家)

　　　　　　　　(图片由柯丹据冯天瑜《黄鹤楼志》扫描整理)

黄鹤楼搁笔亭联(木刻)：楼未起时原有鹤　笔从搁后更无诗

上款：曾衍东撰　下款：曹禺书

撰者：清·曾衍东

书者：曹禺(当代著名作家)

（图片来自网络）

白云阁前涌月台联(石刻)：月色无玷　江流有声
书者：黄绮(当代书法家)

　　涌月台始建年代无详细记载。据传世诗文，大致建于16世纪前后的明代。先有因刻在汉阳府城隍庙后凤栖山(今凤凰山)巨石上的"涌月"二字而建的"涌月亭"。后来亭毁，明末谭友夏、刘敷仁在山背荒草丛中得"涌月"巨石，移至武昌蛇山黄鹤楼旁太白堂左侧。清代再次拥石建台。1955年涌月台(已坍塌)因修建长江大桥被拆除后，这些清代的石柱被迁到蛇山南端的武昌首义公园内。原石柱刻有三副对联：(1)月色无玷；江流有声。(2)遥看兔影滚中流，非同承露；恍听鹤声来上界，岂是歌风。(3)曾是当年觞月地；而今又作上台人。现涌月台为仿建。

(武汉柯丹供图、文)

黄鹤楼新大门联（木刻）：

　　昔贤整顿乾坤缔造多从江汉起　　今日交通文轨登临不觉亚欧遥

下款：张之洞撰　少华书

撰者：清·张之洞

书者：张少华（当代书法家）

　　此联原为张之洞1907年夏为奥略楼所题。奥略楼系张之洞门生故吏集资在清代同治黄鹤楼焚毁的旧址上修建，原名风度楼，高三层，楼体呈矩形，屋顶前方建小骑楼式檐顶（见左图）。楼成时，张之洞亲撰对联，并根据《晋书·刘弘传》中"恢宏奥略，镇绥南海"的语意，亲书匾额"奥略楼"三字送鄂，风度楼遂改名为奥略楼。此楼于1955年修建长江大桥时拆除，现黄鹤楼新大门在其附近。

（左图来自网络　右图由柯丹摄影并合成）

武汉古琴台

古琴台"印心石屋"集句联(木刻):

　　清风明月本无价　流水高山自多情

"印心石屋"四字乃清道光皇帝为陶文毅御笔亲书书斋名。陶为感皇恩,勒石制成巨碑数块置于其任职地和所经的名山胜地。

(图片来自网络)

武汉晴川阁

晴川阁正门前中间廊柱联(木刻):

　　灵渎走双龙夹岸直疑银汉落　仙踪杳孤鹤隔江但有白云来

上款:乙丑九月　下款:陆俨少书

撰者:清·陈望之

书者:陆俨少(当代著名书画家)

一楼大厅联(木刻):洪水龙蛇循轨道　青春鹦鹉起楼台

下款:海上鲁人张成之书

撰者:清·张之洞

书者:张成之(当代书法家)

禹稷行宫大殿门联：
　　三过其门虚度辛壬癸甲　八年于外平成河汉江淮
下款：刘海粟书　年方九十
撰者：不详
书者：刘海粟（当代著名书画家）

（以上图片来自网络）

晴川阁楚波亭联：

    云树桥头龟山不老千秋静　烟波江上汉水长流万代清

上款：程茂陔撰联　下款：乙丑中秋刘江篆

撰者：清·程茂陔

书者：刘江（当代书法家）

    （左图来自网络　右图由柯丹据冯天瑜《黄鹤楼志》扫描整理）

武汉归元寺

归元寺正殿

横额（木刻）：归元古刹

上款：中华民国四年　下款：黎元洪题

门联（大篆，木刻）：曹洞东传归元得路　凤山西出勒马回头

撰者：不详

书者：昌明（武汉归元寺原住持，尊称昌明法师）

大雄宝殿门联(木刻)：

　　教有万法体性无殊不可取法舍法非法非非法

　　佛本一乘根源自别故说下乘中乘上乘上上乘

上款：归元禅寺嘱书拟北魏云峰山碑笔意书之

下款：癸亥冬日之吉少峰邓壁时年八十有一时客于汉上之回春庐

撰者：不详

书者：邓少峰(当代书画家)

藏经阁门联(木刻)：
　　见了便做做了便放下了了有何不了
　　慧生于觉觉生于自在生生还是无生

归元寺《关帝诗竹》画联（石刻）：

　　醇酒饮如花渐放　　旧书读似客初归

　　上款：嘉庆己巳孟秋　　下款：晋陵盛惇崇书

盛惇崇，清代江苏阳湖（古称晋陵，今江苏常州）人，字柳五，号孟岩。乾隆四十六年（1781）进士，官至甘肃布政使。工书画。

（以上图片来自网络）

襄阳古隆中

右联（古隆中山门牌坊正面联，石刻）：

　　三顾频烦天下计　两朝开济老臣心

上款：杜工部句　下款：陈维周书

左联（古隆中山门牌坊背面联，石刻）：

　　伯仲之间见伊吕　指挥若定失萧曹

上款：杜工部句　下款：陈维周书

右联(古隆中三顾堂大门联,木刻):两表酬三顾　一对足千秋
下款:永川子明游俊

左联(古隆中武侯祠前殿门联,木刻):
　　伯仲之间见伊吕　先生有道出羲皇
上款:集杜工部句　下款:滇南黎天才
　　　　　　　(以上由襄阳市楹联学会、襄阳市文化馆供图)

黄冈黄州赤壁

二赋堂大门廊柱联(木刻):

才子重文章,凭他二赋八诗,都争传苏东坡两游赤壁

英雄造时势,待我三年五载,必艳说湖南客小住黄州

上款:长沙黄兴先生辛亥前夕游赤壁撰联

下款:壬戌仲秋月吴都周华琴书

撰者:黄兴

书者:周华琴(当代书法家)

(图片来自网络)

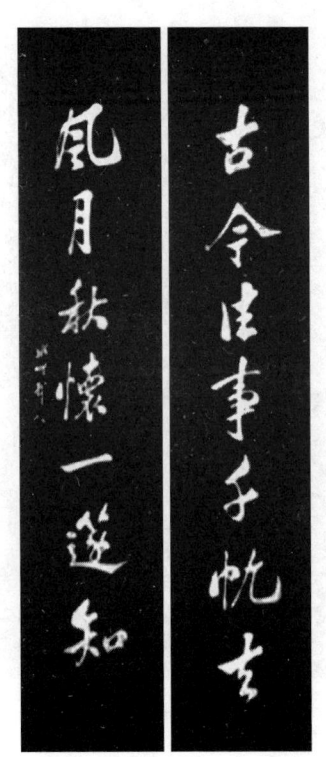

二赋堂联（木刻）：古今往事千帆去　风月秋怀一篷知
下款：水竹邨人
书者：徐世昌（晚号水竹邨人，近代著名书画家）

坡仙亭内壁巧趣联（石刻）：
　　北宋西蜀苏东坡中年南贬时笔迹
　　白纸黑墨拓黄州赤壁青石上梅花
上款：光绪辛巳三月　　下款：长州彭祖润撰同邑谢榛书
撰者：清·彭祖润
书者：清·谢榛

彭祖润游览赤壁时与同邑书法家谢榛合作以上楹联。上联将东、西、南、北、中五方巧嵌其中，下联将赤、青、黄、白、黑五色包括其内，自然贴切，天衣无缝，颇有情趣。

（以上由黄冈王琳祥供图　柯丹再处理）

咸宁蒲圻赤壁

三国古战场蒲圻(今赤壁市)赤壁山顶翼江亭联(石刻):

江水无情红凭吊当年谁别识子布卮言兴霸良策
湖山一望碧遗留胜迹犹怀想周郎声价陆弟风徽

撰者:涂次膺
书者:蔡汉卿(辛亥革命武昌起义打响第一炮者)

(咸宁市楹联学会供图)

十堰武当山

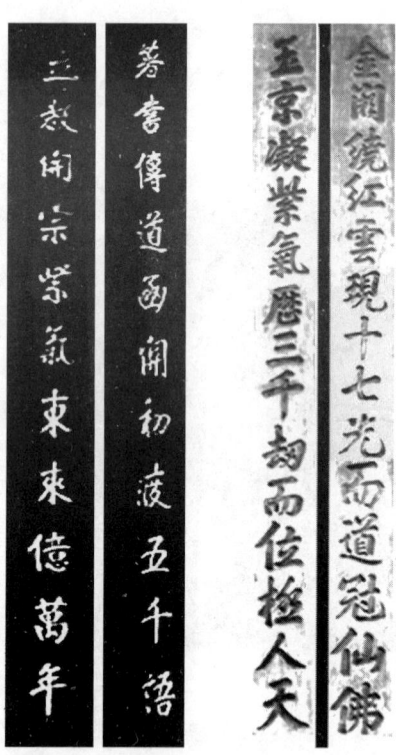

右联（太和宫皇经堂清代石刻）：
　　　金阙绕红云现十七光而道冠仙佛　玉京凝紫气历三千劫而位极人天
年代：清

左联（太常观）：
　　　著书传道函关初渡五十语　立教开宗紫气东来亿万年
年代：清

武当山太子坡殿联(木刻):
　　三世有缘人涉水登山朝金境　一声无量佛惊天动地振玄都
年代:民国
　　(以上由十堰王学范、潘晓萍、郭旭阳、邵文涛供图　柯丹再处理)

二、省、市级旅游景点

黄州安国寺

安国禅林门联(水泥塑):
　　五蕴皆空到此莫当门外汉　一尘不染进来应做内行人
款未释
年代:民国

（黄冈龚群供图）

南漳水镜庄

南漳水镜庄门联(木刻):彝水环绕　明镜高悬

上款:民国廿五年春三月　下款:□□□□夏云青题

（襄阳市楹联学会、襄阳市文化馆供图　柯丹再处理）

宜城庞居洞

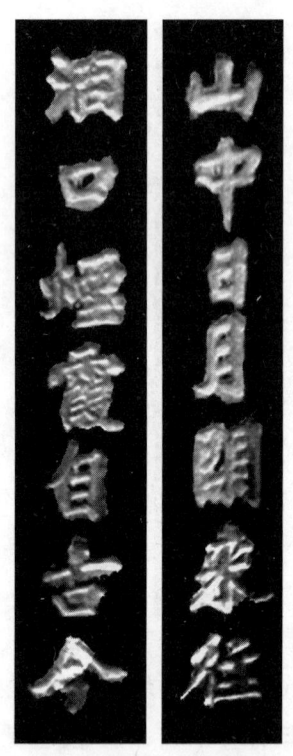

王集镇庞居洞门联(石刻):山中日月闲来往　洞口烟霞自古今
撰者、书者:清·王万芳
　　　(襄阳市楹联学会、襄阳市文化馆供图　柯丹再处理)

沙洋纪山寺

右联(山门联,石刻):
　　甘露宏施功裕白华山上　慈云普荫道全紫竹林中
下款:清光绪八年　马门姜氏李氏同立(因太模糊再处理时删除)

左联(大士殿门联,木刻):
　　允矣慈悲大士看苦海无边静坐莲台念古佛
　　诚哉灵感观音知迷津有岸勤撑宝筏渡世人
下款:清光绪八年　马门姜氏李氏同立(因太模糊再处理时删除)
　　　　　　　　　　　(荆门楹联学会供图　柯丹再处理)

荆门净业寺

大雄宝殿联(木刻)：

悟来五蕴净根弹指声中千偈了　参透三生慧业拈花笑处一言无

上款：同治十一年岁次壬申仲夏上浣

下款：三品衔补用府权知荆门直隶州事锡山王庭桢谨撰并书

(荆门楹联学会供图　柯丹再处理)

荆门白云楼

右联(白云楼山门联,木刻):灵窍豁开新洞府　良缘重话好沧浪
年代:清·乾隆年间

左联(白云楼招鹤亭联,木刻):许占蓬莱最高阁　时闻鸾鹤下仙坛
年代:清·乾隆年间

(荆门楹联学会供图　柯丹再处理)

荆门仙人岩

右联(仙人岩幽门牌,石刻):山高　水长

左联(仙人岩幽门联,石刻):林深传鸟语　石瘦点苔痕

撰者:不详

书者:马鉴

年代:明·崇祯年间

(荆门楹联学会供图　柯丹再处理)

荆门乐天寨

乐天寨乐天处门联(石刻):身外都非乐　洞中别有天

撰者:不详

书者:清·简易

(荆门楹联学会供图　柯丹再处理)

巴东老城鲁家巷

摩崖横刻：楚峡云开（清·西蜀李拔书）

上联：历叹古今良吏少

下款：巴东江北人吴骏绩撰

下联：须知天下苦人多

下款：江西宜丰人冯锦文撰

清乾隆庚寅年（1770），荆南观察使西蜀李拔出巫峡，见河谷开阔，廓清日朗，遂于巴东老城鲁家巷岩壁上横刻"楚峡云开"四字，勒石纪念。巴东江北人吴骏绩，晚清秀才，愤世嫉俗，于李拔题字右边撰写上联。民国六年（1917），江西宜丰人冯锦文出任巴东县知事补撰下联。于是跨时147年，三人共同完成了一副完整的对联。此石刻由于三峡蓄水被淹没，其拓本现藏于湖北省博物馆。

（巴东县诗词楹联学会供图、文）

第三节　民藏菁萃

祖堂联

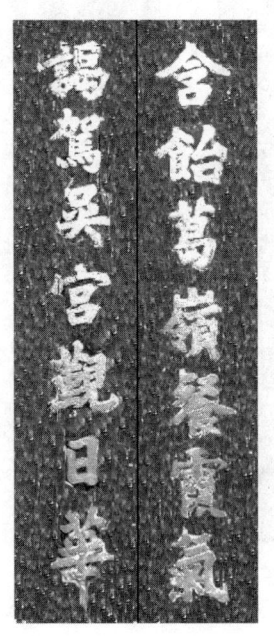

咸宁绳武周家举人府五进正厅联（木刻）：

　　含饴葛岭餐霞气　谒驾吴宫觐日华

上款：次君年先生　　下款：天都曹学诗

年代：清末民初

（咸宁诗联学会供图　柯丹再处理）

右联（木刻）：祖宗积德诒谋远　孙子承恩继泽长
年代：清末民初

左联（木刻）：
　　家风恪守五经学勖彩堂传燕翼　国器幸超诸品香分贡树荷龙光
年代：清末民初

　　　　　　　　　（荆州市楹联学会、荆州南郡楹联博物馆供图
　　　　　　　　　李孝蓉拍照　朱道卫释读　柯丹再处理）

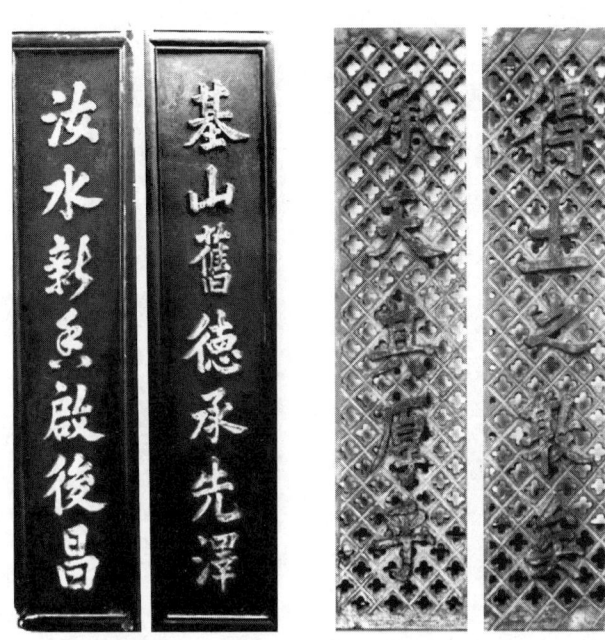

右联（镂空木刻）：得土之敦矣　承天其厚乎
年代：清末民初

左联（木刻）：基山旧德承先泽　汝水新香启后昌
年代：清末民初

(荆州楹联学会、荆州水务集团企业文化展馆供图
　　李美星拍照　朱道卫释读　柯丹再处理)

祖堂壁挂

右联(木刻):门呈燕喜　里灿龙光
年代:清末民初

左联(木刻):国恩家庆　人寿年丰
年代:清末民初

(荆州楹联学会、荆州水务集团企业文化展馆供图
李美星拍照　朱道卫释读　柯丹再处理)

大门联

浠水县鸡鸣河王公泰大门联（石刻）：

　　太平有道宜家室　修竹吾庐长子孙

横额：居安资深

撰者、书者：清·李士彬

（武汉郭省非供图）

中堂联

右联（木刻）：孝友一堂多雅爱　三思处世是良图
年代：清末民初

左联（木刻）：雅言不外诗书礼　家教无非孝悌慈
年代：清末民初

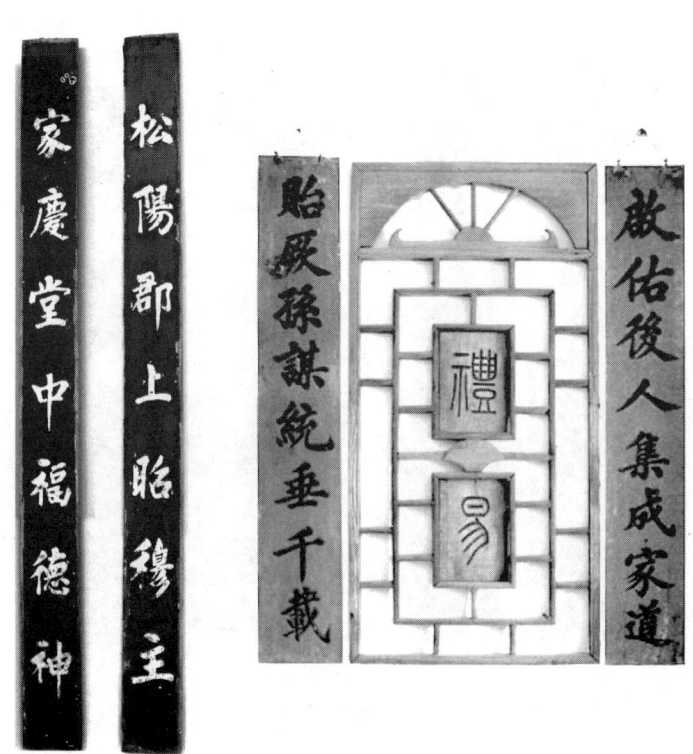

右联(木刻):启佑后人集成家道　贻厥孙谋统垂千载
年代:清末民初

　　　　　　(以上由荆州市楹联学会、荆州南郡楹联博物馆供图
　　　　　　李孝蓉拍照　朱道卫释读　柯丹再处理)

左联(木刻):松阳郡上昭穆主　家庆堂中福德神
年代:清末民初

　　　　　　(荆州楹联学会、荆州水务集团企业文化展馆供图
　　　　　　李美星拍照　朱道卫释读　柯丹再处理)

中堂壁挂

右联（木刻）：厚德载福　长发其祥
年代：清末民初

左联（木刻）：安居迪吉　和气致祥
年代：清末民初

（荆州楹联学会、荆州水务集团企业文化展馆供图
李美星拍照　朱道卫释读　柯丹再处理）

神堂联

神堂联组件(木刻)

匾额:神灵

联文:金炉永篆平安字　玉盏长明吉庆灯

案几摆件:佑启我后

年代:清末民初

神堂联（木刻）

联文：宝鼎呈祥香结彩　银台报喜烛生花

年代：清末民初

（以上由荆州市楹联学会、荆州南郡楹联博物馆供图
　　　李孝蓉拍照　朱道卫释读　柯丹再处理）

右联（木刻）：西方绿竹千年翠　南海莲花九品香
年代：民国

左联（木刻）：香烟篆出平安字　烛蕊结成富贵花
年代：清末民初

(荆州楹联学会、荆州水务集团企业文化展馆供图
李美星拍照　朱道卫释读　柯丹再处理)

戏台联

钟祥市石排镇关帝庙戏台联(木刻)：

似演麟经善恶收场分衮钺　差怡凤目笙歌振响叶琅璈

年代：清康熙五十六年

(荆门市楹联学会供图　柯丹再处理)

书斋联

书斋门联(木刻):峰头索笑人千仞　花下闻香月一帘
年代:清末民初

(荆州市楹联学会、荆州南郡楹联博物馆供图
　李孝蓉拍照　朱道卫释读　柯丹再处理)

右联(彩宣):或者林阴偶然水次　快哉竹趣畅矣兰言

上款:青亭三哥雅属　　下款:仙舟帅丞瀛

年代:清末民初

左联(彩宣):雾帐银床初破睡　玉堂金殿要论思

上款:辅仁大兄大人正之　下款:宾南弟石振鉴

年代:清末民初

(武汉郭省非供图　柯丹再处理)

功名柱联

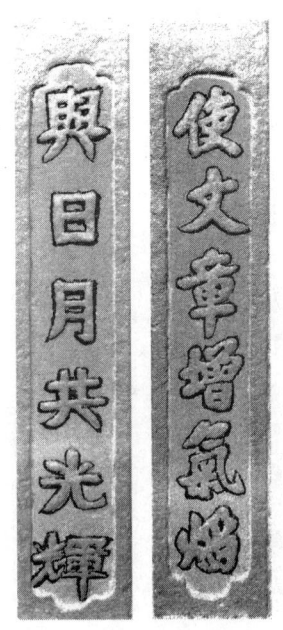

功名柱联（石刻）：使文章增气焰　与日月共光辉

撰者、书者：浠水毕十臣

（武汉郭省非供图　柯丹再处理）

贺　联

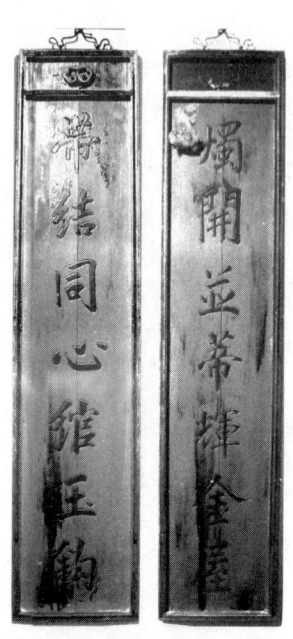

贺婚联（木刻）：烛开并蒂辉金屋　带结同心绾玉钩

年代：清末民初

(荆州市楹联学会、荆州南郡楹联博物馆供图

李孝蓉拍照　朱道卫释读　柯丹再处理)

贺双寿联

右联(木刻):

　　闺中学问无他六十年来宾若友　　堂上椿萱未老八千岁后春复秋

上款:愈翁年先生暨元配吴孺人双庆　　下款:狄门光亨拜题

年代:清末民初

　　　　　　　　　　(阳新县楹联学会、阳新档案馆供图　柯丹再处理)

左联(木刻):

　　德配端人万叠慈云齐泰岱　　香浓花甲满斟菊酒颂冈陵

上款:文慈人六秩双庆　　下款:慈侍下□宾仕邦顿首拜祝

年代:清末民初

贺寿联

右联（木刻）：

　　跻堂献三千岁蟠桃寿祝王母　花烛灿一百年佳耦喜庆魏舒

年代：清末民初

左联（木刻）：鹤算千年寿　松龄万古春

年代：清末民初

　　　　　　　　（以上由荆州楹联学会、荆州水务集团企业文化展馆供图
　　　　　　　　　李美星拍照　朱道卫释读　柯丹再处理）

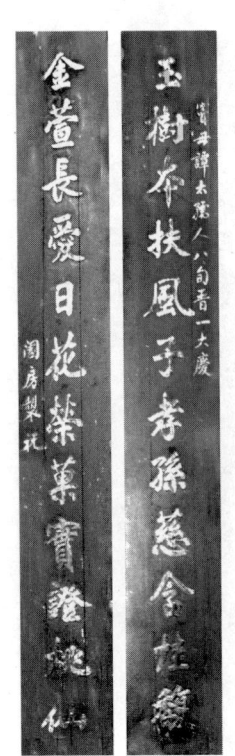

联文(木刻)：

　　玉树本扶风子孝孙慈含桂馥　金萱长爱日花荣果实证桃仙

上款:窦母谭太孺人八旬晋一大庆　下款:阃房制祝

年代:清末民初

(荆州市楹联学会、荆州南郡楹联博物馆供图

　　李孝蓉拍照　朱道卫释读　柯丹再处理)

贺屋联

右联(木刻):铁壁铜墙有人得其门者寡　上栋下宇犹天不可阶而升
上款:□□树章先生建修落成纪念　下款:族众恭贺
年代:清末民初

左联(木刻):龙蟠虎踞已得山川胜　兰馨桂馥将舒宇宙精
年代:清末民初

右联（木刻）：新创有月榭星堂焜耀于内　一望如竹苞松茂掩映其间
款模糊未释
年代：清末民初

（以上由荆州市楹联学会、荆州南郡楹联博物馆供图
李孝蓉拍照　朱道卫释读　柯丹再处理）

贺添丁联

左联（木刻）：喜见红梅多结子　笑看绿竹再生孙
年代：清末民初

（荆州楹联学会、荆州水务集团企业文化展馆供图
李美星拍照　朱道卫释读　柯丹再处理）

题赠联

联文(白宣)：衣冠唐制度　人物晋风流

上款：赠米公祠宝晋斋　　下款：陈天然书

撰者：宋·张大亨

书者：陈天然

年代：1949年以前

（襄阳市楹联学会、襄阳市文化馆供图）

赠医师联(木刻):术精岐轩因增福寿　年逾花甲犹见健康

年代:清末民初

(荆州楹联学会、荆州水务集团企业文化展馆供图

李美星拍照　朱道卫释读　柯丹再处理)

茶庵联

浠水白莲镇大岭沟村斗方山茶庵联（石刻拓片，实物现存大岭沟村）：

斗酒姿欢方向骚人征妙句　茶杯泛碧庵前过客暂停车

撰者、书者：范寿涛

（武汉郭省非供图　柯丹再处理）

挽 联

挽李公朴、闻一多先生联（白宣）：

　　血溅金沙允有大名光宇宙　　魂招歇浦愧无巨笔志功勋

撰者：宋庆龄（中华人民共和国名誉主席）

书者：赵朴初（当代著名佛学家、社会活动家及书法家）

（武汉郭省非供图　柯丹再处理）

参考文献

[1] 常江,舒琛.对联故事365[M].北京:国际文化出版公司,1991.
[2] 陈方镛.楹联新话[M].台北:台湾中华书局,1962.
[3] 陈诗.湖北旧闻录[M].姚勇,点校.武汉:湖北人民出版社,1999.
[4] 陈寿.三国志[M].郑州:中州古籍出版社,2018.
[5] 陈振孙.直斋书录解题[M].上海:上海古籍出版社,1987.
[6] 陈致.中国古代诗词典故辞典[M].北京:北京燕山出版社,1991.
[7] 成思.唯楚有才[M].北京:中国民间文学出版社,1987.
[8] 楚辞[M].吴广平,译注.长沙:岳麓书社,2011.
[9] 戴圣.礼记[M].胡平生,张萌,译注.北京:中华书局,2018.
[10] 德化县志编纂委员会.德化县志[M].北京:新华出版社,1992.
[11] 邓广铭,张希清.宋人文集篇目分类索引[M].北京:中华书局,2013.
[12] 董仲舒.春秋繁露[M].北京:中华书局,1984.
[13] 樊增祥.樊樊山诗集[M].涂晓马,陈宇俊,点校.上海:上海古籍出版社,2004.
[14] 范晔.后汉书[M].北京:中华书局,2006.
[15] 房玄龄.晋书[M].北京:中华书局,2015.
[16] 方正.人文重镇形成的文化生态研究——以明代黄州府为考察中心[M].武汉:湖北人民出版社,2016.
[17] 冯秉文.全唐文篇目分类索引[M].北京:中华书局,2001.
[18] 高亨.周易古经今注[M].北京:中华书局,1984.
[19] 国学整理社.新编诸子集成[M].北京:中华书局,2006.
[20] 韩愈.韩愈全集[M].钱仲联,马茂元,校点.上海:上海古籍出版

社,1997.

[21] 弘征.司空图《诗品》今译简析附例[M].银川:宁夏人民出版社,1984.

[22] 湖北省楹联学会.中国对联集成:湖北卷[M].武汉:长江文艺出版社,2002.

[23] 胡应麟.诗薮[M].上海:上海古籍出版社,1979.

[24] 黄侃.文心雕龙札记[M].上海:华东师范大学出版社,1996.

[25] 黄文焕.楚辞听直[M].徐燕,点校.南京:南京大学出版社,2017.

[26] 焦竑.焦氏类林[M].北京:商务印书馆,1936.

[27] 孔颖达.毛诗正义[M].北京:人民文学出版社,2012.

[28] 李白.李白全集[M].上海:上海古籍出版社,1996.

[29] 李白.李白诗集[M].呼和浩特:内蒙古人民出版社,2011.

[30] 李理安.长春观志[M]//高小健等.中国道观志丛刊:第8册.南京:江苏古籍出版社,2000.

[31] 李商隐.李商隐全集[M].上海:上海古籍出版社,1999.

[32] 李贤.大明一统志[M].台北:台联国风出版社,1977.

[33] 李心传.建炎以来朝野杂记[M].徐规,校.北京:中华书局,2006.

[34] 李肇.翰林志[M].知不足斋丛书本.杭州:安徽歙县鲍廷博,1788(清乾隆五十三年).

[35] 梁陈.清代湖北进士地理分布特征及其原因探析[J].孝感:湖北职业技术学院学报,2017,1.

[36] 梁鼎芬.节庵先生遗诗[M].上海:华东师范大学出版社,2012.

[37] 梁章钜,等.楹联丛话[M].北京:中华书局,1987.

[38] 刘国正.黄鹤楼诗词联文选[M].武汉:武汉出版社,2000.

[39] 刘守华,陈建宪.唯楚有才[M].武汉:华中师范大学出版社,2011.

[40] 刘勰.文心雕龙[M].郭晋稀,注译.长沙:岳麓书社,2004.

[41] 刘义庆.世说新语[M].周倩,译评.北京:北京理工大学出版社,2017.

[42] 刘禹锡.刘禹锡全集[M].上海:上海古籍出版社,1999.

[43] 陆峻岭.元人文集篇目分类索引[M].北京:中华书局,2002.

[44] 鲁迅.汉文学史纲要[M].北京:人民文学出版社,1976.
[45] 罗积勇.论对联技巧在其他文体中的孕育与成熟过程[M]//陈平原.科举与传播:中国俗文学研究.北京:北京大学出版社,2015.
[46] 孟浩然.孟浩然诗集[M].扬州:广陵书社,2019.
[47] 密昌墀.密昌墀集[M].武汉:武汉出版社,2009.
[48] 钱仲联.剑南诗稿校注[M].上海:上海古籍出版社,1985.
[49] 《清代诗文集汇编》编纂委员会.清代诗文集汇编[M].上海:上海古籍出版社,2010.
[50] 清史列传[M].王钟翰,点校.北京:中华书局,2016.
[51] 荣斌.中国名联辞典[M].济南:山东大学出版社,2000.
[52] 诗经[M].王秀梅,译注.北京:中华书局,2006.
[53] 释道元.景德传灯录[M].妙音,文雄点校.成都:成都古籍书店,2000.
[54] 司马迁.史记[M].北京:中华书局,2009.
[55] 宋庠.元宪集[M].北京:中华书局,1985.
[56] 苏轼.苏轼诗集[M].北京:中华书局,1982.
[57] 王谠.唐语林[M].上海:上海古籍出版社,1985.
[58] 王夫之.楚辞通释[M].上海:上海人民出版社,1975.
[59] 王肃.孔子家语[M].王国轩,王秀梅,译注.北京:中华书局,2009.
[60] 王贞白.王贞白诗集[M].南昌:江西人民出版社,2013.
[61] 王重民,杨殿珣.清代文集篇目分类索引[M].北京:北京图书馆出版社,2002.
[62] 文天祥.文天祥全集[M].南昌:江西人民出版社,1987.
[63] 萧统.昭明文选[M].北京:中华书局,1997.
[64] 辛夷,成志伟.中国典故大辞典[M].北京:北京燕山出版社,1991.
[65] 熊廷弼.熊廷弼集[M].李红权,点校.武汉:湖北人民出版社,2019.
[66] 徐明庭,李曼农.黄鹤楼古今楹联选注[M].武汉:武汉出版社,1990.
[67] 许慎.说文解字[M].徐铉,校订.北京:中华书局,1963.
[68] 续修四库全书编委会编.续修四库全书·集部目录[M].上海:上海

古籍出版社,2002.

[69] 严羽. 沧浪诗话[M]. 高玮,注评. 武汉:崇文书局,2018.

[70] 杨伯峻. 论语译注[M]. 北京:中华书局,1996.

[71] 姚海东. 中国对联集成:湖北卷:新洲分卷[G]. 武汉:武汉市新洲区对联编纂委员会印刷,2006.

[72] 叶燮. 原诗[M]. 北京:人民文学出版社,2005.

[73] 袁济轩. 妙联漫话[M]. 北京:人民文学出版社,1976.

[74] 战国策[M]. 北京:中华书局,2006.

[75] 张成杰. 黄鹤楼诗词文联选集[M]. 武汉:华中工学院出版社,1984.

[76] 张建民. 湖北通史·明清卷[M]. 武汉:华中师范大学出版社,1999.

[77] 张炎. 词源[M]. 香港:龙门书店,1968.

[78] 张荫麟. 中国史纲[M]. 长春:吉林人民出版社,2013.

[79] 赵尔巽. 清史稿[M]. 北京:中华书局,2018.

[80] 曾昭文,涂道焕. 黄鹤楼诗词选[M]. 武汉:湖北人民出版社,1985.

[81] 中国民间文艺研究会湖北分会. 湖北民间故事传说集[G]. 武汉:湖北省群众艺术馆印刷,1980.

[82] 钟嵘. 诗品[M]. 古直,笺. 曹旭,导读整理集评. 上海:上海古籍出版社,2007.

[83] 朱熹. 诗集传[M]. 长沙:岳麓书社,1994.

[84] 朱熹. 四书集注[M]. 长沙:岳麓书社,1998.

[85] 朱祖延. 引用语大辞典[M]. 武汉:武汉出版社,2000.

本草述（下）

〔清〕劉若金 撰

焦振廉 張琳葉 趙琳
孫力 武文筠 校訂

荊楚文庫編纂出版委員會
華中科技大學出版社

《本草述》卷之十八

夷果部

荔枝

實

[氣味] 甘，平，無毒。

時珍曰：荔枝，氣味純陽，其性最熱。

希雍曰：荔枝子，南方果也，感天之陽氣，得地之甘味，《本經》雖云平，而其氣實溫也。

[主治] 通神益智，脾主治，健氣驅寒，止渴，益顏色，治瘰瘤贅，赤腫疔腫，發小兒痘瘡。

丹溪曰：荔枝屬陽，主散無形質之滯氣，故瘤贅赤腫者用之。苟不明此，雖用之無應。

希雍曰：甘溫，益血，助營氣，故能益人顏色也。

之頤曰：性稟畏寒，偏生煖地，且丹實成熟於夏，離火之象，色力咸勝，體陰用陽，駐顏久視之異果也。合入手足少陰、厥陰，宣風木，輔君火，若經若腑若臟，體用形氣，是動所生，靡不相應。

[附方]

痘瘡不發，荔枝肉浸酒飲，並食之。忌生冷。

疔瘡惡腫，用荔枝肉、白梅各三個，搗作餅子，貼於瘡上，根卽出也。

核

[氣味]　甘，溫，澀，無毒。

[主治]　心痛，小腸氣痛㿗疝，婦人血氣刺痛。

時珍曰：荔枝核利厥陰，行散滯氣。其實雙結而核肖睾丸，故其治㿗疝卵腫，有述類象形之義。

希雍曰：荔枝核同牛膝、補骨脂、延胡索、合歡子、茴香、木瓜、杜仲、橘核、萆薢，治疝氣，虛熱者加黃檗，虛寒者加桂。

[附方]

婦人血氣刺痛，用荔枝核燒存性，半兩，香附子炒，一兩，爲末，每服二錢，鹽湯、米飲任下。

疝氣㿗腫，用荔枝核四十九個，陳皮連白九錢，硫黃四錢，爲末，鹽水打麪糊，丸緑豆大，遇痛時空心酒服九丸，良久再服，不過三服，甚效如神。亦治諸氣痛。

腎腫如斗，荔枝核、青橘皮、茴香等分，各炒研，酒服二錢，日三。

治心痛，小腸氣痛，以核一枚煨存性，研末，新酒調服。

愚按：荔枝生於炎方，熟於夏月，朱丹溪先生謂屬陽者是。第南方之果以夏熟者寧止是物，而可概論乎？之頤所云體陰用陽，其說亦有意味。蓋其冬青春榮夏熟也，固爲陽，但其夏至將中，則翕然丹赤。夫丹赤者陽氣之所化，翕然丹赤，乃在夏至將中者，陽氣之用遇陰將進而圓成，有如時雨化之者。若然，則謂兹物爲純陽而離於陰也，其可乎？夫得陰以成其陽之化，卽入陰而達其陽之用，本草所謂健氣驅寒者，正入陰而達陽之一的証也。得陰二語，精義入神。因其得陰而陽乃化，故謂其能入陰以達陽，此處正宜理會。不識此義，則漫同於散滯氣諸味耳，用之不得一當也。丹溪所云主散無形質之滯氣，卽就氣分而言，然亦非泛言散滯氣也。蓋就其入陰而散陽之受滯於陰者也，如所謂治瘰癧瘤贅，赤腫疔腫等證，固皆陰之圍陽以爲此等證也。之頤又言其宣風木，輔心火者，卽入陰而達陽之義。厥陰風木乃心火之母，脾土之用，是所謂通神益智健氣者也。然方書之用核以治㿗疝，卽時珍亦止言核入厥陰，行散滯氣者，豈實與核之性味大殊，但述類象形，其義取之核耳。彼入肝腎，治癰腫，又非入陰而達陽之用者乎？況核之治心痛及小腸痛，亦治陽虛而陰乘之以爲痛，非能治陽盛而陰微之痛。況心與小腸固氣中之血也，茲味正入血以化氣耳。識此則所云散無形滯氣者，固不可以他辛散之味例視矣。經曰氣虛者寒也，又曰長氣於陽，此以陽之能化者益陽之虛，而更卽入陰以化之，是謂之驅寒，乃爲此味之散滯也。然則與補氣者類乎？曰：氣者陽之化也，此陽之能化者，卽爲補氣之虛，然亦不能等於參、芪之補也。予於癸巳春，因老人氣虛，而春每有暴寒，時或冒之，欲疎散而氣益虛，遽投參、芪，而微寒更不去，將補益與疎散酌用，又未能恰中，用荔枝肉肥厚者五枚，煮酒一鍾，屢服之，頗效。壬寅年冬，癸卯初春，予時因微寒，胸膈稍滯，或鼻塞不暢，用此味浸酒，每飲一杯，入蘇葉陳皮湯十分之二，服之及數杯，無不捷效。是則丹溪所謂能散無形質之滯氣，誠不妄也。蓋其益陽者似與辛熱之味同，其入陰以散氣分之寒，大不與純補陽者類，是茲味之所獨擅也。若然，本草既言止渴，而有云生者多食發熱煩渴，是不有相戾歟？蓋所謂止渴者，亦陽虛而不能化陰，則津液不生，故能止之，猶止泄渴，以白朮健胃生津也。若陽盛而渴者，用之則爲倒施矣。大抵入陰而達陽之用，繆希雍謂其甘溫益血，助營氣，已爲不及精察，如時珍遂指爲純陽者，將無與辛熱之味例視乎，則亦鹵莽矣。

龍　眼

實

[氣味]　甘，平，無毒。

[主治]　開胃益脾，寧心安志，除健忘，卻怔忡。[1]

時珍曰：荔枝性熱，而龍眼性和平，《濟生方》治思慮勞傷心脾，有歸脾湯，取甘味歸脾，能益人智之義。

嘉謨曰：歸脾湯中用之，功與人參並奏。

希雍曰：龍眼，稟稼穡之化，故其味甘氣平，入足太陰、手少陰經。

甘先入脾以爲補，由統血者以益主血之臟，是其功也。同生地黄、天麥門冬、丹參、柏子仁、遠志、蓮實、五味子、茯神、人參，能補心保神，益氣强志。

中梓曰：按方外服龍眼法，五更將不見水乾龍眼，以舌在齒上取肉去核，卽是舌攪華池之法，細細嚼，至渣如膏，連口中津汩汩然咽下，如咽甚硬物。畢，又如前法食第二枚，其服九枚，約有一時許，服畢方起。辰巳二時至未申二時及臨臥，一日四次服龍眼，其服時自氣和心静，且漱津納咽，是取坎填離之法，勞證者勤行一月，自愈也。

愚按：龍眼與荔枝，其味皆甘，而氣有溫平之殊。氣爲味之主，故卽溫平，而味亦如其氣以致用也。昔哲云荔枝纔過，龍眼卽熟，南人呼爲荔枝奴，雖其木性畏寒，然白露後方可采摘，是味至白露後其氣未圓成也，則視荔枝之翕然熟於夏至中者爲何如哉？況其色青黃，與丹赤之實殊乎。故甘之入脾者不少，而歸脾湯獨取之以爲脾益者，蓋取其歸脾之血也。取其歸脾之血者，取其思慮傷心，心爲血之主受傷，心爲脾母，母傷自，不能不取救於子，以致脾亦傷也。兹味采摘於白露後，得由金趨水之氣居多，是爲血之化原者强居其半矣。既爲血之化原，而又甘先入脾，統血者得其益，自能由子以益母，況脾脈偕腎脈以入心，更有捷得之效乎。所以謂其開胃益脾，而又藉其寧心安志云云也。其又謂志屬腎，而更能安之者，繆氏所謂心得血而補則火下降，坎離自交，故志得安也。然則遠志原爲益志，而入腎卽上以補心者，抑亦可交濟矣。

檳榔子_{其實春生，至夏乃熟，肉滿殻中，色正白。}

時珍曰：檳榔樹，初生若筍竿積硬，引莖直上，莖幹頗似桄榔、椰子而有節，旁無枝柯，條從心生，端頂有葉如甘蕉，條派開破，風至則如羽扇掃天之狀，三月葉中腫起一房，因自折裂出穗，凡數百顆，大如桃李，又生刺，重累於下以護衛其實。五月成熟，剥去其皮，煮其肉而乾之，皮皆筋絲，與大腹皮同也。又一種，與檳榔同狀而小，味近苦甘，爲山檳榔，卽所謂蒳子。又一種，似檳榔大而味澀，核亦大，卽大腹子也。

[氣味] 苦辛，溫，澀，無毒。權曰：味甘。弘景曰：交州者味甘，廣州者味澀。珣曰：白者味甘，赤者味苦。潔古曰：味辛而苦，純陽也，無毒。

[主治] 破滯氣，下行除痰癖，破癥結，消水穀，下水腫，祛嵐瘴膨脹，治瀉痢後重，及大小便氣秘，並主賁豚，膀胱諸氣，脚氣諸病，療諸瘧，更殺諸蟲。

潔古曰：檳榔味厚氣輕，沉而降，陰中陽也。苦以破滯，辛以散邪，泄胸中至高之氣，使之下行。性如鐵石之沉重，能墜諸藥至於下極，故治諸氣後重如神也。

盧復曰：無枝直上，此從甲而乙，從乙而丙，生長炎方，色白味澀，謂有金氣雜之西南偏隅故也，故其氣前往，有右遷之象焉。又云：氣迅機速，四氣咸宜，然於脾土最爲親切。

希雍曰：檳榔《本經》不載，見於《別錄》，其主治消穀逐水，除痰癖，殺蟲。茲物得天之陽氣，地之金味，故味辛氣溫，無毒，潔古言苦，以其感盛夏之火氣耳，氣薄味厚，陽中微陰，降也，入手足陽明經。二經病，則水穀不能以時消化，羈留而成痰癖，或濕熱停久，則變生諸蟲，此藥辛能散結破滯，苦能下泄殺蟲，故主如上諸證也。同草果、枳實、橘皮，治食瘧。加三稜、蓬莪、礬紅、紅麴、山查、麥櫱，消一切堅硬肉食，及諸米麪生冷食積，成塊作痛。同黃連、藕豆、蓮肉、橘紅、白芍藥、紅麴、烏梅、葛根、枳殼，治滯下後重。同雷丸、使君子、白蕪荑、蘆薈、肉豆蔻、胡黃連，治小兒疳蚘。同楝根、鶴虱、錫灰、薏苡根、貫衆、烏梅，治一切寸白蟲。同蒼术、草果、青皮、甘草，治山嵐瘴氣發瘧。

愚按： 檳榔瀉氣，世謂其視枳實、青皮尤甚。第枳實味苦兼酸，亦有辛，固與檳榔之辛溫者不同。至於青皮，本與之同一辛溫也，何以茲種瀉氣更甚乎？蓋檳榔子入口便澀，次苦，又次辛，最後微微有甘。雖澀者不敵苦，而苦者又不敵辛，是物以澀始之，辛終之，是全乎金者也，固稟降令之厚矣。然木產於南土而實熟於仲夏，則金之用全，蓋五臟以勝己者爲主，經言甚明也。夫厚稟降令，更乘乎火土之用，固宜專於氣分以下行矣。雖然，火爲金用者，在他藥亦不少，何以茲味之下行極也？曰：檳榔木亭亭直上，旁無枝柯，此降氣至極者，即經所謂上行極而下也，是唯茲物所獨擅耳。若夫升者降之本，萬物莫不皆然矣。抑金爲氣之主，火爲氣之靈，雖曰以勝己者爲主，而金之本乃在火，所謂有升而後有降火升金降，氣化固如斯也。故用茲味，如泄痢之後重，小便之淋痛，下而不達，如奔豚之逆行，脚氣之衝心，上而不下，他如水穀之不消化，痰癖之爲久稽，心痛之有積聚，膈氣之爲壅滯，二便之爲氣閟，諸蟲之爲粉聚，必審其病於升者大過，降者不及，則用茲味之金以和火可也。倘病於升之不及，降之大過，又須益火以培金之元，借金以全火之用，乃爲巧心，蓋此固虛實之分，未可紊也。所云補火，即陽者其精奉於上，不外於補中土，益中氣，所謂借金以全火之用，即借檳榔輩於補中行其壅滯也。然盧復謂其於脾土最切，希雍定其所入在手足陽明二經，亦以爲氣化之所本，更金氣之所司也。蓋肺與大腸屬金，胃土本金氣之升降以爲施化，所以亦曰陽明燥金耳。良工致慎於此，勿爲厲階可也。

［附諸方］

乾霍亂病，心腹脹痛，不吐不利，煩悶欲死，用檳榔末五錢，童子小便半盞，水一盞，煎服。

腸胃有濕，大便秘塞，大檳榔一枚，麥門冬煎湯磨汁，溫服。或以蜜湯調末二錢服，亦可。

脚氣衝心，悶亂不識人，用白檳榔十二枚，爲末，分二服，空心暖小便五合調下，日二服。或入薑汁、溫酒同服。

脚氣脹滿，非冷非熱，或老人弱人病此，用檳榔仁爲末，以檳榔殼煎汁，或茶飲蘇湯，或豉汁調服二錢，甚利。

丹從臍起，檳榔末，醋調傅之。

希雍曰：檳榔，性能墜諸氣至於下極，病屬氣虛者忌之。脾胃虛，雖有積滯者不宜用。下痢，非後重者不宜用。心腹痛，無留結及非蟲攻咬者不宜用。瘧，非山嵐瘴氣者不宜用。凡病屬陰陽兩虛，中氣不足，而非腸胃壅滯，宿食脹滿者，悉在所忌。簡閱青木香丸用檳榔，將酸粟米煮飯裹此，於灰火中煨之，其義極善，蓋不令其大破瀉腎氣也，勝於微炒及醋煮者矣。檳榔用酸粟米飯裹，濕紙包，火中煨令紙焦，去飯。

[修治]　檳榔，白者味辛，多散氣，赤者味苦澀，殺蟲。生時甚大，易爛，用灰汁煮熟焙乾，始堪停久。尖長有紫紋者名檳，力小，圓而矮者名榔，力大，今不復分，但取雞心正穩中實如錦紋者佳。刀刮去底，細切，急治生用，經火則無力，緩治略炒，或醋煮過。

愚按：此味經火則無力，是爲得金味之厚者更的矣。

大腹子

時珍曰：即檳榔中一種腹大形扁而味澀者，不似檳榔尖長味良耳，所謂豬檳榔者是矣。

[氣味]　辛澀，溫，無毒。

[主治]　與檳榔子同功時珍。

皮

[氣味]　辛，微溫，無毒。

[主治]　冷熱氣攻心腹，大腸蟲毒，痰膈醋心，並以薑、鹽同煎，入疏氣藥用之《開寶》，下一切氣，止霍亂，通大小腸《日華子》，降逆氣，消肌膚中水氣浮腫，腳氣壅逆，胎氣惡阻脹悶時珍。

嘉謨曰：下膈氣亦佳，消浮腫尤捷。

又云：攻心腹大腸壅毒。

《類明》曰：丹溪常用之以治肺氣喘促，及水腫藥中又多用之，蓋亦取其泄肺，以殺水之源也。

希雍曰：大腹皮，與檳榔所主治大略相同，第腹皮下氣稍遲，入足陽明、太陰經。同白术、茯苓、車前子、木瓜、桑白皮、五加皮、豬苓、澤瀉、薏苡仁、鱧魚，治水腫有效，虛者加人參。

愚按：劉恂《嶺表錄》云：交、廣生者，非舶上檳榔，皆大腹子也。彼中悉呼爲檳榔，自嫩及老，采實啖之，以袪瘴。收其皮入藥，皮外黑色，皮内皆筋絲，如椰子皮。若然，則希雍所謂大腹皮卽檳榔皮者，固本此也。檳榔子旣得金味之厚，而其皮何獨不然？但在實氣味凝厚，而皮則輕揚，故其疏壅氣之性同，而下墜迅速則不侔也。氣虛弱者，固不宜矣。然見治虛腫者用大補氣之味，而亦少入腹皮，又見有治痰火者，常以此味少少入健脾之劑，或皆取其能導壅順氣，而不甚酷烈乎，用者審之。

［修治］　鳩鳥多棲此樹上。細分開，先以酒按洗去濁，仍以大豆汁洗之，曬乾用。

雞距子 其樹枳椇，音止矩。

時珍曰：枳椇木，高三四丈，葉圓大如桑柘，夏月開花，枝頭結實如雞爪形，長寸許，紐曲開作二三岐，儼如雞之足距，嫩時青色，經霜乃黃，嚼之味甘如蜜。

實

［氣味］　甘，平，無毒。

［主治］　止渴除煩，去膈上熱，潤五臟，利大小便，功用同蜂蜜，枝葉煎膏亦同藏器，止嘔逆，解酒毒，辟蟲毒時珍。

丹溪曰：一男子，年三十餘，因飲酒發熱，又兼房勞虛乏。乃服補氣血之藥，加葛根以解酒毒，微汗出，人反懈怠，熱如故。此乃氣血虛，不禁葛根之散也，必須雞距子解其毒，遂煎藥中加而服之，乃愈。

《蘇東坡集》云：眉山楊穎臣病消渴，日飲水數斗，飯亦倍常，小便頻數。服消渴藥逾年，疾日甚。乃進蜀醫張肱診之，笑曰：君幾誤死。乃取麝香當門子，以酒濡濕，作十許丸，用棘枸子煎湯吞之，遂愈。問其故，肱曰：消渴、消中，皆脾弱腎敗，土不制水而成疾。今穎臣脾脈極熱，而腎氣不衰，當由果實酒物過度，積熱在脾，所以食多而飲水。

水飲既多，溺不得不多，非消非渴也。麝香能制酒果花木，棘枸亦勝酒，屋外有此木，屋内釀酒多不佳，故以此二物爲藥，以去其酒果之毒也。

愚按：雞距子之用，在方書消癉一方，卽論中枳椇子二錢，麝香一錢是也。又黃疸一方，乃戴原禮治酒毒熏肺，肺更移病於脾，脾肺合治，而藿枇飲是也，藿香、枇杷葉、桑白皮、陳皮、乾葛、白茯苓、雞距子各等分是也。以上味水煎，下酒煮黃連丸。合上二證之治，大都能療酒毒濕熱，較之他味有專功，如張肱積熱在脾四字，可尋繹也，似非茲味不能中病以除所患耳。

【校記】

〔1〕怔忡，原誤作"正仲"，今據《本草述鈎元》卷十八改。

《本草述》卷之十九

果之味部

蜀　　椒

頌曰：今歸峽及蜀、川、陝、洛間人家多作園圃種之。木高四五尺，似茱萸而小，有針刺，葉堅而滑，可煮飲食。四月結子，無花，但生枝葉間，顆顆如小豆而圓，皮紫赤色。八月采實，焙乾。江淮北土亦有之，莖葉都相類，但不及蜀中者良而皮厚裏白味烈也。

[氣味]　辛，溫，有毒。《別錄》曰：大熱。

[主治]　通三焦，下氣，補右腎命門，明目溫中，除虛冷腹痛，散氣，却濕鬱，消留飲宿食，治頭風下淚，冷嗽及寒濕泄瀉，飧瀉不化，寒濕痹痛，水腫黃疸，煖腰臍，縮小便，殺蚘蟲。

頌曰：服食方單服椒紅補下，宜用蜀椒乃佳。段成式言椒氣下達，餌之益下，不上衝也。

時珍曰：椒，純陽之物，乃手足太陰、右腎命門氣分之藥，其味辛而麻，其氣溫以熱，稟南方之陽，受西方之陰，故能入肺治寒，散咳嗽，入脾除濕，治風寒濕痹，水腫瀉痢，入右腎補火，治陽衰溲數、足弱久痢諸證。一婦年七十餘，病瀉五年，百藥不效，予以感應丸五十丸投之，大便二日不行，再以平胃散加椒紅、茴香，棗肉爲丸，與服，遂瘳。每因怒食舉發，服之即止。此除濕消食、溫脾補腎之驗也，然惟脾胃及命門虛寒有濕鬱者相宜，若肺胃素熱者，大宜遠也。

許叔微云：大凡腎氣上逆，須以川椒引之歸經，則安。

東垣曰：蜀椒去汗辛熱，以潤心寒。

玩李東垣先生語意，本於《內經》云氣虛者寒也，益命門之火，卽以養心氣之虛，故曰潤也。

《上清訣》云：凡人喫飯傷飽，覺氣上衝，心胸痞悶者，以水吞生椒一二十顆，卽散，取其能通三焦，引正氣，下惡氣，消宿食也。《難經》曰：三焦者，水穀之道路，氣之所終始也。又曰：三焦者，命門元氣之別使也。

原禮曰：凡人嘔吐，服藥不納者，必有蚘在膈間，蚘聞藥則動，動則藥出而蚘不出，但於嘔吐藥中加炒川椒十粒，良，蓋蚘見椒則頭伏也。觀此，則張仲景治蚘厥烏梅丸中用蜀椒，[1]亦此義也。

按蟲生於風木，蜀椒稟金氣以下達，故蟲頭伏。

丹溪曰：紅椒，屬火而有水與金，有下達之能，然服之既久，則火自水中生，故世人服椒者無不被其毒也。須知川椒純陽，如元陽虛憊者用之適宜，乃爲益少火也。如病於陰虛而服之，與服之，適宜久久習以爲常者，是又助壯火以食氣也。朱丹溪先生尚未發明。

希雍曰：蜀椒，稟火金之氣，得南方之陽，受西方之陰。《本經》味辛氣溫，《別錄》大熱有毒，氣味俱厚，陽也，入手足太陰，兼入手厥陰經。

[附方]

椒苓丸：補益心腎，明目駐顏，順氣祛風，延年。真川椒一斤，炒去汗，白茯苓十兩，去皮爲末，煉蜜丸梧子大，每服五十丸，空心鹽湯下。忌鐵器。

飧瀉不化及久痢，[2]小椒一兩，炒，蒼朮二兩，[3]土炒，碾末，醋糊丸梧子大，每米飲服五十丸。

老小洩瀉，小兒水瀉，及人年五十以上患瀉，用椒二兩，醋二升煮，醋盡，慢火焙乾，碾末，瓷器貯之，每服二錢匕，酒及米飲下。

愚按：蜀椒，結實於孟夏，正大火司令之時，故其氣熱，然采實必以八月，且其味絕無苦，但辛而麻，是火之用反在金也。火炎上而歸於金之降，故由肺而直達命門。椒必用蜀者，誠如東璧氏所云稟南方之陽，受西方之陰也，故火爲金用，不然與胡椒何別？先哲謂其有下達之能，又云引腎氣歸經者，良然。觀其以杏仁爲使，則其由肺而達命門也，固可思矣。**愚按**：先哲謂川椒能收水銀，卽此可以明於椒之能歸命門以爲補也，其義益明。蓋水銀出於丹砂中，本爲陽中之陰，而陽中之陰原根於陰中之陽，夫命門原爲陰中之陽，故椒能歸命門以爲補，能令陽中之汞得其所歸而自收也，豈非陰陽合一之妙在物理亦有然者乎？何況於人身之坎離相含而水火自能相交者乎？有志修真者，卽是亦可以大悟矣。抑何以能潤心寒？蓋氣者火之靈，心者火之主，火效金之用，則金之所能達卽火之所能達也。夫三焦少火自下而上，乃肺之合於心者自上而下，直通命門，心其首至者也，是卽所以潤心寒。經曰氣虛者寒也，中而脾胃，下而肝腎，亦莫不由是以達之。此潤心寒者正與肺冷脾濕之義相關，肺冷固屬氣怯，所謂脾濕者非與燥對，乃火不勝水，化原不足，如經所云中氣之濕耳，不可例以燥去濕論也。肺脾之氣下達，則肝腎胥益。昔哲所謂補下宜用蜀椒者，固謂其由肺而達命門，肝腎之氣卽命門之真陽也。雖然，此味以除寒濕爲功，將與烏、附同其性質歟？曰：不也。人之生，始於天一之水。水、火、金，皆氣先合而後形成。壬爲陽水，合於丁之陰火而生丙，是壬召丁，丙卽隨丁也，而後水中有火，命門以成，蓋火原生於水也，乃奉水之主以至於火而生心，坎離位矣。丙爲陽火，合於辛之陰金而生庚，是丙召辛，庚卽隨辛也，而後火中有水，心以成，蓋水又孕於金也，乃卽火之主以合於金而生肺。肺有二十空，貫心脈以行呼吸，且心系系於肺，正可參丙合於辛而金火合德也，然後了然於肺氣歸命門之義。如附子之用，仍由火而歸水，以致其火之精，蓋以丁應壬，返其所自始也；蜀椒之用，仍由金而歸火，以致其金之精，蓋以辛應丙，亦返其所自始也。火返於水者，卽水而致火之氣，火光於水中，必達水之蒙晦而後已，其除寒濕也，氣猛而不徐；金返於火者，卽火而致金之氣，金返於火，故歸命門而補之，乃有專功。金明於火中，必極火之宣揚而後已，其除寒濕也，氣昌而不峻。若然則其性質固有間矣，所以烏、附能奏奇效，而蜀椒不能與之等，卽蜀椒以久服爲害，亦不如烏、附之誤投貽禍爲烈也。以是審二味之所宜，或亦不至鹵莽矣。

秦椒，卽俗所謂花椒，其主治與蜀椒不甚異，然色黃，其味短，不及蜀椒。

[修治] 收椒，須用紙包，入瓷器中再封，勿令見風，蓋專取其氣以補命門也。凡使，去目及閉口者，微炒出汗，乘熱入竹筒中，以杵舂去附紅黃殼。

椒目

時珍曰：蜀椒，肉厚皮皺，其子光黑，如人之瞳人，故謂之椒目。他椒子雖光黑，亦不似之，若土椒，則子無光彩矣。

[氣味] 苦，寒，無毒。權曰：苦辛，有小毒。

[主治] 水氣及腎虛耳卒鳴聾，並止氣喘。

權曰：椒氣下達，故椒目能治腎虛耳鳴，用巴豆、菖蒲同碾細，以松脂、黃蠟溶和爲挺，納耳中抽之，治腎氣虛，耳中如風水鳴，或如打鍾磬之聲，卒暴聾者，一日一易，神驗。

震亨曰：諸喘不止，用椒目炒碾，二錢，白湯調服二三服以上劫之，後乃隨痰火用藥。

時珍曰：椒目下達，能行滲道，不行穀道，所以能下水燥濕，定喘消蠱也。愚按：椒目治喘，似於水氣之喘更爲得宜，如他相火上逆之喘，反爲禁藥，蓋其補命門之陽，與椒諒無大異也。

希雍曰：椒，稟純陽之氣，乃除寒濕，散風邪，溫脾胃，暖命門之聖藥，然而肺胃素有火熱，或咳嗽生痰，或嘈雜醋心，嘔吐酸水，或大腸積熱下血，咸不宜用。凡泄瀉，由於火熱暴注而非積寒虛冷者，忌之。陰痿腳弱，由於精血耗竭而非命門火衰虛寒所致者，不宜入下焦藥用。水腫黃疸，因於脾虛而無風濕邪氣者，不宜用。一切陰虛陽盛，火熱上衝，頭目腫痛，齒浮口瘡，衄血耳聾，咽痛舌赤，消渴，肺痿咳嗽，咯血吐血等證，法所咸忌。

[修治] 入藥微炒。

吳茱萸—種粒大，一種粒小，小者入藥，其色青綠。

[氣味] 辛，溫，有小毒。權曰：辛苦，大熱，有毒。潔古曰：氣

味俱厚，浮而沉，陽中陰也。海藏曰：辛苦，熱，氣味俱厚，陽中陰也，半浮半沉，入足太陰經血分，少陰、厥陰經氣分。中梓曰：吳茱萸辛散燥熱，入厥陰居多，脾腎其旁及也。

[本草主治] 溫中下氣，療痞滿塞，胸咽膈不利，去痰冷逆氣，飲食不消，胃冷吐瀉腹痛，霍亂轉筋，除濕血痹，療徧身痛痹刺痛，利五臟，通關節及大腸壅氣，治腳氣衝逆，潤肝燥脾，開鬱氣，治吞酸，厥陰痰涎頭痛，陰毒腹痛，疝氣血痢。

[方書主治] 泄瀉，疝，脚氣，脹滿積聚，嘔吐，鼻證，霍亂心痛，胃脘痛，痹，發熱，喘，齒，痞，水腫，痰飲反胃，噎，咳嗽血，頭痛腹痛，着痹，譫妄，不能食，嘈雜，大便不通，小便數，痘疹餘毒，耳證，蟲。

東垣曰：濁陰不降，厥氣上逆，咽膈不通，食則令人口開目瞪，陰寒隔塞，氣不得上下，此病不已，令人寒中，腹滿臟脹下利，宜於吳茱萸之苦熱泄其逆氣，用之如神，諸藥不可代也。不宜多用，恐損元氣。

好古曰：衝脈為病，逆氣裏急，宜此主之。震坤合見，其色綠，故仲景吳茱萸湯、當歸四逆湯方治厥陰病及溫脾胃，皆用此也。

朱瑞章《集驗方》云：中丞常子正苦痰飲，每食飽或陰晴節變率同，十日一發，頭疼背寒，嘔吐酸汁，即數日伏枕不食，服藥罔效。後為順昌司祿，於太守蔡達道席上，得吳仙丹方服之，遂不再作。每遇飲食過多腹滿，服五七十丸便已，少頃小便作茱萸氣，酒飲皆隨小水而去。前後痰藥甚眾，無及此者。用吳茱萸湯泡七次，茯苓等分，為末，煉蜜丸梧子大，每熟水下五十丸。

希雍曰：吳茱萸，稟火氣以生，故其味辛氣溫，有小毒。甄權：辛苦大熱，氣味俱厚，陽也，入足陽明、太陰，兼入足少陰、厥陰經。《內經》曰：土木水參居，為脾肝腎皆在膈下，其氣脈相近而相和也。故繆氏謂其入足陽明、太陰，兼入足少陰、厥陰經者良然，是則方書所治諸證而用茲味者，皆不越於茲義矣。

[附方] 腎氣上噦，腎氣自腹中起，上築於咽喉，逆氣連屬而不能出，或至數十聲，上下不得喘息，此由寒傷胃脘，腎虛氣逆，上乘於胃，[4]與氣相

併，《難經》謂之噦，《素問》云病深者其聲噦，宜服此方。如不止，灸期門、關元、腎俞穴。用吳茱萸醋炒熱，橘皮、附子去皮，各一兩，爲末，麪糊丸梧子大，每薑湯下七十丸。

冷氣腹痛，吳茱萸二錢，擂爛，以酒一鍾調之，用香油一盃，入鍋煎熱，傾茱酒入鍋，煎一滾，取服立止。

脾元氣痛，發歇不可忍，用茱萸一兩，桃仁一兩，和炒，茱焦去茱，取桃仁去皮尖，研細，葱白三莖，煨熟，酒浸溫服。

臟寒泄瀉，倦怠減食，吳茱萸湯泡過，炒，豬臟半條去脂，洗净，裝滿紮定，文火煮熟，搗丸梧子大，每服五十丸，米飲下，日二服。

多年脾泄，老人多此，謂之水土同化，吳茱萸三錢，炮過，入水煎汁，入鹽少許，通口服。蓋茱萸能暖膀胱，水道既清，大腸自固，他藥雖熱，不能分解清濁也。

愚按：吳茱萸，其木皮綠色，先哲以爲震坤合見，是則木爲土用者也。三月開花紅紫色，七八月結實，至九月氣烈而熟，可折，是本於春木之氣而醞釀於長夏火土，至秋然後結實，深秋乃告成而氣烈。舉春溫夏熱之氣，盡歸秋燥之辛以宣之，其味則由苦而辛，辛後復有苦，固木昌於火，火歸於金，卽就金而致其火之用，以暢厥陰風木之氣，故下泄濁陰爲所必須。夫苦歸於辛，而火氣上宣，辛復納於苦，而火氣又下達，故辛熱之味多上行，而此能下泄，火金之氣最盛，故下行最速。夫厥陰之所宣者，本於至陰腎也，厥陰之達其氣以爲用地者，用於太陰脾也。統味斯義，則此味所主本於厥陰，而暢水中之覆陽，降土中之滯陰者也，非泛泛下氣者比。以是思其功，可因證而奏效矣。此味治要不越於氣血，然治氣在血之先，其所治之證不越於濕寒熱，然寒在濕之先，而熱在濕之後，是所謂知其要者，一言而終也。

又按：《本經》首言溫中下氣，卽繼以除濕血痺，煞有可思。蓋言下氣本於溫中，其氣之不下，卽海藏所謂痞滿塞胸咽膈不通之謂也。其氣下本於溫中者，緣濁陰不降而清陽不升，經所謂清氣在下，則生飱泄，[5]濁氣在上，則生䐜脹者也。夫上焦本屬天表之陽，而濁陰反居清陽之位，由陰不得陽以生化也，故曰臟寒生滿病，故溫中則氣下。此所謂溫中，即《日華子》所云起陽健脾之謂也。陽起而脾健，則升降自合其宜，陰陽自正其位，如是則陰得陽以化，陽卽和陰以行。此所謂氣下，卽《日華子》所云治痞滿塞胸，咽膈不通，卽《別錄》所云利五臟，《日華子》所云通關節之謂也。如是之謂氣下，是不徒在胸膈之滯化矣，卽是便可除濕而血不病於脾矣，此所謂除濕血痺，卽甄權所云治遍身癢痺刺痛，腰脚軟弱，《日華子》所云治腎氣脚氣水腫之謂也。更諸本草，如甄權所云利大腸壅氣，卽方書脹滿之治，沉香交泰丸，其證脹而秘結，又導氣丸，其證痞塞，關格不通，腹脹如鼓而大便秘結。如二治者，是上脹而下壅也。又海藏所云潤肝燥脾，卽方書脹滿之治，木香順氣湯，其證濁氣在上，則生䐜脹，正陰氣在上而不能下也。又云兩脇刺痛，脈弦而細，正血滯於中土之脾而不能潤肝，以致兩脇刺痛，其脈弦細也。夫陰滯於脾，則血自不能潤肝，而脾反患於濕。若血不滯於脾而潤肝，則脾自燥，此卽下氣而除濕血痺之義耳。又時珍所云吞酸，卽方書嘔吐之治，而有吐酸吞酸者，皆飲食傷於中脘所致。或有熱者，投咽醋丸，吳茰、陳皮、黃芩各五錢，蒼术爲臣，黃連一兩爲君，是所謂濕熱之治也。又參茰丸治濕熱滯氣甚者，六一散七兩，吳茰二兩，爲末合服。此二證，皆吳茰同於別味以除濕熱者也。然在方書中，有止用吳茰以除虛寒之吞酸，有醋心上攻，若濃醋煎吳茰湯頓服者，有食已吞酸，將吳茰湯泡七次焙乾，及薑炮等分，爲末湯服者，蓋是證固有濕熱寒濕之殊，皆用此味，何以舉寒熱而皆宜耶？曰：由於下氣除濕爲其主要。如寒濕之治，治其因寒而成濕，濕在寒之後也；濕熱之治，治其因濕而化熱，熱在濕之後也。第其下氣除濕，不離氣血而言，不等於行水導濕之例也。更參此味之於瀉泄疝證及脚氣諸患，和種種羣劑而用者，則知所以用吳茰矣。按方書，此味治瀉泄較多，然瀉泄有濕熱寒濕之殊，而用之並用茲味也云何？蓋此之濕熱正所謂熱在濕之後也，其用黃連者，唯連能燥濕而并清熱也，更用此味以行中土之滯氣，俾濕先化而奏功也。至於寒濕之治，有云脾胃虛弱，或云虛寒，有云大腸虛冷，或云腸痺寒濕，有云下元虛寒，火不生土，卽云腎泄，更滑泄而云寒者，以其類由於元陽之虛也。

但既病於瀉泄，卽腎泄寧得越於中土？正經所謂中氣之濕也。中氣不根於元陽乎？如吳萸之溫中下氣，未嘗不偕諸味以回元陽於無何有之鄉也。其主治以次及者，曰疝，曰脚氣。夫疝證亦有濕熱寒熱之治，第此之寒類從外受，不專責其虛於元陽也。因寒而陽不得化，陽不化而鬱於寒中，是爲寒化濕，而濕因化熱，故丹溪有云疝證爲寒也，熱也，濕也，皆宜於通，或疎散，或分利，或針灸，是通其由外而受者也。雖然，外邪固病因，而實病於腎中寒水之化，寒水之化不行，乃致風木鬱於所生之中，故小腹及外腎俱腎肝之部分，而見於病者不爽也。在至陰之地，而陰中之陽不能紓陰，故病於濕以圍陽，是非濕在熱先乎？愚按：所云濕熱者，不止於因寒而化濕，復因濕而化熱也。蓋有原本於眞陽不足，卽不能化陰，而陰隨化爲濕也。如方書所治諸證，用兹味者，皆宜參酌於斯義以爲治療也。如酷暑蒸濕，卽傷人身之眞陽，是不必因寒化濕之證也，況於人身之元氣有元稟於不足者乎。如兹味能逐隊以導陰而達陽，則濕自化而熱自行，亦不遠於下氣除濕血痹之義也。至如脚氣主治，亦有寒濕風濕濕熱以爲病，第求其本而責之，唯是陰不升而陽不降耳。蓋足爲三陰所起之地，然此卽三陽所歸之地，緣三陰有不足，不能上而召陽，則三陽無所歸，不能下而和陰。蓋陰爲陽之原，不足，故不能召陽；而陽爲陰之依，不歸，故不能和陰。陰下壅而陽上淫，壅於極下之足，故統名曰脚氣也。雖然，前二證多因於陰邪之有餘，而脚氣病還病於眞陰之不足，陰不足，故陽不歸，如吳茱萸之和諸劑以治者，似先能下陽之氣以歸陰，卽能和陰之氣而起陽，此所謂治其本也。知責其本，則如寒濕風濕濕熱之異，苟隨其所勝而合宜以投劑，是其治標者仍歸之治本以奏效也。又次爲脹滿積聚在脹滿證，正是氣不下而病於濕爲血痹也，如吳萸之逐隊以治者，有中滿分消湯，云治寒脹也，如廣茂潰堅湯，謂治中滿腹脹，有積聚堅硬如石云云也，又半夏厚朴湯，謂服前藥中滿減半，止餘有積，投此湯以消積也。三方中有二方是治病於脹滿而兼有積者也。吳萸之同諸劑以治，非由氣下而除濕血痹之義乎？又如沉香交泰丸，主治脹而大便燥結者，蓋陰結於上，不能化以下行，故痞滿塞胸而大便反燥結也，是謂因濕而滯熱，故君大黃以除濕熱，而厚朴爲臣，俾其濕行而熱散，更有佐之者，或療濕而健脾，或降氣而行之，或助之行濕，或助之行氣，或因濕行而助之滲利，或和血而助諸味以化血痹，是皆治陰之不降而胸脹，陽之不升而腸燥，以成其交泰者也。又如木香順氣湯，其主治濁氣在上則生䐜脹者，卽陰氣在上而不下之義也，主治兩脇刺痛，脈弦而細者，卽血滯於中土之脾而不能潤肝，以病於兩脇刺痛，脈弦而細也，此湯以升、柴爲君，令陽升而陰自降，有味之甘辛大熱者消散中寒爲臣，又藉辛苦大溫者通順滯氣，更辛甘溫者調和營衛，滋養中氣，若吳茰同諸味用之，可得其氣降而血暢矣。又導氣丸，其證似可仿佛於交泰丸以治之，然實有不同者，一爲降陰氣而行濕之義多，一爲補陽氣而通格之義勝，雖同是大便秘結，但陰降則陽升，陽升而佐以行氣則濕化，陽盛則陰降，陰降而佐以通利則格消，此亦吳茰之能和他味而奏功者矣。又其次治在積聚，按積聚證，而吳茰於五積止偕諸味以治肺脾二臟者，蓋茲味本溫中而下氣，由氣下而除濕血痹，故如肺之所主氣也，如胃行氣於三陰三陽，而脾爲胃以行氣於三陰三陽也，焉得不以肺脾爲主乎？卽溫中下氣一語，可參矣。如治肺積，雖其積在右脇下，爲肺主氣而病於所從出之道，然由氣而病於血痹，則如肝之主血，亦隨肺之氣以同病，故三因悉奔湯有桂心與他味等分，可見氣不病於血不能成積也。又如脾積之痞氣丸，其用白朮、砂仁、乾薑、川烏、川椒、桂者，謂積多因於寒，經固曰氣虛者寒也，乃更用黃連、黃芩，而連且爲諸藥之君者，爲其積塊已堅，氣鬱已久，氣鬱化濕，濕聚化熱，濕熱相生，塊日益大也，是責其本在寒，治其標在濕熱耳，故有厚朴散結氣，吳茰下壅氣，茵陳導濕，而合茯苓、澤瀉以滲之，是其不專主清熱者，不猶是不以熱先濕之義乎？此導氣丸之所以名也。又有加減痞氣丸，云孟秋則合此劑，蓋孟秋則金氣正旺，不爲虛寒，惟在秋則濕勝滋熱，止用芩、連清熱，而厚朴散結氣爲君，又吳茰、陳青皮佐之，益智仁同附子行濕而澤瀉、茯苓及廣茂、昆布佐之，歸尾、紅花活血而熟地佐之，種種所用，不外調氣除濕以化血痹之義也。又鱉甲丸，云治痞氣當胃脘，結聚如杯，積久不散云云，以鱉甲爲君而大黃爲臣，鱉甲用其陰氣之專以行濕而化熱，若大黃固除濕熱者也，但用附子行濕，木香升降諸氣而使行，用吳萸佐之，另有破結散瘀者。總之濕熱固血分之病，而中土原主濕化，故此丸亦主於脾，猶是治濕爲先，不外於下氣化血痹之義耳。至於治雜積之萬病紫菀丸，治九氣積聚之散聚湯，合於衆劑而奏績者，又寧外於下氣除濕血痹之治乎哉？其次治嘔吐證，一丁香吳茱萸湯，治嘔吐噦因於胃寒所致也，一吳茱萸湯，主嘔而胸滿者。其治引寒淫於內爲言，是亦治其寒也。至於咽醋丸，主治云吐酸吞酸，皆飲食傷於中脘所致，[6]此丸又是宜於有熱者，君以黃連而蒼朮爲臣，更濟以黃芩，蓋中脘屬胃，熱亦先從濕化，故朮與連合以除濕之化熱，而黃芩清氣，俾吳萸、陳皮得同類而行其濕滯之氣也。又參萸丸，方書云治濕熱，更云濕熱甚者用爲向導，上可治吞酸，下可治自利，蓋君六一而臣吳萸，正是向導，俾其不與濕熱相拒以致其用也。至霍亂證，如吳茱萸湯，言其治冒暑伏熱，腹痛作瀉等證，又云或冒寒，或忍饑等傷於胃氣，致上吐下瀉，或頭旋眼暈，手腳轉筋，四肢逆冷，胥此治之，其處方止吳萸、木瓜、食鹽三味各等分也。又木瓜湯，治吐瀉不已，轉筋擾悶，止木瓜、茴香、吳萸、甘草四味也。更木瓜散之治，但以生薑易茴香，去甘草而已。此二方又以木瓜爲主，如諸味特佐之。蓋木瓜之行濕而和血，因以化氣，其所治在肝，雖吳萸不得與之齊功，第其溫中下氣以致除濕血痹，不爲助木瓜而奏功乎？又其次治心痛、胃脘痛，有九痛丸，是治九種心痛之虛寒而疏越其滯氣者也。又扶陽助胃湯，亦驅寒而補中土之虛者也。又草豆蔻丸之治，在方書主客寒犯胃，且言其熱亦可用也。此三方者，其用吳萸之義易明也。再次則痹三方，一腸痹，其二皆療脾痹。按諸痹因爲風寒濕邪所中，閉其正氣，以故患於不仁。第如腸痹者，邪中於腸，脾痹者，邪中於脾也。痹在腸，是六腑之受病，其治疏利而兼以補；痹在脾，是五臟之受病，補益而入以行。如吳萸者，或腑或臟，藉其行氣而暢血，皆不可少，概不越於下氣除濕血痹之義也，統論吳萸之功，如以上數證，固不足以盡之，第摘其主治較多之證以悉其治療之義，而餘證可以類推耳。或曰：他味下氣者多屬破泄，而此之下氣者本於氣味辛溫，若《本經》首謂溫中下氣，繼以除濕血痹，非以辛温之故乎？故方書於脹滿證有二方，蓋寒熱殊治，如吳茰唯用於治寒，於熱治固不與也。其有用於濕熱者，以濕在熱之先，其逐隊於連、芩輩，蓋不藉此味無以爲先導，令濕行而苦寒得以奏清熱之功也。第茲味之用全取其氣，其由火土之氣以致於金，則氣之化原裕矣。更於九月九日乃氣烈而熟者，豈非火土之氣盡爲金用，而金能達火土之氣以爲氣之昌大，有是其烈也歟？是其化原本於夏之火土，其致用乃暢於三秋之金，正潔古、海藏所謂陽中陰也。唯爲陽中之陰，故先哲謂其能分解清濁，經云陰陽如一者死，所謂清濁者即陰陽之二氣，陰陽合而分，分而合，茲物得其玄機乃如此，是又不徒以辛溫爲功也。故舉風毒溫毒，能和諸劑，無不以補益爲和暢者。是此味之所獨具，不惟諸破決之劑莫之與同，即他補益之味亦難齊其運化之功矣，明者其善用之。

[附方]

醋心上攻甚，用茱茰一合，水三盞煎七分，服。有人心如蜇破，服此久不發。

食已吞酸，胃氣虛冷，服吳茰湯，泡七次，焙，乾薑炮，等分，爲末，湯服一錢。

此二證正治虛寒而吞酸者也。

腹中癥塊，茱茰三升，搗和酒煮，熟布裹，熨癥上，冷再炒熱，更番熨之，癥移，走逐熨之，消乃止。

此外治法。

希雍曰：陽厥似陰，手足雖逆冷而口多渴，喜飲水，大小便秘結，小便或通，亦赤澀短少，此火極似水，守真所謂禁慄如喪神守皆屬於火之謂耳。此與桂、附、乾薑之類同忌。嘔吐吞酸屬胃火者，不宜用。咳逆上氣，非風寒外邪及冷痰宿水所致，不宜用。腹痛屬血虛有火者，不宜用。赤白下痢，病多滯下，因暑邪入於腸胃，而非酒食生冷停滯積垢者，不宜用。小腸疝氣，非驟感寒邪及初發一二次者，不宜用。霍亂轉筋，由於脾胃虛弱，冒暑所致，而非寒濕生冷干犯腸胃者，不宜用。一切陰虛之證及五臟六腑有熱無寒之人，法所咸忌。

[修治]　凡使，湯浸，去苦烈汁七次，然後焙用。

食茱萸　一名欓子，比吳茱顆差大，經久色黃皮黑。

時珍曰：吳茱、食茱，乃一類二種。茱萸取吳地者入藥，故名吳茱萸，[7] 欓子則形味似茱萸，惟可食用，故名食茱萸也。予年七十有七，至秋冬時小腹痛，雖不甚，然綿綿不能止。蓋小便屬肝，而辛丑歲濕土司天，寒水在泉，且丙辛以化寒水，致風木鬱於下而不得暢，且老人真陽又虛，故患此也。用食萸二錢，烏藥一錢，酒香附加醋炒一錢，合煎湯，再加倍，清酒煮一時，於早粥後大饑時服之，前證頓愈。蓋食萸去厥陰寒濕，而烏藥氣溫，利肝氣，醋炒香附又行肝氣，故爾奏效之捷也。時珍謂食萸僅於食治者，亦大莽矣，本草之說是也。

實

[氣味]　辛苦，大熱，無毒。

時珍曰：有小毒。

[主治]　功同吳茱萸，力少劣爾。去暴冷腹痛，食不消，並治冷痢。蘇恭謂食茱萸功同吳茱萸，但力少劣爾，此語誠然。一女子，於秋深病腹中氣痛甚，止多服食茱萸茶而愈。既能治病，乃曰僅可食用，不謂之莽不可也。

胡椒　殺一切魚肉鱉蕈之毒，故食料多用之。

實

[氣味]　辛，大溫，無毒。

時珍曰：辛，熱，純陽。

[主治]　心腹冷痛，霍亂嘔吐，胃口虛寒，冷氣刺痛，宿食不消，大腸寒滑，大能下氣快膈。

宗奭曰：胡椒，去胃中寒痰，食已則吐水，甚驗。大腸寒滑亦可用，須以他藥佐之，過劑則走氣也。

時珍曰：胡椒，大辛熱，純陽之物，辛走氣，熱助火，唯宜於腸胃寒濕者耳。按張從正《儒門事親·論噎膈證》云此證或因酒得，或因氣得，或因胃火，醫氏不察，火裏燒薑，湯中煮桂、丁香未已，豆蔻繼之，蓽茇未已，胡椒繼之，雖曰和胃，胃本不寒，雖曰補胃，胃本不虛，況三陽既結，食必上潮，止宜湯丸小小潤之可也。時珍竊謂此說雖是，然亦有食入反出無火之證，又有痰氣鬱結，得辛熱暫開之證，不可執一也。心下大痛，用椒五分，沒藥三錢，研細，分二服，溫酒下。此即胃脘當心而痛，非心痛也。虛寒積癖，在背膜之外，流於兩脅，氣逆喘急，久則營衛凝滯，潰為癰疽，多致不救，用胡椒二百五十粒，蠍尾四個，生木香二錢半，為末，粟米飯丸綠豆大，每服二十丸，橘皮湯下，名磨積丸。

希雍曰：胡椒，稟天地純陽之氣以生，故其味辛，氣大溫，氣味俱厚，陽中之陽也，入手足陽明經。胡椒，辛溫大熱，純陽之藥也，凡胃冷嘔逆，宿食不消，或霍亂氣逆，心腹冷痛，或大腸虛寒，完穀不化，或寒痰冷積，四體如冰，兼殺一切魚肉鱉蕈等毒，誠為要品。然而血分有熱與夫陰虛發熱，咳嗽吐血，咽乾口渴，熱氣暴衝，目昏口臭，齒浮鼻衄，腸風臟毒，痔漏洩澼等證，切勿輕餌，誤服之能令諸病即時作劇，慎之慎之。

《類明》曰：或問：烏、附、薑、桂之熱尤甚於胡椒，用之藥中，豈不有傷五臟之氣乎？曰：烏、附、薑、桂用之於藥中，各有君臣佐使以相制，有此證用此藥，是有故無殞也。非比胡椒，世人以之調治飲食，不分冬夏而常食之，故丹溪特舉其傷氣之禍，禁戒之意切矣。

愚按：胡椒，因其辛辣似椒，故得椒名，實非椒也。亦結實於大火司令之時，但產於南荒，與蜀椒稟南方之陽、受西方之陰者迥異矣。是純得乎火土之全，雖辛甚於蜀椒，而辛亦火中之烈氣，故謂其入胃與大腸也。然辛熱實甚，食料最宜酌量，至病屬腸胃之寒者，治之豈無善劑，又何必須此耶？

[修治] 凡使，內無皺殼者力大，石槽中研末用。

蓽澄茄

珣曰：生南海諸國。向陰者為澄茄，向陽者為胡椒。時珍曰：海南諸番皆有之。蔓生，春開白花，夏結黑實，與胡椒一類二種，正如大腹之與檳榔相近耳。結實似梧桐子微大，柄粗而蒂圓。

實

[氣味] 辛，溫，無毒。

珣曰：辛苦，微溫。

[主治] 下氣消食藏器，治一切冷氣痰澼《日華子》，暖脾胃，止嘔吐噦逆時珍，並霍亂吐瀉腹痛及腎氣膀胱冷《日華子》。

[方書主治] 傷勞倦，暴嗽，痿證，不能食，諸逆衝上，及氣證，腹痛脹滿，消癉，喘，鼻塞。

[附方]

反胃吐食，吐出黑汁，治不愈者，用畢澄茄為末，米糊丸梧子大，每薑湯下三四十丸，日一服，愈後服平胃散三百帖。有一吐黑水，水中又有似綠草者，予以為腎肝陽虛極而見本臟之色也。茲方以此味治吐黑水者，則予之言不妄也。

傷寒呃逆，日夜不定者，用畢澄茄、高良薑各等分，為末，每服二錢，水六分煎十沸，入酢少許，服之。

按此屬寒證陰盛呃逆，可投之，如屬陽逆者，投之則危，須審之。

鼻塞不通，肺氣上攻而致者，**畢澄茄丸**：用畢澄茄半兩，薄荷葉三錢，荊芥穗一錢半，為末，蜜丸芡子大，時時含咽。

愚按：畢澄茄，類言與胡椒同其主治，然其溫脾胃同，而療腎氣膀胱冷者少類於蜀椒，下氣同，而治陰逆下氣塞者少類於吳萸。投劑者亦宜知所用之。

又按：此味在《日華子》言其治腎氣膀胱冷，而嚴用和《濟生方》治脾胃虛弱，胸膈不快，不進飲食，是則益脾胃，令人能食者，其本在於能暖腎與膀胱之氣也。雖然，暖腎氣之味固上得而益中土，並及中土陽虛之病矣，然何以多治逆上諸證而氣能下也，得毋以其向陰者為澄茄，[8]的如李珣之說乎？果若是，似當以暖腎及膀胱氣為首功，何諸本草俱未澄敘至此耶？然閱方書各證之用，是由下焦及中焦上焦而直通天者，謂非根於極下，何能際於極上乎？故溫補而下氣，為此味兼長，然方書主治皆因證而分用其所長也。有只用其補益，則逐隊於溫補諸劑，如傷勞倦致腎氣虛，治以兔絲子丸是也。又用此丸以療腎虛之暴嗽，是卽以溫補腎元而下氣者也。又如足陽明胃虛而宗筋無所養，遂成痿者，治之以藿香養胃湯，是亦同於溫補中土之劑以爲功，而不及於下氣者也。又如治不能食之育氣湯，用以通流百脈，調暢脾元，補中脘，益氣海，祛陰寒，止腹痛，進飲食，此逐隊於溫補諸味，而亦稍稍藉助於下氣者也。又如諸逆衝上之證，氣急甚而不能眠臥者，沉附湯，用附子爲君，此味同於沉香、辣桂以補陽而歸之，却少借香附助其下行，是亦同於以補爲下氣者也。至如青木香丸之治胸膈噎塞，氣滯不行，嘔噦痰逆，不思飲食，其責效在同於下氣之劑，但借此味助故紙以歸腎氣而行之，爲諸下氣者之樞也。雖然，此味之用，原取其以溫爲補者，故外傷於寒及內虛爲寒者乃其的對。如麻黃草豆蔻丸之治腹痛，因於季秋客寒犯胃者，立方以透陽散寒，溫中理胃，升清降濁，以導逆滯，且少用活血之味，因於寒也，則入此味於內，其溫補而又兼下氣者可知矣。又如中滿分消湯之治寒脹，以溫中下寒逆爲君，以祛痰行氣爲臣，而佐之辛熱以益腎氣，理中氣，却有升清降濁之味導其氣之滯，且連、檗攙入於內，以瀉寒不卽散而鬱氣所化之熱，俾之從辛熱以消，是則用澄茄於此方中，蓋不專取其溫補，而更籍其下氣矣。第二證俱病於寒，俱病於中土，而投劑之異同不可參乎？更有生津甘露飲子，治膈消大渴，飲水無度，舌上赤裂，小便數，故方折熱補氣，以石膏之甘寒爲君，以連、檗、梔子、知母苦寒者瀉熱補水爲臣，以當歸、杏仁、麥冬、全蠍、連翹、白葵花、蘭香甘寒和血潤燥爲佐，升、柴苦平，行陽明少陽二經，澄茄、白蔻、木香、藿香反佐以取之。卽此方治熱而用寒，兼入熱劑，前方治寒用溫，而兼入寒劑，然皆不舍澄茄，則此味雖曰溫補，然其於氣分似大能行而利之，有妙於寒熱之先者矣。至於治喘之見晛丸，由傷於鹹冷飲食而病者，唯同溫散及破滯之劑以爲功，又非溫補及下氣之義也。雖然，卽治鼻塞之畢澄茄丸以思此味，則其歸腎而溫之以及膀胱者，乃陽出地中之義，故能極於極上以通天也，然則斯亦氣中之善物乎。

［修治］　去柄及皺皮，酒浸，蒸半日，細杵。

鹽麩子

樹狀如椿，子七月結，子粒如小豆而扁，生青，熟微紫色，其核淡綠，狀如腎形，核外薄皮，上有薄鹽，小兒食之，滇、蜀人采爲木鹽，葉上有蟲，結成五倍子。八月采之。

子

［氣味］　酸鹹，微寒，無毒。

［主治］　生津降火化痰，潤肺滋腎，消毒止痢收汗，治風濕眼病時珍。

時珍曰：鹽麩子氣寒，味酸而鹹，陰中之陰也。鹹能耎而潤，故降火化痰消毒；酸能收而澀，故生津潤肺止痢。腎主五液，入肺爲痰，入脾爲涎，入心爲汗，入肝爲淚，自入爲唾，其本皆水也。鹽麩五倍先走腎肝，有救水之功，所以痰涎、盜汗、風濕、下淚、涕唾之證皆宜用之。

未盡之義，詳五倍子百藥煎愚按下。

茗_{郭璞云：早采爲茶，晚采爲茗。}

許次杼然明曰：《茶疏》曰：唐人首稱陽羨，宋人最重建州。於今貢茶，兩地獨多，陽羨僅有其名，建州亦非上品，唯武夷雨前最勝。近日所尚者爲長興之羅岕，疑即古顧渚紫筍，然岕有數處，今唯峒山最重。姚伯道云：明月之峽，厥有佳茗。韻致清遠，滋味甘香，足稱仙品。其在顧渚亦有佳者，今但以水口茶名之，全與岕別矣。若歙之松蘿，吳之虎丘，杭之龍井，並可與岕頡頏。郭次甫極稱黃山，黃山亦在歙，去松蘿遠甚。往時士人皆重天池，然飲之略多，令人脹滿。浙之產曰鴈宕大盤、金華日鑄，皆與武夷相伯仲。錢塘諸山產茶甚多，南山盡佳，北山稍劣。武夷之外有泉州之清源，倘以好手製之，亦是武夷亞匹，惜多焦枯，令人意盡。楚之產曰寶慶，滇之產曰五華，皆表表有名，在腐茶之上。其他名山所產，當不止此，或余未知，或名未著，故不及論。茗有名臘茶者，方書入藥用，如療滯下之茶梅丸是其一也。緣蔡襄述閩茶惟建州北苑數處產之，碾治作餅，日曬，得火愈。

葉

［氣味］　苦甘，微寒，無毒。

［主治］　清頭目好古，利小便，去痰熱，止渴，令人少睡《神農食經》，治中風昏憒，多睡不醒好古，利大小腸藏器，炒煎飲，治熱毒赤白痢，解飲食炙煿毒，治傷暑，同芎藭、葱白煎飲，止頭痛吳瑞，濃煎，吐風熱痰涎時珍。

陸羽《茶傳》曰：茶之爲用，味至寒，爲飲最宜。精行儉德之人，若熱渴凝悶，腦痛目澀，四肢煩，百節不舒，聊四五啜，與醍醐甘露抗衡也。

機曰：頭目不清，熱熏上也，以苦泄其熱，則上清矣。且茶體輕浮，采摘之時芽蘖初萌，正得春升之氣，味雖苦而氣則薄，乃陰中之陽，可升可降，利頭目，蓋本諸此。

楊士瀛曰：薑茶治痢，薑助陽，茶助陰，並能消暑，解酒食毒，且一寒一熱，調平陰陽，不問赤白冷熱，用之皆良。生薑細切，與真茶等分，新水濃煎服之。蘇東坡以此治文潞公有效。按仁齋謂薑茶湯宜於暑時，誠然。蓋茶之氣寒味苦，而入手足厥陰者，宜於少飲，以其傷陽也。如暑時正陰不能配陽之際矣，以之抑陽而助陰，誰曰不宜？第偏於助陰以傷陽，不惟陽傷，而陰亦不得以行其氣化，是兩傷也。如和以生薑之辛散，則陽得其氣化以育陰，而陰亦由其化氣以配陽矣。如老人在暑月則宜此湯，如三冬時以茱萸配茶爲飲乃可，冬寒而茶又寒，雖薑亦無能助陽也。

時珍曰：唐補闕毋炅《茶序》云釋滯消壅，一日之利暫佳；瘠氣侵精，終身之累斯大。獲益則功歸茶力，貽患則不謂茶咎。豈非福近易知禍遠難見乎？又宋學士蘇軾《茶說》云：除煩去膩，世故不可無茶，然暗中損人不少，空心飲茶入鹽，直入腎經，且冷脾胃，乃引賊入室也。惟飲食後濃茶漱口，旣去煩膩而脾胃不知，且苦能堅齒消蠹，深得飲茶之妙。古人呼茗爲酪奴，誠賤之也。

愚按：茗茶，海藏謂其氣寒味苦，入手足厥陰經。夫手厥陰，心包絡也，足厥陰，肝也。在足厥陰，乃由陰中達陽以上升也；在手厥陰，乃由陽中育陰以下降也。如下而達陰中之陽者，一爲苦寒所傷，則陰之化機阻而不能達陽矣；如上而達陽中之陰者，復爲苦寒所傷，則陽之化原虧而不能達陰矣。時珍所謂唯少壯胃健者，心肺脾胃之熱多盛，乃與茶相宜。若虛寒及血弱之人，飲之既久，則脾胃惡寒，元氣暗損，土不制水，精血潛虛，成痰飲，成痞脹，成痿痹，成黃瘦，成嘔逆，成洞瀉，成腹痛，成疝瘕，種種内傷，此茶之害也。又有嗜茶成癖者，時時咀啜不止，久而傷營傷精，血不華色，黃瘁痿弱，抱病不悔，尤可歎惋。細味斯言，則攝生者豈得漫習世尚，致傷其升降之元氣乎？經曰：升降息則氣立孤危。如忽焉而不一致慎，非卽在日用飲食之間，還以自戕其生乎哉。

希雍曰：凡茶之種類極多，方宜大異，要皆以味甘不澀，氣芬如蘭，摘於夏前者爲良。夫茶稟天地至清之氣，生於山谷磽瘠砂土之中，不受纖芥穢滓，專感雲露之氣以爲滋培，故能滌腸胃一切垢膩，寧非木中清貴之品哉？如所謂苦寒不利脾胃，多服久服貽害者，定屬粗惡苦澀品類，非道地所產者，是則不宜飲也。若味甘氣芬之茗，飲之寧得致疾乎哉？但佳茗亦不宜飲於酒後，以其能成飲證也。同黃連、酸棗仁生用、通草、蓮實，治多睡好眠；同當歸、川芎、烏梅、黑豆、生地黃、土茯苓、甘菊花，治頭痛因於血虛有火者。

［附方］

《直指方》：熱毒下痢，蠟茶爲末，蜜水煎服。白痢，以連皮自然薑同水煎服，兩三服卽愈。

【校記】

〔1〕仲，原脫，今據《本草綱目》卷三十二補。

〔2〕飧，原誤作"餐"，今據《本草述鉤元》卷十九改。

〔3〕术，原誤作"木"，今據萬有書局本改。
〔4〕上，原誤作"土"，今據《本草綱目》卷三十二改。
〔5〕飧，原誤作"餐"，今據《本草述鈎元》卷十九改。
〔6〕食，原誤作"倉"，今據文義改。
〔7〕吴，原誤作"矣"，今據《本草綱目》卷三十二改。
〔8〕毋，原誤作"母"，今據萬有書局本改。

《本草述》卷之二十

果之瓜部 瓝，音羽，本不勝末，微羽也。

瓜蒂 瓜類不同，其用有二：一曰果瓜，西瓜、甜瓜是也；一曰菜瓜，胡瓜、越瓜是也。

頌曰：瓜蒂，卽甜瓜蒂也。時珍曰：甜瓜，北土、中州種蒔甚多，二三月下種，延蔓而生，葉大數寸，五六月花開黃色。六七月瓜熟，其類最繁，有團有長，有尖有扁，大或徑尺，小或一捻，其稜或有或無，其色或青或綠，或黃斑糝斑，或白路黃路。入藥，用瓜之團而短者良，若長如瓠子者，不可用也。

[氣味] 苦，寒，有毒。《日華子》曰：無毒。

[主治] 水氣身面浮腫，咳逆上氣《本經》，並濕氣上侵，作偏頭痛方書，吐風熱痰涎時珍，暴塞咽膈方書，風眩頭痛時珍，療黃疸《別錄》，急黃喘息方書。

之頤曰：瓜象形，象實在鬚蔓間也，當曰蔕。蔕，瓜之綴蔓處也。性偏延蔓，末繁於本，故少延輒腐。《爾雅》云：其紹瓝。疏云：繼本曰紹，形小曰瓝。故近本之瓜嘗小，近末之瓜轉大也。凡實之吮抽水液，唯瓜稱最，而吮抽之樞柢，當唯蔕而已，是以蔕具徹下炎上之用，故蔕味苦而瓜本甘，以見中樞之別於上下內外，誠涌洩之宣劑、通劑也。

仲景曰：病如桂枝證，頭不痛，項不強，寸脈微浮，胸中痞鞕，[1]氣上衝咽喉，不得息者，此爲胸中有寒也，當吐之。太陽中暍，身熱頭痛而脈微弱，此夏月傷冷水，水行皮中也，宜吐之。少陽病頭痛，發寒熱，脈緊不大，是膈上有痰也，宜吐之。病胸上諸實，鬱鬱而痛，不能食，欲人按之而反有濁唾，下利日十餘行，寸口脈微弦者，當吐之。懊憹煩躁，不得眠，未經汗下者，謂之實煩，當吐之。宿食在上脘者，當吐之。並宜以瓜蒂散主之，惟諸亡血虛家不可與瓜蒂散也。

無己曰：高者越之，在上者涌之，故越以瓜蒂、香豉之苦，涌以赤小豆之酸，酸苦涌泄為陰也。

東垣曰：《難經》云上部有脈，下部無脈，其人當吐，不吐者死。當吐者，宜瓜蒂散吐之。若尺脈絕者，不宜用此，恐損真元，令人胃氣不復也。

海藏曰：納鼻中，出黃水，除偏頭痛有神，頭因有濕者宜此。

《類明》曰：偏頭痛，是濕氣所干，氣虛者偏在右，血虛者偏在左。瓜蒂能治之者，謂以之作末，納鼻中，出黃水，以導濕氣下流也。

時珍曰：瓜蒂，乃陽明經除濕熱之藥，故能引出胸脘痰涎，頭目濕氣，皮膚水氣，黃疸濕熱諸證。

希雍曰：瓜蒂，感時令之火熱，稟地中之伏陰，故其味苦氣寒，有小毒，氣薄味厚，浮而升，陰多於陽，酸苦涌泄為陰故也，入手太陰、足陽明、足太陰經，諸所主治，皆取其宣發涌泄，引涎越積之功耳。

[附方]

瓜蒂散，用瓜蒂二錢半，熬黃，赤小豆二錢半，為末，每用一錢，以香豉一合、熱湯七合煑糜，去滓和服，少少加之，快吐乃止。

愚按：用瓜之蒂者，乃甜瓜之蒂也。蒂味苦而瓜味甘，醫輩但以為苦能涌上而已，詎知其舍甘而獨用苦者，以苦能達甘之用也。或曰：茲說創聞，抑亦何以明之？曰：之頤所云蒂具徹下炎上之用數語亦可思，卽此種華於五六月，其色黃，是秉火之氣以致於土也。蓋吐華卽有蒂，而實卽結於蒂上，故曰蒂稟火氣，瓜味甘，甘者土之用，甘卽切聯於苦上，故曰秉火氣以致土，卽所謂以苦而達甘之用也。抑甘之用云何？蓋不止於達水以至土，更先能達水以至火也。其以二月下種，蔓延而生，固由風木以達水，其氣之寒者本乎水也。觀其末大而本小，可知厚孕於水氣。火原在水中，至夏而火畢達，火之畢達者正水之畢達也，此徹下炎上之用，乃所以致土用也。夫土之甘者兼乎四氣，而以水火爲中氣之元，至於水火畢達，而土之用乃得際於極上，胃氣之至於肺以布四臟者，皆由此也。然則其功乃如是侈歟？曰：觀其治諸證，多灌入鼻中以行之，不可想見其能至肺歟？但物性有偏至者乃可以瘳疾，未必具有升降之全也。唯卽以是思其療諸證之功，如火能達，則風與熱之爲患者俱散，水能達，則濕與寒之爲患者俱散，是土之用達矣。至濕熱病於黃疸，是則病於土之體，又何不達之有？誠所謂涌泄之宣劑、通劑也。但達土用者無如此味親切，而更慮其爲土病者亦卽在此，故胃弱人便宜審處，如嘉謨云：雖有當吐之疴，代以人參蘆可也。

[附方]

身面浮腫，並取瓜蒂、丁香、赤小豆各七枚，爲末，吹豆許入鼻，少時黃水流出，隔日一用，瘥乃止。

濕家頭痛，瓜蒂末一字，嗅入鼻中，口含冷水，取出黃水，愈。

風涎暴作，氣塞倒仆，用瓜蒂爲末，每用一二錢，膩粉一錢匕，以水半合調灌，良久涎自出。不出，含沙糖一塊，下咽，卽涎出也。

諸風膈痰，諸癇涎涌，用瓜蒂炒黃，爲末，量人以酸虀水一盞調下，取吐。風癇，加蠍梢半錢；濕氣腫滿，加赤小豆末一錢；有蟲，加狗油五七點，雄黃一錢。甚則加芫花半錢，立吐蟲出。

丹溪曰：瓜蒂性急，能損胃氣，胃弱者宜以他藥代之。病後產後，尤宜深戒。

希雍曰：瓜蒂極苦而性上涌，能損胃傷血，耗氣損神。凡胸中無寒，胃家無食，皮中無水，頭面無濕及胃虛氣弱，諸亡血，諸產後，似中風倒仆，心虛有熱，癲癇，女勞穀疸，元氣尩羸，脾虛浮腫，切勿誤用。誤用，則爲害非細，傷生不淺，戒之慎之。

甘　蔗

[氣味]　甘，平，澀，無毒。

[主治] 助脾氣，利大腸，止渴並嘔噦，寬胸膈。

時珍曰：蔗，脾之果也。其漿甘寒，能瀉火熱，《素問》所謂甘溫除大熱之意。煎煉成餳，則甘溫而助濕熱，所謂積溫成熱也。

嘉謨曰：丹溪醫案每用之助脾氣，和中，解酒毒，止渴，利大小腸，益氣。臘月窨糞坑中，患天行熱狂人絞汁服，甚良。

希雍曰：蔗，稟地中之沖氣，故味甘氣平無毒，氣薄味厚，陽中之陰，降也，入手足太陰、足陽明經，諸主治皆取其除熱、生津、潤燥之功耳。

[附方]

蔗漿單服，能潤大腸，下燥結。

同蘆根汁、梨汁、藕汁、人乳、童便、竹瀝和勻，時時飲之，治胃脘乾枯，噎食嘔吐。

反胃吐食，朝食暮吐，暮食朝吐，旋旋吐者，用甘蔗汁七升，生薑汁一升，和勻，日日細呷之。

愚聞吾師孔相國文忠公，述其同年嘉興高玄期先生道素，嘗言甘蔗最宜小兒食。凡人腹中蚘蛔，名消穀蟲，多則傷人，少則穀不消。蔗能節蚘蛔，多者減之，少者益之，蚘蛔適其中，則小兒無病矣。不多食，亦不發虛熱，動衄血，如吳瑞所云也。此世醫所鮮能知，從來方書亦未之及，特表而出之。

愚按：大抵此味助脾氣、潤枯燥之益為多，其治嘔噦反食，蓋治陰中之陽不足者，如此等證原不專屬有熱也。若然，謂其甘溫則可，若言其甘寒，如時珍、希雍引王摩詰之詩為證，恐文人之筆，未可據以療病也。且先輩有謂共酒食發痰者，又有謂多食發虛熱、動衄血者，余在閩中亦不喜食之，而小子女使輩多食，果動衄血，是則以甘寒目之可乎？卽發虛熱，則共酒食發痰，豈不然哉？時珍乃嘵嘵闢前二說者，其亦未免鹵莽歟。

木龍—名野葡萄藤。《準繩》治血淋及五淋等疾，方見後。

時珍曰：又名蘡薁，蘡，音英，薁，音郁，藤也。又有薁一字者，曰爲果名郁李也。野生林墅間，亦可插植，蔓、葉、花、實與葡萄無異。其實滴入目中，去熱翳，赤白障。

五淋血淋，用木龍、竹園荽、淡竹葉、麥門冬連根苗、紅棗肉、燈心草、烏梅、當歸各等分，煎湯，代茶飲。

一切腫毒，用野葡萄根曬研，爲末，水調塗之，卽消也。

赤遊風腫，忽然腫癢，不治則殺人，用野葡萄根搗如泥，塗之，卽消。

【校記】

〔1〕鞕，原誤作"哽"，今據《傷寒論·辨太陽病脈證並治》《本草述鈎元》卷二十改。

《本草述》卷之二十一

水果部

蓮藕_{其根藕，其實蓮，其莖葉荷。}

之頤曰：出荊、揚、豫、益諸處，生湖澤陂池間。凡蓮實作種者遲生，藕芽作種者易發。根橫行，初生曰蒻，_{音弱}，成節曰藌，_{音密}，藕其總名。節分二莖，一上豎作葉，一橫行，即子藕，不偶不生，節節皆然。本曰蔤，_{音霞}，莖曰蕖，_{音渠}，葉曰茄，_{音迦}，荷亦總名。華曰菡，_{音闇}。萏_{音淡}，殼曰房，實曰菂，_{音嫡}，菂心曰薏，_{音意}，蓮亦總名也。清明生葉，夏至芰荷出水，即旁莖作華，節分三莖矣。葉則晝舒覆華以避日，夜捲露華以承露。華則朝開夕合，合時曰菡，開時曰萏，經三日夜不合即謝。單瓣者成房，房中之菂從下生上。菂外綠衣，衣裏有白膚仁，成兩瓣，薏色青碧，即具捲荷二枝，倒折向上，中含華茁，從上生下。菂衣經秋正黑，入水必沉，鹵鹽煎之能浮。生山海間者，可百年不壞，人得食之，令髮黑不老。紅華者蓮優藕劣，白華者蓮劣藕優，故采實宜紅，采藕宜白，各取其得氣之盛者也。

蓮實 一名菂。

[氣味] 甘，平，澀，無毒。《別錄》曰：寒。《日華子》曰：蓮子、石蓮，性俱溫。時珍曰：嫩菂性平，石蓮性溫。得茯苓、山藥、白朮、枸杞子良。

[主治] 補中養神《本經》，交心腎，固精氣，醒脾滯，止脾泄及久

痢，赤白濁時珍，益十二經脈血氣孟詵，安靖上下君相火邪嘉謨。

時珍曰：蓮，產於淤泥而不爲泥染，居於水中而不爲水沒，根莖花實，凡品難同，清淨濟用，羣美兼得。自蓢蔤而節節生莖生葉，生花生藕，由菡萏而生蕊生蓮，生菂生薏。其蓮菂則始而黃，黃而青，青而綠，綠而黑，中含白肉，內隱青心。石蓮堅剛，可歷永久。薏藏生意，藕復萌芽，展轉生生，造化不息。故釋氏用爲引譬，妙理具存；醫家取爲服食，百病可却。蓋蓮之味甘，氣溫而性濇，稟清芳之氣，得稼穡之味，乃脾之果也。脾者黃宮，所以交媾水火，會合木金者也。土爲元氣之母，母氣即和，津液相成，神乃自生，久視耐老，此其權輿也。昔人治心腎不交，勞傷白濁，有清心蓮子飲，補心腎，益精血，有瑞蓮丸，皆得此理。

中梓曰：味甘，性平，無毒，入心腎二經。

之頤曰：蓮實補中養神，假實中之薏以爲種子，其中所緼爲資始資生之本，微而能著，固而愈强，故養益神氣，百疾自除。設修治去之，失却聖胎種子矣。

希雍曰：藕實，得天地清芳之氣，稟土中冲和之味，故味甘氣平，《別錄》寒無毒，入足太陰、陽明，兼入手少陰經，其所主治皆資其裨益心脾之功也。得川黃連、白芍藥、白藊豆、乾葛、升麻、紅麴、橘紅、甘草、滑石、烏梅，爲丸，治滯下如神；下痢，飲食不食，俗名噤口痢，此證大危，用鮮蓮肉一兩，黃連五錢，人參五錢，水煎濃，細細與呷，服完思食便瘥；同兔絲子、五味子、山茱萸、山藥、車前子、肉豆蔻、砂仁、橘紅、芡實、人參、補骨脂、巴戟天，治脾腎俱虛，五更溏泄，有肺熱者去人參、肉豆蔻。

[附方]

補益虛損，**水芝丹**：[1]用蓮實半升，酒浸二宿，以牙豬肚一個洗淨，入蓮在內，縫定煮熟，[2]取出曬乾，爲末，酒煮米糊，丸梧子大，每服五十丸，食前溫酒送下。

石蓮子

乃九月經霜後采堅黑如石者，破房得之，墮水入泥者良。今肆中一種石蓮子，狀如榧子，其味大苦，產廣中，出樹上，木實也，不宜入藥。

之頤曰：有問蓮實經秋正黑，入水必沉，鹵鹽煎之能浮，何也？頤曰：蓮實，一名水芝，蓋鍾天一之靈，以透發地二之德，見秋金之母，自然本色畢露，入水而炎上一脈已斷，全歸水性，密藏不出，無復浮理。唯以鹵鹽之本族柔之，煎熬之火力迫之，自然生氣流動，不容終沉，若歸宗於海者，必能久居其所故也。

[附方]

清心寧神，宗奭曰：用蓮蓬中乾石蓮子肉，於砂盆中擦去赤皮，留心，同爲末，入龍腦，點湯服之。

白濁遺精，《普濟》用蓮肉、白茯苓等分，爲末，白湯調服。

心虛赤濁，**蓮子六一湯**：用石蓮肉六兩，炙甘草一兩，爲末，每服一錢，燈心湯下。

蓮薏　卽蓮子內青心。

[氣味]　苦，寒，無毒。

[主治]　清心去熱時珍。

按藏器曰：食蓮子不去心，令人作吐，但《局方》有用水浸裂，生取其心，以治心熱，乃血疾作渴，產後作渴，暑熱霍亂者，蓋有是病服是藥也。愚謂治心腎之病，則不宜去心，若同諸藥以益脾者，去心似亦可也。

[附方]

勞心吐血，蓮子心七個，糯米二十一粒，爲末，酒服。

小便遺精，蓮子心一撮，爲末，入辰砂一分，每服一錢，白湯下，日二。

蓮蕊鬚　一名佛座鬚。

[氣味]　甘澀，溫，無毒。

[主治]　鎮心，固精，益氣。

時珍曰：本草不收，而《三因》諸方固真丸、巨勝子丸各補益方中往往用之。

希雍曰：詳其主治，乃是足少陰經藥，亦能通手少陰經，能清心入腎，固精氣，烏鬚髮，療滑泄。同黃檗、砂仁、沙苑疾藜、魚膠、五味子、覆盆子、生甘草、牡蠣作丸，治夢遺精滑，最良。

愚按：有貼水荷，其下旁行生藕，其葉之莖，色青中空而形仰，先哲所謂象震卦之體也。有出水荷，其旁莖生花。是二莖皆色青中空，就此色青中空者，於季夏吐華，是之頤所謂鍾天一之靈而透地二之德者也。華之內有黃鬚，是土色也。水藉木以致於火，其氣原不能離土也。至其華於季夏，則火德已透，而形且麗於土矣。水火交麗於土，誠如時賢所謂鎮心、固精、益氣者也，故古方固真補益方中多用之。本草言其味甘澀，其氣溫者，良然，不可謂其功用概與蓮實同者也，其義詳見總論。

藕

[氣味] 甘，平，無毒。《日華子》曰：溫。忌鐵器。

[主治] 生食，解胸中熱，散留血，止煩渴。搗汁服，除煩清胃，治霍亂後虛渴，產後血悶。蒸食，消食止洩，開胃寬中，補五臟，實下焦。同蜜食，令人腹臟肥，不生諸蟲。

詵曰：產後忌生冷物，獨藕不同生冷者，爲能破血也。

時珍曰：白花藕，大而孔扁者，生食味甘，煮食不美。紅花及野藕，生食味澀，煮蒸則佳。夫藕生於卑汙而潔白自若，質柔而穿堅，居下而有節，孔竅玲瓏，絲綸內隱，生於嫩蒻而發爲莖葉花實，又復生芽，以續生生之脈，四時可食，令人心歡，可謂靈根矣。故其所主者皆心脾血分之疾，與蓮之功稍不同云。

希雍曰：生者甘寒，熟者甘溫，入心、脾、胃三經。

[附方]

時氣煩渴，生藕汁一盞，生蜜一合，和勻，細服。

霍亂煩渴，藕汁一鍾，薑汁半鍾，和勻飲。

上焦痰熱，藕汁、梨汁各半盞，和服。

產後悶亂，血氣上衝，口乾腹痛，龐安時用藕汁、生地黃汁、童子小便等分，煎服。

小便熱淋，生藕汁、生地黃汁、葡萄汁各等分，每服半盞，入蜜溫服。

藕節

[氣味]　澀，平，無毒。《日華子》曰：冷，伏硫黃。

[主治]　搗汁飲，消瘀血，解熱毒，能止吐衄血及血淋下血，血崩諸證。

時珍曰：一男子，病血淋，痛脹祈死。予以藕汁調髮灰，每服二錢，服三日而血止痛除。按趙溍《養疴漫筆》云：[3]宋孝宗患痢，衆醫不效。高宗偶見一小藥肆，召而問之，其人問得病之由，乃食湖蟹所致，遂診脈曰：此冷痢也。乃用新采藕節搗爛，熱酒調下，數服即愈。高宗大喜，就以搗藥金杵臼賜之，人遂稱爲金杵臼嚴防禦家，可謂不世之遇也。大抵藕能消瘀血，解熱開胃，而又解蟹毒故也。

愚按：藕之生食能解熱，療煩渴諸證，必其白花而稟金氣者也。熟食能開胃止泄，補五臟各證，必其紅花而稟火氣者也。然總之主心脾血分之疾，時珍所說良然。但療上下血溢，藕節似較勝者云何？曰：經云血者神氣也，又云所言節者，神氣之所遊行出入也，非皮肉筋骨也，卽此可悟藕節大療血證之義矣。詳見總論。

[附方]

卒暴吐血，**雙荷散**：用藕節、荷蒂各七個，以蜜少許擂爛，用水二鍾煎八分，去滓溫服。或爲末丸服，亦可。

大便下血，藕節曬乾，研末，人參、白蜜煎湯，調服二錢，日二服。

荷葉

[主治]　生發元氣，裨助脾胃，散瘀血，消水腫，發痘瘡，治吐咯衄血及下血、溺血、血崩，產後惡血，損傷敗血。

東垣曰：潔古張先生口授枳术丸，方用荷葉燒飯爲丸，當時未悟其理，老年味之始得。夫震者動也，人感之生足少陽甲膽，是屬風木爲仁，化萬物之根蔕。人之飲食入胃，營氣上行，即少陽甲膽之氣與手少陽三焦元氣同爲生發之氣。《素問》云：履端於始，序則不愆。荷葉生於水土之下，污穢之中，挺然獨立，其色青，其形仰，其中空，象震卦之體，食藥感此氣之化，胃氣何由不升乎？用此爲引，可謂遠識合道矣。更以燒飯和藥，與白术協力滋養，[4]補令胃厚，不致内傷，其利廣矣大矣。世之用巴豆、牽牛者，豈足語此？

時珍曰：按東垣《試驗方》云：雷頭風證，頭面疙瘩腫痛，憎寒發熱，狀如傷寒，病在三陽，不可過用寒藥重劑，誅伐無過。一人病此，諸藥不效，余處清震湯治之而愈。用荷葉一枚，升麻五錢，蒼术五錢，水煎溫服。蓋震爲雷，而荷葉之形象震體，其色又青，乃述類象形之義也。又按聞人規《痘疹八十一論》云：痘疹已出，復爲風寒外襲，則竅閉血凝，其點不長，或變黑色，此爲倒黶，必身痛，四肢微厥，但溫肌散邪，則熱氣復行而斑自出也，宜紫背荷葉散治之。蓋荷葉能升發陽氣，散瘀血，留好血，殭蠶能解結滯之氣故也。此藥易得而活人甚多，勝於人牙龍腦也。又戴原禮《證治要訣》云：[5]荷葉服之，令人瘦劣，故單服可以消陽水浮腫之氣。

愚按：藕，主心脾血分之病，藕節與荷葉，皆療血證。但荷葉取其象震而升發元氣，故能和血，藕則處汙泥之下，得毋其用不同歟？何以治療不大異也？曰：經云水土木參居於下，卽其在下也，已能達其真氣矣。在藕能暢地道生育之化，在荷葉能達天道發育之功，覺似有不同耳。義詳總論。

[附方]

陽水浮腫，敗荷葉燒存性，研末，每服二錢，米飲調下，日三服。

產後心痛，惡血不盡也，荷葉炒香，爲末，每服方寸匕，沸湯或童子小便調下。或燒灰，或煎汁，皆可。

吐血咯血，用敗荷葉、蒲黄各一兩，爲末，每服二錢，麥門冬湯下。

崩中下血，荷葉燒研，半兩，蒲黄、黄芩各一兩，爲末，每空心酒服三錢。

荷蔕 一名荷鼻。

[氣味] 苦，平，無毒。

[主治] 安胎，去惡血，留好血，止血痢，並煮水服。

[附方]

血痢不止，荷蒂水煮汁，服之。

愚按：盧氏有云：其根藕，其實蓮。蓮者奇也，藕者偶也，奇藕者，即坎離之中晝也。夫是物之生，具有妙理，即以此義徵之，或亦不妄。蓋其根曰藕，謂不偶不生，節節皆然也。然其從下而上者止分其一，是偶中有奇，天一之水，坎也，上交於離，致其奇之用於上也；其實蓮，仁中之薏還具捲荷二枝，倒折而上，中含華茁，從上生下，是奇中有偶，地二之火，離也，下交於坎，致其偶之用於下也。夫其生也，偶在下，奇在上，即具既濟之義矣。況離下而離中之坎必致於上，坎上而坎中之離必致於下乎，此蓮實在時珍首謂其交心腎，嘉謨亦云能安靖上下君相火邪也。然《本經》先言補中者謂何？蓋水土原合德以立地，而天一之氣即是真陽，乃出地之木，為陰中少陽主升者，引陽而升，使陰亦隨之以升，水氣達而土氣亦達，乃得成上行之地道焉，斯為補中而水得交於火者也。水之上交者，即是腎脈至肺而下入胸中之義，乃脾脈亦至肺而注心者也。有在天之金，為陽中少陰主降者，引陰而降，使陽亦隨之以降，火氣暢而土氣亦暢，乃成下濟之天道焉，斯為補中而火得交於水者也。先哲曰：水火金木者出入乾坤，陰陽者上下出入，混而為一，是固不易之理哉。但水火之交麗於中土，而土又以木為用，經曰少陽為樞，又曰一陰為獨使，厥陰即一陰也，乃蓮藕深合斯理。在李東垣先生推明師意曰：荷葉生於水土之下，汙濁之中，挺然獨立，其色青，其形仰，其中空，象震卦之體，其取以治脾胃者，為其升發清陽，以上達胃氣也。更後賢謂其能升發陽氣，散瘀血，留好血。若然，是前哲已引其端矣，而猶未暢其義也。蓋其鍾天一之靈，以透發地二之德，假陰中少陽以升舉者，即初生之蕸以至二莖岐出，一為藕荷，其下旁出生藕，一為芰荷，其出水而旁莖生花，兩者無不隨其莖而有經緯，隨其節而有貫串，不獨成藕者之脈絡井然，竅穴玲徹也，但其出水生花者，由花生芷，芷生蓮，蓮生菂生薏，頓具數種色相。即其一花實之中，有終其水中之火以上行，始其火中之水以下徹者。何以明之？蓋蓮從藕根抽莖開華以及結實，皆自下而上，而實中之薏包含根莖華葉，形復倒垂，有歸根復命之義。而細驗其經緯貫串，雖些微而具全體。觀其始而黃，黃而青，青而綠，中含白肉，內隱青心，是或火土相生，土木相合，金木相媾，致使水氣達而土氣亦達，以終其經緯條達之化，遂使火氣暢而土氣亦暢，以始其經緯條達之化者，皆在此一花實中。故蓮實非其交水火以益土，更卽益土而行水火之升降哉。故如藕及藕節，荷葉及蔕，類用之活血，而不知其能達水中真氣乃能和血。風木達水中真陽，卽是血臟，先哲曰肝膽同歸津液府，又曰太陽、厥陰同一治，其義不可思歟？在先天為水，在後天為血，血原於水而成於火者也，木自下而上達水中真氣，以資血之始，詎知其金自上而下，能達火中之氣，又還以達其水氣而資血之生乎？蓋腎上連肺，腎脈至於肺，子固依母，第肺之陰虧則火不降，火不降則刑金，而子氣失所孕，故水氣不得化而血病。如蓮薏從上而下者，知其一縷生意，具藕全體，乃能裕血化原，為血證之利益也。時珍謂藕主治心脾血分之疾，與蓮實之功稍有不同，亦會心語。但知其二而不知其一，則其義猶未盡，愚故暢言之。

[附方]

金鎖玉關丸：治遺精白濁，心虛不寧。用藕節、蓮花鬚、蓮子肉、芡實肉、山藥、白茯苓、白茯神各二兩，為末，用金櫻子二斤，搗碎，以水一斗熬八分，去滓，再熬成膏，入少麵和藥，丸梧子大，每服七十丸，米飲下。

愚按：治茲證，蓮肉當留心。又此證而用藕節，則藕節亦非以破血為功者，乃信前義不謬。

芡實

[氣味]　甘，平，澀，無毒。

[主治]　益精氣，強志，開胃助氣，益脾實腸固精，治小便不禁，

遺精白濁帶下，療濕痹腰脊膝痛。

　　中梓曰：芡實，止瀉固精，獨於脾腎得力，則先後天之根本咸賴焉。

　　希雍曰：雞頭實，稟水土之氣以生，故味甘氣平無毒，入足太陰、少陰，補脾胃、固精氣之要藥也。

　　君山藥、白茯苓、白术、人參、蓮肉、薏苡仁、白藊豆，爲補脾胃要藥。

　　愚按：芡生於水中，其莖於三月生葉貼水，至五六月作花紫色，開花向日，向日結苞，其實則苞中所裹之子，纍纍如珠者也。夫產於水中者類受陰氣，然陰中亦有陽，不則不能生矣，未有如芡之吮抽發育，端借日中火者，豈非其毓質於陰，長氣於陽，更有異於他味，故感日之陽而相向以花以實乎？此《本經》所以有益精氣强志之說也。不止曰益精，而曰益精氣，且曰强志，經曰水之精爲志，卽此五字，可以思其所稟所用矣。《日華子》曰開胃助氣，蓋有得於水中之真陽，乃能開胃助氣，正類於脾受水中之陽以上致於胃者也。方書皆謂補脾腎二經，而不究其所入有先後，豈能用之中的哉？卽以水陸丹參之，可以知其補腎固精矣。雖然，既稟水中清陽，則坎氣自至於離，如玉鎖丹、四精丸用之，是由腎可以致於心也。若然，又何脾胃之不益？所以類逐補脾胃之隊而奏效也。

　　[附方]

　　一味搗爛，曝乾再搗，篩末，熬金櫻子煎，和丸，服之補下元，益人，謂之水陸丹。

　　玉鎖丹：卽金鎖玉關丸。見蓮藕條。

　　四精丸：治思慮色慾過度，損傷心氣，小便數，遺精。用秋石、白茯苓、芡實、蓮肉各二兩，爲末，蒸棗和，丸梧子大，每服三十丸，空心鹽湯送下。

　　分清丸：治濁病。用芡實粉、白茯苓粉，黃蠟化蜜和，丸梧子大，每服百丸，鹽湯下。

　　希雍曰：芡實，生食味澀，動風冷氣。小兒不宜多食，以其難消化也。

[**修治**] 時珍曰：新者煮食良。入澀精藥，連殼用亦可。

【校記】

〔1〕水，原誤作"本"，今據《本草綱目》卷三十三改。
〔2〕熟，原誤作"定"，今據《本草綱目》卷三十三改。
〔3〕漫，原誤作"謾"，今據《本草綱目》卷三十三改。
〔4〕恊，原誤作"汹"，今據萬有書局本改。
〔5〕治，原誤作"澄"，今據《本草綱目》卷三十三改。

《本草述》卷之二十二

香木部

柏

陸佃《埤雅》云：入藥唯取葉扁而側生者，故曰側柏。三月開花，九月結子，霜後采取。

實

[氣味] 甘，平，無毒。權曰：甘辛。

[諸本草主治] 驚悸，益血潤肝，養心氣，益氣，療恍惚，虛損吸吸，治腰腎中冷，潤腎燥，治老人虛秘。燒瀝，澤頭髮，治疥癬。

[方書主治] 驚悸恐，遺精白濁，痿，攣痹脇痛，消癉盜汗，大便秘，虛勞吐血，顫振，癎，關格，即目疾亦類用之。

好古曰：柏子仁，肝經氣分藥也，又潤腎，古方十精丸用之。

復曰：萬木皆向陽，而柏獨西指者，順受金制以為用，故字從白。幹枝葉實，為用有別。《聖惠方》以實治驚癎及大便青白色者，蓋肝木受制，怒則乘其所勝，是以青白之色見於便，而驚從臟發，匪實奚宜？

希雍曰：柏感秋令，得金氣，味甘平無毒，甄權加辛，亦應有之，入足厥陰、少陰，亦入手少陰經。

[附方]

治老人虛秘，柏子仁、松子仁、大麻仁等分，同研，溶蜜蠟，丸梧子大，以少黃丹湯食前調服三十丸，日二服。

醫印曰：女子經水虛澀，八珍湯倍當歸酒洗，加柏子仁、紅花，神效。

葉

[氣味] 苦，微溫，無毒。權曰：苦辛，性澀，與酒相宜。頌曰：性寒。

[主治] 吐衄便血及女子血崩，補陰益人，療大風疾鬚眉脫落，治冷風歷節疼痛。

丹溪曰：柏，屬陰與金，善守，故采其葉隨月建方，取其多得月令之氣。此補陰之要藥，其性多燥，久得之大益脾土，以滋其肺。補陰要藥及益脾滋脾，唯朱先生言之，然皆本於風木得化，惜乎猶未大暢其義也。

希雍曰：《本經》於柏實能除風濕，恐潤劑未能也，概是葉之能事。

[附方]

神仙服餌，五月五日采五方側柏葉三斤，遠志去心，二斤，白茯苓去皮，一斤，爲末，煉蜜和，丸梧子大，每以仙靈脾酒下三十丸，日再服。並無所忌。

治內風，**柏葉煎**：取近上東向無雜枝者，置甑中令滿，盆覆，蒸三石米飯久，愈久愈善，水淋數過，陰乾煎服，百病不生。

中風不省，涎潮口噤，[1]語言不出，手足軃曳，得病之日便進此藥，可使風退氣和，不成廢人。柏葉一握，去枝，葱白一握，連根研如泥，無灰酒一升，煎一二十沸，溫服。

吐血不止，張仲景**柏葉湯**：用青柏葉一把，乾薑二片，阿膠一挺，炙，三味以水二升煮一升，去滓，別絞馬通汁一升，合煎取一升，綿濾，一服盡之。

憂恚嘔血，煩滿少氣，胸中疼痛，柏葉爲散，米飲調服二方寸匕。

衄血不止，柏葉、榴花，研末，吹之。

小便尿血，柏葉、黃連焙研，酒服三錢。

大腸下血，隨四時方向采側柏葉，燒研，每米飲服二錢。

酒毒下血，或下痢，嫩柏葉九蒸九曬，二兩，陳槐花炒焦，一兩，爲末，蜜丸梧子大，每空心温酒下四十丸。

月水不斷，側柏葉炙，芍藥等分，每用三錢，水、酒各半煎服。

愚按：先哲曰：萬木皆向陽，而柏獨西指。蓋得木之正氣，他木不及，是以受金之正氣所制，一一西指也。後學有云：柏獨西指，故柏從白，唯受金制以爲用。抑木以金爲魄歟？經曰：金木者，生成之終始也。木稟春生，金稟秋成，而人身之肝肺應之。厥陰肝木本風升之氣，由地以至天，至天則從乎天氣，天氣肺金所司也，使木不從金之化，則木之升者窮，並金之降者亦窮矣；少陰肺經金本燥降之氣，由天而至地，至地則從乎地氣，地氣肝木所司也，金不從木之化，則金之降者窮，並木之升者亦窮矣。第木，陽也，而肝木爲降中之少陽，以合於坎中之離也；金，陰也，而肺金爲陽中之少陰，以合於離中之坎也。陰中少陽之氣至天而合於少陰以化，陽得化而陰乃生，血之化原裕矣，則陰降而陽亦隨之，所謂金之降者不窮，卽木之升者亦不窮也；陽中少陰之氣至地而合於少陽以化，陰得化而陽乃舒，氣之化原裕矣，則陽升而陰亦隨之，所謂木之升者不窮，卽金之降者亦不窮也。汞爲血，離所生，肝所主也；鉛爲氣，坎所生，肺所主也。正是斯義。至於升降有窮，皆由於不能相合以爲化，不能相合以爲化，則陰陽分離而爲病甚矣，故合化之玄機在物亦有然者。徵於柏焉，抑何以徵之？方書治內風有柏葉煎，治中風不省方，是風木從燥金化也。至於逆順之血類能治之，皆是陽從陰而化，其功不等於他苦寒之降折，然則獨非降之功歟？曰：陽合陰而化，陰由化而生，則陰自降陽自隨矣。雖然，柏實與葉，其主治猶有不同也，謂何？曰：葉之四時不易者，木化於金，獨稟降收之氣，故其味苦澀，如丹溪所云葉性多燥也。至實之華於春，實於秋也，雖其金氣厚，而木氣之升生者與金合和，未嘗盡從金化也，故沖和之氣，其味甘而微辛，時珍所謂潤而不燥也。凡草木結實，實中具有生生不息之意，若使偏於降收，則生機息矣。柏之實，猶稟於木之本氣而孕，得於金之用氣而結，雖不等於葉之從金化者，然五行以勝我者爲主，木得金而木之體用乃全。海藏謂爲肝經氣分藥者，亦是陽得陰以化而氣暢也。肝本血臟，氣化則血亦化，故海藏又謂其潤肝，雖曰以其脂潤，然脂潤乃金氣之厚，木得金氣之厚而能化，氣化而血乃和，總歸之肝經氣分藥耳。更以木火金相因之義參之，其氣化而血生者，然後了然。夫木爲火之母，得金以爲主則火不僭，火乃金之夫，遂和金以爲用而陰乃宅。此氣化而血生之微，由於金木媾也。夫血原於水而成於火，火之得以宅水者，藉金爲用也，詎知更藉肝氣之得化乎？如木不得和於金，則金即受火制而不能和於火，所謂肺陰下降而入心生血者先絕其化原矣。唯木和於金，而後金能和於火，俾眞水之液因鼓煽以化血焉。舉益心血諸味，無如此者。《本經》首言其治驚悸，正爲其益心血也。不由肝木之得和於金，無以致此矣，是即《別錄》所謂益血也。側柏葉乃木之受化於金者，正以對待人身肝氣不受金化之證。須知葉便不能養心氣，以木從金化，無母氣也。抑《本經》於治驚悸下即繼以益氣者云何？曰：心，離也，外陽而內陰。內者是神，外者爲用。此之益心血，正所以益心氣也。心氣益，肺乃得貫心脈以行呼吸，此《本經》所謂益氣也。肝和於肺而俾心血生，肝即合於肺之陰，紓血以歸血海；肺和於心而俾心氣暢，肺即合於心之陽，以歸命門，是後天血氣之化原於茲味若有當焉者矣，是即甄權所謂療恍惚虛損吸吸者也。抑閱方書驚悸證，謂此味療心血虛者亦不少矣。至於肝，血臟也，亦概以益血療其所患歟？曰：不盡然也。即驚證之眞珠母丸，治肝虛受風邪，臥則寬散似驚，又如脇痛之補肝湯以補肝氣，又薏苡仁丸，因脇下風氣作塊，積在右脇下，乃肝氣不行，而反病於土也，其治化肝氣而補脾，又如痹證之補肝湯大補肝氣，治脇滿筋急，四逆，搶心腹痛。如是數方，可謂用之益血乎？即如攣證，類以爲血不榮筋耳，乃觀木瓜散、酸棗仁丸之治，又不皆專以益血而用，則此味是其主治類在肝氣矣。至如虛勞之磁石丸，遺精之即濟固眞丹及百補交精丸，濁證之地黃丸，多同於諸陽之隊，而與血證爲羣者殊少也。又豈專爲益血地乎？統而參之，毋亦取其肝得合於肺，[2]肺得合於心，以爲化血化氣化精，從後天以培先天者，此味適具有化原，故宜補陽之虛者，以此味爲育陰之始，宜補陰之虛者，以此味爲化陽之資。益血益氣之義，如此洗發乃明。時珍止以安魂定魄、益智寧神爲說，其膚淺去此千里。如療虛勞吐血、痿痹便秘、盜汗等證，皆當以此義參之，不得漫然謂其益血而與血劑概視也，則庶幾矣。

希雍曰：柏子仁，體性多油，腸滑作瀉者勿服，膈間多痰者勿服。陽道數舉，腎家有熱，暑濕作瀉，法咸忌之。葉味苦，多食亦能倒胃。

[修治] 實，去殼取仁，微炒去油，已油者勿用入藥。葉，或生或炒，各從本方。

松

松脂

[氣味] 苦甘，溫，無毒。權曰：甘，平，伏汞。丹溪曰：松脂陽金，伏汞制砂。

[主治] 癰疽惡瘡，頭瘍白禿，疥瘙風氣《本經》，除胃中伏熱，咽乾消渴《別錄》，除邪下氣，潤心肺，古方多用辟穀《日華子》。

時珍曰：松葉松實，服餌所須。松節松心，耐久不朽，松脂則又樹之津液精華也，在土不朽，流脂日久，變為琥珀，宜其可以辟穀延齡。

愚按：松，稟真陽之質，凌冬不凋，故松脂之類，仙家煉真陽者用之也。之頤曰：松有脂，如人有血。《本經》主治首言癰疽惡瘡，頭瘍白禿，疥瘙風氣，此皆血中眚也，故用以療之。此說已亦近，然未能明其所以然也。丹溪曰：松脂屬陽金，伏汞制砂。則松脂為真陽中之陰，猶之砂中汞，火中液也。人身肺陰降而入心，乃能生血者，正猶是也，此所以能療血中眚。然唯出於真陽，故《本經》首舉其在上在表者耳。粗工以燥言，而《別錄》云除胃中伏熱，咽乾消渴，《日華子》又言除邪下氣，潤心肺，可以燥目之乎？其義謂何？蓋如在人之肺陰，能使下降入心，是陽中化陰，則胃中自無伏熱，伏熱除而咽乾消渴自無。陽中陰化，則上焦之邪除而氣自下，心肺自潤矣。雖然，是乃理之所宜然耳。方書於胃熱等證未嘗有用之者，豈其不中病耶？然有用之治歷節風者，而松節亦用之。詎知其所用有殊，不可不審。松脂治血中之風，松節則純乎陽，乃治血中之濕，丹溪言之矣。血中之風，陽中之陰不足；血中之濕，陰中之陽不足也。然既燥濕矣，何以又云治風？蓋血中之濕不化則風生焉，是爲陽虛之風也。《別錄》言風虛者，其有確見哉。

［附方］

歷節諸風，百節酸痛，不可忍，松脂三十斤，煉五十遍，以煉酥三升，和脂三升，攪令極稠，每旦空心酒服方寸匕，日三服。數食麨粥爲佳，愼血腥生冷酢物果子，一百日瘥。

松節

［氣味］　苦，温，無毒。

［主治］　百節久風風虛，脚痹疼痛《別錄》，炒焦，治筋骨間病，能燥血中之濕震亨，治風蚛牙痛，煎水含漱，或燒灰日揩，有效時珍。

［附方］

歷節風痛，四肢如解脫，**松節酒**：用二十斤，酒五斗浸三七日，每服一合，日五六服。

轉筋攣急，松節一兩，剉如米大，乳香一錢，銀石器慢火炒焦，存一二分性，出火毒，研末，每服一二錢，熱木瓜酒調下，一應筋病皆治之。

松花　別名松黃。

［氣味］　甘，温，無毒。

［主治］　潤心肺，益氣除風止血，亦可釀酒時珍。

《準繩》治吐血久不止，有松花散。

恭曰：松花，卽松黃，拂取正似蒲黃，酒服，令輕身療病，勝似皮葉及脂也。

頌曰：不堪停久，故鮮用寄遠。

丹溪曰：多食發上焦熱病。

能曰：松脂，味苦甘，氣温無毒，方書服食，須以桑柴灰淋汁煮十遍，又以酒煮二遍，去苦澀，傾入冷水中，候凝爲末，酒服得仙。然多致腸塞而死，不可輕信也。惟爲散，煮膏貼瘡，以松節浸酒，去風有效。

桂收之，不可見火日，用則旋切，有餘以紙重裹，使不泄其辛氣。

《尸子》云：春花秋英爲桂。春花秋英，九月結實，知桂純陽而兼金之用。稽含《南方草木狀》云：桂，生必高山之巔，冬夏常青，其類自爲林，更無雜樹。藏器曰：桂林、桂嶺，因桂得名，今之所生不離此郡，從嶺以南際海，盡有桂樹。

頌曰：桂，移植於嶺北，則氣味殊少辛辣，不堪入藥也。三月、四月生花，全類茱萸，九月結實。二月、八月采皮，九月采花，並陰乾，不可近火。

丹溪曰：桂，固知有三種，不可取菌桂、牡桂者，蓋此二種性止溫而已，不可以治風寒之病。獨有一字桂，經言甘辛大熱，正合《素問》辛甘發散爲陽之說。又別說云：以菌桂養精神，以牡桂利關節。又有一種柳桂，乃桂之嫩小枝條也，尤宜入治上焦藥用也。

愚按：《本經》止有牡桂、菌桂，《別錄》又重出單字桂。時珍曰：桂卽牡桂之厚而辛烈者，牡桂卽桂之薄而味淡者，《別錄》重出未當。是以桂與牡桂爲一種，特分厚薄耳。其說本之蘇恭。恭曰：單名桂者卽是牡桂，但大小枝之殊者。雖俱名牡桂，然大枝皮，肉理粗虛如木，而肉少味薄，名曰木桂，亦云大桂，不及小嫩枝皮，肉多而半卷，中必皺起，其味辛美，一名肉桂，亦名桂枝，一名桂心。出融州、桂州、交桂甚良。又據蘇頌曰：牡桂皮薄色黃少脂，肉桂是半卷多脂者。然頌謂桂又有一種也，愚以意揣，一種之說似亦未然。頌所謂牡桂皮薄肉少者，與時珍之言合耶，則牡桂卽桂之嫩枝也。夫嫩者辛烈而肉多，老者味淡而脂少，其肉理粗虛者有之，其闊平而不能卷者有之，然未必反薄於嫩枝也。果以皮薄肉少爲牡桂，是則牡桂原非桂之嫩枝也。然則一字桂之所不取者，是木桂大桂，屬脂少而味薄者也。時珍所說，亦未之細察矣。況海藏、丹溪，豈其承誤，俱言桂有三種，而以肉桂、桂心、桂枝其用皆歸之一字桂乎？今唯取其適用，如肉多而半捲且味極辛烈爲肉桂，就肉桂去其皮之甲錯者，取其近木而辛美之皮爲桂心，至桂枝乃肉桂之細條，非幹枝也，就其嫩細而極薄者爲薄桂，俱以味辛甘氣熱求之，但分味之厚薄耳。至時珍謂桂枝爲牡桂之最薄者更誤。夫牡桂已爲味薄矣，而最薄之枝足當辛甘發散之用乎？近代所用唯肉桂、桂心、桂枝，是則皆不取之牡桂也。雖然，牡桂扁闊平薄，其味淡，其氣不辛烈，以之溫上焦虛寒，亦能和其氣血壅逆，方書有治中氣虛寒，咳逆結氣，喉痹，並脇風痛之證，故此種亦不概置，不若菌桂僅爲昔人服食之用也。

桂皮

[氣味] 甘辛，大熱，有小毒。

按肉桂、桂心、桂枝，皆屬桂皮。桂之用，統取其甘辛大熱，特其氣有厚薄之分，而投之於適用者也。

東垣曰：桂，辛熱有毒，陽中之陽，浮也。氣之薄者桂枝也，氣之厚者桂肉也。氣薄則發泄，桂枝上行而發表；氣厚則發熱，桂肉下行而補腎。此天地親上親下之道也。

好古曰：桂枝入足太陽經，桂心入手少陰經血分，桂肉入足少陰、太陰經血分。

中梓曰：肉桂入腎肝二經，桂心入心脾二經，桂枝入肺、膀胱經。

肉桂 至厚如脂肉，其味極其辛辣。又有木桂，卽牡桂，其皮亦厚，但肉理粗虛，其辛辣不及肉桂。

潔古曰：肉桂氣熱，味大辛，純陽也。

[主治] 補命門不足，益火消陰，治沉寒痼冷之病，溫脾胃虛寒，火衰不能生土，完穀不化，散經中寒，引導陽氣，療一切裏虛陰寒，利肺氣使下行，通血脈，紓筋，利肝氣，除風凝冷痹，筋骨攣縮，秋冬下部腹痛，非此不除，治寒邪奔豚疝瘕，並寒濕腰痛，宣導百藥。無所畏，春夏爲禁藥。

《類明》曰：桂，辛熱補陽，陽從地底出，故下焦虛寒，陽火不足，以此補之。

又曰：桂導引陽氣，調和營衛之氣，只是辛熱助氣，上行陽道，血爲營，氣爲衛，營衛不相合諧，桂能導引陽氣，宣通血脈，使氣血同行。《局方》十全大補湯，用四君子與黃芪補氣，四物湯補血，內加桂者，是要其調和營衛之氣，使四君子、四物皆得以成補之之功也。

又曰：桂治奔豚，此證得之虛寒，腎之積也，發，滿小腹上至心下如豚之狀，或上或下，桂辛熱而潤腎，固能治之。

桂心 擇皮之厚者，去其外皮之粗厚而無味者，止留其近木一層而味辛甘者，故名之曰心。

[主治] 九種心痛，中焦虛寒，結聚作痛，通脈，利關竅，治一切風氣，療風痹，失音喉痹，並壅痹手麻腳痹，消瘀血，破痃癖癥瘕，內托癰疽痘瘡，能引血化汗化膿，通利月閉，胞衣不下，並產後惡血沖心，氣悶欲絕。

愚按：心爲火主，氣者火之靈也；心主血，脈者血之府也。桂補陽以和血，取其精者，入手少陰主血之臟，能疏理不足之陽，而通其爲壅爲結之疾，此所以首療心痛。大抵心痛雖有九種，療之者必不能外於氣不暢而血不和也，卽通脈，則關竅自利，故周身百節皆能去其壅痹，至於治內風，固其首及者。義詳總論。

丹溪曰：桂心，入二三分於補陰藥中，則能行血藥凝滯而補腎，由味辛屬肺而能生水行血，外腎偏腫痛者亦驗。

能曰：桂心性最烈，不可多服。配二陳則行氣之效大，配四物則行血之功速。

東垣云：桂心入心引血，化汗排膿，調和營衛，通利血脈，此其所以爲排膿之聖藥。

又云：結積陰證瘡瘍，當少用桂心，以寒因熱用，又爲寒氣覆其瘡上，故以大辛熱消其浮凍之氣。

桂枝 乃細嫩枝條。

薄桂 又細嫩枝條之皮極薄者。

[主治] 能行上焦頭目，能通手臂肢節，調營血，和肌表，除傷風頭痛，肢節痛風，散下焦蓄血，去皮膚風濕，直行爲奔豚之先導，橫行

爲手臂之引經。

愚按：桂枝與薄桂，雖皆屬細枝條，但薄桂尤其皮之薄者，故和營之力似不及枝也。又肉桂治奔豚，而桂枝亦用之者，以奔豚屬腎氣，腎氣出之膀胱。桂枝入足太陽故也。

好古曰：或問本草言桂能止煩出汗，而張仲景治傷寒有當發汗，凡數處，皆用桂枝湯。有云汗家不得重發汗，若用桂枝，是重發其汗也。又云：無汗不得服桂枝。無汗而脈浮緊者，不得用桂枝湯，蓋以湯中有芍藥收陰也。除卻湯字，單言桂枝，不知麻黃湯所以發汗也，何爲以桂枝佐之乎？更云汗多者用桂枝甘草湯，此又用桂枝閉汗也。一藥二用，與本草之義何居？曰：本草言桂辛甘大熱，能宣導百藥，通血脈，止煩出汗，是調其血而汗自出也。仲景云太陽中風陰弱者汗自出，衛實營虛，故發熱汗出。又云太陽病發熱汗出者，此爲營弱衛強，陰虛陽必湊之，故皆用桂枝發其汗。此乃調其營氣，則衛氣自和，風邪無所容，遂自汗而解，非桂枝能開腠理，發出其汗也。汗多用桂枝者，以之調和營衛，則邪從汗出而汗自止，非桂枝能閉汗孔也。昧者不知出汗閉汗之意，一遇傷寒遂致混投。愚謂桂枝湯下發汗字當認作出字，汗自然發出，非若麻黃能開腠理發出其汗也，其治虛汗，亦當逆察其意可也。

愚按：世醫不悟桂枝實表之精義，似以此味能補衛而密腠理。若然，何以不用參、芪耶？蓋四時之風因於四時之氣，冬月寒風傷衛，衛爲寒風所併，則不爲營氣之固而與之和，故汗出也。唯桂枝辛甘，能散肌表寒風，又通血脈，故合於白芍，由衛之固以達營，使其相和而肌解汗止也。芍藥酸收，即首出地之風木，風木爲陰中之陽，引陰而出地，然陽欲達而未暢，故曰曲直作酸也。真陽藏於地，桂能導引真陽而通血脈，故合於芍藥以和營衛。先生精詣至此。

《類明》曰：桂能去下焦蓄血。大抵上焦蓄血多因熱氣上逆，血不循經而爲蓄者，若下焦蓄血則是寒氣水凝，血不流行而爲蓄者也。故成無己言下焦蓄血，散以桂枝辛熱之氣，仲景桃仁承氣湯中用之，以攻蓄血是也。

又曰：薄桂治痛風。薄桂無味，是桂梢上之薄皮也，輕薄飄揚，橫行手足臂，故能引領南星、蒼术等以治痛風也。

牡桂 扁闊皮薄，當另是一種，《本經》所載者。

[氣味] 辛，溫。

[主治] 上氣咳逆，結氣喉痹吐吸，療脇風痛，利關節，補中益氣，不治風寒痼冷之證。

之頤曰：桂從圭，圭者陰陽之始，自然之形，故葉文如之。桂之妙用，宣揚宣攝，靡不合和。牡主氣結喉痹，神明不通，關節不利，此病之欲宣揚者也，牡則先宣攝中氣而後爲宣揚者也；亦主上氣咳逆，不能吸入，反吐其吸，此病之欲宣攝者也，牡則先宣揚中氣而後爲宣攝者也。

愚按：溫者氣之始，絕與熱不同，故定其與一字桂非一種也。唯得其氣之溫而兼以辛，所以爲中氣虛寒之用。之頤宣揚宣攝二義，於調氣之道盡矣，此所以謂其補中益氣也。至治脇風痛者，氣溫而和，則木上承金氣而下行，故風病於脇者自首及之。

一字桂總論 時珍曰：麻黃徧徹皮毛，故專於發汗而寒邪散，肺主皮毛，辛走肺也；桂枝透達營衛，故能解肌而風邪去，脾主營，肺主衛，甘走脾，辛走肺也。肉桂下行，導火之原，此東垣所謂腎苦燥，急食辛以潤之，開腠理，致津液，通其氣者也。《聖惠方》言桂心入心引血，化汗化膿，蓋手少陰君火、厥陰相火與命門同氣者也。《別錄》云桂通血脈，是矣。曾世榮言小兒驚風及泄瀉，並宜用五苓散，以瀉丙火，滲土濕，內有桂，能抑肝風而扶脾土。又《醫餘錄》云：有人患赤眼腫痛，脾虛不能飲食，肝脈盛，脾脈弱，用涼藥治肝則脾愈虛，用暖藥治脾則肝愈盛，但於溫平藥中倍加肉桂，殺肝而益脾，故一治兩得之。桂溫脾虛而化肝風，故云兩得之。傳云木得桂而枯，是也。此皆與《別錄》桂利肝肺氣，牡桂治脇痛脇風之義相符，人所不知者，今爲拈出。又桂性辛散，能通子宮而破血，故《別錄》言其墮胎，龐安時乃云炒過則不損胎也。

之頤曰：桂以刹帝利種，梵語刹帝利種，所謂王種，謂桂爲樹之王也。功齊火大，對治以寒爲本，以陰爲標。以寒水爲化，或木之本氣似隱而標之，寒化反顯，或陰氣承陽而血妄行，或水寒亢害而厥逆洞注，或火不歸源而外焰內寒，或火失炎上而盲聾喑啞，或真火息而邪火熾，或壯火盛而少火滅，此皆宣揚宣攝火大之體，宣揚宣攝燎原之用。灰心冷志人內無暖氣，外顯寒酸，更當餌服。乃若驅風，捷如影響，所謂木得桂而枯也。

好古曰：《別錄》言有小毒，又云久服神仙不老，雖有小毒，亦從類化，與黃芩、黃連爲使，小毒何施？與烏頭、附子爲使，全取其熱性而已。與巴豆、硇砂、乾漆、穿山甲、水蛭等同用，則小毒化爲大毒。與人參、麥門冬、甘草同用，則調中益氣，便可久服也。

之才曰：桂得人參、甘草、麥門冬、大黃、黃芩，調中益氣；得柴胡、紫石英、乾地黃，療吐逆。忌生蔥、石脂。

希雍曰：桂稟天地之陽而兼得乎土金之氣，故其味甘辛，其氣大熱，亦有小毒，木之純陽者也。桂枝入足太陽經，桂心入手少陰、厥陰經血分，桂肉入足少陰、厥陰經血分。氣薄者輕揚上浮達表，故桂枝治邪客表分之爲病。味厚者甘辛大熱而下行走裏，故肉桂、桂心治命門真火不足，陽虛寒動於中，及一切裏虛陰寒寒邪客裏之爲病。得芍藥、炙甘草、飴糖、黃耆，則建中，兼止營弱自汗。得石膏、知母、人參、竹葉、麥門冬，治陽明瘧，渴欲引飲，汗多，寒熱俱甚。得白芷、當歸、川芎、黃芪、生地黃、赤芍藥、白殭蠶，治金瘡爲風寒所擊，俗名破傷風。得朴硝、當歸，下死胎。得蒲黃、黑豆、澤蘭、益母草、紅花、牛膝、生地黃、當歸，治產後少腹兒枕作痛，甚則加乳香、沒藥各七分。得吳茱萸、乾薑、附子，治元氣虛人中寒腹痛不可忍，虛極則加人參。佐參、耆、五味、當歸、麥冬，療瘡瘍潰後，熱毒已盡，內塞長肉良。入桂苓甘露飲，治中暑霍亂吐瀉，殊驗。得薑黃、鬱金，治怒氣傷肝脇痛。得當歸、牛膝，治冬月難產，產門交骨不開。得當歸、牛膝、生地黃、乳香、沒藥、桃仁，治跌撲損傷，瘀血凝滯，腹中作痛，或惱怒勞傷，以致蓄血，發寒熱，熱極令人不得眠，腹不痛，大便不秘，亦不甚渴，脈不洪數，不思食，食亦無味，熱至天明，得汗暫止，少頃復熱，小便赤，此其候也，和童子小便服之，立除。

愚按：桂稟真陽之天氣，而又全於純陽之地氣，繆希雍云稟天地之陽者良然，此潔古謂曰純陽，東垣谓曰陽中之陽，浮也。唯爲純陽而浮，故取其用於氣之浮而精專在皮也。然就一種而取用有不同者，東垣親上親下之義盡之矣。抑豈一物而性有殊歟？曰：非也。陽火出於地，真陽之氣自歸於地，第就一物而賦氣有厚薄，即是以分親上親下之用，猶所謂理一而分殊者也。抑海藏謂桂心入手少陰血分，桂肉入足少陰、太陰血分，夫既謂之純陽矣，何以又入血分乎？詎知朱丹溪先生云味辛屬肺，此語可參。蓋純陽而更稟氣之厚，則直趨於三焦命門之真火。又心包絡者乃小心相火之原也，三焦主氣，包絡主血，血固隨氣以應，況上合於肺金之辛以爲水源，故直歸之至陰之陽。血者，真陰之化醇也。特取其味厚而趨陰者，入足少陰血分，固陰中之陽也；取其味精而趨陽者，入手少陰血分，固陽中之陰也。蘇頌所云不可近火，亦恐傷其化原耳。雖然，即如桂枝之氣薄上行，又豈能離乎血？先哲用之以諧營衛而治中風者，其義著矣。抑親上親下之用，更當精求。親下者，趨陰也，是消陰翳以發陽光；親上者，歸陽也，是達陽壅而行陰化。按好古謂麻黃桂枝治傷寒傷風，雖皆入太陽經，其實營衛藥也。麻黃爲手太陰肺之劑，桂枝爲手少陰心之劑。既此參之，則桂枝之用本於血分以親上者也。知斯二義，則桂之或厚或薄舉投之，或上或下，皆能調衛和營。雖曰純陽，唯如是而後純陽之用乃不可勝窮也。然何以平肝風最捷？蓋命門元陽固與足厥陰相火相通，而手厥陰包絡又與足厥陰同其生化，經曰一陰爲獨使，謂肝秉陰中之陽以升，承陽中之陰以降者也。下之營衛和，則風不鬱於地藏；上之營衛和，則風不飈於天表。肝司風木，此所謂木得桂而枯者，是平其不平之戾氣也。風臟原是血臟，故和營衛，則陽得宅於陰而風静。故非屬真陰虧損以致肝陽鼓風者，桂固爲平肝要劑，先哲豈無稽之言哉？

愚按：寇氏所云牡桂、菌桂性止於溫，不可以治風寒之疾，故仲景治傷寒表虛皆用桂枝湯，正合辛甘發散之義。愚謂肉桂、桂心、桂枝，即爲一種，皆取其辛甘者，豈盡爲風寒之用乎？就此爲散風寒一節，乃取其氣薄，能由內而出之表耳。蓋桂雖純陽，就益氣而即和血，即就和血而還調氣者也，是乃營衛之劑，本非風寒之藥，是乃補元陽虛寒，即可祛外受凝寒之劑，亦非專司外寒之藥也。但就氣之厚者親下，即走裏而入陰分，凡在裏之陰滯而陽不足者皆可治也；氣之薄者親上，即走表而入陽分，凡在表之陽壅而陰不和者皆可治也。故所謂入經散寒，出表祛風，用者當以意逆而得之矣。

希雍曰：桂辛甘，其氣大熱，獨熱偏陽，表裏俱達。和榮氣，散表邪，出汗，實腠理，則桂枝爲長，故仲景專用以治冬月傷風寒，即病邪在表者。肉桂、桂心則走裏，行血除寒，破血平肝，入右腎命門，補相火不足，其功能也。然二味大忌於血崩血淋，尿血，陰虛吐血咯血，鼻衄齒衄，汗血，小便因熱不利，大便因熱燥結，肺熱咳嗽，產後去血過多及產後血虛發熱，小產後血虛寒熱，陰虛五心煩熱，似中風口眼歪斜，失音不語，語言蹇澀，手足偏枯，中暑昏暈，中熱腹痛，婦人陰虛，少腹痛，一切温病熱病，頭疼口渴，陽證發斑發狂，小兒痧疹，腹疼作瀉，痘瘡血熱乾枯黑陷，婦人血熱，經行先期，婦人陰虛内熱，經閉，婦人陰虛，寒熱往來，口苦舌乾，婦人血熱，經行作痛，男婦陰虛，内熱外寒，中暑瀉痢，暴注如火熱，一切滯下純血，由於心經伏熱，腸風下血，臟毒便血，陽厥似陰，夢遺精滑，虛陽數舉，脱陰目盲等三十餘證，法並忌之，誤投則禍不旋踵。謹察病因，用舍在斷行其所明，萬無行所疑也，慎之慎之。

[修治] 肉桂肉理厚而如脂，其色紫者去粗皮用。桂心就肉桂去外粗皮，止留近木，其味最辛美者是也。桂枝、薄桂，略去粗皮用。忌生葱，忌火。桂最辛辣，故墮胎妊婦所忌，然有胎前傷寒不得已而用之者，火焙過方可。

辛夷之才曰：芎藭爲之使。花未開時收之，正二月好采。

苞

[氣味] 辛，温，無毒。時珍曰：氣味俱薄，浮而散，陽也，入手太陰、足陽明經。

[主治] 風頭腦痛，面腫《本經》，引齒痛，通鼻塞涕出《別錄》，鼻淵鼻鼽，鼻窒鼻瘡及痘後鼻瘡，並用研末，入麝香少許，葱白蘸入數次，甚良時珍。

時珍曰：鼻氣通於天，天者頭也肺也，肺開竅於鼻，而陽明胃脈環鼻而上行，腦爲元神之府，而鼻爲命門之竅。人之中氣不足，清陽不升，則頭爲之傾，九竅爲之不利。辛夷之辛溫走氣而入肺，其體輕浮，能助胃中清陽上行通於天，所以能溫中，治頭面目鼻九竅之病也。

希雍曰：辛夷，其味辛氣溫，性無毒，氣清而香，味薄而散，浮而升，陽也，唯主達陽，故主治諸證不越頭與鼻，頭爲諸陽之首，鼻爲肺之竅，三陽之脈會於頭面故也。

愚按：辛夷之所用者苞也，《本經》主治風頭腦痛，而《別錄》云通鼻塞涕出，暨方書所用之以療鼻塞鼻鼽鼻淵等證，一似有專功者。第謂其辛溫，能達陽於極上而已，詎知其花開於正月、二月，花落乃生葉，葉間隨含花苞，夏杪苞如小筆頭，經伏歷冬，苞花漸大，苞外有苞，至來年正二月始開，開時脫苞，收之者於其未開時爲良也。是則茲物之治腦與鼻，前哲用之，煞有妙理，不止如他辛溫之味通氣達陽，療一表證而已。何以明之？曰：茲物時珍以爲入手太陰、足陽明經，是謂治在鼻矣。第《本經》首言治風頭腦痛，則腦與鼻之氣固有相因以爲病者，未審爲手太陰、足陽明之先，當屬何經也？曰：足陽明循眼系入絡腦，然足太陽直者入絡腦，是在足陽明之先者也。卽就鼻論，足陽明其脈起於鼻交頞中，乃傍納太陽之脈，以太陽起於目內眥，上額交巓上，入絡腦也。是足陽明之最切於鼻者，亦同足太陽以行矣。所以鼻淵證固病於腦，而必出於鼻，卽鼻塞鼻鼽，雖未嘗病於腦，而不能盡舍絡腦之足太陽，以衛氣固出下焦也。試觀茲物根六陽之氣，入於六陰進氣之候，以至於陰極，而陽之畜於陰中者漸以滋長，猶陽之畜於地也，至於三陽交泰之候，而陽之出於陰中者，頓以宣發，亦猶陽之達於天也。畜於地而達於天，猶人身之真陽首於足太陽，麗於足陽明，乃至於手太陰也，故治鼻塞鼻鼽鼻淵乃有專功，不概於諸辛溫之味也。其病於腦而及於鼻者，必責之腦，即不病於腦而責於鼻者，亦不能外於腦，以足太陽爲胃與肺之根蔕，而足太陽之絡腦者，固陽中根陰，陰中達陽也。乃茲物由陽而畜於陰，由陰而達於陽，適於主治之宜相合也，所以鼻之寒熱無不用，並腦之虛實亦無不用。雖各有攸宜之劑，而必以此味爲關捩子者，職此之由也。第腦有虛實者云何？曰：實者如膽移熱於腦之類，虛者如方書所謂腦冷之類，更如戴氏所云腎虛及方書所云腦漏，皆屬虛者也。是茲物不得徒以辛溫通氣，謂其專療風冷，卽止云入肺與胃者，猶是察之未精矣。抑《本經》治頭腦痛，但就風言謂何？曰：陽出於陰中以極於上者，非風不能也。風升與元氣無二，《本經》大都指風虛，雖止以風病爲言，而達陽之義已包舉盡矣。方書中有治偏頭痛方，偏左偏右，皆用辛夷，於斯可徵。

或曰：足太陽爲巨陽，何以入絡腦而合陰以言也？曰：《內經》云諸髓者皆屬於腦，又曰腦者陰也，經曰至陰虛，天氣絕。不有至陰，何以育陽而達於上？不有陽之上達，何以髓能充於腦，而陰亦達於上也？經義固已明矣。

希雍曰：辛香走竄之性，氣虛人不宜，雖感風寒鼻塞，亦宜慎之。頭痛屬血虛火熾，及齒痛屬胃火者，皆禁用。

[修治] 去毛，免射人肺。去心，不致人煩。水洗，微炒。

沉　香

[氣味] 辛，微溫，無毒。珣曰：苦，溫。《日華子》曰：辛，熱。潔古曰：陽也，有升有降。時珍曰：咀嚼香甜者性平，辛辣者性熱。

[主治] 調中，養諸氣，去惡氣，止冷氣，開結氣，破癥癖，降真氣，治上熱下寒，氣逆喘急，補右腎命門，補脾胃，及痰涎血出於脾，益氣，能治大腸虛閉，小便氣淋。

東垣曰：能養諸氣，上而至天，下而及泉，與藥爲使，最相宜也。

又曰：重可去怯，以沉香辛溫，體重氣清，[3]去怯安神。

宗奭曰：沉香保和衛氣，爲上品藥。今人多與烏藥摩服，走散滯氣，獨行則勢弱，與他藥相佐，當緩取效，有益無損，餘藥不可方也。

中梓曰：沉香，行氣而不傷氣，温中而不助火，誠良劑也。氣虛下陷者忌入。

希雍曰：沉香，稟陽氣以生，兼得雨露之精氣而結，故其氣芬芳，其味辛而無毒，氣厚味薄，可升可降，陽也，入足陽明、太陰、少陰，兼入手少陰、足厥陰經。同人參、菖蒲、遠志、茯神、酸棗仁、生地黄、麥門冬，治思慮傷心，心氣鬱結不舒者。得木香、藿香、砂仁，治中惡腹中疠痛，辟一切惡氣。同蘇子、橘紅、枇杷葉、白豆蔻、人參、麥門冬，治胸中氣結，或氣逆不快。

[附方]

心神不足，火不降，水不升，健忘驚悸，**朱雀丸**：用沉香五錢，茯神二兩，爲末，煉蜜和，丸小豆大，每食後人參湯服三十丸，日二服。

胞轉不通，非小腸、膀胱、厥陰受病，乃强忍房事，或過忍小便所致，當治其氣則愈，非利藥可通也。沉香、木香各二錢，爲末，白湯空腹服之，以通爲度。

大腸虛閉，因汗多津液耗涸者，沉香一兩，肉蓯蓉酒浸，焙，二兩，各研末，以麻仁研汁作糊，丸梧子大，每服一百丸，蜜湯下。

愚按：諸香如木香，草類也，丁香、檀香、沉香俱木類，然皆產於南土，故類言其辛温、辛熱也。第如木香之專調滯氣，丁香之專療寒氣，檀香之升理上焦氣，皆不得如沉香之功能，言其養諸氣，保和衛氣，降真氣也。蓋諸香得南土之氣厚者，其所效功能皆稟於各草木之氣味，唯沉香之木稟受乎地之陽，而蘊釀乎天之陰，如諸書所云木得水方結，多在折枝枯幹中，因雨露之所浸漬，又得於朝陽之久照，或膏脈凝聚，或枝幹因水朽而結。若然，是稟於陽而釀於陰，更釀諸陰而發諸陽，蓋氣化所成，不同於諸香獨稟各草木之氣味者也。故木香能疏導滯氣，而沉之宜於氣鬱氣結者，則有不同。木香能升降滯氣，而沉之能升降真氣者，則有不同。丁香能祛寒開胃，而沉之調中止冷者，則有不同。檀香能升發清陽，而沉之升降水火者，則有不同。故先哲謂其獨行則勢弱，又言其上而至天，下而至泉，與藥爲使，最相宜也，誠有見於爲陰陽氣化所成，不比於禀草木之專氣者也，是在用之者得所主耳。卽此義，則所云養諸氣，保和衛氣，降真氣者，抑亦思過半矣。

希雍曰：沉香，治冷氣逆氣，氣鬱氣結，殊爲要藥，然而中氣虛者忌之，心經有實邪者忌之，非命門真火衰者，不宜入下焦藥用。

[修治] 凡使沉香，須要不枯，如觜角硬重，沉於水下者爲上，半沉者次之。不可見火。欲入丸散，以紙裹置懷中，待燥研之。或入乳缽，以水磨粉，曬乾，亦可。若入煎劑，惟磨汁，臨時入之。

丁　香

志云：丁香生交、廣、南番。按《廣州圖·上》：丁香樹高丈餘，木類桂，葉似櫟葉，花圓，細黃色，凌冬不凋，其子出枝蕊上如釘，長三四分，紫色，其中有粗大如山茱萸者，俗呼爲母丁香。二月、八月采子及根。一云盛冬生花，子至次年春采之。時珍曰：雄爲丁香，雌爲雞舌，諸說甚明。

[氣味] 辛，溫，無毒。時珍曰：辛，熱。好古曰：純陽，入手太陰、足陽明、少陰經。

[主治] 溫脾胃虛寒嘔逆，及霍亂壅脹，消冷勞疢癖，療陰痛腹痛，腎氣，奔豚氣，能去胃寒，益元氣，治朝食暮吐，殊效，並小兒痘瘡胃虛，灰白不發，又風腫諸毒，風蠹骨槽勞臭，能發諸香。

宗奭曰：治脾胃冷氣，甚良。

復曰：辛溫卽心火氣，味主臭，亦心所攝持，香卽脾之臭也，有火土相襲之機，丁幹就戊之道。

好古曰：丁香，與五味子、廣茂同用，治奔豚之氣，亦能泄肺，能補胃，大能療腎。

《類明》曰：奔豚得之虛寒，丁香辛溫純陽，入足少陰，故能治之。

時珍曰：《抱朴子》書以雞舌、黃連，乳汁煎之，注目，治百疹之在目者皆愈，更加精明。乃陳承慮其辛熱，言恐不可注目，不知此乃辛散苦降，養陰之妙，承固不知此理也。

希雍曰：丁香，稟純陽之氣以生，故其味辛氣溫，性無毒，氣厚味薄，升也，陽也，入足太陰、足陽明經。同白豆蔻、藿香、陳皮、厚朴、砂仁，治霍亂因於寒。加生薑、半夏，治嘔吐因於寒，治傷胃或寒月飽食受寒腹痛甚。同砂仁、厚朴、乾薑、橘皮、草果、蒼术、木香、麥蘖，治小兒傷生冷腹痛。治小兒虛寒吐瀉，丁香、橘皮等分，薑汁糊丸綠豆大，米湯化下。入陳氏異功散，[4]治痘瘡虛寒之極，又值冬月寒氣薄之，發不出者。

愚按：辛熱之味不少，乃丁香之辛為甚。辛而烈者亦不少，乃丁香以辛味能發香之臭，即就香臭轉致辛之用，所以於脾胃冷氣諸證治有殊功。夫香，固入脾胃者也，但由氣熱之專者鍾為辛味，由味辛之烈歸於香臭，是雖入胃而實先肺，肺氣歸於胃，則元氣無有壅閼之處，而自下行入腎，經曰陽明亦下行是也。如是，則所治諸證皆為的劑矣，然不獨外寒之能治。經曰：氣虛者，寒也。予在閩中，一女子朝食暮吐，審為中氣虛寒，用丁香同參、术治之，其效甚捷。此潔古所謂益元氣者也，抑與風腫毒何與？蓋風為熱化，風木之臟即血臟也，故風勝即病血，熱已病乎衛，而風更傷其營，此營衛不宣，蘊積而成腫也。他味之散風腫者有之，未有若此味極辛而臭極香。更以熱而從治之，大能開腠理宣榮衛也。有患血風疙瘩者，投以散風熱之劑，不應，易麻黃散而愈，其中有雞舌香故也。方見後。

[附方]

朝食暮吐，丁香十五個，研末，甘蔗汁、薑汁和，丸蓮子大，噙咽之。

鼻中息肉，丁香綿裹，納之。

風牙宣露，發歇口氣，雞舌香、射干一兩，麝香一分，為末，日揩。

麻黃散：麻黃上黃、升麻上中、葛根上中、射干中、雞舌香中、甘草炙中、石膏上，水煎服。

希雍曰：丁香，氣味辛溫，一切有火熱證者忌之，非屬虛寒，概勿施用。

[修治] 雄者顆小，煎膏中用之，去丁，蓋乳子免發背癰。雌者顆大如棗核，爲母丁香，力大。不可見火，畏鬱金。

丁皮

卽樹皮也，似桂皮而厚。

[氣味] 同香。

[主治] 齒痛李珣，心腹冷氣諸病。方家用代丁香時珍。

檀　香

時珍曰：按《大明一統志》云：檀香出廣東、雲南及占城、真臘、爪哇、[5]渤泥、暹邏、三佛齊、回回等國，今嶺南諸地亦皆有之。[6]葉廷珪《香譜》云：皮實而色黃者爲黃檀，皮潔而色白者爲白檀，皮腐而色紫者爲紫檀。其木並堅重清香，而白檀尤良。宜以紙封收，則不洩氣。

白旃檀

[氣味] 辛，溫，無毒。《日華子》曰：熱。潔古曰：陽中微陰，入手太陰、足少陰，通行陽明經。

[主治] 散冷氣，引胃氣上升潔古，治噎膈吐食時珍，煎服，止心腹痛，霍亂，腎氣痛，水磨，塗外腎并腰腎痛處《日華子》，並消風熱腫毒陶貞白。

東垣曰：白檀調氣，引芳香之物上至極高之分。最宜橙橘之屬，佐以薑、棗，輔以葛根、縮砂、益智、豆蔻，通行陽明之經。在胸膈之上，處咽嗌之間，爲理氣要藥。

海藏曰：白檀香，亦補脾胃、理元氣之藥。

愚按：白檀之用，在潔古云引胃氣上升，進飲食，而時珍所謂治噎膈吐食，不幾能升者又能降乎？東垣所說白檀調氣，在胸膈之上，處咽嗌之間，而《日華子》更言煎服止心腹痛，霍亂，腎氣痛，是則其調氣不止在上焦而已也。總之，元氣根於腎，暢於脾胃，統於肺，由下而升，即得從上而降，蓋原其所自始，義固如是，而胸膈之上，咽喉之間，乃主氣之肺其所治在斯耳。第白檀功用，盡於東垣散冷氣一語。如弘景消風熱腫毒，亦即陽氣之不能達於陰者，所鬱聚爲熱風，是熱之所化耳，無二義也，非謂其治冷又治熱也。

降真香——名紫藤香。

珣曰：生南海山中及大秦國。其香似蘇方木，燒之初不甚香，得諸香和之則特美。入藥以番降紫而潤者爲良。

[氣味] 辛，溫，無毒。

燒之，辟天行時氣，宅舍怪異李珣。

[主治] 消瘀血，療折傷金瘡，止血定痛，消腫生肌時珍。

時珍曰：今折傷金瘡家多用其節，云可代沒藥、血竭。

希雍曰：降真香，香中之清烈者也，故能辟一切惡氣不祥。入藥，以番舶來者色較紅，香氣甜而不辣，用之入藥殊勝。色深紫者不良。上部傷瘀血停積，胸膈骨按之痛，或并脇肋痛，此吐血候也，急以此藥刮末，入藥煎服之，良。治內傷或怒氣傷肝吐血，用此以代鬱金，神效。

《名醫錄》云：周崇被海寇刃傷，血出不止，筋骨如斷。用花蕊石散，不效。軍士李高用紫金散掩之，血止痛定，明日結痂如鐵，遂愈且無瘢痕。叩其方，則用紫藤香瓷瓦刮下研末爾，云即降真之最佳者，曾救萬人。

羅天益《衛生寶鑑》亦取此方，云甚效也。

愚按：辛溫類主治氣分，而此以治血證居多。蓋其色紅者，固用其辛溫之氣以入血分而奏功也。即白檀、紫檀，有氣分血分之異用，可以類推矣。據希雍又云甜而不辣，甘者活血生血，是則未可以辛溫例論也。按：李珣謂入藥以番降，取其紫而潤者，而《溪蠻叢志》謂降香本出海南，今溪洞僻處所出者勁瘦，不甚良。是或如時珍所說，今廣東、廣西、雲南、漢中、施州、永順、保靖等處，其溪洞僻處之所產，迥異於海以南者也。然亦不能遽辨其爲何地之所產，唯紫潤、勁瘦之是別而已。

[附方]

金瘡出血，降真香、五倍子、銅花等分，爲末，傅之。

癰疽惡毒，番降末、楓乳香等分，爲丸，熏之，去惡氣，甚妙。

烏　藥

采根用。嶺南者色黑褐而堅硬，天台者色白而香軟。或云天台者雖香白可愛，不及海南者力大。時珍曰：吳楚山中極多，人以爲薪，根葉皆有香氣，但根不甚大，纔如芍藥爾，嫩者肉白，老者肉褐色。四五月開細花，黃白色，六月結實。各產並以八月采根。

根

[氣味]　辛，溫，無毒。好古曰：氣厚於味，陽也，入足陽明、少陰經。

[主治]　除諸冷，疏寒疫，腎間冷氣攻衝背膂，胃冷霍亂，反胃吐食，瀉痢，消食，寬膨脹，散癥癖刺痛，中惡心腹痛，中氣腳氣，疝氣，氣厥頭痛，腫脹喘急，止血痢瀉血，止小便頻數及白濁，調婦人血氣，小兒積聚蚘蟲，及慢驚昏沉或驚。

宗奭曰：烏藥性和，來氣少，走泄多，但不甚剛猛，同沉香同磨，作湯點服，治胸腹冷氣甚穩當。

好古曰：理元氣。

時珍曰：烏藥辛溫香竄，能散諸氣，故《惠民和劑局方》治中風中氣諸證，用烏藥順氣散者，先疎其氣，氣順則風散也。嚴用和《濟生方》治七情鬱結，上氣喘急，用四磨湯者，降中兼升，瀉中帶補也，其方以人參、烏藥、沉香、檳榔各磨濃汁七分，合煎，細細咽之。《朱氏集驗方》治虛寒小便頻數，縮泉丸，用同益智子等分，爲丸服者，取其通陽明、少陰經也。

《門》曰：得香附，治諸般氣證，入風藥，疏一切風，入瘡藥，治諸癰疽疥癩。

中梓曰：癰癧疥癩，成於血逆，始於氣逆，烏藥長於理氣，故並療之。

希雍曰：烏藥，稟地二之氣以生，故味辛氣溫，無毒。然嘗其味，亦帶微苦，氣亦微香，氣厚於味，陽也，入足陽明、少陰經，其所主治，總之辛溫散氣耳。

[附方]

烏沉湯：[7]治一切氣，一切冷，補五臟，調中壯陽，暖腰膝，去邪氣冷風麻痹，膀胱腎間冷氣攻衝，背膂俛仰不利，風水毒腫，吐瀉轉筋，癥癖刺痛，中惡，心腹痛，鬼氣疰忤，天行瘴疫，婦人血氣痛。用天台烏藥一百兩，沉香五十兩，人參三兩，甘草爁，四兩，爲末，每服半錢，薑鹽湯空心點服。

愚按：烏藥之用，耳食者本於寇氏走泄多一語，以爲專於辛散而已，如海藏謂其理元氣，何以忽而不一繹也？如止於辛散，安得宿食能化，血痢能止，便數能節，癥癖能消，頭風虛腫之可除，腹中有蟲之可盡，婦人產後血逆及血海作痛之可療，小兒積聚蚘蟲及慢驚昏沉之可安？即《日華子》亦謂其功不能盡述者，是豈徒以辛散爲功乎？蓋不等於補氣之劑，亦不同於耗氣之味，實有理其氣之元，致其氣之用者。氣之元固在腎與胃，如前種種奏功，乃爲致其用也。致其用，是氣就理也。使止以疏散爲能，而不能於密理致用，可謂能理氣乎？丹溪每於補陰劑內入烏藥葉，豈非灼見此味於達陽之中而有和陰之妙乎？達陽而能和陰，則不等於耗劑矣。香附血中行氣，烏藥氣中和血。離血而行氣，是謂之耗，不謂之理，蓋氣本出於陰中之陽，達於陽中之陰也。如謂其辛溫，概以辛散盡之，豈謂其盡屬陽乎？在經曰陽者其精奉於上，是陽召陰以俱升也，又曰陰者其精降於下，是陰召陽以俱降也。玩陽與陰並有精字，則可以知陰陽之氣定不孤行矣。不孤行，乃得氣之就理，謂其能理元氣者，正有得於陰陽合化之妙。雖氣溫而湊於味辛，似皆發育爲用，然却不專以散爲功也。如諸香味之辛溫者類皆主氣，但此味用根，義似親下，且采以八月，則陽中有陰可知，豈得與諸辛溫例論乎？第審求所因，其於祛寒冷最爲中的，若以辛溫之氣味施於濕熱氣滯、陰虛火盛氣滯者，則不宜也，明者能自得之。

[附方]

男婦諸病，**香烏散**：用香附、烏藥等分，爲末，每服一二錢。飲食不進，薑棗湯下；瘧疾，乾薑白鹽湯下；腹中有蟲，檳榔湯下；頭風虛腫，茶湯下；婦人冷氣，米飲下；產後血攻心脾痛，童便下；婦人血海痛，男子疝痛，茴香湯下。

小腸疝氣，烏藥一兩，升麻八錢，水二鍾煎一鍾，露一宿，空心熱服。

脚氣掣痛，鄉村無藥，初發時，即取土烏藥，不犯鐵器，布揩去土，瓷瓦刮屑，好酒浸一宿，次早空心溫服，溏泄即愈。入麝少許，尤佳。痛入腹者，以烏藥同雞子，瓦罐中水煮一日，去雞子，切片蘸食，以湯送下。

氣厥頭痛，不拘多少，及產後頭痛，天台烏藥、川芎藭等分，爲末，每服二錢，臘茶清調下。產後，鐵錘燒紅，淬酒調下。

血痢瀉血，烏藥燒存性，研，陳米飯丸梧子大，每米飲下三十丸。

小兒慢驚，昏沉或搐，烏藥磨水，灌之。

嫩葉

[主治] 炙碾，煎飲代茗，補中益氣，止小便滑數藏器。

時珍曰：烏藥，下通少陰腎經，上理脾胃元氣，故丹溪朱氏補陰丸藥中往往加烏藥葉也。

希雍曰：烏藥，辛溫散氣，病屬氣虛者忌之。世人多以香附同用，治女子一切氣病，不知氣有虛有實，有寒有熱。冷氣暴氣，用之固宜，氣虛氣熱，用之能無貽害耶？以故婦人月事先期，小便短赤及咳嗽，內熱口渴，口乾舌苦，不得眠，一切陰虛內熱之病，皆不宜服。

[修治]　根采旁附，直根不堪用也。狀如蠲珠連者佳。去皮心，略炒。

乳　香

承曰：西出天竺，南出波斯等國。西者色黄白，南者色紫赤。日久重疊者，不成乳頭，雜以沙石，其成乳者，乃新出未雜沙石者也。薰陸是總名，乳是薰陸之乳頭也。今松脂、楓脂中亦有此狀者甚多。葉廷珪《香録》云：乳香，一名薰陸香，出大食國南，其樹類松，以斤斫樹，脂溢於外，結而成香，聚而成塊。上品爲揀香，圓大如乳頭，透明，俗呼滴乳，又曰明乳；次爲瓶香，以瓶收者；次爲乳塌，雜沙石者；次爲黑塌，色黑；次爲水濕塌，水漬色敗氣變者；次爲斫削，雜碎不堪；次爲纏末，播揚爲塵者。時珍曰：乳香，今人多以楓香雜之，惟燒之可辨。

[氣味]　微溫，無毒。《日華子》曰：乳香辛熱，無毒。潔古曰：苦辛，純陽。乳香，嘗之無味，但最後有微辛耳。猶恐其所市者不真，第《本經》止言氣微溫而不言味，則其無味也是或然矣。潔古謂苦辛者，須再審之。丹溪曰：善竄，入手少陰經。

[主治]　活血伸筋，定諸經之痛，療風水毒腫，中風口噤不語，止霍亂，衝惡中邪氣，心腹痛，止大腸洩澼，下氣益精，補腰膝，治腎氣，療癰疽諸毒，內消托裹護心，煎膏，止痛長肉，治女子血氣並產難。

易老曰：補腎。

時珍曰：乳香，入心經，活血定痛，宜爲癰疽瘡瘍、心腹痛要藥，《素問》固云諸痛癢瘡瘍皆屬心也。產科諸方多用之，亦取其活血之功爾。按《抱朴子》云：浮炎洲在南海中，出薰陸香，乃樹有傷穿，木膠流墮，夷人采之。恒患猰㺄獸喙之，此獸斫刺不死，以杖打之，皮不傷而骨碎乃死。觀此，則乳香之治折傷，雖能活血止痛，亦其性然也。

楊清叟云：凡人筋不伸者，敷藥宜加乳香，其性能伸筋。

能曰：此藥與諸香並用，能驅邪辟惡。與歸、芍同用，能調血催生。

合二陳，能補中益氣。合四物，[8]能托裏生肌。

希雍曰：乳香，得木氣而兼火化，氣厚味薄，陽也，入足太陰、手少陰，兼入足厥陰經。同紫花地丁、白及、白斂、金銀花、夏枯草、白芷、連翹、貝母、甘菊、甘草、穿山甲、沒藥，治一切癰疽疔腫。同續斷、牛膝、當歸、紅麴、牡丹皮、沒藥、地黃、川芎，治內傷胸脇作痛。同沒藥、牛膝、澤蘭、黑豆、蒲黃、五靈脂、延胡索、牡丹皮、山查，治產後兒枕作痛。入一切膏藥，能消毒止痛。

愚按：乳香，係南番樹脂，在《本經》言其氣微溫，而《日華子》謂爲辛熱，潔古且云苦辛純陽。夫脂液皆水所禀之氣以化也，人身之血液何嘗不本於氣乎？第血本於陰而化於陽，詎此味乃爲純陽而無陰，以入人身之血分，是專行化化之機以活血，卽以致血分無窮之用者也？其主風水毒腫，中風口噤不語，此固風臟卽血臟，其治療易知也。至於止霍亂，衝惡中邪氣，心腹痛，止大腸洩澼等證，是從血而達氣，反由陰而化陽也。至又謂其下氣益精，補腰脊，治腎氣，卽易老亦云補腎也，則又達陽歸陰矣。然其義若何？曰：此味入手少陰心，心主血脈，能通十二經，心與腎呼吸相應，能活血則血以化而生，血生化而經脈和調，卽能入腎之血海，而腎氣由之以生化，氣盛則化精，精盈則益氣，此所謂治腎氣益精諸證，易老所謂補腎者也。夫心屬火，然生血以達氣；腎屬水，然生氣以化血。此入手少陰由血而達氣者，乃謂能致其無窮之用者也。然心腎生化之交原有神機，經曰血者神氣也，不可以互參乎？如泛謂其活血，於物理亦屬不察，如以癰疽瘡瘍，指此爲要藥，而不悉其更有所用也，則粗甚矣。

[附方]

心氣疼痛，不可忍，用乳香三兩，真茶四兩，爲末，以臘月鹿血和，丸彈子大，每溫醋化一丸服之。

滑胎易產，乳香五錢，枳殼一兩，爲末，蜜丸梧子大，空心酒下三十丸。

難產催生，用乳香、硃砂等分，爲末，麝香酒服一錢，良久自下。

希雍曰：癰疽已潰，不宜服。諸瘡膿多時，未宜遽用。

[修治] 有謂波斯國赤松木脂垂滴成珠，綴木未落者名珠香，滴下如乳鎔塌地面者名塌香。珠香圓小光明，塌香大塊枯燥，以珠香取效。紫赤色爲良，恐不可得。黃色而明瑩如滴乳者，箬盛烘燥，燈草同擂。若合散丸，羅細和入，倘煎湯液，臨熟加調。

沒藥

出波斯及海南，今廣州亦有之。其木根株俱似橄欖，葉青茂密，歲久者脂溢，下地凝結成塊，大小不等，亦狀似安息，色赤黑而香。

[氣味] 苦，平，無毒。

[主治] 療金瘡杖瘡，諸惡瘡痔漏，卒下血《開寶》，及撲損瘀血《日華子》，散血消腫，定痛生肌時珍，女子墮胎，及產後惡露，心腹血氣痛李珣，心膽虛，肝血不足好古，久服舒筋膜，通血脈，固齒牙，長鬚髮方書。

權曰：凡金刃所傷，打損跌墜馬，筋骨疼痛，心腹血瘀者，並宜研爛，熱酒調服，推陳致新，能生好血。

宗奭曰：沒藥，大概通滯血，血滯則氣壅瘀，氣壅瘀則經絡滿急，經絡滿急故痛且腫。凡打撲跌跌，皆傷經絡，氣血不行，瘀壅作腫痛也。

時珍曰：乳香活血，沒藥散血，二藥每每相兼而用。

能曰：和乳香，止痛生肌，同紅花，止痛和血。靈脂而和血破氣，輕粉而收斂瘡毒，香附可以和血止痛，冰片可以清肌解熱。散藥膏藥，乳沒同行，用以投酒亦良。

希雍曰：沒藥，稟金水之氣以生，故味苦平無毒，然平應作辛，氣應微寒，氣薄味厚，陰也，降也，入足厥陰經。同延胡索、乳香、乾漆、鱉甲、琥珀爲末，治產後血暈，有神效。加人參、澤蘭、生地、益母草、蘇木，作湯送前藥，治兒枕痛及惡露未盡、腹痛寒熱等證，立效。同乳香、白及、白斂、紫花地丁、半枝蓮、夏枯草、忍冬藤、連翹、甘菊、貝母，治一切癰疽疔腫。同乳香、當歸、牡丹皮、牛膝、續斷、川芎、番降香、穿山甲，治内傷胸脇骨痛。入一切膏藥，能消毒止痛長肉。

愚按：乳香、沒藥，醫家類同用之，未能明其所以然，即李瀕湖亦止言其一活血，一散血而已，猶之無當也。近繆希雍則謂乳香稟於木火，沒藥稟於金水，此義似爲突出。然觀其一取紫赤者，一取赤黑者，赤火黑水，又豈得滾同而論乎？則木火金水之分，又似乎不妄也。本草有云：沒藥久服能固齒牙，長鬚髮。夫齒牙能固，鬚髮能長者，此衝任之陰能達於在天之陽而致之於極上也。如乳香之所謂下氣益精，補腰膝，治腎氣，非在天化陰之陽能歸於在地之陰以達之極下乎？從陽化者歸陰，從陰化者際陽，是乃可謂之相濟以奏功，而或不可以相離也。至病得乎陰陽之偏者，則又當分任而治之矣。抑乳香類言其消癰疽瘡毒，沒藥亦言其治諸惡瘡及痔漏卒下血，是其功用或不遠。第沒藥又療金瘡杖瘡，損傷瘀血，並女子墮胎，產後心腹血氣痛，而乳香並未之及者，得勿二味之所主治猶有不可以概施者耶？須參之。《眼科論》曰：乳、沒二味，總爲定痛之藥。須審其痛之由源，而佐之以乳、沒，則其效速也。如有風而痛者，用消風藥中加乳、沒，則痛可止；如血滯而痛者，則用行血藥中加之，其痛即止；如鬱熱而痛者，則用清熱藥中加之，而痛立止。今人不工於此，而惟恃乳、沒爲止痛，服之而痛不止者，不能治痛之所由也，服者乃訝其藥之不效，弗思甚耳。

[附方]

歷節諸風，骨節疼痛，晝夜不止，沒藥末半兩，虎脛骨酥炙，爲末，三兩，每服二錢，溫酒調下。

筋骨損傷，米粉四兩，炒黄，入沒藥、乳香末各半兩，酒調成膏，攤貼之。

金刃所傷，未透膜者，乳香、沒藥各一錢，以童子小便半盞、酒半盞溫化，服之。爲末亦可。

希雍曰：孕婦不宜服。凡骨節痛與夫胸腹脇肋痛，非瘀血停留而因於血虛者，不宜用。產後惡露去多，腹中虛痛者，不宜用。癰疽已潰，不宜用。目赤膚翳，非血熱甚者，不宜用。

[修治]　與乳香同。透明者良。

騏驎竭 是物如乾血，因曰血竭，謂爲血藥之聖，故美名曰騏驎。騏驎，馬類，馬屬午，心主血，固午火也。

頌曰：南番諸國及廣州皆出之。木高數丈，婆娑可愛，葉似櫻桃而有三角，其脂液從木中流出滴下，如膠飴狀，久而堅凝，乃成竭，赤作血色。采無時。

[氣味] 甘鹹，平，無毒。

[主治] 散滯血諸痛，金瘡惡瘡，傷折打損，止痛生肌，並內傷血聚，血氣攪刺，俱宜酒服，婦人血氣，小兒瘈瘲。

好古曰：補心包絡肝血不足。

時珍曰：騏驎竭，木之脂液，如人之膏血，其味甘鹹而走血，蓋手足厥陰藥也，肝與心包皆主血故爾。河間劉氏云血竭除血痛，[9] 爲和血之聖藥，是矣。乳香、沒藥，雖主血病而兼入氣分，此則專於血分者也。

希雍曰：騏驎竭，稟土氣而兼水化，故味甘鹹，氣平無毒。丹書云：稟於熒惑之氣，生於湯石之氣。其色赤象火而味鹹，則得陰氣也。氣薄味厚，陰也，降也，入足厥陰、手少陰經。甘主補，鹹主消散瘀血、生新血之要藥。同乳香、沒藥、自然銅、麻皮灰、狗頭骨煅存性、蘆蟲、黃荆子、骨碎補，治一切打撲損傷。同髮灰、乳香、沒藥、片腦、輕粉、象牙末、紅粉霜，爲細末，摻一切金瘡及腫毒，生肌止痛。

愚按：《丹房鑑源》云：茲物出於西番，稟熒惑之氣而結，以火燒之，有赤汁涌出，久而灰不變本色者爲真。若然，是此味結於至陽之精，則味宜苦，氣宜熱，何以氣反平而味反甘鹹？夫甘鹹能和血，涼血平氣，復得中和，勿亦陽極陰生之精氣結爲此味，故因陽之極者得化，陰之生者得生乎？海藏謂其補心包絡肝血不足，豈臆說也？希雍曰：茲物理傷折，有奪命之功，然出外國，極難購。如此即乳香、沒藥輩，亦不得與之等夷矣。漫言其以散血爲功也，可乎哉？

[附方]

白虎風痛走注，兩膝熱腫，用騏驎竭、硫黄末各一兩，每温酒服一錢。

慢驚瘛瘲，定魄安魂，益氣，用血竭半兩，乳香二錢半，同搗成劑，火炙鎔，丸梧子大，每服一丸，薄荷煎湯化下。夏月用人参湯。

收斂瘡口，血竭末一字，麝香少許，大棗燒灰，半錢，同研，津調塗之。

臁瘡不合，血竭末，傅之，以乾爲度。

希雍曰：凡血病無瘀積者，不必用。《日華子》云：此藥性急，不可多使，却引膿。

[修治]　　嘉謨曰：敲斷而有鏡臉，光彩似能射人，取摩指甲弦間，紅透甲者方妙。斅曰：凡使，先研作粉，篩過，入丸散中用。若同衆藥搗，則化作塵飛也。又有云：如蠟者用，散者不用，非真也。

龍腦香_{即俗所呼冰片也。}

斅曰：龍腦香，即俗稱冰片、梅花腦。出婆律、抹羅、短叱諸國，南海深山窮谷亦有之。樹名波律，又名固不婆律，[10]高七八丈，大六七圍，如積年杉木狀，但旁挺勁枝，葉正圓，面青背白。作花結實，外皮甲錯，仁粒如縮砂蔤者其木肥，肥者生脂爲婆律膏，斷其樹，脂流根下，截其上，脂溢木端，其枝幹未經損動則有，否則氣洩無之矣。無花實者其木瘦，瘦者生香爲龍腦香，多歷年歲者，風清月朗，或噴香若霏雪，繽紛木上。先其時布帛樹底，驚之令墮，形如蜂蝶，此屬無上乘，頃則仍吸香入木理，不易得也。斷其樹，濕時無香，乾之，循理而析，狀類雲母，瑩若冰霜。或解木作板，香溢縫間，劈而取之，大者成片如花瓣，小者成粒爲米腦，爲速腦，爲瑞腦，爲金脚腦，爲蒼龍腦，因其形色以名，總不及成片者氣全力備也。濕者爲腦油，清者爲腦漿，近時多用火煏成片，更以樟腦升打亂之，不可不辨。**愚按**：龍腦香，方書治所患證多稱腦子。據所說，有謂子似豆蔻者，有謂花果更異者，有謂其無花實者。如此固不一說，第諸說所取用者乃木中脂液，有謂香在木心中，有謂其老樹根節乃有之，又云木濕無香，木乾之後，循理折之，中有香。統如諸說，則龍腦香取其脂於木，不在實也，固不必以腦子二字致疑矣。

[氣味] 辛苦，微寒，無毒。珣曰：苦辛，溫，無毒。潔古曰：熱，陽中之陽。

[主治] 入肺肝，散心盛有熱，入腎治骨痛，療喉痹腫塞，大人小兒風涎閉塞，目赤，內外膚翳，敷疽毒生管中，并內外痔瘡，治傷寒舌出，仍小兒驚熱及痘陷證。

宗奭曰：茲物大通利關隔熱塞，大人小兒風涎閉塞及暴得驚熱，甚為濟用。然非常服之藥，獨行則勢弱，佐使則有功。

節齋曰：龍腦，大辛善走，故能散熱，通利結氣，目痛、喉痹、下疳諸方多用之者，取其辛散也。世人誤以為寒，不知其辛散之性似乎涼爾。諸香皆屬陽，豈有香之至者而性反寒乎？

中梓曰：冰片辛，本入肺，乃肝以肺為用，故並入之。主治諸證俱是氣閉生熱，而冰片則辛散之極，開氣如反掌，故多用之，然亦從治之法也。

《門》曰：龍腦，氣味清香，為百藥先，純陽無毒，善散而竄，通利九竅，下則入腎入骨，上透耳目頂巔。人欲死者，吞之，氣即散盡，蓋芳之甚而散之速也。

時珍曰：皆言龍腦辛涼，能入心經，故治目病驚風、痘瘡心熱、血瘀倒黶者皆用之。詎知此味辛散，故其氣先入肺，傳於心脾以致其用，使壅塞通利，經絡條達，而驚熱自平，瘡毒能出也。然瘡毒必用豬心血引此味入心經，豈龍腦能入心耶？

希雍曰：龍腦香，稟火金之氣以生，其香冠於諸香，氣芳烈辛味苦，陽中之陽，升也，散也，性善走竄開竅，無往不達，其所主治皆為從治，故用者宜審之。同乳香、沒藥、雄黃、紅藥子、烏雞骨、白及、白礬、桑礀城同礬、牛黃，傅一切疔腫癰疽，神效。

愚按： 龍腦香，在《別錄》云微寒，而李珣以為溫，至潔古則更謂熱，以此種爲羣香之冠，故其味辛而苦者，氣當不啻温而且熱也。雖然，玆物乃千年老樹之精氣，且稟南方火土之生化，醖醸既久，迸溢而出。老木之精氣，火土之生化，誠爲確義。蓋木原具勾萌畢達之生機，其氣久於醖醸，則其精歸於吐泄。卽此吐泄之精英，故療壅塞諸熱證，乃爲從治對待之法，非徒以其熱之故也。似從李珣說温者爲是。故其所療諸證，如宗奭所謂通利關隔熱塞，節齋所謂散熱，通利結氣，中梓所謂氣閉生熱諸證，舉能開之，是其散壅利結開閉，對待不爽，更諸說皆以爲從治之法者，良不謬也。故如喉痺腫塞，大人小兒風涎閉塞，舍此何以拯其危急乎？又如鼻瘜舌腫，目赤，內外膚翳，下疳痔瘡，小兒痘陷等患，何莫非熱之結於血者，實本於熱之傷氣乎？如對證而施，誰謂不宜？至東垣致慎於治風者，固以中血脈肌肉之淺證，此味全不相涉也，投之何爲？又如類中屬虛，繆氏亦切戒之。不知痰涎隨風上潮，非此散壅開閉之味，他藥何處着手乎？羅謙甫云：中風人初覺，不宜服腦、麝，恐引風入骨髓，如油入麪，不能得出。如潮痰盛，不省人事，煩熱者，宜用下痰，神效。卽謂痰涎宜下，然先散而後可下，且不如從治者之易於奏效也。至於妄投貽害，稍有隙明者，豈其蹈之？雖然，此味槪謂辛散是矣，第非從裏而達表之爲散，乃無內無外，凡壅者結者閉者，隨其所患之處而能散也。東璧氏辨晰此義，尚未明透，而更謂其散鬱火，尤屬隔靴搔癢之語，故置不錄。

[附方]

風熱喉痺，燈心一錢，黃檗五分，並燒存性，白礬七分，煅過，冰片腦三分，爲末，每以一二分吹患處。

中風牙噤，無門下藥者，**開關散**揩之。五月五日午時，用龍腦、天南星等分，爲末，每以一字揩齒，二三十遍，其口自開。

痘瘡狂躁，心煩氣喘，妄語，或見鬼神，瘡色赤，未透者，**經驗方**：用龍腦一錢，細研，旋以豬心血丸芡子大，每服一丸，紫草湯下，少時心神便定，得睡瘡發。

又方，用獖豬第二番血清半盞，酒半盞和勻，入龍腦一分，温服，良久利下瘀血一二行，瘡卽紅活。此治痘瘡黑靨候惡，醫所不治者，百發百中。

東垣曰：龍腦入骨，風病在骨髓者宜用之。若風在血脈肌肉，輒用腦、麝，反引風入骨髓，如油入麪，莫之能出也。

希雍曰：凡中風，非外來之風邪，乃因氣血虛而病者，忌之。小兒吐瀉後成驚者，爲慢脾風，切不可服。急驚屬實熱可用，慢驚屬虛，實不可用。眼目昏暗，屬肝腎虛者，不宜入點藥。設誤點之，必致昏暗難療。

[修治] 以白瑩如冰及作梅花瓣者佳。市肆多用番硝混攙，須細擇。番硝質重色蒼，如砂細碎，龍腦輕浮潔白，片片相伴，細認自別。佳者以杉木炭養之，則不耗。入藥另研，入舊瓷缽輕碾徐研，務令塵細，碾急則捶缽生熱，便隨香竄耗也。

又樟腦卽韶腦，乃樟樹屑液造成，治疥癬癩瘡作熱，傅之。

盧會 《藥譜》及《圖經》所狀，皆言是木脂。一作蘆薈，俗呼象膽。

[氣味] 苦，寒，無毒。

[主治] 療小兒五疳，殺三蟲及癲癇驚風，大人風熱煩悶，胸膈熱，明目鎮心，痔病瘡瘻《開寶》。

時珍曰：盧會，乃厥陰經藥也，其功專於殺蟲清熱。已上諸病，皆熱與蟲所生故也。

之頤曰：主濡陽明燥化，待標盛二陽，隕胃家邪實蟲結者也。

希雍曰：盧會，稟天地陰寒之氣，故其味苦，其氣寒，其性無毒。寒能除熱，苦能泄熱燥濕，苦能殺蟲，至苦至寒，故能除熱殺蟲，於小兒疳證爲要藥。同厚朴、橘紅、甘草、青黛、蕪荑、百草霜、旋覆花爲末，以砂仁湯吞，治小兒諸疳，一歲一分，甚效。治大便不通，真盧會研細，七錢，朱砂研如飛麪，五錢，滴好酒和丸，每服三錢，酒吞，朝服暮通，暮服朝通，須天清時修合爲妙。濕瘡瘙搔，有黃水，及頭面風濕癬瘡，研盧會一兩，甘草半兩，先以溫漿洗，拭乾敷藥，便差。

愚按：盧會類以爲清熱，不知與他味清熱者何以別也。時珍謂爲足厥陰藥是矣，然亦止云殺蟲清熱，而未能明其義也。本草言其療五疳，殺三蟲，又有專言主小兒疳熱，又云單用殺疳蚘。乃徧簡疳方，用此味者十固八九矣。然而疳之爲病類原於脾，小兒脾胃失於調卽易虛，由虛得積，由積成疳。錢乙云：諸疳皆脾胃之病，內亡津液之所作也。夫脾主爲胃行其津液者也，胃行氣於三陰三陽，而脾更爲胃行之者也。亡其津液，是脾氣虛而不能爲胃行氣矣。脾胃俱虛，此其所以成積也。第足厥陰藥何以專療脾胃乎？蓋脾以風木爲用，而肝尤以濕土爲化原，脾氣虛則肝之化原病，既風氣亦不達，木還乘土而鬱於地藏矣。脾由虛有積，卽蘊熱於中，更風客淫氣於濕土，則熱愈蘊而風淫合化於土以爲蟲，先哲所謂臟腑停積已久，莫不化爲蟲者。此也。盧會本氣之寒，可以清熱，而味之苦爲最，尤能就熱而泄之，如是則風之淫氣不客於土而蟲殺矣。如蕪荑治蟲，由於辛散風淫，亦能奏功於疳，然未若兹味泄足厥陰之風淫，於足太陰陽明之中而轉其虛滯，雖曰殺蟲，而其功有在殺蟲之先者也。雖然，如龍薈丸治脇痛之木氣實者，亦有功於脾胃乎？曰：木氣實者，風淫也，風淫則火愈盛，製丸之義如是，然木勝則自乘其所勝，未始不相關也。卽如明目鎮心，獨非泄風淫以清心肝之陽乎？亦何必不關於脾胃。唯其病有脾之疳，能清熱而卽以殺蟲，固時珍所未及悉者也。抑脾胃病疳，已大虛矣，苦寒如兹味，不傷陰乎？曰：用之泄陽存陰，以脾爲至陰，乃爲胃行其津液也，謂爲熱疳要劑，豈不審其有益無咎而爲嘗試乎哉？

希雍曰：味至苦，性大寒，凡兒脾胃虛寒作瀉，及不思食者，禁用。

[修治] 色如黑錫，用數塊散水中，化則自合者爲真。入藥須另研用。

安息香

禹錫曰：按段成式《酉陽雜俎》云：安息香樹出波斯國，呼爲辟邪樹，長二三丈，[11]皮色黃黑，葉有四角，經寒不凋。二月開花黃色，花心微碧，不結實。刻其樹皮，其膠如飴，名安息香，六七月堅凝，乃取之，燒之通神，辟衆惡。時珍曰：今安南、三佛齊諸番皆有之。葉廷珪《香錄》云：此乃樹脂，形色類胡桃穰，不宜於燒，而能發衆香，故人取以和香。今人和香有如餳者，謂之安息油。

[氣味] 辛苦，平，無毒。

[主治] 心腹惡氣，鬼疰《唐本草》，邪氣魍魎，鬼胎血邪，辟蠱毒，霍亂風痛，男子遺精，暖腎氣，婦人血噤，并產後血暈《日華子》，治中風，風痹風癇，鶴膝風，腰痛耳聾方書，用治傳尸勞時珍。

蕭炳曰：燒之，去鬼來神。

希雍曰：安息香，稟火金之氣而有水，故味辛苦，氣平而芬香，性無毒，氣厚味薄，陽也，入手少陰心經。同鬼臼、犀角、牛黃、丹砂、乳香、蘇合香、龍腦、雄黃、麝香，治鬼疰尸疰，殺癆蟲，瘵魘暴亡，及大人小兒卒中邪惡氣。

愚按：安息香乃樹脂，名爲辟邪樹。在《唐本草》云治心腹惡氣，卽繼以鬼疰，在《日華子》云除血邪，又先之鬼胎，合於蕭炳所謂燒之去鬼來神，則此味之功能可參也。蓋鬼陰而神陽，安息香能發衆香，則能暢陽明之氣而袪陰濁之邪者也。此卽能治惡氣，惡氣之所聚乃有血邪，又卽此並化之矣，故方書於中風用之，而風痹風癇鶴膝風皆用之。雖風臟卽血臟，然亦不離於氣也，如傳尸勞證用之，正惡氣血邪，所謂六極者也。卽腰痛耳聾，一何不由於氣之惡，血之邪，但有甚有不甚耳。蓋此味云燒之能通神，辟衆惡，以此對治人身氣血之邪惡，自應不爽者也。

蘇合香

恭曰：今從西域及崑崙來，紫赤色，與紫真檀相似，堅實，極芳香，性重如石，燒之灰白者好。沈括《筆談》云：今之蘇合香，赤色如堅木，又有蘇合油如黐膠，人多用之。頌曰：今廣州蘇合香但類蘇木，無香氣，藥中只用如膏油者，極芬烈。《梁書》云：大秦國人采得蘇合香，先煎其汁，以爲香膏，乃賣其滓與諸國賈人，是以展轉來達中國者不大香也，然則廣南貨者其經煎煮之餘乎？

［氣味］　甘，温，無毒。

［主治］　辟惡，去三蟲瘟瘧，蟲毒癎痓《別錄》。蘇合香丸除邪氣，破宿血，止心腹痛，霍亂吐泄，中風中氣，痰厥口噤不省。

時珍曰：蘇合香氣竄，能通諸竅臟腑，其功能辟一切不正之氣。按沈括《筆談》云：太尉王文正公氣羸多病，真宗面賜藥酒一瓶，令空腹飲之，可以和氣血，辟外邪。公飲之，大覺安健。次日稱謝。上曰：此蘇合香酒也。每酒一斗，入蘇香丸一兩同煮，極能調和五臟，却腹中諸疾，每冒寒夙興，則宜飲一盃。自此臣庶之家皆仿爲之，此方盛行於時。

［附方］

蘇合香丸：治傳尸骨蒸，殗殜肺痿，痒忤鬼氣，卒心痛，霍亂吐利，時氣鬼魅，瘴瘧，赤白暴痢，瘀血月閉，痃癖疔腫，小兒驚癇客忤，大人中風、中氣、狐狸等病。用蘇合油一兩，安息香末二兩，以無灰酒熬成膏，入蘇合油内，白术、香附子、青木香、白檀香、沉香、丁香、麝香、蓽撥、訶梨勒煨，去核、硃砂、烏犀角鎊，各二兩，龍腦、薰陸香各一兩，爲末，以香膏加煉蜜和成劑，蠟紙包收，每服旋丸梧子大，早朝取井華水，温冷任意，化服四丸，老人小兒一丸。

愚按：今之用蘇合香以療病者固不少，然丸中亦止取其油耳，未嘗用其香。或亦爲煎熬之餘，用者遂止取其油而棄其木乎？第蘇合香丸，丸中多辛熱芬香者以相濟，其治病原未專藉此油也。皇甫嵩曰：蘇合香合諸藥爲丸，能開關透竅，逐寒中冷風，此爲專功，然香竄之性概見矣，肺胃風熱盛者忌之。愚謂凡陰虛有熱者，尤爲禁藥。

又按：蘇合香及油之單用者，則止有甘温，不同於安息之辛苦平也，故方書治悸證，用爲補精氣之助。卽蘇合丸之集衆香以成，固亦以甘温爲之主，第名之爲蘇合丸者此耳。若概謂之辛竄，則失之遠矣。

阿　魏

時珍曰：阿魏，有草木二種：草者出西域，可曬可煎；木者出南番，取其脂汁。《一統志》所載有此二種，云出火州及沙鹿海牙國者，草高尺許，根株獨立，枝葉如蓋，臭氣逼人，生取其汁，熬作膏，名阿魏。出三佛齊及暹羅國者，樹不甚高，土人納竹筒於樹内，[12]脂滿其中，冬月破筒取之。或云其脂最毒，人不敢近，每采時以羊繫於樹下，自遠射之，脂之毒著羊，羊斃，即爲阿魏。觀此，則其有二種明矣。但西南風土不同，故或如草如木也。繫羊射脂之說，俗亦相傳，但無實據。據諺云黄芩無假，阿魏無真。以其多偽也。劉統詩云：阿魏無真却有真，臭而止臭乃爲珍。是與蘇恭之說合矣。

［氣味］　辛，平，無毒。

［主治］　破癥積，消肉積，下惡氣，殺諸細蟲，辟瘟瘴，主霍亂心腹痛，治傳尸及蠱毒，治瘧痢有積者。

恭曰：體性極臭而能止臭，亦奇物也。

希雍曰：阿魏，稟火金之氣，而兼得乎天之陽氣，故其味辛平，溫而無毒，氣味俱厚，陽也，入足太陰、陽明經。同人參、橘紅、京三稜、蓬莪茂、砂仁，治一切肉食堅積；入膏藥，同麝香、硫黄、蘇合油，貼一切痞塊；同安息香、百部、青黛、丹砂，治尸疰惡氣。

［附方］

癩疝疼痛，敗精惡血結在陰囊所致，用阿魏二兩，醋和，蕎麥麫作餅裹之，煨熟，大檳榔二枚，鑽孔，溶乳香填滿，亦以蕎麫裹之，煨熟，入硇砂末一錢，赤芍藥末一兩，糊丸梧子大，每食前酒下三十丸。

小兒盤腸内吊，腹痛不止，用阿魏爲末，大蒜半瓣炮熟，研爛，和丸麻子大，每艾湯服五丸。

痞塊有積，阿魏五錢，五靈脂炒烟盡，五錢，爲末，以黄雄狗膽汁和，丸黍米大，空心唾津送下三十丸。忌羊肉醋麫。

五噎膈氣，方同上。

愚按：阿魏，以極臭之性質反能止臭，如本草止言其消癥積，下惡氣，殺細蟲，而以臭止臭之微義，後來莫能究之。詎知其有能使氣化者，氣化則形化，所以消癥積也。不下正氣而下惡氣，此尤其異處，蓋蟲亦惡氣之所化也。愚閱方書，治傷飲食者用之，療積聚者用之，是皆氣化而形化，所謂消癥積之類也。其治蠱脹者用之，治傳尸勞及治癘風者用之，是皆下惡氣爲之先導，所謂殺諸蟲之類也。即本草所謂辟瘟瘴，主霍亂心腹痛，何莫不可以下惡氣推之？總之，能化氣而逐惡，爲是物之所獨稟，誠如先哲謂爲奇物也。試觀耳聾外治亦用，豈非藉其氣化而漫責其功於有形者哉？

[附方]

治血鱉流走無定，一發痛不可忍，將鱉所到之處緊緊捏住，不使得走，隨將真阿魏抹於所捏處，即以厚綿紙糊其上，不使藥氣走泄，令之直入患所，其手捏仍不可放，令鱉受藥氣之攻，不得走避，如是攻之三個時，候其鱉雖放手亦不走動，是即死矣，久之自化而病愈也。此在皮裏膜外，湯丸所不及奏效者乃然。此方亦外治可參。

希雍曰：阿魏之氣臭烈，人之血氣聞香則順，聞臭則逆，故凡脾胃虛弱之人，雖有痞塊堅積，不宜輕用。當先補養胃氣，胃氣強，則堅積可漸磨而消矣。

愚按：阿魏，從來云多偽者，如雷公三驗法，恐亦未必盡然。第就其以臭止臭，是以奇珍，劉統之詩不妄也。體性極臭，故婆羅門謂之薰渠，乃戎人常食之，云去臭氣，而元時食用以和料，然則極臭而能止臭者，豈不信然哉？用者即以是驗真偽可也。且是物在蘇頌云近惟廣州有之，是木膏液滴釀而成，又有云其汁毒甚，以羊繫樹下，自遠射樹，流脂著羊，羊斃，即成阿魏者，此說時珍以爲無據。然余戚兩任粵東，謂曾取是物，悉如前用羊之說也。第思木汁即毒，何以汁盡於羊，乃成此味，而人用之不毒，必於羊有相劑以爲用者矣。《飲膳正要》云：其根名穩展，用醃羊肉，轉更香美，盛暑亦不變色。即斯驗之，則此味之功可參矣。

[修治] 狀如桃膠，色黑者力微，黃散者爲上。又曰：潤軟者佳，其堅硬枯結者僞。凡使，先於净鉢中研粉了，於熱酒器上裛過用。

胡桐淚—名胡桐律。律，卽瀝，猶松脂謂瀝青之義。有木律、石律二種。

出肅州以西平澤及川谷中，又涼州以西亦有之。是胡桐樹脂淪入土石鹼音減，鹵地者，土石相染，狀如薑石，極鹹苦，得水便消，若礬石、消石之類。冬月采之。時珍曰：此有二種：木淚，乃樹脂流出者，其狀如膏油；石淚，乃脂入土石間者，其狀成塊，以其得鹵斥之氣，故入藥爲勝。木淚卽木律，石淚卽石律。《日華子》曰：入藥唯用石律。

[氣味] 鹹苦，大寒，無毒。

[主治] 濕熱，齒痛，風蟲牙齒痛，風疳䘌齒，骨槽風勞，能軟一切堅，瘰癧非此不除，咽喉熱痛，水磨，掃之取涎。

頌曰：古方稀用，今治口齒家多用，[13]爲最要之物。

《類明》曰：瘰癧堅硬，胡桐淚味鹹，能耎瘰癧。有鬱火，胡桐淚大寒，能消大毒之熱。

希雍曰：胡桐淚，禀地中至陰之氣而兼水化，故味鹹苦，氣大寒，無毒，氣味俱厚，陰中之陰也，入足陽明經。

[附方]

走馬牙疳，胡桐鹼、黃丹等分，爲末，摻也。[14]

牙疳宣露，膿血臭氣者，胡桐淚一兩，枸杞根一斤，每用五錢，煎水，熱漱。

牙齒蠹黑，乃腎虛也，胡桐淚一兩，丹砂半兩，麝香一分，爲末，摻之。

愚按：胡桐淚，先哲謂治口齒爲要藥。如東垣治一女子齒痛，須騎馬外行，口吸涼風則痛止者，云爲濕熱之邪。其方中用胡桐淚，輔以風藥。蓋凡木禀風升之性，乃是木極西所產，本風升而受氣於清涼者也。

其汁入土，更釀鹹苦，是展轉受氣，由風木而仍歸寒水，故陽明濕熱，東垣以此對待之。夫齒爲骨餘，屬腎，兩陽明之支者入齒間，其散陽明濕熱，卽所以療齒痛也。又豈惟濕熱，亦可以療風熱之齒痛，如《日華子》所云風蟲牙齒痛，如李珣所云風疳䘌齒，骨槽風勞之能療，皆因風木受寒水之化，故熱行而風靜耳。若徒以苦寒除大熱爲其功，則與他味之苦寒者其何以別哉？

又按：方書治齒病有牢牙散，中用胡桐淚，以取其木所流溢之脂也，是謂木律。而時珍所云梧桐鹼，乃其脂流入土石中結而成塊者也，是謂石律。先哲謂木律不中入藥，然則用之治齒者止宜梧桐鹼。時珍所云用其得鹵斥之氣，洵然哉。唯如是，而乃可以除陽明之濕熱乎？如方書漫云梧桐淚也，或亦未之精察乎？又據牙齒蠹黑，謂屬腎虛，而亦以此味爲君者，則此味非得真陰寒水之化而能除濕熱乎？蓋有真陰而後有真陽，濕熱之患本於真陰不足，致真陽亦不足，故由濕而化熱以爲病也。如由真陰而毓真陽，卽風邪亦無矣，蓋風邪亦由陽，不盡出於陰也。

[修治]　形如小石片子，黃土色者爲上。

白膠香 一名楓香脂。

樹葉霜後色丹，所謂丹楓是也，漢朝宮殿中多植之，故稱楓宸。頌曰：今南方及關陝甚多，樹甚高大似白楊，葉圓而作岐，有三角而香，二月有花白色，乃連着實，大如鴨卵。八月、九月熟時曝乾可燒，其脂爲白膠香。五月斫爲坎，十一月采之。

香脂

[氣味]　辛苦，平，無毒。

[主治]　吐衄咯血，活血生肌止痛，及一切癰疽瘡疥金瘡，燒過揩牙，永無牙疾 時珍。

[方書主治]　中風腰痛，行痹痿厥，腳氣泄瀉。

丹溪曰：楓香屬金，有水與火，其性疏通，故木易有蟲穴，爲外科要藥。

愚按：楓香脂之味辛，金也，苦，火也，而氣之平者則亦金也，霜後葉丹者，金爲火用也，是則夫火而孕水，故其精氣所凝之脂必以十一月采之也。丹溪不獨就其味之辛苦以爲屬金與火，且因香脂所采之時而更以屬水爲說也。朱先生其善察物哉，第且以爲外科要藥耳。至時珍根於《百一選方》及《澹寮》諸方而表其功，謂能療吐衄咯血也，似不僅以外治見長，適合於金火水具足之義，以對待血證而不爽者。蓋其實熟於八九月，固其歸於金之氣專，而葉丹於霜後，更金之致火於水，以爲精微之化也。致火於水，此仲冬所采之香脂，真爲人身化血之神機並活血之善物也。雖方書以治血證者少，然如《百一選方》及《澹寮》諸方，實實有精義存焉者矣。且如中風之輕腳丸、伏虎丹，非取其化血乎？蓋風類傷血也。張家飛步丹之治腰痛，諸論治筋脈骨節及諸處疼痛攣縮不伸之患，是非化血乎？如行痹之虎骨丹、骨碎補丸、八神丹、一粒金丹，皆治走注疼痛。夫走且注者，風淫而血滯也，故斯證用之爲多耳。又痿厥左經丸治筋骨諸疾，手足不隨，行動不得者，皆是物也。又腳氣抱龍丸治肝腎臟虛，風淫寒邪，流注腿膝，行步艱難，漸成風濕腳氣，足心如火，上氣喘急，小腹不仁，全不進食者，此方中或補虛，或除邪，或導陽，或化陰，而用此味於中，要皆化血以爲用，非徒以活血爲功也。卽斯一方推之，則前諸方之用此者，其義固不遠矣。雖然，更治脾胃虛寒，滑腸久瀉，臍腹疼痛無休止者，有南白膠香散，用御米殼爲君，龍骨與膠香爲臣，而甘草、炮乾薑佐之，然則此中之用，亦以活血而行之乎？是固有藉陰之化以爲陽之守者矣。更因此方而推之前證諸方，又豈得定此味爲止於活血乎哉？夫精微之化，參之《內經》所云血者神氣也，非如是得金專氣，復載火致水，以爲生化之神機乎哉？試卽後四方之參之，其不止以活血爲功者，更可尋繹也矣。

[附方]

吐血衄血，白膠香、蛤粉等分，爲末，薑汁調服王璆《百一選方》。

吐血咯血，《澹寮方》用白膠香、銅青各一錢，爲末，入乾柿內，紙包煨熟食之。

《聖惠方》用白膠香切片，炙黃，一兩，新綿一兩，燒灰爲末，每服一錢，米飲下。

金瘡斷筋，楓香末，傅之危氏方。

諸瘡不合，白膠香、輕粉各二錢，豬脂和塗《直指方》。

[修治]　宗奭曰：楓香、松脂皆可亂乳香，但楓香微白黃色，燒之可見真偽。丹溪曰：近時不知，誤以松脂之清瑩者爲之，甚謬。時珍曰：凡用，以齏水煮二十沸，入冷水中揉扯數十次，曬乾用。

【校記】

〔1〕噤，原誤作"禁"，今據萬有書局本改。

〔2〕毋，原誤作"母"，今據文義改。

〔3〕氣清，原倒作"清氣"，今據《醫學綱目》卷三十六乙正。

〔4〕功，原誤作"攻"，今據《本草述鈎元》卷二十二改。

〔5〕爪，原誤作"瓜"，今據文義改。

〔6〕皆，原字缺，今據萬有書局本補。

〔7〕湯，原誤作"陽"，今據《本草綱目》卷三十四卷、《本草述鈎元》卷二十二改。

〔8〕合，原誤作"和"，今據文義改。

〔9〕竭，原誤作"結"，今據《本草綱目》卷三十四改。

〔10〕律，原誤作"津"，今據《酉陽雜俎》卷十八改。

〔11〕丈，原誤作"尺"，今據萬有書局本改。

〔12〕土，原誤作"士"，今據萬有書局本改。

〔13〕今，原誤作"金"，今據萬有書局本改。

〔14〕也，《本草綱目》卷三十四作"之"。

《本草述》卷之二十三

喬木部

黃檗

[氣味] 苦，寒，無毒。

潔古曰：性寒味苦，氣味俱厚，沉而降，陰也。又云：苦厚微辛，陰中之陽，入足少陰經，爲足太陽引經藥。丹溪曰：檗皮屬金而有水與火，走手厥陰經。海藏曰：黃芩、梔子入肺，黃連入心，黃檗入腎燥濕，所歸各從其類也。**愚按**：黃連、黃檗，海藏所云流濕就燥之義誠然，第水火不離土以爲用，是所謂體物不遺者也，故連、檗、芩皆黃色，義見連條。如先哲鳳髓丹爲瀉相火益腎水之妙劑，其說果不謬也。黃檗二兩，砂仁一兩，甘草五錢。

[主治] 瀉膀胱相火，補腎水不足，壯腎，堅骨髓，治男子陰痿及下焦諸痿癱瘓，並遺精失血，骨蒸，衝脈氣逆，治五臟腸胃結熱，黃疸腸痔，止血痢，女子赤白漏下，男子濁淫，利下竅熱，不渴而小便不利，上能洗肝明目，及口舌生瘡。

丹溪曰：檗皮走至陰，有瀉火補陰之助，非陰中之火不可用也。火有二：君火者，人火也，心火也，可以濕伏，可以水滅，可以直折，黃連之屬可以制之；相火者，天火也，龍雷之火也，陰火也，不可以水濕折之，當從其性而伏之，惟黃檗之屬可以降之。

龍火出水中，故名。

東垣曰：黃檗，瀉膀胱經火，補本經及腎水不足，補下焦虛，堅腎。

經曰苦以堅之，凡痿厥除濕藥中不可缺也。

盧復曰：黃檗，木高數丈，其葉經冬不凋，皮之味極苦而性寒，根結實如茯苓狀。據氣味與象，乃太陽寒水氣化所生，太陽之氣最高，而檗根堅結，木氣專走皮，苦味專走骨，故黃檗能自頂至踵淪膚徹髓，因熱之結聚而發生種種病者，象形對待而治之。

潔古曰：黃檗，除下焦濕腫，又治痢疾先見血及臍中痛。

《類明》曰：痢疾是濕熱，先見血是腎傳脾之証。東垣云痢疾見血先後，以三焦熱論之，先見血是下焦熱也，黃檗能去下焦之濕熱。

又曰：臍下痛，是腎經虛火鬱而爲痛也。黃檗有補陰之功，降火之妙。

東垣曰：黃檗、蒼朮，乃治痿要藥，凡去下焦濕熱作腫及痛，并膀胱有火邪，并小便不利及黃澀者，並用酒洗黃檗、知母爲君，茯苓、澤瀉爲佐。凡小便不通而口渴者，邪熱在氣分，肺中伏熱，不能生水，是絕小便之源也，法當用氣味俱薄淡滲之藥，豬苓、澤瀉之類瀉肺火而清肺金，滋水之化源。若邪熱在下焦血分，不渴而小便不通者，乃《素問》所謂無陰則陽無以生，無陽則陰無以化，膀胱者州都之官，津液藏焉，氣化則能出矣，法當用氣味俱厚陰中之陰藥治之，黃檗、知母是也。

嘉謨曰：加黃耆湯中，使足膝氣力涌出，痿厥即瘥；和蒼朮散內，俾下焦濕熱散行，腫痛易退；佐澤瀉，利小便赤澀；配細辛，擦舌頻紅瘡。

希雍曰：黃檗，稟至陰之氣而得清寒之性者也，其味苦，其氣寒，其性無毒，如所主五臟腸胃中結熱。蓋陰不足則熱始結於腸胃，黃疸雖由濕熱，然必發於真陰不足之人，腸澼痔漏亦皆濕熱傷血所致。洩痢者，滯下也，亦濕熱干犯腸胃之病。女子漏下赤白諸證，皆濕熱乘陰虛流客下部而成。以至陰之氣補至陰之不足，虛則補之，以類相從，故陰回熱解濕燥，而諸證自除矣。乃足少陰腎經之要藥，專治陰虛生內熱諸證，功烈甚偉，非常藥可比也。黃檗爲足少陰腎經藥，然以柴胡引之則入膽，以黃連、葛根、升麻引之，則入腸胃及太陰脾經，治濕熱滯下。佐牛膝、枸杞、地黄、五味子、鳖甲、青蒿，则益阴除热。佐甘菊、枸杞、地黄、蒺藜、女贞实，则益精明目。得猪胆汁、水银粉，则主诸热虫，久不合口。得铅丹，则生肌止痛。得木瓜、茯苓、二术、石斛、地黄，则除湿健步。佐白芍药、甘草，则主火热腹痛。

　　愚按：丹溪曰：黄檗有补阴泻火之功，然非阴中之火不可用也。夫阴火即水中之火，即人身元气之根蒂，宜温养，不宜寒泻者也。如先天元阴虚而相火炽者，不独恃此味以获济，唯是后天之气血，或六淫或七情以伤之，致累及元阴，元阴受伤，则水不配火，元阳不得元阴以宅之，则少火化为壮火，举三焦之元气尽为之病矣，经曰阴虚则无气是也。唯北方寒水所化如黄檗者，藉其同气相求以助阴，即以伏阳，是丹溪所谓从其性而伏之者也。助阴以育阳，则气食少火，元气回而肾阳自壮，且骨髓自坚，所云疗下焦痿厥者也。抑宁惟是，阴伤而阳亢，亢阳即还以蚀阴，如骨蒸遗精失血等证，肾藉此为要药矣，亢阳还以蚀阴，而裕阴即以伏阳，故骨蒸遗精失血等证亦不独恃此。又宁啻利下窍除热止脐腹虚火之痛乎？虽然，湿热之义何居？曰：观《本经》首言五脏肠胃中结热，便可参悟。盖水土原合德以立地，而胃之三脘皆根于任脉者也。肾之阴气不足，则热自结于胃，胃壅结热，则湿土之阴气无从施化而还病于湿，是阴气不足则由肾而及于脾，肾与脾合病，斯五脏肠胃病于湿热之证多矣。[1] 如《本经》所云黄疸肠痔泄痢，女子漏下赤白，固为病于湿热，即下焦痿厥瘫痪诸证，亦未有不合于中土之湿以为患者。丹溪治痿，独取责于足阳明，正为此也。故味丹溪就其性而伏之一语，则知用黄檗非以水胜火，乃以水养火，味丹溪治痿独取阳明之微义，则知用黄檗非止以肾阴得达于胃，更欲使胃阳得化于肾也。盖热之结者，胃阳不得化，肾阴达于胃而胃阳化矣，必如是而后可以用黄檗，不负朱先生补阴二字矣。按由肾合脾，何以取责于胃？盖以檗皮达肾阴于脾，脾乃能为胃行三阳三阴之气，而肠胃之结热乃清，但三阳三阴之气脾固为胃行之，而能行三阳三阴之气者则属之胃，[2] 故取责于胃耳。按元阴乃后天荣血之母气，故丹溪酒炒末，为潜行散入血分，最妙。上焦血热用酒炒黄连，下焦血热则酒炒黄柏。

又按：羅周彥曰：有先天元氣之陰，即腎水母氣所稟元精之氣是也。其真陰本體則深藏於左腎之中，而真陰妙用則默運於精神之內，是謂無形者也。後天元氣之陰，即身中所化有形營血之母氣，先天有形元氣之陰也，此亦天賦自然之真，其體附藏於脾胃中，化見於人迎，故其脈在心部，而其用則見於血也。又曰：元陰不甚損，其有形腎水之陰暴傷，致相火動而乘於有形陰精之分爲患者，則知、柏與滋陰降火之法任以用之。至於腎水中母氣先天元陰之精受傷，以致無根虛火爲病，若妄投之，必反損其元而絕其生機矣。合二論觀之，則所謂損其元陰，由傷其生身之精，損其腎水之母氣也。腎水之陰暴傷，由病於後天之氣血，而暴傷其有形榮血之母氣也。蓋腎水之陰即營血之母，此處分晰極確，而後知黃柏之可用與不可用，庶乎無誤，不止於久用而寒中。如世醫所云，亦不至於當投而輒爲斂手，以致劑不中病也。

[附方]

臟毒痔漏，下血不止，用川蘗皮刮淨，一斤，分作四分，用酒、蜜、人乳、糯米泔各浸透，炙乾切研，糜米飯丸，每空心溫酒下五十丸。

妊娠下痢白色，晝夜三五十行，根黃厚者蜜炒令焦，爲末，大蒜煨熟，去皮搗爛，和丸梧子大，每空心米飲下三五十丸，日三服。

積日夢遺，心忪恍惚，膈中有熱，宜**清心丸**主之。黃蘗末一兩，片腦一錢，煉蜜丸梧子大，每服十五丸，麥門冬湯下。此大智禪師方也。

臁瘡熱瘡，黃蘗末一兩，輕粉三錢，豬膽汁調，搽之。

希雍曰：黃蘗固能除熱益陰，然陰陽兩虛之人病兼脾胃薄弱，飲食少進及食不消，或兼泄瀉，或惡冷物，及好熱食，腎虛天明作泄，上熱下寒，小便不禁，少腹冷痛，子宮寒，血虛不孕，陽虛發熱，瘀血停滯，產後血虛發熱，金瘡發熱，癰疽潰後發熱，傷食發熱，陰虛小水不利，痘後脾虛，小水不利，血虛不得眠，血虛煩躁，脾陰不足作泄等證，法咸忌之。

[修治] 以蜀中所產，其皮緊，厚二三分，其色鮮黃者爲良。

時珍曰：黃蘗，性寒而沉，生用則降實火，熟用則不傷胃，酒制則治上，鹽制則治下，蜜制則治中。

能曰：滋腎水，瀉膀胱，必資乎鹽炒；療瘡癰，消結熱，悉聽乎引經。酒炒以治血分之痛，鹽製以去骨間之疼。

厚　　朴

以建平、宜都及梓州、龍州者爲上。木高三四丈，徑一二尺，葉似槲葉，四季不凋，五六月開花紅色，結實如冬青子，生青熟紅，實中有核，味頗甘美，木皮鱗皺，以肉厚色紫多液者入藥最良。

皮

[氣味]　苦，溫，無毒。《別錄》曰：大溫。普曰：神農、岐伯、雷公，苦，無毒；李當之，小溫。權曰：苦辛，大熱。潔古曰：氣溫味苦辛，氣味俱厚，體重濁而微降，陰中陽也。杲曰：可升可降。

[主治]　溫中，散結氣，除脹滿，疏胃濕滯，治胃中冷逆嘔吐及腹疼洩利，療寒濕霍亂，化水穀，止吐酸水，除冷積，更同他藥治濕熱諸證，霍亂，並腹痛脹滿及下痢。

潔古曰：厚朴平胃，能除腹脹。若元氣虛弱，雖脹，宜斟酌用之，誤服脫人元氣，惟寒脹，大熱藥中兼用，乃結者散之之神藥也。

丹溪曰：厚朴，屬土有火，其氣溫，能瀉胃中之實也。平胃散用之，佐以蒼朮，正爲瀉胃中之濕，平胃土之太過，以致於中和而已，非謂溫補脾胃也。習以成俗，皆謂之補，哀哉！其治腹脹者，因其味辛以提其滯氣，滯行則宜去之。若氣實人誤服參、芪藥多補氣，脹悶或作喘，宜此瀉之。

海藏曰：厚朴與枳實、大黃同用，則能瀉實滿，承氣湯中用之。與陳皮、蒼朮同用，則能除濕滿，五積湯中用之。若與解利藥同用，則治傷寒頭痛，如正氣散之類。與治痢藥同用，則厚腸胃，如當歸丸之類。大抵其性味苦溫，用苦則泄，用溫則補也，故成無己云厚朴之苦以泄腹滿。

東垣曰：苦能下氣，故泄實滿；溫能益氣，故散濕滿。

希雍曰：厚朴，稟地二之氣以生，兼得乎春陽之氣而成，故其味苦，其氣溫。甄權苦辛大熱，應是辛熱苦溫之藥。辛熱太過，則其性宜有毒，以其得陽氣之正，故無毒耳。氣味俱厚，陽中之陰，降也，入足太陰、手足陽明經。此藥辛能散結，苦能燥濕，溫熱能祛風寒，其所主治諸證何？莫非腸胃氣逆壅滯，及痰飲留結，飲食生冷所致，得此下洩開通，溫濕煖胃，則諸證不求其止而止矣。至益氣，厚腸胃，蓋亦指邪氣去、正氣自益之謂，積滯消、腸胃自厚之意耳，非消散之外復有補益之功也，用者詳之。同陳皮、枳殼、麥蘖、草果、山查、砂仁、礬紅，治傷食腹脹。同橘皮、黃連、甘草、蒼白朮、葛根，治濕熱作泄。同檳榔、木香、黃連、滑石、橘皮、甘草、白芍藥，治滯下初起。同白朮、人參、白芍藥、茯苓，消腹脹。佐生薑、橘皮、藿香、砂仁、半夏，止胃寒嘔吐。同三稜、蓬莪、檳榔、人參、青皮，治積年冷癖堅塊。同蒼朮、橘皮、甘草，爲平胃散，治胸中敦阜之氣，使飲食倍增。

愚按：草木之四時不凋者，或得於純陰，或得於純陽，如厚朴所謂純陽者也。取木皮爲用，而氣味苦溫，色性赤烈，不可想見歟？其味之苦者，應於花赤而皮紫，是味歸於形也；形色赤紫者，應於氣之溫，是形歸氣也。在木亦有然者，又不可想其純陽而能散結之用歟？夫苦能下泄，然苦從乎溫，則不下泄而爲溫散，此盧氏所云從內而外以司夏出橫徧之令者也。若苦合於寒，則直下泄，如枳殼輩是矣。夫氣之生化在中土，此味苦，而苦中卽覺有微甘，所以直歸中土而散結氣，虛者不宜，爲其無邪也。若實者，要有邪入於正氣中，或蓄於正氣外而不能散，故曰實耳。氣乃火之靈，苦溫若茲味，故卽能氣分而散之，病乎寒濕之邪者，此其的治，卽病乎濕熱者，有苦寒以清熱燥濕，而假此苦溫以散其結，亦罔不奏功矣。曰：先哲於茲味首以除脹滿爲言，夫脹滿之虛而無邪者不宜此也。若寒濕之爲脹滿，此實也，固須此。卽濕熱之爲脹滿，如厚味積熱及外感鬱熱，此亦實也，苦寒除之，而亦假此也。唯中氣虛而患濕熱者，乃虛中之實，則審中氣之虛與邪氣之實孰多孰少，以爲攻補之多少，更審久暫之時，以定攻補之多少，[3]如此味又何可少也？如苦寒除邪之味多而健脾者少，用此散濕熱之結，恐苦寒直攻，不能徑散也；如苦甘健脾之味多而除熱者少，用此化補益之驟，恐苦甘徑補，不能直受也。濕熱不宜純甘，虛而有濕熱者宜於苦甘。卽此推之他證，凡厚朴可投者，悉如斯矣。曰：脹滿之所因不盡由脾胃，何以如此味溫中而必須之？蓋胃行氣於三陰三陽，而脾爲胃行之，故一切治脹不能離脾胃，卽不能置此溫中散結者，蓋氣溫則升而行，凉則降而滯耳。曰：苦溫之味多矣，何獨用此？蓋天地之氣。至夏而陽盛陰衰，在氣化至此應然，原非偏至之戾氣也，此味所稟純陽，卽稟乎此氣，其能散元氣者，亦如夏時之宣泄已極，非謂其辛熱太甚也，俱在明者用之如何耳。按厚朴始嘗之味苦，苦中微微有甘，最後有辛意，非辛也，乃苦溫之餘烈，俗所云麻味也，故以薑製之，猶製半夏之義耳。然則厚朴從苦溫以散結者，不若枳殼從苦寒以泄滯也。夫氣以溫熱爲升爲補，而苦甚者乃從升補中以散之；以涼寒爲降爲泄，而苦甚者乃從降泄中以導之。故厚朴之治宜於寒，或宜於濕，而枳殼之治宜於熱，或宜於燥，皆各從其所對治者以投之。如反是，厚朴施於燥熱之結者，猶可借從治以奏功，若枳殼誤施於寒濕，是氣本下而復降之，卽導之泄之，不惟無益，而有害矣。有患腸風下血，大便則鮮血四射，淋漓不止，年久面色痿黃，腰痛腿酸，四肢無力，陽事痿弱。緣患下血，投苦寒劑經年，故無益而更致病劇也。一醫制煎方服之，仍如數味每一錢，倍加爲兩，作丸服，獲效。薑朴五錢，神麴一錢，白朮土炒，一錢，麥芽炒，一錢，北五味微焙，研碎，一錢，加陳黃米四十九粒，水二碗煎八分，空心服。凡腸風下血者，多係脾胃虛寒，不能攝血，服之皆效。雖酒客濕熱，下注放血者，服之亦效。厚朴佐參、朮諸補劑用，化補中之滯以消脹，其義固然，未有若茲方爲君，白朮止助其健運，五味稍歛其耗散，又有消導之味也。且以治下血，其效若此，可以思厚朴之用矣。

希雍曰：厚朴性純陽，氣味苦溫，其功在散結滿，溫脾胃，一切飲食停積，氣壅暴脹，與患冷逆氣積年，冷氣入腹，腸鳴，痰飲吐沫，胃冷嘔逆，腹痛泄瀉，及脾胃壯實者，偶感風寒，氣實人誤服參、耆，喘脹，誠爲要藥。然而性味散而不收，略無補益，故凡嘔吐不因寒痰冷積而由於胃虛火炙，腹痛因於血虛脾陰不足而非停滯所致，泄瀉因於火熱暴注而非積寒傷冷，腹滿因於中氣虛不能歸元而非邪實壅滯，傷寒發熱頭疼而無痞塞脹滿之候，小兒吐瀉乳食，將成慢驚，大人氣虛血槁，見發膈證，老人脾虛不運，偶有停積，姙婦惡阻，水穀不入，姙婦胎升眩暈，姙婦傷食停冷，姙婦腹痛泄利，姙婦傷寒傷風，產後血虛腹痛，產後中滿作喘，產後洩瀉反胃，已上諸證咸忌。若誤投之輕變重，重致危，雖或暫幸無害，而沖和元氣默耗矣，可不慎哉！

[修治]　去粗皮，用薑汁拌浸，仍用薑渣同炒，以薑渣黑色為度。

杜　仲

[氣味]　辛，平，無毒。《別錄》曰：甘，溫。權曰：苦，煖。潔古曰：性溫，味辛甘，氣味俱薄，沉而降，陰也。杲曰：陽也，降也。好古曰：肝經氣分藥也。

[主治]　腰膝痛，補中，益精氣，堅筋骨，強志，除陰下癢濕，小便餘瀝《本經》，治腎勞腰脊攣《日華子》，脚中酸疼，不欲踐地《別錄》，除腎冷甄權，潤肝燥，補肝經風虛好古。

權曰：腎冷，臀音貴，腰忽痛也。腰痛。人虛而身強直，風也，腰不利，加而用之。

東垣曰：能使筋骨相着。

時珍曰：杜仲，古方只知滋腎，惟王海藏言是肝經氣分藥，潤肝燥，補肝虛，較有完義。經曰堅筋骨，筋骨固肝腎分主之，然實相須以為利用者也。杜仲色紫而潤，氣溫平而和陽，味甘辛而裕陰，故能由腎而致肝之功用若此。

中梓曰：雖溫而不助火。

希雍曰：杜仲，稟陽氣之微，得金氣之厚，故其味辛氣平無毒。《別錄》加甘溫，甄權言苦煖，應是辛甘勝而苦次之，溫煖多而平為劣也。氣薄味厚，陽中陰也，入足少陰，兼入足厥陰經。按《本經》所主腰脊痛，益精氣，堅筋骨，脚中酸痛，不欲踐地者，蓋腰爲腎之府，經曰動搖不能，腎將憊矣。又腎藏精而主骨，肝藏血而主筋，二經虛則腰脊痛而精氣乏，筋骨軟而脚不能踐地也。五臟苦欲補瀉，云腎苦燥，急食辛以潤之，肝苦急，急食甘以緩之。杜仲辛甘具足，正能解肝腎之所苦而補其不足者也。同牛膝、枸杞子、續斷、白膠、地黃、五味子、兔絲子、黃檗、山藥，治腎虛腰痛及下部軟弱無力。治胎或三四月慣墮者，於兩月前以杜仲八兩，糯米煎湯，浸透，炒，去絲，續斷二兩，酒浸，焙乾爲末，以山藥五六兩，爲末，糊丸梧子大，空心米飲下。

　　愚按：杜仲，諸本草不悉其性質，但據《本經》所言，氣味云味辛氣平，又有云甘，更云苦者，皆不如潔古所謂辛甘而溫也。試味之，則先辛次甘，又次苦，乃甘不敵辛，而苦則微甚矣。雖苦甚微，但以辛始而以苦終，是苦乃辛甘歸宿之地，而引辛甘致其用者固在苦也。蓋苦屬火，而苦所就下之火卽元氣也，夫水中有火，乃腎中元氣，而三焦布之，唯茲味之由辛而甘由甘而苦者，是其歸於中五之沖氣皆降，而厚育乎陰中之陽也。卽其色紫，非下就相火之一証乎？抑三焦元氣上下際蟠，何以此味獨致其用於下？曰：卽《本經》首言其治腰膝痛，而弘景、甄權亦言之，不一而足，則其專功於下焦之腎肝可知。第中土之甘化歸於腎，而天氣之辛化又因中土而歸之，則所謂益元陽致津液者，是物兼而有之。卽其色紫而潤，折之有白絲相絡，非其精氣不匱而密理相湊哉？或曰：此味以元氣爲言，義何關切？曰：毋論身半以下，如腰也，膝與脚也，皆藉此陰中元陽以爲張弛之主。試卽療墮胎者，亦以化爲主，則女子繫胞胎，男子固精室者，豈徒恃形器之相維哉？固將以元氣爲本，而此味功用大概可知矣。《本經》所謂益精氣，強志，皆不離元氣而言，但於陰中生陽卽於陽中含陰，非偏於陽者。非偏於補陽氣，故《本經》曰益精氣，所以茲味取其益精氣爲主，而堅筋骨猶其次也，精氣益則筋骨自堅。《本經》謂其氣平，中梓所云溫而不助火者，是也。抑三焦元氣卽腎氣，乃又言其爲肝經氣分藥者何居？曰：肝本腎爲化原，而肝還爲腎暢其化育之用者也。試以東垣能使筋骨相着一語參之，按人身三百六十五節，其節之分而聯處，四邊皆筋脈鎖定，可見肝之化原在腎，而腎之資益在肝。此味由腎益肝，即由肝資腎，故得筋骨相着，肝之藉以致其氣化者此耳，非謂其更入肝也。更以好古補肝經風虛潤肝燥之說合之，其義益明。元氣即腎氣，肝以腎爲化原，此味能補腎中元氣，即是肝經氣分藥，即是能補風虛，潤肝燥。蓋陰虛則風實，陽虛則風虛，風虛者元陽之虛也，又何以曰肝燥？蓋元陽虛，風木之真氣不達，故燥急也。真氣即元氣。此非本於三焦之元氣，陰中生陽，陽中含陰，而能使風虛肝燥胥受其益乎？至如除陰下癢濕、小便餘瀝，如此等證，皆陽氣之不周於陰也。雖貴其脂潤，而取用在皮，是亦可以思矣。雖然，能熟審其性味，則凡陰虛以爲腰痛諸患者，豈得不酌而概施乎哉？

又按：甄權云療腎冷臀腰痛，是言冷也，而《日華子》又云治腎勞腰脊攣，是言勞也，似若有不同者，然皆屬腎氣之虛也。腎中之氣，即元陽也，腎屬陰中之至陰，而陰中之元陽虛，即有腎臀腰痛，亦即有腰脊攣之證，亦即有陽虛而病於風之證。蓋陽虛而并不能達陰，故病於風，前所云風木之真氣於此發揮極明。海藏所謂風虛者，即病於風之證也。又所謂肝燥者，即陽不得致於肝，而陰亦不得隨之以至肝也。《別錄》所謂脚中酸疼，不欲踐地者，自腰以下皆足三陰所主，由陰不得陽以運，故脚酸疼，不欲踐地也。蓋陰陽合一之義，於茲味主治稍見一班如此。抑茲味由益腎以致肝，比於石棗之先溫肝以助腎者有異，東璧氏言子令母實者，誤也。

龐元英《談藪》云：一少年新娶後，得脚軟病，且疼甚，作脚氣治，不效。用杜仲一味，每兩用半酒半水煎服，六日全愈。杜仲能治腰膝痛，以酒行之則效更捷矣。即此之治，固治腎氣虛而疼者也。然朱丹溪先生言諸痛皆屬火，如腰痛必用溫散之藥，不可峻用寒涼，緣腎氣虛而鬱熱，故杜仲補之可愈，其性味正溫散也，至腎陰虛極而熱湊者，其治則不侔矣。

希雍曰：腎虛火熾者不宜用，即用，當與知、柏同入。

[修治] 産漢中者第一，脂厚潤者良。削去粗皮，每一斤，用酥一

兩、蜜三兩和塗，火炙，以盡爲度。一法用酒炒斷絲，以漸取屑，方不焦。《龜齡集》曰：杜仲厚而實者，能强筋骨，用麪炒去絲，童便浸七日，新瓦焙乾，爲末。

椿　　樗

椿、樗二樹，南北皆有。椿木皮細肌實而赤，嫩葉香甘可茹。樗木皮粗肌疎而白，莖葉臭惡，不可茹。

白皮及根皮

[氣味]　苦，温，無毒。權曰：微熱。震亨曰：凉而燥。

[主治]　赤白濁，精滑夢泄，濕氣下痢，女子赤白帶，腸風瀉血不止，腸滑瀉，並女子血崩，治小兒疳蟲、蛔蟲，得地榆止疳痢。

丹溪曰：椿根白皮，性凉而能澀血，凡濕熱爲病，瀉痢濁帶，精滑夢遺諸證，無不用之。有燥下濕及去肺胃陳痰之功，治泄瀉，有除濕實腸之力。但痢疾滯氣未盡者，不可遽用，宜入丸散，亦可煎服，不見有害。予每用炒研糊丸，看病作湯使，名固腸丸也。

時珍曰：椿皮色赤而香，樗皮色白而臭，多服微利人。蓋椿皮入血分而性澀，樗皮入氣分而性利，不可不辨。其主治之功雖同，而澀利之效則異，正如茯苓、芍藥，赤白頗殊也。凡血分受病不足者，宜用椿皮，氣分受病有鬱者，宜用樗皮，此心得之微也。《乾坤生意》治瘡腫，下藥用樗皮，以無根水研汁，服二三椀，取利微行，是其驗矣。故陳藏器言樗皮有小毒，蓋有所試也。

宗奭曰：洛陽一女子，年四十六七，耽飲無度，多食魚蟹，蓄毒在臟，日夜二三十瀉，大便與膿血雜下，大腸連肛門痛不堪忍。醫以止血痢藥，不效。又以腸風藥，則益甚。蓋腸風則有血無膿、如此半年，氣血漸弱，食減肌瘦，服熱藥則腹愈痛血愈下，服冷藥則注泄食減，服温平藥則病不知、如此期年，垂命待盡。或人教服人參散，一服知，二服減，三服膿血皆定，遂常服之而愈。其方治大腸風虛，飲酒過度，挾熱下痢膿血，痛甚，多日不瘥，用樗根白皮一兩，人參一兩，爲末，每服二錢，空心米飲調服。忌油膩濕麪青菜果子甜物雞豬魚羊蒜薤等。

詵曰：小兒疳痢，用樗白皮一握，粳米五十粒，葱白一握，炙甘草三寸，豉兩合，水一升煮半升，以意服之。枝葉功用皆同。

希雍曰：椿。稟地中之陰氣以生，《本經》味苦有毒，甄權言微熱，震亨言涼而燥，然考其用，必是微寒苦燥之藥。入手足陽明經，其所主治諸證，皆取其苦能燥濕，寒能除熱，澀能收斂之功耳。

愚按：椿樗主治，其義丹溪爲確，而以時珍所說參之。蓋一類二種，味俱澀苦，但椿之澀苦不如樗之甚耳。夫椿樗止用根皮，而澀苦即在根皮，則其所稟固地中寒水之氣，然苦繼澀後，則又本燥金以達其寒水之化者也。夫稟寒水以爲化者，皆能治血中之濕熱，但因熱而濕并者，用之清其熱，熱清而正氣復，則濕亦隨熱清矣。所謂正氣者，陽中有陰也。若概以清熱諸味投之因濕并熱者，則愈滋其濕而正氣愈困，熱更鬱於濕中以爲痛，欲溫燥則反助其熱，亦莫能療其流濕順下之苦。惟茲味本燥金以達其寒化，燥乃濕之對待也。夫金味有澀者，乃陽中之陰欲紓而不得，故曰燥。以對待陰中之陽欲暢而不得暢者，如病本於濕并熱，乃陽蓄於陰中，其所謂正氣者乃陰中陽也，如是而後寒化所及，可以使熱亦清矣。蓋能使陽不陷於陰中，則濁自愈，精自固，痢自止，則此類者胥能治之。朱丹溪先生於此味但以除濕爲主言之，則亦知其所先耳。然則時珍所別椿根入血分，樗根入氣分者，然歟？曰：本草固言樗根皮勝於椿矣，總是以達陽氣爲主，而達陽本於收陰，況凡患濕熱皆是病於血分，但投之各有攸宜者，如他治以風劑燥陰，而此味之治又以燥劑收陰，凡濕熱病，風劑可以燥之者，土之邪氣實，水亦從之以鬱，故以風木勝之。若茲味所治，乃土之正氣虛，木亦乘其所勝，故以燥金收之。如仍以風木燥之，則土益困，故曰所治各有攸宜也。所以茲味本草首言治疳蟲，蟲固土中之風木所化。唯樗之收陰者倍於椿，即其達陽者倍於椿也。時珍所揣，其語意亦有近似，然不因其功力之差等，而妄以氣血分屬，詎知其能療諸證固脫之功，全在達陽，而達陽之功先在收陰，是寧得分屬氣血乎？但因其微甚以用椿樗則可耳。雖然，此亦治病必責其本之意也。如雖本於濕而熱甚者，則清熱之味倍之，如鬱滯甚者，則順利之藥亦倍之，又因證而或與他藥等分者，或以他藥爲佐者，又或以湯使轉移者，豈得執一說而不思所以盡變乎哉？

[附方]

樗柏丸：樗白皮一兩，黃柏三兩，青黛三錢，乾薑三錢，滑石五錢，蛤粉五錢，神麴五錢，痰甚，加南星、半夏。爲末，神麴糊丸，空心白湯下。治濕熱痰火濁證，兼治便毒。一方去滑石、乾薑，加知母、牡蠣，治遺精。

卽此一方，則因熱之微甚以加減者，可參也。

脾毒腸風，因營衞虛弱，風氣襲之，熱氣乘之，血滲腸間，故大便下血，用臭椿根刮去粗皮，焙乾，四兩，蒼朮米泔浸焙、枳殼麩炒，各一兩，爲末，醋糊丸如梧子大，每服五十丸，米飮下，日三服。

又**結陰丹**：治腸風下血，臟毒下血，諸大便血疾。枳殼麩炒、威靈仙、黃芪、陳皮去白、椿根白皮、何首烏、荆芥穗各半兩，爲末，酒糊丸如梧子大，每服五七十丸，陳米飮入醋少許，煎過，放溫送下。

卽此二方，則因濕滯之微甚以加味者，可參也。

休息痢，日夜無度，腥臭不可近，臍腹撮痛，一方用椿根白皮、訶黎勒各半兩，母丁香三十個，爲末，醋糊丸梧子大，每服五十丸，米飮下。

又方，椿根白皮東南行者，長流水內漂三日，去黃皮，焙，爲末，每一兩加木香二錢，粳米飯爲丸，每服一錢二分，空心米飮下。[4]

卽此一證，而或加味收塞，或加味以升降氣，其不同如此，可參也。

女子白帶，一方椿根白皮、滑石等分，爲末，粥丸梧子大，每空腹白湯下一百丸。

又方，椿根白皮一兩半，乾薑炒黑，白芍藥炒黑，黃檗炒黑，各二錢，爲末，如上法丸服。

卽此一證，或加味利濕和中，或加味和血清熱，其臨證審處，可參也。

希雍曰：脾胃虛寒者不可用，崩帶屬腎家真陰虛者，亦忌之，以其徒燥故也。凡滯下積氣未盡者，亦不用遽用。不入湯煎。

《門》曰：樗根白皮，合豬肉、熱麪頻食則中滿，蓋經絡壅也。

[修治]　椿樗木皮、根皮，並刮去粗皮，陰乾，臨時切焙入用。

海桐皮

海桐生南海及雷州，近海州郡亦有之。葉如梧桐，其花附幹而生，側敷如掌，形若金鳳，枝幹有刺，或云即嶺南所云刺桐是也。陳翥《桐譜》云：刺桐生山谷中，紋理細緊而性喜拆裂，開花繁盛，色如火，爲夏秋榮觀。

木皮

[氣味]　苦，平，無毒。《日華子》曰：溫。

[諸本草主治]　腰脚不遂，血脈頑痺，腿膝疼痛，赤白瀉痢李珣，並去風，殺疳䘌疥癬諸蟲，煎湯洗赤目時珍。

[方書主治]　中風腰痛臂痛，[5]行痺脚氣攣淋。

頌曰：古方多用浸酒，治風蹷。南唐筠州刺史王紹顏撰《續傳信方》云：頃年予在姑熟，得腰膝痛難忍，醫以腎臟風毒攻刺，諸藥莫療。因覽劉禹錫《傳信方》備有此驗，修服一劑，便減五分。其方用海桐皮二兩，牛膝、芎藭、羌活、地骨皮、五加皮各一兩，甘草半錢，薏苡仁二兩，生地黃十兩，並淨洗焙乾，剉，以綿包裹，入無灰酒二斗浸之，冬二七，夏一七，空心飲一盞，每日早、午、晚各一次，長令醺醺。此方不得添減，禁毒食。

時珍曰：海桐皮，能行經絡，達病所，又入血分，及去風殺蟲。

希雍曰：海桐皮，稟木中之陰氣以生。《本經》味苦氣平無毒，然詳其用，味應帶辛，氣薄味厚，陰中陽也，入足太陰、陽明經。同真川槿皮、輕粉、蛇床子、山大黃爲末，傅癬瘡。

愚按：海桐皮，味苦而氣平，夫苦乃火之味也，平卽辛，乃金之氣也，火金合則氣乃化，氣得化則血乃行，故時珍謂其入血分而透經絡也。

其花色如火，非其入血分之明徵乎？其性喜拆裂，非希雍所云陰中之陽，能行經絡以善其血之達於周身者乎？第如李珣所云，其所主治似類屬之下焦，如腰脚腿膝，豈其動而欲出，如多刺及喜拆裂之性，反在極陰極沉之所以奏功乎？更閱方書，有臂痛之治，如紓經湯用之，與白术、當歸、赤芍同等分，以治氣血之凝滯，經絡不行者，則知卽能透經絡，自於病所無不至，有不舉上下内外而胥治乎？蓋經絡者固内外上下之所合也。又方書治攣用之，如防風散中用之，云治風虚勞，筋脈拘攣，腰膝疼痛，是不可與氣化血行之義適相符乎？更如淋證中有羚羊角散，用之治女子妊娠血風，身體疼痛，手足無力者，又寧能外斯義乎？至於去風殺蟲，尤爲親切，在方書蠲風引子，云治中風癱瘓，口眼喎斜及一切手足走注酸痛，肢節攣急，麻痹不仁，乃此味固逐隊於諸味中矣。蓋風臟卽血臟，血臟無損則風自靜，又何有於風所化之蟲哉？第此味在《開寶本草》云治赤白久痢，至閱方書，滯下證絕未見用者，何歟？得勿投之滯下證猶不甚切當歟？臨病之工宜審處之。

希雍曰：此藥治因風濕濕熱流注下焦，腰膝爲病。若因陰虚血少火熾而得者，勿服。

［修治］　酒浸用。

楝實名金鈴子，其子如小鈴，熟則黃色，名金鈴，象形也。

弘景曰：處處有之。頌曰：楝實，以蜀川者爲佳。木高丈餘，葉密如槐而長，三四月開花紅紫色，芬香滿庭。實如彈丸，生青熟黃，十二月采之。

實

［氣味］　苦，寒，有小毒。潔古曰：酸苦，平，陰中之陽。

［諸本草主治］　熱厥心痛，止上下部腹痛，並丈夫疝氣，利小便水道，療蟲痔。

［方書主治］　多疝證，次遺精，喘，腹痛，小便數，淋證，積聚，

諸逆衝上，溲血下血，頭痛心痛，胃脘痛，脇痛腰痛，前陰諸疾，齒病。

潔古曰：熱厥心痛，非此不能除。

東垣曰：入心及小腸。**愚按**：楝實誠爲陰中之陽，然用之乃從陽入陰，故得致其陽於陰也。潔古酸苦平，東垣首言入心，可謂明於化原者矣。

好古曰：瀉膀胱。

時珍曰：楝實，導小腸、膀胱之熱，因引心包相火下行，故心腹痛及疝氣爲要藥。

嵩曰：解熱散結之劑。

閩風曰：楝實爲下焦氣分之藥。

《類明》曰：上下部腹痛，言臍之上下痛也，與心暴痛者均是氣滯與火，楝實酸苦，能涌泄之。

按方書曰：臍腹痛者，少陰也。

希雍曰：楝實，稟天之陰氣，得地之苦味，氣寒而味極苦，故其性有小毒。氣薄味厚，陰也，降也，入足陽明、手足太陰經。同牛膝、木瓜、橘紅、荔枝核、杜仲、巴戟天、烏桕樹子、藁香，治腎虛疝氣，癥疝腫痛。方書有五製、四製、七製用者，俱見李瀕湖氏《綱目》。

愚按：楝實稟天之陰氣，得地之苦味，苦味均應入心。然腎爲心火對化，又味從乎氣，故凡苦寒之屬類入於腎也，而楝實獨入心，如李東垣先生所云者，何哉？緣其味初嘗之有酸，後乃純苦，其苦寒之性以逐熱下行，兼木火之原以導氣達陽，故謂其解熱散結者不謬，蓋與諸苦寒之直降折及獨勝熱者殊有不同爾。是則易老云治熱厥心痛，固是此義乎？曰：然。《內經》云：陰氣衰於下，則爲熱厥。如謂此味但以清熱爲功，則苦寒之歸下者，謂能補陰氣之衰乎？蓋本木火以致於苦寒，爲能引陽而歸之，故曰非此不除也。至有云爲下焦氣分之藥，而治疝率多用者，亦是此義耳。楝實治陰虛陽厥，如心痛、胃脘痛證，又治陰勝陽陷，如疝證。其義細詳於後，但治疝證爲專且多。疝之爲患，多在肝腎部分，而其受病之因，大都寒鬱熱也。寒固腎與膀胱之氣，熱則厥陰相火之氣也，此味根君火之對化，自應入腎，兼木火之氣化，自應徹肝，此所謂導氣達陽，兼解熱散結者也。自應徹肝，固卽本木火以致於苦寒者也。其義似創，但張潔古先生治莖中痛用生甘草梢，更云加酒煮玄胡索、苦楝子尤妙，則信木火之論不爲創矣。蓋《內經》云足厥陰循陰器而絡於肝，又云足厥陰之別者，循脛上睾，結於莖，是則苦楝實固入肝之的劑，所以治疝不能舍也。又治淋病莖痛引脇者，有參苓琥珀湯，以苦楝子爲君，則其徹肝之義益明矣。卽如諸方用此味爲主，同萊菔、牽牛、斑蝥炒，藉其破堅潰鬱之氣，以助此味散結之功，而又以故紙、茴香引，直入寒中之熱，寒因熱用，以竟此味逐熱之功，則其主治可概覩矣。或曰：楝實之用，在疝證處劑者十用七八，然就中卽曰小腸氣，間曰膀胱氣，是以小腸、膀胱之氣病者便是疝也。亦有分爲三者，但其治法猶與治疝無異也，無異，何以別乎？雖然，離小腸、膀胱以治疝，固無是理。蓋人身唯是水火二氣，心腎者水火之匡廓，而小腸、膀胱卽心腎氣化之府也。謂病於疝者，能不如東垣所云足太陽膀胱之氣逆上，迎手太陽小陽之脈下行，致足厥陰之脈不得伸，其任脈並厥陰之脈逆如巨川之水，使陽氣下墜，致兩睾腫大，謂之曰疝，大甚則爲㿉也。李先生之言如此，不似子和輩獨以肝爲病，言並抹除腎及小腸、膀胱，不思厥陰之所以由陰而能達陽於天，復由陽而能蟠陰於地者，如不藉此水火之氣化，動而不詘，如小腸、膀胱之爲用也，則一陰何以能爲獨使乎？故曰離此二腑以治疝，無是理也。然止病於小腸、膀胱，而未及病於厥陰肝者，則其治法固區以別也。蓋病於厥陰肝者，唯是寒水之臟腑鬱其水中真陽，而肝欲升之，陽鬱卽以病同處於下之脾，故寒濕合化，厥陰益不得達，而病於任者愈甚，誠如東垣所云也。至於小腸、膀胱之自爲病，或火淫而水虛，或水汛而火虛，治之更宜適事爲故，是固非疝證也，豈得漫同於治疝之法以貽害乎？抑楝實之用，治疝乎？治小腸、膀胱乎？曰：所治者疝也，而奏功之地在膀胱也，其能奏功於膀胱者，始於小腸也。卽此種之，於三四月已華，乃歷夏秋至冬而後采其實，固因其本木火之氣以致於寒水，而功乃成耳。寒水之氣大鬱，不根木火之元氣以達之開之，而謂疝可療乎？然外癰之積冷不從以苦寒，而能使木火之氣得浸入於凝寒中以導氣乎？猶恐其不開，或借巴豆氣以和苦寒而徹陽也。或曰：其義固悉矣，第東垣不僅曰入小腸，且先之入心，抑又何也？曰：《內經》有云：少陰之治，從本從標。夫諸痛瘡瘍，皆少陰本也，心主之；諸寒收引，標也，腎主之。未有治標而遺其本者，是所謂奏功膀胱，始於小腸，何得不先心也？夫人身之火，原出水中，楝實本木火之氣以致於寒水，而功乃成者，以心爲火之主，水爲火之元也。故下之陰虛而陽厥者，用火之主以歸之，如熱厥心痛是也，蓋陽歸於陰，則陰自爲陽守也；下之陰翳而陽陷者，用火之主以徹之，如積寒痼陽爲疝是也，蓋陽徹於陰，則陰自不痼陽矣。其功皆奏於下，而所以歸之徹之者乃在上，以其上下原出於一耳。卽此二證推之，則當究其同隊者何所宜，更究其修治者何所宜。故閱諸證所用，去核皆同，有酒煮者，鹽煮者，麩炒者，巴豆炒者，有單炒者，有不用製者，不以一法盡也。東垣曰心及小腸，海藏曰瀉膀胱，時珍亦竊小腸、膀胱之說，而未能精詣，謬以一熱概之，且云引包絡之火下行，是何等語？又如希雍謂其入足陽明、手足太陰者，其誤更甚矣。

　　又按：方書用苦楝實，唯疝最多而且專，次之遺精，遺精證有數方，乃屬補陽之虛者也，何以不能舍此味，豈取其苦寒以濟溫補之燥乎？蓋本木火以致苦寒，則木火入手，不與溫補之味相逆，漸入而致苦寒，則與虛寒之氣驟得溫補者，因有同氣之先導，而溫補乃可以奏功也。大抵用之有三，如下之陰虛而陽厥爲心痛者，有金鈴子散是也。如下之陽虛而陰泄爲遺精者，有固陽丸、鹿茸益精丸、卽濟固眞丹是也。如斯陰虛陽虛以病於他證者，可以類推而治矣。唯是陰覆乎陽，陽痼於陰，以爲疝病者，斯物乃得對待之，卽治方種種不一，而其所治必用斯味之義，固確確不能易也。

　　[附方]
　　丈夫疝氣，本臟氣傷，膀胱連小腸等氣，金鈴子一百箇，溫湯浸過，去皮，巴豆二百箇，微打破，以麪二升同於銅鐺內炒，至金鈴子赤爲度，放冷，取出去核，爲末，巴、麪不用，每服三錢，熱酒或醋湯調服。一方入鹽炒茴香半兩。

　　腎消膏淋，病在下焦，苦楝子、茴香等分，炒，爲末，每溫酒服一錢。

　　希雍曰：脾胃虛寒者不宜用。

　　[修治]　酒浸濕蒸軟，去皮核，取肉曬乾。得酒煮，乃寒因熱用

也。修治隨證之所宜，不盡一法，其義見前。

根及木皮

[氣味]　苦，微寒，微毒。

[主治]　遊風熱毒，風疹惡瘡疥癩，小兒壯熱，並煎湯浸洗《日華子》。

[附方]

消渴有蟲，苦楝根，取新白皮一握，切，焙，入麝香少許，水二椀煎至一椀，空心飲之，雖困頓不妨。自後下蟲三四條，類蚘蟲而色紅，其渴頓止，乃知消渴一證有蟲耗其津液。

《日華子》曰：雄者根赤有毒，吐瀉殺人，不可誤服。雌者入服食，每一兩可入糯米五十粒，同煎，殺毒。若瀉者，以冷粥止之，不瀉者，以熱葱粥發之。雄者根赤，不可用，唯取雌者，所以治消渴有蟲，云取新白皮也。

槐

處處有之，四五月開赭黃花，六七月結黑褐實，作荚如連珠，奇數者爲貴，花未開時狀如粟粒。采取煎汁，染黃色，甚鮮美。

槐實　即俗所呼槐角。

《衍義》云：槐實止言實，今當分爲二。實本出荚中，若搗荚作煎者，當言荚也。荚中子大如豆，堅而紫色者實，今不析出，荚與子何以分別用之？然要皆疎導風熱。

[氣味]　苦，寒，無毒。《別錄》曰：酸鹹。

[主治]　潤肝燥，疎導風熱，久服益氣，合房陰乾煮飲，明目，除熱淚，頭腦心胸間熱風煩悶，風眩欲倒，心頭吐涎如醉，瀁瀁如船車上者，并治口齒風，凉大腸，治五痔瘡瘻。

好古曰：槐實純陰，肝經氣分藥也，治證與桃仁同。

頌曰：折嫩房角作湯代茗，主頭風，明目補腦。

时珍曰：古方以子入冬月牛膽中漬之，[6]陰乾百日，每食後吞一枚，云久服明目通神，白髮還黑，有痔及下血者尤宜服之。

希雍曰：槐實，感天地陰寒之氣，而兼木與水之化，故其味苦氣寒而無毒，《別錄》益以酸鹹，宜矣。入手足陽明，兼入足厥陰經，爲苦寒純陰之藥，爲涼血要品。

槐花

[氣味] 苦，平，無毒。潔古曰：味厚氣薄，純陰也。

[主治] 涼大腸，治腸風瀉血，五痔便血血痢，並崩中漏下，並治胃脘卒痛，殺腹臟蛔蟲。

時珍曰：槐花，味苦色黃氣涼，陽明、厥陰血分藥也。故所主之病多屬二經。

希雍曰：花味以苦勝，故除手足陽明、足厥陰諸熱尤良。

[附方]

大腸下血，用槐花、荊芥穗等分，爲末，酒服一錢匕。

又方，用柏葉三錢，槐花六錢，煎湯，日服。

又方，用槐花、枳殼等分，炒存性，爲末，新汲水服二錢。

血崩不止，槐花三兩，黃芩二兩，爲末，每服半兩，酒一盞，銅秤錘一枚，桑柴火燒紅，浸入酒內，調服。忌口。

下血血崩，槐花一兩，櫻灰五錢，鹽一錢，水三鍾煎減半，服。

愚按：疎風之劑多燥血，涼血之味未必能疎風，何以涼血疎風槐之花實兼有哉？蓋其氣寒味苦，兼有酸鹹，夫苦鹹應入血分，藏血者肝也，況酸以導之，更合於寒，固是入肝涼血之劑，而好古乃以爲肝經氣分藥，其義大可參也。《周禮》四時取火，冬取槐檀，《淮南子》云老槐生火，《天元主物簿》云老槐生丹，然則花與實皆曰純陰者，固純乎陰之爲用，以成其陽之能化也。所以涼血熱，卽以疎導風熱，風木出地，原乘陰以出而達乎陽者也，不然卽如槐實之用，何以上而至於極頂，能補腦，去頭風，更明目乎？是《別錄》所謂益氣，良不謬也。若然，是乃足厥陰正劑，何能涼大腸，如腸風諸患皆療也？曰：乙與庚合，是足厥陰之所首及者，雖然，試取凉血諸味相較，則此味不獨乙庚相合，蓋先有金木相媾之義焉。曰諸陰不至於首，唯厥陰與督脈會於巔，以其陰中有陽也。督爲陽氣之元，肺爲陽氣之主，風淫爲邪，乃陽之戾氣也。如血凉而風静，是陰中真陽與天氣合和，所以補腦，去頭風，更明目也。兹味能由木而上媾於金矣，肺、大腸固爲表裏，此乙庚相合之用，更爲親切，不同於他凉血者也。有因風鬱於胃以爲大腸病者，其故謂何？曰：肝，乙木也，屬風升，風升之氣鬱於胃而不得達，則應歸於大腸以爲病，蓋乙庚原相合，故病及之，況足陽明與手陽明更相上下乎？風病則血病，風之鬱者其本，至血燥以爲病者其標也，此亦不宜純用寒劑，蓋風升之氣即元氣故耳。夫肝血熱甚，則風迸入腸胃，以此對待而思其功，其益歸於二陽明，況於乙庚之合者乎？抑功歸二陽明，其義若何？曰：陽明，燥金也，燥者，陰欲達而不卽達也，風歸腸胃則益其燥，在大腸之主津者尤病，凡風木不得上達，則不得媾於金者，定反而刑土，以其無所歸也。風病則血燥，血燥亦隨風而入胃腸以爲病矣，在血熱而化風者亦然。甚而燥熱合濕，致陰陽之絡或傷，以病血溢，乃兹味由純陰以凉血，則能達其陰而燥平，能達陰而平燥，則陽乃得合陰以爲用，而收令行矣，此腸風瀉血之所以奏功歟？故花之功在凉諸血爲勝，而下血尤有專功，實結於秋，似得金氣，而疎導風熱爲勝。用以凉血，而却爲氣分藥者，陽出於陰中也。肝爲從陰達陽，乃陰氣首出之藏而司風木之化者也。此種結實於六七月，時值土金遞旺，能令肝臟血凉，且俾肝氣得所養，此所謂久服而目明益氣者也。若實之苦遜於花，而鹹亦少遜之矣，故疎風熱與凉血，二者並有其功，然有不能不稍爲差等者矣。如不少異，何以治臟毒下血有腸風黑散，而花與實並用乎？抑花開於夏，何以凉血較勝，蓋當至陽之化育，而得鍾純陰之性味，正與血之原於水而成於火者合也，且氣味苦平，平亦辛也，統悉斯義，則可以知其能矣。

　　希雍曰：槐性苦寒，病人虛寒，脾胃作泄，及陰虛血熱而非實熱者，外證似同，內因實異，卽不宜服。

　　[修治]　　槐實，微炒用。花未開時采收，陳久者良。入藥揀净，酒浸微炒，若止血炒黑。

槐枝

[氣味]　苦，平，無毒。

[主治]　洗瘡及陰囊下濕癢。八月斷大枝，候生嫩葉，煮汁釀酒，療大風痿痹，甚效《別錄》。青枝燒瀝塗癬，煅黑揩牙去蟲，煎湯洗痔核頌。

劉禹錫《傳信方》著硤州王及郎中槐湯灸痔法甚詳，以槐枝濃煎湯，先洗痔，便以艾灸其上七壯，以知爲度。王及素有痔疾，充西川安撫使判官，乘騾入駱谷，其痔大作，狀如胡瓜，熱氣如火。至驛僵仆，郵吏用此法灸至三五壯，忽覺熱氣一道入腸中，因大轉瀉，先血後穢，其痛甚楚，瀉後遂失胡瓜所在，登騾而馳矣。

槐膠

[氣味]　苦，寒，無毒。

[主治]　一切風，化涎，肝臟風，筋脈抽掣，急風口噤，四肢不收，頑痹，或毒風周身如蟲行，或破傷風口眼偏斜，腰背強硬。任作湯散丸煎，雜諸藥用之。亦可水煮和藥爲丸《嘉祐》。

秦　皮

斅曰：出陝西州郡及河陽。其木似檀，枝幹皆青綠，葉細如匙，虛大不光，並無花實，皮上有白點，取皮漬水，色便青碧，作字亦青碧可觀，不易落也。大戟爲之使，惡吳茱萸。

[氣味]　苦，微寒，無毒。《別錄》曰：大寒。普曰：神農、雷公、黃帝、岐伯，酸，無毒；李當之，小寒。權曰：平。

[主治]　風寒濕痹，洗洗音選。洗洗，猶俗言如冷水澆也。寒氣，除熱，療目中青翳白膜《本經》，去目中久熱，兩目赤腫疼痛，風淚不止甄權，治熱痢下重，下焦虛好古，療婦人帶下，男子少精，作湯，浴小兒風癇身熱《別錄》。

潔古曰：秦皮，沉也，降也。其用有四：治風寒濕邪成痹，青白幻翳遮睛，女子崩中帶下，小兒風熱驚癇。

《日華子》曰：秦皮之功，洗肝益精，明目退熱。

時珍曰：秦皮，色青氣寒，味苦性澀，乃是厥陰肝、少陽膽經藥也，故治目病驚癇，取其平木也，治下痢崩帶，取其收澀也，而人止知其治目一節，幾於廢棄，惜哉！

盧復曰：秦皮，水浸即青碧，當取色用，青能入肝，風邪為病，則先見於色，當為肝之風藥，治目乃其一端也。

愚按：秦皮之用，在《本經》首云主治風寒濕痹，洗洗寒氣，除熱，在潔古亦云治風寒濕成痹，卽此合而味之，是《本經》所謂除熱，卽其散風寒濕之痹，不致寒氣鬱而為熱者也。《本經》續云目中青翳白膜，又以東垣論青白翳者，曰陰盛陽虛，則九竅不通，令青白翳見於大眥，乃足太陽、少陰經中鬱遏，足厥陰肝經氣不得上通於目，故青白翳內阻也。再提此以相証，則秦皮之所謂退熱者，其功不專在散肝之風寒濕痹哉？故《日華子》首定其用曰洗肝，蓋能袪寒水之陰以達陽，不致鬱而為熱，得還其敷和之平氣，是卽謂之洗肝也。故傷寒傳經至厥陰，張仲景用此為主藥，可謂得先聖之精詣矣。傷寒傳經之熱，正因寒鬱熱也。抑《別錄》更云療男子少精，婦人帶下者，何以明之？張子和曰：衝、任、督三脈，同起而異行，一源而三岐，皆絡帶脈，因諸經上下往來，遺熱於帶脈之間，客熱鬱抑，遂致白物淫溢，男子因溲而下，女子綿綿而下也。抑何以受病於肝？經曰：帶脈者，起於季肋足厥陰之章門穴，同足少陽循帶脈穴，圍身一周，如束帶然。若是，則女子帶下之病焉得不取責於肝乎？夫衝、任、督皆本於腎，皆以肝行其化。如秦皮，固所謂達其陰之鬱陽者，卽能袪其陽之傷陰者，如女子帶下，而秦皮之所療固在濕熱，卽《本經》達風寒濕痹之氣而便以除熱之治也。粗工漫言其退熱，似同他味之苦寒除熱者，豈謂能察物理乎？試繹《本經》止言其氣微寒，而甄權又言其氣平，不依然敷和之春氣哉？至於男子益精者，當思衝、任、督俱起於腎，俱行化於肝也，亦可默識其功矣。經曰兩神相搏謂之精，兩神者，陰陽二氣也。肝以一陰為獨使，下合於任，上會於督，陰陽之相搏挽也，豈其微哉？肝得行其化，則陰中之陽所謂元氣者自盛，氣盛則精盈，修真家亦是此理。時珍收澀爲補之說，殊爲鹵莽。

[修治]　去骨漬水，水色侵碧，書紙，紙面略青，此驗纔真。

皂莢 一名皂角。一種小如豬牙，一種長而肥厚多脂，一種長而瘦薄枯燥，其用見修治。

[氣味]　辛鹹，溫，有小毒。好古曰：入厥陰經氣分。時珍曰：入手太陰、陽明經氣分。

[主治]　搜肝風，瀉肝氣，通關節，開痰涎，治中風口噤，並中暑，風急喉痺，風喉塞腫痛，風邪癇疾，愈頭風腦宣，及風涎眩暈，療痰結痰氣喘咳，胸膈痞塞，甚爲癥癖，更痰逆嘔吐反胃，除風濕腫滿，利二便，關膈開胃，通肺及大腸氣，殺蟲，散瘡腫，治風癘，并燒烟薰久病脫肛。

海藏曰：皂莢，厥陰之藥。《活人書》治陰毒正氣散内用皂莢，引入厥陰也。

時珍曰：皂莢屬金，入手太陰、陽明之經。海藏謂入足厥陰者良然，時珍那能見及？此言入手太陰、手陽明，而遺足陽明何哉？金勝木，燥勝風，故兼入足厥陰，治風木之病。其味辛而性燥，氣浮而散，吹之導之則通上下諸竅，服之則治風濕痰喘，腫滿殺蟲，塗之則散腫消毒，搜風治瘡。

《門》曰：皂莢，搐鼻可開關竅，内服可通關格不利，中風中氣，中惡痰厥，鬼魘卒死，卒頭痛甚，並皆爲末吹鼻。久患風痺，死肌疥癬，及痰嗽咳逆，坐不得臥，爲末，蜜丸服之。又和酒煎膏，貼一切腫毒，止痛。

盧復曰：皂莢喜鐵，得鐵即有所生，鐵器遇之而壞，有吸鐵精華之能。然皂爲北方色，鐵爲五金，水味辛且鹹，子母相生，默相感召如此。如肺有寒邪，黑痰膠固不可拔而爲喘咳，膺胸咽喉之疾者宜之。凡嚏，則肺氣通於鼻，皂莢一嗅，嚏即隨之，若磁石之吸鐵然，其亦肺邪之出路耶？

龐安時《傷寒總病論》云：元祐五年，自春至秋，蘄、黃二郡人患急喉痺，十死八九，速者半日一日而死。黃州推官潘昌言得黑龍膏方，救活數千人也。其方治九種喉痺：急喉痺、纏喉風、結喉、爛喉、遁蟲、蟲蝶、重舌、木舌、飛絲入口。用大皂莢四十挺，切，水三斗浸一夜，煎至一斗半，入人參末半兩，甘草末一兩，煎至五升，去滓，入無灰酒一升，釜煤二匕，煎如餳，入瓶封，埋地中一夜，每溫酒化下一匙，或掃入喉內，取惡涎盡爲度，後含甘草片。方書止知爲辛散，詎知辛散者多矣，何獨是物治風爲捷乎？蓋是本木金氣之化，故以化氣從治之，況味之兼鹹者又爲液之原乎？風壅痰涎諸證，取茲物爲首治也。用釜煤者，所以活血也。後方用白礬者，分膈下涎也。

孫用和《家傳秘寶方》云：凡人卒中風，昏昏如醉，形體不收，或倒或不倒，或口角流涎出，斯須不治，便成大病。此證風涎潮於上，胸痺氣不通，宜用急救稀涎散吐之。用大皂莢肥實不蛀者四挺，去黑皮，白礬光明者一兩，爲末，每用半錢，重者三字，溫水調灌，不大嘔吐，只是微微稀冷涎，或出一升二升，當待惺惺，乃用藥調治，不可便大吐之，恐過劑傷人。累效，不能盡述。

希雍曰：皂莢，稟木氣而兼火金之性，故味辛，微鹹，氣溫，有小毒，氣味俱厚，浮而散陽也，入足厥陰、手太陰、陽明經。厥陰爲風木之臟，金氣之厚者能勝木，稟辛散之性者能利竅，木氣平，關竅利，故所主治諸證多就是奏效耳。

愚按：皂莢，其木有不結實者，鑿孔而灌以生鐵，用泥封之，便得有莢，是茲木生化之原乃在金也。夫風木變眚，皆由於不得化氣耳。風木，陽也，陽極於上而不能得陰以化。陽盛則陰從之。如中風口噤、急喉痺塞之證，皆痰涎隨風而上涌。如癲癇證，肝風合於心火，亦痰涎壅伏於包絡。又陽實而陰不化，如風濕胸腹腫滿，如二便關格，凡此是風木之化窮也。惟皂莢得金之辛，歸水之鹹，其色之皂者，亦水也，是木得金之化氣以趨水，而後木之生氣乃得孕育以無窮，是所謂有化乃有生也，觀其采以九月、十月可知矣。以此對待風木之不得金化，如陽盛而陰上從及陽實而陰不化之證，惟是可以轉其化氣，裕其生氣耳，視他風劑之以祛散爲功者，固萬萬不伴也。抑皂莢之多主痰涎謂何？曰：肝膽同爲津液府，夫風升原屬肝膽，而風升之氣與元氣無二也。風之淫者，是陽實而陰虛，大非陰陽合和而化之元氣矣。氣病而液亦病，並後天水穀所化之液，皆乏真氣以化營衛，止聚而爲痰爲涎耳。痰涎之聚，轉病乎氣，而升降之化欲阻，於是有肺氣壅滯，咳嗽而上氣者，有肺胃俱傷，氣奔於上，咳嗽喘急，胸中煩悸，涕唾稠粘者，有咳嗽喘悶，胸膈痞塞者，有胸腹結爲癥癖，支滿胸膈，旁及兩脇，搶心疼痛者，有痰逆嘔吐反胃，飲食不下者，有痰厥頭痛，風涎眩暈者，有風癇驚駭，旋暈潮搐，口吐痰沫，仆地不省者。以上所患，由於氣病以病液，還因液病以病氣。氣之病於液者始於肝，液之病乎氣者歸於肺胃，此味以辛而鹹者爲風木化原，并爲水液化原，是先天之氣化也。又辛鹹中有甘，風木又以中土爲化原，是後天之氣化也。故隨證而投所宜之主劑，以此爲佐爲使，自能奏績矣。大抵海藏所謂搜肝風，瀉肝氣，《日華子》云開胃，時珍謂通肺及大腸氣，三者合，而此味乃能以風化合元氣之化也。或曰：此味固治風淫之痰涎矣。至病於風而無與於痰涎，如偏頭風及風狂風搐，并風走注如行痹，又大便風秘等證，胥能治之，何也？曰：神在天爲風，在地爲木，在臟爲肝。夫風木之主在金，而化原則水也。風之淫者，化原虧也。《内經》運氣凡有餘不足之病，皆曰資其化原，況化原兼之水土，又何諸風之不静乎哉？然要知此味能就風化轉氣化之用，不徒謂其静風已也。試觀風涎上逆者，似功在降之，而久痢脱肛者又能升之，是豈一静風之爲功乎？氣化行而血化亦宣，即胸腹腫滿、大腸風秘等證，亦可以徵其血化。至瘡毒腫痛并瘰癧之治，又不必言矣。

[附方]

腦宣不止，不蛀皂角去皮子，蜜炙，搥碎，入水挼取濃汁，熬成膏，嗅鼻口内，咬定良久，涎出爲度。

痰喘咳嗽，長皂莢三條，去皮子，一莢入巴豆十粒，一莢入半夏十粒，一莢入杏仁十粒，用薑汁制杏仁，麻油制巴豆，蜜制半夏，一處火炙黃色，爲末，每用一字，安手心，臨臥以薑汁調之，喫下，神效。

胸中痰結，**釣痰膏**：用半夏醋煮過，以皂角膏和勻，入明礬少許，以柿餅搗膏，丸如彈子，噙之。

　　風癎諸痰，**五癎膏**：治諸風取痰，如神。大皂角半斤，去皮子，以蜜四兩塗上，慢火炙透，搥碎，以熱水浸一時，按取汁，慢火熬成膏，入麝香少許，攤在夾綿紙上，曬乾，剪作紙花，每用三四片，入淡漿水一小盞中，洗淋下，以筒吹汁入鼻內，待痰涎流盡，吃脂麻餅一個，涎盡卽愈，立效。

　　胸腹脹滿，欲令瘦者，豬牙皂角，相續量長一尺，微火煨，去皮子，搗篩，蜜丸大如梧子，服時先噢羊肉兩臠，汁三兩口，後以肉汁香藥十丸，[7]以快利為度。覺得力，更服，以利清水卽止藥，瘥後一月不得食肉及諸油膩。

　　二便關格，用皂莢炙，去皮子，為末，酒麪糊丸，每服五十丸，酒下。

　　用皂莢燒烟於桶內，坐上熏之，卽通。

　　大便秘，方書投劑多入皂角仁者，云其性得濕則滑，滑則燥結自除。

　　便毒腫痛，用豬牙皂角七片，煨黃，去皮弦，出火毒，為末，空心溫酒服五錢。

　　[修治]　九月、十月采莢，陰乾。長莢者疎風氣，如豬牙者治齒取積，俱要肥膩不蛀，去皮子，酥炙或蜜炙，燒灰。海藏曰：凡用有蜜炙、酥炙、絞汁、燒灰之異，各依方法。皂莢修治，其炙之固隨其所宜，然欲療風或風痰，止微火煨之足矣，更不可久煨，去其辛味也。

子

　　[氣味]　辛，溫，無毒。

　　宗奭曰：炒，舂去赤皮，以水浸軟，煮熟，糖漬食之，疎導五臟風熱壅。

　　頌曰：核中白肉，入治肺藥。核中黃心，嚼食治膈痰吞酸。

　　東垣曰：仁，和血潤腸。

　　時珍曰：治風熱大腸虛秘，瘰癧腫毒瘡癬。

[附方]

腰脚風痛，不能履地，皂角子一千二百個，洗净，以少酥熬香，爲末，蜜丸梧子大，每空心以蒺藜子酸棗仁湯下三十丸。

大腸虚秘，風入虚人，脚氣入大腸，或秘或利，用上方服至百丸，以通爲度。

腸風下血，皂莢子、槐實一兩，用粘穀糠炒香，去糠爲末，陳粟米飲下一錢。

[修治] 斅曰：揀取圓滿堅硬不蛀者，以瓶煮熟，剥去硬皮一重，取向裏白肉兩片，去黄，以銅刀切，曬。用其黄，消人腎氣。

木皮 根皮

[氣味] 辛，温，無毒。

[主治] 風熱痰氣，殺蟲。

方書**皂莢化痰丸**：用皂角木白皮治勞風，心脾壅滯，痰涎盛多，喉中不利，涕唾稠粘，嗌塞吐逆，不思飲食，或時昏憒，其方詳《準繩》痰飲條。

刺

[氣味] 辛，温，無毒。

[主治] 癰腫妒乳，風癘惡瘡，殺蟲，胎衣不下 時珍。

時珍曰：刺治風殺蟲，功與莢同，但其銳利直達病所爲異耳。丹溪亦曰引至癰疽潰處，甚驗。

《門》曰：皂莢刺，凡癰疽未破者能開竅，已破者能引藥達瘡所，乃諸惡瘡癬及癘風要藥也。

癰疽已潰不宜服。

[附方]

產後乳汁不泄結毒者，皂角刺、蔓荆子各燒存性，等分，爲末，每温酒服二錢。

腹内生瘡在腸臟，不可藥治者，取皂角刺，不拘多少，好酒一碗，煎至七分，温服，其膿血悉從小便中出。不飲酒者，水煎亦可。

瘡腫無頭，皂角刺燒灰，[8]酒服三錢，嚼葵子三五粒，其處如針刺爲效。

愚按：[9]皂角刺，能出風毒於血中。《神仙傳》云：左親騎軍崔言，一旦得大風惡疾，雙目昏盲，眉髮自落，鼻梁崩倒，勢不可救。遇異人傳方，用皂角刺三斤，燒灰，蒸一時久，日乾爲末，食後濃煎大黃湯，調一匕飲之，一旬眉髮再生，肌潤目明。後入山修道，不知所終。後代若東垣之用二聖散，卽皂角刺、大黃，丹溪之用通天再造散，卽二聖散加鬱金、白牽牛，俱云服之便出黑蟲爲驗，新蟲嘴赤，老蟲嘴黑，然則癘風爲病最惡，如此味者誠爲要藥矣。癘風證再造散中用皂莢刺，先哲云此味能出風毒於榮血中，肝主血，惡血留止，其屬肝也，蟲亦生於厥陰，風木所化，必用是治其臟氣，殺蟲爲主。

希雍曰：皂莢，利竅導壅，豁痰散邪，宜於暴病氣實者。第似中風證，類由陰虛火炎，煎熬津液，痰熱極而生風，以致猝然仆蹶，若稀涎散頻吐之，恐津液愈耗，則經絡無以榮養，爲拘攣偏廢也，慎之。孕婦忌服。

無食子——名沒石子。

段成式《酉陽雜俎》云：無食子，出波斯國，呼爲摩澤樹，高六七丈，圍八九尺，葉似桃而長。三月開花白色，心微紅。子圓如彈丸，初青，熟乃黃白。蟲蝕成孔者入藥。又有云出大食諸番，如中國茅栗。

[氣味] 苦，溫，無毒。

[主治] 腸虛冷痢李珣，溫中馬志，和氣，益血，生精，烏髭髮，治陰毒痿，燒灰用李珣，治陰瘡陰汗，小兒疳䘌，冷滑不禁馬志。

希雍曰：無食子，稟春生之氣，兼得西北金水之性，故味苦氣溫，無毒，得其氣之溫煖，乃賦以性之收斂，故爲固澀精氣之要藥。同蓮鬚、女貞子、枸杞子、地黃、南燭子、何首烏、黃精、旱蓮草、朮、人參，爲烏髭髮之勝藥。同覆盆子、牡蠣、枸杞子、五味子、車前子、地黃、蓮鬚、龍骨、鹿茸、沙苑蒺藜、魚鰾膠、砂仁、黃檗，能補益精氣，治一切夢遺洩精。

[附方]

血痢不止，沒石子一兩，爲末，飯丸小豆大，食前米飲下五十丸。

產後下痢，沒石子一個，燒存性，研末，酒服，熱即用飲下，日二。

小兒冷積瀉，沒石子、木香、黃連、當歸、青皮各二錢半，阿魏一分，酒化，入麪少許令勻，糊丸。

仲景方，用治陰汗。燒灰，先以湯浴了，布裹灰撲之，甚良。此味方書用之甚少，唯脫肛及齒與髮各一方耳。

愚按：無食，益陰而收，與肉豆蔲之益氣而收者不同。故血痢及女子產後痢。用之乃宜。然皆苦溫，緣苦寒之味未能益氣血也。

又按：繆氏所謂得溫煖之氣，爲其吐華於三月，而又云復兼收斂之性，爲其有得於西北金水之性也。第據諸本草所說，絕未及收斂之義，不知繆氏何所本也，得毋謂西北金水之性定主降而收乎？[10]試繹李珣所云療陽虛冷痢，并云治陰毒瘻，又如馬志所云治小兒疳䘌，冷滑不禁，舉如二說未以收陰爲功，蓋直取其陰中之氣爲血生之原，精化之本耳，如冷痢冷滑不禁，因於陰氣之益而得瘳，即指其止痢禁滑，謂之曰收猶可，如以此味謂能收斂，則同於說夢矣。蓋能益陰中之氣是其功，原不以收爲功也。故李珣於療陽虛冷痢下即以益血生精爲言也。且珣所言治陰毒瘻，尤當尋繹。蓋類知陽聚之爲毒，而言瘻乃由於陰毒者，豈非真陰不得行其化，然後蠱聚而爲毒乎？抑《內經》曰：衝任脈皆起於胞中，上循背裏，爲經絡之海，其浮而外者循腹右上行，會於咽喉，別而絡唇口，血氣盛則充膚熱肉，血獨盛則淡滲皮膚，生毫毛。即此推求，茲味之用於烏鬚爲要藥，是則於衝任之脈不大有裨益乎？參合於血氣盛、血獨盛之義，則知陽生陰中，而氣之出於血中者，唯有此味庶幾得當耳。先哲有陽氣、陰氣之分，而世醫多不察也。唯此味能補陰氣，大爲要藥，李珣謂其益血生精，誠不妄也。不審方書用之不多見者，何哉？

希雍曰：赤白痢，由於濕熱鬱於腸胃兼積滯多者，不宜用。

[修治] 凡使，勿犯銅鐵，并被火驚，用顆小無枕米者妙，用漿水

於砂盆中研令盡，焙乾再研，如烏犀色入藥。

訶黎勒 即訶子。

訶子，未熟時風飄墜者，謂之隨風子，曝乾收之，益小者佳。

藏曰：出波斯，今嶺南廣州亦有之。本似木槵，開白花，作實似梔子、橄欖狀，色青黃，皮與肉相着，七八月成熟，具六路，肉厚者佳。勿用毗黎勒，毗，音皮，個個毗頭者是也。若訶黎勒實，棱只有六路。或多或少者，並是雜路勒，圓而文露，或八路至十二三路，號榔精勒，澀不堪用，為害殊甚也。

[氣味] 苦，溫，無毒。權曰：苦甘。炳曰：苦酸。珣曰：酸澀，溫。好古曰：苦酸，平，苦重酸輕，味厚，陰也，降也。中梓曰：入肺、大腸二經。

[主治] 冷氣心腹脹滿，消痰下氣，破胸膈結氣，療上氣喘急，利咽喉，通津液，療腎氣奔豚及大便不通，斂肺，止久嗽，止腸澼久洩，實大腸，并患痢人肛門急痛，產婦陰痛，和蠟燒烟熏之，及煎湯熏洗，良。

宗奭曰：訶黎勒，氣虛人亦宜緩緩煨熟少服，茲物雖澀腸，而又泄氣，其味苦澀故爾。

東垣曰：肺苦氣上逆，急食苦以泄之，以酸補之。訶子苦重瀉氣，酸輕不能補肺，故嗽藥中不用。

丹溪曰：訶子下氣，以其味苦而性急，肺苦急，急食苦以瀉之，謂降而下走也，氣實者宜之，若氣虛者似難輕服。又治肺氣因火傷極，遂鬱遏脹滿，其味酸苦，有收斂降火之功也。

時珍曰：訶子，同烏梅、五倍子用則收斂，同橘皮、厚朴用則下氣，同人參用，則能補肺，治咳嗽。東垣云嗽藥不用者，非矣。但咳嗽未久者，不可驟用爾。

珣曰：波斯人將訶黎勒、大腹等在舶上，用防不虞。或遇大魚，放涎滑水中數里，船不能通，乃煮此洗其涎滑，尋化爲水，則其治氣消痰，功力可知矣。

頌曰：訶黎主痢，《唐本草》不載。張仲景治氣痢有方。唐劉禹錫《傳信方》云：予曾苦赤白下，諸藥服徧，久不瘥，轉爲白膿。[11] 令狐將軍傳此方，用訶黎勒三枚，兩炮一生，並取皮，末之，以沸漿水一合服之。若只水痢，加一錢匕甘草末，若微有膿血，加三匕，血多亦加三匕。

希雍曰：訶黎勒，其味苦澀，其氣溫而無毒，苦所以洩，澀所以收，溫所以通。得人參，治肢虛受寒，喘嗽。得橘皮、砂仁，主冷氣入內，心腹脹滿。及因寒食不下。得益智，止氣虛寒，小水不禁。佐樗根白皮，止腸澼瀉血。佐白术、蓮實，止久洩因於虛寒。同蛇床子、五味子、山茱萸、杜仲、續斷，止虛寒帶下。同人參、肉豆蔻，則實大腸。

愚按：訶子，於七八月結實，是氣之告成者稟乎金也。然產於炎土而金隨，從火以爲用，所以其味初嘗之澀，次即苦，苦者勝，又次則酸，酸微有甘，酸甘者固微，卽澀亦不敵苦也。夫苦從火化，而澀則奚，若是可同於酸義否？曰：酸者陽氣之不盡宣，而澀者乃陰氣之不盡暢也。先哲曰：血得酸則斂，得苦則澀。若然，是陰持於陽之中，不能盡暢而爲澀也，在天於時爲秋，在人於脈爲澀。經固曰手太陰陽中之少陰也，經又曰多食苦，則皮槁而毛拔，肺不主皮毛乎？是訶子之先澀者金，次苦者火，是固稟金氣而反從火以爲用者也。金從乎火，直從乎苦之氣化，又苦直行而泄，故先哲每致慎於氣虛者也。雖然，用之下逆氣，瀉結氣，通積聚，利咽喉，如枳實散之治息賁，半夏散之治伏梁，木香檳榔散之治奔豚，七宣丸之治大便秘，又如訶子湯之治瘖，清咽屑之治梅核氣，是或止同於降泄，從邪之實者論，或更同於寒凉之降泄，從實邪之有熱者論也。又如沉香升降散之治氣滯，胸膈痞塞，脅肋刺痛，利膈散之治胸痹，喘息不通，半夏湯之治息賁，杏蘇散之治喘，是或兼補，從虛中有實者治，或更兼溫補，從虛中有寒者治也。若然，豈得畏氣虛而不用乎？抑取其降瀉爲功矣。乃又有用其酸與澀者，豈其義相戾歟？曰：肺猶人身之天，職司降者也，然有降而卽有收，若有降無收，有收無降，則升降息而氣立孤危矣。夫飛門至於魄門，皆一氣之所貫，故經曰魄門亦爲五藏使，蓋言臟腑糟粕固由其瀉，而臟氣升降亦藉以調，緣大腸感燥氣而生，正謂一氣之所貫也。訶子之功，專於肺氣，其始澀而次苦，苦後而又有酸，是金從火以降，而火又由金以斂，故同於降瀉則奏降瀉之功，同於收斂則致收斂之效也。如久嗽劫劑，在丹溪方同百藥煎、荆芥穗；至失音發聲，在河間訶子湯同桔梗、木通、童便；如止久痢，在東垣訶子皮散同於御米殼、乾薑、陳皮，在《寶鑑》訶黎勒丸同於椿根皮、母丁香；至通便祕，在二仁丸同於杏仁、麻仁、枳殼，在七宣丸同於桃仁、柴胡、枳實、木香、大黃。諸如此類，不可識訶子之長技亦唯我所使歟？然後學切戒於收澀之早者，亦經所謂適事爲故也。夫降泄者宜於氣實，實者邪之實也；收澀者宜於氣虛，虛者正之虛也。先哲曰：久嗽久痢，須先除其病根，乃可用收後藥。若然，如先後之時不爽，更主輔之用合宜，又何得置收澀而不用乎？至繆氏以火嗽、濕熱痢致愼於此味，立論良是，雖然，丹溪有方，火嗽久者，此味同杏仁、青黛、海粉、皂角、膽星而用，濕熱久痢者，地榆丸，此味同地榆、當歸、阿膠、黃連、木香、烏梅而用。識此義，不可推類以盡變歟？又如滑泄，訶子散以治熱滑，訶子丸以治寒滑，舉寒熱而皆宜，是其故可參也，朱丹溪先生云勞嗽卽火鬱嗽，用訶子能治肺氣因火傷極，遂成鬱遏脹滿，不得眠一邊，取其味酸苦，有收斂降火之功，佐以海石、童便浸、附瓜蔞、青黛、杏仁、半夏麴之類，薑、蜜調，噙化，必以補陰爲主。又劉河間訶子散治熱滑者，云腹痛漸止，瀉下漸少，宜此藥止之，訶子、木香、甘草、黃連，又云如止之不已，宜因其歸而送之，於訶子散內加厚朴一兩，竭其邪氣也。卽二先生之處方，則主輔應有合宜之味，而火嗽濕熱痢又何不宜於訶子耶？蓋此味具降收之全功，與他藥之擅一長者有異也。訶子肉先澀次苦，然澀不敵苦，又次酸及甘，乃甚微，皮先澀次苦，苦與澀等，又次止有甘，則固甚微，是肉之瀉者居多，而瀉又猶有收義，以澀固之合於甘，甘爲中土之氣，其不盡瀉者此也，皮則澀能敵苦，其瀉猶未極，又止帶甘，則瀉猶有緩義。

希雍曰：訶子性温而味澀，澀主斂不主散，故咳嗽因於肺有實熱，泄瀉因於濕熱所致，氣喘因於火逆衝上，帶下因於虛熱而不因於虛寒，及腸澼初發，濕熱正盛，法並忌之，至於滯下必本濕熱，喘嗽實由肺火，用之立致殺人，不可不深戒也。

[修治] 水泡，麪包煨熟，去核，或酒浸蒸，去核，焙乾。[12] 用肉則去核，用核則去肉。清痰生用，止瀉煨用。

按訶子，在方書於諸證有止用皮者，有止用肉者，是未可混也。然須索其味之有異以施治，乃爲得之。

檉柳 檉，音偵。一曰垂絲柳、觀音柳，今人謂之三春柳。

時珍曰：檉柳，小幹弱枝，插之易生，赤皮，細葉如絲，婀娜可愛。一年三次作花，花穗長三四寸，水紅色，如蓼花色。南齊時益州獻蜀柳，條長，狀若絲縷者，卽此柳也。

木

[氣味] 甘鹹，溫，無毒。

[主治] 枝葉消痞，散痧疹毒，解酒毒，利小便。

希雍曰：赤檉本稟春陽之氣以生，故其色青，而葉稍帶微赤，凌冬不凋，其味甘鹹，其氣溫而無毒，浮而升，陽也，入足陽明、手太陰、少陰經。治痧疹熱毒不能出，用爲發散之神藥。經曰少陰所至爲瘍疹，正劉守真所謂諸痛癢瘡瘍，皆屬心火之旨也。蓋熱毒熾於肺胃，則發斑疹於肌肉間，以肺主皮毛，胃主肌肉也。此藥正入肺、胃、心三經，三經毒解，則邪透肌膚而内熱自消，此皆開發升散甘鹹微溫之功用也。同石膏、知母、薄荷、荊芥、玄參、牛蒡子、麥門冬、竹葉、連翹、黃芩、甘草之屬，治斑疹發不出，或雖發不透。如熱甚毒熾，舌生芒刺，大渴譫語，斑色紫黑者，加入三黃石膏湯内，大效。單用及兼各藥，並主痧疹首尾諸證。

[附方]

治一切諸風，不問遠近，用赤檉木葉半斤，切，荊芥半斤，水五升煮二升，澄清，入白蜜五合，竹瀝五合，新瓶盛之，油紙封，入重湯煮一伏時，每服一小盞，日三服。

腹中痞積，觀音柳煎湯，露一夜，五更空心飲數次，痞自消。

蕪荑 大抵榆類。

藏器曰：蕪荑，氣羶者良，乃山榆仁也。

[氣味] 辛，平，無毒。權曰：苦，平。珣曰：辛，溫。

[主治] 皮膚肢節中風毒，淫淫如蟲行《蜀本草》，殺蟲止痛李珣，主積冷氣，心腹癥痛《蜀本草》，治婦人子宮風虛，小兒疳瀉冷痢，得訶子、豆蔻良李珣，和豬膽脂塗熱瘡，和蜜治濕癬，和沙牛酪或馬酪治一切瘡張鼎。

希雍曰：蕪荑，稟金氣而生於春陽之令，《本經》味辛氣平無毒，甄權加苦，李珣加溫。詳其功用，應是苦辛溫平之藥，非辛溫則不能散皮膚骨節中風毒，非苦平則不能去三蟲，殺寸白。然察其所主，雖能除風淫邪氣之為害，而其功則長於走腸胃，殺諸蟲，消食積也，故小兒疳瀉冷痢為必資之藥。

[附方]

脾胃有蟲，食卽作痛，面黃無色，以石州蕪荑仁二兩，和麪炒黃色，為末，非時米飲服二錢匕。

疳熱有蟲，瘦悴，久服充肥，用榆仁一兩，黃連一兩，為末，豬膽汁七枚和，入盌內，飯上蒸之，一日蒸一次，九蒸，乃入麝香半錢，湯浸蒸餅和，丸綠豆大，每服五七丸至一二十丸，米飲下。

結陰下血，蕪荑一兩，搗爛，紙壓去油，為末，以雄豬膽汁丸梧子大，每服九丸，甘草湯下，日五服，三日斷根。

脾胃氣泄，久患不止，蕪荑五兩，搗末，飯丸梧子大，每日空心、午飯前陳米飲下三十丸。

腹中鱉瘕，平時嗜酒，血入於酒則為酒鱉，平時多氣，血凝於氣則爲氣鱉，虛勞癎冷，敗血雜痰，則爲血鱉，搖頭捉尾，如蟲之行，上侵人咽，下蝕人肛，或附脇背，或隱胸腹，大則如鱉，小或如錢，治法惟用蕪荑炒煎，服之，兼用暖胃益血理中之類，乃可殺之。若徒事雷丸、錫灰之類，無益也。此出楊仁齋《直指方》。

孟詵曰：多服發熱心痛，爲辛故也。

愚按：[13]盧之頤曰：蕪荑，山榆仁也，春取榆柳之火，謂先百木青，用逗春生之端耳，當入肝以宣肝用。此語亦近理。夫足厥陰爲陰極而陽欲布之臟也，蕪荑生於初陽，其味辛，木本以金爲主，是得宣之用也，其氣溫，正得春陽之氣也，更苦合於辛溫，其宣散乃有功，則所謂宣肝用者非歟？世醫但知散風殺蟲耳，不知其極陰之臟而宣陽，故氣之凝者能散，血之結者亦宣也。夫脾胃乃後天氣血之原，然以肝爲主，在風病乎氣血，如肌膚肢節之如蟲行，在氣血病而風化蟲，木又更從土化，是又非肝與脾之交相爲用歟？此味以宣肝之用而皆治之，蓋陰陽固血氣之先也。楊仁齋謂治諸蟲獨取此味，而兼之理氣血者，誠爲有見。試舉所錄數方，不更可參乎？明此義，則如積冷氣，心腹癥痛，並小兒疳瀉冷痢，婦人子宮風虛，不能均奏效乎？須知子宮風虛者，根於氣血之虛，經曰腎者受五藏六府之精而藏之，然而胞宮爲之行其化，亦本於厥陰風木之化也，氣血虛，則胞宮無所藏，而風木亦無所養，以行其化，故曰風虛也。

[修治]　陳久者良。小者即榆莢，仁止堪爲醬。入藥當用大者。炒，去殼，氣嗅如信者真。

水楊 一曰蒲柳。

愚按：蘇恭云水楊葉圓闊而尖，[14]枝條短硬，與柳全別，柳葉狹長，枝條長軟。第崔豹《古今注》又云：水楊，卽蒲柳，亦曰蒲楊，[15]葉似青楊。夫青楊葉長而蒲柳似之，是與葉圓闊而尖者不類，則其說將何據也？但陸機《詩疏》云：蒲楊有二種，一種皮正青，一種皮正白，可爲矢。卽此說以繹之，或以崔豹所云白楊葉圓，合於《詩疏》皮白可爲矢之說，得毋有相合者乎？姑以俟之博物君子。

枝葉

[氣味]　苦，平。無毒。

[主治]　癰腫痘毒_{時珍}。

時珍曰：水楊根治癰腫，故近人用枝葉治痘瘡。魏直《博愛心鑑》云：痘瘡數日陷頂，漿滯不行，或風寒所阻者，宜用水楊枝葉，無葉用枝，五斤，流水一大釜煎湯，溫浴之。如冷添湯，良久照見量起有暈絲者，漿行也。如不滿，再浴之。力弱者，只洗頭面手足。如厯浴不起者，氣血敗矣，不可再浴。始出及瘡塌者，皆不可浴。痘不行漿，乃氣澀血滯，腠理固密，或風寒外阻而然。浴令暖氣透達，和暢鬱蒸，氣血通徹，每隨暖氣而發，行漿貫滿，功非淺也。若內服助氣血藥，藉此升之，其效更速，風寒亦不得而阻之矣。直見一嫗在村中用此有驗，叩得其方，行之百發百中，慎勿易之，誠有燮理之妙也。蓋黃鍾一動而蟄蟲啟戶，東風一吹而堅冰解凍[16]，同一春也。羣書皆無此法，故詳著之。

蘇方木_{時珍曰：海島有蘇方國，其地產此木，故名，今人省呼爲蘇木爾。}

[氣味]　甘鹹，平，無毒。東垣曰：甘鹹，凉，可升可降，陽中陰也。海藏曰：味甘而微酸辛，其性平。久嘗其味，多甘而微鹹。潔古、海藏俱云微辛，諒其辨味必精也。

[諸本草主治]　產後敗血脹悶，或血暈口噤，由於惡露不下，及血氣心腹攪痛，月候不調，療虛勞血癖，[17]氣壅滯，男女中風，口噤不語，治人常常嘔吐者，恐胃上有瘀血也，破瘡瘍死血，消癰腫，撲損瘀血。

[方書主治]　脹滿，喘，中風鬱咳，嗽血下血，畜血腹痛，脇痛腰痛，痛痹，自汗耳證。

潔古曰：蘇木性凉，味微辛，發散表裏風氣，產後血暈口噤，屬去血多而虛者忌之。卽此義，並可以推求虛勞血癖氣壅滯者用之，何以得宜也。宜與防風同用，又能破死血，產後血腫脹滿欲死者宜之。

時珍曰：蘇木，乃三陰經血分藥，少用則和血，多用則破血。

希雍曰：蘇木，禀水土之氣以生，故其味甘鹹，氣平無毒，好古加辛，降多於升，陽中陰也，入足厥陰，兼入手少陰、足陽明經，其主治悉取其入血行血，辛鹹消散，兼有軟堅潤下之功，故能祛一切凝滯留結之血，婦人產後尤為所須。同澤蘭、川芎、麥門冬、生地黃、蒲黃、人參、童便、益母草、牛膝、黑豆、荊芥穗，治產後血暈，有效。同山查、延胡索、牡丹皮、澤蘭、當歸、五靈脂、赤芍藥、紅花，治產後兒枕作痛。加入乳香、沒藥，治產後血癖不消因寒而得者，[18]加炒黑乾薑、桂各少許。同延胡索、牡丹皮、牛膝、當歸、地黃、芍藥、續斷，治婦人月候不調。煎濃汁，加入乳香、沒藥、血竭、自然銅、䗪蟲、麻布灰、黃荊子等末，量病輕重調服四五錢，治跌撲損傷，如神。

[附方]

產後氣喘，面黑欲死，乃血入肺也，用蘇木二兩，水二碗煮一碗，入人參末五錢，服，隨時加減，其效神，名參蘇飲。

愚按：蘇木之味，甘多而兼有鹹，又有微辛。夫鹹走血，甘入統血之脾，然其質木也，其色赤也，是心之生血，肝之藏血，脾之統血者，莫不具矣，又辛味藉肺金之氣以達血之行，故於血分之用最專。時珍曰少用則和氣是也，所謂多用則破血者亦非確論，蓋因虛而血為之不暢者，宜以補氣血對待之。如此味，即少投亦為害不小，如血氣實而凝，又敗血死血，豈以多能償事，少則奏功乎哉？直當言欲和血則少用，欲破血則多用可也。至謂散風，即屬血中之風，如血暈口噤之證，蓋肝藏血而屬風木，觀表裏二字，則其義可思。

希雍曰：產後惡露已盡，由血虛腹痛者，不宜用。

[修治] 去皮節，細剉，和梅枝蒸半日，陰乾用。

椶櫚 音宗閭。

皮

[氣味]　苦澀，平，無毒。

[主治]　止鼻衄吐血，破癥，治腸風，赤白痢，崩中帶下，俱燒灰存性用《日華子》。

宗奭曰：椶皮燒黑，治婦人血露及吐血，須佐以他藥。

時珍曰：椶灰性澀，若失血去多，淤滯已盡者，用之切當，所謂澀可去脫也。與亂髮同用更良。年久敗椶，入藥尤妙。

愚按：椶櫚皮之用，[19]多用之止鼻衄吐血，本於《日華子本草》所云。然世醫類以其味之苦澀爲功，殊大草草。夫用苦澀以治血溢，血遂以苦澀止乎？且《日華子本草》更云破癥，是則茲味不以止澀爲功也明矣。試取茲木之皮，每皮一匝爲一節，二旬一采，皮轉復生上，若然，是以化爲生，於人身血分之生化誠有合焉者矣。又其皮有絲毛，錯縱如織，剥取縷解，又於人身血絡之如織而復有條理更大有合焉者矣。且閱方書主治，於下血尤多用之，是其治逆順之血而咸宜，豈非在苦澀之外而更有所取財，能使不歸經絡之血胥得以就理者耶？若然，是雖不能舍苦澀以爲前用，而要其功之所歸不在此也。且《日華子》更言治腸風、赤白痢，豈又以治風爲功乎？蓋血臟即風臟，血之不能和而就理者，此風臟還病於腸胃之由也。如謂苦澀奏功，不審用之以療腸風能得當否，細參此義，而後可以用椶閭矣。

希雍曰：椶櫚，《本經》主諸病皆燒灰用者，凡血得熱則行，得黑灰則止，此味原非取見黑則止之義，世醫之痼於習說而不悟也，久矣。故主鼻衄吐血。第止血固脫之味，如暴得吐血，瘀滯方動，暴得崩中，惡露未竭，濕熱下痢，初發腸風，帶下方熾，悉不宜遽用，卽用亦無效。

[附方]

下血不止，椶櫚皮半斤，栝樓一個，燒灰，每服二錢，米飲調下。

巴　豆

時珍曰：是物出巴蜀而形如菽豆，故以名之。然有雌雄，緊小者是雌，有稜及兩頭尖者是雄。雄者峻利，雌者稍緩也，用之得宜，皆有功力。按有稜及兩頭尖者名剛子。又《藥性賦》注云：巴豆性急通利，因名江子。《準繩》於中風口噤證用之，名稀涎散，亦曰江子。

之頤巘曰：出巴郡川谷，今嘉州、眉州、戎州皆有之。木高一二丈，葉如櫻桃而厚大，初生青色，久漸黃赤，季冬漸凋，仲春漸發，仲夏舊葉落盡，新葉齊生，即開花成穗，其色微黃。五六月結實作房，七八月成熟，漸漸自落，一房二瓣，一瓣一子，或三子，子仍有殼。獨戎州出者殼上有縱紋，隱起如線，或一道，或兩道三道，土人呼爲金線巴豆，最爲上品，他處鮮有。

[氣味]　辛，溫，有毒。普曰：神農、岐伯、桐君，辛，有毒；李當之，熱。潔古曰：性熱味苦，氣薄味厚，體重而沉降，陰也。東垣曰：性熱味辛，有大毒，浮也，陽中陽也。

時珍曰：巴豆，氣熱味辛，生猛熟緩，能吐能下，能止能行，是可升可降藥也。張氏言其降，李氏言其浮，皆泥於一偏矣。蓋茲物不去膜則傷胃，不去心則作嘔，以沉香水浸則能升能降，與大黃同用瀉人反緩，爲其性相畏也。王充《論衡》云萬物含太陽火氣而生者，[20]皆有毒，故巴豆辛熱有毒。

[主治]　導氣消積，去臟腑停寒，心腹痛，冷氣血凝，癥瘕結聚，堅積留飲，痰癖驚癇，大腹水腫，治生冷硬物所傷，及一切病泄壅滯，蕩練五臟六腑，開通閉塞，利水穀道，利關竅，療喉閉耳聾，去惡肉，療女子月閉爛胎。惟傷寒熱閉忌用，不利丈夫陰。

丹溪曰：去胃中寒積，無寒積者勿用。

盧復曰：巴豆，得老陽氣化，大剛過急，猛峻無前，全在發縱指示何如耳。茲物入腹如火，斯須暴下，斬關奪門，無往不利，世徒知其能下之急，不知毒熱之性，但可對待陰寒大過，已成堅凝閉塞之象，而陽火消沮，竟如死灰不燃者，下順水性，熱助火氣，一用兩得之矣。若木土金水不及，縱有可下之證，用之則木愈抑而脹，土愈陷而廢，金愈燥而炎，水愈涸而結矣。

好古曰：若急治，爲水穀道路之劑，去皮心膜油，生用。若緩治，爲消堅磨積之劑，炒，去烟，令紫黑用。可以通腸，可以止瀉，世所不知也，張仲景治百病客忤備急丸用之。

時珍曰：巴豆，峻用則有戡亂却病之功，微用亦有撫緩調中之妙。譬之蕭、曹、絳、灌，乃勇猛武夫，而用之爲相，亦能輔治太平。王海藏言其可以通腸，可以止瀉，此發千古之秘也。一老婦，年六十餘，[21] 病溏泄已五年，肉食、油物、生冷犯之卽作痛。服調脾、升提、止澀諸藥，入腹則泄反甚。延余診之，脈沉而滑，此乃脾胃久傷，冷積凝滯所致，王太僕所謂大寒凝內，久利溏泄，愈而復發，綿歷歲年者，法當以熱下之，則寒去利止，遂用蠟匱巴豆丸藥五十丸，與服二日，大便不通不利，其泄遂愈。[22] 自是每用治泄痢積滯諸病，皆不瀉而病愈者近百人，妙在配合得宜，藥病相對耳。苟用所不當用，則犯輕用損陰之戒矣。

希雍曰：巴豆，生於盛夏六陽之令，而成於秋金之月，故味辛氣溫，得火烈剛猛之氣，故其性有大毒，氣薄味厚，降也，陽中陰也，入手足陽明經。此藥稟火性之急速，兼辛溫之走散，入腸胃，而能蕩滌一切有形積滯之物。

仲景三物白湯：治傷寒懊憹滿悶，身無熱者，爲寒結胸，用桔梗三分，巴豆一分，去皮心，熬黑，貝母三分，三味爲末，內巴豆臼中，杵之，以白湯和服，强人半錢，弱者減之，病在膈上必吐，在膈下必利。不利，進熱粥一杯，利過不止，進冷粥一杯。

[附方]

寒痰氣喘，青橘皮一片，展開，入剛子一個，麻紮定，火上燒存性，研末，薑汁和酒一鍾，呷服。

寒澼，宿食不消，大便閉塞，巴豆仁一升，清酒五升煮三日三夜，研熟，合酒微火煎令可，丸如豌豆大，每服一丸，水下，欲吐者二丸。

積滯瀉痢，腹痛裏急，杏仁去皮尖、巴豆去皮心，各四十九個，同燒存性，研泥，溶蠟和，丸綠豆大，每服二三丸，煎大黃湯下，間日一服。一加百草霜三錢。

同白礬枯過，去巴豆，單用礬研細，吹入喉中，流出熱毒涎，喉卽寬，治急喉痹，如神。

一味炒烟盡，存性，研膏，治癰疽潰後腐肉不落，傅上卽拔毒，去瘀生新。

耳卒聾閉，巴豆一粒，紙裹，針刺孔通氣，塞之取效。

二便不通，巴豆，連油連黃，各半兩，搗作餅子，先滴葱鹽汁在臍內，安餅子上，灸二七壯，取利爲度。

愚按：巴豆之樹，植於西土，固稟金氣矣。但其葉新舊相代，乃在仲夏，而開花成穗，又卽於斯時，並結實作房，亦踵其後，豈非稟地氣之金而受天氣之火，極其精專者歟？唯其實之成熟者，延至七八月，漸漸自落，豈非金化於火，火終於金，金專受炎火之氣，而絕不受寒水之氣者歟？夫金獨受火氣，而子氣之水絕無與也，又豈非偏至之性，洵爲有毒者歟？蓋潤物者莫如水，燥物者莫如火，燔灼物者亦莫如火，謂其枯竭津液，有損真陰，潰爛有形也，誠不妄。且火氣之精專者，獨爲金用，故金本剛而司降令，又從於最烈之火，謂其爲斬關奪門之將也，亦不妄。如好古有生用者，存金而去火之毒，可以利水穀道而不傷臟腑，炒用者從火而制金之銳，可以磨堅結積而不致暴厲，《本經》所云蕩練五藏六府，生用合於蕩，炒用合於練矣。抑浮沉升降，先哲所見互異者云何？曰：是物金從火化，火仍爲金用，《本經》謂其利水穀道者，謂飛門至於魄門皆一氣之所貫，而金化於火者反司降令，以直透於下焦，其所謂破結聚堅積，去惡肉等，皆其由陽入陰，以神其老陽之用者也。卽如硬物宿食，亦以屬味皆陰也，謂其浮中得沉，升中得降，亦何不可？希雍所謂陽中陰，入手足陽明者，庶其近之矣。雖然，唯其本至陽以破結陰，故一切寒滯乃其對待之治，卽不屬於寒冷，凡氣血陰翳，積久閉塞，皆其盪滌之地，反是，不唯無益而有害也。簡方書，有食生冷而成積者，一醫用大黃下之，不應，一醫用巴豆乃愈。蓋寒積非此味不可，亦猶大黃之所能下者非此味可任也，施治者豈可不審哉？

[附案]
一女子，值暑月夜間甚凉，患心痛，從右肋下起至心前岐骨陷處并兩乳下俱痛，復連背痛，腰及兩膀俱骨縫脹疼，唯右肋并心疼獨甚，時作惡心且嘔。疑夜眠受凉，寒邪鬱遏，氣不流暢所致，用散寒行氣藥，不效。又疑寒氣鬱滯，中有鬱火，於前劑加散鬱火之藥，亦不效。服加味煮黃丸，乃頓愈。薑黃三錢五分，雄黃三分，乳香三分，去油巴霜八分，去油净，共爲細末，醋糊爲丸如黍米大，虛者七丸，實者十一丸，薑湯送下。

經云邪氣盛則實，此婦體素虛弱，而受寒邪甚則爲實，唯此辛熱之劑可以導之，前所用藥雖亦散寒，而不能及病也。其用薑黃、乳香，亦有深意，蓋寒能傷血故耳。此時珍所謂配合得宜，則罔不奏功也。

潔古曰：巴豆乃斬關奪門之將，不可輕用。

希雍曰：巴豆稟火烈之氣，沾人肌肉，無有不灼爛者，試以少許輕擦完好之膚，須臾卽發出一泡，況腸胃柔脆之質，下咽則徐徐而走，且無論下後耗損真陰，而臟腑被其熏灼，能免無潰爛之患耶？凡一概湯散丸劑，切勿輕投，即不得已急證，欲借其開通道路之力，亦須炒熟，壓令油極净，入分許卽止，不得多用。

[修治]　芫花爲使，畏大黃、黃連、蘆笋、菰笋、蘆菰、醬、豉、冷水，得火良。中其毒，以黃連大豆汁解之。惡衰草，反牽牛。凡修事巴豆，敲碎，去油净，用白絹袋包，甘草水煮，焙乾，或研膏用。一人中其毒，泄不止，服甘草湯卽止。《日華子》曰：凡入丸散炒用，不如去心膜，換水煮五度，各一沸也。須知去心膜，換水煮，亦止於緩火毒。巴豆之火毒，所畏者水也，炒去烟，止可以去金之暴，而火性尚存，金之所畏者火，而巴豆又喜火也，治法宜中的爲妙。時珍曰：巴豆有用仁者，用殼者，用油者，有生用者，麩炒者，醋煮者，燒存性者，有研爛以紙

包壓去油者，謂之巴豆霜。

巴豆油

[主治][23] 中風痰厥氣厥，中惡喉痹，一切急病，咽喉不通，牙關緊閉，以研爛巴豆綿紙包，壓取油，作撚點燈，吹滅，熏鼻中，或用熱烟刺入喉內，即時出涎或惡血，便蘇。又舌上無故出血，以熏舌之上下，自止時珍。

乾　　漆

斆曰：出漢中、金州、梁州者最善，益州、廣州、浙中者次之。木高數丈，幹如柿，葉如椿，花如槐，實如牛奈子。五六月刻取汁液，乾之即曰乾漆，狀如蜂房，中孔間隔，但性急易燥，熱則難乾，無風陰潤，雖嚴寒亦易燥，否則不堪入藥。

[氣味] 辛，溫，無毒。權曰：辛鹹。宗奭曰：苦。潔古曰：辛，平，有毒，降也，陽中陰也。

[主治] 絕傷，續筋骨，填髓腦，安五臟，五緩六急，風寒濕痹《本經》。

[諸本草主治] 消瘀血痞結，腰痛，治女子疝瘕《別錄》，並經脈不通甄權，利小腸《別錄》，殺三蟲甄權。

潔古曰：削年深堅結之積滯，破日久凝結之瘀血。

諸方書於虛勞、傳尸勞、反胃、畜血、心痛、胃脘痛、脹滿、積聚、着痹、攣、盜汗、痔等證用之。

丹溪曰：漆屬金，有水與火，性急而飛補，用為去積滯之藥，中節則積滯去，後補性內行，人不知也。

希雍曰：乾漆，稟火金之氣以生，故其味辛氣溫，火金相搏，則未免有毒，《別錄》言之為當矣。甄權加鹹，宗奭加苦，氣味俱厚，通行腸胃，入肝行血之藥也。大抵損傷一證，專從血論，血屬有形，形質受病為痞結，為絕傷，惟茲味捷於入血分而消之，則絕傷自和，絕傷和，[24]

則筋骨自續而髓腦自足矣。凡風寒濕之痺，亦多病於血滯，此痿緩痺急之所由成也，亦唯此味能治之。其爲腰痛，又如女子疝瘕，何非此通行經脈者以爲治療乎哉？同䗪蟲、桃仁、當歸、紅花、蘇木、牡丹皮、五靈脂、延胡索、牛漆，治腹中瘀血作痛，或產後感寒，惡露未盡，結成痞塊作痛者，加入乾薑、澤蘭。同楝根、鶴蝨、檳榔、錫灰、薏苡根、烏梅、龍膽草，能殺腸胃一切諸蟲。同牛膝、牡丹皮、續斷、赤芍藥、桃仁、乳香、沒藥、紅花、延胡索、鱉甲，治女子月閉因於瘀血，臍腹作痛，畏寒及不發熱不口渴者，可加桂。同豨薟葉、生地黃、半枝蓮、胡麻、荊芥、何首烏、天門冬、苦參，可療紫雲風。入仲景大黃䗪蟲丸中，治五勞虛極羸瘦，腹滿不能飲食，內有乾血，肌膚甲錯。

愚按： 漆之味甚辛，丹溪謂其屬金者良然。第濕者在燥熱則難乾，得陰濕則易乾，似兼乎水火之用，而有得於水爲火用，火爲水用，以成其氣化者，丹溪所謂有水與火，亦不謬也。蓋此味治瘀血而破堅積，大抵積之堅者皆屬陰，亦不外於血之屬也，夫血原於水而成於火，乃金爲水母，又爲火妻，水火合於金，然後水爲火用，而血之生機在此，火爲水用，而血之化機亦在此。茲物取其活血，祇取其化機之流暢者也，茲物屬金而有水火，火乃金之夫，水之用，液之所以化血固在是矣，故遇燥熱則難乾，火金之化氣俱勝也。如金水而又值水，斯化機爲之息，此其所以易乾也，故漆遇蟹則化水，不足徵其化機之息乎？蓋蟹固全得其氣於金水者也。唯茲物得乎化機之全，所以活瘀血而破堅積，即爲補益如丹溪所云，不然，何以異於破血諸味而《本經》謂其治絕傷，續筋骨乎？蓋能化卽能生者也。抑用之必須炒熟，其義又謂何？蓋稟乎火金之兼氣以達水，不能無毒，炒用所以去毒耳。更有疑焉，《淮南子》曰蟹見漆則不乾，物理當作何解？曰：固謂蟹專稟金水之勝，而足以制漆也，蟹外剛內柔，而內黃應月盈虧，故《本經》謂其鹹寒，是則物類以氣相制有同然者，寧獨此二物爲然歟？

[附方]

小兒蟲病，胃寒危惡，證與癇相似者，乾漆搗，燒煙盡，白蕪荑等分，爲末，米飲服一字至一錢。

女人經閉，《千金》治女人月水不通，臍下堅如杯，時發熱往來，下痢羸瘦，此爲血瘕，若生肉癥，不可治也，乾漆一斤，燒研，生地黃二十斤，取汁，和煎至可丸，丸梧子大，每服三丸，空心酒下。

希雍曰：乾漆，味辛有毒，瘀血得之，卽化成水，其消散之功可知。凡經閉由於血虛而非有瘀血結塊陰塞者，切勿輕餌。

［修治］　乾漆入藥，須搗碎炒熟，不爾損人腸胃。若是濕漆，煎乾更好，亦有燒存性者。

【校記】

〔1〕斯五，原誤作"疸腸"，今據《本草述鈎元》卷二十三改。

〔2〕陰，原誤作"陽"，今據《本草述鈎元》卷二十三改。

〔3〕攻，原誤作"功"，今據《本草述鈎元》卷二十三改。

〔4〕飲，原誤作"飯"，今據《本草述鈎元》卷二十三改。

〔5〕臂痛，此下原衍"痹"字，今據《本草述鈎元》卷二十三刪。

〔6〕漬，原誤作"潰"，今據《本草綱目》卷三十五卷、《本草述鈎元》卷二十三改。

〔7〕吞，原誤作"香"，今據《本草綱目》卷三十五卷改。

〔8〕角，原誤作"色"，今據萬有書局本改。

〔9〕按，原誤作"洝"，今據萬有書局本改。

〔10〕毋，原誤作"母"，今據萬有書局本改。

〔11〕轉，原誤作"輔"，今據《本草綱目》卷三十五改。

〔12〕焙，原誤作"培"，今據萬有書局本改。

〔13〕按，原誤作"接"，今據萬有書局本改。

〔14〕云，原誤作"公"，今據《本草綱目》卷三十五改。

〔15〕楊，原誤作"柳"，今據《本草綱目》卷三十五改。

〔16〕凍，原誤作"腹"，今據《本草綱目》卷三十五改。

〔17〕癖，原誤作"澼"，今據《本草綱目》卷三十五改。

〔18〕癖，原誤作"澼"，今據《本草綱目》卷三十五改。

〔19〕欄，原誤作"閫"，今據《本草述鈎元》卷二十三改。
〔20〕含，原誤作"合"，今據《本草綱目》卷三十五改。
〔21〕餘，原誤作"飲"，今據《本草綱目》卷三十五改。
〔22〕其，此上原衍一"利"字，今據《本草綱目》卷三十五刪。
〔23〕治，原誤作"油"，今據萬有書局本改。
〔24〕和，原脫，今據《本草述鈎元》卷二十三補。

《本草述》卷之二十四

灌木部

桑

根白皮

[氣味] 甘，寒，無毒。權曰：平。《日華子》曰：溫。潔古曰：苦，酸。東垣曰：甘辛，寒，可升可降，陽中陰也。好古曰：甘厚而辛薄，入手太陰經。桑白皮甘者多，然有兼苦者，有兼辛者，必擇用辛者乃合。之才曰：續斷、桂心、麻子爲之使。

[主治] 傷中，五勞六極，羸瘦，崩中絕脈，補虛益氣《本經》，治肺氣喘滿，虛勞客熱，頭痛甄權，及唾血熱渴，水腫腹滿，臚脹《別錄》，調中下氣，消痰開胃《日華子》，煮汁飲，利五臟，入散用下一切風氣水氣孟詵。

[方書主治] 咳嗽，水腫，喘，脚氣，咳，嗽血，鼻氣積聚，大便不通，耳聾中風，往來寒熱，脹滿，脇痛，攣，消癉黃疸，泄瀉，虛勞發熱，反胃，吐血溲血，痹，行痹，癇瘄，大小便不通，小便不禁，淋，腸鳴口病。[1]

之頤曰：桑根白皮主傷中，五勞六極，雖入五臟，以脾爲主。蓋傷中者，傷中央土，致五臟之勞與極耳。羸瘦卽肉極，崩中絕脈卽脈極，此味治肉與脈之極，其功特著。補虛者，補脾土之虛；益氣者，益中央之氣也。

東垣曰：桑白皮，甘以固元氣之不足而補虛，辛以瀉肺氣之有餘而止嗽。

時珍曰：宋醫錢乙治肺氣熱盛，咳嗽而後喘，面腫身熱，**瀉白散**：用桑白皮炒，一兩，地骨皮焙，一兩，甘草炒，半兩，每服一二錢。入粳米百粒，水煎，食後溫服。按錢乙此方乃瀉肺諸方之準繩也。

羅天益曰：桑白皮，瀉肺中火邪，非瀉肺氣，瀉邪卽所以補正也。若肺虛而小便利者，不宜用之。

希雍曰：桑根白皮，得土金之氣，故味甘氣寒而無毒，東垣、海藏俱云兼辛，然甘厚辛薄，降多升少，陽中陰也，入手太陰經。得天麥二冬、欵冬花、百部、薄荷、甘草、沙參、貝母、枇杷葉、五味子，爲治嗽要藥。得芍藥、薏苡仁、木瓜、茯苓、橘皮、赤小豆，爲治水腫之神劑。

[附方]

治咳嗽吐血甚者，鮮桑根白皮一斤，米泔浸三宿，刮去黃皮，剉細，入糯米四兩，焙乾爲末，每服一錢，米飲下。

治消渴尿多，入地三尺桑根，剝取白皮，炙黃黑，剉，以水煮濃汁，隨意飲之。亦可少入米，勿用鹽。

治產後下血，炙桑白皮，煮水飲之。

愚按：桑根白皮在《本經》言其補益功甚巨，乃後學用之，止以泄肺熱，利水氣，初不著其用，一暢《本經》補益之說也，蓋亦未之深繹耳。按《種樹書》云：桑根下嘗培龜甲，易茂不蛀。《典術》云：箕星之精，散而爲桑。箕，水星也，龜神在坎，故桑以龜爲食。郭子章曰：凡木各有所宜土，惟桑無不宜。桑無不宜，故蠶無不可事。合而繹之，夫水土合德以立地，如木之有桑，正木土合德以立命者也。是以氣寒而味甘，甘而有辛者，水土合德之所化也。夫在人身，原足三陰同起於下，然每不能合德以立命，如草木之無情，合則自能致精於肺矣。桑根皮之甘而有辛，猶人之脾氣散精，上歸於肺也。人身脾腎之氣至於肺，則歸於在天之陽矣，陽暢而陰自降，然更不能如草木之無情，或六淫七情使氣化而爲寒爲熱。若陽暢而陰降，則自能毛脈合精，行氣於府，府精神明，留於四藏矣。桑根皮之治傷中，療羸瘦及崩中絕脈，補虛益氣也，豈非甘寒而致其用於辛者，陽固無闕，而陰自和以降歟？夫水土合德以爲陰，猶中土之從乎地氣也；辛甘合德以爲陽，猶中土之從乎天氣也。故此味主傷中益氣者，是其主腦。如陽中之陰傷，所謂唾血熱渴及虛勞客熱，肺氣喘滿，此地氣不升而腎陰不至於肺也；如陰中之陽傷，所謂肺中水氣，水腫腹脹者，此天氣不降而肺陽不歸於腎也。陽中之陰傷云云，乃曰此地氣不升而腎陰不至於肺也；陰中之陽傷云云，乃曰此天氣不降而肺陽不歸於腎也。此俱從氣血生化之始而論，經所謂責其本也。茲味胥能療之，蓋本甘寒合而腎與脾同至肺，卽甘辛合還因脾之至肺者，肺仍與之歸腎，蓋肺雖辛而喜收故也。是則茲味補益之功，豈其微哉？後學鮮能明其所以然，漫曰補益而已。至如時珍謂其利小水，實則瀉其子者，不尤憒憒之甚哉？在東垣言此味可升可降，固有以窺其瀉，而希雍輒以爲降多升少，則亦淺矣。如止謂其下氣，又何以產後下血及消渴尿多者而皆奏效耶？卽此二證之治，可悟《本經》指稱之義也夫。

又按：桑白皮之治，在方書唯治嗽爲多，然則海藏所云入手太陰經者洵然哉。第《本經》主治傷中，五勞六極，羸瘦，崩中絕脈，補虛益氣，似傷中二字爲諸虛損之本也。或曰：傷中者，傷於中土之氣，如之頤說歟？曰：猶未盡也。先哲所謂人受天地之中以生，豈指中土而言乎？經曰：人生有形，不離陰陽。蓋本於陰而且透於陽，透於陽而又未能離於陰者，是之爲中氣，卽東垣所謂元氣也。第此味甘寒，而甘寒之味亦夥矣，何茲味獨擅傷中之治也？蓋水土合德以立地，而茲味以桑之根皮合於親下，爲水土立地之用，然却有辛以至天，辛者能達水土氣化而際肺，卽由至天者而還返其立地之精，以歸於極下，是則搏挖而神，其升降者固在天表之肺，然揣於二陰至肺之義，則此味能返於極下者，以由升而乃得降。是卽二陰之還返其所自者，以平逆氣而止嗽定喘爲多也。試觀瀉白散，桑根皮與地骨皮同用，則其精義可參矣。唯其如斯，故上而止嗽定喘，下而爲脚氣之治，豈非自地而升天者卽能由天而降地，總是一氣之所貫歟？蓋不可以瀉肺二字印定茲味之功。如止以瀉肺爲功，是必獨取其瀉肺熱乃可，胡爲舉肺風寒之邪，在方書累以爲治者反用甘寒，其故不可思歟？蓋惟自腎而合於中土以上至肺，俾陰得暢於陽，卽由肺而復合於中土以下歸腎，使陽更育於陰。夫如是，則陰陽還元，營衛和合，其功寧獨在肺哉？故以療水腫，可得其氣爲血之先，血爲氣之御焉。蓋先天之水所以生氣，後天之氣所以化水。後天之氣化，則陰根於陽而血生；後天之水化，則陽宅於陰而氣益。蓋水卽血之原，血又氣之依也，是乃療崩中絕脈，補虛益氣之實際，如所謂治五勞六極之羸瘦者也。卽茲味所治諸證，皆不能外此義，以爲之輔及佐耳。故《本經》首主傷中，益深悉於肺腎相因，而中土司升降之樞，在茲物有合焉者也。如止以爲能瀉肺，是《本經》爲無據而失實也，豈其然哉？

[附方]

小兒火丹，桑根白皮煮汁浴之。或爲末，羊膏和塗之。

皮中白汁

[主治] 小兒口瘡白漫，拭净塗之便愈。又塗金刃所傷燥痛，須臾血止，仍以白皮裹之，甚良。

希雍曰：肺虛無火，因寒襲之而發咳嗽者，勿服。

葉

[氣味] 苦甘，寒，有小毒家園者無毒。

[《本經》主治] 除寒熱，止汗。[2]

丹溪曰：經霜桑葉研末，米飲服，止盜汗。

希雍曰：四月采桑葉，酒拌，九蒸九曝，爲末，胡麻或黑芝麻去殼，九蒸九曝，另磨如泥，各等分，煉蜜和爲丸，每五、六錢，空心饑時白湯下，能益氣血，祛風。仙家餌之，爲引年止饑之要藥。

愚按：桑葉性味本甘寒，而乃以苦先之，苦雖不敵甘，然已致甘寒於火主之心以爲用矣。夫氣者火之靈，而火主卽行血之化，以甘寒而致於火主，則氣和而血暢。故《日華子》曰：煎飲，利五臟，通關節，下氣。蘇恭曰：煎濃汁，利大小腸，除脚氣水腫。凡此，皆其氣和而血暢之益也。又《日華子》曰：嫩葉煎酒服，治一切風。陳藏器曰：雞桑葉煮汁煎膏服，去老風及宿血。蘇頌曰：霜後葉煮湯，淋漬手足，去風痹殊勝。又微炙，和桑衣煎服，治痢及金瘡諸損傷，止血。《集簡方》曰：風眼下淚，用臘月不落桑葉煎湯，日日溫洗。或入芒硝。凡此皆能和血之益，即以獲治風之效者也。抑葉治風，類以爲金能平木，然歟？曰：其義近之而未切也。蓋肝屬風木，經所謂一陰爲獨使者，謂其下通命門，以升陰中之陽，上合心包絡，以降陽中之陰也。如甘寒之陰至於主火之心，則肝已得其升陰中之陽矣，乃主火之心合甘寒之氣化，則肝又得其降陽中之陰矣。夫風之爲病，或病於陽之不得升，或病於陰之不得降。今陰中之陽，肝合之以升者，而陽中之陰，肝又承之以降，此正金木相媾之玄機，[3]而茲物亦有合焉者也，能達包絡之血，使肝和而風息。《本經》言根皮主崩中絕脈者，已包舉其功能，然功能實專於葉也。

[附方]

老桑葉一斤，嫩桑葉末一斤，茯神半斤，製，人乳共一斤，煉蜜爲丸。

按：此方似於養血寧心爲宜。

桑生黃衣

謂之金桑，其木必將槁矣。氣味與白皮同，其除肺熱之功殆又過之。山家老桑樹多生，湖桑少見。

椹

[氣味] 甘，寒，無毒。

[主治] 養陰生津，利五臟關節，通血氣，釀酒服利水氣，消腫。

宗奭曰：烏椹，桑之精英，《本經》言桑而獨遺此，何哉？采摘微研，以布濾汁，瓦器熬成稀膏，量多少入蜜熬稠，貯瓷器中，每抄一、二錢，食後夜臥以沸湯點服，治服金石發熱口渴，生精神及小腸熱，其性微涼故也。中梓曰：子可補腎養陰，生津安神。又曰：根較寒，子較煖，用者詳之。希雍曰：桑椹者，桑之精華所結也，其味甘，其氣寒，其色初丹後紫，味厚於氣。合而論之，甘寒益血而除熱，其爲涼血、補血、益陰之藥無疑矣。五臟皆屬陰氣，益陰，故利五臟關節而血氣自通，生津止渴，利水消腫者，皆陰氣得益之故耳。

[附方]

《四時月令》云：四月宜飲桑椹酒，能理百種風熱，其法用椹汁三斗，重湯煮至一斗半，入白蜜二合，酥油一兩，生薑一合，煮令得所，瓶收，每服一合，和酒飲之。亦可以汁熬燒酒，藏之經年，味力愈佳。

水腫脹滿，水不下則滿溢，水下則虛竭還脹，十無一活，宜用桑椹酒治之，桑心皮切，以水二斗煮汁一斗，入桑椹再煮，取五升，以糯飯五升釀酒飲。

愚按：桑之甘寒而兼辛，其結於椹，是則復由辛而達其甘寒之化者，精英固萃於此也。夫桑得土金之味獨厚，金爲水母，則金水相生是固然也，況其爲精英之所聚哉？且烏赤歸腎，愚閱種子大補丸内有烏椹，則知益血涼血，入腎而益陰者，希雍、中梓非臆說也。故利水必以根皮爲先，祛風亦取枝葉爲勝，但烏椹益陰氣便益陰血，後總論中歸其用於氣血之元，乃是此味之評。血乃水所化，故益陰血還以行水，風與血同臟，陰血益則風自息，則此味益陰不較勝乎？審於此味，即於根皮、枝、葉施之，亦各有攸宜矣。

希雍曰：甘寒帶滑，故潤而下行，脾胃虛寒作泄者勿服。

枝

[氣味] 苦，平。

蘇頌曰：用嫩條細剉炒香，瓦器煮減一半，再入銀器重湯煮減一半，服之，久服不患偏風，療口渴及癰疽後渴。中梓曰：桑枝祛風養筋。時珍曰：癰疽發背不起發，或瘀肉不腐潰，及陰瘡瘰癧流注，臁瘡頑瘡，惡瘡久不愈者，用桑木灸法，未潰則拔毒止痛，已潰則補接揚氣，取桑通關節，去風寒，火性暢達，出鬱毒之意，其法以乾桑木劈成細片，紮作小把，然火吹息，灸患處，每吹灸片時，以瘀肉腐動爲度，内服補托藥，誠良方也。

[附方]

紫白癜風，桑枝十斤，益母草三斤，水五斗漫煮至五升，去滓，再煎成膏，每臥時溫酒調服半合，以愈爲度。

桑柴灰

[氣味]　辛，寒，有小毒。

[附方]

身面水腫，取花桑枝燒灰淋汁，煮赤小豆，每饑卽飽食之。不得喫湯飲。

桑霜

卽灰汁，以桑皮綿紙襯淘籮底，用滾水淋下，瓷器盛之，重湯煮乾，別名木䃤。能鑽筋透骨，爲傅癰疽拔疔引諸散毒藥，攻毒之要品。得丹砂、雄黄、乳香、沒藥、牛黃、龍腦香、紅白藥子、白及、白斂，傅一切腫毒，止痛追毒，有奇效；得鐵鏽、蟾酥，可拔疔。

愚按：桑之用，總不外甘寒。根白皮由甘寒而辛，致其用於中氣也，而卽能裕血之用；桑葉自苦而甘寒，致其用於血化也，而還能達氣之用；桑椹則獨有甘寒而色烏，歸其用於氣血之元也，其益陰良厚；若桑枝則唯有苦平，亦不離甘寒之體，而用專致於行血之化以息風也。大抵在氣則水之治切，在血則風之功專，審其多少以爲治，更配以主藥則取效矣。桑有數種：有白桑，葉大如掌而厚；雞桑，葉花而薄；子桑，先椹而後葉；山桑，葉尖而長。

[修治]　采土內嫩根，去骨，銅刀刮去薄皮，勿去皮上涎，其藥力在此也。利水生用，咳嗽蜜蒸或炒。出土者殺人。葉，煎湯、研汁、爲末俱可，經霜者另取洗眼用。葉以夏秋再生者爲上。

楮實 弘景曰：此卽今構樹子也，亦名穀實。穀，音媾，亦作搆。

按許氏《說文》言楮、穀乃一種，但分雌雄。雄者，皮無斑紋，葉無叉椏，三月開花，成長穗若柳絮狀，遂謝不實；雌者，皮有斑點，葉有叉椏，四月開花成穗，實若楊梅半熟時狀，初夏色青綠，六七月漸深紅乃熟也。八月、九月采，水浸，去皮穢，取中子日乾。八九月采，必在秋杪之前，未入寒水之氣，故謂其導陽於陰者，以金受禪火土之氣，而猶未洩精於所生之水，乃能大爲陰氣之母也，是以謂之能治陰痿，補虛勞耳。

[氣味]　甘，寒，無毒。

[主治]　陰痿水腫《別錄》，助陽氣《日華子》，明目《別錄》，壯筋骨，補虛勞，健腰膝《日華子》。

希雍曰：楮實稟土氣以生，故其味甘，氣寒無毒，氣薄味厚，陰也，降也，入足太陰經。按：楮實有一種味苦者，赤白濁用之，或是別種而同名耶。中梓曰：按楮實濁陰下降，宜入少陰。

[附諸方]

《活法機要》治水氣蠱脹，**楮實子丸**：以潔淨釜，用楮實一斗，水三斗熬成膏，茯苓三兩，白丁香一兩半，爲末，以膏和丸梧子大，從少至多，至小便清利脹減爲度，後服治中湯養之。忌甘苦峻補及發動之物。

《直指方》：肝熱生翳，楮實子研細，食後蜜湯服一錢，日再服。

《衛生易簡方》治目昏難視，楮桃、荊芥穗各五百枚，爲末，煉蜜丸彈子大，食後嚼一丸，薄荷湯送下，一日三服。

愚按：楮實之用，本草首言其治陰痿，又有言其助陽氣者，醫執味甘氣寒，漫以爲功在滋陰也。詎知甘寒之品多矣，豈盡爲滋陰用，且本草隨謂其療水腫者，何以得當也？第按還少丹、打老兒丸，二方中俱用楮實，以其更益老人耳。老人陰虛而陽隨虛，陽虛則陰益鬱而化濕，此味導濕以起陰，亦不與滲利者等。緣其實生於初夏，歷六七月以漸而熟，至火土之氣已完，於八九月方采，乃其味甘，其氣寒，是能導陽氣於陰中者也。陰中有陽爲導，則陰起而陽益暢矣，是即所謂助陽氣也。本草於治水腫下即繼以益氣二字，則其義可明矣。愚揣其功當與車前同，而猶有少異。乃簡治目病方，或獨用，或同用，不一而足。同用於明目者，以其皆益肝也，如東垣所云青白翳見於目大眥，乃足太陽、少陰經中鬱遏，足厥陰肝經氣不得上通於目也。即此推之，如水化行則風木之化布，而肝氣暢於所主之目矣。雖然，風化布而水中之真陽益暢，此所以與車前皆能強陰也。其猶有少異者云何？曰：車前子至五月已老，是水之氣達於木，木之氣達於火，乃肝由子以暢母也，故專功於肝所司之小水與肝所主之風化。若楮實，至秋方爲成熟，是水之氣致於木，木之氣蘊於火土而更歸於凉金，金爲木之用也。故强陰氣者，肺仍合於肝之體，肺仍合於肝之體，卽肺氣降歸命門，水中有金義。而療水腫者，肝則輸於肺之用，此其同而有異，不能混也。但多簡水腫諸方，此味用之寥寥，豈其未有確效歟？姑以俟之察物者。

又按：《本經》首言治陰痿，原爲其能助陽氣也。言助陽氣，則未有能離於肺者，以氣之所統在肺也。肺司降令，是由陽而至陰者，肝得合於肺而後肝之體用乃全。試卽此味之醖精於夏火而歸元於秋金，有彷彿於陰降陽隨之義，亦合於引氣歸元之義。《別錄》首謂其治陰痿，而《日華子》亦謂其補虛勞，良不誣也。《抱朴子》曰：柠木實赤者服之，老人反少。所謂赤，卽六七月漸深紅之實也，如利益老人，在先哲累言之。蓋爲其補益眞陽者，從醖陽而歸陰以告成也，收補陽之功而不燥，故宜於老人也。

時珍曰：按《南唐書》云：烈祖食飴，喉中噎，國醫莫能愈。吳廷紹獨進楮實湯，一服疾失去。羣醫他日取用，皆不驗，叩廷紹，答云：噎因甘起，故以此治之。愚謂此乃治骨哽軟堅之義爾，[4]羣醫用治他噎，故不驗也。

愚按：楮桃原非治噎之物，而吳廷紹用之有功，正如其說，噎因甘起，卽以甘寒而下降者對待之，一時偶合，有得於同氣相從者也。乃時珍謂治骨哽軟堅之義，[5]不同於說夢乎？

[修治] 水沉去浮者，曬乾酒浸，蒸半日，焙乾用。

《經驗方》煎法：六月六日取穀子五升，以水一斗煮取五升，去滓，微火煎如餳用。

葉

[氣味] 甘，凉，無毒。

[主治] 風濕腫脹時珍，療鼻衄蘇恭，白濁疝氣，癬瘡時珍。

之頤曰：陰陽者，營衛外內之體用，實則包醞全體，葉則偏向於衛。
[附方]
《聖惠方》治通身水腫，楮枝葉煎如餳，空腹服一匕，日三服。
《肘後方》治鼻衄，小勞輒出，楮葉取汁，飲三升，良。
《聖惠方》：一切眼翳，三月收榖木軟葉，[6]曬乾爲末，入麝香少許，每以黍米大注眥內，其翳自落。
《經驗良方》：小便白濁，構葉爲末，蒸餅丸梧子大，每服三十丸，白湯下。
《醫學集成》：木腎疝氣，楮葉、雄黄等分，爲末，酒糊丸梧子大，每鹽酒下五十丸。
《簡便方》：疝氣入囊，五月五日采榖樹葉，陰乾爲末，每服一二匙，空心溫酒下。

樹白皮

[氣味] 甘，平，無毒。

煮汁釀酒飲，治水腫入腹，短氣咳嗽。爲散服，治下血血崩時珍。
[附方]
《聖濟總錄》：風水腫浮，一身盡浮，楮皮散。用楮白皮、豬苓、木通各二錢，桑白皮三錢，陳橘皮一錢，[7]生薑三片，水二鍾煎服，日一劑。
《集驗方》：膀胱石水，四肢瘦削，小腹脹滿，構根白皮、桑根白皮各二升，白术四兩，黑大豆五升，流水一斗煮四升，入清酒二升，再煮至三升，日再一匕服之。
《普濟方》：腸風下血，秋采楮皮，陰乾爲末，酒服三錢。或入麝香少許，日二。
危氏《得效方》：血痢血崩，楮樹皮、荊芥等分，爲末，冷醋調服一錢。血崩，以煎匕服，神效。

楮皮

丹溪於腰痛除濕熱，同滋陰藥用之。皮搗以爲紙，劉禹錫《傳信方》

治女子月經不絕，來無時者，取案紙三十張燒灰，以清酒半升和調服之，頓定。蓐中血暈，服之立驗。已斃者，去板齒灌之，經一日亦活。

愚按：楮葉及白皮與楮實較論主治，如治陰痿，唯實專之，而療水病則葉與白皮勝於實，且更療血病，至明目之功，實又勝於葉與皮也。蓋緣此木所稟同有行濕升陽之性質，但實甘寒，寒者在地之陰也，更飽火土之精氣，導陽於陰中以全肝之體用，故起陰明目總歸功於肝。若葉則甘涼，皮則甘平，平亦辛也，雖行濕升陽之氣化不異，然涼者平者俱歸金化，是屬在天之陽也，似致其用者，專氣於衛以和營矣，故療水病勝於實，更能治鼻衄及下血血崩也。《銀海精微·藥性》云：楮實入肺，能升陽而上。愚謂當屬之葉與白皮。蓋人身之血固水所化，若在下水中之陽升，陰得陽化，則自不病於肝臟之納血矣，並在上金中之陰降，陽得陰化，則不病於心臟之主血矣。楮葉及皮兼有之，似爲調血之要劑。調血者，先於金水二臟留意而已矣。

又按：《南唐書》云：烈祖食飴，喉中噎，國醫莫能愈。吳廷紹獨請進楮實湯，一服疾失去。羣醫他日取用，皆不驗，叩廷紹，答云：噎因甘起，故以此治之。即此案思之，彼楮實之益陰氣者，即能化濕熱，而濕熱多生於甘味，如廷紹之用以治噎者，不同於丹溪用除濕熱之義乎？乃有謂楮實軟堅，治骨哽，其於理何據也？即如《修真書》獨言其久服骨軟，恐亦不勝夫言壯筋骨者之衆也。曰：吾從衆。

枳

橙枳橘柑之辨：橙葉有兩刻，枳木之葉似之橘，樹與枳皆多刺，但葉兩頭尖，非一葉而兩刻耳。每見橘葉久而化爲兩刻者，是卽橘化爲枳之說也。柑樹與橘無異，但少刺耳。然則柑與橘之分在刺，而橘與橙、枳之分在葉也。枳爲木實，乃枳木之子也。後人因子之小者性速，又呼子之老而大者爲枳殼，原一物也。故《本經》止有枳實之名，後人分用，亦可補先聖之所未悉。又大而色黃紫多穰曰殼，小而色青中實少穰曰實。

宗奭曰：枳實、枳殼，一物也。小則其性酷而速，大則其性詳而緩。好古曰：殼主高而實主下，高者主氣，下者主血，主氣者在胸膈，主血者在心腹。

愚按：枳有實有殼，其用有異者，蓋一物也，特采有先後，因其時以別其氣之峻緩耳。枳本春生白花，至秋成實，七月、八月采者爲實，九月、十月采者爲殼。夫用其實者，爲其氣之所凝在實也，氣凝於正秋，正以降爲用。采於七八月者，乘其金令旺氣，故其降氣甚峻；采於九月、十月，則金氣漸退而性微緩。是皆就秋降以爲用，又卽就此早遲以分其功用也。其所謂小而皮厚，大而皮薄者，固因其時以爲大小厚薄耳。

枳殼

[氣味] 苦酸，微寒，無毒。權曰：苦辛。潔古曰：性寒味苦，氣厚味薄，浮而升，微降，陰中陽也。杲曰：沉也，陰也。中梓曰：入肺、胃、大腸、肝四經。

[諸本草主治] 瀉肺藏，寬大腸，胸腹結氣，兩脇虛脹，關膈壅塞，本草謂治關膈壅塞，方書誤改關節，是毫釐而千里，謬甚。下氣，消痰滯，寬胸痞及肺氣水腫，並大腸風，痔疾泄痢，裏急後重。

潔古曰：枳殼破氣，勝濕化痰，泄肺，走大腸，多用損胸中至高之氣，止可二三服而已。稟受素壯而氣刺痛者，看在何部經分，以別經藥導之。

好古曰：朱肱《活人書》言治痞，宜先用桔梗枳殼湯。桔梗開提而枳殼降泄，先哲立方之妙如此。非用此治心下痞也，果知誤下，氣將陷而成痞，故先用此使不致於痞也。若已成痞，而用此則失之晚矣，不惟不能消痞，反損胸中之氣，先之一字有謂也。

《衍義》曰：枳殼導散風壅之氣，可常服者，不似枳實之決壅破結也。

時珍曰：枳實、枳殼，大抵其功皆能利氣，氣下則痰喘止，氣行則痞脹消，氣通則刺痛止，氣利則後重除，乃後賢有殼高實下之分矣。而仲景治胸痹痞滿，以枳實爲要藥，諸方治下血痔痢，大腸秘塞，裏急後重，又以枳殼爲通用，則枳實不獨治下，而殼不獨治高也。蓋自飛門至魄門皆肺主之，三焦相通一氣而已，則二物分之可也，不分亦無傷。

能曰：和中莫舍乎桔梗，理氣必佐以二陳。枳殼之能專於行下，二陳之力在於行氣。氣行而不下，則濁氣上行，而喘嗽氣盛之證作；氣下而不行，則清氣下陷，而腸鳴飧泄之病生。所以枳、桔、二陳，義有取也。

希雍曰：枳所結實，後人別其大者曰殼，小者曰實。殼之氣味所主與枳實大略相同，但其形大，其氣徐，其性紓，是以不遽下行，能入胸膈肺胃之分，因及大腸，不如實小者之氣全而性速，其下達無前也。同蘇子、橘皮、桔梗、木香、白豆蔻、香附，治上焦壅氣脹滿因於寒；同黃連、槐花、乾葛、防風、荊芥、芍藥、黃芩、當歸、生地黃、地榆、側柏葉，治腸風下血初起者神效；同荊芥、苦參、防風、蒼耳草、敗蒲煎湯沐浴，治風疹作癢；同檳榔、芍藥、黃連、升麻、葛根、甘草、紅麴、滑石，治滯下裏急後重；得人參、麥冬，治氣虛大便不快；同肉桂，治右脇痛。

愚按：枳殼與實，味苦而辛，苦多辛少，苦中又含酸意。夫苦酸涌泄，其氣且寒，雖有辛而少，本由上以降下之性味也，更結於降令時，故取降泄者無踰茲物矣。夫同爲利氣之物，又何分於氣血哉？蓋人身正氣豈可降泄？其宜降泄者，正氣爲邪所傷而不能降也，其不能降者，即於正氣有壅塞處，故言降而更言泄也，此枳殼、枳實不與諸降氣之味例論歟？厚朴、枳殼性味之同異見厚朴條。[8]然壅塞殊有輕重，雖總是氣病，却有陰陽之不同。因氣病以及於血，則氣之陰者傷而病乎結實，不止病於無形絪縕之陽也。枳實之降氣全，其性烈而速，一往直前，凡絪縕之氣不能詳緩以散，而結實着手之處乃能決之潰之。枳殼稟降氣將退之候而性稍緩，且辛味稍多於實，故能從統氣之肺，於絪縕無形而疏利之，不以潰決爲功者也。此一物而分氣血之義，故海藏謂桔梗枳殼湯非用此以治心下痞者，良有精思。細繹此義，則不必執定所列治效，[9]凡熱傷正氣使不得降，更濕熱爲病而不得降，本其所傷之邪以投劑，而用此佐之以下歸於寒水之化，豈曰不宜？第不責其所因，而漫投此味，謂爲泄滯氣之主劑也，則不可矣。曰：昔哲謂枳殼治心下堅痞，其義乃盡非歟？詎知肺氣不降入心，則胃氣病而不能生血，不能生卽不能化血，此之瀉肺氣以下降，乃能使之生遂能化者也。以此義思枳殼之用不同於實之潰堅決壅，豈不然哉？曰寬大腸，療大腸疾，固以與肺表裏，肺氣降於胃，而胃又與大小腸合，又豈不能下行？卽其治脇痛也，以兩脇爲陰陽之道路，是卽肝膽所經，苦中有酸，不尤降肝膽之逆氣乎？得降令之金以平木，則其義尤不爽矣。雖然，所謂泄肺氣者，指有餘之邪病乎氣實也，如正氣虛而不降，則唯補益以行之。倘謂能破滯氣而混投，則不唯無益而反致劇，用者可不審之？大抵治氣不降，宜於氣爲熱傷者。若寒濕滯氣，則溫散而氣自行。本寒滯而再投苦寒，可乎？不則寒濕久而化熱者，猶可投也。

[附方]

腸風下血，不論遠年近日，《博濟方》用枳殼燒黑存性五錢，羊脛炭爲末三錢，五更空心米飲服，如人行五里再一服，當日見效。《簡便方》用枳殼一兩，黃連五錢，水一鍾煎半鍾，空心服。

脇腎疼痛，[10]因驚傷肝者，枳殼一兩，麩炒，桂枝生，半兩，爲細末，每服二錢，薑棗湯下。

希雍曰：枳殼泄肺，能損至高之氣，肺氣虛弱者忌之。脾胃虛，中氣不運而痰壅喘急者忌之。咳嗽不因於風寒入肺氣壅者，服之反能作劇咳嗽。陰虛火炎者，服之立致危殆。一概胎前產後，咸不宜服。今世多用以治婦人胎氣不安，或至八九月爲易產之劑，謂古方有瘦胎飲，不知此爲湖陽公主其奉養太過而氣實者立也。如氣血虛弱，更賴資益，使氣血充足則胎自易產，豈可反耗之而虛其虛哉？丹溪先生固戒之矣。

[修治]　取辛苦腥幷有陳音乞裂也，卽隙。油，能消一切瘡，要陳久年深者爲上。用時先去穰，以麩炒過，待麩黑爁出用。用產江右者良，取翻肚如盆口唇者。

枳實

[氣味]　苦，寒，無毒。《別錄》曰：酸，微寒。普曰：神農，苦；

雷公，酸，無毒；李當之：大寒。權曰：辛苦。潔古曰：氣味升降與枳殼同。杲曰：沉也，陰也。

[主治] 消實痞，破堅積潔古，除胸脇痰癖，逐停水，消脹滿，心下急，痞痛，散逆氣，脇風痛《別錄》，並消宿食敗血潔古，除寒熱結《本經》，去胃中濕熱潔古。

無己曰：枳實味苦寒，潰堅破積。

潔古曰：心下痞及宿食不消，並宜枳實、黃連。

東垣曰：以蜜炙用則破水積苦寒，火炙以泄氣，除內熱。潔古用當脾經積血，脾無積血則心下不痞也。

丹溪曰：枳實瀉痰，能衝墻倒壁，滑竅破氣之藥也。

又曰：脾胃濕熱生痰有積者，入白术中四分之一。

好古曰：益氣則佐之以人參、白术、乾薑，破氣則佐之以大黃、牽牛、芒硝。非白术不能去濕，非枳實不能除痞，故潔古制枳术丸方，以調胃脾。張仲景治心下堅大如盤，水飲所作，枳實白术湯，用枳實七枚，术三兩，水一斗煎三升，分三服，腹中軟即消也。按：逐水者，正爲其苦寒，屬太陽寒水，而又有金氣之降爲水母，同氣相求也。

能曰：蕩泄腸胃，不可無大黃，和胃健脾必主以白术，加蒼术而氣清膈寬，用麥芽而和中消導。[11]清濕中之熱，難舍乎苓、連，化痰涎之壅，必半與薑、橘。

希雍曰：枳實感天地苦寒之氣以生，故其味苦氣寒無毒，《別錄》、雷公加酸，甄權加辛。察其功用，必是苦爲最而酸辛次之，氣味俱厚，陰也，入足陽明、太陰經。《別錄》所主，除胸脇痰癖，逐停水，破結實，消脹滿，心下急，痞痛逆氣，脇風痛，安胃氣，止溏洩者，是其的治，皆足陽明、太陰受病，二經氣滯則不能運化精微而痰癖停水，結實脹滿所自來矣。胃之上口名曰賁門，賁門與心相連，胃氣壅，則心下亦自急痞痛，邪塞中焦，則升降不舒而氣上逆，肝木鬱於地下，則不能條達而脇痛，得其破散衝走之力則諸證悉除，所以仲景下傷寒腹脹實結者有承氣湯，胸中痞痛者有陷胸湯，潔古療心下痞滿者有枳术丸，壅滯既去，則胃氣自安而溏洩亦止矣。同三稜、蓬莪、青皮、檳榔，爲消磨堅積之劑，然須能食、脾胃健者宜之；同白朮、橘皮、厚朴、甘草、砂仁，爲枳朮丸，治心下痞滿因於食；入陷胸湯，治傷寒寒熱結胸；入承氣湯，治傷寒熱邪，又裏結實脹滿，痛不可當，數日不更衣者。

愚按： 枳實本苦寒下行之性，而稟乎降令乘旺之氣，故其就下以至陰分也，氣烈而速，如用以治痞，謂邪結於濕土之分，非此不能決泄之，使邪去而正復也。卽此知潔古枳朮丸，不止謂其一消一補，蓋以白朮益胃陽之虛，佐以枳實消脾陰之結，俾中土元氣乃合乎健運之常耳。故詳枳實所治，皆就陰結以爲消泄者也，如破血散結，同於黃連、厚朴、硝、黃之類，固是此義。至同參、朮、薑、棗之類以益氣者，亦卽枳朮丸之義也。大抵不離脾胃，繆氏所說良是。雖然，治痞者往往用枳實，不越於脾胃矣。但經曰有形而不痛者，其陰完而陽傷之也，謂陰傷於陽之故；又曰無形而痛者，其陽完而陰傷之也，謂陽傷於陰之故。如是，則有痞爲堅爲大，乃陽不勝陰邪，而陰邪有以結陽，是受病在陽也，宜健陽爲主，如仲景枳實、白朮之治，用枳實所以助陽之健也；有痞爲痛爲急，乃陰不勝陽邪，而陽邪有以結陰，是受病在陰也，宜清陰爲主，如潔古黃連、枳實之治，用枳實所以助陰之清也。舉概以推類，豈得不審而漫投乎？曰：枳實概入陰分矣，而陰陽之治又謂何？詎知其固入陰分，而邪之分陰陽者，又當從而消息之，其義固非二也。若然，則無形而又不痛，但有抑塞不暢之象，亦類言痞者，固區以別矣。夫升降稍礙，皆能亂其清濁之機，如枳桔湯之治，[12] 識者謂其和中，不爲治痞，豈可決之潰之，如枳實輩，以大爲正氣之害哉？按時珍所謂仲景治胸痹用枳實者，夫胸中卽膻中，膻中卽心主之宮城也，方書有云濕熱太甚，土來心下爲痞者是也。蓋子令母實之義，枳實固入濕土而泄結，非有異也。

希雍曰： 此藥性專消泄破氣損真，觀丹溪曰瀉痰有衝墻倒壁之力，其勇悍可知。凡中氣虛弱，勞倦傷脾，發爲痞滿者，當補中益氣，補其不足則痞自除，此法所當忌也。脹滿非實邪結於中下焦，手不可按，七八日不更衣者，必不可用。挾熱下痢亦非燥糞留結者，必不可用。傷食停积，多因脾胃虚不能运化所致，慎勿轻饵。如元气壮实有积滞者，不得已用一二剂，病已即去之。若不识病之虚实，药之补泻，概以投之，损人真气，为厉不浅，虽多服参耆补剂，亦难挽其刻削之害也。世人多蹈其弊，故特表以为戒。

[修治] 同殻择如鹅眼并色黑年久者用，微绿者不堪入药。

卮 子

春荣秋瘁，入夏开花，白瓣黄蕊，随即结实，薄皮细仁，色深红，霜后收之。

[气味] 苦，寒，无毒。《别录》曰：大寒。洁古曰：气薄味厚，轻清上行，气浮而味降，阳中阴也。东垣曰：沉也，阴也，入手太阴肺经血分。海藏曰：留皮泻肺火，去皮泻心火，入手太阴、手少阴经。

[主治] 泻三焦火，除五内邪气，胃中热气，去心中客热，心烦懊憹，治热厥心痛头痛，解热郁，散结气，散热毒风，解五种黄病，清胃脘血，治吐衄下血尿血，散肝热血郁，并脐下血滞而小便不利，利五淋，疗疝气，汤火伤。

洁古曰：卮子，去心经客热，除烦躁，[13]除上焦虚热，疗风热。

丹溪曰：卮子，泻三焦之火及痞块中火邪，最清胃脘之血，其性屈曲下行，能降火从小便中泄去。凡心痛稍久，不宜温散，反助火邪，故古方多用卮子以导热药，则邪易伏而病易退。按痞块中火，乃郁也，由于气不行而血随之以凝也，用去皮山卮，姜汁拌炒，假辛衝折郁火，不为无功。

海藏曰：卮子豉汤治烦躁，烦者气也，躁者血也，气主肺，血主肾，故用卮子以治肺烦，用香豉以治肾躁。躁者，懊憹不得眠也。少气虚满者加甘草，若噦呕者加生姜、橘皮。下后腹满而烦，卮子厚朴枳实汤；下后身热微烦，卮子甘草干姜汤。

宗奭曰：仲景治伤寒发汗吐下后，虚烦不得眠，若剧者，必反覆颠倒，心中懊憹，卮子豉湯治之。因其虛，故不用大黃，有寒毒故也。卮子雖寒而無毒，治胃中熱氣，既亡血亡津液，腑臟無潤養，內生虛熱，非茲物不可去也。又治心經留熱，小便赤澀。

頌曰：張仲景及古今名醫治發黃，皆用卮子、茵陳、甘草、香豉四物作湯飲。又治大病後勞復，皆用卮子、鼠矢等湯利小便而愈。其方極多，不可悉載。

《門》曰：近有治陰火用童便炒黑，謂其能益少陰經血。得故紙能滋陰降火，清上固下，性雖寒而帶補。

希雍曰：卮子感天之清氣，得地之苦味，其性無毒，氣薄而味厚，氣浮而味沉，陽中陰也，入手太陰、手少陰、足陽明經。仲景治傷寒，用卮仁同諸藥者，不一而足，悉載傷寒條例。同連翹、麥門冬、竹葉、燈心草、生甘草、黃連，能瀉心經有餘之火，加赤茯苓、木通、滑石、澤瀉，瀉小腸火；同茵陳、滑石、車前子、秦艽、黃連、連錢草、苴蓿，治酒熱發黃。[14]

愚按：卮子之味苦而氣寒，苦寒合則宜就下，但其味厚而氣薄，其氣升浮，味從乎氣者也，故潔古、東垣胥以爲入手太陰肺，而海藏更謂兼入手少陰心者，誠然也。蓋心肺合而後上焦營諸陽，是陽中有陰，則茲味應得入此二經矣。夫以苦寒氣味，乃乘於大火之候，且華且實。華色白者，金藏之氣也；子色深赤者，火藏之血也。是非陽中有陰乎？其氣寒，其味苦，其華白，是得乎金水之專也，却乘於大火之候以吐華而隨結實，豈非正效其金水之用於火，而大火之所用者正在此味乎？蓋心固火主，離中原有坎也，所以心主血，得金爲火妻，以孕水子，所以生血在此，而氣化愈清者此耳。唯其如是，故潔古所謂去心經客熱，除煩滿，並除上焦虛熱，療風熱者，良然。而丹溪云能解熱鬱、行結氣二語，更可參也。蓋心肺爲陽，而陽中原有陰，陽盛以傷陰者，則氣傷而血隨傷，血傷則熱益鬱，氣益結，如他味止能清氣而不能涼血，或即涼血而不由清氣以致之，是猶未得如心肺合而上焦營諸陽之義也。卮仁由寒氣之輕清以至肺，即有苦味之涌泄以至心，心固血之主也，其除熱者，俾氣清血亦清，則陽中之陰和而陽乃紓，是更因血和而宣其氣化，此所謂解熱鬱、行結氣者也。即《本經》首言其治五内邪氣，胃中熱氣，非統歸其功於氣化乎？抑五内邪氣而行氣於三陰三陽者，唯在胃也，其除胃熱者云何？曰：胃之下肝腎也，胃之上心肺也，下藉陰中之陽以上升，上藉陽中之陰以下降，如心肺之熱既清，則陽中有陰而胃熱自除矣。其所謂五種黃病，及亡血亡津，及大病勞復等證，皆不離胃之陰氣而言。夫上焦之陽，易復其陰，陰不能降，而陽益熾於上，此味除熱，從氣分入血，使陽中之陰降，陰降而陽隨之，故胃熱散，即此便能清胃脘血，熱熾而血污，熱除而血清矣。夫血原於水而化於火也，故心爲離中之坎以主之，此味能使水不傷而火能化，其少陰血清則胃脘之血亦清，又何血證之不能治乎？其治熱厥心痛及頭痛者，陰降而陽隨也。其屈曲降火從小便出者，氣化而血和也。至散肝熱血鬱者，肝固血臟，由肺胃以及之也。其治疝者，即解鬱熱，散結氣，並入肝而效其用也。其治大小腸大熱者，胃與大小腸相上下也，況爲心肺二經之合乎？此味由上而及下，故云三焦之火能瀉。然瀉火多從血分言者，蓋他味之降火類直折其陽，而此味獨從陽中之陰以除熱，使陰從陽和。陰之和者，直從透經脈，入密理，以紓其陽化而盡其用，故謂其能破痞塊中火。而又曰能屈曲下行，非如他苦寒之僅以降折爲功，此昔哲所以稱其寒而能補也，但不可施之氣虛者耳。氣虛而反清熱，是無陽並無以生陰，有何陽中之陰得以雲行而雨施乎？

［附方］

五臟諸氣，益少陰血，用巵子炒黑研末，生薑同煎，飲之，甚捷《丹溪纂要》。

胃脘火痛，大山巵子七枚或九枚炒焦，水一盞煎七分，入生薑汁飲之，立止。復發者必不效，用玄明粉一錢服，立止。同上。

希雍曰：梔子稟至苦大寒之氣，苦寒損胃而傷血，凡脾胃虛弱者忌之，血虛發熱者忌之。惟能瀉有餘之火，心肺無邪熱者不宜用。小便不通，由於膀胱虛，無氣以化而非熱結小腸者，不宜用。又醫以治諸血證，不知此苦寒，血過寒則凝血瘀於中，變生寒熱，或發熱勞嗽，飲食減少，反爲難療，此尤宜酌量致慎也。

［修治］　巵子長而大者，止用染色，不堪入藥。皮薄而圓，七稜至九稜者，名山巵子，所謂越桃者是也。大率治上焦中焦連殼用，下焦去殼，洗去黃漿，炒用。治血病及開鬱止痛，並炒黑用。

丹溪曰：胃熱病在上者，帶皮用。去心肝血熱，酒炒黑用，殊效，不用皮。薛立齋每用炒巵、丹皮以清肝，固謂肝藏血也。

酸棗 小為棘，大為酸棗。惡防己。

［氣味］　酸，平，無毒。宗奭曰：微熱。時珍曰：仁味甘氣平。

［諸本草主治］　心腹寒熱，邪結氣聚，[15]除四肢酸痛濕痹，療煩心不得眠，補中，益肝氣，寧心志，斂虛汗，療筋骨風，助陰氣。

［方書主治］　中風，攣，癲狂驚癇，虛勞顫振，虛煩，悸，健忘，不得臥，赤白濁，痹，著痹，脇痛腰痛，消癉，善太息，咽喉。

恭曰：《本經》用實療不得眠，不言用仁，今方皆用仁。

時珍曰：實與仁皆足少陽、厥陰藥，謂專以治心者誤也。

海藏曰：膽虛不眠，寒也，酸棗仁炒為末，竹葉湯調服；膽實多睡，熱也，酸棗仁生為末，薑茶汁調服。

丹溪曰：血不歸脾而睡臥不寧者，宜用此大補心脾，則血歸脾而五臟安和，睡臥自寧。

希雍曰：酸棗仁得木之氣而兼土化，故其實酸平，仁則兼甘，氣味勻齊，其性無毒，為陽中之陰，入足少陽、足厥陰、手少陽、足太陰之經，專補肝膽，亦復醒脾，從其類也。熟則芳香，香氣入脾，故能補脾，能補膽氣，故可溫膽，母子之氣相通，故亦主心虛，驚悸不眠。君茯神、遠志、麥門冬、石斛、五味子、龍眼、人參，能止驚悸，并一切膽虛易驚；入溫膽湯，治病後膽虛不眠；入歸脾湯，治脾家氣血虛，自汗不眠，驚悸，不嗜食。凡服固表藥而汗不止者，用棗仁一兩炒研，同地黃、白芍藥、麥冬、五味子、龍眼肉、竹葉煎服，多服取效。《簡便方》治睡中汗出，即盜汗，用酸棗仁、白茯苓、人參等分為末，每服一錢，米飲下。

愚按：酸棗仁所治有多眠、不眠之異，然《本經》首主心腹寒熱、邪結氣聚一語，足以概之。蓋寒熱卽陰陽之分，所以結而聚者，卽陰陽不得其合和，而爲陰陽之偏，卽爲邪結氣聚矣，其分多眠、不眠者，正分於陰陽之偏也。雖陰陽各處其虛，而多眠則爲陰勝於陽，宜以疎陰爲先，若生用此味是也，至不眠則爲陽勝於陰，宜以益陰爲先，若熟用此味是也。所謂宜疎者卽曰實，所謂宜益者卽曰虛，故云陰陽各處其虛，非多眠、不眠之可以分虛實也。第病於陰陽之偏者，陰勝則曰疎陰，至陽勝何以不曰抑陽而唯事補陰？夫疎陰者，導陰而使其化也；補陰者，滋陰而俾其生也。生化之機合，此繆氏謂補血無如酸棗也。故謂茲味所治，卽主治寒熱一語足以概之也。生化之機合，卽得邪不能結，氣不復聚矣。或可謂主治寒熱一語足以概之，其義更暢於後。或曰：據茲味寒熱之治，是爲足少陽、厥陰藥，時珍此說亦不謬矣。更請悉其義可乎？曰：先哲云凡寒熱證，唯足太陽、少陽二經有之。若然，推之人身寒熱之氣，寧獨外感？又寧獨形諸外者？舉身中之陰陽，其氣卽爲寒爲熱，而偏勝者卽結聚於中，足少陽表裏一身，爲氣血生化之樞，厥陰爲陰陽之獨使，故不論感內外傷，而或寒或熱之錯出，以變生於中外者，先受於肝膽之經矣。夫寒熱卽陰陽之氣，而陰陽戾氣見諸多眠與不眠者，經固言之矣。《甲乙經》申之曰：人病目不得瞑者，衛氣不得入於陰，常留於陽，留於陽，則陽氣滿而陽蹻盛，不得入於陰，是陰氣虛，故目不瞑也；病目閉不得視者，衛氣留於陰，不得行於陽，留於陰，則陰氣盛而陰蹻滿，不得入於陽，是陽氣虛，故目閉也。夫陰蹻、陽蹻乃行身中左右之脈也，而足少陽、厥陰非行身之側者乎？二經陰陽之戾氣爲寒爲熱，而陰蹻、陽蹻實合之以見所患之證，如不眠、多眠是也。先哲云：陽蹻、陰蹻二脈，足少陰腎之別脈也，故方書治心腎不交之證，亦入茲味於諸味中。唯棗仁專入肝膽血分，生用以治多眠者，疎陰中之壅氣以致於陽也，其味酸而歸於辛也。炒熟以治不眠者，發陰中之和氣以召乎陽也，其味酸辛而更歸於甘也。陰中之壅氣疎之而能致於陽，則氣之偏結於陰者不病於寒矣；陰中之和氣發之而能召乎陽，則氣之偏結於陽者不病於熱矣。其爲肝膽血分之要劑也，職此之故歟。抑肝膽血分之病，不獨多眠、不眠而已，即《本經》與他本草，其主治猶不該備，參之方書諸證所用，乃得究其全耳。

愚又按：方書棗仁所治，如首治中風，蓋因此味入肝膽益血，風臟即血臟，故病於風者，即以益同臟之血而治之。至於攣證之治，多因於風虛勞，或中風虛極，幷有風毒證，其治肝風以病於攣者，不一而足也。又如治癲狂，亦多病於失心風，治驚之眞珠母丸及獨活湯，皆虛風之治也。大抵棗仁之用，多是補血虛，即風毒投此，亦是因血虛而病於風，風不卽散而聚爲毒，卽《內經》本草所謂邪結氣聚也。明於此味之皆治其虛，自肝而外，當先屬膽，甲木與乙木爲表裏也，次卽屬心，爲肝之子，肝臟之血虛，而心先虧其化原，況心主血者，其神明之用紛紛擾擾，不能以應其無窮，則心傷正宜補心，其補心血應有主劑，然不裕其用於肝，則生化之原無地。故如虛勞之遠志引子，治心勞虛寒；顫振之秘方補心丸，治心虛手振；虛煩之遠志湯，治心煩虛煩，又小草湯治虛勞憂思過度；又如驚證之十四友丸，治諸虛不足，益血，收斂心氣；又平補鎭心丹，治心血不足，時或怔忡諸證；又琥珀養心丹，治心血虛，驚悸諸證；又寧治丸，治心虛血少多驚；又人參遠志丸，治心氣不安。然亦有棗仁者同於安心氣諸味，更助其心血之化原，以寧心氣也。又十味溫膽湯，旣溫膽而更有加味者，以療心虛煩悶也；又養心湯，治心虛血少，驚惕不安也；至悸證之濟生益營湯，治思慮傷心，耗傷心血；又龍齒丹之治心血虛寒，怔忡不已。及補心神效丸幷天王補心湯，俱名之爲補心，則其療心虛者可知矣。至治健忘之歸脾湯，云治思慮過度，勞傷心脾；治不得臥之酸棗湯，云治虛勞虛煩不得眠。至赤白濁之瑞蓮丸，云治思慮傷心，便下赤濁。以上舉心之虛者，其治義大概如斯耳。大抵以上補心之虛，皆補其血也。蓋因於諸方中有棗仁，能爲心血生化之原耳。以此明其皆補血也，故曰時珍所云不謬。此外，有治心腎不交之證，亦用棗仁逐隊於諸藥中者。蓋肝爲一陰，經曰一陰爲獨使，夫肝臟之血原於水而成於火，棗仁固交水火者也，因其爲厥陰經藥耳。如治悸證有秘傳棗仁湯，云治心腎水火不交，精血虛耗，痰飲內蓄，怔忡。又鎭心爽神湯，亦治心腎不交，上盛下虚，心神恍惚，驚悸等證。第舉二治，則可推類以盡其變矣。此外有合治心脾如歸脾湯者，有合治心膽如十味溫膽湯者，有合治肝腎如補肝散者，有專治脾風如防風散者，有專治膽虛不得眠如鱉甲丸者，有專治腎虛白濁出髓條如大茴香丸者。更詳其受病之殊，有不可以風及虛盡之者。如鬱怒傷肝爲腰痛，治以調肝散也；如筋攣屬寒，而治以千金薏苡仁湯也；如虛熱作潮，心神驚惕，睡臥不寧，小便油濁，治以龍齒補心湯也；又如心熱痰迷包絡，屬治癎之清神湯也；更痰不止於熱，有風痰病癎之治，如靈苑辰砂散也。凡此數證，皆不可以風概者也。更此味類治其虛，然有輔羣味而助之行者，如治鬱怒之調肝散，痹證之五痹湯加柴胡、棗仁，着痹之治風痹如羌活散。凡此數證，皆不可以虛概者也。種種諸治，有專功於棗仁者，又各有主劑對待之，而似借棗仁以爲關捩子。唯明者悉其義，盡其變，庶不致投之罔功也。

[附方]

膽風沉睡，膽風毒氣，虛實不調，昏沉多睡，用酸棗仁一兩，生用，金挺蠟茶二兩，[16]以生薑汁塗炙微焦，爲散，每服二錢，水煎溫服。

痰在膽經，神不歸舍，亦令不寐，宜溫膽湯減竹茹一半，加南星、炒酸棗仁各一錢，下青靈丹。

虛勞，虛煩不得眠，酸棗仁二升，甘草一兩，知母、茯苓、芎藭各二兩，以水一斗先煮棗仁，減三升，乃同煮取三升，分服。

病後虛弱及年高人陽衰不寐，六君子湯加炒棗仁、炙黃芪各一錢。

骨蒸不眠，心煩，用棗仁一兩，水二盞研絞取汁，下粳米二合煮粥，候熟，下地黃汁一合再煮，勻食。

自汗，服諸藥欲止汗固表而並無效，藥愈澀而汗愈不收，止可理心血，蓋汗乃心之液，心無所養，不能攝血，故溢而爲汗。以大補黃芪湯加棗仁，有微熱者更加石斛，兼下靈砂丹。

虛勞，筋虛極，脚手拘攣，十指甲痛，數轉筋，甚則舌卷卵縮，唇青面黑，木瓜去子、虎脛骨酥炙、五加皮洗、當歸酒浸、桑寄生、酸棗仁製、人參、柏子仁、黃芪各一兩，炙甘草半兩，每服四錢，水一盞、薑五片煎服。

咽喉口舌生瘡菌，眞琥珀研、犀角屑生用，各一錢，人參去蘆、酸棗仁去皮研、茯神去皮木、辰砂研，各二錢，片腦研，一字，爲末，煉蜜和爲膏，以磁器收貯，候其疾作，每服一彈子大，以麥門冬去心濃煎湯化下，一日連進五服。

希雍曰：凡肝、膽、脾三經有實邪熱者勿用，以其收斂故也。

[修治]　粒粗勿碎皮者良。[17]炒爆研細入藥，如砂仁法，勿隔宿。

白棘一名棘刺、棘鍼。

時珍曰：獨生而高者爲棗，列生而低者爲棘，故重束爲棗，平束爲棘，二物觀名即可辨矣。

[氣味]　辛，寒，無毒。

[主治]　心腹痛，癰腫潰膿，[18]止痛，決刺結《本經》，療丈夫虛損陰痿，精自出，補腎氣，益精髓。棘鍼療腰痛，喉痹不通《別錄》。

愚按：《準繩》治溲血有鹿茸丸，用棘刺逐隊於諸補劑中，且有桂、附，是則《別錄》所云療丈夫虛損云云非無據也。第如《本經》之治，似以潰膿止痛、決刺結爲先者，[19]得非此味補益，乃有爲之前導而致其功乎？是則行而補者，在諸藥味中或未有如斯之兼善也。唯是白棘、棘鍼，在《別錄》主治若有稍別，更當以寇氏之說明之。宗奭曰：本文白棘，一名棘鍼、棘刺，如此分明，諸家強生疑惑，今不取之。白棘乃是肥盛紫色，枝自有皺，薄白膜先剝起者，故白棘取白之義，不過如此。

[附方]

腹脇刺痛，因腎臟虛冷，不可忍者，棘鍼鉤子一合，焙，檳榔二錢半，水一盞煎五分，入好酒半盞，更煎三五沸，分二服。

疔瘡惡腫，棘鍼倒鉤爛者三枚，丁香七枚，同入瓶，燒存性，以月內孩子糞和塗，日三上之。

又方，曲頭棘刺三百枚　陳橘皮二兩，水五升煎一升半，分服。

以上二方，一爲腎脈虛冷而腹脇刺痛者，此味療之，一爲疔瘡惡腫，有外上內服二方，似此味又若專於潰毒，不必主於補虛損也。以二證治療之義合而參之，則於茲味庶幾可以得其中肯者，當屬何功矣。

山茱萸

木高丈餘，葉似榆，花白色，二月開花如杏，四月實如酸棗赤色，五月采實。

[氣味]　酸，平，無毒。《別錄》曰：微溫。普曰：神農、黃帝、雷公、扁鵲，酸，無毒；岐伯，辛。權曰：鹹辛，大熱。好古曰：陽中之陰，入足厥陰、少陰經氣分。

[諸本草主治]　溫肝臟潔古，助水臟《日華子》，強陰益精《別錄》，補腎氣，興陽道甄權，煖腰膝《日華子》，通九竅，安五臟，止小便利《別錄》，並除一切風，逐一切氣《日華子》，治腎虛耳鳴耳閉，療腦骨痛《別錄》，久服明目《別錄》。

[方書主治]　中風虛勞，遺精眩暈，消癉，脇痛攣傷，勞倦，赤白濁，耳聾，傷燥咳嗽，腰痛痹，着痹，痿，腳氣，恐，自汗泄瀉，大便不通，淋，疝，痔。

好古曰：滑則氣脫，澀劑所以收之。山茱萸止小便利，秘精氣，取其味酸澀以收滑也。仲景八味丸用之爲君，其性味可知矣。

《類明》曰：人身元氣壯盛，由於精氣堅固，若精氣不固，則元氣安得而壯盛，山茱萸能秘精，此所以壯元氣也。

希雍曰：山茱萸感天地春生之氣，兼得木之酸味，神農氣平，《別錄》微溫，總言其得春氣之正耳。岐伯、甄權加辛，然嘗其味，必是酸多辛少，入足厥陰、足少陰經，陽中之陰，降也。凡四時之令，春氣暖而生，秋氣涼而殺，萬物之性喜溫而惡寒，人身精氣亦賴溫暖而後充足，況肝腎在下居至陰之位，非得溫暖之氣則孤陰無以生。此藥正入二經，氣溫而主補，味酸而主斂，故精氣益而陰強也。其他所主治之證，皆其精氣固、元氣壯之效耳。同菟絲子、肉蓯蓉、巴戟天、鹿茸、牛膝、白膠、車前子、枸杞子、生地黃、沙苑蒺藜、麥門冬，能添精固髓，暖腰膝，益陽道，令人有子；同人參、五味子、牡蠣、益智子，治老人小便淋瀝及遺尿；同人乳、沙苑蒺藜、熟地黃、人參、麥門冬、牛膝、甘菊花，治腦骨痛，腦爲髓之海，髓足則腦痛自除；同石菖蒲、甘菊花、地黃、黃檗、五味子，治腎虛耳聾；同杜仲、牛膝、地黃、白膠、山藥，治腎虛腰痛；入六味地黃丸，爲腎虛而有濕熱者所須。先哲處方之妙，如六味地黃丸，用熟地黃以補腎氣而因以滋肝，又用山茱萸以溫肝氣而因以固腎，具有相濟者，且用山茱萸以固真元之氣，復用澤瀉以泄濕滯之氣。種種具足，妙義如此。

　　愚按：山茱萸之用，取其實也。實結於四月而采於五月，且其色赤，是乘乎大火之氣以致用也，然却氣溫而味酸，是致乎火之用者，尚全乎肝之體也。肝本陰中之少陽，如兹品火用而肝體，是陰爲陽守，陽爲陰使之玄機，有寓於微物者焉。抑肝之體云何？曰：風木繼寒水之後，以行地道生育之化，故春氣溫者乃出地，陰中之陽也，不得春溫之氣，則至陰之化鬱，希雍所謂孤陰不生者是也。然使氣溫而味辛，卽非春溫出地之生氣，不無近於熱浮長矣，將陰亦逐陽以泄，《類明》所謂精氣不固，元氣安得而壯者是也。惟其氣溫而味酸，酸全而辛少，乃正得乎春溫之令，而謂之溫肝藏、全肝體也。腎陰得少陽之氣以生化，而復不泄其真氣，卽此陰强而精益，卽此水臟煖，腎氣補而陽道興也。或曰：先哲謂此味能秘精，似宜如海藏所謂澀以收之矣。第《本經》又言其溫中，逐寒濕痹者，其治效不幾相戾歟？曰：《本經》所云卽甄權補腎氣、潔古溫肝之義也，肝腎之氣俱得溫補，又何寒濕痹之不逐？然其所以能溫肝而補腎氣者，皆由致乎火之用而全乎肝之體，用不離乎體，以固蟄之陰而達必宣之陽，如治小水利及助水臟、添精髓者在此，又煖腰膝、興陽道、堅陰莖者在此，又通九竅、逐一切氣、逐一切風者在此。是則精之秘者，乃所以爲益精起陽之本，而益精起陽者，乃所以爲通九竅、逐邪氣、補風虛之本也。就各本草反覆細繹，而後兹物之功顯。或曰：兹味在潔古謂爲腎之血藥，而海藏則以屬腎之氣藥，當是何居？曰：潔古從其體言之，海藏以用爲功也。第澀陰乃裕陽之本，而固陽又化陰之元，是相交益者也，寧能較然定其所主哉？故陰耗而滋陰，同於此味，使陰有所育；陽虛而益陽，同於此味，使陽有所守。卽祛陰陽之邪者，亦有投此味於中，以爲元陰元陽之地。遍閱方書所療諸證，[20] 其用之固有微義，大都不外此三例矣。試參仲景益陽之八味丸，以此味爲君，較六味丸以地黃爲君，其用區以別者謂何？而近醫陳式治久瀉，初用參、朮、薑、桂罔功，乃舍薑、桂而用山茱、芡實，同於參、朮及炒黑乾薑投之，蓋取此味能收肝腎之陰氣，以資脾陰之化原耳。又見其治心血虛，致虛火外淫，汗出不止者，不用黃芪固於表，而以此味爲君斂於中，蓋真陰之氣不泄而真陽乃固，是有得於陰爲陽守之義。故心血可益，虛火可靜，如黃芪之固表，何能一斂耗散之真陰以靜虛火乎哉？程氏曰：陰虛者極當用之。誠不謬也。試參其二證之治，益陽者更藉於此味又謂之何？則可以推而盡其變矣。抑肝之喜辛，惡其鬱也，茲又取其酸收何也？曰：須看此實結於大火之候，而得此味之嗇陰固陽，以裕真元，乃彷彿於取坎填離，俾元氣之用不匱耳，豈與肝喜辛之義相背乎？若然，則潔古主血分者較勝，如補骨脂之益陽而燥者不可同日語也。海藏俱列於腎氣，似猶當酌之以適於用矣。

[附方]

《綱目》草還丹：用山茱萸酒浸，取肉一斤，破故紙酒浸，焙乾，半斤，當歸四兩，麝香一錢，爲末，煉蜜丸梧子大，每服八十一丸，臨臥鹽酒下。[21] 方論謂其益元陽，補元氣，固元精，壯元神，乃延年續嗣之至藥。愚尋繹諸藥性味，此語亦非誇也。更八味丸以山茱萸爲君，幷益氣補腎湯，投參、芪、朮、苓、草，同山藥、石棗用之，皆可參也。又按石棗、木瓜同一味酸氣溫也，但石棗全以酸勝，故止於溫肝以益腎，木瓜則酸居強半而有甘味，故又能行土之用而和血以去濕。方書曰：酸甚扶肝，酸多損腎。此語亦須酌量。如石棗酸勝，六味丸正用以益腎，何以不如木瓜之多用而損齒及骨也？或亦酸味如木瓜，以其兼行土用，遂因土以制水，而腎乃病歟？不得徒謂酸之損腎而不參其微義也。[22]

希雍曰：命門火熾，強陽不痿者忌之。膀胱熱結，小便不利者，法當清利，此藥味酸主斂，不宜用。陰虛血弱不宜用，即用當與黃檗同加。

[修治] 凡使，用紅潤肉厚者，酒拌潤，去核取皮，一斤只取四兩已來，酒蒸一炷香。一種雀兒蘇相似，但其核八稜，須辨之。

郁李仁

《爾雅》棠棣即此。或以為唐棣，誤矣。唐棣乃扶栘、音移。白楊之類也。[23]棠棣，山野處處有之。樹高五六尺，葉、花及樹並似大李，唯子小若櫻桃，熟時赤色，甘酸而香，有少澀味也。按：唐棣與棠棣是二種，逸詩唐棣之華，偏其反爾，是詠唐棣，非棠棣也。如盧氏於郁李，便從偏其反爾，以開闔立論，是誤認此種即為唐棣，而不細辨棠棣之為郁李也，即朱子亦注唐棣為郁李，信察物之難若此。又按先哲云：唐棣似白楊，[24]江東呼為夫栘。凡木之花，先合後開，此花先開後合，即此參之，則唐棣為白楊、扶栘之類，誠如時珍所云，而先開後合，即偏其反爾之義，固詠唐棣不可以混於棠棣也，明矣。

[氣味] 酸，平，無毒。權曰：苦辛。潔古曰：辛苦，陰中之陽，脾經氣分藥也。

[主治] 化血潤燥潔古，瀉結氣，破癖氣孟詵，治大腸氣結燥，澀滯不通李杲，泄五臟膀胱急痛，腰胯冷膿，下氣《日華子》，利水道，並主大腹水腫，四肢面目浮腫《本經》。

時珍曰：郁李仁甘苦而潤，其性降，故能下氣利水。按《宋史・錢乙傳》云：一乳婦因悸而病，既愈，目張不得瞑。乙曰：煮郁李酒飲之，使醉而愈。所以然者，目系內連肝膽，恐則氣結，膽橫不下，郁李能去結，隨酒入膽，結去膽下，則目能瞑矣，此蓋得肯綮之妙者也。

希雍曰：郁李仁得木氣而兼金化，《本經》味酸氣平，無毒，潔古言辛苦，性潤而降下，陰也，入足太陰、手陽明、太陽經。同當歸、地黃、麻仁、麥門冬、桃仁、生蜜、肉蓯蓉，治大便燥結不通，甚者加大黃。

愚按：郁李仁，其用概言利水，而利水又本於散結氣耳。夫水乃氣所化，氣行則水行，類能言之，然殊未審於氣之結者，為何因也？夫氣屬陽主動，而動者能使之結，則屬於陰氣之元，固起於陰中之陽，氣之結，卽由於陽中之陰，故一散其結而陽斯化，陽化而水斯行矣。潔古謂其爲脾經氣分藥者，良然。經曰諸濕腫滿，皆屬脾土，而《本經》卽以治大腹水腫、面目四肢浮腫者爲功，蓋脾爲陰中之太陰，已乘出地之陽而上行矣。脾布中氣，乃卽統血，故五臟皆有陰氣而脾爲之樞，其諸所治療皆脾氣之所能周也。然則潔古云破血者，不等於諸味之破血？云潤燥者，又卽在宣陰結以化血，血固真陰之化醇也，血結而氣燥，血化而榮衛和，燥者潤矣。若然，寧獨行水爲功乎？舉七情之結以傷陰，遂以塞陽者，不可類推之以爲治乎？何不取錢乙之治目不得瞑者一精思之也？

希雍曰：郁李仁性專降下，善導大腸燥結，利周身水氣，然而下後多令人津液虧損，燥結愈甚，乃治標救急之藥，津液不足者慎勿輕用。

[修治] 先以湯浸，去皮尖，用生蜜浸一宿，漉出陰乾，研如膏用之。

女貞—名冬青，然冬青另是一種，此卽蠟樹寄蟲造白蠟者。

實

[氣味] 苦，平，無毒。時珍曰：溫。時珍云溫者誤。先哲謂此味爲少陰之精，蓋純乎陰者也，豈得有溫之性味哉。

[主治] 強陰，健腰膝，變白髮，明目時珍。

時珍曰：女貞實乃上品無毒妙藥，而古方罕知用者，何哉？《典術》云：女貞本乃少陰之精，[25]故冬不落葉，觀此則其益腎之功尤可推矣。

希雍曰：女貞實稟天地至陰之氣，故其木淩冬不凋，神農味苦氣平，《別錄》加甘無毒，觀今人用以爲變白多效者，應是甘寒涼血益血之藥，氣薄味厚，陰中之陰，降也，入足少陰經。夫足少陰爲藏精之臟，此藥氣味俱陰，正入腎除熱補精之要品，除熱二字不可忽過。蓋此味於腎陰虛而有熱者，乃對待之劑，可以補精也。其明目變白之功，累試輒驗；則其他可知而經文不載，爲闕略也。同地黃、何首烏、人參、麥門冬、旱蓮草、南燭子、牛膝、枸杞子、山藥、沒食子、桑椹子、黃檗、椒、紅蓮鬚，爲變白要藥；同甘菊花、生地黃、蒺藜、枸杞子，能明目。

愚按：益陰之味不少矣，而女貞益陰之效於髭鬚更著，何哉？在經有云：曰婦人無鬚者，無氣血乎？曰：衝脈、任脈皆起於胞中，上循胸裏，為經絡之海，其浮而外者，循腹上行，會於咽喉，別緣唇口。今婦人之生，有餘於氣，不足於血，以其數脫血也，衝、任之脈不榮口唇，故鬚不生焉。又曰：人有傷於陰之氣，絕而不起，陰不用，然其鬚不去，宦者獨去，其故何也？岐伯曰：宦者，去其宗筋，傷其衝脈，[26]血瀉不復，皮膚內結，唇口不榮，故鬚不生。有人未嘗有所傷，不脫於血，其鬚不生，何也？曰：此天之所不足也。稟衝任不盛，宗筋不成，有氣無血，唇口不榮，故鬚不生。即此觀之，有陰中之氣，有陰中之血，益陰諸味，從陰氣盛而化血者，與陰血盛而和氣者，豈可一視哉？女貞實固入血海，益血而和氣以上榮，《典術》所謂少陰之精也，即其更四時而長青，所秉固已殊矣。雖然，他益陰之味，不能如女貞之凌冬負霜者，固不必言，即如側柏，亦傲歲寒，而其用又有不同也，何哉？蓋萬物向陽而柏獨西指，乃受金之正氣者也，於吐血諸證以堅金之氣，因母護子，使不為淫火所爍。如女貞實者，負至陰之貞，由腎至肺，并以淫精於上下，不獨髭鬚為然也，即《廣嗣方》中多用之矣。故茲物與柏，其凌冬一也，益陰血一也，而用之迥殊者，職是故耳。又石菖蒲，亦四序長青，亦秉至陰，然苦而辛，故開心和血而帥氣，不同於女貞實之用也。一物具有一理，陰陽之分殊也如此。按：衝脈為血海，經首統言衝任別絡唇目，後言宦者血瀉，止云傷其衝脈，後言天不足者，統云稟衝任不盛，又歸於有氣無血，可見衝任上榮者，由於陰血充而陰氣乃上榮也。前哲論女子經，云天真之氣升而為壬，降而為癸，壬陽而癸陰也。即此義，則在陰分亦分氣血矣。任脈起會陰，交承漿，在女子亦然，然女子無鬚，固以血餘血脫也。人知陽為陰先，而不知陰氣之盛者，更由於陰血之足，陰血足，而後陰氣乃得上榮於唇口，以陽原出陰中，陰中之陽，即所謂陰氣也。經曰至陰虛，天氣絕，此固血脫者不能致其陰氣於天表之明證也。然則所謂氣餘血脫者，亦須知是氣乃屬天表之陽，非指陰氣也。雖然，衝爲血海，血固陰，氣固陰中之陽，所以衝之上俞在大杼，大杼者，足太陽穴也，下俞在巨虛之上下廉，此胃穴也，先天之氣與後天之氣合，而後陰血充以上下行，在養生者宜知此義也。故烏髭鬚用茲味，必兼以理脾，良有見歟。

［附方］

女貞實一斗，如法去皮，每斗用馬料黑豆一斗，揀淨淘洗，曬乾，同蒸透，九蒸九曬，先將女貞實爲末，加山薑自然汁三兩，好川椒去閉口者及蔕爲末三兩，同黑豆末和勻，蜜丸如梧子大，先食服四五錢，白湯或酒吞。

又方：將鱧腸草采鮮者二三十斤，搗汁入，九蒸九曬過，女貞實末再曬乾，如前爲丸亦佳，但服之腹痛作泄，不若薑汁、椒末爲佳。蒸女貞實，先將上好老酒浸一宿，次日用黑豆蒸，如此者九，以其性寒故也。更服八珍丸，以實根本。

前二方試之良驗，苦於腹痛作泄，同固本健陽丸服之，尚有腹疼，則信茲味性果寒也。時珍云溫，亦不察之甚矣。同黑豆拌蒸九次，良不可已。余用花椒爲末，如女貞實等分，入前藥中合丸，腹亦不作痛也。蓋女貞實補血海純陰，乃椒從天表之陽，直入命門而補元陽，能令元陰有主，得以施化耳，此亦不必九蒸九曬也。繆氏再爲更定涼血兼理脾：

何首烏勿去皮，烏豆同牛膝蒸製如常法，最後用人乳浸曬三四十次，赤白各二斤　女貞實酒拌，九蒸九曬，二斤　旱蓮草熬膏，十二兩　烏飯子膏即南竺枝子也，十二兩　茅山术米泔浸，蒸曬三次，去皮切片，十二兩　真川椒紅十二兩，去白膜，閉口勿用　沒石子十兩

爲細末，以旱蓮草膏、烏飯子膏同煉蜜和丸如梧子大，每五錢，空心饑時各一服，白湯吞。按南燭即俗所謂南天燭也，采其葉漬水，染飯色青而光，能資陽氣。

［附廣嗣方］

加減地黃丸：治男子天元受傷，精氣耗損，胃虛勞熱，骨體空虛，腎臟不足，陽痿不舉，精洩不施，或因孕而不育。久服百病能瘥，精神倍增，陽生陰長，有生生廣嗣之妙。

大生地一斤，酒浸一宿，柳木甑蒸爛攤開，竹篩內日曬，夜收地上，如是九蒸九曬，聽用　茯苓白　山藥乳浸酒乾，如此三次　丹皮酒浸一宿，曬乾　山茱萸肉雄羊油炙　何首烏同黑豆九蒸九曬　金櫻子去刺蒂，蒸熟　女貞子酒浸一宿，蒸熟　枸杞子蒸熟各八兩

　　配地黃，煉蜜爲丸梧子大，每日空心，或白湯或淡酒送下，約服八九十丸。

　　杞龍丸：治傷勞過度，憂愁思慮，血氣有虧，心火爍肺，腎水不足，服之，男子胃強脾健，女子經水得調。

　　黃連酒炒一次，三兩　枸杞酒淨，六兩　石斛一斤　龍眼肉半斤　麥冬去心，七兩　熟地一斤　當歸酒淨，六兩　丹皮酒淨，四兩　五味去核，一兩　人參三兩　茯苓乳浸曬乾二次　續斷四兩　何首烏黑豆九蒸九曬，二兩　女貞子酒浸一宿，曬乾　山藥六兩　丹參四兩

　　先將石斛煎濃汁，又將前山藥六兩炙乾，投入石斛濃汁內，收乾再曬，配眾藥共爲末，煉蜜爲丸梧子大，每服百丸，空心，淡酒或白湯送下，久服令人多子。

葉

　　[氣味]　微苦，平，無毒。

　　女貞之葉與冬青葉俱厚而長，綠色，面青背淡，但以葉微圓而子赤者爲冬青，葉長而子黑者爲女貞。

　　[主治]　除風散血，消腫定痛，治頭目昏痛，諸惡瘡腫胻瘡潰爛久者，以水煮，乘熱貼之，頻頻換易，米醋煮亦可。口舌生瘡，舌腫脹出，搗汁，含浸吐涎時珍。

　　[附方]

　　風熱赤眼方，用冬青葉五斗搗汁，浸新磚數片五日，掘坑，架磚於內蓋之，日久生霜，刮下，入腦子少許，點之。

　　又方，用雅州黃連二兩，冬青葉四兩，水浸三日夜，熬成膏收，點眼。

　　按：此葉療口舌痛及口舌瘡痛神效，試之屢驗。非稟至陰而歸血海，

能令陰氣上致天表得奏和陽之功，有如是其捷歟？此先哲所以謂其起陰氣也。

五加皮 之才曰：五加皮惡玄參、蛇皮。

方書云：五加皮同人參用則無力，然種子方中有同用者。蘇頌曰：以江淮者爲良。江淮所生者，根類地骨皮，輕脆芬香，其苗莖有刺類薔薇，長者至丈餘，葉五出，香氣如橄欖，春時結實，如豆粒而扁，青色，得霜乃紫黑。俗但名爲追風使，以漬酒療風，乃不知其爲眞五加皮也。時珍曰：生北方沙地者木類，南方堅地者如草類也。用南五加皮。南者微白而軟大，類桑白皮，北者微黑而硬，此其辨也。

根皮同莖

[氣味] 辛，溫，無毒。《別錄》曰：味辛苦，氣溫，微寒，無毒。遠志爲之使。

[主治] 腰膝疼痹《別錄》，療躄《本經》，五緩虛羸《別錄》，破逐惡風血及多年瘀血在皮肌，治痹濕，内不足甄權，補中益氣，堅筋骨，強志意《別錄》，並治男子陰痿，囊下濕，小便餘瀝《別錄》，又主疽瘡陰蝕《本經》，風痹，四肢攣急蘇頌。

時珍曰：五加治風濕痿痹，壯筋骨，其功良深。仙家所述，雖若過情，蓋獎辭多溢，亦常理爾。王綸《醫論》云：風病飲酒，能生痰火，惟五加一味浸酒，日飲數盃，最有益。諸浸酒藥，惟五加與酒相合，且味美也。

《類明》曰：兩腳疼痹，風濕也，五加皮苦泄辛散，能治風濕，《藥性》言其破逐惡風血，破逐惡風血即治痹之義也。丹溪治風濕腳痛，加減法云痛甚加五加皮，可見其逐惡血之功大也。

希雍曰：五加皮在天得少陽之氣，爲五車星之精，在地得火金之氣，故其味辛，其氣溫，而其性無毒，《別錄》加苦微寒，氣味俱厚，沉而陰也，入足少陰、足厥陰經。觀所主諸證，皆因風寒濕邪傷於二經之故，而濕氣尤爲最也。經云：傷於濕者，下先受之。又云：地之濕氣，感則害人皮肉筋脈。肝腎居下而主筋骨，故風寒濕之邪多自二經先受。此藥辛能散風，溫能除寒，苦能燥濕，二臟得其氣而諸證悉瘳矣。又濕氣浸淫則五臟筋脈緩縱，濕氣留中則虛羸氣乏，濕邪既去，則中焦治而筋骨自堅，氣日益而中自補也。其主益精強志者，腎藏精與志也；輕身者，除風濕之效也；耐老者，補肝腎之功也。世爲仙經所須，其能輕身耐老又可知矣。得牛膝、木瓜、黃蘗、麥門冬、生地黃、薏苡仁、石斛、虎脛骨、山藥，治濕熱痿痹，腰已下不能行動；同續斷、杜仲、牛膝、山茱萸、巴戟天、破故紙，治腎虛，寒濕客之作腰痛；同二术、萆薢、石菖蒲、薏苡仁、白蒺藜、甘菊花、防風、羌活、獨活、白蘚皮、石斛，治風寒濕成痹；同石菖蒲、連翹、蒼术、黃蘗、黃耆、薏苡仁、金銀花、鱉蝨、胡麻、木瓜、土茯苓，治下部濕瘡久不愈，兼治膿窠瘡，如神；同黃蘗末、菖蒲末、蛇牀子，俱爲細末，敷囊濕神效，如欲作湯沐，加荊芥、苦參、防風；一味釀酒飲之，治風痹，四肢拘攣。

　　愚按：五加皮，謂其治風濕痿痹。痿者，卽指《本經》所言躄，《別錄》所言兩脚疼痹風弱，甄權所言軟脚是也；所云痹者，卽甄權所言惡風血、瘀血痹濕內不足是也。先哲云：濕傷腎，腎不能養肝，肝自生風，遂成風濕。又曰：風濕客於腎經，血脈凝滯，腰背腫疼，不能轉側，下注脚膝，重痛少力，行履艱難。統此繹之，則五加所治者，其本病於痹濕內不足而血脈凝滯，所謂瘀血者近是，在《內經》所云痹也，其標證因於不能養肝，有惡風血，濕傷筋，不能束骨，所謂足躄、兩脚疼痹風弱或軟脚是矣，在《內經》所云弛長於痿者也。若然，是療濕之化風，非療風病，經曰風從陽受之，濕從陰受之，其本固區以別矣。五加皮其味初辛次苦，苦勝於辛多也，然辛居先而卽隨苦以直下，又本沉降之陰，故辛入肝以散風，隨苦入腎以燥濕，而皆以氣之溫者和之。取治痹濕內不足一語，合之《本經》所云益氣療躄，是豈徒以祛風爲功乎？蓋腎肝氣虛，故病於濕，濕者，陰之淫氣也，陰淫則陽不化而爲風，風者，陽之淫氣也，陽淫則陰愈不化而更病於濕，至更病於濕，則陰錮陽，陽蝕陰，而成濕熱，如疽瘡陰蝕及骨節攣急是也。既曰緩弱，又曰攣急，因濕鬱爲熱，熱傷血而不能養筋，故爲攣急，《內經》所云大筋緛，音軟，縮也。短者也。五加皮以辛苦溫，散其陽實之淫氣，卽行其滯室不化之陰氣，是治風也，實由濕而治之，其袪風淫以宣濕者，又卽逐濕以清熱也。所以方書治熱痹如防風丸，治冷痹如巴戟天湯，皆同此味，則其義可思矣。若然，則所云益氣、治不足、堅筋骨、强志意者，固以其元陽得暢，真陰能化，而生化之原不竭也，豈得與他味之宣風除濕者例論乎哉？或曰：此味所療者濕化風，宜曰濕風，乃曰風濕，何也？蓋肝司風木而藏血，而主筋，而主經絡，透關節者也，一切所見之證，皆見於風木，故以風冠濕，然實本於水臟，故言風又卽不能離濕也。盲醫輒以五加皮爲驅風之味，亦夢夢矣。

[附方]

虛勞不足，五加皮、枸杞根白皮各一斗，水一石五斗煮汁七斗，分取四斗，浸麴一斗，以三斗拌飯如常釀酒法，待熟任飲。

婦人血勞，憔悴困倦，喘滿虛煩，噏噏少氣，發熱多汗，口乾舌澀，不思飲食，名血風勞，油煎散，用五加皮、牡丹皮、赤芍、當歸各一兩，爲末，每用一錢，水一盞，用青錢一文蘸油入藥，煎七分，溫服，常服。

男婦腳氣，骨節皮膚腫濕疼痛，五加皮四兩，酒浸，遠志去心，四兩，酒浸，並春秋三日，夏二日，冬四日，日乾爲末，以酒浸爲糊，丸梧子大，每服四五十丸，空心溫酒下。藥酒壞，別用酒爲糊。

觀遠志爲五加皮之使而同用之，則其爲腎劑也益明。

希雍曰：下部無風寒濕邪而有火者不宜用，肝腎虛而有火者亦忌之。

[修治] 剝去皮骨，陰乾酒洗，通行週身，或薑汁製。

枸骨一名貓兒刺。葉有五刺，如貓之形，故名。

藏器曰：《詩》云：南山有枸。陸機《詩疏》云：枸骨，山木也。

枸，音舉。枳枸樹高大，有云其子最能解酒毒，名枝矩子，亦引《詩》云爲證。然所云子長數寸，似與瀕湖之說不合也。竊恐枸骨又是一種，原非南山之枸也。頌曰：多生江浙間。時珍曰：枸骨樹如女貞，肌理甚白，葉長二三寸，青翠而厚硬，有五刺角，四時不凋，五月開細白花，結實如女貞及菝葜子，九月熟時緋紅色，皮薄味甘，核有四瓣。人采其木皮煎膏，以粘鳥雀，謂之粘橘。

木皮

[氣味] 微苦，涼，無毒。

[主治] 浸酒，補腰脚令健[27]藏器。

枝葉

[氣味] 同皮。

[主治] 燒灰淋汁或煎膏，塗白癜風藏器。

希雍曰：察其主治，應是入肝、腎二經之藥。秘方取其葉煮飲，治痰火甚驗。蓋痰火未有不因陰虛火炎，上爍乎肺，煎熬津液而成，此藥直入足少陰經，補養陰氣則痰火自消，如釜底抽薪之意也。兼能散風毒惡瘡，昔有老妓患楊梅結毒已三十年，有道人教以單服此藥，瘡愈而顏色轉少，皆假其清熱凉血之功耳。

枸　杞

時珍曰：古者枸杞、地骨，取常山者爲上，其他丘陵阪岸者皆可用，後世惟取陝西者良，而又以甘州者爲絕品。今陝之蘭州、靈州、九原以西，枸杞並是大樹，其葉厚根粗，河西及甘州者，其子圓如櫻桃，曝乾緊小少核，乾亦紅潤甘美，味如葡萄，可作果食，異於他處者。入藥大抵以河西者爲上也。

愚按：《黃河圖說》云河歷西番至蘭州，而《輿地圖說》云過河而西六百里至涼州，涼州西四百餘里至甘州，然則實貴甘州，爲其極西地也，卽不得甘州者，而出於河以西皆可用也。若然，非河西而止屬陝西所產，猶不甚得力，則他土又可知矣。

[氣味]　苦，寒，無毒。

時珍曰：《本經》止云枸杞，不指是莖、葉、子、根，初未有分別也。後世以子爲滋補，根爲退熱，始分而二之。竊謂枸杞苗葉味苦甘而氣涼，根味甘淡氣寒，子味甘氣平，氣味既殊，則功用亦自當別也。

愚按：《本經》概云枸杞爲苦寒，殊有遺議，如瀕湖所別，亦可謂格物理矣。第其凌冬不凋，而葉三發，獨發於七月者，花卽隨之，而亦隨結實，卽非西土亦然，是則茲物爲稟金氣而涵水，固不分於苗、根及實也，特金氣之專萃者尤在實耳，而河以西者其氣味更厚也。

苗

春生苗，葉如榴葉而軟薄，堪食。《種樹書》言：收子及掘根，種於肥壤中，待苗生，剪爲蔬食，甚佳。

[氣味]　苦，寒。權曰：甘，平。時珍曰：甘，涼。枸杞新鮮葉，味先苦，苦多後略帶甜意，土產。

[主治]　去上焦心肺客熱，去皮膚骨節間風，消熱毒，散瘡腫。作飲代茶，止消渴煩熱。

[附方]

火赫毒瘡，此患急防毒氣入心腹，枸杞葉搗汁，服之，立瘥。

根　卽地骨皮。

[氣味]　苦，寒。《別錄》曰：大寒。權曰：甘，平。時珍曰：甘淡，寒。東垣曰：苦，平，寒，升也，陰也。地骨皮味由甘而苦，甘二分，苦五分，土產。好古曰：入足少陰、手少陽經。

[主治]　去下焦肝腎虛熱時珍，益精氣甄權，涼血，堅筋骨潔古，解有汗骨蒸李杲，肌熱，療消渴潔古，瀉胞中火，降肺中伏火，退熱，補正氣好古，去腎家風甄權，並治在表無定風邪李杲。三焦之氣原是極裏以至於極表，故曰去腎風，卽治在表風邪也。其謂無定風邪者，是卽陰虛生風，非指外感之邪也。及骨槽風吳瑞。

[方書主治]　虛勞發熱，往來寒熱，諸見血證，鼻衄，咳嗽血，咳嗽，喘，消癉，中風眩暈，瘈瘲，腰痛行痹，脚氣水腫，虛煩，悸，健忘，小便不通，赤白濁。

《類明》曰：有汗骨蒸，因陰虛血少，陽氣下陷於内而爲熱，熱氣薰蒸於表而汗泄也。又云：堅筋骨者，以腎主骨，腎臟有熱則骨亦熱，骨熱則血涸髓枯而筋失榮養矣。地骨皮入腎，益陰氣，凉血，所以能解有汗之骨蒸，並能强筋骨也。

愚按：地骨皮，海藏謂其入足少陰、手少陽二經，良然。蓋此味能益足少陰腎之陰氣，以療手少陽三焦之虛陽。蓋手少陽爲元氣使，乃根於腎臟元陰，兹味由甘而苦，其氣有寒，固本中土之沖氣以至地，且其金氣涵水，故能裕真陰之化原而不傷元陽，與苦寒者殊也，是以除腎臟虛熱，去胞中之火，陰裕而胞中火去，是三焦之氣不爲虛陽，故曰能退三焦氣分之火也。所謂治有汗骨蒸者，正謂真陰中有火，自相蒸爍，唯此味對待之耳。第須知此，此不兼養血，卻專以益陰爲其功，雖能除熱，却不以瀉火盡其用。或曰：若然，不幾與方書所云瀉腎火者有相戾歟？曰：即以方書之主治諸證者，可以互明也。如虛勞骨蒸，用之不一而足，第有同於專退蒸熱者，[28] 有同於退熱而益虛者，有同於瀉腎火滋陰而退熱者，有同於專治陽有餘、陰不足而不療骨蒸者。即此思之，似於諸治劑中，或用之以爲關捩子乎？豈能專指之爲瀉腎火乎？又如發熱證之瀉白散、地骨皮散，以治肺經發熱，固謂腎脈至肺，而地骨皮原本於金氣涵水也。海藏言用山梔、黄芩方能瀉肺是矣，第又言肺熱傳骨蒸，宜用此散直瀉之，是則於兹味之能益陰氣而不專主瀉火者，未及精察也。雖益陰氣便能瀉火，但直以爲瀉火使用者，不獲中的，不幾毫釐而千里乎？試以寒熱往來之治參之，如地骨皮散療血中風熱，體虛發渴，寒熱，柴胡散療寒熱體瘦，肢節疼痛，口乾心煩，此皆治其虛者也。夫此味益陰虛，乃可除熱，如專於除熱，則不能治其虛矣。又如咳嗽、喘證、消癉，其所治有清熱者，此爲之先導，有療虛者，此爲之資生，又豈得專以爲瀉熱乎？更以諸血證之補虛者，及補虛而並祛熱者，亦何莫非此義也？至治病後虛煩之地仙散，以此爲君，是瀉火否？如心氣不足，驚悸、健忘有補心丹，健忘有讀書丸，皆原心氣根於腎氣，故同於諸味用之，又豈得謂其瀉火乎？又試觀小便不通之參芪湯，其所同諸味，無非補益，而藉此與生地以爲陰氣地，使熱自除者也。至赤白濁之清心蓮子飲，雖曰清心，却亦藉此爲陰氣之先導耳。如茲二治，概可謂其瀉火乎？或曰：茲味每以治風證，亦治陽之淫氣所化者也，獨不可謂之瀉火乎？曰：中風證，羌活愈風湯中，茲味同枸杞、甘菊輩以益腎肝之虛，雖屬治風之淫者，更有主劑，然不可謂用此味爲瀉火也。卽如脾臟中風有七聖散，而用以爲佐，亦以脾陰本於腎陰，以爲化原故耳。卽愈風湯中之用，固彷彿斯義也。又如蔓荆子散，固治風淫之頭旋暈仆，然有麥冬、石膏爲君，以瀉火而平風，其用此味同甘菊輩，俾令陰氣得爲陽守，不以瀉火責之也。更於腰痛之牛膝酒，行痹之透骨丹，脚氣之導氣除濕湯，於諸味中之用，似皆不止治風，而並除濕。若然，則本於陰氣以爲風濕地者，妙有微義，又豈可以瀉火盡之？至於五皮散，治風濕客於脾經，氣血凝滯，以致面目四肢浮腫多證，試思何以用此味也，則其義益明矣。蓋茲味能益陰氣，以退三焦之虛陽，如骨蒸之治是也，總完一個陰氣耳。其有不病骨蒸，並無陰弱陽盛之爲患，止有陰氣不足，亦用此以爲滋益之元，並爲三焦元陽之始，故於各證之主治，須當識此義，庶幾投劑者，得中病的而用之得當也乎。第出西土產者，其功用乃如是，在他地所產，則瀉熱較甚矣，未可一例言也。

[附方]

小便出血，鮮地骨皮洗，搗自然汁，無汁則以水煎汁，每服一盞，入酒少許，食前温服。

帶下脈數，枸杞根一斤，生地黃五斤，酒一斗煮五升，日日服之。

口舌糜爛，地骨皮湯，治膀胱移熱於小腸，上爲口糜，生瘡潰爛，心胃壅熱，水穀不下。用柴胡、地骨皮各三錢，水煎服之。

其虛勞蒸熱，療風消渴等證，備見方書。

實

七月作花紫色，隨結紅實，形長如棗核，凌冬不凋，二月葉發，五月再發，其實乃謝，七月葉又發，花卽隨之。

[氣味] 權曰：甘，平。珍曰：甘，平。枸杞子，從燕都所市者，味先

甜，甜多，後帶微苦，大概屬西土所產，非甘州也。

[諸本草主治] 去虛勞，補精氣，主心病嗌乾心痛，渴而引飲，腎臟消渴，滋腎潤肺，療肝風血虛，眼赤痛癢昏翳。

[方書主治] 中風眩暈，虛勞，諸見血證，咳嗽血痿，痿厥，攣，消癉傷燥，遺精，赤白濁，脚氣，鶴膝風，至療目疾，較諸證方最多。

時珍曰：枸杞之根、苗、子，其氣味稍殊而主治不能不分。蓋其苗乃天精，苦甘而凉，上焦心肺客熱者宜之；根乃地骨，甘淡而寒，下焦肝腎虛熱者宜之。此皆三焦氣分之藥，所謂熱淫於內，瀉以甘寒也。至於子，則甘平而潤，性滋而補，不能退熱，止能補腎潤肺，生精益氣，此乃平補之藥，所謂精不足者，補之以味也。分而用之，則各有所主，兼而用之，則一舉兩得。世人但知用黃芩、黃連苦寒以治上焦之火，黃檗、知母苦寒以治下焦陰火，謂之補陰降火，久服致傷元氣，而不知枸杞、地骨甘寒平補，使精氣充而邪火自退之妙，惜哉。予嘗以青蒿佐地骨退熱，屢有殊功，人所未喻者。

[附方]

枸杞煎：治虛勞，退虛熱，輕身益氣，令一切癰疽永不發。用枸杞三十斤，春夏用莖葉，秋冬用根實，以水一石煮取五斗，以滓再煮，取五斗，澄清去滓，再煎取二斗，入鍋煎如錫收之，每早酒服一合。此藥采無刺味甜者，其有刺者服之無益。

希雍曰：枸杞子為肝腎真陰不足、勞乏內熱補益之要藥，老人陰虛者十常八九，故服食家為益精明目之上品。甘枸杞子得地黃、五味子、麥門冬、地骨皮、青蒿、鱉甲、牛膝，為除虛勞內熱或發寒熱之要藥，加天門冬、百部、枇杷葉，兼可治肺熱咳嗽之因陰虛者。

愚按：瀕湖於枸杞，謂苗性升而凉，能清上焦客熱，根性沉而寒，能主下焦虛熱是矣。第其子何以甘平而大能補精氣乎？蓋凡味之兼甘者，即非陰陽偏至之氣，乃此品苗、根及實俱有甘，合於金氣涵水，即得水土合德以立地矣。但親乎地則氣寒，親乎天則氣凉，至於子，是本水土合德之精，而結為孕育不息之生意者也，所以陰中含陽而為氣之平，蓋陽爲生育之元，故能去虛勞、補精氣也。有一紳從甘肅來，語余云：彼中枸杞子出極邊得來者更佳，多煎膏以饋人，食多則衂血。若然，是則雖非極西所產，而其實陰含有陽，苗根不與之等，瀕湖所謂能滋補而不能退熱者是也。請悉言之，蓋其實結於秋，謂之得金氣也，卻色紅而潤，是金中有火，金火合而血化，故紅而潤，此所謂陰中含陽，得金氣之專，不等於苗根者此耳，蓋金以火爲主，火以金爲用也。第用者類知其由腎潤肺，而不知其味之甘潤以益腎，由於水臟得金氣之專也，卽王海藏先主病嗌乾心痛，乃次及於渴而引飲，腎臟消渴，則知金氣之專能潤心燥而後至腎，則所以益腎陰者豈同泛泛，真有母氣精專而後味甘美，質紅潤，以爲精氣化生之地，能潤心燥，是離中有坎而血生，故下歸於腎，乃得坎中有離而氣化，因火得金爲用，故潤心燥而血生，金得火爲主，故歸腎宅而氣化。此所謂精不足者補之以味，而此味能補虛勞也。抑得金氣之專者，陰必合於陽，乃得元氣之全，蓋金中有火，便得坎中有離而元氣以生，且味甘而歸於中土，與氣交之化氣，固自心肺歸腎肝，以益陰而還其元，卽並益陰中之陽矣。蓋氣不化則精亦不足，此紅潤而甘者，固爲味之厚，亦爲氣之全，味厚而益陰者有其資生，氣全而化精者有其資始。瀕湖所謂生精益氣者，豈臆說哉？歷觀方書所主治諸證，本益陰而又能化陽，雖化陽而還歸益陰，未有如茲味者也。第於明目而用之爲最多者，其義何居？曰：是從天氣由陽以歸於下之陰，卽得從地氣以達乎上之陽，而從陰中達陽者惟肝膽爲先，此先聖所謂肝開竅於目與所云命門者目也之義合矣。第不如此味得金氣之專以歸於下之陰，又何能得木氣之專以達於上之陽乎？是經所謂金木者生成之終始也。觀其入肝療風，則可以思其由陰達陽而適合於肝。更味經曰天道常以日光明，[29]夫人之兩目猶天之有日也，是又可以思其由陰達陽而尤能明目之義矣。雖然，總是此味本於水土合德，其有甘者爲兼四氣，故在下則行其寒化，在上則行其清化，在實則水土合德之中而更有金水相涵之義，具足裕陰育陽之化，然非河西所產者亦不克臻此功也。故中梓曰：子唯甘州者良。至於土產者味苦，但能利大小腸，清心除熱而已。此言於時珍之說有合，不然，根、苗、子用之各有所宜，何以得其咸宜也哉？

[附方]

與甘菊花相對蜜丸，久服則終身無目疾，兼不中風及生疔疽。

補虛長肉，甘州枸杞子五升，無灰酒二斗，入磁瓮内拌搦勿碎，浸七日，漉去子，溫飲之，先以三合為始，後任性長飲，以多取效。

注夏虛病，枸杞子、五味子，研細，滾水泡封三日，代茶飲，效。

治目方，詳目例。

中梓曰：腸滑者禁枸杞子，中寒者禁地骨皮。

[修治]　根，凡使根掘得，以東流水浸刷去土，捶去心，以熟甘草湯浸一宿，焙乾。恐其大寒，以酒蒸用。根多不能得西河者，必以醇酒浸，近火處頓乾，不可令熟，如此三次，老人方可服。子，去蔕及枯者，酒浸一夜，搗爛入藥。

枸杞蟲

食葉，狀如蠶，作茧為蛹時取，曬乾收。

味鹹，溫，無毒。

和地黃為丸服之，大起陽益精。茧，音蟲，草名。《玉篇》：草，衰也。

牡　荊

即俗所謂黃荊條，非蔓荊，而相承以為蔓荊者誤。時珍曰：牡荊，處處山野多有。樵采為薪，年久不樵者，其樹大如盌也。其木心方，其枝對生，一枝五葉或七葉，葉如榆葉，長而尖，有鋸齒，五月杪間開花成穗，紅紫色，其子大如胡荽子而有白膜皮裹之。

荊葉

[氣味]　苦，寒，無毒。

[附方]

九竅出血，荊葉搗汁，酒和服二合。

治腰脚風濕痛不止，用荊莖於墰中燒烟，熏涌泉穴及痛處，使汗出則愈。

荊瀝

[氣味]　甘，平，無毒。

[主治]　飲之，去心悶煩熱，頭風旋暈，目眩，心頭澹澹欲吐，卒失音，小兒心熱驚癇，止消渴，除痰唾，令人不睡藏器。

時珍曰：荊瀝氣平味甘，化痰去風爲妙藥。故孫思邈《千金翼》云：凡患風人多熱，常宜以竹瀝、荊瀝、薑汁合五合，和勻，熱服，以瘥爲度。陶弘景亦云：牡荊汁治心風爲第一。

丹溪曰：二汁同功，並以薑汁助送則不凝滯。但氣虛不能食者用竹瀝，氣實能食者用荊瀝。

愚按：《延年秘錄》云：熱多用竹瀝，寒多用荊瀝。似以荊瀝爲溫也。夫荊葉方謂其苦寒，而瀝乃莖葉之所出，謂其爲溫可乎？如牡荊汁冷而甜，在陶隱居言之，而丹溪又云氣虛不能食者用竹瀝，氣實能食者用荊瀝，則茲味之氣，非溫而涼明矣。且參之荊葉治九竅出血者，似能於陽中守陰，如血固心所主，此隱居所以謂之治心風也。更參之心虛驚悸一方，是又非泛然以寒勝熱也。即方書治肝中風，心神煩熱，言語謇澀，不得眠臥者，似有以合於離中之坎而守其清明之神者也。然則先哲謂爲治心風第一者，豈無所見哉？然與竹瀝各有攸宜之用，不可不察，非徒以氣實、氣虛分也。

[附方]

心虛驚悸，羸瘦者，荊瀝二升，火煎至一升六合，分作四服，日三夜一。

[修治]　時珍曰：取法用新采荊莖截五尺長，加於兩磚上，中間燒火炙之，兩頭以器承取，熱服或入藥中。又法：截三四寸長，束入瓶中，仍以一瓶合住固外，以糠火煨燒，其汁瀝入下瓶中，亦妙。

木芙蓉　一名拒霜。時珍曰：木芙蓉處處有之，插條即生小木也。

葉并花

[氣味]　微辛，平，無毒。

[主治] 清肺凉血，散熱解毒，治一切大小癰疽，腫毒惡瘡，消腫排膿止痛時珍。

時珍曰：芙蓉花并葉，氣平而不寒不熱，味微辛而性滑涎粘，其治一切癰疽發背，乳癰惡瘡，不拘已成未成，已穿未穿，並用芙蓉葉，或根皮，或花，或生研，或乾研末，以蜜調，塗於腫處四圍，中間留頭，乾則頻換，初起者即覺清凉痛止腫消，已成者即膿聚毒出，已穿者即膿出易斂，效不可言。或加生赤小豆末，尤妙。近時瘍醫秘其名爲清凉膏、清露散、鐵箍散，皆是物也。

蔓　　荊

時珍曰：其枝小弱如蔓，故名蔓生。

實

[氣味]　苦，微寒，無毒。《別錄》曰：辛，平，溫。潔古曰：味辛溫氣清，陽中之陰，入太陽經。

[主治]　凉諸經血潔古，益氣《別錄》，利關節《日華子》，利九竅，治筋骨間寒熱濕痹，拘攣《本經》，搜肝風好古，散風邪，治太陽風頭痛，頭沉昏悶，除昏暗潔古，明目《本經》，止目睛内痛潔古，及目淚出《別錄》。

[方書主治]　中風頭痛，眩暈癮瘀，頸項强痛，腰痛痞痹，行痹着痹攣。其治目病甚多，耳鼻齒亦用之。

時珍曰：蔓荊氣清味辛，體輕而浮，上行而散，故所主者皆頭面風虛之證。

希雍曰：蔓荊實稟陽氣以生，兼得金化而成，神農味苦微寒無毒，《別錄》加辛平溫，察其功用，應是苦溫辛散之性，而寒則甚少也，氣清味薄，浮而升，陽也，入足太陽、足厥陰，兼入足陽明經。

愚按：溫凉寒熱爲天之四氣，在本草止言溫熱寒，不言凉，但有言微寒者，先哲已道及之，希雍不察，而妄與《本經》相駁，則大誤矣。

愚按：蔓荊，春因舊枝而生小葉，至夏茂盛，有花作穗，是秉乎春温之氣以生，夏熱之氣以長也，九月結實，是更因乎深秋凉降之氣以成也，故其味始嘗之多苦，後味之有辛，更有微凉，正其氣化之應乃爾，繆氏所謂禀陽氣以生，兼得金化以成者是也。凡物貴其生而必稽其成，是以結爲實者，入土而還生，爲枝爲葉，爲花爲果，皆其仁中之包孕，然則蔓荆子之結於深秋，豈非舉春温夏熱之氣，盡橐籥變化於此時乎？先哲曰：假令自地而升天，非苦無以至地，非温無以至天，故用苦温之劑從地而發至天；假令自天而降地，非辛無以至天，非凉無以至地，故用辛凉之劑從天而引至地。凉，固在天之陰而降地者也，然則蔓荆以九月結實，從苦温而成於辛凉，是以升天始，以降地終者也。夫有温升乃有凉降，然有凉降乃以成其温升，蓋陽不得陰則陽無以化也。東垣曰：諸陽氣皆根於陰血，陰受火邪，則上乘陽分而陽道不行。之數語者，足以明其功用矣。此味成於凉降，故能凉諸經之血，故不使火邪乘於陽分，且陽得陰以化而陽道行矣。第用者類以爲風劑，亦謂其辛温能升散耳，孰知有妙於凉降以成其温升，不使陽之戾氣化爲風耆乎？故凡方書中用療風證，須先識此義也。凉血則陽得陰以爲守，而風木之氣化自平。故此味似專從内風以爲其功，不得概同於諸風劑論也。或曰：《本經》首言其治筋骨間寒熱濕痹拘攣，必其功用關切，然止是凉血之故歟？抑亦不離於温升之陽歟？曰：人身筋骨全藉經脈之貫注，而經脈之所以貫注者，此精專之營氣也，雖水穀之悍氣入衛，不能入於脈，然衛氣充周，和調五臟，灑陳六腑，乃能入於脈，是有充周之氣，乃有精專者以入於營，固無二氣也。後所謂以陰而達陽，即由陽以徹陰，其義悉於此段。然則如上主治，豈能外於温升之氣乎？第温升之氣無凉降，則陽中無陰，與經所謂至陰虚、天氣絕者無二義也。唯此味本温升之氣以歸凉降，有陰降而陽隨之化機，故能使陽入陰中，而營氣得以貫注，能爲筋骨之利如是耳。先哲曰：營之機不動，則衛氣不布。斯語可互爲參也。試卽中風伏虎丹以治癱瘓，拯濟換骨丹以治半身不遂，又痹證，如茯神湯以療心痹，小烏犀湯以治行痹，神效黄耆湯、蔓荆子湯、苦參湯以療着痹，諸方中有一不由於營衛之合以致其用乎？更參苦參湯，乃治營虚胃實而肌肉不仁者，則知兹味之用固以陰而達陽，卽由陽以徹陰也。如潔古謂其凉諸經血，又曰氣清，《別錄》更言其益氣，不謂明悉其功用又在此數言乎哉？抑凉血益氣，妙以清氣爲關捩子。如中風諸劑中，有同他味以祛風除昏悶者，療精神昏澀者；又如頭痛諸劑中，有同他味而藉以治頭旋眼黑者，有於療風熱、清鬱熱中少同他味以清氣者；又如眩暈諸劑中，有同他味治風頭旋，眼目昏痛，甚則起欲倒者，有同他味治風頭旋，更筋脈拘急，肢節煩疼者。蓋其氣清者，陽得陰以化，東垣所謂陽道得行卽此。是氣益矣，故氣虛而頭疼者，氣虛而着痹者，氣虛而胸次痞者，率於補氣中用之，是不可想見其氣清卽氣益之微義歟？然則並能化陽氣之戾者，抑又何歟？曰：氣之虛者欲補，而此能清其氣以達之；氣之戾者欲散，而此能清其氣以化之。總之於氣胥益也。試觀癭瘕一證，如牛黃散治其虛，胃風湯、獨活散治其實，是非明證乎哉？抑何以於頭目爲先也？蓋陽氣先於天表而乃及於經脈，正所謂衛氣充周，而後精專者入於脈也。或曰：此味當先入何經，乃合於凉血，卽奏益氣之功歟？曰：先哲有云：手太陽小腸受邪，蔓荆子除之。細參此經之治，於斯義最爲親切矣。夫心爲火主，氣者火之靈也，而小腸與之合，心不司氣化，而小腸爲心司氣化之權，又心主血，而小腸卽爲血化之府，東垣所謂諸陽氣根於陰血者也。況小腸經脈上會諸陽於督，下會諸陽於任，其上而受諸陽之施化者，實下而根柢於真陰之熏蒸也，是所謂小腸之邪，卽病於氣化不清，除小腸之邪，非卽凉血而令氣清，氣清而令氣益乎哉？然則潔古所云入太陽經者，固包舉手足經而言，止謂入足太陽者誤。至於別入某經某經，乃粗工影響之說，其誤更甚矣。

[修治] 去膜，打碎用。

金櫻子

時珍曰：山林間甚多。花最白膩，其實大如指頭狀，如石榴而長，其核細碎而有白毛，如營實之核而味甚澀。四月開白花，夏秋結實。九十月霜熟時采，不爾反令人利。

子

[氣味] 酸澀，平，無毒。

[主治] 脾泄下痢，止小便利，澀精氣《蜀本草》。[30]

希雍曰：金櫻子，得陽氣而兼木化，故其味酸澀，氣平溫，無毒，氣薄味厚，陰中陽也。

之頤曰：澀可去脫。開腸洞泄，便溺遺失，精氣溢寫以及血液妄行，寢汗不禁，皆脫也。雖然澀可待滑，收可待脫，還須裁其本，度其標，評其後，先定其緩急，不獨可以待諸標本，亦可以順諸流行矣。

愚按：金櫻子之味酸澀，繆氏以爲兼木化，殊不知並同金化也。夫木之味酸，乃陰不能遽致於陽也；金之味澀，乃陽不得即達於陰也。是皆氣化爲之先而不得流暢，故歸之於味耳。然則陰陽之氣俱脫者，此皆可以對待之矣，第應節而投，之頤之言可采也。

希雍曰：泄瀉由於火熱暴注者，不宜用。小便不禁及精氣滑脫，因於陰虛火熾而得者，不宜用。

[修治] 沈存中《筆談》云：金櫻子止遺泄，取其溫且澀也。世人待紅熟時，取汁熬膏，味甘，全斷澀味，都全失本性，大誤也。惟當取半黃者乾搗末用之。

金櫻根

按本草言其氣味與子同，故用之治陽證脫肛，見《準繩》。又《本草綱目》用東行根同糯米水煎，空心服，下寸白蟲，言其神效。又言煎醋服化骨哽。[31]

木　綿

時珍曰：木綿有草、木二種。交、廣木綿，樹大如抱，其枝似桐，其葉大如胡桃葉，結實大如拳，此似木之木綿也；江南、淮北所種木綿，四月下種，莖弱如蔓，高者四五尺，葉有三尖如楓葉，結實大如桃，此似草之木綿也。此種出南番，宋末始入江南，今則徧及江北與中州矣。不蠶而綿，不麻而布，利被天下，其益大哉。

子

[氣味]　辛，熱，微毒。

希雍曰：得地中之陽氣，復感秋金之氣以成，其味辛，其氣熱，其性有毒，入肝入腎，祛風濕、寒濕之藥也。惟其辛，故能散風邪；惟其熱，故能除寒濕。凡下部有風寒濕邪者宜之。然而性熱有毒，肝腎虛者不宜用。一切陰虛火熾，痿弱，下體無力者，咸忌之。

石南　時珍曰：生於石間向陽之處，故名石南。之才曰：五加皮爲之使，惡小薊。

宗奭曰：石南葉似枇杷葉之小者，而背無毛，光而不皺，凌冬不凋，正二月間開花，冬有二葉爲花苞，苞既開，中有十五餘花，大小如椿花，甚細碎，每一苞約彈許大，成一毬，花既開，蕊滿花，但見蕊不見花，花纔罷，去年綠葉盡脫落，漸生新葉。京、洛、河北、河東、山東頗少，人故少用，湖南北、江西、二浙甚多，故人多用。魏王《花木志》云：南方石南樹野生，二月開花，連着實，實如燕覆子，八月熟。民采取核，和魚羹尤美，今無用者。

葉

[氣味]　辛苦，平，有毒。

[主治]　益腎氣，内傷陰衰《本經》，療脚弱，五臟邪氣，除熱《別錄》，利筋骨皮毛《本經》，殺蟲，逐諸風甄權，浸酒飲，治頭風時珍。女子不可久服，令思男《別錄》。

恭曰：石南葉爲療風邪丸散之藥。

時珍曰：古方爲治風痹腎弱要藥，今人絕不知用，識者亦少，蓋由甄氏《藥性論》有令陰痿之說也。殊不知服此藥者能令腎強，嗜欲之人藉此放恣，以致痿弱，歸咎於藥，良可慨也。

希雍曰：石南得火金之氣，故其味辛苦，氣平有毒，然觀其用，當是金勝火微，其性應云有小毒，可升可降，陰中陽也，入足厥陰、足少陰經。少陰屬水，得金氣之厚者能生水，故主養腎氣。又腎爲陰中之陰，肝爲陰中之陽，二經俱在下而主筋骨，二經得所養則內傷陰衰自起，筋骨皮毛自利而腳弱自健也。濕熱之邪留滯五臟，則筋骨皮毛氣血皆爲之病，邪熱散，則諸病自瘳矣。同巴戟天、肉蓯蓉、瑣陽、鹿茸、枸杞子、山茱萸，治腎經虛寒，精滑精冷；同白蒺藜、桑葉、何首烏、淫羊藿、巴戟天、五加皮、兔絲子、威靈仙、虎骨，治肝腎爲風寒濕所乘，以致痹弱不能行動。

愚按：石南在《本經》所云益腎氣者，是益腎中之陰氣，故下即以內傷陰衰應之。《別錄》言女子不宜久服，令思男，正所謂陰氣盛則趨得陽以化也。唯益陰氣，故謂其能療五臟邪氣，除熱。又謂逐諸風，蓋陰氣盛而趨陽以化，則出地之風化得其正而風胥平，是則療五臟邪氣而熱除者也。陰氣不足，則陽無以化而爲風；陽氣不足，則陰無以化而爲濕。然濕又能化風，即陽之化風者亦能化濕也，不可不知。觀其葉即冬不凋，已具足水中之陽，故花即開於春初，而葉之推陳易新者，又即在此時，是則本水中之元氣以暢木生化之用也。但肝又爲生化之元，其用畢達則腎之陰氣益暢，何風之不靜而何熱之不除乎？故是物功用之微，先於治風，在中風證多用之，亦以療熱痹。但不知本於腎氣具足而趨所生，祇等於辛散之風劑，則失之遠矣。然本草首言其辛，是木媾於金而元氣得上達者也，時珍破陰痿之說是矣。即希雍謂得金氣厚者，亦有微中，其實熟於八月是一證也。

[附方]

小兒通睛，小兒誤跌，或打着頭腦受驚，肝系受風，致瞳人不正，觀東則見西，觀西則見東，宜**石南散**吹鼻通頂，石南一兩，藜蘆三分，瓜丁五七個，爲末，每吹少許入鼻，一日三度。內服牛黃平肝藥。

[修治] 三月、四月采葉，陰乾用。

南 燭

南燭，《圖經》名南天燭，其種似木而類草，故又名南燭草木。江左州郡多有之。株高三五尺，葉類苦楝而小，淩冬不凋，臨水生者尤茂，七月開小白花，結實成簇，生青，九月熟則紫，謂秋則絳赤如丹是也。寒食采其葉，漬水染飯，色青而光，能資陽氣。

枝葉

[氣味] 苦，平，無毒。時珍曰：澀，微酸。

[主治] 止瀉，除睡，強筋，益氣力，久服輕身長年，令人不饑，變白卻老_{藏器}。

希雍曰：南燭稟春升之氣以生，《本經》言其味苦氣平，性無毒，然嘗其味亦多帶微澀，其氣平者，平即涼也，入心脾腎三經之藥。十劑云：澀可去脫。非其味帶澀則不能止泄，非其氣本涼則不能變白。髮者血之餘也，顏色者血之華也，血熱則鬚髮早白而顏枯稿，[32]脾弱則困倦嗜臥而氣力不長，腎虛則筋骨軟弱而行步不前。入心涼血，入脾益氣，入腎添精，其云輕身長年，令人不饑者，非虛語矣。凡變白之藥，多是氣味苦寒，有妨脾胃，惟南燭氣味和平，兼能益脾，爲修真家所須。

藏器曰：烏飯法：取莖葉搗碎，漬汁浸粳米，九浸九蒸九曝，米粒緊小正黑如瑿珠，袋盛之，可適遠方，日進一合，不饑，益顏色，堅筋骨，能行。

[附方]

一切風疾，久服輕身明目，黑髮駐顏，用南燭樹，春夏取枝葉，秋冬取根皮，細剉五斤，水五斗慢火煎取二斗，去滓，淨鍋慢火煎如稀飴，瓷瓶盛之，每溫酒服一匙，三日服。一方入童子小便同煎。

子

[氣味] 酸甘，平，無毒。

希雍曰：其功效尤勝枝葉，真變白駐顏、輕身卻老之良藥也。牧童食之，輒止饑渴，亦一驗矣。

愚按：南天燭臨水尤茂，葉枝凌冬不凋，是具足真陰之氣者。又寒食采其葉，漬水染飯，色青而光，能資陽氣。在陶隱居載太極真人青精乾石䭀飯，䭀，音信，謂以酒、蜜、藥、草葦溲而曝之，以爲飧也。此字唯於此處見之。用此汁漬之，并灑漫之，蒸粳米爲飯，取正青色而止，是水達於木矣。又七月結子，生青，九月熟則紫，所謂秋則實赤如丹也，是陰中本具足真陽之氣，更由金以裕其用而火又達於金矣。水達於木，是陰乘陽以升也；火達於金，是陽御陰以降也。結實至秋冬之交，青變赤者，不止此種，但其葉染飯色青，合於實之秋赤，乃爲陰升陽降，修真家服食之所須也。更觀本草主治，又似不離中土之氣交，以爲升降之元，故真人用以造飯，此《上元寶經》所謂服草木之王，亦是南燭別名。氣與神通，食青燭之精，命不復殞者也。雖未必盡然，卽如繆希雍所云氣味和平，兼能益脾，爲修真家所須者，豈其妄哉？

紫　　荊

高樹柔條，春開紫花，甚細碎，花罷葉出，至秋子熟，正紫，圓如小珠，名紫珠。

木并皮

[氣味]　苦，平，無毒。藏器曰：苦，寒。《日華子》曰：皮梗及花，氣味功用並同。

[主治]　破宿血，下五淋，濃煮汁服《開寶》，通小腸《日華子》，活血行氣，解毒消腫時珍，散癰疽喉痹藏器，治婦人血氣疼痛，經水凝澀時珍，解諸毒物，下蛇虺蟲蠱狂犬毒，並煮汁服藏器。

時珍曰：紫荊氣寒味苦，色紫性降，入手足厥陰血分。寒勝熱，苦走骨，紫入營，故能活血消腫，利小便而解毒。楊清叟《仙傳方》有沖和膏，以紫荊爲君，蓋得此意也。其方治一切癰疽發背流注，諸腫毒冷熱不明者，紫荆皮炒五兩，獨活去節炒三兩，赤芍藥炒二兩，生白芷一兩，木蠟炒一兩，爲末，用葱湯調，熱敷。血得熱則行，葱能散氣。瘡不甚熱者，酒調之；痛甚者，筋不伸者，加乳香。大抵癰疽流注，皆氣血凝滯所成，遇溫則散，遇涼則凝。此方溫平。紫荆皮乃木之精，破血消腫；獨活乃土之精，止風動血，引拔骨中毒，去痹濕氣；赤芍乃火之精，生血止痛；木蠟乃水之精，消腫散血，同獨活能破石腫堅硬；白芷乃金之精，去風生肌止痛。蓋血生則不死，血動則流通，肌生則不爛，痛止則不燉，風去則血自散，氣破則硬可消，毒自除。五者交治病，安有不愈者乎？此方方書治偏正頭風腫痛，并眼痛者。其敷治亦同，但菖蒲換木蠟耳。

愚按：紫荆木、皮、花、實皆紫，則其入營而效用也可知。第諸味之活血者多屬辛溫，以血得溫則行也，其解毒者多屬苦寒，以毒爲辛熱之所結也。玆味能活血而解毒，則必非苦寒，亦非苦溫，本草所謂氣平者是也。但先哲謂平即涼，或者於解毒之用切乎。瀕湖氏謂取蜀產，其苦味如膽者，蓋察其性非辛溫，故以極苦者爲功，苦主涌泄故也。此味活血解毒，功能並奏，則血瘀而有熱者，豈非適宜之善物乎？

［附方］

婦人血氣，紫荆皮爲末，醋糊丸櫻桃大，每酒化服一丸。

鶴膝風攣，紫荆皮三錢，老酒煎服，日二次。

發背初生，一切癰疽皆治，單用紫荆皮爲末，酒調箍住，自然撮小不開，內服柞木飲子，乃救貧良劑也。

［修治］　入藥以川中厚而紫色、味苦如膽者爲勝。

柞木

柞，音昨。卽鑿子木，可爲鑿柄，故名。

時珍曰：此木山中處處有之。高者丈餘，葉小而有細齒，光滑而韌，其木及葉丫皆有針刺，經冬不凋，五月開細白花，不結子，其木心理皆白色。

木皮

［氣味］　苦，平，無毒。時珍曰：酸澀。

[主治]　黃疸病，燒末，水服方寸匕，日三藏器。治鼠瘻難產，催生利竅時珍。

希雍曰：《本經》言其氣平味苦無毒，然其性又善下達，主黃疸病者，蓋黃疸因濕熱鬱於腸胃而發，此藥苦能燥濕，微寒能除熱，兼得下走利竅之性，則濕熱皆從小便出而黃自退矣。今世又以爲治難產催生之要藥，亦取其下達利竅之性耳。同魚鰾、人參、千里馬、百草霜、牛膝、白芷、當歸、益母草，爲催生聖藥。

[附方]
鼠瘻，柞木皮五升，水一斗煮汁二升服，當有宿肉出而愈。乃張子仁《外台秘要》方也。

婦人難產催生，柞木飲，不拘橫生倒產，胎死腹中，用此屢效，乃上蔡張不愚方也。用大柞木枝一尺洗净，大目草五寸，並寸折，以新汲水三升半同入新砂瓶內，以紙三重緊封，文武火煎至一升半，待腰腹重痛欲坐草時，温飲一小盞，便覺下開豁如。渴，又飲一盞至三四盞，下重便生，更無諸苦。切不可坐草太早及坐婆亂爲也。〔33〕

葉
[主治]　腫毒癰疽時珍。

柞木飲：治諸般癰腫發背，〔34〕用乾柞木葉、乾荷葉中心、乾萱草根、甘草節、地榆各四兩，細剉，每用半兩，水二盞煎一盞，早晚各一服。已成者其膿血自漸乾涸，未成者其毒自消散也。忌一切飲食毒物。

鬼箭羽又曰衛矛。

劉熙《釋名》言：齊人謂箭羽爲衛，是物幹有直羽，如箭羽矛刃自衛之狀，故名。人家多燔之遣祟，故又冠以鬼字。時珍曰：鬼箭生山石間，平陸無有也。小株成叢，春生嫩條，條上四面有羽如箭羽，視之若三羽爾，青葉狀似野茶，對生，味酸澀，三四月開碎花，黃綠色，結實大如冬青子，山人不識，惟樵采之。

[氣味] 寒，苦，無毒。普曰：神農、黃帝，苦，無毒。《日華子》曰：甘澀。權曰：有小毒。

[主治] 女子崩中下血，腹滿汗出，除邪，殺鬼毒蠱疰《本經》，治中惡腹痛《別錄》，療婦人血氣大效蘇恭，通月經，破癥結，止血崩帶下，殺腹臟蟲及產後血絞腹痛《日華子》。

頌曰：古方崔氏療惡疰在心，痛不可忍，有鬼箭羽湯。姚僧坦《集驗方》療卒暴心痛，忽中惡氣毒痛，大黃湯亦用之，並大方也。見《外臺秘要》《千金》諸書中。

時珍曰：凡婦人產後血暈血結，聚於胸中，或偏於少腹，或連於脇肋者，四物湯四兩，倍當歸，加鬼箭、紅花、玄胡索各一兩，爲末，煎服。

愚按：鬼箭羽如《本經》所治，似專功於女子之血分矣，又如蘇頌所述古方，更似專功於惡疰及中惡氣之毒，以病於血者也。第方書治女子經閉有牡丹散中入此味，而治男子脹滿有見晛丸亦用此味，卽蘇頌所述古方之治，猶未言專治女子也。大抵其功精專於血分，如女子固以血爲主，較取效於男子者更爲切中耳。蘇頌謂療婦人血氣大效，非無據也。

【校記】

〔1〕病，原脫，今據《本草述鈎元》卷二十四補。

〔2〕止汗，《證類本草》卷十三、《本草綱目》卷三十六並作"出汗"。

〔3〕媾，原誤作"搆"，今據《本草述鈎元》卷二十四改。

〔4〕哽，原誤作"硬"，今據文義改。

〔5〕哽，原誤作"硬"，今據文義改。

〔6〕木，原誤作"水"，今據萬有書局本、《本草綱目》卷三十六改。

〔7〕"陳"下，原衍"皮"字，今據《聖濟總錄》卷七十九刪。

〔8〕同，原誤作"用"，今據文義改。

〔9〕列，萬有書局本作"例"。

〔10〕腎，《本草綱目》卷三十六作"骨"。

〔11〕用，原誤作"朋"，今據萬有書局本改。

〔12〕桔，原誤作"結"，今據萬有書局本改。

〔13〕躁，原誤作"燥"，今據文義改。

〔14〕治，原脫，今據《本草述鈎元》卷二十四補。

〔15〕氣，原脫，今據《本草述鈎元》卷二十四、《本草綱目》卷三十六補。

〔16〕金，原誤作"全"，今據《證類本草》卷十二改。

〔17〕"粒"上，原衍"粒"字，今據《本草述鈎元》卷二十四刪。

〔18〕膿，原誤作"濃"，今據萬有書局本、《本草述鈎元》卷二十四、《本草綱目》卷三十六改。

〔19〕膿，原誤作"濃"，今據萬有書局本改。

〔20〕遍，原誤作"偏"，今據文義改。

〔21〕酒，萬有書局本作"湯"。

〔22〕酸之，萬有書局本作"之酸"。

〔23〕楊，原誤作"陽"，今據萬有書局本、《本草綱目》卷三十六改。

〔24〕楊，原誤作"陽"，今據《本草綱目》卷三十六改。

〔25〕本，《本草綱目》卷三十六作"木"。

〔26〕脈，萬有書局本作"任"。

〔27〕令，原誤作"冷"，今據《本草綱目》卷三十六改。

〔28〕蒸熱，萬有書局本作"骨蒸"。

〔29〕天道，《素問·生氣通天論》作"天運"。

〔30〕本，原誤作"木"，今據萬有書局本改。

〔31〕哽，原誤作"硬"，今據文義改。

〔32〕稿，萬有書局本作"槁"。

〔33〕大，萬有書局本作"太"。

〔34〕腫，萬有書局本作"毒"。

《本草述》卷之二十五

寓木部

茯苓

[氣味] 甘，平，無毒。潔古曰：性溫，味甘而淡，氣味俱薄，浮而升，陽也。東垣曰：味甘而淡，降也，陽中陰也。海藏曰：白者入手太陰、足太陽氣分，赤者入足太陰、手少陰、太陽氣分。潔古曰：淡爲天之陽，陽當上行，何以利水而瀉下？蓋氣薄者陽中之陰，所以茯苓利水瀉下，不離陽之體，故入手太陽。

[諸本草主治] 和中益氣，除濕理脾，調臟氣，開腠理，逐水平火，生津導氣，開胸腑，治胸脇逆氣，心下結痛，安心神，止憂恚驚悸，消痰潤肺，止咳逆，利胸中痰水，愈消渴及嘔吐，並大腸淋瀝，水腫淋結，伐腎邪，長陰，治腎積奔豚，利腰膝間血，療遺精白濁。諸本草主治多證，不能備錄。

東垣曰：茯苓利竅而除濕，益氣而和中，治驚悸，生津液，小便多者能止，小便結者能通。

又曰：茯苓補虛勞，多在心脾之有準。

海藏曰：伐腎邪者，小便數能止之，小便澀能利之，與車前子相似。雖利小便而不走氣，酒浸，與光明朱砂同用，能秘童元。

時珍曰：茯苓之性，潔古言其爲陽，浮而升。東垣謂爲陽中之陰，降而下，其義不相背也。蓋茯苓味甘而淡，甘和而淡滲，其性上行，生津液，開腠理，滋水之源而下降通水道，潔古、東垣所云固相合也。《素問》云：飲食入胃，遊溢精氣，上輸於肺，通調水道，下輸膀胱。觀此則知淡滲之藥俱皆上行而後下降，非直下行也。

《類明》曰：成無己謂茯苓伐腎邪，蓋爲傷寒後臍下悸者，欲作奔豚，奔豚者腎之積，蓋緣發汗後心氣虛而腎氣逆上凌心。仲景以茯苓伐腎邪，取其淡而利竅，以平其氣也。

又曰：東垣言茯苓分陰陽而導濕，病於濕則陰陽混淆，升降之職不行焉。茯苓氣之薄，爲陽中之陰，所以能上行以導氣，下行以利水，故陰陽分判而濕淫平也。按嘉謨謂利水又生津者，以除濕則氣得施化而津生也，詎知由於清陽上布，故濁陰下行而氣乃化，津乃生也。經曰脾主爲胃行其津液，是豈脾無眞陽之運化而能生胃中之津液哉？即此可悟茯苓除濕之義。

文清曰：凡藥，氣重者主氣，味重者主血。茯苓雖曰淡滲，而味甘且重，不走眞氣，佐以人參等補劑，下行亦能補虛固腎。養生家每取白者蒸曝三次，爲末，以牛乳汁和膏服之，或蜜浸，或酒浸，封固百日後常服，不饑延年，腸化爲筋，通神致靈。要知虛而上有痰火，下有濕熱者最宜，若勞役陽虛，小便多，汗多者，禁用。

嵩曰：《衍義補遺》以爲陰虛者未宜。又云：小便素利者，過服助燥損明。若兼補陰之劑，所謂小便多而能止也，但不宜入燥劑中用耳。非比豬苓一味誠爲淡滲，陰虛者當忌之。

希雍曰：茯苓生於古松之下，感土水之氣而成質，故其味甘平，其性無毒，入手足少陰、手太陽、足太陰、陽明經，陽中之陰也。甘能補中，淡而利竅，補中則心脾實，利竅則邪熱解，有補有泄，故能主治諸證也。然補心益脾，白優於赤；通利小腸，專除濕熱，赤亦勝白。茯苓入五苓散，利水除濕，暑氣勝則去桂；得人參、白术、橘皮、山藥、扁豆、芍藥、甘草，爲補脾胃之上藥；得二术、澤瀉、車前、白芍藥、橘皮、木瓜、豬苓，爲消水腫之要劑；入六味地黃丸，能伐腎邪；入補心丹，則補心安魂養神。

愚按：茯苓，本古松靈氣淪結成形。之頤有云：其精英不發於枝葉，而返旋生氣吸伏於踵，所謂真人之息也。此語亦可思。陶隱居言仙方服食，俱爲要藥，其說不爲無據矣。若是，則所謂益中利濕爲此味上功者，殆未然歟？曰：茯苓之甘也淡也，其用誠如昔哲所云。第其成於陰而生於陽，爲得老松之氣厚也，是其質陰也，其氣陽也。夫松之凌冬不凋者，爲其秉真陽之性也，乃其入土久而結茯苓，是豈惟至陰之時不能移其性，卽根極至陰之下，而真陽之精氣更有凝結如斯者。隱居曰：性無朽蛀，埋地中三十年，猶色理無異。不可想見真陽堅貞之用哉？第其味淡，潔古所謂淡爲天之陽，陽當上行，又謂氣之薄者爲陽中之陰，又宜利水而泄下者也。故此說是矣。但茯神氣味亦同，何不以滲下爲功乎？蓋古松稟真陽之氣，久而參天，更入地而吸陰以結此磊落者，非他木所敢望也，是陽之有餘而下趨於陰也。其氣專，似專於清陽以化濁陰，但陽之有餘而下合於陰也。其氣和，實和於至陰以歸至陽，故始終唯有一淡。海藏謂茯苓甘平，如何是滲利？茲舉陽吸陰、陰歸陽之義，以實甘平，然後知海藏之說不妄。蓋甘具五味，平具五氣，乃陰陽之合也。然而本於甘，則陰陽相含之真氣，又不可謂其淡者止能生也，則又已入中土而神其清濁之升降矣。摠言升者謂何？曰：時珍云凡淡滲之藥，俱先上行而後下降，非直下行也。試參之四君子湯之用，豈爲下滲地乎？固知時珍之說不妄。而昔哲謂其通行三焦者，亦非無據也。第甘者先入中土，諸本草謂其和中益氣，除濕理脾，逐水平火，調臟氣，開腠理，是在中土而致其清陽之氣於上者此也，卽就其致清陽於上而導濁陰之氣於下者此也。以故在治上焦，或同於益真氣者，以致陽而布其升清之化，或同於祛痰行氣者，卽於升清陽中以達其濁陰之降；在治下焦，或同於分理導水者，以達陰而致其降濁之化，或同於健脾和氣者，卽降濁陰中以還其清陽之升。是且未可徒以下滲概之也。卽方書主治，如眩暈咳嗽，喘逆痰飲，不能食，嘔吐霍亂，脹滿積聚，水腫黃疸，消癉，泄瀉滯下，小便秘，或數或淋，以及心胃脇腰諸痛並脚氣等證，又安得不細參斯義以用茲味乎？更宜精究者，清濁本之陰陽，陰陽兆於水火，水火賦之心腎。如甄權所謂善安心神，與《本經》主治憂恚驚邪恐悸合；好古所謂能秘精，亦與《別錄》長陰、《日華子》煖腰膝之義不遠。如是者果取其淡滲爲功乎？抑亦別有取義也。方書治驚悸健忘諸方，皆以益心氣心血同於各所宜用之味，即有或痰或飲或風，皆治其標者耳。又方書治遺精白濁，皆同於固精之味以守真元，惟濁不屬腎病者，亦用以分清濁耳。如是則不得徒守淡滲之說，而當思其從陽吸陰、吸陰歸陽之玄機矣。或曰：所云養安心神，更能秘精者，請得而悉之。曰：心內陰而外陽，腎內陽而外陰。內者是神是主，外者是氣是用。經曰：陽中之太陽，心也。唯茯苓稟真陽之精氣，卻能吸陽中之陰以歸陽。夫陽中之陰爲血，經曰血者神氣也，是其能益心血矣。如陰得宅於陽中，則神定而氣充，是又謂之益心氣耳。其所謂秘精者，亦即不外此。在上者陰宅於陽中，則火有主而下交於水，即得水中之火自從地氣而蟄藏；在下者陽宅於陰中，則水有主而上交於火，即得火外之水自從天氣而發育。此所謂神足而氣充，氣充而精盈，精盈而氣固者也。惜乎先哲亦微言之，而處方多本此義，何夢夢者徒取一淡滲以爲功乎？蓋其清升而濁降者，特其從陽吸陰、由陰歸陽之餘事，雖屬一物，而具有根陰、根陽之化機，即由清濁不相干者以妙於真陽之中。乃粗工尋末而遺本，奈之何哉？試即茯神乏補益精元之功，乃即無取於升清降濁，不可識茯苓之以淡滲得名者，不爲受其厚誣而莫之察者多乎？海藏曰：茯苓甘平，如何是利小便？只此一語，察功可謂優於諸賢矣。但引其端，未竟其說，愚故爲之發其覆云。按：東垣謂逐水平火，蓋水火即陰陽之氣所化。清陽不升，則鬱而爲火；濁陰不降，則鬱而爲水。茯苓氣陽質陰，合於水火降升，但其味淡，不能專功，以之爲佐使則可。

[附方]

胸脇氣逆脹滿，茯苓一兩，人參半兩，每服三錢，水煎服，日三。

血虛心汗，別處無汗，獨心孔有汗，思慮多則汗亦多，宜養心血，以艾湯調茯苓末，日服一錢。

濁遺帶下，丈夫元陽虛憊，精氣不固，小便下濁，餘瀝常流，夢寐多驚，頻頻遺洩，婦人白淫白帶，並治之，白茯苓去皮，四兩，作匱，以豬苓四錢半入內，煮二十餘沸，取出日乾，擇去豬苓，爲末，化黃蠟搜和，丸彈子大，每嚼一丸，空心津下，以小便清爲度。忌米醋。

小便淋瀝不禁，由心腎俱虛，神志不守，用白茯苓、赤茯苓等分，爲末，以新汲水挼洗去筋，控乾，以酒煮地黃汁搗膏搜和，丸彈子大，每嚼一丸，空心鹽酒下。

消渴，由於上盛下虛，心火炎爍，腎水枯涸，不能交濟而成，白茯苓一斤，黃連一斤，爲末，熬天花粉作糊，丸梧子大，每溫湯下五十丸。

虛弱，陰精不足，白茯苓粉一斤，拌人乳曬至一斤半，另將童便重湯頓溫，取壯盛女子月經布一二個洗，入便內，拌入茯苓粉，曬乾，將茯苓粉再磨，加鹿角膠四兩酒化，同煉蜜丸如梧子大，空心服，白湯吞三錢。服久痰從大便出。

按茯苓之用，亦多言其淡滲耳。然觀前數方，則補益心腎良多，況其用之似多爲補陰，李氏所謂味重主血，義不謬也。然則利下損陰之說確否，即腎氣丸用之，止謂其伐腎邪，可乎？又如小便淋瀝，以白、赤同用，益知白者之不專於滲利矣。

［修治］　堅白者良。去皮，茯苓筋更宜水飛去，若誤服之，令人眼中童子并黑精點小兼盲目，切記。用赤茯苓則不必飛也。製法見茯神後。

赤茯苓

［主治］　破結氣甄權，瀉心、小腸、膀胱濕熱，利竅行水時珍。

茯苓皮

［主治］　水腫膚脹，開水道，開腠理時珍。

赤白茯苓主用之異：愚按李東璧氏曰：陶弘景始言茯苓赤瀉白補，李杲復分赤入丙丁，白入壬癸，此其發前人之秘者。時珍則謂，茯苓、茯神只當云赤入血分，白入氣分，各從其類，如牡丹、芍藥之義，不當以丙丁、壬癸分也。若以丙丁、壬癸分，則白茯神不能治心病，赤茯苓不能入膀胱矣。此晰義更精。按：赤茯苓謂爲血分是矣，第其味尚有微甘，應以入胃而散血分之濕熱，蓋胃固多氣多血之樞，而亦升降之樞也。愚妄揣之，茯苓既爲松氣所化，則其主用者同氣相應，安得有氣血之分如此頓異耶？據陶真白先生所云，合於方書之言，謂虛赤者不堪用，是則白而且堅，誠如上條所列之功能，以其受氣厚也。丹溪謂白茯苓稟松之餘氣而結，屬金，則其氣厚可知。其或虛而赤者，受氣未甚凝厚，止本於淡滲之性而利水逐濕熱耳。蓋味之淡者能滲，滲者就水，水與液同為血分主之，故東壁氏之說更為發前人之秘，但未能大暢其義也。總之白補赤瀉，固不能易陶所云矣。

茯　　神

[氣味]　甘，平，無毒。

[主治]　專理心經，補心氣，療風眩心虛，開心益智，止驚悸，補虛乏，虛人小腸不利者，加而用之。

時珍曰：《神農本草》止言茯苓，《名醫別錄》始添茯神，而主治皆同。後人治心病必用茯神，故潔古張氏云風眩心虛，非茯神不能除，然茯苓亦未嘗不治心病也。

《類明》曰：茯苓是古松流肪入地，久得霜露泉壤之精氣而成。方士言其通神致靈，和魂煉魄，本草亦有此語。茯神是抱根者，與松根連屬，氣不相絕，故尤有補心氣之功，蓋為其得真陽之餘氣，名之以神，職此耳。先哲曰：茯神補心，須佐遠志。此語有精詣。蓋茯神專補心之陽，必是遠志舉陰中之陽以上奉，乃可補心也。生雀丸治心神不定，恍惚，健忘不樂，火不下降，水不上秀，時復振跳，常服消陰養火，全心氣，茯神二兩去皮，沉香半兩，為末，煉蜜丸小豆大，每服三十丸，[1]食後人參湯下。

愚按：《萬松記》云：松具五德，其氣化為茯苓，其脂化為琥珀。又蘇頌曰：茯苓，或云松脂變成，或云假松氣而生。今東人見山中古松，久為人斬伐，其枯折槎音茶邪，研末也。柗音合，伐木而根復生也。枝葉不復上生者，謂之茯苓撥，即於四面丈餘地內，以鐵頭錐刺地，如有茯苓則錐固不可拔，乃掘取之，其撥大者茯苓亦大，皆自作塊，不附着根，其包根而輕虛者爲茯神。[2]則假氣生者，其說勝矣。具而論之，是前條流肪入地之說誤也。但其入地深者，謂得泉壤至精之氣，庶乎近之。若然，則附根而結者，猶未得泉壤之精氣，何以僅取其與根連屬，謂尤有補心氣之功耶？抑或其入地未深，得陽之精氣居多，故取以治心，不概如茯苓得陽中之陰氣厚也。雖同爲陽中之陰，止以入地之淺深，分陰陽之厚薄。不然，一物兩用，前哲豈無據乎？後人不察，又有謂附本者得氣之微，不知茯苓、茯神皆取其堅而白，皆用其氣之厚，均皆有不堅者，均爲得氣之微，是當以入地深淺分陰陽厚薄，不得以之較虛實也。按茯苓、茯神俱爲補心，然而亦有異者。蓋茯苓導手太陰之氣，使肺氣降而入心生血，且其從陽吸陰，似於補心血較切，而於安神者爲最，以心主脈，脈舍神也。茯神固亦導氣，第其補心氣似專於苓，以其入地尚淺，而未絪蘊陰氣以歸陽耳，於安神似當遜於茯苓矣。

神木　卽伏神心內木也，又名黃松節。

[主治]　偏風口面喎斜，毒風筋攣不語，心神驚掣，虛而健忘甄權，治脚氣痹痛，諸筋牽縮時珍。

[附方]

茯神木一兩，乳香一錢，於瓦器中炒，研末，木瓜酒下二錢，治風寒濕搏於筋骨，足筋攣痛難行。

[修治]　去皮木，先以茯神去皮，切爲細末，復以細末入羅篩內，於水盆中蕩篩，去筋膜，澄清，取水底細末曬乾，復以人乳拌蒸三四次，或五六次更佳，每茯神一兩蒸作二兩。茯苓用於補者，亦照此製。若用之導邪，止去其筋可也，亦不必取水底細末。

琥　珀

是卽松樹榮盛時流脂入土，千歲後淪結所成也。一種象物珀，內有物形；一種血珀，殷紅如血。一種赤松脂，形如琥珀，濁大而脆，紋理皆橫；一種水珀，淺黃色，多縐紋；一種石珀，深黃色，重如砂石；一種花珀，紋如馬尾松而黃白相間者。次之別有一種蜜蠟珀，臭之作蜜蠟香，色黃白，卽蜂蜜所化；一種楓脂珀，燒之不作松脂臭，卽楓脂所化也。入藥唯松脂血珀最良。

[氣味] 甘，平，無毒。潔古曰：屬陽。東垣曰：琥珀，甘平純陽。丹溪曰：屬陽金。

[主治] 安五臟，定魂魄，化瘀血《別錄》，療心痛顛邪《日華子》，清肺，利小腸潔古，明目磨翳，治產後血枕痛《日華子》，止血生肌，合金瘡藏器。

希雍曰：琥珀，感土木之氣而兼火化，故其味甘平無毒而色赤，陽中微陰，降也，入手少陰、少陽，亦入足厥陰經，專入血分。從辛溫藥則行血破血，從淡滲藥則利竅行水，從金石鎮墜藥則鎮心安神。得乳香、沒藥、延胡索、乾漆、鱉甲爲散，治產後血暈有神；佐以人參、益母草、澤蘭、生地、牛膝、當歸、蘇木作湯，送前藥，則治兒枕痛，惡露不盡，腹痛，少腹痛，寒熱等證，極效；同丹砂、滑石、竹葉、麥冬、木通，治心家有熱，小腸受之，因之小水不利，立效；同人爪、珍珠、瑪瑙、珊瑚，除目翳赤障；得丹砂、犀角、羚羊角、天竺黃、遠志、茯神，鎮驚，主諸癇；小兒轉胞，真琥珀一兩爲末，用水四升、蔥白十莖煮汁三升，入珀末二錢，溫服，沙石諸淋三服效。

愚按：松脂入地千年，化爲琥珀。夫松節、松心，耐久不朽，松脂則又樹之津液精華也，在土不朽，化爲玆物。昔哲曰：楓脂入地千年，變爲琥珀，不獨松脂也。若然，何以獨取松脂之所化者哉？蓋松秉真陽之性，不爲陰寒變易，卽入地至深，而真陽之氣猶能吸陰以成茯苓，入地至久，而真陽之液更能化陰以成琥珀，是陽吸陰以成與陽化陰以成者，殊有不同也。彼楓脂所變，非真陽堅貞之氣化。松脂爲道家服食，而楓脂則否，以諸服食多取煉真陽故爾。卽松脂所化，不至於殷紅血色，幷不大瑩徹者，猶屬陰未盡化，不發真陽之光也。故琥珀類知治營，不知其由陽能化營，化營還以達陽。所以潔古、東垣皆曰陽也。《別錄》所云安五臟，定魂魄者，卽就陽化營、營還陽者以言功也。療心痛癲邪，乃真陽虛而血不化，還結乎氣以爲痛，或血不化而痰聚心竅以爲癲邪，此實對治。利小腸者，心固主血，小腸行君火之氣化，爲血爲水，其原非二。明目磨翳，經曰諸脈者皆屬於目也，此致陽之精以化血，其何不治？其治產後血枕痛，并止血生肌，莫非此義。蓋其所謂化瘀血者，原非以破泄爲功，故能化卽能止也。大抵琥珀所治，治陽虛而血不能化者，爲中的之劑。若陰虛而血不生，以致不化者，則不宜也。丹溪燥脾之說，猶覺未切。丹溪曰：古方利小便以燥脾，降肺而行水。若血少不利者用之，反致燥急之苦。此說誠然。

希雍曰：凡陰虛內熱，火炎水涸，小便因少而不利者勿服，琥珀以強利之，利之則愈損其陰。

[修治]　用細布包，內豆腐鍋中煮之，然後灰火略煨過。入目製用，安心神生用。

豬苓 《莊子》作豨苓。

時珍曰：豬苓爲楓之餘氣所結。頌曰：生土底，不必楓根下始有也。

[氣味]　甘，平，無毒。普曰：神農，甘；雷公，苦，無毒。潔古曰：氣平味甘，氣味俱薄，升而微降。東垣曰：豬苓味甘苦而淡，性平，甘重於苦，陽也。好古曰：入足太陽、少陰經。

[主治]　開腠理時珍，利水道《本經》，治渴除濕潔古，通淋消腫，并腳氣作腫，治白濁帶下，妊娠子淋，胎腫，小便不利時珍，痎瘧，解毒蠱疰《本經》，解傷寒溫疫大熱發汗甄權，除濕，去心中懊憹潔古。

東垣曰：苦以泄滯，甘以助陽，淡以利竅，故能除濕，利小便。

頌曰：利水道，諸湯劑無若此駛音使，馬行疾也。

時珍曰：豬苓淡滲，氣升而又能降，故能開腠理，利小便，與茯苓同功，但入補藥不如茯苓也。

《門》曰：止泄精，脾經濕熱流入腎經，用以滲泄，中病卽止。

希雍曰：豬苓稟戊土之陽氣，得風木之陰氣，《本經》謂其味甘，應兼淡苦，其氣平而無毒，氣味俱薄，降也，陽中陰也，入足太陽、足少陰經。入五苓散，爲除濕之要藥；佐白芍藥、白茯苓、人參、橘皮、朮、澤瀉，治水腫之屬陽分者；佐白芍藥、生地黃、桑寄生、桑根白皮、茯苓、澤瀉、琥珀、石斛、薏苡仁、肉桂，治水腫之屬陰分者，均爲要藥，其功長於利水，故善除濕；小兒大便不通，用一兩，以水少許煮雞矢白一錢調服；通身腫滿，小便不利，豬苓五兩爲末，熟水調方寸匕，日三服；妊娠腫，從脚至腹，小便不利，微渴引飲，方同上法；妊娠子淋，方同上法，日三夜二，以通爲度。

愚按：豬苓之用，方書類以滲利言之，詎知其利水雖同，而猶有不能概同者，如此味是也。夫人身水液爲元氣所化，而人身元氣爲真水所生。如病於氣，即不能化水而滯於水，更有以病氣，是水於氣，一而二，二而一者也。故有補氣以化水者，治其本也；有行水以起氣者，治其標也。要當分緩急以治之，然又有分其陰陽以爲治者，豬苓是矣。蓋氣病於水者，陽畜於陰中也。此味能升陽而出於陰中，使陽不爲陰所圍而陰降於下，此與滲利差異者也。夫陰陽原不得相離，離則病，潔古言唯有濕者可用，察物可謂精矣。此味能隔陰陽，使陽離於陰，此其行濕處即其大燥津液處，故潔古曰無濕證勿服。故《本經》首主治痎瘧，而後學無能明其義者。惟王宇泰先生治瘧用豬苓以分隔陰陽，使陽不下陷於陰，與潔古升而微降之說適相合也。又於《本經》所云解毒蠱疰及甄權之解傷寒溫疫大熱發汗，又潔古之除濕，去心中懊憹者，皆此義耳。然則此味豈可謂其滲利爲功，概同於他味乎哉？故方書有云濕在脾胃者，必用豬苓、澤瀉以分理之也。又如前方通身水腫而小便不利者，獨用之。盧之頤言能轉氣化之機衡，不無溢美，然由水之泛於經絡者使斂歸故道，豈止司滲泄，無有理陰陽而爲水氣之主者歟？況如大便不通之證亦以之治療，則又不獨水氣之主。盧之頤所謂土鬱奪，金鬱泄，不徒水鬱之能折也，非盡無據矣。大抵此味能理陰陽，其司水氣者，水乃氣之液也。氣固由腎而脾而肺，故經曰三焦者水穀之道路，氣之所終始也。然唯細究其用之所及，合於病之所因，乃可投之，不則陰陽之不容分者而強分之，則貽患甚矣，寧獨曰大燥津液之宜慎也？按豬苓從陽暢陰，潔古所謂升而微降者是，陽也；澤瀉從陰達陽，潔古所謂沉而降者是，陰也。二味合，乃爲分理陰陽。

又按：昔哲引仲景療傷寒太陽證消渴脈浮，小便不利，有五苓散，又引治少陰證渴而下利，兼嘔咳不眠，小便不利者，用豬苓湯，遂多指此味止入足太陽、少陰二經者，其義殊未備也。蓋如五苓散有白术、茯苓等味，其治在中下焦，而豬苓湯有滑石、阿膠等味，并上中下而治之，況豬苓湯卽陽明證之脈浮發熱，渴欲飲水，小便不利者，亦用之矣，又安得謂其止入前二經哉？抑小便不利，是水化鬱也，何以致渴？蓋真水化氣，水化不行則氣化鬱矣，津液又爲氣所化，氣不化而津液何自而生？經曰：脾主爲胃行其津液者也。濕勝則脾困，濕熱勝則寒水之化亦困，安得不渴？

宗奭曰：豬苓引水之功多，久服必損腎氣，昏人目。潔古曰：除濕，比諸淡滲藥大燥，亡津液，無濕證勿服。《門》曰：有濕而腎虛者亦忌。

[修治] 內白而實者佳。銅刀刮去粗皮用。時珍曰：豬苓取其行濕，生用良。按：雷公用升麻對蒸一日，甚有理。

桑寄生

[氣味] 苦，平，無毒。《別錄》曰：甘，無毒。

[主治] 腰痛，小兒背强癰腫《本經》，去女子崩中，內傷不足，產後餘疾《別錄》，主妊娠漏血不止，令胎牢固甄權，其功不分男婦大小，益血脈，助筋骨《日華子》，療腰背腿脚偏身骨節疼痛，祛風痹頑麻方書。

《類明》曰：桑寄生所治腰痛，是血脈虛衰，不能通行者也。桑寄生味甘平，能益血脈，古方獨活寄生湯以治虛弱腰痛是也，丹溪亦嘗用之以治風濕脚腿疼痛，故曰桑上寄生，藥之要品也。考之本草，桑葉、桑枝皆能治血，桑寄生是寄生桑上，得其氣也。

[附方]

毒痢膿血，六脈微小，並無寒熱，宜以桑寄生二兩，防風、大芎三錢半，炙甘草三銖，爲末，每服二錢，水一盞煎八分，和滓服。

下血止後，但覺丹田元氣虛乏，腰膝沉重少力，桑寄生爲末，每服一錢，非時白湯點服。

希雍曰：桑寄生感桑之精氣而生，其味苦甘，其氣平和，不寒不熱，固應無毒。詳其主治，本於桑之抽其精英，故功用比桑尤勝。其所治之證，皆由血虛有熱所發，此藥性能益血，故並主之也。兼能祛濕，故亦療痹。同枸杞子、地黃、胡麻、川續斷、何首烏、當歸、牛膝，治血虛手臂骨節疼痛；入獨活寄生湯，療一切風濕痹。《聖惠方》療胎動腹痛，桑寄生一兩五錢，阿膠炒五錢，艾葉五錢，水一盞半煎一盞，去滓溫服。或去艾葉，以其熱也。

愚按：桑之寄生益血脈，助筋骨，類以爲桑精英之氣所成也。第氣味甘寒者屬桑，而所寄生之物，其功用尤勝，抑又何歟？蓋熱能傷血，不曰寒泣血乎，此之轉化爲寄生者，即以轉化爲優，而功懋於血脈，誠如繆氏所云，其味苦甘，其氣平和，不寒不熱，可以療虛，其功勝乎桑者也。故不獨治風，而并療風濕爲腳腿疼痛者，此丹溪所以第爲藥之要品也。繆氏血熱之治殊未然，此說但可以言桑耳。保昇曰：諸樹多有寄生，莖葉並相似，云是鳥鳥食一物子，糞落樹上，感氣而生，但須桑上者佳。然非自采，即難以別，可斷莖視之，色深黃者爲驗。嘉謨曰：桑寄生最難得真者，其他桃、梅、榆、柳、櫸、檞、松、楓等上間有寄生，皆不如寄於桑者，假桑之氣乃佳爾。故凡風濕作痛之證，古方每用獨活寄生湯，蓋以主病者爲君，所用川獨活、桑寄生俱能去風勝濕，以爲主藥，故能中病而奏功。若收采雜木寄生指爲桑寄生，種雖同類，氣味大殊。且川獨活亦未辨認分明，每用土當歸假代，兩俱燥性，耗衛敗營，無益有虧，寧止不得取效而已？近茭山吳氏辨認獨活原本羌活一種，以節密輕虛者爲羌，節疏重實者爲獨。川續斷與桑寄生氣味略異，主治頗同，不得寄生，即加續斷，便立名曰羌活續斷湯，使醫者不泥於專名，病家勿誤於偽藥，其意固甚善哉。

[**修治**]　忌火，忌鐵。

[**附録**]　《準繩》用桑寄生治溲血，治小便頻數，卒然下血不止，並不疼痛。此緣心中積惡，機謀奸險，長懷嫉妬，多積忿氣，傷損肝心正氣，又因色傷，小腸氣虛，血乘虛妄行，故有此疾，宜服此方。桑寄生一兩，熟地黃、茯苓各半兩，人參、川芎、獨活、蒲黃各二錢半，甘松、沉香各八分四釐。上爲細末，每服三錢匕，水一盞煎一二沸，便瀉出去滓，非時喫。服此藥後其血已安，較覺丹田元氣之虛，腰膝沉重，多因少力者，宜用桑寄生爲細末，每服一二錢，非時點服補之。

[**又附録**]　丹溪曰桑寄生，藥之要品，而人不諳其的，惜哉。近海州邑及海外之境，其地煖而不蠶，桑無采捋之苦，氣厚意濃，自然生出也，何嘗節間可容他子耶？愚閱諸方書，悉謂難得真者，如寇氏所云有誤服他木寄生，其人逾月而斃。若然，是則海上雖有真者，何得親爲采取而不蹈其覆轍耶？不如慎用之爲是也。

雷　丸

時珍曰：雷斧、雷楔，皆霹靂擊物精氣所化，是物生土中，無苗葉而殺蟲逐邪，猶雷之丸也。竹之餘氣所結，故又名曰竹苓。又曰：雷丸大小如栗狀，如豬苓而圓，皮黑肉白，甚堅實。

[**氣味**]　甘，寒，有小毒。《別録》曰：鹹，微寒，有小毒。赤者殺人，白者善。普曰：神農，苦；黄帝、岐伯、桐君，甘，有毒；扁鵲，甘，無毒；李當之，大寒。權曰：苦，有小毒。時珍曰：甘，微苦，平。

[**主治**]　行胃熱，除皮中熱結，逐風，主癲癎狂走，逐毒氣，解蠱毒，殺三蟲，下寸白蟲，利丈夫，不利女子。作摩積之膏，能療小兒百病。但此味久服陰痿，慎之。

志曰：經言利丈夫，不利女子，乃疎利男子元氣，不疎利女子臟氣，故曰久服令人陰痿也。

《仙製本草》云：利非利益之利，乃疎利也。

時珍曰：雷丸能治應聲蟲。

愚按：雷丸爲竹之餘氣所結。夫竹引根於秋深，孕筍於冬半，是氣稟清寒以生，合於金水之陰以在下也，則其爲微寒固然。又曰：小毒，緣清陰之氣味，而[2]又能疎利，其於行氣血之熱，豈非良劑？第通用不無有傷元氣也，悉此義，則能善用此味矣。

[附方]

小兒出汗有熱，雷丸四兩，粉半斤，爲末，撲之。

下寸白蟲，雷丸水浸，去皮，切，焙爲末，五更初食炙肉少許，以稀粥飲服一錢匕，須上半月服，蟲乃下。

[修治]　《日華子》曰：入藥炮用。切忌赤色者。

【校記】

〔1〕丸，原誤作"服"，今據《本草述鈎元》卷二十五改。

〔2〕而，原誤作"面"，今據《本草述鈎元》卷二十五改。

《本草述》卷之二十六

苞木部

竹

張仲景竹葉湯惟用淡竹。頌曰：今南人入藥燒瀝，唯用淡竹一品，肉薄，節間有粉者。時珍曰：淡竹，今人呼爲水竹，有大小二種，此竹汁多而甘。沈存中言苦竹之外皆爲淡竹，誤矣。

淡竹葉

[**氣味**]　辛，平，大寒，無毒。權曰：甘，寒。凉心肺要藥。先哲曰：竹葉味苦寒，所以能清心熱。

[**主治**]　熱狂煩悶，壯熱頭痛，頭風，并胸中痰熱，咳逆上氣，更除虛煩，清心益氣，散吐血熱毒風，療消渴，利小水，通淋閉。

潔古曰：竹葉，陰中微陽，凉心經。

東垣曰：竹葉辛平，除熱緩脾而益元氣。

又曰：可升可降，陽中陰也。其用有二：除新久風邪之煩熱，止喘促氣勝之上衝。

能曰：凉肺清心，祛暑解毒，治小兒煩熱，壯男子胃氣。

希雍曰：入足陽明、手少陰經。煎湯，調酸棗仁炒熟末五錢，臨臥服，治心虛不得眠；同麥門冬、酸棗仁、遠志、丹參、茯神、丹砂、犀角，治心經蘊熱，虛煩不眠；入白虎湯，治傷寒煩熱，大渴引飲。《肘後方》治時行發黃，竹葉五升，小麥七升，石膏三兩，水一斗半煮取七升，细服，尽剂愈。小麦，心之谷也。

愚按：热狂烦闷，与虚烦不同。如入白虎汤，治伤寒烦热，大渴引饮，是热狂烦闷之类也；如竹叶汤，止用竹叶、麦冬、小麦、甘草、生姜、大枣，虚悸加参，少气力加糯米，以治产后短气欲绝，心中烦闷，是亦虚烦之类也。然虚烦有气血之异，如妊娠伤寒，汗下后热不除者，虚也。加味竹叶汤，以阿胶、生地易知母、石膏，是虚在血分也。如产后胃气虚热，口乾作渴，恶冷饮食，有竹叶归耆汤，参、耆、术并用，而止以竹叶、麦冬清之，是虚在气分也。绎此义，即如消渴之用，不可以推类乎？所谓壮热头风，固热淫也，吐血，热毒风，又血热之化风，凡此皆阳中无阴而阳僭也。所谓益元气者，阳中有阴耳。

嘉谟曰：一种草类如铁线，茎似嫩稷叶，长尺馀，亦名淡竹叶。俗多采，利小水，治喉痹等证，并神效。

淡竹茹

[气味] 甘，微寒，无毒。

[主治] 止胃热呕吐呃逆，通胃热噎膈，除胃烦不眠，吐血及崩中而清阳气，伤寒女劳复而解虚热，疗妊娠烦躁，[1]小儿热痫。

希雍曰：入足阳明经，甘寒，能解阳明之热。同木瓜、橘皮、麦门冬、枇杷叶、人参、芦根汁、石斛，治胃虚有热，呕呃不止；温胆汤中用之，能宁神豁痰。

愚按：经曰：身半以上，天之阳也。阳中有阴，然后阳不上僭。竹，阳中阴也，故叶则清心肺之阳。竹皮去青，惟取近裏黄皮，是又稍近於裏，故又清胃脘之阳，为胃热呕吐呃逆要药。其疗吐血崩中者，血固生化於胃也。如产后烦热，小儿热痫，皆不离心胃以为主治。至於伤寒女劳复而亦治者，经所谓脐下三结交者，阳明、太阴也，脐下三寸，关元也。观此，何莫非治阳明之虚热乎？故先哲曰女劳复有热者用之。胃之三脘由於任，解胃之虚热以和任，故治女劳复而有热者。

[附方]

伤寒劳复，伤寒后交接劳复，卵肿股痛，竹皮一升，水三升煮五沸，服汁。

產後煩熱，內虛短氣，**甘竹茹湯**：用甘竹茹一升，人參、茯苓、甘草各二兩，黃芩二兩，水六升煎二升，分服，日三服。

小兒熱癇，口噤體熱，竹青茹三兩，醋三升煎一升，服一合。

希雍曰：胃寒嘔吐及感寒挾食作吐忌用。

[修治]　取極鮮竹刮皮，磋去外硬青，止用向裏黃皮。

淡竹瀝

[氣味]　甘，大寒，無毒。薑汁爲之使。

[主治]　陰虛生熱，熱化風，療胸膈痰熱，止煩悶消渴，小兒天吊驚癇，婦人胎產悶暈，療類中風，或因氣虛，或因血虛，養陰滑痰，滲經絡之壅，潤燥急之火。

雷曰：久渴心煩，宜投竹瀝。

丹溪曰：竹瀝之用見於諸方者，其治胎產金瘡口噤，與血虛自汗，消渴，小便多，皆是陰虛之病也。夫產後不得虛，胎前不損子，昔人有言之者。乃本草言其大寒，似與石膏、黃芩同類，而世俗因大寒二字棄而不用。經云：陰虛則發熱。竹瀝味甘性緩，能除陰虛之有大熱者，寒而能補，與薯蕷寒補義同。大寒言其功，非獨言其氣也。世人食笋，自幼至老未有因其寒而病者，瀝即笋之液也，又假於火而成，何寒如此之甚耶？但能食者用荊瀝，不能食者用竹瀝。

又曰：竹瀝滑痰，非佐以薑汁不行經絡。痰在四肢，非竹瀝不開；痰在皮裏膜外，非竹瀝、薑汁不可除；痰在膈間，使人顛狂，宜用竹瀝。風痰亦宜用，其功又能養血。

述曰：竹瀝大治熱痰，能養血清熱。有痰厥不省人事幾死者，將竹瀝灌之，即甦，誠起死回生藥也。[2] 又云：荊瀝清火化痰，功勝竹瀝，但不補耳。

三錫曰：竹瀝，乃陰虛有大熱者仙品，中年痰火，舍此必不能成功，特爲拈出。能食而氣稍實者，荊瀝妙。

希雍曰：竹瀝，竹之津液也。經云大寒，亦言其本性耳，得火之後，寒也應減。性滑流利，走竅逐痰，故爲中風家要藥。凡中風之證，莫不由於陰虛火旺，煎熬津液，結而爲痰，壅塞氣道，不得升降，熱極生風，以致猝然殭仆，或偏痹不仁，此藥能遍走經絡，搜剔一切痰結，兼之甘寒能益陰而除熱，痰熱既祛，則氣道通利，經脈流轉，外證自除矣。其主胸中大熱，止煩悶者，取其甘寒清熱益陰之功耳。觀古人以竹瀝治中風，則知中風未有不因陰虛痰熱所致。不然，如果外來風邪，安得復用此甘寒滑利之藥治之哉？同貝母、栝樓仁、霞天膏、白芥子、蘇子、橘紅、鬱金、童便、麥門冬，治似中風口眼喎斜，語言蹇澀，或半身不遂等證。[3]

愚按：竹瀝之用，在《別錄》云主暴中風風痹，胸中大熱，而近代諸賢言於類中風爲要劑，不啻如竹葉之療狂熱風也。蓋瀝能療痰火之風而真陰太虛者，以其陽中有陰，陰爲陽之守，使陽和而不化風，故熱風皆治，而痰火之類中風者尤爲中的耳。然則類中風證概由於陰虛歟？曰：病之所因，豈盡由陰？如七情傷其營氣者，固爲陰虛，即如外淫之病乎衛，衛病而營亦病，或化火而因以結痰，或凝痰而因以熾火，真陰不亦爲之日虛乎？五臟之陰氣出於隧道，由此達表徹裏者多爲阻絕，而孤陽自焚之風甚有奄然於頃刻者。如此品投之，使爲主爲輔者，無不咸宜，豈不功等仙丹哉？夫人身後天之陰生於陽，竹乃陽中之陰，有其生陰之陽，即有其和陽之陰，既稟清和性味，而瀝猶人身真陰之化醇，原與他味之養陰者有別，故最能除亢陽之傷陰，最能和營氣以入脈，最能利經絡以滲痰。以此思其功，舉宜於痰火諸證，而類中風尤所亟須。故丹溪誠爲精察物理，即三錫、希雍所指述亦有微中者矣。

[附方]

中風口噤，竹瀝、薑汁等分，日日飲之。

產後中風，口噤身直，面青，手足反張，竹瀝飲一二升。

時氣煩躁，[4]五六日不解，青竹瀝半盞煎熱，數數飲之，厚覆取汗。

產後虛汗，淡竹瀝三合，煖服，須臾再服。

希雍曰：寒痰、濕痰及飲食生痰不宜用。

[修治]　用取新鮮竹鋸尺許，中留節，兩頭去節，劈兩開，不拘多少，用磚二塊架定，竹兩頭出磚二寸許，各以磁盤置於下，候瀝滴其中，用烈火薰焙，[5]則兩頭濺濺滴瀝於盤中，竹將自燃，瀝便盡矣。就將滴過瀝竹爲薪，又架新竹於磚上，如前燒焙，[6]任取多少。

[總論]　愚按：《易・繫》云震爲蒼筤音郎。竹，蓋指竹之青色屬東方震也。《爾雅翼》云：巽爲竹。先哲云：江河之南甚多，故曰九河鮮有，五嶺實繁，且其根鞭喜行東南。若然，則竹之生成是在木火乎，而何以竹葉及茹並瀝皆言寒也？曰：竹引根於秋深，孕筍於冬半，是氣稟清寒以生，合於金水之陰以在下也；新筍春半出土而成竹，舊竹夏半落葉而易新，是氣隨溫熱以成，合於木火之陽以在上也。夫人物之生，莫不始於在地之陰而成於出地之陽，謂竹所稟之生氣不爲寒哉？雖然，當秋冬之時，草木零落，唯竹能挺翠，不獨此也，正於斯時乃引根孕筍，豈非陰中有陽，陽反因陰而以萌以育乎？卽此推之，則竹之生長於春夏者，實爲陽中有陰，陰不因陽而以敷以和乎？在秋冬，不與衆類同其枯瘁，是在春夏，雖與衆類同其發榮，而實有不同者，蓋有清潤之氣貫乎其中也。若止與衆類同其發榮，亦卽與衆類同其枯瘁矣，所謂貫四時而不改者，義正在此。故《易・繫》以之象震，象其同於四時之首，而氣得其清和爲最也，豈得以大寒言哉？故潔古謂爲陰中微陽，本其生氣而言，東垣謂爲陽中陰者，就其成氣而言。夫用其葉與茹、瀝，是取其卽成之竹以爲用矣，不皆爲陽中之陰乎？唯是人身天表屬心肺，而竹葉取象於表，以清心肺之煩熱；人身氣交屬脾胃，而竹茹取象於近表之裏，以清胃脘之逆熱；人身營氣爲血液，而竹瀝取象於營，以清血液熱結之痰。蓋同是陽中之陰，就其表裏所分，已分陰陽之厚薄矣，朱丹溪先生謂瀝能除陰虛之有大熱者此也。宗奭謂其一致，固未精察，而執本草大寒一語，用之輒爲疑忌，詎知茲物性稟清和，正如人身至陽之分，非清陰無以握其樞，無以和其氣，正合於經所云至陰虛，天氣絕。乃此品適可取材，特由葉而茹，由皮而液者，見其清和之差甚耳。彼夢夢視以爲大寒也，豈不誤哉？問：諸藥屬陽中之陰者多矣，而竹之功用何以頓異

欤？曰：竹之生氣陰中有陽，而成氣陽中有陰，生者具陽之始，成者厚陰之終，他物鮮及之，此竹所以比君子而功有獨異也乎。

【校記】

〔1〕躁，原誤作"燥"，今據文義改。
〔2〕回，原誤作"同"，今據萬有書局本改。
〔3〕遂，原誤作"逐"，今據萬有書局本、《本草述鈎元》卷二十六改。
〔4〕躁，原誤作"燥"，今據文義改。
〔5〕煏，原誤作"逼"，今據《本草述鈎元》卷二十六改。
〔6〕煏，原誤作"逼"，今據《本草述鈎元》卷二十六改。

《本草述》卷之二十七

蟲　部

蜂　蜜

采取百芳，醞釀成蜜。其房如脾，謂之蜜脾，蜜脾之底爲蠟。[1]生巖石上者名曰石蜜。不可與生葱、萵苣同食。

[氣味]　甘，平，無毒。劉完素曰：蜜成於蜂，蜂寒而蜜溫，同質異性也。

[主治]　養脾氣，補中，和榮衛，潤臟腑，通三焦，調脾胃，除心煩虛熱，通大便秘結，止痛解毒，除衆病，和百藥。

時珍曰：蜂采無毒之花，釀以大便而成蜜，所謂臭腐生神奇也。其入藥之功有五：清熱也，補中也，解毒也，潤燥也，止痛也。生則性凉，故能清熱；熟則性溫，故能補中；甘而和平，故能解毒；柔而濡澤，故能潤燥；緩可以去急，故能止心腹肌肉瘡瘍之痛；和可以致中，故能調和百藥而與甘草同功。張仲景治陽明結燥，大便不通，蜜煎導法，誠千古神方也。

詵曰：但凡覺有熱，四肢不和，即服蜜漿一碗，甚良。又點目中熱膜，以家養白蜜爲上，木蜜次之，崖蜜更次之也。與薑汁熬煉，治癲甚效。

嘉謨曰：蜜漿解虛熱驟生。

希雍曰：蜜，蜂采百花釀成，故《本經》味甘氣平，《別錄》微溫無毒。集草木羣英之精，合水土風露之氣，醞釀成蜜，故其氣清和，其味甘純，施之精神氣血虛實寒熱陰陽內外諸病，罔不相宜。同蘆根汁、梨汁、人乳、牛羊乳、童便，治噎膈，大便燥結，用此潤之，有痰加竹瀝；煉熟，和諸丸藥及膏子，主潤五臟，益血脈，調脾胃，通三焦，塗火灼瘡，能緩痛。

愚按： 萬物之至味莫過於甘，蜂采百花之英，釀以成蜜，是和羣味以成其甘也。甘屬土，故能養脾。甘能解毒，況其集羣味以爲甘，是醞釀之中大有變化，故其解毒爲最。甘味屬陽，故所益者脾氣。然經曰陰爲味而歸於形，形歸於氣，蓋先能和陰而諧榮衛，故潤臟腑，通三焦。唯其潤臟腑，通三焦，故脾氣益暢而虛熱能解。時賢諸說不妄。如繆氏所謂其氣清和，其味甘純，施之陰陽內外罔不相宜者，亦庶幾近之矣。

[附方]

傷寒大便不通，用蜜導法。見張仲景《傷寒論》。

產後口渴，用煉過蜜，不計多少，熟水調服，卽止。

難產橫生，蜂蜜、真麻油各半椀，煎減半，服，立下。

天行虜瘡，[2]比歲有病天行斑瘡，頭面及身須臾周匝狀如火瘡，皆戴白漿，隨決隨生，不卽療，數日必死，差後瘡瘢黯色，一歲方減。此惡毒之氣，相傳漢光武帝建武中興師擊虜所染，[3]仍呼爲虜瘡，[4]後醫參詳療之。取好蜜通摩瘡上，以蜜煎升麻數匕，拭之。

疔腫惡毒，[5]用生蜜與隔年葱研膏，先刺破，塗之，如人行五里許則疔出，後以熱醋湯洗去。

丹溪曰：蜜喜入脾，西北高燥，故人食之有益，東南卑濕，多食則害生於脾也。宗奭曰：多食亦生諸風。時珍曰：多食生濕熱蟲䘌，音匿，小蟲也。小兒尤當戒之。

希雍曰：石蜜雖稱補五臟，益脾胃，然而生者性寒滑，能作泄，大腸氣虛，完穀不化者不宜用，嘔家酒家不宜用，中滿蠱脹不宜用，濕熱腳氣不宜用。生者有小毒，尤不宜食。

[修治] 時珍曰：凡煉沙蜜，每斤入水四兩，銀石器內以桑柴火慢

煉，掠去浮沫，至滴水成珠不散乃用，謂之水火煉法。又法，以器盛置重湯中煮一日，候滴水不散取用，亦佳，且不傷火也。

蜜　蠟

蠟乃蜜脾底也。取蜜後煉過，濾入水中，候凝取之。色黃者俗名黃蠟。更用水煮化，以好綿紙摺作數層，入冷水中蘸濕，遂貼蠟上，一吸卽起，仍投冷水中，有蠟凝紙上者，卽剝取之，再吸再剝，以盡爲度，鋪竹匾內，[6]日中曝之，乾則頻灑以水，久之則色白如練，因名白蠟。非新白而久黃也，與蟲造白蠟不同類。惡芫花、齊蛤。

[氣味]　甘，微溫，無毒。

[蜜蠟主治]　下痢膿血，補中，續絕傷金瘡，益氣《本經》。

白蠟

療人泄癖後重見白膿，補絕傷，利小兒《別錄》，孕婦胎動，下血不絕欲死，以雞子大煎三五沸，投美酒半升服，立瘥甄權。

時珍曰：蜜成於蠟，而萬物之至味莫甘於蜜，莫淡於蠟，得非厚於此必薄於彼耶？蜜之氣味俱厚，屬於陰也，故養脾；蠟之氣味俱薄，屬乎秋也，故養胃。厚者味甘而性緩質柔，故潤臟腑；薄者味淡而性澀質堅，故止泄痢。張仲景治痢有調氣飲，《千金方》治痢有膠蠟湯，其效甚捷，蓋有見於此歟？又華佗治老少下痢，食入卽吐，用白蠟方寸匕，雞子黃一個，石蜜、苦酒、髮灰、黃連末各半雞子殼，先煎蜜、蠟、苦酒、雞子四味令勻，乃納連、髮，熬至可丸乃止，二日服盡，神效無比也。此方用之，屢經效驗，乃知《本經》主下痢膿血之言，深當服膺也。

之頤曰：蠟爲蜜脾，裨助百芳以化蜜也。蜜甘而蠟淡，非厚彼而薄此，猶夫瓜甜而蔕苦，所以見中樞之別於本末內外也。《月令》定五行，作五味，歸五臟，《素問》另出淡味，爲五味本。凡形臟不足者，各因其味以補之，傾頹者專取淡味以維之。《本經》判味曰甘，此指着舌時猶有蜜味，徐嚼之，蜜味去真味現矣。

希雍曰：蠟乃蜜之凝結於底者也，能益血補中而行經脈。得象牙末等，能去漏管，長肉；得膩粉、真珠末、黃檗末、龍腦香、鉛丹、蛀竹屑、葱白、豬脊髓，治陰蝕惡瘡；同孩兒茶、鉛丹、胡粉、粉霜、[7]龍骨、黃檗豬膽汁炙，[8]豬脂作膏，治內外㾾瘡久不愈。

愚按：蜜蠟，其味初嘗之覺有微甘，即轉而爲淡，所謂如嚼蠟者是，誠如之頤說也。夫五味以淡爲本，乃此味之淡卻先有甘，於此可思，是固從中土而爲扶危救困之味也。先哲曰蠟者蜜之蹠，愚謂淡爲甘之先，由甘而淡，是返其始也。夫淡以養陰，此味入中土之甘，而返之於元陰，其續絕傷而益氣者，固專於脾胃之陰氣而能續其絕傷也。抑何以不等於諸淡味之滲泄乎？蓋味以淡成，且凝蜜爲質，不等於諸淡，而有以完元陰之氣。卽仲景及《千金》二方，觀其與蜜蠟同用者，可以思矣。至如華佗方，用之治下痢不納食者，是非能還脾陰之一證乎？又如蠟礬丸治背疽者，用以護膜，非能護其陰氣，而得諸礬石之收陰以奏功歟？乃憒憒者止知其能治痢，輒曰此味性濇而收脫也，則亦不察之甚矣。

[附方]

《金匱方》調氣飲：治赤白痢，少腹痛不可忍，後重，或面青，手足俱變者，用黃蠟三錢，阿膠三錢，同溶化，入黃連末五錢攪勻，分三次熱服，神效。

《千金方》膠蠟湯：治熱痢及婦人產後下痢，用蠟二碁子大，阿膠二錢，當歸二錢半，黃連三錢，黃檗一錢，陳廩米半升，水三升煮至一升，去米入藥，煎至一鍾，溫服，神效。

立效丸：治肺虛膈熱，咳嗽氣急，煩滿，咽乾燥渴，欲飲冷水，體倦肌瘦，發熱減食，喉音嘶不出，黃蠟溶濾令净，漿水煮過，八兩，再化，作一百二十丸，以蛤粉四兩爲衣養藥，每服一丸，胡桃半個細嚼，溫水下，即臥，閉口不語，日二。

蠟礬丸：和白礬爲丸，治一切腫毒有神。凡治癰疽，常服之以護膜，膜苟不破，雖劇必瘥。蠟、礬丸合，二味如分兩鎔化，爲丸，但大熱則手難丸，稍冷則硬不能丸，爲旁置冷水一盆，待二味鎔化之極，乘熱傾入冷水中，便可隨手取爲丸矣。蠟鎔須漉盡細渣，礬末須極細方好。

裹大黃丸，膈寒凉，脾胃無損。

希雍曰：火熱暴痢不宜用。

露蜂房 又名紫金沙，即露蜂房頂上實處是。

蘇恭曰：此房懸樹頂上，得風露者，其蜂黃黑色，長寸許，螫馬牛及人乃至欲死，非人家屋下小小蜂房也。

[氣味] 甘，平，有毒。《別錄》曰：鹹。希雍曰：味苦氣平，性亦有毒。

[主治] 驚癇瘛瘲，寒熱邪氣，癲疾鬼精，蠱毒腸痔，火熬之良《本經》，治惡疽，附骨癰，邪在臟腑，歷節腫，出疔腫惡脈，諸毒皆瘥，療上氣及遺尿失禁。燒灰酒服，主陰痿。炙研和豬脂，塗瘰癧成瘻。同熱燒酒浸一刻頻漱，治風牙腫痛 以上諸本草。

[方書主治] 積痰久嗽，風驚顫掉，神昏錯亂，療痔證爲多，并止風齒痛。

愚按：露蜂房之用，如時珍謂其以毒攻毒，而希雍亦踵其說，蓋止就癰疽惡瘡之治以爲言耳。夫茲物豈曰無毒？然閱《本經》首主驚癇瘛瘲，寒熱邪氣，癲疾，是證若止以攻毒，而冀其收捷得之效也，能乎哉？蓋《本經》數言統是癇證之治，就癇以索其病因，蓋原於陰中之陽虛也。此趙以德所謂癇病之本，因元氣虛弱，或外感内傷之邪，由經脈引入於兩腎動氣中，致陰陽分離，脈道不通，以爲厥逆，即經所謂精氣并居發爲癲疾之說也。細繹趙說，以合於《本經》之治癇專屬此味，豈非謂其賦物雖微，而於陰陽分離、精氣并居之癇證，固有以奪其精氣之并而合其陰陽之離者乎？或者以爲不必然，試取《別錄》所治惡疽附骨癰根在臟腑者，一細繹之，是豈僅僅治其血氣之末而不深入臟腑以爲理者乎？然後知《本經》主治驚癇之義故不妄也。又取蘇恭所云療上氣及遺尿失禁，更主陰痿，然後知用此味以歸陽於陰，殆有如《本經》治癇，奪其精氣之并而合其陰陽之離也。蓋陰中陽虛者多原於陰虛，故感於邪則陽離陰之位以上逆，此所謂陰陽分離也；是陰氣固爲陽所并，亦隨之而上逆矣，此所謂精氣并居也。然何以明其原於陰虛？蓋腎間動氣固在至陰之中，所謂傷其陰中之陽者，原不得離陰以爲言也。再參證於諸方：如在下者，治女子崩中漏下，所謂歸陽於陰，不使陰離於陽也，治男子之陰痿不興，男女之陰毒腹痛，亦所謂歸陽於陰，不使下之陽并於陰也；如在上者，治喉痹腫痛，牙風腫痛，所謂歸陽於陰，不使陽離於陰也，治舌上出血，竅如針孔，所謂歸陽於陰，不使上之陰并於陽也。種種玄詣，不越於治驚癇之義以推求之，故《本經》以治驚癇專屬茲味耳。統而繹之，則以毒攻毒一語，於茲味主治之精義何當也？不亦大憒憒乎哉？

[附方]

治五癇得效，露蜂房焙、石綠各一兩，桂心、遠志去心、人參各半兩，硃砂一錢，右爲末，粥丸如梧子大，每服二三十丸，白湯下。

崩漏，京墨爲末，二錢匕，同燒露蜂房爲末三指撮，酒調服。

又崩漏五色，使人無子，蜂房末三指撮，溫酒服之，大神效。

陰痿不興，蜂窠燒研，新汲井水服二錢，可御十女。

陰毒腹痛，露蜂房三錢，燒存性，葱白五寸，同研爲末，男左女右，着手中握陰臥之，汗出卽愈。

喉痹腫毒，露蜂房灰、白殭蠶等分，爲末，每乳香湯服半錢。

牙風腫痛，草蜂房一枚，鹽實孔內，燒過研末，擦之，鹽湯漱去。

舌上出血，竅如針孔，用紫金沙卽露蜂房頂上實處是也，一兩，貝母四錢，蘆薈三錢，爲末，蜜和，丸雷丸大，每用一丸，水一小盞煎至五分，溫服。

希雍曰：病屬氣血虛無外邪者，與夫癰疽潰後元氣乏竭者，皆不宜服。

[修治] 凡使，須十二月采，洗去蜂糞泥土，蒸半日，曬乾，炙令焦黃，細研。然亦當因各證之原方如其修治，不得執一也。

蟲白蠟

蟲白蠟與蜜蠟之白者不同，乃小蟲食蠟樹汁，吐涎粘於嫩莖，化爲白脂，乃結成蠟。唐宋以前，澆燭入藥所用白蠟，皆蜜蠟也，此蟲白蠟則自元以來人始知之，今則爲日用物矣。

［氣味］　甘，溫，無毒。

［主治］　生肌止血，定痛補虛，續筋接骨震亨。

丹溪曰：白蠟屬金，禀受收斂堅強之氣，爲外科要藥。與合歡皮同入長肌肉膏中，用之神效，但未試其可服否也。

《門》亦曰：得合歡樹皮良。補中虛，殺癆蟲，止咳止瀉，潤肺臟，厚腸胃。

時珍曰：蠟樹葉亦治瘡腫，故白蠟爲外科要藥，正如桑螵蛸與桑木之氣相通也。

［修治］　另研，用外治，亦入丸散服。

五倍子

頌曰：以蜀中者爲勝。蓋各處有此種，而結於鹽膚者乃良，故取蜀所產也。

此乃鹽膚子木上之蟲所造，蟲如蟻，食其汁，老則遺種，結小毬於葉間，法釀過，名百藥煎。鹽膚子木上五六月有小蟲如蟻，食汁結毬，猶蠟蟲之作蠟子也，初起甚小，漸漸長堅，大小圓長不等，中有細蟲。山中人霜降前采取，蒸殺貨之，否則蟲穿壞殼薄朽，不堪用矣。

［氣味］　酸，平，無毒。

［主治］　斂肺降火，化痰止嗽，消渴盜汗，熱洩久痢，臟毒下血，虛勞遺濁，風眼赤爛，牙齦疳臭，咽中懸癰，療風濕癬，疥癢膿水，斂潰瘡金瘡，收脫肛，子腸墜下。

丹溪曰：五倍子屬金與水，嚼之，善收頑痰，解熱毒，佐他藥尤良。黃昏咳嗽，乃火氣浮入肺中，不宜用涼藥，宜五倍、五味斂而降之。

之颐曰：木命在皮，各有專精，或果或仁，或枝葉，或根幹，各備全木之體用。此獨精專於皮，皮復精專於膚，膚更精專於葉。膚之膚子，不屬蟲卵，不屬果實，此屬假木氣以成形，濕生亦可，化生亦可。

時珍曰：鹽麩子及木葉皆酸鹹寒涼，能除痰飲咳嗽，生津止渴，解熱毒酒毒，治喉痹，下血血痢諸病。五倍子乃蟲食其津液結成者，故所主治與之同功。其味酸鹹，能斂肺，止血化痰，止渴收汗；其氣寒，能散熱毒瘡腫；其性收，能除泄痢濕爛。

希雍曰：五倍子得木氣而兼金木之性，其味苦酸澀，氣平無毒，氣薄味厚，斂也，陰也，入手太陰、足陽明經。同地骨皮、小薊、皮硝、甘草、苦參、蔥頭煎湯，洗楊梅結毒。

[附方]

化痰生津，噙化丸：用五倍子安大鉢頭內，用煮糯米粥湯浸，蓋好，安靜處，七日後常看，待發芽黃金色，又出黑毛，然後將箸試之，若透內無硬，即收入細瓦鉢中，擂如漿，連鉢日中曬至上皮乾了，又擂勻，又曬，曬至可丸，方丸彈子大，曬乾收用。其味甘酸，能收一切膠痰。

愚按：五倍子，有謂其爲手太陰肺藥者。時珍曰：鹽膚子、五倍子，先走腎肝，有救水之功。其說皆是也。丹溪謂屬金與水，乃爲完詣。蓋此味乃鹽膚木葉上之蟲所造也，鹽膚木即鹽膚子之木也。子曰鹽膚者，其子中有核，狀如腎形，核外薄皮，上有薄鹽，滇蜀人采爲木鹽故也。時珍引《後魏書》云：勿吉國水氣鹹凝，鹽生樹上。即此類也。若然，是則木之鹽以膚名，即其水氣鹹凝而透出於外者，猶人身之皮、皮之膚歟？其蟲之所自生，與蟲之所結爲毬，毋亦皆鹹凝所透，更從濕化而爲蟲，即淫氣所化，仍還結聚而爲毬歟？之頤所謂木眚自成，非關外物者是也。若然，則此味之主治，一水氣爲之始終而已。但水氣之所透者直致於金，而水氣之所歸者亦由於金，如人身之肺屬金，主乎皮毛，而肺金又爲後天腎水之化原也。五倍子采於九月，則其由金歸水也可知。抑水之致於金者，以取於從裏達外之義矣。而由金歸水者，其將何以明之？曰：凡味酸者，木之欲達而不能盡達也，故肝喜辛，使其畢達也；澀者，金之欲斂而不得盡斂也，故肺喜酸，使其就斂也。此味嘗之，始而澀，繼而苦，終而酸，業已就斂矣。由苦而酸者，所謂非苦無以至地是也，況多取之以造重玄，不尤為下歸於水之明徵乎？雖然，如所主諸證，何以明其以水氣為始終乎？曰：經云腎者至陰也，地氣上而生水液也。如病於風毒攻眼，齒宣，走馬牙疳，咽中懸癰，喉痹咳嗽，風毒癬疥等證，皆陰氣之外周於外者也，如水氣致於金，則金即效其下收之用矣；如消渴飲水，寐中竊汗，熱泄久痢，臟毒下血，虛勞遺濁，脫肛不收，產後腸脫等證，皆陰氣之不周於內者也，如金氣歸於水，則水又即效其上行之用矣。是水氣之始終又金為之，人身金水相因以為災眚，即相因以為生化，而茲味有合如此，此婁全善治精遺固脫，謂他劑皆不及者是也。不然，何以能降而收於極上，又能升而固於極下乎？愚按：五倍子為水氣鹹凝而透出於外者，其氣之轉化以有此也。雖味有澀，然轉化之氣已極於表，亦必歸其所始，故其味苦以歸下，如歸下而不兼酸收，則無以裕極表之氣，故就其極於表者如頭目口齒，用之殊不少也。就其歸於所始者，則入腎而收之滑脫，是致功於水臟更為專也。蓋五倍難同於五味之補元，其由透表而後有收裏也，故此種亦非極於酸收之味，與粟殼同論也。若粟殼酸澀而更得苦味，則丹溪亦無殺人如劍之戒矣。抑止消渴者而復能除諸濕爛也謂何？蓋此濕爛諸患，皆風毒之所致，風毒皆熱毒之所化也，況燥收之性味原與歸於至陰者不相戾乎？所以金得水以致其用，水得金以宅其元，陰精奉之而上，收氣肅之而下，故種種可言其功。使金水不相合以為用，則升降之道窮而生化息，寧獨一物之所稟者哉？

[附方]

大抵陰氣虛而陽因僭於上則風淫，金本水氣以收之。

風毒攻眼，腫癢澀痛，不可忍者，或上下瞼赤爛，[9] 或浮翳瘀肉侵睛，**神效驅風散**：用五倍子一兩，蔓荊子一兩半，為末，服二錢，[10] 水二盞銅石器內煎汁，去滓，乘熱洗，留滓再煎用，大能明目去澀。

走馬牙疳，五倍子、青黛、枯礬、黃檗，等分，為末，先以鹽湯漱淨，摻之，立效。

咽中懸癰，舌腫塞痛，五倍子末、白殭蠶末、甘草末，等分，白梅肉搗和，丸彈子大，噙咽，其癰自破也。

如此類不能盡錄，又風濕癬疥濕爛之類在外者，猶之在上者，亦不能盡錄。

陰氣虛而陽因散於下則氣脫，水借金氣以收之。

虛勞遺濁，**玉鎖丹**：治腎經虛損，心氣不足，思慮太過，真陽不固，漩有餘瀝，小便白濁如膏，夢中頻遺，骨節拘痛，面黧肌瘦，盜汗虛煩，食減乏力，此方性溫不熱，極有神效。用五倍子一斤，白茯苓四兩，龍骨二兩，爲末，水糊丸梧子大，每服七十丸，食前用鹽湯送下，日三服。

脫肛不收，用五倍子半斤，水煮極爛，盛坐桶上薰之，待溫以手輕托上，內服參芪升麻藥。

脾泄久痢，五倍子炒半斤，倉米炒一升，白丁香、細辛、木香各三錢，花椒五錢，爲末，每服一錢，蜜湯下，日二服。忌生冷魚肉。

如此類不能盡錄，又如盜汗、臟毒下血、腸風臟毒之類在中者，猶之在下者，亦不能盡錄。

希雍曰：五倍子性燥急而專收斂，咳嗽由於風寒外觸者忌之，瀉痢非腸虛脫者忌之，咳嗽由於肺火實甚者忌之。若誤服之，反致壅塞喘滿，以其酸斂太驟，火氣無從泄越故耳。

[修治]　蜀中者佳。去蟲，湯藥生用，丸藥略炒。染鬚，炒至烟起，以濃茶潑之，再炒至烟净，用青布包，以腳踏石壓乾，爲末。

百藥煎

[氣味]　酸鹹，微甘，無毒。

[主治]　清肺化痰，定嗽解熱，生津止渴，收濕消酒，烏鬚髮，療牙齒宣䘌，面鼻疳蝕，口舌糜爛，風濕諸瘡《綱目》。

時珍曰：百藥煎，功與五倍子不異，但經釀造，其體輕虛，其性浮收，且味帶餘甘，治上焦心肺咳嗽，痰飲熱渴諸病，含噙，尤爲相宜。

[附方]

定嗽化痰，百藥煎、片黃芩、橘紅、甘草各等分，共爲細末，蒸餅丸綠豆大，時時乾咽數丸，佳。

清氣化痰，百藥煎、細茶各一兩，荊芥穗五錢，海螵蛸一錢，蜜丸芡子大，每服噙一丸，妙。時賢曰：滾痰丸中用百藥煎，蓋此丸得此藥，乃能收斂周身頑涎聚於一處，[11]然後利下，甚有奇功。曰倍若沉者，言五倍子與沉香，非礐倍於沉之謂也。

牙齦疳蝕，百藥煎、五倍子、青鹽煅、各一錢半，銅綠一錢，為末，日摻二三次，神效。

大腸便血，百藥煎、荊芥穗燒存性，等分，為末，糊丸梧子大，每服五十丸，米飲下。

男婦血淋，用真百藥煎、車前子炒、黃連各三錢半，木香二錢，滑石一錢，為末，空心燈草湯服二錢，日二服。

染烏鬚髮，用百藥煎一兩，鍼砂醋炒、蕎麥麫各半兩，先洗鬚髮，以荷葉熬醋調，刷荷葉，包一夜，洗去即黑。

[修治] 時珍曰：用五倍子為粗末，每一斤以真茶一兩煎濃汁，入醅糟四兩擂爛，拌和器盛，置糠缸中罨之，待發起如發麫狀即成矣，捏作餅丸，曬乾用。又方，五倍子一斤研末，酒麴半斤，細茶一把研末，右用小蓼汁調勻，入鉢中按緊，上以長稻草封固，另用籮一個，多着稻草，將藥鉢坐草中，上以稻草蓋，置净處，過一七後，看藥上長起長霜，藥則已成矣，或捏作丸，或作餅，曬乾，纔可收用。

愚按：時珍謂五倍子與鹽膚子同功，其義不妄。蓋鹽膚之木葉皆鹹酸寒涼，其所結之子，核上有薄鹽，是水氣所凝，包孕於子也。五倍子雖由蟲而結，亦緣木葉之水氣鹹凝，轉化結形如此也，謂曰同功，亦近之矣。唯五倍子醸過為百藥煎者，較與五倍子之功稍異，時珍所說最確也。按：時珍謂百藥煎體輕虛而性浮收，其用較與五倍子稍異，以治上焦心肺熱嗽熱渴尤宜，誠為確論。蓋五倍子以酸澀苦為下歸於水之性，原亦不離於金之母氣。緣澀者金也，至醸造輕浮，則於上焦之熱嗽熱渴，誠為對待之劑也。觀治傷暑者，以百藥煎為君，固以心包絡之熱上病於肺之元氣也，然則於心肺之相刑以為嗽者，何以方書用之止於一二？得勿以其澀味為多，未敢輕投乎？是則猶當審處矣。後閱療膈熱消渴亦以為君，則此味為上焦熱渴之的劑，固不能易也。

桑螵蛸

時珍曰：螳螂深秋乳子作房，粘着桑枝上，即螵蛸也。房長寸許，大如姆指，其內重重有隔房，每房有子如蛆卵，至芒種節後一齊出。《別錄》曰：二三月中方可收采。

[氣味] 鹹甘，平，無毒。

[主治] 傷中疝瘕，通五淋，利小便水道《本經》，夢寐失精，或漏精自出，遺溺《別錄》，又療陰痿，益精生子，並女子血閉腰痛《本經》，久服益氣養神《別錄》。

時珍曰：桑螵蛸，肝腎命門藥也，古方盛用之。

權曰：男子身衰，精自出，及虛而小便利者，加而用之。

頌曰：古方漏精及風藥中多用之。

宗奭曰：男女虛損，腎衰陰痿，夢中失精，遺溺白濁，疝瘕，不可闕也。鄰家一男子，小便日數十次，如稠米泔，心神恍惚，瘦瘁食減，得之女勞，令服桑螵蛸散藥，未終一劑而愈。其藥安神魂，定心志，治健忘，補心氣，止小便數，用桑螵蛸、遠志、龍骨、菖蒲、[12]人參、茯神、當歸、龜甲醋炙各一兩，爲末，臥時人參湯調下二錢。如無桑上者，即用他樹者，以炙桑白皮佐之。桑白皮行水，以接螵蛸就腎經也。

希雍曰：桑螵蛸稟秋金之陰氣，兼得桑木之津液，《本經》味鹹氣平，《別錄》甘，無毒，氣薄味厚，陰也。入足少陰、太陽經。

愚按：桑螵蛸乃螳螂子也，深秋乳子作房，粘於桑枝者是。其子固蟄於房，至夏芒種後乃奮出焉，猶人身之金火合德以爲氣也。何以明之？蓋命門與肺，固丙辛相合以成，其義詳於蜀椒條。但蜀椒是由丙以召辛，而辛應之，以火爲主也，氣之陽也；此味乃由辛以趨丙，而丙應之，以金爲主也，氣之陰也。夫金得火之用，而金氣乃昌。此味本陰氣所生，然以深秋而生，是大火成功之後也。本陰氣所化，然以芒種而出，是大火秉令之時也，總以始終容平生化之氣，而是物乃偏得之矣。但知陽氣之用能生化陰血，孰知陰氣之能爲陰血生化者更精專乎？故《本經》首言傷中疝瘕，通淋，利小水，及女子血閉腰痛，更主丈夫陰痿，益精生子，又《別錄》謂其療夢寐失精遺溺，皆不妄也。祇是陰氣之精專以致其用，故爲小水，爲血爲精，無不神其能生能化，所以能行能固，適如其精專之氣而已。但行止補泄，求助於他主味者，豈可不細酌乎？時珍謂爲肝腎命門藥固然，但不究其入肺，而後入三焦命門。經曰三焦屬腎，然命門乃三焦元氣之本，《難經》曰三焦者，元氣之別使也，故是物之味鹹。經曰：三焦者，水瀆之府。又曰：三焦者，足少陰、太陽之所將，太陽之別也。故爲三焦之用藥，卽於水氣關切。

[附方]
遺精白濁，盜汗虛勞，桑螵蛸炙、白龍骨，等分，爲細末，每服二錢，空心用鹽湯送下。

小便不通，桑螵蛸炙黃，三十枚，黃芩二兩，水煎，分二服。

卽上二方，止者同龍骨，行者同黃芩，則其主輔之味可參。

婦人胞轉，小便不通，用桑螵蛸炙爲末，飲服方寸匕，日用二。

妊娠遺尿不禁，桑螵蛸十二枚爲末，分二服，米飲下。

卽此二方，一行一止，皆以此一味，其妙於能行能止者，更可參。

咽喉腫塞，桑上螳螂窠一兩，燒灰　馬屁勃半兩，研勻，蜜丸梧子大，煎犀角湯，每服三五丸。

卽此方則其上由肺而下入腎也，可參。

希雍曰：桑螵蛸，氣味雖鹹平走腎，利水道，然得秋時收斂之氣，凡失精遺溺，火氣太盛者，宜少少用之。

[修治]　熱水浸淘七遍，焙乾，炙令黃色，免令作瀉，或略蒸過用亦好。按：此味必以結桑枝上者爲良。蓋桑乃水星之精，是物秉金氣，由母趨子，故氣精專。寇氏用桑白皮代之，亦是一說。

蠶

時珍曰：蠶，孕絲蟲也。其蟲屬陽，喜燥惡濕，食而不飲，三眠三起，二十七日而老，自卵出而爲蚵，音苗。自蚵蜕而爲蠶，蠶而繭，繭而蛹，音勇，老繭化爲蛹。蛹而蛾，蛾而卵，卵而復蚵。亦有胎生者，與母同老，蓋神蟲也。凡蠶類入藥，俱用食桑者。

白殭蠶

蠶病風死，其色自白，故曰白殭蠶，死而不朽曰殭。弘景曰：人家養蠶時，有合箔皆殭者，卽爆燥都不壞。按鄭康成曰：蠶與馬同氣。又弘景曰：殭蠶爲末，塗馬齒，卽不能食草，以桑葉拭去乃還食。此見蠶爲馬類也。愚謂卽此便知殭蠶與蠶之功用固迥殊矣。

[氣味] 鹹辛，平，無毒。甄權曰：微温，有小毒。

[主治] 小兒驚癎夜啼《本經》，治中風失音《日華子》，急風喉痺欲絕蘇頌，散頭風痛，風痰及痰瘧癥結，風蟲齒痛時珍。

按：治小兒驚風證，《本經》首及而不及男子，故方書亦屢用於小兒，至男子婦人諸風證用之，猶有別義，詳見論中。時珍曰：殭蠶散風痰結核瘰癧，查方書於此證多用之，然亦合證之藥也。

潔古曰：殭蠶性微温，味微辛，氣味俱薄輕，浮而升，陽中之陽，故能去皮膚諸風如蟲行。

海藏曰：補風虛。

丹溪曰：白殭蠶屬火而有土與金木，老得金氣，殭而不化。治喉痺者，取其火中清化之氣，以從治相火，散濁逆結滯之痰耳。

王貺曰：凡咽喉腫痛及喉痺用此，下咽立愈，無不效也，大能救人，吳開內翰云屢用得效。

時珍曰：殭蠶，蠶之病風者也，治風化痰，散結行經，所謂因其氣相感而以意使之者也。又人指甲軟薄者，用此燒烟熏之則厚，亦是此義。蓋厥陰、陽明之藥，故又治諸血病瘧病疳病也。

閩風曰：殭蠶得燥金之剛氣而制木。

之頤曰：蠶三眠三起，起如衛氣之出行陽道，眠如衛氣之入行陰道。三十日大眠，則衛道已周，周則變而化，吐絲爲經矣，不化者風白爲殭。

按：金氏謂燥金能制風木，而盧氏云白殭者不能化，細繹其功用，以化不化立論者，其義爲中的。

希雍曰：蠶屬陽，而殭者又兼金木之化，《本經》味鹹，《別錄》辛平無毒，然詳其用，應是辛勝鹹劣，氣微温之藥也，氣味俱薄，浮而升，陽也，入足厥陰、手太陰、少陽經。同丹砂、牛黃、膽星、全蠍、麝香、鈎藤鈎、犀角、金箔、天竺黃、蟬蛻，治小兒急驚客忤。

愚按：蠶食桑葉，終始於金，鄭康成云蠶與馬同氣，所謂生於火而藏於秋者也。丹溪言得火中清化之氣，誠非臆說。第殭蠶不可與蠶概論，希雍所謂兼金木之化者是也。請悉言之。在《埤雅》云：蠶，陽物也。《蠶書》：月值大火，則浴其蠶。謂其屬火良然。第繹入藥之蠶，必取食桑者，因桑稟水土之精，故氣味甘寒，蠶得火土之氣，而火中有金，正所謂燥金也。燥金趨得水土之精氣以成變化，故三眠三起，正其變化之候，能變能化，故吐絲爲經。若殭蠶，病乎風者也，病乎風則不能合於陰陽之氣，以爲生化矣。何者？以風亦燥陽也，燥金之氣更合於風燥，舉風木亦化爲燥金，似如火中清化之氣未能終始，而金木相化，如希雍之說也。丹溪謂屬火有土與金木者是，潔古謂爲陽中之陽，亦不謬也。夫風木盡化爲燥金，是木從之矣。故其殭者，金所化之木也；其色白而不朽者，木所從之金也。知此義，不可從以治風木之爲病，而其效不視諸味更捷乎？雖然，謂斯物爲風劑，而止以祛風目之，則猶不倫也，當就木從金化者以思之。諸方書所治，如中風之伏虎丹、蠲風引子，於中用兹味者，固皆治風濕癱瘓等證，非治風淫而以金平治之謂也。又如頭痛證，因於風者固不少，然未見其概用。即如大追風散，雖主消風化痰，清利頭目，乃卻因肝臟久虛，血氣衰弱，以成風毒，而製此方，則知方中用此不止以散風也。至如普濟消毒飲子，東垣治大頭疫病而用此味，則其所因又不屬於風矣。又東垣羌活附子湯中用之，爲治大寒犯腦而痛，則其不專於風之治益明矣。即此推之，則其他用於治風劑中者，是固別有取爾也。又若嗽證，於外淫內傷之所治用之亦稀，惟八風丹治風及痰熱爲患，致上攻頭目等證，此外於久嗽方乃用之。是則謂其散結氣以消痰，時賢所說微中，而但責以治風，誠非所望也。不治風而風静，是斯物乃風劑無上妙品，故曰不可責以治風。卽簡痰飲方，用之亦不甚多。第有同風劑而用者，亦有不必同風劑而用者，其義更可熟參也。更就治瘖之發聲散以治結痰，乃入此味於中，則可通於治痰飲之所用矣。雖然，液不化血而化痰者，是尤宜精究也。如癇證及喉痹，用之較諸證稍多，以爲散結氣，化痰涎，非不是也。詎知癇證因腎間動氣傷於六淫七情，如風如驚，致陰陽乖離，以患厥逆，肝氣亦因之而逆，致經脈阻絕，鬱有痰熱，乃成癲癇耳。又喉痹，唯纏喉風最急，亦因六淫七情傷其三焦元氣而化火，獨光於上，肝亦因之鼓風而上，經脈壅逆，聚血聚痰，以爲喉痹也，卻皆藉此療之。李東璧氏謂其散結行經，洵善察物哉。蓋主渾身之經絡者，肝也，木從經化，則經脈之結氣散，結散而經氣暢，則熱自清，血自化，痰自消矣。卽此義推之，則如癥瘕之牛黃散，似化陰以達陽，狂證之驚氣丸，似暢陽以化陰，舉皆用之，則散結行經之義固可思也。至於行痹之桂心散、小烏犀丸，痛痹之烏藥順氣散，雖曰治風，而方內用此者，實以散結行經也。卽行痹之虎骨丸，不曰治風，但曰走注疼痛用之，則其義可明矣。唯不專泥於風，而以散結行經求之。卽如一顫振證，其星附散專於補陽而導壅氣之陰，至摧肝丸，又專於鎮火而抑鼓焰之陽。補陽抑陽，其治迥殊，何以用之而咸宜，是豈得漫云治風乎哉？又如前嗽證之八風丹，治諸風痰熱證，投以甘寒，及消癉之瓜蔞根散，治風熱而口燥舌裂，[13]更投苦寒二方，固皆用殭蠶矣。何以前頭痛之麻黃附子湯及心胃痛之草豆蔻丸，卽用溫藥而亦入也？是其藉之爲用者，乃知不專治風而能散結行經，故舉寒溫而胥得當也。惟六從金化之物，故直入風臟。夫六氣之分屬者，雖各司其職，然而溫涼寒熱，無不隨其所病以合之和之。如肝雖屬風臟，固不專以療風爲用也。唯此味木從金化而入臟，故隨寒溫而胥宜，所謂全其風化之體，不偏司療風之用者也。如治風，在久不愈者更宜。或曰：然則可外風以爲治乎？曰：不必盡屬患風是也。但此味之所謂散結行經者，原不離於風臟耳。風臟卽血臟，故肝主渾身之經絡。舉凡六淫七情之病，皆不離於經脈，卽虛實皆爲相干，故經謂經脈爲內外之合也，所以類云茲味爲風臟藥耳。其由金化木，木從金化，於行經氣乃爲最切。經曰：傷肺者，脾氣不守，胃氣不清，經氣不爲使，眞藏壞決，經脈傍絕。更經所謂胃中水穀之氣，清者上至於肺，而肺中清中之濁者又下於胃，是卽肺陰下降入心而生血，以化於胃，統於脾，歸於肝也，是所謂於經氣最切者耳。細究玆義，然後投殭蠶，不致罔功。若貿貿然止謂其治風，而不究其所以然之用也，則惡乎可？

[附方]

開關散：治急喉風、喉痹，用白殭蠶炒、白礬半生半燒等分，爲末，每以一錢，用竹瀝加薑自然汁調灌，得吐頑痰，立效。小兒加薄荷。一方用白梅肉和丸，綿裹含之。

偏正頭風，并夾頭風，連兩太陽穴痛，用白殭蠶爲末，葱茶調服方寸匕。

重舌木舌，殭蠶一錢，黃連蜜炒，二錢，爲末，摻之，涎出爲妙。

崩中下血不止，用白殭蠶、衣中白魚等分，爲末，井華水服之，日二。

希雍曰：殭蠶性辛溫，辛能散，其功長於祛風化痰，散有餘之邪。凡中風口噤，小兒驚癇夜啼，由於心蠱神魂不寧，血虛經絡勁急所致，而無外邪爲病者，忌之。若不間虛實，於驚風一概混施，誤甚矣。

愚又按：謂治有餘之邪，繆氏所說誠然。第謂非外邪爲病者忌之，似指殭蠶專治外邪也，是則大憒憒矣。夫天氣之有勝有復，有從有化，在人身臟腑之氣一也。既知爲金木之兼化，是在物亦有然者，而臟腑之氣獨無從化玄機與之應乎？故風木之鬱，先哲曰輕則以木香、香附調之，重則以柴胡、撫芎達之，以青皮伐之。若夫直而不曲，則又以芍藥、山梔、龍膽草之類抑而收之。如是義，謂能盡變矣。更有從化一法，君殭蠶而佐使得宜，此乙未春夏之交，予年七十一，患頭風而有效者也。若然，可謂其治外邪，絕不與於內乎？卽治外邪，發散過劑而不痊，乃用以奏功，其義殊可參也。瀕湖所云人指甲軟薄，以此燒烟熏之則厚，正與此義相証，蓋非平制風木之劑也。方書有治小兒肺胃受風熱，痰盛咳嗽，喘吐不止，及治久嗽不愈者，山藥、白茯苓、紫蘇葉、黃芩、防風、杏仁去皮尖麩炒、五味子、桔梗、百部各六分，藿香、百合各五分、白殭蠶二錢去絲觜炒，卽此立方之本指，仍行治外風之藥，乃以殭蠶爲君，兼以保固肺胃者，固取金木之化，從風木之本而治之矣。

[修治] 頌曰：不拘早晚，俱用白色而條直食桑葉者佳。用時去絲綿及子，炒過。或去嘴足，微炒，或去絲嘴，微炒。市肆多用中溫死蠶，以石灰淹拌令白，服之爲害最深。

原蠶 又名晚蠶，一名夏蠶、熱蠶。

《周禮》注云：原，再也，謂再養者。《廣志》謂之夏蠶，正取第二番所養，其時當火令也。用蛾取原蠶者，乃是此義。先哲曰：蠶沙、蠶退，亦須用原蠶者，唯殭蠶不拘早晚耳。《淮南子》謂早蠶不適用，卽此更推之，南方之三出以至七八出者，尤爲不宜入藥矣。

原蠶蛾 取雄者。

[氣味] 鹹，溫，有小毒。時珍曰：按徐之才《藥對》云：熱，無毒。入藥炒，去翅足用。

[主治] 益精氣，強陰道《別錄》。止泄精尿血，暖水臟 時珍，治遺精，赤白濁 方書。

希雍曰：原蠶蛾乃是晚蠶第一番出者，其子再復出者爲二蠶。此二蠶之種，其蛾性最淫，出繭便媾，味鹹，氣溫熱，故能強陰益精，又能止泄精尿血，暖水臟，蓋取其性能助陽，鹹溫入腎之功也。

愚按：蠶屬火而有金，火固金之主也，乃以食桑葉合於水土之精氣。如經所謂陽中之少陰，肺司之以爲氣主，而蠶亦得其氣化，有如斯也。更浴於大火之候，是火中之金得火令，而陽中之陰乃化，陰仍引陽以歸陰。人身命門眞陽，乃元氣之根蒂，然其陽本出於陰也。肺氣歸於命門，而仍有以化精者，雖曰還於眞陽，其實歸於眞陰也。還於眞陽，是益精氣；歸於眞陰，是強陰也。原蠶雄蛾初出之氣化，由陽趨陰爲最銳，雖物類相感，却可以爲自肺歸命門之一助矣。《別錄》、本草首言其益精氣，乃繼之以強陰道，蓋以益精氣爲強陰也。抑方書何以競謂之強陽耶？曰：此味由陽趨陰，卽能由陰化陽，方謂之益精氣，固非辛熱一於強陽者也，故就是能止遺精尿血，再以止血生肌思其功，亦可得其微義矣。若偏於陽者，其功曷克臻此哉？

[附方]

丈夫陰痿，未連蠶蛾二升，去頭翅足，炒，爲末，蜜丸梧子大，每夜服一丸，可御十女，以菖蒲酒止之。

遺精白濁，晚蠶蛾焙乾，去翅足，爲末，飯丸綠豆大，每服四十丸，淡鹽湯下。此丸常以火烘，否則易塺音枚，塵也，濕也。

血淋疼痛，晚蠶蛾爲末，熱酒服二錢。

止血生肌，蠶蛾散，治刀斧傷創，血出如箭。用晚蠶蛾炒，爲末，傅之卽止，甚效。

希雍曰：少年陰痿由於失志者不宜用，陰虛有火者咸忌之。

原蠶沙

[氣味] 甘辛，溫，無毒。

[主治] 腸鳴，熱中消渴《別錄》，炒黃袋盛浸酒，去風緩，諸節不遂，皮膚頑痺，腹內宿冷，冷血瘀血，腰脚冷疼藏器，去風勝濕，療女子血崩血閉時珍。

宗奭曰：用醇酒三升，拌蠶沙五斗，甑蒸，於暖室中鋪油單上，令患風冷氣痺及近感癱風人就以患處一邊臥沙上，厚蓋取汗，若虛人須防大熱昏悶，令露頭面。如未全愈，間日再作。

弘景曰：蠶沙多入諸方，不但熨風而已。

或曰：蠶沙在《別錄》言其主腸鳴熱中消渴，而藏器所主內有腹中宿冷，冷血瘀血，腰脚冷疼等證。夫冷熱異治，其誰適主耶？曰：前所謂陽欲趨陰、陰能化陽二語盡之矣。而又爲蠶糞，更得其轉化之氣，故凡陽之不得趨陰，陰之不能化陽者，爲熱中消渴固也，卽爲冷血瘀血等證，胥由於此。如原蠶乘時令氣，是陽趨得乎陰，陰亟化於陽，而蠶沙又爲其趨下以轉化者，所以能奏如是之功耳。但方書於消渴證未見概用，唯中風之史國公酒、鶴膝風之換骨丹，其所治皆濕風之證也。又攣證之酸棗仁丸，其療風毒，亦以濕不化而爲風鬱，風鬱久而爲毒也。是則如斯三證用之，豈止如東璧氏所言屬火性燥，便足以去風勝濕乎哉？則用當於陰陽之氣化求之，茲雖小物，固亦乘於陰陽之氣者也。先哲曰：風邪深入，而手足爲之緩弛，故曰風緩。又曰：病在陽經，氣行遲而關以緩；病在陰經，氣行疾而關以收。卽此義，則藏器所治風緩，宗奭所治風冷痹者，固皆治其病於陽者也。夫風冷爲患，由於陽之不能爲衛，經所謂虛者着而爲病，壯者氣行則已也。故緩弛以濕而爲陰，然以風卽能化濕，濕卽能化風，故相因以病。從本而論，先受者爲主，是以緩弛之病止曰風緩也。若蠶沙之陽趨陰，陰化陽，則舉治之矣。

［附方］

女子血漏，蠶沙炒，一兩，伏龍肝半兩，阿膠一兩，爲末，空心溫酒調服二三錢。

治腹中癥瘕，同桑柴灰淋汁，煮鱉肉作丸服。

希雍曰：癱緩筋骨不隨，由於血虛不能榮養經絡，而無風濕外邪侵犯者，不宜服。

蠶繭 蠶甕曰繭。用已出蛾者。

［氣味］　甘，溫，無毒。

［主治］　燒灰酒服，治癰腫無頭，次日卽破，又療頭瘡瘡及下血，血淋血崩。煮汁飲，止消渴反胃 時珍。

時珍曰：蠶繭方書多用，而諸家本草並不言及，誠闕文也。近世用治癰疽，代鍼用，一枚卽出一頭，二枚卽出二頭，神效無比。煮湯治消渴，古方甚稱之。丹溪朱氏言：是物屬火，有陰之用，能瀉膀胱中相火，引清氣上朝於口，故能止渴也。繰絲湯及絲綿煮汁，功並相同。

［附方］

腸風大小便血，淋瀝疼痛，**繭黃散**：用繭黃、蠶蛻紙並燒存性，晚蠶沙、白殭蠶并炒，等分爲末，入麝香少許，每服二錢，用米飲送下，日三服，甚效。

蠶蛻

［氣味］　甘，平，無毒。

[主治]　血病嘉祐，婦人血風宗奭，治目中翳障及疳瘡時珍。

禹錫曰：蠶蛻，今醫家多用初出蠶子殼在紙上者，東方諸醫用老蠶眠起所蛻皮，功用相近，當以蛻皮爲正。入藥微炒用。

蠶連　蠶紙曰連。

[主治]　腸風瀉血，崩中帶下《日華子》，小便淋閉及牙宣牙癰，牙疳喉痹時珍。

時珍曰：蠶蛻皮、蠶連紙，功用相同，亦如蟬蛻、蛇蛻之義。但古方多用蠶紙者，因其易得耳。

愚按：蠶蛻及連，本草皆取其治血證，大爲合理，蓋血本於火，金水合而後生化者也。但須取早蠶者，以其得金水清化之氣，足以勝亢陽之傷陰也。乃方書於血證未見概用之，得勿以其脫化爲耗陰乎？聊錄數方，至於治目內外障，方書固多有矣。

[附方]

崩中不止，蠶故紙一張，剪碎炒焦，槐子炒黃，各等分，爲末，酒服，立愈。

熱淋如血，蠶種燒灰，入麝香少許，水服二錢，極效方也。

走馬牙疳，用蠶蛻紙灰，入麝香少許，貼之。

纏喉風疾，用蠶蛻紙燒存性，煉蜜和，丸芡實大，含化咽津。

愚按：蠶用之有三，早蠶則繭也，蛻也，連也。蓋蠶本火中之金，生化於水土精氣，猶人身乾金之氣由陽歸陰，乃還離中之坎，乾金變化，助火以爲血焉。丹溪謂蠶繭屬火，有陰之氣，固先得我心矣。又寧獨繭？如蛻如連，本草用治血證，第其脫化勝於繭耳。是皆取其陽得陰化，唯早蠶爲宜。至原蠶用蛾及沙，是又取其陰從陽化，舍夏蠶將焉用之？如殭蠶與早晚蠶之用迴別，然用之似宜早者，以其金氣勝能化木也，若晚者火爲主矣。總之用各有宜，試觀繭方治大小便血，繭蛻連沙並用，更入殭蠶，豈非以其各有所治而殭蠶之用尤有別歟？

繰絲湯　附，詳見一卷水部。

[主治]　消渴大駭。

綿

[主治] 新綿燒灰，主吐血衄血，下血崩中帶下，痔瘡臍瘡聤耳時珍。

[附方]

腸風下血，舊綿燒灰、枳殼麩炒，等分，麝香少許，為末，每服一錢，米飲下。

血崩不止，好綿及婦人頭髮共燒存性，百草霜等分，為末，每服三錢，溫酒下。或加棕灰。

東垣方：用白綿子、蓮花心、當歸、茅花、紅花各一兩，以白紙裹定，黃泥固濟，燒存性，為末，每服一錢，入麝香少許，食前好酒服。

絹　附。

[主治] 用黃絲絹，乃蠶吐黃絲所織，非染色也。煮汁服，止消渴，產婦胎損，洗痘瘡潰爛。燒灰，止血痢下血，吐血血崩時珍。

[附方]

產婦胎損，小便淋瀝不斷，黃絲絹三尺，以炭灰淋汁，煮至極爛，清水洗凈，入黃蠟半兩，蜜一兩，茅根二錢，馬勃末二錢，水一升煎一盞，空心頓服。服時勿出聲，出聲即不效。名固胎散。

蠍一名蠆蜥，音伊祈。

許慎曰：蠍蠆，尾蟲也。長尾為蠆，短尾為蠍。時珍曰：蠍形如水黽，八足而長尾，有節色青。《酉陽雜俎》云：江南舊無。志曰：蠍出青州者佳。陶隱居云：蠍螫人，或用泥水傅之，或畫地作十字，取其上土，水服五分。或螫在手足，以冷水漬之，稍煖即易冷者。或螫在身，以水浸布搨之，皆驗。

[氣味] 甘辛，平，無毒。頭先鹹甜，後辣，甜辣無優劣；尾先鹹甜，後辣，又苦，辣有七分，甜二分，苦一分；尾梢先甜後辣，甜有四

分，辣有六分。

[主治] 中風半身不遂，口眼喎斜，語澀，手足抽掣《開寶》，小兒驚癇風搐及男子疝氣，女子帶下時珍，却風涎，解風毒癮疹方書。

時珍曰：蠍，產於東方，色青屬木，足厥陰經藥也，故治厥陰諸病，諸風掉眩搐掣，瘧疾寒熱，耳聾無聞。東垣云：凡疝氣帶下，皆屬於風。蠍乃活風要藥，俱宜加而用之。

希雍曰：蠍，稟火金之氣以生，《本經》味甘辛有毒，然察其用，應是辛多甘少，氣溫，入足厥陰經。諸風掉眩屬肝木，風客是經，非辛溫走散之性則不能祛風逐邪，兼引諸風藥達病所也，故真中風，小兒急驚風，皆須用之。

[附方]

宣風散：治小兒初生斷臍後傷風，唇青口撮，出白沫，不乳。用全蠍二十一個，無灰酒塗炙，爲末，入麝香少許，每用金銀煎湯，調半字服之。

大人風涎，用蠍一個，頭尾全者，以薄荷四葉裹定，火上炙焦，同研爲末，作一服，白湯下。小兒驚風，分四服，如前服。

得胡桃同煅共研，黃耆金銀花湯下，治橫痃不收口。

愚按：蠍之用，類以爲風劑一例耳，詎知其治療之義較有可參也。蓋蠍色青，而多產於東方，謂非賦風木之專者哉？乃其味甘辛，但甘不敵辛，卽氣之平者亦爲辛也，是則風木之氣頓化爲由土而金之用矣。粗者曰：固亦勝己者之化，借其辛而散風耆耳，與風劑何以別乎？曰：化之較勝優矣。試觀其所主諸患，多屬於虛。毋論如東垣所云疝氣帶下以此治之，卽就小兒慢脾驚風一證，在諸家之所用，強半不能舍此也，是遵何道哉？蓋因其脾土大虛而肝木不得化原以爲用，故風生於虛耳。每見病屬肝木侮土者，先哲多補土以奏功，是以慢脾驚風主於益土矣。更藉由木化金之專氣以補肝虛，使風木得化原於土，更暢化氣於金。借由木化金之氣，如何是助土補肝？蓋五行以克我者爲主，我克者爲用也，故下言金氣原從乎火。東垣活風二字，豈非取其化之者優於勝之者乎哉？或曰：急驚風亦用之云何？曰：肝實者在諸家固亦用之，然而薛新甫之治急驚絕不及此也，或亦審之熟矣。第謂其秉火金之氣以生。希雍所說亦不妄，蓋金氣原從乎火，況由木而化者乎？金乘火而氣益銳，項彥章所云腎邪透膜，非此不能引導者在此，即本草所謂有毒者亦在此矣。試觀其爲所螫者，多以泥水緩其痛，豈非金乘於木者之一証乎？然而肝實者奈何復助之焰？此薛新甫之所以斂手於茲乎。希雍謂急驚乃是的劑，是亦未之思也夫。

[附方]

風淫濕痹，手足不舉，筋節攣瘀，先與通關，次以全蠍七個瓦炒，入麝香一字，研勻，酒三盞空心調服，如覺已透則止，未透再服。如病未盡除，自後專以婆蒿根洗淨酒煎，日二服。

腎臟虛冷，氣攻臍腹，疼痛不可忍，及兩脇疼痛，用乾蠍七錢半，焙，爲末，以酒及童便各三升，煎如稠膏，丸梧子大，每酒下二十丸。

小腸疝氣，用緊小全蠍焙，爲末，每發時服一錢，入麝香半字，溫酒調服，少頃再進，神效。

[修治] 緊小者佳。有用全者，有用尾者，尾力尤切。水洗，炒，去毒，又云去足焙用。如前段所嘗，頭尾味辛，味在尾居多，且帶有苦，故知尾力尤切，合繆氏火金之說也。

斑蝥—一名盤蝥。盤音班，蝥音茅。俗訛作斑貓。

一名斑貓。黃斑色，大如巴豆，甲上有青黑斑點，八九月在豆葉上食其汁。

[氣味] 辛，寒，有毒。普曰：神農，辛；岐伯，鹹；扁鵲，甘，有大毒。

[諸本草主治] 瘰癧，破石癃，並血疝便毒，拔疔毒，療瘈犬傷。

[方書主治] 脹滿，畜血痿厥，前陰諸疾，疝，蠱毒。

時珍曰：斑蝥，人獲得之，尾後惡氣射出，臭不可聞，故多言其有毒，能至精溺之處蝕下敗物，故《本經》破石癃用之，但痛不可當。葛氏云：凡用斑蝥，取其利小便，引藥行氣，以毒攻毒是矣。楊登甫云：瘰癧之毒，莫不有根。大抵以斑貓、地膽爲主，制度如法，能使其根從小便中出，或如粉片，或如血塊，或如爛肉，皆其驗也。但毒之行，小便必澁痛不可當，以木通、滑石、燈心輩道之。

希雍曰：斑貓稟火金相合之氣，故其味辛氣寒，性能追逐腸胃垢膩，復能破結，走下竅也。

[附方]

治瘰癧，用肥皂二斤去核，每肥皂一莢入斑貓四枚，線縛蒸，取出，去斑貓并肥皂皮筋，得淨肉十兩，入貝母二兩，栝樓根、玄參、甘草、薄荷葉各一兩五錢，共爲末，以肥皂搗如泥，爲丸梧子大，每服一錢，白湯吞。服後腹疼勿慮，此藥力追毒之故。

血疝便毒，不拘已成未成，隨即消散，斑貓三個，去翅足，炒，滑石五錢，同研，分作三服，空心白湯下，日一服，毒從小便出。如痛，以車前、木通、澤瀉、豬苓煎飲。名破毒散，甚效。

愚按：斑蝥之用於外治爲多，而用之於內者止有破石癃，亦云治血積。大抵能破陰結，而且直潰其所結之毒，謂其出毒而痛難勝者，正其力之能逐毒也，方書畜血證固亦用之矣。更治癱瘓諸證，有左經丸，用此煮黑豆，其方用豆爲君，而他味佐之，具云常服通經絡，活血脈。此語殊非妄也。即如癱瘓一證，其血脈結泣，致經絡有阻，由來非旦夕矣，匪是潰結達陰者，能奏效乎哉？但臨證貴有酌量耳。

希雍曰：斑貓性有大毒。扁鵲云：是物能潰爛人肌肉，惟瘰癧，癲犬咬，或可如法暫施是物。若煅之存性，猶能嚙人腸胃，發泡潰爛致死。即前二證，亦不若用米同炒，取氣而勿用質爲穩，餘證必不可餌也。

[修治] 七八月豆盛時采，陰乾，去翅足，入糯米中炒，米黃爲度。生則令人吐瀉。

水蛭_{蛭，音質。俗名馬蟥。}

[氣味] 鹹苦，平，有毒。《別錄》曰：微寒。

［主治］　逐惡血瘀血，破血癥積聚，利水道《本經》，治女子月閉，欲成血勞《藥性》，治折傷墜跌寇宗奭。

無己曰：鹹走血，苦勝血，水蛭之鹹苦，乃肝經血分藥，故能通肝經聚血。

希雍曰：水蛭，其味鹹苦，氣平，有大毒，其用與䖟蟲相似，故仲景方往往並用。鹹入血走血，苦泄結，鹹苦並行，故治惡血瘀血、血癥月閉等證。入抵當湯，治傷寒畜血下焦，因而發狂；入大黃䗪蟲丸，兼治虛勞骨蒸咳嗽，內有乾血，皮膚甲錯。皆仲景方。

愚按：水蛭同䖟蟲入仲景抵當湯丸中，以治傷寒畜血，而後來治畜血證不因於傷寒者，亦不能外此二味，祇因證以爲加減而已。夫以蠕動噉血之物，治血之畜而不行者，先哲之思議亦精矣。余簡治痛風證，亦用水蛭而不及䖟蟲，得非以兹物得水精氣，血固水所化，而於治痛風血結者更切乎？抑或不須䖟蟲耶？請商之明者。

希雍曰：水蛭爲破逐死血之毒劑，更煅之若尚存性，入腹能化原形，齧人腸臟。若然，破瘀消血之藥儘多，奚必用此難製者？如犯之，爲黃泥丸吞之，必入泥而出。

［修治］　是物難死，加火炙經年，亦如魚子烟熏經年，得水猶活。采得，當展其身令長，腹中有子者去之，以米泔浸一宿，日乾細剉，微火炒令黃色，烟出乃熟。

䖟　蟲

卽䖟蟲噉牛馬血者。大如蜜蜂，腹四褊微黃綠色，[14]伺其腹滿掩取，乾之。

［氣味］　苦，微寒，有毒。

［主治］　逐瘀血，破血積堅痞，癥瘕寒熱，通利血脈及九竅本草，除賊血在胸腹五臟者，及喉痹結塞《別錄》。

時珍曰：按劉河間云：䖟食血而治血，因其性而爲用也。成無己云：

苦走血，血結不行者以苦攻之，故治畜血用䗪蟲，乃肝經血分藥也。

希雍曰：蜚䗪苦勝，苦能泄結，就其善嚙牛馬諸畜血者而還以治血，故治一切血結爲病。苦寒又能泄三焦火邪，迫血上壅，閉塞咽喉，故主喉痹結塞也。今人多畏其毒而不用，然仲景抵當湯丸、大黃䗪蟲丸中咸入之，以其散臟腑宿血結積有神效也。凡用毒藥以治病，《書》所謂若藥不瞑眩，厥疾不瘳是也。其與病相乖不宜用者，詳著簡誤中。

[附方]

《備急方》：撲墜瘀血，䗪蟲二十枚，牡丹皮一兩，爲末，酒服方寸匕，血化爲水也。若久宿血在骨節中者，二味等分。

愚按：蜚蟲之用，其義與水蛭同，劉河間所謂因其性而爲用者是矣。第每以二物同用，其義何居？先哲釋抵當湯有云：經曰鹹勝血，血畜於下，必以鹹爲主，故以水蛭鹹寒爲君；苦走血，血結不行，必以苦爲助，是以䗪蟲苦寒爲臣。就此數語，亦可明仲景合用之義非苟然而已也。然不獨畜血，如癧風，如耳中乾耵而鳴者，亦並用之。又如小便不通，係婦人積血，用抵當湯，而以朴硝易水蛭，止用䗪蟲。似此三方，俱當細參之。

希雍曰：傷寒發黃，脈沉結，少腹鞕，[15] 如小便不利者，爲無血證，非畜血也，不宜用；瘀血未審的者不宜用；女子月水不通，由於脾胃薄弱，肝血枯竭，而非血結閉塞者，不宜用；孕婦腹中有癥瘕積聚不宜用。凡病氣血虛甚，形質瘦損者忌之。

[修治]　入丸散，去翅足，炒熟用。

䗪蟲䗪，音這。一名地鱉。

弘景曰：形扁，扁如鱉，故名土鱉。恭曰：是物好生原壤土中及屋壁下，狀似鼠婦，而大者寸餘，形似小鱉，無甲而有鱗。

[氣味]　鹹，寒，有毒。甄權曰：鹹苦。

[主治]　心腹寒熱洗洗，血積癥瘕，下女子月閉有子，行產後血積

及折傷瘀血，治重舌木舌口瘡。

頌曰：張仲景治雜病方及久病積結，有大黃䗪蟲丸，又有大鱉甲煎丸，及婦人藥並用之，以其有破堅下血之功也。

希雍曰：䗪蟲生於下濕土壤之中，故其味鹹氣寒，得幽暗之氣，故其性有小毒。以刀斷之，中有白汁如漿，湊接卽連，復能行走，故今人以之治跌撲損傷，續筋骨有奇效，乃足厥陰經藥也。夫血者，身中之真陰也，灌溉百骸，周流經絡者也。血若凝滯，則經絡不通，陰陽之用互乖，而寒熱洒洒生焉。鹹寒能入血軟堅，故主心腹血積，癥瘕血閉諸證，血和而榮衛通暢，寒熱自除，經脈調勻，月事時至，而令婦人生子也。又治瘧母，爲必用之藥。

[附方]

大黃䗪蟲丸：治產婦腹痛，有乾血。用䗪蟲二十枚去足，桃仁二十枚，大黃二兩，爲末，煉蜜杵和，分爲四丸，每以一丸，酒一升煮取二合，溫服，當下血也。

木舌腫強塞口，不治殺人，䗪蟲炙，五枚，食鹽半兩，爲末，水二盞煎十沸，時時熱含吐涎，瘥乃止。

重舌塞痛，地鱉蟲和生薄荷研汁，帛包，捻舌下腫處。

跌撲閃挫，折傷接骨，用土鱉陰乾，一個，臨時旋研，入乳香、沒藥、自然銅火煆醋淬、龍骨各等分，麝香少許，爲末，每服三分，入土鱉末，以酒調下，須先整定骨乃服，否則接錯也，又可代杖。

愚按：䗪蟲之治積血固也，然而折傷接骨又必用之者，似其性味蓋以化血，俾完其流行相續之用，非一於破決者。觀治木舌重舌之證，可以知其功矣。夫血本能下，而乃能上者，以三焦之氣也。如茲物徒以破決下行，則焉能令榮氣之流卽應於舌以爲功乎？臨病之工，須審證以投，勿滾同而混施也。卽如仲景治產婦腹痛有乾血者，仍用抵當湯內之大黃、桃仁，而却以茲物代水蛭、䖟蟲，其義不可深思乎哉？

又按：仲景治畜血用水蛭、䖟蟲，而治虛勞乾血，則前二物外復加䗪蟲、蠐螬。醫皆知乾血之證甚於畜血也，第䗪蟲、蠐螬之性味止於化血導血，能助前二物以成厥功，而不濟其悍以致其決之烈也。仲景以乾血因於虛勞加此二味，固有深義，是則未必悉矣。試觀治瘧母一方，止用䗪蟲、蜣螂而置水蛭、䖟蟲，則可以知破血之功不任之䗪蟲、蠐螬矣。

希雍曰：無瘀血停留者不宜用。

[修治]　十月取，日乾，炒。

蠐螬一名地蠶。

時珍曰：其狀如蠶而大，身短節促，足長有毛。生樹根及糞土中者外黃內黑，生舊茅屋上者外白內黯，皆濕熱之氣熏蒸而化，宋齊丘所謂燥濕相育，不母而生是矣，久則羽化而去。按蠐螬屬糞土中所生，或誤以為蛴螬音遒齊，又誤以為蠍音曷。為蠱者，不知此三種皆出朽木中也，在前哲亦辨之悉矣。第言其入夏變而為蟬，《月令》所謂仲夏蟬始鳴者也。及考王充《論衡》云：蠐螬化腹蝻，腹蝻拆背出而為蟬。再考《玉篇》云：腹蝻，蟬皮也，是蟬未脫者。宗奭曰：至夏乘昏夜出土中，升高處拆背殼而出。若是，則腹蝻即是蟬蛻，謂之腹蝻者，出於背而育於腹也。不可誤指蠐螬所化之腹蝻又另是一種也，觀者不以辭害義可耳。

[氣味]　鹹，微溫，有毒。《別錄》曰：微寒。

[主治]　惡血血瘀破折，血在脇下堅滿痛，虛勞乾血，血結筋攣，血瘀着痹，女子月閉，目中淫膚，青翳白膜，取汁點喉閉即開，赤白遊疹，疹擦破塗之。

《湯液》云：仲景治雜病方大黃䗪蟲丸中用之，以其主脇下堅滿也。《續傳信方》治喉痹，取蟲汁點在喉中，下即喉開也。

時珍曰：許學士《本事方》治筋急，養血地黃丸中用之，取其治血瘀痹也。按《陳氏經驗方》云：《晉書》吳中書郎盛沖母王氏失明，婢取蠐螬蒸熟與食，王以為美，沖還知之，抱母慟哭，母目即開。與本草治目中青翳白膜，《藥性論》汁滴目中去翳障之說相合。予嘗以此治人得驗，因錄以傳人。

愚按：蠐螬生於糞土中，故其味鹹，蓋非泛泛之土味也。故爲濕氣所蘊，還以化熱，熱與燥同氣，燥者清化也，始由於陰氣，故復歸清化，而其展轉相化以生者，乃謂之燥濕相育，蓋化則育也。唯其本於陰氣而味鹹，故入血分，唯其展轉相化，無母而生，故能解血分之結滯，如仲景大黃䗪蟲丸用之治虛勞内有乾血，如養血地黃丸用之以治筋攣，筋攣者，血弱且結也，又如用於萆薢丸中以治血痹。即此類推，則知茲物之用，固藉其展轉幻化之氣，以爲血中之先導者，豈得例以破決之味視之？不然，破決之味固多矣，而何以必需於此？試一參之。

[修治] 所主諸方，有乾研及生取汁之不同，臨用酌之。

蚱　　蟬

頲曰：夏月始生，自蠐螬腹蜟轉相變化，本出土中，又有云蜣螂轉丸化生者。總之，仲夏則登木而蛻，身與聲俱大，蚱音窄，蟬聲也，方首廣額，兩翼六足，以脇而鳴，吸風飲露，溺而不糞，性畏日，至三十日而死也。其類甚多，如仲夏始鳴，大而色黑者，蚱蟬也；又曰蟂音綿，曰馬蜩，《豳風》五月鳴蜩者是也；頭上有花冠曰螗蜩，曰螇，曰胡蟬，《蕩》詩如蜩者如螗者是也；具五色者曰蜋蜩，見《夏小正》。入藥用者，此數種也。

[氣味] 鹹甘，寒，無毒。

[主治] 小兒驚癇夜啼《本經》，去壯熱《藥性》，癲病寒熱《本經》，驚悸《別錄》，小兒癇絕不能言蘇恭。

時珍曰：蟬主產難，下胞衣，亦取其能退蛻之義。《聖惠》治小兒發癇有蚱蟬湯、蚱蟬散、蚱蟬丸等方，今人只知用蛻而不知用蟬也。

希雍曰：蟬禀水土之餘氣，化而成形，其飛鳴又得風露之清氣，故能入肝祛風散熱，如《藥性論》主小兒壯熱驚癇是矣。其鳴清響，能發音聲；其體輕浮，能出瘡疹；其味甘寒，能除風熱。今人止知用蛻者何哉？同丹砂、茯神、真珠、牛黄、殭蠶、天竺黄、鈎藤鈎、犀角、琥珀、全蠍，治小兒風熱，急驚癎病。

[附方]

頭風疼痛，蚱蟬二枚，生研，入乳香、硃砂各半分，丸小豆大，每用一丸，隨左右納鼻中，出黄水爲效。

蟬蛻　一名腹蜟。

[氣味]　鹹甘，寒，無毒。

[主治]　頭風，眩暈癒癥，療目痛目赤及腫脹，並昏花內外障翳，用之爲多，小兒噤風天吊，瘡疹出不快，痘瘡作癢，婦人生子不下。

好古曰：蟬蛻去翳膜，取其蛻義也。蟬性蛻而退翳，蛇性竄而祛風，因其性而爲用也。

又曰：補風虛。

時珍曰：蟬乃土木餘氣所化，飲風吸露，其氣清虛，故主療皆一切風熱證。古人用身，後人用蛻，大抵治臟腑經絡當用蟬身，治皮膚瘡瘍風熱當用蟬蛻，各從其類也。

希雍曰：同羚羊角、密蒙花、白蒺藜、草決明、木賊草、穀精草、甘菊花、夜明砂、[16]生地黄、黄連、女貞實，治目盲障翳；同犀角、生地黄、紫草、麥門冬、連翹、金銀花，治痘瘡血熱出不快；同石膏、鼠黏子、赤檉木、薄荷、玄參、甘草、葛根、栝樓根、麥門冬，治大人小兒痧疹。

[附方]

小兒噤風，初生口噤不乳，用蟬蛻二七枚，全蠍去毒二七枚，爲末，入輕粉末少許，乳汁調灌。

疔瘡毒腫，用蟬蛻、殭蠶等分，爲末醋調，塗瘡四圍，候根出拔去再塗。

治目疾方多，備見目條。

愚按：蟬本濁陰之氣，絪蘊清陽，故乘仲夏陽盛之候以爲變化。既乘清陽以化，而濁陰之質亦歸於清，故吸風飲露，頓發音響而更畏日，蓋由陰育陽，卽由陽暢陰，陰體而陽用也。用此療陽之淫而化風者，可使居先而清其氣之出機矣。從陰化陽，卽所謂陰中之少陽，非陽中之太陽也，故曰清陽。日爲太陽，所以畏之。按蟬身本濁陰而化清陽，故能清風之化原，不同於諸祛風之味也。若猥以爲療風熱，其說是隔靴搔癢。能悉其義，則知治驚風等證之當用身矣。愚謂如頭風癮瘆及小兒驚癇，噤風天吊，並治啞證，方書中用其蛻，不如用蟬身之爲親切也。至蛻止其由陰育陽，復由陽暢陰之氣，前後幻化者，若留此皮殼以一示現，則卽取此爲氣結不化、形結不化者之對待矣。如所治目昏障翳，小兒瘡疹出不快，痘瘡作癢，疔瘡腫毒及婦人生子不下，皆可取其蛻義以爲功也。抑蛻於目肓用之獨多，然如內外障固爲要劑，至於目痛或赤腫脹，所因氣結不化，亦得用之，如風毒熱衝以成內外障者，於除風熱劑中，亦藉此蛻以轉清陽之氣矣。唯是用身用蛻，必擇仲夏發聲更其形大，如前數種，乃爲應候，得取其氣以療所患。若秋月始鳴諸種，用之亦無益也。

又按：蟬蛻之用於小兒驚搐，惟慢驚有之，卽治癇者止投於補劑中，然則漫謂蟬蛻能療風熱，是亦未審於轉達清陽之義以治化原，而徒恃此去風也，竟何益哉？

[修治] 去翅足，水洗去土，蒸過。

蜣蜋—一名蛣蜣、推丸。畏羊角、羊肉、石膏。

宏景曰：《莊子》云：蛣蜣之智在於轉丸，喜入糞土中，取屎丸而推却之，故俗名推丸。時珍曰：蜣蜋以土包糞，轉而成丸，雄曳雌推，置於坎中，覆之而去，數日有小蜣蜋出，蓋孚乳於中也。

[氣味] 鹹，寒，有毒。好古曰：酸。

[主治] 小兒驚癇瘛瘲及疳蝕疳積，腹脹寒熱，大人癲疾狂陽，並風癇瘈母，膈氣吐食，大小便閉，下痢赤白噤口，并一切瘰癧及疔腫疽瘡，附骨疽瘡。

時珍曰：蜣蜋，乃手足陽明、足厥陰之藥，故所主皆三經之病。《總微論》言古方治小兒驚癇，蜣蜋爲第一，而後醫未見用之，蓋不知此義耳。

希雍曰：蜣蜋稟陰濕之氣以生，故其味鹹氣寒，有毒，入足厥陰、手足陽明經。

［附方］

小兒驚風，不拘急慢，用蜣蜋一枚杵爛，以水一小盞於百沸湯中盪熱，去滓飲之。

膈氣吐食，用地牛兒二個，推屎蟲一公一母，同入罐中，待蟲食盡地牛兒，以泥裹煨存性，用去白陳皮二錢，以巴豆同炒過，去豆，將陳皮及蟲為末，每用一二分吹入咽中，吐痰三四次即愈。

赤白下痢及噤口痢，用蜣蜋燒研，每服半錢或一錢，燒酒調服，小兒以黃酒服，立效。

大小便閉，經月欲死者，本事推車散。用推車客卽蜣蜋別名。七個，男用頭，女用身，土狗七個，男用身，女用頭，新瓦焙，研末，用虎目樹南向皮煎汁調服，只一服卽通。

痔漏出水，用蜣蜋一枚，陰乾，入冰片少許，為細末，紙撚蘸末入孔內，漸漸生肉，藥自退出，卽愈。

下部䘌蟲，痛癢膿血，旁生孔竅，蜣蜋七枚，五月五日收者，新牛糞半兩，肥羊肉一兩，炒黃，同搗成膏，丸蓮子大，炙熱綿裹，納肛中半日，卽大便中蟲出，四度永瘥。按：蜣蜋畏羊肉，而此方乃合用之，蓋取其相反，使其氣發以奏功也。

愚按：蜣蜋喜入糞土中，取屎丸而推之，乃漆園謂其智在此。夫水穀入胃，化精微，上升而為氣血，化糟粕，下降而為屎溺，升者從其陽，降者從其陰也。故每用人身濁陰之物治陽狂，解諸毒，蓋本其根於胃者還返於胃，以對待胃之為熱為毒最親切也。乃茲物以土包之，曳推不已，似能令此陰濁之物還依土以神其生化，而孚乳於此以生生者，果從此出，是非微物而其智之所稟有異歟？卽是參之，則蜣蜋之用，固不獨以其能散熱毒，更取其由土，以能推轉而妙於生化也。知斯義以用之，則庶幾收其轉運除熱之功，以治中土所生所合之病，如上所主諸證，皆有益而無咎矣。

蛜蝛心

[主治] 疔瘡。

劉禹錫纂《柳州救三死方》云：元和十一年，得疔瘡凡十四日，益篤，善藥傅之，莫效。長慶賈方伯教用蛜蝛心，一夕百苦皆已。明年正月食羊肉，又大作，再用，如神驗。其法用蛜蝛心，在腹下度取之，其肉稍白是也，貼瘡半日許，再易，血盡根出卽愈。蛜蝛畏羊肉，故食之卽發。其法蓋出葛洪《肘後方》。

希雍曰：蛜蝛有毒，外用易臻厥功，內服非虛人所宜，非不得已勿輕試。

愚按：每於小兒有積滯者，土裹燒食之，良驗。初不損胃，然則希雍之言過當矣。

[修治] 《別錄》曰：五月五日采取，蒸藏之，臨用去足火炙。勿置水中，令人吐。

螻蛄 《月令》作螻蟈，俗名土狗。

顥曰：螻蛄穴土而居，吸風食土，喜就燈光，立夏後至夜則鳴，聲如蚯蚓。《月令》：螻蟈鳴。雄者善鳴而飛，雌者腹大羽小，不善飛翔。入藥用雄，夜出者良，夏至取，曝乾用。

[氣味] 鹹，寒，無毒。《日華子》曰：涼，有毒。去翅足，炒用。

[主治] 水腫，頭面腫，利大小便，通石淋，療胞衣不下及頸項瘰癧。

丹溪曰：螻蛄治水甚效，但其性急，虛人戒之。

頌曰：今方家治石淋導水，用螻蛄七枚，鹽二兩，新瓦上鋪蓋焙乾，研末，每溫酒服一錢匕，卽愈也。

愚按：螻蛄穴土而居，所以俗名土狗。於立夏後至夜則鳴，《月令》所謂螻蟈鳴者是也。以茲微物，其鳴亦應乎大火之候，豈非氣之相感，有不得不然者乎？是非稟質於陰，達氣於陽者乎？觀其喜就燈光，則其義可思矣。以故用之療水證甚效，正取其從陰達陽之微妙也。抑何以又於夏至取曝乾而用之？蓋取其乘陽極昌之氣以透陰，如夏至後則便屬陰氣生長之時，於茲物又無所取財也。且用之更以曝乾，不尤見先哲格物具有精義乎哉？

[附方]

十種水病，腹滿喘促，不得臥，《聖惠方》以螻蛄五枚，焙乾，爲末，食前白湯服一錢，小便利爲效。楊氏加甘遂末一錢，商陸汁一匙，取下水爲效。忌鹽一百日。

嗅鼻消水，面浮甚者，用土狗一個，輕粉二分半，爲末，每嗅少許入鼻内，黃水出盡爲妙。

大小便閉，經月欲死，《普濟方》用土狗、推車客各七枚，並男用頭，女用身，瓦焙焦，爲末，以向南樗皮煎汁飲，一服神效。

胞衣不下，困極腹脹則殺人，螻蛄一枚，水煮二十沸，灌入，下喉即出也。

頸頭瘰癧，用帶殼螻蛄七枚生取肉，入丁香七粒於殼内，燒過，與肉同研，用紙花貼之。

又按：《準繩》此種於治水腫絕未見用，乃頭痛及奔豚氣各一方，并耳聾外治二方。細尋其入三方主治何若，皆不越於從陰透陽以致其用也。如治奔豚氣中用之，正以土狗能利便導濕熱耳，與治水氣證之義一也。

[方]

治頭風餅子：五倍子、全蠍、土狗各七個，爲末，醋糊作如錢大餅子，發時再用醋潤透，貼太陽穴上，炙熱貼之，仍用帕子縛之，啜濃茶睡，覺即愈。

治奔豚氣，穿山甲麩炒、破故紙麩炒、香附去毛，各半兩，土狗十枚，去頭尾，瓦上焙乾，海藻、茴香、木香各一兩、黑牽牛頭末，四兩，全蠍十五枚，去毒，吴茱萸一兩半，爲末，用大蘿蔔一枚剜去心肉，裝入茱萸，以糯米一碗同蘿蔔煮，飯爛爲度，出茱萸曬乾，同諸藥爲末，次將蘿蔔細切，入米飯搗，丸如梧子大，每服二十丸，加至三十丸，食前鹽酒送下。

外治耳聾，**通神散**：[17]全蠍一枚，地龍、土狗各二個，明礬半生半煅，雄黃各半兩，麝香一字，上爲細末，每用少許，葱白蘸藥，引入耳中，閉氣面壁坐一時，三日一次。

又**通氣散**：穿山甲、螻蛄各半兩，麝香一錢，爲細末，以葱涎和劑，塞耳。或爲細末，葱管盛少許放耳中。

蜈蚣 一名蝍蛆、天龍。

川廣山谷中最廣，江南亦有之。背綠腹黃，頭足赤而大者爲公，黃細者爲母。用公不用母，故曰公。七八月采之。

[氣味] 辛，溫，有毒。

[主治] 癘風，破傷風，小兒驚癇風搐，臍風口噤，療心腹寒熱積聚，脹滿癥瘕，治癇，譫妄，去惡血，墮胎，散蠱毒，制諸蛇毒，尸疰惡氣，殺三蟲，傅便毒痔漏，瘰癧潰瘡及蝮蛇螫傷。

頌曰：今醫家治小兒口噤不開，不能乳者，以東走蜈蚣去足炙研，用豬乳二合調半錢，分三四服，溫灌之，有效。

時珍曰：蓋行而疾者惟風與蛇，蜈蚣能制蛇，故亦能截風。蓋厥陰經藥也，故所主諸證多屬厥陰。按楊士瀛《直指方》云：蜈蚣有毒，惟風氣暴烈者可以當之。風氣暴烈，非蜈蚣能截能擒，亦不易止，但貴藥病相當耳。設或過劑，以蚯蚓、桑皮解之。

希雍曰：蜈蚣稟火金之氣以生，故其味辛氣溫，有毒，乃屬陽之毒蟲，足厥陰經藥也。金頭蜈蚣得牛角䚡、象牙末、豬懸蹄、刺蝟皮、蛀竹屑，能去通腸漏管。《聖濟總錄》云：嶺南外蛇瘴一名鎖喉瘴，[18]項大腫痛連喉，用赤足蜈蚣一二節研細，水下，卽愈。

愚按：蜈蚣性能制蛇，所謂騰蛇遊霧而殆於蝍蛆，音卽咀。正指此也。夫蛇應於巳，稟巽爲風之用，而合於六陽盛氣者也，茲物能制之，以其火合於金也。繆仲淳以茲物稟火金之氣以生，良然。火合於金，是火爲金用，則木不能因子之勢以侮金，而風木還受金制，故曰能截風也。或曰：

雞亦屬巽也，乃更制蜈蚣何哉？曰：先哲有云雞在卦屬巽，在星應昴，兌見而巽伏，故曰伏雞。巳酉相見，遂成金局，故曰兌見而巽伏。即斯繹之，則蛇屬巽而受制於蜈蚣者，固以其雖有火而反爲金之用也。觀《蜀圖》所云采於七八月，非其金氣專乎？至雞雖在卦屬巽，而不與蛇同厥肖，則雖具木之用，而實從金化也。蓋蜈蚣金火相馭則有毒，雞則金木相媾則適用，雖同氣而以化氣勝專氣矣，可概論乎？或曰：是物能截風，如癇風，破傷風及小兒急驚癇證，臍風撮口皆治，是矣。然能除寒熱積聚，去惡血，治癥瘕者謂何？曰：氣，陽也，血，陰也。陽壅爲風，風盛而陽不化，則患於寒熱，漸爲積聚，陽不化即病於血，且患惡血，更爲癥瘕。是物火金相合以截風，則不病於風者，陽得化，而陰亦因之以化矣，故不獨療風證，而男女之積聚脹滿胥治，不獨治惡血癥瘕，舉血之得化者，如陽盛而結爲痰涎，以患於癇及譫妄證，悉用之矣。抑更治諸毒者謂何？曰：前義已悉矣。所謂金火相馭則有毒，即以毒攻毒，庶幾從治以幾於得當乎？如療痔漏便毒丹毒等病，寧能外兹義乎？況瘰癧一證，明是風火之結毒以病於陰，是物固其對者乎。

[附方]

丹毒瘤腫，用蜈蚣一條，白礬一皂子大，雷丸一個，百部二錢，研末，醋調傅之。

瘰癧潰瘡，茶、蜈蚣二味炙至香熟，搗篩爲末，先以甘草湯洗净，傅之。

便毒初起，黄脚蜈蚣一條瓦焙存性，爲末，酒調服，取汗即散。[19]

希雍曰：蜈蚣性有毒，善走竄，小兒慢驚風，口噤不言，大人温瘧，非烟嵐瘴氣所發，便毒成膿將潰，咸在所忌。是物性畏蛞蝓，能嚙人，痛甚，以蛞蝓搗塗之，痛立止。蛞蝓，一名附蝸，一名陵蠡，一名鼻涕蟲，又名托胎蟲。

[修治] 凡使，勿用千足蟲，真相似，只是頭上有白肉，面并嘴尖可别。若誤用并把着腥臭氣，入頂能殺人也。以火炙，去頭足用，或去尾足，以薄荷葉火煨用之。

白頸蚯蚓 入藥用白頸，是其老者。之才曰：畏蔥、鹽。

[氣味] 鹹，寒，無毒。權曰：有小毒。

[諸本草主治] 傷寒伏熱狂謬，温病大熱狂言，並天行諸熱，小兒熱病癲癇，並療腎臟風注及脚風，大人小兒小便不通，塗丹毒，療卵腫，傅瘰癧潰爛及對口毒瘡。

[方書主治] 中風頭風，鶴膝風，行痹痛痹，腰痛脚氣，疝，脫肛，耳聾，鼻齆。

宗奭曰：腎臟風下注病，不可闕也。

頌曰：脚風藥必須是物為使，然亦有毒。有人因脚病藥中用此，果得奇效，病愈服之不輟，至二十餘日覺躁憒，但欲飲水不已，遂至委頓。大抵攻病用毒藥，中病即當止也。

丹溪曰：蚓屬土，有水與木，性寒，大解熱毒，行濕病。

時珍曰：蚓在物應土德，在星禽為軫水，上食槁壤，下飲黃泉，故其性寒而下行。性寒，故能解諸熱疾；下行，故能利小便，治足疾而通經絡也。

希雍曰：蚯蚓得土中陰水之氣，故其味鹹寒無毒，大寒能祛熱邪，除大熱。昔有道人治熱病發狂，用白頸蚯蚓十數條，同荊芥穗搗汁，與飲之，得臭汗而解。其為治傷寒伏熱狂謬之明驗也。

愚按：蚯蚓似稟水氣以生，而合土德以成，即鹽可化之為水，豈非反其所自生歟？然無土則不能成，水土原合德以立地，而蚓固終始於水土者也。夫人身水土，一為至陰，一為太陰，如茲物由水土之氣化以生，而終始於水土，得勿取其陰之專歟？是其主治有可參也。如傷寒伏熱狂謬，温熱病大熱狂言，皆歸於陽明之土以為病，乃藉土之合於水者以除之。如腎臟風下注，是水臟欝有陽毒以為病，又藉水之合於土者以療之。是非漫然以寒除熱，乃藉水中之土能解毒而祛風也。抑是物專氣於清陰乎？詎知不具有陽之化氣則無以生，其陰亦不清矣。試觀茲物之孟夏始出，仲冬蟄結，雨則先出，晴則夜鳴，又豈非成質於陰，乘化於陽，而能得氣之先者乎？試觀方書之主治，如中風骨碎補丸，云治肝腎風虛，上攻下痊，筋脈拘攣，骨節疼痛，頭面浮腫，腰背強痛，脚膝屈伸不利等證，又如鶴膝風之經進地仙丹，云治腎氣虛憊，風濕流注，脚膝酸疼，行步無力，又如頭疼之大追風散，云治肝臟久虛，血氣衰弱，風毒上攻，新久不愈，偏正頭痛，又如行痺之定痛丸、八神丹，俱云治風虛走注疼痛，又如脚氣之拘龍丸，云治腎肝臟虛，風濕寒邪流注腿膝，行步艱難，漸成風濕脚氣。就如數證之所云風虛及腎氣虛憊，又肝臟久虛并腎肝臟虛，皆屬陰中之陽不足也，然皆用是物於諸味中者，豈猶然藉其專陰以爲取乎哉？是豈非取其成質於陰，受化於陽者，以爲導陽於陰之先資，如水土所化之動物，就是一物乃有當焉者乎？若然，卽專陰猶難言之矣。觀其上通於天，能治鼻中瘜肉而化濁陰，如地龍散際於耳竅，可外治聾閉者，不一而足。且其益腎精氣，能令齒搖者堅牢，如五倍子散。舉似此類，是可謂之專陰而不受化於陽者乎？更卽斯義以推求其治熱狂，靜風淫者，可知水土合德之元偶透其氣化於微物，原有不容畸勝，妙於濟偏者也。故郭璞贊爲土精，而丹溪更謂其行濕者，可合而參之。夫土本主濕，而更能行濕，豈非質陰而氣陽，爲土之精，乃能暢木化乎？木化行而風平矣。閱《錢乙傳》，其治皇子瘛瘲，羣醫束手，乙進黃土湯而愈。問其故，乙曰：以土勝水，水得其平則風自退。是則茲物之平水以及風者，是固由土之合於水也。陽實者固化，陽虛者亦化，所云去濕者，固卽療風之虛也。第細參於療風虛之義，則知以寒勝熱，其說果爲不謬也已。[20]

[附方]

陽毒結胸，按之極痛，或通而後結，喘促，大躁狂亂。取生地龍四條洗净，研如泥，入生薑汁少許，蜜一匙，薄荷汁少許，新汲水調服。若熱熾者，加片腦少許，卽與揉心下片時，自然汗出而解。[21]不應，再服一次，神效。

頭風疼痛，用五月五日取蚯蚓，和腦、麝，杵丸梧子大，每以一丸納鼻中，隨左右，先塗薑汁在鼻，立愈。

風熱頭痛，地龍炒研、薑汁半夏餅、赤茯苓等分，爲末，一字至半錢，生薑荊芥湯下。

咽喉卒腫，不下食，地龍十四條搗，塗喉外，又以一條着鹽化水，入蜜少許，服之。

老人尿閉，白頸蚯蚓、茴香等分，杵汁飲之，即愈。

勞復卵腫或縮入，腹中絞痛，身體重，頭不能舉，小腹急熱，拘急欲死。用蚯蚓二十四枚，水一斗煮取三升，頓服，取汗。或以蚯蚓數升絞汁服之，並良。

牙齒動搖，及外物傷動欲落，諸藥不效者，乾地龍炒、五倍子炒，等分，爲末，先以生薑揩牙，後傅擦之，五日內不得咬硬物。

希雍曰：蚯蚓氣大寒，能除有餘邪熱，故傷寒非陽明實熱狂躁者不宜用，溫病無壯熱及脾胃素弱者不宜用。性復有小毒，被其毒者，以鹽水解之。

[修治]　時珍曰：去泥，鹽化爲水。入藥有爲末，或化水，或燒灰者，各隨方法。

黽　宏景曰：此類大而有青脊者，俗名土鴨。其一種黑色者，南人名蛤子，食之至美。

頌曰：處處有之。似蝦蟇而背青綠色，尖嘴細腹，俗謂之青蛙。亦有背作黃路者，謂之金線黽。陶氏所謂土鴨，即《爾雅》所謂在水曰黽者是也，俗名石鴨。所謂蛤子，即今水雞是也，閩、蜀、浙東人以爲佳饌。

[氣味]　甘，寒，無毒。宗奭曰：平。

[主治]　食之去勞劣，解熱毒，利水消腫，饌食調疳瘦，補虛損，尤宜產婦，搗汁治蝦蟇瘟病。

時珍曰：黽產於水，與螺、蚌同性，故能解熱毒，利水氣。

戴原禮曰：凡渾身水腫，或單腹脹者，以青黽一二枚去皮，炙食之，則自消也。

陳嘉謨曰：時行面赤項腫，名蝦蟆瘟，以金線鼃搗汁水調，空腹頓飲。極效，曾活數人。

愚按：鼃之用，亦以爲能利水消腫，似乎與螻蛄同功，而不知其有異也。何以故？蓋觀《日華子》所云去勞劣，解熱毒，宗奭又謂食之解勞熱，嘉謨且謂其調疳瘦，補虛損，合諸說以繹，是物之用似不同於螻蛄之由陰達陽，蓋別具一益陰氣之質與性而直補陽中之陰，故謂其解勞熱，補虛損也。是此之利水氣者，蓋令陰得暢於陽中，而陽即得以致陰之用，有如是爾。試觀方書治水蠱腹大一方，用乾青蛙二枚，復用乾螻蛄七枚，則知其用之各有所取，而實藉以相濟也，其義更明矣。即取治毒痢噤口、諸痔疼痛、蟲蝕肛門三證，亦當思此義以明其功，又何疑於水氣之治乎哉？至如時珍指稱水族之物，與螺、蚌同性，即是以爲能解熱毒利水者，亦大鹵莽矣。

［附方］

水蠱腹大，動搖有水聲，皮膚黑色，用乾青蛙二枚，以酥炒，乾螻蛄七枚，炒，苦壺蘆半兩，炒，爲末，每空心温酒服二錢，不過三服。

毒痢噤口，水蛙一個，并腸肚搗碎，瓦烘熱，入麝香五分作餅，貼臍上，氣通即能進食也。

諸痔疼痛，青蛙丸。用青色蛙長脚者一個燒存性，爲末，雪糕和，丸如梧子大，每空心先吃飯二匙，次以枳殼湯下十五丸。

蟲蝕肛門，蟲蝕腎腑，肛盡腸穿，用青蛙一枚，雞骨一分，燒灰吹入，數用大效。

時珍曰：此係濕化之物，又李延壽云其骨性熱，則食者亦宜酌量。

【校記】

〔1〕蠟，原誤作"臘"，今據萬有書局本、《本草述鈎元》卷二十七改。

〔2〕天行虜瘡，"天"原誤作"口"，"虜"原誤作"鹵"，今據《本草綱目》卷三十九改。

〔3〕擊虜所染，"虜"原誤作"鹵"，今據《本草綱目》卷三十九改。
〔4〕仍呼爲虜瘡，"虜"原誤作"鹵"，今據《本草綱目》卷三十九改。
〔5〕腫，萬有書局本作"瘡"。
〔6〕匾，原誤作"扁"，今據萬有書局本改。
〔7〕"粉霜"上，原衍"木龍骨"三字，今據《本草述鉤元》卷二十七刪。
〔8〕"豬膽汁炙"下，原衍"豬膽汁炙"四字，今據《本草述鉤元》卷二十七刪。
〔9〕瞼，原誤作"臉"，今據萬有書局本、《本草述鉤元》卷二十七改。
〔10〕"服"下，萬有書局本有"每"字。
〔11〕涎，萬有書局本作"痰"。
〔12〕菖，原脫，今據《本草述鉤元》卷二十七補。
〔13〕裂，原誤作"烈"，今據文義改。
〔14〕褊，當作"遍"。
〔15〕鞕，原誤作"鞭"，今據《本草述鉤元》卷二十七改。
〔16〕砂，原誤作"沙"，今據萬有書局本改。
〔17〕散，原誤作"效"，今據萬有書局本、《本草述鉤元》卷二十七改。
〔18〕鎖，原誤作"瑣"，今據《本草述鉤元》卷二十七改。
〔19〕汗，原誤作"汁"，今據《本草述鉤元》卷二十七改。
〔20〕謬，原誤作"該"，今據萬有書局本改。
〔21〕汗，原誤作"汁"，今據萬有書局本、《本草述鉤元》卷二十七改。

《本草述》卷之二十八

鱗 部

龍

《埤雅》云：龍背有八十一鱗，具九九之數，陽之極也，故爲辰而司水；鯉背有鱗三十六，具六六之數，陰之極也，故變陽而化龍。又曰：龍火得濕則燄，得水則燔，以人火逐之卽息，故人之相火似之。紹隆曰：龍稟陽而伏陰，神靈之物也。神則靈，靈則變，神也者，兩精相合，陰陽不測之謂也。

龍骨

斆曰：出晉地及太山、剡州、滄州、太原山巖水岸土穴中，此龍化解脫之處也。其骨細，其文廣者雌；其骨粗，其文狹者雄。五色具者上，白黃色者中，純黑者下矣。弘景曰：皆是龍蛻，非實死也。《造化權輿》曰：龍易骨，蛇易皮，麋鹿易角，蟹易螯。

[氣味] 甘，平，無毒。《別錄》曰：微寒。時珍曰：陽中之陰，入手足少陰、厥陰經。

[主治] 安魂魄，固脫氣，治夜臥自驚，汗出，止虛汗，縮小便，療多寐洩精，小便洩精，久瀉，休息痢，收濕氣脫肛，療虛寒，止消渴鼻衄，二便下血，並主小兒熱氣驚癇，女子崩中帶下。

斆曰：氣入丈夫腎臟中，故益腎藥宜用之。

中梓曰：按龍爲東方之神，故其骨多治肝疾。腎主骨，故又益腎也。

好古曰：濇可去脫而固氣。

成聊攝云：龍骨、牡蠣、黃丹，皆收斂神氣以鎮驚。

希雍曰：龍稟陽氣以生而伏於陰，乃陰中之陽，淵潛天飛，神靈之物也。其骨味甘平，氣微寒，無毒，內應乎肝，入足厥陰、少陽、少陰，兼入手少陰、陽明經。其所主治，皆其收攝浮越、固澀精氣之功也。仲景方同牡蠣入柴胡、桂枝各湯內，取其收斂浮越之正氣，固脫而鎮驚。同遠志等分為末，食後酒服，日三，治健忘；吐血衄血，九竅出血，並用龍骨末吹入鼻中。昔有一人衄血一斛，衆方不止，用之即斷。

龍齒

[氣味] 濇，涼，無毒。當之曰：大寒。之才曰：平。

[主治] 安魂魄，療驚癇，諸痙癲疾。

《衛生寶鑑》曰：龍齒安魂，虎睛定魄，此各言其類也。東方蒼龍木也，屬肝藏魂；西方白虎金也，屬肺藏魄。龍能變化，故魂遊不定；虎能專靜，故魄止能守。是以魄不寧者，宜治以虎睛；魂飛揚者，宜治以龍齒。

希雍曰：按龍骨入心腎腸胃，龍齒單入肝心，故骨兼有止瀉濇精之用，齒惟鎮驚安魂魄而已。龍齒同荊芥、澤蘭、牡丹皮、蘇木、人參、牛膝、紅花、蒲黃、當歸、童便，治產後惡血撲心，妄語顛狂，如傷寒發狂者，切不可認作傷寒治，誤則殺人；同牛黃、犀角、鉤藤鉤、丹砂、生地黃、茯神、琥珀、金箔、竹瀝、天竺黃、蘇合香，治大人小兒驚癇顛疾。

愚按： 龍乃神異之物，第其變化最靈者，純乎陽也，而陽原本於陰，故乘水則神立，失水則神廢，且呵氣成雲，既能變水，又能變火者，以水中之陽出於陰而能肖之也。夫天一生水而化形於腎，腎主骨，在人固然，況此靈異之物乎？龍之遍體皆靈，何獨取骨以為用？謂陰陽變化之妙，即形歸神，即神徵形，可以療陰陽乖離之病者，唯骨得先天真一之氣也，若齒則骨之餘耳。以故所患諸證，如陰之不能守其陽，或為驚悸，為狂癇，為譫妄，為自汗盜汗，如陽之不能固其陰，或為久泄，為淋，爲便數，爲齒衄鼻衄，溺血便血，爲赤白濁，爲女子崩中帶下，爲脫肛，或陰不爲陽守，陽亦不爲陰固，爲多寐洩精，爲中風危篤。種種所患，如斯類者，咸得藉此以爲關捩子，而治以應證之劑，此所謂療陰陽之患，而用靈物之形神，以氣相感者也。乃粗工貿貿然就濇可固脫以爲言，不知其濇固然矣，然豈一濇之所盡乎？則亦不察甚矣。

希雍曰：龍骨味濇而主收斂，凡洩痢腸澼及女子漏下崩中溺血等證，皆血熱積滯爲患，法當通利疏泄，不可便用止濇之劑，恐積滯瘀血在內，反能爲害也。惟久病虛脫者，不在所忌。

[修治] 凡使，得脊腦作白地錦紋，舐之着舌者乃佳。入藥須水飛過，曬乾，每斤用黑豆一斗蒸一伏時，曬乾用，否則着人腸胃，晚年作熱也。齒治同骨，或云以酥炙。

[附方]
勞心夢洩，龍骨、遠志等分，爲末，煉蜜丸如梧子大，硃砂爲衣，每服三十丸，蓮子湯下。

暖精益陽，前方去硃砂，每冷水空心下三十丸。

治虛憊便濁，滴地成霜方，蓮肉去心、乾藕節、龍骨、遠志各一兩，白礬枯、靈砂各二錢半，上爲細末，糯米糊爲丸梧子大，每服十五丸，食前白湯下。

鯪鯉 一名穿山甲。

是物形似鼉而短小，又似鯉而有四足，穿陵穴居。《永州記》云：殺之勿近隄岸，恐血入土，遂令滲漏。《多能鄙事》云：凡油籠滲漏，剝甲裹肉臠投之，自至漏處補住。此二說須參之。

甲

[氣味] 鹹，微寒，有毒。

[主治] 五邪驚啼悲傷，燒灰酒服方寸匕《別錄》，小兒驚邪，婦人鬼魅悲泣及疥癬痔漏《日華子》，除痰瘧寒熱，風痹強直疼痛，通經脈，

下乳汁，消癰腫，排膿血，通竅殺蟲時珍。

時珍曰：穿山甲入厥陰、陽明經。古方鮮用，近世風瘧、瘡科、通經、下乳，用爲要藥，蓋是物穴山而居，寓水而食，出陰入陽，能竄經絡，達於病所故也。李仲南言其性專行散，中病即止，不可過服。又按《德生堂經驗方》云：凡風濕冷痹之證，因水濕所致，渾身上下強直，不能屈伸，痛不可忍者，於五積散加穿山甲七片，看病在左右手足或臂脇疼痛處，即於鯪鯉身上取甲，炮熟，同全蝎炒十一個、葱、薑同水煎，入無灰酒一匙，熱服取汗，避風，甚良。

弘景曰：是物食蟻，能治蟻瘻。蟻瘻者，即世人所謂漏也。

文清曰：是物能通氣活血。

希雍曰：鯪鯉甲味辛平，氣微寒，有毒，入足厥陰，兼入手足陽明經，性善走，能行瘀血，通經絡，故其消癰毒、排膿血、下乳、和傷、發痘等，用有效也。土炒，同乳香、沒藥、番降香、紅麯、山查、[1]川通草、童便，治上部內傷，胸膈間疼痛；同當歸、白芷、金銀花、連翹、紫花地丁、夏枯草、牛蒡子、乳香、沒藥、甘草、貝母、皂角刺，治癰腫未潰，資爲引導；佐地榆，治便毒；得紫草、生犀角、生地黃，治痘瘡毒盛，不得起發，色帶乾紅枯燥者有功。

之頤曰：皮表甲冑如菱，脊中介道如鯉，因名鯪鯉。似獸穴居，山陵可穿，江河可越，介甲之有神者。別有吞舟之鯨，爲鱗屬焉。肺蟲曰介，介者肝之榮，筋之餘。此木秉金制，金互木交，是以勁毛堅甲，專着皮表，皮表者肺之合也，當入手太陰肺、足厥陰肝，乙太陰肺爲注經之始，厥陰肝爲環經之終。故可出陰入陽，穿經絡，入臟腑，達病舍之所在，閉塞者瀉之，滲漏者補之。如利、如泣、如漏、如崩中滲漏之爲患也，如痹、如癰、如瘻、如乳汁不通閉塞之爲患也。如五邪驚啼悲傷，此屬肺俞化薄，致金聲妄泄，肝無乘制，致魂失奠安，在形臟歸滲漏，在五邪屬閉塞，瀉之以補之，補之以瀉之，有故而施者，交互乘制，兩無礙矣。

愚按：鯪鯉甲，本草《別錄》始著其用，止謂其治五邪驚啼悲傷，而《日華子》亦首主小兒驚邪，婦人鬼魅悲泣，但云及疥癬痔漏而已。乃近以療風痹痰瘧，通經下乳，其用更專於瘡科，似驚邪悲傷者此味無與也，由其粗識此味，止於通經脈、專行散耳。豈先哲漫無所見，而專於此證言主治哉？蓋驚邪悲傷，固非止於通經脈、專行散之能治也。蓋驚始於心，神受之，即次病於肺而善悲，肺固貫心脈以行呼吸者也。經曰：在藏爲肺，在志爲悲。前哲云：悲傷先天無形元陽，陽傷則魂消，魂消則神亂，而眼見虛形，或自悲自哭。即悲傷先天元陰者，亦無故不時欲哭。夫元陽元陰受傷，何以是物能治之？蓋其穿陵穴居者，固藉此甲，之頤所謂金互木交，是以勁毛堅甲，專着皮表，其義是也。肝固藏血，肺固統氣，如木從乎金，則血之所不至者，而氣能帥血以至之，是之頤所謂閉塞之能瀉也，氣之所能至者，而血即隨氣以無不至之，是之頤所謂滲漏之能補也。如是，以後天氣血還其先天陰陽，而後可以悟於驚邪悲傷之能療也。如所療風痹痰瘧、通經下乳者，豈不藉其通利行散？然實不可徒以通利行散等於他味視之。即就瘡毒而言，如便毒馬疔未潰者能利之，又如蟻瘻不愈、瘰癧潰壞者又能完之，不可以思其功乎？就所療諸證，其爲炙爲炮爲炒者，因於臟腑之殊，特異其拌製以爲先導，則茲物能徧治各臟腑之氣血，非本金木爲生成之終始而能如是乎？夫人身金從乎木則病，木從乎金則治，而生化轉神，此義罕有能及之者。東璧氏以其穴山寓水，爲能出陰入陽也，大屬浪語。在盧之頤，亦可謂識越於前哲矣。

又按：是物療風，《仙製本草》言傅痔漏疥癬惡瘡，燒末擦之，諸風亦去。在東璧氏謂其性竄而行血風，此一語誠然。外科治風丹作癢一方，如法投之，良驗。但須知血風不止虛生，即血滯亦病於風，蓋血滯則化熱也。

[附方]

治風丹：用穿山甲洗去腥，於瓦上炒過存性，每一兩入甘草三錢，爲末，米飲調服。

便毒便癰，穿山甲半兩，豬苓二錢，並以醋炙，研末，酒服二錢，外穿山甲末和麻油、輕粉塗之，或只以土塗之。

馬疔腫毒，穿山甲燒存性、貝母等分，爲末，酒調服三四次，乃用下藥利去惡物，即愈。

蟻瘻不愈，鮫鯉甲二七枚，燒灰，豬脂調傅。

瘰癧潰壞，用穿山甲土炒、斑蝥、熟艾等分，爲末傅之，外以烏桕葉貼上，灸四壯，效。

希雍曰：癰疽已潰，不宜服；痘瘡，元氣不足不能起發者，不宜用。

[修治] 時珍曰：方用或炮或燒，或酥炙，醋炙，童便炙，或油煎，土炒，蛤粉炒，當各隨本方，未有生用者。仍以尾甲，乃力勝。其尾與身等，尾鱗尖厚，有三角。按是物用之，全在拌製引導。如熱瘧不寒，燒用，同乾棗；下痢裏急，炒用，同蛤粉；婦人陰㿗，炒用以沙；痘瘡變黑，炒用，亦同蛤粉；腫毒初起，入穀芒熱灰中炮；便毒便癰，醋炙；瘰癧潰壞，土炒；耳內疼痛，炒，同土狗；耳鳴耳聾，炒，同蛤粉；倒睫拳毛，將羊腎脂抹甲上炙。如此隨各證各臟腑者，以類推之，乃可盡其用。

蛤蚧

蛤蚧首如蟾蜍，背有細鱗如蠶子，土黃色，故附於鱗部。

生嶺南山谷及城墻或大樹間。身長四五寸，尾與身等，形如大守宮，見人欲取之，多自嚙斷其尾，人即不取之，故用者須有尾，其力乃全。顧玠《海槎錄》云：廣西橫州甚多蛤蚧，牝牡上下相呼，累日情洽乃交，兩相抱負，自墮於地，人往捕之，亦不知覺，以手分劈，雖死不開。乃用熟稿草細纏蒸過，曝乾售之。煉爲房中之藥，甚效。尋常捕者不論雌雄，但可爲雜藥用。

[氣味] 鹹，平，有小毒。

[主治] 久嗽，肺勞傳尸，療肺痿咯血，止咳定喘，逆上氣，通月經，下石淋，利水道，止渴。

宗奭曰：補肺虛勞嗽有功。

時珍曰：補可去弱，人參、羊肉之屬。蛤蚧補肺氣，定喘止渴，助精血，扶羸，其功庶幾近之。每見用之治勞損痿弱，并治消渴，俱取其滋補也。劉純云氣液衰陰血竭者宜用之，何大英云定喘止嗽莫佳於此。

宗奭曰：久嗽不愈，肺積虛熱成癰，欬出膿血不止，喉中氣塞，胸膈噎痛，用蛤蚧、阿膠、鹿角膠、生犀角、羚羊角各二錢半，用河水三升銀石器內文火熬至半升，濾汁，時時仰臥細呷，日一服。此經驗方也。

希雍曰：蛤蚧得金水之氣，故其味鹹氣平，有小毒，入手太陰、足少陰經，性味屬陰，能補水之上源，故肺腎皆得所養，而勞熱久咳自除，并能療諸證，如本草所云也。

愚按：蛤蚧之用，類以爲補肺氣，益精血耳，詎知如斯功用，何獨一蛤蚧爲然？而乃以之治勞嗽有專功也。試思是物雌雄相媾，果如《海槎錄》所說，則以口含此少許，[2]雖急奔百步不喘者，亦不謬也。夫在人者，神凝則氣聚，氣足則精完。是物雖微，而精氣亦有合於斯理矣。故用治勞嗽，誠不與諸味之補肺氣、益精血者可同語也。夫氣聚精完，則咳血咯血於何不除？月經於何不通？肺氣既完，則通調水道，下輸膀胱，又何淋瀝之不下而消渴之不愈也？但於肺疾有殊功，餘證皆由治肺以及之者耳。

希雍曰：咳嗽由風寒外邪者不宜用。

[修治]　雷斅曰：雄爲蛤，皮粗口大，身小尾粗；雌爲蚧，口尖身大尾小。李珣曰：只含少許，急奔百步不喘者真。凡修事服之，其毒在眼，須去眼及去甲上尾上腹上肉毛，炙令黃色，勿傷尾，效在尾也。

白花蛇—名蘄蛇。

時珍曰：花蛇湖、蜀皆有，今惟以蘄蛇擅名。然蘄州亦不多得，市肆所貨，官司所取者，皆自江南興國州諸山中來。其蛇龍頭虎口，黑質白花，脇有二十四個方勝紋，腹有念珠斑，口有四長牙，尾上有一佛指甲，長一二分，腸形如連珠，多在石南藤上食其花葉。人以此尋獲，先撒沙土一把，則蟠而不動，以叉取之，用繩懸起，劚刀破腹去腸物，則反尾洗滌其腹，蓋護創爾，乃以竹支定，屈曲盤起，紮縛炕乾。出蘄地者，雖乾枯而眼光不陷，他處者則否矣。故羅願《爾雅翼》云：蛇死目皆閉，惟蘄州花蛇目開如生，舒、蘄兩界者則一開一閉，故人以此驗之。又曰：黔、蜀之蛇，雖同有白花，而類性不同，故入藥獨取蘄產者也。

肉

［氣味］　甘鹹，溫，有毒。時珍曰：得酒良。

［主治］　中風濕痹不仁，筋脈拘急，口面喎斜，半身不遂，骨節疼痛，腳弱不能久立，大風癩癬《開寶》，瘰癧漏疾時珍。

斆曰：蛇性竄，能引藥至於有風疾處，故能治風。

頌曰：花蛇治風，速於諸蛇。

時珍曰：風善行數變，蛇亦善行數蛻，而花蛇又食石南，所以能透骨搜風，截驚定搐，爲風痹驚搐癲癬惡瘡要藥，取其內走臟腑，外徹皮膚，無處不到也。凡服蛇酒藥，切忌見風。

希雍曰：白花蛇，能引諸風藥至病所，凡癘風疥癬，喎僻拘急，偏痹不仁，因風所生之證，無不藉其力以獲瘥，《本經》著其功能不虛也。同苦參、何首烏、葳靈仙、鱉蝨、胡麻、天門冬、百部、豨薟、漆葉、刺蒺藜，治癘風，并遍身頑痹疥癬。

愚按：諸蛇，方書言其性善竄，且十二子中已爲蛇，稟隨風重巽之體用者也。若然，則此種稟於六陽盛氣，用益風大之力，故其性善竄，可以療善行數變之風，況此種於治風爲最乎？屬外中之風，固所應投，若投之內風諸證，不能已疾而實甚之矣。雖然，先哲有云：濕病似中風。又云：《醫壘元戎》曰：酒濕之爲病，亦能作痹證，口眼喎斜，半身不遂，渾似中風，舌强不正，當瀉濕毒，不可作風治之而汗也。按此，則知所患前證豈止風之一端而已？余卽是說而繹之。濕痹還有病風者，又不獨似風而已。蓋其血脈之所壅阻卽病於風，久之血中鬱爲風毒，以血臟固風臟也。得毋《開寶本草》之所謂中風濕痹者，乃指此證乎？不則先因於風之鬱以病氣，遂致血雍而患於濕痹者乎？後學不揣，但滾同謂茲物治風，妄投貽害，殊不淺也。試觀張雞峰白花蛇膏，云治營衛不和，陽少陰多，手足舉動不快者，其取義不與此合乎？雞峰爲先代名流，豈如後來之貿貿者乎？況茲物之味甘鹹，因入血分，而中風濕痹乃風壅於血分之病，此正足以逐之。如漫謂其療陰虛陽餤之風也，豈其然哉？至如諸風癘癬及瘰癧楊梅，皆風之浸淫於血以爲患，其對待之治固應然耳。

[附方]

雞峰白花蛇膏：治營衛不和，陽少陰多，手足舉動不快。用白花蛇酒煮，去皮骨，瓦焙，取肉一兩，天麻、狗脊各二兩，爲細末，以銀盂盛無灰酒一升浸之，重湯煮稠如膏，銀匙攪之，入生薑汁半盃同熬勻，瓶收，每服半匙頭，用好酒或白湯化服，日二次，神效極佳。

總錄白花蛇散：治腦風頭痛，時作時止，及偏頭風。用白花蛇酒浸，去皮骨，天南星漿水煮軟，切炒，各一兩，石膏、荊芥各二兩，地骨皮二錢半，爲末，每服一錢，茶下，日三服。

治癩白花蛇膏：白花蛇五寸，酒浸，去皮骨，炙乾，雄黃一兩，水飛研勻，以白沙蜜一斤，杏仁一斤，去皮研爛，同煉爲膏，每服一錢，溫酒化下，日三。須先服通天再造散下去蟲物，乃服此除根。

三因白花蛇散：治九漏瘰癧發項腋之間，癢痛，憎寒發熱。白花蛇酒浸，取白二兩焙，生犀角一兩二錢五分，鎊研，黑牽牛五錢，半生半炒，青皮五錢，爲末，每服二錢，入膩粉五分，五更時糯米飲調下，利下惡毒爲度，十日一服，可絕病根。忌發物。

[修治] 取龍頭虎口，黑質白花，尾有佛指甲，目光不陷者爲真。頭尾及骨俱有大毒，須盡去之。時珍曰：黔蛇長大，故頭尾可去一尺，蘄蛇止可頭尾各去三寸，亦有單用頭尾者，大蛇一條只得淨肉四兩而已。久留易蛀，惟取肉密封藏之，十年亦不壞也。按《聖濟總錄》云：凡用花蛇，春秋酒浸三宿，夏一宿，冬五宿，取出，炭火焙乾，如此三次，以砂盆盛，埋地中一宿，出火氣，去皮骨，取肉用。

烏蛇 即烏梢蛇。蛇種類至多，唯烏蛇性善，不噬物。

宗奭曰：烏梢脊高，世稱劍脊烏梢。尾細長，能穿小銅錢一百文者佳。蛇類中惟此入藥最多。頌曰：其身烏而光，頭圓尾尖，眼有赤光，至枯死眼不陷如活者。稱之重七錢至一兩者爲上，十兩至一鎰者爲中，粗大者力彌減也。作僞者用他蛇熏黑，亦能亂真，但眼不光耳。

時珍曰：烏蛇有二種：一種劍脊細尾者，爲上；一種長大無劍脊而尾梢粗者，名風梢蛇，亦可治風，而力不及。

肉

[氣味] 甘，平，無毒。論曰：有小毒。

[主治] 諸風頑痹，皮膚不仁《開寶》，熱毒風，皮肌生癩，眉髭脫落，瘑疥等瘡甄權，功與白花蛇同，而性善無毒時珍。

愚按：李氏謂此種與白花蛇同功，但性善耳。第兩種雖味俱甘，皆入血，而白花蛇獨兼有鹹，則入血而驅風者，烏梢似難與之同，故本草所列主治卽有輕重之別也。但方書之用烏者於他證，或與白花蛇合用，或分用，且用烏蛇反多於白者，豈以其性善之故，於他證更有攸利歟？

[附方]

治大風，用烏蛇三條蒸熟，取肉焙，研末，蒸餅丸米粒大，以喂烏雞，待盡，殺雞烹熟，取肉焙，研末，酒服一錢，或蒸餅丸服，不過三五雞卽愈。

[修治] 采得，去頭及皮鱗，剉斷，酒浸一宿，漉出炙乾用，或以酒煮乾亦可。

蛇蛻

頌曰：南中木石上及人家墻屋間多有之。蛇蛻無時，但着不净卽蛻，或大飽亦脫。斅曰：凡使，勿用青黃蒼色者，只用白色如銀者。

[氣味］　鹹甘，平，無毒。火熬之良。權曰：有毒。

[主治］　大人喉風，退目翳，消木舌，諸蠱惡瘡似癩，癜風白駁，煎汁塗之，瘡有膿者燒敷之，[3]傅小兒重舌唇緊及諸驚風，並婦人難產。

宗奭曰：蛇蛻從口退出，眼睛亦退，今眼藥及去翳膜用之，取此義也。

時珍曰：蛇蛻能去風，取其屬巽性竄也，故治驚癇癜駁喉舌諸疾，又能殺蟲，故治惡瘡痔漏疥癬諸疾，用其毒也，又取其蛻義，故治翳膜胎產皮膚諸疾，會意從類也。

希雍曰：蛇蛻，蛇之餘性猶存，不以氣味爲用者，故蛇之性上竄而主風，蛻之用逐風而善脫，種種主治，皆取諸此，即用以去翳膜，更催生者，取其善脫之義也。

[附方］

纏喉風閉，氣閉者，**桂壬方**：用蛇蛻炙、當歸等分，爲末，溫酒服一錢，取吐。一方用蛇皮揉碎燒烟，竹筒吸入，即破。

小兒口緊，不能開口飲食，不語即死，蛇蛻燒灰，拭净傅之。

治目翳，[4]見眼證頗多，茲不錄。

腫毒無頭，蛇蛻灰，豬脂和塗。

石癰無膿，堅硬如石，用蛇蛻皮貼之，經宿即愈。

横生逆生，胞衣不下，《濟生秘覽》治逆生，須臾不救。用蛇蛻一具，蟬蛻十四個，頭髮一握，並燒存性，分二服，酒下，仍以小針刺兒足心三七下，擦鹽少許，即生。

愚按：白花蛇及烏蛇之用，本草類取其治風證也。第簡方書，如白花蛇之治狂癇，烏蛇之治癇與癥瘕脚氣，是皆於諸證中取其責有病於風者，而本草未之詳及也。雖然，如狂癇等疾屬於陽實者，於清陽實劑中，乃藉此善行數變之本氣以驅陽實所化之風，詎曰不宜？至於陽虛患此，則非茲物所能療也。若患於濕以爲風者，是由陰實以致陽虛，則茲物又爲的對矣。第蛇蛻用之，在《本經》言其治小兒驚癇癲疾，瘛瘲弄舌等證，即《別錄》亦云治大人五邪，言語僻越，[5]乃方書用之又鮮，即以治小兒亦少，不如《本經》所云，何哉？蓋同此善行數變之本氣，但蛻卻主於在表，猶人身天表之分也。故方書治目疾居多，而退目翳爲最，又如大人喉風木舌，小兒重舌口緊等證，大人痔病疔腫，漏瘡腫毒，皆取其於陰血之風病而患於表分者爲最切耳。然則方書之治驚癇等證，固有在彼不在此者，猶之外治諸證，又在此而不在彼也，豈得不細審哉？

希雍曰：小兒驚癇癲疾，非外邪客忤而由於肝心虛者，不效。孕婦忌用。

[修治]　時珍曰：用蛇蛻，先以皂莢水洗淨，纏竹上，或酒或醋或蜜浸，炙黃用，或燒存性，或鹽泥固煅，各隨方法。

蚺蛇 蚺，音髯。一名南蛇、埋頭蛇。

弘景曰：大者二三圍，在地行不舉頭者是真，舉頭者非真。其膏、膽能相亂。又曰：真膽狹長通黑，皮膜極薄，舐之甜苦，摩以注水，卽沉而不散。恭曰：試法，剝取粟許，着淨水中，浮游水上回旋走者爲真，其徑沉者豬膽血也。勿多着亦沉散也，陶未得法耳。詵曰：人多以豬膽、虎膽僞之，雖水中走，但遲耳。

膽
[氣味]　甘苦，寒，有小毒。

[主治]　主心腹䘌痛，下部䘌瘡《別錄》，明目，去翳膜時珍，療目腫痛《別錄》，止血痢，蟲蠱下血藏器，並小兒五疳熱丹，口瘡疳痢孟詵。

時珍曰：蚺稟己土之氣，其膽受甲乙風木，故其味苦中有甘，所主皆厥陰、太陰之病，能明目涼血，除疳殺蟲。

希雍曰：蚺膽之味，苦中有甘，氣寒，有小毒，氣薄味厚，陰也，降也，入手少陰、足厥陰、陽明經。同血竭、乳香、沒藥、狗頭骨灰、䗪蟲、天靈蓋、象牙末、麻皮灰、丹砂作丸，臨杖服一丸，護心止痛，多杖無害。

[附方]

小兒疳痢，羸瘦多睡，坐則閉目，食不下，用蚺蛇膽豆許二枚，煮通草汁研化，隨意飲之，并塗五心下部。

齒齦宣露，出膿血，用蚺蛇膽三錢，枯白礬一錢，杏仁四十七枚，研勻，以布揩齦，嗍令血盡，日三摻之，愈乃止。

愚按： 諸蛇類禀風火之氣，唯蚺蛇獨禀於己土，而肝膽風木正藉土以爲用者也，此舐之其味甜苦，乃其徵矣。故風臟之血，因風木得土以全其生化，[6]如用以護心而無上薄之患者，心固血之主也。用以明目去翳，療腫痛，止血痢，固肝臟之所司也。又方書類以治小兒五疳證，蓋土爲木用，何疳病之不瘳乎？亦不獨以其殺蟲也，蟲因風木不化所生，得土爲用而蟲無生理矣。然則所云甜苦者誠確，不當以諸膽皆苦之義求之也。

肉

[氣味] 甘，溫，有小毒。

[主治] 辟瘴氣，除手足風痛，殺三蟲，去死肌，皮膚風毒，癘風疥癬，惡瘡，療小兒疳瘡。

權曰：度嶺南，食蚺蛇，瘴毒不侵。

時珍曰：按柳子厚《捕蛇說》云：永州之野產異蛇，黑質白章，觸草木盡死，無禦之者，然得而腊之以爲餌，可已大風，攣踠瘻癘，去死肌，殺三蟲。又張鷟《朝野僉載》云：泉州盧元欽患癘風，惟鼻未倒，五月五日取蚺蛇進貢，或言肉可治風，遂取食之，三五日頓可，百日平復。

[附方]

蚺蛇酒： 治諸風癱瘓，筋攣骨痛，痹木瘙癢，殺蟲辟瘴，及癘風疥癬惡瘡。用蚺蛇肉一斤，羌活一兩，絹袋盛之，用糯米二斗蒸熟，安麴於缸底，置蛇於麴上，乃下飯密蓋，待熟取酒，以蛇焙研和藥，其酒每隨量溫飲數杯。忌風及慾事。亦可袋盛，浸酒飲。

急疳蝕爛，蚺蛇肉作膾，食之。

鯉　魚

頌曰：是魚脇鱗一道從頭至尾，無大小皆三十六鱗，每鱗有小黑點。宗奭謂鯉爲至陰之物，其鱗三十六，陰極則陽復也。

[氣味]　甘，平，無毒。

[主治]　煮食，治水腫脚滿，下水氣《別錄》，利小便時珍。

[附方]

水腫脹滿，赤尾鯉魚一斤破開，不見水及鹽，以生礬五錢研末，入腹內，火紙包裹，外以黃土泥包放竈內，煨熟取出，去紙泥，爲粥食，頭者上消食，身尾者下消，一日用盡，屢試經驗。

膽

[氣味]　苦，寒，無毒。之才曰：蜀漆爲之使。

[主治]　目熱赤痛，赤絲亂脈，幷外障及目昏雀目燥痛。合青魚膽，治內障。

腦髓

治耳聾。

魚鮓

[氣味]　鹹，平，無毒。

[附方]

聤耳有蟲，膿血日夜不止，用鯉魚鮓三斤，鯉魚腦一枚，鯉魚腸一具，洗切，烏麻子炒研一升同搗，入器中微火炙暖，布裹貼耳兩食頃，有白蟲出，盡則愈。慎風寒。

按：丹溪言諸魚在水，無一息之停，皆能動風，以其屬陰中陽也。故《素問》謂魚熱中，《脈訣》言熱則生風，但鯉爲陰極陽復，較諸魚爲甚。宗奭謂食之多發風熱，風家食之，貽禍無窮。

青　魚

頌曰：其背正青色，南人多以作鮓，古人所謂五侯鯖卽此。時珍曰：青亦作鯖。

膽　臘月采取，陰乾。

[氣味]　苦，寒，無毒。

[主治]　點暗目，消赤目腫痛，吐喉痹痰涎，以汁灌鼻中吐之。

[附方]

赤目障翳，用黃連切片，井水熬濃，去滓，煎成膏，入大青魚膽汁和就，入片腦少許，瓶收密封，每日點之，甚妙。

希雍曰：目病非風熱盛而由於血虛昏暗者，不宜用。服术人不可食青魚肉。

愚按：鯉爲魚族之長，以其能神變也。先哲所謂陰極陽復者，故能神其變化歟？若然，合於人身陰極陽生之臟如足厥陰者，是故治目之用爲多。又如青魚亦治目疾，時珍所謂東方青色，入通肝膽，開竅於目，青魚膽以療目眚，蓋取諸此，其說亦不妄也。或曰：二種俱取斯義是矣，然何事獨取於水族之類耶？曰：水爲木之化原，二種適合斯義，是之取爾。如鯉之下水氣，亦豈非取諸陰中之陽乎？陽在陰中，故真水之氣化乃行，萬物各禀陰陽之氣，但在察物者知所以用之耳。雖然，青、鯉二膽，本草俱言其苦寒，不知鯉之苦寒稍和，以其陽能達陰也，故用之較青爲多，此亦不可不審。

附鱖魚膽

鱖卽■，音薊。

[氣味]　苦，寒，無毒。

[主治]　骨鯁不拘久近。

[附方]

骨鯁，竹木刺入咽喉，不拘大人小兒，日久或入臟腑，痛刺黃瘦甚者，服之皆出。臘月收鱖魚膽，懸北簷下令乾，每用一皂子煎酒，溫呷，得吐則鯁隨涎出，未吐再服，以吐爲度，酒隨量飲，無不出者。蠡、鯇、鯽膽皆可。

鯽魚 _{又名鮒魚。}

肉

[氣味] 甘，溫，無毒。

合蓴作羹，主胃弱不下食_{孟詵}，溫中下氣_{《日華子》}，止下痢腸痔_{保昇}，生搗塗惡核腫毒不散_{蘇恭}。

丹溪曰：諸魚屬火，獨鯽屬土，有調胃實腸之功。若多食亦能動火。

希雍曰：鯽魚稟土氣以生，故其味甘，其氣溫，無毒，是以能入胃治胃弱不下食，入大腸治赤白久痢，腸癰，脾胃主肌肉，甘溫能益脾生肌，故主諸瘡久不瘥也。

[附方]

鶻突羹：治脾胃虛冷，不下食。以鯽魚半斤切碎，用沸豉汁投之，入胡椒、蒔蘿、薑、橘末，空心食之。

腸風下血，用活鯽魚一大尾，去腸留鱗，入五倍子末填滿，泥固煅存性，爲末，酒服一錢，此方服之神效。

腸風血痔及下痢膿血，積年瀉血，面色萎黃。大活鯽魚一尾，不去鱗，肚下穿孔，去其腸穢，入白礬一塊如金橘大，用敗棱皮重包，外用厚紙裹，先煨令香熟，去紙，於熨斗內燒帶生存性，爲細末，每服一錢，空心溫米飲調下。

痔瘡熱痛，鯽魚一條去腸肚，入穀精草填滿，燒存性，爲末，入龍腦少許，蜜調傅之。

婦人血崩，鯽魚一個長五寸者，去腸，入血竭、乳香在內，綿包燒存性，研末，每用三錢，熱酒調下。

走馬牙疳，用鯽魚一個去腸，入砒一分，生地黃一兩，紙包燒存性，入枯白礬、麝香少許，爲末摻之。

愚按：魚乃水中之動物，動而不已者也，故均爲陰中有陽。唯鯽稟土氣以生，故性喜偎泥，不食雜物，此本草謂之能補胃弱也。夫水土合而陰中有陽，於水族中而鯽魚似獨稟其陰之厚者，言其益胃調中，豈曰不然？但在方書所用者，於下血血痢病腸痔時一及之，又豈非以中土爲血生化之地，經所謂營出中焦者乎？大腸固胃之合也，觀其同白礬治積年瀉血，面色萎黃者，則知其能益胃以生血也；觀其同龍腦用傅痔熱痛者，又知其能化血以解毒也。卽本草所云塗惡核腫毒不散，固與此義合矣。前哲曰夏月熱痢多益，冬月不宜，非以稟水土相合之氣化乎？至於耳聾證亦偶投之，又水土合中而陽出於陰之義也。

希雍曰：鯽魚調胃實腸，與病無礙，諸魚之中惟此可常食。但不宜與沙糖同食，生疳蟲；同芥菜食，成腫疾；同豬肝、雞肉、雉肉、鹿肉食，生癰疽；同麥門冬食，害人。

鱧魚_{鱧，音里。一名蠡魚、黑鱧。}

時珍曰：體首有七星，夜朝北斗，色黑，北方之魚也，故有玄鱧、烏鱧等名。

肉

[氣味] 甘，寒，無毒。

[主治] 濕痹，面目浮腫，下大水，療五痔《本經》，下大小便壅塞氣，作鱠與腳氣風氣人食良孟詵，又主妊娠有水氣蘇頌。

希雍曰：蠡魚稟北方玄水之精，得中央陰土之氣，故其色黑，味甘氣寒，無毒，乃益脾除水之要藥也。土虛則水泛濫，土堅則水自清。凡治浮腫之藥，或專於利水，或專於補脾，其性各自爲用。惟蠡魚色黑象水，能從其類以導橫流之勢，味甘土化，能補其不足，以遂敦阜之性，補瀉兼施，故主下大水及濕痹，面目浮腫，有神效也。其主下大小便壅塞氣，並能療腳氣風氣及妊娠有水氣，皆取其除濕下水益脾之功也。同白术、茯苓、橘皮、薑皮煮食，下水腫大效；與蒜作鱠食，能去濕下水。《食醫心鏡》治十種水氣垂死，蠡魚一斤重者煮汁，和冬瓜、葱白作羹食。

膽

[氣味] 甘，平。《日華子》曰：諸魚膽苦，惟此膽甘可食爲異也。臘月收取，陰乾。

[主治] 喉痹將死者，以蠡魚膽點入少許即差，病深者水調灌之《靈苑方》。

愚按：水以土爲主，土以水爲用。如鱧魚色黑，且朝北斗，固稟北方水氣，然其味甘，即其膽亦變苦爲甘，可見其氣歸於土，反以土爲用矣。故行水氣有功，皆土爲之用以行其水化，較他行水者覺有殊績，繆希雍之言亦切中也。

希雍曰：蠡魚，其功專於去濕下水，他用無所長，且多食能發痼疾，不可不知也。

石首魚 乾者名白鯗魚。

出東南海中。其形如白魚，扁身弱骨，細鱗黃色如金，首有白石二枚，瑩潔如玉，至秋化爲冠鳧，即野鴨有冠者也。

肉

[氣味] 甘，平，無毒。

[主治] 合蓴菜作羹，開胃益氣《開寶》。

鯗

[主治] 炙食，消宿食張鼎，治暴下痢及卒腹脹不消《開寶》。

時珍曰：陸文量《菽園雜記》云：痢疾最忌油膩生冷，惟白鯗宜食。此說與本草主下痢相合，蓋鯗飲鹹水而性不熱，且無脂不膩，故無熱中之患而消食理腸胃也。

希雍曰：石首魚得海中水土之氣，故其味甘氣平，無毒，胃屬土，甘爲土化，故能開胃。乾鱀，其性疎利，故能入腸胃，寬中消食，止痢。

頭中石魳

[主治]　下石淋。

[附方]

石淋、諸淋，石首魚頭石十四個，當歸等分，爲末，水二升煮一升，頓服，立愈。

魚鰾膠　本草名鱁鮧，音逐移，作膠名鰾膠。

時珍曰：鰾卽諸魚之白脬，其中空如泡，故曰鰾。可治爲膠，亦名縤音線。膠。諸鰾皆可爲膠，而海魚多以石首鰾作之，[7] 名江鰾，謂江魚之鰾也。粘物甚固，此乃工匠日用之物，而記籍多略之。

[氣味]　甘鹹，平，無毒。

[主治]　燒存性，治婦人難產，赤白崩中，產後風搐，破傷風痙，止嘔血，散瘀血，消腫毒 時珍。

愚按：近代方書中用此味，同沙苑蒺藜，名聚精丸，男子服之種子，豈取其精血粘聚，不致疎泄乎？然又有用之難產及散瘀消腫諸證，則止謂其粘聚精血，亦不可也。或者水族如魚得天一之氣爲先，而脬爲水化之府，用以調陰中之氣化有殊功歟？姑俟之明者。

[附方]

聚精丸：黃魚鰾膠白净者一斤，切碎，用蛤粉炒成珠，以無聲爲度，沙苑蒺藜八兩，馬乳浸兩宿，隔湯蒸一炷香久，取起焙乾，爲末，煉蜜丸如梧子大，每服八十丸，空心溫酒、白湯任下。忌食魚及牛肉。

難產，魚膠五寸，燒存性，爲末，溫酒服。

產後搐搦强直者，不可便作風中，乃風入子臟，與破傷風同。用鰾膠一兩，以螺粉炒焦，去粉爲末，分三服，煎蟬蛻湯下。江鰾同雄黃、殭蠶、天麻等藥，治破傷風。

赤白崩中，魚縤膠三尺，焙黃研末，同雞子煎餅，好酒食之。[8]

便毒腫痛，戴氏治露痿卽羊核，用石首膠一兩燒存性，研末，酒服，外以石菖蒲生研盦之，效。

鱓魚

保昇曰：鱓魚生水岸泥窟中。似鰻鱺而細長，亦似蛇而無鱗，有青黃二色。時珍曰：黃質黑章，體多涎沫，大者長二三尺，夏出冬蟄。一種蛇變者名蛇鱓，有毒，害人。南人鬻鱓肆中以缸貯水，畜數百頭，夜以燈照之，其蛇化者必項下有白點，通身浮水上，卽棄之。思邈曰：黑者有毒。

肉

[氣味]　甘，大溫，無毒。

[主治]　補中益血《別錄》，療虛損，婦人產後惡露淋瀝，血氣不調，羸瘦，止血藏器，善補氣震亨，除腹中冷氣腸鳴及濕痹氣藏器，逐十二風邪，患濕風惡氣人，作臛音鶴，羹臛也。空腹飽食，暖臥取汗孟詵。

血

療口眼喎斜，同麝香少許，左喎塗右，右喎塗左，正卽洗去；治耳痛，滴數點入耳；治鼻衄，滴數點入鼻；治疹後生翳，點少許入目；治赤疵，同蒜汁、墨汁頻塗之，又塗赤遊風。

時珍曰：鱓魚穿穴，無足而竄，與蛇同性，故能走經脈，療十二風邪及口喎，耳目諸竅之病。風中血脈，則口眼喎邪，用血主之，從其類也。

希雍曰：鱓魚得土中之陽氣以生，故其味甘，氣大溫，甘溫具足，所以能補氣。鱓肉，即暑月累日不作臭氣，亦不生蛆蟲，真得土氣之專且厚也，故能補中氣，希雍所說不妄矣。但不淨去腸雜，亦作臭氣。甘溫能通血脈，療風邪，故肉與血取之以爲用者，其益差有別也。與黃芪同食，能益氣力。

[附經驗方]

治久痢氣弱腸滑，鱓魚不拘多少，於端午日取，去腸雜洗淨，曬乾聽用，細切，瓦鍋焙焦，[9]爲末，四兩，神麴如法自造四兩微炒，爲末，以上好米醋叠成丸，每次六七十丸，不拘時老酒服。

頭

百蟲入耳，燒研，綿裹塞之，立出。

愚按：本草言鱓善補氣，又曰益血，既曰除濕痺氣，又曰逐風邪。蓋鱓氣溫味甘，故善補氣。然甘溫卽以通血脈，血脈通卽濕痺之行，濕痺行卽風邪之逐也，故《本草》又云濕風，是諸風卽濕之不化以病乎血者也。水族中多以血爲用，而此種由氣爲先導，如用其肉治女子產後血氣羸瘦及久痢腸滑，用其血如口眼之喎斜等證，無不各有攸宜者耳。

希雍曰：性熱而補，凡病屬虛熱者不宜食。時行病後，食之多復。過食動風氣，兼令人霍亂。

鰻鱺魚_{卽白鱓也。}

頌曰：所在有之。似鱓而腹大，青黃色。時珍曰：鰻鱺，其狀如蛇，背有肉鬣連尾，無鱗有舌，腹白，大者長數尺，脂膏最多。背有黃脈者，名金絲鰻鱺。

肉

[氣味] 甘，平。有毒。思邈曰：大溫。士良曰：寒。

[主治] 傳尸疰氣，勞損，暖腰膝，起陽《日華子》，療濕脚氣，腰腎間濕風痺，常如水洗，主五痔瘡瘻，殺諸蟲，諸瘡瘻癧腸風人宜常食之孟詵，並治小兒疳勞及蟲心痛時珍。

《日華子》曰：此魚雖有毒，以五味煮食，能補五臟虛損，勞傷不足。

時珍曰：鰻鱺所主諸病，其功專在殺蟲去風耳。與蛇同類，故主治近之。《稽神錄》云：有人病瘵，相傳死者數人，取病者置棺中，棄於江以絕害，流至金山，漁人引起開視，乃一女子，猶活，取置漁舍，每以鰻鱺食之，遂愈，因爲漁人之妻。張鼎云：燒烟熏蚊，令化爲水；熏氊及屋舍竹木，斷蛀蟲；置骨於衣箱，斷諸蠹。觀此，則《別錄》所謂能殺諸蟲之說益可證矣。《簡便諸方》云：有瘻蟲者，常食鰻鱺，并嚼其骨。蓋此魚之肉最補陰補神，其骨髓最能殺蟲，且其骨髓流入牙齒間，兼殺牙蟲，能止牙痛，故此魚最可用。如無鮮鰻，即食醃鰻，嚼骨亦可。

　　希雍曰：鰻鱺魚稟土中之陰氣，故其味甘，其氣寒，其形類蛇，常與水蛇同穴，故其性有小毒。甘寒而善能殺蟲，故骨蒸勞瘵及五痔瘻人常食之有益也。

　　愚按：白鱔善穿深穴以藏，則其稟土中之陰氣，誠如希雍所云，是氣寒味甘，當從益陰以治勞損矣。而《日華子》就是謂其暖腰膝，且起陽也，義將若何？曰：如孟詵所說，療腰腎間濕風痹并濕腳氣，則益陰而即起陽者有可思也，尤當取其能殺蟲之義以參之。蓋人物之生，皆以其稟陰中之陽也，陰中無陽，則不能生矣，然猶是水土合德而後生，所謂萬物造於土也。其蟲即生於所生之中以為蠹者，即是水土相合之中而有為之鬱，其真氣鬱積，遂聚其邪氣以生化，還以蝕其所生者也。故先哲論蟲，曰木從土化，是即水土病於濕化，而風化變眚者也。不獨人身為然，凡生蠹如屋舍竹木之類，舉同此理耳。先哲言九蟲，其中有五臟勞熱，又病後餘毒，氣血鬱積而生。以此推白鱔之所治，[10] 義當如是。本土中之陰氣以散熱，而不令濕化為之鬱以暢真氣，不使濕化之鬱邪蟠以變風眚，故《別錄》於茲物專以殺蟲為言也。宜以地龍療腎臟風之義參看。是其由益陰而即療濕氣，由療濕而即起陽氣，乃所謂補勞損而益五臟，繆氏謂食之有大益者，豈浪語哉？

骨及頭

　　[主治]　炙研入藥，治痔瘻腸風崩帶；燒灰，敷惡瘡；燒熏痔瘻，殺諸蟲時珍。

　　先哲曰：腹下有黑斑，背上有白點者，毒甚不可食；重三四斤及水行昂頭者，不可食；妊娠食之，令胎有疾；脾胃薄弱易泄者，勿食。

烏賊魚_{其性嗜烏，每自浮水上，飛烏見之，以爲死而啄之，乃卷取入水而食之，故名烏賊。骨名海螵蛸。}

斆曰：近海州郡皆有之。九月寒烏入水所化，越小滿則形小矣。形若革囊，口在腹下，八足聚生，口旁無鱗，有長鬚，腹中血及膽正黑如墨，可以書字，但逾年則迹滅，惟存空紙爾。世言烏鰂懷墨而知禮，謂之海若白事小吏也。外皮亦黑，內肉則白，背上只有一骨，形如樗蒲子而稍長，兩頭尖，色潔白，質輕脆，[11]重重有紋，宛如通草，輕虛，可以指甲刮之爲末也。

海螵蛸

[氣味] 鹹，微溫，無毒。

[主治] 女子赤白漏下經汁《本經》，及血枯傷肝，吐血下血_{時珍}，并療血閉《本經》，血瘕癥瘕，治驚氣入腹，腹痛環臍，丈夫陰中腫痛《別錄》，女子小戶嫁痛_{時珍}，治眼中熱淚及一切浮翳，研末和蜜點之_{孟詵}，同蒲黃末傅舌腫血出如泉，同槐花末吹鼻止衄血_{時珍}。

時珍曰：烏鰂骨，厥陰血分藥也，其味鹹而走血也。故血枯血瘕，經閉崩帶，下痢疳疾，厥陰本病也；寒熱瘧疾，聾，瘻，少腹痛，陰痛，厥陰經病也；目翳流淚，厥陰竅病也。厥陰屬肝，肝主血，故諸血病皆治之。按《素問》云：有病胸脇支滿者，妨於食，病至則先聞腥臊臭，出清液，先唾血，四肢清，目眩，時時前後血，病名曰血枯。得之年少時有所大脫血，或醉入房中，氣竭肝傷，故月事衰少不來，治之以四烏鰂骨一蘆_{音閭}。茹，爲末，丸以雀卵，大如小豆，每服五丸，飲以鮑魚汁，所以利腸中及傷肝也。觀此，則其入厥陰血分無疑矣。

介賓曰：海螵蛸，其氣味鹹溫下行，故主女子赤白漏下及血閉血枯；蘆茹卽茜草也，氣味甘寒無毒，能止血治崩，又能益精氣，活血通經；雀卽麻雀也，雀卵氣味甘溫，能補益精血；鮑魚卽今之淡乾魚也，諸魚皆可爲之，惟石首鯽魚者爲勝，其氣味辛溫無毒，魚本水中之物，故其性能入水臟，通血脈，益陰氣，煮汁服之，能同諸藥通女子血閉也。以上四藥皆通血脈，血主於肝，故凡病傷肝者亦皆可用之。

希雍曰：烏賊骨稟水中之陽氣以生，故其味鹹，氣微溫，無毒，入足厥陰、少陰經。厥陰爲藏血之臟，女子以血爲主，故爲血證之要藥。

[附方]

治諸目翳，用烏鰂骨、五靈脂等分，爲細末，熟豬肝切片蘸食，日二。

鼻瘡疳蠶，烏賊魚骨、白芨各一錢，輕粉二字，爲末，搽之。

小便血淋，海螵蛸、生地黃、赤茯苓等分，爲末，每服一錢，柏葉車前湯下。

大腸下血，不拘大人、小兒，臟毒腸風及内痔下血日久，多食易饑，先用海螵蛸炙黃，去皮研末，每服一錢，木賊湯下，三日後服豬臟黃連丸。

愚按：烏賊魚骨，《本經》主治女子赤白漏下經汁，又有謂療血崩，并謂主女子傷肝唾血下血者，《本經》更主血閉，而《内經》有云月事衰少不來，治以烏賊骨，《本經》又云治癥瘕無子，而言療婦人血瘕者不少。夫一物何以能通又能止也？先哲云：經閉有有餘、不足二證。有餘者血本不虛，而或氣或寒或積有所逆也，斯證發於暫，或痛或實，通劑乃可用也；不足者衝任内竭，其證無形，其來也漸，通劑其可用乎？烏鰂所主者，肝傷血閉，不足之病也。此論血閉極明矣。愚謂即崩漏亦有有餘、不足之分，雖斯證總屬陰絡傷，然爲熱所乘，攻傷衝任者，是爲有餘，如先哲治以黃連解毒湯是也。有肝腎受傷，而衝任之氣不能約制其經血者，是謂不足，如先哲治陰血耗散，以烏鰂骨爲末醋湯調下是也。則烏鰂骨總爲益腎肝之陰氣，豈以或通或止之奏效乎？雖然，先哲云：氣猶夫也，血猶妻也。是謂血隨氣而行，亦因氣而固也。方書概言中氣而不言肝腎之氣，如烏鰂骨乃治肝腎之氣者也，雖益中氣可以治肝腎，如由肝腎之虛以傷中氣者，不本病因而投之可乎？且陰氣陽氣之治有殊也，豈可概論哉？第魚族類陰中之陽，而此味之血獨黑也，斯固有異。

大凡血原於水而成於火，故諸血皆紅色，茲物亦本水中之陽，然其稟陰氣之專以化血而其色黑也。肝腎之陰氣有損者，投之適宜，不漫同於他味之能益陰也。《爾雅翼》曰：九月寒烏入水，化爲此魚。《相感志》云：烏鰂過小滿則形小也。是非專稟陰氣之一證乎？先哲投劑，其物理精察如此。方書又云：此味善濇，或以其能止脫血也。愚揣其性味，若以濇脫收功，何以血枯者能使之通乎？大抵益陰氣之功，於肝腎最切，氣之益也，則能固脫，是卽其能通閉者也，不識有當否？

又按：女子赤白帶下，方書多主濕熱。在李東垣先生云：此任脈之病也。尺脈濡弱而滑，沉微無力，爲白帶，爲血虛，或濇數而實，爲赤帶，爲熱。然則烏鰂所主者任脈病，非中宮濕熱下溜之病也。中梓云：烏鰂之鹹，宜歸水臟。夫腎乃水臟也，血爲水所化，肝爲藏血之地，一切主治諸證，總益腎之陰氣，併使肝之藏血者能司其運化出納之職，是寧獨爲女子之要藥乎？故凡屬血病，如上而舌腫、出血鼻衂，下而小便大腸之血，皆能療之。卽不屬血病，如上而目眚耳病，下而小便不禁、遺精痔患，亦能療之。卽如《別錄》所主驚氣入腹，腹痛，繆氏曰肝屬木主驚，驚入肝膽，則營氣不和，故腹痛環臍也，入肝膽，舒營氣，故亦主之。卽此細繹，毋論腎肝相因之病可以推類而用，卽專病如肝，而不能遺肝之化原以爲治，如驚氣入腹之證，可概見矣。但治在下者，其用尤切耳。

希雍曰：其氣味鹹溫，血病多熱者勿用。

[修治]　斆曰：凡使，勿用沙魚骨，其形真似，但以上文順者是真，橫者是假。水煮一時，炙令黃，去皮細研，水飛日乾。

【校記】

〔1〕楂，原誤作"查"，今據《本草述鈎元》卷二十八改。

〔2〕口含，原誤作"合於含"三字，今據《本草述鈎元》卷二十八改。

〔3〕膿，原誤作"濃"，今據萬有書局本、《本草述鈎元》卷二十八改。

〔4〕瞖，原誤作"臀"，今據萬有書局本改。

〔5〕僻，原誤作"癖"，今據《證類本草》卷二十二改。

〔6〕全，萬有書局本作"行"。
〔7〕魚，原誤作"漁"，今據《本草述鉤元》卷二十八改。
〔8〕食，萬有書局本作"服"。
〔9〕鍋，萬有書局本作"罐"。
〔10〕鱓，原誤作"蟬"，今據萬有書局本、《本草述鉤元》卷二十八改。
〔11〕脆，原誤作"腕"，今據萬有書局本改。

《本草述》卷之二十九

介　部

龜惡沙參、蜚蠊，畏蚣蛅，瘦銀。

水龜甲　一名敗龜板。

[氣味]　甘，平，有毒。甄權曰：無毒。時珍曰：按經云中濕者有毒，則不中濕者無毒矣。

下甲

[主治]　補陰，陰血不足，去瘀血震亨，破癥瘕痎瘧《本經》，止血痢震亨，五痔陰蝕，濕痹，四肢重弱《本經》，及血麻痹《日華子》，續筋骨震亨，補心腎時珍，除驚恚氣，心腹痛，骨中寒熱《別錄》，並治女子漏下赤白，小兒囟不合《本經》，燒灰傅臁瘡時珍，久服益氣《別錄》。

丹溪曰：敗龜板屬金而有水，陰中陽也，大有補陰之功，而本草不言，惜哉。其補陰之力，而兼去瘀血，續筋骨，治勞倦。其能補陰者，蓋龜乃陰中至陰之物，稟北方之氣而生，故能補陰，治陰血不足，止血利，治四肢無力。

時珍曰：龜、鹿皆靈而有壽。龜首常藏向腹，能通任脈，故取其甲以補心補腎補血，皆以養陰也；鹿鼻常反向尾，能通督脈，故取其角以補命門補精補氣，皆以養陽也。乃物理之玄微，神工之能事。觀龜甲所主諸病皆屬陰虛血弱，自可心解矣。

愚按：能通任脈使會督，會督而後任脈通，是陰中有陽也；能通督脈使會任，會任然後督脈通，是陽中有陰也。

希雍曰：介蟲三百六十而龜爲之長，稟金水之氣，故味鹹而甘氣平，氣味俱陰，入足少陰經。方家多入補心藥，用以得水火既濟之義，而借其氣以相通，實非補心之正藥也。

愚按：龜能閉息，其首常藏向腹，使任脈常合於督也；鹿鼻常反向尾，使督脈常合於任也。蓋任督二脈原同源而分，龜、鹿能使分者常合，此其所以壽也。龜板固能補陰，詎知其所補者陰氣，其所以能補陰氣者，爲其陰中含陽也。觀《本經》主治小兒顖不合，其不合者，由於腎氣之不足也。夫腦爲髓海，而足太陽入絡於腦，乃督脈固附足太陽膀胱之脈者，則其能治解顖，豈非任之合於督以爲腎氣者？丹溪謂爲陰中陽，亦爲能察物矣。故其破癥瘕，破瘀血，續筋骨，益勞倦等證，皆其益陰氣之功。丹溪曰：陰足而血氣調和，則瘀血癥瘕自消，崩帶血痢自治，筋骨自健。若然，是朱先生之所謂主陰血不足者，蓋從補陰氣中而血自足者也。《原理》云：痛風證氣虛者，主方加參、术、龜板。然則破癥瘕等種種之功，不必借陽以行陰之滯，乃卽陰而達陽之用。此所謂大能補陰者，如以純陰爲補，庸可幾乎？蓋少陰腎經曰陰中之至陰，然又曰陰中之少陰，以此合於龜之使任常合腎者，則又曰爲陰中至陰之物。先生猶似察焉而未精者歟？

［附方］

抑結不散，用龜下甲酒炙五兩，側柏葉炒一兩半，香附童便浸炒一兩，爲末，米糊丸梧子大，每空心溫酒服一百丸。

胎產下痢，用龜甲一枚醋炙，爲末，水飲服一錢，日一。

臁瘡朽臭，生龜一枚取殼，醋炙黃，更煅存性，出火氣，入輕粉、麝香，葱湯洗净，搽敷之。

龜肉

［氣味］　甘酸，溫，無毒。

［主治］　釀酒，治風痛緩急，四肢拘攣，或久癱緩不收，皆效蘇恭。

愚按：龜板爲治痛風要藥。丹溪於陰火痛風必用之，蓋因其多屬血虛，而血臟卽風水之臟也，然實取其能益陰氣，故《本經》云治濕痹，乃陰氣不足之濕以成痹者也。若屬於感受之濕，以是投治可乎？不觀其更用之治食積而肩腿痛者乎？經曰：陰之所生，本於五味，陰之五宫，傷於五味。夫五臟之傷屬於味之陰矣，不從陰氣之所生者以爲治，而漫然謂其益血爲能中的也，不同於夢哉？

[附方]

筋骨疼痛，用烏龜一個，分作四脚，每用一脚，入天花粉、枸杞子各一錢二分，雄黄五分，麝香五分，槐花三錢，水一椀煎服。

龜溺 以豬鬃或枌葉刺其鼻，卽尿出。

[主治] 滴耳治聾藏器，點舌下，治大人中風舌瘖，小兒驚風不語，摩胸背，治龜胸龜背時珍。

時珍曰：龜尿走竅透骨，故能治瘖聾及龜背，染髭髮也。按《峋嶁神書》言：龜尿磨瓷器，能令軟；磨墨書石，能入數分。卽此可推矣。

[附方]

小兒龜背，以龜尿摩其胸背久久，卽差。

中風不語，烏龜尿點少許於舌下，神妙。

希雍曰：龜甲，妊婦不宜用，病人虛而無熱者不宜用。

[修治] 中梓曰：按《格物考》云：天有先春之震，山多自死之龜。龜聽雷音，則口中所含以蟄者便吐，而昂首時令尚早，無蟲可食，多致餓死，血肉腐爛，滲入下甲，此真敗龜板也。又陽龜殼圓板白，陰龜殼長板黄，陰人用陽，陽人用陰。時珍曰：以龜甲鋸去四邊，石上磨净，灰火炮過，塗酥炙黄用。亦有酒炙、醋炙、豬脂炙、燒灰用者。希雍曰：凡入藥須研極細，不爾留滯腸胃，能變癥瘕也。

鱉

鱉甲

[氣味] 鹹，平，無毒。

[諸本草主治]　益陰補氣，除老瘧瘧母，療勞瘦骨熱，骨節間勞熱，結實壅塞，除心腹癥瘕，堅積寒熱，血瘕腰痛，小兒脇下堅，療勞復，女勞復，斑痘煩喘，小兒驚癇，婦人產後陰脫，去息肉陰蝕，痔核惡肉。

[方書主治]　虛勞瘧證，積聚脚氣，咳嗽血，盜汗中風，往來寒熱，痞證，咳嗽不得臥，消癉，小便不禁，痔。

宗奭曰：經中不言治勞，惟《藥性論》言治勞瘦骨熱，故虛勞多用之，然甚有據，但不可過劑耳。

時珍曰：鱉亦龜類，然功各有所主。鱉甲乃足厥陰血分之藥也，鱉色青入肝，故所主者瘧勞寒熱，疟瘕驚癇，經水，癰腫陰瘡，皆厥陰血分之病也；水龜色黑入腎，故其甲所主者陰虛精弱，腰脚酸痿，陰瘧洩痢，皆少陰血分之病也。介蟲陰類，並主陰經血分之病，從其類耳。

希雍曰：鱉甲，其味鹹平，潤下作鹹，象水明矣。本乎地者親下，益陰何疑？然《本經》甲之主治癥瘕，堅積寒熱，去息肉陰蝕，痔核惡肉，是本於益陰，而更以鹹能軟堅之故歟。《別錄》除瘧者，以瘧邪為病，類病於陰虛之人，乃為暑所深中，邪入陰分，故出併於陽而熱甚，入併於陰而寒甚，至元氣虛羸，則邪陷而結為瘧母，甲能益陰除熱而消散，故為治瘧之要藥，亦是退勞熱在骨及陰虛往來寒熱之上品。血瘕腰痛，小兒脇下堅背，陰分血病，宜其悉主之矣。勞復，女勞復，為必須之藥。勞瘦骨蒸，非此不除。產後陰脫，資之尤急。

仲景鱉甲煎丸，治瘧母之要藥。得牛膝、當歸，佐以橘皮、何首烏、知母、麥門冬，治久瘧；同知母、石膏、麥門冬、貝母、竹葉，治溫瘧熱甚渴甚，無肺熱病者加人參，若瘧發熱甚渴甚，又寒甚汗多，發時指甲黯，狀若欲死，并加桂枝有神，去桂枝治癉瘧良；得青蒿、麥門冬、五味子、地黃、枸杞、牛膝，治骨蒸勞熱，甚則加銀柴胡、地骨皮、胡黃連。

愚按：鱉甲類言其益陰，是矣，第不細繹丹溪之云補陰，而更云補氣也。蓋氣有陽氣陰氣之殊，先哲頗能言之，且本於《內經》可証也。

經曰：陰虛則無氣，無氣則死。蓋唯是真陰之氣有化乃有生，有生即有化，故《本經》首云主治心腹癥瘕，堅積寒熱，即《別錄》、暨甄權、《日華子本草》，無不以温瘧血瘕、宿食冷塊、痎癖冷痕及破癥結爲言也，至丹溪乃揭出補陰補氣以爲言，可謂探其要領矣。宗奭所謂經中不言治勞，然治虛勞多用之，亦甚有據者。以是言合於方書之主治，良不謬也。如先哲曰五臟雖皆有勞，而心腎爲多。心主血，腎主精，精竭血燥則勞生焉。卽斯以思其所治之方，有用鱉甲者。如清骨散，固謂其治骨蒸勞熱也；如扶羸湯，是除骨蒸勞熱而兼以益精血之味也；又麥煎散，云治少男室女骨蒸，黃瘦口臭，肌熱盜汗。卽此參之，則此證乃先哲所謂七情之爲病也。先哲又云：虛勞發熱未有不由瘀血者，而瘀血未有不由内傷者。[1]又云：凡虛勞證，大抵心下引脇俱痛，蓋滯血不消，新血無以養之也。故麥煎散中用鱉甲，而同於乾漆以化積者，祇是故耳。仲景《金匱》治五勞羸瘦等證，有大黃䗪蟲丸，蓋以此丸先行乾血，乾血去，病根已剗，而後可從事於滋補之劑耳。詎如兹味即以通壅爲滋補，所以謂勞瘦骨蒸非此不除也。又虛勞方中亦用大黃，因此證有熱者，暫用此味，折其炎上之勢而引之下行也。又有清熱之味同於歸、地，而復投白朮者，使中土不受困，而藥味得行於經也。又秦艽鱉甲散，此透肌退熱，在諸劑中之一方也。以上數方，是皆同鱉甲而用者，雖其佐助之義各有所主，而其用鱉甲以入諸味者，不外於補陰氣以爲功也。又如治瘧，按《金匱》問曰：瘧以月一日發，當十五日愈。設不愈，當月盡日解也。如其不差，當云何？師曰：此結爲癥瘕，名曰瘧母，治之宜鱉甲煎丸。又瘧母丸，服之積消，及半而止。又諸久瘧，及處暑後冬至前後瘧，及非時之間日瘧，並用瘧母丸法治之，以鱉甲爲君。又云：瘧之間日發者，其氣之合深，[2]內薄於陰，陽氣獨發，陰邪內着，陰與陽争，不得出，故間日而作也。統前義而繹之，則鱉甲之治瘧固益陰氣者也，且治瘧母尤專。所名瘧母卽結爲癥瘕者，更可見諸本草之用鱉甲，無不以療血瘕癥塊云云爲言者，固有見於兹味陰氣之專，卽化以爲生也。更治脚氣，按脚氣證，唯是陰不升而陽不降耳。蓋足爲三陰所起之地，然此卽三陽所歸之地，以陰爲陽之原也。如三陰有不足，不能上而召陽之歸，則三陽失所守，不能下而和陰之滯，故陰壅於下而陽逆於上，此腳氣之病所由也。如方書治腳氣有大鱉甲湯，云治腳弱攣痺氣上及溫毒熱毒，四肢痺弱，非由於陰不足而不能升，致陽失所守而不能降之故乎？觀其以鱉甲爲君，可知矣。又鱉甲散及木香散，皆云治腳氣，心腹脹滿，但一則云并治小便不利，一則云治堅硬不消。夫腳氣而曰心腹脹滿，則由於陰不升以致陽不降也。其小便不利，非陽不得陰以歸而達於下乎？卽心腹之堅硬不消，非陰不能得陽以化而暢於上乎？二證雖鱉甲與諸味等分，然以和陰陽之升降，固與鱉甲爲同氣相求者矣。至於積聚之所治，按《靈樞》言：積皆生於風雨寒暑，清濕喜怒。喜怒不節則傷臟，臟傷則病起於陰。陰既虛矣，則風雨襲陰之虛，病起於上而生積，清濕襲陰之虛，病起於下而生積。此經言積所由生之要領也。故方書之用鱉甲同諸味以治積者，如鱉甲丸之於肝積爲肥氣，乾漆丸及半夏散之於心積爲伏梁，又鱉甲丸之於脾積爲痞氣。四方雖各有不同，然總歸於入足厥陰、手少陰、足太陰之臟也。以鱉甲陰氣之專，入三陰而行其積，固有得於氣之相應者矣。又削堅丸之治五積六聚，由於氣結成塊，食積癖瘕者，雖不專藉鱉甲，然亦同乾漆、三稜爲君，則積之本於陰虛而生者，其義不爽，固不能舍專於陰氣之味以奏效也。次而咳嗽血及盜汗證。如嗽血有二方，一黃芪鱉甲散，一人參黃芪散，皆是治虛勞有客熱者，第前證其客熱爲甚，而後證乃其未甚者也。甚則熱結，正甄權所云骨節間勞熱，結實壅塞，故加凉血散結之味。然鱉甲不分甚與不甚而皆用之，緣但屬客熱，而益陰氣之味不可少也。又盜汗證二方，一麥煎散，首云營衛不調，夜多盜汗，一青蒿散，首云虛勞盜汗，是固大有別矣，況後方之勞證畢具乎？臨病者不可例視盜汗而誤投劑，然用鱉甲則一也。雖然，若兹味入諸味中以療所患者，但止以上數證哉？是舉其主治尤切者明悉其治義，俾用者推類以盡其變，而更尋其要領耳。要領云何？總不外於補陰補氣也。卽如遺精正方，書中治其虛而無熱者唯此一種，則凡用兹種之微義，不可想見乎？又卽女子漏下而鱉甲療之，却又用行瘀血，是豈謂其能止復能行乎？蓋此味專補陰氣，如漏下，屬陰氣虛而不能固也，如瘀血，亦屬陰氣虛而不能流貫於經絡也，但就女子經血一證，可以推其所治之諸證，固惟是專補陰氣。如經所謂知其要者，一言而終也，知要然後可以盡變，又寧惟是鱉甲一種乎哉？

[附方]　於下。

陰虛夢遺不禁，用九肋音勒，脇骨也。鱉甲不以多少，去裙襕，净洗過，燒灰存性，研爲細末，每服一字，用清酒小半盞、童便小半盞、陳葱白七八寸同煎至七分，去葱白，和滓日西時服，須臾得粘臭汗爲度，次日進粟米粥，忌食他物。

奔豚氣痛，上冲心腹，鱉甲醋炙，三兩，京三稜煨，二兩，桃仁去皮尖，四兩，湯浸，研汁三升，煎二升，入末煎良久，下醋一升煎如餳，以瓶收之，每空心酒服半匙。

血瘕癥癖，甄權曰用鱉甲、琥珀、大黄等分，作散，酒服二錢，少時惡血即下。若婦人小腸中血下盡，即休服也。

婦人漏下，甄權曰鱉甲醋炙研末，清酒服方寸匕，日二。

又，用乾姜、鱉甲、訶黎勒皮等分，爲末，糊丸，空心下三十丸，日再。

婦人難產，鱉甲燒存性，研末，酒服方寸匕，立出。

沙石淋痛，用九肋鱉甲醋炙，研末，酒服方寸匕，日三服，石出瘥。

吐血不止，鱉甲、蛤粉各一兩，同炒色黄，熟地黄一兩半，晒乾，爲末，每服二錢，食後茶下。

癍痘發喘，小便不利者，用鱉甲二兩，燈心一把，水一升半煎六合，分二服。凡患大小便有血者，中壞也，黑靨無膿者，[3]十死不治。

鱉肉

[氣味]　甘，平，無毒。

[主治]　傷中，益氣，補不足《別録》，去血熱，益陰補虛蘇頌，作丸服，治虚勞痃癖，脚氣時珍，婦人帶下，血瘕腰痛《日華子》。

鱉頭

[主治]　脱肛。

[附方]

蝟皮散：治肛門脫出不收，蝟皮、磁石、桂心、鱉頭，爲細末，服。

伏龍肝散：治陰證脫肛，伏龍肝、鱉頭骨、百藥煎，爲末，紫蘇湯溫洗，清油調塗。

此證前內治，後外治，皆用鱉頭。後云陰證者，以其有陽證另用他藥也。

頭血

[主治] 塗脫肛甄權，風中血脈，口眼喎僻，小兒疳勞潮熱時珍。

時珍曰：按《千金方》云：目瞤唇動口喎，皆風入血脈，急以小續命湯服之，外用鱉血或雞冠血調伏龍肝散塗之，乾則再上，甚妙。蓋鱉血之性急縮走血，故治口喎脫肛之病。

[附方]

小兒疳勞，治潮熱往來，五心煩躁，盜汗咳嗽，用鱉血丸主之。以黃連、胡黃連各稱二兩，以鱉血一盞，吳茱萸一兩同入內浸，過一夜炒乾，去茱、血研末，入柴胡、川芎、蕪荑各一兩，人參半兩，使君子仁二十個，爲末，煮粟米粉糊和，爲丸如粟米大，每用熟水量大小日三服。

合論龜鱉：希雍曰：按二甲《本經》所主大略相似，第二者咸至陰之物，而其所入稍異。鱉甲走肝益腎，以除熱；龜甲通心入腎，以滋陰。惟鱉甲無毒，可多用耳。

愚按：龜、鱉二甲，咸屬至陰是矣，第其用實有不同者。龜能旋轉任脈以會督，猶人身任脈之爲用原不離乎元陽，如龜之運陰以會陽，是還乎真陰之元也；鱉則無耳，以眼聽，蓋其精專肝竅，即膽亦異衆而味大辛。之頤所謂金木交互，肝固喜辛，爲其從陰升陽也，然與膽爲表裏，謂其爲厥陰肝、少陽膽血分之氣藥者良然，是達乎真陰之用也。經曰：一陰爲獨使。先哲云：任脈附足厥陰，爲生化之元。之二語者，可參龜、鱉之用焉。夫任脈司人身生化之元，然不會於督則陰非真陰，而陰無以化，故龜之補陰者，爲其本於真陰之元也。任司生化之元，而附於足厥陰以行其化，所以三陰之脈唯足厥陰與督脈會於巔焉，經所謂一陰爲獨使者也。故鱉之益陰者，爲達其真陰之用也。知乎此，則體用動靜大有區別，審證察脈，隨所宜以授之，庶不致概言益陰而奏效少也。

簡誤曰：鱉甲，妊娠禁用。凡陰虛胃弱，陰虛泄瀉，產後泄瀉，產後飲食不消，不思食及嘔惡等證，咸忌之。

[修治]　斅曰：凡使，要綠色九肋多裙，重七兩者爲上。用六一泥固瓶子底，待乾，安甲於中，以物掊音支。掊，捂也。起。若治癥塊定心藥，用頭醋入瓶內，大火煎盡三升，乃去裙肋骨，炙乾入用；若治勞去熱藥，不用醋，用童子小便煎盡一斗二升，乃去裙留骨，石白搗粉，以雞胜皮裹之，取東流水三升盆盛，閣於盆上一宿，取用力有萬倍也。時珍曰：按《衛生寶鑑》云：凡鱉甲，以煅竈灰一斗，滔五升浸一夜，煮令爛如膠漆用更佳，桑柴灰尤妙。

牡　　蠣

出東海池澤及南海，廣、閩、永嘉海旁皆有之。初生時假水沫傍石，向日者漸結成形，大如拳，石四面漸長至數丈，或數十丈，磈礧如房，房多左顧，嶄巖如山，連絡不動，房中有肉，大者如馬蹄，小者如指面，名曰蠣黃，潮來房開，潮去房闔，開時納小蟲以充腹。[4]海人欲取其肉，鑿房火迫得之，以錐鑿房，用烈火迫開，方得挑取其肉。

[氣味]　鹹，平，微寒，無毒。

[諸本草主治]　益腎清熱，固精收濇，氣虛崩帶，斂虛汗，止虛熱渴，除煩滿，心脇下痞熱堅滿，除留熱在關節營衛，虛熱去來不定，利水濕，化老痰，軟積氣之痞，消疝瘕積塊，瘰癧結核。

[方書主治]　遺精，赤白濁，自汗盜汗，小便數及不禁，消癉泄瀉，瘧，脇痛積聚，癲癎溲血，虛營中風惡寒。

復曰：牡蠣單生無偶，而左顧者當屬一陽，故《本經》所主皆少陽所生病也。

之頤曰：此濕生也。濕以合感，斂水之融，攝山之結，合感成形者也。但硊礧連絡，堅固不遷，宛若山水之附贅懸疣耳。其啓閉候潮，誠應開闔之關鍵，陰陽之樞紐者。味鹹氣寒，體於水而用於水，不離水相故爾。

潔古曰：壯水之主，以制陽光，則渴飲不思，故蛤、蠣之類能止渴也。

《類明》曰：成聊攝云：牡蠣收斂浮越之正氣，不使其正氣浮散也。又謂其益精氣，蓋藏精者腎，此味入腎，其能益精氣者，卽其收濇不泄之功也。

無己曰：牡蠣之鹹，以消胸膈之滿，以泄水氣，使痞者消，硬者耎也。

權曰：病虛而多熱者，宜同地黃、甘草用之。

海藏曰：牡蠣入足少陰，爲耎堅之劑。以柴胡引之，能去脇下硬；以茶引之，能消項上結核；以大黃引之，能消股間腫。以地黃爲使，能益精收濇，止小便，腎經血分之藥也。

述曰：以貝母爲使，能消積癖痰結；同麻黃根作散，斂陰汗；共杜仲煎湯，固盜汗；和澤瀉爲劑，主髓疽日深嗜臥。

希雍曰：牡蠣得海氣結成，故其味鹹平，氣微寒，無毒，氣薄味厚，陰也，降也，入足少陰、厥陰、少陽經。鹹屬水屬陰而潤下，善除一切留熱爲病。同生地黃、黃芪、龍眼、五味子、酸棗仁、麥門冬、白芍藥、茯神、黃蘗、當歸，治心腎虛盜汗；同黃蘗、五味子、地黃、山茱萸、枸杞子、車前子、沙苑蒺藜、蓮鬚、杜仲，治夢遺泄精，加牛膝則兼治赤白濁；同地黃、黃蘗、阿膠、木耳炒黑、香附、白芍藥、地榆、麥門冬、續斷、青蒿、鱉甲、蒲黃，止婦人崩中下血及赤白帶下。

愚按：牡蠣爲鹹水結成，硊然不動，固無情者也，然其漸長也，不可謂無情，其房因潮來而悉開，潮不至則合，是更在化機中無情而大有情者，雖是物亦不知其所以然也。何以故？蓋潮汐之消長應月，月屬陰，乃木之精也。然先哲云：日者衆陽之母，陰生於陽，潮固依於月，而亦附於日，是故隨日而應月，依陰而附陽，盈於朔望，消於朏魄，虛於上下弦，息於輝朒，故潮有大小焉。卽此繹之，則牡蠣之結成也，毋亦屬於潮氣，所以開合俱應於潮歟？夫潮本應陰精之月，而又假無成有，泡幻立堅，豈非得陰氣之最厚者歟？得陰凝之厚，仍隨潮以爲開合，則其陰附於陽、陽化於陰之氣機，不宛然在茲味歟？先哲云：海中有魚獸，取皮而懸之，潮水至則毛皆起。蓋氣盛而類應，亦不知其所以然耳。是則無情乃更有情，如牡蠣者亦猶是也。先哲謂入足少陰經，爲腎經血分之藥，又有云鹹屬水屬陰而潤下，善除一切留熱，似皆指其入腎益陰之功，然而未能明其所以然也。試暢言之。蓋其因潮而結者，本於陰中有陽，卽陰亦原資生於陽也，故其開合復應於潮者，雖質屬陰，與海水之諸生化者同，然却有陰能召乎陽以歸陰，而歸陰者是能化其陰以清陽。其召陽歸陰之功，卽本草所謂能收能澀者也；其化陰清陽之功，卽本草所謂能㪍堅消結、清熱除濕者也。蓋其能召陽以歸陰，故陰得陽以化；能化陰以宅陽，故陽由陰而清。閱方書諸證主治，如病於陽虛，投以益陽之味，或兼以除濕，卽以茲味之召陽而歸陰者使陰化於陽；如病於陽實，投以清陽之味，或兼以滋陰，卽以茲味之化陰而清陽者使陽宅於陰。在陽虛之治，若遺精之桂枝龍骨牡蠣湯、玉華白丹、內固丸，又如赤濁之王瓜散、龍骨湯、大茴香丸、固精丸、子午丸，又如小便不禁之菟絲子散、阿膠飲、澤瀉散、桑螵蛸散，小便數之菟絲子散，瀉泄之五味子丸，又如自汗之牡蠣散，盜汗之柏子仁散，皆因陽虛而陰召之者也；在陽實之治，若溲血之牡蠣散，癇證之金匱風引湯，消痹之天門冬丸，皆因陽實而陰化之者也。又如宜補陽而陰亦虛者，則補陽又恐其益燥，若虛勞之豬脿丸，卽以其化陰者而歸陽；又如宜補陰而陽亦虛者，則補陰轉慮其滋滯，若惡寒之巴戟丸，卽以其召陽者而化陰。若是之變化主治，卽二方可以類推也。蓋人之生也，本於天一之水，陰陽固爲互根，而潮具有依陰附陽之氣化，此味秉其氣化以爲人身氣化之治，卽以療其水液痰血，其根陰而和陽，卽之頤不離水相之義也。乃粗者於收澀則止以固脫言之，於開結則止以軟堅言之，詎知其能收澀者固召陽歸陰之功，能軟堅者乃化陰清陽之功。是歷觀方書主治，多有益陽之虛，以是召之歸陰而爲益陰地者，卽止言益陰尚未悉其所以然也，況遺其至能而言其近似，果爲察物者歟？試以本草所云益腎，治男子虛勞，及除留熱在關節，營衛虛熱，去來不定，則知茲味潤下爲功，固超於海水之諸所凝結。又卽以收澀與耎堅破結者相對，以參其不相謀之功，則亦知茲味之召陽歸陰，化陰清陽，乃其所以超於海水之諸凝結者也。可僅以固脫軟堅之說爲的然之義乎哉？

[附方並論]

牡蠣地黃丸

生地黃三兩　牡蠣一兩，燒存性　天門冬二兩半　人參一兩半　當歸二兩半，童便浸一宿，燒　車前子三兩　栝蔞一兩

爲細末，生薑自然汁糊丸梧子大，每空心服五十丸。如足腫，炒葶藶湯下；如脇下滿，鹽薑湯下；如潮熱，小便赤，梔豉湯下；如腹痛，芍藥甘草湯間服；如飲食少，無味，人參湯下。

論曰：火多水少，亡精血損之源；火少水多，陽竭停液之本。精遇水衰者，熱退而愈；精衰熱盛者，脇滿而痛。經云：尺內兩傍以候脇，尺外以候腎。注云：脇之上腎之分，脇之內腹之分。若脾胃得積濕，塞其水路，肝臟不足，無血漬其腎，熱也。又曰：仗穀氣以生精，托鹹寒以追熱。若服此味，養命延年。

愚按：此王海藏《醫壘元戎》方也。方書於補陽虛而投此味者頗多，其入此於補陰劑，而茲方固不數數見也。據其立論主治，在滋陰追熱是矣。然有行濕之義存焉，卽同於車前可見矣。所云脾胃積濕，塞其水路，肝臟血少，以漬腎臟，故熱也。味此數語，是濕之爲病，不徒病陽，亦能病陰，然則此味益精不徒以純陰爲功，蓋有妙於化陰者矣。

增損理中丸：治結胸，服大小陷胸湯不效，宜此丸。

乾薑炮，半兩　人參　栝蔞　甘草　牡蠣各三兩　枳實炒，二十四個　黃芩去皮栝，一兩　白术二兩

爲細末，煉蜜丸彈子大，白湯半盞煎服。不歇復與之，不過五六，胸中豁然矣。本方渴加瓜蔞根，不渴者除之；汗者加牡蠣，不汗者勿用。

愚按：結胸而大小陷胸湯丸不效者，緣下傷其胃氣，致胃氣不能任驅邪之劑，而邪熱仍結也。故增損理中湯用參、朮、乾薑理中，而以牡蠣、栝蔞、黃芩導邪下行。固以潤下者導之，然胃之三脘皆在任脈，牡蠣，補腎中之陰氣者也，用此於理中內，則陽得至陰以召之而歸元矣。虛勞之豬腊丸，可與此相參也。

小便淋閉，服血藥不效者，用牡蠣粉、黃蘗炒，等分，為末，每服一錢，小茴香湯下，取效。

小便數多，牡蠣五兩，燒灰，小便三升煎二升，分三服，神效。

愚按：淋閉者，用黃蘗同牡蠣以滋陰除熱，是矣。至小便數多，却止用此味，但同小便煎，此可見有召陽歸陰之義，特借小便以調水化而出之原也，是猶可以滋陰論乎？至如治大病後水氣，仲景有牡蠣澤瀉散，百合病渴不瘥者，仲景以牡蠣、栝蔞根主之。同一牡蠣也，引以益水之原與更以導水之壅者，何其迥殊而此味皆奏功也？其熟思之。

希雍曰：凡病虛而多熱者宜用，虛而有寒者忌之。腎虛無火，精寒自出者非宜。

愚按：據繆氏所謂虛而多寒者忌之，其義近似，而實不中肯也。蓋方書主治虛寒諸證，用補陽之劑而投茲味者不少矣，何虛寒之宜忌耶？就如遺精一證，有冷補澀者，有熱補澀者，皆入牡蠣，而用於冷補澀者且差少焉，不可以思其召陽歸陰，是尤為療虛寒者之所先乎？試以取左顧之義合參，則其義當不爽矣。至於虛而多熱者宜用，固確論也。

[修治] 取殼，以頂向北腹向南視之，口斜向東者為左顧，尖頭大者勝。先用鹽水煮一時，後入火煅紅，研粉用。大抵天左旋，而日月亦因之左旋，前哲論辨甚晰。潮依月附日者也，故牡蠣之因潮而結者亦左顧也。

附潮依月附日義：朔則日月相會，望則日月明對，故潮勢大；月弦之際，日月不相會相對，故潮勢小。《月賦》有朒音訥。朓音挑。朏音斐。魄。晦而月見西方，謂之朓疾行貌；朔而月見東方，謂之朒行遲貌。其曰輝朒者，舉朔後月將漸圓之義，故曰息於輝朒。朏，月未成明也。魄，月始生魄然也。蓋朔後則明漸生，望後則魄漸生，故曰消於朏魄。沈括曰：月本無光，猶一銀丸，日曜之乃光。光之初生，日在其旁，故光側而所見纔如鈎；日漸遠，則斜照而光稍滿，大抵如一彈丸以粉塗其半，側視之則粉處如鈎，對視之則正圓也。或問上弦下弦之義，邵康節先生曰：上弦是月盈及一半，如弓之上弦；下弦是月虧及一半，如弓之下弦。

真　珠

《禹貢》：淮夷蠙珠。後世乃出南北海，川蜀西路、女瓜、河北溏濼、江南湖泖間亦時有之。珠池，廣東廉州珠池者四，曰楊梅，曰青鶯，曰平江，曰永安；出雷州者一，曰樂明。實皆海而島嶼環圍，故稱池云。《後漢書》云：珠，蚌中陰精也。陸佃曰：牡蠣、蛤蚌無陰陽牝牡，須雀蛤以化，故蚌之久者能生珠焉，專一於陰也。《管子》云：珠者，陰之陽也，故勝火；玉者，陽之陰也，故勝水。其化若神。《埤雅》曰：鱉孚乳以夏，蚌孚乳以秋，聞雷聲則瘠，其孕珠若懷妊然，故謂之珠胎。中秋無月則蚌無胎，左思賦云蚌蛤珠胎，與月盈虧是矣，又《淮南子》所謂日至而麋角解，月死而螺蚌膲音焦。也。

[氣味]　鹹甘，寒，無毒。

[諸本草主治]　清心，安魂魄，明目，去膚翳障膜，除小兒驚熱，解痘疔毒，主難產，下死胎胞衣。

[方書主治]　中風熱痹，驚，內外障，目昏目淚。

時珍曰：真珠入厥陰肝經，故能安魂定魄，明目治聾。

之頤曰：中秋月滿，海蚌食其光而孕珠。蓋月各有望，唯中秋主維四氣之樞鍵，處三秋之正中，交兩弦之噓隙，烹金水之華藏時也。食其光而柔麗乎中者，此以坎填離，神丹金液耳。是其神室根身因形，而易點餌塗塞，咸歸化成。後數語指《別錄》所云塗面及手足云云也。

希雍曰：珠稟太陰之精氣而結，故中秋無月則蚌無胎。其體光明，其性堅硬，味甘微鹹，氣寒無毒，入手少陰、足厥陰經。心虛有熱則神氣浮越，肝虛有熱則目生膚翳障膜，除二經之熱，故能鎮心，去目中障翳也。同丹砂、牛黃、犀角、天竺黃、茯神、遠志、鈎藤鈎、琥珀、金箔，治小兒驚癇風熱，大人失志癲狂等證；同爐甘石、龍腦香、白硼砂、空青、人爪點目，能去翳障；同鍾乳石、象牙末、牛黃、冰片、白殭蠶、紅鉛、天靈蓋、蛀竹屑、樺皮灰、沒藥、明礬，治廣瘡結毒及陰蝕瘡，有奇效；同人中白、黃蘗、青黛、硼砂，和冰片少許，治口疳，加入雞內金、膩粉，治下疳。

  愚按：蚌之產珠，陸佃言其專一於陰者，似是矣。第蛤蚌珠胎，與月盈虧，而詎知月之盈虧又係於日，是先哲所謂月本無光，日耀之乃光也。然則《淮南》月死而螺蚌膲之說，豈非指陰不得陽之故歟？其食月之光而後孕珠者，又豈非陰必藉於陽之義歟？是珠誠為陰中之陽，有如《管子》所云矣。本至陰之精，乃分至陽之光；麗至陽之光，乃凝至陰之質。然則如方書主治諸證，豈徒取其純陰，如草木中苦寒之味哉？即療中風之活命金丹，又療中風之至聖保命金丹，及熱痹之石楠散，投此於諸隊中，固有轉陽入陰而神其清化者也。即治驚者，率以為鎮怯，不觀方書真珠母丸，其主治者乃因肝虛而內受風邪，臥則寬散不收，有似驚悸，然此味固逐隊以益肝者也。又如目瞆諸方，率以為其質堅凝，能去翳障，是固然矣。然在目昏之真珠煎，云治肝虛寒目茫茫不見物者，又目風淚出有真珠散，云因於肝虛者。細推諸治之益肝虛，不有由陰育陽，即由陽暢陰，有合於厥陰之肝，屬陰中之少陽乎？至謂其鎮怯，謂其磨翳，實藉此品為之先，為之樞，似不以鎮怯磨翳為其能事也。且諸治多有并及風者，瀕湖謂入厥陰肝經，良不謬矣。如之頤所云中秋月滿，海蚌食其光而孕珠，謂中秋為烹金水之華藏時也，此義與入肝之諸治相合。蓋唯金能合水火之氣，俾陰陽交媾，如明珠之胎，因於烹金水之華，以媾陰陽之精，非所謂有木始之，更得金終之，乃為金木之交媾，而大益肝臟乎？是猶得謂之純陰乎？試思療肝虛寒而目昏者，豈得用純陰之味以相對待乎？或曰：然則於清熱無當耶？曰：固謂其得陰陽呼吸之元，隨證而因其主輔以濟之，有妙於其先者矣。

[附方]

婦人難產，真珠末一兩，酒服，立出。

胞衣不下，真珠一兩，研末，苦酒服。

子死腹中，真珠末二兩，酒服，立出。

時珍曰：凡入藥，不用首飾及見尸氣者。珣曰：研如粉方堪服食，不細則傷人臟腑。

[修治] 用豆腐一塊，入珠於腐腹，煮一炷香取出，將洗淨無漿白棉布二三重包珠，於石上杵爛，爲細末。

海　蛤

時珍曰：海蛤者，海中諸蛤爛殼之總稱，不專一蛤也。又有所謂文蛤者，或另是一種。陳藏器謂即爲未爛時殼，恐猶未穩。但海中蛤蚌，名色雖殊，性味相類，功用亦同，無甚分別也。

[氣味] 苦鹹，平，無毒。普曰：神農，苦；岐伯，甘；扁鵲，鹹。

[主治] 咳逆上氣，喘息煩滿，胸痛寒熱，療十二水滿急痛，并水氣浮腫，止消渴，潤五臟，利膀胱大小腸，療痰飲，胸脇脹急，腰痛及傷寒血結，項下瘤癭，五痔疝證，婦人血結胸，並崩中帶下。《別錄》曰：療陰痿。

愚按：海蛤之用，在《本經》謂其治咳逆上氣，喘息煩滿，胸痛寒熱。蓋所主治，固治陰氣虛而上逆者也。夫腎乃氣之元，氣，陽也，出於陰中。《內經》曰：陰者，陽之守也。陰不能爲陽之守，故有種種如上諸證，即《別錄》謂其療陰痿，則知其歸陽於陰矣。然《唐本草》又謂其主十二水滿急痛，並甄權治水，治浮腫者云何？在《內經》曰：腎者牝藏也，地氣上者，屬於腎而生水液也。又曰：出地者，陰中之陽，陽予之正，陰爲之主。若然，但病於陰之不爲陽守，而陽乃上逆，則至陰之生水液者，不得陽以爲正，亦即隨陽汎濫四出矣。雖然，在《本經》已包舉而言之。如《內經》曰：陽明所謂上喘而爲水者，陰氣下而復上，上則邪客於藏府間，故爲水也。所謂胸痛少氣者，水氣在藏府也。水者陰氣也，陰氣在中，故胸痛少氣也。卽此參之，在《本經》所主治，不已悉其未言之證乎？抑已既病於水，而蕭炳何以又謂其止消渴、潤五臟也？曰：《内經》明言其邪客於藏府矣，是真陰實大損也。兹味之治，固導邪水而益真陰，以還其生水液之原也，真陰益，則陽不孤行，而消渴除，五臟潤矣。陽不孤行，卽附於陰，故在下焦之膀胱及大小腸，所謂氣化斯出者，先受其益，以其開竅於二陰之故也。且并陰之已成血者，陰得陽化，而亦不病於孤行，如傷寒血結之類是也。推而療痰飲及胸膈脹急，爲水液之所結，更血之所結如瘦瘤類，何莫非此不孤行之陰陽以奏功乎？至於婦人崩中帶下，固亦以其陽不孤行者守之；婦人血結，並以其陰不孤行者化之矣。或曰：兹物以其鹹也，如鹹味固侈，何獨如是之功乃在兹歟？曰：海鹹之異於河淡者，明明猶之人身水臟也。而其氣所生化之物，如兹種無情而有情，更與人身之氣化相感，先聖取之以療如上諸證，豈苟然哉？雖然，取鮮蛤而用之，唯濱海諸郡易易耳。[5]卽療水腫證，亦多有取蛤殼煅成粉者，臨證從其權宜可也。**愚按**：水之原在腎，然水之主在土，治斯證者，固宜參酌於胃腎以投劑矣。然如斯味爲補腎歸陽要藥，乃方書治水證用之亦寥寥也，何哉？

[附方]

石水肢瘦，其腹獨大者，**海蛤丸**主之。

海蛤煅粉　防己各七錢半　葶藶　赤茯苓　桑白皮各一兩　陳橘皮　郁李仁各半兩

爲末，蜜丸如梧子大，每米飲下五十丸，日二次。

傷寒血結，胸脹痛不可近，仲景無方，宜**海蛤散**主之，并刺期門穴。用海蛤、滑石、甘草各一兩，芒硝半兩，爲末，每服二錢，雞子清調服，更服桂枝紅花湯，發其汗則愈。蓋膻中血聚則小腸壅，小腸壅則血不行，服此則小腸通，則血流行而胸膈利矣。

海蛤粉　近世以蛤蜊殼火煅成粉，曰蛤蜊粉。蛤蜊，卽閩、浙人以作醬者是。

時珍曰：海蛤粉者，海中諸蛤之粉，以別江湖之蛤粉、蚌粉也，今人治稱，但曰海粉、蛤粉，寇氏所謂衆蛤之灰是矣。近世獨取蛤蜊粉入藥，然貨者亦多衆蛤也。大抵海中蚌蛤蚶蠣，性味鹹寒，不甚相遠，功能軟散，小異大同，非若江湖蚌蛤無鹹水浸漬，但能清熱利濕而已。今藥肆有一種狀如線粉者，謂之海粉，得水則易爛，蓋後人因名售物也。然出海中沙石間，故功亦能化痰軟堅。

[氣味] 鹹，寒，無毒。謂寒者誤。

[主治] 喘息嗽逆，化痰飲，解結氣，軟堅積，愈心脾疼痛，消水腫，利小便，止遺精白濁，療癭疝，消瘰核，散腫毒，治婦人血病，油調塗湯火傷。

丹溪曰：海蛤粉治肺燥鬱脹，咳喘熱痰，能降濕痰，能燥塊痰，能軟頑痰，能消治疝氣，白濁帶下。同香附末、薑汁調服，主心痛。

時珍曰：寒制火而鹹潤下，故能降焉；寒散熱而鹹走血，故能消焉。堅者軟之以鹹，取其屬水而性潤也；濕者燥之以滲，取其經火化而利小便也。此語謬甚。

好古曰：蛤粉乃腎經血分之藥，故主濕嗽腎滑之疾。海蛤粉爲腎經血分之藥，誠如海藏所云。然則此味治濕痰爲要藥，以腎主水液，而痰爲水液所化，病於濕者更切也。

愚按：蛤粉之用，其所主治不一而足，然都不究其有合於人身元陰之氣，更不究其能於陰中歸陽，故丹溪之所謂能降能消，能耎能燥者，概以爲其義在寒則降，鹹則耎耳。試問消且燥者，當屬何說哉？即時珍亦强作解耳。夫《本經》於海蛤，其氣味屬鹹平矣，而其殼用火煅者，反得鹹寒乎？夫元陰之氣非偏於寒者也，陰中有陽。故此味陰氣之所至，而陽之浮者自還其宅，如喘息嗽逆之類，是曰降也；由真陰得歸，則陽亦歸於陰，凡陰邪之所聚以成形者，自由有形而化無形，如浮腫之類，故曰消也；陰邪之所鬱者，畜陽於中，陽即依陰邪以爲堅核，爲積塊，陰邪消歸無形，則陽不得畜於中，不能依陰以爲堅核，爲積塊，故曰耎也；陰邪漸歸消化，則陽即行其化，而水濕之氣皆净，如水腫白濁之類，故曰燥也。由是參之，則可以知其主治諸證之故矣。如徒以爲氣寒味鹹而已，然則治嗽血溲血，固不得謂鹹能軟堅矣。若但取其氣之寒乎？彼清熱者其同隊不少，何得贅此？是蓋取真陰之原爲陽守者，以化陽也。又如風熱邪氣上攻以爲眩暈，於諸除風熱劑中而入此味，猶得謂其以寒降熱乎？又如療風癇之參硃丸，人參、硃砂與此同用，豈非配真陽於真陰，以化陽狂之邪乎？至消癉，化水丹以此味爲君，治兩少陰之渴，是取真陰之氣化明矣。又療滯下之裏急後重者，此味與穿山甲同用，是取元陰之化氣以暢大腸之收氣，蓋腎陰原主二便，不獨膀胱也。遺精二方，一取其補陰，同於黃檗，名珍珠粉丸，一取其能補陰中之陽，同平補元陽諸味，乃以爲君，是更可參也。猶不止於益陰，況可徒謂其寒能除熱乎？但就數證推之，可以妙用矣。蓋凡治熱，可以寒直折者，在實熱宜然，如虛熱鬱熱，不若從真陰以化陽之爲得，尤不若從陰中有陽者以歸失守之陽爲得也。如執寒鹹二字以爲功，即用治痰飲，尚未得其肯綮，況投於他證，不悢悢然不知其所由來乎？至清熱除濕，似是而非，恐庸工執此四字投劑，大有錯誤，癡人前豈可說夢耶？

[附方]

氣虛水腫，昔滁州酒庫攢司陳通患水腫垂死，諸醫不治，一嫗令以大蒜十個搗如泥，入蛤粉，丸梧子大，每食前白湯下二十丸，服盡，小便下數桶而愈。

心氣疼痛，真蛤粉炒過白，佐以香附末等分，白湯淬服。

白濁遺精，潔古云陽盛陰虛，故精泄也。**真珠粉丸**主之。用蛤粉煅一斤，黃柏新瓦炒過一斤，爲細末，白水丸如梧子大，每服一百丸，空心用溫酒下，日二次。蛤粉味鹹而且能補腎陰，黃柏苦而降心火也。

玉粉散：以海蛤爲細末，每服二錢，蜜水調服。治血痢，解臟腑積熱毒。

即此觀之，則此類亦同氣於人身腎陰之清化，故能解臟腑之積熱，乃知此義者殊少也。

希雍曰：蛤粉善消痰積血塊，然脾胃虛寒者宜少用，或加益脾胃藥同用爲宜。

[修治][6] 丹溪曰：蛤粉，用蛤蜊殼燒煅成粉，不入煎劑。時珍曰：

按吴球云凡用蛤粉，取紫口蛤蜊殼，炭火煅成，以熟栝樓連子同搗，和成團，風乾用，最妙。

愚按：治痰之燥者，可如吴球之治，其餘痰之治則不必。然至療他證，更宜專用。時珍曰：汪機以海中浮石名海石者謂卽蛤粉，殊大誤也，今正之。

文蛤

時珍曰：按沈存中《筆談》云文蛤卽今吴人所食花蛤也，其形一頭小，一頭大，蛤有花斑的便是。先哲有云卽海蛤粉，河間、丹溪多用之。

[氣味] 鹹，平，無毒。

[主治] 咳逆胸痹，腰痛脇急，利小便，止煩渴，化痰軟堅，療口鼻中蝕疳，鼠瘻，大孔出血，女人崩漏。

[附方]

仲景方：傷寒在陽，當以汗解，反以冷水噀之或灌之，其熱被鬱，卻不得去，更益煩熱，皮上粟起，欲飲水，反不渴者，**文蛤散**主之。文蛤五兩爲末，每服方寸匕，沸湯下，甚效。

希雍曰：文蛤之鹹，能消散上下結氣，故《別錄》主治胸痹腰痛脇急，又謂治鼠瘻，大孔出血，崩漏，皆血熱爲病，鹹平入血除熱，故並主之。

愚按：張仲景先生治傷寒在陽明未入府者，固宜汗解，乃有因其煩躁，[7]誤以水噀及灌之，遂使寒轉鬱而鬱中增熱，所以更益煩熱，然皮上卻有粟起，此外寒鬱熱之徵。故欲飲水者，中有熱也，不渴者，非真熱，乃鬱而成也。如是證，先生乃以文蛤散主之，是爲其能開寒鬱於陽明，而使陽之結氣得散，故此證亦列之結胸例也。愚妄揣蛤粉能開鬱熱，謂其陽鬱於陰中者，藉同氣之陰引之歸下，而所結之陽亦逐之以散也。初意以爲創，及閱先生文蛤散之治，大獲我心矣。然則此味又豈但如丹溪所云能降能消，能奭能燥，而其功僅僅在一痰飲乎哉？

[附案]

愚於戊戌歲冬深，終之氣主氣，寒水旣與司天相合，而客氣濕土又與在泉相合，更加於主氣寒水之上，其病於陽氣甚矣，氣乃肺主之，故肺易受寒邪，既病於主氣之肺，則陽氣益不得施化，而水中之陽化更微，致濕淫滋患，故濕痰生聚於胃而不行，是濕痰愈覆其陽，則肺之鬱熱，遂口舌爲燥，而肺所治之上焦亦俱不爽，且移於所合之大腸而化風矣。治之者，宜麻黃、杏仁輩以散寒，炒乾薑、製白朮以除濕。第所鬱之熱，驟以乾薑、白朮投之，適益其鬱熱之勢耳。愚散寒以麻黃、杏仁，而除濕暫用二陳加南星，乃入蛤粉於中，以歸陰僭而散陽鬱，其痰漸化而熱亦行，徐以乾薑、白朮、枳實輩理中，乃得全愈。

希雍曰：病屬邪熱痰結者宜之，氣虛有寒者審之。

蚌

時珍曰：蚌與蛤同類而異形，長者通曰蚌，圓者通曰蛤，故蚌從中，蛤從合，皆象形也，後世混稱蛤蚌者非也。

蚌粉

[氣味] 微鹹，寒，無毒。

[主治] 反胃，心胸痰飲，用米飲服藏器，解熱燥濕，化痰消積，止白濁帶下時珍。

時珍曰：蚌粉與海蛤粉同功，皆水產也，治病之要只在清熱行濕而已。《日華子》言其治痔，近有一兒病痔，專食此粉，不復他食，亦一異也。

[附方]

反胃吐食，用真正蚌粉，每服稱過二錢，搗生薑汁一盞，再入米醋，同調送下。

痰飲咳嗽，用真蚌粉新瓦炒紅，入青黛少許，用淡齏水滴麻油數點，調服二錢。此方即宋徽宗時李防禦得之軍卒者。防禦爲內醫官時，有寵妃病痰嗽，終夕不寐，面浮如盤。徽宗呼李治之，令供狀，三日不效當誅。李憂惶技窮，忽聞外叫賣咳嗽藥，言服此即得睡，李市二貼，自服之，無他，乃取三貼爲一，進妃服之，是夕嗽止，比曉面消，上甚喜，賜金帛無算。李恐索方，尋前賣藥人，以厚價求之而得。

積聚痰涎，結於胸膈之間，心腹疼痛，日夜不止，或乾嘔噦食者，**炒粉丸**主之。用蚌粉一兩，以巴豆七粒同炒赤，去豆不用，醋和粉丸梧子大，每服二十丸，薑酒下。丈夫臍腹痛，茴香湯下；女人血氣痛，童便和酒下。

愚按：蚌，不分湖海，俱應月而胎珠。夫月乃至陰之精，然借光於日，是則至陰之中固有至陽也。應氣以生者蚌，謂其殼粉不因至陰之氣以清熱，而陰中有陽者以利濕乎？時珍云：江湖蚌粉與海蛤粉同功，但無鹹水浸漬，止能清熱利濕而已。雖然，蚌殼粉亦有微鹹，以俱原於水也，第其收陰歸陽之功實不及海粉，投劑宜酌之。

田 蠃

前蛤蚌海產與江湖所產，但少有異耳。田蠃，指水田及湖濱之蠃，其用殊迥於海蠃，未可例視也。

肉

[氣味] 甘，大寒，無毒。

[主治] 去腹中結熱，利濕熱。搗爛貼臍間，引熱下行，開噤口痢，[8]並治小便不通，小腹急硬及水氣浮腫。取其汁，治下消渴，肝熱目赤，大腸脫肛，痔漏疼痛及黃疸。

希雍曰：田螺產於水田中，稟水土之陰氣，故其汁大寒，味應甘，性無毒，解一切有餘之熱。

[附方]

噤口痢疾，[9]用大田螺二枚搗爛，入麝香三分作餅，烘熱貼臍間，半日熱氣下行，即思食矣，甚效。

小便不通，腹脹如鼓，用田螺一枚，鹽半匕，生搗，傅臍下一寸三分，卽通。

水氣浮腫，用大田螺、大蒜、車前子等分，搗膏，攤貼臍上，水從便旋而下。

消渴飲水，日夜不止，小便數者，用糯米二升煮稀粥一斗，冷定，入田中活螺三升在内，待食粥盡，吐沫出，乃收飲之，立效。消渴而小便數者，乃下消也，唯治此而不概治上中，則其化於至陰之氣也可思。

肝熱目赤，用大田螺七枚洗淨，新汲水養，去泥穢，換水一升浸洗，取起於淨器中，着少鹽花於甲内，承取自然汁點目，逐個用了，放去之。

大腸脫肛，脫下三五寸者，用大田螺二三枚，將井水養三四日，去泥，用雞爪黃連研細末，入靨内，待化成水，以濃茶洗淨肛門，將雞翎蘸掃之，以軟帛托上，自然不再復發也。

痔漏疼痛，用田螺一個，入片腦一分在内，取水搽之，仍先以冬瓜湯洗淨。

希雍曰：目病非關風熱者，不宜用。

殼

[氣味]　甘，平，無毒。

[附方]

心脾痛不止者，**水甲散**主之。用田螺殼，以松柴片層層叠上，燒過火，吹去松灰，取殼研末，以烏沉湯、寬中散之類調服二錢，不傳之妙。[10]

小兒驚風有痰，遠年白田螺殼燒灰，[11]入麝香少許，水調灌之。此乃田螺白殼者，與白殼蝸蠃有別。

反胃吐食，用田螺殼并黃蜆殼，皆取久在泥中者，各等分，炒成白灰，每二兩入白梅肉四個，搗和爲丸，再入砂合子内蓋定，泥固煅存性，研細末，每服二錢，用人參縮砂湯調下，不然，用陳米飲調服亦可。凡覺心腹脹痛，將發反胃，卽以此藥治之。

愚按：田螺殼曰甘平，而蜆殼曰鹹溫，蚌殼粉又曰鹹寒，然則功用彷彿而不無少殊。用者宜審病因，如概以爲無別，何以治反胃者，田螺殼與蜆殼並用，而不止用其一哉？蜆，音顯。小蛤也，多生溪湖中，漁家類食之。

蝸蠃 即螺螄。處處溪湖有之。大如指頭，而殼厚於田螺。後所列白螺螄殼，又非溪湖中所生者也。

白螺螄殼 或屋上墻上壁上年久者良。

[氣味] 甘，寒。

[主治] 痰飲積及胃脘痛震亨，反胃，膈氣痰嗽時珍。

[附方]

濕痰心痛，白螺螄殼洗浄，燒存性，研末，酒服方寸匕，立止。

膈氣疼痛，白玉散。用壁上陳白螺螄燒研，每服一錢，酒下，甚效。

痘瘡不收，墻上白螺螄殼洗浄，煅研摻之。

愚按：田螺之性味，繆氏謂其產於水田中，稟水土之陰氣，故其汁大寒，不知產於泥水中，如蚌、蛤、蜆、螄諸物，寧有異乎？而此味功用似有殊者謂何？時珍曰：螺，蚌屬，其殼旋文，其肉視月盈虧，故王充云：月毀於天，螺消於淵。夫月乃水之精，故海潮與月相應，而茲物又應於月。卽此論之，則其物雖小，或亦乘至陰之精氣而化生歟？故蚌、蛤、螺、蜆之肉，皆謂其清熱行濕。而細繹此味所用，如開噤口痢等病，[12]皆搗爛和他藥貼臍之上下，夫臍固兩腎所夾，為至陰之所居也，豈非取乘至陰之化者，卽用之以化陰中之氣，更能開陽之結歟？況取其自然汁以瘳疾者，在蚌、蛤、蜆、螄未可等也，烏得概以水土之陰論哉？至蚌、蛤、蜆之殼，與田螺大同小異，固皆言其治心胸痰飲及痰熱反胃之證矣。唯朱丹溪先生所用白螺殼，乃不生於泥水中，而陳朽粘於或屋或墻者，是又少異。蓋其不生於泥水中，感地中陰濕之氣以生，乃上升於屋墻，或又乘於他氣之化。諸殼皆取其金氣以破痰結，而此殼色白，更得金氣之專矣。以濕土始，而以燥金終，先生言其治痰飲積及胃脘痛，豈非其的對乎？夫痰飲，皆因濕化而畜其正氣者也。第此味似止治濕痰之結者，不比於蛤、蚌、田螺之殼能開濕熱之痰也。姑揣其理如是，用者察之。

魁蛤 一名魁陸、蚶、瓦壟子。

時珍曰：郭璞《爾雅》注云：魁陸即今之蚶，狀如小蛤而圓厚。《臨海異物志》云：蚶之大者徑四寸，背上溝文似瓦屋之壟，肉味極佳。浙東種於近海田，謂之蚶田。

肉

[氣味] 甘，平，無毒。鼎曰：寒。炳曰：溫。希雍曰：蚶得水中之陽氣，故其味甘氣溫，性亦無毒。今人糟其肉，為侑酒之物，鮮有入藥者。

殼

[氣味] 甘鹹，平，無毒。

[主治] 消血塊，化痰積震亨，燒過醋焠醋丸服，治一切血氣冷氣癥癖《日華子》，連肉燒存性研，傅小兒走馬牙疳，有效時珍。

愚按：時珍言其鹹走血而耎堅，故能消血塊，散痰積。但蚶之肉甚甘，甘能和血，殼甘而兼以鹹平，其效當更甚於諸鹹味乎？

[修治] 凡用，取陳久者炭火煅赤，米醋淬三度，出火毒，研粉。

瑇瑁 一名玳瑁，音代昧。

甲

[氣味] 甘，寒，無毒。宗奭曰：入藥用生者，性味全也，既經湯火即不堪用，與生熟犀義同。

[主治] 解嶺南百藥毒。

希雍曰：瑇瑁，龜類也。得水中至陰之氣，故氣寒無毒而解一切熱毒。其性最靈，凡遇飲食有毒，則必自搖動。然須用生者乃靈，死者則不能矣。嶺南人善以諸毒藥造成蠱，人中之則昏憒悶亂，九竅流血而死。惟用活瑇瑁刺其血飲，或生者磨濃汁服之可解。《日華子》主破癥結，消癰腫，止驚癇，陳士良主心風，解煩熱，行氣血，利大小腸，以其性稟純陰，氣味至寒，故治如是等病也。又能解痘毒，神效。

[附方]

預解痘毒，遇行時服此，未發內消，已發稀少，用生玳瑁、生犀角各磨汁一合，和勻，溫服半合，日三服，最良。

痘瘡黑陷，乃心熱血凝也，用生玳瑁、生犀角同磨汁一合，入豬心血少許，紫草湯五匙，和勻溫服。

愚按：是物誠為良藥，但療病唯用生者。[13]生者難得，在邊海之地容或有之，而遠海諸郡絕不能獲生者，猶之不得其用也，故未及詳論。

希雍曰：痘瘡虛寒不起發者，不宜服。

【校記】

〔1〕未，原誤作"味"，今據萬有書局本、《本草述鈎元》卷二十九改。

〔2〕合，萬有書局本作"舍"。

〔3〕曆，原誤作"厭"，今據《本草述鈎元》卷二十九改。

〔4〕開，原誤作"闓"，今據萬有書局本改。

〔5〕唯，萬有書局本作"惟"。

〔6〕修治，此二字原倒，今據萬有書局本乙正。

〔7〕躁，原誤作"燥"，今據文義改。

〔8〕噤，原誤作"禁"，今據《本草述鈎元》卷二十九改。

〔9〕噤，原誤作"禁"，今據《本草述鈎元》卷二十九改。

〔10〕傳，原誤作"傅"，今據文義改。

〔11〕白，原誤作"自"，今據萬有書局本改。

〔12〕噤，原誤作"禁"，今據《本草述鈎元》卷二十九改。

〔13〕唯，萬有書局本作"惟"。

《本草述》卷之三十

禽 部

雞

愚按：雞雖禽類一種，在朱丹溪先生以爲屬土而有金木火，又屬巽，能助肝火，且曰雞性補，能助濕中之火。數語於此種殊有當也，迺李瀕湖非之，云雞專屬風木，易於動風，一似無所取云爾。是豈爲能察物理哉？請更悉之。夫雞性能補，不獨丹溪言之，在先哲亦類言之。如純屬風木，則何利益之有而概云補也？且一種而毛羽有各具一色者，豈非中土得兼四氣，乃隨其偶合之一以賦形乎？是雞固巽木，必不能離土以生育，豈爲專稟風木者乎？更先哲有云：雞在卦屬巽，在星應昴，兌見而巽伏。合而繹之，是巽木之屬，固爲土之主而效金之用者也。何以明其效用於金？試觀星應於昴者，每於丑寅司晨，則巽之伏於兌，有可思也。兌見巽伏，出《易·雜傳》。丑寅司晨者，由金而木，是金爲木主之義也。夫人身臟腑之病，由脾胃之行氣於三陰三陽者，或苦於土不得木之主，更或患於木之不爲金用耳。如土得木主而木爲金用，則中土運化之氣無不宣暢而盈溢，似此謂其補虛羸可也，豈能責於專屬風木之物乎哉？試觀方書中，唯雞之肫名雞脟胵，及肫內黃皮呼爲雞內金者，是固雞臟也。方書用之，參其對治諸證，亦似取其爲中土之臟，乃得木爲土主，而木隨爲金用者，以至土而益腎，豈得力於單行之風木哉？卽此可以推求全雞之用矣，是丹溪屬土而有金木火之說，良不謬。卽能助濕中之火一語，亦概同魚肉之類爲言耳。

頌曰：雞肉雖有小毒，而補虛羸是要，故食治方多用之。

吳琳云：三年雛雞常食，治虛損，養血補氣。

黑雌雞肉

［氣味］　甘酸，溫，平，無毒。

［主治］　男女因積虛或大病後虛損，沉困酸疼，盜汗少氣，喘悸，或小腹拘急，心悸胃弱，多臥少起，漸至瘦削。若年深五臟氣竭則難治也，用烏雌雞一頭治如食法，以生地黃一斤切、飴糖一升納腹内，縛定，銅器貯，於甑中蒸五升米熟取出，食肉飲汁，勿用鹽，一月一作，神效。

時珍曰：烏雞屬水，牝象屬陰，故烏雞所治皆血分之病，各從其類也。

黃雌雞肉

［氣味］　甘酸鹹，平，無毒。

［附方］

消渴飲水，小便數，以黃雌雞煮汁，冷飲，并作羹食肉。

脾虛滑痢，用黃雌雞一隻炙，以鹽醋塗，煮熟食之。

產後虛羸，黃雌雞一隻去毛，背上開破，入生百合三枚，白粳米半升，縫合，入五味汁中煮熟，開腹，取百合并飯和汁作羹食之，并食肉。

愚按：雞有丹、白、黃、烏，所謂屬土而偶合五行之一以賦形也。然要取烏色與黃色之雌者，蓋雞所稟於木火氣較勝，故以水土賦形而歸其氣於水土，更屬於雌之陰者以爲補益，庶幾其能奏功也。若烏骨雞，固是另一種耳。

烏骨雞肉

［氣味］　甘，平，無毒。

［主治］　補虛勞羸弱，治女子崩中帶下，一切虛損諸病時珍。

時珍曰：烏骨雞有白毛烏骨者、黑毛烏骨者、斑毛烏骨者，有骨肉俱烏者、肉白骨烏者。但觀雞舌黑者則骨肉俱烏，入藥更良。雞屬木而骨反烏者，巽變坎也，受水木之精氣，故肝腎血分之病宜用之。男用雌，女用雄。婦人方科有烏雞丸，治婦人百病，煮雞至爛，和藥，或幷骨研用之。

希雍曰：雞雖有丹、白、黃、烏，總之性溫，補陽起陰，兼有風火之義。惟烏骨者別是一種，獨得水木之精，故主陰虛發熱、蓐勞崩中等證也。

愚按：繆仲淳謂烏骨雞別是一種，其說良然。李瀕湖謂此種獨得水木之精，亦能探取精義矣。故不獨療女子諸疾，其稟水木之精，實爲生育之化原也。是以古方有青蒿烏雞丸以爲凉補，又小烏雞丸以爲溫行，而皆用此爲補益之主，隨用溫凉，無不可者。近代名醫亦謂前二方凉補溫行，因其所宜而投，固不能舍此種。惟大烏雞丸主方雜亂欠妥，不足取也。又金蓮種子丸亦用烏骨雞立方，更有可思也。同前二方俱列《濟陰綱目》第六門治血虛不孕類。

雞冠血

[氣味] 鹹，平，無毒。

時珍曰：雞冠血，以三年老雄雞者良，取其陽氣充溢也，更貴丹者又陽中之陽也。

丹雞者治白癜風《日華子》，並療經絡間風熱，塗頰治風中血脈，口喎不正時珍。陰毒卒痛，用雄雞冠血入熱酒中飲之，暖臥取汗。

高武《痘疹正宗》云：雞冠血和酒服，發痘最佳，雞屬巽屬風，頂血至清至高故也。

希雍曰：痘瘡須分寒熱。雞血性溫，天行痘子虛寒者得之，固可資其起發。倘因血熱而乾枯焦黑者，誤用之能更轉劇。世人類用雞血、桑蠹蟲發痘，而不分寒熱，誤也。

雞膍胵 音皮夷，雞臟也，即雞肫。男用雌，女用雄。

又其裏黃皮名雞內金。

[氣味] 甘，平，無毒。

[諸本草主治] 洩痢，小便頻遺《別錄》，止泄精及尿血，崩中帶下《日華子》，療大人淋漓反胃時珍。

[方書主治] 雞䏶胵治消癉小便數及不禁，並療遺精。雞內金亦治消癉。

愚按：雞䏶胵，即雞臟也，希雍謂即雞之脾，乃消化水穀之所。若然，是則亦猶人身之脾臟耳。然閱方書療消癉，若腎瀝散治消腎，腎氣虛損發渴，小便數，又白茯苓丸治消腎，因消中之後胃熱入腎，消爍腎脂，令腎枯燥，遂致此疾，二方固皆用之。又天門冬丸治初得消中，食已如饑，手足煩熱，小便白濁，是方亦用之。一則專主腎氣之虛，一則由胃熱移入於腎，以爲腎消，一則專爲中消之熱。總因兹證類由熱鬱傷陰以爲病，而脾爲太陰，腎爲至陰，二臟之病固相因，雖分治中下之消，而亦無不宜也。更治小便數有兔絲子丸，又小便不禁用兔絲子散，二方大補腎氣，微有小異，俱得用之，而同於熱補者也。更遺精之既濟丸，但調水火之交，絕禁熱劑，與前治消中之天冬丸俱得用之，而同於涼補者也。若然，是兹味不爲脾腎投劑之主乎？第補脾腎之陰，其味亦不少矣，何以獨是之取也？曰：惟雞爲巽木之屬，却爲土主，更爲金用，以致土化而且歸於腎，乃其脾臟，是獨受三陰具足之氣，雖微物而理有妙合者，取以療前證，其能舍諸？更參治療諸方，小便遺失者固治之，而小便淋瀝最痛者亦治之，則知非以通塞爲功，固以三陰具足之氣能爲功也。由此繹之，則消癉反胃並噤口痢諸證，[1]皆可以明其治療之本矣。抑更有出於寒治熱治之外以爲功，而粗者不致審耳。然則丹溪屬土而有金木火者，豈不信而有徵哉？

雞屎白

雄雞屎乃有白，臘月收之，白雞烏骨者更良。《素問》作雞矢。

[氣味] 微寒，無毒。

[主治] 中風失音及白虎風，賊風風痹，破血。和黑豆炒，酒浸服之，療破傷中風及心腹鼓脹，並轉筋入腹，下氣，利小便，破石淋。

愚按：雞矢白之用，在後學鹵莽者見《素問》以雞矢醴治鼓脹，遂止謂此劑爲通利而用，却不深求前哲製斯劑者，有主本在通利之先，而夢夢者誤執標以爲論治。詎知即《素問》投雞矢醴以治鼓脹，果衹以通利爲功乎？試觀諸本草主治，或中風失音，或白虎風，或賊風風痹，或破傷中風，用此療他風證殊亦不少，則以雞爲巽風之屬，還用治風者，義固有所取也。蓋肝屬風木，其所勝者脾之土也，其所不勝者肺之金也，所以治心腹鼓脹，轉筋入腹，皆肝木侮其所勝之土，而其所不勝之金不能爲之主也。又如石淋疼痛，小水不利，則是肝木不得脾土以爲用，并不得肺金以爲主，還病於肝臟之血也。更如癥瘕爲病，乃脾土不得肝木血臟之化，更不得肺金氣臟之化也。卽如療風諸治，又豈止歸其責於風木哉？蓋亦本於氣血之臟，宿有不爲風木之主之用者，以致此也。統繹斯義，則木土交爲用，金木互爲化者，雞雖微物，而具此妙理，是其本也。其矢白乃木爲土主，更爲金用，以致脾臟轉化而出者，還爲氣血戾眚之治，是其標也。若舍其本而取其標，謂此矢白遂爲氣血轉化之權輿，有是理乎？如時珍、希雍指積滯濕熱而言鼓脹，固拾其一端，而憒憒亦不少。且時珍謂專屬風木一語，不知其何以療諸證也？卽以治諸風證，未審其能得當否？然則丹溪屬土，而又有金木火，更爲巽風之屬者，視此鹵莽輩爲何如也？抑木爲金伏，卽矢用白可知，就是可以覘其微義矣。

附《雞矢醴論》：《普濟方》云：治鼓脹旦食不能暮食，由脾虛不能制水，水反勝土，水穀不運，氣不宣流，故令中滿，其脈沉實而滑，宜雞矢醴主之。何大英云：諸腹脹大，皆屬於熱。精氣不得滲入膀胱，別走於臍，溢於皮裏膜外，故成脹滿，小便短澀。雞矢性寒，利小便，誠萬金不傳之寶也。用臘月乾雞矢白半斤，袋盛，以酒醅一斗漬七日，溫服三盃，日三，或爲末，服二錢，亦可。

[附方]

破傷中風，腰脊反張，牙緊口噤，四肢強直，用雞矢白一升，大豆五升，炒黃，以酒沃之，微烹，令豆澄下，隨量飲，取汗避風。

角弓反張，四肢不隨，煩亂欲死，雞矢白一升，清酒五升，擣篩，合揚千遍乃飲，大人服一升，少小五合，日二服。

反胃吐食，以烏骨雞一隻，與水飲四五日，勿與食，將五蒲蛇二條竹刀切與食，待雞下糞，取陰乾爲末，水丸粟米大，每服一分，桃仁湯下，五七服即愈。

轉筋入腹，其人背脚直，其脈上下微弦，用雞矢爲末，水六合和方寸匕，溫服。

陰毒腹痛，雞糞、烏豆、地膚子各一把，亂髮一團，同炒烟起，傾入好酒一椀浸之，去滓熱服，即止。

心腹鱉瘕及宿癥，并卒得癥，以飯飼白雄雞，取糞，同小便於瓦器中熬黃，爲末，每服方寸匕，溫酒服之，日四五服，或雜飯飼之，以消爲度，亦佳。

石淋疼痛，雞矢白日中半乾，炒香爲末，以酸漿飲服方寸匕，日二，當下石出。

耳聾不聽，雞矢白炒，半升，烏豆炒，一升，以無灰酒二升乘熱投入，服取汗，耳如鼓聲，勿訝。

以上諸方所治，皆是本巽木之氣而爲土致其用，卻由巽伏於兌，更得致木之用於土也，故取其腸胃之所轉化而出者以療諸證爲切。且其獨取雄雞，即是可明於氣化之義與風證對待，蓋氣屬陽，故取雄也。

雞卵 _{黃雞者爲上，烏雞者次之。}

[氣味]　甘，平，無毒。

時珍曰：卵白象天，其氣清，其性微寒；卵黃象地，其氣渾，其性溫。故卵白能清氣，治伏熱，卵黃能補血，全卵則合而有之。

[附方]

治小兒疳痢肚脹，用雞子一個開孔，入巴豆一粒，輕粉一錢，用紙五十重裹，於飯上蒸三度，放冷去殼，研入麝香少許，糊和丸米粒大，食後溫湯下二丸至三丸。

癰疽發背初作及經十日以上，腫赤焮熱，日夜疼痛，百藥不效者，用鰕雞子一枚，新狗屎如雞子大，攪勻，微火熬令稀稠得所，捻作餅子，於腫頭上貼之，以帛包抹，時時看視，覺餅熱即易，勿令轉動及歇氣，經一宿定。如日多者，三日貼之，一日一易，至瘥乃止。此方穢惡，不可施之貴人。一切諸方皆不能及，但可備擇而已。

雞子白

[氣味]　甘，微寒，無毒。

[主治]　目熱赤痛，除心下伏熱，止煩滿欬逆《別錄》。又時珍主治，和赤小豆，塗一切熱毒丹腫顋痛，神效。又經驗方主湯火燒灼，雞子清和酒調洗，勤洗生肌，或生傅之，亦可。更藏器主產後血閉不下，取白一枚，入醋一半攪服。又宗奭主產後血暈，身痙直，口目向上牽急，不知人，取雞子一枚，去殼分清，以荊芥末二錢調服，卽安，甚敏捷，烏雞子尤良。

愚按：時珍云：雞子白象天，其氣清，每用之以清氣。其說亦本於前主治之證也。然於藏器、宗奭所主產後之證，又覺清氣一語不足以概其功。且閱本草人參條後其所輯方，此味同參用者殊不少。如霍亂嘔吐，人參二兩，雞子白二枚也；咳嗽上氣，喘急而嗽，吐血，其脈無力者，人參末三錢，用雞子清調之；又消渴引飲，人參爲末，雞子清調服一錢。此三證止二味同用也。其又反胃嘔吐，用人參、雞子白，外加粟米、薤白以煮粥食也；又胃寒氣喘，不能傳化水穀者，人參爲君，亦與雞子清同用，但加生附及生薑耳；更橫生倒產，用人參，亦同於雞子清，止加乳香及丹砂研末，同生薑汁也。如時珍清氣之說，豈非因其清陽上浮，以爲包舉濁陰之化育者，蓋得於出地之最先，而有微寒之氣乎？第如諸羽蟲之卵白，何以一無所取也？不原本於雞屬巽木，而出地升天之氣化巽木受之最先者，漫謂其能清伏熱，不幾與他清熱之味例論而滾同用之，其可乎哉？唯悉斯義，然後知雞子清之象天，舉清陽而上浮者，庶幾與人參之化濁陰而下濟也，乃可奏升降調氣之效。如諸證所治，若徒以清熱爲功，則就諸證所治之中有橫生倒產一證，豈一清熱所能了，而奏效於斯須危急之際乎？先哲所云習而不察者，如此是其一班矣。第清熱二字，本清陽上浮之火推之，如以茲味同於諸味之寒治熱者漫無辨別，則亦猶是粗工耳。蓋前所治諸熱湯火等證，原非取其寒也，蓋取其陽之最清者以散熱，依稀乎從治之義也。如是，然後可以通於產後之治矣。

［附方］

蚘蟲攻心，口吐清水，以雞子一枚去黃，納好漆入雞子殼中，和合，仰頭吞之，蟲卽出也。

咽塞鼻瘡，及乾嘔頭痛，食不下，用雞子一枚，開一竅，去黃留白，著米酢糠火頓沸，取下更頓，如此三次，乘熱飲之，不過一二度，卽愈。

卵黃

［氣味］　甘，溫，無毒。

［附方］

妊娠下痢絞痛，用烏雞子一枚開孔，去白留黃，入黃丹一錢在內，厚紙裹定，泥固煨乾，爲末，每服三錢，米飲下。

妊娠胎漏，血下不止，血盡則子死，用雞子黃十四枚，以好酒二升煮如餳服之，未瘥再作，以瘥爲度。去白留黃，入酒中攪勻，同煮可如餳也。

鼠瘻已潰，雞卵一枚，米下蒸半日，取黃熬令黑，先拭瘡令乾，以藥納孔中，三度卽愈。

頌曰：雞子入藥最多，而髮煎方特奇。劉禹錫《傳信方》云：亂髮雞子膏治孩子熱瘡，用雞子五枚煮熟，去白取黃，亂髮如雞子大相和，於鐵銚中炭火熬之，初甚乾，少頃卽髮焦，乃有液出，旋取置椀中，以液盡爲度，取塗瘡上，卽以苦參末粉之。頃在武陵生子，蓐內便有熱瘡，塗諸藥無益而日益劇，蔓延半日，晝夜號啼，不乳不睡，因閱本草髮鬄條云：合雞子黃煎之，消爲水，療小兒驚熱下痢。註云：俗中嫗母爲小兒作雞子煎，用髮雜熬之，良久得汁，與小兒服，去痰熱，主百病。又雞子條云：療火瘡。因是用之，果如神效也。

愚按：此食物也，如希雍所云稟生化最初之氣誠然。第諸禽中，而雞得風木出地之始氣以爲生化，如服之而佐使得當，是亦養生之一助也。但卵黃謂爲陰中之陰，如時珍補血之說，便當思其補而不滯者爲如何。至合白用，則又兼之微寒矣，故服食貴於調和耳。今產後類頻頻用之，不知產後氣血兩虛，脾胃受傷，其可恣食以爲快哉？

鶩音木，俗名鴨。家鴨爲鶩，野爲鳧。

肉

[氣味]　甘，冷，微毒。

時珍曰：嫩者毒，老者良。

[主治]　補虛，除客熱，和臟腑，利水道。[2]

河間曰：鶩之利水，因其氣相感而爲使也。

時珍曰：鴨，水禽也。治水，利小便，宜用青頭雄鴨，取水木生發之象；治虛勞熱毒，宜用烏骨白鴨，取金水寒肅之象也。

血

[氣味]　鹹，冷，無毒。

[主治]　解中砒霜毒，又卒中惡死，或先病痛，或臥而忽絕，並取雄鴨，向死人口斷其頭，瀝血入口，外以竹筒吹其下部，極則易人，氣通即活也。

愚按：食物如鶩，類取其能補。第本草言其甘冷，得無以冷補乎？然觀治久虛咳血，用之者大有佐使，固非徒取其冷也。至於療大腹水病，則用之單行，又豈止以冷爲功乎？即劉河間以利水爲氣相感，亦有未盡。試卽血之能解中毒中惡而思之，則兹物亦有能達其氣之塞而欲絕，解其毒惡之結而未散者爲功也。至於大腹水病，豈非氣之欲塞、戾之欲結者乎？夫血爲水所化也，可以通於兹義矣。雖然，用雞血者取諸其陽，用鴨血者取諸其陰，大概不可易也。

[附方]

白鳳膏：葛可久云治久虛，發熱咳嗽，吐痰咳血，火乘金位者。用黑嘴白鴨一隻取血，入溫酒量飲，使直入肺金；以酒補之。將鴨乾撏去毛，脇下開竅，去腸拭净，入大棗肉二升，參苓平胃散末一升，縛定，用沙甕一個，置鴨在內，以炭火慢煨，將陳酒一瓶作三次入之，酒乾爲度，取起，食鴨及棗，頻作取愈。

大腹水病，小便短少，《百一方》用青頭雄鴨煮汁飲，厚蓋取汗。

又方，用白鴨一隻治淨，以豉半升同薑、椒入鴨腹中，縫定蒸熟，食之。

鵝

膽

[氣味] 苦，寒，無毒。

[主治] 解熱毒及痔瘡初起，頻塗抹之，自消時珍。

[附方]

痔瘡有核，白鵝膽二三枚取汁，入熊膽二分，片腦半分，研勻，瓷器密封，勿令泄氣，用則手指塗之，立效。

冰珍膏：善治痔瘡。冰片一分，珍珠一分，共研細末，用鵝膽二個取汁，入盂內攪勻，將雞毛搽敷患處。

噎食病，白鵝尾毛燒灰，米湯每服一錢。

鴈

肪 音方，鴈脂也。

[氣味] 甘，平，無毒。

[主治] 風攣拘急，偏枯，血氣不通利《本經》。

《心鏡》云：上證用肪四兩煉淨，每日空心暖酒服一匙。又治熱結胸痞嘔吐。

時珍曰：《外臺》治此證有鴈肪湯。治耳聾，和豆黃作丸，補勞瘦。

愚按：鴈有四德：寒則自北而南，止於衡陽，熱則自南而北，歸於鴈門，其信也；飛則有序，而前鳴後和，其禮也；失偶不再配，其節也；夜則羣宿而一奴巡警，晝則銜蘆以避繒繳，其智也。寇宗奭曰：人不食鴈，謂其知陰陽之升降、少長之行序也，道家謂之天厭，亦一說耳。食之則治諸風。

鶉

《萬畢術》云：蝦蟆得瓜化爲鶉。《交州記》云：南海有黃魚，九月變爲鶉。是鶉始以化成，終以卵生，故四時常有之。鵪與鶉，兩物也，形狀相似，俱黑色，且無斑者爲鵪，今人總以鵪鶉名之。

肉

[氣味]　甘，平，無毒。

[主治]　補五臟，益中續氣，實筋骨，耐寒暑，消結熱。和小豆、生薑煮食，止洩痢。酥煎食，令人下焦肥《嘉祐》。小兒患疳及下痢五色，旦旦食之有效寇宗奭。

時珍曰：按董炳《集驗方》云：魏秀才妻病，腹大如鼓，四肢骨立，不能貼席，惟衣被懸臥，穀食不下者數日矣。忽思鶉食，如法進之，遂暈劇，少頃雨汗，莫能言，但有更衣狀，扶而圊，小便突出白液，凝如鵝脂，如此數次，下盡遂起。此蓋中焦濕熱積久所致也。詳本草鶉解熱結，療小兒疳，亦理固然也。董氏所說如此。時珍謹按：鶉乃蛙化，氣性相同，蛙與蝦蟆皆解熱治疳，利水消腫，則鶉之消鼓脹，蓋亦同功云。

愚按：鶉之用，在本草謂其益中續氣，消結熱，療小兒疳痢。又董炳《集驗方》亦云治中焦濕熱，如魏秀才妻病鼓證，食之輒愈者是也。乃時珍云鶉爲蛙化，而治療約略相同，是則此味所謂益中續氣者，毋亦水土合德之微，雖食物之細而亦有合焉者，以爲中土之益有如是乎？若泛以通利水氣之用視之，則又不得云旦旦食之矣。

白鴿_{鴿惟白者入藥。}

肉

[氣味]　鹹，平，無毒。

[主治]　解諸藥毒。

希雍曰：凡毒藥之性多熱，鴿得金水之氣，故能解藥毒，而本草首及之。

卵

[主治]　解瘡毒痘毒。

[附方]

預解痘毒，小兒食之，永不出痘，或出亦稀。用白鴿卵一對入竹筒，封置廁中，半月取出，以卵白和辰砂三錢，丸綠豆大，每服三十丸，三次飲下，毒從大小便出也。

屎　名左盤龍。

時珍曰：野鴿者尤良。其屎皆左盤，故《宣明方》謂之左盤龍也。

[氣味]　辛，溫，無毒。

[附方]

破傷中風，病傳入裏，用左盤龍卽野鴿糞、江鰾、白殭蠶各炒半錢，雄黃一錢，爲末，蒸餅丸梧子大，每服十五丸，溫酒下，取效。

陰證腹痛，面青甚者，鴿子糞一合炒，研末，極熱酒一鍾和勻，澄清頓服，卽愈。

反花瘡毒，[3]初生惡肉如米粒，破之血出，肉隨生，反出於外。用鵓鴿糞三兩炒黃，爲末，溫湯水洗後傅之。

愚按：鴿肉鹹平，而其糞又得辛溫，方書多用之治破傷風，其治乃風之入裏者也。是其所鬱之風已化熱而傷陰，非可以表散，所謂宜下之證也。唯是物爲鹹平之辛溫轉化而出者，從陰中化陽，可以導其邪而出之，故能幾其奏功也歟。用是物每同江鰾，蓋鰾出水中，是亦陰中之陽也。

雀

卵

[氣味]　酸，溫，無毒。

[主治] 下氣，男子陰痿不起，强之令熱，多精有子《別錄》，女子帶下，便溺不利，除疝瘕孟詵。

希雍曰：雀屬陽，氣温味酸，其性特淫，故煖腎而强陰。肉氣味甘温，功不及卵。

[附方]

雀卵丸：兔絲子末一斤，於春二三月取麻禾雀卵五百個，去黃用白，和丸梧子大，每八十丸，空心鹽湯或酒下。腰痛，加杜仲四分之一；下元冷，加附子六分之一。此藥當預製成末，遇有雀卵，不拘多少而用。

雄雀屎 一名白丁香。

[氣味] 苦，温，微毒。

和首生男子乳，點目中胬肉，[4]赤脈貫瞳子者，卽消，神效；和蜜丸服，治癥瘕久痼諸病；癰癤不潰者，點塗卽潰。

[方書主治] 水腫癘風，癇，滯下。

愚按：雀卵之用，在腎中陰不配陽者，固在所忌。第如老人臟腑虛損，陽氣乏弱，先哲用爲壯陽益氣之助，見於食治，是則應節而投，亦何可少也？且求嗣者云精清薄，主雀卵丸，是則氣化生精，固人身生育之本也。本草所謂强之令熱，多精有子者，豈屬妄哉？第酸温之味多矣，惟其性之淫者，是陽氣之有餘於是鳥，足徵而益腎有專功也。至於雀糞，又陽氣所轉化而出，如方書用治水腫癘風，癇證滯下，又豈非人身之真陽其氣化虛乏以爲疾耆？如四證者，應爲兹物所對待，而逐隊於諸味中以奏功者歟。

希雍曰：雀肉及卵，陰虛火盛者忌之。女子帶下，溺不利，屬腎虛有火者，並忌之。凡服术者忌之。雀矢療目痛，非風熱外邪者不宜用。古方同天雄服，此藥性極熱，有大毒，非陰臟及真陽虛憊者，慎勿輕餌。

[修治] 雷公曰：凡使，勿用雀兒糞，雀兒口黃，未經淫者也。其雀蘇底坐尖在上是雄，兩頭圓者是雌。陰人使雄，陽人使雌。臘月采得，去兩畔附着者，鉢中研細，以甘草水浸一夜，去水，焙乾用。麻雀糞收來，用漆桌一張，將水把桌子打濕，用濕袱略搵去水，留些水氣在上，卻將雀糞滿桌鋪開，

以筯頭展轉抄之，其白粉俱粘於桌上，將黑糞掠去，放桌於日中曬乾，用鵝翎掃下白糞用。

巧婦鳥 又名鷦鷯，俗名黃脰雀。

時珍曰：鷦鷯處處有之，生蒿木之間，居藩籬之上。狀似黃雀而小，灰色有斑，聲如吹噓，喙如利錐，取茅葦毛毳音翠，獸毛縟細者。爲窠，大如雞卵，而繫之以麻髮，至爲精密，懸於樹上，或一房二房，故曰巢林不過一枝。

窠
[主治] 膈氣噎疾，以一枝燒灰酒服，或一服三錢，神驗。

伏翼 又名蝙蝠。

[氣味] 鹹，平，無毒。

時珍曰：蝙蝠性能瀉人，故陳子真等服之皆致死。觀後治金瘡方，皆致下利，其毒可知，卽以之入藥，亦當慎之。

[附方]
丹溪方，治癇證，用大蝙蝠一個，以硃砂三錢填入腹內，以新瓦盛火炙，令酥爲度，候冷爲末，每一個分作四服，氣弱及幼年分五服，空心白湯下。此藥慓悍，勿輕用。

《集要方》治多年瘰癧不愈，神效方：用蝙蝠一個，貓頭一個，俱撒上黑豆，燒至骨化，爲末，摻之，乾卽油調傅，內服連翹湯。

夜明砂 卽天鼠矢。惡白斂、白微。
[氣味] 辛，寒，無毒。
[主治] 腹中血氣，破寒熱積聚，除驚悸，治疳有效，治目盲障翳，明目，炒服治瘰癧。

希雍曰：天鼠夜出，喜食蚊蚋，故其屎中淘出細砂，皆未化蚊蚋眼也，所以今人主明目，治目盲障翳，取其氣類相從也。

愚按：此種用之治目盲障翳，是固如希雍所云以氣類相從也。唯是療小兒疳證方論中云以下胎毒，若然則《本經》謂其治腹中血氣，破寒熱積聚，固有與疳證關切者矣。第行腹中血氣，破其寒熱積聚，何以獨取茲物矣？蓋茲物之命名，原有分曉。蚊蚋之遇夜而出者，其眼固夜明也，明於夜，而入於天鼠之腹仍不消化，是則有遇陰翳而能破除，由血化而致氣化，初不爲血氣之陰邪所轉者。此先聖察物之精，俾其應證而投，有如斯也。

［附方］

青盲不見，夜明砂，糯米炒黃，一兩，柏葉炙，一兩，爲末，牛膽汁和，丸梧子大，每夜臥時竹葉湯下二十丸，至五更米飲下二十丸，瘥乃止。

一切疳毒，夜明砂五錢入瓦瓶內，以精豬肉三兩薄切，入瓶內，水煮熟了，先以肉與兒食，飲其汁，取下腹中胎毒，次用生薑四兩和皮切炒，同黃連末一兩，糊丸黍米大，米飲服，日三次。

［修治］　時珍曰：凡采得，以水淘去灰土惡氣，取細砂曬乾，焙用。其砂乃蚊蚋眼也。

鵜鶘 俗名淘鵝。

油

［氣味］　鹹，溫滑，無毒。

［主治］　塗癰腫，治風痹，透經絡，通耳聾 時珍。

時珍曰：淘鵝油性走，能引諸藥透入病所拔毒，故能治聾痹腫毒諸病。又曰：剝取其油，熬化掠取，就以其嗉盛之，則不滲漏，他物卽透走也。

［附方］

耳聾，用淘鵝油半匙，磁石一小豆，麝香少許，和勻，以綿裹成挺子，塞耳中，口含生鐵少許，用三五次卽有效。

寒號蟲

五靈脂

斅曰：五靈脂，寒號蟲所遺也。寒冬號呼，因名寒號。《說文》云：有足之謂蟲。骔毛羽鱗介之總稱，故曰五靈脂，則以形舉也。一名鶡鴠。生北地極寒處，五臺山中最多。狀似小雞，肉翅四足，夏月毛羽五采，自鳴曰：鳳凰不如我。初冬毛羽脫落，骔形如雛，忍寒而號，夜鳴曰：來朝造個窠。旦鳴曰：得過且過，日出暖和。《月令》云：仲冬，鶡鴠不鳴，夜不號矣。故寒號而陰剝，號息而陽復，夜號以待日出之為旦也。餐以柏實，先冬噙集，穴居南向，餐已而遺，遺已而餐，轉展化道，形若凝脂，氣甚臊惡。

[氣味]　甘，溫，無毒。惡人參，損人。

[諸本草主治]　通利氣脈，治男女一切心腹脇肋少腹諸痛，身體血痹刺痛，疝痛及血痢腸風腹痛，血凝齒痛，並肝瘧發寒熱，反胃消渴，痰涎成窠，血貫瞳子，治女子血閉，並經水過多，赤帶不絕，療胎前產後血氣諸痛及小兒五疳潮熱，又主損傷，接骨殺蟲。

[方書主治]　行痹心痛，胃脘痛，脹滿，中風，中暑氣，痰飲，痛痹痿厥，消癉泄瀉，滯下，疝，痔，齒。此以用之多少為先後。

盧復曰：陽出陰入，夏長冬藏，寒號毛羽似之。冬既無表，旋歸於內，骔不能飛，用遺作食，出入數數，實彼脂膏。

時珍曰：五靈脂，足厥陰肝經藥也，氣味俱厚，陰中之陰，故入血分。肝主血，諸痛皆屬於木，諸蟲皆生於風，故此藥能治血病，散血和血而止諸痛，其所治證多屬肝經也。失笑散不獨治婦人心痛血痛，凡男女老幼一切心腹脇肋少腹痛，疝氣，并胎前產後血氣作痛，及血崩經溢，百藥不效者，俱能奏功，屢用屢驗，真近世神方也。又按李仲南云：五靈脂治崩中，非止治血之藥，乃去風之劑，風動物也。衝任經虛，被風傷襲營血，以致崩中暴下，與荊芥、防風治崩義同，方悟古人識見深奧如此。此亦一說，但未及肝血虛滯亦自生風之意。

中梓曰：濁陰有歸下之功，兼能降火，人所未知。

丹溪曰：凡血崩過多者，半炒半生，酒服，能行血止血，治血氣刺痛甚效。熟者行，生者止，欲一行一止，須半生半熟相合用之。

希雍曰：寒號蟲畏寒喜暖，故其糞亦溫，味甘而無毒，氣味俱厚，陰中之陰，降也，入足厥陰、手少陰經，專治血分之病。凡心胸血氣刺痛，女子經病產後，少腹兒枕塊諸痛，及痰挾血成窠囊，血凝齒痛諸證，所必須之藥。同澤蘭、牛膝、益母草、延胡索、牡丹皮、紅花、赤芍藥、山楂、[5]生地黃，治產後惡露不盡，腹中作疼，加桃仁其效更速，勿過劑；同番降香、紅麴、川通草、紅花、延胡索、韭菜、童便，治胃脘瘀血作痛；同木香、烏藥，治周身血氣刺痛。

[附方]

失笑散：治男女老少心痛腹痛，少腹痛，小腸疝氣，諸藥不效者，能止能行，婦人妊娠心痛及產後心痛，少腹痛，血氣痛尤妙。用五靈脂、蒲黃等分，研末，先以醋二盃調末，熬成膏，入水一盞煎至七分，連藥熱服，未止再服。一方以酒代醋，一方以醋糊和丸，童便酒服。

靈脂散：治丈夫脾積氣痛，婦人血崩諸痛。飛過五靈脂炒煙盡，研末，每服一錢，溫酒調下。此藥氣惡難喫，燒存性乃妙也。或以酒、水、童便煎服，名抽刀散，治產後心腹脇肋腰胯痛，能散惡血。如心煩口渴者，加炒蒲黃減半，霹靂酒下；腸風下血者，煎烏梅、柏葉湯下；中風麻痺痛者，加草烏半錢，同童便、水、酒煎服。

愚按：凡物皆稟陰陽，即如禽類，未有如寒號鳥，至冬而毛羽脫落，夏月則毛羽五采，乘乎陰陽出入之氣，如是其迥殊者也。乃用之者獨取其遺，而且謂之曰脂也，何哉？盧復曰：用遺作食，出入數數，實彼脂膏。斯言近之矣。夫乘乎陰陽出入之氣者，徹於表裏，既如是其不爽，而腸胃所湌所化之物又復出入數數，竟以臭腐為神奇，則本草所謂能通利氣脈，而丹溪云於血能行能止，豈不然歟？寧非互爲發明者歟？蓋其能行且能止者，由於出入陰陽，以還歸腸胃之轉展化道，而能令氣脈通利，非以行止爲事者也。雖然，世知用之治血耳，如時珍主治肝瘧寒熱，反胃消渴，及痰涎挾血成窠等證，不幾以爲無當乎？詎知病於血者，寧獨內溢外溢乃始爲病乎？楊仁齋曰：人之一身，不離乎氣血。凡病經多日，療治不痊，須當爲之調血。血之外證，痰嘔燥渴，昏憒迷忘，常喜湯水嗽口，不問男女老少，固以調氣爲上，調血次之。第如血有滯泥於諸經者，則氣之道路未免有所壅遏，又當審所先而導之化之。經所謂先去其血而後調之，不然，氣終不得調也。推仁齋此義，則凡六淫七情等證，宜無不研治到此矣。抑愚更有說焉。夫五靈脂之用，多以爲其功强半在血，而不知《開寶本草》通利氣脈一語大爲中的，蓋氣爲血之先，血不能爲氣之帥也。第當繹氣脈二字，氣不離於脈而言，是所謂陰氣，陰氣卽血中之氣也。試以方書主治，此味於行痺較多。在東垣註行痺云：身體沉重，走注疼痛，濕熱相搏，而風熱鬱不得伸，附着於有形也。方書之所著六方亦多言風，非風不能走注也。風臟固卽血臟，然不有血中之氣能調風以和血，而幾其血之與風能並育而不相害乎哉？然則李仲南所云五靈脂治崩中，非止治血之藥，乃去風之劑云云，義同斯言，其先得我心乎。何以明其爲能調風？蓋其所遺者固屬陰也，乃此禽用遺作食，出入數數，展轉化導，則其化導之氣有陰化於陽、陽化於陰者，此風之所以能調而血之所以能和者也。蓋風調而後氣平，氣平而後血和，非謂其不入血分，第其爲和血之先導，不可謂其直入血中，與疏壅快滯之血藥一例奏功也。且斯藥治療多證，試取而較其主治，豈盡屬治血病哉？則可以思其不治血病，而實爲和血之主者，有血中之氣，可以通營衞而滑經絡也。明者若更精研及此，乃得善用此藥矣。若茲藥有誤以爲通利者，試觀方書中療女子產後喘急，痰與血雜涌而上，用失笑散，似乎用之以爲通利，不知主以六君，而合此味爲之化陰導陽，正所以妙於補也。卽如竹籠散之治下消，止於靈脂、黑豆二味，是豈通利之劑能愈腎消證乎？熟思其功，而其義自明。

［附方］

產後血暈，不知人事，用五靈脂二兩半生半炒，爲末，每服一錢，白水調下。如口噤者，斡音挖。開灌之，入喉卽愈。

產後腹痛，用五靈脂末，神麴糊丸，白术陳皮湯下。

血崩不止，用五靈脂十兩，研末，水五盞煎三盞，去滓澄清，再煎爲膏，入神麴末二兩，和丸梧子大，每服二十丸，空心溫酒下，便止，[6]極效。

胎衣不下，惡血冲心，用五靈脂半生半炒，研末，每服二錢，溫酒下。

吐血嘔血，治血妄行入胃，吐不止，五靈脂一兩，黃芪半兩，爲末，新汲水服二錢。

中風癱緩，**追魂散**：用五靈脂研末，以水飛去上面黑濁，下面砂石，研末，每服二錢，熱酒調下，日一服，細服小續命湯。

風冷氣血閉，手足身體疼痛冷麻，五靈脂二兩，沒藥一兩，乳香半兩，川烏頭一兩半，炮，去皮，爲末，滴水丸如彈子大，每用一丸，生薑溫酒磨服。

五疳潮熱，肚脹髮焦，不可用大黃、黃芩損傷胃氣，恐生別證，五靈脂水飛，一兩，胡黃連半兩，爲末，雄豬膽汁丸黍米大，每服一二十丸，米飲下。

痰血凝結，**紫芝丸**：用五靈脂水飛、半夏湯泡等分，爲末，薑汁浸蒸餅丸梧子大，每飲下三十丸。

按五靈脂能殺蟲，一醫按治蛔厥者，云蟲不盡，用靈脂而全愈。蓋蟲雖成於濕熱，然生於風木，特木從土化耳。張子和之言是也。濕熱則氣凝血滯，而風木乃從濕土以化，靈脂之通氣脈而行血絡，此所以除風眚，能殺蟲也。

希雍曰：凡瘀血停滯作痛，產後血暈，惡血衝心，少腹兒枕痛，留血經閉，瘀血心胃間作痛，血滯經脈，氣不得行，攻刺疼痛等證，在所必用。然而血虛腹痛，血虛經閉，產婦去血過多，發暈心虛，有火作痛，病屬血虛無瘀滯者，皆所當忌。希雍首言此藥長於破血，行血特削之，爲彼掩拙，後又言無瘀滯者不可用，殊不知此種非行滯之劑也。

[**修治**]　色黑如鐵，凡用以饟心潤澤者爲真，其未化者不堪入藥。茲物多夾沙石，絶難修治，用酒研，仍用酒飛去沙石，曬乾收用。生用者酒研，飛煉去沙石，熟用者飛後炒令烟起，另研。前哲言過用則飽脹傷胃，非止爲製不净也。[7] 觀失笑散之主以六君，其義可參矣。

【校記】

〔1〕噤，原誤作"禁"，今據文義改。
〔2〕利，原誤作"及"，今據《本草述鈎元》卷三十改。
〔3〕瘡，原爲空格，今據《本草述鈎元》卷三十補。
〔4〕裔，原誤作"弩"，今據《本草述鈎元》卷三十改。
〔5〕楂，原誤作"查"，今據《本草述鈎元》卷三十改。
〔6〕便，原誤作"梗"，今據《本草述鈎元》卷三十改。
〔7〕爲，萬有書局本作"謂"。

《本草述》卷之三十一

獸 部

馬

弘景曰：馬色類甚多，入藥以純白者爲良。時珍曰：大抵馬以西北者爲勝，東南者劣弱不及。

白馬陰莖

[氣味] 甘鹹，平，無毒。

[主治] 傷中絕脈，陰不起，强志益氣，長肌肉肥健，生子，益丈夫陰氣。

之頤曰：《本經》取馬以白爲良，故五畜以馬爲金也。蓋十二辰，午爲馬，謂陰始生於午，六陽之化，太陰之屬也，是主手太陰肺、足太陰脾。藏真濡於脾，脾藏肌肉之氣也，故主長肌肉而肥健；藏真高於肺，以行營衛陰陽也，故主傷中絕脈而益氣；若强志有子，爲水藏事，水以金爲母，土爲制，制則化生耳；若主陰痿不起，正陰始生於午，自强而不息，應陰以陽紀也。《春秋說·題辭》曰：地精爲馬，十二月而生，應陰紀陽以合功。

訣曰：陰乾，同肉蓯蓉等分爲末，蜜丸梧子大，每空心酒下四十丸，日再。

脛骨 白馬者良。

[氣味] 甘，寒，無毒。

丹溪曰：白馬脛骨煅過存性，降陰火，中氣不足者用之，可代黃芩、黃連。

懸蹄 赤、白馬俱入用。

[氣味] 甘，平，無毒。

[主治] 療腸癰，下瘀血，殺蟲。又燒灰，入鹽少許，摻走馬疳蝕，甚良 時珍。

[附方]

損傷瘀血在腹，用白馬蹄燒烟盡，研末，酒服方寸匕，日三夜一，血化爲水也。

腸癰腹痛，其狀兩耳輪甲錯，腹痛，或遶臍有瘡如粟，下膿血，用馬蹄灰和雞子白塗，即拔毒氣出。

蟲蝕肛爛，見五臟則死，以豬脂和馬蹄灰，綿裹，導入下部，日數度，瘥。

白馬通

時珍曰：馬屎曰通，馬屎曰洞，豬屎曰零，皆諱其名也。凡屎必達胴 音洞。腸乃出，故曰通，曰洞。胴，即廣腸也。

[氣味] 微溫，無毒。《鑑源》云：馬屎煴火，養一切藥也。

[主治] 止渴，止吐血下血，鼻衄，金瘡出血，婦人崩中《別錄》。

仲景方，吐血不止，**柏葉湯**主之，柏葉、乾薑各二兩，艾三把，以水五升，取馬通汁一升合煮取一升，分溫再服。凡吐血不已，則氣血皆虛，虛則生寒，是故用柏葉，柏葉生而西向，乃稟兌金之氣而生，可制肝木，木主生，金主降，取其升降相配，夫婦之道合，則血得以歸藏於肝矣，故用是爲君；乾薑性熱，止而不走，用補虛寒之血，艾葉之溫，能入內而不炎於上，可使陰陽之氣反歸於裹，以補其寒，用二味爲佐；馬通者，爲血生於心，心屬午，於是用午獸之通，主降火，消停血，引領而行，爲使。

愚按：馬，畜，生於午，卻爲六陽之極而生陰，取其進氣者，故五畜不以屬火而屬金也。凡用之以療疾，當須識此義，之頤所說是矣，第簡方書，用之者寥寥，何哉？又按十二辰，馬居午，然五畜反云午火，曰其畜羊，蓋即羊之無瞳人，則羊稟於火氣居多而水氣少也，以是而推馬之無膽，馬無膽，非無膽之形質，諒少膽氣耳。以犬無胃之義推之也。因其火極而化土，土盛而金之生氣旺矣，金旺則木之生氣微，故首出之甲木無氣，然有肝者乙木生於午也。如之頤謂其火勝，不能生木，猶未爲深詣耳。然則《素問》以火歸羊，以金歸馬，誠爲察物之精者歟。

[修治] 水研絞汁服，燒灰，溫酒或水服。

牛

時珍曰：牛有犙音秦。牛、水牛二種。犙牛小而水牛大，犙牛有黃黑赤白駁雜數色，水牛色青蒼，大腹銳頭，其狀類豬，角若擔矛，能與虎鬥，亦有白色者。按犙牛，即俗之所謂黃牛也。

黃牛肉

[氣味] 甘，溫，無毒。

[主治] 安中益氣，養脾胃《別錄》。

時珍曰：韓悉言牛肉補氣，與黃芪同功。觀丹溪朱氏倒倉法論而引申觸類，則牛之補土可心解矣。

丹溪倒倉論曰：腸胃爲積穀之室，故謂之倉。倒者，推陳以致新也。胃屬土，受物而不能自運，七情五味有傷中宮，停痰積血互相纏糾，發爲癰疽，爲勞瘵，爲蠱脹，成形成質，爲窠爲臼，以生百病，而中宮愆和，自非丸散所能去也。此方出自西域異人，其法：用肥嫩牡黃牛肉二十斤洗極净，長流水煮成糜，去滓取液，再熬成琥珀色收之，每飲一鍾，隨又飲至數十鍾，寒月溫而飲。病在上則令吐，在下則令利，在中則令吐利，在人活變，吐利後必渴，即服其所出之小便一二椀，亦可蕩滌餘垢，睡二日乃食淡粥，養半月，即精神強健，沉疴悉亡也。須五年忌牛肉。蓋牛，坤土也，黃，土色也，以順德配乾，牡之用也。肉者胃之藥也，熟而爲液，無形之物也，故能由腸胃而透肌膚毛竅爪甲，無所不到，在表者因吐而得汗，在清道者自吐而去，在濁道者自利而除，有如洪水泛漲，陳莝順流而去，盎然渙然，潤澤枯槁，而有精爽之樂也。一名霞天膏。氣味甘温，無毒，主治中風偏廢，口眼歪斜，痰涎壅塞，五臟六腑留痰宿飲癖塊，手足皮膚中痰核。

希雍曰：胃屬土，爲水穀之海，無物不受。胃病則水穀不能以時運化，羈留而爲痰飲。壅塞經絡，則爲積痰老痰結痰等證；陰虛内熱生痰，則爲偏廢，口眼歪斜；留滯腸胃，則爲宿飲癖塊；隨氣上涌，則爲喘急迷悶；流注肌肉，則爲結核。王隱君論人之諸疾悉由於痰，然而痰之所生，總由於脾胃虛不能運化所致，惟用霞天膏以治諸痰證者。蓋牛，土畜也，黃，土色也，肉者，胃之味也，熬而爲液，雖有形而無濁質也，以脾胃所主之物治脾胃所生之病，故能由腸胃而滲透肌膚毛竅，搜剔一切留結也。陰虛内熱之人往往多痰，此則由於水涸火熾，煎熬津液，凝結爲痰，膠固難散者，亦須以此和竹瀝、貝母、橘紅、蘇子、栝樓根、枸骨葉之類消之。或以橘皮、白茯苓、蘇子、白豆蔻仁、半夏、蒼朮爲麴，治脾胃積痰；或以橘皮、貝母、蘇子、栝樓根及仁、蓬砂爲麴，治積熱痰結。

乳

[氣味] 甘，微寒，無毒。弘景曰：牸牛乳佳。恭曰：牸牛乳性平，生飲令人利，熱飲令人口乾，温可也。水牛乳作酪，濃厚勝牸牛，造石蜜須之。藏器曰：[1]黑牛乳勝黃牛。凡服乳，必煮一二沸，停冷啜之，熱食即壅。不欲頓服，與酸物相反，令人腹中癥結，患冷氣人忌之，合生魚食作瘕。

[主治] 補虛羸《別錄》，養心肺，解熱毒《日華子》，治反胃熱噦，潤大腸時珍，冷補，下熱氣藏器，治氣痢，除疸黃，老人煮食有益時珍。

丹溪曰：反胃噎膈，大便燥結，宜牛羊乳時時咽之，並服四物湯爲上策。不可用人乳，人乳有飲食之毒，七情之火也。

時珍曰：乳煎蓽茇，治痢有效，蓋一寒一熱，能和陰陽耳。《獨異志》所云唐太宗苦氣痢，衆醫不效，金吾長張寶藏具疏，以乳煎蓽茇方上，服之立愈，頓授三品文官鴻臚寺卿。此亦一徵也。其方用牛乳半斤，蓽茇三錢，同煎減半，空腹頓服。

希雍曰：牛乳乃牛之血液所化，甘寒，能養血脈，潤五臟。同人乳、羊乳、梨汁、蘆根汁、蔗漿熬膏，治反胃噎膈，大便燥結，宜時時飲之，兼能止消渴。

愚按：牛稟土德，而乳又其血液所化，似於入胃解熱毒，潤枯燥，是其適治，故反胃噎膈，丹溪謂時時服之者爲上策，確有見也。第治下虛消渴方，誠合於冷補、下熱氣之說。而所云老人有益者，殊亦不謬。老人恒患血液枯燥，以致上熱下虛，此味潤枯而上熱除，則卽能下行以補虛矣。蓋人中年以後，下之陰氣不能生，全藉後天所生者以爲下之餘地。若液潤則熱除，血和則氣降，在下血海自有滋益，如之何不宜於老人哉？

[附方]

下虛消渴，心脾中熱，下焦虛冷，小便多者，牛羊乳每飲三四合。

病後虛弱，取七歲以下五歲以上黃牛乳一升，水四升煎取一升，稍稍飲，至十日止。[2]

髓 黑牛、黃牛、犛牛者良。

[氣味] 甘，溫，無毒。

[主治] 補中，填骨髓《本經》，續絕傷《別錄》，平胃氣，通十二經脈思邈，治瘦病，以黑牛髓、地黃汁、白蜜等分煎服孟詵。

[附方]

補精潤肺，壯陽助胃，用煉牛髓四兩，胡桃肉四兩，杏仁泥四兩，山藥末半斤，煉蜜一斤，同搗成膏，以瓶盛，湯煮一日，每服一匙，空心服之。

膽 臘月黃牛、青牛者良。

[氣味] 苦，大寒，無毒。

[主治] 臘月釀槐子服，明目，治肝濕彌佳蘇恭。[3]釀南星末，陰乾，治驚風有奇功蘇頌。釀黑豆，百日後取出，每夜吞一枚，鎮肝明目

《藥性》。

希雍曰：脾胃虛寒者忌之。目病非風熱者不宜用。

喉 白水牛者良。

療反胃吐食，取一具，去膜及兩頭筋節，以醋浸，炙燥燒存性，每服一錢，米飲下，神效。

時珍曰：按《普濟方》云：反胃吐食，藥物不下，結服，三五日至七八日大便不通，如此者必死。昔金川周禪師得正胃散方於異人，十痊八九。用白水牛喉一條，去兩頭節并筋膜脂肉，及如阿膠黑片收之，臨時旋炙，用米醋一盞浸之，微火炙乾，淬之，再炙再淬，醋盡爲度，研末，厚紙包收，或遇陰濕時，微火烘之再收，遇此疾，每服一錢，食前陳米飲調下，輕者一服，立效。

牛角䚡 一名角胎。

時珍曰：此即角尖中腎骨也。牛之有䚡，如魚之有鰓，[4]故名。胎者，言在角內也。

[氣味] 苦，溫，無毒。甄權曰：苦甘。

[主治] 下閉血瘀血疼痛，女人帶下血，燔之酒服《本經》，黃牛者燒之，主婦人血崩，大便下血，血痢宗奭，水牛者燒之，止婦人血崩，赤白帶下，冷痢瀉血《藥性》。

愚按：時珍曰：牛角䚡，筋之粹，骨之餘，而䚡又角之精也，乃厥陰、少陰血分之藥。斯言是矣。以故燒之能治血病，蓋血爲真陰之化醇，腎主至陰，肝爲血臟，牛屬土而益太陰之脾，其角之精者燒而用之，以和三陰之氣，更藉其堅凝在首者，以療精氣之下陷，乃得血之行止咸宜焉。斯亦可謂精良之劑乎？試觀方書療損娠下惡血不止，有龍骨散，用龍骨、當歸、地黃、炒芍、地榆、乾薑、阿膠、艾葉、蒲黃，而以牛角䚡爲君，則此味治女子血崩諸證，能爲諸血味主者，不可想見乎哉？

[附方]

大便下血，黃牛角䚡一具，煅末，煮豉汁，服二錢，日三，神效。

赤白帶下，牛角䚡燒令煙斷，附子以鹽水浸七度，去皮，等分爲末，每空心酒服二錢匕。

牛　黃

斅曰：出隴西及晉地，今萊、密、淄、青、嶲、戎諸州皆有。凡牛生黃，夜或身上有光，眼如血色，時復鳴吼恐懼，人以盆水置牛前，伺其吐出，乃喝迫之，卽墮水中，取得者陰乾百日，無令見日月光，便如雞子黃大，重疊可揭。若百千層輕虛氣香色光明者佳，揩摩手甲透甲者真。雷斅云：黃有四種：一喝迫而得者，曰生神黃；一殺死從牛角得者，曰角中黃；一牛病死後從心中剝得者，曰心黃，初在心中如黃漿汁，取得便投水中，沾水乃硬，如碎蒺藜及豆瓣與帝珠子者是也；一從肝膽中得者，曰肝黃、膽黃。皆不及生黃爲貴。犛牛黃堅而不香，又駱駝黃極易得，亦能相亂，不可不審也。

[氣味]　苦，平，有小毒。《日華子》曰：甘，涼。普曰：無毒。

[主治]　益肝膽思邈，清心，化熱利痰寧原，定神思邈，治驚癇寒熱，熱盛狂痓《本經》，中風失音口噤《日華子》，療小兒百病，諸癇熱口不開《別錄》，痘瘡紫色，發狂譫語者可用時珍。

東垣曰：牛黃入肝，治筋病。凡中風入臟者，必用牛、雄、腦、麝之劑，入骨髓，透肌膚，以引風出。若風中腑及血脈者用之，恐引風邪流入於骨髓，如油入麪，莫之能出也。

盧復曰：坤爲牛，黃爲土，則黃是牛之本命元辰矣。其入肝膽，似雲之從龍，風之從虎，不期然而然者。

希雍曰：牛爲土畜，得氣血之精明，凝結爲黃，猶人身之有內丹也，故能解百毒而消痰熱，散心火而療驚癇，爲世神物，諸藥莫及也。數語中的。中風，清心，化痰熱，中藏昏冒不語者，此味當爲主藥。凡牛生黃，則夜視其身有光，皮毛潤澤，眼如血色，是其精英變化，有此結聚。或云牛病乃生黃者，非也。《本經》味苦氣平，《別錄》有小毒，吳普云無毒，然必無毒者爲是，入足厥陰、少陽、手少陰經。其主小兒驚癇寒熱，熱盛口不能開，及大人癲狂癇痓者，皆肝心二經邪熱膠痰爲病。心熱則火自生焰，肝熱則木自生風，風火相搏，故發如上等證。此藥味苦氣涼，入二經而能除熱消痰，則風火息，神魂清，諸證自瘳矣。同犀角、琥珀、天竺黃、鈎藤鈎、茯神、真珠、金箔、麝香、丹砂，治小兒驚癇百病；入外科內服藥，能解疔腫癰疽，毒病可入傅藥，止痛散毒如神；同犀角、生地黃、牡丹皮、竹葉、麥門冬，治小兒五色丹毒；同鍾乳石、真珠、豬牙、象牙、皂角末、白殭蠶、紅鉛、片腦、明礬、沒藥、蚌竹屑、天靈蓋爲丸，土茯苓湯下，治結毒有神。

愚按：牛爲土畜，在卦爲坤，坤者陰也，然萬物以之資生，爲其順承天也。陰而承陽之化以生物，故曰坤厚載物，德合無疆。然陰承陽之氣以生物，是陽在陰中也。而陽得陰之氣以化物，故中土味甘，無所不生，又無所不化，舉戾氣所鍾之物，并人身爲患之戾氣，無不藉之以化，此乃所謂坤厚載物、德合無疆者也。如牛稟坤質而生黃，是乃土德具生化之體用，陶弘景所謂藥中之貴莫過於此者是也。第由形歸氣，由氣歸精，在肝心二臟專致其用，何也？蓋木固爲土之用，然木必基土，以土爲命，故木變風眚，有土氣以歸之則風平。若心火則土之母也，有土之子氣以宿之，則母自趨子而火熄。此所謂益肝膽、清心化熱、驚癇寒熱、熱盛狂痓之能治也。至於痰乃由熱化，其何痰不利？中風失音口噤，固受病於足太陰、少陰，此以從陰化陽之精氣，不獨能療脾患，並以清心者益腎矣，以水火原同宮也。蓋緣此氣血之物專賦土德，而更萃其精英凝諸形質，此繆氏謂其爲世神物，功能起死回生者，良不謬矣。

[附方]

小兒七日口噤，牛黃爲末，以淡竹瀝化一字灌之，更以豬乳滴之。

驚癇嚼舌，迷悶仰目，牛黃一豆許研，和蜜水灌之。

小兒驚候，小兒積熱，毛焦睡語，欲發驚者，牛黃六分，硃砂五錢，同研，以犀角磨汁，調服一錢。

瘡痘黑陷，牛黃二粒，硃砂一分，研末，蜜浸臙脂，取汁調搽，一日一上。

希雍曰：牛黃，治小兒百病之聖藥。蓋小兒稟純陽之氣，其病皆胎毒痰熱所生，肝心二經所發，此藥能化痰除熱，清心養肝，有起死回生之力。惟傷乳作瀉，脾胃虛寒者不當用。

[修治]　體輕微香，磨甲色透，置舌上先苦後甘，清涼透心者真。另研用。

酪音洛。

時珍曰：酪潼音童，北人多造之，水牛、犛牛、犎牛、羊、馬、駝之乳皆可作之，入藥以牛酪為勝，蓋牛乳亦多爾。按《飲膳正要》云：造法，用乳半杓鍋內炒過，入餘乳熬數十沸，常以杓縱橫攪之，乃傾出罐盛，待冷，掠取乳皮以為酥，入舊酪少許，紙封放之即成矣。藏器曰：酪有乾濕，乾酪更強。時珍曰：乾酪法：以酪曬結，掠去浮皮，再曬至皮盡，卻入釜中炒少時，器盛，曝令可作塊，收用。

[氣味]　甘酸，溫，無毒。時珍曰：水牛、馬、駝之酪冷，犛牛、羊乳酪溫。

[主治]　熱毒，止煩渴，除胸中虛熱《唐本》，生精血，補虛損時珍。

酥《釋名》酥油。

汪機曰：牛乳冷，羊乳溫。牛酥不離寒病之兼熱者宜之，羊酥不離溫病之兼寒者宜之，各有所長也。犛酥雖勝，然而難得。時珍曰：酥乃酪之浮面所成。今人多以白羊脂雜之，不可不辨。按《臞仙神隱》云：[5]造法，以乳入鍋，煎二三沸，傾入盆內，冷定，待面結皮，取皮再煎油出，去滓，入在鍋內，即成酥油。凡入藥，以微火溶化，濾淨用之良。

犛牛白羊酥

[氣味]　甘，微寒，無毒。

[主治]　補五臟《別錄》，益虛勞，寒血脈，潤臟腑時珍，除心熱

《日華子》，胸中客熱思邈，止渴《日華子》，利大小腸《別錄》。

時珍曰：酥本乳液，潤燥調營，與血同功。按《生生編》云：酥能除腹內塵垢，又追毒氣，發出毛孔間也。

附牛乳方：用黃妙牛要下兒的下了兒，三日後將米漿并滑酒交合，每日喂一二次，每次用一壺，水草照常吃，俟乳飽滿，將手擠乳，用潔淨小水桶盛住俟用，一年之後起草時不用。取乳極易也，有清的，有艶的，想是牛種不同，其乳用滾水頓熟，艶的緊些，或飯上糯米上蒸熟，不論清艶，只要熟俱，可空心服。先晚或米漿或煮豆麥與牛吃，不許小牛吃乳，次早方擠得出。大麥一升煮熟，至二升要渣口，冷定，每次以熟麥二升，將草剉二寸長，噴上水，草揉軟了，攪合大麥，夜間與他吃，尋常草不必剉，宿處要乾，依時候牽出阿屎尿，免致牛受濕氣，脚生黃。

羊 牡羊曰羖、曰羝。

肉

[氣味]　苦甘，大熱，無毒。詵曰：溫。頌曰：《本經》云甘，《素問》云苦，蓋經以味言，《素問》以理言。羊性熱屬火，故配於苦。羊之齒骨五臟皆溫平，惟肉性大熱也。

[主治]　補中益氣，虛勞寒冷，利產婦，治產後虛羸，脾胃冷氣作痛，療寒疝。

東垣曰：羊肉有形之物，能補有形肌肉之氣，故曰補可去弱，人參、羊肉之屬。人參補氣，羊肉補形，凡味同羊肉者皆補血虛，蓋陽生則陰長也。虛勞天真丸，見《準繩》。

[附方]

《金匱要略》羊肉湯：治寒勞虛羸及產後心腹疝痛，用肥羊肉一斤，水一斗煮汁八升，入當歸五兩，黃芪八兩，生薑六兩，煮取二升，分四服。

產後虛羸腹痛，冷氣不調，及腦中風，汗自出，白羊肉一斤，治如常，調和食之。

崩中垂死,肥羊肉三斤,水二斗煮一斗三升,入生地黄一升,乾薑、當歸三兩,煮三升,分四服。

宗奭曰:仲景治寒疝羊肉湯,服之無不驗者。一婦冬月生產,寒入子宮,腹下痛不可按,此寒疝也。醫欲投抵當湯,予曰:非其治也。以仲景羊肉湯減水,二服即愈。希雍曰:羊得火土之氣以生,故其味甘,氣大熱,無毒,《素問》言苦,亦以其性熱屬火耳。補可去弱,人參、羊肉之類是也。東垣之發明,其義確矣。

時珍曰:天行熱病後,溫瘧熱痢後,食之必致發熱難療。妊婦食之,令子多熱。希雍曰:癰腫瘡瘍,消渴吐血,嘈雜易饑等證,咸不宜服。煮羊肉切忌銅器。

乳　白羚者佳。

[氣味]　甘,溫,無毒。

[主治]　補寒冷虛乏《別錄》,潤心肺甄權,和小腸氣張鼎,利大腸《日華子》,治大人乾嘔及反胃,小兒噦啘及舌腫,並時時溫服之時珍。

時珍曰:丹溪言反胃人宜時時服之,取其開胃脘大腸之燥也。

腎　俗名羊腰子。

[氣味]　甘,溫,無毒。

[主治]　補腎氣,理精枯陽敗。

[附方]

《正要》治陽氣衰敗,腰脚疼痛,五勞七傷,用羊腎三對,羊肉半斤,葱白一莖,枸杞葉一斤,同五味煮成汁,下米作粥食之。

老人腎硬,治老人腎藏虛寒,內腎結硬,雖服補藥不入。用羊腎子一對,杜仲長二寸闊一寸一片,同煮熟,空心食之,令人內腎柔軟,然後服補藥。

肝　青羖羊者良。

[氣味]　苦,寒,無毒。頌曰:溫。

[主治]　補肝,治肝風虛熱,目赤暗痛,熱病後失明,並用子肝七枚作生食,神效蘇恭。按羊肝療目疾極多,備見眼目門,止錄其二方,

以參証其功。

[附方]

目病失明，青羖羊肝一斤，去膜切片，入新瓦內炕乾，同決明子半升、蓼子一合炒，爲末，以白蜜漿服方寸匕，日三，不過三劑目明，至一年能夜見文字。

不能遠視，羊肝一具，去膜細切，以葱子一勺炒，爲末，以水煮熟，去滓，入米煮粥食。

膽 青羯羊者良。去勢謂之羯羊。

[氣味] 苦，寒，無毒。

[主治] 青盲，明目《別錄》，點赤障白翳，風淚眼甄權。

時珍曰：肝開竅於目，膽汁減則目暗。目者肝之外候，膽之精華也，故諸膽皆治目病。

[附方]

病後失明，羊膽點之，日二次。

治爛弦風，赤眼流淚，不可近光及一切暴赤目疾，張三丰真人**碧雲膏**：臘月收羯羊膽十餘枚，以蜜裝滿，紙套籠住，懸簷下，待霜出掃下點之，神效也。

大便秘塞，羊膽汁灌入，即通。

脛骨

[氣味] 甘，溫，無毒。詵曰：性熱，有宿熱人勿食。

[主治] 虛冷勞，治白濁勞弱，健腰脚，療筋骨攣痛，固齒牙。

丹溪曰：羊脛骨，牙齒疎豁須用之。治齒病詳見本類。

[附方]

秘真丹：治思想無窮，所願不協，意淫於外，作勞筋絕，發爲筋痿，及爲白淫，遺溲而下，故爲勞弱。

羊脛炭燒紅，窨殺　厚朴薑製，各三兩　硃砂一兩

爲細末，酒煮糊和，丸如梧子大，每服五十丸，空心溫酒送下。

筋骨攣痛，用羊脛骨酒浸服之。

愚按：羊爲火畜，應南方赤色，故本草言其大熱，但蘇頌言其齒骨五臟皆溫平，惟肉大熱。夫人與獸之賦形，如脾之主肉，寧能大異？是則火之生土，其首及者也，《別錄》補中益氣之說是矣。第謂其治虛勞寒冷，則必如方書天真丸之合諸藥方爲得當。孫思邈云利產婦，張仲景羊肉湯乃得劑也。第如蘇頌說，其氣大熱唯肉，而五臟皆溫平，詎知既稟乎氣之熱，氣固流貫於五臟者也，豈能大相懸殊？蓋稟乎火者心也，心與腎一氣上下，故腎即用之補腎氣，而肝下合於腎水，上合於心火，又次用之補肝。蓋神水照物，惟風輪之肝有以包衛涵養之。此神水者，乃先天之氣所生，後天之氣所成。而氣固火之靈也，故不惟益腎，即補肝明目，必借其氣化耳。試觀此味同他藥療目病固多，而治目失明與不能遠視二證，止用羊肝爲主，而佐之者少，則其義可思也。蓋不能遠視者，病於無火；不能近視者，病於無水。補氣所以益火也，又寧惟是？如羊脛骨多以療齒病，用之寒證爲多。若寒熱兼者，亦即有相濟之味以用之，蓋腎主骨，齒者骨之餘，腎氣爲本而寒熱爲標也。即治白濁勞弱及筋骨攣痛，則益明矣。大抵是物之所稟者火，故在肉則曰大熱，在心腎皆曰甘溫，在脛骨亦云同於心腎。然有言其熱者唯肝，膽乃曰苦寒，以凡膽之味皆苦也。然肝亦有言其溫者矣。蓋凡溫熱，乃化火即是氣化，而是物於血氣之倫，有得於氣化之陽，以爲扶助虛羸之功者，如用之得宜，寧不勝於草木之味乎？

豕

之頤曰：《說文》云：十二子亥爲豕，故亥象豕形。以一陰生於午，至亥而六陰備，謂其嫌於無陽也。是以豙音駭。豕四蹄皆白曰駭。之在物以從豕，在氣以從亥，其應水也，爲能通其類焉。牡曰豝音巴，曰豥，《詩》云一發五豝；牡曰豵音宗，曰豭音加，《詩》云一發五豵。

腤

[氣味] 甘，微溫，無毒。

[主治]　補中益氣，止渴，斷暴痢虛弱《別錄》，釀黃糯米，蒸搗爲丸，治勞氣，並小兒疳蚘，黃瘦病《日華子》。

時珍曰：豬，水畜而胃屬土，故方藥用之補虛，以胃治胃也。

希雍曰：爲補脾胃之要品。

[附方]

補益虛羸，用豬腊一具，入人參五兩、蜀椒一兩、乾薑一兩半、葱白七個、粳米半升在内，密縫煮熟食。

水瀉不止，用䝔豬腊一枚，用蒜煮爛，搗膏丸梧子大，每米飲服三十丸。丁必卿云：予每日五更必水瀉一次，百藥不效，用此方入平胃散末三兩丸服，遂安。牡之去勢者曰䝔。

脾　俗名聯怗。

[氣味]　濇，平，無毒。

時珍曰：諸獸脾味如泥，其屬土也可驗。脾胃虛熱，同陳橘紅、人參、生薑、葱白、陳米煮羹食之。

[附方]

脾積痞塊，豬脾七個，每個用新針一個刺爛，以皮硝一錢擦之，七個並同以瓷器盛七日，鐵器焙乾，又用水紅花子七錢同搗爲末，以無灰酒空心調下，一年以下者一服可愈，五年以下者二服，十年以下者三服。

思邈曰：凡六畜脾，人一生莫食之。

心

[氣味]　甘鹹，平，無毒。

[主治]　驚邪憂恚虛《別錄》，悸氣逆，婦人產後中風，血氣驚恐思邈。

劉完素曰：豬，水畜，故心可以鎮恍惚。

[附方]

心虛自汗，不睡者，用䝔豬心一個帶血破開，入人參、當歸各二兩，煮熟，去藥食之，不過數服即愈。

頌曰：多食傷心氣。不可合吳茱萸食。

附心血

[主治]　調硃砂末，治驚癇癲疾吳瑞，及痘瘡倒靨時珍。

時珍曰：古方治驚風癲癇痘疾，多用豬心血，蓋以心歸心，以血導血之意。用尾血者，取其動而不息也。豬爲水畜，其血性寒，而能解毒制陽故也。韓飛霞云：豬心血能引藥入本經，實非其補，沈存中云豬血得龍腦，直入心經是矣。

[附方]

心病邪熱，用豬心血一個，靛花末一匙，硃砂末一兩，同研，丸梧子大，每酒服二十丸。

痘瘡黑陷，臘月收貯豬心血，瓶乾之，每用一錢，入龍腦少許，研勻酒服，須臾紅活，神效。無乾血，用生血。

膽

[氣味]　苦，寒，無毒。

[主治]　清心臟，凉肝脾，療大便不通，治或瀉或止，久而不愈，通小便，殺疳蟲，並治目赤目翳。[6]

《液》云：仲景治足少陰下利白通湯，加此汁與人尿鹹寒，合熱劑用之，去格拒之寒。又與醋相合，內穀道中，酸苦益陰，以潤燥瀉便。汪機云：朱奉議治傷寒五六日斑出，有豬膽雞子湯。

[附方]

或瀉或止，久而不愈，**二聖丸**：用黃連、黃檗末各一兩，以豬膽煮熟和，丸如綠豆大，量兒大小，每米飲服之。

傷寒斑出，**豬膽雞子湯**：用豬膽汁、苦酒各三合，雞子一個，合煎三沸，分服，汗出即愈。

小便不通，豬膽一枚，熱酒和服。

又，用豬膽連汁籠住陰頭，一二時汁入，自通。

消渴無度，雄豬膽五個，定粉一兩，同煎成丸芡子大，每含化二丸咽下，日二。

愚按：仲景治少陰下利不止，有厥逆無脈，乾嘔煩證，故於白通湯加此味與人尿。昔哲有謂其補肝而和陰、入心而通脈者誠然，固不止於熱因寒用也。予見一醫治或瀉或止，證發時則難勝，每以豬膽汁炒黃連、柴胡，和他藥用之遂止。如不以膽汁炒，則不應於此際，正可參。若不有以和陰，令肝之血和而風靜，僅如時珍所云為能平肝膽火也，則黃連輩何以鮮功哉？更如小便不通，消渴無度，傷寒斑出，而能透陰於陽，化陽歸陰者，其功當屬何等也？試思之。

肝

[氣味] 苦，溫，無毒。

[主治] 補肝明目，止休息痢。

[附方]

㺄豬肝一具，切片，杏仁炒，一兩，於淨鍋內一重肝，一重杏仁，入童子小便二升，文火煎乾，取食，日一次，痢自止。

時珍曰：餌藥人不可食之。

肺

[氣味] 甘，微寒，無毒。頌曰：得大麻仁良。

[主治] 療肺虛咳嗽，以一具竹刀切片，麻油炒熟，同粥食；又治肺虛嗽血，煮蘸薏苡仁末食之。出《證治要訣》。

腸

[氣味] 甘，微寒，無毒。

潤腸治燥，調血痢臟毒，去大小腸風熱，宜食之。

[附方]

腸風臟毒，用豬臟入黃連末在內煮爛，搗丸梧子大，每米飲服三十丸。

又方，豬臟入槐花末令滿，[7]縛定，以醋煮爛搗，為丸如梧桐子大，每服二十丸，溫酒下。

多食動冷氣。

腎 即腰子。

[氣味] 鹹，冷，無毒。思邈曰：平。

時珍曰：豬腎性寒，不能補命門精氣，腎有虛熱者宜食之，若腎氣虛寒者非所宜也。方藥用之，借其引導而已。若以爲補腎而常食之，誤矣。

［附方］

心氣虛損，豬腰子一枚，水二碗煮至一碗半，切碎，入人參、當歸各半兩，煮至八分，喫腰子以汁送下，未盡者同滓作丸服。

久泄不止，豬腎一個批開，摻骨碎補末，煨熟食之，神效。

二方全在別藥相合者，請察之。方書治腰痛腎虛者，亦止爲引導。

《日華子》曰：久食令人少子。

詵曰：久食傷腎。

愚按：豕爲水畜，十二辰亥乃六陰之極也，而豕應之，且在卦屬坎，則卽茲物之充乎水用者以療疾矣。水以土爲主，以火爲用，以肝膽爲子，以肺爲母。如豬腊之補中益氣者，蓋補益脾之陰氣也。故《別錄》卽繼之以止渴，斷暴痢虛弱，是水土合德，脾腎相資，以效其用者。此味固善物也，在方書於消癉、小便數二證，皆用之以爲主矣。又如用其心以治驚邪憂恚，虛悸氣逆，又豬心血同朱砂、靛花治心病邪熱，是其麗於心火以盡其用者，劉完素言之矣。更如肝膽表裏，似陰有餘而陽不配之，時珍謂膽能清心臟，涼肝脾，是固然矣。而以補肝明目歸於肝，是又未可概論。蓋是物之肝，多補肝中陰氣之不足，不同羊肝之能補陽也。何以徵之？此畜無筋，經曰肝主筋，又曰陽氣者，精則養神，柔則養筋，筋之不備，明爲陽之不配陰也。卽治休息痢，亦或用肝氣之陰以化其熱積乎？第水之旺氣在膽，猶得爲之行其化，而肝則否，以甲木生於亥，乙木生於午也，投劑者可不審諸？至於肺，能補肺，治肺虛嗽血，而大臟治下血，[8] 皆取其有餘之陰以爲補者也。總之，豕爲水畜，是專氣在腎，腎固諸臟腑之原也，卽腎可以知各臟腑矣。時珍謂其性寒，止宜於腎有虛熱者，不能補命門精氣，是爲確論。方書但用之療消癉，而不及他用也，非其明徵乎哉？則各臟腑之宜忌更可明矣。

脂

時珍曰：臘月煉淨，收用。

［氣味］　甘，微寒，無毒。

［主治］　潤肺，散風熱，利血脈腸胃，通大小便。

希雍曰：味甘寒，性滑澤，能凉血解毒潤燥。

［附方］

關格閉塞，豬脂、薑汁各二升，微火煎至二升，下酒五合和煎，分服。

肺熱暴瘖，豬脂油一斤煉過，入白蜜一斤，再煉少頃，濾淨冷定，不時挑服一匙，卽愈。無疾常服，亦潤肺。

按豬脂同滾水大飲之，能通大便燥結。昔有是方，予見人用之，良驗。

母豬乳

［氣味］　甘鹹，寒，無毒。

時珍曰：取法，須馴豬，待兒飲乳時提後脚，急以手捋而承之，非此法不得也。

［主治］　小兒驚癇。

時珍曰：小兒體屬純陽，其驚癇亦生於風熱，豬乳氣寒，以寒治熱，謂之正治。故錢乙云：初生小兒至滿月，以豬乳頻滴之，最佳。張煥云：小兒初生無乳，以豬乳代之，出月可免驚癇痘疹之患。楊士瀛云：小兒口噤不開，豬乳飲之，甚良。月內胎驚，同硃砂、牛乳少許抹口中，甚妙。此法諸家方書未知用，予傳之。東宮吳觀察子病此，用之有效。

豬膚　卽皮也。

［氣味］　甘，寒，無毒。

希雍曰：仲景治足少陰下利，咽痛胸滿心煩者，有豬膚湯，用豬膚一斤，水一斗煮五升，取汁，入白蜜一斤，白粉五合，熬香粉服。成無己注云：豬，水畜也，其氣先入腎，解少陰客熱，加白蜜以潤病除煩，白粉以益氣斷利也。

［總論］　希雍曰：豬爲食味中常用之物，臟腑腸胃咸無棄焉。然其一身除腦膏外，餘皆有毒發，病人習之而不察也。嘉謨曰：予見患外感者食之證愈增劇，患瘧者食之寒熱復來，患金瘡食之血液衰涸，肥人多食動風發痰，瘦人多食助火作熱，是皆助其有餘之邪而犯不戒之過也。

狗 卷尾有懸蹄者爲犬。

時珍曰：狗類甚多，其用有三：田犬長喙，善獵；吠犬短喙，善守；食犬體肥，供饌。凡本草所用皆食犬也。又曰：道家以犬爲地厭，不食之。同蒜食，損人。

肉　黃犬爲上，黑犬、白犬次之。

[氣味]　鹹酸，溫，無毒。

[主治]　補胃氣，壯陽道，暖腰膝，益氣力《日華子》。

丹溪云：世言犬能補陽虛，但陰虛病者多不宜食。時珍曰：脾胃屬土，喜暖惡寒。犬性溫暖，能治脾胃虛寒之疾，脾胃溫和而腰腎受蔭矣。若素常氣壯多火之人，則宜忌之。丹溪獨指陰虛，立說矯枉過偏矣。虛寒瘧疾，黃狗肉煮臛，入五味食之。

膽　黃犬、白犬者良。

[氣味]　苦，平，有小毒。

[主治]　療鼻齆，鼻中瘜肉甄權，納耳中治聤耳，除積，能破血，凡血氣痛及傷損者，熱酒服半個，瘀血盡下時珍治反胃，殺蟲方書。

慎微曰：按《魏志》云：一女子病左膝瘡癢，華陀視之，用繩繫犬後足，不得行，斷犬腹，取膽向瘡口，須臾有蟲若蛇着瘡上，出長三尺，病愈也。

[附方]

反胃吐食，不拘丈夫婦人老少，遠年近日，用五靈脂末，黃狗膽汁和，丸龍眼大，每服一丸，好酒半盞磨化服，不過三服卽效。

痞塊疳積，五靈脂炒烟盡，真阿魏去砂，研，等分，用黃雄狗膽汁和，丸黍米大，空心津咽三十丸。忌羊肉醋麪。

陰莖　六月上伏日取，[9] 陰乾百日。

[氣味]　鹹，平，無毒。

[主治]　傷中，陰痿不起，令強熱大，生子，除女子帶下十二疾《本經》。

希雍曰：其性專補命門相火，女子帶下十二疾皆衝任虛寒所致，鹹溫入下焦，補暖二脈，故亦主之。同菟絲子、覆盆子、魚膠、車前子、巴戟天、肉蓯蓉、鹿茸、沙苑蒺藜、山茱萸，能益陽暖精，使人有子。

又曰：陽事易舉者忌之，內熱多火者勿服。

愚按：《春秋考異郵》曰：七九六十三陽氣通，故斗運狗三月而生。宋均注曰：狗，斗精所生也。據此，則狗之爲陽畜可知矣。第《內經》在畜屬木，而《易》在卦屬艮，爲木爲土，是將誰爲適主乎？曰：《易》云艮爲狗，是非屬土歟？第土繼水之後，所以止水也，而木卽繼土之後，卽所以妙水木相生之化而達陽也，艮卦固兼之矣。造化玄機以進氣爲先，犬畜應於木者此也。應於木，故犬爲陽而得三數以生，三數謂何？天三生木也。本草謂犬肉補陽，誠非臆說，卽療虛寒瘧疾而屢驗，不可徵乎？或曰：狗肝如泥土，臭味亦然，安能舍土而盡言木乎？曰：是蓋土爲木用，猶運氣司天，其年何氣爲主而有從之以化者，應於物類種種矣。土從乎木，而木盡以土爲用，故狗肝有如斯也。所謂犬無胃，非無其形質也，其胃氣少耳。胃氣者土也，又非土從乎木之一証乎？然非獨肝，卽以狗膽言之，夫膽之精氣，皆因肝之餘氣溢入於膽者也，[10] 在人物皆然。故五畜膽俱無化血散結之主治，而惟狗膽有之，因肝及膽，以致土爲木用之氣化，乃得化血益化，有如是耳。惟木合土用，更能殺蟲，卽華陀所治可明。方書中用治反胃，固不止於化滯血也。總之，是物屬木之陽，有中五之土成之，如膽得陽木之氣以化陰土之血，所以異於諸畜之膽也。至陰莖補陽，又何疑乎？是陽所生之始，《本經》之主治豈爲無據哉？

希雍曰：犬肉助陽，陽勝則發熱動火，生痰發渴，凡陰虛內熱，多痰多火者，戒勿食之。天行病後，尤爲大忌。治痢亦非所宜。

驢

乳

［氣味］甘，冷利，無毒。思邈曰：酸，寒。

［主治］　頻熱飲之，治氣鬱，解小兒熱毒，不生痘疹。浸黃連取汁，點風赤眼時珍。

陰莖

［氣味］　甘，溫，無毒。

［主治］　強陰壯筋時珍。

溺

［氣味］　辛，寒，有小毒。

［主治］　反胃噎病，殺蟲，狂犬咬傷，癬瘑惡瘡，並多飲取瘥時珍。

丹溪曰：一婦病噎，用四物加驢尿與服，以防其生蟲，數十帖而愈。

時珍曰：張文仲《備急方》言幼年患反胃，每食羹粥諸物，須臾吐出。貞觀中，許奉御兄弟及柴、蔣諸名醫奉敕調治，竟不能療，漸疲，因候絕旦夕。忽一衛士云：服驢小便極驗。遂服二合，後食止吐一半，晡時再服二合，食粥便定。次日奏知，則宮中五六人患反胃者同服，一時俱瘥。是物稍有毒，服時不可過多，須熱飲之，病深者七日當效，後用屢驗。

阿　膠

斅曰：東阿井在山東兗州府陽穀縣東北六十里，即古之東阿縣也。《水經注》云：東阿井大如輪，深六七丈，水性下趨，質清且重，歲嘗煮膠以貢。煮法：必取烏驢皮，刮淨去毛，急流水中浸七日，入瓷鍋內，[11]漸增阿井水，煮三日夜則皮化，濾清再煮稠，貯盆中乃集爾。冬月易乾，其色深綠，且明燥輕脆，味淡而甘，亦須陳久方堪入藥。弘景曰：熬時須用一片鹿角即成膠，不爾不成也。大有妙理，可識羣陰必得一陽以化也。有仕於彼地者，云其井官封，熬膠進貢則啟封而取水，且云大鍋七口，烏驢皮用牡者，皮入水已化，則每日遞減一口，聚其融化之極者，止得一口，然後搭於架上，任其順下而亦不斷，不如前貯盆中乃集之說也，且用鹿角膠亦的，但猶有藥味十餘種，大約計價二十餘兩，惜忘其爲何藥耳。此種果難得真者，不可不審。

[氣味] 甘，平，無毒。《別錄》曰：微溫。潔古曰：性平味淡，氣味俱薄，浮而升，陽也，入手少陰、足少陰、厥陰經。好古曰：入手太陰、足少陰、足厥陰三經。

[諸本草主治] 虛勞羸瘦，陰氣不足，療虛勞，咳嗽喘急，肺痿唾膿血，并吐血衄血，血淋尿血血痢，及女子血痛血枯，崩漏，經水不調，無子，並胎前產後諸疾，更男女血涸血污，四肢酸痛，勞極，洒洒如瘧，除風潤燥，化痰清肺，利小便，調大腸聖藥也。

[方書主治] 咳嗽，喘，滯下，吐血，咳嗽血，鼻衄，溲血下血，霍亂，中風發熱，瘧，頭痛臂痛，癥瘕驚悸，癆，消癉，大便不通，小便不禁，痔。按方書霍亂諸方，係治霍亂後諸證，非正治霍亂也。

宗奭曰：驢皮用烏者，取烏色屬水，以制熱則生風之義，如烏蛇、烏鴨、烏雞之類皆然。

時珍曰：阿井乃濟水所注，取井水煮膠，用攪濁水則清，故人服之下膈疎痰止吐，蓋濟水清而重，其性趨下，故治淤濁及逆上之痰也。

中梓曰：阿井乃濟水之眼，《內經》以濟水爲天地之肝，故入肝多功；烏驢皮合北方水色，順而健行之物，故入腎多功。水充則火有制，火熄則風不生，故木旺風淫火盛金衰之證，莫不應手取效。

潔古曰：能補肺氣不足，甘溫以補血不足。

杲曰：喘者用阿膠。

好古曰：肺虛損極，咳唾膿血，非阿膠不能補。

士瀛曰：凡治喘嗽，不論肺虛肺實，可下可溫，須用阿膠以安肺潤肺，其性和平，爲肺經要藥。小兒驚風後瞳人不正者，以阿膠倍人參煎服最良，阿膠育神，人參益氣也。又痢疾多因傷暑伏熱而成，阿膠乃大腸之要藥，有熱毒留滯者則能疎導，無熱毒留滯者則能平安。

嘉謨曰：風淫木旺，偏疼延肢體，能驅火盛；金虛久咳，唾膿血，卽補養血，止吐衄；崩帶，益氣扶羸；瘦勞傷利，便閉，調豬苓湯吞；

禁胎漏，加四物湯服；定喘促，同款冬、紫苑；止瀉痢，和蜜蠟、[12]黃連；安胎養肝，堅骨滋腎。

之頤曰：緣水性之下趨，協皮革之外衛，藉火力以成土化，火力土化，故潔古曰甘溫。從下者上，從外者內矣。

又曰：從下者上，指下趨之水藉火力而上炎；從外者內，指外衛之皮革藉火力而內向。外之合內，下之從上，中黃之位乎？

希雍曰：阿井乃濟水之伏者所注，其水清而重，其色正綠，其性趨下而純陰，與衆水大別。烏驢皮得此水煎成，其功強半在水，氣味俱薄，可升可降，陽中陰也，入手太陰、足少陰、厥陰經。[13]此藥得水氣之陰，具益陰之味，故能主治諸證也。同天麥門冬、栝樓根、白藥子、五味子、桑白皮、煎草、[14]生地黃、枸杞子、百部、蘇子、白芍，治肺腎俱虛，咳嗽吐血；同杜仲、枸杞子、白芍藥、山藥、麥門冬、地黃、黃芪、人參、青蒿、續斷、黃櫱，治婦人崩中漏血；同白芍藥、炙甘草、麥冬、地黃、白膠、當歸、枸杞子、杜仲、續斷，治婦人胎痛，或胎漏下血。

愚按：阿膠以烏驢皮得阿井水煎而成，然命名在阿，豈非取其質於皮，而化其質之氣於水乎？夫皮毛者，肺之合，人物一也。驢皮烏者，合北方水色，猶人身腎至於肺之義。阿水清而重，其性下趨，合火化以成其順而潤下，俾得返其所始，昔哲云入手太陰、足少陰者是。是所謂益肺元而不同於僭陽之味，調肺氣而不等於耗散之劑也。抑氣，陽也，昔哲言其補肺氣不足，又言其益陰，其義得勿相戾歟？曰：肺貫心脈而行呼吸，氣者火之靈，心乃火主也，豈不屬陽？第離中有坎，腎脈之直者上貫肝膈，入肺中，而其支者又從肺出絡心，注胸中，是肺固貫心脈以行呼吸，而離中之坎，心脈更藉肺陰以下注，肺陰即腎脈之貫膈而入者也。按此味益肺陰，即前所云驢皮合北方水色，而合於阿水清而下歸，因火化以成其潤下之功也，即此便使肺陰下降入心矣。蓋肺，原貫心脈而行呼吸者也，第肺本氣也，何以曰肺陰？蓋肺爲陽中之少陰，猶肝爲陰中之少陽，陽中之陰，陰中之陽，尤陰陽關捩子也，故曰肺氣獨重肺陰。其所云陰從陽出者，而益陰卽以裕陽，正屬關捩子之義也。肺氣或受六淫七情之侵，則肺陰傷而心火亢，火亢則金愈衰，而離中之坎不能合於金以化血，則真氣愈不足。肺陰下降，以入膻中，舉火亢金衰胥能療之，是爲生血之化原，心固主血，此舉諸血證而悉能療者也。唯是陰裕，而陽乃得化，謂陰降而陽隨之以歸命門，以神三焦之用者，皆不越此。如此味由血而至於氣，故益虛勞羸瘦等證，功皆歸之者此也。所以滋陰之味多傷氣，益氣之味類并陰，唯此味雖以益陰爲功，獨其陰從陽出者，而益陰卽以裕陽，正所謂膏肓之上，中有父母。又所謂上焦合而營諸陽，心肺是也。故潔古首云入手少陰，而海藏首云入手太陰，其義不可互參乎？第俱言其入厥陰者謂何？蓋緣心包絡主血，肺陰不下降，則病乎包絡之血，手厥陰與足厥陰肝表裏，肝又藏血者也，肺陰下降，則主血者不病，入心生血，則火息風平，而金媾於木，卽藏血者亦不病，昔哲又謂其入厥陰肝者是也。抑血病有順逆，此味固可療吐衄諸證，然卽血淋尿血，又如女子之崩中而皆療者，緣此味能和膻中之氣化以歸命門，又達真陽之化醇以歸血海，唯歸其元，固順逆之血病無不可療。如療血枯血痛，固其生血和血之功。至治勞極洒洒如瘧，虛勞咳嗽喘急，肺痿咳唾膿血，自是的對之劑。先聖格物察理，以是水合是物，火化成功，從金生水，以爲還元之助，卽從陰益陽，以爲化生之地，真是無上妙品，唯在用之者適投其所宜耳。按阿膠由益陰而陽得化，以爲氣之益，故此味益氣，不可泛同於益氣諸味如參、耆輩。而仁齋謂其疎利積熱，誠窺其所始也。至於粘滯，乃其質如是耳，非性味也。其又言除風，卽益肝之陰氣，而金能媾以平之，非概治天表之風也。其言化痰，卽陰氣潤下，能逐炎上之火所化者，非概治濕滯之痰也。其言治喘，卽治炎上之火，屬陰氣不守之喘，非概治風寒之外束、濕滯之上壅者也。其言治血痢，如傷暑熱痢之血，非概治濕盛化熱之痢也。其言治四肢酸痛，乃血涸血污之痛，非概治外淫所傷之痛也。卽治吐衄，可徐徐奏功於虛損，而暴熱爲患者，或外感抑鬱爲患者，或怒氣初盛爲患者，亦當審用而別有中的之劑，豈可混投罔功，反諉其責於阿膠哉？

[附方]

癱緩偏風，及諸風手脚不遂，腰脚無力者，驢皮膠微炙熱，先煮葱豉粥一升，別又以水一升煮香豉二合，去滓，入膠更煮七沸，膠烊如餳，頓服之，乃暖喫葱豉粥，如此三四劑，卽止。若冷喫粥，令人嘔逆。

老人虛秘，阿膠炒，二錢，葱白三根，水煎化，入蜜二匙，溫服。

妊娠胎動，用阿膠炙研，二兩，香豉一升，葱一升，水三升煮取一升，用膠化服。

按此三證，癱緩風與妊娠胎動皆用香豉及葱，謂宣氣達陽，以化陰氣之或澀或戾，老人便秘止用葱者，但借陽氣以行陰耳，要皆本於阿膠以益陰。

吐血不止，用阿膠炒二兩，蒲黃六合，生地黃三升，水五升煮三升，分服。

大衄不止，口耳俱出，用阿膠炙、蒲黃半兩，每服二錢，水一盞、生地黃汁一合煎至六分，溫服，急以帛繫兩乳。

按此二證，皆主阿膠益陰氣而入心包絡，又蒲黃和中土之血，使陰能化，生地冷血，助阿膠之益陰而退熱。

月水不調，阿膠一錢，蛤粉炒成珠，研末，熱酒服，卽安。

月水不止，阿膠炒焦爲末，酒服二錢。

妊娠血痢，阿膠二兩，酒一升半煮一升，頓服。

妊娠下血不止，阿膠三兩炙，爲末，酒一升半煎化服，卽愈。

按不調與不止有異，血痢與下血亦殊，然皆主阿膠益陰，而用酒以和血行氣，其相合之功用可思。

產後虛閉，阿膠炒，枳殼炒，各一兩　滑石二錢半，爲末，蜜丸梧子大，每服五十丸，溫水下，未通再服。

統觀諸方之佐使，所以用阿膠者可類推矣。

丹溪曰：久嗽久痢，虛勞失血者宜用。若邪勝初發者用之，強閉其邪而生他證。

希雍曰：此藥多僞造，皆雜以牛馬皮舊革鞍靴之類，其氣濁穢不堪。入藥當以光如瑿音衣，黑色也。漆色帶油綠者爲真，真者折之卽斷，亦不作臭氣，夏月亦不甚濕軟。如入調經丸藥中，宜入醋，重湯順化和藥，[15]其氣味雖和平，然性黏膩，胃弱作嘔吐者勿服，脾虛食不消者亦忌之。按繆氏所謂性黏膩者亦然，觀其搭於架上，任其下墜而不斷，則其黏膩可知。

虎　骨

［氣味］　辛，微熱，無毒。之才曰：平。

［諸本草主治］　筋骨毒風攣急，屈伸不得，走注疼痛，追風健骨，並止驚癇，療温瘧。

［方書主治］　中風虛勞，痹行痹着痹痿，鶴膝風攣，癇，譫妄，腰痛脚氣。

宗奭曰：風從虎者，風，木也，火，金也，木受金制，焉得不從？故虎嘯而風生，自然之道也，所以治風病攣急，屈伸不得，走注骨節，風毒癲疰，驚癇諸病，皆此義也。

盧復曰：氣鍾肅殺，天地間陰厲之物也，吼則撼物，動則風生，若隨身宮殿然，故主風木不及，風之太過，咸相宜也。虎骨，其味骨辛而肉酸，故用之良有精義。

之頤曰：西方金獸，而反司東方甲膽乙木者何也？曰：此所謂制則化也，無制則亢，亢則害矣。

時珍曰：虎骨通可用。凡辟邪疰，治驚癇温瘧，瘡疽頭風，當用頭骨；治手足諸風，當用脛骨；腰背諸風，當用脊骨。各從其類也。

汪機曰：虎之強悍，皆賴於脛，雖死而脛猶矻立不仆，故治脚脛無力用之。

希雍曰：虎，西方之獸，山獸之君，屬金而性最有力，且骨之味辛，微熱無毒，稟勇猛之氣，其味更辛散而通行，故治風毒及手足諸風多效，取以類相從，借其氣有餘以補不足也。同牛膝，[16]木瓜、地黃、山藥、山茱萸、黃檗、枸杞子、麥門冬、五味子，治腰膝無力，筋骨疼痛，或痿弱不能步履；同草薢、獨活、防己、蒼朮、牛膝、何首烏、薏苡仁、木瓜、刺蒺藜，治風寒濕邪着於經絡，以致偏痹不仁；同當歸、白芍藥、炙甘草、續斷、牛膝、白膠、麥門冬、地黃，治遍身骨節痛。

　　愚按：虎骨取以治諸風證，如宗奭謂木受金制，之頤謂木從金化。夫五行多以制我者爲用，至化則如乙庚相合，木并從而化金矣。虎司風木，厥肖惟寅，然其氣鍾肅殺，誠如盧復所云，豈非得金之專氣，而風木并從之化者歟？制者金猶爲木用，化則木俱從金用，如所謂風之大過不及，咸得相宜者，固不謬也。卽是物之能療風證，則治風之精義大有可參者。蓋静木之風者必藉於金，非漫取其相制也。若人身，如肝木從陰而達陽於天，不有肺金從陽而致陰於地，何以裕肝之陰令其右旋，得從肺陰以歸地，能返於所始而升降不息乎？經曰：升降息，則氣立孤危。此語可以悟金木相媾之義矣。中風有危篤之證，百不救一者，因升降息耳。此義最爲喫緊，前人所未及發也。或曰：若然，是則兹物之化氣，視他化氣似較獨精矣，然何以獨取於骨也？曰：人物之具有形質，唯骨得其堅貞之氣，故以義取骨。第虎骨之功，雖似專在氣分，而就氣分卽有爲益血之主者，是所以參也。抑專於氣分，而更爲益血主者，蓋從肺而媾於肝也，以肝固血臟耳。雖然，肺爲五臟華蓋，何以獨效其用於肝乎？曰：試舉方書主治諸證之義而繹之。如中風，虎骨散曰潤筋去風；虛勞，木瓜散曰治筋虛極，脚手拘攣等證，而於攣證卽用木瓜散，其主治亦如治虛勞之義也；在痹證，紓筋丸曰治筋骨不能屈伸；又攣證，百部丸曰治中風腰膝疼痛，筋脈拘攣等證；卽治腰痛亦用百倍丸，而主治之義亦如治攣證所云也；在脚氣，酒浸牛膝丸曰治腰脚筋骨酸無力，又虎骨酒曰去風，補血益氣，壯筋骨，強脚力。凡此數證，皆以療筋爲治。夫筋，固肝所主也，其於益血之義尤切，蓋血正所以養筋也。若以治風參合於諸證，更有可繹者。卽舉行痹之治而言，諸方有風毒、風虛之異，是俱病於走注疼痛者，其投劑固不能一也，何以虎骨皆得而用之？是豈非人身風木之初氣有升卽應有降，皆稟於陰中之陽，陰御陽以爲升降也。風毒之走注，固陰微不能爲陽之化也，而風虛之走注，亦以陰微不能爲陽之使也。卽此可以思虎骨之咸宜，固有能爲陽之化且使者矣。蓋木火，陽也，金木，陰也，此木從金化者之實際也。是雖不及益血，然肝屬風臟，風臟卽是血臟，固莫之能外者矣，況血尤屬真陰之化醇乎？即此一證，而他如鶴膝風，并風癇及攣病於風等證，俱可以類推矣。雖然，即不病於風，如腰痛着痹痿證，何莫非治風毒之類，皆暢陰以和陽者乎？即如腳氣主治，又何莫非治風虛之類，能育陰而更助氣以達陽者乎？總之，肝司地氣之升，肺司天氣之降。由升而得降，以運育於地者，肺爲肝之用也；由降而得升，以還暢於天者，肝又爲肺之用也。且肺爲肺之用，故陽和於陰以化血；肝爲肺之用，故血和於氣以化精。正《內經》所云金木者生成之終始也，即物類具徵玄理若此，如不思風木爲出地元氣之始，遂不悉其履端於始者，乃得升降相因，以妙於生化，而漫然止謂其治風，不幾同於說夢乎哉？

[附方]

白虎風痛走注，兩膝熱腫，用虎脛骨塗酥炙黃黑、附子炮裂，[17]去皮，各一兩，爲末，每服二錢，溫酒下，[18]日再。

歷節痛風，虎脛骨酒炙，三兩，沒藥七錢[19]，爲末，每服二錢，溫酒下，日三服。

筋骨急痛，虎骨和通草煮汁，空肚服半升，覆臥少時，汗出爲效。切忌熱食，損齒，小兒不可與食，恐齒不生。

肝腎氣血不足，足膝酸痛，步履不隨，虎脛骨一兩，醋炙[20]，沒藥另研，乳香另研，各五錢，附子炮，去皮尖，二兩，肉蓯蓉洗淨，川牛膝、木瓜去穰，天麻各一兩半，餘爲末，將木瓜、蓯蓉搗如膏，加酒糊丸梧子大，每服七八十丸，空心鹽湯下。

休息痢疾，經年不愈，取大蟲骨炙黃焦，搗末，飲服方寸匕，日三，取效。

以上數方，不盡屬風之治，則益明於金木相媾者，有合於經所云至陽盛則地氣不足，而茲物能奏厥功也。蓋金媾於木，則風上升之陽際於天表者，陽中有陰，此正升中有降，而地氣還足也。

[虎骨修治] 用虎頭及頸骨色黃白者佳，前掌腕中之骨形圓扁似棋子者力最勝，虎力在掌故也。凡虎身數物，俱用雄虎者良。藥箭毒死者

不堪用，其毒侵漬骨血間，[21]能傷人也。凡用虎之諸骨，並搥碎去髓，塗酥，或酒或醋，各隨方法，柳灰火炙黃脆，研如飛塵，否則粘着腸間，爲痞積也。

復曰：固各隨法製，還須用狗肉包裹一夜，法雷公炮製，投其所嗜，以回其靈。

虎睛

藏器曰：凡虎夜視，一目放光，一目看物，獵人候而射之，弩箭纔及，目光卽墮入地，得之如白石者是也。

[主治]　癲疾《別錄》，癎病，小兒驚悸孟詵，驚啼客忤，疝氣，[22]鎮心安神《日華子》。

[方書主治]　多屬風癎及驚癎。

時珍曰：按《茅亭客語》云：獵人殺虎，記其頭項之處，月黑掘下尺餘，方得狀如石子琥珀，此是虎之精魄淪入地下，故主小兒驚癎之疾。按方書治風癎，如珠子辰砂丹，又牛黃丸，是治病在肝者，肝主風，此正木從金化之義。又虎精丸主驚癎邪氣入心，此又雖專於氣分，而卽有爲益血之主之義也。大抵虎睛所治之癎，屬於肝心二臟居多，然治小兒諸癎如地龍散，亦有用之者。

[附方]

虎睛丸：治癎疾發作，涎潮搐搦，時作譫語。

虎睛一對，微炒　犀角屑　大黃　遠志去心，各一兩　梔子仁半兩
爲末，煉蜜丸綠豆大，每温酒服二十丸。

地龍散：治小兒諸癎，發歇無時。

乾地龍半兩，焙　虎睛一對，炙　人參二錢半　金銀箔三十片　天竺黃　硃砂　代赭石煨，醋淬　鐵粉各二錢半　雄黃一錢半　輕粉半錢
爲末，每服半錢，紫蘇湯調，不拘時服。

[虎睛修治]　頌曰：虎睛多偽，須自獲者乃真。時珍曰：[23]《千金方》治狂邪有虎睛湯、虎睛丸，並用酒浸，炙乾用。

虎腈

[主治]　反胃吐食，取生者勿洗，存渣穢，新瓦固，煅存性，入平

胃散末一兩和勻，每白湯服三錢，神效時珍。

犀角時珍曰：升麻爲之使，惡烏頭、烏喙。

犀，《釋名》：兕。兕，牸犀也。牸音字，牝牛也。犀似牛豬首，大腹卑腳，腳似象，有三蹄，黑色，舌上有刺，好食棘刺。《抱朴子》曰：犀食百草之毒並衆木之刺，所以能解毒。

時珍曰：犀出西番、南番、滇南、交州諸處。有山犀、水犀、兕犀三種，又有毛犀似之。山犀居山林，人多得之；水犀出入水中，最爲難得，並有二角，鼻角長而額角短；兕犀，即牸犀也，一曰沙犀，止有一角在頂，謂之獨角犀是矣。其文理細膩，斑白分明，器用爲佳，不堪入藥。毛犀，即旄牛也。犀角文如魚子形，謂之粟紋，紋中有眼，謂之粟眼。黑中有黃花者爲正透，黃中有黑花者爲倒透，花中復有花者爲重透，並名通犀，乃上品也，花如椒豆斑者次之，烏犀純黑無花者爲下品。

[氣味] 苦酸鹹，寒，無毒。《別錄》曰：微寒。珣曰：大寒，無毒。權曰：牸犀角甘辛，有小毒。潔古曰：苦酸，寒，陽中之陰也，入陽明經。

[諸本草主治] 百毒，辟中惡毒氣，解瘟疫寒熱，諸毒氣，鎮心神，解大熱，療時疾熱如火，煩毒入心，狂言妄語，主風毒攻心，瞶音冒。 㡒音燥。熱悶，中風失音，磨汁治吐血衄血，傷寒畜血，及發狂發斑，又療小兒風熱驚癇，並痘疹稠密，內熱黑陷，或不結痂，清胃解毒，瀉肝涼心，亦化瘡腫，癰疽膿血。

[方書主治] 中風，驚，咽喉，癇，滯下，痙，痹，舌，腳氣譫妄，痰飲消癉，耳鼻唇面，卒中暴厥，咳嗽，諸見血證，鼻衄吐血，溲血頭痛，行痹痛痹，癮瘀，攣，眩暈，狂，悸，淋，中蠱毒。[24]此因用之多少爲先後。

丹溪曰：犀角屬陽，性走散，比諸角尤甚。

之頤曰：《山海經》云：南方獸之美者有梁山之犀焉，似得火化之正令者也，飲則污濁清之也，食則毒棘消之也，故曰犀利。

時珍曰：犀食棘木，不忌百毒，角乃其精英所聚，足陽明藥也。胃爲水穀之海，飲食藥物必先受之，故犀角能解一切諸毒。五臟六腑皆稟氣於胃，風邪熱毒必先干之，故犀角能療諸血及驚狂斑痘之證。

《類明》曰：犀角氣寒，能解熱毒，且其味苦鹹酸，皆能涌泄，所以能解散熱毒之頭痛，而又能行血逆。

又曰：癇風之證，風火相煽於中，使停痰聚氣，心神不寧，犀角能散毒息風，則痰自消，氣自寧，而癇可療矣。

又曰：犀角的爲心胃之劑，故能治上焦畜血。海藏言潔古治畜血分三部：上焦畜血，用犀角地黃湯；中焦畜血，用桃仁承氣湯；下焦畜血，用抵當丸。夫犀角地黃湯，結者散之也；桃仁承氣湯，留者攻之也；抵當丸，血實者宜決之也。

希雍曰：《本經》味苦氣寒，《別錄》酸鹹微寒，李珣大寒，味厚於氣，可升可降，陽中之陰也，入足陽明，兼入手少陰。陽明爲水穀之海，無物不受，又口鼻爲上下陽明之竅，邪氣多從口鼻而入。犀角爲陽明正藥，其味苦寒，能散邪熱，解諸毒，邪熱去則心自清，肝自寧，種種主治，皆取其入胃入心，散邪清熱，涼血解毒之功耳。同丹砂、琥珀、金箔、天竺黃、牛黃、鉤藤鉤、羚羊角、真珠、麝香，治大人小兒風熱驚癇；磨汁，同生地黃、紅花子、麥門冬、紫草、白芍藥、鼠黏子，治痘瘡血熱，初見點紅艷，壯熱口渴，煩躁狂語，[25]多服可保無虞；磨汁，同鬱金、童便、生地黃、麥門冬、炙甘草、白芍藥、紫蘇子、[26]丹參、白藥子，治吐血衄血；犀角地黃湯，治傷寒畜血發黃，或熱盛吐血；入紫雪丸，治大人小兒顛狂溫疫，蠱毒邪魅，一切煩熱爲病；入抱龍丸，治小兒恍惚驚悸，痰涎壅塞；入至寶丹，治中風不語，中惡氣絕，一切神魂恍惚，癲狂擾亂等證。

[附方]

小兒驚癇，不知人，嚼舌仰目者，犀角濃磨水服之，立效。爲末亦可。

痘瘡稠密，不拘大人小兒，生犀於澀器中新汲水磨濃汁，冷飲服之。

下利鮮血，犀角、地榆、金銀花各一兩，升麻五錢，為末，煉蜜丸彈子大，每服一丸，水一升煎五合，去滓溫服。此熱毒伏於心經故也。宜加丹砂、滑石末，以金銀藤花熬汁煎藥，更效。

愚按：犀角，在潔古謂其入陽明胃經，蓋緣《本經》一條，止以散諸毒為其功，即陶貞白《別錄》亦僅言其能除瘟疫寒熱各毒氣而已。凡此何莫非陽明胃之所先受哉？況其茹百毒，食眾棘者，固此獸之胃所化也，取其氣之相感，以入人水穀之海，寧不恰中乎？雖然，此味固入胃而效心之用者也，觀其能凉心解熱，療煩毒，治狂譫，種種俱為要藥，又寧獨入胃奏功而已乎？丹溪曰犀角屬陽，性走散，即潔古亦曰陽中之陰矣。夫心為至陽，又陽中有陰，以火中宅水也。此味屬陽而氣寒，是非心之用乎？抑入胃，何以即奏功於心也？曰：心包絡固與胃口緊相應，況其寒在陽中，陽至寒化，其酸苦涌泄，所謂散毒氣者在此，所謂散火結者即在此乎。夫心原不受邪，諸凡受邪者皆心包絡也，唯其能散包絡之熱毒，故能治種種血證，蓋包絡固主血者也。即痘瘡稠密諸證，更為的對矣。又何以能治中風？蓋風火，陽也，固為同氣，心為火主，風逐火焰，火散而風自平。且肝脾之系俱連繫於心，故風毒風熱驚癇之能治，發黃發斑之悉瘳也。至於瘡腫化膿，固療血分熱毒之餘事耳。

又按：方書之主治，茲味於中風證居多，而《本經》首主治百毒者，中風證其一也。夫人身賦形，其受病於陰陽之戾以為毒者，即如傷寒證有陰毒陽毒之治，而風又可知已。第其主治居多者，以風屬肝所司，而子母禪受，絕無等待，且風火相煽，類屬熱毒，非此味屬陽中之陰者不克靜也。試閱治中風證，如至寶丹及活命金丹，皆首云治卒中急風不語，犀角散中云言語謇澀，牛黃散云治心臟中風，恍惚悶亂，語言錯亂，茯神散云治心臟中風，精神不安，語澀昏悶等證，犀角丸云治心臟中風，言語顛倒，神思錯亂，心胸煩熱，或時舌強語澀，加味轉舌膏治失音不語，牛黃清心丸及又犀角丸多治昏冒之類證，防風犀角湯治諸風證，亦有語言謇澀。按此數方，則可知其受病主臟矣。且治風之次者即屬驚，而其義不益明乎？蓋心爲陽中之太陽，而曰手少陰經，則此品正屬的對，緣犀角屬陽而氣寒也。且味皆涌洩，是散火結爲妙劑，不同於他苦寒之降折者也。但玩孕婦多服則損胎氣一語，[27]故知血虛而有火者最宜酌之矣。

[附方]

鼻衄，犀角地黄湯：犀角、芍藥、生地、丹皮，水煎服。熱多者，加黄芩。脈大來遲，腹不滿，自言滿者，無熱也，不用黄芩。易老云此藥爲最勝。溲血，亦用前方無異，但此法空心服耳。俱見《準繩》。心繫於肺，而小腸爲心之腑，以行水化，故二證可用一方也。

丹溪曰：犀角性甚走散，痘瘡後用此散餘毒，俗以爲常。若不有餘毒而血虛者，或以燥熱發者，用之禍至，人故不知。

之頤曰：火實欲空者宜空之，火空則發也，是謂虛其實。火空欲實者宜忌之，火實乃能作炎上，用以顯暖熱體，所以存其性也。自藥有賦人安苟簡曰：解乎心熱，並不審病情之欲實欲空而概投之，雖無實實之虞，寧免虛虛之患？希雍曰：痘瘡氣虛，無大熱者不宜用。傷寒陰證發躁，因陰寒在內，逼其浮陽失守之火聚於胸中，上衝咽嗌，故面赤手溫，煩嘔，喜飲凉物，食下良久復吐出，惟脈沉細，足冷，雖渴而飲水不多，且復吐出，爲異於陽證耳，不宜誤用犀角凉劑。妊婦勿多服，能消胎氣。

[修治] 凡用，須烏色者，角尖尤勝。亦必其未經湯火煮製者爲生犀，始可用耳。丸散屑之，以紙裹懷中一宿，令受人氣，易研，故曰人氣粉犀。尋常湯藥，磨汁入藥服。

象

膽

[氣味] 苦，寒，微毒。

[主治] 明目治疳《日華子》。

時珍曰：象膽明目，能去塵膜也，與熊膽同功，雷斅《炮炙論》云象膽揮粘是矣。

希雍曰：象膽，苦寒之物也，入肝脾二經。肝熱則目不明，脾家鬱熱則成疳積，苦寒除二經之熱，故能主諸證。今世治疳證癆瘵傳屍多用之，總取其苦寒能殺疳蟲癆蟲，兼除臟腑一切熱結也。同獺肝、蘆薈、乾漆、胡黃連、青黛、鬼臼、丹砂，入滋腎藥內，治傳屍癆瘵。

[附方]

《聖濟總錄》內障目翳，用象膽半兩，鯉魚膽七枚，熊膽一分，牛膽半兩，麝香一分，石決明一兩，爲末，糊丸綠豆大，每茶下十丸，日二。

[修治] 斅曰：象膽乾了，上有青竹文斑，光膩，須細識之。其味微帶甘，入藥須先搗成粉，乃和衆藥。

皮

[主治] 下疳，燒灰和油敷之，又治金瘡不合 時珍。

希雍曰：象皮，其性最易收斂，人以鈎刺插入皮中，拔出半日，其瘡即合，故入膏散，爲長肉合金瘡之要藥。

牙

[氣味] 甘，寒，無毒。

時珍曰：主心肝風癇，迷惑邪魅之疾，宜生屑入藥。

希雍曰：象牙善蛻，能治惡瘡，拔毒，長肉生肌，去漏管等用。同明礬、黃蠟、牛角䚡、[28] 鉛花、金頭蜈蚣、蝟皮、[29] 豬懸蹄，治通腸漏，能去漏管。

[附方]

痘疹不收，象牙屑，銅銚炒黃紅色，爲末，每服七八分或一錢，白水下。

希雍曰：象膽極苦寒，不利脾胃。凡疳證脾弱者，目病血虛者，不宜多服。牙及皮氣味和平，於臟腑無迕。

熊　　膽

《埤雅》云：其膽春近首，夏在腹，秋在左足，冬在右足。時珍曰：

按錢乙云：熊膽佳者通明。每以米粒點水中，運轉如飛者良。餘膽亦轉，但緩爾。周密《齊東野語》云：熊膽善辟塵，試之以淨水一器，塵幙其上，投膽米許，則凝塵豁然而開也。熊膽真者能辟塵，偽者則否，驗之良然。

[氣味] 苦，寒，無毒。

[主治] 點眼去翳開盲，塗惡瘡痔瘻最良，治小兒風熱驚癇，殺疳蟲，療時氣熱盛，黃疸，暑月久痢。

時珍曰：清心平肝退熱。

又曰：熊膽苦入心，寒勝熱，手少陰、厥陰、足陽明經藥也，故能涼心平肝，殺蟲，爲驚癇疰忤，翳障疳痔，蟲牙蚘痛之劑焉。

[附方]

赤目障翳，熊膽丸：每以膽少許化開，入冰片一二片，銅器點之，絕奇。或淚癢，加生薑粉些須。

小兒鼻蝕，熊膽半分，湯化抹之。

腸風痔瘻，熊膽半兩，入片腦少許研和，豬膽汁塗之。

小兒驚癇瘛瘲，以竹瀝化兩豆許，服之，去心中涎，甚良。

諸疳羸瘦，熊膽、使君子末，等分，研匀，瓷器蒸溶，蒸餅丸麻子大，每米飲下二十丸。

愚按：熊爲陽獸，繆氏曰其性溫，能通行經絡。凡諸膽皆苦寒，而熊膽之用較殊者，或亦此之故歟？錢乙謂以半粒投水中，則運轉如飛，周密言能辟塵。卽此二論合之，則所謂點目去翳與塗久痔最效者，固不徒以苦寒清火見效，或亦秉陰中之陽，陽中之動，就能開散其氣血之爲邪結者乎？卽治小兒之風熱驚癇并殺蟲等證，無不同此義耳。每見方書中以熊膽治喉痹，夫喉痹多毒熱結閉，其療結閉之喉證，而其義益可通。凡清肝膽之味而能暢肝膽之用者，則周身之氣血皆可通其經絡而開其結邪，明者當識之。

又按：熊每升木引氣，或墮地自快，俗呼跌臕，卽莊子所謂熊經鳥申也。冬月蟄時不食，饑則舐其掌，故其美在掌。觀此引氣并冬蟄亦能食氣，是熊之於氣也有殊性殊功，則所謂得陰中之陽，陽中之動者，當亦不謬矣。

希雍曰：凡膽皆極苦寒，而能走肝膽二經，瀉有餘之熱，蓋以類相從也。小兒疳積，多致目内生翳障者，以肝脾二臟，[30]邪熱壅滯，則二臟之氣血日虛，閉塞日甚故也。用此瀉肝膽脾家之熱，則内邪清而外障去矣。如不因疳證而目生翳障及痘後蒙閉者，多因肝腎兩虛，宜滋陰養血清熱爲急，諸膽皆不得用。有癇疾者不可食熊肉，令終身不愈。

羺羊角 俗作羚羊角。

秦、隴、龍、蜀、金、商州山中皆有之。其角細而圓銳，長四五寸，多節蹙蹙圍繞，帶黃色者良，又認彎蹙處有掛痕深入者，然多偽作以欺人，不可據也。又云耳邊聽之，集集有聲者方真，但諸牛羊角不係自死者，聽之皆有聲也。羚羊、山羊、山驢，三種相似。山羊即《爾雅》所謂羱羊也。時珍曰：羚羊似羊而青色毛粗，兩角短小；羱羊似吳羊，兩角長大；山驢，驢之身而羚之角，但屑大而節疏慢耳。

[氣味] 鹹，寒，無毒。《別錄》曰：苦，微寒。權曰：甘，溫。

[主治] 明目，益氣起陰，療濕風注毒伏在骨間，中風筋攣骨痛，安心氣，定肝魂，療驚邪魘寐及癲癇狂亂，治一切熱毒風攻注，去惡血注下，並熱毒血氣疝氣，小兒卒熱驚搐，婦人產後惡血攻心，煩悶，子癇瘈疾。

丹溪曰：羚羊角屬木，入厥陰經爲捷，紫雪方中用之近理。

時珍曰：羊，火畜也，而羚羊則屬木，故其角入厥陰肝經甚捷，同氣相求也。肝主木，開竅於目，其發病也目暗障翳，而羚羊角能平之；肝主風，在合爲筋，其發也小兒驚癇病，婦人子癇，大人中風搐搦及經脈攣急，歷節掣痛，而羚角能舒之；魂者，肝之神也，發病則驚駭不寧，狂越辟謬，魘寐卒死，而羚角能安之；血者，肝之藏也，[31]發病則瘀滯下注，疝痛毒痢，瘡腫瘻瘑，產後血氣，而羚角能散之；相火寄於肝膽，在氣爲怒，病則煩懣氣逆，噎塞不通，寒熱及傷寒伏熱，而羚角能降之。

羚之性靈，而筋骨之精在角，故又能辟邪惡而解諸毒，碎佛牙而燒烟走蛇虺也。《本經》《別錄》甚著其功，而近俗罕能發揚，惜哉。

之頤曰：羚羊角具二十四節，內有天生木胎者。此角有神，夫節合二十四氣，而胎木者宛如從甲而乙，起陰之氣以轉生陽，所以益氣也。

希雍曰：羊，火畜也，而羚羊則屬木。《本經》味鹹氣寒，《別錄》苦，微寒無毒，氣薄味厚，陽中之陰，降也，入手太陰、少陰、足厥陰經。同犀角、丹砂、牛黃、琥珀、天竺黃、金箔、茯神、遠志、鈎藤鈎、竹瀝，治驚邪魘寐及癲癇狂亂等疾；同枸杞子、甘菊花、決明子、穀精草、生地黃、五味子、黃檗、密蒙花、木賊草、女貞實，治肝腎虛而有熱，以致目昏生翳。

[附方]

產後煩悶汗出，不識人，羚羊角燒末，東流水服方寸匕，未愈再服。

墮胎腹痛，血出不止，羚羊角燒灰三錢，豆淋酒下。

愚按：羚羊角，在先哲少有明其功用者，而時珍悉數之有五。雖然，猶未能暢言其所以然也。使張潔古、李東垣、王海藏、朱丹溪諸先生言之，必不徒然言其有五能而已。夫人畜之臟腑不甚岐也，如是物之角，非骨之餘乎？腎之所合者骨也，經曰腎水在體爲骨，在氣爲堅，如其角，非獨稟於骨之至堅者乎？《神農本經》首言明目，而卽繼之以益氣起陰，卽《別錄》、本草亦云起陰益氣也。夫腎雖爲陰中之至陰，然坎中有離，故經又曰陰中之少陰也，水中之火，乃爲腎氣，陰陽有一之或戾，則腎氣便不足，不足者不能致其氣於肝，而肝亦不能爲腎行其化。如是物稟至堅之氣，所謂腎氣具足者歟？故具體於腎，致用於肝，肝本陰之具足者以升陽，卽由陽之具足者以引陰。如時珍所云羚角之能平，能舒，能安，能散，能降，其所以能然者，或在是歟？抑所謂益氣起陰也，固腎具肝之體，而所謂五能者，肝還行腎之用也。唯茲物於腎肝之體用俱全，故於厥陰爲要藥。經曰：一陰爲獨使。厥陰之生化無闕，而心肺脾皆在此爲托始矣。

希雍曰：凡肝心二經虛而有熱者宜之，虛而無熱者不宜用。中梓曰：

入厥陰，伐生生之氣，不宜久用多用。

[修治] 凡修事勿令單用，不復有驗，須要不折原對，以繩縛之，將鐵鑿子鑿之，旋旋取用，勿令犯風，鑿末盡處須二重紙裹，恐力散也。鑿得了即單搗，搗盡背風頭重篩過，然後入藥中用，免刮人腸也。一說密裹藏懷中，取出搗易碎。

鹿　麋

小者曰鹿，大者曰麋。時珍曰：麋，鹿屬也。麋似鹿而色青黑，大如小牛，肉蹄，目下有二竅，爲夜目。鹿孕子於仲秋而生於春，麋孕子於仲春而生於秋，即此則知鹿受氣於陰而長於陽，麋受氣於陽而長於陰者也，可以通鹿角解於夏至、麋角解於冬至之義云。鹿，山獸，屬陽；麋，澤獸，屬陰。即所謂受氣於天，成形於地者也。有角無齒者牡也，曰麚音加；無角有齒者牝也，曰麀音攸。無齒，謂無上齗齒，若下齗則牝牡咸有，與禽鳥之與角無齒，似同而實異也。

鹿茸、麋茸、鹿角、麋角，已上俱以杜仲爲之使，畏大黃，忌桃李。

《埤雅》云：含血之物，肉差易長，其次角難長，最後骨難長。故人自胚胎至成人，二十年骨髓方堅。唯鹿角自生至堅，無兩月之久，大者乃重二十餘斤，其堅如石，計一日夜須生數兩，凡骨之生長神速，無過如此。此骨血之至強者，所以能補骨血，堅陽道，強精髓也。麋茸利補陽，鹿茸利補陰。又云：《月令》仲夏鹿角解，仲冬麋角解。鹿以夏至隕角而應陰，麋以冬至隕角而應陽，《淮南子》曰日至而麋鹿解是也。說者以爲鹿角者挾陰之陽也，故應陰而隕角，麋角者挾陽之陰也，故應陽而隕角。蓋鹿肉食之燠，以陽爲體也；麋肉食之寒，以陰爲體也。以陽爲體者以陰爲末，以陰爲體者以陽爲末。角，末也，故其應陰陽如此。《抱朴子》曰：當角解之時，其茸甚痛。獵人得之，以索繫住取茸，然後斃鹿，鹿之血未散也。盧之頤曰：麋鹿二至而解角，謂消長使然，不知革故所以鼎新，故角之力用最專而茸爲最。按茸即初生之角，角即長成之茸。是鹿乘陰氣之始，麋乘陽氣之始，以生茸，怒長而爲角。革故鼎新之說，深爲中肯。如前人所謂解角爲陽退陰退者，則亦未之精察耳。又按麋鹿茸角所稟之氣既異，然用之罕能分別。時珍曰：陳自明以小者爲鹿茸，大者爲麋茸，亦臆見也，不若親視其采取時爲有準。斯言固然。第按《文粹·招北客文》云巨麋如牛，修角如劍，則以大小爲別者亦近之矣。

鹿茸

氣微溫，味甘鹹，無毒。《別錄》曰：酸，微溫。甄權曰：苦辛。

[主治] 峻補陰氣，生精益髓，强志健骨，療虛勞，洒洒如瘧，一切虛損羸弱，四肢酸疼，腰脊痛，脚膝無力，或耳聾目暗，虛眩頭暈，療男子洩精溺血，女子崩漏，赤白帶下，散石淋癰腫，骨中熱疽癢，久服耐老。

希雍曰：鹿茸秉純陽之質，含生發之氣，故其味甘氣溫，《別錄》言酸微溫，氣薄味厚，陰中之陽也，入手厥陰、少陰、足少陰、厥陰經。此藥走命門、心包絡及腎肝之陰，分補下元真陽。按繆氏謂鹿爲純陽之質固然，但云茸亦純陽，并謂陰中之陽則誤矣，鹿茸角皆爲陽中之陰也。昔蜀一道人市斑龍丸，每醉高歌曰：尾閭不禁滄海竭，九轉靈丹都慢說，惟有斑龍頂上珠，能補玉堂關下穴。其方用鹿茸、鹿角膠、鹿角霜也。夫玉堂關下穴，卽膻中。膻中者，心主之宮城也。經曰胞脈者，屬心而絡於胞中，胞中爲精血之所聚，而其脈固絡於心，心胞絡主血會，此所以謂其爲能療男子洩精尿血、女子崩漏也。至繆氏言其入四經而奏功是也，第謂純陽則大誤。若麋茸則補命門真陽，不可與鹿茸例論也。

[附方]

精血耗涸，耳聾口渴，腰痛白濁，上燥下寒，不受峻補者，鹿茸酒蒸，當歸酒浸，各一兩，焙，爲末，烏梅丸煮膏搗，丸梧子大，每米飲服五十丸。

虛痢危困，因血氣衰弱者，鹿茸酥炙一兩，爲末，入麝香五分，以燈心煮棗肉和，丸梧子大，每空心米飲下三五十丸。

室女白帶，因衝任虛寒者，鹿茸酒蒸，焙，二兩，金毛狗脊、白斂各一兩，爲末，用艾煎醋打糯米糊丸梧子大，每溫酒下五十丸，日二。

戴原禮《證治要訣》治頭眩暈，甚則屋轉眼黑，或如物飛，或見一爲二，用茸珠丹甚效，或用鹿茸半兩，無灰酒三盞煎一盞，入麝香少許，溫服，亦效。

麋茸

[氣味] 甘，熱，無毒。

麋茸性熱，補陽功力尤勝。健骨，扶陰痿，丈夫冷氣及風筋骨疼痛，老人骨髓虛竭，補益尤妙。可作粉常服，煎作膠亦妙。若鹿茸多補陰，性溫爲異耳。

詵曰：麋茸功勝鹿茸。

恭曰：麋茸功力勝鹿茸。

按麋屬陰而茸角屬陽，乃陰中之陽也。峻補陽氣，當先入腎之命門。其益氣功勝，不似鹿茸於精血之功專也，先哲多言其功勝鹿茸者，亦其助陽益氣，易於見功耳。須知鹿茸非不益陽，但陽中之陰，以陰爲主，而益陰者自能健陽；麋茸非不益陰，但陰中之陽，以陽爲主，而強陽者亦自能益陰也。功效雖宏，須脈沉細，相火衰弱者始爲相宜。若有火熱者用之，何異抱薪救火？其角亦然。

鹿角

[氣味] 鹹，溫，無毒。

[主治] 補陰氣與茸同而少緩，療骨虛勞極，補絕傷，秘精髓，除腰脊痛，女子妊娠腰痛，妊娠下血，又活瘀和血，大勝於茸，治留血在陰中，及少腹血急痛，除女子胞中留血不盡欲死，或墮胎血瘀，或胎死腹中，更主血閉無子，諸惡瘡癰腫熱毒，磨醋傅之。

東垣曰：鹿角秘精髓而腰脊之痛除。按腎生髓，經云髓者骨之充也，鹿角原乘至陰之初氣，而精血隨之以怒生，是其能爲骨之充者，無過此獸，是卽所以能秘精髓也。夫腰者腎之腑，人身之髓腎固主之，由脊骨中相貫，故能除腰脊之痛。其益陰稍緩者，以其爲故之革也。其大能活瘀散惡者，以其鼎新而革故之氣應於時也。其功益陰補髓，續絕活瘀，因證而分用之，又或因證而合用之，全在佐以他藥，更修製得宜耳。

時珍曰：鹿角生用則散熱行血，消腫辟邪；熟用則益腎補虛，強精活血；煉霜熬膏，則專於滋補矣。

[附方]

骨虛勞極，面腫垢黑，脊痛不能久立，血氣衰憊，髮落齒枯，甚則喜唾，用鹿角二兩，牛膝酒浸焙一兩半，為末，煉蜜丸梧子大，每服五十丸，空心鹽酒下。

腎虛腰痛如錐刺，不能動搖，鹿角屑三兩炒黃，研末，空心溫酒服方寸匕，日三。

妊娠腰痛，鹿角截五寸長，燒赤，投一升酒中，又燒又浸，如此數次，細研，空心酒服方寸匕。

妊娠下血不止，鹿角屑、當歸各半兩，水三盞煎減半，頓服，不過二服。

希雍曰：鹿角味鹹氣溫，鹹能入血軟堅，溫能通行散邪，其鹹溫，固入腎補肝，和血益陽。然生用之，則行血散熱、消腫辟邪之功居多也。無瘀血停留者不得服。

麋角

[氣味]　甘，熱，無毒。

[主治]　補陽道絕傷，益氣補髓，暖腰膝，丈夫冷氣及風痹，治丈夫之功多勝鹿角。

詵曰：麋角常服，大益陽道，不知何因與肉功不同也。煎膠，與鹿角膠同功。

恭曰：角煮膠，亦勝白膠。按麋角強陽之功亦差緩於茸。與鹿角同，但分陰陽，而補髓之功不異，以腎中之任不外於督也，所以麋角較大於鹿角，為陽能生陰耳。其活瘀和血較異者，因補陽屬氣，不似補陰者之入血，故曰治丈夫冷氣及風痹，風痹固屬陽也。陽盛陰虛者忌之。前哲言麋角與麋肉不同功而致疑焉，蓋未精察於受氣之陽，成形於陰之義也。《千金方》有麋角丸可服，詳《綱目》。

鹿角膠　《本經》名曰白膠。

[氣味]　甘，平，無毒。畏大黃。《別錄》曰：温。氣味温平。

[主治]　傷中勞絕羸瘦，補中益氣，婦人血閉無子《本經》，男子損臟氣，氣弱勞損，吐血下血，女子崩中不止，安胎，去冷漏，下赤白，治男女肝腎虛損腰痛，並腰膝痠軟及痛，又治尿精血諸本草。

希雍曰：鹿角熬成白膠，則氣味甘緩，能通周身之血脈，又氣薄味厚，降多升少，陽中之陰也，入足厥陰、少陰、手少陰、厥陰經。同牛膝、牡丹皮、麥門冬、地黃、真蘇子、鬱金、白芍藥、當歸、童便、續斷，治勞傷吐血；同山茱萸、枸杞子、鹿茸、地黃、麥冬、杜仲、補骨脂、懷山藥、車前子、五味子、巴戟天、蓮鬚，治腎虛陽痿，精寒無子，加入當歸、紫石英，治婦人血閉，子宮冷，服之受孕。

愚按：鹿角，其生與熟并熬膠，[32]俱應入腎，以角亦骨類，爲腎之合也。即六極，審屬骨虛證，止用鹿角、牛膝二味，則其所入可知。生者活血勝於補虛，熟者補虛勝於活血。若熬成膠者，則一於補矣。但鹿陽質而挾陰之氣，麋陰質而挾陽之氣。如鹿角膠，在《本經》主治傷中勞絕羸瘦，固取其陽中有陰，爲烹煉之久，俾陰氣鎔化於陽中，於人身氣血生化之原，其裨益良多也。然更云補中益氣，又似專功於氣者。蓋人身之胃屬陽，《内經》所云陽者胃脘之陽也。第如胃之三脘皆在任脈，[33]是至陽原本於至陰也。而鹿角之勃生怒長者，正屬陽中之陰氣，其稟專，其進銳，更久煉爲膠，由陰縕陽之氣化乃得致於中氣，以爲天氣地氣升降之樞，是兹味之能補中益氣，正其能療勞絕羸瘦者也。愚按：生角本爲陽中之陰氣，熟膠乃達陰中之陽化，即本草曰得火良者，其微義可思。蓋鹿角原稟腎氣之最厚，故上出於腦而暴生暴長，煉而成膠則氣化濃密，還歸於補元精，不止於元氣之勃然而上行也，是誠爲補先天要藥，達陰中陽化。一語破的。經曰氣歸精，又曰精化爲氣，可以合此味之用。在東垣《藥性論》云：主男子損臟氣，氣弱勞損吐血，不與《本經》所主治互爲發明歟？蓋臟氣即《内經》所云五藏皆有陰氣也，氣弱即《内經》所云陰傷則無氣也。夫五臟陰氣即人身中元氣，如病於陰氣不足者謂之勞，猶人疲勞，其氣不足以息也。至病於陰氣大傷者，謂之勞損，甚則如《本經》所云勞絕也。然獨以血證爲言，即《別錄》亦主吐血下血，崩中不止，且及婦人血閉無子。如《本經》所云者，蓋陰氣乃後天營血之母氣，陰氣傷，即先病於血矣。愚因是悟諸血證之治，悉以救陰氣爲主，緣陰氣即精血之真元，救精血之損者，舍是將焉取諸？[34]先哲曰：鹿角膠峻補精血。或曰：血逆類由於火僭，然何以慎於苦寒之投乎？曰：苦寒能亡陰耳。蓋臟氣之損，或因於六淫之不一，或因於七情之各極，以損五臟陰氣，陰氣損，則元氣乃化爲火，化火而後，真陰之化醇爲血者，乃不能尋其天度，以循經絡而歸血海。如攖寧子所說，血因熱逆妄行，然或挾風，或挾濕，或挾氣者。是說亦庶幾近之，第未能明於六淫七情之損其陰氣者，卻在火之先，其平火而令血不妄逆者，乃爲標之治，如探本則必圖完其陰氣，以爲營血之母而善守。然則平火猶非損陰氣之的治，況以苦寒絕陽之生化，初不爲陰之化原地乎？抑慎苦寒而投參、芪者，亦本於陰生陽中以爲治，然何以卒非善劑也？曰：既以陰氣傷敗而化火，猶可助方張之焰乎？即如白膠能補陰氣，亦難投於炎焰以冀有功，矧可倒行而逆施乎？抑此之施治罔功，與投苦寒者等，試謂何故？蓋未究於血之生化，乃原於水而成於火者也。故鹿角，陽中挾至陰，如人身元陽所自始，即血原於水之義也；爲膠，煉陰以合陽，如人身元陰所由化，即血成於火之義也。故取此味以完陰氣，於血證爲能救本耳。試觀其並治尿精、尿血及身半以下痠痛者，則知其爲精血之權輿，非火熱之對待也。雖然，血逆類由於陰氣傷矣，然有陰盛遏陽以患茲證者，是陽之傷也，在傷寒有之。又如勞倦傷其衛氣，致營氣不得入於經而血錯行者，是亦陽之不足，可以投參、芪者也。其的然不可投者，乃傷於陰氣之證。蓋一傷其陰氣，則即屬化火而論矣，然有實火、虛火之異。實火者，傷及後天之氣；虛火者，傷及先天之氣。後天之氣乃陽中陰生，先天之氣乃陰中陽化。如先天之氣傷，固及於後天，經所謂至陰虛，天氣絕也。然後天之氣原根於先天，究肺陰下降入心而生血者，由於離中有坎，如腎脈從肺絡心注膻中，脾脈從胃注心中，而肝脈亦絡膽中。故傷其後天之氣者，必及於陽中之陰，傷其後天陽中之陰者，亦累於先天之陰，經所謂至陽盛則地氣不足是矣。如此味主勞損吐血，固舉先天、後天胥治之。但先天之陰傷，虛火也，陰虛而火無所歸，徑以是補之。後天之陰傷，本於陽以及之，實火也，清天氣之陽，乃可補地氣之陰，其先後之時殊也。若淩節而投白膠，豈不誤哉？至以白膠之宜於虛火者，而投之參、芪，是又更誤也。治血大義，詳見血例。

［附方］

虛勞尿精，白膠二兩炙，爲末，酒二升和，溫服。[35]

虛損尿血，白膠三兩炙，水二升煮一升四合，分服。

妊娠下血，以酒煮膠二兩，消盡，頓服。

鹿角霜

按鹿角霜卽角煮爛成粉者，膠則取所煮之汁久熬而成者。但粉霜似用其枯質，而膠乃取其精液，然諸方或各用之，亦或合用之，必其皆有補益，但恐霜遜於膠耳。有療男子陽虛，用鹿角霜、白茯苓等分，酒糊丸服者。與小便頻數同方。不知何以獨取霜也，得勿取其質之最堅，爲能堅陽而強腎乎？

［附方］

小便不禁，上熱下寒者，鹿角霜爲末，酒糊和，丸梧桐子大，每服三四十丸，空心溫酒下。先哲曰：大凡病便數者，腎經氣虛而然。卽此則不禁者，虛更甚矣。

小便頻數，鹿角霜、白茯苓等分，爲末，酒糊丸梧桐子大，每服三十丸，鹽湯下。

［總論］　陸農師云：鹿以陽爲體，其肉食之燠；麋以陰爲體，其肉食之寒。蘇東坡《良方》曰：鹿，陽獸，見陰而角解；麋，陰獸，見陽而角解。故補陽以鹿角爲勝，補陰以麋角爲勝。沈存中《筆談》云：《月令》冬至麋角解，夏至鹿角解。陰陽相反如此，今人以麋鹿茸作一種者疎矣。或刺麋鹿血以代茸，云茸亦血，此大誤矣。麋茸利補陽，鹿茸利補陰，須佐以他藥，則有功。

愚按：鹿體陽，麋體陰，固也。第如坡翁所云，鹿角亦從乎體之陽，麋角亦從乎體之陰也。在存中則鹿陽體而角陰，麋陰體而角陽也，細味其血不可以代茸一語，乃爲得之。然昔哲有曰：《本經》言鹿補陰，麋補陽，是以二至日節氣所進者爲云。坡翁言鹿補陽，麋補陰，乃以二至日節氣之退者爲象也。愚謂萬物乘於天地之氣以爲進退，方來者進，是乘其生氣也，不以乘氣者爲主，而反以退氣者爲主，可乎？況今之退者卽昔之進者，今之勃然出者卽來年之忽然而退者，可謂出者一氣而退者又一氣乎？之頤所謂革故卽所以鼎新，其思議精矣。何以明之？蓋鹿孕子於仲秋而生於春，是受氣之始於陰，而成形之終於陽也；麋孕子於仲春而生於秋，是受氣之始於陽，而成形之終於陰也。凡人物之生，先受氣而後有形。然則鹿陽質而有陰氣以司之，麋陰質而有陽氣以司之，誠如《埤雅》所云鹿爲挾陰之陽，麋爲挾陽之陰也。其以二至解角者，緣麋鹿受氣有陰陽，故與陰陽之進氣相應耳。然何以取其精氣獨在茸與角也？曰：先哲云：凡含血之物，肉差易長，筋次之，骨最難長。故人自胚胎至成人，二十年骨髓方堅。惟麋鹿角自生至堅，無兩月之久，大者至二十餘斤，計一日夜須生數兩，凡骨之生，無速於此，雖草本易生，亦不及之。此骨之至强者，所以能補骨血，堅陽道，益精髓也。頭者諸陽之會，上鍾於角，豈可與凡血爲比哉？先哲之說是矣。第意鹿體陽，而所受之精氣在陰，麋體陰，而所受之精氣在陽，故陰陽進氣之候，而麋鹿各具之精氣卽應之，以革故爲鼎新，是其應於陰陽者皆其氣也，而其氣之應於茸角者，誠如先哲所云頭爲諸陽之會也。卽以人身而言，有陽氣，有陰氣，不分陰陽，而其氣之精專者應乎四時之氣，類從於上，如鹿麋之茸角是矣。物與人亦不甚懸殊也，然則鹿麋之用茸角，與體質何可例視？[36]如沈存中所謂鹿血不可以代茸，卽坡老猶當遜其格物也。至如麋鹿茸角，知其所以分者在二至陰陽之殊氣，知其所以分而有合者，在陽質而必應乎陰之氣，在陰質而必應乎陽之氣也。知陰陽之分，然後可以治陰陽之偏勝；知陰陽之分而合，則欲益陰者必羣以益陰，欲補陽者必輔以補陽，而後可以療偏勝之疾也。

又按：人身陰中之陽，雖陽生於陰，然必陽爲先導，而水乃得交於火，因陽之升以引陰也；陽中之陰，雖陰生於陽，然必陰爲先導，而火乃得交於水，因陰之降以引陽也。總妙於陰升陽降。鹿，陽也，臥則鼻反向尾閭，能使陽得交於下之陰而督脈通；龜，陰也，每首向腹而閉息，能使陰得交於下之陽而任脈通。是皆稟靈於造化者也，然則麋鹿之茸角乃爲精靈所鍾，至其體質種種，烏能與是較功用乎哉？

[修治]

茸：茄茸所以貴重者，功力既宏，取之極難。當其初生，不過一茶之頃已成茄形，稍遲半日，便如馬鞍岐起，愈小則愈嫩，雖綿帛觸之亦損破也，一破其力大減。然鹿性好觸，纔捕便抵，一抵便破，故不破損者其值隆也。固以如紫茄者爲先，然此亦大嫩，[37]血氣未具，其實少力，堅者又太老，惟長四五寸形如分岐馬鞍茸，端如瑪瑙紅玉，破之肌如朽木者最善。

鹿茸夏收之，陰乾，百不收一，且易臭，惟破之火乾大好。[38]

茸上毛，先以酥薄塗勻，於烈焰中灼之，候毛盡。微炙不以酥，則火焰傷茸矣。

《澹寮》《濟生》諸方有用酥炙、酒炙及酒蒸焙用者，當各隨本方。

角：要黃色堅重尖好者。寸截泥裏，於器中大火燒一日，如玉粉也。或生角屑，同他藥煮服，散瘀行血；酒浸焙或炒黃，補虛和血；或燒灰酒服，治血虛而滯；或水磨汁服，治脫精尿血；或醋磨汁，塗瘡瘍癰腫熱毒。大抵時珍所說最確。

鹿角膠：取鮮角鋸半寸長，置長流水中浸三日，削去黑皮，入砂鍋內，以清水浸過，不露角，桑柴火煮，從子至戌時止，旋旋添水，勿令火歇，如是者三日，角軟取出，曬乾成霜，另用無灰酒入罐內，再煎成膠，陰乾。或炒成珠，或酒化服，或入補藥爲丸服。得火良，畏大黃。有入藥及黃蠟同煎者，非古法也。

按麋角性本甘熱，更火煉成膠，則爲偏於補陽，不如鹿膠之補而不僭也。但製膠時修擇其小者，勿使麋角混之，致藥力不精，更取其角之佳者爲妙。茸角外唯髓爲要藥。

鹿髓

[氣味] 甘，温，無毒。

[主治] 丈夫女子傷中絕脈，筋急痛。同地黄汁煎膏服，填骨髓，壯筋骨，補陰強陽。白蜜煮，令人有子。鹿一牡能御數牝，腎氣逈異。腎主骨，髓者骨之充，角亦骨之餘也。

時珍曰：鹿髓用者稀。《刪繁方》治肺虛毛悴，有酥髓湯。《御藥院方》滋補藥用其脊髓和酒熬膏丸藥，甚爲有理。白飛霞《醫通》云：取鹿腦及豬骨髓煉成膏，每一兩加煉蜜二兩煉匀，瓷器密收，用和滋補丸藥劑，甚妙。[39]

[附方]

鹿髓煎：治肺痿咳嗽，傷中脈絕，用鹿髓、生地黄汁各七合，酥、蜜各一兩，杏仁、桃仁各三兩，去皮炒，酒一升同擣取汁，先煎杏仁、桃仁、地黄汁減半，入三味煎如粥餳，每含一匙咽下，日三。

弘景曰：野獸之中，麞鹿可食，生則不羶腥，又非十二辰屬，八卦無主，且温補於人，生死無尤，通家許聽爲補過。其餘雖雞犬牛羊補益，於亡魂有愆責，並不足食。此專言鹿肉。

麝臍香忌大蒜。

時珍曰：麝居山，麞居澤，以此爲別。麞無香，有香者麝也，俗稱土麝，爲香麞是也。多出陝西、河東、益州、秦州、文州諸處，諸蠻夷中尤多也。形似麞麋而小，色黑褐，食柏葉，夏月多噉蛇蟲，至冬香滿，入春滿甚，便自剔去，香生陰莖前皮内，別有膜袋盛之。用者以生香爲最，即自剔出之遺香也，但不易得。其次名臍香，即捕得殺取者。凡用須辨真僞，但取香劑中之當門子，撚之如血線，搨之如桃花瓣，燥甚者始真。縱膜囊完固，尤多偽造。凡真香一子分作三四子，刮取血膜，雜以餘物，裹以四足膝皮而貨之，貨又復偽之。彼人言但破看一片，毛在裹中者爲勝。[40]人云當門子亦多僞造成，總不如活者看取爲的。

[氣味]　辛，温，無毒。權曰：苦辛。

[主治]　通諸竅，開經絡，透肌骨，治中風中氣中惡，痰厥驚癇，積聚癥瘕時珍。及婦人産難《別錄》。納子宫，暖水臟，止冷帶下，殺臟腑蟲《日華子》。能蝕一切癰疽膿水《藥性》。

嚴用和曰：中風不省者，以麝香、清油灌之，先通其關，則後免語蹇癱瘓之證，[41]而他藥亦有效也。

丹溪曰：五臟之風，不可用麝香，以瀉衛氣。口鼻出血，乃陰盛陽虚，有升無降，當補陽抑陰，不可用腦、麝輕揚飛竄之劑。婦人以血爲主，凡血海虚而寒熱盜汗者，宜補養之，不可麝香之散，琥珀之藥。

時珍曰：嚴氏言風病必先用麝香，而丹溪謂風病、血病必不可用，皆非通論。蓋麝香走竄，能通諸竅之不利，開經絡之壅遏，若諸風諸氣，諸血諸痛，驚癇癥瘕諸病，經絡壅閉，孔竅不利者，安得不用爲引導以開之通之耶？非不可用也，但不可過耳。《濟生方》治食瓜果成積作脹者用之，治飲酒成消渴者用之，云果得麝則壞，酒得麝則敗，此得用麝之理者也。

《門》曰：麝香通關透竅，上達肌膚，内入骨髓，與龍腦相同，而香竄又過之。傷寒陰毒，内傷積聚及婦人子宫冷，帶疾，亦用以爲使，俾關節通而冷氣散，陽氣自回也。

希雍曰：麝香味辛氣温，又言苦辛。凡病邪氣着人，淹伏留結，此味其香芳烈走竄，借其氣以達病所，關機竅穴莫不開通，故其主治諸證如是爾。同犀角、牛黄、琥珀、龍齒、遠志、丹砂、鉛丹、金箔、菖蒲、真珠、茯神、天竺黄，治心氣虚怯，驚邪癲癇，或夢寐紛紜，鬼交鬼疰，及小兒急驚，大人中惡等證；同白及、白斂、紅白藥子、雄黄、烏雞骨煅、乳香、没藥、冰片爲末，傅一切癰疽疔腫，有神。

愚按：麝香之用，其要在能通諸竅一語。蓋凡病於爲壅爲結爲閉者，當責其本以療之。然不開其壅，散其結，通其閉，則何處着手？即欲開壅散結通閉，不得其一竅而入之，别亦何處着手？如風中藏昏冒，投以至寶丹、活命金丹，其用之爲使者，實用之爲開關奪路，其功更在龍腦、牛黃之先也。卽此推之，則知所謂治諸證用之開經絡、透肌骨者，俱當本諸此意。希雍所云關機竅穴莫不開通，乃是茲物寫照語，謂不當其病而可漫然投之乎？況病屬陽虛，可投之以增劇乎？雖然，卽虛而病於壅結閉者，亦必藉之爲先導，但貴中節而投，適可而止耳。希雍曰：麝香，其性能射，善穿透開暢，凡似中風，小兒慢脾風，與夫陰陽虛竭，發熱吐血，盜汗自汗，氣虛眩暈，氣虛痰熱，血虛痿弱，血虛目翳，心虛驚悸，肝虛癇痙，產後血暈，胎前氣厥諸證之屬於虛者，法當補益，概勿施用。卽如不得已，欲借其開通關竅於一時，亦宜少少用之，勿令過劑，甦省開通之後不可復用矣。孕婦不宜佩帶，勞怯人亦忌之。季廷飛云：不可近鼻，有白蟲入腦患癩。久帶其香透關，令人成異疾。

　　［修治］　　凡使，勿近火日，但微研，不必苦細耳。如欲細甚，入醇酒少許，不損香氣。

猬

　　按陶隱居謂猬見鵲則仰腹受喙，其氣相制也，而蘇恭非之，云猬惡鵲聲，故反腹受喙，欲掩取之耳，至時珍，則引《淮南子》所說鵲屎中猬。又緯書曰：火煉金，故鵲喙猬。以此二說證陶說之不妄，故謂茲物屬金，皆本諸此耳。

　　皮

　　［氣味］　　苦，平，無毒。權曰：甘，有小毒。

　　［諸本草主治］　　五痔陰蝕，下血不止，痔痛有頭，多年不瘥，止腸風下血，療腹痛疝積，並燒灰酒服之，燒灰綿裹，塞鼻止衄，療反胃。

　　［方書主治］　　腸痔脈痔，止痔痛及積滯，追痔漏膿毒，并腸毒下血，久痢脫肛，悉同諸藥用之。

　　希雍曰：猬，鼠類，屬水，其皮毛戟刺如鍼，屬金，故味苦平，平卽兼辛，大腸屬金，以類相從，故能治大腸濕熱、血熱爲病，辛以散之，苦以泄之，其主治乃如是。

宗奭曰：蝟皮治胃逆，開胃氣有功。其字從蟲從胃，深有理焉。

[附方]

反胃吐食，猬皮燒灰，酒服，或煮汁，或五味淹炙食。

愚按：猬之用，唯專於大腸，以故療痔病爲多。第痔之爲病，方書曰所受病者燥氣也，爲病者濕氣也，又有曰爲病者胃熱也，然大都三者，皆不能外耳。其何以明之？曰：陽明燥金，以其陽盛趨陰而陰氣未盛，不能與之以合，故爲燥耳。夫人身半以下屬地，乃陰氣主之，所以腎開竅於二陰也。如房勞或勞力而腎陰虛，則燥者益燥矣。更胃中酒食積毒歸於大腸，以乘其陰虛之燥，則燥隨化火以傷血，是謂收氣之不得職，則經脈橫解，致濁氣污血流注肛門，以成斯患，此爲燥與熱合也，而熱因與濕合矣。其所謂濕氣者，由陽不得真陰以收，則陽氣淫而爲熱，即陰不得真陽以化，則陰氣亦淫而爲濕，蓋因於收氣之不得其職，而經脈橫解。故痔初起顯燥證，有便澀作痛之證，即漸顯濕證。所云濁氣污血流注肛門，而有腫痛堅塊之證，若然燥者病之本，濕者病之標，而熱則病於標本之中。夫熱之合於燥也爲氣傷，熱之合於濕也爲血傷，然止病於下血，是腸風，非痔也。痔者，必發癢或痛，穀道周回多生硬核是也。何以故？蓋濕熱多下血，惟濕熱本於燥，故腸頭有堅塊，東垣云大腸頭成塊者濕也，詎知其濕合於燥也。其作痛甚者，熱因燥乘，風因熱化，同氣之相乘以化者固然，而更畜於濕以不得達，故作大痛也，久之破而爲漏者，亦此之由耳。東垣云大痛者風也，詎知爲濕圍其燥熱也。濕圍其燥熱，風之氣則潰腸以出，此東垣謂宜兼破氣藥，而立齋以過用苦寒爲戒也。用寒劑過多，則真陽益病，而濕愈不行。故方書有云痔初成漸大而便澀作痛者，宜潤燥及滋陰；嗣如肛門下墜，便血而疼痛堅硬者，宜清火滲濕；或紫色疼痛，大便虛秘作癢，宜涼血祛風，疏利濕熱；又或腫痛堅硬，後重墜刺便難者，外宜薰洗，內宜宣利。合而參之，則初起之治，緩而先本也，後此三證，是熱勝則腫痛，濕勝則堅硬下墜，其治皆急而救標也。本標之治，節次不爽，乃免穿腸潰決之患也。此猬皮之用，諸方書於腸痔脈痔，痔證下血，或痛甚者，或由積滯者，如出內痔於外，及追瘻膿痔毒者，無不逐羣劑以奏功，更臟毒下血，久痢脫肛，而亦用之矣，毋亦如方書所云茲物屬金，適宜於大腸，而尤宜於大腸所患之痔證歟？希雍謂蝟屬水，其說誠然。是則茲物必水屬，而皮兼得堅金之氣，乃治五痔陰蝕，而和血於大腸，有專功也。然在東垣療治斯證，何以未見錄用也？抑或於燥濕風火之治，惟恃茲物一種，其節次有未能盡合者歟？臨病之工可以鹵莽行之乎？

希雍曰：凡食其肉，當去骨，誤食令人瘦劣，諸節漸小也。

[修治]　凡使，豬蹄者良，鼠脚者次。入藥燒灰，或炙黃，或炒黑，或水煮，任入湯丸。

鼠

牡鼠

[氣味]　甘，微温，無毒。《日華子》曰：凉。牝鼠並不入藥。[42]

[主治]　煎膏，治諸瘡瘻弘景。

完素曰：鼠善穿，而用以治瘡瘻者，因其性而爲用也。

[附方]

鼠瘻潰爛，鼠一枚，亂髮一雞子大，以三歲臘豬脂煎令消盡，以半塗之，以半酒服。姚云不傳之妙法也。

膽

[主治]　點目，治青盲雀目，不見物，滴耳治聾時珍。

時珍曰：癸水之位在子，氣通於腎，開竅於耳，注精於瞳子，其標爲齒。鼠亦屬子宮癸水，其目夜明，在卦屬艮，其精在膽，故膽能治耳聾青盲，睛能明目，而骨能生齒者腎病也。諸家本草不言鼠膽治聾，而葛洪《肘後方》甚稱其妙，云能治三十年老聾，後世羣方乃祖此用之。

[附方]

多年老聾，《衛生家寶方》用活鼠一枚繫定，熱湯潑死，[43]破喉取膽，真紅色者是也，用川烏頭一個炮，去皮，華陰細辛二錢，膽礬半錢，爲末，以膽和勻，再焙乾研細，入麝香半字，用鵝翎管吹入耳中，口含茶水，日二次，十日見效，永除根本。

青盲不見，雄鼠膽、鯉魚膽各二枚，和勻滴之，立效。

時珍曰：鼠肝有七葉，膽在肝之短葉間，大如黃豆，正白色，貼而不垂。[44]《衛生家寶方》言其膽紅色者，何也？隱居曰：其膽纔死便消，不易得也。

糞 兩頭尖者是牡鼠屎。

[氣味] 甘，微寒，無毒。時珍曰：有小毒。食中誤食，令人目黃成疸。

[諸本草主治] 傷寒男子女勞復，陰易，通女子月經，下死胎，研末服，治吹奶乳癰。

[方書主治] 療中風積聚及癘風蠱毒。

[附方]

南陽行火方：男子陰易及女勞復，豭鼠屎湯。用豭鼠屎兩頭尖者十四枚，韭根一大把，水二盞煎一盞，溫服，得粘汗爲效，未汗再服。

婦人吹奶，鼠屎七粒，紅棗七枚，去核包屎，燒存性，入麝香少許，溫酒調服。

乳癰初起，雄鼠屎七枚研末，溫酒服，取汗卽散。

乳癰已成，用新濕鼠屎、黃連、大黃各等分，爲末，以黍米粥清和塗四邊，卽散。

愚按：時珍言癸水之位在子，氣通於腎，而鼠亦屬子宮癸水，故凡用之治療者皆腎病也。此語不謬，卽傷寒女勞復與陰易者用之，不足取徵哉？抑何以用其矢也？曰：是物五臟俱全，取其稟至陰之氣，更由腸胃以轉化而出者，用於受邪之陰氣，則借其轉化而使之不留，[45]用於大虧之陰氣，亦借其轉化而使之不竭，此陰易與女勞復所因迥異，而皆得用之也。雖然，張仲景先生治陰陽易，以燒䘚散主之，此是二證之的對。如豭鼠矢湯，乃南陽治陰易及女勞復方也，而後來諸賢但用此以調燒䘚散，豈非切中肯綮者乎？《千金方》赤衣散勝燒褌散，即女子月經布近陰處者。又試以方書療中風，若追風如聖散、蠲風飲子，大都皆治風濕，於羣劑中用此，以導陰氣而使之化耳，非能有所資益也。更積聚方中用之，則愈可知矣。就如療吹奶乳癰，何莫非藉陰氣之能化爲流通精血地乎？是則資益固少，然用達陰氣，亦可觸類通之，以盡其臭腐之神奇矣。

《本草述》卷之三十一終

【校記】

〔1〕器，原誤作"氣"，今據萬有書局本、《本草述鈎元》卷三十一改。

〔2〕十，原誤作"一"，今據《本草述鈎元》卷三十一改。

〔3〕肝，原誤作"疳"，今據萬有書局本改。

〔4〕鰓，原誤作"䚡"，今據文義改。

〔5〕朣，原誤作"膧"，今據萬有書局本改。

〔6〕瞖，原誤作"醫"，今據萬有書局本改。

〔7〕臟，萬有書局本作"腸"。

〔8〕臟，萬有書局本作"腸"。

〔9〕土伏日，"土"疑爲"上"。

〔10〕肝，原誤作"膽"，今據文義改。

〔11〕内，原字漫漶，今據萬有書局本補。

〔12〕蠟，原誤作"臘"，今據文義改。

〔13〕"厥"上，萬有書局本有"足"字。

〔14〕煎草，萬有書局本同，《本草述鈎元》卷三十一無此二字。

〔15〕燉，原誤作"順"，今據《本草述鈎元》卷三十一改。

〔16〕同，原誤作"用"，今據《本草述鈎元》卷三十一改。

〔17〕裂，原誤作"烈"，今據萬有書局本、《本草述鈎元》卷三十一改。

〔18〕温，原誤作"服"，今據《本草述鈎元》卷三十一改。

〔19〕錢，原誤作"附"，今據《本草述鈎元》卷三十一改。

〔20〕醋，原誤作"酸"，今據萬有書局本、《本草述鈎元》卷三十一改。

〔21〕血，萬有書局本作"肉"。
〔22〕疝，原誤作"疳"，今據萬有書局本改。
〔23〕時，原脱，今據萬有書局本補。
〔24〕中，原誤作"口"，今據文義改。
〔25〕躁，原誤作"燥"，今據文義改。
〔26〕"子"下，原衍"剪草"二字，今據《本草述鈎元》卷三十一刪。
〔27〕玩，萬有書局本作"按"。
〔28〕鰓，原誤作"腮"，今據《本草述鈎元》卷三十一改。
〔29〕蝟，萬有書局本作"猬"。
〔30〕脾，原誤作"痹"，今據萬有書局本改。
〔31〕藏，原誤作"臟"，今據萬有書局本改。
〔32〕熟，原誤作"熱"，今據萬有書局本改。
〔33〕脘，原誤作"腕"，今據《本草述鈎元》卷三十一改。
〔34〕是，萬有書局本作"此"。
〔35〕服，原誤作"方"，今據萬有書局本改。
〔36〕可，萬有書局本作"堪"。
〔37〕大，萬有書局本作"太"。
〔38〕好，萬有書局本作"妙"。
〔39〕妙，萬有書局本作"效"。
〔40〕"毛"下，原衍"其"字，今據《本草述鈎元》卷三十一刪。
〔41〕癱，原誤作"瘫"，今據萬有書局本、《本草述鈎元》卷三十一改。
〔42〕牝，原誤作"牡"，今據萬有書局本改。
〔43〕潑，原誤作"活"，今據《本草述鈎元》卷三十一改。
〔44〕貼，原誤作"肑"，今據《本草述鈎元》卷三十一改。
〔45〕轉，原誤作"松"，今據萬有書局本改。

《本草述》卷之三十二

人　部

髮

《草木子》云：精之榮以鬚，氣之榮以眉，血之榮以髮。《類苑》云：髮屬心，稟火氣而上生；鬚屬腎，稟水氣而下生；眉屬肝，稟木氣而側生。故男子腎氣外行而有鬚，女子宦人則無鬚，而眉髮不異也。

髲髮音被、亂髮，時珍曰：髲髮乃剪髢音刹。下髮也，亂髮乃梳櫛下髮也。

髲髮

雷斅曰：是男子二十已來無疾患，顏色紅白，於頂心剪下者，入丸藥膏中用。

[氣味]　苦，溫，無毒。《別錄》：小寒。

[主治]　五癃，關格不通，利小便水道，小兒驚，大人痓《本經》。合雞子黃煎之，化爲水，療小兒驚熱百病《別錄》。止血悶血暈，金瘡傷風《日華子》。

亂髮

[氣味]　苦，微溫，無毒。

丹溪曰：補陰之功甚捷，消瘀血。

希雍曰：經云：男子八歲，腎氣盛，齒更髮長。是髮因人之血氣以爲生長榮枯也。故血盛之人則髮潤而黑，血枯之人則髮燥而黃，《本經》

用髮髲之意爲是。繆氏主用髮髲，極爲有理。第閱方書所用，如傳尸勞及溲血下血淋證之治，并前陰諸疾與痔，皆止云髮，且多云亂髮，未及髮髲之用也。繆氏又云：髮髲一時難得，而亂髮之取效亦不甚相遠，故《別錄》重出此條。以是說合於方書之所用，則亂髮可代髮髲矣。

愚按：先哲曰：血之榮以髮。又曰：髮屬心，稟火氣而上生。在丹溪曰：髮髲補陰之功甚捷。若然，以補陰之功合參於稟火氣而上生者，則所補者陽中之陰也。夫血原生於陽中之陰，氣原生於陰中之陽。本陽中之陰所生者，上榮於髮，卽以其精氣之所榮者還返於陽中之陰，故丹溪謂其補陰之功甚捷也。然更云其消瘀血者何哉？蓋以補爲行耳。此之爲補，非益其所本無，乃還其所本有，不凌節，不造次，故補卽得行。夫人身氣血生與化，其機合而有之，丹溪云捷固然，然亦屬強名也。抑《本經》首主五癃，關格不通，利小便水道，其義奚若？蓋水與血是二是一，何疑於水道之利乎？更主小兒驚、大人痓者，與補陽中之陰其義正合，緣病於驚與痓之由陽中陰虛。卽《日華子》云血悶血暈、金瘡傷風等證，胥此治者，病機亦不越於陽中之陰虛，其微義可細參也。是則茲味補陰一語，豈可泛泛例視乎哉？

[附方]

鼻衄，血餘燒灰吹之，立止。

肺疽吐血，髮灰一錢，米醋二合、白湯一盞調服。

小便尿血，髮灰二錢，醋湯服。

血淋苦痛，亂髮燒存性二錢，入麝少許，米飲服。

大便瀉血，血餘半兩，燒灰，雞冠花、柏葉各一兩，爲末，臥時酒服二錢，來早以溫酒一盞投之一服，見效。

女子漏血，亂髮洗淨燒研，空心溫酒服一錢。

女勞黃疸，用豬膏半斤，亂髮雞子大三枚和煎，髮消藥成矣，分再服，病從小便中出也。

黃疸尿赤，亂髮灰，水服一錢，日三次。[1]秘方也。

破傷中風，亂髮如雞子大，無油器中熬焦黑，研，以好酒一盞沃之，入何首烏末二錢，灌之，少頃再灌。

疔腫惡瘡，亂髮、鼠屎等分，燒灰，針入瘡內，大良。

瘡口不合，亂髮、露蜂房、蛇蛻皮各燒存性，一錢，用溫酒食前調服，神妙。

希雍曰：髮灰走血分而帶散，其主諸血證，似未能全仗其補益也。經熬煅成末後，氣味不佳，胃弱者勿服。入外科藥，殊有神效。

［修治］　不拘新剪舊落，或自己髮，或無病人髮，或童男胎髮，並好用皂角水洗淨，入罐內燒存性，用煎膏，長肉，消瘀血。大抵髮之用，以燒灰存性者多，而《日華子》所云長肉，消瘀血，則以煎膏，其用之不同有如此者，須參之。希雍曰：入諸膏藥內，能消毒止痛，長肉生肌。

人　屎

［氣味］　苦，寒，無毒。

［主治］　時行大熱狂走，解諸毒，療翻胃及痘瘡黑陷，傅癰腫發背瘡漏新者，封疔腫，一日根爛。

人中黃

即多年廁坑中甎上所凝結黃垽音吟，去聲。《方言》：垢凝曰垽。是也。藥性治療大約與人屎同，解胃家熱毒有效。

糞清　一名黃龍湯，俗名金汁。

取法：臘月截淡竹一段，去青，留底二節，上節發竅，以大甘草納竹筒內，以木塞上竅，以留節一頭插於糞缸中，浸一月取出，曬乾待用。又法：在寒冬月，將竹籮閣盆上，用櫻皮、綿紙鋪籮中，上鋪黃土五寸，澆糞汁淋土上，濾取清汁，入新甕內椀覆定，埋土中一年，取出清若泉水，全無穢氣，年久者彌佳，比竹筒滲法更妙。

［主治］　天行時熱彌善，療陰虛燥熱尤良。

中梓曰：按金汁濁陰歸下竅，有降無升，入土既久，去濁留清，身中諸火逆上，仍用身中降火之品治之，此竹破須將竹補，抱雞還用卵為之法也。陽明實熱發狂，痘瘡紫黑乾枯，非此莫能治療。

希雍曰：入足陽明經，經曰陽明實熱，則登高而歌，棄衣而走，人糞苦寒，能除陽明之熱，故療時行大熱狂走也。凡毒必熱，必辛苦寒能除辛熱，故又主解諸毒。今人以之治痘瘡血熱紫黑倒靨者殊效，及一切傅癰腫瘡漏，固皆取其苦寒能散熱解毒，較於草木之味更有力也。

愚按：治陽明入府之實熱，即用陽明府轉化之濁陰，可謂善於對待矣。然何以別於小水之用乎？蓋緣雖同為濁陰，而此之濁更甚於小水，濁甚而氣之陰亦甚，故曰其氣味苦寒，與小水之鹹寒者不同也。濁陰皆歸下竅，而濁之甚者尤善降，此其異於小水之用者也。至解諸毒，如希雍所云以苦寒除辛熱，良然。第苦寒之味不少矣，何為臭穢之物較勝耶？蓋毒之傷人臟腑，即解以臟腑所轉化之苦寒，不更親切而善於脫化乎哉？

［附方］

熱病發狂，奔走似癲，如見鬼神，久不得汗，及不知人事者，以人中黃入大罐內，以泥固濟煅半日，去火毒，研末，新汲水服三錢，未退再服。

大熱狂渴，乾陳人屎為末，於陰地淨黃土中作五六寸小坑，將末三兩匙於坑中，以新汲水調勻，良久澄清，細細與飲，即解。世俗謂之地清。

噎膈反胃，諸藥不效，真阿魏一錢，野外乾人屎三錢，為末，五更以薑片蘸食，能起死人。乃趙王妃方也。

蟲毒百毒及諸熱毒，時氣熱病，口鼻出血，用人屎尖七枚燒灰，水調頓服，溫覆取汗，即愈。勿輕此方，神驗者也。

諸毒卒惡，熱悶欲死者，新糞汁，水和服。或乾者燒末，漬汁飲，名破棺湯。

其治痘瘡黑陷及癰腫瘡漏等證，見《幼科外證》。

希雍曰：傷寒溫疫非陽明實熱者不宜用，痘瘡非火熱鬱滯因而紫黑乾陷倒靨者不宜用，以其苦寒之極耳。又治翻胃，唯結熱者宜。

人尿—名輪廻酒、還元湯。

更取童子者，膀胱無龍火也。禁童子五辛熱物。

[氣味] 鹹，寒，無毒。

[主治] 滋陰降火，治勞熱欬嗽，鼻洪吐衄，療熱狂及中喝，並撲損瘀血，產後敗血攻心。

時珍曰：小便性溫不寒，飲之入胃，隨脾氣上歸於肺，下通水道而入膀胱，乃其舊路也，故能治肺病，引火下行。人身清者爲氣，濁者爲血，小便與血同類也，故其味鹹而走血，治諸血病也。按《褚澄遺書》云：人喉有竅，則欬血殺人，喉不停物，毫髮必欬，血既滲入，愈滲愈欬，愈欬愈滲，惟飲溲溺，則百不一死，若服寒凉，則百不一生。又吳球《諸證辨疑》云：諸虛吐衄咯血，須用童子小便，其效甚速，不徒降火，且消瘀血。但取十二歲以下者，絕其烹炮鹹酸，與米飲以助水道。每一盞入薑汁或韭汁少許，徐徐服之，日進二三服，久自有效，寒天則重湯溫服。

丹溪曰：童便降火甚速。

希雍曰：人溺乃北方水化，其功潤下，其味鹹氣寒，無毒，爲除勞熱骨蒸、咳嗽吐血及產後血暈悶絕之聖藥。法當熱飲，熱則於中尚存真氣，其存自速，[2]冷則惟存鹹味寒性矣。同枇杷葉、天冬、麥冬、蘇子、桑白皮、沙參、五味子、生地黃、欵冬花、百部，治陰虛咳嗽聲啞，喉間血腥氣；同蘇木、番降香、續斷、牛膝、丹皮、蒲黃，治內傷吐血，或瘀血停留作痛；同澤蘭、荊芥、白芷、續斷、延胡索、牛膝、蘇木、黑豆，治產後血暈，虛者加人參。凡產後溫飲一盃，可免血暈，至三日後止之。

[附方]

久嗽涕唾，肺痿，時時寒熱，頰赤氣急，用童子便，去頭尾少許，五合，取大粉甘草一寸四破，浸之，露一夜，去甘草，平旦頓服。或同甘草末一錢服,亦可一日一劑。

中暍昏倒,以熱小便灌下,即活。

夏日人在途中熱死,[3]急移陰處,就掬道上熱土擁臍上作窩,令人溺滿,暖氣透臍即甦,乃服地漿、蒜水等藥。此方已見土部道上熱土下,略同。林億云:此法出自張仲景,其意殊絕。救人倏忽,蓋臍乃命蔕,暑暍傷氣,溫臍所以接其元氣之意。

折傷跌撲,童便入少酒飲之,推陳致新,其功甚大。薛已云:予在居庸見覆車,被傷七人,仆地呻吟,令灌此,皆得無事。凡一切傷損,不問壯弱及有無瘀血,俱宜服此。若脇脹或作痛,或發熱煩躁口渴,[4]惟服此一甌,勝似他藥。他藥雖效,恐無瘀血,反致誤人。童便不動臟腑,不傷氣血,萬無一失,軍中多用此,屢試有驗。

赤目腫痛,自己小便乘熱抹洗,即閉目少頃。此以真氣退去邪熱也。

愚按:人溺主治,類言其滋陰降火,而未悉其所以然也。蓋欲究人身之水化,當先明於氣化,次更明於血化,而氣化血化之玄機,總不外於升降不失其職,清濁無或相干耳。其所謂水化者,坎也,乾水也,氣也,兌也,坤水也,形也。一陽陷於二陰為坎,坎以水氣潛行地中,為萬物受命根本,故曰潤萬物者,莫潤乎水;一陰上徹於二陽為兌,兌以有形之水普施於萬物之上,為資生之利澤,故曰說萬物者,莫說乎澤。是可以悟水化矣。謂氣化者,三焦乃元氣之使,固水中之火也,根於腎,際於肺,升降於脾,故下焦治在腎,中焦治在脾,上焦治在肺。合之經云少陽屬腎,腎上連肺,又云二陰至肺,其氣歸膀胱,外連脾胃,則可以思其氣化之所至。更合於經云三焦者中瀆之府也,水道出焉,則可以思其水化與氣化無二也。謂血化者,血生於心,化於胃,統於脾,藏於肝,歸於血海,不可以思其血化之所至乎?更合於經云肺之濁氣下注於經,內積於海,不可以思其氣化之所至即血化之所至乎?抑所謂升降不失其職,清濁無或相干者云何?曰:清濁者,即陰陽之別名。如氣根於腎,腎,至陰也,而陽生焉,陽,主升者也,不升則清陷於濁中,並陰不得化矣;血生於心,心,太陽也,而陰化焉,陰,主降者也,不降則濁亂於清中，並陽不得布矣。蓋人身止是水火合化以爲氣，而心腎卽水火之匡廓，是其坎中有離，離中有坎，其清本升而濁本降，乃先天合一之神機也。第人生以後，而氣血之爐冶全藉後天以完先天，所謂脾胃司升降之柄者，正謂其藉此以合於先天神機。試以經義參之。黃帝曰：願聞人氣之清濁。岐伯曰：受穀者濁，受氣者清。清者注陰，濁者注陽。此陰陽以藏府言也。又曰：濁而清者上出於咽，清而濁者則下行，清濁相干，是謂亂氣。黃帝曰：濁者有清，清者有濁，清濁別之奈何？岐伯曰：氣之大別，清者上注於肺，濁者下走於胃，胃之清氣上出於口，肺之濁氣下注於經，內積於海。此暢言其清濁原非判然爲兩。唯是濁中元有清，而卽於濁中升其清者，俾其上行以達天；清中元有濁，而卽於清中降其濁者，俾其下行以至地。此後天氣血，不離於胃受穀之濁，肺受氣之清，以爲大爐冶。俾陰中之陽升而陰隨之，由水化而氣化，由氣化而血化也；卽俾陽中之陰降而陽隨之，由血化而氣化，由氣化而水化也。然亦何以明胃肺之爲大爐冶乎？蓋水火之所以體物，而不遺者土也，故足三陰同起於下，此氣之必麗於形者也。所以脾胃雖屬中土，而少陽中焦之治乃在脾胃，更形必充於味，經所謂食入於陰，長氣於陽是也。是脾胃居其濁，而水穀亦居其濁，卽此不可識清者不離於濁，而濁中自有清乎？經曰：人之所受氣者穀也，穀之所注者胃也，胃者水穀氣血之海也。又曰：胃爲五藏六府之海，其清氣上注於肺。又曰：人受氣於穀，穀入於胃，以傳於肺，五藏六府皆以受氣。卽經數言，[5] 非所謂濁而清者上出於咽，胃之清氣上出於口乎？其肺之濁氣下行者卽在是矣。經曰：天氣通於肺。又曰：通天者，生之本，本於陰陽。以腎上連肺，二陰至肺之義合之，則所謂清氣上注於肺者，固陰隨於陽，陽中有陰也。所以經謂肺爲陽中之少陰，是又清中有濁也。升者上行而通於天，則升已而降，降者固屬陰，陰降而陽卽隨之，是五臟六腑皆以受氣之故也。經曰：中焦並胃口出上焦之後，其所受氣者，泌糟粕，蒸津液，化其精微，上注於肺，乃化而爲血，以奉生身，莫貴於此，故得獨行於經隧，命曰營氣。卽此繹之，非所謂清者上行，而清中濁者則下行，肺之濁氣下注於經，內積於海乎？蓋惟是胃肺乃升清降濁之地，即裕有滋陰降火之神。蓋陽升而陰隨者，是謂滋陰；陰降而陽歸者，是謂降火。其大爐冶已具於此矣。其所謂便溺之出者，舉不越此矣。腎脈至於肺，而少陽屬腎，是少陽亦原至於肺也。第陽必藉於脾胃水穀之陰以至於肺，而脾胃亦藉少陽之氣以上達其陰於肺，然後能通天氣。通天者，生之本，故陽化而陰生焉，是經所謂雲霧精而後上應白露下也。經曰：傷肺者，脾氣不守，胃氣不清，經氣不爲使。是即雲霧不精而上應白露不下也。蓋三焦之元氣，因脾胃受穀氣以泌糟粕，蒸津液，而清氣上注於肺者，經所謂地氣上爲雲也；而肺中之清氣，因脾胃穀氣所注，還下其濁於胃，以致津液變化爲血，營衛通，而糟粕以次傳下者，經所謂天氣下爲雨也。然升降必由於中土，以其始之終之皆不離於陰也，故脾本藏，而經曰足太陰濁受其濁也。夫三焦之氣，出於腎中之陰。統悉斯義，則可明於坎水爲始，兌水爲終，更明於三焦爲水穀道路，氣之所終始矣。抑便溺二道皆從氣化，如經所云胃、大腸、小腸、三焦、膀胱，此五者，天氣之所生也，其氣象天，故寫而不藏，此受五藏濁氣，故寫而不藏，是與經所云諸陽皆濁之義合也。然何以又云手太陽獨受陽之濁乎？曰：心與小腸爲表裏，心爲火主，氣固火之靈也，第心實主血，而小腸爲心氣化之府，又必其血化行，而後氣化乃達於極下。夫血化行者，是經所云津液和調，變化而赤爲血也。氣化達於極下者，是經所云穀氣津液已行，營衛大通，乃化糟粕，以次傳下也。若然，是手太陽獨領氣化，而即神於血化，舉下而大腸膀胱，無不承其氣中之血化以傳道焉，故經謂其獨受陽之濁也。夫小腸經脈上會諸陽於督，下會諸陽於任，是豈非上而承陽以司心之氣化，下而接陰以通腎之血化乎？故《內經》謂手少陽之正指天，以其由陰而升陽也，手太陽之正指地，以其由陽而降陰也。陽升而陰固隨之，陰降而陽亦歸之矣。是氣化、血化、水化，斯二經可思也。然則小腸豈可止以受盛盡之？又豈止膀胱爲津液之藏，謂其氣化則能出乎哉？又況膀胱本腎陰以達陽，即由腎陰中之陽以化陰，更合於手太陽之由火化水者以相灌輸乎？是人溺主治，謂之滋陰降火，豈不誠然？第未能悉其微，故暢言之若此。

又按：便溺之下，固爲糟粕，然其歸於大腸與膀胱者，足以徵陰之下降，而陰之降者即徵陽之下歸於元也，非漫然以便溺視之也。故經曰：

視病必求其下。經又云：出入廢則神機化滅，升降息則氣立孤危。若然，所云道在屎溺者，豈非無上妙諦乎哉？按氣血與便溺相分之時，則在上中二焦，本於陰而化於陽，至便溺相分之時，則在中下二焦，化於陽而分於陰，故任之水分穴分別清濁以出焉。

希雍曰：人溺滋陰降火，除骨蒸，解勞乏，治諸吐衄咯唾血甚效，肺腎有火者所必須。第其性稍寒不利，於脾胃虛寒或溏泄，及陽虛無火食不消者，咸在所忌。

溺白垽_{音吟，去聲。一名人中白。}

之頤曰：涬淀音殿。淺水也。爲垽，人溺澄結所成也。歲久之器有厚寸餘者，取置磁盤內，露高潔處，越一二載，中外皆白，絕無氣臭者乃可用，研極細，水飛數過，再研萬匝，如仍有惡臭，隨泡隨飛，約數百遍，以無臭爲度。煅淬者精粹盡失，轉增火毒，不堪用也。

[氣味]　鹹，平，無毒。《日華子》曰：凉。

[主治]　鼻衄，並傳尸熱勞，肺痿，心膈熱，羸瘦渴疾，及膚出汗血，並口齒生瘡，走馬牙疳。

丹溪曰：人中白能瀉肝火、三焦火並膀胱火，從小便中出，蓋膀胱乃是物之故道也。

張杲《醫說》云：[6]市民李士常苦鼻衄，僅存喘息，張思順用人中白散，即時血止。又延陵鎮官魯棠鼻血如傾，白衣變紅，頭空空然，張潤之用人中白藥治之，即止，並不再作。

中梓曰：同鰻魚食之，謂之烏龍丹。

之頤曰：溺白曰垽，藉塵埃沒溺所集也，故物入陰中，色剝爲白，陰中之陰矣，入手太陰肺、足太陰脾。緣精與氣原從脾肺氣化之中，遊溢轉輸，是以仍歸脾肺爾。

愚按：人溺主治之義已悉於前矣，溺之與白垽原是一物，但溺則徑達下而不留，白垽則性稍留，於肺所生病可徐而達，以致其功，故用之微有異也。經曰：飲入於胃，遊溢精氣，上輸於脾，脾氣散精，上歸於肺，通調水道，下輸膀胱。是飲之精氣，由胃而脾，由脾而肺，以達其清陽於上，是陰中之陽歸於肺。即少陰屬腎，[7]腎上連肺之義，陰中之陽致於上，則陽中之陰達於下，故能化血歸經，經所謂肺之濁氣下注於經是也。血化歸經，是謂營氣，是乃謂之通調水道也。所謂後天之水，皆根氣化，氣固肺所主，而氣化之能通調水道者，以其清陽之能化，而濁陰之化乃行，則凡濁陰不化，如血證爲首及，而更於治肺爲切當也。所治上焦諸證，皆就清陽之能化以化濁陰耳。如痘瘡倒陷，又非清陽之不化，以致病於濁陰乎？時珍止以鹹能入血而散者爲言，則亦不究其本矣。

[附方]

大衄久衄，人中白一團雞子大，綿五兩燒研，每服二錢，溫水服。

諸竅出血。方同上。

鼻衄不上，五七日不住者，人中白新瓦焙乾，入麝香少許，溫酒調服，立效。

膚出汗血。方同上。

痘瘡倒陷，臘月收人中白，火煅爲末，溫水服三錢，陷者自出。

走馬牙疳，以小便盆內白屑取下，入瓷瓶內，鹽泥固濟，煅紅研末，入麝香少許，貼之。此汴梁李提領方也。

又方，用婦人尿桶中白垢火煅一錢，銅綠三分，麝香一分，和勻貼之，尤有神效。

鼻中息肉，人中白瓦焙，每溫湯服一錢。

口舌生瘡，溺桶㼖七分，枯礬三分，研勻，有涎拭去，數次即愈。

秋　石

之頤曰：製煉秋石，爲丹家秘法。世所煉者皆渣魄，不堪用也。其法：宜秋月取用人尿二三石入鍋內，桑薪緩緩煎收，勿使鍋岸生㼖，有則竹刀掠下，或沸滾泛溢，亦以竹枝頻攪遂定，俟乾成滓，即去薪，緩火焙燥，分置陽城罐上，餘空二寸許，蓋覆磁盞，封固罐口，養火一周，其藥漸生，輕盈如雪，瑩潔可愛，或成五色，或象物形，此屬上乘，宜密貯銀瓶，藏陰靜處，不則風化成水，復須升養，仍結如霜，但少堅實爾。又製既濟玄黍秘法：選端潔童男女，各認溺器，各陸續取溺，煎煉成滓，各升取上乘秋石，各取溺器白垽，曬焙令乾，先置女垽於銀釜之底，次置男秋石於女垽之上，次置女秋石於男秋石之上，次置男垽於女秋石之上，次第安置，上餘二寸，六一泥封固，三方火溫養七日，則粒粒丹紅，交結釜頂，此更屬無上乘，藏貯亦如秋石法。

[氣味] 鹹，溫，無毒。

[主治] 滋腎水，養丹田，返本還元，歸根復命，安五臟，潤三焦，消痰欬，退骨蒸，軟堅塊，明目清心，延年益壽。

愚按：《難經》曰：三焦者，水穀之道路，氣之所終始也。然《內經》謂三焦爲水府，而腎屬水，膀胱行水，與腎合，故又曰三焦者足少陰、太陽之所將。然則小水之出也，固根於氣化，然實爲氣之所終，由陽而歸陰以出也。原其所始，固亦本於至陰，蓋氣者水所生也。第氣之所終，由陽歸於陰者，較氣之所始，由陰達於陽者，爲何如哉？雖曰降火有功，還以較於秋石，其從水之降轉爲火之升者，不尤有滋益乎？嘉謨返本還元，歸根復命二語，洵非臆說。卽之頤所謂緣潤下水藉火大既濟而允升，亦微中也。如瀕湖等於小水之成沙石者，然乎？試觀養火一周，其藥漸生，輕盈如雪者，視溲溺竟何如乎？況等於沙石之病於水者乎？先哲曰：此藥要常近火，或時復養火三五日，則功效更大也。若然，則瀕湖之說然乎？否乎？

乳　汁

[氣味] 甘鹹，平，無毒。《日華子》曰：涼。

[主治] 榮五臟，明眼目，安養神魂，滑利關格，入四物湯共補精血，入四君子同益元湯，治瘦悴，澤皮膚，並筋攣骨痿，腸胃秘澀。

嘉謨曰：按婦人之血，下降爲月經，上升成乳汁，是乳汁乃血所化也。夫人身所養，無不資血流通，動作過多，不免衰涸。補血之藥，世用地黃、當歸，殊不知草木之流乃得天地偏氣，用治血病，力固有餘，用補血衰，力猶未及。何如人乳頻服，以類相從，如燈添油，立見光亮，匪但血補無虧，且病因血成者，亦由之調養滋達而自愈也。第血屬陰，其性極冷，凡臟寒者又宜慎之。

《醫通》曰：服人乳，大能益心氣，補腦髓，止消渴，治風火證，養老尤宜。

《攝生衆妙》曰：乳汁治男婦氣血衰弱，痰火上升，虛損之證，又治中風不語，左癱右緩，手足疼痛，動履不便，飲食少進諸證。

時珍曰：人乳無定性，其人和平，飲食冲淡，其乳必平，其人暴躁，飲酒食辛，或有火病，其乳必熱。凡服乳須熱飲，若曬曝爲粉，入藥尤佳。

嘉謨曰：欲使流行經絡，務加醇酒調吞。

希雍曰：乳汁味甘氣平，入心入腎入脾，潤肺，氣血之液，故能還補五臟氣血。

愚按：乳汁由血所化，故滋血者還以乳。卽《千金方》療女子月經不通，日飲人乳，則其義可思矣。先哲曰：婦人之乳，資以衝脈，蓋衝與胃經通故也。若然，衝爲血海，而胃爲血化生之府，乳由血化，安得不責其本乎？第男子以氣爲主，則先究氣之所生，所生者腎也；女子以血爲主，則當究血之所生，所生者心也。血赤，火也，女子之乳白，男子之精亦白，皆從金也。女子氣盛，合於心包絡血，卽就血所生處而化乳；男子氣盛，合於衝脈之血，卽就氣所生處而化精。女子乳，男子精，俱從血化，而血化俱由於氣，但分上下者，分於血與氣所生之處也。化不離生，生亦不離化，上之血生爲氣化，下之精生爲血化。但男女之化乳化精者，要皆不離於脾胃，以其爲升降鼓煽運化精微之地也。是則乳汁固不徒少陰血主之所化，乃實由肺胃氣化之所成矣。第化血之乳，化原固在氣，而一離於乳房則徒存陰質，而氣化已散。故取以療病者，必審病之所宜。如血虛有熱，燥渴枯涸，乃其的對。即用以培養者，亦必審其體之所宜。如質瘦無痰，臟陽胃強，乃得資益，[8]不則概投之，祇取累耳。雖然，方書謂宜於虛火及中風證，夫虛火類有燥痰，在風證屬陰虛者，亦不能攝痰歸元，卽此宜投之證，猶當爲乳汁地，以佐使爲功可也。

[附方]

虛損勞瘵，用無病婦人乳三酒盃，將磁碟曬極熱，置乳於中，次入麝香末少許，木香末二分，調匀服，後飲濃茶一酒盞，卽陽敗，次日服接命丹。接命丹用乳三酒盃，如前曬碟，盛人乳并人胞末一具，調服，服畢面膝俱赤如醉，思睡，只以白粥少少養之。

失音不語，人乳、竹瀝各二合，温服。

卒不得語，人乳半合，美酒半升，和服。

月經不通，日飲人乳三合。

眼熱赤腫，人乳半合，古銅錢十文，銅器中磨令變色，稀稠成煎，瓶收，日點數次。或以乳浸黃連，蒸熱洗之。

希雍曰：乳屬陰，其性涼而滋潤，血虛有熱，燥渴枯涸者宜之。若臟氣虛寒，滑泄不禁，及胃弱不思食，脾虛不磨食，並不宜服。

[修治]　曬乳粉法：遇有乳汁，若干，卽下銀鍋內，煎成膏，用大磁盤盛，於日下曬之，以水浸於盤下，乃未濟之妙也，不然，其乳久曬不乾。

紅　　鉛

按：此卽《素問》所謂月經也，又謂天癸者，是指月經最初之精氣也。岐伯曰：女子七歲，腎氣盛，齒更髮長；二七而天癸至，任脈通，太衝脈盛，月事以時下。夫天謂太一之天真，太一之氣，升而爲任，降而爲癸，是天一生水之義。第任陽而癸陰也，女子坤道屬陰，故以天真之元氣專屬癸也。其謂任脈通，衝脈盛，月事以時下者，時下二字爲人身之陰陽與天地合，女子屬陰而象月之盈則虧，常以三旬爲期，故名之曰月經。經者，以其爲一小會之週天，是其常也。然又有一月一行、一年一行者，乃大會、中會之不同。雖盈虧之義，究之則一。第已失其常度，殊非上應星，下應潮，與天地之氣合者同也。丹家采爲紅鉛，服食及療虛損諸證，均勿取也。

[氣味]　鹹，平，無毒《嘉祐》。

[主治]　男婦氣血衰弱，痰火上升，虛損，左癱右瘓，中風不語，肢體疼痛，飲食少進，女子經閉等證，服之神效。

盧復曰：瀕湖未見神奇，徒自妄詆。若得童女首經，內含至藥。如不可得，即未經殘破女子者亦堪服食，以天癸爲生身之基，而精相摶便生一人，亦奇異矣。一法用紅鉛三兩，先以陽起石四兩乳細，置銀釜之底，次置紅鉛於陽起之上，封固，溫養七日後，丹生其中，色如桃花，僅得百釐。每用一釐，重綿裹護，子寅二時納左鼻孔，行數百息，即隨息入腦，盡此百釐，爲反老還童長生不死之至寶也。[9]欲識神異，以死人脛骨鏤一小孔，置數釐於孔內，仍埋土中過宿，至明起視，枯骨如生。或置分許於磁盤內，覆磁盃於丹上，水和麥麪，封固其口四圍，緩火炙之麥麪焦黑，俟冷開視，其丹盡滲盃內，擊碎其砭，都成丹色，仍以盃砭乳細，入釜溫養，丹復提出，毫末不減。此亦異術也。

之頤曰：服食家擇處子，相好端潔，生辰在仲秋者，稟太陰金水之一炁，作鼎甚良。俟其蒸變已足，黃道已歸，上應星，下應潮，天癸至，任脈通，大衝脈盛，月事以時下，而采取合宜，食之接延壽命。即女子未經破殘，或生辰在四季餘月者，如法采取，亦可卻病，豈小補云乎哉？近所尚者，先天一炁已失，僅取糟粕剩餘，不唯無補於形神，反致燎炎其焦府。既失授受之源，亦且擇非其鼎，宜乎？見者聞者，棄之勿顧。

愚按：《素問·天真論》云女子二七天癸至，丈夫二八天癸至，是則男女真陰俱稱天癸也。第於女子則曰任脈通，大衝脈盛，月事以時下，故有子，而丈夫乃止言其精氣溢寫，陰陽和，故能有子。夫男女之脈，在衝任無二也，何以女子之月事獨屬衝任而言哉？曰：經云女子胞爲地氣之所生也，夫衝任之脈，皆起於胞中。若女子胞，固經所謂藏而不寫者也。昔哲曰腎爲至陰，陰形偶，故腎有兩胞，居兩形之間，出納腎臟之精血，以行坤土之化。然坤土不自司其職，司其職者乃衝任二脈，起於胞中者行其化也。此男女之所同，然坤道成女，坤體陽氣居下，故經曰女子胞爲地氣之所生，所以衝任二脈於女子生化之元，更爲關切如斯。就二脈中，任爲陰脈之海，是化育之原，而衝屬陰中之陽，又爲任行其化者也。先天乾坤之位，而後天以坎離代居之，故乾主闢，坤主闔，而闔闢實互爲根以致其用。此離中有坎，坎中有離之義也。坎水屬坤之用，故曰水土合德；離火屬乾之用，故曰金火合德。坎離而致乾坤之用，故不惟水火互藏，卽已闔闢互運，所以男子屬陽而陽中之陰，以陽爲主，還歸於陰之靜者以厚其氣，故曰二八腎氣盛，天癸至，精氣溢寫，陰陽和，故能有子。是由闢有闔之義也。其能化血爲精者，正其氣之盛而能化陰也。女子屬陰而陰中之陽，以陰爲主，不能化血，但卽乘於陽之動者以運其血，故曰二七而天癸至，任脈通，大衝脈盛，月事以時下，故有子。是由闔有闢之義也。其在上又能化血爲乳者，以其切近於肺胃之陽也。卽此參之，則月事以時下者，正至陰根於至陽，而其盈虧之數，有與天之太陰符合而不爽者也。如《內經》所云女子月事不來者，胞脈閉也，由於心氣不得下，更云胞脈者屬心而絡於胞中，又云前有廣明，後有大衝，是皆陰根於陽之的證也。至於腎夾任脈，從陽交貫肝經藏血之室，統會胃經生血之源，乃男女之所同然，又不必言矣。如時珍謂其惡液腥穢，能壞人神氣者，是其擇鼎無良，采合違法，全失太陰之精氣，之頤所云僅拾其糟粕者也，豈可爲定論哉？此公之醫理未酣，固不止於此矣。三錫曰：太凡虛弱人，[10] 須以人補人。河車、人乳、紅鉛俱妙，然須緩心和氣人可用。

天真接命丹： 用無病室女月經首行者爲最，二次者爲中，四五次爲下。如急用，但未點者俱可取鉛。打一具如黃衣月牙冠，俟月信動時，卽以此具令老嫗置陰戶上，用絹幅兜住接取，入磁器中，再取，俟經將衰，已過大半而止，澄沉底如硃砂子，乃真母氣，其面上黃色浮者挹去，卻用極細白淨好茯苓爲末，用熟水浮去木屑，取沉底曬乾搗，入紅鉛中，如和麴然，多寡軟硬，以意消息，打作薄薄餅子，陰乾待用，不可犯鐵。既乾研末，以麻黃洗淨，煎濃汁，濾淨，和丸如綠豆大，以老坑辰砂飛過為衣，用銀罐盛之，以黃蠟收口，每服五十丸，或七八十丸，靜坐無風處，見微汗為驗。藥性流行，充溢四肢經絡皮毛之間。如服後發熱躁渴，此元氣虛，藥性到也，須服乳汁數盞止之。服後三日內，蔬食不可吃油膩之物。此藥進二三次，或越三五年，又進二三次，立見氣力煥發，精神異常。草木之藥千百，不如此藥一二服。蓋人自十六已後，精氣漸減，不但男女聲色足以損敗，一與事應皆耗精氣之原，故禪宗面壁，仙家守丹，築基煉己苦行，以防耗此精神，便是長生之術。此藥采於人身，非若金石草木有偏勝之害，一於補益，功力到處，自然外邪不侵，內神愈旺，功侔造化，壽等喬筏，養生者宜加珍重。三錫曰：後法是自然取下真鉛，以故每服一粒，此則加茯苓，錫恐此分兩太多，或服一半可也，然不如顧法妙。

《至藥歌》：

至藥訣，至藥訣，神仙栽接人難說。真機發露有緣人，天律至嚴勿妄泄。

勿妄泄，莫輕談，忠孝之人誓與傳。先積陰功在人世，卻選賢良美少年。

美少年，方二七，月過十五輝光熄。櫻桃小口石榴牙，目秀眉清膚似雪。

五千四十莫遲延，緊看印堂光潤澤。光潤澤，驗遲早，精神變態人難曉。

至藥初生五彩形，霞光萬道眉間遶。三尸六賊盡潛逃，聖母真金無價寶。

無價寶，應天星，唇如血珀電光生。兩目瞳人如漆黑，五心煩熱藥將盈。

藥將盈，須緊守，揵音乾。舉也，以肩舉物。啼俗嚌字，別作啼。真金勿馳走。

勿馳走，五七九，鼎分厚薄先天有。寶殿初離地應潮，金爐煉就長生寶。

長生寶，返人魂，色如琥珀石榴形。石榴形，賽火棗，鮮似日輪紅瑪瑙。

紅瑪瑙，續命基，首男乳服最相宜。一日一粒週天遍，閉目澄心妄念除。

靜室焚香守齋戒，防危慮險要扶持。要扶持，莫懈怠，切忌腥羶戒淫愛。

七日混沌如分明，時時退火身康泰。旁門栽接不爲奇，惟有此方功力大。

得者珍藏勿妄傳，毋使井蛙笑無賴。

《進藥歌》：

此藥進，此藥進，此藥進時人不信。微哉一點落黃庭，攪動一身天地震。

衝開夾脊過三關，一氣氤氳布腎間。腎間冷痰走如飛，始信人間有殺機。

胸前頭面汗若傾，頭似千斤足似蒸。涌泉趕出真陽氣，衝過元宮至頂門。

誰肯信，甚分明，入骨穿皮處處尋。思量往日風寒濕，得遇元陽總是春。

週察遍，上崑崙，纔到明堂好用心。雀橋有路休延滯，直下重樓見主人。

主人乍見多疑惑，遙指黃庭是我親。取坎填離第一乘，[11]

一乘若是功怠惰，立地災殃生大禍。得者七日如暈醉，不宜行動只宜睡。

三飡薄粥須當進，切忌淫心莫食鹽。將二七，始安然，方整衣冠出市廛。

有人問汝玄中妙，可作磨兜莫妄傳。

取藥法： 用豬尿泡一個，制度極乾净，用軟鐵線圈起口來如碾槽樣，用帶二條兜住，候至景象現，方用追攝法取藥。此藥屬陽奇數，上等鼎器九粒，中等七粒，下等五粒。取下藥來，不可與孝服女尼貓鼠見之。

分藥口訣： 此藥勿以漆器盛之，銀、磁二器可用。此藥一至急，以真童便一甌傾入，雙手捧起，旋轉不定，童便與經俱出，[12]少停，其藥沉定在底不動，銀匙取起，收貯聽用。內水銀四兩，薄荷葉洗净，待乾，蓋於藥上，四季通用水銀，塵穢不染。

服藥口訣： 此藥取出，異香為上。每至子丑寅三時可進，乃天地發生之際。用乳一酒盃，入藥一粒，配合聽用。先用乳香漱口净後，乃捧起吞之。閉目靜坐片時，但丹田火熱，五心煩躁，渾身微汗，病者有大汗，腹中如雷鳴，身上如蟲行，勿得驚異，乃是此藥之靈驗如此。服後煩渴，須服乳數盃，五六度以退火，煩渴即解。此藥一進，人事昏沉，身體重墜，要人扶持，切勿動念勞碌，戒之。次日依法又進一粒。

擇乳口訣： 凡用初生男乳，母必欲選擇二十上下方妙，雪白如銀，香濃為上，仙書謂為蟠桃酒，血化為膏，體似銀蟠桃，酒熟鎮長春是也。先預備乳母，然後服藥。乳如稀黃腥羶穢氣者，此婦有病，不可用。

驗藥口訣： 鼎器有厚薄，十四歲乃仙方所謂五十四十開黃庭是也。三十時中，計取紅鉛，不前不後，氣厚者十三歲至者有之，氣薄者十五歲至者有之，但是先天不分前後，但看歌中景象天機妙用，即是藥候，有何難哉？有何難哉？此藥與我已永，配合成丹，精凝氣聚，永無漏泄之患。凡人得一度者，可延七七之壽。非人勿授。已上惠岩顧宗伯傳。

愚按：《八牋》云：古法五千四十八日，近有十三而來，有十六七而至，何也？皆因受父母精血厚薄，如得年月日應法，乃是真正至寶，為接命上品之藥。如前後不等，只作得首鉛初次，金鉛二次，紅鉛三次，以後皆屬後天紅鉛，只宜配合藥，不宜單服食。其製首經至寶法，將取的五千四十八日真正初經，或器或帛，以一碗新解童便洗下，對清水十碗，進礬一錢，攪百十轉，澄定，漚去清水，再換清水十碗，仍打澄清，漚去清水净，加頭生男嬌乳一鍾，同入金器內，紙糊三四遭，放在日色中曬三日，或用泥封口，入灰缸内，小頂火養三日，取出爲末，再用乳熬膏子爲丸，一個鼎的分作九丸，或十五丸，用辰砂爲衣，擇甲子庚申日，清靜身心，於子時更衣焚香，服三丸，以無灰酒或乳送下，服後靜坐片時，存神定意。如覺身熱時，取頭生乳一鍾服下，靜坐即解。其製靈鉛法：所謂靈鉛者，即前云如前後不等，年月日不能應法者，只作首鉛、金鉛、紅鉛以爲服食之用也。其法曰：將前取紅鉛，或器或帛，量多少用燒酒一大碗洗下，旋轉百遭，置於靜處，待酒澄清，慢慢滷去酒，存住紅鉛，加酒一碗，仍打轉澄清，滷去酒，始加清水，逐去酒味，待水清，滷水盡，將鉛傾入大磁盤內，曬乾，其鉛胎色不變，如牛黃樣，不泄元靈之炁。將此鉛配金乳粉，合成丸丹，每日五更用酒吞服五分，自覺身輕體健，效不可述。丹書云：先補炁，後補血，補得丹田溫溫熱。上至頂門泥丸宫，下至腳板涌泉穴。一身四大俱補通，致使精神無露泄。誠哉是言也。即《八牋》分別以修合，大有精義，非漫然概以爲紅鉛，而其補益全無差等也。故得服首經至寶，謂非天真接命之丹乎？恐其難遇，則首鉛、金鉛、紅鉛，猶俱屬先天，資以服食，其於人身後天之虛損補接，亦豈渺小乎哉？尊生者所宜留意也。余家一女子，年未及笄，月事已行而閉，閉久而頭兩太陽及渾身骨痛，手足軟乏力，用女子未破者之首經衣燒灰，調生酒服，服不再而前證悉愈。況如首鉛，尤非經衣之比，其應效竟當何如也？即此以思其功，可謂不減丹丸矣。

製金乳粉法：製乳粉時，先擇美鼎，先看嬰童肥白有精神者，此是炁血盛而乳可用，亦須頭生，年方二八三七，纔可取下一碗或半碗，對露水均平，攪百遭，過夜，其乳自分，[13]滷去水，[14]將乳入磁盤，曬乾，碾細成粉，積得半斤，聽用。

月經衣

[主治] 熱病勞復女勞，黃疸霍亂困篤，小兒驚癇。

[附方]

勞疸，丈夫熱病後交接，後發忽卵縮入腸，腸痛欲死。燒女人月經赤衣，爲末，熟水服方寸匕，即定。

女疸，氣短聲沉，用女人月經和血衣燒灰，酒服方寸匕。

霍亂，百方不效者，用童女月經衣和血燒灰，酒服方寸匕。

驚癇發熱，取月候血和青黛，[15]水調服一錢，入口即瘥，量兒加減。

人　　胞

一名紫河車。丹書曰：天地之先，陰陽之祖，乾坤之橐籥，鉛汞之匡郭。胚胎將兆，九九數足，我則乘而載之，故謂之河車。其色有紅有綠有紫，以紫者爲良。先哲云：紫河車，即胞衣也。兒孕胞内，兒臍繫於胞，胞繫母脊，真元氣之所鍾也。河車以紫爲良，以紫者其色紅黑相間，紅屬火爲陽，黑屬水爲陰，謂其陰陽兩氣並具而不雜耳。稽諸古方，曰混沌皮，又曰混元丹，所加混字，抑非與紫同一意乎？是則河車雖成後天之形，實稟先天之氣，所謂用之功奪造化者也。

[氣味]　甘鹹，温，無毒。

[主治]　男女一切虚損勞極，癲癇，失志恍惚，安心養血，益氣補精吳球。

丹溪曰：紫河車治虚勞，當以骨蒸藥佐之，氣虚加補氣藥，血虚加補血藥。以側柏葉、烏藥葉俱酒灑，九蒸九曝，同之爲丸，大能補益，名補腎丸。

球曰：凡虚勞羸瘦，形藏化薄者，以人身之本元補助人身之血氣，是豈金石草木之可比乎？投之女子，更育胎孕。凡無子，或多生女，或難產小產者，服之無不捷效，蓋以類相從，如哺雞而用卵也。因河車有奪造化之功，故製方名大造丸。

之頤曰：人胞名曰河車，主吸呼胎息，轆轤任督，所謂龍虎兩弦，噓吹盈望，位育嬰兒之一炁也。合而言之，實先天之郛廓，主培後天之形藏，非草木金石之比，蓋本其所自出矣，從其類也。

希雍曰：人胞乃補陰陽兩虚之藥，以其形質亦得男女坎離之氣而成，如陰陽兩虚者服之，有反本還元之功，[16]誠爲要藥也。然而陰虚精洞，水不制火，發爲咳嗽吐血、骨蒸盜汗等證，此屬陽盛陰虛，法當壯水之主，以制陽光，不宜服此並補之劑，以耗將竭之陰也。胃火齒痛，法亦忌之。

[附方]

吳球大造丸：用男胎初生者，米泔洗淨，淡酒蒸熟，搗曬研末，敗龜板童便浸三日，酥炙黃，二兩，黃蘗、杜仲各一兩半，牛膝一兩二錢，生地黃二兩半，入砂仁六錢、白茯苓二兩，絹袋盛，入瓦罐，酒煮七次，去茯苓、砂仁不用，杵地黃爲膏聽用，天門冬、麥門冬、人參各一兩二錢，淨，夏月加五味子七錢，俱忌鐵器，爲細末，地黃膏加酒、米糊，丸小豆大，每服八九十丸，空心鹽湯下。女人去龜板，加當歸二兩，以乳煮糊爲丸；男子遺精，女人漏下，並加牡蠣粉一兩，去人參。世醫用陽藥滋補，非徒無益，爲害不小。蓋邪火只能動欲，不能生物。龜板、黃蘗補陽補陰，爲河車之佐，加以杜仲補腎強腰，牛膝益精壯骨，四味通爲足少陰經藥，古方加陳皮，名補腎丸也。生地黃涼血滋陰，得茯苓、砂仁同黃蘗，則走少陰，白飛霞以此四味爲天一生水丸也。天麥門冬能保肺氣，不能火炎，使肺氣下行生水，然其性有降無升，得人參則鼓動元氣，有升有降，故同地黃爲固本丸也。又麥門冬、人參、五味子三味，名生脈散，皆爲肺經藥。此方配合之意，大抵以金水二臟爲生化之原，加河車以成大造之功故也。

後學補天大造丸：專培養元氣，延年益嗣，壯陽光，溫坎水，降離火，爲天地交泰，若虛勞房室過度之人，五心煩熱，服之神效，平常之人四十以後尤宜常服，接補真元，以躋上壽。紫河車一具，取首生男胎者佳，如無，得壯盛婦人者亦好，先用鮮米泔將河車輕輕擺開，換洗米泔五次，不動筋膜，此乃初結之真氣也，只洗淨，有草屑，輕手取去，將竹器盛，於長流水中浸一刻，以取生氣，提回，以小瓦盆盛，於木甑內蒸，自卯辰蒸起，至申酉時止，用文武火緩緩蒸之，極爛如糊，取出，先傾自然汁在藥末內，略和勻，此天元正氣汁也，河車放石臼內，木杵擂一千下，如糊樣，通前藥汁末同和勻，搗千餘杵，集衆手爲丸，此全天元真氣，以人補人，最妙。先結胎衣而後成男女，得先天之氣。世所少知，醫用火焙酒煮，去筋膜，大誤。入甑板尤誤。此語必有所見，不用便爲穩妥。故特表而出之。

厚川黃柏去粗皮，酒炒，一兩　川杜仲去粗皮，酥炙斷絲，一兩五錢　川牛膝酒浸，去蘆，一兩五錢　當歸身酒洗，一兩　懷熟地黃酒蒸九次，忌鐵，二兩　天門冬去皮心，一兩半　懷生地黃酒浸，一兩半　枸杞去梗，一兩　麥門冬去心，一兩五錢，已上四味另用酒煮爛，搗膏　陳皮去白淨，七錢半　白朮去蘆，炒，一兩　五味子去梗，七錢　小茴香炒，七錢　乾薑炮黑，二錢　側柏葉採取嫩枝，隔紙炒乾，二兩

骨熱，加牡丹皮去心、地骨皮去心、知母去皮，各一兩，酒炒；血虛，加當歸、地黃加倍；氣虛，加人參、黃芪蜜炙，各一兩；婦人去黃柏，加川芎、香附、細實條芩俱酒炒，各一兩。

上藥各擇精製，各秤淨爲末，不犯鐵器，用前蒸河車搗爛，并汁和爲丸。若河車肥大，量加些藥末，不必用蜜，丸如梧桐子大，每服百丸，空心米湯下，有病一日二服。按此方比古用之更效，若稟氣虛，或斲喪太過太早者，尤宜用之。

種子三益膏： 治少年斲喪，真元虛損，中年無子，婦人血虛不孕，此方一料，夫婦齊服，服盡卽孕。如婦人經准，氣血壯而無病者不宜服。

大肉蓯蓉酒洗，去浮甲　何首烏用竹刀切，黑豆上九蒸九曬　淮生地黃切片酒拌，九蒸九曬　山茱萸肉　枸杞子　沙苑蒺藜真者，炒香，去沙土　兔絲子酒浸一宿，搗成餅，曬乾，炒　杜仲去皮，鹽酒炒斷絲　麥門冬去心，各四兩　柏子仁去殼　白茯苓去皮，爲末，人乳拌曬　補骨脂鹽水炒　川牛膝與何首烏同蒸，各二兩

上俱要淨末，用新鮮紫河車一具頭胎者佳，以白酒洗淨，夾瓶煮爛，搗和前末，又龜膠、鹿角膠各八兩，以酒化開，同前藥和勻，如乾加蜜，爲丸如梧子大，每服三錢，好酒送下。氣虛，加人參二兩。忌葱蒜蘿蔔煎煿等物。合時宜二、三、九、十月，淨室精修，勿令婦人雞犬見之。

愚按： 巢氏論婦人妊娠，一月名胚胎，二月名始膏，三月名始胎。

先哲謂胚胎兆乎一氣，胚者氣之形，膏者氣之凝，胎者形之著。若然，則括蒼吳氏所云雖稟後天之形，實得先天之氣者是也。況胞繫於母脊，兒臍乃系於胞，其義可思。臍當心腎之中，前直神闕，後直命門，兒之臍連胞也，胎息隨母，而胞之繫於母脊也，實爲督之命門，以氣食兒，是河車乃真氣所結，以爲化育之地，詎可以形器視乎？之頤所云主吸呼胎息數語，誠爲不易。但兒在母腹，則形充於氣，兒離母腹，則氣盡於形，如之頤所謂實先天之郛廓，主培後天之形臟，亦不妄也。如朱丹溪先生謂氣虛則加氣藥，血虛則加血藥，誠善於用河車者矣。推此義，則因證合劑，如水火之畸勝，參希雍所說，而妙用損益，如黃婆之交媾，味之頤所說而善轉轆轤，即大造丸二方，彼此便已參差，豈得不盡其變而概投乎哉？

附命門胞宮義：

經云：命門者，男子藏精，女子繫胞。此胞也，其元始自心下系，貫七節之傍，其系則曲屈下行，接兩腎之系，下尾閭，附腪腸之右，通二陰之間，前與膀胱下口溲溺之處並行而出，乃精氣所泄之道路。若女子則子戶胞門亦自腪腸之右，胞外膀胱下口並相而受胎也，故經曰女子胞繫，又云胞衣不下，是何疾也？按兩腎之系接心下系以繫胞，故經曰胞之絡繫於腎，又曰胞脈者屬心而絡於胞中。《脈經》曰：又腎爲命門，其府則胞門子戶。介賓曰：子戶、胞門，男女之通稱也，特男子以藏精，女子以蓄血。在男女交會之際，男子施由此而出，女子攝由此而入，亦即在此中結胎，胎元既足，亦復由此而出也。然腎中之元陽即爲命門，原與臍對，而胞宮、子戶乃在腪腸之前，膀胱之後者，固《內經》所謂相火之下，水氣承之也，《珠玉集》曰水是三才之祖、精爲元氣之根是矣。然即此先天真一之炁，實爲胎宮後天精血固其鎖鑰，行其化育。先哲曰：一點元靈之氣聚於臍下，自爲呼吸，氣之呼接乎天根，氣之吸接乎地根，自命門真氣方且上際下蟠，況於最初之合同而化者乎？又曰：天乙生水，配丁之陰火而生丙爲命門。然後生心，是則心與命門一氣也。經云胞脈屬心，又安能外於命門乎？故女子之結胎者在胞宮，而實受氣於命門也。一方治心血不足，用胎衣焙乾，爲末，飯爲丸如小豆大，辰砂爲衣，每用二錢，清米湯送下。按經所云胞脈者屬心而絡於胞中，則以此味補心血，誠爲中肯，蓋胞乃男子藏精，女子蓄血之地也。然胞又屬命門之真氣所攝，而命門既成卽生心，心與命門一氣，又安能不補心氣？故丹溪所謂隨補氣補血藥以爲用者是也。

［修治］　希雍曰：紫河車置酒內覆者，男胎也。首胎重十五兩以上。大抵如後補天大造丸製法，但取極爛如糊者，必得河車之時，恰有諸藥合之乃可。如要預製後用，宜照前法蒸，以熟爲度，不必極爛，便置銅鏇內，用重湯於鏇外煮乾可也。此不用酒煮火焙，又可留貯爲妙。

胞衣水　卽胞衣埋地下，久遠化爲水者。

［氣味］　辛，涼，無毒。

［主治］　小兒丹毒，諸熱毒發寒熱不歇，狂言妄語，頭上無辜髮豎，虛痞等證，天行熱病，飲之立效藏器，反胃久病，飲一鍾，當有虫出時珍。

希雍曰：此味得地中之陰氣，其氣必寒，辛寒而走足陽明經，故主治如上諸證也。

初生臍帶

時珍曰：胎在母腹，臍連於胞，胎息隨母，胎出母腹，臍帶既剪。一點真元，屬之命門丹田，臍乾自落，如瓜脫蔕，故臍者人之命蔕也。以其當心腎之中，前直神闕，後直命門，故謂之臍，臍之以爲言齊也。

希雍曰：臍帶乃真氣會聚之所。今世以小兒脫下臍帶燒灰與服，可解胎中一切毒，及免驚風痘患，亦取裨補真元耳。

［附方］

預解胎毒，初生小兒十三日，以本身剪下臍帶燒灰，以乳汁調服，可免痘患。或入硃砂少許。

【校記】

〔1〕次，原誤作"吹"，今據文義改。

〔2〕自，萬有書局本作"甚"。
〔3〕日，萬有書局本作"月"。
〔4〕躁，原誤作"燥"，今據萬有書局本改。
〔5〕數，萬有書局本作"所"。
〔6〕杲，原誤作"果"，今據文義改。
〔7〕陰，原誤作"陽"，今據文義改。
〔8〕資，萬有書局本作"滋"。
〔9〕反，萬有書局本作"返"。
〔10〕太，萬有書局本作"大"。
〔11〕取坎填離第一乘，此下疑脱一七字句。
〔12〕經，萬有書局本作"精"。
〔13〕自，原誤作"日"，今據文義改。
〔14〕湢，原誤作"逼"，今據文義改。
〔15〕青，原誤作"清"，今據萬有書局本改。
〔16〕反，萬有書局本作"返"。

本草述（中）

〔清〕劉若金 撰

焦振廉 張琳葉 趙琳
孫力 武文筠 校訂

荊楚文庫編纂出版委員會

華中科技大學出版社

《本草述》卷之九上

隰草部上隰，音習。高平曰原，下濕曰隰。

菊术及枸杞根、桑白皮爲之使。

弘景曰：菊有兩種：一種莖紫，氣香而味甘，葉可作羹食者，爲真菊；一種青莖而大，作蒿艾氣，味苦不堪食者，名苦薏，苦薏莖青肥大，氣似蒿艾，味苦辛慘烈。薏者蓮心也，以味相似得名。非真菊也。葉正相似，[1]惟以甘苦別之。宗奭曰：菊花多種，惟單葉花小而黃，綠葉色深，小而薄，九月應候而開者是也。鄧州白菊單葉者亦入藥，餘皆醫經不用。瑞曰：花大而香者爲甘菊，花小而黃者爲黃菊，花小而氣惡者爲野菊。丹溪曰：須是味甘莖紫者，若山野間味苦莖青者勿用，大傷胃氣，謹戒之。

愚按：時珍所取入藥者，亦云單葉味甘者，又云此種始生於山野，今則人皆栽植之，其花細碎，蕊如蜂窩，中有細子。據其所說，似有的據，不知野菊條下仍有花小蕊多狀如蜂窩者，是又何說也？自爲矛盾，徒亂人意。朱丹溪一代名醫，其取舍不違先哲所說，愚意但取應候而開者，《禮·月令》季秋之月，鞠有黄華是也。以味甘爲主，更分別莖之紫青，氣之芬香與作蒿艾氣者，乃爲得之。

[氣味]　苦平，無毒。《別錄》曰：甘。楊損之曰：甘者入藥，苦者不入藥。杲曰：苦甘，寒，可升可降，陰中微陽也。

愚謂據其功用，當是陽中有陰。

[主治]　諸風頭眩腫痛，目欲脫，淚出《本經》，一切游風，能令消

散，補陰，利血脈甄權，除胸中煩熱，利五脈，調四肢《別錄》，養目血，去瞖膜潔古。

好古曰：主肝氣不足。

丹溪曰：黃菊花屬土與金，有水與火，大能補陰血，故養目。

時珍曰：菊春生夏茂，秋花冬實，備受四氣，飽經露霜，葉枯不落，花槁不零，味兼甘苦，性稟平和，昔人謂其能除風熱，益肝補陰，蓋不知其得金水之精英尤多，能益金水二臟也。補水所以制火，益金所以平木，木平則風息，火降則熱除，用治諸風頭目，其旨深微。黃者入金水陰分，白者入金水陽分，紅者行婦人血分，皆可入藥，神而明之，存乎其人。

希雍曰：菊發生於春，長養於夏，秀英於秋，而資味乎土，歷三時之氣，得天地之清，獨稟金精，專制風木，故爲去風之要藥。甘菊花祛風要藥，風木通肝，肝開竅於目，故爲明目之主。同地黃、黃檗、枸杞子、白蒺藜、五味子、山茱萸、當歸、羚羊角、羊肝，治肝腎俱虛，目痛加決明子、木賊草、穀精草、柴胡，可以去外瞖；同黃連、玄參、甘草、生地黃、荊芥穗、決明子、連翹、桔梗、柴胡、川芎、羌活、童便，可治風熱目痛；君川芎、細辛、藁本、當歸、生熟地黃、天麥門冬、白芍藥、甘草、童便，治血虛頭痛，亦主頭眩暈因痰結而作者，無痰藥不效；與枸杞子相對蜜丸，久服則終身無目疾，兼不中風及生疔疽。

愚按：甘菊花，在繆氏謂歷三時之氣，得天地之清，獨稟金精者，是矣。然華於秋而實於冬，菊有有子者，有無子者。葉枯不落，花槁不零，盧氏所謂飽霜不隕，草中松柏者是矣。合而觀之，是秉金精而兼水化，金水相涵，真益陰之上品也，然何以獨爲風木之對待？蓋風木固欲盡之陰而樂趨乎陽者也，有金水相涵者，可以育其將盡之陰而靜其相求之陽，故不獨平肝，而且能益肝之不足，海藏之言不謬也。若然，其療頭目風熱，厥功僅止此歟？曰：否。弘景所云除胸中煩熱，利五脈，調四肢者謂何？甄權所云利血脈者又謂何？其能利五脈，調四肢，總歸於利血脈一語，而血脈之所以能利，直由金水之相涵以致其用也。夫心主脈，脈者血之府也，金水相涵以致其用，則是肺陰下降入心，而合於腎脈之至肺者矣，是所謂毛脈合精也，是所謂火合於水而血生，血生而脈利矣，故胸中煩熱能除而五脈能利矣，又何四肢之不能調乎？蓋四肢皆五脈之所流注也。若然，則對待風木一語，正以風木之臟原屬血臟，實司周身之經絡，而經絡固經所謂內外之合也，得茲味，能令大暢風升之用，而不病於風眚，則所益豈其微哉？此段極爲中肯之論，繆氏謂甘菊花合枸杞子蜜丸，久服之可免中風之證，適與茲論互爲發明也。如所謂驅頭風，明目，特其主治之首及，非謂益陰之功概止此也。至於入藥定以甘者，蓋益氣益血之味不能離於甘，離於甘則爲陰陽偏至之氣，但可以療偏至之疾耳。

[附方]

白菊花酒：治丈夫婦人久患頭風眩悶，頭髮乾落，胸中痰壅，每發卽頭旋眼昏，不覺欲倒者，是其候也。先灸兩風池各二七壯，并服此酒及散，永瘥。其法：春末夏初收白菊軟苗，陰乾搗末，空腹取一方寸匕，和無灰酒服之，日再服，漸加三方寸匕。若不飲酒者，但和羹粥汁服亦得。秋八月合花收，曝乾切，取三大斤，以生絹袋盛，貯三大斗酒中，經七日服之，日三次，常令酒氣相續爲佳。

眼目昏花，用甘菊花一斤，紅椒去目，六兩，爲末，用新地黃汁和，丸梧子大，每服五十丸，臨臥茶清下。

[修治] 正月采根，三月采葉，五月采莖，九月采花，十一月采實，皆陰乾用。《王龜齡集》曰：甘菊黃而小者能生精，童便浸一宿，曬乾爲末。

白菊

[氣味] 苦辛，平，無毒。

[主治] 染髭髮令黑，和巨勝、茯苓，蜜丸服之，去風眩，變白不老，益顏色藏器。陳藏器曰：白菊生平澤，五月花紫白色。頌曰：今服餌家多用白者。時珍曰：白菊花不甚甘，亦秋月采之。

艾

《仙製本草》曰：按艾葉，《本經》及諸注釋悉云生於田野，類蒿，復道者爲佳，未嘗以州土拘也。世俗反指此爲野艾，徧求蘄州所產，獨莖圓葉，背白有芒者，稱爲艾之精英。今以形狀考之，九牛草者卽此也，人都不識，並以爲艾。經註明云：氣雖艾香，實非艾種，醫用作炷，以灸風濕痹疼，癆熱積聚，[2]嘗獲效者，亦因辛竄可以通利開竅而已。

葉

[氣味] 苦，微溫，無毒。潔古曰：苦，溫，陰中之陽。時珍曰：苦而辛，生溫熟熱，可升可降，陽也，入足太陰、厥陰、少陰之經。

[諸本草主治] 溫下元，利陰滯，開結達氣，逐冷，驅濕利，肝滯冷氣作痛，治血病吐衄血痢，療女子虛漏濕帶，利陰中之氣，能暖子宮使孕，並妊娠漏血，產後下血不止，用灸百病，其熱氣內注，通筋入骨。

[方書主治] 霍亂，舌衄吐血，溲血下血，癇，泄瀉滯下，目痛目淚。霍亂證有烏梅散，中有熟艾，蓋治霍亂後之痢不止，冷汗出，腹脇脹者，非治霍亂也；癇證有葶藶苦酒湯，其論治云：凡病發項強直視，不省人事，此乃肝經有熱也；泄瀉有白朮湯，此治風冷入中，泄痢不止，脈虛細者；滯下有蒲黃散，云治血痢；目痛有點眼金華水，治肝臟有熱，血脈壅滯者也；目淚有羌活散，治目風冷淚久不瘥者。以上皆艾葉之所對待也，其治血證固多，在本草已悉，不再贅也。

時珍曰：艾葉生則微苦太辛，熟則微辛太苦，生溫熟熱，純陽也，可以取太陽真火，可以回垂絕元陽，服之則走三陰而逐一切寒濕，轉肅殺之氣爲融和，灸之則透諸經而治百種病邪，起沉疴之人爲康泰，其功亦大矣。但本宜於虛寒痼冷及女子之濕鬱帶漏者，以此和之歸、附諸藥，罔不著效。然亦中病卽止，若久服致燥而歸咎於艾，於艾何尤？艾附丸治心腹少腹諸痛，調女人諸病，頗有深功；膠艾湯治虛痢及妊娠產後下血，尤著奇效。老人丹田氣弱，臍腹畏冷者，以熟艾入布袋兜其臍腹，妙不可言。寒濕腳氣，亦宜以此夾入襪內。

王文潔曰：揉碎，入四物湯，安胎漏腹痛；搗汁，攪四生飲，止吐衄唾紅。艾附丸開鬱調經，能暖子宮使孕；薑艾丸溫中除濕，一切冷氣可驅。作炷灸諸經穴，不差鑿竅。拔風濕毒，尤驗。

金閭風曰：艾葉是暖子宮溫下元之品，今人不分寒熱而概用之，何哉？

又曰：女子經行先期，血熱也。艾葉乃溫下元之藥，非先期所宜，而少加於寒凉之中者，即復卦之義，亦有不必用者，在自酌之。

希雍曰：艾葉稟天地之陽氣以生，故味苦微溫，熟則大熱，可升可降，其氣芳烈，純陽之草也，故無毒，入足太陰、厥陰、少陰三經。艾葉能灸百病，陳久者良。入紅鉛蒸臍，補陽虛，溫脾胃。治婦人月事不調，血少無熱證者，同香附醋浸，入四物湯，加阿膠、枳殼，神效。發背初起，急灸瘡頭，不痛灸至痛，痛灸至不痛，奪命神方也。縱潰，毒氣外洩，不至內攻矣，若未潰，瘡頭用濕紙貼上，看先乾處是也，即於此灸。

瘡疥熏法：熟蘄艾一兩，木鱉子三錢，雄黃二錢，硫黃一錢，爲末，揉入艾中，分作四條，每以一條安陰陽瓦中，置被裏烘熏，後服通聖散。治火眼，用艾燒令烟起，以碗蓋之，候烟上碗成煤取下，用水調化，洗或點，更入黃連，尤妙。

愚按：艾之性，類知其爲純陽，用之奏功，亦止知其在是而已，然未能精察物理也。艾一名冰臺，見於《爾雅》。時珍曰：《博物志》言削冰令圓，舉而向日，以艾承其影則得火，則艾名冰臺，其以此乎？丹溪曰：艾屬火而有水。即斯繹之，是艾雖純陽之性，乃本於陰而畢暢其陽之氣者也，故《別錄》謂主婦人漏血，利陰氣，而金氏謂爲暖子宮溫下元之品也。夫子宮固本於下元，陰中生陽，陽在陰中而暢其氣，然後陰血乃生，即漏下乃固。又即其灸百病者，先哲曰：作炷灸諸經穴，不差鑿竅。夫經穴之所行所留者，脈中之營血也，而鑿竅之不差，乃陰中之陽氣遇陰之爲結爲蝕者，而即能利之以完陰也。若然，則此爲丸散固宜於血病，然唯宜於寒濕之血病，而燥熱之血病乃正相反。蓋從陰中達陽，還以育陰，從陰中達陽，還以育陰，只此是艾之功用。若概謂之純陽而已，何以他味之純陽者不與此同其功用耶。不謂陽盛而更僭之，陰微而更耗之也。若然，則女子血虛不孕投六味地黃丸，而入艾與香附者，將毋重耗其陰歟？曰：陰虛不能生血，固宜補陰，然不鼓動其陰中之陽，則陰亦不生不化也。至於胎漏腹痛，屬元陽虛，因之下陷，血乃不固，投四物湯而舍艾，豈中的之劑乎？如此類是，皆因虛化寒因寒動濕之血病，非病於燥熱者也。因虛生寒，在經固曰氣虛者寒也，其因寒動濕者，蓋陰中之陽虛，則氣不能化而鬱爲濕也。蓋熱之氣固就燥，寒之氣固就濕，水火之應如此。若然，如吐衄諸證何爲用之？將毋更僭其陽歟？曰：盧氏謂屬陰氣承陽而血妄行者，其義是也，然猶有未盡者。即如四生丸之治吐血，兼用此於寒涼中，使陰血有主，得以歸經，豈非先哲製方妙諦歟？又如產後虛痢，亦有用之入寒涼劑者，其義更可見矣。總不欲傷其陰中之真陽也。金氏曰：古方調經多用艾。殊不知唯下元虛冷而血隨氣降者宜之，其意固防其上僭耳。但古方之療崩漏及妊娠下血，皆合阿膠投之，以阿膠入手太陰，爲氣中之陰，艾葉入脾肝腎三經，爲血中之陽，有升有降，合用以調和氣血，於調和氣血之中而即有以固脫也。又如用醋煮者，亦斂而歸陰之義。故知所以用之，則此味之生溫熟熱，皆可奏效矣，安得懲噎而廢食乎？

[附血證論治畧]　大凡失血而上行者，皆本於陰不能爲陽之守也，經曰陰爲陽之守者，以陽原出陰中也，故陽上行而陰即與之俱上矣。第身半以下地氣主之，是陰爲主而陽生焉；身半以上天氣主之，是陽爲主而陰宅焉。陽中宅陰，是即陽上行而陰與之俱上者也，蓋陰陽原不能相離也。如陰中之陽虛，則陰無以化而病於氣之化原矣；陽中之陰虛，則陽無以化而病於血之化原矣。病於氣之化原，則陰爲死陰；病於血之化原，則陽爲孤陽。孤陽者，無陰以爲之守，能動而不能静也；死陰者，無陽以使之化，能静而不能動也。如陽有陰以爲之守，是則陰之静者趨下，而陽亦即與之俱下，乃安其静順之化，否則，陽不得陰以爲依，而孤陽止有動而無静，更有升而無降，即引陰所化之血而上逆矣，是所謂失血而上行者，皆本於陰不能爲陽守之義也。若然，是則療斯證者，唯滋陰而俾陽降，其如是之治爲最先乎？曰：猶有可商者。如值孤陽鼓焰

之際，即欲益陰以冀血之便能歸經也，則未必當厄。或曰：然則以抑陽而使之降，可收前茅之功乎？曰：亦不能徒恃此也，不聞苦寒之能亡陰乎？陰傷則不能化陽而血病，若苦寒則陽傷而不能化陰，是亦血之化原微也，故曰亡陰。夫茲證多因陰虛而孤陽乃不能降，然即以陽亢而陰氣愈不能化。試以王宇泰先生肯堂所云參之，其謂血澀血溢諸證云云，往往獲中，且云血既妄行，迷失故道，不去蓄利瘀，則以妄爲常，曷以禦之？若然，是則可以奏前茅之功而後區別以爲治者，是治血證第一義也。謂血上溢諸證，其始率用桃仁、大黃行之，以折其銳氣，而後分別所傷以精治之，乃得取效多也。或曰：既云分以治，得毋執一陰爲陽守之義，似難以爲準歟？詎知血證之所因不一，如攖寧生滑壽伯仁氏云：血證皆有所挾，或挾風，或挾濕，或挾氣，又有因藥石而發者，然其本皆熱也。即此數語，不得以悟於其本皆熱者通於陰不能爲陽守之義乎？如所謂或風濕諸挾，[3]固非治本之義也，明者宜熟審之。方書每言血之逆而上者其治難，順而下者其治易，然未能悉其所以然也。殊不知逆而上者，其治多屬化陰降陽；順而下者，其治類屬補陽育陰，二者固區以別矣，豈得漫以難易爲言乎哉？按溲血有虛實二因，此主因虛宜於補者而言也。下血證亦指久不愈而面色痿黃，[4]漸成虛憊，下元衰弱，宜於大補之劑者而言也，非概論二證之治也。

[附方]

中風口噤，熟艾灸承漿一穴，頰車二穴，各五壯。

中風掣痛，不仁不隨，並以乾艾斛許揉團，納瓦甑中，並下塞諸孔，獨留一目，以痛處著甑目，而燒艾熏之。

癲癇諸風，熟艾於陰囊下穀道正門當中間，隨年歲灸之。

頭風久痛，蘄艾揉爲丸，時時嗅之，以黃水出爲度。

妊娠胎動，或腰痛，或搶心，或下血不止，或倒產，子死腹中，艾葉一雞子大，酒四升煮二升，分二服。

胎動迫心作痛，艾葉雞子大，以頭醋四升煎二升，分溫服。

治吐衄，血熱妄行，生荷葉、生艾葉、側柏葉、生地黃各等分，搗爛，丸如雞子大，每一丸，用水二鍾煎一鍾，去渣服。

婦人或漏下，或半產後下血不絕，或妊娠下血，並宜用膠艾湯：阿膠二兩，艾葉三兩，芎藭、甘草各二兩，當歸、地黃各三兩，芍药四兩，水五升、清酒五升煮取三升，乃纳膠令消盡，每温服一升，[5]日二服。

希雍曰：艾性純陽，善辟風寒濕氣及非時邪氣，然性氣芳烈而燥熱，凡婦人胎動不安由於熱而不由於寒，妊娠下痢膿血由於暑濕腸胃熱甚而非單濕爲病，崩中由於血虛内熱，經事先期由於血熱，不孕由於血虛而不由於風寒入子宫，法並忌之。

[**修治**]　生者治血痢，止嘔血，取汁用之。熟者治漏血。煎劑宜新鮮，氣則上達；灸火宜陳久，氣乃下行。時珍曰：凡用艾葉，須用陳久者治令細軟，謂之熟艾。若生艾灸火，則傷人肌脈，故《孟子》云七年之病，求三年之艾。揀取净葉，揚去塵屑，入石臼内，木杵搗熟，羅去渣滓，取白者再搗，至柔爛如綿爲度，用時焙燥，則灸火得力。入婦人丸散，須以熟艾，用醋煮乾，搗成餅子，烘乾，再搗爲末用。或以糯糊和作餅及酒炒者，皆不佳。洪氏《容齋隨筆》云：艾難著力，若入白茯苓三五片同碾，即時可作細末，亦一異也。

茵陳蒿

藏器曰：此雖蒿類，經冬不死，更因舊苗而生，故名因陳，後加蒿字耳。按茵陳二月生苗，其莖如艾，其葉如淡色青蒿而背白，葉岐，緊細而扁整，此即蘇頌所謂汴京及北地所用之山茵陳也。乃因本草無山茵陳，止有茵陳蒿，人遂疑爲兩種，不知本草註云葉似蓬蒿而緊細，又韓保昇曰葉似青蒿而背白，是寧有兩種乎？時珍釋其誤曰：茵陳，昔人多蒔爲蔬，故入藥用山茵陳，所以別家茵陳也，洪舜俞《老圃賦》云酣糟紫薑之掌，沐醯青陳之絲是也。今淮揚人二月二日猶采野茵陳苗，和粉麪作茵陳餅食之。後人各據方士所傳，遂致淆亂，得時珍此說，可以釋其疑矣。但頌說山茵陳不結實，而時珍謂亦有實如艾子，與無實者爲一種而有少異耳。

莖葉

[**氣味**]　苦，平，微寒，無毒。普曰：神農、岐伯、雷公，苦，無

毒；黃帝，辛，無毒。權曰：苦辛，有小毒。潔古曰：苦甘，陰中微陽，入足太陽經。

[主治] 風濕寒熱邪氣，熱結黃疸《本經》，小便不利《別錄》，通關節，去滯熱藏器，治時疾熱狂，頭痛頭旋風眼《日華子》。

海藏曰：張仲景茵陳梔子大黃湯治濕熱也，梔子檗皮湯治燥熱也。如苗澇則濕黃，苗旱則燥黃，濕則瀉之，燥則潤之可也，此二藥治陽黃也。韓祇和、李思訓治陰黃用茵陳附子湯，大抵以茵陳爲君主而佐以大黃、附子，各隨其寒熱也。

盧復曰：諸邪成熱，入中爲疸，必從腠理脈絡而內薄之，陳絲如腠如理，如脈如絡，芬芳疎利，味苦健行，則入者出，結者散矣。

之頤曰：藏器謂其因舊苗而發，因名茵陳，《內經》云春三月，此謂發陳，大相吻合。故因者，仍也，托也；陳者，故也，有也。木德之始也，言仍托故有，以宣木德之始，雖與繁蕭蔚莪至秋老成同爲蒿屬，不若此芳香宣發之能因陳致新耳。

希雍曰：茵陳蒿，感天地苦寒之味而兼得春之生氣以生者也，其味苦平微寒，無毒，入足陽明、太陰、足太陽三經，除濕散熱結之要藥也。茵陳性苦寒，能除一切濕熱，五疸雖各有其因，然同爲濕熱所成。故得黃連、乾葛、黃檗、苜蓿、五味子，治酒疸如神；得二朮、茯苓、澤瀉、車前子、木通、橘皮、神麴、紅麴、麥門冬，治穀疸；同生地黃、仙人對坐草、石斛、木瓜、牛膝、黃檗，治疸因酒色而得，病名女勞疸。又，茵陳五苓散總治諸疸。

愚按：茵陳，方書概以爲除濕熱，如治黃疸是也。第如茵陳湯，既用大黃行濕熱矣，而必以茵陳爲君者何哉？蓋黃疸專屬中土，土之主在木也，土屬濕而還病於濕，茵陳秋後莖枯，經冬不死，至春又生，根水德之所養而宣水德之用，土之用又在水也，由木以達水，由水之達以善土之用，正此味發陳致新，其功有如是也，與他味之逐濕熱者殊，而滲利爲功者尤難匹矣。先哲曰脾病色黃，土氣化濕，非濕毒何能發黃？故黃證有濕氣勝則如熏黃而晦，熱氣勝則如橘黃而明，濕固蒸熱，熱亦聚濕，皆從中土之濕毒以爲本，所以茵陳皆宜也。雖然，如《本經》所云風濕寒熱邪氣，熱結黃疸，海藏謂隨陽黃陰黃皆用之，而又云內感傷寒，因勞役飲食失宜，變寒病生黃，非外感而得，只用理中、大小建中足矣，茵陳不必用。將無內傷證俱不得用歟？曰：是不可概論也。試思人身濕熱之病居多，如七情，如房勞，如酒食違宜，如勞役過度，致傷其中氣，累及元氣而遂致脾陰大損，不能爲胃行其津液者，何可量數。先哲曰：若論此證所因，外則風寒暑濕，內則喜怒憂驚，酒食房勞，三因悉備，世醫獨嚴於傷寒論中何哉？故愚悉此以補本草之漏。第有因如是之損傷以病黃疸者，亦有因如是之損傷而不能調養以成虛勞者，雖亦有發黃，而實則區以別矣，海藏所謂不必用者當是此類耳。至黃疸證，丹溪曰：發黃如酓麮相似，但濕熱有微甚，及兼熱兼寒瘀血，所因不同。抑濕熱之微甚何以明之？蓋傷其中氣，以累元氣，則脾陰已受傷，故病於濕，濕漸化熱，熱則脾陰之傷愈甚而胃陽愈困，更不能行其津液矣，至此濕滋熱，熱益滋濕，先哲謂黃爲濕，疸爲單陽而無陰，此陽邪卽濕邪之所鬱而壅也，黃與疸合，則脾腎交病矣。先哲曰：小便不利爲裏實，宜利小便，或下之，蓋腎固水臟也。又曰：無汗爲表實，宜發汗，或吐之，吐中有汗，總是達濕，小水與汗無二也。又曰：小便赤澀爲濕熱盛，滲濕清熱，若小便清白屬虛證。合而參之，是小便不利及赤澀者乃濕兼熱而甚者也。經曰：脾脈搏堅而長，其色黃，當病少氣；腎脈搏堅而長，其色黃而赤者，當病折腰。色黃赤，指小水也。蓋脾之真氣衰，則無以爲水之主而濕邪壅，水不得土氣以行其化，而陽邪壅真陰虛，二者交病，此經所謂精氣奪則虛也。邪氣更湊於精氣之虛，其浸淫以爲患者，詎可量乎？此證始於胃，次及脾，更次及腎，固有淺深，是所謂自微而甚者也。邪盛則實，如之何其可補乎？是茵陳湯、茵陳五苓散之的對，蓋茵陳能達水化，以行木用而救脾者也，然則內傷雖原屬虛證，至標急則舍本而治標矣。先哲又云：久病則脾胃受傷，已非旦夕，氣血虛弱，必用補劑，俾正氣盛則邪氣退，庶可收功。不可過用涼劑，强通小便，恐腎水枯竭，久而面黑黃色，不可治也。又云：然有元氣素弱，避滲利之害，過服滋補，以致濕熱愈增者，則又不可拘於久病調補之例也。如斯反覆叮嚀，是固從標而思救本，更從本而思治標，其治猶難執一，是所謂濕兼熱者，謂其非外感而舍茵陳，固未可也。如海藏所說，惟虛而寒者，乃爲對待之治，不用是亦可矣。然有勞役傷氣已甚，而或因口食冷物，或久雨體脆感其氣，致寒濕相合以發黃者，薑、附、草蔻、白朮等藥投之，何以亦用茵陳？緣不足之正氣，爲有餘之邪所乘也，不能不藉之以化濕，所謂陰黃亦用，是濕證兼寒者也。唯是先哲曰：男子黃，小便自利，當與虛勞。又曰：諸疸小便色白，不可除熱者，無熱也。若有虛寒證，當作虛勞治之。夫既曰無熱，而又無寒濕證，是非黃疸明矣，却有虛寒證，經曰氣虛者寒也，如以黃疸治，不幾大誤乎？故曰當與虛勞，虛勞證即先哲所謂脚弱心忪，口淡耳鳴，微寒發熱，氣急，小便白濁諸證，亦曰當作虛勞，而治以養榮湯者也。惟此等證投以茵陳，反爲虛虛，如之何其可也。故知茲物之投於外感之陽黃陰黃皆宜，於內傷之濕熱者宜。先哲曰：諸疸小便黃赤色者爲濕熱，於內傷之寒濕合者不宜。蓋內傷之寒濕，是濕爲陽氣不足之所化，不可以有餘之治法化之也，唯補陽如水附湯可矣，真無所須於茵陳也。抑黃病原屬中土，乃潔古言茵陳入足太陽者何也？蓋足太陽固屬水腑，然經曰巨陽者諸陽之屬也，又曰三焦者太陽、少陰之所將，能宣巨陽之水化，以布三焦之氣化，故入足太陽而達中土之濕化，此義本自親切也。

[附方]

風疾攣急，茵陳蒿一斤，秫米一石，麴三斤，和勻，如常法釀酒，服之。茵陳酒治風疾者，正爲其宣木德之用也。

希雍曰：蓄血發黃者禁用。

[修治]　須用葉有八角者，采得陰乾，去根，細剉用，勿令犯火。

青　蒿

所在有之。得春最早，望春便發，莖如指而肥，葉極纖細，色並青翠，似茵陳蒿而背不白，至夏漸高五六尺許，秋深開細淡黃花，花下結子如粟米，莖柔韌，根白硬。苗葉花實並芬芳特勝，功力亦相若也。

莖葉根子

［氣味］　苦，寒，無毒。

［諸本草主治］　骨蒸癆熱及瘧疾寒熱，虛勞盜汗，療熱黃，生搗汁服之，治留熱在骨節間，明目，療風毒心痛，鼻衄，生搗傅金瘡，止血止疼。

頌曰：青蒿治骨蒸勞熱爲最，古方單用之。

時珍曰：青蒿得春木少陽之氣最早，故所主之證皆少陽、厥陰血分之病也。

之頤曰：其味苦，已出乎陽，其氣寒，未離乎陰，陰中之陽，陽中之樞象也。

《類明》曰：骨蒸是陰血衰少，陽氣陷入陰中，而爲蒸蒸之熱也。諸經血熱，亦陽勝陰也。青蒿爲補陰退熱之妙計，人每忽之而不用，惜哉。

希雍曰：青蒿味苦氣寒，然稟天地芬烈之氣以生，故諸苦寒藥多與胃氣不宜，惟青蒿之氣芬芳，其香氣先入脾，不犯胃氣，獨宜於血虛有熱者也，是以蓐勞虛熱，非此不除。青蒿得鱉甲、地黃、牛膝、枸杞、麥門冬、五味子，除一切產後虛熱寒熱，淹延不解，亦治一切虛勞寒熱，陰虛五心煩熱，腎水真陰不足，以致骨蒸勞熱，此爲要藥。

愚按：苦寒之味能除熱而不能益陰，甘寒之味能益血而不能退熱。如青蒿既苦寒矣，乃其望春而發也，得少陽春升之氣，有從陰引陽以出之義焉。胡氏所謂骨蒸之熱，緣陰血衰少，致陽氣陷入陰中，之頤所謂青蒿爲陰中之陽，陽中之樞象者，皆不謬也。且其氣芬芳，合於土中之資生，夫化液而生血者脾也，既以苦寒除熱矣，更從陰引陽以出，則陰得所養，況芬芳之氣快入於生血之地以化有真陰乎？此能致肝之用於脾，更達脾之化於肝，繆氏所謂最宜於血虛有熱者，而《日華子本草》更謂其補勞，良不誤也。雖然，能治血中虛熱，在他味亦不少，何以熱之淫於外者獨茲味有專功耶？曰：是固清血分之熱，然更由氣分以致之，較與他味異耳。蓋其苦寒清熱，而本風升與芬香之氣以入脾，脾氣能達而後脾陰乃化，故其由內至外者，即脾爲胃行氣於三陰三陽之義，又何肌表膚腠之不必達乎？即如虛勞盜汗，骨節留血，瘧證寒熱以及熱黃鼻衄，惡瘡金瘡等治，無不相宜者，豈非其不徒以苦寒除熱，而更有從陰引陽，從陽生陰之功也歟？抑更謂療風毒心痛者謂何？曰：血與風，本同原而出者也，風爲出地之陽，陽本乘陰以出，故達於上則以血爲化原，以血即真陰之化醇也，血之能病乎風，即虛而滯者猶然，況其因虛以成熱乎？先哲曰血熱流迸，風入腸胃，矧心固主血而不病乎？血熱不散，即爲風毒矣。

[附方]

草還丹：治陰虛骨蒸，奇驗。用草蒿一斗五升，童便三斗，文武火熬，約童便減半去蒿，熬至一升，入豬膽七箇，甘草收和，爲丸梧子大，每服五十丸。

虛勞盜汗，煩熱口乾，用青蒿一斤，取汁熬膏，入沙參末、麥冬末各一兩，同熬至可丸，丸如梧子大，每食後米飲服二十丸。名青蒿煎。

瘧疾寒熱，端午日采青蒿葉，陰乾，桂心等分，爲末，每服一錢，先寒用熱酒，先熱用冷酒，發日五更服之。[6]切忌發物。

溫瘧痰甚，但熱不寒，用青蒿二兩，童便浸焙，黃丹半兩，爲末，每服二錢，白湯調下。

希雍曰：產後氣虛內寒作瀉及飲食停滯泄瀉者，勿用。凡產後脾胃薄弱，忌與當歸、地黃同用。

[修治] 葉細而香，取表裏俱青者。寇氏曰：古人所用，當以深青者爲勝，不然，諸蒿何嘗不青？宜四月、五月並莖采之，日乾，至秋則受金氣矣。治下焦而陰虛骨熱，用童便製；治上焦血分結熱，生搗汁服之。使子勿使葉，使根勿使莖。秋冬使子，春夏用苗。秋冬用之，取根與實，實須炒過，根乃咀成。實須炒者，緣結子於深秋，得金氣厚，恐傷少陽春生之氣也。

陳嘉謨曰：按諺云三月茵陳四月蒿，人每誦之，只疑兩藥一種，因分老嫩而異名也。殊不知葉雖近似，種却不同。草蒿葉背面俱青，且結花實；茵陳葉面青背白，花實全無。況遇寒冬，尤大差異，茵陳莖幹不凋，至春復舊，幹上發葉，因幹陳老，故名茵陳；草蒿莖幹俱凋，至春再從根下起苗，如草重出，乃名草蒿。發舊幹者三月可采，產新苗者四月纔成，是以采從先後爲云，非以苗分老嫩爲說也。

茺蔚—名益母草、野天麻、夏枯草。

頵曰：茺蔚卽益母，古用實，今用草。蓋茺蔚專精在實，取充盛密蔚之義，用草則舍密從疎矣。今園圃田野近水濕處甚繁，二月生苗，如嫩蒿，入夏漸高，至三四尺，莖四稜，如黃麻莖，葉尖岐如荽艾葉，莖有節，節節生穗，叢簇抱莖，四五月間穗開小花，紅紫色，亦有白色者，每萼內有細子四粒，粒似蒿子，色黑褐，有三稜，藥肆中往往作巨勝子貨。生時微臭，夏至後莖葉皆枯，根色白也。

子

[氣味] 辛甘，微溫，無毒。《別錄》曰：甘，微寒。時珍曰：甘辛，溫。

[主治] 益氣，通血脈，養肝明目，調女子經脈由於肝氣虛而滯者，並崩中帶下由於肝氣有損者。

丹溪曰：茺蔚子活血行氣，有補陰之功，故名益母。凡胎前產後所恃者，血氣也，胎前無滯，產後無虛，以其行中有補也。

時珍曰：茺蔚子味甘微辛，氣溫，陰中之陽，手足厥陰經藥也。白花者入氣分，紫花者入血分，治婦女經脈不調，胎產一切血氣諸病，妙品也。《本經》首主明目，在方書亦止目病之治爲多，然東垣李氏言瞳子散大者禁用茺蔚子，爲其辛溫主散，能助火也。當歸雖辛溫而兼苦甘，能和血，故不禁之。愚謂目得血而能視，茺蔚行血甚捷，瞳子散大，血不足也，故禁之，非助火也，血滯病目則宜之，故曰明目。

莖

《日華子》曰：苗、葉、根同功。

［氣味］　藏器曰：寒。時珍曰：莖葉味辛微苦，花味微苦甘，根味甘，並無毒。

［主治］　胎前胎動下血及產難，產後胎衣不下，血脹、血暈、血風等證，搗汁服，消疔腫、乳癰、丹遊等毒，併傅之，並打撲内損瘀血，二便不通。

時珍曰：益母草之根、莖、花、葉、實，並皆入藥，可同用。若治手足厥陰血分風熱，明目益精，調女人經脈，則單用茺蔚子爲良；若治腫毒瘡瘍，消水行血，婦人胎產諸病，則宜並用爲良。蓋其根、莖、花、葉專於行，而子則行中有補故也。

［總論］　之頤曰：生成在春節，穗森榮，實作三稜，合天三生木，得木體之全，具五行之相，大益肝膽者也。茺蔚之名，言能自上按下，從内徹外，豐美備足，何也？十一臟腑取決甲膽故爾，故主上明眼目，下輸水氣，内益精髓，外固形骸。益母者，胎從厥陰始結，產自少陽發伸，娠前娠後，靡不以肝膽爲芻狗者，種種功力，悉以充肝之用，蔚木之體，玩索解分，自得之矣。此味如王宇泰先生《準繩・内科》，唯目病用之，不一而足，餘證不概見也。至《準繩・女科》亦多用之，然亦唯女子虛勞，餘則皆胎產之治，若毒藥及跌撲傷胎，臨產之催生，而產後之血暈，血不下，是其所主治也。之頤胎從厥陰數語，的是精詣，似爲茲味寫真。

希雍曰：茺蔚子稟地中之陽氣以生，兼感乎上天春夏之氣而成，亦陽草也，味辛甘，微溫微寒，無毒，入手足厥陰經，爲婦人胎產調經之要藥，此藥補而能行，辛散而兼潤者也。午月五日采紫花益母草，搗汁，分貯瓷器内，各少許曬乾，剔取，和蜂蜜封固，加人參、琥珀、乳香、沒藥、血竭、沉香、丹砂、五靈脂，催生及胞衣不下，神效。兼產後血暈，瘀血薄心，惡露不行，腹痛，少腹兒枕痛，調經，治血閉經阻，經行作痛。單用和童便服，能下死胎，及治熱入血室，發熱煩燥類傷寒；君四物湯、杜仲、阿膠、真川續斷，爲丸，安胎止痛；得生地黃、白芍藥、麥門冬、枇杷葉、青蒿子、五味子、阿膠，治血熱經行先期及胎漏下血；同生甘菊、蒼耳草、金銀花、紫花地丁各一握，貝母、鼠黏子、白芷、殭蠶、白及、白斂、生甘草、連翹、生地黃各三錢，熬夏枯草汁和藥，同煎濃，頓飲之，消一切疔腫發背及無名腫毒。

愚按：茺蔚於春初生苗，入夏漸高至三四尺，其莖有節，節生穗，四五月間穗開小花，每萼內有細子四粒，夏至後莖葉皆枯，是則生成在春，而盛大結實於夏，逮夏至陰生，便已歸根復命矣，所謂備肝木之體用而茺盛密蔚，初不受收降之氣者，古人命名亦可思也。故入肝而效血分之用，謂補者，以其備肝木之體用，得全生氣之最先者也，謂補而有行者，以其木德充盛密蔚，初不受收降之氣也，然則東垣謂為辛溫主散，豈不然哉？其氣微溫，已得春升之用，而味又辛甘，辛甘固無降也，非辛溫主散之一證歟？第子則甘中兼辛，以補而行，莖葉甘辛而兼苦，苦以洩之，則行之功勝於補，故此味於女子胎前產後有大益者，當繹其得全於生長之氣，以為補中之行。如泛言其能活血益陰者，誤也。又，當就其子與莖葉根細晰，其補行之微有差等，以為因證之投，如概言其為補而行者，亦誤也。據《本經》於子首主明目益精，除水氣，於莖、葉、根僅主治癮疹，可作浴湯，則子之補勝於行，莖、葉、根之行勝於補者，不亦確然有同中之異乎哉？抑《本經》明目，固知玆味專精於厥陰之肝，而益精除水氣屬何治義？蓋精固血所化也，正合氣盛則精盈一語，謂其氣之盛者乃能化血歸精耳。其除水氣者，蓋氣盛則液化血，氣微則液化水，所謂水與血是二是一，職此之故也。先聖立言，豈欺我哉？按此味與夏枯草同枯於夏，故其名亦同，但夏枯草較茺蔚之枯也早，一則以陽氣之極而枯，一則不受陰氣也而枯，況其氣味之辛甘溫與苦寒者殊乎？一則裕出地之陽，故能生血而致其陽於陰；一則達陰中之陽，故能化氣而致其陰於陽。

濟陰丹：治女子胎前產後諸證。用茺蔚子草開花紅紫色者，白者不用，於花開時連根收采，陰乾，用葉及花子，忌鐵器，以石器碾為細末，煉蜜丸如彈子大，隨證嚼服。用湯使其根，燒存性，為末酒服。功與黑神散不相上下，其藥不限丸數，以病愈為度。或丸如梧子大，每服五七十丸。又可搗汁濾淨，熬膏服之。胎前臍腹痛，或作聲者，米飲下；胎前產後臍腹刺痛，胎動不安，下血不止，當歸湯下；產後，以童子小便化下一丸，能安魂定魄，血氣自然調順，諸病不生；又能破血痛，養脈息，調經絡，並溫酒下；胎衣不下及橫生不順，死胎不下，經日脹滿，心悶心痛，並用炒鹽湯下；產後血暈眼黑，血熱口渴，煩悶如見鬼神，狂言，不省人事，以童子小便和酒化下；產後結成血塊，臍腹奔痛，時發寒熱，有冷汗，或面垢顏赤，五心煩熱，並用童子小便、酒下或薄荷自然汁下；產後惡露不盡，結滯刺痛，上衝心胸滿悶，童子小便、酒下；產後血崩漏下，糯米湯下；產後瀉血水，以棗湯下；產後痢疾，米湯下；產後赤白帶下，煎膠艾湯下；月水不調，溫酒下；產後中風，牙關緊急，半身不遂，失音不語，童便酒下；產後氣喘咳嗽，胸膈不利，惡心吐酸水，面目浮腫，兩脇疼痛，舉動失力，溫酒下；產後月内咳嗽，自汗發熱，久則變爲骨蒸，童便酒下；產後鼻衄，舌黑口乾，童便酒下；產後兩太陽穴痛，呵欠，心忪氣短，羸瘦，不思飲食，血風身熱，手足頑麻，百節疼痛，並米飲化下；產後大小便不通，煩燥口苦者，薄荷湯下；婦人久無子息，溫酒下。

希雍曰：益母草辛甘爲陽，故性善行走，能行血通經，血崩禁用，瞳子散大禁用。惟熱血欲貫瞳人者，與涼血藥同用則不忌。

[修治] 子，凡用微炒香，亦或蒸熟，烈日曝燥，春簸去殼，取仁用。花、實、莖、葉，皆忌鐵器，以其入肝而畏金也。

夏枯草

生平澤，處處有之。冬至後生，三四月莖端作穗，長一二寸，穗中開淡紫碎花，似丹參花，結子亦作穗，一穗四子，五月便枯，宜四月收采。土瓜即王瓜。爲之使。丹溪曰：寇氏誤以爲茺蔚，不知茺蔚有臭味，而夏枯絕無，明是兩物，且兩物雖俱生於春，但夏枯先枯而無子，茺蔚後枯而有子。

莖葉

[氣味] 苦辛，寒，無毒。

[主治] 寒熱，瘰癧鼠瘻，破癥，散癭結氣，療頭瘡喉腫，脚腫濕

痹，補肝明目。

丹溪曰：本草言夏枯草大治瘰癧，散結氣，有補養厥陰血脈之功而不言及。[7]觀其退寒熱，虛者可使，若實者，以行散之藥佐之，外以艾灸，亦漸取效。

婁全善曰：夏枯草，治目珠疼至夜則甚者神效，或用苦寒藥點之反甚者，亦神效。蓋目珠連目本，即係也，屬厥陰之經，夜甚及點苦寒藥反甚者，夜與寒亦陰故也。夏枯稟純陽之氣，補厥陰血脈，故治此如神，以陽治陰也。

之頤曰：冬至生，夏至枯，其三陽之正體，寒水之正化，故從內達外，自下徹上，以去寒熱氣結及合濕成痹也。

希雍曰：夏枯草得金水之氣，故其味苦辛而性寒無毒，入足厥陰少陽經。夏枯草得連翹、忍冬藤、貝母、玄參、薄荷、栝樓根、紫背天葵、蓖麻子仁、甘草，治一切瘰癧有效；得蒲公草，治一切乳癰乳巖；單取數兩，水煮濃汁，入生甘菊、紫花地丁、忍冬藤、連翹、白及、白斂、甘草、生地黃、白芷、半枝連，消一切癰疽腫毒，止痛有神。此復方也。《簡要濟眾方》治肝虛目睛疼，冷淚不止，血脈痛，羞明怕日，夏枯草半兩，香附子一兩，爲末，每服一錢，茶調下。時疫喉腫盛行，搗爛漬水，去渣，少加酒服之，已病者速愈，未病者不染，誠退腫要藥也。

愚按：夏枯草以冬至後發生，夏至後枯瘁，朱丹溪先生謂稟純陽之氣，故遇陰而枯，近代婁全善輩亦祖其說。詎知其氣寒，其味苦辛，謂爲陽是也，謂其純陽則猶未盡也，乃粗者又謂得金水之氣，故其味苦辛而性寒，不知何以解於遇陽而生，遇陰而枯也。就盧之頤所云，具三陽之正體，寒水之正化，庶幾近之，然於夏至而枯者未能晰其微也。蓋陽在下由陰而生，在上即由陰而化；陰在上由陽而生，在下即由陽而化。如夏枯草本於陰也，遇陽之生以生，迨飽歷陽氣以至陽極，遇陰生遂枯者，非惡陰也，陽極將盡，徑趨陰以化也。如人身所病陽盛，而不得陰以化，則氣結而血亦結，此《本經》言其治寒熱瘰癧鼠瘻有專功，且破癥散癭結氣也。若然，是取陽之遇陰化矣。所云治目珠痛，如他苦寒之味獨非陰乎？何以反甚？而又何以別乎？蓋此味卽一物而具有陰遇陽生陽遇陰化之妙，更妙於陽趨陰以化，氣得化而卽能化血，不倫於以陰制陽者反不能化血也。一儒醫治失血後不寐證，彷經所云衛氣不得入於陰，宜用半夏湯之義，蓋半夏亦得一陰之氣而枯，猶是生於陽成於陰者也，因半夏性燥，不宜於血證，代以夏枯草，患者飲之而臥立至。卽此思之，則豈非陽得陰以化，故陽入於陰中俾臥至乎？雖然，粗工謂茲物遇陰而枯矣，乃曰成於陰也，誰其是之？詎知陽之化於陰也，正以成其陽，其玄機有如是乎。有陰以成其陽，而陽之用不窮，故婁氏謂治目珠痛者不以陰而以陽者是也。不知陽之得化於陰，乃氣化而後血化也，如諸方用之補肝明目，女子血崩，產後血暈，須當識此義也。知此，可以破全善以陽治陰之誤矣。

［附方］

血崩不止，夏枯草爲末，每服方寸匕，米飲調下。

產後血暈，心氣欲絕者，夏枯草搗絞汁，服一盞，大妙。

瘰癧馬刀，不問已潰未潰，或日久或漏，用夏枯草六兩，水二鍾煎七分，食遠溫服。虛甚者則煎汁熬膏服，并塗患處，兼以十全大補湯加香附、貝母、遠志，尤善。此味生血，乃治瘰癧之聖藥也。

［修治］ 夏枯草用莖葉，味苦辛，苦勝於辛，莖之苦辛不及葉，似宜多用葉。

旋覆花

二月生苗，長一二尺，莖柔細似紅蘭而無刺，葉如大菊及水蘇蒿艾輩。花亦如菊，六月開，黃金色，香亦勝菊。

［氣味］ 鹹，溫，有小毒。《別錄》曰：甘，微溫，冷利。權曰：甘，無毒。宗奭曰：苦甘辛。

［諸本草主治］ 結氣，除水，消胸中痰結，吐如膠漆，治噫氣，利上焦痰水，脇滿，治水腫及膀胱留飲，利大腸，通血脈，治風氣濕痹，

去頭目風。

[方書主治] 水腫痰飲，咳嗽頭痛，癥瘕眩暈，黃疸目疾，亦多用之。

時珍曰：旋覆乃手太陰肺、手陽明大腸藥也，所治諸病，其功只在行水下氣通血脈爾。

嵩曰：此消痰導飲、散結利氣之味，其云除驚悸者，以去心下水飲，心神自定也。又治目中瞖曀頭風，畢竟痰飲結滯而生風熱，此能散之，頭目自清也。

希雍曰：旋覆花，《別錄》、甄權、《日華子》、寇宗奭皆無毒，宗奭又加苦辛而曰冷利，其稟冬之氣而生者乎？故其味首係之以鹹，潤下作鹹，鹹能軟堅，《別錄》加甘，甘能緩中，微溫，溫能通行。仲景治傷寒汗下後心下痞堅，噫氣不除，有七物旋覆代赭湯。《金匱要畧》治半產漏下，虛寒相搏，其脈弦芤，旋覆花湯，用旋覆花三兩，蔥十四莖，新絳少許，水三升煮一升，頓服。胡洽治痰飲在兩脇脹滿，有旋覆花丸。

愚按：旋覆花之味鹹，鹹乃水化，此種多生下濕地，多近水旁，繆氏疑其秉冬氣而生，蓋謂其為水氣之化也。然用者在花，花開於六月，正如菊花黃色者，故諸書謂為金沸草、金錢花、滴滴金者，以其色黃也。又曰盜庚，曰夏菊者，以菊之吐華在秋，固稟金氣，而茲之吐華與菊不異，亦猶是金氣之所化，謂其為夏菊，更謂其盜竊金氣也。經曰：地氣上而生水液。此種秉水氣之化，上際於金氣之用，猶人身腎氣至於肺之義，然苗生於二月，花開於六月，其金氣布化乃在火土正旺之時，是有可參者也。夫人身之氣固水所生，金水相涵則水之原裕而氣生，人身之液又為氣所化，金火相合，則氣之用全而液化，此《本經》首言主治結氣，正謂其能散液中之結氣，不類於泛泛破結氣之味也。水歸金，金歸火，乃得水化氣，氣化液，液化血，是茲物功用之異處，非可以逐痰下水與他味概論也。夫水穀之精微化液者，又為宗氣之所化，而宗氣之歸膻中者卽火之靈，又以用金而真火烹煉其液，又能化血，此所謂主治結氣，卽其能通血脈者也。夫痰飲皆根於濕，水土合德以立地，不有金火合德以為運化，則水積不行。先哲云：水盛，與血混雜則不滋榮氣之運，或不化液而不從衛氣之用，聚於經脈以爲病。卽此語繹之，則所云主治結氣除水而通血脈者，固了然矣。所謂風氣濕痺，卽血脈之所結，則風氣不化，風氣之所病，則濕痺以成，是固相因者也。所云利大腸者，肺與大腸皆一氣之所貫。所云除膀胱留飲者，卽散精於肺，通調水道，下輸膀胱之義。至丹溪謂此味一於走散，義似近之，而未必盡然。至言其爲冷利，則所未曉。彼春月爲風寒所傷，咳嗽聲重頭疼者，用金沸草散，又《金匱》治半產漏下，虛寒相搏者用之，是皆冷利之劑所能治乎哉？大抵此味兼治風，次兼治風寒，而風熱亦兼治之，唯視其主劑如何耳。

希雍曰：丹溪謂爲走散之藥，病人涉虛者不宜多服。

[修治] 去梗葉，蒸熟曬乾入藥。

劉寄奴草卽前五代宋高祖劉裕小字也，此草繫此名者，詳見李延壽《南史》。

頻曰：出河中、孟州、漢中、滁州、江南、越州，所在有之。春生苗，高二三尺，一莖直上，葉似蒼朮葉，尖長糙澀，面青背白，九月莖端岐分蓊穗，每蓊攢簇小花十數朵，黃包白瓣，宛如秋菊，經三四日花心拆裂如絮，隨結實，絮實都如苦蕒也。

子

[氣味] 苦，溫，無毒。時珍曰：莖、實、花、子皆可用。

[主治] 下血脹，止痛，大小便血，折傷瘀血，下氣，水脹，通婦人經脈癥結，治產後餘疾，大都治血氣脹滿，爲破血之補劑也，止金瘡血極效，第蘇恭云久服令人下痢。

希雍曰：劉寄奴草，其味苦，其氣溫，揉之有香氣，故應兼辛苦，能降下，辛溫通行，血得熱則行，故能主破血下脹，然善走之性，又在血分，故多服則令人痢矣。昔人謂爲金瘡要藥，又治產後餘疾，下血止痛者，正以其行血迅速故也。

愚按：劉寄奴草，類以爲與他味之快瘀血者等耳。第閱方書，有療臂痛之琥珀散，固用此味，且云主治挈重傷筋以致臂痛者。即此參之，是則茲味固快瘀血，然究其所治之瘀，乃由於傷筋之瘀也。即此一證推之，則凡病於傷損以爲瘀者，固不止此一證也。又孫真人思邈《千金方》治折傷瘀血在腹內者，即寄奴與骨碎補、延胡索同用，不可以尋繹其補傷損之義歟？更如《別錄》本草云止金瘡極驗，不尤可取之爲左券歟？又《集簡方》治大小便血及《聖濟總錄》療霍亂成痢，如斯二證是茲味奏功，昭然補血氣之虛損而成瘀者也。如先哲所謂直破血之補藥，豈非能悉精義適先得我心乎哉？如漫同快瘀者以爲論治，則失之鹵莽矣。

〔附方〕

大小便血，劉寄奴爲末，茶調，空心服二錢，即止。

血氣脹滿，劉寄奴穗實，爲末，每服三錢，酒煎服。不可過多，令人吐利，此破血之仙藥也。

霍亂成痢，劉寄奴草，煎汁飲。

希雍曰：劉寄奴草通行走散之性，專入血分，病人氣血虛、脾胃弱、易作泄者勿服。

紅藍花 即紅花。

〔氣味〕 辛，溫，無毒。紅花先甘次苦，苦後有辛，甘勝於苦，辛又大勝於甘，故本草止言辛溫。潔古曰：苦，溫，入心。好古曰：辛而甘苦，溫，肝經血分藥也，入酒良。

〔主治〕 產後血暈口噤，腹內惡血不盡絞痛，胎死腹中，並酒煮服，亦主蠱毒《開寶》，多用破留血，少用養血震亨，活血潤燥，止痛散腫，通經時珍。

潔古曰：入心養血，謂其苦溫，陰中之陽，故入心，佐當歸生新血。

丹溪曰：多用則破血，少用則養血。《衍義》云辛溫則血調和，故少用則能入心養血，過於辛溫則血走散，故多用則能破血。

時珍曰：血生於心包，藏於肝，屬於衝任，紅花汁與之同類，故能行男子血脈，通女子經水，多則行血，少則養血。按《養疴漫筆》云：新昌徐氏婦病產暈已死，但胸膈微熱。有名醫陸氏曰血悶也，得紅花數十斤乃可活。遂亟購得，以大鍋煮湯，盛三桶於窗格之下，舁婦寢其上，熏之，湯冷再加，有頃指動，半日乃蘇。按此亦得唐許胤宗以黃芪湯熏柳太后風病之法也。

希雍曰：紅藍花，稟土與火之氣，潔古、海藏皆兼甘苦溫，陰中之陽，故入心。海藏以為肝經血分藥也，入酒良，乃行血之要藥。熱病胎死腹中，新汲水濃煮紅藍花汁，和童便熱飲之，立瘥，胞衣不下，產後血暈，並同此法，無不立效。同延胡索、當歸、生地黃、牛膝、赤芍藥、益母草、川芎，或丸或煎，治經阻少腹作痛及結塊，良。

希雍曰：紅藍花本行血藥也，血暈解，留滯行即止，過用能使血行不止而斃，世人所不知者。

愚按：紅花開於盛夏，其色正紅，是皆火也。其氣固溫，其味辛甘發散為陽，而歸於苦，苦又火味，的為入心之藥也，《衍義》所說於少用多用之義當矣。第心主血，而脈者血之府，如投之得宜，如所謂潤燥通經，活血散腫者，豈欺我哉？時珍云其行男子血脈，通女子經水，更於少用多用有精詣。蓋血脈欲行不欲壅，故曰養血，然血脈行矣而更行之，豈不大為害耶？此繆氏所謂過用能使血行而不止者此也。並附二方，以思其功。

喉痹壅塞不通者，紅藍花，搗絞取汁一小升，服之，以瘥為度。如冬月無生花，以乾者浸濕，絞汁煎服，極驗。

噎膈拒食，端午采頭次紅花，無灰酒拌，焙乾，血竭瓜子樣者，等分，為末，無灰酒一盞隔湯頓熱，徐咽，初服二分，次日四分，三日五分。

[修治] 破血酒煮，養血水煎。

大薊　小薊 俗呼為茨芥。弘景曰：大薊、小薊，其葉並多刺，故又名曰刺薊。

宗奭曰：大小薊皆相似，花如髻，但大薊高三四尺，葉皺，小薊高一尺許，葉不皺，以此爲異。大薊生山谷，小薊生平澤，卽南方平原大小皆產之，然大薊亦生高阜處，不與小薊同，卽此亦當有別處，且大薊之味甘後微有苦，小薊則止有甘耳，不可不審。

大薊根

葉同。

[氣味] 甘，溫，無毒。權曰：苦，平。《日華子》曰：葉涼。

[主治] 女子赤白沃，安胎《別錄》，療崩中血下甄權，一切鼻衄吐血，令人肥健《別錄》。葉治腸癰，腹臟瘀血，血暈，[8]撲損，生研，酒并小便任服《日華子》。

小薊根

苗同。

[氣味] 甘，溫，無毒。《日華子》曰：涼。

[主治] 暴下血，血崩嘔血，金瘡出血等證藏器，養精保血《別錄》，治熱毒風，并胸膈煩悶，開胃下食，退熱《日華子》。苗去煩熱，生研汁服《日華子》。

《日華子》曰：小薊力微，只可退熱，不似大薊能健養下氣也。

恭曰：大小薊皆能破血，但大薊兼療癰腫，而小薊專主血，不能消腫也。

希雍曰：大小薊根稟土之冲氣，兼得天之陽氣，故味甘氣溫而無毒，《日華子》涼當是微寒，其性涼而能行，行而帶補。

愚按：大小薊類以爲血藥固然，第如桃仁、紅花，皆言其行血破滯，而此味則曰止吐血鼻衄，並女子崩中血下，似乎功在止血也。夫行血者，猶曰不可概求之血，至於妄行，是或激之，或壅之，豈得止就血以求止塞，如防川而必潰哉？如先哲謂小薊退熱，而大薊能健養下氣。愚按諸方用小薊退熱者良然，唯是大薊或熱或虛，皆隨所治之味而用之，是繆氏所謂涼而能行，行而帶補者，當於大薊較勝也。夫退熱固以止血，而下氣更是止血妙理，蓋氣之不下者，多由於陰之不降，以致陽亢而不下也，氣下則血歸經矣。抑此亦氣爲血先之義歟？曰：是猶有異。經曰雲霧不精則白露不降，又曰地氣上爲雲，若然，是則地氣上際而天氣合之，絪縕變化乃謂雲霧精也，陰陽合而後雨澤降，是所謂下氣療血之義，不得如粗工止以陰生於陽爲言，至病乎陽亢而猶事益陽者也。然則薊能益陰歟？曰：昔哲謂大薊兼療癰腫，經曰營氣不從，逆於肉理，乃生癰腫，然則大薊之健養下氣者乃營氣也。觀《別錄》言其令人肥健，形體爲陰，卽斯語而陰氣不益歟？然則有云治血證宜降氣不宜破氣者，亦合於斯歟？曰：破氣豈可？然是亦非降氣之說，雖曰氣降則火降，然恃降氣之劑以降火療血，豈爲中的？若大薊亦止以降爲功，彼下行之血不益劇乎？而何以並能療之耶？雖然，大小薊花亦如紅藍花，但色青紫，若猶止就血以治，何以不用花而但用根或並用葉？此其不止血而令血止者，固可熟思也矣。

　　按大薊根葉在《別錄》皆曰甘溫，唯《日華子》謂葉涼，小薊根苗，《別錄》皆曰甘溫，而《日華子》皆曰涼，然則用以退熱，小薊根苗皆可，大薊治虛而有熱者，須根兼葉用。大薊在《別錄》言令人肥健，小薊言養精保血，是小薊退熱療血而有保血之益，不同於能行血而不能保者，若大薊補養令人肥健，是能由中充外，不僅止於保血，所謂力更勝者也。夫涼血者多滯，而此乃能行之，又不以降火爲行，是從下氣以爲行也，卽小薊根在《食療本草》亦謂其養氣，但力劣於大薊耳。以故行血者無補，而此乃能保之，特大薊健養之力勝於保血者耳，是所謂不就血以爲止者也。若然，則豈非至賤之物而有至貴之用哉？

　　附錄數方，以類推其用。

　　治心熱吐血口乾，用刺薊葉，搗絞取汁一小盞，頓服《聖惠方》。

　　心臟有熱，舌上出血如涌泉，小薊根同升麻、茜根、艾葉、寒水石，水煎，入生地黄一二沸，溫服升麻湯。

　　食啖辛熱傷肺，嘔吐血，名爲肺疽，大薊根同犀角、升麻、桑白皮、蒲黃、杏仁、灸草、桔梗煎服大薊散。

　　下焦結熱，尿血成淋，小薊根同生地、滑石、通草、蒲黃、藕節、淡竹葉、當歸、山梔、灸草同煎服小薊飲子。

崩漏不止，大小薊根、白茅根，酒煮服《濟陰綱目》。

以上皆治其熱者也。

氣虛血溢，或吐或嘔，或咯或衄，同人參、當歸、熟地、川芎、蒲黃、烏梅肉，水煎服必勝散。

血虛，或嗽血唾血，大薊同阿膠、卷柏、生地、熟地、雞蘇葉、五味、柏仁、茯苓、百部、遠志、人參、麥冬、防風、山藥，煉蜜丸，小麥麥冬湯吞大阿膠丸。

以上治氣血之虛者也。

墮胎下血，小薊根葉、益母草五兩，水二大盞煮汁一盞，再煎至一圭，分二服，一日服盡《聖濟總錄》。

此治墮傷血於內者也。

腸癰、腹癰、小腹癰，大薊葉生搗，絞汁，同地榆、茜草、牛膝、金銀花四味，濃汁和童便飲之，良。

此治瘍病血於內外者也。

希雍曰：薊，性能下氣，故主崩衄多效。惟不利於胃弱泄瀉及血虛極、脾胃弱、不思飲食之證。

[修治] 五月采葉，九月采根，洗淨陰乾，微焙，亦可生搗汁服。又云：消腫搗汁，止血燒灰存性。

續　　斷

時珍曰：續斷之說不一，桐君言是蔓生，葉似荏，李當之、范汪並言是虎薊，《日華子》言是大薊，一名山牛蒡，蘇恭、蘇頌皆言葉似苧麻，根似大薊，而《名醫別錄》復出大小薊條，頗難依據。但自漢以來皆以大薊為續斷，相承久矣。究其實，則二蘇所云似與桐君相符，當以為正。今人所用，以川中來，色赤而瘦，折之有煙塵起者為良焉。鄭樵《通志》謂范汪所說者乃南續斷，不知何據，蓋以別川續斷耳。

根

[氣味] 苦，微溫，無毒。《別錄》曰：辛。普曰：神農、雷公、

黄帝、李當之，苦，無毒；扁鵲，辛，無毒。

[主治] 益陰氣，補不足，補五勞七傷，去諸溫毒，通宣血脈，利關機，緩急，療折傷，續筋骨，療崩中血漏，金瘡血內漏，癰瘍傷內潰，止痛，生肌肉。治腰痛腳軟，與桑寄生同功；防女子胎墜，同杜仲奏效。產前胎漏，臨產乳難，產後血暈，皆治。

海藏曰：補風虛。

之頤曰：斷者續之，因名續斷，故枝莖根節宛如經脈骨節也。是主續筋骨，連肉理，貫經脈，利乳難，補不足，益氣力，續之功用大矣哉。

又曰：大薊與續斷同類，續斷生西川，大薊生南地，形質功用因方土而有差別。西方金位，入通於肺，肺主氣，續主益氣，以續經脈筋骨，藏真高於肺，以行營衛陰陽也；南方火位，入通於心，心藏血，薊主益血，以續經脈肉理，藏真通於心，心藏血脈之氣也。顧續有繼義，致新推陳，薊有解義，推陳致新，以是又有別耳。

希雍曰：續斷得土金之氣而兼稟乎天之陽氣以生，《本經》味苦，微溫，《別錄》益之以辛，曾得蜀中者嘗之，其味帶甘，應云味苦甘辛，微溫，無毒。使非味甘，焉能主傷中，補不足？非辛，焉能主金瘡，癰傷折跌，續筋骨，婦人乳難？辛能潤，苦溫能散，甘能益血，故《別錄》又主崩中漏血，金瘡血內漏，止痛，生肌肉，及踠傷惡血，腰痛，關節緩急，《本經》久服益氣力，傷去血生之效也。入足厥陰、少陰，為治胎產，續絕傷，補不足，療金瘡，理腰腎之要藥。欲行血理傷，當以當歸、牛膝、肉桂、延胡索同用；欲止血，補不足，療崩中，則與白膠、阿膠、地黃、麥門冬、杜仲、五味子、山茱萸、人參、枸杞子、黃耆同用；欲安胎，則與涼血補血順氣藥同用；欲療金瘡，則與金瘡藥同用。

愚按：續斷，在昔相承謂即是大薊，而盧氏又言產於川者為續斷，南中產者是大薊，唯因其地以別形質功用。雖然，據形質，薊與續斷其莖葉大有差別，時珍之致疑也良是，但據其功用有相近者，是昔人謂即是大薊之故歟？在之頤亦因此而強作解歟？抑功用相近者云何？曰：二味俱治血，俱不離於氣之功，似乎不遠也。但大薊本於陽中之陰氣，化原屬上而不離乎中，續斷本於陰中之陽氣，化原在下而亦根於中，還少丹，陽弱加續斷，則知補陰中之陽，再以海藏補風虛參之，其義愈明。此希雍所謂入足厥陰、少陰者是也。試舉數方言之，如續斷丹治中風寒濕筋攣骨痛者，筋骨非肝腎所主乎？又如續斷湯之治肝勞虛寒，脇痛脹滿，攣縮煩悶，眼昏等證，又如續斷丸治肝腎風虛氣弱，腳不可履地，腰脊疼痛等證，固皆言其治肝腎矣。其又有續斷丸，治風濕流注，四肢浮腫，肌肉麻痹，是亦治肝腎之脾也。至如續斷散，治骨蒸勞熱，傳尸瘦病，潮熱煩燥，喘嗽氣急，身疼盜汗，兼治咳嗽吐膿血，是亦治肝腎之心肺也。即此類推，未有離於肝腎之治而用此味者矣。試觀上溢之血，諸本草於續斷不言功，而唯崩中漏血與大薊同者，其義不可思歟？是其投治大有區別，而可謂其功用之同歟？且薊性有涼，續斷止有微溫，微溫者，固陰中之陽氣，所以助氣，補勞傷，宣血脈，利機關，續筋骨，連肉理者也。即概以益陰二字目之，猶為不得其似也，然則不可以治熱乎？曰：所謂陰中之陽固溫和之氣，可同於溫以治寒，亦可同於涼以宣熱，蓋此味之溫者非熱，而大薊涼者非寒也，故大薊補寓於行中，即行以為保，續斷行寓於補中，即補以為宣，大薊以行為補，故曰補寓於行中；續斷以補為行，故曰行寓於補中。一則於陽中保陰，即以和陽，一則於陰中舒陽，即以益陰。二物之別如此，豈可謂其原是一物而止以地宜為別哉？至以續斷專於氣，大薊專於血，尤為浪語，但致新推陳，分別二味者，差有當耳。

又按：續斷之所治，似乎有益於血，而《本經》首主治傷中，補不足，又云久服益氣力，《日華子》更首言助氣，次言補五勞七傷，醫概襲氣為血帥之言，即此以論功，殊不如甄權所云去諸溫毒，宣通血脈二語為最要也。蓋此品之功在氣者，是屬陰中之氣，故能奏功於血，於血中之瘀即暢，唯由陰氣而暢血，乃能去諸溫毒而消腫毒，乃得療金瘡之血內漏，並癰瘍之血內潰，甚而折跌損傷筋骨，更其奏功之地。蓋足三陰腎肝脾是三陰之氣，乃營血之母氣也，而筋骨固屬肝腎，由血和而潤養之奏功親切，此續斷之所由得名也。然《本經》首言傷中者，蓋中氣即足三陰之脾，本元氣以上行，而仍下降者也。第人身之元氣皆原於下而際於上，豈茲味得陰氣之用遂獨歸腎肝乎？則請以經義明之，經曰：出地者陰中之陽，陽予之正，陰爲之主。蓋其出地之初氣，故曰陰主之，是卽有異於天表之陽氣矣，故以營氣之母而療腎肝之疾，茲味應得如是其親切，前所云治諸上逆之血，不能等於下行，并崩漏證，固斯義耳。明於陰氣之主療，而後明於治痢之故，有如時珍所說爲不妄也。時珍述宋張叔潛知劍州，一醫療其閣下血痢，用平胃散一兩，入川續斷二錢半，每服二錢，水煎服，卽愈。後叔潛子以其方傳人，往往有驗，小兒痢服之效。

[附方]

續斷丹：續斷、萆薢酒浸，牛膝酒浸，乾木瓜、杜仲剉，炒，去絲，各二兩，爲細末，以煉蜜和丸，每兩作四丸，每服一丸，細嚼，溫酒下，不拘時《準繩·攣類》。

續斷湯：川續斷酒浸，川芎、當歸酒浸，去蘆，陳皮去白，半夏製，乾薑炮，各一兩，肉桂不見火，炙甘草各半兩，每服四錢，水一盞、薑五片煎，服無時《準繩·虛勞》。

續斷丸：思仙木五兩，卽杜仲，五加皮、防風、薏苡仁、羌活、川續斷各三兩，萆薢四兩，生地黃五兩，牛膝酒浸，三兩，爲末，好酒三升化青鹽三兩，用木瓜半斤，去皮子，以鹽酒煮成膏，和杵丸如梧子大，每服三五十丸，空心食前溫酒、鹽湯任下《準繩·脚氣》。

又續斷丸：川續斷、當歸炒、萆薢、附子、防風、天麻各一兩，乳香、沒藥各半兩，川芎七錢半，爲細末，煉蜜丸如梧子大，每服四十丸，空心用溫酒或米飲送下《準繩·着痹》。

續斷散：續斷、紫菀、桔梗、青竹茹、五味子各三錢，生地、桑白皮各五兩，甘草炙，二兩，赤小豆半升，爲粗末，每服三錢，入小麥五十粒，水煎，去渣，日三服《綱目·咳唾血》。

希雍曰：禁與苦寒藥同用以治血病，及與大辛熱藥用於胎前。雷公云：草茆根真似續斷，誤用之，令人筋軟。

[修治] 出川中。皺皮黃色，狀如雞脚，折之烟塵起者良。用酒浸一伏時，搥碎去筋，焙乾用。

苧麻

根

[氣味] 甘，寒，無毒。權曰：甘，平。《日華子》曰：甘，滑冷，無毒。

[主治] 小兒赤白丹毒，女子安胎及胎漏下血，產後血暈，治心膈熱，天行熱疾，大渴大狂，煎湯治血淋。

丹溪曰：苧根屬水而有土與金，大能補陰而行滯血，方藥中鮮用，故表而出之，安胎尤效。

藏器曰：苧性破血，將苧麻與產婦枕之，止血暈。產後腹痛，以苧安腹上，卽止也。

希雍曰：苧根得土之沖氣而兼陰寒，故味甘氣寒而無毒，《別錄》專主小兒赤丹，爲其寒能凉血也。同生地黃汁，能凉血安胎。

[附方]

治小便血淋，苧根煎湯，頻服，大妙。亦治諸淋。

治妊娠胎動，忽下黃汁如膠，或如小豆汁，腹痛不可忍者，苧根去黑皮，切，二升，以銀一斤、水九升煎四升，每服入酒半升或一升，分作二服。

葉

[氣味] 同根。

時珍曰：苧麻葉甚散血，五月五日收取，和石灰搗作團，曬乾收貯。遇有金瘡折損者，研末傅之，卽時止血，且易痂也。按李仲南《永類鈐方》云：[9]凡諸傷瘀血不散者，五六月收野苧葉、蘇葉，擂爛，傅金瘡上。如瘀血在腹內，順流水絞汁服，卽通，血皆化水，以生豬血試之，可驗也。秋冬用乾葉亦可。

愚按：苧根之味甘氣寒，丹溪謂其大補陰而卽能行滯血，是以補爲行也。夫甘寒之藥能瀉火，此味止血淋，治丹毒，或入血分而瀉熱乎？

但就其安胎止漏血尤效，則補陰活血之功，又豈徒以瀉熱與他味同論乎？夫寒水在泉，爲鹹化，乃兼有土金，是得乎辛甘之陽也，補陰之味兼有陽者乃得補也。其和血者便在補陰，而能行能止之，故可以思矣。卽葉治冷痢白凍，則此味甘寒，當從別論，不爲左券哉。

[附方]

冷痢白凍，不拘男婦，用五月五日采麻葉，陰乾，爲末，每服二錢，冷水調下。勿喫熱物，令人悶倒，只喫冷物。小兒半錢。

胡盧巴 一名苦豆。生廣州，或云種出海南諸番，蓋其國蘆菔子也，胡俗呼爲盧巴。

斆曰：胡盧巴，一名腎曹都護，生海南諸番，今廣州、黔州俱有，不及舶上者佳。春生苗，夏結子，子作細莢，至秋采。

[氣味] 苦，大温，無毒。東垣曰：純陽。

[主治] 元陽不足，腎臟虛冷。得硫黄、附子，治虛冷，面色青黑，腹脇脹滿；[10] 得茴香、桃仁，治膀胱冷，疝氣，甚效；得補骨脂、肉豆蔻，治元臟虛寒易泄；得硫黄、茴香，治陽衰陰痿，冷痰壅上。

時珍曰：胡盧巴，命門藥也，元陽衰，冷氣潛伏，不能歸元者宜之。《惠民和劑局方》胡盧巴丸治大人小兒小腸奔豚偏墜，及小腹有形如卵，上下走痛甚者，用胡盧巴八錢，茴香六錢，巴戟去心，川烏頭炮，去皮，各二錢，楝實去核，四錢，吳茱萸五錢，並炒爲末，酒糊丸梧子大，每服十五丸，小兒五丸，鹽酒下。薛立齋云：一人病寒疝，陰囊腫痛，服五苓諸藥，不效，與此而平。又張子和云：有人病目不睹，思食苦豆，頻頻不缺，不周歲而目中微痛，如蟲行入眥，漸明而愈。按此亦益命門之功，所謂益火之原，以消陰翳是也。

之頤曰：胡盧巴，能斂互水火兩腎之元陽，故主命門，火衰不能斂互歸元者對待治之。若腎虛冷，面青黧黑，不唯火衰，更屬卒滅，必協附子、石硫黄，陽毒並行，迺克有濟。若膀胱氣上，祇須蘹香子、桃核仁之廻互引之，易於歸納耳。

愚按：胡蘆巴之用，類知其爲溫補元臟虛冷耳，即用之亦止以溫補陽虛盡之耳。第方書中如療諸逆衝上屬上盛下虛，又如眩暈亦屬上盛下虛者，一用黑錫丹於大溫補中歸元，一用沉香磁石丸於溫補歸元中而清虛風，乃二方內俱入胡蘆巴，若茲味猶然取其歸元，則附、桂輩已任之而用此，不亦贅乎？蓋亦有以從水攝火，即從火溫水者，是斂互水火兩腎之元陽，如之頤一語有微中也。蓋腎之真陽出於水中，若徒以溫祛寒，如治下元虛冷諸證是矣。然參之歸元主治，必有召元陽於陰宅，即能於陰宅回陽者，以思其功也。蓋與辛熱之味不同，故止曰大溫。試閱茲味所主治，如頭痛腰痛，痿證遺精，虛勞寒疝，以至泄瀉，小便數，果屬於元陽之虛，皆取此以回虛冷，豈僅取其水火勝復之氣機哉？必明於火出水中之義，并曉然於水能斂火以爲交互之義，乃得投劑，乃能酌所宜以救其偏，勿夢夢然辛熱逐隊而用，反致損其真元也。試卽補元陽諸方，茲味多與故紙同用，則亦可以參悟，蓋故紙有即水攝火即火運水之功，愚於故紙條下已粗悉其義矣。

愚按：患疝與小腸氣、膀胱氣，其證迥殊，今方書滾同論治，誤矣。在棟實條甚晰，當合參之。

又按：治寒疝，此味每與茴香同用，蓋調二腑之水火也，緣寒疝之病亦未有離於二腑者。但病止於一腑，或爲小腸，或爲膀胱，則不可混以此味治之，所因有寒熱之不同耳，亦不可名之爲疝也。

[附方]

寒濕脚氣，腿膝疼痛，行步無力，胡蘆巴酒浸一宿，焙，破故紙炒香，各四兩爲末，以木瓜切頂去瓤，安藥在內令滿，用頂合住簽定，爛蒸，搗，丸梧子大，每服七十丸，空心溫酒下。

冷氣疝瘕，胡蘆巴酒浸，曬乾，蕎麥炒，研麪，各四兩，小茴香一兩，爲末，酒糊丸梧子大，每服五十丸，空心鹽湯或鹽酒下，服至兩月，大便出白膿，則除根。

陰㿗腫痛偏墜，或小腸疝氣，下元虛冷，久不愈者，**沉香內消丸**主之：沉香、木香各半兩，胡蘆巴酒浸，炒，小茴香炒，各二兩，爲末，酒糊丸梧子大，每服五七十丸，鹽酒下。

［修治］　凡入藥淘淨，以酒浸一宿，曬乾，蒸熟或炒過用。

惡實 即牛蒡子。一名鼠粘子，一名大力子。

《仙製本草》曰：各處皆生。葉如茵芋葉長大，實似葡萄核，褐黃，殼類栗捄，音求，長貌。小而多刺。時珍曰：三月生苗，起莖高者三四尺，四月開花成叢，淡紫色，結實如楓捄而小，萼上細刺百十攢簇之，一捄有子數十顆，其根大者如臂，長者近尺，其色灰黲。七月采子，十月采根。

子

［氣味］　辛，平，無毒。藏器曰：苦。潔古曰：辛，溫，陽中之陰，升也。杲曰：辛，平，陽也，降也。能曰：陽中之陰，降也。

［諸本草主治］　明目補中，除風傷喉痺，風熱痰壅，咽膈不利，頭面浮腫，治風毒腫，諸瘻，散諸結節，筋骨煩熱毒，消斑疹毒，療咳嗽傷肺肺壅，腰膝凝滯，潤肺散氣，通十二經。

［方書主治］　中風頭痛，痛痺攣，眩暈目痛，外障內障，脾病，耳鼻咽喉舌痔。

杲曰：鼠粘子其用有四，治風濕癮疹，咽喉風熱，散諸腫瘡瘍之毒，利凝滯腰膝之氣是也。

《類明》曰：牛蒡子雖通十二經，然其味辛，辛，金化也，故行肺為多，潔古言其潤肺散氣，辛所以潤也，亦以散也，是與他寒劑之除熱者不同。蓋風腫之毒，須用潤之散之，未可直任寒劑，故東垣云消散腫毒須鼠粘子，須半生半熟，以解表裏。

希雍曰：惡實至秋而成，得天地清涼之氣，《本經》言辛平，藏器兼苦，升多於降，陽也，入手太陰、足陽明經，為散風除熱，解毒之要藥。同赤檉木，為疹家要藥；同浮萍等分為末，治風熱癮疹，薄荷湯下，每服二錢，日進二服；同紫草、犀角、生地黃，治天行痘瘡，血熱乾枯不得出，有神。

愚按：牛蒡子蓋以爲散風熱矣，但《本經》所云除風傷者，先言明目補中，於義何居？夫肝開竅於目，而中氣與風升之氣無二也。若在下者陰中之陽不升，是謂風虛而中氣病，在上者陽中之陰不降，是謂風淫而中氣亦病。夫陰中之陽不升，病在陽不足而下鬱爲風，是宜達陽爲主，不宜寒涼助陰者也；陽中之陰不降，病在陰不足而上壅爲風，是宜裕陰爲主，不宜辛溫助陽者也。若茲味者，既非寒涼，亦非辛溫，雖非益陰而能爲陰致其用，雖非益陽而能爲陽裕其化，東垣謂其辛平而降者是也。夫風升之氣、中氣與三焦元氣一也，如風不病於虛，並不病於淫，謂非補中氣之的劑歟？抑其功何以能如是也？即其三月生苗，四月開花，至七月方采其子，豈非醞釀木火之氣以歸於金水，乃克告成功哉？夫人身之氣昌大於木火，而終始於金水者，即其味辛濃而差短，苦淡而差長，又豈非由天而降地，即以降爲散，更即以散爲補者乎？雖然，據諸本草有謂其散風毒腫諸瘻者，有謂其散諸結節筋骨煩熱毒者，有謂其出癰疽頭者，似乎主風淫之治爲多也。更閱方書，如治目痛有菊花散，治肝腎風毒氣上衝眼痛者，此風淫也，又槐子丸治肝虛風邪所攻致目偏視者，是風淫風虛，俱得用之而咸宜也。是何所取材耶？曰：真陽原出於陰中，陽之有餘而爲風淫者，固以裕陰而靜之，非取其勝者以相制也，故陽之不足而爲風虛者，亦還以裕陰而充之，蓋化原之義固如斯耳。且不止此也，即如咽喉之牛蒡子丸，治內熱毒攻，生瘡腫痛，又利膈湯之治，屬虛煩上壅，脾肺有熱，咽喉生瘡者，相提而取證之，是則爲實爲虛皆病於熱，則茲味之咸宜，豈曰不然？但虛實攸分，而主輔之味大有酌量耳。抑其通十二經者何居？曰：此金木相媾之玄機也。人身十二經脈皆上循咽喉，故唯肺氣周於一身，乃能通十二經，且肺爲陽中之少陰，茲味告成於金，而味辛氣平，乃合乎肺，此木火之氣有陽中之陰以馭之，此木之所以得媾於金而風氣乃平者也。所以此味不獨擅咽喉之治，而乃以理咽喉爲首功者，以其主本在肺也。其主本在肺者，以風木之化其病在肝也。觀其首主明目，則其義了然。肝原開竅於目也，即如所云風腫毒者，豈非風之結滯其正氣，而血亦爲之結且壅，以病於腫毒乎？所云筋骨煩熱毒者，皆此之爲屬也。如方書所主治諸證，豈止治風而遺血？更若痛痹攣證，尤可尋繹耳。明於斯義，則茲味所治之各證乃得一以貫之矣。

[附方]

風水身腫欲裂，鼠粘子二兩，炒研，爲末，每溫水服二錢，日三服。

風熱浮腫，咽喉閉塞，牛蒡子一合，半生半熟，爲末，熱酒服一方寸匕。

痰厥頭痛，牛蒡子炒，旋覆花等分，爲末，臘茶清服一錢，日二服。

咽膈不利，疏風壅涎唾，牛蒡子微炒，荊芥穗各一兩，[11]炙甘草半兩，爲末，食後湯服二錢，當緩緩取效。

懸癰喉痛，風熱上搏也，惡實炒，甘草生，等分，水煎含咽。名**啓關散**。

喉痹腫痛，牛蒡子六分，馬藺子八分，爲散，每空心溫水服方寸匕，日再服。仍以牛蒡子三兩，鹽二兩研勻，炒熱，包熨喉外。

便癰腫痛，鼠粘子二錢，炒，研末，入蜜一匙，朴消一匙，空心溫酒服。

歷節腫痛，風熱攻手指，赤腫麻木，甚則攻肩背兩膝，遇暑熱則大便秘，牛蒡子三兩，新豆豉炒、羌活各一兩，爲末，每服二錢，白湯下。

希雍曰：惡實性冷而滑利，痘瘡家惟宜於血熱便閉之證，若氣虛色白，大便自利或泄瀉者，愼勿服之。痧疹不忌泄瀉，故用之無妨。癰疽已潰，非便閉不宜服。

[修治] 以酒淘去沙土，又掠去浮面者不用，取沉重者曬乾，瓦器上微炒，研細用。

愚按：茲味先哲多謂辛平，且有云辛溫者，而繆氏乃以爲性冷滑利何也？餘以此利血中之風熱誠捷，第腹作微痛，更少服溫劑，同火酒散之乃止，若然，則茲味爲性冷當亦不妄也。皇甫氏云服此須酒浸三日乃可，是不惟取其入血，並移其性冷者，在酒三日之浸也，勝於微炒用之多矣。凡用，以酒浸三日，微焙乾。

菓耳菓，音徙。一名蒼耳，《詩》所謂卷耳也。忌豬肉及米泔。

颢曰：所在有之。與麥互相爲候，麥黃種枲，枲黃種麥也。莖高四五尺，有黑色斑點，葉如葵，四畔寬紐，七八月開細白花，結實如婦人珥璫，外殼堅韌，刺毛密布，中列兩仁，宛如人腎。

子

[氣味] 甘，溫，有小毒。《別錄》曰：苦。權曰：甘，無毒。

[主治] 風頭寒痛，風濕周痹，四肢拘攣痛藏器，治一切風氣，填髓，暖腰膝《日華子》，久服益氣藏器，炒香浸酒服，去風補益時珍。

[附方]

鼻淵流涕，蒼耳子炒，研爲末，每白湯點服一二錢。

莖葉

[氣味] 苦辛，微寒，有小毒。

[主治] 大風癲癇，頭風濕痹，毒在骨髓，腰膝風毒，夏月采，曝，爲末，水服一二匕，冬月酒服，或爲丸，每服二三十丸，日三服，滿百日病出如癘疥，成汁出，或斑駁，[12]甲錯皮起，皮落則肌如凝脂蘇恭。和臘豬脂封疔腫，出根藏器。

[附方]

《蘇沈良方》云：菓耳根、苗、葉、實皆洗濯，陰乾燒灰，湯淋取濃汁，泥連兩竈煉之，灰汁耗即旋取，傍釜中熱灰湯益之，一日夜不絕火，乃旋得霜乾，瓷瓶收之，每日早晚酒服二錢，補暖，去風，駐顏，尤治皮膚風，令人膚革清靜。

諸風頭暈，蒼耳葉曬乾，爲末，每服一錢，酒調下，日三服。若吐，則以蜜丸梧子大，每服二十丸。

婦人血風攻腦，頭旋悶絕，忽死倒地，不知人事者，用蒼耳草嫩心陰乾，爲末，以酒服一大錢。其功甚效，是物善通頂門連腦。

萬應膏：治一切癰疽發背，無頭惡瘡，腫毒疔癤，一切風癢，臁瘡杖瘡，牙疼喉痹。五月五日采蒼耳根葉數擔，洗淨，曬萎細剉，以大鍋五口，入水煮爛，以篩濾去粗滓，布絹再濾，復入淨鍋，武火煎滾，文火熬稠，攪成膏，以新罐貯封，每以敷貼，卽愈。牙疼，卽敷牙上，喉痹，敷舌上，或噙化，二三服卽效。每日用酒服一匙，極有效。

反花惡瘡，有肉如飯粒，破之血出，隨生反出，用蒼耳葉搗汁，服三合，并塗之，日二上。

一切疔腫危困者，用蒼耳根葉搗，和小兒尿絞汁，冷服一升，日三服，拔根甚驗。

愚按： 蒼耳槪列於風劑，止以爲療風耳，乃《日華子》何以云填髓？蘇恭何以言除骨髓之毒？《斗門方》又何以謂其善通頂門連腦乎？蓋此味能達至陰中之陽以靜風，難以風劑例視者也。其義云何？曰：經云腦者髓之府，又云腦髓者地氣之所生也，但骨髓雖爲至陰之所化，而至陰之所以化精液爲膏，俾滲骨空以補益腦髓者，則至陰中之陽也。髓固腎所生，非至陰中之陽，何能自地而至天以補益腦乎？若陰中之陽不至於極巔，斯爲風虛，更還病於風，此之能填髓而通頂門連腦者，謂非能達至陰中之真陽，以靜風不可。蒼耳靜風，謂其能達至陰中之真陽者，卽實曁葉，本草又言其治濕痹，而其義可明，原論極透。蓋三陰不至於巔，而足太陽、足陽明乃入絡腦，故藏器首主風頭寒痛，蘇沈言其補暖，《日華子》云暖腰膝，而藏器又統云益氣也，則葈耳所療者固陽虛而風虛，不類於陰虛而風實者也。經曰通天者生之本，此味似當以補風虛之味並論，而猶有不同者，在於獨能上通天氣耳。故上極於巔頂者，自下達於腰膝，內滲於骨髓者，自外徹於皮膚。凡陰中之陽鬱而成濕，爲周痹，四肢拘攣，腰膝痛，鬱而成熱，爲癰疽疔腫，一切惡瘡，皆本於不能通天氣以致之者也，而此味能療之，時珍所謂去風補益四字，足以盡之矣。第實由苦而甘，苦微而甘勝，莖葉由苦而辛，辛不敵苦，似用之亦當有異也。按時珍曰：蒼耳藥久服，去風熱有效。張三錫曰：膏粱厚味，飲酒無度，積熱生風，或遍身癮疹，頭瘡白屑，生痰氣促，氣實人宜防風通聖散宣之，或搜風順氣丸久久涼血養血，蒼耳丸、苦參丸俱佳。舉上二說並言風熱，是則蒼耳之用以凉血，葉固勝於實，以實之氣味甘温，而葉乃苦辛微寒也。第先哲言其補暖，暖腰膝，益氣而凉血之説，毋乃背馳乎？曰：能達陰中之真陽，是先哲探其本以爲言也，所謂凉血者，陽暢而不致鬱熱於陰中，是後學就治標而説也。曾何背乎？第知爲療風，而不悉於治一切惡瘡者謂何？蓋風臟即血臟，蒼耳之療風，即不離於血以奏功，緣真陽之所附麗，本依陰以爲用耳，經所謂榮氣不從數語可以互證斯義矣。

蒼耳丸附：五月五日午時采蒼耳葉，洗净，曬乾，爲末，煉蜜丸桐子大，每服四五十丸，日三服。若身體有風處逐出如麻豆粒，或如粟，乃風毒出也，以針刺出黄水，愈。七月七日、九月九日亦可采用。

[修治]　子蒸用，或炒熟，搗去刺用。莖葉隨方用。

豨薟薟，音軒，讀爲僉者誤，竹頭乃音僉。此草如猪薟氣，故以爲名。

時珍曰：沈存中《筆談》云：世人多認地菘爲火杴，音軒。者。沈所謂地菘即天名精，謂火杴即猪膏母，[13]又即豨薟也。珍常聚諸草訂視，則猪膏草素莖有直棱，兼有斑點，葉似蒼耳而微長，似地菘而稍薄，對節而生，莖葉皆有細毛，肥壤一株分枝數十，八九月開小花深黄色，中有長子如同蒿子，外萼有細刺粘人，地菘則青莖，圓而無棱，無斑無毛，葉皺似菘芥，亦不對節。觀此則似與成、張二氏所説相合。按成訥所説，高三尺許，節葉相對，張詠所説，金棱銀線，素莖紫薟，對節而生，莖葉頗同蒼耳，故瀕湖言其相合。第是處皆産，隨地稍異，唯取素莖有棱而不圓，節葉皆相對，莖葉皆有細毛耳。今河南陳州采豨薟充方物，其狀亦皆猪膏草，則沈氏謂豨薟即猪膏母者，[14]其説無疑矣。二草之辨，即反面葉亦異，詳天名精條。

[氣味]　苦，寒，有小毒。又曰：猪膏母辛苦，平，無毒。時珍曰：生搗汁服則令人吐，故云有小毒；九蒸九曝則補人去痹，故云無毒。生則性寒，熟則性温，有云熱者非也。

[主治]　生用治熱䘌，音匿，小蟲也。煩滿，不能食，除諸惡瘡，消毒腫，又久瘧痰癊，音印，心病。搗汁服取吐，蒸曝用之，甚益元氣，治肝腎風氣，四肢麻痹，骨痛膝弱，并偏風口喎，時時吐涎。

颂曰：蜀人單服豨薟法，五月五日、六月六日、九月九日采葉，去根莖花實，净洗曝乾，入甑中，層層灑酒與蜜蒸之，又曝，如此九過，則氣味極香美，熬搗篩末，蜜丸服之，云甚益元氣，治肝腎風氣，按：此味固屬療風要藥，第蘇頌云甚益元氣，治肝腎風氣，是頌所謂治肝腎風氣者本於能大益元氣而云然也。時珍乃止以去肝腎風氣爲言，除卻益元氣，殊爲夢夢。四肢麻痹，骨間冷，腰膝無力者，亦能行大腸氣。

希雍曰：豨薟，陽草也，感少陽生發之氣以生，故其味苦寒，不應有毒，乃入血分，祛風除濕，兼活血之要藥也，修治如法，則走而不洩，香可開脾，治風之功斯倍矣。

中梓曰：去根，連莖葉細剉，搗爛取汁，熬煉成膏，以甘草、熟地煎膏、煉蜜三味收之，出火毒，酒調服，功難具述。云有小毒者，以生用令人吐也。既經制度，則毒去而功全矣。此說有理，但未經試驗，恐入地黄又能滯耳。

愚按：豨薟之用，在本草止言其治熱䘌煩滿，并除諸惡瘡，消毒腫而已，乃功在治風，見於成訥、張詠之進豨薟丸表，而後世服之者往往奇驗，豈其功有迥殊，昔人初不察歟？曰：非然也。蓋豨薟生平澤下濕地，本草宜言其氣寒也，其味先苦後辛，辛甚微。夫苦本於寒，則所謂諸苦湧泄者固就至陰之分而致其用矣，但涌泄二義猶吐洩也，在苦寒諸味豈盡令人吐洩哉？不過言其在陰分中熱鬱，能令其上下通耳。故苦又能燥者，陰分熱鬱則成濕，鬱通則濕燥矣。且能堅者，陰分濕熱則耎，濕去則氣堅矣。黄柏治腎痿正此義。黄柏入腎血分，梔子入心血分。先哲謂苦寒均能除濕熱，然在血分者茲味似有專功也。先哲云：臊氣湊肝。臊者，先哲謂爲犬豕膏臭也。肝爲血臟，是物直湊肝臟而效其涌泄，殊於入氣分之苦寒者，故癰疽腫毒并金瘡止痛皆奏效也。觀其治惡瘡腫毒，皆以汗出而愈，不可以思其於血分有專功歟？是則於治風無當乎？曰：血與風是二是一，謂其袪風爲最，亦即在是，觀其能治熱䘌蟲，又可知矣。但未經烹煉，此時珍所謂生用則寒也，至蒸曝既久，在活血袪風之性未改，而溫養之力更加，則功效更殊，此時珍所謂熟則溫，蘇頌所謂蒸曝如法則甚益元氣云云也。蓋六淫七情致血凝而氣滯者，則熱鬱而風生，不獨血虛之能化風也，然推以新故相因之化，血滯之久則虛，虛則風淫矣，此活血袪風更有温養之力，則寒乃得温。若還得和藥有苦温者，若氣之寒者温則味之苦者自和，況九蒸九曝之後，雖味仍苦，而最後有微甘乎。氣不徒行而能益，血不徒活而能生。氣固不生於寒而生於温也，血固活於氣之通而尤化於氣之和也，即如地黃生用則宣血，蒸曝久則益腎氣而生血，其理固不殊耳。況其修治合宜，又誠於希雍所謂走而不洩，香可開脾者，謂至賤之中乃有殊常之效，豈不然哉？雖然，即先哲諸說而參驗於實效，唯蘇頌甚益元氣一語中的。余年已八十，每服滋陰益陽丸劑，不謂無功，第有大便燥小水赤之患，最後製此丸專服之，未匝月而滋陰益陽之獲驗，覺倍於從前丸劑，且大便小水俱無所苦，則以此思功，功可知已。或曰：此藥之功，竟不獲治中風之危篤者云何？曰：時賢有云，豨薟製如法，大益氣血，四肢不遂，大有功。又曰：古方愈風湯、四白丹藥多辛散，恐非類中所宜，半身不遂病久，補氣血化痰藥外，更常服豨薟丸佳。又云：口眼喎勢緩者，豨薟尤佳。合而參之，則此味止宜於半身不遂，口眼喎邪證，似不能療中藏奄忽之證也。蓋中藏證是陰不能御陽，風火相煽，致陰已離陽，所謂升降息而氣立孤危者也，至是而索益元氣之劑，以求生於萬一，毋亦後時而無濟於存亡之數乎？固不得責其效於茲藥也。

[附方]

按先哲曰：癰疽，必出於臟腑乖變，關竅不得宣通而然也。豨薟之生者，大能導熱活血疏滯，故療癰疽腫毒類生用，如反胃則焙用，亦不取其生用矣。

癰疽腫毒，一切惡瘡，豨薟草，端午采者，一兩，乳香一兩，白礬燒，半兩，爲末，每服二錢，熱酒調下。毒重者連進三服，得汗妙。

疔瘡腫毒，端午采豨薟草，日乾，爲末，每服半兩，熱酒調下，汗出即愈。

反胃吐食，火枕草焙，爲末，蜜丸梧子大，每沸湯下五十丸。

希雍簡誤殊謬，今正之。凡患四肢麻痹，骨間疼，腰膝無力，由於外因風濕者生用，不宜熟，若內因屬肝腎兩虛，陰血不足者，九製用，不宜生。

附九製豨薟起癱瘓方：單采豨薟草十斤，洗淨，陰乾，爲末，羅取淨細剉，聽製。頭一次用蔥六兩，切碎，川烏六兩，切碎，先將藥末以蜜、酒拌勻如樣粉，放甑中，然後以生蔥、烏頭切碎，鋪藥上，蒸一炷香，取起，曬大半乾；二次用生薑六兩，草烏去皮尖，六兩，切碎，如前蒸法；三次用米泔製過蒼朮片六兩，威靈仙六兩，切碎，蒸如法；四次用羌活六兩，獨活六兩，洗淨切碎，蒸法如前；五次用五加皮六兩，薏苡仁六兩，俱切碎，蒸法如前；六次用川牛膝六兩，桔梗六兩，切碎，蒸法如前；七次用懷地黃六兩，川當歸六兩，切碎，蒸法如前；八次用防風六兩，川續斷六兩，切碎，蒸如前法；九次用天麻六兩，石斛六兩，切碎，蒸如前法。蒸完九次，以煉蜜打糊拌藥，入臼中搗千餘杵，丸如梧子大，曬乾，每日空心好淡酒或鹽調滾水，下五六十丸，久自愈。

[**修治**]　生平澤下濕地，所在皆有。春生苗葉，秋初開花，秋末結實。於夏五月五日采者佳。每去地五寸剪刈，以溫水洗去泥土，摘葉及枝頭，曝乾，九蒸九曬，如蘇頌前法石器搗爲末，煉蜜爲丸，空心酒下。其所云用蜜、酒灑之，是入甑中時要灑得勻，鋪一層，灑一層，乃得勻也。須知此味忌鐵。觀其所用，止葉及頭上枝，則此下皆不用，而實又可知實結於秋末，則氣收矣，且采之者多以夏，皆取其暢氣活血，乃可蒸曝九次，俾其合宜耳。

蘆

時珍曰：蘆有數種：其長丈許，中空皮薄色白者，葭也，蘆也，葦也；短小於葦而中空皮厚，色青蒼者，菼也，薍也，荻也，雚也；其最短小而中實者，蒹也，薕也。皆以初生已成得名，其身皆如竹，其葉皆長如箬葉，其根入藥，性味皆同，其末解葉者古謂之紫籜。

根

[**氣味**]　甘，寒，無毒。

[主治] 消渴客熱，療胃中熱，嘔逆，不下食，寒熱時疾煩悶，瀉痢人渴，並止小便利，及孕婦心熱。

時珍曰：按《雷公炮炙論》序云：益食加鷓，須煎蘆、朴。注云：用逆水蘆根并厚朴二味等分煎湯服。蓋蘆根甘能益胃，寒能降火故也。

希雍曰：蘆根，稟土之沖氣而有水之陰氣，故味甘氣寒而無毒，甘能和胃，寒能除熱，且消痰下氣，開胃益食。逆水蘆根，得竹茹、枇杷葉、麥門冬、烏梅、木瓜，能止因熱嘔吐，得竹茹、麥門冬、大青、青黛，能除傷寒熱病，煩悶嘔吐。

愚按：蘆根之味甘而氣寒，故益胃而解熱，甘寒更能養陰，故治胃熱嘔逆者爲聖藥也。其云止小便利者，蓋胃熱則脾氣不能散精上歸於肺，使其通調水道，下輸膀胱，即就胃而歸之下，故小便頻數也，胃熱解則脾能散精於肺，肺得司其通調下輸之令而如常矣。其止渴者，亦大概此義。止渴者當以脾爲胃行其津液之義求之。然骨蒸肺痿之能治也云何？蓋胃之三脘皆在任脈，此之甘寒除胃熱者，固能和胃之元陰，而脾陰達肺也，故能療斯證耳。若然，則陽得陰以化，而肺陰亦下降，如瀉痢人多渴者，下多亡陰也，孕婦心熱者，血不足也，宜胥能療之矣。是豈徒以解熱降火盡之哉？

[附方]

骨蒸肺痿，不能食者，**蘇遊蘆根飲**主之：蘆根、麥門冬、地骨皮、生薑各十兩，橘皮、茯苓各五兩，水二斗煮八升，去滓，分五服，取汗乃瘥。觀取汗乃瘥，必胃熱傷血，而血壅於關節以爲附蒸也。

嘔噦不止，厥逆者，蘆根三斤，切，水煮濃汁，頻飲二升，必效。若以童子小便煮服，不過三升愈。

反胃上氣，蘆根、茅根各二兩，水四升煮二升，分服。

希雍曰：因寒霍亂作脹，因寒嘔吐，勿服。

[修治] 其根取水底并黃泡肥厚味甘者良，露出及浮水中者勿用。去鬚節并赤黃皮用。

麻黃之才曰：厚朴、白薇爲之使，惡辛夷、石韋。

頵曰：出滎陽、中牟、汴京者爲勝。所在之處，冬不積雪，二月生苗，纖細勁直，外黃內赤，中虛作節如竹，五月梢頭開黃色花，結實如百合瓣而緊小，又似皂莢子而味甜，外皮紅，裏仁子黑，根色紫赤。時珍曰：麻黃之地，冬不積雪，爲泄內陽也，故過用則洩真氣。時珍曰：凡服麻黃藥，須避風一日，不爾病復作也。

[氣味] 苦，溫，無毒。《別錄》曰：微溫。普曰：神農、雷公，苦，無毒。潔古曰：性溫味苦而甘辛，氣味俱薄，輕清而浮，陽也，升也，手太陰之藥，入足太陽經，兼走手少陰、陽明。

[諸本草主治] 三冬春初傷寒，頭痛身痛，惡寒無汗，並除寒熱，及邪氣咳逆，去營寒，瀉衛實，並治中風頭痛，風脇痛，治溫虐及壯熱溫疫，能消冬春赤黑斑毒，治身上毒風疹痹，皮肉不仁，開毛孔，通腠理，調血脈，破癥瘕積聚，並治風腫水腫，及赤目腫痛。

[方書主治] 咳嗽，喘，中風頭痛，自汗盜汗，痹痛痹瘈，癗，水腫心痛，胃脘痛，脇痛腰痛，行痹攣，前陰諸疾，脹滿著痹，癥瘕眩暈，狂癇譫妄，卒中暴厥，發熱惡寒，往來寒熱，外熱內寒，外寒內熱，痰飲反胃，頸強痛，腹痛，身體痛悸，消癉黃疸，泄瀉滯下，大便不通，疝。

以上從主治多寡爲次。

東垣曰：輕可去實，麻黃、葛根之屬是也。如外寒之邪復中於寒水之經，腠理閉拒，營衛氣血不行，故謂之實，麻黃微苦，其形中空，陰中之陽，入足太陽寒水之經，取其輕清成象，能去其壅實，使邪從表散也。

又曰：麻黃苦，爲在地之陰也，陰當下行，何謂發汗而升上？經云味之薄者乃陰中之陽，所以麻黃發汗而升上，然而升上亦不離乎陰之體，故入手太陰。

海藏曰：麻黃入足太陽、手太陰，能泄衛實而發汗及傷寒無汗咳嗽。夫麻黃治衛實之藥，桂枝治衛虛之藥，桂枝、麻黃雖爲太陽經藥，其實營衛藥也，以其在太陽地分，故曰太陽也。本病者即營衛，肺主衛，心主營，衛爲氣，營爲血，乃肺心所主，故麻黃爲手太陰之劑，桂枝爲手少陰之劑，故傷寒傷風而咳者，用麻黃、桂枝，即湯液之源也。

之頤曰：表黃裏赤，中虛象離，生不受雪，合輔心王宣揚火令者也。主治寒風溫瘧，標見頭痛之標，經侵淫部署之首，形層之皮，致毛孔滿實，逆開反闔者，宣火政令，揚液爲汗，而張大之八萬四千毛孔莫不從令而去邪熱氣矣。咳逆上氣者，毛孔滿閉，則不能布氣從開，故上逆而咳；癥堅積聚者，假氣成形，則不能轉闔從開，故積堅而癥。唯此味宣火政令，可使轉入爲出，易冬爲春，此《日華子》所以謂其能開毛孔皮膚、通九竅、調毛脈者也。

希雍曰：麻黃稟天地清陽剛烈之氣，故《本經》味苦，其性溫而無毒，詳其主治，應是大辛之藥，《藥性論》加甘，亦應有之，氣味俱薄，輕清而浮，陽也，升也，手太陰之藥，入足太陽經，兼走手少陰、陽明，主散在表寒邪，通九竅，開毛孔，破癥結，散積聚。去根節者大能發汗。根節能斂汗。

愚按：麻黃既以主氣名之，爲手太陰之劑，然寒傷營者用之，營則屬血也；桂枝既以主血名之，爲手少陰之劑，然風傷衛者用之，衛則屬氣也。蓋營在脈中，傷之則邪入深，是豈止營病，自并與衛而犯之，故張仲景先生用麻黃湯驅營中之寒邪，使之發越，自衛而出，勿俾營邪仍閉；[15]寒邪傷營，是已病於經矣，較之風傷衛者爲深，乃惛工輒言爲治皮毛表邪者何歟？衛在脈外，傷之則邪入猶淺，然風邪干於陽，陽氣不固，是由衛氣不能與營氣和故耳。經曰陰者陽之守也，故仲景用桂枝湯散表分之邪，引之與營氣諧和，勿使衛邪得留。然麻黃何以由營而通衛？《本經》謂麻黃苦溫，夫苦爲在地之陰，是從陰而達陽者也，猶以杏仁助其達衛，然必至衛通而乃能達其陰之用，故曰寒傷營者用之；抑桂枝何以由衛而和營？《本經》謂桂辛熱，夫辛爲在天之陽，是從陽而和陰者也，猶以白芍導之和營，然必至營諧而乃能暢其陽之用，故曰風傷衛者用之。若然，麻黃本以治寒之傷營者，故即從陰中達陽而後營乃通，桂枝本以治風之傷衛者，故即從陽中召陰而後衛乃和。先生精詣至此，豈後人可能仿佛其萬一哉？或曰：桂枝湯之從陽召陰以和衛者，其義易知也，唯是麻黃湯云爲陰中達陽而後營乃通者，猶未能豁然也。曰：經云巨陽者諸陽之屬也，但太陽之氣本於寒水，寒水鬱則太陽之氣病，病則鬱甚，由營至衛，其害有不可言者，然非即本於寒水中之真氣不能達水之鬱，非如麻黃本於在地至陰即水暢火，即火達水，卻中虛象離，輕揚上泄，以透至陰中之真陽際於極上，惡能使血脈利，營氣通，俾寒水之氣得暢，而太陽之氣得至於肺乎？即水暢火，即火達水，此二語乃精實語。蓋太陽受寒水之鬱，不獨病於氣也，乃寒水因太陽之鬱而反窮於生化，於所謂人身血脈營氣皆水化者，而其義不可思乎？是即從陰中達陽而後營乃通之說也。夫草木有實，乃其孕育真元以爲生化者，如麻黃結實於夏，實之外皮色紅，是皆達火氣者，然其裏仁子黑，此非火原於水之明徵乎？火出水中，乃爲元氣，故能因火以達水。人身血脈營氣皆水化也，故凡血脈病於重陰之鬱者，俱可以此透之，寧獨寒邪爲病如傷寒乎？此所謂從陰達陽而營乃通者也。粗工祇謂其能散表邪，則亦未深研矣。其一。

愚按：先哲謂桂枝湯所治爲營弱衛強，麻黃湯所治爲營實衛虛，此說良然。故如桂枝湯，有桂枝以泄衛強，即有白芍助桂以和營虛；如麻黃湯，有麻黃以泄營實，而更有桂枝以撤衛邪。夫既云衛虛，奈何又重泄之？蓋寒邪鬱過於營中，遂致衛氣固閉，此即是衛虛耳，故必藉達衛之正劑以助之，不止借力於杏子也。經曰：邪氣並則實，精氣奪則虛。風傷衛，故曰衛強，氣之所病爲血虛，故曰營弱；寒傷營，故曰營實，血之所并爲氣虛，故曰衛虛。若然，何故不全用桂枝湯而頓去白芍乎？蓋麻黃湯以泄營實爲主，用白芍恐其滋陰邪之鬱也，是則麻黃一味，先生固專藉其導陰中之陽以出耳。乃粗工漫曰解肌，不爲語末而忘其本乎？更參大青龍所治，一治中風見寒脈，一治傷寒見風脈，是即風寒之兩傷者，皆以寒故而忌白芍，明於白芍之以斂陰而犯忌，則知麻黃之以導陰而爲主劑矣，猶可謂其功祇在肌表乎？且如傷寒證，太陽頭痛，發熱身疼，腰痛，骨節疼痛，惡風無汗,脈陰陽俱緊者,乃爲麻黃湯之的對,醫類知之,且曰不如是脈證者,未可投也,詎知其猶有不如其證而亦必須者。丁酉冬臘,病於頭痛惡風,鼻出清涕,兼以咳嗽痰甚,一時多患兹證,然用冬時傷風之劑而愈者固多,卻有迥殊於兹治者亦不少也。蓋是年君火在泉,終之氣乃君火客氣,爲主氣寒水所勝,經曰主勝客者逆,夫火乃氣之主,故雖不等於傷寒之邪入經,然寒氣已逆而上行,反居火位,火氣不得達矣,所以患證雖同於風,投以風劑如羌獨輩則反劇,蓋惡其耗氣而火愈虛也。至如桂枝湯之有白芍,固不得當,卽桂枝僅泄表實,不能如麻黃能透水中之真陽以出也。故愚先治其標,用乾薑理中湯佐五苓散,退寒痰寒水之上逆,乃治其本,用麻黃湯去杏仁,佐以乾薑、人參、川芎、半夏,微微取汗,[16]守此方,因病進退而少加減之,皆未脫麻黃,但有補劑,不取汗矣,病者乃得霍然。寒冒乎火,非卽在寒水中畢透真陽以出如麻黃,若止以薑、桂輩勝寒,能如是之直截中肯乎?就此證觀之,如不悉兹味所長而漫云解肌,是謂粗工,卽云治寒,非如正傷寒前證悉具俱不得投,若然,則如兹似風等證皆束手無措矣。是盡習於成說而不及致察之過歟,良可慨夫。其二。

愚按:麻黃,正足太陽之劑,蓋從寒水中透出真陽,是氣出水中之義乃爲元氣,但氣由陰中所透之陽以能上際於天表,其主之在天者肺也,故方書諸證主治於咳嗽爲最。更請悉之,先哲曰:在風寒暑濕之邪,先自皮毛而入,皮毛者肺之合也。卽此繹之,則寒先侵於肺之合,而其氣不能爲之衛,使寒侵入於皮毛之合而爲嗽,則由於寒水中之真陽不能透出於天表以爲衛也,經所云衛出於下焦者,卽此可繹矣。故還以兹味達陽而出爲能際於天表者,治寒之侵肺而爲嗽,舍此中的之劑不可也。此味於喘證又爲要藥,卽以寒證言之,嗽者因水中之真陽弱,不能上爲肺之衛,致清虛之臟爲邪所客,不得寧靜也。在喘者,則足太陽寒水之陽既鬱冒而不能透,至鬱冒之極,遂並邪氣而上逆,入胃至肺以爲上壅,肺之竅固主呼吸以行升降者,至受邪上壅則肺之關竅不通,有升無降,所謂呼吸不能行而爲喘,是先哲所謂肺脹也,非此能透真陽於寒水中者,其何以散上壅寒邪爲之對待乎？然須知此味非以對待寒邪也，要於寒水中能透眞陽而上際，則寒邪自散耳。試觀方書，亦用之治熱嗽及喘者，似能爲眞氣之開者樞，固在或寒或熱之先矣。更閲方書之治癇證如龍齒丹，多鎭驚安神定志之劑，而入去節麻黃者，所以透眞陽入心，俾爲神志之助也，則兹味止取其能透眞陽爲功，擧一可以類求矣。至中風及頭痛證，乃用之亦不少者，蓋風木卽繼寒水之後，寒水中眞陽不透則風斯鬱，陽透而風斯平矣。如頭痛證，蓋緣三陰不至於首，唯三陽乃得至之，更巨陽爲諸陽之屬，而頭又爲三陽之首也。卽就寒邪以論斯證，三陽因寒水而鬱，則巨陽所受之邪卽附巨陽之鬱氣以上，至於頭而爲痛，非能透眞陽於寒水中者，其何以對待之，而令巨陽之眞氣能破重錮而至於諸陽之首乎？第統繹以上數證，多屬氣分之證治，然亦未能離於血，蓋寒水原宅於至陰之臟腑，而血乃眞陰之化醇也，但如前數證治療大要以氣分爲主耳。至於水腫痹證，痛痹、行痹、著痹，以及心與胃脘痛，脇及腰痛種種諸證，用之總亦不越於透眞陽以善其主氣之用，但時亦有取責於血者，以眞陽之透原不離於水中，故斟酌於血劑以和天氣，尤宜加意耳。《本經》主治首及中風，卽是泄營實調血脈之義。蓋風木擧寒水而升，卽爲血藏，然必本於水中氣先升，是所謂陽爲陰倡也。雖然，能令眞陽透出於天表，則在地之陰乃和，是謂各正其位也。蓋陽固出地中，若不能際於天上者，卽是眞陽之病，而眞陰之化育亦窮也，前段所謂必至衛通而乃達其陰之用者此耳。風木繼寒水之後，如水中之陽不透則風木之化原病矣，眞陽透而眞陰乃得行其化。厥陰風木固陰中之少陽，所謂以寒水爲化原，必眞陰得行其化而後風眚不作也。明於斯義，則於麻黃之用善矣。其三。

[附方]

中風諸病，麻黃一斤，去根，以王相日乙卯日取東流水三石三斗，以淨鐺盛五七斗，先煮五沸，掠去沫，逐旋添水盡，至三五斗，漉去麻黃，澄定，濾去滓，取清，再熬至一斗，再澄再濾，取汁再熬，至升半爲度，密封收之，一二年不妨，每服一二匙，熱湯化下，取汗。熬時要勤攪，勿令著底，恐焦了，仍忌雞犬陰人見之。此劉守眞秘方也。

前論風木繼寒水之後云云，可悟獨用麻黃以治中風之微義。

時珍曰：一錦衣，夏月飲酒達旦，病水泄，數日不止，水穀直出，服分利消導升提諸藥則反劇。時珍診之，脈浮而緩，大腸下弩，復發痔血，此因肉食生冷茶水過雜，抑遏陽氣在下，木盛土衰，《素問》所謂久風成飧泄也，法當升之揚之。遂以小續命湯投之，一服而愈。

風痹冷痛，麻黃去根，五兩，桂心二兩，爲末，酒二升慢火熬如錫，每服一匙，熱酒調下，至汗出爲度。避風。

按麻黃每同桂枝用，而此同桂心者，正治氣而卽爲血地也。

裏水黃腫，仲景云：一身面目黃腫，其脈沉，小便不利，**甘草麻黃湯**主之。麻黃四兩，水五升煮，去沫，入甘草二兩，煮取三升，每服一升，重覆汗出，不汗再服。愼風寒。

《千金》云：有患風虛久不瘥，[17]變成水病，從腰以上腫者，宜以此發汗。

水腫，脈沉屬少陰，其脈浮者爲風，[18]虛脹者爲氣，皆非水也，**麻黃附子湯**汗之：麻黃三兩，水七升煮，去沫，入甘草二兩，附子炮，一枚，煮取二升半，每服八分，日三服，取汗。

按麻黃之用以治水腫，得毋猶是寒水之義歟？曰：然先天之水乃氣之元，後天之氣乃水之主，能由足太陽而達於手少陰，則先天並後天以充矣，正經所謂通調水道，下輸膀胱，水精四布，五經並行者也。卽是，血脈得通，蓋水化液，液化血，同一原也。

根節

[氣味] 甘，平，無毒。

[主治] 止汗，夏月雜粉撲之弘景。

[方書主治] 自汗盜汗。

時珍曰：麻黃發汗之氣駛不能禦，而根節止汗效如影響，物理之妙，不可測度如此。自汗有風濕、傷風、風溫、氣虛、血虛、脾虛、陰虛、胃熱、痰飲、中暑、亡陽、柔痓諸證，皆可隨證加而用之。當歸六黃湯加麻黃根，治盜汗尤捷，蓋其性能行周身肌表，故能引諸藥外至衛分而固腠理也。本草但知撲之之法，而不知服餌之功尤良也。

愚按： 麻黃根節，云能止汗，似與去根節之能發汗大相反也。詎知其根節與莖同是透陽而出之一物，卻即有不凌節而出之妙存焉，易遇渙而受之以節，雖微物亦具斯義也，唯先哲分而用之，取材適於宜耳。更如洗心之治，又和節用之，不止於單用節矣。觀此則麻黃之和節用者亦不外於透陽，但有節次，俾陽之透者仍有守也。再觀瘖證屬陽蹻者，治以升陽湯，其義益明，而去節與獨用節之義並可參矣。

[附方]

產後虛汗，黃芪、當歸各一兩，麻黃根二兩，每服一兩，煎湯下。

內外障翳，麻黃根一兩，當歸身一錢，同炒黑色，入麝香少許，為末嗜鼻，頻用。

《別錄》曰：不可多服，令人虛。

東垣曰：用麻黃發汗不宜過，過發汗則亡陽。或飲食勞倦及雜病自汗表虛之證用之，則脫人元氣，不可不禁。

中梓曰：麻黃，惟當冬月在表真有寒邪者宜之。或無寒邪，或寒邪入裏，或傷風有汗等證，雖發熱惡寒，其不頭痛，身疼拘急，六脈不浮緊者，皆不可用。雖可汗之證，亦不宜多服。

希雍曰：表虛自汗，肺虛有熱，多痰嗽以致鼻塞，及傷風氣虛發喘，南方中風癱瘓，及平日陽虛腠理不密之人，皆禁用。自春深夏月以致初秋，法所同禁。按用之不當，能瀉人真氣，脫人元氣者，謂何？曰：固謂此味能透泄至陰之真陽，如營氣之鬱塞，血脈之結聚者用之，是謂適事為故。如陽氣虛弱，並無是重陰之鬱者，嘗試之，即用之當而過，豈不損人於倏忽乎？此先哲之所以切切致慎也。

[修治] 用之折去節根，水煮十餘沸，以竹片掠去上沫，沫令人煩，去根節者能止汗故也。

木 賊

頵曰：出秦、隴、[19]華、成諸郡，所在近水地亦有之。苗長尺許，叢生直上，一根只一幹，無花葉，狀似鳧茈苗及惊心草，寸節中空，又似麻黃莖而稍粗，凌冬不凋。四月采之。莖幹糙澀，治木骨者以之磋擦。

茎

[氣味] 甘，微苦，無毒。時珍曰：温。

[主治] 目疾，退翳膜，止淚，消積塊，益肝膽，療腸風血痢，及女子月水不斷，崩中赤白《嘉祐》，去風濕疝痛，大腸脱肛時珍。

禹錫曰：木賊得牛角䚡、麝香，治休息久痢；得禹餘糧、當歸、芎藭，治崩中赤白；得槐蛾、桑耳，治腸風下血；得槐子、枳實，治痔疾出血。

丹溪曰：木賊去節，烘過，發汗至易，本草不曾言及。

時珍曰：木賊氣溫，味微甘苦，中空而輕，陽中之陰，升也，浮也，與麻黃同形同性，故能發汗解肌，升散火鬱風濕，治眼目諸血疾也。

希雍曰：木賊草感春升之氣，故應味甘微苦，而性則無毒，入足厥陰、少陽二經血分。木賊得穀精草、決明子、白蒺藜、蟬蜕、生地黃、甘菊花、密蒙花，治目疾久不愈，消翳障，有奇功；得槐角子、蒼耳煅存性，地榆、茜草根，治腸痔下血，多效。

[附方]

腸痔下血，多年不止，用木賊、枳殼各二兩，乾薑一兩，大黃二錢半，並於銚內炒黑存性，爲末，每粟米飲服二錢，甚效也。

婦人血崩，血氣痛甚，遠年近日不瘥者，**雷氏木賊散**主之：木賊一兩，香附子一兩，朴消半兩，爲末，每服三錢，色黑者酒一盞煎，紅赤者水一盞煎，和滓服，日二服。臍下痛者，加乳香、沒藥、當歸各一錢，同煎。忌生冷硬物豬魚油膩酒麪。

愚按：木賊直上中空，是陰中透陽而風升畢達也，凌冬多節，是陽能化陰而氣不踰節也，故其味甘勝而苦微。甘者土也，血之所統；苦者火也，血之所主。血雖生化於土，然原於水而成於火，故亦兼有苦也，是兹物之致其用者，固在血也。繆希雍謂入肝膽二經誠然，但未能離於足太陰脾耳。所以血之爲病，病於濕者居多，蓋從其本也。血乃水液之所化，濕勝，是陰不得陽以化，故血病。血屬風木之所藏，血因濕而病則還病於風淫，以陽不得陰以化也，而血愈病，是物本風升陽和之氣以達濕，乃卽歸於中土生化之地，濕固土所主也，又甘能和血而土之濕行，濕行而血和，血和而陽化，則風邪散矣。先哲曰：血熱流迸則風入腸胃，此謂陽不得陰也。卽是思之，則所謂腸風血痢者，非風木不能化濕而病於中土，致風淫於腸胃之故乎？其女子崩中，月水不斷，非濕土不化血，還以病於肝臟，而大失其藏血之職乎？然非是物有土木交相爲用之性味，可能幾其一切奏功乎哉？雖然，此所能治者屬陰不得陽化之血證，若始於陽不得陰化者，又別當從其本而治矣。何以明之？卽其治目瞖，消積塊，不爲陰之無陽以至斯歟？抑如止淚者謂何？曰：目淚所因不一，此之所治乃因血之不化以病於風也，要不離於血病耳。

希雍曰：目疾由於怒氣及暑熱傷血暴赤腫痛者，非其所任。

[修治] 去節，童便浸一宿，焙乾。

【校記】

〔1〕葉，《證類本草》卷六作"華"。
〔2〕積，原誤作"種"，今據《本草述鉤元》卷九改。
〔3〕風濕諸挾，"諸挾"疑爲"諸邪"。
〔4〕面，原誤作"而"，今據萬有書局本改。
〔5〕服，原誤作"酒"，今據《本草述鉤元》卷九改。
〔6〕日，原誤作"熱"，今據《本草綱目》卷十五改。
〔7〕養，原誤作"羲"，今據《本草綱目》卷十五改。
〔8〕血，原誤作"作"，今據《證類本草》卷九改。
〔9〕鈐，原脫，今據文義補。
〔10〕脇，原誤作"肋"，今據《證類本草》卷十一、《本草綱目》卷十五改。
〔11〕各，原脫，今據《證類本草》卷九補。
〔12〕斑駁，"駁"下原衍一"駁"字，今據《證類本草》卷八刪。

〔13〕豬膏母，《本草綱目》卷十五作"豬膏莓"。

〔14〕豬膏母，《本草綱目》卷十五作"豬膏莓"。

〔15〕俾，原誤作"裨"，今據《本草述鉤元》卷九改。

〔16〕汗，原誤作"汁"，今據文義改。

〔17〕虛，原誤作"急"，今據《千金要方》卷二十一改。

〔18〕風，原誤作"氣"，今據《金匱要略方論·水氣病脈證並治》改。

〔19〕隴，原誤作"龍"，今據《證類本草》卷十一、《本草綱目》卷十五改。

《本草述》卷之九下

隰草部下

地　黃

　　覼曰：地黃一名芐，音虎，名芑，音起，名地髓。羅願曰：芐以沉下者爲珍貴，故字從下。又云：天玄而地黃，天上而地下，陽戊而陰己，陽浮而陰沉，則地黃、地髓、芐、芑之義與情性爲用之方，可以想見。古取咸陽川澤及渭城、彭城、同州諸處，今唯懷慶者爲上，諸處隨時興廢不同耳。江浙壤地者受南方陽氣，質雖光潤而力微，不及懷慶山產者稟北方純陰，皮有磊砢而力大也。古人種子，今唯種根。二月生苗，初生塌地，高者不及尺許，葉如山白菜而毛澀，又似小芥葉而頗厚，中心皺文如撮，莖上有細毛，梢頭開花如小筒子而色紅紫，亦有黃色、白色者，結實作房，如連翹中子，甚細而色沙褐，根如人指，長短粗細不常，甚有一枝重數兩者，汁液最多，雖曝焙極燥，頃則轉潤。二月、八月采者未窮物性，八月殘葉猶在，葉中精氣未盡歸根，二月新苗已生，根中精氣已滋於葉，不如正月、九月采者氣全也。種植甚易，入土即生，大宜肥壤，根肥多汁，法以土壤作壇，如浮屠數級，寸段蒔灌，根長滋盛也。但種植之後，其土便苦，次年止可種牛膝，再二年可種山藥，足十年土味轉甜，始可復種地黃，否則味苦形瘦，不堪入藥也。按《本經》，地黃有乾有生，蓋采得即用者爲生，曬乾收者爲乾，是乾地黃即生地黃之乾者也。後人復蒸曬九次，然後用之，是爲熟地黃。其生熟不同，而涼血補血之異大爲懸殊，故分注之，以便分證投治。至諸家本草輒以乾者卽爲熟，幾何不令臨病之工失所據也？

生地

[氣味]　甘，寒，無毒。《別錄》曰：苦。權曰：甘，平。海藏曰：甘苦，寒，氣薄味厚，沉而降，陰也，入手足少陰、厥陰及手太陽之經。

[主治]　傷中，逐血痹，填骨髓，長肌肉，作湯除寒熱積聚，除痹，療折跌絕筋，生者尤良《本經》，又主涼血生血，補腎水真陰不足，勞瘦骨蒸，日晡寒熱，唾血耳鳴，涼心火血熱，五心潮煩，驚悸，掌中熱痛，清肺熱，咳嗽鼻衄，瀉脾胃溼熱，吐血，牙痛欲脫，脾氣痿蹙，嗜臥，足下熱而痛，便血尿血皆治，療虛清熱，通血脈，強筋骨，利二便，理胎產，通經閉。《別錄》云：生地補五臟內傷不足，臟屬陰，唯此味天一之真陰，能補五臟也，而亦入手太陽腑者，正見火中有水，乃陽育乎陰，具足生化之妙也。

潔古曰：補腎水真陰不足，治少陰心熱在內。

原禮曰：陰微陽盛，相火熾強，來乘陰位，日漸煎熬，爲虛火之證者，宜地黃之屬以滋陰退陽。

宗奭曰：《本經》只言乾、生二種，不言熟者。如血虛勞熱，產後虛熱，老人中虛燥熱者，若與生、乾，當慮大寒，故後世改用蒸曝熟者，生熟之功殊別，不可不詳。

復曰：《本經》主治首傷中，逐血痹，卽繼以填骨髓，長肌肉，續絕筋等語。夫痹者，閉而不通，隨其血之不通而爲病，如在目則赤，在齒則痛，在肉裏則癰腫，在心則昏煩，在肺則咳血，壅遏而爲身熱，枯耗而爲燥澀痿軟，泛濫而爲吐衄崩漏。血痹頗廣，各以類推。逐者，俾其流通之義也。性惟潤下，功力到時，二便通利以爲外徵。《千金方》黑膏用治熱積所成之斑，《肘後方》拌雞蒸汁用治寒積所成之疝，咸從血痹之所生耳。血中有痹，則骨髓不滿，肌肉不長，筋脈斷絕，均謂傷中，若填滿，若生長，若接續，皆克成血液之流通者也。

希雍曰：乾地黃，稟天一之陰氣，兼稟中五之和氣，故味甘氣寒而無毒。《別錄》又云苦者，以其兼入心脾也。此乃補腎家之要藥，益陰血之上品。此論未分生熟者也。生地黃同大小薊各半，俱搗取自然汁，和童便飲，治一切血熱妄行，吐血衂鼻衄，神效；取汁和麪，作飥飥冷淘，治蟲心痛；入瓊玉膏，爲陰陽兩補之要劑；得青蒿子、鱉甲、銀柴胡、沙參、天麥二冬、黃蘗、甘草、地骨皮、牡丹皮、白芍藥、牛膝，能治骨蒸勞熱；同人參、遠志、麥門冬、酸棗仁、柏子仁、茯神、甘草，治心虛驚悸，怔忡健忘；熟亦用。得麥門冬、五味子、牛膝、枸杞子、車前子、阿膠、天門冬，治溺血；熟亦用。同青蒿、地骨皮、麥門冬、白芍藥、山茱萸、枇杷葉，治婦人月事先期；同苧麻根搗汁碗許，加炒砂仁末三錢，治胎動下血；同黃連、連翹、薄荷、甘草、甘菊、木通，治目暴赤痛；同當歸、赤芍藥、乳香、沒藥、肉桂、炒黃荆子末，治一切跌打折傷，瘀血作痛。

　　愚按：地黃之用，在《本經》即首歸其功於血，蓋稟於天一之真陰，誠如李東垣所云而更資乎中五之沖氣。故其氣寒者，天一之真陰也；其味甘者，中五之沖氣也；甘而微有苦者，歸於主血之心也。夫血原於水而成於火，乃水火之所以體物而不遺者土也，故經曰營出於中焦，夫萬物莫不資生化於土，而唯此味之取精於土者最專且酷，故種植之地土便憔苦，十年後方得轉甜焉，得謂此味非專主中焦之營哉？地黃汁液最多，雖極曝焙而旋卽轉潤，合於大奪土味，十年乃復者，則真爲水土合德以立地。曰地曰黃，固不誣也。此味至陰，正以療水不濟火之病，在生者其功如是。第烹煉極熟，從陰發陽，陽昌於陰中而陰乃化，其益陰尤勝，於老人更宜也。夫既資沖氣以化生，而獨以凉血歸之者謂何？蓋水寒土濕，皆爲陰，其性就下，故以沉爲貴。《本經》名芐、曰地髓，皆此義耳。經曰：至陽盛則地氣不足，必用此味之地氣精專而未經烹煉者以對待之矣。觀先哲所云凉血生血，補腎水真陰不足，除諸濕熱者，則其義可明矣。第在經云寒泣血，而此之血痺更以寒水之真陰療之何哉？蓋因於陰虛而陽乃亢，陽亢而陰愈泣，用此益真陰之味以爲責其本之治耳。或曰：此固藉至陰以抑亢陽也，如女子產後血逆及胎動下血，亦得取責於陽亢乎？曰：當以《本經》及《別錄》所云傷中之義明之。夫所謂中，卽中氣之謂也。如《本經》首主治傷中，卽云逐血痺，而《別錄》首主男子五勞七傷，女子傷中，卽云胞漏下血，皆以中氣有傷而病於血也。第傷其中氣者，其義云何？蓋下而腎肝有陰中之陽，上而心肺有陽中之陰，陰陽互為其根，然化原卻先在陰，乃中土握升降之樞而行化育，亦本於由陰生陽之元，並暢其由陽歸陰之用。在時賢言氣因上下而有陰氣陽氣之分，可謂精辨矣。夫血乃真陰之化醇也，如《本經》血痺為血不得氣以化，《別錄》胞漏下血為血不得陰氣以固，是則人身之病於血者，莫不病於血中之陰氣，而病於陰氣者，又寧獨一熱足以傷之乎？故病於陰氣陰熱而氣不得化血者，如生地固為宣劑，如《本經》所謂逐血痺及逐寒熱積聚是也。若病於陰氣不因熱而氣不得固血者，又豈得以生地為補劑？若寇宗奭所謂如血虛勞熱，產後虛熱，老人中虛燥熱，概與生地，當慮大寒是也。蓋甄權所云解諸熱者，即陰虛而相火乘於陰位耳。若然，則宜補陰以靜相火，又不得宣陰而損真元也。唯張潔古去諸濕熱之義，是可參也。蓋陽盛而陰虛者，則陽不得陰以化，氣之不得化者，則反病於濕而更滋熱。在經曰陰者藏精而起亟，時賢釋為起氣，是則所云氣不得血以化而反病於濕者，不可取證乎哉？雖然，又如《日華子》云治吐血鼻衄，婦人崩中血暈，又《別錄》主女子產後血上薄心悶絕等證，又豈得遽然妄投補劑？則用生地而不傷中氣，以為真陰化原之地，投劑者應有斟酌。即甄權曰此味虛而有熱者宜加用之，乃丹溪又曰虛而有熱者慎勿用之，夫二賢之言何以參差？蓋因虛而得實，甄權之說是也；原其病本在虛，丹溪之說是也。方書治虛勞有黃芩湯，云主治心勞實熱，小甘露飲治脾勞實熱，地黃湯治腎勞實熱，麥門冬湯治脈實極為病，玄參湯治骨實極為病，石斛湯治精實極為病，夫既病於虛勞，而云實者謂何？蓋經曰：精氣奪則虛，邪氣盛則實。因精氣之虛，以致邪氣之實，因邪氣之實，而益致精氣之虛，故用生地先瀉其實在邪者，救其虛在精者，如補勞劣之味乃在其後，何先哲製方甚中肯綮而有節次乃如斯也。是以虛勞方中有生地同熟地用者，唯如前數方之證言實者則止用生地，而熟地不得與之同，可以明於一宣一補，頓以生熟異其用。此際微義，臨病之工不可以細察而俾其得當乎哉？

[附方]

欬嗽唾血，勞瘦骨蒸，日晚寒熱，生地黃汁三合，煮白粥，臨熟入地黃汁攪勻，空心食之。

吐血不止，生地黃一升二合，白膠香二兩，以磁器盛，入甑令膠消，服之。

肺損吐血，或舌上有孔出血，生地黃八兩，取汁，童便五合同煎熱，入鹿角膠炒研一兩，分三服。

鼻出衄血，乾地黃、地龍、薄荷等分，爲末，冷水調下。

吐血便血，生地汁六合，銅器煎沸，入牛皮膠一兩，待化入薑汁半盃，分三服便止，或微轉一行不妨。

小便血淋，生地黃汁、車前葉汁，各三合，和煎服。

妊娠胎動，生地黃搗汁，煎服，入雞子白一枚，攪服。

產後中風，脇不得轉，**交加散：**用生地黃五兩，研汁，生薑五兩，取汁，交互相浸一夕，次日各炒黃，浸汁乾，乃焙爲末，每酒服一方寸匕。

溫毒發斑，黑膏：治溫毒發斑嘔逆，生地黃二兩六錢二字半，好豆豉一兩六錢二字半，以豬膏十兩合之，露一夜，煎減三分之一，絞去滓，入雄黃、麝香如豆大攪勻，分作三服，毒從虛中出則愈。忌蕪荑。

疔腫乳癰，地黃搗敷之，熱即易。性涼，消腫無不效。

牙疳宣露，膿血口氣，生地黃一斤，鹽二合，末，自搗和團，以麫包，煨令煙斷，去麫，入麝一分研勻，日夜貼之。

希雍曰：生地黃性大寒，凡產後惡食作瀉，雖見發熱，惡露作痛，不可用，誤用則瀉不止。胃氣者，後天元氣之本也，胃困則飲食不運，精血不生，虛熱何自而退？故并當歸忌之。凡見此證，宜多加炮薑、桂心、人參，必自愈。凡陰虛咳嗽，內熱骨蒸，或吐血等候，一見脾胃薄弱，大便不實，或天明腎泄，產後泄瀉，產後不食，俱禁用生地黃、當歸，誤則同於前轍，慎之。

[修治]　生采者大寒，日乾者微寒，火乾者微溫。脈洪實熱者，生

采,搗汁服之。脈虛血熱者,用薑汁拌炒,免致泥膈。如上達補頭腦虛,或外行潤皮膚燥,必資酒浸。生地搗成節,酒洗,將木棍搥匾極薄,曬乾,隔紙焙用。《王龜齡集》曰:生地長而直者,能生血,用乳汁浸一宿,曬乾,為末。生、熟俱忌犯鐵。

地髓煎:生地黃十斤,洗淨,搗壓取汁,鹿角膠一斤半,生薑半斤,絞取汁,蜜二升,酒四升,文武火煮地黃汁數沸,即以酒研紫蘇子四兩取汁,入煎一二十沸,下膠,膠化,下薑汁、蜜再煎,候稠,瓦器盛之,每空心酒化一匕服,大益。

熟地黃

按陳藏器曰:乾地黃,《本經》不言生乾及蒸乾,方家所用二物各別,蒸乾即溫補,生乾即平宣,當依此法用,即是以盡其用之法。雖分生熟,而所入之經一也。然已移其性味,俾一宣一補之頓殊,豈得謂一經火製便謂熟地黃乎?是必烹煉至久,透出陰中之陽,乃得收功於補腎氣也,如李東璧氏製法庶幾近之,錄入修治條於左。

[氣味] 甘,微苦,微溫,無毒《本經》。潔古曰:甘微苦,寒,假酒力酒蒸則微溫而大補,味厚氣薄,陰中之陽,沉也,入手足少陰、厥陰經。又曰:得牡丹皮、當歸,和血生血涼血,滋陰補髓。

[主治] 填骨髓,長肌肉,生精血,補五臟內傷不足,通血脈,利耳目,黑鬚髮,男子五勞七傷,女子傷中胞漏,經候不調,胎產百病時珍,補血氣,滋腎水,益真陰,去臍腹急痛,病後脛股酸痛元素,坐而欲起,目䀮䀮無所見好古。

潔古曰:地黃生則大寒而涼血,血熱者須用之;熟則微溫而補腎,血衰者須用之。又臍下痛屬腎經,非熟地黃不能除,乃通腎之藥也。

東垣曰:生地黃能益腎水,涼心血,其脈洪實者宜之。若脈虛者則宜熟地黃,假火力蒸九數,故能補腎中元氣。仲景六味丸以之為諸藥之首,天一所生之源也。《湯液》四物湯治藏血之臟以之為君者,癸乙同歸一治也。

宗奭曰:如血虛勞熱,產後虛熱,老人中虛燥熱者,若與生、乾,當慮太寒，故後世改用熟者。

《龜齡集》曰：熟地黃用粗而直者，能生精。

《機要》曰：熟地、當歸合用，名補髓煎。王碩云：生地黃能生精血，天門冬引入所生之處，熟地黃能補精血，用麥門冬引入所補之處。

希雍曰：熟地黃同沙苑、蒺藜、肉蓯蓉、鹿茸、山茱萸、五味子，能益男子精；同人參、枸杞、五味子、麥門冬、鹿茸、車前子、覆盆子、兔絲子，多服令人有子；同黃耆、黃連、黃檗、酸棗仁、五味子、白芍藥、麥門冬、龍眼肉、牡蠣粉，治盜汗久不止；同砂仁，治胎動下血，腰痛；同當歸、川芎、蒲黃、黑豆炒、炮薑、澤蘭、益母、牛膝、續斷、杜仲、鹿角膠，治一切產後血虛發熱；同甘菊、女貞實、枸杞子、白蒺藜，能明目益精；同何首烏、桑椹、甘菊、鱧腸、蜀椒，能烏鬚髮。

愚按：地黃，本天一寒水之精，陰中原含有陽，然不假烹煉功深，則無以發陰中之陽，而令其上通天氣，唯火候足而天氣通，真陰乃得隨陽以上，而盡其普益臟腑之功。先哲謂熟地黃能補腎中元氣，旨哉其言之也。是從陰發陽，從陽達陰，誠為補腎之第一品。《內經》曰通天者生之本，然非本於天一所生之源，又烏能如坤元資生而宏其利益哉？抑《本經》於乾地黃下，其主治謂逐血痹，即繼以填骨髓，長肌肉，療絕筋等語，此固不化則不生之微義，盧氏亦有發明矣。第如血痹阻其化機，實藉生者平宣。若功歸實際，定以補益，責之熟者耳。時珍以填骨髓等功移於熟地下，其亦有所見也夫。

希雍曰：凡胸膈多痰，氣道不利，升降窒塞，藥宜通而不宜滯，湯液中禁入地黃。

愚按：古方多以生地黃、熟地黃並用，為其兼補心腎也。但生地未經製者性寒，而熟地又多泥膈，若以砂仁製成熟者，則引之徑下，然同於生者用之，猶未免於滯也。愚意涼血補血，似不可同用。熟者入丸，生者入煎劑，各兼和氣行氣之劑，則不滯也。

[修治] 揀取沉水肥大者，以好酒入縮砂仁末在內，拌勻，柳木甑於瓦鍋內蒸令氣透，晾音浪。乾，再以砂仁酒拌蒸晾，如此九蒸九晾乃

止。蓋地黃性泥，得砂仁之香而竄合和，五臟沖和之氣歸宿丹田，故也。今市中惟以酒煮熟售者不可用。中梓曰：地黃九蒸九曬方熟，每見世人一煮透便以爲熟地，悞矣。稟北純陰之性而生，非太陽與烈火交煉則不熟也，所以固本膏雖經日煎熬，必生熟各半用之，卽此可以知地黃非一煮便熟者矣。

［附方］

月經不調，久而無子，乃衝任伏熱也，熟地黃半斤，當歸二兩，黃連一兩，並酒浸一夜，焙研爲末，煉蜜丸梧子大，每服七十丸，米飲、溫酒任下。每見治經不調者，或純用寒劑，或多用補氣。夫苦寒過劑，固致亡陰，卽補氣而祇用參、芪，則所治又失血中陰氣之義。此方衝任伏熱一語，大爲中肯，而處方亦簡而切當也。

產後血痛有塊，并經脈行後腹痛不調，**黑神散**：用熟地黃一斤，陳生薑半斤，同炒乾，爲末，每服二錢，溫酒調下。

按：熟地烹製如法，乃補真陰之虛者，屬第一味，方書於諸證用之殊爲不少，以真陰卽生身之元，而茲味固要藥也。不及備錄，聊附二方於此。

總論益陰：**愚按**：陰固貴於益，而益陰之中亦卽有動靜衡勝之微。如丹溪之治陰虛發熱者，於四物湯亦分陰陽。血之痛者爲陽，芎、歸主之；血之靜者爲陰，生地黃、芍藥主之。若血之陰不足，雖芎、歸辛溫，亦在所不用，若血之陽不足，雖薑、桂辛熱，而亦用之，固唯變所適也。又海藏云如用血藥，當於四物湯中擇其一二可也，可謂不謀而合者矣。故如行血，則用芎、歸以行春夏之令，如欲止血，則用地、芍以行秋冬之令，此又升沉之道也。

牛　膝

弘景曰：其莖有節似牛膝，故以爲名。方書所謂暴節者是。

《別錄》曰：牛膝生河內川谷及臨朐。二月、八月、十月采根，陰乾。頌曰：今江淮、閩、粵、關中亦有之，然不及懷慶者為真，以根極長大至三尺而柔潤者為佳。時珍曰：牛膝處處有之，謂之土牛膝，不堪服食，惟北土及川中人家栽蒔者為良。秋間收子，至春種之，其苗方莖暴節，葉皆對生，頗似莧葉，而長且尖䩕，音哨，角銳上也。秋月開花作穗，結子狀如小鼠負蟲，有澀毛，皆貼莖倒生。九月末取根，根柔潤而細，一直下生，長者約三五尺，莖葉亦可單用。中梓曰：土牛膝所稟薄，故短而細，主破血氣；川牛膝所稟厚，故肥而長，主補精髓。

根

[氣味] 苦酸，平，無毒。普曰：神農，甘；雷公，酸，無毒；李當之，溫。

[主治] 通經脈，逐血氣，療寒濕痿痺，大筋拘攣，膝痛不可屈伸及腰脊痛，並五淋尿血，莖中痛，女子月水不通，逐惡血，產後腹痛血暈，又主癰腫惡瘡，傷折，更治陰分久瘧，理膀胱氣化遲難，小便秘，療傷中少氣，男子陰消，老人失溺，腰膝軟怯冷弱，益腎強筋，利陰氣補精氣。好古曰：強筋，補肝臟風虛。時珍《本草綱目》載有喉痺下痢之治，似皆宜於土牛膝，其方見後。

丹溪曰：牛膝引諸藥下行，宜入足少陰經以理諸疾，婦人得之，應歸血海，故行血有功。

又曰：筋骨痛風在下者，宜加用之。凡用土牛膝，春夏用葉，秋冬用根，惟葉汁效尤速。

時珍曰：牛膝乃足厥陰、少陰之藥，所主之病，大抵得酒則能補肝腎，生用則能去惡血，二者而已。其治腰膝骨痛，足痿陰消，失溺久瘧，傷中少氣諸病，非取其補肝腎之功歟？其癥瘕，心腹諸痛，癰腫惡瘡，金瘡折傷，喉齒，淋痛尿血，經候胎產諸病，非取其去惡血之功歟？

《類明》曰：寒濕痿痺多在身半已下，牛膝苦酸涌泄，為下行之劑。

嵩曰：陰虛血少，不能榮筋，腰腿痛痠軟之疾，斷不可缺。楊士瀛《直指方》云：小便淋痛，或尿血，或沙石脹痛，用川牛膝一兩，水二盞煎一盞，溫服。一婦患此十年，服之得效。土牛膝亦可。或入麝香、乳香，尤良。

　　復曰：牛膝徑直下行，能逐血中之氣，原血榮脈中，氣衛脈外，各有道路而不得相溷。若血中有氣，如寒則能疼，熱則能腫，在子宮則能孕能瘕，在膀胱則淋，在喉則痹，在腸則痢，在募原挾暑則瘧，在腸胃外則癥結，在皮膚內則癮疹痦瘤之類，取當下行者用之，百倍其功。按盧復說大有意義，但所言血中有氣以為諸病，然則血中無氣耶？措辭未免有戾，愚為達其理於總論中。

　　繆希雍曰：牛膝稟地中陽氣以生，氣則兼乎木火之化也，故其味苦酸平無毒，味厚氣薄，走而能補，性善下行，故入肝腎。君朮、仙茅、木瓜、石斛、茯苓、石南葉、五加皮、萆薢、生地黃、黃耆、芍藥、虎骨、沉香、桂，治諸痹；同甘菊花、石斛、木瓜、何首烏、生地黃、虎骨、沉水香、人參、朮、黃耆、天門冬、麥門冬、杜仲、續斷、芍藥、橘皮、黃蘗、桑寄生、白蘚皮，治一切痿痹，四肢拘攣，筋骨疼痛；君當歸、地黃，能下死胎，加朴消，立下胞衣；君木瓜、石斛、萆薢、生地黃、黃蘗、五加皮、骨碎補、續斷、金銀花、白及、芍藥、甘草、甘菊根、紫花地丁、茜草、連翹，治鶴膝風；根苗同用二三兩，濃煎，調鱉甲末三錢，空心服，治瘧在陰分久不瘥者，三劑必已，胃虛者加人參兩許，橘皮去白五錢；君青蒿、生地黃、麥門冬、甘枸杞子，熬膏，治婦人血虛發熱，內熱口乾舌苦；治小便不利，莖中痛欲死，兼治婦人血結腹堅痛，鮮牛膝三四兩，並葉土者亦可，白酒煎濃服之即愈；金瘡作痛，生搗傅之，立瘥。

　　愚按：牛膝，在《本經》謂其逐血氣，而《別錄》更謂其療傷中少氣，續絕益精，利陰氣，填骨髓者，豈其相戾歟？如以為能逐血氣，即其療傷益陰之功，彼諸藥之宣血導氣者多矣，何以裨益無聞也？蓋其味苦，苦就下，人身半以下為地之陰，其入於至陰之腎無疑，其苦後有酸，其氣且溫，是又入於陰中少陽之肝也。然種其子於春時，歷夏而秋，乃開花作穗結實，故秋間收子，九月之杪採根而用，是秉乎木之氣，而更宣暢於火，告成於金，以致其順下之用，順下者水也，觀其根一直下生，長者約三五尺，不可想見哉？夫人身陰氣，本隨陽之升以達於上，然陽之奉上者，又隨陰降而達於下，設上之陽微而不能降，則陽亢而不得周於下，卽上之陽虛者亦然，將腎肝之真陰亦虧，而血乃泣，患乃生。唯此本木火之宣，成於金之降，以歸水而致其順下之用，牛膝告成於秋，若其味有辛，便是駐其氣於金，不成其順下之性矣。蓋非苦無以至地，非辛無以升天，在諸藥之味固然。惟不帶辛味，故直是藉金之全力，以達木火之氣於水中耳，緣金水固相生者也。是其順下爲功，原不離乎木火之化。希雍所謂秉地中陽氣以生，而氣則兼乎木火之化者，卽《本經》首言治寒濕爲病，知其義不妄也。然在《本經》曰逐血氣，在盧復曰逐血中之氣，此義亦可參。夫營行脈中，衛行脈外，脈之內外總是一氣。惟在脈中者精專曰營，在脈外者浮氣曰衛，浮氣固不能入脈，然衛氣充周，和調五臟，灑陳六腑，乃入於脈，是入脈者卽其氣之精專者也。然則脈中之營不統於脈外之衛乎？故血中之氣病，乃衛弱而營虛，不能袪邪，而氣著以爲病耳。夫人身陰氣，本金水以奉木火於上，陽氣本木火以達金水於下，而此味乃合於下達妙理，故非破血，乃化血，亦非就血而化，乃就血中之氣而化，於下體痿痹拘攣，腰脊痛，膝痛，又如五淋尿血，莖中痛，女子月水不通，此皆其的對。如癥瘕血結，惡血血暈，固亦由治腎肝之陰氣以及之，蓋血乃真陰之化醇也。曰：所謂療傷益陰，卽在是乎？詎知陰陽合同而生化者也，不生烏乎化？不化又何以生？此陰之能化，卽能生，陰之能生化，卽爲陽生化之地，有何傷中陰衰之不奏功乎？但不得以破血散氣之劑例視，致疑於主治之相戾也。抑足三陰從足走腹，而此之逐血氣以順下者，其義謂何？曰：足三陽從頭走足，又卽三陰生化之原，如經所謂寒濕痿痹等證，亦由於足三陽之氣不降，而此味秉木火之化，成於金水以順下，正合三陽下行之義，所謂逐血中之氣，蓋本此也。夫三陽之不下行者，亦本於水穀之氣不能並宗氣以下，而衛氣先虧耳。不調衛氣以爲營氣之先，止導營中之氣，而言其順下有力，謂能通十二經脈也，可乎哉？

[附方]

喉痹乳蛾，新鮮牛膝根一握，艾葉七片，搗，和人乳取汁，灌入鼻內，須臾，痰涎從口鼻出，卽愈。無艾亦可。

痢下腸蠱，凡痢下應先白後赤，若先赤後白，爲腸蠱，牛膝二兩，搗碎，以酒一升漬經一宿，每服一兩盃，日三服。

婦人血塊，土牛膝根洗切，焙搗爲末，酒煎溫服，極效。

卒得惡瘡，人不識者，牛膝根搗傅之。

按此四證似皆宜於土牛膝者也。《龜齡集》曰：川牛膝粗而黃者能生精，酒浸十宿，焙乾爲末。

希雍曰：誤用傷胎，經閉未久，疑似有娠者勿用；上焦藥中勿入；血崩不止者忌之。嵩曰：牛膝能降而不能升，若脾虛清氣下陷泄痢及脾虛而腿痛膝腫大，非所宜。

[修治]　下行行血則生用，滋補則酒拌蒸過用。

紫菀款冬爲之使，惡天雄、瞿麥、藁本、雷丸、遠志，畏茵陳。

時珍曰：其根色紫而柔宛，故名。《日華子》曰：形似重臺，根作節，紫色潤軟者佳。頌曰：三月內布地生苗，其葉二四相連，五月、六月內開黃白紫花，結黑子，其根柔細。《別錄》曰：二三月采根，陰乾。

根

[氣味]　苦，溫，無毒。《別錄》曰：辛。權曰：苦，平。

[諸本草主治]　咳逆上氣，胸中寒熱結氣，去蠱毒，安五臟，療咳唾膿血，止喘悸，消痰，治肺傷咳嗽，勞氣虛熱，補虛下氣，主息賁，兼治喉痹。方書多用紫菀茸，曰茸，知非根也，何以本草遺之。

時珍曰：治手太陰血分藥也，爲肺病要劑。

中梓曰：紫菀苦能下達，辛可益金，故吐血虛勞收爲上品，入至高之藏，使氣化及於州都，小便自利，人所不知，性滑，不宜多用久用。使小便自利，正合治手太陰血分之義。故虛勞證宜培腎元，更宜調脾胃，醫類知之，殊不知心肺之合以行其氣化，先爲氣血生化之地，肺氣傷，則心包絡之血不生，心血不生，則肺之陰氣不能由陽中以降，故紫菀爲療虛勞上品，中梓亦少知此道矣。觀其下治小便不通，及淋濁證，則知此味益血化以助氣化，更由氣化而暢血化。

復曰：菀，即古鬱字，故治鬱結當有五色，取色紫味苦者以治胸中之寒熱結氣，胸中，肺之部分也。肺中有火，內鬱而爲咳喘，肺熱葉焦，外發而爲痿躄，所以致五臟不安，用其色以行肺之用，用其氣以散肺之結，用其味以順火之性而助肺之降下，謂肺專主諸氣膹鬱故也。倘無結氣而用之，未免亡走肺之津液矣。

之頤曰：赤火刑金，紫則水火合璧，故轉行金用，火金水三緣交會，同一支派矣，然太陰開結則闔，非含火大種子者亦不轉闔仍開耳。

希雍曰：紫菀感春夏之氣化，而兼得地中之金性，故味苦溫，《別錄》兼辛無毒，入手太陰，兼入足陽明。治久嗽，紫菀、欵冬花各一兩，百部半兩，爲散，每服三錢，生薑三片，烏梅一枚，同煎湯下，食後臨臥各一服；吐血咳嗽，吐血後咳者，紫菀、五味炒爲末，蜜丸芡子大，每含化一丸；纏喉風喉閉，飲食不通者，紫菀根一莖洗淨，納喉中，取惡涎出卽瘥，神效，更以馬牙消津咽之，卽絕根。纏喉風因血泣則化風，風火相煽而直上於喉也，此味於斯證乃爲的對，玩後論自明。

愚按：紫菀根，醫類知其爲肺經要藥耳，然未嘗深究於火爲金用之義也。蓋少火爲元氣，心爲火主，原與金肺不相刑者也，經曰宗氣積於胸中，出於喉嚨，以貫心脈而行呼吸，是非金火合德而氣乃行乎？夫胸中固肺所治，是肺爲氣主矣，然必貫心脈以行呼吸者，緣心固脈之主，脈乃血之舍，由離中有坎，火出於水而氣乃生，水至於火而氣乃化，氣化則血生，是元氣呼吸之本，下根於腎而上主於心也。若使火不爲金用，則肺氣虛，更火不合於金而刑於金，則虛甚，故輕則咳逆上氣，胸中寒熱結氣，重則喘咳，或咳唾膿血，或肺熱葉焦，發爲痿躄，且有虛而成勞者矣。紫菀根色紫質柔，其味苦勝而先，辛劣而後，合於色紫，豈非火爲金用而乃爲益肺之要劑乎？抑所謂寒熱結氣及咳唾膿血，在此味能治者云何？曰：夫胸中卽膻中，所謂心包絡主血也，在先哲曰血泣則寒熱，然血之泣者，固陰氣微而營之母氣不足也。至於咳唾膿血，雖曰肺主氣爲咳，腎主液爲唾，腎脈上入肺，循喉嚨，挾舌本，其支者從肺出絡心，注胸中，肺固以腎爲本矣，然水必合於火而氣乃化，心包絡之血乃氣化也。如斯證者，是亦心包絡之真陰損而氣化有傷，致火不能爲金之用而反以刑金也。蓋肺司氣，合於心包絡之血，乃爲陽中之少陰，而氣乃和，營衛乃得行。如紫菀本火爲金用之氣化，而能和肺陰氣，此卽包絡之血所以化，而散寒熱結氣，並能瘳咳唾膿血者也。抑痿躄當屬何因？何以茲味亦能療之？曰：《内經》云五臟因肺熱葉焦，發爲痿躄，又曰肺者，臟之長也，心之蓋也，有所亡失，所求不得，則發肺鳴，鳴則肺熱葉焦。又有曰血者，神氣也。經舉所求，不得一端，以類推其煩心耗血，皆能致肺之陰氣消而肺葉焦舉也。經又云：悲則心系急，肺布葉舉，而上焦不通，營衛不散，熱氣在中，故氣消矣。是不可証肺之熱而葉焦者皆有於心歟？然則肺主氣，而能行營衛，治陰陽，豈徒恃肺有八葉，葉中有二十四空行列分布，以行諸臟之氣哉？蓋亦謂心主其下有心包絡之生血，不致因熱鬱蒸，令陽中之陰上與清虛之肺合，故得行其營衛以治陰陽耳。知此，則紫菀之所以安五臟，療痿躄者，固的的火爲金用之氣化矣。抑海藏所云益肺氣主息賁者謂何？曰：繆氏云息賁因肺氣虛痰熱壅結所致，此味本於和肺陰氣，而暢以火爲金用之氣化，則熱散而痰消，痰熱散而氣降，何上逆者之不下而息賁之不療乎？又謂治肺傷久嗽者云何？曰：先哲有云臟氣不能布營衛，行津液，反拂鬱而爲熱，致結聚涎沫濁唾而爲咳。以此參之，是蓋由肺不得合於心包絡之真陰，其氣已虛，故致鬱熱結痰爲咳，至久咳不已，則肺氣愈虛而鬱熱愈甚，此所謂久嗽成勞，甄權所云勞氣虛熱也。虛甚成勞，則忌苦寒，唯如茲味，致火爲金用之氣化而善用補益，乃爲得當耳。雖然，茲味所主治有上之熱壅而心包絡之陰傷者，則宜清熱爲主，有下之真陰受傷而相火併於心包絡者，則宜益陰爲主。若肺之陰氣不足而陽氣益微者，則宜補虛爲主，乃俾茲味投之，不致罔功也。或曰俱云於肺最切，更以包絡爲言，毋乃大剏歟？曰：時珍謂爲肺經血分藥者，誠有所見，況茲味療血證已頻見於方書矣。《内經》固曰毛脈合精，行氣於府，而胸中卽膻中，膻中卽心包絡之所居，爲心之護衛也，胸中皆肺所治，又何疑之有哉？按此味與麥冬皆虛勞吐血咳嗽要藥，然二味實宜相佐爲功，以其皆由心而致於肺，能使肺陰下降，可滋真元而益虛勞也。試參二味所宜虛勞，未有不泣乎血者，有紫菀之和血散結氣，然後潤劑可以復脈通心。

[附方]

久嗽不瘥，紫菀、欵冬花各一兩，百部半兩，搗羅爲末，每服三錢，薑三片，烏梅一個，煎湯調下，日二，甚佳。

吐血後咳者，紫菀、五味炒，爲末，蜜丸芡子大，每含化一丸。

希雍曰：觀其能開喉痹，取惡涎，則瀉而散者烈矣。若咳逆喘嗽屬陰虛者，不宜專用及多用，即用亦須與天冬、百部、麥冬、桑白皮、苦寒之藥參用，則無害。

[修治] 去蘆，蜜水浸一宿，焙乾用。今人多以車前、旋覆根赤土染過僞之，誤用大耗津液以病肺。

麥門冬

頮曰：出函谷、川谷及隄阪肥土石間者，多野生，出江寧、新安及仁和筧橋者，多種蒔。古人唯用野生者，細皺香美，宛如麥粒，功力殊勝也，四季不凋，秋冬根葉轉茂，叢生如韭，青似莎草，長尺餘，多縱理，四月開花如蓼，結實翠碧如珠，根鬚冗蝻，貫鬚連結，儼若琅玕，色白如玉，中心堅勁，最多脂液也。

根

[氣味] 甘，平，無毒。《別錄》曰：微寒。李當之：甘，小溫。東垣曰：甘，微苦，微寒，陽中微陰，降也，入手太陰經氣分。

[主治] 心腸結氣，腸中傷飽，胃絡脈絕，羸瘦短氣《本經》，治肺中伏火，脈氣欲絕，治心肺虛熱及虛勞客熱，口乾燥渴，定肺氣，補五臟，[1]安心氣不足，去心熱，療血妄行及經水枯，乳汁不下，止嗽，定肺痿吐膿，治熱毒，大水面目肢節浮腫，愈痿蹶，強陰益精諸本草。

宗奭曰：治心肺虛熱及虛勞，與地黃、阿膠、麻仁同爲潤經益血、復脈通心之劑，與五味子、枸杞子同爲生脈之劑。

潔古曰：麥門冬治肺中伏火，脈氣欲絕者，加五味子、人參，三味爲生脈散，補肺中元氣不足。

東垣曰：六七月間濕熱方旺，人病骨乏無力，身重氣短，頭旋眼黑，甚則痿軟，故孫真人以生脈散補其天元真炁，脈者人之元氣也。人參之甘寒，瀉熱火而益元氣；麥門冬之苦寒，滋燥金而清水源；五味子之酸溫，瀉丙火而補庚金，兼益五臟之氣也。

復曰：麥冬葉色凌冬不死，隨地以生，以白色可入肺，甘平可入脾，多脈理可入心，凌冬可入腎，長生可入肝。雖入五臟，以心爲主，心之腎藥也。其氣象生成及命名之義，能轉春爲夏，使腎通心，所治各證大都皆復脈通心潤經益血之力也。蓋心主血脈，脈潰血溢，脈傷則咳，經水已枯，乳汁不下，脈氣欲絕者，皆克成效。如水入於經而血乃成，不入於經以致浮腫者，潛滋之妙賴有此耳。惟陰形緩性人及脾慢中寒有濕者，不相宜也。

李氏曰：痿躄必用者，心肺潤而血脈自通也。

希雍曰：麥門冬，在天則稟春陽生生之氣，在地則正感清和稼穡之甘，《本經》甘平，平者冲和而淡也，《別錄》微寒，著春德也，入足陽明，兼入手少陰、太陰，實陽明之正藥。同人參、五味子，爲生脈散，能復脈通心，夏月暑傷氣服之良，酒後飲之解酒毒，肺熱者去人參，加甘枸杞子作飲，治一切虛勞客熱；同五味子、枸杞、地黃、牛膝、鱉甲、酸棗仁、天冬，治五勞七傷，胃强者可加當歸，火盛者可入黃檗、砂仁、甘草，三物俱遞減；治陽明瘟大渴引飲，煩躁，或嘔吐，麥門冬、石膏、知母、竹葉各數兩，病人虛者加人參兩許，痰多者加貝母、橘紅各兩許；《藥性論》云：麥門冬止煩渴，主大水面目肢節浮腫下水，治肺痿吐膿，宜同天門冬、薏苡仁、黃檗、芍藥、茯苓、石斛、桑根白皮、五味子、牛膝煮飲，彌佳；止泄精，宜兼覆盆、蒺藜、黃檗、五味子；同茯苓、車前、黃連、石斛、豬苓、澤瀉，療心腹結氣，身重目黃；《日華子》治五勞七傷，安魂定魄，止渴肥人，時疾熱狂頭痛，止嗽，故同石膏、知母、竹葉、粳米，專療時氣頭痛，大渴煩躁及發狂甚者，須各數兩濃煎頓飲乃佳，虛羸人因作勞內傷而發者，可量加人參，名人參白虎湯，有肺熱者勿入人參；崔元亮《海上方》同黃連治消渴；《衍義》治心肺虛熱，虛勞客熱，入沙參、五味子；同青蒿、鱉甲、牛膝、地黃、芍藥、天門冬、枸杞子、五味子、胡黃連、山藥、茯苓、山茱萸蜜丸，治骨蒸勞熱。

愚按：麥冬味純甘，天冬先甘後苦，苦勝於甘。夫天冬苦勝而氣寒，宜謂其入足少陰，乃二冬皆有甘，先哲皆不言其入足太陰脾，而皆謂其入手太陰肺者，其義何居？海藏曰：營衛枯涸者，淫劑所以潤之。天麥二冬、人參、五味、枸杞子，同為生脈之劑，此上焦獨取寸口之義。即此可悟於不言脾而言肺者矣。更按寇氏云麥冬同地黃等藥，為潤經益血復脈通心，又云：與五味子等藥能生脈，合前義而明茲味之功用，乃見其於肺為切也。夫脈者血之舍也，血者真陰之化醇也，人身中如心為陽中之太陽，而曰心主脈者，為真陽之地，乃真陰之所依也，肺為陽中之少陰，而曰能復脈通心者，為陽中少陰之藏，乃真陽化陰之玄關也，且東垣云脈者人之元氣也，若然，是則復脈通心者麥冬，而合於人參、五味，正益元氣之的劑也。就合上義以繹斯味之功，如東垣所謂入手太陰經氣分者，不洵然哉？經云：胃為水穀之海，六府之大原。是言胃屬陽也。又曰：五味入口，藏於胃，以養五藏氣，氣口亦太陰也。是言何以五味入口而五臟之陰氣與六腑之陽氣俱養者，則以氣口亦屬太陰，雖氣屬陽，為肺所主，而肺之氣口亦太陰，故為百脈之所朝會而與心脈合，使經氣歸於肺也。總是陽藉陰為主，心肺皆然，此經所云毛脈合精，又即所謂麥冬復脈通心，於肺朝百脈之義更切也。抑肺固主氣之臟，第元氣之根蒂，肺亦未嘗不與之合以神其升降也。請得而悉之。曰：經云二陰至肺，是在人身真氣並於穀氣而歸肺者，即二陰腎脈已至於肺矣。又有所謂肺貫心脈而行呼吸者，即離中之坎，與腎陰之至於肺更相合以神其升降，升降神而營衛通，故肺陰下降而入心以生血，心受肺陰之降，離中裕坎，乃以神其化。若然，如主脈之心因於肺陰而行血之生化者，是豈徒在肺哉？固本於二陰之至肺者以為根蒂也，是所謂真陽化陰之玄關也。又如麥冬之療虛勞客熱，謂之復脈通心者，是能導太一天真之氣以歸於脈中，則凡火熱為病以枯渴真陰，致經氣病而脈欲絕者，謂此品氣味清陰，膩潤難燥，於真陽化陰之用，唯此謂之中的也。或曰：茲味止有甘，且合於脈起中焦之義，何以不原其本於胃歟？曰：肺之主氣者固根於胃，即心之主血亦根於胃，然繹《本經》治傷飽胃絡脈絕一語，是在胃出入之用，猶藉於肺氣者有如斯，況不止傷飽之一證乎？此固不主胃而主肺之義也。試繹《內經》傷肺之論曰：夫傷肺者，脾氣不守，胃氣不清，經氣不爲使，真藏壞決，經脈傍絕，五藏漏泄，不衄則嘔。是經言如斯其明切也，如之何不本上焦獨取寸口之義而以肺爲主乎？或曰：二冬之甘，皆入胃，皆治肺，但一則由胃入心，一則由胃入腎，而皆治肺者，云何？曰：心腎者水火之原，水火不僭，乃得陰中之陽際於天，是謂天氣，而陽中之陰極於地，是謂地氣，總謂人身中之元氣而肺司之，膻中有氣海，固肺所治，況心肺爲在天之陽，真陽原不能離乎真陰，故虛勞以二冬皆爲治肺要藥也。如連清心，芩清肺，不得與麥冬之治虛勞也等功，以此能復脈通心。心者脈之主，潤膩之味水土合德，離中本具有坎，更由黃婆以致於離，使脈氣流經，經氣歸於肺，肺朝百脈，使天氣下降而地氣以生，是豈芩、連所能及哉？抑本草云治虛勞是矣，又以客熱並言也何居？曰：凡熱不外於心，在下焦肝腎陰虛以爲熱者，久之則爲虛勞，在上焦心肺，屬陽中之陰虛以爲熱者，名爲客熱，蓋對元陰之虛熱而言也。唯是上焦之熱若陽盛以致陰虛，直攻其陽之盛而陰自復，可以芩、連之屬取之。至陰虛以致陽亢，投之芩、連，則不能和其陽之無依，而反絕其陰之化原，豈得不以此味爲的劑乎？蓋此味不等於苦寒以袪熱，唯以清和之性，潤膩之質，能回陰燥而透脈枯，使亢陽得以依於陰而不僭，是所謂散肺伏火也，使逆氣得以入於經而不亂，是所謂能益肺氣也。雖然，潤濕者與燥氣對，柔膩者與亢氣對，若有熱而胃兼於濕滯，是亦不可施也，若有熱而胃氣居於卑弱，是亦不可施也。若施之得宜，則所謂強陰益精，補心氣不足，保定肺氣者，先哲豈欺我哉？麥冬四季不凋，其所稟至陰，然采根而用之者必在夏至之前，不類諸味之取諸秋成者也，是必至陰而效用於至陽，此味惟秋前爲然，先哲精察物理，有如斯矣。所以上焦心肺胃之陽，主之以奏功也。

希雍曰：麥門冬性寒，雖主脾胃，而虛寒泄瀉及痘瘡虛寒泄瀉，產後虛寒泄瀉者，咸忌之。

按麥冬、地黃同用，氣弱胃寒者必不可餌，此說良然。愚服養心藥酒，麥冬、生地入諸藥中，至暮年飲一兩次，大爲其累，是老人更宜慎也。

[修治] 去心，不令人煩。入湯藥，以水潤去心。若入丸散，須瓦焙熟，卽於風中吹冷，如此三四次卽易燥，且不損藥力。或以湯浸搗膏和藥，亦可。滋補藥則以酒浸擂之。潔古曰：引經須以酒浸。或以竹刀連心切作薄片，醇酒浸一宿，連酒磨細，入布囊內揉出白漿，點生薑汁、杏仁末各少許，頻攪數百下，久之澄清去酒，曬乾收用。入湯膏亦連心用，方合土德全體。又製法，去心，搥匾極薄，曬乾，加隔紙焙焦用。

葵

一名露葵。古人采葵，必待露解，故名露葵，王維詩松下清齋折露葵是也。郊野園圃，不拘肥瘠，地皆有之，有紫莖、白莖二種，以白莖爲勝。大葉小花，花紫黃色。其最小者名鴨脚葵，其實大如指，頂皮薄而匾，實內子輕虛如榆莢仁。四五月種者可留子。六七月種者爲秋葵，八九月下子覆養經冬者爲冬葵，正月復種者爲春葵。然宿根至春亦生，入藥以冬葵爲良。按此葵本一種而分四時，惟取冬葵耳。其有別爲種類，如蜀葵、錦葵是一類，又莵葵爲一類，莵葵，李瀕湖引據謂卽紫背天葵。又黃蜀葵爲一類。但入藥只宜蜀葵，如錦葵卽其小者也。

冬葵子

[氣味] 甘，寒，滑，無毒。

[主治] 五臟六腑寒熱羸瘦，五癃，利小便，久服堅骨，長肌肉《本經》，療婦人乳內閉腫痛《別錄》，出癰疽頭孟詵，下丹石毒弘景，通大便，消水氣，滑胎治痢時珍。

時珍曰：葵，氣味俱薄，淡滑爲陽，故能利竅通乳消腫滑胎也。其根葉與子功用相同。按陳自明《婦人良方》云：乳婦氣脈壅塞，乳汁不行，及經絡凝滯，奶房脹痛，留蓄作癰毒者，用葵菜子炒香，縮砂仁等分，爲末，熱酒服二錢，此藥滋氣脈，通營衛，行津液，極驗，乃上蔡張不愚方也。

［附方］

關格脹滿，大小便不通欲死者，《肘後方》用葵子二升，水四升煮取一升，納豬脂一雞子，頓服。

倒生口噤，冬葵子炒黃，爲末，酒服二錢匕，效。

胎死腹中，葵子爲末，酒服方寸匕。若口噤不開者，灌之，藥下卽甦。

胞衣不下，冬葵子一合，牛膝一兩，水二升煎一升，服。

癰腫無頭，孟詵曰：三日後取葵子二百粒，水吞之，當日卽開也。

苗

［氣味］　甘，寒，滑，無毒。

宜脾，利胃氣，治時行黃病，乾葉爲末及燒灰服，女子帶下，餘功與子同。

張從正曰：凡久病大便澀滯者，宜食葵菜，自然通利，乃滑以養竅也。

根

［氣味］　甘，寒，無毒。

［主治］　利竅滑胎，止消渴，散惡毒氣時珍。

［附方］

消中尿多，日夜尿七八升，冬葵根五斤，水五斗煮三斗，每日平旦服二升。

漏胎下血，血盡子死，葵根莖燒灰，酒服方寸匕，日三。

盧復曰：葵具五色，有多種，冬茂者曰冬葵，猶芥之有冬芥、春芥，爲脾之菜，腎之藥也。字從葵從冬，皆屬於腎，其子易生，用治胎產，自然入神功，主助精益水，輸水溺道，非不返顧其根也，察通關格之專臟，止消中之多溺，可想見矣。《本經》寒熱羸瘦五癃並治，當爲熟繹。

蓋寒熱欲通而不藏，致肌肉羸瘦，五癃欲藏而不通，致水道閉塞。葵性滑養竅，能使藏者通，返顧衛根，其莖挺生，莖疏葉密，傾向太陽而衛足。孔子曰鮑，莊子知不如葵，葵猶能衛其足。能使通者藏。若病屬久藏而發者，如淋，如帶，如痘疹，如死胎，如丹石毒，如消渴，如癰腫沒頭，如腸癰胃疽，如肉錐怪證，皆有奇徵。第有風疾宿病，天行病後，曾被犬傷者，忌之。世人但知其能發宿疾，不知不許人有久藏患害，爲他日卒中之虞耳。

蜀葵 一名戎葵、吳葵，蜀、戎、吳皆其所自來，因以名之。吳者，胡之訛也。

蜀葵，處處人家植之。春初種子，冬月宿根亦自生，苗葉似葵菜而大，亦似絲瓜葉有岐叉，過小滿後長莖，高五六尺，花似木槿而大，有深紅、淺紅、紫黑、白色、單葉、千葉之異，惟紅、白二色入藥。其實大如指頭，皮薄而匾，內仁如馬兜鈴仁及蕪荑仁，輕虛易種。

苗

[氣味] 甘，微寒，滑，無毒。根莖同。

按蜀葵苗與根莖，其主治類與冬葵同，皆不外於除客熱，利腸胃，療熱毒，下利滑竅，治淋潤燥，易產，散膿血惡汁之用也。

宗奭曰：蜀葵四時紅色單葉者，根陰乾，治帶下，排膿血惡物，極驗也。

[附方]

腸胃生癰，**懷忠丹**：治內癰有敗血，腥穢殊甚，臍腹冷痛，用此排膿下血，單葉紅蜀葵根、白芷各一兩，白枯礬、白芍藥各五錢，爲末，黃蠟溶化，和丸梧子大，每空心米飲下二十丸，待膿血出盡，服十宣散補之。

花

[氣味] 鹹，寒，無毒《別錄》。禹錫曰：甘，冷，無毒。

[主治] 帶下，目中溜火，和血潤燥，通竅，利大小便 時珍。

潔古曰：蜀葵花，陰中之陽也，赤者治赤帶，白者治白帶，赤者治血燥，白者治氣燥，皆取其寒滑潤利之功也。黃蜀葵治沙石淋，名獨聖散，花子並用，炒一兩，爲細末，每服一錢匕，食前米飲調服。《準繩》治小便血淋疼痛方，黃蜀葵花同煅大黃、人參、蛤粉各等分用，是則時珍所說良有據也。

子

[氣味] 甘，冷，無毒。

功同冬葵子。

時珍曰：按楊士瀛《直指方》云：蜀葵子炒，入宣毒藥中，最驗。又催生方用子二錢，滑石三錢，爲末，順流水服五錢，即下。

之頤曰：入藥只宜蜀葵，今市肆一種充冬葵者，氣味濁惡，色深褐，質沉重，形如橘核，服之令人腸滑。《別錄》指此爲冬葵，又出蜀葵一條，似與《爾雅》不相符合，當判爲蜀葵子，即《本經》葵子，用之頗驗。每用市肆偽充冬葵子，不唯反澀，且損脾傷胃也。按：冬葵、蜀葵，其子皆輕虛，雖經年不浥，微炒令畢炸，[2] 散著濕地，遍踏之，朝種暮生，蓋著濕地遍踏，正以其輕虛也，則其質沉重形如橘核者，其偽可知。

愚按：葵種不一，而四時之葵以冬葵爲良，至別種則止以蜀葵入藥，然二葵其功亦仿佛也。雖然，類知其滑利，有似於通劑，但即《本經》首治藏府寒熱羸瘦，則自明所謂滋氣脈，通營衛。張從正所云性滑養竅，盧復功主助精益水之說，皆非浪語也，又安能以通劑概之乎？第其性味類利於氣血燥而泣者，未可施於虛羸中寒之體也，臨病其審處之。

欵冬花 杏仁爲之使，得紫菀良。

斅曰：出關中及雍州南山溪水、華州山谷水澗間。多叢生，葉似葵葉而大，不顧冰雪，先春而花，去土一二寸，出萼如菊，色青紫，通直而肥，開時花黃色，花在根下也。一種花紅者，葉如荷，而斗直大可容升，俗呼蜂斗。

[氣味] 辛，温，無毒。《別錄》曰：甘。好古曰：純陽，入手太陰經。

［主治］　咳逆上氣《本經》，喘息呼吸《別錄》，心促急熱，勞咳連連不絕，涕唾稠粘，肺痿肺癰，吐膿血甄權，潤心肺，益五臟，除煩消痰，洗肝明目《日華子》。《本經》又言其治諸驚癇，寒熱邪氣。方書多主咳嗽之治，次喘證，又次嗽血，其痰飲瘖證亦用之。

宗奭曰：昔人病嗽多日，或教燃欵冬花三兩於無風處，以筆管吸其烟，滿口則咽之，數日果效。

中梓曰：按《欵冬賦》云：水凌盈谷，雪積披崖。顧見欵冬，煒然華艷。想見其純陽之稟也。雖溫而不助火，可以久任，但世多以枇杷花偽充之，故不能徵其功效耳。

之頤曰：以堅冰爲膏壤，吸霜雪以自濡，此水裹陽生，宜當入腎，腎之心藥也。故出肺腎之邪，先肝心之用，與緼藉幽深者不相侔也。驚癇邪氣，伏匿於中，對待治之，發越盡淨。若咳逆上氣，善喘喉痹，因腎苦燥及形寒飲冷秋傷於濕者始宜。或火熱刑金，或肺氣焦滿，恐益消爍毀傷矣。

希雍曰：欵冬花得天地陰寒之氣，而兼稟乎金水之性，故凌冰雪而獨秀，其味辛甘溫而無毒，陰中含陽，降也。辛能散而能潤，甘能緩而能和，溫則通行不滯，善能降下，《本經》主治咳逆上氣善喘，而古今方用之爲治嗽要藥，以其辛溫，散而能降，於肺無逆也，無分寒熱虛實，皆可施用。欵冬花雖畏貝母，然得貝母、桑根白皮、紫菀、枇杷葉、栝樓根、百部、天麥門冬、杏仁，治喘逆及咳嗽反良，物有相制故也。如半夏畏生薑，得之則制其毒，而愈能奏效也。得麻黃、杏仁、桑根白皮、甘草，治風寒鬱實熱於上焦肺分作喘，其效甚速。

愚按：欵冬，不顧冰雪，先春而花，花在根下，類以爲純陽者，爲其犯霜雪而華也。繆氏獨謂其陰中含陽。盧氏更謂其水裹陽生，二說可謂能察物理，但言其應入腎者誤也。夫腎氣原至肺，此爲陰中之陽，上際於天，而肺爲陽中之陰，下極於地。經曰：至陰虛，天氣絕。此理萬物由之。茲物之犯霜雪而華者，謂非稟於至陰，而止可謂爲純陽乎？就其花在根下者以參物理，是其陽生陰中之化象不俟展轉而直透者也。借此陰中生陽之氣化，有如茲味，以對待天氣之陽不能化陰而亢者，是何以故？蓋由於天氣之陽不得於陰以和，故爲亢陽而不能化陰也。夫一陰一陽之謂道，非有二陰陽也。第在地則陰爲主而生陽，在天則陽爲主而化陰，本其迭爲君以司氣化，然陽之能化陰者，即根於陰之能生陽也。故即以陽所生之元轉而對待之，俾陽返其所自始而乃達於下，是以《本經》首主咳逆上氣善喘，《別錄》治喘息呼吸，甄權療肺氣心促急，正所謂陽隨於陰以降者，豈得指爲純陽以稽其功哉？愚謂茲味主治皆屬元氣虛乏之爲病，當合甄權熱勞咳以言證，合《日華子》潤心肺益五臟以言功。蓋所謂熱勞即虛中之熱，而氣溫味辛有甘，且辛勝於甘，陽和以暢，似當與紫苑合奏療虛熱勞咳之績也。又如《本經》治諸驚癇，寒熱邪氣，亦本陰陽合化之氣以化消戾氣，蓋驚癇之證類屬陽不依陰之故耳。此種在先哲少有發明，如繆氏所說，謂其得氣之陰寒，而兼稟金水之性，故凌冰雪而獨秀，可謂獨詣，然似謂其專治熱，故不盡錄。在盧氏云不可治火刑金者，與繆氏正相反，亦非中的之論也。總之，茲味爲導陽中之陰氣以下，仿佛於引氣歸元，然實引陰陽合同而化之元氣以歸肺，致得陽隨陰降，不可謂其獨能治熱，亦不可謂其不能治熱也。試觀諸方用寒藥治嗽與用溫藥治嗽者皆取之，則其義可知。更有散肺結及收肺耗之劑，舉不之外。豈非在陰陽之氣奏功，謂爲治嗽要藥也，信哉。

[附方]

痰嗽帶血，欵冬花、百合蒸焙，等分，爲末，蜜丸龍眼大，每臥時嚼一丸，薄荷湯下。

口中疳瘡，欵冬花、黃連等分，爲細末，用唾津調成餅子，先以蛇床子煎湯嗽口，乃以餅子傅之，少頃挹住其瘡，立消也。

[修治]　花未舒者良。去梗蔕，甘草水浸一時，曬乾用。

酸漿一名燈籠草。

頌曰：所在有之。苗如天茄子，開小白花，結青殼，熟則深紅，殼中子大如櫻，亦紅色，櫻中復有細子，如落蘇之子，食之有青草氣也。時珍曰：酸漿與龍葵一類二種也，其苗葉一樣，但龍葵莖光無毛，五月以後入秋開小白花，五出黃蕊，結子無殼，纍纍數顆同枝，子有蔕，蓋生青熟紫黑，其酸漿同時開小花黃白色，紫心白蕊，其花如杯狀，無瓣，但有五尖，結一鈴殼，凡五稜，一枝一顆，下懸如燈籠之狀，殼中一子，狀如龍葵子，生青熟赤，以此分別。龍葵即俗名天茄子。

苗葉莖根

［氣味］　苦，寒，無毒。禹錫曰：有小毒。恭曰：苦，大寒，無毒。

［主治］　熱煩滿《本經》，腹内熱結，痰壅咳嗽，大小便澀《嘉祐》，擣汁飲，治黃病多效弘景。

子

［氣味］　酸，平，無毒。《別錄》曰：寒。

［主治］　熱煩，利水道，療黃病，並痰癖熱結，與苗莖同功。

丹溪曰：燈籠草，苦能除濕熱，輕能治上焦，故主熱咳咽痛。此草治熱痰咳嗽，佛耳草治寒痰咳嗽也。與片芩清金丸同用，更效。

時珍曰：酸漿，利濕除熱。除熱，故清肺治咳，利濕，故能化痰治疸。一人病虛乏，咳嗽有痰，愚以此加入湯中用之，有效。諸淋遺瀝不止，小便赤澀疼痛者，酸漿草嫩葉取一握净洗，擣絞汁一合，酒一合攪和，燒熱，空心服之，立通。

鼠麴草一名佛耳草，一名鼠耳。款冬花爲之使。

時珍曰：原野間甚多。二月生苗，莖葉柔軟，葉長寸許，白茸如鼠耳之毛，三月開小黃花成穗，四月結細子如粟。

［氣味］　甘，平，無毒。《別錄》曰：鼠耳酸，無毒。東垣曰：佛耳草酸，性熱，宜少食之，過則損目。

［主治］　痹寒《別錄》，寒嗽及痰，除肺中寒，大升肺氣李杲。

《日華子》曰：調中益氣，止洩。

丹溪曰：治寒痰嗽，宜用佛耳草，熱痰嗽，宜用燈籠草。

愚按：酸漿於仲夏以後吐華，且結子深紅，其稟大火之令可知。第生於川澤而成於寒水之氣化，水以火爲用，其味得苦，故暢其寒化以清熱，并用其苦味以燥濕，此由氣分而至血分，由清熱以滌濕者也。即各本草謂其治熱煩，療黃病，利水道，似與大黃及三黃之治濕熱皆有不同，而方書用之者鮮，何哉？至如丹溪謂治熱嗽有痰者屬酸漿草，而佛耳草治寒痰咳嗽，一寒一熱，各有攸宜之治也。第佛耳在本草謂其甘平，而弘景、東垣皆曰酸，且云性熱者，正以其生苗吐華皆於春，而得木火之氣以除寒也。然則東垣、丹溪治寒嗽之說，不爲無據矣。乃時珍因《日華子》有止熱嗽一語，更強作解，不知《別錄》所云除痹寒者遂不足憑乎？再詳《日華子》謂調中益氣，正合於東垣大升肺氣之義，是非稟木火之氣而能升肺氣，[3]能調中益氣乎？又即治久嗽二方，皆同欵冬，而或主以熟地，或等分於人參、白礬、甘草，二方一見《綱目》本條，一見《準繩》嗽證。固以嗽之久者自虛，或補陰，或益陽，其義本於《內經》，經曰氣虛者寒也，如是則是物謂其除寒乎？除熱乎？可以不費辭說矣。

[**修治**] 曝乾用。

決明子

時珍曰：此馬蹄決明，又有草決明，即青葙子也。嘉謨曰：青葙子又曰草決明，亦以其能明目也，而用之者遂冒爲決明子，誤矣。蓋青葙莖直如蒿，苗、葉、花、實與雞冠花相類，子黑匾而光，粒同莧實。決明子葉似苜蓿而闊大，秋深結角，如初生細豇豆，其子生角中，狀如馬蹄，青綠色，故曰馬蹄決明，其粒狀稍大，而主治尤優，不可不細審也。

[**氣味**] 鹹，平，無毒。《別錄》曰：苦甘，微寒。

[**主治**] 青盲目淫，膚赤白膜《本經》，助肝氣《日華子》，療肝熱風眼赤淚甄權，療脣口青《別錄》，作枕治頭風明目，甚於黑豆《日華子》。

嘉謨曰：除肝熱，尤和肝氣，收目淚，且止目疼。

希雍曰：決明子得水土陰精之氣，而兼稟乎清陽者也，故其味鹹平，《別錄》益以苦甘微寒而無毒。鹹得水氣，甘得土氣，苦可洩熱，平合胃氣，寒能益陰洩熱，足厥陰肝家正樂也，亦入腎，肝膽開竅於目瞳子，神光屬腎，故其主治如是。得沙苑蒺藜、甘菊花、枸杞子、生地黃、女貞實、槐實、穀精草，補肝明目益精除肝臟熱之要藥，得生地黃、甘菊花、荊芥、黃連、甘草、元參、連翹、木通治暴赤風眼淚痛。

盧復曰：決明味鹹走血氣，寒對治熱，故治青盲膚膜淚出之因熱傷血分者。倘係氣分及風寒而致目中諸證，非共宜矣。

愚按：決明子，子在角中，子形如馬蹄，青葙子在穗中，子粒同莧實，乃冒名決明，雖曰其治目同功，然青葙子味，《本經》止云苦微寒，而決明子曰鹹平，在《別錄》又曰苦甘微寒，是固亦有別也。況嘉謨謂其除肝熱，尤和肝氣，其主治優於青葙，又先哲謂其和肝氣，不損元氣者，二說豈盡無據歟？余治一十餘歲童子，素有目疾，已愈，又因衄血久而腎肝虛火俱動，致目赤，左眼皆微痛，加減六味丸中入決明，不用青葙，而效甚速。附方：生地薑汁製一錢，當歸身四分，尾四分，甘菊八分，丹皮酒蒸，八分，茯苓六分，決明子五分，柴胡五分，車前子炒，五分，玄參酒拌蒸，六分，便香附六分，[4]石菖蒲六分，炒，入煉蜜，為丸如梧子大，每服一錢三分十，加小鳳髓丹分半，空心鹽水吞。

瞿麥 _{瞿，音劬。牡丹皮為之使。}

即洛陽花萼，云石竹及剪秋羅者，謬矣。所在有之，即俗所謂十姊妹也。莖細有節，高一二尺，葉似石竹，又似地膚，梢巔開花，有紅、紫、粉、藍，斑爛數色，結實如燕麥，內子紫黑而區。方書中用南天竺草，即生瞿麥也。采於夏至後，交六月小暑節則遲矣，因其子五月色黑，六月則黃故也。

穗

[氣味] 苦，寒，無毒。《別錄》曰：苦。權曰：甘。

[主治]　關格，諸癃結小便不通《本經》，逐膀胱邪逆《別錄》，療五淋，通月經《日華子》，催生，墮死胎方書。

東垣曰：瞿麥味苦辛寒，陽中之陰，利小便爲君。按瞿麥主治，東垣謂爲利小便君藥，後學當以《内經》所云胞之脈屬心而絡於胞中，又云胞移熱於膀胱，爲癃閉及溺血，此二義參之，則知李東垣先生之詣精深，如寇氏，何能窺其一二耶。

頌曰：古今方通心經，利小腸爲最要。

宗奭曰：八正散用瞿麥，今人爲至要藥，蓋因小腸有實熱，小腸與心爲傳送，故用此入小腸，本草並不治心熱也。若心經雖有熱而小腸虛者服之，則心熱未退而小腸別作病矣。

時珍曰：近古方家治產難有石竹花湯，治九孔出血有南天竺飲，皆取其破血利竅也。

希雍曰：瞿麥稟陰寒之氣而生，故味苦寒，《別錄》兼辛無毒。苦辛能破血，陰寒而降，能通利下竅而行小便，故主關格、諸癃結、小便不通及諸淋證。下焦結熱，小便淋閉，或有血出，或大小便出血，瞿麥穗一兩，甘草炙，七錢五分，山梔子仁炒，半兩，爲末，每服七錢，連鬚蔥頭七個，燈心五十莖，生薑五片，水煎至七分，時時溫服。

愚按：瞿麥在《本經》首言其治關格癃結，並及破胎墮子，下閉血，則乃化血分結泣之藥，而東垣以爲利小便君藥者，蓋爲血與小水是二是一也。抑他血藥何以不入小便之用乎？曰：血主於心，化於胃，統於脾，藏於肝，歸於血海，乃此味適爲通心化血之劑，而小腸爲心之腑以行其血化者也，故水液必自小腸滲入膀胱胞中，如小水之病，應得之以爲君藥矣。或曰：何以明其通心耶？曰：茲物獨取其蕊殼用之，其華盛於五月而卽結穗，子黑，至六月花微穗少而子皆黃色，午月應心火，其子黑色，非水合於火以化之徵歟？夫血固原於水而成於火者也。抑療小便不通及諸淋證，不能舍是物，但二證所因不一，所患之臟亦不一，[5]豈盡以通心化結治之歟？曰：前證皆不離於氣分血分以爲病，卽如小便不通屬氣分及淋屬氣者，而方書治之亦多用此，豈非以氣血不能相離之故歟？唯究其所因并所本臟腑以爲治，乃用此以療其氣血之所病，則何可少也？雖然，茲物穗殼合數粒嚼之，則苦味出，且微有辛，又子黑色，其得寒水之化可知，得無專治熱歟？曰：午中丁火卽胎壬水，水上合於火則氣化，氣化則血生，生卽化之本，是所謂通心氣，行血化，以治血分水分之病者也，是陰陽之氣合同而化，非偏於爲寒爲熱者也。如熱淋與冷淋舉須之，非其明明可徵者歟？寇氏致愼於心經無熱者良是，第不究玆物之通用於小便之治也，但非小腸有熱，不得以之爲主耳。

希雍曰：瞿麥苦寒兼辛，性猛利，善下逐。凡腎氣虛，小腸無大熱者，忌之。胎前產後，一切虛人患小水不利，法並禁用。水腫蠱脹脾虛者，不得施。

[修治] 只用蕊殼，不用莖葉，一時同使，令人氣噎及小便不禁也。先以堇竹瀝浸一伏時，漉出，曬乾用。

葶藶 榆皮爲之使。

頌曰：出藁城平澤田野間，汴東、陝西、河北州郡亦有之。近以彭城、曹州者爲勝，他處者不堪用也。春生苗葉，高六七寸，似薺根而色白，枝莖俱青，三月開花微黃色，遂結角，列子亭亭，區小如黍粒，微長而黃，味苦入頂，微甘者狗薺也。《月令》：孟夏靡艸死。注云：狗薺，葶藶之屬是也。宗奭曰：葶藶有苦甜二種，其形則一也。立夏後采實，陰乾。

子

[氣味] 辛，寒，無毒。《別錄》曰：苦，大寒。得酒良。東垣曰：沉也，陰中陽也。時珍曰：宜大棗。

[主治] 積聚結氣《本經》，療肺壅上氣咳嗽，止喘促甄權，通利水道《本經》，下膀胱水，伏留熱氣，皮間邪水上出，面目浮腫《別錄》，除胸中痰飲甄權。

東垣曰：葶藶大降氣，與辛酸同用，以導腫氣。本草十劑云洩可去閉，葶藶、大黃之屬。此二味皆大苦寒，一洩血閉，一洩氣閉。蓋葶藶之苦寒，氣味俱厚，不減大黃，又性過於諸藥，以洩陽分肺中之閉，亦能泄大便，爲體輕象陽故也。

海藏曰：苦甜二味，主治不同。仲景瀉肺湯用苦，餘方或有用甜者，或有不言甜苦者。大抵苦則下泄，甜則稍緩，量病人虛實用之，不可不審。本草雖云治同，而甜苦之味安得不異？

時珍曰：葶藶有甘苦二種，正如牽牛黑白二色，急緩不同，又如葫蘆甘苦二味，良毒亦異。大抵甜者下泄之性緩，雖泄肺而不傷胃，苦者下泄之性急，既泄肺而易傷胃，故以大棗輔之。然肺中水氣膹滿急者，非此不能除，但水去則止，不可過劑爾。既不久服，何至殺人？

希雍曰：葶藶，稟陰金之氣以生，故其味辛苦，大寒無毒，氣薄味厚，陽中陰也，爲手太陰經正藥，故仲景瀉肺湯用之，亦入手陽明、足太陽經。

[附方]

肺壅喘急，不得臥，**葶藶大棗瀉肺湯**主之。葶藶炒黃，搗末，蜜丸彈子大，每服，大棗二十枚、水三升煎取二升，入葶藶一丸，更煎取一升，頓服。亦主支飲不得息。

陽水暴腫，面赤煩渴，喘急，小便澀，其效如神，甜葶藶一兩半，炒，研末，漢防己末，二兩，以綠頭鴨血及頭合搗萬杵，丸梧子大，甚者空腹白湯下十丸，輕者五丸，日三四服，五日止，小便利爲驗。一加豬苓末二兩。

水腫尿澀，**梅師方**：用甜葶藶二兩，炒，爲末，以大棗二十枚、水一大升煎一升，去棗，入葶藶末，煎至可丸，如梧子，每飲服六十丸，漸加，以微利爲度。

又崔氏方：用葶藶三兩，絹包，飯上蒸熟，搗萬杵，丸梧子大，不須蜜和，每服五丸，漸加至七丸，以微利爲佳。不可多服，令人不堪。若氣發服之，得利氣下，即止水氣無比。

愚按：葶藶子，其治積聚結氣，在《本經》首言之，而東垣謂能洩陽分肺中之閉者，固不謬也。夫氣寒味苦爲陰，何以入氣分之陽乎？曰：丹溪有云，此味屬火也，抑其值孟夏而遂死也，何以竟屬火乎？曰：此味稟寒水之氣，而出地於風木以達之，故三月開花結角，一逢火氣之交，卽受其氣以爲成功。蓋水以金爲母，金以火爲主，水無金則無母氣，金無火則無主氣，此味色深黃，水中具土，故得少火之氣以成，而卽入手太陰以致其氣分之用。經固曰肺者陽中之少陰也，夫金不得火氣，固無以行水之化，若大稟乎火令，則少陰之氣亦不能效其水化之全力，有如斯矣。卽療咳嗽喘促者，亦母趨子之義也。**愚按**：希雍因《本經》辛寒之義，故謂茲味稟陰金之氣也。夫人身之肺屬金而適爲氣之主，第肺不合於心，則陰不得合於陽而氣不能化。故葶藶雖稟寒水之氣，然其色深黃，是水中具土，勿論土必趨火之母，而陰金樂於少火之氣以成，乃得入手少陰以致其氣分之用，以能洩陽分肺中之閉也。其卽能行水化者，腎原至肺，由肺而還至膻中，以達離中之坎也。抑肺爲主氣之藏而行水化者，豈徒母趨子哉？子固戀乎母也。《內經》云：腎合膀胱，膀胱者，津液之府也。又曰：三焦者，中瀆之府，水道出焉，屬膀胱。又曰：少陽屬腎，腎上連肺。故將兩藏繹此數語，則知氣化卽主水化，而肺之所以能致氣化於水者，其義益明矣。若然，是水化之本原無結可破，壅可決也，惟陰陽之氣有乖，以致或結或壅，則不能舍此中病之物以爲救標之治耳。故用者必審其病之能勝與否，更適可而止，勿過劑以速咎也。

丹溪曰：葶藶，屬火性急，善逐水病，人稍涉虛者宜遠之，且殺人甚捷，何必久服而後虛也？

希雍曰：葶藶，瀉肺、利小便、治腫滿之要藥，然味苦大寒，走而不守，不利於脾胃虛弱及眞陰不足之人。凡腫滿由於脾虛不能制水，水氣泛溢，小便不通由於膀胱虛，無氣以化者，法所咸忌，犯之則輕病重，重必危，愼之。

[**修治**]　以糯米同置甑上微焙，俟米熟去米，搗碎用。

車　　前

此草好生道邊，故有是名。《別錄》云：五月五日采，陰乾。時珍言五月子已老，信然。唐張籍詩云：開州午月車前子，作藥人皆道有神。慚愧文君憐病眼，三十里外寄閑人。觀此，則五月采者不謬。

子

[氣味] 甘，寒，無毒。《別錄》曰：鹹。權曰：甘，平。

[主治] 氣癃，止痛，利水道小便，除濕痹《本經》，養肝蕭炳，強陰益精，明目《別錄》，去風毒，肝中風熱，毒風衝眼，赤痛障翳，腦痛淚出甄權，止暑濕瀉痢時珍。

好古曰：車前子能利小便而不走精氣，與茯苓同功。

之頤曰：行肝之用，肝之氣分藥也，利而不洩，故益精，用壯氣化。

嘉謨曰：通尿管淋瀝澀痛，不走精氣。

嵩曰：以甘草梢佐之，除莖中濁痛，配菟絲、枸杞子之類，能滋腎益陰壯陽，非止利水而已。《明醫雜錄》云：人服固精藥久，服此一泄，即有子。

文清曰：止暴泄者，利水道，分清濁也。

希雍曰：車前子，稟土之沖氣，兼天之冬氣以生，故味甘寒而無毒，《別錄》兼鹹，故走水道。《本經》言主氣癃，止痛，通腎氣也，又謂利小便，除濕痹，小便利則濕去而痹除矣。然利水之品，《別錄》乃云強陰益精，何也？男子陰中俱有二竅，一竅通精，一竅通水。命門真陽之火即係先天之元氣，道家謂之君火，後天之精氣亦與之合而繫焉。膀胱者，濕熱濁陰之水滲出下竅為小便，道家謂之民火是也。二竅不並開，故水竅常開，則小便利而濕熱外洩，不致鼓動真陽之火，則精竅常閉而無漏洩，久久則真火寧謐而精用益固，精固則陰強，腎氣固即是水臟足。故《別錄》又云明目，及甄權謂其療目風衝赤痛等證，皆即強陰益精之驗，肝腎膀胱三經之要藥也。同木通、沉香、橘皮、升麻，治氣癃；同二术、宣木瓜、石斛、川草薢、茯苓、五加皮，治濕痹；君白芍藥、白茯苓、白藊豆、炙甘草，治水泄；同生地黃、牛膝、天門冬、麥門冬、黃檗、五味子、甘枸杞子、人參、白膠，治尿血及婦人血淋，入十子衍宗丸，為生精種子要藥；入金匱腎氣丸，則固精益陰；獨用炒為末，專治濕勝水瀉；同五味子、覆盆子、蓮子、蓮鬚、山茱萸肉、沒食子、沙苑、蒺藜、人參、麥門冬、牛膝、白膠、魚膠，能強陰固精種子；同生地黃、甘菊花、决明子、玄参、密蒙花、[6]连翘、[7]黄连、柴胡、生甘草,治暴赤目痛。

愚按：车前为利水之剂,将以泽泻辈例视,盖其味始微咸而后有甘,与泽泻同,其甘较於泽泻犹有逊焉,乃谓其利水而不走气,不似泽泻之有损,更於目疾有专功者,何哉？世医於诸味曰利水者,类滚同混用,不能细审其病本於何藏何腑何经,且不审所用之味适投其所宜否,可慨也。曰：小便,气道也,肝主之。肝固司前阴之气化者也,如车前利水,固与泽泻辈皆归水腑以为用,但其独禀肝木之气化而达於水腑者,较与他味异,何以明之？即春初生苗,又所结实至五月已老,老则色黑,是岂非禀木气之全,而能致木之用於所司之水腑乎？禀木气之全者,谓五月已老,不受金气也；致木用於水腑者,谓其色黑,气畅於火而还归於水也。木之用者火也,气者火之灵,是固所谓能达肝木之气化者也。《本经》首主气癃,而《内经》有云肝所生病,遗溺闭癃,是之颐所谓肝之气分药者是也。虽然,是能达肝之气化,其益还归於肝欤？曰：然。经云：三阳一阴,大阳脉胜,一阴不能止,内乱五藏,发为惊骇。若然,寒水之能为风木病,则寒水之气得化,而风木还受其益矣,此先哲所谓养肝也。然则所谓强阴益精者固不谬欤？曰：风木之所达者,真水之用也。真水之中有火,固阴中之阳也。阴中之阳不舒,则凡水不能效疏渎之常,而真水乃病矣。如此味能致其木之用,是能由阴达阳,而真水之气化不郁,谓之强阴,岂曰不然？阴强则精益矣。是能养肝者,又即其益肾阴者也,故养肝木能使水之气清,而强阴益精益阴水,又能使木之气清而明目祛风热。如水气不清而浊阴乱於下,更木气不清而风眚变於上,因思功归此味,岂非利而不洩,行而有补哉？即其除湿治泻者,皆木之清气达,土之浊气去,固亦不徒以渗泄与他味同论也,谓之不走真气者此耳。利而不泻,行而有补者,全在达木之用以清水化,其不与渗利诸味同者,正妙於不在水化上争通塞耳,故曰不走真气。且识此义,然後知其能强阴益精也。然则车前非寒利者欤？曰：然。《千金方》有疗阴冷闷疼,渐入囊内,肿满杀人,车前子末饮服方寸匕,日二服,则其非寒利可知。抑又何以去热毒？盖本地气之阴而全於出地之木,木气暢於火而還歸於水，正所謂肝氣得達風化而熱自清耳，又安得以溫補視之？試觀目疾用之，去風熱同於諸味可，療虛暗同於諸味亦可，則其性味不可識乎？第猶有說焉。肝固血臟，水與血固一源也，何以又主氣道？蓋由心屬火而小腸爲腑，火，陽也，小便之行雖本於血，而原不離於陽以宣之，故肝爲心之母，以應之主小便，而所司在氣道者此也。猶腎本生氣之元，但以肺屬金而大腸爲腑，金，陰也，大便之行雖本於氣，而原不離於陰以濡之，故腎爲金之子，以應之主大便，而所司在血道者此也。總之，陰陽本不能相離，但各有所先。肝之上升者陽也，而陰乃隨之，故母應乎子；肺之下降者陰也，而陽乃隨之，故子應於母。詎不知其所先，而能盡陰陽之變化哉？

希雍曰：車前子性走下竅，雖有強陰益精之功，若遇內傷勞倦、陽氣下陷之病，皆不當用。腎氣虛脫者，忌與淡滲藥同用。

[修治] 凡用，須以水淘洗去泥沙，曬乾。入湯液，炒過用。入丸散，則以酒浸一夜，蒸熟研爛，作餅曬乾，焙研。

[附方]

小便血淋作痛，車前子曬乾，爲末，每服二錢，車前葉煎湯下。

老人淋病，身熱甚，車前子五合，綿裹煮汁，入青粱米四合，煮粥食。

葉

甘，滑，最利小水，且泄精氣，非子類也，其療衄血下血，當是以行爲止。

連翹

頌曰：秋結實，似蓮內作房瓣，八月采房。又曰：南方醫家說云連翹有兩種：一種似椿實之未開者，殼小堅而外完，無跗萼，剖之則中解，氣甚芳馥，其實纔乾，振之皆落，不著莖也；一種乃如菡萏，殼柔，外有跗萼抱之，而無解脈，亦無香氣，乾之雖久，著莖不脫。此甚相異。此種江南下澤間極多，如椿實者乃自蜀中來，入用勝似江南者。據本草則亦以蜀中者爲勝，然未見其莖葉也。

[氣味] 苦，平，無毒。潔古曰：性涼味苦，氣味俱薄，輕清而浮，升也，陽也。好古曰：陰中陽也，入手足少陽、手陽明經，又入手少陰經。時珍曰：微苦，辛。

[主治] 散諸經血結氣聚李杲，治寒熱，鼠瘻瘰癧，癰腫瘦瘤，結熱蠱毒《本經》，又氣閉火炎，耳聾渾渾焞焞好古，療心經客熱甄權，除脾胃濕熱震亨，通月水《日華子》，利五淋，小便不通甄權，於小兒諸瘡客熱最宜。治氣閉火炎，耳聾渾渾焞焞，正是少陽膽之治。

潔古曰：連翹之用有三：瀉心經客熱，一也；去上焦諸熱，二也；爲瘡家聖藥，三也。

東垣曰：十二經瘡藥中不可無此，乃結者散之之義。

好古曰：手足少陽之藥，治瘡瘍瘤瘻結核有神。與柴胡同功，但分氣血之異爾。膽熱：氣，連翹；血，柴胡。與鼠粘子同用，治瘡瘍別有神功。

丹溪曰：連翹苦，陰中微陽，升也，入手少陰經，瀉心火，降脾胃濕熱及心經客熱，非此不能除，瘡瘻癰腫不可缺也。

時珍曰：連翹狀似人心，兩片合成，其中有仁甚香，乃少陰心經、厥陰包絡氣分主藥也。諸痛癢瘡瘍，皆屬心火，故爲十二經瘡家聖藥，而兼治手足少陽、手陽明三經氣分之熱也。

盧復曰：連翹治鼠瘻癰腫瘡瘤，咸從結氣所生，取其象形易落而能自散也。《綱目》謂狀似人心，故入心，以痛癢瘡瘍皆屬心火也，東垣謂十二經瘡藥中不可無此，何必似人心狀乎？顧獨莖赤色，及結實在上，原具心象耳。

之頤曰：連翹，《本經》所列主治是合陰陽內外而言，誠開闔之樞鍵也，故主熱結在中，爲寒熱鼠瘻瘰癧，其本在臟，其末在頸腋間也。若蠱毒，此但沉於臟，瘦瘤癰腫，此但浮於脈，咸屬寒熱爲病，因熱結爲形證者也。其功力與夏枯相等，但夏枯偏於從本，秉寒水化令，故上徹巓頂，下及跌踵，連翹偏於從末，秉容平氣味，故外彌膚腠，內偏五中，至於解從結心，理則一矣。

希雍曰：連翹感清涼之氣，得金水之性，《本經》雖云味苦平無毒，平應作辛，乃爲得之，其主寒熱鼠瘻瘰癧癭瘤結熱者，以上來諸證皆從足少陽膽經氣鬱有熱而成，此藥正清膽經之熱，其輕揚芬芳之氣又足以解足少陽之鬱氣，清其熱，散其鬱，靡不瘳矣。

愚按： 連翹之味微苦而氣涼，所謂平即涼也。卽其結實於秋，采房於八月，知爲得秋涼之氣以告成也。夫草木結實，爲生氣所孕蓄，此實稟秋之收氣，乃能散諸經之血結氣聚，卽其房剖之則中解，稍乾，振之則皆落，不可想見其用有異於他清熱之味歟？此盧復所謂取其象形易落而能自散者也。本收氣以散結氣，自應先歸之膽與肝，蓋木以金爲主，金以木爲用也。蓋辛之喜酸者，緣升散而樂降收以返其元，若辛更有苦以爲宣者，則屬酸收之氣亦樂得之以暢其用矣，此卽所以行胃經濕熱而清心之客熱也。《本經》首言其治寒熱鼠瘻云云，正指其功用之首及者，在足少陽之氣結證，非以爲專治如是證也。第海藏謂爲入手足少陽之藥，但兼入別經，丹溪止言入手少陰，卽時珍亦然，近代繆氏所指似在足少陽者，其誰是適主歟？曰：連翹，氣分藥也。氣原於手少陽三焦，固屬相火，而陰陽之氣以足少陽膽爲樞，卽與相火對化，是手少陽爲陰中之陽，乃先天合一之真元也，而足少陽則爲陰陽之樞，實後天氣血開闔之先，舉陰陽之氣徵諸水火，水火之氣卽分寒熱者，不能離乎三焦，而寒熱之在氣血者，爲虛爲實，或結或聚，卽不能離乎足少陽膽，不獨外感爲然也。先哲云：凡寒熱之證，唯足太陽、少陽二經有之。而《本經》於茲味主治，舉寒熱二字以冠諸證，則繆氏指重足少陽也，義或不妄，然豈能舍手少陽生氣之元，而言足少陽開闔之病乎？此海藏謂爲手足少陽藥，誠不易之說也。若然，則所云瀉心火，降脾胃濕熱，於義何居？蓋三焦者，始於元氣，用於中脘，散於膻中，心胃並在是矣。鬲肓之上，中有父母，而胃又生化氣血之地，舉氣血開闔者而能散其偏氣之結聚，又何心火之不除？胃中濕熱之不降乎？連翹得金水之性，而氣味俱輕清上浮，與手足少陽其氣從下而上者同氣相求，故能散二經結熱。其主散濕熱之結者，以本於金水之性也。夫散手足少陽之結熱，而歸於散心胃之濕熱者，由氣而之血也，氣固爲血之先，若然則隨所引用以奏效矣。或言主心經客熱者，蓋如痛瘍瘡瘍，皆屬心火，亦因三焦相火病乎心包絡之血也，既屬血病，謂之濕熱亦可。蓋陰陽之氣不和,則三焦元氣化熱,先病乎火主之心並胃脘之陽矣。又心主血,氣疏而血自化,胃中濕熱亦氣結而病於血者也,卽此可以思通月水利五淋之義焉。雖然,醫習以爲瘡家聖藥,而不繹《本經》所列諸證首寒熱而貫以熱結二字,推求此意,則本於陰陽之不和以病於熱結,卽不具外之形證者不可治乎?如涼膈散、熱鬱湯之用,種種不一而足,豈必盡屬瘡證乎?之頤所說於瘡家聖藥之義,可謂言所未言矣。故此味不可與清熱諸劑例視,蓋清熱者性多降折,此味直以收氣爲散氣,其氣爲升爲陽,豈等降折?卽用於苦寒中,亦猶藉其散結爲功耳。如徒以清熱概言,彼保和丸中欲散結聚耶,抑更用之清熱耶?甚矣,醫理之難言也。足少陽膽鬱熱口苦,同柴胡用殊效。痔瘡腫痛,連翹煎湯熏洗後,以刀上飛過綠礬入麝香貼之。

丹溪曰:治血證以防風爲上使,連翹爲中使,地榆爲下使,不可不知。《衍義》治利有微血,不可執以連翹爲苦燥劑,虛者多致危困,實者宜用之。

希雍曰:連翹清而無補之藥也,癰疽已潰勿服,火熱由於虛者勿服,脾胃薄弱,易於作泄者勿服。

[修治] 黑而閉口者良。去蔕根,研。

翹根

[氣味] 甘,寒,平,有小毒。普曰:神農、雷公,甘,有毒;李當之,苦。好古曰:苦,寒。

[主治] 下熱氣,益陰精,治傷寒瘀熱欲發黃。

好古曰:此卽連翹根也,能下熱氣,故張仲景治傷寒瘀熱在裏,麻黃連軺赤小豆湯用之,注云連軺卽翹根也。

藍

時珍曰:藍凡五種,各有主治,惟藍實專取蓼藍者。蓼藍,葉如蓼,五六月開花成穗,細小淺紅色,子亦如蓼,歲可三刈,故先王禁之;菘藍，葉如白蒜，馬藍，葉如苦蕒，卽郭璞所謂大葉冬藍，俗中所謂板藍者，二葉花子並如蓼藍；吳藍，長莖如蒿而花白，吳人種之；木藍長莖如決明，高者三四尺，分枝布葉，葉如槐葉，七月開淡紅花，結角長寸許，纍纍如小豆角，其子亦如馬蹄決明子而微小，迥與諸藍不同，而作澱則一也。

藍實 此蓼藍，入藥，五六月采之。

[氣味] 苦，寒，無毒。權曰：甘。

[主治] 解諸毒《本經》，利五臟，調六腑，通關節，治經絡中結氣甄權。

愚按：甄權所云利臟腑，通關節，治經絡結氣等語，世醫初不知此義。蓋經隧者，氣血所從出之道，經言之矣，而營血固流貫於其中以調和臟腑者也。夫營血原於水，成於火，而肝木實司通身經絡，以達水火之氣者也。蓼藍本肝木之劑，乃屬水而長養於火，故其功用實實如甄權所云也。但世多置藍實不用，其憒憒多矣。之頤曰：青澱、青黛，總屬分身，不如藍實之包含真無盡藏也。此數語可思。

藍葉汁 係蓼藍。

[氣味] 苦甘，寒，無毒。

汁塗五心，止煩悶，殺百藥毒，解狼毒、射罔毒及朱砂、砒石毒。

板藍根 卽馬藍。

苦，寒，無毒。

[主治] 婦人敗血，連根焙搗，下篩，[8]酒服一錢匕蘇恭。東垣普濟消毒飲中用之，以治天行大頭熱毒，謂之鸕鶿瘟者是也。《日華子》及《聖惠方》亦皆言其能治天行熱毒。中風方中類用之。中風活命金丹用之，亦是同諸味以解熱毒之義。

時珍曰：諸藍形雖不同，而性味不遠，皆能解毒除熱，惟木藍葉力似少劣，藍子則專用蓼藍者也。至於用澱與青布，則是刈藍浸水，入石灰澄成者，性味不能不少異，不可與藍汁一概論也。有人病嘔吐，服玉壺諸丸不效，用藍汁入口卽定，蓋亦取其殺蟲降火爾。如此之類，不可不知。

之頤曰：藍釀之成澱，色成勝母，青出藍而青於藍者也。肝主色，肝色青，當入肝，爲肝之的藥，亦可爲肝之腎藥，以多汁而氣寒也，亦可爲肝之心藥，以味苦而性通徹也。此說可與通水火之氣相參。

復曰：力可巽，入乎肝，克制乎脾，爲平熱之輕劑也。

丹溪曰：藍屬水，能使敗血分歸經絡。

［附方］

時行熱毒，心神煩躁，用藍澱一匙，新汲水一盞服。

急疳蝕鼻口，數日欲死，取藍靛傅之令遍，日十度，夜四度，愈。

青　黛

時珍曰：波斯青黛亦是外國藍靛花，既不可得，則中國靛花亦可用。《仙製藥性》曰：真青黛，形狀與靛花不同類，今因其罕有，而靛花功效亦同，特假爲名。旋收曝乾，色甚紫碧，市家多取乾靛充賣，殊不知靛枯黑重實，花嬌嫩輕浮，不可不細擇爾。

［氣味］　鹹，寒，無毒。權曰：甘，平。

［諸本草］　專治小兒疳蝕羸瘦，發熱疳痢，殺疳蟲，并小兒丹毒，解小兒諸熱驚癇。

丹溪曰：青黛能收五臟之鬱火，解熱毒，瀉肝，消食積。

嵩曰：大略主治肝經熱，及解肺胃熱。

［方書主治］　中風頭風，脇痛癥瘕，顫振眩暈，咳嗽久嗽，嘔吐舌衄，咳嗽血，及鼻口唇齒舌與咽喉外治内治甚多，又治下癩疝。一方傷寒門陽毒發斑青黛一物湯。

宗奭曰：有一婦人，患臍下腹上下連二陰遍淫瘡，狀如馬爪瘡，他處並無，癢而痛，大小便澀，出黃汁，食亦減，身面微腫。醫作惡瘡治，用鰻鱺魚、松脂、黃丹之藥塗之，熱痛甚。問其人，嗜酒食，喜魚蟹發風等物，急令洗其膏藥，以馬齒莧四兩杵爛，入青黛一兩，再研匀塗之，即時熱減，痛癢皆去。仍以八正散，日三服之，分敗客熱，藥乾卽上，如此漸減，二十日愈。此蓋中下焦蓄風熱毒氣也，若不出，當作腸癰內痔，仍須禁酒色發風物，然不能禁，後果患內痔。

希雍曰：青黛稟水土陰寒之氣以生，故味鹹寒而無毒，甄權謂其甘平，以其得土氣之厚也，故可解熱毒及小兒諸熱驚癇發熱丹毒等證。

[附方]

心口熱痛，薑汁調一錢，服之。

肺熱咯血，**青餅子**：用青黛一兩，杏仁以牡蠣粉炒過，一兩，研勻，黃蠟化，和作三十餅子，每服一餅，以乾柿半個夾定，濕紙裹煨香，嚼食，粥飲送下，日三服。

愚按：《月令》：仲夏之月，令民毋艾，音刈，義同。藍以染。鄭玄云：恐傷長養之氣也。之頤謂藍為肝之的劑，以肝主色自入為青也，是固然矣。夫草木之莖葉無弗青者，而茲種更顯諸用焉，蓋由其春夏之交生苗，卽以五六月結實而采之，是真秉陰寒之性，而大得乎長養之氣者也，故生陽偏勝，一歲可以三刈，乃自入為青之用顯於設色，是生陽之化大布，猶所謂履端於始也。故甄權謂其通關節，治經絡結氣，而丹溪謂青黛能收五臟之鬱火，卽在此也。蓋肝為水之子，火之母，原主經絡，若關節通，經絡結氣散，則五臟之鬱火亦散，是卽以散為收矣，收卽雲收霧捲之收也。若然，丹溪謂其泄肝者，止得其似，而未究其取精於水，長養於火，以畢達其木之用者。惟是物有之，木之用達，則水火合和之氣畢達，舉五臟之鬱為火者，皆由此而達之矣。第就方書之所治療以參之，此味雖治五臟，然實具肝之體達肝之用者也，而用之所及者，又大都多及肺與胃也。更卽療中風之活命金丹、至聖保命金丹及清心飲以參之，則丹溪之所謂收鬱火者，非指收火邪之鬱結也，乃真陽為邪所并，而肝不得司其氣化以自為鬱者，乃茲味能大布生陽之氣，逐隊於散邪解毒諸味，脾肝之真氣得其職，而其鬱若頓失者，此丹溪之所以不曰散而曰收也。就本臟之為病者以推之，其由肝而及於他臟者亦猶是矣。試舉達肝之用者，不止中風，如頭風搐鼻之川芎散及偏頭風之一粒金，一同於寒劑，一同於温劑，如以其能在散火邪之鬱，則寒温咸宜者，是遵何道哉？因能達生陽之氣，遂有宜於或寒或温者矣。又如脇痛之當歸龍薈丸，顫振之摧肝丸，癥瘕之凉驚丸，與衆藥相助爲理，或抑肝，或瀉心，固不與寒凉之味論功也。又如風涎眩暈之青黛散，結痰久嗽之海蛤粉丸，肺虚風壅之青金丸，其治風涎者，結痰者，風壅者，各有主味，而青黛或爲之臣，或僅爲之佐，或止少許，是不可以思其不主於此，而却不能舍此，以爲風涎結痰風壅之開先也，則可以推於清熱以療所病者，其功非青黛所能分任也。或曰：然則絕無與於火熱乎？曰：肝氣之鬱者，需次卽能化火，但青黛之所主者在火之先耳，然則是爲達肝之鬱氣，初不等於香附、青皮以疎瀉爲功，蓋其能大布生陽之氣以行耳。然則何以爲解毒的劑？曰：正氣流行，則邪氣自涣釋矣，是固不易之理也。或曰：兹味治療，何爲於身半以上之天氣較多，而鼻口唇齒舌與咽喉，其用之不一而足，不論内治外治，多有奏功者何歟？曰：此正所謂生陽之氣化上達於天。先哲云：三陰氣不至於頭，唯足厥陰會督而至於巔。夫肝爲陰中之陽，正生陽之氣化，肺之所以主氣者，賴此生陽之氣化，肝由胃而致之以交肺也。又何兹味之主治不在天氣居多哉？抑解毒且殺蟲最效者云何？曰：蟲生於風木而化於濕土，且諸蟲之生多由於死陰以滯血，此味以生陽之氣達其用於土，能使敗血分歸經絡，則何風㿈之不除而諸蟲之不化爲水乎？夫萬物莫不以氣相感，氣相制，況於生陽之氣化卽化風㿈，而蟲猶爲風㿈之所變，而不得其正者乎哉。

希雍曰：青黛禀陰寒之氣，解毒除熱，固其所長，古方多用之諸血證者。使非血分實熱而病生於陰虚内熱，陽無所附，火空上炎，發爲吐衄咯唾等證，用之非宜。血得寒則凝，凝則寒熱交作，胸膈或痛，病愈劇矣。宜詳辨之。

愚按：丹溪言青黛能解毒，消食積，若其性大寒，何以能消食積？則言寒凝者誤也。第血證所因不同，此味收五臟之鬱火爲的劑，而血證豈盡由鬱火哉？如由於真陰虚損者，則此味更非中的之劑也。臨證審之。

[**修治**] 但取打澱桶中浮起者，曬乾，用時水飛去脚，緣中有石

灰，入服餌藥中，宜飛淨也。

愚按：藍之能解毒，據方書中以板藍根治中風，又大頭疫病之痛，又治蠱毒，乃藍汁亦概謂其能解毒，且猶不止此也。時珍曰：有人病嘔吐，服玉壺諸丸不效，用藍汁入口即定。蓋取其殺蟲降火耳。若然，如藍靛之由石灰合成者，時珍謂其拔毒殺蟲之功更勝於藍矣。第盧氏切切致戒於石灰之爲害，謂不如直用藍汁，是亦非過慎也。愚意當酌用之，如止於解內熱之毒，則板藍根與藍汁俱得效。如張薦員外被斑蜘蛛毒咬在頭上，一宿咬處有二道赤色，細如箸，繞項上，從胸前下至心，經兩宿頭面腫疼，大如數升盌，肚漸腫，幾至不救。乃取藍汁一盌，以蜘蛛投之，至汁而死，又取藍汁加麝香、雄黃，更以一蛛投入，隨化爲水。因取其汁點於咬處，兩日而平。是殺蟲亦有徵矣。若外傅則靛亦可用，並其腳不去可也。至於內服用之散鬱火，則靛花直當去其腳淨，不唯防其有害，且取其輕清之氣不爲濁氣所累也。

青布 附。

解諸物毒，天行煩毒，小兒寒熱丹毒，并水漬取汁飲之；浸汁，和生薑汁服，止霍亂；燒灰，傅惡瘡經年不瘥者；燒灰酒服，主唇裂生瘡口臭，仍和脂塗之；惡瘡防水，青布和蠟燒煙，筒中熏之，入水不爛；臁瘡潰爛，陳艾五錢，雄黃二錢，青布卷作大炷點火熏之，熱水流數次，愈。

百 合

時珍曰：百合之根，以衆瓣合成也。其根如大蒜，其味如山藷。又曰：此味一類有三種：葉短而闊，微似竹葉，白花四垂者，百合也；葉長而狹尖，如柳葉，紅花不四垂者，山丹也；莖葉似山丹而高，紅花帶黃而四垂，上有黑斑點，其子先結在枝葉間者，卷丹也。卷丹以四月結子，秋時開花，根似百合；其山丹四月開花，根小少瓣。此各種自是不同，因前人所述多誤，故正之。

根

[氣味]　甘，平，無毒。

[主治]　邪氣腹脹心痛，及寒熱通身疼痛，利大小便，除浮腫，補中益氣，止嗽，療肺痿肺癰。

中梓曰：味甘微苦，性平，入心肺二經，補中保肺，止嗽安神。

《門》曰：養五臟，補中氣，亦滲利和中之美藥。

希雍曰：百合得土金之氣，而兼天之清和，故味甘平，亦應微寒無毒，入手太陰、陽明，亦入手少陰。甘能補中，甘寒能除熱，故主邪氣腹脹。邪氣，即邪熱也。邪熱在腹則脹，在周身則寒熱，通身疼痛，至浮腫，大小便不利，皆邪氣壅正氣之故也。此味補中氣而清邪氣，故諸證自瘳也。仲景治傷寒病百合證，有柴胡百合湯。同知母、貝母、天麥二冬、百部、桑根白皮、薏苡仁、枇杷葉，治肺熱咳嗽及吐膿血；同麥門冬、白芍藥、甘草、通脫木，利大小便；同知母、柴胡、竹葉，治寒熱邪氣，通身疼痛；同白芍藥、炙甘草、麥門冬、五味子，補中益氣；同白芍藥、白茯苓、車前子、桑根白皮，治浮腫。

愚按：百合之功，在益氣而兼之利氣，在養正而更能去邪，故李氏謂其爲滲利和中之美藥也。如傷寒百合病，《要略》言其行住坐臥皆不能定，如有神靈，此可想見其邪正相干，亂於胸中之故，而此味用之以爲主治者，其義可思也。第此味似專主於氣分，當爲手太陰之劑，然謂其兼入手少陰心者，蓋上焦營諸陽，心肺固上焦氣分，必金火合德，乃可以言營諸陽而爲氣也。經云：毛脈合精，行氣於府，府精神明，留於四藏。即百合證有欲食不能食等語，非志不能帥氣，氣不能爲志用，而毛脈不能合精以行氣於腑之一証乎？又百合主治，在《本經》以邪氣腹脹心痛連說，適可與前義相參也。《本經》隨言其補中益氣，豈非能使毛脈合精行氣於腑之義乎？以此思其功，則所謂益氣而兼之利氣，養正而更能去邪者，良不謬。但因證奏效，貴於主輔之適宜耳。第如世醫安神一語，殊爲夢夢。

希雍曰：中寒者勿服。

蕺音戚。一名魚腥草。其葉腥氣，故俗呼之。

時珍曰：按趙叔文醫方云：魚腥草，卽紫蕺，葉似荇，其狀三角，一邊紅，一邊青。

葉

[氣味] 辛，微温，有小毒。

希雍曰：蕺生於下濕之地，得陰中之陽，故其味辛氣温，入手太陰經，能治痰熱壅肺，發爲肺癰，吐膿血之要藥。肺主氣，而此味辛温能散，故治痰熱壅肺。肺與大腸爲表裏，大腸濕熱甚則爲痔瘡，得辛温之氣則大腸清寧，故又爲痔瘡必須之藥。

[附方]

治肺癰，用魚腥草搗汁，入年久芥菜滷，飲之，神效。

痔瘡腫痛，魚腥草一握，煎湯，熏洗，仍以滓傅，卽愈。按此種方書多未見用，因繆希雍所說，故收之。

希雍曰：蕺止能消肺癰，治痔瘡，餘非所長。況多食人氣喘，發虛弱，損陽氣，發腳氣等害，慎之慎之。

蒺藜子

蒺藜有二種：一種刺蒺藜，卽今之道旁布地而生者，蔓生細葉，入夏開小黃花，秋深結實，狀似菱米，三角四刺，實有仁也；一種白蒺藜，出同州沙苑牧馬處，亦作蔓生，綠葉細蔓，綿布沙上，七月開花黃紫色，九月結實，莢長寸許，内子如麻，碧綠色，狀似羊腎，嚼之若新茶香，頃則轉作豆腥氣，隔紙焙炒，色香勝茗，微火煎煮，津液不竭者，乃真也。同州蒺藜莖布密刺，是則白蒺藜凡方書用之云云，刺者定非同州所產也。同州蒺藜刺在莖，所用二種俱子也，故云云。

刺蒺藜

[氣味] 苦，温，無毒。《別錄》曰：辛，微温。志曰：其性宣通，

久服不冷而無壅熱，當以性溫爲是。

[諸本草主治]　下氣，去燥熱，療肺氣胸膈滿，治惡血，破癥聚，及喉痹乳難，治風秘，明目益精，療水臟冷，小便多，止遺溺泄精溺血。

[方書主治]　中風，水氣脹滿，喘逆痰飲，大便不通，赤白濁，疝，耳鼻齒至目方最多。

頌曰：古方皆用有刺者，治風明目最良。

希雍曰：刺蒺藜同何首烏、豨薟葉、胡麻、地黃、木瓜、荊芥穗、天門冬、黃檗，治遍身風癢。

[附方]

大便風秘，蒺藜子炒，一兩，豬牙皂莢去皮，酥炙，五錢，爲末，每服一錢，鹽茶湯下。

愚按：刺蒺藜，用者亦類以爲風劑。即如盧復所云，刺蒺藜，其子成熟於秋而外刺堅勁，得金之堅固氣，爲肝之用藥明矣。若然，謂之非風劑不可，而謂其與辛散風劑例論則不可也。蓋其稟金之形與色，而更兼乎火之氣與味，火爲金之主，則其化而媾於風化之木，金爲火之用，則血化而靜乎血臟之風，故《別錄》謂下氣，《日華子》謂治肺氣胸膈滿，而《本經》首言其治惡血破癥聚等證也。夫風木之陽原乘於三焦之氣，而金以合於火者主之，風臟之血原根於至陰之水，而金以爲火用者化之，是則不謂之風劑不可。第《本經》首言其治惡血云云者，以肺之氣化在血，而是物結實於秋，固得金氣之專也，金氣專而不得火爲主以致用，則氣化不全，火爲主，而實不結於深秋以趨水，則血化不裕。金氣專，故孕水而化血，且金以火爲主，故其氣化在血。是得全其氣化者，遂能裕其血化，蓋金以火爲夫，水爲子也。若然，則致其氣化於血者，即以行水化，故方書用之治水氣腫滿及痰飲熱結諸證，豈非氣化之在血者？是從陽透陰而陰乃化，陰化則歸腎。經曰：腎者，陰中之至陰也。更如所謂上焦之陽得陰降而隨之以下者，不卽在是歟？夫人身氣血之病每由於後天，在上中焦，而後及於下，故下焦之氣血虛而不固者，由於上之氣不能下周於氣海，而血並不得下歸於血海也。然本於上之血不化而氣不下，则下卽病於虛矣，天氣盛者，陽有餘而肺陰虛也，故不能化血而氣不下。此經所謂天氣盛則地氣不足者是也。如氣下而血化，則天氣降，地氣升矣。如《日華子本草》謂此味療水臟冷，小便多，止遺溺泄精溺血，雖在方書不概見，而理實有必然者也。試閱方書，安腎丸治腎與膀胱虛冷，下元衰憊，用化血及下氣諸劑同於玆味以奏功，乃投溫補者以接濟而歸腎，其所主治諸證類與《日華子》同也。由此推之，凡上實下虛之證，卽由下之陰虛以致陽實於上者，亦當先治標，清上之痰熱，乃可補接真陰也。蓋其血化則氣下，氣下則熱散，氣虛者卽是可以代清熱之劑矣。後天真陰生化之原更在上中焦，故患於陰虛火炎，輒投苦寒者誤，不止爲其傷脾也。故統繹斯義，謂玆味以金媾於木而爲氣先，木媾於金而爲血先，不謂之風劑不可，然不以辛散爲功也。試思治風秘證，不原於血化氣行，而止曰辛散可乎？將愈散而愈秘耳。

又按：刺蒺藜，其色白，故古方用之亦曰白蒺藜，而本草概指白蒺藜，俱曰卽同州蒺藜，遂致混淆。如水氣脹滿，痰飲熱結，以理準之，定是刺蒺藜，此時珍謂古方補腎治風皆用刺蒺藜也。

[附方]

療目方甚多，俱見目證類。

月經不通，蒺藜、當歸等分，爲末，米飲每服三錢。

催生下衣，難產，胎在腹中，并胞衣不下及死胎者，蒺藜子、貝母各四兩，爲末，米湯服三錢，少頃不下，再服。

萬病積聚，七八月收蒺藜子，水煮曝乾，蜜丸梧子大，每酒服七丸，以知爲度，其汁煎如飴服之。

白蒺藜

[氣味] 甘，溫，無毒。

[主治] 補腎，治腰痛泄精，虛損勞乏 時珍。

方書治痿證用白蒺藜，似當如本草所謂沙苑蒺藜，而治赤白濁一方，則二蒺藜同用矣。治耳，沙苑有一方。明目，唯刺蒺藜爲多。時珍曰：

古方補腎治風，皆用刺蒺藜，後世補腎多用沙苑蒺藜，或以熬膏和藥。沙苑蒺藜同黃芪、羌活、白附子各等分，俱生用，名四生散，治男婦肝腎風毒上攻，眼赤癢痛，不時羞明多淚，下注腳膝生瘡，及遍身風癬，服藥不驗，居常多覺兩耳中癢。即此觀之，則白蒺藜正入肝腎而治風，不可謂治風專屬刺蒺藜也。希雍曰：同州白蒺藜，得蓮鬚、山茱萸、五味子、蓮肉、覆盆子、魚膠、龍骨、白膠，能固精益腎，令人有子，兼主小便遺瀝；得甘菊花、甘枸杞子、決明子、女貞實、槐角子，能明目；腰脊引痛，蒺藜子搗末，蜜和，丸胡豆大，酒服二丸，日三服。

愚按： 同州蒺藜專稟金氣之厚者也，其氣有腥，腥，肺所主也，用火微焙之即香，則益明矣。金氣厚而味又甘，是金氣歸於土，則其氣下行而入腎土，爲氣交且母趨子也，所以氣歸形而形象腎也，唯腎之化原最厚，故直致於腎而補之，更能固精，不如刺蒺藜之先宣其氣化於上，而後乃達其氣化於下也，然則此味益腎較爲精專矣。

又按： 刺蒺藜入肺與肝，沙苑蒺藜入肺與腎。刺蒺藜爲風臟血劑，其治上者多沙苑蒺藜，爲腎臟氣劑，其補下者專。

[附方]

聚精丸： 黃魚鰾膠白淨者一斤，切碎，用蛤粉炒成珠，以無聲爲度，沙苑蒺藜八兩，馬乳浸兩宿，隔湯蒸一炷香久，取起焙乾，爲末，煉蜜丸如梧子大，每服八十丸，空心溫酒、白湯任下。忌食魚及牛肉。

希雍曰：同州蒺藜性能固精，命門火熾，陽道數興，交媾精不得出者，勿服。

[修治] 刺蒺藜炒研，去刺，爲末，如入煎藥，臨時調服，不入湯煎。沙苑蒺藜以如上所說者爲真，即同州多偽者，或炒，或酒漿拌蒸，亦不入湯藥。

穀精草 用花。

時珍曰：此草收穀後荒田中生之，江湖南北多有。一科叢生，葉似嫩穀秧，抽細莖，高四五寸，莖頭有小白花，點點如亂星。九月采花，陰乾，云二三月採者，誤也。

花

[氣味]　辛，溫，無毒。藏器曰：甘，平。

[主治]　頭風痛，目盲翳膜，痘後生翳，止血時珍。

時珍曰：穀精體輕性浮，能上行陽明分野，凡治目中諸病加而用之，甚良，明目退翳之功似在菊花之上也。

盧復曰：穀精草，乃穀之餘氣，春生穀田中，九月莖頭開小白花，點點如星，味且辛，得陽明燥金氣化，體輕氣浮，可平肝木之上，如頭目之疾，平和善良之輕劑也，然生於穀，大能益人。

希雍曰：穀精草得金氣，故味辛，所言氣溫者應曰微溫，故其性無毒，入足厥陰經，又入足陽明經，補肝氣之要藥也。辛能散結，微溫能通氣，以其入肝補益肝氣，故爲治目散翳之上藥。穀精草得決明子、木賊草、甘菊花、蜜蒙花、[9]生地黃，專治目病障翳。

[附方]

明目方：治目中翳膜，穀精草、防風等分，爲末，米飲服之，甚驗。

腦痛眉痛，穀精草二錢，地龍三錢，乳香一錢，爲末，每服半錢，燒煙筒中，隨左右熏鼻。

愚按：穀精草，謂得穀氣之餘也，盧復所說主治誠然。然得穀氣之餘，而謂能平風木，則較他辛味止於入肝爲散者有間，故繆氏謂爲補肝氣之要藥也。潔古《用藥式》：穀精草入肝補氣。是固風劑也。有治暗風方，用穀精草爲末，少許水噙，時復搐左右鼻。愚於風虛頭痛同諸味用之，累效，然則又爲風證之補劑。張潔古先生洵能察物哉，乃世醫止知用之治目，何歟？

[修治]　忌鐵。

海金沙

時珍曰：江、浙、湖、湘、川、陝皆有之，生山林下。莖細如線，引於竹木上，高尺許，其葉細，如園荽葉而甚薄，背面皆青，上多皺文，皺處有沙子，狀如蒲黃粉，黃赤色，不開花，細根堅強。其沙及草皆可入藥。

[氣味] 甘，寒，無毒。

[主治] 濕熱腫滿，小便熱淋、膏淋、血淋、石淋，莖痛，解熱毒氣時珍。

時珍曰：海金沙，小腸膀胱血分藥也，熱在二經血分者宜之。

盧復曰：海金沙莖細如線而堅強，生於葉之皺紋中，氣結成沙，故能行氣結之成沙石有形者，通利小腸，亦氣化則出義也。

希雍曰：海金沙味甘淡，氣寒，性無毒，甘寒淡滲之藥，故主通利小腸，治熱淋、血淋、膏淋等病，乃手太陽小腸經藥也。小便不通，臍下滿悶，海金沙一兩，臘南茶半兩，搗碎，每服三錢，生薑、甘草煎湯下，日二服，亦可末服。膏淋如油，海金沙、滑石各一兩，甘草梢二錢半，為末，每服二錢麥門冬煎湯服，日二次。

愚按：海金沙，此種不開花，其專氣鍾於葉，氣之所鍾者，此沙而已，沙則不同於花實之吐其華而復孕其元，唯得氣之流散者以致其自然之化機而已，然狀如蒲黃粉而色黃赤，則有可參者。夫腎主水而脾主濕，是腎水之用寄於脾也，黃非中土之色乎？小腸行水而合於心臟，心主血，血乃水之化也，血和而水之化自行，赤非心之色乎？方書但知其治血淋、膏淋、石淋等證，詎知其種種所患皆本於濕土之氣不能運化，而又有火以合之，乃結聚於水道，有如是耳，豈可徒取責於行水之臟腑乎？此味似於土中布其流散之用，而并達其火之麗土以為病於水者。試觀李東垣先生治脾濕腫滿方，更如續隨子丸之治，亦治通身腫滿，喘悶不快者，則可以思其功之所主，固不徒在行水之臟腑矣。

[附方]

脾濕腫滿，腹脹如鼓，喘不得臥，**海金沙散**：用海金沙三錢，白朮四兩，甘草半兩，黑牽牛頭末一兩半，為末，每服一錢，煎倒流水調下，得利為妙。

續隨子丸：見《準繩》水腫。

希雍曰：海金沙性淡滲而無補益，小便不利及諸淋由於腎水真陰不足者,勿服。

　　[修治]　　禹錫曰:七月收其全科,於日中曝之稍乾,以紙襯承,以杖擊之,有細沙落紙上,且曝且擊,以盡爲度。

燈心草

　　志曰:生江南澤地。叢生,莖圓細而長直,人織爲席。按此草產於姑蘇,詢之彼中老商,曰:燈心草產陸地,其瓤虛白,席草出澤地,其瓤實。若然則自古承誤者多矣。

　　[氣味]　　甘,寒,無毒。潔古曰:辛甘,陽也。吳綬曰:淡,平。

　　[主治]　　降心火,通氣時珍,瀉肺,治陰竅澀不利元素,療五淋《開寶》,行水,除水腫癃閉元素,治急喉痺,燒灰吹之甚捷震亨。

　　盧復曰:外剛內柔,表青裏白,具乙木之氣,稟燥金之化,體浮用升,故能齊通竅穴,咸遍臟腑,奇方之輕劑通劑也。

　　希雍曰:燈心草,入心小腸藥也,其質輕通,其性寒,味甘淡,故能通利小腸熱氣下行從小便出,小腸爲心之腑,故亦除心經熱也。

　　[附方]

　　燈心草,以鹹滷浸透,入雞子殼中,封固,煅存性,研細,加梁上倒掛塵及青魚膽、明礬、銅青,點咽喉生乳蛾,有神效。

　　衄血不止,燈心一兩,爲末,入丹砂一錢,米飲每服二錢。

　　喉風痺塞,[10]用燈心灰二錢,蓬砂末一錢,吹之。

　　愚按:降心火,通氣,爲此味專長,心火降,則肺氣下行而氣通,故曰瀉肺。心主血,火降氣通,則血和而水源暢矣。小腸以下水分穴下合膀胱水腑,使氣化出焉,故主五淋,利陰竅,陰竅肝所主也,肺氣降則肝氣和而陰竅利矣。其治喉痺最捷者,降心火,下肺氣,和血散氣之義也。第人知心屬火,而不知爲水之元,蓋心主血,血卽真陰之化醇,故化和而水元自暢。然非金爲火用,則氣不化而血亦不和,是物降心火而令肺金爲之用,故其功如此。

[修治] 燈心難研，以粳米粉漿染過，曬乾研末，入水澄之，浮者是燈心也，曬乾用。燈草最難成灰，一燒卽過，安能得灰？必緊紮作一把令堅實，塞入罐內，固濟煅之，罐紅爲度，待冷取出，方有存性黑灰。

天名精

方藥用之，一名蚵蚾草，又名皺面草，根名杜牛膝，子名鶴蝨，天名精者併根苗而言也。時珍曰：天名精，嫩苗綠色，似皺葉菘芥，微有狐氣，淘淨煠之亦可食，長則起莖，開小黃花，如小野菊花，結實如同蒿，子亦相似，最粘人衣，狐氣尤甚，炒熟則香，故諸家皆云辛而香，亦巴人食負蠜，南人食山奈之義爾，[11] 其根白色如短牛膝。一名地菘，與豨薟易混，詳辨於豨薟條。按：菘卽俗所謂白菜。豨薟草葉反面葉上筋三條，毛多軟，天名精葉反面筋多，毛少帶硬些。

葉 根同。

[氣味] 甘，寒，無毒。《別錄》云：辛。時珍曰：微辛，甘，有小毒。生汁吐人。

[主治] 除胸中結熱，去痹《別錄》，治瘀血，血瘕欲死，下血止血，利小便《本經》，吐痰止瘧時珍，殺三蟲，傅諸腫毒《唐本》，最療口緊喉痹，治牙痛時珍。

時珍曰：大抵此種根苗葉，只是吐痰止血，殺蟲解毒，故擂汁服之，能止痰瘧，漱之止牙疼，按之傅蛇咬，亦治豬瘟病也。按孫天仁《集效方》云：凡男婦乳蛾，喉嚨腫痛，及小兒急慢驚風，牙關緊急，不省人事者，以皺面草，一名杜牛膝，取根洗淨搗爛，入好酒絞汁灌之，良久卽甦，仍以渣傅項下，或醋調搽，亦妙。

[附方]

咽喉腫塞，《傷寒蘊要》治痰涎壅滯喉腫，水不可下者，地菘，一名鶴蝨草，連根葉搗汁，鵝翎掃入，去痰最妙。

纏喉風腫，蚵蚾草細研，以生蜜和丸彈子大，每噙一二丸，卽愈。

乾者爲末蜜丸，亦可。

惡瘡腫毒，地菘搗汁，日服三四次。

愚按：天名精，其味辛苦甘俱有，苦勝於辛，辛又勝於甘。苦下泄，辛橫散，辛苦合於甘，則入血而逐熱散結，故行血之劑亦多。若茲味似以能除胸中結熱爲主，蓋痰乃熱之所聚，毒乃痰熱之所壅，風乃痰聚熱壅之所化，病此數者皆病乎血，且或凝或溢之不一，投此味，得其能行能止而胥益也。

鶴虱

[氣味] 苦辛，有小毒。《日華子》曰：涼，無毒。

殺蟲方中爲最要藥。

王不留行 一名禁宮花、剪金花、金盞銀臺。

時珍曰：所在有之，多生麥地中。莖葉俱青，苗高者一二尺，三四月開小花如鐸鈴狀，紅白色，結實如燈籠草，子殼有五稜，殼內包一實大如豆，實內細子大如菘子，生白熟黑，正圓如細珠可愛。

苗子

[氣味] 苦，平，無毒。普曰：神農，苦，平；岐伯、雷公，甘。潔古曰：甘苦，平，陽中之陰。

[主治] 風毒，通血脈甄權，除風痹內塞，止心煩鼻衄《別錄》，利小便時珍，治女子血經不匀，下乳汁元素，及難產，療癰疽惡瘡並金瘡，止血逐痛《別錄》。

時珍曰：王不留行能走血分，乃陽明、衝、任之藥，俗有穿山甲、王不留，婦人服了乳長流之語，可見其性行而不住也。按王執中《資生經》云：一婦人患淋臥久，諸藥不效。其夫夜告予，予按《既效方》治諸淋，用剪金花十餘葉煎湯，遂令服之，明早來，云病減八分矣，再服而愈。

頌曰：仲景治金瘡，有王不留行散，唐德宗《貞元廣利方》治諸風痉，有王不留行湯，皆最效。

希雍曰：王不留行禀土金火之氣，故味苦甘平，平者辛也，其氣應溫而無毒。苦能洩，辛能散，甘入血，溫能行，故爲活血之要藥，入足厥陰經。同漏蘆、貝母、鯪鯉甲、青皮、沒藥、山茨菇、山豆根、栝樓根，治乳巖乳癰；同鯪鯉甲、白芷、通草、豬蹄汁煮服，下乳。

[附方]

婦人乳少因氣鬱者，**涌泉散**：王不留行、穿山甲炮、龍骨、瞿麥穗、麥門冬等分，爲末，每服一錢，熱酒調下，後食豬蹄羹，仍以木梳梳乳，一日三次。

疔腫初起，王不留行子，爲末，蟾酥丸黍米大，每服一丸，酒下，汗出卽愈。

愚按：王不留行，據其得名似走而不守，其行血當與天名精同也。然細繹諸本草主治，覺有少異。卽《日華子》主血經不匀及《別錄》難產二說，則應是和血而活之，與行血有殊。試觀方書治畜血，乃多用杜牛膝，而是物專功於諸淋，更可明其散滯以活血，非以潰決爲事者也。但此味應入肝，肝固血臟，更司小水，故治淋不可少。且風臟卽血臟，繹甄權治風毒通血脈二語，乃見此味於厥陰尤切，繆希雍之說不謬矣。

虎杖一名苦杖，又斑杖。或云一名杜牛膝者，非也。

時珍曰：杖言其莖，虎言其斑也。其莖似蕎蓼，其葉圓似杏，其枝黃似柳，其花狀似菊，色似桃花。所在有之。三月生苗，七月開花，至九月中方已，乃結實。

根

[氣味] 微溫。權曰：甘，平，無毒。宗奭曰：味微苦。今天下暑月多煎根汁爲飲，不得甘草則不堪飲。本文不言味，《藥性論》云：甘是甘草之味，非虎杖味也。

[主治] 血瘀癥結《別錄》，破風毒結氣《日華子》，並風在骨節間藏

器，煮作酒服之，治大熱煩燥，利小便，壓一切熱毒甄權，焙研，煉蜜爲丸，陳米飲服，治腸痔下血蘇頌，研末，酒服，治產後瘀血血痛，及墜撲昏悶，有效時珍。

權曰：暑月以根和甘草同煎爲飲，色如琥珀可愛，甚甘美，極解暑毒。搗末浸酒，常服，破女子經脈不通，有孕人勿服。

時珍曰：孫真人《千金方》治女人月經不通，腹内積聚，虛脹雷鳴，四肢沉重，亦治丈夫積聚，有**虎杖煎**：取高地虎杖根剉，二斛，水二石五斗，煮取一斗半，去滓，入醇酒五升，煎如錫，每服一合，以知爲度。又許叔微學士《本事方》治男婦諸般淋疾，用苦杖根洗净，剉一合，以水五合煎一盞，去滓，入乳香、麝香少許，服之。鄞縣尉耿夢得内人患沙石淋，已十三年，每漩，痛楚不可忍，溺器中小便下沙石剥剥有聲，百方不效。偶得此方，服之，一夕而愈。乃予目擊者。

愚按：虎杖之主治，其行血似與天名精類，其療風似與王不留行類。第前哲多謂其最解暑毒，是則從血所生化之原以除結熱，故手厥陰之血臟與足厥陰之風臟，其治如鼓應桴也。方書用以療痙病者，同於諸清熱之味，以其功用爲切耳。然於他證用之，亦鮮何哉？按：虎杖一名苦杖，方書用以治淋。又曰杜牛膝，卽丹溪療老人氣血受傷之淋，亦以爲要藥，於補劑中用之矣。謂虛人服之有損者，與補劑並行，其庶幾乎？第李瀕湖謂杜牛膝非虎杖，指爲天名精草根者，豈浪說哉？

鱧腸一名旱蓮草、金陵草。

生下濕地，處處有之，南方尤多。有二種：一種苗似旋覆而花白細者，是鱧腸；一種花黃紫而結房如蓮房者，乃是小連翹也。二種折其苗，皆有汁出，須臾而黑。

［**氣味**］ 〔12〕甘酸，平，無毒。

［**主治**］ 益腎陰，烏髭髮時珍，治血痢《唐本》，通小腸《日華子》，療溺血及腎虛變爲勞淋方書，傅瘡，止血排膿《日華子》。

希雍曰：鱧腸正稟北方坎水之氣，故其汁玄黑，其味甘酸，平而無毒，純陰之草也，入腎入肝，亦入胃與大小腸。善涼血，鬚髮白者血熱也，齒不固者腎虛有熱也，涼血益血，則鬚髮變白而齒亦因之而固矣，故古今變白之草當以茲爲勝。其主治血痢，通小腸者，腎主二便，肝亦司小便，此味既入腎與肝而益陰，其何不療？至傅瘡能止血排膿，亦以涼血能去榮氣壅熱之故也。

[附方]

孫真人《千金月令方》有**金陵煎**：能益髭髮，變白爲黑。金陵草一秤，六月後收，揀青嫩無泥土者，不用洗，抹淨，摘去黃葉，爛搗，新布絞取汁，以紗絹濾過八通，油器鉢盛之，日中煎五日，又取生薑一斤，絞汁，白蜜一斤，合和，日中煎，以柳木勿停手攪，待如稀餳，藥乃成矣，每早及午後各服一匙，以溫酒一盞化下。如欲作丸，日中再煎令可丸，每服三十丸，及時多合爲佳。

烏鬚擦牙方：取旱蓮草洗淨，晾乾，以青鹽爲末，將草鋪於磁鉢內，一層鹽，一層草，醃一七，瀝草曬乾，有餘汁，又以草拌上，又曬，以汁盡爲度。入銀磁器內，微火焙乾，爲末，又取童子頭髮，入鍋內炒成珠，爲末，又取骨碎補，以竹刀去皮毛，切薄片，曬乾，石碾爲末，每旱蓮草末一兩，以髮灰五錢，骨碎補末三錢，合爲牙散，日每頻擦，自驗。

同車前草等分，杵取汁，每空心服三盃，治小便溺血。

獨用，焙研，每米飲下二錢，治腸風臟毒，下血不止。

又用搗汁，衝極熱酒，飲，治痔漏瘡發，外即以滓傅患處，重者不過三服。

愚按：鱧腸草多生下濕地，折其莖而汁出，黑色，誠所稟於天者坎水之正氣，而成於地之至陰也，如是固爲益腎陰涼血熱之味矣。夫血乃真陰之化醇，如茲味陰氣純而厚，且化爲汁以合於人身真陰，其受氣取汁而變化者，又當有同氣相求之變化焉。其治大腸血痢，小便溺血，瘡瘍止血排膿，胥此義也，且用之烏髭髮有奇功，蓋任之真陰盛，得以上交於督之真陽，則上之陽得合於下之陰，爲髮爲髭，俱藉益於陰氣耳。鱧腸草卽烏鬚髮，是爲能益血，而血痢及溺血等證，又似能止血，何以如是其腎有功也？蓋總因於見母氣耳。夫血之益者易明，如此者乃戀母氣而歸元，緣血爲天一之水所化也。第孫眞人《千金方》取此汁煎之多次，而必於日中，則以血本於陰而成於陽也，其微義固可思矣。經云：人年四十，而陰氣自半，起居衰，五十體重，耳目不聰明，六十陰氣大衰，九竅不利。卽此論之，則耳目諸竅之極於上者皆陰氣之所貫，而髭髮又可知矣。眞陰爲血化原，而血又爲陰氣之化原，猶道家所謂氣盛則精盈，精盈則氣盛也。能使陰盛而血化，血化而陰足，則在下在上，陽俱藉陰爲守以效其用矣，此任督交會而陽不孤行之玄機也。如繆氏泛謂血熱則鬚髮爲白，彼年逾壯而俱白者，豈盡由血熱乎？試觀腎虛而變勞淋，結澀不利，於黃芪湯中用之，是亦取其涼血熱乎？雖然，百味先至於胃，而後行之各經，謂其純陰不益胃者良然，然細繹孫眞人修事，采以六月，煎於日中者五，又合薑汁、白蜜同煎於日中者又五，豈非至陰必藉至陽之氣乃得行其生化乎？其不止用火製者，以凡火不能勝眞陰也。此義固可思矣。先哲曰：鬚屬少陽，髮屬腎，[13]水精不上升，白似灰。膽榮在鬚，腎華在髮，精氣上升則鬚潤而黑。六八以後，精華不能上升，秋冬令行，金削肺枯，以致鬚髮焦槁如灰白色，養生者宜預服補精血藥以防之，染掠亦非上策。巢元方氏《病源論》云：足少陽，膽之經也，其榮在鬚；足少陰，腎之經也，其華在髮；衝任之脈爲古三經之海，謂之血海，其別絡上唇口。若血盛則榮於頭髮，故鬚髮美，若血氣衰弱，經脈虛竭，不能榮潤，故鬚髮禿落。又曰：烏鬚亦必因證用藥，若不顧臟腑，專務鬚髮而妄投丸散，則剖腹而藏珠也。近方書有滋腎烏鬚一方，於藥味大有酌量，附錄之。

旱蓮丸：旱蓮草用汁，[14] 曬半斤，生薑三斤，取汁，曬半斤，生地黃二斤，酒泡取汁，曬半斤，細辛三兩，破故紙一斤，葯炒，杜仲半斤，炒，五加皮酒浸，半斤，赤茯苓去皮，一斤，乳汁浸，半斤，枸杞子四兩，川芎四兩，沒藥二兩，爲末，核桃仁去皮，半斤，棗肉同和，爲丸梧子大，每服五十丸，黃酒送下。

希雍曰：鱧腸性冷，陰寒之質，雖善涼血，不益脾胃。病人雖有血熱，一見脾胃虛敗，飲食難消，及易溏薄作泄者，勿輕與服。孫真人方用薑汁和劑，蓋防其冷而不利於腸胃故也。不用薑汁、椒紅相兼修事，服之者必腹痛作泄，宜詳審之。

蒲公英

江之南北頗多，他處亦有，嶺南絕無。小科布地，四散而生，莖葉似苦苣，有細刺，但小耳，斷之有白汁，四時常有，花如單菊而大，色黃如金錢，花罷飛絮中有子，落處即生。

苗

[氣味] 甘，平，無毒。東垣曰：苦，寒。丹溪曰：甘。

[主治] 婦人乳癰，化一切熱毒，消惡腫結核疔腫，擦牙烏鬚髮，壯筋骨。

東垣曰：蒲公英苦寒，足少陰腎經君藥也，本經必用之。

丹溪曰：此草屬土，開黃花，味甘，解食毒，散滯氣，可入陽明、太陰經，化熱毒，消惡腫結核，有奇功。同忍冬藤煎湯，入少酒佐服，治乳癰，服罷欲睡，是其功也，睡覺微汗，病即安矣。

又曰：治疔腫有奇功，故收之。

時珍曰：薩謙齋《瑞竹堂經驗方》有擦牙烏鬚髮還少丹，甚言此草之功，蓋取其能通腎也，故東垣言其為少陰本經必用之藥，而著本草者不知此義。

希雍曰：蒲公英得水之沖氣，故其味甘平，其性無毒，當是入肝入胃解熱涼血之要藥。乳癰屬肝經，婦人經行後肝經主事，故主婦人乳癰腫乳毒，並宜生啖之良。得夏枯草、貝母、連翹、白芷、栝樓根、橘葉、甘草、頭垢、牡鼠糞、山豆根、山慈菰，治一切乳癰毒腫痛及治乳巖為上藥。

[附方]

還少丹：昔日越王曾遇異人，得此方，極能固齒牙，壯筋骨，生腎水，凡年未及八十者服之，鬚髮返黑，齒落更生，[15]年少服之，至老不衰。用蒲公英一斤，一名耩耨草，又名蒲公罳，生平澤中，三四月甚有之，秋後亦有放花者，連根帶葉取一斤洗净，勿令見天日，晾乾，入斗子解鹽一兩，香附子五錢，二味爲細末，入蒲公英草內，淹一宿，分爲二十團，用皮紙三四層裹，紮定，用六一泥，即蚯蚓糞，如法固濟，入竈內焙乾，乃以武火煅通紅爲度，冷定取出，去泥爲末，早晚擦牙漱之，吐咽任便，久久方效。

愚按： 蒲公英即所謂黃花地丁也。本草甘平，故丹溪言其可入陽明、太陰，東垣言其苦寒，爲足少陰君藥，而希雍又謂其入胃入肝。然細味之，甘而微餘若，是甘平而兼有微寒者也。希雍有曰甘平之劑，能補肝腎，味此一語，則知其入胃而兼入肝腎矣，不然，安能凉血烏鬚髮，以合於衝任之血臟乎？卽是思之，則東垣所謂腎經必用者，尤當推而廣之，不當止以前所主治盡之也。

大　青

舊不載所出州土，今江東州郡及荆南、眉、蜀、濠、淄諸州皆有之。春生青紫，莖高二三尺，對節作葉，長三四寸，面青背淡，放花如蓼，色紅紫，亦似蒬花狀，結實青碧，大若椒粒，霜降則紅。三四月采莖葉，陰乾用。時珍曰：處處有之。

莖葉

[氣味] 苦，大寒，無毒。權曰：甘。時珍曰：甘，微鹹，不苦。

[主治] 時行熱毒宏景，頭痛《別錄》，身發寒熱甄權，及熱毒痢，並熱毒喉痺丹毒時珍，又熱毒風心煩悶，渴疾口乾，小兒身熱疾風疹，及金石藥毒，塗罯腫毒《日華子》。大抵時疾多用之。

時珍曰：大青氣寒，味微苦鹹，能解心胃熱毒，不特治傷寒也。朱肱《活人書》治傷寒發赤斑煩痛，有犀牛角大青湯、大青四物湯，故李象先《指掌賦》云：陽毒則狂斑煩亂，以大青、升麻可回困篤。

之頤曰：東方生風，入通於肝，其主木也，其色青也，言能宣大風木之用，因名大青，味大苦，氣大寒，雖待陽爲標，熱爲本，亦非陰凝走下之比，力使自外而內者仍從自內而外也。讀仲景先生大青龍湯兩法，一主標陽，本風之從化，一發標陽，本寒之將陷，則得之矣。

愚按：大青之氣寒固然，第本草謂其味苦，而時珍以爲甘而不苦，又云微苦鹹，夫此味既處處有之，則時珍應得之親嘗，所云甘而微苦，諒不謬也。蓋大熱之氣，固非寒無以取之。然唯苦不敵甘，則不同於純苦之味，而大熱反可除。如胃蘊毒以致發斑，豈徒恃陰凝之苦味能取之乎？之頤所云不等於陰凝走下，力能使自外而內者仍從自內而外之數語，可謂中肯。觀其所用止於莖葉，更采於木火之交，不可想見其從內徹外之用乎哉？其有微鹹更妙，是所謂真水之氣，故能解血中熱毒，大青四物湯佐以阿膠，則其義可思矣。

[附方]

熱病下利困篤者，**大青湯**：大青四兩，甘草、赤石脂各三兩，阿膠二兩，豉八合，水一斗煮三升，分三服，不過二劑，差。溫熱證發斑論治，云宜用大青者，如無，以大藍葉代之，或真青黛代之亦可。

小兒卒然肚皮青黑，乃血氣失養，風寒乘之，危惡之候也，大青爲末，納口中，以酒送下。

希雍曰：大青乃陰寒之物，止用以袪除天行熱病，而不可施之虛寒脾弱之人。

地　膚

今田野間多有之。根作叢生，每窠有二三十莖，每團團簇擁而上，七月開小黃花，其實地膚也，甚微細，入補藥丸散用。其莖苗將老，多取爲掃帚。

子

[氣味] 辛，寒，無毒。時珍曰：甘，寒。

[主治] 膀胱熱，利小便，補中，益精氣，強陰，治陰卵癩疾，散疝瘕，去熱風，療頭目風熱，散皮膚中熱氣，可作湯浴之。

權曰：與陽起石同服，主丈夫陰痿不起。

藏器云：諸病多起於虛，虛而多熱者，加地黃、牡蠣、地膚、甘草。

復曰：地膚子一幹數十枝，攢簇直上，其子繁多，星之精也，其味苦寒，得太陽寒水氣化，蓋太陽之氣上及九天，下徹九泉，外彌膚腠，故地膚之功，上治頭而聰耳明目，下入膀胱而利水去疝，外去皮膚熱氣而令潤澤，服之病去，必小水通長，爲外徵也。

之頤曰：地膚子，能使人身生氣敷布在表，有宣義，有開義，當入太陽，太陽爲開故也。

愚按：《本經》於是物首言其治膀胱熱，利小便，卽繼以補中，益精氣，則其功用便可參也。蓋膀胱爲足太陽經，《內經》曰巨陽者諸陽之屬也，又曰衛出於下焦，是則人身生氣之本也。然腎與膀胱爲表裏，是則陽出陰中，所謂人身生氣乃陰中之陽也。先哲曰：兩腎受病，同歸於膀胱。是則膀胱之熱而小水不利，固病於腑陽而實本於臟陰也。《本經》以益精氣繼之治膀胱熱後，是則在府之陽和而在藏之陰清，在藏之陰清而在府之陽宣，陰陽合同而化以爲氣，無二機也。腑之陽和而藏之陰清，故《本經》謂治膀胱熱，利小便，而《別錄》卽謂其散疝瘕，甄權卽謂其治陰卵癩疾；臟陰清而腑陽宣，故《別錄》更謂其強陰，甄權更謂其補氣益力。或曰：他味之利小水者，有能宣陽更除虛熱如茲味乎？曰：《本經》謂其治膀胱熱，能裕陰以達陽，所云利小便者，就是明其熱之行耳。觀其去根寸許而卽分枝，且莖葉周遭而出，層擁而上，非其不離陰之厚以爲陽之苗者乎？況其花實在秋，亦猶人身從足太陽而至手太陰，其氣化自地而達天。經云三焦者，足太陽、少陰之所將，如盧復所云上及九天，下徹九泉，是太陽氣化應得如是，而方書於治淋用之。至療目疾，更不一而足，則知是物不得以下泄之劑例視也。謂其宜於虛熱者，原從陰之厚以宣陽，并從陽之宣以歸陰，始於水而成於金也。如是則用之起陰，亦未可幾歟？曰：以太陽上及九天，陰清而陽自發越，但恐未能獨任，必如甄權所說同陽起石，而後可奏功歟。姑以俟之善用者。

苗葉

［氣味］　苦，寒，無毒。時珍曰：甘苦。

［主治］　利小便諸淋，煎水洗目，去熱暗雀盲澀痛。

時珍曰：按虞摶《醫學正傳》云，摶兄年七十，秋間患淋二十餘日，百方不效。後得一方，取地膚草搗自然汁服之，遂通。至賤之物，有回生之功如此。時珍按《聖惠方》治小便不通，用地膚草一大把，水煎服。古方亦常用之，是物能益陰氣，通小腸，無陰則陽無以化，亦東垣治小便不通，用黃檗、知母滋腎之意。

［修治］　愚按地膚之味，始微甘而後純苦，且其氣寒，應屬清熱之劑，每見用之者，或假酒力，或不須酒。愚謂如清熱，則酒不可用，如用之起陰達陽，則宜以火酒浸一日夜，於飯上蒸透，曬乾，以去其寒性，乃爲得之。

馬藺花 子即蠡實。

愚按：馬藺花，即本草所謂蠡草花也。據本草，蠡實根葉皆用，而方書於諸證主治唯及於花，故止悉花之氣味功用，而不及實與根葉。

《別錄》曰：生河東川谷。頌曰：今陝西諸郡及鼎、澧州亦有之，近汴尤多。葉似薤而長厚，三月開紫碧花，五月結實作角，子如麻大而赤色有稜，根細長，通黃色，人取以爲刷。花實采之，並陰乾用。時珍曰：蠡草生荒野中，就地叢生，一本二三十莖，苗高三四尺，葉中抽莖，開花結實。

花

［氣味］[16]　甘辛，氣平，溫，無毒。

［諸本草主治］　皮膚寒熱，胃中熱，療偏墜疝氣，喉痹，殺蟲。

［方書主治］　沙淋癀疝，及小腸氣。

［附方］

偏墜疝氣不愈，馬藺花二兩，蘿白子同炒，川楝子一兩五錢，净內，用橘核同炒，吴茱萸一兩，浄酒浸炒，木香二錢，不見火，爲末，每服一二錢，用好酒調，空心服。

喉痹腫痛，取荔花皮根合二分，及水一升煮取六合，去滓含之，細細咽汁，差。

沙石熱淋，馬藺花七枚，燒，故筆頭二七枚，燒，粟米一合，炒，爲末，每服二錢，酒下，日二服。名通神散。

愚按：蠡草花實，本草云俱入藥用，乃蠡實於方書諸證主治不概見，而花則僅見於淋證及疝耳，豈是物專主下焦之陰以爲功乎？即其花色紫碧，可以揣其所入有合於陰中之陽也。唯是沙淋之治，多主於熱者，而疝證所治有同溫劑，又似不專於治熱者，何爲寒熱之異用如是乎？蓋先哲言其味甘辛，氣平溫，無毒，是則此種得味之甘，可和於四味，受氣之平，可和於四氣，而甘中有辛，平中有溫，乃爲和陰散結之善物乎。蘇頌謂蠡實山人服之，云大溫，甚有奇效，是非合於人身之少火，爲陰中之陽乎？言實而花亦可以類推矣。觀本草於花不言治疝，而以治疝歸實，乃方書治疝盡主於花也，即兹不可以明於花實之通用乎？或曰：本草多謂其療喉痹，是則專主下焦之陰，其義不無有戾歟？曰：夫喉痹一證，合於少陽相火者爲甚，正屬下焦陰分陰中之陽以爲病也，唯是乃其的對，其又何戾之與有？但此種在市肆難覓，而李瀕湖所云生荒野中云云者，又安能定其的爲蠡草否也？姑以俟之博物君子。

菴䕡

時珍曰：菴䕡葉，蘇頌謂其如艾蒿，殊不然。蓋似菊葉而薄，多細丫而背皆青，高者四五尺，其莖白色，如艾莖而粗，八九月開細花，淡黃色，結細實如艾實，中有細子，極易繁衍。

子

[氣味]　苦，微寒，無毒。《別錄》曰：微溫。普曰：神農、雷公、桐君、岐伯，苦，小溫，無毒；李當之，溫。權曰：辛苦。時珍曰：降

也，陰中微陽，入足厥陰經血分。

[主治] 五臟瘀血，腹中水氣，臚脹留熱，風寒濕痹，身體諸痛《本經》，療心下堅，隔中寒熱，周痹《別錄》，心腹脹滿甄權，腰脚重痛，膀胱痛，骨節煩痛，不下食《日華子》，擂酒飲，治閃挫腰痛，並婦人產後血氣痛，及月水不通時珍，益氣，主男子陰痿不起甄權。

頌曰：孫思邈《千金方》、韋宙《獨行方》主踠折瘀血，並單用菴䕡煮汁服，亦可末服。今人治打撲，多用此法，或飲或散，其效最速。

愚按：菴䕡子，據方書似概以為行滯血之劑矣，然殊有不可概者。蓋血之由瘀而得暢，豈獨恃疏瀹以為功乎？即此味，如時珍謂其為陰中微陽，則血中之主腦固可思也。再繹甄權益氣之說，且云主男子陰痿不起者，是於療瘀血之義，豈不更為明悉？猶得漫以破瘀為言乎。即頌云今人用之治打撲，其效最速，亦已透其主治之端倪矣。

萹蓄一名扁竹。

斅曰：出東萊山谷，所在有之。春仲蔓延布地，好生道旁，苗似瞿麥，弱莖促節，節紫赤似釵股，葉細綠似篁竹，節間出花，甚細微，青黃或淡紅色，似蓼藍花狀，遂結細實，根似蒿，《爾雅》所謂王芻也。按《詩·小雅》：終朝采綠。朱子集傳：綠，王芻也。

[氣味] 苦，平，無毒。權曰：甘澀。

[主治] 浸淫疥瘙疽痔，殺三蟲《本經》，治霍亂黃疸，利小便時珍。

愚按：萹蓄之用，如《本經》及他本草類言殺蟲而已，在時珍則云治霍亂黃疸，利小便，至於方書所用，若積聚，小便不通及淋證，而他證亦不概見也。然即就數證以明其功，得勿類於通利之劑乎？然之頤謂其引蔓促節，節節開花，若封而闢，闢而封，以此治如上數證，乃象形對待法也。若之頤所云，是又不得概以通利目之，似有逐節以為通，能通而必循其節者，不失之駃疾，不致有遺慝，更為搜微抉隱之善劑乎，不然諸味主通利者多矣，何以必須於茲味哉？細繹茲味，當為血分之氣藥，閱方書治小水不通曁淋方，皆因於熱也，味之苦者似以從治爲功。然何以多主殺蟲？蓋蟲從風化，卻本於濕不化而風化，如斯所長，不致血分化濕而風自平，是其所以能從治於濕化之風熱而殺蟲也。

［附方］

熱淋澀痛，扁竹煎湯，頻飲。

熱黃疸疾，扁竹搗汁，頓服一升，多年者，日再服之。

蚘咬心痛，《食療》治小兒蚘咬，心痛面青，口中沫出，臨死者，取扁竹十斤剉，以水一石煎至一斗，去滓，煎如餳，隔宿勿食，空心服一升，蟲卽下也，仍常煮汁作飯食。

蕺，於歷代本草俱在菜部，至劉先生始改入隰草部，是有特見。按李東璧氏《本草綱目》，仍載蕺於菜部柔滑類，但言其葉腥氣，俗呼爲魚腥草，且引趙叔文云：紫蕺可以養豬，顧不同菜部荆芥、薄荷、紫蘇、香薷等味，移入草部者，蓋泥於蕺菜之名而未能更定耳。春秋時越王勾踐曾有采蕺事，想亦不過臥薪嘗膽之意，若因此遂謂蕺必可食，則盡信書之過矣。卽蘇恭謂江左人好生食之，然究爲隰地所生，不必待人種蒔，則草類無疑，宜劉先生獨斷而移之草部也。蒲公英、百合，先生亦自菜部改入草部，雖未易窺測其意，然蒲公英、百合以及生薑、乾薑、蘹香、薯蕷，乃東璧氏同在草部移入菜部者，今先生於薑、蘹等味仍從之，何獨至於蒲公英、百合，則復歸諸草部，是必有說以處此，況觀於蕺，可以類推矣。較訂是書，盡依原本正，不必與《綱目》合符，故蔓草部白薇附山草白及，後服帛部附隰草青黛後者，並從其舊，而五爪龍草乃從昔，本草皆不載，先生因其能治癰疽，特增補《綱目》所未備，今亦仍以殿蔓草云。

檇李後學高佑釲念祖氏附識

【校記】

〔1〕補五臟，原誤作"五臟補"，今據《本草述鈎元》卷九乙正。

〔2〕畢，原誤作"渾"，今據文義改。

〔3〕木，原誤作"本"，今據文義改。

〔4〕便；疑爲"製"。

〔5〕臟，此下原衍"腋"字，今據文義刪。

〔6〕蜜蒙花，《本草述鈎元》卷九作"密蒙花"。

〔7〕連，原誤作"蓮"，今據《本草述鈎元》卷九改。

〔8〕篩，原誤作"節"，今據《證類本草》卷七改。
〔9〕蜜蒙花，《本草述鈎元》卷九作"密蒙花"。
〔10〕塞，原誤作"寒"，今據《本草述鈎元》卷九改。
〔11〕奈，原誤作"禁"，今據《本草綱目》卷十五改。
〔12〕氣，此上原衍"草"字，今據文義刪。
〔13〕屬，原脫，今據《本草述鈎元》卷九補。
〔14〕草，原誤作"汁"，今據《本草述鈎元》卷九改。
〔15〕生，原誤作"主"，今據文義改。
〔16〕氣，原脫，今據文義補。

《本草述》卷之十

毒草部

大黄 黄芩爲之使。

斅曰：出河西山谷及隴西者爲勝，益州北部汶山、西山者次之。二月卷生黄赤，放葉時四四相當，宛似羊蹄葉，麤長而厚，莖高三尺許，味酸而脆，頗堪啖也。三月花黄，五月實黑。八月采根，根形亦似羊蹄根，大者如盌，長二尺許，切片陰乾，理文如錦，質色深紫。

根

[氣味]　苦，寒，無毒。《別錄》曰：大寒。普曰：神農、雷公，苦，有毒；扁鵲，苦，無毒；李當之，大寒。潔古曰：味苦氣寒，氣味俱厚，沉而降，陰也。東垣曰：大黄苦峻下走。海藏曰：入手足陽明經。

[《本經》主治]　下瘀血血閉，寒熱，破癥瘕積聚，蕩滌腸胃，推陳致新，通利水穀，調中化食，安和五臟。

[諸本草主治]　瀉諸實熱不通，除腸胃結熱諸病，瀉心下痞滿，心腹脹滿，除痰實，利壅滯水氣，行土鬱，調血脈，治中下焦濕熱諸證，療下痢赤白，裏急腹痛，小便淋瀝，並黄疸及溫瘴熱瘧。

無己曰：熱淫所勝，以苦泄之。大黄之苦，以蕩滌瘀熱，下燥結而泄胃强。

張仲景治心氣不足，吐血衄血，瀉心湯用大黄、黄芩、黄連。或曰：心氣不足矣，而不用補心湯，更用瀉心湯，何也？丹溪云：正因少陰經之陰氣不足，本經之陽氣亢甚，無所輔著，以致陰血妄行而飛越，故用大黃泄去亢甚之火，使之和平，則血歸經而自安矣。夫心之陰氣不足而陽亢甚，肺與肝俱各受火而病作，故以黃芩救肺，黃連救肝，蓋肺者陰之主，肝者心之母，血之舍也。肺肝之火既退，陰血自復其舊矣。

時珍曰：大黃乃足太陰、手足陽明、手足厥陰五經血分之藥，凡病在五經血分者宜用之，若在氣分用之，是謂誅伐無過矣。瀉心湯治心氣不足吐血衄血者，乃真心之氣不足，而手厥陰心包絡、足厥陰肝、足太陰脾、足陽明胃之邪火有餘也，雖曰瀉心，實瀉四經血中之伏火也。又仲景治心下痞滿，按之軟者，用大黃黃連瀉心湯主之，此亦瀉脾胃之濕熱，非瀉心也。病發於陰而反下之，則作痞滿，乃寒傷營血，邪氣乘虛結於上焦，胃之上脘在於心，故曰瀉心，實瀉脾也，《素問》云太陰所致爲痞滿，又云濁氣在上則生䐜脹是矣。病發於陽而反下之，則成結胸，乃熱邪陷入血分，亦在上脘分野。仲景大陷胸湯丸皆用大黃，亦瀉脾胃血分之邪而降其濁氣也。若結胸在氣分則只用小陷胸湯，痞滿在氣分則用半夏瀉心湯矣。成無已注釋《傷寒論》，亦不知分別此義。

盧復曰：大黃稱將軍，將軍者，所以行君令勘禍亂拓土地者也，味大苦氣大寒，似得寒水正化，而炎上作苦，苦性走下，不與炎上者反乎？《參同》云：五行相尅，更爲父母。《素問》云承廼制，制則生化，是故五行之體以尅爲用，其潤下者正炎上之用乎。則凡心用有所不行，變生疢難者，舍同類之苦，巽以入之，不能彰其用矣。蓋心主夏，主熱火，主神，主血脈，主病在五臟，主心腹部位。若腸胃之間，心腹之分，夏氣熱火之鬱，神情血脈之結，瘀閉宿留，致成癥瘕積聚，變生寒熱脹滿者，皆心用不行，大黃能蕩滌之，是謂推陳。推陳者，正所以行君之令。闢土地，安人民，阜生物，是謂致新。致新者，即所以調中化食，安和五臟者也。客曰：開土地，滌腸胃，利水穀，皆脾所司，何爲行火用也？曰：火有用而靈，正當生土，火無用而息，正當瀉土，顧其名自得之矣。

希雍曰：大黃稟地之陰氣獨厚，得乎天之寒氣亦深，故其味至苦，其氣大寒而無毒，入足陽明太陰厥陰，并入手陽明經。氣味俱厚則發泄，故其性猛利，善下泄，推陳致新，無所阻礙，所至蕩平，有勘定禍亂之功，故號將軍。味厚則入陰分，血者陰也，故於血分之病奏績殊多。

大黃在仲景用於傷寒證爲多，潔古用以瀉諸實熱不通，及瀉心下痞滿由於實，皆本仲景法也。亦治滯下赤白初起，壯實之人可同枳殼、檳榔、當歸、甘草、滑石作丸投之，是迎而奪之之法也。然不可過劑，過劑則傷胃氣。同城卽醶。及白斂、炒陳小粉、沒藥、乳香，醋蜜調傅，作癰腫圍藥。

凡實熱濕痰爲病，以錦紋大黃酒蒸八兩，入前胡八兩，橘紅四兩，外另以青礞石二兩，同焰消二兩，入砂罐固濟，煅紅，研末二兩，上各取末，以水發爲丸梧子大，每常服一二十丸，小病五六十丸，緩病七八十丸，急病一百二十丸，温水吞下，卽臥勿動，候藥逐上焦痰滯，次日先下糟粕，次下痰涎，未下再服。惟妊娠水泄忌之。西大黃拌蜜及竹瀝，九蒸九曬，粉糊爲丸如麻子大，薄荷湯吞三錢，治中上二焦有熱痰，因發偏頭風，諸藥不效，目將損者，有殊功。又治中焦脾胃濕熱，下流客腎，以致飽後夜臥卽夢遺，臨臥以升麻陳皮湯吞三四錢，濕熱去卽止。

愚按：大黃之用，號曰將軍，類知其蕩滌腸胃結熱實熱濕熱，視諸藥爲勁直爲駛疾耳，不悉其能奪土鬱，以奏厥功於戡定者謂何，則味厚沉降及苦寒趨下之說，猶不足明其奪土鬱之功也。夫兹味今貴莊浪，卽藏器亦謂推陳致新，當取河西錦紋者，而隱居以益州諸地所產劣於河西隴西。今莊浪卽古涇原隴西地也。蓋取河以西所產，爲稟金氣厚耳。金氣厚，故藥趨於苦寒之水，水爲火主，金爲土子，其就下歸陰，有勢無留行者，所以先哲指爲血分之藥也。或曰：所云結熱實熱濕熱，俱不離於血乎？曰：然。《本經》首曰下瘀血血閉，固謂厥功專於血分矣。陽邪伏於陰中，留而不去，是卽血分之結熱，唯兹可以逐之。本草所謂腸間結熱，心腹脹滿，亦指熱之結於血中者而言，如仲景治痞滿及結胸證，胥用大黃，乃時珍能晰其微，爲用之以瀉脾邪，初不干於氣分也，是非其一端而可以類推者乎？至於實熱，又卽其病於血者，如女子血閉由於熱積，不由於血枯，如男女便秘，由於熱結不通，不由於血少腸燥，如關節不利由於熱阻營氣，不由脾胃氣虛不能行氣於諸經。虛實之分，舉此則觸證而明矣。結者固有其所能開，而實者亦其所能摧也。總之，此味專功濕熱，然其意若何？曰：《內經・運氣論》云風寒在下，燥熱在上，濕氣在中，火遊行其間，此火卽三焦相火也，歷絡上中下，無處不周，濕土又司上下升降之氣運，是火與濕不相離，而互主上下風寒燥熱之用。或風寒燥熱之病於濕者卽病於火，病乎火者卽病乎濕。舉火邪之棲於濕以爲病，不獨燥結便閉，卽赤白下痢、小便淋瀝等證，皆謂之結也；舉濕邪之翳乎火以爲病者，不獨癥塊積聚，卽心腹脹滿、水氣壅滯等證，皆謂之實也。唯此投之，如搜伏，如陷堅，無不奏功，是何以能蕩滌如斯？由其稟堅金而趨寒水，水爲火主而承制之，金爲土子而導引之，故能散伏火疏壅土，以奏戡禍亂阜民物也。由金導引而土中之濕邪化，母固樂趨於子也；由金有水以承制，而濕中之熱邪行，用勝者以平其不勝也。抑金爲火用以和水，而氣乃化，血乃生；金爲水母以孕火，而氣乃生，血乃化。此由厚金而趨旺水，又以救火之亢而致水之用，蓋水之所用者在火也。如是，則仲景瀉心卽謂之補心亦可矣。嘗閱李東垣先生所說牽牛性味，云牽牛止能泄氣中濕熱，不能泄血中濕熱，爲濕病之根在下焦，下焦主血，濕熱是血分中氣病，宜用苦寒之味，故概以牽牛泄濕，非其治也。後賢謂泄血中濕熱，宜用大黃苦寒之味以入血，蓋亦據於先生之言也。第濕熱之根在下焦，恐遽悉斯理者猶少。蓋三焦少火卽元氣，陰陽合同而化，其氣固出水中也，至三陰同起於下，而水土更合德以立地，若然又何疑於先生之言哉？

[附方]

相火秘結，大黃末一兩，牽牛頭末半兩，每服三錢，有厥冷者酒服，無厥冷，五心煩，蜜湯服。

按：此劉河間《保命集》方也，殊有意義。但此云相火秘結，然實病於濕熱也。蓋大黃治血分之濕熱，於人身精血大爲要藥。予年四五十內外，每因濕熱而陽道不堅，必用大黃丸一服，而乃如故。蓋火與元氣不兩立，火結滯而元氣不壯故也。至七十內外則不勝矣，故此味亦須審虚實而用之，但實固可投，即虚火結滯，亦須借此稍稍以袪去之，而後可補。如止用芩、連輩以驅之，多劑反加傷胃而邪仍不去，蓋其結滯者，非蕩滌之味不能去也。

乾血氣痛，錦紋大黃酒浸，曬乾，四兩，爲末，好醋一升熬成膏，丸芡子大，臥時酒化一丸服，大便利一二行，紅漏自下。乃調經仙藥也。或加香附，録此以見用醋煮者不獨治塊也。

濕熱眩暈，不可當者，酒炒大黃爲末，茶清服二錢，急則治其標也。録此以見大黃之能至於極上也。

時珍曰：凡病在氣分及胃寒血虚，並妊娠產後，並勿輕用，其性苦寒，能傷元氣耗陰血故也。

希雍曰：經云實則瀉之，大黃氣味大苦大寒，性禀直遂，長於下通，故爲瀉傷寒、温病、熱病、實熱，熱結中下二焦、二便不通及濕熱膠痰滯於中下二焦之要藥，袪邪止暴，有撥亂反正之殊功。第其峻利之性，猛烈之氣，長驅直擣，一往不返，如武王伐紂，前徒倒戈，血流漂杵，雖應天順人，救民水火，然亦不免於未盡善之議矣。故凡血閉由於血枯而不由於熱積，寒熱由於陰虚而不由於瘀血，癥瘕由於脾虚胃弱而不由於積滯停留，便閉由於血少腸燥而不由於熱結不通，心腹脹滿由於脾虚中氣不運而不由於飲食停滯，女子少腹痛由於厥陰血虚而不由於經阻老血瘀結，滯下初起即屬胃虚，當以補養胃氣、清消濕熱爲本，而不可以妄加推蕩，瘧病傷於暑氣而不由於山嵐濕熱，吐衄血由於陰虚火起於下，炎鑠乎上，血熱妄行，溢出上竅，而不由於血分實熱，腰脚風氣由於下元先虚，濕熱下流，因茲致病，而不專由於風濕外侵，骨蒸積熱本於陰精不足而非實熱所致，偏墜由於腎虚濕邪乘虚客之而成，而不由於濕熱實邪所犯，乳癰腫毒由於肝家氣逆，鬱抑不舒，以致勞氣不從，逆於肉裏，乃生癰腫，而不本於膏粱之變，足生大疔，血分積熱所發，法咸忌之，以其損傷胃氣故也。故傷寒家調胃承氣湯中用甘草以和之，正謂是也。輕發誤投，多致危殆，戒之戒之。

[修治]　潔古曰：用之須酒浸煨熟者，寒因熱用也。

愚按：上行於頭目者非借酒力，則走下之氣味不能逆上，如治眩暈用酒炒爲末是也。治上焦者亦假酒不使迅下，如滾痰丸酒浸蒸熟切曬是也。更中焦脾胃結熱瘀滯，固宜以迅利取效，然亦須稍緩，以盡其蕩滌之用，或酒蒸微熟可也。如熱痢初起，大黃煨熟，與當歸等分用，則其義可思矣。其用之下行似宜生矣，然有難執者，如腰腳風氣作痛，用大黃同少酥炒乾，但勿令焦，入生薑三片煎服。又如赤白濁淋，用大黃六分爲末，將雞卵破頭，入末其中，攪勻蒸熟，空心食之者。卽此二端，其義不有可參乎？至於化脾積血塊，多同醋熬化成膏者。種種具有意義，臨病之工當細思之，以盡其功可也。

常山 苗名蜀漆，功用相同。

[氣味] 苦，寒，有毒。《別錄》曰：辛，微寒。普曰：神農、岐伯，苦；桐君，辛，有毒；李當之，大寒。

[主治] 傷寒寒熱，熱發溫瘧，截瘧，逐老痰積飲，散山嵐瘴氣。

蜀漆

[氣味] 辛，平，有毒。《別錄》曰：微溫。權曰：苦，有小毒。潔古曰：辛，純陽。

[主治] 瘧及咳逆寒熱，腹中癥堅痞，積聚邪氣《本經》，破血，洗去腥，與苦酸同用，導膽邪潔古。

李燾曰：嶺南瘴氣，寒熱所感，邪氣多在營衛皮肉之間，欲去皮膚毛孔中瘴氣根本，非常山不可，但性吐人，惟以七寶散冷服之，卽不吐，且驗也。

楊士瀛曰：常山治瘧，人皆薄之。瘧家多蓄痰涎黃水，或停潴心下，或結澼脇間，乃生寒熱，法當吐痰逐水，常山豈容不用。水在上焦，常山能吐之，水在脇下，則常山能破其澼而下其水，但須行血藥品佐助之，必收十全之功。其有純熱發瘧，或蘊熱內實之證，投以常山，大便點滴而下，似泄不泄者，須用北大黃爲佐，泄痢數行，然後獲愈也。

震亨曰：常山屬金而有火與水，性暴悍，善驅逐，能傷真氣，功不掩過者也。病者稍近虛怯，勿用也。雷公有云：老人與久病人忌之。

時珍曰：常山、蜀漆有劫痰截瘧之功，但生用則上行必吐，酒蒸炒熟則氣稍緩，少用亦不致吐也。得甘草則吐，得大黃則利，蓋無痰不作瘧，二物之功亦在驅逐痰水而已。

希雍曰：常山稟天地陰寒之氣以生，故其味苦寒，《別錄》、桐君益之以辛，宜其有毒也。苦泄辛散，故善逐飲；陰寒袪熱，故善破瘴瘧。入口卽吐，其性暴悍又可知已。最損真氣，故瘧非由於瘴氣及老痰積飲所致者勿用。經曰：夏傷於暑，秋必痎瘧。又曰：邪之所湊，其氣必虛。暑邪乘虛客於臟腑經絡，瘧亦因之而發，清暑養胃，健脾消痰，乃治瘧之正法，稍久則當分氣血，施補助，靡不愈者，何事妄用常山虛人真氣，變爲危證乎？

[附方]

治山嵐瘴氣作瘧，百藥不效，秘方，常山四兩，砂仁四兩，檳榔二兩，米醋浸，入瓷器中二宿，取出，各炒燥，爲末，雞子清和，丸如綠豆大，五更新汲水向東吞三五錢，一服可止，九月已後宜以酒吞。

愚按：瘧之爲病，在《內經》曰夏傷於暑，秋爲痎瘧，蓋謂暑熱鬱於經絡之內，而新秋之風寒束之，陰陽相激，乃有此證，爲二氣之相凌併，故曰瘧也。經又謂：四時之氣，寒熱各有，相反皆能爲瘧，亦無不由外淫以蘊熱，而更感於外之寒熱異氣，且因於風以作者不少也。丹溪先生謂凡瘧證皆外邪所致，若然，是或七情，或飲食，或勞倦，皆其兼證也，不得以之爲主病，卽如久瘧，爲虛爲痰，均當消息於治外邪之間，乃爲得之，不則病不能已也。陳無擇云：夏傷暑，秋痎瘧。在經亦因時而言耳，謂不可專以此論者是也。第卽經所云暑瘧之義，明此以治暑邪，卽可變化而用之於三時矣。經曰衛氣之所在與邪氣相合則病作，衛氣相離則病休。唯王宇泰先生深悉經義，其治法但使邪離於陰陽而已，用風藥之甘辛氣清者以升陽氣，使離於陰而寒已，以苦甘寒引陰氣下降，使離於陽而熱已，是大法之不可易者也。若稍久者，當以丹溪之開鬱通經爲主，蓋邪氣郁滯於經絡之內，故不能即已其病，唯開其鬱而使經絡通，則邪熱即散爲汗解矣，間之以補養胃氣，使營衛行而經絡乃大暢也。至於病在陰分血分而成久瘧者，朱丹溪先生謂必用升發之藥，自臟而出之於腑，然後自表汗而解，斯言是也。若然，則以苦甘寒引陰氣下降，使離於陽者，又似未可用乎？曰：久瘧二字當著眼，先生用升發者，必其前未升發，或投劑更傷胃氣，致使陰分之邪無出路也。先生此法固亦兼補胃氣以爲升發者，使陰得陽之升而出也。若未至於下陷，則一升一降，豈非良法？如丹溪治一婦瘧，見其面赤黑色，知其暑傷血分，用四物加辛苦寒之劑，二日發唇瘡而愈。然則辛苦寒又何不可用乎？但貴因其先後之時耳。即是參之，則補胃之劑又豈得漫投留邪，而不因其時乎？希雍曰：久則當分氣血而施補助。此確論也。丹溪又曰：若取汗而不得汗，理血而汗不足，若非更求藥之切中病情，直透邪所著處，其何能愈？先生此語即不外於邪離陰陽之義耳。後學謂先生每遇奇證，輒設規矩，旁求曲會，施行以權，即此證有案，不一而足，可知其變化無定矣。若欲求其邪所著處，故自有恰中病情者，即補益亦未可貿貿，奈何取一劫劑大損真氣，如常山輩，以爲無上妙諦也，則亦不學之甚矣。抑常山固驅痰之的味，而無痰不成瘧一語固不足據乎？曰：營衛有邪著之，焉得無痰？然治病必先其本，苟本之先圖，則治痰之藥自有應節而投，如繆希雍治法亦從三折肱而得之，試之累效，又何須是物也？後學有云：瘧有山嵐瘴氣、停痰留飲而發者，古方類用常山、砒霜等吐之。今人誤執其方，見瘧輒用，不知二藥有大毒，損人真氣，犯之多致危殆，慎之慎之。

[修治] 凡使，細實色黃、形如雞骨者佳。生用令人大吐。酒浸一日，蒸熟或炒，或醋浸煮熟，則善化痞而不吐。王宇泰曰：常山治瘧，是其本性，雖善吐人，亦有蒸製得法而不吐者，瘧更易愈。

商陸根

頌曰：俗名章柳根。多生於人家園圃中，春生苗，高三四尺，青葉如羊舌而長，莖青赤，至柔脆，夏秋開紅紫花作朵，根如蘿蔔而長，八九月采之。

[氣味]　辛，平，有毒。《別錄》曰：酸。《日華子》曰：白者苦冷，得大蒜良，赤者有毒。恭曰：赤者但可貼腫，服之傷人，痢血不已。東垣曰：商陸有毒，陽中之陰，其味酸辛。

[主治]　水腫，疝瘕，痹，熨除癰腫《本經》，療胸中邪氣，水腫痿痹，腹洪滿，直疏五臟，散水氣《別錄》，瀉十種水病，療喉痹不通，薄切醋炒，塗喉外良甄權。

《類明》曰：商陸根有紅白二種，白入氣分，導腫氣者須是白之一種也。東垣言：商陸味辛酸，與苦同用以導腫氣，故仲景治從腰已下有水氣者，牡蠣澤瀉散主之，內用商陸根辛酸與栝樓根、葶藶之苦寒相合為方也，散水氣者，即導腫氣意也。

時珍曰：商陸苦寒，沉也，降也，陰也，其性下行，專於行水，與大戟、甘遂蓋異性而同功，胃氣虛弱者不可用。方家治腫滿，小便不利者，以赤根搗爛，入麝香三分，貼於臍心，以帛束之，得小便利即腫消。又治濕水，以指畫肉上隨散不成文者，用白商陸、香附子炒乾，出火毒，以酒浸一夜，曬乾為末，每服三錢，米飲下。或以大蒜同商陸煮汁服，亦可。

嘉謨曰：按白根治水，方載多般，或取根雜鯉魚熬湯，或咀粒攪粟米煮粥，或搗生汁調酒，或和諸藥為丸，空心服之，並可獲效。赤根貼腫，方亦不同，喉痹窒塞不通，醋熬敷外腫處。石癰堅如石者，搗擦，取軟成膿，如或搗爛加鹽，總敷無名腫毒。古讚云其味酸辛，其形類人，療水貼腫，其效如神，斯言盡之矣。

愚按：商陸於春生苗，而夏秋乃開紅紫花，至八九月始采其根，豈非本陽之氣以至陰，取其歸於陰之氣分者乎？是所謂陽中之陰，誠不謬也。在方書中有治石水之檳榔散，同檳榔、生薑、桑白皮、炙草用之。夫石水，其脈腎肝俱沉，其證不一，然有病於腹光緊急如鼓，大小便澀者，茲散主之，是則以證合脈，其水氣固病於陰之結也。《本經》首主水腫疝瘕痹，其治義正謂陰結不得陽以化耳，固經所謂陰陽糾結，多陰少陽，曰石水也。其所謂腎肝俱沉者，腎屬至陰宜沉，肝屬陰中之陽宜浮，其俱沉者正多陰少陽之義也。若然，豈無以陽開陰之劑哉？蓋無如陰之結已甚，投此等劑，亦急則治其標之義耳。如《別錄》謂此味直疏五臟，散水氣，蓋腎納五臟之陰氣者也，直疏五臟之氣以歸腎，令水氣自散，更捷得於以陽開陰之功也。觀其敷貼石癰并腹中暴癥及疝癖如石者，胥能散之，就其能散成形於陰以爲病者，則其疏五臟之氣以散陰結者，固不爽也。至陽水之證而亦用此味，如疏鑿飲子，將毋其義一列乎？曰：陽水之不化者，其本由於陰之不足也，陰虛，故陽不能化；陰水之不化者，其本由於陽之不足也，陽虛，故陰不能化。乃俱用此味以疏五臟者，似乎有不宜矣。詎知陽不能化與陰不能化，皆病於水也，皆病於水，故治陽水之重與陰水之石者俱用商陸，所謂治標之急也，若論其本則大異矣。如治陽水、陰水之未甚者，更當尋繹方書所云，治陽水宜辛寒云云，治陰水宜苦溫云云矣。然本末兼舉而論，陽水之本，病在真陰，而標病之甚者乃陰邪也，陰水之本，病在元陽，而標病之甚者亦陰邪也。同是陰邪，故治標之急者，皆歸於導陽氣以化陰邪，疏陰邪以導陽氣耳。即所謂辛寒云云之治，以療陽水之甚者，恐其未能中病也，又豈得舍救標之急治而漫言治本，以致無益而有害哉？萬密齋曰：凡取水藥，惟氣實能食者可與服之，不可逡巡，待正氣盡化爲水則難去矣。玩斯語，則取水一法豈可盡曰不用，惟投劑者審其所宜，更取水之藥味，宜詳察耳。

[附方]

腹中暴癥，有物如石，痛刺啼呼，不治百日死，多取商陸根，搗汁，或蒸之，以布藉腹上安藥，勿覆，冷即易，晝夜勿息。

疝癖如石在脇下，堅硬，生商陸根汁一升，杏仁一兩，浸，去皮，搗如泥，以商陸汁絞杏泥，火煎如餳，每服棗許，空腹熱酒服，以利下惡物爲度。

石癰，如石堅硬，不作膿者。生商陸根搗擦之，燥即易，取軟爲度。亦治濕漏諸癬。

[修治] 銅刀刮去皮，薄切，東流水浸三日，取出，和綠豆同蒸半日，去豆，曬乾或焙。

甘遂 瓜蔕爲之使，惡遠志，反甘草。

《別錄》曰：生中山山谷。弘景曰：本出太山、江東，比來用京口者，大不相似，赤皮者勝。《日華子》曰：西京者上，汴、滄、吳者次之。恭曰：甘遂，苗似澤漆，其根皮赤肉白，作連珠，實重者良。一種草甘遂，乃是蚤休，療體全別，苗亦不同，根皮白色。頌曰：苗似澤漆，莖短小而葉有汁，根皮赤肉白，作連珠，大如指頭。《日華子》曰：似和皮甘草節。

根

[氣味] 苦，寒，有毒。《別錄》曰：甘，大寒。普曰：神農、桐君，苦，有毒；岐伯、雷公，甘，有毒。潔古曰：純陽也。

[主治] 下五水《別錄》，治大腹，疝瘕腹滿，面目浮腫，除留飲《本經》，去痰水甄權，利水穀道，破癥堅積聚《本經》，散膀胱留熱《別錄》，瀉腎經及隧道水濕，腳氣，陰囊腫墜，痰迷癲癇，噎膈痞塞時珍。

按大腹，即世所謂水蠱也。疝瘕腹滿，水氣之聚也。癥堅積聚者，水氣痰血凝結而成者也。

潔古曰：味苦氣寒，苦性泄，寒勝熱，直達水氣所結之處，乃泄水之聖藥，水結胸中非此不能除，故仲景大陷胸湯用之，但有毒，不可輕用。

時珍曰：腎主水，凝則爲痰飲，溢則爲腫脹，甘遂能泄腎經濕氣，治痰之本也，不可過服，但中病則止可也。張仲景治心下留飲，與甘草同用，取其相輔而立功也。劉河間《保命集》云：凡水腫服藥未全消者，以甘遂末塗腹，繞臍令滿，内服甘草水，其腫便去。又王璆《百一選方》云：腳氣上攻，結成腫核，及一切腫毒，用甘遂末調傅腫處，即濃煎甘草汁服，其腫即散。二物相反而感應如此。清流韓詠病脚疾，用此一服，病去七八，再服而愈也。

希雍曰：甘遂，稟天地陰寒之氣以生，故其味苦，其氣寒而有毒，亦陰草也，水屬陰，各從其類，故善逐水。

愚按：甘遂之氣味，在《本經》曰苦寒，卽他本有謂甘者，而未嘗不以爲寒也。夫苦寒爲陰，乃張潔古先生亦言其苦寒矣，更曰純陽，何哉？蓋此正先生察物之精，後學詣不至此也。何以明之？曰：人身之水，本於陰而化於陽，陰得陽以化，則水化液，液化血，以運於經絡，以榮於周身，其溢而爲水，聚而爲種種諸患者，皆陰不得陽以化也。夫持水火升降之樞，不藉於中土乎？且水更藉土以爲用，謂益土制水，非不易之至理乎？第如水之泛濫已極，結聚已久，而不就其本以逐之，專恃培土，庸可幾乎？本謂何？至陰之水臟腎也，水腑膀胱也。然卽本於同氣，而泛然用純陰之味逐之，是爲以水濟水，猶無當耳，必求其爲水中之陽者，乃可以從入而瀉之。蓋水中原有陽也，是謂何物？甘遂是也，抑何以謂其瀉真氣？曰：水之或溢或結以爲患者，是不能化液化血，爲不能歸經之敗水，爲污爲濁，是已離於真氣者也，非堅土所能制化，惟當如此味用以瀉之耳。若未至於此，則凡後天之水皆真氣所化，妄投之，不反竭其真氣乎？是固當申中土運化之用以爲功矣。雖然，卽先聖用此輩瀉水，而參其微義，則可悟治水蠱者用加減金匱腎氣丸，的爲探本要法，瀉者亦猶是治標，從權耳，卽泥於補土者，猶爲不責其本而緩不及於事者也。

[附方]

水蠱喘脹，甘遂、大戟各一兩，慢火炙研，每服一字，水半盞煎三五沸，服，不過十服。

水腫喘息，大小便不通，**十棗丸**：用甘遂、大戟、芫花等分，爲末，以棗肉和丸梧子大，每服四十丸，侵晨熱湯下，利去黃水爲度，否則次午再服。

腎水流注，腿膝攣急，四肢腫痛，甘遂二錢，生研爲末，木香末四錢，以獖豬腎一枚，分爲七臠，每用前二末二錢入在內，濕紙包煨令熟，温酒嚼下，當利黃水爲驗。

婦人血結，少腹滿如敦狀，小便微難而不渴，此爲水與血俱結在血室，大黃二兩，甘遂、阿膠各一兩，水一升半煮半升，頓服，其血當下。

癲癇心風，**遂心丹**：治風痰迷心癲癇，及婦人心風血邪，用甘遂二錢，爲末，以豬心取三管血和藥，入豬心內，縛定，紙裹煨熟，取末，入辰砂末一錢，分作四丸，每服一丸，將心煎湯調下，大便下惡物爲效，不下再服。

按錄數方，亦就其切於急治標者。若當從緩治本者，必不可嘗試，故不采也。

希雍曰：甘遂性陰毒，雖善下水除濕，然能耗損真氣，虧竭津液元氣，虛人，除傷寒水結胸不得不用外，其餘水腫鼓脹，類多脾陰不足，土虛不能制水，以致水氣泛濫，卽劉河間云：諸濕腫滿屬脾土，法應補脾實土，兼利小便。不此之圖，而反用甘遂下之，是重虛其虛也。水旣暫去，復腫必死矣。必察病屬濕熱，有飮有水而元氣尚壯之人，乃可一施耳，不然禍不旋踵，戒之慎之。

[**修治**]　將麨煨熟用，以去其毒。

大戟 赤小豆爲之使，惡薯蕷，反甘草。

斆曰：近道多有之，類生平澤，春生紅芽漸長，叢高一尺以來，莖直中空，折之有白漿，葉狹長似柳，梢頭葉攢密而上，三四月開黃紫花，似杏花，又似蕪荑，根似細苦參，皮黃，肉黃白。惟杭州一種色紫而柔，爲上品，江南土大戟次之。北方一種綿大戟，皮韌如綿而色白，氣味峻利，弱人誤服吐血，不可不知。

根

[**氣味**]　苦，寒，有小毒。《別錄》曰：甘，大寒。權曰：苦辛，有大毒。潔古曰：苦甘辛，陰中微陽，瀉肺，損真氣。時珍曰：得棗卽不損脾。

[主治] 十二水，腹滿急痛，積聚，但臟腑隱有細水，皆能導之，下惡血癖塊，瀉蠱毒毒藥，泄天行黃病溫瘧，[1]療中風皮膚疼痛，吐逆。

蘇頌曰：治隱疹風及風毒腳腫，並煮水，日日熱淋，取愈。

好古曰：大戟與甘遂同為泄水之藥，濕勝者，苦燥除之也。

時珍曰：痰涎之為物，隨氣升降，無處不到。入於心，則迷竅而成癲癇，妄言妄見；入於肺，則塞竅而成咳唾稠粘，喘急背冷；入於肝，則留伏蓄聚而成脇痛乾嘔，寒熱往來；入於經絡，則麻痺疼痛；入於筋骨，則頸項胸背腰脇手足牽引隱痛。陳無擇《三因方》並以控涎丹主之，殊有奇效，此乃治痰之本。痰之本，水也，濕也，得氣與火則凝滯而為痰，為飲，為涎，為涕，為癖。大戟能泄臟腑之水濕，甘遂能行經隧之水濕，白芥子能散皮裏膜外之痰氣，惟善用者能收奇功也。

希雍曰：大戟，稟天地陰毒之氣以生，故味苦寒而有小毒。甄權、潔古兼辛，《別錄》兼甘，應是辛多，非辛則無毒也。苦寒，故善下走而入腎肝，逐諸有餘之水，辛則橫走，無所不到矣，寒而有辛，故能以毒攻毒而治蠱毒，瀉毒藥，并散天行黃病及溫瘧，更破惡血癖塊。

大戟入玉樞丹、紫金錠，則解蠱毒熱毒，癰疽疔腫及蛇蟲諸毒，內服外敷，取利為度。《三因方》控涎丹治痰涎留在胸膈上下，變為諸病，或頸項胸背腰脇手足胯髀隱痛不可忍，筋骨牽引鈎痛走易，及皮膚麻痺，似乎癱瘓，不可誤作風氣風毒及瘡疽施治。又治頭痛不可舉，或睡中流涎，或欬唾喘息，或痰迷心竅，並宜此藥，數服痰涎自失，諸病尋愈。紫大戟、白甘遂、白芥子微炒各一兩，為末，薑汁打麵糊丸梧子大，每服七丸或二十丸，以津液咽下，若取利則服五六十丸。

大腫喘急，小便澀及水蠱，大戟炒二兩，乾薑炮半兩，為散，每服三錢，薑湯下，大小便利為度。水腫，腹大如鼓，或遍身浮腫，用大棗一斗，入鍋內，以水浸過，用大戟根苗蓋之，瓦盆合定，煮熟，取棗無時食之，棗盡決愈。

愚按：大戟之用於逐水，與甘遂同乎？曰：逐水同，而致其用者不盡同也。潔古謂甘遂純陽，如大戟則謂其陰中微陽，以此合於時珍瀉子之說，如肝臟固腎子，本是陰中少陽也，況《本經》又兼言中風皮膚疼痛，吐逆，而蘇頌有隱疹風及風毒腳腫之治，則茲物之逐水，不有由肝而致其用者歟？雖然，亦非瀉肝也，試思五行中，母氣盛者樂趨於子以泄之，茲或由子而畢泄母氣之淫，俾其不少留歟。前哲謂臟腑隱有細水皆能導之，則其義可想見矣。時珍更引療痘證黑陷用百祥膏，謂錢仲陽止用茲味以瀉肝，非瀉腎也，其說牽合殊甚。詎知仲陽之用此味，原以瀉腎中之毒，因黑者火極以水，非瀉腎水也。即《本經》於茲物，其主治首及蠱毒，《日華子本草》亦云瀉毒藥，又如玉樞丹、紫金錠之用皆以解毒，然則茲物之瀉水，豈泛然隨水可瀉哉？是必其如急痛積聚，又如水所化之血爲惡血癖塊，大爲真氣之毒者，乃可投之以除害也。倘泛然投之，不謂反破其真氣，致冥行敗事之誚乎？抑《本經》所云中風皮膚疼痛，蓋即指濕風而言，原不離水之爲病。如見不及此，謂茲味於中風無當也，適足徵其淺陋耳。附此以見《本經》之非漫言也。

希雍曰：大戟，陰寒善走而下洩，潔古謂其損真氣，故凡水腫不由於受濕停水而由於脾虛，土堅則水清，土虛則水泛濫，實脾則能制水，此必然之數也。今不補脾，而復用疏洩追逐之藥，是重虛其虛也，宜詳辨而深戒之。惟留飲伏飲停滯中焦，及元氣壯實人患水濕，乃可一暫施耳。

[修治] 時珍曰：采得，以漿水煮軟，去骨，曬乾用。

芫花_{決明爲之使}，反甘草。

斅曰：在處有之，莖幹不全，類木，亦非草，本草中木木中草也，本高二三尺，正二月舊枝抽苗作花，有紫赤黃白四種，紫赤者多，白者時有，黃色者絳州所產也，又蕘花，時珍據蘇頌《圖經》謂恐即芫花也，其說詳於《綱目》。三月花落盡，葉乃生，葉似白前及柳葉而青，漸加厚則轉黑矣，根皮黃似桑根。三月采花，五月采葉，八九月采根。但采花必於葉未生時，日乾，葉生花落，即不堪用也。

[氣味] 辛，有小毒。《別錄》曰：苦，微溫。普曰：神農、黃帝、雷公，苦，有毒；扁鵲、岐伯，苦；李當之，有大毒，多服令人洩。

[主治] 欬逆上氣，喉鳴喘，咽腫短氣《本經》，消胸中痰水，喜唾《別錄》，寒痰涕唾如膠甄權，療水飲痰癖，脅下痛時珍，治五水在五臟，皮膚腫脹及腰痛《別錄》，通利血脈，治惡瘡，風痹濕，一切毒風，四肢攣急，不能行步甄權。

成無己曰：辛以散之，芫花之辛以散飲。

時珍曰：張仲景治傷寒太陽證表不解，心下有水氣，乾嘔，發熱而咳，或喘或利者，小青龍湯主之。若表已解，有時頭痛出汗，惡寒，心下有水氣，乾嘔，痛引兩脅，或喘或咳者，十棗湯主之。蓋小青龍治未發散表邪，使水氣自毛竅而出，乃《內經》所謂開鬼門法也；十棗湯驅除裏邪，使水氣自大小便而洩，乃《內經》所謂潔淨府，去陳莝法也。夫飲有五，皆由內啜水漿，外受濕氣，鬱蓄而爲留飲。流於肺則爲支飲，令人喘咳寒熱，吐沫背寒；流於肝則爲懸飲，令人咳唾，痛引缺盆兩脅；流於心下則爲伏飲，令人胸滿嘔吐，寒熱眩暈；流於腸胃則爲痰飲，令人腹鳴吐水，胸脅支滿，或作泄瀉，忽肥忽瘦；流於經絡則爲溢飲，令人沉重注痛，或作水氣跗腫。芫花、大戟、甘遂之性，逐水洩濕，能直達水飲窠囊隱僻之處，但可徐徐用之，取效甚捷，不可過劑，洩人真元也。陳言《三因方》以十棗湯藥爲末，用棗肉和丸，以治水氣喘急浮腫之證，蓋善變通者也。

《門》曰：芫花內搜腸胃，外達毛孔。

《直指方》云：破癖，須用芫花行水，行後便養胃可也。

愚按：芫花所治，在《本經》首言其主欬逆上氣，喉鳴喘，咽腫短氣，是其用在上焦以及中焦也。觀其春生苗而華隨吐，華乃草木之精英也，卽於春生而吐，又卽於春盡而落，豈非全稟風木之氣，以致其用於水氣者乎？試觀《本經》於甘遂、大戟，俱云苦寒，而茲物獨言辛溫，則其義可明矣。唯其氣溫，故不獨去水氣，並治寒毒寒痰，而由水以病於風者，卽由風化之行以驅之矣。故水氣之所至，而風升之氣亦卽至之，以子母相隨也，先哲謂其能破癖飲者此耳。是則與大戟仿佛以致其用，但苦寒辛溫，不惟上下區分，即恐決逐與開散，似猶未可一視。第舉言其能虛人元氣，以水乃氣所化，而氣布於上焦也，是亦不可不致慎矣。

海藏曰：水者，肺腎脾三經所主，有五臟、六腑、十二經之部分，上而頭，中而四肢，下而腰腳，外而皮毛，中而肌肉，內而筋骨，脈有尺寸之殊，浮沉之別，不可輕瀉，當知病在何經何臟，方可用之，若誤投之則害深矣。

《捷徑》云：須知茲物力如山，體實者久服則虛，虛者禁用。

[修治] 芫花，留數年陳久者良。用時以好醋煮十數沸，去醋，水浸一宿，曬乾用，則毒減也。或以醋炒者，次之。

蓖麻_{蓖，音卑。夏生苗葉，秋吐細花，隨便結實。}

子

[氣味] 甘辛，平，有小毒。

[主治] 善收吸，通關竅經絡，治偏風不遂，口眼喎邪，失音口噤，及頭風舌腫喉閉，並傅一切毒疽，消腫追膿拔毒，湯火傷疼，更女子胎衣不下，子腸挺出。

丹溪曰：蓖麻子屬陰，主吸出有形質之滯物，故取胎產胞衣剩骨膿血者用之；荔枝肉屬陽，主散無形質之滯氣，故消瘤贅赤腫者用之。苟不明此理而錯用，治則不應也。

時珍曰：蓖麻仁甘辛，有毒熱，氣味頗近巴豆，亦能利人，故下水氣，能開通諸竅經絡，故能治偏風失音口噤，口目喎斜，頭風，七竅諸病，不止於出有形之物而已。蓋鵝鸛油能引藥氣入內，蓖麻油能拔病氣出外，故諸膏多用之。一人病偏風，手足不舉，時珍用此油，同羊脂、麝香、鯪鯉甲等藥煎作摩膏，日摩數次，月餘漸復，兼服搜風化痰養血之劑，三月而愈。一人病手臂一塊腫痛，亦用蓖麻搗膏貼之，一夜而愈。一人病氣鬱，偏頭痛，用此同乳香、食鹽搗熁_{音脅，火迫也。}太陽穴，一夜痛止。一婦產後子腸不收，搗仁貼其丹田，一夜而上。此藥外用累奏奇勳，但內服宜慎爾。或言搗膏以筋點於鵝馬六畜舌根下，[2]即不能食，或點肛內，即下血死，其毒可知矣。

紹隆曰：蓖麻子力長收吸，故能拔病氣，奪有形，但善用者多從外取，不縻餌服也。

[附方]

口目喎斜，蓖麻子仁搗膏，左貼右，右貼左，即正。

一方，用蓖麻子仁七七粒，巴豆十九粒，麝香五分，作餅，如上用。

風氣頭痛，不可忍者，乳香、蓖麻仁等分，搗餅，隨左右貼太陽穴，解髮出氣，甚驗。

舌脹塞口，蓖麻仁四十粒，去殼研油，塗紙上，作撚，燒烟熏之，未退再熏，以愈為度。

急喉痺塞，牙關緊急不通，用蓖麻子仁研爛，取油作撚，燒烟熏吸，即通。

催生下胞，取蓖麻子仁七粒，去殼，研膏，塗腳心。若胎及衣下，便速洗去，不爾則子腸出。即以此膏塗頂，則腸自入也。

子宮脫下，蓖麻子仁、枯礬等分，為末，安紙上，托入，仍以蓖麻子仁十四枚研膏，塗頂心，即入。

盤腸生產，塗頂方，同上。

一切毒腫，痛不可忍，蓖麻子仁搗傅，即止也。

湯火灼傷，蓖麻子仁、蛤粉等分，研膏，湯傷以油調，火灼以水調，塗之。

愚按：丹溪云蓖麻子屬陰，主吸出有形質之滯物。第觀其苗葉盛於夏，穗實結於秋，得毋根至陽之吐出，乃還歸於元陰之收吸，陽順而得陰逆以結為實，故其用有如是乎？若純陰，恐未能如是其相呼應也。物理固難臆測，如所謂外用累奏奇功，諒亦不謬。第患證根於臟腑，當以歲月取效者，恐亦不能恃此捷取之味而冀其霍然也，用者其熟籌之。

時珍曰：凡服蓖麻子者，一生不得食豆，犯之必脹死。

希雍曰：蓖麻子，體質多油而又有毒，脾胃薄弱、大腸不固之人，慎勿輕用服餌。

[修治] 時珍曰：子無刺者良，有刺者毒。凡使以鹽湯煮半日，去皮取子，研用。

葉

[氣味] 有毒。

[主治] 脚氣風腫不仁，蒸搗裹之，日二三易，即消。又油塗炙熱熨顖上，止鼻衄，大驗蘇恭。

千金神草方：專治風濕癱瘓，手足不仁，半身不遂，週身麻木，或酸疼，口眼歪斜，並皆神效。取蓖麻子草一種，秋夏用葉，春冬用子，俱得一二十斤，入木甑內，置大鍋上，蒸半熟，取起，先將綿布數尺雙摺，浸入蒸葉子湯內，取出，乘熱敷患處，卻將前葉子熱鋪布上一層，候溫，再換熱葉子一層，如此蒸換，必以患者汗出爲度。重者蒸五次，輕者蒸三次，其病即愈，內以疎風活血之劑服之。

藜　蘆

時珍曰：黑色曰藜，其蘆有黑皮裹之，故名。根際似葱，俗名葱管藜蘆是矣。北人謂之憨葱，南人謂之鹿葱。根際似葱者，猶葱之根際有鬚也。弘景曰：近道處處有之。根下極似葱而多毛，用之止剔取根，微炙之。保昇曰：夏生冬凋。頌曰：莖似葱白，青紫色，根似馬腸，根長四五寸許，黃白色。三月采根，陰乾。此有二種：一種水藜蘆，莖葉大同，只是生在近水溪澗石上，根鬚百餘莖，不中藥用；今用者名葱白藜蘆，根鬚甚少，只是三二十莖，生高山者爲佳，均州土俗亦呼爲鹿葱。《范子計然》云：出河東黃白者良。

根

[氣味] 辛，寒，有毒。《別錄》曰：苦，微寒。普曰：神農、雷公，辛，有毒；李當之，大寒，大毒；扁鵲，苦，有毒。

[主治]　吐膈上風痰，中風不語，暗風癇病，並療痰飲噦逆，喉痹不通，小兒鰕齁痰疾。

時珍曰：噦逆用吐藥，亦反胃用吐法去痰積之義。吐藥不一，常山吐瘧痰，瓜丁即瓜蒂，吐熱痰，烏附尖吐濕痰，萊菔子吐氣痰，藜蘆則吐風痰者也。按張子和《儒門事親》云：一婦病風癇，自六七年得驚風後，每一二年一作，至五七年五七作，三十歲至四十歲則日作，或甚至一日十餘作，遂昏癡健忘，求死而已。值歲大饑，采百草食於野中，見草若葱狀，采歸蒸熟飽食，至五更忽覺心中不安，吐涎如膠，連日不止，約一二斗，汗出如洗，甚昏困，三日後遂輕健，病去食進，百脈皆和。以所食葱訪人，乃憨葱苗也，即本草藜蘆是矣。我朝荆和王妃劉氏，年七十，病中風，不省人事，牙關緊閉，羣醫束手。先考太醫吏目月池翁診視，藥不能入，自午至子不獲已，打去一齒，濃煎藜蘆湯灌之，少頃噫氣一聲，遂吐痰而蘇，調理而安。藥弗瞑眩，厥疾弗瘳，誠然。

希雍曰：藜蘆，稟火金之氣以生，故其味辛氣寒，《別錄》苦，微寒，有毒，入手太陰、足陽明經，其宣壅導滯之力，能使邪氣痰熱胸膈部分之病悉皆吐出也。

愚按：藜蘆，其氣寒，其味辛而苦，謂辛發散，苦涌泄，專主吐而上越，是亦近似矣。第辛苦寧獨兹味，且其吐屬於風痰，不尤可以參歟？蓋風木以水爲母，以火爲子，寒者水，苦者火也，水火相合則風和，水火相離則風病。其爲病若何？有水而火少，風斯鬱於下；有火而水少，風斯僭於上。如真中風者，外之陽邪上壅也，即所謂類中風而極其危篤者，風火相煽，固亦同是上壅也，其勢亢而不能下，唯有治以在上者因而越之之法耳。如藜蘆，其味始而辛，繼而苦，苦而甚，辛固風木所樂也，且屬肺，爲上焦分野，又本於氣之寒者，而化爲極苦之味，使風木有母氣而大暢子氣，俾風邪之壅於上，勢若不能下者，義取從治以上越之，得達其壅遏之危，非其苦味至極，則亦不能確然取效於俄頃，而幾其必吐也。觀其夏生冬凋，水生者便不入藥，可以思其炎上之性矣。先哲曰：此品味至苦，入口即吐，故不入湯劑。是則藥不瞑眩，厥疾弗瘳者，豈止爲其峻厲，抑實有中的之治耳，投劑者其可不細審哉？

[附方]

回生丹：治中風不語，喉中如曳鋸，口中涎沫。用葱管藜蘆二兩，用河水一桶煮爲汁，青蒙石二兩，[3]火煅通紅，投入汁中，如此數次，濾淨，將雄豬膽十個取汁，攪前汁內，再用重湯煮成膏，候溫，入片腦末一錢五分，裝入磁罐內，黃蠟封口，每用如黃豆一大粒，新汲水化開，男左女右，鼻孔灌進，其痰自吐。若牙關緊，不能吐，將口撥開，[4]其痰得出，任下別藥。

痰瘧積瘧，藜蘆、皂莢炙，各一兩，巴豆二十五枚，熬黃研末，蜜丸小豆大，每空心服一丸，未發時一丸，臨發時又服一丸。勿用飲食。

胸中結聚，如骸骸不去者，巴豆半兩，去皮心，炒，搗如泥，藜蘆炙，研，一兩，蜜和搗，丸麻子大，每吞一二丸。

按藜蘆用之專於吐，然如後二方，則猛吐者與峻下者合而入胃，使上下之壅氣皆通，而驅痰逐結，以奏奇功。是合之爲用，則藜蘆亦不吐矣，但氣實者投之乃可耳，慎之。巴豆畏藜蘆。

鼻中息肉，藜蘆三分，雄黃一分，爲末，蜜和，點之，每日三上，自消，勿點兩畔。

希雍曰：藜蘆辛苦，有大毒，服一匕，則令人胸中煩悶，吐逆不止。凡胸中有痰飲，或中蠱毒惡氣者，止可借其上涌宣吐之力獲效一時。設病非關是者，切勿沾唇，徒令人悶亂吐逆不止，虧損津液也。

[修治] 去蘆頭，糯米泔浸一宿，微炒。不入湯藥。

之才曰：黃連爲之使，反細辛、芍藥、人參、沙參、紫參、丹參、苦參，畏大黃。時珍曰：畏葱白，服之吐不止，飲葱湯即止。

附　子

斅曰：出犍爲山谷及少室。近以蜀道綿州、龍州者爲良，他處雖有，力薄，不堪用也。綿州今屬成都府，即故廣漢地，領縣凡八，唯彰明出附子。彰明領鄉凡二十，唯赤水、廉水、昌明、會昌出附子，而赤水爲多。每歲以上田熟耕作壟，取種於龍安、龍州、齊歸、木門、青堆、小坪諸處，十一月播種，春月生苗，莖類野艾而澤，葉類地麻而厚，花則瓣紫蕤黃，苞長而圓，實類桑椹子，細且黑。七月采根，謂之旱水，拳縮而小，蓋未長成耳。九月采者佳。其品凡七，本同而末異也。初種之化者爲烏頭，少有旁尖，身長而烏，附烏頭而旁生，雖相須實不相連者曰附子，左右附而偶生者曰䒽子，種而獨生無附，長三四寸者曰天雄，附而尖者曰天錐，附而上出者曰側子，附而散生者曰漏藍子，皆脈絡連貫，如子附母，而附子以貴，故專附名也。凡種一而子六七以上則皆小，種一而子二三則稍大，種一而子特生則特大。而附子之形，以蹲坐正節角少者爲上，有節多鼠乳者次之，形不正而傷缺風皺者爲下矣。又附子之色，花白者爲上，鐵色者次之，青綠者爲下。天雄、烏頭、天錐皆以豐實盈握者爲勝，漏藍、側子如園人乞役，卑卑不數也。漏藍即雷斅所謂木鱉子，《日華子》所謂虎掌，䒽子即烏喙，天錐即天雄之類。方書並無此名，功用當相同爾。

[氣味] 辛，溫，有大毒。《別錄》曰：甘，大熱。普曰：神農，辛；岐伯、雷公，甘，有毒；李當之：苦，大溫，有大毒。潔古曰：大辛大熱，氣厚味薄，可升可降，陽中之陰，浮中沉，無所不至，爲諸經引用之藥。好古曰：入手少陽三焦、[5]命門之劑，其性走而不守，非若乾薑止而不行。

[主治] 補下焦陽虛，治六腑沉寒，五臟痼冷，主傷寒三陰直中諸證，中寒昏困，寒疝內結諸證，脾虛濕淫腹痛，或虛冷腫脹，臟冷脾泄，暴泄脫陽，久痢休息，久冷翻胃，寒濕痿痹拘攣，腰脊膝痛，脚疼冷弱，不能行步，更偏風半身不遂，頭風，腎厥頭痛，皆因陽虛，又下血虛寒，癥疽久漏。

盧復曰：烏、附乃氣化之物，而復能化氣，絕無一點陰翳，唯可對待有形陰寒一段真陽，真有另闢乾坤，貞下起元意。

東垣曰：辛熱以溫少陰經，以溫陽氣，散寒發陰，必以辛熱。濕淫所勝，腹中痛，用之補虛勝寒。附子補命門真陽，而先哲乃曰陽中之陰，雖爲其氣厚味薄，然亦是言其補陽者，專入陰中而補之也。東垣散寒發陰，正爲從陰中而透真陽，使陰得化而爲用也。發之一字可參。雖然，陰盛而陽虛者，其化陰固捷，若陰虛而陽亢者，其亡陰亦即烈矣。

吳綬曰：附子乃陰證要藥。凡傷寒傳變三陰及中寒夾陰，雖身大熱而脈沉者必用之。或厥冷腹痛，脈沉細，甚則唇青囊縮者，急須用之，有退陰回陽之力，起死回生之功。近世陰證傷寒，往往疑似，不敢用附子，直待陰極陽竭而用之已遲矣。且夾陰傷寒，內外皆陰，陽氣頓衰，必須急用人參健脈以益其原，佐以附子溫經散寒，捨此不用，將何以救之？

潔古曰：附子以白朮爲佐，謂之朮附湯，除寒濕之聖藥也。治濕藥中宜少加之引經，又益火之原以消陰翳，則便溺有節，烏、附是也。

虞摶曰：附子稟雄壯之質，有斬關奪將之氣，能引補氣藥行十二經，以追復散失之元陽；引補血藥入血分，以滋養不足之真陰；引發散藥開腠理，以驅逐在表之風寒；引溫暖藥達下焦，以袪除在裏之冷濕。

述曰：治外感證，非遍身表涼四肢厥者，不可僭用，經云壯火食氣故也。前云雖身大熱而脈沉者，亦在所必用，此云必遍身表涼四肢厥者乃可用，合而參之，是則惟以脈爲準也。治內傷證，縱身表熱甚，而氣虛脈細者，正宜速入，經云溫能除大熱是也。

又曰：佐八味丸中，壯元陽，益腎君；朮附湯內散寒濕，溫脾；助甘緩，參芪成功；健潤滯，地黃奏功。

丹溪曰：氣虛熱甚者，宜少用附子以行參、者。肥人多濕，亦宜少加烏、附行經。

原禮曰：附子，無乾薑不熱，得甘草則性緩，得桂則補命門。附子入十二經而肉桂補陽，其氣之厚者親下，峇入命門，故藉其同氣以招之，俾其歸於命門而大爲補益也。

燾曰：附子，得生薑則發散，以熱攻熱，又導虛熱下行，以除冷病。

時珍曰：先哲云，凡用烏、附，並宜冷服者，熱因寒用也。蓋陰寒在下，虛陽上浮，治之以寒，則陰氣益甚而病增，治之以熱，則拒格而不納，熱藥冷飲下咽之後，冷體既消，熱性便發而病氣隨愈，不違其情而致大益，此反治之妙也。昔張仲景治寒疝內結，用蜜煎烏頭，《近效方》治喉痹，用蜜炙附子含之咽汁，[6]朱丹溪治疝氣，用烏頭、梔子，並熱因寒用也。李東垣治馮翰林姪陰盛格陽傷寒，面赤目赤，煩渴引飲，脈來七八至，但按之則散，用薑附湯加人參，投半斤服之，得汗而愈，此則神聖之妙也。

希雍曰：附子，全稟地中火土燥烈之氣，而兼得乎天之熱氣以生，故其氣味皆大辛大熱，微兼甘苦而有大毒。氣厚味薄，陽中之陰，降多升少，浮中沉無所不至，入手厥陰命門、手少陽三焦，兼入足少陰、太陰經。附子得生乾薑、桂枝，主傷寒直中陰經，溫中散寒而能出汗；佐人參，兼肉桂、五味子，則補命門相火不足，回陽有神；得人參、肉桂，治元氣虛人暴寒之氣入腹，腹痛作泄，完穀不化，小水不禁；佐白朮，為除寒濕之聖藥；得黃耆、人參、炙甘草、白芍藥、橘皮、五味子，主癰疽潰後去膿血過多，以致飲食不進，惡心欲嘔，飲食不化，不生肌肉，亦主久漏冷瘡；得人參、白芍藥、炙甘草、砂仁、橘皮，主小兒慢驚，加蓮肉、白藊豆，則治吐瀉不止；得朮、桂、牛膝、木瓜、橘皮，主寒疝痛極，立止；得朮、木瓜、石斛、萆薢、薏苡仁、橘皮、茯苓，治風濕麻痹腫痛腳氣之無熱證者，輒驗；得人參、橘皮，主久病嘔噦反胃，虛而無熱者，良。

愚按：人之生命門先具，天一生水，壬為陽水，配丁之陰火而生，丙為命門，然後生心。然則附子所入為手少陰、三焦、命門之劑，如王海藏先生所云，誠是也。在方書概謂其補元陽，除寒濕，歸功於大辛大熱耳。詎知其所稟辛熱，有合於壬水配丁，由命門而生心，故其效用即由心而透命門之用。心為火主，而氣者火之靈，故謂由心而透命門之用。然心主血，血者真陰之化醇，是又即從陰中而透真陽，使陰得化而為用之義也。先哲所謂益火之元，以消陰翳者，非茲物有專能歟？抑消陰翳謂何？曰：真火在水中，所云陰火是也。水不足則不能生火，又有水虛而火熾者，火不足則不能化水，又有火微而水竭者。所謂陰翳，即火不足而水不能運化者也。雖然，有真陽本微，而外來之寒邪以同氣相感而劇，如三陰傷寒諸證、中寒、寒疝之類。有真陽甚虛，而本來之陰氣以不得合化而病，如脾虛腫脹、臟寒脾泄之類。其所患諸證，外内之因自殊，然總不出於陽虛而爲寒。經曰氣虛者寒也，濕卽寒水之化。先哲曰氣虛者多寒濕，是溫寒卽所以除濕。是卽消陰翳而謂其補虛散壅者也。雖然，其補真陽，豈止以散壅爲功？使陽之虛而上浮者，卽能於極上收之，如腎厥頭痛之類；並使陽之虛而下脫者，卽能於極下固之，如暴泄脫陽之類；又能使陽之虛而筋節緩機關弛者，卽能於筋節機關而強之堅之，如腰腳冷弱之類。種種爲功，真能嘘春於稿，寓復於剥，誠如盧復所謂另闢一乾坤者。謂非本君火而返於所始之命門，以建殊功歟？更可參者，據其大辛大熱，猶慮其誤用以消元陰，乃虛寒下血者何以投之固血？又慮其誤用以助強陽，乃陽淫化風者何以投之散風？蓋血囊於氣聚，氣守而血自止；風淫於陽浮，陽歸而風自散。豈非命門相火原於手厥陰包絡，暢於足厥陰肝乎？<small>風血皆不外於厥陰，前由心至命門之義，正與此互爲發明。</small>既主命門真火，故十二經絡無不通，浮中沉無不至，正《難經》所謂三焦元氣所止卽爲十二經之原也，其有開關奪將之猛者，原於龍火能燔騰無前而直通所主之諸經，固自無留行者也。但屬陰中之陽，如病於水虛而火熾者，投之禍烈，卽水不足而火不生者，倒施亦豈可乎？化原不滋，漫曰使陰生於陽者，是混於陽中之陰以論，其憒憒甚矣。

[附方]

附子，主治傷寒三陰諸證，中寒諸證，寒疝諸證，俱詳於各類下。

陽虛痹氣，身非衣寒，中非受寒，氣血不行，一身如從水中出，不必寒傷而作也，此陽虛陰盛，名曰痹氣，以附子丸主之。

附子丸：黑附子、川烏二件，俱通剉碎，炒黄色，官桂、川椒、菖蒲、炙草，以上各一兩，骨碎補、天麻、白朮各五錢，爲末，煉蜜丸如梧子，每服三十丸，空心溫酒下。

髓少骨痹身寒，重衣不能熱，腰脊疼，不得俯仰，兩脚冷，受熱不遂，此腎脂枯涸不行，髓少筋弱，凍慄故攣急，此名骨痹，以附子湯主之。

附子湯：黑附子、獨活、防風各七分，川芎、丹參、萆薢、菖蒲、天麻、山茱萸、白朮、甘菊、牛膝各五分，官桂、炙草、細辛各三分，當歸一錢，黃芪七分，枳殼四分，生薑五片，不拘時服。

久冷反胃，用大附子一箇，坐於磚上，四面著火，漸焐，[7]以生薑自然汁淬之，依前再焐再淬，[8]約薑汁盡半碗，乃止，研末，每服一錢，粟米飲下，不過三服瘥。或以豬腰子切片，炙熟，蘸食。

又方，用薑汁打糊，和附子末爲丸，大黃爲衣，每溫水服十丸。

脾虛濕腫，大附子五枚，去皮，四破，以赤小豆半升，藏附子於中，慢火煮熟，去豆，焙，研末，以薏苡仁粉打糊，丸梧子大，每服十丸，蘿蔔湯下。

陰水腫滿，大附子，童便浸三日夜，逐日換尿，以布擦，去皮，搗如泥，酒糊和，丸小豆大，每服三十丸，煎流氣飲送下。

腫疾喘滿，大人小兒男女腫因積得，既取積而腫再作，小便不利，若再用利藥，性寒而小便愈不通矣，醫者到此多束手，蓋中焦下焦氣不升降，爲寒痞隔，故水凝而不通，惟服沉附湯則小便自通，喘滿自愈。用生附子一箇，去皮臍，切片，生薑十片，入沉香一錢，磨水同煎，食前冷飲，附子雖三五十枚，亦無害。小兒每服三錢，煎服。

中風偏廢，**羌活湯**：用生附子一箇，去皮臍，羌活、烏藥各一兩，每服四錢，生薑三片，水一盞煎七分，服。

風病癱緩，手足軃曳，口眼喎斜，語言謇澀，步履不正，宜**神驗烏龍丹**主之：川烏頭去皮臍、五靈脂各五兩，爲末，入龍腦、麝香五分，滴水爲丸如彈子大，每服一丸，先以生薑汁研化，暖酒調服。一日二服，至五七丸便覺手攣移得步，十丸可以梳頭也。

風毒攻注，頭目痛不可忍，大附子一枚，炮，[9]去皮，爲末，以生薑一兩，大黑豆一合，炒熟，同酒一盞煎七分，調附末一錢，溫服。

久痢休息，熟附子半兩，研末，雞子白二枚，搗和丸梧子大，傾入沸湯，煮數沸，漉出，作兩服，米飲下。

小便虛閉，兩尺脈沉微，用利小水藥不效者，乃虛寒也，附子一個，炮，去皮臍，鹽水浸良久，澤瀉一兩，每服四錢，水一盞半、燈心七莖煎服，卽愈。

腎氣上攻，頭項不能轉移，**椒附丸**：用大熟附子一枚，爲末，每用二錢，以椒二十粒，用白麪填滿椒口，水一盞半、薑七片，煎七分，去椒入鹽，空心點服。椒氣下達，以引逆氣歸經也。昔年一女子氣血兩虛，頭痛，醫者用補劑不愈，愚於補劑中加桂、附乃效。是亦引虛火歸元，並得陰隨陽生之義也。

虛火背熱，虛火上行，背內熱如火炙者，附子末，津調，塗涌泉穴。

氣虛上壅，偏正頭痛，不可忍者，**蠍附丸**：用附子助陽扶虛，鍾乳補陽鎮墜，全蠍取其鑽透，葱涎取其通氣，湯使用椒以達下，鹽以引用，使虛氣下歸，對證用之，無不作效。大附子一枚剜心，入全蠍去毒三枚在內，以餘附末同鍾乳粉二錢半、白麪少許水和作劑，包附煨熟，去皮研末，葱涎和，丸梧子大，每椒鹽湯下五十丸。

脫陽：愚按附子主治多屬陰盛陽虛之證，乃有暴瀉脫陽證，究其所因，似獨有異者，請得悉之。蓋陰爲陽之守，如暴瀉證大亡其陰，致陽無所依而脫也，卽如男子使内而犯兹證者，又豈非陰氣不能爲陽之守，而陽乃脫歟？是皆不得同於陰之勝陽者以論治也。若仲景八味丸，固亦審於陽之化原在陰耳，而後學類以之療陰痿，詎知其難概用也。如脫陽證，生死判於倏忽，可不治標而圖其急者乎？卽東垣治陰痿亦分陰陽，陰陽俱不足者，是兩腎俱虛也，乃投八味丸，若偏於陰不足則主以地黃丸，至偏於陽不足卽以黑附爲主劑矣。斯義不可以推之而療脫陽之急證乎？《原病集》於斯證之論治殊可采也，備錄於左。

夫脫陽證者，或因大吐大瀉之後，或房色過度，致使大耗真氣，四肢逆冷，元氣不接，不省人事，此爲最急，救之稍緩，便爲死矣。及傷寒新瘥，與婦人交，其證小腹緊痛，外腎搐縮，面黑氣喘，冷汗自出，亦是脫陽，此雖稍緩，亦須急救。俱先以葱白數根，炒令熱，熨臍下。次用黑附子一枚，重一兩，炮製，剉作八片，白朮、乾薑各半兩，人參一兩，木香二錢半，分作二貼，水二碗煎一碗，放溫灌下，須臾再進一貼，合渣並煎，再服。如無前藥，用官桂二兩，好酒二升煎一升，分二服。又無桂，用蔥白三七根，研細，酒五升煮二升，分二服灌下。陽氣卽回。或生薑以酒煮灌之。須用炒鹽熨臍及氣海，勿令氣冷則佳。男女交接過度，真氣大脫，昏迷不醒，俱勿放開，須兩陰交合，待氣還自甦。若就開合，必死難救，至慎至慎。

烏頭

時珍曰：烏頭有兩種：出彰明者卽附子之母，今人謂之川烏頭是也；其產於江左、山南等處者乃《本經》所列烏頭，今人謂之草烏頭者是也。詎昔人不究烏頭有二，遂以草烏頭之汁煎爲射罔者，輒注於川烏頭，而不知草烏之功寧能助益元陽？與川烏等不爲辨別，不將貽後人以混投之害哉？烏頭象烏之頭，昔人云附子頂圓正，烏頭頂歪斜，以此別之。

[主治] 諸風痹血痹，半身不遂，除寒濕，行經，散風邪，破諸積冷毒。

好古曰：補命門不足，肝風虛。

時珍曰：烏頭助陽退陰，功同附子而稍緩。

又曰：按王氏《究原方》云，附子性重滯，溫脾逐寒；川烏頭性輕疎，溫脾去風。若是寒疾，卽用附子，風疾，卽用川烏頭。一云：凡人中風，不可先用風藥及烏、附。若先用氣藥，後用烏、附乃宜也。

劉完素曰：俗方治麻痹，多用烏、附，其氣暴，能衝開道路，故氣愈麻，及藥氣盡而正氣行，則麻病愈矣。

[附方]

風病癱緩，手足軃曳，口眼喎斜，語言蹇澀，步履不正，宜**烏龍丹**主之：川烏頭去皮臍，五靈脂各五兩，爲末，入龍腦、麝香五分，滴水爲丸如彈子大，每服一丸，先以生薑汁研化，暖酒調服，一日二服，至五七丸，便覺手擡移得步，十丸可以梳頭也。

風寒濕痹，麻木不仁，或手足不遂，生川烏頭末，每以香白米煮粥一盞，入末四錢，慢熬得所，下薑汁一匙、蜜三大匙，空腹啜之。或入薏仁末二錢。《左傳》云風淫末疾，謂四末也，脾主四肢，風淫客肝則侵脾，而四肢病也，此湯極有力。

諸風癇疾，生川烏頭去皮，二錢半，五靈脂半兩，爲末，豬心血丸梧子大，每薑湯化服一丸。

心痛疝氣，濕熱因寒鬱而發，用梔子降濕熱，烏頭破寒鬱，烏頭爲梔子所引，其性急速，不留胃中也。川烏頭、山梔子各一錢，爲末，順流水入薑汁一匙，調下。

寒疝，腹痛遶臍，手足厥冷，自汗出，[10]脈弦而緊，用**大烏頭煎**主之，大烏頭五枚，去臍，水三升煮取一升，去滓，納蜜二升，煎令水氣盡，強人服七合，弱人服五合。不瘥，明日更服。

天雄

時珍曰：天雄有二種：一種是蜀人種附子而生出長者，或種附子而盡變成長者，即如種芋形狀不一之類；一種是他處草烏頭之類自生成者。故《別錄》注烏喙云三寸已上者爲天雄是也。入藥須用蜀產曾經釀製者。

杲曰：天雄散寒，爲去濕助精陽之藥。

宗奭曰：補虛寒須用附子，風家多用天雄，亦取其大者。以其尖角多熱性，不肯就下，故取其敷散也。潔古曰：非天雄不能補上焦之陽虛。

震亨曰：天雄、烏頭，氣壯形偉，可爲下部之佐。

時珍曰：烏、附、天雄，皆是補下焦命門陽虛之藥，補下所以益上也。若是上焦陽虛，即屬心脾之分，當用參、芪，不當用天雄也。且烏、附、天雄之尖皆是向下生者，其氣下行，其臍乃向上生苗之處。寇宗奭言其不肯就下，張元素言其補上焦陽虛，皆是誤認尖爲上爾，惟朱震亨以爲下部之佐者得之，而未發出此義。雷敩《炮炙論》序云：咳逆，數數酒服熟雄。謂以天雄炮研酒服一錢也。

愚按：烏頭，即附子之母，何以一治風，一治寒？按本草，冬采爲附子，春采爲烏頭。時珍曰：春未生子，止采其母，故曰春采爲烏頭；冬則生子已成，故曰冬采爲附子。即是思之，雖同爲助陽退陰之藥，但采於春者合乎風木之氣，即以致其用於風，采於冬者值乎寒水之氣，正以效其能於寒乎？是時珍所謂補陽緩於附子，而好古云補風虛者，皆不妄也。既補風虛，則通經絡以去壅爲最，又能療血痹矣，張仲景先生用之治寒疝而必和蜜者此也。時珍又曰：天雄、烏喙、側子，皆烏頭所生子。生子之多者，因象命名，若生子少及獨頭者，卽無此數物也。若然，則天雄亦能補陽，但力大減於附子耳，且難與烏頭同論，以其不兼散風也。

希雍曰：附子，既稟地二之火氣，兼得乎天之熱氣以生，性質氣味，無非火熱毒可知已。究其所能，退陰寒，益陽火，大除寒濕，引補氣血藥入命門，大益相火。若非陰寒寒濕、陽虛氣弱之病，而誤用於陰虛內熱、血液衰少、傷寒溫病、熱病陽厥等證，靡不立斃。謹列其害如下。在傷寒陽厥，其外證雖與陰厥相類，而其內實不相侔。何者？陽厥之病，若係傷寒瘟疫，其先必發熱頭疼口渴，其後雖頭不疼而表熱已除，然必面赤顴紅，二便不利，小水必赤或短少，是其候也，此當下之病也。產後血虛，角弓反張，病名曰痙，痙者勁也，是去血過多，陰氣暴虛，陰虛生內熱，熱則生風，故外兼現乎風證，其實乃陰血不足，無以榮養於筋所致，厥陰肝大虛之後，此宜益陰補血清熱則愈也。故凡病人，一見內熱口乾，咽乾口渴，渴欲引飲，咳嗽多痰，煩躁，五心煩熱，骨蒸勞熱，惡寒陰虛，內熱外寒，虛火上攻齒痛，脾陰不足以致飲食無味，小便黃赤短澀及不利，大便不通或燥結，腹內覺熱悶，喜飲冷漿及鮮果，畏火及日光，兼畏人聲木聲，虛陽易興，夢洩不止，產後發熱，產後血行不止及惡瘡臭穢，小產，增寒壯熱，中暑厥暈，陰虛頭暈，中暑暴泄，利下如火，赤白滯下，小兒中暑，傷食作泄，小便短赤，口渴思飲，血虛腹痛，按之卽止，火炎欲嘔，外類反胃而惡熱焦煩，得寒暫止，中熱腹中絞痛，中暑霍亂吐瀉，或乾霍亂，或久瘧寒熱並盛，或赤白濁，赤白淋，尿血便血，血崩，吐衄齒衄，舌上出血，目昏神短，耳鳴盜汗，汗血，多汗惡熱，老人精絕陽痿，少年縱慾精傷，以致陰精不守，精滑腦漏，婦人血枯無子，血枯經閉，腎虛小便餘瀝，血虛大便燥結，陰虛口苦舌乾，心經有熱，夢寐紛紜，下部濕熱，行履重滯，濕熱痿痹，濕熱作泄，濕熱腳氣，小兒急驚內熱，痘瘡乾焦黑陷，痘瘡火閉不出，痘瘡皮薄嬌紅，痘瘡因熱咬牙，痘瘡挾熱下利，痘瘡餘毒生癰，中風殭仆不語，中風口眼歪斜，中風語言蹇澀，中風半身不遂，中風痰多神昏，一切癰疽未潰，金瘡失血發痙，血虛頭痛，偏頭風痛，上來內外男婦小兒共七十餘證，病屬陰虛，又諸火熱，無關陽弱，亦非陰寒，法所均忌。倘誤犯之，輕變爲重，重者必死。世徒見其投之陽虛之候、肺腎本無熱證者服之，覺有殊功，而不知其用之一誤，如上諸病，下咽莫救，故特深著其害，以戒其不得嘗試也。臨證施治，可不愼諸？

[修治] 丹溪曰：凡烏、附、天雄，須用童便浸透煮過，以殺其毒，幷助下行之力，入鹽少許尤好，或以小便浸二七日，揀去壞者，以竹刀每箇切作四片，井水淘淨，逐日換水，再浸七日，曬乾用。

按附子生用則發散，熟用則峻補。生用者，如丹溪以童便浸不煮者固可，或生去皮尖底，薄切，以東流水幷黑豆浸五日夜，漉出，日中曝用；熟用者，如丹溪法極佳。或同甘草二錢，鹽水、薑汁、童便各半盞同煮熟，出火毒一夜用之，則毒去也。

草烏頭

時珍曰：草烏頭，處處有之，根、苗、花、實並與川烏頭相同，但此係野生，又無釀造之法，其根外黑內白，皺而枯燥爲異爾，然毒則甚焉。烏喙卽偶生兩岐者，今俗呼爲兩頭尖，因形而名，其實乃一物也。附子、天雄之偶生兩岐者，亦謂之烏喙，功亦同於天雄，非此烏頭也。

[氣味] 辛，溫，有大毒。《別錄》曰：甘，大熱，大毒。權曰：苦辛，大熱，有大毒。《日華子》曰：味薟辛，熱，有毒。其汁煎之，名射罔，殺禽獸。

[主治] 破積聚，寒熱，除寒濕痹，咳逆上氣，消胸上痰冷，食不下，主惡風憎寒，冷痰包心，腸腹㽲痛，痃癖氣塊。

時珍曰：草烏輩止能搜風勝濕，開頑痰，治頑瘡，以毒攻毒而已，不如川烏頭、附子有補右腎命門之功也。甄權《藥性論》言其益陽事，治男子腎氣衰弱者，未可遽然也。

機曰：烏喙，形如烏嘴，其氣鋒銳，宜其通經絡，利關節，尋蹊達徑，直抵病所，煎爲射罔，能殺禽獸，非氣之鋒銳捷利，能如是乎？

楊清叟曰：凡風寒濕痹，骨內冷痛，及損傷入骨，年久發痛，或一切陰疽腫毒，宜草烏頭、南星等分，少加肉桂，爲末，薑汁、熱酒調塗，未破者能內消，久潰者能去黑爛。二藥性味辛烈，能破惡塊，逐寒熱，遇冷即消，遇熱即潰。

時珍曰：草烏頭、射罔，非若川烏頭、附子，人所栽種，加以釀製殺其毒性之比，自非風頑急疾，不可輕投。吾蘄郝知府自負知醫，因病風癬，服草烏頭、木鱉子藥過多，甫入腹則麻痹，遂至不救。可不慎乎？

愚按：草烏頭類洵爲至毒之藥，第先聖用毒藥以去病，蓋期於得當也。如草烏輩之用，固沉寒痼冷足以相當，或寒濕合并，結聚癖塊，阻塞真陽，一綫未絕，非是不足以相當而戰必克，是所攻者濕風，正賴有此也。如癱瘓證，先哲多用之，蓋爲其寒濕消陽，經絡之所結聚頑痰死血，非是不可以開道路，令流氣破積之藥得以奏績耳。蓋因於風虛則病濕，濕聚而不化則病於風毒，因謂之頑風，是其所治者濕風也。經曰氣虛者寒也，又曰中氣之濕，此內之寒濕相合，卽風虛之義。故明其爲風虛，則知用此以透陽之鬱，豈得如郝太守概以爲治風，而投之風淫者以取敗哉？

[修治] 時珍曰：草烏頭，或生用，或炮用，或以烏大豆同煮熟，去其毒用。

半夏 之才曰：射干爲之使。

[氣味] 辛，平，有毒。潔古曰：味辛苦，性溫，氣味俱薄，沉而降，陰中陽也。好古曰：辛厚苦輕，陽中陰也，入足陽明、太陰、少陰三經。又曰：俗以半夏爲肺藥，非也，止嘔吐爲足陽明，除痰爲足太陰。

[主治]　傷寒寒熱，心下堅，胸脹咳逆，燥脾濕，和胃氣，止時氣嘔逆，消胸中痰滿，開痰結，下氣，治寒痰更宜，并療形寒飲冷，傷肺而咳，治痰厥頭痛，痰飲脇痛，眉稜骨痛，並白濁夢遺帶下。

頌曰：胃冷嘔噦，方藥之最要。

無己曰：辛者散也，潤也，半夏之辛，以散逆氣結氣，除煩嘔。

宗奭曰：今人惟知半夏去痰，不言益脾，蓋能分水故也。脾惡濕，濕則濡困，困則不能治水，經云水勝則瀉。一男子夜數如厠，或教以生薑一兩，半夏、大棗各三十枚，水一升，瓷瓶中慢火燒爲熟水，時呷之，便已也。

機曰：世俗多以半夏有毒棄而不用，每取貝母代之，殊不知貝母乃太陰肺經之藥，半夏乃太陰脾、陽明胃經之藥，何得而相代耶？且夫咳嗽吐痰，虛勞，吐血咯血，痰中見血，咽痛喉閉，肺癰肺痿，婦人乳癰，癰疽及諸鬱證，此皆貝母爲向導也，半夏乃爲禁用。若涎者，脾之液也，美味膏粱，炙煿大料，皆生脾胃濕熱，故涎化稠粘爲痰，久則生火，痰火上攻，故令昏憒不省人事，口噤偏廢，殭仆，蹇澀不語，生死旦夕，自非半夏、南星曷可治乎？若以貝母待之，則束手待斃矣。

《類明》曰：內傷飲食，以動脾濕者，燥之，半夏之燥是也，然而又能大和胃氣，胃氣和而勝水，尤燥，脾胃之至功也。

張三錫曰：丹溪謂升柴二朮二陳湯能使大便潤而小便長，殆爲濕痰鬱於中焦，以致清陽不升，濁陰不降，痞塞填滿，二便阻塞而設，二朮燥脾濕，二陳化痰，升柴引清氣上行，清氣一升，濁氣自降，鬱結開通，津液四布，濕流燥潤而小便長矣。非至精至神，孰能臻此妙境？

潔古曰：熱痰佐以黃芩，風痰佐以南星，寒痰佐以乾薑，痰痞佐以陳皮、白朮。多用則瀉脾胃，諸血證及口渴者禁用，爲其燥津液也，孕婦忌之，用生薑則無害。

希雍曰：半夏得土金之氣，兼得乎天之燥氣，故其味辛平苦溫，火金相搏，則辛而有毒，入足太陰、陽明、少陽，亦入手少陰經，辛溫故善散，苦則善下泄。

[附方]

中焦痰涎，利咽，清頭目，進飲食，半夏泡七次，四兩，枯礬一兩，爲末，薑汁打糊或煮棗肉和，丸梧子大，每薑湯下十五丸。寒痰，加丁香五錢；熱痰，加寒水石煅，四兩，名玉液丸。

老人風痰入腑，熱不識人及肺熱痰實不利，半夏泡七次，焙，消石半兩，爲末，入白麪搗勻，水和，丸綠豆大，每薑湯下五十丸。

風痰頭暈，嘔逆目眩，面色青黃，脈弦者，**水煮金花丸**：用生半夏、生天南星、寒水石煅各一兩，天麻半兩，雄黃二錢，小麥麪三兩，爲末，水和成餅，水煮浮起，漉出，搗丸梧子大，每服五十丸，薑湯下，極效。

風痰喘逆，兀兀欲吐，眩暈欲倒，半夏一兩，雄黃三錢，爲末，薑汁浸，蒸餅丸梧子大，每服三十丸，薑湯下，已吐者加檳榔。

肺熱痰嗽，製半夏、栝蔞仁各一兩，爲末，薑汁打糊，丸梧子大，每服二三十丸，白湯下，或以栝蔞瓢煮熟丸。

濕痰，心痛喘急者，半夏油炒，爲末，粥糊丸綠豆大，每服二十丸，[11]薑湯下。

按半夏治痰，隨其所宜，見後修治甚詳。

愚按：半夏治痰，類以爲能燥濕散結，痰爲液所結也。夫辛燥之味亦不少矣，何以茲物獨擅治痰之功乎？《月令》曰：仲夏之月半夏生。歷代本草皆言其二月生苗，驗其生時，果不在夏，乃時珍不審，卽謂其生當夏之半也，不同說夢哉？《內經》治夜不瞑者，曰衛氣不得入於陰，當留於陽，陽盛陰虛，故目不得瞑，治法飲以半夏湯一劑，陰陽卽通，其臥立至。昔哲云：蓋半夏得一陰之氣而枯，所謂生於陽成於陰者，故能引陽氣入於陰也。卽此不可以思半夏之名義乎？又不可以思燥濕祛痰之有專能乎？《別錄》曰：五月采根。今采根概以斯時，謂此味取其圓白者，至秋後則皮多黑，是豈非一陰將生之時而茲物卽告成功乎？蓋斯時固夏之將半也。此味其性燥烈，昔固言之矣。辛燥者，陽也，而其氣化極於陽盛之候，遇一陰初生，卽以陽之極而歸陰，小柴胡湯，柴胡取其由陰而達陽，半夏取其由陽而化陰。張仲景先生製方，真神於醫者也。故其燥烈之氣由火而趨水以行，分水散結，致醒脾和胃之化，此所以液之聚爲飲滯爲痰者，唯此可責其效。卽種種諸證，或藉其辛溫而散，或用其兼苦而泄，或藉其苦溫而燥，或用其味辛而利，莫不本於前義。如寇宗奭所謂分水，汪機所謂化脾涎濕熱，誠有所見，張三錫所述二陳之功，二陳湯有茯苓、半夏。金閶風曰：茯苓能降天之陰氣，半夏發地之陽氣。能使大便潤而小便長者，皆非妄語也。第痰之患由於液不化，而液之結由於氣不化，爲氣之病者不一，故痰之病亦不一，蓋肺與胃固相因以病者也。如胃有痰飲，則氣不下而爲咳；若肺氣受病，則病氣至於胃而結痰。故必本其所因之氣，而後可治其所結之痰，豈得概謂半夏治痰，而獨用之漫投之以責效？唯是液本於陰氣之所化，凡病有干於陰氣之不足者，固宜慎之，諸賢致戒已詳矣。

［附方］

心下悸忪，**半夏麻黃丸**：半夏、麻黃等分，爲末，蜜丸小豆大，每服三十丸，日三。

黃疸喘滿，小便自利，不可除熱，半夏、生薑各半斤，水七升煮一升五合，分再服。有人氣結而死，心下暖，以此少許入口，遂活。

白濁夢遺，半夏一兩，洗十次，切破，以木豬苓二兩同炒黃，出火毒，去豬苓，入煅過牡蠣一兩，以山藥糊丸梧子大，每服三十丸，茯苓湯送下。腎氣閉而一身精氣無所管攝，妄行而遺者，宜用此方，蓋半夏有利性，豬苓導水，使腎氣通也，與下元虛憊者不同。

盤腸生產，產時子腸先出，產後不收者，名盤腸產，以半夏末頻嗜鼻中，則上也。

希雍曰：半夏，辛溫性燥而有毒，雖能祛濕分水，實脾，開寒濕痰氣鬱結痰，而其所大忌者乃在陰虛血少津液不足諸病，故古人立三禁，謂血家、渴家、汗家也。故凡一切吐血衄血，咯血齒血，舌上出血，金瘡產後失血過多，尿血便血，腎水真陰不足，發渴中暑，陽虛自汗，陰虛盜汗，內熱煩躁出汗諸證，皆所當禁者也。然就半夏之主治，有不可不辨者。凡咳嗽，由於陰虛火空上炎爍肺，喉癢，因而發嗽，內熱煎熬津液，凝結爲痰所致，而不由於寒；濕病，本乎肺而不本乎脾；嘔吐，由於火衝胃熱，而不由於寒濕痰壅；脾慢嘔噦眩悸，穀不得下，由於胃氣虛弱，見食厭惡，而不由於寒濕邪所干；霍亂腹脹，由於脾虛邪熱客中焦，而不由於寒濕飲食停滯；氣喘，由於氣虛，而不由於風寒所鬱；頭痛，由於血虛，而不由於痰厥；不寐，由於心經血少，而不由於病後膽虛。如上諸證，毋概以爲半夏之主治而混投之也。更其易誤者，世醫類以其能去痰，凡見痰嗽，莫不先投之，殊不知咳嗽吐痰，寒熱骨蒸，類皆陰虛肺熱津液不足之候，誤服此藥，愈損津液，則肺家愈燥，陰氣愈虛，濃痰愈結，必致聲啞而死，若合參、朮，禍不旋踵，蓋以其本脾胃家藥，而非肺腎藥也。故凡痰中帶血，口渴咽乾，陰虛咳嗽者大忌之，又有似中風痰壅失音，偏枯拘攣及二便閉澀，血虛腹痛，於法並忌犯之。

〔修治〕　以圓白者爲佳，不厭陳久。臘月熱水泡洗，置露天，水過又泡，共七次，留久極妙。片則力峻，麯則力柔。造麯法：先將半夏湯泡七次，曬乾爲末，隨病用諸藥，或煎膏，或絞汁調末爲丸如彈子大，用楮葉或紙包裹，以稻草上下罨七日，生毛取出，懸風烟之上，愈久愈良。如治諸痰，用生薑自然汁；風痰，用牙皂煎膏，甚者少加麝香；寒痰青，濕痰白，用老薑煎濃汁，加白礬三分之一；火痰黑，老痰膠，用竹瀝或荊瀝，少入薑汁；皮裏膜外痰核，用白芥子、竹瀝；治顛癇，一切健忘舌強等似風痿證，用臘月黃牛膽汁，略入熟蜜；小兒驚風，加南星等分，用甘草煎膏；脾虛慢驚及鬱痰，用香附、蒼朮、川芎等分煎膏；中風卒厥，傷寒并諸瘡瘍內結不便，一切宜下之病，用皮消、白粉霜十分之三，共用河水煮透，爲末，以大黃煎膏；痰積沉痼，取二兩，入海粉一兩，雄黃五錢，爲末，蜜丸；一切沉痼痰病，用黃牛肉煮成膏造麯，日乾。

天南星 一名虎掌。

頌曰：天南星，卽本草虎掌也。時珍曰：虎掌之名，因其葉形似之，南星得名，象其根之圓白如老人星耳。入藥者根，非葉也。南星即虎掌，蘇恭說甚明。頌曰：出漢中山谷及宛句、安東，河北州郡近道亦有之。四月生苗，高尺餘，九月葉殘，取根，但初孕之根僅如豆大，漸長者似半夏而區，年久者始圓，及寸大如雞卵，周匝生芽，三四枝或五六枝，圓如指頂，宛若虎掌。又冀州一種呼天南星，同入藥用。

根

[氣味] 苦，溫，有大毒。普曰：神農、雷公，苦，有毒；岐伯、桐君，辛，有毒。《日華子》曰：辛烈，平。東垣曰：苦辛，有毒，陰中之陽，可升可降，乃肺經之本藥。時珍曰：虎掌、天南星乃手足太陰脾肺之藥。

[諸本草主治] 中風麻痺，諸風口噤，破癇口眼喎邪，痰塞胸膈不利，及風痰堅積，或致頭目眩暈，療喉風痹，及痰留結核，下氣利膈，散血，消癰腫，傅金瘡，折傷瘀血。

[《本經》主治] 心痛，寒熱結氣，積聚伏梁，傷筋痿拘緩。

海藏曰：補肝風虛，治痰，功同半夏。

[方書主治] 卒中暴厥中風，痰飲咳嗽，頭痛眩暈，癇狂癲悸，痞積聚嘔吐，吐利噎，心痛，胃脘痛，腰痛，肩背痛，行痹痛痹，腳氣，鶴膝風，破傷風，顫振譫妄，不能食及耳目鼻舌等證。

中梓曰：南星氣溫而泄，性緊而毒，故能攻堅去濕。半夏辛而能守，南星辛而不能守，其性烈於半夏也，然南星專主風痰，半夏專主濕痰，功雖同而用有別也。陰虛燥痰，在所禁忌。

復曰：名色性氣，合屬燥金，味苦氣溫，又得火化，為肺金之用藥也，與《易》稱熯。歎同音。熯，[12]旱也，燥也。萬物令燥者合其德，當治風，第可平諸疾生風，不可平風生諸疾，以非真實燥，故其治諸暴強直，支痛裏急，筋縮緛音頓，縮也。戾，平以虎掌，風從燥已矣。

《直指方》云：諸風口噤，宜用南星，更以人參、石菖蒲佐之。

丹溪曰：欲其下行，以黃柏引之。

希雍曰：南星得火金之氣，故其味苦辛，火金相搏，故性烈而有毒，陰中之陽，可升可降，入手太陰經，爲風寒鬱於肺家，以致風痰壅盛之要藥也。南星得薑、桂、附，主破傷風口噤身强；得牛膽、皂角、川芎、茯神、牛黃、天竺黃、丹砂，治驚癇；加天麻，治一切風痰壅盛；同半夏搗細末，入降真香末，傅金瘡折傷瘀血；同桂枝、乾薑、甘草、細辛，治西北邊人真中風，風痰猝壅殭仆。

愚按：南星在諸本草多主治風，夫風氣燥，屬陽，南星極辛燥者也，豈取其同氣相求而從治之歟？曰：其義不盡也。盧復曰：南星第可平諸疾生風，不可平風生諸疾。之頤曰：厥陰變眚，則風木之化不行焉。此二說煞有可思。蓋人身風化之氣，即是元氣，其病乎風者，乃因於六淫七情，[13]陰陽不和，而結爲戾氣者也。南星味辛而兼有苦，其氣溫，苦從乎溫，已屬火化，而又稟乎夏火之氣化，盧復所謂肺金之用藥者良然。觀其四月生苗，采根於九月，且味先微苦而後大辛，是火之氣歸於金，火爲金用者也。火爲金用，而金之氣益烈，即以同氣相求者直相從而破其所結之戾氣，如中風麻痺，諸風口噤，口眼喎邪等證，皆戾氣之風滯於經絡以爲病，故每取之奏效，所謂以毒藥去疾者也。雖然，風有陰虛陽虛之異，如南星所主治，非陰虛而陽不能化之風，乃陽虛而陰不得化之風。試就海藏補肝風虛一語思之，則其義可明，更味《本經》首及心痛寒熱積聚結氣，非其所治者正屬陽虛而陰不得化之證歟？或曰：陰不得化，亦病於風乎？曰：是陽鬱之爲病，非陽淫也，其化風者，經所謂鬱極則發之義，正爲戾氣也。又以本草所云治疝瘕，攻堅積，消癰腫，散瘀血等證，則其能化陰也又可知矣。此味皆知治風，詎知散陰結以暢陽乃其能事，陽暢則戾氣平而風靜矣。即不治風，如腰痛之摩腰膏，行痹之骨碎補丸，脚氣之活絡丹，鶴膝風之地仙丹，顫振之星附散，皆以破陰暢陽爲功，如是者難盡舉也。即如治風證之伏虎丹、換腿丸，亦胥此義，可謂其專治風乎哉？由是言之，是則南星之能在破陰而功歸於靜風，以故風證多用之。然而療痰更多者，蓋風靜則痰消，又不必歸其功於治痰也。故風證多痰，而治風者多用南星，取其治風而遂及痰耳。如卒中暴厥，以三生飲爲要劑，乃止用南星同於生附、木香，而不用半夏者謂何？是固可參矣。或曰：風痰乃燥氣之所結，不同於濕氣之所壅，是茲味與半夏之治迥殊也。曰：然。半夏采根於五月而南星采根於九月，此二味之氣化所歸宿者一乎二乎，一則歸於土而達其陰，一則歸於金而昌其陽，即方書之療風痰者，不必盡同半夏，則其義可思也。第風虛之爲病，而還病於風，是風亦濕所化也。此味破陰滯而暢陽，如海藏曰補風虛，即言其功同半夏，是探本之論也，其誰曰不宜？但陰虛之燥痰絕不可施，爲其與陽虛之燥痰正相反耳。

[附方]

中風口噤目瞑，無門下藥者，**開關散**：用天南星，爲末，入白龍腦等分，五月五日午時合之，每用中指點末，揩齒三二十遍，揩大牙左右，其口自開。又名破棺散。

諸風口噤，天南星炮，剉，大人三錢，小兒三字，生薑五片，蘇葉一錢，水煎減半，入雄豬膽汁少許，溫服。此證較中風證爲輕。

風癎痰迷，**墜痰丸**：用天南星，九蒸九曬，爲末，薑汁麪糊丸梧子大，每服二十丸，人參湯下。石菖蒲麥冬湯亦可。

痰迷心竅，**壽星丸**：治心膽被驚，神不守舍，或痰迷心竅，恍惚健忘，妄言妄見。天南星一斤，先掘土坑一尺，以炭火三十斤燒赤，入酒五升滲乾，乃安南星在內，盆覆定，以灰塞之，勿令走氣，次日取出，爲末，琥珀一兩，硃砂二兩，爲末，生薑汁打麪糊，丸梧子大，每服三十丸至五十丸，煎人參石菖蒲湯下，一日三服。

清氣化痰，**三仙丸**：治中脘氣滯，痰涎煩悶，頭目不清。生南星去皮、半夏各五錢，並湯泡七次，爲末，自然薑汁和作餅，鋪竹篩內，以楮葉包覆，待生黃成麴，曬乾，每用二兩，入香附末一兩，糊丸梧子大，每服四十丸，食後薑湯下。

喉風喉痹，天南星一個，剜心，入白殭蠶七枚，紙包煨熟，研末，薑汁調服一錢，甚者灌之，吐涎愈。

痰瘤結核，**南星膏**：治人皮肌頭面上生瘤及結核，大者如拳，小者如栗，或軟或硬，不疼不癢，宜用此藥，不可輒用針灸。生天南星大者一枚，研爛，滴好醋五七點，如無生者，以乾者爲末，醋調，先用針刺，令氣透，乃貼之，覺癢則頻貼，取效。録此一方，以見兹味之能散陰結也。

希雍曰：南星味既辛苦，復大溫而燥烈，正與半夏性同，其毒則過之，故亦善墮胎也。二藥大都相類，其所忌亦同，非西北人真中風者勿用。詳載半夏條下。

[修治] 時珍曰：南星，得防風則不麻，得牛膽則不燥，得火炮則不毒。用南星，須一兩以上者，乃氣專力倍。治風痰有生用者，須溫湯洗淨，仍以白礬湯或皂角煎汁浸三日夜，日日換水，曝乾用。若熟用，即於前所泡過乾者，以濕紙包裹，埋糠灰火中，炮至綻裂用。一法，治風熱痰，以酒浸一宿，桑柴火蒸之，常灑酒入甑内，令氣猛，一伏時取出，竹刀切開，味不麻舌爲熟，未熟再蒸，至不麻乃止。脾虚多痰，則以生薑渣和黄泥包南星，煨熟，去泥焙用。治驚癇，以南星生末，用黄牡牛膽汁拌勻，仍入膽中，陰乾爲末用，[14]有用薑汁、白礬煮至中心無白點，亦好。

愚按：南星味辛而麻，氣溫而燥，性緊而毒，此用以破陰燥濕，開鬱散結，乃其的對，故中風卒厥生用之，良有以也。推斯義，則當視所患證以爲修治，使合宜而盡其功可也。如概謂有毒，制其性味太過，不問用之得當與否也，則亦無所取材以奏績矣，是豈謂能善用者哉？

射干_{射，音夜。}

時珍曰：《易緯通卦驗》云：[15]冬至射干生。蓋射干即今扁竹也，但一種而或開紫花，或黄花，又或碧花，猶如牡丹、芍藥、菊花之類，花色雖異，皆是同屬也。然丹溪獨取紫花者，殆必有所試矣。花開於三四月，六出，大如萱花，結房大如拇指，一房四隔，一隔十餘子，子極硬，咬之不破，七月始枯。

根 取開紫花者。

[氣味] 苦，平，有毒。有云：味辛，涼，微溫，有毒。潔古曰：

苦，陽中陰也。

[主治]　咳逆上氣，喉痹咽痛，不得消息，散結氣，腹中邪逆，利痰，行瘀血，消胸膈滿，腹脹，利大腸，消結核，治胃癰便毒，並療瘧母。

宗奭曰：治肺氣喉痹爲要藥。仲景《金匱玉函方》治咳而上氣，喉中作水雞聲，有射干麻黃湯，又治瘧母鱉甲煎丸，亦用烏扇燒過。孫真人《千金方》治喉痹有烏翣膏。

丹溪曰：射干，屬金而有木與火，行厥陰、太陰之積痰，使結核自消甚捷。又足厥陰濕氣下流，因疲勞而發爲便毒，取射干三寸，與生薑同煎，食前服，利三兩行，效。

之頤曰：《藥對》云：立春，射干、木蘭先生，爲柴胡、半夏使，合入足少陰、少陽樞機之氣分藥也。蓋柴胡生當冬半，半夏生當夏半，咸從樞象，以從其類，但射干爲始生之首，易於興起而爲介紹。

《類明》曰：射干治胃癰，蓋人病胃脘癰，[16]是熱聚胃口，陽氣不下行，留結而成，《內經》云五藏菀熱，癰發於府是也。治法須瀉其熱，使陽氣下行則已也，射干味苦，能通利下行，又能消瘀血也。

希雍曰：射干，稟金氣而兼火，火金相搏，則辛而有毒，故《本經》謂其味苦平有毒，平亦辛也。潔古云：味苦，陽中陰也，入手少陽、少陰、厥陰經，其所主治悉取其洩熱散結之力耳。古方治喉痹咽痛爲要藥。

[附方]

傷寒咽閉腫痛，用生射干、豬脂各四兩，合煎令焦，去滓，每噙棗許，取瘥。

喉痹不通，用扁竹新根擂汁，咽之，大腑動即解。或醋研汁，噙引涎出，亦妙。

又方，用紫蝴蝶根一錢，黃芩、生甘草、桔梗各五分，爲末，水調，頓服，立愈。

又方，治乳癰初腫，用扁竹根如殭蠶者，同萱草根爲末，蜜調敷之，神效。

愚按：時珍謂：射干治喉痹，取其降厥陰相火，若止以爲苦寒降泄而已，如丹溪所謂屬金而有木與火者，其深於藥性乎？夫是物以冬至生，至三四月開花結實，而七月乃枯，是大暢氣於木火，而告成功於金也。金固氣之主，而木火乃氣之元，其味辛多而兼苦，正屬金而有木與火者也。辛能散，苦善下，人皆知之，而不知氣之主者復合於氣之元，故其散而下也最速。此先聖明於庶物，首言其治咳逆上氣，喉痹咽痛，不得消息，卽之頤所謂合入足少陰、少陽樞機之氣分藥者，亦不謬也。夫木原含有水氣，水厚孕於火中，由金而達木火之氣者，以金爲水之母也。夫血爲液所化，液爲水所化，而痰則水之不能化者也。夫金不司職，致木火之不達者，方且病於血，又何不爲積痰之病哉？此段奧義，卻是實義，無如憒憒者之多。故《本經》但云散結氣而利積痰，消瘀血卽在其中，消痰活血而快膈滿腹脹，破癥結卽在其中，又何結核之不消，毒腫之不散也？丹溪曰：行厥陰、太陰之積痰。夫後天之氣主於太陰濕土，痰之本也，而厥陰風木爲其用，以達木火之氣，此積痰之所以行也。又曰：足厥陰濕氣下流，因疲勞而發爲便毒，此味療之，固亦達木火之氣以行中氣，氣行則自愈也。如是則茲味於厥陰之益不少矣。以屬金之性味而卻爲足厥陰之益，正所謂肝喜得辛以散也。蓋濕土藉風木以達其滯，而風木又藉燥金以暢其用，不獨此二證爲然也。夫木火類以風升之味達之，茲乃以降令之金達之，蓋風升者達其木火之元，茲味乃達其木火之壅也。此義唯朱先生悉之。近繆氏謂射干火金相搏，辛而有毒，獨不思人身金火合德而氣乃行，血乃化乎？甚矣，醫之難言也。但言其無益陰之性，久服令人虛者，差有理耳。

又按：方書咽射干汁，[17]大腑動卽解，取其結氣散而下達也。喉屬肺，肺合大腸，本一氣所貫，故有二便塞，諸藥不效，用扁竹花根生水邊者研汁，服之卽通，豈取其寒以瀉之哉？

希雍曰：射干雖能降手少陽、厥陰相火，洩熱散結，消腫痛，然無益陰之性。故《別錄》云久服令人虛，凡脾胃薄弱、臟寒、氣血虛人病無實熱者，禁用。

［修治］　米泔水浸一宿，曬乾。

白附子 因與附子相似，故名，實非附子類也。

時珍曰：根正如草烏頭之小者，長寸許，乾者皺紋有節。觀時珍所云，則用之卽其根也。盲醫不察而以爲其實，每取一種似實者以用之，可笑也。然則用黑附子亦用其實乎？附子曰采根，則可以推類於此味矣。

[氣味] 辛甘，大温，有小毒。保昇曰：甘辛，温。

[諸本草主治] 心痛血痹，諸風冷氣，足弱無力，陰下濕癢，治風痰，面上游風百病，補肝風虛，行藥勢。

[方書主治] 中風，痰飲頭痛，行著痹，痿厥癧風，顫振眩暈，癎證悸疝，諸證用之，至頭面諸證，更多用之。

東垣曰：純陽，引藥勢上行。

希雍曰：白附子感陽氣而生，故其味應辛微甘，氣大温，風藥中之陽草也，其所治諸證皆其辛温善散而性善升騰之故也。白附子得南星、半夏，能豁風痰暴壅而有寒邪者，爲要藥；同膽星、全蠍、白殭蠶、釣藤、天竺黃、白檀香、牛黃，能治小兒急驚。

愚按：白附子在東垣謂純陽，引藥勢上行，正與海藏補肝風虛之說相合也。蓋風之爲病，有風淫，有風虛，陰不能爲陽之守則風淫，是固病於陽也，陽不能達陰之氣則風虛，是亦病於陽也，皆病於陽，故皆曰病於風耳。如中風證，骨碎補丸中用此味，云治肝腎風虛，上攻下疰，筋脈拘攣，骨節疼痛，頭面浮腫，手臂少力，腰背強痛，脚膝緩弱，屈伸不利，行履艱難，是非陽之不能達陰，而陰反以病陽者乎？又如痰飲，皂角化痰丸中用此味，云治勞風，心脾壅滯，痰涎盛多，喉中不利，涕唾稠粘，嗌塞吐逆，不思飲食，或時昏憒，是所謂勞風，可參也；又如頭痛證，大追風散中用此味，云治久新偏正頭疼，肝臟久虛，血氣衰弱，風毒上攻，頭痛眩暈，心煩，百節酸疼，鼻塞聲重，項背拘急，皮膚瘙癢，面上遊風，狀若蟲行，一切頭風，是所謂血氣衰弱而爲風毒者，可參也；又如行痹，虎骨散中用此味，云治風毒走注不定，少得睡臥，更沒藥丸中亦用此味，云治風毒走疰疼痛，四肢麻痺，斯二方所云風毒走注，可參也；又如痿厥證，補骨丹中用此味，云治兩脚軟弱，虛羸無力，是所謂虛羸無力者，可參也；又如鶴膝風，咿哪丸中用此味，云治鶴膝風及腰膝風縮，且云有病風疰，手足指節如桃李，痛不可忍者，服之悉愈，是所謂風縮及風疰者，可參也；又地仙丹中用此味，云治腎氣虛憊，風濕流注，脚膝酸疼，行步無力，是所謂腎氣虛憊，風濕流注者，可參也；又如顫振，星附散中用此味，云治中風雖能言，口不喎斜，手足嚲曳；又如眩暈，天南星丸中用此味，云治風虛痰，頭目旋暈，肢節拘急。何莫非陽之不能達陰，而陰反以病陽？諸如上諸證皆不外此義乎。方書中用此味者種種，至上行之治更多，要皆不越於風虛以爲治，固與風淫之用殊也，蓋淫者陽之戾氣有餘，虛者陽之化氣不足也。先聖云：撓萬物者莫疾乎風。《內經》曰：神在天爲風，在地爲木，在藏爲肝，其性爲暄，其得爲和，其用爲動，其化爲榮。經又曰：出地者陰中之陽，陽予之正，陰爲之主。若出地之風化不足，是陽不能予之正也，是多陰寒而少暄和，多沉滯而少流動，將陽不能化陰，而陰反以勝陽，此風濕之所由病也。其陰勝者漸以圍陽，風化所到之處而不得流暢，此風疰之所由病也。風疰之病，或上或下，固不一也，總皆受陰之圍也。陽圍於陰者久而不宣，則風化之所鬱處必致於內熱以敗陰，此風毒之所由成也。是固陰陽鬱復之機不期然而有必然者耳。此味先苦以至地，次卽辛以至天，辛則勝於苦，而苦辛之間兼有甘味，不離中土以達陽，乃能達陽於陰中，而還以暢陰者也。蓋此味純陽，卽用之以治風淫，亦借之以升陽助風藥而使之散也。又寧止此舉，風寒用溫，風熱用涼，多須此以達陽，實不倫於諸風藥之散也。試觀《別錄》言治心痛血痹，卽《日華子》所云冷風氣，及李珣諸風冷氣，足弱無力，陰下濕癢等語，則可以參合於治風虛之證，而於治風淫者固當有酌量矣。每笑世醫於風虛諸證不知益陽達陰，輒投風劑，以耗陽竭陰，大爲瞶瞶。卽如上諸證，庸有以虛損治者？而不知其爲風虛之證，則亦少知病情而未能實詣也。司命之工，其可不深造乎？

[附方]

　　風痰眩暈，頭痛氣鬱，胸膈不利，白附子炮，去皮臍，半斤，石膏煅紅，半斤，硃砂二兩二錢半，龍腦一錢，爲末，粟米飯丸小豆大，每服三十丸，食後茶酒任下。

　　慢脾驚風，白附子半兩，天南星半兩，黑附子一錢，並炮，去皮，爲末，每服二錢，生薑五片，水煎服。亦治大人風虛，止吐化痰。宋宣和間真州李博士用治吳內翰女孫，甚效。康州陳侍郎病風虛極昏，吳內翰令服三四服，卽愈。

　　二方一同石膏，一同黑附，寒熱相反而皆用之，須參。

[修治]　冷熱灰炮裂用。

澤　漆

　　時珍曰：考《土宿本草》及《寶藏論》諸書，並云澤漆是貓兒眼睛草，一名綠葉綠花草，一名五鳳草。江湖原澤平陸多有之，春生苗，一科分枝成叢，柔莖如馬齒莧，綠葉如苜蓿葉，葉圓而黃綠，頗似貓睛，故名貓兒眼。莖頭凡五葉，中分，中抽小莖五枝，每枝開細花，青綠色，復有小葉承之，齊整如一，故又名五鳳草、綠葉綠花草。掐莖有白汁粘人，其根白色，有硬骨，或以此爲大戟苗者，誤也。

莖葉

[氣味]　苦，微寒，無毒。《別錄》曰：辛。《日華子》曰：冷，有小毒。

[諸本草主治]　大腹水氣，四肢面目浮腫，丈夫陰氣不足，利大小腸，療瘧後腫滿，氣急喘嗽，小便如血。

[方書主治]　水腫，用澤漆葉。

　　時珍曰：澤漆利水，功類大戟，故人見其莖有白汁，遂誤以爲大戟。然大戟根苗皆有毒，洩人，而澤漆根硬，不可用。苗亦無毒，可作菜食，而利丈夫陰氣，甚不相侔也。

[附方]

肺咳上氣，脈沉者，**澤漆湯**主之：澤漆三斤，以東流水五斗煮取一斗五升，去滓，入半夏半升，紫參、白前、生薑各五兩，甘草、黃芩、人參、桂心各三兩，煎取五升，每服五合，日三服。

愚按：澤漆利水，既與大戟相類，然時珍謂大戟洩人而澤漆之利水，乃更謂其利丈夫陰氣，卽《本經》亦云治丈夫陰氣不足。經云：水者，陰氣也。陰氣下而復上，上則邪客於臟腑間，故云水也。注云：邪水之陰，非真陰也。卽此思之，如他味之利水者，又豈非行邪水手？而真陰未能不傷，獨此之行邪水而真陰反以受益也，是遵何故哉？愚閱方書之用兹味，唯水腫上氣與痢後浮腫，[18]然觀其必與白朮、桑皮、郁李仁同用，則必有以爲益脾之助，而化氣開結者，亦兹物相助爲理，尤藉其前導以爲功耳。卽治痢後腫滿，氣急喘嗽，小便如血，逐諸隊且同參、朮以行之，則其非瞑眩之劑可知。治水之用此味，其善物哉！大抵行水之劑，各有攸宜者，未可亂投，然皆治其標也，唯加減金匱腎氣丸乃爲治本要劑。方論云：此證多見脾胃虛弱，治失其宜，元氣復傷而變證者，非此丸不能救。白茯苓三兩，附子五錢，川牛膝、官桂、澤瀉、車前子、山茱萸、山藥、丹皮各一兩，熟地四兩，此味酒煮爲膏，和煉蜜爲丸，空心白湯下。按《濟生方》以附子爲君，此薛立齋重定者。

茵芋

《別錄》曰：生太山川谷。弘景曰：好者出彭城。《日華子》曰：出自海鹽。頌曰：今雍州、絳州、華州、杭州亦有之。春生苗，高三四尺，莖赤，葉似石榴而短厚，又似石南葉，四月開細白花，五月結實。三月、四月、七月采莖葉，日乾。

莖葉

[氣味] 苦，溫，有毒。《別錄》曰：微溫，有毒。權曰：苦辛，有小毒。

[主治]　諸關節風濕痹痛《本經》，療久風濕走四肢，脚弱《別錄》，風毒拘急攣痛甄權，並一切冷風，筋骨怯弱羸顫《日華子》。

時珍曰：《千金》《外臺》諸古方治風癇有茵芋丸，治風痹有茵芋酒，治婦人產後中風有茵芋膏，風濕諸方多用之。茵芋、石南、莽草皆古人治風妙品，而近世罕知，亦醫家疎缺也。

愚按：茵芋，昔人用以治風，而晚近不知用之。然《本經》止謂治關節風濕痹痛，而《別錄》則云療久風濕走四肢，脚弱，卽甄權、《日華子》亦言治軟脚毒風，及筋骨怯弱羸顫，然則此味固主治肝腎之損而能補風虛，以爲透關節之治者也。卽其氣溫合於味苦，正以洩爲補。瀕湖所謂治風妙品，或不謬也，惜肆市鮮有售者耳。再以《日華子》一切冷風筋骨怯弱諸治，則以溫補爲洩者益明。

[附方]

茵芋丸：治風氣積滯，成脚氣，發則痛者，茵芋葉炒，薏苡仁各半兩，郁李仁一兩，牽牛子三兩，生研末半兩，右爲末，煉蜜丸如梧子大，每服二十丸，五更薑棗湯下，取利。未利再服，取快。

續隨子　一名拒冬，又名聯步。

頌曰：葉中出葉，數數相續而生，故名。冬月始長，故名拒冬。又曰秋種冬長，春秀秋實。之頤曰：續隨子卽千金子，所在皆有，南中尤多，入藥以南產者爲勝。苗如大戟，初生一莖，葉在莖端，葉復生莖，莖復生葉，轉展疊加，宛如十字，作花亦類大戟，但從葉中抽幹並結實耳。

[氣味]　辛，溫，有毒。

[諸本草主治]　肺氣水氣，婦人血結月閉，瘀血癥瘕痃癖，消積聚痰飲，不下食，嘔逆，療冷氣脹滿，利大小腸，宣一切惡滯物。

[方書主治]　水腫脹滿，蠱毒。

《日華子》曰：瀉多，以酸漿水或薄粥噢，卽止。

颂曰：續隨下水最速，然有毒損人，不可過多。

時珍曰：續隨與大戟、澤漆、甘遂莖葉相似，主療亦相似，其功皆長於利水，惟在用之得法，亦皆要藥也。

盧復曰：土人稱爲半枝蓮，用治蛇虺螯蠍之毒，立有奇駼。讀宋《開寶》，始知卽續隨子也。

之頤曰：續隨子，葉中出莖，以莖之一合葉之二，奇連偶斷，其數三也。春半葉中抽莖，夏半實作三稜，列子三粒，莖只三之，葉只二之，次第重之，生復續，續復隨，三相參，五相伍，生道無端，唯數可倚而不可違也。如營衛周行，行必有紀，行周不息，如環無端，生氣乃治，自無血結月閉，瘀血癥瘕，營行失於隨續之眚矣，亦無疢癖蠱疰，冷氣脹滿，衛周失於隨續之眚矣。續隨辛暢溫煗，維數可倚，行周不息，仍不違於營數之紀爾。

愚按：續隨子，類言其治水，第《開寶》首主女子血結月閉等證，蓋血卽水所化也。先哲曰：水入於經，其血乃成。茲味在方書於治水腫似專，是固水之不能化血者也。卽血之不榮於經而結滯爲癥瘕疢癖者，是皆因肺氣之不治，以致水氣之不治，是卽血之化原不裕，雖已化爲血者亦不能榮於經，以周於臟腑形骸，而結聚爲癥瘕疢癖也。至療積聚痰飲嘔逆，皆不越此義爾。然則茲味漫云下水，謂同於大戟諸味，亦未悉其所長也。蓋似有妙於周流人身，以爲生化之不息者，卽其秋種冬長，春秀秋實，且其實結於秋，而卽以秋種，不可思其生化循環之微不以一時息者，有妙於諸草木之類乎？名續隨，固爲其生化不息，第其種於秋而實亦結於秋，可識此味之治肺氣有專功。夫氣爲血之先，此其所以能療結聚諸證也。蓋稟金水之氣專，而氣味乃屬辛溫爲異耳，謂其不徒以下水爲功，職是故也。時珍謂其用之得法，亦皆要藥，其言不爲無據矣。

[附方]

小便不通，臍腹脹痛，不可忍，諸藥不效者，不過再服，用續隨子去皮，一兩，鉛丹半兩，同少蜜搗，作團，瓶盛，埋陰處，臘月至春末取出，研，蜜丸梧子大，每服二三十丸，木通湯下，化破尤妙。病急亦可旋合。

水氣腫服，聯步一兩，去殼，研壓，去油重研，分作七服，每治一人用一服，丈夫生餅子酒下，婦人荊芥湯五更服之，當下利，至曉自止。後以厚朴湯補之，頻喫益善。忌鹽醋一百日，乃不復作。

涎積癥塊，續隨子三十枚，膩粉二錢，青黛炒，一錢，研勻，糯米飯丸茨子大，每服一丸，打破，以大棗一枚燒熟，去皮核，同嚼，冷茶送下，半夜後取下積聚惡物爲效。

[修治] 凡用去殼，取色白者以紙包壓，去油取霜用。

狼牙弘景曰：其牙似獸之齒牙，故有是名。

保昇曰：所在有之，苗似蛇莓而厚大，深綠色，根黑，若獸之牙，三月、八月采根，日乾。時珍曰：《范子計然》云：出建康及三輔，色白者善。

根

[氣味] 苦，寒，有毒。《別錄》曰：酸。普曰：神農、黃帝，苦，有毒；桐君，辛；岐伯、雷公、扁鵲，苦，無毒。之才曰：蕪荑爲之使，惡地榆、棗肌。

[主治] 邪氣熱氣疥瘙，惡瘍瘡痔，去白蟲《本經》，治浮風瘙癢，煎汁洗惡瘡甄權，殺腹臟一切蟲，止赤白痢，煎服《日華子》。

愚按：狼牙，在《本經》主治邪氣熱氣，乃方書用之治心痛、胃脘痛，屬口食寒物於裏者，乃同附子、巴豆、人參、乾薑、吳萸之類以溫利，豈《本經》氣味苦寒不足據乎？豈用諸辛熱而必藉此苦寒者爲溫利之先導乎？第即《本經》言此味去白蟲，而方書治蟲多言五臟勞熱之傷，夫勞熱之傷即經所謂氣虛者寒也，所云勞熱者虛熱耳，此味能救陰氣之損，非專於苦寒主瀉者也。試觀《本經》主治，言邪氣熱氣，即繼以疥瘙、惡瘍、瘡痔，去白蟲，是則所云邪氣熱氣，即指陰中之氣而言也，故《肘後方》治金瘡出血，《衛生易簡方》療小便溺血，即此可通於治疥瘙、惡瘍、瘡痔之義矣。蓋血固真陰之化醇，而惡瘍瘡痔亦可以營氣不從，逆於肉裏，如《內經》之言癰疽者，得觸類而推之矣。至於蟲所生，不離風木與濕土，風木之氣鬱而不達，乃陷於濕土，濕土又不能達風木以上行，而風木陷於濕土中者，因化其厲氣爲蟲也。方書言蟲爲濕熱鬱蒸而生，洵然哉。甄權謂其治浮風瘙癢，亦是此義耳。合諸說而繹之，則此味之主治邪氣熱氣者，固陰中之氣，而陰中之氣即手太陰，爲陽中之少陰，下降入心，而血之化原在此也。唯血之化原裕，故陰中之太陰屬腎者更藉以完其陰氣之損。如《千金方》用之洗小兒陰瘡，《金匱玉函方》用之以洗婦人陰蝕，豈非確徵乎哉？或曰：方書治蟲，多言五臟勞熱之傷，第何以獨不及肝也？曰：風木變眚，故蟲生焉，而所以致風木之變眚，此外四臟因勞傷而化蟲，總歸其病於肝也。此所以置肝而不與四臟並言也。

石龍芮

按寇氏云此味有兩種，以水生、陸生爲別也。云水生者葉光而子圓，陸生者葉毛而子銳，乃李東璧氏祇取水生一種，云多產近水下濕地，高者尺許，其根如薺，三月生苗，叢生，圓莖分枝，一枝三葉，葉青而光滑，有三尖，多細缺，四五月開細黃花，結小實，大如豆狀，如初生桑椹，青綠色，搓散則子甚細，如葶藶子，即石龍芮也。若所謂陸生者，乃是毛蓳，有大毒，不可食也。更《仙製本草》之所去取，一一相合，且言陸生者取少葉揉，繫臂上，一宵作大泡，狀如火燎燉赤，善惡攸分，不可不知。參於二說，其庶幾無誤矣。李東璧氏曰：宜於未老時采之。此語甚有分曉，蓋於未老時采，則葉之或光或毛，子之或圓或銳，一一不致有誤。其采時似在六月。

子　根皮同。

[氣味]　苦，平，無毒。普曰：神農，苦，平；岐伯，酸；扁鵲，大寒；雷公，鹹，無毒。

[主治]　平腎胃氣，補陰氣不足，失精莖冷《別錄》，並除心熱燥

《日華子》，止煩滿，嘔，風寒濕痹，心腹邪氣，利關節《本經》，澤皮膚《別錄》。

時珍曰：石龍芮乃平補之藥，古方多用之，其功與枸杞、覆盆子相埒。而世人不知用，何哉？

愚按：石龍芮，據時珍所云，與枸杞、覆盆子同功，則《別錄》補陰氣不足，一語真可為此味明功矣。唯能補陰氣不足，而無失精莖冷之虛證，以故心熱燥煩滿無有不除，此正所謂平腎胃之氣也。至於風寒濕痹，直本於同氣相求者，還其真陰，而心腹之邪自淨。試繹利關節微義，豈非陰氣之能充於關節，以致邪氣之不能留乎哉？種種如是之益，而舉不知用之，此時珍之所以致惜也。方書大菟絲子丸治腎氣虛損，五勞七傷諸證，於眾補劑內有石龍芮，則其為益陰氣也益明。

曼陀羅花

時珍曰：曼陀羅，梵言雜色也。又曰：曼陀羅生北土，人家亦栽之。春生夏長，獨莖直上，高四五尺，生不旁引，綠莖碧葉，葉如茄葉，八月開白花，凡六瓣，狀如牽牛花而大，攢花中坼，[19]駢葉外包，而朝開夜合，結實圓而有丁拐，中有小子。八月采花，九月采實。

花子

[氣味] 辛，溫，有毒。

[主治] 諸風及寒濕腳氣，煎湯洗之，又主驚癇及脫肛，并入麻藥時珍。

時珍曰：相傳此花笑采釀酒，飲令人笑，舞采釀酒，飲令人舞。予嘗試之，飲須半酣，更令一人或笑或舞引之，乃驗也。八月采此花，七月采火麻子花，陰乾，等分為末，熱酒調服三錢，少頃昏昏如醉，割瘡灸火宜先服此，則不覺苦也。

愚按：曼陀羅花或笑采之釀酒，則飲之者即應之笑，或舞采之釀酒，則飲之者即應以舞，是物理之難窮，有如斯也。第閱王宇泰先生治狂證，有祛風一醉散，云治陽厥氣逆，多怒而狂者，唯硃砂水飛，半兩，曼陀羅花二錢半。卽此繹之，是則人之血氣有偏著於七情以爲病者，而茲味或能爲之轉移乎？如時珍所云主驚癇，不洵然乎？誠如是，則所云治風及寒濕脚氣，煎湯洗之，又何不奏效乎哉？

[附方]

小兒慢驚，曼陀羅花七朶，重一字，天麻二錢半，全蠍炒，十枚，天南星炮、丹砂、乳香各二錢半，爲末，每服半錢，薄荷湯調下。

莽草一名䒷草，音罔。

宗奭曰：諸家皆謂之草，而本草居木部，今世所用皆木，葉如石南葉，枝硬，乾則䕡，音炒，相擾也。揉之其臭如椒。頌曰：葉稀，無花實，五月、七月采葉，陰乾。

葉

[氣味]　辛，溫，有毒。普曰：神農，辛；雷公、桐君，苦，有毒。

[主治]　風頭癰腫，乳癰疝瘕《本經》，治風疽，疝氣腫墜，凝血，治瘰癧，除濕風，不入湯服甄權。皮膚麻痹，濃煎湯淋《日華子》。

頌曰：古方治風毒痹厥諸證，皆用䒷草，今醫家取葉煎湯，熱含少頃，吐之。

時珍曰：《瑣碎錄》云：王氏之子生七日，而兩腎縮入，二醫云：[20]此受寒氣而然也。以硫黃、茱萸、大蒜研塗其腹，以䒷草、蛇床子燒烟，熏其下部而愈也。

愚按：莽草與金牙石，在顫振譫妄二證胥投之，此愚所謂於氣血精微之用，的有相須者也，第難與金牙石例論，爲其有毒耳。時珍之說甚明。不得嘗試，外治則無不可也。時珍曰：莽草制雌黃、雄黃而有毒，誤食害人，惟紫河車磨水服及黑豆煮汁服可解。豆汁澆其根卽爛，性相制也。

【校記】

〔1〕病，原誤作"痛"，今據《本草綱目》卷十七、《本草述鈎元》卷十改。

〔2〕箭，原誤作"筋"，今據《本草綱目》卷十七改。

〔3〕青蒙石，《本草述鈎元》卷十、《萬病回春》卷二並作"青礞石"。

〔4〕撥：原誤作"揆"，今據《萬病回春》卷二改。

〔5〕陽，原誤作"陰"，今據《本草綱目》卷十七改。

〔6〕用，原誤作"同"，今據《本草綱目》卷十七、《本草述鈎元》卷十改。

〔7〕煏，原誤作"逼"，今據文義改。

〔8〕煏，原誤作"逼"，今據文義改。

〔9〕炮，原誤作"泡"，今據文義改。

〔10〕自，原誤作"白"，今據《本草綱目》卷十七、《本草述鈎元》卷十改。

〔11〕丸，原誤作"九"，今據文義改。

〔12〕爒，原誤作"漢"，今據文義改。

〔13〕淫，原誤作"濕"，今據《本草述鈎元》卷十改。

〔14〕末，原誤作"木"，今據《本草述鈎元》卷十改。

〔15〕《易緯通卦驗》，"緯"字原脫，按《易緯通卦驗》爲東漢緯書，原書散佚，四庫館臣據《永樂大典》輯爲二卷，卷下有"冬至廣莫風至，蘭射干生，麋角解"句，今據《易緯通卦驗》卷下補。

〔16〕脘，原誤作"腕"，今據《本草述鈎元》卷十改。

〔17〕汁，原誤作"汗"，今據《本草述鈎元》卷十改。

〔18〕浮，原誤作"脬"，今據文義改。

〔19〕圫，原誤作"折"，今據《本草綱目》卷十七改。

〔20〕二，疑作"一"。

《本草述》卷之十一

蔓草部

菟絲子 《日華子》曰：苗莖似黃絲，無根株，俗呼黃絲草。

時珍曰：按寧獻王臞仙《庚辛玉冊》云：火焰草，即菟絲子，陽草也。多生荒園古道，其子入地，初生有根，及長延草物，其根自斷，無葉有花，白色微紅，香亦襲人，結實如秕豆而細，色黃，生於梗上尤佳，惟懷孟林中多有之，入藥更良。頌曰：夏生苗，初如細絲遍地，不能自起，得他草梗則纏繞而生，其根漸絕於地而寄空中，或云無根，假氣而生，信然。

[氣味] 辛甘，平，無毒。

[諸本草主治] 續絕傷，補不足，益氣力，強陰氣，堅筋骨，益精髓，主莖中寒，精自出，溺有餘瀝，治男女虛冷，腰疼膝冷，并口苦燥渴，消癉熱中，補肝臟風虛，補脾，久服明目，令人肥健。

[方書主治] 虛勞痿，遺精，赤白濁，消癉，中風，傷勞倦，惡寒，咳嗽，溲血，腰痛，鶴膝風，健忘，不能食，泄瀉，大便不通，小便不通，淋，小便數，小便不禁，疝痔耳聾。

斅曰：菟絲子稟中和，凝正陽之氣，一莖從樹感枝而成，從中春上陽結實，故偏補人衛氣，助人筋脈。

海藏曰：能補肝臟虛，故去風，專主腰膝，腰膝者，肝腎之所治也。

之頤曰：菟從兔，性相類也，服月魄以長生，陽陰體陰陽用也。《爾雅》釋《詩》誤以女蘿、菟絲爲一物二名，而後賢已訂其爲二矣。憶昔年七月過烟霞，望林樹間有若赤網籠幕者，有若青絲覆罩者，又有青赤相間者，以訊山叟，曰：赤網卽菟絲，青絲卽女蘿。因憶《古樂府》所謂南山幕幕菟絲花，北陵青青女蘿樹者是矣。青赤相間者卽蘿菟交互，《唐樂府》所謂菟絲故無情，隨風任顛倒，誰使女蘿枝，而來強縈抱者是矣。但女蘿藤類，細長而無雜蔓，菟絲蔓類，初夏吐絲，不能自舉，隨風傾倒，縈草者則不經久，若傍松柏及他樹，則延蔓四布，宛如經緯，根或絕地，亦寄生空中，質輕揚，不損本樹之精英，反若得之而花葉倍繁於昔，夏末作花，赤色而無葉，隨亦結實，實或著樹間，次年隨在吐絲，不下引也。雷公謂稟中和，以凝正陽之氣，得其性矣。《內經》云：陽在外，陰之使也；陰在內，陽之守也。互交之機，惟菟絲有焉。設內無陰，則纖微之物安能受氣以生，誠得陰陽內外之樞紐，故主陰陽之氣不足，以著絕傷益氣之力，致肌肉若一，成肥健人矣。《別錄》主強陰，此卽陽無內守，《局方》主真陰不固，此卽陰無外使，更主心腎不交，佐以茯苓、蓮實，謂菟絲雖具內外上下之機，其所專精則外與上相親切，而茯苓者，其精氣旋伏於踵，則內與下相親切，更借蓮實之坎滿填離中之虛位，則內外上下及中各有憑持，佐以玄參，潛消痘毒，方名玄菟，痘乃受胎之毒，包含至陰之內，仗玄參之玄端，從子半至陰之中逗破端倪，交互菟絲陽外之陰，使默相化育，內守之陰不期清淨而清淨，在外之陽不期輕升而輕升，祇須內外及上下，不必從中之樞鍵也，乃若磁朱之會心腎，亦卽內外上中及下之機，朱上火，磁下水，非神麯在中之樞，上下不交矣。麯乃肝穀之麥，但木得水浮，肝得水沉，先以半生麯反佐從下之水，更以半熟麯越沉而浮，以肝得煮而浮，仍從木相也，然則上下之交全從中樞互濟，故上下及中各有所專，唯在熟思精審，以一推十，十推百耳。大都病機不離升降，升降不離上下，上下不離開闔，開闔不離陰陽，陰陽不離內外，其名雖異，總歸一元。經云陰內陽守，陽外陰使，能會陰陽之元始，則上下內外左右前後一言而終。

希雍曰：菟絲子君，稟春末夏初之氣以生，凝乎地之沖氣以成，感秋之氣而實，故《本經》言其味辛平，《別錄》益之以甘者，正雷公所謂稟中和，凝正陽之氣而結者也。但辛味爲甚，夫五味之中，辛通四氣，復兼四味，且此味辛合於肝，爲補脾胃肝要藥，與辛香燥熱之辛迴乎不同矣。君蓮實、山藥、人參，能實脾止泄，嗜食，加五味子、肉豆蔻、砂仁，能治腎泄；同五味子、沙苑蒺藜、覆盆子、蓮鬚、山茱萸、巴戟天、車前子、沒食子、枸杞子，能益脾腎，固精種子；同甘菊花、沙苑蒺藜、甘枸杞子、熟地黃、羚羊角、穀精草、決明子，能明目；君术、人參、牛膝、胡麻仁，治丈夫腰膝積冷痛，或頑麻無力。

　　愚按：《淮南子》云：菟絲無根而生，蛇無足而行，魚無耳而聽，蟬無口而鳴，皆屬自然。是則物理有不可曉者，然實有至理存焉。雷公謂是物所稟中和而凝正陽之氣，故一莖從樹，遂感其氣而成，斯言得未曾有矣。迨之頤，本此更發其未盡之覆焉。夫正陽之氣原不得離於陰，是曰中和，之頤所謂陰陽互交之機者此也。之頤所謂無陰不能感陽，此生物玄機與所云凝正陽之氣者適合。是物互交之氣乘於浮長之氣，其生氣已畢集聚於蔓引絲縈，不須更借生氣於根蒂，第實卽結於夏末，乘金水進氣之候，以孕育真陽而還爲生生不息之地，是非陽中原有陰乎？雖乘乎浮長之氣，而其歸根復命者固可思也。如《本經》所云續絕傷，益氣力，足爲此品肖像。在《別錄》謂能強陰，甄權且云添精髓者，更爲此品傳神矣。或曰：是亦何以明之？曰：蓋絕傷之能續，未有無真氣而祇藉浮氣者，而真氣又未有離於真陰者，卽萬物亦莫不由此理矣。若兹之於夏生苗者，奉長氣而感於蕃秀也，自陰而感之；夏末作花隨結實，至秋采者，奉化氣而歸於降收也，從陽而歸之。且其味由辛而甘，非本天氣之陽，更由氣交以降於在地之陰乎？蓋夏月正天地氣交之會也，人身身半以下爲在地之陰，固腎主之，故謂能益腎氣，屬諸由陽歸陰，若兹品者良不謬也。感於浮長之陽，而歸於降收之陰，乃爲益腎氣要藥，不察此義，漫謂得陽氣之盛而能益腎氣者，則夢夢矣。第在天之陽歸於在地之陰，則爲陰氣，是以在腎之陽不足，而此品固能助陽味以化陰而益氣，在腎之陰不足，而此品更能助陰味以化陽而益精，化陰化陽，皆指陰陽之偏者也，故卽曰益氣益精，又要詳助陽味助陰味之義。此《別錄》所謂強陰，而甄權所謂添精髓者是也。又《別錄》、甄權所主莖中寒，精出餘瀝，虛冷腰膝痛之治，又所謂口苦燥渴，熱中消癉，之亦能治也，並方書所治諸證，舉不外此腎氣，並不外於化陰益氣化陽益精以得之矣。或曰：從天而歸地，於何而取證歟？曰：將疑此味非從天之陽而降乎？試卽治健忘證，而於諸藥中投此味，則其義可明矣。特其氣率歸於陰，故主治在腎居多耳。抑海藏又曰補肝臟風虛，而方書且以補脾者謂何？曰：是豈歸於陰而不能化者耶？歸於陰則又卽化陽，故陰中之少陽肝是也。肝爲風木，乃出地之首，焉得不受其益乎？至脾爲太陰，舉藉此陰中之陽以傳化而轉運者也。夫足三陰原同起於下，益腎氣而並及肝脾，是又何疑之有哉？明於能補腎氣之義，則中梓謂此味溫而不燥，補而不滯者，亦庶幾得其功之近似矣。

[附方]

陽氣虛損，用菟絲子、熟地黃等分，爲末，酒糊丸梧子大，每服五十丸。氣虛，人參湯下；氣逆，沉香湯下。

白濁遺精，**茯菟丸**：治思慮太過，[1] 心腎虛損，真陽不固，漸有遺瀝，小便白濁，夢寐頻泄。菟絲子五兩，白茯苓三兩，石蓮肉二兩，爲末，酒糊丸梧子大，每服三十五丸，空心鹽湯下。

小便赤濁，心腎不足，精少血燥，口乾煩熱，頭暈怔忡，菟絲子、麥門冬等分，爲末，蜜丸梧子大，鹽湯每下七十丸。

腰膝疼痛，或頑麻無力，菟絲子洗，一兩，牛膝一兩，同入銀器內，酒浸一寸五分，曝，爲末，將原酒煮糊丸梧子大，每空心酒服三二十丸。

希雍曰：腎家多火，強陽不痿者忌之，大便燥結者亦忌之。此味本不助相火，然腎有火者亦忌也。

[修治] 米泔淘洗極淨，略曬，揀去稗草子，磨五六次，用酒浸一晝夜，搗之，不盡者再浸搗，須臾悉細。又法，酒浸四五日，蒸研作餅，微火焙乾，再研末。一法，酒浸通軟，乘濕研碎，焙乾。

五味子之才曰：蓯蓉爲之使，惡萎蕤，勝烏頭。

恭曰：五味皮肉甘酸，核中辛苦，都有鹹味，此則五味具也。《本經》但云味酸，當以木爲五行之先也。雷斆曰：小顆皮皺泡者有白色鹽霜一重，其味酸、鹹、苦、辛、甘味全者，眞也。

[氣味] 酸，温，無毒。東垣曰：性温味酸，氣薄味厚，可升可降，陰中陽也。好古曰：味酸微苦鹹，味厚氣輕，陰中微陽，入手太陰血分、足少陰氣分。

[諸本草主治] 收肺氣耗散之金，補腎陰不足之水，治咳逆上氣，勞傷羸弱，益男精，暖水臟，補元氣，養五臟，除煩熱，生津止渴，斂虚汗，止晨泄，明目，收瞳子散大，治喘咳燥嗽爲要劑。

[方書主治] 咳嗽消癉，喘虛勞咳，嗽血自汗，泄瀉遺精，中風，傷勞倦，痹著痹痿，驚，傷暑吐血，悸，舌，[2]積聚短氣，脅痛腰痛，痿厥痊瘖，滯下，淋，小便數，赤白濁，耳口，中暑，惡寒，往來寒熱，瘧，厥氣水腫，痰飲反胃，噎，溲血，臂痛脚氣，癇恐健忘，盜汗，不得臥，急惰嗜臥，黃疸，小便不通，小便不禁，前陰諸疾，唇。此以用之多少爲先後。

東垣曰：五味子收肺氣，補氣不足，其酸能收逆氣，[3]肺寒氣逆，則宜此與乾薑同治之。

又曰：五味子收肺氣，乃火熱嗽必用之藥，故治嗽以之爲君，但有外邪者，不可驟用，恐閉其邪氣，必先發散而後用之，乃良。有痰者，以半夏爲佐，喘者，阿膠爲佐，但分兩少不同耳。

丹溪曰：五味大能收肺氣，宜其有補腎之功，收肺氣非除熱乎？補腎非暖水臟乎？乃火熱嗽必用之藥。如寇氏宗奭謂食之多致虛熱，不知其因於收補之驟也。又嗽在黃昏時，乃火氣浮入肺中，不宜用涼藥，宜五味子、倍子斂而降之。

孫眞人云：六月常服五味子，以益肺金之氣，在上則滋源，在下則補腎，故入手太陰、足少陰也。

能曰：大能聯屬心腎。愚按：五味上滋源，下補腎，故能聯屬心腎。

之頤曰：五味俱全，酸收獨重，重爲輕根，俾輕從重，故益降下之氣也，咳逆上氣者，正肺用不足，不能自上而下以順降入之令，勞傷羸瘦者，卽《經》云煩勞則張，精絕，使人煎厥肉爍也。此補勞傷致降下之不足，與補中益氣之治不能升出者反，能降便是強陰，陰強便能入矣。以入爲水臟事，故益男子精，精爲水臟物耳。設六淫外束，及肺氣焦滿，餌之反引邪入臟，永無出期。縱得生全，須仗夏火從中帶出，或爲班疹，或作瘡瘍，得汗乃解。倘未深解病情，願言珍重。

能曰：咳逆虛勞而精神失守，上氣喘急而脈勢空虛，此津液不能上乘者也；勞傷不足而肢體羸瘦，虛氣上乘而自汗多出，此津液不能自守者也；陰虛火動而精元耗散，亡陰亡陽而厥逆膀胱，此津液不能內固者也。用此補不足，強陰益精，治勞傷，生津止渴，上清肺金而止嗽痰，下補腎水而堅筋骨，除熱生陰，調和五臟，此其能也。

希雍曰：五味子得地之陰，而兼乎天之陽氣，故《本經》味酸氣溫，味兼五而無毒。

王好古曰：味酸微苦鹹，陰中微陽，入足少陰、手太陰血分，足少陰氣分。同人參、麥門冬，名生脈散，能復脈通心；入八味丸代附子，能潤腎強陰；同吳茱萸、山茱萸、肉豆蔻、補骨脂、人參，治腎洩良；同懷乾地黃、甘枸杞子、車前子、覆盆子、肉蓯蓉、白膠、麥門冬、人參、杜仲、白蒺藜、黃蘗，主令人有子；同天麥二冬、百部、阿膠、薄荷葉，主肺虛久嗽。

愚按：五味之皮肉初酸後甘，甘少而酸多，核先辛後苦，辛少而苦多，然俱帶鹹味，五味全俱，大較酸爲勝，苦次之。然五味生苗於春，開花於春夏之交，結實於金旺之孟秋，是氣告成於金也，告成於金而酸味乃勝，是肺卽媾於肝也，肺媾於肝，故曰能收肺氣，蓋肺之喜者在酸也。然四味俱有鹹，鹹乃水化之腎，是則收肺氣者，固收氣之元而歸腎矣。須知此味因肺傷而收其耗散之氣，收之者，歸於腎也，而卽以益腎，是又俾腎氣之充也。至肺氣還元而腎氣益，則五臟之受益不小矣。此先後之次第也，總之，能使肺腎相合子母相因以奏功，亦不分先後也。夫人身以金水爲體，火土爲用，而體用又不能相離，不謂此味具足，斯義也。蓋二陰至肺，經固言之，二陰卽腎也，但五味唯酸居其勝，乃旣媾於肝矣，更言歸腎者何居？曰：氣之元在腎，本藉風木而至肺；氣之主在肺，還藉風木而歸腎。蓋返其所自始者，賴此一陰爲獨使。經又言之矣，一陰卽肝也，繼辛而有微甘收者，合中土生化之氣以俱下也，更先辛後苦者是至地之苦，合於至天之辛以同歸也。經曰：陽爲氣，陰爲味。夫腎肝爲在地之陰，如五味本由肺而媾肝，肝因媾肺而至脾，脾仍合肺以歸腎，是具足三陰之氣，收之以降，而陰亦隨之矣。氣固依味而至腎，腎非納氣者歟？此《本經》首主益氣，咳逆上氣，甄權所云治中下氣而止嘔逆者也。第《本經》所云主勞傷，補不足，強陰益精，而《別錄》及甄權、《日華子》有暖水臟，補虛勞，除煩熱，療羸瘦，壯筋骨，養五臟，又海藏所云壯水鎮陽，是遵何道哉？蓋經有云：腎者受五藏六府之精而藏之，以此合於肺之所主，肺亦統五臟六腑之氣而主之，腎氣原上際於肺，肺氣原下歸於腎，蓋以一氣自爲升降者也。若六淫七情有以耗散之，致肺失其降之職而不能歸，不歸則元氣隨耗散以日虛，歸腎則真氣還其本源以日益，乃茲味爲能收之以入腎，入腎卽爲五臟六腑之精，腎受而藏之。《內經》曰：五藏主藏精者也，傷則失守而陰虛，陰虛則無氣，無氣則死矣。此數語可通於五味收五臟之氣以歸精義。是所謂氣盛則精盈者也，故《本經》旣謂其益氣，又謂其強陰，益男子精也。精盈則氣盛，故先哲謂其暖水臟，鎮水壯陽，補虛勞，除煩熱，壯筋骨，療羸瘦種種，皆由益氣而能強陰，以爲五臟之養者，有如是爾。至於生津止渴者，經曰脾主爲胃行其津液，固謂至陰之氣所生，是收肺陽中之陰以至脾也；其止腎洩，因於能暖水臟，又且收腎陰中之陽以至脾也；斂虛汗者，收肺陽中之陰以至心也；明目者，且更收腎陰中之陽以至肝也。是五臟受之，而肺腎爲升降之本，肺且由降得升，以爲氣之益，陰之強，並爲五臟之養。在《內經》曰氣歸精，精化爲氣，又曰精食氣，氣生形，是則茲物之酸，收於精氣形有全功矣，寧與他味之酸收者可等夷哉。之頤所云此味收元氣一法，與補中益氣之治不能升出者正相反，斯語可謂微中矣。故彼以升出爲益氣，此以降入爲益氣，陰陽升降之異治，而有妙於合者，有如是。或曰：茲味之治嗽，何以舉寒熱皆得用之？曰：陰中之少陽與陽中之少陰，乃爲陰陽之樞機。或曰：五味子在方書中治嗽者用之爲多，而消癉卽次之，是消癉之治毋亦並取責於肺歟？曰：人身之元氣固水所化，而人身之津液又氣所化，如氣歸於水，是陽之隨陰而降，還其一陽陷於二陰之坎也，故能益氣，津化於氣，是陰之隨陽以升，還其一陰徹於二陽之兌也，故能生津。在陽之隨陰以降者，肺主之，在陰之隨陽以升者，腎主之，固皆五味子之能相及以奏功，而入肺者尤先耳，是所謂陰中少陽，陽中少陰，爲陰陽之樞機者，可就此二證尋繹也。如肺原根於腎以爲樞，而火熱之所傷者正在陰也，故東垣、丹溪謂爲火熱嗽必用之藥。至寒嗽而亦用之，卽舉一厚朴麻黃湯，參其主治，如劑中多散寒達陽之味，其陰邪似無所附麗，而亦投五味於中，用收真陰以召元陽，且俾陽中之少陰不爲寒鬱之殘熱所僣者，謂非茲味之酸收以平其上逆之氣歟？然閱方書治嗽，但劑中投五味，或熱或寒，皆有對待寒熱之味，而茲味似爲主守，以不犯寒熱之侵者，又似於諸味中用此爲關捩子者，如先哲有曰用山藥、五味以養元氣，則此味非應敵之劑尤可思也。所以勿論寒熱，皆以陽中之陰氣能降爲主，在熱者陽邪傷乎陰，而寒者寒邪傷乎陽，原亦病乎陰，故熱喘之治，涼其陽邪而收陰，寒喘之治，散其陰邪以暢陽，而亦寓收陰之義。東垣分治熱喘寒喘，皆不能舍五味子，固以肺氣爲陽中有陰，其職同天氣而司降者也。王宇泰先生曰：後人止知調氣者調其陽而已，惡知五運所主之病機，是一氣變動而分陰陽者也。斯言可以醒粗工矣。五運之氣在臟腑亦然，故凡治肺氣之病如嗽如喘，先識陽中陰降之本，更須審其病機之所生，其爲外淫，爲內傷者，或由陽而傷陰，或由陰而傷陽，適其所因以爲治。如陽邪傷陰，此固的治矣，然陽邪之方熾者，收之不錮其邪乎？陰邪傷陽者，此固不宜矣，然陰邪已除，而陽氣以袪散而虛，不當寓收陰於益陽中，使陽有所依乎？

愚按：五味治嗽，惟久嗽及虛勞嗽用之，補與收相馭而行，更無躊躇，遍閱先哲處方，歷歷如是，蓋因其耗散已甚故也。又如《易簡》杏子湯，以治外感風寒，內傷生冷，及虛勞咯血等證，乃後學治寒嗽，去乾薑、五味而易乾葛、紫蘇，是尤不可參歟？是則嗽未至於喘，卽嗽而氣不逆者，不宜酌量歟？至爲濕痰之阻氣，濕熱之病乎氣，以致病乎主氣者，更當籌其妄投之害。唯是因虛而熱，久熱而虛，關於肺腎之相因以爲病者，用此乃無上妙諦，豈可漫云酸收酸收乎哉？大抵元氣受傷之證屬邪氣所勝者，則有散邪一法爲主，卽有收陰召陽以歸元，而全正一法藉之爲助；其無邪氣而止有虛乏者，則有補正一法爲主，亦卽有收之一法合而奏效；其有元氣虛損而因虛鬱化熱者，則有清補一法，而收者散者並行，其散不敵收之半，乃爲得之。悉此義，則不獨療嗽爲然，卽他證之有傷於元氣者，俱得以如是之法療之。蓋人身唯是元氣爲主，卽隨所病亦同，是視邪之甚與不甚以爲酌治耳。如元氣耗散之甚者，不獨補益可恃，而收之一法更有捷功，又凡證皆然也。

[附方]

久嗽肺脹，五味二兩，粟殼白餳炒過，半兩，爲末，白餳丸彈子大，每服一丸，水煎服。按仲景云上氣，喘而燥者，屬肺脹，又云咳而上氣，此爲肺脹，其人喘，目如脫狀，卽此則肺脹爲肺氣上壅之極也。初起者實者不可服此方，唯久者虛者有此證，則可用也。

痰嗽并喘，五味子、白礬等分，爲末，每服三錢，以生豬肺炙熟，蘸末細嚼，白湯下。

陽事不起，新五味子一斤，爲末，酒服方寸匕，日三服。忌豬魚蒜醋。盡一劑卽得力，百日以上可御十女，四時勿絕，藥功能知。

五更腎泄，凡人每至五更卽溏泄一二次，經年不止者，名曰腎泄，蓋陰盛而然。脾惡濕，濕則濡而困，困則不能治水，水性下流，則腎水不足，用五味子以強腎水，養五臟，吳茱萸以除脾濕，則泄自止矣。五味去梗，二兩，茱萸湯泡七次，五錢，同炒爲末，每旦陳米飲服二錢。

希雍曰：痧疹初發及一切停飲，肝家有動氣，肺家有實熱，應用黃芩瀉熱者，皆禁用。多食收補太驟，反致虛熱，又酸甚，吊痰引嗽，如肺火盛者莫如用南五味，色黃味辛，甘稍重，而能散痰火，去風邪。

機曰：五味治喘嗽，須分南北，生津止渴，潤肺補腎，勞嗽，宜用北者，風寒在肺，宜用南者。

據時珍云：五味子，南產者色紅，北產者色黑。第如保昇謂子生青熟紫，蘇頌亦曰生青，熟紅紫，舉不言有黑之一種也。然每自京師市回者，其子紅而潤，逾二三月，其紅者變黑已半，久之則通黑，且潤者燥矣。又閱《本草原始》有云，北者鮮紅色，經久黑色，皆溫潤，南色紫乾，經久有白樸鹽霜，是則余之市自京師者或屬北產乎？第世取其潤者，故用北，而雷公取其有鹽霜者，是又棄北而貴南也，再以俟之察物君子。

[修治] 頌曰：入藥主曝，不去核。中梓曰：必打碎核，方五味備也。去枯者，銅刀劈作兩片，用蜜浸蒸，從巳至申，或曬或烘炒。入補藥熟用，入嗽藥生用。

覆盆子

當之云：子似覆盆之形，故名。總包似盆之覆，其皮色青綠色，剝去外皮，內細子烏赤色。藏器曰：其類有三種，惟四月熟狀如覆盆而味甘美者爲是覆盆子，餘不堪入藥。時珍曰：覆盆、蓬虆，功用大抵相近，雖是二物，其實一類而二種也，一早熟，一晚熟。又曰：蓬虆子以八九月熟，故謂之割田藨；覆盆以四五月熟，故謂之插田藨。正與《別錄》五月采相合。二藨熟時，色皆烏赤，故能補腎。其四五月熟而色紅者，乃藨田藨也，不入藥用。陳氏所謂以茅莓當覆盆者，蓋指此也。又曰：此類凡五種，予嘗親采，以《爾雅》所列者校之，始得其的，諸家所說，皆未可信。一種藤蔓繁衍，莖有倒刺，逐節生葉，葉大如掌狀，類小葵葉，面青背白，厚而有毛，六七月開小白花，就蒂結實，三四十顆成簇，生則青黃，熟則紫黯，微有黑毛，狀如熟椹而扁，冬月苗葉不凋者，俗名割田藨，即本草所謂蓬虆也。一種蔓小於蓬虆，亦有鉤刺，一枝五葉，葉小而面北皆青，光薄而無毛，開白花，四五月實成，子亦小於蓬虆而稀疏，生則青黃，熟則烏赤，冬月苗凋者，俗名插田藨，即本草所謂覆盆子，《爾雅》所謂茥缺盆也。茥，音奎。此二者俱入藥。一種蔓小於蓬虆，一枝三葉，葉面青，背淡白而微有毛，開小白花，四月實熟，其色紅如櫻桃者，俗名藨田藨，即《爾雅》所謂藨者也，故郭璞注云藨即苺也，子似覆盆而大，赤色，醋甜可食，此種不入藥用。按宗奭取酸甘者，不知此種子似覆盆而大，且其色紅，又非烏赤，即時珍所謂藨田藨，其味兼酸，不入藥用者也。一種樹生者，樹高四五尺，葉似櫻桃葉而狹長，四月開小白花，結實與覆盆子一樣，但色紅爲異，俗亦名薦，即《爾雅》所謂山苺，陳藏器《本草》所謂懸鉤子者也。一種就地生蔓，長數寸，開黃花，結實如覆盆而鮮紅，不可食者，本草所謂蛇苺也。如此辨析，則蓬蘽、覆盆自定矣。

[氣味]　甘，平，無毒。權曰：甘辛，微熱。

[諸本草主治]　益氣《別錄》，續絕，強陰健陽馬志，男子腎精虛竭陰痿，能令堅長，女子食之有子甄權，療癆損風虛，補肝明目馬志。

宗奭曰：益腎臟，縮小便，取汁同少蜜煎爲稀膏，點服，治肺氣虛冷。

《藏府用藥式》曰：覆盆子，益命門之陽。少氣神虛，多用覆盆子。

時珍曰：覆盆、蓬蘽，兼用無妨，其補益與桑椹同功。

嵩曰：覆盆子能補，佐巴戟能補腎。

[方書主治]　傷勞倦虛勞，肝腎氣虛，惡寒，腎氣虛逆咳嗽，痿，消癉泄洩，赤白濁，鶴膝風，諸見血證及目疾。

希雍曰：覆盆子，《本經》味甘氣平，無毒，甄權甘辛微熱，入足少陰經，腎藏精納氣，其所主治皆取其益腎添精也。同黃蘗、沙苑蒺藜、蓮鬚、五味子、砂仁、魚膠、山茱萸，治夢遺洩精；同車前子、五味子、菟絲子、蒺藜子，爲五子衍宗丸，治男子精氣疲乏，中年無子；加入巴戟天、膃肭臍、補骨脂、鹿茸、白膠、山茱萸、肉蓯蓉，治陽虛陰痿，臨房不舉，或精寒精薄。

愚按：時珍於此味，可謂詳而辨矣。第言覆盆、蓬蘽功同相近，則未必然。一以深秋熟，一以盛夏熟，其氣之所結者已異，況其冬月不凋與凋者，其所稟不迴殊歟？當以藏器所說，合於甄權五月采實，而決其功歸於覆盆也。甄權《本草》謂能益男子腎精虛竭陰痿，又云采以五月，是則專功在覆盆耳，覆盆正以四五月熟也。諸本草謂能續絕強陰，又言其補勞損風虛，是爲健陽益氣之品，即其熟於火候而色又烏赤，謂非命門相火之用歟？且味正甘，微帶辛，是有合於命門真陽，能爲血海生化之地，亦似從陽以益陰。第甘爲生血和血之味，又辛以致津液，俾潤腎燥而血得化，是則覆盆之功尤妙於補腎精虛竭，以療陰痿，又似陽生陰中，爲元陽資始者，如道家所謂氣勝則精盈，精盈則氣盛，兹物亦有合歟？故甄權謂其益命門之陽，又謂能益腎精虛竭也。方書用之治勞倦虛勞等證，或補腎元陽，或益腎陰，或專滋精血，隨其所宜之主，皆能相助爲理也。或曰：元氣元精，此品誰適爲主歟？曰：元氣原屬陰中陽也，如所謂補肝明目及治肺氣虛寒者，固皆腎氣，足厥陰與命門通。經曰命門者目也，又曰二陰至肺，二陰曰腎也，是所謂金木并而水火交，乃爲氣之所終始，而元精自益，是兹物之所偶合者，非如桂、附之補陽而僭也。至時珍謂其與桑椹同功，又止得其益陰而未盡其補陽之功也，可乎哉？

希雍曰：強陽不倒者忌之。

[修治] 用上圓平底似覆盆樣，去皮及心，用細子烏赤色者，水洗曬乾後，酒拌蒸一炷香，碾末入丸。

使君子

出嶺南，今閩之邵武、蜀之眉州皆有之。其藤如葛，繞樹而上，四五月開花紅色，有五瓣，七八月結子如拇指大，長寸許，大類梔子而有五稜，殼內有白仁，七月采之。時珍曰：殼老而紫黑，中仁如榧子，色味如栗，久則油黑不堪用。

[氣味] 甘，溫，無毒。

[主治] 小兒五疳，小便白濁，殺蟲，療瀉痢《開寶》，健脾胃，除虛熱，治小兒百病瘡癬時珍。

時珍曰：此味爲小兒要藥，能益脾胃而斂虛熱，故泄痢諸病悉治之。凡殺蟲藥多苦辛，惟此及榧子甘而殺蟲。凡大人小兒有蟲病，但每月上旬侵晨，空腹食使君子仁數枚，或以殼煎湯咽下，次日蟲皆死而出也。或云七生七煨食，亦良。忌飲熱茶，犯之即瀉。

之頤曰：華瓣五出，實介五稜，中仁軟美，甘潤溫暄，誠脾臟之委任，具脾腑之體用者也，故主脾失委任而致五疳，水無承制而作溺濁，胃廢體用而生蟲蠹及瀉痢者，使君子躬行克盡，執揚苦欲，綏柔臟腑，因以命名，與他味之辛烈而威刑者不相侔也。

希雍曰：使君子，味甘氣溫，性無毒，故爲補脾胃之要藥。得蘆薈、蕪荑、滑石、麥芽、厚朴、橘皮，治一切疳疾，神效。

愚按：使君子，一切之效，類言其健脾胃耳，詎知健脾胃之味不少，何以所奏功效他味不能分之乎？蓋其由春而夏，其華於夏也，紅色爲火，夏盡而秋乃結實，其仁白爲金，是則醞釀於火者爲土之母氣，孕毓於金者爲土之子氣。夫季夏之土乃火金禪代之會，所謂陰陽之氣交也，茲味華實俱見五數矣，乃有母氣以爲體，并子氣以爲用，何五疳蟲病之不除，白濁瀉痢之不療乎？以數證而求其功，固的然對待之治，蓋其補脾胃，是由火而歸土之體也，療五疳白濁瀉泄，是由土而含金之用也。夫人身肺氣還爲脾胃用，且以調和營衛者亦居多矣，《內經》已悉言之，寧獨小兒如上之證治哉？夫土專而餘氣有金，其殺蟲尤爲易明者耳。

[附方]

小兒脾疳，使君子、蘆薈等分，爲末，米飲每服一錢。

希雍曰：小兒泄痢，有赤積，是暑氣所傷，禁與肉豆蔻、訶子等澀熱藥同用。

[修治] 去殼用仁，或兼用殼。

木鱉子 附子類中亦有名木鱉子者，蓋即漏藍子也。

出朗州及南中，今閩、廣諸郡，杭、越、全、岳亦有。蔓歲一枯，根則不死，春復旋生，亦可子種，種時須雌雄相配，紅繩紮定，排埋土中，及其生也，則去其雄，方結有子，四月黃花，六月結實纍纍，如苦瓜、錦荔枝狀，每一實有子數十枚，長三四分，圓扁磊砢，形狀如鱉，一頭尖者雄種也。八月采取，中仁青綠。

[修事] 去油用。

仁

[氣味] 甘，溫，無毒。時珍曰：苦微甘，有小毒。

[諸本草主治] 療折傷，消結腫惡瘡，肛門痔痛，痔瘤瘰癧，止腰痛，治疳積痞塊，婦人乳癰，醋磨消腫毒。

[方書主治] 中風腰痛，行痹腳氣，鶴膝風攣，悸，耳咽喉。

希雍曰：木鱉子稟火土之氣，感長夏暑熱之令以生，故其味甘氣溫，無毒，味厚於氣，可升可降，陽也，爲散血熱除癰毒之要藥。

愚按：木鱉子種時須雌雄相合，於春生苗，既生以後，四月吐華，六月結實，然去其雄者，實乃得結，是其初種也，雌之陰必乘雄之陽以生，至乘陽出矣，至於陽極之時，又必專從雌之陰以結實。夫物物具有妙理，而此更可參也。蓋凡人物之生，始於陽，成於陰，陽主氣也，故資始，陰主形也，故成終。雖陰陽不容相離，然有遞相爲君之時，而不容相混者，是萬物盡然，不謂此一物頓顯，其精實義若斯也。取之以療血分，其陰之必資於陽以爲始者，則血不患於孤陰而有以化生，其陽之不亂於陰以爲終者，則血不患於壅陽而有以化成，是其爲結爲腫，爲痛爲毒，必須茲物以治也，豈不然哉？第方書內治如中風癱瘓之輕脚丸，腰痛之張家飛步丸及百倍丸，行痹骨碎補丸、定痛丸、八神丹、一粒金丹，痿厥左經丸、續骨丹，腳氣之抱龍丸，鶴膝風之經進地仙丹，又攣證所用者前之百倍丸，如上諸證，無非筋脈骨節不得血之流潤於經中與其營養於經外者而至此也，其治之者亦唯是俾陰得受陽之氣以爲化生，并不受陽之蝕以全化成耳。雖其主輔佐使不一，而治療之義不甚遠也。更參以悸證之濟生心丹，何爲所療者心氣不足，神志不寧，而亦須此味乎？雖心臟主血，然如斯證，豈得取其活血爲功乎？是固有以裕血化，不徒以行血爲功矣。且不止此也，如耳病之芍藥散、解倉飲子，皆治熱壅以病於風，然卽此合於腳氣寒濕之治，其何能得此胥宜也？是有以資始，有以代終，雖微物都具妙理，故得不戾於寒熱之氣也乎。

愚簡治痛風證，古方亦多用之，但此味其氣非涼亦非熱，謂爲溫者是。若痛痹之證因寒濕鬱熱以病於痛者，乃爲的對。至痛風證屬血虛，似非其所急須也。

[附方]

疳病，目矇不見物，用木鱉子仁二錢，胡黃連一錢，爲末，米糊丸龍眼大，入雞子內，蒸熟，連雞子食之爲妙。

肺虛久嗽，木鱉子、欵冬花各一兩，爲末，每用三錢焚之，吸烟，良久吐涎，以茶潤喉，如此五六次，後服補肺藥。

痢疾噤口，[4]木鱉仁六個，研泥，分作二分，用麫燒餅一個，切作兩半，只用半餅，作一竅，納藥在內，乘熱覆在病人臍上，一時再換半個熱餅，其痢即止，遂思飲食。

馬兜鈴

根名土青木香，色黃赤，似防己，稍小而扁，作葛根及木香氣。多生平澤叢林中，春時蔓生，附木而上，其葉圓厚且澀，入夏作花，色青白，結實似桃李而長，霜降葉脫，垂垂似鈴，枯則四裂，中仁似榆荚。

實

[氣味]　苦，寒，無毒。權曰：平。時珍曰：微苦辛。杲曰：味厚氣薄，陰中微陽，入手太陰經。

[主治]　肺熱咳嗽痰結《開寶》，肺氣上急喘促，坐息不得，咳逆連連不止甄權，清肺氣，去肺中濕熱潔古，療血痔瘻瘡《開寶》。治血痔瘻瘡，緣臟腑表裏，清臟則自及於腑，況其下氣散結，其功固歸於金水，而二便之道皆水臟所主乎。附方：痔瘻腫痛，以馬兜鈴於瓶中燒煙，熏病處，良。

時珍曰：馬兜鈴，體輕而虛，熟則懸而四開，有肺之象，故能入肺。氣寒，味苦微辛，寒能清肺熱，苦辛能降肺氣，錢乙補肺阿膠散用之，非取其補肺，乃取其清熱降氣也，邪去則肺安矣。方有阿膠、糯米，乃補肺者也。即吐蟲用之，非其散邪而不能補正者歟？

希雍曰：馬兜鈴感冬氣而生，故味苦氣寒，亦應有辛，兼金氣也，入手太陰經，除肺熱，下逆氣，散結氣，誠爲要藥。兜鈴得桑白皮、百部、天冬、桔梗、蘇子、枇杷葉、貝母、紫菀，治一切喘嗽。

［方書主治］　咳嗽喘口。[5]

按：兜鈴乃其實之殼，而所用者革中之子也，實結於七月，得金氣爲專，故其主治不見及於他臟腑，卽苦寒，亦金氣之厚以孕水，然不致精於水臟也。

愚按：馬兜鈴所治，本草專主咳嗽之因於肺熱而痰結喘促者。詳其生平澤叢林中，於春發苗，於六月吐華，其實結於七月而枯於十月，是其氣由於木火以達，歸於金水以成，謂之專功於清肺熱以下行也，詎曰不宜？卽潔古亦謂其清肺氣而去本經濕熱矣，乃甄權又云肺氣上急，咳逆連連，坐息不得者，第如斯證，將以肺熱痰結盡之乎？《內經》有曰：太陽獨至，厥，喘虛氣逆，是陰不足陽有餘也。又楊氏云：虛勞少血，津液內耗，心火自焚，遂使燥熱乘肺，咯唾膿血，上氣涎潮，其嗽連續而已。若然，卽一肺熱痰結便分虛實，用此於補瀉中，豈得不從所主劑以爲別乎？又寧止此，但就痰結而言，亦不能以熱盡之，有咳因於寒濕久而痰滯，氣道壅塞，亦痰結喘促，竟不得臥，是固乾薑理中之治也，其可投以清熱下氣之味乎？一病於肺熱，爲陽之有餘也，升而無降，一病於肺寒，爲陽之不足也，降而無升，是固霄壤懸矣，而患證固相類者也，就是推之，則凡六淫所感，寧獨寒熱？但如風暑燥濕，豈不有乘於各氣之偏，以累及陰陽合和之宗氣，遂極於主氣肺臟以爲咳喘氣逆者乎？更推之，舉七情受病，又豈無因各臟之戾氣以累及宗氣，而極於主氣者乎？種種皆止就肺而責之，且以一熱盡之歟？況六淫七情每每因鬱化火，其治火先治鬱，而火乃散，又不謂清肺熱，下逆氣，便可一了百當也。知此義，則可以善用兜鈴矣。

希雍曰：肺虛寒作咳嗽，或寒痰作喘者勿服。

［修治］　入藥劈開，取向裏子，去革膜，微炒。

根

［氣味］　辛苦，冷，有毒。志曰：有毒，不可多服，吐利不止。

治氣下膈，止刺痛，搗末，水調塗疔腫，大效。

牽牛子有黑白二種，黑者處處，野生尤多，白者人多種之。
人亦采嫩實，蜜煎爲果食，呼爲天茄，因其蒂似茄也。

[氣味] 苦，寒，有毒。權曰：甘，有小毒。東垣曰：辛熱雄烈，泄人元氣。

[主治] 氣分濕熱，三焦壅結，水氣在脾，喘滿腫脹，并大小便秘，下焦鬱遏，腰背脹重，及大腸風秘氣秘，開氣塊，逐痰滯。

好古曰：牽牛以氣藥引則入氣，以大黃引則入血，利大腸，下水積。色白者瀉氣分濕熱，上攻喘滿，破血中之氣。

東垣曰：《名醫續注》云：牽牛，味苦寒，能除濕氣，利小便，治下注脚氣。此說氣味主治俱誤矣，何也？凡用牽牛，少則動大便，多則泄下如水，乃瀉氣之藥，其味辛辣，久嚼猛烈雄壯，所謂苦寒安在哉？夫濕者，水之別稱，有形者也。若肺先受濕，濕氣不得施化，致大小便不通，則宜用之。蓋牽牛感南方熱火之化所生，火能平金而泄肺，濕去則氣得周流，所謂五臟有邪，更相平也。今不問有濕無濕，但傷食或有熱證，俱用牽牛尅化之藥，豈不誤哉？即使有濕而牽牛能瀉之，詎知牽牛止能泄氣中之濕熱，不能除血中之濕熱，濕從下受之，下焦主血，血中之濕宜苦寒之味，反以辛藥泄之，傷人元氣，可乎？且濕病之根在下焦，是血分中氣病，不可用辛烈藥味，更忌泄上焦太陰之藥，如再洩之，是氣血俱損也，可乎？夫血病矣，而血分中氣病，致慎於手太陰者云何？蓋人之飲食失節，勞役所傷，是胃氣不行，心火乘之，腸胃受火邪，名曰熱中。此等證即前所謂或有熱證是也。脾胃主血，當血中泄火，以黃芩之苦寒泄火，當歸身之辛溫和血，生地黃之苦寒涼血益血，少加紅花之辛溫以泄血絡，桃仁之辛溫除燥潤腸，仍不可專用，須於益中補氣泄陰火之藥內加而用之。蓋此等證因上焦元氣已自虛弱，故以救元氣爲急，豈可復用牽牛大辛熱氣味俱陽之藥以重泄之哉？經曰毋盛盛，毋虛虛，毋絕人生命，此之謂也，用者戒之。

時珍曰：牽牛，自宋以後北人常用取快，及劉守眞、張子和出，又倡爲通用下藥，李明之東垣，字也。目擊其事，故著此說，極力闢之。雖然，在經曰以毒藥治病，又云適事爲故，合此二語以爲酌量可也，豈得矯枉過中哉？牽牛治水氣在脾，喘滿腫脹，下焦鬱遏，腰背脹重及大腸風秘氣秘，卓有殊功，但病在血分及脾胃虛弱而痞滿者，則不可取快一時及常服，暗傷元氣也。一宗室夫人年幾六十，平生苦腸結病，旬日一行，甚於生產，服養血潤燥藥則泥膈不快，服硝黃通利藥則若罔知，如此三十餘年矣。時珍胗其人，體肥膏粱而多憂鬱，日吐酸痰盌許乃寬，又多火病，此乃三焦之氣壅滯，有升無降，津液皆化爲痰飲，不能下滋腸腑，非血燥比也，潤燥留滯，硝黃徒入血分，不能通氣，俱爲痰阻，故無效也，乃用牽牛末、皂莢膏丸與服，卽便通利，自是但覺腸結，一服就順，亦不妨食，且復精爽。蓋牽牛能走氣分，通三焦，氣順則痰逐飲消，上下通快矣。外甥柳喬素多酒色，病下極脹痛，二便不通，不能坐臥，立哭呻吟者七晝夜，醫用通利藥不效，遣人叩予。予思此乃濕熱之邪在精道，壅脹隧路，病在二陰之間，故前阻小便，後阻大便，病不在大腸、膀胱也，乃用楝實、茴香、穿山甲諸藥，入牽牛加倍，水煎服，一服而減，三服而平。牽牛能達右腎命門，走精隧，人所不知，惟東垣李明之李東垣先生昊，字明之。知之，故明之。治下焦陽虛，天眞丹用牽牛以鹽水炒黑，入佐沉香、杜仲、破故紙、官桂諸藥，深得補瀉兼施之妙，方見《醫學發明》。又東垣治脾濕太過，通身浮腫，喘不得臥，腹如鼓，海金沙散亦以牽牛爲君，則東垣未盡棄牽牛不用，但貴施之得道耳。

愚按：牽牛子，在李東垣先生深致戒於妄投者，以其泄元氣也。然此味能泄氣分之濕，故下水積者類用之。夫濕卽屬血病矣，而又有所謂氣分之濕者，此卽海藏所謂血中之氣也。夫濕病於血，然未有不病於元氣之不能化以爲血病者也，元氣已病，積久而濕邪蘊隆之氣以致糾結塡壅，如喘滿腫脹，或鬱遏下焦，致二便不得施化，斯時將從血而治乎？將必求其血中之氣而責之，乃有入處，然於斯而補其正氣，猶水沃石耳，用此味爲斬關奪門之將，而猥云其泄元氣，以致束手待斃也，可乎？如邪不至於蘊隆，而患不極於填壅，則正氣尚未至併於濕邪，但處其弱而已，此際若以此味投之，其弱者能復有存否？故臨證投劑，唯審濕邪之盛否以爲用舍，何能執一偏之說哉？方書治疝癩有青木香丸：黑丑三兩，補骨脂、蓽澄茄、檳榔各二兩，青木香一兩，如冷者去黑丑、檳榔，加吳萸、香附。即此思之，則元氣虛者，此二味亦當細酌，蓋經所謂氣虛者寒也，在老人更慎之。雖然，如瀕湖所療老婦腸結證，止言投其硝、黃不適於病耳，乃有必用大黃之證，無牽牛則竟不能入胃口以下者，即此則知此味爲血中開導之先驅，即漫然謂其泄氣，不可也。一老人因冒雨感寒，未經發汗，至春初內熱煩燥，胸膈緊滿，十日不大便。用清解二劑，入口即吐其強半，加熟大黃利之，下咽即吐去殆盡。[6]蓋因痰熱凝結胸膈，以治血分者，反拒而不受也，因用牽牛大黃丸緩緩服之，而大便通後乃服清氣化痰藥十餘劑，[7]以致漸安。若然，則較瀕湖所說，又進一解矣。大抵此味爲陽中之陰，而性屬辛烈，故多就陰濕之氣以爲開，非治熱也，故濕之熱者寒者，但其壅結處，即其奏功處，若寒濕濕熱之痰，上壅下秘，似皆其的對，如下焦病於氣壅而實以爲痛者，亦皆本於濕之所化。東垣曰下焦固濕之根也，瀕湖之治柳喬，此一徵矣。唯有水氣，如劉守眞、張子和輩翕然以爲必須於此，愚則未之敢許。蓋水氣爲患，即由於氣不化，脾、肺、腎皆主氣，即皆主水，然脾爲升降肺腎之樞機，唯益脾健運，佐以利氣，則升降不失其職而氣化，若不容已助之利水者，更無不化矣，焉用此不能化氣而徒能泄氣之味，以致氣之化愈窮哉？東垣先生亦必以愚爲知言矣。

[附方]

三焦壅塞，胸膈不快，頭昏目眩，涕唾痰涎，精神不爽，**利膈丸**：用牽牛子四兩，半生半炒，不蛀皂莢酥炙，二兩，爲末，生薑自然汁煮糊，丸梧子大，每服二十丸，荊芥湯下。

腎氣作痛，黑白牽牛等分，炒，爲末，每服三錢，用豬腰子切縫，入茴香百粒，川椒五十粒，摻牽牛末入內，紮定，紙包煨熟，空心食之，酒下，取出惡物，效。

丹溪曰：牽牛屬火善走，黑者屬水，白者屬金，若非病形與證俱實，不脹滿，不大便秘者，不可輕用，驅逐致虛，先哲深戒。

[修治] 黑者屬水力速，白者屬金效遲。但黑者先甘後苦，甘少而苦多，白者先甘後辛，甘少而辛多，未審東垣之所謂辛烈者豈專用白者乎？時珍曰：今多只碾取頭末，去皮麩不用，亦有半生半熟用。

紫葳 即凌霄花。

時珍曰：凌霄野生，蔓纔數尺，得木而上，即高數丈，年久者藤大如杯，春初生枝，一枝數葉，尖長有齒，深青色，自夏至秋開花，一枝十餘朵，大如牽牛花而頭開五瓣，赭黃色，有細點，秋深更赤，八月結莢如豆莢，長三寸許，其子輕薄如榆仁、馬兜鈴仁，其根長，亦如兜鈴根狀。

花　根同。

[氣味] 酸，微寒，無毒。普曰：神農、雷公、岐伯，辛；扁鵲，苦鹹；黃帝，甘，無毒。權曰：畏鹵鹹。

[主治] 女子產乳餘疾，產後奔血不定，淋瀝及崩中，並癥瘕血閉，寒熱羸瘦，主熱毒風，風癇，大小便不利，婦人血膈遊風。本草云：凌霄治熱風身癢，遊風風疹，瘀血，蒼耳葉同用也。

丹溪曰：凌霄花，治血崩之要藥也，且補陰甚捷，蓋有守而能獨行，婦人方中宜用。

時珍曰：凌霄花及根甘酸而寒，莖葉帶苦，手足厥陰經藥也，行血分，能去血中伏火，故主產乳崩漏諸疾及血熱生風之證也。

希雍曰：紫葳花，稟春氣以生，故其味酸，氣微寒，無毒，花開於夏而色赤，味應帶苦，入肝行血之峻藥。同當歸、紅花、川芎、牛膝、地黃、延胡索、桃紅、蘇方木、五靈脂，治壯實婦人血閉。

愚按：紫葳之氣寒，其味鹹先而勝，苦後而殺，知入血而散熱結無疑矣。第丹溪云補陰甚捷，在瀕湖又言入血分而去伏火，固非專於通行者也。如希雍以爲行血峻藥，或亦據本草所謂治癥瘕通血閉而云乎，然有產後奔血不定及崩中之能治，是可謂其專於行血乎？詎知甄權云治熱風，《日華子》云治熱毒風，蓋化熱毒風，即血中所鬱之熱化而爲毒風也，性雖主行，然必其能補陰，而後能除熱毒風，是即行爲補也。且其枝春生，其花自夏及秋至秋深，其華更赤，則豈非以至陽達其陰之鬱，以陽中之少陰還於陽後化陰歟？觀其采者必以秋後，其爲補陰也可知，即行以爲補也，又可知矣。如疑其止能行血，試思此味何以復畏鹵鹹，蓋多食鹹則傷血，畏傷血者，必非峻於行血者也。丹溪言其有守而能獨行，又豈臆說歟？朱丹溪先生固醫之聖者也，如希雍輩，尚屬門外漢耳。

[附方]

婦人血崩，凌霄花爲末，每酒服二錢，後服四物湯。先飲凌霄花酒而後服四物湯，或亦先去血中之伏火而後調之耶。

久近風癩，凌霄花或根葉，爲末，每服三錢，溫酒下，服畢解髮，不住手梳，口噙冷水，溫則吐去，再噙再梳，至二十口乃止，如此四十九日絕根。百無所忌。

時珍曰：花不可近鼻嗅，傷腦。花上露入目，令人昏矇。

莖葉

[氣味]　苦，平，無毒。

[主治]　痿躄，益氣《別錄》，熱風身癢，遊風風疹。花及根同功《日華子》。治喉痹熱痛時珍。

[修治]　秋後采之，陰乾。

栝　　樓

頹曰：別名瑞雪，根即天花粉，出弘農陝州者最勝，所在亦有之。三四月生苗，引藤蔓，葉如甜瓜葉而窄，作叉，背面俱有白毛，六月開花，似壺蘆花而淺黃色，結實在花下，大如拳，生時青碧如瓜，九月黃熟如柿，形有正圓長銳，功用並同，內有扁子，殼色褐，仁色綠多脂，作青氣，根直下生，年久者長數尺，秋後采者結實有粉，他時便多筋絡矣。

實

[氣味] 苦，寒，無毒。時珍曰：味甘不苦，大甘而後有微苦，丹溪所云是也。又云：栝樓古方全用，後世乃分子瓤各用。《仙製》曰：味厚氣薄，陰也。

[主治] 潤肺燥，除熱，滌痰結，止嗽，寬胸痹，利咽喉，療燥渴腸秘。

丹溪曰：栝樓實屬土而有水，《本草》言治胸痹者，以其味甘性潤，甘能補肺，潤能降氣。胸中有痰者，乃肺受火逼，失其降下之令，今得甘緩潤下之助，則痰自降，宜其為治嗽之要藥也，且又能洗滌胸膈中垢膩鬱熱，為治消渴之神藥。按：《傷寒》用栝蔞實，謂可以通胸中之鬱熱，而方書熱鬱湯內有瓜蔞皮穰，則解胸中鬱熱是其所長，且寒而大甘，即解元氣之鬱，而不同於梔仁輩苦寒，猶以降折傷其上升之陽也，甘雖緩而潤則通，前哲用藥，大有酌量如此。

時珍曰：仲景治胸痹痛引心背，咳唾喘息，及結胸滿痛，皆用栝樓實，乃取其甘寒，不犯胃氣，能降上焦之火，使痰氣下降也。成無己不知此意，乃云苦寒以瀉熱，蓋不熟嘗其味，而隨文傅會爾。

《類明》曰：栝樓仁，昔人謂通肺中鬱熱，又言其能降氣者，總之甘合於寒，能和能降能潤，故鬱熱自通。夫氣屬陽，同乎火體，燥則炎上，潤則降下，和而且潤，以緩為降，又況寒以導之乎？丹溪所謂胸中垢膩蓋亦鬱熱之所成，熱之鬱者通，氣之痹者降，何垢膩之不滌乎？

[附方]

胸中痹痛引背，喘息咳唾，短氣，寸脈沉遲，關上緊數，用大栝樓實一枚，切，薤白半斤，以白酒七升煮二升，[8]分再服。加半夏四兩，更善。

清痰利膈，治咳嗽，用肥大栝樓洗，取子，切焙，半夏四十九個，湯洗十次，搥焙，等分為末，用洗栝樓水並瓤同熬成膏，和丸梧子大，每薑湯下三五十丸，良。

乾咳無痰，熟栝蔞搗爛，絞汁，入蜜等分，加白礬一錢，熬膏，頻含咽汁。

咳嗽有痰，熟瓜蔞十個，明礬二兩，搗和餅，陰乾研末，糊丸梧子大，每薑湯下五七十丸。

酒痰咳嗽，用此救肺，瓜蔞仁、青黛等分，研末，薑汁蜜丸芡子大，每噙一丸。

小兒痰喘，咳嗽膈熱，久不瘥，瓜蔞實一枚，去子，爲末，以寒食麪和作餅子，炙黃，再研末，每服一錢，温水化下，日三服，效乃止。

婦人夜熱痰嗽，月經不調，形瘦者，用瓜蔞仁一兩，青黛、香附童便浸曬，一兩五錢，爲末，蜜調，噙化之。

燥渴腸秘，九月、十月熟瓜蔞實取瓤，拌乾葛粉，銀石器中慢火炒熟，爲末，食後、夜卧各以沸湯點服二錢。

愚按： 栝樓實陰厚而脂潤，故於熱燥之痰爲對待的劑，若用之於寒痰濕痰，氣虛所結之痰，飲食積聚之痰，皆無益而有害者也，可不審諸？如所摘錄數方，用其實，或助以辛散，或間以燥濕，或和以斂水，或佐以開鬱，不如是無以竟其潤下之功，而致於貽濡滯之害，則亦用劑者之過也。

根 直下生，年久者長數尺，秋後采者結實有粉，他時便多筋絡矣。即天花粉，又名瑞雪。

[氣味] 苦，寒，無毒。時珍曰：甘，微苦，酸，微寒。潔古曰：性寒味苦，陰也。東垣曰：氣味苦寒，純陰。苦多而先有微甘，潔古、東垣所云是也。中梓曰：入心、肺二經。

[主治] 益津，治消渴，身熱煩滿，除腸胃中痼熱，及時疾熱狂，並虛熱咳嗽，退八疸身面黃，唇乾口燥，短氣，通小腸，亦止小便利，通月水，能補虛安中，續絕傷。

恭曰：用根作粉，潔白美好，食之大宜虛熱人。

東垣曰：栝樓根，解煩渴，行津液，心中枯涸者，[9]非此不能除。與辛酸同用，導腫氣。

希雍曰：栝樓根，稟天地清寒之氣，故能治消渴，除煩滿，療痼熱，降熱痰，有一切之主治如此。根同貝母、竹瀝、竹茹、荊瀝、天門冬，消痰；同金銀花、連翹、貝母、白及、甘草，消一切腫毒。

［附方］

消渴飲水，用生栝樓根三十斤，以水一石煮取一斗半，去滓，以牛脂五合煎至水盡，用暖酒先食服如雞子大，日三服，最妙。

傷寒煩渴思飲，栝樓根三兩，水五升煮一升，分二服，先以淡竹瀝一斗、水二升煮好銀二兩半，冷飲汁，然後服此。

黑疸危疾，瓜蔞根一斤，搗汁六合，頓服，隨有黃水從小便出，如不出，再服。

虛熱咳嗽，天花粉一兩，人參三錢，爲末，每一錢，米湯下。

又方，栝樓根水泡切片，用竹瀝拌，曬乾，如是三次，再同乳汁浸，飯上蒸，曬乾。苹葉搗汁濃煎，中暍傷暑服，效。

［總論］　盧復云：《本經》主治不分根實，《別錄》廣實主胸痹，悅澤人面，似有根實之分。故《圖經》另出根名天花粉，主煩滿及消渴煩滿，胸痹，皆胸部病。《釋名》云：消渴，腎氣不周於胸也。經云：煩滿，胸痛引背，胸痹也。病名雖異，因証則同，但所施略分輕重耳。卽能周腎氣於胸，亦屬補虛安中續絕傷功力耳。之頤曰：氣味苦寒，逆治火熱，體質濡潤，逆治燥涸，或液燥涸致熱結聚，或熱結聚致液燥涸，遂成消渴煩滿者，悉宜用安中者，熱卻則中安，亦卽所以補液之虛耳，故筋脈燥涸則絕傷，濡潤則連續矣。根實功力稍有異同，實主鬱遏不能分解，根主散渴失於容平，靡不以熱爲因，以燥爲証。顧天花、瑞雪之名，則思過半矣。

愚按：盧復引經參證，煩滿卽胸痹，而消渴爲腎氣之不周於胸。夫腎陰原至於肺，胸中固肺所治也，腎氣不周於胸，是陽傷乎陰而爲煩滿，煩滿與消渴又相因矣，不可同歸於胸痹之爲病乎？故天花粉概言其生津止渴耳，未有能明斯義者。先哲云治渴一也，有堅腎水而渴止者，有利小便而渴愈者，堅腎水用天花粉之屬，利小便用茯苓、豬苓之類。卽此繹之，則所謂治渴而堅腎水者與腎氣不周於胸之義，不可以互明哉？雖然，據實與根之主治，大都不外於能使陰氣化液亦大都不越於肺也，卽實黃熟於九月，而采以霜降後，根肉色潔白，而采於秋後，乃實則所稟者金水之氣爲專，但實之味甘，是金孕於土，水孕於金，故其味厚而脂多，不類於苦寒之直折，唯本土金水之相孕，以育陰而退陽，陰氣蘊隆則熱退，陰氣蘊隆而脂潤則燥化，故凡熱淫燥氣之結於胸次，與其結於胸次而爲痰爲垢膩者，皆能利之。至根則其味苦矣，苦則下泄，是金直致其氣化於水矣，金水合以致其用，先哲所謂純陰，又卽先聖所謂潤下也，故其功能誠如之頤所云，或液燥涸致熱結聚，或熱結聚致液燥涸者，唯此爲中的之劑，執此兩端，則凡內傷外淫以致中熱而爲燥者，豈能舍之？就本草所指，腸胃中痼熱及時行身熱，煩燥或發狂者，可推類以盡之，不獨在胸膈間矣。試思所謂通月水者何居？先哲曰：經水者，乾金之氣也。又因是以知其能通小腸，並能止小水之利，蓋心主血，肺陰下降入心，以腎陰之至於肺者，還下而合於離中之坎，故血生。小腸非火化之腑乎？先哲曰：小腸通利則胸膈血散，膻中血裹則小腸壅滯。卽此思之，爲血爲水，是一是二，可以知此味功能皆本於金水之相含，使氣能化液，液之清者化血，濁者化小水也。故東垣謂心中枯涸，非此不除，是則雖爲純陰，亦異乎他味之苦寒，止以降火爲功者也。《本經》謂其安中續絕傷者，此耳。抑之頤固云皆以熱爲因，燥爲證，第苦寒與甘寒豈得例論？若熱淫而兼乎陰之濕，實與根皆宜慎也。至熱結而本乎陽之鬱，是固木火不達以爲病，與金水不達者證或相類，實則可投，而根之屬純陰者其可施乎哉？

希雍曰：脾胃虛寒作泄者，勿服。

愚按：希雍指根言也。此味固得金水之厚，凡病於木火之真氣不升不達者，此患最多，在所禁用，前已略具論中。至用實宜審，已悉於實之諸方後。

[修治] 《準繩》曰：連子連皮細切用。今人止用核仁，非也。然有不可執一，有全用者，有用皮瓤而去子者，又止用瓤者，有止用子者。今人止用子者，多是亦未之細審也。《仙製》曰：用子剝殼用仁，滲油，只一度，免人惡心，毋多次，失藥潤性。根，去皮搗細，羅粉用。

葛

春生苗，七月著花。五月采根，曝乾用。

根

[氣味] 甘辛，平，無毒。《別錄》曰：生根汁大寒。好古曰：氣平味甘，[10]升也，陽也，陽明經行經的藥也。徐用誠曰：葛根氣味俱薄，輕而上行，浮而微降，陽中陰也。

[主治] 起陰氣，升發胃氣，散胃中鬱熱，生津，除消渴，胸膈煩熱，療陽明頭額痛，目痛鼻乾，身前大熱，煩悶欲狂，治天行上氣，熱壅嘔吐，並熱毒血痢，温瘧往來，止脇風痛，發痘疹難出，解酒毒。

潔古曰：仲景治太陽陽明合病，桂枝湯內加麻黃、葛根，又有葛根黃芩黃連解肌湯，是知葛根非太陽藥，乃陽明藥也。若額顱痛如破，可用葛根葱白湯，乃陽明自中風之仙藥也。若太陽初病，未入陽明而頭痛者，不可便服升麻、葛根發之，是反引邪氣入陽明，爲引賊破家也。

時珍曰：《本草十劑》云輕可去實，麻黃、葛根之屬。蓋麻黃乃太陽經藥，兼入肺經，肺主皮毛；葛根乃陽明經藥，兼入脾經，脾主肌肉。所以二味藥皆輕揚發散，而所入迥然不同也。

東垣曰：乾葛其氣輕浮，鼓舞胃氣上行，生津液，又解肌熱，治脾胃虛弱泄瀉聖藥也。

象云：治脾虛而渴，除胃熱，解酒毒。

中梓曰：風藥多燥，葛根獨止渴者，以其升胃家下陷，上輸肺金以生水耳。

希雍曰：葛根，稟天地清陽發生之氣，其味甘平，其性升而無毒，入足陽明胃經，解散陽明温病熱邪之要藥。生氣升騰，風藥之性也，故起陰氣，散胃熱，能治所生諸病。葛根湯治陽明胃經温病邪熱，頭疼發渴，煩悶鼻乾，不得眠，如渴甚嘔甚，則加石膏、麥門冬、知母、竹葉；葛根升麻湯治斑疹初發，點粒未形；同一切補腎益精藥作丸餌，則起陰，令人有子；同升麻入升陽散火、升陽除濕升陽益胃、清暑益氣、補中益氣等湯用。

愚按： 經《運氣論》曰：陽明之上，燥氣治之，中見太陰。又曰：陽明不從標本，從乎中。是言燥氣爲陽明之本，而陽明爲燥氣之標，然却不從燥，而從太陰之濕土以化，故曰從中。葛根之用，在李東垣先生云鼓舞胃氣上行，誠爲能察物理。第細繹《本經》起陰氣一語，正合於從太陰之濕土以行其化，故能解胃中之熱鬱，而鼓舞其陽氣以上行者也。觀《本經》首言消渴，其義可知。經固曰脾主爲胃行其津液者也。經曰所謂陽者胃脘之陽也，然陽必根於陰，所謂從乎中也，故能起陰氣，卽所以達胃之陽，能達胃之真陽，則胃之鬱熱散，能散胸膈煩熱，而肌肉之屬表者其熱亦解矣，故希雍謂爲解散陽明温病熱邪之要藥也。乾葛在傷寒鬱熱於陽明經者用之，所見有目痛諸證也，但中氣虛而鬱熱於胃者亦有目痛證，唯用參、芪、升麻而愈，乾葛不必投也，用者審之。然則葛根非專以發表爲功乎？抑何以陽明中風而葛根葱白湯爲的劑耶？曰：胃氣、陰氣、元氣、風升之氣，一也。此味能起陰氣，希雍所謂生氣升騰爲風藥之性，其說良然。先哲云：葛根湯乃陽明自中風之仙劑，不宜概治他經，其義不可以互明歟？雖然，既能達表，則已至於肺矣，經曰從中者以中氣爲化也，陽明本於燥氣而從濕土以起化，卽如脾胃虛瀉，由於陰陽之氣爲病也，此味起陰氣而暢陽，則濕土不病，而燥氣一治，是得以還其降收之令者，固所謂以中氣爲化也。其治脇風痛，似又療肝風矣。蓋其能起陰氣，固與春升之初氣無二，第能達胃之陽，則春升之木氣更暢。觀治脇下有風氣作塊者用之，至於悲傷煩惱致傷肝氣而脇骨痛者，亦同諸藥用之，則知能發土氣以達木氣，固煞有妙理，豈得徒在袪風以論其功哉？李文清《本草》不以葛根入風藥，而列於治熱之類，亦爲知所取材矣。

希雍曰：傷寒頭痛兼有太陽證者，邪猶未入陽明也，禁用。五勞七傷，上盛下虛者，暑月雖有脾胃病，不宜服。丹溪曰：凡斑痘已見紅點，禁用葛根升麻湯，恐表虛，反增斑爛也。

[修治] 雪白多粉者良，去皮用。

天門冬

[氣味] 苦，平，無毒。《別錄》曰：甘，大寒。潔古曰：味苦甘，性寒，味厚氣薄，陰也。好古曰：氣寒，味微苦而辛，氣薄味厚，[11]陽中之陰，入手太陰、足少陰經氣分之藥。

[主治] 潤燥滋陰，冷而能補，通腎氣，除虛熱，強骨髓，清金降火，保定肺氣，治肺氣喘逆，止嗽消痰及吐血，肺痿吐膿，止煩渴，療痿蹷嗜臥，足下熱而痛，大潤營衛枯渴，補五勞七傷。

權曰：天門冬冷而能補，患人五虛而熱者宜加用之，和地黃為使。

張潔古曰：保定肺氣，治血熱侵肺，上氣喘促，加人參、黃芪，用之為主，神效。其味苦甘，苦以泄滯血，甘以助元氣，及治血妄行，此天門冬之功也。按：張潔古先生所說，可以醒粗工治血證者之誤。夫血乘熱上行，遂不得歸經而滯於上，乃遽以地黃之屬投之，雖生者能涼血，然血未能即涼，而先受其滯，血滯則反益其熱，故血證初盛之時，不唯血壅，而正氣為邪熱所侵亦曰鬱也。且氣血滯而類生痰，豈得概以滯劑投之？不特此也，苦寒之劑亦須審其中者而施矣。詳見所書血證類。按肺象天，本清空之象，所云血熱侵肺者，血乘火炎而上侵，使絪縕清虛之氣不能司其職以下降，故為上氣喘促，血乘火而上，不得歸經，即為滯血，所云用之為主，以天冬為主也，加參、芪亦宜酌量。

嘉謨曰：按天麥門冬並入手太陰經，而能驅煩解渴，止咳消痰，功用似同，實亦有偏勝也。麥門冬兼行手少陰心，每每清心降火，使肺不犯於賊邪，故止咳立效；天門冬復走足少陰腎，屢屢滋腎助元，令肺得全其母氣，故消痰殊功。蓋痰係津液凝成，腎司津液者也，燥盛則凝，潤多則化。天門冬潤劑，且復走腎經，津液縱凝，亦能化解，麥門冬雖藥劑，滋潤則一，奈經絡兼行相殊，故上而止咳不勝於麥門冬，下而消痰必讓於天門冬耳。

時珍曰：天門冬清金降火，益水之上源，故能下通腎氣，入滋補方合羣藥用之有效。若脾胃虛寒，單餌既久，必病腸滑，反成痼疾，此味性寒而潤，能利大腸故也。

希雍曰：天門冬正稟大寒初之氣以生，得地之陰精獨厚，味雖微苦，甘而帶辛，其氣大寒，其性無毒，要以甘多者爲勝，味厚於氣，陰也，降也，除肺腎虛熱之要藥也。同麥門冬、百部、桑白皮、枇杷葉、玄參、貝母、童便、竹瀝，爲清肺消痰止嗽必用之藥；同地黃、麥門冬、五味子、黃檗、車前子、枸杞、牛膝爲丸，補陰除熱，滋腎家燥，脾胃弱者加山藥、白茯苓、砂仁以佐之；同麥門冬、五味子煮膏，入煉蜜，益肺甚妙，亦治消渴；同甘菊花釀酒，除一切風，能愈大風病，水煮則除風熱，兼除煩悶；同生地黃、麥門冬、白芍藥、鱉甲、牛膝、杜仲、續斷、童便，治吐血；同薏苡仁、桑黃白及紫菀、百部、百合，能除肺痿吐膿血；同青蒿、鱉甲、麥門冬、銀柴胡、牛膝、白芍藥、地骨皮、五味子，能治婦人骨蒸；同麻子仁、麥門冬、生地黃、童便，能除大腸熱燥，胃強者略加桃仁。

愚按：二冬皆由胃而或入心，或歸腎，以奏功於肺者同也。麥冬味甘平而氣微寒，曰陽中微陰也；天冬味甘苦，苦勝於甘而氣寒，曰陽中之陰也。卽是可以知二冬所入所歸之地，雖同爲治肺，其所以奏功者，卽由其所入所歸而殊有別也。二冬之味俱厚，一則清心而復脈滋陰，一則通腎而潤燥益精。先哲云天冬冷而能補，蓋苦寒入腎者多矣，唯此質潤而味厚，正謂腎忌燥而喜潤，又精不足者補之以味，是所云通腎氣、強骨髓者此也。抑保定肺氣者云何？觀朱丹溪先生所說黃芩條中，有云片芩瀉肺火，若肺虛者多用則傷肺，必先以天冬保定肺氣而後用之，此義微矣。蓋肺有火者，肺陰未虛爲實，肺陰不足則爲虛，虛者概以清火之味攻之，則愈亡其陰。天冬屬足少陰氣分藥，本腎中之陰氣以上至肺，故能保定肺中陰氣，而後可攻其火也。經曰二陰至肺，是腎中陰氣原至於肺也，惟腎陰虛者則不能至於肺而肺虛，天冬不止苦寒除熱，兼以潤膩益精，俾虛火不爍於陰中，而陰氣能極於上際，故肺氣賴以保定，此所謂主肺氣喘逆急促，止嗽消痰療吐血，并肺痿生癰吐膿是也。其所謂鎮心者何？蓋坎離本是同宮，腎陰足而心火寧，況有肺陰下降以入心，是所謂主心病嗌乾心痛，渴而欲飲者是也。所謂治痿暨嗜臥者何？蓋腎氣能至於肺，肺氣卽還能至於腎。凡痿躄爲病，皆由於肺熱葉焦，肺陰不能降，而氣不能至於地，不則何痿躄嗜臥之有？此所謂療足下熱而痛，更益氣力，利小便者此也。至於潤五臟，補五勞七傷，總不外先哲所云潤營衛枯渴，與麥冬、人參、五味、枸杞逐隊，的的能補虛勞，但其潤滯之味同於麥冬，而清冷之性過於麥冬，於脾胃生發之氣，大費酌量而投也，繆仲淳氏誠知言哉。按方書有云：天冬治痰之本，爲腎主液也；半夏治痰之標，爲脾主濕也。此語習焉而不一察。夫天冬治火盛作燥之痰，名爲火痰，本於陰氣之厚以化燥而痰自清；半夏治濕盛作滯之痰，名爲濕痰，本於辛燥之氣以散濕而痰自行，二者本是相反對治之藥，謂爲本爲標之說，不知何所見而云然也。

[附方]

陰虛火動有痰，不堪用燥劑者，天門冬一斤，水浸洗，去心，取肉十二兩，石臼搗爛，五味子水洗，去核，取肉四兩，曬乾，不見火，共搗丸梧子大，每服二十丸，茶下，日三服。

希雍曰：天門冬，味苦平辛，其氣大寒，若因陰虛水涸，火起下焦，上炎於肺，發於痰喘者，誠哉要藥也。然大寒而苦，不利脾胃，陰虛之人脾胃多弱，又以苦寒損其胃氣，以致泄瀉惡食，則危殆矣。何者？後天元氣生於胃氣，五臟之氣皆因之以爲盛衰者也，強則喜食而甘味，弱則惡食而不甘味。陰虛精絕之病，正賴脾胃之氣強，能納能消，以滋精氣，若脾胃先困，則是後天生氣之源絕矣。丸餌雖佳，總統於食，湯液雖妙，終屬於飲，若非胃氣無損，焉能納而消之以各歸其根，奏平定之功哉？必不得已，當以薏苡仁、白茯苓、山藥、甘草、白芍藥同用，或用麥門冬以代之可也，誤用之必泄。

[修治] 以甘多者爲勝。擇肥圓長大者，湯浸，去皮心，焙熱，卽當風涼之，如此二三次，自乾，不損藥力。或用柳甑箄蒸一伏時，灑酒令遍，更添火蒸一伏時，取出，用一小架去地二尺，攤上曬乾。

附二方，以識用天冬法。

肺痿咳嗽，吐涎沫，心中溫溫，咽燥而不渴，生天門冬搗汁一斗，酒一斗，飴一升，紫菀四合，銅器煎至可丸，每服杏仁大一丸，日三服。

滋陰養血，溫補下元，**三才丸**：用天門冬去心，生地黃二兩，二味用柳甑箄以酒灑之，九蒸九曬，[12]待乾秤之，人參一兩，爲末，蒸棗肉搗和，丸梧子大，每服三十丸，食前溫酒下，日三服。三才丸不用酒灑，九蒸九曬，則寒滯爲害。

按此味亦曰門冬，以其功同麥冬也。麥鬚曰虋，麥冬根似麥而有鬚，其葉如韭，凌冬不凋，故謂之麥虋冬，俗作門冬，便於字也。虋音門。又曰：草之茂者爲虋，天冬草茂，故亦曰虋。一名顛棘，因莖間有逆刺故。天、顛，音相近也。又製法：去心，搥匾極薄，曬乾，加隔紙焙焦用。

百　　部

春生苗，作藤蔓，葉大而尖長，頗似竹葉，面青色而光，根下作撮如芋子，一撮乃十五六枚，黃白色相連。二月、三月、八月采，曝乾。

根

[氣味]　甘，微溫，無毒。權曰：甘，無毒。《日華子》曰：苦，無毒。恭曰：微寒，有小毒。

時珍曰：苦，微甘，無毒。

[主治]　咳嗽上氣，肺熱，能潤肺，更保肺，愈久嗽，並治疳，殺蚘蟲、寸白、蟯音饒，腹中蟲。蠱。

東垣曰：治肺熱而咳嗽立止。

時珍曰：百部亦天門冬之類，故皆治肺病，殺蟲。但百部氣溫而不寒，寒嗽宜之，天門冬性寒而不熱，熱嗽宜之，此爲異耳。百部根亦有苦而微甘，如時珍所云者，豈其種有異耶？然當取甘勝如《本經》所云爲是，不然苦泄勝者何取於保肺而能療年久嗽耶。

王損菴曰：經年累月久嗽不瘥，餘無他證，却與勞嗽不同，戴用三拗湯、青金丸，予謂其不妥，獨宜保肺而已，一味百部膏可也。

希雍曰：百部根正得天地陰寒之氣，故《蜀本》云微寒，《日華子》

言苦，《本經》言微溫者，誤也。苦而下洩，故善降，肺氣升則喘嗽，故善治咳嗽上氣，能散肺熱，故《藥性論》主潤益肺。同桑根白皮、天麥二冬、貝母、枇杷葉、五味子、紫菀，治一切虛嗽，此虛嗽乃肺陰虛而有熱者，若脾肺之氣虛者不宜也。但不能治食積嗽。

愚按：百部與天冬，類以爲皆治肺之劑，然有謂宜於肺熱，又有謂宜於散寒者，詎知其味甚甘而後微苦，苦特甘之餘也，其氣一曰微溫，一曰微寒，固多以爲治熱，非溫矣，然微寒乃清潤之氣，適與甘合也，詎可與天冬之苦寒同論哉？天冬苦後有微甘耳，是非的的治熱者乎？若百部，乃先哲多謂其能治久嗽，損菴所云治久嗽，用以保肺者也。夫嗽久何以不愈，必寒熱補泄之劑，投不應節，以至於斯，是肺陰已虛，猶可以寒熱爲嘗試乎？故曰獨宜保肺而已。若然則保肺卽可以瘳嗽乎？曰：是何不然。且甘後有微苦，引肺胃之氣以下泄，而固本於清潤之氣，此其所以能奏久嗽之功也。然則獨久嗽之能治乎？曰：凡嗽必有所因，豈可概投一味，以期其效？以此治暴嗽者，宜於肺氣素虛之人，而隨分寒熱，有以佐之，如寒則生薑，熱則和蜜。如治久嗽者加蜜，固爲其虛而定有熱也，豈漫無區別乎哉？雖然，此味能保肺，因胃氣上行至肺，肺氣本於胃也。甘勝而後微苦，由土氣以保金，而後金氣得母氣以下降，乃可以徐徐奏功也。曰：是則久嗽皆能治歟？夫王損菴先生已言之矣，久嗽不瘥，別無他證，又云與勞證不同，若然則勞證之久嗽自有治法，而久嗽兼乎他證者，卽合他證以審其淹久之故，豈無的劑，詎謂可以一方盡哉？

[附方]

暴咳嗽，葛洪方，用百部、生薑各搗汁，等分，煎服二合。

《續十全方》用百部藤根搗自然汁，和蜜等分，沸湯煎膏，噙咽。蜜用生者和之主涼，而熟溫也。

小兒寒嗽，**百部丸**：用百部炒，麻黃去節，各七錢半，爲末，杏仁去皮尖，炒，仍以水略煮三五沸，研泥，入熟蜜和，丸皂子大，每服二三丸，溫水下。

久咳嗽，百部根二十斤，搗取汁，煎如飴，加蜜二斤，服方寸匕，日三服。

［修治］　以竹刀劈，去心皮，用酒浸一宿，漉出焙乾，細剉用。

何首烏 此藥本名交藤，因何首烏服而得名也。

春生苗，蔓延竹木墻壁間，如木藁狀，雌雄共生其地，雄者莖色黃白，雌者莖色黃赤，苗蔓時交結，或隱化不見也，葉似薯蕷葉而不光澤，夜合晝疎，又似合歡葉之晝開夜合也，夏秋開黃白色花，似葛勒花，結子有稜，似蕎麥，雜小如粟粒，根有五稜，瓣似甜瓜，形似連珠，色分赤白，白雌赤雄也。

［氣味］　苦澀，微溫，無毒。《何首烏傳》：味甘，氣溫，無毒。

［諸本草主治］　瘰癧，消癰腫，療頭面風瘡，瀉肝風，亦療積年勞瘦，痰癖，風虛敗劣，骨軟風，腰身軟，膝痛，腰身軟，膝痛，不能行步，正是骨軟風。並冷氣心痛，陰傷久瘧，益血氣，黑髭髮，悅顏色，久服長筋骨，益精髓，延年不老，令人有子，亦治婦人產後及帶下諸患。

［方書主治］　中風頭痛，行痺，鶴膝風，癇證黃疸。大抵此味治風爲其所長，即如治頭痛石膏散中用此味者，亦云治風熱頭痛也。又治癇證之勝金丸，曰風癇也。如治黃疸之青龍散，亦云治風氣傳化，腹內瘀結而目黃，風氣不得泄，爲熱中消渴引飲也。

時珍曰：何首烏，足厥陰、少陰藥也，白者入氣分，赤者入血分。腎主閉藏，肝主疎泄，是物氣溫，味苦澀，苦補腎，溫補肝，能收斂精氣，所以能養血益肝，固精益腎，健筋骨，烏髭髮，爲滋補良藥，不寒不燥，功在地黃、天門冬諸藥之上。

又曰：茯苓爲之使，忌諸血無鱗魚蘿蔔蒜葱鐵器，同於地黃。

希雍曰：何首烏本文味苦澀，微溫，傳言味甘氣溫，其稟春深生氣，無疑春爲木化，入通於肝，外合於風，升也，陽也，入足厥陰，兼入足少陰經，故爲益血祛風之上藥。肝主血，腎主精，益二經則精血盛，髮者血之餘也，故烏髭髮。其主瘰癧者，肝膽氣鬱結則內熱，榮氣壅逆，發爲是病，十一臟皆取決於膽，與肝爲表裏，爲少陽之經，不可出入，氣血俱少，乃風木所主，行膽氣，益肝血，則瘰癧自消矣。種種功能，又如所謂長筋骨、益精氣者，皆補肝腎、益精血之所致也。君甘菊花、枸杞子、地黃、牛膝、天門冬、赤白茯苓、桑椹、南燭子，則益精血，烏鬚髮，駐顏延年；得牛膝、鱉甲、橘紅、青皮，治瘧邪在陰分，久而不解，如表氣已虛，脾胃已弱，則加人參三五錢，肺熱者去人參，換入當歸如其數；得刺蒺藜、甘菊花、天門冬、胡麻仁、漆葉、白芷、荊芥穗、苦參、地黃、百部，治頭面諸風及大麻風；得金銀花、地榆、犀角、草石蠶、山豆根、黃連、芍藥、乾葛、升麻、甘草、滑石，治毒痢下純血，諸藥不效，有神。

　　愚按：何首烏之用，或取效於氣血之結而經脈壅者，或取效於血氣之劣而形器損者。若此或亦他藥所可幾也，但言其久服駐年，更能種子，即《何首烏傳》所云，數世不爽，在近代競珍之，以爲仙草矣。是何其功之迥異，而他藥難與齊歟？方書類知爲活血祛風，不知其能長筋骨，益精髓，更能延年種子者，是二是一，試於此處參之，便知此條立論之精義。其傳讚曰雌雄相交，夜合晝疏，盧之頤曰藥有雌雄，指花實之有無，或形色之相肖，唯何首烏色分赤白雌雄，其生其地，兩藤互爲交解，更觀夜合晝疏，則通於晝陽之闢則闢，夜陰之闔則闔矣。即是思之，此種秉陰陽分合之化機，以合於人身陰陽之始，如腎者是，更合於陰陽之樞，如肝膽者是。夫氣血皆一陰一陽之所化也，陽爲開之，陰爲闔之，則氣血之結者以開爲功，而即具有闔之用，氣血之劣者以闔爲功，而即具有開之用，開闔如得盡其神，而氣血之生化乃得不竭，以是延年，以是種子，豈非不易之元理乎？如此，乃非諸藥所得齊，蓋他藥得陰陽之分，而此獨得陽陰之合，他藥得其分者而不出於合中，此味得其合者而又出於分中也。如時珍以不寒不燥，謂功在地黃、天冬之上，亦粗得其似而已。或曰：此味與地黃同其畏忌，將無與之並能益陰歟？曰：陰陽之開闔此味全具，故謂其補陰與地黃同功，亦何不可？但不與地黃同其沉滯者，其用可參也。蓋陰陽之開闔具於天一之腎，若地黃則止爲陰之闔，不能爲陽之開者也。

又肝膽根於至陰，達於至陽，亦本此開闔以爲開闔，而行其氣血之生化者也。茲味合於元始，握其樞機，在風木爲出地之陽，故多以療風歸之也。又豈地黄可得等夷而喻功乎？第其義何若？曰：風實者，陰不能致於陽而使闔也；風虛者，陽不能達乎陰而使開也。既合於至陰爲闔，至陽爲開，則風之療也安能不首推茲味乎？希雍言其禀春氣而外合於風，其說亦夢夢矣。雖然，人身中開闔之機，自有神識，且交藤豈等丹藥，不得止乞靈於草木也。

又按：何首烏之味，本草言其苦澀微溫，如李安期傳云味甘性溫，且言生喫得味甘甜，可休糧，而時珍據本文謂苦補腎，溫補肝，以此表其功能。第此種所產異地，且有大小之殊，恐亦難以苦溫定之，如苦溫而止，何以便能功超羣品？必其苦而兼甘，得土之沖氣，以入肝腎而滋益，乃得大奏奇功也歟。

[附方]

七寶美髯丹：烏鬚髮，壯筋骨，固精氣，續嗣延年。用何首烏雌雄各一斤，雄者色黄白，雌黄赤，米泔水浸三四日，瓷片刮去皮，用淘净黑豆二升，以砂鍋、木甑鋪豆及首烏，重重鋪蓋，蒸之豆熟，取出去豆，曝乾，换豆再蒸，如此九次，曝乾爲末，赤白茯苓各一斤，去皮研末，以水淘去筋膜及浮者，取沉者捻塊，以人乳十盌浸勻，曝乾研末，牛膝八兩，去苗，酒浸一日，同何首烏第七次蒸之，至第九次止，曬乾，當歸八兩，酒浸，曬，枸杞子八兩，酒浸，曬乾，菟絲子八兩，酒浸生芽，研爛曬，補骨脂四兩，以黑脂麻炒香，並忌鐵器，石臼爲末，煉蜜和，丸彈子大一百五十丸，每日三丸，清晨溫酒下，午時薑湯下，臥時鹽湯下，其餘並丸梧子大，每日空心酒服一百丸，久服極驗。忌見前。時珍曰：此藥流傳雖久，服者尚少。世宗初年，邵應節真人以此方進御，上服之有效，連生皇嗣，於是何首烏之方乃大行於世。

瘰癧結核，或破或不破，下至胸前者，皆治之，用何首烏，其葉如杏，其根如雞卵，亦類瘰子，取根洗净，日日生嚼，並取葉搗塗之，數服卽止。

骨軟風疾，腰膝疼，行步不得，遍身瘙癢，用何首烏大而有花紋者，同牛膝各一斤，以好酒一升浸七宿，曝乾，木臼杵末，棗肉和丸梧子大，每一服三五十丸，空心酒下。

希雍曰：何首烏爲益血之藥，忌與天雄、烏頭、附子、仙茅、薑、桂等諸燥熱藥同用。

[修治]　冬至後采者良，入春則芽而中空矣。北人以贗種欺人，香氣不能混也。臨用留皮，以竹刀切，米泔浸經宿，同黑豆九蒸九曬，木杵臼搗之，忌鐵器。按此法乃用以補益者，至於散氣血結壅等證，似未可用，即前方治瘰癧乃用生嚼，則其義可識矣。之頤曰：修事，春末、夏中、秋初三時，候晴明日，兼雌雄采之，布帛拭去泥土，生時勿損其皮，烈日曝乾，密器收貯，一月一曝，臨用去皮杵末，酒下最良，有疾者茯苓湯下，以爲使也。凡服用，偶日服訖，溫覆取微似有汗，不可令如水流漓，導引尤良，別用他製者無效也。按此治法殊爲有理，緣茲物具有開闔神機，如同黑豆九蒸九曬之製，用以補腎，肝虛者或宜。若凡證概用此法，恐違其自然之功用也，故曰別用他製者無效，卽請以質之高明。

萆薢　《仙製本草》云：味苦甘，氣平，無毒，薏苡爲之使。

時珍曰：萆薢蔓生，葉似菝葜而大如盌，其根長硬，大者如商陸而堅。今人皆以土茯苓爲萆薢，誤矣，莖葉根苗皆不同。

根

[氣味]　苦，平，無毒。《別錄》曰：甘。

[諸本草主治]　腰脊痛强，寒濕周痹《本經》，冷風㿏音頑，手足麻痹也。痹，腰脚癱緩不遂甄權，老人五緩，關節老血《別錄》，骨節風《本經》，並治陰痿失溺《別錄》，久冷，腎間有膀胱宿水甄權，治白濁，莖中痛時珍，補水臟，堅筋骨，益精明目《日華子》。好古曰：補肝虛。

[方書主治]　中風虛勞，惡寒，喘，腰痛痹痛，痹著痹痿，脚氣，鶴膝風攣，不能食，消癉，小便數，赤白濁，疝。

时珍曰：萆薢，足阳明、厥阴经药也。厥阴主筋属风，阳明主肉属湿，萆薢之功长于去风湿，所以能治缓弱㿉痹遗浊诸病之属风湿者。《雷敩炮制论·序》云：囊皱漩多，夜煎竹木。竹木，萆薢也，漩多白浊，皆是湿气下流，萆薢能除阳明之湿而固下焦，故能去浊分清，杨倓《家藏方》治真元不足，下焦虚寒，小便频数，白浊如膏，有萆薢分清饮，正此意也。

希雍曰：萆薢得火土之气，而兼禀乎天之阳气，故味苦，甘平无毒，阳中之阴，降也，入足阳明、少阴、厥阴，其所治诸证，无非阳明湿热流入下焦客于肝肾所致也，更疗下元虚冷，湿邪为病。得牛膝、木瓜、薏苡仁、黄檗、骨碎补、续断、杜仲、石斛、生地黄、狗脊，治腰脊痛，强骨节，加术、菖蒲、茯苓，治周痹；同莲子、茯苓、车前子、木通、泽泻、牛膝、黄柏、甘草，可分清除湿。

愚按：萆薢之用，在《本经》主其治腰脊痛强，骨节风，寒湿周痹，即《别录》、甄权所主诸病，大都不越于外之寒湿，内之虚冷，以为因而所患居下焦固多也。然愚简方书，其用此以疗诸患而逐队于羣剂者，犹有可商也。详所主治，或因阳虚而病寒湿，如中风之换腿丸，或阳虚而阴血不化，如风证之独活散，或下之阳虚而病劳，有天真丹，或元阳虚弱而恶寒，有神珠丹，或肾元衰惫而喘逆，有安肾丸，或肾元虚冷而腰脚痛，有立安丸，或肾肝冷痹而脚膝疼，有巴戟天汤，或如著痹之续断丸，因阳虚而得湿，即以滞血者也，或如鹤膝风之经进地仙丹，因肾气虚惫风湿流注而患此者也，又如鹿茸橘皮煎丸，治元阳大衰而脾胃俱困者也，更如喝起丸，治小肠冷气而病于似疝痛者也。凡此，虽外邪之有无自殊，而阳虚之微甚攸分，皆与《本经》及《别录》、甄权之主治其揆一也。第有属阴气不足，较于阳气之虚殊有不同，乃亦用萆薢以合所宜之药，如痿证之金刚丸及牛膝丸，又挛证之续断丹，腰痛之虎骨散是也。夫阴气与阳气有异，故先哲之投剂不能滚同，然何以同用萆薢，则其义宜参也。又宁唯是，有阴血虚甚而阳僭于上，是与阳虚之证固分道而驰矣，乃如中风之天麻丸及愈风丹，虽则大补其阴血，与补阳者悬殊，第何以亦用萆薢也？如斯微義豈得不精研乎？蓋此味專主足三陰，而三陰乃足三陽之化原，似乎能化陰以導陽，而轉其生化之樞者也。如陽虛則陰必實，補陽者藉其能化陰而導陽以達，豈非的劑？至於陰氣之不足，不能遽投補陽也，亦唯大益陰氣耳。補陰氣而不借其化陰者以導於陽，則陰氣不暢，有其導之歸陽，則陰氣乃益暢矣。更如補陰血之大劑，不有此化陰導陽者，則驟補之陰血，毋乃與亢陽相扞格乎？故亦須之以轉其機也，如天麻丸及愈風丹，俱大補陰血，而一則少用附子，一則少用肉桂，豈非通經活血，俾陰之不格於陽乎哉？以此思萆薢之功，功可知矣。卽此義推之，則有陽虛而微兼乎陰之虛，如消癉之蓯蓉丸，有陽虛而兼以陰虛有滯，如攣證之防風散，有陰氣之虛而并元陽亦虛，如痿證之煨腎丸，更有陰氣陰血俱不足而兼事補益，如脚氣之十全丹，是皆可以化陰導陽之義而變化推之者也。至於消癉之白茯苓丸，清胃熱與益腎陰並投，又如赤白濁之小溫金散，益心腎之陽而清虛中之熱，皆須此味，豈非陰陽轉化之微不徒在寒，而並及熱乎？第統以上諸證，惟舉一隅耳，然悉諸本草所未發，就兹以盡其變致其用，不既多乎哉？或曰：萆薢固足三陰藥，而海藏正云補肝虛也謂何？曰：腎爲至陰，脾爲太陰，而肝則陰中之少陽，經所謂一陰爲樞者，固化陰導陽之樞機也。兹物或稟陰中之陽，故能使風木之化得達，木火之用有地，而海藏乃謂其補肝虛乎，肝之下合於任，上會於督者，不謂兹物亦能助其氣化也。世醫舉言萆薢能分清濁，而不知其卽此化陰導陽之功。蓋陰化則清升，陽導則濁降，卽此一味獨用，能止小水之數，又能療小水數而莖中痛，是非其化陰而清升者乃所以止便數，導陽而濁降者乃所以療莖痛乎？獨怪方書有謂其止除陽明之濕者，固已不察，而更以爲除濕熱之用也，不同說夢哉？

又按：本草所主諸證，皆屬陽虛而陰不化，其受病在血分，其本固責於木火之不達也，如骨節風一證正坐此，卽所謂痛風，風屬陽病，經所云陽病發於陰也。

［附方］

楊子建《護命方》云：凡小便頻數，不計度數，便時莖中痛不可忍者，此疾必先大腑不通，水液只就小腸，大腑愈加乾竭，甚則渾身熱，心躁，如此卽重證也，此疾本因貪酒色，積有熱毒，腐物瘀血之類乘虛流入於小腸，故便時作痛也，不飲酒者必平生過食辛熱葷膩之物，又因色傷而然，此乃小便頻數而痛，與淋證澀而痛者不同也，宜用萆薢一兩，水浸少時，以鹽半兩同炒，去鹽爲末，每服二三錢，水一盞煎八分，和滓服，使水道轉入大腸，仍以葱湯頻洗穀道，令氣得通，則溺數及痛自減也。

希雍曰：萆薢本除風濕，若下部無濕，陰虛火熾，以致溺有餘瀝，莖中痛，此眞陰不足之候也，無濕腎虛腰痛，並不宜服。

[修治] 出川中虛軟者佳，又云其根細長淺白者眞。酒浸一宿，焙乾。按蘇恭言，莖有刺者根白實，無刺者根虛軟，二者取軟也。蘇頌言：根黃白色，多節，三指許大。又時珍所云其根長硬，大者如商陸而堅，是其根固硬也，虛軟不足據，長而有大者，且多節，雷公所以云竹木也。細與淺白之說，亦惡足以求之。又有菝葜，根亦堅，但多尖刺，不同於萆薢之堅而多節也。王文潔云：其川薢形體壯大突兀，切開白瑩帶粉，販者多以荊岡腦即菝葜根。充賣，其色紅，其形相似，其味苦澀，用者切宜辨之。

土茯苓一名土萆薢，俗名冷飯團。

楚蜀山峰中甚多，蔓生如藁，莖有細點，其葉不對，狀頗類大竹葉，而質厚滑如瑞香葉，而長五六寸，其根狀如菝葜而圓，其大若雞鴨子，連綴而生，遠者離尺許，近或數寸，其肉軟可生啖，有赤白二種，入藥用白者良。

根

[氣味] 甘淡，平，無毒。

[主治] 健脾胃，強筋骨，去風濕，利關節，治拘攣骨痛，惡瘡癰腫，解汞粉、銀朱毒。

时珍曰：此味昔不知用，因弘正时杨梅瘡盛行，率用輕粉藥取效，毒留筋骨，潰爛終身，遂以此味爲要藥。

汪機曰：病楊梅毒瘡，始由毒氣干於陽明而發，妄用輕粉，其性燥烈，久而水衰，肝挾相火來凌脾土，土屬濕，主肌肉，濕熱鬱蓄於肌腠，故發爲癰腫，甚則拘攣，《內經》所謂濕氣害人皮肉筋骨是也。土萆薢甘淡而平，能去脾濕，濕去則營衛從，而筋脈柔肌肉實，而拘攣癰漏愈矣。初病服之不效者，火盛而濕未鬱也，此藥長於去濕，不能去熱，病久則熱衰氣耗，而濕鬱爲多故也。

[附方]

时珍曰：今醫家有**搜風解毒湯**，治楊梅瘡，不犯輕粉，病深者月餘，淺者半月卽愈，服輕粉藥，筋骨攣痛，癱瘓不能動履者，服之亦效。其方用土茯苓一兩，薏苡仁、金銀花、防風、木瓜、木通、白蘚皮各五分，皂莢子四分，氣虛，加人參七分，血虛，加當歸七分，水二大盌煎，飲，一日三服。惟忌飲茶及牛羊雞鵝魚肉燒酒法麪房勞。蓋秘方也。

一方：生地黃、牛膝、杜仲、枸杞、當歸各二兩，五加皮三兩，土茯苓四兩，用頭生酒二十大壺浸三晝夜，煮三炷香，埋土中一晝夜，仍分作十數小瓶，再煮一炷香，腹饑時盡量飲。忌茶、蘿蔔、牛肉。有一老人服此酒，至老御女不倦，連生數子。此傳之不謬者也。

愚按：土茯苓自後賢用之，如汪機謂其能去濕，卽李時珍亦止謂能健脾胃、去風濕耳，不知於此味之功用何與也？方書有用此味同金銀花，治偏頭風左右，劑中俱入，但他味有不同耳。繆氏謂偏左頭痛屬血虛肝家有熱，於涼血養血中入此二味。左右俱用，其方載《醫便》後冊禁方中，謂右屬痰與熱，左屬風與血少。夫此味以療楊梅毒有專功。先哲云：此毒總由濕熱邪火之化，但氣化傳染者輕，精化慾染者重，氣化乃脾肺受毒，精化從肝腎受毒。斯言最爲精確，然則如汪機所云毒氣干於陽明者，義屬未盡矣。先哲云：從脾肺受毒者，其患先從上部見之，皮膚作癢，筋骨不疼；從肝腎受毒者，先從下部患之，筋骨多疼，小水澀淋。是審證最明。蓋以骨屬腎，筋屬肝，三焦之火藏於腎，而肝之相火與之通，淫媒者邪火熾而精化爲毒，故深於入筋骨而爲害，至發於肌肉，固亦毒干於陽明矣，然可謂止從陽明而治，不求其本乎？薛立齋曰：受證在肝腎二經，故多在下體發起。如是，其責不始於陽明，而此味之於此毒氣有專功，可徒謂其去濕健脾胃去風濕乎？雖然，其味甘淡，其氣平，固入脾胃者也。夫土居中以應四旁，而此味之治，固所謂腎之脾胃，肝之脾胃病也。諸毒遇土則化，而此味之具土德以化淫火之毒，是其功用之微乎？如徒以健脾去濕概之，彼去風濕健脾胃之藥不少矣，何不以之治斯證而獨須此味乎？又有種子方，亦以為君，毋亦清邪火而有裨真陰乎？則豈徒以健脾去濕見長也？至汪機、時珍俱指為解輕粉之毒，不知其未犯輕粉之毒者而亦療之，但有兼劑耳。汪機所謂初病服之不效，蓋初證而不知善用之過也。

[修治] 去皮，為末，忌鐵器。

山豆根 一名解毒。

[氣味] 甘，寒，無毒。

時珍曰：按沈括《筆談》云：山豆根味極苦，本草言味甘，大誤矣。

[主治] 解諸藥毒《開寶》，含之咽汁，解咽喉腫毒，良蘇頌，研末，湯服五分，治腹脹喘滿，酒服三錢，治女人血氣腹脹，又下寸白諸蟲，丸服止下痢，磨汁服止卒患熱厥，心腹痛，五種痔痛，研汁塗諸熱腫禿瘡，蛇狗蜘蛛傷時珍。

繆仲醇曰：山豆根，得土之沖氣而兼感冬寒之令以生，故其味甘苦，其氣寒，其性無毒，甘所以和毒，寒所以除熱。凡毒必熱必辛，得清寒之氣，甘苦之味，則諸毒自解。譬大人盛得德，與物無競，即陰毒忮害，遇之不起矣，故為解毒清熱之上藥。

[附方]

喉中發癰，山豆根磨醋，噙之追涎，即愈。勢重不能言者，頻以雞翎掃入喉中，引涎出，就能言語。

牙齦腫痛，山豆根一片，含於痛所。

愚按：山豆根之味初嘗苦，苦後有甘意，但苦者多耳。夫苦以洩熱，後乃歸於甘，似解所結之毒熱以還於沖和，即李氏所列治諸病狀而其義可識，是盧之頤所謂悉從中樞，宜散生氣，二語亦微中也。其經冬不凋，似大得土之沖氣而使然，故能解一切毒結，繆氏所言不謬。其苦後而歸於甘者，似返其所始，治咽痛最效者，正以胃合諸經之氣而絡於嗌也。有人暑月感外熱煩甚，至晚露寢受寒，遂鬱熱作嗽，咽痛，偶含山豆根汁，咽之一二次，移時遂皆脫然。然則此味以散熱聚為功，不等於他苦寒之直折熱也。李氏止據沈括極苦一語，遂遺其甘，不知若無甘也。苦寒合而折熱，彼寒鬱熱者不投之增劇乎？若不得中土沖氣，何以解結散熱能在移時乎？雖然《內經》運氣多以咽痛屬寒，如無鬱熱於中者，亦須慎之矣。

威靈仙 服此味忌茶及麵湯，病愈止藥後，方可犯之。

根

[氣味] 苦，溫，無毒。潔古曰：味甘，純陽，入太陽經。杲曰：可升可降，陰中陽也。時珍曰：味微辛鹹，不苦。

[主治] 諸風，宣通五臟，去腹內冷滯，心膈痰水，久積癥瘕，疢癖氣塊，膀胱宿膿惡水，腰膝冷疼，療折傷《開寶》，去大腸之風李杲。

頌曰：嵩陽子周君巢作《威靈仙傳》，云威靈仙去衆風，通十二經脈，朝服暮效。

恭曰：腰腎脚膝積聚，腸內諸冷病，積年不瘥者，服之，無不立效。

丹溪曰：威靈仙屬木，治痛風之要藥也，在上下者皆宜服之，尤效。其性好走，亦可橫行，故崔元亮言其去衆風，通十二經脈，朝服暮效。凡采得聞流水聲者，知其性好走也，須不聞水聲者乃佳。

時珍曰：威靈仙氣溫，味微辛鹹，辛泄氣，鹹泄水，故風濕痰飲之病，氣壯者服之有捷效。其性大抵疎利，久服恐損真氣，氣弱者亦不可服之。

之頤曰：味苦氣溫，性秉風火，風得之而作，夏脈得之而流行，宣發陳，通橫遍，空所有，實所無，急方之宣劑、通劑也。主久疲宿冷之痼疾，元陽委頓，猶貫朽粟紅，但少設施者，藉此便成大觀。倘兵柔餉乏，作此背水陣，終非萬全策耳。

希雍曰：威靈仙，感春夏之氣，故其味苦，其氣溫，其性無毒，升也，陽也，入足太陽經，春爲風木之化，故主諸風，而爲風藥之宣導善走者也。

[附方]

腎臟風壅，腰漆沉重，威靈仙末，蜜丸梧子大，溫酒服八十丸，平明微利惡物如青膿膠，即是風毒積滯。如未利，再服一百丸取下，後食粥補之，一月仍常服溫補藥。

手足麻痹，時發疼痛，或打撲傷損，痛不可忍，或癱瘓等證，威靈仙炒，五兩，生川烏頭、五靈脂各四兩，爲末，醋糊丸梧子大，每服七丸，用鹽湯下。忌茶。

停痰宿飲，喘嗽嘔逆，全不入食，威靈仙焙，半夏薑汁浸焙，爲末，用皂角水熬膏，丸綠豆大，每服七丸至十丸，薑湯下，一日三服，一月爲驗。忌茶麪。

愚按：威靈仙生先於衆草，則其秉風升之化而其氣溫也可知，朱丹溪先生謂其屬木，是矣。但萌芽於春木，而蘊釀於夏火，至歷氣交之土，乃於秋金花實，更於冬水采根，餘月則不堪采也，則其洩英於金歸根於水也可知。故味始嘗之甘，次則苦，苦固不勝甘也，苦化於甘，而後水火之氣乃暢，木火之氣化於土，故苦中微有辛味，至味盡時復微有鹹，本風木宣揚之氣，乃得返其生化之原，所以辛泄氣，鹹泄水，勃然若草木之怒生，沛然若流水之歸壑矣。所貴采得不聞流水聲者，非以其同氣相召之義歟？此所以爲急方中之宣劑通劑，而人身氣凝液泣，爲病強半，此非其對待之治歟？所謂能通十二經脈者，不謬也。雖然，辛鹹之味甚微，何以奏效遽爾？曰：唯其甚微，故木火之全氣趨之若是，若金水之氣盛，則木火之用反緩矣。李東璧氏亦能體察物性者哉，抑氣與液之凝泣也有寒有熱，二氣並能治乎？曰：盧之頤所謂主久疲宿冷之痼疾一語，足盡其概方書所列種種治效，俱宜視此語爲主腦。如熱傷而凝泣者，豈得概施？朱丹溪先生謂爲痛風之要藥，夫痛風證，非邪氣之留連而阻塞，卽正氣之怯弱而邪著之，邪氣實則邪當之，正氣虛者似此可置，然於補正之中，藉此風行之性爲和氣化液之先導，亦無不可。至病本於熱，其主治自有的劑而酌用之，亦猶是矣。蓋由木火而趨金水，亦非燥熱者也，但此味猶與諸風藥一乎？詎知其能頓宣凝滯，由於能宣木火之氣以達金水之用，故頓通氣血之凝滯，視他袪風燥濕猶隔一層，然亦謂之風劑者，風升之氣，原以達木火之氣，人身元氣，原木火金水合同而化者也，故之頤元陽委頓數語，大爲中肯。

希雍曰：風藥性升而燥，走而不守，凡病非風濕及陽盛火升，血虛有熱，表虛有汗，痎瘧口渴身熱者，並忌用之。按丹溪先生治腰痛屬陰虛有濕熱者，以龜板爲君，而威靈仙同他藥或臣或佐。夫陰虛而有濕熱，是虛與熱皆有，然一兼於濕，遂以此劑爲不可少。卽此一證之治，可以類推而酌用之，變化在人，豈得株守一說耶？又按蘇恭所言腰腎脚膝云云，的是實義。蓋其宣木火之氣以達金水之用，故善就下而治水臟諸病，若腰痛病由膀胱，更不可少，以膀胱水腑，而此味大逐水腑之結邪也。愚於癸巳冬病寒濕腰痛，以溫補而可，猶未盡霍然者，因濕邪留滯在經，他藥不能驅也。後仿丹溪先生之意，於濕陰益陽中，以此味同蒼术爲主，乃獲全愈。然則愚所謂虛者補，正用是爲和氣宣滯之先導，此語粗有當。彼懲噎廢食之常談，其何可據也？

[修治]　去蘆，酒洗。先哲曰：其根九月末至十二月采，餘月皆不堪采。時珍曰：其根叢鬚數百條，長者二尺許，初時黃黑色，乾則深黑，俗稱鐵脚威靈仙，以此別有數種，根鬚一樣，但色或黃或白，皆不可用。

茜草

根

[氣味]　苦，寒，無毒。權曰：甘。《日華子》曰：酸，入藥炒用。

丹溪曰：熱。潔古曰：微酸，鹹，溫，陰中之陰。《別錄》曰：苗根鹹，平，無毒。

[主治] 寒濕風痹，黃疸，補中《本經》，通經脈，療熱中傷，治六極傷心肺，吐血瀉血，并止鼻洪尿血，治血痢，心神煩熱，及蠱注下血如雞肝，並撲損瘀血，痔瘻瘡癤，排膿，酒煎服，女子虛熱崩漏，經滯不行諸本草，治諸見血證，舌衄吐血，滯下蟲毒方書。

時珍曰：茜根色赤而氣溫，味微酸而帶鹹，色赤入營，氣溫行滯，味酸入肝而鹹走血，手足厥陰血分之藥也，專於行血活血，俗方用治女子經水不通，以一兩煎酒服之，一日即通，甚效。

希雍曰：茜根，稟土與水之氣，而兼得天令少陽之氣以生，《本經》味苦寒，甄權云甘，潔古微酸，鹹溫無毒，蓋盡之矣，入足厥陰、手足少陰，行血涼血之要藥也。苦以洩熱，甘以和血，鹹以入血軟堅，又溫得少陽之氣以通行，故能涼無病之血，行已傷之血而奏功也。同地黃、麥門冬、當歸身、阿膠、茅根、童便，主吐血衄血，諸血熱妄行，溢出上竅；同牛膝、地黃、黃芪、地榆、芍藥、荊芥穗，治腸風下血；佐地榆，治橫痃魚口，神效。

愚按：茜根味甘而微鹹微酸，色赤而氣且溫，謂專於行血活血者是也。《本經》主治寒濕風痹，固以溫而行之，而黃疸亦治者，[13]前哲所謂血挾熱則毒內瘀而發黃也，是則以寒涼行之，不若由溫而從以治之，其義可通於血證矣。《本經》主治寒濕風痹，而《別錄》亦云苗根主痹，《本經》言主補中，而《別錄》亦云治熱中傷。蓋痹屬血脈之病，而傷中則由於血之病於經脈者，更入於臟腑以傷其中之守也，固雖有淺深，然在經曰經脈者內外之合，故此味俱得治之也。前哲論滯血發熱者，謂其脈澀，外證必兼嗽，水必兼嘔惡痰涎，或病兩腳厥冷，或病小腹結急，或唾血，或鼻衄，皆滯血發熱之明驗也，又曰：熱毒瘀血，在小便為淋痛，在大便為腸風。由此繹之，茜根之療唾血衄血及尿血瀉血也，豈非從治而導瘀之故歟？夫血以寒泣，亦以熱瘀，熱能使陰不守，致血狂越而四溢，亦能瘀血，使不得循經而四溢，然則療血證者可徒守一降火之法乎？按方書有茜根散，云治血痢，心神煩熱，是即《別錄》所謂熱中傷也，又方書茜根丸治一切毒痢及蠱注下血如雞肝，是本草無毒痢證為不備也。至甄權言治六極，傷心肺吐血瀉血。夫六極者，肝傷筋極，心傷脈極，脾傷肉極，肺傷氣極，腎傷骨極，臟腑氣虛，視聽已卸，精極。此皆虛勞證也，何以茜根亦能治之？《金匱》云：五勞虛極羸瘦，腹滿不能飲食，食傷、憂傷、飲傷、房室傷、饑傷、勞傷，經絡榮衛氣傷，內有乾血，肌膚甲錯，兩目黯黑，緩中補虛，大黃䗪蟲丸主之。先哲云：虛勞發熱，未有不由瘀血者，而瘀血未有不由內傷者。人之飲食起居一失其節，皆能成傷，此亦可以睹矣。故以潤劑治乾，以蠕動噉血之物行死血，死血既去，病根已刻，而後可從事乎滋補之劑。張仲景先生為萬古醫方之祖，有以哉！得此論，而茜根於六極所傷為吐血瀉血皆治也，不可通乎？先哲曰：血蓄於內者，瘀則易治，乾則難治，茜根非能治乾血者也，然有內傷者卽能瘀血，寧獨虛勞？一女子，年二十餘，肌膚甲錯，髮多間白，未嘗治之，後因夏末病熱，用大黃主劑而愈，遂甲錯白髮皆愈。則瘀血之為患，亦又不獨吐衄血者有之矣。如方書治心痹心煩內熱者，茜根煮汁服之，又與先哲所謂滯血為病類多燥渴者合，而治吐血燥渴之劑亦用茜根，其義固可思也。至女子血證，寧惟血閉者為瘀，卽月經不止，或亦調養失節，內傷元氣，致血壅隧道，不能歸經而錯出也歟？如後五旬行經一治可參矣。

愚按：《別錄》云：傷中而冠以熱字，其義所宜精察也。蓋經曰陰者陽之守也，血脈痹則陰氣不暢而鬱為熱，陰氣化熱，則陽失所守而與之俱傷矣。夫陰在陽中，陽在陰外，此所以謂之傷中，而傷中之疾必本於熱也。此正可以明於療吐血瀉血之義矣。蓋傷中則陽亢，陽亢則真陰所化之血反隨亢陽以上下行矣。蓋陰靜而陽動，動必以靜為君，陰傷則陽亢，經所謂動而不已，則變作矣。此在化工且然，而況於人乎？故論治血證者，必以救陰之傷為主，但不可妄投苦寒以傷陰也。蓋真陰為陽之守，而陰氣又為血之先，苦寒之不可投者，為其亡陰氣也。醫者救陰以苦寒固誤，乃有亡陰之證而更補陽者，其失愈遠矣，不知陽虛之證不多見，而陰氣易於受傷者多也。

又按：方書有茜根湯，治吐血、咯血、嘔血等證，四物湯加童便浸香附一錢五分，茜草根二錢五分，水煎服。又有松花散，治吐血久不止，以松花爲君，生地、白膠、薯蕷爲臣，而茜根但同他味爲佐，是皆茜草之治血證者。第就前方而論，其所治屬陰而陽亦虛者，陽本爲陰之先，陽虛而陰不能化，以致血瘀而患於上逆，宜投此方，是責其本在陽也。至於陰虛而陽亢者，陰原爲陽之守，陰虛而陽無所依，以致血隨氣上而不得歸元，不宜投此方，是責其本在陰也。更宜精研者，血固真陰以化醇，第有足三陰與手三陰之殊，卽有陰血、陽血之宜審也。氣固營血之先導，第有足三陽與手三陽之殊，是卽有陰氣、陽氣之宜審也。經曰：人身半以上屬天，身半以下屬地。夫天地分於身半之上下，可謂氣血遂滾同而無有精微之分辨乎哉？故必明於此，然後可以審於血之化原，或屬在地之陰，或屬在天之陰，然後可以明於氣之馭血，或屬在地之陽，或屬在天之陽。蓋血於在地之陰資始，而於在天之陰資生也，氣於在地之陽資生，而於在天之陽資化也。夫陽含於陰，本先陰而動，乃云血於在地之陰資始者，因血之質屬於陰也，然其動之時，雖陰中所含之陽已一包孕出，第未值其陰之舒，陰不能馭陽以爲氣，唯值陽正位，陽能生陰，而陰乃合於陽以有生，故曰資生於在天之陰也。夫陽出於地，卽先陰而升，乃云氣於在地之陰資生者，氣之禀原在陰也，然其升之候，雖陽中所育之陰又已一滾透出，第不值其陽之動，陽亦不能化陰以爲血，唯及陽司令，陽能化陰，而液乃合於氣以得化，故曰資化於在天之陽也。所以欲療血證，如血病於在天之陰資生者，則宜究其氣屬在天之氣資化者以爲治而後可，如氣病於在地之陽資生者，則宜究其血屬在地之資始者以爲治而後可。此治分天地審陰陽而療之，其義固宜如斯爾。雖然，病有標本，如血上逆，可謂急宜治標者也，故雖原病於資始者，亦必從在天之資化者以療之，而後徐治其資始之本，緣在天之資化者不能化陰，是其急在標矣，故不能舍在天之資化而迂圖其資始也。在天之資化者不能化陰五句，是治血逆行之要領。蓋資化者不能化陰，正緣陽中少陰，故不能化耳。至於陽虛不能化陰，以致血瘀上逆者，是證固有之，然亦不見多也，此正宜於茜根之治矣。蓋前治正責其本在陰，後治正責其本在陽也。丹溪謂其性熱而燥，不宜於病深而血少者。若病由在天之資生，更不必言矣。以上皆因茜根湯而廣推其療血之義如此，至於松花散，所以治吐血久不止者，是固以養血而兼行，乃用茜根，亦無甚意義可測也。

[附方]

吐血燥渴及解毒，用茜根、雄黑豆去皮、甘草炙等分，爲末，井水丸彈子大，每溫水化服一丸。

婦人五十後經水不止者，作敗血論，用茜根一名過山龍薑。一兩，阿膠、側柏葉炙、黃芩各五錢，生地黃一兩，小兒胎髮一枚，燒灰，分作六帖，每帖水一盞半煎七分，入髮灰，服之。

希雍曰：病人雖見血證，若加泄瀉、飲食不進者，勿服。

[修治]　銅刀剉，焙。勿犯鐵鉛器。

防　己

出黔中宜都、建平，不及漢中者良，故方書多稱漢防己也。其莖如葛蔓延，莖梗甚嫩，苗葉小類牽牛，折其莖，一頭吹之，氣從中貫如木通，故用其根，必取其剖開作車輻解，而木強者不取也。

[氣味]　辛，平，無毒。《別錄》曰：苦，溫。普曰：神農，辛；黃帝、岐伯、桐君，苦，無毒；李當之，大寒。權曰：苦，有小毒。潔古曰：大苦辛，寒，陰也，泄也。丹溪曰：防己，陽中之陰藥也。

[主治]　洩血中濕熱，通腠理，通行十二經，治腰以下至足濕熱腫痛腳氣，補膀胱，海藏云補膀胱，東璧氏不知采入，殊憒憒。去留熱，治濕風口面喎邪，手足拘痛，濕風二字出《甄權本草》。權，唐人，精於醫，故能道此，去溫瘧，風水腫，散濕熱壅腫，惡結諸瘡。

陶貞白曰：防己是療風水要藥。

潔古曰：去下焦濕腫及痛，并泄膀胱火邪，必用漢防己、草龍膽爲君，黃檗、知母、甘草佐之。防己乃太陽本經藥也。

東垣曰：通可去滯，通草、防己之屬是也。夫防己大苦寒，能瀉血中濕熱，通其滯塞，此二語最爲破的，東垣真聖於醫者乎。亦能瀉大便，補陰瀉陽，爲助秋冬瀉春夏之藥，象之於人，則險而健者也，善用之亦可敵兇突險，否則能爲亂階。大抵其臭味拂人，下咽便身心煩亂，飲食減少，然於十二經有濕熱壅塞不通及下注腳氣，並除膀胱積熱，非此味不可，眞行經之仙藥，無可代者。若夫不可用有三：飲食勞倦，陰虛內熱，元氣已虧，而以防己泄大便，則重亡其血，一也；大渴引飲，熱在肺經氣分，所宜滲泄，而防己乃下焦血分藥，二也；外傷風寒，邪傳肺經，致氣分濕熱而小便黃赤，或至不通，此上焦氣病，禁用血藥，三也。大抵上焦濕熱者皆不可用，下焦濕熱流入十二經，致二陰不通者，然後審而用之。東垣云：濕熱乃下焦血分之病，若病在上焦而本起於下焦者，焉得不用？如肺痿咯血之類，即東垣所云下焦濕熱流入十二經者也，是在診脈。

希雍曰：防己得土中陽氣，而兼感乎秋之燥氣以生，故味辛苦，平溫無毒，潔古謂其大苦辛寒，爲得之，然性燥而不淳，善走下行，長於除濕，以辛能走散，兼之氣悍故也。凡用防己於下部濕熱藥中，亦必以二朮、茯苓、黃檗、甘草、萆薢、木瓜、石斛、薏苡仁等補益之藥爲主，而使防己爲使，乃無瞑眩之患。

愚按：防己爲除下焦濕熱要劑，然何以能通十二經？以其爲足太陽本經藥。經固曰巨陽者諸陽之屬也，若然又何以爲治濕仙劑？蓋太陽乃寒水之藏，而此味本陽中之陰，故能行本經之水，用以通諸經，經隧固血脈之所通，而眞水固液與血之元也。然則又能療風者云何？曰：出地風木，即繼寒水之後以宣其用者也，然使寒水之化先鬱，則風木亦爲之鬱矣，故風與濕常互爲病，或由風鬱以病水，或由水鬱以病風。如防己，固能治水之病乎風者，即由風而病乎水者亦可治也，但未至病於水則未可投也耳。按水之病乎風者，即前主治中所謂濕風是也。先哲於中風證類下云濕毒之爲病亦多似風證，乃後人絕不能繹，到此得此濕風二字，乃恍然有獲，始信後學之鹵莽也。故張仲景防己黃芪湯以治風水惡風者，而風濕相搏亦用之，蓋風傷衛以致濕流關節，其惡風汗出固同，而相搏者關節沉痛，較風水之身重者微甚耳。更有用治風溫證，其義將無同歟？曰：風溫爲病，其見證不一，然亦有脈浮身重汗出者，故亦用之，但反以防己爲君，因其更有鼻息必鼾，語言難出證，風搏於熱而氣化益鬱，故君以宣陰，而益陽佐之，然後氣化乃達。風溫誤汗者，以此方救之，誤汗益傷陽也，[14]即此可思其功。經曰衛出於下焦，然則此味在太陽經，同補陽者而用之，又得止謂其能從血分而治濕熱乎？丹溪固謂其為陽中之陰矣，投劑者當思有以盡其用。至於肺痿咯血，用之中的，以濕熱傷燥金耳。即此推之，則凡氣鬱成濕，濕化熱之證，如有關於衛分者，寧獨足腫濕盛之可治乎哉？王海藏為李東垣高弟，乃云補膀胱，去留熱。補之一字，似不與東垣合，然思議較精。朱丹溪亦以為然，蓋行濕熱而至陽之氣得化，是正所謂補也。

［附方］

皮水胕腫，按之沒指，不惡風，水氣在皮膚中，四肢聶聶動者，**防己茯苓湯**主之：防己、黃芪、桂枝各三兩，茯苓六兩，甘草三兩，每服一兩，水一升煎半升服，日二服。

風水惡風，汗出身重，脈浮，**防己黃芪湯**主之：防己一兩，黃芪二兩二錢半，白术七錢半，炙甘草半兩，剉散，每服五錢，生薑四片、棗一枚、水一盞半，煎八分，溫服，良久再服。腹痛，加芍藥。以上張仲景方。治濕腫者亦同此方，蓋濕多緣衛氣有傷，故用芪、草補衛，防、术勝濕，但各味分兩又不同耳。

風濕相搏，關節沉痛微腫，惡風，方同上。

肺痿咯血多痰者，漢防己、葶藶等分，為末，糯米飲每服一錢。朱丹溪云極驗。

希雍曰：防己固為去下焦血分濕熱之要藥，然其性悍，其氣猛，能走竄決防，大苦大寒，能傷胃氣，凡胃虛陰虛，自汗盜汗，口苦舌乾，腎虛小水不利及胎前產後血虛，雖有下焦濕熱，慎毋用之，犯之為害非細。

愚按：足腫一證，概以為濕熱下溜耳，即足濕熱，概以為血分病，又不過曰氣鬱化濕，濕鬱化熱耳，是猶未能悉其微義也。東垣固云濕熱血分之病，第丹溪云水穀入胃而氣屬陽，味屬陰，屬陽者則上輸氣海，屬陰者則下輸血海，二海者氣血之所歸，五臟六腑十二經脈皆取足於此。若然，氣血之海皆資生於後天之胃矣，而濕熱之病豈專責於血，並無與於氣乎？蓋氣海之下，即有血會，血生於氣也；血海之上，乃有丹田，氣充於血也。夫血生於氣，然則胃氣之虛者與胃陽之亢者不能致於氣海，使肺氣降而入心生血矣。夫天氣下為雨，不能生血，則統血與藏血之肝脾俱失其運化之職矣，此衝任之氣不得胃氣，以行血海之化而達於足也。夫氣能生之化之則液蒸為血，不能生之化之則血困於濕，其熱者陰氣微也，故曰濕熱屬血分之病。然而其病在血，其本在氣，如是則是胃氣之不得下行也，乃先哲又謂胃氣之下陷者，其義何居？蓋天氣下為雨，則地氣上為雲，足三陽下行至足，而後舉三陰以上升焉，其舉陰以上升者，乃陰中之陽，正謂元氣穀氣也，如陽不得極於下，則不能舉陰以上升，故曰胃氣下陷也。夫不能舉陰以升，由衝任不得陽以化，故濕化愈滋，鬱熱愈甚，肝腎不能行血海之化以榮於周身，乃舉身半以下為腫或痛焉。是其本在脾胃者，必治其陽以達陰，其末在腎肝者，必治其陰以舉陽，則或益陽，或清其併陽之熱，或化陰，或導其傷陰之濕，或引而竭之，或升而舉之，自有攸利者，豈漫然以祛除濕熱從事，更如防己輩之疏滯決壅乎哉？抑人身猶天地然，必陰中舉陽以升，然後陽中含陰以降，乃生化之本也。此之為病，是先從陽中不能含陰以降，故陰中不得舉陽以升，乃病機之本也。但亦有肝腎之陽自微，而陰不得化，其濕熱止因於下者，有當從肝腎為本，然亦不能舍後天生化之胃也。

[修治] 凡使，勿用木條，色黃腥，皮皺，上有丁足子，不堪用，惟要心有花紋、黃色者。嘉謨曰：漢防己是根，破之紋作車輻解，黃實馨香。木防己是苗，上有丁足子，青白虛軟。宗此辨認，庶不差訛。去皮，剉，酒洗，曬乾用。

通草 古方所謂通草，即今之木通，俗所謂通草，乃通脫木也。

斅曰：通草即木通，澤、潞、漢中、江淮、湖南州郡皆有之。繞樹蔓藤，大者徑三五寸，[15]每節二三枝，枝頭五葉，夏末開花，紫色，亦有白色者，實如木瓜而小，長三四寸，瓤白核黑，食之甘美。枝即通草，通理細孔，兩頭皆通，含取一頭吹之，氣出彼頭，色黃白者良，黑褐色者，此商賈因其質輕易得，多置船篷上，爲雨暘所侵，以致形色腐黑，用之無力也。

[氣味]　辛，平，無毒。《別錄》曰：甘。權曰：微寒。普曰：神農、黃帝，辛；雷公，苦。東垣曰：味甘而淡，氣平味薄，降也，陽中陰也。

[主治]　除脾胃寒熱，通利九竅血脈關節，除心煩，止渴，退熱，通小腸，下水，理風熱，小便數急疼，治水腫浮大，利諸經脈寒熱不通之氣，散癰腫諸結不消，並主女子血閉，月候不勻。

東垣曰：《本草十劑》：通可去滯。通草、防己之屬是也。夫防己大苦寒，能瀉血中濕熱之滯，又通大便。通草甘淡，能助西方秋氣下降，利小便，專瀉氣滯也。肺受熱邪，津液氣化之原絕，則寒水斷流，膀胱受濕熱，癃閉約縮，小便不通，宜此治之，其證胸中煩熱，口燥舌乾，咽乾，大渴引飲，小便淋瀝或閉塞不通，脛酸腳熱，並宜通草主之。

又曰：木通下行，泄小腸火，利小便，與琥珀同功，無他藥可比。

時珍曰：木通，手厥陰心包絡、手足太陽小腸膀胱之藥也，故上能通心清肺，治頭痛，利九竅，下能泄濕熱，利小便，通大腸，治遍身拘痛。楊仁齋《直指方》言：人遍身胸腹隱熱疼痛，拘急足冷，皆是伏熱傷血，血屬於心，宜木通以通心竅，則經絡流行也。

《醫略》曰：經絡不通，元脈不接，孔竅不通，加木通以達之。

《類明》曰：丹溪治濕氣腳痛，一方立加減法云：泄濕熱，加木通。木通能治周身表裏之氣，以其味苦辛甘淡，苦泄而辛散，甘緩而淡滲，是爲泄濕熱之劑也，具有通之之義，故周身皮膚無處不通。一人感風濕，得白虎歷節風證，遍身抽掣疼痛，足不能履地者三年，百方不效。一日夢與木通湯愈，遂以四物湯加木通服，不效，後以木通二兩剉細，長流水煎汁，頓服，服後一時許，遍身癢甚，上體發紅丹如小豆大粒，舉家驚惶，隨手沒去，出汗至腰而止，上體不痛矣。次日又如前煎服，下體又發紅丹，方出汗至足底，汗乾後通身舒暢而無痛矣，一月後人壯氣復，步履如初。後以治數人，皆驗。蓋痛則不通，通則不痛也。

希雍曰：通草，稟清秋之氣，兼得土之甘淡，故其味辛平，《別錄》加甘，無毒，又云微寒，味甘而淡，氣平味薄，降也，陽中陰也。心熱尿赤，面赤唇乾，咬牙口渴，導赤散，用木通、生地黃、炙甘草等分，入水、竹葉七片煎服；同牛膝、生地黃、天麥門冬、五味子、黃檗、甘草，治尿血；同牛膝、生地黃、延胡索，治婦人經閉及月事不調。

愚按：水乃氣之母，所謂坎水是也；氣乃水之靈，所謂兌水是也。木通主治，類知為利水，而《本經》所云通利九竅血脈關節，殊未深究也。經曰九竅為水注之氣，又曰脈者血之府，又曰津液和調，變化而赤，是為血，又曰營者水穀之精氣，和調於五臟，灑陳於六府，乃能入於脈也，又曰經脈者，所以行血氣而營陰陽，濡筋骨，利關節者也。先哲曰：水入於經，其血乃成。統而繹之，水與血是二是一乎？經曰：津液已行，營衛大通，糟粕乃以次傳下，然則水穀之入胃者，若津液未行，營衛未得大通，則糟粕不能以次下矣。津液已行，卽水化液，液化血也。液化血，乃謂之水入於經。蓋胃中水穀之清氣上注於肺，而手太陰清中之濁者仍歸於胃。試取《本經》首言除脾胃寒熱，次乃及於通利九竅血脈關節，則知木通於肺胃之交，[16]真有為之承接脈絡，使其氣化通而血化利者。卽其細孔通理，兩頭皆貫，不有合於主脈之心、化血之包絡乎？使胃上注而肺下降，如所謂和調五臟，灑陳六府者，以能助其功，使清氣之營入脈而流貫於諸經，卽上下之九竅無不通焉，則所謂糟粕次下為便為溺者，皆分其化於一氣而絕無等待，是利水與通利九竅血脈關節，原非二義矣。抑多言瀉小腸者何居？經曰：心主人身之血脈，心合於小腸。夫小腸為心臟輸化之腑，故先哲有云：小腸通利則胸膈血散，膻中血聚則小腸壅滯。是則血脈通利，卽其通利小腸之本，而小腸通利，正其通利血脈之功也。雖然，此味專司小腸，而無與於膀胱乎？蓋人身唯是陰中之陽，但在下則陽生陰中，在上則陰生陽中，合於後天之穀氣，陰陽和合，營衛便溺，其機無兩也。上而火中之水，在小腸之氣和而能化，則在下而水中之火屬膀胱者，其氣亦應之而化以出矣，是其機亦無二，不可謂其專司小腸而無與於膀胱，又不可謂其既入小腸又入膀胱也，但病因於膀胱者亦不得專主此耳。

又按：此種謂其可疏濕熱，以濕多屬血分不利之病也。至風熱之病於血者亦用之，以血臟卽風臟也。總不外於通利血脈關節之義，故丹溪用之治濕氣脚痛，卽以之專治白虎歷節痛風者，皆有所見也。至如治女子經閉，月候不勻，卽就妊娠一節明之，女子養胎，自肝爲始，臟腑相滋，各養三十日，唯手少陰心、手太陽小腸不在十月養經之數，無胎則下爲月水，有胎則在上爲乳汁，故不養於胎也，是則調女子之月候者爲更切矣。

希雍曰：木通性通利，凡精滑不夢自遺及陽虛氣弱，內無濕熱者禁用，妊娠忌之。

[**修治**]　去皮節，生用。或謂木通卽葡萄苗者，誤矣。

通脫木

其莖空心，中有白瓤，輕白可愛，女子取以飾物，白瓤中藏脫木，故名通脫。

[**氣味**]　甘淡，寒，無毒。東垣曰：甘，平，降也，陽中陰也。

[**主治**]　利陰竅，治五淋，除水腫癃閉，瀉肺李杲，明目退熱，下乳催生汪機。

東垣曰：通草瀉肺，利小便，甘平以緩陰血也，與燈草同功，宜生用之。

時珍曰：通草色白而氣寒，味淡而體輕，故入太陰肺經，引熱下降而利小便，入陽明胃經，通氣上達而下乳汁。其氣寒，降也；其味淡，升也。

希雍曰：通脫木稟土之清氣，兼得天之陽氣，故味甘淡，氣寒無毒。東垣：甘平，陽中陰，降也。陽中之陰必下降，故主利陰竅及諸證能治也。佐番降香、紅麯、鯪鯉甲、山查、沒藥，治上部內傷。

希雍曰：虛脫人禁用，孕婦勿服。

［修治］　任揉碎用。

鈎　藤

狀似葡萄藤，長八九尺或一二丈，大如姆指而中空，折致酒甕中，以氣吸之，涓涓不斷，莖間有刺，宛如釣鈎，色並紫赤。古方多用皮，今人多用鈎。

［氣味］　甘，微寒，無毒。保昇曰：苦。權曰：甘，平。時珍曰：初微甘，後微苦，平。

［主治］　大人瘈瘲顫振，頭旋目眩，平肝風，除心熱，小兒驚癇，内釣腹痛，發斑疹。

時珍曰：鈎藤，手足厥陰藥也。足厥陰主風，手厥陰主火，驚癇眩暈，皆肝風相火之病，鈎藤通心包於肝木，風靜火息，則諸證自除。

中梓曰：鈎藤治小兒外，亦治男子，舒筋除眩，下氣寬中。此味袪風而不燥，爲中和之品，但久煎便無力，俟他藥煎就，投鈎藤，一二沸卽起，頗得力也。去梗，純用嫩鈎，其功十倍。

之頤曰：藤棘如鈎，中虛而通，離明之象，借形以指事也。經云：夏脈如鈎，南方火也，入通於心。卽此義，則心藏血脈之氣有病於不得，如鈎者象形以治之，誰曰不宜？

希雍曰：鈎藤禀春氣以生，《本經》氣微寒無毒，保昇言苦，甄權言甘平，應是甘苦俱不甚，氣味悉和平者也，爲手少陰、足厥陰經要藥。得遠志、茯神、琥珀、棗仁、丹砂、牛黃、天竺黃、犀角屑、生地黃、龍齒、麥門冬、金箔，治小兒驚癇瘈瘲，有痰加竹瀝、南星、橘紅。《聖濟錄》：小兒驚熱，鈎藤一兩，消石半兩，炙甘草二錢五分，爲散，每服半錢，溫水服，日三服。

愚按：鈎藤之所以得名者，以其刺曲如鈎也。之頤引經言夏脈如鈎者，以名其功，似爲牽强。第玩經云如鈎之義，則之頤謂借形以指事者，亦不謬也。岐伯曰：夏脈者心也，南方火也，萬物之所以盛長也，故其氣來盛去衰，故曰鉤。注云：鉤者，舉指來盛，去勢似衰。蓋脈盛於外而去則無力，陽之盛也。蓋萬物盛長於此氣，故來者自骨肉之分出於皮膚之際，其來宜盛，而去者自皮膚之際還於骨肉之分，乃其勢似衰。不同於來之盛者，有疾長之氣，而無速消之氣，故曰陽之盛也。經又曰：來盛去亦盛，此謂大過；來不盛反去盛，是謂不及。一則以其去之盛者並來者俱歸於燥，一則以其去之盛者同來者並歸於衰，然則以茲物治驚癇瘛瘲諸證，雖本於肝風之不靜，實亦病心火之過燥也，用此以對待之，誰曰不宜？風火相煽，火平則風亦靜矣。第閱方書，於治中風癱瘓，口眼喎斜，及一切手足走注疼痛，肢節攣急用之，又治遠年痛風癱瘓，筋脈拘急，作痛不已者用之，則茲物象心氣盛之長義，以療所患，乃屬不及如鉤之證，而瘛瘲驚癇等證，固爲大過於如鉤者也。悉此義，乃知用茲物必隨其證，協於所主之劑以爲功可也。

石南藤 一名南藤，一名丁公藤。

時珍曰：今江南、湖南諸大山有之。細藤圓膩，紫綠色，一節一葉，葉深綠色，似杏葉而微短厚，其莖貼樹處有小紫瘤疣，[17]中有小孔，四時不凋，莖葉皆臭而極辣，白花蛇食其葉。

[氣味] 辛，溫，無毒。《別錄》曰：甘。

[主治] 風血，補衰老，起陽，強腰腳，除痹，變白，逐冷氣，排風邪，煮汁服，冬月浸酒服藏器，煮汁服，治上氣咳嗽 時珍。

志曰：按《南史》云：解叔謙，鴈門人，母有疾，夜禱，聞空中語云得丁公藤治之即瘥。訪醫及本草，皆無此藥。至宜都山中，見一翁伐木，云是丁公藤，療風。乃拜泣求，翁并示以漬酒法，受畢，失翁所在，母服之，遂愈也。

時珍曰：近俗醫治諸風，以南藤和諸藥熬膏市之，號南藤膏。白花蛇喜食其葉，故治諸風尤捷。

[附錄] 《證治準繩》中風條類有**木瓜丸**之治：治腎經虛弱，下攻

腰膝，沉重少力，腿脚腫瘴，疰破生瘡，[18]脚心癮痛，筋脈拘攣，或腰膝緩弱，步履艱難，舉動喘促，面色黧黑，大小便秘澀，飲食減少，無問久新，並宜服之。熟地黃洗焙、陳皮去白、烏藥各四兩，黑牽牛三兩，炒，石南藤即丁公藤、杏仁去皮尖、當歸、蓯蓉酒浸，焙乾、木瓜、續斷、牛膝酒浸，各二兩，赤芍藥一兩，右爲細末，酒糊爲丸如梧子大，空心木瓜湯吞三五十丸。溫酒亦得。

愚按：藏器《本草》首云茲味主風血，然又有補衰老云云，是則爲補益良劑，固不止於治風而已。至木瓜丸論治，雖逐隊於諸味之中，不能獨見其功，然其功之大概亦可覩矣。中風條類又有蠲風飲子，與衆味合劑，因味有十餘種，不及詳録也。第世醫多不知用之，俾其委棄，與無情之荒草埒也，雖四時不凋，然不亦大可惜乎哉？

忍冬 俗名甜藤。

頗曰：在處有之。藤蔓左纏，繞覆草木上或籬落間，莖色微紫，對節生葉，葉似薜荔而青，有澀毛，三四月開花，長寸許，垂鬚倍之，一蒂二花，兩瓣大小不齊，若半朵狀，初開蕊瓣俱白，經三日漸變金黃，新舊交參，黃白掩映，幽香襲人，燥濕不變。花名金銀花、金釵股、老翁鬚，藤名鴛鴦鷺鷥、左纏蜜桶，統名忍冬、通靈草，功相並，形相肖，色相同也。夏采花，秋采葉，冬采藤。

[**氣味**] 甘，溫，無毒。權曰：辛。藏器曰：小寒，云溫者非也。

[**主治**] 寒熱身腫，熱毒血痢，治風，除脹止渴，又治一切風濕氣，及諸腫毒癰疽疥癬，諸惡瘡五痔，諸漏，總是解散熱毒，爲諸瘡要藥。

弘景曰：忍冬煮汁釀酒飲，補虛療風。

時珍曰：忍冬，莖、葉、花功用皆同，昔人稱其治風除脹解痢，而後世用之，止謂其爲消腫散毒，爲治瘡要藥而已。按陳自明《外科精要》云：忍冬酒治癰疽發背，初發便當服此，其效甚奇，勝於紅內消。洪內翰邁、沈內翰括諸方所載甚詳，後來療癰疽發背經效奇方，皆是此味，所謂至賤之物，乃有殊常之效，正此類也。

希雍曰：忍冬，感土之沖氣，稟天之春氣，故味甘微寒而無毒。甘能益血，甘能和中，微寒即生氣所云輕身益壽者也。同甘菊花、紫花地丁、夏枯草、白芨、白斂、貝母、連翹、鼠黏子，治一切腫毒，加辟虺雷治一切疔瘡；君地榆、芍藥、黃連、甘草、升麻，治一切血痢；單味熬膏，小兒服之，可稀痘。

愚按：忍冬藤，今人所用似在消腫毒療癰疽而已。然為其凌冬不凋，故名忍冬，又名通靈草，土宿真君謂此味陰草也，取汁能伏硫制汞，故有通靈之稱。若然，豈其主治僅如斯乎？即就治癰疽以思其功，經曰：營氣不從，逆於肉理，乃生癰腫。先哲曰：氣宿於經絡，與血俱泣而不行，壅結為癰疽。夫氣原於三焦，凡外因、內因、不外內因致病乎三焦之氣，而壅於經絡者即便化熱，熱勝則肉腐而為膿，曰癰，至於陷肌膚，枯骨髓，內連五臟，又曰疽。此藤質疑於嚴冬，而華吐於春深，如三焦之陽在地中，而得出地之風氣以暢也。又其味甘而入血以和之，是本至陰之性以除熱，稟陰中之陽以達氣，具五味之主以和血，更乘風升之氣以透經，種種有異，此所以奏功也歟。曰：質陰味甘，固知其除熱而和血矣，然熱毒何以必本於三焦？蓋此味療發背癰疽，固屬營氣之病，而手厥陰包絡與手少陽三焦合之而行氣血之化者也，如之何不本於三焦乎？第方書有言其散氣和血，厥功獨勝者是矣，而不言其本於三焦，殊不知此二經為氣血之原，正《內經》所謂中有父母也，且三焦為真火，至化熱則火之淫毒為甚。又此味為膏，可以稀痘，夫痘毒非根於三焦之命門乎？二者主治同功，則其為同患可知矣。抑所云透經脈者何取？曰：經脈者，《內經》所謂內外之合也，而手少陽三焦與足厥陰肝通，故先哲首稱其治風，惟其治風，故最能透經脈。如方書中治消渴愈，預防發癰疽者，取忍冬草酒煮窨服，至大小腸通利，方為藥到得力。夫消渴已愈，而乃防癰疽，是為臟腑之熱除而經絡之熱未淨也，必用此酒以透去之。且昔哲又云：不特治癰，亦能止渴。是則從臟腑而經脈，從經脈而肉裏，斯味實有全功矣。即此推之，則凡三焦之氣化熱以爲血病者，或內或外，或淺或深，或上或下，皆可以爲人身之利益，不必專功於癰疽發背及諸腫毒惡疽疥癬楊梅諸惡瘡而已也。如《別錄》謂其久服輕身，長年益壽者，其說豈盡妄乎哉？按忍冬，其藤左轉，已屬肝劑，而莖色微紫，又屬肝之血劑也，春深吐華，始白而後黃，是又由肝達肺，由肺達脾之味也，故不止於行經絡，而且能周肉理，故用者類以癰疽腫毒之患爲是物主治也。第其散血分熱毒，不獨腫毒可治，如繆氏治偏頭痛屬肝經血虛有熱者用之，以其從肝達肺，從肺達脾，其氣之致於血，歷此三經，以撤其壅熱，散其聚毒，則其奇效似難以他味之散血熱者概論也。方書有用此味同上茯苓治偏頭風左右，劑中俱入，但他味有不同耳。其方載《醫便》後冊禁方中，謂右屬痰與熱，左屬風與血少。忍冬花浸酒，能令血熱而大腸結燥者通利，亦是乙庚相合之義，不獨治頭痛也。

[附方]

忍冬酒：治癰疽發背，初發便當服此，或貧乏中，或居鄉僻，田夫野老，百發百中。忍冬藤生取一把，以葉入砂盆，研爛，入酒少許，調和得所，塗傅四圍，中心留一口，又取五兩，用木搥搗碎，不犯鐵器，甘草生剉，一兩，二味同入砂瓶內，用水二椀文武火煎至一椀，入好酒一大椀，煎十數沸，去渣，分爲三服，一日一夜喫盡。病勢重，一日夜可二劑。按先哲云忍冬藤補血，如氣虛及寒多人不宜用，是故田夫野老百發百中也。繆希雍簡誤不及此，殊失之忽。

一切腫毒，不問已潰未潰，或初起發熱，用金銀花俗名甜藤。采花，連莖葉，自然汁半盞煎八分，服之，以渣傅上，敗毒托裏，散氣和血，其功獨勝。

疔瘡便毒方同上。

癰疽，托裏，治癰疽發背，腸癰乳癰，無名腫毒，焮痛實熱，狀類傷寒，不問老幼虛實服之，未成者內消，已成者即潰，忍冬葉、黃芪各五兩，當歸一兩，甘草八錢，爲細末，每服二錢，酒一盞半煎一盞，隨病上下服，日再服，以渣日傅之。

[修治] 莖葉花用之皆同。四月采花，陰乾，藤葉不拘時采，

陰乾。

黃藥子

時珍曰：今處處人栽之。其莖高二三尺，柔而有節，似藤，實非藤也，葉大如拳，長三寸許，其根長者尺許，大者圍二三寸，外褐內黃，亦有黃赤色者，肉色頗似羊蹄根，人皆搗其根入染藍缸中，云易變色也。

根

[氣味] 苦，平，無毒。《日華子》曰：涼。

[主治] 涼血降火，治肺熱咳唾血，鼻衄舌衄，舌腫，咽喉腫痛，並療諸惡腫瘡瘻，消癭解毒。

全善曰：本草云：[19]黃藥子、白藥子治肺熱有功。一法紅花當歸煎湯下。

希雍曰：黃藥根得土中至陰之氣以生，故其色黃味苦，氣平無毒，平即兼涼，《日華子》加涼是矣。氣薄味厚，降多升少，陰也，入手少陰、足厥陰經。諸惡腫瘡瘻，皆榮氣不從，逆於肉裏所致，蓋榮主血，肝心又主血藏血之臟，二經得苦涼之氣則血熱解，榮氣和，標證不求其止而止矣。其消癭者，總不越於涼血和榮散結之義也。同忍冬藤、夏枯草、白及、白蘞、紫花地丁、甘菊、茜草、連翹、牛旁子、白芷、貝母、白藥子之屬，治一切疔腫癰疽。《本經》並載赤藥，俗名紅藥子。予嘗得一方，以之為君，每四兩加白及、白蘞各一兩，乳香、沒藥各五錢，丹砂、雄黃各三錢，麝香、龍腦香各一錢，為細末，量瘡大小，蜜調敷瘡四圍，中留大孔，以綿紙護之，時以米醋潤之，其痛即減，亦復易潰易收，治一切發背癰疽俱神效，陰毒尤要。如無赤藥子，以黃藥子代之。

[附方]

一切吐血咯血，能解一切毒及諸熱煩燥，茜草根四錢，大豆子、黃藥子、甘草各二兩，為細末，每服二錢，新汲水調下。加人參二兩，治痰嗽有血。

又方，用蒲黃、黃藥子等分，爲末，掌中舐之。

鼻衄不止，黃藥子爲末，每服二錢，煎薄膠湯下，良久以新水調麪一匙頭，服之。

有治遺精白濁者，黃藥子四兩，刮去粗皮，[20]用石臼搗碎，水四碗煎汁，濾去渣，用碗盛貯，露一宿，空心溫服。

愚按：黃藥根，在時珍謂能涼血降火，而先哲用之以治血證，云肺熱咳唾血，惟七傷散用黃藥子、白藥子最有效，是則不獨瘡瘻之能奏功也。第在方書，如下虛上實，爲腎厥頭痛，有茸珠丸，舌衄有聖金散，舌腫有黃藥湯，咽喉熱毒內攻，生瘡腫痛，有牛蒡子丸，卽此推之，則其適用於內治者又當不止於此也。第類以爲涼血散毒，非不是也，詎知其味苦氣平，夫苦者火之味也，平者金之氣也，火合金以爲用，則氣歸涼降，氣涼降以化血，則血歸元陰，此所爲能解血中之邪結而去其毒乎。試觀腎厥頭痛之用，同於伏火丹砂，金合火而降於水，以治腎厥者，殊有可思，是豈徒恃一涼血散毒之能奏功乎哉？第此種據李氏所云，當是染缸所用謂缸藥者，驗其莖葉與根，皆如所說也。李氏以黃藥、紅藥爲一物二名，繆仲淳又謂其可相代，似爲二物，然當以李東璧爲確。至白藥子，方書亦用之，但今不審其爲何物也。

希雍曰：癰疽已潰不宜服。癰疽發時不焮腫，不渴，色淡，脾胃作泄者，此爲陰證，當以內補爲急，解毒次之，藥子之類宜少服，止可外敷。

王　瓜

時珍曰：王瓜，三月生苗，其蔓多鬚，嫩時可茹，其葉圓如馬蹄而有尖，面青背淡，澀而不光，六七月開五出小黃花成簇，結子纍纍，熟時有紅黃二色，皮亦粗澀，根不似葛，蘇恭謂其根似葛，故時珍云云。但如栝樓根之小者，澄粉甚白膩，須深掘二三尺乃得正根，江西人栽之沃土，取根作蔬食，味如山藥。

根

[氣味] 苦，寒，無毒。權曰：平。藏器曰：有小毒，能吐下人。

[主治] 消渴內痺，瘀血月閉，寒熱酸疼，益氣愈聾《本經》，療諸邪氣，熱結鼠瘻，散癰腫留血《別錄》，破癥癖，治天行熱疾，酒黃病壯熱心煩悶，熱勞《日華子》，治婦人帶下不通，下乳汁《別錄》，落胎《日華子》，止小便數不禁，逐四肢骨節中水《別錄》，利大小便時珍。

希雍曰：王瓜，稟土中清肅陰寒之氣，故味苦氣寒而無毒，其能除濕熱熱毒，大約與栝樓性同，故其主治內疸消渴，邪氣熱結，鼠瘻癰腫等證，皆與栝樓相似，而此則入血分諸病爲多耳。

愚按：經云寒泣血，而《本經》於王瓜主治，乃以苦寒而效活血之用，蓋觀《本經》首云消渴內痺，乃繼以瘀血月閉，則知此種所治之瘀血，蓋因於熱者也。即《別錄》首云療諸邪氣熱結，而《日華子》亦首主天行熱疾，則其義益明矣。雖然，細繹其用，非專以通瘀爲功也，如《別錄》更云止小便數不禁，即又云逐四肢骨節中水，夫小水及四肢骨節中水，與人身之血是二是一，故又以仲景《金匱》方治經水不利，帶下，小腹滿，或經一月再見者，俱主以王瓜根散者參之，如其專於通瘀，何爲有兩利之功哉？繹《本經》益氣二字，乃其功耳，先哲所云氣如橐籥，血如波瀾是也。但此味所益之氣，乃血中之氣，爲陰氣也。觀其用於婦人經帶居多，且男婦主治諸方又於二便爲多，則其氣不爲陰中之陽，而精專於血分者乎？再當以方書治黑疸單用此味者參之。夫黑疸，先哲固謂其爲女勞之病，非水也，然獨任之以爲對待，其義謂何？是則茲味之益氣者，非益陰中之氣，而冀其奏的然之效也能乎哉？但稟土中清陰專氣，乃開花結實於六七月，是其氣之暢者正從陽歸陰之候也。在《本經》謂之益氣而俾血和也，不爲信而有徵乎哉？

[附方]

黃疸變黑，醫所不能治，用王瓜根汁，平旦溫服一小升，午刻黃水當從小便出，不出再服。

小便如泔，乃腎虛也，**王瓜散**：用王瓜根一兩，白石脂二兩，兔絲子酒浸，二兩，桂心一兩，牡蠣粉一兩，爲末，每服二錢，大麥粥飲下。

經水不利，帶下，少腹滿，或經一月再見者，**王瓜根散**主之：王瓜根、芍藥、桂枝、䗪蟲各三兩，爲末，酒服方寸匕，日三服。

子

[氣味]　酸苦，平，無毒。

[主治]　生用潤心肺，治黃病，炒用治肺痿吐血，腸風瀉血，赤白痢《日華子》，療反胃吐食時珍。

[附方]

治反胃，用赤雹兒（卽甜瓜）燈上燒，一錢，入好棗肉，平胃散末二錢，酒服，食卽可下。宗奭曰：王瓜，其殼徑寸長二寸許，上微圓，下尖長，七八月熟，紅赤色，殼中子如螳螂頭者，今人又謂之赤雹子。

筋骨痛攣，赤雹兒子炒開口，爲末，酒服一錢，日二服。

大腸下血，王瓜一兩，燒存性，地黃二兩，黃連半兩，爲末，蜜丸梧子大，米飲下三十丸。

絡石 六月、七月采莖葉用。

蘇恭曰：是物生陰濕處，冬夏常青，實黑而圓，其莖蔓延，繞樹石側，若在石間者葉細厚而圓短，繞樹生者葉大而薄，人家亦種之爲飾。時珍曰：絡石帖石而生，其蔓折之有白汁，其葉小於指頭，厚實木強，面青背淡，澀而不光。有尖葉圓葉二種，功用相同，蓋一物也，蘇恭所說不誤，但欠詳耳。

莖葉

[氣味]　苦，温，無毒。《別錄》曰：微寒。普曰：神農，苦，小温；雷公，苦，平，無毒；扁鵲、桐君，甘，無毒。當之曰：大寒，藥中君也。

[諸本草主治]　喉舌腫閉，背癰㷔腫，癰傷，口乾舌焦，養腎，除邪氣，利關節，明目，主一切風。

［方書主治］　咽喉中如有物噎塞。

希雍曰：絡石禀少陽之令，兼得地之陰氣，其味苦，其氣温，微寒而無毒，入足陽明、手足少陰、足厥陰、少陽經。觀《本經》主治諸證，皆其熱毒之鬱於血分者，故用兹味苦温通氣血，即因用其陰寒入血而解除熱毒也。

［附方］

喉痹腫塞，喘息不通，須臾欲絶，神驗方，用絡石草一兩，水一升煎一大盞，細細呷之，少頃即通。

癰疽焮痛，**止痛靈寶散**：用鬼繫腰，生竹籬陰濕石岸間，絡石而生者好，絡木者無用，其藤柔細，兩葉相對，形生三角，用莖葉一兩，洗曬，勿見火，皂莢刺一兩，新瓦炒黄，甘草節半兩，大瓜蔞一個，取仁炒香，乳香、没藥各三錢，每服二錢，水一盞、酒半盞，[21]慢火煎至一盞，温服。

小便白濁，《仁存堂方》云：小便白濁，緣心腎不濟，或由酒色，遂至已甚，謂之上淫，[22]蓋有虚熱而腎不足，故土邪干水，史載之言夏則土燥水濁，冬則土堅水清，即此理也。醫者往往峻補，其疾反甚，惟服博金散，則水火既濟，源潔而流清矣。用絡石、人參、茯苓各二兩，龍骨煅，一兩，爲末，每服二錢，空心米飲下，日二服。

愚按：苦寒之味則就水，苦熱則就火，絡石之味苦，原得於陰氣最厚，以凌冬不凋之性，乃於六七月采之，是爲陰中有陽，非偏於寒者也。惟其陰氣厚，故治血中熱毒，惟其陰中有陽，故就熱毒以達其清解之用，不至於相逆而奏效。蓋如喉痹背癰證，療治原忌寒凉，故此味於斯二證有專功也。至治白濁，如孫氏《仁存堂經驗方》所云當是益陰氣，而又不大寒，正陰中有陽水火相濟之功耳。

［修治］　粗布揩去莖葉上毛，熟甘草水浸，曬乾。

木蓮—名薜荔、木饅頭。

時珍曰：木蓮延樹木垣墻而生，四時不凋，厚莖堅强，大於絡石，不花而實，實大如盃，微似蓮蓬而稍大，正如無花果之生者，六七月實內空而紅，八月後則滿腹細子，大如稗子，一子一鬚，其味微澀，其殼虛輕，烏鳥、童兒皆食之。

[氣味] 甘，平，澀，無毒。

[主治] 壯陽道尤勝蘇頌，固精，消腫散毒，止血下乳，治久痢腸痔，心痛陰㿗時珍。

愚按：《準繩》有黑丸子，專治久年痔漏下血，於諸味中以木饅頭為君，是則時珍所云治久痢腸痔，良不謬也。又《集簡方》治陰㿗囊腫，同木饅頭燒研，酒服二錢。又方，木饅頭子、小茴香等分，為末，每空心酒服二錢，取效。以此三方合參於時珍所云陰㿗證，大是中病，蓋陰㿗之證緣病於陰中之陽大傷，陽不能為陰之主，有頹然不振之意，故㿗字從疾從頹也，方書名曰陰㿗，其義固可思矣。蘇頌謂治陽道尤勝，以合於陰㿗之治，不更為中的之劑乎哉？《本經》所云太陽為病發寒熱，傳為㿗疝。夫兩太陽皆屬水化，而丹溪謂㿗疝概屬於濕，是皆可以相通而互證矣，緣寒濕盡屬陰也。雖方書如《準繩》治疝絕不及此味，然亦未可以之為憑矣。

五龍草即五爪龍。

此草《綱目》不載，因治背疽一方，大為奇中，若他方未必奏的然之效者，亦無取也。雖方中不以此味為主藥，然卻不可少，故附殿於蔓草後，而因錄其治療之詳於下。按五龍草，生於下濕地，遍地牽藤，葉似絲瓜葉而小，一葉有五丫，各丫內俱有鬚，故名五爪龍。三月間采，陰乾，吾潛處處有之。

治背疽方：按背疽所患，惟內攻與外潰耳，證屬火毒醞釀斯成，不能外散，勢必內攻，不能中出，勢必旁潰。醫者往往以涼藥圍解，多罹兹二患。又陰瘡不起發者，止有隔蒜灸一法，然亦未見鑿鑿取效。此方初用藥撚薰照，以火引火，毒氣外散，後用藥敷圍，追膿止痛，毒從孔竅及瘡頂中出，可免旁潰矣。陰瘡一照，即起紅暈，狀如蒸餅，變為陽證，可保無虞，此其奇中大略也。照法日每一次，初用撚三根或四根，次日用四根或五根，以次六七根止，大率看瘡輕重酌撚多寡，重者不過六七日，腐肉盡化為膿，從瘡口中陸續涌流，新肉如石榴子纍纍而生，此時不必再照。圍藥終始如一，隨瘡勢大小漸漸收入。照圍後不可聽醫用膏藥蓋頂，以致毒氣怫鬱，止剖葱葉，量瘡口貼之。凡照時，先須豬蹄煎湯澄清，洗去圍藥，如法熏照。待瘡勢大愈，內生將滿，始上生肌散：龍骨二錢，水石火煅三錢，黃丹一錢，護以太乙膏，直候平復，復後膏藥猶不可離，此其始末細微也。內服者，大要不出十宣散、護心散等方。最忌寒涼，恐傷胃氣。按以火撚提照之法，為治背疽第一。如《廣筆記》所錄，猶有不盡其竅會者，且用十宣散、護心散，而《筆記》削之宜否？曰：曾以此方療病者，未常用此二方，亦底厥績，是則似乎可刪也。蓋以藥撚照且提之以出毒，即可代宣利藥劑，更不傷胃也。第妙在手法，巧者意會耳。此瘡由厚味、怒惱、鬱結所致，受病以年計，調攝之法，非懲忿窒慾，清散托裹，治以前方，即盧扁復生，有望而走耳。

熏藥方：雄黃、硃砂、血竭、沒藥，俱一錢，麝香二分。血竭、沒藥，贗物極多，須按本草求至真者。右五味研細末，綿紙為撚，長約尺許，每撚藥三分，真麻油潤灼，離瘡半寸許，自外而內，周圍徐徐照之，火頭上出藥氣內入，瘡毒隨氣解散，自不內侵臟腑。初用三條，漸加至五七條，瘡勢漸消又漸減，熏罷隨即敷藥。論曰：自外而內者，言自紅暈外左右旋照，以漸將撚收入瘡口上也，更須將撚猛向外提，以引毒氣。此是手法。

敷藥方：五龍方即五爪龍、車前草連根葉、豨薟草、金銀花各等分，上四味鮮草藥一處搗爛，加多年陳米粉即常用漿衣者，俗稱蒸粉，初起仍加飛鹽末少許，共為稠糊，敷瘡上，中留一頂，拔膿出。若冬時無鮮者，用根及蓄下乾藥，陳醋調敷。其蓄草陰乾佳，無得見日。五龍草一時采摘不出，瘡勢緊急，即將車前等三味搗用，亦能奏功，不必拘執也。如采得更妙。瘡初發時，以此草取汁半盞，黃酒和水飲，能內消。

太乙膏：玄參、白芷、當歸、肉桂、大黃、生地、赤芍、苦參，將前八味切爲粗片，用麻油二斤，入銅鍋内煎至黑色，用樷一匹濾去滓，入黃丹十二兩，再熬，滴水成珠，捻頓硬得宜，即成膏矣。

製丹法：黃丹，先炒紫色，傾入缸内，用滾水一桶泡之，再汲涼水滿缸，用棒常攪，浸一宿，去水，再炒如前兩次方研，務要極細，可用。

凡人將發癰疽毒，半年前或一年前必常常自覺口乾，或作渴，思飲茶幷水，或食已即饑，名爲中消。倘有此證，後發背必難療，急須每日服忍冬丸，不次如是，加念久服，可免發背，縱不免，必可治療。如閑常無事，摘取金銀花四斤，趁濕水洗淨，入石臼中杵爛，置大瓦罐内，入井花水三椀，無灰酒三椀，調稀，煎十餘沸，藥性出取下，生布濾去渣，汁入罐，再煎成膏，滴水不散，又將一斤焙乾，同粉草二兩，共爲細末，取膏摻入末内，以酒打麵糊和，入石臼中杵一二百下，丸如綠豆大，食遠酒下八九十丸。此藥得酒良，不飲酒者，百沸湯下。

【校記】

〔1〕大，萬有書局本作"太"。

〔2〕舌，《本草述鈎元》卷十一作"口舌聲瘖"四字。

〔3〕逆，原誤作"道"，今據《本草述鈎元》卷十一改。

〔4〕噤，原誤作"禁"，今據《本草述鈎元》卷十一改。

〔5〕口，當作"嗽"。

〔6〕去，原誤作"云"，今據《本草述鈎元》卷十一改。

〔7〕氣，原誤作"五"，今據《本草述鈎元》卷十一改。

〔8〕升，原誤作"斤"，今據《證類本草》卷八、《本草述鈎元》卷十一改。

〔9〕涸，原誤作"痼"，今據《本草綱目》卷十八改。

〔10〕味，原誤作"氣"，今據《本草綱目》卷十八改。

〔11〕厚，原誤作"原"，今據萬有書局本改。

〔12〕曬，原誤作"灑"，今據文義改。

〔13〕亦，原誤作"赤"，今據《本草述鈎元》卷十一改。

〔14〕誤汗，此二字疑衍。

〔15〕徑，原誤作"經"，今據《本草述鈎元》卷十一改。

〔16〕木通，原誤作"本通"，今據《本草述鈎元》卷十一改。

〔17〕莖，原誤作"葉"，今據《本草綱目》卷十八改。

〔18〕生，原誤作"主"，今據《本草述鈎元》卷十一改。

〔19〕本草，原誤作"木草"，今據文義改。

〔20〕刮，原誤作"括"，今據文義改。

〔21〕酒，原誤作"煎"，今據《本草綱目》卷十八改。

〔22〕上，原誤作"土"，今據《本草綱目》卷十八改。

《本草述》卷之十二

水草部

澤瀉

春生苗，多在淺水中，葉似牛舌，獨莖而長，秋時開白花，作叢似穀精草。秋末采根，曝乾。

根

[氣味] 甘，寒，無毒。《別錄》曰：鹹。權曰：苦。潔古曰：甘，平，沉而降，陰也。杲曰：甘鹹，寒降，陰也。好古曰：陰中微陽，入足太陽、少陰經。

[主治] 逐濕行水，去三焦膀胱停水留垢，伐腎邪水，起陰氣，療水飲眩冒，心下水痞，治水瀉五淋，並小便不利而渴，消腫脹，通血脈，滲濕熱，治洩精及疝痛腳氣，腎臟風瘡。

潔古曰：澤瀉乃除濕之聖藥，[1]入腎經，治小便淋瀝，去陰間汗。無此疾服之，令人目盲。

宗奭曰：澤瀉之功，長於行水，張仲景治心下支飲苦冒，有澤瀉湯，治水蓄煩渴，小便不利，或吐或瀉，五苓散主之，方用澤瀉，故知其長於行水。本草引扁鵲云多服病人眼，誠為行去其水也，小便既利，腎氣安能復實？

易老云：澤瀉去脬中留垢，以其味鹹，能瀉伏水故也。

王安道云：八味丸用澤瀉於諸補藥中，取其伐腎邪，起陰氣，助補益而已。

《類明》曰：澤瀉之鹹，用瀉伏水以除濕，伏水爲胞中停蓄舊水，伏水瀉則濕自愈，卽所謂治濕不利小便非其治也。

時珍曰：澤瀉氣平味甘而淡，淡能滲洩，氣味俱薄，所以利水而洩下。脾胃有濕熱，則頭重而目昏耳鳴，澤瀉滲去其濕，則熱亦隨去，而土氣得令，清氣上行，天氣明爽，故仲景用之以治支飲苦冒，使之降而奏功也。久服則降令太過，清氣不升，真陰潛耗，安得不目昏耶？卽仲景八味丸亦用之者，乃取其瀉膀胱之邪。蓋古人用補藥必兼瀉邪，邪去則補藥得力，一辟一闔，此乃玄妙。後世不知此理，專一於補，所以久服必至偏勝之害也。

嵩曰：下焦濕熱致精泄者，宜投之。

希雍曰：澤瀉，稟地之燥氣天之冬氣以生，故味甘寒，《別錄》益之以鹹，腎與膀胱爲表裏，鹹能入腎，甘能入脾，寒能去熱，蓋淡滲利竅之藥也。水腫晝劇夜平者，陽水也，澤瀉同豬苓、白茯苓、人參、白术、白芍藥、赤小豆、桑白皮、橘皮治之，多服必愈；夜劇晝平者，陰水也，同車前子、赤茯苓、生地黃、白芍藥、赤小豆、桑根白皮、木瓜、石斛、薏苡仁治之，多服必愈。入五苓散、四苓散，治一切濕熱；入六味地黃丸，除陰虛病有濕熱者；同人參、白术、半夏、茯苓、橘皮、紫蘇、豬苓，爲治飲之要藥，一切停飲停水，無不效；飲證，病甚欲眩者，用澤瀉五兩，炒术二兩，水三升濃煎服，必效。

愚按：澤瀉本水草，其味始嘗之卽鹹，其氣且寒，則爲沉降而入膀胱，腎也是矣。唯的入水臟，故爲逐濕行水之捷藥。然鹹後有甘，此時珍所謂凡淡滲之藥俱皆上行而後下降者也。蓋後天凡水本於胃，水穀精氣自胃上行，而後濁者下降，故氣味雖歸水臟，而亦不能舍胃者此耳。然則所謂起陰者謂何？夫腎者水臟，至陰之所居也，人身有真水，有凡水，真水能化元氣，元氣能化凡水，真水所化之氣，卽陰中之真陽也。如中焦真陽衰，則凡水不能化液以爲病，至凡水不能化液，是亦病於真水不能化元氣也，是亦三焦、膀胱之病於陰氣不起也。故行水除濕，所以升陽而起陰，於五苓散處方，固甚有意義矣。又云滲濕熱者，蓋元陽不運，卽相火鬱於肝，合而爲濕熱，濕熱之爲病種種，寧獨泄精、疝痛、脚氣之類？卽泄痢、腫脹、五淋，多病於濕化熱。雖本責於濕，然化熱已甚，以苦燥濕，以寒除熱，如東垣治便阻有知、柏、肉桂之投，似亦不必責效於澤瀉。或於苦寒中以風升達陽，是亦祛濕而滲下者所當酌也。蓋滲多則亡陰，致真陽益化爲熱耳。若然，則所謂久服損目者，誠非妄語。彼八味丸用之，蓋於補陰達陽中資其通調陰氣以化陽，如王安道所云，亦非時珍一補一泄之說也。又通血脈者，血與水同原，如療腎臟風瘡腎臟風瘡，澤瀉皂莢水煮爛，焙研，煉蜜丸如梧子大，空心溫酒下十五丸至二十丸，因濕困真陰，則陽鬱而化風，風臟卽血臟也，腎肝固可同治，故肝腎之病於風以爲諸病者，固多如斯矣。

又按：方書治水濕腫脹及支飲苦冒二證，皆用白术、澤瀉，以皆本於脾胃元陽虛而停水也，特水腫以二味爲丸，加茯苓湯下，助之滲利耳。至五苓利小便，如豬苓同澤瀉分理，且少用肉桂使下焦元陽同於中焦氣化而水行也。投劑者可不細審？

希雍曰：澤瀉善逐水，病人無濕無飲，而陰虛及腎氣乏絕，陽衰精自流出，腎氣不固精滑，目虛不明，虛寒作泄等候，法咸禁用，誤犯令人虛極。

文清曰：凡淋渴水腫，腎虛所致者，不可用。

[修治]　　不油不蛀者良。細剉，酒浸一宿，漉出，曬乾用。一法米泔浸，去毛，蒸或搗碎焙。

[補遺]　　愚按：《別錄》云止洩精者，乃腎家有濕邪，致腎氣虛而精不固也，如甄權所云主腎虛精自出者，正此義耳。卽權所云治五淋，都不外此，不得概以陰虛爲言也。若李文清不能精詳爲言，概云凡淋渴、水腫、腎虛所致者不可用，未免瞶瞶。

石菖蒲一名堯韭，粗者名昌陽。

時珍曰：菖蒲，凡五種：生於池澤，蒲葉肥根，高二三尺者，泥菖蒲、白菖也；生於溪澗，蒲葉瘦根，高二三尺者，水菖蒲、溪蓀也；生於水石之間，葉有劍脊，瘦根密節，高尺餘者，石菖蒲也；人家以砂栽之一年，至春剪洗，愈剪愈細，高四五寸，葉如韭，根如匙柄粗者，亦石菖蒲也；甚則根長二三分，葉長寸許，謂之錢蒲。入藥須用二種石菖蒲，餘皆不堪。

根

[氣味] 辛，溫，無毒。權曰：苦辛，平。

[主治] 開心孔，通九竅，明耳目，治客忤癲癇，除心積伏梁，並下氣，療濕痹，止心腹冷痛，利丈夫水臟，女子血海冷敗，治耳鳴或痛，安胎漏，下血崩中。

嵩曰：菖蒲辛溫，通神明，開心帥氣之聖藥也，故開心孔，通九竅，明耳目云云，此通神開心之專功也。如下氣，療濕痹，止心腹冷痛云云，此辛溫散氣之兼功也。五臟氣虛宜補者，心氣不足，人參、白茯苓、石菖蒲。

盧復曰：在陰在脈之痹，乃濕乃風之因，咸能使之宣發，設寒水專令，取效更捷。

之頤曰：水土合和，抽爲草木，唯石菖蒲全得生陽之氣，吮拔水液，盤絡砂石，不假地土之力，昌美溪浦之間。故曰菖蒲以治病之用言，當號昌陽，以發生之體言，當號陽昌。

頌曰：古方有單服菖蒲法，蜀人治心腹冷氣㽲痛者，取一二寸，搥碎，同吳茱萸煎湯，飲之。亦將隨行卒患心痛，嚼一二寸，熱湯或酒送下，亦效。

士瀛曰：下痢噤口，[2]雖是脾虛，亦熱氣閉隔心胸所致。俗用木香失之溫，用山藥失之閉，惟參苓白朮散加石菖蒲，粳米飲調下，或用參、苓、石蓮肉，少入菖蒲服，胸次一開，自然思食。

希雍曰：菖蒲，稟孟夏六陽之氣，而合金之辛味以生者也。陽精芳草，辛溫四達，通九竅，充百骸，用宣邪結，俾達真陽，此通利心脾二經之要藥也。迨夫巖棲修煉之士合養性諸藥，如黃精、青黏、地黃、天門冬之屬，資其宣導，臻乎太和，故亦爲仙經上品。菖蒲同熟地黃、黃檗作丸，治腎虛耳聾，若中年預服，可使老而聽聰。同二术、木瓜、薏仁、石斛、萆薢、黃檗，爲除濕强步之要藥，兼治下部膿窠濕瘡，如神。佐人參、麥門冬、酸棗仁、茯神、遠志、生熟地黃，爲補心之劑。如心氣鬱結者，加沉香，能益火以開心，兼辟蚤蝨。

愚按：《典術》云：堯時天降精於庭爲韭，感百陰之氣爲菖蒲，故曰堯韭。《月令》云：冬至後五十七日，菖始生。菖乃百草之先生者，於是始耕，則又名昌陽者，或取此義也。按入藥者唯石菖蒲，生於水石之間，略無少土，稍有泥滓，即便凋萎，且四時長青，新舊相代。即此觀之，其不假土力而四序長青也，於感百陰之氣者合矣。然其味辛而氣溫，所謂生於百草之先，陽於是昌者，不其然歟？盧復曰：萬物資生於陰，必資始於陽，以陰感陽而盛，故曰昌陽。斯言是也。第陰感陽而盛者，五種之菖蒲所同，其質成於陰之凝而氣稟於陽之達者，則石菖蒲所獨也。皇甫嵩謂爲開心帥氣聖藥，頗爲中肯。經云：前曰廣明，後曰大衝。夫心爲君火，至陽根於至陰也，非至陰之貞，不發至陽之光，發至陽之光，乃益暢至陰之用，此種具有妙理。陰質感乎陽，故能開心以帥氣。蓋心爲火主，氣固火之靈也。心屬離火，內陰而外陽，內者是神，外者是用，所云非至陰之貞四語，可謂入微而中的矣。第四語以發至陽之光爲主腦，其益暢至陰之用即由氣生血之義，蓋血雖原於水而必成於火也。此皇甫嵩開心帥氣一語，尤謂扼要。然陽昌達乎陰，又即帥氣以和血，蓋生血者心，氣馭血以行者也，所以在本草言治風寒濕痹，而盧之頤曰痹證有五，菖蒲獨宜脈痹，又曰能開心孔，而心孔爲諸脈絡之宗主，數言俱切中矣。愚謂此種佐人參能益宗氣，觀其治胎漏崩中等證，則其功用可知。乃方書止以辛溫與行氣諸劑概論，不亦大草草乎？如希雍所云通利心脾二經，雖於主腦欠分曉，然心脾原爲子母，入心自能及脾，若入心而不及脾，何以暢厥宗氣之用？即蘇頌所謂療心腹冷痛，及楊士瀛於噤口痢用以通心胸間熱閉，則其主治有相因以及者，固可類推也。

又按： 石菖蒲謂補心氣之虛，如上所云，亦得其大概而已，試爲悉之。蓋人身之至陽，根於至陰也，緣天一之壬水卽合有丁火，壬召丁，丙卽隨丁，然後水中有火而命門以成。蓋火原生於水者也，乃奉水之主以至於火而生心，是則如玆物感至陰以達至陽，其陽氣之最先而奮出者，焉能不於心而受之？此所謂能補心氣之不足也。如之頤謂其全得生陽之氣，吮拔水液，不假地土之力，之數語眞爲此品傳神矣。蓋唯石菖蒲不假土氣，但吮水液，乃爲全得生陽之氣，是卽感至陰而達於至陽之出機也，亦要讓此種有專稟耳。雖然，是固入少陰心矣。又曰感至陰，其義何徵？曰：《本經》謂其通九竅，乃用之治耳病者較他竅居多。夫耳固腎之竅也，是非其感於陰而昌於陽之徵歟？但此種氣溫而味辛，其苦甚微，辛之勝者，陽氣之通天也，微苦者入心，苦爲火之味也，不可謂其有苦而又云入腎也。

[附方]

癲癇風疾，九節菖蒲去毛，木臼搗末，以黑獖豬心一箇，批開，砂罐煮湯，調服三錢，日一服。

諸積鼓脹，食積、氣積、血積之類，石菖蒲八兩，剉，斑蝥四兩，去翅足，同炒黃，去斑蝥不用，以布袋盛，拽去蝥末，爲末，醋糊丸梧子大，每服三五十丸，溫白湯下。治腫脹尤妙，或入香附末二錢。

[修治]　用生石上者，嫩黃緊硬節稠一寸九節者是眞，中心微赤，辛香少渣更妙。有形如竹根鞭，黑色氣穢味腥，根大鬆，多渣，但主風濕疥瘙，不堪入藥。用銅刀刮去毛，微炒，搗碎入藥，忌鐵器。有謂心勞神耗者，此味大辛，則宜如雷公用嫩桑枝拌蒸熟，曬乾用。

蒲　黃

卽香蒲花中蕊屑。蒲，卽今取葉以爲席或並作扇者是。

[氣味]　甘，平，無毒。

[諸本草主治]　心腹膀胱寒熱，利小便，止血，消瘀血，治吐衄尿瀉血，痢血，及女子崩漏墮胎，又通經脈，療血氣心腹痛，女子血癥血

晕，兒枕急痛，又治打撲血悶。

[方書主治]　中風發熱，咳嗽霍亂，鼻衄舌衄，吐血，溲血下血，心痛，胃脘痛，譫妄滯下，小便不通，淋，舌咽喉。

之頤曰：蒲，水草，黃，其夏火之華英也。凡草木綻萼吐英與夫榮實蔕落，莫不具春升、夏出、秋降、冬藏之象，至黃布花心，此又夏出吐英之榮極時也。第蒲黃四布花上，若黃金經久不變，是知蒲性精專在黃。夫百花有黃，花謝黃減，以非專精於黃者也，唯蒲黃乃爾然，亦具夏火、長夏土、秋金三義。

時珍曰：蒲黃，手足厥陰血分藥也，故能治血治痛，生則能行，熟則能止，與五靈脂同用，能治一切心腹諸痛。按《本事方》云：有士人妻，舌忽腫滿口，不能出聲，一叟教以蒲黃頻摻，比曉乃愈。又《芝隱方》云：宋度宗欲賞花，一夜忽舌腫滿口。蔡御醫用蒲黃、乾薑末等分，乾搽而愈。據此二說，則蒲黃之凉血活血可證矣。蓋舌乃心之外候，而手厥陰相火乃心之臣使，得乾薑，是陰陽相濟也。[3]

希雍曰：蒲黃得地之陰氣，兼得金之辛味，其言甘平者，是兼辛而言也，甘能和血，辛能散結，故或生或熟，皆可奏功也。得炒黑乾薑、炒黑豆、澤蘭、當歸、川芎、牛膝、生地黃，治產後諸血病；同車前子、牛膝、生地黃、麥門冬，治溺血；同阿膠、白膠、人參、麥門冬、赤茯苓、車前子、杜仲、川續斷，治血崩血淋；生納舌下，數數易之，消重舌；治一切跌撲傷損，瘀血停滯腹中，生蒲黃煮濃，和童便飲之，良。能破血，故治癥結，五勞七傷，停積瘀血，胸前痛即發吐衄，悉和凉血行血藥主之。

愚按：蒲黃類以爲活血，而不究其血之不歸經以爲病如諸證者，胥能療之，是爲能察其微義歟。如《本經》首主心腹膀胱寒熱，利小便，乃云止血，消瘀血者，其說爲贅，而不必一參歟。蓋本屬水草，原具水土合德之陰，其於春生嫩葉出水時，便紅白色茸茸然，是寒水之氣因風木而已趨火投金矣。至夏後則莖抽葉中，花抱莖端，而花上粉屑細黃如金，且其色經久不變，殊於他黃花之隨謝而色萎也。蓋其升出之機，復因大火以歸土而育金，舉金之爲水母爲火妻者，更藉水火之黃婆以厚育之，故得金氣精專，乃致其配火孕水之化機焉，是則此味具體於水，達用於火，布化於金者也。夫足太陽寒水，陰中有陽，生焉化焉以至於金，是爲升出者機；而手太陰燥金，陽中有陰，亦復生焉化焉以歸於水，是爲降入者機。第其由升出而得降入，於大火之後以爲涼降，是陽之氣得化於陰，陰之氣受化於陽，此《本經》所以首主心腹膀胱寒熱，利小便，而後及於止血消瘀血之功也。如經所云二陰至肺，其氣歸膀胱，外連脾胃，又所云飲入於胃，遊溢精氣，上輸於脾，脾氣散精，上歸於肺，通調水道，下輸膀胱，可與茲義相發明矣。夫水於血，是二是一，是降入之機絪縕變化於此者，配火孕水而液能化血，經所謂化其精微是爲血，又所謂血者神氣也，其合於膀胱水腑之氣化，而主治寒熱，利小便者，乃血化之還及於氣，氣化之還及於水，正所謂遊溢精氣，通調水道也。還及於氣，還及於水，是應前絪縕變化，配火孕水而液化血之義，又應前具體於水，達用於火，布化於金之義。蓋血原從氣化，氣原從水化，故曰還。如是，止貿貿言其活血可歟？故止血，消瘀血，試參之宜於寒熱之氣化以及水化者，則得止與消，亦無不咸宜之義矣。即方書中治鼻衄證，如用之生科雞蘇散中，同於清熱涼血益陰，又用之黑神散中，同於補血溫寒燥濕，皆非取其能化寒熱之俱能傷血者歟？此其止血也。又如蒲黃、乾薑等分，以治舌腫滿口者，又如服三黃丸，用蒲黃摻之以治木舌者，此一證而寒熱皆宜，以消瘀者也。若然，則止謂之涼血，似猶未盡乎。蓋稟金氣精專，而華於大火之後，則宜入心而行涼降之氣化矣。涼者秋之氣，猶溫者春之氣，不可混於以寒除熱也。雖然，止可謂之和血，不同於丹皮、紫草、鬱金之苦寒而涼血，第亦不等於紅花、茜根、蘇木之辛溫而散血也，惟得於溫涼之沖氣。故或從陽以引之，如同乾薑而治舌腫；或從陰以達之，同阿膠而療口耳大衄。是其消腫者，不以疏導爲功；其止衄者，亦非以止澀見長。諸如此類以推之，乃可以用此味，豈得徒守一熟用補血止血，生用涼血活血，以責效乎哉？

[附方]

老幼吐血，蒲黄末，每服半錢，生地黄汁調下，量人加減，或入髮灰等分。

小便出血，方同上。

口耳大衄，蒲黄、阿膠炙，各半兩，每用二錢，水一盞、生地黄汁一合，煎至六分，温服，急以帛繫兩乳，止乃已。

關節疼痛，蒲黄八兩，熟附子一兩，爲末，每服一錢，涼水下，日一服。

胎動欲產，日月未足者，蒲黄二錢，井華水服。

產婦催生，蒲黄、地龍洗焙、陳橘皮，等分，爲末，另收，臨時各炒一錢，新汲水調服，立產。

胞衣不下，蒲黄二錢，井水服之。

希雍曰：一切勞傷發熱、陰虛內熱無瘀血者，禁用。

[修治] 自采者真，勿用松黄并黄蒿，其二件全似，只是味㕮音抒，惡貌。及吐人。凡欲使蒲黄，須隔三重紙焙令色黄，蒸半日，却焙令乾，用之妙。又曰：行血消腫生用，補血止血炒用。

水　　萍

生池澤止水中。《月令》：季春，萍始生，楊花所化也。一葉經宿，即生九葉，葉下微鬚，即其根也。

[氣味] 辛，寒，無毒。《別錄》曰：酸。

[主治] 暴熱身癢，熱毒風熱，熱狂，爀音脅，火迫也。腫毒，并療風濕麻痹，腳氣，搗汁服，主水腫，利小便，止消渴，治吐血衄血。

丹溪曰：浮萍發汗，勝於麻黄。頌曰：用治時行熱病，亦堪發汗，甚有功。世傳宋時東京開河，掘得石碑，梵書大篆一詩，無能曉者。真人林靈素逐字辨譯，乃是治中風方，名去風丹也。詩曰：

天生靈草無根幹，不在山間不在岸。

始因飛絮逐東風，汎梗青青飄水面。
神仙一味去沉疴，采時須在七月半。
選甚癩風與大風，些小微風都不算。
豆淋酒化服三丸，鐵撲頭上也出汗。
其法：以紫背浮萍曬乾，爲細末，煉蜜丸彈子大，每服一丸，以豆淋酒化下，治癩痪，三十六種風，有驗。

希雍曰：水萍，專得水氣之清陰，故味辛氣寒。《別錄》兼酸無毒，蓋其體輕浮，其性清燥，能祛濕熱之藥也。

之頤曰：穀雨萍始生，楊花入水乃化也，樹根水上，一夕九子，嘗與水平，故曰萍也。蓋楊先百木青，秉春升之敷和，萍性善生衍，秉夏出之蕃茂。但以升出爲用，不以風火爲氣者，以基於水，遂稟水寒之化。且味專辛發，藉金水之相滋，誠逐風清熱，解表汗出，下水氣，止消渴之良劑也。

愚按：水楊最易生植，多生於河北沙地，乃其花入水而化萍。蓋稟寒水之旺氣，乘風木之出機，故其生也最易，而化生也亦繁，如水萍一葉經宿卽有九葉是也，誠如之頤所謂以升出爲機。是茲物展轉化生，由其所稟者乘於氣化之自然，卽其味以辛勝，固皆氣化出機也，乃入口微有甘酸，入血分而涌洩，隨有辛之勝者散之潤之。夫水也，汗也，血也，是二是一，此其所以能奏一切之效歟。總之，能大暢寒水之化，卽合於人身之陰氣抑遏，陰氣阻滯，陰氣爲陽所并者，舉能治也。之頤所云藉金水之相滋，尤謂能格物理矣。抑治風熱最勝者何？蓋陰氣能達，則陽自化而風自息。若然，可同於滋陰之味以息風熱歟？曰：此味但能達陰之出機，用之者不能藉其還陰之入機。觀其卽寄根於水，可以思也。故謂其輕浮而清燥，是雖非精詣語，亦庶乎得其功用之似矣。

[附方]

消渴飲水，用乾浮萍、栝樓根等分，爲末，人乳汁和，丸梧子大，空腹飲服二十丸，三年者數日愈。

水氣洪腫，小便不利，浮萍曝乾，爲末，每服方寸匕，白湯下，日二服。

吐血不止，紫背浮萍焙，半兩，黄芪炙，二錢半，爲末，每服一錢，薑蜜水調下。

鼻衄不止，浮萍末吹之。

風熱癮疹，浮萍蒸過，焙乾，牛蒡子酒煮，曬乾，炒，各一兩，爲末，每薄荷湯服一二錢，日二次。

希雍曰：表氣虛而自汗者，勿用。

[修治] 紫背浮萍者入藥良，面背皆綠者，不可用也。七月采之，揀净，以竹篩攤之，下置水一盆，映之日曬，方易乾也。

海藻 反甘草。

此即水藻生於海中者。此有二種：馬尾藻生淺水中，如短馬尾，細黑色；大葉藻生深海中，葉如水藻而大。海人以繩繫腰，沒水取之。《爾雅》云：綸似綸，組似組，東海有之。正此二藻也。時珍曰：海藻亦作海菜，貨之四方。

[氣味] 苦鹹，寒，無毒。權曰：鹹，有小毒。

[主治] 癭瘤結氣，散頸下硬核痛，癰腫癥瘕，堅氣，男子㿗疾疝氣，下墜疼痛卵腫，治奔豚氣，脚氣，水氣浮痛，下十二水腫，腹中上下雷鳴，胸膈痰壅，利小便，起男子陰消。

潔古曰：海藻，氣味俱厚，純陰，沉也，治癭瘤馬刀諸瘡堅而不潰者。經云鹹能軟堅，營氣不從，外爲浮腫，隨各引經藥治之，腫無不消。

孟詵曰：海藻，起男子陰，消男子㿗疾，宜常食之。南方人多食，北方人效之，倍生諸疾。

時珍曰：海藻，鹹能潤下，寒能洩熱引水，故能消癭瘤、結核、陰㿗之堅聚，而除浮腫、脚氣、留飲、痰氣之濕熱，使邪氣自小便出也。按海藻、甘草本相反，時珍謂東垣治瘰癧馬刀，有散腫潰堅湯，何以二味並用？蓋欲令其反奪，以成厥功也。此義固然，第兩味並用，不止此一方，而更有獨用海藻者，於是尤當互參也。

愚按：《本經》主治癭瘤結氣，並癧腫癥瘕堅氣，其散結破堅者，總歸於能達陰中之氣。夫人身至陰之氣，水化出焉，故《本經》更云下十二水腫。卽此推之，如先哲所云起男子陰，消男子癀疾，豈非有益於陰氣而的能奏功如是歟？第謂南人多食，北人食之則生諸疾者，合於時珍鹹能潤下、寒能洩熱之說，則知此味宜於陰氣虛而化濕熱者。如陰氣虛而病於寒，則不宜也。

[附方]
海藻酒：治癭氣，用海藻一斤，絹袋盛之，以清酒二升浸之，春夏二日，秋冬三日，每服兩合，日三，酒盡再作。其滓曬乾，爲末，酒服方寸匕，日三服，不過兩劑，卽瘥。

[修治]　洗净鹹味，焙乾用。

昆布—名綸布。綸，音關，青絲綬也。

時珍曰：按《吳普本草》綸布一名昆布，則《爾雅》所謂綸似綸，東海有之者，卽昆布也，訛而爲昆耳。又曰：昆布生登、萊者，搓如繩索之狀，出閩、浙者，大葉似菜。蓋海中諸菜性味相近，主療一致，雖稍有不同，亦無大異也。

[氣味]　鹹寒，滑，無毒。普曰：酸鹹，寒，無毒。權曰：温，有小毒。

[主治]　十二種水腫，瘻瘤，結聚氣，癭瘡《別錄》，治陰癀腫藏器，利水道，去面腫甄權。

東垣曰：鹹能軟堅，故瘻結如石者，非此不除，與海藻同功。

詵曰：昆布下氣，久服瘦人，無此疾者不可食。昆布膔音郝，羹膔也。治膀胱結氣，急宜下氣，用高麗昆布一斤，白米泔浸一宿，洗去鹹味，以水一斛煮熟，劈細，入葱白一握，寸斷之，更煮極爛，乃下鹽、醋、豉薑、橘、椒末，調和食之，仍宜食粱米、粳米飯，極能下氣。無所忌。海藻亦可依此法作之。

［修治］　東流水煮半日，去鹹味，焙乾。

愚按：海藻、昆布，其功大都相同，用者謂其寒能潤下，鹹能軟堅。第在他藥中亦有兼之者，如謂此二種本於海鹹之氣所生，爲有異耶，則海鹹之氣味所生寒而鹹者不少矣，何獨取此種以奏前功也？毋亦以其潤下軟堅者，因其與水浮沉之性，故從上而下，能致其流濕之用乎？觀其下而治男子陰㿗，卽上而頸核，更上而面腫，無不奏效，則其用可思矣。是流濕引水者，乃二物之所獨擅，而散結破堅卽流濕引水之能事，不與他味例視者也。雖然，如《本經》首言治瘻瘤結氣，卽如陰㿗皆屬膀胱結氣，氣屬陽，本不聚而成形，所爲諸患皆陰畜乎陽也。此種破陰之畜以達陽，恐亦不得恃其寒能洩熱而獨任之，須有以佐其破陰者，如海藻酒之治瘻，必藉酒以行，又如昆布臛，皆合葱白、薑、橘、椒之力以爲功，是不可以推類乎哉？

希雍曰：二味俱於脾家有濕者勿服。

【校記】

〔1〕除，原誤作"陰"，今據《本草綱目》卷十九改。

〔2〕嗓，原誤作"禁口"，今據《本草綱目》卷十九、《本草述鈎元》卷十二改。

〔3〕濟，原誤作"劑"，今據《本草綱目》卷十九改。

《本草述》卷之十三

石草部

石　斛

多在山谷中。五月生苗，七月開花，十月結實。以物盛，挂屋下，頻澆以水，經年不死。合此以知石斛之能益陰，然由夏以歷秋冬，是由土而之水，其氣乃完。

[氣味]　甘，平，無毒。普曰：神農，甘，平；扁鵲，酸；李當之，寒。時珍曰：甘淡微鹹。

[諸本草主治]　傷中，除痺下氣，平胃氣，除熱，清氣益氣，補腎，暖水臟，壯筋骨，強陰益精，補五臟虛勞羸瘦，逐皮膚邪熱痱氣，脚膝冷疼痺弱。

宗奭曰：石斛，治胃中虛熱有功。

[方書主治]　中風虛勞，消癉，痺，虛煩不能食，淋，耳證，傷勞倦，積聚，咳嗽，喘，反胃，諸見血證，溲血，脇痛，痿，脚氣，小便數，小便不禁，口齒唇舌。

以上以用之多寡爲次。

時珍曰：石斛氣平，味甘淡微鹹，陰中之陽，降也，乃足太陰脾、足少陰右腎之藥。深師云：囊濕精少、小便餘瀝者，宜加之。一法每以二錢入生薑一片，水煎代茶飲，甚清肺補脾也。

之頤曰：石斛功力，宛如胃腑運化精微，散精於腎，淫氣於骨，散精於肝，淫氣於筋膜，以及從脾淫肌肉，從心淫血脈，從肺淫皮毛，何莫非水穀之源？次第敷布於神臟，次第滿溢於形臟者，設痹塞則中傷，致令胃失所司，不能下精與氣，遂成神臟之虛勞，形臟之羸瘦耳。

中梓曰：石斛性和，主用宏多，但氣力淺薄，得參、芪便能奏功，專倚之，無捷得之效也。

希雍曰：石斛稟土中冲陽之氣，兼感春之和氣以生，故其味甘平而無毒，氣薄味厚，陽中陰也，入足陽明、足少陰，亦入手少陰。甘能除熱，甘能助脾，甘能益血，平能下氣，味厚則能益陰氣，故主治傷中，補虛羸等，奏胃與腎之功也。同麥門冬、白茯苓、橘皮、甘草，則益腎，強四肢；同麥門冬、五味子、人參、炙甘草、白芍藥、枸杞、牛膝、杜仲，則理傷中，補五臟虛勞羸瘦，強陰益精；同枇杷葉、麥門冬、橘皮，則下氣；得木瓜、牛膝、桑白皮、石南葉、白蘚皮、黃檗、茯苓、菖蒲，則主諸痹及逐皮膚邪熱痱氣，冷痹弱；夏月一味酒蒸，泡湯代茶，頓健足力。

愚按：石斛，《本經》言其甘平，是甘者固多，時珍以為甘淡微鹹，味之良然。所以言其入胃入腎也，夫甘能益脾，乃兼鹹而且淡，正胃腎相通之義也。夫人身之胃氣為陽，然皆本於腎之真陰以貫之，其所歷之經絡膜舍可據也，況《五臟法時論》言養脾宜以鹹乎？石斛甘為主，固土德冲和之味，而兼以鹹，合於甘中之淡氣分之平以就下，是胃陽合於腎陰而歸元，故曰除痹下氣，正所謂水土合德以立地，是即平胃氣，補腎，是即強陰益精而補五臟之虛勞者也。平胃氣，即是除胃中虛熱。蓋胃之三脘皆屬任脈，胃之虛熱出於腎陰不足，而脾陰因之亦不足，故為虛而生熱也。石斛能合脾腎之陰氣至於胃，如是則胃陽不亢，而陽即隨陰以降，此之謂療胃虛熱，即治傷中，除痹下氣，還以強陰益腎，而五臟胥益也。若然，則此味之由脾而及四臟者，特以脾腎交通，欲益五臟之陰氣，用之為關捩子，非謂淡平之性味能專任其補益之功也，然而為主為輔，固有攸宜者矣。第又有可參者，竊謂強陰益精四字，是此味奏功處，似不為其味鹹入腎故也。即《別錄》所云生山谷水旁石上，更如時珍所云或取砂石栽之，或以物盛屋簷下，頻浸以水，遂經歲不死，則茲物固稟水石之精氣，而合化於土者也，從土化而蘊水石之精氣，故《本經》以強陰益精之功歸之也。其首主治傷中，除痹下氣者，又豈因其淡而滲下哉？蓋本其強陰益精，爲中土之化原，中土化原裕而痹自除，氣自下。在人身之脾腎，原有互爲生化而展轉交益者，茲味適有的然之功，故二臟一或傷之，或離之，胥藉此味爲補救矣。抑所云除痹下氣者，似功在脾，詎知即爲功在腎，此甄權所謂補腎益力，《日華子》所謂暖水臟，壯筋骨，《別錄》所謂療脚膝疼冷痹弱也。然不特此，即《本經》所云補五臟虛勞羸瘦，皆不外是。蓋脾與腎互爲化原，而脾腎生化之氣盛，又即爲餘臟之化原矣。統繹斯義，是欲補五臟者必先於脾，而欲益脾者當不能舍腎矣。第如補命門之火以生土，人多知之，至從胃腎之陰氣相通以爲補如此味者，多不致察。之頤所云固亦微中，然猶涉鹵莽，而時珍謂入右腎者更未確矣。

[**修治**]　出六安山谷，及荆襄、漢中、江左、廬洲、台州、温州諸處。近以温、台者爲貴，謂其形似金釵，然氣味腐濁，不若川地者形頗修潔，氣味清疎。毋取美觀，舍清用濁也。去根頭，酒洗蒸用，唯入湯膏，不入丸散，以質綿韌不作末故也。生溪石上者名石斛，折之似有肉，中實；生櫟木上者名木斛，折之如麥稈，中虛。石斛短而中實，木斛長而中虛，甚易分別。

骨碎補

覼曰：出嶺南虔、吉州，今淮、浙、陝西、夔、路州郡皆有。寄生石上或木上，多在背陰處，引根成條，上有黄白赤毛及短葉附之，又抽大葉成枝，葉長有缺，頗似貫衆，面色青綠，有青黄點，背色青白，有赤紫點，每一大葉兩旁各有小葉叉牙，兩兩相對，至春作葉，冬則乾黄，無花實，根扁而長，略似薑形，《拾遺》呼爲猴薑，江右人呼爲胡猻薑，《日華子》呼爲石毛薑，皆形相似也。

根

[**氣味**]　苦，温，無毒。《日華子》曰：平。

[諸本草主治]　破血止血，補傷折骨碎，療骨中毒氣，風血疼痛，血和則風息，故痛風證類用之，所云入骨散毒，亦是此義。亦入婦人血氣藥中用，兼治腎虛久痢，並耳鳴齒痛。

[方書主治]　腰痛行痹，中風，鶴膝風攣，氣證泄瀉，淋，遺精脫肛。

權曰：療五勞六極，手足不收，上熱下冷。此味在秘傳降氣湯中治上熱下虛，知權言不謬。

時珍曰：骨碎補，足少陰藥也，故能入骨治牙及久泄痢。昔有魏刺史子久泄，諸醫不效，垂殆，予用此藥末入豬腎中，煨熟與食，頓住。蓋腎主大小便，久泄屬腎虛，不可專從脾胃也。按戴原禮《證治要訣》云：痢後下虛，不善調養，或遠行，或房勞，或外感，致兩足痿軟，或痛或痹，遂成痢風，宜用獨活寄生湯加虎骨四斤丸，仍以骨碎補三分之一同研取汁，酒解服之，外用杜牛膝、杉木節、萆薢、白芷、南星煎湯，頻頻熏洗。此一從腎虛骨痿而治也。

希雍曰：骨碎補得金氣，兼得石氣，石者水之母也，味苦氣溫，亦應有辛，好生陰處，故得陰氣爲多，宜其入足少陰而主骨。

[附方]

虛氣攻牙，齒痛血出，或時癢痛，骨碎補二兩，銅刀細剉，瓦鍋慢火炒黑，爲末，如常揩齒，良久吐之，咽下亦可。

劉松石云：此方不獨治牙痛，極能堅骨固牙，益精髓，去骨中毒氣疼痛。牙動將落者，數擦立住，再不復動，經用有神。

愚按： 骨碎補，類以爲補腎虛云耳，而破血止血，補傷折，並療骨中毒氣之說，初不深究也。且因名思義，骨碎而曰補者，不先療傷折而謂能補骨碎乎？且經曰髓者骨之充也，不療傷折及骨中毒氣，俾能髓充骨中，而謂能補腎虛乎？先哲曰：凡男子女人一百九十骨，或隱或襯，或無髓勢，餘二百五十六骨並有髓液，以藏諸筋，以會諸脈，谿谷相需而成身形，謂之四大，此骨度之常也。即此參之，則每用此味以補骨之碎折者，豈非謂其能大補髓液乎？蓋由其爲陰氣所鍾，而乃味苦氣溫，苦者火味，溫者少火之氣也，故能破血，即能止血，血和而血海細縕之餘乃化爲精，卽入於腎之合者，能散毒而益髓，所云專理骨病者此耳。然則劉松石謂益精髓，乃補本草之所未發，豈如粗工輩泛泛言其益腎哉？雖然，先哲每言由血化精是化機，寧盡由血？蓋禀於陰中之陽，爲由化而得生之玄機，是乃由氣而化血者也。故方書用之治氣，蓋就升降之義，而於諸調氣中必本之元氣屬腎者，俾之化機得暢也。或曰：何以於治氣不多見，而方書所治，如中風行痺鶴膝風等證，似又屬血也？曰：方書所主諸證，蓋屬陰中之氣，陰中之氣並不可概以氣言，亦不能專以血言也。如中風之治，治其病於癱瘓者，如行痺三方，治其風濕走注者，其治鶴膝風，有經進地仙丹，治腎氣虛憊，風濕流注者，又如攣證之百倍丸，治男女中風，腰膝疼痛，筋脈拘攣，行步艱難者，如腰痛有乳香趁痛散及虎骨散與百倍丸，或治打墜，或療腎虛者，如泄瀉有五味子丸，治五更腎虛瀉者，又治遺精之水中金丹，治元臟氣虛不足者，更如女子有娠而病子淋，有羚羊角散。若密齋所云子淋爲病，類分母自病及子爲母病者，更云此一證熱則清之，燥則潤之，壅則通之，塞則行之。卽是說以參於兹味之由化得生因之補腎虛者，非其證歟？舉一證之主治，不可以類推於諸證歟？是則由化得生之妙，若爲兹味所獨畀，而陰中之陽爲腎中元氣，唯兹味獨有斡旋，不汎同於諸藥之或治血或治氣者以爲功也，用兹味以療所患，可得鹵莽乎哉？

［附方］

腸風失血，骨碎補燒存性，五錢，酒或米飲服。

耳鳴耳閉，骨碎補削作細條，火炮，乘熱塞之。

希雍曰：不宜與風燥藥同用。

［修治］　凡采得，用銅刀刮去黃赤毛，細切，蜜拌潤，甑蒸一日，曬乾用，急用只焙乾，不蒸亦得也。

石胡荽一名野圓荽、鵝不食草。

時珍曰：石胡荽，生石縫及陰濕處，小草也，高二三寸，冬月生苗，細莖小葉，形狀宛如嫩胡荽即俗所呼蒢荽也。其氣辛熏，不堪食，鵝亦不食之，夏開細花黃色。

[氣味] 辛，寒，無毒。時珍曰：辛，溫。

[主治] 通鼻氣，利九竅，能解毒明目，散目赤腫雲翳，捋塞鼻中，翳膜自落，散頭痛腦酸，治痰瘧齁䶎，齁，吼，平聲。䶎，音呷。齁䶎，鼻息也。鼻窒不通，塞鼻瘜自落，又散瘡腫。

時珍曰：鵝不食草，氣溫而升，味辛而散，陽也，能通於天，頭與肺皆天也，故能上達頭腦而治頂痛目病，通鼻氣而落瘜肉，內達肺經而治齁䶎痰瘧，散瘡腫，其除翳之功，尤顯神妙。按倪惟德《啓微集》云治目翳嗅鼻用此味，大抵如開鍋蓋法，常欲邪毒不閉，令有出路也。然力小而銳，宜常嗅以聚其力，生挼捼同，音那，兩手相切摩也。更神。

愚按：石胡荽，多生陰濕地，又以冬生苗，於夏吐華，非所謂稟陰之畢收而達於陽之極暢乎？經曰通天者生之本，不謂小草能自地氣而通天？其辛熏不堪食者，正此味所稟之異，故舉寒熱鬱氣乃致胥達如此。

[附方]

碧雲散：治目赤腫脹羞明，昏暗隱澀，疼痛眵淚，風癢鼻塞，頭痛腦酸，外翳扳睛諸病。鵝不食草曬乾，二錢，青黛、川芎各一錢，爲細末，噙水一口，每以米許嗅入鼻內，泪出爲度。倪惟德《啓微集》云：碧雲散，用鵝不食草解毒爲君，青黛去熱爲佐，川芎之辛，破留除邪爲使，升透之藥也。

石　韋

陶隱居曰：蔓延石上，生葉如皮，故名石韋。時珍曰：柔皮曰韋。多生陰崖險罅處，其葉長者近尺，闊寸餘，柔韌如皮，背有黃毛。

[氣味] 苦，平，無毒。《別錄》曰：甘。權曰：微寒。

[主治] 勞熱邪氣，五癃閉不通，利小便水道《本經》，止煩下氣，通膀胱滿，補五勞，安五臟，去惡風，益精氣《別錄》，主崩漏金瘡，清

肺氣時珍。

之頤曰：石者山骨，韋爲之皮，秉坎剛之水用，離麗之火體，從堅凝閉密中暢達敷布，故主勞熱邪氣致五癃閉，假石性之慓悍宣通水道，捷於影響。

愚按：石韋，生於石旁及陰崖險罅，似乎稟陰寒之氣，以爲治熱而已。乃閱方書，用之以治五淋。如治熱淋，則因於腎氣不足而移熱於膀胱者也；更如冷淋亦治，則屬氣之虛寒者也；至於氣淋而投之，乃因於氣之鬱結於下者也；又其沙石淋，亦即由於氣之鬱結而成此沙石之形者也；若勞淋之治，固以腎氣虛而爲勞也。統是究之，則此味得陰氣之專固於腎氣，有即補以爲通之用乎？然則《本經》所謂氣味苦平，其治勞熱邪氣，五癃閉不通者誠然，即《別錄》謂其下氣，益精氣，補五勞，通膀胱滿者，豈臆說哉？雖之頤所說未必中肯，然亦有思議不爲苟然之語也。

［修治］　凡用，去黃毛，免射肺作咳。《日華子》云：宜去梗，微炙用。

地錦一名血見愁、地朕、草血竭、血風草。

禹錫曰：地錦草，生近道田野。莖葉細弱，蔓延於地，莖赤，葉青紫色，夏中茂盛，六月開紅花，結細實。取苗子用之。絡石註有地錦是藤蔓之類，與此同名物異。時珍曰：田野寺院及階砌間皆有之。小草也，就地而生，赤莖，黃花，黑實，狀如蒺藜之朶，斷莖有汁。又曰：赤莖布地，故曰地錦。

［氣味］　辛，平，無毒。《別錄》曰：地朕，苦，平，無毒。

［主治］　心氣《別錄》，通流血脉，亦可治氣嘉祐，並治癰疽惡瘡，金刀撲損出血，血痢下血時珍，女子陰疝血結《別錄》，及崩中，能散血止血，利小便時珍。

［附方］

婦人血崩，草血竭嫩者，蒸熟，以油、鹽、薑淹，食之，飲酒一二杯送下，或陰乾爲末，薑酒調服一二錢，一服卽止。生於磚縫井砌間，少在地上也。

小便血淋，血風草，井水擂服，三度卽愈。

愚按：地錦之得名，因其蔓延於地者，其莖赤，其葉青紫，誠如時珍所云也。然能散血止血者，亦不外此莖之赤，葉之青紫，似乎得火化之精氣。觀其於夏中茂盛，且以六月開紅花，結細實，而其味苦，則其氣化之所稟愈足徵矣。第其蔓延於地者，先本陰氣，而乃成於大火之氣，是正合於血之原於水而成於火者也，故不獨散血，而并能止血，雖小草亦有合焉。是則謂氣味辛平者，不若謂其苦平者之爲得，然平卽是辛，謂之亦可治氣，義固在斯耳。蓋辛者金也，卽人身主氣之肺，如火不得金之氣，卽不能宅水而化血矣。

馬勃—名馬㪍勃。㪍，音譬。

藪曰：生濕地及腐木上。五六月卒然而發，紫褐虛浮，宛如丸鞠，有大如斗者，重不過錢許，小亦如升杓，彈之卽有塵出。夏秋采之。

［氣味］　辛，平，無毒。

［主治］　清肺，散血熱，解毒，治疫大頭痛。去膜，以蜜拌揉，少以水調呷，治喉痺咽疼。

時珍曰：馬勃輕虛，上焦肺經藥也，故能清肺熱，咳嗽喉痺，衄血失音諸病。如潔古解毒丸散一切毒，東垣普濟消毒飲治大頭痛及桔梗湯治咽腫微痛，皆可參也。

［附方］

咽喉腫痛，咽物不得，馬勃一分，蛇退皮一條，燒末，綿裹一錢，含咽，立瘥。

走馬喉痺，馬屁勃爲末，每吹一字，吐涎血，卽愈。

聲失不出，馬屁勃、馬牙硝等分，研末，沙糖和丸芡子大，噙之。

積熱吐血，馬屁勃爲末，沙糖丸如彈子大，每服半丸，冷水化下。

愚按： 凡物因氣化而成形，如馬勃之成乃本於腐化之氣也，且如五六月卒然而發，是當火土極盛之候，百物化生之氣已極，卽腐化之氣亦乘於斯時之氣而成形。有如斯者，卽其彈之塵出，又名之爲灰菰焰硝，則其氣之腐亦偶然假聚，而卽歸於消化矣。故以對待浮而在上，幷偶寄而不卽化之證，借此腐化假聚者，俾歸之於無何有也，斯爲妙於取裁者乎？

[修治] 時珍曰：凡用，以生布張開，將馬勃於上摩擦，下以盤承，取末用。

卷　　柏

歝曰：出常山山谷，關、陝、沂、兖亦有之。叢生石上，春分宿根再發，高三五寸，細葉似側柏，屈藏如雞足，根紫赤多鬚。六七月采取，陰乾。

[氣味] 辛，平，無毒。《別錄》曰：甘，溫。普曰：神農，辛，平；桐君、雷公，甘，微寒。

[主治] 五臟邪氣，女子陰中寒熱痛，癥瘕血閉絕子，久服輕身，和顏色《本經》。

之頤曰：葉形似柏，屈曲拳攣，因名卷柏；一名豹足，一名求股，亦取象形；一名萬歲，一名長生不死草，言根栖巖石，能耐歲寒；一名交時，言春分始發，時值陰離於陽，能與陽相交合。故主五臟至陰之地爲邪所薄，及女子陰中寒熱，癥瘕，血閉絕子，此正陰不與陽功，能使陰氣起亟，陽氣前通，交相匹配，更能使陽氣外溢，故和色輕身，所謂陽在外陰之使也。

愚按： 之頤止述《本經》主治耳，然其所說時值陰離於陽，能使陽相交合，以明主治之義，可謂得未曾有矣。蓋《本經》止言女子之主治而不及丈夫者，正爲女子以血爲主，如所謂癥瘕，血閉絶子，正陰不得陽之配，以致於斯，不漫同於陰虛之血閉絶子也。即《別錄》謂其強陰益精，皆屬此義。故云止咳逆，治脫肛，散淋結，頭中風眩，痿躄等證，非臆說也。再合於《日華子》暖水臟一語，乃知盧氏所說信而有徵，且《準繩》治嗽血，唾血及臟毒下血，並用兹味。試推求臟毒二字，以參盧氏五臟至陰之地爲邪所薄數語，乃知五臟至陰之地不得陽以和而行之，其爲陰毒更有大焉者爾。

[附方]

大腸下血，卷柏、側柏、椶櫚等分，燒存性，爲末，每服三錢，酒下。亦可飯丸服。

遠年下血，卷柏、地榆焙，等分，每用一兩、水一盞煎數十沸，通口服。

《本草述》卷之十四

穀　部

[總論]

愚按：《內經》云五穀爲養，麻、麥、稷、黍、豆以配肝、心、脾、肺、腎，然則五穀固養生之所資，而非治病之物也，第卽其宜於各臟以爲養者，還宜於各臟之所病，經悉之矣。更有各臟之所苦而急於食者，如五穀類，經未嘗不更端言之也。在《金匱眞言論》曰：肝穀麥，心穀黍糯小米也。脾穀稷小米也，粳者爲稷，肺穀稻，腎穀豆。又《靈樞‧五味》全曰穀味酸，先走肝，麻酸；穀味苦，先走心，麥苦；穀味甘，先走脾，秔米甘秔卽粳也；穀味辛，先走肺，黃黍辛；穀味鹹，先走腎，大豆鹹。雖然，何爲五臟之所配者，自腎而外，二說如是其互異也？更以五色合於五味，又曰：青色宜酸，赤色宜苦，黃色宜甘，白色宜辛，黑色宜鹹。且以五臟之病者言所宜食，曰：肝病宜麻，心病宜麥，脾病宜秔米，肺病宜黃黍，腎病宜大豆。似乎後說較爲足據也乎。乃《藏氣法時論》曰：肝苦急，急食甘以緩之，而實以肝色青，更宜食甘，在穀曰粳米；心苦緩，急食酸以收之，而實以心色赤，更宜食酸，在穀曰小豆；脾苦濕，急食苦以燥之，而實以脾色黃，更宜食鹹，在穀曰大豆；肺苦氣上逆，急食苦以泄之，而實以肺色白，更宜食苦，在穀曰麥；腎苦燥，急食辛以潤之，而實以腎色黑，更宜食辛，在穀曰黃黍。若然，何爲各臟之所宜者又皆有變易，從時之義乎？蓋本五穀所生之氣味，與人之五臟合而和者以爲養，謂療其病者亦卽在此，豈非不易之至理？然而細酌五臟，各司一氣，未免時有專氣以爲病，不徒恃其能養者以爲功，而還取其相劑者以救偏，如是乃謂之養生，又不止謂之療病也。故察五穀以養生者，宜統悉於斯義耳。

胡麻—名巨勝、油麻、脂麻，俗作芝麻。

時珍曰：按《本經》，胡麻，一名巨勝，沈存中《筆談》云胡麻即今油麻，更無他說。古者中國止有大麻，其實爲蕡。漢使張騫始自大宛得油麻種來，故名胡麻，以別中國大麻也。寇宗奭《衍義》亦據此釋胡麻。巨勝，即胡麻之角巨如方勝者，非二物也。

[氣味] 甘，平，無毒。

[主治] 潤養五臟，療虛羸傷中，補肺氣，止心驚，益氣力，耐寒暑，填髓腦，利大小腸，逐風濕氣，遊風頭風。

士良曰：初食利大小腸，久食卽否，去陳留新。

李廷飛曰：炒食，不生風。病風人久食，正步履，[1]利語言。

白油麻

[氣味] 甘，大寒，無毒。宗奭曰：白脂麻爲世日用，亦不至於大寒也。原曰：生者性寒而治疾，炒者性熱而發病，蒸者性溫而補人。

[諸本草主治] 滑腸胃，行風氣，通血脈，客熱，可作飲汁服之。

[方書主治] 嘔吐，因痰飲成癖者用之，神术湯，脂麻生用。

時珍曰：脂麻，取油以白者爲勝，服食以黑者爲良。胡地者尤妙，取其黑色入通於腎而能潤燥也。

權曰：巨勝，乃《仙經》所重，以白蜜等分合服，名靜神丸，治肺氣，潤五臟，其功甚多。亦能休糧，填人精髓，有益於男子。患人虛虛而吸吸者，加而用之。

隱居曰：胡麻，性與茯苓相宜。

希雍曰：胡麻，稟天地之冲氣，得稼穡之甘味，故味甘氣平，無毒，入足太陰，兼入足厥陰、少陰。陶隱居曰：八穀之中，惟此爲良，能益血脈，補虛羸。劉河間云：麻，木穀而治風。又云：治風先治血，血活則風去。胡麻入肝益血，故風藥中不可闕也。

得何首烏、茅山蒼朮、白茯苓、菖蒲、桑葉、牛膝、當歸、續斷、地黃、桑寄生，治風濕痹。同甘菊花、天冬、黃蘗、生地黃、首烏、柏子仁、桑葉、牛膝、枸杞、麥冬作丸，治似中風口眼喎斜，半身不遂，久服不輟，有神驗。一味，九蒸九曝，加茅山蒼朮、乳汁，曬三次，作丸，能健脾燥濕益氣。

愚按：胡麻之用，毋論其爲仙家服食要藥，即《本經》首言主傷中虛羸，補五內，益氣力，而更言其填髓腦，是則於人身陰中之陽功非尠小也。第其種於四月，收穫於六月之杪，以火土始終者，而其油潤脂溢，如《日華子》所謂潤養五臟，及甄權所謂潤五臟，填人精髓者，又豈非於至陽之會而宣至陰之化，令真陽益暢於陰中，乃爲補益？如《本經》所云療虛羸，益氣力，《日華子》所云補肺氣，耐寒暑，治勞氣，種種奏功於形臟者，有若是乎？或曰：白油麻，其脂更勝，何以遜其功也？曰：北方黑色，通於腎，經固言之矣。茲味似賦天一之專氣，故潤五臟者，還歸腎臟以填髓補腦，白油麻難與較功也。或曰：《日華子》又云治風，而李廷飛更言之，若繆氏皆歸其功於益血也，然歟？曰：此味之味甘氣平，固益中土而滋血，然與他味之益血者不同。夫水穀所化之精微爲液，和調於五臟，灑陳於六腑，而後入於脈。入於脈者，血也，其和調灑陳於臟腑之液，復歸於腎，合和爲膏者以填骨空，骨乃腎所主也，腎喜辛，開腠理，致津液，通氣，以其爲陰中之至陰也。而風火屬陽，如此味脂潤者，從中土之甘，得六氣之平，已能化風火之燥而有以養陰，況由腎至肺以潤五臟，仍還歸於至陰之地者，並徵於色乎？蓋和調灑陳，并致津液、通氣者，固本於陽之能化陰，而尤責於陰之能化陽，如種種形臟之益，是陽得陰以化。至於填髓補腦，陰更隨陽以化矣。仙家服食爲要藥者，義亦不出此。知此，則祛風之義亦且思過半矣。

麻油

宗奭曰：炒熟，乘熱壓出油，謂之生油，但可點照，須再煎煉乃爲熟油，始可食，不中點照。亦一異也，如鐵自火中出而謂之生鐵，亦此義也。時珍曰：入藥，以烏麻油爲上，白麻油次之。

［氣味］　甘，微寒，無毒。

［諸本草主治］　天行熱閟，腸內結熱藏器，下三焦熱毒氣，通大小腸，治蚘心痛孟詵，產婦胞衣不落《別錄》，並解食毒，蟲毒瘡毒時珍，陳油煎膏，生肌長肉，止痛消腫《日華子》。

［方書主治］　冷痰嘔吐，搐脾湯。

劉完素曰：油生於麻，麻溫而油寒，同質而異性也。

丹溪曰：香油，乃炒熟脂麻所出，食之美，且不致疾。若煎煉過，與火無異矣。

時珍曰：張華《博物志》言積油滿百石，則自能生火，陳霆《墨談》言衣絹有油，蒸熱則出火星，是油與火同性矣。用以煎煉食物，尤能動火生痰，陳藏器謂之大寒，珍意不然。但生用之，有潤燥解毒止痛消腫之功，似乎寒耳。

希雍曰：麻油所主治，皆取其甘寒滑利，除濕潤燥，涼血解毒之功也。入血餘一味熬膏，鉛丹收好，能傅一切瘡毒，排膿止痛。諸熬膏必用真胡麻油，以其涼血解毒也，惟濕氣膏不用。

愚按：麻油之最能解毒者，即爲其始終於火土之時，却宣金水之化氣，而脂潤如斯，正熱結熱積以傷營而並及衛者之的對也。但白麻油亦不及黑麻，亦以本於至陰之元氣也，瀕湖之說爲確。又云煎煉食物，則動火生痰，此語亦不謬。然方書用之治嘔吐，同諸藥炒爲末者，以治伏痰之遇冷即發者也。

［附方］

預解痘毒，《外臺》云：時行喧暖，恐發痘瘡，用生麻油一小盞，水一盞，旋旋傾下油內，柳枝攪稠如蜜，每服二三蜆殼，大人二合，臥時服之，三五服，大便快利，瘡自不生矣。此扁鵲油劑法也。《直指》用麻油、童便各半盞，如上法服。

癰疽發背，初作即服此，使毒氣不內攻，以麻油一斤，銀器煎二十沸，和醇醋二椀，分五次，一日服盡。

漏胎難產，因血乾澀也，用清油半兩、好蜜一兩，同煎數十沸，溫服，胎漏即下。他藥無益，以此助血爲效。

解砒石毒，麻油一椀，灌之。

腫毒初起，麻油煎葱黑色，趁熱通手旋塗，自消。

希雍曰：麻油生者過寒，多食發冷疾，及脾胃虛寒作瀉者不宜食。熬熟，治飲食甚美，但須逐日熬用，不可過宿。若經宿則火性反復，能助熱動氣也。

麻枯餅此乃榨去油麻滓也。[2] 烏鬚。麻枯八兩，鹽花三兩，用生地十斤取汁，同入鎡中，熬乾，覆以鐵蓋，鹽泥泥之，煅赤，取研末，日用揩牙三次，揩畢飲薑茶，先從眉起，一月盡黑。

大麻 一名火麻，亦曰黄麻。

時珍曰：處處種之。剥麻收子，大如胡荽子，可取油。剥皮作麻，其稭白而有稜，輕虛可作燭心。復曰：麻品凡五，黃、絡、苧、茼、白也。黃葉五岐，絡葉無岐，苧葉圓背白，莖皆直上，黃實即大麻，殼褐仁白，多脂液，與諸麻之實迥別。

麻仁 即大麻子中仁也。

[氣味] 甘，平，無毒。詵曰：微寒。

[諸本草主治] 補中益氣，久服肥健不老，下氣，逐水氣，復血脈，通關節，潤五臟，去五臟風，專利大腸風熱結燥，利小便，除熱淋，療消渴便澀，大腸血痢，脚氣腫渴，利女子經脈。

[方書主治] 中風傷暑，脚氣，悸，消癉，大便不通，疝，痔蟲。

海藏曰：入足太陰經、手陽明經。汗多，胃熱，便難，三者皆因燥熱而亡津液，經云燥者潤之，故仲景脾約丸以麻子仁潤足太陰之燥及通腸也。

無己曰：脾欲緩，急食甘以緩之，麻仁之甘，以緩脾潤燥。

希雍曰：麻子仁，秉土氣以生，《本經》味甘平無毒，然其性最滑利，甘能補中，又能益血，兼以滑性，故其所主治如是。

[附方]

麻子仁粥：治風水腹大，腰臍重痛，不可轉動。用冬麻子半斤，研碎，水濾取汁，入粳米二合，煮稀粥，下蔥、椒、鹽、豉，空心食。

五淋澀痛，麻子煮粥，如上法食之。

老人風痹，麻子煮粥，上法食之。

產後秘塞，許學士云：產後汗多，則大便秘，難於用藥，惟麻子粥最穩，不惟產後可服，凡老人諸虛風秘，皆得力也。用大麻子仁、紫蘇子各二合，洗淨研細，再以水研，濾取汁一盞，分二次，煮粥啜之。

月經不通，或兩三月，或半年一年者，用麻子仁二升，桃仁二兩，研匀，熟酒一升浸一夜，日服一升。

愚按：麻子仁，用之者多以為其脂潤，宜於大腸風秘耳，乃《本經》首謂其補中益氣也，是屬何義歟？《爾雅翼》云：麥黃種枲，音徙。有子曰枲，無子曰苴。枲黃種麥。是種麥在金水司令時，而種枲在木火司令時也。夫人身風病，原於血病，血固生於木火而成於金水。黃麻稟木火之氣以生，而獨多脂液，猶人身之氣化液、液化血者也，即已得成於金水之義矣。夫由木火之氣而脂潤如此，是陽中之陰氣極其舒宣，宣化於金水，正其達化於木火者也。是陰能化而陽乃暢，經所以謂其補中益氣也，豈得執補陽者而乃謂之益氣乎？非血藥而有化血之液，不益氣而有紓氣之用，故於大腸之風燥最宜。大腸固與肺表裏，皆一氣之所通也，若止謂其脂潤而無與於氣，何以能利女子經脈？又何以更療風水？未有氣不病而病於水者，氣中之液化所以化血，血與水，是二是一，氣化固於斯爾。雖然，此味之所治者風秘，而更以氣為言，毋乃與治義未合乎？曰：麻仁之所療者風，然屬血中之風，非漫治風也。而其所以療風者，以其脂潤而除燥，蓋由於至陽而宣至陰之化，非泛泛以脂潤為功也。請得而悉之，方書於中風證有搜風順氣丸之治，然於血中之風，而方書主治屬大便不通者專而且多。即如傷暑之黃芪人參湯，消渴之止渴潤燥湯，腳氣之檳榔丸，皆不離於大腸燥秘之故。蓋風與血，同是肝臟血不能潤風，故病於風害，乃乙卽合於庚，歸大腸而風更化燥以爲病矣。蓋大腸固屬燥金也，夫燥金本是風木之主，乃反從風木之化，由於陽不得陰以化，不能合於下焦之元陰耳。如茲味由至陽而宣至陰之化，則卽是能合於下焦之元陰，而歸於腎肝矣。試閱《綱目》二方，有用之療骨髓風毒及下焦虛熱者，不可想見其氣化之所歸以爲用者歟？夫氣化之所歸者，乃陽隨陰降而下也，如上焦之陽不得陰以化，何以爲陽之導而令其下歸歟？是不爲中氣之病歟？東垣所云人身元氣升而不降與降而不升者同病，可與此義相發明。經曰：雲霧不精，則白露不降。此從陽化陰之玄機，而人身陽中之陰應之，俾氣能化血，以歸血海而益腎肝，有如二便之治者，緣二便正腎肝所主也。正緣此味有合於本木火之氣，得以致金水之用，卽由致金水之用，益暢木火之氣也。陳藏器取秋麻子入藥者，止取其與金水之氣合也。第用茲味者類知爲脂潤去風耳，殊不知其此脂潤者本於下氣，逐水氣，復血脈，通關節，悉如諸本草所云也。卽此思之，則逐風而不能離於血，調血而卽不能離於氣也，則又何疑之有哉？就中復血脈一語，卽方書治悸證如炙甘草湯，云治脈結代而心動悸者，其義大可參也。

[附方]

大麻仁酒： 治骨髓風毒疼痛，不可運動。用大麻仁水浸，用沉者一大升，曝乾，於銀器中旋旋慢炒香熟，入木臼中，搗至萬杵，待細如白粉卽止，平分爲十帖，每用一帖，用家釀無灰酒一大盞，同麻粉用柳槌蘸入砂盆中，擂之，濾去殼，煎至減半，空腹溫服一帖，輕者四五帖見效，甚者不出十帖，必失所苦。

虛勞內熱，下焦虛熱，骨節煩疼，肌肉急，小便不利，大便數，少氣吸吸，口燥熱淋，用大麻仁五合研，水二升煮減半，分服，四五劑瘥。

消渴飲水，日至數斗，小便赤濇，用秋麻子仁一升，水三升煮三四沸，飲汁，不過五升瘥。

血痢不止，《必效方》用麻子仁汁煮綠豆，空心食，極效。

脚氣腫渴，大麻仁熬香，水研取一升，再入水三升，煮一升，入赤小豆一升，煮熟，食豆飲汁。

耐老益氣，久服不饑，麻子仁二升，大豆一升，熬香，爲末，蜜丸，日二服。

希雍曰：陳士良云：多食損血脈，滑精氣，痿陽事，婦人多食卽發帶疾，以其滑利下行，走而不守也。

[修治]　藏器曰：麻子，早春種爲春麻子，小而有毒，晚春種爲秋麻子，入藥佳。極難去殼，取帛包，至沸湯中浸，至冷出之，垂井中一夜，勿令著水，次日日中曝乾，就新瓦上挼去殼，簸揚取仁，粒粒皆完。

小　　麥

頌曰：大小麥，秋種冬長，春秀夏實，具四時中和之氣，故爲五穀之貴。地暖處亦可春種，至夏便收，然比秋種者四氣不足，故有毒。時珍曰：麥性惡濕，故久雨水潦卽多不熟也。

[氣味]　甘，微寒，無毒。入少陰、太陽之經。權曰：微有毒。時珍曰：新麥性熱，陳麥平和。

[諸本草主治]　養心氣，心病宜食之，除客熱，止煩渴咽燥，利小便，養肝氣，止漏血吐血，陳者煎湯飲，止虛汗。

[方書主治]　咳嗽，霍亂，虛煩，治霍亂，治此證愈後而煩渴，小便不利者也。自汗。

恭曰：小麥作湯，不許皮坼，坼則性溫，不能消熱止煩也。

時珍曰：《素問》曰麥屬火，心之穀也，鄭玄謂屬木，許慎更言屬金，不如孫思邈所說麥養心氣，與《素問》合也。夷考其功，除煩止渴，收汗利溲，止血，皆心之病也，當以《素問》爲準。

白麪

[氣味]　甘，温，有微毒，不能消熱止煩。《日華子》曰：性壅熱，小動風氣。

[諸本草主治]　養氣，補不足，久食實膚體，厚腸胃，水調服，治人中暑，及止鼻衄吐血。

[方書主治]　中暑，傷飲食，痰飲喘吐，利舌衄吐血，頭痛心痛，胃脘痛。

潁曰：東南卑濕，春多雨水，麥已受濕氣，又不曾出汗，故食之作渴，動風氣，助濕發熱；西北高燥，春雨又少，麥不受濕，復入地窖出汗，北人稟厚少濕，故常食而不病也。

時珍曰：北麪性温，食之不渴，南麪性熱，食之煩渴，西邊麪性涼，皆地氣使然也。吞漢椒、食蘿蔔，皆能解其毒。麪性雖熱，而寒食日以紙袋盛，懸風處，數十年亦不壞，則熱性皆去而無毒矣，入藥尤良。

又曰：陳麥麪，水煮食之，無毒。

愚按：二麥於降收之時乃能發生滋長，及值蕃盛之候，得其氣而卽告成，是其育質受氣，從少陰而歸之至陰，由至陰而達之少陽。如陽中之太陽，所受猶淺也，故謂其除客熱，治煩渴咽燥，利小便，亦不妄矣。但由至陰少陽，一受氣於陽中大陽而隨成熟，謂爲心之穀，養心氣，止虛汗，豈不然哉？徵之方書所治數證，固不爽也。至若小麥作麪，是去其皮麩在表之粗，而用其醖釀在裏之精者也，是由陰致陽之神機，都在此矣。如云養氣，補不足，實膚體，厚腸胃，謂非其應有之功歟？第於吐衄血證之胥療也謂何？曰：蓋血本由陰生而陽化，如陽僭而陰失守，遂致錯行上逆耳。白麪根至陰之醖以育，但乘至陽之舒以化，以對乎陰之失守而陽僭者，詎曰不宜？且較之苦寒傷陽，絕不爲陰之化原地者，不更優乎哉？如吐血之團參丸，投參、芪，而飛麪與之等，百合佐之，蓋以代清陽之寒劑也，故其論謂用之不得受涼藥者，然則指稱麪性本熱，豈定論乎？試以治中暑參之，如其本熱也，何以能療暑證乎？就斯一證，便可推之。方書所治他證，固皆藉其根陰達陽，以能益中土而厚腸胃者也。唯是西北產者滋益，而東南者階厲，正所謂凡物非天不生，非地不成也。記取李東璧氏收寒食麪法，庶幾得收此味之用矣。

浮麥　卽水淘浮起者，焙用。

[氣味]　甘鹹，寒，無毒。

[主治]　益氣除熱，止自汗盜汗，骨蒸虛熱，婦人勞熱時珍。

愚按：浮麥全得寒性，故能止汗，汗乃心之液也。

麥麩　即麥皮也。

[主治]　和麪作餅，消穀止痢藏器，即麴也。醋蒸，熨手足，風濕痹痛，寒濕脚氣，互易至汗出，並良時珍。

[方書主治]　行痹，盜汗。

時珍曰：麩與浮麥同性，而止汗之功次於浮麥，蓋浮麥無肉也。凡人身體疼痛及瘡瘍腫爛沾漬，或小兒暑月出痘瘡，潰爛不能著席睡臥者，並用夾褥盛麩縫合，藉臥，性涼而軟，誠妙法也。

[附方]

產後虛汗，小麥麩、牡蠣等分，爲末，以豬肉汁調服二錢，日二服。

走氣作痛，用釅醋拌麩皮，炒熱，袋盛熨之。

麥粉

[氣味]　甘，凉，無毒。

[主治]　醋熬成膏，消一切癰腫，湯火傷時珍。

時珍曰：麥粉乃是麩麪，麪洗觔，澄出漿粉，今人漿衣多用之，古方鮮用。按萬表《積善堂方》云：烏龍膏，治一切癰腫發背，無名腫毒，初發焮熱未破者，取效如神。用隔年小粉，愈久者愈佳，以鍋炒之，初炒如錫，久炒則乾，成黃黑色，冷定研末，陳米醋調成糊，熬如黑漆，瓷罐收之，用時攤紙上，剪孔貼之，卽如冰冷，疼痛卽止，少頃覺癢乾，亦不能動，久則腫毒自消，[3]藥力亦盡而脫落，甚妙。

希雍曰：小麥，寒氣全在皮，故麩去皮則熱，熱則壅滯動氣，發渴助濕，令人體浮，皆其害也。然亦因於地產，北人以爲常餐而無患者，因其地勢高燥，無濕熱熏蒸之毒，故麪性亦溫平，能厚腸胃，強氣力，補虛，助五臟，其功亦不少耳。若東南卑濕，且春多雨水，其濕熱之氣鬱於內，故去皮則止餘蘊熱，而無寒以和之，所以多食爲病也。凡大人脾胃有濕熱及小兒食積疳脹，皆不宜服，夏月瘧痢人更忌之。

大　麥

[氣味]　鹹，温，微寒，無毒。

[主治]　消渴除熱《別錄》，寬胸下氣時珍，化穀食，止瀉，不動風氣，爲麪勝於小麥，無燥熱士良，平胃消食，療脹滿蘇恭。

宗奭曰：大麥性平凉滑膩，有人患纏喉風，食不能下，用此麪作稀糊令咽，以助胃氣而平。須知非胃氣之不足而病風，乃胃中之熱化風以爲病也。

時珍曰：作飯食，雍而有益，煮粥甚滑，磨麪作醬，甚甘美。

愚按：言大麥之益，似以爲勝於小麥，如所云不動風氣及無燥熱數語是矣。第須知大小麥雖種與收穫同時，但小麥之種及穫也時同，而卻後於大麥，是則不動風氣與無燥熱，大麥之勝於小麥者在此，其厚腸胃，實膚體，補不足，强氣力，恐大麥及麪猶難與小麥等功者，亦在此矣。方書療酒疸，硝石、白礬等，同大麥粥清食前調服，可見大麥之用，氣醖於陰而能利陽之邪者，非能補陽，所以有異於小麥也。即宗奭性平凉滑膩一語，大概可見。豈有如是性味而能冀其補益哉？蓋腸胃有熱及穀食之留滯者，固其的對，便以是爲資益可耳，然則中寒者亦當少食矣。

蕎　麥

[氣味]　甘，平，寒，無毒。思邈曰：酸，微寒，食之難消。

[主治]　降氣寬腸時珍，煉五臟滓穢孟詵，磨積滯，療白濁白帶，脾積泄瀉，以沙糖水調炒麪二錢服，治痢疾，炒焦，熱水衝服，治絞腸痧痛[4]時珍。

穎曰：《本草》言蕎麥能煉五臟滓穢，俗言一年沉積在腸胃者，食之亦消去也。

時珍曰：蕎麥，最降氣寬腸，故能煉腸胃滓滯，而治濁帶、泄痢、腹痛、上氣之疾，[5]氣盛有濕熱者宜之。若脾胃虛寒人食之，則大脫元氣而落鬚眉，非所宜矣。孟詵云益氣力者，殆未然也。按楊起《簡便方》云：肚腹微微作痛，出即瀉，瀉亦不多，日夜數行者，用蕎麥麪一味，作飲，連食三四次，即愈。予壯年患此兩月，瘦怯尤甚，用消食化氣藥，俱不效，一僧授此而愈，轉用皆效。此可徵其煉積滯之功矣。

[附方]

欬嗽上氣，蕎麥粉四兩，茶末二錢，生蜜二兩，水一椀，順手攪千下，飲之，良久下氣不止，即愈。

男子白濁，**魏元君濟生丹**：用荍麥炒焦，爲末，雞子白和，丸梧子大，每服五十丸，鹽湯下，日三服。

頭風畏冷，李樓云：一人頭風，首裹重綿，三十年不愈。予以蕎麥粉二升，水調，作二餅，更互合頭上，微汗，即愈。

愚按：蕎之始終，皆得金氣之全者也，故謂其降氣。第茲味金合於火，以得生化，故其葉綠而莖赤，且最畏霜，其不禁霜者，金之化原在火也，是其降氣寬腸、煉五臟滓穢而有剩功者，此耳。凡物之生，莫不資於風木之氣，然以始終於金者而生化乃得亹亹，固藉金中有火，以爲斡旋也。

粳音庚。《內經》曰：秔米甘。秔，音耕，即粳也。

時珍曰：粳，乃穀稻之總名也，有早、中、晚三收。諸本草獨以晚稻爲粳者，非矣。粘者爲糯，不粘者爲粳，糯者懦也，粳者硬也。但入解熱藥，以晚粳爲良爾。

[氣味] 甘苦，平，無毒。時珍曰：北粳涼，南粳溫，赤粳熱，白粳涼，晚白粳寒，新粳熱，陳粳涼。

[諸本草主治] 溫中益氣，益腸胃，通血脈，和五臟。

[方書主治] 傷暑發熱，瘧，喘不能食，消癉滯下。

穎曰：天生五穀養人，所以得之則生，不得則死。惟此穀得天地中和之氣，同造化生育之功，故非他物可比，入藥之功在所略爾。

時珍曰：粳穀，六七月收者爲早粳，止可充食。八九月收者爲遲粳，十月收者爲晚粳。北方氣寒，粳性多涼，八九月收者卽可入藥；南方氣熱，粳性多溫，惟十月晚稻氣涼，乃可入藥。遲粳、晚粳得金氣多，故色白者入肺而解熱也；早粳得土氣多，故赤者益脾而白者益胃。若滇嶺之粳，則性熱，惟彼土宜之耳。

好古曰：本草言粳米益脾胃，而張仲景白虎湯用之入肺，以味甘爲陽明之經，色白爲西方之象，而氣寒入手太陰也。少陰證，桃花湯用之以補正氣，竹葉石膏湯用之以益不足。

愚按：五穀爲養，而粳米者，先哲謂得天地中和之氣，同造化生育之功，非諸穀可與等倫者。是則所謂嘉穀歟？第瀕湖云早粳得土氣多，遲粳、晚粳得金氣多，其說猶有未悉者。夫早稻乘木火之氣以生長，而收穫於季夏之半，是謂火氣全而土氣亦司令也；若遲稻乘火土之氣以生長，而收穫於仲秋之後，是謂土氣全而金氣正乘旺也。若然，其由火之土而生長者，正爲脾胃之益，由土之金而乘旺者，正爲肺臟之益。經曰：五藏者皆稟氣於胃，胃者五藏之本也，藏氣者不能自致於手太陰，必因於胃氣，乃至於手太陰也。又曰：傷肺者，脾氣不守，胃氣不清，經氣不爲使，真藏壞決，經脈傍絕，五藏漏泄，不衄則嘔。合經言而繹之，則此種之由火而得土氣之全以厚育，更由土而乘金氣之旺以告成，非正合於益腸胃，益中氣，通血脈，和五藏，無不攸利，爲生民首賴者乎？如早粳，金未進氣，而土氣亦不厚，卽晚粳，土氣將退，而火氣更失時，以之劑量治病，或亦可耳，實難與茲種較功也。是先哲所謂入藥猶在所略者，宜指遲粳而言也。或曰：火氣失時一語，請更悉之。曰：諸粳中屬立夏前種者，則穗長而秧茂，遲之立夏後數日則大不及。可知凡物之生，必藉木火之氣耳。

淅二泔　一名米潘。

時珍曰：淅音錫，洗米也，潘，汁也，泔，甘汁也，第二次者清而可用，故曰淅二泔。

[氣味]　甘，寒，無毒。
[主治]　清熱，止煩渴，利小便，涼血時珍。
[附方]
吐血不止，陳紅米泔水，溫服一鍾，日三次。
鼻出衄血，頻飲粳米淅二泔，仍以真麻油或蘿蔔汁滴入之。

稻

按稻，原屬粳、糯之總稱。糯，粘稻也，秔，不粘稻也，而本草所謂稻乃專屬之糯也。時珍曰：秔之粘者爲糯，稷之粘者爲黍，粟之粘者爲秫。又有名占穀一種，即早稻，其種始於閩人從占城國得之。宋真宗遣使就閩取三萬斛，分給諸道爲種，故今各處皆有之。高仰處俱可種，其熟最早，六七月可收，品類亦多，有赤白二色，與粳大同小異。

稻米

[氣味]　苦，溫，無毒。思邈曰：味甘。宗奭曰：性溫。
[諸本草主治]　溫中益氣，暖脾胃，止虛寒洩痢，縮小便，收自汗，發痘瘡。
[方書主治]　喘，頭風蠱毒，痔。

時珍曰：糯米性溫，釀酒則熱，熬餳尤甚，故脾肺虛寒者宜之。若素有痰熱風病及脾病不能轉輸，食之，最能發病成積。孟詵、蘇頌或言其性涼性寒者，謬也。今人冷洩者，炒食即止，老人小便數者，作粢糕或丸子夜食，亦止，其溫肺暖脾可驗矣。痘證用之，亦取此義。

[附方]
下痢噤口，[6]糯穀一升，炒出白花，去殼，用薑汁拌濕，再炒，爲末，每服一匙，湯下，三服即止。

久洩食減，糯米一升，水浸一宿，瀝乾，慢炒熟，磨篩，入懷慶山藥一兩，每日清晨用半盞，入砂糖二匙，胡椒末少許，以極滾湯調食，其味極佳，大有滋補，久服令人精暖有子，秘方也。

勞心吐血，糯米半兩，蓮子心七枚，爲末，酒服。孫仲盈云：曾用多效。或以墨汁作丸，服之。

　　自汗不止，糯米、小麥麩同炒，爲末，每服三錢，米飲下。或煮豬肉，點食。

　　胎動不安，下黃水，用糯米一合，黃芪、芎藭各五錢，水一升煎八合，分服。

　　愚按： 糯米之用，能溫中暖脾胃，卽數方可見。但熟之則性粘滯，不宜多食耳。至釀酒則熱，熬飴熱甚，此又在變化之後，不可謂其本性有熱，而棄其溫中益脾之功也。孫思邈曰脾病宜食糯，此語誠然，但粳以養生爲功，食之有益而無咎，此所以勝於糯也。

　　時珍曰：糯性粘滯難化，小兒、病人最宜忌之。蕭炳曰：能壅諸經絡氣，多食使四肢不收。

　　米泔

　　［氣味］　甘，凉，無毒。

　　［主治］　益氣，止煩渴餘詳一卷水部。

　　［附方］

　　煩渴不止，糯米泔任意飲之，卽定。研汁亦可。

黍

　　按瀕湖云：黍卽稷之粘者，稷與黍，一類二種也。稷、黍之苗似粟而低小有毛，結子成枝而殊散，其粒如粟而光滑，三月下種，五六月可收，亦有七八月收者，其色有赤、白、黃、黑數種。黑者禾稻，高，今俗通呼爲黍子，不復呼稷矣。據瀕湖所說，今不分稷、黍者比比矣，且並黍與粟而莫之辨也。卽如註《素問》者，指稷爲小米而黍爲糯小米。夫粟米爲小米，如秫乃糯粟也。卽此觀之，不如老農者。不亦多乎哉？

　　黍米

　　［氣味］　甘，温，無毒。

[主治]　益氣補中《別録》。

時珍曰：按羅願云：黍者暑也，以其象火，爲南方之穀。蓋黍最粘滯，與糯米同性，其氣溫暖，故功能補肺，而多食作煩熱，緩筋骨也。

愚按：瀕湖云：黍有赤、白、黄、黑數種，其苗色亦然，俱以三月種者爲上時，五月卽熟，四月種者爲中時，七月卽熟，五月種者，爲下時，八月乃熟。若然，是則茲穀謂其乘火氣之多，不洵然歟？乃爲粘者與糯米同性，是則溫而得滯，謂食之無咎歟？《靈樞》取黄黍宜於肺病，固取其陽氣之發越於斯穀，卽應於如斯臟耳。後學所云益氣補中，蓋亦承此義也。

大　豆

時珍曰：大豆，有黑、白、黄、褐、青斑數色。黑者名烏豆，可入藥及充食作豉。黄者可作腐，榨油造醬。餘但可作腐，及炒食而已。烏豆入藥，緊小者爲雄，用之尤良。角曰莢，葉曰藿，莖曰萁。

黑大豆

[氣味]　甘，平，無毒。藏器曰：大豆性平，炒食極熱，煮食甚寒，作豉極冷，造醬及生黄卷則平。

[諸本草主治]　調中下氣，通關脈，療傷中淋露，散五臟結積内寒，衝酒治陰毒腹痛，逐水脹，煮食治温毒水腫，同桑柴灰煮食，下水鼓腹脹，除胃熱痹，煮食下熱氣腫，同甘草煮湯飲，去一切熱毒氣，治風毒腳氣，炒黑熱，投酒中飲之，治風痹癱緩口噤，亦治風痙，制諸風熱，產後頭風，治下痢臍痛，下氣活血，能解諸毒，牛膽貯之，止消渴。

[方書主治]　中風鼻衄，脇痛腰痛，行痹腳氣，癇證消癉，滯下，淋，鼻赤蠱毒。

穎曰：陶華以黑豆入鹽煮，常時食之，云能補腎。蓋豆乃腎之穀，其形類腎，而又黑色通腎，引之以鹽，所以妙也。

時珍曰：夫豆有五色，各治五臟，惟黑豆屬水性寒，爲腎之穀，入腎功多，故能治水，消脹下氣，制風熱而活血解毒，所謂同氣相求也。又按古方稱大豆解百藥毒，予每試之，大不然，又加甘草，其驗乃奇。

希雍曰：生大豆，唯黑者入藥，其緊小者爲雄，入藥尤佳，稟土氣以生，而色黑則象水，故味甘氣平無毒。平卽兼凉，爲腎家之穀也，甘平能活血解毒，祛風散熱，下氣利水，故其主治如是。同澤蘭、益母草、蘇木、人參、牛膝、荊芥、生地黃、童便、蒲黃，治產後血暈悶絕；同蔓荊子、土茯苓、金銀花、甘菊花、玄參、川芎、天麻、芽茶、荊芥、烏梅，治偏頭風痛，有神。

愚按：豆有五色，各治五藏，故豆之黑色者爲腎之穀。第其味甘，甘者五味之主也，甘屬脾，以色之黑者入腎，而味之甘者合而歸之，是脾合於腎也，然在經曰脾病宜食鹹，乃首列大豆，又豈非取脾味之歸腎者而還用以益脾乎？蓋以脾腎互爲化原也，脾腎合，乃爲水土合德以立地，故雖日用之常味，而佐使攸宜，可奏奇功者，職此之故耳。按黑豆治風，如痛風證亦用之，蓋取其水土合德，故每與地龍同用，參看地龍條，則明於以土制水，水平風靜之義，又可通於治水療風有合一之義。抑豆有數色，皆以夏至前後下種，至霜後而枯，是乘於三陰進氣之候，由土而金，其生也土，而卽有金氣，其成也金，而不離土氣，以季秋爲土庫也。第其化育於土金者，諸色之豆皆然，雖乘於三陰進氣以始，而還歸於三陰旺氣以終者，是則烏豆之所獨也。蓋北方黑色通於腎，而腎爲陰中之至陰也，故細參此穀之功用，當以脾肺腎具足之義求之。經曰五藏皆有陰氣，然脾腎之陰合於肺之陰，則陰氣乃得致於陽以行其化，緣肺爲氣主也；更脾肺之氣歸於腎之氣，則陰氣乃得裕諸陽以敦其化，緣腎爲氣原也。如兹穀之生成時日并色相氣味，煞有合焉者矣。故合於各本草之所主治，如就指除胃中熱痺及一切熱毒氣，下熱氣腫，謂之陰氣能化陽邪也非歟？詎知其本三陰進氣而成於土金，由土金成氣而終於三陰，是陰氣之得致於陽，更歸於陰也。故謂其調中，中卽中氣也，中氣者，卽陰陽合化之氣也。氣調則血和，血和則關脈通，由其氣調而血和者，是陰得於陽之化也，故可以治水，如治水脹溫毒水腫，下水鼓腹脹，利小水是也。夫血始終之化不離水也，血和而關脈通者，是陽又得於陰之化也，故可以療風，如治風痙及風痹癱瘓，口噤中風，脚弱，風毒脚氣，制諸風熱是也。夫風臟卽是血臟，且肝主經絡，屬身半以下更切也。抑其化寒熱之毒者謂何？蓋陰得於陽以化，是以五臟結積之内寒，又如陰毒腹痛，胥能化之；而陽更得於陰之化，是以胃中熱痹及一切熱毒氣，胥能化之。蓋其由土而金，由金而水者，固已歸其化化之原，卽其在水有金，在金有土者，抑亦宣其化化之用，此所謂解諸毒者耳。若瀕湖所云屬水性寒，入腎功多者，豈爲完義乎？詎知合於脾肺腎之氣，不徒一寒可盡，而功用之所及又可知也已。

[附方]

豆淋酒法：宗奭曰：治產後百病，或血熱，覺有餘血水氣，或中風困篤，或背強口噤，或但煩熱，瘕癖口渴，或身頭皆腫，或身瘁嘔逆直視，或手足頑痹，頭旋眼眩，此皆虛熱中風也。用大豆三升，熬熟，至微烟出，入瓶中，以酒五升沃之，經一日以上，服酒一升，溫覆，令少汗出，身潤卽愈。口噤者，加獨活半斤，微微搥破，同沃之。產後宜常服，以防風氣，又消結血。

頭風頭痛，卽上方密封七日，溫服。

風毒攻心，煩躁恍惚，大豆半升，淘淨，以水二升煮取七合，食後服之。

新久水腫，大豆一斗，清水一斗煮取八升，去豆，入薄酒八升，再煎取八升，服之，再三服，水當從小便中出。

陰毒傷寒危篤者，用黑豆炒乾，投酒熱飲，或灌之，吐則復飲，汗出爲度。

脚氣衝心，煩悶不識人，以大豆一升，水三升濃煮汁，服，未定再服。

腎虛消渴，難治者，大黑豆炒，天花粉等分，爲末，糊丸梧子大，每黑豆湯下七十丸，日二。

疫癘發腫，大黑豆二合，炒熟，炙甘草一錢，水一盞煎汁，時時飲之。《夷堅志》云：靖康二年春，京師大疫，有異人書此方於壁間，用之立驗也。

妊娠腰痛，大豆一升，酒三升煮七合，空心飲之。左經丸：治左癱右瘓，手足顫掉，言語謇澀，渾身疼痛，筋脈拘攣，不得屈伸，項背强直，下注脚膝，行履艱難及跌撲閃朒，外傷内損，常服通經絡，活血脈，疎風順氣，壯骨輕身。生黑豆一斤，以蝳蟹二十一枚，去頭足，同煮，候豆脹爲度，去之，取豆焙乾，川烏泡去皮臍，二兩，乳香研，一兩，没藥一兩半，草烏炮，四兩，上爲末，醋糊爲丸如梧子大，每服三十丸，溫酒下，不拘時。

時珍曰：服蓖麻子者忌炒豆，犯之脹滿致死。服厚朴者亦忌之，動氣也。

大豆黄卷

壬癸日以井華水浸黑大豆，候牙長五寸，取皮，陰乾用。

[氣味]　甘，平，無毒。

[主治]　濕痹筋攣膝痛《本經》，除胃中積熱，消水病脹滿時珍。

之頤曰：大豆作黄卷，比之區萌而達蘖者長十數倍矣，從艮而震，震而巽矣，自癸而甲，甲而乙矣。始生之曰黄，黄而卷，曲直之木性備矣。木爲肝臟，藏真通於肝，肝藏筋膜之氣也，大筋聚於膝，膝屬豀穀之府也，故主濕痹筋攣膝痛，不可屈伸，屈伸爲曲直象形，從治法也。

[附方]

頭風濕痹，筋攣膝痛，胃中積熱，大便結澀，**黄卷散**：用大豆黄卷炒，一升，酥半兩，爲末，食前温水服一匙，日二服。

水病脹滿喘急，大小便澀，大豆黄卷醋炒，大黄炒，等分，爲細末，葱橘皮湯服二錢，平明以利爲度。

《三槐王氏錄》云：御藥馮悦，服伏火藥多，腦後生瘡，熱氣冉冉而上，幾不濟矣。一道人教灸風市穴十數壯，雖愈，時時復作。又教馮以陰煉秋石，以大豆卷濃煎湯下，遂悉平，和其陰陽也。

赤小豆 俗曰紅豆。

覈曰：赤小豆，《廣雅》稱荅，蘇恭單稱赤豆，葉曰藿。近世咸用赤黑相間之草實爲赤小豆者，謬甚矣。此豆以緊小而赤黯色者，入藥最良，稍大而鮮紅及淡紅色者，僅堪供食，并不療疾。俱於夏至後下種，至秋開花，莢長二三寸，豆皮色微白帶紅，三青二黃時收之，可食，入藥用者必須老赤也。

[氣味]　甘酸，平，無毒。思邈曰：甘鹹，冷。

[主治]　下水腫，排癰腫膿血《本經》，療寒熱，熱中消渴，止洩痢，利小便，下腹脹滿，吐逆卒澼《別錄》，治熱毒，散惡血，除煩滿，通氣，健脾胃權，縮氣行風士良，散氣，去關節煩熱詵，治產難，下胞衣，通乳汁時珍，和通草煮食，則下氣無限。和桑根白皮煮食，去濕氣痹腫。和鯉魚煮食，甚治腳氣。和鯉魚、蠡魚、鯽魚、黃雌雞煮食，並能利水消腫。同雞子白，塗一切毒腫。

[方書主治]　水腫腳氣，黃疸癇證，嘔吐下血，鶴膝風，譫妄。

頌曰：水氣腳氣，最爲急用。有人患腳氣，以袋盛此豆，朝夕踐踏，展轉之，久久遂愈。

好古曰：治水者，惟知治水而不知補胃，則失之壅滯。赤小豆消水通氣而健脾胃，乃其藥也。

時珍曰：赤小豆小而色赤，心之穀也，其性下行，通乎小腸，能入陰分，治有形之病，故行津液，利小便，消脹除腫，止吐而治下痢腸澼，解酒病，除寒熱癰腫，排膿散血而通乳汁，下胞衣產難，皆病之有形者，久服則降令太過，津血滲洩，致令人肌瘦身重也。按陳自明《婦人良方》云：予婦食素，產後七日，乳脈不行，服藥無效。偶得赤小豆一升，煮粥食之，當夜遂行。且此藥治一切癰疽瘡疥及赤腫，不拘善惡，但水調塗之，無不愈者。但其性粘，乾則難揭，入苧根末即不粘，此法尤佳。

之頤曰：豆爲腎水之主穀，赤小者又爲腎之心物，水之用藥矣，故主水用不行，致作水腫及癰膿爾。

希雍曰：赤小豆，稟秋燥之氣以生，《本經》味甘酸，氣平無毒，然詳其用，味應有辛，非辛平則不能排癰腫膿血。凡水腫脹滿洩痢，皆濕氣傷脾所致，小豆健脾燥濕，故主下水腫脹滿，止洩，利小便也。《十劑》云：燥可去濕，赤小豆之屬是矣。

愚按：赤小豆以夏至後布種，至秋開花，漸成莢結實，秋將盡而取其老赤者，乃可入藥。夫乘三陰進氣之候，以爲氣之生；本三秋凉肅之時，以爲氣之成。乃時珍以爲心之穀者何哉？曰：離中有坎，所以成其離，類能明之，而腎脈之上至於肺，更由肺以入心，使陽得陰以爲生化，此天氣下降之元，是經所謂肺貫心脈而行呼吸者也。明於斯義，則金氣告成，乃正得爲火之用，故必取其老赤者以入藥耳，是焉得不謂之心穀哉？時珍又言其性下行，通於小腸，更爲完義。何以故？蓋陽得陰以行其化，小腸固爲心主行其氣化者也，心主血，血原於金水而成於木火，血能生化，而後水化之腑乃能達火之氣而致水之用，是金氣告成而乃爲火用者，固天氣下降之本始，火得金用而卽能達水者，乃天氣下降之化機也。如陽不得陰以行其化，則火之氣不達，而水之化卽不行，此卽病於濕氣之所以不暢而化熱，如煩滿消渴吐逆，或病於小便不利及暴痢，甚則病於下腹脹滿，或爲水腫。蓋陽中之陰不足，卽病於陽之不化以爲濕病。若此，諸方書概謂赤小豆能除濕，亦幾近之，但謂其能燥濕則大誤矣。雖然，《本經》首言治水腫，而《別錄》廣之爲熱中消渴，吐逆暴痢，小水不利及下腹脹滿，皆茲味之主治所能至者也。第方書之用，如《別錄》所主諸證，不少概見何哉？如水腫固有用之，而之頤盧氏卽此便謂爲腎之心物，水之用藥者，然歟？曰：此說較時珍加切矣。蓋人身氣化在下焦，是氣原出水中，水化在上焦，是水又始於氣中，如時珍爲心之穀，是陽得陰以化，而陽之化者止爲水之元也，如之頤爲腎之心物，是就指陽得陰以化，而陰卽隨陽以化者，乃爲水之用也。惟其陽得化於陰而水元裕，陰又卽化於陽而水用行，故《本經》首主治水腫。如拯難産，下胞衣，通乳汁，乃其的劑。而方書主治下焦之病，如下血脚氣，鶴膝風，不必以行水責其功。第爲腎屬水臟，而心與小腸之氣化，裕其元以達其用，如下之血之氣之風胥得奏績，水臟之氣化乃全，故之頤所說較爲切矣。或曰：如甄權所謂除煩滿，通氣，陳士良所謂縮氣行風，孟詵所謂散氣，去骨節煩熱，不識氣化水化之先後何屬，并所云除煩熱及風，又治熱毒云云者，的屬氣歟水歟？曰：氣化布而後水化行，是固然矣。然氣原出水中，如腎脈之由肺而至心者不足，亦或肺不足以至之，此謂之水元不裕也。水元裕而氣化乃布，此之謂陽得陰以化，此即通氣縮氣散氣之義也。至於爲煩熱在關節及熱中煩滿，甚則爲熱毒，皆氣化不布之故，皆由於陰不足以化之也。氣化布而至於水化行，則腎之陰氣周於胸，徧於關節，乃得諸熱悉化耳。即斯義以推求之，則方書之用茲味，如疎鑿飲子，治腫屬陽水者，又脚氣大鱉甲丸，屬風毒熱毒者，又癎證妙功丸，諸味盡以導氣除熱，行濕消積，追蟲散毒，一切爲峻劑者，又麻黃連翹赤小豆湯，治傷寒瘀熱而發黃者。若此等證之治，似此味能行水化，以導陽之有餘矣。第如紅豆丸，治諸嘔逆及膈氣反胃嘔吐，投以丁香、胡椒、砂仁，因其病於虛寒，屬陽之不足也，何爲並入茲味乎？是則補陽，亦藉之化者，乃所以和胃氣也。且言其行水化，即以達血滯矣，乃如赤小豆當歸散，治瀉血之近者，更以此味爲主劑，而歸特佐之，則可思水化得行，正以清陽之傷陰，不藉之以行血也。夫不敗陽，不破陰，則茲味之由陰化陽，即由陽化陰，參於證治之補而行者，可取信也。如脚氣之抱龍丸，以赤小豆爲君，因於腎肝虛也，其歸陽導陽，而還祛風，裕血化，活血滯而便流濕，又兼通下焦經絡，然諸味皆僅以爲佐，則此味爲君於腎肝之虛者，豈徒行水化云乎哉？應藉其由陰化陽即陽化陰之全功矣。不止言其由陰化陽，却必言其由陽化陰者，而後水臟之氣化乃全，乃還其水化之始。故水臟病，不必其病於水者而亦用此味，以其能益水臟之氣化也。氣化而血化，亦原於是矣。然則茲味猶不得執水以求之，矧可以其行水爲專功哉。又如中風之輕脚丸，鶴膝之經進地仙丹，此多治腎臟病，譫妄之茯神散，此專治心臟病。茲味於心腎爲功最切，亦宜本於由陰化陽即陽化陰者，變化以推求矣，更觸類而盡之。又寧獨此數方可以取證乎？如是庶幾不錮於習說而貿貿罔功，如概以爲行水，不更大誤乎哉？更《別錄》所廣諸證，大都多水腫中雜見之病，非全屬各自爲證者，即疎鑿一方之主治已具數證，故方書於各證不列茲味之主治也，然赤小豆於陰水亦宜，是又不可不知。

[附方]

水腫從脚起，入腹則殺人，赤小豆一斗，煮極爛，取汁五升，溫漬足膝。若已入腹，但食小豆，勿雜食，亦愈。

又方，治水腫，以東行花桑枝燒灰一升，淋汁，煮赤小豆一升，以代飯，良。

難產，日久氣乏，用赤小豆一升，以水九升煮取汁，入炙過黃明膠一兩，同煎少時，一服五合，不過三四服，卽產。有以阿膠易黃明膠者。

胞衣不下，用赤小豆，男七枚，女二七枚，東流水吞服之。

愚按：女子受娠，諸經輪月養胎，而手少陰、手太陽二經獨不與者，以此二經其平居則爲月水，有胎則爲乳汁，故不與諸經同在養胎之類也。夫胚胎之兆始，受水精而成血脈，受火精而成氣，卽此不可識下胎下乳汁治產難之故乎？

希雍曰：凡水腫脹滿，總屬脾虛，當雜補脾胃藥中用之，病已卽去，勿過劑也。

[附餘] 上焦以陽爲主，陽不得陰無以化，則天氣不下濟而窮於降，和於陰以化，卽隨陰而降，陽乃暢矣；下焦以陰爲主，陰不得陽無以化，則地氣不上行而窮於升，和於陽以化，卽隨陽而升，陰乃暢矣。故患於陽之不化而不能降，止欲導氣不可也，卽苦寒降陽亦屬權宜，唯使金爲火之用則陽降矣；患於陰之不化而不能升，止欲化血不可也，卽以辛熱達陰亦屬權宜，唯使木爲水之用則陰升矣。雖然，脾胃氣交也，水火藉以升降，然亦賴之以調，則所謂金木者生成之終始，豈不然哉？

緑　　豆

[氣味] 甘，寒，無毒。藏器曰：用之宜連皮，去皮則令人少壅氣，蓋皮寒而肉平也。

[主治] 煮食，消腫下氣，壓熱解毒。生研絞汁服，治丹毒煩熱，風疹，藥石發動，熱氣奔豚《開寶》，治痰喘及齁齙方書。

時珍曰：綠豆色綠，小豆之屬木者也，通於厥陰、陽明，其性稍平，消腫治痘之功雖同赤豆，而壓熱解毒之力過之。《夷堅志》云：有人服附子酒多，頭腫如斗，唇裂血流，急求綠豆、黑豆各數合，嚼食并煎湯飲之，乃解也。

[附方]

老人淋痛，青豆二升，橘皮二兩，煮豆粥，下麻子汁一升，空心漸食之，併飲其汁，甚驗。

希雍曰：脾胃虛寒滑泄者，忌之。

綠豆粉

[氣味] 甘，涼，平，無毒。

[主治] 解諸熱，益氣，解酒食諸毒，治發背癰疽瘡腫及湯火傷灼吳瑞，新水調服，治霍亂轉筋，解諸藥毒死心頭尚溫者時珍。

李嗣立《外科精要》護心散，又名內托散、乳香萬全散，凡有疽疾，一日至三日之內宜連進十餘服，[7]方免變證，使毒氣出外，服之稍遲，毒氣內攻，漸生嘔吐，或鼻生瘡菌，不食，即危矣。四五日後亦宜間服之。[8]用真綠豆粉一兩，乳香半兩，燈心同研，和勻，以生甘草煎濃湯，調下一錢，時時呷之。若毒氣衝心，有嘔逆之證，大宜服此。蓋綠豆壓熱下氣，消腫解毒，乳香消諸癰腫毒，服至一兩，則香徹瘡孔中，真聖藥也。一方有丹砂二錢半。

丹溪曰：切詳綠豆，解丹毒，治石毒，味甘入陽明，性寒能補，為君；以乳香去惡腫，入少陰，性溫善竄，為佐；甘草性緩，解五金八石百藥毒，為使。想此方專為服丹石發疽者設也，若夫年老者，病深者，證備者，體虛者，綠豆雖補，將有不勝其任之患，五香連翹湯亦非必用之劑，必當助氣壯胃，使根本堅固，而行經活血為佐，參以經絡時令，使毒氣外發，此則內托之本意，治施之早，可以內消也。

藊　豆

之頤曰：二月下種，延纏籬垣間，葉大如盃，圓而有尖，花具紫白二色，狀如小蛾有翅尾，莢生花下，凡十餘樣，白露後實更繁衍，秋熱便不易生，故一名雪眉同氣，一名涼衍豆，俗訛爲羊眼豆，亦形相似也，子有赤白黑斑四色，入藥只取色白者，莢殼雖厚，子粒粗圓爲勝耳。

白藊豆

[氣味] 甘，微溫，無毒。詵曰：微寒，患冷人勿食。

[主治] 和中下氣《別錄》，益脾胃，除濕熱，消暑，止泄痢時珍，療霍亂蘇恭，解一切草木毒，生嚼及煮汁飲取效甄權。

時珍曰：硬殼白藊豆，其子充實，白而微黃，其氣腥香，其性溫平，得乎中和，脾之穀也，入太陰氣分，通利三焦，能化清降濁，故專治中宮之病，消暑除濕而解毒也；其軟殼及黑鵲色者，其性微涼，但可供食，亦調脾胃。

復曰：菽，水穀也，秋成色白，臭味甘芳，有土金水貫連三臟之義，故爲和中下氣之品。又云：右遷而降，自然暑息熱消，渴除痢止矣。

能曰：專清暑，故和中而止霍亂，極補脾，故治痢而蠲膿血，消水濕，止熱泄，夏至已後，香薷湯佐藥也。

希雍曰：藊豆，秉土中冲和之氣，其味甘氣香，性溫平無毒，入足太陰、陽明經氣分，通利三焦，升清降濁，故益脾開胃，利濕熱，和中氣有功，而其主治如是也。白藊豆同山藥、白茯苓、人參、蓮肉、薏苡仁、芡實，爲補脾胃之上藥，中焦有濕者，加白朮；同黃連、乾葛、白芍藥、升麻、紅麴、滑石、烏梅、橘紅、甘草、蓮肉，治滯下如神；同麥門冬、五味子、黃連、乾葛，能解酒毒；同木瓜、石斛、橘皮、藿香、茯苓、縮砂、香薷，治霍亂吐瀉轉筋。入十味香薷飲，能消暑氣，健脾。

愚按：藊豆二月下種，歷春夏秋，而白露後乃更繁衍，且秋熱便不易生，是其氣皆歸於金矣。然而味止於甘，仍卽土以暢金之用者也。其氣之腥香，亦土中之金也。雖然，繁衍於秋半，則又含有水氣，誠如盧復所謂貫連三臟，故爲和中下氣之品也。夫以中土冲和，而具有金水相涵，又誠如時珍所謂能通利三焦，化清降濁者也。然此品之通利三焦，化清降濁者，實本於貫連三臟之義以爲傳化，有他藥所不能同，故消暑爲對待之治，其除濕熱而療霍亂吐利者，固皆化清降濁、和中下氣之能也。何以解草木諸毒？蓋百物生於土，土故主甘，而卽能解百物之毒，獨以此功歸之者，爲土得木火以爲體而得金水以爲用，其生化之氣全也，所謂有益於脾胃者此耳。但視所主之味，如升降中氣，如除濕，如除濕熱，如益中土之虛，合於得宜者而罔不奏效也。繆氏主治，參互可思。

[修治] 時珍曰：凡用，取硬殼藊豆子，連皮炒熟入藥，亦有水浸去皮，及生用者，從本方。

葉

氣味相同，亦主霍亂。

[附方]

治霍亂秘法，用白藊豆葉一把，同白梅一枚，幷仁研爛，新汲水調服，神效。

治吐痢後轉筋，用白藊豆葉一把，搗，入醋少許，絞汁服，立瘥。

刀　豆

時珍曰：刀豆，人多種之，三月下種，蔓生，引一二丈，葉如豇豆葉而稍長大，五六七月開紫花，如蛾形，結莢長者近尺，微似皂莢，扁而劍脊，三稜宛然。嫩時，煮食、醬食、蜜煎皆佳。老則收子，子大如拇指頭，淡紅色，同豬肉、雞肉煮食，尤美。

[氣味] 甘，平，無毒。

[主治] 溫中下氣，利腸胃，止呃逆，益腎補元時珍。

時珍曰：刀豆，本草失載，惟近時小書載其暖而補元陽也。又有人病後飩逆不止，聲聞鄰家，或令取刀豆子，燒存性，白湯調服二錢，卽止。此亦取其下氣歸元而逆自止也。

粟

時珍曰：古者以粟爲黍、稷、粱、秫之總稱，而今之粟，在古但呼爲粱，後人乃專以粱之細者名粟，故唐孟詵《本草》言人不識粟，而近世皆不識粱也。又曰：粟，即粱也，穗大而毛長粒粗者爲粱，穗小而毛短粒細者爲粟。

粟米 即小米。

[氣味] 鹹，微寒，無毒。時珍曰：鹹淡。

[主治] 養腎氣，去脾胃中熱，益氣，陳者苦寒，治胃熱消渴，利小便《別錄》，治反胃熱痢，煮粥食，益丹田，補虛損，開腸胃時珍。

[方書主治] 不能食，消癉。

丹溪曰：粟屬水與土，陳者最硬難化，得漿水乃化也。按難化者唯陳米，新者則不爾也。

時珍曰：粟之味鹹淡，氣寒下滲，腎之穀也，腎病宜食之。虛熱、消渴、洩痢，皆腎病也。滲利小便，所以洩腎邪也。降胃火，故脾胃之病宜食之。

[附方]

胃熱消渴，以陳粟米炊飯，乾食之，良。

反胃吐食，脾胃氣弱，食不消化，湯飲不下，用粟米半升，杵粉，水丸梧子大七枚，煮熟，入少鹽，空心和汁吞下。或云納醋中吞之，得下便已。

愚按：粟之味鹹而淡，此在諸穀中有水土合德之義。蓋胃之陽氣全賴腎中之陰氣，故《內經》言脾宜食鹹，蓋謂脾合於腎之陰，乃爲胃腑之合，而令胃陽得以行其化，況穀味之宜於腎者更由胃以歸腎乎。經曰：五味入胃，各歸其所喜攻。如茲穀味，且合於脾胃之所宜以歸之，故謂之能養腎氣，即去脾胃中熱而益氣者此也，矧其淡滲之用有以行腎陽之化乎？第春粟、秋粟二種，似春粟爲勝，以其賦有陽氣也。

藏器曰：胃冷者不宜多食。

粱

時珍曰：粱，即粟也。考之《周禮》九穀、六穀之名，有粱無粟可知矣。自漢以後，始以大而毛長者爲粱，細而毛短者爲粟，今則通呼爲粟，而梁之名反隱矣。今世俗稱粟中之大穗長芒粗粒，而有黃毛、紅毛、白毛之品者，卽粟也，黃白青赤，亦隨色命名耳。

黃粱米

[氣味] 甘，平，無毒。

主益氣，和中止洩《別錄》，療霍亂下痢，利小便，除煩熱。

宗奭曰：青粱、白粱性皆微凉，獨黃粱性味甘平，豈非得土之中和氣多耶？

頌曰：諸粱比之他穀，最益脾胃。

[附方]

霍亂煩躁，黃粱米粉半升，水半升和絞如白粉，頓服。

霍亂，大渴不止，多飲則殺人，黃粱米五升，水一斗煮清三升，稍稍飲之。

青粱米

[氣味] 甘，微寒，無毒。

[主治] 胃痹，熱中消渴，止洩痢，利小便，益氣補中《別錄》。

時珍曰：今粟中有大而青黑色者是也。其穀芒多米少，秉受金水之氣，其性最凉，而宜病人。

[附方]

脾虛洩痢，青粱米半升，神麯一合，日日煮粥食，卽愈。

老人血淋，車前五合，綿裹煮汁，入青粱米四合，煮粥，飲汁。亦能明目，引熱下行。

愚按：蘇頌謂粟與粱功用無別，殊未然。粟養腎氣而去脾胃熱，粱則功專於脾胃耳。卽粱之青黃，亦有別也。

秫 音术。

按秫米，似粟米而小，時珍曰卽粟之粘者，北人呼爲黃糯，亦曰黃米，釀酒劣於糯也。

秫米

[氣味] 甘，微寒，無毒。詵曰：性平，不可常食。

［主治］　寒熱，利大腸《別錄》。

［方書主治］　善太息，不能食。

時珍曰：秫者，肺之穀也，肺病宜食之，故能去寒熱，利大腸。大腸者肺之合，而肺病多作皮寒熱也，《千金》治肺癰方用之，取此義也。

愚按：李瀕湖云：按《養生集》謂秫味酸性熱粘滯，易成黃積病，小兒不宜多食，而孟詵亦云常食壅五臟氣，動風氣迷悶。若然，則秫米之益渺矣。即方書主治二方，亦未審的是此秫否，恐襲其誤者，所從來久也。

薏苡仁

生真定平澤及田野，今所在有之。春生苗，莖高三四尺，葉如黍，開紅白花作穗子，五月、六月結實，青白色，形如珠子而稍長，故呼薏珠子。八月采實，采根無時，今人通以九月、十月采其實中仁。

［氣味］　甘，微寒，無毒。詵曰：平。

［《本經》主治］　筋急拘攣，不可屈伸，久風濕痹，下氣，久服輕身益氣。《本經》首主筋急拘攣，合於寇氏因熱之言，則《本經》治久風濕痹，亦是熱傷氣化風，風勝則血病而爲濕痹也。合參《本經》主治，則東璧氏專屬陽明胃一語，殊爲鹵莽矣。

［諸本草主治］　補脾益肺，除濕清熱，和營，治肺痿肺氣，積膿血涕唾，上氣，療濕熱筋攣及脇痛，利腸胃，消水腫，治疝證，利熱淋，並除乾濕脚氣。

能曰：入足太陰脾經，能健脾養胃，入手太陰肺經，能清肺利氣，善治風濕之妙藥，炒用之。

宗奭曰：薏苡仁，《本經》云微寒，主筋急拘攣，拘攣有兩等，《素問》注中大筋受熱則縮而短，故攣急不伸，此是因熱而拘攣也，故可用薏苡，若《素問》言因寒則筋急者，不可更用此也。蓋受寒使人筋急，寒熱使人筋攣，若但受熱，不曾受寒，亦使人筋緩，受濕則又引長無力也。受濕則筋緩，然濕卽化熱，濕合於熱則傷血，血不能養筋，則又攣縮。

丹溪曰：寒則筋急，熱則筋縮，急因於堅強，縮因於短促。若受濕則弛，弛則引長。然寒與濕未嘗不挾熱，三者皆因於濕，然外濕非內濕啟之，不能成病。故濕之爲病，因酒而魚肉，繼之甘滑陳久燒炙并辛香，皆致濕之因也。

頌曰：薏苡仁，心肺之藥多用之，故范汪治肺癰，張仲景治風濕胸痹，並有方法。《濟生方》治肺損咯血，以熟豬肺切，蘸薏苡仁末，空心食之。薏苡補肺，豬肺引經也。趙君猷言屢用有效。張師正《倦遊錄》云：辛稼軒忽患疝疾，重墜大如盃。一道人教以薏珠，用東壁黃土炒過，水煮爲膏，服數服，卽消。程沙隨病此，稼軒授之，亦效。

能曰：同天、麥治肺而苓、朮合以健脾，與蒼、朴治胃而牛膝助之治腎。同木瓜而治足，同人參而治心。二陳可佐治痰，平胃可佐治濕。非蒼、柏不能治痿，無歸、芍不能治癰。檳榔同理脚氣，五苓佐治濕腫。

希雍曰：薏苡仁正得地之燥氣，兼秉乎天之秋氣以生，故味甘淡微寒，無毒，陽中陰，降也。同木瓜、石斛、萆薢、黃蘗、生地黃、麥門冬，治痿厥；同五加皮、牛膝、石斛、生地黃、甘草，主筋拘急。加二朮、菖蒲、甘菊花，可治痹，佐以附子，能治胸痹偏緩。

愚按：東璧氏曰：薏苡仁屬土，陽明藥也，故能健脾益胃。夫健脾益胃之藥多矣，而功用各有不同者，請悉言之。夫薏苡多生於平澤，春生苗，至五六月結實，九月、十月采之。其生於平澤而發生在春，且氣本微寒也，乃結實於五六月，更秋盡冬初方采，是水土之合德而結爲實者，以火土始之而金終之，時賢謂爲脾肺之劑，不其然乎？是可專屬之陽明胃乎？蓋在《本經》言其益氣者，固不止以胃言也。夫肺受胃之氣，此經所謂胃五藏六府之海，其清氣上注於肺也。然胃之上注於肺者實由於脾，此經所謂脾爲胃行氣於三陰三陽，而肺其一也。夫脾氣合於腎以至肺，肺氣合於心以歸腎，此三陰乃謂之元氣，卽所謂中氣也。如脾肺之氣不足，則中氣不運，此經所謂中氣之濕也。謂脾不合腎以至肺，肺不合心以歸腎，而欲中氣不濕乎？張介賓曰：腎爲藏精之本，肺爲藏氣之本，脾爲水穀之本。水病則及肺，金病則及脾，盜母氣也，土病則敗及諸臟，失化生之原也。

凡犯三陰虧損者，皆在此三臟耳。但脾固至肺矣，而有不能至者，多由於胃陽虛，胃氣虛則脾中之地氣不升於天，是謂濕盛，而必化熱，將湊於胃脘之陽，還以傷氣；肺固歸腎矣，而有不歸者，多由於胃陽亢，胃陽亢則肺中之天氣不降於地，是謂熱盛，而亦化濕，遂病於脾臟之陰，還以傷血。夫傷氣者肺受之，或爲胸痹偏緩，甚則肺陰大損，爲肺痿肺癰，更因傷血以病乎藏血之肝，爲筋急拘攣；傷血者脾受之，或爲傷胃不利，甚則脾氣大虛，水溢爲腫，更入於經絡，爲久風濕痹，且移患於下部以爲疝。凡此，皆胃氣之爲病於上下也。乃此味生於平澤，氣寒味甘，是水土合德，乃實結於盛夏，是潤下之氣還就炎上，而采實期於秋末，是熱浮之氣又歸凉降，有合於胃達地氣，而後不病於濕之化熱，更合於胃達天氣，而後不病於熱之化濕，舉前證皆能療之矣。然胃能下引地氣，不有脾陰原合腎而至肺，何以達胃氣於天？胃能上承天氣，不有肺陰原合心而歸腎，又何以致胃氣於地？是胃固爲脾肺之樞，而補脾益肺實爲益胃之先導，即因益胃而更收脾肺之全功，乃得脾肺腎三陰之氣化具足，而中氣不病於濕者即其不病於熱者也。此寇氏釋《本經》拘攣之治，謂茲味專治熱也。看來脾健則能運化陰陽之氣，而脾之不健者，困於濕也。薏仁健脾，不如二朮之燥以除濕，亦不如滲利之味以行濕，唯是脾肺腎之氣得暢，使濕不留而已。故去濕即能清熱，所謂陰陽合而氣生，陰陽和而氣行，論中殊爲明悉。抑除濕而即能清熱者，其功專之於胃乎？專之脾肺乎？曰：此味先令脾陰足以和肺之陽，後令肺陰降以紓脾之陰，而胃實爲脾肺之樞，或引之而上，或承之而下，則此品功用可明。如除濕以升天氣，而更得下氣，如清熱以降地氣，而更得活血，皆足三陰具足之氣化乃得如是，故不得專其功於胃。如東璧氏止入陽明之說，蓋不審其從土至金由金歸土之微，不幾泛泛與燥濕健脾者同論乎？將所謂清熱療痿，和血潤筋者，歸於何地乎？第此味除濕而不如二朮助燥，清熱而不如芩、連輩損陰，益氣而不如參、朮輩猶滋濕熱，[9] 誠爲益中氣要藥。然其味淡，其力緩，如不合羣以濟，厚集以投，冀其奏的然之效也，能乎哉？

又按：經曰：傷肺者，脾氣不守，胃氣不清，經氣不爲使，真藏壞決，藏脈傍絕，五藏漏泄，不衄則嘔。卽經數語，可參全氣爲土用之義。第審此味，多從天氣以達地氣，然必於陰中陽達，然後陽中陰暢，希雍止以爲降者非也。按古方小續命湯註云，中風筋急拘攣，語遲脈弦者，加薏苡仁，亦扶脾抑肝之義。卽此合於前論，是其功盡在中氣之濕而無與於外受者歟？曰：天之六氣與人身一也，外邪亦因同氣之虛以召之。且外受不止於濕也，如中氣素虛，凡六淫所侵，卽以病於氣之不化而爲濕矣。又七情更能損陰，經固謂陰虛則無氣也，是非病於中氣之濕乎？唯如丹溪所戒酒麪諸味助濕之病，則無與於中氣，並非此味之所能任也。按此言筋攣乃濕熱傷血而病於筋膜乾者，經所謂大筋緛短是也。肝固血臟，而濕熱乃血分之病也，然如《千金方》寒攣而亦用此味也何居？蓋其微寒者，乃清陰之和氣，雖不可以治寒攣，然合於扶陽諸味中，得此乃以達陽之用，更如脇痛薏苡仁丸，痔證薏苡仁附子散，不可參哉？寧獨治攣證而已耶？

[附方]

胸痹緩急偏者，薏苡仁十五兩，大附子十枚，炮，爲末，每服方寸匕，日三。

獨用數兩淘淨，煮濃湯，頓飲，可治肺經因濕火所傷吐膿血，一切肺痿肺癰，咳嗽，涕唾上氣。經曰治痿獨取陽明，陽明者，胃與大腸也。二經濕熱盛則成痿，熏蒸於肺則發肺癰及吐血咳嗽，涕唾穢濁。大腸與胃家之濕熱散則痿自愈，吐膿血、咳嗽亦並止矣。

筋脈拘攣，久風濕痹，薏苡仁一升，搗散，以水二升，取末數匙作粥，空腹食之。此熱攣也。

風濕身疼，日晡劇者，張仲景**麻黃杏仁薏苡仁湯**主之：麻黃三兩，杏仁二十枚，甘草、薏苡仁各一兩，以水四升煮取二升，分再服。

水腫喘急，用郁李仁二兩，研，以水濾汁，煮薏苡仁飯，日二食之。

沙石熱淋，痛不可忍，用薏苡仁，卽葉根皆可用，水煎，熱飲，夏月冷飲，以通爲度。

一方，治小便不通，脹疼，用薏苡仁根置椒缽內，擂碎，捏汁半鍾，同生酒一碗，煨熟和服，服一二次，全效。此一治沙石熱淋之類，大抵治熱不治寒也。

希雍曰：因寒轉筋，脾虛無濕者忌之。妊娠禁用。

[修治]　咬之粘牙者真。水洗略炒，或和糯米炒熟，去米。苡仁滾水泡濕，同糯米文火炒，待米黃去米。清肺熱，不須同糯米炒。

罌子粟—名御米，以中有白米極細，可以供御也。

時珍曰：罌粟，秋種冬生，嫩苗作蔬食，甚佳。葉如白豆，三四月抽薹，結青苞，花開則苞脫。花凡四瓣，大如仰盞，罌在花中，鬚蕊裹之，花開三日即謝，而罌在莖頭，長一二寸，大如馬兜鈴，上有蓋，下有蒂，宛然如酒罌。中有白米極細，可煮粥，和飯食，水研濾漿，同綠豆粉作腐食，尤佳。亦可取油。其殼入藥甚多，而本草不載，乃知古人不用之也。

米

[氣味]　甘，平，無毒。宗奭曰：性寒，多食利二便，動膀胱氣。

[主治]　行風氣，逐邪熱，治反胃，胸中痰滯頌，丹石發動，不下飲食，和竹瀝煮粥食之《開寶》。

[附方]

反胃吐食，用白罌粟米三合，人參末三大錢，生山芋五寸，細切研，三物以水二升三合煮取六合，入生薑汁及鹽花少許，和勻分服，不計早晚，亦不妨別服湯丸。

殼

[氣味]　酸濇，微寒，無毒。

[主治]　止瀉痢，固脫肛，治遺精久咳，斂肺濇腸，止心腹筋骨諸痛時珍，久嗽喘泄瀉，久痢脫肛，行瘀頭痛方書。

東垣曰：收斂固氣，能入腎，故治骨病尤宜。

丹溪曰：今人虛勞咳嗽，多用粟殼止劫及濕熱泄痢者，用之止濇。

其治病之功雖急，殺人如劍，宜深戒之。

又曰：治嗽，多用粟殼，不必疑，但要先去病根，此乃收後藥也。治痢亦同，凡痢須先散邪行滯，豈可遽投粟殼、龍骨之藥，以閉塞腸胃？邪氣得補而愈甚，所以變證作而淹延不已也。

時珍曰：罌粟殼，治瀉痢欬嗽久者，收其散氣，以固其脫氣，如用之適時，亦何可少？按楊氏《直指方》云：粟殼治痢，人皆薄之，固矣。然下痢日久，腹中無痛，當止濇者，豈容不濇，不有此劑，何以對治乎？但要有輔佐耳。又王碩《易簡方》云：粟殼治痢如神，但性緊濇，多令嘔逆，故人畏而不敢服。若用醋製，加以烏梅，則用得法矣。或同四君子藥，尤不致閉胃妨食，而獲奇功也。

愚按：罌粟秋種冬生，固知其由金而趨水以生也，謂秉收氣以固脫，更云入腎者，良不謬矣。見患歷節痛風亦且用之，蓋以治骨病也。第閱方書之主治，於咳嗽滯下，是其專功，未可例論於五味之歸元也。即如咳嗽滯下，明其酸而且濇，亦未得凌節而投矣。更繹王碩所云，茲味緊濇，同烏梅則宜，豈非以烏梅之收而能下氣乎哉？即是推之，則同於厚朴以治久痢，同於烏梅治久嗽，乃為得宜耳。

又按：方書治頭痛，有乳香盞落散，以御米殼為君，蓋治頭風證也。第詳其主治之義，大有可參者。先哲云：凡治頭痛，皆用芎、芷、羌、防等辛溫氣藥升散者，由風木虛不能升散，[10]而土寡於畏，得以壅塞而痛，[11]故用此助肝木散其壅塞也。若風盛疎散太過而痛，服辛散藥反甚者，則宜用酸濇收而降之乃愈，乳香盞落散之類是也。即此義思之，是則御米殼之治頭風，總不外於降收之義以為功，與辛溫氣藥升散如芎、芷、羌、防等者，絕不侔也。臨病之工，慎無鹵莽。且就治頭風一證，或可推類以盡御米殼之用，如久嗽證類是已。

[附方]

久痢，用粟殼蜜炙，厚朴薑製，各四兩，為細末，每服一錢，米飲下。忌生冷。

治咳嗽多年，自汗，用罌粟殼二兩半，去蔕膜，醋炒，取一兩，烏梅半兩，焙，爲末，每服二錢，臥時白湯下。

希雍曰：古方治嗽及瀉痢、脫肛、遺精用之，今人亦輒效尤。不知咳嗽惟肺虛無火，或邪盡嗽不止者，用此歛其虛耗之氣。若肺家火熱盛與，夫風寒外邪未散者，誤用則咳愈增而劇。瀉痢脫肛由於下久滑脫，腸虛不禁，遺精由於虛寒滑泄者，借其收濇之氣以固虛脫。如腸胃積滯尚多，濕熱方熾，命門火盛，濕熱下流爲遺精者，誤用之則邪氣無從而泄，或腹痛不可當，或攻入手足骨節，腫痛不能動，或遍身發腫，或嘔吐不下食，或頭面俱腫，或精竅閉塞，水道不通，變證百出，而淹延不起矣，可不愼哉？

[修治] 時珍曰：凡用，以水洗潤，去蒂及筋膜，取外薄皮，陰乾細切，以米醋拌炒入藥。亦有蜜炒、蜜炙者。

阿芙蓉 俗作鴉片。

時珍曰：罌粟花之津液也。罌粟結青苞時，午後以大針刺其外面青皮，勿損裏面硬皮，或三五處，次早津出，以竹刀刮，收入瓷器，陰乾用之，故今市者猶有苞片在內。

希雍曰：其氣味與粟殼相同，而此則止痢之功尤勝，故小兒痘瘡行漿時泄瀉不止，用五釐至一分，未有不愈，他藥莫能逮也。

[修治] 忌醋，令人腸斷。

愚按：罌粟米，不獨入藥，亦列於花，以供玩賞，乃園丁蓄子，每於中秋夜半下種，其苗出土，不踰數日。然則所謂秋種冬生者，未必盡然，或因其地利之各異，卽下種之先後亦不如一乎？然愚觀方書，以治遺精者殊少，則是冬生而謂其亦入腎者，尤當致審也。

淡豆豉

造淡豉法：用黑大豆二三斗，六月內淘淨，水浸一宿，瀝乾蒸熟，取出攤席上，候微溫蒿覆，每三日下看，候黃衣上徧，不可太過，取曬簸淨，以水拌，乾濕得所，以汁出指間爲準，安甕中，築實，桑葉蓋，厚三寸，蜜封泥，於日中曬七日，取出，曝一時，又以水拌入甕，如此七次，再蒸過，攤去火氣，甕收築封，卽成矣。

[氣味] 苦，寒，無毒。思邈曰：苦甘，寒，濇，得醯良。杲曰：陰中之陰也。

[諸本草主治] 春夏傷寒，頭痛寒熱，時行熱疾，煩燥滿悶，并傷寒吐下後虛煩，療勞復食復及餘毒，止暴痢血痢，化氣調中，散毒除煩。

[方書主治] 虛煩痛痺，渴證黃疸，喘哮，耳氣閉鼻，疳蝕。

《別錄》曰：主虛勞喘吸，兩腳疼冷。

頌曰：葛洪《肘後方》云：傷寒有數種，庸人卒不能分別者，今取一藥兼療之。凡初覺頭痛身熱，脈洪，一二日便以**葱豉湯**治之：用葱白一虎口，豉一升，綿裹，水三升煮一升，頓服。取汗，更加葛根三兩。_{卽加葛根，則知脾腎互爲化原之義。}再不汗，加麻黃三兩。

弘景曰：春夏之氣不和，以豉蒸炒，酒漬服之，至佳。

時珍曰：淡豉，調中下氣最妙。黑豆性平，作豉則溫，既經蒸罯，故能升能散，得葱則發汗，得鹽則能吐，得酒則治風，得薤則治痢，得蒜則止血，炒熟則又能止汗，亦麻黃根節之義也。

希雍曰：豉，諸豆皆可爲之，惟黑者入藥。有鹽、淡二種，惟江右淡者治病。經云味苦寒，無毒，然詳其用，氣應微溫。蓋黑豆性本寒，得蒸曬之氣必溫，非苦溫則不能發汗，開腠理，治傷寒頭痛寒熱及時氣惡毒也。苦以涌吐，故能治煩躁滿悶。以熱鬱胸中，非宣劑無以除之。如傷寒短氣煩躁，胸中懊憹，饑不欲食，虛煩不得眠者，用梔子豉湯吐之是也。餘所主治，皆化氣調中之功爲多。

愚按：味之鹹者入腎，如黑大豆爲腎之穀，以其北方黑色，通於腎耳，而味卻甘，非鹹也。甘味固走脾，是則何所取爾哉？蓋足三陰同氣於下，而水土之合德以立地者，其義更切，故經有脾病宜食鹹，而黑大豆爲首，因脾腎互爲化原之玄機也。況腎氣至肺，而脾氣之至肺者，腎尤藉之，鹹合於甘，則脾氣營運，而至陰生化之氣乃得極於上以通天也。若然，其取黑大豆製爲豆豉，是卽此營運之氣轉爲宣揚，瀕湖所謂既經蒸罯，故能升能散者也。按淡豉之用，其味以蒸罯變苦矣。茲仍本其色之黑味之甘者，以爲論治之義，蓋腎與脾原相因以爲病，唯此味適得脾胃之合，乃因蒸罯以行變化而歸苦瀉，更於脾腎胥益而功有足述，故探本以爲發明如斯耳。夫黑豆本以脾合於腎而達其生化，豆豉又爲腎合於脾而致其宣揚，如傷寒所療，固從寒水之腎所受，而此味爲宣劑也。雖然，傷寒初證投此，不及温熱之初證尤爲得宜，何也？蓋此味與麻黃發陰中之陽，爲正傷寒的對者固甚懸絕，特宣揚足太陰、少陰之真氣，令生發達於臟腑以際周身，故方書主治舉寒熱而皆得用之。如喘證之哮積有冷痰者，而與砒霜、白礬同用，痛痹之牛蒡子散及犀角湯，一則風熱而成歷節風，一則因熱毒流入四肢而爲歷節痛。不特此也，且舉虛實而皆得用之。如黃芪湯治黃汗染衣，體腫，發熱不渴，因於脾胃有熱，汗出逢閉遏，而濕與熱盦成者，此爲實也；又如白术湯治酒疸下後，變成黑疸，因脾氣下陷，而濕熱歸腎，以爲變證之重者，此其虛也。卽此數證，可推類以盡之矣，然皆不越於腎與脾也。舉寒熱虛實之證，隨其或主或輔，多能於水土合德之地，胥有以越其真氣而昌其生化，又寧獨治寒證而已乎？第就傷寒證同梔子用者，以散汗吐下後之虛煩，是除虛中餘熱，非以散寒，故太陽有表證，謂不可用梔豉也。且治煩之虛是其所主，若治實煩，則梔豉湯固無所用之，經所謂吐以瓜蒂，下以調胃承氣者也。唯治其煩之虛，故卽如雜證虛煩，亦得用之。東垣謂雜證煩躁多責於心腎，而仲景以梔子色赤味苦入心而治煩，鹽豉色黑味鹹，入腎而治燥，謂爲神藥。若然，雖不可執此一方以治虛煩，但心腎原是一氣，而脾爲坎離之交，東垣謂煩燥皆心火爲病，幷及腎與脾，其引經義甚確，而未及大暢之。蓋心火爲煩，類由腎陰不至於心，夫離中之坎，内者是主，外者爲用也。傷寒汗下後之虛煩，固爲傷其陽，更亡其陰，而雜證之虛煩，亦屬陰不能爲陽之主，如淡豉化陰氣而上奉於心，爲腎脾宣揚生化者之要劑也。合前義而繹之，是則《別錄》所云療虛勞喘吸，洵有實功，而以治寒概之，其可乎哉？治煩躁用鹹豉，當更參之，蓋用淡者，不欲其歸下也。

[附方]

治傷寒諸證，方盡載本例，不贅。

臟毒下血，用淡豉十文，大蒜二枚，煨，同搗，丸梧子大，煎香菜湯，服二十丸，日二服，安乃止。盧州彭大祥云此藥甚妙，但大蒜九蒸乃佳，仍以冷齏水送下。昔朱元成言其姪及陸子楫提刑，皆服此以愈久疾。

血痢不止，亦用豉、大蒜等分，杵丸，每服三十丸，鹽湯下。

齁喘痰積，凡天雨便發，坐臥不得，飲食不進，乃肺竅久積冷痰，遇陰氣觸動則發，用此一服，即愈。服至七八次，即出惡痰數升，藥性亦隨而出，即斷根矣，用江西淡豆豉一兩，蒸搗如泥，入砒霜末一錢，枯白礬三錢，丸綠豆大，每用冷茶、冷水送下七丸，甚者九丸，小兒五丸，即高枕仰臥。忌食熱物等。

風毒膝攣，骨節痛，用豉三五升，九蒸九曝，以酒一斗浸經宿，空心隨性溫飲。

寒鬱喉痹不語，煮豉汁一升，服，覆取汗，仍著桂末於舌下，咽之。

婦人難產，乃兒枕破，與敗血裹其子也，以**勝金散**逐其敗血，即順矣。用鹽豉一兩，以舊青布裹了，燒赤，乳細，[12]入麝香一錢，爲末，取秤錘燒紅淬酒，調服一大盞。

小兒胎毒，淡豉煎濃汁，與三五口，其毒自下，又能助脾氣，消乳食。

希雍曰：梔子豉湯，凡傷寒傳入陰經與夫直中三陰者，皆不宜用。熱結胸中，煩悶不安者，此欲成結胸，法當下，宜復用汗吐之藥，并宜忌之。

陳廩米 一名陳倉米、老米。

時珍曰：北人多用粟，南人多用粳及秈，並水浸蒸曬爲之。入倉陳久，皆氣過色變，故古人謂之紅粟、紅腐，陳陳相因也。

[氣味] 鹹酸，溫，無毒。時珍曰：廩米年久，其性多涼，但炒食則溫。

[主治] 寬中消食，多食易饑寧原，調胃止渴，除熱，利小便，止瀉時珍。

[方書主治] 泄瀉滯下，霍亂。霍亂後下利膿血，非治霍亂也。

時珍曰：陳倉米煮汁不渾，初時氣味俱盡，故冲淡可以養胃。古人多以煮汁煎藥，亦取其調腸胃、利小便、去濕熱之功也。《千金方》治洞注下利，炒此米，研末飲服者，亦取此義。

愚按：五穀為養，而更取其陳者，謂其氣味俱盡，還歸於淡，淡乃五味之主，可以養胃氣，且淡能滲濕，卽化滯熱，是又可以裕脾陰。故方書中療滯下噤口有倉廩湯，[13]因胃氣虛而熱乘之，故用參、苓，乃以羌、獨、柴胡升達其胃氣，并散其毒氣，必入陳米養脾陰，使不為熱毒所并。又吐利後大渴不止，獨以陳倉米湯療之。是二治者，足徵其於脾胃之陰氣大有裨也。更治滑泄有豆蔻飲，用陳米為君，而肉蔻、五味、赤石脂止各半之，又治脾胃虛弱，內受寒氣，泄瀉注下，水穀不分，冷熱不調，下痢膿血，赤少白多，或如魚腦，腸滑腹痛，便數頻，[14]併心腹脹滿，食減乏力，是盡由脾胃氣弱，內受寒氣，以致泄瀉，更有下痢，氣化不行，而亦不守，不行則鬱有熱，故腹痛，更兼心腹脹滿，不守故腸滑下數，如方內用木香、肉蔻、罌粟殼、乾薑、甘草，以之補脾胃正氣而治滑，是所宜然，但却用陳米二十兩，而諸味合之止九兩，固謂大養脾胃陰氣乃兼補陽以行之，假澀脫以固之，始能奏績耳，是又養脾胃陰氣之一徵也。至於霍亂後下痢膿血，如桃花湯，是赤石脂為君，以化血分之邪而收脫，同於烏梅，却為因於霍亂之後熱結下焦，故仍用升麻、白术、乾薑炮者以正脾胃之氣，亦佐以陳米，同梔仁養脾胃之陰而散其留熱，不令其下結也。既此數證合觀之，總不越於養脾胃之陰而已。乃止言其養胃者，殊未親切。試思下多則亡陰，而茲味之主治在瀉利居多，猶得泛然以養胃為其功乎哉？

[附方]

諸般積聚，**太倉丸**：治脾胃饑飽，不時生病，及諸般積聚，百物所傷。陳倉米四兩，以巴豆二十一粒，去皮同炒，至米香豆黑，勿令米焦，擇去豆不用，入白橘皮四兩，爲末，糊丸梧子大，每薑湯服五丸，日二服。

霍亂大渴，能殺人，以黃倉米三升，水一斗煮汁，澄清飲，良。

麴

時珍曰：麴，有麥、麩、米造者不一。或小麥連皮，井水淘淨，曬乾，六月六日磨碎，以淘麥水和作塊，楮葉包紮，懸風處，七十日可用矣。造麩麴法：三伏時用白麩五斤，綠豆五斤，以蓼汁煮爛，辣蓼末五兩，杏仁泥十兩，和踏成餅，楮葉裹，懸風處，候生黃收之。造白麴法：用麩五斤，糯米粉一斗，水拌微濕，篩過踏餅，楮葉包，掛風處，五十日成矣。又米麴法：用糯米粉一斗，自然蓼汁和，作圓丸，楮葉包，掛風處，七七日曬收。此數種麴皆可入藥，[15]其各地有入諸藥草及毒藥者，皆有毒，惟可造酒，不可入藥也。須陳久者良。

小麥麴

[氣味]　甘，溫，無毒。丹溪曰：麩皮麴涼，入大腸經。

[主治]　調中下氣，開胃，療臟腑中風寒藏器，補虛，去冷氣，除腸胃中塞，不下食吳瑞，主霍亂，心膈氣，痰逆，除煩，破癥結孟詵，止痢《別錄》。

麩麴　米麴

[氣味]　同前。

[本草主治]　消食積、酒積、糯米積，研末，酒服，立愈。餘功同小麥麴時珍。

[方書主治]　積聚，腹痛脇痛，痺，泄瀉滯下，腳氣，前陰疾及耳卒氣閉。

愚按：麴有麥、麩、米之殊，即瀕湖言其俱能消導，功不甚遠也。第以消導盡其功，似有遺議。蓋天地人物，不外於陰陽二氣，然陰陽之氣有絪縕而後有變化，有變化而後有生成，如造麴者，固亦竊取斯義耳。然即取五穀之養以造之，由脾胃利益之物而還行其變化之氣，謂其即於脾胃推陳以致新。詎曰不然？第就是絪縕而變化者，似得乎蓄陽以達陰，故於消積導滯之外，煞有運旋。如小麥麴，藏器謂其開胃，療臟腑中風寒，而吳瑞亦云補虛，去冷氣，即瀕湖以麩麴、米麴與小麥麴等功，固亦於消導滯積之外有所取爾矣。愚閱方書諸證治療，於此味之或主或輔，徵其蓄陽達陰之氣化，大都不爽，第與風寒冷氣之治更覺渾成耳。試舉療前陰之疾，如補肝湯，且逐隊於諸味中，為濕熱之對待，安得止以外受風寒盡之乎？雖然，前陰此證亦由於陽虛而陰不化，致病於濕，濕鬱乃化熱，故行補肝之劑耳。推斯義以盡其功，即執寒冷之治猶未悉也，況執於消積導滯以求之者哉？

神　　麴

造神麴法：於六月六日，用麩五斤，象白虎，蒼耳草自然汁一碗，象勾陳，野蓼自然汁一碗，象螣蛇，青蒿自然汁一碗，象青龍，杏仁去皮尖，五兩，及北方河水，象玄武，赤小豆煮熟，去皮，四兩，象朱雀，用汁和麩、豆、杏仁作餅，麻葉或楮葉包罨如造麴法，待生黃衣，取懸風處，經年用。

[氣味]　甘辛，溫，無毒。

[諸本草主治]　健脾煖胃，化水穀，下氣，消積滯，除痰逆霍亂，泄痢脹滿諸疾，其功與麴同。

[方書主治]　傷暑，傷飲食，傷勞倦，瘧，氣證，痞，水腫脹滿，積聚痰飲，咳嗽，嘔吐反胃，霍亂，下血畜血，心痛，胃脘痛，脇痛，腰痛，痹著痹痿，眩暈身重，不能食，黃疸，泄瀉滯下，大便不通，疝。

潔古曰：陽中之陽也，入足陽明經。凡用，須火炒黃，以助土氣。

陈久者良。

时珍曰：按倪维德《启微集》云：神麴治目病，生用能发其生气，熟用能敛其暴气也。

希雍曰：神麴，盖取诸神聚会之日造之，取各药物，以象六神之用，此其异于酒麴者也。于胃及脾大有利益，同山查、麦糵、谷糵、缩砂、陈皮、草果、藿香、白术、乾葛、莲肉等用效。

[附方]

养食丸：治脾胃俱虚，不能消化水谷，胸膈痞闷，腹胁膨胀，连年累月食减嗜卧，口无味。神麴六两，麦糵炒，三两，乾薑炮，四两，乌梅肉焙，四两，为末，蜜丸梧子大，每米饮服五十丸，日三服。

愚按：时珍曰：昔人用麴，多是造酒之麴，後醫乃造神麴，專以供藥力，更勝之。蓋取諸神會聚之日造之，故得神名。又《藥性賦》云：神麴養脾進食，使胃氣有餘。嘉謨曰：入藥須炒黃，助人之真氣，走陽明胃經。卽二說以造神麴之義合之，如用白麪象白虎爲君，取人身真氣盡統於肺也，卽用蒼耳汁象勾陳，取人身戊土屬於胃也，又用野蓼汁象螣蛇，取人身己土屬於脾也。是人身真氣幷於穀氣，出於胃之陽，根於脾之陰，以上統於肺之陽中陰者，盡取象於此矣。更用青蒿升象青龍，取人身水火合化之氣，得以中致於脾胃而上達於肺者，屬於肝也。又更用杏仁及北方河水象玄武，用赤小豆象朱雀，取人身水火所屬之心腎也。如是，人身真氣具足於六象，然必歸胃爲氣之充，由肺爲氣之主，於六象中君以白麪，而脾胃陰陽並列者，職此之故耳。若然，則張潔古先生謂爲陽中之陽者，不的有見哉？蓋較於酒麴之蓄陽而達陰，是則洋洋乎已暢其發育之用矣。所云能使胃氣有餘及助人真氣者，不洵然歟？謂之力勝酒麴，義固在斯。卽方書種種主治，亦不外斯義耳。蓋胃能行氣於三陰三陽，未有人身疾疢不藉胃氣之充以爲治療者也，特爲主爲輔時有輕重也。明此義，則用之消導，豈曰無功？若止以消導盡之，是猶然粗工之耳食也，可乎哉？

希雍曰：脾陰虛胃火盛者，不宜用。能落胎，孕婦宜少食。

紅麴

[氣味] 甘，溫，無毒。

[主治] 消食活血，健脾燥胃，治赤白痢，下水穀震亨，釀酒，破血，行藥勢，殺山嵐瘴氣，治打撲傷損吳瑞，治女人血氣痛，及產後惡血不盡，擂酒飲之，良時珍。

[方書主治] 血鬱畜血，心痛，胃脘痛，滯下。

時珍曰：人之水穀入於胃，受中焦濕熱熏蒸，遊溢精氣，日化爲紅，散布臟腑經絡，是爲營血，此造化自然之微妙也。造紅麴者，以白米飯受濕熱鬱蒸，變而爲紅，卽成真色，久亦不渝，此乃人窺造化之巧者也。故紅麴有治脾胃營血之功，得同氣相求之理。

希雍曰：紅麴消食，健脾胃，與神麴相同，而活血和傷，惟紅麴爲能，故治血痢尤爲要藥。得番降香、通草、鯪鯉甲、沒藥，治上部內傷，胸膈作痛，或怒傷吐血，和童便服，神效。同黃連、白藊豆、蓮肉、黃芩、白芍藥、升麻、乾葛、烏梅、甘草、滑石、橘紅，治滯下有神。同續斷、番降香、延胡索、當歸、通草、紅花、牛膝、沒藥、乳香，治內傷血瘀作痛。同澤蘭、牛膝、地黃、續斷、蒲黃、赤芍藥，治產後惡露不盡，腹中痛。

愚按：赤麴，本於濕熱之氣所化，因於人身營血由液而化，漸由黃而化赤，彷其所自始以造茲種，李瀕湖謂人窺造化之巧者此也。故營血不化，還以此化之，最爲親切矣。第化則與破不同，全本於氣之所轉以爲血先，如濕熱血痢，固以同氣相求矣。他證或血因熱盛而泣，或因寒斂而泣，或因痰積礙其隧道而泣，舉六淫七情之病於氣以泣血者，如其所因而投所宜之主劑，用此爲化血地，較之峻於破決者，庶乎有益無咎耳。第人身血化，本於陰陽絪緼以成變化，故經曰受氣取汁，泌其精微，變化而赤，是爲血，又曰血者神氣也，如瀕湖謂爲中焦濕熱熏蒸而化，是何等語也？讀之不覺失笑。吳瑞曰：釀酒則辛熱有小毒，發腸風痔瘻，脚氣，哮喘痰喘諸疾。

杵頭細糠

[氣味] 辛甘，熱。丹溪曰：穀殼屬金，糠之性則熱也。

弘景曰：治噎病。

[附方]

膈氣噎塞，飲食不下，用碓觜上細糠，蜜丸彈子大，時時含咽津液。

咽喉妨礙如有物，吞吐不利，杵頭糠、人參各一錢，石蓮肉炒，一錢，水煎服，日三次。

蘖 米

稻蘖 一名穀芽。

[氣味] 甘，温，無毒。

[主治] 快脾開胃，下氣和中，消食化積時珍。

希雍曰：穀蘖具生化之性，故爲消食健脾、開胃和中之要藥。

麥蘖 一名麥芽。

[氣味] 鹹，温，無毒。

[主治] 開胃《日華子》，消食和中《別錄》，消痰飲《日華子》，破冷氣，除脹滿《藥性》，能消化一切米麪諸果食積時珍。

潔古曰：補脾胃虛，寬腸下氣，腹鳴者用之。

丹溪曰：麥蘖行上焦之滯血，腹中鳴者用之。

海藏曰：麥芽、神麯二藥，胃氣虛人宜服之，以代戊己腐熟水穀。豆蔻、縮砂、烏梅、木瓜、芍藥、五味子爲之使。

希雍曰：麥蘖，味鹹氣温無毒，功用與米蘖同，而此消化之力更緊。鹹能軟堅，温主通行，其發生之氣又能助胃氣上升，行陽道而資健運，故其主治如此。

[附方]

快膈進食，麥蘖四兩，神麯二兩，白术、橘皮各一兩，爲末，蒸餅丸梧子大，每人參湯下三五十丸，效。

產後腹脹不通轉，氣急，坐臥不安，以麥糵一合，爲末，和酒服，良久通轉，神驗。

產後青腫，乃血水積也，乾漆、大麥糵等分，爲末，新瓦中鋪漆一層，糵一層，重重令滿，鹽泥固濟，煅赤研末，熱酒調服二錢，產後諸疾並宜。

產後秘塞，五七日不通，不宜妄服藥丸，宜用大麥芽炒黃，爲末，每服三錢，沸湯調下，與粥間服。

愚按：二芽俱能開發胃氣，宣五穀味，第稻稟金氣，麥稟水氣，以升出爲開發者，其功較勝，況微鹹能行上焦滯血，使營和而衛益暢，更能腐化水穀，且脾主濕，血和而濕行，濕行而脾運，尤非穀芽所可幾也。

中梓曰：大麥性泥滯，雖化芽性猶未化，須多炒令其性枯。

希雍曰：無積滯，脾胃虛者不宜用。久服消腎氣，墮胎。

時珍曰：不可久服。若久服，須同白术諸藥用則無害。

[修治] 二芽皆炒黃，杵去皮用。

之頤曰：稻、黍、稷、麥、菽，曰五穀，皆可區萌達糵也。糵者，生不以時，人力可爲耳。此從艮而震，自癸而甲，繇終而始矣。經云五穀爲養，各有專司，當別五穀糵，合五臟神物，各從其類也。然穀府之受盛五穀，本具水、火、土、金、木之五行，[16]升、出、中、降入之五氣，乃能敷布化育，宣五穀味，開發上焦，與上焦開發，宣五穀味，事同而理則異矣。然則木火金水，當建土爲本，土者行之長也，升出降入當標中爲樞，中者氣之機也。其所以爲本爲樞，主宰陽出陰入者，吾身中黃之生氣也，與天樞八方之帝氣揆度萬物之出爲震入爲艮，同一機衡耳。是以中黃之生氣出則穀味宣，宣則開發上焦，熏膚，充身，澤毛，若霧露之溉矣；中黃之生氣入則穀味成，成則淫氣於五臟，而五臟安散精於五形，而五形駐斯，腑精神明，留於四臟，氣歸權衡，權衡以成，氣口成寸矣。蓋中黃生氣固爲五行正氣之主，亦須行氣均平，始得承生氣之出以出，生氣之入以入，互爲關鍵爾。設行氣有少廢，生氣亦即爲之少息，是必察何行何氣之缺陷，而以專司之穀蘖養之充之，卽以成其所自始，亦卽以成其所自終也。如麥實有孚，甲肝之穀也；黍莠善舒散，心之穀也；稷爲五穀長，脾之穀也；稻粒如秋霜，肺之穀也；菽實孚甲堅，腎之穀也。故五穀爲五臟養，五蘖爲形氣充，充之養之，所以承吾身中黃之生氣以出以入，[17]效天樞八方之帝氣，揆度萬物之出爲震、入爲艮耳。至於主療疾疢，此其末務，詳主治形證則得之矣。然則五穀功力，豈獨快脾健胃、消食化積而已乎？

飴餳飴，音怡，餳糖也。餳，音晴。

餳之清者曰飴，形怡怡然也；稠者曰餳，強硬若錫也。小建中湯用膠飴，用其未乾硬色類琥珀者耳。

覼曰：飴，軟糖也。稻、秫、粟、蜀秔、秫、大麻子、枳椇子、黃精、白术並堪熬造，惟以稻作者入藥，秫、粟者次之，餘供食物耳。稻卽糯，秔卽粳，秫卽粟之糯而黃者。近世用麥蘖、穀芽及諸米煎熬而成，醫方亦有采用耳。

[氣味] 甘，大溫，無毒，入太陰經。海藏曰：飴乃脾經氣分藥。

[主治] 補虛冷思邈，健脾補中孟詵，潤肺消痰思邈，止渴《別錄》，治吐血由打損瘀者，熬焦酒服，能下惡血孟詵，脾弱不思飲食，少用能和胃氣宗奭，解附子、草烏毒時珍。

弘景曰：餳與酒皆用米蘖，而餳居上品，酒居中品，是餳以和潤爲優，酒以醺亂爲劣也。

成無己曰：傷寒，陽脈濇，陰脈弦，法當腹中急痛，先與小建中湯。蓋作裏有虛寒治之，故桂枝、芍藥、甘草君，以膠飴甘溫溫中散寒。

盧復曰：蘖米作飴，宛似水穀入胃，醞釀作汁，出入未定之時也，可以澄飲，可以成血，然甘能緩中，投之不當，反致濡滯。

時珍曰：《集異記》云：一河朔健將，爲飛矢中目，拔矢而鏃留於中，鉗之不動，痛困待死。遇一異僧，教以寒食餳點之。如法用之，頓減酸楚，至夜瘡癢，用力一鉗而出，旬日卽愈。化血，卽出矢鏃者可徵。其解烏、附毒者，亦卽其化血中之凝而毒不留也。

愚按：飴餳之用，類以爲甘能補脾，又能緩中而已。夫甘味之如是奏功者，何獨一飴餳，而建中湯乃必需之？且稻之味獨非甘乎？又何取於熬煎以成飴者乎？試取陶貞白以和潤爲優，合於盧復宛似水穀入胃醞釀作汁之說，因悟天生五穀，分養五臟，如稻之甘者，自是脾穀而爲脾益，乃從烹煉之餘，使氣溫者更爲大溫，俾暢中土生發之氣，卽從氣取汁，變化精微，和而且潤，俾中氣之生者能化。若痰之凝，血之瘀，此味固以化液化血者對待之，液能化則氣益生，此胃氣之所以和，而虛乏之所以能補也。豈徒執甘補脾緩中套語，謂足以表其功哉？

丹溪曰：飴餳，屬土而成於火，大發濕中之熱。

希雍曰：飴餳能發濕熱，少用固補脾潤肺，過用則無益有害。凡中滿吐逆，酒病牙疳，咸忌之。腎病尤忌，以腎病多食甘卽傷腎也。

乾餳糟[18]

[氣味]　甘，溫，無毒。

[主治]　反胃吐食，暖脾胃，化飲食，益氣緩中時珍。

時珍曰：餳以糵成，暖而消導，故其糟能化滯緩中，養脾止吐也。按繼洪《澹寮方》云：甘露湯，治反胃嘔吐不止，服此利胸膈，養脾胃，進飲食。用乾餳糟六兩，生薑四兩，二味同搗作餅，或焙或曬，入炙甘草末二兩，鹽少許，點湯服之。常熟一富人病反胃，往京口甘露寺設水陸，泊舟岸下，夢一僧持湯一杯與之，飲罷，便覺胸快。次早入寺，供湯者乃夢中所見僧，常以此湯待賓，故易名曰甘露湯。予在臨汀療一小吏，旋愈，切勿忽之。

[附方]

脾胃虛弱，平胃散等分，末，一斤，入乾餳糟炒，二斤半，生薑一斤半，紅棗三百個，煮，取肉焙乾，通爲末，逐日點湯服。

醋唯米醋入藥。反蛤肉。

時珍曰：米醋，三伏時用倉米一斗淘净蒸飯，攤冷盦黄，曬簸，水淋净，别以倉米二斗蒸飯，和匀入甕，以水淹過，密封暖處，三七日成矣。《門》曰：南方炒米爲醋最釅，入藥須以一分醋、二分水和之方可。江北造醋，用晚米一斗爲飯，青蒿罨三日出黄，每飯一椀，冷水二椀，燒酒麴四兩，入甕封固，一七後用柳木棍每早攪之，四十九日後去渣煮熟，其醋不甚釅，初甚苦，故謂苦酒。

[氣味]　酸苦，温，無毒。

[主治]　理諸藥扁鵲，消癰腫諸毒《別錄》，除癥塊堅積，散結氣，心中酸水痰飲藏器，治婦人心痛血氣，並産後血暈，傷損金瘡血暈《日華子》，磨青木香，止卒心痛，血氣痛，煮香附子，除鬱痛，漬黄檗含之，愈口瘡，煎生大黄，療疥癬孟詵，磨南星，敷瘤腫，同胡粉，止鼻中血，調泥，傅湯火傷，調雄黄細末，塗蜂蠆蛇嚙。

好古曰：張仲景治黄汗有黄芪芍藥桂枝苦酒湯，治黄疸有麻黄醇酒湯。

時珍曰：大抵醋治諸瘡腫積塊，心腹疼痛，痰水血病，殺魚肉菜及諸蟲毒氣，無非取其酸收之義，而又有散瘀解毒之功也。

希雍曰：醋惟米造者入藥，得温熱之氣，故從木化，其味酸氣温無毒，酸入肝，肝主血，血逆熱壅則生癰腫，酸能斂壅熱，温能行逆血，故主消癰腫。其治産後金瘡傷損血暈，亦此意耳。其他所主治，皆因其酸收而兼温散也。

愚按：醋之用，類以爲取於酸收耳。然於主治消癰腫，除癥塊諸證，不知酸收何以得當也。蓋《尚書》云：木曰曲直，曲直作酸。後賢釋之曰：木屬於陽，陽鬱而發散，故曲而又直。即此二語，可以得作酸之義。夫出地風木，本陰中陽也，陽在陰中，猶之一陽陷於二陰，而欲奮決以出於地上，陽尚不能離於陰，是以酸也。是就陽蓄陰中，即有陰得陽舒之妙，蓋天地人物之出機也。然則時珍所謂米醋所治無非取其酸收之義，而又有散瘀解毒之功，雖未及大暢微義，其亦近似之乎。經曰以酸收之，又曰酸苦涌泄爲陰，其義可參。抑何以必用米醋？蓋所用粳米，雖入手太陰、少陰經，然能大益胃氣，故凡味之酸者入肝，肝原血臟，但不如粳米益胃，益其生血化血之地，用以醞釀爲醋，而合於曲直之肝臟，能收即能散，斂其陽之淫以歸於陰，還以奪其陰之壅，以舒其陽之用。蓋血者本於心肺之能化，而後有脾胃之生，本於脾胃之能生，而後有肝腎之藏。若然，則諸味之醋雖同是酸者，豈得幾幸其同功乎哉？

[附方]

喉痹咽痛，以釅醋探吐之。

產婦房中，常以火炭沃醋氣爲佳，酸氣能歛血使下也。

癰疽不潰，苦酒和雀屎如小豆大，傅瘡頭上，即穿也。

舌腫不消，以醋和釜底墨，厚傅舌之上下，脫則更傅，須臾即消。

湯火傷灼，即以酸醋淋洗，并以醋泥塗之，良，亦無瘢痕。

乳癰堅硬，以罐盛醋，燒熱石投之二次，溫漬之，冷則更燒石投之，不過三次即愈。

疔腫初起，用蕎圍住，以針亂刺瘡上，銅器煎醋沸，傾入圍中，令容一盞，冷即易，三度即出也。

希雍曰：經曰酸走筋，筋病毋多食酸。凡筋攣偏痹，手足屈伸不便，皆忌之。又曰：味過於酸，肝氣以津，脾氣乃絕，多食酸則肉皺而唇揭。言能助肝賊脾，凡脾病者亦不宜過食。

酒

宗奭曰：漢賜丞相上尊酒，糯爲上，稷爲中，粟爲下。今入藥佐使，專用糯米，以清水白麪麴所造爲正。古人造麴，未見入諸藥，所以功力和厚，皆勝餘酒。今人又以蘗造者，蓋止是醴，非酒也。《書》云：若作酒醴，爾惟麴蘗。酒則用麴，醴則用蘗，氣味甚相遼，治療豈不殊也？

汪穎曰：入藥用金華酒最佳，其酒自古擅名，《事林廣記》所載釀法，其麴亦用藥，今則絕無。惟用麩、麪、蓼汁拌造，假其辛辣之力。蓼亦解毒，清香遠達，色復金黃，飲之至醉，不頭痛，不口乾，不作瀉。江西麻姑酒，以泉得名，而麴有羣藥；金陵瓶酒，麴米無嫌，而水有鹹，且用灰，味太甘，多能聚痰；山東秋露白，色純味烈；蘇州小瓶酒，麴有葱及紅豆、川烏之類，飲之頭痛口渴；淮南綠豆酒，麴有綠豆，能解毒，然亦有灰，不美。

時珍曰：山西襄陵酒、薊州薏苡酒，皆清烈，但麴中亦有藥物，黃酒有灰。秦、蜀有咂嘛酒，用稻、麥、黍、秫、藥麴、小罌封釀而成，以筒吸飲，穀氣既雜，酒不清美。並不可入藥。

希雍曰：諸藥可造酒者，五加皮、女貞實、仙靈脾、薏苡仁、天門冬、麥門冬、地黃、菖蒲、枸杞子、人參、何首烏、甘菊花、黃精、桑椹、朮、蜜、仙茅、松節、柏葉、竹葉、胡麻、磁石、蠶沙、烏白蛇、鹿茸、羊羔、膃肭臍、黑豆之類，各視其所生之病，擇其所主之藥，入麴米如常釀酒法，釀成飲。或袋盛入酒內，浸數日飲之。

米酒

[氣味] 苦甘辛，大熱，有毒。

[主治] 行藥勢，散百邪惡毒氣。節飲，養脾扶肝，通行血脈，榮養肌膚，行氣壯神，禦寒消愁，禦霧露，辟瘴癘。痛飲不節，貽害不小，詳先哲論中。

弘景曰：大寒凝海，惟酒不冰，明其性熱，獨冠羣物。藥家多用以行其勢，人飲多則體弊神昏，是其有毒故也。《博物志》云：王肅、張衡、馬均三人冒霧晨行，一人飲酒，一人飽食，一人空腹，空腹者死，飽食者病，飲酒者健。此酒勢辟惡勝於他食之效也。

好古曰：酒，能行諸經不止，[19]與附子相同。味之辛者能散，苦者能下，甘者能居中而緩，用為導引，可以通行一身之表至極高分，味淡者則利小便而速下也。古人惟以麥造麴釀黍，已為辛熱有毒，今之飲者更加以辛熱之藥以增其氣味，豈不傷冲和、損精神、涸榮衛、竭天癸而夭人壽耶？

丹溪曰：酒乃濕中發熱，近於相火，醉後顫慄，即此可知。然所謂惡寒非寒，明是熱證然也。性卻喜升，氣必隨輔，痰壅上膈，溺澀下焦，肺受賊邪，金體大燥，寒涼恣飲，熱鬱於中，肺氣得之，尤大傷耗。其始也病淺，或嘔吐，或自汗，或瘡疥，或鼻齇，或瀉痢，或心脾痛，尚可散而出也。其久也病深，或為消渴，為內疽，為肺痿，為痔漏，為膨脹，為黃疸，為失明，為哮喘，為勞嗽，為吐衄，為癲癇，為難治之病，儻非具眼，未易處治，可不謹乎？

穎曰：人知戒早飲，而不知夜飲更甚，既醉既飽，睡而就枕，熱擁傷心傷目，夜氣收斂，酒以發之，亂其清明，勞其脾胃，傷濕生瘡，動火助慾，因而致病者多矣，朱子云以醉為節可也。

時珍曰：酒後食芥及辣物，緩人筋骨。酒後飲茶，傷腎臟，腰腳重墜，膀胱冷痛，兼患痰飲、水腫、消渴、攣痛之疾，一切毒藥因酒得者，難治。又酒得鹹而解者，水制火也，酒性上而鹹潤下也。又畏枳椇、葛花、赤豆花、綠豆粉者，寒勝熱也。

燒酒

[氣味] 甘辛，大熱，有大毒。

[主治] 消冷積寒氣，燥濕痰，開鬱結，止水泄，治霍亂瘧疾，噎膈，心腹冷痛，陰毒欲死，殺蟲辟瘴，利小便，堅大便，洗赤目腫痛有效時珍。

時珍曰：燒酒，純陽毒物也，面有細花者為真，與火同性，得火即燃，同乎焰消。北人四時飲之，南人止暑月飲之。其味辛甘，升揚發散，其氣燥熱，勝濕祛寒，故能開怫鬱而消沉積，通膈噎而散痰飲，治泄瘧而止冷痛也。辛先入肺，和水飲之則抑使下行，通調水道而小便長白。熱能燥金耗血，大腸受刑，故令大便燥結，與薑、蒜同飲，即生痔也。若夫暑月飲之，汗出而膈快身涼；赤目洗之，淚出而腫消赤散。此乃從治之方焉。過飲不節，殺人頃刻。近之市沽又加以砒石、草烏、辣灰、香藥，助而引之，是假盜以刃矣，善攝生者宜戒之。按劉克用《病機賦》

云：有人病赤目，以燒酒入鹽飲之，而痛止腫消。蓋燒酒性走，引鹽通行經絡，使鬱結開而邪熱散，此亦反治劫劑也。

時珍曰：過飲敗胃傷膽，喪心損壽，甚則黑腸腐胃而死。與薑、蒜同食，令人生痔。鹽、冷水、綠豆粉解其毒。

[附錄]　愚按：燒酒，如東璧氏謂爲純陽，與火同性，得火即燃。蓋因玆味專取其氣，而氣之辛熱所化者即此爲酒，故此酒又即名之爲火酒矣。第俗多飲之於夏，而不知其散嚴寒有勝於米酒也。愚於三冬春初製一湯，用甘菊湯一杯，米燒酒四杯半，蘇葉陳皮湯三杯，飲之，寒散而不苦其爲害。蓋以甘菊金水之相含者，可以散其熱毒，而蘇陳湯又專助之行氣散寒，不使其稍留滯於腸胃以滋熱也。故漫錄於此酒之後，俾用之寒月，雖瀕日飲此，亦無不可耳。

又按：用金水以合於火，則元氣有所始，更有所統，故甘菊湯入於火酒，更爲行氣之一助也，不僅以解熱而已也。

【校記】

〔1〕履，原誤作"緩"，今據《三元參贊延壽書》卷三改。

〔2〕榨，原誤作"柞"，今據《本草綱目》卷二十二改。

〔3〕毒，此下原衍一"及"字，今據《本草綱目》卷二十二刪。

〔4〕痧，原誤作"沙"，今據《本草述鉤元》卷十四改。

〔5〕上，原誤作"土"，今據《本草綱目》卷二十二改。

〔6〕噤，原誤作"禁"，今據文義改。

〔7〕一日至三日之內，原誤作"一日內宜日內宜"，今據《本草綱目》卷二十四改。

〔8〕後，原脫，今據《本草綱目》卷二十四補。

〔9〕滋，原誤作"茲"，今據《本草述鉤元》卷十四改。

〔10〕木，原誤作"水"，今據《本草述鉤元》卷十四改。

〔11〕塞，原誤作"寒"，今據《本草述鉤元》卷十四改。

〔12〕乳細，《產育保慶集》卷上作"急以乳槌碎爲末"七字。

〔13〕噤，原誤作"禁"，今據《本草述鉤元》卷十四改。

〔14〕便，原誤作"遍"，今據文義改。
〔15〕種，原誤作"十"，今據《本草綱目》卷二十五改。
〔16〕木，原誤作"水"，今據萬有書局本改。
〔17〕吾，原誤作"五"，今據《本草述鈎元》卷十四改。
〔18〕餳，原誤作"錫"，今據《本草述鈎元》卷十四改。
〔19〕行，原誤作"引"，今據《湯液本草》卷六改。

《本草述》卷之十五

菜　部

韭—名草鍾乳，壯陽草也。

韭叢生豐本，長葉青翠，可以根分，可以子種，一歲三四割，用其根不傷，至冬壅培之，八月開花成叢，九月收子。

[氣味]　辛，微酸，溫，澀，無毒。時珍曰：生辛澀，熟甘酸。

[主治]　除心腹痼冷痃癖，生搗汁服。治胸痺刺痛如錐，即吐出胸中惡血，甚驗。主吐血唾血，衄血尿血，婦人經脈逆行，打撲傷損及膈噎病。搗汁澄清，和童尿飲之，能消散胃脘瘀血，甚效。痰滯血絲出，生韭汁、童便二物合，加鬱金研入內，服之，其血自清。又灌初生小兒，吐去惡水惡血，永無諸病。煮食根葉，溫中下氣，歸腎益陽。熏產婦血暈，洗腸痔脫肛。

思邈曰：韭味酸，肝病宜食之。

時珍曰：韭，葉熱根溫，功用相同，生則辛而散血，熟則甘而補中，入足厥陰經，乃肝之菜也。《素問》言心病宜食韭菜，《食鑑本草》言歸腎，文雖異而理則相貫。蓋心乃肝之子，腎乃肝之母，母能令子實，虛則補其母也。有一貧叟病噎膈，食入即吐，胸中刺痛，或令取韭汁，入鹽梅、鹵汁少許，細呷，得入漸加，忽吐稠涎數升而愈。此亦仲景治胸痺痛用薤白，皆取辛溫能散胃脘痰飲惡血之義也。

按仲景治胸痺痛用薤白，與用韭菜汁者不同。

丹溪曰：心痛，有食熱物及怒鬱致死血留於胃口作痛者，宜用韭汁、桔梗加入藥中，開提氣血。有腎氣上攻以致心痛者，宜用韭汁和五苓散爲丸，空心茴香湯下。蓋韭性急，能散胃口血滯也。又反胃，宜用韭汁二盃，入薑汁、牛乳各一盃，細細溫服。蓋韭汁消血，薑汁下氣消痰和胃，牛乳能解熱潤燥補虛也。一人臘月飲刮剁酒三杯，自後食必屈曲，下膈硬澀微痛，右脈甚澀，關脈沉。此污血在胃脘之口，氣因鬱而成痰，隘塞食道也。以韭汁半盞細細冷呷，盡半斤而愈。

希雍曰：韭，稟春初之氣而生，兼得金水木之性，故其味辛微酸，氣溫而無毒，微酸，故入肝而主血分，辛溫，故能散諸血之凝滯，是血中行氣藥也，熟之則甘而補中。

[附方]

消渴引飲，韭苗日用三五兩，或燒，或作羹，勿入鹽，入醬無妨，喫至十斤卽住，極效，過清明勿喫。有人病此，引飲無度，得此方而愈。

脫肛不收，生韭一斤切，以酥拌炒熟，綿裹作二包，更互熨之，以入爲度。

痔瘡作痛，用盆盛沸湯，以器蓋之，留一孔，用洗淨韭菜一把泡湯中，乘熱坐孔上，先熏後洗，數次自然脫體也。

愚按：辛爲陽，肝喜辛者，媾於金而上承乎陽，還以達陰也；酸爲陰，肺喜酸者，媾於木而下依於陰，還以達陽也。韭根之在土者，先春而生，且微酸而性溫，經乃謂肝之菜也，然而味辛，故上承陽之用以達陰。凡血中之污以爲病者，祛之固最捷，蓋本乎陰中之陽而達乎陽中之陰，較與諸行血藥有不同，所云血中行氣藥者是也。雖然，勿以爲僅能散胃口血滯，試觀其主治諸血，出於丹溪，卽尿血亦用之，又如腎氣上攻以致心痛者，豈徒活腎氣哉？固亦行血中氣也。簡方書而痛風滯血證且爲要藥，以此思其功，功可知矣。然其性味未移，在生用者如此，至煮食則辛而化甘酸溫者，本於出地之陽，更合於中土之甘，助以後天生氣，故溫中下氣，如陳藏器所云。又甘附於酸溫，仍還歸於腎，以益元壯陽，亦如寧原所云。然亦存其議論而已矣。

韭子

[氣味] 辛甘，温，無毒。

[主治] 夢中洩精，並溺血《別錄》，補命門及肝，治小便頻數，遺尿，女人白淫白帶[1]時珍。

時珍曰：陽也，《三因方》治下元虚冷，小便不禁，或成白濁，有家韭子丸。蓋韭乃肝之菜，入足厥陰經，腎主閉藏，肝主疏洩，《素問》曰足厥陰病則遺尿，思想無窮，入房太甚，發爲筋痿，及爲白淫，男隨溲而下，女子綿綿而下。韭子之治遺精漏泄，小便頻數，女人帶下者，能入厥陰，補下焦肝及命門之不足。命門者，藏精之府，故同治云。

愚按：韭子之益，多在遺精及小溺數。肝主溺，腎主精，精溺原係二道，時珍第本其入肝者言之，但云命門爲藏精之府，故得同治也，可乎？夫韭葉辛矣，而最後有微酸，生用絶無甘。乃韭子結於季秋，稟金氣之專而已，無酸，況其兼有甘，以合於氣之温，尚得執入肝以論乎？夫辛者，肺之味，味歸形，形歸氣，氣者，肺所主也。此味得降收之氣，是爲肺氣專精以至於胃，即其辛甘合而下行者，仍歸於氣之所始，不歸於命門而何歸哉？蓋人身先天元氣，全藉後天以施化，是由此而升，即由此而降之玄機也。此韭子所以效下焦之用如此，且不僅治溺數而且療遺精也。夫元氣根於命門，而三焦爲之使，經云三焦者中瀆之府，水道出焉，肝固主溺，然已包舉於三焦之中，下焦衛氣能化水而出，即能約三焦以爲行水之節度。雖足厥陰原與命門通，而三焦之包舉上中下者，固以三焦爲本也。時珍乃舍本而齊末，是亦未之精察矣。

[附方]

治玉莖强硬不痿，精流不住，時時如針刺，捏之則痛，其病名强中，乃腎滯漏疾也。用韭子、破故紙各一兩，爲末，每服三錢，水一盞煎服，日三，即住。

希雍曰：韭性辛温通利，雖曰補益，然多食能昏人神，最爲養性所忌。胃氣虚而有熱者，勿服韭。黄未出於土者勿服，爲其氣尚抑鬱，食之還滯氣也。花，食之亦動風。

按韭子所主，皆下焦之元陽虛而有滯以爲漏者，得上焦辛甘施化，乃得奏功。若陰虛爲病者，則宜慎之。

薤音械。一名藠子，音叫。

恭曰：薤是韭類，葉似韭而闊，多白而無實，有赤白二種，白者補，而赤者苦而無味。[2]

薤白

[氣味]　辛苦，溫，滑，無毒。

[主治]　溫中，散結氣，調中，補不足，治胸痹刺痛，止久痢冷洩及洩痢下重，能治下焦陽明氣滯，並少陰病厥逆洩痢，與蜜同搗，塗湯火瘡，甚速。

頌曰：與蓐婦飲，易產，亦主脚氣。

宗奭曰：薤葉光滑，露亦難竚，古人言薤露者此也。《千金》治脚氣喘急方中用之，亦取其滑泄之義。

時珍曰：薤，味辛氣溫，諸家言其溫補，而蘇頌《圖經》獨謂其冷補。按杜甫《薤》詩云：[3]束比青芻色，圓齊玉筯頭。衰年關膈冷，味暖併無憂。亦言其溫補，與經文相合，則冷補之說蓋不然也。又按王禎云：薤生則氣辛，熟則甘美，種之不蠹，食之有益，故學道人資之，老人宜之。

[附方]

胸痹刺痛，張仲景**栝樓薤白湯**：治胸痹，痛徹心背，喘急咳唾，短氣，喉中燥癢，寸脈沉遲，關脈弦數，不治殺人。用栝樓實一枚，薤白半升，白酒七升煮二升，分二服。

霍亂，乾嘔不止者，以薤一虎口，以水三升煮取一半，頓服，不過三作，即已。

奔豚氣痛，薤白搗汁，飲之。

愚按：薤以八月栽根，正月分種，二月開花，五月葉青則掘之，否則肉不滿也。是非稟金氣以生，乃醞釀水木生化之氣，至大火乃告成乎？故謂其温中、散結氣也是矣。又謂其調中、補不足者，亦未盡妄。蓋由金水之含育，歸於木之達，火之成，則豈但以散結爲功，而不能以調中補乏乎？故治胸痹，療冷泄及少陰厥陰洩痢下重，即霍亂乾嘔者可已，奔豚氣痛者可回，則其從上而下之用，當思從金水以至水火，乃爲氣之畢暢，而仍返其所自始者，固非僅僅散結下氣之所能盡也。謂於老人最宜，則可以思其功矣。

白　芥

藏器曰：白芥，生太原河東，葉如芥而白，爲茹食之，甚美。時珍曰：白芥，處處可種，但人知蒔之者少爾。以八九月下種，冬生可食，至春深，莖高二三尺，其葉花而有丫如花芥葉，青白色，莖易起而中空，性脆，最畏狂風大雪，須謹護之，乃免折損。三月開黄花，香郁，結角如芥角。其子大如粱米，黄白色。又有一種莖大而中實者，尤高，其子亦大，此菜雖是芥類，迥然別種也，然入藥勝於芥子。

子

[氣味]　辛，温，無毒。

[主治]　發汗，療胸膈痰冷上氣，面目黄赤《別錄》，暴風毒腫，流四肢疼痛弘景，利氣豁痰，除寒暖中，治喘嗽反胃，痹木脚氣，筋骨腰節諸痛時珍。

丹溪曰：痰在脇下及皮裏膜外，非白芥子莫能達。古方控涎丹用白芥子，正此義也。

時珍曰：白芥子，辛能入肺，温能發散，故有利氣豁痰、温中開胃、散痛消腫、辟惡之功。

希雍曰：芥固稟火金之氣，而白芥則又得金氣，故温中除冷雖同，而其子之利氣豁痰，則更勝於芥子也。

愚按：白芥以秋深下種，是稟受金氣也，乃生於冬而長於春。若以歸藏之時爲苗出，以萌芽之候爲長養，豈非禀金氣之凉而反得溫者乎？是已具金媾於木之體矣，故結實於季春而味更辛，乃金效木之用，至斯時以告成功也。雖與他芥同其生長華實之時，然其子較大，色且黃白，是固金效木用。而有迥異者也。所以一切主治，當思其於凝結之患而得開發，於逆上之窮而得降折，二者可以分任，亦可以合奏，如求其所因，使主輔得宜，謂此味者詎止以豁痰利氣求之哉？瀕湖所列主治諸疾，或不妄也。

　［附方］

　　反胃上氣，白芥子末，酒服一二錢。

　　脚氣腫痛，白芷、芥子等分，爲末，薑汁和，塗之，效。

　　胸脇痰飲，白芥子五錢，白朮一兩，爲末，棗肉和搗，丸梧子大，每白湯服五十丸。

　　防痘入目，白芥子末，水調，塗足心，引毒歸下，令瘡疹不入目。

　　希雍曰：白芥子味極辛，氣溫，能搜剔内外痰結及胸膈寒痰、冷涎壅塞者，殊效。然而肺經有熱，與夫陰火虛炎，咳嗽生痰者，法在所忌。其莖葉煮食，動風動氣，有瘡瘍痔疾便血者，咸忌之。

　［修治］　他芥子子大如蘇子，色紫味辛。白芥子子大如粱米而色黃白，研用。

萊菔_{音來北}。

　　頔曰：萊菔，菘菜也，似蔓菁而稍大。舊說北種菘菜，初年半爲蔓菁，二年菘種都絕，蔓菁南種亦然。蓋菘之不宜於北，猶橘之不逾於淮，今則南北俱有矣。性喜燒土，隨地可植，夏末布種，秋末刈苗，冬末采根，春末抽薹，高五七尺，開紫碧色花，夏初結角，子如大麻實，圓長不等，色黃而赤，遂可布種，根色有紅白，根形有大小長短，種種不同。萊菔有兩種：一種八月布種，秋冬之交即可采根食之，次年春三月開花結子，此種子到秋還布於圃；又一種正月布種，即前子留至春初布於地耳，其根於春末夏半皆可食，但較前種之根差小，而其味亦少遜也，此在楚中爲然。後種不結子。

[氣味] 根辛甘，葉辛苦，温，無毒。詵曰：冷。思邈曰：平，不可與地黄同食，令人髮白，爲其澀營衞也。

[主治] 生啖或搗汁飲之，止消渴，寬中，去邪熱氣，療鼻衄，制麪毒，解酒毒。

丹溪曰：此菜屬土而有金與水，昔人雖言其下氣最速，但熟食則辛散味去而甘緩獨存，反滯膈停飲。

之頤曰：徧歷四時，具備五氣，有松之操，有芥之烈，三焦咸輔，五液並行，氣中之用，血中之氣也。

希雍曰：萊菔根，稟土金之氣以生，《本經》味辛甘氣温，無毒，孟詵云性冷，《日華子》云平，詳其功用，大抵生熟異性，主治宜審之。

[附方]

食物作酸，蘿蔔生嚼數片，或生菜嚼之亦佳，絕妙。乾者、熟者、鹽醃者及人胃冷者，皆不效。

鼻衄不止，蘿蔔搗汁半盞，入酒少許，熱服，并以汁注鼻中，皆良。或以酒煎沸，入蘿蔔再煎，飲之。

子

[氣味] 辛甘，平，無毒。

[主治] 吐風痰《日華子》，下氣定喘，治痰消食，除脹，利大小便，止氣痛，下痢後重，發瘡疹時珍。

丹溪曰：萊菔子治痰，有推墻倒壁之功。

時珍曰：萊菔子之功，長於利氣，生能升，熟能降，升則吐風痰，散風寒，發瘡疹，降則定痰喘咳嗽，調下痢後重，止内痛，皆是利氣之效。予曾用，果有殊績。

愚按：萊菔，布種於夏而歸根於冬，抽苗於春而結子於夏。今日用之所須者，根也，稟火土之氣，歷金而宿於水，是丹溪所謂屬土而有金與水也。是由火之水以順於下，故言其下氣最速。但其味始甘次辛，生則全乎辛，而致順下之氣，熟則去其辛，而獨存歸根之水，丹溪謂煮食反滯是也。如子爲藥餌所須，根於水之氣，歷木而聚精於火，是所謂火大種子以翕聚致發越之用者也。乃其味初微甘而後純辛，生用則金益火之勢，丹溪謂有推墻倒壁之功者此也。生升熟降，在時珍豈臆說乎？故治痰證喘促諸方必用炒，而宣吐風痰則用生，此非其確證歟？是則凡用之以降者，無不以炒，俾殺金燥之勢，以和火大之力，謂善其用而乃奏績者，其在茲味歟？抑茲味利氣有功，乃於痰證較著，得勿以氣行則痰化乎？曰：是固然矣。第金火相合，則之頤血中之氣一語，最爲破的。痰固液不能化血而凝也，至於液不能化血而凝痰，則上氣喘促諸證蜂起矣，用此味者須識此義。

[附方]

宣吐風痰，丹溪方：用蘿蔔子半升，擂細，以水一碗濾取汁，入香油及蜜些須，溫服，後以桐油浸過曬乾，鵝翎探吐。

齁喘痰促，遇厚味即發者，蘿蔔子淘净，蒸熟曬研，薑汁浸蒸餅丸綠豆大，每服三十丸，以口津咽下，日三服。

痰氣喘急，蘿蔔子炒，皂莢燒存性，等分，爲末，薑汁和煉蜜丸梧子大，每服五七十丸，白湯下。

高年氣喘，蘿蔔子炒，研末，蜜丸梧子大，每服五十丸，白湯下。

風秘氣秘，蘿蔔子炒一合，擂水，和皂莢末二錢服，立通。

氣脹氣蠱，萊菔子研，以水濾汁，浸宿砂一兩一夜，炒乾，又浸又炒，凡七次，爲末，每米飲服一錢，如神。脹滿證甚者，加蘿蔔子炒，一錢。麪食傷尤宜用。

希雍曰：子，消痰下氣更速，凡虛弱人忌之。

葫—名大蒜，以其自胡地來者，故名曰葫。

有小蒜，根莖俱小而瓣少，其味辣甚。大蒜根莖俱大而瓣多，辛而帶甘。大小蒜皆八月種，春食苗，夏初食薹，五月食根，八月收種。今處處園圃種之，每顆六七瓣，初種一瓣，當年便成獨子葫，至明年則復其本矣。

[氣味]　辛，温，有毒。

[主治]　歸五臟，通達走竅，行諸氣，除風濕，破冷氣，解邪惡，化積聚，消水腫，解瘴毒疫氣。加平胃散治噎氣，同黄丹丸治寒瘧冷痢，搗汁飲治角弓反張，同道上熱土治中暑不醒，貼足心療衄血不止，並腦瀉鼻淵，止泄瀉暴痢及下痢噤口，[4]同梔子、鹽花塗臍通小便，同殭蠶嗅鼻中療頭風，納肛中通幽門，治關格不通，連艾炷灸癰疽百遍，大撤毒氣。

時珍曰：葫蒜，入太陰陽明，其氣熏烈，能通五臟，達諸竅，行諸氣，去寒濕，辟邪惡，消癰腫，化癥積，此其功也。嘗有一婦衄血，一晝夜不止，諸治不效，時珍令以蒜傅足心，即時血止，真奇方也。又葉石林《避暑錄》云：一僕暑月馳馬，忽仆地欲絕，同行王相教用大蒜及道上熱土各一握，研爛，以新汲水一盞和，取汁，決齒灌之，少頃即甦。但此味辛能散氣，熱能助火傷肺，損目神昏，伐性之害荏苒受之而不悟也。

頌曰：經言葫散癰腫，按李絳《兵部手集方》云：毒瘡腫毒號叫，臥眠不得，人不能別者，取獨頭蒜兩顆，搗爛，麻油和，厚傅瘡上，乾即易之。屢用救人，無不神效。

江寧府紫極宫刻石記曰：但是發背及癰疽惡瘡腫核，初起有異，皆可灸之，不計壯數，惟要痛者灸至不痛，不痛者灸至痛極而止。疣贅之類灸之，亦便成痂自脫，其效如神。

李迅論蒜錢灸法云：癰疽之發，着灸勝於用藥，緣熱毒中鬲，上下不通，必得毒氣發洩，然後解散。凡初發一日之內，便用大獨頭蒜，切如小錢厚，貼頂上灸之，三壯一易，大概以百壯為率，一使瘡不開大，二使內肉不壞，三瘡口易合，一舉而三得之。但頭及項以上切不可用此，恐引氣上，更生大禍也。《外科精義》曰：凡背上覺腫硬疼痛，便用濕紙貼尋瘡頭，乃隨瘡頭大小灸之。

愚按：大蒜之用，用者類以為辛温，行諸病，通達走竅，如諸家所說，各證皆得療之。雖然，無論辛温之味居多，即辛温而通竅者亦不乏也，何以兹物能有如是之效乎？詎知《別錄本草》首言其歸五臟，則已察兹物之異於他辛溫者，爲其本陽而歸陰，以致其氣化之陽，獨有殊效也。故如寒濕氣痛，心腹冷痛，一切痃癖，水氣腫滿，寒瘧冷痢，此皆陰不得陽以化也，而陰反困陽，此味能導陽以歸陰，陰還化於陽，而陽不困矣；又如二便不通，衄血不止，暴痢瀉泄，產後金瘡中風，癰疽腫毒，腦瀉鼻淵，此又陽不得陰以化也。而陽乃傷陰，兹物能馭陽以歸陰，陽得徹於陰，而陽乃和矣。是當陽之隔者而使之合，似爲能通其壅氣，陽之淫者而使之和，似爲能宣其勝氣。諸方書謂爲通達走竅，能行諸氣，斯語亦近似之矣，但於達陽歸陰之義尚未探討，若止以宣通盡之，則如上諸證便有能有不能，安得悉此味之所長而用之乎？且不究其歸陰，而止謂假其辛熱以爲功，則如衄血中暑大小便閉等證，又何所藉而用之乎？悉此義是辛溫有毒，不必爲兹物諱，但投其所宜，卽因此收功而除患，亦何可少也。苟違其所宜，如快散邪之留於氣麗於血者，非有餘之氣血不足以勝之矣，豈非無益而有損乎？陰虛有火者不更忌乎？至久食多食，如時珍所云，荏苒不悟者，其說良不謬也。

[附方]

水氣腫滿，大蒜、田螺、車前子等分，熬膏，攤貼臍中，水從便漩而下，數日卽愈。

寒瘧冷痢，端午日以獨頭蒜十個，黃丹二錢，搗丸梧子大，每服九丸，長流水下，甚妙。

關格脹滿，大小便不通，獨頭蒜燒熟，去皮，綿裹，納下部，氣立通也。

暴痢瀉泄，大蒜搗，貼兩足心，亦可貼臍中。

下痢噤口，[5]及小兒泄痢，方同上。

產後中風，角弓反張，不語，用大蒜三十瓣，以水三升煮一升，灌之，卽甦。

腦瀉鼻淵，大蒜切片，貼足心，取效止。

頭風苦痛，用大蒜七個，去皮，先燒紅地，以蒜逐個於地上磨成膏子，却以殭蠶一兩，去頭足，安蒜上，碗覆一夜，勿令透氣，只取殭蠶研末，嗅入鼻內，口中含水，甚效。

希雍曰：蒜性溫屬火，氣味臭烈，凡肺胃有熱，肝腎有火，氣虛血弱之人，切勿沾唇。雖有暖脾胃祛寒濕之功，亦宜暫用，切勿過施，過則生痰動火，傷神散氣，損目耗血，切戒切戒。

葱 所在有之。凡四種，山谷者曰茖葱，陸地者曰胡葱、凍葱、漢葱。

葱莖白

[氣味] 辛，平，葉溫，根鬚汁並無毒。弘景曰：葱有寒熱，白冷青熱，傷寒湯中不得用青也。

[主治] 傷寒傷風，頭痛欲破，寒熱，骨節痛，喉痹不通，傷寒陽明及少陰下痢，治陰毒腫痛，並脫陽證，女勞復，療水腫並小便不通，除風濕身痛，小兒盤腸內釣，達表和裏之劑也。

潔古曰：葱，莖白味辛而甘平，氣厚味薄，升也，陽也，入手太陰、足陽明經，專主發散，以通上下陽氣，故《活人書》治傷寒頭痛如破，用連鬚葱白湯主之。張仲景治少陰病下利清穀，裏寒外熱，厥逆脈微者，白通湯主之，內有葱白。若面色赤者，四逆湯加葱白，腹中痛者，去葱白。成無己解之云：[6]腎惡燥，急食辛以潤之，葱白辛溫，以通陽氣也。

東垣曰：散傷風陽明頭痛之邪，止傷寒陽明下痢之苦。

《門》曰：此味利關節，通大小腸，又能通腎陽氣，俾陰證回陽。

時珍曰：葱，外實中空，其所治證皆取發散通氣之功，不惟通氣，而且活血，氣者血之帥也，氣通則血活矣。金瘡磕損，折傷血出，疼痛不止者，王璆《百一方》用葱白、砂糖等分研，封之，云痛立止，更無痕瘢也。葱葉亦可用。又葱管吹鹽入玉莖內，治小便不通，及轉脬危急者，極有捷效。余常用，治數人得驗。

盧復曰：葱葉離白轉大，去根氣味更勝，故從根柢直徹巔頂。仲景云：少陰病面赤者，四逆湯加葱白主之。愚意陰經面赤，謂之戴陽，葱白不離於陰，以通陰中之陽也。蘄陽云：葱管吹鹽入玉莖內，治小便不通及轉胞。愚謂雖是吹入，實是透出，雖是下通，實是上達。《深師方》云：胎動下血，痛極搶心，葱白煮濃汁飲之，未死卽安，已死卽出。愚謂葱白雖通陰分之陽，其機輕捷，使邪遽出，無容留礙，故中氣無損，娠妊爲宜。

又云：其氣開出，當入太陰，其性通明，當入陽明。尚陽明闔機不及者，投之爲害不淺。

愚按： 食用入藥，俱宜冬葱，卽所謂凍葱也。唯此一種夏衰冬盛，其得名者以此，已覘透陽於陰之氣矣。盧復謂葱葉離根轉大，氣味更勝，故從根柢直透巓頂，是用葱白者，爲其不離於陰，以通陰中之陽也。斯語誠爲中的，所以對待傷寒亦爲的劑，蓋能透陽於陰中以出也。若寒證之陽明頭痛以及下利腎收其效者，緣陽出地中，則先麗於土，傷乎陽，亦卽病於土也。太陽原屬寒水，氣者水所化，能透陽於陰中，轉使氣化以行水，故方書用治水腫及小水不通之證也。至於陰毒腹痛，並脫陽證，須之熨臍，以通陽氣於痼陰。盧復所云治小水閉者，雖是吹入，實是透出，其義可通於斯證矣。如治傷寒女勞復，妊娠傷寒發斑，何莫不推透陽之義，以善其用乎？此外若風濕身痛，陰囊腫痛，便毒初起，小兒盤腸等證，其所以主治皆可思也。是茲物取効有殊焉者，可以其微而置之哉？

[附方]

感冒風寒初起，卽用葱白一握，淡豆豉半合，泡湯服之，取汗。

陽明頭痛，葛根葱白湯。

少陰下痢脈微者，白通湯。俱見傷寒。

陰毒腹痛，厥逆唇青，卵縮，六脈欲絕者，用葱一束，去根及青，留白二寸，烘熱，安臍上，以熨斗火熨之，葱壞則易。良久熱氣透入，手足溫，有汗卽瘥，乃服四逆湯。若熨而手足不溫，不可治。

脫陽危證，凡人大吐大泄之後，四肢厥冷，不省人事，或與女子交後小腹腎痛，外腎搐縮，冷汗出，厥逆，須臾不救，先以葱白炒熱，熨臍，後以葱白三七莖擂爛，用酒煮灌之，陽氣卽回。此華陀救卒病方也。

傷寒女勞復，因交接者腹痛卵腫，用葱白搗爛，苦酒一盞，和服之。

妊娠傷寒，赤斑變為黑斑，尿血者，以葱白一把，水三升煮熱服汁，食葱令盡，取汗。[7]

水腫，烏鯉魚一尾，赤小豆、桑白皮、白术、陳皮，已上各三錢，葱白五莖，用水三碗同煮，不可入鹽，先喫魚，後服藥，不拘時候。

小便不通，小腹膨急，氣上衝心，悶絕欲死，此由暴氣乘膀胱，或從驚憂，氣無所伸，鬱閉而不流，氣衝胞系不正，陳皮三兩，葵子一兩，葱白二莖，剉散，水五升煮取二升，分三服。

又熏方：桃枝、柳枝、木通、旱蓮子、漢椒、白礬枯，各一兩，葱白一握，燈心一束，細剉，以水三斗煎至一斗五升，以磁瓶一個熱盛一半藥汁，[8]熏外腎，週廻以被圍繞，輒不得外風入，良久便通，如赤豆汁。若冷卽換之，其功甚大。一方無旱蓮子。

風濕身痛，生葱擂爛，入香油數點，水煎，調川芎藭、鬱金末一錢，服，取吐。

便毒初起，用葱根和蜜搗傅，以紙密護之，外服通氣藥，卽愈。

葱鬚

[主治] 通氣孟詵，療飽食房勞，血滲入大腸，便血腸澼成痔，口乾，研末，每服二錢，温酒下時珍。

詵曰：葱不可多食，發人虛氣，上冲五臟閉絕，為其開骨節出汗之故也。希雍曰：病人表虛易汗者勿食，病已得汗，勿再進。思邈曰：燒葱同蜜食，壅氣殺人。

薑

生薑

[氣味] 辛，微温，無毒。潔古曰：辛而甘温，氣味俱厚，浮而

升，陽也。

[主治] 入肺開胃，止嘔吐，消痰下氣，開五臟六腑，通四肢關節，歸五臟，除風邪寒熱，並咳逆上氣，生和半夏，主心下急痛。汁和杏仁泥，煎成膏，水調服，下一切急痛氣實，心胸壅隔冷熱氣，搗汁，合蜜服，治中熱嘔逆，不能下食，浸汁點赤眼，搗汁和黃明膠熬，貼風濕痛，甚妙。

《本經》曰：久服通神明。

成無已曰：薑棗味辛甘，固能發散，而又不特專於發散之用，以脾主爲胃行其津液，薑棗之用，專行脾之津液而和營衛者也。

杲曰：生薑之用有四：制半夏、厚朴之毒，一也；發散風寒，二也；與棗同用，辛溫，益脾胃元氣，溫中去濕，三也；與芍藥同用，溫經散寒，四也。孫真人云薑爲嘔家聖藥，蓋辛以散之，嘔乃氣逆不散，此藥行陽而散氣也。

又曰：生薑，消痰化氣。

《類明》曰：生薑去濕，只是溫中益脾胃，脾胃之氣溫和健運，則濕氣自去矣。其消痰者，取其味辛辣，有開豁冲散之功也。**愚按：** 濕去則痰自消。

又曰：生薑行陽者，使陽氣流行也；散氣者，使滯氣開散也。蓋能行陽，故散氣也。其能然者，性溫味辛甘之功。時珍曰：薑辛而不葷，去邪辟惡，凡早行山行，宜含一塊，不犯霧露清濕之氣，及山嵐不正之邪。按方廣《心法附餘》云：凡中風中暑，中氣中毒，中惡，乾霍亂，一切卒暴之病，用薑汁與童便服，立可解散，蓋薑能開痰下氣，童便降火也。

[附方]

瘧疾，由脾胃聚痰，發爲寒熱，生薑四兩，搗自然汁一酒盃，露一夜，於發日五更面北立飲，即止。

咳嗽不止，生薑五兩，餳半升，火煎熟，食盡愈。

乾嘔厥逆，頻嚼生薑。嘔家聖藥也。

嘔吐不止，生薑二兩，醋漿二合，銀器煎取四合，連渣呷之。又殺腹內長蟲。

心下痞堅，嘔噦，生薑八兩，水三升煮一升，半夏五合，洗，水五升煮一升，取汁同煮一升半，分再服。

愚按： 凡物皆有表裏，與人身無二。生薑味辛，留皮者本入肺而開胃，肺胃合而陽氣乃行，故能開五臟六腑，通四肢關節，是其由表入裏，本為行陽達氣之味，不止治風寒一證，然風寒乃傷乎表者，固其的對耳。若乾薑之兩去皮，則有裏而無表，又似自裏而徐達之經也。朱丹溪先生之論極確。乾生薑乃留皮自乾者，與生薑之用不殊，但不潤，可入丸散，較之乾薑則不熱也。

乾薑

造乾薑法：取生者，水淹三日，去皮，置流水中六日，更刮去皮，曬乾，置磁甕中釀三日，紫色乃成。按丹溪曰留皮則冷，去皮則熱，非皮之性本冷也，蓋留皮則行表而熱去，去皮則守中而熱存耳。

[氣味] 辛，溫，無毒。齊司徒褚澄曰：苦辛。潔古曰：乾薑氣薄味厚，半沉半浮，可升可降，陽中之陰也。又曰：大辛大熱，陽中之陽。好古曰：大熱。生用味辛，與留皮生薑較熱，然散邪走表不異。

[主治] 寒嗽胸滿，咳逆上氣，溫中出汗，逐風濕痹，炮用則味苦性守，以守為行，與生薑異，溫脾胃，治裏寒，水泄下痢，霍亂脹滿，脾寒瘧疾，及心腹或腰腎冷痛，一切下焦寒濕，沉寒痼冷，腎中無陽，脈氣欲絕，傷寒，陰陽易病，童便炒黑，止鼻衄唾血，血痢崩漏，與補陰藥用，能引血藥入氣分，生血，治血虛發熱及產後血虛大熱。

潔古曰：乾薑，其用有四：通心助陽，一也；去臟腑沉寒痼冷，二也；發諸經之寒氣，三也；治感寒腹痛，四也。腎中無陽，脈氣欲絕，黑附子為引，水煎服之，名薑附湯，亦治中焦，故理中湯用之，寒淫所勝，以辛散之也。

杲曰：乾薑，生辛炮苦，陽也，生則逐寒邪而行表，炮則除胃冷而守中。乾薑，用炮以守中者，除中氣之寒，非干外邪也。仲景治少陰下痢，便膿血，桃花湯中乾薑不炮，治傷寒熱利，赤石脂丸中乾薑炮，有黃連、當歸。此又當參，氣虛而熱利者，即是中氣之寒也。故曰乾薑之辛熱以散裏寒，同五味子用以溫肺，同人參用以溫胃。

好古曰：乾薑，心脾二經氣分藥也，故補心氣不足。

又曰：主心下寒痞，目睛久赤。

丹溪曰：乾薑，入肺中利肺氣，入胃中燥下濕，入肝經引血藥生血，同補陰藥，亦能引血藥入氣分生血，故血虛發熱、產後大熱者用之。產後大熱，能佐人參收耗散而補陰。止唾血痢血，須炒黑用。有血脫色白，面夭不澤，脈濡者，[9]此大寒也，宜乾薑之辛溫以益血，大熱以溫經。

希雍曰：乾薑生用，同橘皮、烏藥、白豆蔻，除胸滿，咳逆上氣；繆氏主治參互，此條極當。同紫蘇、桂枝，能溫中出汗，加朮則能逐風濕痹；同朮、茯苓、人參、甘草，治下痢，寒冷腹痛。炒黑，同生地黃、白芍藥、當歸、牛膝，治產後惡露不盡，血虛發熱；同地黃、地榆、芍藥、麥門冬、人參、黃芪、甘草、升麻，治腸澼下血；同藿香、縮砂、橘皮、紫蘇、木香，治中惡，去木香，加木瓜，則治霍亂脹滿，加桂枝，并治風邪諸毒，皮膚間結氣；同橘皮、人參，止胃虛嘔逆；同橘皮、朮、貝、茯苓，治痰瘧久不愈；同人參、朮、桂枝、橘皮，治寒瘧；同人參、朮、甘草，治虛寒泄瀉，中寒作泄。

[附方]

脾胃虛弱，飲食減少，易傷難化，無力肌瘦，用乾薑頻研，四兩，以白餳切塊，水浴過，入鐵銚溶化，和丸梧子大，每空心米飲下三十丸。

頭暈吐逆，胃冷生痰也，用川乾薑炮，二錢半，甘草炒，一錢二分，水一鍾半煎減半，服。

中寒水泄，乾薑炮研末，粥飲服二錢，即效。

寒痢青色，乾薑切大豆大，每米飲服六七枚，日三夜一，累用得效。

血痢不止，乾薑燒黑存性，放冷為末，每服一錢，米飲下，神效。

脾寒瘧疾，乾薑炒黑，為末，臨發時以溫酒服三錢匕。

愚按：薑之味辛，辛者金也，然四月種種，五月生苗，至秋社前後新芽頓長，秋分采芽，柔嫩可口，霜後則老而多筋。卽此觀之，豈非金以火始，火以金終者歟？火爲金之始，故當盛夏而葉卽辛香可愛，金爲火之終，故秋熱則無薑。盧氏云：點火成金，金復歸火，盡金之性，所以全火之用。之數語者可參，此《本經》所以謂其久服通神明，《別錄》所以謂其歸五臟也。若猶是泛泛辛溫之物，何以通神明歸五臟乎？經所云毛脈合精，行氣於府，府精神明，留於四藏者，非此味能事之一証乎？雖然，此生薑之能事也，乃炮而用之，其效殊多，不與秋熱，則無薑之義戾耶？曰：薑雖以辛而屬金，然生則盡火之用，炒則存火之體。如諸本草有言其散標寒而生用者，如治寒嗽胸滿，咳逆上氣，出汗，逐風濕痹，有言其治裏寒而炮用者，如因寒泄痢，霍亂脹滿，脾寒瘧疾，又腹中並腰腎冷痛，一切病人虛冷，是固然矣，第未深悉於生用者盡金之性，所以全火之用也，炒用者存火之體，所以全金之性也。先哲曰：生用味辛，炮用味苦，苦者火也。又曰：炮者善守，以守爲行，其義又不徒言除裏寒已也。蓋氣者火之靈，生於火而統於金，生者金之氣暢，而火之用乃暢，炒者火之體守，而金之氣乃存。人知其用治裏寒，不知病本乎中氣者，久則虛寒，無論純乎寒之證，卽中氣虛而化熱，須此守中，而後可酌用治熱之劑，氣虛化熱，熱化痰，治用炒乾薑，案見痰熱條。此先哲隱而未發之旨也。抑引血藥入氣分而生血者，是義何若？夫陽中之太陽心也，陽中之少陰肺也，離中原有坎，更肺得腎氣之上至者，下降入心，火中之水得此，如紅爐點化，而合於胃中之鼓煽，其血乃成。所以炮用者歛金之性，歸火之用，使火中之水藉其母氣而生化爾。至止唾血痢血而用炒黑者，蓋火從水化，使浮陽不僭以守中者，入涼血劑中，使寒不凝而血乃和，是固妙有調劑耳。然須知其性味卽一物而殊，有留皮去皮之異，生薑、乾生薑，留皮者也，製乾薑，去皮者也，留皮者從表而之裏，去皮者由中而之經，乾薑又有生用、炮用之異，生用者熱而猶散，炮用者熱而善守，炮薑又有黑與不黑之異，不黑者溫中寒，卽治血分虛寒而無熱，若產後血虛發熱之類，黑者治中氣虛而化熱，因以傷血，如唾血痢血之類，然治化熱傷血，須同童子便炒黑。所以用乾薑者，除病之因於寒者，可以生用，此外皆炮用，但因其所病而炮有微甚耳，卽治中氣虛冷，亦未可生用，恐反散氣也。其主治歷歷有別，未可混投也。

東垣曰：多用則耗散元氣，蓋辛以散之，則壯火食氣，須生甘草緩之。

海藏曰：服乾薑以治中者必僭上，不可不知。

希雍曰：乾薑大辛，能散氣走血，久服損陰傷目，陰虛內熱，陰虛咳嗽，吐血，表虛有熱汗出，自汗盜汗，臟毒下血，因熱嘔惡，火熱腹痛，法並忌之。

胡荽 一名蒝荽。《準繩·內科》不見用。

根葉

[氣味] 辛，溫，微毒。詵曰：平，微寒，無毒。

[主治] 消穀，利大小腸，通小腹氣，療沙疹痘瘡不出，作酒噴之，立出，通心竅。

時珍曰：胡荽辛溫香竄，內通心脾，外達四肢，能辟一切不正之氣，故痘瘡出不爽快者能發之。諸瘡皆屬心火，營血內攝於脾，心脾之氣得芳香則運行，得臭惡則壅滯故爾。按楊士瀛《直指方》云：痘疹不快，宜用胡荽酒噴之，以辟惡氣。床帳上下左右皆宜挂之，以禦汗氣、胡臭、天癸、淫佚之氣，一應穢惡，所不可無。若兒虛弱，及天時陰寒，用此最妙。如兒壯實，及春夏晴暖、陽氣發越之時，加以酒麴助虐，以火益火，胃中熱熾，毒血聚畜，則變成黑陷矣，不可不慎。

希雍曰：胡荽，稟金氣多，火氣少，故味辛香，氣溫，微毒，入足太陰、陽明經。其辛香走竄，兼以氣溫，故內通心脾，外達腸胃，能除一切不正之氣。

[附方]

痘疹不快，用胡荽二兩，切，以酒二大盞煎沸，沃之，以物蓋定，勿令洩氣，候冷去滓，微微含噴，從項背至足令徧。勿噀頭面。

子

[氣味]　辛酸，平，無毒。炒用。

[主治]　能發痘疹，殺魚腥時珍。

[附方]

痔漏脫肛，胡荽子一升，粟糠一升，乳香少許，以小口瓶燒烟，熏之。

希雍曰：胡荽辛香發，氣虛人不宜食。痘疹出不快，非風寒外侵、穢惡之氣觸犯者，不宜用。

蘹香子

時珍曰：茴香，宿根深冬生苗作叢，肥莖絲葉，五六月開花結子，大如麥粒，輕而有細稜，俗呼為大茴香。今惟以寧夏出者第一，其他處小者謂之小茴香。自番舶來者，實大如柏實，裂成八瓣，一瓣一核，大如豆，黃褐色，有仁，味更甜，俗呼舶茴香，又曰八角茴香。

子

[氣味]　辛，平，無毒。思邈曰：苦辛，微寒，澀。權曰：苦辛，得酒良，炒黃用。好古曰：陽也，浮也，入手足少陰太陽經。中梓曰：味辛性温，入胃腎二經。

[諸本草主治]　胃間膀胱冷氣痛，[10]開胃下氣，止嘔吐及盲腸氣，[11]並腎勞㿉疝陰痛，少腹痛，煖丹田。

[方書主治]　疝證居多，次腰痛，泄瀉積聚，傷飲食，虛勞氣，呃逆，腹痛滯下，小便數遺，精傷勞倦，傳尸勞，惡寒水腫，咳嗽喘，嘔吐霍亂，諸逆衝上，畜血頭痛，脇痛脚氣，淋，小便不禁，前陰諸疾，耳證。

此以用之多少為次。

之頤曰：長至宿根再發，效純乾剝落，至復而一陽始生，因名蘹香。《說文》云：本有去意，回來就已也。故主陽消而陰剝者。

東垣曰：茴香，補命門不足之藥。

好古曰：本是治膀胱藥，以其先丙，故云小腸也。能潤丙燥，以其先戊，故從丙至壬，入手足少陰，二藥相合，以開上下經之通道，所以丙與壬交也。先戊，故從丙至壬，王海藏先生可謂精詣矣。

《類明》曰：夫癩疝之證，丹溪言專本肝經，與腎絕無相干，然亦不離乎腎與膀胱二經。《丹經》云癩疝是濕熱無寒，則茴香之辛溫又不宜用也。然只有外寒固閉而內熱不透泄者，茴香辛溫，散外寒，衝內熱，似或有功，此所以古方治疝之藥多有用者。

《醫略》曰：調胃妙方，日間常用，小茴香最妙。脾腎俱虛，破故紙肉果炒，粳米尤妙。脾氣雖強，而腎氣不足，故飲食下咽，而六腑爲之餐泄也。脾腎之氣交通，則水穀自然尅化。

希雍曰：茴香，得土金之冲氣，而兼秉乎天之陽，故其味辛平，亦應兼甘，無毒，辛香發散，甘平和胃，入足太陰、陽明、太陽、少陰經。蘘香酒炒，得川楝子、荔枝核、橘核、肉桂、蒼朮、木瓜、牛膝，治寒濕成疝，得炒砂仁、食鹽，則主中惡腹痛，霍亂腹痛吐逆。

[附方]

大小便閉，鼓脹氣促，八角茴香七個，大麻仁半兩，爲末，生葱白、三七根，同研，煎湯，調五苓散末服之，日一服。

小便頻數，茴香不拘多少，淘淨，入鹽少許，炒研爲末，炙糯米糕，蘸食之。

按六腑之病，取之於合，大小腸合於胃之巨虛下廉也。

愚按：茴香本宿根，而於深冬生苗，正之頤所謂回陽於剝之時。李東垣先生所云補命門不足者，不妄也。然用之以治寒水膀胱，以膀胱爲腎之腑，膀胱藉腎氣以施化，膀胱寒水之爲病，皆腎中陽氣虛之所致。腎中陽氣，卽命門之元陽也。然既治膀胱，何以又治小腸，一水一火而皆宜耶？王海藏先生言之矣，以其先戊，故從丙至壬，蓋寒水收引，必藉火土以達其氣，故入腎者先入陽明胃，其味始辛而嗣有大甘，甘入中土，甘後又有微苦，是所謂胃氣通於腎也。然胃脘之陽固根於腎中之元陽，而此味本陰中之陽，達於辛甘，以歸中土，中土先受其元陽孕育者，得致其回寒布煖之氣，而宣於火腑手太陽，遂由甘而苦，以至下並歸於水腑足太陽，乃反其始以竟其用，是非具有勝復妙理哉？達火土之氣，即以治其氣於寒水，無漸次，無等待也。其治癀疝者，即是此義。蓋在下之寒水收引，如東垣所云，太陽膀胱之氣逆，上迎手太陽小腸之脈下行，致足厥陰之脈不得伸，其任脈並厥陰之脈逆，則如巨川之水，使陽氣下墜，致兩睾腫大，謂之曰疝，大甚則為癀。又在中之冷氣致陽氣不紓而下墜，亦為疝痛，手太陽火腑，主上焦之陽氣，其曰下行者，為寒水收引，致陽氣不舒，隨之下陷也。陽鬱於陰，致風木所以透寒水之化為足厥陰，其脈不得伸矣，故任脈即因之，並逆而成疝也。皆不越胃陽之合於腎者以達之，俾火麗於土，以勝寒水而復之，且睾丸所絡之筋非盡由厥陰，而太陰、陽明之筋亦入絡也，況療諸病必本於胃氣，謂散冷回陽，能外乎哉？然又入手足少陰者，蓋心腎為水火之原，即於水火之腑有專功，寧能外心腎乎？此所謂上下經之通道，固在坎離相見也。

又按：茴香之主治在疝證，由手太陽以至足太陽，俾寒水生化之氣暢，而後厥陰風木乃得布其出地之用，是即坎中有離，用此味者，似同於由火降而致水升，以神其功者也，然皆由腑而達臟，海藏所謂入手足少陰太陽者是矣。第世醫漫謂癀疝有濕熱，不宜用，殊不知疝之初起皆由於寒水之鬱，而氣化不宜乃有濕，由濕鬱不化乃有熱，是初起之疝固即宜用之矣。至濕鬱不化而為熱，雖曰宜酌，然熱之成者因於濕也，濕之為病者，由於陽虛也，就外淫而論，固未有不因於寒以鬱熱者，即不因於外受，亦必由腎中之陽虛，乃致陰不得化而邪盛，令陰中之陽轉鬱，遂病於肝以為疝也。試參攖寧生滑壽伯仁氏及杜名醫之治案，俱用楝實、茴香，蓋別有利濕熱之味以助其奏功，斷不能舍此溫散的劑，能致火於水者，俾正入膀胱寒水之經以責效也。至於專屬小腹或膀胱，非病於疝者，則此二腑若因熱以為患，又能不切切致慎乎哉？

或曰：此味所療，如腰痛泄瀉，積聚虛勞，腹痛種種諸證，亦藉其致火於水，以益腎中之元陽乎？曰：諸證投此味，或輔或使，種種不離前義，然不如治疝之專而且多者，以其爲功於寒水之經有最切耳，第與附子補陽除濕之義各有攸當也，須細審之。

[附案]

滑伯仁云：一人病氣在臍下築築，漸至心下，嘔湧痛滿，手足皆青，喉中淫淫而癢，眉本痠疼，目不欲視，頭不欲舉，神昏欲睡而不寐，惡食氣，睾丸控引，小便數而欠。年未三十，尪羸尤甚，脈沉弦而濇。曰：是得憂鬱憤怒，寒濕風雨乘之爲肝疝也。肝欲急，以辛散之。遂以吳茱萸佐以薑、桂及治氣引藥，兼以茴、楝等丸，每日一溫利之，三月安。

此證可以丹溪內熱外寒之類推之。

杜名醫云：三十七太尉，患小腸氣痛，衆醫用藥，皆不效，每一發幾死。上召杜至，進藥數服，亦不驗，太尉自以爲數當盡也。上召杜，問其所以。杜對曰：臣依古方書用藥，皆不獲愈。今日別撰一方，且未敢進上，先合藥以進，如言太尉一服十愈八九，再服全愈，然後進方。名曰救命通心散：川烏頭一兩，用青鹽一錢、酒一盞浸一宿，去皮尖，焙乾，川楝子一兩，用巴豆二十一粒同炒，候黑色去巴豆，茴香半兩，石燕一對，土狗五枚，芥子一錢六分，合衆味爲末，每服三錢，入羊石子內，濕紙煨香熟，夜半時用好酒半升入鹽，細嚼石子，以酒咽下，不得作聲，小便大利，其病遂去。此方用川烏、川楝、茴香破其外寒，用石燕、土狗輩利其鬱熱，可以用五苓之義推之。

[附方]

腎消飲水，小便如膏油，用茴香炒、苦楝子炒，等分，爲末，每食前酒服二錢。

腰痛如刺，用八角茴香、杜仲各炒研，三錢，木香一錢，水一鍾、酒半鍾煎服。

小腸氣墜，用八角茴香、小茴香各三錢，乳香少許，水服取汗。

按同乳香用，以小腸爲化血之腑也。

膀胱疝痛，用舶茴香、杏仁各一兩，葱白焙乾，五錢，爲末，每酒服二錢，嚼胡桃送下。

治疝氣膀胱小腸痛，用茴香鹽炒、晚蠶沙鹽炒等分，爲末，煉蜜丸彈子大，每服一丸，温酒嚼下。

疝氣偏墜，大茴香末一兩，小茴香末一兩，用牙豬尿胞一個連尿，入二末於内，繫定，罐内以酒煮爛，連胞搗，丸如梧子大，每服五十丸，白湯下。仙方也。

脇下刺痛，小茴香一兩，炒，枳殼五錢，麩炒爲末，每服二錢，鹽酒調服，神效。

希雍曰：蘹香辛温，胃腎多火，陽道數舉，得熱則嘔者勿服。大抵此味之治，切於寒者或虚寒者，若小腸膀胱並胃腑之證患於熱者，投之反增其疾也。

時珍曰：小茴香性平，理氣開胃，夏月袪蠅辟臭，食料宜之。大茴香性熱，多食傷目發瘡，食料不宜過用。

[修治] 隔紙焙燥，研極細，八角者亦同此治，但去梗及子耳。上行似宜酒炒，下行宜鹽水炒。

茄

茄子

[氣味] 甘，寒，無毒。

[主治] 散血止痛，消腫寬腸時珍。

丹溪曰：茄屬土，故甘而喜降，大腸易動者忌之。老實治乳頭裂，[12]茄根煮湯漬凍瘡，折蔕燒灰治口瘡，俱獲奇效，皆甘以緩火之意也。

[附方]

大風熱痰，用黄老茄子大者，不計多少，以新瓶盛，埋土中，經一年，盡化爲水，取出，入苦參末，同丸梧子大，食已及臥時酒下三十丸，甚效。

腰脚拘攣，腰脚風血積冷，筋急拘攣疼痛者，取茄子五十斤，切洗，以水五斗煮取濃汁，濾去滓，更入小鐺中，煎至一斗以來，卽入生粟粉同煎，令稀稠得所，取出搜和，更入麝香、朱砂末，同丸如梧子大，每日用秫米酒送下三十丸，近暮再服，一月乃瘥。男子女人通用，皆驗。

熱毒瘡腫，生茄子一枚，割去二分，去瓤二分，似罐子形，合於瘡上，卽消也。如已出膿，再用取瘥。[13]

蒂

[主治]　燒灰，米飲服二錢，治腸風下血不止及血痔吳瑞，燒灰，治口齒瘡䘌。生切擦癜風時珍。

時珍曰：治癜風，用茄蒂蘸硫、附末，摻之，取其散血也。白癜用白茄蒂，紫癜用紫茄蒂，亦各從其類耳。

希雍曰：鮮茄蒂、鮮何首烏等分，煮飲，治對口瘡有神。

根及枯莖葉

[主治]　中風寒濕諸證，鶴膝風，癧風，散血消腫，治血淋，下血血痢，陰挺，齒䘌口蕈，凍瘡皴裂，煮湯漬之，良。

[附方]

血淋疼痛，茄葉熏乾，爲末，每服二錢，溫酒或鹽湯下。隔年者尤佳。

女陰挺出，茄根燒存性，爲末，油調在紙上，捲筒，安入內，一日一上。

牙齒䘌痛，陳茄樹燒灰，傅之，先以露蜂房煎湯漱過。

口中生蕈，用醋漱口，以茄母燒灰，飛鹽等分，米醋調稀，時時擦之。

希雍曰：茄稈燒灰淋汁，和入桑、硇、堿等藥，諸癰腫疔瘡有效。

愚按：茄之氣味甘寒，丹溪謂其屬土，但黃熟在於九月，業已稟金氣之深，故丹溪又謂其喜降也。夫人之胃土，乃血生化之地，然必胃中清氣上至於肺，而肺清中之濁者復降入胃，乃能使液化血焉。茲物適合，故謂其能散血也。然如中風、癧風、鶴膝風，藉其用何哉？曰：血不化則風病，風臟，卽血臟也。抑血之不化，多由於寒濕，如茲物既謂其寒利，是何能散血而用之？曰：用此治大風熱痰，及熱毒瘡腫等證，誠爲的劑。至於治寒濕風證，則有爲主爲輔者，達陽以行血之化，俾茲物入血分而大能奏其功。況土主四氣，雖稟乎金氣之深，適以盡土之化耳，是豈偏於寒者？卽中風，類如史國公浸酒方及鶴膝風之換骨丹，與此味同隊者爲何等藥，然皆以此味爲主也，則其用固有不可舍者矣。

[修治]　頌曰：入藥多用黃茄，其餘惟可作菜茹耳。時珍曰：宜於九月黃熟時收取，洗淨陰乾。

馬齒莧一名長命菜，以其難燥也。

[氣味]　酸，寒，無毒。恭曰：辛，溫。宗奭曰：人多食之，然性寒滑。

[主治]　散血消腫，利腸解毒，療破傷風。

時珍曰：馬齒莧所主諸病，皆只取其散血消腫之功也。頌曰：多年惡瘡，百方不瘥，或痛燄不已者，並搗爛馬齒，傅上，不過三兩遍。此方出於武元衡相國，武在西川，自苦脛瘡燄癢不可堪，百醫無效。及到京，有廳吏上此方，用之便瘥也。

[附方]

赤白帶下，不問老稚孕婦悉可服，取馬齒莧搗，絞汁三大合，和雞子白二枚，先溫令熱，乃下莧汁，微溫，頓飮之，不過再作卽愈。

小便熱淋，馬齒莧汁服之。

足趾甲疽腫爛者，墻上馬齒莧陰乾，一兩，青木香、鹽各二錢半，和勻，燒存性，入光明硃砂少許，傅之。此方《準繩·瘍科》亦有，其製法少異。

愚按：馬齒莧本金中含水，却味有酸，是以金媾木也，入血臟而散血消腫，理亦宜然。然簡瘍科方書，用之鮮者，何哉？內科破傷風之證屬半表半裏者，同地榆、防風、地丁香而治之，則其入肝散血可知矣。抑何以驗其爲金中含水，卽其有水銀更難得燥者，足徵也。附破傷風方：

地榆防風散，治半表半裏，頭微汗，身無汗，地榆、防風、地丁香、馬齒莧各一兩，右爲細末，每服三錢，温米飲調下。見《準繩》。

[修治] 韓保昇曰：此有二種，葉大者不堪入藥，小者節葉間有水銀，然用之亦須去莖，其莖無效也。

薯蕷——名山藥、山芋。

寇宗奭曰：薯蕷，因唐代宗名豫，避諱改蕷爲薯藥，又因本朝英宗諱曙，改薯爲山藥，盡失當日本名。恐歲久以山藥爲別物，故詳著之。

根

[氣味] 甘，温，平，無毒。普曰：神農，甘，小温；桐君、雷公，甘，凉，無毒。

[主治] 傷中，補虛羸，除煩熱，補心氣不足，養胃厚腸，止洩痢，益腎氣，理腰痛，潤澤皮毛，生搗貼腫硬毒，能消散。

杲曰：仲景八味丸用乾山藥者，以其凉而能補也。亦治皮膚乾燥，以此味潤之。

時珍曰：按吳綬云山藥入手足太陰二經，補其不足，清其虛熱。又按王履《溯洄集》云山藥雖入手太陰，然肺爲腎之上源，源既有滋，流豈無益？此八味丸所以用其强陰也。

《類明》曰：薯蕷，味甘性凉而潤，故與天麥二門冬同有補助元氣之功，是手足太陰藥而補脾肺之氣爲的也。

希雍曰：薯蕷，得土之冲氣，兼秉春之和氣以生，故味甘温平無毒。觀其生搗敷癰瘡，能消熱腫，是微寒之驗也，其所主治皆以其甘平而兼有微寒之故耳。同地黃、枸杞、牛膝、甘菊花、白蒺藜、五味子，則補肝腎，益陰氣，治一切虛羸，强陰長肌，增力明目；同蓮肉、白藊豆、人參、白芍藥、茯苓、炙甘草、橘皮，則補脾健胃，止泄瀉，加木瓜、藿香，安吐逆；同羊肉、肉蓯蓉作羹，可扶衰補虛羸。

愚按：薯蕷之味甘，甘味固益中土也，其所取者根，根之質白，是味之歸形者金，在人身肺也，且氣之温而又有平，是形之歸氣者亦金氣也。第其温者何取？蓋足三陰固起於下，而脾陰實，藉風木春温之氣以上達於天之陽而至肺，即至陰之腎亦同脾而至之，則脾所藉於温者，豈其微哉？第脾陰易虧，胃火易亢，唯温而兼於平，則脾陰於胃陽和合以行其化，而寒熱邪氣自除，中氣自益，虛羸自補，是《本經》臚列其功，較他本草良足據也。但東垣謂其入手太陰，就味之歸形，形之歸氣者言，而潔古於肺更指此味爲補母，亦謂由脾而肺，未有若此味之親切也。由脾而肺者，由於陰不慘而陽不亢，乃能由胃以至於肺耳。潔古更有深詣乎。雖然，脾能致其氣於肺，豈第除寒熱邪氣，而中氣益，虛羸補，唯脾還受其益哉？但此種清和之氣味不任遺大投艱耳。抑爲腎氣丸之用者何居？曰：脾脈注心中，而接乎手少陰經，乃腎肝亦由肺而注心中，則脾陰之至於肺而注乎心者，固與腎同和水火之宗氣以爲胥益矣。是《本經》所謂強陰者，雖該指五臟之陰，然至陰之所歸先於腎也，又何疑於腎氣丸之投此味乎？至於除煩熱，止虛瀉，散遊風，潤皮毛，消腫硬，無非由脾肺達至陰之氣，徹於中外以爲益也，但其力薄而功緩耳。

[附方]

脾胃虛弱，不思飲食，山芋、白术一兩，人參七錢半，爲末，水糊丸小豆大，每米飲下四五十丸。

濕熱虛泄，山藥、蒼术等分，飯丸，米飲服，大人小兒皆宜。

腫毒初起，帶泥山藥、蓖麻子、糯米等分，水浸研，傅之即散也。

頂後結核，或赤腫硬痛，以生山藥一挺，去皮，蓖麻子二個，同研貼之，如神。

希雍曰：諸薯、薯蕷，確係兩種。譬諸米穀，其種有粳、糯、秈、黍、稷之不同是也。入藥必以冀州所產者爲勝，總之南方不迨北地，《圖經》並載入四明，則誤矣。不宜與麪同食。

[修治] 熟則滯氣，濕則滑，惟乾實者入藥。六味丸用山藥，取其由肺入腎，以達茯苓、澤瀉之用。用時但微火烘乾，惟他丸散理脾可用薑汁炒過。

苦瓠 音湖。一名苦匏、苦壺盧。

瓢及子

[氣味] 苦，寒，有毒。

[主治] 大水面目四肢浮腫，及黃疸腫滿，利石淋，療小便不通，治偏頭風，通鼻塞。

時珍曰：《詩》云匏有苦葉。《國語》云苦匏不材，於人共濟而已。皆指苦壺而言，卽苦瓠也。凡用苦瓠，須細理瑩淨無黶翳者乃佳，不爾有毒。

[附方]

黃疸腫滿，苦壺盧瓢如大棗許，以童子小便二合浸之一時，取兩酸棗大，納兩鼻中，深吸氣，待黃水出，良。

大水脹滿，頭面洪大，用瑩淨好苦瓠白瓢捻如豆粒，以麪裹，煮一沸，空心服七枚，至午當出水一斗，二日水自出不止，大瘦乃瘥。二年內忌鹹物。

石水腹腫，四肢皆瘦削，用苦瓠膜炒，一兩，杏仁半兩，炒，去皮尖，爲末，糊丸小豆大，每飲下十丸，日三，水下止。

小便不通，脹急者，用苦匏子三十枚，炒，螻蛄三個，焙，爲末，每冷水服一錢。

風痰頭痛，苦瓠膜取汁，以葦管灌入鼻中，其氣上衝腦門，須臾惡涎流下，其病立愈，除根。勿以昏暈爲疑。乾者浸汁，亦效。其子爲末，吹入亦效。年久頭風皆愈。

胬肉血翳，[14]秋間取小柄壺盧，或小藥壺盧，陰乾，於緊小處鋸斷，內挖一小孔如眼孔大，遇有此病，將眼皮上下用手撐開，將壺盧孔合定，初雖甚痛苦，然瘀肉、血翳皆漸下，不傷睛也。

愚按：苦瓠，卽苦壺盧。壺盧有甘、苦二種，甘者大，苦者小。壺盧之質白色而花亦白，但甘平與苦寒，其味不同耳。俱以二月下種，五六月開花結實，是則苦瓠之性質全稟於金水，却乘於大火之氣化以華而實也。夫苦寒者。本於足太陽，太陽寒水之化，即爲陽氣之所自出，自下而上，以至於手太陰肺。如金不乘於正陽大火之氣，是毛脉不能合精而氣化不宣，氣化不宣則太陽寒水之氣化鬱矣，何以通調水道，下輸膀胱乎？是則苦瓠全以氣化之用爲主，而能致其水化之氣血者也。故《本經》專主治水，而仲景治皮水用之，蘇恭謂利石淋及小便不通，是皆能主宣太陽寒水之化者也。然方書又以治偏頭風並鼻塞者，所云唯苦至地，何以更能上行也？曰：此正肺金之氣化能與足太陽合化之玄機也。夫陽本自下而上，然天氣之自上而下者，則心與肺主之，即如治黃疸腫滿，以之納鼻中而吸其氣，則黃水出而愈，又如風痰頭痛，取此汁灌入鼻中，其氣上衝腦門，須臾惡涎流下而愈，是非從上氣化而合於下之水化者乎？其所謂化血化痰飲等治，即皆水中之氣化得火金之合而無留礙者也。就散胬肉血翳，[15]足徵其一節矣。夫足太陽之脉直者入絡腦，而肺氣通於鼻，乃足陽明之起於鼻者，交頞中，旁納太陽之脉，是手太陰與足太陽由上而合下以化者，固足徵也。經曰：肺和則鼻能知香臭。夫心主五臭，何以屬之肺？又曰：五氣入鼻，藏於心肺，心肺有病，而鼻爲之不利。夫五氣又何以不專藏於肺，皆以金不得離火也。東垣謂金生於巳，亦是此義，但言之未大暢耳。悉此義，即一物之微而具有妙理，其可不細研乎哉？

白冬瓜此瓜經霜後皮上白如粉塗，故曰冬瓜。

[氣味] 甘，微寒，無毒。

[主治] 小腹水脹，利小便，止渴《別録》，消熱毒癰腫《日華子》。

詵曰：熱者食之佳，冷者食之瘦人。煮食練五臟，爲其下氣故也。

宗奭曰：凡患發背及一切癰疽者，削一大塊置瘡上，熱則易之，分散熱毒氣，甚良。

丹溪曰：冬瓜性走而急，[16]寇氏謂其分散熱毒氣，蓋亦取其走而性急也。久病者、陰虛者忌之。孫真人言：九月勿食，令人反胃，須被霜食之乃佳。

[附方]

水腫食治方，白冬瓜不限多少，任食之。

又，鯉魚一頭，重一斤已上，煮熟取汁，和冬瓜、葱白作羹，食之。

十種水氣，浮腫喘滿，用大冬瓜一枚，切蓋去瓤，以赤小豆填滿，蓋合簽定，以紙筋泥固濟，日乾，用糯糠兩大籮，入瓜在內，煨至火盡，取出切片，同豆焙乾，為末，水糊丸梧子大，每服七十丸，煎冬瓜子湯下，日三服，小便利為度。

產後痢渴，久病津液枯竭，四肢浮腫，口舌乾燥，用冬瓜一枚，黃土泥厚五寸煨熟，絞汁飲。亦治傷寒痢渴。

冬瓜仁

[氣味] 甘，平，無毒。

[主治] 心經蘊熱，小水淋痛，並鼻面酒皶如麻豆，疼痛，黃水出。

希雍曰：冬瓜仁味甘寒，能開胃醒脾，同橘紅、石斛、竹茹、枇杷葉、白芍藥、蘆根汁、人參、白茯苓，治胃虛嘔吐；同人參、茯神、竹瀝、白茯苓、黃耆、甘草、白芍藥、酸棗仁，治小兒慢脾風。

《別錄》曰：主腹內結聚，破潰膿血，最為腸胃內壅要藥。

時珍曰：治腸癰。

愚按：苦瓠與冬瓜皆行水，然一屬宣陽，一為達陰。如冬瓜以三月生苗，直至六七月乃開花結實，而花色黃，則其氣之所結者，是在三陰進氣之土也，故味有甘，已結實矣，又直待金氣盡而水氣盛，合於陰之將凝而天氣下降為霜者，以成其甘之味，並得寒之微焉。是豈非水得土以為主，土得水以為用，而致其陰氣之通利者乎？是則除水脹、利小便者在此，謂其下氣者亦在此，其止渴、消熱毒者在此，謂其冷利者亦在此矣。至於仁，是此瓜真種子，繆氏所云能逐諸劑以治胃虛嘔吐及小兒慢脾，是亦有合於水土合德之微義。更方書淋痛並鼻面酒皶之治，又何能外於前義而別有所取乎哉？

希雍曰：冬瓜性冷利，凡臟腑有熱者宜之。若虛寒腎冷，久病滑洩者，不得食。

［修治］　入藥須霜後取，置之候用。收瓜忌酒、漆、麝香及糯米，觸之必爛。

木耳生於朽木上，乃濕熱餘氣所生。

權曰：古槐桑樹上者良，柘木者次之，餘樹生者不宜用。

桑耳

［氣味］　甘，平，有毒。詵曰：寒，無毒。《日華子》曰：溫，微毒。權曰：桑槐耳甘辛，平，無毒。

［主治］　女子崩中帶下，止血衄，腸風洩血。

希雍曰：桑耳煅存性，研細，香附童便炒黑，研細，每用桑耳灰二分，香附末三分，淡醋湯空心調服，治血崩，奇效過於他木耳。

［附方］

月水不斷，肉色黃瘦，血竭暫止，數日復發，小勞輒劇，久疾失治者，皆可服之，桑黃焙研，每服二錢，食前熱酒下，日二服。

槐耳

［氣味］　苦辛，平，無毒。

［主治］　五痔脫肛下血。

恭曰：槐耳療痔。

［附方］

腸痔下血，槐樹上木耳爲末，飲服方寸匕，日三服。

臟毒下血，槐耳燒，二兩，乾漆燒，一兩，爲末，每服一錢，溫酒下。

柘耳

［主治］　肺癰咳唾膿血腥臭，不問膿成未成，用一兩研末，同百齒

霜即梳垢也，二錢，糊丸梧子大，米飲下三十丸，效甚捷時珍。

愚按：文清曰木耳涼血，故止血。又時珍曰木耳各木皆生，其良毒亦必隨各木之性，不可不審。又云木耳得一陰之氣，且謂感濕熱餘氣。參此數語，則知所以用木耳矣。

藏器曰：木耳，惡蛇蟲，從下過者有毒。楓木上生者，令人笑不止，采歸色變者有毒，夜視有光者、欲爛不生蟲者並有毒，並生搗冬瓜蔓汁解之。

時珍曰：按張仲景云，木耳赤色及仰生者，並不可食。

蕓薹 即今油菜。

時珍曰：蕓薹，方藥多用之。九月、十月下種，生葉形色微似白菜。冬春采薹心爲茹，三月便老不可食。開小黃花，四瓣如芥花，結莢收子，亦如芥子，灰赤色，炒過榨油，燃燈甚明。

莖葉

[氣味]　辛，溫，無毒。《日華子》曰：涼。

[主治]　風遊丹腫《唐本草》，破癥瘕結血《開寶》，煮食，治腰腳痹藏器，治產後血風及瘀血《日華子》，并乳癰《唐本草》，搗葉，傅女子吹奶一切丹毒者，爲人身體忽然變赤，如丹之狀，故謂之丹毒也。或發手足，或發腹上，如手大，皆風熱惡毒所爲。

子

[氣味]　與莖、葉同。時珍曰：葉、子同功。

[主治]　行滯血，破冷氣，消腫散結，治產難，產後心腹赤疾，赤丹熱腫，金瘡血痔時珍。

藏器曰：蕓薹破血，故產婦宜食之。

馬志曰：今俗方言病人得喫蕓薹，是宜血病也。

思邈曰：貞觀七年三月，予在內江縣飲多，覺四體骨肉疼痛，至曉頭痛，額角有丹如彈丸，腫痛，至午通腫，目不能開。經曰：幾斃。予思本草蕓薹治風遊丹腫，遂取葉搗傅，隨手即消，其驗如神也。亦可搗汁服之。凡丹毒编身或連腰腹周匝，百方不能治，惟此輒能治之。此是用子如無青者，以幹者爲末，水調傳。

時珍曰：《婦人方》治產難歌云，黃金花結粟米實，細研酒下十五粒，靈丹功效妙如神，難產之時能救急。

愚按：蕓薹之用，醫類以爲行滯血，散結氣耳，殊不知，其種於冬月，能歷霜雪，由冬而春，采其薹心爲茹，至三月遂老，則其氣味辛溫，已知暢氣宣血，雖微物亦有精專者，能由陰育陽，從陽暢陰以爲用，不祇以疏決爲功也。卽其三月遂老，蓋因專精於血臟以畢其用，乃如此爾。血臟卽指肝，屬水，過三月卽非水司令之時也。《準繩》行痺證三方用之。本草首主遊風丹腫及產後血風，幷腹諸疾爲最切者，[17]因風臟原是血臟，能鼓陽而化陰，惟在斯臟，是則風化行而乃得血化。然血不化，卽還致風淫，是固相因以爲生化，相因以爲變眚也。則茲味功能，固不得以其微而忽之矣。

[附方]

風熱腫毒，蕓薹苗葉根、蔓菁根各三兩，爲末，以雞子清和，貼之，卽消。無蔓菁，卽以商陸根代之，甚效也。

異疽，似癰而小有異，膿如小豆汁，今日去，明日滿，用蕓薹搗熟，布袋盛，於熱灰中煨熟，更互熨之，不過三二度。無葉，用乾者。

補血破氣，**追氣丸**：治婦人血刺，小腹痛不可忍，亦可常服，補血虛，破氣塊，甚效。用蕓薹子微炒，桂心各一兩，高良薑半兩，爲末，醋糊丸梧子，每淡醋湯下五丸。

傷損接骨，蕓薹子一兩，小黃米炒，二合，龍骨少許，爲末，醋調成膏，攤紙上，貼之。

詵曰：先患腰脚者，不可多食，食之加劇。又損陽氣，發瘡及口齒病，又能生腹中諸蟲。

【校記】

〔1〕淫，原誤作"濕"，今據文義改。

〔2〕赤，原誤作"美"，今據萬有書局本改。

〔3〕《薤》詩：《全唐詩》卷二百二十五題作"秋日阮隱居致薤三十束"。

〔4〕噤，原誤作"禁"，今據文義改。

〔5〕噤，原誤作"禁"，今據文義改。

〔6〕己，原誤作"忌"，今據《本草綱目》卷二十六改。

〔7〕汗，原誤作"汁"，今據《本草綱目》卷二十六改。

〔8〕個，原誤作"所"，今據《證治準繩・類方》第六冊改。

〔9〕濡，原誤作"懦"，今據《本草綱目》卷二十六改。

〔10〕胃間：《證類本草》卷九作"腎間"，是。

〔11〕肓，原誤作"育"，今據《證類本草》卷九改。

〔12〕實，原誤作"黃"，今據《本草綱目》卷二十八改。

〔13〕用，原誤作"服"，今據《本草綱目》卷二十八改。

〔14〕胬，原誤作"弩"，今據文義改。

〔15〕胬，原誤作"弩"，今據文義改。

〔16〕走，原誤作"定"，今據《本草綱目》卷二十八改。

〔17〕皆風熱惡……後血風并：此段共386字原脫，今據萬有書局本補。

《本草述》卷之十六

五果部

杏　仁

[氣味]　甘苦，溫，冷利，有小毒。

丹溪曰：杏仁性熱，因寒者可用。

潔古曰：杏仁氣薄味厚，濁而沉墜，降也，陰也，入手太陰經。

[主治]　咳逆上氣雷鳴，喉痹，寒心賁豚，并上焦風燥，肺燥喘熱，潤大腸氣秘，療心下急滿痛，治肝腎風虛，目中翳遮睛肉，[1]去頭面諸風氣，能殺蟲。

東垣曰：杏仁，散結潤燥，除肺中風熱，故風熱咳嗽者用之。

潔古曰：除肺燥，治風燥在胸膈間。

好古曰：王朝奉治傷寒氣上逆喘者，麻黃湯內加杏仁、陳皮。若氣不上喘逆者，減杏仁、陳皮，故知其能瀉肺也。

《類明》曰：杏仁入肺，能治肺燥熱氣逆，由其苦以泄熱，甘以緩氣，潤以止燥故也。

丹溪曰：杏仁，屬土而有水與火，能墜痰下行，須細研之。

仁齋曰：杏仁久服，能潤五臟，去塵滓，驅風明目，治肝腎風虛，瞳人帶青，眼翳風癢之病。

東垣曰：杏仁下喘，治氣也，桃仁療狂，治血也，俱治大便秘，當分氣血。晝則便難，行陽氣也，夜則便難，行陰血也，故虛人便閉，不可過泄。脈浮者屬氣，用杏仁、陳皮；脈沉者屬血，用桃仁、陳皮。手陽明與手太陰爲表裏，賁門主往來，魄門主收閉，爲氣之通道，故並用陳皮佐之。

之頤曰：杏，枝、葉、華、實皆赤，肉理絡脈如縈，氣味苦溫，誠心之果，具心之體與用者，仁則包蘊全體，逗發端倪，樞機頗銳。論心之用與氣者，[2]咳逆上氣，息若雷鳴，以及喉痹，謂心之火用不及亦可，謂客淫外束亦可，謂客淫外束致心之火用不及亦可，謂心之火用不及致客淫外束亦可；寒心奔豚，謂心之火體不及亦可，謂心之火用不及亦可，謂心之火用不及致心之火體不及亦可，謂心之火體不及致心之火用不及亦可。蓋火爰物以顯用，即用以顯體故也。

希雍曰：杏核仁，稟春溫之氣，而兼火土之化以生，故《本經》味甘氣溫，《別錄》加苦，有毒，其言冷利者，以其性潤利下行之故，非真冷也。氣薄味厚，陰中微陽降也。入手太陰經，苦溫而散滯，潤利而善下，所以奏效於相通之證歟。

愚按：經云杏爲心果，而先哲於仁則謂其治氣；經云桃爲肺果，而先哲於仁則謂其治血。蓋火之用在金，故心果之仁治氣；金之用在木，故肺果之仁治血。何以明之？蓋氣者火之靈，心固火主也，即穀氣並眞氣於膻中，乃至於肺，肺又貫心脈以行呼吸，而氣乃行，則由心以致其氣之用者，可以思矣。又，氣者血之帥，肺固司氣也，即肺陰下降入心，而離中之坎胃仍受之，變化精微而爲血，經所云清中之濁者下歸於胃是也。則由肺以致其血之用者，又可以思矣。肺陰由於腎脈至肺也。經曰二陰至肺，蓋腎爲二陰。雖然，或致氣之用，或致血之用，在諸果豈盡無之？乃先聖所謂五果爲助，止以心果屬杏，肺果屬桃者，豈不爲其於心肺有交相爲用之功哉？抑由肺氣而致血之用者，類能知之。唯由心而致氣之用，有如杏仁，習言治風寒逆氣，似謂其能散耳，孰知心爲陽中之太陽，氣爲火之靈乎？又治風熱燥氣，不過爲其潤耳，孰知其離中之坎上合於陽中之少陰乎？試即後諸方以參之於效用之義，則亦思過半矣。

［附方］

同天冬煎，潤心肺。

肺燥喘熱，大腸秘，用杏仁去皮，研細，每一升入水一升半，搗稠汁，入生薑四兩，甘草一寸，銀石器中慢火熬成稀膏，入酥二兩，同收，每夜沸湯點服一匙。

久患肺氣喘急至咳甚者，不過二劑，永瘥。杏仁去皮尖，二兩，童子小便浸，一日一換，夏月三四換，滿半月取出，焙乾，研細，每服一棗大，薄荷一葉，蜜一雞子大，水一鍾，煎七分，食後溫服。忌腥物。

風虛頭痛欲破者，杏仁去皮尖，曬乾，研末，水九升研濾汁，煎如麻腐狀，取和羹粥食，七日後大汗出，諸風漸減。此法神妙，可深秘之。慎風冷豬雞魚蒜醋。

肺病咯血，杏仁四十個，以黃蠟炒黃，研，入青黛一錢，作餅，用柿餅一個，破開包藥，濕紙裹煨，熟食之，取效。

目中翳遮，但瞳子不破者，用杏仁三升，去皮，麵裹作三包，糠火煨熟，去麵研爛，壓去油，每用一錢，入銅綠一錢，研勻點之。

目生努肉，[3]或癢或痛，漸覆瞳人，用杏仁去皮，二錢半，膩粉半錢，研勻，綿裹筋頭，點之。

如以杏仁能散風寒，其同天冬以潤心肺也何居？如謂能治熱燥，其同生薑、甘草以潤大腸也何居？如謂止治在氣，其浸以童便而治肺喘也何居？如謂無與於血，其同青黛、柿餅以治咯血也何居？況治翳遮努肉，[4]猶可謂與血無與耶？至療風虛頭痛，更可以破粗工散外風之浪說矣。

希雍曰：杏仁性溫，散肺經風寒滯氣，殊效。第陰虛咳嗽，肺家有虛熱熱痰者，忌之。

［修治］　五月采之。雙仁者有毒，能殺人，不可用。用者以湯浸，去皮尖，麩炒，研用。治風寒肺病藥中亦有連皮尖用者，取其發散也。

桃　仁

核仁

[氣味]　苦甘，平，無毒。思邈曰：苦甘辛，平。詵曰：温。

[主治]　血結血秘血燥，通潤大便，破蓄血潔古，療血滯風痹，肝瘧寒熱時珍，止咳逆上氣，消心下堅硬，女子通月水《別錄》，治產後諸病時珍。

東垣曰：桃仁苦重於甘，氣薄味厚，沉而降，陰中之陽，手足厥陰經血分藥也。破凝血者用之，其功有四：治熱入血室，一也；泄腹中滯血，二也；除皮膚血熱燥癢，三也；行皮膚凝滯之血，四也。

無己曰：肝藏血，血聚則肝氣燥，桃仁入肝散血，故仲景抵當湯主之，以治傷寒八九日，内有畜血，發熱如狂，小腹滿痛，小便自利者。又，有當汗失汗，熱毒深入，吐血及血結胸，煩燥讝語者，亦以此湯主之，與䗪蟲、水蛭、大黄同用。

希雍曰：桃仁，稟地二之氣，兼得天五之氣以生，故其味苦重甘微，氣平無毒，思邈言辛，孟詵言温，皆有之矣。氣薄味厚，陽中之陰降也，入手足厥陰經。夫二經爲血臟，苦能泄滯，辛能散結，甘温通行而緩肝，故主如上等證。同當歸、芍藥、澤蘭、延胡索、蘇木、五靈脂、紅花、牛膝、生地黄、益母草，治產後瘀血結塊作痛，并治壯盛婦人經閉不通；同當歸、麻仁、地黄、麥門冬、芍藥、黄芩、肉蓯蓉、甘草，治大腸血燥，便結不通；同番降香、川通草、山查、穿山甲、乳香、沒藥、紅花、續斷、當歸，治上部内傷，瘀血作痛。

愚按：昔哲曰血滯所宜者，桃仁、紅花、丹皮、蘇木、血竭之屬是也。第紅花、蘇木、血竭色紅，丹皮色紫，唯桃仁屬血藥而色乃白，固的知其爲肺果，是卽肺以致血之用者也。之頤曰：桃爲肺果，精專在仁，故司肺氣，爲營血之師帥。凡血之不行不濡，卽氣之不決不運，氣如橐籥，血如波瀾故也。所說可謂中肯。所以紅花、丹皮、蘇木、血竭，本赤紫色而入血分，各有所入，唯桃仁本白色而能和血，故上、下、中無不行也。然則先哲所云入手足厥陰者云何？曰：包絡爲化血之元，肝爲納血之臟，肺氣下降，入心生血，手厥陰受之，以行其化，而足厥陰又即受之以歸於經矣。抑成氏止言肝者云何？曰：肝爲陰中之陽，達陽而至之肺，以際於極上；肺爲陽中之陰，達陰而至之肝，以抵於極下。此經所云金木者生成之終始也。抑司氣之劑多矣，何以獨桃仁若是？曰：心主血，肺主氣，原相馭而行者也。毋論他藥之司氣者未能由氣而致血之用，[5]即能入血諸味，亦多未能致氣於血以爲用也。如桃爲肺果，而却能奏功於血，猶杏爲心果，而能奏功於氣者也。是桃仁之用在血，而用之體乃在肺，物理之妙有如此。故治血病者於心肺相馭之微，豈得不審察以投劑乎？蓋治病固有標本，況血證又豈得不究其本。氣爲血之先者，本也，即茲味可以類推矣。抑桃仁治血，而謂其能療風者何居？曰：肝爲血臟，固風木也，以是謂爲陰中之陽，類知血虛生風，而不知血滯亦能生風，舊血不化則新血不生，因之風虛鼓焰，蓋化者生之機也。故知桃仁能療血滯之風，則知其由氣入血者，即所謂金能媾木之義也。第茲味由肺氣而和肝血，故用之當，最能奏捷，若不當，則爲害亦不小。此繆氏於諸行血藥中切切致慎於誤用桃仁者也。

又按： 桃仁之用，醫粗知其破滯血、消癥塊而已，不審血之爲病，如風勞便秘，血燥也，瘧疾寒熱，骨蒸作熱，急勞咳嗽，血結也，寧直癥塊之爲血病乎哉？錄數方，以俟類推：

風勞毒腫攣痛，或牽引小腹及腰痛，桃仁一升，去皮尖，熬令黑烟出，熱研如脂膏，以酒三升攪和，服，煖臥取汗，不過三度瘥。

大便不快，裏急後重，用桃仁三兩，去皮，吳茱萸二兩，食鹽一兩，同炒熟，去鹽、茱，每嚼桃仁五七粒。

瘧疾寒熱，桃仁一百枚，去皮尖，乳鉢內研成膏，不得犯生水，入黃丹三錢，丸梧子大，每服三丸，當發日面北溫酒吞下。五月五日午時合之，忌雞、犬、婦人見。

骨蒸作熱，桃仁一百二十枚，留尖，去皮及雙仁，杵爲丸，平旦井花水頻服之，令儘量飲酒至醉，仍須任意喫水，隔日一劑。百日不得食肉。

急勞咳嗽煩热，用桃仁三兩，去皮尖，猪肝一枚，童子小便五升，同煮乾，於木臼内搗爛，[6]入蒸餅和，丸梧子大，每溫水下三十丸。

希雍曰：桃仁，性善破血，凡血結血秘，血燥瘀血，留血畜血，血痛血瘕等證，用之立通。第散而不收，瀉而無補，過用之及用之不得其當，能使血下不止，損傷真陰，爲害非細。故凡經閉不通，由於血枯而不由於瘀滯，[7]產後腹痛，由於血虛而不由於留血結塊，大便不通，由於津液不足而不由於血燥閉結，法並忌之。

[修治]　時珍曰：桃仁行血，宜連皮尖生用；潤燥活血，宜湯浸，去皮尖，炒黃，或用麥麩同炒，或燒存性，各隨本方。雙仁者有毒，不可食。

花

時珍曰：性走泄下降，利大腸甚快。張從正《儒門事親》載一婦滑泄數年，百治不效。或言此傷飲有積也，桃花落時以棘鍼刺取數十萼，勿犯人手，以麪和作餅，煨熟食之，米飲送下，不一二時瀉下如傾，六七日行至數百行，昏困，惟飲涼水而平。觀此，則桃花之峻利可徵矣。又蘇鶚《杜陽雜編》載范純佑女喪夫發狂，[8]閉之室中，夜斷窗櫺，登桃樹上，食桃花幾盡。及旦，家人接下，自是遂愈也。珍按：此亦驚怒傷肝，痰夾敗血，遂至發狂，偶得桃花利痰飲散滯血之功歟。

[附方]

產後閉塞，大小便不通，用桃花、葵子、滑石、檳榔等分，爲末，每空心葱白湯服二錢，卽利。

痰飲宿水，收桃花，陰乾，爲末，溫酒服一合，取利，覺虛，食少粥，不似轉下藥也。桃花勿用千葉者，令人鼻衄不止。[9]

莖及白皮

[附方]

水腫尿短，桃皮三斤，去外粗皮，秫米一斗，女麴二升，以水二斗煮桃皮，[10]取汁一斗，以一半漬麴，一半漬秫飯，如常釀成酒，每服一合，日三次，以體中有熱爲候，小便多是病去。忌生冷一切毒物。

婦人經閉，數年不通，面赤萎黄，唇口青白，腹内成塊，肚上筋起，腿脛或腫，桃根煎煮之，用桃樹根、牛蒡根、馬鞭草根、牛膝、蓬藁各一斤，剉，以水三斗煎一斗，去滓，更以慢火煎如餳狀，收之，每以熱酒調服一匙。

桃膠

血淋作痛，桃膠炒，木通、石膏各一錢，水煎，食遠服。

產後下痢赤白，裏急後重，腹痛，用桃膠焙乾，沉香、蒲黄炒，各等分，爲末，每服二錢，食前米飲下。

[修治] 花揀净，收入絹袋，懸簷下陰乾。根之皮更良，取東行者刮粗皮，取白皮用。膠於桃茂時以刀割皮，久則膠出，以桑灰湯浸過，曬乾用。

梅 入藥以野生及未經就接者爲貴。

實

[氣味] 酸，平，無毒。

時珍曰：梅花開於冬而實熟於夏，得木之全氣，故其味最酸，所謂曲直作酸也。肝爲乙木，膽爲甲木，人之舌下有四竅，兩竅通膽液，故食梅則津生者，類相感應也，不然，物之味酸者多矣，何獨梅能生津耶？

愚按：經云味過於酸，肝氣以津，言過於食酸，則肝氣盛而津泄，故曰脾氣乃絕。如梅實，一食便津，此時珍謂得木氣之全也。

烏梅

[氣味] 酸，溫，平，澀，無毒。

[主治] 下氣，除煩滿熱，止肢體痛，偏枯不仁，蝕惡瘡胬肉[11]《本經》，去痹，利筋脈，止下痢，好唾口乾《別錄》，調中去痰，治瘧瘴，止吐逆霍亂，除冷熱痢臟器，止休息痢《日華子》，療久嗽，治蚘厥時珍。

[方書主治]　暑證，咳嗽痰飲，嘔吐霍亂，瘧，諸見血證，溲血下血，自汗，不能食，口燥咽乾，泄瀉滯下，痔。

好古曰：烏梅，脾、肺二經血分藥也，能收肺氣，治燥嗽，肺欲收，急食酸以收之。

時珍曰：烏梅、白梅治病，皆取其酸收之義。惟仲景治蚘厥烏梅丸及蟲䘌方中用者，[12]取蟲得酸卽止之義，稍有不同耳。《醫說》載曾魯公痢血百餘日，國醫束手。陳應之用鹽水梅肉一枚，研爛，合臘茶，入醋服之，一啜而安。梁莊肅公亦痢血，應之用烏梅、胡黃連、竈下土，等分，爲末，茶調服，亦效。蓋血得酸則斂，得寒則止，得苦則澀故也。其蝕惡瘡胬肉，[13]雖是酸收，却有物理之妙。說出《本經》，其法載於《劉涓子鬼遺方》，用烏梅肉燒存性，研，傅惡瘡上，一夜立盡。按楊起《簡便方》云：起臂生一疽，膿潰百日方愈，中有惡肉，突起如蠶豆大，月餘不消，醫治不效。因閱本草，得此方，試之，一日夜去其大半，再上一日而平。乃知世有奇方如此，遂留搜刻諸方也。

之頤曰：先春而華，吸水雪以自濡，色青味酸，入厥陰肝，肝色青，肝味酸故也，故主吮泄腎液，以潤筋膜。經云味過於酸，肝氣已津，談說醋梅，口中酸出，吮泄之力可徵矣。是以對待水液焦涸，致熱煩滿悶，及上氣令心不安，與偏枯不仁致肢體痛及死肌惡肉，青黑痣者，咸可濡以潤之，藉子母更相生耳。

時珍止言其收，之頤專指其行，蓋各有所蔽也。

希雍曰：梅，得木氣之全，故其味最酸，所謂曲直作酸是也。烏梅多用之治痢。同川黃連、白芍藥、滑石、甘草、蓮肉、白扁豆、葛根、升麻、紅麴、橘紅作丸，治滯下如神。一味作湯，代茶飲，治火炎頭痛。

愚按：烏梅之用，類以爲酸收已耳。後學下一註脚，以爲得木氣之全。二說非不似也，第以《本經》所主治首言下氣，及止肢體痛，偏枯不仁，死肌等證，而《別錄》去痹，利筋脈，可謂酸收之功如是乎？卽木氣之全一語爲酸收註脚，亦大牽合矣。蓋木氣之全，則樂於宣瀉，如梅實之熟於夏者，賦木氣之全，而得宣於大火之流津，故告成功於實，應夏乃熟。是以梅實生津，獨異於他味之酸者，由其木氣全而起宣瀉，母盛，樂趨於子也，況直大火以爲子，而渾溢之氣更有異乎？卽以人身之津而言，《本經》謂其腠理發泄，汗出溱溱，是謂津，不可舉似以推其義歟？或曰：是則酸收盡非乎？曰：豈其然？蓋茲味就收而能致其行之用，就行而不離於收之體。夫行在收中，則收之功神；收在行中，則行之元裕。若止謂其酸收而已，是見其半而失其全者也，可乎？更思其先春獨華，乃獨稟寒水之精氣，以先透於風木之秀質，故犯霜雪而揚清芬。是其歷春而夏，所爲聚精毓英者，故不離於水化，由水化而達於火化，是卽所謂收卽有行，行不離收者也。豈可謂其木氣之全，具體而不適用乎？如梅實者，飽孕乎未達之陰，而急趨乎欲透之陽，是其孕而儲者，陰原具有陽也，其透而泄者，陽亦未離於陰也。斂其陰中之陽，以達其陽中之陰，卽其溱溱而津溢，可以思矣。方書所治諸證，其除煩渴，消暑毒，及霍亂後煩渴，又治口乾舌燥，其化濕痰積結，如瘧如瘴，及停飲以病於諸證，又療痰嗽而上逆者，調血病，如上行諸證用之雖少，而溲血下血奏效良多。凡此三者，總原於津液之化。夫肝、膽同爲津液府也，痰飲者，卽液之不能化血而滯爲痰飲也。血固水液之所化，而肝木乃血臟也，是皆不外於斂陰中之陽，以達陽中之陰也。若然，則茲味治下痢較治諸證爲多，亦得以前義概之乎？曰：夫津液痰飲血化，豈止以肝爲用哉？蓋此味具有肝之體用，而肝又以肺爲主，脾爲用，海藏已云爲脾、肺二經血分藥矣。卽爲二經血分藥，肝原血臟，何以不言肝乎？遺其主而言輔可乎？蓋一陰爲獨使，經言之矣。如痢之病於熱傷血者，從血分而和之養之，或兼清之，固未能舍氣分之劑以治血也。至如久痢斷後，以澀藥爲君，或佐之益胃健脾，滲濕分水，又或少佐之收氣歸元，然亦未能專致於氣而絕不根於血者也。如休息痢，由元陽虛而致脾虛有積，補元陽，行積滯，或加參、苓，似乎難同於血藥用矣，然亦未有離於陰氣以益陽者。又如休息痢、氣痢，膿血不止，由血分有餘熱，致氣不能還其一降一收之元者，故清熱和血，尤必斂其陰，不使血傷，因導其陽而俾氣暢，乃爲得當耳。若烏梅者，舉此下痢證，胥能合之以奏功，蓋所謂收陰中之陽，並陽之邪陽之虛而皆收之，其達陽中之陰，舉陰之滯陰之虛而皆和矣。更如霍亂後利不止，冷汗出，腹脇痛，是脾之元陽虛而濁陰不化，故冷汗出，腹脇痛，宜大補元陽，而兼化陰以益氣，並之和血清熱，乃入收後之劑，此非能斂陰中之陽而使陰清，遂導陽中之陰而使陽化，如烏梅者不可也。再如霍亂後下焦熱結，或利下膿血，煩痛，此由下焦陰虛而結熱，熱結而化濕，濕熱合則化膿血而煩痛，故宜從下焦之陰以收，而即能化陽，并升舉其陽之結氣，更燥濕守中養胃，佐以清煩熱而散痛，俾中焦和而下焦益清，是非如烏梅能收陰中之陽，即導陽中之陰者，未易幾其獲效也。蓋收陰中之陽，則陰不受陽傷；導陽中之陰，則陽不爲陰圉。其守中養胃，正所以調天氣地氣之樞也。由陰完而陽乃得紓，陽紓而陰乃得化，故此味總爲血分之藥，《本經》首言下氣者，正其調血之功耳。蓋肝、肺、脾各有遞爲君之時，而烏梅具肝體而全肺脾之用，乃得四應，故收卽寓行，行不離收，有如是耳。請再以其專爲收專爲行之證治相提而論之：如治自汗之安胃湯，因於心虛，風虛邪入，以成偏風證，方治先除其汗，慓悍之氣按而收之，此爲專於收者也；如下痢之黑丸子，因脾胃怯弱，飲食過傷，留滯不化，遂成下痢，此丸推導之，斟酌病情，期於滯盡，徐而議補，此所謂專於行者也。更治嘔吐之紫沉丸，治中焦吐食，由食積與寒氣相格，故吐而作痛，其治以溫行爲主者也。蓋未有一物而收行頓異，惟其收中有行，行不離收者，亦有主劑以爲合應分應之權輿，有如斯也。或曰：然則《本經》《別錄》何以絕不及收耶？曰：祇就其功用處言耳，然其體已具於其中。試就方書所療諸證，以通於《本經》《別錄》之主治，可得其體用俱全者，庶幾爲能察物理，不爲憒憒者之襲陳說也歟。

[附方並論]

大便下血，及酒痢久痢不止，用烏梅三兩，燒存性，爲末，醋煮米糊，和丸梧子大，每空心米飲服二十丸，日三。

小便尿血，烏梅燒存性，研末，醋糊丸梧子大，每服四十丸，酒下。

血崩不止，烏梅肉七枚，燒存性，研末，米飲服之，日二。

大便不通，氣奔欲死者，烏梅十顆，湯浸，去核，丸棗大，納入下部，少時卽通。

愚按：烏梅之治血，在下行者爲多，何以故？蓋《本經》首云下氣，夫血，隨於氣者也，第氣下而隨能止血者，又何以故？蓋血本於陰而化於陽，茲味由水而歸木，故能收陰，收陰並陰中之陽亦收之，茲味又由木而趨火，故能化陽，化陽卽并陽中之陰而化之。蓋因收得化，是卽下氣以爲固脫，原非止澀之劑也。若爲止澀之劑，何以大便不通者納之下部，乃反得通哉？愚故聚錄四方於一處，令覽者參悟焉。更茲味治蛔，亦類以爲得酸卽收之義，詎知他味之酸收者不少矣，何不取以伏蛔耶？蓋蟲由風化以生而濕化以成，唯此味之酸收者收其陰而化於陽，此所以有專功也。如蝕惡肉者，皆其收而能化之故耳。請以質之高明。

白梅 《釋名》：鹽梅、霜梅。

[**氣味**] 酸鹹，平，無毒。

[**主治**] 喉痹，痰厥僵仆，牙關緊閉者，取梅肉指擦牙根，涎出卽開。他治與烏梅仿佛一二時珍。蓋烏梅較良，資用更多。

愚按：烏梅、白梅，類以爲其功應同，殊不知其氣味已有不同者。蓋烏梅因製以達火氣，所謂收而能化，與白梅同鹽汁漬者，水火區以別矣。試取治下痢有茶梅丸，細求其分別之故，乃知其同而異也。且方書中有烏、白同用者，旣謂其功不殊，又何以取此贅耶？試一思之。

[**附方**]

茶梅丸：喉痹乳蛾，冰梅丸。用青梅二十枚，鹽十二兩，淹五日，取梅汁，入明礬三兩，桔梗、白芷、防風各二兩，豬牙皂角三十條，俱爲細末，拌汁和梅，入瓶收之，每用一枚，噙咽津液。凡中風痰厥，牙關不開，用此擦之，尤佳。

梅核膈氣，取半青半黃梅子，每個用鹽一兩淹一日夜，曬乾，又浸又曬，至水盡乃止，用青錢三個夾二梅，麻線縛定，通裝磁罐內，封埋地下，百日取出，每用一枚，含之咽汁，入喉卽消。收一年者治一人，二年者治二人，其妙絕倫。

暑氣霍亂，白梅一個，和仁搗碎，入絲瓜葉一片，或藕豆葉，再搗爛，用新汲水調，灌下，卽解。

中梓曰：風寒初起，瘧痢未久者，不可以此收斂也。

[修治] 造烏梅法：取青梅，籃盛[14]，於突上熏黑。若以稻灰淋汁潤濕蒸過，則肥澤不蠹。

造白梅：取大青梅，以鹽汁漬之，日曬夜漬，十日成矣，久乃上霜。

大　棗

卽曬乾大棗，宜入藥。今人亦有用膠棗之大者。

[氣味]　甘，平，無毒。思邈曰：甘辛，熱滑，無毒。東垣曰：溫。

[主治]　[15]溫胃益脾，和陰陽，調營衛，生津液，助十二經，療心下懸，少氣。和光粉燒，治疳痢。小兒患秋痢，與蛀棗食之良。殺烏頭、附子、天雄毒。

東垣曰：大棗，氣味俱厚，陽也，溫以補不足，甘以緩陰血。經云味甘，補經不足，以緩陰血，血緩則脈生，故能助十二經脈。

無己曰：大棗、人參之甘以緩脾。

又云：邪在半表則營衛爭之，辛甘解之，薑、棗以和營衛。

又曰：張仲景治奔豚，用大棗滋脾土，以平腎氣也。治水飲脇痛，有十棗湯，益土而勝水也。

丹溪曰：棗，屬土而有火，味甘性緩，甘先入脾，補脾者未常用甘，故今人食甘多者，脾必受病也。

時珍曰：《素問》言棗爲脾之果，脾病宜食之，謂治病和藥，棗爲脾經血分藥也。若無故頻食，則生蟲損齒，胎病多矣。按王好古云中滿者勿食甘，甘令人滿，故張仲景建中湯心下痞者減餳、棗，與甘草同例，此得用棗之方矣。

希雍曰：大棗，純得土之冲氣，兼感天之微陽以生，《本經》味甘氣平，無毒，東垣、孟詵言溫，氣味俱厚，陽也，入足太陰、陽明經。經曰：裏不足者以甘補之。又曰：形不足者溫之以氣。甘能補中，溫能益氣。

［附方］

調和胃氣，以乾棗去核，緩火焙燥，[16]為末，量多少入少生薑末，白湯點服，調和胃氣，甚良。

婦人臟燥，悲傷欲哭，象若神靈，數欠者，大棗湯主之，大棗十枚，小麥一升，甘草二兩，每服一兩，水煎服之。亦補脾氣。

許叔微《本事方》云：一婦病臟燥，悲泣不止，祈禱備至。予憶古方治此證用大棗湯，遂治與服，盡劑而愈。古人識病治方，妙絕如此。又陳自明《婦人良方》云：程虎卿內人妊娠四五個月，遇晝則慘戚悲傷淚下，數欠，如有所憑。醫巫兼治，皆無益。管伯周說先人曾語此治須大棗湯乃愈，虎卿借方治藥，一投而愈。

愚按：朱丹溪先生云補脾者不常用甘，誠精詣語。蓋脾土合四氣，豈得常執一甘以補之？且甘為五味之主，諸藥味但兼有甘者，便有隨甘引入各經之妙，蓋胃行氣於三陰三陽，而脾更有胃行之者也，又安得執甘以胃止於益脾哉？

希雍曰：棗雖能補脾胃，益氣，然而味過於甘，中滿者忌之。小兒疳病不宜食，齒痛及患痰熱者不宜食。生者尤不利人，多食致寒熱。

［修治］　入藥須用青州及晉地曬乾大棗，良。

【校記】

〔1〕臡，原誤作"弩"，今據文義改。
〔2〕論，原誤作"偏"，今據《本草述鉤元》卷十六改。
〔3〕臡，原誤作"弩"，今據文義改。
〔4〕臡，原誤作"弩"，今據文義改。
〔5〕毋，原誤作"母"，今據文義改。
〔6〕臼，原誤作"柏"，今據《本草綱目》卷二十九改。
〔7〕滯，原誤作"帶"，今據《本草經疏》卷二十三改。

〔8〕《杜陽雜編》,"雜"字原脫,據唐代蘇鶚《杜陽雜編》書名補。

〔9〕令,原誤作"冷",今據《本草述鉤元》卷十六改。

〔10〕二斗,原誤作"一升",今據《本草綱目》卷二十九、《本草述鉤元》卷十六改。

〔11〕胬,原誤作"弩",今據文義改。

〔12〕丸,原誤作"片",今據《本草綱目》卷二十九改。

〔13〕胬,原誤作"弩",今據《本草述鉤元》卷十六改。

〔14〕籃,原誤作"藍",今據《本草綱目》卷二十九、《本草述鉤元》卷十六改。

〔15〕主,原誤作"上",今據《本草述鉤元》卷十六改。

〔16〕煏,原誤作"逼",今據《本草述鉤元》卷十六改。

《本草述》卷之十七

山果部

梨

時珍曰：惟乳梨、鵝梨、消梨可食，餘梨則亦不能去病也。乳梨即雪梨，鵝梨即綿梨，消梨即香水梨也。

實

[氣味] 甘，微酸，寒，無毒。

[主治] 卒暗風不語，生搗汁頻服，解丹石，熱氣驚邪，除賊風，吐風痰，止心煩，氣喘熱狂，散胸中痞塞熱結，治熱嗽，止渴潤肺，涼心消痰，降火，解酒毒。

《北夢瑣言》曰：有一朝士見奉御梁新，診之，曰：風疾已深，請速歸去。復見鄜州馬醫趙鄂，診之，言與梁同，但請多噢消梨，咀齕不及，絞汁而飲，到家旬日，唯噢消梨，頓爽也。

《類編》云：一士人，狀若有疾，厭厭無聊，往謁楊吉老診之。楊曰：君熱證已極，氣血消鑠，此去三年，當以疽死。士人不樂而去，聞茅山有道士，醫術通神，而不欲自鳴，乃衣僕衣詣山拜之，願執薪水之役，道士留置弟子中。久之，以實白道士。道士診之，笑曰：汝便下山，但日日噢好梨一顆。如生梨已盡，則取乾者泡湯，食滓飲汁，疾自當平。士人如其戒。經一歲，復見吉老，見其顏貌腴澤，脈息和平，驚曰：君必遇異人，不然豈有痊理？士人備告吉老。吉老具衣冠，望茅山設拜，自咎其學之未至云。

時珍曰：梨，能治風熱，潤肺涼心，消痰降火，解毒，乃先哲不言其功。觀《瑣言》《類編》所云，則梨之功豈小補哉？但不宜過食耳。

《類明》曰：丹溪云中風語澀，聲音不出，用生梨汁。無梨時月，用條燒瀝。夫語言不出，熱傷於絡也，梨瀝寒滑，能解絡熱，以其滲灌深入絡中也。小兒科中有梨漿飲，以治疳熱，亦取其寒潤之功。

希雍曰：梨成於秋，花實皆白，其得西方之陰氣者乎？味甘微酸，氣寒無毒，入手太陰，兼入足陽明經。如諸本草所云，治卒暗風不語，解丹石，熱氣驚邪，吐風痰，止心煩，氣喘熱狂，解胸中痞寒熱結，療熱嗽，止渴等證，良不謬也。凡人有痛處，脈數無力，或發渴，此癰疽將成之候，惟晝夜食梨，可轉重為輕。膏粱之家，厚味釀酒，縱恣無節，必多痰火卒中癰疽之病，數食梨可變危為安，功難盡述。梨汁同霞天膏、竹瀝、童便，治中風痰熱；同人乳、蔗漿、蘆根汁、童便、竹瀝，治血液衰少，漸成噎膈；治小兒內熱，痰壅喉間，吐不出，或因驚熱生痰，或因風熱生痰，取梨汁時時與之，加牛黃分許，神效；痰喘氣急，梨剜空，納小黑豆令滿，留蓋合住繫定，糠火煨熟，搗作餅，每日食之至效。

愚按：梨之佳者多產於北土，而實又結於秋，其華色白而如雪之六出，謂其氣寒也，豈曰不然？第以二月吐華，其色白而片六出，是固稟金氣以吐至陰之秀，即在風木司令之時而已歸然矣，乃歷夏而秋，復歸金氣以結實，則所以孕育至陰者更厚也。乃前哲不能明其功，而後學頗誦言之，然未有若暗風不語之一證，足以闡其功而廣其用也。夫經之言不語者，多屬心腎之虛，是固然矣，但有曰搏陰則為瘖，又曰陽氣重上，有餘於上，炙之則陽氣入陰，入則瘖。若然，則所謂搏陰者，即陽邪之相搏也。《脈要精微論》曰：心脈搏堅而長，當病舌卷不能言。夫心脈搏堅而長者，肝邪乘心也。搏，謂弦。強搏擊於手也。統而參之，則所云陽搏陰，當以肝邪為首矣。抑此味何以遽能奏績於茲證哉？曰：心腎雖水火互宅，然每每患於不交，以陰不至於陽也。如陽中有陰，為離中之坎母，則手太陰肺是已。茲味稟金氣以厚育真陰，則陽火不致因風鼓焰，且金氣獨稟，翯然於風木乘權之候，舉風木陽邪亦且帖然，故陽不能搏陰，而心之主舌者得司其職，皆此之由也。在孟詵云卒暗風不語，生搗汁，頓服之，又《開寶本草》亦云治客熱中風不語，孟詵云治胸中痞塞熱結，而《日華子》亦曰除賊風，止心煩，氣喘熱狂，卽《開寶》亦云解熱氣驚邪。合觀之，則何非陽邪之搏陰而肝風之爲患也哉？故卽此一證以思其功，則可以推而盡其用矣。如《瑣言》之云治風，《類編》之言治熱結，不有明徵也乎？是入手太陰及手少陰經，而時珍所謂潤肺涼心，消痰，解熱毒，誠不妄也。每簡類中風證亦多用之，豈可以爲尋常食品而置之，唯購難得之藥哉？

希雍曰：肺寒咳嗽，脾家泄瀉，腹痛冷積，寒痰痰飲，婦人產後，小兒痘後，胃冷嘔吐及西北真中風證，法咸忌之。

[修治] 《物類相感志》言梨與蘿蔔相間收藏，或削梨蔕種於蘿蔔上，藏之，皆可經年不爛。今北人每於樹上包裹，過冬乃摘，亦妙。

木瓜 頌曰：榠樝，絕類木瓜，惟蔕間別有重蔕似乳者是木瓜。

木瓜處處有之，而宣城者爲佳。木狀如柰，春末開花，深紅色，入夏綴實，其實如小瓜而有鼻，鼻乃花脫處，非臍蔕也。皮薄色赤黃，香而甘酸，津潤而不木者，爲木瓜；圓小於木瓜，味木而醋澀者，爲木桃；似木瓜而無鼻，大於木桃，味澀者，爲木李，亦曰木梨，卽榠樝及和圓子也。

[氣味] 酸，溫，無毒。思邈曰：酸鹹，溫，澀。木瓜，其味甘酸，甘三而酸七。然甘雖少而居其先，酸乃繼之，是入中土而效風木之用者也，故能和血行濕。孫以爲帶澀，非也，澀者乃木桃、木李也。

[主治] 霍亂大吐下，轉筋不止，並諸筋攣，治濕痹腳氣，腳氣衝心，下冷氣，止吐瀉奔豚，心膈痰唾，治腹脹善噫，[1] 水腫，冷熱痢，水利後渴不止，作飲服之，其功調營衛，助穀氣，和胃，滋脾益肺，消暑毒。

宗奭曰：木瓜得木之正，酸能入肝，故益筋與血，病腰腎腳膝無力，皆不可缺也。人以鉛霜或胡粉塗之，則失醋味，且無渣，蓋受金之制也。

東垣曰：木瓜，入手足太陰血分，氣脫則能收，氣滯則能和。

時珍曰：筋轉必起於足腓，腓及宗筋皆屬陽明，土病則金衰而木盛，故用酸溫以收脾肺之耗散，而藉其走筋以平肝邪。時珍平肝邪語，大露醜態，故其說多不采。

盧復曰：木實曰果，艸實曰蓏音魯。木瓜類蓏，稟草木之金氣者也，性專甲拆而真氣從之，故主諸痹腳氣，濕傷於下者，取效甚捷。

希雍曰：木瓜實得春生之氣，稟曲直之化，故其味酸氣溫，性無毒，氣薄味厚，降多於升，陽中陰也，入足太陰、陽明，兼入足厥陰經。得白藊豆、藿香、白茯苓、橘皮、白梅、人參、白术、甘草、砂仁、香茹，治傷暑霍亂，吐瀉不止，加入石斛、雞舌香，治轉筋；同薏苡仁、术、茯苓、五加皮、石斛、萆薢、[2]黃檗，治濕熱腳氣；同人參、白茯苓、麥冬、藿香、白豆蔻、竹茹、枇杷葉，治胃虛嘔吐；一味末之，白湯吞三錢，日五服，治楊梅結毒，有效；入六合湯，治暑月霍亂。

愚按：經云東方生風，風生木，木生酸，酸生肝，肝生筋，又云得春之暖，然則木瓜之味酸而氣溫，繆氏所謂得春生之氣、稟曲直之化者是也。但酸溫之劑不少，何此獨療筋病乎？緣其味酸合有甘，是兼乎稼穡之氣化以和血，更津潤而味不木，合乎淖溢之溫氣以養筋。夫經脈與經筋是二是一，所以療筋病有專功也。請更悉之。蓋木瓜，木之實也，實固木之真種子也，其結於夏火，而不離乎春木之氣與味，曰溫曰酸者，反其所自始也。但稟春氣者却乘夏火以結實，其味先有甘，由受氣於火中之土也，其獨有津潤而迥殊於他果，由取精於大氣之流津也，是則從中土而育肝之體，復從大火淖溢而致肝之用，則肝氣於何而不暢，血臟於何而不和？是所謂行濕而能達脾肺之氣者此也，卽從脾肺氣達而能利肝腎之血者此也。種種所治，乃見一陰爲獨使之義耳。或曰：若然，是寇氏所謂入肝者良然，而入脾胃與肺之說盡無據乎？曰：詎知效脾胃及肺之益者，還以歸其益於肝也。夫木瓜之用專在筋，在經不曰肝主筋乎？且茲味塗以鉛霜、胡粉則失酸味，爲木受金制者，非其得木之正而入肝之的據乎？如以此味能治霍亂轉筋，而霍亂固由於脾胃乎？不思霍亂之所因不一。卽霍亂未至於轉筋，則木瓜猶非急須者也，至霍亂轉筋，昔哲論之詳矣。蓋謂陽明養宗筋，或內傷外淫攻閉諸脈，陰陽之氣反戾，致暴吐下，津液頓亡，而宗筋失所榮養，遂爲攣縮急痛。細味此論，則霍亂起於脾胃，卽霍亂而轉筋亦根於脾胃。然至於轉筋始由脾胃以病肝，是則脾胃反受病於肝矣，於斯不急治肝，而猶欲專治脾胃乎？況不急治肝，則脾胃愈病乎？此木瓜入肝而治轉筋，還以效脾肺之用者。蓋溫散以利淩戾之暴氣，酸津以潤耗散之脫氣，使筋有所榮養，而不使肝木增其燥急，[3] 以甚脾胃之疾也。或曰：如先哲所云，厥功不盡於療筋者，豈其功亦專在肝歟？曰：人身之氣血，皆生化於脾胃，而土以木爲用，經言之矣。經又曰一陰爲獨使，謂其下本陰中之陽以升，上承陽中之陰以降也，乃中土屬於氣交。有升其陰中之陽者，而胃之氣以升，升而至於天；有降其陽中之陰者，而胃之氣以降，降而至於地。如陰中之陽不升，是風鬱也，還以搏濕，是病在氣分之陽而營亦病，蓋陽不升則陰亦不升也；如陽中之陰不降，是濕鬱也，還以化風，是病在血分之陰而衛亦病，蓋陰不降則陽亦不降也。若木瓜所云行濕而和血，卽以化氣，是謂陰降而陽隨，營機動而衛氣亦暢。升降二義，正與前云攻閉諸脈、陰陽之氣反戾爲對待治法。蓋升降之道窮，故曰反戾。試觀傷寒霍亂，轉筋脈弦者，爲木克土，投建中湯，而加柴胡、木瓜者，其義可思。木瓜何以能降？蓋血和則陰自降也。夫脾胃固氣血之海，而肝膽又氣血之先導。此雷敩所以謂其能調營衛，助穀氣也。若然，其宣經脈、調營衛者，卽不病於轉筋，亦藉此氣血之先導者以益脾胃，而肝腎乃還受其益，如濕痺腳氣，非由胃陽不降乃還病於肝腎乎？故知其功專於肝。卽推之病於肝腎之他證，如藏器所云治腳氣衝心，下冷氣，止嘔逆，心痛痰唾，止水利後渴不止，又如《日華子》所云止吐瀉奔豚及水腫，冷熱痢，心腹痛，又如好古所云治腹脹善噫，心下煩痞，凡此皆得用斯味，以盡其功於主輔矣。抑此味要領，固在去濕以和血中之滯歟？曰：是也。然又云能療風者何居？曰：濕固血分之病，血虛血熱固皆生風，而血鬱化濕亦化風，前義豈不悉哉？然則有謂其爲肝之用等於風水勝濕者，將無同歟？曰：非然也。諸風藥勝濕而燥血，木瓜和血而行濕，非勝之也。經曰：辛甘發散爲陽，酸苦涌泄爲陰。諸風藥多辛，陽也，木瓜正酸，陰也。本乎地者親下，此木瓜之所以治脚氣及水腫也，奈何與風藥並論哉？經言筋病熱則縱弛，寒則攣縮，理固然也。第濕熱之爲病最能傷血，血傷則筋失所養，亦爲攣縮。知此，則木瓜之治轉筋也似濕熱亦宜，但必黃連輩爲主耳。就其酸味入肝者，亦有別焉。酸而寒者若白芍，則能斂肝之邪氣；酸而溫者若木瓜，則能和肝之生氣。故寇氏謂腰腎脚膝無力，皆不可缺者，正爲是耳。如概以酸爲主收，彼春令之木主酸，何以其性爲暄，其德爲和，其用爲動，其化爲營，其政爲散，其令宣發乎？即東璧氏亦以伐肝爲言，猶乎執一之誤耳。先哲謂木瓜得木之正者此也。經曰多食酸令人癃，是惡其過也。夫五味豈可偏勝耶。按轉筋不由於霍亂者，劉河間論轉筋皆屬火，朱丹溪謂屬血熱，二說朱先生較勝。然亦有血虛筋失所養，則轉而急痛不能舒也，宜養血爲主；又或營血中素有留熱，更乘於風寒外束，致鬱熱之在血中者，勢益奮急，而筋亦爲之轉動，此先散風寒，而次清營中之熱。二則皆不可少木瓜，然不等於霍亂轉筋，其患爲劇也。蓋霍亂轉筋，是脾病以及肝，而肝還病乎脾，其治由肝以療脾；不由霍亂轉筋，是其病止於肝而未病乎脾，止治肝足矣。又有肝腎之病不專患乎轉筋者，此必藉氣血生化之脾，而脾還藉肝以達之，更不似霍亂轉筋，望其戡亂爲功，唯資其調宣爲先耳。是所謂功不盡於轉筋者也，知此三則，庶乎投之悉當矣。

[附方]

四蒸木瓜丸：治肝腎脾三經氣虛，爲風寒暑濕相搏，流注經絡，凡遇時令不和，七情怫鬱，必至發動，或腫滿，或頑痹，憎寒壯熱，嘔吐自汗，霍亂吐利。用宣州大木瓜四個，切蓋剜空，聽用，一個入黃耆、續斷末各半兩於內，一個入蒼朮、橘皮末各半兩於內，一個入烏藥、黃松節末各半兩於內，黃松節卽茯神心中木也，一個入葳靈仙、苦葶藶末各半兩於內，以原蓋蓋好，拴定，用酒浸透，入甑內蒸熟，曬乾，再浸蒸，如此三度，搗末，以榆皮末、水和糊，丸如梧子大，每服五十丸，温酒、鹽湯任下。

項强筋急，不可轉側，肝腎二臟受風也。許叔微嘗治患斯證者，每自午後發，黄昏時定，許云：此必先從足起，少陰之筋自足至項，筋者肝之合，今日中至黄昏，陽中之陰，肺也，自離至兌，陰旺陽弱之時，故《靈寶畢法》云：離至乾。腎氣絶而肝氣弱，肝腎二臟受邪，故發於此時。用木瓜二個，去瓤，入没藥二兩、乳香二錢半於内，飯上蒸三四次，搗爛爲膏，每用三錢，入生地汁半盞、無灰酒二盞，暖化溫服，及都梁丸服之而愈。都梁丸，即香白芷一味，用沸湯泡，洗净焙乾，蜜丸如彈子大。

愚按：木瓜所治在肝腎，肝腎居下，而病於前證，叔微謂爲陽中之陰，肺也，爲其受外之風邪，故舉肺而言也。粗者不察如此等證，遂以爲入肺耳。詎知兹味本和經脈之藥，即不能外脾肺，而肺脈之所交者，固交於肝也，《内經》之義甚明。雖肺司氣臟，肝司血臟，二臟交相爲用，然未有經脈不和而肺氣得理者，如之何不切於益肝腎乎？蓋衝脈者，經脈之海也，肝腎司之，故《本經》主治先及濕痹腳氣。

[附方]

腎臟虚冷氣攻，腹脇脹滿疼痛，用大木瓜三十枚，去皮核，剜空，以甘菊花末、青鹽末各一斤填滿，置籠内蒸熟，搗成膏，入新艾茸二斤搜和，丸如梧子大，每米飲下三十丸，日二。

臍下絞痛，木瓜三片，桑葉七片，大棗三枚，水三升煮半升，頓服，即愈。

希雍曰：下部腰膝無力，由於精血虚真陰不足者，不宜用；傷食，脾胃未虚，積滯多者，不宜用。

愚按：真陰不足之病，非此味所能療，不謂其有害也，審之。

[修治] 忌犯鐵器，以銅刀削去硬皮并子，切片曬乾，入藥以陳久者良。

山樝 音渣。

時珍曰：山樝，其類有二種，皆生山中。一種小者，山人呼爲棠杭子，朹，音求，方書中有糖梂，疑卽棠朹也。可入藥用，樹高數尺，葉有五尖，椏間有刺，三月開五出小白花，實有赤、黃二色，肥者如小林檎，小者如指頭，九月乃熟；一種大者，山人呼爲羊朹子，樹高丈餘，花葉皆同，但實稍大而色黃綠，皮澀肉虛爲異爾。功應相同，而采藥者不收。

實

[氣味]　酸，冷，無毒。時珍曰：酸甘，微溫。

[諸本草主治]　健胃，消食積，行結氣，並結聚痰飲，痞滿吞酸，滯血痛脹，並療小腸疝氣及腰痛，有效。女子產後兒枕痛，惡露不盡，煎汁入砂糖服之，立效。更小兒痘疹不快，用山樝五個酒煎，入水溫服，卽出。又痘疹乾黑危困者，用棠梂子爲末，紫草煎，酒調服一錢。

[方書主治]　傷飲食，瘧，鬱，水腫脹滿，積聚痰飲，溲血畜血，不能食，泄瀉，疝。

中梓曰：山查，善去腥羶油膩之積，與麥芽消穀積者不同。核，主催生疝氣。仲景治傷寒一百一十三方，未嘗用麥芽、山查，何也？爲其性緩，如治世之良吏，非亂世之能臣，故但用大小承氣，不用山查、麥芽也。

希雍曰：山查，稟木氣而生，《本經》云味酸氣冷，然觀其能消食積，行瘀血，則其氣非冷矣，入足陽明、太陰經二經，其功長於化飲食，健脾胃，行結氣，消瘀血，故小兒、產婦宜多食之。同礬紅、黃連、紅麴，消肉積；同紅麴、麥芽、橘皮、白朮、肉豆蔻、厚朴、砂仁，能消食健脾；同牛膝、生地黃、當歸、續斷、益母草、澤蘭、牡丹皮、蒲黃、芍藥，治產後兒枕作痛。

愚按：山樝之味酸有甘，氣又微溫，甘味歸於氣之微溫，而本於酸以行之，是經所謂甘傷脾，酸勝甘，木固爲土用以行其生化，此其能消食積者也。若然，則行結氣，化滯血，義亦取諸此乎？曰：後天氣血皆生化於脾胃，乃甘酸合以爲用，而熟待於深秋，是土得木之用，而木又受金之氣也。夫木氣至於金而氣化，金至於木而血化，皆不越於中土，固陰陽升降之玄機也。此味雖未化金味而已稟金氣，此所以不獨行結氣，更能化滯血也，氣行血活，如所謂結聚痰飲，痞滿吞酸，又何不治乎？至療小腸疝氣及愈腰痛者，舉不外是。蓋氣血疏越如在脾胃，彼小腸固爲心肺胃行其氣化，卽在氣中而行其血化者也。腰雖腎之府，[4]然亦爲陽明經之所過。夫足陽明氣結血滯，皆能病於身半以下，況其本經之所過，衝脈之所附乎？故此味在先哲一曰健胃，一曰補脾，豈可止以消食一節盡其功哉？抑木瓜亦曰甘酸也，何以入肝入胃之不同？蓋木瓜酸勝而兼乎甘者也，故入肝而效用於脾；山樝雖甘不居其全，而猶勝乎酸者也，故入胃而藉用於肝。況一則氣溫，結實於夏也，木得子氣而益宣，卽酸有潤，如所謂材木流津者，以養筋脈而效陽明之功用；一則氣雖非冷，而亦非甚溫，其實熟於深秋也，土得子氣而益暢，甘不離酸，一似土藉木用者，又歸從革以宣中土之結滯。此二物之不同，有如斯矣。

[附方]

偏墜疝氣，山樝肉、茴香炒，各一兩，爲末，糊丸梧子大，每服百丸，空心白湯下。

老人腰痛及腿痛，用棠梂子、鹿茸炙，等分，爲末，蜜丸梧子大，每服百丸，日二服。

丹溪曰：山查，大能尅化食積，然亦大不宜於脾弱不思飲食者。

希雍曰：如脾胃虛兼有積滯者，當與補藥同施，亦不宜過用也。

時珍曰：生食，多令人嘈煩易饑，損齒，齒齲人尤不宜也。

[修治] 時珍曰：九月霜後取帶熟者，去核曝乾，或蒸熟，去皮核，搗作餅子，日乾用。

柹音士。俗作柿者，誤。柿，音肺，削木片也。

按時珍曰：生柹，置器中自紅者謂之烘柹，日乾者謂之白柹，火乾者謂之烏柹，水浸藏者謂之醂音覽。柹。又云：所謂烘柹，非火烘也。柹原青綠色，收置器中，自然紅熟，如火烘也，唯此爲生柹。如白柹，是用大柹去皮捻音聶，指捻也。扁，日曬夜露至乾，內甕中，待生白霜取出，故謂之白柹,今人呼爲柹餠是也。烏柹,乃火熏乾者。醂柹,用水收鹽浸之,或灰汁浸三四度,令汁盡,著器中,經十餘日卽可食。愚按此三種,一經日曬乾,一由火熏,一由水浸。水浸者,時珍謂不宜治病。至火熏者,隱居謂其大熱。雖未必爾,然亦失其療病之義,恐亦在所置也。唯以生柹與日乾者較之,生柹性冷,而日乾柹稍殺其冷性,酌於可以對待之證,庶幾投之,能奏功耳。

白柹

[氣味] 甘,平,澀,無毒。

[主治] 開胃澀腸,消痰止渴,治吐血,潤心肺,療肺痿,心熱咳嗽,潤聲喉《日華子》,治反胃,咯血腸澼,痔漏下血時珍。

柹霜,清上焦心肺熱,生津止渴,化痰寧嗽,治咽喉口舌瘡痛時珍。《準繩》中風證內失音不語,其治有加味轉舌膏,中用柹霜,則爲清肅上焦之劑可知。

丹溪曰:乾柹,屬金而有土,屬陰而有收意,故止血治嗽,亦可爲助也。

時珍曰:柹,乃脾肺血分之果也,其味甘而氣平,性澀而能收,故有健脾澀腸、治嗽止血之功。蓋大腸者,肺之合而胃之子也。真正柹霜乃其精液,入肺病上焦藥尤佳。按方勺《泊宅編》云:外兄劉掾云病臟毒下血,凡半月,自分必死。得一方,只以乾柹燒灰,飮服二錢,遂愈。又王璆《百一方》云:曾通判子病下血十年,亦用此方,一服而愈。爲散爲丸皆可,與本草治腸澼、消宿血、解熱毒之義相合,則柹爲手足太陰血分之藥,益可徵矣。

希雍曰:柹,稟地中之陰氣以生,故味甘氣寒無毒,入手足太陰經,能清金水二臟火熱。乾柹,寒氣稍減,能厚腸胃,補不足,而清熱不減於生柹。柹霜,長於清肅上焦火邪,兼能益脾開胃。柹霜,得桑根白皮、百部、天麥門冬、炒參、貝母、蘇子、枇杷葉、橘紅、栝樓根,作丸噙化,治肺經有火,咳嗽生痰。

愚按:柹,於四月開花,而結實至八九月乃熟,是其實固受金氣之專矣。丹溪所謂屬金而有土者,以其氣孕畜於土旺之後而歸金以成也,又謂屬陰而有收意，亦本於是耳。隱居云：日乾者性冷，生柹彌冷。斯言確矣。第繹其主治，似於肺及大腸之功爲專，而謂其開胃，更言其健脾胃氣者謂何？且性冷之味於脾胃何以得當也？蓋經曰氣之清者上注於肺，濁者下走於胃，是以天氣穀氣分清濁，卽經所云受穀者濁，受氣者清也，似乎肺胃之所受有二。然經更云真氣者與穀氣並而充身也，是肺胃所受，其氣又合而一也。如茲味之性冷者，食之固先入胃矣。第上焦天表之陽，而陰生化於其中者，以有專金之母氣也。使上焦心肺有熱，致金氣生化爲之虧，則經所謂肺之濁氣下注於經者，胃先受之，而胃此之所受，乃上焦亢陽之氣，令胃中津液由熱化痰，復由痰滋熱，惟取茲味稟金氣之專，屬陰而有收者，乃可以對待之。是茲味固上焦痰熱之的對，而胃先受其甘冷之益者也。夫如是，乃得開胃而健脾氣，謂開胃中痰熱之所結滯，而令脾氣得運行之常也，故卽反胃可療，而消痰止渴胥有功也。胃得如是，則胃之清氣上至於肺，乃俾肺與大腸之一氣流貫者，得以循其天度而還其陽中之陰，金氣不虧生化，則營衛和，此吐血咯血，血淋腸澼，痔漏下血之皆治，而止熱嗽，療肺痿，潤聲喉尤其首及者也。夫除痰熱之味不少，而獨以專功歸之茲者，以其稟金氣之專，屬陰而收，爲斯證之的對。至於由肺而先清胃，卽由胃而還清肺，又豈非真氣與穀氣並而充身者之明徵乎哉？

[附方]

反胃吐食，乾柹三枚，連蔕搗爛，酒服，甚效。切勿以他藥雜之。

男女脾虛，腹薄，食不消化，面上黑點者，用乾柹三斤，酥一斤，蜜半斤，以酥、蜜煎匀，下柹，煮十餘沸，用不津器貯之，每日空腹食三五枚，甚效。

痰嗽帶血，青州大柹餅，飯上蒸熟，批開，每用一枚，摻真青黛一錢，臥時食之，薄荷湯下。

熱淋澀痛，乾柹、燈心等分，水煎，日飲。

小兒秋痢，以粳米煮粥，熟時入乾柹末，再煮三兩沸，食之，乳母亦食之。

希雍曰：柹性寒，肺經無火，因客風寒作嗽者忌之。冷痢滑洩，腸胃虛脫者忌之。脾家素有寒積及感寒腹痛，感寒嘔吐者，皆不得服。不宜與蟹同食，令人腹痛作瀉。

柹蒂

[氣味] 澀，平，無毒。

[主治] 咳逆噦氣，煮汁服詵。

愚按：本草以咳逆噦氣類言之，是以咳逆即噦氣也。然後學致辨，以噦爲呃逆，非咳逆，而咳逆即是咳嗽。引《內經・生氣通天論》云：秋傷於濕，上逆而咳。以此二語，証咳逆之證明屬咳嗽肺病，斷非胃氣之上而爲呃也。且丹溪亦謂呃逆屬氣逆，更成無己言胃氣逆爲噦，是則噦可與呃逆類言，而不可謂其與咳逆同病也。第就呃逆證，其所因而逆者固不一矣。[5]《方書六要》云：是證有痰，有火，有氣虛，有陰火，有胃寒，有氣鬱，有死血。就其所因而治，其投劑亦不一也。如柹蒂之治，止寒之一因耳。在《準繩》云潔古柹錢散、《寶鑑》丁香柹蒂散、羌活附子湯，皆熱劑，唯寒呃宜之。又戴復菴曰：寒用丁香柹蒂，熱用調胃承氣。然則柹蒂其可概用乎哉？如疑柹蒂屬寒，詎知本草原謂澀平，不等於乾柹之寒也，將以爲與乾柹同寒，如治反胃證，何以用乾柹，更用柹蒂乎？[6]蓋乾柹取其清熱，而蒂止取其助乾柹以下氣云爾。所以潔古之柹錢散，丁香、人參溫寒補胃，更藉柹蒂下氣，蓋得金氣之專以收也。故本草云澀平，澀即收氣，而平即陽歸於陰，亦秋收之氣也。必如是而後明於用柹蒂之義。如時珍云云，於斯義尚多憒憒，故悉置之弗錄也。

陳橘皮

橘樹與枳、橙皆有刺，但枳、橙葉有兩刻，俗所謂藥葫蘆是，而橘葉兩頭尖，並無兩刻耳。橘與柑葉無異，但柑樹無刺。至二實之味，辨於時珍說，見後。

[氣味] 苦辛，溫，無毒。

[主治] 開胃和中，利水穀，理氣消痰，治上氣咳嗽，定嘔噦嘈雜，時吐清水，及大腸閟塞，並氣痢，除膀胱留熱停水。

東垣曰：橘皮，氣薄味厚，陽中之陰也，可升可降，爲脾肺二經氣分藥。留白則補脾胃，去白則理肺氣。同白术則補脾胃，同甘草則補肺，獨用則瀉肺損脾。

潔古曰：紅橘皮能益氣，加青皮減半，去滯氣，推陳致新。

原曰：橘皮，能散，能瀉，能温，能補，能和，化痰治嗽，順氣理中，調脾快膈，通五淋，療酒病，其功當在諸藥之上。

時珍曰：橘皮，苦能泄能燥，辛能散，溫能和，其治百病，總是取其理氣燥濕之功。同補藥則補，同瀉藥則瀉，同升藥則升，同降藥則降。脾乃元氣之母，肺乃攝氣之籥，故橘皮爲二經氣分之藥，但隨所配而補瀉升降也。潔古張氏云陳皮、枳殼，利其氣而痰自下，蓋此義也。同杏仁治大腸氣閟，同桃仁治大腸血閟，皆取其通滯也。

希雍曰：橘皮，花開於夏，實成於秋，得火氣少金氣多，故味辛苦，氣溫無毒，味薄氣厚，降多升少，陽中之陰也，入手足太陰、足陽明經。同人參、何首烏、桂枝、當歸、薑皮，治三日瘧寒多；得白豆蔻、生薑、藿香、半夏，治胃家有寒痰，或偶感寒氣，傷冷食，嘔吐不止；同人參、白术、白茯苓、甘草、山藥、白豆蔻、藿香、麥芽、山查、白藊豆，治脾胃虛，飲食不化，或不欲食，食亦無味；同蘇子、貝母、枇杷葉、麥門冬、桑根白皮、沙參、栝樓根、五味子、百部，治上氣咳嗽，能消痰下氣；同枳殼、烏藥、木香、草豆蔻、檳榔，治氣實人暴氣壅脹；同蒼术、厚朴、甘草，爲平胃散，治胸中脹滿。入二陳湯，治脾胃濕痰及寒痰痰飲。

愚按：橘皮，味苦而辛，辛苦適均而氣溫，據其苦泄辛散溫行，以爲行滯氣之劑，幾與他散氣藥同矣。不知殊有不然者。《本經》於茲味獨謂其能利水穀，夫後天之氣卽水穀氣，合於真氣以充身者也，水穀利，則水穀之氣暢，以並於真氣。盧氏曰：經云上焦開發，宣五穀味，薰膚，充身，澤毛，若霧露之溉，橘皮有焉。斯言近之矣。想像此義，則所列治效似偏從氣滯著脚，而尚不能善用之者也。唯是昔哲所謂橘皮能散，能瀉，能溫，能補，能和，又謂其同於羣藥以爲補泄升降，並合寒熱以奏功者，大有理會也。夫氣生化於脾肺，本以流行爲無病，然氣之寒者熱者，升者降者，補者泄者，一有不宜，皆能著滯以爲病。若謂橘皮專以泄滯氣爲能，是求其行而反得滯也。唯能合諸治以爲治，則可以思其所長也。即如傷寒治噦，有橘皮竹茹湯以治熱，又有橘皮乾薑湯以治寒，不可概見哉？但東垣謂不宜單用，所宜三復，並致戒於多用久用者，誠慎之也。

[附方]

潤下丸：治濕痰因火泛上，停滯胸膈，咳唾稠粘。陳橘皮半斤，入砂鍋內，鹽五錢，化水，淹過煮乾，粉甘草二兩，去皮，蜜炙，各取淨末，蒸餅和丸梧桐子大，每服百丸，白湯下。

寬中丸：治脾氣不和，冷氣客於中，壅遏不通，是爲脹滿。用橘皮四兩，白朮二兩，爲末，酒糊丸梧子大，每食前木香湯下三十丸，日三服。

經年氣嗽，橘皮、神麯、生薑焙乾，等分，爲末，蒸餅和丸梧子大，每服三十五丸，食後、夜臥各一服。有人患此服之，兼舊患膀胱氣皆愈也。

脚氣衝心，或心下結硬，腹中虛冷，陳皮一斤，和杏仁五兩，去皮尖，熬，少加蜜，搗和，丸如梧桐子大，每日食前米飲下三十丸。

小兒疳瘦，久服消食和氣，長肌肉，用陳橘皮一兩，黃連以米泔水浸一日，一兩半，研末，入麝三分，用豬膽盛藥，以漿水煮熟，取出，用粟米飯和，丸綠豆大，每服一二十丸，米飲下。

按數方爲溫爲補者，同白朮，爲涼爲泄者，同黃連、豬膽，然亦須知其合於橘皮以用者分兩之多少。至於同神麯、生薑，或同杏仁，皆佐之行氣和氣者，須審其證之所宜。又潤下丸入甘草、鹽花，以此治痰，真得潤下之義，明者參之。

希雍曰：橘皮，味辛氣溫，能耗散真氣。中氣虛，氣不歸元者，忌與耗氣藥同用。胃虛有火，嘔吐，不宜與溫熱香燥藥同用。陰虛咳嗽生痰，不宜與半夏、南星等同用。瘧非寒甚者，亦勿施。

[修治] 時珍曰：橘皮，紋細色紅而薄，内多筋脈，[7]其味苦辛；柑皮，紋粗色黃而厚，内多白膜，其味辛甘；柚皮，最厚而虛，紋更粗，色黃，内多膜無筋，其味甘多辛少。但以此別之，即不差矣。橘皮性溫，柑、柚皮性冷，不可不知。今天下多以廣中來者為勝，江西者次之，然亦多以柑皮雜之，柑皮猶可用，柚皮則懸絕矣。凡橘皮，入和中理胃藥則留白，入下氣消痰藥則去白，其說出於《聖濟經》。去白者，以白湯入鹽洗浸透，刮去筋膜，曬乾用，亦有煮焙者，各隨本方。

《類明》曰：補胃不去白者，其白有甘之意，消痰泄氣去白者，恐甘緩其辛也。文清曰：以陳者為佳，入下焦用鹽水浸，肺燥者童便浸曬。真廣陳皮豬鬃紋，香氣異常，去白時不可浸於水中，止以滾湯手蘸三次，輕輕刮去白，要極淨。蘸，音站，以物淬水，謂以物内水中便出也。淬，音萃。

青橘皮

[氣味] 苦辛，溫，無毒。

[主治] 疏肝膽，泄肺氣，治胸膈氣逆脇痛，治左脇肝經積氣，小腹疝氣，消乳腫，破積結，能消瘧母，去下焦諸濕。

《仙製本草》曰：入手少陽三焦。

潔古曰：青橘皮，氣味俱厚，沉而降，陰也，入厥陰、少陽經，治肝膽之病。

東垣曰：青皮，乃足厥陰引經之藥，能引食入太陰之倉，破滯削堅，皆治在下之病，有滯氣則破滯氣，無滯氣則損真氣。

好古曰：陳皮治高，青皮治低，與枳殼治胸膈、枳實治心腹同意。

丹溪曰：青皮，乃肝膽二經氣分藥，故人多怒，有滯氣，脇下有鬱積，或小腹疝疼，用之以疏通二經，行其氣也。若二經實者，當先補而後用之。

又云：疏肝氣加青皮，炒黑則入血分也。

文清曰：伏膽家動火驚證，用二三分可也。

時珍曰：青橘皮，古無用者，至宋時醫家始用之。其色青氣烈，味苦而辛，治之以醋，所謂肝欲散，急食辛以散之，以酸泄之，以苦降之也。陳皮浮而升，入脾肺氣分；青皮沉而降，入肝膽氣分。一體二用，物理自然也。小兒消積，多用青皮，最能發汗，有汗者不可用。說出楊仁齋《直指方》，人罕知之。

嘉謨曰：久瘧熱甚，必結癖塊，宜多服清脾湯，内有青皮疏利肝邪，則癖自不結也。

希雍曰：青皮，其色青，其味極苦而辛，其氣溫而無毒，氣味俱厚，沉而降，陰也，入足厥陰、少陽，苦泄辛散，往復刻削，故其主治如此。青皮同人參、鱉甲，能消瘧母。同枳殼、肉桂、川芎，治左脅痛。同人參、白朮、三棱、蓬茂、〔8〕阿魏、礬紅、山查、紅麴、木香，消痃癖氣塊，及一切肉食堅積。〔9〕

愚按： 先哲有云陳皮、枳殼，利其氣而痰自下，後人不深悉其用之有殊，蓋未細究於氣寒氣溫二者大有思議也。夫枳子與橘紅皆苦，而寒溫不同，固也，但江南有橘亦有枳，而江北則有枳無橘。時賢又云：江南雖有枳，不及江北者氣全而力厚。是則天界南北，雖橘、枳之樹形不甚殊，然稟乎地氣以結而爲實者，其懸殊若水火矣。經曰成之者地，皆稟乎金令之天氣，而各成於寒溫之地氣，其味其狀已異，可謂性味之主治同乎？故成於氣之寒者，水氣也，金得水而泄；成於氣之溫者，火氣也，金以火爲用。夫氣，竭於泄而宣於用者也。曰：何謂以火爲用則氣宣？蓋此火即元氣，故氣不曰熱而曰溫，即經所謂少火也。經曰氣食少火，不可想見真氣宣揚之義歟？或曰：不獨此也，即橘皮之陳及青者已大有差別，其義云何？曰：青皮在本草云入手少陽三焦，而後哲謂又入少陽膽，且爲足厥陰肝引經。夫手少陽相火，而足少陽爲相火對化，厥陰肝又與命門通者也。陳皮、青皮同一物，何以陳皮不入此數經耶？蓋先天資始，後天資生，上焦心肺胃合而營諸陽，乃資生之地也，有生者必有所始，上焦脾肺之元固在三焦肝膽也。但陳皮之宣揚元氣，徧歸臟腑，而青皮之峻酷迅速，不及徧致，遂返其所始，故昔哲指其獨入此數經耳。或曰：手少陽三焦是矣，而肝膽亦徑入者云何？曰：夫木達陰中之陽於上，以陽引陰而上也，是木媾於金也；金達陽中之陰於下，以陰引陽而下，是金媾於木也。木之氣不至於金，則陽鬱而陰不上；金之氣不下至於木，則陰鬱而陽不下。是卽水不升火不降之病機也。故金氣徑先達於木，此青皮之峻酷者，用之破滯削堅，直至於下，不得謂與陳皮一物，而冀其猶有和氣益氣之功也。卽是熟思，肝膽爲風升之氣，與元氣、胃氣無二也。以金欲至木之理悉之，肝膽有實邪，直用克泄之，如虛則宜補，虛因乎下者則宜補陰，使陽得升，化原在腎，因乎上者則宜益陽，使陰得降，化原在肺，寧能專任克泄哉？如以虛爲實而概投之，其不致誤戕厥生也有幾？

[附方]

法制青皮：用青皮一斤，浸去苦味，去瓤，煉淨白鹽花五兩，炙甘草六兩，舶茴香六兩，甜水一斗煮之，不住攪，勿令著底，候水盡，慢火焙乾，勿令焦，去甘草、茴香，只取青皮密收用。常服安神調氣，消食解酒，益胃，不拘老人、小兒。宋仁宗每食後咀數片，乃邢和璞所獻，仁宗以賜呂丞相。

愚按：青皮下氣最速，爲不可舍之藥。得此數味製服，可以收其下氣之效而不致破氣，信乎可服也。婦人乳巖，因久積憂鬱，乳房內有核如指頭，不痛不癢，五七年成癰，名乳巖，不可治也，用青皮四錢，水一盞半煎一盞，徐徐服之，日一服。或用酒服。

希雍曰：青皮，性最酷烈，削堅破滯是其所長，然誤服之，立損人真氣，爲害不淺。凡欲施用，必與人參、术、芍藥等補脾藥同用，庶免遺患，必不可單行也。肝脾氣虛者，概勿施用。

[**修治**]　青橘皮乃橘之未黃而青色者，頭破裂，狀如蓮瓣，其氣芳烈。今人多以小柑、小柚、小橙僞爲之，不可不愼辨之。入藥以湯浸，去瓤切片，醋拌瓦炒過用。消積定痛，醋炒。柑皮稍厚於橘，橙皮則

最厚。

橘核 橘實小，其瓣味微酢，柑大於橘，其瓣味甘，用核者須審之。

［氣味］ 苦，平，無毒。

［主治］ 腎疰音注，病也。腰痛，膀胱氣痛《日華子》，更治小腸疝氣及陰核腫痛，炒研五錢，老酒煮服，或酒糊丸服，甚效。

時珍曰：橘核，入足厥陰，與青皮同功，故治腰痛癀疝，在下之病，不獨取象於核也。《和劑局方》治諸疝痛，及內癀卵腫偏墜，或硬如石，或腫至潰，有橘核丸，用之效。

［附方］

腰痛，橘核、杜仲各二兩，炒，研末，每服二錢，鹽酒下。

愚按：橘核，取其成熟之實，乃有核，青橘入藥，取其極小者，不得有核，以其稟金令初之氣耳。若實已成熟，則其核之性味亦不可謂其止入肝經，故《日華子》有腎疰腰痛、膀胱氣痛之治。後人治癀疝，用之有效者，緣疝固肝病，亦因腎與膀胱之氣化鬱以病乎肝也。所謂肝腎同一治，於此亦可參矣。

［修治］ 凡用，須以新瓦焙香，去殼，取仁研碎，入藥。

橘葉 橘葉與柑葉同，但莖間有刺耳。

［氣味］ 苦，平，無毒。

［主治］ 導胸膈逆氣，入厥陰，行肝氣，消腫散毒，乳癰脇痛，用之行經丹溪。

希雍曰：橘葉能散陽明、厥陰經滯氣，婦人妬乳，內外吹，乳巖乳癰，用之皆效，以諸證皆二經所生之病也。

枇　杷

葉

［氣味］ 苦，平，無毒。權曰：甘，微辛。

［主治］ 卒啘音拙。不止，下氣，並噎膈反胃及肺氣熱嗽，療渴疾，

婦人產後口乾，和胃降氣，清熱，解暑毒，治脚氣衝逆。

時珍曰：枇杷葉，氣薄味厚，陽中之陰，治肺胃之氣，大都取其下氣之功。

宗奭曰：治肺熱嗽，甚有功。一婦人患肺熱久嗽，身如火炙，肌瘦，將成勞。以枇杷葉、木通、款冬花、紫菀、杏仁、桑白皮各等分，大黃減半，治爲末，蜜丸櫻桃大，食後、夜臥各含化一丸，未終劑而愈。

希雍曰：枇杷葉，稟天地清寒之氣，四時不凋，其味苦氣平，平卽凉也，無毒，入手太陰、足陽明經，氣薄味厚，陽中之陰，降也。經曰：諸逆衝上，皆屬於火。火氣上炎，則爲卒啘不止，啘者，噦也。枇杷葉性凉，善下氣，氣下則火不上升而胃自安，故卒啘止也。其治嘔吐不止，婦人產後口乾，男子消渴，肺熱咳嗽，喘息氣急，脚氣上衝，皆取其下氣之功。氣下，則火降痰順而嘔者不嘔，渴者不渴，咳者不咳，衝逆者不衝逆矣。又治婦人發熱咳嗽，經事先期，佐補陰清熱之藥服之，可使經期正而受孕。同生地黃、麥門冬、白芍藥、炙甘草、枸杞子、桑根白皮、童便、茅根、天門冬、蘇子、五味子、栝樓根，治陰虛咳嗽吐血。入噙化丸，治肺熱咳嗽。同竹茹、木瓜、蘆根汁、石斛、麥門冬、人參、白茯苓，治胃熱嘔吐。加童便、人乳、竹瀝、蘇子、白芍藥、蔗漿，治噎膈反胃。同白芍藥、生地黃、青蒿子、五味子、黃檗、阿膠、枸杞子、杜仲、牡丹皮、鱉甲作丸，治婦人經行先期發熱，無孕。同人參、白芍藥、茯苓、竹茹、橘紅、蘇子、麥門冬、木瓜，治妊娠惡阻。同栝樓根、天門冬、枸杞子、五味子、石斛、白芍藥、黃連、甘草、蘆根汁、童便、竹葉，治消渴。

愚按：冬氣閉藏，夏氣蕃秀，草木之氣，各應其時，乃枇杷於盛冬作花白色，仲夏綴實如彈，是陽藏於陰之候，反陽出之陰而吐華，陽出於陰之候，反陽投之陰而成實，蓋草木結實，乃陽氣含於陰質中，爲生意之孕育也。盧氏所謂轉入爲出，轉出爲入者，亦近似之。雖然，他果亦有熟於夏者矣，獨此於陰盛時能使陽舒，而陰微時能使陽蓄，卽此以思其下氣，乃得乎氣之平，以平其亢陽之氣，不類於苦寒之直折，亦不與破耗之味例論也。夫有升有降，故經曰平氣，陽之亢者升而不下，則病乎胃與肺矣，蓋氣生於胃統於肺也。或由胃而上爲卒踠，或上至於肺而不下爲熱嗽，甚者在胃爲噎膈，在肺爲勞嗽，其爲患也豈其微哉？盧氏曰肺胃互爲關鍵終始，此語大合經義。此味初微辛而後苦，苦多而後有微甘，從肺而下氣以至於胃，直治其生化之原也，如用之主輔得宜，其何不益？蓋值陰微陽盛之候，使能陽藏陰中，此何異炎歊猶熾而頓轉商颷之清凉乎？繆仲淳所云平卽凉者，亦不妄。故治勞嗽概用之，以其患於陰微而陽亢也。

［附方］

衄血不止，枇杷葉去毛，焙，研末，茶服一二錢，日二服。

希雍曰：胃寒嘔吐及肺感風寒咳嗽者，法並忌之。

［修治］　凡使，採得後秤濕者一葉重一兩，乾者三葉重一兩，是氣足堪用。以粗布拭去毛令盡，[10] 用甘草湯洗一遍，却用綿再拭極淨。治肺病，以蜜水塗炙；治胃病，以薑汁塗炙。此味治咳嗽，如去毛不盡，反令人嗽也。

胡　　桃

核仁

［氣味］　甘，平，温，無毒。中梓曰：入肺、腎二經。

［主治］　滋肺，利三焦，潤血脈，補腎，益命門，治虛寒喘嗽，化痰，利小便，亦止小便頻數。

頌曰：治損傷石淋，同破故紙蜜丸服，補下焦。

韓㦤曰：破故紙屬火，能使心包與命門之火相通，胡桃屬木，主潤血養血，血屬陰，陰惡燥，故油以潤之，佐破故紙，有木火相生之妙。故古有云：黃蘗無知母，破故紙無胡桃，猶水母之無鰕也。

時珍曰：洪邁有云邁有痰疾，因晚對，上遣使諭令以胡桃肉三顆，生薑三片，臥時嚼服，卽飲湯兩三呷，又再嚼桃、薑如前數，卽靜臥，必愈。邁還玉堂，如旨服之，及旦而痰消嗽止。溧陽洪輯幼子，病痰喘，凡五晝夜不乳食，醫以危告。其妻夜夢觀音授方，令服人參胡桃湯。輯急取新羅人參寸許，胡桃肉一枚，煎湯一蜆殼許，灌之，喘即定。明日以湯剝去胡桃皮用之，喘復作，仍連皮用，信宿而瘳。此方不載書冊。蓋人參定喘，胡桃連皮能斂肺故也。

希雍曰：胡桃性潤，益血脈，補命門之藥也。一味，勿去黃皮，空腹食之，最能固精。同補骨脂、蒺藜、蓮鬚、鹿茸、麥門冬、巴戟天、覆盆子、山茱萸、五味子、魚膠，益命門，種子最效。

愚按：胡桃仁之性，昔人言其冷者誤，後人言其熱者亦誤，總不如本草所言甘平溫之為確也。如以為或冷或熱，而服之致疾，豈其然乎？昔人不察而言此味有損，乃時珍謂其狀有類命門，遂矜異其功能，則亦過矣。但所云外皮水汁皆青黑，能入北方，通命門，殊有意義。夫命門上通於肺者，本陰中之陽，而肺氣下歸於命門者，本陽中之陰，固上下相召也。此仁熟於秋的主肺，宜於陽中有陰之藏，正由肺而通命門者也，故能通潤血脈，益腎，此所以上能止虛寒喘嗽，下能利小便，又能止小便頻數及治石淋證也。時珍曰：洪氏《夷堅志》止言胡桃治痰嗽，能斂肺，蓋不知其為命門、三焦之藥也。此語頗為中肯。第細繹茲味，其同故紙而補髓者，與通潤血脈之義正自關切，蓋宜於陽中之陰，有合於肺陰下降入心而生血者也。是血之化原在茲，故能令血脈通潤，血脈通潤則陽中之陰先降，而陽即隨之以下歸，所歸者命門也，然豈徒歸陽哉？而陰已先歸矣，此所謂同故紙而補髓者之義也。且故紙但能令包絡與命門之火相通，而茲味則由肺而致包絡與命門之用。其由肺而合於包絡者，由陽而育陰也，以包絡主血也；其由包絡而歸命門者，更由陰而裕陽也，以命門主氣也。其由陽而乃育陰，且由陰而即裕陽，故與故紙同歸命門，不可止曰補陽，而更謂之補髓也。再四尋繹，似其同故紙以補髓者，茲味功尤居其強半矣。《內經》曰精成而腦髓生，蓋精者，陽中之陰所生，以其從血而變化也，又陰中之陽所成，以其從氣而摶捖也。在修真家所謂氣盛則精盈者，非離於陰之陽以言氣也，所以又曰精盈則氣盛，是精氣互根而互益者，不可不明於斯義，而後知胡桃同故紙以補髓者，固非止於補陽，並故紙無胡桃，猶水母之無鰕，其語的的足據也。

按青娥丸原方，破故紙十兩，而胡桃瓤倍之，乃二十兩，則可知此丸補髓，其功屬何味居其勝矣。

［附方］

消腎溢精，**胡桃丸**：治消腎病，因房慾無節及服丹石，或失志傷腎，遂致水弱火強，口舌乾，精自溢出，或小便赤黃，大便燥實，或小便大利而不甚渴。用胡桃肉、白茯苓各四兩，附子一枚，去皮，切片，薑汁、蛤粉同焙，爲末，蜜丸梧子大，每服三十丸，米飲下。

老人喘嗽氣促，睡臥不得，服此立定，胡桃肉去皮、杏仁去皮尖、生薑各一兩，研膏，入煉蜜少許和，丸彈子大，每臥時嚼一丸，薑湯下。

產後氣喘，胡桃肉、人參各一錢，水一盞煎七分，頓服。

久嗽不止，核桃仁五十個，煮熟去皮，人參五兩，杏仁三百五十個，麩炒，湯浸去皮，研勻入煉蜜丸梧子大，每空心細嚼一丸，人參湯下，臨臥再服。

石淋痛楚，便中有石子者，胡桃肉一升，細米煮漿粥一升相和，頓服，卽瘥。

便毒初起，用胡桃七個，燒研，酒服，不過三服，效。

魚口便毒，端五日午時取樹上青胡桃，[11]筐內陰乾，臨時全燒爲末，酒服，少行一二次，有膿自大便出，無膿卽消，二三服平。

希雍曰：上二方應加全蠍、穿山甲，尤妙。

《門》曰：和橘核研，酒服之，補腎，治腰痛。

銀　杏

按銀杏二月開花成簇，青白色，二更開花，隨卽卸落，人罕見之。一枝結子百十，狀如楝子，經霜乃熟爛。去肉，取核爲果。其核兩頭尖，三稜爲雄，二稜爲雌。其仁嫩時綠色，久則黃。須雌雄同種，其樹相望乃結，或雌樹臨水亦可，或鑿一孔，內雄木一塊泥之亦結，陰陽相感之妙如此。

核仁

［氣味］　甘苦，平，澀，無毒。

［主治］　熟食溫肺益氣，定喘嗽，縮小便，止白濁，生食降痰，消毒殺蟲時珍。

東璧氏曰：銀杏，氣薄味厚，性澀而收，色白屬金，故能入肺經，益肺氣，定喘嗽，縮小便。生搗，能浣油膩，則其去痰濁之功可類推矣。其消毒殺蟲，得勿以收令之太過而氣血變眚，或凝於熱而成毒，或淫為風而化蟲者，胥緣收者療之歟？至多食則氣壅膹脹，固亦由此矣。

愚按：銀杏，在方書用之以療喘證，蓋治其哮者也。是證先哲所說極明，謂緣胸中之痰隨氣上升，粘結於喉嚨，及於會厭、懸雍，故氣出入不得快利，與痰引逆相擊而作聲也。是痰得之食味鹹酸太過，因積成熱，由來遠矣。第再繹，丹溪云：哮主於痰，宜吐法，治哮必用薄滋味，不可純作涼藥，必帶表散。此說甚有意味。及閱治哮三方，未有不用表散者，即三方不必盡同，然皆未能舍麻黃者也。斯果必經霜乃熟，是其稟收降之氣最專，故氣血之凝滯而為痰為濁者，以是摧之而能陷堅也，然必合於諸表散之味，使其氣能疏越，血能宣暢，而後摧之陷之者乃得收其全功焉。此先哲處方之微義也。

【校記】

〔1〕噫，原誤作"臆"，今據《本草述鈎元》卷十七改。

〔2〕葷，原誤作"草"，今據《本草述鈎元》卷十七改。

〔3〕木，原誤作"水"，今據萬有書局本改。

〔4〕府，原誤作"腑"，今據文義改。

〔5〕固，原誤作"困"，今據萬有書局本改。

〔6〕蔕，原誤作"椿"，今據文義改。

〔7〕內，原誤作"肉"，今據《本草綱目》卷三十改。

〔8〕莐,原誤作"茂",今据萬有書局本改。
〔9〕肉,原誤作"内",今據《本草述鈎元》卷十七改。
〔10〕拭,原誤作"栻"　今據萬有書局本改。
〔11〕端五,《本草綱目》卷三十作"端午"。

本草述（上）

〔清〕劉若金 撰

焦振廉 張琳葉 趙琳
孫力 武文筠 校訂

荊楚文庫編纂出版委員會
華中科技大學出版社

本草述

Bencao Shu

圖書在版編目（CIP）數據

本草述：全三册／（清）劉若金撰；焦振廉等校訂．
一武漢：華中科技大學出版社，2022.6
ISBN 978-7-5680-5806-3

Ⅰ．①本…
Ⅱ．①劉…②焦…
Ⅲ．①本草－中國－清代
Ⅳ．①R281.3

中國版本圖書館CIP數據核字（2022）第095077號

| 項目編輯：車　巍　周　琳 |
| 責任編輯：周　琳　張　帆 |
| 整體設計：范漢成　曾顯惠　思　蒙 |
| 責任校對：劉　竣 |
| 責任印製：周治超 |

出版發行：華中科技大學出版社（中國•武漢）
地　址：武漢市東湖新技術開發區華工科技園
電　話：（027）81321913　郵政編碼：430223
錄　排：華中科技大學惠友文印中心
印　刷：湖北新華印務有限公司
開　本：710 mm×1000 mm　1/16
印　張：74.25　插頁：6
字　數：1068千字
版　次：2022年6月第1版第1次印刷
定　價：498.00元（全三冊）

《荆楚文庫》工作委員會

主　　　任：王蒙徽

副　主　任：李榮燦　王艷玲　許正中　梁偉年　肖菊華
　　　　　　尹漢寧　郭生練

成　　　員：韓　進　陳　亮　盧　軍　陳樹林　龍正才
　　　　　　雷文潔　趙淩雲　謝紅星　陳義國

辦公室

主　　　任：陳樹林

副　主　任：張良成　陳　明　李開壽　周百義

《荆楚文庫》編纂出版委員會

主　　　任：王蒙徽

副　主　任：李榮燦　王艷玲　許正中　梁偉年　肖菊華
　　　　　　尹漢寧　郭生練

總　編　輯：章開沅　馮天瑜

副總編輯：熊召政　陳樹林

編委（以姓氏筆畫爲序）：　朱　英　邱久欽　何曉明
　　　　　　　　　　　周百義　周國林　周積明　宗福邦　郭齊勇
　　　　　　　　　　　陳　偉　陳　鋒　張良成　張建民　陽海清
　　　　　　　　　　　彭南生　湯旭巖　趙德馨　劉玉堂

《荆楚文庫》編輯部

主　　　任：周百義

副　主　任：周鳳榮　周國林　胡　磊

成　　　員：李爾鋼　鄒華清　蔡夏初　王建懷　鄒典佐
　　　　　　梁瑩雪　丁　峰

美術總監：王開元

出版説明

湖北乃九省通衢，北學南學交會融通之地，文明昌盛，歷代文獻豐厚。守望傳統，編纂荆楚文獻，湖北淵源有自。清同治年間設立官書局，以整理鄉邦文獻爲旨趣。光緒年間張之洞督鄂後，以崇文書局推進典籍集成，湖北鄉賢身體力行之，編纂《湖北文徵》，集元明清三代湖北先哲遺作，收兩千七百餘作者文八千餘篇，洋洋六百萬言。盧氏兄弟輯錄湖北先賢之作而成《湖北先正遺書》。至當代，武漢多所大學、圖書館在鄉邦典籍整理方面亦多所用力。爲傳承和弘揚優秀傳統文化，湖北省委、省政府決定編纂大型歷史文獻叢書《荆楚文庫》。

《荆楚文庫》以"搶救、保護、整理、出版"湖北文獻爲宗旨，分三編集藏。

甲、文獻編。收錄歷代鄂籍人士著述，長期寓居湖北人士著述，省外人士探究湖北著述。包括傳世文獻、出土文獻和民間文獻。

乙、方志編。收錄歷代省志、府縣志等。

丙、研究編。收錄今人研究評述荆楚人物、史地、風物的學術著作和工具書及圖册。

文獻編、方志編錄籍以 1949 年爲下限。

研究編簡體橫排，文獻編繁體橫排，方志編影印或點校出版。

《荆楚文庫》編纂出版委員會
2015 年 11 月

前　言

《本草述》三十二卷，本草學專著，明清間劉若金撰。劉若金，字雲密，號蠡園逸叟。湖北潛江人，約生於明萬曆十三年（1585），天啓五年（1625）舉進士第，歷任縣令、監司、吏部主事、郎中、淮海兵備簽事等，忤時罷官歸里，崇禎末膺薦復起，官大司寇（刑部尚書）。隨南明至閩海，見"政柄下移，知事不可爲"，堅乞骸骨，束身引退。入清後不仕，"杜門高尚，以至歿身"。《本草述》吳驥序稱其人"忤時拂衣，以正氣名聞天下"。著述豐碩，惟"惜所著等身之書盡散失於兵燹"（《本草述》譚瑄序），今存僅《本草述》一種。

《本草述》至晚成書於清康熙三年（1664），因爲劉若金曾在當年向來訪的吳驥說《本草述》"幸底於成，子其爲我序之"，次年（1665）劉若金去世，吳驥則於康熙丙午（1666）爲其書作序。

《本草述》系劉若金"篤好軒岐之學，探賾反約，竭三十年之力"而成，其特點有四：一是選藥精煉，全書載藥不過四百八十八種，且鮮見生僻或荒誕者；二是注重實用，每藥之下只列氣味、主治、附方、修治等與臨床關聯較強的內容；三是體例規整，有助於藥物分類的規整化和條理化；其四也是其書最具特色的是以"愚按"爲題進行的藥物理論探討，多爲作者獨到見解，頗具參考價值，但不免有失繁冗。清道光二十二年楊時泰"就其中論義刪而約之"，成《本草述鈎元》三十二卷。

《中國中醫古籍總目》著録《本草述》有康熙三十九年刻本（忠救堂藏版），藏中國中醫科學院圖書館等處。其後爲清嘉慶十五年（1810）武進薛氏還讀山房校刻本，清光緒二年（1876）姑蘇來青閣據該版重印，使該本成爲其書流傳最廣的版本。另有清道光二十二年（1842）刻本，僅北京大學醫學部藏有一部。民國間有上海千頃堂石印本、上海萬有書局石印本及 1936 年黃岡蕭氏蘭陵堂刻本等。

此次校勘以清嘉慶十五年庚午武進薛氏還讀山房校刻本爲底本，以 1932 年上海萬有書局本爲主校本，以《本草述鈎元》道光二十二年毗陵涵雅堂刻本爲參校本，並參以原書徵引之書，如《金匱要略方論》《證類本草》《儒門事親》《本草綱目》《永類鈐方》《醫方考》《扁鵲心書》等。

校勘只限於底本中可以確定的訛、奪、衍、倒等。凡校必出校記，附於各卷之末。

1. 結合古籍整理的通例，參考中華書局《古籍整理釋例》，對全書文字進行標點。

2. 底本中文字形近混用，如"己""已""巳"之類，徑予改正，不出校記。

3. 底本中可以確認的訛字，有校本可據者，據校本改，無校本可據者，據文義改。

4. 底本中可以確認的脫文，有校本可據者，據校本補，無校本可據者，據文義補。

5. 底本中可以確認的衍文，有校本可據者，據校本刪，無校本可據者，據文義刪。

6. 底本中可以確認的倒文，有校本可據者，據校本乙正，無校本可據者，據文義乙正。

7. 底本原文無誤，但校本義勝或有參考意義者，酌情出校。

8. 底本原字漫漶不清，不能辨識者，以墨釘標識。

9. 校記力求規範簡明。

目　　錄

重刻《本草述》序 ……………(1)
序 ………………………………(2)
《本草述》序 …………………(3)
序 ………………………………(5)
原序 ……………………………(6)
序 ………………………………(8)
《本草述》原序 ………………(9)
《本草述》總目錄 ……………(11)
《本草述》卷之一 ……………(21)
　水部 …………………………(21)
　　雨水 ………………………(21)
　　潦水 ………………………(21)
　　露水 ………………………(22)
　　臘雪水 ……………………(22)
　　流水 ………………………(22)
　　井泉水 ……………………(23)
　　地漿 ………………………(23)
　　熱湯 ………………………(24)
　　生熟湯 ……………………(24)
　　甑氣水 ……………………(25)
　　磨刀水 ……………………(25)
　　浸藍水 ……………………(25)
　　粳米淅二泔水 ……………(26)

　　黏米泔水 …………………(26)
　　繰絲湯 ……………………(26)
　　洗兒湯 ……………………(26)
《本草述》卷之二 ……………(27)
　火部 …………………………(27)
　　桑柴火 ……………………(27)
　　炭火 ………………………(27)
　　蘆火　竹火 ………………(28)
　　艾火 ………………………(28)
　　燈火 ………………………(28)
《本草述》卷之三 ……………(30)
　土部 …………………………(30)
　　黃土 ………………………(30)
　　東壁土　道中熱土 ………(31)
　　糞坑底泥 …………………(32)
　　蚯蚓泥 ……………………(32)
　　烏爹泥 ……………………(33)
　　伏龍肝 ……………………(34)
　　百草霜　釜臍墨 …………(36)
　　墨 …………………………(38)
　　石鹼 ………………………(39)
《本草述》卷之四 ……………(41)
　五金部 ………………………(41)

金箔	(41)	雄黃	(80)
銀箔	(43)	金牙石	(83)
自然銅	(43)	石膏	(84)
赤銅屑	(45)	滑石	(91)
銅青	(45)	五色石脂	(94)
鉛	(47)	赤石脂	(94)
養正丹	(49)	白石脂	(94)
黑錫丹	(49)	陽起石	(98)
抱膽丸	(49)	白石英	(99)
鉛霜	(50)	紫石英	(100)
鉛丹	(54)	石鍾乳	(103)
粉錫	(56)	太一餘糧	(105)
密陀僧	(59)	禹餘糧	(106)
鐵	(60)	浮石	(108)
鐵粉	(60)	磁石	(109)
鍼砂	(61)	代赭石	(112)
鐵落飲	(61)	石綠	(114)
鐵華粉	(62)	石膽	(114)
鐵鏽	(62)	礞石	(116)
鐵漿	(63)	砒石	(117)
鐵稱	(63)	花乳石	(119)
《本草述》卷之五	(65)	石燕	(121)
石部	(65)	蛇含石	(122)
丹砂	(65)	《本草述》卷之六	(124)
水銀	(70)	鹵石部	(124)
靈砂	(73)	食鹽	(124)
水銀粉	(75)	大鹽	(124)
粉霜	(79)	戎鹽	(128)

凝水石 …… (129)	桔梗 …… (178)
元精石 …… (131)	根 …… (178)
朴消 …… (132)	薺苨 …… (180)
朴消 …… (133)	根 …… (181)
芒消 …… (133)	萎蕤 …… (182)
馬牙消 …… (133)	根 …… (183)
風化消 …… (135)	知母 …… (184)
元明粉 …… (135)	根 …… (184)
消石 …… (136)	肉蓯蓉 …… (187)
消石 …… (137)	瑣陽 …… (190)
生消 …… (137)	天麻 …… (191)
硇砂 …… (141)	术 …… (194)
蓬砂 …… (143)	白术 …… (194)
石硫黃 …… (144)	蒼术 …… (199)
礬石 …… (147)	狗脊 …… (204)
《本草述》卷之七上 …… (154)	巴戟天 …… (206)
山草部 …… (154)	根 …… (206)
甘草 …… (154)	遠志 …… (209)
梢 …… (156)	根 …… (209)
頭 …… (156)	淫羊藿 …… (212)
黃耆 …… (156)	玄參 …… (213)
根 …… (157)	根 …… (213)
人參 …… (162)	地榆 …… (215)
根 …… (163)	根 …… (215)
蘆 …… (175)	丹參 …… (217)
沙參 …… (176)	根 …… (217)
根 …… (176)	紫參 …… (220)

根 …………………… （220）	龍膽草 ………………… （266）
《本草述》卷之七下 ……… （223）	根 …………………… （266）
山草部下 ………………… （223）	細辛 …………………… （267）
黃連 …………………… （223）	根 …………………… （268）
根 …………………… （223）	白前 …………………… （270）
黃芩 …………………… （228）	根 …………………… （270）
根 …………………… （228）	白鮮 …………………… （272）
秦艽 …………………… （232）	根 …………………… （272）
根 …………………… （232）	貫衆 …………………… （273）
柴胡 …………………… （236）	根 …………………… （273）
根 …………………… （237）	白頭翁 ………………… （274）
前胡 …………………… （242）	根 …………………… （275）
根 …………………… （242）	紫草 …………………… （276）
防風 …………………… （244）	白薇 …………………… （278）
獨活　羌活 ………… （247）	根 …………………… （278）
獨活根 ………………… （248）	胡黃連 ………………… （280）
羌活根 ………………… （248）	根 …………………… （280）
苦參 …………………… （252）	仙茅 …………………… （283）
根 …………………… （252）	白及 …………………… （284）
升麻 …………………… （255）	根 …………………… （284）
根 …………………… （256）	**《本草述》卷之八上** ……… （288）
延胡索 ………………… （258）	芳草部上 ………………… （288）
根 …………………… （258）	當歸 …………………… （288）
貝母 …………………… （261）	根 …………………… （288）
根 …………………… （261）	芎藭 …………………… （292）
白茅 …………………… （264）	根 …………………… （292）
根 …………………… （264）	藁本 …………………… （296）
白茅花 ………………… （266）	白芷 …………………… （300）

根 …………… (300)	根 …………… (342)
芍藥 …………… (303)	香附子 …………… (344)
根 …………… (303)	藿香 …………… (348)
白芍 …………… (304)	葉 …………… (348)
赤芍藥 …………… (307)	香薷 …………… (350)
牡丹皮 …………… (309)	薄荷 …………… (353)
木香 …………… (312)	莖葉 …………… (354)
高良薑 …………… (315)	荊芥 …………… (357)
根 …………… (315)	莖穗 …………… (357)
縮砂蜜 …………… (316)	蘇 …………… (362)
益智子 …………… (319)	莖葉 …………… (363)
仁 …………… (320)	子 …………… (365)
甘松香 …………… (323)	水蘇 …………… (366)
根 …………… (323)	莖葉 …………… (366)
白豆蔻 …………… (323)	蛇床子 …………… (368)
豆蔻 …………… (326)	蓽撥 …………… (371)
肉豆蔻 …………… (328)	子 …………… (371)

《本草述》卷之八下 ……… (331)

芳草部下 …………… (331)
補骨脂 …………… (331)
子 …………… (331)
薑黃 …………… (335)
根 …………… (335)
鬱金 …………… (337)
根 …………… (337)
蓬莪茂 …………… (340)
根 …………… (340)
荊三稜 …………… (341)

蘭草澤蘭合考 …………… (372)
蘭草葉 …………… (372)
澤蘭葉 …………… (373)

《本草述》卷之九上 ……… (375)

隰草部上 …………… (375)
菊 …………… (375)
白菊 …………… (377)
艾 …………… (378)
葉 …………… (378)
茵陳蒿 …………… (382)
莖葉 …………… (382)

青蒿 …………………… (385)	麻黄 …………………… (417)
茎葉根子 ………… (386)	根節 ………………… (422)
茺蔚 …………………… (388)	木賊 …………………… (423)
子 …………………… (388)	茎 …………………… (424)
茎 …………………… (388)	《本草述》卷之九下 ……… (427)
夏枯草 ………………… (391)	隰草部下 ……………… (427)
茎葉 ………………… (391)	地黄 …………………… (427)
旋覆花 ………………… (393)	生地 ………………… (428)
劉寄奴草 ……………… (395)	熟地黄 ……………… (432)
子 …………………… (395)	牛膝 …………………… (434)
紅藍花 ………………… (396)	根 …………………… (435)
大薊　小薊 …………… (397)	紫菀 …………………… (438)
大薊根 ……………… (398)	根 …………………… (438)
小薊根 ……………… (398)	麥門冬 ………………… (441)
續斷 …………………… (400)	根 …………………… (441)
根 …………………… (400)	葵 ……………………… (445)
苧麻 …………………… (404)	冬葵子 ……………… (445)
根 …………………… (404)	苗 …………………… (446)
葉 …………………… (404)	根 …………………… (446)
胡盧巴 ………………… (405)	蜀葵 …………………… (447)
惡實 …………………… (407)	苗 …………………… (447)
子 …………………… (407)	花 …………………… (447)
枲耳 …………………… (410)	子 …………………… (448)
子 …………………… (410)	欵冬花 ………………… (448)
茎葉 ………………… (410)	酸漿 …………………… (450)
豨薟 …………………… (412)	苗葉茎根 …………… (451)
蘆 ……………………… (415)	子 …………………… (451)
根 …………………… (415)	鼠麴草 ………………… (451)

決明子	(452)	葉	(477)
瞿麥	(453)	鶴虱	(478)
穗	(453)	王不留行	(478)
葶藶	(455)	苗子	(478)
子	(455)	虎杖	(479)
車前	(457)	根	(479)
子	(458)	鱧腸	(480)
葉	(460)	蒲公英	(483)
連翹	(460)	苗	(483)
翹根	(463)	大青	(484)
藍	(463)	莖葉	(484)
藍實	(464)	地膚	(485)
藍葉汁	(464)	子	(485)
板藍根	(464)	苗葉	(487)
青黛	(465)	馬藺花	(487)
青布	(468)	花	(487)
百合	(468)	菴藺	(488)
根	(469)	子	(488)
蕺	(470)	萹蓄	(489)
葉	(470)	**《本草述》卷之十**	(492)
蒺藜子	(470)	毒草部	(492)
刺蒺藜	(470)	大黃	(492)
白蒺藜	(472)	根	(492)
穀精草	(473)	常山	(497)
花	(474)	蜀漆	(497)
海金沙	(474)	商陸根	(499)
燈心草	(476)	甘遂	(502)
天名精	(477)	根	(502)

大戟	(504)	花子	(542)
根	(504)	莽草	(543)
芫花	(506)	葉	(543)
蓖麻	(508)	**《本草述》卷之十一**	(545)
子	(508)	蔓草部	(545)
葉	(510)	菟絲子	(545)
藜蘆	(510)	五味子	(549)
根	(510)	覆盆子	(554)
附子	(512)	使君子	(556)
烏頭	(519)	木鼈子	(557)
天雄	(520)	仁	(558)
草烏頭	(522)	馬兜鈴	(559)
半夏	(523)	實	(559)
天南星	(527)	根	(560)
根	(528)	牽牛子	(561)
射干	(531)	紫葳	(564)
根	(531)	花	(564)
白附子	(534)	莖葉	(565)
澤漆	(536)	栝樓	(565)
莖葉	(536)	實	(566)
茵芋	(537)	根	(567)
莖葉	(537)	葛	(570)
續隨子	(538)	根	(570)
狼牙	(540)	天門冬	(572)
根	(540)	百部	(575)
石龍芮	(541)	根	(575)
子	(541)	何首烏	(577)
曼陀羅花	(542)	草薢	(580)

根 …………… （580）	根 …………… （616）
土茯苓 …………… （583）	蒲黄 …………… （618）
根 …………… （583）	水萍 …………… （621）
山豆根 …………… （585）	海藻 …………… （623）
威靈仙 …………… （586）	昆布 …………… （624）
根 …………… （586）	**《本草述》卷之十三** …… （626）
茜草 …………… （588）	石草部 …………… （626）
根 …………… （588）	石斛 …………… （626）
防己 …………… （592）	骨碎補 …………… （628）
通草 …………… （595）	根 …………… （628）
通脱木 …………… （598）	石胡荽 …………… （630）
鈎藤 …………… （599）	石韋 …………… （631）
石南藤 …………… （600）	地錦 …………… （632）
忍冬 …………… （601）	馬勃 …………… （633）
黄藥子 …………… （604）	卷柏 …………… （634）
根 …………… （604）	**《本草述》卷之十四** …… （636）
王瓜 …………… （605）	穀部 …………… （636）
根 …………… （606）	胡麻 …………… （637）
子 …………… （607）	白油麻 …………… （637）
絡石 …………… （607）	麻油 …………… （638）
莖葉 …………… （607）	大麻 …………… （640）
木蓮 …………… （608）	麻仁 …………… （640）
五龍草 …………… （609）	小麥 …………… （643）
《本草述》卷之十二 …… （613）	白麪 …………… （643）
水草部 …………… （613）	浮麥 …………… （644）
澤瀉 …………… （613）	麥麩 …………… （645）
根 …………… （613）	麥粉 …………… （645）
石菖蒲 …………… （615）	大麥 …………… （646）

蕎麥 …………… (646)	殻 …………… (668)
粳 …………… (647)	阿芙蓉 …………… (670)
淅二泔 …………… (648)	淡豆豉 …………… (670)
稻 …………… (649)	陳廩米 …………… (673)
稻米 …………… (649)	麴 …………… (675)
米泔 …………… (650)	小麥麴 …………… (675)
黍 …………… (650)	麩麴 米麴 …………… (675)
黍米 …………… (650)	神麴 …………… (676)
大豆 …………… (651)	紅麴 …………… (678)
黑大豆 …………… (651)	杵頭細糠 …………… (679)
大豆黃卷 …………… (654)	糵米 …………… (679)
赤小豆 …………… (654)	稻糵 …………… (679)
綠豆 …………… (658)	麥糵 …………… (679)
綠豆粉 …………… (659)	飴餹 …………… (681)
藊豆 …………… (659)	乾餳糟 …………… (682)
白藊豆 …………… (660)	醋 …………… (683)
葉 …………… (661)	酒 …………… (684)
刀豆 …………… (661)	米酒 …………… (685)
粟 …………… (661)	燒酒 …………… (686)
粟米 …………… (662)	《本草述》卷之十五 …… (689)
粱 …………… (662)	菜部 …………… (689)
黃粱米 …………… (663)	韭 …………… (689)
青粱米 …………… (663)	韭子 …………… (691)
秫 …………… (663)	薤 …………… (692)
秫米 …………… (663)	薤白 …………… (692)
薏苡仁 …………… (664)	白芥 …………… (693)
罌子粟 …………… (668)	子 …………… (693)
米 …………… (668)	萊菔 …………… (694)

子 …………………… (695)	蕓薹 …………………… (720)
葫 …………………… (696)	莖葉 …………………… (720)
葱 …………………… (699)	子 …………………… (720)
葱莖白 …………… (699)	**《本草述》卷之十六** …… (723)
葱鬚 ……………… (701)	五果部 ………………… (723)
薑 …………………… (701)	杏仁 …………………… (723)
生薑 ……………… (701)	桃仁 …………………… (726)
乾薑 ……………… (703)	核仁 ……………… (726)
胡荽 ………………… (706)	花 ………………… (728)
根葉 ……………… (706)	莖及白皮 ………… (728)
子 ………………… (707)	桃膠 ……………… (729)
蘹香子 ……………… (707)	梅 …………………… (729)
子 ………………… (707)	實 ………………… (729)
茄 …………………… (711)	烏梅 ……………… (729)
茄子 ……………… (711)	白梅 ……………… (733)
蔕 ………………… (712)	大棗 …………………… (734)
根及枯莖葉 ……… (712)	**《本草述》卷之十七** …… (737)
馬齒莧 ……………… (713)	山果部 ………………… (737)
薯蕷 ………………… (714)	梨 …………………… (737)
根 ………………… (714)	實 ………………… (737)
苦瓠 ………………… (716)	木瓜 …………………… (739)
瓤及子 …………… (716)	山樝 …………………… (743)
白冬瓜 …………… (717)	實 ………………… (744)
冬瓜仁 …………… (718)	柹 …………………… (745)
木耳 ………………… (719)	白柹 ……………… (746)
桑耳 ……………… (719)	柹蔕 ……………… (748)
槐耳 ……………… (719)	陳橘皮 ………………… (748)
柘耳 ……………… (719)	青橘皮 ………………… (751)

橘核	(754)	實	(781)
橘葉	(754)	畢澄茄	(782)
枇杷	(754)	實	(783)
葉	(754)	鹽麩子	(785)
胡桃	(756)	子	(785)
核仁	(756)	茗	(785)
銀杏	(758)	葉	(786)
核仁	(759)	《本草述》卷之二十	(789)
《本草述》卷之十八	(761)	果之蓏部	(789)
夷果部	(761)	瓜蔞	(789)
荔枝	(761)	甘蔗	(791)
實	(761)	木龍	(793)
核	(762)	《本草述》卷之二十一	(794)
龍眼	(763)	水果部	(794)
實	(763)	蓮藕	(794)
檳榔子	(764)	蓮實	(794)
大腹子	(767)	石蓮子	(795)
皮	(767)	蓮薏	(796)
雞距子	(768)	蓮蕊鬚	(796)
實	(768)	藕	(797)
《本草述》卷之十九	(770)	藕節	(798)
果之味部	(770)	荷葉	(798)
蜀椒	(770)	荷蔕	(799)
椒目	(773)	芡實	(801)
吳茱萸	(773)	《本草述》卷之二十二	(804)
食茱萸	(781)	香木部	(804)
實	(781)	柏	(804)
胡椒	(781)	實	(804)

葉 …………………… (805)	安息香 ………………… (837)
松 ……………………… (808)	蘇合香 ………………… (838)
松脂 ………………… (808)	阿魏 ………………… (840)
松節 ………………… (809)	胡桐淚 ……………… (842)
松花 ………………… (809)	白膠香 ……………… (843)
桂 ……………………… (810)	香脂 ………………… (843)
桂皮 ………………… (811)	**《本草述》卷之二十三** … (846)
肉桂 ………………… (811)	喬木部 ………………… (846)
桂心 ………………… (812)	黃檗 …………………… (846)
桂枝 ………………… (812)	厚朴 …………………… (850)
薄桂 ………………… (812)	皮 …………………… (850)
牡桂 ………………… (814)	杜仲 …………………… (853)
辛夷 …………………… (817)	椿樗 …………………… (856)
苞 …………………… (817)	白皮及根皮 ………… (856)
沉香 …………………… (819)	海桐皮 ………………… (859)
丁香 …………………… (821)	木皮 ………………… (859)
丁皮 ………………… (823)	楝 ……………………… (860)
檀香 …………………… (823)	實 …………………… (860)
白旃檀 ……………… (823)	根及木皮 …………… (864)
降真香 ………………… (824)	槐 ……………………… (864)
烏藥 …………………… (825)	槐實 ………………… (864)
根 …………………… (825)	槐花 ………………… (865)
嫩葉 ………………… (827)	槐枝 ………………… (867)
乳香 …………………… (828)	槐膠 ………………… (867)
沒藥 …………………… (830)	秦皮 …………………… (867)
騏驎竭 ………………… (832)	皂莢 …………………… (869)
龍腦香 ………………… (833)	子 …………………… (872)
蘆會 …………………… (836)	木皮 根皮 …………… (873)

刺 …………………… （873）	楮皮 …………………… （902）
無食子 ………………… （874）	枳 ……………………… （903）
訶黎勒 ………………… （876）	枳殼 ………………… （904）
檉柳 …………………… （879）	枳實 ………………… （906）
木 …………………… （879）	卮子 …………………… （909）
蕪荑 …………………… （880）	酸棗 …………………… （912）
水楊 …………………… （881）	白棘 …………………… （916）
枝葉 ………………… （882）	山茱萸 ………………… （917）
蘇方木 ………………… （882）	郁李仁 ………………… （920）
樓櫚 …………………… （884）	女貞 …………………… （921）
皮 …………………… （884）	實 …………………… （921）
巴豆 …………………… （885）	葉 …………………… （924）
巴豆油 ……………… （889）	五加皮 ………………… （925）
乾漆 …………………… （889）	根皮同莖 …………… （925）
《本草述》卷之二十四 …… （893）	枸骨 …………………… （927）
灌木部 ………………… （893）	木皮 ………………… （928）
桑 ……………………… （893）	枝葉 ………………… （928）
根白皮 ……………… （893）	枸杞 …………………… （928）
皮中白汁 …………… （896）	苗 …………………… （929）
葉 …………………… （896）	根 …………………… （929）
桑生黃衣 …………… （897）	實 …………………… （931）
椹 …………………… （897）	枸杞蟲 ……………… （934）
枝 …………………… （898）	牡荊 …………………… （934）
桑柴灰 ……………… （899）	荊葉 ………………… （934）
桑霜 ………………… （899）	荊瀝 ………………… （935）
楮實 …………………… （899）	木芙蓉 ………………… （935）
葉 …………………… （901）	葉并花 ……………… （935）
樹白皮 ……………… （902）	蔓荊 …………………… （936）

實 …………………… (936)
金櫻子 ………………… (938)
　子 …………………… (939)
　金櫻根 ……………… (939)
木綿 …………………… (939)
　子 …………………… (940)
石南 …………………… (940)
　葉 …………………… (940)
南燭 …………………… (942)
　枝葉 ………………… (942)
　子 …………………… (942)
紫荊 …………………… (943)
　木幷皮 ……………… (943)
柞木 …………………… (944)
　木皮 ………………… (944)
　葉 …………………… (945)
鬼箭羽 ………………… (945)

《本草述》卷之二十五 …… (948)
　寓木部 ……………… (948)
　茯苓 ………………… (948)
　　赤茯苓 …………… (952)
　　茯苓皮 …………… (952)
　茯神 ………………… (953)
　　神木 ……………… (954)
　琥珀 ………………… (954)
　豬苓 ………………… (956)
　桑寄生 ……………… (958)
　雷丸 ………………… (960)

《本草述》卷之二十六 …… (962)
　苞木部 ……………… (962)
　竹 …………………… (962)
　　淡竹葉 …………… (962)
　　淡竹茹 …………… (963)
　　淡竹瀝 …………… (964)

《本草述》卷之二十七 …… (968)
　蟲部 ………………… (968)
　蜂蜜 ………………… (968)
　蜜蠟 ………………… (970)
　　白蠟 ……………… (970)
　露蜂房 ……………… (972)
　蟲白蠟 ……………… (974)
　五倍子 ……………… (974)
　　百藥煎 …………… (977)
　桑螵蛸 ……………… (979)
　蠶 …………………… (980)
　　白殭蠶 …………… (981)
　原蠶 ………………… (985)
　　原蠶蛾 …………… (985)
　　原蠶沙 …………… (986)
　蠶繭 ………………… (987)
　蠶蛻 ………………… (987)
　蠶連 ………………… (988)
　繰絲湯 ……………… (988)
　綿 …………………… (989)
　絹 …………………… (989)
　蠍 …………………… (989)

斑蝥 …………… (991)
水蛭 …………… (992)
䗪䗪 …………… (993)
蠦蟲 …………… (994)
蠐螬 …………… (996)
蚱蟬 …………… (997)
　蟬蛻 …………… (998)
蜣蜋 …………… (999)
　蜣蜋心 ………… (1001)
螻蛄 …………… (1001)
蜈蚣 …………… (1003)
白頸蚯蚓 ………… (1005)
䗪 ……………… (1007)

《本草述》卷之二十八 …… (1010)
　鱗部 …………… (1010)
　龍 ……………… (1010)
　　龍骨 ………… (1010)
　　龍齒 ………… (1011)
　鮫鯉 …………… (1012)
　　甲 …………… (1012)
　蛤蚧 …………… (1015)
　白花蛇 ………… (1016)
　　肉 …………… (1017)
　烏蛇 …………… (1019)
　　肉 …………… (1019)
　蛇蛻 …………… (1019)
　蚺蛇 …………… (1021)
　　膽 …………… (1021)

　　肉 …………… (1022)
　鯉魚 …………… (1023)
　　膽 …………… (1023)
　　腦髓 ………… (1023)
　　魚鮓 ………… (1023)
　青魚 …………… (1024)
　　膽 …………… (1024)
　　附鱖魚膽 …… (1024)
　鯽魚 …………… (1025)
　　肉 …………… (1025)
　鱧魚 …………… (1026)
　　肉 …………… (1026)
　　膽 …………… (1027)
　石首魚 ………… (1027)
　　肉 …………… (1027)
　　鯗 …………… (1027)
　　頭中石魫 …… (1028)
　　魚鰾膠 ……… (1028)
　鱒魚 …………… (1029)
　　肉 …………… (1029)
　　血 …………… (1029)
　　頭 …………… (1030)
　鰻鱺魚 ………… (1030)
　　肉 …………… (1030)
　　骨及頭 ……… (1031)
　烏賊魚 ………… (1032)
　　海螵蛸 ……… (1032)

《本草述》卷之二十九 …… (1036)
  介部 ……………………… (1036)
    龜 ………………………… (1036)
      水龜甲 ……………… (1036)
      下甲 ………………… (1036)
      龜肉 ………………… (1037)
      龜溺 ………………… (1038)
    鱉 ………………………… (1038)
      鱉甲 ………………… (1038)
      鱉肉 ………………… (1042)
      鱉頭 ………………… (1042)
      頭血 ………………… (1043)
    牡蠣 ……………………… (1044)
      牡蠣地黃丸 ………… (1047)
    真珠 ……………………… (1049)
    海蛤 ……………………… (1051)
      海蛤粉 ……………… (1052)
      文蛤 ………………… (1055)
    蚌 ………………………… (1056)
      蚌粉 ………………… (1056)
    田蠃 ……………………… (1057)
      肉 …………………… (1057)
      殼 …………………… (1058)
    蝸蠃 ……………………… (1059)
      白螺螄殼 …………… (1059)
    魁蛤 ……………………… (1060)
      肉 …………………… (1060)
      殼 …………………… (1060)

璖珋 ……………………… (1060)
  甲 ………………………… (1060)
《本草述》卷之三十 ……… (1062)
  禽部 ……………………… (1062)
    雞 ………………………… (1062)
      黑雌雞肉 …………… (1063)
      黃雌雞肉 …………… (1063)
      烏骨雞肉 …………… (1063)
      雞冠血 ……………… (1064)
      雞腌胵 ……………… (1064)
      雞屎白 ……………… (1065)
      雞卵 ………………… (1067)
      雞子白 ……………… (1068)
      卵黃 ………………… (1069)
    鶩 ………………………… (1070)
      肉 …………………… (1070)
      血 …………………… (1070)
    鵝 ………………………… (1071)
      膽 …………………… (1071)
    鴈 ………………………… (1071)
      肪 …………………… (1071)
    鶉 ………………………… (1072)
      肉 …………………… (1072)
    白鴿 ……………………… (1072)
      肉 …………………… (1072)
      卵 …………………… (1073)
      屎 …………………… (1073)
    雀 ………………………… (1073)
      卵 …………………… (1073)

雄雀屎 …………… (1074)
巧婦鳥 …………… (1075)
　窠 ……………… (1075)
伏翼 ……………… (1075)
　夜明砂 ………… (1075)
鹈鹕 ……………… (1076)
　油 ……………… (1076)
寒號蟲 …………… (1077)
　五靈脂 ………… (1077)

《本草述》卷之三十一 …… (1082)
獸部 ……………… (1082)
馬 ………………… (1082)
　白馬陰莖 ……… (1082)
　脛骨 …………… (1082)
　懸蹄 …………… (1083)
　白馬通 ………… (1083)
牛 ………………… (1084)
　黄牛肉 ………… (1084)
　乳 ……………… (1085)
　髓 ……………… (1086)
　膽 ……………… (1086)
　喉 ……………… (1087)
　牛角䚡 ………… (1087)
牛黄 ……………… (1088)
酪 ………………… (1090)
酥 ………………… (1090)
　犛牛白羊酥 …… (1090)
羊 ………………… (1091)

　肉 ……………… (1091)
　乳 ……………… (1092)
　腎 ……………… (1092)
　肝 ……………… (1092)
　膽 ……………… (1093)
　脛骨 …………… (1093)
豕 ………………… (1094)
　豬 ……………… (1094)
　脾 ……………… (1095)
　心 ……………… (1095)
　附心血 ………… (1096)
　膽 ……………… (1096)
　肝 ……………… (1097)
　肺 ……………… (1097)
　腸 ……………… (1097)
　腎 ……………… (1097)
　脂 ……………… (1098)
　母豬乳 ………… (1099)
　豬膚 …………… (1099)
狗 ………………… (1100)
　肉 ……………… (1100)
　膽 ……………… (1100)
　陰莖 …………… (1100)
驢 ………………… (1101)
　乳 ……………… (1101)
　陰莖 …………… (1102)
　溺 ……………… (1102)
阿膠 ……………… (1102)

虎骨 …………………… (1107)
　虎睛 …………………… (1110)
　虎腈 …………………… (1110)
犀角 …………………… (1111)
象 ……………………… (1114)
　膽 ……………………… (1114)
　皮 ……………………… (1115)
　牙 ……………………… (1115)
熊膽 …………………… (1115)
羚羊角 ………………… (1117)
鹿麋 …………………… (1119)
　鹿茸 …………………… (1120)
　麋茸 …………………… (1121)
　鹿角 …………………… (1121)
　麋角 …………………… (1122)
　鹿角膠 ………………… (1123)
　鹿角霜 ………………… (1125)
　鹿髓 …………………… (1128)
麝臍香 ………………… (1128)
猬 ……………………… (1130)
　皮 ……………………… (1130)

鼠 ……………………… (1132)
　牡鼠 …………………… (1132)
　膽 ……………………… (1132)
　糞 ……………………… (1133)
《本草述》卷之三十二 …… (1136)
人部 …………………… (1136)
　髮 ……………………… (1136)
　　髮髲 ………………… (1136)
　　亂髮 ………………… (1136)
　人屎 …………………… (1138)
　　人中黃 ……………… (1138)
　　糞清 ………………… (1138)
　人尿 …………………… (1140)
　　溺白垽 ……………… (1144)
　　秋石 ………………… (1145)
　乳汁 …………………… (1146)
　紅鉛 …………………… (1148)
　　月經衣 ……………… (1154)
　人胞 …………………… (1155)
　　胞衣水 ……………… (1159)
　初生臍帶 ……………… (1159)

重刻《本草述》序

　　潛江劉雲密先生著《本草述》一書，所列凡四百八十餘種，所述幾八十餘萬言，蓋三十年而書成。既歿，而其子始刻之，迄今百餘年矣。板刻不存，而書之流傳日少。考本草之作，相傳始自神農，歷漢梁唐宋諸家，遞有所增注。明東璧李氏集其成，曰《本草綱目》，凡千八百餘種，而本草於是乎大備。然遺憾時復不免，孰若此書之精當哉？余弟秉之，少好是書，乃購求善本，校而刻之。刻殆盡，而余弟故世。憫其未竟之志，蓋切於此，爰爲續成焉。夫古之著書者，居則充梁棟，出則汗牛焉，然其存於今者，十不一二。若蓋必其書足以自壽而其傳永焉，然而根極理奧者，往往散佚而無以而循誦，習傳者又多庸也涉俗，則豈惟道之興廢，人之貴賤哉？惟書之存丕，亦有若存乎其間矣，而醫書之傳者，則固不然。蓋自《內經》《本草》，迄乎張、李、劉、朱，暨近代名家所著述，其精者一一在人耳目，而粗者則不著焉。則世之爲醫者，宜以精於所事，而顧不盡然，又何說也？先生此書，研窮物理之精，以達乎天人之閫奧，相疑辨似，發人所未發，自本草以來，未有能過之者。其書雖云述，而其所自得者固已多矣。天下無所自得而欲以壽人，因以自壽者，有未之此也。刻既成，因綴所自於簡端，世之精於刊事者，讀先生之書而自得焉。不惟先生之志，抑亦余弟之心也夫。

　　　　嘉慶歲次庚午七月既望武進後學蓉塘甫薛鎬書於還讀山房

序

《内經》，言醫之體也；本草，言醫之用也。《神農本草》爲三墳之一，《漢書》始著其名。隋《經籍志》：《神農本草經》三卷，與今分上中下三品者相合。修是經者，有《桐君采藥錄》二卷，《雷公藥對》二卷，古已逸其書。漢邕《本草》七卷，名僅見於《隋志》。魏《李當之本草》三卷，《吳普本草》六卷，今廣內皆不存。《本經》所采藥凡三百六十五品，梁陶景增而倍之，謂之《名醫別錄》。厥後或朝命增修，或名醫附益。至明李東璧著《本草綱目》，采藥一千八百九十二種，世稱集大成焉。然論者猶病其擇焉不精，語焉不詳。惟潛江劉雲密先生所著《本草述》，竭三十年心力而成，爲卷三十有二，藥不過四百九十種，洋洋乎八十餘萬言，別具體裁，自成一子。其書宗乎《本經》，旁及名論，折衷古今同異之說而曲暢之。辨百物稟氣之原，推臟腑病氣之變，氣以生物，物以制氣，精深微妙，一一參契于《靈》《素》而詳說焉。是豈《綱目》諸書所能及哉？今夫作者謂聖，述者謂明，古人之作書也，或言簡意賅，或引而不發，胥有待於後之善讀者焉。蓋無窮者心，無盡者理，以心契理，而精至於無垠，明徵之有物，而開物成務之旨，曠若發蒙。是故《易經》四聖，而後之言《易》者且數百家；醫本岐黃，而後之言醫者不可計數。然其可以當述之名而無憾者，有幾人哉？吾家舊有是書，失之已久，搜羅二十餘載，始得之而抄讀焉。歲庚午，薛君蓉塘乃校正是書，以授梓人。曰：吾願世之業醫者讀是書，而益精其術也。顧獨怪是書梓于康熙己卯，迄今甫逾百年，乃業醫者至不能舉其名，豈速化之術深中人心，苟以人之死生爲嘗試，而擇之精而語之詳者，則憚煩焉而不暇及。然則功利之惑人，人心之陷溺，此亦其一端也與？予既篤好是書，欲廣其傳而不能也。得薛君之授梓，而深契其用心之厚焉，豈徒表章前哲云爾哉？爰贅數言，而爲之序。

嘉慶十五年歲次庚午仲春之月陽湖後學吳寧瀾謹序

《本草述》序

《本草經》三卷，相傳爲神農氏所作。說者謂《漢藝文志》不見是書，惟梁《七録》載之，而其中又有後漢郡縣地名，遂疑上古未有文字，必張機、華陀輩附托。不知古聖皇神靈首出，其下又有岐伯、雷公爲之輔相，即六書未造，豈無蟲書鳥篆共相授受者乎？況神農氏之書非特《本草》而已，《素問》《難經》，奇文奧義，爲萬世醫經之祖，不可因後人之增地名，遂並《本草》而疑之也。漢魏以來，扁倉諸醫皆能神明於《内經》，而《本草》猶沉埋未出。漢平帝元始五年，詔天下通知方術本草者，所在輶傳，遣詣京師，本草之名始著。遞傳至於唐宋，一時大臣奉詔修輯，取陶弘景、徐之才等所著而合纂之，墨書白字，多所發明。於是唐顯慶、宋開寶、嘉祐、大觀諸本草，益大行於天下。然神農氏之爲經僅三卷，而藥品止三百六十五種，後世相繼增益，藥品既已倍蓰，卷帙之繁，又比神農氏而數倍之。其爲書，非不燦然明備，而深微之旨，同異之論，庸醫俗工罕能精思而詳說之，其不致臨證多誤，以生人之術而反掌殺人者，幾希矣。有明蘄州李東璧氏，搜羅百家，訪采四方，所著《本草綱目》，載藥至一千八百九十二種，於唐宋以後諸書靡有罣漏，醫家者流奉爲章程久矣。然博稽旁撫，該括古今，雖體裁弘整，而擇焉而精，語焉而詳，亦或未之能慨，此大司寇劉雲密先生《本草述》一書不能無作也。其爲書，另出杼軸，蓋以去華務實爲主，而精詳研覈，以軒岐《素》《難》爲之根極，而貫穿融匯於張潔古、李東垣、王海藏、朱丹溪諸家，引而不發者，咸爲抉其奧，展其蘊，而大暢之，俾可共悟於造化功用之所以然，而恍然於諸先生同異之精微，蓋非特岐、雷之僚佐，亦神農氏之功臣也。余讀之，而嘆其超然淵詣，誠欲自成一家言，豈僅與《本草綱目》絜短長、較優劣者哉？先生以醫國手，值庸醫誤國之後，雖有大丹神藥，無所施其治療，遂自入閩，歸潛江，著成是編，貶其功業而小用之，悲夫！余先君築嚴公以五經成進士，奔竄閩海，盡瘁以沒，志與先生略同，惜所著等身之書盡散失於兵燹，使後世無所傳述。余反覆劉先生之書，不禁其心痗也，因泫然而爲之序。

　　康熙三十有八年歲在己卯孟春穀旦工科掌印給事中通家子譚瑄謹序

序

《本草述》一書，楚潛大司寇劉公雲密先生之所著也。先生昔驅馳閩疆，值天人交去之際，如人元氣垂盡，雖佗、扁未易措手，而庸師俗工多從旁撓之萬端，宜其奉身而退也。退而閉門却掃，積三十年之功，專精此書，究神聖之微旨，闡先哲之緒論，參悟造物胚胎之原，與體物不遺之理，精索而詳說焉，成八十餘萬言，駸駸乎駕《準繩》《綱目》而上之。小試其醫國之手，以自托於尊生壽世之術，其意深，其旨遠矣。夫醫人之道，原通於醫國，必真知藏府受病之所在，而詳辨于藥劑氣味主治之所宜，庶乎投之而皆當。今不審其所當否，而或執一己之私，膠愛憎之見，黨同伐異，即至敗，乃公事而不顧，而甚者又錯迕顛倒，攻補雜試，以僥倖一效，而卒至于不可復挽，明季之已事何以異是？先生蓋不勝痛之深，故言之切，鑒之遠，故辨之精也。向使先生不奉身而退，退而天不假之年，以有此書，即功業有所成就，亦一時赫赫在人耳目間耳，孰與此書之仁術無窮，登春臺而躋壽考者，不可以世數計哉？說者謂沅湘間代多異人，其所爲書多憂愁幽思之旨。先生著書，其亦殆有遺憾。然自軒岐氏以來，張、李、劉、朱、薛、王諸先生之闡微抉幽，以爲功于《素》《難》《本經》者，至於今爲烈。蓋使天下後世共免於夭札疵癘之患，以無傷其絪縕化生之和，何莫非裁成輔相之見諸行事？東坡云：病者得藥，吾爲之體輕。況其挽回造化者乎？今先生之書具在，雖謂與張、李、劉、朱、薛、王諸先生同爲軒岐氏之功臣，而挽造化于無窮可也，於是歎先生之澤遠矣，先生其亦可以無遺也夫。

康熙己卯初夏海昌後學陳訏題于淳安學署

原　序

　　太極之理，一陰一陽盡之矣。其一動一靜，互爲其根，則陽中之陰、陰中之陽盡之矣。天地之陰陽不得不散而爲五行者，所謂質具於地，氣行於天，不遺於一物，乃其不窮於六合者也。然則人之陰陽，其得之以爲腑臟氣血營衛者，不由是乎？然則草木蟲魚鳥獸金石水土，其得之以爲溫涼寒熱燥濕升降者，不由是乎？雖然，陰陽易辨也，所謂陽中之陰，陰中之陽，則微妙難言。以神農、黃帝之神聖，口咀內視，鍼引石砭，求其分際，察其脈絡，而後能得焉。乃庸工妄人，鹵莽從事，何其謬也！誠欲詳審乎陽中之陰，陰中之陽者，亦惟察端於萬物共此一太極，與一物各有一太極之理，而知人性之與四時通，及藥性之與五臟六腑通，其理一也。夫人性之通於四時，與藥性之通於五臟六腑者，自其稟天地之氣以成形，而性卽具之，故動靜相反也，而互爲其根，陰陽相判也，而互爲其宅。所謂五行，一陰陽也，陰陽，一太極也，太極，一無極也，此萬殊而一本也。大造有氣化之本，然而生人生物，胥不外此。其於人也，備陰陽之太極，而五臟六腑具焉。於物也，又各分太極之陰陽，而若氣若味分焉。此一本而萬殊也，遡而爲一體之立也，而萬之用無乎不具；散而爲萬用之行也，而一之體未嘗不存。軒岐之聖，生而知之。張潔古、李東垣、王海藏、朱丹溪諸賢，闡而明之。彼其於先天後天妙合化醇之故，所謂微妙而難言者，有以神而明之矣。庸工不察，而立言之家又往往擇焉而不精，語焉而不詳，求其參互於陰陽交錯之故，以消息乎盈虛之間，蓋戞戞乎其難之，此大司寇潛江劉雲密先生《本草述》之所爲作也。先生在先朝舉天啓乙丑進士，起家縣令，歷監司，忤時拂衣，以正氣名聞天下。崇禎末，一再膺薦，後驅馳閩海間。見政柄下移，知事不可爲，卽於學《易》之年堅乞骸骨歸，自號蠡園逸叟，隱居著書三十載，而於是編尤加意焉。蓋其存心濟物，不獲見諸行事，而寓意於此也。其學博，其識精，故能辨別本草稟受之性，以窺陰陽之奧，而得其合同而化之原，廼徧采諸家方論，權衡而上下之，卽世所奉爲金科玉律，如李東璧氏《本草綱目》，亦時有去取焉。觀止矣！蔑以加矣！令嗣漣水明府，令淳安之三年，政通人和，無夭札疵癘之患，其有得於家學淵源者不淺，而欲俾斯民其躋於仁壽之域，屬予較而梓之。家弟言揚適司鐸是邦，相助訂正，以迄有成。是仁術也，夫先生有范文正公良相良醫之願，乃不克如文正之以功業見，而徒寄情於方書，則其時爲之歟？後之讀是書者，可以論其世矣。

　　康熙三十有八年歲次己卯夏六月天貺節嘉興後學高佑釲謹序

序

　　康熙庚辰冬，偶問道青溪，時劉漣水明府涖任五載，頌聲翕然。訪余邸舍，以尊人雲密先生所著《本草述》見示，相屬爲序。余性椎魯，少於岐黃家言未暇寓目。後偶讀嵇叔夜《養生論》，謂豆令人重，榆令人瞑，合歡蠲忿，萱草忘憂，而柳子厚《論服食書》亦云，凡言丹砂者以類芙蓉，言當歸者以類馬尾蠶首，附子八角，甘遂赤膚，始念古之高人名士，于方書藥性未嘗不加考核，兼以遭略血之疾，遂潛心本草諸書。竊謂《素問》《難經》，猶儒者之六藝也，本草猶《爾雅》之箋註蟲魚，以爲六藝羽翼者也。考漢末不過三百六十五種，至有明李東璧，搜葺至一千八百九十二種，可謂明備，蔑以加矣。然或陰中之陽，陽中之陰，以及氣味之升降，物理之疑似，不無毫釐千里者，先生一一舉而訂定之，閱歲者三十，屬筆者八十餘萬言，變通於意象之中，神明於言詮之表，令初學引伸觸類，瞭若指掌焉。允矣！神農氏之功臣，東垣、丹溪諸子之益友也哉！先生以名進士官至司寇，值明季喪亂，杜門高尚，以至歿身，而其抑鬱侘傺之況，所以銷歲月而葆天真者，精力皆萃於此書，與唐之陸宣公謫居荒僻，憂讒畏譏，不敢著書，止集錄古方以爲救濟蒼生之助，仿佛略同。然宣公之書不能家傳戶習，而先生所述直與《素問》《難經》相表裏，其功效尤爲過之。至若漣水明府，清俸之餘，幾不能給朝夕，而捐資剞劂，以揚先澤，所謂孝子不匱，永錫爾類，讀之者親親仁民之思，亦可油然而生矣。

　　　　　　　　　　　康熙三十有九年長至後一日遂安後學毛際可撰

《本草述》原序

　　故司寇潛江雲密劉公，道德洽聞，以剛腸直節名於海内。年登八十稱耆，造懋遺之老，生平於書無所不讀，而尤篤好軒岐之學，捋賾反約，竭三十年之力而《本草述》成。其曰述者，本經合論，曲暢旁通，以明夫不居作者。驥夙獲撰杖，辱公呼爲小友。甲辰陽月，訪公於家。公神明不衰，劇談彌夕，酒闌燭灺，自云不佞壯而多病，以醫藥自輔，看題處方，良用娱慰。雖古人之好煅好展，[1]誠弗若也。筆其所見，幸底於成，子其爲我序之。誰諉鄭重而别。踰年乙巳，公正星辰之位。又踰年，乃克爲序。序曰：本草，古三墳之書，秦火所未焚者也。漢平帝徵天下通知逸經、古記、天文、曆算、鍾律、小學、史篇、方術、本草，及以《孝經》《爾雅》教授者，在所爲駕一封軺傳，遣詣京師，而本草之名始著。梁《七録》載《神農本草》三卷，漢之張機、華陀著其論，梁之陶弘景增其注，唐之蘇、陳補其闕，宋之劉翰集其成，明之王氏、李氏、繆氏廣其目，而本草之書乃備。《神農本草》朱字，譬則經也，諸家增補，朱墨錯互，譬則傳注箋疏也。醫之爲道，五運六氣，相爲貞勝，人固有之，物亦宜然。葶藶死於盛夏，款冬菀於霜雪，寒暑之異也；雞踰嶺而黑，鸐鴿踰嶺而白，山川之異也；酒飲之一石而不亂，有濡輒顛眩者，漆終日摶灑無害，有觸之瘡爛者，稟賦之異也。黄精、鈎吻，一物而異性，烏頭、附子，同生而異用，藥之以好辨而爲功也；嶺南多毒而有金蛇白藥以治毒，湖南多氣而有薑橘茱萸以治氣，魚鱉螺蜆治濕氣而生於水，麝香羚羊治石毒而生於山，藥之以相勝而爲用也。觸類引伸，引繩切墨，沈研鑽極，割剥理解，剗後說之蹖駮，入先聖之閫奥，公之德遠矣。余於是竊有說也。始余讀本草而未有合也，已而讀《内經》而無不合也，已而更讀《易》而益無不合也。《内經》以人之一身合周天三百六十度，此乾坤之策也；本草凡天施地生，水火土石，飛走草木，此萬物之數，萬一千五百之二十策也。神而明之以觀其會通，得意忘言而遺筌蹄，公之述本草也，其在斯乎！其在斯乎！唐宋以來名臣留心醫道者，余得三人焉：狄梁公功在社稷，勳業蓋代，而有腦後下鍼鼻端疣落之術；陸忠宣經濟弘深，有唐龜鑑，而有謫居荒陬集録古方之事；范文正出入將相，先憂後樂，而有不爲宰相則爲名醫之願。公心三公之心，學三公之學，歸歟投老，區區以方技自見，研露點筆，十易削稿，後之君子讀其書而論其世，可以知其爲人也。若余也，采天隨之杞菊，制頽齡於刀圭，竊公緒餘，附於應璩《百一》之義，其戔戔者耳。聊藉斯文，託公書以不朽而已。

康熙丙午仲冬月竟陵吴驥謹序

【校記】

〔1〕煅，《世說新語·簡傲》作"鍛"。

《本草述》總目錄

卷之首　第一冊
　序
　目錄　附跋十八則
卷之一
　水部
　　雨水　潦水　露水　臘雪水　流水　井泉水　地漿　熱湯一名百沸湯、太和湯　生熟湯即陰陽水　甑氣水　磨刀水　浸藍水附染布水　淅二泔[1]　黏米泔水　繅絲湯　洗兒湯
卷之二
　火部
　　桑柴火　炭火　蘆火　竹火　艾火　燈火
卷之三
　土部
　　黃土　東壁土　道上熱土[2]　糞坑底泥　蚯蚓泥一名六一泥　烏爹泥即孩兒茶　伏龍肝　百草霜　釜臍墨　墨　石鹼
卷之四
　五金部
　　金箔　銀箔　自然銅　赤銅屑　銅青一名銅綠　鉛　鉛霜　鉛丹一名黃丹[3]　粉錫一名鉛粉、官粉　密陀僧一名爐底[4]　鐵鐵粉、鍼砂、鐵落飲、鐵華粉、鐵鏽、鐵漿、鐵稱錘
卷之五　第二冊
　石部
　　丹砂一名朱砂　水銀一名汞　靈砂　水銀粉一名輕粉、膩粉　粉霜一名水

銀霜　雄黃　金牙石　石膏一名寒水石　滑石　五色石脂　陽起石
白石英　紫石英　石鍾乳　太一餘糧　禹餘糧　浮石　磁石卽慈石
代赭石俗名土硃、鐵朱　石綠一名綠青　石膽俗名膽礬　礞石　砒石俗名
砒霜，又名信　花乳石卽花蕊石　石燕　蛇含石

卷之六

鹵石部

食鹽　戎鹽一名青鹽　凝水石卽寒水石　元精石　朴消硝同。俗名皮消。
附芒消、馬牙消、風化消　元明粉　消石一名焰消　硇砂硇音鬧　蓬砂一名
硼砂[5]　石硫黃　礬石

卷之七上　第三冊

山草部上

甘草　黃耆一作黃芪　人參附人參蘆　沙參　桔梗　薺苨　萎蕤　知母
肉蓯蓉　瑣陽　天麻卽赤箭　朮白朮、蒼朮　狗脊　巴戟天　遠志　淫
羊藿卽僊靈脾　玄參　地榆　丹參　紫參一名牡蒙

卷之七下　第四冊

山草部下

黃連　黃芩　秦艽音交　柴胡　前胡　防風　獨活　羌活　苦參
升麻　延胡索卽元胡索　貝母　白茅　龍膽草　細辛　白前　白鮮
貫衆俗呼管仲，卽鳳尾草　白頭翁　紫草　白微　胡黃連　仙茅　白及
蔓草白蘞附見

卷之八上　第五冊

芳草部上

當歸　芎藭卽川芎　藁本　白芷　芍藥白芍藥、赤芍藥　牡丹皮　木香
高良薑　縮砂蔤　益智子　甘松香　白豆蔻　豆蔻卽草果　肉豆蔻卽
肉果

卷之八下　第六冊

芳草部下

補骨脂　薑黃　鬱金　蓬莪茂音述。一名廣茂　荊三稜　香附子　藿
香　香薷　薄荷　荊芥　蘇卽紫蘇。附蘇子　水蘇一名雞蘇　蛇床子一

名蛇粟　蓽撥一作蓽茇　蘭草　澤蘭

卷之九上　第七冊

隰草部上

菊　艾　茵陳蒿　青蒿　茺蔚即益母草　夏枯草　旋覆花　劉寄奴草　紅藍花即紅花　大薊　小薊俗名茨芥　續斷　苧麻　胡盧巴一名苦豆　惡實一名鼠粘子、牛蒡子　葈耳即蒼耳　豨薟　蘆　麻黃　木賊

卷之九下　第八冊

隰草部下

地黃生地、熟地　牛膝　紫菀　麥門冬　冬葵附葵子　蜀葵　款冬花　酸漿即燈籠草　鼠麴草一名佛耳　決明子　瞿麥即洛陽花、十姊妹　葶藶　車前子芣苢，即蝦蟇衣　連翹根名連軺　藍藍實、藍葉汁、板藍根　青黛即靛花　百合　蕺　蒺藜子刺蒺藜、白蒺藜　穀精草　海金沙　燈心草　天名精一名蚵蚾草。子即鶴虱，根名杜牛膝　王不留行即剪金花　虎杖　鱧腸即旱蓮草　蒲公英即黃花地丁　大青　地膚即落帚　馬藺花子即蠡實　菴蘭　萹蓄一名扁竹

卷之十　第九冊

毒草部

大黃　常山苗名蜀漆　商陸根[6]　甘遂　大戟　芫花　蓖麻　藜蘆南人謂之鹿蔥　附子附烏頭、天雄　草烏頭　半夏　天南星一名虎掌　射干　白附子　澤漆即貓兒眼睛草　茵芋一作茵蕷　續隨子土人稱半枝蓮　狼牙　石龍芮　曼陀羅花　莽草一名䒽草

卷之十一　第十冊

蔓草部

菟絲子　五味子　覆盆子　使君子　木鱉子　馬兜鈴　牽牛子　紫葳即凌霄花　栝樓根即天花粉，附　葛　天門冬　百部　何首烏木名交藤　草薢　土茯苓即冷飯團　白蘞見山草白及後　山豆根　威靈仙　茜草一名過山龍　防己　通草即木通　通脫木　鉤藤鉤　石南藤即丁公藤　忍冬藤花名金銀花　黃藥子　王瓜即土瓜　絡石　木蓮一名薜荔　五龍草

即五爪龍

卷之十二

水草部

澤瀉　石菖蒲　蒲黃　水萍　海藻　昆布

卷之十三

石草部

石斛　骨碎補　石胡荽　石韋　地錦一名血見愁　馬勃一名馬窀勃
卷柏

卷之十四　第十一冊

穀部

胡麻附麻油、麻枯餅　大麻即麻蕡。附麻仁　小麥浮麥、白麪、麥麩　大麥
蕎麥　粳附淅二泔水，即米潘　稻即糯米。附米泔水　黍　大豆附大豆黃卷
赤小豆俗名紅豆　綠豆附綠豆粉　白藊豆即羊眼豆　刀豆　粟小米、黃粱
米、青粱米、秫米　薏苡仁　罌子粟附阿芙蓉　淡豆豉　陳廩米一名老米
麴小麥麴、麪麴、米麴　神麴　紅麴　舂杵頭細糠　糵米即穀芽、麥芽
飴糖　醋　酒附燒酒

卷之十五

菜部

韭附韭菜子　薤即藠子。藠音叫　白芥附芥菜子　萊菔附蘿蔔子　葫即大蒜
葱　薑生薑、乾薑　胡荽即原荽　蘹香子即茴香　茄　馬齒莧一名長命菜
薯蕷一名山藥　苦瓠　白冬瓜附冬瓜仁　木耳桑耳、槐耳、柘耳　芸薹即
油菜。附菜子

卷之十六　第十二冊

五果部

杏仁　桃桃仁、桃花、莖及白皮、桃膠　梅烏梅、白梅　大棗

卷之十七

山果部

梨　木瓜　山樝即山查　柹俗作柿。附柹蔕　陳橘皮　青橘皮橘核、橘葉
枇杷葉　胡桃　銀杏即白果

卷之十八

夷果部

荔枝_{附荔枝核}　龍眼　檳榔子　大腹子　鷄距子_{卽枳椇。音止矩}

卷之十九

果之味部

蜀椒_{附秦椒，卽花椒}　吴茱萸_{附食茱萸[7]}　胡椒　畢澄茄　鹽麩子　茗_{早采爲茶，晚采爲茗}

卷之二十

果之蓏部

瓜蔕　甘蔗　木龍_{一名野葡萄藤}

卷之二十一

水果部

蓮藕_{附蓮實、石蓮子、蓮薏、蓮鬚、藕節、荷葉、荷蔕}　芡實_{卽雞頭}

卷之二十二　第十三册

香木部

柏_{柏子仁、柏葉}　松_{松脂、松節、松花}　桂_{桂皮、肉桂、桂枝、牡桂}　辛夷_音
_荑　沉香　丁香_{卽雞舌香}　檀香　降眞香　烏藥　乳香_{卽熏陸香}　沒藥
_{卽末藥}　騏驎竭_{卽血竭}　龍腦香_{俗名冰片。附樟腦，卽韶腦}　盧會_{一作蘆薈}
安息香　蘇合香　阿魏　胡桐淚　白膠香_{卽楓香脂}

卷之二十三

喬木部

黃檗_{卽檗木}　厚朴　杜仲　椿樗　海桐皮　楝實_{名金鈴子}　槐_{槐角、槐}
_{花、槐枝、槐膠}　秦皮_{卽梣皮}　皂莢_{附皂角刺}　無食子_{一名沒石子}　訶黎勒
_{卽訶子}　檉柳_{一名觀音柳}　蕪荑　水楊[8]_{卽蒲柳}　蘇方木_{卽蘇木}　椶櫚_俗
_{作棕櫚}　巴豆_{附巴豆油}　乾漆

卷之二十四　第十四册

灌木部

桑_{根白皮、皮中白汁、桑葉、桑椹、桑枝、桑柴灰}　楮實_{卽穀樹子}　枳_{枳殼、}

枳實　卮子俗作梔子　酸棗仁　白棘一名棘鍼　山茱萸　郁李仁　女貞一名冬青　五加皮　枸骨一名貓兒刺　枸杞根卽地骨皮，附　牡荊荊葉、荊瀝　木芙蓉一名拒霜　蔓荊　金櫻子　木綿　石南　南燭卽南天燭　紫荊　柞木卽鑿子木　鬼箭羽卽衛矛

卷之二十五

寓木部

茯苓附茯苓皮　茯神附神木　琥珀　豬苓《莊子》作豨苓　桑寄生　雷丸一名竹苓

卷之二十六

苞木部

竹淡竹葉、淡竹茹、淡竹瀝

卷之二十七　第十五冊

蟲部

蜂蜜　蜜蠟　露蜂房卽紫金沙　蟲白蠟　五倍子附百藥煎　桑螵蛸　蠶附白殭蠶　原蠶蠶蛾、蠶沙、蠶繭、蠶蛻、蠶連、澡絲湯、新綿、黃絲絹　蠍一名蠆蝍。音伊祈　螌蝥俗作斑貓　水蛭俗名馬蟥　蜚蝱卽蝱蟲　䗪蟲卽地鱉蟲　蠐螬卽地蠶蟲　蚱蟬一名腹蜟。附蟬蛻　蜣蜋一名推丸　螻蛄《月令》作螻蟈　蜈蚣一名蝍蛆　白頸蚯蚓　鼁

卷之二十八

鱗部無鱗魚附

龍龍骨、龍齒　鮫鯉卽穿山甲　蛤蚧　白花蛇一名蘄蛇　烏蛇卽烏梢蛇　蛇蛻　蚺蛇　鯉魚膽、腦髓　青魚膽附鱖魚膽　鯽魚又名鮒魚　鱧魚俗稱黑魚。肉、膽　石首魚附魚鰾膠　鱓魚肉、血、頭　鰻鱺魚肉、骨及頭　烏賊魚附海螵蛸

卷之二十九

介部

龜敗龜板、[9]溺　鱉鱉甲、肉、頭、頭血　牡蠣　真珠　海蛤附海蛤粉、文蛤粉　蚌蚌粉　田螺附田螺殼　蝸螺卽螺螄。附白螺螄殼　魁蛤卽蚶、瓦壟

子　璵珇一名玳珇

卷之三十　　第十六冊

　禽部

　　雞　鶖音木，俗名鴉。肉、血　鵝膠　鴈鴈脂曰肪　鶉　白鴿肉、卵、屎　雀卵、雄雀屎、麻雀糞　巧婦鳥一名鷦鷯　伏翼又名蝙蝠　鵜鶘即淘鵝　寒號蟲五靈脂

卷之三十一

　獸部

　　馬白馬陰莖、脛骨、懸蹄、馬通　牛肉、霞天膏、乳、髓、膽、喉、角鰓　牛黃　酪　酥附牛乳方　羊肉、乳、腎、肝、膽、脛骨　豕腤、心、膽、肝、肺、腎、脂、乳、豬膚　狗肉、膽、陰莖　驢乳、陰莖、溺　阿膠　虎骨虎睛、虎膳　犀角　象膽象皮、象牙　熊膽　羖羊角即羚羊角　鹿鹿茸、鹿骨、鹿角膠、鹿角霜、鹿髓　麋麋茸、麋角　麝臍香　猬　鼠牡鼠、膽、糞

卷之三十二

　人部

　　髮髮髲、亂髮　人屎即人中黃。附金汁　人尿一名還元湯　溺白垽即人中白　秋石　乳汁　紅鉛附月經衣　人胞即紫河車　胞衣水　初生臍帶

　　右《本草述》目錄。劉先生原稿多與《綱目》先後互異，乃有舊存未完刻本，及原本前所錄草目，則悉依《綱目》。按先生此書，多發前人所未發，即藥品去留，體裁位置，俱自成一家，並不依傍前刻，何獨於原稿已定之次序，必易置而從《綱目》？茲臆測先後所互異處，似俱有微意存焉。乃知從前草目，蓋錄者不知作者之意，漫依《綱目》鈔寫，意便簡閱，不知究與原稿次第不符，而未完刻本則潦草授梓，非先生生前之志也。今藥品斷依原稿，并書中纂錄詮次，附識數則於左。

　　按土部，蚯蚓泥，《綱目》在糞坑底泥前，今次於後。蓋與烏爹泥俱名泥，實非泥也，故為同類。至《綱目》伏龍肝後，墨次之。今伏龍肝、百草霜、釜臍墨相次，蓋俱竈中物也。墨則成於人工，且膠煙雜和，故又次之。

按金部，赤銅屑，《綱目》列自然銅之先，今更置之，先自然銅也。[10]又黃丹、粉錫，同出於鉛，黃丹以醋點成，粉錫以醋養火。今人以作粉不盡者炒成丹。《綱目》先粉錫，似謂丹出於粉也。先生先黃丹，蓋取醋點者爲佳。

按石部，丹砂爲上藥，故冠諸石之首。水銀從丹砂出，故次之。靈砂、汞粉、粉霜，又從砂汞出，故又次之。自雄黃至石英，皆石與石類。《綱目》以石英爲玉類，列於石前，不如丹砂之當也。至石英、鍾乳、餘糧，皆石氣所凝，《綱目》鍾乳石在浮石前，餘糧在赭石後，今俱同類相次。

按山草部，貫眾、仙茅、白頭翁、白及，《綱目》俱列芩、連前，今概置於後。胡黃連，《綱目》列黃連後，今列仙茅前。其間進退尚多，不同《綱目》。

按芳草部，《綱目》蛇床子在芎藭後，蓽茇在益智後，蘭草、澤蘭在藿香後。今蛇床子、蘭草、澤蘭俱列水蘇之後，蓋沮洳下濕所產，故同類相附，抑芳烈之氣不同於香附、藿香、香薷、薄荷、荊芥、紫蘇、水蘇，故不可混雜歟。至白豆蔻、草豆蔻、肉豆蔻，名同實異，連類比附，昭其辨也。《綱目》則異是。

按隰草部，菴蘭非上品藥，《綱目》列於第二，今抑之使與馬藺、萹蓄爲伍，菊居首，艾蒿次之，最爲允當。至《綱目》有蠡實，蘇恭云即馬藺子，蘇頌云蠡草花實皆入藥，先生則曰蠡草於方書諸證主治不概見，而花則僅見於淋證及疝耳，又曰本草以治疝歸實，乃方書治疝盡主於花，故改蠡實爲馬藺花。又蕺、百合、蒲公英，《綱目》在菜部，先生移入隰草部。按蕺即魚腥草，因《說文》訓葅菜，《綱目》仍之，遂列菜部，但《左傳》云蘋蘩薀藻之菜，今何常不入水草部，乃疑於蕺耶？百合生山隰間，雖可採食，實隰草也。蓋本草可爲菜食者多，但非韭芥之類必待人種者，俱當還其山隰之本，然蒲公英亦其例矣。

按毒草部，《綱目》狼牙在商陸後，澤漆在大戟後，續隨子在甘遂後，常山在蓖麻後，白附子在草烏後，半夏在天南星後，今大率與《綱目》異。

按蔓草部，《綱目》有白薇，今附白及後。至五龍草，《綱目》不載，亦自昔本草所無，先生以其治癰毒神驗，故補入。

按石草部末列馬勃、卷柏。蓋卷柏生於石，卽石草也；馬勃發於濕地，亦地錦之類也。《綱目》別列苔草部，[11]夫苔亦草中之一，豈能別異於草，自列一部乎？故併入之，削苔草部。

按穀部，《綱目》先粟，次粱，次秫。先生特更易之，粟爲主，粱、秫皆附見，以粱卽粟之粗，而秫卽粟之粘者也，甚合於粟爲黍、稷、粱、秫總稱之義。至豆爲五穀之一，《綱目》列於薏苡仁、罌子粟之後，誠爲失倫。先生特更置之，乃併列於粟與粱、秫之前，蓋以其爲高粱、小米五穀之別種，不可與豆衡也。至舂杵頭細糠，《綱目》在穀部末燒酒之後，今改列諸麴之次，[12]麥芽、飴糖及醋、酒、燒酒之前。蓋諸麴不離五穀本質，[13]糠應次之。若麥芽、飴糖、醋、酒，則穀之變化，盡離其質矣，奚復及糠爲乎？

按果之味部，《綱目》列胡椒於吳茱萸、食茱萸之前。二茱萸皆椒類而產中土，今列蜀椒之次。胡椒來自舶上，番產也，故又次之。

按香木部，檀香、降真香以上，皆木之生而香者，烏藥最下，故殿之。乳香、沒藥之下，皆木之液而香者，故桐淚、楓香脂最下，故殿之。《綱目》以楓香脂先於沒藥，失其等矣。

按喬木部，自黃檗以至巴豆，皆取木之或本或葉或子入藥，至漆則取其汁矣，故列於末。《綱目》以漆居海桐、楝、槐之前，何所取諸？

按寓木部，《綱目》雷丸在桑寄生前。桑寄生寄於桑，雷丸寄於竹，等寄也，喬苞則有辨矣，故先生更之，有先後之異。

按介部，龜，四靈之一，故首之。《綱目》次瑇瑁，瑇瑁殊方所產也，今居介部之末。禽部，《綱目》先水禽，今先家禽，且先德禽，而林禽、水禽次焉。獸部，《綱目》先豕，今先馬，蓋地用莫如馬也，而牛、羊、豕、狗依乎牲之序，其山林諸獸則次焉。

按天一生水，故水部居於本草之首。本草所以養人也，人爲貴，故人部居本草之末。銅山西崩，洛鐘東應，古人於紫河車尚深致意焉，仁術也。今人血、人骨、人勢、人膽等，《綱目》載之，充不忍人之心，[14]奈何以所以仁人者害人忍？故此書於虛荒難信者弗録，如水之醴泉、玉井、上池之類是也。乃人血種種，概從刪削，其用心微矣。

　　方書充棟，先生此書，自成一子，非所例，亦非所伍。於藥品或先後焉，别其序也；於主治或更置焉，由所專以及所兼也；於畏惡使或去取焉，存可信，删不可信也；於禁忌、修治，則殿焉，盡人事以全先天之功用也；於引據諸子百家多闕焉，但取實用，無事夸博也；於附方或前後互見焉，先本治，又證所從治也；於所引書，或有裁剪，非複則纇，筆削間有微意也。視李時珍《綱目》，徒部署整齊，飾觀有餘矣。

海昌後學陳訏言揚氏謹識

【校記】

〔1〕淅二泔，正文卷一作"粳米淅二泔水"六字。
〔2〕上，正文卷三本條作"中"。
〔3〕黄丹，"丹"下原衍"底灰"二字，今據正文卷四鉛丹條本文刪。
〔4〕底，原脱，今據正文卷四密陀僧條本文補。
〔5〕一，原闕，今據正文卷六蓬砂條本文補。
〔6〕陸，原誤作"世"，今據正文卷十商陸根條本文改。
〔7〕食茱萸，"茱"下原衍"茱"字，今據正文卷十九食茱萸條本文刪。
〔8〕水，原誤作"木"，今據正文卷二十三水楊條本文刪。
〔9〕敗，原誤作"販"，今據正文卷二十九鼀條本文改。
〔10〕銅，原脱，今據文義補。
〔11〕苔，原誤作"苦"，今據《本草述鉤元》附論藥品序次改。
〔12〕麴，原誤作"鞠"，今據文義改。
〔13〕麴，原誤作"鞠"，今據文義改。
〔14〕忍，原誤作"乎"，今據文義改。

《本草述》卷之一

水　部

雨　水

《廣筆記》：立春節雨水。梅雨水：芒種後逢壬爲入梅，小暑後逢壬爲出梅。液雨水：立冬後十日爲入液，至小雪爲出液，得雨謂之液雨。

愚按：立春節雨水，李時珍云宜煎發散及補中益氣藥，是因虞搏謂其得春升生發之氣也。如梅雨水，時珍則謂其皆受濕熱之氣，鬱遏熏蒸，釀爲霪雨，人受其氣則生病，物受其氣則生黴，故此水不可造酒醋。即此說觀之，則梅雨水不宜用矣。又液雨水，時珍主治殺百蟲，宜煎殺蟲消積之藥，蓋因此雨在嚴冬，而百蟲皆伏蟄，故取此義爾。

潦　水

時珍曰：降注雨水謂之潦。又淫雨爲潦。韓退之詩云"潢潦無根源，朝灌夕已除"是矣。

[氣味]　甘，平，無毒。

[主治]　煎調脾胃、去濕熱之藥。

成無己曰：仲景治傷寒瘀熱在裹，身發黃，麻黃連軺赤小豆湯，煎用潦水者，取其味薄而不助濕氣，利熱也。

露　水

[氣味]　甘，平，無毒。

[主治]　百草頭上露，未晞時以盤收取，煎如飴，愈百疾，止消渴。稟肅殺之氣，宜煎潤肺殺祟之藥，及調疥癬蟲癩諸散。

時珍曰：秋露造酒清冽。

臘雪水

用净瓶收净雪築實，密封瓶口，置於陰室中，不見日色。春雪有蟲，水亦易敗，所以不收。冬至後第三戊爲臘。凡花五出，雪花六出，陰之成數也。

[氣味]　甘，冷，無毒。

[主治]　解一切毒，治天行時氣瘟疫，小兒熱癇狂啼，大人丹石發動，酒後暴熱黃疸，仍小溫服之。宜煎傷寒火暍之藥，抹痱亦良。

流　水

千里水、東流水，二水皆堪蕩滌邪穢，煎煮湯藥。勞水即揚泛水，張仲景謂之甘爛水，用流水二斗置大盆中，以杓高揚之千萬遍，有沸珠相逐，乃取煎藥。蓋水性本鹹而體重，勞之則甘而輕，取其不助腎氣而益脾胃也。虞摶《醫學正傳》云：甘爛水，甘溫而性柔，故烹傷寒陰證等藥用之；順流水性順而下流，故治下焦腰膝之證及通利大小便之藥用之；急流水，湍上峻急之水，其性急速而下達，故通二便風痹之藥用之；逆流水、洄瀾之水，其性逆而倒上，故發吐痰飲之藥用之也。

井泉水

反酌而傾曰倒流，出甕未放曰無根，無時初出曰新汲，將旦首汲曰井華。掌禹錫曰：凡飲水療疾，皆取新汲清泉，不用停污濁暖，非直無效，亦且損人。虞搏曰：新汲井華水，取天一真氣浮於水面，用以煎補陰之劑，及煉丹煮茗，性味同於雪水也。麻知機《水解》云：九疇昔訪靈臺太史，見銅壺之漏水焉。太史召司水者，曰：此水已三周環，水滑則漏迅，漏迅則刻差，當易新水。予因悟曰：天下之水，用之滅火則同，濡槁則同，至於性從地變，質與物遷，未嘗同也。故蜀江濯錦則鮮，濟源烹楮則皜。南陽之潭漸於菊，其人多壽；遼東之澗通於蔓，其人多髮。晉之山產礬石，泉可愈疽；戎之麓伏硫黃，湯可浴癘。楊子宜荈，淮菜宜醪，滄鹵能鹽，阿井能膠。澡垢以污，[1]茂田以苦。瘻消於藻帶之波，痰破於半夏之洳。冰水咽而霍亂息，流水飲而癃閟通。雪水洗目而赤退，鹹水濯肌而瘡乾。菜之為齏，鐵之為漿，麴之為酒，蘗之為醋，千派萬種，言不可盡。至于井之水一也，尚數名焉，況其他者乎？夫一井之水而功用不同，豈可烹煮之間將行藥勢，獨不擇夫水哉？昔有患小溲閟者，眾不能瘳，張子和易之以長川之急流煎前藥，一飲立溲，此正與《靈樞經》治不瞑，半夏湯用千里流水同意味。後之用水者當以子和之法為制。予於是作《水解》。

地　漿

陶弘景曰：此掘黃土地作坎，深三尺，以新汲水沃入，攪濁，少頃取清用之，故曰地漿，亦曰土漿。

[氣味]　甘，寒，無毒。

[主治]　解中毒煩悶，並一切魚肉果菜藥物諸菌毒，療霍亂及中暍卒死者，飲一升，妙。

時珍曰：按羅天益《衛生寶鑑》云，中暑霍亂，乃暑熱內傷，七神迷亂所致，陰氣靜則神藏，躁則消亡，非至陰之氣不愈。坤爲地，地屬陰，土平曰靜順。[2]地漿作於墻陰坎中，爲陰中之陰，能瀉陽中之陽也。

[附方]

乾霍亂病，不吐不利，脹痛欲死，地漿三五盞服，卽愈。大忌米湯。中砒霜毒，地漿調鉛粉服之，立解。

熱湯—名百沸湯、麻沸湯、太和湯。

[氣味] 甘，平，無毒。

汪穎云：熱湯須百沸者佳。若半沸者飲之，反傷元氣，作脹。

[主治] 助陽氣，行經絡。

寇宗奭曰：熱湯能通經絡，患風冷氣痹人以湯淋脚，至膝上，厚覆，取汗周身，然別有藥，亦假陽氣而行爾。[3]四時暴泄痢，四肢冷，臍腹疼，深湯中坐，浸至腹上，頻頻作之，生陽諸藥，無速於此。虛寒人始坐湯中必顫，仍常令人伺守之。初感風寒，頭痛憎寒者，用水七盌，燒鍋令赤，投水於內，取起，再燒再投，如此七次，名沸湯，乘熱飲一盌，以衣被覆頭取汗，神效。暑月暍音謁，傷暑也。死，以熱湯徐徐灌之，小舉其頭，令湯入腹，卽甦。

生熟湯—名陰陽水，以新汲水合百沸湯和勻，故曰生熟湯。

[氣味] 甘鹹，無毒。

[主治] 凡霍亂及嘔吐，不能納食及藥，危甚者先飲數口，卽定。凡痰瘧及宿食毒惡之物臚脹，《內經》作瞋脹。欲作霍亂者，卽以鹽投中，進一二升，令吐盡痰食，便愈。

時珍曰：上焦主納，[4]中焦腐化，下焦主出，三焦通利，陰陽調和，升降周流，則臟腑暢達。一失其道，二氣淆亂，濁陰不降，清陽不升，故發爲霍亂嘔吐之病。飲此湯輒定者，分其陰陽，使得其平也。

甑氣水

治小兒諸疳，遍身或面上生瘡，爛成孔臼，如大人楊梅瘡，用蒸糯米時甑篷四邊滴下氣水，以盤承取，掃瘡上，不數日即效，百藥不效者，用之神妙。

磨刀水

[氣味] 鹹，寒，無毒。
[主治] 利小便，消熱腫。
[附方]
肛門腫痛，欲作痔瘡：急取屠刀磨水，服，甚效。
盤腸生產，腸乾不上者：以磨刀水少潤腸，煎好磁石一杯，溫服，自然收上。乃扁鵲方也。

浸藍水

[氣味] 辛苦，寒，無毒。
[主治] 除熱，解毒，殺蟲，治誤吞水蛭成積，脹痛黃瘦，飲之取下則愈。
染布水，療咽喉病及噎疾，溫服一鍾，良。
時珍曰：藍水、染布水，皆取藍及石灰能殺蟲解毒之義。昔有人因醉飲田中水，誤吞水蛭，胸腹脹痛面黃，遍醫不效，因宿店中，渴甚，誤飲此水，大瀉數行，平明視之，水蛭無數，其病頓愈也。
愚按：藍之治，功在其大布生陽之氣，獨擅能耳，故染布水能治咽喉。至於殺蟲，即在布生陽之氣已該舉矣。其義詳於藍下。時珍止以殺蟲爲功，是言其末而遺本也。

粳米淅二泔水_{淅，音錫，洗米水也。第二次泔水清而可用，故曰淅二泔。}

[氣味]　甘，寒，無毒。
[主治]　清熱，止煩渴，利便涼血_{時珍}。

黏米泔水

[氣味]　甘，涼，無毒。
[主治]　益氣，止煩渴霍亂，解毒。食鴨肉不消者，頓飲一盞，即消_{時珍}。

繰絲湯

以甆瓶收，密封，埋淨土地中，任經數年，久而愈妙。
[主治]　時珍曰：止消渴，大驗。

洗兒湯

[主治]　胎衣不下，服一盞，勿令知之。

【校記】
〔1〕澡，原誤作"藻"，今據《儒門事親》卷三改。
〔2〕平，原脫，今據《本草綱目》卷五補。
〔3〕陽，《證類本草》卷五作"湯"。
〔4〕上，原誤作"土"，今據《本草綱目》卷五改。

《本草述》卷之二

火　部

桑柴火

[主治]　癰疽發背不起，瘀肉不腐，及陰瘡瘰癧流注，臁瘡頑瘡，然火吹滅，日灸二次，未潰拔毒止痛，已潰補接陽氣，去腐生肌。凡一切補藥諸膏宜此火煎之，但不可點艾，傷肌。

朱丹溪曰：火以暢達，拔引鬱毒，此從治之法也。

時珍曰：桑木，能利關節，養津液，得火則拔引毒氣而祛逐風寒，所以能去腐生新。《抱朴子》云：一切仙藥，不得桑煎不服。桑乃箕星之精，能助藥力，除風寒痹諸痛，久服終身不患風疾故也。

炭　火

時珍曰：燒木為炭，木久則腐，而炭入土不腐者，木有生性，炭無生性也。葬家用炭，能使蟲蟻不入，竹木之根自回，亦緣其無生性耳。

[主治]　櫟炭，炭火宜煅煉一切金石藥。烰炭火，宜烹煎焙炙百藥丸散。

[附方]

白虎風痛，日夜走注，百節如嚙，炭灰五升，蚯蚓屎一升，紅花七捻，和熬，以醋拌之，用故布包二包，更互熨痛處，取效。

蘆火　竹火

[主治]　宜煎一切滋補藥。

時珍曰：凡服湯藥，雖品物專精，修治如法，而煎藥者鹵莽造次，水火不良，火候失度，則藥亦無功。觀夫茶味之美惡，飯味之甘餲，皆係於水火烹飪之得失，即可推矣。是以煎藥須用小心老成人，以深罐密封，新水活火，先武後文，如法服之，未有不效者。火用陳蘆枯竹，取其不強，不損藥力也。桑柴火取其能助藥力，烰炭取其力慢，櫟炭取其力緊。溫養用糠及馬屎、牛屎者，取其緩而能使藥力勻遍也。

艾　火

[主治]　灸百病。若灸諸風冷疾，入硫黃末少許，尤良。

時珍曰：凡灸艾火者，宜用陽燧、火珠承日，取太陽真火，其次則鑽槐取火爲良。若急卒難備，即用真麻油燈，或蠟燭火，以艾莖燒點於炷，滋潤灸瘡，至愈不痛也。其戛金、擊石、鑽燧入木之火，皆不可用。邵子云：火無體，因物以爲體，金石之火烈於草木之火是矣。八木者，[1]松火難瘥，柏火傷神多汗，桑火傷肌肉，柘火傷氣脈，棗火傷內吐血，橘火傷營衛經絡，榆火傷骨失志，竹火傷筋損目也。

[附錄]　陽燧，時珍曰：火鏡也，以銅鑄成，其面凹。摩熱向日，以艾承之則得火，《周禮》司烜氏以火燧取明火於日是矣。

燈　火

[主治]　小兒驚風昏迷、搐搦竄視諸病，又治頭風脹痛，視頭額太陽絡脈盛處，以燈心蘸麻油。點燈焠之，良。外痔腫痛者，亦焠之。油能去風解毒，火能通經也。小兒初生，因冒寒氣欲絕者，勿斷臍，急烘

絮包之，將胎衣烘熱，用燈炷於臍下往來燎之，暖氣入腹內，氣回自甦。又，燒銅匙柄，熨烙眼弦內，去風退赤，甚妙。

時珍曰：凡燈，惟胡麻油、蘇子油燃者，能明目治病。其諸魚油、諸禽獸油、諸菜子油、棉花子油、桐油、豆油、石腦油，諸燈煙皆能損目，亦不治病也。

［附方］

攪腸痧痛，陰陽腹痛，手足冷，但身上有紅點，以燈草蘸油點火，焠於點上。

小兒諸驚，仰向後者，燈火焠其顖門、兩眉、臍之上下。眼翻不下者，焠其臍之上下。不省人事者，焠其手足心、心之上下。手拳不開，目往上者，焠其頂心、兩手心。撮口，出白沫者，焠其口上下、手足心。

【校記】

〔1〕八，原誤作"入"，今據《儒門事親》卷三改。

《本草述》卷之三

土 部

黃 土

陳藏器曰：張司空言，三尺以上曰糞，三尺以下曰土。凡用當去上惡物，勿令入客水。

[氣味] 甘，平，無毒。

[主治] 洩痢冷熱赤白，腹內熱毒，絞結痛，下血，取乾土，水煮三五沸，絞去滓，暖服一二升。又解諸藥毒、中肉毒、合口椒毒、野菌毒。

時珍曰：按劉跂《錢乙傳》云，元豐中，皇子儀國公病瘛瘲，音記縱。筋脈拘急爲瘛，筋脈張縱爲瘲，俗謂之搐。國醫未能治，長公主舉乙入，進黃土湯而愈。神宗召見，問黃土愈疾之狀。乙對曰：以土勝水，水得其平，則風自退爾。上悅，擢太醫丞。又《夷堅志》云：吳少師得疾數月，消瘦，每日飲食入咽如萬蟲攢攻，且癢且病，[1]皆以爲勞瘵，迎明醫張銳診之。銳令明旦勿食，遣卒詣十里外取行路黃土至，以溫酒二升攪之，投藥百粒飲之，覺痛幾不堪，及登溷，下馬蝗千餘宛轉，其半已困死，吳亦憊甚，調理三日乃安。因言夏月出師燥渴，飲澗水一盃，似有物入咽，遂得此病。銳曰：蟲入人臟，勢必孳生，饑則聚咂精血，飽則散處臟腑，苟知殺之而不能掃取，終無益也。是以請公枵腹以誘之，蟲久不得土味，又喜酒，故乘饑畢集，一洗而空之。公大喜，厚賂謝之，以禮送歸。張銳，字雞峰，著有《備急方》。

愚按：《內經》曰土居中，以應四旁者也，其味與氣固甘且平，而黃土正屬中央之色也，在人身臟腑則脾胃應之，本其味之甘者入脾胃而和他味之偏，本其氣之平者入脾胃而散異氣之屬，唯黃土實居其功。且萬物生於土，更化於土者也，不然，如解毒之藥亦不少矣，而何以首歸之無情黃土哉？

[附方]

烏痧驚風，乃小兒驚風，遍身都烏者，急推向下，將黃土一盞搗末，入久醋一鍾炒熱，包定熨之，引下至足，刺破為妙。

肉痔腫痛，朝陽黃土、黃連末、皮硝各一兩，用豬膽汁同研如泥，每日旋丸棗大，納入肛內，過一夜隨大便去之。內服烏梅黃連二味丸藥。

東壁土　道中熱土

宗奭曰：以一壁論之，外一面向東，常先見曉日，得初陽少火之氣。若當午向南者，則壯火之氣衰，故不用。

[氣味]　甘，溫，無毒。

[主治]　下部瘡，脫肛，止洩痢霍亂，煩悶及溫瘧。

時珍曰：昔一女忽嗜河中污泥，日食數盌，玉田隱者以壁間敗土調水飲之，遂愈。又凡脾胃濕多，吐瀉霍亂者，以東壁土新汲水攪化，澄清服之，即止。蓋脾主土，喜燥而惡濕，故取太陽真火所照之土引真火生發之氣，補土而勝濕，則吐瀉自止也。《嶺南方》治瘴瘧香椿散內用南壁土，近方治反胃嘔吐用西壁土者，或取太陽離火所照之氣，或取西方收斂之氣，然皆不過借氣補脾胃也。

繆希雍曰：東壁土先得太陽真火之氣，其氣溫和，其味甘無毒。脾主四肢而惡濕，下部生瘡，濕氣侵脾也，得陽氣之壯，故能燥濕除瘡。脫肛亦大腸濕熱所致，甘溫而燥，故亦主之。藏器止洩痢霍亂煩悶者，取其土能補脾胃，溫能和中也，得太陽初氣，能祛暑濕之邪，故又主溫瘡。又猝中暑熱，攪土漿與之，卽解。

[附方]

肛門凸出，故屋東壁上土一升研末，以長皂莢挹末粉之，仍炙皂莢，更互熨之。

夏月暍死，取十字道上熱土，圍臍旁，令人撒熱尿於臍中，仍用熱土、大蒜等分搗汁，去滓灌之，卽活。

糞坑底泥

希雍曰：大寒，無毒。

[主治]　時珍曰：治發背諸惡瘡，陰乾爲末，新水調傅，其痛立止。

[附方]

《聖濟總錄》曰：[2]疔腫，糞下土、蟬蛻、全蠍等分，搗作錢大餅，香油煎滾，溫服，以滓傅瘡四圍，疔自出也。

希雍曰：今人以熱糞盛核桃殼內，覆疔腫上，云疔根卽爛出，卽此意也。

蚯蚓泥

[氣味]　甘酸，寒，無毒。

[主治]　赤白久熱痢，取一升炒煙盡，沃汁半升，濾淨飲之。

[附方]

一切丹毒，水和蚯蚓泥傅之。

反胃轉食，地龍糞一兩，木香三錢，大黃七錢，爲末，每服五錢，無根水調服，忌煎煿酒醋椒薑熱物，一二服，其效如神。

足膁爛瘡，韭地上蚯蚓屎乾研，入輕粉，清油調傅。

治下部楊梅結毒，韭地上蚯蚓泥、硫黃等分，研匀，用泥封固作團，煨過，取出研細，生桐油調搽。

愚按：希雍謂此味甘寒，亦除濕熱之痢爲盛者，然殊有未盡也。如東壁土，取其甘溫以燥濕，濕除而熱自清，是固然矣。第茲味亦云濕熱，而又用甘寒以除之，不知寒與濕同氣，濕不能去，而熱何由清乎？且是物孟夏始出，仲冬蟄結，雨則先出，晴則夜鳴，似有成質於陰，化氣於陽，能得氣之先者，不可謂其專屬陰寒也。先賢郭璞贊爲土精，又豈純陰而無陽者乎？土固陰陽合和而成，故居中而以應四旁耳。若然，則用茲種與用土之義遂更無別乎？蓋蚯蚓始終於土者，所食槁壤，固已脫化於寒水之氣，而其轉化以出者卽其脫化之所餘也。蓋土本主濕，而反能行濕，固爲其陰陽相麗也，更用其所脫化而出者以治所應對之證，則其行濕而清熱也乘於轉化之氣，其功不較捷乎哉？故治反胃轉食方以是爲君，雖此證之所因不一，而所以治之者亦不一，然以合於《內經》三陽結謂之隔，則此方亦大有意義矣。至療楊梅結毒，用此治邪毒之結，其誰曰不宜？

希雍曰：虛寒滑利不宜用。

愚按：《綱目》一名六一泥，蓋謂六味同爲末，礬石、黃礬、蚯蚓糞、鹹土、鹽各一兩，黃泥一斤，以上共六味。搗和成泥，用以固濟煉藥之盒耳，然不可獨以此名歸之蚓糞也。

烏爹泥 一名孩兒茶。

時珍曰：烏爹泥，出南番爪哇、暹羅諸國，今雲南、老撾、暮雲場地方造之，云是細茶末入竹筒中，堅塞兩頭，埋污泥溝中，日久取出，搗汁熬製而成。其塊小而潤澤者爲上，塊大而焦枯者次之。

[氣味]　苦澀，平，無毒。

[主治]　清上膈熱，化痰生津，塗金瘡，一切諸瘡，生肌定痛，止血收濕。

希雍曰：烏爹泥本是茶末，又得土中之陰氣，其味苦澀，氣應作寒，性無毒，其主清上膈熱、化痰生津者，茶之用也。得污泥中至陰之氣，能涼血清熱，故主金瘡止血，[3]及一切諸瘡，生肌定痛也。苦能燥，澀能斂，故又主收濕氣。

[附方]
古方：兒茶、薄荷葉、細茶，爲末，蜜丸，飯後含化三五粒，消痰。

牙疳口瘡，孩兒茶、硼砂等分，爲末，搽之。

下疳陰瘡，孩兒茶一錢，真珠一分，片腦半分，爲末，傅之。

諸腫毒，孩兒茶、蟬蛻各等分，爲細末，將雄豬膽汁調傅之，效。

脫肛氣熱，孩兒茶二分，熊膽五分，片腦一分，爲末，人乳調，搽肛上，熱汁自下而肛收也。亦治痔瘡。

愚按：此味大抵用之內治者絕少。

伏龍肝

陶弘景曰：此竈中對釜月下黃土也，以竈有神，故號爲伏龍肝，并以迂隱其名爾。

雷斆曰：凡使，勿誤用竈下土。其伏龍肝是十年以來竈額內火氣積久自結，如赤色石，中黃，其形貌八稜，取得研細，以水飛過用。

按以上二說不同，然如陶說者殊多。

[氣味] 辛，微溫，無毒。

[主治] 欬逆上氣，吐血衄血，腸風，尿血泄精，及婦人崩帶，有孕時疫熱病，令胎不安，水和塗臍中內，又服之，催生下衣，又治小兒夜啼，大人中風不語，狂顛中惡，卒魘蠱毒，及諸瘡癰腫毒氣，調醋塗之。

閩風曰：伏龍有火土相生之妙。

又曰：伏龍肝爲止血之聖藥，蓋燥可去濕也，故以之治崩漏虛脫者。

愚按：伏龍肝，乃脾與肝之劑，何以故？蓋卽其取火土相生者，以爲各證之主治，則在人身唯脾胃應之，更爲中土之主以司其用者，不在風化之肝乎？第火土相生之義，取其燥去濕者，猶爲得其膚而未能悉其微也。何以故？蓋脾胃固司濕土之化，而實同乾健之運，所以然者，有水中之真火爲之母氣也。如土不得水中之火，則濕土無以行其化，水卽不得土爲之主，則寒水亦無以行其化，是水土合德以立地者，由是而兩困也，致令爲獨使之一陰下失水之母氣，中失土之用氣，不病於風之虛以爲風眚，而還以侮所勝之土乎？此本錢君黃土湯治風之義而大暢之。故本火土相生之義，俾水土各奠其位，因水土合德之義，俾土木互相爲用，乃全其中土生育之化，是則用茲味者非漫然去濕之謂也，正欲用陽以化陰，而俾濕化得行也。濕化行而血乃化，此所以能治血證者，非以止澀爲功，蓋補其生化之原，乃爲固脫也。推之女子崩帶，男子洩精，可以胥治矣。且用茲味者，亦非用其燥也，更欲化陰以和陽，而俾風化得平也。風化平而氣乃和，此所以能療風證者，非以疎散爲功，蓋益其合化之原，乃爲靜風也。推之狂顚蠱毒，中惡卒魘，可以類推矣。或曰：補中土多用燥濕之劑，第如白术等味與茲種何別，而用之除濕者，其迥殊若是乎？曰：如血證之治，多不用术者，恐其燥陰而反劇耳。此味固用陽以化陰，非燥陰之劑也。先哲審處，夫豈苟然而已？

［附方］

吐血久不止，以伏龍肝二錢，米飲調下，卽止。

下血，伏龍肝、熟地、白术、附子、阿膠、黃芩各三兩，竈中黃土半斤，水煎服。二方俱《證治準繩》。

女子血漏，伏龍肝半兩，阿膠、蠶沙炒，各一兩，爲末，每空肚酒服二三錢，以知爲度。

赤白帶下，日久黃瘁，六脈微澀，伏龍肝炒令煙盡，椶櫚灰、屋梁上塵炒煙盡，等分，爲末，入龍腦、麝香各少許，每服三錢，溫酒或淡醋湯下，一年者半月可安。

妊娠熱病，伏龍肝末一雞子許，水調服之，仍以水和，塗臍方寸，乾又上。

中風，口噤不語，心煩恍惚，手足不隨，或腹中痛滿，或時絕而復甦，伏龍肝末五升，水八升攪，澄清服。

反胃吐食，竈中土年久者，爲末，米飲服三錢，經驗。此方亦治胃虛者。

小兒丹毒，多年竈下黃土末，和屋漏水，傅之。新汲水亦可，雞子白或油亦可，乾卽易。

臁瘡久爛，竈內黃土年久者，研細末，黃櫱、黃丹、赤石脂、輕粉末等分，清油調，入油絹中貼之，勿動，數日愈。縱癢，忍之良。

希雍曰：陰虛吐血者不宜用，以其中有火氣故也。癰腫毒盛難消者，不得獨用。

[修治] 水飛過二次，令乾用。

百草霜　釜臍墨[4]——名竈突墨，竈額及煙爐中墨煙，質輕細。

釜臍墨，一名釜月中墨，一名鍋底墨。

[氣味] 辛，溫，無毒。

[主治] 止上下諸血，婦人崩中帶下，胎前產後諸病，傷寒陽毒發狂，黃疸瘧痢，噎膈，咽喉口舌一切諸瘡，消化積滯，入下食藥中用。

[方書主治] 吐血咯血，下血血積，傷飲食及食滯成痢，并食滯腹痛，大便秘結，更舌腫、喉痹、喉痛、纏喉等病。

《門》曰：竈突墨、釜底墨，其功用大同，唯南陽傷寒黑奴丸兩用之。

時珍曰：百草霜、釜底墨、梁上倒掛塵，皆是煙氣結成，但其體質有輕虛結實之異，重者歸中下二焦，輕者入心肺之分。古方治陽毒發狂黑奴丸，三者並用，而內有麻黃、大黃，亦是攻解三焦結熱，兼取火化從治之義。其消積滯，亦是取其從化，故疸、膈、瘧、痢諸病多用之。其治失血、胎產諸病，雖是血見黑則止，亦不離從化之理。

愚按：時珍謂此二種皆兼取火化從治之義，是固然矣。第火化之黑者，以竈突釜底爲勝，是猶伏龍肝用年久者之義也。更取火化，而以從治二字概所主治之諸證，殊有不盡然者，請得而悉之。夫時珍就陽毒之治，謂黑奴丸用此兩味，而內有麻黃、大黃以攻解三焦結熱，若斯證以爲從治，何不可也？然遍取方書以爲參訂，其所主治有不可以從治概之者，固不止一二證也。如傷飲食有感應丸及神應丸，二方中同用木香、肉豆蔻、丁香、乾薑、巴豆，是因中虛積冷，或食冷物，偕辛熱以爲用也。如滯下黑丸子有巴豆、縮砂，是因脾胃虛弱，飲食傷滯成痢，同溫熱以爲用也。又如大便不通脾積丸，內用良薑、木香，是因飲食停滯，腹脹痛悶，嘔惡吞酸，故同於辛溫以爲用也。舉數證而尋其投劑之主，乃屬傷冷并中氣虛寒，是則百草霜之用似與諸味爲正治而對待之矣，尚可以從治言乎？雖然，此中有妙理存焉。夫水屬黑色，而火化之精微者仍歸於黑，似有歸其所始之義，故先哲多用以治血證，蓋血原從水化也。而水之能化血者，又真火成之也。其病於血者，真水不足而邪火有餘也。茲味之治血證者，取其由水而化血，又由血而歸水，故能療血之病於火者也。然凡見血者，以是傅之即止，亦不必皆治血之病於火者也。總由水火合化之玄，更取水火轉化之氣，原非用於止澀，乃血見黑而即止，遇虛而還益，由水火轉化之氣，更取水火蛻化之妙，亦非用之離散，故無寒熱而從主劑以奏功，無寒熱而握樞機以轉關。推之所治各證，莫不皆然，不獨血也。若是，則正治、從治皆不可以名茲味，會心人當自得之。

[附方]

咯血，用生薑一片，四面蘸百草霜，含咽。如百草霜已淡，吐出再蘸。如薑已無味，則吐出易之。

吐血，用他藥使血止，止後乃同生地等味煎服。其詳見吐血全論下。

腸風下血，以香附末加百草霜，米飲調服。加入麝香少許，其應尤捷。以上俱《證治準繩》。

女子崩中，百草霜二錢，狗膽汁拌勻，分作二服，當歸酒下。

胎動下血，或胎已死，百草霜二錢，樺灰一錢，伏龍肝五錢，爲末，每服一二錢，白湯入酒及童便調下。

胎前產後，逆生橫生，瘦胎，產前產後虛損，月候不調，崩中，百草霜、白芷等分，爲末，每服二錢，童子小便、醋各少許調勻，熱湯化服，不過二服。

舌腫起如豬胞，忽然硬腫，逡巡塞悶殺人，用釜下墨末，以醋調，厚傅舌上下，須臾卽消。若先決去血，更傅之，尤佳《準繩》。

咽中結塊，不通水食，危困欲死，百草霜，蜜和丸芡子大，每新汲水化一丸灌下，甚者不過二丸。以上俱百草霜。

轉筋入腹，釜底墨末和酒，服一錢。

霍亂吐下，鍋底墨煤半錢，竈額上墨半錢，百沸湯一盞，急攪數千下，以盌覆之，通口服一二口，[5]立止。以上釜臍墨。

希雍曰：用塗金瘡，生肌止血。但慎勿入傅瘡藥中，其黑入肉如黥，不能去也。

墨《說文》曰：墨乃煙煤所成，土之類也。故從黑、土。

宗奭曰：墨，松之煙也，入藥惟松煙墨可用，亦須年遠煙細者爲佳，粗者不可用。

時珍曰：上墨以松煙用梣皮汁解膠和造，或加香藥等物。今人多以窑突中墨煙，再三以麻油入內，用火燒過造墨，謂之墨煙，墨光雖黑，而非松煙矣，用者詳之。

[氣味] 辛，溫，無毒。

丹溪曰：屬金而有火，入藥甚助補性。

[主治] 止血生肌，合金瘡，治產後血暈，崩中卒下血，醋磨服之。又止血痢及小兒客忤，搗篩，[6]溫水服之。又眯目物芒入目，點摩瞳子上，卽出。

愚按：墨之用，據方書在血證有專功，如《準繩》云：吐血，急欲止之，用血餘灰二錢，以白湯化阿膠二錢，入童便、生藕汁、刺薊汁、生地黃汁各一杯，仍用好墨磨濃黑，頓溫服。第余意《準繩》前段用醋製大黃等味，入血分引血下行，使轉逆爲順，此法極其穩妥，而功亦未常不捷。① 余少年失血，亦用炒黑大黃存性爲主，輔以炒黑梔子、香附等味，其奏效固已不爽矣。且墨非的係松煙，難必其不以誤用爲咎也。

［修治］　湯藥磨，劑丸散火煅細研，或水浸軟，紙包煨，剉。不問徽墨、京墨、油煙，但光如漆且香者勿用。

石鹼 時珍曰：狀如石類鹼，故亦得鹼名。

時珍曰：石鹼，出山東濟寧諸處，彼人採蒿蓼之屬，開窖浸水，漉起晒乾，燒灰，以原水淋汁，每百斤入粉麪二三斤，[7]久則凝淀如石，連汁貨之四方，浣衣發麪，甚獲利也。他處以竃灰淋濃汁，亦去垢發麪。

［氣味］　辛苦，温，微毒。

［主治］　去濕熱，止心痛，消痰，磨積塊，去食滯，洗滌垢膩。量虛實用，過服損人 丹溪。

同石灰爛肌肉，潰癰疽瘰癧，去瘀肉，點痣靨疣贅痔核，神效 時珍。

《類明》曰：石鹼磨積塊，鹼軟故也。腸胃中之垢膩能洗滌之，是鹼苦能消能降也。

［附方］

消積破氣，石鹼三錢，山查三兩，阿魏五錢，半夏皂荚水製過，一兩，爲末，以阿魏化醋煮糊，丸服。

一切目疾，白鹼揀去黑碎者，厚紙七層包，挂風處四十九日，取研極細，日日點之。

痣靨疣贅，花鹼、礦灰，以小麥稈灰汁煎二味令乾，等分爲末，以針刺破，水調點之，三日三上，即去。須新合乃效。

蟲牙疼痛，花鹼填孔內，立止。

愚按：石鹼之用，在方書用之殊少。第丹溪主治首言其去濕熱，止

---

① 常，通嘗。

心痛,斷不爲無據也。即其外治,可以爛肌肉,潰癰疽,及點痣靨疣贅等證,則内所聚結之濕熱,以傷其血而及其主血之心者,謂斯味獨不能消之於内乎?以外方内,故必氣血壯實者,如濕熱之結積甚,或不容己而用之,不然,則亦唯是緩攻而善圖之耳。丹溪量人虛實一語,所當三思。

希雍曰:鹹乃軟堅消積之物,食之使人泄瀉,以其陰濕之性潤下軟堅,故於腸胃不宜也,作瀉胃薄者忌之。

【校記】

〔1〕病,疑爲"痛"。
〔2〕總,原脱,今據文義補。
〔3〕止,原誤作"至",今據《馮氏錦囊秘錄》卷三十九改。
〔4〕釜臍墨,原脱,今據《本草述總目錄》補。
〔5〕服,原誤作"腹",今據萬有書局本改。
〔6〕搗,原誤作"揭",今據《本草綱目》卷七改。
〔7〕斤,原誤作"引",今據《本草述鈎元》卷三改。

《本草述》卷之四

五金部

金　箔

蘇頌曰：本草云金屑，然古方不見用，惟金箔入藥乃便。

雷公曰：凡使金銀銅鐵，只可渾安在藥中，借氣生藥力而已。勿入藥服，能消人脂。

[氣味]　辛，平，有毒。日華子大明曰：無毒。李珣曰：生者有毒，熟者無毒。

[主治]　鎮精神，堅骨髓，利五臟邪氣《別錄》，療小兒驚傷五臟，風癇失志，鎮心，安魂魄甄權，治癲癇風熱，上氣欬嗽，傷寒肺損吐血，骨蒸勞極作渴李珣。

[方書主治]　中風顫振，狂癇譫妄，驚，消癉，咽喉生瘡。

時珍曰：金乃西方之行，性能制木，故療驚癇風熱肝膽之病。

希雍曰：金稟氣於西方，能制木而爲木之主，即能鎮心，心肝爲子母之臟，其病類同一源，治亦同法。

[附方]

入至寶丹，治中風不語氣絕，中惡蠱毒尸疰，難產血暈等證。

入牛黃清心丸，治諸風緩縱不隨，語言蹇澀，恍惚怔忡，痰涎壅塞，驚恐怕怖，或喜怒無時，癲狂昏亂。

入紫雪，治內外煩熱，口舌生瘡，狂呼叫走，瘴疫毒癘，卒死溫瘧，五尸五疰，蠱毒卒黃，小兒驚癇百病。紅雪治療略同。

金箔鎮心丸，治小兒風壅痰熱，驚悸譫妄，心神不寧。

磨細屑，挑開疔瘡頭上沒入，能拔疔根。作鍼鍼疔瘡，納藥拔疔。

愚按：金具五行之一，在人身所賦之氣與質，得此五行之一者以爲肺，肺氣固先入心而還入腎，入心爲火之妻，入腎爲水之母，以合水火之交，故《別錄》首主鎮精神，堅骨髓，在甄權言其療小兒驚傷五臟，風癇失志，李珣亦主癲癇風熱，上氣欬嗽，蓋金稟肅殺之氣，其受制者風木也。如諸所治證，乃風之淫氣，然亦本於肺金之虛，故令木侮其所不勝耳。用金箔以助肺之虛而令肝木自平，非謂此味之治獨專其功於肝也，但主於平風淫者爲多耳。試觀方書主治，有顫振之補心丸，消癉之金銀箔丸，咽喉生瘡之桃紅散，卽此以類推之，則茲味助肺之功爲專，不可識取哉？又如傷寒肺損而吐血，更骨蒸勞極而作渴，似舉寒熱而胥治矣，亦均謂之助肺乎？夫金稟中宮陰己之氣，以陰治陽，固曰益肺，詎知傷寒之損肺乃足太陽寒水之傷乎陽而移寒於肺也。是則金雖稟肅殺之氣而主陰，然經所云出地者陰中之陽，陽予之政，陰爲之主，不可以悟元氣爲水中之火歟？傷寒肺損而吐血者，陽不能爲陰之政，而陰無以自主也。況心肺爲在天之陽，其出地已極，可使陽受傷而陰亦不得致其用歟？然則投此味於此證，謂之補肺陽也，豈不誠然哉？蓋陰陽原不能相離寧獨人身？卽萬物莫不皆然，而金寧獨異乎？明此一證，則凡茲味所投之證，罔不於肺有功也。亦可思矣。

希雍曰：《太清法》云，金稟中宮陰己之氣，性本剛，服之傷肌損骨。予見今之以難求死者，服金一二分，則心腹剜痛，腸胃如裂而斃，其爲損傷肌骨概可見矣。惟作箔入藥，可爲鎮心安神之用。如或止因心氣虛以致神魂不安，並無驚邪外入者，當以補心安神爲急，更非金箔所能定也。

時珍曰：凡用金箔，須辨出銅箔。

銀箔

［氣味］　辛，平，有毒。

［主治］　與金箔不遠，同能平肝，過服亦能傷肝。

［愚按］　生金，在前哲多以爲有毒，唯百煉者堪服，而生銀則以爲無毒。李瀕湖之說甚辨，謂驗試中毒與否必藉銀物，而有用銀器飲食者，亦以銀之與毒，其氣原不相容，而即爲色變也，是不問生熟而皆無毒矣。然有異者，金畏水銀，有水銀入肉，令人筋攣，惟以金物久久熨之，水銀當出蝕金，候金色白是也。至於作銀箔者，又借水銀煎消制之，是金銀之所喜忌，即一水銀而迥殊矣。奈何方書投證，似金銀之性味如一，竟無毫釐之分別乎哉？物理難窮，姑以俟之格物君子。

又按：《太清法》云金稟中宮陰土之氣，而《太清服煉書》言銀稟西方辛陰之神，若然是金之氣合於土，而銀之氣則純乎金也，故海藏獨言白銀屬肺，而時珍獨言銀能傷肝也。如金氣之合於土者，斯能媾肺於肝而使其平，不得言傷肝也。

自然銅

按自然銅，前哲俱云出銅坑中，命斯名者，以其未經礦煉，煉之乃成銅也。獨孤滔謂爲銅礦多年礦氣結成，是或然也。觀赤銅屑亦與斯銅皆能接骨，而斯名更著，得非此爲得銅之精氣者歟？然所說不一，姑錄蘇頌所述有曰：南方醫者說自然銅有兩三種：一種大如麻黍，或多方解，纍纍相綴，至如斗大者，色煌煌明爛，如黃金鍮石，入藥最上；一種成塊，大小不定，亦光明而赤；一種如薑鐵屎之類。又有如不冶而成者，形大小不定，皆出銅坑中，擊之易碎，有黃赤，有青赤，煉之乃成銅也。又云：今市人多以鉐石爲自然銅，燒之成青焰，如硫黃者是也。此亦有二三種，然不必詳析言之。但其三種俱畏火，不等於自然銅之須火煅，只此即可辨也。

[氣味] 辛，平，無毒。《日華子》曰：凉。

[主治] 折傷，續筋骨，散血止痛。

宗奭曰：有人以自然銅飼折翅胡鷹，後遂飛去。今人打撲損，研細，水飛過，同當歸、沒藥各半錢，以酒調服，乃手摩病處。

丹溪曰：自然銅，世以為接骨之藥，然此等方盡多，大抵宜補氣補血補胃。俗工惟在速效，迎合病人之意，而銅非煅不可用，若新出火者，其火毒金毒相煽，挾香藥熱毒，雖有接骨之功，燥散之禍甚於刀劍，戒之。

時珍曰：自然銅，接骨之功與銅屑同，不可誣也。但接骨之後不可常服，即便理氣活血可爾。

希雍曰：自然銅，稟土金之氣以生，故其味辛氣平無毒，乃入血行血，續筋接骨之神藥也。

[附方]

同乳香、沒藥、䗪蟲、五銖古錢、麻皮灰、血竭、胎骨作丸，煎當歸、地黃、續斷、牛膝、丹皮、紅花濃湯送下，治跌撲損傷，或金刃傷骨斷筋，皆效。

愚按：自然銅，非火煅不可。丹溪慮其為毒不淺者，蓋謂諸損藥必熱，能生氣血以接骨也，更用此金火相煽者，其燥熱愈甚耳。且不止此也。先哲云：凡刀釜跌磕，閃䏚脫臼者，初然不可便用自然銅，久後方可用之，折骨者宜便用之。若不折骨不碎骨，則不可用。修合諸損藥皆要去之。又云：凡損傷妙在補氣血，不宜求速效。多用自然銅，致成痼疾。若然，是茲物能續筋骨，乃其所長。若非骨折骨碎，尚不須此。即宜用而輒早，猶以貽患，則焉能不致慎哉？余見痛風證，古方時用之，詎知非骨之折且碎也，奚為用之？況有内風，是則燥熱甚矣。至於多偽鮮真，不如不用之為愈也。

何以曰脫臼？蓋上下骨之相合處有臼有杵，脫臼者離其窠臼也。自然銅能續骨，如投之早，所脫臼之骨未歸其窠而先續之，則終身不能屈伸如意，故曰成痼疾也。

［修治］　凡使，火煅醋淬七次，細研，水飛用。

赤銅屑_{銅有赤銅、白銅、青銅，唯赤者可入藥。}

［氣味］　苦，平，無毒。

［主治］　同自然銅。同五倍子俱能染鬚髮。

藏器曰：赤銅屑能焊人骨及六畜有損者，細研酒服，直入骨損處。六畜死，後取骨視之，猶有焊痕可驗。打熟銅不堪用。

［修治］　時珍曰：即打銅落下屑也。或以紅銅火煅水淬，亦自落下。以水淘淨，用好酒入砂鍋內炒見火星，取研末用。

銅青_{一名銅綠。}

即是銅器上綠色，銅之精華也，不問生熟銅皆有。近以醋製生綠貨之。

［氣味］　酸，平，無毒。

［主治］　吐風痰，明目，婦人血氣心痛，合金瘡，止血，治惡瘡疳瘡，殺蟲。

時珍曰：銅青乃銅之液氣所結，酸而有小毒，能入肝膽，故吐利風痰，明目殺疳，皆療肝膽之病也。《抱朴子》云：銅青塗木，入水不腐。

希雍曰：銅，稟土中陰氣以生青，則其英華所結而透出於外者也。凡銅入地久，或沃以鹹酸之味，乃生青，其義正可參也。本草氣味酸平無毒，然用之者多入吐風痰藥，非正取其由肺而得肝之化氣，乃入肝而致肺之用乎？其曰平者，平即辛也，辛乃肝之所喜矣。沃以鹹酸之味而生青者，是能達其辛中之酸於肺，乃得暢其酸中之辛於肝也。歷取藏器、之才、時珍所主治諸證，皆未有越於斯義耳。

愚按：人身之肺屬金，肝屬木，肺喜酸收，[1]肝喜辛散，正金木相媾之元機也。銅固金之類，然用醋製生緑者，正金媾於木而吐其精液也。按有五金，銅屬一金，何能獨媾於木乎？蓋五金而黃金爲之長，若銅則與黃金同，故字從金、同。先哲所言諒不謬，其得媾木以善其用者此也。如銅緑，而方書謂之銅青者，正爲媾木而化其精微，故其色亦同於木也。唯其如是，所以治中風之痰涎潮盛者乃其的對，蓋用其化氣，非以金尅木而侮其所勝也。如《抱朴子》所云：銅青塗木，入水不腐。又豈非木爲金之匹，因木得媾於金，而木乃裕其化氣，水爲金之子，因金已媾於木，而水更育其子氣乎？生化歸於一氣，是以不爲水所腐也，有如是乎。《別録》首言主治婦人血氣心痛，而方書同他味以治齒衄，蓋風臟原是血臟，心固血之主，而以肝爲化原，齒乃骨之餘，而肝又以腎爲化原，有治血從齒縫中來者，用益腎水瀉相火而愈，其義更可思也。又言明目者，肝固開竅於目也，之才又云主風爛眼淚出，總不離血臟之風以爲治也。兹品從金所吐之精液，以治木眚，如療風臟之血，未有如是親切也。

［附方］

治痰涎潮盛，卒中不語及一切風癱，用生銅緑二兩研細，水化去石，慢火熬乾，取辰日辰時辰位上修合，再研入麝香一分，糯米粉糊和，丸彈子大，陰乾。卒中者，每丸作二服，薄荷酒研下。餘風，硃砂酒化下，吐出青碧涎，瀉下惡物，大效。

治小兒，用緑雲丹：銅緑不計多少，研粉，醋麫糊丸芡子大，每薄荷酒化服一丸，須臾吐涎如膠，神效。

治走馬牙疳，用溺桶中白垢火煅過，每一錢入銅緑三分，麝香一分半，傅之立愈。

鼻疳，用青金散：銅青、白礬生各一錢，爲末，每用少許傅鼻下。

又蘭香散：蘭香葉菜名也，燒灰，二錢，銅青半錢，輕粉二字，爲細末令匀，看瘡大小，乾貼之。

愚按：錢氏云：諸疳皆脾胃之病，内亡精液之所作也。此語破的矣。夫小兒腎陰原不足，獨賴脾陰與胃陽表裏以爲生化之地。經曰脾主爲胃行其津液者也，小兒疳證，因種種傷其脾陰，以致胃陽獨亢，曾氏所謂積溫成熱，正脾不能爲胃行其津液而成疽也。若銅青之治疳瘡，雖曰金爲水之母氣，然亦未能大裕脾陰，但土虛而木斯侮之，是亦治標之急者也。

須知是宜補脾陰，若漫言補脾而概用參、術之劑，乃無益而有害也。但須理會陽生陰長之妙，令陰裕有化原耳。更有宜留意者，蓋腎、肝、脾足三陰同起於下，在脾陰之益，難以取效旦夕，亦須少少同腎肝藥以爲益脾陰地，則庶幾奏效也。雖足三陰同起於下，而脾陰之化原又屬腎肝，方書有脾腎雙補丸，是亦明於斯義耳。卽斯推之，是則凡先哲製方，夫豈苟然而已？

鉛

《土宿真君本草》云：鉛乃五金之祖，故有五金狌犴、追魂使者之稱，言其能伏五金而死八石也。雌黃乃金之苗，而中有鉛氣，是黃金之祖矣；銀坑有鉛，是白金之祖矣；信鉛雜銅，是赤金之祖矣；與錫同氣，是青金之祖矣。硃砂戀於鉛而死於硫，硫戀於鉛而伏於硇，鐵戀於磁而死於鉛，雄戀於鉛而死於五脂，五脂，蓋赤石脂之類。本草原文作五知。故金公變化最多，一變而成胡粉，再變而成黃丹，三變而成密陀僧，四變而爲白霜。《仙製本草》云：多出銀礦之所，性濡而滑，色黑而淄，凡煎銀製礦必用之物也。

[氣味] 甘，寒，無毒。藏器曰：小毒。

[主治] 反胃嘔噦，消渴風癇，降熱墜痰，鎮心安神，明目固牙，烏鬚髮，灸熨蛇蠍所傷，及解金石藥毒。

時珍曰：鉛，秉北方癸水之氣，陰極之精，其體重實，其性濡滑，其色黑，內通於腎，故《局方》黑錫丹、《宣明》補真丹皆用之。得汞交感，卽能治一切陰陽混淆，上盛下虛，氣升不降，發爲嘔吐眩暈，噎膈反胃，危篤諸疾，所謂鎮墜之劑，有反正之功。但性帶陰毒，不可多服，恐傷人心胃耳。鉛變化爲胡粉、黃丹、密陀僧、鉛白霜，其功皆與鉛同，但胡粉入氣分，黃丹入血分，密陀僧鎮墜下行，鉛白霜專治上焦胸膈，此爲異耳。

希雍曰：鉛，稟先天壬癸之氣以生，一者數之始，水者物之初，故曰天一生水，中含生氣，爲萬物先，金石之母，八石之祖，五金之寶。壬金爲清，癸水爲濁。清爲陽氣，濁爲陰質。陽氣爲生，陰質有毒。範以法象，招攝陰陽。烹煉得宜，是成丹藥，餌之仙去。夫先天真水性含生氣而屬至陰，故能降熱墜痰，以療所患。入養正丹，治一切上盛下虛，孤陽發越上浮，煩燥面赤，恍惚驚惕，嘔吐反胃等證，用此鎮墜陽氣，使火入陰分，則上焦得寧，而後可以隨證施治；入黑錫丹，又能治一切下元虛冷，陽氣垂絕，陰陽將離，及沉寒痼冷諸病。至於明目固齒，烏鬚髮，其理宜然。其能解諸毒，緣五行萬物之中能解一切毒氣者，無過先天生氣、土中沖氣，鉛兼有之，故爲解諸毒之首藥也。

愚按：鉛，稟北方癸水之氣，屬於至陰。在上之陽偏勝以爲病者，固能療之。第壬金爲清，癸水爲濁，清爲陽氣，濁爲陰質，先哲言之矣。又有云：人生結胎之始，先生命門，天一生水，壬爲陽水，配丁之陰火而生丙，是爲命門，然後生心，歷按之五行所生，皆以五陽配五陰，乃得展轉相生，是則鉛屬陰質，其生氣全藉於陽，故硫、鉛交感交化，真自然之妙也。鉛本陰極之精，性濡滑，體重實，謂服之多病陰毒者不妄。如鉛丹，鉛中入硫、硝，製炒有法，庶可治瘠諸病。即鉛霜亦鉛、汞結砂，二氣交感，吐出精英，尚不似極陰之重滯也。第病於下虛上盛諸證，必取其至陰而歸原如鉛者，其處方固可參也。方書於氣證有養正丹，云治上盛下虛，氣不升降，元陽虧損，氣短身羸，及中風涎潮，不省人事，傷寒陰盛，自汗唇青，婦人血海久冷，又於諸逆衝上證。有黑錫丹，云治痰氣壅塞，上盛下虛，心火炎盛，腎水枯竭，一應下虛之證及婦人血海久冷無子，赤白帶下，又於頭痛證，另治真頭痛，又治癲證，有抱膽丸，云治一切癲癇風狂，或因驚恐怖畏所致，及婦人產後血虛，驚氣入心，并室女經脈通行，驚邪蘊結。第就諸逆衝上與真頭痛，其所患固皆因下元之虛以爲病，但諸逆衝上者就此義而投劑宜矣，至如真頭痛者，爲病於天門眞痛，上引泥丸，是患於腦之髓海，爲眞氣所聚之會，絕不可容邪者，是爲危而且急之證也，然何以皆用此丹以爲治乎？蓋其下元之虛者，舉陰陽而兩虛矣，如眞頭痛證，欲只補下元之陰，爲陽生陰中之義，則緩而莫濟，唯從陽生陰長之義，直補下元之陽而歸之，矧有黑鉛爲主，腦更本歸下之氣化，有以先扼其要乎？此先哲制方之精義，尤不可不細參也。

[附方]

養正丹

水銀　黑錫去滓淨秤，與水銀結砂子　硫黃研　朱砂研細，各一兩

上用黑盞一隻，火上鎔黑鉛成汁，次下水銀，以柳條攪，次下朱砂，攪令不見星子，放下少時，方入硫黃末，急攪成汁和勻，如有焰，以醋灑之，候冷取出，研極細，煮糯米糊丸綠豆大，每三十丸，鹽湯、棗湯任下。

黑錫丹

沉香　胡蘆巴酒浸，炒　附子炮　陽起石研細，水飛，各一兩　肉桂半兩　破故紙　舶茴香炒　肉豆蔻麫裹煨　木香　金鈴子蒸，去皮核，各一兩　硫黃　黑錫去滓，秤，各二兩

上用黑盞或新鐵銚內如常法結黑錫、硫黃砂子，地上出火毒，研令極細，餘藥並細末和勻，自朝至暮，以研至黑光色爲度，酒糊丸如梧子大，陰乾，入布袋內，擦令光瑩，每四十丸，空心鹽薑湯或棗湯下，女人艾棗湯下。

抱膽丸

水銀二兩　朱砂一兩，細研　黑鉛一兩半　乳香一兩，細研

上將黑鉛入銚子內，下水銀結成砂子，次下朱砂滴乳，乘熱用柳木槌研勻，雞頭大每服一丸，空心井花水吞下。病者得睡，切莫驚動，覺來卽安，再一丸可除根。

多年反胃不止，紫背鉛二兩，石亭脂二兩，石亭脂卽硫黃之多赤者，《抱朴子》曰：石流丹，石之赤精，石硫黃之類也。鹽鹵汁五兩，燒鉛，以鹵汁淬

盡，與亭脂同炒，焰起，挑於水上，焰止研勻，蒸餅和丸梧子大，每服二十丸，煎石蓮乾柿湯下。

風癇吐沫，反目抽掣久患者，黑鉛、水銀結砂，南星炮，各一兩，爲末，糯米飯丸綠豆大，一歲一丸，乳汁下，卽愈。

腎臟氣發攻心，面黑欲死，及諸氣奔豚喘急，鉛二兩，石亭脂二兩，木香一兩，麝香一錢，先化鉛炒乾，入亭脂，急炒焰起，以醋噴之，傾入地坑內，覆住，待冷取研，粟飯丸芡子大，每用二丸，熱酒化服，取汗或下或通氣，卽愈。如大便不通，再用一丸，入玄明粉五分服。

揩牙烏鬚固齒，黑錫一斤，炒灰，埋地中五日，入升麻、細辛、訶子，同炒黑，日用揩牙，百日效。

解砒霜毒，煩躁如狂，心腹疼痛，四肢厥冷，命在須臾，黑鉛四兩，磨水一盌，灌之。

希雍曰：鉛性沉重，未經烹煉，癸水之陰質尚存，多服能損傷心脾。蓋金石與人身氣血異，《悟真篇》云：非類難爲巧是已。凡脾胃虛寒，陽火不足，飲食不化，下部陰濕諸證，法咸忌之。

[修治]　凡用入藥，以鐵銚鎔化，瀉新瓦上，濾去渣腳，如此數次，取淨者用。

鉛霜—名鉛白霜。

頌曰：鉛霜用鉛雜水銀十五分之一合煉，作片，置醋甕中密封，經久成霜。

時珍曰：以鉛合水銀煉成，打成錢，穿成串，瓦盆盛生醋，以串橫盆中，離醋三寸，仍以瓦盆覆之，置陰處，候生霜刷下，仍合住。

[氣味]　甘酸，冷，無毒。

宗奭曰：鉛霜塗木瓜，卽失酸味，金尅木也。

[主治]　消痰，去膈熱涎塞，胸膈煩悶，中風痰實，治風驚譫妄，消癉，療舌患及咽喉證。

頌曰：鉛霜性極冷，治風痰及嬰孺驚滯藥，今醫家用之尤多。

時珍曰：鉛霜乃鉛、汞之氣交感，英華所結，道家謂之神符白雪，其墜痰去熱，定驚止瀉，蓋有奇效，但非久服常用之物爾。病在上焦者，宜此清鎮。

希雍曰：鉛霜，乃鉛假汞氣交感，因醋以拔其英華所結，道家謂之神符白雪也。其味甘酸，氣大寒，無毒。凡中風驚悸，未有不因痰熱所生，胸膈煩悶多渴，亦火熱炎灼所致，甘寒能除熱生津，則痰結消，驚悸平，風自愈也。並治吐逆，鎮驚去怯。

愚按：鉛，屬天一坎水所凝，即爲五金之祖，是金在水中，所謂壬金爲陽，而氣能上交者也。水銀出於丹砂，正爲離中之坎，丹砂內蘊金精，乃坎水之母氣也，又能下交，以至陰精氣感乎離中之坎以下行，而坎水母氣本於離者，却能感壬金之陽而合之，以療上膈如痰飲諸證，況因變化而吐其精華，如之何不治上焦心肺之熱乎？即挾肝火，亦藉其清鎮而降墜矣。

［附方］

痰飲，化涎散：治熱痰，利胸膈，止煩渴。

凝水石煅研，一兩　鉛白霜另研　馬牙硝另研　雄黃另研，各一錢　白礬枯研　甘草炙，各二錢半　龍腦少許

爲細末，研勻，每服一錢，不拘時水調下。小兒風熱痰涎，用沙糖水調下半錢。此藥大涼，不可多服。

法製半夏：消飲化痰，壯脾順氣。用大半夏，湯泡洗七遍，以濃米泔浸一日夜，每半夏一兩用白礬一兩半，研細，溫水化，浸半夏，上留水兩指許，頻攪，冬月於暖處頓放，浸五日夜，取出焙乾，用鉛白霜一錢溫水化，又浸一日夜，通七日盡取出，再用漿水慢火煮，勿令滾，候漿水極熱，取出焙乾，以瓷器收貯、每服一二粒，食後細嚼，溫薑湯下。

譫妄，鎮心丸：治心風狂言多驚，迷悶恍惚。

牛黃研　鉛霜各七錢半，研　硃砂水飛　龍齒研　龍膽草　天竺黃研　遠志去心　生乾地黃各半兩　金箔五十片　人參去蘆　茯神去木　犀角屑各一

兩　鐵粉七錢半，研爲細末，入，另研　藥和勻，煉蜜丸如小豆大，每服七丸，煎竹葉湯送下，不拘時。

驚，**鐵粉散**：治風驚。

鐵粉　硃砂　鉛霜　天竺黃

用竹瀝湯調下，每服半錢。

消癉，**甘露丸**：解壅毒，退風熱，治口舌乾燥。

寒水石二斤，煅　馬牙硝三兩　鉛霜　炙甘草　龍腦各七錢半

爲細末研勻，以糯米飯和，丸如彈子大，每服半丸，食後用新汲水磨化服。

木舌，**馬牙硝丸**

馬牙硝七錢半　鉛白霜　玄精石　寒水石　麝香　大黃各五錢　枯白礬一錢二分　炙甘草二錢半

爲細末研勻，煉蜜和，丸如小彈子大，含一丸咽津。

甘露丸：解壅毒，退風熱，治口舌乾燥。

藥味與消癉甘露丸同。

綠雲散：治舌上生瘡。

銅綠　鉛白霜各等分

同研極細，每用少許摻舌上。

咽喉，**龍麝聚聖丹**：治心脾客熱毒氣攻衝，咽喉赤腫疼痛，或成喉痹，或結硬不消，經久不瘥，或舌本腫脹，滿口生瘡，飲食難進。

南硼砂研　川芎各一兩　生地黃　犀角屑　羚羊角屑　琥珀研　玄參　桔梗　升麻　鉛白霜研　連翹各五錢　赤茯苓　馬牙硝腦子研　人參　麝香各三錢　硃砂飛　牛黃研，各二錢

爲細末，煉蜜爲丸，每兩作十丸，用金箔五十片爲衣，每服一丸，薄荷湯或新汲水化下，或細嚼，或噙化，津液咽下，皆可，食後臨臥服。

祛毒牛黃丸：治咽喉腫痛，舌本強硬，滿口生瘡，涎潮喘急，飲食難進，胸膈不利。

牛黃研，三錢半　人參　琥珀研　犀角取細末　桔梗　生地黃沉水者佳

硼砂各半兩　雄黃一兩，飛　玄參　升麻各三錢　蛤粉水飛，四兩　寒水石煅，二兩　硃砂飛研，七錢　鉛白霜腦子各一錢

為細末，煉蜜丸如小彈子大，金箔為衣，瓷器內收，每服一丸，濃煎薄荷湯化下，或新汲水化服亦得，食後日進二三服，噙化亦得。

黃芪散： 治咽喉生瘡痛疼。

黃芪　檳榔　紫苑洗去土　牛蒡子　梔子仁　赤茯苓　甘草生用，各半兩　麥門冬去心　玄參各一兩　川升麻　黃芩各三錢

剉碎，每服一錢，水一盞煎至六分，去滓溫服。

桃紅散： 治喉中生瘡，腫赤紫色，咽嗌痛，咽物有妨。

金箔十片　銀箔十片　鉛白霜少許　寒水石四兩　太陰玄精石二兩，二味搗碎，入一盒子內，火煅令通赤，取出埋地土內出火毒，研細。　馬牙硝研　丹砂研　甘草炙為末，各一兩

為細末研勻，每服一字，甘草水調下，或以稀糯米粥丸如豌豆大，含化咽津。

喉痹腫痛，鉛白霜、甘草半兩，青黛一兩，為末，醋糊丸芡子大，每含咽一丸，立效。

懸癰腫痛，鉛白霜一分，甘草半生半炙，一分，為末，綿裹含咽。

口疳齦爛，氣臭血出，不拘大人小兒，鉛白霜、銅綠各二錢，白礬豆許，為末，掃之。

小兒驚熱，心肺積熱，夜臥多驚，鉛白霜、牛黃各半分，鐵粉一分，研勻，每服一字，竹瀝調下。

驚風癇疾，喉閉牙緊，鉛白霜一字，蟾酥少許，為末，烏梅肉蘸藥，於齦上揩之，仍吹通關藥，良久便開。

希雍曰：鉛霜墜痰去熱，定驚癇，止吐逆，皆有奇效，然其性極冷，非久服常用之物，病已即去之。胃弱脾虛腸滑者不宜用，風寒欬嗽多痰者并忌之。

鉛丹—名黃丹。

時珍曰：按獨孤滔《丹房鑑源》云：炒鉛丹法：用鉛一斤，土硫黃十兩，硝石一兩，鎔鉛成汁，下醋點之，滾沸時下硫一塊，少頃下硝少許，[2]沸定再點醋，依前下少許硝、黃，待爲末，則成丹矣。今人以作鉛粉，不盡者用硝石、礬石炒成丹。若轉丹爲鉛，只用連鬚蔥白汁拌丹，慢煎煅成金汁，傾出即還鉛矣。《會典》云：黑鉛一斤，燒丹一斤五錢三分也。可入丸散煎膏藥，不入湯用。

[氣味] 辛，微寒，無毒。《日華子》曰：微鹹，凉，無毒。伏砒，制砠硫。

[主治] 内服吐逆胃反，驚因蓄熱生驚，用鉛丹除上焦熱而驚自止也。癇癲疾，除熱下氣《本經》，除消渴，消積痢及瘧久積，止衄血并痔證下血不止，療熱毒臍攣，當臍攣急而痛，是陰陽不得升降也。中惡心腹脹痛，能固氣，斂神氣，墜痰殺蟲，治疳疾。外敷生肌，止痛止血，諸瘡金瘡，湯火瘡，或煎膏用之諸本草。

時珍曰：鉛丹，體重而性沉，味兼鹽、礬，走血分。能墜痰去怯，故治驚癇癲狂、吐逆反胃有奇功；能消積殺蟲，故治疳疾、下痢、瘧疾有實績；能解熱拔毒，長肉去瘀，故治惡瘡腫毒及入膏藥，爲外科必用之物也。

愚按：就鉛霜而言，先哲謂其一氣之交感，其義悉於前矣。即取輕粉毒，輕粉即水銀升煉者，一名水銀粉，見後石部。其法用黑錫作壺，煮土茯苓酒服之，是交感之一証也。就鉛丹而言，土宿真君曰硫戀於鉛，又方書曰硫能死鉛，鉛得硫則化，即治溲閉一案可驗矣。治溲閉案見硫黃條時珍論中。然解硫毒者，還用黑錫煎湯解之，是何一水一火，其交感又如是耶？蓋天一生水，地二生火，在人身水火同宫，即天地間陰陽二氣并二氣所凝者，與人身無異也。故硫與鉛交感而交化，至陽者戀乎陰而得所歸，至陰者合於陽而行其化，陽得所歸則火降，陰行其化則水升，水火之氣和，而氣血亦和，此鉛丹之所以能除熱下氣，治吐逆反胃及癇癲驚狂煩渴諸疾，而外傅瘡瘍更效也。

又按：方書於鉛丹主治有數證，可以參其微義。如治齒衄，先哲謂此證所因不一，其屬腎虛者爲火乘水虛而上，服涼劑反甚，宜鹽湯下安腎丸，間黑錫丹，蓋謂腎水枯而心火炎，或兼痰氣壅塞，用黑錫與硫黃結砂子爲主劑，而和以温補腎氣者也。又治痔證下血不止，於神效方中而入鉛丹，方中用白礬者，是收陰於亢陽之中，以散陽邪而救真陰也。又綠礬用火煅赤，俾其理脾陰，和脾氣，轉爲血臟地耳。更用伏龍肝，欲用陽以化陰，俾濕化行而血乃化，且又不屬燥劑也。至用蝟皮如是物，固療痔證爲專矣。統諸味而繹之，則鉛丹固相助爲理者也。又頭痛證，有治八般頭風，如草烏尖、細辛，而此味入少許以和血，蓋風臟即血臟也。又消癉證有烏金散。止鉛丹、細墨二味合治，以療心中熱渴欲飲者也。更滯下聖餅子之治，此味同於定粉、陀僧、硫黃、輕粉，固爲相感相交之氣味，以療臍腹撮痛之久痢，而化其積者也。以上特舉内治之數證，以爲例推耳。至於外傅所治尤多，茲亦止録咽喉一方。追風散，治咽喉腫痛，用黃丹、朴硝、豬牙皂角煅、砂仁殼煅灰，各五錢，爲細末，每用少許，以鵝毛蘸藥入口中，傅舌上下及腫處，然後以温水灌漱。以上本《證治準繩》。

[附方]

治鼻衄初出，多不能止，用黃丹吹入鼻中，乃肺金受相火所制然也。

吐逆不止，用北黃丹四兩，米醋半升煎乾，炭火三秤就銚内煅紅，冷定爲末，粟米飯丸梧子大，每服七丸，醋湯下。

反胃氣逆胃虛，鉛丹二兩，白礬二兩，生石亭脂半兩，以丹、礬研勻，入坩鍋内，以炭半秤煅赤，更養一夜，出毒兩日，入亭脂同研，粟米飯和，丸綠豆大，每日米飲下十五丸。

温瘧不止，黃丹炒，半兩，青蒿童便浸，二兩，爲末，每服二錢，寒多酒服，熱多茶服。

小兒癉瘧，壯熱不寒，黃丹二錢，蜜水和服，冷者酒服。

風癇發止，用鉛丹二兩，白礬二兩，爲末，用三角磚相鬪，以七層紙鋪磚上，鋪丹於紙上，礬鋪丹上，以十斤柳木柴燒過爲度，取研，每服二錢，溫酒下。

眼生珠管，鉛丹半兩，鯉魚膽汁和如膏，日點三五次。

外痔腫痛，黃丹、滑石等分，爲末，新汲水調，日五，上之。

希雍曰：吐逆由於胃虛及因寒發吐者，皆不宜服。

[修治]　時珍曰：貨者多以鹽硝、砂石雜之。凡用，以水漂去硝鹽，飛去砂石，澄乾，微火炒紫色，地上去火毒，入藥。

鉛霜鉛丹靈砂總論：愚按：黑錫之用，雜水銀作片，醋薰成霜者，名鉛白霜，合硫、硝製爲末者，名曰鉛丹，而汞合硫以煅升者爲靈砂，又汞合於硝、礬煅升者爲輕粉。第鉛霜、鉛丹、靈砂，似其主治不遠，但鉛霜唯取坎離之純陰，其所交感精華，上焦熱可以清降，上焦熱所生痰可以鎮墜，是在陽之偏勝者乃其對待。至鉛丹，取鉛同宮之陽以化陰，石硫是也，更藉硝石之苦溫而上騰者，同硫氣以升陽，使至陰隨陽以升，而清墜上焦之亢陽，是所謂藉升以爲降也，在患於陰不升而陽不降者，此其中的之治也。若靈砂，則治上盛下虛者，陽極於上，陰竭於下，是爲陰陽離絕，最爲危篤，故取陽中之陰下行者，陰中之陽上行者，兩相感而兩相結，以交水火而媾陰陽，所謂斡旋於俄頃，徐爲養陰馭陽之計者也。時珍曰：水銀與黑錫結砂，則鎮墜痰涎，同硫黃結砂，則拯救危病。斯言不謬矣。

粉　錫

即水粉化鉛爲之，古人名鉛爲黑錫，故此名粉錫。一名鉛粉、胡粉、定粉、瓦粉、光粉、白粉、水粉、官粉。

時珍曰：金陵、杭州、韶州、辰州皆造之，而辰粉尤真，其色帶青。彼人言造法：每鉛百斤鎔化，削成薄片，卷作筒，安木甑內，甑下甑中各安醋一瓶，外以鹽泥固濟，紙封甑縫，風爐安火四面，[3]養一七，便掃入水缸内，依舊封養，次次如此，鉛盡爲度。不盡者留炒作黃丹，每粉一斤入豆粉二兩，蛤粉四兩，水内攪匀，澄去清水，用細灰按成溝，紙隔數層，置粉於上，將乾，截成瓦定形，待乾收起。而范成大《虞衡志》言：桂林所作鉛粉最有名，謂之桂粉，以黑鉛着糟甕中罨化之。何孟春《餘冬録》云：嵩陽產鉛，居民多造胡粉。其法：鉛塊懸酒缸内，封固四十九日，開之則化爲粉矣。化不白者，炒爲黃丹。黃丹滓爲密陀僧。三物收利甚溥。

[氣味]　辛，寒，無毒。權曰：甘辛，凉。

[主治]　積聚不消，療癥瘕，去鱉瘕，治久積痢，墜痰消脹，殺蟲，療惡瘡，治癰腫瘻爛，瘡中出水，湯火，乾濕癬瘡，及股内陰下常濕癢且臭，並小兒疳瘡，耳後月蝕，諸狐臭，或乾糁，或豬脂、牛脂調傅之，更治小兒疳氣，及小兒無辜疳痢。無辜疳，痢而腹脹也。以上諸證，或内服外傅咸宜。

藏器曰：久痢成疳者，胡粉和水及雞子白服，以糞黑爲度，爲其殺蟲而止痢也。

時珍曰：胡粉即鉛之變黑爲白者也，其體用雖與鉛及黃丹同，而無硝、鹽火燒之性，内有豆粉、蛤粉雜之，止能入氣分，不能入血分，此爲稍異。人服之則大便色黑者，此乃還其本質，所謂色壞還爲鉛也。亦可入膏藥，代黃丹用。

愚按：鉛本陰寒之性，重墜之質，蒸罨爲粉，由黑而白，是變化奇矣。第其法或安醋瓶於内，或著糟甕，或懸酒缸之中，皆假其氣以成變化，致重墜之質輕，陰寒之氣和，且色黑化白，是金在水中者出現金相，以爲氣分之用。故能消積聚，療癥瘕，蓋積聚即陰氣凝結之所致，而癥瘕又即是積聚之久而成形者也。此味根至陰而有其變化，以達其陰氣，故其奏效如此。小兒疳氣類由脾陰大傷以爲病，陰氣傷則有積，積則宿滯不能化，水穀不得聚，類下惡物而爲疳痢，積久則莫不化而爲蟲，故能治積聚癥瘕，即其能治小兒疳氣，炒焦止小兒疳痢，並殺三蟲者也。試閲方書，於滯下說有二方，主治俱用定粉。一方聖餅子，治瀉痢赤白，臍腹撮痛，久不愈者，一方[4]治休息痢羸瘦者。即此二證繹之，則其爲久積未消之故以至此也明矣。使非從至陰而有變化之氣，如茲粉者，安能奏同氣相求之功，以療所患哉？凡男子婦人患痢久者，治之俱當識此義，不獨小兒也，但小兒患於積者類多耳。抑主陰氣爲病，即不離血分矣，而時珍謂此止入氣分者何居？曰：方書之治，有若墜撲瘀血搶心者，有齒縫出血不止者，有婦人心痛急者，舉此可以類推，凡有形而成積聚者，皆血之病也。是時珍所云入氣分者，宜指血中之氣而言。若離血以言氣則誤矣，夫人身寧有分離之氣血哉？

[附方]

聖餅子：定粉、密陀僧、硫黃各三錢，黃丹二錢，輕粉少許，爲末，入白麪四錢匕，滴水丸如指頭大，捻成餅，陰乾，食前溫漿水磨下，大便黑色爲效。

休息痢，羸瘦，黃連去鬚，爲末，定粉研，各半兩，大棗二十枚，去核，右舂棗如泥，鋪於紙上，安二味藥裹之，燒令通赤，取出候冷，細研爲末，每服使好精羊肉半斤，切作片子，用散藥三錢摻在肉上，濕紙裹燒熟，放冷食之，效。

小兒無辜疳，下痢赤白，胡粉熟蒸，熬令色變，以米飲服半錢。

小兒腹脹，或腹皮青色，不速治須臾死，胡粉、鹽熬色變，以摩腹上。

小兒丹毒，唾和胡粉，從外至內傅之，良。

婦人心痛急者，好官粉爲末，蔥汁和，丸小豆大，每服七丸，黃酒送下，即止。

火燒瘡，以胡粉和羊髓塗上封之。

乾濕癬，胡臭，若股內陰下常濕且臭，或作瘡，以定粉一物糝之，即差。

齒縫出血，胡粉半兩，麝香半錢，爲末，臥時揩牙。

墜撲瘀血，從高落下，瘀血搶心，面青氣短欲死，胡粉一錢和水服，即安。

接骨續筋，止痛活血，定粉、當歸各一錢，硼砂一錢半，爲末，每服一錢，蘇木煎湯調下，仍頻飲湯。

腹中鱉癥，胡粉、黍米淋汁溫服，大效。

希雍曰：胡粉雖能消疳逐積，殺蟲止痢，然其性冷，走而不守，脾胃虛弱者不宜用，娠婦忌之。

密陀僧—名爐底。

頌曰：嶺南、閩中銀銅冶處有之，是銀鉛腳。其初採礦時銀銅相雜，先以鉛同煎煉，銀隨鉛出，又採山木葉燒灰，開地作爐，填灰其中，謂之灰池。置銀鉛於灰上，更加火煅，鉛滲灰下，銀住灰上，罷火候冷出銀。其灰池感鉛銀氣，置之積久成是物，今之用者咸是此種。

時珍曰：取用於銀冶者今亦難得，多取煎銷銀鋪爐底用之。

愚按：煎銷銀鋪有分金爐，燒爐底即密陀僧。市匠將銀油及傾銀壞罐共搗成末，攪鉛子拌勻，置分金爐上火煅出鉛，後用大鍋一口，入灰滿鍋，將前所燒出鉛置鍋內灰上，用炭火煅化其中，銀在灰上，鉛墜灰底，即陀僧，與銀冶之灰池煅法得銀上而鉛下者無異也，故曰分金爐固可以代銀冶之陀僧也。

[氣味] 鹹辛，平，有小毒。《日華子》曰：甘，平，無毒。

[主治] 久痢五痔，謂牡、酒、腸、血、氣也。療驚癇欬嗽，嘔逆吐痰，并反胃消渴，瘧疾下痢，止血殺蟲，治諸瘡，消腫毒，面上瘢黶，并膏藥用之。

時珍曰：密陀僧感鉛銀之氣，其性重墜下沉，直走下焦，故能墜痰止吐，消積，定驚癇，治瘧痢，止消渴，療瘡腫。洪邁《夷堅志》云：驚氣入心絡，瘖不能言語者，用密陀僧末一匕，茶調服，即愈。昔有人伐薪，爲狼所逐而得是疾，或授此方而愈。又一軍校採藤，逢惡蛇病此，亦用之而愈。此皆驚則氣亂，密陀僧之重以去怯而平肝也。其功力與鉛丹同，故膏藥中用以代鉛丹云。

愚按：密陀僧之用，在時珍止以爲重墜，直走下焦，能效墜痰止吐消積等證之功耳，殊不察鉛本至陰，其下行者乃返其所自始也。陰之不得下行而返其所始者，由於陰不足也。如久痢，是傷其陰氣者也；如驚癇，是陰不足，不能爲陽之守，以病於驚，不能達陽之用，以病於癇也；又如反胃，亦是陰不足而不能下歸，以致陽上逆也。由此推之，若本草所治諸證，大都不越於斯義矣。第方書於諸證何以用之寥寥也？得非止宜於外傅，誠如繆希雍之所云耶？

[附方]

痰結胸中不散，密陀僧一兩，醋、水各一盞煎乾，爲末，每服二錢，以酒、水各一小盞煎一盞，溫服，少頃當吐出痰涎爲妙。

腸風痔瘻，銅青、密陀僧各一錢，麝香少許，爲末，津和塗之。

骨疽出骨，一名多骨瘡，不時出細骨，乃母受胎未及一月，與父交合，感其精氣而然，以密陀僧末，桐油調勻，攤貼之，卽愈。

血風臁瘡，密陀僧、香油入粗盌內磨化，油紙攤膏，反覆貼之。

希雍曰：密陀僧惟治䵟䵽音贈。䵟䵽，面黑氣也。傅面外，今人無復用以服食者，大都可外敷，不可內治。此藥難得真者，銷銀爐底乃硝銅之氣所結，能爛一切物，故益不宜輕用。

[修治]　此卽煎銀爐底，堅重碎之如金色者佳。外傅生用，內服火煅黃色，細研。

鐵

《土宿本草》云：鐵受太陽之氣，始生之初，卤石產焉，一百五十年而成磁石，二百年孕而成鐵，又二百年不經采煉而成銅，銅復化爲白金，白金化爲黃金。是鐵與金銀同一根源也。今取磁石碎之，內有鐵片可驗矣。鐵稟太陽之氣，而陰氣不交，故燥而不潔，性與錫相得。《管子》云：上有赭，下有鐵。

鐵粉

蘇恭曰：乃鋼鐵飛煉而成者。人多取雜鐵作屑飛之，其體重，真鋼者不爾也。

[氣味] 鹹，平，無毒。

[主治] 鎮心化痰，抑肝邪特異。

[附方]

驚癇發熱，鐵粉，水調少許，服之。

急驚涎潮，壯熱悶亂，鐵粉二錢，硃砂一錢，爲末，每服一字，薄荷湯調下。

鍼砂

藏器曰：此是作鍼家磨鑢細末也，須真鋼砂乃堪用。人多以柔鐵砂雜和之，飛爲粉，柔鐵卽熟鐵，非鋼鐵也。人莫能辨矣。亦堪染皁。

[主治] 功同鐵粉，消積聚腫滿黃疸，平肝氣，散癭。

[附方][5]

脾勞黃病，鍼砂四兩，醋炒七次，乾漆燒存性，二錢，香附三錢，平胃散五錢，爲末，蒸餅丸梧子大，任湯使下。

水腫尿少，鍼砂醋煮炒乾，豬苓、生地龍各三錢，爲末，葱涎研和，傅臍中約一寸厚，縛之，待小便多爲度，日二易之。入甘遂，更妙。

泄瀉無度，諸藥不效，方同上，不用甘遂。須詳使水化又使水止者，俱此一方，並後方不用甘遂，其義謂何？則可以知鍼砂之所用矣。丹溪小溫中丸內用鍼砂治脹，是脾虛不能運化，不可下之。方見《準繩》脹滿門。

項下氣癭，鍼砂入水缸中浸之，飲食皆用此水，十日一換砂，半年自消散。

鐵落飲

生鐵四十斤，入火燒赤沸，砧上煅之有花出，如蘭如蛾，紛紛墮地者，是名鐵落，用水二斗煮取一斗。

[氣味] 辛，平，無毒。《別錄》曰：甘。

[主治] 驚邪癲癇，小兒客忤。炒熱，投酒中飲，療賊風痙，平肝去怯，治善怒發狂。

《素問·病態論》云：帝曰：有病怒狂者，此病安生？岐伯曰：生於陽也，陽氣者暴折而不決，故善怒，病名陽厥，治之當以生鐵落爲飲，夫生鐵落者下氣疾也。

按：經曰：肝主怒，又曰十二經皆取決於膽，卽此則知爲肝膽鬱怒之火，故以生鐵落爲飲治之，取金制木之義。

李仲南《永類鈐方》云：[6] 腫藥用鐵蛾及鍼砂入丸子者，一生須斷鹽。蓋鹽性濡潤，腫若再作，不可爲矣。制法：用上等醋煮半日，去鐵鍼，取醋和蒸餅爲丸，每薑湯服三四十丸，以效爲度。亦只借鐵氣爾，故《日華子》云煎汁服之，不留滯於臟腑，借鐵虎之氣以制肝木，使不能尅脾土，土不受邪則水自消矣。鐵精、鐵粉、鐵華粉、鍼砂、鐵漿入藥，皆同此意。

愚按：以鐵落爲飲，義固取於金制水也。但鐵稟太陽之氣，而陰氣不交，故治水腫此品較諸藥爲勝，卽脹病而不屬水者亦須之，以脾氣不運而脹，多因於陰中無陽而濕不化也。乃謂脾氣虛，鍼砂燥陰而化濕，正以其純稟太陽之氣，不與陰氣交也，所以食鹽則犯其所忌，而病劇耳。

鐵華粉

馬志曰：作鐵華粉法，取鋼煅作葉，如笏或團，平面磨錯令光凈，以鹽水灑之，於醋甕中陰處埋之一百日，鐵上衣生，卽成粉矣。刮取，細搗篩，入乳鉢研如麵，和合諸藥，爲丸散。此鐵之精華，功用強於鐵粉也。

[氣味]　鹹，平，無毒。

[主治]　止驚悸虛癇，鎮五臟，去邪氣。

鐵鏽

藏器曰：此鐵上赤衣也，刮下用。

[主治]　惡瘡疥癬，和油塗之，平肝墜熱，消瘡腫，口舌瘡，醋磨，塗蜈蚣咬。

時珍曰：按陶華云鐵鏽水和藥服，性沉重，最能墜熱開結，有神也。

[附方]

疔腫初起，多年土內鏽釘，火煅醋淬，刮下鏽末，不論遍次，煅取收之，每用少許，人乳和，挑破傅之，仍炒研二錢，以齏水煎滾，待冷調服。

重舌腫脹，鐵鏽鎖燒紅，打下鏽，研末，水調一錢，噙咽。

希雍曰：鐵鏽得金氣之精華，其味應辛苦，氣應寒。秘法取露天入土者研極細，同蟾酥、腦麝，以金鍼刺入疔瘡中，令至根，然後以藥塞入，能拔疔根，輒效。蓋疔腫未有不因肝經風熱所致，此藥屬金，善能平木，故有如是之功。

鐵漿

承曰：鐵漿是以生鐵漬水服餌者，旋入新水，日久鐵上生黃膏，則力愈勝。

[氣味] 鹹，寒，無毒。

[主治] 鎮心明目，主癲癇發熱，急黃狂走，六畜顛狂，人爲蛇犬虎狼毒刺惡蟲等嚙，服之毒不入肉也，兼解諸毒入腹。

鐵稱秤同**錘**

[氣味] 辛，溫，無毒。

[附方]

喉痹腫痛，菖蒲根嚼汁，燒稱錘，淬一盃，飲之。

舌腫咽痛，咽生息肉，[7] 稱錘燒赤，淬醋一盃，咽之。

希雍曰：鐵稱錘燒紅，淬入米泔中百次，乘熱熏洗陰癬頑瘡，皆有效，別敷殺蟲凉血藥，彌佳。

時珍曰：凡諸草木藥皆忌鐵器，而補腎藥尤忌之，否則反消肝腎，子肝傷氣，母氣愈虛矣。蓋肝爲腎之子，子能盜母氣，故云。

愚按：鐵居金之首，但燥而不潔，故用之必取其精純者，名爲鋼鐵是也。其鍼砂、鐵粉、鐵精必用鋼鐵，乃《日華子》猶慮其留滯於臟腑，但取其汁，借其氣以爲用而已。至於鐵華粉、鐵漿，固亦不取其質而取其精者矣。第此種禀太陽之氣，而陰氣不交，如用之中的，豈曰可置？儻用非所宜，即宜而過劑，不惟消腎之陰，且以竭肝之陽，即時珍所謂消腎肝數語，[8] 寧獨爲修治者云乎？可不慎諸？

【校記】

〔1〕肺，原誤作"肝"，今據《本草述鈎元》卷四改。

〔2〕頃，原誤作"頓"，今據文義改。

〔3〕面，原誤作"兩"，今據《本草述鈎元》卷四改。

〔4〕方，原誤作"切"，今據《本草述鈎元》卷四改。

〔5〕附方，原脱，今據文例補。

〔6〕《永類鈐方》云，"鈐"字原脱，今據《永類鈐方》書名補。

〔7〕息肉，此下原衍"舌腫"二字，今據《本草述鈎元》卷四删。

〔8〕消肝腎，此下原衍"純者名爲鋼鐵是也其鍼砂鐵粉鐵精必用鋼鐵乃日華子猶慮其留滯於臟腑但取其汁借其氣以爲用而已至於鐵華粉鐵漿固亦不取其質而取其精者矣第此種稟太陽之氣而陰氣不交如用之中的豈曰可置儻用非所宜即宜而過劑不惟消腎之陰且以竭肝之陽即時珍所謂消臂肝"一百一十四字，今據文義删。

《本草述》卷之五

石　部

丹砂—名朱砂。

按諸說丹砂皆取光明瑩徹爲佳。范成大《桂海志》曰：本草以辰砂爲上。時珍曰：丹砂以辰、錦者爲最。麻陽卽古錦州地。又曰：寧獻王臞仙《庚辛玉冊》云：丹砂，以五溪山峒中產者得正南之氣，爲上，麻陽諸山與五溪相接者次之。又曰：張果《丹砂要訣》云，丹砂者，萬靈之主，居之南方。上品生於辰、錦二州石穴。《丹經》以朱砂煅出水銀，朱砂屬離，水銀爲真水；以水銀煉成靈砂，水銀屬坎，靈砂爲真火。水火升降，養成內丹。又按諸說砂有石砂、土砂、溪砂之殊，石砂最上者爲光明砂。蘇頌云：生深山石崖間，土人采之，穴地數十丈，始見其苗，乃白石，謂之朱砂牀，砂生石上，大者如雞子，小者如石榴子，狀若芙蓉，頭箭鏃連牀者，紫黯若鐵色而光明瑩徹，碎之嶄巖作牆壁。又，如雲母石成層可析者，真辰砂也。得此者帶之辟惡，爲上。其次或出石中，或出水內，形塊大者如拇指，小者如杏仁，光明無雜，名馬牙砂。但如上二種，俗間亦少有之。又云：色紫不染紙者爲舊坑砂，乃上品，色鮮染紙者爲新坑砂次之。又云：石片稜角生青光爲下品。又云交州、桂州所出，但是座上及打石得形似芙蓉，頭面光明者，亦入上品，顆粒通明者爲中品，片段不明徹者爲下品。又云邕州所產，大者數十百兩，作塊，黑暗少牆壁，不堪入藥。又云：別有越砂，大者如拳，小者如雞鴨卵，形雖大，共雜土石，不如細而明净者。至所謂土砂，乃生於土穴中，溪砂生溪州砂石中，俱土石相雜，故不入服餌用。李德裕《黃冶論》云：光明砂者，天地自然之寶，在石室之間，生雪牀之上，如初生芙蓉，紅苞未拆，細者環拱，大者處中，有辰居之象，有君臣之位，光明外徹，采之者尋石脈而求，此造化之所鑄也。統前諸說，則砂亦不必較大小，但取無砂土相雜，光明瑩徹，色不黑暗者爲貴也。

[氣味] 甘，微寒，無毒。吳普曰：神農，甘；岐伯，苦，有毒；扁鵲，苦；李當之，大寒。權曰：有大毒。《日華子》曰：凉，微毒。

時珍曰：丹砂，《別録》云無毒，岐伯、甄權言有毒，似相矛盾。按何孟春《餘冬録》云：丹砂性寒而無毒，入火則熱而有毒，能殺人。物性逐火而變，此說是也。

[主治] 身體五臟百病，養精神，安魂魄，益氣明目，殺精魅邪惡鬼，久服通神明《本經》，通血脈，解煩熱，治驚癇，并解小兒胎毒痘毒。

韓保昇曰：朱砂法火，色赤而主心。

王好古曰：乃心經血分主藥，主命門有餘。

李杲曰：丹砂純陰，納浮溜之火而安神明，凡心熱者，非此不能除。

時珍曰：丹砂生於炎方，秉離火之氣而成，體陽而性陰，故外顯丹色而内含真汞，其氣不熱而寒，離中有陰也，其味不苦而甘，火中有土也。是以同遠志、龍骨之類則養心氣，同當歸、丹參之類則養心血，同枸杞、地黃之類則養腎，同厚朴、川椒之類則養脾，同南星、川烏之類則祛風。可以明目，可以安胎，可以解毒，可以發汗，隨佐使而見功，無所往而不可。

希雍曰：丹砂本稟地二之火氣以生，而兼得乎天七之氣以成，色赤法火，中含水液，爲龍爲汞，亦曰陰精。七爲陽火之少，故味甘微寒而無毒，蓋指生砂而言也。《藥性論》云：丹砂爲清鎮少陰君火之上藥，辟除鬼魅百邪之神物。丹砂研，飛極細，令狀如飛塵，以甘草、生地黃濃煎調分許，與兒初生時服之，能止胎驚，解胎毒。

同真珠、琥珀、金箔、牛黃、生犀角、天竺黃、滑石末，治小兒急驚，有神。入六一散，治暑氣伏於心經，神昏口渴，及泄瀉如火熱。入補心丹，鎮心神，定魂魄。入乳香托裏散，散癰疽熱毒，發熱疼痛，及毒氣攻心發譫語。

愚按： 青霞子曰：丹砂外包八石，內含金精，稟氣於甲，受氣於丙，出胎見壬，結塊成庚，增光歸戊，陰陽升降，各本其原。斯言也，信而有徵，謂非造化之所鑄歟？夫人與萬物盡造化於水火二氣，而水火同宮，所謂坎、離是也，唯丹砂之受鑄最完，見象最靈。何以言之？其外顯丹色，所謂受氣於丙也。土宿真君言丹砂受青陽之氣，是非稟氣於甲乎？內蘊真汞，所謂出胎見壬也。青霞子言內含金精，是非結塊成庚乎？本風升之木，可使水騰於火中，本燥降之金，可使火範於水外，水火自有升降，而金木又升降乎水火，皆不離中土以爲升降，是非各歸其原乎？斯所謂受鑄最完也。其外顯丹色，中蘊真汞，即坎離見象，水火同宮，如斯其最靈也。若然，則《本經》所謂養精神，安魂魄者，語語實詣矣。然亦何以明之？經曰：兩神相搏，合而成形，常先身生，是謂精。此言生身之始由於陰陽二氣相交而形成。然精在成形之先，此由神以化精者也。又曰兩精相搏謂之神，夫陰陽相交乃成形，先有精，是精無兩也，成形以後則水火各司其官，各有其精，經所謂水之精爲志，火之精爲神也。第火中有水，水中有火，雖曰兩精而實相交，此由精以化神者也。請再悉之。夫陰陽原從混沌一氣而分，分者亦未嘗不合也，故曰兩神相搏，就其分而合之處即有精矣，此是相搏謂之精。而曰常先身生者，固指先天而言，《內經》所謂化生精也。既成形以後，落於後天，清濁分而動靜殊矣，不名爲陰陽，名爲水火矣。經曰水火者陰陽之徵兆，言其落於形氣也，故曰兩精。第先哲有云：心爲離火，內陰而外陽；腎爲坎水，內陽而外陰。內者是神是主，外者是氣是用，故心以神爲主，陽爲用，腎以志爲主，陰爲用，陽則氣也火也，陰則精也水也。夫水火之奠於上下者，此一精而分爲兩也，此動靜根於清濁之分者也。然水火之主於在中者，此兩精而搏爲一也，此升降妙於動靜之中者也，《內經》所謂精歸化也。若使火中無水以爲神，則動無靜以爲君，將有升無降，水中無火以爲神，則静無動以爲用，將有降無升，是升降廢而氣化息矣。唯其兩精相搏而升降不息，如是乃謂之神耳。動無静以爲主，静無動以爲用二語，方說得神字出。經曰：出入廢則神機化滅。夫有升降則出入不廢，有出入則升降不息，出入固形中之氣，升降則氣中之神也。一則曰兩神相搏，合而成形，常先身生，謂之精，一則曰水之精爲志，火之精爲神，兩精相搏謂之神。是則由神合氣，神氣合而化精，復由精歸氣，精氣合而歸神，所謂天地之有造有化，原始要終總歸之神而已，而人身中之有造有化者，亦同之天地而已矣。天地之神，歸之虛空，人身之神，歸之虛靈，故《内經》曰心藏神，又曰心者生之本，神之變也，蓋其虛而能靈，動以静君者，仿佛乎老子之所謂虛而不詘，動而愈出者也。如砂之内蘊真汞，外顯丹象，由内所蘊之水以歸火，而火應水以下藏，由外所顯之火以召水，而水應火以上際，是非水火既濟乎？神合於氣而精生，氣合於神而精化，是《本經》所謂養精神也。以水而歸火，火卽應水以下藏；由火而召水，水卽應火以上際。是謂養神而益心，卽以養精而益腎矣。又云安魂魄者，經曰隨神往來爲之魂，并精而出入者謂之魄，是魂魄卽不外於精神矣。而《丹書・日烏月兔說》云：日者陽也，陽内含陰象，砂中有汞也，陽無陰則不能自耀其魂，故名曰雌火，乃陽中含陰也，是謂日中有烏；[1]月者陰也，陰内含陽象，鉛中有銀也，陰無陽則不能自燄其魄，故名曰雄金，乃陰中含陽也，是謂月中有兔。卽耀魂燄魄二語，則知安魂魄不外於養精神矣。更以龍從火裏出、虎向水中生參之，蓋肝木乘至陰而升於陽，得合於心包絡以媾肺者，因離中之陰俾木復乘陰精以變化，是謂龍從火裏出也；肺金乘至陽而降於陰，得合三焦以媾肝者，因坎中之陽俾金復乘陽精以鼓蕩，是謂虎向水中生也。若然，是則水火交而金木自并，金木并而水火之交愈固，總不越於水火既濟，而水火既濟，總不越於一心。如丹砂之受鑄於造化者極異，固亦最切於心哉。《内經》曰：血氣已合，榮衛已通，五藏已成，神氣舍心，魂魄畢具，乃成爲人。卽此數語，則由心而收精神魂魄之益，及身體五臟百病之胥治者，《本經》固非妄語也。盧之頤曰：四大之内，中黄爲戊己，精神卽坎離，魂魄作金木，内外合成丹，嬰兒方養育。斯義是矣。抑氣爲精之先，試更暢之。經云腎者受五臟六腑之精而藏之，又云腎者精之處，是腎固藏精，其所以能化精者，原本於腎之氣，而腎氣又本於金，故道家曰鉛中有銀也，離中有水也，亦以金而水得宅於火中也。汞本於金精，故其色白，所以人身之精亦猶是耳。砂中有汞，乃是真精之化原，心包絡之血下歸於衝，而仍由氣以化精者，以肺氣還歸於腎元，金精由火以歸水，故由赤而白也。若然，舉精、氣、神合一之微，皆在斯矣。欲立後天之命者，可不留意乎哉？

[附方]

服食丹砂，**三皇真人煉丹方**：丹砂一斤，研末重篩，以醇酒沃之如泥狀，盛以銅盤，置高閣上，勿令婦人見，燥則復以酒沃令如泥，陰雨疾風則藏之，盡酒三斗，乃曝之，三百日當紫色，齋戒沐浴七日，靜室飯丸麻子大，常以平旦向日吞三丸，一月三蟲出，半年諸病瘥，一年鬚髮黑，三年神人至。

按丹砂，砂中有汞，伏火者，徒存其枯陽，而汞離於砂者，又陰毒爲甚，如斯服食，原是陽中含陰，益令陰和於陽，誠有大益者也。

神注丹方：白茯苓四兩，糯米酒煮軟，竹刀切片，陰乾爲末，入朱砂末二錢，以乳香水打糊丸梧子大，朱砂末二錢爲衣，陽日二丸，陰日一丸，要秘精，新汲水下，要逆氣過精，溫酒下，並空心。

此王好古海藏氏《醫壘元戎》方也。茯苓本陽以吸陰，丹砂本陰以充陽，所說秘精及逆氣過精，[2] 煞有至理。

預解痘毒，初發時或未出時，以朱砂末半錢，蜜水調服，多者可少，少者可無，重者可輕。

按此朱震亨丹溪氏方也。好古言主命門有餘，其義正與茲方合。

小兒驚熱，夜臥多啼，朱砂半兩，牛黃一分，爲末，每服一字，犀角磨水調下。

歸神丹：治一切驚憂思慮多忘，及一切心氣不足，癲癇狂亂。獖豬心二個，切，入大朱砂二兩，燈心三兩在內，麻扎，石器煮一伏時，取砂爲末，以茯神末二兩酒打薄糊，丸梧子大，每服九丸至十五丸，至二十五丸，麥門冬湯下。甚者乳香人參湯下。

按心氣心血，治心者類能分之。不知丹砂之所主者神，神屬陰，却用之以補心氣，謂火得水以爲主，而火之用乃充也。

妊婦胎動，朱砂末一錢，和雞子白三枚攪勻，頓服，胎死即出，未死即安。

[修治] 丹砂入藥，祇宜生用，慎勿升煉，一經火煉，餌之殺人。研須萬遍，要若輕塵，以磁石吸去鐵氣。惡磁石。宗奭曰：生朱砂，初生小兒便可服，因火力所變，遂能殺人，不可不謹。

愚按：丹砂之用，爲離中有陰，且内含金精，使坎能交離也。服餌正宜生用，先哲多謂升煉即殺人是矣。蓋離中有陰，經火煅煉則純陽無陰，不獨燥烈可畏，亦何取於枯陽而用之乎？此繆仲淳所云。自唐以來，上而人主，下而縉紳，曾餌斯藥，無一克免者也。先哲諄諄致戒，不獨繆氏爲然，不能備録。

水銀 一曰汞、澒，字通用。

時珍曰：汞出於砂，爲真汞。得鉛則凝，得硫則結，併棗肉、人唾研則散。別法煅爲膩粉、粉霜。得紫河車則伏，得川椒則收。

[氣味] 辛，寒，有毒。權曰：有大毒。《日華子》曰：無毒。

[主治] 利水道，去熱毒，鎮墜痰逆，嘔吐反胃，安神鎮心，治惡瘡瘺疥，殺蟲，治小兒驚熱潮涎。

時珍曰：水銀，乃至陰之精，稟沉着之性，得凡火煅煉則飛騰靈變，得人氣熏蒸則入骨鑽筋，絕陽蝕腦。陰毒之物，無似之者，而《日華子》言其無毒，《本經》言其久服神仙，甄權言其還丹元母，《抱朴子》以爲長生之藥，六朝以下貪生者服食，致成廢篤而喪厥軀，不知若干人矣。方士固不足道，本草其可妄言哉？水銀但不可服食爾，而其治病之功，不可掩也。同黑鉛結砂則鎮墜痰涎，同硫黄結砂則拯救危病，此乃應變之兵，在用者能得肯綮而執其樞機焉。

愚按：水銀，謂其能鎮墜痰逆，然在鉛固曰墜痰，而鉛霜尤云的劑，其所主果屬何味也？蓋痰爲液所化，腎主五液，鉛稟北方癸水之氣，陰極之精，能攝液而歸腎，宜其鎮墜痰逆也。水銀爲離中之坎，與鉛氣交感，自同氣相求，以歸於下，若然，是鉛爲氣之先矣。但痰之原在腎，而液之化爲痰也則在上，痰之由熱化者，以心火爲主，丹砂爲主心火，汞蘊於其內，是水在火中也，得火中之水以祛熱，而痰之上逆者乃得順下而墜之。觀陳藏器謂其利水道，去熱毒，寇宗奭云主小兒驚熱痰涎，則可以思其用矣。或曰：《日華子本草》言鉛霜主胸膈煩悶，中風痰實，固取鉛汞交感之義，而戴原禮治中風痰壅甚者，間投養正丹。較鉛霜更有硫、砂二味，得毋陰陽交補歟？曰：不也。蓋鉛歸於腎以宅陰，而硫戀於鉛以同歸，汞固感乎同氣之鉛，在砂亦趨乎同氣之硫，人生結胎之始，先生命門，天一生水，壬爲陽水，配丁之陰火而生丙，然後生心。卽此則砂亦趨於同氣之硫，其義可思，更參石硫黃論，乃爲得。此丹正治上實下虛。上焦痰熱甚者，固屬下之陰虛甚也，然又非純陰之劑所能墜，並藉陽之所歸，因而導之，仿佛於從治之法，俾能奏功於危篤耳。但本方四味各等分，如虛陰而陽盛以爲病也，硫、砂止宜居其少半。卽陰陽兩虛，硫、砂亦宜如其半而止，防其虛陽愈僭而上逆愈甚也。靈砂分兩：汞八兩，硫止二兩。此法可仿也。

[附方]

養正丹：治上盛下虛，氣不升降，元陽虧損，氣短身羸，及中風涎潮，不省人事，傷寒陰盛，自汗唇青，婦人血海久冷。水銀、黑錫去滓，淨秤，與水銀結砂子，硫黃研，朱砂研細，各一兩，又用黑盞一隻火上鎔黑鉛成汁，次下水銀，以柳條攪，次下朱砂，攪令不見星子，放下少時，方入硫黃末，急攪成汁和勻，如有焰，以醋灑之，候冷取出，研極細，煮糯米糊丸綠豆大，每三十丸，鹽湯、棗湯任下。

小兒急驚，墜涎，水銀半兩，生南星一兩，麝香半分，爲末，入石腦油同搗，和丸綠豆大，每服一丸，薄荷湯下。

失心風疾，水銀一兩，藕節八個，研成砂子，丸如芡子大，每服二丸，磨刀水下一二服。

惡肉毒瘡，一女年十四，腕軟處生物如黃豆大，半在肉中，紅紫色，痛甚，諸藥不效，一方士以水銀四兩，白紙二張揉熟，蘸銀擦之，三日自落而愈。

[修治] 用磁罐二個，掘地成坎，深開，量可容二罐，先埋一罐於坎，四圍用土築穩實，內盛水滿，仍一罐入朱砂半滿，上加敲碎瓦粒，剪鐵線髻如月圓樣，一塊閉塞，罐口倒覆下罐之上，務令兩口相對，弦縫，鹽泥封固，以熟炭火先文後武，煅煉一炷香久，其砂盡出，水銀流於下罐水內，復起下罐，揀出皮殼，入新朱砂，固濟再煅，每好砂一兩，常煅出七八錢，低者僅五六錢而已。

斅曰：凡使，勿用草汞，草汞用細葉馬齒莧取之。并舊朱漆中者，經別藥製過者，在尸中過者，半生半死者。其朱砂中水銀色微紅，收得後用葫蘆貯之，免遺失。若先有紫背天葵並夜交藤自然汁，二味同煮一伏時，其毒自退。若修十兩，二汁合七鎰。

希雍曰：水銀從丹砂中出者，即砂中液也，稟至陰之氣而有汞，故其味辛，其氣寒，而有毒，入口為厲，祇宜外治，不宜內服。然陳藏器曰水銀入耳，能食人腦至盡，入肉令百節攣縮，倒陰絕陽。人患瘡疥，多以水銀塗之，性滑重，直入肉，宜謹之。頭瘡切不可用，恐入經絡，必緩筋骨，是外治亦未可亂投矣。

寇宗奭云：水銀入藥，雖各有法，極須審謹，有毒故也。歷舉學士大夫惑於方士之說，服煅煉水銀而暴卒者，不可勝數。婦人誤服，多致絕孕。其為毒害昭昭矣，可不慎諸？

又按：水銀之毒，陳嘉謨以為朱砂伏火而成，氣味純陽為毒，殊不如時珍所云陰毒之物無似之者之議為確也。蓋水銀乃砂中之汞，取汞離砂，則為純陰矣。觀取者用水承下以招之，使煙飛於上，汞滿於水，則其義可知。天地間寧獨純陽之性為毒，而純陰之性其毒等也？故其入骨蝕腦者，骨為腎之餘，腦為髓之充，髓為骨之精，皆其以同氣致害也。若人死而入水銀，猶能不即腐者，以血肉之軀屬陰，而此純陰之氣能全之也。知此，則偏勝之陰，猶不可輕餌，況乎脫砂之汞復燒煉以求長生？

不知其何所取而冀補益，祇用自戕其生也。

靈砂時珍曰：以至陽勾至陰，脫陰反陽，故曰靈砂。

胡寅《丹藥秘訣》云：升靈砂法，用新鍋安逍遥爐上，蜜揩鍋底，文火下燒，入硫黃二兩鎔化，投水銀半斤，以鐵匙急攪，作青砂頭，如有焰起，噴醋解之，待汞不見星，取出細研，盛入水火鼎內，鹽泥固濟，下以自然火升之，乾水十二盞爲度，取出如束鍼紋者，成矣。

《庚辛玉冊》云：硫汞未升鼎者，謂之青金丹頭，已升鼎者乃曰靈砂。

［氣味］　甘，温，無毒。

［主治］　五臟百病，養神，安魂魄，益氣明目，通血脈，止煩滿，益精神，久服通神明，令人心靈唐慎微，主上盛下虛，痰涎壅盛，頭旋吐逆，霍亂反胃，心腹冷痛，升降陰陽，既濟水火，調和五臟，輔助元氣。研末，糯糊爲丸，棗湯服，最能鎮墜，神丹也時珍。

時珍曰：硫黃，陽精也，水銀，陰精也，以之相配夫婦之道，純陰純陽二體合璧，故能奪造化之妙而升降陰陽，既濟水火，爲扶危拯急之神丹，但不可久服爾。蘇東坡言此藥治久患反胃及一切吐逆，小兒驚吐，其效如神，有配合陰陽之妙也，時珍常以陰陽水送之，[3]尤妙。

希雍曰：靈砂，硫、汞制而成，水火既濟，陰陽配合，所謂奪造化之功，竊陰陽之妙，誠不妄也。至藉其墜陽交陰，除邪養正，更扶危救急之靈丹也。《和劑局方》有養正丹，硃砂、水銀、黑鉛、硫黃並用，卽靈砂意也，其用亦與靈砂略同。方論云其治元氣虧虛，陰邪交蕩，上盛下虛，氣不升降，呼吸不足，頭旋氣短，心怯膽悸，虛煩狂言，盜汗，腹痛腰痛，反胃吐食，霍亂轉筋，欬逆，又治中風涎潮，不省人事，陽氣欲脫，四肢厥冷，傷寒陰盛，自汗唇青，脈沉，婦人產後月候不勻，帶下腹痛，用黑盞一隻，入黑鉛鎔汁，次下水銀，次下朱砂末，炒不見星，少頃乃下硫黃末，急攪，有焰，灑醋解之，取出研末，糯粉煮糊丸綠豆大，每服二十丸，鹽湯下，四味皆等分也。此藥神效不可具述。

愚按：硫戀於鉛，則硫爲陰中之陽，汞出砂中，見火則出，是爲陽中之陰。硫固陽之動，汞亦陰之動者也。經曰兩精相摶謂之神，俱取陰陽之動者，使其二氣相感，而卽以相應，能療上實下虛之篤證，故曰靈砂。類知陽動陰靜，殊不知陰陽俱有動靜也。抑鉛霜、鉛丹似與此同功，何以茲丹獨得此名乎？蓋鉛霜爲二宮之一氣相應也，鉛丹爲同宮之二氣相合也，唯靈砂既爲二宮，又屬二氣，特以兩精相摶，能轉上下之玄機，故因而命此名耳。雖然，靈砂以汞爲主而少和以硫者也。至造銀朱者，亦硫、汞合造，其功用何以迥別乎？雖以硫能死汞，二法皆不可少，然製銀朱者以赤硫爲主，而汞特半之，與製靈砂以汞爲主者不同。二法爲主固異，故其效用亦異耳。大抵造銀朱者用石亭脂，卽赤硫也，方書已言其不堪入藥矣，靈砂所用者乃正名硫黃也。

又按：升靈砂法，君以水銀而佐以石硫，蓋取陽中之陰所化者爲主，而和以陰中之陽所化者，俾其二氣交以爲升降，蓋陽中之陰降也，陰中之陽升也。蓋經曰升降息則氣立孤危，試繹方書，用之悸證及便濁證，皆以虛言，是卽病於元氣之孤危，由於升降不前者也。第硫、汞製而成形，謂之丹基，可以變化五行，煉成九還，豈不能握升降之樞而頓名曰靈砂哉？但汞半斤而硫止二兩，其義若何？蓋汞乃陽中之陰，爲離中之坎也。離得坎爲用而離之化乃神，然離原在坎中，如硫是也。在天之陽，究其原而陽火出於地中，故離得坎以神其化，不得坎中之離以合之，則至陽出於至陰之化機，不幾乎息而病於氣立孤危乎？是以汞多於硫者，由陰暢陽也，而少用硫以和離者，取其化原在是，本生化之精微，俾完其升降之不息，以益元氣耳。卽此二方參之，則人身陽中之陰誠爲補後天、療虛羸之要會。凡虛中生火，如溢血等證，宜於此要會留心。如止從先天元陰處調劑，恐緩不及事，且亦未能中病之肯要也。

又按：上實下虛，類本於陰虛，卽《內經》所云人年四十則陰氣自半，至六十則陰氣大衰，下虛上實，是非的証乎？如靈砂所療，又下虛上實之極而陰陽將離絕者也。製靈砂法，汞八兩，硫止二兩，固知所本矣，而時珍拯救危證一語，尤爲中肯。

［附方］

悸證，專治虛人夜不得睡，夢中驚魘，自汗怔悸，怔，音忠，心動也，驚也，惶遽也。靈砂二錢，研，人參半錢，棗仁肉一錢，爲末，棗肉丸如綠豆大，臨臥棗湯吞五七粒。

赤白濁，治虛憊便濁，滴地成霜方，蓮肉去心、乾藕節、龍骨、遠志各一兩，枯白礬、靈砂各二錢半，爲細末，糯米糊爲丸梧子大，每服十五丸，食前白湯下。

九竅出血，因暴驚而得，其脈虛者，靈砂丹三十粒，人參湯下，三服愈。此證不可認作血得熱則妄行而用涼藥，誤矣。何者？驚則氣浮，神魂發越，陽氣暴壅故也。得鎮墜，則神魂復安而血自循經矣。

希雍曰：靈砂雖曰升降陰陽，既濟心腎，然硫、汞有毒，性亦下墜，救急則可，補養無功。且凡胃虛嘔吐，傷暑霍亂，肺熱生痰，病屬於虛，非關驟發者，咸在所忌。

水銀粉

即水銀升煉者，故一名汞粉。一名輕粉，言其質也；一名峭粉，言其狀也；一名膩粉，言其性也。畏磁石、石黃，忌一切血，出於丹砂故也。

之頤曰：升煉水銀粉法，分紅白兩種：白者用水銀一兩，白礬二兩，海鹽一兩，皂礬一兩，焰硝二兩，同研不見星，貯罐內，先以滑石九兩，研極細，水飛過，晒乾再研，更以黑鉛四兩，分作數塊，打成薄片，一層滑石，一層鉛片，鋪置藥上，築極實，上餘空數寸，使藥氣易轉，以盞蓋罐口，先於灰火中徐煨罐底，聽罐裏無聲，乃紮定之，用鹽泥封固罐口，先用底火，一炷香，次用二寸火，漸加至三寸火，二炷香，用火時以涼水嘗擦盞內，火足去火，火足，即一炷、二炷香之謂。冷定，藥升盞上及空處矣。紅者祇用水銀一兩，焰硝二兩，白礬二兩，同研極細，升煉之法悉與白同。卽釜盔之內，亦可升取，並不必水擦釜頂，爲甚便也。此法用滑石、黑鉛爲匱，則鹽礬鹹澀之味俱從鉛石拔盡，功力轉更神異，但火候以緩爲貴，取藥以少爲良。此法爲丹家不傳之秘，頤不自私，公之海內。又曰：水銀粉者，合皂白二礬石、海鹽、火硝而升者，嫩色黃，老色白，取用貴黃不貴白也。僅合白礬、硝石而升者，嫩色赤，老色紫，取用貴嫩不貴老也。故所升之質，即本有能升之頒，汞同。能升之汞，緣屬離火之所舍也。所顯之色與味之醇烈，即緣鹽、礬、硝石合化，以成黃白紫赤耳。故味醇則氣清而色黃赤，味烈則氣濁而色紫白。黃赤點餌咸宜。近世以味醇黃嫩者點瘡毒頑肉，赤嫩者彌諸瘡毒膚皮，捷如影響。淨潔淫瘡，取效固速。第骨髓與形臟之至毒從經氣會歸於胃，循胃上口而出，多致口舌齦爛，[4]人多畏之，罔敢輕試。蓋毒從口出，已達空竅，而反口舌齦爛者，謂人臥氣歸於臟而會於胃，胃氣上熏，毒不得洩，故並發口舌耳。丹家秘訣：臥時銜管，則毒氣從管外洩，斯無糜爛之爲患矣。

《海客論》云：諸礬不與水銀相合，而綠礬和鹽能製水銀成粉，何也？蓋水銀者金之魂魄，綠礬者鐵之精華，二氣同根，是以暫製成粉，無鹽則色不白。

[氣味]　辛，冷，無毒。時珍曰：溫燥有毒，升也，浮也。黃連、土茯苓、陳醬、黑鉛、鐵漿可制其毒。

[主治]　外傅殺瘡疥癬蟲，風瘡瘰癧，下疳陰瘡，一切毒瘡，去風殺蟲，內治下膈痰涎，通大腸，轉消痰積滯，止血痢，療水腫鼓脹，及小兒疳痹。

李文清曰：膩粉主殺疥瘡癬蟲，風瘡瘰癧，及下疳陰瘡，皆用外傅。若內治，善下小兒膈涎瘜瘀。但多用有損，若驚風屬心氣不足者，下之則裏虛，驚氣入心，必死。抑論經云利大腸，東垣又云抑肺而斂肛門，何也？蓋輕粉經火本燥，原自水銀性冷，用之於潤藥則利，用之於澀藥則止，所以又能消水腫，止血痢，吐風涎。要之，虛病禁用，實者亦量用之。

愚按：水銀在砂中，丹砂伏火則溜汞於下，乃同他藥煉之，則結粉於上，其義固可參也。方書曰：礬石同焰硝，可煉水銀成粉。歷稽升汞粉者，多不能離此二味，蓋其收痰涎，攝水，又同與焰硝得火性之升舉者。故本屬潤下，轉成炎上，以結於極頂，此李頻湖所謂化純陰爲燥烈者也。然取其能下膈涎，如小兒急驚用之，蓋痰涎乃水液所結，汞固砂中之金精而爲水母，原與鉛交感，故鉛、汞合而最能下墜。假礬石、火硝煅煉，使陰滯之質化於陽浮之氣，能直就膈上而下其痰涎者此耳。更先哲云銀粉乃是下膈、通大腸之要劑，即如治癩風一證，投遇仙散，必用銀粉爲使。所以用其驅諸藥入陽明經，開其風熱拂鬱痞隔，逐出惡風臭惡之毒，殺所生之蟲，循經上行至牙齒軟薄之分，而出其臭毒之涎水也，即此可以類推矣。

又按：寇氏謂驚爲心氣不足，切宜禁此。不知惟慢驚乃屬火土虛者也，若急驚，則因於熱盛生痰，痰盛生驚，先哲謂治驚先於豁痰，焉得禁此？但其燥烈，未可獨任，故急驚有輕下法，如比金丸，輕粉、滑石、南星、青黛，又利驚丸，輕粉、青黛、牽牛末、天竺黃，多同辛涼用之，乃爲適宜。

[附方]

小兒涎喘，服藥不退者，用無雄雞子一個，取清，入輕粉抄十錢，拌和，銀器盛，置湯瓶上蒸熟，三歲兒盡食，當吐痰或泄而愈，氣實者乃可用。

大小便閉，脹滿欲死，二三日則殺人，膩粉一錢，生麻油一合，相和，空心服。

大便壅結，膩粉二錢，黃丹一錢，爲末，每米飲服一錢。

消中嗜食，多因外傷脾熱，內積憂思，啖食鹹物及麪，致脾胃乾燥，飲食倍常，不生肌肉，大便反堅，小便無度，輕粉一錢，爲末，薑汁拌勻，長流水下，齒浮是效，後服豬肚丸補之。

一切虛風，**不二散**：用膩粉一兩，湯煎二度，如麻腳，慢火焙乾，麝香半兩，細研，每服一字，溫水調下。

水氣腫滿，汞粉一錢，烏雞子去黃，盛粉，蒸餅包蒸，熟取出，苦荸薺炒，一錢，同蒸餅杵丸綠豆大，每車前湯下三五丸，日三服，神效。

　　[簡誤]　　時珍曰：水銀乃至陰毒物，因火煅丹砂而出，加以鹽、礬煉而爲輕粉，加以硫黃升而爲銀朱，輕飛靈變，化純陰爲燥烈，其性走而不守，善劫痰涎，消積滯，故水腫風痰濕熱毒瘡被劫，涎從齗齦而出，邪鬱爲之暫開，而疾因之亦愈。若服之過劑，或不得法，則毒氣被蒸，竄入經絡筋骨，莫之能出。痰涎既去，血液耗亡，筋失所養，營衛不從，變爲筋攣骨痛，發爲癰腫疳漏，或手足皸裂，蟲癬頑痺，經年累月，遂成廢痼，其害無窮。觀丹客升煉水銀、輕粉，鼎器稍失固濟，鐵石撼透，況人之筋骨皮肉乎？投劑者可不慎諸？

　　希雍曰：是物本成於汞，則汞之毒尚存，又得火煅，則火之毒氣未出，《本經》言其無毒，誤也。凡閉結由於虛血不能潤澤，小兒疳病，脾胃兩虛，小兒慢驚，痰涎壅上，楊梅結毒，發於氣虛久病之人，咸不宜服。

　　愚按：水銀爲陰毒之物，入肉令百節攣縮，倒陰絕陽，而礬石又最能燥水傷骨，是皆損人之真陰者也。礬石本鐵之精，而鐵稟太陽之氣，與陰氣不交，其性燥而不潔，固宜礬石之燥烈也。況加以焰硝，辛苦大溫，見火焰起，燥火合氣，以同煅煉乎？夫物性隨所感而移，理固不謬，純陰化燥，加以入骨攣筋之性，其貽害可勝言乎？乃方書止以烈火煅煉爲言，或又止以汞毒爲言，彼靈砂非烈火煅煉者耶？獨無汞毒耶？守一說而失之目睫，可笑也。

　　《仙製本草》云：真水銀粉，體輕色白，如雪片可愛，撮些須，放銅鐵器内，置火上，化無痕。假者多攙石膏，焚之有滓，亦有攙朴硝者，買者細辨之。大都此味宜如法自製，乃可用，市肆中物固不可憑也。

　　附取輕粉毒方：出山黑鉛五斤，打壺一把，盛燒酒十五斤，納土茯苓半斤，乳香三錢，封固，重湯煮一日夜，埋土中，出火毒，每日早晚任性飲數盃，後用瓦盆接小便，自有粉出爲驗，服至筋骨不痛，乃止。

粉霜—名水銀霜、白雪、白靈砂。畏蕎麥稈灰、硫黃。

時珍曰：以汞粉轉升成霜，故曰粉霜。又曰：按《外臺秘要》載古方崔氏造水銀霜法云：用水銀十兩，石硫黃十兩，各以一鐺熬之，良久銀熱黃消，急傾入一鐺，少緩即不相入。仍急攪之，良久硫成灰，水銀不見，乃下伏龍肝末十兩，鹽末一兩，攪之，別以鹽末鋪鐺底一分，入藥在上，又以鹽末蓋面一分，以瓦盆覆之，鹽土和泥塗縫，炭火煅一伏時，先文後武，開盆刷下。凡一轉後分舊土爲四分，以一分和霜，入鹽末二兩，如前法飛之。訖，又以土一分，鹽末二兩和，飛如前，凡四轉土盡，更用新土，如此七轉，乃成霜用之。時珍云：此法後人罕知。

［氣味］　辛，溫，有毒。

［主治］　下痰涎，消積滯，利水，與輕粉同功時珍。

張潔古曰：輕粉、粉霜亦能潔淨腑，去膀胱中垢膩。既毒而損齒，宜少用之。

愚按：時珍所云粉霜，謂從汞粉轉升成霜者也。其述崔氏造水銀霜法，是卽未成汞粉而造成粉霜者也。尋繹崔氏治法，似與升水銀成粉之法，如時珍所謂化純陰爲燥烈者，猶有不同，而時珍謂其與輕粉同功，殊未細審也。試以方書療滯下證因其久積而成者，痢下五色膿血，或如爛魚腸，並無大便，腸中攪痛不可忍，呻吟叫呼至苦，用粉霜、輕粉、朱砂、硇砂、白丁香、乳香、巴豆諸味，是以行積爲功者也。然卻粉霜與輕粉並用，如兩味同功，而處劑者不幾失於贅乎哉？此卽一證之治，便可推求其精義矣，後二方亦可參也。

小兒躁渴，粉霜一字，大兒半錢，蓮花湯調下。冬月用蓮肉。

風熱驚狂，**神白丹**：治傷寒積熱及風生驚搐，或如狂病，諸藥不效。粉霜一兩，以白麪六錢和作餅子，炙熟，同研輕粉半兩，鉛白霜二錢半，爲末，滴水丸梧子大，每服十丸至十五丸，米飲下。

雄　黃

《抱朴子》云：雄黃，當得武都山中出者，純而無雜，其赤如雞冠，光明曄曄者，乃可用。其但純黃似雌黃，色無光者，不任作仙藥，可合理病藥耳。蘇頌曰：今階州即古武都。按今階州隸陝西鞏昌府。雌黃與雄黃同山，但雄生山之陽，生其陰者爲雌耳。

[氣味]　苦，平，寒，有毒。《別録》曰：甘，大溫。權曰：辛，有大毒。《日華子》曰：微毒。

[主治]　寒熱，鼠瘻惡瘡，疽痔死肌，殺精物惡鬼邪氣，百蟲毒《本經》，主鼻中息肉，及絕筋破骨，百節中大風，積聚癖氣，中惡腹痛鬼疰，殺諸蛇虺毒，治風邪癲癇嵐瘴，一切蟲獸毒諸本草，搜肝氣，瀉肝風，消涎積海藏，治瘧疾寒熱，伏暑泄痢，酒飲成癖，驚癇，頭風眩暈，化腹中瘀血，殺勞蟲疳蟲時珍。

權曰：雄黃能殺百蟲，辟百邪，殺蠱毒。

時珍曰：雄黃，入肝經氣分，故肝風肝氣，驚癇痰涎，及頭痛眩暈，暑瘧泄痢，積聚諸病，用之有殊功。又能化血爲水，至於治瘡殺毒，在所必須也。按洪邁《夷堅志》云：虞雍公允文感暑痢，連月不瘥。忽夢至一處，見如仙官者，延之坐，壁間有藥方，其辭曰：暑毒在脾，濕氣連脚；不泄則痢，不痢則瘧；獨煉雄黃，蒸餅和藥；別作治療，醫家大錯。公依方用雄黃，水飛九度，竹筒盛蒸七次，研末，蒸餅和丸梧子大，每甘草湯下七丸，日三服，果愈。

頌曰：雄黃治瘡瘍，尚矣。《周禮》瘍醫療瘍，以五毒攻之。鄭康成注云：今醫方有五毒之藥，作之合黃堥，音武，一音謀，即今有蓋瓦合也。置石膽、丹砂、雄黃、礜石、磁石其中，燒之三日三夜，其煙上着，雞羽掃取，以注瘡，惡肉破骨則盡出也。楊億《筆記》載楊嵎少時，有瘍生於頬，連齒輔車外腫若覆甌，內潰出膿血，痛楚難忍，百療不瘥。人令依鄭法燒藥注之，少頃朽骨連牙潰出，遂愈，乃信其效若此。

希雍曰：雄黃秉火金之性，得正陽之氣以生，《本經》味苦平，氣寒，有毒，《別錄》加甘，大溫，甄權言辛，大毒。察其功用，應是辛苦溫之藥，而甘寒則非也。氣味俱厚，升也，陽也，入足陽明經。同紅白藥子、白及、白斂、乳香、沒藥、冰片，傅一切腫毒癰疽。研細末，入豬膽內，套指頭上，治天蛇疔毒發於中指。同金頭蜈蚣、牛角䚡[5]、豬懸蹄、蝟皮、象牙末、黃蠟、白礬，治通腸漏。同漆葉、苦參、刺蒺藜、白芷、荊芥、天麻、鱉蝨、胡麻、半枝蓮、豨薟[6]、百部、天門冬，治大麻風眉毛脫落。

愚按：《丹房鑑源》云：雄黃千年化為黃金，又《別錄》云：雌黃生山之陰，山有金，金精重則生雌黃。若然，是則生山之陽者為雄，稟金之氣也，生山之陰者為雌，孕金之精也。夫金稟中宮陰己之氣，然其氣卻資始於陽。在《地鏡圖》曰：黃金之氣赤黃，千萬斤以上，金氣發火，夜有光，上赤下青也。試觀取之服食者，必其赤如雞冠，光明曄曄，乃可合丹砂飛煉為丹，是則雄黃於金，雖未全其化氣，而已賦其始氣。繆仲淳氏所謂稟火金之性，得正陽之氣以生，斯言亦微中矣。正陽之義若何？曰：天一之壬水召丁，乃丙隨於丁而心以成，更丙火召辛，其庚隨於辛而肺以成。然則人身之氣，非火召金而金應火，以為正陽之氣乎？夫萬物與人，同是陰陽五行耳，但萬物有偏者，而雄黃一味適得其陽氣之正者矣。或曰：是亦所謂純陽，故修真者藉是以合丹歟？曰：不也。正陽之氣原非離於陰者也，如丙之召辛，辛之歸丙，本以一氣相感相應，唯為一氣之呼應，故此品得其氣，而味始辛後苦，是固陰之歸於陽也。其色如雞冠而明徹有光，又陽之化乎陰也。藉以治療疾患，故協於同氣之陰陽，即相合而化以為理。值於戾氣之陰陽，又即以其化而理者並化其戾，更化其戾而毒者矣。即修真家之所謂純陽者，化陰以歸陽，取其還於一也，非離陰以存陽，致其累於偏也。故此味能散風毒、傷寒陰毒、伏暑毒、濕熱毒、辛熱毒、積熱毒，散見方書之治，使非召陰以歸，化陰以行，安能咸宜若是乎哉？或曰：何故止以搜肝風為言乎？曰：出地之風，乃元氣之別使也。火之召金而布天氣者，不能外於風木，金之從火而歸地氣者，亦不外風木，故曰一陰爲獨使也。按雄黃療肝風，其自陽召陰，是能療風淫，其由陽化陰，是能療風虛，但從其所主之劑如何耳。如在下水中之火有金，爲一陰化原而使其上；在上火中之水有金，又爲一陰化原而使其下。能上則火金合而氣布也，能下則水金合而血化也，是金之所媾本不外木，木之所媾本不離金，況庚之隨辛者還即召乙，如之何不專言肝乎？故方書之治，如中風，如嘔吐，如鼻衄，如頭痛，如脚氣，如破傷風，如癲癇，種種治肝，又如痰飲喘證，吐利，及脹滿積聚，胃脘之走氣痃癖，及胃之瘀血及蟲，或由氣以病液，或由血以壅癖，皆不外於血臟之肝也。即如《本經》所云治寒熱鼠瘻、惡瘡疽痔，固皆戾氣之病於血者，遇正陽之氣而自化。即更推之死肌、鼻中息肉，暨絕筋破骨，亦因正陽之氣以歸真陰，所謂非其種者自鋤而去之矣。更有百蟲蛇虺之必辟，固以氣相伏相制之理也。或曰：其能辟精物邪魅者云何？曰：精物邪魅，皆幽陰之氣不化也。如五行中稟正陽之氣，則亦以陽明之氣伏之矣。如譫妄之太一備急散、太一神精丹、八毒赤丸、雄朱散，皆治尸疰等證，卻用雄黃更專。如八毒赤丸，羅謙甫以治兩證，其應如響。可見此味果得陽氣之正，能化幽陰邪氣者，良不誣也，是又何疑之有哉？

[附方]

偏頭風痛，用雄黃、細辛等分，爲末，每以一字吹鼻，左痛吹右，右痛吹左。此方之專因肝風者，投之神驗，故補錄之，用於寒冬及春寒未透之候更宜。

脅下痃癖及傷飲食，**煮黃丸**：用雄黃一兩，巴豆五錢，同研，入白麪二兩，滴水爲丸梧子大，每服二十四丸，漿水煮三十沸，入冷漿水沉冷吞下，以利爲度，如神。

癥瘕積聚，雄黃二兩爲末，水飛九度，入新竹筒內，以蒸餅一塊塞口，蒸七度，用好粉脂一兩和，丸綠豆大，每服七丸，酒下，日三服。

結陰便血，雄黃不拘多少，入棗內，線繫定，煎湯，用鉛一兩化汁，傾入湯內，同煮，自早至晚不住添沸湯，取出爲末，共棗杵和，丸梧子大，每服三十丸，煎黑鉛湯空心下，只三服止。

小兒痘疔，雄黃一錢，紫草三錢，爲末，胭脂汁調，先以銀簪挑破，搽之，極妙。

愚按：雄黃，《本經》謂其氣寒，而甄權云辛，有大毒，即繆仲淳辨其非寒是矣。又云性熱有毒，則不然。温而不熱，何毒之有？若服食家所謂伏火者，其毒不無在此耳。

[修治] 形塊如丹砂，明徹不夾石，其色如雞冠者真。有青黑色而堅者名熏黃，有形色似真而氣臭者名臭黃，並不入服食，只可療瘡疥。其臭以醋洗之便去，足以亂真，尤宜辨。取透明色鮮紅質嫩者，研如飛塵，水飛數次。

金牙石

《仙製本草》曰：生蜀郡，近雍州亦有之。《本經》以如金色者良，而是物出於溪谷，在蜀漢江岸石間打出者，内即金色，岸摧入水年久者多黑色。時珍曰：《崔昉本草》云金牙石，陽石也，有金點形者妙。《聖濟經》曰：治癘風。

[氣味] 鹹，平，無毒。《日華子》曰：甘，平。

[主治] 鬼疰毒蟲諸疰，治一切冷風氣，筋骨攣急，腰腳不遂，燒，浸酒服，暖腰膝，補水臟，平驚悸，[7]小兒驚癇。

弘景曰：金牙惟酒散及五疰丸用之，餘方少用。

頌曰：葛洪《肘後方》治風毒厥有大小金牙酒，但浸其汁飲之，孫思邈《千金方》治風毒及鬼疰，南方障氣傳尸等，① 各有大、小金牙散之類是也。小金牙酒主風疰百病，虛勞濕冷，緩弱不仁，不能行步，近人用之多效，故著其法云：金牙、細辛、莽草、防風、地膚子、地黃、附子、茵蔯、續斷、蜀椒、蒴藋根各四兩，獨活一斤，十二物，金牙搗末，別盛練囊，餘皆薄切，同入一大囊，以清酒四斗漬之，密器泥口，四宿酒成，温服二合，日二次，取效。

---

① 障，通"瘴"。萬有書局本作"瘴"。

愚按：金牙石，李東璧氏謂其爲陽石，大有分曉。蓋蜀漢江岸之石間而產是物，固受金氣之精而凝結者也，所以鬼疰及毒蟲諸疰胥能禦之，更治風疰百病，虛勞濕冷，緩弱不仁，不能行步諸證，是皆由氣而兼血之用，以爲周身之益焉。如金牙酒於顫振，太一神精丹於譫妄，二證皆投茲品，益可以識氣血精微之用須此，固大有意義爾。是所謂暖腰膝、補水臟者，具體而治一切冷風氣，筋骨攣急，腰脚不遂，並愈驚悸者，致其用也，即一物而具有妙理如此。

石膏一名寒水石。時珍曰：其性大寒如水，故名寒水石，與凝水石同名異物。

丹溪先生朱震亨曰：本草藥之命名，多有意義，或以色，或以形，或以氣，或以質，或以味，或以能，或以時是也。石膏固濟丹爐，苟非有膏，豈能爲用？此蓋兼質與能而得名。昔人以方解爲石膏，誤矣。石膏味甘而辛，本陽明經藥，陽明主肌肉，其甘也能緩脾益氣，止渴去火，其辛也能解肌出汗，上行至頭，又入太陰、少陽。彼方解石止有體重質堅性寒而已，求其有膏，而可爲三經之主治者焉在哉？

[氣味] 辛，微寒，無毒。《別錄》曰：甘，大寒。張潔古曰：性寒味辛而淡，氣味俱薄，體重而沉降，陰中之陽也，乃陽明經大寒之藥。李東垣曰：甘寒，胃經大寒藥。王海藏曰：入足陽明、手太陰、少陽經氣分。

[主治] 中風寒熱，心下逆氣驚喘，口乾舌焦，不能息，腹中堅痛《本經》。[8]治傷寒陽明經發熱，頭痛目痛，鼻乾不眠，口渴飲水，白虎湯。又溫熱病煩熱而渴，脈洪大而數且長者，非用石膏不能取效。又傷暑、伏暑、暑瘧爲要藥，療時氣肌肉壯熱引飲，更療傷寒溫熱各證，陽毒發斑。此味善除胃熱本經熱，頭痛及頭風旋暈，療齒痛消渴，嘈雜腹脹，瀉胃上痰熱食積，清肺熱煩逆暴氣，高喘咽熱，除三焦大熱，皮膚熱，骨蒸熱，並乍寒乍熱諸本草。治頭痛消癉，中風眩暈，發熱癉，痰飲虛勞，欬嗽喘，傷暑，齒鼻病，痓瘛瘲，虛煩，霍亂痞厥，水腫脹滿，嘔

吐噫，吐血溲血，痹痿厥癘，風癲黃疸，遺精方書。

愚按： 傷寒太陽證，一則桂枝治中風，一則麻黃治傷寒，一則青龍治中風見寒脈，傷寒見風脈，其用石膏者，唯青龍一證。蓋其不汗出，則與自汗之桂枝證反，煩躁，則與不煩躁之麻黃證反。此風寒鬱熱之甚，故投此湯，先哲譬之亢熱已極，一雨而凉者，正謂此也。然凉劑何獨石膏？亦是取其氣極清寒，味卻甘辛，爲從陰達陽之劑，入肺胃而散其鬱熱，與麻黃、桂枝相助爲理，以能盡其解表之功也。若使鬱極之熱不散，則氣愈傷，即投以解表諸劑，而表便得解乎？試觀治喘證，小青龍湯更加石膏，爲其肺腸欬，上氣，且煩躁而喘者也，則大青龍之投此味，其義益明。潔古曰：石膏乃陽明經大寒之藥，善治本經頭痛牙痛，止消渴，中暑潮熱。然能寒胃，令人不食，非腹有極熱者，不宜輕用。又陽明經中熱發熱，更惡熱燥，足陽明經無惡寒證，有惡寒者乃太陽、陽明合病也，投葛根湯，不宜石膏。時珍於潔古所云誤書發熱惡寒燥熱，亦可謂鹵莽矣，今改正之。日晡潮熱，肌肉壯熱，小便濁赤，大渴引飲，自汗若頭痛之藥，仲景用白虎湯是也。若無以上諸證，勿服之。多有血虛發熱，象白虎證，及脾胃虛勞，形體病證，初得之時與此證同，醫者不識而誤用之，不可勝救也。海藏曰石膏發汗辛寒，入手太陰經，東垣曰石膏足陽明藥也，又治三焦大熱，手少陽也。仲景治傷寒陽明經證，身熱目痛，鼻乾，不得臥，身以前胃之經也，胸者胃肺之室也，邪熱在陽明，肺受火制，故用辛寒以清肺，所以號爲白虎湯也。若傷寒熱病大汗後脈洪大，口舌燥，頭痛，大汗不已，或着暑熱，身疼倦怠，白虎湯服之，無有不效，石膏爲白虎湯之君主也。大抵傷寒之用石膏，唯大青龍湯是解太陽陰寒所鬱之躁熱，至於陽明諸證之治，是皆直蕩滌其本經之熱耳。若暑證，亦不離於胃也。又曰：傷寒表證，發熱惡熱而渴，與下雜證同，但頭痛身熱，目痛鼻乾，不得臥，乃陽明經病也；雜病裏證，發熱惡熱而渴，但目赤者，病藏也，手太陰氣不足，不能管領陽氣也。潔古曰：除熱瀉火，非甘寒不可。以苦寒瀉火，非徒無益，而反害之。故有大熱，脈洪大，服苦寒劑而熱不退者，加石膏。如證退而脈數不退，洪大而病有加者，宜減苦寒，加石膏。如大便軟或泄者，加桔梗，食後服。此藥誤用，則其害非細，用者旋旋加之。如食少者，不可用石膏。石膏善能去脈數，如病退而脈數不退者，不治。時珍曰：初虞世《古今錄驗方》治諸蒸病有五蒸湯，亦是白虎加人參、茯苓、地黃、葛根，因病加減。王燾《外臺秘要》治骨蒸勞熱久嗽，用石膏文如束鍼者一斤，粉甘草一兩，細研如麪，日以水調三四服，言其無毒，有大益。《名醫錄》言睦州楊寺丞女病骨蒸，內熱外寒，眾醫不瘥，處州吳醫用此方而體遂凉。愚謂此皆少壯肺胃火盛，能食而病者言也，若衰暮及氣虛血虛胃弱者，恐非所宜。廣濟林訓導年五十，病痰嗽發熱，或令單服石膏藥至一斤許，遂不能食而欬益頻，病益甚，遂至不起。此蓋用藥者之瞀瞀也，石膏何與焉？希雍曰：石膏稟金水之正，得天地至清至寒之氣，故其味辛甘，其氣大寒而無毒，陰中之陽，可升可降，入足陽明、手太陰、少陽經氣分。辛能解肌，甘能緩熱，大寒而兼辛甘，則能除大熱，其所主治諸證，多由足陽明胃經邪熱熾盛所致，其手太陰肺、手少陽三焦固其同氣以為病者也。諸本草未言其治暑瘧及治斑毒，然此正為要藥。此味值熱盛邪熾各證，起死回生，功同金液，若用之鮮少，則難責其功。世醫罔解，故特表而出之。繆氏用石膏所主治諸證，極其精微而詳盡。仲景白虎湯專解陽明邪熱，其證頭疼壯熱，口渴煩躁，鼻乾，目眴眴不得眠，畏人聲木聲，畏火。若勞役人病此，元氣先虛者，可加人參，名人參白虎湯。發斑，陽毒盛者，白虎湯加竹葉、麥門冬、知母，以石膏為君，自一兩至四兩，麥門冬亦如之，知母自七錢至二兩，竹葉自百片至四百片，粳米自一大撮至四大撮，甚則更加黃連、黃櫱、黃芩，名三黃石膏湯，自一劑至四劑，婦人妊娠病此者亦同。傷寒汗後，煩熱不解，竹葉石膏湯主之。小兒痧疹發熱，口渴唇焦，咳嗽多嚏，或多痰，或作泄，竹葉石膏湯加赤檉木枝兩許，貝母、栝樓根各二三錢主之，發斑亦同，甚者加三黃。瘧疾頭痛壯熱，多汗發渴，亦用竹葉石膏湯二三劑主之，虛者加人參，後隨證施治。此是暑瘧，暑證本與心包絡之氣相感，而包絡又與胃相應者也，石膏入手少陽三焦，固與心包絡表裏，況其又入胃乎，此所以為暑病要藥也。中暑，用白虎湯，虛者加人參。太陽中暍，亦用竹葉石膏湯。

胃家實熱，或嘈雜，消渴善饑，齒痛，皆須竹葉石膏湯主之。

　　愚按：石膏，朱丹溪先生因名思義，謂其適用在膏也，正與海藏入足陽明、手太陰、少陽氣分之義合。何以故？蓋三焦爲氣之所終始，而氣之始者在命門，氣之生者在胃，氣之統者在肺。其由下而上也，自命門以上極於肺，由上而下也，復自肺以下歸命門。其或上或下者，皆不離於胃。若三焦爲命門元氣之使，固下而上、上而下者之主也。是舉諸肺胃之病，皆不能離乎三焦矣。第三焦之氣，根於至陰，際於至陽，是先哲所謂始於元氣，用於中脘，散於膻中。膻中，固肺所居也，乃石膏卽石之脂，萃清寒之精氣，不有合於三焦元氣根於至陰者乎？而味兼乎甘辛，辛甘發散爲陽，是不有合於三焦元氣由至陰而徹於至陽者乎？然則石膏之致其清寒於肺胃者，固猶是元氣之上布，但陰勝於陽耳。其舉清寒之氣鍾爲甘辛，陰得隨陽而入胃以至於肺，以際於天；舉甘辛之冲味致其清寒，陽得隨陰而由肺以降於胃，以極於地。若然，其所療種種諸證似以三焦爲體，肺胃爲用，然三焦爲元氣別使者，亦自完其陰中達陽之用。雖似以三焦爲體，肺胃爲用，然所主治諸證多由足陽明胃經邪熱熾盛所致，繆氏之言是也。故先哲多以爲足陽明主藥，是乃由用而全體者也。卽《本經》首主中風寒熱，可以參矣。按《古今錄驗》五蒸湯內三焦之乍寒乍熱用此味，是則《本經》首言三焦之治也。然何以又言爲陽明主藥？蓋緣水火之氣附於中土以爲用，卽先於中土以爲病，是所謂水火體物而不遺也。如傷寒傳經，由太陽而次陽明，可以思矣。抑《本經》首言中風者，其義謂何？曰：經云人生有形，不離陰陽。陰不足而陽有餘者，卽謂風之淫；陽不足而陰有餘者，卽謂風之虛。茲味之陰有餘者，正以對待陽有餘之證，而治其風淫者也。真陰之麗於陽以升者，易爲六淫之所橫侵，七情之所潛消，於是陽乃獨亢而化風矣，是爲風之淫。何以曰淫？以陰不能爲陽守也。不但《本經》，卽方書主治諸證屬於風者強半，而熱卽次之。因其具足清寒之陰氣，由味之甘辛得上達於至陽腑臟，以化其亢陽之淫氣而靜其風，更能散風化之厲氣而除其熱。若熱留而不散，致銷爍真陰已甚，非此不得息酷烈之焰而置清冷之淵。是繆希雍所謂功等金液，且云用之鮮少，難責其功者，皆不謬也。第世醫類知取責於胃耳，雖三焦之熱亦得因胃之熱清以清之，然究肺胃之本，根於三焦，在經曰三焦者足少陰、太陽之所，將非以其為元氣之使乎？夫人身元氣之用，用於離中坎，以心為火主，而火實藉水以為用也；元氣之根，根於坎中離，以腎為水主，而水實藉火以為體也。蓋三焦主元氣，而元氣之根柢即在命門，然則投茲清寒之氣味，豈得不留意於三焦之根柢，而祇於足陽明之胃留意哉？如方書所謂能除三焦大熱，皮膚熱，又在内骨蒸勞熱，雖茲味之從皮膚而散熱者，即從陽歸陰之功，從骨空而祛熱者，即從陰達陽之功，然三焦之根柢於腎者，為周身之使無量，而其為病者，舉五臟以及六腑，且或氣或血，或皮或膚，或脈或肉，或筋或腦，或髓或骨或胞，即茲味亦未足以盡變而咸宜，如五蒸湯，有可參也。或曰：元氣之說是矣。第此味謂為胃經大寒藥，用之有宜有忌者，其義何居？曰：大抵石膏之用，其所宜者正以救元氣也，蓋陽熾於肺胃之間，則火與元氣不兩立，經所謂至陽盛則地氣不足，故宜石膏以瀉陽而存陰，此之謂救元氣也。其所忌者亦以救元氣也，蓋肺胃之陽未亢，相火即是元氣，經所謂通天者生之本也，故忌石膏以存陽而達陰，此之謂亦以救元氣也。審於斯義，則中土握升降之樞，以為元氣轉關者，其宜否當自了然。如東垣所云立夏前不宜多服白虎湯者，正謂其宜升之時也。雖然，用此味全要認定是氣分除熱之藥，與血分全無涉。其曰能退脈數者，雖以清寒勝熱，然以甘為血生化之原，更有辛以達之，而氣為血主矣。有合於心為火主，而卻主血，脈乃血之舍，血固原於水而成於火者，正合於《内經》化原之義，此苦寒之所以不能奏績，而必藉力於茲味也。先哲謂血虛發熱禁用，又恐亦由氣虛而不能勝，此味更絕血之化原耳。其苦寒不用者，因苦寒固入血分，其陽之鬱者愈不得散，亦救化原之意也。或曰：先哲所治，多屬外因，豈茲味優於治外淫乎？曰：所云除胃熱肺熱，固不獨外淫，如云食積痰火，非内傷乎？第内傷之證，由於陽分壅閼其正氣以成有餘之熱者，皆能治之，如頭痛齒痛皆是也。第内傷由於氣不足以生痰熱者，則未可概施而獨任也。又如内傷消渴，有勞傷脾臟以致心火乘土，善消水穀為糟粕，而不能化為精血以養五臟者，與內傷實熱之消渴自難例治。至於中風時行，並傷寒中暑之消渴，其治更迥殊矣。若然，何為三焦蒸熱所謂熱在臟腑之中者，何以亦用茲味也？先哲云：諸蒸皆因熱病後食肉油膩，或行房飲酒，犯之而成。即此推之，由於不能調養正氣，以致熱結而不散者多矣。如五蒸湯，五蒸湯分屬五臟及腑形證，並投治藥味，歷歷不同，具見《準繩·虛勞論》中。益氣血之味兼以清熱，更入石膏以散其結熱，先哲立方，豈無深義乎？即如虛煩消痺等證，何嘗不用石膏？唯本於益氣血，而佐使得宜以行之，諸方書固可稽也。故在胃氣虛者不可投，至若他氣血不足而有結熱在氣分者，若補瀉之宜得當，主輔之劑中節，安能懲噎廢食，舍此中病之味哉？

[附方]

風熱心躁，口乾狂言，渾身壯熱：寒水石半斤，燒半日，淨地坑內盆合，四面濕土擁起，經宿取出，入甘草末、天竺黃各二兩，龍腦二分，糯米糕丸彈子大，蜜水磨下。

骨蒸勞病，外寒內熱，附骨而蒸也，其根在五臟六腑之中，必因患後得之，骨肉日消，飲食無味，或皮燥而無光，[9] 蒸夏之時，四肢漸細，足趺腫起，石膏十兩，研如乳粉，水和服方寸匕，日再，以身涼為度。

熱勞，附骨蒸熱，四肢微瘦，有汗脈長者，**石膏散**主之：石膏一味，細末如麪，[10] 每夕新汲水服方寸匕，取身無熱為度。

熱勞之證，豈曰盡屬陰虛？亦有陽邪外襲，傳入於骨，不能泄越，內作骨蒸，令人先寒後熱，久久漸成羸瘦。有汗者，胃家實也；脈長者，陽邪證也。石膏，寒而清肅者也，可以療裏熱，以故《外臺》集之，處州吳醫用之，睦州鄭迪功之妻驗之，《名醫錄》載之，所以開矇後學也至矣。或問：東垣言血虛身熱，證象白虎，誤服白虎者必死，非石膏之謂乎？余曰：若新產失血，饑困勞倦之病，合禁用之。若內熱有汗脈長者，則不在禁也。

尋常擦牙，石膏、補骨脂，同為末，擦之。

希雍曰：石膏，本解實熱、祛暑氣、散邪熱、止渴、除煩之要藥。

温熱二病，多兼陽明。若頭痛，遍身骨痛，而不渴不引飲者，邪在太陽也，未傳陽明，不當用。七八日來邪已結裏，有燥糞，往來寒熱，宜下者，勿用。暑氣兼濕作泄，脾胃弱甚者，勿用。瘧邪不在陽明則不渴，亦不宜用。產後寒熱由於血虛，或惡露未盡，骨蒸勞熱由於陰精不足，而不由於外感，金瘡、下乳更非其職，宜詳察，並勿誤用。

[修治] 時珍曰：近人因其性寒，火煅過用，或糖拌炒過，則不妨脾胃。丹溪曰：研爲末，醋丸如綠豆大，以瀉胃火痰火食積，殊驗。生石中作層者真，即市之寒水石也。石臼中搗成粉，以密絹羅過，生甘草水飛過了，水澄令乾，重研用之。作散者煅熟，入煎劑半生半熟。凡入煎劑，碎之如粟米大，先煮數十沸，乃入餘藥，以其氣味難出故也。

[附錄] 石膏理石長石方解石辨：

時珍曰：石膏有軟硬二種：軟石膏大塊，生於石中，作層如壓扁米糕形，每層厚數寸。有紅白二色，紅者不可服，白者潔淨，細文短密如束鍼，正如凝成白蠟狀，鬆軟易碎，燒之即白爛如粉。其中明潔色帶微青而文長細如白絲者，名理石也，與軟石膏乃一物二種，碎之則形色如一，不可辨矣。硬石膏作塊而生，直理起稜，如馬齒堅白，擊之則段段橫解，光亮如雲母、白石英，有墻壁，燒之亦易散，仍硬不作粉。其似硬石膏成塊，擊之塊塊方解，墻壁光明者，名方解石也，燒之則烓散亦不爛，[11]與硬石膏乃一類二種，碎之則形色如一，不可辨矣。自陶弘景、蘇恭、日華子、雷斅、蘇頌、閻孝忠，皆以硬者爲石膏，軟者爲寒水石，至朱震亨始斷然以軟者爲石膏，而後人遵用有驗，千古之惑始明矣。蓋昔人所謂寒水石者，即軟石膏也，所謂硬石膏者，乃長石也。石膏、理石、長石、方解石，四種性氣皆寒，俱能去大熱結氣，但石膏又能解肌發汗爲異爾。理石即石膏之類，長石即方解之類，俱可代用，各從其類也。今人以石膏收豆腐，乃昔人所不知。軟石膏與硬石膏之別，即一生石中作層，一作塊而生，已得其概。乃理石之別於軟石膏者，理石之色微青，不如其雪白，其文細而長，不如其文短密耳。

滑　石

時珍曰：廣之桂林各邑及猺峒中皆出之，[12]即古之始安也。山東蓬萊縣桂府村所出者亦佳，故醫方有桂府滑石與桂林者同稱也。

[氣味]　甘，寒，無毒。《別錄》曰：大寒。

[主治]　蕩胃中積聚寒熱，去留結，利中，通九竅六腑津液，和血脈，益精氣，解燥渴，除膈上煩熱，療身熱洩澼，音癖，漂絮也。利小便癃閉淋瀝，及黃疸水腫脚氣，兼滑女子難產，下乳汁，妊娠小便轉脬。

文清曰：入足陽明經。

潔古曰：滑石氣溫味甘，治前陰竅澀不利，性沉重，能泄上氣令下行，故曰滑則利竅，不與諸淡滲藥同。

丹溪曰：滑石屬金而有土與水，無甘草以和之勿用。能燥濕，分水道，實大腸，化食毒，行積滯，逐凝血，解煩渴，補脾胃，降心火之要藥也。

按金水相生，必藉於土，故曰必用甘草以和之。燥濕，利水道，實大腸，三句相因而言，濕燥則水道分，水道分則大腸自實。

時珍曰：滑石利竅，不獨小便也。上能利毛腠之竅，下能利精溺之竅，蓋甘淡之味先入於胃，滲走經絡，遊溢津氣，上輸於肺，下通膀胱，肺主皮毛，爲水之上源，膀胱司津液，氣化則能出，故滑石上能發表，下利水道，爲蕩熱燥濕之劑。發表是蕩上中之熱，利水道是蕩中下之熱；發表是燥上中之濕，利水道是燥中下之濕。熱散則三焦寧而表裏和，濕去則闌門通而陰陽利。劉河間之用益元散通治表裏上下諸病，蓋是此意，但未發出爾。

希雍曰：滑石，石中之得沖氣者也，故味甘淡，氣寒而無毒，入足太陽膀胱經，亦兼入足陽明、手少陰、太陽、陽明經，用質之藥也。滑以利諸竅，通壅滯，下垢膩，甘以和胃氣，寒以散積熱，甘寒滑利，以合其用，是爲祛暑散熱，利水除濕，消積滯，利下竅之要藥。

愚按：滑石之用，在前概以爲能滑竅利水道而已，自朱丹溪先生乃謂屬金而有土與水種種利益。夫色白者金也，味甘者土也，氣寒者水也。夫金水固相生，必藉土以致其用。經曰味歸形，形歸氣，是味之甘者歸於質之白，質之白者歸於氣之寒也。由土而金，由金而水，此豈徒以滑竅利水盡其用乎？《本經》謂其蕩胃中積聚寒熱，益精氣，《別錄》曰令人利中，其義可參也。蓋其堅貞之性本屬坤貞，而柔膩之質又得坤柔，合之以爲滑利，所以奏功若此。蓋寒熱者氣，積聚者形，本由氣以有形，滑石卽由質以化氣。脾胃患濕，又卽積聚之氣所化也，蕩積聚則濕去而利中土，司運化，上至於肺以生金，還下降入胃以行水化，則九竅六腑津液通而經脈舒，在脾氣益暢，此所謂益精氣，又丹溪所謂補脾胃也。然又謂其降心火者何居？曰：肺陰下降，則心火降矣。又後賢謂大養脾腎之氣，是又益腎也何居？曰：水土合德，以立地者也，然水土合以爲體，分以爲用，濕爲土病，水在土中也。卽以爲水病，土又在水中也，濕行而水道分，不惟脾臟卽其運化，卽腎臟亦得以運化，是所謂大養脾腎之氣，而《本經》所謂益精氣者，固已包舉此義矣。若然，是不唯不可以淡滲例論，卽滑竅下泄等語，豈爲能精察物理，然則去留滯之說非乎？曰：滑石之能在去留滯，然留滯之去，卽以益脾氣，降心火，養腎氣，此中煞有妙理，知此則可以善其用，不可徒以去結行滯主之也。是其義可得而明歟？曰：人身百病，療之者勿論寒熱虛實之劑，俱宜兼於清中道。清中道，有用其氣者，有用其味者，有用其質者，如滑石則質以化氣而效更捷。試各舉其同用諸方：

寒涼：玉屑無憂散咽喉、茶調散、神芎散俱頭痛、瞿麥湯、瓜樓根散俱消癉，至小便不通並淋證，同寒涼而用者多也。

辛溫：星半安中湯、白螺殼丸俱胃脘痛、木通散脅痛、沉香丸膏淋。

辛熱：三因白散子中風、大黃龍丸中暑、生附散勞淋。

宣泄：豬苓湯消癉、人參木香散水腫、大橘皮湯脹滿、小薊飲子溲紅，至小便不通並淋證，同於宣泄者多也。

補養：半夏利膈丸痰飲、桂苓白术散、桂苓甘露飲俱霍亂、甘露飲脹滿、地黃丸、黃芪湯俱勞淋。

夫同寒凉宣泄，用此爲多，以此味氣固寒、用固通也。然在温熱而亦同用之者，非藉其以寒劑熱也？即其在補養而亦同用之，豈藉其補哉？蓋人之血氣爲病，以留結於中道者，寧獨熱者實者爲然？即爲虛爲寒，而患於中道之留滯者，正未必少。即虛寒亦藉以爲用，則其用不可神而明之，以爲中道利乎？試觀滯下病，謂益元散爲聖藥，一入紅麴以和血行滯，名清六丸，一入乾薑以正氣辟濕，名温六丸。一清一温，因名思義，似寒熱皆可藉可用也，其他證不可盡變乎哉？

[附方]

益元散：又名天水散、太白散、六一散，解中暑傷寒疫癘，饑飽勞損，憂愁思慮，驚恐悲怒，傳染並汗後遺熱、勞復諸疾，兼解兩感傷寒，百藥酒食邪熱毒，治五勞七傷，一切虛損，内傷陰痿，驚悸健忘，癇瘈煩滿，短氣痰嗽，肌肉疼痛，腹脹悶痛，淋閉澀痛，服石石淋，療身熱嘔吐，泄瀉腸澼，下痢赤白，除煩熱，胸中積聚寒熱，止渴消畜水，婦人產後損液，血虛陰虛熱甚，催生下乳，治吹乳乳癰，牙瘡齒疳。此藥大養脾腎之氣，通九竅六腑，去留結，益精氣，壯筋骨，和氣，通經脈，消水穀，保真元，明耳目，安魂定魄，强志輕身，駐顔益壽，耐勞役饑渴，乃神驗之仙藥也。

白滑石，水飛過，六兩　粉甘草一兩

爲末，每服三錢，蜜少許，温水調下。實熱，用新汲水下；解利，用葱豉湯下；通乳，用猪肉麪湯調下；催生，用香油漿下。凡難產，或死胎不下，皆由風熱燥澀結滯緊斂，不能舒緩故也，此藥力至則結滯頓開而瘥矣。本劉河間《傷寒直格》。

希雍曰：如用以治痢，照《雷公炮製》，用牡丹皮同煮過，加丹砂水飛細末，每兩一錢，名辰砂六一散，治心經伏暑，下痢純血，煩躁口渴，神昏不爽。

按滑石之用單方，不能盡録。其同他藥用者種種，見於各證例下。

希雍曰：滑石，本利竅去濕、消暑除熱、逐積下水之藥，若病人因陰精不足内熱，以致小水短少赤澀或不利，煩渴身熱，由於陰虛火熾水涸者，皆禁用。脾腎俱虛者，雖作泄，勿服。

中梓曰：多服使人小便多，精竅滑，脾虛下陷者勿用。

大抵中氣虛陷宜升者，所宜致慎。

[修治] 滑石之名，因其性滑利竅，其質又滑利也。取白如凝脂，極軟滑者用。若理粗質硬，色青，有黑斑點者，謂之斑石，不入藥。其製法如河間水飛過用，或有宜如雷公製者，因其證也。

五色石脂 時珍曰：膏之凝者曰脂。此物性粘，固濟爐鼎甚良，蓋兼體用而名也。

弘景曰：今人唯用赤石、白石二脂，餘三色石脂無正用，但黑石脂入畫用耳。[13]承曰：石脂皆揭兩石中取之。

[氣味] 五種石脂俱甘，平。

[主治] 黃疸，瀉痢腸澼濃血，陰蝕，下血赤白，久服補髓益氣，肥健不饑。五色脂各隨五色補五臟。

盧復曰：膏釋脂凝，皆肌肉中液也。肌肉有餘，則其氣揚於外，凝中大有不凝義。世人止知固濟，未盡石脂大體，三復本經自見。

赤石脂

宗奭曰：赤白石脂四方皆有，以理膩粘舌綴唇者為上，赤者以色如絳滑如脂者良。

[氣味] 甘酸辛，大溫，無毒。普曰：神農、雷公，甘；黃帝、扁鵲，無毒；李當之，小寒。

[主治] 養心氣，益精，補五臟虛乏，療腹痛腸澼，下痢赤白，小便利，收脫肛，並女子崩中漏下難產，胞衣不出，久服補髓，好顏色，益智不饑。

白石脂

[氣味] 甘酸，平，無毒。普曰：岐伯、雷公，酸，無毒；桐君，甘，無毒；扁鵲，辛；李當之，小寒。權曰：甘辛。杲曰：溫。

[主治]　養肺氣，厚腸，補骨髓，療五臟驚悸不足，心下煩，止腹痛，下水，小腸澼熱，溏便膿血，女子崩中漏下，赤白淫，入大腸止瀉更良。

弘景曰：五色石脂，《本經》療體亦相似，今俗惟用赤、白二脂斷下痢耳。

潔古曰：赤、白石脂俱甘酸，陽中之陰，固脫。

東垣曰：降也，陽中陰也。其用有二：固腸胃，有收斂之能；下胎衣，無推蕩之峻。

海藏曰：澀可去脫。石脂爲收斂之劑，赤入丙，白入庚。

時珍曰：三石脂皆手足陽明藥也，其味甘，其氣溫，其體重，其性澀。澀而重，故能收濕止血而固下。甘而溫，故能益氣生肌而調中。中者，腸胃肌肉驚悸黃疸是也；下者，腸澼泄痢崩帶失精是也。赤白二種，一入氣分，一入血分，故時用尚之。

希雍曰：赤石脂稟土金之氣，而色赤則象火，故其味甘酸辛，氣大溫，無毒，氣薄味厚，降而能收，陽中陰也。入手陽明大腸，兼入手足少陰經。經曰澀可去脫，大小腸下後虛脫，非澀劑無以固之，故主腸澼冷痢及女子崩漏之病也。又，何以主難產，下胞衣？因其體重下降而酸辛，能化惡血，惡血化則胞胎無阻滯之患矣。東垣所謂胞衣不出，澀劑可以下之，此之謂也。凡洩痢腸澼，久則下焦虛脫，無以閉藏，其他固澀之藥性多輕浮，不能達下，惟石脂體重而澀，直入下焦陰分，故爲久痢洩澼之要藥。

愚按：石脂有五色，在《本經》統言其功，曰隨五色補五臟，至《別錄》始分條具載，亦即以五色之殊而別其補五臟，於同中有差異者也。其大端所同者瀉痢腸澼，而五色各養五臟之氣，如《本經》益氣之說也。若《本經》謂其補髓，而《別錄》條分者止青、白、赤三色，是其同中之異也。若然，則止瀉痢腸澼濃血之功爲五色所同，而補髓之用爲青、白、赤所獨也。後人亦只用赤、白二色耳，乃用之者惟以斷下痢，反遺補髓之功，何哉？抑其義謂何？曰：之頤有云石中之脂如骨中之髓，故揭兩石中取之，而用必以粘綴唇舌者爲上也，此說近之矣。《內經》曰：人始生，先成精，精成而腦髓生。然則髓者精氣之所化，氣化之所凝，從陰中蓄陽，故上歸於腦。盧復謂石脂凝中大有不凝義，斯語可謂探微矣。《本經》取其補髓，非取其精氣所化，氣化所凝，如陰中蓄陽，以化而能歸於凝，凝而未離於化者乎？是焉得以澀能固脫盡之，而獨泥於一證哉？抑亦何以明之？曰：今所用石脂，唯赤者居多，以其甘温合而得陽之化，又酸辛合而能散能收也。如泄瀉滯下之用此味，小便數與不禁、遺精、脫肛、自汗之用此味，又如欬嗽之大府遺矢，霍亂之下利膿血，亦用此味，皆逐隊於羣藥中者，不可謂其收澀非功。第如惡寒之桂附丸，心痛徹背之烏頭赤石脂丸，行痹之乳香應痛丸，癎證之犀角丸、金匱風引湯，消中之天門冬丸，如此類者胥收之，然則亦取其收澀之用乎？是當以化爲用也，豈同一味而乃頓然有化而無收乎？即此反推之，則如前諸證之取其收澀者，亦未嘗不有化之用存於中矣。就以瀉痢一證而論，如寒者溫藥散之，乃藉此味以化血分之凝，而即爲收澀。即熱者用寒藥袪熱，而亦不舍此味。蓋恐寒劑與熱頓忤，更藉此氣化者引寒導熱，是亦因化爲收也。明於一證之寒熱皆宜，可推類以盡他證矣。或曰：時珍謂赤者入血分，然否？曰：海藏所說赤入丙，白入庚者，是也。故《本經》言其補髓，卽繼以益氣二字，不可謂其專入血分，但屬血分之病，由陽中之陰能行其化耳。蓋陽中之陰能行其化，是卽可以益精而化髓，髓盈而氣益盛矣。抑所云補髓之功，方書有可據者乎？曰：如上所療諸證，雖不可謂其補髓，然取其精氣所化以療之，固非判然二也。專取其補髓益氣者，如養氣丹、震靈丹，非其然可據者歟？若《醫壘元戎》之萬安丸，諸藥皆益腎平劑，卻亦不棄茲味，則其功可思矣。茲味類以爲收澀之劑，殊爲不察。蓋非取其能收，取其精氣之所化而得化之精氣有若凝爲脂者，以對待渙散之氣不能翕聚以爲病者，是則猶非取其脂也，取其化脂之氣能爲渙散之氣用耳。唯取其化脂之氣，故能療腹痛腸澼下利。但卽此一證，則可以思其能化能收之功，不然，腹痛腸澼下利僅僅以收爲功也，可乎哉？卽此證以推之，治女子崩漏，真是妙劑。蓋女子崩漏雖多屬虛，然有瘀者，或有熱者，此味可以投之咸宜矣。雖然《本草別錄》言其補髓者，亦本其精氣之所凝爲脂，就是明其有補髓之功耳。修真者云：氣盛則精盈，精盈則氣盛。茲品之由氣化而脂凝，非猶氣盛而精盈之義乎？經云精成而腦髓生，是以《別錄》首言益精，而後乃云久服補髓也。

又按：《本草別錄》首云養心氣，而次即言益精，蓋心屬陽中之太陽，雖離中有坎而陽實其主也，故曰養心氣。腎屬陰中之至陰，雖坎中有離而陰實其主也，故曰益精。第坎離交媾之鄉，陰陽非渙然二也，故首云養心氣，次即言益精也。雖然，五臟六腑皆有精，唯腎受五臟六腑之精而藏之，所以經曰腎者精之處也。然而修真者有曰：氣盛則精盈，精盈則氣盛。是精與氣合一之義，心腎第爲主耳，不得以氣專屬心，精專屬腎也。經曰：兩神相搏，合而成形，常先身生，是謂精。夫兩神，陰陽也，搏者，交也，然則成形以後，猶是陰陽相搏，乃得全五臟六腑之精以永年也。如赤石脂能於陽中行陰之化以下歸，則即於陰中致陽之化以上濟，如是，陰陽之不忒而精乃益也。此甄權所謂補五臟虛乏也。

[附方]

反胃吐食，絕好赤石脂爲末，蜜丸梧子大，每空心薑湯下一二十丸。先以巴豆仁一枚，勿令破，以津吞之，後乃服藥。

痰飲吐水，無時節者，其原因冷飲過度，遂令脾胃氣弱，不能消化飲食，飲食入胃，皆變成冷水，反吐不停，**赤石脂散**主之：赤石脂一斤，搗篩，服方寸匕，酒飲自任，稍加至三匕，服盡一斤，則終身不吐痰水，又不下利。有人患痰飲，服諸藥不效，用此遂愈。病人虛者宜之。

心痛徹背，赤石脂、乾薑、蜀椒各四分，附子炮，二分，烏頭炮，一分，爲末，蜜丸梧子大，先食服一丸，不住，稍增之。須知心痛徹背者皆太陽寒水淩心火也，非泛泛心痛之謂。

經水過多，赤石脂、破故紙一兩，爲末，每服三錢，米飲下。

希雍曰：火熱暴注者不宜用。滯下全是濕熱，於法當忌。自非的受寒邪，下利白積者，不宜用。崩中，法當補陰清熱，不可全仗收澀。滯下本屬濕熱積滯，法當袪暑除積，止澀之藥定非所宜，慎之慎之。此味原非專以收澀爲功，希雍殊不及察也。

[修治]　敦曰：凡使赤脂，研如粉，新汲水飛過三次，曬乾用。時珍曰：亦有火煅水飛者。

陽起石

《別錄》曰：陽起石，生齊山山谷及琅琊或雲山，雲母根也。普曰：生太山。頌曰：今惟出齊州采取，齊州，即今濟南府。《輿圖備考》云：雲母、陽起石，俱出歷城縣，濟南附郭首邑也。他處不復識之矣。僅一土山，石出其中，彼人謂之陽起山，其山嘗有暖風，雖盛冬大雪，獨無積白，蓋石氣熏蒸使然也。山惟一穴，禁閉不開，每歲初冬，州官監取，第歲月積久，其穴益深，鑱鑿他石，得之甚難。以白色明瑩，雲頭雨腳，輕鬆若狼牙者為上，黃色者亦重，其上猶帶雲母者，稱絕品也。揀擇供上，剩餘者州人方貨之，不爾無由得也。《庚辛玉冊》云：陽起，陽石也，齊州揀金山出者為勝。其尖似箭簇者力強，如狗牙者力微，置雪中倏然沒跡者為真，寫紙上飄然飛舉者乃佳也。桑螵蛸為之使，惡澤瀉、菌桂、雷丸、石葵、蛇蛻皮，畏菟絲子，忌羊血。不入湯煎用。

[氣味] 鹹，微溫，無毒。普曰：神農、扁鵲，酸，無毒；桐君、雷公、岐伯，鹹，無毒；李當之，小寒。權曰：甘，平。

[主治] 補命門不足，陰痿不起，及腰疼膝冷濕痹，婦人子宮久冷，冷癥寒瘕，止月水不定，並結氣寒熱，腹疼無子。

宗奭曰：男子婦人下部虛冷，腎氣乏絕，子臟久寒者，須水飛用之。凡石藥，冷熱皆有毒，亦宜斟酌。

時珍曰：陽起石，右腎命門氣分藥也，下焦虛寒者宜用之，然亦非久服之物。張子和《儒門事親》云：喉痹，相火急速之病也。相火，龍火也，宜以火逐之。一男子病纏喉風腫，表裏皆作，[14]藥不能下，以涼藥灌入鼻中，下十餘行，外以陽起石燒赤、伏龍肝等分，細末，日以新汲水調，掃百遍，三日熱始退，腫始消。此亦從治之道也。

之頤曰：陽在外，陰之使也；陰在內，陽之守也。陰者藏精而起亟，陽者衛外而為固，陽起兩得之矣。

希雍曰：陽起石，稟純陽之氣以生。《本經》味鹹，氣微溫，無毒，然觀《圖經》所載其出石之山，雖大雪不凝，觀其外蒸之氣，則得溫氣當不甚微矣。味鹹而氣溫，入右腎命門，補助陽氣，並除積寒宿血留滯下焦之聖藥。同補命門虛寒諸藥，治陰痿不起。精寒無嗣服之，能令陽道豐隆，使人有子。總治男子九醜之疾。

愚按：陰陽之賦氣，陰降而陽升，則凡物之稟陽氣盛者，無不上行也。唯是石類，乃爲殊異，要亦此山氣之有獨鍾而凝爲斯石，所謂形歸氣，則其所異者在此山之氣，如溫泉之類不多有也，惟取其氣，故取其輕鬆若狼牙，又置雪中自化，寫紙上紙卽飛舉者爲佳也。夫陽火出於地中，宜其補命門不足而起男子陰痿，暖婦人子宮冷矣。至男子之腰脊冷痛，女子之子臟癎冷癥瘕、氣寒崩漏等證，皆取其上升之陽動而不訕之氣化以對待之，豈僅取其頑然一石之質哉？第蘇頌已謂其難得，迄今又可知矣。用其贗者，不如勿用之爲愈也。

希雍曰：陰虛火旺者忌之。陽痿屬於失志以致火氣閉密不得發越而然，及崩中漏下由於火盛而非虛寒者，並不得服。

[修治]　用火煅透紅，研極細如麫，水飛過，日乾用。

白石英

敩曰：出華陰山谷及太山，今澤州、虢州、雒州亦有，近取澤州者爲勝。大如指，長二三寸，六稜如削，白澈有光，長五六寸者，彌佳。

[氣味]　甘，微溫，無毒。《別錄》曰：辛。普曰：神農，甘；岐伯、黃帝、雷公、扁鵲，無毒。

[主治]　消渴，陰痿不足，欬逆，胸膈間久寒，益氣，除風濕痺《本經》，療肺痿，下氣，補五臟《別錄》，治肺癰吐膿，欬逆上氣甄權，實大腸好古，治喘咳嗽血方書。

藏器曰：濕可去枯，白石英、紫石英之類是也。

時珍曰：白石英，手太陰、陽明氣分藥也。

之頤曰：色相瑩如華萼，故名石英。以石質可入腎，白色可入肺，中含火氣可逐寒，故主腎氣不周於胸而消渴，天癸枯竭而陰痿不足，肺不容平而欬逆上氣，氣無帥制而痹閉不輸，火失修容而胸膈久寒，胥能療之矣。

愚按：先哲曰：山體曰石。又曰：石，氣之核也。又曰：土精爲石。若然，則石乃土之精氣凝而爲此剛質也。乃石又曰英者，是本於凝結之氣而更透其精粹以成此質，是爲石之英也。惟其爲石之英，故能分五行而異其色焉。若白石英之色歸於金，在人身屬肺，故《本經》及《別錄》、甄權多以之治肺病矣。第五行中金爲水母，而人身中金水又若互相子母者焉，觀二陰至肺，腎脈之由肺而至心也，俾火不刑金，而金爲火妻，以布其氣化，是則肺得司主氣之職以益四臟者，豈不更藉於水哉？故《本經》所主治諸證，蓋亦互相爲用之義也。第《乳石論》謂石爲陰中之陽，蓋謂從凝結精悍之氣，又透其精粹者以出耳，是茲種之由腎益肺者，正有合於陰中之陽也。《本經》所謂除胸膈間久寒並風濕痹者，方書雖用之稀，而理實應得如是也。若《別錄》云治肺痿，則當酌投。肺痿之屬虛者固宜，如由熱而成者，是種可概投乎？至於肺癰吐膿咳逆，自是的對，業已見之方書矣。

風虛冷痹，諸陽不足，及腎虛耳聾，益精保神，白石英三兩，坩鍋內火煅，酒淬三次，入瓶中密封，勿洩氣，每早溫服一鍾，以少飯壓之。

一法：磁石火煅醋淬五次，白石英各五兩，絹袋盛，浸一升酒中五六日，溫服，將盡更添酒。

頌曰：《乳石論》以鍾乳爲乳，以白石英爲石，是六英之貴，惟白石也。又曰：乳者陽中之陰，石者陰中之陽，故陽生十一月後甲子服乳，陰生五月後甲子服石。然而相反畏惡，動則爲害不淺，故乳石之發，方治雖多而罕有濟者，誠不可輕餌也。

[修治]　法見方中。修治如法，中病而服，病去而止可也。蓋金石悍氣，有病則病當之，病去則陰氣受之而內消也。可不慎歟？

紫石英

斅曰：出太山山谷。《嶺表錄》云：瀧州山中多紫石英，其色淡紫，其質瑩徹，隨其小大皆具五稜，兩頭如箭簇，比之白石英，其力倍矣。《太平御覽》云：自大峴及太山皆出紫石英，太山者甚瓌瑋，平氏山陽縣者色深特好，烏程縣北壟山者甚光明，但小而黑，東莞縣爆山者舊以貢獻，江夏礬山亦有，永嘉固陶村小山者芒角甚佳，但小薄耳。必以五稜如削，紫色達頭如樗蒲者乃良。

[氣味] 甘，溫，無毒。《別錄》曰：辛。普曰：神農、扁鵲，味甘平；雷公，大溫；岐伯，甘，無毒。

[主治] 心腹欬逆邪氣，補不足，女子風寒在子宮，絕孕十年無子，久服溫中《本經》，療上氣，心腹痛，寒熱邪氣結氣，補心氣不足，定驚悸，安魂魄，填下焦，止消渴，除胃中久寒，散癰腫《別錄》，主治氣證脹滿，癎證驚悸，泄瀉赤白濁方書。

好古曰：紫石英入手少陰、足厥陰經。

權曰：虛而驚悸不安者，宜加用之，女子服之有子。

希雍曰：紫石英稟上中之陽氣以生，《本經》味甘氣溫，無毒，《別錄》加辛，雷公言大溫，味厚於氣，陽中之陰，降也，入手少陰、手厥陰、足厥陰經。虛勞驚悸，補虛止驚，令人能食，紫石英五兩，打如豆大，水淘一遍，以水一斗煮取三升，細細服，或煮粥食，水盡可再煎之。同白薇、艾葉、白膠、當歸、山茱萸、川芎、香附，治女人子宮虛寒，絕孕無子。

愚按：石英具五色，而用者唯紫石英及白石英耳。且紫為赤黑相間之色，之頤舉似坎離交會，此一語與《本經》及《別錄》主治諸證，庶幾能中病情，而更合於方書所療之病，其義亦不爽也。抑何以明之？蓋坎中有離，則陰得陽以化。夫水者，氣之所以孕育也，而卻借於陽之能化陰，離中有坎，則陽得陰以裕。夫火者，氣之所以昌大也，而卻借於陰之能裕陽。是水合於火而氣生，火合於水而氣化，即所謂坎離交會也。能生卽能化，能化卽能生，《本經》所謂治心腹咳逆邪氣，補不足，而《別錄》所謂療上氣，心腹痛，寒熱邪氣結氣，其所主治同也，正元氣生化之妙用，具足水火合和之神機耳。其所謂補不足者，正補其水火合和之氣耳。雖然，元氣屬三焦，在《本經》一條已包舉言之矣。如分而在上所云補心氣，定驚悸，在下如療女子子宮風寒，填下焦，在中如久服溫中，除胃中久寒。是分三焦之主治，皆取其精悍之氣化爲清粹者，適有合於坎之會離，離之會坎，大爲人身真元之助也。如本草所謂寒熱邪氣，方書所治寒邪脹滿，皆不足所受之妄象。又本草所謂驚悸，方書所治劣弱泄瀉，思慮過度，濁證，皆不足所見之虛象，悉由坎離交會之元以爲化以爲生矣。或曰：然則茲品將獨取其陽乎？不然，本草所云療女子子宮風寒及胃中久寒者，是何所取爾也？曰：元氣是坎離交會，乃少火，非壯火也。經固曰氣食少火，壯火食氣，如是則豈可謂其以熱治寒，爲偏於補陽，如桂附論哉？若執以熱治寒，《本經》又何爲以寒熱相衡而言乎？且方書用治脹滿之見睍丸固因寒氣久結，而治癇證屬熱者如風引湯，又皆用之，則可以明於茲品之用以補元氣爲其主，而溫寒清熱之味乃得需之以奏功者也，亦如斯論。然則方書所治驚癇等證，謂重可去怯者，殆未然歟？曰：坎離交會而心氣具足，奈何錮於陋說而不深究乎？或曰：療驚悸等證，類以爲益心血，何以《別錄》獨言補心氣也？曰：既已離得會坎，則心血有不足乎？但離借坎以爲用，總歸於補心氣耳。至若瀕湖謂爲血分藥，而更以《別錄》、甄權所說爲無據也，是固鹵莽甚矣。何不取方書所治之證而一通之，卽如氣證之養氣丹，其所云主治者已的爲真元地，與《本經》正合。故以五石爲主，是豈不較然，猶得貿貿謂爲血分藥哉？

希雍曰：紫石英，其性鎮而重，其氣暖而補，故心神不安，肝血不足，及女子血海虛寒不孕者，誠爲要藥。然而止可暫用，不宜久服，凡係石類皆然，不獨石英一物也。婦人絕孕由於陰虛火旺不能攝受精氣者忌用。

[修治] 火煅醋淬，凡七遍，研末，水飛三四次，曬乾入藥。長石爲之使，畏扁青、附子，惡鮀甲、黃連、麥句薑。得茯苓、人參，療心中結氣。得天雄、菖蒲，療霍亂。過服紫石英，設乍寒乍熱者，飲酒遂解。

石鍾乳

《別錄》曰：生少室山谷及太山。弘景曰：第一出始興者佳，江陵及東境名山石洞中亦有。范成大《桂海志》云：桂林接宜融山洞石穴中鍾乳甚多，仰視石脈涌起處，即有乳牀，白如玉雪，乃石液融結成者，乳牀下垂如倒生山峰，峰端漸銳且長若冰柱，柱端輕薄，中空如鵝翎，乳水滴瀝不已，且滴且凝，此乳之最精者，以竹管仰承取之，而煉治家又以鵝管之端尤輕明如雲母爪甲者爲勝。孫思邈曰：乳石必須土地清白，光潤如羅紋鳥翮蟬翼，一切皆成白色者可用，其非土地者慎勿服之，殺人甚於鴆毒。蕭炳曰：如蟬翼者上，爪甲者次，鵝管者下，明白而薄者可服。頌曰：李補闕煉乳法云：取韶州鍾乳，無問厚薄，但令顏色明净光澤者，即堪入煉，惟黃赤二色不任用。柳宗元書亦云取其色之美而已，不必惟土之信。然則此藥惟在明净光澤是取而已，亦無事苛求也。今醫家但以鵝管中空者爲最，故一名鵝管石。

[氣味] 甘，溫，無毒。普曰：神農，辛；桐君、黃帝、醫和，甘；扁鵲，甘，無毒。權曰：有大毒。

[主治] 咳逆上氣，益元氣，安五臟，補虛損，療脚弱疼冷，下焦傷竭，強陰，療泄精，久服令人有子。治寒嗽並消渴引飲，同諸藥主治虛勞肺病，元氣虛證，咳嗽血，及腸胃虛冷滯下，及真元虛滑泄精證。

之頤曰：乳乃石之靈液，具山之全體者也，具山全體，故功力勇悍乃爾。

時珍曰：《十便良方》云：凡服乳人，服乳三日，即三日補之，服乳十日，即十日補之。欲飽食，以牛羊獐鹿等骨煎汁，任意作羹食之。勿食倉米臭肉及犯房事，一月後精氣滿盛，百脈流遍，身體覺熱，繞臍肉起，此爲得力，可稍近房事。不可頻數，令藥氣頓竭，彌更害人，戒之慎之。名之爲乳，以其狀人之乳也。與神丹相配，與凡石迥殊，故乳稱石。語云上士服石服其精，下士服石服其滓，滓之與精，其力遠也。此說雖明快，然須真病命門火衰者宜之，否則當審。

希雍曰：石鍾乳稟石之氣而生，《本經》謂其味甘氣溫，無毒，普曰神農辛，斯言近之。甄權以爲有大毒，或是經火之故，應云味甘辛，氣大溫，其性得火則有大毒，乃爲得之。石鍾乳得牛黃、白蠟、象牙末、真珠、乳香、沒藥、樺皮灰、龜板灰，俱存性細研，枯白礬、蛀竹屑、紅鉛，治廣瘡結毒，爛壞鼻梁，及陰蝕陽物，有神。

愚按：石鍾乳，在《乳石論》爲陽中之陰，然竊疑其不必然也。土宿真君曰：鍾乳產於陽洞之内。陽氣所結，是固然矣。第陽亦有清濁之分焉，石固稟精悍之氣以結，但其質之堅重爲最，是亦居其濁者也，故類名石爲陰焉。至精悍之氣復透化而爲乳，則居其清者也，斯名之爲陽，而大能益氣也。若然，謂此品不爲陰中之陽乎？是則不獨補肺中陽氣，更大能壯下焦元氣，如所云補虛損，療脚弱疼冷，下焦傷竭，強陰，令人有子者，蓋不謬也。《種樹書》云：凡果樹作穴，納鍾乳末少許，固密，則子多而味美。納少許於老樹根皮間，則樹復茂。移此於人身，則爲元氣之助者，豈其鮮功哉？不審方書用之何以寥寥也？或曰：即是思其功，且氣味甘溫，似猶不等桂、附之辛熱，奚爲久服便至傷生也？曰：石藥之氣悍，經固言之矣，易傷陰氣，故久服則營衛不從，變生他證，故非真病於陽虛者，不可輕服。即服之中病，病愈則止，豈可恃爲延年久視之劑乎？若陰虛人誤服，是猶抱薪救火也。更《物類相感志》曰：服鍾乳，忌參、术，犯者多死。又沈括曰：服鍾乳，當終身忌术，緣术能動鍾乳也。如火微，必借風鼓之而後發，火盛，則一鼓之即不可嚮邇，其義固如斯耳。統味二說，善養生者豈能置參、术於不用，而輒投此犯忌之味乎哉？或曰：石英亦爲悍氣所透出者，何以其毒差輕也？曰：此品具山之全力，故其勇悍爲甚，盧氏之言微中矣。

[附方]

鍾乳煎：治風虛勞損，腰脚無力，補益強壯。用鍾乳粉煉成者三兩，以夾練袋盛之，牛乳一大升，煎減三之一，去袋飲乳，分三服，日一作。不吐不利，虛冷人微溏無苦，一袋可煮三十度即力盡，別作袋，每煎訖須濯净，令通氣。其滓和麨喂雞，生子食之。此崔尚書方也。

一切勞嗽，胸膈痞滿，**焚香透膈散**：用鵝管石、雄黄、佛耳草、款冬花等分，爲末，每用一錢，安香爐上焚之，以筒吸煙入喉中，日二次。

肺虚喘急，連綿不息，生鍾乳粉光明者，五錢，蠟三兩，化，和飯甑內蒸熟，研，丸梧子大，每温水下一丸。生乳必肺極虚者乃可一投，未可概用。

時珍曰：凡人陽明氣衰，用此合諸藥以救其衰，疾平則止，夫何不可？五穀五肉久嗜不已，猶有偏絕之弊，況石藥乎？更有昧者，因其陽氣暴充，藉此淫泆，致精氣暗損，石氣獨存，孤陽愈熾，久之營衛不從，發爲淋渴，變爲癰疽。是果乳石之過耶？抑人之自取耶？

先哲致戒者多，不能備錄。

[修治] 李補闕服乳法：取韶州鍾乳，無問厚薄，但顏色明净光澤者，即堪入煉，惟黄赤二色不任用。置於金銀器中，大鐺著水，沉器煮之，令如魚眼沸，水減即添，乳少三日三夜，乳多七日七夜，候乾，色變黄白即熟。如疑生，更煮滿十日，最佳。取出去水，更以清水煮半日，其水色清不變即止，乳無毒矣。入瓷鉢中，玉槌著水研之，覺乾澀，即添水，常令如稀米泔狀。研至四五日，揩之光膩，如書中白魚，便以水洗之，不隨水落者即熟，落者更研。乃澄取，曝乾，每用一錢半，温酒空腹調下，兼和丸散用。其煮乳黄濁水切勿服，服之損人咽喉，傷肺，令人頭痛，或下利不止。其有犯者，但食豬肉解之。

之頤曰：經云水勢劣火，結爲高山鍾乳，本具水火二大矣，則乳質全類似水而勇悍獨專，寧非火勝水劣乎？修治水煮，仍交水火以濟之，但煮則水勝於火，所以少平勇悍也。今世多用火煅，反助長其勇悍，故每多石毒燃燒之患。

太一餘糧 即太乙餘糧。

斅曰：太一餘糧，與禹餘糧同一種類，咸鍾水土精氣，融結成形，但勝劣有異。生太山山谷者曰太一餘糧，是水勢劣土，偏鍾土氣之專精者也；生東海池澤者曰禹餘糧，是土劣水勢，偏得水氣之專精者也。諸先哲有云：今世知有禹餘糧，不復識太一餘糧矣。太山久不見采，唯會稽、王屋、澤、潞所在諸山時有之，外裹若甲，甲中有白，白中有黃，似雞子黃，而重重如葉子雌黃，輕敲便碎如粉，亦所在有之。設中無黃，但有黃濁水者，爲石黃水。有凝結如石者，爲石中黃，非太一餘糧也。

[氣味]　甘，平，無毒。普曰：神農、岐伯、雷公，甘，平；李當之，小寒；扁鵲，甘，無毒。

[主治]　欬逆上氣，癥瘕血閉漏下，除邪氣，肢節不利，久服耐寒暑，不饑《本經》，益脾安臟氣雷斅，定六腑，鎮五臟弘景。

之頤曰：太一卽太乙，氣之始也，塊然獨存而無所不存，故能鎮定。中黃敦艮之止，對待肺金不能收斂下降而致欬逆上氣。若癥瘕血閉者，氣不昫運也；漏下淋漓者，氣不收攝也。氣如橐籥，血如波瀾，決之東則東，決之西則西，氣一息不運則血一息不行。太一能令元氣屈曲而出，使凝閉漏下者不得不隨之昫運抑揚。所謂欲治其血，先調其氣，設元真萎頓，則邪氣外薄，太一能暢真氣，則邪氣自不相容矣。肢體不利者，氣壅之也，太一黃中通理宣氣四達，氣拒而固，不受寒暑，氣充而實，不苦饑虛矣。

[修治]　斅曰：用黑豆、黃精各五合，水二斗煮取五升，置瓷鍋中，下餘糧四兩煮之，旋添，汁盡爲度，藥氣香如新米矣，搗之，又研萬杵方用。

禹餘糧

斅曰：出東海池澤，凡山島中池澤亦有之。弘景曰：形如鵝鴨卵，外有殼重疊，中有黃色細末如蒲黃，無沙者佳。近年茅山池澤中者極精好，狀如牛黃，重重甲錯，其佳處乃紫色靡靡如䴇，嚼之無復硶也。硶，參上聲，食有沙也。

[氣味]　甘，寒，無毒。《別錄》曰：平。權曰：鹹。

[主治]　欬逆，寒熱煩滿，下赤白，血閉癥瘕，大熱，煉餌服之不饑《本經》，療小腹痛結煩疼《別錄》，主崩中甄權，治氣證脹滿，咳嗽遺失，癲，泄瀉，血痢遺精方書。

之頤曰：續平水土有如神禹，故曰禹，然亦水土之精氣所鍾，土劣水勢，偏得水氣之專精者也。氣味甘寒，對待火熱及水土濁邪聚爲寒熱，爲欬逆，爲煩滿，爲赤白，爲血閉，爲癥瘕，或腎形無堅固性致洪水泛濫者，當捷如影響。又曰：余讀《本經》，文似出周人手筆，況太乙兩字又出自老氏口角。

愚按：太一餘糧暨禹餘糧，如之頤所云，咸鍾水土精氣融結成形者，其說固中肯也。第太一餘糧在陶隱居時已云今世不復識此種矣，毋怪乎方書用者之不獲一見也，唯是禹餘糧。據《本經》謂其甘寒，而《別錄》曰平，甄權曰鹹，又據《本經》及《別錄》、甄權主治，皆不外於甘寒平鹹之所對待，則之頤所謂偏得水氣之專精者，良不謬也。第水土原合德以立地，斯味雖得水氣之精，故亦不能離於土以成形。觀其於外有殼重疊，於中又有黃色細末，則其相合以凝者，非塊然一物，實本於在地之陰而具水流土止，生化離合之精氣，有不等於草木臭味者。然亦何以明之？曰：如甘寒除大熱，即草木類得奏功，惟是水之精假合於土，以全地道之生化，就所治諸證，如血閉癥瘕及小腹痛結，又如下赤白及女子崩中，並能使行止得宜者，謂非土成乎水，水潤乎土，乃能咸宜如斯歟？故方書中有同諸味而藉之爲補者，如氣證之養氣丹，遺精之八仙丹、鹿茸益精丸，泄瀉之震靈丹，皆是也。又試觀脹滿之禹餘糧丸，補而兼行；血痢之蒲黃散，行而有補；癲證之五邪湯，行勝於補。並皆此味同之，雖分兩多少之不齊，然要其逐隊以妙於用者，亦可思也。蓋因其具足水流土止生化離合之精氣，應能如是，非草木所得儕者也。知此義，則可以能用此味，不致漫用之爲鎮固劑，如成無己所說矣。在李知先詩曰：下焦有病人難會，須用餘糧赤石脂。此二語者，蓋爲禹糧得水氣之專精，而赤脂亦入下焦，益精補髓，禹糧甘寒，而赤脂甘溫，且兼酸辛，故謂其能收，然亦具有能化之妙，唯固脱而止與禹糧同用，二者相助爲理，的的爲下焦固陰之藥也。以是借名之曰鎮固，猶未足以盡赤脂，矧可以此二字目單行之禹糧乎？禹糧能除下焦陰中之邪，赤脂能收下焦陰中之氣，故得相合以爲鎮固耳。夫禹糧能益陰虚而除其煩熱痛結，《本經》《別錄》所說甚明，如女子產後煩燥投之，是一的證也，奈何瀕湖止襲其陋說而不一尋繹乎？況方書各證之用，其竅會又何不一探討耶？醫之爲道，固如是其莽耶？

[附方]

傷寒下痢不止，心下痞鞕，[15]利在下焦者，**赤石脂禹餘糧湯**主之：赤石脂、禹餘糧各一斤，並碎之，水六升煮取一升，去滓，分再服仲景方。

崩中漏下青黄赤白，使人無子，禹餘糧，煅研，赤石脂，煅研，牡蠣，煅研，烏賊骨、伏龍肝，炒，桂心等分，爲末，溫酒服方寸匕，日服。忌葱蒜。

產後煩躁，禹餘糧一枚，狀如酸䭃者，入地埋一半，緊築，炭灰一斤煅之，濕土罨一宿，打破，去外面石，取裏面細者研，水淘五七度，日乾，再研萬遍，用甘草湯服二錢，一服立效。

[修治] 細研，水洮淘同。取汁，澄之，勿令有沙土可也。

浮　石

時珍曰：浮石乃江海間細沙水沫凝聚，日久結成者，狀如水沫及鍾乳石，有細孔如蛀窠，白色，體虚而輕。今皮作家用磨皮垢，甚妙。海中者味鹹，入藥更良。

[氣味] 鹹，平，無毒。時珍曰：大寒。

[主治] 疝氣，化老痰，消積塊及瘤瘿結核，下氣治淋。

丹溪曰：海石治老痰積塊，鹹能軟堅也。

時珍曰：浮石乃水沫結成，色白而體輕，其質玲瓏，肺之象也，氣味鹹寒，潤下之用也。故入肺除上焦痰熱，止欬嗽而軟堅，清其上源，故又治諸淋。按余埈《席上腐談》云：[16]肝屬木，當浮而反沉，肺屬金，當沉而反浮，何也？肝實而肺虛也。故石入水則沉，而南海有浮水之石；木入水則浮，而南海有沉水之香。虛實之反如此。

愚按：浮石成於水沫，其氣偶爾結聚，其質最爲輕虛，故名之曰浮石，又曰水花。閱方書所治之證，於疝用之如敵金丸者，敵金丸見《準繩·疝證》。其義固是之取也。蓋疝原屬水臟偶結之邪，亦似有中痼而不得卽散者，故疝從疾從山，然卻非本來沉痼之疾也。卽此種水氣之偶結而似石，雖似石而甚輕虛，還不離於浮聚之氣者以對待之，本氣味鹹寒以入水臟，因取其結之出於偶然，而散之還卽以其偶然，固藉氣以爲推移耳。至於治老痰積塊，消瘤癭結核，似亦不越前義矣。《日華子本草》云：治淋，想亦治沙石之淋。第方書之治淋者不少概見，何哉？

[附方]

血淋砂淋，小便澀痛，用黃爛浮石，爲末，每服二錢，生甘草煎湯，調服。

石淋破血，浮石滿一手，爲末，以水三升、醋一升和煮二升，澄清，每服一升。

小腸疝氣，莖縮囊腫者，丹溪方：用海浮石、香附等分，爲末，每服二錢，薑汁調下。

頭核腦瘻，頭枕後生痰核，正者爲腦，側者爲瘻，用輕虛白浮石燒存性，爲末，入輕粉少許，麻油調，掃塗之，勿用手按，卽漲。或加焙乾黃牛糞，尤好。亦治頭瘡。

磁石 亦名慈石。又一種玄石，與磁石相似，以不能吸鐵爲異耳。玄石之色較黑。
慈石生山之陰有鐵處，玄石生山之陽有銅處，形雖相似，性則不同。

土宿真君曰：鐵受太陽之氣，始生之初石產焉，一百五十年而成慈石，又二百年孕而成鐵。頌曰：石中有孔，孔中有黃赤色，其上有細毛，功用更勝。

[氣味]　辛，寒，無毒。權曰：鹹，有小毒。《日華子》曰：甘澀，平。藏器曰：性溫，云寒誤也。

[主治]　養腎臟，補男子腎虛風虛，強骨氣，通關節，明目聰耳，治周痹風濕，肢節中痛，洗洗酸消，又身強腰中不利，加而用之，並小兒驚癇，止金創血。[17]

《別錄》云：煉水飲之，亦令人有子。

宗奭曰：養腎氣，填精髓，腎虛耳聾目昏者皆用之。

藏器曰：重可去怯，慈石、鐵粉之類是也。

時珍曰：磁石法水，色黑而入腎，故治腎家諸病而通耳明目。一士子頻病目，漸覺昏暗生翳，時珍用東垣羌活勝風湯加減法與服，而以磁朱丸佐之，兩月遂如故。蓋磁石入腎，鎮養真精，使神水不外移，硃砂入心，鎮養心血，使邪火不上侵，而佐以神麴消化滯氣，生熟並用，溫養脾胃發生之氣，乃道家黃婆媒合嬰姹之理制方者，其窺造化之奧乎？方見孫真人《千金》神麴丸，但云明目，百歲可讀細書，而未發出藥微義也。孰謂古方不可治今病耶？

之頤曰：慈母鐵子也，慈之熁鐵，互爲嘘吸，無情之情，氣相感召，所主治諸證皆以類推，亦屬假借。

希雍曰：磁石生於有鐵處，得金水之氣以生。《本經》味辛氣寒無毒，《別錄》、甄權鹹，有小毒，《日華子》甘澀平，藏器鹹溫，今詳其用，應是辛鹹微溫之藥，而甘寒非也。氣味俱厚，沉而降，陽中陰也，入足少陰，兼入足厥陰經。諸藥石皆有毒，且不宜久服，獨磁石性稟沖和，無猛悍之氣，更有補腎益精之功。

愚按：磁石爲鐵之母，孕二百年而後成鐵，則其生化之氣所畢萃者金也。《別錄》謂其養腎臟，強骨氣，甄權云補男子腎虛風虛，且補腎虛勞諸方率多用之，蓋取腎之母氣所獨鍾而感召有異者，大能益腎之氣以療虛也。方書消癉中腎氣虛損者有腎瀝散，以磁石爲君，而麥冬、芎藭爲臣，其他藥益氣血之味不過爲佐，則可以思此石本堅貞之氣，故爲鐵之母。其益腎氣，固有迥異於他味之補腎氣者矣。虛勞證方中有磁石丸，治腎痿。是當於氣分爲切，卽其上通於耳目之竅而益聰明，則其用可思矣。乃方書貿貿，謂功在重可去怯，不知《本經》首言治周痹風濕，肢節中痛，不可持物，洗洗酸消者，於重之去怯者何當也？蓋惟其能益腎氣，故可主治上證，以腎氣固陰中之陽也。更合於甄權療風虛者，其義益明，蓋腎乃肝之化原，腎氣虛而肝亦因之，風屬陽也，肝之氣虛，故曰風虛。先哲張雞峰有云：臂細無力，不能任重者，此乃肝腎氣虛，風邪客滯於營衛之間，使氣血不能周養四肢，故有此證。肝主項背與臂膊，腎主腰胯與腳膝，如此證者乃肝氣偏虛，宜專補肝補腎。雞峰此說不正與《本經》所指諸證可相發明歟？在甄權更曰身強腰中不利，加而用之，不又與雞峰所說相發明歟？《別錄》又云：消癰腫鼠瘻頸核。然此皆通關節之所及，而其本由於補腎虛風虛也。如止補腎虛而不補風虛，則亦不能通關節以療諸證矣，蓋肝以腎爲體，腎又以肝爲用也。餘年七十有三，於丁酉夏秋手臂腰足屈伸不便，且微有痛，先分上下之經以治，而手臂不應，後如雞峰療治，乃得全愈。始信先哲之有確見，而余於磁石主治以腎氣爲切者，亦不謬矣。雖方書用此以治周痹等證，不少概見，然《本經》與甄權所主實根至理，豈可不表而明之乎？蓋先聖後賢所取諸此者，的取其於腎中母氣確有感召之精，能通於氣血之中也。如止取其重可去怯，泛然同於諸石之用也，豈不憒憒之甚哉？

[附方]

老人耳聾，磁石一斤，搗末，水淘，去赤汁，綿裹之，豬腎一具，細切，以水五升煮石，取二升，入腎，下鹽豉，作羹食之。米煮粥食亦可。米煮粥食是亦取此石所煮之水入米成粥也。時珍言煉末者，卽搗末，而更用水煮，乃可云煉也。

陽事不起，磁石五升，研，清酒漬二七日，每服三合，日三夜一。方書有磁石丸，治精虛極，愚謂用之當碎之，以酒煮良久，嘗之酒有石味，將酒拌諸藥曬乾，再拌再曬，如此數次，務令石味入諸藥中和透，更以此酒搜和諸藥爲丸，庶幾得之。

小兒驚癎，磁石煉水，飲之。

金瘡血出，磁石末傅之，止痛斷血。

獨孤滔云：慈石乃堅頑之物，無融化之氣，止可假其氣，服食不可。

希雍曰：石性體重，用之漬酒，優於丸散。

[修治] 能懸吸針虛連三四者佳。火煅醋淬九次，細研水飛，或煉汁飲之。

代赭石 _{乾薑爲之使，畏天雄、附子。}

一名土朱。研之作朱色，可點書。赭者，紅黑之間色也。出代郡。一名鐵朱。頌曰：真者難得，今醫家所用多擇取大塊其上文頭有如浮漚丁者爲勝，謂之丁頭代赭。時珍曰：赭石，處處山中有之，以西北出者爲良。

[氣味] 苦，寒，無毒。《別錄》曰：甘。權曰：甘，平。

[主治] 鬼疰賊風，腹中毒邪氣，鎮虛逆，大人小兒驚氣入腹，女子崩漏帶下，安胎，除五臟血脈中熱。

崔昉《外丹本草》曰：代赭，陽石也。

好古曰：代赭，入手少陰、足厥陰經。怯則氣浮，重所以鎮之。代赭之重以鎮虛逆，故張仲景治傷寒汗吐下後，心下痞鞕，[18]噫氣不除者，旋覆代赭湯主之。

時珍曰：代赭乃肝與包絡二經血分藥也，故所主治皆二經血分之病。昔有小兒瀉後眼上，三日不乳，目黃如金，氣將絕。有名醫曰：此慢驚風也，宜治肝。用水飛代赭石末，每服半錢，冬瓜仁煎湯調下，果愈。

希雍曰：代赭石秉土中之陰氣以生，《本經》味苦氣寒，《別錄》加甘無毒，氣薄味厚，陰也，降也，入手少陰、足厥陰經。

[附方]

急慢驚風，吊眼撮口，搐搦不定，代赭石，火燒醋淬十次，細研水飛，日乾，每服一錢或半錢，煎真金湯調下。連進三服，見脚脛上有赤斑，即是驚氣已出，病當安也，無斑點者不可治。

墮胎下血不止，代赭石末，一錢，生地黃汁半盞調，日三五次，以瘥爲度。

婦人血崩，赭石火煅醋淬，七次，爲末，白湯服二錢。

諸丹熱毒，土朱、青黛各二錢，滑石、荊芥各一錢，爲末，每服一錢半，蜜水調下，仍外傅之。

愚按：赭石之用，先哲概以爲重可去怯。在《聖濟經》曰怯則氣浮，重劑所以鎮之，怯者亦驚也。若然，是蓋本於元氣之虛，故仲景治傷寒或汗吐下後心下鞕痞，噫氣不除證，主以旋覆赭石湯也。未審何以怯亦云驚，而後來治小兒驚癇者，又何以用此味乃責之肝，如時珍所云哉？曰：肝，由陰而升陽者也。升而不能合於天氣之陽，則病於風，故《本經》主治首言鬼疰賊風。所云鬼疰，又精物惡鬼等語，皆元氣虛怯之幻象耳。所以仲景處方，於補益中而入此味，令佐補益以鎮虛怯，則肝之驚風自平，固非先責於肝也。然亦何以能如是乎？曰：《管子》有云山上有赭，其下有鐵，故一名鐵朱，是則赭石乃金氣之化也。金屬天氣，而色化赤則從火，是金火合德以暢衛而達營，卽木之所以得媾於金而風平者，不僅僅如鐵鏽之以金制木也。若然，是固氣分之劑矣，又何以能效血分之功歟？曰：陽中之太陽，心也，而生血卻卽在此。心肺合而氣盛，氣盛而血生，俾清中之濁入胃至脾，而肝乃得司其藏血之職，安得謂能清鎮氣化者而不能爲血化之地歟？故病見於氣者，本於益氣以及血，若病見於血，則亦未有不因於氣化者也。如女子崩漏之鎮宮丸，帶下之卷柏丸，入茲味於群劑中，豈無謂哉？其義可類推也。或曰：小兒驚癇，固知病及風木矣，而女子崩帶亦專屬風木之病歟？曰：風木之臟，卽是血臟，血之不獲寧謐者，多本臟風木搖之耳。此味以鎮浮而平風，則血不溢，是固然之化機也。但此味先氣而及血，故方書於療血證者用之亦鮮，惟女子崩漏時及之，以女子之血有餘而氣之病於不足，以爲血患者多也。明於此，則知所以用赭石矣。抑時珍輩胥專以爲血分藥，今不知何所取證而謂先氣及血也？曰：不觀之養氣丹，前用五石，後入諸藥，而赭石與焉。其所云主治者，曰諸虛百損，真陽不固，上實下虛，氣不升降，或喘或促，一切體弱氣虛之人，如所云是非氣分藥乎？且又曰並婦人血海冷憊諸證，是非由氣而及血之證歟？況《外丹本草》所說，固已爲陽石矣。

希雍曰：下部虛寒者不宜用，陽虛陰痿者忌之。

[修治] 色如雞冠，且有潤澤，染爪甲不渝者良。時珍曰：今人惟煅赤，以醋淬三次或七次，研，水飛過用，取其相制，並爲肝經血分引用也。《相感志》云：代赭，以酒醋煮之，插鐵釘於內，扇之成汁。

石綠—名綠青。

時珍曰：石綠，陰石也，生銅坑中，乃銅之祖氣也。銅得紫陽之氣而生綠，綠久則成石，謂之石綠，而銅生於中，與空青、曾青同一根源也，今人呼爲大綠。

[氣味] 時珍曰：有小毒。

吐風痰甚效。

頌曰：今醫家多用吐風痰，其法揀上色精好者研篩，水飛再研。如風痰眩悶，取二三錢，同生龍腦三四豆許研勻，以生薄荷汁合酒溫調服之，偃臥須臾，涎自口角流出，乃愈。不嘔吐，其功速於他藥。今人用之，比比皆效，故著之。

愚按：此味用吐風痰甚效者，蓋以其爲銅之祖氣，取金氣之精能使木平者，莫是過也，況合於龍腦之辛散乎？此方名碧霞散，雖然，不可以治濕痰。又石綠同附子尖、烏頭尖、蠍梢用者，名碧霞丹，乃可以治濕痰也。中風之痰，風濕有異，此陽中陰中之分也，憒憒者多。

石膽 膽以色味命名，俗因其似礬，呼爲膽礬。

時珍曰：石膽出蒲州山穴中。鴨嘴色者爲上，俗呼膽礬。出羌里者色少黑，次之，信州又次之。是物乃生於石，其經煎煉者，即多僞也，但以火燒之成汁者必偽也。塗於鐵及銅上燒之，紅者真也。又以銅器盛水，投少許入中，及不青碧，數日不異者，真也。銅器盛水，投入數日不異者，真也。謂其所投之石非煎煉而成，非水所能浸漬而水爲之色變也。嘉謨曰：成塊如雞卵圓大，顔色青碧，不悉琉璃，擊之縱橫解皆成壘。有銅坑內生者，亦可采煎煉成。今市多以醋揉青礬假充，不可不細認爾。

[氣味]　酸辛，寒，有毒。普曰：神農，酸，小寒；李當之，大寒；桐君，辛，有毒；扁鵲，苦，無毒。《日華子》曰：酸澀，無毒。權曰：有大毒。

[主治]　明目，目痛及諸癇痓，女子陰蝕痛並崩中下血《本經》，入吐風痰藥最快，散癥積，咳逆上氣，療喉蛾，[19] 化鼻中息肉，鼠瘻惡瘡。

時珍曰：石膽，氣寒味酸而辛，入少陽膽經，其性收斂上行，能涌風熱痰涎，發散風木相火，又能殺蟲，故治咽喉口齒瘡毒有奇功也。周密《齊東野語》云：密過南浦，有老醫授治喉痹極速垂死方，用真鴨嘴膽礬末，醋調灌之，大吐膠痰數升，即瘥。臨汀一老兵妻苦此，絕水粒三日矣，如法用之，即瘥。屢用，無不立驗，神方也。又周必大《陰德錄》云：治蠱服及水腫秘方，有用蒲州、信州膽礬明亮如翠琉璃似鴨嘴者，米醋煮，以君臣之藥服之，勝於鐵砂鐵蛾，蓋膽礬乃銅之精液，味辛酸，入肝膽，制脾鬼故也。安城魏清臣腫科黑丸子消腫甚妙，不傳，即用此者。

愚按：膽礬之氣味，本草謂其酸辛寒，在後學亦多以爲寒矣。至味，則有或言酸，或言辛者，然不如《日華子》之專言酸澀也。細味之，唯有酸澀，而澀味猶較勝也。據其氣味，乃是陰不得陽以暢，陽即不得陰以和，總未離於出地之初氣耳，故以此對待相火之上逆而化爲風之淫者。觀其色青，而其味酸澀，似獨全乎出地風木之氣化，而還以收降其風邪者也。第風木之用，以升出爲其能，達陰於陽，而酸收乃其體之根於最初者耳。有收斂於陰，乃能宣散於陽，方書用茲味，如治脹滿黃疸及去齒風纏喉風等證，似皆由收斂以致宣散之功，不然則是無體而求其達用，豈不難哉？第詳《本經》所主治明目目痛及諸癇痙，女子陰蝕痛並崩中下血等證，是皆治風木之爲病一一的對者也。乃時珍說不及此，而止以喉痹爲言，即方書於《本經》所言諸證並不用及茲味，即用於風痰之治亦鮮見者，何哉？然即喉痹一證，用之亦宜審處。在婁全善有云：喉痹惡寒者，皆是寒折熱，寒閉於外，熱鬱於內，切忌膽礬酸寒等劑點喉，反使其陽鬱不伸，爲患反劇。若然，則此味宜於喉閉及纏喉風者，乃治陰不能蓄陽之痹，是爲風淫，屬不惡寒之喉痹也。其不宜者，乃不治陽不能達陰之痹，是爲風虛，正屬惡寒之喉痹，正全善所謂切忌者也。蓋此味在時珍云入手少陽，能散風木相火，故其治上壅之風痰及喉痹鼠漏，皆少陽相火之爲患也。如惡寒之喉痹，原因鬱熱，非屬相火，宜消陰伸陽，不宜收陽助陰。即時珍論治斯證，亦未精悉至此也，投劑者可得鹵莽乎哉？

礞　石

時珍曰：有青、白二種，唯以青者爲佳。取青黑而堅細者打開，中有白星點，煅後則星黃如麩金。其無星點者不入藥用。

[氣味]　甘鹹，平，無毒。

[主治]　積痰驚癇，欬嗽喘急，能墜結聚之痰留滯臟腑。

時珍曰：青礞石，氣味平鹹，其性下行，陰也，沉也，乃厥陰之藥。肝經風木太過，來制脾土，氣不運化，積滯生痰，壅塞上中二焦，變生風熱諸病，故宜此藥重墜，制以硝石，其性疎快，使木平氣下而痰積通利，諸證自除。湯衡《嬰孩寶鑑》言：礞石，乃治驚利痰之聖藥。吐痰在水上，以石末糝之，痰即隨水而下，則其沉墜之性可知。然用須恰當，如氣弱脾虛者不宜久服。楊士瀛謂其功能利痰，第性非胃家所好，如慢驚之類皆宜佐以木香。而王隱君則謂痰爲百病，不論虛實寒熱，概可用滾痰丸。豈理也哉？朱丹溪言一老人忽病目盲，乃大虛證，一醫與礞石藥服之，至夜而死。籲！是可戒也。雖然，此亦盲醫虛虛之過，與礞石何尤？《入門》曰：得焰硝能利濕熱痰積，從大腸而出，因濕熱盛而皮膚生瘡者，一利即愈。

希雍曰：礞石體重而降，能消一切積聚痰結。其味辛鹹，氣平無毒，辛主散結，鹹主軟堅，重主墜下，故入滾痰丸治諸痰怪證。

愚按：礞石以青者爲佳，故時珍謂爲厥陰之藥也。而石中更取白星點者，猶以金平木之義，故湯衡謂爲治驚利痰之聖藥也。夫王隱君所製滾痰丸，大端宜於熱痰，用礞石者，非徒取其重墜，亦猶是時珍木平氣下之義也，觀其治中風痰塞則可見矣。雖然痰之因不一，必審其所因而治，乃可取效，況有虛實之分乎？楊仁齋謂礞石性非胃家所好者，其亦有所鑒也夫。希雍曰：礞石消積滯，墜痰涎，誠爲要藥，但專任攻擊，性復沉墜，凡積滯癥結，脾胃壯實者可用，虛弱者忌之。小兒驚痰食積實熱，初發者可用，虛寒久病者忌之。如隱君所製滾痰丸，謂虛實寒熱可以概用，殊爲未妥。蓋痰有二因，如脾胃不能運化，積滯生痰，或多食酒麵濕熱之物，以致膠固稠黏，咯唾難出者，用之豁痰利竅，除熱泄結，應如桴鼓。至於陰虛火炎，煎熬津液，凝結爲痰，或發熱聲啞，痰血雜出者，誤投之則陰愈虛，火反熾，痰熱未退而脾胃先敗矣。前人立方，豈能一一皆中，是在善於簡擇耳。

[修治] 時珍曰：用大坩鍋一個，以礞石四兩打碎，入硝石四兩拌匀，炭火十五斤簇定，煅至硝盡，其石色如金爲度，取出研末水飛，去硝毒，曬乾用。

砒石 出信州，故又呼信石，更有隱信字爲人言。

生者名砒黃，煉者名砒霜。信州玉山有砒井，官中封禁甚嚴，每鑿坑井下取之，坑中有濁綠水，先絞水盡，然後下鑿。取生砒謂之砒黃，此生砒不夾石者色赤，甚於雄黃。今市貨者，取山中夾有砂石之砒，燒煙飛作白霜，乃碎屑而芒刺。其傷火多者，塊大而微黃。大抵此種爲大熱大毒之物，加以火煅，其毒益不可嚮邇。今俗醫不明此理，輒以所燒霜服之，必大吐下，即幸有不致殞生者，而所損已多，是不可不慎也。時珍曰：生砒黃以赤色者爲良，熟砒霜以白色者爲良。

[氣味] 苦酸，暖，有毒。時珍曰：辛酸，大熱，有大毒。《日華子》曰：畏綠豆、冷水。如入藥，酸煮殺毒用。

砒黃治瘧疾，砒霜除齁喘痰積，主惡瘡瘰癧腐肉，和諸藥敷之，自然蝕落，又治蛇尿著人，手足即腫痛肉爛，指節脫落，取砒爲末，以膠清調塗，即瘥。

承曰：古方並不入藥，惟燒煉丹石家用之。

宗奭曰：即用霜，亦須兼煎綠豆汁及冷水飲之。

時珍曰：砒乃大熱大毒之藥，而砒霜之毒尤烈，鼠雀食少許即死，貓犬食鼠雀亦殆，人服至一錢許亦死。雖鈎吻、射罔之力不過如此，而宋人著本草不甚言其毒，何哉？若得酒及燒酒，則腐爛腸胃，頃刻殺人，雖綠豆、冷水亦難解矣。此物不入湯飲，惟入丹丸。凡痰瘧及齁喘用此，真有劫病立地之效，但須冷水吞之，不可飲食杯勺之物，靜臥一日或一夜，亦不作吐，少物引發即作吐也。其燥烈純熱之性與燒酒、焰硝同氣，寒疾濕痰被其劫，而拂鬱頓開，故也此藥亦止宜於山野藜藿之人，若嗜酒膏粱者，非其所宜，疾亦再作，不慎口欲故爾。凡頭瘡及諸瘡見血者不可用此，其毒入經必殺人。

愚按： 砒霜一種，在時珍謂其大熱大毒，是固然矣。第陳承云冷水磨服解熱毒，若然，是則大熱大毒之藥，止以冷水磨之，遂能易其性味，頓使熱毒化爲清涼之用乎？竊意陳承所云以冷水磨解熱毒，近火即殺人二語，蓋謂是物有熱毒，大有決壅潰瘀之能，吞以冷水則差殺其熱毒，而得用其梟以取勝，如近火則益恣其虐焰，不唯無益，而先取害也。試以先哲所主治各證，曾有一屬熱毒者否？即時珍亦明言所治寒疾濕痰被其劫而拂鬱頓開，又云宜於山野藜藿之人，若嗜酒膏粱者，非其所宜。以此推之，則病於素有熱毒者投之，不爲以火濟火乎？故以此味治痰，如痰喘齁齝，誠爲的對，第皆因於寒濕，固非火熱之痰也。愚昔年曾治一小子，大獲奇效。蓋既爲大熱大毒之藥，則宜以救偏至之疾，如寒痰濕痰是也。方書治脹滿之椒仁丸，療女子先因經水斷絕，後至四肢浮腫，小水不通，血化爲水者，此證瘀血，類逐峻厲之隊以化之，蓋潰陰凝之堅，非必藉陽毒之厚者不可也。又治哮喘之紫金丹、簡易黃丸子，又治遠年近日哮喘痰嗽一方，或止因於寒，或更因寒以鬱熱，而類同於所宜之味，蓋非此大熱有毒者不足以散寒之凝，更不足以破寒之外錮而內螫者。卽此二證，則推類以盡之，亦可爲善用砒石地矣。雖然，總之此種未可嘗試。繆氏曰：今人奈何輒用之治瘧，是以必死之藥治必不死之病。有味乎其言哉。第爲外傅之藥，如枯痔殺蟲，亦何可少也？

[附方]

痰喘齁齝，凡天雨便發，坐臥不得，飲食不進，乃肺竅久積冷痰，遇陰氣觸動則發也，用此一服卽愈，服至七八次，卽出惡痰數升，藥性亦隨而出，卽斷根矣，用江西淡豆豉一兩，蒸搗如泥，入砒霜末一錢，枯白礬三錢，丸綠豆大，每用冷茶冷水送下七丸，甚者九丸，小兒五丸，卽高枕仰臥。忌食熱物等。

走馬牙疳，惡瘡，砒石、銅綠等分，爲末，攤紙上，貼之，其效如神。

項上瘰癧，梁州砒黃，研末，濃墨汁丸梧子大，銚內炒乾，竹筒盛之，每用針破，將藥半丸貼之，自落，蝕盡爲度。

一切漏瘡有孔，用信石，新瓦火煅，研末，以津調少許，於紙撚上，插入，蝕去惡管，漏多勿齊上，最妙。

花乳石

宗奭曰：黃石中間有淡白點，以此得花之名。《圖經》作花蕊石，是取其色黃。時珍曰：《玉冊》云：花蕊石，陰石也。凡入丸散，以罐固濟，頂火煅過，出火毒，研細水飛，曬乾用。

[氣味]　酸澀，平，無毒。

[主治]　金瘡出血，刮末傅之，即合，仍不作膿。又療婦人血運惡血，治一切失血傷損，內漏目翳。

頌曰：花蕊石，古方未有用者，近世以合硫黃同煅研末，傅金瘡，其效如神。人有倉卒中金刃，不及煅治者，但刮末傅之亦效。

時珍曰：花蕊石，舊無氣味，今嘗試之，其氣平，其味澀而酸，蓋厥陰經血分藥也。其功專於止血，能使血化爲水，酸以收之也。而又能下死胎，落胞衣，去惡血，惡血化則胎與胞無阻滯之患矣。東垣所謂胞衣不出，澀劑可以下之，故赤石脂亦能下胞胎，與此同義。葛可久治吐血出升斗，有花乳石散，《和劑局方》治諸血及傷損金瘡胎產，有花蕊石散，皆云能化血爲水，則此石之功蓋非尋常草木之比也。

希雍曰：花乳石，《本經》無氣味，詳其所主，應是酸辛溫之藥。其功專於止血，以酸斂之氣復能化瘀血，故傅金瘡即合，仍不作膿也。第云能使一切瘀血化爲黃水，後以獨參湯補之。然此石性溫味辛，又加火煅，虛勞吐血多是火炎迫血上行，於藥性非所宜，除是膈上原有瘀血停凝者，乃可暫用，亦須多服童便。若無瘀血，則不宜內服。至因火炎血溢以致吐血，不屬內傷血凝，胸膈板痛者，忌之。且獨參湯乃肺熱咳嗽所忌，尤不宜於虛勞火炎之人也。

愚按：此石類產於西土，其於血證，似以能化瘀爲止，其或得於以母氣召子之義乎？蓋血本於水化也。然方書如王宇泰先生《證治準繩》，於諸血證絕未一見者何哉？豈《本草綱目》之論治盡屬妄耶？第如繆仲淳氏所云吐血諸證，多因於火炎迫血以上行，如斯藥性非宜，亦是確論也。然有血證不盡因於陰虛者，則此味又爲中的之劑矣。蓋不屬陰虛而患於血逆者，應有瘀證，有瘀證而以化爲止，是亦奇效也。如花蕊石散，以療產後瘀血危證，遂終身不患血風血氣。其化而止者，且能下死胎，落胞衣，去惡血，是則玆味化瘀似有以還其血之元，不屬強止之，亦不屬峻導以重虛之。若投劑者審其爲應投之證，豈得不藉其奏功，於勿遽而云姑舍是乎哉？蓋不屬陰虛者，多屬氣虛不能引血以歸經，固另有補氣之劑，而禁用寒凉矣。然又有偶感於寒凉而血泣以逆者，則補氣猶宜少待，如茲味不爲應候之良劑乎？繆氏所云尚未能明悉其功用耳。

[附方]

花蕊石散：治一切金刃箭簇傷及打撲傷損，狗咬至死者。急以藥摻傷處，其血化爲黃水，再摻便活，更不疼痛。如内損血入臟腑，煎童子小便，入酒少許，熱調一錢服，立效。畜牲抵傷，腸出不損者，急納入，桑白皮線縫之，摻藥血止，立活。

婦人產後敗血不盡，血暈，惡血奔心，胎死腹中，胎衣不下至死，但心頭温暖者，急以童子小便調服一錢，取下惡物如豬肝，終身不患血風血氣。若膈上有血化爲黃水，即時吐出，或隨小便出，甚效。硫黄四兩，花蕊石一兩，並爲粗末，拌匀，以膠泥固濟，日乾，瓦罐一個盛之，泥封口，焙乾，安在西方磚上，磚上書八卦五行字，用炭一秤簇匝，從巳午時自下生火煅至炭消，冷定取出，爲細末，瓶收用。

多年障翳，花蕊石水飛，焙，防風、川芎藭、甘菊花、白附子、牛蒡子各一兩，甘草炙，半兩，爲末，每服半錢，臘茶下。

石燕 石燕，如蜆蛤之狀，色如土，堅重如石。

恭曰：永州祁陽縣西北一十里有土岡，上掘深丈餘，取之，形似蚶而小，堅重如石也。頌曰：祁陽縣江畔沙灘上有之，或云生洞中，凝僵似石者佳，采無時。時珍曰：石燕有二：一種是此，乃石類也，狀類燕而有文，圓大者爲雄，長小者爲雌；一種是鍾乳穴中石燕似蝙蝠者，食乳汁，能飛，乃禽類也，見禽部。

[氣味] 甘，涼，無毒。

[主治] 療眼目障翳，諸般淋瀝，久患消渴，臟腑頻瀉，腸風痔瘻，年久不瘥，面色虛黃，飲食無味，婦人月水湛濁，赤白帶下多年者，每日磨汁飲之，一枚用三日，以此爲準，亦可爲末，水飛過，每日服半錢至一錢，米飲服至一月，諸疾悉平。

时珍又曰：石燕性凉，乃利竅行濕熱之物。宋人修本草，以食鍾乳禽石燕混收入此石燕下，故世俗誤傳此石能助陽，不知其正相反也。石燕能利竅行濕熱，東璧氏所云不妄。方書一案治寒鬱熱之疝，用川烏、川楝、茴香破其外寒，用石燕、土狗輩利其鬱熱而疾平。或茲味能利竅行濕於下焦，有殊於他味之行濕而除熱者歟。

愚按：此種在方書主治諸證用之寥寥，即女子赤白帶下，方書以是治療者亦少見也。第是物頗為得土氣之精專，而氣味且屬甘涼，即一二單方，多屬腎之合者以為功，是則時珍所列諸疾概謂其悉平者，豈屬無稽哉？唯是食鍾乳之石燕能為益陽之助，而不察者輒與此石燕相混，殊大誤也。時珍特表而出之，更申明之曰正相反，俾兩者俱得其用，不為無功也。

[附方]

小便淋痛，石燕子七枚，搗黍米大，新桑根白皮三兩，剉，拌匀，分作七帖，每帖用水一盞煎七分，空心、午前各一服。

牢牙止痛，石燕三對，火煅醋淬七次，青鹽、乳香各一兩，細辛半兩，為末，揩之，荊芥湯漱口。一方去乳香、細辛，加麝香。

齒疎不堅，石燕子五對，火煅，米醋淬七次，為末，青鹽、麝香各少許，研匀，日用揩牙，後以溫酒漱咽之。

蛇含石

按蘇頌謂今醫所用是蛇冬蟄時所含土，到春發蟄吐之而去者，大如彈丸，堅如石，外黃內黑色，乃時珍曰昔人每用蛇黃，後因其難得，遂以蛇含石代之。然《庚辛玉冊》又云：蛇含石自是一種石，所云為蛇蟄時口含之土，有掘蛇窟尋之者，並無此說也。

愚按：此石果另是一種，則不可以代蛇黃矣，況更屬無稽之言乎。乃方書每用蛇含石，又即曰蛇黃，是何其夢夢也。然皆不可必得矣，姑俟之博物君子。

【校記】

〔1〕日中有烏，"有"字原脫，今據此下"月中有兔"句式補。

〔2〕逆，原字壞，今據萬有書局本、《本草述鉤元》卷五補。

〔3〕送，原誤作"逆"，今據《本草述鉤元》卷五改。

〔4〕口舌齦爛，原誤作"口爛舌齦"，今據下文"而反口舌齦爛者"句改。

〔5〕鰓，原誤作"腮"，今據《本草述鉤元》卷五改。

〔6〕豨，原誤作"稀"，今據《本草述鉤元》卷五改。

〔7〕平，原脫，今據《本草述鉤元》卷五補。

〔8〕腹，原誤"復"，今據萬有書局本改。

〔9〕燥，原誤作"躁"，今據《痰火點雪》卷二改。

〔10〕如，原誤作"加"，今據《醫方考》卷三、《本草述鉤元》卷五改。

〔11〕炧，原誤作"妮"，今據《本草綱目》卷九改。

〔12〕徭峒，《本草述鉤元》卷五作"猺峒"。

〔13〕用，原誤作"眉"，今據《證類本草》卷三、《本草綱目》卷九改。

〔14〕作，原脫，今據《本草綱目》卷十補。

〔15〕鞭，原誤作"靳"，今據《本草述鉤元》卷五改。

〔16〕余埈，爲"俞琰"二字之誤。俞琰，宋人，有《席上腐談》二卷。

〔17〕創，原誤作"鎗"，今據文義改。

〔18〕鞭，原誤作"鞭"，今據《本草述鉤元》卷五改。

〔19〕蛾，原誤作"鵝"，今據《本草述鉤元》卷五改。

《本草述》卷之六

鹵石部

食　鹽

時珍曰：鹽品甚多，海鹽取海鹵煎煉而成，今遼、冀、山東、兩淮、浙、閩、廣南所出是也。井鹽取井鹵煎煉而成，今四川、雲南所出是也。池鹽出河東安邑、西夏靈州，今惟解州種之，疏鹵地爲畦隴，而塹圍之，引清水注入，久則色赤，待夏秋南風大起，則一夜結成，謂之鹽南風。如南風不起，則鹽失利，亦忌濁水淤澱，音電，澤泥也。鹽脈也。又海豐、深州者，亦引海水入池曬成，并州、河北所出皆鹼，音減，鹵也。鹽也，刮取鹼土，煎煉而成。階成、鳳川所出，皆崖鹽也，生於土崖之間，狀如白礬，亦名生鹽。此五種皆食鹽也，上供國課，下濟民用。海鹽、井鹽、鹼鹽三者出於人，池鹽、崖鹽二者出於天。《周禮》云：鹽人掌鹽之政令，祭祀供其苦鹽、散鹽，賓客供其形鹽，王之膳羞供其飴鹽。苦鹽即顆鹽也，出於池，其鹽爲顆，未煉治，其味鹹苦。散鹽即末鹽，出於海及井，并煮鹼而成者，其鹽皆散末也。形鹽即印鹽，或以鹽刻作虎形也，或云積鹵所結，其形如虎也。飴鹽，以飴拌成者，或云生於戎地，味甜而美也。此外又有崖鹽生於山崖，戎鹽生於土中，傘子鹽生於井，石鹽生於石，木鹽生於樹，蓬鹽生於草。造化生物之妙，誠難殫知也。

大鹽

[氣味]　　甘鹹，寒，無毒。時珍曰：鹹，微辛，寒，無毒。徐之才

曰：漏蘆爲之使。

[主治] 助水臟，[1]凉血潤燥，和臟腑，除中惡心痛，腸胃結熱，喘逆，胸中病，令人吐，並霍亂腹痛，腹脹氣滿，除積聚及傷飲食，吐胸中痰癖，除風邪，止風淚邪氣，療疝氣，通大小便，明目固齒，堅肌骨，定痛止癢，吐一切時氣風熱、痰飲關格諸病。

時珍曰：《洪範》：水曰潤下，作鹹。《素問》曰：水生鹹。此鹽之根源也。夫水周流於天地之間，潤下之性，無所不在，其味作鹹，凝結爲鹽，亦無所不在。在人則血脈應之，鹽之氣味鹹腥，人之血亦鹹腥，鹹走血，血病無多食鹹，多食則脈凝泣而變色，從其類也。煎鹽者用皂角收之，故鹽之味微辛，辛走肺，鹹走腎，喘嗽水腫消渴者，鹽爲大忌，或引痰吐，或泣血脈，或助水邪故也。然鹽爲百病之主，百病無不用之。故服補腎藥用鹽湯者，鹹歸腎，引藥氣入本臟也；補心藥用炒鹽者，心苦虛，以鹹補之也；補脾藥用炒鹽者，虛則補其母，脾乃心之子也；治積聚結核用之者，鹹能軟堅同。堅也；[2]諸癰疽眼目及血病用之者，鹹走血也；諸風熱病用之者，寒勝熱也；大小便病用之者，鹹能潤下也；骨病齒病用之者，腎主骨，鹹入骨也；吐藥用之者，鹹引水聚也，能收豆腐與此同義；諸蟲及蟲傷用之者，取其解毒也。

愚按：鹽本於潤下之水而作鹹。經曰：在天爲寒，在地爲水，在人之藏爲腎，腎水爲人身之元陰，而元陽出焉。李東璧氏謂鹽爲百病之主，百病無不用之，洵然哉。經曰：水火者，陰陽之徵兆也。先明水火之相勝，卽明水火之相濟，然後陰陽之合而分，分而合者可明，如是而後鹽之能主百病者乃可明也。經曰：南方赤色，入通於心，其味苦，其類火。又曰：在天爲熱，在地爲火，在臟爲心。更曰：熱傷氣，寒勝熱，苦傷氣，鹹勝苦。是非水之勝火乎？然心虛卽以炒鹽補之，其義正可思也。經曰：心者生之本，神之變也，其充在血脈，爲陽中之太陽，通於夏氣。若然，則謂氣者火之靈是矣。然曰充在血脈，則所謂火之靈者豈徒在氣乎？經曰心生血，謂離中有坎也，血固水所化，鹽之氣味鹹腥，人之血亦鹹腥，取鹽入生血之心，非同氣相求歟？心虛者氣脈不充也，[3]血脈不充而後陽偏勝，經所謂壯火食氣，熱傷氣，苦傷氣也，以炒鹽之鹹補其血，則火得水濟，而陽不偏勝。經所謂少火生氣，寒勝熱，鹹勝苦也，是又不徒益血，而且益氣，所謂相勝而乃以相濟者也。經曰血者神氣也，又曰心之病在五臟，夫五臟屬陰氣主之，能使心充於血脈，而五臟之陰氣不傷，則陰爲陽之守者，六腑胥受其益，然則鹽爲百病之主者，不其然歟？試以臟言之，如中土脾胃，乃水火藉之以達其化者，如經云脾色黃，宜食鹹，啓玄子曰腎爲胃關，脾與胃合，故假鹹柔耎以利其關，關利而胃氣乃行，胃行而脾氣方化。若然，是脾之宜鹹者卽以利胃，推之六腑之益，先因於各臟者又可知矣。如《本經》治腸胃結熱，又霍亂，如傷食，如腹脹滿類，皆可推脾與腎同氣以求之矣。如吐胸中痰癖及一切時氣風熱痰飲，緣胸中爲肺所治，而痰飲諸證乃元陽不得元陰以化，故液結爲痰耳。其能吐者，元陽得陰以化，固不徒以涌瀉爲功也。至於能通大便，亦當推肺與腎同氣以求之矣。又如除風邪，止風淚邪氣，療疝氣，並目病之因於肝眚者，皆能使元陽得化於元陰而治之。至膽爲中精之腑，亦當推肝與腎同氣以求之矣。更利小水證，固心與小腸、腎與膀胱皆以同氣相求者，是又何疑之有。《大都經》所云五臟之陰氣不可傷，傷則失守而陰虛，陰虛則無氣，無氣則死，蓋謂陰爲陽守，陽失所守而亢，則無氣而死也。第卽鹽之爲治百病主者，以明其義，見經脈之元，不可使有傷，當就元陰以保元陽，可舉一鹽之治通於他味，不謂鹽之能兼濟也。東璧氏謂其能涼血潤燥，其說信然，但未能達於益陰氣之義，似於爲治百病之主者，尚未能暢其所以然耳。

［附方］

中惡心痛，或連腰臍，鹽如雞子大，青布裹，燒赤，納酒中，頓服，當吐惡物，愈。

胸中痰飲，傷寒熱病，瘧疾，須吐者，並以鹽湯吐之。

心腹脹堅，痛悶欲死，鹽五合，水一升煎服，吐下卽定，不吐更服。

積聚二賢散：橘紅一斤，净，甘草四兩，鹽半兩，用水二四碗，從早煮至夜，以爛爲度，水乾則添水，曬乾爲末，淡薑湯調下。有塊者，加薑黃半兩，同前藥煮；氣滯，加香附二兩，同前藥煮；氣虛者，加沉香半兩，另入；噤口痢，加蓮肉去心，二兩，另入。

傷飲食，法製檳榔散：治酒食過度，胸膈膨滿，口吐清水，一切積聚。雞心檳榔一兩，切作小塊，縮砂取仁，白豆蔻取仁，丁香切作細條，粉草切作細塊，各一兩，橘皮去白，切作細條，生薑切作細條，各半斤，鹽二兩，用河水兩碗浸一宿，次日用慢火砂鍋內煮乾，焙乾，入新瓶收，每服一撮，細嚼酒下。

愚按：心腹脹堅及積聚，皆元陽不得元陰以化也，唯傷食則是確然有形者，故用破堅溫行之劑，然必合於鹹寒，亦使陽得陰化而後行，皆不徒以軟堅為功也。

霍亂心腹痛，炒鹽三錢，以炒砂仁五錢為末，泡湯，井水澄冷，灌下，效。唐柳柳州纂《救三死方》云：元和十一年十月，得霍亂，上不可吐，下不可利，出冷汗三大斗許，氣即絕。河南房偉傳此方，入口即吐，絕氣復通。一法用鹽一大匙，熬令黃，童子小便一升合和，溫服，少頃吐下，即愈也。

霍亂轉筋欲死，氣絕，腹有暖氣者，以鹽填臍中，灸鹽上，七壯即甦。

愚按：治霍亂，多取鹹能上涌下泄之義，然亦不能外於陰陽合化也。

齒䘌齒動，鹽半兩，皂莢兩挺，同燒赤，研，夜夜揩齒，一月後並瘥，其齒牢固。

目中淚出，鹽點目中，冷水洗數次，瘥。

口鼻急疳，蝕爛腐臭，斗子鹽、白麪等分，為末，每以吹之。

《別錄》曰：多食，傷肺喜欬。保昇曰：多食，令人失色膚黑，損筋力。

[修治]　時珍曰：凡鹽，人多以礬、硝、灰石之類雜之，入藥須以水化，澄去腳滓，煎煉白色乃良。

愚按：弘景於諸鹽以大鹽為勝，是即河東解池印鹽也。取鹽法：於池旁耕地，沃以池水，每得南風急，則宿夕成鹽滿畦，彼人謂之種鹽，最爲精好。夫海鹽從海鹵煎煉而成，然每遇南風急，則鹽復回鹵，正與解池之必須南風而後成鹽者絕有異也，即此可參以大鹽爲勝之義矣。

戎鹽 一名青鹽、羌鹽、胡鹽。

時珍曰：本草戎鹽云：北海青，南海赤，而諸注乃用白鹽，似與本文不合。按《涼州異物志》云：姜賴之墟，今稱龍城，剛鹵千里，蒺藜之形，其下有鹽，累棋而生，出於胡國，故名戎鹽。贊云：鹽山二岳，二色爲質，赤者如丹，黑者如漆，或稱戎鹽，可以療疾。此說與本草本文相合，亦惟赤、黑二色，不言白者。蓋白者乃光明鹽，而青鹽、赤鹽則戎鹽也，按《西涼記》云：青鹽池出，鹽正方半寸，其形如石，甚甜美。《北戶錄》亦言張掖池中出桃花鹽，色如桃花，隨月盈縮。今寧夏近涼州地鹽井所出青鹽，四方皎潔如石。山丹衛，即張掖地，有池產紅鹽，紅色。此戎鹽之青、赤二色者。醫方但用青鹽而不用紅鹽，不知二鹽皆名戎鹽也。所謂南海、北海者，指西海之南北而言，非炎方之南海也，總來自西戎耳。

[氣味] 鹹，寒，無毒。

[主治] 助水臟，益精氣《日華子》，明目，療目痛《本經》，心腹痛，溺血吐血，齒舌血出《別錄》，除五臟癥結，心腹積聚《日華子》，堅肌骨，去毒蠱《本經》，治眩暈脹滿，腰痛遺精，白濁勞淋，小便不禁方書。

宗奭曰：戎鹽甘鹹，功在却血入腎，治目中瘀赤澀昏。

時珍曰：戎鹽功同食鹽，不經煎煉而味鹹帶甘，入藥似勝。

愚按：戎鹽從西戎之地來，雖同是潤下之氣所凝，但產於極西者，寒水孕於母氣。李東璧氏謂入藥似勝食鹽，不謬也。若其功等耳，何以療疾者時與他鹽並用乎？即如各本草主治，雖其除心腹痛及五臟癥結，心腹積聚，明目堅骨者與食鹽不遠，乃云療諸血證，而食鹽則未及也。夫血固水所化，是同氣相求，此更爲要藥矣。雖然，用戎鹽而逐寒涼之隊者，此易知也。至如方書治眩暈，沉香磁石丸治上盛下虛眩暈，耳鳴耳聾，用大溫補以歸腎，又如二至丸治老人腎氣虛損，腰痛不可屈伸，亦大用温補以實腎氣，二證却皆入戎鹽，入於温補中，藉元陰之氣和陽而歸陰也。又如鎖精丸治腎氣虛而白淫者，戎鹽乃與故紙等分，是又陰陽均配而用，以至陽原根於至陰也。又如水中金丹治元臟氣虛遺精，用微温腎氣及固脱藥，却入戎鹽與乳香，所以和陰使爲陽守也。又如地黄丸治腎虛勞致膀胱結而淋瀝者，主以利竅益氣，亦兼凉血清熱，却以戎鹽入於活血之中，所謂求元陰之本以和血也。卽此數類推之，可以盡用戎鹽之變矣。是則本草所謂助水臟、益精氣二語，固當不妄，而其主治謂勝於諸鹽者，豈不然哉？

[修治]　卽青鹽温水洗去塵土，净，曬乾入藥。

[附二鹽並用方]

荔核散：治疝氣，陰核腫大，痛不可忍。荔枝核十四枚，燒灰存性，用新者，八角茴香炒，沉香、木香、青鹽、食鹽各一錢，川楝肉、小茴香各二錢，爲細末，每服三錢，空心熱酒調服。

牢牙明目，青鹽二兩，白鹽四兩，川椒四兩，煎汁，拌鹽炒乾，日用揩牙洗目，永無齒疾目疾。

[附單用白鹽方]

漏精白濁，雪白鹽一兩，並築緊固濟，煆一日，出火毒，白茯苓、山藥各一兩，爲末，棗肉和，蜜丸梧子大，每棗湯下三十丸，蓋甘以濟鹹，脾腎兩得也。

按白鹽據束璧氏謂光明鹽是，但浙、閩之鹽皆白，豈盡謂之光明鹽乎？似當再稽考之。

凝水石 一名寒水石、鹽精石。

時珍曰：《別錄》言凝水，鹽之精也。陶氏亦云鹵地所生，碎之似朴消。《范子計然》云：出河東。河東，鹵地也。獨孤滔《丹房鑑源》云：鹽精出鹽池，狀如水晶。據此諸說，則凝水卽鹽精石也，一名泥精，昔人謂之鹽枕，今人謂之鹽根。生於鹵地積鹽之下，精液滲入土中，年久至泉，結而成石，大塊有齒稜，如馬牙消，清瑩如水精，亦有帶青黑色者，皆至暑月回潤，入水浸久亦化。陶氏注：戎鹽，謂鹽池泥中自有凝鹽如石片，打破皆方而青黑色者，卽此也。蘇頌注玄精石，謂解池有鹽精石，味更鹹苦，乃玄精之類，固是物也。又曰：寒水石有二，一是軟石膏，一是凝水石。惟陶宏景所注是凝水之寒水石，與本文相合。蘇恭、蘇頌、寇宗奭、閻孝忠四家所說皆是軟石膏之寒水石，王隱君所說則是方解石。諸家不詳本文鹽精之說，不得其說，遂以石膏、方解石指爲寒水石。唐宋以來相承其誤，通以二石爲用，而鹽精之寒水絕不知用，此千載之誤也，今特正之。

[氣味] 辛，寒，無毒。《別錄》曰：甘，大寒。普曰：神農，辛；岐伯、醫和、扁鵲，甘，無毒；李當之，大寒。時珍曰：辛鹹。

[主治] 身熱，腹中積聚邪氣，皮中如火燒，煩滿，水飲之《本經》，除時氣熱盛，五臟伏熱，胃中熱，止渴《別錄》，凉血降火，止牙疼，堅牙明目時珍。

時珍曰：凝水石稟積陰之氣而成，其氣大寒，其味辛鹹，入腎走血，除熱之功，同於諸鹽。

希雍曰：凝水石生於鹵地，稟積陰之氣而成。《本經》味辛氣寒，《別錄》加甘，大寒，無毒，經曰小熱之氣，凉以和之，大熱之氣，寒以取之，又曰熱淫於內，治以鹹寒、大寒、微鹹之性，故治各本草所主諸證。

愚按：李東璧氏又云：古方所用寒水石是此種凝水石，唐宋諸方寒水石是石膏，近方寒水石則是長石、方解石。若然，則東璧氏所云諸家皆不知有鹽精之寒水石，故承襲其誤，是矣。今閱方書中如咳嗽，如痰飲及癇證，類用凝水石，安知其非承誤而不及致察者耶？第石膏四種，並凝水一種，東璧氏悉其形與味甚明，投劑者是宜諦審其所入不同，勿令誤也。但凝水石雖蘇頌謂爲元精之類，而東璧氏遂無分別，愚細繹之，覺同中有異處。觀二石之釋名，同稟水氣，而凝水止曰寒水，元精則曰大乙元精，同爲鹽結，凝水止曰鹽精，而元精則曰陰精，如斯相提而論，豈得謂無少異乎？其說見元精石條。希雍曰：凝水石，其氣大寒，能除有餘邪熱，凡陰虛火旺，咳嗽吐血多痰，潮熱骨蒸，並脾胃作泄者，不宜服，慎勿有誤。按經曰諸腹脹大皆屬於熱者宜之，諸濕腫滿屬脾土者忌之是也。

[修治] 凡使，須用生薑自然汁煮乾，研粉用，每十兩用生薑二十兩也。

元精石—名大乙玄精石、陰精石。

時珍曰：玄精是鹹鹵津液流滲入土，年久結成石片，片狀如龜背之形。蒲、解出者，其色青白通徹；蜀中赤鹽之液所結者，色稍紅光。沈存中《筆談》云：太陰玄精生解州鹽澤之鹵，溝渠土內得之，大者如杏葉，小者如魚鱗，悉皆尖角端正，如龜甲狀，其裙襴小墮，其前則剡，其後則上剡，正如穿山甲相捯之處，前是龜甲，更無異也。色綠而瑩徹，叩之則直理而坼，瑩如明鑑，坼處亦六角，如柳葉大，燒過則悉解坼，薄如柳葉，片片相離，白如霜雪，平潔可愛，此乃稟積陰之氣凝結，故皆六角。今天下所用玄精，乃絳州山中所出絳石，非元精也。

[氣味] 鹹，溫，無毒。時珍曰：甘，鹹，寒。滔曰：伏硫黃、丹砂。頌曰：近世補藥及傷寒多用之。

[主治] 除風冷邪氣，濕痹，心腹積聚，冷氣，止頭痛《開寶》，除傷寒陰毒證，合諸藥用之，又治上盛下虛，療痰結，目障翳，木舌，咽喉瘡方書。

時珍曰：元精石稟太陰之精，與鹽同性，其氣寒而不溫，其味甘鹹而降，同硫黃、消石治上盛下虛，救陰助陽，有扶危拯逆之功，故鐵甕申先生來復丹用之，正取其寒以配消、硫之熱也，《開寶本草》言其性溫，誤矣。

希雍曰：元精乃至陰之精凝結而成，故其形皆六出，象老陰之數也。

[附方]

《圖經本草》**正陽丹**：治傷寒三日，頭疼壯熱，四肢不利，太陰玄精石、消石、硫黃各二兩，硇砂二兩，細研，入瓷瓶固濟，[4]以炭火半斤於瓶子周一寸燴之，[5]約近半日，候藥青紫色住火，待冷取出，用臘月雪水拌勻，入罐子中，屋後北陰下陰乾，又入地埋二七日，取出研細，麪糊丸雞頭實大，先用熱水浴後，以艾湯研下一丸，以衣蓋，汗出爲瘥。入來復丹治緩急諸病，但有胃氣，無不獲安。

　　愚按：元精石之氣味，《開寶本草》以爲鹹溫，故其主治有除風冷邪氣，濕痹，心腹積聚冷氣，益精氣之功，而時珍謂其稟太陰之精，與鹽同性，其氣寒而不溫，似此立論，亦甚辨矣。第愚猶有說焉，既爲積陰之氣所結，角皆六出，是皆老陰也，陰之極然後生陽，此陰陽之玄機也，卽凝水石方此至陰之極而凝，猶不得也，況與諸鹽可同論乎？或曰：《開寶》所主風邪冷氣爲中的否？曰：元精石之用，多主歸氣於腎，以其同於至陰而有陽也。云除風冷諸氣者，至陰之所歸而陽隨之，所以《開寶本草》謂之益精氣耳。蘇頌謂近世補藥多用之，諒亦非浪語也。鐵甕申先生來復丹於治上實下虛，大是妙劑，入玄精石於硫黃、焰硝中，蓋不徒配硫、消之熱如時珍所云也，緣下虛用硫歸之，不得至陰，則陽不還其宅，上實用消散之，不得至陰之歸，則陽不降於下，是非探陰陽之徵，而能處劑如斯乎？卽入正陽丹以治傷寒陰毒，亦同此意也。若然，何爲治木舌及喉瘡，乃用之以療熱也。曰：此二治俱有寒水石、牙消以去其熱矣，其用玄精石者，亦猶是引陽歸陰之義，先哲立方，豈苟然而已耶？或曰：然則氣不寒而溫乎？曰：溫不與熱同，如春溫之氣繼於冬寒之後，所謂陽之初復，去寒不甚遠耳。愚揣其義當如是，願以質之高明。

朴消 一名鹽消、皮消。

　　志曰：朴者，是本體之名，未化之義也，故曰朴消。時珍曰：是物見水卽消，又能消化諸物，故謂之消。生於鹽鹵之地，狀似末鹽，凡牛馬諸皮須此治熟，故今俗有鹽消、皮消之稱。時珍曰：消有三品，生西蜀者俗呼川消，最勝；生河東者俗呼鹽消，次之；生河北青齊者俗呼土消。皆生於斥鹵之地，彼人刮掃煎汁，經宿結成，狀如末鹽，猶有沙土猥雜，其色黃白，故《別錄》云朴消黃者傷人，赤者殺人。須再以水煎化，澄去滓腳，入蘿蔔數枚同煮熟，去蘿蔔，傾入盆中，經宿則結成白消，如水如臘，故俗呼為盆消。齊、衛之消，則底多而上面生細芒如鋒，《別錄》所謂芒消者是也；川、晉之消，則底少而面上生牙如圭角，作六稜，縱橫玲瓏，洞徹可愛，《嘉祐本草》所謂馬牙消者是也，狀如白石英，又名英消。二消之底，則通名朴消也。取芒消、英消，再三以蘿蔔煎煉去鹹味，即為甜消。中風活命金丹中用甜消，見《準繩》。以二消置之風日中，吹去水氣，則輕白如粉，即為風化消。以朴消、芒消、英消同甘草煎過，鼎罐升煅，則為玄明粉。陶弘景及唐宋諸人皆不知諸消是一物，但有精粗之異，因名迷實，謬猜亂度，殊無指歸。詳見消石正誤下。

朴消 硝通。

[氣味] 〔6〕苦，寒，無毒。權曰：苦鹹，有小毒。

時珍曰：朴消澄下，消之粗者也，其質重濁；芒消、牙消結於上，消之精者也，其質清明。甜消、風化消，則又芒消、牙消之去氣味而甘緩輕爽者也。故朴消止可施於鹵莽之人及傅塗之藥。若湯散服餌，必須芒消、牙消為佳。張仲景《傷寒論》只用芒消，不用朴消，正此義也。

愚按：朴消在各本草其主治與芒消不遠，唯《本經》朴消之所治者六腑耳。第如仲景大承氣湯，入胃者皆以芒消，則朴消主治不必更列可也。

芒消 硝通。

[氣味] 辛苦，大寒，無毒。按苦辛未確。權曰：鹹，有小毒。

[主治] 百病，除邪氣，逐五臟積聚，結固留癖，并久熱胃閉，療腹熱脹，并大小便不通，破五淋及留血閉絕，痰實結搏，通經脈，推陳致新，利女子月水，治時疾壅熱頭痛，下瘰癧黃疸病。

馬牙消 硝通。

[氣味] 甘，大寒，無毒。時珍曰：鹹，微甘，即英消也。

[主治] 功同芒消，末篩點眼赤，去赤腫障翳澀痛，亦入點眼藥

中用。

　　無己曰：《內經》云：鹹味下泄爲陰。又云：鹹以耎之，熱淫於內，治以鹹寒，氣堅者以鹹耎之，熱盛者以寒消之。故張仲景大陷胸湯、大承氣湯、調胃承氣湯皆用芒消以耎堅，去實熱，結不至堅者不可用也。

　　潔古曰：芒消氣薄味厚，沉而降，陰也。其用有三：去實熱，一也；滌腸中宿垢，二也；破堅積熱塊，三也。孕婦惟三四月及七八月不可用，餘皆無妨。

　　海藏曰：芒消在仲景於大承氣、調胃承氣湯用之，治大便難。夫以在下言之，則便溺俱陰，以前後言之，則前氣後血，以腎言之，總主大小便難，溺澀秘結，俱爲水少火盛。經云熱淫於內，治以鹹寒，佐之以苦，故用芒消、大黃相須爲使也。又本草言芒消利小便而墮胎，然傷寒妊娠可下者用此，兼大黃引之，直入大腹，潤燥耎堅瀉熱而母子俱安。經云有故無殞，亦無殞也，此之謂歟？

　　時珍曰：消稟太陰之精，水之子也，氣寒味鹹，走血而潤下，蕩滌三焦腸胃實熱陽强之病，乃折治火邪藥也。唐時臘日賜群臣紫雪、紅雪、碧雪，皆用此消煉成者，通治積熱諸病有神效，貴在用者中的爾。

　　愚按：經曰：人生有形，不離陰陽。又曰：水火者，陰陽之徵兆也。消生於斥鹵之地，是水土合德以立地，其氣上蒸而出者也，水爲至陰，土爲太陰，故能入陰分而逐陽結。時珍謂其走血而潤下，良不謬矣。蓋本於陰陽徵兆之初氣，以爲感爲化者，不等於他鹹寒之氣味以論功也。曰除邪氣，是因邪氣之因乎真陽以爲結，而此爲之對待，與真陽不相忤也。曰逐積聚結固留癖，是本於初氣之感化，卽金石猶爲之消，非徒以相勝爲功也。謂其走血者，血故真陰之化醇，同氣自相求也，卽痰飲留結皆須之，亦此故耳，旣走陰分，而曰化陽毒者，緣陽邪結於陰分而不散，則能蝕真陰以爲大患，唯此消化之以全陰也。若然，是則獨趨於陰乎？曰：固趨於陰，而陰之所樂歸者陽，以其不相離而原相召也，雖曰潤下，然陽之所居，如上行而目與口舌咽喉，尤其奏功之地，故熱從乎濕，與熱從乎風者胥治。經曰濕從地氣，風從天氣也，是則所治如本草數則尚未盡乎？曰：有陰不能爲陽之守，而陽亢還以乘陰者，在陰固傷，有陰不得受陽之化，而陰鬱還以結陽者，其陰愈傷，種種爲患，如積熱多渴，面熱唇焦，咽燥舌腫，喉閉，目赤鼻衄，頷頰結硬，口舌生瘡，何一不傷於陰分之血？至於爲譫語狂妄，驚癇剛痓，反胃關隔，發熱消癉，瘴疫毒厲，胃爛發斑，癰疽惡毒等證，何莫非陰之受傷於陽？而結之甚者，咸藉此陰陽感化之初氣消釋最捷，謂本草數則之主治，遂足以盡之乎？《本經》首曰治百病，除寒熱邪氣，則已知其所主治侈矣。第元陽之虛者，是爲禁藥，而元陰虛者，投此至陰之化氣，反爲絕其生化之元，而貽害不小也，慎之慎之。

[附方]

涼膈驅積，**王旻山人甘露飲**：治熱壅，涼胸膈，驅積滯。蜀芒消一大斤，用蜜十二兩，冬加一兩，和匀，入新竹筒內，半筒以上卽止，不得令滿，却入炊甑中，令有藥處在飯內，其虛處出其上蒸之，候飯熟取出，綿濾入瓷鉢中，竹篦攪勿停手，待凝，收入瓷盒，每臥時含半匙，漸漸咽之，如要通轉，卽多服之。

關格不通，大小便閉脹欲死，兩三日則殺人，芒消三兩，泡湯一升，服，取吐卽通。

治小兒赤遊，行於體上下，至心卽死，以芒消納湯中，取濃汁，以拭丹上。

風化消硝通。

[主治] 上焦風熱，小兒驚熱膈痰，清肺解暑，以人乳和塗，去眼瞼赤腫及頭面暴熱腫痛，煎黃連，點赤目時珍。

時珍曰：風化消甘緩輕浮，故治上焦心肺痰熱而不泄利。

[修治] 時珍曰：以芒消於風日中消盡水氣，自成輕飄白粉也。或以瓷瓶盛挂簷下，待消滲出瓶外，刮下收之。又甜消製法，見前論中。

元明粉

[氣味] 辛甘，冷，無毒。《仙經》曰：陰中有陽之物。

[主治]　心熱煩燥，五臟結滯甄權，退膈上虛熱，明目，消腫毒《日華子》。

東垣曰：元明粉，沉也，陰也，其用有二，去胃中之實熱，蕩腸中之宿垢，大抵用此以代盆消耳。

時珍曰：元明粉煅煉多遍，佐以甘草，去其鹹寒之毒，遇有三焦腸胃實熱積滯，少年氣壯者，量與服之，亦有速效，若脾胃虛冷及陰虛火動者服之，是速其咎矣。

製元明粉法： 時珍曰：製法用白淨朴消十斤，長流水一石煎化，去滓，星月下露一夜，去水取消，每一斗用蘿蔔一斤，切片，同煮熟，濾淨，再露一夜，取出，每消一斤用甘草一兩同煎，去滓，再露一夜，取出，以大砂罐一箇築實盛之，鹽泥固濟，厚半寸，不蓋口，置爐中，以炭火十斤從文至武煅之，待沸定，以瓦一片蓋口，仍前固濟，再以十五斤頂火煅之，放冷一伏時取出，隔紙安地上，盆覆三日出火毒，研末，每一斤入生甘草末一兩，炙甘草末一兩，和勻，瓶收用。

希雍簡誤總論曰：硝者消也，究其功用，無堅不磨，無結不散，無熱不蕩，無積不推，可謂直往無前物，無留礙之性也，故仲景於諸承氣湯用之。非邪結下焦，堅實不可按者不用，恐其誤伐下焦真陰故也，病不由於邪熱深固，閉結難通，斷不可輕投，至於血涸津枯以致大腸燥結，陰虛精乏以致大熱骨蒸，火炎於上以致頭痛目昏，口渴耳聾，咽痛，吐血衄血，咳嗽痰壅，虛極類實等證，切戒勿施，庶免虛虛之咎，而致有不可追之悔也。

消石 一名焰消、火消、生消。

時珍曰：消石諸鹵地皆產之，[7]而河北慶陽諸縣及蜀中尤多。秋冬間遍地生白，掃取煎煉而成，貨者苟且，多不潔淨，須再以水煎化，[8]傾盆中，一夜結成。澄在下者，狀如朴消，又名生消，謂煉過生出之消也。結在上者，或有鋒鋩如芒消，或有圭稜如馬牙消，故消石亦有芒消、牙消之名，與朴消之芒、牙同稱，而水火之性則異也。崔昉《外丹本草》云：消石，陰石也，此非石類，乃鹹鹵煎成，今呼焰消，河北商城及懷、衛界沿河人家刮鹵淋汁煉就，與朴消小異，南地不產也。

[正誤] 時珍曰：諸消自晋唐以來，諸家皆執名而猜，都無定見，惟馬志《開寶本草》以消石爲地霜煉成，而芒消、馬牙消是朴消煉出者，一言足破諸家之惑矣。諸家蓋因消石一名芒消，朴消一名消石，朴之名相混，遂致費辨不決，而不知消有水火二種，形質雖同，性氣迥別也。惟《神農本經》朴消、消石二條爲正，其《別錄》芒消、《嘉祐》馬牙消、《開寶》生消，俱係多出，今並歸併之。《神農》所列朴消，即水消也，有二種，煎煉結出細芒者爲芒消，結出馬牙者爲牙消，其凝底成塊者，通爲朴消，其氣味皆鹹而寒。《神農》所列消石，即火消也，亦有二種，煎煉結出細芒者，亦名芒消，結出馬牙者，亦名牙消，又名生消，其凝底成塊者，通爲消石，其氣味皆辛苦而大溫。二消皆有芒消、牙消之稱，故古方有相代之說。

消石

[氣味] 苦，寒，無毒。時珍曰：辛苦，微鹹，有小毒，陰中之陽也，得陳皮性疎爽。徐之才曰：火爲之使。

[主治] 散熱行結，治伏暑傷冷，霍亂吐利，破積塊，散痰飲，療腎虛氣逆頭痛，濕熱黃疸，女勞黑疸，風熱喉痹，赤眼腫痛，重舌鵝口，發背初起。

生消

[氣味] 時珍曰：辛苦，大溫，無毒。

[主治] 風熱癲癇，小兒驚邪瘛瘲，風眩頭痛，肺壅，耳聾口瘡，喉痹咽塞，牙頷腫痛，目赤熱，[9]多眵淚《開寶》。

時珍曰：朴消屬水，味鹹而氣寒，其性下走，不能上升，陰中之陰也，故惟蕩滌腸胃積滯，折治三焦邪火；消石屬火，味辛帶苦，微鹹而氣大溫，其性上升，水中之火也，故能破積散堅，治諸熱病，升散三焦火鬱，調和臟腑虛寒，與硫黃同用，則配類二氣，均調陰陽，有升降水火之功，治冷熱緩急之病。煅制礜石則除積滯痰飲。蓋硫黃之性暖而利，其性下行，消石之性暖而散，其性上行，礜石之性寒而下，消石之性暖而上，一升一降，一陰一陽，此制方之妙也。今兵家造烽火銃機等物，用消石者直入雲漢，其性升可知矣。《雷公炮炙論》序云：腦痛欲死，鼻投消末，是亦取其上升辛散，乃從治之義。《本經》言其寒，《別錄》言其大寒，正與龍腦性寒之誤相似。凡辛苦物未有大寒者，況是物得火則焰生，與樟腦、火酒之性同，安有性寒大寒之理哉？《史記·倉公傳》云：菑川王美人懷子不乳，來召淳于意，意往，飲以莨菪藥一撮，以酒飲之，旋乳。意復診其脈躁，躁者有餘病，卽飲以消石一劑，出血，血如豆比五六七枚而安。[10] 此去自結之驗也。

愚按：消石之用，時珍謂其從火主升而散。若然，是主氣分之邪熱，不同於朴消入血也，是本出地之初陽，以真氣而散邪結，不等於朴消以勝氣而爲化也。其云升而散者，水中之火自上升以爲散也。審此義，則知消石之宜於何等證矣。據方書中暑於來復丹中用之，治伏暑泄瀉如水者，又二氣丹同硫黃治中脘痞結，或嘔或滯者，又同硫入大黃龍丸治身熱頭疼，狀如脾寒，或煩渴嘔吐，昏悶不食者，合三證以參之，如二氣丸所治，誠有升降水火之功，合於時珍所云，第尤切於伏暑傷冷，致二氣交錯以爲病者。以暑之中，先於心包絡，唯茲二味，一降陽而歸之，一升陽而散之，乃爲最切也。硫黃入命門補真火，且其用流動，故曰降而歸之。伏暑傷心包絡，俾降歸命門，正一氣相召也，且有消石以升散之乎，故曰升降二氣。若伏暑有腹脹疼痛者，更入滑石以利滯熱，加白礬以收陰化陽，庶乎伏暑不留耳，故玉龍丸爲治伏暑要劑。至於來復丹，因上盛下虛，裏寒外熱，則加元精石，以至陰和至陽，更入活血行氣之味，俾上下之虛實合宜，寒熱盡散，是法當參也。又如大黃龍丸之治身熱頭痛諸證，則加雄黃、白礬、滑石以除熱清氣，是又可參也。要皆以二味爲主柄矣。此硫、消二味之等分者也。更頭痛證之玉真丸，治腎氣不足，氣逆上行，苦頭痛甚者，乃硫則倍於消，以下歸補腎氣爲主，而上逆之陽第以消石升散之，更入石膏以降火，半夏以散結，此義尤當參也。此硫、消二味之不等分者也。又消不同硫而同他味，如女勞黑疸，用礬石寒水之氣以歸陰，而卽以燥濕，同消石升水中之火以達陽，而並以化濕，此治濕熱者之一則也；如喉痹證，用消爲主，佐硼砂以除痰熱，殭蠶去風，而更合龍腦之開壅結，此治風熱者之一端也。卽數證而推類以盡其變，庶於消石可以悉其功，不致誤投而罔濟矣。

又按：消石與硫黃同用者，好古謂至陽佐以至陰，乃二氣相配之義，蓋謂消石性寒也。李氏旣辨消石爲水中之火，其性溫而不寒矣，若然，則前哲所用消石毋乃朴消歟？或亦不審其名之當否，而混稱之爲消石歟？然閱從前諸本草，以消石輒附於朴消之後，唯李東璧氏能剖悉之，可謂創獲而發蒙矣。

[附方]

伏暑瀉痢，及腸風下血，或酒毒下血，一服見效，遠年者不過三服，消石、舶上硫黃各一兩，白礬、滑石半兩，飛麪四兩，爲末，滴水丸梧子大，每新汲水下三五十丸，名甘露丸。

女勞黑疸，仲景曰黃家日晡發熱，反惡寒，[11]此爲女勞，得之膀胱急，少腹滿，身盡黃，額上黑，足下熱，因作黑疸，腹脹如水，大便黑，時溏，非水也，腹滿者難治，消石、礬石燒，等分，爲末，以大麥粥汁和服方寸匕，日三，病隨大小便去。小便黃，大便黑，是其候也。

風熱喉痹，又纏喉風病，**玉鑰匙：**用焰消一兩半，白僵蠶一錢，硼砂半兩，腦子一字，爲末，吹之。

重舌鵝口，竹瀝同焰消點之。

男女內外障翳，或三五箇月不見效者，一點復明，好焰消一兩，銅器鎔化，入飛過黃丹二分，片腦二分，銅匙急抄，入罐內收之，每點少許，其效如神。

發背初起，惡寒嗇嗇，或已生瘡腫癮疹，消石三兩，暖水一升，泡化，青布摺三重，溫搨赤處，熱卽換，頻易取瘥。

[總論]　之頤曰：朴消、消石鹹生鹵地，假水火二大以爲形質，但勝劣有異，故水火之用迥別。《楞嚴經》云：火騰水降，交發立堅，濕爲巨海，乾爲洲灘。以是義，故彼大海中火光常起，彼洲灘中江河嘗注，

交妄發生，遞相爲種。用是思維，彼水消者，火勢劣水，故火體似藏而水用獨著；彼火消者，水劣火勢，故水體似藏而火用獨著。觀其主治，則思過半矣。

　　愚按：朴消卽水消，消石卽火消，二者俱有芒消、牙消，然水火固區以別矣。雖然，二者同原於水，同歸於治熱。但水消爲治熱之結，結則多屬血分，所謂陰不降而陽不化者也，能行陰中之陽結，則陰降而陽化矣；火消乃治熱之鬱，鬱者多屬氣分，所謂陽不升而陰不暢者也，能達陽中之陰鬱，則陽化而陰自暢矣。

　　此固地氣天氣之分。時珍曰：水火二種，形質雖同，性氣迥別也。其說誠然，但卽就其味而辨之，亦有大異者。

　　水消以鹹勝，却微帶苦，本於鹹而就下，卽以歸火之原也。火消以辛勝，亦有鹹，但大遜於水消，而苦則稍加之，本於辛而際上，正以達火之用也。火之用達，故苦稍勝於水消也，更有的然知其用殊者。火消投之火中則焰生，水消則否。入火生焰者，與火同氣也；入火不諳者，水固勝火也。第水火二氣，俱以消得名，則俱能破堅開結，緣天地間生人生物未有不本於水火者。生之者水火，而化之又焉能外水火之氣乎？但各就其孰爲宜降而行，孰爲宜升而散，審證診脈，貴有攸當，《內經》所謂適事爲故也。之頤曰：二消之分水火，宛如太極之分陰陽，而陰中有陽，陽中有陰，此又坎離互根之妙。之數語亦有精詣。之頤曰：二消初生鹵地，特消石色白易煉，朴消黃赤，再三煎煉始成，爲異也。卽如水消之能以寒化熱，以鹹化堅，固不徒純陰而已，夫孤陰豈能化陽之結？此又發東璧氏之所未有也。雖然，諸消在衆家各立名相，不無溷亂，而李東璧氏標朴消爲水，消石爲火，以二消爲綱，諸消爲目，大爲先哲功臣，且令後學一見了然，之頤謂其功德無量，洵非溢美矣。

　　愚按：煉玄明粉者，同甘草煎煉升煅用之，所以代芒消等之峻，而焰消修治，時珍謂鎔化投甘草入內卽伏火，可見水火二氣俱歸於土，所謂水火之體物不遺者此也。

硇砂_{硇，音鐃。一名北庭砂，以北庭山出者爲上，故云。}

恭曰：硇砂出西戎，形如牙消，光净者良。頌曰：今西涼夏國及河東、陝西近邊州郡亦有之，然西戎來者顆塊光明，大者有如拳，重三五兩，小者如指面，入藥。最緊邊界出者雜碎如麻豆粒，又夾砂石，用之須水飛，澄去土石訖，亦無力，彼人謂之氣砂。《一統志》云：臨洮蘭縣有洞，出硇砂。張匡鄴《行程記》云：高昌北庭山中常有煙氣涌起，而無雲霧，至夕光焰若炬火，照見禽鼠皆赤色，謂之火焰山。采硇砂者，乘木屐取之，若皮底卽焦矣。北庭卽今西域火州也。

[氣味] 鹹苦辛，溫，有毒。權曰：酸鹹，有大毒。能消五金八石，腐壞人腸胃。中其毒者，生綠豆研汁，飲一二升解之。畏漿水，忌羊血。藏器曰：其性大熱，誤言溫也。

[主治] 男婦羸瘦_{藏器}，痰氣鬱結堅積_{方書}，噎膈癥瘕，積痢骨鯁_{時珍}，去目翳胬肉_{宗奭}，及惡瘡息肉_{《日華子》}，除痣黶疣贅_{時珍}。

時珍曰：硇砂大熱，有毒之物，噎膈反胃、積塊內癥之病，用之則有神功。蓋此疾皆起於七情飲食所致，痰氣鬱結，遂成有形，妨礙道路，吐食痛脹，非是物化消，豈能去之？其性善爛金銀銅錫，庖人煮硬肉，入硇砂少許卽爛，可以類推矣。所謂化人心爲血者，亦甚言其不可多服爾。

潔古曰：硇砂破堅癖，不可獨用，須入群隊藥中用之。

希雍曰：硇砂乃大熱有毒之物，雖能攻積聚凝結，化有形癖塊，然多食腐壞人腸胃，惟去惡肉及惡瘡息肉，目翳胬肉，[12]是其所長用。以外治亦須與真牛黃、龍腦、鉛華、象牙末等同用，其内服諸方恐服之戕生，不敢載也。

[附方]

《普濟方》：損目生瘀，赤肉胬出不退，[13]杏仁百粒，蒸熟，去皮尖，研，濾取净汁，入硇砂末一分，水煮化，日點一二次，自落。

白飛霞方：鼻中息肉，硇砂點之，即落。此方須入明礬、牛黃、鉛粉、象牙末、真珠末，乃佳。

《集效方》：面上疣目，硇砂少許，硼砂、鐵鏽、麝香等分，研搽三次，自落，急以甘草汁浸洗。

愚按：硇砂在先哲諄諄致慎，是則人之臟腑固未可嘗試也。第張果《玉洞要訣》云：北庭砂秉陰石之氣，含陽毒之精，能化五金八石，去穢益陽，方並硫黃。又獨孤滔《丹房鑑源》云：硇砂性有大毒，為五金之賊，有沉冷之疾，乃可服之，疾減即止。故甄權亦云有大毒，多服能壞人腸胃，生食令人心化為血。是則所指大毒者，皆指陽毒也。故沉冷之疾與痰氣結積諸證，悉由陰之不能化以為痼病者，非如此味稟陽毒之精，更含於陰石氣中，固不能透入痼陰而致陽之化也。愚不能無疑者，謂是物以北庭砂為上，而張匡鄴《行程記》所云高昌北庭山中有火焰山，採硇砂者在此。若然，則所謂陽毒之砂，疑即此地所產也。乃時珍又曰：此是鹵汁所結，生於青海，與月華相射而生，附鹽以成質者，彼人淋煉成之。果如此，則又為至陰之精，其毒便屬陰矣，何以治諸沉冷之疾哉？愚揣此砂或另是鹵汁一種，有異於北庭山中所產之砂也。更可疑者，蘇頌曰是物有毒，能腐人腸胃，而又曰西土人用淹肉炙以當鹽，推求其故而不得，則曰彼土人習久則不毒也。噫！何其自為背謬至此，猶欲著之為信書乎？愚揣之，其西人用以當鹽者，即彼中淋煉之鹵汁，而陽毒能腐人腸胃者，乃北庭所產之砂也。是其性味之陰陽迥殊，而施治之證有若冰炭，不審時珍滾同而稱舉之，抑又何耶？未親履其地而道聽塗說，不悟其舛錯若此，愚故有辨疑，以俟後之確見而實證者云。

[**修治**] 《日華子》曰：用黃丹、石灰作櫃煅赤使用，並無毒。世人自疑爛肉，而人被刀刃所傷，以之罨敷，當時生痂。按黃丹乃鉛煉就者，鉛屬至陰，故可以解硇之陽毒。按硇砂又號透骨將軍，謂其善透物也。用黝罐盛，懸火上，則常乾，或加乾薑同收，亦良。若近冷及得濕，即化為水，或滲失也，然亦陽極遇陰即化之義。

蓬砂一名硼砂，即硼砂。

時珍曰：硼砂生西南番，有黃白二種，西者白如明礬，南者黃如桃膠，皆是煉結成，如硇砂之類。西者柔物去垢，殺五金，與硝石同功，與砒石相得也。

[氣味]　苦辛，暖，無毒。頌曰：温，平。時珍曰：甘，微鹹，涼，無毒。

[主治]　上焦痰熱時珍，喉痹，破癥結《日華子》，除噎膈，消障翳，散瘀血陰癀，療骨鯁惡瘡，及口齒諸病時珍。

頌曰：今醫家用硼砂治咽喉，最爲要切。

宗奭曰：含化咽津，治喉中腫痛。膈上痰熱，初覺便治，不能成喉痹也。

時珍曰：硼砂，味甘微鹹而氣涼，色白而質輕，故能去胸膈上焦之熱，《素問》云熱淫於内，治以鹹寒，以甘緩之是也。其性能柔五金而去垢膩，故治噎膈積聚、骨鯁結核、惡肉陰癀用之者，取其柔物也。治痰熱眼目障翳用之者，取其去垢也。洪邁《夷堅志》云：鄱陽汪友寧，因食誤吞一骨，鯁於咽中，百計不下。恍惚夢一朱衣人曰：惟南蓬砂最妙。遂取一塊，含化咽汁，脱然而失。此軟堅之徵也。《日華子》言其苦辛暖，誤矣。

希雍曰：蓬砂，《本經》味苦辛，氣暖，無毒，然詳其用，味應有鹹，氣亦微暖，色白而體輕，能解上焦胸膈肺分之痰熱，辛能散，苦能洩，鹹能軟，故其所主治如此。同龍腦香、人中白、青黛爲末，敷口舌瘡，效。

咽喉腫痛，**破棺丹**：用蓬砂、白梅等分，搗丸芡子大，每噙化一丸。

小兒陰癀，腫大不消，硼砂一分，水研，塗之，大效。

胬肉瘀突，南硼砂黃色者，一錢，龍腦香少許，研末，燈草蘸點之。

愚按：硼砂，據時珍所云皆是煉結成，如硇砂之類。但硇砂有煉結成者，更有北庭山中生者。據硇砂所主治諸證，舉是以陽毒之精施化沉冷之陰也，而硼砂之用，乃治上焦痰熱，蓋其味鹹而氣涼也。雖其除噎膈，破瘕結諸證，似與硇砂仿佛，然而陰結、陽結豈可不別，令其溷淆莫辨哉？故愚揣硇砂之辛熱乃北庭砂，而硼砂之鹹涼，應同於硇砂之由鹵汁而結煉者也。如時珍於硇砂不及分別，而硼砂之同於硇砂類者，不無以寒熱之殊，令人頓生疑意。愚於硇特著辨疑，因注硼之確相類者，以俟臨證審處云。

[修治] 白如明礬者良，研如飛塵。

石硫黄一名將軍。

頌曰：今惟出南海諸番，嶺外州郡或有，而不甚佳。鵝黃者名崑崙黃，赤色者名石亭脂，青色者名冬結石，半白半黑者名神驚石，並不堪入藥。又有一種水硫黃，出廣南及資州，溪澗水中流出，以茅收取，熬出，號真珠黃，氣腥臭，止入瘡藥，亦可煎煉成汁，以模寫作器，亦如鵝子黃色。《庚辛玉冊》云：硫黃有二種，石硫黃生南海琉球山中，土硫黃生於廣南，以嚼之無聲者爲佳。舶上倭硫黃亦佳。入藥取顆塊瑩淨光膩，色黃，嚼之無聲者佳，夾土及石者不用。

[氣味] 酸，溫，有毒。《別錄》曰：大熱。普曰：神農、黄帝、雷公，鹹，有毒；醫和、扁鵲，苦，無毒。權曰：有大毒。

[主治] 療心腹積聚，邪氣冷癖在脇，欬逆上氣及腰腎久冷，腳冷疼弱無力《別錄》，除冷風頑痹，寒熱甄權，虛寒久痢，滑泄霍亂，續陽氣暴絕，治陰毒傷寒，小兒慢驚時珍，婦人陰蝕疽痔惡血，堅筋骨，除頭禿，能化金銀銅鐵奇物《本經》。

宗奭曰：今人治下元虛冷，元氣將絕，久患寒泄，脾胃虛弱，垂命欲盡，服之無不效。中病當便已，不可盡劑。世人蓋知用而爲福，而不知其爲禍，是物損益兼行故也。如病勢危急，可加丸數服，少則不效，仍加附子、乾薑、桂。

好古曰：如太白丹、來復丹，皆用硫黃，佐以消石，至陽佐以至陰，與仲景白通湯佐以人尿、豬膽汁大意相同。所以治內傷生冷，外冒暑熱，霍亂諸病，能去格拒之寒兼有伏陽，不得不爾。如無伏陽，只是陰證，更不必以陰藥佐之。何也？硫黃亦號將軍，功能破邪歸正，返滯還清，挺出陽精，消化陰魄而生魂。

時珍曰：硫黃秉純陽之精，賦大熱之性，能補命門真火不足。且其性雖熱，而疎利大腸，又與躁澀者不同，蓋亦救危妙藥也。但煉制久服，則有偏勝之害。按孫升《談圃》云：硫黃，神仙藥也。每歲三伏日餌百粒，去臟腑積滯有驗。但硫黃伏生於石下，陽氣溶液，凝結而就，其性大熱，火煉服之，多發背疽。方勺《泊宅編》云：金液丹乃硫黃煉成，純陽之物，有痼冷者所宜，今夏至人多服之，反爲大患。韓退之作文戒服食，而晚年服硫黃而死，可不戒乎？夏英公有冷病，服硫黃、鍾乳，莫之紀極，竟以壽終。此其稟受與人異也。洪邁《夷堅志》云：唐與正亦知醫，能以意治疾。吳巡簡病不得溲，臥則微通，立則不能涓滴，遍用通利藥，不效。唐問其平日自制黑錫丹常服，因悟曰：此必結砂時硫飛去，鉛不死，鉛砂入膀胱，臥則偏重，猶可溲，立則正塞水道，故不通。取金液丹三百粒，分爲十服，煎瞿麥湯下，鉛得硫氣則化，纍纍水道下，病遂愈。硫之化鉛，載在經方，苟無通變，豈能臻妙？《類編》云：仁和縣一吏，早衰齒落不已，一道人令以生硫黃入豬臟中，煮熟搗丸，或入蒸餅，丸梧子大，隨意服之，飲啖倍常，步履輕捷，年踰九十猶康健。後醉食牛血，[14]遂洞泄如金水，尪悴而死。內醫官管範云：豬肪能制硫黃，此用豬臟，尤妙。

之頤曰：石硫黃，偏得山石剽悍之性，陽燧爲體，動流爲用者也，氣稟火溫，味兼木酸，蓋木從火得，風自火出故爾。《本經》主婦人陰蝕疽痔及惡血爲眚，無以奉髮美毛正骨柔筋者，悉屬陰凝至堅，對待治之，陽生陰長，陽殺陰藏矣。

希雍曰：石硫黃秉火氣以生，氣味俱厚，純陽之物也，入手厥陰經。

愚按：硫黃伏生於石下，陽氣溶液凝結而就。且凡產硫黃之處，必有温泉作硫黄氣，則此味之性大熱，昔哲謂爲純陽之物，宜於痼冷者是也。第其能化五金，祇以爲勝者制所不勝，而未察硫之戀於鉛，鉛爲五金之祖也。水火二氣相反，乃以相合，是屬何故？更硫戀於鉛而還能化鉛，勝者又何以反化於不勝者乎？夫鉛爲五金之祖，而硫卽能化五金，則其化五金也，豈非同於化鉛乎？若然，是硫固爲至陽之精，實乃陰中之陽，其化鉛與五金也，固感於所自始之陰，而合和以化之，非止以猛毒而制所不勝者也。卽其戀於鉛也，義固可思矣。石硫黃的入命門，爲水中之陽，義具鉛總按中。然時珍謂其補命門眞火，與桂、附將無同歟？而其微有不同者，當繹前哲痼冷二字，并好古所謂破邪歸正返滯還清之義，猶不得等於桂、附，但入先天眞火之窟以消陰翳者此也。之頤謂其陽燧爲體，動流爲用，二語近之矣。故此味主治似於寒凝而積陰者，宜用此純陽以對偏勝之陰，使其結者化戾者和也。之頤謂所治諸證悉屬陰凝至堅，對待治之，是中的語，知此則適事爲故，投此熱劑，亦何可已，不則反不中病，無益有損矣。故臨證施治，最宜細酌，蓋不必待其久服多服而始見其有害也。至服餌以戕生者，不亦愚乎哉？

[附方]

陰證傷寒極冷，厥逆煩躁，腹痛無脈，危極甚者，舶上硫黃，爲末，艾湯服三錢，就得睡，汗出而愈。

一切冷氣積塊作痛，硫黄、焰消各四兩，結砂、青皮、陳皮各四兩，爲末，糊丸梧子大，每空心米飲下三十丸。

元臟久冷，腹痛虛泄裏急，**玉粉丹**：用生硫黃五兩，青鹽一兩，細研，以蒸餅丸綠豆大，每服五丸，空心熱酒下，以食壓之。

伏暑傷冷，二氣交錯，中脘痞結，或泄或嘔，或霍亂厥逆，**二氣丹**：硫黃、消石等分，研末，石器炒成沙，再研，糯米糊丸梧子大，每服四十丸，新井水下。

老人冷秘風秘，或泄瀉，暖元臟，除積冷，溫脾胃，進飲食，治心腹一切痃癖冷氣，硫黃、柳木槌研細，半夏湯泡七次，焙研，等分，生薑自然汁調蒸餅和，杵百下，丸梧子大，每服十五丸至二十丸，空心溫酒或薑湯下，婦人醋湯下。

酒鼈氣鼈，嗜酒任氣，血凝於氣，則爲氣鼈，嗜酒，癇冷敗血，入酒則爲血鼈，搖頭掉尾，大者如鼈，小者如錢，上侵人喉，下蝕人肛，或附脅背，或隱腸腹，用生硫黄末，老酒調下，常服之。

一切惡瘡，**真君妙神散**：用好硫黄三兩，蕎麥粉二兩，爲末，井水和，捏作小餅，日乾，收之，臨用細研，新汲水調敷之，痛者即不痛，不痛則即痛而愈。

[修治] 時珍曰：凡用硫黄入丸散，用須以蘿蔔剜空，入硫在內合定，稻糠火煨熟，去其臭氣，以紫背浮萍同煮過，消其火毒，以皂莢湯淘之，去其黑漿。一法打碎，以絹袋盛，用無灰酒煮三伏時用。又消石能化硫爲水，以竹筒盛硫，埋馬糞中一月，亦成水，名硫黄液。

礬　石

恭曰：礬石有五種，白礬多入藥用。頌曰：礬石，初生皆石也，采得，燒碎煎煉，乃成礬也。時珍曰：白礬者，方士謂之白君，出晉地者上，青州、吳中者次之。潔白者爲雪礬，光明者爲明礬，亦名雲母礬，文如束針，狀如粉撲者，爲波斯白礬，並入藥爲良。又曰：煅枯者名巴石，輕白者名柳絮礬。

[氣味] 酸，寒，無毒。普曰：神農、岐伯，酸，久服傷人骨；扁鵲，鹹；雷公，酸，無毒。權曰：澀，涼，有小毒。

[主治] 胸中痰癖，除風去熱，消風痰熱痰，中風痰厥，風熱喉痛，療不惡寒，喉痹，風痰癇病，治陰蝕惡瘡，去鼻中息肉，懸癰垂長，目翳胬肉，反胃嘔吐，除固熱在骨髓，暖水藏，療洩利赤白濁，愈下血，又治女勞疸，交接勞復。

宗奭曰：不可多服，損人心肺，却水故也。水化書紙上，乾則水不能濡，故知其性却水也，治膈下涎藥多用者，此意爾。

時珍曰：按李迅《癰疽方》云：凡人病癰疽發背，不問老少，皆宜服黃礬丸，服至一兩以上，無不作效，最止疼痛，不動臟腑，活人不可勝數。用明亮白礬一兩生研，以好黃蠟七錢溶化，和丸梧子大，每服十丸，漸加至二十丸，熟水送下，如未破則內消，已破即便合。如服金石發瘡者，引以白礬末一二匙，溫酒調下，亦三五服見效。有人遍身生瘡，狀如蛇頭，服此亦效。諸方俱稱奇效，但一日中服近百粒則有力。此藥不惟止痛生肌，能防毒氣內攻，護膜止瀉、托裏化膿之功甚大，服至半斤尤佳，不可欺其淺近也，今人名爲蠟礬丸。李東璧氏言礬石之用，列其四功，俱强作解，於此味之用無當也，故盡刪之，止錄治癰疽一方。

　　希雍曰：礬石味酸氣寒而無毒，其性燥急，收濇解毒，除熱墜濁。礬石即白礬，得巴豆同煅令枯，取礬研末，以鵝翎管吹入喉中，流出熱涎，立解喉痺，其證俗呼爲纏喉風是也。皮膚疥癬膿窠、坐板肥瘡等瘡，皆資其用，各合所宜以施之。制半夏，能散濕痰及食積痰，兼除五飲。同焰消，可燒水銀成粉，治一切瘡中有蟲。得黃蠟和丸，名蠟礬丸，治一切腫毒有神。凡治癰疽，當服之以護膜，膜苟不破，雖劇必瘥。

　　愚按：白礬之氣寒，其味鹹者少而酸與濇爲多也。夫寒者水氣，合於味之鹹，以歸於木酸金濇。在酸者陰中之陽，未能大暢以達其陰也，濇者陽中之陰，未能大暢以和其陽也。是陰之在下者，既不得藉下之陽以達，致陰之在下而欲上者，又不能卽和於上之陽以化。若然，是則白礬性味爲至陰，結於寒水，而不能如勾萌之畢達，祇成其爲潤下之用耳。卽小兒口瘡乃用礬湯濯足，脚氣衝心浴足亦以礬湯，又如二便不通、女子陰脫等證用之，則專於潤下可知矣。然何以曰燥？蓋惟祇成其潤下之性，則在上陽中之陰少，故曰燥。夫肺本曰燥金，以其爲陽中之少陰，而其性亦主濇也。此味色白象肺，不更似本燥金之氣，以成其寒水之用而專歸於下者乎？故每用之收水。寇氏謂多服有傷心肺，其義明矣。故茲味主治，本潤下之寒水而收陰爲先。曰酸濇爲至陰，結於寒水，是謂收陰。又曰本燥金之氣，以成寒水之歸下者，謂上之燥又助之收也，總歸於收陰，不然，是謂金生水矣。雖然，人身陰陽，本不宜相離，如茲味之收陰，不似謂離於陽乎？亦何以能奏功於諸證乎？曰：非真陰之能離於真陽也，亦非真陽之可以離真陰也。其收陰一似令陽失所依者，乃陽之邪也，乃陽亢而爲風，風更鼓陽，以傷其寒水所化之液，凝而爲痰，大蝕真陰，而並令真陽失所歸者也。蓋人身唯是寒水乃至陰之初氣，而至陽出焉，陰中之陽得升於天表，以行其陽化，而至陰之精氣亦依陽而上爲之行其化，蓋無陰則陽卽不能行其化也，是卽爲陽中之陰矣。如六淫七情，一有以傷其陽中之陰，則陽無以行其化，淫而爲風，風之厲氣鼓陽，更以傷陰，舉寒化之液燥而爲痰，更卽寒水所化之痰，益以滋熱而蝕陰，將使至陰初氣賦在五臟者無不受傷，此《內經》所謂失守而陰虛也。若傷其立命之初氣，卽經所謂陰虛則無氣，無氣則死者也，就是卽欲抑陽而益陰，猶水沃石耳。蓋未能消痰則風之壅也不靜，未能靜風則陽之狂也不化，唯此收陰歸元而離於陽者，俾陰氣有主，能令寒水所凝之痰自消而亢陽失恃，是其由祛痰而風靜，由靜風而陽化也。陽之化者，卽陽邪散，而真陽亦得依真陰以歸其元也。蓋此收陰，卽以全寒水之初氣，使陰不受蝕於陽邪耳。如治外證之陰蝕惡瘡，舉同斯義也。故論茲味主治，唯在收陰於亢陽之中，以散陽邪而救真陰，是爲首功，原未嘗分其用於潤下也，然究茲味所益，能歸元陰於最初之地，以裕陰化而暢元陽，是爲全功，固不止奏其續於清上也。夫人身至陽本出於陰中，而茲味反全至陰於陽中，人身陰陽，以合而神其分之用，而茲味乃似由離而效其合之用，統識斯義，則白礬主治可以知其大都矣。試以諸先哲之論治徵之：如祛痰靜風化陽，此《日華子》所謂消痰除風去熱也；如真陽亦隨陰而降，是陽中之陰得行其化，仍還歸於寒水之至陰，此《別錄》所謂除固熱在骨髓也；卽此寒水至陰之中，至陽亦得所宅而暢其氣化，此《日華子》所謂暖水臟也。又試以方書之治療而用白礬，首徵於上行者：在痰飲證，此味療風痰爲多，如丹溪搜風化痰丸、《寶鑑》祛風丸、飛礬丹、辰砂化痰丸之類是也；其治熱痰則次之，如化涎散、金珠化痰丸之類是也；在咳嗽證，如人參半夏丸、玉液丸之類，皆治熱痰矣；在癇證，以治風爲專，如治風癇及心風方，又治癇方及勝金丸之類是也，楊氏五癇丸是兼治痰者；在喉痹證，如開關散、七寶散、備急如聖散、一字散之類，皆治風而兼導痰者也。至其除熱，不啻熱痰之治而已。凡熱之上行者，如口如舌爲病，同清熱諸味而奏功於內，又如耳如鼻，用之外治者亦不少矣。凡此皆收真陰於亢陽之中，而救治其飈焰之上行極者，皆由病於陰，不能引陽而下也。第病熱者猶屬陰虛不能馭陽，如風痰相煽而劇者，則陽之蝕陰急矣。其《本經》所云治陰蝕惡瘡，即內而收陰以消痰之義，總歸於寒水得收，以獲奇效。即內證中風危篤，投稀涎散以開關，是非其明徵歟？凡此俱屬上行爲功。次即徵於下行者：如小兒口瘡并脚氣衝心，俱以礬湯濯足，是其收陰者即以歸陽也。然就亢陽之中而收陰以歸陽，是即於歸陰之地而能裕陰以達陽，蓋清上則自然實下，非茲味之獨能兼擅也。在下血證，如斷紅丸治下血久，面色萎黃，漸成虛憊，下元衰弱，以黃芪四君子湯下此丸。又鯽魚方，與白礬同用，治腸風血痔及下痢膿血，積年瀉血，面色萎黃。夫血乃真陰之化醇，其原固本於腎，然生化却在胃，而且統於肺，斷紅丸已具足斯義矣，乃猶用白礬者，正返其陽之始，俾得化陰以爲血之化原也。又如鯽魚方所治，猶未至於虛衰，故但用鯽以補土生血，並止用白礬爲歸陽化陰地耳。然即此二方，可以思水土合德，實爲人身陰陽之化原，而茲味適有當焉者也。在泄瀉方，如玉龍丸之治伏暑，既用硫黃以降而歸之，又消石復升而散之。若腹脹作痛，則加滑石利滯熱，更用白礬之收陰歸陽，即用暢陽而裕陰以化者，於伏暑尤切也。如大斷下丸，治洩瀉滑數，脈細皮寒，氣少不能言，飲食不入胃，胃無穀氣以養，致形氣消索，五臟之液不收，謂之五虛，此爲難治者，用薑、附等味以大補元陽，而濟之收濇諸劑，乃更入枯礬以歸陽，且俾陽能化陰，轉爲陽生之本，是於茲證尤喫緊也。在赤白濁證，如子午丸治心腎俱虛所見虛證種種，且患於消渴飲水，漩下赤白，此方補陰陽兩虛之味，亦種種攸宜，并兼化濁者，却亦不舍枯礬，則其收陰而歸陽，即暢陽而裕陰以化者，有可參也。又治虛憊便濁，滴地成霜方，茲方所以交水火，合陰陽，暢血化，奉腎陽，爲治濁地者亦精矣，更有靈砂養陰馭陽，以救其離絕，而與歸陽裕陰大暢生化之枯礬同爲主劑，其功用不可思歟？凡此爲下治之大都也。若於茲味貿貿然，止以上治之消痰靜風化陽者求其於諸證爲功，何不即取女勞疸證其治以消石、白礬者，是何以得當也？一取其出地之初陽而升散腎中之鬱陰，一取其歸地之元陰而專補腎中之虛陽。抑更思此證，額上黑，足下熱，有殊於諸疸，而不知通身盡黄，所謂水土合德之元氣受病最劇者，若卽此以思其功，則不得以上治概其功也，豈不較然哉。雖然，茲味之上下異治，亦因於上下陰陽之分耳。在經有曰：出地者，陰中之陽。謂陽予之正，陰爲之主也。卽此義以推，則上而陽中之陰，便是陰與之正，陽爲之主矣。經所云爲正爲主二字，最有分辨，辨之明，則上下異治之由乃了然矣。故投劑者須知：白礬療風熱之痰，不療寒濕之痰，而治風亦治內淫之風，不治外受之風，卽除熱，止除元陰受傷之熱，不除外邪所鬱之熱，此屬身半以上者也；至療下血，乃療陽虛而陰微之血，不療寒泣及濕滯之血，其補陽，直補陰虛而真元不歸之陽，不補陰鬱而元氣不達之陽，其化陰，卽化氣盛而血能化精之陰，不化氣虛而血不裕氣之陰，此屬身半以下者也。或曰白礬之性燥急，何以不治濕痰？曰：其性燥急收水者，收真陰之麗於陽邪者而歸之，非謂其收濕邪也，但因其收陰，故其性燥急，卽燥急亦止成其收陰下歸之用，不能藉其燥濕也。時珍其未之察乎？且以解毒爲功，不知收陰歸元以裕陽，於解毒是何義也？憒憒甚矣。世醫類入濕熱以言其治，蓋因於瀉利黃疸、赤白濁、陰蝕惡瘡等證，多由於濕熱故也。殊不知此數證固未嘗不求責於濕熱，第白礬之所治迥乎不同，在王宇泰先生《證治準繩》可以尋繹也。愚於昔年著本草，亦坐是不察，至數年後稍覺有進，故更訂之如此。

[附方]

中風痰厥，四肢不收，氣閉膈塞者，白礬一兩，牙皂角五錢，爲末，每服一錢，溫水調下，吐痰爲度。

喉癰乳蛾，用礬三錢，銀銚內溶化，不可用銅鐵者。入劈開巴豆三粒，煎乾去豆，研礬，用之入喉立愈，甚者以醋調灌之，名通關散。

木舌腫强，白礬、桂心等分，爲末，安舌下。

口舌生瘡，下虛上壅，用白礬泡湯，濯足。

鼻中息肉，用明礬一兩，蓖麻仁七箇，鹽梅肉五箇，麝香二字，杵丸，絮裹塞之，化水自下也。

脚氣衝心，白礬三兩，水一斗五升煎沸，浸洗。

婦人陰脫作癢，礬石燒研，空心酒服方寸匕，日三。

按此方當與上二方參看，上二方收陰而下歸元，以療其證，乃女子陰脫亦用之，蓋腎爲真陰之元，即以歸元者療之，非取其酸澁能固脫也。

反胃嘔吐，白礬、硫黃各二兩，銚内燒過，入硃砂一分，爲末，麪糊丸小豆大，每薑湯下十五丸。

按此方收陰歸元，引陽亦歸元，煞有妙義。

婦人黃疸，經水不調，房事觸犯所致，白礬、黃蠟各半兩，陳橘皮三錢，爲末，化蠟丸梧子大，每服五十丸，以滋血湯或調經湯下。

按此方世醫類知爲癰疽護膜，而不知其如此等證用之，於此正可參。

交接勞復，卵腫或縮入，腹痛欲絕，礬石一分，消三分，大麥粥清服方寸匕，日三服，熱毒從二便出也。

按此方與治女勞黃疸之味同，但分兩及製法有異耳，則益知白礬之奏功於腎也。如是，猶可以酸收固脫盡之否？

虛憊便濁，滴地成霜，蓮肉去心、乾藕節、龍骨、遠志各一兩，白礬、枯靈砂各二錢半，上爲細末，糯米糊爲丸梧子大，每服十五丸，食前白湯下。

疔腫惡瘡，用生礬、黃丹臨時等分，以三稜針刺血，待盡敷之，不過三上，決愈。

希雍曰：白礬止泄痢，亦由泄痢久不止，虛脫滑泄，而此味性澁以止脫，故能主之。假令濕熱方熾，積滯正多，誤用收澁，爲害不少。治目痛不由胬肉及有外障，[15]亦非所宜。礬性燥急而能劫水，用之貴得所宜，咽喉痛者尤宜審之。目痛由陰虛血熱者，亦不宜用。門曰：本除熱在骨髓，多服則反傷骨；本能却水消痰，多服反傷心肺。

[修治] 白色光明者佳。細研，入瓦罐中，火煅半日。色白如輕粉者名枯礬。惟化痰生用，治齒痛喉痺，絮裹，生含咽之。

【校記】

〔1〕助，《證類本草》卷四作"暖"。
〔2〕鹹，原誤作"鹽"，今據《本草綱目》卷十一改。
〔3〕氣，當作"血"。
〔4〕瓷，原誤作"甕"，今據《證類本草》卷四改。
〔5〕炭，原脫，今據《本草述鈎元》卷六補。
〔6〕氣味，二字原倒，今據文義乙正。
〔7〕消石，"消"上原衍"生"字，今據《本草綱目》卷十一刪。
〔8〕以水，"以"字原缺，今據《本草綱目》卷十一補。
〔9〕熱，《證類本草》卷三作"熱痛"二字。
〔10〕血如，二字原脫，今據《史記·扁鵲倉公列傳》《本草綱目》卷十一補。
〔11〕反，原誤作"及"，今據《金匱要略方論》卷十五改。
〔12〕臡，原誤作"弩"，今據文義改。
〔13〕臡，原誤作"弩"，今據文義改。
〔14〕食，原脫，今據《扁鵲心書·神方》補。
〔15〕臡，原誤作"弩"，今據文義改。

《本草述》卷之七上

山草部

甘草 朮、苦參、乾漆爲之使，惡遠志，反大戟、芫花、甘遂、海藻。

[氣味] 甘，平，無毒。宗奭曰：生則微涼，味不佳，炙則溫。海藏曰：氣薄味厚，升而浮，陽也，入足太陰、厥陰經。時珍曰：通入手足十二經。

[主治] 和諸藥，治臟腑寒熱邪氣，補正氣，解諸味及藥毒，生用瀉火熱，熟用散表寒，去咽痛，除邪熱，緩正氣，養陰血，補脾胃，潤肺東垣，生則平分身梢而瀉火，炙則溫健脾胃而和中《藥性賦》，甘而緩，故能瀉熱而補陽，甘緩善解諸急，故卽舒陽以裕陰，是所謂治諸經急痛，又云補血不足用甘草《雜述》，吐肺痿之膿血，消五發之瘡疽海藏。

東垣曰：甘草氣薄味厚，可升可降，陰中陽也。陽不足者補之以甘，甘溫能除大熱，故生用則氣平，補脾胃不足而大瀉心火，炙之則氣溫，補三焦元氣而散表寒，除邪熱，去咽痛，緩正氣，養陰血。陽虛之熱則宜甘溫，陰虛之火則宜甘寒，兩者或誤，去之遠矣。東垣先生用甘溫以緩正氣，養陰血，的爲精詣。誤者用以療陰虛血衰，則亦失之遠矣。凡心火乘脾，腹中急痛，腹皮急縮者，宜倍用之，其性能緩急而又協和諸藥，使之不爭，故熱藥得之緩其熱，寒藥得之緩其寒，寒熱相雜者用之得其平。

海藏曰：五味之用，苦泄，辛散，酸收，鹹斂，甘上行而發，而本草言甘草下氣，何也？蓋甘味主中，有升降浮沉，可上可下，可外可內，有和有緩，有補有泄，居中之道盡矣。張仲景附子理中湯用甘草，恐其僭上也，調胃承氣湯用甘草，恐其速下也，皆緩之之意，非和也。小柴胡湯有柴胡、黃芩之寒，人參、半夏之溫，而用甘草者，則有調和之意。建中湯用甘草，以補中而緩脾急也，鳳髓丹用甘草，以緩腎急而生元氣也，乃甘補之意。

又曰：甘者令人中滿，中滿者勿食甘，甘緩而壅氣，非中滿所宜也。凡不滿而用炙甘草爲之補，若中滿而用生甘草爲之瀉，能引諸藥直至病所，甘味入脾，歸其所喜，此升降浮沉之理也，經云以甘補之，以甘瀉之，以甘緩之是矣。頌曰：按孫思邈《千金方》論云甘草解百藥毒，如湯沃雪，有中烏頭、巴豆毒，甘草入腹即定，驗如反掌。方稱大豆汁解百藥毒，予每試之，不效，加入甘草爲甘豆湯，其驗乃奇也。

嘉謨曰：用此方救中砒毒者及百餘人。

希雍曰：甘草，味甘氣平，無毒，正稟土中沖和之陽氣以生，故《別錄》稱之爲九土之精，可升可降，陰中陽也。諸毒遇土則化，甘草爲土精，故能化毒，解一切邪氣。佐黃耆、防風，能運毒走表，爲痘疹氣血兩虛者首尾必資之劑；得白芍藥，則補脾，甲己化土故也；同人參、黃耆、白术、大棗、當歸身、麥門冬，加升麻、柴胡，爲補中益氣藥，專理饑飽勞役內傷，陽氣下陷發熱；同人參、乾薑、肉桂，則溫中；同麥門冬、蘇子、枇杷葉，則下氣；同黃連、芍藥、升麻、滑石，解熱毒滯下；同桔梗、玄參、鼠黏子、栝樓根，清利咽喉虛熱；同人參、菖蒲、益智、龍眼肉、遠志，治健忘；同麥門冬、石膏、竹葉、知母，除煩悶燥渴頭疼，解肌；同黃連、木通、赤芍藥、生地黃，瀉心經有餘之火；同預知子、貫衆，解一切蠱毒；炙，則補傷寒病瘥後血虛。

愚按：藥味之甘者多矣，乃茲種獨以甘擅名。蓋《別錄》謂其爲九土之精，能治七十二種乳石毒，解一千二百般草木毒，調和諸藥，有功也，是瀕湖所謂贊帝力而人不知，斂神功而己不與者乎？是一和足以概衆美矣。第就和之中，其功有緩，而緩之中，其功又有瀉，就緩、瀉之中，其功更有補也。如東垣所云，脾胃不足而心火乘脾，火性苦急，賴此緩之，此火非可以苦寒瀉，卽以甘平而和緩者瀉之。一炙則爲甘溫，卽以甘溫補陽之不足矣。此甘草於和諸藥中，而先哲洗發其專功，又有如是也。抑脾胃不足，何以心火乘脾乎？蓋後天陽氣之原出於胃，雖土以火爲母，而心火更以土爲化原，脾胃虛則心火之化原竭，故母反索救於子以乘脾也，心火乘脾，陽不能生陰而反厲陰，故甘溫能緩正氣，卽以養陰血，是又可通於養心血之義也。東垣其醫中之聖乎？

[附方]

肺痿吐涎沫，頭眩，小便數而不咳者，肺中冷也，**甘草乾薑湯**溫之：甘草炙，四兩，乾薑炮，二兩，水三升煮一升五合，分服。

肺痿久嗽，涕唾多，骨節煩悶，寒熱，以甘草三兩炙，搗爲末，每日取小便三合，調甘草末一錢服之。

梢

[主治]　生用治胸中積熱，去莖中痛，加酒煮玄胡索、苦楝子，尤妙元素。

丹溪曰：生甘草大緩諸火邪，但用於下焦宜梢子，若概用恐太緩，不能達也。

頭

[主治]　生能行足厥陰、陽明二經污濁之血，消腫導毒震亨，宜入吐藥時珍。

希雍曰：甘能緩中，故中滿者忌之，嘔家忌甘，酒家亦忌甘，諸濕腫滿及脹滿病，咸不宜服。皇甫嵩曰：諸解利藥宜少用，恐緩而少效。卽補藥中亦不宜多用，恐戀膈不思食。脾虛者固宜用之，若脾胃氣有餘及腫脹與痢疾初起，皆不可用。

[修治]　以大徑寸而結緊，橫有斷紋者佳。炙者用長流水蘸濕，炙之至熟，刮去赤皮。

黃耆一作黃芪。茯苓爲之使，惡龜甲、白鮮皮。

盧之頤覼曰：出蜀郡、漢中，今不復采，惟白水、原州、華原山谷者最勝，宜、寧二州者亦佳。春生苗，獨莖叢生，去地二三寸，作葉扶疎，狀似羊齒，七月開黃紫色花，結小尖角，長寸許。八月采根，長二三尺，緊實若箭幹，皮色黃褐，折之柔韌，音忍，堅柔難斷也。如綿，肉理中黃外白，嚼之甘美可口。若堅脆味苦者即苜蓿根也，勿誤用。別說黃芪本出綿上者爲良，蓋以地產言也。若以柔韌如綿爲綿，而偽者亦柔韌，但當以堅脆而味苦者爲別耳。木耆草形類真相似，只是生時葉短根黃耳。

根

[氣味] 甘，微溫，無毒。潔古曰：味甘，氣溫，平，氣薄味厚，可升可降，陰中陽也，入手足太陰氣分，又入手少陽、足少陰命門。又曰：黃耆甘溫純陽。

[諸本草主治] 益肺氣，溫分肉，實皮毛間腠理虛，大補表之元氣虛弱，通和陽氣，利陰氣，泄火邪，能活血脈，生血，助胃氣，益三焦元陽，補五臟諸虛不足，丈夫虛損，羸瘦虛喘，腎衰耳聾，瀉痢，久腸風，老人氣虛腸閟，更治虛煩肌熱，虛勞，自汗盜汗，若表虛有邪，發汗不出，服之自汗，并内托陰疽，排膿止痛，長肉生肌，爲瘡家聖藥，治女子月候不勻，血崩帶下，胎前產後氣耗血虛，療小兒百病。

[方書主治] 虛勞消癉，中風著痹，自汗下血，頭痛脚氣，悸，淋傷勞倦，吐血，咳嗽血，痹攣黃疸，傷暑，瘧，鼻衄心痛，胃脘痛，驚，盜汗滯下，赤白濁，惡寒，往來寒熱，水腫溲血，腹痛腰痛，破傷風，不能食，大便不通，發熱厥瘖，諸見血證，痹痿，鶴膝風，顫振眩暈，虛煩身重，泄瀉，小便不通，遺精，疝。此以用之多少分先後。

東垣曰：《靈樞》云：衛氣者，所以溫分肉而充皮膚，肥腠理而司開闔。黃耆補三焦，實衛氣，與桂同功，特比桂甘平不辛熱爲異耳。但桂則通血脈，能破血而實衛氣，耆則益氣也。又黃耆與人參、甘草三味，爲除躁熱肌熱之聖藥，脾胃一虛，肺氣先絕，必用黃芪溫分肉，益皮毛，實腠理，不令汗出，以益元氣而補三焦。

好古曰：黃耆，治氣虛盜汗并自汗及膚痛，是皮表之藥，治咯血，柔脾胃，是中州之藥，治傷寒尺脈不至，補腎臟元氣，是裏藥，乃上中下内外三焦之藥也。

文清曰：東垣云溫分肉而實腠理，益元氣而補三焦，蓋補肺皮毛自實，治上焦虛喘短氣者，瀉肺中火也。中焦脾胃虛弱，脈弦，血脈不行，羸瘦腹痛，下焦久瀉痢腸風崩帶，月事不勻。

復曰：黃耆一名戴糝，戴椹、百本、戴在首，如衛氣出目行頭，自上而下，[1]從外而內，百骸百脈，咸衛外而固矣。又云耆可久可速，能知衛氣出入之道路，便能了知黃耆之功用矣。按衛出下焦，其行始於睛明穴，故此云然，凡五臟六腑之精陽氣皆上走於目而為睛。

嘉謨曰：參、耆俱補益虛損，但人參唯補元氣調中，黃耆兼補衛氣實表，如共劑而用，須別主輔。凡內傷脾胃，發熱惡寒，怠惰嗜臥，嘔吐洩泄及脹滿痞塞，形羸力乏，脈微神短者，參為君，耆為臣；若表虛而自汗盜汗，漸至亡陽，諸潰瘍多耗膿血，嬰兒痘疹未灌全漿，一切陰毒不起之疾，治之又須實衛護營，當以耆為君，參為臣。合宜而用，勿執一也。

杲曰：小兒外物驚，宜用黃連安神丸鎮心藥。若脾胃寒濕，嘔吐腹痛，[2]瀉痢青白，宜用益黃散藥。如脾胃伏火，勞役不足之證，及服巴豆之類，胃虛而成慢驚者，用益黃、理中之藥，必傷人命。當於心經中以甘溫補土之源，更於脾土中以甘寒瀉火，以酸涼補金，使金旺火衰，風木自平矣。今立黃耆湯，瀉火補金益土，為神治之法，用炙黃耆二錢，人參一錢，炙甘草五分，白芍藥五分，水一大盞，煎半盞，溫服。按李東垣先生因證處方，深有妙理，後學宜細求之。

宗奭曰：防風、黃耆相須而行。如唐時柳太后病風不能言，脈沉口噤，許胤宗製黃耆防風湯數斛，於牀下蒸之，藥入腠理，周時而瘥。

東垣曰：防風能製黃耆，黃耆得防風，其功愈大，乃相畏而相使也。

戴原禮曰：黃耆助真氣者也，防風載黃耆，助真氣以周於身者也，亦有治風之功焉。許胤宗治柳太后中風口噤，合二味以煎熏者，是一證也。

希雍曰：黃耆秉天之陽氣、地之沖氣以生，故味甘微溫而無毒，氣厚於味，可升可降，陽也，入手陽明、太陰經。黃耆，在補中益氣湯，甘溫能除大熱，爲治勞倦發熱之要劑；同生熟地黃、黃檗、黃芩、黃連、當歸，加酸棗仁炒熟，研，爲治陰虛盜汗之正法；本方去三黃，加人參、五味子、酸棗仁，治表虛自汗；同桂枝、白芍藥、防風、炙甘草，能實表，治表虛畏風，傷風自汗；與茅山朮、生地黃等分，牛膝、黃檗減半作丸，治積年濕毒臁瘡，百藥不效；同白芷、白及、甘草、金銀花、皂角刺，排膿止痛；同人參、甘草，治天行痘瘡陽虛無熱證。

　　愚按：黃耆之味甘，甘者中土之味也，其氣在《本經》曰微溫，張潔古曰溫平，是亦中土之氣也。但產於西土，雖其苗值春生，而花至七月方開，采根又以八月，且根中黃外白，非由脾胃以至於肺爲是物之功用乎？潔古謂其入手足太陰氣分是矣，然更曰入手少陽、足少陰命門，蓋原其所自始也。李東垣言益衛氣，又曰益胃氣者，蓋言其生化之地也。請得而悉之。經曰：人受氣於穀，穀入於胃，以傳於肺，五臟六府皆以受氣。又曰：肺氣從太陰而行之，其行也以息往來。又曰：宗氣積於胸中，出於喉嚨，以貫心脈而行呼吸。若然，胃爲後天生氣之原，而五臟六腑之所以受氣者，又統於主氣之肺也，肺之所以主氣者，以本於息之往來也，肺之以息往來者，本於水火升降，貫心脈而行呼吸也。卽經所云衛氣者，溫分肉而充皮膚，肥腠理以司開闔。然又曰：陽受氣於上焦，以溫皮膚分肉之間。夫上焦卽胸中宗氣所留，是非肺所治乎？是則肺司衛氣之行，以至五臟六腑之受氣，皆宗氣升降之本，然第必藉穀氣以充之，使真陽瀰漫布濩，先周於身，乃還返其所自始。是則胃固爲生化之地，然非主氣之肺統之，則無以神胃之生化，而俾其能行氣於三陰三陽焉。蓋以肺氣原於腎，雖充周於一身，而未嘗離於宗也。經曰：衛氣晝行於陽，夜行於陰，嘗從足少陰之分，間行於五藏六府。夫衛出下焦，乃足太陽膀胱，膀胱屬腎，而肺之以息往來者又根於腎。經曰少陽屬腎，腎上連肺，是則衛氣之布皆司於肺者，豈不合於三焦之氣而本於腎中之命門乎？先哲曰：肺調百脈，游行於三焦之位，歸於命門。斯義可互證也。若然，東垣所謂溫分肉而實腠理，益元氣而補三焦者，其機似無二矣。三焦爲元氣之別使，經固言之，然非主氣之肺統之，則亦無以神三焦爲使之氣化，俾其氣之自下而上者復自上而下，氣之自內而外者復自外而內焉，蓋經固謂三焦屬腎而腎上連肺也。是則黃耆之補氣，原合胃與三焦，以爲周身之利益矣。第經曰：陽者衛外而爲固，陰者藏精而起氣。不識《日華子》謂其助氣，壯筋骨，又云長肉補血而化血生血，更如潔古所云，豈起氣者在陰而衛外之陽反能生陰哉？曰：《內經》言之矣。云：雲霧不精，則白露不降。此二語可爲兹味寫照。經曰：上焦出氣，以溫分肉而養骨節，通腠理。夫上焦既肺所治，肺，統天氣者也，經曰陽者天氣也，主外，故分肉腠理之間可以徵元氣之充與否。若分肉腠理一有不充，則即是膻中之氣化不足而雲霧不精也。真陽不充而陰氣何以滋？陰氣不滋而陽氣何以四布乎？試就其益衛而即能生血者以參之。夫血固液所化，液即氣所化也。經曰：津液調和，變化而赤，是爲血。又曰：三焦出氣，以溫肌肉，充皮膚，爲其津，其流而不行者爲液。又曰：衛氣先行皮膚，先充絡脈，絡脈先盛，故衛氣已平，營氣乃滿，而經脈乃大盛。又曰：衝脈者，經脈之海也。即營氣之化，經脈之盛，並納於衝任者皆根於衛氣之充，不可識耆之益表氣通陽和，即以滋營而和經，俾藏於衝任而達之命門，以歸元陽療諸虛者乎？試以陰生陽、陽化陰者爲分爲合之義一贅言之。按黃耆止言其補氣，詎知其化血生血，乃所以竟其氣之用耳。蓋達陽即以利陰，利陰即以達陽，此正分合微義也，故闡發以補先哲之遺。《內經》曰：水火者，陰陽之徵兆也；金木者，生成之終始也。是則合腎與脾以上至於肺者，肝也；合心與胃以下至於肝者，肺也。在肝得乎水中之火，所以爲陰中之少陽，故主升，如水不足，是先撥其本也，即水中之火鬱，則升之機亦病而氣病矣；在肺爲得火中之水，所以爲陽中之少陰，故主降，如火不足，是亦先撥其本也，即火中之水鬱，則降之機亦病而氣病矣。若脾固以水爲體而以火爲用，坎中之離，借風木以上交，故脾能化氣於上，而胃爲表以達之；胃固以火爲體而以水爲用，離中之坎，借燥金以下交，故胃能化血以下，而脾爲裏以統之。按挾腎與脾以至於肺者，肝也，蓋肺爲腎之母也；挾心與胃以至於肝者，肺也，蓋肝爲心之母也。若脾與胃，執升降之樞以爲子母之權輿者也，故上而至天，下而際地焉。無體則用何有，無用則體不存，若耆之功，所謂體立而用以行者也。蓋陽中太陽合於陽中之少陰，使陽得化陰而隨陰以降，此所以謂其自上而下、自外而內者也。是《別錄》所謂益氣，更曰利陰氣，甄權所謂主虛喘腎衰耳聾，皆可以此義明其功矣。抑潔古謂爲純陽，又何以能益陽中之少陰歟？詎知從甘而溫，非偏至之氣也，故氣虛者確爲的劑，若氣實邪盛者投之，又所謂無用而體不存者也。經所謂雲霧不精，蓋精之一字，固包舉此二義矣。故黃耆補肺而利陰，不治陽有餘而陰不足之病，乃治陽不足而陰亦不利者之病也，知此義而後能用耆者。試觀方書所治，固多主益氣，然於血分之證多有功，而津液汗溺爲病需之亦不少，則以肺陽裕而陰生，肺陰降而陽隨，爲自上而下、自外而內者之權輿焉。試觀《本經》主治首及癰疽，久敗瘡，排膿止痛，夫豈止於益氣哉？固亦由氣而及血，以至於分肉耳。即治大風癩疾及《別錄》所治婦人子臟風邪，皆緣陰氣虛以爲風，且亦不止於補陽已也。至於逐五臟間惡血，并《日華子》所云破癥癖瘰癧，瘦贅腸風，血崩帶下，則由陽而及陰者種種明著矣。蓋一氣而有地氣、天氣之異，第地氣由生而化，天氣由化而生，是又靜與動之分也，然亦各有綱縕變化之所焉。如肺陰下降而生血，是綱縕變化之地即在膻中，膻中固肺所治，而中焦之營血此爲橐籥，能使胃陽不亢而氣得下行者，謂非肺之力歟？故東垣所云瀉陰火，謂內傷者，上焦陽氣下陷於陰分而爲虛熱，非陰分相火之火也，亦是由氣化血之義。所以用黃耆者不可執一補氣之說，而必究其功用之精微，乃爲得當而中的耳。

又按：經曰衛出於下焦，若然黃耆益衛氣，謂其自上而下者，必其先自下而上也，其自外而內者，必其先自內而外也。然則潔古謂黃耆爲足太陽膀胱發表藥，是豈同於麻黃、桂枝等味之發表者哉？蓋衛氣原由足太陽而達之天表，此《內經》所謂衛出下焦者也。試參治虛損，膀胱有熱而尿血不止者，於蒲黃丸中用黃耆，以補下焦之衛，乃清熱如生地、麥冬諸味，始得合而奏功。是則不止用耆以補虛，固亦藉其升陽以達表，而後水府之熱得以投清寒而除之也。是可明於陽氣下陷之義，蓋陽不得正其治於上，則陰即不能順其化於下矣。

[附方]

小便不通，綿黃耆二錢，水二盞煎一盞，温服。小兒減半。

氣虛白濁，黃耆鹽炒，半兩，茯苓一兩，爲末，每服一錢，白湯下。

老人閟塞，綿黃耆、陳皮去白，各半兩，爲末，每服三錢，用大麻子一合，研爛，以水濾漿，煎至乳起，入白蜜一匙，再煎沸，調藥空心服，甚者不過二服。此藥不冷不熱，常服無秘塞之患。

腸風瀉血，黃耆、黃連等分，爲末，麵糊丸綠豆大，每服三十丸，米飲下。

欬嗽膿血，咽乾，乃虛中有熱，不可服涼藥，以好黃耆四兩，甘草一兩，爲末，每服二錢，點湯服。

胎動不安，腹痛，下黃汁，黃耆、川芎藭各一兩，糯米一合，水一升煎半升，分服。

希雍曰：黃耆功能實表，有表邪者勿用；能助氣，氣實者勿用；能内塞，補不足，胸膈氣閉悶，腸胃有積滯者勿用；能補陽，陽盛陰虛者忌之，上焦熱甚、下焦虛寒者忌之；病人多怒，肝氣不和者，勿服；痘瘡血分熱甚者，禁用。

[修治]　去頭刮皮，生用治癰疽，蜜炙治肺氣虛，鹽水或蒸或炒，治下虛。

人　參

《人參贊》云：三椏五葉，背陽向陰，欲來求我，椵樹相尋。椵，音假，樹似桐，以其樹陰廣則滋生多也。蓋此草多生於深山背陰近椵漆下濕潤處。[3]春生苗，三月四月有花，細小如粟，蕊如絲，紫白色，秋後結子，或七八枚，如大豆，生青，熟紅自落，根如人形者神。采其根於秋冬則堅實，春夏采者便虛軟也。《春秋運斗經》云：搖光星散而爲人參，故有神草之名。嘉謨曰：昔時多用潞州上黨紫團參，其產於紫團山也，紫色梢扁。又百濟參白堅且圓，名曰條參，俗名羊角參。遼東參黃潤，纖長有鬚，俗名黃參，獨勝。高麗參近紫體虛。新羅參亞黃味薄。肖人形者神，其類雞腿者力洪。時珍曰：上黨，今潞州改潞安府。也，土民以采參爲地方害，不復采取矣。今所用者，皆是遼參。其高麗、百濟、新羅三國，今皆屬於朝鮮矣，其參猶來中國互市。但所用之遼參連皮者黃潤，色如防風，去皮者堅白如粉，偽者皆以沙參、薺苨、桔梗采根造作亂之。沙參體虛無心而味淡，薺苨體虛無心，桔梗體堅有心而味苦，人參體實有心而味甘，微帶苦，自有餘味，俗名金井玉闌也，以是爲勝。其他作偽者不少，須詳審之。

根

[氣味] 甘，微寒，無毒。《別錄》曰：微溫。普曰：神農，小寒；桐君、雷公，苦；黃帝、岐伯，甘，無毒。潔古曰：性溫，味甘微苦，氣味俱薄，浮而升，陽中之陽也。又曰：陽中微陰。希雍曰：神農微寒，《別錄》微溫，二義相蒙，世鮮解者。蓋微寒者春之寒也，微溫者亦春之溫也。神農直指所稟，故曰微寒。《別錄》兼言功用，故又曰微溫。既云微矣，寒不甚寒則近於溫，溫不甚溫則近於寒，故知寒溫雖別，言微則一也。以言乎天，則得其生生升發之氣；以言乎地，則得其清陽至和之精。狀類人形，上應搖光，故能回陽氣於垂絕，却虛邪於俄頃，功魁群草，力等丸丹矣。丹溪曰：人參入手太陰經。

[主治] 補五臟，安精神，定魂魄，止驚悸，[4]開心益智，久服輕身延年《本經》。調中保中，守神，治肺胃陽氣不足，肺氣虛促，短氣少氣，補中緩中，通血脈，主五勞七傷虛損，療腸胃中冷氣，心腹鼓痛，胸膈逆滿，痰弱嘔噦，消胸中痰，瀉心肺脾胃中火邪，止渴，生津液諸本草。

愚按：人參益元氣，於肺脾先受之以入五臟，故經曰三陰者六經之所主也。三陰之藏，脾與肺也，五臟俱入則諸虛皆補，其功效難以數例定也。且有患證同而可補不可補者迥殊，又一證而前不可補後復可補者不同，更難定其何證必用參也，唯當參於後賢諸論變而化之，以盡參之功能。

東垣曰：人參甘溫，能補肺中元氣，肺氣旺則四臟之氣皆旺，精自生而形自盛，肺主諸氣故也。張仲景云：病人汗後身熱亡血脈沉遲者，下痢身涼脈微血虛者，並加人參。古人血脫者益氣，蓋血不自生，須得生陽氣之藥乃生，陽生則陰長，血乃旺也。若單用補血藥，血無由而生矣。《素問》言：無陽則陰無以生，無陰則陽無以化。故補氣須用人參，血虛者亦須用之。

海藏曰：潔古老人言以沙參代人參，取其味甘也。然人參補五臟之陽，沙參補五臟之陰，安得無異？雖云補五臟，亦須各用本臟藥相佐使引之。

白飛霞云：人參煉膏服，回元氣於無何有之鄉，凡病後氣虛及肺虛嗽者並宜之。若氣虛有火者，合天門冬膏對服之。

盧復曰：生處背陽向陰，當入五臟，以類相從也。人身衛氣，日行於陽道則寤，夜入於五臟則寐，則凡病劇張惶，不能假寐者，人參入口，便得安寢，此即入臟養陰，安精神，定魂魄之外徵矣。

李言聞曰：人參，生用氣涼，熟用氣溫，味甘補陽，微苦補陰。氣主生物，本乎天；味主成物，本乎地。氣味生成，陰陽之造化也。涼者高秋清肅之氣，天之陰也，其性降；溫者陽春生發之氣，天之陽也，其性升；甘者，濕土化成之味，地之陽也，其性浮；微苦者，火土相生之味，地之陰也，其性沉。人參氣味俱薄，氣之薄者生降熟升，味之薄者生升熟降。如土虛火旺之病，則宜生參涼薄之氣以瀉火而補土，是純用其氣也；脾虛肺怯之病，則宜熟參甘溫之味以補土而生金，是純用其味也。東垣以相火乘脾，身熱而煩，氣高而喘，頭痛而渴，脈洪而大者，用黃檗佐人參。孫真人治夏月熱傷元氣，人汗大泄，欲成痿厥，用生脈散以瀉熱火而救金水，君以人參之甘涼，瀉火而補元氣，臣以麥門冬之苦甘寒，清金而滋水源，佐以五味子之酸溫，生腎精而收耗氣，此皆補天元之真氣，非補熱火也。

愚按：經曰：陰虛則無氣，無氣則死。蓋人身之真陽由陰中以上升，此地氣上爲雲，陽之升者即陰之升也；真陰由陽中以降，此天氣下爲雨，陰之降者即陽之降也。五臟屬陰，曰補五臟之陽者，蓋補陰中之陽也。真陽由陰而升，真陰由陽而降，然後地天交而營衛乃大通，以奉生身。人參陽中含陰，正合於陽中之陰，以交於陰中之陽而大益真元，乃能回元氣於無何有之鄉，乃爲能補天元之真氣。故即如以上諸說，與參桼互而用以療虛損者。後學祖之，亦須先識陽中含陰云云之義，然後能善其用以無誤也。

希雍曰：經言補五臟，蓋臟雖有五，以言乎生氣之流通則一也，益真氣則五臟皆補矣。其曰安精神，定魂魄，止驚悸，開心益智者，以心藏神，肝藏魂，肺藏魄，腎藏精與志，脾藏意與智故也。心腎虛則精神不安矣，肝肺虛則魂魄不定矣，驚悸者心脾二經之病也，心脾虛則驚悸，心脾之氣強則心竅通利，能思而智益深矣。

愚按：經曰：五藏者，所以藏精神血氣魂魄者也。故《本經》言其補五藏，即以安精神云云實之。夫精神魂魄志意，非人立命之根乎？而參能益之，真功魁羣草矣。

希雍又曰：人參，補五臟陽氣之君藥，開胃氣之神品。同大棗、白芍藥、龍眼肉、甘草、酸棗仁，補脾陰；腎氣衰陽痿，以之爲君，加鹿茸、肉蓯蓉、巴戟天、五味子、麥門冬、兔絲子、山茱萸、地黃、枸杞、杜仲、柏子仁，乃扶衰之要劑，兼令人有子；君藿香、木瓜、橘紅，治胃虛弱嘔吐反胃，如妊娠嘔吐，加竹茹、枇杷葉；同白术、吳茱萸，治脾泄久不止；君五味子、吳茱萸、補骨脂、肉豆蔻，治腎泄；同白芍藥、炙甘草，治血虛腹痛鼓痛；同乾薑、白术、炙甘草，治中寒泄瀉，下利清穀，甚則加肉桂、附子；同附子、乾薑、肉桂，治寒厥，指爪青黯，便清倦臥；同附子、五味子，治陽氣脫，溫腸胃中冷；君五味子、麥門冬，治肺虛氣喘，夏月服之益氣除熱，止消渴，名生脈散，加白术，又治中暑傷氣倦怠；同沉水香、白芍藥，治真氣虛，氣不歸元，因而胸脇逆滿；同茯苓、遠志、益智、棗仁、麥門冬，治精神恍惚，魂魄不定，驚悸；同沉水香、茯神，治心虛邪客之作痛；同鹿角膠、杜仲、續斷、當歸、地黃、蘇木，治負重努力，內傷失血，去蘇木，加生地黃，治胎漏不安；同黃耆、白芍藥、五味子，治汗多亡陽；同蘇木、麥門冬，治產後氣喘。產後氣喘，原方論云：此乃血入肺竅，危證也，原方止有參一兩，蘇木二兩，更童便煎服爲是，茲加入麥冬，誤矣。若云非滯血證，何以又入蘇木。在白虎湯，治勞傷元氣，人患熱病渴甚并頭疼；在敗毒散，治氣虛人患四時不正傷寒；在參蘇散，治肺虛人傷風。同鱉甲、青皮、乾漆、䗪蟲、肉桂、牡蠣、射干，消癥母；同甘菊花、當歸、地黃、枸杞子、蒺藜、甘草、柴胡，則明目；同黃連、紅麴、白芍藥、滑石末、升麻，治滯下腹痛赤色；同黃連、烏梅、蓮肉、升麻、滑石末、肉豆蔻，治滯下久不止；同白朮、木瓜、茯苓、藿香、炙甘草，止虛煩躁；同牛黃、犀角、天竺黃、鉤藤鉤、丹砂、雄黃、真珠、茯神、遠志，治驚癇；同地黃、阿膠、麥門冬、山茱萸、五味子、續斷、杜仲，治血崩，加牛膝、大薊、鹿角膠，治血淋；同橘皮、紫蘇、木瓜、白朮、竹茹，治惡阻，安胎，熱多者去朮、紫蘇，加麥門冬；同五加皮、白蘚皮、石楠葉、石斛、秦艽、木瓜、薏苡仁、萆薢、牛膝、沉香、菖蒲、二朮，治痹；同黃蘗、黃耆、白朮、五味子、麥門冬、木瓜、白芍藥、薏苡仁、白茯苓，治痿；同附子、白朮、芍藥、甘草、茯苓，治慢驚慢脾風；同白朮、黃耆、芍藥，治自汗；同生薑皮各兩許水煎，露一宿，五更溫服，治氣虛久瘧不止；同蘇木、當歸、童便，治產後血暈；同石菖蒲、蓮肉等分水煎，治產後不語；同乳香、丹砂、雞子白、薑汁三匙調勻，別用當歸兩許，煎濃同吞，治橫生倒養難產，神效；同附子、肉桂、麥門冬、五味子，治房勞過度，脫陽欲絕，下部虛冷；同黃耆、天門冬、五味子、牛膝、枸杞、菖蒲，治中風不語。潔古曰：人參得升麻引用，補上焦之元氣，瀉肺中之火；得茯苓引用，補下焦之元氣，瀉腎中之火；得麥門冬，則生脈；得乾薑，則補氣。述曰：與黃芪同用，助補表虛；與白朮同用，助補脾胃；與熟地黃同用，佐以茯苓，助下焦元氣，瀉腎中虛火；升麻引用，補上焦元氣，瀉肺胃中虛火。

愚按：人參之功复絕，類能言之，然總不外於《本經》之主治首及補五臟一語。其補五臟者，以其補元氣也。夫元氣本於陰中之陽，如參之產，背陽向陰，卽采之亦必以秋冬堅實，是非陽之出於陰中者哉？唯本於陰中之陽而合乎腎，入於陽中之陰而合乎肺，遂合於二陰之至肺者，以能返其所自始所自生，而後能回陽氣於垂絕，却虛邪於俄頃也。丹溪曰：人參入手太陰，補陰中之陽者也。抑氣之補五臟者，必先至於中土而乃及於四臟，蓋以中土之胃能行氣於三陰三陽，而與胃合之脾尤能爲胃行氣於三陰三陽者也。知胃陽之氣必根於脾陰之氣，則肺本於陰中之陽，以入於陽中之陰，而後陰陽合而氣生，陰陽和而氣暢者，其義可識取矣，如是之謂能益元氣補五臟也。雖然，人生有形，形立於氣，此經所謂形歸氣，氣生形也。惟人生一落於軀殼，舉內外皆屬形耳，然五臟更爲形軀之主，而元氣又爲五臟之主，蓋由元氣以補五臟，由五臟以益形軀，此經所謂形與氣俱，使神內藏者也。又經所云失神者死，得神者生，何者爲神？曰：血氣已和，營衛已通，五臟舍心，魂魄畢具，乃成爲人。百歲五臟皆虛，神氣皆去，形骸獨居而終矣。卽經數語以徵人參之功，則如《本經》所謂安精神，定魂魄，開心益智，而東垣所云補氣卽益血者，非由元氣以益五臟乎？又甄權所謂主五勞七傷虛損，時珍所云治男婦一切虛證，非由五臟以益形骸乎？合而繹之，此正血氣和，營衛通，形不離氣，神不去形，甄權謂人參爲能守神者，職是故耳。第如《別錄》更言調中，甄權亦云補五臟六腑，又曰保中，《日華子》云治氣，先言調中，而潔古云治肺胃陽氣不足，肺氣虛促，短氣少氣，更云補中緩中。舉如先哲所云中者，豈專指中土而言乎？抑亦別有取爾也？曰：謂中土，非形之中不可。第繹甄權於保中下卽隨以守神二字，則似有超於形以爲言者矣。經曰：根於中者，命曰神機。此云中，蓋合於臟分有五之中，此云機，尤妙於氣與神之凝以爲機也。是則所謂中者，豈執於有形之中土哉？然則神亦何所取乎？經曰：人生有形，不離陰陽。又曰：陰陽者，神明之府也。又曰：陰陽不測之謂神。又曰：兩精相搏謂之神。如人參能合於人身陰中之陽以生元氣，卽更合於人身陽中之陰以化元氣，謂非陰陽之不測不可，謂非陰陽之相搏不可，搏猶言結也。若然，是非神明之府乎？能全其陰陽之相搏而不測者，卽不離於五臟血氣之中，以能扶危戡亂，保泰定功，不可不謂其能守人身中之神，而復絕於羣草也。雖然，既云守神以全形，而神之由氣而守者又先至肺及脾，以達餘臟，卽就形而指中土以爲中也，亦無不可，況如潔古之補中緩中，較與諸說少異乎？但執此以爲中，便不可謂之神矣。其一。

又按：言參之功，止謂其甘溫與芪同稱而已，不知其能補真氣者，非甘溫之他品所敢望也。蓋人參入手太陰，而乃能補五臟者，由於主呼吸以神其升降，使元氣由地至天，自天歸地，循環不息耳。經云升降息則氣立孤危，不可證取此義乎？然在《難經》曰：臍間動氣者，人之元氣，呼吸之門。吳梅坡曰：左腎屬水，陰之闔也，降也；右腎屬火，陽之闢也，升也。唯此一元之氣，有一動一靜於其間，方啓膈間肺動以爲呼吸，況經言二陰至肺，且言少陽屬腎乎？夫二陰，腎也，既上至肺，少陽三焦固腎氣之使也，是呼吸之氣上主於肺，而實下本於腎也。夫心之總系上貫於肺，通於喉，而息由以生。經曰：宗氣積於胸中，出於喉嚨，以貫心脈而行呼吸。蓋此水火同宮高下相召之元氣以爲呼吸也，是呼吸之氣，肺下本於腎，而實上主於心也。何以本於腎而反主於心，以氣者火之靈，《內經》所謂五臟舍心者此耳。若然，則真氣卽水火同宮陰陽合和之氣也。然參之補元氣者，何以首益脾胃？蓋水火之所以體物而不遺者，土也。唯土鼓坎離，卽藉坎離升降，播煽真氣，造化穀氣，與之並充身焉。故曰脾胃非能化物，其化物者皆水火之氣，而水火之氣無中土則幾乎息，猶氣與形之相依，故補真氣之味卽首入脾胃矣，且其氣味正合於中土之化成焉。人身元真在腎則寒化，其氣藏在心則熱化，其氣浮在肝則溫化，其氣升在肺則涼化，其氣降，涼卽微寒也，唯在脾則冲和之化，其氣備。夫偏寒偏熱者，水火獨至之氣也；微溫微寒者，水火合和之氣也；備者，不偏於寒，不偏於熱，而得乎粹然冲和之氣。雖胃與心肺在上而營諸陽，然陽中有陰，非偏於陽也。卽是而言參之性味，繆氏所云寒不甚寒則近於溫，溫不甚溫則近於寒，豈非獨得其補真氣而爲開胃益脾之精義乎？是可概以甘溫二字目之乎？《本經》云：人參微寒者，獨指參之所稟，肺原於腎也，極爲精確；而《別錄》又言微溫者，詳於參之所合，肺媾於肝也，亦爲精悉。乃世醫止以甘溫目之，同於芪而論，則亦大憒憒矣。若然，參合於脾胃，既備沖和之氣矣，何以又專言其入肺？蓋眞氣之所藉者穀也，穀氣之所入者胃也，故經曰人受氣於穀，氣積於胃。然而腎之藏者合於肝之升，而氣乃際於天，如心之浮者不合於肺之降，則不際於地，而升降之機息。故肺爲陽中之陰，乃能主持陰中之陽，而運升降於不息也。經曰：胃爲五臟六腑之海，其清氣上注於肺，肺氣從太陰而行之，其行也以息往來。夫往來卽升降也，調眞氣者先調息，故經曰肺者氣之本也，而沖和之氣不入肺而何入乎？世醫謂氣爲陽，而不知皆沖和之氣也。其二。

[附方]

按：繆仲淳氏主治參互，其立方亦多矣，兹再錄數方之有意義者，以備參究。

人參膏：用人參十兩，細切，以活水二十盞浸透，入銀石器內，桑柴火緩緩煎取十盞，濾汁，再以水十盞煎取五盞，與前汁合煎成膏，瓶收，隨病作湯使。丹溪云：多慾之人，腎氣衰憊，欬嗽不止，用生薑、橘皮煎湯，化膏服之。浦江鄭兄五月患痢，又犯房室，忽發昏暈，不知人事，手撒目暗，自汗如雨，喉中痰鳴如拽鋸聲，小便遺失，脈大無倫。此陰虛陽絕之證也，予令急煎大料人參膏，仍與灸氣海十八壯，右手能動，再三壯，唇口微動，遂與膏服一盞，半夜後服三盞，眼能動，盡三斤，方能言而索粥，盡五斤而痢止，至十斤而全安。若作風治，則誤矣。

按：丹溪所治之證，固已患痢，更犯房室，以致危篤，是不止於腎陰之受傷，而陰中之眞陽亦幾幾欲絕也，故多服參膏而後愈，則參還元以益陰中之陽，明矣。

夾陰傷寒。先因慾事，後感寒邪，陽衰陰盛，六脈沉伏，小腹絞痛，四肢逆冷，嘔吐清水，不假此藥，無以回陽，人參、乾薑炮，各一兩，生附子一枚，破作八片，水四升半煎一升，頓服，脈出身溫，卽愈。

按：此證又爲陰邪勝陽，而補腎陽以參，更同於乾薑、附子，期補元陽以化陰邪而已，與前陰虛陽絕之治證大相懸殊也。

房後困倦，人參七錢，陳皮一錢，水一盞半煎八分，食前溫服，日再服。

按：此亦補陰中陽，陰中陽乃元氣也。

心下結氣，凡心下硬，按之則無，常覺膨滿，多食則吐，氣引前後，噫呃不除，由思慮過多，氣不以時而行則結滯，謂之結氣，人參一兩，橘皮去白，四兩，為末，煉蜜丸梧子大，每米飲下五六十丸。

按：前益腎陰中之陽，而此益心陽中之陰，皆止用人參、陳皮，因心腎陰陽互宅，唯參能善其根陰根陽之用，故無異味耳。但前證以補困倦，而參大倍於陳皮，後方以行結氣，而陳皮勝於參也。

怔忡自汗，此心氣不足也，人參半兩，當歸半兩，用獖豬腰子二個，以水二盞煮至一盞半，取腰子細切，人參、當歸同煎至八分，空心喫腰子，以汁送下，其滓焙乾，為末，以山藥末作糊，丸綠豆大，每服五十丸，食遠棗湯下。不過兩服，即愈。此崑山神濟大師方也。一加乳香二錢。

按：是方投參、歸而同於豬腰子者，以元氣為陰中之陽，必藉之使益腎也，故取諸味之汁而空心服之，仍用其滓焙乾為末，同山藥為丸，於食遠服者，又取其培中氣以益肺之元氣也，處方可謂精詣矣。

產後諸虛，發熱自汗，人參、當歸等分，為末，用豬腰子一個，去膜，切小片，以水三升、糯米半合、蔥白二莖煮，米熟，取汁一盞，入藥煎至八分，食前溫服。

按：產後發熱自汗之證，乃與怔忡自汗而同用參、歸、豬腰子者，蓋同是元氣之有損，皆根於腎故也。第產後去血，何以亦補元氣？緣血化於陽中之陰，而陽中之陰原根於陰中之陽也。惟是產後方有糯米、蔥白之加者，則以去血則宜益脾，自汗則宜於補元氣之中寓透陽於陰中之義，俾滯血得化而陰為陽守也。世醫止以蔥白為散寒邪，誤矣。此加二味之深意也。

喘急欲絕，上氣鳴息者，人參末，湯服方寸匕，日五六服，效。

按：此正所云參補五臟而肺先受之者，以元氣根於腎，主於心，而肺統之以歸下也。予於天啓間作令時，因勞極病此，大用參得愈。

產後發喘，乃血入肺竅，危證也，人參末一兩，蘇木二兩，水二盌煮汁一盌，調參末服，神效。

按：此義亦用參以補虛，歸氣之元，但加蘇木以化滯血，俾陰得化，能隨陽行耳。

霍亂嘔惡，人參二兩，水一盞半煎汁一盞，入雞子白一枚，再煎，溫服。

按：霍亂吐瀉，或六淫七情，有一乖戾鬱滯，以致陰陽痞隔，上下相離，而氣不得升降者然也。兹霍亂止言嘔惡，是但有逆上而不降，故用歸元之真陽如參者以爲降也，但元氣之降，先本於升，故又用象天如雞子之白，舉清陽而上浮者以爲升地，俾和上逆之氣而下，此制方之妙也。

反胃嘔吐，飲食入口即吐，困弱無力，垂死者，上黨人參三大兩，拍破，水一大升煮取四合，熱服，日再。兼以人參汁入粟米、雞子白、薤白，煮粥與噉。此方出李絳《兵部手集》，公每與名醫論此藥難可爲儔也。

胃寒氣滿，不能傳化，易饑，不能食，人參末二錢，生附子半錢，生薑二錢，水七合煎二合，雞子清一枚打轉，空心服之。

脾胃虛弱，不思飲食，生薑半斤，取汁，白蜜十兩，人參末，四兩，銀鍋煎成膏，每米飲調服一匙。

希雍曰：人參，論其功能之廣，具如《本經》所說，信非虛語。第其性亦有所不宜，世之錄其長者或遺其短，摘其瑕者并棄其瑜，是以或當用而後時，或非宜而妄投，不蒙其利，徒見其害，二者之誤，其失則一，遂使良藥不見信於世，粗工互騰其口說，惜哉。豈知人參本補五臟真陽之氣者也，若夫虛羸怔怯，勞役饑飽所傷，努力失血，以致陽氣短乏，陷入陰分，發熱倦息，四肢無力，或中熱傷暑，暑傷氣，無氣以動，或嘔吐泄瀉，霍亂轉筋，胃弱不能食，脾虛不磨食，或真陽衰少，腎氣乏絕，陽道不舉，完穀不化，下利清水，中風失音，產後氣喘，小兒慢驚，吐瀉不止，痘後氣虛，潰瘍長肉等證，投之靡不立效。所不利者，唯是火炎氣上，如咳嗽吐痰，吐血衄血，齒衄內熱，骨蒸勞瘵，陰虛火動之候。蓋肺者華蓋之臟也，位乎上，象天，人身真氣由地以至於天，唯肺統之，真氣無虧則寧謐清淨，以受生氣之熏蒸而朝百脈，乃爲後天真陰之化原。苟縱恣情慾，虧損真陰，火空則發，熱起於下，炎爍乎上，則肺先受之，火乃肺之賊邪，統氣者受傷，則肺熱轉鬱，結而爲痰，喉癢而發嗽，血熱妄行，溢出上竅，如用參輩以補之，是助邪而更傷乎幾希之陰，海藏所謂肺熱還傷肺是已。又有痧疹初發，身雖熱而斑點未形，傷寒始作，形證未定而邪熱方熾，若誤投之，鮮克免者。斯皆實實之害，非藥可解。經曰：實實虛虛，損不足而益有餘。如是者，醫殺之耳，可不戒哉！可不慎哉！言聞曰：凡人面白面黃面青黧悴者，皆脾肺腎氣不足，可用也；面赤面黑者，氣壯神強，不可用也。脈之浮而芤濡虛大，遲緩無力，沉而遲濇弱細，結代無力者，皆虛而不足，可用也；若弦長緊實滑數有力者，皆火鬱內實，不可用也。潔古謂喘嗽勿用者，痰實氣壅之喘也，若腎虛氣短喘促者，必用也；仲景謂肺寒而欬勿用者，寒束熱邪，壅鬱在肺之欬也，若自汗惡寒而欬者，必用也；東垣謂久病鬱熱在肺勿用者，乃火鬱於內，宜發不宜補也，若肺虛火旺氣短自汗者，必用也；丹溪言諸痛不可驟用者，乃邪氣方銳，宜散不宜補也，若裏虛吐利及久病胃弱，虛痛喜按者，必用也；王節齋謂陰虛火旺勿用者，乃血虛火亢能食，脈弦而數，凉之則傷胃，溫之則傷肺，不受補者也，若自汗氣短，肢寒脈虛者，必用也。如此詳審，則人參之可用不可用，思過半矣。

　　愚按：先哲有云：虛火可補，參、芪之屬，實火可瀉，芩、連之屬。愚謂此四語還費商酌，是必精晰火與熱之辨而後可。蓋經曰：寒暑燥濕風火，此天之陰陽也，而人合之。又曰：風寒在下，燥熱在上，濕氣在中，火遊行其間。以是參之，如經所云東方生風，南方生熱，西方生燥，北方生寒，中央生濕，各正其位，而獨火無所主者，豈非由陰而生陽，卽由陽而化陰，遊行於風寒熱燥濕之間以爲用者乎？人既合於此，便可以參經所謂少火者，非陽之由陰而生復由陰而化者，不名爲少火也。若離陰以爲陽生，則生之原絕；離陰以爲陽化，則化之機窮。豈不謂之壯火乎？故少火能生氣者，陰合陽而氣生也；壯火反食氣者，陽離陰而氣盡也，故經曰陰虛則無氣，無氣則死矣，卽斯義以明虛火實火之治義。

如所謂虛火者，形證與脈俱處其不足，是謂虛熱，可補陽也，若由於真陰之虛以致陽不足者，是謂虛火，則必補陰而並裕陽，苦寒固未宜，若惟以參、芪補之，則甘温祇以益陽，反先損其陽生之原也，惡乎可？是可投參、芪者，乃止屬陽分之虛，名爲虛熱，不名爲虛火也。所謂實火者，形證與脈俱據其有餘，是謂實熱，可瀉陽也，若由於至陽之盛以致陰不足者，是謂實火，則必抑陽而並滋陰，辛熱固不宜，若概以芩、連瀉之，則苦寒必至亡陰，反先絕其陽化之原也，惡乎可？是可用芩、連者，乃止屬陽分之實，名爲實熱，不名爲實火也。形證與脈俱處其不足者，總是止屬陽分之虛，無干於陰虛之義；形證與脈俱據其有餘者，總是止屬陽分之實，亦無干於陰虛之義。虛實兩治，一干於陰虛，則便費商酌。更專言虛火之治。人之身半以下屬陰，身半以上屬陽。在陰分之陽虛者，不由於真陰之虛而致之，則直當補先天之真陽，如桂、附之屬，參、芪可以佐之，一由於陰虛而致者，又當以養陰爲主而寓扶陽之義，獨任參、芪，猶非的劑也。又如陽分之陰虛者，不由於至陽盛而致之，則直當滋後天之元陰，如歸、芍之類，參、芪亦可以佐之，一由於至陽盛而致者，又當以抑陽爲主而寓生陰之義，參、芪正以貽害耳。雖然，陰陽各分之中又各有陰陽，先哲曰勞倦飲食損傷氣分者，固有陰氣陽氣之分，而思慮色欲損傷血分，又豈無有陰血陽血之異乎？以此見血陰氣陽者分陰分陽之義也。氣血各自有陰陽者，陰陽互爲其根之理也。大法：陽氣虛者，宜桂、附兼參、芪峻補；陰氣虛者，參、术、甘草緩而益之；陰分血虛者，生地、玄參、龜板、知母、黃柏補之；陽分血虛者，茯苓、參、歸、遠志之類補之。此數語者，亦可謂發前人之所未發也。雖然，統治諸證，總宜明於火與熱之分。第火與熱之分，固介然不移，何醫家概以火言之？則因《內經》中南方生熱，熱生火耳。按火與熱之辨，在先哲已言之早矣。曰：陽虛生寒，寒生濕，濕生熱，陰虛生火，火生燥，燥生風。不知火固熱也，其氣使然，而所謂少火者，乃陰中之真陽，不指其氣之熱者以名火也。若指其氣之熱者以爲火，是又屬壯火食氣者也，惡乎可？其一。

須知所謂肺熱還傷肺者，可爲肺熱干於陰之證，此屬虛火，不可投參者也；所謂養正邪自除者，可爲肺熱無干於陰分之證，此屬虛熱，可以投參者也。大都人身諸病，干於陰分者居其強半，故肺熱還傷肺之言未可概以爲非也。又人身虛病，無干於陰分而止屬陽分者雖少，亦確有之，故養正邪自除之言間亦中的，然猶未可盡以爲是也。不明於虛熱虛火之辨，勿怪乎各執一方以相爭，而其失俱不甚相遠也。其二。

又按：參之用舍，唯是血證最宜分明，故繆仲淳氏獨舉而言之，惜乎猶未中肯也。楊仁齋云：人身之血賴氣升降，氣升則升，氣降則降，氣逆則逆，氣和則和，氣清則和，氣濁則亂。故凡治血之逆者，莫先清氣。又云：血遇熱則宣流，故止血多用涼藥。然亦有氣虛挾寒，陰陽不相守者，榮氣虛散，血亦錯行，所謂陽虛陰必走是也，外證必有虛冷之狀，法當溫中，使血自歸於經絡。統繹二義，其治似氷炭懸絕，然同是血帥於氣，氣爲血先之義耳。所謂氣清則和者，陽得陰以爲守則氣清，清者陽中之陰降，陰降而陽隨之，是之謂和，和則不逆矣，濁者陽不得陰以爲守，則陽因僭越而上亢，是之謂亂，亂則何所不至而成逆，猶言悖逆之義也，則如血之聽命於氣者，自無不與之俱逆矣。至於氣虛而血錯行者，血不得其統馭之主而亦妄行，猶所謂無主乃亂也。是雖同是血逆，而其治有不得不異者如此。故肺熱干於陰與無干於陰者，固參用舍之分。然至如血逆證其治有分者，較於前義更加精辨，蓋血證雖有異治，然俱已傷其陰矣，又惟是氣濁氣虛之分，從血之主者以爲治柄。司命之工，其可不細審乎哉？其三。

又按：氣之清濁虛實最關於血者，其義之親切爲何如？且醫治血證，輒言引血歸經，然其歸經又何如？蓋經曰：真氣者，所受於天，與穀氣并而充身也。又曰：人受氣於穀，穀入於胃，以傳於肺，五臟六腑皆以受氣。蓋肺爲五臟六腑之華蓋，故臟腑之氣，唯肺主之。然氣有營衛之分，氣之陽屬衛，氣之陰屬營，陽先而陰從之，故經曰衛氣者，所以溫分肉，充皮膚，肥腠理，司開闔者也。衛氣先行皮膚，先充脈絡，脈絡先盛，故衛氣已平，營氣乃滿，而經脈大盛。即此可知陽爲陰之先，血乃氣之充，故氣之清濁虛實即與血相關而極其親切者，有如斯也。第所云歸經者云何？在經曰胃者，水穀氣血之海也。胃之所出氣血者，經隧也。經隧者，五臟六腑之大絡也。又曰：五臟之道皆出於經隧，以行血氣，血氣不和，百病乃變化而生，是故守經隧焉。卽此觀之，則氣之濁氣之虛者，是卽所謂血氣不和而百病生者也，是皆不得至於經而行其血氣者也。然皆本於氣，能化血之臟以取責焉，蓋氣之濁與氣之虛，舉不能入心而爲血之主，入脾而爲血之統，入肝而爲血之藏，又焉能入於經隧，以爲五臟六腑之大絡乎？蓋人身之血固無處不周，然臟腑之絡繫於經絡，而經隧之能通血氣者，尤在於氣之主，此所以責其本而治肺也。由玆言之，則引血歸經者是其末圖，必求其本，唯在治肺，是卽所謂善守經隧者也。其四。

[修治] 言聞曰：人參，生時背陽，故不喜見風日。凡生用宜咬咀，熟用宜隔紙焙之。或熟酒潤透，咬咀，焙熟用。並忌鐵器。咬，音釜，咬咀，咀嚼也。熟者亦用咀嚼，爲其忌鐵也。

蘆

[氣味] 苦，溫，無毒。

[主治] 吐虛勞痰飲時珍。

吳綬曰：人弱者，以人參蘆代瓜蔕。

丹溪治一女子，年踰笄，性躁味厚，炎月因大怒而呃作，作則舉身跳動，脈不可診，神昏不知人。問之，乃知暴病，視其形氣俱實，遂以人參蘆半兩，逆流水一盞半，煎一碗，飲之，大吐頑痰數碗，大汗，昏睡一日而安。人參入手太陰，補陰中之陽者也，蘆則反是，大瀉太陰之陽。女子暴怒氣上，肝主怒，肝主氣，經曰怒則氣逆，因怒逆肝木，乘火侮肺，故呃大作而神昏，參蘆善吐，痰盡則氣降而火衰，金氣復位，胃氣得和而解。

又一人，作勞發瘧，服瘧藥，變爲熱病，舌短痰嗽，六脈洪數而滑。此痰蓄胸中，非吐不愈，以參蘆湯加竹瀝二服，涌出膠痰三塊，次與人參、黃耆、當歸煎服，半月乃安。

沙　參

颙曰：出淄、齊、潞、隨、江淮、荊湖州郡沙磧中。二月生苗，初生如小葵，葉圓扁不光，八九月抽莖，莖端葉尖長如枸杞，邊有細齒，葉間開小花，五出色紫，長如鈴鐸，結實如冬青實，中有細子，霜後苗枯，根長尺許，若黃土地中者根則短小，根莖俱有白汁如乳，故一名羊乳。八九月采者白而實，春月采者微黃而虛。

根

[氣味]　苦，微寒，無毒。普曰：岐伯，鹹；神農、黃帝、扁鵲，無毒；李當之，大寒。好古曰：味甘微苦，厥陰本經之藥，又為脾經氣分藥。

[諸本草主治]　補中，清肺熱，益肺氣，療胸痹結熱，邪氣頭疼，散血結，養肝氣，宣五臟風氣，治久欬肺痿，療皮間邪熱，治驚氣疝氣。

[方書主治]　中風，驚，咯血，痹，著痹，譫妄，疝。

潔古曰：肺寒者用人參，肺熱者用沙參代之，取其味甘也。

時珍曰：人參甘苦溫，其體重實，專補脾胃元氣，因而益肺與腎，故內傷元氣者宜之；沙參甘淡而寒，其體輕虛，專補肺氣，因而益脾與腎，故金受火尅者宜之。

文清曰：散血分積，養肝之功居多，常欲眠而多驚煩者最宜，故曰厥陰本經藥也。[5]

之頤曰：樂樹沙磧而氣疏，質本秋成而性潔，參容平之金令，轉火歊為清肅者也，故可汰除肺眚。因熱傷氣分為灑淅寒熱，及藏真失行營衛陰陽，致氣不昫，血不濡，與驚上逆不能昫之使下者，功用頗捷。

希雍曰：沙參稟天地清和之氣，《本經》味苦，微寒無毒，王好古謂甘而微苦。苦者味之陰也，寒者氣之陰也，甘乃土之冲氣所化，合斯三者，故補五臟之陰，入手太陰經，蓋肺者五臟之氣所主也。同天門冬、麥門冬、百部、五味子、桑白皮，治肺痿肺熱；同貝母、枇杷葉、栝樓、甘草、桑白皮、百部、天門冬、款冬花，治久嗽。

愚按：沙參之味甘而止有微苦，且甘先之，其氣微寒，甘味歸土而合微寒之氣，豈非足太陰脾劑乎？然概以爲入手太陰肺者何哉？蓋脾脈至於肺者也。五味入口，先至於脾，由脾而卽上至於肺。況此味之甘勝，則專於脾之氣化而上達矣。《本經》言益肺氣，先之以補中，則由脾而至肺也可知。卽曰有微苦，反爲甘用以致其上清之化，且其根采於八九月者乃白而實，春月則否，明爲得容平之金氣，而在土氣成功之後者也。抑潔古謂沙參療肺熱，在《本經》則言其補中，益肺氣，得勿有相戾歟？曰：不也。蓋陰陽和而氣乃生，陰陽和而氣乃運，肺主氣而曰太陰者，謂陽中有陰也，陽不足則甘溫補之，陰不足則甘寒補之，此《本經》所以謂沙參能補中，益肺氣，而潔古之所見殊確也。第好古又曰是爲厥陰本經藥，其義何居？曰：肝合於腎，本陰中之陽上升以致於胃，而後天之氣乃生，是肝上媾於肺者，陽也，而卽有陰隨之矣；肺合於心，本陽中之陰下降以致於脾，而後天之血乃成，是肺下媾於肝者，陰也，而卽有陽隨之矣。若肺之陽亢而陰微，則木無以媾於金，而金亦不得媾於木，不唯肝血無以藏，卽肝氣亦無以養矣。唯肺之陽氣合於陰，而後氣能昫之，肺之陰氣和於陽，而後血能濡之。如此味本容平性質，而莖根皆折之有白汁，更曰羊乳，不可思其金氣溢潤於司風木之臟，而血易燥者能有餘地乎？此《別錄》所以謂其散胸痹結熱，而《本經》卽首以治血結爲言也。卽此一按立論，便可通於方書諸證之治。夫肺主氣，而《本經》乃首治血結，蓋本肺陰下降入心之義，是則金木媾而陰陽和矣。然凡入肺經氣分而兼益血者，卽於肝有專功，固不獨一沙參爲然矣。

按：脾與腎脈俱至於肺，在經絡篇固然。先哲曰脾氣散精，上歸於肺，此皆由下而升者也。《內經》又云傷肺者，脾氣不守，胃氣不清，經氣不爲使云云，此由上而降者也。醫者能識脾肺升降以盡其變，則思過半矣。

[附方]

卒得疝氣，小腹及陰中相引，痛如絞，自汗出，欲死者，沙參搗篩，爲末，酒服方寸匕。

婦人白帶，多因七情內傷，或下元虛冷所致，沙參爲末，每服二錢，米飲調下。

［修治］　水洗，去蘆。白實味甘者良。根乾時宛似人參，中黃外白，但體輕鬆，味淡而短耳。之頤曰：世所用者不知爲何許物。

桔梗有一種木梗，真似桔梗，只是咬之腥澀不堪爲異。

在處有之。春生苗，莖高尺餘，葉似杏葉而長，夏開小花紫碧色，頗似牽牛花，秋後結子。八月采根。根如指大，邊白，中微黃有心，味苦而辛，苦爲勝。若無心味甜者，薺苨耳。

根

［氣味］　辛，微溫，有小毒。普曰：神農、醫和，苦，無毒；黃帝、扁鵲，辛鹹；岐伯、雷公，甘，無毒。海藏曰：桔梗，氣微溫，味苦辛，味厚氣輕，陽中之陰，升也，入手太陰肺經氣分及足少陰經。時珍曰：當以苦辛平爲是。

［主治］　療喉咽痛《別錄》，肺熱氣促嗽逆甄權，肺部風熱，除鼻塞，清利頭目咽嗌，胸膈滯氣及痛潔古，療胸脇痛如刀刺，胸腹脹滿，腸鳴幽幽，驚恐悸氣《本經》，下一切氣《日華子》，破血積氣，消聚痰涎甄權，療肺癰，養血排膿，補內漏《日華子》，主口舌生瘡，赤目腫痛時珍。

潔古曰：桔梗與甘草同行，爲舟楫之劑，如大黃苦泄峻下之藥，欲引至胸中至高之分成功，須用辛甘之劑升之，譬如鐵石入江，非舟楫不載，所以諸藥有此一味，不能下沉也。

丹溪曰：乾咳嗽，乃痰火之邪鬱在肺中，宜苦梗以開之。痢疾腹痛，乃肺金之氣鬱在大腸，亦宜苦梗開之，後用痢藥。此藥能開提氣血，故氣藥中宜用之。

《類明》曰：潔古言桔梗利胸中之氣者，諸氣皆屬於肺也，中焦氣所從出之處，卽胸中之分。開提者，如有痰水飲食之類壓在氣上，桔梗開通壅塞之道，升提其氣上行，使痰水飲食而降下也。

中梓曰：桔梗，謂其開提氣血，既以上行，又能下氣者，爲其入肺，肺實主氣，肺金得令，則濁氣自下行耳。

時珍曰：朱肱《活人書》治胸中痞滿不通，用桔梗、枳殼，取其通肺利膈下氣也。張仲景《傷寒論》治寒實結胸，用桔梗、貝母、巴豆，取其溫中消穀破積也。又治肺癰唾膿，用桔梗、甘草，取其苦辛清肺，甘溫瀉火，又能排膿血，補內漏也。其治少陰證二三日咽痛，亦用桔梗、甘草，取其苦辛散寒，甘平除熱，合而用之，能調寒熱也。後人易名甘桔湯，通治咽喉口舌諸病。宋仁宗加荊芥、防風、連翹，遂名如聖湯，極言其驗也。按王好古《醫壘元戎》載之頗詳，云失音加訶子，聲不出加半夏，上氣加陳皮，涎嗽加知母、貝母，欬渴加五味子，酒毒加葛根，少氣加人參，嘔加半夏、生薑，吐膿血加紫菀，肺痿加阿膠，胸膈不利加枳殼，心胸痞滿加枳實，目赤加梔子、大黃，面腫加茯苓，膚痛加黃耆，發斑加防風、荊芥，疫毒加鼠粘子、大黃，不得眠加梔子。

《門》曰：與牡蠣、遠志同用，療恚怒；與石膏、葱白同用，能升氣於至陰之下；與消、黃同用，能引至胸中至高之分，利五臟腸胃。

希雍曰：觀其所主諸病，應是辛苦甘平，微溫無毒，入手太陰、少陰，兼入足陽明胃經，辛散升發，苦洩甘和。

愚按：經曰：味歸形，形歸氣，謂形之所自生者氣也，味之所自出者形也。如桔梗，其質白，但中心微有黃耳，是形稟於金氣也，形稟金氣而味却先苦後辛，是金氣所化之精爲火，而仍還於金者也。按：桔梗與紫菀，其味俱先苦後辛，俱苦勝辛劣，但紫菀之苦較桔梗尤勝耳。蓋因桔梗，其質白，金也，從金化火，仍歸於金，是金能用火，金爲主也；紫菀，其色紫，火也，即從火生苦，苦爲勝，但終之以微金，是火爲金用，火又主也。訶子止有濇而無辛，其苦味最勝，是金從火爲用也。義見本條。火爲氣之元，而金爲氣之主，故桔梗爲氣分的劑矣。若然，將謂苦能洩，辛能散，即其能開提氣血，堪爲諸藥之舟楫乎？曰：猶未盡也。試思其質稟金氣而味之化火者，仍歸於金，是則味轉化苦，苦而勝者，正其金氣之歸元，乃還而大暢其橫褊之用耳。[6]蓋由辛宣而化苦瀉者以至於地，使無有壅閼，旋歸辛宣者統其氣化而至於天，是則謂能開提氣血，以爲諸藥之載者也。或曰：然則茲味與上升之劑同乎？曰：不然。此以兼乎升降而盡其功於辛宣，其何可同也？不觀《本經》所主胸脇痛如刀刺，腹滿，腸鳴幽幽，驚恐悸氣，又不觀諸本草主治，療喉咽痛，清利頭目，咽嗌胸膈滯氣及痛，除鼻塞，去肺熱，氣促嗽逆，下一切氣，破血積氣，消聚痰涎，療肺癰，養血排膿，治寒嘔，補内漏，如斯證者，是固由辛宣而化苦瀉，卽由苦瀉而致辛宣者也，豈得等於一上升之功歟？然則茲味之功，如是其侈耶？曰：皇甫嵩言之矣，謂療咽痛鼻塞，治肺咳，肺熱氣奔促，乃專功也，至如餘證，由其能行上行表，能使氣血流通耳。斯語亦爲中的矣。愚謂治以上諸證，當有主劑以對待之，更藉此味以爲佐使，詎謂不足以盡桔梗之功哉？若專責之，則無當於器使，而其功蔑如矣。海藏謂入足少陰者，蓋桔梗爲氣分之藥，而腎爲氣之元，苦則至下，況《内經》有云二陰至肺乎，二陰，腎也。簡束垣藥性，桔梗入腎，但曰或用梢耳，是卽入肺又入腎之証也。

希雍曰：凡病氣逆上升，不得下降，及邪在下焦者，勿用。閱方書治脚氣之劑，於空心服者中有桔梗，益証此味之入腎也。丹溪云治脚氣濕者須先升提之，乃此方不用升、柴，而以此代，則其義可思也。希雍謂邪在下焦者勿用，何所見之淺也。凡攻補下焦藥中勿入。嵩曰：下虛及怒氣上升，皆不可用。

[修治]　去頭及兩畔附枝，米泔浸一宿，焙乾用。

薺苨 音齊尼，並上聲。

時珍曰：薺苨苗似桔梗，根似沙參，故奸商往往以沙參、薺苨通亂人參。蘇頌《圖經》所謂杏參，周憲王誠齋《救荒本草》所謂杏葉沙參，皆此薺苨也。《圖經》云：杏參，生淄州田野，根如小菜根，土人五月采苗葉，治欬嗽上氣。《救荒本草》云：杏葉沙參，一名白麪根，苗高一二尺，莖色清白，葉似杏葉而小，微尖，面背白，邊有叉牙，杪間開五瓣白盞子花，根形如野胡蘿蔔，頗肥，皮色灰黲，中間白毛，味甜微寒，亦有開碧花者，嫩苗煠熟水淘，油鹽拌食，根換水煮，亦可食。《原始》云：薺苨根，有一蘆三四蘆者，似桔梗，但其皮白細，光於桔梗。又云：

桔梗獨蘆者佳。

根

[氣味] 甘，寒，無毒。

[主治] 解百藥毒《別錄》，殺蠱毒，治熱狂溫疾《日華子》，封疔腫時珍，罨，音掩，覆蓋也。毒箭，療蛇蟲咬《日華子》，利肺氣，和中，明目止痛昝殷，治消癉方書。

時珍曰：薺苨，寒而利肺，甘而解毒，乃良品也，而世不知用，惜哉。按葛洪《肘後方》云：一藥而兼解衆毒者，惟薺苨汁濃飲二升，或煮嚼之，亦可作散服，此藥在諸藥中毒皆自解也。又張鷟《朝野僉載》云：各醫言虎中藥箭，食清泥而解，野豬中藥箭，豗薺苨而食，物猶知解毒，何況人乎？又孫思邈《千金方》治强中爲病，莖長興盛，不交精出，消渴之後，發爲癰疽，有薺苨丸、豬腎薺苨湯方，此皆本草所未及者，然亦取其解熱解毒之功爾，無他義。

愚按：《神農本經》無薺苨，止有桔梗一名薺苨，至《別錄》始出薺苨，另爲一種。是則可以形似相亂者，在桔梗與薺苨也。第二味俱用根，乃桔梗味苦辛而薺苨味甘寒，因味以別之，固易明也。即就時珍所云薺苨根與沙參根相似，然亦就其味別之。沙參甘淡而寒，且有言其甘而微苦者，若薺苨根，在弘景謂其根味甜，絕能解毒。夫甘能解毒，而味之絕甘而且寒者，更解百藥之毒。是雖與沙參同有甘，而甘之各具者亦大殊。蓋甘而微苦者，即不能解毒，此《別錄》之言解百藥毒，不爲無據也。故細究其形似，而更精審於味，則庶乎無誤，不致用而罔功矣。

[附方]

强中消渴，治强中之病，莖長興盛，不交精液自出，消渴之後，即發癰疽，皆由恣意色慾，或餌金石所致，宜此以制腎中熱也，投**薺苨丸**：用薺苨、大豆、伏神、磁石、栝樓根、熟地黃、地骨皮、玄參、石斛、鹿茸各一兩，人參、沉香各半兩，爲末，以豬膽汁淨煮爛，杵和，丸梧子大，每服七十丸，空心鹽湯下。

又**豬腎薺苨湯**：用豬腎一具，薺苨、石膏各三兩，人參、茯苓、磁石、知母、葛根、黄芩、栝樓根、甘草各二兩，黑大豆一升，水一斗半先煮豬腎、大豆，取汁一斗，去滓下藥，再煮三升，分三服。後人名爲石子薺苨湯。

以上俱《千金方》。

疔瘡腫毒，生薺苨根搗汁，服一合，以滓傅之，不過三度。

解諸蠱毒，薺苨根搗末，飲服方寸匕，立瘥。

萎蕤 _{治目疾有蕤仁，另是一種，非萎蕤之實也。}

[正誤] 嘉謨曰：按萎蕤，《本經》與女萎同條。考其諸注，有指一物二名，有謂自是二物，又後女萎與前女萎同名，亦云功用並同，信非二物，疑乃剩出一條也。但考陳氏所注，謂古方用者又似差殊。胡洽治時氣洞洩墨下有女萎丸，[7]治傷寒冷下結腸丸亦有女萎，治虛勞小黄耆酒，云下痢者加女萎。詳此數方所用，乃後加圈女萎，緣其性温，主霍亂洩痢故也。[8]又茵芋酒，用女萎主賊風手足枯痺，四肢拘攣，女萎膏，治身體瘰癧斑剝，乃似前與萎蕤同條女萎，緣其主風淫四末，及去黑䵟，澤容顏故也。陳藏器亦謂更非二物，豈其然乎？況此女萎性平味甘，後條女萎性温味辛，性味既殊，功用又別，安得爲一物乎？又續命鱉甲湯治傷寒七八日不解，鱉甲湯治腳弱，並用萎蕤，又萎蕤飲主風熱項急痛，四肢骨肉煩熱，萎蕤丸主風虛熱發即頭痛，乃似前與女萎同條萎蕤，緣其主虛熱濕毒故也。三者主治既殊，則非一物明矣。又云：萎蕤，一名地節，極似偏精，疑即青黏，即華佗所服漆葉青黏散是此也。然世無復能辨者，未敢爲信，姑著之，以俟明達折衷爾。時珍曰：《本經》女萎乃《爾雅》委、萎二字，即《别錄》萎蕤也，上古鈔寫，訛爲女萎爾。古方治傷寒風虛用女萎者，即萎蕤也，皆承本草之訛而稱之。諸家不察，因中品有女萎，名字相同，遂致費辨如此，今正其誤。其治洩痢女萎，乃蔓草也。

愚按：《本經》萎蕤與同條之女萎，時珍所謂二名爲承訛者是也。其後條加圈之女萎，則固與萎蕤殊者也。夫萎蕤葉長而狹，其莖幹似黃精，強直似竹有節，根大如指，一二尺長，色黃多鬚。至女萎，與之全別，似白斂而蔓生。況女萎之味辛而氣溫，更迥然與甘平者不同乎。其功用懸殊，前哲固已悉之矣。萎蕤用根，其根橫行如荻根，及菖蒲概節平直，多脂潤，雖燥亦柔，鬚節冗密，宛如冠緌下垂之綏而有威儀之義，故《別錄》以葳蕤名之。若女萎，用苗不用根，與之全別也。

根

[氣味] 甘，平，無毒。普曰：神農，苦；桐君、雷公、扁鵲，甘，無毒。東垣曰：萎蕤，能升能降，陽中陰也。

[《本經》主治] 中風暴熱，不能動搖，跌筋結肉，諸不足，久服好顏色，潤澤，輕身不老。

[各本草主] 補中益氣，調血氣，益精，療胃虛乏，主風淫四末，除煩悶，止消渴，潤心肺，療濕毒腰痛，心腹結氣虛熱，時疾寒熱，及勞瘧寒熱，痎，潤肌膚，暖腰膝。惟有熱不可服。《本經》言其補不足，即各本草多謂補虛損，大抵肝脾和而氣血生，故病於肝脾之不和者，此味似爲要藥。

時珍曰：萎蕤，性平味甘，柔潤可食，故朱肱《南陽活人書》治風溫自汗身重，語言難出，用萎蕤湯，以之爲君藥。予每用治虛勞寒熱痁瘧，及一切不足之證，用代參耆，不寒不燥，大有殊功，不止於去風熱濕毒而已。此昔人所未闡者也。

愚按：萎蕤之氣平味甘，是胃與脾之藥也。但《五方正氣味》云：[9]胃土戊，其本氣平，其兼氣溫凉寒熱；脾土己，其本味鹹，其兼味辛甘酸苦。不與《內經》曰中土生甘，在味爲甘者異乎？蓋五行以勝己者爲主，以己所勝者爲用，云脾味本鹹者，就其所用而言也，然則氣平味甘，的爲中土正劑矣，謂其補中益氣是也。第諸本草頌其功不一，而《本經》獨以中風暴熱爲首治，其義云何？曰：中土職升降之樞，而營衛因之以生化，乃一陰風木爲獨使，就中土生化之地神其升降，以全其終始陰陽而營衛大通，故木之味亦甘，蓋即己所勝者爲用之義也。若然，則是物稟土爲木用，木又用土之氣化，如之何《本經》不首以治風爲功乎？陽主升，陽升而後陰隨之；陰主降，陰降而後陽從之。陰陽即營衛之先天，營衛乃陰陽之後天也，故土木之用，唯是升降相合，以盡其變而已。果其交相爲用而升降咸宜，則就陰中達陽，而陰隨之以極上，本草所謂除煩悶，止消渴，潤心肺是也。卽就陽中達陰，而陽隨之以極下，本草所謂治濕毒腰痛，虛損，腰脚疼痛，又方書中治脚弱風毒，攣痹氣上，大鱉甲湯中用之是也。如脾胃本病，方書嘔吐條內有漏氣證麥冬湯，有走哺證人參湯，咸得用之是也。如脾胃標病，方書治熱痹肌肉熱極，體上如鼠走，唇口反壞，皮膚色變，用此於石楠散中是也。如肝之本病，方書金箔散治風驚手足顫掉，神昏錯亂，如肝之子病，犀角丸治心臟中風，二方舉不遺此是也。又如營衛交病爲時疾寒熱，又勞瘧寒熱，痹，無不用之是也。種種治療，無非土木之交相爲用也。乃粗者不研此理，漫擬之盛德君子，無往不宜，適供噴飯耳。

愚常曰：人身土木不相爲病，則生機全矣；若土木不相爲用，則生理絕矣。此數語足爲是物表章其功。土木不相爲病而相爲用，此生理全也，正所謂無往不宜者歟。蓋惟中土握升降樞，而風木卽用之，以全終始陰陽之氣化。觀《本經》主治跌筋結肉，非土木交用之明徵歟？或曰：一陰爲獨使，固以風升爲達陽矣，其能使陰降而陽隨者，乃屬肺也，何以於肝亦有功乎？曰：金以己所勝者爲用，其味酸，是金亦必合於木以爲降矣，謂其就中土而神其升降，豈曰不然？

[修治] 采根，用以竹皮刮去節皮，洗净，蜜水浸一宿，蒸了，焙乾用。

知　　母

形似菖蒲而柔潤，四月開青花如韭，八月結實。二月八月采根，曝乾用。

根

[氣味] 苦，寒，無毒。《日華子》曰：苦甘。權曰：平。潔古曰：氣寒，味大辛苦，氣味俱厚，沉而降，陰也。又云：陰中微陽，腎經本

藥，入足陽明、手太陰經氣分。

[《本經》主治]　消渴熱中，除邪熱，肢體浮腫，下水，補不足，益氣。

諸本草主瀉膀胱熱，腎之邪火有餘，滋腎陰，除肺熱，療腎虛火炎，肺嗽，或心煩燥悶，并骨熱勞往來，腎氣勞損，憎寒虛煩，並治足陽明火熱，更療傷寒久瘧煩熱，又安胎，止子煩，並產後蓐勞，久服泄。

方書首治消痺，次咳嗽，並及嗽血，久瘧虛勞，其餘證如喘證淋證口病，又次之，更如中風傷暑，發熱嘔吐，頭痛腰痛，小便不通，痿證，更又次之，其傷燥厥證，呃逆溲血，身體痛，行痺痛痺，著痺痿厥，脚氣癥瘕，虛煩悸證，盜汗，不得臥，怠惰嗜臥，不能食，遺精諸證，皆用之，然其方不多見也。

東垣曰：知母，其用有四，瀉無根之腎火，療有汗之骨蒸，止虛勞之熱，滋化源之陰。仲景用此入白虎湯治不得眠者，煩，躁也，煩出於肺，躁出於腎，君以石膏，佐以知母之苦寒，以清腎之源，緩以甘草、粳米，使不速下也。凡病小便閉塞而渴者，熱在上焦氣分，宜清肺中伏熱，以滋化源，所用氣味俱薄之藥是也。若熱在下焦血分而不渴者，宜滋真水，使陰氣行而陽自化，藥用黃柏、知母是也。

時珍曰：知母，味甘苦，兼辛而氣寒，下則潤腎燥而滋陰，上則清肺金而瀉火，乃二經氣分藥也，黃柏則是腎經血分藥，故二藥必相須而行。

希周曰：與茯苓同用，可以清下焦之熱；與黃芩同用，可以清上焦之熱。

之頤曰：知母，天一所生水德，體用具備者也，故主濡潤燥渴，對待熱中，潤下水道。設舍肺金之母氣，難以游溢轉輸矣。蓋母氣之藏真高於肺，以行營衛陰陽，乃能游溢通調轉輸決瀆耳。

希雍曰：知母，稟天地至陰之氣，故味苦氣寒而無毒。《藥性論》兼平，《日華子》兼甘，皆應有之。入白虎湯，解傷寒陽明證，口渴頭疼，煩熱鼻乾，不得眠，加竹葉、麥門冬，名竹葉石膏湯，治陽明經前證，大渴引飲，頭疼欲破，因作勞而得者，加人參，名人參白虎湯，汗後煩熱不解亦用之；同麥門冬、石膏、貝母、橘紅、鱉甲、青蒿、牛膝，治久瘧煩熱而渴；同貝母、天門冬、麥門冬、沙參、甘草、桑白皮、枇杷葉、五味子、百部，治陰虛欬嗽；同黃檗、車前、木通、天門冬、生甘草，治强陽不痿。

愚按：知母，苦寒相合，固爲腎劑，第其味甘而苦，苦復兼辛，雖苦居其勝，然以甘始而以辛終，且於四月華，則氣暢於火，八月實，則氣孕於金，不謂之入足陽明、手太陰氣分不可也。《本經》謂其補不足益氣者，厥有旨哉。其所謂補不足益氣者，從除邪氣肢體浮腫下水來。經曰：三焦者，中瀆之府，水道出焉。屬膀胱，是孤之府也，是六府之所與合者。按：三膲，即三焦無形之腑，從頭至心至臍至足，爲上中下三膲。又上膲在胃上口，主内而不出；中膲在胃中脘，不上不下，主腐熟水穀；下膲在膀胱上口，主出而不内，以傳道也。經又云：二陰至肺，其氣歸膀胱，外連脾胃。夫三焦相火，本氣之元，乃屬膀胱而行水化。膀胱，固屬腎也，更二陰之腎至於上焦肺，由肺而氣歸膀胱，外連脾胃，是又合於經所謂飲入於胃，遊溢精氣，上輸於脾，脾氣散精，上歸於肺，通調水道，下輸膀胱，水精四布，五經並行也。水精四布，五經並行，即可以通於除邪氣肢體浮腫之義，蓋水化卽氣化也。悉此義，則知兹味之功在清水化，固能瀉膀胱熱及腎之相火有餘者，然亦由胃肺合而致其苦寒之用於上，卽由肺胃合而後達其苦寒之化於下也。經曰：水火者，陰陽之徵兆。《本經》卽下水以明此味能滋水源而益陰，然此味却本肺胃以行營衛而和陰陽，能由陽滋陰，卽由陰存陽，此《本經》所謂補不足益氣，與經言陰虛則無氣，無氣則死之旨合也。故如火炎肺嗽，消渴熱中，心煩燥悶，腎氣勞損，憎寒虛煩，并熱勞往來，無汗骨蒸，可謂其功用不克臻哉？第其滋水源而益真陰，肺腎本是相因，脾胃先爲化原，乃因清熱以致其益氣之功，故不止於以寒對熱而已也。抑先哲謂此味治諸熱勞，患人虛而口乾者加用之，故方書治消癉爲多，皆以救取真陰也。真陰本於天一之水，故多以治消渴。《本經》首治消渴熱中，良有以也。卽如傷寒久瘧，有傷於後天氣血，以累及先天真氣，亦藉此金水滋生之味，乃可以勝邪熱而還真陰。蓋此天一之真陰，實爲後天生氣之元，所以經曰益氣者此耳。但苦寒之性味，用者宜審所宜，勿致反損中土生氣，而絕陰化於陽之本也。

[附方]

久近痰嗽，自胸膈下塞，停飲至於臟腑，用知母、貝母各一兩，爲末，巴豆三十枚，去油，研勻，每服一字，用薑三片，二面蘸藥，細嚼，咽下便睡，次早必瀉一行，其嗽立止，壯人乃用之。一方不用巴豆。

久嗽氣急，知母去毛，切，五錢，隔紙炒，杏仁薑水泡，去皮尖，焙，五錢，以水一鍾半煎一鍾，食遠溫服。次以蘿蔔子、杏仁等分，爲末，米糊丸，服五十丸，薑湯下，以絕病根。

希雍曰：陽痿及易舉易痿，洩瀉，脾弱飲食不消化，胃虛不思食，腎虛溏洩等證，法並禁用。

[修治] 按先哲曰：知母，葉至難死，掘出復生，須枯燥乃止，卽此則其爲至陰之味也可知。揀肥潤裹白者，去毛，切。引經上行，則用酒浸焙乾，下行，則用鹽水潤焙。勿犯鐵器。

肉蓯蓉_{寇宗奭曰：牛膝同蓯蓉浸酒服，益腎。}

之頤曰：柔紅美滿，膏釋脂凝，肉之體也。時珍曰：是物補而不峻，故有從容之號。

愚按：肉蓯蓉，《別錄》曰：生河西山谷及代郡、鴈門。《輿圖備攷》云：肉蓯蓉，出平涼府華亭縣，又出寧夏衛。吳普云：河西山陰地叢生。又蘇頌曰：陝西州郡多有之，然不及西羌界中來者肉厚而力緊。如頌所說，有合於隱居所謂隴西出者，其形扁黃柔潤，多花而味甘，餘產皆不及也。統而繹之，則是物以極西產者爲良，爲其得金氣之厚也，猶如枸杞子亦取河西之意也。夫是物產於土，而得金氣乃厚，故色黃質厚，兼得柔潤，所以能益精血。希雍亦曰：軟而肥厚，大如臂者良。然則是物雖多偽造，但卽上數說以求之，或亦不誤矣。

頌曰：舊說是野馬遺瀝所生，今西人云大木間及土塹垣中多生，乃知自有種類爾。

丹溪曰：肉蓯蓉，相傳鱗甲，自河西混一之後，今方識其真形，何嘗有所謂鱗甲者。

[氣味] 甘，微温，無毒。《別錄》曰：酸鹹。普曰：神農、黄帝，鹹；雷公，酸；李當之，小温。

[主治] 強陰，益精氣《本經》，男子絕陽不興，女子絕陰不產《日華》，益髓甄權，療五勞七傷，補中《本經》，養五臟，長肌肉，治男子洩精血遺瀝，女子血崩，帶下陰痛《日華》，除男子莖中寒熱痛《本經》，除膀胱邪氣，腰痛《別錄》，女子癥瘕《本經》。

海藏曰：命門相火不足者，以此補之，乃腎經血分藥也。凡服蓯蓉以治腎，必妨心。

丹溪曰：屬土而有水與火，峻補精血，驟用反動大便滑也。

希雍曰：肉蓯蓉得地之陰氣、天之陽氣以生，故味甘酸鹹，微温無毒，入腎，入心包絡、命門，滋腎補精血之要藥。氣本微温，相傳以爲熱者誤也。同人參、鹿茸、牡狗陰莖、白膠、杜仲、補骨脂，主男子陽痿，老人陽衰，一切腎虛腰痛，兼令人有子；同地黄、枸杞、牛膝、鱉甲、天門冬、麥門冬、當歸、白膠、杜仲、青蒿、五味子、黄檗、山茱萸，治五勞七傷，莖中寒熱痛，婦人癥瘕。獨用數兩，浸去鹹味，并去鱗甲及中心膜，淡白酒煮爛，頓食，治老人便燥閉結，有神。汗多便閉，老人虛人皆可用，肉蓯蓉酒浸焙二兩，研，沉香末一兩，爲末，麻子仁汁打糊，丸梧子大，每服七八丸，白湯下。

愚按：肉蓯蓉味甘而氣微温，故繆氏以爲得天之陽氣，然味又酸鹹，故更以爲得地之陰氣也，就是可以得從陽生陰之義焉。夫酸爲木化，鹹爲水化，肝腎固精血之原，然甘爲土化，五味之主也，酸鹹本甘温以化，而又產於西土，達土金之氣以爲生化精血之本，是即從陽生陰，有萬育之上中有父母之義。蓋營氣化於宗氣者，緣肺陰下降入心，合於離中之坎以生血也，乃俾清中之濁入於中焦之胃以化血，乃統於脾，納於肝，歸於腎之血海而能化精。合於離中之坎以生血，正合於肺爲陽中少陰，所以兹味稟金天專氣，爲生血化精之本也。經曰：天氣盛則地氣不足，謂陽中之陰不足而陽偏勝也。陽中之陰足，故裕地氣之化，所以能益腎肝，强陰，益精氣，如《本經》所云也。先哲謂其峻補精血，與他味之具甘酸鹹者若有異焉。蓋全本於西土之所產，稟金天專氣，大爲火用而生血，以致於土，故《本經》止言其味之甘并氣之微温，初不及於酸鹹也。夫氣血生化在中上，乃更有金天之專氣入心生血以致之，則其氣化濃厚，所謂濁陰下降，自歸其先天之化原而生化愈滋，此所以獨言其能峻補精血也。他本草曰鹹酸，特著其功之全耳。若然，何以又云補命門相火？緣相火爲水中真陽，其入心生血者主於心包絡，而心包絡乃命門相火之原也，況腎脈原至於肺，而肺氣原通於命門乎？夫相火原出腎肝，但是先天之化原，而後天水穀之精氣本於中土以爲化化生生者，却更以心肺爲化原。由是觀之，蓋其由肺而至心包絡，由包絡而生命門者，乃氣化之權輿，其由胃而脾，由脾而肝腎，乃化血化精之次第，然總由於氣化也。或曰：試悉化血化精之次第，且總歸於氣化者爲何如？曰：如上有氣海，肺氣下降入心，是金合於火以孕水也，火因金而和於水則氣化，氣之化者生血，血從液化而色乃赤者，水因金而從火也；下有血海，肺氣下降歸腎，是金親於水以宅火也，水因金而和於火則氣盛，氣之盛者生精，精從血化而色乃白者，火因水而從金也。若然，是氣之下降歸腎者，先由其氣降入心也，氣之下盛化精者，先由於氣化生血也，固皆由中土爲搏捥，上承心肺而下徹腎肝，此化血化精之次第，固皆由上中而下，又總歸於氣化者，固以心肺爲化原耳。故《本經》言其强陰，益精氣，火因金而和於水，則氣化生血；水因金而和於火，則氣盛化精。蓋水火乃氣之元，唯金以和之，故肺爲氣主，是總謂之氣化。即是化血化精之次第，金氣厚而歸土，亦歸其氣之所生也，致中土之生化得徹腎肝，故《本經》首曰補中。甄權更云大補壯陽，蓋謂金天專氣大益陽中之陰，令腎肝陰氣自裕而陰中之陽益强，非泛泛等於補陽之劑也。余閲方書健忘條，用肉蓯蓉同他補味者，不一而足，俱爲末，於食後調服，則益信此味之功固從上而下，所謂稟金天專氣，乃於腎肝奏功也，又安得泛同於益精之品而止以爲入腎乎哉？且兹味之歸腎，亦不止全其藏精之氣化而已。試繹甄權益髓，雷斆健髓之說，而思《內經》所言人始生，先成精，精成而腦髓生，及腦爲髓海，髓者陰也云云，則是髓具於腎，何以至於極上之腦而爲之海，豈非陰統於陽乎？如此味之補精而得益髓，又豈非精盈則氣盛，遂俾陰中之陽更還於至陽之地以益髓乎？此所謂總根於氣化者，始之終之，皆不越斯義矣。

又按：世醫之益腎陽者，概以肉蓯蓉與補骨脂例視，詎知補骨脂由歸陽以化精髓，從陽化陰，肉蓯蓉則由精血之益以歸陽，從陰生陽也。然則蓯蓉之益陽，誠如時珍所云補而不峻，是豈得以補骨脂同之而謂其熱哉？繆仲淳所言不妄也。斆曰：強筋健髓，以蓯蓉、鱓魚二味爲末，黃精汁丸服之，力可十倍。此說出《乾寧記》。

希雍曰：泄瀉禁用，腎中有熱，強陽易興，而精不固者，忌之。

[修治] 酒浸一宿，刷去浮甲，劈破，中心去白膜一重，如竹絲草樣，不爾令人上氣不散。酒洗浸透，切片，仍酒拌，以甑蒸之，從午至酉，取出焙乾用。忌鐵器。

瑣 陽

出肅州，又云產陝西。出土如笋，上豐下儉，鱗甲櫛比，筋脈連絡，絕類男陽，卽肉蓯蓉之類。土人掘取洗滌，去皮薄切，曬乾市之。

[氣味] 甘，溫，無毒。

[主治] 大補陰氣，益精血，利大便，虛人大便燥結者啖之，可代蓯蓉，煮粥彌佳，不燥結者勿用震亨，潤燥養筋，治痿弱時珍。

中梓曰：瑣陽鹹溫，宜入少陰。《本經》不載，丹溪續補，以其固精，故名瑣陽。

《王龜齡集》曰：瑣陽，堅而肥者，能益氣，燒酒浸七次，焙七次，爲末。

天麻 一名定風草。

《本經》曰：赤箭。承曰：今醫家見用天麻，卽是赤箭根。之頤采諸說，云：赤箭，春生苗，初出如芍藥，獨抽一莖，挺然直上，高三四尺，莖中空，色正赤，貼莖杪之半微有尖小紅葉。四月梢頭成穗，作花灰白，宛如箭幹且有羽者，有風不動，無風自搖。結實如楝子，核有六稜，中仁如麫，至秋不落，却透空入莖中，還筒而下，潛生土內。根如芋，去根三五寸有游子十二枚，環列如衛，皆有細根白髮，雖相須，而實不相連，[10]但以氣相屬耳。大者重半斤，或五六兩，皮色黃白，名曰龍皮肉，卽天麻也。《本經》名概根苗，後人分苗曰赤箭，根曰天麻，功力稍有同異故耳。有御風草，與赤箭相似，獨莖，色青斑，葉背黃白，兼有青點，隨風動搖，子不還筒，治療稍合，補益大乖異矣。沈括《筆談》云：《神農本草》明言赤箭采根，後人謂其莖如箭，疑當用莖，蓋不然也。譬如鳶尾、牛膝，皆因莖葉相似，其用則根，何足疑哉？

愚按：沈存中號博識，況采根用之據於《本經》哉？如謂其苗結子，從莖中歸土，為有異於根耶，不知正此為歸其根也，何分同異？

[氣味] 辛，平，無毒。《日華子》曰：甘，暖。權曰：味甘，平，無毒。好古曰：苦，平，陰中之陽也。

[主治] 助陽氣，療風虛，眩暈頭痛，並善驚失志，語多恍惚，補勞傷，利腰膝，強筋力，主諸風濕麻痹拘攣，冷氣癥痹，癱緩不隨，通血脈，開竅，小兒風癇驚氣，女子用之通經脈。

杲曰：肝虛不足者，宜天麻、芎藭以補之。其用有四：療大人風熱頭痛，小兒風癇驚悸，諸風麻痹不仁，風熱語言不遂。

時珍曰：天麻乃肝經氣分之藥。《素問》云：諸風掉眩，皆屬於木。故天麻入厥陰之經而治諸病。按羅天益云眼黑頭旋，風虛內作，非天麻不能治。天麻乃定風草，故為治內風之神藥。內風者，虛風是也。今有久服天麻藥，徧身發出紅丹者，是其祛風之驗也。

宗奭曰：天麻，須別藥相佐使，然後見其功，仍須加而用之。

希雍曰：天麻得土之辛味，兼感天之陽氣以生，故其味辛氣平無毒，《日華子》云暖，浮而升，陽也，入足厥陰經。厥陰爲風木之臟，味辛氣暖，能逐風濕之邪。凡頭風眩暈與夫痰熱上壅以致頭痛及眩，或四肢濕痹麻木，小兒風癇驚悸等證，所必須之藥。同术、半夏、黃芩、前胡、橘皮、茯苓，治痰厥頭痛；同术、橘皮、茯苓、車前，治飲在心下作支滿；同南星、前胡、橘皮、白前，消一切風痰。

愚按：天麻，在方書類云療風，唯先哲羅天益言其神於治內風，且云內風者虛風也。天麻苗名定風草，獨不爲風所搖，故其功能如是，斯說固爲創獲矣。雖然，其有風不動，無風自搖者，與獨活等，其功何爲迥殊於獨活也？請暢虛風之義，乃得悉此品之功用乎。夫人身唯是陰陽合和以爲氣，而風木由陰以達陽，故陰虛則風實，陽虛則風虛，先哲謂其助陽氣者，正與補風虛之義合矣。第虛風爲病，在先哲曰有病於清陽不升，濁陰不降，肝木生發之氣不得升，致生虛風者，有因脾胃爲病，致使土敗木侮，而生虛風者。若然，是則虛風之病不第其鬱而不達者，卽侮所不勝而亦是也。此品之功，似能本乎清陽而善其升降，鎮其數變而貞夫動靜矣。何以明之？寇氏曰赤箭爲苗，天麻爲根，根則抽苗徑直而上，有自內達外之理，苗則結子成熟而落，還返樺中而下，至土而生，有自表入裏之功，此粗可識其外內所主治也。如是，則茲物具有妙理，故其有風不動，無風自搖者，似與獨活同，而所以暢其風化不使之獨靜，鎮其風變不使之獨動者，則與獨活大異也。蓋其能暢風化，乃自內達外之理，升也；能鎮風變，乃自表入裏之功，降也。就其爲升爲降，而已妙於一動一靜，故並赤箭之功盡歸天麻，《神農本草》云赤箭采根，其義固可參也。後人以苗與根分功而論，何鹵莽乃爾。不可謂根止能自內達外，而不能擅其歸根之妙用也。既已歸於根矣，而根猶不得擅歸之用乎？不然，何以能補風虛？蓋風爲六氣之首，人身元氣必藉以爲通天之本，元氣出於地中，而風化卽與之並育並行矣。故治眩暈頭痛及小兒驚氣風癇，皆風虛之不能達於陽也，是可謂之自內達外，然亦不外乎自表入裏之體；如治諸風濕痹，四肢拘攣，冷氣㿏痹，癱緩不隨，皆風虛之不能宣於陰也，是可謂之自表入裏，然卽具有自內達外之用。治風濕拘攣，冷痹癱緩，正風化之能宣於陰，所謂通血脈，利關竅者也。風臟卽血臟，故肝主經絡。是則天麻之功殆亦侈乎，而時珍惜其止言治風也，不屬瞶瞶歟？或曰：所云木乘土虛者，似木居其實矣，何以亦曰虛風？蓋胃者五藏六府之本，經言之矣，又曰脾爲胃行氣於三陰三陽，而各經之受氣於陽明者，在風化更先受之，故中土虛衰，卽風木之化原已傷，是不謂之風虛乎？所以風木之氣固本於先天生氣，實與後天中氣相馭而行，乃爲陽氣，故清陽能升之九天之上，卽能降之九地之下，全藉中土爲樞。此前所云風虛之病，卽侮所不勝者而亦是也。凡土衰木侮，往往病由於此，不知補脾育肝，但事苦寒以伐肝，亦往往坐此以致夭柱也。若然，是則羅氏治虛風之義，卽助陽氣一語足以盡之矣。但陽實之風而亦用之，其何以得當耶？曰：所謂助陽氣者，原不能與參、芪輩類視。在先哲曰肝虛者宜天麻、芎藭以補之，非真補也，就風化之能達卽是補也。又療風證者曰天麻、防風辛溫散之，非真散也，就風邪之不得狂卽爲散也。此前所謂自內達外，不外於自表入裏之體也，蓋風化與元氣並行，陰卽隨陽以爲守也。況經曰虛者屬真氣，實者屬邪氣，若然真氣得所守，而邪氣不自散乎？是以投之陽虛，固爲的治，卽投之陽實，固亦藉其有風不動之氣機以妙其用乎。善乎！寇氏之言。又曰：用天麻，必須他藥相佐使，則攻補殊劑，但以茲爲關捩子，亦庶幾盡變矣。

[附方]

天麻丸：消風化痰，清利頭目，寬胸利膈，治心忪煩悶，頭暈欲倒，項急，肩背拘倦，神昏多睡，肢節煩痛，皮膚瘙癢，偏正頭痛，鼻齆，面目虛浮，並宜服之。天麻半兩，芎藭二兩，爲末，煉蜜丸如芡子大，每食後嚼一丸，茶、酒任下。

[修治] 時珍曰：天麻是赤箭根。其根曝乾，肉色堅白如羊角色，呼羊角天麻，蒸過黃皺如乾瓜者，俗呼醬瓜天麻，是皆可用也。一種形尖而空薄，如玄參狀者，不堪用。斆曰：修事：天麻十兩剉，安於瓶中，

用蒺藜子一鎰緩火熬焦，蓋於天麻上，以三重紙封繫，從巳至未，取出蒺藜，炒過，蓋繫如前，凡七遍，用布拭上氣汗，刀劈焙乾，單搗用。時珍曰：此乃治風痹藥，故如此修事也。若治肝經風虛，惟洗凈，以濕紙包，於糠火中煨熟，取出切片，酒浸一宿，焙乾用。

术

時珍曰：昔人用术不分赤白，自宋以來始言蒼术苦辛氣烈，白术苦甘氣和，各自施用，亦頗有理。並以秋采者佳，春采者虛軟易壞。蒼术處處有之，白术吳越有之。嘉謨曰：浙术俗名雲頭术，種平壤，頗肥大，由糞力也，易潤油；歙术俗名狗頭术，雖瘦小，得土氣充也，甚燥白，勝於浙术。寧國、昌化、池州者並同歙术，境相鄰也。

白术

[氣味] 甘，溫，無毒。《別錄》曰：甘。權曰：甘辛。東垣曰：味苦而甘，性溫，味厚氣薄，陽中陰也，可升可降。白术先甘次苦，但甘少苦多，後帶微辛。述曰：入足陽明、太陰、足厥陰、少陰、手太陽、少陽經。

[主治] 除濕益氣，和中補陽，理胃益脾，進食消穀，生脾津，除胃熱，消濕痰虛痰，逐水飲，毆宿滯，治心下濕痞水痞，胃脘虛痛寒痛，心腹脹滿，止脾虛嘔逆瀉痢，多年氣痢，並濕瀉水瀉，水腫腹滿，愈四肢困倦，逐皮間風水結腫，消足脛水腫，治冷氣痃癖氣塊，利腰臍間血，治衝脈為病，逆氣裏急，臍腹痛。

海藏曰：補肝風虛。

又曰：本草本條下無蒼與白之名，近代多用白术治皮間風，止汗消痞，補胃和中，利腰臍間血，腰臍間血不利，病於濕也，腰臍屬腎，故有此證。利水道，上而皮毛，中而心胸，下而腰臍之間，在氣主氣，在血主血。

潔古曰：白术除濕益燥，和中補氣，其用有九：溫中，一也；去脾胃中濕，二也；除胃中熱，三也；强脾胃，進飲食，四也；和胃，生津液，五也；止肌熱，六也；四肢困倦嗜臥，目不能開，不思飲食，七也；止渴，八也；安胎，九也。凡中焦不受濕，不能下利，必須白术以逐水益脾，非白术不能去濕，非枳實不能消痞，故枳术丸以之爲君。

潔古云：除胃熱者，蓋脾之陰不化則津不生，津不生則氣不行，而熱還歸於胃也。

述曰：佐以黃芩，能安胎；佐以枳實，能消痞；配二陳湯，能健脾消食，化痰除濕；與歸、芍、生地之類同用，能補脾家之血，再加枳實薑炒、黃連，除脾中濕熱，加乾薑，逐脾家寒濕；與黃芪、芍藥等同用，有汗卽止，少入辛散之味，無汗則發。

愚按：張潔古首言白术除濕益氣，夫濕兼四氣，而治濕之味亦不少，何以玆味爲除濕首劑，更能益氣乎？曰：天行之健者屬陽，卽元氣也，然陽本出於陰中，故元氣每困於濕，濕除則氣益。唯此味於坤順之體具乾健之用，不等於淡味滲濕，風劑燥濕，卽燥濕如蒼术，亦難匹其健運之功，故首以除濕益氣歸之也。夫脾主濕，所謂陰中之太陰，然陰中有陽，爲胃行氣於三陽三陰者也。濕困，是陰中之陽困也，卽不得胃脘之健陽以召之，將何以爲胃行氣於三陽三陰乎？唯有健胃陽者，以化脾陰而召陰中之陽，乃爲表裏相應，故得水火相召，元氣於是暢於是益矣。若然，則白术健胃，而更藉脾之用者專乎？曰：脾主地氣，胃主天氣，脾不得天氣之召，則地氣不上行，胃不得地氣之和，則天氣不下施。《內經》於脾胃切切於天氣地氣之分，固謂其主升降之化也。至地氣上與天氣和，則如經所謂上焦合而營諸陽，總歸於陽之能施能化，此所以一切主治諸證，陰固在陽中而不尸其功，况諸證非病於陽之不能健運，卽陰之不得陽以運化者也。大抵白术之用在除濕，其功在除濕而卽能益氣，益氣而便能和血。除濕者，胃之功至於脾也；益氣者，卽由脾而歸胃也。益氣而和血者，表裏相應，水火互召也。其主治諸證，總不越此數語。王海藏所謂在氣主氣，在血主血者是矣，但不可以相提並論，所謂陰從陽化而不尸其功者也。其所入之經，先胃及脾，海藏曰理胃益脾，下語極有酌量。其他所入之經，又由脾胃以及之，卽經所云胃行氣於三陽三陰，脾又爲胃行之者也。故取《本經》暨各本草主治，當先訂其受益者在脾胃臟腑之證，而其經所受證次之，又次則究脾胃二經所傳於他臟腑之經者，若何胥益，則茲味之功乃知迥殊羣劑也。蓋人身唯是元氣爲根蔕，茲味於中土，能宣天氣之陽，以化地氣之陰，陰陽和而氣乃行，由真氣以化穀氣，卽由穀氣以充真氣，俾中土氣交，能行升降之化，真後天補接良劑，而於老人更切也。潔古曰下行則用之，豈非以足三陰同起於下，而益脾者卽能與肝腎俱乎？脾益而腎肝交益者，亦胃得地氣之和以下施也，然先因天氣之召而後地氣和，故治痿者獨取陽明。經曰：三結交者，陽明太陰也。臍下三寸，關元也。故知由脾胃而達腎肝之陰，不謂此味無功矣。海藏所云補肝經風虛，又治衝脈逆氣裏急，臍腹痛，是與潔古互爲發明也。唯是陰虛而陽熾者，此味投之，則相反若冰炭，固水流濕火就燥之義也。陰已虛而更燥之，陽已熾而更益之，可乎？每見粗工治陰虛證，於理脾亦用參、朮，大屬夢夢。

又按：經曰：臟腑各因其經而受氣於陽明，故爲胃行其津液。蓋氣，陽也，各臟腑之陽皆稟於胃經者；血脈之所注，陰也，各臟腑之陰皆原於脾。胃脾固陰陽之樞也，臟腑各因脾之經而乃受氣於陽明者，以陽原出於陰中也。因脾之經而必行其津液者，經脈固液所化也，但脾陰患於濕，則陰不化而津液不生，白朮理胃益脾，能令生津以通經，乃得由經以達氣。經曰：四肢皆稟氣於胃，今脾不能爲胃行其津液，四肢不得稟水穀氣，氣日以衰，脈道不利，筋骨肌肉皆無氣以生。玩經數語，是白朮之理胃爲最者，以其能健陽，而真氣並於穀氣能行於諸臟腑也。其能行於諸臟腑者，以其健胃陽，而卽能化脾陰，致其津液，以能榮血脈通經隧也。卽五臟以胃氣爲本者，却於脈取之，則知胃氣之貫於五臟者乃在經，而經脈雖心所主，却必本之脾者，以其陰陽表裏，而水土且合德以立地也。經曰：五臟皆稟氣於胃，而不得至經，必因於脾，乃得稟也。數語極其透露，粗者但曰補脾耳，亦太草草矣。

又按：白朮以除濕益氣爲功，然則凡濕皆用朮乎？曰：濕分內外，尤別寒熱。屬於寒，是陽鬱陰中而不升也，陰之所蓄則氣虛矣，所謂虛者卽陽之虛也；屬於熱，是陰困陽中而不降也，陽之所并則氣實矣，所謂實者即陽之實也。是虛實皆屬氣，氣之虛實皆化濕也。但經曰實者邪氣之實也，如是，亦可投朮以益氣乎？夫濕者，地氣也。陽蓄於陰，[11] 是地氣因天氣之鬱而不化，固爲濕矣。陰困於陽，是地氣受天氣之并而不化，則亦爲濕。總之化濕者皆陰，而陰之所以化濕者，皆本於陽之不能化，惟一虛一實，而投治殊異。虛者補正以益氣，如白朮、茯苓是也；實者除邪以益氣，如昔人所謂連、糵、梔、黃皆可燥濕，不執二朮爲用者是也。夫氣者水所生，陰生陽也，故液者氣所化，陽化陰也。氣能化液，何濕之有？如氣虛而不能化，補其陽而液自化，所謂朮補胃，而脾能爲胃行其津液是也。是即所謂脾行氣於三陰，亦爲胃行氣於三陽，蓋液之所化，即其氣之所到也。至氣實而不能化者，不等於真氣之不足，乃病於真氣之受傷，不足者直可補之，受傷者必先除其所傷之邪，如抑陽則陰化，陰受并於陽則亦不化，故曰抑陽則陰化。陰化則液行，液行則濕除，濕除則氣益矣。是氣與濕不能相離以爲本，而除濕益氣亦不能相離以爲用，特益正除邪，貴於適事爲故耳。雖然，此寒熱虛實如斯較然者，然有謂風證之能治也謂何？曰：風亦有別。陽虛陰蓄，陰固非真陰也，久而陰不化，則陽從之而化風，是謂風虛，所宜活血以化陰而補其風虛者也；陽盛陰困，陽固非真陽也，久而陽不化，則陰從之而化風，是謂風實，所宜清氣以化陽而疏其風實者也。風皆屬陽。風虛者，陽從乎陰以病血也，故應治血；風實者，陰從乎陽以病氣也，故應治氣。二治於茲味宜否，臨病所當酌處矣。總之，因濕化熱，因熱化濕，皆患於陰之不得陽以化，太陰之脾不能行其液以通經脈而增濕，致胃氣不能達於三陰三陽以增熱，展轉相因，爲病乃劇耳。經曰：經隧者，氣血所從出之道也。氣血之道壅而經絡阻絕，其於生也幾何？如卒中之類，孰非熱化濕，濕更化熱，以亡其陰者之爲病乎？至如反胃中滿，皆非濕熱所馴，致以至此極乎？朱丹溪先生有云人身濕熱，爲病居多，是又種種不可數量者也。抑白朮主治，本草有腹滿嘔逆等證，固非濕熱歟？曰：此皆陽虛化濕之的對。至陽盛而熱化濕者，責其本於熱。所謂火就燥之義云何，而可不審耶？惟治如斯證者識取要領，知皆本於陽之不能化陰，雖投劑清熱，期於陰之能化而已，或攻之，抑或補之，不可傷其真陽以絕化原，故亦有不能舍术之時也。唯能審其可投與否，而後能用之以頭頭奏效矣。

又按：濕熱之證，無如七情所傷者，傷於陰而不能化陽，以致氣鬱成濕，濕鬱化熱，但究其本，是陰氣有傷，非若陰盛而蓄陽之濕熱也。雖不宜寒降，宜除濕理脾，其可投二术之辛燥以亡陰乎？粗工又類以虛火治，是固有似者。第此證關於神思，乃陽中之陰傷也，難以純陰濡劑絕其化原，雖曰不宜湊陽，宜裕陰和氣，又切慮其滯陽，即二冬亦當慎也。近代程若水治斯證殊有理會，每用茯神、石棗、丹皮滋陰降火，茯苓、苡仁、木瓜、車前健脾行濕，佐山查、石菖蒲以行濕滯，其亦異於粗工之貿貿者歟。蓋斯證患之者最多，乃誤治而夭枉者不少，故於白术治濕之類表而出之。

又按：人身之病，唯痰爲多，亦唯痰之爲害最甚。自真陰虛損之火痰，先以補益真陰爲急；又外因六淫之氣痰，先以祛除外邪爲急；並飲食積聚之鬱痰，先以導散鬱滯爲急。此外，凡内傷中氣而爲虛痰爲濕痰，未有不以理中氣爲本者也。蓋不補健脾氣，則液不化，痰不行，不行不化，將脾胃之氣愈困，而不能行氣於三陰三陽，即經隧之道塞，而不能通行營血以歸於血海，將下焦之元陰愈虛，而上焦之虛熱更生，上焦虛熱因痰滯化熱，又以下焦陰虛也，真陰日耗而真陽日憊，是唯老人最甚。然而健脾行痰者，無過白术而已。然須審其的爲可投之證而投之，抑審其初未可投而投之需後乃可者，庶幾信心以奏效也。

[附方]

張潔古家珍**枳术丸**，消痞強胃，久服令人食自不停也。白术一兩，黃壁土炒過，去土，枳實麩炒，去麩，一兩，爲末，荷葉包飯，燒熟搗和，丸梧子大，每服五十丸，白湯下。氣滯，加橘皮一兩；有火，加黃連一兩；有痰，加半夏一兩；有寒，加乾薑五錢，木香三錢；有食，加神麯、麥蘖各五錢。

叔承曰：白术補脾和中滲濕，爲君，枳實消導化痰清火，爲臣，二味乃健脾之至藥也。然所感不同，爲病亦異，宜因證加減。

又曰：養胃必用參、朮，健脾必用枳、朮。健者運也，動也，脾氣不運，而助其力以健運也，與天行健之健同。

按： 白朮爲補脾胃要藥，如投其所宜，隨證取效，不能備錄。今但摘其治泄一證，其中有所因不同，而所和之味亦因之以異者，卽此推類以盡之，然後可以善朮之用也。

脾虛洩瀉，白朮五錢，白芍藥一兩，冬月用肉豆蔻，煨，爲末，米飲丸梧子大，每米飲下五十丸，日二。

濕瀉暑瀉，白朮、車前子等分，炒，爲末，白湯下二三錢。

久瀉滑腸，白朮炒、茯苓各一兩，糯米炒，二兩，爲末，棗肉拌食，或丸服之。

老小滑瀉，白朮半斤，黃土炒過，山藥四兩，炒，爲末，飯丸，量人大小米湯服。或加人參三錢。

老人常瀉，白朮二兩，黃土拌蒸，焙乾，去土，蒼朮五錢，泔浸炒，茯苓一兩，爲末，米糊丸梧子大，每米湯下七八十丸。

瀉血萎黃，腸風痔漏，脫肛瀉血，面色萎黃，積年不瘥者，白朮一斤，黃土炒過，研末，乾地黃半斤，飯上蒸熟，搗和，乾則少入酒，丸梧子大，每服十五丸，米飲下，日三服。

中梓曰：白朮甘溫，得土之冲氣，補脾胃之第一品也。《朮贊》云：味重金漿，芳踰玉液。百邪外禦，六腑內充。察草木之勝速益於已者，並不及朮之多功也。俗醫往往嫌其滯，一坐未讀本草，一坐炮製未精耳。但臍間有動氣築築者禁之。

[修治]　嘉謨曰：咀後，人乳汁潤之，制其性也。脾病，以陳壁土炒過，竊土氣以助脾也。去油者，去皮切片，米泔水浸透，曬乾，陳壁土裹，蒸曬九次，洗净，仍曬乾用。《醫彀》曰：脾虛而氣滯者，枳實煎水漬炒，或香附煎水漬炒。《醫略》云：枳朮丸用白朮，須以紫蘇、薄荷、黃芩、肉桂湯煮過。

蒼朮 一名赤朮。

[氣味]　苦，溫，無毒。《別錄》曰：甘。權曰：甘辛。時珍曰：

白术甘而微苦，性温而和，赤术甘而辛烈，性温而燥，陰中陽也，可升可降，入足太陰、陽明、手太陰、陽明、太陽之經。

[**主治**] 除濕解鬱，疏滯寬中，强胃安脾，治濕痰留飲，心下急滿，水腫脹滿，或挾瘀血成窠囊，止寒濕嘔逆，下泄冷痢，治痿療疸，及風寒濕痹，更脾濕下流，濁瀝帶下，陰寒疝氣。

潔古曰：蒼术，氣溫味甘，主治與白术同，苦，除上濕，發汗功最大。若補中焦，除脾胃濕，力少不如白术，腹中窄狹者須用之。若治脛足淫腫，加白术。又云：蒼术體輕浮，氣力雄壯，能去皮膚間腠理濕。

東垣曰：本草但言术，不分蒼、白。而蒼术別有雄壯上行之氣，能除濕下，安太陰，使邪氣不傳入脾也。以其經泔浸火炒，故能出汗，與白术止汗特異，用者不可以此代彼，蓋有止發之殊也。又曰：爲治痿要藥。

按：痿皆由陽明虛，義見王宇泰痿論。

丹溪曰：蒼术，能總解諸鬱。痰火濕食氣血六鬱，皆因傳化失常，不得升降，病在中焦，故藥必兼升降，將欲升之必先降之，將欲降之必先升之。故蒼术爲足陽明經藥，氣味辛烈，强胃强脾，發穀之氣，能徑入諸經，疎洩陽明之濕，通行斂濇。香附乃陰中快氣之藥，下氣最速，一升一降，故鬱散而平。

又曰：蒼术治濕，上中下皆可用。以黃柏、牛膝、石膏下行之藥引之，則治下焦濕疾；入平胃散，能去中焦濕疾，而平胃中有餘之氣；入葱白、麻黃之類，則能散肉分至皮表之邪。惟血虛怯弱及七情氣悶者慎用，誤服耗氣血，燥津液，虛火動，而痞悶愈甚。

楊士瀛曰：脾精不禁，小便漏，濁淋不止，腰背酸疼，宜用蒼术以斂脾精，精生於穀故也。

仁齋所謂斂脾精者，即除濕而不使脾淫，同於東垣所謂除濕下安太陰之義，非別有收斂之功也。[12]

許叔微《本事方》云：微患飲澼三十年，始因少年，夜坐寫文，左向伏几，是以飲食多墜左邊，中夜必飲酒數杯，又向左臥。壯時不覺，三五年後覺酒止從左下有聲，脇痛，食減嘈雜，飲酒半杯卽止，十數日必嘔酸水數升，暑月止右邊有汗，左邊絕無。徧訪名醫及海上方，間或中病，止得月餘復作。其補如天雄、附子、礬石輩，利如牽牛、甘遂、大戟，備嘗之矣。自揣必有澼囊，如水之有科臼，不盈科不行，但清者可行而濁者停滯，無路以決之，故積至五七日必嘔而去。脾土惡濕，而水則流濕，莫若燥脾以去濕，崇土以填科臼。乃悉屏諸藥，只以蒼术一斤，去皮切片，爲末，油麻半兩、水二盞研，濾汁，大棗五十枚煮，去皮核，搗和，丸梧子大，每日空腹溫服五十丸，增至一二百丸，忌桃李雀肉，服三月而疾除。自此常服，不嘔不痛，胸膈寬利，飲啖如故，暑月汗亦周身，燈下能書細字，皆术之力也。初服必覺微燥，以山梔子末沸湯點服解之，久服亦自不燥矣。

　　愚按：潔古、東垣謂二术俱去濕，而蒼术則別有雄壯上行之氣，是固然矣，然不若丹溪謂蒼术能解諸鬱，強胃而發穀之氣，能徑入諸經，疎泄陽明之濕，通行斂澀之爲中肯也。夫中土喜燥而惡濕，二术皆燥濕者，皆入脾胃。第白术之味始甘，次有微辛，後歸於苦，苦者居多，苦從火化，火乃土之母也，故爲健脾胃之主；蒼术始甘次苦，後歸於辛，辛者居多，辛從金化，金乃土之子也，故爲行脾胃之化。雖曰雄壯之氣上行，亦止肖其辛烈，而未得暢其功用也。蓋水土合德以立地，在中土固爲氣交。若脾不主濕，則陰氣何以達於陽？唯是真氣原與穀氣并而充身，如穀氣在脾胃者，或飲食所傷，或六淫所侵，致穀氣不能發越，則真陰之氣反鬱，還以濕而爲病。病於濕，則真陰不能致於陽，脾不能行氣於三陰，卽不能爲胃行氣於三陽。蓋真氣卽穀氣之本，穀氣卽真氣之充也，故不能以行血氣，營陰陽，而衛氣先病，營卽隨之。如蒼术之能發穀氣，猶水穀悍氣，慓疾滑利，先衛而後營，與白术之健運於中者，是爲別耳。若然，執雄壯上行之氣，而等於散表發汗之他味以爲用也，可乎？猶有謂其氣極雄壯，通行脾腎者，詎知脾與三陰同居於下，脾陰至肺，而腎陰亦至於肺，脾之至陰藉燥而辛烈者以發穀氣，俾上行至肺，而腎亦至矣，氣交所司固爾。升者降之本，更穀氣發越，凡陽明之氣所能至者皆能至之，況胃之三脘本於任乎？此丹溪謂上中下除濕皆可用也。故李仲南《永類鈐方》八製蒼朮，[13]以治腰脚濕氣痹痛，又不特治濕也。萬表《積善堂方》六製蒼朮，治下元虛損，偏墜莖痛。又《乾坤生意》四製蒼朮，加白茯苓、當歸，以治元臟久虛，遺精白濁，婦人赤白帶下崩漏，如斯類者，不一而足，雖不盡歸功於蒼朮，然皆藉陽明發越之氣，和以各證所宜之味，俾奏功於下焦也。若然，又豈僅藉其雄壯之氣乎哉？《神農經》云：若欲長年，當服山精。斯言謂何，此近代醫聖所以獨推朱丹溪先生也。

[附方]
蒼朮丸：真茅山蒼朮四斤，如法洗浸，去皮切片，以桑椹、懷生地、何首烏各一斤熬濃汁，至無味而止，去渣濾清，下蒼朮浸之，曬乾復浸，汁盡爲度，細末，又以人乳拌匀曬乾數次，約重數兩，煉蜜爲丸，白湯或酒吞。蘄州何刺史年七十餘，守潼川，飲啖過少年，叩其故，曰：平生服蒼朮丸，每日數錢。

治痹，真茅山蒼朮十斤，洗净，先以米泔浸三宿，用蜜酒浸一宿，去皮，用黑豆一層，拌蒼朮一層，蒸二次，再用蜜酒蒸一次，用河水砂鍋内熬濃汁，去渣，隔湯煮，滴水成珠爲度，每膏一斤和煉蜜一斤，白湯調服。一老人專用此方，八十餘，身輕矯捷，[14]甚於少年。

治蠱脹，由於脾虛有濕，黃司寇葵峰中年病蠱，得異方，乃真茅山蒼朮末也，每清晨米飲調三錢服，不數月强健如故。終身止服朮，七十餘終少停，疾作矣。《永類鈐方》[15]《積善堂方》《乾坤生意方》，俱見《本草綱目》。

中梓曰：陰虛便燥，渴而火亢者，忌之。

[修治] 出茅山，細而帶糖香味甘者真。米泔浸洗極净，刮去皮，拌黑豆蒸，又拌蜜酒蒸，又拌人乳透蒸，凡三次，蒸時須烘曬極乾，氣方透。

按：此製法似妥。蒼朮燥上行，用黑豆蒸者，引之合水氣也，蜜酒、人乳皆潤之，更使合於金氣而不燥也。

能曰：胎中酒蒸，平用泔製。

希雍曰：术，稟初夏之氣以生，其味苦，其氣温，從火化也，正得土之冲氣，故《別錄》益之以甘，表土德也，故無毒。其氣芳烈，其味甘濃，其性純陽，爲除風痺之上藥，安脾胃之神品。同人參、茯苓、白芍藥、甘草、橘皮、蓮肉、縮砂，則健脾開胃，消飲食，爲壯脾胃之要劑，調中之正法；同藿香、橘皮、茯苓、人參、木瓜、豬苓、澤瀉、縮砂，則治霍亂吐瀉轉筋；同乾葛、防風、茯苓、炙甘草、車前子、豬苓、澤瀉，則治濕勝作泄若雷奔；同秦艽、萆薢、木瓜、薏苡仁、桑寄生、石斛、黃耆、地黃、石菖蒲、桂枝、甘草、晚蠶沙，則治一切痛痺，及關節不利，熱者去桂枝，加黃檗；得黃檗、牛膝、木瓜、石斛，能健步潛行；得苦參、牡蠣，治小兒胃家濕熱，飲食不生肌肉；君人參、芍藥、木瓜、薏苡、茯苓、桑白皮、赤小豆、車前、橘皮，佐以豬苓、澤瀉，能治一切水腫，日重則倍人參，夜重則加地黃、芍藥，俱與术倍；君枳實、橘皮、砂仁、半夏、人參，則除心腹脹滿，消宿食，開胃，去痰涎，除傷食發寒熱及泄瀉；同人參、橘紅、白茯苓、木瓜、藿香，治反胃吐逆，因於寒則加生薑，因於熱則加竹茹、枇杷葉、逆水蘆根；同麥門冬、石斛、黃檗、白芍藥、木瓜、薏苡仁、五味子，爲治痿要藥；同生薑、藿香、檳榔，能治山嵐瘴氣；同四物湯、麥門冬、荊芥、防風、地榆，能治腸風下血；同補骨脂、川椒、茴香、青鹽、川楝子、黃檗，治疝。

希雍曰：术，《本經》無分別，陶弘景有赤、白二種，近世乃有蒼、白之分，其用較殊，要之俱爲陽草，故袪邪之功勝而益陰之效虧。藥性偏長，物無兼力，此天地生物自然之道也。凡病屬陰虛血少，精不足，内熱骨蒸，口乾唇燥，咳嗽吐痰，吐血鼻衄，齒衄咽塞，便秘滯下者，法咸忌之。术，燥腎而閉氣，肝腎有動氣者勿服。劉涓子《癰疽論》云潰瘍忌白术，以其燥腎而閉氣，故反生膿作痛也。凡臟皆屬陰，世人但知术能健脾，此蓋指脾爲濕邪所干，术能燥濕，濕去則脾健，故曰補也。寧知脾虛而無濕邪者，用之反致燥竭脾家津液，是損脾陰也，何補之足云？此最易誤，故特表而出之。

愚按：蒼、白二朮，繆希雍概指其功，亦概慎其用。但二朮之功原殊，其氣味之偏卽因之而異。李東垣先生云：補中益氣，力優在白；除濕快氣，能專於蒼。此爲確論，故先哲謂二朮不可相代也。若然，則希雍所謂祛邪之功勝而益陰之功虧者，當以坐蒼，不得概蔽之白，此朱丹溪之所以致慎於蒼也。至燥腎閉氣，又宜以坐白，不能混及於蒼，故先哲以枳實佐白朮而用之者，豈無深意乎？至言脾虛而無濕邪者，概言忌朮，不知脾虛而濕邪之或有或無，白朮正所急須，但不宜於胃有實熱者耳。在蒼朮或宜如所忌，然切禁於蒼者，若消渴痰火，少血，一切陰虛之證也。希雍所指原淺，恐誤投劑者，故一明之。

狗脊 萆薢爲之使，惡敗醬、莎草。

此藥苗似貫衆，但比貫衆葉有齒而背皆光。其根黑色，長三四寸，形如大胟指，其形似狗脊骨，凸凹龍崾，凸，音突，凸出貌；凹，音坳，凸之對也。土高曰凸，土窪曰凹。龍，音龍，崾，音竦，山峰貌。有硬黑鬚簇之。其肉青綠色。春秋采根，曝乾用。又一種有金黃毛如狗形，皆可入藥。敦曰：勿用透山藤根，[16] 形狀相似，只是入頂苦不可餌也。

[氣味] 苦，平，無毒。《別錄》曰：甘，微溫。普曰：神農，苦；桐君、黃帝、岐伯、雷公、扁鵲，甘，無毒；李當之，小溫。權曰：苦辛，微熱。

[主治] 腰背強，關機緩急，周痹寒濕膝痛，並脚弱毒風軟脚，腎氣虛弱，及風邪淋露，少氣目闇，又女子傷中，關節重，強肝腎，續筋骨，[17] 補益男子，頗利老人，並治失溺不節。時珍曰：治風虛。

希雍曰：狗脊，禀地中冲陽之氣，而兼感乎天之陽氣，故味苦氣平，《別錄》云甘，微溫無毒，兼火化也。苦燥濕，甘益血，溫養氣，是補而能走之藥也，入足少陰。得牛膝、兔絲子、地黃、山茱萸、白膠、杜仲，固精強骨，壯腰腎；得沉香、牛膝、石斛、木瓜、白蘚皮、菊花、五加皮、漆葉、蒺藜子，能通利關節，除五緩六急。

之頤曰：狗脊主肝腎，體用權衡，形藏之關機者也。

愚按：狗脊之用，在《本經》關機緩急一語，而盧氏謂種種主治皆不外是，似亦近之。經曰：人有八虛，皆機關之室，真氣之所過，血絡之所遊，邪氣惡血固不得住留，住留則傷經絡，骨節機關不得屈伸，故拘攣也。又曰：經脈者，所以行血氣而營陰陽，濡筋骨，利關節者也。又曰：腰脊者，人之大關節也。合數條而參之，夫所謂八虛者即八谿，兩肘、兩腋、兩髀、兩膕也。八谿為關機之室，一谿有邪氣惡血住留，則傷乎經絡，而上下各關機舉為之不利，不利即緩急。夫經脈固所以利關節者也，然則關機之利，豈不根治於大會之地乎？《內經》謂大關節在腰脊，以腰為腎府，而脊為足太陽之所行也。此一臟一腑，為系人身根蒂，如腎中衝脈，實為經脈之海。丹溪治一人，因濕氣右手疼痛攣拳，以二陳加金毛狗脊、杜仲、川芎、升麻。即此觀之，則茲味於濕宜，而於陰氣不足之濕乃為中病。然又以之治手，尤當參之，蓋以經脈之海總屬於腎中之衝脈也。然則所謂行血氣，營陰陽，濡筋骨，利關節者，能外此一臟一腑乎？故八谿雖為機關之室，而腰脊尤居其關節之大者，以屬腎與膀胱也。即《內經》所云腎有邪則氣留於兩膕，可知關機之室如兩膕者，尤以腎為主矣。《本經》於狗脊主治首云腰背，次乃及機關緩急，更次乃及膝也，豈非知所先後哉？又如療腳弱，並毒風軟腳，皆由大關節之處有留滯邪氣惡血，故在下部之經脈有傷而見於腳者，其關機不利如是耳。然則狗脊主氣乎？主血乎？夫其所治，《別錄》言風邪淋露，少氣目闇，**按**：少氣目闇若何？曰：目睛神水，固膽汁也，然化原在腎水，水鬱而風木不能達之於上，故目闇，此皆經脈不利之故耳，蓋三陰經脈從下而上也。甄權又言毒風軟腳，腎氣虛弱，即此可以思其功。夫經脈，所以濡筋骨，利機關，非血無以濡之，非氣無以响之，故此味乃主下焦肝腎之陰氣，與上焦心肺之陽氣微不同耳。《本經》謂頗利老人，緣老人下焦之陰氣多虛，多有不利故也。更繹《本經》但言寒濕，而《別錄》、甄權又出風邪毒風之治，非有二也。蓋腎者水臟，全藉風木以達陽而化陰，風木虛則陽不達，陽不達則陰不化，陰不化則寒濕病乎血，病乎血則風化自病而為風邪，久之為毒風，還病於腎臟而為腎臟風毒，或有化為濕熱以為肝種種之病者，皆坐風虛也。此味能益腎氣，若主輔得宜，使陽得達而陰得化，有何關節不利而風濕不瘳乎？但病各有所因，則劑各有所主，試卽方書治寒濕脚氣，必用益陽氣、除寒濕之劑，治風濕，必用活血、除風濕之劑，而此特逐隊以奏功。又有脚氣宜補心腎者，主以益心腎之味，而此特佐之。三方見脚氣類。然則此味固不任攻擊之功，卽冀其奏補益之效，亦未能專恃也矣。

希雍曰：腎虛有熱，小水不利，或短濇赤黃，口苦舌乾，皆忌之。

[修治] 剉，炒，去毛鬚，酒浸一夕用。

巴戟天 覆盆子爲之使，惡雷丸、丹參。

出蜀中，今江淮、河東州郡亦有，不若蜀中者佳。經冬不凋，秋深結實，根如連珠，以連珠而多肉者爲勝。方家多取紫色，然蜀人云原無紫色，土人采根，同黑豆煮紫，殊失氣味。一種山葎根，極相似，但色白，土人以醋煮之，雜巴戟內，莫能辨識，但擊破之，紫而鮮潔者，偽也。其中雖紫，又有微白，糝米屑爲糝。有粉色而理小暗者，真也。

根

[氣味] 辛甘，微溫，無毒。《日華子》曰：苦。

[主治] 大風邪氣，陰痿不起，強筋骨，安五藏，補中增志，益氣《本經》，治男子夜夢精洩，強陰下氣甄權，補血海《仙經》，益精，利男子，愈小腹及陰中相引痛，治風癩及頭面遊風《別錄》，療脚氣時珍。

[方書主治] 中風，傷勞倦虛勞，腎氣虛而惡寒，療氣之元陽虛者，積聚，腎氣虛逆咳嗽，并虛逆病喘，治溲血腰痛，痹證痿證，眩暈，不能食，消癉泄瀉，淋，小便不禁，赤白濁，疝，治目疾并耳聾。

權曰：病人虛損者加用。

希雍曰：巴戟天稟土德真陽之精氣，兼得天之陽和，《本經》謂其氣溫無毒是也，然得木之令而兼金之用，故其味辛，《別錄》益之以甘，亦以其稟土德之真陽耳。得黃檗、橘核、荔枝核、牛膝、川草薢、木瓜、金鈴子、懷生地黃，治疝氣因於腎虛；得五味、蓯蓉、鹿茸、山茱萸、柏子仁、故紙、枸杞子，治陰痿，去鹿茸、蓯蓉，加黃蘗、牛膝、麥冬、生地、車前子，治陰虛白濁久不愈；得鹿角、柏子仁、天冬、遠志、蓮鬚、覆盆、黃蘗，治夜夢鬼交泄精；同甘菊花、石菖蒲、何首烏、刺蒺藜、黑豆、山茱萸、天冬，治頭面上風。

　　愚按：巴戟，在《本經》言其氣温而味辛甘，在《日華子》專云苦，嘗之由苦而辛，辛中亦有苦，味盡處略有甘耳。夫苦為火味，陽火出於地，故命門為真火，所云非苦無以至地者也；辛為金味，其上行為天氣，合於人身之肺，所云非辛無以至天也。夫辛由於苦，則元氣之體，苦合之辛，則元氣之用，況其温者又出地之始氣乎。且草木至冬，莫不隨令氣而藏，獨此不凋。合而觀之，是非禀陰中之真陽，裕有元氣之體用者乎？抑元氣之體用，於何而徵之？曰：《本經》首云治大風邪氣，陰痿不起，言其用也。夫風升之氣，乃出地之陽，陽氣陷於下，則風害而化邪氣，陰痿不起，即陰之用不達也。《本經》由用而及體，故歸之補中增志益氣，甄權則由體而及用，故首言治男子夜夢鬼交精洩。夫精能化氣，氣能攝精，關元、中極之間，男精女血皆藏於此，已下於腎三寸矣，乃腎中命門實司元氣，專藉此在上者下而鎖鑰之，所謂氣能攝精也。故甄權首指其體，亦言風癩之治，則并及用矣。即方書種種主治，莫能外此體用之所宜，并主輔之恰當，以益元氣耳。夫腎中元氣，乃陰中之陽，本不能離於陰以為陽，故不得漫用辛熱以耗陰。如此味雖曰益陽，却從陰中完其體，致其用，非辛熱之倫，故用此味。如熟地黃，補陰而發陽者也，可助之發陽於陰中；如覆盆子、骨碎補，由陽而強陰者也，可合之強陰於陽中。就方書證治，如磁石丸之治虛勞，補腎之陰氣居多，又如巴戟天丸之治腎虛惡寒，補精氣而益陰為多。二方俱入此味，則其發陽於陰，強陰於陽者，即二治可以類推於他證矣。至如陽虛生寒，投以辛熱之桂、附，更如陽虛鬱熱，投以苦寒之連、柏，俱有不舍茲味者，總為元氣之主劑，立其主，而後辛熱可以去寒，苦寒可以清熱也。試取治腎消之蓯蓉丸，為腎氣衰虛，致精水無所養，故專益腎陽而微兼益陰，是宜之入此味於中矣。至如金銀箔丸之治，亦是因於腎氣虛，但化熱耳，丸中專主滋陰清熱，却亦入此味與蓯蓉同用，是則一證而寒熱異者俱得用之，是豈非人身元氣上際於天，下極於地？如茲物體用合，亦能如元氣之所周，隨寒熱而咸宜，故其治療頗多，不第如本草所列頭面遊風，療小腹及陰中相引痛，及脚氣之治而已也。第《本經》首言大風邪氣，卽諸本草未嘗不以療風爲言，其義最宜循繹，不啻謂其補氣血之虛損，泛泛然與他藥同論功也。經曰：出地者，陰中之陽，陽予之正，陰爲之主。夫風化司出地者也，詎謂此品雖微，却有陽予正陰爲主之義，所謂發陽於陰中，卽强陰於陽中者是也，故不啻能補元陽，且補血海，益精，皆有兼功爾。更請得悉之。蓋水火合化以爲氣，更藉金木交媾乃得合化焉。肝原媾肺於包絡以生血，血生而氣化矣；肺原媾肝於三焦以益氣，氣益而血化矣。巴戟達元氣於上，卽達肝之氣化於肺，達元氣於下，卽達肺之氣化於肝。之頤曰：深秋結實，經冬不凋，反地之陽殺陰藏，得天之陽生陰長，可判屬肝，而以戟以辛，又可判屬肺矣，誠肺肝秉制爲用之用藥也。肝爲血海，通於三焦之命門，合相火而行血海之化，既肺媾於肝，而血海不補乎？夫腎元中，有精化氣者，先天也，有氣化精者，後天也。甄權曰强陰下氣，蓋肺爲氣主，巴戟之由苦而辛，以達元氣之用於上，卽由苦中之辛而歸於甘，以達元氣之用於下，肺直媾於肝，得歸血海而化精。故先哲言覆盆爲使，卽此之謂强陰，謂下氣，又謂益精，不止於能固精而已也。雖然，此品乃從陽而生陰之劑，與從陰而生陽之味各有所宜，不得混視也。

又按：茲味能療男子泄精者，主於元氣能固精之義也。第氣與精，交相益而交相病。如元氣虛而精不固，是由氣以病精，或勞傷中氣，并勞傷命門之陽是也，病於陽虛；如元精虛而氣不固，是由精以病氣，不止於色慾，舉六淫七情皆得以傷精，經所謂陰氣是也，斯屬陰虛矣。二者皆病於元氣，而未可概從氣治也。且同一元氣之傷，陽虛者是氣不足，陰虛者是火有餘，未可概以爲元氣受傷，而概從補氣治也。更當參者，太極未分，而陰陽合爲一氣，此經所謂兩神相搏也。太極一判，而清升濁降，然清者不能離陰以爲上際，濁者不能離陽以爲下蟠，此經所謂兩精相搏也。乃經又獨以神屬心，曰心藏脈，脈舍神者，正謂一氣止是陰陽，陰陽止分動靜，靜者闔而動者闢，闔者氣之守，闢者氣之倡也，故精必歸之氣，氣尤歸之神，又未可止於元氣求責也。其詳見遺精論治。

宗奭曰：有人嗜酒，日須五七杯。後患腳氣，甚危。或教以巴戟半兩，糯米同炒，米微轉色，去米不用，大黃一兩剉，炒，同爲末，熟蜜丸，溫水服五七十丸，仍禁酒，遂愈。愚按：嗜酒而病腳氣，此爲濕熱。大黃，除濕熱者也，同巴戟而用之，緣入腎肝而達其氣，俾除濕熱之味得以奏效耳。即此類推，則凡疝氣白濁，豈能專恃此味？亦必本其所受之因而投劑，用此味以達下焦之主氣則可，況於夜夢泄精者乎。

希雍曰：巴戟，性溫屬陽，凡相火熾盛，思慾不得，便赤口苦，目昏目痛，煩躁口渴，大便燥閉，法咸忌之。

[修治]　用肉厚連珠者，同枸杞子湯浸一宿，漉出，再用酒浸一時，更拌菊花，熬令焦黃，去菊，拭乾用。雷公製法。用黑色紫沉大穿心者，不用色黃細者，搥去心，酒浸焙。

遠　　志

三月開白花，根長及一尺。四月采根，曬乾。

根

[氣味]　苦，溫，無毒。

[主治]　強志補中，定心氣，止驚悸，治健忘，益智慧，利九竅，耳目聰明，除邪氣，去心下膈氣，小便赤濁，及腎積奔豚，又遠志酒治一切癰疽。

好古曰：遠志，腎經氣分藥也。

王紹隆曰：氣味芳烈，陽草也。

復曰：苗短根長，司腎之物。

時珍曰：遠志，入足少陰腎經，非心經藥也。其功專於強志益精，治善忘，蓋精與志皆腎經之所藏也。

腎精不足則志氣衰，不能上通於心，故迷惑善忘。[18]《靈樞經》云：

肾藏精，精合志，肾盛，怒而不止则伤志，志伤则喜忘其前言，腰脊不可以俯仰屈伸，毛悴色夭。又云：人之善忘者，上气不足，下气有余，肠胃实而心肺虚，虚则营卫留于下，久之不以时上，故善忘也。陈言《三因方》远志酒治癰疽有奇功，盖亦补肾之力尔。

之颐曰：藏于肾而用于心。丹溪言其入心归血。

希雍曰：远志，感天之阳气，得地之芳烈而生，故无毒，亦阳草也。其味苦温，兼微辛，为手少阴经君药，兼入足太阴经。苦能泄热，温能壮气，辛能散郁。同茯神、人参、地黄、酸枣仁、丹砂，为镇心定惊要药；同人参、柏子仁、酸枣仁、麦门冬、五味子、当归身、茯神、茯苓、益智仁、生地黄、甘草、沉香，治心气弱，心血少，馁怯易惊，梦寐多魇，神不守舍，怔忡健忘，失志阳痿；同茯神、人参、白术、龙眼、酸枣仁、木香、炙甘草，能归脾益智。入当归六黄汤，能止阴虚盗汗。

愚按：远志味苦而气温，类以为入心。好古谓为肾经气分药者，以肾有相火，而苦温亦入也。若时珍所云益肾精，则志气强而能上通于心。夫益肾精之味，宁独远志哉？有肾气虚者，阅书即心悸，不能及百行，嗣服滋阴益肾之剂，经数岁不辍，亦未及远志也，后遂终日披阅而不倦，则知远志之独以益志见长者更有可思，不得概以益肾精言之也。经曰：肾藏精，精合志，以水中宅火耳。志者固静中之动机，所谓阴中阳也，此味苦而至地，乃本于气之温，谓其就至阴而强志可也。志之强者，谓其感于离阳以上越也。先哲曰：肾气不足，加熟地黄、远志、牡丹皮。夫肾精不足，非远志所能益。肾精若足，则此味有合于人身阴中之阳，阳中之初动，以效其离火之用动而不诎者。试观其采根定以孟夏，非取其阳之动而欲畅者，此味固乘之以出乎？经曰：营卫留于下，久之不以时上，故善忘。然则以此味治善忘，固为其举精气以上奉也。若然，远志诚为阳草，指为肾经气分药者，义固精矣。然丹溪又谓其入心归血者云何？盖此味能于至阴之地以发阳，还能于至阳之地以宅阴也。心属离火，内阴而外阳，内者是神，外者是用。能于至阴之地二语，可谓中肯，可谓精诣。故远志虽为肾家气分药，而最能宁心者，以其入心归血，诚如朱丹溪先生之说也。盖血者真阴之化醇，入心归血，正于至阳之地宅阴也。故强肾者，即以定心气，因阳精上奉而阴随之動，又以靜爲君耳。抑治健忘，更益知慧者若何？曰：經云：腎者作強之官，伎巧出焉。治健忘而又益知慧者，精氣之上奉於心，而精中伎巧之出，亦併之而上也。故此味不得混言益腎精，又不得貿然謂補心氣，如盧之頤所云藏於腎而用於心之一語者，庶幾微中矣。

又按：遠志、棗仁，類以爲補心之劑。在遠志於前說已悉，如棗仁乃入脾膽血分者，炒熟則香甘入脾，而仍有酸意。蓋肝膽原爲脾之用，卽以炒熟入脾，香醒脾困，甘生脾血，而又有酸以收其耗散之氣，使血歸於脾，脾之脈固注心者也，此所以亦曰補心耳。如止以爲補心，而不悉其後天化原之義，則憒憒矣。遠志乃先天化原，故二味俱用以益心。大抵此二味入補心藥，須以血藥爲主。

[**附方**]

遠志酒：治一切癰疽發背癤毒，有死血陰毒在中則不痛，傅之卽痛，有憂怒等氣積怒攻則痛不可忍，傅之卽不痛，或蘊熱在內，熱逼人手，不可忍，傅之卽清涼，或氣虛冷潰而不斂，傅之卽斂。此方用以救人極驗，若七情內鬱，不問虛實寒熱，治之皆愈。用遠志不以多少，米泔浸洗，搥，去心，爲末，每服三錢，溫酒一盞調，澄少頃，飲其清，以滓傅患處。

愚按：遠志，謂能開鬱，果若斯論，則開鬱之義益明。人身止是水火二氣，腎氣者，水中火也，心血者，火中水也。能使腎氣上奉於心，則水亦隨火以升矣，水隨火升，則卽能使心血下達於腎，而火亦隨水以降矣。如遠志，下卽陰氣以升陽，上卽陽氣以致陰，故所療諸證非卽水火互爲升降之徵乎？水火卽氣血之根，安得不宜於癰疽惡毒之各因哉？卽如強志定氣等證，可以識升者機；如療赤濁，治奔豚，又可以識降者機。至若七情內鬱，悉由陰陽之不合而和也。經曰：調氣之道，在和陰陽，合則和矣。故遠志能開鬱者，亦其升降陰陽之功耳。

小便赤濁，遠志半斤，茯神、益智仁各二兩，爲末，酒糊丸梧子大，每空心棗湯下五十丸。

希雍曰：心經有實火，爲心家實熱，應用黃連、生地黃者，禁與參、术等補陽氣藥同用。

[修治] 去骨取皮，甘草湯漬一宿，因苦下行，以甘緩之使上發也，漉出，曝乾。

淫羊藿—名仙靈脾。

頌曰：江東、陝西、漢中、湖湘間皆有之。時珍曰：生大山中。一根數莖，莖粗如線，高一二尺，一莖二椏，一椏三葉，葉長二三寸，如杏葉及豆藿，面光背淡，甚薄而細，齒有微刺。

[氣味] 辛，寒，無毒。普曰：神農、雷公，辛。保昇曰：性溫。時珍曰：甘，香，微辛，溫。

[主治] 陰痿絕傷，莖中痛，利小便，益氣力，強志《本經》。

《日華子》曰：丈夫絕陽無子，[19]女人絕陰無子，老人昏耄，中年健忘，一切冷風勞氣，筋骨攣急，四肢不仁，[20]補腰膝，強心力。

時珍曰：淫羊藿，味甘氣香，性溫不寒，能益精氣，乃手足陽明、三焦、命門藥也，真陽不足者宜之。

希雍曰：淫羊藿，本得金土之氣而上感天之陽氣，故其味辛甘，其氣溫而無毒，《本經》言寒者誤也。入手厥陰，為補命門之要藥，亦入足少陰、厥陰，可升可降，陽也。辛以潤腎，甘溫益陽氣，宜與白蒺藜、甘枸杞、肉蓯蓉、五味子、牛膝、山茱萸同用，為補陽之妙劑。

愚按：淫羊藿，《本經》首主陰痿絕傷，《日華子》亦首言其療男子絕陽，女子絕陰，則謂入命門補真陽者是也。蓋命門為腎中之真陽，即人身之元氣也。其所謂絕陽絕陰，不本之元氣，何以噓之於既槁？所謂益氣力，強志，並治冷氣勞氣，筋骨攣急等證，皆其助元氣之故。至若莖中痛，小便不利，皆肝腎氣虛所致，此味入腎而助元陽，即是補腎氣，而肝腎固同一治也。後人有因氣虛而陽道不興，用補中益氣湯入淫羊藿者，蓋以人有生以後，一切真陽托於後天之氣，補中益氣而入此味，則引之以歸元裕陽，還以同升，而真陽乃畢暢。如李瀕湖言其甘香，但微有辛温，於斯義妙合矣。夫中土之甘，舉水火二氣由此爲權輿，真陽具足者，能使地氣際天以暢厥用，真陽不足者，又能使天氣達地以噓其枯。此味甘香，能奏後天之功於絕陽絕陰，不概同於補陽之他味。如老人昏耄，中年健忘，皆元陽衰敗而不能上升者也。以是思功，功可知矣。須知此味以降爲升，其升，由於能降也。

希雍曰：虛陽易舉，夢遺不止，便赤口乾，強陽不痿，並忌之。

[修治] 以夾刀夾去葉之四畔花枝，每斤用羊脂四兩拌炒，待脂盡爲度。薯蕷、紫芝爲之使，得酒良。據此是止用葉，則必得莖葉俱全，一一如瀕湖所說者乃真。

玄　參

二月生苗，高四五尺，莖方而大，作節若竹，色紫赤，有細毛，葉生枝間，四四相值，形似芍藥。七月開花，白色或茄花色，形似大薊，花端叢刺，刺端有鈎，最堅且利。八月結子，黑色。一種莖方而細，色青紫，葉似脂麻對生，又似槐柳尖長，邊有鋸齒，七月開花青碧，八月結子黑褐，根都科生，一根五七枚，生時青白，乾卽紫黑。宜三八月采。

根

[氣味] 苦，微寒，無毒。《別錄》曰：鹹。普曰：神農、桐君、黃帝、雷公，苦，無毒；岐伯，寒。潔古曰：足少陰腎經，君藥也，治本經須用。

[諸本草主治] 補腎氣，除陰中氣分遊火，清三焦氣，散遊風，能明目，並喉舌浮熱爲病，育陰氣，除心煩，治暴結熱，解斑毒，療熱風頭痛，通小便，血滯，散瘤瘻瘰癧。

[方書主治] 咽喉，消癉，舌，中風虛勞，傷燥發熱，著痹，驚悸盜汗，耳口齒唇皮膚。

潔古曰：氣寒味苦，治心中懊憹，煩而不得眠，心神顛倒欲絕，血滯，小便不利。

海藏曰：易老言玄參乃樞機之劑，管領諸氣，上下肅清而不濁，風藥中多用之，故《活人》治傷寒陽毒，用玄參升麻湯治汗吐下後毒不散，即知肅清樞機之劑。以此論之，治空中氤氳之氣，無根之火，以玄參爲聖藥也。

《心法》云：玄參，在上焦治結熱咽痛，去遊火，能清氤氳之氣；在中焦管領諸氣，能分清濁；在下部補腎中氤氳之氣，降陰火奔騰，亦能明目。

時珍曰：腎水受傷，真陰失守，孤陽無根，發爲火病，法宜壯水以制火，故玄參與地黃同功。其消瘰癧，亦是散火，劉守真言結核是火病。

希雍曰：玄參，正稟北方水氣而兼得春陽之和，故味苦而微寒，無毒。《別錄》兼鹹，以其入腎也，爲足少陰經君藥。黑乃水色，苦能下氣，寒能除熱，鹹能潤下軟堅。同升麻、甘草等分水煎，治發斑咽痛，出《活人書》；同鼠黏子半生半炒各兩許，爲末，新汲水服，治急喉痹風；同地黃、甘菊花、蒺藜、枸杞子、柴胡，能明目；同貝母、連翹、甘草、栝樓根、薄荷、夏枯草，治瘰癧；同知母、麥門冬、竹葉，治傷寒陽毒，汗下後熱毒不散，心下懊憹，煩不得眠，心神顛倒欲絕；同黃連、大黃等分，蜜丸，治三焦積熱。

愚按：玄參，黑色爲水，潤下本鹹，故味苦而氣寒者，唯此爲足少陰的劑矣。但謂其與地黃同功，不知其同爲益腎，而玄參所主者陰氣也，地黃固壯水以制火，玄參則管領諸氣，舉浮游之火，或炎或聚者，能清而散之，此亦何能概同歟？之頤曰已向乎陽，未離於陰，儼似少陰之樞象，殆具備少陰之體用者也。已向於陽，爲其味苦也，未離於陰，爲其氣寒也。曰補腎氣，是補腎氣方萌之機兆，非補腎臟欲藏之形質也。此數語亦可謂微中矣。雖然，玄參所療諸病，皆本於氣化熱者也。此能致其至陰於氣分，凡熱遇至陰之氣而卽化，此昔哲所謂管領諸氣，上下肅清而不濁者也。故熱所結之氣，不限上下，不分虛實，隨其或主或輔而皆可肅清。如同黃連、大黃，以治三焦積熱；如同升麻、大黃、犀角，以治胃熱發斑；如同知母、麥冬、竹葉，以治傷寒汗下後餘熱，心下懊煩，不眠顛倒；如同貝母、花粉、枳實、桔梗、芩、連、升麻、甘草，以治上焦熱痰盛而作渴，口舌腫痛；如同升麻、犀角、赤芍、桔梗、貫衆、芩、草，以治心脾壅熱，舌上生瘡，木舌舌腫，或連頰兩項腫痛；如同升麻、連、芩、翹、桔、鼠黏、殭蠶、甘草、防風，以治喉中妨悶，會厭後腫，舌赤，午後語言微澀。如是之類，不一而足，皆治其實者也。如虛勞六極治中有玄參湯，同諸藥治骨實極而面色焦枯，隱曲膀胱不通，牙齒腦髓苦痛，手足酸痛，大小便秘。如用於天王補心丹中，同諸藥除怔忡，定驚悸，清三焦，化痰涎，祛煩熱，療咽乾，育養心神。如清熱補氣湯，同諸藥以治中氣虛熱，口舌如無皮狀，或發熱作渴。又如清熱補血湯，同諸藥以治口舌生瘡，[21]體倦少食，日晡益甚，或目澀熱痛。如是之類，亦不一而足，此治其虛者也。夫實爲邪實，除邪不能盡藉此味，而以此味之陰氣化氣之并於邪者；虛爲正虛，補正亦不能盡藉此味，而以此味之陰氣助氣之歉於正者。此玄參之能事如是，用之者宜量其所長也。若時珍所謂真陰失守，孤陽無根等語，猶未盡合耳，明者自能辨之。然凡此主治，的的關於腎氣，其經絡穴俞昭然，未能概治中氣也。謂爲少陰君藥者誠然，次之即肝，故目疾虛實者皆用之。繆仲淳所云稟北方水氣而兼得春陽之和，其說不妄，正有合於風藥中多用之義矣。

希雍曰：血少目昏，停飲寒熱支滿，血虛腹痛，脾虛泄瀉，並不宜服。總之虛而寒者切禁。

[修治]　中梓云：滋陰劑中須用蒸曬，差減寒性。酒洗，去塵土，酒拌蒸，切片，曬乾用。極忌銅鐵。黑潤者佳。

地　　榆

處處平原川澤有之。三月宿根，布地作苗，獨莖直上，高三四尺，對分出青色葉，似榆葉，稍狹細而長，邊有鋸齒。七月開花如椹子，紫黑色。根外黑內赤，似柳根。

根

[氣味]　苦，微寒，無毒。《別錄》曰：甘酸。潔古曰：氣微寒，

味微苦，氣味俱薄，其體沉而降，陰中陽也，專主下焦血。東垣曰：味苦酸，性微寒，沉也，陰也。

[主治] 下部積熱，血痢并腸風下血，療女子月經不止，血崩，產前後諸血疾，小兒疳痢，止痔瘻膿血。

《別錄》曰：補絕傷。一名酸赭。主内漏，止血不足。

東垣曰：治膽氣不足。

頌曰：古者斷下多用之。

董炳曰：同樗皮，治赤白痢。

宗奭曰：其性沉寒，入下焦，若熱血痢則可用，若虛寒人及水瀉白痢，即未可輕使。

《門》曰：熱痢初起，亦不可用，恐澀早故也。

時珍曰：治大小便血證，止血，取上截切片，炒用。其梢則能行血，不可不知。

希雍曰：地榆稟地中陰氣，而兼得天之微陽，故味苦甘酸，氣則微寒而無毒，氣薄味厚，沉而降，陰也，入足厥陰、少陰、手足陽明經。苦寒能凉血瀉熱，以兼甘酸，性行而帶補。得金銀花等分，佐以芍藥、甘草、枳殼、黃連、烏梅，治血痢。如熱在心經，下利純鮮血，則加生犀角汁十五匙，神驗。

愚按：地榆宿根，三月生苗，稟木之生氣以升也，於七月開花結子，乘金之收氣以降也，故其用在根。其根外黑內紅，合於子之紫黑色，豈非本於至陰之腎，能布地道生育之化，以爲血之主者乎？故本草雖言其於上下血皆治，然而治效親切於下焦，更有功也。如療下焦血痢腸風，女子崩中，及月經不止，皆取腎司大小便之故也。

血爲真陰之化醇，故《別錄》有主内漏止血不足一語，是則地榆治血，固不徒取其寒也。《入門》謂熱痢不可驟用，良然，但指爲澀者誤也。此味之用，宜於熱痢久而虛者，及女子崩中日久，月經不止，皆屬熱而虛者，以其微寒而帶補也，故曰古方斷下多用之。抑其氣味雖曰苦寒甚微，乃有酸合之，則專於沉降，本乎親下者，東垣謂爲純陰是矣。

純陰之性味，唯以對待積熱，亦宜有以佐之。如血痢不止，合於羊血；久病腸風，合於蒼术；結陰下血，合於炙草並砂仁。即三方推之以盡其用，非投劑者所宜留意乎哉？血痢不止，地榆曬研，每服二錢，摻在羊血上，炙熟食之，以捻頭煎湯送下。久病腸風，痛癢不止，地榆五錢，蒼术一兩，水煎，空心日一服。結陰下血，腹痛不已，地榆四兩，炙甘草三兩，每服五錢，水一盞入縮砂四七枚，煎一盞半，分二服。

希雍曰：地榆，性寒而下行，凡脾胃虛寒作泄，白痢久而胃弱，胎產虛寒，泄瀉血崩，脾虛作泄，法並禁服。

［修治］　切之，如綿者良。酒洗。

丹　　參

二月生苗，高尺許，方莖有稜。三月至九月作小花，成穗如蛾形，又似紫蘇花。一苗數根，根大如指，長尺餘，皮丹內紫。冬采者良。

根

［氣味］　苦，微寒，無毒。普曰：神農、桐君、黃帝、雷公，苦，無毒。弘景曰：久服多眼赤，故應性熱，今云微寒，恐謬也。權曰：平。

［諸本草主治］　心腹邪氣，去心腹痼疾結氣，通利關脈，益氣養血，治寒熱積聚，破癥除瘕，療冷熱勞，骨節疼痛，腰脊強，腳痺，除風邪留熱，漬酒飲，療風痺足軟，療女子胎產，止血崩帶下，調婦人經脈不勻，血邪心煩。

［方書主治］　中風發熱，水腫積聚，吐血脅痛，痹著痹癇，悸，健忘，消癉。

《日華子》曰：養神定志。

時珍曰：活血，通心包絡，治疝痛。

又曰：丹參，色赤味苦，氣平而降，陰中之陽也。入手少陰、厥陰之經，心與包絡血分藥也。按《婦人明理論》云：四物湯治婦人病，不問產前產後，經水多少，皆可通用。唯一味丹參散主治與之相同，蓋丹參能破宿血，補新血，安生胎，落死胎，止崩中帶下，調經脈，其功大類當歸、地黃、芎藭、芍藥故也。時珍謂入手少陰、厥陰之經，固然。愚謂宜兼足少陰，細參各本草主治自明。且《本經》首言治心腹邪氣，《別錄》亦云去心腹痼疾結氣。經曰：背爲陽，陽中之陽，心也；腹爲陰，陰中之陰，腎也。故曰必以心腎並言而義乃完。其心腹相關之義，詳具腹痛論中。

希雍曰：丹參，《本經》味苦微寒，陶云性熱無毒。觀其一切主治，似非寒藥，然亦決非熱藥，當是味苦平微溫，入手足少陰、足厥陰經。心之所主者血也，心虛則邪氣客之，爲煩滿結氣。肝虛則熱甚風生，肝家氣血凝滯，則爲癥瘕寒熱積聚。腎虛而寒濕邪客之，則腰脊强，脚痺。入三經而除所苦，則上來諸證自除矣。入天王補心丹，則補心；同牛膝、地黃、黃耆、黃蘗，則健步；同鱉甲、牡蠣、牡丹皮、青蒿、延胡索、牛膝、乾漆、水赤蓼子，主寒熱積聚，破癥除瘕，心腹痼疾結氣；同麥門冬、沙參、五味子、甘草、青蒿、栝樓，止煩滿；同牛膝、萆薢、木瓜、豨薟、杜仲、續斷，主腰脊强，脚痺，除風邪留熱；同人參、麥門冬、酸棗仁、地黃，益氣養血。《聖惠方》獨用一兩，爲末，熱酒每服二錢，主寒疝，少腹及陰相引痛，自汗出，欲死。

愚按：丹參之根，皮丹而肉紫，且其味苦，酌形與味，的入手少陰、厥陰經，李時珍之說是也。據其奏效者，似通利關脈一語足以概之。然《別錄》謂其養血，而《本經》且謂益氣者，蓋所謂寒熱積聚及冷熱爲勞，人身之六氣所病與外淫之受一也，皆足以病乎氣，泣乎血，致不利於關脈也。經曰：經隧者，氣血所從出之道。細思此語，則通利關脈，非卽其能養血益氣歟？第有稱其調經脈若四物，而先哲又以養神定志歸之者，豈盡屬通利關脈之功歟？曰：先明於通利關脈其義爲何若，乃得悉其養神定志者若何關切耳。蓋其根皮丹，肉紫而味苦，固爲火之用藥，味歸形，形歸氣，經所謂勿逆夏氣者也。第其開花成穗，自三月以至九月，而采根必以冬時爲良，是可參也。夫吐花成穗於木火之月，而采其根於金水之候，豈非反其所自始者，爲得全金水之氣以昌木火之用乎？得全金水之氣，以昌木火之用，正所謂二氣具足，時珍何以舍足少陰耶？此經所謂夏月蕃秀，使氣得泄者也，乃爲具生血化血之全功。夫血原於水而成於火，其義固不爽也。是則可謂之通利關脈，不可與他味之破泄者以論功也。唯其如是，故宿血宜破，新血宜生，生胎宜安，死胎宜落，自有合於天然之生化，而各各不戾其所宜者矣。雖然，茲味治血，而《本經》首言治心腹邪氣，腸鳴幽幽如走水，《別錄》亦謂去心腹痼疾結氣者，蓋氣爲血之先也。又皆以心腹先言者，氣血之運於周身者，固先於腹，而心爲火，主氣者火之靈，心又主脈，脈者血之府也，脈之經絡於一身者，由血貫於脈之中，而血之能貫於脈中者，實由水火之二氣具足也。蓋水中有火而氣生水，水上合於火而氣化；火中有水而血生，火下合於水而血化。水中有火四語，是《氣血精微論》所云血化者卽化精也。要本於肺氣，下歸命門，然後血化精，故曰火下合於水而後血化。此品蓋水中有火，而水至於火以達其氣化者，氣之所化則血之滯者行，滯者行而枯者亦生，是所謂非化不生，非生不化也。其能化能生者，政通利關脈之本也。繆希雍謂其非寒非熱，爲苦平微溫者，是矣。或曰：經云主不明則十二官危，固言心也。又曰血者神氣也，然則心爲十二官之主，能神而明之者，止賴此血乎？曰：人身之先天，惟此陰陽具於腎；人身之後天，惟此氣血主於心。氣血一息不周，則陰陽之元化病矣，此經所謂水火者陰陽之朕兆也。然氣血卽水火之化氣，而心主實握由氣化血之權，若不能握其化血之權，則主不明而十二官危矣。故《日華子本草》治血之病於周身者，先云通利血脈，而通利血脈，更先云養神定志，養神定志者，以茲味能裕火大之用而還其固有也。旨哉其言乎！故人身之變化而赤者，雖屬於中焦氣化，然爲血之主者則屬心及包絡，是主血之地又爲血所生化之先天，故補心丹類用茲味。然則流貫於一身，無微不徹，無氣不隨者，可不尋繹其生化之先天，而漫言何臟統血，何臟藏血哉？若方書之治癇證悸證，暨於健忘，是其首及之功，卽如《本經》之治寒熱積聚，破癥除瘕，《別錄》之腰脊强，脚痺，《日華子》之冷熱勞，骨節疼痛，四肢不遂等證，猶爲功之次及也。如是而後知《本經》首言益氣，《別錄》次言養血，皆可得其主腦而能善用茲味以奏功矣。

[附方]

丹參散：治婦人經脈不調，或前或後，或多或少，產前胎不安，產後惡血不下，兼治冷熱勞，腰脊痛，骨節煩疼。用丹參洗淨切曬，為末，每服二錢，溫酒調下。

落胎下血，丹參十二兩，酒五升煮取三升，溫服一升，一日三服。亦可水煮。

寒疝腹痛，小腹陰中相引痛，自汗出欲死，以丹參一兩，為末，每服二錢，熱酒調下。

希雍曰：妊娠，無故勿服。

[修治] 去蘆。賣家多染色，須辨之。

紫參 又名牡蒙。

紫參，根乾皮紅紫色，肉帶紅白。五月開花，實黑，大如豆。

根

[氣味] 苦，寒，無毒。《別錄》曰：微寒。普曰：牡蒙，神農、黃帝，苦；李當之，小寒。

[主治] 心腹積聚，寒熱邪氣，通九竅，利大小便，療腸胃大熱，吐血衄血，腸中聚血，治婦人血閉，療金瘡，破血，生肌肉，治血痢，止渴，補虛益氣。

時珍曰：紫參，色紫黑，氣味俱厚，陰也，沉也，入足厥陰經，肝臟血分藥也，故治諸血病，及癰腫積塊之屬厥陰者。

希雍曰：紫參，稟地之陰氣，兼得天之寒氣，故味苦辛，氣寒而無毒，氣味俱厚，陰也，降也，入足厥陰，亦入足陽明，專入血分，為除熱散結逐血之要藥。

仲景佐以甘草，治下利按古之所謂下利，即今之所謂泄瀉也。故方書於泄瀉證有紫參湯，即此也。純血，腹痛，名紫參湯。《聖惠方》治吐血不止，用紫參、阿膠、甘草等分，為末，烏梅湯或糯米湯服一二錢。

愚按：紫參之治，專主血分，而血分之治專主其滯者，試以《本經》主治參之。其云治心腹積聚，寒熱邪氣，蓋心腹積聚卽血之滯，而寒熱邪氣因於血之滯也。在經云營之生病也，寒熱少氣，血上下行。又先哲曰：凡刺寒熱，皆多血絡，必間日而取之，血盡乃止，乃調其虛實。若然，則《本經》所云寒熱邪氣之治，非專屬血，而紫參非的治血分之滯者乎？且其根淡紫黑色，肉紅白色，應是血分之劑也。第《別錄》言其治吐血衄血，腸中聚血，而先之以療腸胃大熱，然則《本經》謂苦寒者，乃得入血分而除大熱矣。但於五月開花，是雖苦寒，而實透於至陽之氣化以出，卽采根而用之，亦以六月陽極之候，又豈非因其乘陽氣以化陰者，以為入血分而奏宣瘀和血之功乎？若止用其苦寒以對待血滯，雖有大熱，恐亦不能不犯寒泣之忌也。卽補虛益氣，如蘇恭所說者，豈能責之苦寒乎？由斯繹之，則各本草或曰微寒，或曰小寒，皆必有所見而非臆說矣。夫茲味不甚寒，而能療大熱之溢血，是亦善物，乃方書用之不少概見也，何哉？

[修治]　六月采根，曬乾用。

【校記】

〔1〕上，原誤作"土"，今據萬有書局本改。

〔2〕嘔，原脫，今據《本草綱目》卷十二補。

〔3〕樹，原誤作"漆"，今據《本草述鈎元》卷七改。

〔4〕"驚悸"下，《證類本草》卷六有"除邪氣，明目"五字。

〔5〕經，原脫，今據文義補。

〔6〕褊，恐當作"遍"。

〔7〕氣，萬有書局本作"疫"。

〔8〕泄，萬有書局本作"血"。

〔9〕《五方正氣味》：《湯液本草》卷一作"《五方之正氣味》"六字，系其書卷一之篇名。

〔10〕而，原缺，今據萬有書局本補。

〔11〕陰，原誤作"陽"，今據《本草述鈎元》卷七改。

〔12〕仁齋所謂斂脾精者……非別有收斂之功也,此三十八字爲作者按語。
〔13〕《永類鈐方》:"鈐"字原脫,今據《永類鈐方》書名補。
〔14〕矯,原誤作"蟜",今據文義改。
〔15〕《永類鈐方》:"鈐"字原脫,今據《永類鈐方》書名補。
〔16〕藤,原誤作"形",今據《本草述鉤元》卷七改。
〔17〕續,原誤作"績",今據《本草述鉤元》卷七改。
〔18〕迷,原誤作"述",今據《本草述鉤元》卷七改。
〔19〕無子,《證類本草》卷八作"不起"。
〔20〕不仁,《證類本草》卷八作"不任"。
〔21〕生,原誤作"主",據《本草述鉤元》卷七改。

《本草述》卷之七下

山草部下

黄　　連

時珍曰：其根連珠而色黄，故名。

斅曰：漢取蜀産，唐取灃州，今取雅州、眉州者爲良。苗似茶，叢高尺許，一莖三葉，花黄色，凌冬不凋。有二種：一種根粗無毛，有連珠，形如鷹爪，質堅實，色深黄；一種無珠，多毛中虚，色淡黄。各有所宜也。《原始》曰：節多堅重，相擊有聲者佳，黄色鮮明者善，蘆多者劣，瘦小鬚多者，不堪入藥。又曰：用連不必分地土，惟擇肥大連珠者。

根

[氣味]　苦，寒、無毒。《別録》曰：微寒。普曰：神農、岐伯、黄帝、雷公，苦，無毒；李當之，小寒。潔古曰：黄連性寒味苦，氣味俱厚，可升可降，陰中陽也，入手少陰經。海藏曰：黄連苦燥，苦入心，火就燥也。凡治血病，防風爲上使，黄連爲中使，地榆爲下使。李氏曰：瀉心實瀉脾，故目爲中焦使藥。復曰：黄連經冬不凋，寒水之象，有節色黄，中土之制心之用藥也。愚按：黄連及黄檗、黄芩，皆氣寒味苦，而其色皆黄，蓋水火之所以體物，而不遺者土也，連、檗流濕就燥，以行其氣化，故各歸於中土之色也。若芩入手太陰肺，肺主氣，所謂陰陽合同而化者，歸於肺以爲主也，又豈能離於中土哉？是則所謂三黄之義也。

[主治]　鬱熱在中，煩燥惡心，兀兀欲吐，心下痞滿，吞酸吐酸，

或卒心痛，熱嘔熱洩，一切濕熱腹痛熱痢，五臟冷熱，久下洩澼膿血，療暑毒，一切天行熱毒，諸瘡瘍毒，治熱氣目痛，皆傷淚出，並脇及小腹邊痛。又小兒疳氣，婦人陰中腫痛，鎮肝涼血，調胃厚腸。

嵩曰：本草言其寧神，治驚悸健忘，以其能瀉心火也，故安神定驚等丸皆用之。

象曰：治中焦鬱熱，煩燥消渴，或兀兀欲吐，心下痞滿，必用藥也。仲景治九種心下痞，五等瀉心湯皆用之。按黃連佐枳殼，消痞甚速。

嘉謨曰：薑汁製炒，治上焦痰火；以吳茱萸佐之，治吞吐酸水要藥。

嵩曰：與木香同用，治心下痞，并腸中積滯，為腹痛下痢要藥；同吳茱萸用，治肝火，兼脇與小腹邊痛。

丹溪曰：黃連去中焦濕熱而瀉心火，若脾胃氣虛不能轉運者，以茯苓、黃芩代之；下痢，胃口熱，噤口者，[1]用黃連人參煎湯終日呷之，如吐再強飲，但得一呷，下咽便好。

劉完素曰：古方以黃連為治痢之最，蓋治痢惟宜辛苦寒藥，辛能發散，開通鬱結，苦能燥濕，寒能勝熱，使氣宣平而已。諸苦寒藥多泄，為黃連、黃蘗性冷而燥，能降火去濕而止瀉痢，故治痢以之為君。按《別錄》兼主泄澼泄者，瀉，利也，澼者，大腸下血也。即朱丹溪先生所云，則黃連入中土氣分，心為君火，氣乃火之靈也，然治血病黃連為中使，為心主血，而黃連本寒水之化以入心，正所以調血，故本草言其治腸澼也。[2]

韓悆同"懋"曰：以黃土、薑汁、酒、蜜，四炒為君，以使君子為臣，白芍藥酒煮為佐，廣木香為使，治小兒五疳；以茱萸炒者，加木香等分，生大黃倍之，水丸，治五痢。

時珍曰：古方治痢香連丸用黃連、木香，薑連散用乾薑、黃連，變通丸用黃連、茱萸，薑黃散用黃連，生薑。治消渴用酒蒸黃連，治伏暑用酒煮黃連，治下血用黃連、大蒜，治肝火用黃連、茱萸，治口瘡用黃連、細辛，皆是一冷一熱，一陰一陽，寒因熱用，熱因寒用，君臣相佐，陰陽相濟，最得制方之妙，所以有成功而無偏勝之害也。**愚按**：各方似亦審其受病之淺深，臟腑之上下以製使，不止於一冷一熱之謂也。

　　希雍曰：黃連稟天地清寒之氣以生，故氣味苦寒而無毒，味厚於氣，味苦而厚，陰也，入手少陰陽明、足少陽厥陰，足陽明太陰，爲病酒之仙藥，滯下之神草，六經所至，各有殊功。同赤檉木葉入三黃石膏湯，治痧疹已透而煩躁不止，有神；入當歸六黃湯，加棗仁、龍眼，治盜汗，有神；同地黃、甘菊、荆芥穗、甘草梢、芎藭、柴胡、蟬蛻、木通，治風熱上攻目赤痛；同芍藥、蓮子、扁豆、升麻、甘草、滑石、紅麴，治一切滯下膿血；同槐花、枳殼、乳香、沒藥，治滯下純血腹痛，煮服神效；同麥門冬、五味子，治卒消渴，小便多，良；同人參、蓮子，治虛人患滯下及老人產婦滯下不止；同五穀蟲、蘆薈、白蕪荑、青黛、白槿花、白芙蓉花，治小兒一切疳熱，如神。

　　愚按：黃連之味苦氣寒，何以主治入心？盧復所謂寒水之象，中土之制，判爲心之用藥者，其義可思。夫離中有坎，丁壬原有合也，腎脈支者注胸中，然脾與肝腎同上行，而脾脈注於心中。此味本寒水至陰，乃其花黃，六月結實亦黃，獨用根，根黃，六七月根緊乃堪采，何以本至陰氣味而色象與告成之時俱歸中土，豈不深合斯義？夫寒水之化，元合於離中之坎，乃具於中土以致之，如寒水不假黃婆，則水亦何得交於火？此天然妙理，在物性亦有然者也。卽此以思，是黃連的入心，而心之用唯中土最先。昔哲曰：心是天真神機開發之本，胃是穀氣充大真氣之標，標本相得，則膻中所留宗氣乃能流布四臟而不爲病。此經所云真氣者與穀氣並而充身之謂也。所云膻中宗氣，卽腎脈注於胸中之謂也。然則胃中穀氣所以充大宗氣，而脾脈之合腎肝以注心者，豈不爲心之用歟？心之用病，是卽病乎心也。故王海藏所云雖曰瀉心其實瀉脾，朱丹溪先生所謂黃連治病在清心胃者，豈臆說哉？夫人身一水不勝二火，而六淫七情與正氣戾者卽化爲熱，從六淫則由肺而胃，從七情則由心而胃，由心者此味的治矣。然由肺病胃者，以肺陰不降而入心，卽清中之濁不能入胃而生血，以還爲心病，是宜熱者寒之。此本至陰氣味以歸中土者，皆非其的對乎？故所治種種諸證不越於中土，然皆本於陽中之太陽，不得合於寒水真陰以爲病也，陽中之太陽，心也。此數語是病機微義，主治要領於鬱熱濕熱中的。故先哲謂其卻鬱熱濕熱者是矣。蓋陽中少上聲。陰則氣鬱而化熱，鬱熱久則化濕，其相因以病也固如此。此味本寒水之化，以爲中土之用，更其性味兼得乎燥金，故其治熱之鬱，鬱之濕者，正對待以奏功也。抑心之用病，莫先於中土，故其治亦莫先於中土矣。在肝病亦何以次及之？曰：風木本達寒水化以上奉者也，此味能致寒水之化以歸中土，則肝固陰中之少陽也，其氣亦暢矣，中土又行氣於三陰三陽者，況在肝乎？況有同氣相求者製而引之以入肝乎？夫一切肝火之爲病未有不挾心火者，在肝經多鬱火濕火，同吳茱萸用之，豈不奏效？其言鎮肝凉血者，更可思也。本寒水之化以入心，故能凉血，凉血卽所以鎮肝，肝血藏也，入心凉血，酒炒。楊仁齋言傷寒留蓄惡血，內外俱熱，有證與少陽相似者，如服小柴胡湯不效，當以黃連一分，赤茯苓半分，入燈心煎與之。又大小產熱入血室，小柴胡力所不及者，於內加靈脂，仍以黃連、赤茯苓佐之，蓋心主血，黃連、茯苓皆清心凉血之劑，所以收功。

又按：黃連謂厚腸胃，說者以爲除濕熱卽是能厚腸胃，不思如黃芩亦除濕熱，何以不然？蓋其入心者，就燥之性也，燥者卽在苦寒中，足陽明胃、手陽明大腸皆燥金也，同氣相求，雖苦寒而能燥者，是卽厚之歟。李氏曰：用吳茱萸炒，調胃厚腸，在黃芩亦有用茱萸製者，何以不厚腸胃耶？則其本心火之母而就燥，所以功效有異也。

[附方]

治痢，**香連丸**：李絳《兵部手集》治赤白諸痢，裏急後重，腹痛，用宣黃連、青木香等分，搗篩，白蜜丸梧子大，每服二三十丸，空腹飲下，日再服，其效如神。久冷者，以煨蒜搗和丸之，不拘大人嬰兒皆效。

《易簡方》：黃連，茱萸炒過，四兩，木香剉煨，一兩，粟米飯丸。丹溪治噤口痢，[3]加石蓮肉；王氏治痢渴，加烏梅肉，以阿膠化和爲丸。

氣痢後重，《濟生方》**秘傳香連丸**：用黃連四兩，木香二兩，生薑四兩，以薑鋪砂鍋底，次鋪連，上鋪香，新汲水三盌煮，焙研，醋調倉米糊爲丸，如常日服五次。

變通丸：治赤白下痢，日夜無度，及腸風下血。用川黃連，去毛，吳茱萸，湯泡過，各二兩，同炒香揀出，各爲末，以粟米飯和，丸梧子大，各收，每服三十丸，赤痢，甘草湯下黃連丸，白痢，薑湯下茱萸丸，赤白痢，各用十五丸，米湯下。

香連散：宣連一兩，生薑四兩，同以文火炒至薑脆，各自揀出，為末，水泄用薑末，脾泄用連末，每服二錢，空心白湯下，甚者不過二服。亦治痢疾。

臟毒下血，**蒜連丸**：用獨囊蒜煨搗，和黃連末為丸，日日米湯服之。

按痢一證，唯黃連為要藥，而香連丸一製，真有妙理。蓋黃連苦寒則降者多，木香辛苦熱，辛多於苦，丹溪謂其氣上升，同於連用，是升以佐降也。且痢病概本於肺氣不行，潔古曰木香能除肺中滯氣，夫以寒除熱，更調升降而除其滯氣，故此方賴以永利也。後之或用薑，或用吳茱萸，亦自有別。生薑則由肺而胃，助苦寒以達氣而熱乃行，似於氣分居多；吳茱萸則由肝而脾，助苦燥以除濕而熱乃清，似於血分為多。蓋濕熱固在血分也。至伏暑證有用酒者，為干於心包絡，包絡主血也。久冷者及臟毒下血，並用煨蒜和丸，為其辛熱喜散，更能通五臟而更清血分之著滯歟？義見大蒜條。

希雍曰：凡病人血少氣虛，脾胃薄弱，血不足以致驚悸不眠，而兼煩熱躁渴及產後不眠，血虛發熱，泄瀉腹痛，小兒痘瘡，陽虛作泄，行漿後泄瀉，老人脾胃虛寒作瀉，陰虛人天明溏泄，病名腎泄，真陰不足，內熱煩燥諸證，法咸忌之，犯之使人危殆。大忌豬肉。嵩曰：若胃中停食受寒及傷寒下早致痞，俱不可用。除腸紅因濕熱者固宜。若陰虛下血及損脾血下者俱禁用，大都唯實熱盛者宜服。

[修治] 非真川黃連不效，折之中有孔，色如赤金者良。去鬚切片，分開粗細，各置薑汁透，用綿紙襯，先用山黃土炒乾，研細再炒，至將紅，以連片隔紙放上炒乾，再加薑汁，切不可用水，紙焦易新者，如是九次為度。赤痢，用濕槐花拌炒。上法入痢藥中。至於治本臟之火，則生用之，治肝膽之實火，則以豬膽汁浸炒，治肝膽之虛火，則以醋浸，炒治上焦之火，則以酒炒，治中焦之火，則以薑汁炒，治下焦之火，則以鹽水或朴消炒，治氣分濕熱之火，則以茱萸湯浸炒，治血分塊中伏火，

則以乾漆水炒。諸法不獨爲之導引，蓋辛熱能制其苦寒，鹹寒能制其燥性，在用者詳酌之。丹溪治食積丸，首用黃連，以吳茱萸製連而治左，以益智製連而治右，後學須識此義，蓋用益智治右，多所未習也。

黃芩

弘景曰：圓者名子芩，破者名宿芩。時珍曰：宿芩乃舊根，多中空，外黃內黑，即今所謂片芩；子芩乃新根，多內實，即今所謂條芩。或曰西芩多中空而色黔，北芩多內實而深黃。

根

[氣味] 苦，平，無毒。《別錄》曰：大寒。普曰：神農、桐君、雷公，苦無毒。杲曰：可升可降，陰也。好古曰：氣寒，味微苦而甘，陰中微陽，入手太陰血分。潔古曰：氣涼，味苦甘，氣厚味薄，浮而升，陽中陰也，入手少陽、陽明經。

[主治] 諸熱黃疸，腸澼瀉痢，逐水，下血閉，惡瘡疽蝕火瘍《本經》，治肺火，清上部，利胸中氣，消上膈痰熱及頭痛，幷火逆肺咳，肺痿喉腥，幷失血證，熱毒骨蒸，肺主氣，終始三焦，三焦以腎與膀胱爲氣之資始，故有熱毒骨蒸之證。寒熱往來，療胃中熱，腸胃不利，小腹挾熱疼，音絞。痛，利小腸，益膀胱寒水，治五淋，除天表風熱及目中腫赤，瘀血壅盛非此不除，上部積血假之消散，治女子血閉，淋露下血，及安胎產後，養陰退陽諸本草。

潔古曰：黃芩之用有九：瀉肺熱，一也；上焦皮膚風熱風濕，二也；去諸熱，三也；利胸中氣，四也；消痰膈，五也；除脾經諸濕，六也；夏月須用，七也；婦人產後養陰退陽，八也；安胎，九也。酒炒上行，主上部，積血非此不能除。下痢膿血，腹痛後重，身熱久不能止者，與芍藥、甘草同用之。凡諸瘡痛不可忍者，宜芩、連苦寒之藥，詳上下分身梢及引經藥用之。

東垣曰：黃芩之中枯而飄者，瀉肺火，利氣消痰，除風熱，清肌表之熱，細實而堅者，瀉大腸火，養陰退陽，補膀胱寒水，滋其化源，高下之分與枳實、枳殼同例。

《門》曰：中空而爛者名腐腸，瀉肺受火邪氣逆，消膈上痰熱及胃中濕熱黃疸；中破而飄者名宿芩，瀉肺痰火，利氣，除時行風濕，熱邪在表，寒熱往來，諸瘡乳癰，背發疔腫火瘍，用之排膿，一切上部實熱，痰熱積血，假此降散；細實直而堅者名條芩，瀉大腸火，逐水消穀，止熱瀉下痢膿血，腹痛後重，養陰退陽；細實圓而堅者名子芩，去膀胱熱，滋化源，利小腸，治五淋，小腹絞痛及女子血閉下血，又安胎者，由其能降上中二焦之火使之下行也。

天益曰：肺主氣，熱傷氣，故身體麻木，又五臭入肺為腥，故黃芩之苦寒，能瀉火補氣而利肺，治喉中腥臭。

丹溪曰：黃芩降痰，假其降火也。凡去上焦濕熱，須以酒洗過，用片芩瀉肺火，須用桑白皮佐之。若肺虛者，多用則傷肺，必先以天門冬保定肺氣而後用之。黃芩、白朮乃安胎聖藥，俗以黃芩為寒而不敢用，蓋不知胎孕宜清熱涼血，血不妄行，乃能養胎，黃芩乃上中二焦藥，能降火下行，白朮能補脾也。

時珍曰：予年二十時，因感冒咳嗽既久且犯戒，遂病骨蒸發熱，膚如火燎，每日吐痰盌許，暑月煩渴，寢食幾廢，六脈浮洪，遍服柴胡、麥門冬、荊瀝諸藥，月餘益劇。先君月池子諱言聞。偶思東垣治肺熱如火燎，煩躁引飲而晝盛者，氣分熱也，宜一味黃芩湯以瀉肺經氣分之火，遂按方用片芩一兩，水二鍾煎一鍾，頓服，次日身熱盡退而痰嗽皆愈。藥中肯綮，其捷應如此。

李氏曰：得川芎，調平心血，心平而熱自退，血不妄行。

希雍曰：黃芩稟天地清寒之氣而兼金之性，故味苦平無毒，《別錄》益之以大寒，味厚氣薄，陰中微陽，可升可降陰也，入手太陰、少陰、太陽、陽明，亦入足少陽。同芍藥、黃連、炙甘草、車前子、防風、升麻，治濕熱作泄腹痛；同芍藥、黃連、炙甘草、滑石、升麻，治滯下腹痛。潔古：風熱有痰，眉眶作痛，酒浸黃芩，同白芷、天麻等分，為末，每服二錢，茶調下。同芍藥、麥門冬、白术，能安胎清熱。

愚按：羅天益曰肺主氣，熱傷氣，黃芩能瀉火益氣而利肺，則其爲肺經氣分之劑無疑。在《本經》首言治諸熱，是舉其功之大概也。然次卽承以黃疸，腸澼洩痢，是就治諸熱之中，舉其病於濕熱者而言也。又次更承以逐水，下血閉，則《本經》之主治諸熱者功專於濕熱明矣。如潔古之瀉肺火，治脾濕，不同是療濕熱之義歟？第以參証於治氣分之熱，其義是一是二歟？曰：黃芩專主上焦之陽，陽中之陰者也。蓋在下焦，陰中有陽而氣生；在上焦，陽中有陰而氣化。經曰：出地者陰中之陽，陽予之正，陰爲之主。以此推之，則在天者陽中之陰，陰予之正，陽爲之主矣。陰陽之分無各爲之正者，則陰陽有分而無合，其爲患也甚矣。如黃芩苦寒，治陽實而陰虛者，正使陽得陰而氣化也。只此一語，盡可通於治濕熱之義。蓋陽不得陰以化則氣化不行，氣化不行則熱能化濕，是則濕熱之治，正是氣化之所以得行也，夫何二之與有？雖然，《本經》首言諸熱而不暢言濕熱者，從陽實之初證而言也；潔古更云瀉肺火，治脾濕者，從其陽實陰虛以致氣不能化者之後證言也。其治稍有分別，而其病於氣者無二義也，故曰不外於氣分之治也。或曰：黃芩所治屬氣分之肺是矣，第氣始終乎上中下三焦者也，其治何獨在肺乎？曰：氣固終始乎三焦而肺實主之，雖心肺胃亦上焦合而營諸陽者也，唯是肺之熱除，則肺陰乃下降而入心，以和於孚坎之離，膻中之氣，膻中乃心主之宮城。自降而入胃，以和胃陽，而與脾陰表裏，手太陽小腸，心之腑也，固與肺同司上焦之氣化者，卽皆相因以及之，是皆受肺之益也，豈得不以主氣歸之乎？是責其功於宿芩也。至子芩洩大腸火，更因大腸與肺爲表裏，自飛門至魄門，皆一氣之所貫耳。抑斯味屬氣分藥，乃有謂其入血分者，誤歟？曰：此血病固由於氣，先哲未及明悉，故是味治心胃小腸諸病，固其由肺而致者也。其能治心胃小腸，則自能治血，蓋其能降於心與胃者肺陰也。肺陰乃陽中之陰，卽氣之所以化血者也。心主血，而胃陽合於脾陰，鼓煽陰陽，使液化血者也。故經曰泌其津液，變化而赤，是爲血。小腸爲氣化之腑，心胃因肺陰降，而氣中之血賴以資生，能生卽能化，卽資小腸之氣化以行，如潔古所治瘀血壅盛，上部積血，《別錄》所治女子血閉，淋露下血，固氣化之自應者也。蓋陽中之陰化而氣化乃行，氣化行而水道乃暢，《本經》云逐水，即又云下血閉，水與血是二是一，斯義固可參也。其又能療失血諸證，總因陰得育於陽中耳。凡此血證之治，即不外於治濕熱之義，皆如丹溪所謂上中二焦之劑也。而先哲又謂入手少陽三焦者何歟？曰：三焦為水穀道路，氣之所終始，既治肺矣，又何能離三焦？三焦屬腎與膀胱，所謂滋化源，補膀胱寒水，亦即在此。蓋足三陰並至於肺，如肺陰下降，即還返其真陰之元也。故曰滋化原，補膀胱寒水者在是耳。雖然，此治三焦之實熱，若三焦火鬱而為病者，則以升為治，不宜投斯苦寒降劑也。不獨三焦，即在肺熱屬氣虛者，亦未可妄投。蓋氣屬陽，陽主升，氣虛者陽虛也，其奉上者微而反降之，是虛其虛也。老人亦宜慎之矣。故投斯味者先審虛實，又必了然於何臟為專功為次及，而奏效乃捷。如芩治肺氣分之熱為專功，而大腸即次之。清心胃之熱者，由肺而至，未有肺熱而心胃能清者也。小腸、膀胱又由心胃之治而至，未有心胃留熱而血能和，血不和而水道能清者也。抑人身濕熱之證強居其半，如芩、連俱治濕熱，但黃芩治其由熱而化濕者，黃連治其由濕而化熱者，《內經》所謂治病必求其本，求其本，即芩、連兩味便有分別若此矣，豈可漫然但以為俱清熱之劑，而滾同用之哉？抑茲味既治濕熱，又云療風濕者，其義何居？曰：黃芩皮根皆黃而中有綠色，黃者中土色，而綠者為震坤相見，請得而悉之。蓋後天之氣，本於胃中穀氣以至於肺，而穀氣能合於膻中宗氣以至肺者，乃屬於肝，此正先哲所謂元氣、胃氣、風升之氣合而為一者也。此味苦寒而色乃黃，是由胃至肺之用，乃中有震坤相見妙理，合於由胃至肺，而肝實達之，故雖苦多甘少，實自苦歸甘，胃資於肝，舉其苦寒者上而效用於肺，以清其氣分之熱也。試以小柴胡湯參之，其除寒熱也，芩豈專屬膽藥？固亦為膽之至於胃以上達肺者，熱鬱而不清耳。張仲景先生製方，妙有意義。如此，先哲謂芩能除表熱，曰除熱，又曰除風熱，更曰除風濕，以其在中土中而有風木之用也，雖然，肝膽清熱之劑亦須分氣血，一陰一陽，原有表裏，如梔子為血分藥，入厥陰肝，薛立齋每同丹皮用之，猶黃芩之入膽而並柴胡者，其義不可參歟？

希雍曰：苦寒能損胃氣而傷脾陰，脾肺虛熱者忌之。故凡中寒作泄，中寒腹痛，肝腎虛而少腹痛，血虛腹痛，脾虛泄瀉，腎虛溏泄，血枯經閉，氣虛小水不利，肺受寒邪喘咳，及血虛胎不安，陰虛淋露，法並禁用。

[修治]　上行酒浸切炒，下行便浸炒。尋常生用，或水炒去寒性，亦可除肝膽火，豬膽汁拌炒。先哲有用吳茱萸製芩者，爲其入肝散滯火也。按諸本草唯分宿芩、子芩，至李文清乃歧而爲四，諒亦有據。宿芩卽今所謂片芩也。

秦艽 音交。菖蒲爲之使。

產於秦中，今河陝州郡多有之。其根長尺餘，粗細不等，土黃色而相交糾，故曰秦艽。春秋采根，陰乾。

根

[氣味]　苦，平。無毒。《別錄》曰：辛，微溫。潔古曰：氣微溫，味苦辛，陰中微陽，可升可降，入手陽明經。《主治秘訣》曰：性平，味鹹。

[主治]　寒熱邪氣，寒濕風痹，肢節痛《本經》，療風無問久新，通身攣急《別錄》，除陽明風濕及手足不遂，口噤，療腸風瀉血，養血榮筋潔古，泄熱，益膽氣海藏，治胃熱，虛勞發熱瀕湖，除骨蒸《日華子》，療酒疸黃疸甄權，下水，利小便《本經》。

嵩曰：秦艽，主風濕之藥而活血榮筋，手足不隨妙藥。

時珍曰：秦艽，手足陽明經藥也，兼入肝膽，故手足不遂，黃疸煩渴之病須之，取其去陽明之濕熱也。陽明有濕則身體酸疼煩熱，有熱則日晡潮熱骨蒸，所以《聖惠方》俱用秦艽也。

閶風曰：胸中熱結宜前胡，經絡熱結宜秦艽。

復曰：人身直者爲經，橫者爲絡，絡之下注者爲孫，肌腠之邪多從孫入，次薄於絡，復溜於經，漸傳腑臟，秦艽羅紋錯綜如織，象形，從治法也。

之頤曰：根有羅紋，左旋者入藥，蓋天道左旋，而人生氣從之。經云：自古通天者生之本，天地之間，六合之內，其氣九州，九竅五臟十二節皆通乎天氣，數犯此者則邪氣傷人，內閉九竅，外壅肌肉，衛氣散解。是以《本經》用治寒熱邪氣，或風寒濕痹，以致骨節水道反從地道右旋者，使順天運以轉玉璣，《別錄》、諸家用治轉胞口噤，目闇耳鳴，即九竅內閉；用治癰疽黃疸，傳屍骨蒸，即肌肉外壅；用治手足不遂，通身攣急，即衛氣散解。設左右無別，天道逆矣。

中梓曰：秦艽，風藥中潤劑，散藥中補劑，故養血有功，而中風恒用之。

希雍曰：秦艽感秋金之氣，故味苦平，《別錄》兼辛，微溫而無毒，潔古氣微溫，味苦辛，陰中微陽，可升可降，降多於升，入手足陽明經。秦艽同乾葛、山茵陳、五味子、黃連、白扁豆、木香、苜蓿，治酒疸；同薏苡仁、木瓜、五加皮、黃檗、蒼术、牛膝，治下部濕熱作疼，或生濕瘡。《聖惠方》急勞煩熱，身體酸疼，用秦艽、柴胡一兩，甘草五錢，爲細末，每服三錢，白湯調下。小兒骨蒸潮熱，減食瘦弱，用秦艽、炙甘草各一兩，每用一二錢，水煎服之。錢乙加薄荷葉五錢。

愚按：潔古云：秦艽本功外，又治口噤，腸風瀉血，蓋指此味爲風劑也。第所謂本功，是療寒熱邪氣，寒濕風痹，肢節痛，通身攣急，無問風之新久者也。其所以能然，即盧復所謂秦艽羅紋錯綜如織，象形以治經絡之病者也。經曰：經隧者，氣血所從出之道。故聖人獨守經隧，是能治經絡之病，即《本經》所云主治寒熱邪氣，潔古所謂能養血榮筋，以療諸痹之肢節痛，諸風之通身攣急者也。夫三陰經自下而上，所以達陽；三陽經自上而下，所以達陰。秦艽本微溫之氣，其味苦優而辛遜之，苦先而辛繼之，是自下而上也。然溫氣出自地，辛味根於苦，升已而降，自返其始，則又是自上而下也。其自地而升者，爲達天氣；復自天而降者，爲達地氣。故三陰三陽之經，無有或壅以爲病，皆本於出地之風能舉陰以升，而還能合陰以降也，所以貴乎左旋者此耳。夫肢節痛，似爲濕病，通身攣急，是爲風病，而獨以風劑名此味，正謂風虛則天氣不達於上而病於濕，風淫則地氣不達於下而病於風，總藉出地之風化以一升一降轉旋之，故止歸其功於風耳。中梓謂爲風藥中潤劑，散藥中補劑，豈不然哉？但羅紋貴於左旋者，請悉其義。曰：天體左旋，而人身之陽猶是，自左而升。蓋離陰則無陽，肝之居左，主人身血分，故陽之升者必由於左也。陰靜而陽動，靜爲動之本，動爲靜之先，陽不升則地氣亦不升矣。經云：升者謂天，升已而降，降者謂地，是升則屬陽，降則屬陰，陰降而陽隨之，俱返其所自始也。故天之東升西降，而人亦猶之矣。使不本於天氣之左旋以爲東升，烏能使地氣上升，俾陽之不離於陰者遂得右旋以降，且返其始而旋轉不息乎？斯謂之履端於始，序乃不忒者也。抑盧氏所謂錯綜如織，象形以治經絡之病，抑又謂何？經云：陰氣從足上行至頭，而下行循臂至指端，陽氣從手上行至頭，而下行至足。是謂陰升而陽降也。經又曰：陽從左，陰從右，從左者升也，從右者降也。是則陰本下降，而陰之升者乃隨陽以升也；陽本上升，而陽之降者乃和陰以降也。就此而推錯綜微義，在人身經絡，有陽之順而升，乃得陰之逆而上，有陰之順而降，乃得陽之逆而下。是陰陽之分者，順不俱順，逆不俱逆；而陰陽之合者，逆者不得不從乎順，而順者不得不從乎逆。造化玄機，付於人身，固是如此，而是物錯綜之形適有合焉者矣。故從陰陽之分得其合，從陰陽之合得其分，乃能使氣血悉歸條理，而脈絡無不貫通，斯爲通天者生之本，不啻如諸風劑但以生升爲功也。請得再悉言之。曰：諸氣血之患，不外虛實二義，虛者精氣，實者邪氣。此味由升降以運旋，舉虛實而咸宜。如治中風之大秦艽湯，正所謂養血榮筋，治其虛者也；如史國公酒方，治癱瘓頑麻及寒濕諸風，是治其實者也。又如虛勞之治，秦艽扶羸湯治肺痿，骨蒸勞嗽，寒熱聲嗄，虛汗困倦，是治其虛者也；又二母湯治肺勞實熱，面腫喘嗽，煩熱骨痛，乍寒乍熱，此治其實者也。又虛中有實，如治骨蒸勞熱及虛勞嗽血，或一於養陰，或兼以益氣，乃於中秦艽同鱉甲而用，是於虛中化實，以爲養陰益氣之助者也。至如痹證，類以爲經絡之滯矣，詎知滯者不分虛實乎？如防風湯治血痹，以邪入於血分，用之去血分風邪，兼以活絡者也；又如人參散，因肝氣虛而致血滯，用此於補肝氣中和血，以榮筋活絡者也。又如療著痹防風湯，治血痹皮膚不仁，用此同桂心、赤芍，以活絡也。又黃芪酒補腎肝之陽，以療風虛，因陰滯見於諸證也。更用風劑通經絡，必須此味乃能活絡以療諸痹也。更盜汗一證，類以爲陽氣不固，或陰氣之虛所致矣，乃如煎麥湯療營衛不調而盜汗者，更有四肢煩痛面黃肌瘦等證，何以用此於中？既同鱉甲，又合乾漆，似通經活絡之義居多也。又如青蒿散治虛勞盜汗，其見勞證不少，乃用此同青蒿、鱉甲，且合香附、烏藥、川芎，亦似爲行氣活絡之劑。是皆爲虛中有實之用也。又如黃疸證，茯苓滲濕湯以此味爲行濕清熱之君，是治其實者也，秦艽飲子用之活絡，爲益脾養血之助，是又治其虛者也。即此數證以推之，其用固不爲少，然皆必明於虛實之所宜而投主劑，此味或爲之臣，或爲之佐使，庶可以效經絡之治，不致罔功也。若然，本草何獨以風濕爲言乎？曰：人身唯是水火二氣，而水火之體物不遺者土也。《內經》太陰陽明之異，曰陽者天氣也，陰者地氣也，陽受風氣，陰受濕氣，是風濕固即陰陽之正氣所化，亦即陰陽之戾氣所病也。陰陽順逆分合之機，全藉於升降之不失宜，而升降之宜，固東升西降，如天包於地外，然地有經水，人有經脈，猶如地氣貫於天之中，故此風濕二氣爲陰陽之最先，而流通於經絡，以爲生之本也。陰陽戾氣爲病於經絡者，非此其誰先乎？本草舉其最切者言之，即可以包舉諸證之所用矣。或曰：治足陽明風熱，如頭風口噤，又足陽明有濕爲身體酸疼煩熱，有熱爲日晡潮熱骨蒸，又濕熱如黃疸酒疸，以至手陽明所患如下牙痛腸風瀉血等證，是亦關於經絡乎？曰：氣血固責其化原於中土，而中土必資於活絡之風化，此土木之所以交相爲用而互相爲病者也。如風熱病於肝，而自刑於胃土，濕熱病於胃，亦自及於肝，而還乘於胃土，故胃土藉此味最切。此味當與柴胡殊用，而並有功於胃，況於手陽明本於足陽明以下行，尤爲乙庚之合者哉。然風木濕土合病，而茲味於斯兼治，乃有養血活絡之功，緣血生於胃納於肝也。如《聖惠》二方所治，一爲陽明有濕，一爲有熱，俱用甘草，俾合之化血，但前方有柴胡，而後方錢乙加薄荷，不離風木以行濕土之用，相助爲理。試思腸風瀉血，固以肝之經絡不能納血，而風淫於腸胃，使血溢於所合之府耳。然則胃爲氣血所生之地，而風木尤爲生化之本，履端於始者，此一徵矣。

[附方]

孫真人治黃疸，皮膚眼睛如金色，小便赤，取秦艽五兩，牛乳三升，煮取一升，去滓，納芒硝一兩，分作三服。《本草》秦艽惡牛乳，然治黃疸又同用之，須參。

小便艱難，或轉胞腹滿悶，不急療殺人，用秦艽，加冬葵子等分，爲末，酒服一匕。

[修治] 根有羅紋，以左旋者爲佳，右列者不堪入藥，令人發脚氣病也。拭去黃白毛，水洗去土用。

柴胡 半夏爲之使。

《別錄》曰：生弘農川谷及冤句。二月、八月采根，曝乾。頌曰：今關、陝、江、湖間近道皆有之，以銀州者爲勝。二月生苗，甚香，莖青紫堅硬，微有細線，葉似竹葉而稍緊小，亦有似斜蒿者，亦有似麥門冬葉而短者，七月開黃花，根淡赤色，似前胡而強。之頤曰：十一月根生白蒻，香美而食。蒻，音弱，根上初生者。時珍曰：銀州即今延安府神木縣，五原城是其廢蹟。所產柴胡長尺餘，而微白且軟，不易得也。北地所產者亦如前胡而軟，今人謂之北柴胡是也，入藥亦良。南土所產者不似前胡，正如蒿根强硬，不堪使用，其苗有如韭葉者、竹葉者，以竹葉者爲勝，其如邪蒿者最下也。按《夏小正》《月令》云：仲春芸始生。《倉頡解詁》云：芸，蒿也。似邪蒿可食，亦柴胡之類，入藥不甚良。按柴胡用根。蘇頌曰：其根似蘆頭，有赤毛如鼠尾，獨窠長者好。陳承曰：根如鼠尾，長一二尺，香味甚佳。若然則市肆所售者，是已去其根之上截，其連根而長者，乃根下行之餘也。謂用之上行則用頭，欲中及下降則用梢，得母一根而兩用乎？用者細酌之可也。柴胡根，其云似蘆頭者，是往上的爲頭，又云似鼠尾者，是往下的爲梢也，故用之上行及行中與下之不同如是。其頭有鬚者，即根上所叢生之鬚也，修治去鬚者，是謂去頭者，似猶屬鹵莽之說也。

根

[氣味] 苦，平，無毒。先嘗味苦，苦不甚，後有甘意。《別錄》曰：微寒。普曰：神農、岐伯、雷公，苦，無毒。《日華子》曰：甘。潔古曰：氣味俱輕，陽也，升也，少陽經藥。杲曰：升也，陰中之陽，手足少陽、厥陰四經引經藥也，在臟主血，在經主氣。

[主治] 升清陽，達胃氣，去心腹腸胃結氣，胸中邪氣，推陳致新，宣暢氣血，除心下痞，胸膈痛，頭昏眩暈，治陽氣下陷，散肝膽三焦包絡相火，散肌熱，寒熱往來，早晨潮熱及肥氣寒熱，熱勞，骨節煩痛，女子胎前產後諸熱，小兒痘疹餘熱，五疳羸熱，止偏頭痛，目昏赤痛，耳聾鳴及兩脇刺痛，膽癉痛及濕痹拘攣，升散癥瘕積聚，並治瘧，婦人熱入血室，經水不調。

復曰：茈胡稟少陽之氣，動於子而發於寅，故得從堅凝閉密之地正中直達，萬化爲之一新。

潔古曰：少陽經藥，能引胃氣上行，以發散表熱，去寒熱往來，治心下痞，胸膈中痛，脇下痛，膽痹，非柴胡梢不可，本經偏頭痛，非此不除。潔古云：偏頭疼者，膽也。

東垣曰：能引清氣而行陽道，故其苦寒，能發散表熱，傷寒外諸有熱則加之；又能引胃氣上行，升騰而行春令者宜加之；又諸瘧用柴胡，隨所發時所在經分佐以引經藥；十二經瘡疽須用之，以散諸經血結氣聚，功與連翹同也。

閩風曰：柴胡解表裏不分之寒熱。

之頤曰：生值一陽元始，及氣用功力當入少陽，宣甲膽氣用，自下而上，以奉春升之發陳，發陳即所以致新也。雖曰一陽，實含全體，不獨自下而上，且可自內而外。如不能自下而上，則不得從內而外者，宜矣；如已能自下而上，不能從内而外者，非所宜也。如寒熱邪氣，胸膈痞聚，心腹腸胃氣所結者，此陳也，非所以成醖釀宣佈轉輸決瀆之府器也。會此樞機，種種功力可類推矣。府器謂胃也。之頤唯以本於少陽春升，能生發胃氣爲主，是能扼要。好古云：足少陽主東方分之氣也，在經主氣，在臟主血。臟居經脈之内以達陰氣，經居臟腑之外以達陽氣，故曰在經主氣，在臟主血，謂柴胡能和解半表半裏者此也。證前行則惡熱，却退則惡寒，惟氣微寒味之薄者，故能行經，是主氣也。若佐以三稜、廣茂、巴豆之類，又能消堅積，是主血也。

陳士良曰：柴胡能引諸藥入營衛。

文清曰：凡外感内傷，及溫瘧往來寒熱，胸中邪氣，胸脇滿疼，諸痰熱結氣，五臟遊氣，皆在經而未入於臟也，宜此行經和中解肌，佐以人參適宜。凡婦人經脈不調，用小柴胡湯合四物湯，加秦艽、牡丹皮輩調之，若有血積，更加三稜、莪术之類。又經行適外感，熱入血室，夜潮譫語，及胎前產後感冒，時行寒熱，不可汗吐下者，用小柴胡合四物四君子和之。除大腸停水，作服發黃，疝瘕積聚，熱勞，骨節煩疼，濕痹拘攣，皆在臟而爲血分疾也，宜此宣暢血脈，佐以黃芩尤妙。去心下痰結熱煩，用黃連爲佐。

時珍曰：柴胡之用，《日華子》謂補五勞七傷，《藥性論》亦云治勞乏羸瘦。寇宗奭不分臟腑經絡有熱無熱，乃謂柴胡不治勞乏，一概擯棄，詎知精思病原，加減佐使得宜，豈非要藥？如《和劑局方》治上下諸血，[4]龍腦雞蘇丸用銀柴胡浸汁熬膏之法，則世人知此意者鮮矣。按龐元英《談藪》云：張知閣久病瘧，熱時如火，年餘骨立，醫用茸、附諸藥，熱益甚。召醫官孫琳胗之，琳投小柴胡湯一帖，熱減十之九，三服脫然。琳曰：此名勞瘧，熱從髓出，加以剛劑，氣血愈虧，安得不瘦？蓋熱有在皮膚，在臟腑，在骨髓，非柴胡不可。若得銀柴胡，只須一服，南方者力減，故三服乃效也。觀此則得用藥之妙的矣，寇氏之說可盡憑乎？

希雍曰：柴胡稟仲春之氣以生，兼得地之辛味，春氣生而升，故味苦平，微寒而無毒。仲景小柴胡湯治傷寒往來寒熱，口苦耳聾，胸脇痛，無汗,又治少陽經瘧,往來寒熱,亦治似瘧非瘧,大便不實,邪不在陽明者。大柴胡湯治傷寒表裏俱急。傷寒百合證有柴胡百合湯。東垣治元氣勞傷倦怠,用參、耆、白朮、炙甘草、當歸,佐以柴胡、升麻,引脾胃之氣行陽道,名補中益氣湯。本方去當歸,加茯苓、豬苓、澤瀉、乾葛、神麴,名清暑益氣湯。同四物湯,去當歸,加澤蘭、益母草、青蒿,能治熱入血室;同升麻、乾葛等,能升陽散火;同生地黃、黃蘗、黃連、甘草、甘菊、玄參、連翹、羌活、荊芥穗,治暴赤眼。

愚按: 柴胡在潔古謂其爲少陽經藥,在海藏云入足少陽,主東方分之氣也。按:經曰五臟者藏精氣而不瀉,六腑者傳化物而不藏,然又曰腦、髓、骨、脈、膽、女子胞,此六者地氣之所生也,皆藏於陰而象於地,故藏而不瀉。是又謂膽不得與胃、大小腸、三焦、膀胱同爲天氣之所生,不得同其傳化而不藏者論也,故經曰膽者中精之府,謂五府皆行其濁化,而此獨藏其精液也。若然,經所謂十一臟皆取決於膽者,卽此可參矣。經曰未出地者,命曰陰處,名曰陰中之陰,則出地者命曰陰中之陽,陽予之正,陰爲之主,在東垣曰甲木者,少陽春升之氣,春氣升則萬化安,故膽氣春升則萬化從之,所以諸臟皆取決於膽也,經言正與此義互明。蓋膽屬六腑之陽,然爲地氣之所生,從陰中陽生,人身春升之氣奮決而出,以首暢萬化,正經所謂陽予之正,陰爲之主也。故五腑根五臟之陰以達陽,而膽卽本腑之陰以達陽,五腑達其陽化而用在瀉,膽腑亦達其陽化而用在不瀉,此乃半表半裏之義。唯其如是,故爲萬化主,而柴胡爲和解半表半裏之劑,卽根采於仲春仲秋,可以思矣。東垣謂爲肝之引經藥者,經曰肝者中之將也,取決於膽。夫肝下合於任,上會於督,與命門相火通。肝亦有陰陽也,故曰陰中之少陽。然膽爲甲陽,肝爲乙陰,陽爲陰先,陰隨陽轉,所謂始於泉下,引陰氣鼓舞而升舉之。在天地人之上者甲也,故柴胡能和少陽膽氣,卽爲肝之引經藥也。其更屬手少陽、手厥陰引經者何居?蓋三焦爲元氣之父,包絡爲陰血之母,氣血父母,卽不外乎水火,水得交於火則氣生,火得交於水則血生,天地之間亦唯水火二氣,而少陽與厥陰表裏,乃元氣始出之根荄,經所謂在天爲元，元生神，神在天爲風在地爲木者也，引陰氣而上，使水得交於火，升降相因，引陽氣而下，使火得交於水，夫非足少陽、厥陰之化歟？東垣所謂引清氣而行陽道者，是則人身元氣之父，陰血之母，胥藉是爲之根蔕矣。猶謂心包絡與三焦之投劑不須此爲引經歟？雖然，水火之所以體物而不遺者土也，木爲土之用，使土能交水火，而土之生化不匱，東垣所謂能引胃氣上行，升騰而行春令者，是春令行，陽氣布，土德發育，則萬化一新矣。然則柴胡既以升出爲用，將無與於極陰之病歟？曰：此以和解少陽，固從泉下而暢其生化者也。試觀其於仲冬之月根生白蒻，是之頤所謂凝極陽復之時而香孕柔茁，體用之元始具者也。愚謂陰陽分於動靜，且靜中有動，動中有靜，柴胡於仲冬而根卽生白蒻，非其靜中有動者之一現象歟？如他草木之動機，未有如是之或先而一呈其倪者也。識此義，則所云茲味能達陰中之陽，豈啻舉陽之能透陰而出哉？卽舉陰之原包陽而藏者，固已一團托出矣。卽陽上徹於九天，而陰固未能離之須臾，以神其周於極頂也。東垣所謂諸有熱則加之，無熱則不加者，其義固可思矣。粗者類以柴胡爲解表之劑，殊爲鹵莽。蓋升降卽内外之機，盧氏所謂不獨自上而下，卽可自内而外也。唯誤以爲解表藥，而遂認所療之熱爲表熱。不觀《別錄》治痰熱結實，甄權云治熱勞，骨節煩疼，熱氣肩背疼痛，又云主時疾内外熱不解，卽此繹之，則熱不指定表熱，而柴胡不得以解表爲其功矣。蓋此味非徒暢陽，實能舉陰，非徒謂其暢鬱陽以化滯陰，更謂其俾陽倡而卽陰和耳。然要不離中土以致其用，而後爲之行氣於三陰三陽也，此東垣能引胃氣上行之說也。是則此味唯用其升舉少陽之氣，以達胃中生發之氣，與他味之升舉者不類。達胃中生發之氣，卽以爲暢鬱遂和之用，亦與他味之暢遂者不類。故此味用之，如鬱氣不達，化原不新，在肝膽則益，由肝膽而之脾胃則益，由脾胃還之肝膽並之他臟者則益，所謂春氣升萬物安者也。然則六氣之鬱，升降俱不前，將柴胡並能轉其樞歟？曰：謂升降相因，本乎履端於始之義也。夫舉陽而升陰，卽隨暢以升，因脾腎之陰原至於肺也。肺爲陽中之少陰，三陰之氣至於肺，而陽中之陰自降，陽亦隨陰以降矣。其有不能降者，是或窒之也，不審其誰爲窒者而欲降，得乎？蓋下之陰裕，必藉陽之先導以爲上際；上之陽裕，亦必資陰之先導以爲下蟠。此陰陽相依以妙於升降，原有不得不然者爾。故三陰之經脈上行而三陽之經脈下行，豈非固有爲之先導者歟？然有升降不前，如或窒之者，宜細參於陰陽之虛實以爲主治。所欲導陰而上者，必其陰之實而陽虛者也；所欲導陽而下者，必其陽之實而陰虛者也。如下之陰不能裕陽，上之陽不能裕陰，則升降之化原先匱，可期其升降相因以妙於氣化之推移乎？即是思之，則柴胡爲用，在於陽氣之不達，而陽氣不達本於陰氣之不紓。升陽者固陰中之陽，即其有表而更有裏，乃宜於此味以和解，如陰氣虛者，是謂本之則無也，何可輒事升陽乎？又如元氣下脫及虛火上炎者，或在所忌矣。更陰虛發熱，不與氣聚血凝，以致病乎寒熱者等如斯疑似之類，豈得妄投？乃粗工不審而貽害，遂使用之者即宜投而輒棄。詎知其能平肝、膽、包絡、三焦相火，如時珍所指，固就元氣之不達以病乎鬱者也，由是爲病，日用不知而亦最多，且類爲滋陰降火之治以致困頓。然則柴胡一切之功，其可抹殺乎哉？

[附方]

傷寒餘熱，傷寒之後邪入經絡，體瘦肌熱，推陳致新，解利傷寒，時氣伏暑，倉卒並治，不論長幼，柴胡四兩，甘草一兩，每服三錢，水一盞，煎服。

小兒骨熱，十五歲以下，徧身如火，日漸黃瘦，盜汗，咳嗽煩渴，柴胡四兩，丹砂三兩，爲末，獖豬膽汁拌，和飯上蒸熟，丸綠豆大，每服一丸，桃仁烏梅湯下，日三服。

虛勞發熱，柴胡、人參等分，每服三錢，薑、棗同水煎服。

濕熱黃疸，柴胡一兩，甘草二錢半，作一劑，以水一盌、白茅根一握，煎至七分，任意時時服盡。

希雍曰：柴胡性升而發散，病人虛而氣升者忌之。嘔吐及陰虛火熾炎上者，法所同忌。第虛勞一證，有因虛而凝結其氣血者，固多所謂不生則不化也，然有外淫內傷先凝結其氣血以致虛者，所謂不化則不生也，酌而用之，更主使得宜，亦何可少耶？

[修治] 雷公曰：勿令犯火，力便少效。文清曰：外感生用，內傷

升氣，酒炒三遍，有咳汗者蜜水炒。嘉謨曰：療病上升用根，酒漬中行，下降用梢，宜生。嵩曰：莖長皮赤軟細者名軟柴胡，能主血和肝；黑色肥短硬苗者，主發表退熱。時珍曰：行手足少陽，以黃芩爲佐；行手足厥陰，以黃連爲佐。又有一種出銀州白色者，治勞蒸用之，以其色白入肺，質稍實，不輕散，本草惟言銀州者勝，未嘗分言也。

前　胡

弘景曰：生下濕地，出吳興者良。《日華子》曰：越、衢、婺、睦等處者皆好。七八月采之，外黑裏白。頌曰：今陝西、梁漢、江淮、荊襄州郡及相州、孟州皆有之。春生苗，青白色，似斜蒿，初出時有白芽，長三四寸，味甚香美，又似芸蒿，七月內開白花，與葱花相類，八月結實，根細，[5]青紫色。今鄜、延將來者大，與柴胡相似，但柴胡赤色而脆，前胡黃而柔軟，爲不同爾。此所云北柴胡也。又云最上者出吳中，又壽春生者，皆類柴胡而大，氣芳烈，味亦濃苦，療痰下氣，最勝諸道者。

根

[氣味]　苦，微寒，無毒。權曰：甘辛，平。

[主治]　散心腹結氣，膈上熱實，療痰滿，胸脇中痞，反胃嘔逆，氣喘咳嗽，痰厥，頭風痛，治傷寒寒熱，推陳致新，及時氣內外俱熱，熱邪骨節煩悶，並小兒一切疳氣。

時珍曰：前胡味甘辛，氣微平，陽中之陰，降也，乃手足太陰、陽明之藥，與柴胡純陽上升入少陽、厥陰者不同也。其功長於下氣，故能治痰熱喘嗽，痞膈嘔逆諸疾，氣下則火降，痰亦降矣，所以有推陳致新之績，爲痰氣要藥。陶弘景言其與柴胡同功，非矣，治症雖同，而所入所主則異。

希雍曰：前胡得土金之氣而感秋冬之令，故味苦微寒無毒，入手太陰、少陽，陽中之陰，降也，應有甘辛平寒而能降，所以破結下氣，散邪熱，如所主治諸證。同白前、杏仁、桑白皮、甘草、桔梗，能豁風熱痰壅，喘嗽下氣；入青礞石滾痰丸中代黄芩，治一切實痰有殊功，其用黄芩者誤也；同羌活、乾葛、柴胡、黄芩、栝蔞根，[6]治時疫寒熱。

愚按：柴胡見《本經》，而前胡於《別錄》補《本經》之遺，然功用是謂概同，乃李時珍則辨其升降之迥殊也，可云能察物矣。夫柴胡始苦而後微甘，是從下而上，前胡折之有香氣，其味始甘次辛，辛後有苦，苦勝而甘不敵，辛又不敵甘也，本香甘，先入脾胃，還至於肺，就辛甘發散爲陽者，卽致其苦瀉之用，是從上而下。時珍所謂陽中之陰，希雍所謂得土金之氣而感秋冬之令者是也。卽其根采於七月，可以徵矣。雖然，柴胡下而上者，致其用於胃與肺，而前胡之自上而下者，亦致其用於胃與肺。故其功有概同者，曰治胸脇滿痞，散寒熱邪氣，去心腹結氣，推陳致新。然實有不同者，一升陽於上，爲元氣之春夏，一降陽於下，爲元氣之秋冬，此所以類云前胡能下氣也。但此味之下氣殊異於他味者，以其功先在散結，結散則氣下。凡陰之不降皆由陽結，散結者就陽中而散之，故謂其與柴胡皆致其用於胃與肺，而功有概同者也。然《別錄》首言其治痰滿，似於痰飲有專功乎？曰：痰爲液所化，液爲氣所化，氣陽也，液陰也，液之不化，固結於陰，然由於氣之不能化，實爲陽結。前胡卽甘辛而有苦，就陽而達陰者也，故本草言其去熱實，熱不實則不結也。抑所謂結氣將專指熱淫而言歟？曰：非然也。舉外淫之侵其正氣者，皆能令氣結，但邪盛而暴者爲卽結，邪輕而緩者久則結，氣結則化熱，卽所指傷寒之寒熱，可以類推，但治者必本其所因爲主劑，必藉此散結之用，使邪得去可也。如內傷氣實而結者，亦可推此義以投之。唯是中氣虛而結，更陰虛而氣結爲病者，殊未可漫投也。抑前胡所入，時珍謂爲手足太陰、陽明，不知既有苦而主氣分，則希雍所云入手太陰、手少陽者良是，但不宜遺足陽明耳。其氣味在《別錄》曰苦微寒，而甄權又言甘辛平，蘇頌謂最上者味濃苦，而雷公又云眞前胡味甘微苦，未知孰是，然據其功用，似當以甘辛而有苦者爲得也。

希雍曰：前胡，苦辛微寒之藥也，能散有餘之邪熱實痰，而不可施諸氣虛血少之病。故凡陰虛火熾，煎熬眞陰，凝結爲痰而發咳嗽，眞氣虚而氣不歸元，以致胸脇逆滿，頭痛不因於痰而因於陰血虛，內熱心煩，外現寒熱而非外感者，法並禁用。

　　[修治]　　時珍曰：其根皮黑肉白，有香氣爲真。雷公曰：凡使，勿用野蒿根，緣真似前胡，只是味粗酸苦，誤用令人反胃不受食。若是，前胡味甘微苦也。水洗，刮去黑皮并蘆，或用竹瀝浸潤，曬乾。

防　　風

　　出齊州龍山者最勝，青州、兗州、淄州者亦佳。二月生芽，紅紫色，作茹柔嫩爽口。三月莖葉轉青，莖深葉淡，似青蒿而短小。五月開細花，似蒔蘿花而色白，攢簇作大房，實似胡荽子而稍大。九月采根，似蜀葵根而黃色。按防風不用根，云采根者，通身而采也。采於秋後，其屬金之用可知。

　　[氣味]　　甘，溫，無毒。《別錄》曰：辛，無毒。普曰：神農、黃帝、岐伯、桐君、雷公、扁鵲，甘，無毒。潔古曰：味辛而甘，氣溫，氣味俱薄，浮而升，陽也，手足太陽經之本藥。好古曰：又行足陽明、太陰二經，爲肝經氣分藥。愚按：潔古云爲手足太陽經之本藥，而海藏又曰行足陽明、太陰二經者，乃潔古更首言治上焦風邪，瀉肺實，其義可得合而爲一歟？曰：肺，統氣者也，氣者，水火之所合化也，氣所合化之經，手足太陽是也。至於行足陽明、太陰二經者，即以《內經》所說傷肺之義參之。經曰：夫傷肺者，脾氣不守，胃氣不清，經氣不爲使，真藏壞決，經脈傍絕，五藏漏泄，不衂則嘔。即此《本經》數語，可以明於合一，且了然於諸上焦見血之義矣，蓋《本經》所云經氣經脈者，正指此也。

　　[主治]　　上焦風邪，瀉肺實潔古，大風，頭眩痛，惡風，風邪目瞽盲，并風行周身，骨節疼痛《本經》，煩滿脇痛，風頭面去來，四肢攣急《別錄》，搜肝氣海藏，通利關脈《日華子》，散經絡中留濕，頭目中滯氣，上部見血潔古。

　　潔古曰：防風治風通用，身半已上用身，身半以下用梢，治風去濕之仙藥也，風能勝濕故爾。

　　東垣曰：防風治一身盡痛，乃卒伍卑賤之職，隨所引而至，乃風藥中潤劑也。若補脾胃，非此引用不能行。凡脊痛項強，不可回顧，腰似折，項似拔者，乃手足太陽證，正當用防風。凡瘡在胸膈已上，雖無手足太陽證，亦當用之，為能散結，去上部風。病人身體拘倦者，風也，諸瘡見此證亦須用之。錢仲陽瀉黃散中倍用防風者，乃於土中瀉木也。

嵩曰：防風氣溫而浮，治風通用，除上焦在表風邪為最，兼治下焦風濕，盡其用矣。

希雍曰：防風稟天地之陽氣以生，故味甘溫，《別錄》兼辛而無毒，氣厚味薄，升也，陽也，治風通用，升發而能散，防風同黃芪、芍藥，則能實表止汗；同荊芥穗、白芷、生地黃、地榆、黃芪，治破傷風有神；同甘草、桔梗、紫蘇、桑根白皮、杏仁、細辛，解利傷風，去紫蘇，換薄荷，加石膏，兼除風熱，用麻黃易紫蘇，治風寒鬱於腠理，皮膚緻密無汗；入羌活湯，兼除太陽經傷風寒頭痛。亦入治風痹藥用；若入治大風癘風藥中，須加殺蟲藥、活血藥乃可，不宜純用風藥也。

愚按：防風辛甘，且先辛而後甘，辛又勝於甘，謂其除上焦風邪，瀉肺實者，亦確論也。其何以為手足太陽本經之藥？蓋風木即繼寒水之後，經曰衛出於下焦，本陰中之陽氣以際於極上而肺統之，此所謂風升之氣即元氣也，故主肺表風劑，又豈得不本於首出之根蔕哉？至手太陽，固同此元氣為治耳。其行足陽明、太陰經藥，亦緣升陽之劑即所以達中土之氣，東垣所謂風升之氣、元氣、胃氣當作一體而論，又言若補脾胃非此引用不行者是也。風升之氣，即先專至於中土以致其用，故曰補脾胃非此引用不行，此正錢仲陽瀉黃散中倍用防風為於土中瀉木之義。蓋風木固藉土以為用，而即能使土木不相侵者，唯此味獨擅其長也。唯其由肺以合於脾胃，故能通利五臟關脈，散經絡中留濕。夫胃固行氣於三陰三陽，而脾又為胃行之者也，之頤曰氣味皆屬風升，又為肝經氣分藥，而肝實主經絡，故風行周身，本於善行數變，而此亦隨其所行以為治也。雖然，風藥中如防風、羌活通行經絡，在潔古俱謂其氣味俱薄浮而升，陽也，然有不能不少為區別者，則以羌活味辛苦，且苦多而辛少，防風味辛甘，且辛多而甘少，此所謂本乎地者親下，又謂非苦無以至地也，所謂本乎天者親上，又謂非辛無以至天也，是卽通行經絡，而微有區別存乎其間耳。第防風謂手足太陽本經藥，而羌活爲手足行經風藥，二味固相須爲用也。然謂其親上，能瀉上焦肺實者云何？蓋足太陽與手太陽固相表裏，但一水一火攸分，羌活則達其氣於水中，散其陰之結也，防風則暢其氣於火中，散其陽之結也。唯爲散其陽之結，故謂其除上焦風邪，而潔古謂其能瀉肺實也，肺實卽陽結，所謂肺陽盛而肺陰虛是也。風邪而云陽結者，風屬陽，陽不得陰以化，故曰陽結，又曰肺實。第四時之風因於四時之氣，則又因其氣以爲治也。唯類中風之證，止從陽不得陰以化，更不得陰以守之治法耳。更須知治諸風，曰陽實陰虛，是卽風邪化濕，以病於血，如後所云，故曰虛，非如類中之證爲病於真陰之大虛也。蓋足太陽爲元氣所自始，手太陽爲元氣所自生，如肺陽盛陰虛，則病於元氣之所生不小，故不得與元氣之所始者同論也。如以二味概爲風劑，不一精察，則方書治傷燥，如滋燥養榮湯，何以用防風同於益陰諸味，其治傷濕，如敗毒散，則用羌獨活同於柴、枳、芎、苓輩，而絕無血藥，與防風之治燥者懸殊也。蓋羌活非不除風，然其所治之風是濕化風，本於陰也；防風非不行濕，然其治之濕是風化濕，本於陽也。但二經原表裏以相須，而風濕亦相因以爲病。故羌活散濕以化風，然時與防風合而奏散風之功；防風祛風以行濕，然時與羌活協而爲除濕之助。所以用之多概以爲風劑耳。第人身陰陽之機，固合而實有分，更以分而成其合，如手足太陽其一也，或曰：潔古云，防風除濕，以風能勝之。若然，是徒取其風燥濕之義乎，未審果於治義得當否？曰：其義固然，第未有悉此義令其明暢也。蓋病於風，則元氣卽因之以病矣，元氣病，而元陰亦因之以病矣。人身血之爲病，類先病於元氣以及元陰，是卽風化濕之證也，如《本經》首主大風，頭眩痛，惡風風邪，目盲無所見等證，是非風化濕之證歟？特鹵莽者不及研究至此爾。如《日華子》通利五臟關脈，并潔古散經絡中留滯二義，不與《本經》主治相爲發明歟？卽東垣所云能於土中瀉木，亦謂風木之邪不化，便侮其所勝，故曰病於土中之木，能如上治義，是風邪自化，而土木各正其所司之位以效其用，又何有侮其所勝之爲患乎？更如潔古主治上部見血，亦可以前義推求之。蓋風木之臟主血，而人身中經脈經氣，在風木之臟所司爲要，風木爲化陰之地，而風淫還以蝕陰。風木何以爲化陰之地？蓋因陽原出於陰中，風木能引陽以升，而陰即隨之以歸天氣也，故經曰一陰爲獨使。第止言上部者，以血原於水而化於火，所謂心主血者是矣。統繹前義，大都王海藏搜肝氣一語最爲扼要。而《日華子》謂治男子一切勞劣，補中益神，且於通利五臟關脈，云有裨於五勞七傷羸損，更當研繹。如是，乃能用此味以奏厥績，不致誤投而損人元氣，且免瞶瞶只以散風邪爲言矣。

[附方]

破傷中風，牙關緊急，天南星、防風等分，爲末，每服二三匙，童子小便五升，煎至四升，分二服，即止也。

婦人崩中，**獨聖散**：用防風，去蘆頭，炙赤，爲末，每服一錢，以麪糊酒調下，更以麪糊酒投之。此藥累經效驗。一方加炒黑蒲黃等分。

希雍曰：南方中風，產後血虛發痙，俗名角弓反張，諸病血虛痙急，頭痛不因於風寒，溏泄不因於寒濕，二便閉澀，小兒脾虛發搐，慢驚慢脾風，氣升作嘔，火升發嗽，陰虛盜汗，陽虛自汗等病，法並忌，犯之增劇。

[修治] 實而潤，頭節堅者良。去蘆并叉頭叉尾及形彎者，令人吐，勿用。

獨活　羌活

弘景曰：一莖直上，不爲風搖，故稱獨活。

按《本經》止有獨活之條，謂其爲一名羌活，一名羌青，一名護羌使者是也。因此種生於雍州川谷或隴西南，並是羌地，故《本經》所謂羌活者即是獨活，非二種也。然陶隱居言羌活出羌地，而益州西川者爲獨活，是又一物而二種矣。時珍歷據先哲諸說，而曰獨活、羌活乃一類二種，以中國者爲獨活，西羌者爲羌活，正如川芎、撫芎、白术、蒼术之義，入用微有不同，後人以爲二物者非矣。愚謂既云非二物，即當根據《本經》以爲用，奈何鶡突復以羌活屬羌，獨活屬蜀，就異地之所產分之爲二乎？但川中所產，或另是一種獨活，並屬可用耳。今尊《本經》，以獨活居前，而後亦另出羌活，因其用之有別，難以滾同論也。

獨活根

[氣味] 苦甘，平，無毒。《別錄》曰：微溫。權曰：苦辛。潔古曰：獨活微溫，甘苦辛，氣味俱薄，浮而升，陽也，足少陰行經氣分之藥。《主治秘訣》云：性溫味苦，氣厚味薄，沉而升，陰中陽也。

[主治] 風寒所擊，金瘡止痛，奔豚癇痓，女子疝瘕《本經》，一切風并氣，筋骨攣拳，骨節酸痛《日華子》，治中風濕冷，奔喘逆氣，皮膚苦癢，手足攣痛，療勞損，風毒齒痛甄權，治足少陰伏風，與細辛同用，治少陰經頭痛，兩足寒濕痹，不能動止，非此不治，治百節痛風，即所謂伏風而深入骨節者方書。

東垣云：獨活細而低，治足少陰伏風而不治太陽，故兩足寒濕痹，不能動止，非此不能治。

中梓曰：獨活氣濁屬陰，善行血分，斂而能舒，沉而能升，緩而善搜，可助表虛，故入太陰肺、少陰腎，以理伏風。

羌活根

潔古曰：羌活性溫辛苦，氣味俱薄，浮而升，陽也，手足太陽行經風藥，並入足厥陰、少陰經氣分。《主治秘訣》云：性溫味辛，氣味俱薄，浮而升，陽也。

[諸本草主治] 風邪在表在上要藥，去膀胱並腎間風邪，治太陽經頭痛及周身盡痛，骨節痛，項強脊痛，并搜肝風，瀉肝氣，治諸風掉眩，口面喎斜，大治風濕相乘，或風寒濕諸痹，酸痛不仁，筋骨攣拳，徧身瘡痹血癩，雖不治血虛筋燥，肢節筋骨痠痛，然挾風濕者亦可於血藥中兼用，并散癰疽敗血。金德生曰：升舉中焦則柴胡、升麻，升舉下焦用藁本、羌活。

中梓曰：羌活氣清屬陽，善行氣分，舒而不斂，升而能沉，雄而善散，可發表邪，故入手太陽小腸、足太陽膀胱，以理遊風，其功用與獨活雖若不同，實互相表裏。

潔古曰：羌活治肢節疼痛，手足太陽本經風藥也。

愚按：骨乃少陰腎之合，羌活雖爲太陽風藥，而足太陽與少陰腎爲表裏，羌活亦入之，但專力於達巨陽之氣分，而少陰血分猶首推獨活耳。所以治歷節風痛者，必兼羌、獨二味，並用松節也。東垣云：羌活、獨活、防風，此三味治手足太陽證，脊痛項強，不可回顧，腰似折，項似拔者，潔古云治督脈爲病，脊強而厥。夫足太陽夾督而行，會督者二手太陽，又會諸陽於督之大椎，故羌活爲足太陽並手太陽之劑，而遂治督也。按先哲所云羌活搜肝風，瀉肝氣者，觀錢氏瀉青丸亦用之，爲其壬乙同歸，則可見矣。或問：治頭痛者何？答曰：巨陽從頭走足，惟厥陰與督脈會於巔，逆而上行，諸陽不得下，故令頭痛也。足太陽、厥陰之藥也。

[總論] 好古曰：羌活乃足太陽、厥陰、少陰藥，與獨活不分二種。後人因羌活氣雄，獨活氣細，故雄者治足太陽風濕相搏，頭痛肢節痛，一身盡痛者，非此不能除，乃却亂反正之主君藥也，故大無不通，小無不入，細者治足少陰伏風頭痛，兩足濕痺不能動止者，非此不能治，而不治太陽之證。時珍曰：羌活、獨活，皆能逐風勝濕，透關利節，但氣有剛劣不同爾。《素問》云：從下上者，引而去之。二味苦辛而溫，味之薄者，陰中之陽，故能引氣上升，通達周身而散風勝濕。希雍曰：獨活稟天地正陽之氣以生，故味苦甘平，甄權、潔古益之以辛，微溫無毒，氣味俱薄，浮而升，陽也，足少陰引經氣分之藥；羌活性溫辛苦，亦氣味俱薄，浮而升，陽也，手足太陽行經風藥，並入足厥陰、少陰經氣分。按：《主治秘訣》謂獨沉而升，羌浮而升，乃爲得之，時珍、希雍俱少分曉。君麻黃、甘草，主冬月即病傷寒，太陽經頭疼，發汗解表；君麥門冬、前胡、黃芩，佐以甘草，治春時瘟疫，邪在太陽頭痛；入葛根湯，治太陽、陽明頭痛，兼徧身骨痛，口渴，煩熱不得眠，若渴甚煩熱甚頭痛甚，則加石膏、知母、竹葉各兩許；瘧發太陽經頭痛者，於治瘧藥中加之，痛止則去之；同白术、蒼术、秦艽、生地黃、薏苡仁、木瓜、石斛、黃檗，治下部一切風濕濕熱；同生地黃、赤芍藥、生甘草、牡丹皮、石膏等水煎，治風熱上攻牙腫痛。

愚按：獨活有風不動，無風自搖，而《本經》謂即是羌活，固知爲治風之首劑也。然則與諸風藥一視歟？曰：諸風藥不能盡舉，卽如防風自上而達於周身，羌活則自下而上以及周身，則亦區以別矣。先哲曰：非苦無以至地，非溫非辛，無以至於天。羌獨活其氣溫，本地中首出之氣，其味始苦而次辛，苦多而辛少，辛後又有甘，是首出之氣本於味苦之入地者以上行，更辛甘合而上行之氣乃暢，此所以爲手足太陽行經風藥。經曰：巨陽者，諸陽之屬也。足太陽寒水，而風木卽繼寒水之後以達地中之陽。故雖曰風藥，卽能大暢寒水之鬱而宣其化矣。先哲謂其治督脈爲病，脊強而厥，以督爲人身之真陽，而足太陽固夾督而行，且上合於督也，卽其能達真陽以散寒鬱，豈得以風劑例視乎？故後人治三時寒疾，用之以代麻黃、桂枝，竟獲奏效者也。羌活，足太陽經藥，獨活，足少陰經藥，一表一裏，似氣血之原已分矣。一女子於初春病頭痛，渾身骨作痛，且兼腰痛，是外寒病於足太陽腑爲頭痛骨痛，更病於足少陰臟爲腰痛也，表裏俱病，氣血兩傷。其傷血者，謂寒泣血也，乃麻黃、桂心之所治。無如女子妊娠，前藥在所禁，但用羌活爲君而入太陽，獨活爲臣而入腎，投一劑便已奏功矣。其確然不爽若此，論中認取獨活不誤，蓋以用之屢效也。其論甚明，須細繹之。又大治風濕相乘者，豈止謂其風能燥之歟？蓋腎主水，腎之真陽不暢，水鬱卽化濕，從風化以暢水中之陽，正所以除濕，卽舉外受之濕皆能治之矣。其通經絡者云何？經曰：經脈者，所以行血氣，而營陰陽，濡筋骨，利關節者也。夫營行脈中，每患於濕，以爲血病，血病則邪氣惡血住留，住留則傷經絡，經絡傷則不能行血氣而營陰陽，故患爲諸痹，甚者且不得濡筋骨，利關節，致骨節酸痛，并機關不得屈伸而拘攣也。卽病於脊痛項強，不可回顧，并腰似折，項似拔，皆其由濕以化風者也。乃風升之劑，卽從寒水中以行其化，而藏血之肝，實司風化以主經絡，遂並太陽而效其用，謂其通經絡而大治風濕者此也。方盡治大便秘屬風者，於諸藥中類用羌活。卽此一證，可悟風與血相關切之義。蓋大便秘，固患於燥也，燥者病於血不足也，乃仍以風藥燥之可乎？則知羌活之舉陰以升而裕血之用，原不徒以燥濕爲功也。蓋風和則血裕，風淫則血燥，原相關切，是羌活不徒達陽以化濕，亦且暢陰以和風，是可漫以風劑例視乎哉？抑風陽而寒濕陰，茲味固暢陰以達陽矣，乃如防風之治，反以瀉陽實而令陽暢者云何？曰：人身風升之氣，與元氣無二。暢陰以達陽者，固所以裕元氣，俾陽出於陰中而上際，其升之機藉於肝；至瀉陽以蓄陰者，更所以裕元氣，俾陽依於陰中以下蟠，其降之機舉在肺。如肺實不瀉，經所謂升降不前，氣交有變是也，故經曰金木者，生成之終始也。然此二味之能通經絡，一自下，一自上，兩相須以爲用者，其義又謂何？曰：先天之元陰水也，後天之真陰血也，均能病乎濕，如羌活舉風化之氣達於天，雖曰升陽，然是陽舉陰以升也。先哲曰肝膽同爲津液府，又曰太陽、厥陰同一治，經曰九竅爲水注之氣，非陽之舉陰以達於天者乎？升已而降，復本其氣化以歸中土，舉津液變化而赤，是爲血，是所謂辛甘合而上行之氣乃暢，俾液歸氣化，血歸液化，手太陽與足太陽合之而下行極矣，乃仍得升焉。是羌活之暢陰以達陽，而防風之瀉陽以蓄陰者，總爲陽之不離於陰以爲用，其上下相須應得如是爾，非泛泛然止謂是風劑，便能通經絡也。即防風主上部見血，而羌活能治血癲及癃疽敗血，則斯義不爽可知矣。雖然，獨活之功不及通經絡者，豈謂其爲腎之藥歟？緣腎爲陰中之至陰，而獨活能絪縕至陰中之陽化，以裕足太陽之氣化而上際通天，其功猶有遜歟？曰：是也。即頭痛一證，取用於羌多矣，而獨且寥寥焉，是所謂三陰上不至頭者也。第其入至陰之地，即寒水而裕風化，又即就風木而達水化，所謂不爭下流者，獨活有焉，故不與通經絡分功。即《本經》主治風寒所擊，金瘡止痛，奔豚癇痓，女子疝瘕，則可以參其首功矣。

希雍曰：獨活、羌活，陽草中之風藥也，本爲祛風散寒除濕之要品，但《本經》《別錄》並載主中風及諸風，在用者宜審。夫真中風，惟西北風高寒苦之地，虛人當之，往往猝中，或口眼喎斜，或口噤不語，或手足癱瘓，左右不仁，或剛痙柔痙，即角弓反張，此藥與諸風藥並用可也。若夫江南、吳楚、越閩、百粵、鬼方、梁州之域，從無剛勁之風，多有濕熱之患，質脆氣虛，多熱多痰，其患中風如前等，病外證雖一一相似，而其中實非。此則內傷虛邪與外淫實邪，或攻或補，迥若天淵。若誤用風藥虛虛，貽禍不小。恐粗工懵昧，特表而示之。又有血虛頭痛及徧身疼痛骨痛，因而帶寒熱者，此屬內證，誤用反致作劇。

［修治］　去皮及腐朽者。陶隱居曰：獨活易蛀，宜密器藏之。此語

誠然，此亦驗真偽之一端也。

按：有謂獨活緊實，羌活輕虛者，殊與陶隱居、蘇頌之說不合。隱居云羌活形細而多節軟潤，氣息極猛烈，獨活色微白，形虛大，爲用亦相似，而小不如，蘇頌亦謂獨活自蜀來者，小類羌活而極大，氣亦芳烈，又有槐葉氣者，用之極驗。至王貺《易簡方》云羌活須用紫色有蠶頭鞭節者，獨活是極大羌活，有臼如鬼眼者。據諸說如一，則所謂獨活緊實者似不足憑，何也？又，先哲類言羌活氣雄，獨活香細，而後人有云羌活氣清屬陽，善行氣分，獨活氣濁屬陰，善行血分，此說似創矣。然蘇頌言獨活氣亦芳烈，而市肆所售獨活有虛大者，卽與緊實不類，而其氣猛烈，又與香細不合，然用之亦驗，則所云氣濁屬陰者，理或然也。陳嘉謨謂真者難得，其然，豈其然乎？

苦　參

頌曰：其根黄色，長五七寸許，兩指粗細，三五莖並生，苗高三四尺以來，葉碎青色，極似槐葉，春生冬凋，其花黄白色，七月結實如小豆子，河北生者無花子。五月、六月、十月采根，曝乾。

根

［氣味］　苦，寒，無毒。

［主治］　療時氣惡病，大熱狂邪，或結胸壯熱，行結熱，心腹結氣積聚，利疸逐水，療伏熱腸澼，小腹積熱苦痛，治熱毒風，皮膚煩燥生瘡，赤癩眉脫及下部𧏾，音匿，蟲食病。炒存性，米飲服，殺疳蟲，漬酒飲，治疥殺蟲，又治瘑風鼻，消癰瘻厥，黄疸，中風虛勞，脹滿痰飲，身體痛，著痹，虛煩盜汗，滯下，小便不通，小便不禁，痔。

潔古曰：苦參味苦氣沉，純陰，足少陰腎經君藥也，治本經須用，能逐濕。

頌曰：古今方用治風熱瘡疹最多。

東垣曰：苦參能治熱毒風。

丹溪曰：苦參能峻補陰氣。或得之而致腰重者，因其氣降而不升也，非傷腎之謂也。其治大風有功，況風熱細疹乎？

時珍曰：子午乃少陰君火對化，故苦參、黃檗之苦寒皆能補腎，蓋取其苦燥濕，寒除熱也。熱生風，濕生蟲，故又能治風殺蟲。惟腎水弱而相火勝者用之相宜，若火衰精冷，真元不足，及年高之人，不可用也。

之頤曰：苦參稟潤下之寒化，合從至陰，對待火熱為因積聚為證者也。

希雍曰：苦參稟天地陰寒之氣而生，其味正苦，其氣寒而沉，純陰無毒，足少陰腎經君藥也。苦以燥濕，兼洩氣分之熱，寒以除血分之熱。臘月米醋漬，入甕中封固，主一切天行熱病，頭疼口渴，身熱，甚者發狂，飲盌許，得吐則愈，汗亦如之。同胡麻、刺蒺藜、荊芥穗、甘菊花、豨薟、白芷、當歸、川芎、地黃、天門冬、何首烏、牛膝、漆葉、秦艽、龍膽草，治大麻風；同牡蠣粉、白朮、青黛，治童子胃熱，羸瘦疳虯。

愚按：苦參春生冬凋，是亦同於衆卉之為榮枯者也。第其味至苦，其氣復寒，夫苦為火味，腎陰中原有真陽，故味之苦者入之，況苦味稟乎寒水之氣化，其氣味固有專至者。潔古所說純陰良是。丹溪謂其峻補陰氣，又曰其氣降而不升，即時珍謂止宜於腎水弱而相火旺者，皆確論也。如盧氏寒水至陰對待火熱，是矣。然東垣所謂治熱毒風者，其義更為中的，可參也。蓋風者陽之淫氣，即陽之鬱氣，陽氣為邪所侵，則鬱而不得暢者化風，是即陽之淫氣化風，漸已化為熱矣，是淺而病乎衛者也。由衛自及於營以病乎血，更積久而熱之壅乎血中者，就血中而為毒，熱毒之所化，遂病乎腎肝之真陰而為熱毒風。氣鬱化風者，即已化熱氣之熱不去，因病乎血，即此熱之在血中者久而又不去，遂能蝕血，故曰熱毒，是熱毒原是風毒，故曰熱毒風。受病有淺深，是主治要語，世漫言風熱，[7]風熱而不究其淺深，以為施劑，如何可瘳？故治風熱之在衛者，止散陽鬱之邪而清其氣，治熱毒之病乎真陰者，必直驅其傷陰之邪，而用至陰以勝之，如苦參輩是也。然在丹溪曰苦參能治大風，況風熱細疹乎？若然，是未及病乎真陰者而亦治也，其義謂何？曰：衛氣無處不周，則營血亦無處不周，故隨其營血之所到處，無不可為病，而此味即可治之。蓋真陰乃後天營血之母氣，但受患有深淺，投之熱毒風，更爲的對耳。所以熱病狂邪及結胸滿痛壯熱，又伏熱腸澼等證，皆熱毒傷乎真陰以爲病，雖所感受或暴或徐，皆可以此對待矣。第潔古謂爲純陰，而透以氣沉二字，大有可思。蓋苦參、玄參均之入腎，却有迥殊者正在此耳。夫熱毒風，由於陽不得陰以化也，在《本經》主治心腹結氣，癥瘕積聚，是陽之不能化陰，以致有如上諸證。然即本於陽之不得陰以化也，第猶不等於熱毒風，雖熱毒風同於陽不得陰以化，結而爲毒，如大風癩疾，及甄權所云赤癩眉脱之證，然熱毒所結，其氣更淫而爲風者，有熱邪據於血中，亦且以蝕陰，又不止患於陽之不能化陰而已也。非至苦者不能從熱而化之，非氣沉者不能從結而散之，惟屬於至陰之專氣，乃足以奏功耳。諸本草謂養肝膽，平胃氣，《本經》更言補中，蓋血熱不能以養肝膽，則風木自來侮土而胃氣不平，即以病於中氣，三者相因以爲病，亦即相因以爲功者也。張潔古其察物精，投劑審哉。先哲云：古今方治，風熱瘡疥最多，更專於大風癩疾。誠哉是言也。故味潔古論治，則茲味與證不相對待者，將沉寒直入命門，痼冷大傷元陽矣，其可漫投乎哉？

又按：先哲類言生地、苦參涼血，二味功用固異，且生地慮其寒滯於中，苦參慮其寒沉於下，用以涼血亦須酌之。在薛新甫每曰血分熱者，四物加牡丹皮，又曰小柴胡湯加山梔、芎、歸，能清肝涼血，又曰女子經行血熱者，四物加山梔、丹皮，又曰四物湯加連翹、生甘草，能生血清熱。風熱用小柴胡湯加防風、連翹，血熱用四物湯加柴胡、山梔、丹皮。按：風熱即以小柴胡湯爲主，血熱即以四物湯爲主，其義可以思營衛之分，故血熱爲病不能舍血藥，即芍、地慮其滯，而歸、芎斷不可少也。然則風之化熱，熱又鼓風者，未至於熱毒風，則本血劑而同山梔、丹皮輩頗爲適宜，如苦參猶可需次以投者也。

[附方]

熱病狂邪，不避水火，欲殺人，苦參末，蜜丸梧子大，每服十丸，薄荷湯下。亦可爲末，二錢，水煎服。

天行病四五日，結胸滿痛壯熱者，苦參一兩，以醋三升煮取一升二合，飲之取吐，即愈。天行毒病，非苦參醋藥不解，及溫覆取汗良。

小腹熱痛，青黑或赤色，不能喘者，苦參一兩，醋一升半煎八合，分二服。

遍身風疹，瘙痛不可忍，胸頸臍腹及近隱處皆然，又多涎痰，夜不得睡，始癢抓之則痛，漸漸赤爛，遍體無皮，發腫，流膿水，危困幾絕，不知者以丹毒治之，愈甚，惟用苦參末一兩，皂角二兩，水一升揉濾取汁，瓦器熬成膏，和苦參末丸梧子大，溫湯下三十丸，仍以苦參煎水洗之，濕爛者末糝之。次日即愈。此經驗者。此味解熱殺蟲，治疥，洗熱瘡，甚效。

大風癩疾，頌曰：用苦參五兩切，以好酒三斗漬三十日，每飲一合，日三服，常服不絕，若覺痹即瘥。

張子和《儒門事親》方：用苦參末二兩，以豬膶盛之縫合，煮熟取出，去藥，先餓一日，次早先飲新水一盞，將豬膶食之，如吐再食，待一二時，以肉湯調無憂散五七錢服，取出大小蟲一二萬爲效，後以不蛀皂角一斤去皮子煮汁，入苦參末調糊，下何首烏末二兩，防風末一兩半，當歸末一兩，芍藥末五錢，人參末三錢，丸梧子大，每服三五十丸，溫酒或茶下，日三服，仍用麻黃、苦參、荊芥，煎水洗之。

腎臟風毒及心肺積熱，皮膚生疥癩瘙癢，時出黃水，及大風手足壞爛，一切風疾，苦參三十一兩，荊芥穗一十六兩，爲末，水糊丸梧子大，每服三十丸，茶下。

希雍曰：苦參雖能洩血中之熱，除濕熱生蟲爲瘡，然以其味大苦，氣大寒，久服能損腎氣，肝腎虛而無大熱者勿服。

[修治]　糯米泔浸一宿，蒸三時久，曬乾。少入湯藥，多作丸服。治瘡浸酒，治腸風炒至烟起，爲末。

升　麻

之頤曰：蜀川者佳。春生苗，高三尺，葉似麻，並青色，四月著花，似粟穗白色，六月結實黑色，根如蒿，多鬚，紫黑色，細小極堅。削去皮青綠色者謂之雞骨升麻，功力殊勝也，虛大黃白色者不堪用。一種外黑裏白，質雖緊實，謂之鬼臉升麻。嵩高一種純青色，質亦堅。功力俱不如蜀川青綠色者爲重也。

根

[**氣味**]　甘苦，平，微寒，無毒。潔古曰：性溫，味辛，微苦，氣味俱薄，浮而升，陽也，爲足陽明、太陰引經的藥，得葱白、白芷亦入手陽明、太陰。

[**主治**]　升清陽，奉生氣，治陽陷眩暈，舉久泄，下痢後重，遺濁，帶下崩中，血淋下血，並解肌肉風熱，消遊風腫毒，及發散本經風邪，療喉痛口瘡，牙根爛臭，辟時氣毒癘，邪氣蠱毒，入口皆吐，又治小兒熱壅驚癇，更消斑疹。

潔古曰：其用有四，手足陽明引經，一也；升陽氣於至陰之下，二也；去至高之上及皮膚風邪，三也；治陽明頭痛，四也。補脾胃藥，非此爲引用不能取效。治脾痹，非其梢不能除。風藥所以升舉元氣，即可以上達胃氣，然不若升麻之升舉胃氣於至陰，使胃中之鬱火散者更爲親切。

東垣曰：升麻發散陽明風邪，升胃中清氣，又引甘溫之藥上升，以補衛氣之散而實其表。參、耆非此不能上行，故元氣不足者用此於陰中升陽，又緩帶脈之縮急，比胃虛傷冷，鬱遏陽氣於脾土者，宜升麻、葛根以升散其火鬱。

能曰：勞倦內傷，脾虛下陷於至陰之分；醉飽房勞，陽氣致陷於至下之鄉。嘔吐下痢過傷，而小腹急痛，大小便難，腰滯而後重窘迫，瘡腫下陷黑紫，風寒發散無汗，所以陽氣下陷者非此無以升提，濕盛脾痹者非此無以發散，扶正驅邪之聖藥也。

時珍曰：升麻引陽明清氣上升，柴胡引少陽清氣上行，此乃稟賦素弱，元氣虛餒，及勞役饑飽生冷內傷脾胃，引經最要藥也。升麻葛根湯乃發散陽明風寒藥也，時珍用治陽氣鬱遏及元氣下陷諸病，時行赤眼，每用殊效，[8]神而明之，方可執泥乎？一人素飲酒，因寒月哭母受冷，遂病寒中，食無薑蒜，不能一啜，至夏酷暑又多飲水，兼懷怫鬱，因病右腰一點脹痛，牽引右脇，上至胸口則必欲臥，發則大便裏急後重，頻欲登圊，小便長而數，或吞酸，或吐水，或作瀉，或陽痿，或厥逆，或得酒少止，或得熱稍止，但受寒食寒，或勞役，或入房，或怒，或饑，即時舉發，一止則諸證泯然如無病人，甚則日發數次，服溫脾勝濕滋補消導諸藥，皆微止隨發。時珍思之，此乃饑飽勞逸，內傷元氣，清陽陷遏，不能上升所致也，遂用升麻葛根湯合四君子湯，加柴胡、蒼朮、黃芪煎服，服後仍飲酒一二盃助之，其藥入腹，則覺清氣上行，胸膈爽快，手足和暖，頭目精明，諸證如掃，每發一服即止。若減升麻、葛根，或不飲酒，則效便遲。大抵人年五十以後，其氣消者多長者少，降者多升者少，秋冬之令多而春夏之令少，若稟受弱而有前諸證者，並宜此藥活法治之。《素問》云：陰精所奉其人壽，陽精所降其人夭。千古之下窺其奧而闡其微者，張潔古、李東垣二人而已。外此則著《參同契》《悟真篇》者，旨與此同也。

　　希雍曰：升麻稟天地清陽之氣以生，陽草也，故味甘苦平，微寒無毒，潔古又云性溫，味辛微苦，氣味俱薄，浮而升，陽也，為足陽明、太陰引經的藥，亦入手陽明大腸，升陽氣於至陰之下，春氣生生而上升，升麻正得之。升麻葛根湯，散足陽明之熱邪，發手太陰、陽明之斑疹，及天行豌豆瘡，水煎綿沾拭之；引葱白散手陽明風邪，引石膏止陽明經齒痛，或加生地黃、麥門冬、知母、牡丹皮、黃蘗、連翹、玄參，彌良；醋炒綠色升麻，君蓮肉、人參，治噤口痢，有神，同石膏、知母、麥門冬、竹葉，治陽明熱極發斑，頭疼口渴；佐參、耆引清陽之氣上升，行陽道，故補脾胃藥中不可闕；入升陽散火湯，治陽氣鬱遏及元氣不足，陽氣下陷；同荊芥、防風、黃芩、甘草、白芷，能去皮膚風邪；同葛根、荊芥、菊花、甘草，解肌肉間風熱，兼發浮汗；同葛根、連翹、玄參、甘草、生地黃、麥門冬，治牙根浮爛惡臭；為小兒斑疹及天行瘖子家聖藥，天行瘖子即痘也未見點時可用，見標之後不可用；同鬱金服，治蠱毒，不吐則下；同生地黃、麥門冬、牛膝、蒲黃水煎，治小兒尿血；佐黃連、紅麴、滑石、白芍藥、蓮肉、甘草，為治一切滯下要藥。

愚按：升麻秉春陽之氣以生，華於夏，實於季夏以後，是氣暢於火宿於土矣，謂非中土之的劑哉？然實爲黑色，其根亦紫黑色，是其暢於火宿於土者，不歸根於至陰之水，合於水土合德以立地，然後火土合德以際天耶？即味先苦後甘，非從下而上者之徵乎？至其氣味俱薄，固已畢達其浮升之功用矣。雖然，升陽氣於至陰之下，此張潔古先生創義。然陽氣之在陰中者，何以與中土關切耶？曰：經云五藏皆稟氣於胃，胃者五臟之本也，又云脾爲胃行氣於三陰，亦爲胃行氣於三陽，臟腑各因其經而受氣於陽明，蓋胃之陽根於脾之陰，而脾與肝腎同會於關元者也。然脾胃表裏，故經又云臍下三寸，關元也，三結交者，陽明、太陰也。合而參之，則升麻之舉陽氣於至陰者，固直入陽明、太陰之元而引清氣以上行，即并五臟六腑之氣隨胃氣而上奉之矣。此陽陷，如泄痢後重及崩帶諸證而皆治，誠如時珍所云云也。《范石湖文集》云：李燾爲雷州推官，鞠獄得治蠱方，毒在上用升麻吐之，在腹用鬱金下之，或合二物服之，不吐則下，此方活人甚多也。

希雍曰：升麻屬陽而性升，凡吐血鼻衄，咳嗽多痰，陰虛火動，腎經不足及氣逆嘔吐，驚悸怔忡，癲狂等病，法咸忌之。

［修治］　質輕而堅色黑者佳。發散生用，補中酒炒，止咳汗蜜炒，治滯下醋拌炒。

延胡索即玄胡索。

之頤曰：今茅山上龍洞仁和筧橋亦種之。寒露前栽種，立春後生苗，高三四寸，延蔓布地，葉必三之，宛如竹葉，片片成個，細小嫩綠，邊色微紅，作花黃色，亦有紫色者，根叢生，樂蔓延，狀似半夏，但黃色耳。立夏掘起，陰乾者良。

根

［氣味］　辛，溫，無毒。東垣曰：甘辛，溫，可升可降，陰中陽也。海藏曰：入足厥陰經。時珍曰：玄胡索味苦微辛，氣溫，入手足太陰、厥陰四經。

[主治] 活血化氣要藥，治心氣小腹痛如神，治腎氣，止暴腰痛，通經絡，活精血，調女子月經，腹中結塊，崩中淋露，產後諸血病，血暈，暴血衝上，並理男女膜外氣塊痛，撲損瘀血。

時珍曰：能行血中氣滯，氣中血滯，故專治一身上下諸痛。

復曰：名玄而色黃，醞全氣也；氣溫而味辛，秉金制也。以一春而備四氣，葉必三之，具木生數象形，對待肝血之非其所藏，而玄為破堅之線索無疑矣。

之頤曰：以言疾疢之證，因以言主治之功力，判屬血中之氣藥，氣中之用藥也。蓋氣主噓之，血主濡之，氣之所不噓，即血之所不濡矣。如腹中結塊，膜絡癥瘕之為證，即血留營實之為因；如臚腹氣塊，盤繞疝癖之為證，即氣滯衛實之為因；如崩中淋露，暈衄衝暴之為證，即血菀營泣之為因；如奔豚逆厥，百體疼煩之為證，即氣弛衛薄之為因。玄胡立鼓血中之氣，震行氣中之用，虛則補，實則平，致新推陳，推陳致新之良物也。

希雍曰：延胡索稟初夏之氣，而兼得乎金之辛味，故味辛氣溫而無毒，入足厥陰，亦入手少陰經。君當歸、生地黃、牛膝、益母草、童便，則主產後血暈，有神；得四物湯、白膠、牛膝、香附，則主婦人經阻，少腹作痛或結塊。

愚按：經曰血者神氣也，即此一語思之，血原於金水成於木火者也。延胡索栽種於寒露前，為其受深秋之氣也，乃飽歷三冬，至春後始有苗生，豈非由金而蘊醞乎陰氣者為最厚歟？及其苗而蔓，葉而華，具周於一春，甫立夏而即掘其根以為用，似已告成功矣。盧復所謂以一春而備四氣者是也，又豈非由金而蘊醞乎陰氣者，全暢於敷和之木，得陰中之少陽以為用歟？且其色黃者，金更育於土也，水還育於金，至木乃暢其所育而畢達之矣。不使受火氣者，正以不傷金，不泄木，而大暢二者之生化也。夫水與血，是一是二，金孕水之元而木達水之化，豈非血為體而血中之氣即其用歟？時珍所謂能行血中氣滯，氣中血滯，是亦近之。第不如之頤所謂屬血中之氣藥，氣中之用藥者，更為中的也。故此味不得同於破血之劑，更不得以疏氣耗氣誣之矣。之頤能不作猶人語哉？雖然，以血爲體者，心主血，肝藏血，故治心痛、小腹痛有神。腎者水臟，具有血海，故治腎氣，止暴腰痛，血中之氣爲用者。經曰：傷肺者，經氣不爲使。又肝主渾身之經絡，經曰五藏出於經隧，以行血氣，經絡之氣行，而凡屬血臟皆和矣，能治徧體痛者亦卽在此。且血屬陰，下也，氣屬陽，上也，故此味先苦而居多，辛次之，祇有苦之半，又次微甘，是從陰中致陽之用，還以達陰之化者也。按之頤云：氣之所不噓，卽血之所不濡。此二語須理會。如醫案：女子食蕎麪而怒，痛於胃脘當心，醫用吐下行氣化滯藥，藥反吐，且便秘三日，蓋不知氣之所留卽病乎血也，故以此味爲末，温酒調下而愈。又一人五旬外病痢，腹痛且危，此濕熱傷氣，卽病乎血凝也，亦用此末米飲服之愈。又一人徧體痛至極，治以中風，或中濕，或脚氣，俱不應，蓋冷滯乎氣，卽泣其血也，故此味同當歸、桂心爲末，温酒服而愈。又有導引失節，肢節拘攣者，亦用此末而愈。然則就氣病以泣血，欲活血而卽化氣者，此味果爲要劑矣。

[附方]

膜外氣疼及氣塊，玄胡索不限多少，爲末，豬胰一具切作塊子，炙熟蘸末，頻食之。

疝氣危急，玄胡索鹽炒，全蠍去毒，生用，等分爲末，每服半錢，空心鹽酒下。

偏正頭痛不可忍者，玄胡索七枚，青黛二錢，牙皂二箇，去皮子，爲末，水和，丸如杏仁大，每以水化一丸，灌入病人鼻內，隨左右口咬銅錢一箇，當有涎出成盆而愈。

希雍曰：此藥性温味辛，能走而不能守，故經事先期及一切血熱爲病，凡崩中淋露，皆應補氣血涼血清熱則愈，一切辛走之藥法所應禁。

[修治] 粒粒金黃色者良。能曰：欲其行血，當以酒製；欲其止血，當以醋炒；欲其破血，當以生用；欲其調血，當以炒用。

貝母 《詩·鄘風》：言采其蝱。朱子《集傳》：蝱，貝母也，主療鬱結之疾即此。

二月生苗，莖細青色，葉亦青，似蕎麥狀，葉隨苗出，七月開花，碧綠色，形如百合，斜懸向下，上有紅脈，若似人肺，八月采根，根有瓣，子黃白色，如聚貝子。一種葉如栝樓而細小，子在根下如芋子，正白色，連累相著而可分解也。

根
[氣味] 辛，平，無毒。《別錄》曰：苦，微寒。

[諸本草主治] 潤肺清心，滌熱消痰，療喘嗽紅痰，除邪氣煩熱，開鬱結，和中氣，除心下實滿，並胸脇逆氣，治產難及胞衣不下，下乳汁，更疔腫瘤瘍，可以托裏護心，收斂解毒。

[方書主治] 欬嗽痰飲，喘虛勞瘧，鼻衄舌衄，欬嗽血，自汗，瘡，小便不通，淋，鼻病舌病。

好古曰：貝母乃肺經氣分藥也。仲景治寒實結胸，外無熱證者，三物小陷胸湯主之，白散亦可，以其內有貝母也。按：外無熱證者，指無表證而熱結於裏也，故可用此等湯散。小陷胸湯：半夏、黃連、栝樓實也；白散：桔梗、貝母、巴豆也。

文清曰：潤肺清心，消痰止嗽，和中氣，安五藏，乃怯證之要藥也。

承曰：貝母能散心胸鬱結之氣，故《詩》云言采其蝱是也。《詩》本是蝱，《爾雅》作蝱，音萌。作詩者本以不得志而言，今用治心中氣不快多愁鬱者，殊有功信矣。

張機曰：[9] 俗以半夏有毒，用貝母代之。夫貝母乃太陰肺經之藥，半夏乃太陰脾經、陽明胃經之藥，何可以代？若虛勞欬嗽，吐血咯血，肺痿肺癰，婦人乳癰癰疽，及諸鬱之證，半夏乃禁忌，皆貝母為向導，猶可代也。至於脾胃濕熱，涎化為痰，久則生火，痰火上攻，昏憒僵仆塞竅諸證，生死旦夕，亦豈貝母可代乎？

能曰：得厚朴可開脾鬱而清氣，助知母可療肺疾而滋陰，苓、連而火鬱能消，參、朮而行補不膩，歸、芎而行氣和榮，黃柏而諸瘡可療，君玄參而喉痹立消，臣桔梗而肺癰速解，連翹同治項下瘤癭，撫芎和解徧身氣痛。作末酒調，可下難產胎衣；燒灰油調，能敷惡瘡人面。

希雍曰：貝母，在地則得土金之氣，在天則稟清肅之令，故味辛平，《別錄》兼苦，微寒無毒，入手太陰、少陰，陰中微陽，可升可降，陰也。色白象金而主肺，肺有熱，因而生痰，或爲熱邪所干，喘嗽煩悶，必此主之。其性專能散結除熱。同知母、前胡、葛根、麥冬、甘草，治陽明斑疹初發，壯熱，喘嗽有痰，不得眠，即《本經》所謂傷寒煩熱邪氣；君橘皮、前胡、石膏、知母、麥門冬、竹瀝，治痰瘧；同知母、天麥門冬、桑白皮、枇杷葉、百部、桔梗、甘草，治肺熱欬嗽及胸中煩熱；同生甘菊、紫花地丁、金銀花、白及、白斂、鼠黏子、甘草、夏枯草，治一切熱毒，消一切癰疽；同鼠黏子、玄參、栝樓根、白殭蠶、甘草、桔梗，治風痙；同鬱金、橘葉、連翹、栝樓根、鼠黏子、夏枯草、山茨菇、山豆根、玄參，消一切結核，乳巖瘰癧；同百部、百合、薏苡仁、麥冬、蘇子、鬱金、童便、竹瀝、魚腥草，治肺熱吐膿血；同番降香、鬱金、橘紅、遠志、蘇梗、蘇子、香附、白豆蔻，開鬱痰，加撫芎、神麴，并解一切氣鬱。

愚按：貝母在方書唯咳嗽用之居多，夫咳嗽固肺證也，不識何以獨專精於此臟乎？蓋茲味用其根瓣，蓋其根采於八月，豈非取其受金氣之專歟？雖其味苦勝而辛微，第辛在苦後，且苦合於氣之微寒，以歸於辛，是二陰至肺之義也，況其色白而象金乎？海藏謂爲肺經氣分藥，良不謬矣。雖然，茲味苦而合於氣之微寒者，是在地之陰也，乃便能至於在天之陽以益肺，其義概習焉而未之察也。試取其葉隨苗出之義一推物理，又豈非其在地之陰，原合於在天之陽以爲發育者，唯此種得其氣之精專，但有直透，更無濡留，能至於在天之陽，乃得宣其在地之陰，而奏功於華蓋以利五臟者，有如是乎。故以苦寒除熱，似不專功於茲味，而茲味之功所獨擅，在於有直透以開熱之結，無濡留以達肺之鬱。故同於諸味以治諸嗽，是先哲所謂氣血調暢而疾自愈者也；同於諸味以治勞嗽，是先哲所謂消痰止嗽，潤肺清心，和中氣，安五臟，爲怯證之要藥者也。若然，則方書主治於咳嗽證居多，豈非酌投其所最宜者歟？抑所云清心，而本草又云除心下實滿，并胸脇逆氣，猶與前義關切否？蓋腎脈支者，從肺出絡心，注胸中，茲味既以在地之陰和乎在天之陽，如陽中之太陽，心也，腎脈之支者更從肺而絡之，則其和於在天之陽者，自由肺以及心，且未有心不清而肺不燥者也。至於除心下實滿，并胸脇逆氣，亦不離前義以推之。蓋上有氣海曰膻中，下有氣海曰丹田，此之心下實滿，胸脇逆氣，皆病於膻中之氣，陽不得陰以化也。膻中固肺所居，如在天之陽得和於在地之陰，以行其從升得降之玄機，又安得有實滿逆氣之爲病哉？方書於小水不通及淋證亦用之，皆從升而得降者也。更方書主治衄血及嗽血證，固爲肺經氣分藥，而能療血證者，蓋主血雖屬心，更藉肺陰下降入心而生血，卽腎脈支者從肺出絡心之義也。又主下乳汁，以心與小腸，女子平居主月水，胎後主乳汁也，此正在地之陰合於在天之陽以爲化育者之一端也，則茲味功用之概，亦可明矣。

[附方]

產難及胞衣不出，以七枚作末，酒服。

化痰降氣，止欬解鬱，消食除脹，有奇效，用貝母去心，一兩，薑製厚朴半兩，蜜丸梧子大，每白湯下五十丸。

小兒睟嗽，百日內咳嗽痰壅，貝母五錢，甘草半生半灸，二錢，爲末，沙糖丸芡子大，每米飲化下一丸。

孕婦咳嗽，貝母去心，麩炒黃，爲末，沙糖拌丸芡子大，每含咽一丸，神效。

便癰腫痛，貝母、白芷等分，爲末，酒調服，或酒煎服，以滓貼之。與連翹同服，主項下瘤癭疾。

希雍曰：寒濕痰及食積痰火作嗽，濕痰在胃，惡心欲吐，痰飲作寒熱，脾胃濕痰作眩暈，及痰厥頭痛，中惡嘔吐，胃寒作泄，法應以辛溫燥熱之藥，如南星、半夏、天麻、蒼白朮、茯苓之類治之者，並禁用。

[修治]　川貝母小而尖白者良，浙貝母極大而圓色黃，不堪入藥。

薑汁泡，去心，其中有獨顆團不作兩片無皺者，名丹龍精，損人筋脈。

白茅 頌曰：六月采根。

之頤曰：出楚地山谷及田野，所在亦有。春生苗，布地如針，俗呼茅針，三四月開花作穗，茸白如絮，隨結細子，至秋乃枯，根名茹，《易》：曰拔茅連茹，以其彙故，其根牽連長冗，經寸成節，柔白如筋，甘甜如蔗，用以造飴，清滑可口也。故茅有數種，其根之勁強短促者，另成他類。有只生山谷，入秋放花如荻，實尖黑，長分許，粘衣刺人者，菅音間，草名，茅屬。也；又有莖端開葉，莖上有粉，根頭有毛者，黃菅也；又有生湖南及江淮間，葉脊三稜，臭如蒲草，可以包藉縮酒者，菁也；又有叢生如蘆，葉大如蒲，高六七尺者，芒也。根都勁促，不堪藥用。

根

[氣味] 甘，寒，無毒。

[主治] 勞傷虛羸，補中益氣，除瘀血血閉，寒熱，止諸血吐衄及婦人崩中漏下，月經不勻，通血脈，淋瀝，除客熱在腸胃，止傷寒噦逆，肺熱喘急，止渴，利小便，下五淋，並治水腫黃疸。

時珍曰：白茅根甘，能除伏熱，利小便，故能止諸血噦逆，喘急消渴，治黃疸水腫，乃良物也。多因微而忽之，惟事苦寒之劑，致傷冲和之氣也，惜哉。

希雍曰：茅根正稟土之冲氣，而兼感乎春陽生生之氣以生，故其味甘氣寒而無毒，入手少陰、足太陰、陽明，甘寒能除內熱，除熱所以益氣，血熱則瘀，瘀則閉，閉則寒熱作，《本經》所注一理也。又血熱則崩，或妄行上溢，即月水淋瀝，皆血分虛熱所致，小便不利，亦因於血分之熱也。即水腫黃疸，可以思其所治矣。總之，甘寒能和血，血和則令氣益，何所主諸證之不奏功哉？同麥門冬、生地、枸杞子，治勞傷內熱；同生地、麥冬、蘇子、枇杷葉、白芍藥、甘草、蒲黃、童便，治諸血；同牛膝、生地黃、童便，治血熱經枯而閉；同竹茹、麥冬、石膏、人參，治傷寒胃熱噦逆；同芍藥、赤小豆、赤白茯苓、車前子、薏苡仁、木瓜、石斛、木通，治水腫；同枇杷葉、竹茹、麥門冬，治火炎內熱，反胃上氣；同生地、天麥門冬、車前子、牛膝、白茯苓、黃檗、五味子、枸杞子、童便，治溺血。

愚按： 白茅春初而芽，春夏之交而華茸茸然，乃至秋而卽枯，用其根者采以六月，豈非其始於木暢於火成於土乎？故其味止有甘，專乎土之氣也。夫土具四氣，氣之寒者亦土，然當火土司令之時，其氣不稟乎燥熱，反獨全其甘寒，是於至陽之中而稟清和之陰，卽以清陰而達其至陽之化者也，猶值陰寒之候，乃有獨稟陽和之氣者，不令陰氣益暢乎哉。之頤謂爲陽中之陰者不妄，在《本經》首言其治勞傷虛羸，補中益氣，而徐言其除瘀血血閉，寒熱，利小便等證，先哲云：牡丹皮、茅根、藕節、側柏俱能清血分中火，血藥須之。豈非精察物理，知此味之能裕陰和陽乎？固非謂其以通利爲功也，然亦不以止蓄爲功，蓋其能行能止者，皆陽從外而依陰，陰從中而起陽，流行坎止，應乎自然之節爾。卽以其甘寒謂能和血，血和而通塞不爽其天度者，猶爲不達先聖之微義也。雖然，能除胃中伏熱，是扼其要語。熱散而陰和，如吐衄血證之治是也；熱散陰和而陽愈宣，如虛後水腫之治是也。卽此二證以推其類，其何不可以奏效？抑散伏熱，舉知其裕陰矣，而更謂其宣陽者，其義謂何？蓋在天之陽，無陰則陽無以化，猶夫在地之陰，無陽則陰無以化也。故此味入陽明胃，並及太陰脾，而兼之手太陰肺，此《本經》有補中益氣之說也。

[附方]

温病熱噦，乃伏熱在胃，令人胸滿則氣逆，逆則噦，茅根、葛根煎汁，飲之，噦止止服。

反胃上氣，食入卽吐，茅根、蘆根，水煎，飲之。

衄吐血，用之概見方書。

虛後水腫，因飲水多，小便不利，用白茅根一大把，赤小豆三升，水三升煮乾，去茅食豆，水隨小便下也。

希雍曰：因寒發噦，中寒嘔吐，濕痰停飲，發熱，並不得服。

[修治] 洗净搗爛，勿用露根。

白茅花

[氣味] 甘，溫，無毒。

[主治] 煎飲止吐衄血并塞鼻，又傅灸瘡不合《日華子》。《準繩》方用茅花同諸味治尿血。

龍膽草

頻曰：處處有之，吳興者爲勝。宿根黃白，直下抽根一二十條，類牛膝而短，直上生苗，高尺餘，類嫩蒜而細，七月開花，類牽牛，作鈴鐸狀，莖類竹枝，冬後結子，莖便焦枯。一種味極苦澀，經冬不凋，名石龍膽，類同而種別。

根

[氣味] 苦澀，大寒，無毒。潔古曰：龍膽，味苦性寒，氣味俱厚，沉而降，陰也。足厥陰、少陽經氣分藥也。之頤曰：合龍膽生成的是少陽樞藥，爲少陽之對待法，少陽化氣屬相火，龍膽氣味俱苦寒故也。

[主治] 肝膽邪熱，下焦濕火腫痛，療骨間寒熱，驚癇邪氣，除胃中伏熱，濕熱黃疸，時氣温熱，熱泄下痢，療目中腫痛諸患，治小兒壯熱骨熱，驚癇入心，時疾熱黃。

潔古曰：其用有四：除下部風濕，一也；及濕熱，二也；臍下至足腫痛，三也；寒濕腳氣，四也。下行之功與防己同，酒浸則能上行外行。又云：治兩目赤腫睛脹，瘀肉高起，痛不可忍，以柴胡爲主，龍膽爲使，治眼中之病必用藥也。

東垣曰：退肝經邪熱，除下焦濕熱之腫。

希雍曰：草龍膽稟天地純陰之氣以生，故其味大苦澀，其性大寒而無毒，足厥陰、足少陰、足陽明三經藥。草龍膽同白芍藥、甘草、茯神、麥門冬、木通，主小兒驚癇入心，壯熱骨熱，時疾熱黃，口瘡；同苦參、牛膽，治穀疸；同苦參、蛆蟲灰、青黛，治小兒一切疳熱狂語及瘡疥；同生地黃等分，治濕熱傷血分浸大腸，以致卒下血，多服必效。

愚按：百物之生，氣在味先。寒者水之氣，熱者火之氣。氣寒而味苦者，是本下降之氣而泄；氣熱而味苦者，即本上升之氣而泄。然陽者，其精奉於上，元氣以升爲補，不若陰寒其精降於下，合於味之苦者乃爲泄也。草龍膽其氣大寒，味甚苦，非就水中而大泄火者乎？肝膽爲陰中之陽，故用以治肝膽火並濕中蓄熱者，此爲的對矣。然又云療風濕者，蓋肝膽自爲風木之臟而藏血者，固易爲濕熱之病也。第肝膽表裏，相火寄焉，與手厥陰包絡、手少陽三焦歷徧於三焦之間，下合於腎脾之陰以病也，則爲濕熱，上合於肺胃之陽以病也，則爲風熱。種種諸證，明其爲本病也，爲合病也，而此味之爲主爲輔，庶乎無誤矣。雖然，此等苦寒可以治後天氣血之病，不可以治先天元陰元陽之病，即治氣血，亦治有餘而爲熱之病，非治不足而爲熱之病也。夫相火在包絡三焦則爲先天，在肝膽即爲後天，後天藉先天以生，先天藉後天以成，即在相火亦然，此後天氣血諸病以致累及先天者，有時須於膽草也。惟肝膽爲後天相火，故每與中五之土相爲用相爲病矣，東垣所謂元氣、風升之氣、穀氣合而爲一者也。故骨間寒熱，此腎爲肝之母也；療驚癇邪氣，心爲肝之子也；治胃中伏熱黃疸等證，非木土相爲用之故乎？如泄後天相火，致有傷穀氣，又豈得爲肝之利益哉？故用者宜審。土木相爲用相爲病之義，見胡黃連條下。濕熱有虛有實，勿以膽草概治。

希雍曰：草龍膽味既大苦，性復大寒，純陰之藥也。雖能除實熱，胃虛血少之人不可輕試。凡病脾胃兩虛，因而作泄者忌之。凡病虛而有熱者勿用。亦勿空腹服，餌之令人溺不禁，以其太苦，則下泄太甚故也。

[修治] 銅刀刮去鬚土，剉細，甘草水浸一宿，曬，虛人酒炒黑。

細　辛

沈括《夢溪筆談》云：細辛出華山，極細而直，柔韌，深紫色，味極辛，嚼之習習如椒而更甚於椒。時珍曰：根直而色紫，味極辛者，細辛也。時珍又備言他味，其根曲者，其色黃白或黑色者，味雖辛而不甚，或兼微苦，或單苦者，或味甘者，皆非細辛，故必以根細而直，色唯有紫，味止有辛而且烈者爲真也。之頤曰：杜衡、鬼督郵、徐長卿、白薇、白前，五種根皆粗肥，反於細辛之細，五種亦多曲，反於細辛之直。

根

［氣味］　辛，溫，無毒。普曰：神農、黃帝、雷公、桐君，小溫。權曰：苦辛。潔古曰：細辛氣溫，味大辛，氣厚於味，陽也，升也，入足厥陽、少陰血分，爲手少陰引經之藥，香味俱細，故入少陰，與獨活相類，以獨活爲使。之頤曰：細指形言，辛指味言，輕清柔韌，端直修長，當入少陽宣達甲膽之用，自下而上，以行春令者也。

［諸本草主治］　風寒頭痛，寒欬上逆，溫中下氣，益肝膽，通精氣，開胸中滯結，破痰利水，療百節拘攣，風濕痹痛，下乳結，通血閉，除喉痹齆鼻，不聞香臭，療齒痛及風眼下淚，口舌生瘡，婦人血瀝腰痛。

潔古曰：治少陰頭痛如神，亦止諸陽頭痛，諸風通用之味。按：細辛治足少陰頭痛，少陰經不至頭，然爲陰寒盛氣所逆，故亦主之。亦主諸陽頭痛者，亦陰寒鬱乎陽也。其主欬逆上氣，皆此類也，寒散則氣自下矣。

東垣曰：止少陰合病之首痛，殺三陽數變之風邪。

又曰：細辛治邪在裏之表，故仲景少陰證用麻黃附子細辛湯也。

丹溪曰：細辛溫陰經，去內寒，故東垣治邪在裏之表也，最能溫中下氣，破痰，利水道，按氣爲寒所傷，故停水於上，痰亦卽寒水所凝，不治一切痰也。

東垣曰：膽氣不足，細辛補之。

復曰：密通精氣，顯益火大，青陽之象也。

好古曰：潤肝燥，治督脈爲病，脊強而厥。細辛味辛溫熱，以潤內寒，主頭痛腦痛，百節拘攣，風濕痹痛，汗不出，血不行，所以主足少陰，連及足厥陰也。

時珍曰：氣之厚者能發熱，陽中之陽也。辛溫能散，故諸風寒風濕頭痛痰飲胸中滯氣驚癇者宜用之；口瘡喉痹，䘌齒諸病用之者，取其能散浮熱，亦火鬱則發之之義也；辛能泄肺，故風寒欬嗽上氣者宜用之；辛能補肝，故膽氣不足驚癇眼目諸病宜用之；辛能潤燥，故通少陰及耳竅，便濇者宜用之。但知以辛溫立論，未審何以別於他味之辛溫，何所見之淺也。

希雍曰：細辛稟天地陽升之氣以生，故其味辛溫而無毒，升則上行，辛則橫走，溫則發散。同石膏，能治陽明火熱上攻以致齒痛；得鯉魚膽、青羊肝、甘菊花、決明子，療目痛；得甘草，療傷寒少陰咽痛；同黃連等分爲末，治口舌生瘡嗽涎甚效，或用黃蘗；同諸風藥，治傷風頭痛或傷風寒鼻塞。

愚按：細辛在方書類云足少陰藥，爲手少陰引經，而潔古更以足厥陰與少陰並言，近盧氏止謂宜入足少陽矣。夫據其香味俱細，昔哲以爲少陰本藥者是也。第再詳功用，如《本經》及《別錄》、甄權所云，則其辛而熱，能溫足少陰之寒，固如潔古說，究其溫寒之用，致於內外周身而上行爲最，是非肝不能也。在潔古以厥陰同少陰言者，良有深詣也。《別錄》謂其益肝膽，通精氣，亦扼要語。蓋肝膽固出地風氣由陰而舉陽者也，茲味於至陰之藏而溫其寒，不有益於肝膽乎？肝膽合於是，則益致其由陰達陽之用，而精氣乃通。夫腎氣原至於肺，自地而達天也，肝合任而交督，自九地之下以際於九天之上也，故茲物氣溫較他氣之溫者有異，其辛味又較他辛味爲烈。王紹隆曰：肝木上行，春風上升，反於橫遍矣。是以在至陰之分，雖不倫於補陽諸味，然能就陰分而散寒邪，此先哲所謂治邪氣在裏之表也，推之以治百節拘攣，風濕痹痛，乳結血閉等證，皆陰中而通陽者也；即至陽之分，雖難比於行氣諸劑，然亦能就陽分而散陰結，此先哲所謂開胸中滯結者也，推之以治頭痛氣逆，痰飲水聚，喉痹鼽鼻等證者，皆陽中而通陰者也。雖非和血之正味，然陰中陽通，能資榮氣而使暢，此先哲所謂入厥陰、少陰血分也；雖非驅風之正劑，然陽中陰通，能助風劑而使行，此先哲所謂諸風通用之味也。總因於辛溫達腎肝之氣，而在陰則能暢陽，在陽則能導陰，其所主諸證，如因火熱屬陽盛者，即皆相反而爲害，因是可以盡其所長而不致於誤投矣。然海藏所謂潤肝燥者云何？蓋其辛能達腎氣，即經所謂腎喜辛惡燥，辛能通腠理，致津液也，能達腎氣，即以潤肝之陰氣，其所謂燥者陰燥也。又治督脈爲病，脊强而厥，足太陽夾督者也，太陽之氣爲少陰寒氣所鬱，而此能散內寒以通真陽，即以治督，況舉肝氣，潤肝燥，而於督病不療乎？須知此味本非益氣血之藥，然由其能紓腎陰而升肝陽，故有裨於人身者如是，唯在用之有酌量耳。按宗奭曰：治頭面風痛，細辛不可缺也。即東垣亦云去風頭痛，在潔古曰諸風通用。方書承襲而不察所宜，不幾誤乎？概風從陽氣言之，然陽氣有虛實。如陰勝其陽，陽不足也，陽鬱於下而爲風，宜達陽爲主，如以寒凉降折則陽愈鬱而風愈甚；至陽勝其陰，陰不足也，陽壅於上而爲風，宜和陰爲主，如以辛溫升散則陽愈壅而風愈甚。細辛之治，蓋治陽鬱之風，不治陽壅之風也，反是則爲害滋甚。有中氣虛而時患傷風，竟以補中氣而愈者，不可參此義以用細辛哉？至其能治風濕痹痛，亦其陽虛化風，因之化濕者也。陽虛鬱風者，多化濕，明於諸風，而後可以善於施治矣。

希雍曰：細辛升燥發散，凡病內熱及火升炎上，上盛下虛，氣虛有汗，血虛頭痛，陰虛欬嗽，法皆禁用。即入風藥，亦不可過五分，以其氣厚而性烈耳。《王龜齡集》曰：細辛，細而辛者，能通心竅，醋浸一宿，曬乾爲末。

[修治]　揀去雙葉者，服之害人。洗淨，去泥沙。

白　前

生州渚沙磧音迹，水渚有石者。上。苗高尺許，葉似柳，或似芫，根似白薇，或似細辛。秋後采之。粗長堅直，色白微黃，折之易斷者，白前也；細短柔韌，色黃微白，折之不斷者，白薇也。

根

[氣味]　甘，微溫，無毒。權曰：辛。恭曰：微寒。

[主治]　胸脇逆氣，欬嗽上氣，呼吸欲絕《別錄》，主一切氣，肺氣

煩悶，賁豚腎氣《日華子》。

時珍曰：白前色白而味微辛甘，手太陰藥也，長於降氣，肺氣壅實而有痰者宜之，若虛而長哽氣者不可用也。

之頤曰：在色爲白，在藏歸肺矣，然當入手太陰、陽明、足陽明，爲治欬之君主藥。經云：欬嗽上氣，厥在胸中，過在手太陰、陽明。又云：白脈之至也，喘而浮，上虛下實，驚有積氣在胸中，得之酒使内也。又云：藏真高於肺，以行營衛陰陽也，不行焉則爲厥爲積矣。《日華子》主賁豚及腎氣，亦即下實上虛之象乎？然則此味三因並施，臟腑咸入，其功靡不前至，故以命名耳。

希雍曰：白前感秋之氣而得土之冲味，故味甘辛，氣微溫，蘇恭又謂微寒，性無毒，陽中之陰，降也，入手太陰肺家之要藥。甘能緩，辛能散，溫能下。先哲曰：欬嗽，喉中作聲，一味白前妙。《深師方》治久欬上氣，體腫短氣，晝夜倚壁，不得臥，常作水雞聲者，白前湯主之，白前、紫菀、半夏、大戟各三兩，水一斗漬一宿煮取三升，分數十服，間進，以須藥力之行。

愚按：《別錄》主治首言胸脇逆氣，夫胸中固肺所治，而脇則陰陽升降之道路也。又云欬嗽上氣，呼吸欲絕，呼吸即升降之氣，升降相隨，卽陰陽之分而合也。肺爲氣主者，以其貫心脈而行呼吸，呼吸欲絕，是有升無降，或陰或陽，皆能病之。如下之真陰不足，即無以召上之陽，無以吸上而氣不降；上之真陽不足，即不能生下之陰，無以歸下而氣亦不降。此皆屬虛，固非白前輩所可治也。唯是後天氣血之病，因於内外所感，偏勝所成者，上實而下卽虛，下實而上卽虛，隨其所主之味而以茲味爲前導，其庶乎近之。下之真陰虛者，卽氣不歸元，人每患之，上之真陽虛者，卽中氣大虛而失守，余曾患此，大劑參、芪而愈。上實下虛，如痰熱上壅，下卽陰虛，陽愈失陰而亢，氣固不降；下實上虛，如賁豚腎氣，上卽陽虛，陰愈逼陽而僭，其氣亦不降。

希雍曰：白前辛溫，走散下氣，性無補益，凡逆氣欬嗽氣上，由於氣虛氣不歸元，而不由於肺氣因邪客壅實者，禁用。《深師方》所主治證當是有停飲水濕，濕痰之病乃可用之，病不由於此者不得輕施。

[修治] 甘草水浸，去頭鬚，焙乾用。

白鮮

時珍曰：鮮者，羊之氣也，此草根白色，作羊羶氣。

根

[氣味] 苦，寒，無毒。《別錄》曰：鹹。恭曰：白鮮根皮白而心實，花紫白色。根宜二月采，若四月、五月采，便虛惡矣。

[主治] 通關節，利九竅及血脈《日華子》，療一切熱毒風惡風甄權，及濕痹死肌，不可屈伸起止行步，治黃疸，兼女子陰中腫痛《本經》，外治毒風癬瘡，眉髮脫落甄權。

[方書主治] 中風，痹，消癉腳氣，目外障，鼻舌。

時珍曰：白鮮皮氣寒善行，味苦性燥，足太陰、陽明經去濕熱藥也，兼入手太陰、陽明，為諸黃風痹要藥，世醫止施之瘡科，淺矣。

希雍曰：白鮮皮稟天地清燥陰寒之氣，其味苦寒，《別錄》兼鹹無毒，降多於升，陰也，入足太陰、陽明，兼入手太陽，性寒而燥，能除濕熱。得牛膝、石斛、薏苡仁、黃檗、蒼术，療足弱頑痹，去下部濕熱，多加金銀花，佐以漢防己，治下部一切濕瘡。

復曰：羶者肝之臭，當入肝為肝之用藥，從治風氣者也，亦可入脾除濕，脾以肝為用耳。

愚按：白鮮根皮始嘗之味微鹹，後微辛，後即純苦，苦中復有微辛，本草言其氣寒。夫鹹入血，苦寒之性有辛而合之以入血，宜能清散血中之滯熱矣。經曰肝臭臊，在《月令》曰羶，羶與臊同，鮮根之臭絕羶，當是木氣，且肝為藏血之臟，則此味不應入肝乎？中風證牛黃散，內治心臟中風，恍惚恐懼，悶亂不得睡臥，語言錯亂，方中用白鮮皮，見《準繩》。按：鮮皮本入肝，而曰治心臟中風者，肝固風臟，然由母以病子也。況采之唯春，入夏則虛惡，是非專稟木之用乎？盧復所言固勝於時珍、希雍也。故甄權云治一切熱毒風惡風，蓋肝為風木，不獨血虛能生風，即血滯者亦然。血之滯也，不獨寒能泣之，卽熱而氣傷者亦能泣之。此味於是有專功，謂其通關節，利九竅及血脈者不謬也。雖然，肺主諸氣而應乎金，他味之本於風木者多矣，何獨此味羶臭觸人乎？蓋木借金之氣以達，故其臭獨異如是，卽其色白可知矣。盧氏曰：脾以肝爲用，亦可除濕。此語誠然。但脾以肝爲用，而此之藉金氣以達者，肝更藉肺爲用以致於脾，脾因肝之血和，肺之氣達，而濕熱乃散，故治濕痹及黃疸證。如所謂女子陰中腫痛，及筋病不可屈伸起止行步，非肝之病乎？如所謂黃疸並濕痹死肌，又非脾與肺之病乎？雖肝腎屬下，其奏功多在下部，如希雍所云，然肝腎之病未有脾肺之氣不達而能療者也，明者審之。

希雍曰：下部虛寒之人，雖有濕證勿用。

[修治] 水洗，去粗皮。

貫眾 一名鳳尾草，一名貫節，一名貫渠。

時珍曰：此草莖葉如鳳尾，其根一本而眾枝貫之，故草名鳳尾，根名貫眾、貫節、貫渠，渠者魁也。金星草亦同名鳳尾草，第其葉如柳而長，蔓延長二三尺，葉背有黃點如七星，其根盤屈，如竹根而細，折之有筋，固與貫眾迥異也。多生山陰近水處，冬夏不死，數根叢生，一根數莖，莖乾三稜，大如筯，其涎滑，其葉兩兩對生，如雞翎及鳳尾，根直多枝，皮黑肉赤，曲者名草鴟頭。有云其根曲而有尖觜，黑鬚叢簇，亦似狗脊根而大，狀如伏鴟。三月、八月采之。

根

[氣味] 苦，微寒，有毒。

[主治] 腹中邪熱氣，諸毒，殺三蟲，治衄血下血，崩中帶下，產後血氣脹痛，解斑疹毒。

時珍曰：貫眾大治婦人血氣，根汁能制三黃，化五金，伏鍾乳，結砂制汞，且能解毒軟堅。王海藏治夏月痘出不快快斑散用之，云貫眾有毒，而能解腹中邪熱之毒，病因內感而發之於外者多效，非古法之分經也。又王璆《百一選方》云：滁州蔣教授，因食鯉魚玉蟬羹，爲肋肉所鯁，凡藥皆不效。或令以貫衆濃煎汁一盞，分三服，連進，至夜一咯而出。亦可爲末，水服一錢。觀此可知其軟堅之功，不但治血治瘡而已也。

希雍曰：貫衆，味苦而又微寒，止應云有小毒，以其苦寒，故主腹中邪熱氣，諸毒，苦以洩之兼散之義，故其治諸血證，皆洩熱散結之功耳。貫衆一味爲細末，水調一錢匕，治鼻衄有效。疫氣發時，以此藥置水中，令人飲此水，則不傳染。

愚按：貫衆之所治，海藏數語盡之矣。所云非古分經之法，可以知其功之可及并其所不及。蓋分經之法，乃人物陰陽相爲對待而酌治之理，茲味但以解邪熱之毒，故遇毒熱則無不解。觀其飲此水能散疫氣，又荒年以煮黑豆，服豆便可食百草木枝葉，是其能解諸毒，非其所獨稟者歟？

愚按：貫衆解毒，在方書用之不一二數也。第止就其療中風一證，如至聖保命金丹曁活命金丹，二方特小有異同，固皆危證之所急須者也，然皆以貫衆爲首，是以合於《本經》主治在腹中邪熱諸毒者，大爲恰當。蓋真中、類中，俱是邪熱毒氣還以病於心腹，固劇且急也，療斯證莫先解毒，《本經》真作者之謂聖哉。然多生山陰近水處，而冬夏俱不死，且百葉俱貫於一根，豈非稟陰之厚而能撤諸陽之毒以出於外者歟？故多治血病。然以此思其力之所可及，似不外於撤毒，如陰虛陽虛之爲病者，未審此味何當也，用者豈得同於他血藥以漫投哉？

諸般下血，腸風酒痢，血痔鼠痔下血，黑狗脊，黃者不用，須內肉赤色者，即本草貫衆也，去皮毛，剉焙爲末，每服二錢，空心米飲下，或醋糊丸梧子大，每米飲下三四十丸。

女子血崩，貫衆半兩，煎酒飲之，立止。

赤白帶下年深，諸藥不能療者，用貫衆狀如刺蝟者一個，全用不剉，只揉去毛及花萼，以好醋蘸濕，慢火炙令香熟，候冷爲末，米飲空心每服二錢，甚效。

白頭翁

弘景曰：此味近根處有白茸，狀似白頭老翁，故得名。七月采根，陰乾。

頌曰：處處有之。正月生苗，作叢生狀，似白薇而柔細，稍長葉生，莖頭如杏，葉上有細白毛而不滑澤，近根有白茸，根紫色，深如蔓菁，其苗有風則靜，無風而搖，與赤箭、獨活同也。

根

[氣味] 苦，溫，無毒。《別錄》曰：有毒。吳綬曰：苦辛，寒。權曰：甘苦，有小毒，豚實爲之使。《日華子》曰：得酒良，花、子、莖、葉同。

[主治] 鼻衄血，赤毒痢，蠱痢腹痛，極效，又治溫瘧狂易，[10]寒熱，癥瘕積聚，項下瘤瘰癧，百節骨痛，陰疝偏墜，頭禿羶腥，兼止金瘡血出及痛，乃逐瘀解毒之劑也。

頌曰：俗醫合補下藥甚驗，亦衝人。

東垣曰：氣厚味薄，可升可降，陰中陽也。張仲景治熱痢下重，用白頭翁湯主之，蓋腎欲堅，急食苦以堅之，痢則下焦虛，故以純苦之劑堅之。男子陰疝偏墜，小兒頭禿羶腥，鼻衄無此不效，毒痢有此獲功。

吳綬曰：熱毒下利紫血鮮血者宜之。

希雍曰：白頭翁，《本經》味苦溫，無毒，吳綬益以辛寒，詳其所主，似爲得之。東垣謂其氣厚味薄，既能入血主血，應云氣味俱厚，可升可降，陰中陽也，入手足陽明經血分。苦能下泄，辛能解散，寒能除熱涼血。

愚按：張仲景治傳經熱痢在厥陰者，主白頭翁湯。先哲云此味逐血以療癖，秦皮洗肝而散熱，黃連調胃厚腸，黃柏除熱止瀉，是白頭翁爲逐瘀解毒之劑矣，而東垣又謂痢則下虛，故以純苦之味堅之。合而思其所用，蓋熱傳厥陰而痢，其熱之入已深，熱深而真陰失守，有分利如豬苓湯，有清解如白頭翁湯，或攻下如大小承氣湯，蓋視其病證之淺深緩急，期於祛熱救陰而已。然則白頭翁雖用以逐瘀解毒，猶不等於承氣之峻攻，於諸味清解之中，藉此導瘀而行毒，使伏陽無留地，是乃所以救真陰也。然則誤等於破決攻擊，遂於陰氣有傷者，殊失此味之功用矣。卽此一證類推，則可以善用於他證，故特著之。

希雍曰：白頭翁苦寒，滯下胃虛，不思食，及下利完穀不化，泄瀉由於虛寒寒濕而不由於濕毒者，忌之。

紫　　草

時珍曰：種紫草，三月逐壟下子，九月子熟時刈草，春社前後采根，陰乾。其根頭有白毛如茸，未花時采則根色鮮明，花過時采則根色黯惡。

[氣味]　苦，寒，無毒。權曰：甘，平。時珍曰：甘鹹，寒，入手足厥陰經。

[主治]　心腹邪氣，療五疸，利九竅《本經》，治斑疹痘毒，活血涼血，導大腸時珍。

時珍曰：紫草味甘鹹而氣寒，入心包絡及肝經血分，其功長於涼血活血，利大小腸，故痘疹欲出未出，血熱毒盛，大便閉濇者，宜用之，已出而紫黑便閉者，亦可用。若已出而紅活及白陷大便利者，切宜忌之。故楊士瀛《直指方》云：紫草治痘，能導大便，使發出亦輕，得木香、白朮佐之，尤爲有益。又曾世榮《活幼新書》云：紫草性寒，小兒脾氣實者猶可用，脾氣虛者反能作瀉。古方惟用茸，取其初得陽氣，以類觸類，所以用發痘瘡。今人不達此理，一概用之，非矣。

之頤曰：紫，間色，水乘火色也，氣寒味苦，稟水氣澄湛之體，捍格之用，主心腹濁邪熱氣，鬱作五黃，損氣閉竅者，力能捍格而澄湛之。

希雍曰：紫草稟天地陰寒清和之氣，故味苦氣寒而無毒，入足少陰、厥陰，爲涼血之聖藥。五疸者，濕熱在脾胃也，濕熱多在血分，此味涼血除熱而又利竅，故疸自治。[11]其治小兒斑疹痘瘡，更有專功。

同紅花子、生地黃、甘草、貝母、牡丹皮濃煎，加生犀角汁，量兒大小，以四十九匙至半盞爲度，治痘瘡深紅色或紫，或黑陷乾枯，便閉，神效。若在一朝及二朝內，稍有元氣，雖危可生。痘疔痘毒咸治之，惟痘毒須加黃耆、金銀花、鼠黏子。痘瘡夾斑疹者，加硬石膏、麥冬、知母、竹葉，一二劑卽去之。癰疽便閉，紫草、栝樓實等分，新水煎服。火黃身熱，午後却凉，身有赤點或黑點者，不可治，宜烙手足心背心百會下廉，內服紫草湯，紫草、吳藍一兩，木香、黃連一兩，水煎服。

愚按：血本於水而化於火，其行水火之氣所化者脾胃也，故丹皮、紫草、紅花、茜根、蘇木多以赤色應心火，而紫草則獨為間色，多以甘應脾胃，鹹應腎水，而丹皮則獨稟苦辛。夫應火者赤，在紫草盧氏謂為水乘火色，其義較精。蓋相火為水中之火，以上奉君火而攝行君令，故心脈診於左寸，包絡之脈診於右尺也。所以其味甘鹹，應水土之化者，與紅花、茜根、蘇木同，而紫色則應乎包絡而入之也。赤黑相間曰紫，坎離交會之色也。夫甘鹹之味同矣，而其用將無同歟？曰：紫草味固甘鹹，然其氣微寒，繆氏謂稟天地陰寒清和之氣者是，故涼包絡之血而解毒，不似三味之或兼辛溫，止以行血為功也。然則涼血者，與丹皮所入同乎？曰：微有不同。在丹皮由心而及包絡之用，在紫草則由包絡而行心之化，故其色不同也。二者之用何如？曰：丹皮本元陰之根於腎者，散其伏火以上奉；紫草則本相火之奉於心者，解其結熱以下行也。抑亦何以見之？曰：丹皮之苦而寒者，本於先天元陰；紫草之甘而寒者，兼於後天化醇也。蓋膻中為氣海，即為包絡之血會，經固曰人身之父母也，曰諸味不可概同矣，又何以皆能入肝？蓋肝為血臟，在下則由陰而達陽，在上則承陽以馭陰，故凡入血之味無不並入肝也。雖然，紫草尤有與諸味異者，曰利大腸，蓋包絡之血涼而熱散，則胃與肝之血皆和，而大腸自利，豈紫草於大腸另有專功哉？試觀紅花、茜根、蘇木之能活血者，未必能涼血，遂不以利大腸著也。抑何以丹皮不然？緣紫草兼後天化醇，更切於胃與大腸故也。種種區別若是，用者其可不審之確哉？

又按：紅花、茜根、蘇木俱染紅，唯紫草染紫，其義固別。若丹皮則不能染色，以本於先天而後天之化少也。夫肝主色，自入為青，入心為赤，入脾為黃，入肺為白，入腎為黑，故韭之色青，蒲黃色黃，桃仁白，百草霜黑，皆能入血而效其用，皆各有妙理，豈獨赤者？又何疑於丹皮哉？抑鬱金亦苦寒而辛，不與丹皮同乎？何以又能染色也？丹溪曰鬱金屬火與土而有水，即此言，是則得之後天者多，故染有色，所以能用其氣以入血，與丹皮殊也。然鬱金亦解痘毒，時珍亦謂其入心包絡，第考經驗方二味所與同奏效者，在紫草固和以凉血之劑，在鬱金則煮以甘草，並入片腦及生豬血者，又何謂也？試參之。

[修治]　凡資入藥，去根取茸，取其初發陽氣，用發痘瘡也。細剉，白湯泡用。收藏勿令近烟氣，致其色變。

白薇 近道處處有之。

蘇頌曰：莖葉俱青，頗類柳葉，六七月開紅花，八月結實，其根黄白色，類牛膝而短小。今人八月采之。

根

[氣味]　苦鹹，平，無毒。《別錄》曰：大寒。

[諸本草主治]　暴中風，身熱肢滿，忽忽不知人，狂惑邪氣，寒熱酸疼，療温瘧洗洗，發作有時《本經》，及風温灼熱，多眠時珍，療傷中淋露，下水氣，利陰氣《別錄》。

[方書主治]　癥瘕虛煩，小便不禁。

時珍曰：白薇古人多用，按仲景治婦人產中虛煩嘔逆，安中益氣，竹皮丸方，用白薇同桂枝一分，竹皮、石膏三分，甘草七分，棗肉爲大丸，每以飲化一丸服，云有熱者倍白薇，則白薇性寒，乃陽明經藥也。徐之才《藥對》言白薇惡大棗，而此方又以棗肉爲丸，蓋恐諸藥寒凉傷脾胃爾。朱肱《活人書》治風温發汗後身猶灼熱，自汗，身重多眠，鼻息必鼾，語言難出者，萎蕤湯中亦用之。

希雍曰：白薇全稟天地之陰氣以生，《本經》味苦鹹平，《別錄》益之以大寒無毒，可知已。婦人調經種子方中往往用之。不孕緣於血少血熱，其源必起於真陰不足，真陰不足則陽勝而內熱，內熱則榮血日枯，是以不孕也，益陰除熱則血自生旺，故令有孕也。其方以白薇爲君，佐以地黄、白芍藥、當歸、蓯蓉、白膠、黄檗、杜仲、山茱萸、天麥門冬、丹參、蜜丸久服，可使易孕。凡温瘧瘴瘧，久而不解者，必屬陰虛，除瘧邪藥中多加白薇主之，則易瘳。又云：先熱而後寒者名曰温瘧，瘧必因暑而發，陰氣不足則能冬不能夏，至夏而爲暑邪所傷，秋必發爲溫瘧，故知溫瘧之成未有不由陰精不守而得者。若夫陰精内守，則暑不能侵，瘧何自而作耶？凡治似中風證，除熱藥中亦宜加而用之，良。天行熱病得愈，或愈後陰虛内熱及餘熱未除者，隨證隨經應投藥中宜加之。

愚按：白薇於六七月開花，八月結實，而采根用之亦以八月，是則茲味之用，蓋取其由陽歸陰之性味，以療其所對治之證。海藏曰：古方多用治婦人，以本草有治傷中淋露之故也。第此語出於《別錄》，而《別錄》乃謂大寒，與《本經》氣平懸殊，似有未當。蓋治傷中淋露，非純任苦寒之味所能奏功也。試觀治女子宮冷不孕，有白薇丸二方，更勝金丸、秦桂丸中俱用之，且既謂之治宮冷矣，猶然投大寒之味乎？在治法必不爾也。即胎前遺尿方有白薇散，止白薇、白芍二味等分，豈用白芍以收陰，乃同於大寒之味以瀉乎？苦寒本能亡陰，是亦知其不然也。更以產後胃弱不食，脈微多汗，亡血發厥，鬱冒等證，投白薇湯，是蓋因血虛而並傷氣也，用白薇、當歸各六錢，人參半之，又甘草較參半之，然則是證之用白薇，同於當歸諸味以療虛證者，猶得夢夢然謂取其大寒乎？只此一證言之，則所云大寒，在《別錄》亦爲不察矣。是固女子之治也，至於不分男婦，如方書治風虛昏憒，不自覺知，[12]手足癭瘲，或爲寒熱，血虛不能服發汗藥，獨活湯主之，此湯用白薇同於人參、當歸、茯神、遠志、桂心、菖蒲、川芎、甘草，皆以治風虛血虛，而兼以半夏、細辛、羌、獨、防風以除虛風，試思入茲味於中，猶謂取其大寒乎哉？是則《本經》之氣平足據也。或曰：《本經》雖言氣平，然其主治暴中風，身熱肢滿，忽忽不知人，狂惑邪氣，似此屬陽邪爲病，何爲不以大寒對待之，而反取氣之平者乎？曰：此陽邪氣狂正由於陰氣不利也，《別錄》利陰氣一語，正於《本經》之主治可作一註脚，曾謂陰氣不利者，可以大寒之劑冀其得當乎？蓋繹《本經》首言暴中風，則茲味之治風證，舉風淫風虛而皆宜，如《本經》所治之風是其淫者也，如前獨活湯之治是其虛者也。至如婦人產中虛煩亂嘔逆，安中益氣，竹皮大丸主之，中用竹皮、石膏，所以清虛煩者足矣，然甘草爲主，而更丸以棗肉，其安中補虛者，蓋取責於本也。又云有熱者倍白薇，是取其歸陽於陰，以化陽分之邪，正轉關之用在此。時珍乃以大寒爲功，不亦習誤而不知乎？又如風溫治以萎蕤湯，詳其脈證，如脈陰陽俱浮，自汗出，身重多眠，鼻息必鼾，語言難出，此正風虛之證也，宜防己湯，投參、芪、生薑、白术、炙草，以防己爲君，不則彷彿於白薇湯之治以歸陽法也。何李時珍不辨其爲虛，漫曰萎蕤湯中亦用之？殊不知風虛之治，如萎蕤湯亦未可概用耳，蓋總之歸陽於陰。同於羌、獨、防風、石膏輩，治其風之淫，如萎蕤湯是也；同於參、芪、白术、炙草，治其風之虛，如防己湯是也。豈得不審其風之虛實，並其逐隊而投者不一細爲酌量乎哉？蓋窺見此味之歸陽，不襲前說之誤，則於風淫風虛之治皆可以奏功，不然卽此通而彼礙，其能不貽憒憒之誚歟？

[附方]

肺實鼻塞，不知香臭，白薇、貝母、款冬花一兩，百部二兩，爲末，每服一錢，米飲下。

婦人血厥，人平居無疾苦，忽如死人，身不動搖，目閉口噤，或微知人，眩冒，移時方寤，此名血厥，亦名鬱冒，出汗過多，血少，陽氣獨上，氣塞不行，故身如死，氣過血還，陰陽復通，故移時方寤，婦人尤多此證，宜服白薇湯。其方已見前論中，卽此條立論所云，出汗過多，陽氣獨上，氣塞不行，益信予揣摩歸陽之義不妄也。

[修治]　以酒洗用。

胡黃連

恭曰：胡黃連出波斯國，生海畔陸地。頌曰：今南海、秦隴間亦有之。初生似蘆，乾則似楊柳，枯枝心黑外黃，折之塵出如烟者，乃爲真也。內黑，有白點類梅花，外淡黃色。

根

[氣味]　苦，平，無毒。恭曰：大寒。惡菊花、玄參、白鮮皮，解

巴豆毒，忌豬肉，令人漏精。

[諸本草主治] 補肝膽，明目，治骨蒸勞熱三消，五心煩熱，療傷寒溫瘧及冷熱洩痢，治小兒盜汗潮熱，久痢成疳，驚癇寒熱，不下食，婦人胎蒸虛驚，厚腸胃，理腰腎，浸人乳點目，甚良。

[方書主治] 目痛，目外障，目淚，[13]治虛勞，傳尸勞，潮熱積聚，癇證消癉，鼻口舌及蟲之治。

希雍曰：胡黃連，得天地清肅陰寒之氣，故其味至苦，其氣大寒，性則無毒，其所主諸證，以至苦大寒極清之性能清熱，自腸胃以次於骨，一切濕熱、邪熱、陰分伏熱所生諸病，莫不消除。

[附方]

小兒潮熱往來，盜汗，用南番胡黃連、柴胡等分，爲末，煉蜜丸芡子大，每服一丸至五丸，安器中，以酒少許化開，便入水五分，重湯煮二三十沸，和滓服。

小兒疳熱肚脹，潮熱髮焦，不可用大黃、黃芩傷胃之藥，恐生別證，以胡黃連五錢，靈脂一兩，爲末，雄豬膽汁和，丸綠豆大，米飲服，每服一二十丸。

肥熱疳疾，**胡黃連丸**：用胡黃連、黃連各半兩，硃砂二錢半，爲末，入豬膽內，紮定，以杖子釣懸於砂鍋內，漿水煮一炊久，取出研爛，入蘆薈、麝香各一分，飯糊和，丸麻子大，每服五七丸至一二十丸，米飲下。

小兒黃疸，胡黃連、川黃連各一兩，爲末，用黃瓜一個，去瓤留蓋，入藥在內，合定，麪裹煨熟，去麪，搗丸綠豆大，每量大小溫水下。

血痢不止，胡黃連、烏梅肉、竈下土等分，爲末，臘茶清下。

愚按：李氏東璧曰：胡黃連，其性味功用似黃連，故其名乃爾。第觀其治勞，則又未能盡似也。按五勞證中，或發寒熱，或骨蒸作熱，或往來潮熱，[14]或五心常熱，或自汗盜汗，如胡黃連正爲主治之味，是其不盡似者也。第先哲類以療小兒疳疾，雖黃連亦多用之治疳，然不如茲味有專功，是則尤爲可參耳。宋錢乙曰：諸疳皆脾胃之病，內亡津液之所致也。夫疳之所因固不一，然而疳之成也，未有不成於脾胃受病，内亡津液者。經曰：三焦出氣，以温肌肉，充皮膚，爲其津，其流而不行者爲液。又曰：五味入口，藏於腸胃，味有所藏，以養五氣，氣和而生，津液相成。又曰：脾主爲胃行其津液者也。夫津液皆三焦之氣化，三焦者固水穀之道路，氣之所終始也。中焦治在脾胃，以終始上下二焦之氣化，脾胃先病者自及於上下，即上下焦氣化之病胥於中土受之，故疳病不越於脾胃，然未有上下二焦不病而成疳者也。其脾爲胃行其津液，以脾主陰，胃主陽也。彼三焦之氣固陰中之陽，無陰則陽無以化，脾陰困而胃陽乃亢，内亡津液者，亡其脾陰之用也。陰弱陽亢而氣不化，氣不化則血不生，於是風木之臟病矣。夫厥陰風木固與下焦之命門通，至木火相煽，不惟中土愈病，即下焦真陰之元亦莫不病焉。此五心煩熱，骨蒸潮熱，種種諸證之所由起也。故童子之疳，在二十歲以上即爲瘵，先哲言之，俱以金水之氣微，木火之勢熾也。但在童子則專責於土木之交病以爲治耳。此味與黃連有不同者，黃連似專功於火土之相因，此味則似效長於木土之交病。觀先哲首言其補肝膽，而諸方多合豬膽以佐之，其義固可思矣。希雍謂其大寒能清熱，自腸胃以次於骨，蓋爲其能除骨蒸，殊未究於厥陰肝木之爲病也。然蘇恭亦曰大寒，而方書又謂其不等於黃芩、大黃之能傷胃，是豈此味不寒哉？要亦土木交病之證，必此味合治之乃爲的劑，不似黃芩、大黃輩，唯一於清除胃熱，祇以傷陰，不能奏績耳。又有概言疳屬濕熱，輒以白术燥之者，不知此證由於脾陰先虧，愈燥而愈劇，豈得同於脾氣之陷而术能健之，可以生津益液哉？如真氣虛損，或用補脾養陰，如炒白芍、炙甘草之屬，少入參以救真氣，要以胡黃連爲主，斷不可以燥而益燥也。余有所試矣，慎之慎之。

希雍曰：胡黃連氣味苦寒之至，設使陰血太虛，真精耗竭，而胃氣脾陰俱弱者，雖見如上諸證，亦勿輕投。即欲用之，亦須與健脾安胃等藥同用，乃可無弊，慎之。

愚按：胡黃連，本草言苦平，蘇恭乃云大寒，然嘗其味，其苦不及黃連，則大寒之說宜再審之。

仙　茅

　　頻曰：生西域及大庾嶺，蜀川、兩浙亦有之。葉青如茅而軟，畧闊於茅，面有縱紋，似初生椶櫚狀，夏抽勁莖，秋高尺許，至冬盡枯，春初乃生也。三四月開花深黃色，似梔子瓣，不結實。其根獨莖而直，大如小指，下有短細肉蘂相附，外皮稍粗褐，内肉黃白色。二八月采根，曝乾。用衡山出者，花翠碧，五月結黑子，亦有白花似梔子者。

　　[氣味]　辛，溫，有毒。珣曰：甘，微溫，有小毒。又曰：辛平，宣而復補，無大毒，有小熱小毒。

　　[主治]　心腹冷氣，不能食，腰腳風冷，攣痺不能行，丈夫虛勞，老人失溺，無子，益陽道，助筋骨，明耳目，長精神，能通神強記，益皮膚《開寶》，治一切風氣李珣。

　　希雍曰：仙茅稟火金之氣，然必是火勝金微，雖云辛溫，其實辛熱，有毒之藥也，氣味俱厚，可升可降，陰中陽也，入手足厥陰經。命門真陽之火即先天祖氣，天非此火不能生物，人非此火不能有生，故真火一衰，則虛勞無子，陽道痿弱，老人失溺，風冷外侵，為腰腳不利，攣痺不能行，并不能生土，以致脾虛腹冷，不能食。此藥味辛氣熱，正入命門補火之不足，則諸證自除，筋骨自利，皮膚自益也。命門之系上通於心，相火得補，則君火益自振攝，故久服能通神強記也。長精神，明目者，言真陽足，陰翳消，肝腎俱補之極功耳。

　　愚按：諸本草於仙茅主治，大都補陰中之陽，繆希雍所云補命門真陽之火是也。第陽以陰為主，經言出地者陰中之陽，陽予之正，陰為之主，是以陰勝而陽不足者，陽不能為陰之政，豈謂仙茅非適治之味哉？如陰虛而陽亢者，陰又不能為陽之主矣，此味固為禁劑。卽陰陽俱虛，而補陽亦必主以補陰，若漫言陽為陰之先，止恃此以補虛勞也，不亦絕其化原乎哉？此投劑者於仙茅宜致慎也。或曰：桂、附之補陽，何以不切切慎之？在之頤有云，仙茅功齊雄、附，但雄、附起貞下之元，此更深淫業之毒，愼之愼之。如斯數語，是亦微中矣。然閱方書於諸證主治，更復寥寥，其亦有所鑒也乎？李珣《海藥本草》治一切風氣，蓋屬陽微而風之虛者也。

希雍曰：凡味之毒者必辛，氣之毒者必熱。仙茅味辛，氣大熱，其爲毒可知矣。雖能補命門，益陽道，助筋骨，除風痹，然而病因不同，寒熱迥別，施之一悞，禍如反掌，況世之人火旺致病者十居八九，火衰成疾者百無二三，辛溫大熱之藥其可常御乎？凡一概陰虛發熱，咳嗽吐血，衄血齒血，溺血血淋，遺精白濁，夢與鬼交，腎虛腰痛，脚膝無力，虛火上炎，口乾咽痛，失志陽痿，水涸精竭，不能孕育，老人孤陽無陰，遺溺失精，血虛不能養筋，以致偏枯痿痹，胃家邪熱，不能殺穀，胃家虛火，嘈雜易饑，三消五疸，陰虛內熱外寒，陽厥火極似水等證，法並禁用。

[修治]　以竹刀刮切，糯米泔浸，去赤汁出毒後，無妨損。

白　及

頻曰：出北山山谷及宛句、越山、江淮、河、陝、漢、黔諸州。春生苗，長尺許，葉如初生棪苗及藜蘆，兩指許大，色青翠，三四月葉中出條，開紫花，宛如草蘭，即箬蘭也，結黃黑實，根色白似菱，有三角，角頭生茅節，間有毛，質極粘膩，可作糊也。紫石英爲之使，惡理石，畏李核、杏仁，反烏頭。

愚按：根白者，金氣之所聚也；結實黃黑者，金氣之由母而趨子也。觀其似菱，有三角，而角頭即生芽，且質極粘膩，則其氣之所急歸，歸於其子也，都可想見矣。故《本經》首主惡瘡敗疽，傷陰死肌，蓋惡瘡敗疽是陽毒之傷其陰血者也，唯金水子母之氣全可以救療之，如方書咯血之治，其爲的對何疑？但其采之時，方書多有參差，還當以八月及九月爲當，蓋取其歸陰之盛氣，固有其時耳。

根

[氣味]　苦，平，無毒。《別錄》曰：辛，平，微寒。普曰：神農，

苦；黃帝、雷公，辛。《日華子》曰：甘辛。東垣曰：苦辛甘，微寒性澀，陽中之陰也。

[諸本草主治]　止肺血，療肺傷，傅癰腫惡瘡敗疽，傷陰死肌，除白癬疥蟲，結熱不散，止驚邪血邪，並刀箭瘡，湯火瘡，生肌止痛。

[方書主治]　咯血，小便不禁及治面。

頌曰：今醫家治金瘡不瘥及癰疽方多用之。

丹溪曰：凡吐血不止，宜加白及。

時珍曰：白及性澀而收，得秋冬之令，故能入肺止血生肌治瘡也。按《夷堅志》云：台州獄中一巨囚，感獄吏善視之，因言其七次犯死罪遭訊拷，肺皆損傷，至於嘔血。人傳一方，[15]用白及爲末，米飲日服，其效如神。後其囚凌遲，劊者剖其胸，見肺間竅穴數十處皆白及填補，色猶不變也。洪貫之聞其說，赴任洋州，一卒忽苦咯血，甚危，用此救之，一日即止也。《摘玄》云：試血法，吐在水盌內，浮者肺血也，沉者肝血也，半浮半沉者，心血也，各隨所見。以羊肺、羊肝、羊心煮熟，蘸白及末，日日食之。

希雍曰：白及，《本經》苦平，而諸本草多謂其辛，東垣又曰苦平甘，微寒而性澀，爲陽中之陰，收也。辛爲金味，收爲金氣，其爲得季秋之氣而兼金水之性者哉，宜乎入肺理傷有奇效矣。苦能洩熱，辛能散結，癰疽皆由榮氣不從，逆於肉裏所生，散疽傷陰死肌，皆熱壅血瘀所致，能入血分以洩熱散結逐腐，則諸證靡不瘥矣。又曰：白及性澀，破散中有收斂，蓋去腐逐瘀以生新之藥也。得白斂、紅藥子，加腦、麝、乳、沒，治一切癰疽腫毒，止痛散結排膿，有神。一味爲細末，米飲調三錢服，治損肺吐血，有奇效。

愚按：白及，其根白色，采以八月，是固得秋金之令矣。然謂其功能在是，以其性澀而收也。如止以收澀而已，亦何能補肺傷，止肺血，而臻此奇效乎？按《本經》首言其治癰腫惡瘡敗疽，傷陰死肌，而《別錄》又云除白癬疥蟲，結熱不消，即《日華子》亦曰療血邪，或爲其得深秋金令，有合於陽中之少陰，故於肺所患，如傷陰死肌，如結熱不消，統爲病於肺之血邪者，唯此味對待之，即收令中而有洩熱散結之能，還即以奏收令之功者歟。即其先苦後辛，氣復微寒，從下而上以致陰氣於肺者，不可以思其所長不僅在於收澀乎哉？雖然，如撲損刀箭瘡，湯火瘡，俱能生肌止痛者謂何？曰：如斯療治，雖不可以洩熱散結概之，然未有不能和血而化其邪，乃能生肌止痛者也。總之，此味於治肺傷有專功，肺主皮毛，爲天表之陽，陽在上焦，無陰則不能化，豈謂生肌療傷不本於和陰而護陽哉？況其治血證斯一徵矣。

[附案]　一女子，年五旬，素因血虛生熱，血熱化風，有徧體疙瘩證。經年未痊，久之少陽相火幷於陽明而患喉痹，其疾暴，其勢盛，喉中陡似搔癢，作嗽氣上而嗆，徧喉頓有血泡纍纍，上腭一泡大如雞卵，口塞不能合，氣涌上更急，少頃血泡盡破，血射如注，其泡皮盡行脫落，喉皆潰爛，紅腫異常，痛不可忍，且滿口痰涎，如羹如糊。即此證參之，則其爲血泡，爲喉皮潰爛諸證，非熱壅於上而大傷陰氣乎？故治療諸味無非養陰退陽，活血祛風，兼以止痛，緣湯藥難於吞送，爲末，或吹或點，諸證漸退，然喉中皮潰而肌未生，其痛不止，因皮破，致時時作嗽而血隨出，後於吹藥中入白及磨漿，合丸如芡實大，日夜嚙化之，遂一切所患皆愈。是則此味和陰護陽，乃能生肌止痛者，愚雖以義揣之，或亦庶幾不謬也。

希雍曰：癰疽已潰，不宜同苦寒藥服。

[修治]　水洗八九，可磨汁作糊。

附：白斂

根

[氣味]　苦，平，無毒。《別錄》曰：甘，微寒。

[主治]　癰腫疽瘡，散結氣，止痛除熱，目中赤，女子陰中腫痛，殺火毒，刀箭瘡，撲損，生肌止痛。

頌曰：與白及相須而行。

希雍曰：白斂得金氣，故味苦平，平應作辛。《別錄》兼甘，其氣微寒無毒，苦則泄，辛則散，甘則緩，寒則除熱，故主癰腫疽瘡，散結止痛。蓋以癰疽皆由榮氣不從，逆於肉裏所致。女子陰中腫痛，亦由血分有熱之故。火毒傷肌肉，卽血分有熱。目中赤，亦血热为病。散结涼血除热，則上来诸苦蕢不济矣，然總之爲疗腫癰疽家要藥。白斂得白及、紅藥子，加硃砂、雄黄、乳、沒、腦、麝，爲傅癰疽、止痛散毒之要藥。

［附方］

一切癰腫，白斂、赤小豆、莔草，爲末，雞子白調，塗之。

風痹筋急腫痛，屈轉易常處，白斂二分，熟附子一分，爲末，每酒服半刀圭，日二服，以身中熱行爲候，十日便覺。忌豬肉冷水。

【校記】

〔1〕噤，原誤作"禁"，今據《本草述鈎元》卷七改。

〔2〕瘺，原誤作"癖"，今據文義改。

〔3〕噤，原誤作"禁"，今據《本草述鈎元》卷七改。

〔4〕下，原誤作"不"，今據文義改。

〔5〕細，"細"原脫，今據《證類本草》卷八補。

〔6〕蔓，原誤作"萎"，今據萬有書局本、《本草述鈎元》卷七改。

〔7〕風熱，此下原衍"風熱"二字，今據文義删。

〔8〕用，原誤作"月"，今據文義改。

〔9〕張機，爲"汪機"之誤。

〔10〕易，原誤作"狋"，今據《證類本草》卷十一改。

〔11〕治，《本草經疏》卷八作"愈"，義勝。

〔12〕自，原誤作"白"，今據《本草述鈎元》卷七改。

〔13〕淚，此下原衍"目外"二字，今據《本草述鈎元》卷七删。

〔14〕來，原誤作"求"，今據萬有書局本改。

〔15〕人傳，此二字原脫，今據《本草綱目》卷十二補。

《本草述》卷之八上

芳草部上

當　歸

二月、八月采根。時珍曰：今陝、蜀、秦州、汶州諸處，人多栽蒔爲貨。以秦歸頭尾圓多，色紫氣香肥潤者，名馬尾歸，最勝他處；尾大頭粗，色白堅枯者爲鑱頭歸，止宜入發散藥爾。韓悉言：川產者力剛而善攻，秦產者力柔而善補，是矣。仲春生苗，布葉似牡丹葉，嫩綠三瓣，七月開花，似蒔蘿花，嬌紅可目，根黑黃色。

根

[氣味]　苦，溫，無毒。《別錄》曰：辛，大溫。普曰：神農、黃帝、桐君、扁鵲，甘，無毒；岐伯、雷公，辛，無毒；李當之，小溫。東垣曰：甘辛，溫，無毒，氣厚味薄，可升可降，陽中微陰，入手少陰、足太陰、厥陰經血分。好古曰：入手少陰，以心主血也；入足太陰，以脾統血也；入足厥陰，以肝藏血也。嘉謨曰：氣味俱輕，可升可降。

[主治]　養血，如本草溫中，補諸不足，潤腸胃筋骨皮膚，女子漏下絕子，胎產備急，男子血虛及氣血昏亂，服之卽定之類；能和血，如本草止熱痢腹痛，女子瀝血腰痛，并除血刺痛及齒痛，又溫瘧寒熱之類；能活血行血，如本草諸惡瘡瘍，跌仆血凝，並濕痹風證攣踠，與客血內塞，宿血惡血，及瘕癖之類。總爲血病不可少之劑，證治不能概定，唯在引用合宜。

之颐曰：當歸味苦氣溫，臭香色紫，當入心，爲心之使藥，心之血分氣分藥也。祇判入血，便失當歸本來面目矣，何也？血無氣煦則不能運行經隧，灌溉周身，彼此依循，互爲關鍵。經云藏真通於心，心藏血，脈之氣也，當歸助氣之用，益血之體，能使氣血邪氣各歸於所當歸之地，煮汁飲之，宣揚帥氣耳。此段血中有氣。
　　成無己曰：脈者血之府，諸血皆屬心，凡通脈者必先補心益血，故張仲景治手足厥寒，脈細欲絕者，用當歸之苦溫以助心血。
　　陳承曰：世俗多謂惟能治血，而《金匱》《外臺》《千金》諸方皆爲人補不足，決取立效之藥，古方用治婦人產後惡血上衝，取效無急於此，凡氣血昏亂者，服之即定，可以補虛，備產後要藥也。以上二段養血。
　　張元素曰：凡血受病必須用之，血壅而不流則痛，當歸之甘溫能和血，辛溫能散内寒，苦溫能助心散寒，使氣血各有所歸。
　　愚按：經云血氣者喜溫而惡寒，寒則泣不能流，溫則消而去之，況溫而合於甘辛，所以爲補血活血之要藥也。虞搏曰：當歸能逐瘀血，生新血，使血脈通暢，與氣並行，周流不息，因以爲號。以上三段和血行血。
　　王好古曰：頭能破血，身能養血，尾能行血，按好古論頭、身、尾，未確。全用，同人參、黃芪則補氣而生血，同牽牛、大黃則行氣而破血，從桂、附、茱萸則熱，從大黃、芒消則寒。佐使分定，用者當知。以下四段隨引用以歸血。韓𢘅曰：當歸主血分之病，血虛以人參、石脂爲佐，血熱以生地黃、條芩爲佐，不絕生化之源，血積配以大黃。要之，血藥不容舍當歸，故古方四物湯以爲君，芍藥爲臣，地黃爲佐，芎藭爲使也。
　　《門》曰：當歸全用，引以川芎、細辛之類，則治血虛頭痛，眼痛齒痛；合諸血藥，入薏苡、牛膝，則下行而治血不榮筋，腰痛足痿；合諸血藥，入人參、川烏、烏藥、薏苡，則能榮表，以治一身筋寒濕毒。在參、芪，則補氣血虛勞而止汗長肌；在芍、术、地黃，則養血滋陰而補腎；合芍藥、木香，則能和肝而止痛治痢；合鱉甲、柴胡，則定寒熱而除溫瘧；合陳皮、半夏，則能止嘔；合遠志、酸棗，則能養心定悸；在桂、附，則熱而溫中散冷；在硝、黃，則寒而通腸潤燥；在莪、稜、牽牛，則破惡血而消癥痞。是皆隨所引藥爲用，蓋味辛甘而氣疏暢無定故也。希雍曰：當歸稟土之甘味，天之溫氣，《別錄》兼辛，甘以緩之，辛以散之潤之，溫以通之暢之，入手少陰、足厥陰，亦入足太陰，活血補血之要藥。同川芎、芍藥、地黃，名四物湯，主婦人血分百病；加炒黑乾薑、炒黑豆、澤蘭、牛漆、益母草、蒲黃，治婦人產後百病；同桂枝、术、菊花、牛膝，主痹；同牛膝、鱉甲、橘皮、生薑，治瘧在陰分久不止；同棗仁、遠志、人參、茯神，治心血虛不得眠；同黃芪、生熟地、黃芩、黃連、黃檗，治盜汗；同荊芥、白芷、芎藭、地黃，治破傷風；同續斷、牛膝、杜仲、地黃、鹿角屑、桂，治一切折傷跋跌挫閃作疼；同川芎、人參，治難產及倒生；同益母草、紅花、蒲黃、牛膝，治產後血上薄心；同白膠、地黃、芍藥、續斷、杜仲，治婦人血閉無子；同地榆、金銀花、滑石、紅麴，治滯下純血，裏急後重。

愚按：當歸之味甘，次苦，次辛，又復有甘，辛者烈，而甘者終始相成也。夫甘爲土味，乃氣血生化之地，而甘歸於苦，苦火味屬心，歸於血之所主也，苦而有辛，金味屬肺，因肺貫心脈以行呼吸，爲血之所始也。抑心爲血主者云何？經曰心主脈，又曰脈者血之府也，謂主血不屬心乎？經曰血者神氣也，以其原於水而成於火心，離中有坎，坎從離化，離藉坎用，故曰神氣屬血也。雖然，腎脈原至於肺，由肺而乃入心，是金合於火以孕水也，火因金而和於水則氣化，金孕水而親於火則血生，此辛繼於苦後，而其味爲烈也。當歸，血藥也，人身氣原於腎，而血乃原於心，是陽中生陰。秦中當歸稟金氣獨厚，全得陽中生陰之化原，海藏血中氣藥一語破的矣，故合於熟地則能補髓。經曰：氣之大別，清者上注於肺，濁者下走於胃。又曰：手太陰受陰之清，其清者上走空竅，濁者下行諸經。蓋手太陰肺乃經脈之所始也。至其終始皆甘者，更宜參矣。始便得甘者，卽經所謂人受氣於穀，穀入於胃，以傳於肺是也。其終仍有甘者，卽所謂中焦并胃中，出上焦之後，此所受氣者必糟粕，蒸津液，化其精微，上注於肺脈，乃化而爲血是也。合而繹之，是肺合於心而後氣化，爲血脈之所由始，肺合於脾而後血化，爲經脈之所由通。先哲謂爲血中氣藥，可謂能悉其微，豈泛然血潤氣呴之說哉？茲味稟於西土，金氣全具，此生化微機合先天後天之氣以爲爐冶，故血所不足處即有血之生氣以裕之潤之，血所乖阻處又即有血之化氣以和之行之，生則能化，化則能生，故養血而又和血行血，隨所引而莫不歸也，職此之故耳。如酒蒸，治頭疼等證，是宜於上也；酒煎，治小便出血等證，是宜於下也；酒調末，和心腹之刺痛，是宜於中也。如主熱痢刮疼，是治在腸胃也；如主中風攣踠，是治在經絡也；如治筋骨疼痛，是治在筋骨也；如療風癬在皮膚中，是治在皮膚也。唯所主而使之咸有所歸，無不得當矣。先哲製四物湯，有因乎時以加倍者，曰倍當歸以迎春氣，倍川芎以迎夏氣，倍芍藥以迎秋，倍地黃以迎冬，用當歸以生一陽，用芍藥以生一陰。即是繹之，當歸之甘苦辛而溫，可喻春生和氣，豈非血中履端之始乎？宜四物湯用之爲君也。第茲味以下溫而能歸血矣，乃有從大黃、芒消以爲寒用者何居？養血固原於水而成於火，其所謂心氣固陰陽合和而化之真氣，非偏於陽者也，偏於陽則血亦不得所歸矣，故有血虛而陽熾之病，當識此義，然後可以盡當歸之長。

[附方]

凡傷胎去血，產後去血，崩中去血，金瘡去血，拔牙去血，一切去血過多，心煩眩暈，悶絕不省人事，當歸二兩，芎藭一兩，每用五錢，水七分、酒三分煎七分，熱服，日再。

內虛目暗，補氣養血，用當歸生曬，六兩，附子火炮，一兩，爲末，煉蜜丸梧子大，每服三十丸，溫酒下，名六一丸。

大便不通，當歸、白芷等分，爲末，每服二錢，米湯下。

室女經閉，當歸尾、沒藥各一錢，爲末，紅花浸酒，面北飲之，一日一服。

墮胎下血不止，當歸焙，一兩，葱白一握，每服五錢，酒一盞半煎八分，溫服。

產難胎死，橫生倒生，用當歸三兩，芎藭一兩，爲末，先以大黑豆炒焦，入流水一盞、童便一盞，煎至一盞，分爲二服，未效再服。

產後中風，不省人事，口吐涎沫，手足瘛瘲，當歸、荆芥穗等分，爲末，每服三錢，水一盞、酒少許、童子小便少許煎七分，灌之，下咽即有生意。

潔古曰：當歸頭止血，尾破血，身和血，若全用，一破一止，亦和血也。使頭是一節硬實處，使尾是尖細處。

《類明》曰：凡藥，根升而梢降者，根在上梢在下故也。血下脫者，其根能引之上行而止息也；血凝澀者，其梢能引之下行而破散也；身在中，有和之義。

時珍曰：大凡根荄，身半已上氣脈上行，法乎天，身半已下氣脈下行，法乎地，而人身法象天地，則治上當用頭，治中當用身，治下當用尾，通治當全用，此一定之理。

嘉謨曰：匪獨當歸爲然，他如黃芩、防風、桔梗、柴胡亦皆然也。希雍曰：當歸辛溫行走之性，故致滑腸。又其氣與胃氣不相宜，故腸胃薄弱，洩瀉溏薄，及一切脾胃病，惡食，不思食及食不消，並忌之，卽產後胎前亦須慎之。先哲曰血熱者不宜用，愚謂可同酒製黃連用，以治心血虛熱。

[修治]　擇肥潤不枯燥者，用上行酒浸一宿。治表酒洗片時，血病酒蒸，有痰以薑製，導血歸源之理。若入吐衄崩下藥中，須醋炒過，少少用之，多則反能動血。

芎藭_{白芷爲之使，畏黃連。}

覈曰：清明後宿根生苗，分其枝橫埋之，則節節生根，八月根下始結芎藭。種蒔者根形塊大實而多脂，山生者細瘦辛苦。五月采苗，十月采根，非時則虛惡，不堪入藥矣。宗奭謂取味之甘辛者，於芎藭之用方合。

根

[氣味]　辛，溫，無毒。普曰：神農、黃帝、岐伯、雷公，辛，無毒；扁鵲，酸，無毒；李當之，生溫，熟寒。潔古曰：性溫，味辛苦，氣厚味薄，浮而升，陽也，少陽本經引經藥，入手足厥陰氣分。

[諸本草主治]　中風入腦，頭痛，面上遊風，脅風痛，療諸寒冷

氣，心腹堅痛，寒痹筋攣緩急，治血虛頭痛，破癥結宿血，養新血，搜肝氣，補肝血，潤肝燥，補風虛，開鬱氣，行滯氣，燥濕，止洩痢，蜜丸，治風痰並一切癰疽諸瘡腫痛，長肉排膿，更治婦人血氣諸病。

[方書主治]　目疾頭痛，中風眩暈，脚氣，脇痛腰痛，虛勞，破傷風，積聚，痙，頸項強痛行痹自汗，消癉，疝，痰飲水腫，著痹癥瘕，鬱，往來寒熱，瘧，脹滿鼻衂，洩血下血，攣，譫妄，悸，滯下脫肛，咳嗽，諸見血證，痹顫振癇，盜汗，淋，中寒傷濕，傷勞倦，厥喘嘔吐，耳衂吐血，畜血心痛，胃脘痛，腹痛，痛痹，鶴膝風，虛煩，循衣撮空，驚恐健忘，不得臥，不能食，瘖，黃疸泄瀉，大便不通，耳鼻齒唇舌面咽喉髭髮。

潔古曰：川芎上行頭目，下行血海，故清神及四物湯皆用之，能散肝經之風，治少陽、厥陰經頭痛及血虛頭痛之聖藥也。其用有四：為手少陽引經，一也；諸經頭痛，二也；助清陽之氣，三也；去濕氣在頭，四也。

東垣曰：頭痛必用川芎，如不愈，加各引經藥，太陽羌活，陽明白芷，少陽柴胡，太陰蒼术，厥陰吳茱萸，少陰細辛是也。

又曰：頭痛甚者加蔓荊子，頂與腦痛加川芎，頭頂痛者加藁本，諸經頭痛者加細辛。若有熱者不能治，別有清空之劑。此二條專治風寒之頭痛也。

丹溪曰：川芎味辛，但能升散而不能下守，血貴寧靜而不貴燥動，四物湯用之以暢血中之氣，使血自生，非謂其能養血也。卽癰疽諸瘡腫痛藥中多用之者，以其入心而能散火邪耳。又開鬱行氣，止脇痛，心腹堅痛，諸寒冷氣，疝氣，亦以川芎辛溫，兼入手足厥陰氣分，助行氣血而邪自散也。

又曰：鬱在中焦，須撫芎開提其氣以升之，氣升則鬱自降，故撫芎總解諸鬱，直達三焦，爲通陰陽氣血之使。

時珍曰：芎藭，血中氣藥也。肝苦急，以辛補之，故血虛者宜之。辛以散之，故氣鬱者宜之。《左傳》言麥麴、山鞠窮禦濕，治河魚腹疾。

鞠，音菊，又音芎，鞠䓖字相連，即芎藭。予治濕瀉，每加二味，其應如響也。血痢已通，而痛不止者，乃陰虧氣鬱，藥中加芎爲佐，氣行血調，其病立止。此皆醫學妙旨，圓機之士始可語之。

希雍曰：芎藭稟天之溫氣，地之辛味，辛甘發散爲陽，是則氣味俱陽而無毒，陽主上升，辛溫主散，入足厥陰經，血中氣藥。扁鵲言酸，以其入肝也。同地黃、當歸、芍藥爲四物湯，通主入血分補益；同荊芥、白芷、當歸、地黃、芍藥、朮、甘草，治破傷風，冬月加桂枝；同當歸、地黃、乾漆、延胡索、五靈脂、芍藥、牡蠣粉、京三稜，治血瘕；同白芷、茜根、黃芪、金銀花、生地黃，能排膿，消瘀血；同甘菊花、當歸、地黃、天門冬、白芍藥、炙甘草，專主血虛頭痛，火盛者加童便服；同當歸尾、桂心、牛膝，治子死腹中；同續斷、懷熟地、白膠、杜仲、山茱萸、五味子、人參、黃芪、酸棗仁，治血崩久不止。

愚按：芎藭之生苗也於三月，則其賦春氣已深，故其氣溫；至八月始於根下結芎藭，而以九十月采之，後其時則虛惡，是又得金氣之全者也，故其味由甘而辛，然甘大不敵辛也。夫氣稟於溫以生，而味結於根下者，又辛甘之陽，此所謂氣厚味薄，爲浮升之陽也。更如取其枝橫埋土中，則節節作根生苗，是非稟春深上升之氣，隨節而必透其陽，即隨陽所透而必本於陰乎？至仲秋根下乃結芎藭，此從陰透陽者，結於金氣司令之時，以合於人身天氣之肺而至於極上，故茲物謂之能暢真氣，亦即謂之過用能散真氣也。徧閱方書主治，大抵芎藭之用能達陽於陰中，即能貫陰於陽中。只此二語，可以盡其用之微義，是則芎藭所主治者始終在血分也。如其能達陽於陰中，不爲就血而完氣之用乎？其節能貫陰於陽中，不爲就氣而更完血之用乎？然其始終在血分者，即已裕其血中之氣，在人身何臟司其職，是唯肝司之，能由血而暢氣，即由氣而和血，故經曰一陰爲獨使，是茲味之治首屬肝也，此海藏專以益肝爲言，而曰搜肝風，補肝血，潤肝燥也。却又言補風虛者云何？蓋肝屬血臟，原屬風臟也。抑《本經》首言風，更言寒，而《別錄》首云冷，又復云風，舉二氣胥治之義謂何？曰：即海藏補風虛一語足以盡之，味先哲所謂腎肝同治，當於此義了然矣。以故《日華子》、王海藏更不及寒者，蓋謂能達陰中之陽，則風化斯行而寒自散也。如治血虛頭痛，潔古謂之爲聖藥者云何？曰：地氣之升天者，是謂清陽能升，而天氣之還於地者，是謂濁陰能降，此固氣化血生之原也。如此味之上至巔頂，下至血海者，不唯握升降清濁之樞以爲化原，實能由風臟血臟之化機以爲生育，故治血虛之頭痛，此爲聖藥耳。不唯是也，並《日華子》所謂調衆脈，破癥結宿血，養新血，卻吐衄溺血，皆可推風虛之義以治之，惟風淫者不任受也。第潔古又云並入手厥陰氣分者，蓋肝之上行而媾於肺，肺卽媾於肝而下行，其下行者，乃合於足厥陰同氣之心包絡以生血焉，總以全肝之用也。潔古更云少陽本經引經藥者，蓋能由陰而達陽，乃得陽倡而陰從，故曰引經，卽所謂能暢血中之氣，云補風虛者也。明於陰中之陽不化，則可以悟諸血證之治悉本風虛，明於風虛之義，則可以悟肝風并肝血虛又肝氣燥之故矣。蓋人身之氣血能由此而升者，卽由此而降，固東垣所謂履端於始，序乃不忒，此《日華子》所謂治一切風，一切血，一切氣，一切勞損，其理固不易也。雖然，茲味之所宜投者，乃陽陷於陰中及陽不能暢陰之證，如下之陰虛不能守而陽僭於上，及上之陽盛而陰不爲之主者，妄投之適以滋害耳，寧止於久服乃散眞氣，如李東璧氏之所致愼云乎哉？大抵用芎藭，欲其暢陰，不可用之虛陰。暢陰虛陰之異，粗工多不致察。試取先哲所製四物湯參之，湯中一用白芍以守陰，一用芎藭以達陽，其妙有調劑若此矣，豈可漫投乎哉？

愚按：方書芎藭之治，在目爲最，卽頭痛之治猶次之，蓋以肝開竅於目，而人身六氣之首唯風司之。肝固風臟也，又卽血臟也，肝之開竅於目者，本此風升之元氣以達陰中之陽上行，此《內經》所謂通天者生之本也，是卽俾陽中之陰皆暢，而血和於氣以化，是所謂目得血而能視者也，此數語於補風虛之義更暢。更合於下行而益明。試取一消癉之腎瀝散以治腎氣虛損者，用磁石爲君，然卻以芎藭及麥冬爲臣，而他益陰氣滋陰血之味，雖不一而足，第止爲佐耳，則可知元氣爲陰中之陽，而芎藭之與麥冬同爲臣者，固就陰中透陽之義也。是則在下行者，必裕陰而乃透其陽以上行，在上行者，就暢陽而還化其陰以下行，不可識玆味之於血中氣并氣中血胥有妙用乎哉？惟神而明之以爲用而已矣。

[附方]

風熱頭痛，川芎藭一錢，茶葉二錢，水一鍾煎五分，食前熱服。

風熱上衝，頭目眩暈，或胸中不利，川芎、槐子各一兩，爲末，每服三錢，用茶清調下。胸中不利，以水煎服。

首風旋暈，及偏正頭疼，多汗惡風，胸膈痰飲，川芎藭一斤，天麻四兩，爲末，煉蜜丸如彈子大，每嚼一丸，茶清下。

崩中下血，晝夜不止，《千金方》用芎藭一兩，清酒一大盞煎取五分，徐徐進之。《聖惠方》加生地黃汁二合。

希雍曰：芎藭性陽味辛，凡病上盛下虛，虛火炎上，嘔吐咳嗽，自汗易汗盜汗，咽乾口燥，發熱作渴，煩躁，法並忌之。

虞摶曰：骨蒸多汗及氣弱之人，不可久服，其性辛散，令真氣走洩，而陰愈虛也。

[修治]　無。

嵩曰：蜀產者名川芎，形圓實，色白不油，狀如雀腦者上也，嚼之甘辛，治血虛胎產病俱優，焦枯者不用；西芎產關中，色微青，專療偏頭痛，產後血虛與氣虛者俱不可服；台芎產浙江台州，止散風去濕；撫芎產江西撫州，小而中虛，惟開鬱散氣寬胸。皆非血虛所宜用也，用者宜審之。《精義》曰：川芎形塊堅重，結實黃色不油者良。實大堅重，內外俱白，剉之成片者，西芎也，不入藥。撫芎走經絡之痛。

愚按：芎藭取蜀產，爲得西方金氣，同於八月根下乃結也，他產便不合金氣之用矣。至云取黃色不油，不取白色者，此說爲是。

藁本 五月開白花，七八月結子，根紫色。

[氣味]　辛，溫，無毒。《別錄》曰：微寒。權曰：微溫。潔古曰：氣溫，味苦大辛，無毒，氣厚味薄，升也，陽也，足太陽本經藥。東垣

曰：通行手足太陽經，氣力雄壯。

[主治]　太陽頭痛，巔頂痛，大寒犯腦，痛連齒頰，除風頭痛，頭面身體皮膚風濕，治婦人疝瘕，陰中寒腫，能化小便，通血，治癰疽，排膿內塞。

好古曰：治督脈爲病，脊強而厥。

潔古曰：藁本乃太陽經風藥，寒氣鬱於本經頭痛必用之藥，巔頂痛非此不能除。與木香同用，治霧露之清邪中於上焦；與白芷同作面脂，既治風，又治濕，亦各從其類也。

東垣曰：治風通用。邵氏《聞見錄》云：夏英公病泄，太醫以虛治，不效。霍翁曰：風客於胃也。飲以藁本湯而止。蓋藁本能去風濕故耳。藁本湯卽藁本、蒼朮二味，方見後。

之頤曰：與白芷功用相符，宣發藏陰，精明形色，潔齊生物者也。如一陽之上氣濁及血濁而致風頭痛，一陰之下血濁及氣濁而致疝瘕，陰中寒腫痛，腹中急者，咸可齊之以潔也。

希雍曰：藁本感天之陽氣，兼得地之辛味，故味辛氣溫，《別錄》兼苦，從火化也，無毒，入足太陽經。溫能通，苦能洩，大辛則善散，氣厚則上升，陽也。

愚按：藁本，據潔古云爲足太陽本經藥，東垣云通行手足太陽經。以此二說揆於所用，在東垣爲是，然就通行中而主治有別。夫手足少陰之藏各有太陽爲府，所以達水火之氣也，雖曰水中有火，火中有水，然水火之主固已攸分，此羌活、藁本之所入通行而各有專用者也。藁本就其治巔頂痛者而言之，手太陽固居上，而巔頂爲督所主，足太陽特夾督而行，在手太陽則會諸陽於督，且本經秉風穴爲手三陽、足少陽之會，是諸陽之在天者，而手太陽本君火之主，亦司氣化之權，故此味之入手太陽者，能奏功於巔頂之督。是治在火中之元氣，豈得與治在水中元氣如羌活者論哉？雖然，羌活是於水中達陽，藁本乃於火中化陰。所謂陽者，水中之火也，所謂陰者，火中之水也，皆治寒濕爲病，但羌活本於水氣以達之，而此味則本於火氣以化之，繆仲淳氏致慎於溫熱諸證者是也。本火氣以化陰，故《本經》首主婦人疝瘕，陰中寒腫痛，腹中急，甄權又謂其能化小便，通血也，皆主寒濕以爲血所生病。若火熱傷氣以泣乎血者，則未可投也。《本經》謂其除風頭痛，即他本草亦多言其治風，此皆治陽虛而風邪乘之，或陽虛而化風，所謂風虛之病，蓋能於陽中而宣其氣化，故治陽虛之風邪。若陰虛而風實者，未可投也。先哲又言其治風，亦治濕者，亦本陽虛，蓋陽虛化風者，氣之浮而不守也，陰不得陽則不能化，因亦化濕，所謂衛氣虛致營氣不化者是。何以知陽虛之風？即好古所云治督脈爲病脊强而厥者知之。然須知非能補陽也，能使陽之虛者不致其抑鬱而不達以爲風也。大抵陽虛則陰實，非陰之正氣實，乃陽中不化之濁氣歸於陰也，故未著於有形則化風，著於有形則如女子疝瘕等證，最宜熟審斯義。至如由熱化濕者，則亦未可投也。總主寒濕以爲氣化諸病，故與羌活同爲太陽藥也。而即其所本以用之，更有難與羌活例視者如此。第就寒鬱於本經而頭痛者，此味固不可少，但亦有別處。如寒自上受之而鬱於此經者，則宜散以此味之辛溫。若寒自下受之，鬱久而化熱，鬱熱上行歸於此經，以致巔頂痛者，則不可恃此，宜以辛凉清氣分之火爲主，佐以風藥，入茲味爲引經，並藉溫散以責其本，是爲不可無耳。若不因風寒，而上焦心肺胃諸熱歸於手太陽氣化之府以爲頭痛者，其可混投乎哉？大抵頭痛屬陽虛而易受風邪者，一受風邪則陽氣益鬱而化熱，因陽氣之鬱而遂病於營氣不得流暢，甚者血分亦因以伏熱有鬱邪，補陽不可矣，欲清熱，因病於陽之虛也，其熱愈清而愈鬱，即陰血愈不暢，不得已以升舉膽胃爲疏風之主，而入風劑一味於中，少用清劑，或血分伏熱欲導之，亦宜酌投，但要領在加藁本，則一舉而三善備。三善云何？一陽虛者，似補而非補也；一陽之鬱者，即陰之滯者，清之皆可達也；一熱可清，則風之鬱者即可散也，更入川芎以濟之，則奏功益速矣。方見後：柴胡梢三分半，乾葛三分半，薑連分半，酒炒黑，梔子二分半，酒丹皮三分，防風三分，藁本三分半，陳皮去白三分半，半夏三分，甘草分半，赤茯苓三分半，川芎二分，酒炒，當歸分半，山查二分半，燈心爲引，十四枝。

又按：羌活、藁本，就其氣味以爲區別：羌活先苦後辛，且苦多而辛少，是苦多而先者先至地，辛少者次合氣之溫以升，是其用本在足也；藁本先辛後苦，且辛多而苦不敵，是辛多而先者先至天，苦少者更合於氣之溫而不爲即降，是其用本在手，所以能治最上之病，又如大寒之犯腦者是也。若然，則其用豈專在上歟？何以《本經》主女子疝瘕陰中寒腫諸證也？曰：經云陽者上行極而下，若上焦之陽氣得化，則自導陰而下矣，況藁本先極其辛，辛極而徐散，乃見苦味，苦味亦重，是則自上達下之證也。一調養老人方多滋陰藥，乃多用此味，則其義可參也。生乾地黃、熟乾地黃各五兩，川椒十兩，牛膝五兩，大黑豆一升，乾山藥五兩，雌雄何首烏各十兩，肉蓯蓉五兩，枸杞五兩，藁本十兩，製法見《安老利冊》。

又按： 藁本爲太陽經之劑，何以入胃去風？蓋心肺胃統主上焦元氣，東垣曰心與小腸乃脾胃之根蔕，故此味入手太陽，即用以治胃風耳，非其更入陽明經也。

[附案] 一婦季冬受寒甚，至仲春而巔頂並左後腦痛，是原病於足太陽寒水，寒久化熱，鬱熱上行以病於手太陽，因風升之化不達，而病亦在足厥陰也。經謂過在巨陽厥陰者誠然。診者云手太陽熱甚於風，足厥陰熱勝於濕是也，更謂脾肺亦有鬱熱，心有微熱，余止治手太陽而微兼肺，以上焦合而營諸陽歸於手太陽之氣化，在肺主氣者也，並治足厥陰，以風升之化達，而手太陽之氣化乃暢，更微利小腸，以通血脈而和其氣，並心經之熱亦去，[1]故不必多治他經也。其方見後：酒片芩二分半，酒枯芩分半，蔓荊子二分半，防風分半，黃連二分半，柴胡三分，藁本三分，升麻二分，川芎二分，酒黃柏三分，當歸身三分，木通四分，牛膝三分，水煎，一劑愈。按此亦治病於巔頂者之一，因見寒者溫治之未盡耳。

[附方]

大實心痛，已用利藥，用此徹其毒，大實可用藁本者，以先用利藥故也。藁本半兩，蒼术一兩，作二服，水二鍾煎一鍾，溫服。卽此方味之，則手太陽達心火之氣化，上會於督，下合於胃者，不止謂其驅風，其義固可參矣。

希雍曰：溫病頭疼，發熱口渴或骨疼，及傷寒發於春夏，陽證頭疼，產後血虛，火炎頭痛，皆不宜服。

[修治] 去蘆，水洗；切。

白　芷

春生苗，花白微黃，入伏後結子，立秋後苗枯，以處暑日采之。

根

[氣味] 辛，溫，無毒。潔古曰：氣溫，味苦大辛，氣味俱輕，陽也，手陽明引經本藥。同升麻則通行手足陽明經，亦入手太陰經。

[主治] 中風寒熱，正陽明頭痛，肺經風熱，解利手陽明頭痛及眉稜骨痛，頸項強痛，風邪，久渴嘔吐，兩脇痛及頭風眩暈，療破傷風及大腸風秘，以上內外風邪之治，以下和氣活血不一之治。水腫積聚，腰痛，行痹痛痹著痹，心腹血刺痛，治女子血風眩暈，漏下赤白，血閉陰腫，寒熱瀝血，腰痛，補胎漏滑落，破宿血，補新血，治諸瘍，外散乳癰背疽，內托腸風痔瘻，[2]排膿消毒，長肉生肌，治目病最多，鼻病齒耳病亦不少。總之純陽，故上升以療諸病，或治風，或和氣，或活血，不一。

東垣曰：白芷療風通用，其氣芳香，能通九竅，表汗不可缺也。

劉守真曰：[3]治正陽明頭痛，熱厥頭痛，加而用之。

好古曰：同辛夷、細辛用治鼻病，入內托散用長肌肉，則入陽明可知矣。

時珍曰：白芷色白味辛，行手陽明庚金，性溫氣厚，行足陽明戊土，芳香上達，入手太陰肺經。肺者庚之弟，戊之子也，故所主之病不離三經，如頭目眉齒諸病，三經之風熱也，如漏帶癰疽諸病，三經之濕熱也。風熱者辛以散之，濕熱者溫以除之，為陽明主藥，故又能治血病胎病而排膿生肌止痛。又云：用香白芷一味，洗曬為末，煉蜜丸彈子大，每嚼一丸，以茶清或荊芥湯化下其藥，治頭風眩暈，女人胎前產後傷風頭痛，血風頭痛，皆效。戴原禮《要訣》亦云：頭痛挾熱，項生磊塊者，服之甚宜。白芷一味為丸，名都梁丸，蓋因王定國病頭風痛，乃至都梁求名醫楊介治之，投此丸三服而愈也，故得此名。

之頤曰：《楚辭》以芳草比君子，而言茝_{音芷}為多，茝，白芷也。

王逸曰：行清潔者佩芳，白芷之屬是也。具春生發陳之氣，潔齊生物者也，合從青陽高明之上，一陰隱僻之下，對待污濁者，齊之以潔。如女子漏下赤白，血閉，陰腫寒熱，此一陰之下血濁及氣濁也；如頭風侵目淚出，此青陽之上氣濁及血濁也。長肌膚即潔肌膚，濁以氣潔，則氣精於肌也；澤顏色即潔顏色，濁以血潔，則血華於色也。按盧之頤所說殊有精義，若時珍所云風熱濕熱等語活套，祇增厭耳。

希雍曰：白芷得地之金氣，兼感天之陽氣，故味辛氣溫無毒，其氣香烈，亦芳草也。入手足陽明、足太陰，走氣分，亦走血分，升多於降，陽也。同芍藥、黃芪、當歸、地黃、續斷、杜仲、益母草、香附、白膠，主漏下赤白，加牛膝主血閉，陰腫寒熱；同甘菊、細辛、藁本、決明子、蒺藜子、荊芥穗、辛夷，治頭風侵目淚出；同黃芪、甘草、茜草、皂角刺、金銀花、夏枯草、地黃、赤芍藥，排膿止痛，消癰腫；同升麻、柴胡、乾葛、羌活，治濕泄；同羌活、獨活、防風、荊芥、蒺藜、胡麻仁、甘菊花、何首烏，治風邪；同貝母、漏蘆、連翹、金銀花、夏枯草、蒲公英、紫花地丁、橘皮，消乳癰結核；同白芍，治痘瘡作癢及皮膚搔癢。

愚按：白芷之療病，方書謂其功在辛溫，又或謂辛溫而芳香。不知諸味之辛溫者多，即諸香味亦未嘗不辛溫也，其治效何以別乎？又謂其氣味俱薄，辛溫兼以輕升，故走肌而達頭面，是則女子崩漏赤白諸證并癰腫瘰癧之治，何所關切乎？皇甫嵩曰：白芷為陽明經解利之要藥。此一語似之，然亦未能大中肯綮也。夫手足太陰，而即有兩陽明為之府，經曰陽明者兩陽合明也，又曰兩陽合明故曰明，白芷本是芳草，且具春生發陳之氣，應於夏氣而蕃秀，其結子於伏後，是告成於陽將生陰之時，正合於兩陽合明，而一切陰蝕之氣不能干也。經固曰所謂陽者胃脘之陽也，此味合於正陽明而入其經矣，陽明固氣血之海，有何風寒之邪不散於氣分，并血分之陰結以為污濁者不能解利乎？或曰：此味固氣分之藥，何以並入血分乎？曰：此兩陽明原從兩太陰而透者，是兩陽合明，即其陰之畢暢者無等待也，如白芷稟夏氣而氣味芳潔，亦應合於兩陽明之體用以爲功，故其氣之潔以齊者，卽陽中之邪爲風亦盡袪之，況於陰中之濁不先致其潔以齊乎？觀其以當歸爲使，則可見矣。第治風治血，要亦同其所宜者乃能奏功，卽諸方可取證也。或曰：其氣味如是，似頭痛挾熱，戴原禮謂能治者不盡然歟？曰：天地之氣至夏而陽盛陰衰，在氣化至此應爾，非偏至之戾氣也，況此味純辛而苦甚少，可與味之從火化者同論乎？但稟乎純陽之氣，在病因於火熱者，難以概用獨用耳。如治頭痛之石膏散，川芎、石膏、白芷等分，由此類推，則可以善用於熱者矣。抑解利之藥未必能補，如治女子漏下及胎漏滑落者謂何？蓋秉陽明之正氣以爲解利，與破氣通血者不同，故卽此以爲補養，但亦不可與補益之味角長也，唯因病而投，或主或助，適其所宜可耳。

又按：潔古謂白芷爲手陽明本藥，又通行兩陽明經，亦入手太陰經，其說是也。蓋人身之氣屬陽，胃有穀氣以充之，卽有肺主之，更卽有大腸以收之，故此種純陽逢陰氣而告成功，至立秋則枯，應收氣也，則此味致陽明之氣有始有卒，安得不通三經以明其用乎？愚閱方書，如行痹、痛痹、著痹，無不用之，病於下焦腰膝者，亦逐於羣隊中，是豈非胃氣之能致於三陰三陽，而肺爲主以達天氣，卽歸於大腸之收降以達地氣乎哉？故謂其有始有卒耳。蓋氣歸原，然後大腸司收氣，所謂腎開竅於二陰者也。氣歸原，乃得至於腎肝之分，然此止屬天氣之降者，正爲地氣升之本也。

[附方]

風寒流涕，香白芷一兩，荊芥穗一錢，爲末，蠟茶點服二錢。閩之建寧北苑茶性味與諸方畧不同，獨名蠟茶。

胎前產後虛損，月經不調，崩漏及橫生逆產，用白芷、百草霜等分，爲末，以沸湯入童子小便。同醋調服二錢。丹溪加滑石，以芎歸湯調之。丹溪治癥疝劑中有白芷，同蒼术、神麴以散水。

乳癰初起，白芷、貝母各二錢，爲末，溫酒服。

癰疽赤腫，白芷、大黃等分，爲末，米飲服二錢。

《衍義》云：治帶下，腸有敗膿血，淋露不已，腥穢殊甚，遂致臍腹冷痛，須此排膿。白芷一兩，單葉紅蜀葵根二兩，白芍藥、白枯礬各半兩，爲末，以蠟化丸梧子大，每空心及食前米飲下十丸或十五丸，俟膿盡乃以他藥補之。洪邁《夷堅志》云：有人被蝮傷，卽昏死，一臂如股，少頃徧身皮脹黃黑色。一道人以新汲水調香白芷末一斤，灌之，覺臍中掙掙然，黃水自口出，腥穢逆人，良久消縮如故。云以麥門冬調尤妙，仍以末搽之。卽此二則，可以知白芷秉陽明之盛氣，故凡陰蝕之邪干於陽明者自能除也，在物類之氣化相應，固如是爾。希雍曰：白芷性升而溫，嘔吐因於火者禁用，漏下赤白，陰虛火熾血熱所致者勿用，癰疽已潰宜漸減去。

[修治] 白色不蛀者良。入藥微焙。治女子漏下等證宜炒黑用。之頤曰：近時用石灰蒸煮及拌石灰曝曬，爲不易蛀并欲色白，不特失其本性，而燥烈之毒最深，用之無忽也。

芍　藥

斅曰：昔稱洛陽牡丹、廣陵芍藥甲天下，今藥中亦取廣陵者爲勝。十月生芽，至春乃長，赤莖叢生，三枝五葉，花葉子實都似牡丹，第逗芽在牡丹之前，作花在牡丹之後，傳云驚蟄之節後二十五日芍藥榮是也，花有單葉千葉，入藥只宜白花單瓣之根，氣味全厚，然根之赤白亦隨花之赤白也，白者曰金芍藥，赤者曰木芍藥。

根

[氣味] 苦，平，無毒。《別錄》曰：酸，微寒，有小毒。普曰：神農，苦；桐君，甘，無毒；岐伯，鹹；雷公，酸；李當之，小寒。潔古曰：性寒味酸，氣厚味薄，升而微降，陽中陰也。東垣曰：白芍藥酸平，有小毒，可升可降，陰也。好古曰：味酸而苦，氣薄味厚，陰也，降也，爲手足太陰行經藥，入肝脾血分。成無己曰：白補而赤瀉，白收而赤散。

愚按：白芍藥味酸，本爲肝劑，而於脾最切者，以脾之主在肝也。

既爲脾之主，則即爲肺之用，子母相生，而肝又以肺爲主也，但白者由肝而效肺之用，故其色白，主氣主收，赤者由肝而效心之用，故其色赤，主血主散，又皆不離脾也。

白芍

[諸本草主治][4]　白芍藥收陰氣，泄肝，安脾肺，收胃氣，理中氣，斂逆氣，和血脈，固腠理，治脾虛中滿，心下痞，脇下痛，善噫，肺急脹逆喘咳，治風，退熱除煩，止下痢腹痛後重，及血虛腹痛，並肝血不足，利小便，治婦人產前諸病，赤白帶下。

無己曰：芍藥之酸，收斂津液而益營，收陰氣而泄邪氣。

又曰：正氣虛弱，收而行之，芍藥之酸，以收正氣。

又曰：酸以收之，甘以緩之，故酸甘相合，用補陰血，通氣而除肺燥。

東垣曰：芍藥收脾經之陰氣，能除腹痛。酸以收之，扶陽而收陰氣，泄邪氣扶陰。與棗、生薑同用，以溫經散濕通塞，利腹中痛，胃氣不通，肺燥氣熱。酸收甘緩，下利必用之藥也。經云肺欲收，以白芍藥之酸收之。

又曰：白芍又能治血海而入於九地之下，後至厥陰經。按東垣所謂扶陽者真陽也，所泄之邪氣乃邪火也，故收陰氣，即以扶陰而退邪火，則真陽自得所扶矣。

周彥曰：白芍有收陰補血之功，能去土中之木，又能引他藥入脾陰而助生化之氣。

《類明》曰：白芍藥瀉脾火，酸收苦泄，其入足太陰脾經，故酸收脾經之陰氣，陰氣既收，則火退矣，況其苦又能瀉火。

愚按：白芍何以專瀉脾火？蓋其收陰氣者，即所以召陽，陽歸陰中而邪火自散，脾屬太陰，收陰者必先至脾，故瀉邪火亦先於脾也。

之頤曰：芍藥時值閉藏便行甲拆，一脈生陽，絕不以黨錮爲禁忌，是所謂引導最先透機極早者也。世稱氣味酸斂，惟堪降火，殊失芍藥之功用矣。觀其主治邪氣入腹，遂閉拒成痛，芍從中開發，逐邪從內以出，至滌除血痹，入破寒熱疝瘕已成堅積，唯堪消隕者，芍力轉倍。若小便不利，為癃為約，脾益肝氣，徧行疎泄，雖屬在下，先開在上，欲按則舉，欲舉則按，此必然之勢，芍亦兩得之矣。

時珍曰：同白朮補脾，同芎藭泄肝，同人參補氣，同當歸補血，以酒炒補陰，同甘草止腹痛，同黃連止瀉痢，同防風發痘疹，同薑、棗溫經散濕。

文清曰：隨所佐用而為寒熱，佐以柴胡、牡丹、山梔則瀉火而除熱燥，佐以生薑、肉桂、乾薑則溫經而散寒濕，惡寒腹痛則加桂，惡熱腹痛則加芩。

愚按：白芍之味苦而氣微寒，固屬陰也。其芽生於十月，至春乃長，是當陰極之時而生，值陽升之會而長，是陰中有微陽也。經曰出地者陰中之陽，秉陰中之陽以出地者，是固在木矣，故其味酸。木秉陰中之陽以首出者，先即不離於土矣，故又曰氣平而入脾也。東垣以中焦用白芍藥，則脾中升陽，即此義也。脾原與腎肝同居於下以奉地氣，猶胃與心肺同居於上以布天氣者也，白芍所稟正合於腎之陰、肝之陰中陽，以歸脾而絡於胃也。夫陰致之陽，故胃能納，陽合於陰，故脾能化，乃能致水穀精微之氣合於膻中宗氣以注於肺，而後心肺胃布其天氣以下濟焉，所以脾胃為中氣。若脾不得腎肝之陰氣，則胃陽何所本以致於心肺？經所謂至陰虛，天氣絕是也，此白芍謂其能理中氣，又云安脾肺也。雖然，天氣之為病，感於六淫七情者，陽易傷乎陰，陽勝則陰即為之耗，陰耗則陽亦無所依，白芍本陰氣而酸收，故收脾之陰者，即能收胃之陽，經曰所謂陽者，胃脘之陽也。胃陽收而脾陰自化，其曰收胃氣，亦所以安脾肺也。如療洩痢，除後重，是其一耳。每洩痢久而亡陰，仍投他寒劑則益劇，以白芍收陰氣而除虛熱，則自奏效，是非收陰斂陽之故歟？但安肺之義何居？曰：肺本陽中陰以下降，胃陽亢而肺陰下降，值胃陽傷肺之證，此味能收陰和陽，以上接乎肺氣而使之下降，經曰肺欲收，以白芍之酸收之，先哲云白芍本收降之體，又云除肺燥，若然，是即所以安肺也。所謂斂逆氣者，亦不外是，故謂其治善噫并肺急脹逆喘咳也，抑此味本腎肝之用以治於脾，又曰泄肝者何居？蓋肝爲陰中之少陽，陰虛而陽實，故肝邪盛，本腎肝之陰以致於脾者，而還以馭肝之陽，故肝自泄，如治脇痛之證，亦治肝之陰虛而陽實者，此瀉肝亦即所以安脾肺也。是所謂損其肝者，緩其中也，脾肺兩安，則中氣理。如療脾虛中滿及心下痞，固爲理中氣之不足，其血脈和，肝血足，即由中氣之理而奏效。經曰：傷肺者，脾氣不守，胃氣不清，經氣不爲使。即此反而繹之，則脾肺安，中氣理，而經氣固爲使矣。謂得甘草爲佐，其大能治腹痛者云何？白芍本於腎肝以致者，甲木也，得甘草爲甲己，合而化以益脾，雖肝爲脾之用以達生氣，然合而化土，乃木從土化，此正所謂白芍能去土中之木，真能瀉肝補脾，希雍謂其能陡健脾經，良不謬也。先哲曰：脾陰足而萬邪息。此味獨主於收脾陰氣，遂下以固肝腎之陰，上以和心肺之陽，苟用之適其所宜，則此酸收者罔不建功。第如《本經》言其除血痹，破堅積寒熱疝瘕，又《別錄》以通順血脈，緩中，散惡血，逐賊血，消癰腫爲言，及甄權所云治臟腑壅氣，婦人血閉不通等證，不幾幾乎與酸收之義戾乎？曰：不也。蓋有收儲而後有發舒，此陰陽屈伸之玄理也。第細酌玆味之酸收，是就出機以闡其功，非謂其入機也。蓋欲達未達之氣化，陰有餘地以爲陽守，而陽還有節制以爲陰用者也，是其出於地中者即伸而得屈，故其際於天上者由屈而得伸，使陰中之陽暴出於陰，則陽中之陰易離於陽，是則陰陽不相依而氣化病，漸至陰陽有相離而氣化危矣。試參潔古固腠理一語，不可悟陽之充於極表者而陰亦不得離乎？是如玆味者，不爲由剝得復之良劑乎？然則《本經》《別錄》、甄權所云，乃其功之所及，而潔古所云收陰氣，瀉肝，收胃氣，安脾肺，正其體之所存，兼以用之所行，固未有或戾者也。但玆味酸寒能除邪熱，不識用之以益氣爲功之先歟？抑亦先除邪熱歟？曰：益氣即體之所存，除邪熱即用之所行也。更經有云氣虛者寒也，乃先哲更謂氣虛寒者禁玆味，是將誰據乎？曰：陰能育乎陽而陽鬱者，以升陽爲主，而此味在所忌，陰不能育乎陽而陽亢者，則以收陰爲主，而此味所急需，但氣虛者多由於耗散其陰中之陽，所云氣虛者多由於耗散其陰中之陽數語，誠爲精詣，即方書療著痹證類用黃芪，而多以白芍佐之，則其義可思也。前段屈伸立論亦爲發前哲之所未及矣。補陽而投此以爲陽之主，其誰曰不宜？故成無己云正氣虛弱，收而行之，之頤先導之說亦爲能窺其似矣。

又按：白芍治腹痛，丹溪以爲止治血虛作痛者，殊未盡。方書謂其治急縮腹痛，是本於木侮土也，時賢曰腹中虛痛本屬脾，脾虛而肝乘之，白芍瀉肝邪，更專補中焦脾氣，此說中的。予治一僧腹痛，痛時並兩足不能伸，羣醫束手。予以炒芍、炙甘草爲主，佐他藥投之，隨手而愈。又方書以此二味治腳氣腫痛者，又有以之治消渴引飮，謂曾患此病九年，服藥止而復作，授此方服之，七日而頓愈者，且云古人處方殆不可曉。不知此消渴乃中消也，此二味補脾陰，和胃陽，其何不能治之有？至於一切血證用之者，以血本於真陰也，但爲寒爲熱，佐使之妙，以意消息之，則無不取效者。附錄數方，以類通之。

衄血咯血，白芍藥一兩，犀角末二錢半，爲末，新水服一錢匕，血止爲限。

崩中下血，小腹痛甚者，芍藥一兩，炒黃色，柏葉六兩，微炒，每服二兩，水一升煎六合，入酒五合再煎七合，空心分爲兩服。亦可爲末，酒服二錢。

經水不止，白芍藥、香附子、熟艾葉各一錢半，水煎，服之。

赤白帶下，年深月久不瘥者，取白芍藥三兩，并乾薑半兩剉，熬令黃，搗末，空心水飮服二錢，七日再服。

宗奭曰：芍藥單葉紅花者佳。氣虛寒人禁之，古人云減芍藥以避中寒，誠不可忽。

丹溪曰：芍藥瀉脾火，惟味酸寒，冬月必以酒炒。凡腹痛，多是血脈凝澀，亦必酒炒用。然止能治血虛腹痛，餘並不治，爲其酸寒收斂，無溫散之功也。下痢腹痛必炒用，後重者不炒。產後不可用者，以其酸寒伐生發之氣也，必不得已，亦酒炒用之。

赤芍藥

[諸本草主治]　通順血脈，除血痹，破堅積寒熱疝瘕，止痛，通月

經，去腸胃濕熱，利膀胱大小腸，利小便，療目赤，消癰腫，散惡血，除中惡腹痛。

東垣曰：赤芍藥破瘀血而療腹痛，煩熱亦解，仲景方中多用之者，以其能定寒熱，利小便也。

希周曰：宣通臟腑，利膀胱大小腸，散作痛之血，行內停之濕者，赤芍也。

愚按：芍藥根有白赤二種，時珍曰根之赤白隨花之色也，是其同時而芽，同時而長，同稟天地之陰，同兼甲木之氣，同致之於脾。但其色赤者之火，血原於水而成於火者也，火主昌揚，故專入血分以行之；其色白者之金，氣原於水而統於金者也，金主收斂，故專入氣分以收之。然要皆肝以為體，脾以為用。白者由木媾金而有酸，因金媾木而有澀，赤者由木歸火而有苦，以火達木而有瀉，是皆不離肝也；白者由氣分而致血之用，赤者由血分而致氣之用，是皆不外脾也。近用赤芍，多於白芍中尋取，蓋市肆中多不辨也。其白赤固分，然不甚大異，第白味有酸，赤味有苦，此其分辨處。乃繆氏以《本經》《別錄》、甄權云云者專屬之赤，是未究赤者之所始也，以潔古云云者專屬之白，是未究白者之所終也。第如赤芍苦而瀉，即以《本經》《別錄》所云者歸之，亦無不可。第宜因證投劑，審其陰虛而陽亢者則投白芍，取其收陰和陽以補之，陰實而陽鬱者則投赤芍，取其升陰導陽以散之，尤貴於主輔相助得其宜耳。方書列其功能，類混同而用之，殊未當也。希雍曰：芍藥稟天地之陰而兼得甲木之氣，《本經》味苦平無毒，《別錄》加酸微寒，氣薄味厚，升而微降，陽中陰也，又可升可降，陰也，降也。《圖經》載有二種：金芍藥色白，木芍藥色赤。詳味《圖經》，以金木分赤白，厥成深旨。成無已曰：白補而赤瀉，白收而赤散之。二語亦可盡二芍之長矣。大都白者制肝補脾，陡健脾經，赤者調胃行肝，大利肝經。白芍藥酒炒為君，佐以炙甘草，為健脾最勝之劑，能治血虛腹痛。同黃連、滑石、甘草、升麻、人參、蓮肉、[5]藊豆、紅麴、乾葛，為治滯下之神藥。同人參、白朮、茯苓、炙甘草、肉豆蔻、橘皮、車前子，治脾虛洩瀉。酒炒白芍二兩，炙甘草二錢，蓮子去心五十粒，水煎，治痘瘡有熱作洩，熱甚，加酒炒黃連一錢。同荊芥、防風、生地黃、黃芪、炙甘草，治腸風下血。同當歸、地黃、牛膝炒黑、乾薑、續斷、麥門冬、五味子，治產後血盛發熱。君白芷、炙甘草，治痘瘡血虛發癢。同黃芪、防風，治表虛傷風自汗。赤芍藥同橘皮、藿香、木瓜、甘草，治中惡腹痛。同芎藭、紅花、生地黃、當歸、白芷、荊芥，治破傷風，發熱疼痛。同牛膝、當歸、地黃、延胡索、山查、澤蘭、紅藍花、五靈脂，治初產惡露不下，腹痛，冬月加肉桂。同金銀花、白芷、鮫鯉甲、紫花地丁、夏枯草、茜草、生甘菊，消一切癰腫。同香附、當歸、地黃、延胡索、青皮，治經阻腹痛，加五靈脂、蒲黃，能散惡血，逐敗血。

希雍曰：白芍酸寒，凡中寒腹痛，中寒作泄，腹中冷痛，腸胃中覺冷等證忌之；赤芍破血，凡屬血虛病及泄瀉，產後惡露已行，少腹痛已止，癰疽已潰，並不宜服。

[修治] 之頤曰：先別赤白：白根固白，赤根亦白，每根切取一片，各以法記火酒潤之，覆蓋過宿，白根轉白，赤根轉赤矣。各以竹刀刮去皮併頭，剉細，蜜水拌蒸，從巳至未，曬乾用。今市肆一種赤芍藥，不知為何物草根，瘍瘻兒醫多用之，此習矣而不察其為害殊甚也。時珍曰：今人多生用，惟避中寒者以酒炒，入女人血藥以醋炒耳。潔古曰：酒浸行經。嵩曰：白芍本陰而降，然酒浸亦能升陰中之陽。白芍有拌川椒炒七次入藥者，蓋欲斂中土之濕而化以命門真陽之氣也，是亦勝濕之劑。

愚按：之頤赤白之辨，大為習而不察者破其沉錮。愚每用赤者於所患，絕無一效，是皆坐於不察也，得此為之一快。

牡丹皮

[氣味] 辛，寒，無毒。《別錄》曰：苦，微寒。普曰：神農、岐伯，辛；雷公、桐君，苦，無毒；桐君，苦，有毒。好古曰：氣寒味苦辛，陰中微陽，入手厥陰、足少陰經。牡丹根皮氣寒無毒，味先辛後苦，辛居

其勝。

[主治]　血中結氣方書，行血中伏火，和血生血，涼血，除煩熱時珍，治神志不足，無汗之骨蒸，衄血吐血潔古，去腸胃留血《本經》，通關腠血脈《日華子》，安五臟《本經》，消撲損瘀血《日華子》，女子經脈不通，血瀝腰痛甄權，治胞下胎《日華子》，主寒熱，希雍曰：寒熱者，陰虛血熱之候也。中風瘛瘲，驚癇邪氣《本經》，風噤癲疾《別錄》，除風痹《日華子》。

潔古曰：牡丹乃天地之精，爲羣花之首，葉爲陽發生也，花爲陰成實也。丹者赤色，火也，故能瀉陰胞中之火，四物湯加之治婦人骨蒸。

又曰：牡丹皮入手厥陰、足少陰，故治無汗之骨蒸；地骨皮入足少陰、手少陽，故治有汗之骨蒸。神不足者手少陰，志不足者足少陰，故仲景腎氣丸用之治神志不足也。又能治腸胃積血，及吐血衄血必用之藥，故犀角地黃湯用之。

愚按：地骨皮爲氣分之劑，其所治者，是由陰中陰之熱以鬱於陰中之陽氣，而熱薰蒸於表者也，所入足少陰、手少陽是也；牡丹皮爲血分之劑，其所治者，是由陽中陰之熱以沉於陰中陰之血，而熱煎熬於裏者也，所入手厥陰、足少陰是也。

東垣曰：心虛，腸胃積熱，心火熾甚，心氣不足者，以牡丹皮爲君。

嵩曰：牡丹皮之用，能行結氣而固真氣，去瘀血而養真血，乃滋陰養血必用之藥也。又曰：血之所患者火也，唯能瀉陰胞之火，故吐衄爲必用之藥。

愚按：結氣，卽氣之結於血中者也，故所治諸證本於辛苦，使血中之結氣行而瘀血化，是所謂能化則能生，故得謂之固真氣而養真血，血中之伏火卽結氣所化也，丹皮能引血歸肝，故嘔吐血必用之。

希雍曰：牡丹皮，稟季春之氣而兼得乎木之性，陰中微陽，其味苦而微辛，其氣寒而無毒，其色赤而象火，故入手少陰、厥陰、足厥陰，亦入足少陰經。辛以散結聚，苦寒除血熱，入血分，涼血熱之要藥也。血中伏火，非此不除，故治骨蒸無汗，及小兒天行痘瘡血熱。入清胃散，治陽明胃經血熱齒痛。

又曰：潔古謂丹皮治無汗骨蒸，是矣。然須與青蒿子、天麥門冬、沙參、地黃、五味子、牛膝、枸杞之屬同用，始得其力。

愚按：牡丹皮，海藏謂其入手厥陰、足少陰經，蓋本於潔古所說入此二經，能治無汗之骨蒸也。唯其入此二經，故潔古謂其能瀉陰胞中之火，蓋陰胞乃關元血海，上與心包絡緊相應者也。經曰：胞絡者，繫於腎。又曰：胞脈屬心而絡於胞中。先哲釋曰胞即子宮，相火之所在也，心主血脈，君火之所居也，陽氣上下交通，故胞脈屬心而絡繫於腎之胞中也。衝、任、督皆起於胞宮，胞即所謂胞門子戶，乃男子藏精，女子蓄血之處也，即胞脈屬心而絡於胞中，可以知氣化血，血化精之義矣。肺陰下降入心，然後氣能化血，心氣下降入腎，然後血能化精。蓋氣化血者，金為火用也，血化精者，火為水用也，皆還其所自始。火為水用，又何以赤化白？蓋水中有金，金氣不至於水中，是肺氣不歸命門，則亦不能化也，火中得金而液化血，水中得金而血化精，故玄門煉取水中金，又曰氣盛則精盈者此也。是則潔古所謂瀉陰胞中之火者，謂非由此二經所專主乎？何以又云血中伏火？蓋六淫七情，或陰或陽，有戾氣以迸入血中者，即為伏火，便與本來之相火相煸，以相火原在水中，血固水所化，總而名之曰陰胞中之火也。抑此品何以有專功歟？曰：血赤色而心主之，此品色丹，合於主血之心也，其氣寒，合於離中之坎也，其味辛而有苦，合於金火之合德也，合於離含坎，火得金則歸心包絡而生血矣。辛散苦泄，更併於氣之寒則降，令行而陰引陽以下，胞之脈通矣。其所散所泄者乃血中之戾氣，即為除瘀和血也。其血中戾氣而散且泄者，乃火得水而胞脈通於心，水得火而胞絡固於腎，是為陰胞火泄而神志俱補也。蓋火之精為神，每苦於離中之坎不足；水之精為志，每苦於坎中之離不足。如上下相召以相益，此品亦庶幾有之矣。雖然，此味抑先由腎而上奉於心乎？或先由心而下達於腎乎？曰：血者，真陰之化醇也，從真陰以生血，則以腎為先，從血分以完陰，則以心為先，蓋心固主血，為後天之元神，經曰血者神氣也。東垣所謂心火熾盛而心氣不足，以此為君，不可識其所宜先歟？其所謂腸胃積熱能療者，亦以心包絡與胃口緊相應，固由心而及之耳。然後學輒謂取重於足厥陰肝者，然歟否歟？曰：一陰為獨使，經言之矣，此味固入手厥陰、足少陰而和其血之原，至厥陰肝，特爲之使以行其生化之機者也。若上之心包絡陰并於陽，則肝無以奉其下降之陰，氣亦由陰傷化火矣；如下之血海陽乘乎陰，則肝無以達其上升之陽，氣亦因陽鬱化火矣。謂足厥陰不與之同病也可乎？但求其所入，不先責之爲使者耳，故《本經》謂其治寒熱中風，瘛瘲驚癇，固血之病於風臟而吐衄諸證，謂引血歸肝者，豈盡皆責之厥陰風木哉？如忘其源而責之流，其與憒憒者一間耳。《本經》所云中風瘛瘲等證，類以爲於此味無涉，不知血熱化風，殊大關切也。又世醫粗言此味之能行血，與他藥混施，不知其苦寒而多辛，苦寒能除熱，更辛以散之，直入陰中而散伏火，伏火散則血自行，不等於他藥之或兼辛溫而逐瘀以行者也。其最能引血歸肝者，職是之故，正所謂和血不謂能疏瘀也。如止以爲導瘀而已，何以天王補心丹用之補心？八味丸中用之補心腎？卽此二方，便可以知此品之用矣。然功歸於涼血，如血病於寒澀者，此味似難概用。

希雍曰：牡丹皮，本入血涼血之藥，然能行血，凡婦人血崩，及經行過期不净，並忌與行血藥同用。

[修治] 根如筆管大者，以銅刀劈破，去骨，剉如大豆許，陰乾，酒拌蒸三時，日乾用。

木香一名蜜香、青木香、五木香、南木香。

時珍曰：木香，草類也，本名蜜香，因其香氣如蜜也。緣沉香中有蜜香，遂訛此爲木香爾。昔人謂之青木香，後人因呼馬兜鈴根爲青木香，乃呼此爲南木香、廣木香以別之。《三洞珠囊》云：五香者，卽青木香也。一株五根，一莖五枝，一枝五葉，葉間五節，故名五香，燒之能上徹九天也。承曰：木香皆從外國舶上來，陶說爲是。蘇頌《圖經》所載廣州者乃是木類，又載滁鬼海州者乃是馬兜鈴根，治療冷熱，殊不相似，皆誤圖耳。

[氣味] 辛，溫，無毒。潔古曰：氣熱，味辛苦，氣味俱厚，沉而降，陰也。東垣曰：苦甘辛，微溫，降也，陰也。海藏曰：辛苦熱，味

厚於氣，陰中陽也。

[主治] 氣劣，氣不足，調諸氣，和胃氣，行肝氣，散滯氣於肺上膈，破結氣在中下焦，療心腹冷痛，嘔逆反胃，霍亂泄痢，下及膀胱小腸凝寒爲病，並衝脈爲病，逆氣裏急，散積年久冷聚塊，通行一切氣，安胎健脾，又主胕滲，小便秘。

弘景曰：引藥之精。

宗奭曰：木香專泄決胸腹間滯塞冷氣，他則次之。得橘皮、肉豆蔻、生薑相佐使絕佳，效尤速。

潔古曰：木香除肺中滯氣，若治中下二焦氣結滯及不轉運，須用檳榔爲使。

東垣曰：木香味苦辛，純陽，治腹中氣不轉運，助脾。

又云：辛溫，升降滯氣。

丹溪曰：木香行肝經氣火，煨用可實大腸。

又曰：調氣用木香，其味辛，氣能上升，如氣鬱不達者宜之，若陰火衝上者則反助火邪，當用黃蘗、知母，而少以木香佐之。

時珍曰：木香乃三焦氣分之藥，能升降諸氣。諸氣臆鬱，皆屬於肺，故上焦氣滯用之；中氣不運，皆屬於脾，故中焦氣滯宜之；大腸氣滯則後重，膀胱氣不化則癃淋，肝氣鬱則爲痛，故下焦氣滯者宜之。

嵩曰：經絡中氣滯痰結皆用之。

海藏曰：本草云主氣劣，氣不足，補也；通壅氣，導一切氣，破也；安胎，健脾胃，補也；除痃癖癥塊，破也。其不同如此。潔古、張氏但言調氣，不言補也。

機曰：與補藥爲佐則補，與泄藥爲君則泄也。

希雍曰：青木香味辛溫無毒，是稟夏秋之陽氣以生，兼得土之陽精，故無毒，性屬純陽，清明開發，行藥之神。同延胡索，治一切女人血氣刺心痛不可忍；同牽牛、雷丸、檳榔，殺一切蟲；佐黃連、芍藥，治一切滯下，惟身熱作嘔逆口渴者勿用；同橘皮、砂仁、白豆蔻、紫蘇葉，調一切氣不通順及冷氣攻痛作泄，大怒後氣逆胸膈脹滿，兩脇作痛；同乳香各二錢酒浸，飯上蒸勻，仍酒調服，治氣滯腰痛。

　　愚按：木香產於南土，原稟地氣之陽，且氣溫而味苦辛，則東垣所謂純陽者是也。經曰陽者，其精奉於上，而潔古、東垣俱以爲降者云何？以是物味厚於氣，海藏謂其陽在陰中，誠爲不謬。卽潔古、東垣所云降者之義也，先哲所說非苦無以至地，非辛無以至天。此味苦多而居先，不可想其出地之陽乎？辛少而處後，不可想其由地而達天乎？經曰通天者生之本，是則降者皆爲升用，升者亦旋爲降用矣。東垣所謂能升降滯氣一語，可爲扼要，且其根枝節葉各具中土五數，非秉升降之樞者乎？未有升降而能舍中土，是東垣所謂治腹中氣不轉運而助脾者，固其首及也，次則及肝，肝以一陰爲獨使，升降神而肝之生化乃不窮，丹溪所云行肝經氣者亦不謬也。如是，則何冷氣之不行，又何諸氣爲病之不療乎？雖然，先哲謂此味專決瀉胸腹間滯氣而已，且所主者亦唯冷氣而已，茲何言之大侈歟？曰：不也。氣之溫熱者本升，升乃氣之達；寒涼者本降，降乃氣之鬱。然未有若茲味稟於溫熱，乃從降而升，卽自升而降，正合於陽從地升，復從天降，俾一切寒涼之著皆無留行，此乃升降自然之機，不可以破瀉真氣目之也。至謂專主冷氣，詎知氣之行者唯在溫熱，溫熱之對待者唯是寒涼而已，又何可以此少之？但此中大有妙理，先哲所謂引藥之精者，豈謂此味專治冷氣乎哉？就升降氣行而善用之，如病於冷者之氣虛也，固用其所長，至病於氣虛而有熱者，舍寒涼何以治熱？又氣何以不因寒涼而益虛？和以茲味，俾寒涼更得奏其功，卽治痢之香連丸，非其明徵歟？愚常治氣虛而病肝火者，投此味於苦寒中，其效乃捷。就此二則，不可推而廣之乎？至於補泄，亦因乎其爲君者，時賢已言之矣。寒熱補泄皆可藉此，然則謂能調一切氣，豈其妄哉？陶隱居引藥之精一語，豈非超然玄詣者歟？卽繆仲淳氏所云清明開發，行藥之神，亦若爲是物開生面矣。

　　希雍曰：詳其治療，與今白木香當是兩種。按《圖經》謂生永昌，又云今惟廣州舶上有來者，一云出大秦國，一云產崑崙，則所出地土各異，是名同而實異可知已。《藥性論》云：當以崑崙來者爲勝，此絕不可得。又云：西番來者劣，今市肆所有正白木香也，其味辛，其氣溫，專主諸氣不順而已。肺虛有熱者慎毋犯之，元氣虛脫及陰虛內熱，諸病有熱，心痛屬火者禁用。《傷寒類要》所載治天行熱病，若發赤豆斑，用青木香水煮服者，蓋指崑崙來者一種，定非坊間所市廣州舶上世所常用之白木香也。

[修治] 形如枯骨，味苦粘牙者良。凡入理氣藥忌見火，入煎藥磨汁，內熟湯中服。若實大腸，宜麵煨熟用。

高良薑

時珍曰：按高良，即今高州也，漢爲高涼縣，吳改郡，則高良當作高涼也。頌曰：內郡雖有，而不堪入藥。春生莖葉，如薑苗而大，高一二尺許，花紅紫色，如山薑花。

根

[氣味] 辛，大溫，無毒。志曰：辛苦，大熱，無毒。潔古曰：辛熱純陽，浮也，入足太陰、陽明經。

[主治] 內冷腹痛，霍亂吐瀉，翻食嘔沫，溫中下氣，破冷癖，療心脾久冷作痛，去風冷痹弱。

楊士瀛曰：噫逆胃寒者，高良薑爲要藥，人參、茯苓佐之，爲其溫胃解散胃中風邪也。

時珍曰：穢跡佛有治心口痛方云：凡男女心口一點痛者，乃胃脘有滯或有蟲也，多因怒及受寒而起，遂致終身，俗言心氣痛者，非也。用高良薑以酒洗七次，焙研，香附子以醋洗七次，焙研，各記收之。病因寒得，用薑末二錢，附末一錢；因怒得，用附末二錢，薑末一錢；寒怒兼有，各一錢半。以米飲加入生薑汁一匙，鹽一捻，服之立止。

希雍曰：高良薑稟地二之氣以生，《本經》大溫，藏器辛溫，潔古辛熱純陽，浮也，入足陽明、太陰經，辛溫暖脾胃而逐寒邪。

[附方]

霍亂吐利，高良薑炙令香，每用五兩，以酒一升煮三四沸，頓服。亦治腹痛中惡。

心脾冷痛，高良薑三錢，五靈脂六錢，爲末，每服三錢，醋湯調下。

愚按：辛溫辛熱之味，溫多就土，以土喜暖也，熱多就火，同氣相求也。有辛味勝於溫熱者，則又就金，如辛溫獨勝，其能開滯散結，辛溫兼苦，是又散而下行。良薑之辛溫固也，然其治冷氣吐瀉翻食等證，乃其辛而兼苦，有下氣之功也。不然，本草所列諸味爲辛溫辛熱者亦多矣，何可不細審也？

又按：良薑之治冷而暖胃固也，其謂去風冷者謂何？蓋陽氣大虛，則亦病於風，故不止曰風，而曰風冷者此也。然卽此可悟胃中冷逆而爲霍亂及反胃者，何也？夫升降者一氣耳，陽并於陰，則升降之道窮，而中土實司升降之樞，故卽病於中土，或爲霍亂，甚則爲反胃也。知此，則知此味之能奏功於陽也已。

希雍曰：高良薑辛溫大熱，惟治客寒犯胃，胃冷嘔逆及傷生冷飲食致成霍亂吐瀉之要藥。如胃火作嘔，傷暑霍亂，火熱注瀉，心虛作痛，法咸忌之。

[修治]　宜炒過入藥。亦有以薑同吳茱萸、東壁土炒過入藥用者。

縮砂密

時珍曰：名義未詳。藕下白蒻多密，取其密藏之意。是物實在根下，仁藏殼內，亦或此意歟。苗莖並似高良薑，三四月花開在根下，五六月成實五七十枚，作一穗狀，似益知而圓，皮緊厚而皺，有粟紋，外有細刺，黃赤色皮間細子一團八隔，可四五十粒，形似大黍米，表黑裏白，辛香似白豆蔻仁，八月采取，氣味完固也。

[氣味]　辛，溫，濇，無毒。權曰：辛苦。藏器曰：酸。珣曰：辛鹹，平。好古曰：辛，溫，陽也，浮也，入手足太陰、陽明、太陽、足

少陰七經。得白檀香、豆蔻爲使入肺，得人參、益智爲使入脾，得黃檗、茯苓爲使入腎，得赤白石脂爲使入大小腸也。

[主治]　脾胃氣結滯不散，醒脾開胃，益腎和中，行氣散寒，飲脹痞噎膈，嘔吐虛勞，冷瀉，宿食不消，止冷氣痛及休息痢，調女子崩中，安胎止痛，除咽喉口齒浮熱。

韓𢘅曰：縮砂屬土，主醒脾調胃，引諸藥歸宿丹田，香而能竄，和合五臟沖和之氣，如天地以土爲沖和之氣，故補腎藥用，同地黃丸蒸，取其達下之旨也。

嘉謨曰：所治諸證總因通行結滯，服之悉應。

丹溪曰：縮砂安胎止痛，行氣故也。又云：治痢藥中用之，以熱攻熱，乃所以順治也。

據云則安胎止痛投茲味者，須審其合否，而治痢必以散熱爲主，但借此以從治之。

希雍曰：縮砂密稟天地陽和之氣以生，故其味辛，其氣溫，其性無毒，入足太陰、陽明、少陰、厥陰，亦入手太陰、陽明、厥陰，可升可降，降多於升，陽也。縮砂密，氣味辛溫而芬芳，香氣入脾，辛能潤腎，故爲開脾胃之要藥，和中氣之正品。若兼腎虛氣不歸元，非此爲嚮導不濟，殆勝桂、附熱毒之害多矣。得人參、橘皮、藿香、白茯苓、白芍藥、炙甘草，治泄瀉兼嘔吐及不思食；得藿香、橘皮、木瓜，治霍亂轉筋，腹痛吐瀉；獨用兩許，炒爲末，入食鹽三錢，滾湯一碗泡浸，冷服，治乾霍亂累效。

又曰：《日華子》用以主一切氣，轉筋霍亂。轉筋霍亂必由脾胃爲邪所干，胃氣壅滯閉塞而成。

之頤曰：花實在根，若芙蕖之本，斂縮退藏之謂密矣，固甲函孚，界列八隔，仁粒比朱，攢蔟實裹，可謂至密也已，猶夫其息以踵，孕毓元陽，保任冲舉者也，是故升出降入靡不合宜，寧獨對待陰凝，開發上焦，宣五穀味，蘇胃醒脾而已，即虛可補，胎可安，崩可填，驚可鎮，癇可定，滑可澀，脫可收，滲可彌，奔豚可下，及秋不能從外而內，冬不能自上而下，與命門火衰不能納氣歸元者，亦可使之從降從入矣，並命門火衰不能生土，及春不能自下而上，夏不能從内而外者，亦可使之從入從出矣，乃若解毒散滯，伸筋舒鬱，化痞却痛，徹飲調中，開噎膈，攝吐逆，此正開發上焦，宣五穀味，蘇胃醒脾之功力也。毋僅瞻其升出，失却其降入，顧名思義，俯循垂象，則得之矣。

愚按：縮砂密，本草止言其辛温澀，而後賢有言其辛兼苦，有言其辛兼鹹，有獨言其酸者。然初嘗之即酸辣而有鹹，後轉微苦，仍兼酸辣鹹之味，苦味盡處帶淡甜酸意，而唾渣有餘香也。大抵辛苦居多而辛尤勝，鹹酸爲少而酸尤劣。夫鹹，水氣，土之元；酸，木氣，土之用；辛乃金氣，土之化。即同具於鹹酸中，是鹹酸之味得辛氣以暢也。因而轉苦者，達水木之化於火，火土之所自生也；仍不離於鹹酸辛者，是不如他味之屬土者專受氣於火也；苦盡而微有淡甜者，是五味皆歸於中土以達其化也；唾渣有餘香者，金氣同於火氣以終始之也。在本草止言辛温澀也，是而後賢乃補其未盡者也。其謂脾之用也，是以脾爲己土，其味本鹹，其兼味有辛甘鹹苦也，其所謂治種種各證者，以中土爲四氣所生，而四氣即由中土所成，謂其爲成數者此也。夫四氣皆由之以成矣，而前哲獨謂此味引諸藥歸丹田也何居？蓋腎之味鹹，而脾之本味亦鹹，水土原合德以立地，此所謂鹹者水氣，爲土之元，此希雍謂其能理腎氣歸元，然即引歸丹田之義也。就其華實結於根下，不可想見其歸元之徵乎？或曰：本草如《開寶》、甄權、張元素皆主治虚冷損傷結滯，是得勿偏於辛温，而所謂兼四味備四氣者，其用猶不切乎？曰：此品乃氣分藥也。夫人身水中有火而氣生，所謂氣之體也；水上合於火而氣化，所謂氣之用也。如此品以四五月華，五月實，豈非能合於火以全氣之用者歟？用之治虚冷損傷結滯，豈非的對？似與他辛温之袪冷行滯者不少異也。但其有異於他味者，以其能具體耳。觀其華實俱藏根下，而實中即具四味，則其由水木以至火者，全以歸土而終始。又皆金氣以宜之，是非令中土爲水火之樞，體全而後用暢者歟？不然，何以能理氣歸腎而還元？於是參之，則此味以辛温療病者，固非其用之全也。方書中有鳳髓丹，所以瀉相火，滋腎水，乃用黃檗，而卽有砂仁、甘草以佐之，如止以辛溫爲功也，何不助相火之焰而嘗試以滋困乎？抑韓悉所云醒脾開胃，時珍所謂理元氣，通滯氣，其功將合五臟沖和之氣如韓氏說乎？將如辛苦溫之居勝如諸本草乎？曰：此味花實在根，明具四味，謂非合五臟沖和之氣不可，但氣之化者，愚固云水上合於火矣，若使辛苦溫不居其勝，則亦未能盡其際蟠之用也，此味具體而微，致用而宏，謂其醒脾開胃，理元氣，通滯氣，功超他味也，亦不虛耳。雖然，水至於火，火固達水之用者也，若火傷乎水，是又熱傷氣也，體之不存，用歸何地？故用寒化以救水而存氣之體，以入茲味於中，爲中土宜行氣化之權輿，亦無不可。若倒行逆施，祇謂其能補虛損也，則憒憒極矣。水勝於火則傷氣之用，火勝於水則傷氣之體，火勝於水則傷血之用，水勝於火則傷血之體。前哲於治氣病切戒辛燥，而不及明其所以然，殊有遺義，令淺學無處着手。

又按： 胃爲戊土，其氣本平，其兼氣溫涼寒熱；脾爲己土，其味本鹹，其兼味辛甘酸苦。人身以水火爲氣元，而水火之樞屬中土，爲氣生化地，水火升降屬肺，爲氣宣佈官，是物似有具足者，故爲開胃上品，和中要藥。其治所兼入之經，須皆本於調脾中之腎，腎中之脾，蓋脾腎原相因，而諸臟又因於脾胃者也。

希雍曰：縮砂密氣味辛溫，固陽藥也。凡腹痛屬火，泄滯得之暑熱，胎動由於血熱，咽痛由於火炎，及小兒脫肛由於氣虛，腫滿由於濕熱，上氣欬逆由於火衝迫肺而不由於寒氣所傷，皆須詳察簡別，難以概用，誤則有損無益，勿易視也。本非肺經藥，今亦有用之於欬逆者，通指寒邪鬱肺，氣不得舒，以致欬逆之證。若欬嗽多緣肺熱，此藥卽不應用矣。

中梓曰：性燥火炎者忌之，胎婦氣虛不可多服，反致難產，不可不知。

[修治] 畧炒，吹去衣，研用。入湯丸法同白豆蔻。

益智子 時珍曰：脾主智，是物能益脾胃故也，與龍眼名益智義同。

藂曰： 出崑崙國及交阯，今嶺南州郡往往有之。顧微《廣州記》云：

葉似蘘荷，長丈餘，根上有小枝，高七八寸，無花萼，莖如竹箭，子從心出，一枝有十子，叢生，大如小棗核，黑皮白核，小者佳。含之能攝涎穢，或四破去核，取外皮蜜煮為粽，味極辛美，晉盧循遺劉裕益智粽即此是矣。嵇含《南方草木狀》云：益智子二月花，連著實，五六月方熟，子如筆頭而兩頭尖，長七八分。雜五味中，飲酒芬芳，亦可鹽曝及作粽食。顧微言無花者誤矣，今之益智子形如棗核，皮及仁皆如草豆蔻云。

仁

[氣味] 辛，溫，無毒。

[諸本草主治] 安神，療心氣不足，益元氣，利三焦，治夢洩赤濁，腎虛滑瀝及夜小便數，益脾胃，和中，調諸氣，療客寒犯胃，冷氣腹痛，更治多唾。

[方書主治] 健忘，悸，遺精，赤白濁，泄瀉，小水數，盜汗下血，治心痛，胃脘痛，腹痛脇痛，喘噎證，脹滿積聚，痹，痔疝。

海藏曰：益智本脾藥，主君相二火，在集香丸則入肺，在四君子湯則入脾，在大鳳髓丹則入腎，三臟互有子母相關之義，當於補藥中兼用之，勿多服。

劉河間曰：益智辛熱，能開發鬱結，使氣宣通。

時珍曰：益智大辛，行陽退陰之藥，三焦命門氣弱者宜之。按楊士瀛《直指方》云：心者脾之母，進食不止於和脾，火能生土，當使心藥入脾胃藥中，庶幾相得，故古人進食藥中多用益智，土中益火也。

希雍曰：益智仁得火土金之氣，故其味辛，其氣溫，其性無毒，入足太陰、足少陰經。辛，故散結，溫，故通行，其氣芳香，故主入脾，其稟火土與金，故燥而收斂，以其斂攝，故治遺精虛漏及小便餘瀝，此皆腎氣不固之證也。腎主五液，涎乃脾之所統，脾腎氣虛，二臟失職，故主氣逆上浮，涎穢上溢。此味於開結滯之中即能斂攝脾腎之氣，故著其功若此。佐人參、茯苓、半夏、橘皮、車前子，則攝涎穢立效；同藿香、蘇子、橘皮、枇杷葉、木瓜，止逆氣上壅；同五味子、山茱萸炒、鹽，人參，治小便頻數淋瀝；同人參、乾薑、橘皮、藿香，治因寒犯胃作嘔吐。

愚按： 益智仁之命名固爲脾藥，第本草言其辛溫，未嘗及苦也，兹味嘗之，苦勝於辛，不似草豆蔻輩之辛多也。苦就火，海藏所謂主君相二火者是，不然，辛而兼溫者多矣，何以不皆主君相二火耶？苦屬心火而並腎治者，腎爲君火對化也，況經云胞之脈屬心而絡於胞中，又手厥陰包絡爲小心相火之原，故主君火而卽兼相火，此味有之。然其爲脾藥者，得勿以火乃土母，其苦辛而溫，并有香者之能入脾乎？曰：是固然矣，然而義未盡也。試思其益土而何以反多治水，如上而涎唾下而便數遺瀝，更爲精漏血失，凡此豈非皆腎所主之水以化乎？夫氣者水所生，液者氣所化，血又爲液所化，精復爲血所化，然皆不離乎氣，所謂本於陰而化於陽也，所謂君相二火主藥者此也。人身唯水火二氣爲主，而水火之所以能體物而不遺者土也，然土稟成數，先藉於水火之生氣，在人身病於水不能致其用於火者多矣，如此味乃治夫火不能致其用於水者也，能致其火於水，是卽土德行矣。抑所謂致火於水者，其義若何？曰：夫水火旣濟，類知水能制火之亢，而未究於火能攝水之濫也。水濫則土德不行矣，益智子主君相二火，却效用於水，卽蘇東坡《益智子記》言其治水，而顧微《廣州記》云含之能攝涎穢，且云二月連花著實，五六月方熟，其子如小棗，核黑皮白，是豈非顯水之用於子者，其氣固稟於火而功乃先於水乎？蓋人身君火，火宅水於內，相火，火攝水於外，不意兹物有合焉者。以故秉真陽之氣而攝真陰，就是能分清濁，卽能留其陰之清，化其陰之濁，一氣自然具足。有如是者，以爲土德發育之先焉，故方書多用之治遺精濁證，原不以收斂爲功也。繆氏揣其似而曰收斂，誤也。方書用之療心胃並腹冷痛及寒喘者，此由陽攝陰以化，不以退陰爲功也，瀕湖謂其行陽退陰，亦幾肖其貌耳。方書於脹滿積聚、脾痹脇痛疝證用之，此以陽攝陰，陰歸陽和，非以開發鬱結爲功也。如劉河間所云開發鬱結，使氣宣通，是祇得其氣之調而暢，未能明其所以調暢者也。惟明於火爲體，水爲用，能合以歸土，而水火之體物還藉於土，然後知火之無或亢，水之無或濫者，乃得中土氣化不匱，中土氣化不匱，乃得水火二氣合化不息矣。此生數爲成之始，成數爲生之終，造化立機，鍾於一物而不遺者，得如是耳。故方書用於悸證健忘者，火之體也；用於遺精濁證，盜汗下血，泄瀉，小水數者，水之用也。即海藏所云益脾胃，益元氣，不外此也。其用於脹滿積聚，鬲噎脾痹脇痛等證，是中土大暢水火之用也，即東垣所云和中益氣，藏器所云利三焦，調諸氣者也。《難經》曰三焦者水穀之道路，氣之所終始，是中土原於水火也；《內經》曰真氣者與穀氣并而充身，是水火藉於中土也。知此，則陰陽之不合及偏勝者，當精究而無容貿貿以爲施治矣。即此味所治諸證，必審其屬陽虛而不能攝陰者，乃爲的對，若患於陰虛而不能歸陽者，茲味投之，適足以滋害也已，爲其與病之治正相反也。夫海藏禁其多用猶屬宜用者，況其鹵莽而投之誤乎？臨病之工，可不審諸？

[附方]

心虛尿滑及赤白二濁，益智子仁、白茯苓、白术等分，爲末，每服三錢，白湯調下。

小便頻數，脬氣不足也，雷州益智子鹽炒，去鹽，天台烏藥，等分，爲末，酒煮山藥粉爲糊，丸如梧子大，每服七十丸，空心鹽湯下。名縮泉丸。

小便赤濁，益智子仁、茯神各二兩，遠志、甘草水煮，各半斤，爲末，酒糊丸梧子大，空心薑湯下五十丸。

腹脹忽泄，日夜不止，諸藥不效，此氣脫也，用益智子仁二兩，濃煎飲之，立愈。

嵩曰：益智仁主君相二火不足，溫脾腎虛寒，又辛入肺而調氣，有母子相關之義。故主益氣安神，補不足，利三焦，是補元氣虛寒，心火相火之不足也，若心經與三焦火動者用之，反耗元氣；主遺精虛漏，小便餘瀝，是益腎之虛寒也，若腎經相火動而致遺瀝等候禁用之；主和中益氣，而多唾屬寒者亦治之，是治脾中寒邪也，而脾家有濕熱痰火又不當用；至能調諸氣，是辛以散肺經之寒氣，而肺熱者又禁之。本母子相關之義，心腎脾肺胃爲治之，然用之適病乃得當也。

希雍曰：益智，其氣芳香，性本溫熱，證患燥熱，病人有火者皆當忌之。故凡嘔吐由於熱而不因於寒，氣逆由於怒而不由於虛，小便餘瀝由於水涸精虧內熱而不由於腎氣虛寒，泄瀉由於濕火暴注而不由於氣虛腸滑，法並忌之。

[修治] 去殼，炒，臨用研。

甘松香 時珍曰：產於川西松州，其味甘，故名。

根

[氣味] 甘，溫，無毒。海藏曰：平。

[主治] 惡氣，卒心腹痛滿，下氣《開寶》。

海藏曰：理元氣，去氣鬱。時珍曰：甘松芳香，能開脾鬱，少加入脾胃藥中，甚醒脾氣。

愚按：甘松香亦芳草也，時珍謂其大醒脾氣，而海藏更謂其理元氣，去氣鬱者，似又不徒以芳香能醒脾見功矣。試即《準繩》治溲血方，以桑寄生爲君，而臣以熟地、茯苓，茲味亦逐隊於爲佐中，且云此方處劑乃以補血之乘虛而妄行者，是則茲味見功，於海藏理元氣一語煞有可參。蓋同於補血虛者以爲理元氣之地，初不外於陽生陰中，大有斡旋以俾元氣之流行，豈同於他味之芳香僅以醒脾爲功乎哉？

[附方]

腎虛齒痛，甘松、硫黄等分，爲末，泡湯漱之，神效。

白豆蔻

其草冬夏不凋，其子圓大，如白牽牛子，其殼白厚，其仁如縮砂仁。

[氣味] 辛，大溫，無毒。好古曰：大辛，熱，味薄氣厚，輕清而升，陽也，浮也，入手太陰經。

[諸本草主治] 胸中冷氣，蕩散肺中滯氣，寬膈進食，能去白睛翳膜。又曰：白豆仁別有清高之氣，可理上焦元氣而收脫氣，治胃冷，食卽欲吐，除脾虛，瘧疾寒熱。

[方書主治] 痞，反胃不能食，傷飲食，脹滿積聚，嘔吐心痛，胃脘痛，消癉泄瀉，大便不通，中氣，中惡氣，呃逆，肩背痛痹，盜汗。

陸養愚曰：白豆仁能益上焦而通三焦，清氣中之火，開鬱結之氣，除寒退風，消食積，止嘔逆，散胸膈之滯。佐血藥能通潤大小腸，使氣得周流，血自浸潤。如陽之過盛者，用寒凉以降之，少佐此味以掣行周身，則寒凉之氣不滯於中而邪氣自退；正氣不損矣。

楊士瀛曰：白豆蔻治脾虛瘧疾，嘔吐寒熱，能消能磨，流行三焦，營衛一轉，諸證自平。

希雍曰：白豆蔻感秋燥之令而得乎地之火金，故其味辛，其氣大溫，其性無毒。好古大辛熱，味薄氣厚，輕清而升，陽也，浮也，入手太陰，亦入足陽明經。得人參、生薑、橘皮、藿香，治胃虛反胃及因寒嘔吐殊驗；得半夏、橘紅、生薑、白术、茯苓，治寒痰停胃，作嘔吐似反胃；得橘皮、白术、白蒺藜、決明子、甘菊花、蜜蒙花、木賊草、穀精草，理脾虛，白睛生障翳；得藿香、橘皮、木香，理上焦滯氣，加烏藥、香附、紫蘇，治婦人一切氣逆不和；佐參、术、薑、橘，治秋深瘧發，寒多熱少，嘔吐胃弱，飲食不進，良。

愚按：盧之頤曰草實之中名豆蔻者凡三，形色功能各有同異，斯言是也。第草肉二豆蔻，本草俱言其辛溫，白豆蔻亦言其辛，止謂其大溫而已，在好古以草白二種爲辛熱。夫天地間唯是水火二氣主之，寒熱者水火之氣，若溫凉則水火之由漸而盛者也，是何可不細審？然氣之所附者味，而味之所由生者氣也，卽味以細爲酌量，則亦可以知其氣矣。如草豆蔻、白豆蔻，俱言辛熱。但白者味辛，而絕無苦意，是專乎金氣也，細味之先香辣而散，後微辣而凉，辛而凉者，金之氣也，此謂入手太陰肺，卽香辣之味轉爲辛凉，則所謂大溫者是，而猶非熱也，故其的治，入肺而效其溫冷散滯之用；至草者先微苦而卽辣，後辣中又微有淡甜，夫苦屬火味，是不專乎金也，由火中之金氣而有歸於土之意，此謂入陽明胃、太陰脾，卽苦而後辛，辛而不甚甘，則所謂熱者或是，而似不止於溫也，故其的治，入中土而效其祛積寒除胃痛之用；若肉豆蔻則先苦多於辣，後辣盛於苦，苦盡帶微辣微涼，是始而從火中之金氣，終而專金中之肅氣，此謂入手足陽明，而更切於大腸也，卽其火始之，金終之，則止謂其辛溫，不可謂其熱也，故其的治，由中土而大效其收令之用；至於草果之味，極其辛辣而不散，其氣猛而臭，誠如時珍所云近斑蝥氣者，卽味與氣謂之大辛大熱也，又何疑焉？用以驅脾胃之寒濕鬱滯，又非其對證之藥乎？抑白豆蔻止入肺，何以亦兼溫胃？緣胃氣固上至於肺，而肺氣亦卽下入於胃也。總之，三種皆南方所產，其時宜形狀未能歷歷實稽，聊就氣味而區別之若此耳，然與前哲所云某種入某經者，似亦不爽矣。

愚按： 白豆蔻，在《開寶本草》云主治積冷氣，而東垣云散肺中滯氣，至海藏更言其補肺氣，益脾胃，理元氣，收脫氣。夫東垣之散滯氣者，卽《開寶》治冷氣之義，氣固以冷而滯也。至如海藏所云補肺氣，理元氣者，得勿以散冷化滯卽此便爲補乎？以楊仁齋能消能磨，流行三焦，營衛一轉，諸證自平數語合之，亦或庶幾近之。第海藏收脫氣一語，似乎與散冷化滯者有不相謀，此處可以細繹也。蓋此味海藏云入手太陰，第審其味，乃先香辣而散，後微辣而涼，夫辛而涼者，金之氣味也，正合於陽中之少陰由天而漸至於地之氣也，如使能升散而不能降收，可謂得秋令之金氣而能入手太陰乎？故方書因寒滯氣而入此味於溫補中者，義固然矣，是此味和其味之溫補者以治虛寒也。然有劑合寒熱而亦入此味者，則又以其能和寒熱之氣而無不宜也，是遵何道哉？蓋正取其合於陽中之少陰，能升散而卽能降收，故或逐隊於升散之陽，而陰未嘗不存乎其中，或逐隊於降收之陰，而陽已先爲主於其內，卽推而至於寒熱之味並投，而措之無不時宜者，此海藏所以謂其補肺氣，理脾胃元氣，而且云收脫氣也。若於此道深心者，試取陳藏器冬夏不凋一語稍爲尋繹，茲味何以隨冬夏而皆不凋也，是豈非寒熱胥宜之義歟？彼錮於習說者，何爲不一致察乎哉？

附白豆蔻方：脾虛反胃，白豆蔻、縮砂仁各二兩，丁香一兩，陳廩米一升，黃土炒焦，去土研細，薑汁和，丸梧子大，每服百丸，薑湯下。名大倉丸。

希雍曰：白豆蔻，其治在因寒嘔吐反胃，其不因於寒及陽虛者皆不得入，故或火升作嘔，因熱腹痛，法咸忌之。

嵩曰：入肺經，去白睛翳膜，乃肺氣虛寒故耳，若紅膜不宜用。

[修治] 藥煎成，方炒研入，一二沸即起。入丸，待諸藥細末後方入，勿隔宿。

豆　蔻

一名草豆蔻，一名草果。按本草初本止載豆蔻，故《綱目》不另列草果，然實有不同處，其義詳後。

[氣味] 辛，溫，澀，無毒。好古曰：大辛，熱，陽也，浮也，入足太陰、陽明經。

[諸本草主治] 溫中，心腹痛，嘔吐，健脾消食，去客寒心與胃痛，止霍亂，一切冷氣，治瘴癘寒瘧，洩痢，噎膈痞滿，痰飲積聚，統於除寒燥濕，開鬱行滯。

[方書主治] 脹滿心痛，胃脘痛，泄瀉腹痛，喘，腰痛著痹，不能食，滯下，痰飲嘔吐，噎，脚氣，癥瘕黃疸，疝。

宗奭曰：草豆蔻氣味極辛微香，性溫而調散冷氣甚速，虛弱不能飲食者宜此，與木瓜、烏梅、縮砂、益智、麯糵、甘草、生薑同用也。

東垣曰：風寒客邪在胃口之上，當心作疼者，宜煨熟用之。

丹溪曰：草豆蔻性溫，能散滯氣，消膈上痰。若明知身受寒邪，口食寒物，胃脘作疼，方可溫散用之，如鼓應桴，或濕痰鬱結成病者亦效。若熱鬱者不可用，恐積溫成熱也，必用梔子之劑。

時珍曰：豆蔻治病，取其辛熱浮散，能入太陰、陽明，除寒燥濕，開鬱化食之力而已。南地卑下，山嵐烟瘴，飲啖酸鹹，脾胃常多寒濕鬱滯之病，故食料必用與之相宜，然過多亦能助脾熱，傷肺損目。或云與知母同用，治瘴瘧寒熱，取其一陰一陽，無偏勝之害，蓋草果治太陰獨勝之寒，知母治陽明獨勝之火也。時珍混同草豆蔻、草果而論，殊少分曉。

希雍曰：豆蔻得地二之火氣而有金，復兼感乎夏末秋初之令以生，故《別錄》謂其味辛氣温而性無毒，海藏又云大辛熱，陽也，浮也，入足太陰、陽明經。辛能破滯，香能入脾，温熱能祛寒燥濕。產閩之建寧者氣芳烈，類白豆蔻，善散冷氣，療胃脘痛，理中焦；產滇黔南粵者氣猛而濁，俗呼草果是也，善破瘴癘，消穀食及一切宿食停滯作脹悶及痛。

愚按：草豆蔻與草果，其效用有別，繆希雍之言固然，蓋其性味原不可一視也，然須先別其形，次味其氣，而後因證以投之。李時珍曰：草豆蔻、草果雖是一物，然微有不同。今建寧所產豆蔻，大如龍眼而形微長，其皮黃白，薄而稜峭，其仁大如縮砂仁，而辛香氣和；滇廣所產草果，長大如訶子，其皮黑厚而稜密，其子粗而辛臭，正如斑蝥之氣，彼人皆用芼茶芼，熟而薦之也，茲曰芼茶，猶言以之為茶果耳。及作食料恆用之物。又陳嘉謨曰：草豆蔻殼黃，其形似龍眼微銳，外皮有稜如梔子稜，無鱗甲，中子連綴，亦似白豆蔻，多粒，甚辛香。草果內子大粒成團，外殼緊厚黑皺，其性辛烈過甚，凡合諸藥同煎，氣獨薰鼻，則可知矣。據此二說，合於蘇頌所云，言草豆蔻結實若龍眼子而銳，皮中子如石榴，辨味辛香，是則前二說有所本，而草果之外皮內肉殊不類此也。陳嘉謨曰：草豆蔻用治中脘冷疼，鮮有得其真者，市家多以草仁假代，安獲奇功？又曰：草果性最辛烈，雖專消導，[6]大耗元陽，老弱虛羸切宜戒之。是則又明草豆蔻與草果之用，其取捨不宜混淆如斯也。雖然，草果仁亦有適宜於所患之證者，安得置而不用？附方於後。愚按：草果之用，嘉謨謂其大損元陽是也。第方書用之以治各證，或臣或佐者，亦未嘗寥寥也，大都兼補益而行之，錄其所治證於後：瘴氣、水腫、脹滿、霍亂、中暑、虛勞、積聚、痰飲、嘔吐、反胃、咳嗽血、畜血、脇痛、消癉、泄瀉、滯下。

愚按：草豆蔻之用，入脾胃也，以其香能入脾，其用之以散中土之寒，并寒之化濕以為鬱為滯者，因其氣味合於辛香而又本於温也。試以

《別錄》首主溫中，《開寶》治一切冷氣，東垣去客寒心與胃痛，而時珍言治瘴瘧寒瘧，如諸說者，不可以知其所主治固專於外寒，或本於虛寒，而與脾胃濕熱之證迥乎其不相謀哉？丹溪所云必明知身受寒邪，口食寒物云云，意蓋謂脾胃濕熱之證爲多，恐誤用溫散之劑，反助濕中之熱以滋劇也。至此味之用與草果懸殊者，一則辛香而和，能散中土之寒邪，一則辛烈而臭，反耗脾胃之元陽，投劑者可不審諸？

用草果方：

氣虛瘴瘧，熱少寒多，或單寒不熱，或虛熱不寒，世醫治瘧，類以寒多爲寒，熱多爲熱，卽此參之，則有熱多寒少，虛熱不寒之證，皆本於氣虛也。用草果仁、熟附子等分，水一盞、薑七片、棗一枚，煎半盞，服。名果附湯。《醫方大成》亦用治脾寒瘧，大便泄而小便多，不能食者。

脾腎不足，虛寒泄瀉，草果仁一兩，以舶上茴香一兩，炒香，去茴不用，吳茱萸一兩，湯泡七次，同破故紙一兩炒香，去故紙不用，胡盧巴一兩，同山茱萸一兩炒香，去茱萸不用，右三味爲末，三味卽草果仁、吳茱萸、胡盧巴也。酒糊丸，每六七十丸，鹽湯下。

或曰：嘉謨云老弱虛羸戒用草果，是矣。第如前二方，一則云氣虛瘴瘧，一則云脾腎不足，何以皆用草果也？詎知此二方有輔翼之味，非專用也，細審當自得之。

肉豆蔻

宗奭曰：肉豆蔻對草豆蔻爲名。時珍曰：花實皆似豆蔻而無核，故名。一名肉果。

[**氣味**]　辛，溫，無毒。權曰：苦辛。好古曰：入手足陽明經。

[**諸本草主治**]　溫中下氣，暖脾胃，止洩，固大腸，治積冷，心腹脹痛，霍亂冷痓，嘔沫，消宿食痰飲，療冷熱虛洩，赤白痢，止小兒吐逆，不下乳，腹痛。

[**方書主治**]　泄瀉滯下，積聚，瘧，水腫，不能食，傷飲食，虛

勞，氣脹滿，反胃霍亂，諸逆衝上，痹，小便數，疝。

丹溪曰：肉豆蔻屬金與土，溫中補脾有功。《日華子》言其下氣，蓋以脾得補而善運化，其氣自下，非若香附、陳皮之驅泄也。

《類明》曰：溫中補脾，泄痢久不已則用之，故本草言冷熱虛泄，久則雖熱者其氣亦虛，非概用以溫中也。

希雍曰：肉豆蔻稟火土金之氣，故味辛氣溫而無毒，入足太陰、陽明經，亦入手陽明大腸，爲理脾開胃，消宿食，止泄瀉之要藥。君人參、補骨脂、吳茱萸、五味子、砂仁，爲治腎泄及冷泄之聖藥；得縮砂密、橘皮、人參、紅麴、山查肉、藿香、麥芽，爲開胃進食，消宿食，止瀉之上劑；獨用，修事爲末，以棗肉和丸，或爲末，縮砂湯下，名公子登筵散，言服之即可赴席，其開胃進食消導之功烈矣。

愚按：肉豆蔻主治惟於瀉泄證爲多，而滯下次之，是即海藏所謂入手足陽明經者也。又李珣主脾胃虛冷氣併，冷熱虛洩，赤白痢，不尤爲左券乎？然宜即甄權苦辛合於《開寶》所謂辛溫者，以悉其主治之義也。味其先苦而辛，得火中之金氣，火爲土母，是由肺以至乎胃，而效其溫中下氣之用也；後辛居勝，而終以微涼，得金中之肅氣，金主降收，是又由胃以至於大腸，而效其且降且收之用也。夫氣之溫者常升，然不全乎金之氣，則不能由肺以降；氣之降者屬金，然不稟乎溫之氣，則更不能由大腸以收。能使溫氣降而入中土者全乎金也，故溫中，治積冷而善運化，能使收氣更歸大腸者，本乎溫也，故溫中運化而又有止洩痢之功。或曰：茲味之效用者固曰以火始，以金終，又何以止洩痢復歸之溫乎？曰：惟其金始於火，故金能效收之用。夫苦溫則氣升，苦寒則氣降，其理固不易矣。即如方書主治積聚，亦以溫而助辛之用也，更參方書之治瀉泄滯下，有治風寒冷滑者，有治老人虛人之患茲證者，其俱得奏效之義，不外於經所云氣虛者寒也。不寧惟是，如痢證病於濕熱而氣虛者，苦寒黃連爲主，用此味及木香佐之，乃能奏效，然豈止取其以溫味濟寒哉？蓋謂此味大能竟其肺之用也。夫肺氣能降亦能收，乃竟陽中少陰之用，金火合德，義固如是。經曰魄門亦爲五臟使，非此意歟？粗工用以止痢，而漫曰澀劑何哉？但不可用之實熱下痢其氣不大虛者耳。雖然，更有進而尋究，如方書療諸逆衝上，屬上盛下虛，又下元陽虛而頭痛者，皆用黑錫丹，於諸溫補歸元中却有肉豆蔻，則益信肺氣之能降能收者，乃所謂腎氣歸元也。愚於白芷條下已粗悉其義，當合參之。

［附方］

老人虛瀉，肉豆蔻三錢，麪裹煨熟，去麪，研，乳香一兩，爲末，陳米粉糊丸梧子大，每服六七十丸，米飲下。

脾泄氣痢，豆蔻一顆，米醋調麪裹，煨令焦黄，和麪研末，更以櫪子炒研末一兩相和，又以陳廩米炒焦爲末，和匀，每以二錢煎作飲，調前二味三錢，旦暮各一服，便瘥。

希雍曰：大腸素有火熱及中暑熱泄暴注，腸風下血，胃火齒痛及濕熱積滯方盛，滯下初起，皆不宜服。

［修治］　時珍曰：肉豆蔻花及實狀雖似草豆蔻，而皮肉之顆則不同類。外有皺紋而內有斑纈，紋如檳榔紋，最易生蛀，惟烘乾密封則稍可留。去殼，但用肉、油色肥實者佳。用湯調糯米粉或醋調麪包，灰火中煨黄熟，取出，以紙搥，去油淨，勿令犯銅鐵。按：良薑以下，砂仁、益智、白蔻、草蔻、肉蔻皆止用仁，而良薑則用根並仁，紅豆蔻卽其仁也。第紅蔻一種，先哲謂其辛熱，最能動火，傷目致衄，垂戒者不一而足，故無取焉。

【校記】

〔1〕去，原誤作"云"，今據文義改。

〔2〕瘦，原誤作"瘻"，今據《本草述鈎元》卷八改。

〔3〕劉守真，原誤作"劉守直"，據《本草綱目》卷十四"劉守真"作"劉完素"，則"直"字誤，今據《本草綱目》文義改。

〔4〕主治，此二字原脫，今據本書體例補。

〔5〕蓮，原誤作"連"，今據《本草述鈎元》卷八改。

〔6〕消，原誤作"悄"，今據萬有書局本、《本草述鈎元》卷八改。

《本草述》卷之八下

芳草部下

補骨脂 時珍曰：一名胡韭子。因其子之狀相似，非胡地之韭子也。

頌曰：補骨脂卽婆固脂，俗訛爲破故紙者是也。出波斯國及嶺南諸州，今嶺外山坂間亦有之。莖高三四尺，葉尖小似薄荷，花色微紫，實似麻粒，圓扁而黑。宜九月采。惡甘草、芸薹、羊血。但製方有與甘草同用者。芸薹，即今油菜。

子

[氣味] 辛，大温，無毒。權曰：苦辛。

[主治] 通命門，歸元陽，治五勞七傷，風虛冷，骨髓衰敗，腎冷精流，腰痛膝冷，囊濕，逐諸冷頑痹，並治腎泄，小便頻，及婦人血氣墮胎。

白飛霞《方外奇方》云：破故紙屬火，收斂神明，能使心包之火與命門之火相通，能收斂神明，乃能使心包絡之火與命門通，則老人上焦有虛熱者可引之歸下矣，故元陽堅固，骨髓充實，澀以治脫也。胡桃屬木，潤燥養血，血屬陰惡燥，故油以潤之，佐破故紙，有木火相生之妙。心包主血，命門主氣，相通則血歸於氣。故紙原補命門乃其功，歸於補髓者，由於血合氣氣化精也，況有胡桃肉木火相資，爲血府生化之原，此所以能補腎益精髓也，故語云：破故紙無胡桃，猶水母之無鰕也。

之頤曰：骨者形之一，腎之合也。蓋形之所繇生，必先骨髓始，次及筋肉血脈皮毛，曰五形。卽臟之所繇生，亦必先腎，腎之肝，肝之脾，脾之心，心之肺，曰五臟。臟臟神，形載氣也。肝者筋之合，脾者肉之合，血脈者心之合，皮毛者肺之合，合則神與臟俱，氣與形俱矣。第腎獨有兩，左曰水，右曰命門火。命門元陽乃水中之火也，主靜而不動，三焦乃陰化陽，靜而動之初氣，故《難經》謂爲元氣之別使。卽海藏補腎與三焦之虛者，同用肉蓯蓉、故紙，而補命門止肉桂、附子，此亦足徵三焦與命門之所以異者也。水卽髓之源，火卽生之本，本於陰陽，其氣五臟五形皆通乎生氣，失其所則折壽而不彰，此壽命之本也。因色黑從腎，宜歸於左，辛溫從火，又當偏向於右矣。是以兩臟咸交驅水火之精氣補裨骨髓。髓者骨之脂也，復從骨髓淫氣於骨，散精於腎，次第森榮，互爲變化，則凡五臟化薄，致五形離決而爲勞爲傷，五形化薄，致五氣消亡而爲極爲痹，仍可使之次第森榮，互爲變化，所謂骨氣以精，謹道如法，長有天命。先哲曰：病因於腎經受寒者，非附子、破故紙不能通達開節。是則故紙可與附子同功乎？此義亦所當參也。鄭相國傳方，用破故紙十兩，淨擇去皮，洗過曝，搗篩令細，胡桃瓤二十兩，湯浸去皮，細研如泥，更以好蜜和令如飴糖，瓷器盛之，旦日以暖酒二合調藥一匙服之，便以飯壓，如不飲酒人，以暖熱水調之，彌久則延年益氣，悅心明目，補添筋骨。但禁蕓薹、羊血，餘無所忌。許叔微學士《本事方》云：孫真人言補腎不若補脾，予曰補脾不若補腎。腎氣虛弱，則陽氣衰劣，不能薰蒸脾胃，脾胃氣寒，令人胸膈痞塞，不進飲食，遲於運化，或腹脇虛脹，或嘔吐痰涎，或腸鳴泄瀉。譬如鼎釜中之物無火力，雖終日不熟，何能消化？濟生二神丸治脾胃虛寒泄瀉，用破故紙補腎，肉豆蔻補脾，二藥甚爲切當。但當加木香以順其氣，使之斡旋空虛倉廩，俾其受物，屢用見效，不可不知。按二神丸治晨泄，用骨脂補腎，肉蔻補脾，先哲言之矣。第二味俱苦辛而辛爲勝，卽其采於九月，則知金合於水以下行。緣腎脾肺皆一氣所終始，而始於腎，生於脾，統於肺，其補腎脾而皆以辛勝者，本於統氣者而治之，故能奏功。經云通天者生之本，肺固五臟之蓋，而居其最上者也。

希雍曰：補骨脂稟火土之氣，而兼得乎天令之陽，故其味辛，其氣大溫，性則無毒，陽中微陰，降多升少，入手厥陰心包絡、命門、足太陰脾經，能暖水臟，陰中生陽，壯火益土之要藥也。

愚按：補骨脂之名，即本草謂其主治骨髓傷敗也。第先哲謂此味能使心包之火與命門火通，乃令元陽堅固，骨髓充實，卻先言其能收斂神明，乃得如是。蓋緣人之神明主於心，而心固火之主也，夫氣爲火之靈，如得主火者能收斂其神明，而離之爲坎主者又何元陽之不堅固乎？第所云骨髓充實者，即由元陽堅固所致，道家所謂氣盛則精盈，精盈則氣盛者，如斯義也。經曰水之精爲志，火之精爲神，又曰志者骨之主也，又曰腎主骨，腎爲作強之官，故主骨也。骨者髓之府，髓者骨之充也，又曰髓者地氣之所生，又曰人始生，先成精，精成而腦髓生。合而繹之，髓所以充骨，而精所以生髓，乃志先爲骨之主，以爲水精，而神更爲志之先，以裕水化，能使天氣之火精靜斂，乃致地氣之水精充盈，是水火原爲同宮而神志自爲相應，有如斯乎，即人身一切皆聽命於君主者，於是可窺一斑，而陽爲陰先之義亦足徵也。如骨髓原屬至陰之液所化，乃至陰之所以化液爲髓者，則陰中之陽。志固陰中之陽欲出地者也，本草以風虛冷三字冠於骨髓傷敗之前，明指陰中之陽虛，蓋風者出地之陽也。唯茲味煞能即水攝火，即火運水，乃得陰陽相付，而後氣乃歸於腎之形，形乃歸於腎之器，腎之器，即骨是也。陰精乃得化髓以填骨空。蓋其收攝精氣者，皆即水攝火之元機；其補益形器者，又即火運水之妙理也。即水攝火，是火降於水中，則陰得陽化以益形；即火運水，是水升於火中，則陽得陰和以益氣。故下而益陰者，須得陽之動；上而益陽者，須得陰之靜。或曰：諸本草主治五勞七傷，男子腰疼膝冷，囊濕，逐諸冷痹頑，是爲形器之補益者非小也，是皆補骨髓之明效歟？曰：是固然矣。請更暢之，蓋此味能攝氣歸元，是《內經》所謂氣歸精也，氣歸精，是氣生精也，即此便得如《內經》所云精歸化矣，精歸化者，又《內經》所云精化爲氣也，即此又便得如《內經》所云氣生形，形歸氣矣，又何有骨髓衰敗而病於五勞七傷，如腰疼諸證之不瘳耶？第世醫但知能補下焦陽虛耳，大爲鹵莽。

[附方]

鄭相國傳方，具前，大得歸氣化精之妙，後來因證加減者，必本其義以製方，不然直以爲補陽虛而已。

定心補腎養血，**返精丸**：破故紙炒，二兩，白茯苓一兩，爲末，沒藥五錢，以無灰酒浸高一指，煮化，煮化者似單指沒藥也。和末丸梧子大，每服三十丸，白湯下。昔有人服此，至老不衰，蓋故紙補腎，茯苓補心，沒藥養血故也。

腎虛腰痛，**青娥丸**：治腎氣虛弱，風冷乘之，或血氣相搏，腰痛如折，俯仰不利，或因勞傷腎，或濕痹傷腰，或墮跌損傷，或風寒客搏，或氣滯不散，皆令腰痛，或腰間如物重墜。用破故紙酒浸炒，一斤，杜仲去皮，切片，薑汁浸炒，一斤，胡桃肉去皮，二十個，爲末，以蒜搗膏一兩，和丸梧子大，每空心溫酒服二十丸，婦人澹醋湯下，[1] 常服有大益。

妊娠腰痛，**通氣散**：用破故紙二兩，炒香，爲末，先嚼胡桃肉半個，空心溫酒調下二錢。此藥神妙。

玉莖不痿，精滑無歇，時時如鍼刺，捏之則脆，此名腎漏，用破故紙、韭子各一兩，爲末，每用三錢，水二盞煎六分服，日三次，愈則止。

種子方：真合州補骨脂沉實者，一斤，以食鹽四兩，入滾湯，乘熱浸一宿，曬乾，次用杜仲去皮酒炒去絲，四兩，煎濃湯，浸一宿，曬乾，次用厚黃檗去皮蜜炙，四兩，煎濃湯，浸一宿，曬乾，別用魚膠四兩，剪碎，以蛤粉炒成珠，同補骨脂炒香，磨細末，將胡桃肉搗如泥，盛以錫盆蒸之，取油和末，量加蜜搗和，丸如梧子大，空心用三錢，白湯或澹鹽湯吞，[2] 晚間或饑時更一服。老人及陽虛無火者宜此，有火者忌之。

希雍曰：補骨脂，陽藥也，凡病陰虛火動，陽道妄舉，夢遺尿血，小便短澀，及目赤口苦，舌乾，大便燥結，內熱作渴，火升目赤，易饑嘈雜，濕熱成痿，以致骨乏無力者，皆不宜服。愚按：此味主治腎氣虛冷，不可概施之腎陰虛冷，卽腎氣虛冷而原於腎陰不足者，亦當酌主輔以投之。

[修治] 性大燥，酒浸一宿，漉出，用水浸三宿，蒸三時久，曝乾，緊急微炒。止泄，麪炒，補腎，用麻子仁炒。此性燥毒，一法用鹽水浸一日，取出曝乾，再同鹽炒過用。

薑　黃

恭曰：薑黃根葉都似鬱金，其花春生於根，與苗並出，入夏花爛，無子。頌曰：薑黃，今江、廣、蜀、川皆有之。葉青綠，長一二尺許，闊三四寸，有斜紋，如紅蕉葉而小，花紅白色，至中秋漸凋，春末方生，其花先生，次方生葉，不結實，根盤屈，黃色，類生薑而圓，有節。八月采根，片切，曝乾。時珍曰：近時以扁如乾薑形者為片子薑黃，圓如蟬腹形者為蟬肚鬱金，並可浸水染色。

根

[氣味]　辛苦，大寒，無毒。藏器曰：性溫不冷，云大寒誤矣。嘉謨曰：辛，溫。試嘗之，果辛多苦少，詳其功用，似辛勝者為是。

[諸本草主治]　祛邪辟惡，療心腹結積，並冷氣心腹脹痛，及風痹臂痛，消癰腫，治女子產後血氣衝心。

[方書主治]　氣證痞證，脹滿喘噎，胃脘痛，腹脇肩背及臂痛痹疝。

時珍曰：薑黃、鬱金、蒁葉三物，形狀功用皆相近，但鬱金入心治血，而薑黃兼入脾兼治氣，蒁葉則入肝兼治氣中之血，為不同爾。古方五痹湯用片子薑黃，治風寒濕氣手臂痛，戴原禮《要訣》云片子薑黃能入手臂治痛，其兼理血中之氣可知。

之頤曰：薑黃力行升出之機，奪土大之鬱者也，土用行而黃中理。

希雍曰：薑黃辛香燥烈，性不應寒，陽中陰也，降也，入足太陰，亦入足厥陰經。治中寒心痛難忍，薑黃一兩，桂三兩，為末，醋湯服一錢。得當歸、生地黃、牛膝、延胡索、肉桂，治一切積血在腹中作痛。

愚按：薑黃，在蘇恭曰於春生苗，而花並苗出，是之頤所謂力行出生之機以宣木火之用者也；在蘇頌曰春末方生，其花先生，葉乃次之，至仲秋則漸凋，是獨暢火大之用，似可以對待寒涼，如方書一端之治也。又二蘇所謂不結實，還即於八月采根者，是暢火大之氣而歸於金，即并火金之氣，全力以歸乎土，有合於時珍入脾之說也。夫氣者火之靈，而火以風木昌其氣，是始於木也，更以燥金化其氣，是終於金也。始於木，終於金，歸於土，而絕不受寒水之氣，以大成其火金之用，是則茲物所理者氣而所兼者血也，蓋其氣昌則血生，氣化則血暢耳。抑取其氣化於金，更歸於土者謂何？曰：陰陽之賦於物，亦猶人也，是得金爲火妻，以育離中之坎，俾陽必得陰乃化耳，氣化則歸於土矣。緣木火之相生者必經於胃，而火金之相化者亦必歸於胃，中土固成始而成終者也。若一有不歸於胃者，必火金不能相化，而氣不能生血，或血不足以化氣也。得其歸於土則胃合於脾，俾氣之達於三陰三陽者，乃暢於臟腑，達於形體矣。此固衛先而營隨之義，不謂茲物適有合焉。試閱方書諸證之主治，如氣證痞證，脹滿喘噎，胃脘痛，腹脇肩背及臂痛痹疝，雖所投有多寡，然何莫非以氣爲其所治之的，而血時有寓於氣中以爲治者，或有本其所因而氣血輕重之暫殊者，未有專爲治血而用茲味。如本草所說也，且此味亦不等於破決諸劑，卽血之能化者，固皆本於氣之能化也。木火之相生必經於胃，此胃濁中之清上注於肺也；火金之相化亦必歸於胃，此肺清中之濁內注於經，下溜於海也。此味能致血化者，較與他血藥有原委，不察於是，而漫謂其破血，詎知薑黃不任受破之一字也。

[附案] 一女子，年三十外，於冬寒月通身怯寒，並頭痛，更背重墜而痛，下引腰腿及腿肚痛甚，右臂痛不能舉。醫者以五積散爲主，加羌活、烏藥，是散凝寒而行滯氣，似亦近之，然卻止除怯寒並腰痛，而頭痛、腿痛及腿肚之痛、右臂不舉之痛，大都小愈耳，如背重墜而痛，則毫未應也，是何以故？蓋止知散寒而不知達陽，止知行胃腎之氣，而不知達胸中之陽，夫陽受氣於胸中，而背固胸中之府也。予簡方書，有以薑黃爲君，而羌活、白朮、甘草四之一，余加入附子三分，服頭飲則背痛與諸痛去其三，復渣，再如前劑，而止用其三之一與前渣同煎，服竟而諸證悉霍然矣。書此於薑黃之後，見此味以達上焦之陽，爲其能不混於治血，且不等於治氣之味，而余之所測良不謬也。

希雍曰：本草多云治血病，第病因血虛臂痛，血虛腹痛，而非瘀血凝滯，氣逆上壅作脹者，切勿誤用，誤則愈傷血分，令病轉劇，慎之慎之。

[修治]　此味《綱目》本草無修治，有云不宜見火者，良然。蓋此味之辛勝者，是其功用之徵，見火則去其辛矣。

鬱　金

時珍曰：酒和鬱鬯，昔人言是大秦國所產。鬱金花香，惟鄭樵《通志》言卽是此鬱金。其大秦三代時未通中國，安得有此草？羅願《爾雅翼》亦云是此根和酒，令黃如金，故謂之黃流。其說並通。

頌曰：生蜀地及西戎，今廣南、江西州郡亦有之，然不及蜀產者佳。四月生苗，似薑黃，花白質紅，末秋從莖心出，不結實，根如指頂，長者寸許，體圓，有橫紋如蟬腹狀，外黃內赤，不如薑黃純黃也。

根

[氣味]　辛苦，寒，無毒。潔古曰：氣味俱厚，純陰，凉心經。

[諸本草主治]　血氣心腹痛，及陽毒入胃，下血頻痛，療失心癲狂，血積蠱毒，尿血血淋，女子產後敗血衝心。

[方書主治]　發熱，鬱，咳嗽齗衂，咳嗽血，溲血，頭痛眩暈，狂癎滯下，淋，並眼目鼻舌咽喉等證。

丹溪曰：鬱金無香而性輕揚，能致達酒氣於高遠，古人用治鬱遏不能升者，恐命名因此也。

又曰：鬱金屬火與土，有水，其性輕揚上行，治吐血衂血，唾血血腥及經脈逆行，並宜鬱金末加韭汁、薑汁、童尿同服，其血自清，痰中帶血者加竹瀝。

之頤曰：以鬱合秬釀之成鬯。秬，黑黍也，音巨。用秬黍釀酒，以香草合之，故曰鬱鬯。《記》曰：秬者百穀之長，鬱者百草之長，故先王煮以合鬯。周人尚臭，灌用鬯，陰達於九淵，陽徹於九天，故曰條暢於上下，致氣於高遠，所以降神也。經云：藏真高於肺，以行營衛陰陽也。設遏逆於中則萎，暢於四肢，爲結爲積，爲宿爲淋矣。與香薷合其德，略有異同，香薷偏於衛與陽，鬱金偏於營與陰，將形藏，彌元府，敷幽門則一耳。

時珍曰：鬱金入心及包絡，治血病。經驗方：真鬱金七兩，明礬三兩，爲末，薄米糊丸梧子大，每服五十丸，白湯下。有婦人顚狂十年，此劑初服，心胸間有物脫去，神氣灑然，再服而甦。此驚憂痰血絡聚心竅所致，鬱金入心去惡血，明礬化頑痰故也。又龐安常《傷寒論》云：斑豆始有白泡，忽搐入腹，漸作紫黑色，無膿，日夜叫亂者，鬱金一枚，甘草二錢半，水半盞煮乾，去甘草，切片，焙研爲末，入真腦子炒半錢，每用一錢，以生豬血五七滴、新汲水調下，不過二服，甚者毒氣從手足心出如癬狀，乃瘥，此乃五死一生之候也。

希雍曰：鬱金，稟天令清凉之氣，而兼得土中金火之味，故其味辛苦，其氣寒而無毒，入手少陰、足厥陰，兼通足陽明經。

又曰：鬱金治諸血證者，謂血之上行皆屬於內熱火炎，此藥能降氣，氣降卽是火降，又本爲血分氣藥，故血不妄行。丹溪不達此理，乃謂其上行治血，則誤矣。鬱金同韭菜、番降香、當歸、生地黃、童便，能治怒氣傷肝吐血。

愚按：薑黃之味，辛勝於苦，且其氣溫，鬱金苦勝於辛，更其氣寒。方書俱以爲入血，不知薑黃本於衛之陽以入血，宣血中結滯之邪而利之也，鬱金本於營之陰以入血，暢血中精微之化而行之也。若然，潔古謂爲純陰，是亦近之矣。第其四月生苗，何以爲純陰？曰：不觀其於末秋乃於莖中吐華乎？由火土而趨金水之交，以宣其所孕之精英，復不結實，而仍返於根，則其生於火土成於金水也，豈不較然哉？故根猶存火土之質而大蘊金水之精，所以氣寒而味苦也。抑潔古謂純陰，而丹溪乃云其性輕揚者，不幾於相戾歟？曰：卽水土之質，而氣味大蘊金水，是固能化火土之濁，然卽金水之化而形質不離火土，是乃能成金水之清，更就其陰之精微以肆其陽之脫化。金水之化不離火，上正見非純陰。丹溪有曰古人所以治鬱遏不升者，故得此名。斯言微中矣。徧閱方書，此味之用俱從鬱主治，此丹溪所謂輕揚上行，庶幾得其功用之似。而潔古所謂純陰者，其義猶未盡也。或曰：然則繆仲淳所云丹溪失言者非歟？曰：彼惡知之。大凡陰陽之氣能化，未有不本於升降者，能升，未有不降者。丹溪豈以此味止能升哉？彼灌用鬯者，陰達於九淵，陽徹於九天，抑何說也？夫精微之化，其氣疏越而條達，故能去心經瘀血之絡聚，并包絡與胃中血熱之毒而悉能去之。至上而頭目一切及下二便，並得投之，是豈不能降？而先哲顧不達此理哉？或曰：方書所療諸證，似宜以熱鬱一方之義通之，何以謂純陰之說不盡然耶？曰：純陰之性味必不能解鬱，而茲味使陽脫化者，乃其陰之精微也，固非以氣之辛散者為功，豈能純陰而不能化者能奏效於上下耶？但當就根之黃赤而却苦寒，兩不相忤以為理者，其義可熟參也。本草首云主治血積，第血之周流由於氣，治血積未有不暢氣者。一女子胃口作痛，牽引兩脇并背，其痛不可忍，適有一方，用鬱金一錢五分酒炒，香附三錢，條甘草一錢，用水及酒各一盞煎服，立效。蓋其處劑正合前義也。唯此味之散血積，較與他散血之味不同，論中所說甚明。如丹溪所謂其氣輕揚一語，便已言此味能由氣暢血矣。

[附方]

厥心氣痛不可忍，鬱金、附子、乾薑等分，為末，醋糊丸梧子大，硃砂為衣，每服三十丸，男酒女醋下。

按鬱金類同於寒凉而用，卽此寒水上逆，與薑、附同用，則其不專以陰勝可知。

陽毒下血，熱氣入胃，痛不可忍，鬱金五大個，牛黃一皂莢子，為散，每服用醋漿水一盞同煎三沸，溫服。

風痰壅滯，鬱金一分，藜蘆十分，為末，每服一字，溫漿水調下，仍以漿水漱口，以食壓之。

痔瘡腫痛，鬱金末，水調塗之，卽消。

中砒霜毒，鬱金末二錢，入蜜少許，冷水調服。

希雍曰：凡病屬真陰虛極，陰分火炎，薄血妄行，溢出上竅，而非氣分拂逆，肝氣不平，以致傷肝吐血者，不宜用也，卽用之亦無效。

嘉謨曰：鬱金倘難得真者，采山茶花可代。茶花燒灰存性，研細調服。

又曰：按鬱金、薑黃兩藥實不同種，鬱金味苦寒，色赤，類蟬肚圓尖，薑黃味辛溫，色黃，似薑瓜圓大，鬱金最少，薑黃常多，今市家惟取多者欺人，謂原本一物，指大者爲薑黃，小者爲鬱金，則世間之物俱各大小不齊，何嘗因其異形而便異其名也，此但可與不知者道爾。若果爲是，則鬱金亦易得者，又何必以山茶花代耶？

[修治] 置生雞血中化成水者真。磨汁，臨服入藥。

蓬莪茂 音述。一名廣茂。

頯曰：生西戎、廣南諸州，江浙或有之。三月生苗，在田野間，莖如錢大，高二三尺，葉色青白，長一二尺，大五六寸，頗類蘘荷，五月黃花作穗，花頭微紫，根如生薑而茂在根下，狀如雞鴨卵，大小不等。九月采茂。

根

[氣味] 苦辛，溫，無毒。

[主治] 一切氣《日華子》，破痃癖冷氣甄權，丈夫奔豚，並霍亂冷氣，吐酸水，或心腹痛《開寶》，通肝經聚血好古，療婦人血氣結實甄權，通月經，止撲損痛，下血及内損惡血《日華子》。

頌曰：蓬莪茂，古方不見用者，今醫家治積聚諸氣爲最要之藥，與荆三稜同用之良。婦人藥中亦多使。

好古曰：蓬莪，色黑屬血，破氣中之血，入氣藥，發諸香，雖爲泄劑，亦能益氣，故孫尚藥用治氣短不能接續，及大小七香丸、集香丸諸湯散多用此也，又爲肝經血分藥。

時珍曰：鬱金入心，專治血分之病，薑黃入脾，兼治血中之氣，茂入肝，治氣中之血，稍爲不同。按王執中《資生經》云：執中久患心脾疼，服醒脾藥反脹，用耆域所載蓬莪茂夠裹炮熟，研末，以水與酒醋煎服，立愈，蓋此藥能破氣中之血也。

希雍曰：蓬莪茂，感夏末秋初之氣而得土金之味，故其味苦辛，其氣溫而無毒，陽中陰，降也，入足厥陰肝經氣分，能破氣中之血，主積聚諸氣，為最要之藥。本草所謂心腹痛者，非血氣不得調和，即是邪客中焦，即中惡毒氣之為病，亦因臟腑壅滯，陰陽乖隔，以致外邪乘之。茂氣香烈，能調氣通竅，竅利則邪無所容而散矣。其主霍亂冷氣，吐酸水及飲食不消，皆行氣之功也，故多用酒磨。又療婦人血氣結積，丈夫奔豚，入肝破血行氣故也，多用醋磨。得人參、橘皮、縮砂密、荊三稜、肉豆蔻、青皮、麥糵、穀糵、木香，消一切飲食停滯積聚及小兒癥癖，甚良。

[附方]

一切冷氣搶心切痛，發即欲死，久患心腹痛時發者，蓬莪茂醋煮，二兩，木香煨，一兩，為末，淡醋湯下半錢。

婦人血氣遊走作痛及腰痛，茂同乾漆等分，為末，酒服二錢。腰痛，核桃酒下。

愚按：蓬莪茂之味苦辛，是泄而散也，其氣復溫而通行，故主治積聚諸氣。乃先哲有謂其益氣者，蓋因其破氣中之血故也。夫血泣於氣中，則氣不能通，此味入氣藥，發諸香，為能疏陽氣以達於陰血，陰血達而氣乃益暢。如療疢癖冷氣，丈夫奔豚等疾，可想見其功用，非真有補益之能也。即所云治氣短不能接續者，亦是此義。但較他破血之劑有異，不可不察也。

希雍曰：蓬莪茂，行氣破血散結，是其所長，若氣血兩虛，脾胃素弱而無積滯者，用之反能損真氣，使食愈不消而脾胃益弱，即有血氣凝結，飲食積滯，亦當與健脾開胃補益元氣藥同用，乃無損耳。

[修治] 陳醋煮熟，剉，焙乾，或火炮醋炒。得酒、醋良。

荊三稜

頮曰：舊不注所產土地，今荊襄、江淮、濟南、河、陝皆有之。多生淺水旁，或荒廢陂池濕地間，春時叢生，夏秋抽莖，莖端復出數葉，開花六七枝，色黃紫，作穗細碎，中有子如粟，莖葉花實俱有三稜，並與莎草一樣，但長大耳，其莖光滑，中有白穰，剖之纖物，柔韌如藤，苗下有魁，初生成塊如附子，亦有扁形者，從旁橫貫，一根復連數魁，魁上亦出苗葉，其魁皆扁長，鬚皮黃褐，削去鬚皮，宛如鯽狀，體重者荊三稜，圓小如梅者黑三稜，鉤曲如爪者雞爪三稜，因狀賦名，各適其用，本非兩物。方書又有石三稜，與荊三稜、雞爪三稜同用，治痃癖氣塊者，是宜同中有異，未可定爲因狀賦名也，石三稜詳《綱目》集解中。

根

[氣味]　苦，平，無毒。藏器曰：甘，平，溫。《日華子》曰：甘澀，涼。潔古曰：苦甘，無毒，陰中之陽。

[主治]　老癖癥瘕，積聚結塊《開寶》，破積氣《日華子》，通肝經積血，治瘡腫堅硬海藏，療心膈痛，飲食不消潔古，婦人產後惡血血結《開寶》。

好古曰：三稜色白屬金，破血中之氣，肝經血分藥也。三稜、莪茂治積塊瘡硬者，乃堅者削之也。

志曰：俗傳昔人患癥癖死，遺言令開腹取之，得病塊乾硬如石，文理有五色，以爲異物，削成刀柄，後因以刀刈三稜，柄削成水，乃知此藥可療癥癖也。戴原禮《證治要訣》云：有人病癥癖腹脹，用三稜、莪茂以酒煨，煎服之，下一黑物如魚而愈也。

希雍曰：荊三稜，稟火土之氣，故《本經》味苦平，潔古兼甘，亦應兼辛兼甘，故無毒，入足厥陰，亦入足太陰，從血藥則治血，從氣藥則治氣，老癥癖瘕，積聚結塊，未有不由血瘀氣結食停所致，苦能泄而辛能散，甘能和而入脾，血屬陰而有形，此所以能治一切凝結停滯有形之堅積也。同蓬莪茂、青皮、香附、延胡索、肉桂、牡蠣、鱉甲、人參，則消一切堅癥老癖之積聚；同青皮、紅藍花、當歸、川芎、生地黃、芍藥、桂心、牛膝、延胡索、五靈脂，則治產後一切惡血停滯留結及月水凝蓄不通，少腹作痛，不可按；同橘皮、青皮、縮砂密、紅麴、山查、麥芽、人參、肉豆蔻、黃連，則消一切食積并氣壅塞不利。

愚按：王好古云：莪茂色黑屬血，能破氣中之血；三稜色白屬氣，能破血中之氣。斯言是也。然細繹之，氣中之血，謂氣所凝結之血也，固謂破血，然實與諸破血之味不同，乃從氣入而破血，必先有以開其氣，而後能效其破血之用。故好古又謂其入氣藥，發諸香，且以治氣不能接續，及七香丸類用之，不一而足也。蓋陽困其陰者不少，然此疎氣至血之味，即未病於血凝，如霍亂冷氣及心腹痛，亦何不可用也。若血中之氣，謂血所壅遏之氣也，固謂破氣，然實與諸破氣之味不同，乃從血入而破氣，必先有以決其血，而後能致其破血之用。故昔人相傳云有以癥癖死者，後人聽其遺言而剖視之，乃至堅硬，一遇三稜即化，然則所謂堅者削之，三稜任之矣。夫陰圍其陽者類多，然此潰血出氣之味，如病未至於老而且堅，若女子血脈不調，心腹痛，產後腹痛血運之類，所須何遽至此？如此類者，輕投之，不惟傷血而更損氣，蓋陰固為陽之依，此張潔古先生所以戒於妄用也。愚謂化氣者陽，成形者陰，此二味一於陽中之陰，一於陰中之陽，以思其功用，如莪茂在希雍謂為陽中陰，三稜在潔古謂為陰中陽，義皆不謬。

愚按：潔古曰：三稜能瀉真氣，真氣虛者勿用。此固至言也。但此味能破有形之積，如外淫之泣滯其氣血，及飲食痰飲之裹積者，須以此除之。至由於七情所結，愈久愈結，以致成有形之積者，是元氣大傷，則必藉補劑以行，脾胃氣旺乃能漸消而散，以期平復。概用克削，則元氣愈弱，故者未去，新者復至，戒之哉。方書有以補味同三稜用者，如治心積伏梁丸，治心積起於臍，上至心，大如臂，久不已，病心煩，身體髀股皆腫，[3]環臍而痛，其脈沉而芤，音摳，脈浮大而耎也。茯苓、厚朴製、人參、枳殼麩炒、白术、半夏洗、三稜炮，各等分，上為細末，麪糊為丸如梧桐子大，每服五十丸，食遠米飲下。又如宣明三稜湯治癥瘕痃癖，積聚不散，堅滿痞膈，食不下，腹脹，荊三稜二兩，白术一兩，蓬术、當歸各半兩，檳榔、木香各七錢半，右為末，每服三錢，沸湯調下。加減四物湯治婦人血積，當歸、川芎、芍藥、熟地黃、廣茂、桂去粗皮、荊三稜、乾漆炒烟盡，各等分，上為粗末，每服二錢，水二盞煎，法如常。舉茲三方，可以類推。

[修治]　消積，須用醋浸一日，炒或煮熟，焙乾，入藥乃良。

香附子

宗奭曰：香附子今人多用，雖生於莎草根，然根上或有或無，有薄皺，皮紫黑色，非多毛也，刮去皮則色白，若便以根爲之則誤矣。時珍曰：莎葉，如老韭葉而硬，光澤，有劍脊稜，五六月中抽一莖，三稜中空，莖端復出數葉，開青花，成穗如黍，中有細子，其根有鬚，鬚下結子一二枚，轉相延生，子上有細黑毛，大者如羊棗而兩頭尖。采得，燎去毛，曝乾貨之。

[氣味]　甘，微寒，無毒。宗奭曰：苦。頌曰：《天寶單方》云，辛，微寒，無毒，性澀。潔古曰：甘苦微寒，氣厚於味，陽中之陰，血中之氣藥也。凡氣鬱及血氣必用之。時珍曰：辛，微苦，甘，平，足厥陰、手少陽藥也，能兼行十二經八脈氣分。

[主治]　利三焦，解六鬱，散時氣寒疫及心腹中客熱，並常日憂愁不樂，心忪少氣，治一切氣，霍亂吐逆，及痞滿腹脹，消飲食積聚痰飲，治膀胱間連脇下氣妨，去瘀血，生血，婦人崩漏帶下，月候不調，胎前產後諸病。

丹溪曰：香附，須用童子小便浸過，能總解諸鬱。凡血藥必用之，以引至氣分而生血，此陽生陰長之義也。

時珍曰：香附之氣，平而不寒，香而能竄，其味多辛能散，微苦能降，微甘能和，乃足厥陰肝、手少陽三焦氣分主藥，而兼通十二經氣分，生則上行胸膈，外達皮膚，熟則下走肝腎，外徹腰足，炒黑則止血，得童便浸炒則入血分而補虛，鹽水浸炒則入血分而潤燥，青鹽炒則補腎氣，酒浸炒則行經絡，醋浸炒則消積聚，薑汁炒則化痰飲。得參、术則補氣，得歸、芎則補血，得木香則流滯和中，得檀香則理氣醒脾，得沉香則升降諸氣，得芎藭、蒼术則總解諸鬱，得梔子、黃連則能降火熱，得茯神则交济心肾，得茴香、破故纸则引气归元，得厚朴、半夏则决壅消胀，得紫苏、葱白则解散邪气，得三棱、莪则消磨积块，得艾叶则治血气，暖子宫，乃气病之总司，女科之主帅也。

韩㦖曰：香附，能推陈致新，故诸书皆云益气，而俗有耗气之说，宜于女人，不宜于男子者，非矣。盖妇人以血用事，气行则无疾，老人精枯血闭，惟气是资，小儿气日充则形乃日固。大凡病则气滞而馁，故香附於气分为君药，世所罕知，臣以参、芪，佐以甘草，治虚怯甚速也。

希雍曰：莎草根，禀天地温燥之气，而兼得乎土金之味，故其味甘，应有苦辛微寒，亦应微温无毒，入足厥阴气分，亦入手太阴经，气厚於味，阳中之阴，降也，血中之气药也，能行十二经八脉气分。得童子小便、苦酒渍过良。芎䓖为之使。辛主散，苦温主降泄，凡血不自行，随气而行，故香附为气郁血滞必用之药。然用之以调血，须辅之以益血凉血之品，即气虚者兼入补气药，乃可奏功也。

交感丹：凡人中年精耗神衰，盖由心血少，火不下降，肾气惫，水不上升，致心肾隔绝，荣卫不和，上则多惊，中则寒痞，饮食不下，下则虚冷遗精。愚医从知峻补下田，非惟不能生水滋阴，而反见衰悴，但服此方半年，屏去一切暖药，绝嗜欲，然後习秘固泝流之术，其效不可殚述。香附子一斤，新水浸一宿，炒黄，同茯神四两为末，蜜丸弹子大，每早细嚼一丸，以降气汤下。降气汤用香附半两，茯神二两，炙甘草一两半，为末，点沸汤服前药。香附一斤，童子小便浸透，砂器中炒，炒时不住手灑童便，火勿过猛，炒三昼夜为度，川木耳四两，纸包裹，以新瓦两片夹定，绳缚泥固，火煅存性，觉烟起良久，急去火，取置冷地，候冷取出，同香附研极细如麪，每五七分，淡醋汤调，空心服。此治血崩秘方，累试有验。

愚按：香附之味甘，甘为生气生血之元，兼有辛，属金归肺，所主者气也，後又兼有苦，苦属火归心，所主者血也。夫辛甘为阳，甘多而兼辛，是阳居其有余也；苦为阴，甘多而苦少，是阴居其不足也。但先甘而次兼乎辛，由辛而次兼乎苦，是本阳而归於阴也。又言其气微寒者多，苦寒相合者亦陰也。氣乃味之先，則有餘之陽並入於陰而效其用，猶肺氣下降入心而生血之義。故先哲云此味爲陽中之陰，血中之氣藥也。李瀕湖所云爲足厥陰、手少陽藥，兼行十二經八脈氣分者，誠有確見哉。故主治諸證當審爲血中之氣病，乃中肯綮，不漫同於諸治氣之味也。若然，手少陽非專主氣者乎？而何以入之？不知手少陽與手厥陰表裏，三焦之氣不化爲火者，由手厥陰之血無病也，故入血中之氣以效用，將舍三焦之氣而效於何氣乎？氣血各有陰陽之分，是即所謂陰氣也。故上焦心包絡所生病，如七情抑鬱者能開之，以心包絡主血也；中焦脾胃所生病，如霍亂吐逆及飲食積聚，痰飲痞滿能暢之，以胃生血脾統血也；下焦肝腎所生病，如膀胱連脇下氣妨，如下血尿血及女子崩漏帶下，月候不調等證，亦以胃脾爲血之元，肝固血之臟，腎乃血之海也。盧之頤謂其能開發上焦，即中焦亦得藉之以宣化，下焦亦得藉之以宣瀆，斯言近之，然未能悉其行血中之氣也。抑《別錄》所謂益氣者何居？蓋人身氣血，原不能相離，更氣爲血之帥，此味於血中行氣，則血以和而生，血以和生，則氣有所依而健運不窮，是之謂生血，是之謂益氣非二義也。曰：此味乃日用要藥，而前哲獨言爲女科之仙劑也何若？正謂女子以血爲主，女子多鬱，鬱則傷其陰中之氣而血傷。皇甫嵩曰：女子崩漏證用之，亦以氣鬱不行，血瘀經滯，淋瀝不止者，此能疏之，瘀血去而新血生，氣體自和。斯言是也。又曰：非血虛崩漏所宜。殊不知用此於補血味中，乃能使舊血和而新血生，即氣虛而事補益者，亦藉此爲先導，去虛中之著，韓𢘑所謂去虛怯甚速之義也。雖然，此味香燥，類云燥血，夫血以寒而泣，辛燥乃能行之，繆氏謂欲調血須輔以益血涼血之味是也，又安得懲噎而廢食哉？至如寒濕之傷氣者，乃傷乎血，此味固是的對。即降火而用苦寒，亦宜此味從而和之。盧之頤云爲諸藥之聘使，而李瀕湖所列種種製使，無不咸宜也。夫豈欺我？

又按：香附子，類謂調氣之味，不知氣之爲病，所因不一，如痞脹喘嗽，噫酸噎塞，又如胃脘痛，或心腹痛，《局方》概同香燥用之，或砂仁，或沉香，或蘄艾、良薑輩，止可治虛寒或寒濕之病，而火熱病氣者種種不一，況寒濕之久則亦化火乎？如黃鶴丹之同黃連而用，其義不可思歟？故諸方未敢悉錄，以印定後人治氣之法也。其所采數方，聊以明用香附者必審其所因，并病於何經而用何藥，或特借此味爲輔爲先，卽數則可以例推其餘也。

[附方]

心腹刺痛，**小烏沉湯**：香附子擦去毛，焙，二十兩，烏藥十兩，甘草炒，一兩，爲末，每服二錢，鹽湯隨時點服。

停痰宿飲，風氣上攻，胸膈不利，香附、皂荚水浸、半夏各一兩，白礬末半兩，薑汁麪糊丸梧子大，每服三四十丸，薑湯隨時下。

痃癖，往來疼痛，香附、南星等分，爲末，薑汁糊丸梧子大，每薑湯下二三十丸。

癩疝脹痛及小腸氣，香附末二錢，以海藻一錢煎酒，空心調下，并食海藻。

氣鬱頭痛，用香附子炒，四兩，川芎二兩，爲末，每服二錢，臘茶清調下。

肝虛睛痛，冷淚羞明，**補肝散**：用香附子一兩，夏枯草半兩，爲末，每服一錢，茶清下。

四製香附丸：香附擦去毛，一斤，分作四分，用醇酒、醇醋、鹽水、童便各浸，春三夏一秋五冬七日，淘淨曬搗，微焙爲末，醋糊丸梧子大，每酒下七十丸，治女人經候不調。兼諸病瘦人，加澤蘭、赤茯苓末二兩；氣虛，加四君子料；血虛，加四物料。

希雍曰：香附香燥，苦溫帶辛，凡月事先期者，血熱也，法當涼血，禁用此藥，誤犯則愈先期矣。

愚按：氣鬱多用香附，或氣弱而鬱者必同補劑而用固也。然有火傷元氣以致鬱者，又須降火之劑，而此佐之。若概謂開氣之鬱，反以燥助火，而氣愈弱愈鬱矣。明者審之。

[修治] 按香附子卽莎草根，其根有鬚，鬚下結子一二枚，轉相延生，周匝有毛，大者如羊棗，乃子也，可以合香，故謂之香附子，上古

謂之雀頭香。細者佳。去毛，以水洗净，揀去砂石，忌鐵，於石臼内搗，去皮，用童便浸透，曬搗用，或生或炒，或以酒、醋、酥、鹽水、薑汁浸，俱瓦上焙乾。時珍曰：用稻草煮之，味不苦。《精義》曰：炒黑色，禁崩漏下血；調醋末，敷乳腫成癰。理氣痛，醋炒尤妙。

藿　香

之頤曰：嶺南頗饒，所在亦有。二月宿根再發，亦可子種，苗似都梁，陶弘景曰：澤蘭亦名都梁香。方莖叢生，中虛外節，葉似荏蘇，邊有鋸齒，七月擢穗作花似蓼，房似假蘇，子似茺蔚。五六月未擢穗時采莖葉，曝乾，可著衣中，用充香草，踰時則性緩無力矣。

葉

[氣味]　辛，微溫，無毒。潔古曰：辛甘。又曰：甘苦，氣厚味薄，浮而升，陽也。東垣曰：可升可降，陽也，入手足太陰經。

[諸本草主治]　正氣，助胃氣，開胃口，去惡氣，止霍亂，定嘔逆及心腹痛，散寒濕暑濕，鬱熱，濕熱蘊積，邪熱幷風熱燥甚，並治外感寒邪，内傷飲食，或飲食傷冷濕滯，消風水，毒氣浮腫，及山嵐瘴氣，不伏水土，寒熱作瘧等證，飲酒口臭，煎湯漱之。

[方書主治]　霍亂，氣脹滿，消癉泄瀉，中風反胃，傷暑頭痛發熱，瘧，眩暈，酒毒黄疸，中寒中濕，中氣中惡，傷飲食，積聚痰飲，咳嗽嘔吐，關格心痛，胃脘痛，痿，盜汗，不能食，滯下蠱毒。

范曄《合香方》曰：零藿虛燥，古人乃以合香。

東垣曰：芳香之氣助脾胃，故或藿香能止嘔逆，進飲食。

好古曰：溫中快氣，療肺虛有寒，上焦壅熱。二語是一氣合說。

《門》曰：行氣入肺，專開胃。

又曰：本芳香開胃助脾之劑，但入發表散藥則快氣，入補脾藥則益氣，入理氣藥則快脾滯。

復曰：氣亂於腸，遂作霍亂，致亂正氣者，惡氣耳。藿虛燥芬馥，具不逆不撓、入羣不亂義，方可立定其亂，因名曰藿。方之奇方、急方，劑之宣劑、輕劑、燥劑也。

之頤曰：應邵《風俗通》云：南方衡山一名曰藿，藿者萬物盛長，垂枝布葉，霍然而大也。夫草木至南曰任，任化育而於時爲夏，豈非相見於離乎？大人以離明照四方，是宜爲正位四氣主。

又曰：潔古、東垣惟用藿香葉，取其敷布宣發。

希雍曰：藿香秉清和芬烈之氣，故其味辛，其氣微溫無毒，入手足太陰，亦入足陽明經。得縮砂蜜、炒鹽，治霍亂；得人參、橘皮、木瓜、茯苓、縮砂蜜，治吐瀉轉筋霍亂；得木香、沉水香、乳香、縮砂蜜，則辟惡氣，治中惡心腹疼痛。入順氣烏藥散則補肺，入黃耆四君子湯則補脾，入香砂養胃開胃氣湯則益胃，入桂苓甘露飲則治中暑吐瀉。得木香、丁香、紫蘇葉、人參、生薑，治暴中寒邪，吐逆不止。

愚按：藿香生苗於二月，擢穗於七月，乃於五六月未擢穗，先采其莖葉，豈非以其稟火土之氣，卽應其時而取其莖葉以爲用乎？故曰踰時則性緩無力也。第其味先辛次甘，最後苦，辛勝，甘遜之，苦則微矣。是火土之氣歸於燥金，金仍歸土，所謂由肺以致脾之用者也。故舉言其開胃助脾，詎知其由火親土，而火氣卽已宿於土，由土化金，而金氣還以暢乎土，此所以謂其能助胃氣，開胃口，謂其能正氣而去惡氣者，皆在是也。蓋胃之氣能上致於肺矣，而肺之氣或爲他氣所亂，不得還其正氣，則胃氣卽不能行，而胃口亦爲之不開。此味由燥金之氣以爲敷布宣發，故於胃能療一切亂氣以有功。徧閱方書所治，不獨六氣之淫由於外受，並七情之偏極於內鬱者，無不能佐平治之主劑而歸於正也。不獨中土虛弱，亟行補益，卽積邪凝聚必事祛除者，無不寓以定亂之正氣而返於元也。或曰：大火屆臨，焦石流金，乃茲味反得乘之以正氣，豈謂偏勝之氣乃可戡亂歟？曰：須就由火歸土之義以求之。夫天地有大橐籥焉，有宣布，有畜藏。如宣布之極於外者，卽中所畜藏之蘊，便有脈脈禪代而密移者，萬物統在其氣中而不知也。是物雖微，似獨賦有大火之精氣，而其禪代密移之微亦已全畀矣。試觀其踰時則力緩，便可以窺其一二。

緣天地橐籥之微，每神於禪代之候，其宣布欲盡時，即是禪代交承處。是則天地之氣原非偏勝，而取此味之定亂者，又豈以偏勝爲功哉？固有橐籥者存焉耳。第橐籥之機實藉土以爲轉關，即四時之序，其禪代處不能離土，猶謂大火之氣，其出機入機能外中五之土乎？故六氣必以火爲主，蓋氣乃火之靈也。火遊行於六氣之中，必以土爲歸，蓋陽火出於地，亦藏於地也。《内經》曰：胃行氣於三陰三陽，而脾亦爲之行氣於三陰三陽。此可識火不能離土，即陽不能離陰之義矣。

[附方]

升降諸氣，藿香一兩，香附炒，五兩，爲末，每以白湯點服一錢。

胎氣不安，氣不升降，嘔吐酸水，香附、藿香、甘草二錢，爲末，每服二錢，入鹽少許，沸湯調服之。

希雍曰：藿香雖能止嘔，治吐逆，若病因陰虛火旺，胃弱欲嘔及胃熱作嘔，中焦火盛熱極，溫病熱病，陽明胃家邪實作嘔作脹，法並禁用。

[修治] 自種者良。揉之如薇香氣者真，薄荷香者非也。水洗，去土梗，用葉。

香薷 音柔。

之頤曰：生山野間，荆湖南北、二川皆有之。中州人作圃種之，呼爲香菜，用充蔬品。四月生苗，葉似茵蔯，穗似荆芥，花似水蘇，氣味則迥別也。一種葉大莖方，似牡荆葉而尖小。一種葉最細，僅高數寸，葉似落帚，芬芳轉勝，乃石香薷也，九月開花，著穗時采之彌佳。

[氣味] 辛，微溫，無毒。

[諸本草主治] 散肺邪氣，助肺清化，脾胃得之，鬱開氣下，撥濁回清，治霍亂腹痛吐下，散水腫，利小水，止衄吐，療中暑内熱煩渴要藥。

[方書主治] 中暑傷暑，瘧，霍亂。

丹溪曰：香薷屬金與水，而有徹上徹下之功，治水甚捷，肺得之則清化行而熱自降。

又云：大葉香薷治傷暑，利小便，濃煎汁成膏，爲丸服之，以治水脹病，效。本草言治霍亂不可缺也。

時珍曰：香薷飲，脊謂治暑首藥，然暑有乘凉飲冷，致陽氣爲陰邪所遏，遂病頭痛，發熱惡寒，煩躁口渴，或吐或瀉，或霍亂者，宜用此藥以發越陽氣，散水和脾。若飲食不節，勞役豁喪者傷暑，大熱大渴，汗泄如雨，煩躁喘促，或瀉或吐，乃勞倦內傷之證，必用東垣清暑益氣湯、人參白虎湯之類，以瀉火益元可也。若用香薷之藥，是重虛其表，而又濟之以溫，則誤矣。蓋香薷乃夏月解表之藥，按：此語不確。如冬月之用麻黃，氣虛者豈可多服。但其功在治水。一女子自腰以下胕腫，[4]面目赤腫，喘急欲死，不能伏枕，大便溏泄，小便短少，服藥罔效，時珍診其脈，沉而大，沉主水，大主虛，乃病後冒風所致，是名風水，用千金神秘湯加麻黃，一服喘定十之五，再以胃苓湯吞深師薷朮丸，二日小便長，腫消十之七，調理數日全安。於此見古人方皆有至理，而此味治水之功，果有奇效也。

之頤曰：香薷世類用之治暑，而未暇究其所以能治暑也。蓋暑氣流行曰暑淫，肺金受邪曰金鬱，暑淫則傷金而侮其所勝，金鬱則藉子水以救母而復其所不勝。經曰：飲入於胃，遊溢精氣，上輸於肺，通調水道，下輸膀胱。顧精氣之不遊不溢，水道之不通不調，亦令金受其鬱，香薷大能別水之體，區水之用，不卽能和金之鬱乎？第舍遊溢其精氣，上輸於肺，亦無由通調水道，下輸膀胱，是香薷之功力在精氣也。經云：金鬱則泄之。疏云：解表，利小水也。顧元府汗孔也。閉則表氣拒，幽門水道也。闔則膀胱癃，亦令金受其鬱，卽開提元府，啓闢幽門，亦卽所以和金之鬱。設舍開提其元府，亦無由啓闢其幽門，是香薷之功力又在元府也。經曰：藏眞高於肺，以行營衛陰陽也。顧營泣脈中，衛弛脈外，陽失衛固，陰亡起亟，亦令金受其鬱，卽整營於脈中，肅衛於脈外，固陽之守，起陰之使，亦卽所以和金之鬱。設舍高源之藏眞，營衛陰陽亦無由將行其形藏，是香薷功力更在藏眞也。本草云治霍亂腹痛吐下，散水腫。夫五水暴聚成腫，固精氣失於遊溢轉輸，而霍亂者陰陽舛錯，屬藏真失於將行也，而香薷胥治之。然諦審致病霍亂五水之因，寧獨暑氣爲本？本風亦可，本寒亦可，本濕亦可，本虛亦可，本實亦可，本營衛不調亦可，本飲食失節亦可。是則香薷之胥治者，其功力僅以逆暑氣而爲用乎？卽略証於一二，如《易簡方》主四時傷寒不正之氣，《日華子》主嘔逆冷氣，不可以推廣其用，而固不僅於逆暑氣歟？更《肘後方》治舌上出血如鑽孔，《聖惠方》治鼻中衄血不止，王燾《外臺秘要方》治吐血如湧泉，李仲南《永類鈐方》治小兒髮遲，髮卽血之餘也。誦此四方，則知藏真高於肺，以行營衛陰陽之機彀矣。又於鬱金條下有云：鬱金與香薷合其德，略有異同。香薷偏於衛與陽，鬱金偏於營與陰，將形藏，彌元府，敷幽門則一耳。

希雍曰：香薷，丹溪謂其有金與水，然亦感夏秋之氣以生者，故其味辛，其氣微溫而無毒，可升可降，陽也，入足陽明、太陰、手少陰經。香薷飲有十味者，有六味者，有加黃連者，雖同爲袪暑之藥，然脾胃腎俱虛之人當以十味者爲準，除有肺熱咳嗽病者，去人參、白术、黃耆。治水腫，以之爲君，當同人參、术、木瓜、茯苓、橘皮、白芍藥、車前子，良。深師卽梅師。薷术丸治暴水風水氣水，通身皆腫，服至小便利爲效，用香薷葉一斤，水一斗熬極爛，去渣，再熬成膏，加白术末七兩，和丸梧子大，每服十丸，米飲下，日五夜一服。

愚按：香薷之治，止《別錄》首言其主霍亂腹痛吐下，散水腫，而《日華子》言其下氣，除煩熱，療嘔逆冷氣，乃治暑病者概爲要藥，而於《別錄》《日華子》所主之證未一體察，亦漫以爲治暑耳，孰如盧之頤氏能悉其所以治暑者乎？經曰：藏真高於肺，以行營衛陰陽也。夫心肺胃，上焦合而營諸陽，而先哲曰營之機不動，則衛氣不布，若香薷，其功力在陽中之陰，消其鬱邪，助其清化，乃俾陽氣得以宣布，而中氣因之轉化者也。然其義何若？曰：脾腎之陰上至於肺，故曰肺爲陽中之少陰也。肺陰卽合於離中之坎，以行其清化。蓋心包絡主血，因肺陰下降而生，肺之治在胸中。胸中卽膻中，固心主之宮城也。夫肺陰因陽以生，而肺陽卽因陰以化，在下焦陽得陰以生，而上焦則陰得陽以生，在下焦陰得陽以化，而上焦則陽得陰以化。此所以胃脘之陽卽得陰氣而宣化，中氣乃爲轉運，清升濁降，而霍亂水氣之胥治也。且此味苗生於四月，至九月乃開花著穗，是其稟於火土之氣以生者，乃化於金水之氣以成也，是非暑淫之的對乎？或曰：暑者相火行令，每先於心包絡之經，從其類也。第何以卽病於胃？蓋心包絡與胃口緊相應，故暑侵包絡，未有不傷胃者。至心包絡與胃合病，未有不上乘肺者。是先傷其肺陰，以病乎肺之陽也。如此品於陽中之陰，能消其鬱邪，助其清化，誠如朱丹溪先生所云屬金與水，肺得之則清化行者也。清化行，舉包絡與胃胥治，卽肺亦得司其主氣之職矣。抑《別錄》首治霍亂者云何？蓋心外陽而內陰，內者是主，外者是用，而脾腎之陰本至於肺者也，如肺中脾胃之陰不得下降入心，則陽無主，熱傷氣者，謂其陽中之陰傷也。陽無主一語乃精實詣。而上焦之清濁相干，亂於胸中，氣不升降，爲胸痞腹疠，或吐或下，所謂爲揮霍變亂，起於卒然者也。是以先哲謂此疾多在夏秋之交，縱寒月有之，亦多由伏暑而然，如《別錄》所主豈爲妄乎？第本草云治水腫，又療鼻衄，細推物理，應得如是。不審方書治此二證，用之殊寥寥也何哉？李瀕湖指爲夏月解表之藥，若然，何以又云散水腫有奇效？況所采血證諸方豈非和營之証，猶以解表誣之，則亦未之深思耳。

[修治] 八九月開花著穗時采之，去根留葉，陰乾，勿令犯火。之頤曰：《局方》煎之以酒以水，水中頓冷飲。胡洽居士《百病方》水熬作圓，深師卽梅師。《集驗方》取汁煉膏，[5]《簡易方》搗篩成末，酒調，熱服取汗。此各因其勢而利導之，不獨水中頓冷飲，反佐以取之之一法也。

薄　荷

薄荷多栽蒔，亦有野生者，莖葉氣味皆相似也。經冬根不死，二月抽苗，清明分株排種，方莖赤節，綠葉對生，初則圓長，久則葉端漸銳。夏秋采取，日曝令乾，先期灌以糞壤，雨後方可刈收，不爾氣味亦不辛凉矣。吴、越、川、湖以之代茗,唯吴地者茎小叶细,臭胜诸方,宛如龙脑,即称龙脑薄荷。江右者茎肥,蜀汉者更肥,入药俱不及吴地者良。吴地指苏州,即《蒙筌》所云种於苏州府学名龙脑者是也。敩曰:薄荷根茎真似紫苏,但叶不同尔,薄荷茎燥,紫苏茎和。

茎叶

[气味]　辛,温,无毒。思邈曰:苦辛,平。洁古曰:辛,凉。海藏曰:上行之药,能引诸药入营卫,手太阴兼手厥阴药也。

[诸本草主治]　清六阳会首,驱诸热生风,疗中风失音,吐痰,去心经风热,清利头目,咽喉口齿诸病,一切在上及皮肤风热,又治小儿风涎及惊风壮热,须此引之,并治瘰疬疮疥,风瘙瘾疹。昝殷《食医心镜》云:薄荷煎豉汤,暖酒和饮,煎茶生食并宜。

[诸方书主治]　中风及风头痛,并眩晕发热,咳嗽痰饮,癫痫,伤燥热郁及眼目咽喉鼻齿病。

洁古曰:薄荷辛凉,气味俱薄,浮而升,阳也,故能去高巅及皮肤风热。

复曰:气温性凉,具转夏成秋,为高爽清明之象。

好古曰:薄荷,手足厥阴气分药也,能搜肝气,又主肺盛有馀,肩背痛及风寒汗出。

时珍曰:薄荷入手太阴、足厥阴,辛能发散,凉能清利,专於消风散热,故头痛头风,眼目咽喉口齿诸病,小儿惊热及瘰疬疮疥为要药。

希雍曰:薄荷感杪春初夏之气,而得乎金火之味,金胜火劣,故辛多於苦而无毒,洁古辛凉,浮而升,阳也,入手太阴、少阴经,辛合肺,肺主皮毛,苦合心而从火化,主血脉主热,皆阳脏也,风热上壅,斯为要药。入噙化丸,以之为君,主阴虚肺热咳嗽甚良,加生乾薑,并治伤风寒咳嗽。

愚按:薄荷,在缪氏云感杪春初夏之气,而得乎火金之味,金胜火劣,此语诚是也。夫由杪春而初夏,正谓如火始然之候,乃此味得金气之胜,是为火中之金气,又诚如卢复转夏为秋之说也,所谓治风热者,治熱所化之風，熱則火之氣，風則木之氣，卽子令母實之義。此味本火中之金以散之清之，不降折而同降折之功，非從治而有從治之用也。第其能隨所病而療者，類屬於天氣之陽，海藏謂爲手太陰兼手厥陰藥，誠有的見哉。經云心肺合而上焦營諸陽，又云肺貫心脈而行呼吸，又云二陰至肺。夫二陰，腎也，在經絡曰腎脈，支者從肺出絡心，注胸中。夫胸中卽膻中，所謂心主之宮城也。若然，則茲味不最切於肺與心包絡乎？其值大火之候而金氣乃昌者，非金以火爲主，卽肺貫心脈而行呼吸之義乎？蓋氣固火之靈也，其金昌於火候而大稟辛涼者，非金能達火之用，卽腎從肺出絡心注胸中之義乎？蓋離固火中有水也，惟的爲一經之藥，故正能散上焦天氣之陽，陽氣之淫者。抑何以能治陽之淫？蓋風升之氣與元氣無二，所謂出地之陽也。然陰爲陽之守，陽無守，則陽氣淫而風變眚，風病則風鼓焰而上行極，非如茲味不克對待之。惟是火中之金辛散，可以紓其陽之擁而上，如漫事降折則未能；更惟是火中之金辛涼，可以誘其陽之依而下，卽徒事疏散則亦未能。先哲所謂清利六陽之會首，祛除諸熱之風邪之二語者，意完而語盡矣。故方書主治於中風及頭風痛多用之，雖皆曰風，其證大有別也。所別者，中風之陽淫，固下焦之元陰虛而元陽失守以爲病矣。如病於頭風，或上焦陽中之陰不能配陽而陽化風，又或陽鬱而化風，其輕重自與中風懸殊，第皆歸於陽之爲患，故此二證類皆用之也。推此以盡六陽會首之病，如眼目，如咽喉，如鼻，如齒，如頭目眩暈，皆可盡其變以用之矣。雖然，謂其祛除諸熱之風邪者，乃謂其能清氣耳，卽如用於中風之四白丹。先哲謂中風者多昏冒，氣不清利也，而治昏冒如至聖保命金丹中用之，則其義可互証也。然中風昏冒者，由於心臟之真陰不得坎水既濟，則無以育神，而煩熱昏憒所自來矣，蓋神爲氣之主也。并証之於舌，故失音不語多用之。卽此觀之，則茲味之入手太陰兼手厥陰者，豈不誠然哉？因是而推於發熱之治，其用以治上焦積熱者固多，卽治風壅，又非因熱而上壅乎？此正所謂清氣也。種種諸治，當識此義。如痰飲，固有同諸味而消風壅化痰涎者，然逐他味而清熱更化熱痰者不少矣。如治咳嗽肺痿者，其貴於熱固然，卽療風痰風壅，又豈徒然取責於風乎？又如療心風病癇，心風固熱之所化也，如療風癇，亦下虛而熱壅於上以為癇也。蓋其熱者與風之壅者，皆歸於氣不清耳，即熱鬱湯用之，則其所主可知。更傷躁用之，則其本陰以紓陽也又可知矣。執為治風者粗也，即執為治熱者，亦未能盡精微也。此味不專司治熱，所司者氣分之清化，若炎歊之候而商飈颷颷，俾其酷氣頓轉者，此造化玄機在於退熱之先，而茲物適有合焉者也。但是物或與荊芥同用，或二味單行，粗者以為同是辛涼治風耳。殊不知此味之所入在手太陰並手厥陰，而荊芥則獨奏功於足厥陰肝也，緣荊芥辛溫而有涼，茲味止辛涼也。何以別之？其根經冬不死，固知其原稟水氣，特因木氣以達耳。試以二味之所用於諸方書，驗其於何證為多，則可以悟其所入之臟腑矣。然則海藏亦謂其搜肝氣者，殆未然歟？曰：茲味之所治，其功自及於肝，但不同於荊芥之致精為專耳。**愚按**：薄荷在《唐本草》首主賊風傷寒，而後學多云除風熱，如孟詵、東垣是也。即愚論亦止以療熱中之風為言，似乎抹殺風寒一治，殊為不該也。大抵值大火之候而生，《唐本》以辛溫言者，從火為主之義也，潔古言辛涼者，從金為火用之義也。故用此味，須識火為主而金為火用，乃所以致火之用，因於寒熱而善其為主為佐者，如風寒，固致其火之用矣，如風熱，亦即以善於達火之用而真氣畢暢也。不得倒置火主之義，庶幾其用乃全乎。予年七十七，於辛丑夏末秋初每服薑茶湯以袪暑，而脾胃尚不勝，以茶性寒也，乃合薄荷湯服之，輒取效。豈非此味之辛溫而浮升為陽，如潔古所云可以和寒降之味而不損脾乎？又豈非就中具有辛涼為陽中有陰，如盧復所云又可以助寒降之味而散其暑毒乎？即此小用，便得識取引諸藥入營衛之義，更推類以盡諸證，乃為無誤而能用茲味矣。

[附方]

川芎丸：主消風壅，化痰涎，利咽膈，清頭目，治頭痛旋暈，心忪煩熱，頸項緊急，肩背拘倦，肢體煩疼，皮膚瘙癢，腦昏目疼，鼻塞聲重，面上遊風，狀如蟲行。川芎、龍腦薄荷葉焙乾，各七十五兩，桔梗一百兩，甘草爁，三十五兩，防風去苗，二十五兩，細辛洗，五兩，各為細末，煉蜜搜和，每一兩半分作五十丸，每服一丸，臘茶清細嚼下，食後臨臥。

療瘰結核，或破未破，以新薄荷二斤取汁，皂莢一挺水浸去皮，搗取汁，同於銀石器內熬膏，入連翹末半兩，連白青皮、陳皮、黑牽牛半生半炒，[6]各一兩，皂莢仁一兩半，同搗和丸梧子大，每服三十丸，煎連翹湯下。

希雍曰：病人新瘥勿服，以其發汗虛表氣也；咳嗽若因肺虛寒客之而無熱證者勿服，以其當補而愈也；陰虛人發熱勿服，以出汗則愈竭其津液也；脚氣類傷寒勿服，以其病在下而屬脾故也。血虛頭痛，非同諸補血藥，不可用；小兒身熱由於傷食者，不可用；小兒身熱因於疳積者，不可用；小兒痘瘡，診得氣虛者，雖身熱初起，亦不可用。

［修治］　蘇州者勝。雷公云：薄荷莖燥，止用葉。

荆芥

莖穗

［氣味］　辛，溫，無毒。潔古曰：荆芥辛苦，氣味俱薄，浮而升，陽也。嵩曰：經云荆芥氣溫，性微涼，味苦平，無毒，氣味俱薄，浮而升也。好古曰：肝經氣分藥也，能搜肝氣。

［諸本草主治］　惡風賊風，口面喎邪，手足筋急，或偏身瘑痺，通血脈，除濕疸，散結聚氣，轉送五臟不足氣，又主血勞，風氣壅滿，背脊疼痛，虛汗，搜肝氣，散風熱，清頭目，治頭痛頭旋，目眩目疾，利咽喉，治吐衄下血，血痢崩漏，婦人血風及産後中風，爲要藥，消瘡腫及寒熱鼠瘻瘰癧。

［諸方書主治］　中風及頭痛目患，咽喉鼻證，眩暈癭瘤，狂癇，痰飲咳嗽，嘔吐，發熱黃疸，下血，二便秘及淋，并脚氣脫肛。

金閶風曰：肝熱生風，故名血風，曰勞者，病久血虛，月候不行而發熱不止也。

時珍曰：荆芥入足厥陰經氣分，其功長於祛風邪，散瘀血，破結氣，消瘡毒，蓋厥陰乃風木也，主血而相火寄之，故風病血病瘡病爲要藥。

愚按：荆芥之用，取花實成穗者，是其功重於穗也。在《本經》止言辛溫，潔古益之以苦，皇甫嵩更云性微涼。夫此味雖以二月布子生苗，歷夏而秋，至八月方開小花結穗，然則穗結於仲秋，是《本經》言味辛氣溫者，蓋全乎辛之味以成其溫升之氣也。經曰生之者氣，成之者味，而嵩言其性微凉，性又氣味之主也，故嘗之先辛後苦，辛勝而苦微，辛苦中俱帶凉味，是又兼乎苦之味以成其凉降之氣也。何以明其爲降？所謂非苦無以至地是也。然則先哲多謂其浮升，又有謂清而升舉，爲血中要藥者，猶有遺義歟？曰：血以升舉爲要藥，更以升而兼降者爲全功，是物得之，但降即在升中，世多習於浮升之說而不及察耳。兹味全得金氣，其能溫升者，歸其所始也。有溫升而後有凉降，天地之氣固如是，萬物莫能違也，故曰歸其所始。如本乎氣之溫，成於味之辛者，合春和木氣得之升舉，是爲能達陰氣，俾陽乘陰以出也，而後血臟之風不病，甄權所謂通血脈者是，故《本經》首言其破結聚氣，下瘀血，除濕痹也。《本經》所謂破結積氣，即甄權傳送五藏不足之氣也，蓋其溫升者原屬於陽，陽升而陰亦隨之以暢氣矣，是爲能傳送氣也。由於味之辛，更禀乎性之凉者，合秋爽金氣得之凉降，是爲能和陽氣，俾陰得先陽以暢也，而後風臟之血不病，王海藏所謂能搜肝氣者是，故陳士良主治血勞，風氣壅滿，背脊疼痛，虛汗，理丈夫脚氣，筋骨煩疼。海藏所謂搜肝氣，即士良所謂主血勞，風氣壅滿，背脊疼痛，筋骨煩痛諸證也。蓋其凉降者原屬於陰，陰降而陽亦隨之而和血矣，是謂能搜肝氣也。且氣有餘即是火，經曰陽病發於血，故時珍謂其治吐血衂血，下血血痢，崩中痔漏也。雖然，兹味有溫升，並又有凉降。溫升者俾陽得乘陰以出，是固治風矣，而血已和凉降者，俾陰得先陽以暢，是謂裕血矣，而風亦平。蓋風屬氣之陽也，陽出陰中，故《本經》不言治風，但云下瘀血，除濕疸，是固可思。在士良主治風氣壅滿，本於血勞，又治風氣，有筋骨煩疼，風氣壅滿，是血虛而熱盛，故曰血勞。筋骨煩疼，是肝腎陰虛而血不榮於筋骨。是其裕陰以平風者，更可思也。或曰：以溫升治風而血和，類能知之，但以裕血而風平，其精義何若？曰：肝之氣有餘，爲陽勝於陰，則血熱，血中之熱不除，久則血虛而爲血勞風，是血熱化風，血熱而虛尤化風，此固凉降之治也。至如吐衂諸證，因陽盛而病乎血，所謂陽病發於血，與病於風之證同原而標異耳，故此種不等於他風劑，其性味似全屬金，似乎以天氣接引地氣，能升而達在地之鬱陰，即能降而化在天之亢陽。故雖不專主於溫升，然佐升散得宜，毋論外因風寒而陽鬱，卽內之七情致血分有滯以鬱陽者，則肝氣抑而爲風，而此能由紓陰以達之；雖亦不專主於涼降，然佐清降得宜，毋論內因肝熱而陽僭，卽外之六淫致血分有熱以僭陽者，則肝氣淫而爲風，而此能裕陰以和之。蓋風臟不離乎血，原相因以爲病，唯此味能相因以爲功，所以累致隆譽，不可與風劑例視者也。故欲達陽者，卽當思紓陰之義，欲和陽者，卽當思裕陰之義。庶幾善用此味以奏成效，更參以諸方之治，乃可推類而盡變矣。

隆譽，一賈丞相稱爲再生丹，許學士謂有神聖功，戴院使許爲產後要藥，蕭存敬呼爲一捻金，陳無擇隱爲舉卿古拜散。按《唐韻》荊字舉卿反，芥字古拜切，蓋二字之反切隱語，以秘其方也。

又按：荊芥穗之用，上行爲多，而頭目尤最，不謂之非風劑也，第世醫所謂風劑則有不可例視者。卽治中風證，於犀角防風湯，同犀角、滑石、石膏、山梔、連翹、黃芩以除熱，而又合於諸風劑中，是謂治陽之淫者也；在追風如聖散，以川烏、草烏、蒼朮爲君，臣以石斛，微佐達陽風劑，而茲與焉，是又導陽之鬱者也；更入補骨脂丸中，其治因肝腎風虛爲病，補精血，達元陽，化陰滯，與專於導陽者又異矣。卽此風證用之，以補精血治中，已與導鬱之治有異，矧可執清散一法，謂盡茲味之用乎？又如頭痛及眉骨痛證諸方，以治風熱者固不少矣。然如治雷頭風之愈風餅子，乃散天表之陽，而兼於陽之不達以爲鬱者也；又如上清散治頭痛眉骨眼痛，是療風熱而有血滯者也；又如治頭痛之清上瀉火湯，主於清上瀉火而微兼涼血，非以治風也；又治頭痛之大追風散，因於肝臟久虛，血氣衰弱，風毒上攻以爲患，其治主益肝氣，而化陰暢陽以消風毒，非以清散爲功也；又人參消風散治頭風屑，雖治風而有通經和肝清氣散壅之義焉。

又就此一證參之，則茲味之用，寧止以散風一例可概乎？且於療目疾中爲多，固以風木之臟開竅於目也，不當推前二證所主之義以盡其變乎？第風木之氣自下而上，所謂陰中之少陽，屬地氣，如天氣之不濟以交於地者，祇有孤陽，而陽中無陰，其何以交而爲既濟乎？唯茲味所稟有異，正合於陽中少陰在上，天氣爲主，一迎於地氣之欲達天者，而卽能暢之，不使欲達之陽還鬱於陰也。乃陽中之陰更合於元陽所生之地氣以交之，不使陽之上際於天者無所歸，而出於陰之中也。經曰陽出之陰則怒，非肝之失其職者乎？若祇謂茲藥能疎風，而未明於所以能靜風之微，豈非夢夢者乎？試思產後血虛風證，只投此一味，便得奏功如神，是遵何道哉？風藥多燥以竭陰，而此味於產後及失血大汗之後風證殊有奇功，若概以散風目之，而與風藥例論者，謂之夢夢是也。唯其於溫升之中便有涼降，正所謂由陰達陽，卽由陽歸陰，故能治前證有奇功。此所謂有陰陽合化之妙，而後治風乃神也。故惟究於斯義，然後知中風之治陽淫，頭痛之清上瀉火，又頭痛及眩暈之治風熱，狂證之清心熱，和血而化壅，舉皆同此味者，非助諸味以清熱消風，乃本諸歸陽於陰之義也。然後知中風之導陽鬱，頭痛眉骨眼痛之散血滯，頭風屑之通經和肝，清氣散壅，又風癎之化陰滯，通經絡，達陽壅，悉得用之，亦非助諸味以祛風散陽，乃本諸由陽徹陰之義也。然後知中風之補精血，達元陽，化陰滯，頭痛之益肝氣，化陰暢陽，以消風毒，癥瘕之養陰和陽，以消風之留滯，類用之於中者，固知其非取以散風，蓋原本於由陽徹陰，由陰化陽之全用也。若於茲味襲一散風之浮說，則其於產後及失血大汗後之風，不幾虛其所虛而致促生哉？且更參之二便，如大便虛祕，益血潤腸丸治老人此證而入斯味，又小便祕之蒲黃散，治心腎有熱者，亦同諸藥用之，卽淋證莖中痛，車前子散清熱利水者同用之，彼夢夢者定知其不爲散風矣，則茲物之能裕陰以和血也，不可思歟？雖然，治血之逆行，何爲於諸方不多見，而優於下行者乎？曰：此味致精於肝也專，而大腸以乙庚相合，故病於大腸之血，藉是爲親切耳。如槐花散、拔萃結陰丹皆治腸風及臟毒下血也，濟生加減四物湯治腸風下血不止也，當歸和血散治腸澼濕毒下血也，是可概爲施治乎？或曰：世醫類以爲散風耳，夫風與燥熱同氣，陽也，今乃謂其由陽徹陰，卽由陰化陽，是無不宜也，於何而證之？曰：請以其宜於熱幷宜於寒者明之。唯熱與寒而皆宜，乃見此味有陰陽合化之妙，非他風劑所可例也。如發熱之清神散，固消風壅化痰涎之諸病，是亦兼乎熱矣，至洗心散則專治心肺積熱以患於諸證者也，又嘔吐之荊黃湯，以荊芥爲主，卻治上焦氣熱上衝以爲吐食，是皆治其熱者之屬陽也。至寒濕同氣則爲陰矣，乃如金沸草散，內有麻黃以治寒咳，又如旋覆花湯之治產後寒嗽，有麻黃、五味，此二方中俱入荊芥，豈非寒亦能治，而并宜於陰之用歟？或曰：既如是，陽與陰皆宜矣，何爲治上焦且上行而極者其主治最多，而下行如脚氣諸證寥寥不多見歟？曰：此乃天氣精專之劑，經曰雲霧不精，則上應白露不降，<small>雲霧精者，天氣之陽合於地氣之陰，蘊釀變化，極其精微，而後血之生化有地，猶之白露降也。</small>先哲曰人身膻中之氣猶雲霧也，其義是謂膻中之氣欲化耳。夫血生化於陽中之陰，治風原不離血，精於雲霧之天氣，乃有膻中血會，血乃得凉降而歸血海。卽以荊黃散治上焦氣熱吐食，是非一證歟？若然則其氣化絪蘊於上，以爲雲霧之精，又何疑於上下主治之有多少乎哉？故有陰陽合化之妙，而後治風乃神。<small>一語破的。</small>試卽療風氣，傅化腹內瘀結而目黃，風氣不得泄，爲熱中，煩渴引飲，主清龍散，中以荊芥爲君，蓋謂其專精於肝，而妙陰陽之化以化結也。豈得不謂之風劑？但逐粗工之言，而止謂其散風則不可，故曰難與風劑例視也。

[附方]

一切偏風，口眼喎斜，用青荊芥一斤，青薄荷一斤，同入砂盆內研爛，生絹絞汁，於瓷器中煎成膏，瀝去滓，三分之一將二分，日乾爲末，以膏和丸梧子大，每服三十丸，白湯下，早暮各一服。忌動風物。

中風口噤，荊芥穗爲末，酒服二錢，立愈。名荊芥散，賈似道云此方出《曾公談錄》，前後用之甚驗，其子名順者病此已革，服之立定，真再生丹也。

產後中風，口噤，手足瘛瘲如角弓，或產後血暈，不省人事，四肢强直，用荊芥穗微焙，爲細末，先以炒大豆黃卷以酒沃之，去黃卷，取清汁，調前末三五錢和滓服之，輕者一服，重者二三服，卽愈。童便調亦得。并治一切失血及汗後搐搦。王貺《指迷方》加當歸等分，水煎服，口噤則挑齒灌之，齗噤則灌入鼻中，其效如神。大抵產後太眩則汗出，而腠理疎則易於中風也。昝殷《產寶方》云：此病多因怒氣傷肝，或憂氣內鬱，或坐草受風而成，急宜服此藥也。

產後迷悶，因怒發熱而得者，用荊芥穗，以新瓦半炒半生，為末，童便服一二錢。若角弓反張，以豆淋酒下，或剉散，童便煎服，極妙。蓋產後角弓反張乃婦人危證，而荊芥固為要藥也。按：服荊芥類用酒或童便，一則紓陰以達陽，故用酒，一則裕陰以和陽，故用童便。似同為化風，而其用實有別也。

產後血眩風虛，精神昏冒，荊芥穗一兩三錢，桃仁五錢，去皮尖，炒，為末，水服三錢。若喘，加杏仁去皮尖炒、甘草炒，各三錢。

產後下痢，大荊芥四五穗，於盞內燒存性，不得犯油火，入麝香少許，以沸湯些須調下。此藥雖微，能愈大病，不可忽之。

口鼻出血如湧泉，因酒色太過者，荊芥燒研，陳皮湯服二錢，不過二服也。

崩中不止，荊芥穗於麻油燈上燒焦，為末，每服二錢，童子小便服。此夏太君娘娘方也。

頭目諸疾，一切眼疾，血勞風氣，頭痛，頭旋目眩，荊芥穗為末，每酒三錢。余於晚年有偏頭痛之證，最後簡得此方服之，其效甚捷，茲真神藥也，更妙在同酒服。

愚按：血乃陰陽二氣之所生化，荊芥穗能升陽於陰中，還能降陰於陽中，故於調血為要藥，然何以不離風臟？蓋風木由陰中之陽而升，本於寒水，由陽中之陰而降，合於燥金，故血所生化之陰陽，唯是臟以為權輿，其不離風臟以調血者，職是故耳。謂茲味專精於肝，而能妙陰陽之化以化結，豈不然哉？其有所治之證，一似非血證者，實亦不能外於血以為病也。先哲云氣虛人慎服，因其辛多也，故有微炒用者以殺辛氣。希雍曰：陰虛火炎面赤因而頭痛者，禁用。

[修治] 陳者良。去梗取穗，若用止血須炒黑。

蘇

蘇頌曰：蘇，紫蘇也。處處有之。以背面皆紫者佳。夏采莖葉，秋采子。有數種：水蘇、魚蘇、山魚蘇，皆荏類。時珍曰：紫蘇、白蘇，皆以二三月下種，或宿子在地自生，其莖方，其葉團而有尖，四圍有鋸齒，肥地者面背皆紫，瘠地者面青背紫。其面背皆白者即白蘇，乃荏也。五六月連根采收，以火煨其根，陰乾，則經久叶不落。[7]八月開細紫花成穗，作房如荊芥穗。九月半枯時收子，子細如芥子而色黃赤。

莖葉

[氣味]　辛，溫，無毒。宗奭曰：紫蘇，其氣香，其味微辛，甘，能散。

[諸本草主治]　溫中達表，行氣和血，通心經，益脾胃，利肺開胃，下氣消痰，定喘，安胎，治心腹脹滿，止霍亂轉筋，通大小腸，療腳氣。

[方書主治]　腳氣，氣，咳嗽，水腫脹滿，喘，中風，瘧，霍亂脇痛，消癉，大便不通，痔，傷暑，傷飲食，發熱，鬱，積聚痰飲，鼻衄，痛痹，眩暈，狂，虛煩，驚，小便不通，疝，耳蠱毒。此以各證用之多寡爲次第也。

愚閱方書，紫蘇之主治諸證者在腳氣最多，正可明於金爲火用之義。蓋凡病於氣之脹壅者，雖所因不一，然無不病於氣之不能歸元也。茲味之首治腳氣，正氣得歸元之義。何以故？緣人身之陰本於下，其升而至上極也，實由陰中之陽引之；人身陽暢於上，其降而至下極也，實由陽中之陰引之。此紫蘇雖曰主用於氣之陽，而不知其金爲火用者，正陽中之陰能使氣化，氣得化則自得歸元，此腳氣證多用之微義也。再即腳氣證，有腳氣衝心，又上氣喘急之治，則其義益明矣。

頌曰：若宣通風毒，則單用莖，去節尤良。

時珍曰：紫蘇，近世要藥也，其味辛，入氣分，其色紫，入血分，故同橘皮、砂仁則行氣安胎，同藿香、烏藥則溫中止痛，同香附、麻黃則發汗解肌，同芎藭、當歸則和血散血，同木瓜、厚朴則散濕解暑，治霍亂腳氣，同桔梗、枳殼則利膈寬腸，同杏仁、萊菔子則消痰定喘也。

之頤曰：詳其色香氣味體性生成，致新推陳之宣劑輕劑也，故主氣下者可使之宣發，氣上者可使之宣攝。葉則偏於宣散，莖則偏於宣通，子則兼而有之，但性稍緩。

《類明》曰：紫蘇能除一切冷氣，若下氣則須用梗，其葉未免有升發之義，其子下氣之功尤良。

希雍曰：紫蘇得天陽和之氣，故溫，兼地之金味，故辛，辛則善散，溫能通氣，入手少陰、太陰、足陽明經。

［附方］

感寒上氣，蘇葉三兩，橘皮四兩，酒四升煮一升半，分再服。

霍亂脹滿，未得吐下，生蘇搗汁飲之，佳。乾蘇煮飲，亦妙。

欬逆短氣，蘇莖葉二錢，人參一錢，水一鍾煎數沸，服。

愚按：紫蘇莖葉始嘗味辛，後有甘，然辛勝而甘劣也。以二三月下種，至五六月便采其葉，其華尚未吐也。吐華乃在孟秋，而采子更於秋季，則豈非取莖葉之用者與子之爲用有異乎？夫當大火之時而葉之味辛，是火中之金也，乃卽於火令采之，又豈非全火之用金而不致金用火乎？蓋金爲火用則氣化，以火原出水中，而金固爲水母，陽不得陰不化也；火爲金用則血化，以血原於水而成於火，陰不得陽不化也。故紫蘇之味辛，粗者以爲逐風寒溫中而已，不知其宣大火力，乃爲火之用者也。故其色赤入心，心火固氣之靈也；其味辛入肺，肺金固氣之主也。金火合德，其氣故和以溫，是心肺合而營諸陽也。若然，則自歸於胃，所謂辛後有甘者是。夫脾胃固氣升降之樞也，然則各本草謂其通心經，利肺氣，益脾胃，義皆不妄，而之頤所云下者宣發，上者宣攝，其說亦微中矣。或曰：醫之用紫蘇者，多取其宣發，而茲更有取其宣攝者，於義云何？曰：手太陰爲陽中之少陰，陽不得陰則氣不化，金爲火用則氣化，氣化則極其宣發，此易知也。唯陰爲陽之守，陽無陰則火憯而上，而氣亦不得宣。金爲火用，則宣中有攝，攝者亦所以成宣，此之頤統謂之宣劑也。抑陽中有陰，何以見之？曰：試觀其宣氣而卽能和血，則可知矣。蓋心爲火主，氣固火之靈，而心乃主血，先哲謂肺氣下降入心而生血者，是非金爲火用之証歟？但紫蘇火能用乎金者也，故其所主在氣耳，若水蘇則異於是矣。夫氣之爲用，上際下蟠，無處不宣，然後天之氣總不越於心肺胃以生化，如茲味通心利肺益胃，則上中下胥賴之矣。中焦之病於霍亂，上焦之病於胸膈不寬，下焦大小腸之不通，脚氣之壅閼，若施治而主輔得宜，又何宣發宣攝之不奏功乎哉？抑用之者輒以爲風寒的劑。然歟否歟？曰：外而六淫之著滯，可藉此宣而驅之，內而七情之鬱抑，亦可藉此宣而開之，寧謂其不然？但就治風寒一證，諸劑多從各經所受自表而驅之，若蘇葉則不徒散表而兼和中，時賢言其溫中而達表者誠是，然則雖療風寒，而漫以療風寒盡其用也，其可乎哉？

子

［主治］ 潤心肺，調中下氣，消痰開結，治肺氣喘急，止霍亂嘔吐，反胃，消五膈，利大小便，下一切逆冷氣及腰脚中濕氣風結氣。

弘景曰：蘇子下氣，與橘皮相宜。

時珍曰：蘇子與葉同功，發散風氣宜用葉，清利上下則宜用子也。

愚按：每言蘇子下氣之功勝於葉者，爲其於八月始華，乃成穗作房，得金氣之厚而善降也。然花亦紫，子亦黃赤，猶不離於火之體以致其火之用者也，如《內經》所謂毛脈合精行氣於府之義，故雖金勝，而還以氣化爲主也。時珍謂其能清利上下及各本草所列諸治效，或不謬矣。蓋葉、莖、子俱能和氣，但葉則和而散，莖則和而通，子乃和而降，用者其細審之。

［附方］

治風，順氣利腸，以紫蘇子一升，微炒，杵，以生絹袋盛，內於三斗清酒中，浸三宿，少少飲之。

一切冷氣，腰脚中濕氣風結氣，紫蘇子，和高良薑、橘皮等分，蜜丸梧子大，空心酒下十丸。

休息痢，大小溲頻數，乾末，米飲調服，效。

希雍曰：蘇葉，其氣芬芳，其味辛，其性溫，純陽之草也，故善發散解肌出汗。病屬陰虛，因發寒熱，或惡寒及頭痛者，慎毋投之，以病宜斂宜補故也。火升作嘔者亦不宜服，惟可用子。

中梓曰：氣虛表虛者禁用葉，腸潤肺虛者禁用子。

［修治］ 葉用兩面俱紫，采用如時珍前法。子自收方真，市者多

僞。畧炒，研極細，煎成藥投入，二三沸卽傾。

水　蘇

吳瑞曰：水蘇卽雞蘇，俗呼爲龍腦薄荷。周憲王誠齋《救荒本草》言薄荷卽雞蘇，以生東平龍腦岡者爲良。宗奭曰：水蘇氣味與紫蘇不同，辛而不和，然狀一如蘇，但面不紫，及周圍槎牙如鴈齒耳。時珍曰：水蘇三月生苗，方莖中虛，葉似蘇葉，而微長密齒，面皺色青，對節生，氣甚辛烈，六七月開花成穗如蘇穗，水紅色，穗中有細子，狀如荊芥子，可種易生，宿根亦自生，沃地者苗高四五尺。《別錄》曰：七月采。水蘇子不如紫蘇子，因紫蘇子以八月開花結穗，水蘇子於六月、七月結穗也。

莖葉

[氣味]　辛，微溫，無毒。

[主治]　下氣，辟惡氣，療吐血衄血，崩中帶下，肺痿血痢，酒煮汁服，治頭風目眩及產後中風，惡血不止，作生菜食，除胃間酸水。

時珍曰：雞蘇之功，專於理血，下氣清肺，辟惡消穀，故《太平和劑局方》治吐血衄血，唾血欬血，下血血淋、口臭、口苦、口甜，喉腥，邪熱諸病，有龍腦薄荷丸方，藥多不錄，用治血病，果有殊效也。

愚按：水蘇之氣味，《本經》辛，微溫，嘗之亦先辛而後甘，似與紫蘇不甚異，但其辛者勝，其葉面青而背紫耳。紫蘇之用如彼，乃水蘇謂專於理血者何哉？蓋蘇皆稟氣之溫，味之辛，皆爲火中之金，第其味之辛者勝於紫蘇，而氣之溫者又遜之，且采以七月，取乘金之進氣也。夫金以火爲主，火以金爲用，二者固相合而相須耳。然五行有遞爲君之時，亦因於成功退而將來進也。如紫蘇葉之面背俱紫，固已全稟乎火之氣矣，其采於五月者，因其時以全其氣也；如水蘇葉之面青背紫，固已不全稟乎火之氣矣，其采以七月者，因於火之退氣，乘乎金之進氣也。全乎火之氣者，金爲火用，俾火得化水而爲血，故心主脈，脈舍血，雖則化血，總以全其大火之氣也；若乘乎金之氣者，火又藉金以爲用，俾火之化水爲血者，仍行其清化，使胃生之，脾統之，肝藏之，而火更得因此以宿於水焉。金以火爲主，故陰得陽而血化；火以金爲用，故陽得陰而氣清。此紫蘇、水蘇之功殊也，要皆不離乎血耳。第血化而氣益暢，似歸功於氣者，紫蘇也；氣清而血得靜，似歸功於血者，水蘇也。此所謂升降相因，即金水相媾之玄機也。夫水火之升降全藉於木與金，金以火爲主，而木又以金爲主，如火中之金不得司其涼降，則肝之從陰而達陽於上者，上而不得陽中之陰接引，將木火相煽而邪熱益熾矣。以此思之，則如吐衄咳唾血證，口之苦甜而臭，喉之作腥，謂如茲味由火而得獨專其金氣者，猶不能以奏功歟？雖然，血固心主之，胃生之，然使血歸其所藏而能納之於血海者，則在肝也，肝之所以能納血者，由肺之氣能歸於胃以至肝也，肺氣之所以能歸於胃者，全由涼降之氣，使火就金妻而宅水於中，木依水母而隨金以下，升已而降，不致木火之相煽也。經曰：傷肺者，脾氣不守，胃氣不清，經氣不爲使，真臟壞決，經脈傍絕，五臟漏泄，不衄則嘔。合之經義，則由火中之金，而金司職者猶不能令血歸其臟，而致爲逆爲漏，以患於吐衄諸證歟。是此味於血證有殊效者，緣不以苦寒退血中之火，而以火中之金氣和之，握生化之機權以爲升降，所謂火得歸宿於水者是，《本經》首言下氣，大可參也。抑其療風者謂何？曰：風臟即血臟，寧有二治？然即其療風，則愈知此味之專於理血以化氣矣，蓋風之爲病亦陽不化也。先哲治血證，如龍腦雞蘇丸，衄血，生料雞蘇散，吐血，雞蘇散，咳唾血，大阿膠丸，內大用雞蘇，又治虛熱嗽血衄血有雞蘇丸。如斯者不能盡舉，然大都逆上之血，用之得宜，的有殊效，先哲豈欺我哉？似施於下行之血不宜，在方書中治下血者亦少也。

[附方]

衄血不止，雞蘇葉、生地黃等分，爲末，冷水服。

腦熱鼻淵，肺壅多涕，雞蘇葉、麥門冬、川芎藭、桑白皮炒、黃芪、炙甘草、生地黃焙，等分，爲末，煉蜜丸梧子大，每服四十丸，人參湯下。

風熱頭痛，熱結上焦，致生風氣痰厥頭痛，用水蘇葉五兩，皂莢炙，去皮子，三兩，芫花醋炒焦，一兩，爲末，煉蜜丸梧子大，每服二十丸，食後荆芥湯下。

[采取]　適時。采莖葉，紫蘇以五月，水蘇則七月。紫蘇子於九月半枯時收，如市肆莖葉子多於霜後采取，後時則氣味俱失，何可用也？

蛇床子 又名蛇粟，因蛇虺喜臥其下食其子，故有此名。

生下濕地，所在皆有。三月生苗，高二三尺，葉青碎，作叢似蒿枝，每枝上有花頭百餘，結成一窠，四五月乃開，白色，其子黃褐色，兩片合成，至輕虛，似蒔蘿子而細，亦有細稜。凡花實似蛇床者，當歸、芎藭、水芹、蘽、胡蘿蔔是也。

[氣味]　苦，平，無毒。《別錄》曰：辛甘，無毒。

[主治]　男子強陰，女子暖子臟，男子女子虛，濕痹，毒風瘍痛，瘍音，頑手足麻痹也。溫中下氣，利關節，療腰胯酸疼，四肢頑痹，益陽事，縮小便，更治男子陰痿濕癢，女子陰中腫痛，去陰汗濕癬，煎湯浴大風身癢，多服令人有子。方書於治痿、健忘、消癉、赤白濁諸劑中亦用之。

時珍曰：蛇床乃右腎命門、少陽三焦氣分之藥，補助男子而又有益婦人，世人何故捨此而求補藥於遠域也？

繆希雍曰：蛇床子味苦平，《別錄》辛甘苦，就火至地，辛歸金達天，甘屬土合氣交，故能除濕益陽，不惟已疾，而又有補益也。同巴戟天、遠志、牛膝、何首烏、陽起石，治男子陰痿濕癢；愚按：陰痿濕癢多由肝經濕熱，繆氏以辛溫之味治之，恐有未當。同巴戟天、牛膝、杜仲、續斷、地黃、黃檗、白膠，治婦人陰中腫痛；同黃檗、山茱萸肉、五味子、茯苓、車前子、香附、川續斷、補骨脂，治一切帶下，赤者加白膠、阿膠。

之頤曰：一名蛇粟、蛇米，床者，以蛇虺喜臥於其下也。蛇性竄疾，獨居處隱僻，稟木善行數變之體用耳，蛇床功用，靡不吻合。設非氣性相似，寧爲蛇虺所嗜？男子陰痿濕癢，婦人陰中腫痛，正厥陰隱僻之地氣閉不通所致。蛇床宣大風力，鼓舞生陽，則前陰疎泄，竄疾自如，并可伸癲癇之氣逆，於臟與關節之壅閉不開，真堪作把握陰陽之良劑也。

愚按：蛇床子四月放花白色，結子攢簇，兩片合成，極其輕虛，五月采實。夫實結於夏，而嘗之先有苦，味後轉爲大辛，是火氣歸於金也。然由華而實，華白色而實輕虛，是金質復歸於火也。蓋火不歸金，則氣之體不全；金不歸火，則氣之用不昌。氣之體全，而乃歸命門以孕其元；氣之用昌，而乃達三焦以致其用。或曰：紫蘇亦火中之金，何以不歸命門？曰：火中之金應歸命門元氣，蓋金水母子相戀，且反其所自始也。若紫蘇，其見色紫，合於辛味，自應入心與肺矣。蓋命門爲元氣之根，而心肺即爲氣之用也，爲氣之用，所以紫蘇爲宣劑。故《本經》言治男子陰痿濕癢，婦人陰中腫痛，除痹氣，利關節，非指其用而言乎？而《別錄》謂令女子子臟熱，男子陰强，非指其體而言乎？夫元氣之體用全具於坎離，然而坎中孕離，離中宅坎，皆由其得金氣也。金爲水母，火爲金夫。惟水中有金，故坎中孕離而水爲火用，則元氣以生；惟火中有金，故離中蓄坎而火爲水用。則元氣以化，茲物乘夏火以結實，却火氣盡歸，金味賦輕虛以攢成，而金味仍是火質。火歸金，故令火爲水用而暢陰，夫從妻也；金化火，乃得水爲火用而達陽，子隨母也。此味由化歸生，復由生歸化，元氣之體用全者，於茲味可窺一班也。或曰：如之頤所云宣大風力，鼓舞生陽，其義不相戾歟？曰：蛇床所治諸證，皆由陽氣之不得鼓舞以暢其用，無非屬風虛之爲病也，爲濕痹，爲毒風，皆本諸此。如金火合而氣化，雖微物，而有天氣至地地氣至天之化機，是即所以補風虛也。試觀其華實於夏火而爲質輕虛，豈非陰濕化爲陽明，有鼓之舞之以暢天氣者乎？天氣暢則至地，地氣達則至天。火爲水用而暢陰，此天氣至地；水爲火用而達陽，此地氣至天。蓋陰暢則降而陽隨之，陽達則升而陰隨之也。是物以達陽而升爲終事，却以暢陰而降爲始事，始事終事之義，是此味扼要語。此乃金火合而歸於命門之實際也。金火合則陰暢，元氣乃歸於命門，歸於命門，是非三焦之氣盛能補風虛，原與足厥陰通者能合而行上乎？此所謂地氣達則至天也。升降原相因，惟其地氣達則至天，故方書有用之治喉痹并耳濕瘡及齒牙風痛者，其方見《本草綱目》《準繩》治腎虛耳聾二方，用蛇床子。或曰：據斯義，是不止療濕而且療風，不止療風淫更且療風虛矣。第如甄權所謂治男女虛濕痹毒風瘙痛者，得與《本經》所云不少爲差別否？曰：風與濕之用，人身具足，而風與濕之爲病，無不相感以相化也，《本經》但未詳盡耳。大抵濕之痹由於風虛，風虛乃病於陰氣而爲痹毒，風之瘙由於濕淫，濕淫乃病於陽氣，陽氣卽指陰中之陽。而爲瘙痛，又何異同之有？第雖有天氣地氣之分，然咸不越於氣交以爲治，經所謂氣交之分，人氣從之，萬物由之者也。故《別錄》於此味云有溫中下氣之義，蓋脾腎肝同起於下，而《別錄》於此味更云甘辛，辛合於甘以歸腎，是由母趨子，故得致津液而化陰中之陽，如兔絲、覆盆、蛇床，皆補陰氣之之劑，非苦辛熱偏勝也。或曰：蛇床子之用，所謂天氣至地，地氣至天者，於何徵之？曰：本草所云強陰，是天氣至地，[8]徵而方書，於健忘丸中用之，地氣至天也。此猶同宮水火之氣耳。若上以治面瘡，下以療痔疾，夫非上下極至之徵歟？更有可參者，如内補鹿茸丸，治赤白濁由於勞傷思想陰陽兩虛者，其益陽之味頗多，卽桂、附亦用之矣，豈猶藉此味以達陽歟？是蓋因思想傷陰，是陽中之陰不化，陰傷而及於陽也，或藉此以化陽中之陰，而後真陽乃得復歟？更如消癉之白茯苓丸，因消中之後，胃熱入腎，消爍腎脂，令腎枯燥，遂致此疾，而丸中用滋腎陰并除胃腎之枯燥者是矣，乃反用此味以達陽歟？毋亦陽陷於陰中而不化，藉此由陰之化以散陽歟？卽此二治推之，則用此味不得但勦陳說，祇以去濕達陽盡之矣。

[附方]

陽事不起，蛇床子、五味子、兔絲子等分，爲末，蜜丸梧子大，每服三十丸，溫酒下，日三服。

赤白帶下，月水不來，用蛇床子、枯白礬等分，爲末，醋麪糊丸彈子大，胭脂爲衣，綿裹，納入陰戶，如熱極，再換，日一次。

希雍曰：蛇床性溫燥，腎有火及下部有熱者，勿服。

[修治] 入丸散用布包，挼去皮殼，取仁微炒殺毒，卽不辣也。作湯洗浴，則生用之。酒浸一宿，以生地汁拌，久蒸，焙乾用。

愚按：蛇床子之用全在辣，甚炒猶不宜，不如雷氏用生地拌蒸之爲當也。

蓽撥

恭曰：蓽撥生波斯國。頌曰：今嶺南特有之，多生竹林内。正月發苗作叢，高三四尺，三月開花白色，七月結子，如小指大，長二寸以來，青黑色，九月收采。時珍曰：蓽撥氣味正如胡椒，但其形長一二寸。

子

[氣味] 辛，大温，無毒。時珍曰：氣熱味辛，陽也，浮也，入手足陽明經。

[主治] 温中下氣，除胃冷藏器，及霍亂冷氣《日華子》，水瀉虚痢，嘔逆醋心，產後瀉痢，與阿魏和合良李珣。

時珍曰：治偏頭痛，鼻淵牙痛，取其辛熱，能入陽明經散浮熱也。

[附方]

冷痰惡心，蓽茇一兩，爲末，食前用米湯服半錢。

暴泄，身冷自汗，甚則欲嘔，小便清，脈微弱，宜**已寒丸**治之：蓽茇、肉桂各二錢半，高良薑、乾薑各三錢半，爲末，糊丸梧子大，每服三十丸，薑湯下。

婦人血氣作痛及下血無時，月水不調，用蓽茇鹽炒、蒲黄炒，等分，爲末，煉蜜丸梧子大，每空心温酒服三十丸，兩服即止。名二神丸。

愚按：蓽撥產於南方，固已受火土之氣矣，且先哲所云概治虚冷氣之爲病者也。第如《日華子》所治心痛血氣，及《陳氏方》療婦人血氣痛及下血無時，月水不調者，是不徒泛泛然能治氣以及血，似更有妙理存焉。取時珍所謂能散浮熱，爲頭痛鼻淵牙痛要藥，是若不徒以散寒冷爲功矣。然閲方書鼻淵之治，如南星飲服後亦用蓽撥，而論中却亦言其所因風邪入腦，宿冷不消者，得勿散浮熱之言猶未及精察歟？第偏頭痛用之，又逐隊於寒味中，如一粒金方，其義又何謂歟？或其氣味固辛温，而猶有和也，未可以大熱概之歟？俟再審之。數年後再按諸本草，多言治冷，且有兼以虛冷言者，經云氣虛者寒也。又唐太宗氣痢，此味煎牛乳用。劉禹錫云：累試於虛冷者，必效。是則時珍之所謂浮熱者，得無因寒之鬱而鬱氣爲浮熱乎？先哲云善均從衆，吾亦從衆可也。

宗奭曰：蓽撥，腸胃冷氣嘔吐，心腹滿痛者宜之，多服走泄真氣，令人腸虛下重。[9]時珍曰：多服能動脾肺之火，令人目昏。

[修治] 凡使，去梃用頭，以醋浸一宿，焙乾，以刀刮去皮粟子令淨乃用，免傷人肺，令人上氣。

蘭草澤蘭合考

斅曰：蘭草，香草也，別名都梁香、千金草，即孩兒菊、醒頭草也，出太湖池澤及溪澗水旁下濕地。《荊州記》云：都梁有山，下有水清淺，其中生蘭草。李時珍曰：即今之武岡州。又臨淮、盱眙縣亦有，都梁山產此香蘭。二月宿根再發，紫莖素枝，赤節綠葉，葉對節生，光澤有岐，嫩時可挼可佩。八九月漸老，枝頭成穗，作花紅白，狀似雞蘇，久之花瓣轉白，絨裂如毿毿，中有子一粒，絨著子上，色黑味苦，臭香氣烈，即千金花也。蘭草與澤蘭，同類異種，但以莖圓節長而葉光有岐者爲蘭草，莖微方節短而葉有毛者爲澤蘭。氣味俱疏淡，而功用則迥別也。其氣味功用分列於左。時珍曰：近世所謂蘭花，非古之蘭草也。蘭草，在《離騷》言其綠葉紫莖素枝，可紉可佩，可藉可膏可浴。若夫蘭花有葉無枝，可玩而不可紉佩藉浴，秉握膏焚，故朱子《離騷辨證》言古之香草必花葉俱香而燥濕不變，故可刈佩。今之蘭蕙但花香，而葉乃無氣，質弱易萎，不可刈佩，必非古人所指，固甚明也。更吳草廬《蘭說》云：蘭草有枝有莖，草之植者也；幽蘭無枝無莖，草之芳者也。數語分辨，極其簡明。而世乃謬指近世蘭花爲《離騷》所稱之蘭，即宗奭、丹溪亦溺於俗誤，豈因其微而不及致察，有如是歟？夫醫經爲實用，豈得襲誤而不一正之歟。

蘭草葉

[氣味] 辛，平，無毒。杲曰：甘，寒。

[諸本草主治] 利水道《本經》，除胸中痰癖《別錄》，其氣清香，生津止渴李杲，調氣養營雷敩，治消渴膽痹李杲，煮水浴風病馬志，久服益氣

輕身《本經》。

[方書主治] 消癉齒疾。

時珍曰：按《素問》云五味入口，藏於脾胃，以行其精氣，津液在脾，令人口甘，此肥美所發也，其氣上溢，轉爲消渴，治之以蘭，除陳氣也。李東垣治消渴生津飲用蘭葉，蓋本於此。又此草浸油塗髮，去風垢，令香潤。

之頤曰：臭香味辛，氣化中藥也，故主益氣，利水道。經云：膀胱者，州都之官，津液藏焉，氣化則能出矣。不止葉也，以花煮酒，臭類木香，苦甚黃連，用治滯痢，獲效頗捷。

希雍曰：蘭草，稟天地清芬之氣以生，故其味辛氣平無毒，入手太陰、足陽明經。肺主氣，肺氣鬱結，則上竅閉而下竅不通；胃主納水穀，胃氣鬱滯，則水穀不以時化而爲痰癖。此草辛平，能散結滯，更佐以芬芳之氣，故諸證自除，大都開胃除惡，清肺消痰，散鬱結之聖藥也。同藿香、枇杷葉、石斛、竹茹、橘紅，開胃氣之神品；加入沉水香、鬱金、白豆蔻、真蘇子、蘆根汁，下氣開鬱，治噎膈之將成者；同栝樓根、麥冬、黃連、竹葉、蘆根汁，治消渴。

澤蘭葉

[氣味] 苦，微溫，無毒。《別錄》曰：甘。普曰：神農、黃帝、岐伯、桐君，酸，無毒；李當之，小溫。權曰：苦辛。之才曰：防己爲之使。

[主治] 養血氣，破宿血，利關節，通九竅，消身面水腫，並癰腫及頭風目痛，女子頻產，血氣衰冷，成癆羸瘦及產後諸病，並治婦人血瀝腰痛。

時珍曰：澤蘭氣香而溫，味辛而散，陰中之陽，足太陰、厥陰經藥也。脾喜芳香，肝宜辛散，脾氣舒則三焦通利而正氣和，肝鬱散則營衛流行而病邪解，蘇頌云爲女子方中所急用，良不謬也。

中梓曰：澤蘭補而不滯，行而不峻，爲產科要藥。

希雍曰：澤蘭感土澤之氣，故味苦甘而入血，兼得乎春氣，故微溫而無毒，桐君兼酸，故入足厥陰、太陰經。苦能洩熱，甘能和血，酸能入肝，温通營血，行而帶補，婦人方中最爲急用，古人治婦人澤蘭丸甚多。澤蘭得炒黑豆、炮乾薑、當歸、芎藭、乾地黃、牛膝、益母草、赤芍藥、蒲黃、五靈脂，治產後惡露不盡，少腹作痛，俗名兒枕痛，寒月加桂，多火及内熱虛勞人去桂加童便，去五靈脂，加人參、鱉甲、香附、麥門冬，治產後諸虚百病，肺熱者去人參；凡婦女月候不通，結塊發熱者，澤蘭一束搗爛，酒浸，温飲之，日二三次，當通；產後水腫，血虛浮腫，澤蘭、防己等分，爲末，每服二錢，醋酒下；方書治水腫腎沉膀胱浮者，一方有澤蘭，餘味澤瀉、茯苓、豬苓、白术、木通、燈草、通草、牡蠣、滑石、附子、葶藶、瞿麥、車前子、防己。

　　總論　時珍曰：蘭草、澤蘭，一物二種，但功用有氣血之分。蘭草走氣道，故能利水道，除痰癖，殺蠱辟惡，而爲消渴良藥；澤蘭走血分，故能治水腫，塗癰毒，破瘀血，消癥瘕，而爲婦人要藥。雖是一類，而功用稍殊，正如赤白茯苓、芍藥，補瀉皆不同也。

　　愚按　蘭草、澤蘭，時珍分氣血之治是矣。第《本經》於蘭草謂其久服益氣，而甄權《本草》於澤蘭云產後腹痛，頻產血氣衰冷，成癆瘦羸，而時珍絕未發明，得毋以兹二種猶與他利氣血之味可得泛泛例視乎？是則物理之未易窮，有如是也，業斯道者其可鹵莽乎？

【校記】

〔1〕澹，《太平惠民和劑局方》卷五作"淡"。

〔2〕澹，《太平惠民和劑局方》卷五作"淡"。

〔3〕睥，原誤作"脾"，今據文義改。

〔4〕肘，原誤作"附"，今據《本草述鈎元》卷八改。

〔5〕集，原誤作"焦"，今據萬有書局本改。

〔6〕炒，原誤作"沙"，今據萬有書局本、《本草述鈎元》卷八改。

〔7〕經，原誤作"莖"，今據《本草綱目》卷十四改。

〔8〕地，原脱，今據《本草述鈎元》卷八補。

〔9〕令，原誤作"冷"，今據《本草述鈎元》卷八改。